BIBLIOTHÈQUE
DE LA PLÉIADE

IBN KHALDÛN

Le Livre des Exemples

I

Autobiographie
Muqaddima

TEXTE TRADUIT, PRÉSENTÉ ET ANNOTÉ
PAR ABDESSELAM CHEDDADI

nrf

GALLIMARD

CE VOLUME CONTIENT :

Cinquième partie

MOYENS D'EXISTENCE, ACQUISITIONS, MÉTIERS ET QUESTIONS CONNEXES

Sixième partie

LES DIVERSES SORTES DE SCIENCES, LES MÉTHODES D'ENSEIGNEMENT ET LES ÉTATS QUI LES AFFECTENT

Appendices

Chapitres de la version primitive de la *Muqaddima*

Notices, notes et variantes

Cartes

Bibliographie

Index

par Abdesselam Cheddadi

INTRODUCTION

Ibn Khaldûn est sans doute aujourd'hui l'historien musulman le plus célèbre en Occident. Paradoxalement, disons-le d'emblée, il reste encore assez mal connu. Pourtant, les rapports de l'Occident moderne avec l'historiographie musulmane sont anciens. Dès le XVIe siècle, stimulé par le développement des relations politiques et commerciales de l'Europe avec l'Empire ottoman et par le renforcement des liens de la papauté avec les Églises chrétiennes orientales, l'intérêt pour l'Islam s'accompagne d'une véritable explosion des études arabes qui, de Paris et de Rome, se propagent vers les autres capitales européennes[1]. Au XVIIe siècle, quatre ouvrages d'historiens arabes sont traduits et publiés[2]. La collection de la Bodleian Library qu'utilise à la même époque Edward Pococke — l'un des premiers orientalistes anglais, auteur de deux ouvrages d'histoire sur l'Islam — compte plusieurs centaines de manuscrits arabes, dont une vingtaine relatifs à l'histoire. Et la découverte émerveillée d'Ibn Khaldûn par Silvestre de Sacy au début du XIXe siècle se situe au début d'une période où les plus grands historiens arabes sont successivement édités et

1. La première chaire d'arabe est créée par Guillaume Postel au collège des lecteurs royaux (futur Collège de France) en 1539, Thomas Erpénius (1584-1624) publie la première grammaire arabe, F. Ravlenghien enseigne l'arabe à Leyde dès 1593, Edward Pococke inaugure une chaire d'arabe à Oxford en 1638.

2. Ce sont : la seconde partie de la *Chronique* d'al-Makîn, qui traite de l'histoire de l'Islam (Leyde, 1625) ; *'Ajâ'ib al-maqdûr* (*Les Merveilles du destin*), biographie de Tamerlan par Ibn 'Arab Shâh (Leyde, 1636) ; *al-Mukhtasar fî al-duwal* (*Résumé d'histoire des dynasties*), de Bar Hebraeus (Oxford, 1650 et 1663) ; *Nazm al-jawhar* (*L'Enfilement des perles*), d'Eutychius (Londres, 1642, et Oxford, 1658-1659).

traduits[1]. Depuis, les études sur l'Islam, sur sa culture et sur sa société ont connu un développement continu, avec, il est vrai, un certain relâchement ces dernières décennies en Europe — particulièrement en France —, compensé par un nombre plus important de travaux aux États-Unis. Ce n'est donc pas faute d'informations qu'Ibn Khaldûn, comme les autres historiens musulmans, reste en définitive ignoré en dehors du cercle étroit des spécialistes.

Des questions d'ordre général, dès lors, se posent avec force : quels types de rapports entretenons-nous dans notre culture moderne avec les cultures prémodernes, en particulier avec les cultures non occidentales ? Si la modernité se réclame de plus en plus de l'universalité, si la « mondialisation » gagne effectivement de plus en plus de terrain, que faisons-nous pour nous ouvrir aux cultures prémodernes, d'où qu'elles viennent, pour en faire notre patrimoine commun, y trouver une inspiration et une nourriture pour notre créativité ? À constater les déficiences évidentes de nos attitudes et de nos approches actuelles, quels types d'attitudes et d'approches nouvelles faut-il adopter en prenant en compte à la fois les exigences des dimensions locales, régionales et mondiales, pour parvenir à un équilibre dans les rapports entre un présent et un passé humains qui s'universalisent sous nos yeux ?

Le cas d'Ibn Khaldûn et celui de l'Islam peuvent être considérés à cet égard comme exemplaires. Pour des raisons qui restent à éclaircir sans parti pris, deux caractéristiques essentielles se dégagent des études qui leur ont été consacrées depuis le XIXe siècle, et assez largement jusqu'à nos jours. D'une part, au plan des approches, l'Islam, comme objet d'étude, n'a pas été suffisamment relié aux processus globaux de l'histoire universelle, tant pour la période qui précède son apparition que pour celle de son développement[2] ; surtout, les recherches comparatives sur les institutions religieuses, sociales, économiques, politiques, et sur les productions intellectuelles et artistiques demeurent relativement rares et limitées. L'Islam a été le plus souvent appréhendé de façon isolée, en accusant ses traits différentiels, en exagérant son altérité et son étran-

1. Dans l'ordre chronologique : al-Maqrîzî, *Histoire des sultans mamelouks* (1837-1845) ; al-Mas'ûdî, *Les Prairies d'or* (1861-1877) ; al-Tabarî, *Annales* (1867-1874) ; Ibn al-Athîr, *Chronique* (1851-1876).

2. L'historien qui a fait les tentatives les plus réussies et les plus avancées dans ce sens — mais il a eu peu d'émules — est M. G. S. Hodgson dans son œuvre majeure, *The Venture of Islam* (Chicago, University of Chicago Press, 1974, 3 vol.), et dans un certain nombre de ses articles (articles réunis et traduits par Abdesselam Cheddadi dans *L'Islam dans l'histoire mondiale*, Actes Sud/Sindbad, 1998).

geté. Dans le cas précis d'Ibn Khaldûn, peu d'efforts ont été faits pour saisir sa pensée historique et son approche sociologique dans le contexte global des cultures du bassin méditerranéen — iranienne, grecque, judéo-chrétienne —, sauf à multiplier les comparaisons superficielles avec de grands noms de l'Antiquité et de l'époque moderne, de Thucydide à Machiavel, Vico, ou Marx[1]. Un relativisme culturel dont les fondements théoriques ne sont pas explicités, et dont les présupposés idéologiques ne sont pas clairs, est mis en avant. Il peut conduire, et a effectivement conduit, aux pires incompréhensions. D'autre part, au plan des attitudes, malgré le développement considérable et les progrès constants de la recherche sur la civilisation islamique, les résultats ne sont pas suffisamment intégrés dans la culture occidentale, que ce soit dans le cadre du système éducatif ou dans les médias, lesquels en restent le plus souvent à des vues sommaires et dépassées[2].

Le siècle d'Ibn Khaldûn.

Le XIVe siècle, qui est celui d'Ibn Khaldûn, est une époque de transition dans l'histoire du Maghreb et, peut-être, de l'Islam en général, transition qui se prolonge tard dans le XVe siècle. Alors que les mamelouks consolident leur pouvoir en Égypte et en Syrie et que l'on assiste à la montée en puissance des Ottomans en Anatolie, l'Occident musulman voit échouer les dernières tentatives de formation à nouveaux frais d'un empire à l'échelle nord-africaine.

Pour l'Europe aussi, c'est une période de l'entre-deux : le retard pris sur les autres civilisations contemporaines est en train d'être rattrapé à grands pas ; sur les plans politique, social, et religieux, de nouvelles tendances, déterminantes, commencent à faire leur chemin ; bref, l'Europe se cherche, tente de s'affirmer[3].

À l'autre bout du monde, l'Inde connaît une période de

1. Sur les lectures qui ont été faites d'Ibn Khaldûn depuis sa « redécouverte » au début du XIXe siècle, voir notre Introduction au *Voyage d'Occident et d'Orient*, Sindbad, 1980.

2. Un examen superficiel de la dizaine d'ouvrages sur l'Islam qui ont été publiés récemment en France à l'occasion de la mise au programme de l'agrégation d'histoire d'une question sur les rapports entre chrétienté et Islam au Moyen Âge permet de mesurer les limites de « l'ouverture » à l'Islam et d'apprécier la qualité des approches.

3. Sur l'émergence entre le XIIIe et le milieu du XVIe siècle du mot « Europe » en tant que concept désignant une nouvelle entité politique, en concurrence avec « Occident » et « chrétienté », voir les développements de Bernard Guenée dans *L'Occident aux XIVe et XVe siècles, les États*, PUF, 1971 ; 6e éd., 1998, p. 59-60.

prospérité économique et de stabilité politique. Les conquêtes musulmanes des XIe et XIIIe siècles trouvent un point d'équilibre sous l'égide d'une dizaine de pouvoirs locaux qui finiront par se cristalliser autour des deux plus importants d'entre eux, le sultanat de Delhi et l'empire des Bahmanides, alors que la réaction hindouiste s'organise pour aboutir au XVe siècle à la formation du puissant État de Vijayanagar. Avec ses cent millions d'habitants, l'Inde est, avec la Chine, une des deux régions les plus peuplées du monde, et son rayonnement s'étend sur les royaumes hindouisés du Népal, de l'Assam, du Pégu, de l'Orissâ et de Tirhut.

La Chine, ou Empire du Milieu, après avoir connu une période d'éclipse du XIIIe au milieu du XIVe siècle sous la dynastie mongole des Yuan, entame sous l'impulsion de Hong-wu, le premier empereur de la nouvelle dynastie Ming, un redressement spectaculaire sur tous les plans. Celui-ci annonce une évolution économique marquée, en particulier, par un grand développement industriel et monétaire que J. Gernet qualifie de « seconde Renaissance chinoise[1] ».

Les régions alors connues de l'Afrique Noire atteignent un degré remarquable d'organisation politique et économique : l'Afrique de l'Ouest, avec le Mali et le Kanem ; l'Éthiopie, avec ses deux royaumes concurrents chrétien et musulman du Choa et d'Ifat ; l'Afrique de l'Est, dominée par la cité de Kilwa où, sous l'influence de l'Islam avec lequel des rapports ont été tissés dès le IXe siècle, s'installe la dynastie d'origine yéménite des Mahdali à la fin du XIIIe siècle. La prospérité de ces régions est notamment fondée sur le commerce transsaharien ou maritime (pour l'Afrique de l'Est), avec un double réseau caravanier en direction du Maghreb et de la Méditerranée d'un côté, de la Tunisie, de Tripoli et de l'Égypte de l'autre, et un trafic maritime le long de la côte orientale et avec le Proche-Orient et l'Inde. À l'exportation, les produits les plus importants sont d'une part l'or et les esclaves, d'autre part la myrrhe et l'encens des régions arides, et l'ivoire ; en contrepartie, les royaumes et les cités africaines importent du sel, des perles de verre, des étoffes, des livres, sans oublier les cauris, qui servent de monnaie, et les porcelaines de Chine.

Au-delà de l'Atlantique, considéré comme dangereux et infranchissable, le continent américain, où l'humanité connaît des degrés de civilisation très divers que dominent les deux grands ensembles aztèque et inca, reste ignoré.

1. Voir Michel Balard, *Les Civilisations du monde vers 1492*, Hachette, 1997, p. 101.

Ce contexte transparaît nettement dans l'œuvre historique et anthropologique d'Ibn Khaldûn, qui est peut-être un des meilleurs témoins que nous ayons de l'état du monde avant les grands bouleversements qui allaient bientôt secouer notre globe. On est frappé, tant dans la *Muqaddima* que dans l'*Autobiographie*, par la conscience aiguë que l'historien maghrébin a du destin universel : du passé du monde, de ses zones actuelles de prospérité et de déclin, de ses tendances profondes.

Le regard qu'il porte sur l'Islam est lucide. Après les siècles d'efflorescence andalouse sous l'égide des Omeyyades de Cordoue, et maghrébine sous les deux dynasties berbères, almoravide et almohade, l'état actuel de l'Occident musulman, ravagé par les guerres et les épidémies de la Grande Peste, lui apparaît sous des couleurs plutôt sombres. Sur le plan politique, on assiste à des luttes incessantes entre les trois grandes entités politiques du Maghreb, elles-mêmes minées de l'intérieur : à l'Est, les Hafsides de Tunis, qui ont du mal à se relever des effets combinés des attaques mérinides, des révoltes des tribus arabes, et des autonomismes des provinces du Sud et de l'Ouest ; au Maghreb Extrême, les Mérinides de Fès, tentés par l'aventure impériale, mais incapables d'assurer la stabilité à leur régime ; coincés entre les deux, les 'Abdal-wâdides de Tlemcen, qui se maintiennent vaille que vaille grâce à l'énergie et à la pugnacité de leurs souverains ; pendant ce temps, le royaume de Grenade, réduit à la portion congrue, doit sa survie à l'action de ministres énergiques, comme Ibn al-Khatîb ou Ibn Zamrak, et aux dissensions persistantes qui divisent le royaume chrétien de Castille. Sur le plan culturel, on note un recul de l'enseignement et des activités intellectuelles en général, un niveau d'arabisation en baisse au Maghreb, la décadence de la civilisation urbaine partout.

Pour ce qui est de l'Orient, si Ibn Khaldûn n'ignore pas la ruine du Khurâsân et de l'Irak et le déclin relatif de la Palestine et de la Syrie, il sait apprécier la vigueur de l'état de la civilisation dans l'Égypte mamelouke et se fait l'écho des développements de l'Irak non arabe et de la Transoxiane dans le domaine de certaines sciences ; mais il est surtout attentif à la montée des peuples turcs, qu'il tente de comprendre et d'expliquer à l'échelle de l'ensemble du monde musulman[1].

Sa vision du reste du monde vaut surtout pour les références qu'il fait à des civilisations du passé, chacune avec son

1. Voir dans l'*Autobiographie* (p. 236-237) la discussion saisissante qu'il a avec Tamerlan au sujet de la montée des Turcs.

degré de prospérité et ses caractéristiques propres. Du présent de pays aussi lointains que l'Inde ou la Chine, et même des pays des « Francs », ressentis comme plus proches, Ibn Khaldûn n'a que les échos rapportés par les voyageurs et les marchands. Pourtant, dans le septième préambule de la première partie de la *Muqaddima*, rédigé au Maghreb et plus tard supprimé de la version définitive de l'œuvre[1], il exprime un jugement de portée universelle, selon lequel le monde de son époque vit « un basculement de la civilisation du sud vers le nord », et la prédiction que « le vide ainsi créé dans le Sud et ses régions ne resterait pas sans lendemain ».

Vues pessimistes, a-t-on dit. En tout cas, il est certain qu'elles influencèrent longtemps la vision que de nombreux auteurs occidentaux se sont formée du Maghreb et de l'Islam, mettant l'accent sur l'idée d'un XIVe siècle qui marquerait une étape de « décadence », de « déclin », de « stagnation », en contraste avec une Europe en pleine effervescence[2]. En fait, on s'en rend compte aujourd'hui, ce jugement est pour le moins parcellaire, en ce qui concerne la pensée d'Ibn Khaldûn aussi bien que la réalité historique de l'Islam au XIVe siècle.

Parlant en des termes plutôt négatifs de l'état de la civilisation du Maghreb et de l'Islam à son époque, Ibn Khaldûn garde néanmoins une attitude de neutralité. Il ne se place pas dans une perspective de progrès linéaire, mais dans le cadre d'une évolution cyclique : à la phase négative qui termine un cycle de développement du pouvoir et de la civilisation succédera nécessairement une phase positive de reconstruction. En fait, pour lui comme pour ses contemporains, le XIVe siècle semblait une période d'attente : pour Ibn Khaldûn, attente d'un nouveau départ du cycle de la civilisation (*'umrân*) sous l'égide d'un nouveau peuple — qu'il identifie vers la fin de sa vie avec les « Turcs » ; pour ses contemporains, attente d'un *Mahdî*, homme providentiel guidé par Dieu, qui rétablirait la justice et la paix sur la terre. La conception d'une histoire cyclique chez Ibn Khaldûn est elle-même à comprendre dans un contexte général où il est supposé que l'ordre humain, parvenu à maturité, est essentiellement stable, voire immuable. Sans exclure de possibles améliorations, Ibn Khaldûn considère d'une part que les sciences et les techniques, avec les héritages accumulés des Grecs, des Perses et des Arabes, ont réalisé pleinement les potentialités de l'esprit humain[3] ; il pense d'autre part qu'avec l'Islam, qui se proclame comme la

1. Voir les Appendices, p. 1207-1208.
2. Voir notre Introduction au *Voyage d'Occident et d'Orient*, p. 26.
3. Voir *Muqaddima*, VIe partie, chap. XVIII, p. 941 et suiv.

dernière des religions du Livre, et l'épanouissement des sciences religieuses islamiques, la religion est arrivée à son plus haut degré de perfectionnement[1]. Une telle conception n'était guère possible sans une confiance foncière dans les fondements du système islamique.

De fait, comme nous le savons aujourd'hui, l'Islam des XIVe et XVe siècles marque un temps d'arrêt, avant que, recomposé à partir du milieu du XVIe siècle en trois grands ensembles nouveaux (avec notamment les Ottomans, les Séfévides et les Moghols de l'Inde), il ne connaisse un large renouveau politique et culturel. Le déclin, structurellement lié, d'une part, aux grandes transformations modernes conduites à un rythme soutenu par l'Occident chrétien depuis le XVIe siècle et, d'autre part, aux nouveaux rapports de force à l'échelle planétaire qui en ont résulté, ne commence véritablement qu'à partir de la deuxième moitié du XVIIIe siècle. Les XIVe et XVe siècles sont donc à considérer plutôt comme une époque transitoire, où il s'agissait pour les pays musulmans de sauvegarder les acquis de la période classique sur les plans juridique et religieux, comme dans les domaines scientifique, artistique et littéraire. Les difficultés, admirablement perçues par Ibn Khaldûn, restent principalement politiques : entre la classe politique et militaire et, d'autre part, l'ordre social ainsi que les représentants de la religion et de la loi islamique, le divorce est consommé ; comment, dès lors, assurer des légitimités politiques durables ? Mais s'il perçoit les faiblesses et les rigidités d'ordre culturel, Ibn Khaldûn ne peut prévoir les deux grandes tendances qui, sur le long terme, vont empêcher les pays musulmans de comprendre et d'assimiler les nouvelles conceptions politiques, scientifiques et idéologiques qui émergent progressivement en Europe : une trop grande confiance dans leur système idéologique, juridique, économique et social, qui les pousse à un excès de conservatisme et à la limitation de leur créativité ; et un autoritarisme politique de plus en plus prononcé, qui, conjugué avec un blocage de plus en plus net de la mobilité sociale, les conduit à un affaiblissement du cosmopolitisme intellectuel, et à un encadrement de plus en plus étouffant par les mouvements et les confréries mystiques, confinant les peuples musulmans dans une attitude de passivité face à un concurrent qui fait du mouvement et de la créativité le principe même de son existence.

1. Voir *ibid.*, chap. X, p. 854 et suiv.

Un homme partagé.

Homme du XIVe siècle, certes, Ibn Khaldûn est aussi sans conteste un penseur d'une envergure exceptionnelle, qui transcende son temps. S'il est exagéré d'expliquer tous les aspects de son œuvre par son génie, on ne peut passer sous silence les traits de sa personnalité qui ont laissé dans cette œuvre une marque évidente. Les principaux épisodes de sa vie ont été retracés par lui-même dans son *Autobiographie*, que nous donnons ici avant la *Muqaddima*. Ses biographes n'ont rien ajouté de substantiel. Nous ne retiendrons ici que ce qui est utile à l'éclairage du personnage et de son œuvre.

D'une vie mouvementée, passée en partie au Maghreb et en partie en Égypte, il faut souligner deux aspects déterminants, qui ont eu le plus grand retentissement sur son destin, mais qui n'ont été jusqu'ici que trop peu mis en lumière : l'extinction de sa propre famille lors de la Grande Peste qui a frappé Tunis en 1348-1349, et l'interruption, à l'âge de seize ans, de ses études, qu'il ne pourra plus reprendre de façon régulière. Déraciné, après avoir échoué à se fixer tour à tour à Fès, Grenade, Tlemcen et Tunis, il finira sa vie en exilé, au Caire, où il ne consentira jamais à quitter son accoutrement maghrébin ni à adopter l'écriture orientale[1]. N'ayant pu achever dans sa jeunesse un cursus d'études complètes ni dans les sciences juridiques et religieuses ni dans les sciences rationnelles, il acquerra néanmoins une très vaste culture, mais essentiellement comme autodidacte.

Une lecture attentive de son *Autobiographie* montre clairement que celle-ci est conçue comme une double défense : d'une part, de son origine aristocratique et, d'autre part, de la haute éducation qu'il avait reçue de son propre père et des plus grands maîtres du Maghreb. Qu'il soit, avec son frère Yahyâ, le dernier rejeton d'une famille de haute noblesse arabe, d'abord émigrée en Espagne où quelques-uns de ses membres ont occupé d'importantes positions politiques et scientifiques, puis en Ifrîqiya, où son arrière-grand-père a assumé la fonction de *sâhib al-ashghâl* ou ministre des Finances, cela est historiquement établi. Il semble également hors de

1. L'écriture arabe maghrébine, attestée dès avant le Xe siècle dans l'Andalus et dans les différentes régions du Maghreb, différait nettement de l'écriture orientale, répandue notamment en Égypte. Les savants maghrébins qui s'installaient en Orient adoptaient le plus souvent l'écriture orientale, et Ibn Khaldûn est contraint de faire appel à l'un d'entre eux pour transcrire un poème de louange adressé par une personnalité andalouse au roi d'Égypte az-Zâhir Barqûq, car il était incapable de le faire lui-même.

doute que lorsque la Grande Peste emporte ses parents ; Yahyâ, son plus jeune frère, son frère aîné, Muhammad, et lui-même demeurent les seuls survivants de la famille des Banû Khaldûn à Tunis. Mais, tandis que le nom de Yahyâ revient fréquemment dans le récit qu'Ibn Khaldûn fait de sa vie au Maghreb, de Muhammad on ne sait plus rien après les deux seules mentions qui en sont faites dans la relation où notre auteur évoque ses études puis son projet de départ pour le Maghreb occidental ; le plus probable est qu'il soit mort peu avant ce départ. Ainsi, vers l'âge de 21 ou 22 ans, Ibn Khaldûn se retrouve le représentant d'une famille au passé prestigieux, mais pratiquement éteinte. Bien des indices, dans l'*Autobiographie* et à travers toute son œuvre, témoignent de l'orgueil et de la dignité avec lesquels il a porté durant toute sa vie ce lourd fardeau ; mais il faut surtout souligner les deux marques indélébiles que cet héritage a laissées sur sa personnalité et sa conduite : un amour démesuré des grandeurs, et la tendance à ne pouvoir concevoir sa vie en dehors ou loin des cours royales.

L'analyse de l'*Autobiographie* révèle, nous l'avons dit, qu'en termes académiques la formation régulière d'Ibn Khaldûn fut très courte et incomplète ; c'est tout juste s'il eut, jusqu'à l'âge de seize ans, le temps d'acquérir les éléments d'une éducation générale en langue et littérature arabes et en sciences juridiques et religieuses. La suite de sa formation, après la conquête de Tunis par le roi mérinide Abu l-Hasan et les ravages de la peste, fut menée au hasard des rencontres. Il est vrai que, appartenant à l'élite politique, il dut bénéficier de la riche culture propre à ce milieu, mais il ne put recevoir une véritable formation de spécialiste. Son apprentissage du droit ne dépassa pas le stade du manuel ; ses connaissances les plus approfondies se situaient dans les domaines de la tradition prophétique, des études coraniques, et de la langue et de la littérature arabes, sans que dans aucune de ces matières il eût acquis une véritable spécialisation. De même, les deux ou trois années qu'il consacra aux études philosophiques sous la direction d'al-Âbilî étaient insuffisantes pour lui assurer une formation complète dans un champ à la fois difficile et très vaste. Le peu de cas que faisait son ancien condisciple tunisien, Ibn 'Arafa — qui avait voué sa vie entière à l'étude du droit — de sa formation de juriste[1], comme le scepticisme que montraient les Égyptiens à l'égard de ses connaissances

1. Voir Ibn Hajar al-'Asqalânî, *Raf' al-isr 'an qudât Misr*, cité par 'Abd ar-Rahmân Badawî, *Mu'allafât Ibn Khaldûn* (*Les Œuvres d'Ibn Khaldûn*), Libye-Tunisie, al-Dâr al-'arabiyya li-l-kitâb, 2e éd., 1979, p. 328.

en sciences religieuses et en sciences philosophiques[1], n'étaient pas infondés. Bien qu'il nous paraisse excessif, le jugement cru que porte sur lui un certain al-Ragrâgî, savant marocain émigré en Égypte, ne devait pas être inspiré uniquement par l'hostilité ou la jalousie : « Il est nul en matière de sciences religieuses ; il possède quelques connaissances en sciences rationnelles, mais sans y être très distingué. Cependant, sa conversation est des plus intéressantes. Elle est encore plus passionnante que celle de Shams al-dîn al-Ghumârî[2]. »

Les connaissances encyclopédiques que révèle la *Muqaddima*, de toute évidence, ne furent acquises qu'au prix d'un effort personnel et en grande partie, sans doute, par des lectures solitaires. Les premiers essais d'Ibn Khaldûn montrent qu'il avait un penchant pour les sciences théoriques : théologie, logique, mathématiques. Son premier travail connu, le *Lubâb al-Muhassal* (*L'Essentiel du « Muhassal »*), qu'il achève en 752/1351 à Tunis, est un commentaire d'*al-Muhassal* (*La Quintessence*), ouvrage de théologie de Fakhr ad-dîn ar-Râzî. Ibn al-Khatîb lui attribue, en outre, des résumés de certaines œuvres d'Ibn Rushd (Averroès) — malheureusement sans préciser lesquelles —, des notes sur la logique, et un ouvrage d'arithmétique. Selon la notice qu'Ismâ'îl 'Ibn al-Ahmar lui a consacrée dans son *Nathîr farâ'id al-jumân* (*Les Belles Perles dispersées*), « il avait une grande compétence en logique et en astronomie et en tout ce qui touche aux sciences théoriques[3] ». Mais il est clair qu'en réalité il ne s'engage pas bien loin dans ces disciplines.

Sur les débuts de son intérêt pour l'histoire, nous savons très peu de choses : à peine une allusion, chez un de ses biographes, qui dit qu'il avait « une certaine connaissance de l'histoire ancienne et moderne ». Ibn Khaldûn ne mentionne aucune œuvre d'histoire dans le programme de ses études, si ce n'est, en rapport avec la tradition prophétique, la *Sîra* d'Ibn Ishâq. Rien n'annonçait donc chez lui un futur grand historien. Et l'on peut supposer, sans trop risquer de se tromper, que son grand projet d'écriture historique, d'abord vague, ne commença à prendre forme que progressivement et lentement, dans une complète solitude intellectuelle. Jusqu'au premier jet fulgurant de la *Muqaddima* à Qal'at Ibn Salâma — qu'il nous dit avoir écrit dans une sorte d'exaltation[4] —, il ne semble pas avoir laissé percer son secret.

1. *Ibid.*, p. 329-332.
2. *Ibid.*, p. 328.
3. *Ibid.*, p. 320.
4. Voir *Autobiographie*, p. 151.

Nostalgique d'une grandeur familiale révolue, fondamentalement autodidacte, Ibn Khaldûn fut aussi un esprit partagé. On le voit très tôt tiraillé entre l'ambition politique et l'amour de la science ; jusqu'à la fin de sa vie, il ne pourra jamais totalement renoncer à aucune de ces deux attirances.

Fait significatif, il retrouve ses propres hésitations entre la science et la politique dans l'histoire de sa famille, où il se plaît à repérer les deux tendances. Il rappelle non sans orgueil qu'à Séville « les Banû Khaldûn avaient tenu une position éminente aussi bien parmi les savants que parmi les chefs politiques[1] » et, à maintes reprises dans son œuvre[2], il évoque le nom d'Abû Muslim 'Umar Ibn Khaldûn, qui aurait été en Andalus un philosophe célèbre, disciple de Maslama al-Majrîtî. Plus près de lui, son grand-père, après avoir occupé de hautes charges comme chambellan et commandant militaire auprès des Hafsides, avait décidé, vers la fin de sa vie, de renoncer au monde et de se consacrer à la piété. Et son propre père, Muhammad, avait préféré délaisser « la carrière des armes et le service des princes » pour se consacrer « à la science et à une vie recluse[3] ».

Sans doute fasciné dans sa jeunesse par la gloire mondaine, Ibn Khaldûn n'a jamais cessé de penser à ce qui fait à ses yeux la seule vraie grandeur, celle de « la perfection de l'âme ». Mais c'est d'abord l'ambition politique qui émerge, au moins au cours de la plus grande partie de la période maghrébine, où on le voit souvent changer de pays et de maîtres et où, parfois mêlé à des révolutions de palais, il est soupçonné d'intriguer contre les princes qu'il est censé servir. Mais il n'occupe qu'une seule fois — et pour peu de temps — une charge où il dispose des pleins pouvoirs. Tout en se targuant, non sans quelque vanité, d'avoir toujours joui de la confiance et des faveurs des souverains qu'il a approchés, et d'avoir accompli les devoirs de sa charge du mieux qu'il a pu, il ne reste jamais longtemps en place et se plaint constamment des jalousies et des intrigues que lui attire sa position. En tout et pour tout, sur une période de près de trente ans passée dans l'orbite du pouvoir au Maghreb, il n'occupe des charges officielles que pendant moins de cinq ans. Cependant, au plus fort de son aventure politique, on le voit souvent hésiter, reculer, s'efforcer à la prudence, comme s'il voulait se réserver pour de plus hautes tâches et un destin plus exaltant.

Malgré le grand malheur qui le frappe — le naufrage de sa

1. *Ibid.*, p. 53.
2. Par exemple, *ibid.*, p. 52 ; ou *Muqaddima*, VIe partie, chap. XIX, p. 951.
3. *Autobiographie*, p. 59.

famille au large d'Alexandrie — et l'hostilité à laquelle il se heurte lorsqu'il occupe la charge de grand cadi malikite, l'étape égyptienne, qui dure vingt-trois ans, est pour Ibn Khaldûn une période stable et féconde. Tous ses vœux semblent être comblés : sans être mêlé aux affaires, il jouit de l'estime et des faveurs du prince ; il trouve dans les bibliothèques et les archives du Caire les documents nécessaires à la poursuite de ses recherches, et il s'adonne à l'enseignement dans de nombreux établissements grâce au soutien bienveillant de son protecteur, le sultan az-Zâhir Barqûq. Il exerce six fois la charge de grand cadi — mais là encore, moins de cinq ans au total ! Sans être une fonction politique, cette charge était cependant une des dignités les plus importantes de l'État, et celui qui l'occupait était souvent invité au Conseil du sultan. Faut-il croire Ibn Khaldûn quand il déclare ne l'avoir acceptée que sur l'insistance du souverain mamelouk ? En tout cas, il prend sa tâche très au sérieux. Si, en politique, il se montre pragmatique et réaliste, en tant que juge il fait preuve de la plus grande rigueur. Le monde de la judicature, dans une ville aussi gigantesque que Le Caire, était à la fois très complexe et corrompu. Ibn Khaldûn y découvre surtout deux grandes plaies : les témoins et autres auxiliaires judiciaires, et les muftis, qui jouent un rôle capital dans les rouages de la justice. Il sévit avec la plus grande dureté contre la corruption des uns et des autres, et veille à l'application stricte de la loi, en restant « indifférent aux reproches, au prestige, à la puissance », en respectant « l'égalité des parties », en défendant « le droit du plus faible ». Malgré le mécontentement général qu'il suscite, il demeure inflexible durant les dix mois où il exerce pour la première fois sa charge. Il n'y sera rappelé que quatorze ans plus tard et, révoqué un peu plus d'un an après, à cause de l'hostilité que lui attire son attitude ; il y sera encore nommé à quatre reprises, et mourra en fonction.

Quand on évoque Ibn Khaldûn en tant qu'homme politique, on imagine une longue carrière dans l'exercice du pouvoir. On n'est pas peu surpris, lorsqu'on examine attentivement la chronologie, de constater que, sur cinquante-quatre ans de vie publique, il passe, comme nous l'avons dit, moins de dix ans dans l'exercice de fonctions officielles. Ce qui semble avoir été à l'origine de cette impression, c'est le sentiment qu'il avait lui-même de son destin, et qu'il a su nous communiquer dans son récit autobiographique. Il était incapable de concevoir sa vie autrement que dans les hautes sphères du pouvoir. L'alternative pour lui était simple : une vie de cour dans la proximité des rois, ou une vie de retraite, consacrée à la science.

L'œuvre scientifique.

Si son attirance pour la science était vraisemblablement très forte, au point de paraître l'emporter définitivement sur son ambition politique alors qu'il n'avait pas encore cinquante ans et que les portes du pouvoir lui restaient ouvertes, il ne voulait pas être un savant ordinaire. Dans quel domaine et comment briller dans les sciences à une époque fondamentalement conformiste, dominée par le souci de l'orthodoxie, où il était admis que les sciences religieuses et juridiques avaient atteint leur perfection, et où les sciences dites « rationnelles », sans être écartées, étaient entourées d'une lourde suspicion ?

Une entrée manquée ?

La première tentative sérieuse d'Ibn Khaldûn de se faire un nom, après des essais de jeunesse prometteurs mais peu concluants en théologie et en sciences philosophiques, est très curieusement en rapport avec un débat sur l'enseignement du soufisme, a priori bien éloigné de toute préoccupation mondaine. Pendant son séjour à Fès entre les années 774 et 776 (1372 et 1374), à peine un ou deux ans avant sa retraite à Qal'at Ibn Salâma, Ibn Khaldûn, apparemment sans y être invité, entreprend d'exposer publiquement sa réponse à une question adressée aux deux grands maîtres soufis de l'époque, al-Qabbâb et Ibn 'Abbâd, sur le point de savoir si, pour s'engager dans la voie du soufisme, on peut se contenter de lire des livres ou s'il convient de se mettre sous la direction d'un maître spirituel[1].

Il ne faut pas s'y tromper : dans la conjoncture de l'époque, le débat autour de cette question est fondamental. Impliquant de hautes personnalités comme le ministre et écrivain grenadin Ibn al-Khatîb et son ennemi, le grand juge al-Nubâhî, il est peut-être autant — si ce n'est plus — politique que religieux. Le *Shifâ' al-sâ'il*, qui résulte de la décision d'Ibn Khaldûn de participer à la controverse, est un traité sur le soufisme puissamment structuré, rigoureusement argumenté, et qui révèle une très vaste culture philosophique, juridique et religieuse. Ibn Khaldûn s'y montre sûr de lui, ne craignant pas de se mesurer aux esprits les plus éminents de la culture islamique, en adoptant une position originale, subtile et nuancée, qui se veut représentative d'une orthodoxie intelligente et du meilleur aloi. René Pérez, qui a traduit l'ouvrage en français et

1. Voir René Pérez, *Ibn Khaldûn, La Voie et la Loi*, Sindbad, 1991, p. 14.

lui a consacré une étude riche et pertinente, pense qu'en fin de compte ce qui en ressort avec le plus de force, c'est l'esprit de *faqîh* (« juriste ») d'Ibn Khaldûn, qu'il applique jusqu'au domaine de la vie intérieure, du « combat spirituel » dans lequel s'engage le soufi[1]. La remarque est judicieuse, mais il faut souligner, en outre, que, derrière l'attitude du juriste, on peut déjà voir, nous semble-t-il, une dimension d'un autre ordre. L'orthodoxie que défend Ibn Khaldûn avec une grande largeur de vue n'est pas seulement doctrinale : elle a aussi une visée plus profonde, politique et sociale. Elle traduit la position d'une élite politique éclairée qui, constatant les progrès irréversibles du soufisme dans la société du Maghreb, tente de l'intégrer officiellement et d'en définir la place.

Quoi qu'il en soit, bien que le *Shifâ' al-sâ'il* ait eu un retentissement certain en son temps et durant les quatre siècles qui ont suivi[2], il n'a pas eu de suite dans la carrière de notre auteur, et marque plutôt une fausse entrée en scène d'Ibn Khaldûn en tant que savant. La « science » à laquelle il entendait se consacrer était d'une tout autre nature. On doit l'imaginer durant de longues années penché sur de vastes lectures, accumulant observations et notes, préparant en secret un projet à la mesure de son ambition. Au-delà des savoirs connus et, d'une certaine façon, les englobant tous, ce n'est rien moins qu'une « science nouvelle » qu'Ibn Khaldûn affirme avoir inventée.

Le « Kitâb al-'Ibar » (Le Livre des Exemples).

Ce n'est pas de sa part simple rodomontade. On peut l'assurer sans aucune exagération aujourd'hui : Ibn Khaldûn est bien l'inventeur d'une « science nouvelle », une « science de la société humaine » (*'ilm al-ijtimâ' al-insânî*), comme il le proclame lui-même, en se plaçant dans le contexte global des cultures antique et médiévale du bassin méditerranéen.

Ibn Khaldûn s'est voulu l'auteur d'une œuvre unique : le *Kitâb al-'Ibar wa dîwân al-mubtadâ wa-l-khabar fî ayyâm al-'Arab wa-l-'Ajam wa-l-Barbar wa man 'âsarahum min dhawî as-sultân al-akbar* (*Le Livre des Exemples et le Registre des commencements et de l'histoire des Arabes, des non-Arabes et des Berbères, ainsi que des peuples les plus puissants parmi leurs contemporains*). C'est une histoire universelle axée autour des Arabes et des Berbères, mais précédée et traversée par une réflexion sur les exemples et les enseignements

1. Voir *ibid.*, p. 81.

2. Il est successivement mentionné par des auteurs tels qu'Ahmad Zarrûq al-Fâsî (mort en 899/1493), Abû Sâlim al-'Ayyâshî (mort en 1090/1679), 'Abd al-Qâdir al-Fâsî (mort en 1091/1680), Abû 'Abd Allâh al-Misnâwî (mort en 1136/1724) et Ibn 'Ajîba (mort en 1224/1809).

que l'on peut en tirer. Chez Ibn Khaldûn, le mot « exemples » (*'ibar*) a une acception plus large que celle qu'il a habituellement en français : il ne concerne pas seulement la morale, mais, plus fondamentalement, la politique, voire l'ordre humain en général, débouchant ainsi sur une théorie complexe et élaborée de la société humaine. À cette histoire universelle monumentale, il a travaillé pendant près de trente ans, depuis sa retraite volontaire à Qal'at Ibn Salâma en mars 1375, jusqu'aux derniers mois précédant sa mort, le 17 mars 1406.

La nouveauté de l'approche d'Ibn Khaldûn apparaît tant dans son Introduction théorique (la *Muqaddima*) que dans sa narration historique et sa conception de l'histoire universelle. Contrairement à ce qui a été souvent affirmé, il n'y a pas de fossé entre la *Muqaddima* et le reste du *Livre des Exemples* ; il s'agit simplement de registres différents. D'autre part, bien qu'Ibn Khaldûn préfigure d'une certaine manière les sciences sociales modernes, anthropologie ou sociologie, c'est par méconnaissance qu'on a vu en lui un génie détaché de sa société et de son temps, plus près de l'époque moderne que de son propre arrière-plan culturel. Pour comprendre l'originalité de son apport, il faut opérer un double changement de perspective : d'abord, en resituant l'historiographie arabo-musulmane dans son ensemble par rapport à l'héritage hellénistique et byzantin, dans une ligne d'évolution qui va de l'Antiquité gréco-romaine à Byzance, à l'Islam et au Moyen Âge occidental ; puis en replaçant l'œuvre d'Ibn Khaldûn dans le processus de développement de l'historiographie arabo-musulmane elle-même.

La « Muqaddima ».

C'est bien une anthropologie — une anthropologie générale et une anthropologie politique — qu'Ibn Khaldûn nous livre dans la *Muqaddima*. Mais il s'éloigne sur un point fondamental du point de vue moderne : il ne conçoit pas cette anthropologie comme une discipline indépendante et ouverte, mais plutôt comme une introduction à l'histoire. Ce faisant, il se situe à la fois en continuité et en rupture avec des historiens comme Hérodote, Polybe, Procope, Mas'ûdî ou Miskawayh. Pour lui, comme pour tous les historiens prémodernes, ce qui touche à l'anthropologie fait partie intégrante de l'histoire. La nouveauté de son approche, par laquelle il fait un pas décisif vers la conception moderne, est qu'il ne traite plus des questions d'anthropologie de façon incidente et secondaire, sous la forme de digressions ethnographiques ou géographiques, de descriptions des mœurs et des institutions religieuses, sociales ou politiques, de récits mythiques ou légendaires, de réflexions éparpillées sur la nature de l'homme et de la société : il en fait un objet à part entière, qu'il étudie pour lui-même et séparément. Il est conscient que c'est par là qu'il se distingue de ses prédécesseurs grecs, perses, ou arabo-musulmans. À cet égard, il est plus proche de l'époque moderne que des traditions antiques et médiévales. Cependant, il diverge du point de vue moderne dans la fonction qu'il assigne à sa « science de la société » qui, pour lui, n'a d'autre utilité que de fournir une base indispensable à la critique historique et de rendre ainsi une « histoire vraie » possible. L'idéal qu'il fixe à l'écriture de l'histoire est sans doute valable, en théorie, mais il est pratiquement inaccessible. Dans le même temps, en faisant de sa « science de la société » un préalable et un instrument pour la connaissance de l'histoire, il restreint la portée de l'anthropologie et, surtout, il l'enferme dans l'idée d'un achèvement possible, voire nécessaire. Cependant, sa démarche globale reste justifiable si l'on considère, comme lui, que l'histoire est essentiellement caractérisée par sa finitude, ayant un commencement et une fin assignables. Dans ce contexte, il paraît légitime de distinguer entre l'essence et l'accident, entre le permanent et le changeant ou, en des termes modernes, entre le synchronique et le diachronique, le structurel et l'historique. Cela dit, Ibn Khaldûn reste extrêmement attentif à l'évolution, au développement, au changement, dessinant chaque fois les perspectives historiques des différents objets qu'il étudie. Cette attitude nous vaut, à travers toute la *Muqaddima*, une histoire bien informée et pertinente des institutions sociales, politiques, économiques et culturelles de la société arabo-musulmane et de certaines institutions juives et chrétiennes.

En outre, il faut souligner deux autres limitations importantes, que l'analyse de l'œuvre khaldûnienne révèle clairement. Bien que poussant très loin son esprit universaliste, puisqu'il prend ses exemples dans toutes les sociétés connues à son époque, Ibn Khaldûn reste surtout attaché à l'armature conceptuelle, philosophique et juridique qui dérive des cultures hellénistique, iranienne, et arabe médiévale. À cet égard, on notera en particulier, d'une part, la présence massive de notions et de concepts aristotéliciens, galéniques, hippocratiques, et ptoléméens ; d'autre part, celle de tout l'appareillage conceptuel historiographique, géographique, juridique, littéraire et religieux arabo-musulman, ainsi que de postulats comme ceux qui font de la zone méditerranéenne, au climat et aux hommes « modérés » ou « tempérés », le centre naturel de la civilisation humaine, et de la civilisation urbaine l'aboutissement du progrès humain ; enfin, l'affirmation intangible selon laquelle le monothéisme constitue la religion par excellence, et l'Islam l'état le plus parfait des religions monothéistes.

Il convient de faire remarquer, en dernier lieu, cette chose en soi surprenante : un grand nombre d'idées, d'analyses, de concepts et de théories d'Ibn Khaldûn sont unanimement adoptés, même s'ils sont discutés et enrichis par les anthropologues, les sociologues et les historiens modernes des sociétés musulmanes. Ce phénomène exceptionnel peut s'expliquer de deux manières. Croyant inventer une « science de la société humaine » en général (*'ilm al-ijtimâ' al-insânî*), Ibn Khaldûn a en réalité dessiné les grandes lignes d'une anthropologie sociale ou politique des sociétés musulmanes, plus précisément des sociétés arabe et berbère — ce qui constitue tout à la fois le grand intérêt de la *Muqaddima*, mais aussi ses limites. D'autre part, la pensée anthropologique et historique qui s'exprime dans l'œuvre d'Ibn Khaldûn est décidément très proche de la nôtre par son naturalisme de principe et par la démarche globale, l'acuité de l'observation, les modes de raisonnement et la recherche de l'objectivité.

Le plan de la « Muqaddima ».

Après une préface et une longue introduction méthodologique sur la critique historique, la *Muqaddima* se développe selon une progression simple et rigoureuse : les fondements généraux de la société humaine, présentés dans un ensemble de six préambules portant sur la civilisation humaine en général et son caractère nécessaire, sur le milieu physique et son influence sur le caractère et le mode de vie des hommes, sur les formes de rapports que les hommes entretiennent avec le surnaturel (Ire partie) ; la civilisation rurale (*al-'umrân al-badawî*) et son aboutissement naturel, qui est la formation d'un pouvoir (*mulk*) centralisé dans les villes (IIe et IIIe parties) ; la civilisation urbaine (*al-'umrân al-hadarî*), son organisation, et les conditions de sa prospérité et de son déclin (IVe partie) ; les conditions économiques et technologiques qui accompagnent la civilisation urbaine (V^e^ partie) ; et enfin, les institutions culturelles : les sciences, l'éducation et l'enseignement, la langue et la littérature (VIe partie).

Il est impossible dans une courte présentation de rendre compte de toute la richesse de la *Muqaddima* et du fourmillement d'idées et de faits d'observation qui la caractérisent. On se contentera d'en donner ici un aperçu global à travers l'explication du concept de *'umrân*, avec ses deux branches de *'umrân badawî* et de *'umrân hadarî*, et d'indiquer brièvement un certain nombre de concepts clés qui jalonnent les analyses sociales, politiques, économiques, technologiques et culturelles développées dans l'ouvrage.

La civilisation en général ou « 'umrân ».

Le *'umrân*, terme déjà fréquent chez les géographes musulmans, est entendu comme le fait premier de « s'établir » sur la Terre : de l'occuper, de l'habiter, d'en prendre soin, de la cultiver, de la faire fructifier et prospérer, d'y construire et d'y établir des institutions[1]. Essentiellement lié aux conditions physiques, le *'umrân* est surtout caractéristique des zones « tempérées » du globe. En sont donc exclus les habitants des zones d'extrême froid ou d'extrême chaleur, qui sont, dans leur mode de vie, plus proches des animaux que des hommes.

Le *'umrân* est présenté par Ibn Khaldûn comme un fait d'institution divine : c'est Dieu, rappelle-t-il, qui a établi l'homme sur la Terre, faisant de lui son vicaire. C'est aussi Dieu qui a dispersé les hommes et les a distingués les uns des autres par les territoires, les langues, les coutumes, et les religions. L'homme est d'emblée saisi par Ibn Khaldûn dans son état d'homme civilisé ; mieux, il le définit essentiellement comme un être civilisé, ou à la suite des philosophes de tradition grecque, comme un « animal politique ». Il n'y a donc pas chez Ibn Khaldûn d'opposition entre la civilisation et un « état de nature » propre à l'homme « primitif », comme chez Bodin, Hobbes ou Rousseau. Certes, sous les climats extrêmes, on trouve des groupes humains vivant dans des conditions qu'on pourrait qualifier de « non civilisées » ; mais pour Ibn Khaldûn, ce sont des êtres qui, ayant été placés dans un milieu physique défavorable, régressent vers un « état d'animalité ». Si on les replaçait, suppose-t-il, dans les conditions propices des zones tempérées, ils retrouveraient progressivement leur humanité et se conduiraient comme les autres hommes.

Le *'umrân* est donc postulé comme quelque chose de nécessaire. Toutefois, sa nécessité n'est pas appréhendée du point de vue de l'évolution historique, mais plutôt d'un point de vue logique. Ibn Khaldûn considère le *'umrân* comme un fait existant et se demande quelles en sont les conditions de possibilité. Sa réponse est que celles-ci sont inscrites dans la nature de l'homme, tel qu'il a été créé et voulu par Dieu. Deux traits négatifs — l'obligation où est l'homme de se procurer de la

1. Voir Muhsin Mahdî, *Ibn Khaldûn's Philosophy of History, A Study in the Philosophic Foundations of the Science of Culture*, Londres, The University of Chicago Press, 1957, p. 184 et suiv.

nourriture pour survivre ; la faiblesse de sa constitution physique, comparée à celle des animaux, et donc la nécessité de se défendre contre leur agression éventuelle — engendrent la division du travail et la coopération, par ailleurs rendues possibles grâce à la faculté de penser dont Dieu a doté les hommes, mais non les autres animaux. Cependant, en raison de l'égoïsme et de l'agressivité — deux autres traits naturels qui pousseraient les hommes à se livrer une guerre s'ils étaient abandonnés à eux-mêmes —, un arbitrage (*wâzi'*) est nécessaire. C'est là que réside la racine du pouvoir et de l'ordre politique.

Le *'umrân* se développe dès lors selon deux directions possibles : soit en se concentrant sur la satisfaction des besoins de première nécessité, ce qui est indispensable à la survie des hommes, et c'est ce qui correspond à la « civilisation rurale » ou *'umrân badawî*, qui comprend non seulement les sociétés nomades du désert, mais toutes celles qui vivent dans l'espace ouvert en dehors des villes, qu'elles soient sédentaires ou nomades, agricoles ou pastorales, qu'elles occupent les plaines, les collines ou les montagnes ; soit en recherchant le superflu et le luxe dans tous les aspects de la vie, et en développant jusqu'à leur perfection les arts et les sciences, et c'est ce qui correspond à la civilisation urbaine ou *'umrân hadarî*, partout dans le monde où des villes ont été créées.

Il y a sans doute une relation d'antériorité à la fois logique et historique entre ces deux types de *'umrân*, dont l'un représente un stade embryonnaire de la civilisation, et l'autre la fin ultime de celle-ci et le point culminant à partir duquel commence un processus de déclin inéluctable. Ibn Khaldûn conçoit bien que l'homme fut d'abord un agriculteur ou un pasteur avant de devenir un citadin, marchand, artisan ou homme de science. Il rappelle et identifie comme des mythes les récits faisant remonter l'invention de l'agriculture à Adam, père de l'humanité, et les sciences et les techniques à une série de prophètes ultérieurs, dont le plus célèbre est Idrîs, qu'on a identifié avec Ezra (Esdras) ou Énoch. Mais cela nous fait remonter, laisse-t-il entendre, à la nuit des temps, dont nous ne savons que peu de choses, le plus souvent incertaines. Dans les temps historiques que considère Ibn Khaldûn et dont il tire ses exemples — ceux des Arabes et des Berbères, mais aussi des Rum (Grecs, Romains, Byzantins), des Turcs, des Perses, des Hébreux, des Chinois, des Indiens, des Francs et des Galiciens —, le système du *'umrân* suppose l'existence « simultanée » de ses deux formes *badawî* et *hadarî*, agro-pastorale et urbaine. L'intérêt d'Ibn Khaldûn ne se porte pas seulement sur l'évolution de l'un à l'autre, mais sur la dynamique de leurs rapports dans une histoire du monde où ils ont toujours coexisté, depuis des origines lointaines et obscures, jusqu'au temps présent.

L'ordre rural est essentiellement stable. Cependant, les deux éléments qui font sa force, une économie du nécessaire et l'égalité, peuvent devenir dans certaines circonstances des sources de faiblesse. L'économie du nécessaire peut se réduire à une économie de la pénurie. Les ruraux sont alors obligés de chercher ce dont ils ont besoin dans les zones plus riches, au besoin en faisant des raids. Par ailleurs, ils restent toujours dépendants de la technologie et de la haute culture de la ville. Cette situation est à l'origine de la rupture de l'équilibre social, car elle donne l'occasion à certains des membres et des clans de la société rurale de se distinguer, de dominer les autres et d'étendre progressivement leur pouvoir.

L'ordre urbain, à l'inverse, est fondamentalement instable. Formé d'une société atomisée, incapable d'assurer elle-même sa propre défense, il a politiquement besoin des chefs et de la milice issus du monde rural. Mais les uns comme les autres sont périodiquement usés par la nature corruptrice de la vie citadine, où l'on recherche le luxe, où règne une consommation effrénée, et où l'on se laisse dominer par les désirs, les plaisirs et les passions. D'autre part, l'ordre urbain, réalisant la fin de la civilisation, tend nécessairement vers le déclin et la mort de celle-ci. Ainsi l'ordre urbain et l'ordre rural, à la fois opposés et complémentaires, sont-ils intégrés dans un cycle d'évolution inéluctable.

Les concepts sociaux et politiques.

On serait bien déçu si l'on cherchait dans la *Muqaddima* des descriptions ethnographiques du type qu'a produit l'anthropologie sociale moderne. Ibn Khaldûn se présente moins comme un anthropologue de terrain que comme un penseur qui puise l'essentiel de son information dans les livres, qu'il s'agisse d'ouvrages d'histoire, de géographie, de droit, de philosophie, de théologie ou de littérature. Si les faits d'observation personnelle sont assez nombreux, ils n'émanent pas d'une démarche où l'enquête occupe une place centrale. Ils sont le plus souvent amenés par le cours d'une démonstration ou le développement d'une notion ou d'un concept. D'ailleurs, l'allure générale de la *Muqaddima* le montre clairement : les différents chapitres, souvent limités à quelques pages, qui composent les six parties de l'ouvrage, se présentent comme des démonstrations ou des illustrations des propositions théoriques qui servent de titres à ces chapitres.

Dans le système bipolaire du *'umrân* considéré par Ibn

Khaldûn, avec ses deux composantes rurale et urbaine, le *'umrân badawî*, ou civilisation rurale, apparaît surtout, on l'a vu, comme un réservoir de forces militaires et politiques, et le *'umrân hadarî*, ou civilisation urbaine, comme le lieu où ces forces sont mises au service d'un pouvoir centralisé, à la fois agent principal de l'épanouissement urbain et garant de la sécurité des villes. La force politique (et militaire) disponible dans le *'umrân badawî*, mais, pourrait-on dire, toute force politique en général, a sa source dans la *'asabiyya*, terme qu'on pourrait peut-être traduire dans son acception la plus large par le mot français « solidarité ». La *'asabiyya* elle-même s'enracine dans la *nu'ra*, qui exprime le sentiment primitif d'affection, d'union ou de fusion (*luhma*) que les hommes éprouvent envers leurs proches et leurs voisins, et qui les poussent à se porter à leur secours quand ils sont lésés, agressés ou humiliés.

La solidarité en milieu rural est plus développée qu'en milieu urbain. En milieu rural, l'absence d'un système de défense, due à la nature et aux conditions du mode de vie, et l'insécurité permanente qui en résulte font de la *'asabiyya* une nécessité absolue, qui seule peut assurer la survie des hommes. Tous les hommes adultes sont obligés de porter les armes en permanence, et cela, ajouté aux bonnes conditions sanitaires d'une vie de plein air, fait des ruraux des soldats vigoureux et intrépides, constituant une sorte d'armée permanente et bien entraînée. Au contraire, vivant à l'abri de leurs murs, confiant le soin de leur sécurité et de leur défense à leurs gouverneurs et à leurs milices, et corrompus par le mode de consommation urbain et par le luxe, les habitants des villes sont dépourvus de courage et de toute qualité guerrière. S'il existe entre eux une forme de solidarité, celle-ci se limite à des liens fragiles de parenté proche ou d'intérêt, et n'a guère de portée politique.

À partir de cette analyse du concept central de *'asabiyya*, qui met en lumière son caractère politique fondamental et sa distribution inégale entre l'ordre rural et l'ordre urbain, Ibn Khaldûn élabore une théorie complexe du pouvoir, ou *mulk*, de son origine et de sa formation, de son développement et de son déclin. Il y entre des notions comme celles de clan ou tribu (*qabîl*), lieu de cristallisation primitive de la *'asabiyya* autour d'un chef ; de clientèle (*istinâ'*), qui élargit la solidarité au-delà des limites de la famille, du clan et de la tribu d'origine ; de *hasab* et de *nasab*, illustration acquise par le mérite personnel ou héritée des ancêtres, qui est à l'origine de l'émergence de l'autorité des chefs aux différents niveaux de l'organisation sociale.

Le processus de formation du pouvoir, de son épanouissement puis de son déclin peut être réduit à un modèle cyclique simple : émergence d'une force tribale neuve qui s'empare du pouvoir, se consume dans le luxe et la corruption de la civilisation urbaine, puis disparaît au bout de trois ou quatre générations pour laisser place à une nouvelle force. Le but ultime de la *'asabiyya* — mais il ne se réalise que dans un nombre limité de cas — étant de conquérir le pouvoir le plus large possible, il s'agit, en s'appuyant sur le *hasab* ou le *nasab*, d'étendre de proche en proche l'autorité d'un petit groupe, famille ou clan, à l'ensemble social et au territoire le plus vaste. Cette hégémonie (*ghalaba*) qui, par le prélèvement des impôts et par le système du prestige (*jâh*), vise à s'emparer du surplus économique de la société est établie à la fois par des moyens pacifiques, comme la formation d'alliances (*hilf*) ou de clientèles (*istinâ'*), et par l'emploi de la force (*qahr*). Le plus souvent, elle trouve un appui et un stimulant décisifs dans la religion en adoptant une idéologie réformatrice. Mais selon l'exigence du système, la domination n'est jamais totale. Il reste toujours des tribus qui échappent à l'emprise du *mulk*, et dont le caractère irréductible se manifeste par le refus de payer l'impôt. Comme Ernest Gellner l'a relevé, Ibn Khaldûn propose une théorie de la circulation des élites tribales dans le cadre d'une structure politique formée de trois cercles concentriques : le premier comprend les tribus du gouvernement, qui lui sont attachées par des liens de parenté ou d'autres types de relations, et qui constituent son bras armé pour le prélèvement des impôts ; le second est celui des tribus qui se soumettent au régime fiscal ; le cercle extérieur, enfin, est formé par les tribus qui refusent de payer les impôts[1].

Les concepts économiques et technologiques.

Il faut d'abord souligner la place prééminente qu'occupe la dimension économique dans la *Muqaddima* : non seulement elle apparaît dans l'analyse des différents aspects de la vie de la société, mais Ibn Khaldûn consacre toute une partie à son étude. Il considère d'abord un niveau anthropologique, celui des « moyens d'existence », ou *ma'âsh*, qui prend en compte l'obligation faite à tout être humain de se procurer des moyens de subsistance. Il passe ensuite au niveau proprement économique, celui des *makâsib*, les acquisitions, prises en un sens général et abstrait, détachées de leur fonction concrète de satisfaction des besoins nécessaires. La distinction faite entre *rizq* et *kasb*[2], bien

1. Voir Ernest Gellner, *Muslim Society*, Cambridge, Cambridge University Press, 1981, p. 31.

2. Sur ces deux notions, voir la Ve partie, chap. 1, respectivement n. 4 et n. 2, p. 760.

que se référant à un contexte religieux, a un caractère purement économique, puisqu'elle est fondée sur l'opposition entre les acquisitions qui sont consommées et celles qui ne le sont pas. Dès lors, les *makâsib* sont considérées comme des cristallisations de la valeur, mesurées par la quantité de travail qu'elles supposent. Pour désigner le travail, Ibn Khaldûn utilise le terme *'amal*, au singulier, ou plus souvent le pluriel *a'mâl*. Ce terme est, de toute évidence, employé comme un concept abstrait, qui concerne à la fois les formes concrètes du travail telles qu'elles apparaissent dans les différents arts, et leur concrétisation en tant qu'acquisitions ou biens. Le travail est une composante intrinsèque des acquisitions, et sa quantité, on vient de le voir, sert à en définir la valeur. Les notions de valeur d'usage et de valeur d'échange sont présentes, mais seulement de façon implicite. Ibn Khaldûn n'a pas de concepts pour les exprimer en tant que telles. Elles sont incorporées d'une part dans la notion de *rizq*, acquisitions dont le trait principal est qu'elles sont consommées ; et d'autre part dans celle de *makâsib*, acquisitions, biens accumulés, destinés à entrer dans un processus d'échange.

Les activités économiques sont présentées dans une série de chapitres traitant successivement de l'agriculture, du commerce et des divers métiers artisanaux (*sanâ'i'*). Ibn Khaldûn précise que leur développement est déterminé d'une part par l'état de la civilisation et le degré de prospérité, et de l'autre par le marché.

Ibn Khaldûn a de l'économie une approche substantive au sens où l'entend Karl Polanyi[1]. Les descriptions et analyses des aspects économiques dans les IIIe, IVe et Ve parties de la *Muqaddima* laissent percevoir un système économique fait de la combinaison entre un système d'échange et un système de redistribution. Le premier est placé idéalement sous l'égide d'un marché auto-régulateur, mais est limité par les fréquentes interventions de l'État et par la compétition de son système de collecte et de redistribution du surplus. Le second système, fondé sur les impôts et sur le *jâh*, prestige émanant de l'exercice du pouvoir, est à son tour influencé par la monnaie et par le marché. L'équilibre entre les deux systèmes est précaire, et l'économie, considérée comme un tout, dépend du cycle d'évolution du *mulk*[2].

1. Voir Karl Polanyi, *The Livelihood of Man*, New York, San Francisco, Londres, Academic Press, 1977, p. 20.

2. Voir A. Cheddadi, *Ibn Khaldoun revisité*, Casablanca, Éditions Toubkal, 1999, p. 49-67.

Les concepts culturels.

La VIe partie, la plus longue de la *Muqaddima*, est assez hétéroclite : consacrée en principe aux sciences et à l'enseignement, comme l'indique son titre, elle comprend une théorie de la connaissance, une histoire des sciences religieuses et philosophiques, une théorie pédagogique et une histoire de l'enseignement dans le Maghreb et en Orient ; enfin, une théorie de l'apprentissage des langues, une histoire des langues dans le monde musulman, des développements importants sur les genres littéraires et la création poétique. Cet ensemble se clôt sur d'importants extraits de la poésie populaire des Arabes bédouins et des habitants des villes du Maghreb et de l'Orient.

Ibn Khaldûn n'a pas élaboré de théorie générale de la culture. Tout au plus propose-t-il des remarques sur la relation entre l'état de développement de la société et celui des sciences et des arts. Sa théorie de la connaissance, dont les concepts et les analyses sont hérités de la tradition philosophique gréco-arabe, n'apporte pas d'éléments vraiment originaux. L'histoire des sciences est intéressante dans la mesure où elle expose les débats fondamentaux qui ont jalonné leur développement et leur évolution dans le contexte musulman, qu'il s'agisse de sciences religieuses, comme la théologie ou le soufisme, ou de sciences anciennes, comme la philosophie, la médecine, les mathématiques, l'astronomie ou l'alchimie. Mais c'est surtout dans le domaine pédagogique et dans l'approche des problèmes liés à la langue et à la littérature qu'Ibn Khaldûn donne la mesure de son esprit novateur. S'il n'apporte pas une théorie complète de l'éducation, puisqu'il ne prend pas le concept d'éducation dans son acception générale, comme nous le faisons aujourd'hui[1], il propose le concept fondamental d'habitus (*malaka*) dans sa présentation de l'apprentissage et de l'enseignement. Par ailleurs, ses exposés sur l'histoire de la langue arabe, sur son épanouissement en tant que langue classique puis sur le recul qu'elle a connu après la chute des dynasties arabes d'Orient, ainsi que sur ses multiples formes parlées en milieu bédouin et dans les centres urbains des diverses régions du monde musulman, sont très pertinentes et constituent les témoignages les plus riches qui nous soient parvenus en ces matières. Enfin, il faut relever l'apport original d'Ibn Khaldûn à la théorie poétique arabe[2], notamment à

1. Voir *ibid.*, p. 75-91.
2. Voir Jamel Eddine Bencheikh, *Poétique arabe*, Éditions Anthropos, 1975 ; nouvelle édition, Gallimard, coll. « Tel », 1989.

travers ses analyses du concept de *dhawq* (« goût »), par lequel se juge le degré de compétence linguistique et poétique, et celui d'*uslûb* (« modèle » ou « schéma mental »), que l'écrivain, inconsciemment, déduit de sa connaissance intime de la littérature en vers ou en prose, et utilise dans sa propre production.

Une nouvelle conception de l'histoire universelle.

L'histoire universelle d'Ibn Khaldûn, à laquelle est consacrée la suite du *Livre des Exemples*, n'a pas joui jusqu'ici de la même reconnaissance que la *Muqaddima*. On a même cru y voir la trahison des principes méthodologiques et des concepts clés énoncés dans celle-ci. En fait, un examen attentif permet d'y découvrir la même veine novatrice[1].

Ibn Khaldûn, il est vrai, travaille à partir des mêmes matériaux que ses prédécesseurs musulmans, les *akhbâr*, qui désignent à la fois les « faits » historiques et les « récits » qui en sont produits. S'il cherche à vérifier et à critiquer les *akhbâr* sur la base de leur conformité avec les lois de la société et la réalité naturelle extérieure, il ne pense pas à les « construire » systématiquement — sauf dans la *Muqaddima*, où il procède souvent à une véritable « élaboration » des « faits » en un sens très moderne. Mais la nouveauté de son approche se révèle clairement dans sa conception de l'histoire universelle et dans l'organisation de son œuvre historique.

L'histoire universelle qu'écrit Ibn Khaldûn s'écarte de celle qu'on trouve aussi bien dans l'historiographie byzantine que dans les historiographies arabo-musulmane et médiévale occidentale. Dans ses formes byzantine ou médiévale occidentale, l'histoire universelle avait pour objet le monde depuis sa création jusqu'à l'époque de l'auteur. Elle présentait les événements dans le cadre d'une histoire du salut et d'un plan divin pour l'homme. Le même cadre chronologique fut repris par les historiens musulmans, avec cette différence qu'ils s'abstinrent de toute interprétation. Ibn Khaldûn conserve le même cadre chronologique et la même attitude de neutralité, mais apporte deux innovations importantes : en premier lieu, il définit l'objet de l'histoire universelle comme étant les nations, *al-umam*, en l'occurrence les Arabes et les Berbères et

1. Voir notre Introduction à Ibn Khaldûn, *Peuples et nations du monde*, extraits des *'Ibar*, Sindbad, 1986 ; et G. Martinez-Gros, « Ibn Khaldûn et la Sicile », *Il Mezzogiorno normanno-svevo visto dall'Europa e dal mondo mediterraneo*, Atti delle tredicesime giornate normanno-sveve, Bari, 21-24 ottobre 1997, edizioni Dedalo, 1999, p. 295-326.

les nations qui leur étaient contemporaines : Perses, Grecs, Romains, Byzantins, Hébreux, Égyptiens, etc. ; en second lieu, pour appréhender ces nations, il leur applique une grille nouvelle : origine et généalogies, territoires, mode de vie, traits distinctifs et, surtout, pouvoir. Utilisant les catégories aristotéliciennes de forme et de matière, il conçoit le rapport entre pouvoir politique et société comme celui de la forme à la matière, indissolublement liées l'une à l'autre. Le pouvoir est ainsi pour lui la force organisatrice et structurante essentielle de la société. Dans l'histoire qu'il retrace des différentes nations, il étudie l'origine et les causes de leur pouvoir, son commencement, son développement et son déclin. De cette façon, il naturalise l'histoire, dont il tente de dégager les lois de développement, et rompt ce faisant aussi bien avec l'approche interprétative des historiographies byzantine et médiévale occidentale qu'avec l'historiographie descriptive arabo-musulmane, en faveur d'une approche qui se situe dans la ligne de la tradition de Thucydide et de Polybe et présente des similitudes frappantes avec l'historiographie moderne.

Le Livre des Exemples est composé de trois livres : après l'Introduction à l'histoire (la *Muqaddima*), qui constitue le livre I, les suivants sont consacrés à la narration d'une histoire universelle organisée autour des Arabes en Orient (livre II), et des Arabes et des Berbères en Occident (livre III). L'histoire des autres nations — les Juifs, les Babyloniens, les Coptes, les Perses, les Rum (Grecs, Romains, Byzantins), les Francs, les Turcs, les Noirs — ne trouve une place dans le récit que dans la mesure où ces nations ont eu des rapports avec les Arabes ou les Berbères. L'Inde, la Chine, ainsi que les nations du nord de l'Asie et de l'Europe — Jîls, Khazar, Alains, Bulgares, Slaves, etc. —, ne sont jamais évoquées, contrairement à une tradition historiographique arabe qui remonte à al-Ya'qûbî au IIIe/VIIIe siècle. Le récit relatif aux divers ensembles de nations est ordonné selon un principe généalogique, que soutiennent parfois les concepts de *tabaqa* (« âge historique »), et de *jîl* (« génération », « époque »). Ainsi, les Arabes et les Perses sont présentés selon quatre âges, ce qui permet de saisir leur histoire dans la continuité. Pour les groupes de nations les plus importantes, un tableau d'ensemble, placé en guise d'introduction aux parties les concernant, retrace leur destinée.

Dans le récit de l'histoire des Arabes, un des aspects les plus originaux de l'approche d'Ibn Khaldûn est l'intégration de l'histoire du Prophète, de l'avènement de l'islam, et de la formation de l'empire arabe dans l'histoire des Arabes du « troisième âge », considérée dans la longue durée, depuis

Ismaël, fils d'Abraham, jusqu'à la chute de Bagdad sous les coups des Tatars en 1258. Des aperçus synthétiques d'une grande puissance de suggestion sont donnés à chacune des principales articulations de cette histoire : d'abord dans le cadre de l'introduction générale à cette partie ; ensuite en prélude aux récits sur l'avènement de l'islam, la fondation de l'empire arabe par les Omeyyades, la révolution 'abbâsside, et la désintégration du pouvoir des califes. Par ailleurs, de nombreux et remarquables développements sont consacrés ici et là aux institutions, aux rapports de force ou à des événements significatifs, comme l'arabisation de l'administration, l'institution de la monnaie ou la fondation des grandes capitales.

L'histoire d'Israël, très documentée, suit de près la Bible pour tous les épisodes qui y sont traités, comme, par exemple, l'histoire de Moïse. L'histoire des Perses reste fidèle à la tradition des historiens arabes depuis ad-Dînawarî, en passant par al-Ya'qûbî, at-Tabarî et al-Mas'ûdî, mais Ibn Khaldûn met davantage l'accent sur les faits politiques, et introduit une division en quatre « âges », comme pour les Arabes. Pour l'histoire ancienne, il réalise la synthèse la plus complète qui nous soit parvenue des connaissances que les musulmans possédaient sur les faits politiques et militaires relatifs à l'Antiquité gréco-romaine, à l'Empire byzantin et au christianisme primitif. Pour compléter les informations qu'il trouve chez at-Tabarî et al-Mas'ûdî, il met largement à contribution Orose et un certain nombre d'historiens arabes chrétiens. Tout ce qui concerne les croisades est intégré à l'histoire du Moyen-Orient et de l'Ifrîqiya. Les Francs sont considérés comme les héritiers des Rum, et l'apport le plus remarquable d'Ibn Khaldûn concerne ici l'Espagne chrétienne et le Portugal, traités dans la partie consacrée à l'Espagne musulmane (al-Andalus). Des notations particulièrement pertinentes apparaissent, enfin, à propos des rapports de force entre musulmans et chrétiens en Méditerranée, et de leur renversement en faveur de la rive nord à partir du XIe siècle.

Mais, sans conteste, la partie la plus riche et la plus originale est celle consacrée à l'histoire des Arabes et des Berbères du Maghreb. On y voit, à l'évidence, que les informations sont plus complètes, et plus variées : outre des sources écrites, Ibn Khaldûn utilise des archives et des témoignages de première main, exploite les données qu'il a recueillies au cours de ses pérégrinations à travers le pays, et s'appuie sur une tradition orale vivante.

La postérité d'Ibn Khaldûn dans le monde musulman avant l'époque moderne.

Il est généralement admis qu'Ibn Khaldûn n'a eu de postérité notable ni au Maghreb ni dans le monde musulman d'une façon générale, et qu'il a fallu attendre le XIXe siècle pour que l'originalité de son apport soit pleinement reconnue. Ce jugement est exact dans l'ensemble, mais il mérite d'être nuancé et explicité.

Qu'on lui ait au moins reconnu une certaine valeur en tant qu'historien et comme l'une des personnalités les plus marquantes de son temps, cela ressort clairement du fait qu'il figure dans les plus grandes compilations biographiques maghrébines et égyptiennes de son époque[1]. Mais ni sa prétention d'avoir été l'inventeur d'une « science nouvelle » ni ses positions théoriques les plus novatrices n'ont été relevées. Ibn al-Khatîb, il est vrai, déjà bien avant la rédaction de la *Muqaddima*, remarquait dans le portrait moral qu'il dressait d'Ibn Khaldûn sa disposition à « la recherche rigoureuse » (*sadîd al-bahth*) et à « une juste conception des choses » (*sahîh al-tasawwur*)[2] ; de son côté, à peu près à la même époque, son autre biographe maghrébin, Ibn al-Ahmar, louait « sa méthode [...] grâce à laquelle il est arrivé presque au sommet de la recherche personnelle[3] ». Mais il ne semble pas que la publication de la *Muqaddima* à Tunis en 783/1381 ait suscité la moindre discussion de fond. Ibn Khaldûn nous dit lui-même qu'il a dédié son œuvre au souverain hafside de l'Ifrîqiya, Abû al-'Abbâs Ahmad, que des étudiants affluèrent en grand nombre à ses conférences, excitant la jalousie d'Ibn 'Arafa, un de ses anciens condisciples plus âgé, et qu'il fut en butte à des calomnies et à des intrigues de la part de ce dernier et de ses partisans. Toutefois, il ne dit rien de l'accueil fait à son travail. Tout ce que l'on peut affirmer, c'est qu'il ne provoqua ni hostilité déclarée ni enthousiasme excessif[4].

En Égypte, Ibn Khaldûn semble avoir éveillé des senti-

1. Les notices biographiques musulmanes médiévales relatives à Ibn Khaldûn ont été réunies par 'Abd al-Rahmân Badawî dans son *Mu'allafât Ibn Khaldûn* (*Les Œuvres d'Ibn Khaldûn*), cité p. XVII, n. 1.

2. Voir Lisân al-dîn Ibn al-Khatîb, *al-Ihâta fî akhbâr Gharnâta*, citation dans Badawî, *Mu'allafât Ibn Khaldûn*, p. 300-301.

3. Voir Ismâ'îl Ibn Yûsuf Ibn al-Ahmar, *Nathîr farâ'id al-jumân fî nazmi fuhûl al-zamân*, cité par Badawî, *Mu'allafât Ibn Khaldûn*, p. 320.

4. L'historien marocain al-Manûnî signale qu'on trouve les traces d'une influence de la *Muqaddima* dans trois des ouvrages d'un contemporain marocain d'Ibn Khaldûn, Muhammad Ibn Abî Ghâlib Ibn al-Sakkâk (mort en 818/1416). Les exemples qu'il donne montrent que ce dernier retient surtout

ments contrastés : admiration ou vive hostilité. Si son éloquence (*fasâha*), allant jusqu'à la volubilité (*tafawwuh*), et l'attrait magique de sa conversation étaient unanimement — mais non sans quelque ironie — admirés, la tournure de son esprit irritait plutôt. Ibn Hajar al-'Asqalânî, un des traditionnistes et historiens égyptiens les plus éminents du XVe siècle, qui, jeune, avait assisté à ses conférences (privées) d'histoire, stigmatise son refus de « s'habiller comme les juges de ce pays », et son « esprit de contradiction en toutes choses[1] ». Il relève des attitudes qui témoigneraient de son orgueil, de son mépris des autres, de son arrogance envers les notables, et rapporte que certains lui attribuaient, surtout vers la fin de sa vie, des mœurs libertines[2]. En revanche, notre historien ne manque pas d'admirateurs qui, à l'instar d'un certain al-Bâ'ûnî, lequel l'avait accompagné en Syrie lors de l'expédition du roi d'Égypte contre Tamerlan et le voyait souvent au Caire, le regardaient comme un homme d'exception (*kâna min 'ajâ'ibi al-zamân*[3]).

Ibn Khaldûn lui-même ne nous donne pas, sur l'accueil qui fut réservé à son œuvre en Égypte, plus d'indications qu'il n'en a fournies pour le Maghreb. Toutefois, nous en avons d'assez larges échos chez ses biographes. Il nous apprend, par ailleurs, que « l'enseignement et la recherche » furent ses principales occupations pendant ses années égyptiennes : enseignement officiel du droit, des fondements du droit et de la Tradition prophétique dans les institutions les plus prestigieuses du Caire, comme la mosquée al-Azhar, les collèges al-Qamhiyya (1384), al-Zâhiriyya (1385), et Sarghatmish (1389) ; sans aucun doute, conférences sur l'histoire, peut-être sur le contenu de la *Muqaddima*, selon toute probabilité dans un cadre privé, l'histoire n'étant pas alors considérée comme une discipline d'enseignement. Un de ses disciples, Muhammad Ibn 'Ammâr, a laissé une description assez détaillée de sa méthode d'enseignement des fondements du droit. Ibn Khaldûn, raconte-t-il, suivait la « méthode des anciens, comme le Guide al-Ghazâlî, ou al-Fakhr al-Râzî », et critiquait les « modernes », qui s'attachaient au « marchandage sur les mots », « aux définitions et aux aspects formels », à la suite de 'Adud ad-dîn al-Ijî[4].

des idées générales sur l'importance des qualités morales dans la conduite de la politique (voir Muhammad al-Manûnî, *Waraqât fî hadârat al-Marîniyyîn*, Rabat, 1996, p. 378-379).

1. Ibn Hajar, *Raf' al-isr 'an qudât Misr*, cité par Badawî, *Mu'allafât Ibn Khaldûn*, p. 329.
2. *Ibid.*, p. 330.
3. Voir Badawî, *Mu'allafât Ibn Khaldûn*, p. 319.
4. Voir al-Sakhâwî, *al-Daw' al-lâmi'*, cité par Badawî, *Mu'allafât Ibn Khaldûn*, p. 345.

D'une façon générale, l'importance de la partie proprement historique de l'œuvre d'Ibn Khaldûn est reconnue par les savants égyptiens, mais non sans des réserves parfois sévères. Ici encore, c'est Ibn Hajar al-'Asqalânî qui donne le ton : « Ibn Khaldûn composa sa grande *Histoire* en sept gros volumes, où il fit preuve de hautes qualités et d'une grande habileté. Mais il n'avait pas une connaissance exacte des informations historiques, en particulier de celles qui concernent l'Orient. Cela apparaît avec évidence à quiconque examine son texte[1]. » Ce jugement est repris par les autres biographes d'Ibn Khaldûn qui, cependant, lui concèdent quelquefois, comme al-'Aynî, « l'exactitude des informations relatives à son pays[2] ». En fait, le seul reproche concret qui lui soit fait est d'avoir affirmé, contre l'opinion généralement admise à cette époque en Égypte, l'authenticité de l'ascendance 'alide des Fâtimides. Un traditionniste éminent, Abû l-Hassan al-Haythamî, maître d'Ibn Hajar, était particulièrement monté contre lui, parce qu'Ibn Khaldûn aurait eu une attitude secrètement hostile à l'égard des descendants de 'Ali : il aurait renié une première version de son *Histoire*, où se trouvait, d'après son détracteur, une phrase malveillante envers al-Husayn, fils de 'Alî[3].

Quant à la *Muqaddima*, nous ne disposons que de trois témoignages directs sur sa réception en Égypte : ceux, laudatifs, d'al-Maqrîzî et d'Ibn 'Ammâr, tous deux élèves d'Ibn Khaldûn, et celui d'Ibn Hajar, qui est en fait un commentaire, plutôt hostile, de la notice consacrée par al-Maqrîzî à l'ouvrage.

Pour al-Maqrîzî, la *Muqqadima* « est une œuvre sans pareille, et rares sont les chercheurs qui peuvent atteindre le niveau où elle s'est hissée. Car elle constitue la crème des connaissances et des sciences, et est le résultat d'un esprit sain et d'une grande intelligence. Elle nous fait connaître l'essence des choses, nous présente les événements et les informations historiques dans leur vérité, exprime les conditions de l'être, et nous informe sur les fondements de toute chose existante avec des mots plus beaux que les perles et plus délicats que l'eau caressée par le zéphir[4] ». Ibn 'Ammâr souligne également le caractère incomparable et encyclopédique de l'ouvrage, et le place au même rang que trois des plus grandes œuvres litté-

1. Voir Ibn Hajar al-'Asqalânî, *Inbâ' al-ghumr bi-abnâ' al-'umr*, cité par Badawî, *Mu'allafât Ibn Khaldûn*, p. 333.

2. Al-'Aynî, *'Iqd al-jumân fî ta'rîkh ahl al-zamân*, cité par Badawî, *Mu'allafât Ibn Khaldûn*, p. 335.

3. Voir Ibn Hajar, *Raf' al-Isr 'an qudât Misr*, cité par Badawî, *Mu'allafât Ibn Khaldûn*, p. 331. La phrase incriminée est : « [al-Husayn] fut tué par l'épée de son grand-père ».

4. *Ibid.*, p. 343.

raires et historiques de la culture arabe : le *Kitâb al-aghânî* d'al-Isbahânî, le *Târîkh Baghdâd* d'al-Khatîb al-Baghdâdî, et le *Hilyat al-awliyâ'* d'Abû Nu'aym[1]. Mais, pour Ibn Hajar, il n'y a rien de vrai dans tous ces éloges, si ce n'est « la rhétorique et le jeu de mots à la manière d'al-Jâhiz ».

Ainsi, si l'on en croit ce peu de témoignages, la réception de l'œuvre d'Ibn Khaldûn, dans son double aspect historique et théorique, tant dans l'Occident musulman qu'en Orient, n'est pas sortie du cadre habituel où s'équilibrent les appréciations positives et négatives, même si son auteur a été fortement controversé. Les jugements sur son « Histoire », qualifiée de « grande » (*târîkh kabîr*) ou de « bonne » (*târîkh malîh*), et les quelques critiques qui lui ont été adressées ne lui reconnaissent aucune originalité ni aucune déviation particulière. Et s'il est vrai qu'une première version de l'œuvre fut reniée par Ibn Khaldûn, comme le signale Ibn Hajar, son plus virulent critique, nous ne disposons d'aucun autre écho sur les débats qui ont pu naître à cette occasion. Il est pourtant vraisemblable que la *Muqaddima* comme telle ait suscité de vives réactions, mais ce que nous avons conservé des déclarations faites à son sujet reste malheureusement très général. Tout ce que l'on peut en déduire, c'est que certains des disciples les plus proches d'Ibn Khaldûn ont peut-être perçu l'importance théorique et la valeur scientifique de cette œuvre, mais que leur avis était loin d'être partagé, comme le laisse entendre le ton de la plupart des biographes.

Les élèves d'Ibn Khaldûn reconnus comme tels dans les compilations biographiques sont au nombre d'une douzaine[2], la plupart d'entre eux s'étant spécialisés par la suite dans le droit et les fondements du droit. Dans la notice biographique qu'al-Sakhâwi consacre à l'un d'eux, Ibn 'Ammâr, dans son *al-Daw' al-lâmi'*, il est dit explicitement qu'il assista aux conférences d'Ibn Khaldûn sur la *Muqaddima*. Mais, à examiner la liste des ouvrages d'Ibn 'Ammâr, cela ne semble guère l'avoir influencé dans sa carrière intellectuelle. Al-Maqrîzî, qui a laissé une œuvre historique remarquable par la richesse de son information, surtout pour ce qui a trait à l'histoire de l'Égypte, de ses institutions et de ses monuments, ne met pas non plus à profit de façon significative les théories d'Ibn Khaldûn sur l'histoire et la société[3].

1. Al-Sakhâwî, *al-Daw' al-lâmi'*, cité par Badawî, *Mu'allafât Ibn Khaldûn*, p. 345.
2. Sept d'entre eux ont fait l'objet de notices biographiques chez les compilateurs du XVe siècle ; un seul est d'origine maghrébine : Muhammad Ibn Ahmad Ibn Muhammad Ibn Marzûq, mort en 1438-1439/842.
3. Voir Nasser Rabbat, « Was Maqrîzî's *Khitat* the first Khaldunian History ? », Actes du colloque sur « Perspectives on Ibn Khaldûn and his Time », 9-10 mai 2002, université de Harvard, Centre des études du Moyen-Orient, à paraître.

Au cours des siècles suivants, avant l'époque moderne, *Le Livre des Exemples*, en particulier la partie relative au Maghreb, continue d'être lu et cité[1]. On trouve en effet des références à cette œuvre chez les historiens et hommes de lettres du Maghreb, même chez les plus obscurs d'entre eux, comme l'auteur de la *Rihla de Tasaft*, un lettré berbère du Haut-Atlas qui vécut dans le premier quart du XVIIIe siècle[2]. En Orient, à la fin du XVe siècle, al-Sakhâwî mentionne *Le Livre des Exemples* dans sa bibliographie des historiens musulmans depuis les origines[3] ; d'autre part, les troisième et quatrième volumes de l'ouvrage sont traduits en turc en 1859 par le grand homme d'État et numismate ottoman 'Abd al-Latîf Subhî Pacha[4], qui en donne un complément[5] en deux volumes, publié en 1861. La *Muqaddima* semble, en revanche, avoir été utilisée de façon plus limitée. Les exemples connus sont assez peu nombreux : le premier, qui se situe dans l'Occident musulman, est celui de l'Andalou Ibn al-Azraq (mort à Jérusalem en 1496), grand cadi de Grenade et écrivain fécond qui avait vécu les derniers moments du royaume de Grenade. Son *Badâ'i' al-silk fî tabâ'i' al-mulk*[6] affiche une ambition purement pratique : présenter aux princes et aux responsables politiques « un résumé de ce qui a été écrit sur le pouvoir, le gouvernement et la politique ». Le plan est prometteur : après une introduction sur le pouvoir du point de vue de la raison et de la loi religieuse, il annonce quatre parties consacrées successivement à l'essence du pouvoir royal et califal et de toutes les formes de commandement, aux bases concrètes du pouvoir, aux conditions de son exercice et, enfin, aux obstacles et aux accidents qui entravent son édification et sa pérennité. La conclusion porte sur l'organisation et la gestion de la vie matérielle d'une part, et sur la question du gouvernement des hommes de l'autre. Il est clair que l'auteur a une connaissance approfondie de la *Muqaddima*, qui constitue la référence première et la plus abondamment citée dans la plupart de ses développements, à côté d'autres penseurs politiques grecs, perses et arabes. Mais

1. Voir notamment al-Maqqarî (mort en 941/1632), *Nafh al-tîb*, Beyrouth, Dâr Sâdir, 1408/1988, et Ahmad Bâbâ al-Tanbuktî, *Nayl al-ibtihâj* (ouvrage composé en 1005/1597).

2. Voir *Rihla de Tasaft*, Rabat, s.d.

3. Voir al-Sakhâwî, *al-i'lân bî al-tawbîkh li-man dhamma ahla al-târîkh*, cité par F. Rosenthal, *A History of Muslim Historiography*, trad. arabe par Sâlah Ahmad al-'Alî sous le titre *'Ilm al-târîkh 'ind al-muslimîn*, Beyrouth, 1403/1983.

4. *Miftâh al-'ibar*, Istanbul, 1276/1859.

5. Subhî Pacha, *Takmilat al-'Ibar*, Istanbul, 1278/1861.

6. Voir l'édition de 'Alî Sâmî al-Nashshâr, 2 vol., République iraquienne, 1977.

si une partie importante des concepts généraux comme ceux de *'asabiyya* et de *'umrân*, ainsi qu'un certain nombre de définitions, d'idées et d'analyses khaldûniennes sont intégrées dans l'ouvrage d'Ibn al-Azraq, la perspective théorique générale est perdue de vue. Ce qui surnage finalement de la *Muqaddima*, ce sont des recettes politiques dans la tradition de la littérature « des miroirs des princes ».

En Orient, c'est surtout chez les Turcs ottomans que la *Muqaddima* va rencontrer le plus grand succès. Dès la fin du XVIe siècle, on sait que Weysi, un des savants et poètes ottomans les plus éminents, en acquiert une copie au Caire[1]. Au siècle suivant, l'ouvrage figure dans le *Kashf al-zunûn*, compendium bibliographique du polygraphe Kâtib Celebi (mort en 1657), lequel reconnaît d'autre part s'être inspiré des idées d'Ibn Khaldûn dans son *Destûr ül 'amel li-islâh il halel*, où il fait des propositions de réforme de l'empire, et Khalîl Pacha Zâdeh aurait, semble-t-il, tenté d'imiter la *Muqaddima* dans son *Târîkh Tab'î Effendi*. Vers la fin du XVIIe siècle, Mustafâ Na'îmâ (mort en 1716) exprime une grande admiration pour l'historien maghrébin, qu'il met à contribution dans ses réflexions sur le pouvoir ottoman, exposées dans son *Târîkh*[2], et Münaccimbashi (mort en 1702) lui emprunte sa méthode de recherche historique. Au XVIIIe, Ibn Khaldûn devient une figure populaire parmi les savants et historiens ottomans. La *Muqaddima* est traduite partiellement par Mehmet Sâhib Pirî Zâdeh (mort en 1749), dont le travail sera complété au XIXe siècle par Jevdet Pacha.

Le mouvement d'intérêt pour Ibn Khaldûn dans l'Empire ottoman au cours de la deuxième moitié du XVIIe siècle et au XVIIIe siècle semble correspondre à une période féconde de l'historiographie ottomane, animée par le souci d'observer et d'analyser de manière réaliste les faits politiques et sociaux, en vue de remédier au déclin de plus en plus évident de la dynastie au pouvoir[3]. Si un tel mouvement prouve que l'œuvre d'Ibn Khaldûn a continué d'avoir un écho et d'exercer une certaine influence dans la culture musulmane jusqu'à une période relativement tardive, contrairement à ce qui a été parfois affirmé, il n'apporte en lui-même rien de nouveau sur le plan théorique. Chez les historiens et les réformateurs ottomans,

1. Voir Franz Rosenthal, *The Muqaddimah*, Princeton, Princeton University Press, 1958 ; rééd. 1967, t. I, p. XCIV.

2. Na'îmâ, *Târîkh-i Na'îmâ*, 6 vol., Istanbul, 1281-1283/1864-1866, t. I, p. 33-44.

3. Voir Cornell Fleischer, « Royal Authority, Dynastic Cyclism, and "Ibn Khadûnism" in Sixteenth-Century Ottoman Letters », dans *Ibn Khaldûn and Islamic Ideology*, éd. Bruce B. Lawrence, Leyde, E. J. Brill, 1984.

comme chez le penseur politique andalou de la fin du XVe, Ibn Khaldûn a pu nourrir la réflexion, mais sa pensée historique et sa théorie de la société n'ont jamais pu connaître de développement au-delà de la simple citation ou, au mieux, d'une application mécanique.

Ibn Khaldûn, aujourd'hui.

La redécouverte d'Ibn Khaldûn par le monde moderne date du début du XIXe siècle. Partie de France avec Silvestre de Sacy, elle gagna le reste de l'Europe et se propagea jusqu'aux pays musulmans à partir de la deuxième moitié du siècle. Pendant une assez longue période, les savants occidentaux ne surent pas qui ils devaient mettre à contribution en priorité, de l'historien — qui apportait des éléments précieux d'information sur le Maghreb, la Sicile, et l'Espagne, et servait ainsi indirectement le projet colonial —, ou du théoricien de la société, dont on n'avait pas encore saisi toute l'importance. Il reste que, si on excepte les extraits de la *Muqaddima* connus dès 1810, ce fut la partie du *Kitâb al-'Ibar* traitant de l'histoire du Maghreb qui fut d'abord éditée et traduite[1]. Cependant, plus discrètement, la *Muqaddima* ne tarda pas à retenir l'attention des savants et à atteindre un certain public cultivé. Ainsi, à la fin du XIXe siècle, les idées khaldûniennes sur la société étaient connues d'Engels[2] qui en présenta une vue succincte dans sa « Contribution à l'histoire primitive du christianisme » publiée dans la revue *Die Neue Zeit* (*Les Temps nouveaux*) en 1894-1895.

Le XXe siècle a fait un usage intensif d'Ibn Khaldûn. Son modèle d'analyse de la société maghrébine et arabe en général, ainsi qu'une grande partie de ses concepts sociaux et politiques ont rencontré un grand écho chez les sociologues et les anthropologues. À cet égard, il figure aux côtés de Tocqueville, de Masqueray, de Durkheim, d'Evans-Pritchard, de Montagne, de Hart et de Gellner, pour ne citer que quelques-uns des historiens, ethnologues ou anthropologues qui ont été directement influencés par ses idées, ou ont travaillé sur les

1. Les étapes de la redécouverte d'Ibn Khaldûn sont retracées dans les Repères chronologiques, p. LIV-LVIII.

2. Voir E. Gellner, « The Maghreb as a Mirror for Man », *Anthropology and Politics, Revolutions in the Sacred Grove*, Oxford, Blackwell Publishers, 1995, p. 202-211. Engels intégra l'analyse par Ibn Khaldûn de la société maghrébine dans sa vision dichotomique de l'histoire garantissant le progrès à l'Occident et assignant à l'Orient une stagnation cyclique ; il avait probablement pris connaissance de la traduction de la *Muqaddima* par de Slane par l'intermédiaire du savant russe Kovalevski.

mêmes matériaux nord-africains. Ernest Gellner, notamment, dont le travail sur les sociétés nord-africaines et arabes en général a fait date, prend essentiellement appui sur ses concepts et ses analyses pour établir sa théorie anthropologique de la société musulmane[1]. Mais, tandis que l'importance scientifique de la *Muqaddima* était parfaitement reconnue, on ne vit dans la partie historique du *Livre des Exemples* (par ailleurs très partiellement étudié) qu'une source d'informations, peut-être un peu mieux organisée et plus riche — surtout en ce qui concerne l'histoire du Maghreb — que la moyenne des ouvrages des historiens musulmans ; et l'apport d'Ibn Khaldûn en tant qu'historien demeure jusqu'à ce jour largement méconnu.

Ibn Khaldûn était parfaitement conscient que son œuvre opérait une rupture avec toute la tradition antérieure de réflexion sur la société et sur l'histoire, y compris avec les deux traditions grecque et perse[2]. Cependant, il ne prétendait nullement avoir produit une science achevée. Il avait ouvert la voie, et espérait qu'après lui d'autres savants poursuivraient son entreprise :

> « Quant à nous, Dieu nous a favorisé de Son inspiration. Il nous a fait découvrir une science dont Il nous a fait l'interprète sincère et exact. Si j'ai pu exposer toutes les questions de cette science et distinguer ses points de vue et ses objectifs de ceux de toutes les autres disciplines, c'est grâce à l'aide et à la bonne direction de Dieu. Si j'ai omis un point quelconque, ou si j'ai confondu certains de ses problèmes avec ceux d'une autre discipline, c'est au critique rigoureux de redresser ces fautes ; mais on me reconnaîtra un mérite : celui d'avoir ouvert la route et indiqué la direction à suivre. Dieu guide par Sa lumière qui Lui plaît[3]. »

À l'évidence, son vœu ne fut pas complètement exaucé, en tout cas dans le cadre de l'Islam, au cours des quatre siècles qui suivirent sa mort. Il devient dès alors inévitable de reposer les questions lancinantes qui n'ont cessé de hanter les chercheurs depuis maintenant deux siècles : pourquoi l'œuvre d'Ibn Khaldûn, en particulier la *Muqaddima*, n'a-t-elle pas eu l'écho et les suites qu'elle méritait parmi ses contemporains et les générations suivantes de la société musulmane ? Comment expliquer l'émergence d'une œuvre à ce point en avance sur

1. E. Gellner, *Muslim Society*.
2. Voir *Muqaddima*, p. 255 et suiv.
3. *Ibid.*, p. 259.

son temps ? Pourquoi, en revanche, a-t-elle rencontré la reconnaissance du monde moderne ?

Ces questions apparemment simples deviennent redoutables si l'on tente d'y apporter des réponses circonstanciées. Pour répondre à la première, c'est tout l'Islam en tant que civilisation et en tant que culture qu'on est appelé à examiner ; pour répondre aux deux autres, c'est toute l'évolution du monde moderne et du rapport qu'a entretenu avec cette évolution l'Islam qu'il est nécessaire d'interroger. On comprendra que dans le cadre de cette présentation nous nous contentions d'ouvrir quelques pistes, de poser quelques jalons.

On peut tout d'abord avancer ce truisme : si les sociétés et la culture musulmanes n'ont pas donné de suite notable à l'œuvre d'Ibn Khaldûn, à son époque et au cours des trois ou quatre siècles qui ont suivi, c'est qu'elles n'avaient pas un intérêt majeur à le faire, que cela ne représentait pour elles ni une question vitale ni un enjeu important. Ce qui est certain, c'est qu'elles n'y avaient pas perçu de danger particulier ; si tel avait été le cas, elles l'auraient combattue. Cela nous permet d'avancer que les aspects pratiques aussi bien que théoriques de l'œuvre d'Ibn Khaldûn ne recelaient pas de contradictions fondamentales avec la culture islamique traditionnelle. En corollaire, on peut formuler l'hypothèse selon laquelle cette œuvre trouve son explication, pour l'essentiel, dans la culture islamique. Cependant, le fait même qu'elle ait connu des « prolongements » en d'autres lieux et en d'autres temps nous invite à considérer l'indifférence ou la neutralité de l'Islam médiéval à son égard comme des limites que cette civilisation n'a pas su franchir, comme un horizon qu'elle n'a pu dépasser. Or la capacité à franchir certaines limites, l'aptitude à dépasser un certain horizon sont précisément ce qui définit le monde moderne, celui, justement, où les approches et les théories d'Ibn Khaldûn ont rencontré des échos et des développements.

Pour être bref, nous croyons pouvoir soutenir, au stade actuel de notre recherche, que la démarche fondamentale d'Ibn Khaldûn, par laquelle il se distingue de ses prédécesseurs, tant dans la *Muqaddima* que dans les développements historiques du *Livre des Exemples*, est la « naturalisation » de la société et de l'histoire.

Naturalisation de la société d'abord : comme nous l'avons vu, lorsqu'il prend la société humaine comme objet de sa nouvelle science, Ibn Khaldûn veut en étudier les « natures » (*tabâ'i'*) — les conditions (*ahwâl*) géographiques, climatiques, spirituelles, sociales, politiques, économiques, techniques et scientifiques dans lesquelles elle peut prospérer et les lois de son émergence, de son développement et de sa fin. Examinant la religion, par exemple, il part du postulat qu'elle est avant tout une loi (*sharî'a*) d'inspiration divine, et il l'étudie dans le cadre d'une sorte d'anthropologie du savoir surnaturel, en se fondant sur des exemples pris principalement dans la société islamique, mais aussi dans les sociétés chrétienne, juive, africaine et indienne. Il présente le savoir surnaturel dans l'ensemble de ses manifestations et dans la diversité de ses expressions chez les prophètes, mais aussi chez les magiciens, les devins et les astrologues, en tentant d'en définir la nature et d'en décrire le fonctionnement[1]. Ou encore, lorsqu'il traite des institutions politiques, comme, par exemple, la monarchie séculière (*mulk*), il analyse les conditions sociales et historiques de leur apparition, les étapes de leur évolution, les règles qui régissent leur fonctionnement, le cycle qu'elles traversent de leur naissance à leur déclin[2].

Ensuite, naturalisation de l'histoire : celle-ci n'apparaît pas chez lui comme une simple chronique des événements, mais comme le récit de la vie des nations qui ont tour à tour conquis le pouvoir et formé des empires universels, et là encore il marque les étapes de leur émergence, de leur épanouissement et de leur fin.

Cette démarche de naturalisation de la société et de l'histoire n'est certes pas nouvelle. Mais jusqu'alors elle n'avait jamais été poussée aussi loin, ni aussi systématiquement mise en œuvre. Les historiens antiques, Hérodote, surtout Thucydide et Polybe, ont bien défini certains objets de l'histoire — les événements militaires et politiques, les institutions, parfois les coutumes et les lois, voire les religions —, qu'ils ont traités comme des objets naturels. Mais leur démarche se limitait à une région ou à une époque, ou à un ensemble de régions et d'époques ; elle excluait ou ne prenait que partiellement en compte les pays et les civilisations des étrangers ou « Barbares ». Elle n'atteignit jamais l'universalité ni la systématicité de la démarche d'Ibn Khaldûn. Les historiens chrétiens, de leur côté, à Byzance ou dans l'Occident médiéval, tout en étant plus universalistes, ont, dans le cadre d'une histoire du Salut, plutôt idéologisé que naturalisé l'histoire, privilégiant ainsi, comme nous l'avons dit, une démarche interprétative. Les historiens musulmans, dont les procédures et les notions clés s'inspiraient largement de celles de leurs prédécesseurs

1. Voir *ibid.*, Ire partie, chap. VI, p. 326 et suiv.
2. Voir *ibid.*, IIe et IIIe parties.

chrétiens byzantins[1], ont opté à partir d'une certaine époque pour un récit « neutre » des événements historiques, se rapprochant ainsi de la démarche antique. C'est déjà sensible chez des historiens du IIIe/IXe siècle, comme al-Ya'qûbî, al-Balâdhurî ou al-Tabarî, ou chez ceux du IVe/Xe siècle, comme al-Mas'ûdî ou al-Maqdîsî, mais cela apparaît avec une particulière évidence chez les deux historiens du Ve/XIe siècle, Miskawayh et al-Bîrûnî. Sans cette ouverture de l'historiographie musulmane à une vision qui se voulait rationnelle de la société et de l'histoire, l'entreprise d'Ibn Khaldûn n'aurait pas été possible.

Doté d'une double culture juridico-théologique et philosophique, Ibn Khaldûn a poussé la démarche naturaliste aussi loin que possible dans le contexte des sociétés agraires prémodernes. Mais il n'a pu aller au-delà de certaines limites idéologiques et sociales, qui ne seront franchies que dans les temps modernes, après trois ou quatre siècles de conflits religieux et de discussions théologiques et philosophiques. Aujourd'hui, à six siècles de distance, nous comprenons qu'une sociologie et une anthropologie étaient alors un luxe intellectuel, et ne pouvaient avoir aucune portée pratique. En outre, une conception naturaliste cohérente de la société et de l'histoire ne pouvant admettre ni autorité transcendante ni limitation à la liberté de penser se serait nécessairement heurtée au pouvoir religieux. En conséquence, la réception hypotrophiée, mitigée et réductrice qui fut réservée à la *Muqaddima* ne serait pas à mettre au compte du déclin, d'ailleurs relatif, du Maghreb et du monde musulman au XIVe siècle, mais devrait sans doute être imputée aux limites du système de civilisation islamique, limites qu'il partageait avec toutes les autres civilisations agraires prémodernes. Celles-ci ne seront franchies que progressivement, et dans les conditions radicalement neuves du monde moderne.

ABDESSELAM CHEDDADI.

1. Voir A. Cheddadi, *Les Arabes et l'appropriation de l'histoire. Émergence et premiers développements de l'historiographie musulmane*, Sinbad-Actes Sud, 2004.

REPÈRES CHRONOLOGIQUES

HISTOIRE POLITIQUE DE L'ISLAM JUSQU'À LA FIN DU XVe SIÈCLE

I. L'Islam classique au Moyen-Orient.

Muhammad	vers 570-632
Les califes râshidûn	632-661
Abû Bakr	632-634
'Umar	634-644
'Uthmân	644-656
'Alî Ibn Abî Tâlib	656-661
Les califes omeyyades	661-750
Principaux souverains :	
Mu'âwiya	661-680
'Abd al-Malik Ibn Marwân	685-705
'Umar Ibn 'Abd al-'Azîz	717-729
Hishâm	724-743
Les califes 'abbâssides	750-1258
Principaux souverains :	
a-Saffâh	750-754
Abû Ja'far al-Mansûr	754-775
Hârûn ar-Rashîd	808-813
al-Ma'mûn	813-833
Démembrement de l'empire	vers 833-945
États héritiers indépendants	945 - vers 1220
Invasions mongoles	vers 1220-1260

II. Irak-Iran-Asie centrale.

Tâhirides (Khurâsân)	820-873
Safârides (Irak-Khurâsân)	873-902
Bouyides ou Buayhides (Irak-Iran)	932-1055
Samânides (Transoxiane, Turkestan, Khurâsân)	978-1187

Ghaznévides (Afghanistan, Inde)	1148-1215
Seldjuqides (Irak, Asie Mineure, Kirman, Syrie)	1037-1300
Mogols en Asie centrale	XIIIᵉ-1405
Mogols ilkhanides (Iran)	1256-1336
Conquêtes de Timur (Tamerlan)	1370-1405
Qara Qoynulu (Azerbaïdjan)	1380-1468
Timurides de Hérat	1407-1506

III. Syrie et Égypte.

Hamdânides (Alep)	xᵉ siècle
Tûlûnides (Égypte)	878-905
Ikhsîdides (Égypte)	935-969
Fâtimides (Égypte-Syrie)	910-1171
Ayyûbides (Égypte-Syrie)	1171-1250
Mamelouks Bahrites	1254-1382
Mamelouks Burjites	1382-1517

IV. Inde.

Ghaznévides	
Afghanistan	977-1186
Khurâsân	999-1040
Ghurides	
Afghanistan	1186-1215
Inde	1173-1306
Sultanats de Delhi	
Dynastie d'Aybeg	1206-1290
Khaljî	1290-1320
Tughlûq	1320-1413
Sayyid	1414-1451
Lodi	1451-1526
Principautés indépendantes	
Bengal	1336-1576
Kashmir	1346-1589
Gujarat	1407-1572
Jawnpur	1394-1479
Malwa	1401-1531
Deccan (Bahmanides)	1347-1527
Deccan (Faruqis)	1370-1601

V. Maghreb et Andalus.

Conquête arabe	à partir de 643
Dynasties du Maghreb	
Rustamides (Tahert)	761-909
Idrissides (Fès)	788-974
Aghlabides (Tunisie et Algérie orientale)	800-909

Fâtimides	
Tunisie	à partir de 909
Maroc	à partir de 921
Zirides	972-1148
Hammadides (Algérie)	1015-1152
Almoravides (Marrakech)	1056-1147
Almohades (Maroc)	1130-1269
Almohades (Algérie)	à partir de 1147
Almohades (Tunisie)	à partir de 1160
Marinides (Maroc)	1196-1549
Prise de Marrakech	1269
Hafsides (Tunisie et Est algérien)	1228-1574
Abdal-wâdides (Tlemcen)	à partir de 1236
Émirat et Dynasties d'al-Andalus	
Émirat	756-929
Califat omeyyade	912-vers 1030
Reyes de taifas (Malaga, Séville, Cordoue, Tolède, Valence, etc.)	vers 1030-vers 1090
Conquête almoravide	1086-1106
Conquête almohade	1145-1235
Nasrides (Grenade)	1230-1492

CHRONOLOGIE D'IBN KHALDÛN

VIIIe	Khaldûn, ancêtre éponyme des Banû Khaldûn, s'installe à Carmona avec une garnison de troupes yéménites. Par la suite, ses descendants s'établiront à Séville.
IXe	Kurayb Ibn Khaldûn se révolte contre le gouverneur de Séville et s'empare du pouvoir. Il est tué en 899.
1057	Mort à Séville d'Abû Muslim 'Umar Ibn Khaldûn, savant de renom, disciple de Maslama al-Majrîtî.
XIIIe	Devant les progrès de la reconquête chrétienne, les Banû Khaldûn émigrent à Ceuta. Plus tard, ils s'établissent à Tunis.
1283	Mort d'Abû Bakr Muhammad Ibn Khaldûn, arrière-grand-père de l'historien, qui avait occupé la fonction de *sâhib al-ashghâl* (« ministre des Finances ») sous le règne du souverain hafside Abû Ishâq.
27 mai 1332	Naissance de 'Abd ar-Rahmân Ibn Khaldûn, à Tunis.
1336	Mort d'Abû Bakr Muhammad Ibn Khaldûn, grand-père de l'historien.

1347	Le Mérinide Abû l-Hasan s'empare de Tunis. Ibn Khaldûn, qui n'a pas encore seize ans, a l'occasion de fréquenter les savants éminents qui font partie du cortège du souverain, notamment al-Abilî, qu'il considérera toujours comme son principal maître.
1348-1349	La Grande Peste noire sévit à Tunis ; les parents d'Ibn Khaldûn ainsi qu'un grand nombre de ses maîtres sont emportés par l'épidémie.
1352	Ibn Khaldûn, qui vient d'être nommé chancelier (*sâhib al-'alâma*) auprès du jeune sultan hafside Abû Ishâq, profite d'une sortie en campagne pour quitter le camp de celui-ci. Il se dirige vers Fès dans le but de retrouver ses maîtres et afin de poursuivre ses études.
1353	Ibn Khaldûn rencontre pour la première fois le sultan mérinide Abû 'Inân à Tlemcen.
1354	Invité par Abû 'Inân, Ibn Khaldûn rejoint la cour mérinide à Fès.
1355	Ibn Khaldûn accepte avec réticence l'emploi de secrétaire du sultan.
10 février 1357	Suspecté de complot, Ibn Khaldûn est emprisonné par Abû 'Inân ; il ne sera libéré qu'à la mort de ce dernier, le 27 novembre 1358, à l'issue de 21 mois de détention.
1359	Ibn Khaldûn participe activement au mouvement qui porte Abû Sâlim au trône de Fès en juillet 1359 ; il est nommé par le nouveau sultan secrétaire personnel (*kâtib as-sirr*).
1361	En semi-disgrâce, Ibn Khaldûn est nommé à la fonction de *mazâlim* (sorte de juge d'appel). Après la mort d'Abû Sâlim, survenue le 20 septembre 1361, il se brouille avec le vizir 'Amar Ibn 'Abd Allah et demande l'autorisation de quitter la cour de Fès.
26 décembre 1361	Ibn Khaldûn est reçu avec tous les honneurs à Grenade par le sultan Muhammad V et son vizir Ibn al-Khatîb.
1363	Ibn Khaldûn est chargé par le souverain de Grenade d'une ambassade auprès du roi de Castille, Pierre le Cruel.

Février 1365	Ibn Khaldûn quitte la cour de Grenade afin de rester en bons termes avec son ami le vizir Ibn al-Khatîb, jaloux de sa position auprès du sultan. Il se rend à Bijâya où l'émir Abû 'Abd Allah lui a promis la charge de chambellan.
Février 1365-mai 1366	Ibn Khaldûn est nommé chambellan, « doté des pleins pouvoirs ». Après la mort d'Abû 'Abd Allah, il reste quelque temps au service de l'ennemi de ce dernier, Abû l-'Abbâs, à qui il a livré Bijâya ; mais ne se sentant pas en sécurité, il se réfugie chez les Arabes dawâwida, puis à Biskra, auprès d'Ibn Muznî.
Mars 1368	Ibn Khaldûn refuse la charge de chambellan que lui a proposée Abû Hammû, souverain 'abdal-wâdide de Tlemcen. Il accepte toutefois de jouer pour ce dernier le rôle d'intermédiaire auprès des tribus arabes Riyâh, et participe à ses côtés à deux campagnes militaires.
1370	Ibn Khaldûn rencontre Abû Hammû, puis obtient de lui la permission de se rendre en Andalousie, au moment où Tlemcen vit sous la menace d'une offensive du sultan mérinide 'Abd al-'Azîz. Mais n'ayant pu quitter le port de Hunayn, il est enlevé par un détachement militaire envoyé à sa recherche. Présenté devant le souverain mérinide, il est jeté en prison puis relâché après une nuit de détention.
1370-1374	Ibn Khaldûn entre au service du sultan mérinide 'Abd al-'Azîz en qualité d'intermédiaire avec les tribus Riyâh. À la mort du sultan, il se rend à Fès, en septembre 1372.
Août-septembre 1374	Ibn Khaldûn passe deux ans à Fès sans fonction précise à la cour, où il est cependant « entouré d'égards et jouit d'un grand prestige » ; au cours de toute cette période, il se consacre à l'enseignement. Mais, une fois encore en butte à l'hostilité des grands personnages de la cour, il obtient, après un premier refus, l'autorisation de partir pour l'Andalousie.
1375	Extradé de Grenade à l'instigation de la cour mérinide, Ibn Khaldûn débarque à Hunayn où il est assigné à résidence par

	Abû Hammû. Cependant, grâce à l'intervention d'un de ses amis, Muhammad Ibn 'Arif, il est autorisé à s'installer près du sanctuaire d'al-'Ubbâd où il est rejoint par sa famille. Bien que fermement décidé à se consacrer à la science et à l'enseignement, il est rappelé par Abû Hammû qui le charge d'une nouvelle mission auprès des Arabes Dawâwida. C'est alors qu'ayant choisi de renoncer au monde il se réfugie avec sa famille à Qal'at Ibn Salâma (près de Frenda), dans le pays des Banû Tûjîn.
Mars-avril 1375-octobre-novembre 1378	Au cours de sa retraite de trois ans et dix mois à Qal'at Ibn Salâma, Ibn Khaldûn rédige la *Muqaddima* (achevée en novembre 1377) et une partie du *Kitâb al-'Ibar* (*Le Livre des Exemples*).
Novembre-décembre 1378	Ibn Khaldûn retourne pour la première fois à Tunis, sa ville natale. Abû l-'Abbâs, qui lui a accordé son pardon, lui réserve un accueil chaleureux et le rapproche de sa personne pour lui servir de compagnon et de confident.
23 octobre 1382	Fuyant la cour de Tunis où ses ennemis, à la tête desquels se trouve Ibn 'Arafa (son ancien condisciple, alors imam à la Grande Mosquée et mufti du royaume), ne cessent d'intriguer contre lui, Ibn Khaldûn décide de s'acquitter de l'obligation de pèlerinage à La Mecque. Il ne reviendra plus jamais au Maghreb.
Décembre 1382	Ibn Khaldûn débarque à Alexandrie où il demeure un mois afin de prendre ses dispositions pour le pèlerinage. Mais « le destin s'y opposant », il n'accomplit pas le rite cette année-là. Il part alors pour Le Caire.
6 janvier 1383	Ibn Khaldûn arrive au Caire où il s'installe pour enseigner à la Grande Mosquée d'al-Azhar. Il est ensuite introduit auprès du sultan az-Zâhir Barqûq par son ami at-Tunbughâ al-Jûbânî.
Mars 1384	Ibn Khaldûn est nommé par le sultan az-Zâhir Barqûq professeur à la medersa al-Qamhiyya du Caire.
Août 1384	Première nomination à la fonction de grand cadi malikite du Caire.

1384	Le navire ramenant la femme et les enfants d'Ibn Khaldûn du Maghreb fait naufrage au large d'Alexandrie.
17 juin 1385	Ibn Khaldûn démissionne de son poste de cadi et est nommé quelque temps après conférencier à la medersa az-Zâhiriyya du Caire.
29 septembre 1387	Ibn Khaldûn quitte Le Caire pour se rendre en pèlerinage à La Mecque.
Mai 1388	Retour de pèlerinage.
Janvier 1389	Ibn Khaldûn occupe la chaire de Hadith à la medersa Salghatmish.
Avril 1389	Ibn Khaldûn est nommé enseignant au couvent de Baybars. Révolte de Yulbughâ an-Nâsirî contre Barqûq. Déposition de Barqûq. Destitution d'Ibn Khaldûn de sa charge au couvent de Baybars.
Février 1390	Barqûq est rétabli sur son trône.
21 mai 1399	Ibn Khaldûn est nommé pour la seconde fois grand cadi malikite du Caire.
20 juin 1399	Mort du sultan Barqûq. Son fils aîné Faraj lui succède.
Mars 1400	Révolte de Tanîm, gouverneur de Syrie, contre Faraj. Ibn Khaldûn se rend pour la première fois à Damas en compagnie de Faraj. Il visite Jérusalem, Bethléem et Hébron. Il regagne Le Caire le 25 mars 1400.
7 septembre 1400	Ibn Khaldûn est révoqué de la charge de cadi.
5 octobre 1400	Ibn Khaldûn fait partie du cortège du sultan Faraj qui se rend à Damas. À son arrivée dans cette ville, il s'installe à la medersa 'Adiliyya.
Janvier 1401	Ayant appris qu'une sédition a été fomentée contre lui au Caire, Faraj quitte précipitamment Damas, accompagné par Yishbak et quelques-uns de ses émirs.
7 janvier 1401	Ibn Muflih, cadi hanbalite de Damas, se rend auprès de Tamerlan en vue de négocier l'ouverture de la ville.
8 janvier 1401	Deuxième visite d'Ibn Muflih au conquérant, avec d'autres notables de Damas.
10 janvier 1401	Ibn Khaldûn se rend auprès de Tamerlan.
14 janvier 1401	Tamerlan assiège la citadelle de Damas.
4 février 1401	Reddition officielle de la ville de Damas.
25 février 1401	Reddition de la citadelle de Damas.

26 février 1401	Dernière rencontre d'Ibn Khaldûn avec Tamerlan.
27 février 1401	Ibn Khaldûn quitte le camp de Tamerlan et se dirige vers Le Caire.
17 mars 1401	Incendie de Damas et de la Mosquée des Omeyyades. Ibn Khaldûn arrive au Caire.
19 mars 1401	Tamerlan et son armée quittent Damas.
Avril 1401	Ibn Khaldûn est nommé pour la troisième fois grand cadi malikite du Caire.
Mars 1402	Ibn Khaldûn est révoqué de sa charge de cadi.
Juillet 1402	Ibn Khaldûn est nommé pour la quatrième fois cadi.
Septembre 1403	Deuxième révocation d'Ibn Khaldûn.
11 février 1405	Cinquième nomination d'Ibn Khaldûn à la charge de cadi.
Fin mai 1405	Nouvelle révocation.
Février 1406	Sixième nomination d'Ibn Khaldûn à la charge de cadi.
17 mars 1406	Mort d'Ibn Khaldûn au Caire. Il est enterré dans le cimetière des soufis.

REDÉCOUVERTE D'IBN KHALDÛN

1810	« Extraits des Prolégomènes d'Ebn-Khaldoun », dans *Relation de l'Égypte, par Abdellatif, médecin arabe de Bagdad […]*, publié par Antoine Isaac Silvestre de Sacy, Paris, p. 509-524 (traduction) ; p. 558-564 (texte arabe). Ce sont les premiers extraits d'Ibn Khaldûn connus en Europe.
1812	Hammer-Purgstall attire l'attention sur Ibn Khaldûn dans son livre *Über den Verfall des Islam nach den ersten drei Jahrhunderten der Hidschra* (*Sur la décadence de l'Islam après les trois premiers siècles de l'hégire*), Vienne.
1816	Silvestre de Sacy publie pour la première fois une notice biographique sur Ibn Khaldûn dans la *Biographie universelle*, Paris.
1818	Hammer-Purgstall fait paraître des « Extraits d'Ibn Khaldoun » dans *Fundgruben des Orients*, Vienne, p. 389.
1822-1823	Hammer-Purgstall souligne de nouveau l'importance d'Ibn Khaldûn dans sa « Notice sur l'*Introduction à la connaissance de l'Histoire*, célèbre ouvrage arabe d'Ibn Khaldoun », *Journal asiatique*, Paris, Ire série, t. I, 1822, p. 267-278 ; t. IV, 1823, p. 158-161.

1824 Garcin de Tassy révèle l'existence dans la bibliothèque du Roi d'un bon manuscrit de la *Muqaddima* (voir « Supplément à la Notice de M. de Hammer, sur l'*Introduction à la connaissance de l'Histoire*, célèbre ouvrage arabe d'Ibn Khaldoun », *Journal asiatique*, Ire série, t. V, p. 158-161).

De nouveaux extraits de la *Muqaddima* sont publiés par Coquebert de Montbret fils sous le titre « Extraits des Prolégomènes historiques d'Ibn Khaldoun » dans le *Journal asiatique*, Ire série, t. V, p. 148-156.

1825 Dans son article « Sur le grand ouvrage historique et critique d'Ibn Khaldoun [...] », F. E. Schulz présente le plan général des *'Ibar* tel qu'il apparaît dans la préface de la *Muqaddima* (voir *Journal asiatique*, Ire série, t. VII, p. 213-226 et 279-300).

« Extraits des Prolégomènes historiques d'Ibn Khaldoun » par Coquebert de Montbret dans le *Journal asiatique*, Ire série, t. VI, p. 106-113.

1827 Coquebert de Montbret publie de nouveaux extraits de la *Muqaddima* dans le *Journal asiatique*, 1re série, t. X, p. 3-19.

1828 Schulz publie la traduction d'un chapitre des *'Ibar* relatif à l'origine des Berbères, sous le titre « Extrait du grand ouvrage historique d'Ibn Khaldoun », dans le *Journal asiatique*, 2e série, t. II, p. 117-142.

1835-1858 Mustafâ Ibn 'Abd Allah Hâjji Khalîfa, *Kashf az-zunûn : Lexicon bibliographicum et encyclopaedicum*, éd. G. Flügel, Leipzig et Londres, 7 vol. L'ouvrage contient une longue biographie d'Ibn Khaldûn.

1840 Le ministre français de la Guerre ordonne l'impression de la partie des *'Ibar* traitant de l'histoire de l'Afrique du Nord ; William MacGuckin baron de Slane est chargé de « restaurer le texte et d'en faire la traduction » en français.

G. di Asti Arri, *Ebn Khaldoun da Tunisi : Storia generale degli Arabi e di alcuni celebri popoli loro contemporanei dalla loro origine fino al Kalifato di Moavia*, Paris. L'abbé Arri, membre de l'Académie de Turin, travaillait sous les auspices du roi de Sardaigne.

1841 Noël des Vergers, *Histoire de l'Afrique du Nord sous la dynastie des Aghlabides et de la Sicile sous la domination musulmane*. Texte arabe d'Ebn Khaldoun, accompagné d'une traduction française et de notes, Paris.

1843 Publication d'une notice sur Ibn Khaldûn dans *La Bibliographie universelle ancienne et moderne*, Michaud, 2e éd., Paris, vol. XX, p. 268-271.

1844 De Slane, « Autobiographie d'Ibn Khaldoun », *Journal asiatique*, 4e série, t. III, p. 5-60, 187-210, 291-308 et 325-353.

Carl Johan Tornberg, « Ibn Khalduni narratio de expeditionibus Francorum in terras islamismo subjecta ex codicibus Bodleianis », *Nova Acta regiae societatis scientiarum Upsaliensis*, Upsala, t. XII, p. 1-154.

1847-1851 De Slane publie le texte arabe de l'*Histoire des Berbères et des dynasties musulmanes de l'Afrique septentrionale*, Alger, 2 vol.

1852-1856 De Slane publie la traduction française du même ouvrage à Alger, 4 vol.

1857 Première édition arabe, par Nasr al-dîn al-Hûrînî, de la *Muqaddima* à Bûlâq (près du Caire).

1858 Étienne-Marc Quatremère, *Prolégomènes d'Ebn Khaldoun* ; texte arabe, notices et extraits des manuscrits de la Bibliothèque Impériale (Académie des Inscriptions et Belles-Lettres), Paris, vol. XVI-XVIII.

1859-1860 Abd al-Latîf Subhi Pâshâ, *Miftâh al-'Ibar*, Istanbul, 4 vol. Traduction partielle en turc des *'Ibar*.

1863 Pirî Zâdeh, Mehmed Sâhib et Ahmed Jevdet, *'Unwân as-Siyar : Tarjumen muqaddamat Ibn Khaldûni*, Constantinople, 3 vol. Traduction turque reprenant en la complétant une première traduction partielle de la *Muqaddima* par Pirî Zâdeh (1674-1749).

1867-1868 Première édition arabe, par Nasr al-dîn al-Hûrînî, des *'Ibar*, à Bûlâq, 7 vol.

1875 Ernest Mercier, *Histoire de l'établissement des Arabes dans l'Afrique septentrionale selon les documents fournis par les auteurs arabes et notamment par l'histoire des Berbères d'Ibn Khaldoun*, Constantine.

Carl Johan Tornberg, « Geschichte der Franken. [...] », dans Reinhold Röhricht, *Quellenbeitrage zur Geschichte der Kreuzzüge*, Berlin, p. 5-31.

1876 Article sur Ibn Khaldûn dans la première encyclopédie moderne en langue arabe, publiée sous la direction de Butrus Bustânî (voir Beyrouth, *Dâ'irat al- Ma'ârif*, t. I, p. 460-468).

1879 Muhammad 'Abduh prononce une conférence sur la *Muqaddima* (voir Muhammad 'Abduh, *Risalat at-tawhîd*, traduction française B. Michel et Mustapha Abdel-Razîq, Paris, 1925, Introduction, p. XXVII-XXVIII).

Alfred Freiherr von Kremer, « Ibn Chaldun und sein Geschichte der islamischen Reiche », *Sitzungsberichte der Kaiserlichen Akademie der Wissenschaften*,

Phil. hist. Klasse, Vienne, t. XCIII, 1879, p. 581-634.

1888 Ernest Mercier, *Histoire de l'Afrique septentrionale*, Paris, 1888-1891, 3 vol.

1898 Maurice Gaudefroy-Demombynes, « Ibn Khaldoun, Histoire des Benou' l-Ahmar, rois de Grenade », *Journal asiatique*, 9e série, t. XII, p. 309-340 et 407-462.

1905 Duncan Black Macdonald, *Ibn Khaldûn : A Selection from the Prolegomena of Ibn Khaldûn. With Notes and an English-German Glossary*, « Semitic Study Series », t. IV, Leyde.

1924-1932 Ahmad Husain Allâhâbâd et Shams al Ulemâ' Abdu-r Rahmân, *Ibn Khaldûn's Muqaddimah*, Lahore, 3 vol. Traduction en ourdou.

1936 Édition partielle des *'Ibar* (volume II et une partie du volume III de l'édition de Bûlâq, avec un volume séparé d'Appendices) par l'Émir Shakîb Arslân et Allâl al-Fâsî sous le titre *Târîkh Ibn Khaldûn al-musammâ bi-Kitâb al-'Ibar*, Le Caire, 3 vol.

1951 Première édition complète du *Ta'rîf* par Muhammad Ibn Tâwît at-Tanjî sous le titre *at-Ta'rîf bi-Ibn Khaldûn wa Rihlatuhu gharban wa sharqan*, Le Caire.

1952 Première édition par Fr. Luciano Rubio d'un traité de logique d'Ibn Khaldûn, œuvre de jeunesse intitulée *Lubâb al-Muhassal* (*L'Essentiel du « Muhassal »*), Tétouan.

1954 Mevlana Muhammad Hanîf Sahab Nadvi, *Afkâr-i Ibn Khaldûn*, Lahore. Traduction en ourdou de la *Muqaddima*.

1954-1957 Zakir Kâdirî Ugan, *Ibni Haldun Mukaddime*, Istanbul, 3 vol. Traduction turque de la *Muqaddima*.

1957-1959 Muhammad Parvin-E. Gonâbâd, *Moqaddame-ye Ebn-e-Khaldûn, ta'lif 'Abdo'r-Rahmân Ebn-e-Khaldûn*, Téhéran. Traduction en persan de la *Muqaddima*.

1958 Franz Rosenthal, *Ibn Khaldûn, The Muqaddimah*; An Introduction to History, New York, « Bollingen Series XLIII », Londres, 3 vol. Traduction anglaise de la *Muqaddima*.

1958-1960 J. Khoury et A. Bierrenbach, *b. Haldun. Os prolegomenos ou filosofia social*; Introduction par J. Almansur Haddad, São Paulo. Traduction portugaise [brésilien] de la *Muqaddima*.

1958 Édition par Muhammad Ibn Tâwît at-Tanjî de l'ouvrage d'Ibn Khaldûn sur le soufisme intitulé *Shifa' as-Sâ'il fî Tahdîb al-masâ'il*, Istanbul.

1961 Athar Abbes Rizvi, *Ibnî Khalduna ka Mukadama*, Lakhnau. Traduction en hindi de la *Muqaddima*.

1964 Jitsuzô Tamura, *The Muqaddima of Ibn Khaldûn*, Tokyo, 1964-1965. Traduction en japonais.

1967 Kopilewitz (Immanuel), *Ibn Khaldûn, Aqdamot la-Historia*, Jérusalem, Bialik Institute. Traduction en hébreu de la *Muqaddima.*

1967-1968 Vincent Monteil, *Ibn Khaldûn, Discours sur l'histoire universelle, Al-Muqaddima*, traduction nouvelle, préface et notes, Commission libanaise pour la traduction des chefs-d'œuvre, Beyrouth ; 2e éd. revue, Sindbad, 1978, 3 vol.

1979-1987 Kôsei Morimoto, Ibn Khaldûn, *al-Muqaddima*, Tokyo. Traduction en japonais.

NOTE SUR LA PRÉSENTE ÉDITION

Œuvre monumentale, comprenant une quinzaine de volumes dans la dernière édition arabe[1], *Le Livre des Exemples* n'a été connu du public français — et occidental — que par tranches, peut-être parce qu'on a considéré que l'ouvrage était trop inégal et trop long pour être présenté dans son ensemble. Nous en avons publié naguère de larges extraits[2], afin de donner aux lecteurs un premier aperçu des parties historiques restées jusque-là méconnues. Aujourd'hui, nous avons voulu faire un pas de plus en présentant en deux volumes de la Bibliothèque de la Pléiade, dans une nouvelle traduction intégrale et fondée sur les meilleurs manuscrits disponibles, les parties de l'œuvre qui sont à juste titre considérées comme les plus riches et les plus originales : dans le premier volume, l'*Autobiographie* et la *Muqaddima*, et dans le second, la partie traitant de l'histoire des Arabes et des Berbères du Maghreb. Néanmoins, *Le Livre des Exemples* en son entier — plus particulièrement, les développements synthétiques qui précèdent les récits relatifs aux divers peuples et aux différentes époques — mérite d'être connu, nous en sommes convaincu, tant pour sa valeur historique intrinsèque que pour mieux cerner la pensée d'un des plus grands historiens prémodernes. Nous espérons que d'autres chercheurs, dans l'avenir, poursuivront le travail commencé dans ce sens.

Comme *Le Livre des Exemples* n'a pas fait l'objet jusqu'à présent d'une édition critique satisfaisante, à l'exception de l'*Autobiographie*, nous avons été obligé de revenir aux manuscrits. Dans les Notices consacrées à chacune des parties présentées, on trouvera

1. *Târîkh al-'allâma Ibn Khaldûn, Dâr al-Kitâb al-lubnânî*, Beyrouth, 1983.
2. *Ibn Khaldûn, Peuples et nations du monde*, extraits des *'Ibar*, traduction, présentation et notes par Abdesselam Cheddadi, Sindbad, 1986.

des explications sur les critères qui nous ont guidé dans le choix des manuscrits utilisés, ainsi que sur la façon dont nous avons résolu les difficultés de traduction rencontrées.

Le texte de la *Muqaddima*, en raison de ses innombrables références à la culture islamique dans sa diversité, en raison aussi de la nouveauté de ses idées, théories et analyses, appelle naturellement le commentaire. Mais à suivre cette pente, on court le risque de ne pas savoir où s'arrêter. Aussi, nous sommes-nous limité au minimum nécessaire : l'éclairage des principaux concepts, les indications indispensables à la compréhension des doctrines, des personnages, des lieux, des événements ou des faits évoqués de manière allusive. Les explications relatives aux noms propres (de personnes, de lieux, etc.) et aux titres d'ouvrages sont données dans l'index ; quand l'exige l'intelligence du texte, elles font l'objet de notes.

Pour les noms géographiques et ethniques, nous nous sommes conformé à l'usage français, quand il existe ; dans le cas contraire, nous avons donné la transcription des noms dans leurs formes arabes. Nous avons résolu le délicat problème de la transcription des mots étrangers, arabes en particulier, en optant pour une translittération simplifiée au maximum. Nous avons préféré éviter les signes diacritiques, en pensant que leur absence ne présente pas d'inconvénient notable pour le lecteur non arabisant et que leur présence n'apporte pas de réel avantage aux arabisants. Les voyelles longues sont représentées par un accent circonflexe, et les lettres *wâw* et *yâ'* par *w* et *y* lorsqu'elles sont consonnes. Les phonèmes propres à l'arabe sont transcrits selon les conventions habituelles : « ' » pour la pharingale forte *'ayn*, « ' » pour la *hamza* prononcée avec une attaque vocalique ; *th* et *dh* pour les interdentales ; *q* pour le *qâf*, prononcé avec occlusion du larynx ; *kh* pour le *khâ'* qui se prononce guttural comme le *ch* dur allemand ou la *jota* espagnole. *Sh*, pour le *shîn*, équivaut au *ch* français ; *gh*, pour le *ghayn*, est analogue au *r* français grasseyé.

La traduction des citations coraniques a été établie par nos soins, sauf exception, auquel cas nous avons précisé le nom du traducteur. Dans l'*Autobiographie* et dans la *Muqaddima*, nous avons choisi de ne pas traduire un certain nombre de poèmes ou de vers en raison de leur obscurité ou de difficultés de lecture du manuscrit. Nous avons signalé ces coupes par une ligne de points de conduite, ou par des points de suspension placés entre crochets ([...]) quand elles se produisent à l'intérieur d'une pièce de vers. Quand il y a un blanc dans le manuscrit, nous l'avons signalé par le signe : [ ].

Nous voudrions, enfin, exprimer ici nos plus vifs remerciements à tous ceux qui, tout au long de ce travail, nous ont aidé par leurs conseils ou par les informations qu'ils nous ont fournies. Nous sommes particulièrement redevable à Roshdi Rashed, qui nous a généreusement fait profiter de ses vastes connaissances dans le domaine de l'histoire des mathématiques arabes pour la compréhension des chapitres de la *Muqaddima* relatifs à cette science. Il reste entendu que nous sommes seul responsable de la traduction des passages concernés.

LE LIVRE DES EXEMPLES

[INVOCATION]

Au nom de Dieu, le Clément, le Tout Miséricordieux ! Que Dieu prie sur notre Seigneur Muhammad, sur sa famille et sur ses Compagnons !

Le serviteur de Dieu, qui a besoin de la clémence de son Seigneur, mais qui est riche de Sa bonté, 'Abd ar-Rahmân Ibn Muhammad Ibn Khaldûn al-Hadramî, que Dieu l'assiste, dit[a] :

Louange à Dieu, qui possède la force et la puissance, qui tient en Sa main les royaumes du visible et de l'invisible[1], qui a les noms et les attributs les plus beaux ! Il est l'Omniscient : rien ne Lui est étranger de ce qui est seulement chuchoté à l'oreille ou protégé par le silence. Il est le Tout-Puissant : rien, dans les cieux ou sur la terre, n'est au-dessus de Ses forces ni ne Lui échappe.

Il nous a créés de la terre et nous a faits hommes. Il nous a établis[2] sur la terre et nous a répartis en générations et en nations. De la terre, Il a tiré pour nous nos subsistances et nos parts de richesses.

Nous trouvons abri dans le sein de nos mères, puis dans nos demeures. Les provisions et la nourriture nous font vivre. Les jours et les heures nous usent. Le terme de la vie nous réclame à l'heure fixée pour nous. Lui dure et persiste. Il est le Vivant qui ne meurt pas.

Que la prière et le salut soient sur notre Seigneur et Maître Muhammad, le prophète arabe, mentionné et décrit[3] dans la Torah et dans l'Évangile. Pour sa naissance, l'univers fut baratté avant qu'aux samedis ne succèdent les dimanches, avant que Saturne ne se sépare de Behémoth[4]. De sa vérité, la colombe et l'araignée portèrent témoignage[5].

Que la prière et le salut soient sur sa famille et ses Compagnons. Parce qu'ils l'ont aimé et suivi, ils ont acquis une influence et une gloire extrêmes. Parce qu'ils l'ont soutenu, ils ont été unis, tandis que leurs ennemis ont été dispersés. Que la prière et le salut de Dieu soient sur lui et sur eux, aussi longtemps que la bonne fortune accompagnera l'islam et que l'incroyance sera privée de tout soutien !

[PRÉFACE]

L'histoire[1] est une des branches du savoir les plus répandues parmi les nations[2] et les générations[3] des hommes. On entreprend de longs voyages pour l'apprendre, elle captive les foules et les gens simples, les rois et les grands la recherchent à l'envi, et les ignorants la comprennent aussi bien que les gens instruits[4]. C'est que, considérée de l'extérieur[5], elle n'est rien de plus que récits[6] des jours glorieux et des dynasties[7] ainsi que des siècles les plus reculés. Ces récits, où l'on aime à rapporter maximes et proverbes, sont offerts comme des choses rares dans les assemblées où l'on se presse en foule. Ils nous font connaître l'état des créatures et les changements qui ont affecté leurs conditions[8], l'expansion des dynasties et leur établissement sur la terre jusqu'au jour de leur disparition.

Mais, vue de l'intérieur[9], l'histoire est recherche spéculative[10] et vérification[11], étude minutieuse des causes et des principes des choses existantes, connaissance approfondie des circonstances et des causes des événements[12]. Elle a donc son fondement et ses racines dans la sagesse[13] et mérite amplement d'être comptée comme une de ses sciences.

Les grands historiens de l'islam ont recueilli exhaustivement les récits des jours glorieux ; ils les ont réunis et consignés dans leurs livres. Des intrus y ont subrepticement introduit des mensonges, fruits de leur illusion ou de leur invention, ornementés de traditions falsifiées ou fabriquées. Leur emboîtant le pas, nombre de leurs successeurs nous ont transmis leurs propos tels qu'ils les avaient appris de leur bouche. Ils n'observèrent point les causes des événements et du cours des choses ; ils ne les prirent guère en considération. Ils ne refusèrent même pas les traditions les plus insignifiantes.

L'effort de vérification est chose rare, le souci de correction généralement faible. L'erreur et l'illusion vont de pair avec le genre du récit, l'imitation est ancrée dans l'homme, de génération en génération. L'intrusion dans des disciplines qu'on ignore est extrêmement répandue, et il est malsain pour les hommes de paître le champ de l'ignorance. Mais le pouvoir du vrai est irrésistible, les démons du mensonge peuvent être écartés grâce à la lumière de la recherche spéculative[14]. Le transmetteur ne fait que transmettre ce qu'on lui dicte, mais, en s'y appliquant, un esprit pénétrant sait dégager le vrai ; il trouve dans la science la clarté et l'éclat de ce qui est juste.

Nombreux sont ceux qui ont composé des recueils d'histoire, collecté et consigné les chroniques[15] des nations et des dynasties du monde entier. Peu ont atteint la notoriété et joui de confiance et de considération, après avoir rapporté dans leurs propres ouvrages les recueils de leurs prédécesseurs. On peut les compter sur les doigts de la main, leur nombre excède à peine celui des voyelles. Tels sont Ibn Ishâq, at-Tabarî, Ibn al-Kalbî, Muhammad Ibn 'Umar al-Wâqidî, Sayf Ibn 'Umar al-Asadî, al-Mas'ûdî et quelques autres auteurs célèbres qui se distinguent du commun. Cependant — et cela est reconnu et notoire parmi les savants sûrs[16] et les érudits dignes de confiance[17] — les ouvrages d'al-Mas'ûdî et d'al-Wâqidî contiennent maints aspects critiquables ou suspects. Néanmoins, leurs récits emportent l'adhésion de tous, leurs méthodes de composition et leurs exemples sont universellement suivis. Au critique lucide d'en appeler à son propre jugement comme à une balance pour refuser ou accepter ce qu'ils rapportent. Car la civilisation[18], en ses conditions diverses, présente des natures spécifiques auxquelles doivent être ramenés les récits, et en fonction desquelles les traditions rapportées et les paroles des anciens doivent être appréciées.

Dans la plupart des ouvrages d'histoire qu'ils ont composés, ces auteurs ont adopté les méthodes et les voies de l'universel. Car, à l'époque des débuts de l'islam, les deux premières dynasties[19] étendaient leur pouvoir sur tous les horizons et dans toutes les provinces. D'autre part, ces ouvrages abordaient les sujets les plus divers. Quelques-uns de ces auteurs, tels al-Mas'ûdî et ceux qui ont suivi son exemple, ont traité de l'ensemble des dynasties, des nations et des faits généraux relatifs à l'époque préislamique.

Après eux, on renonça à tout embrasser, à être exhaustif et à parler des choses les plus lointaines. On consigna les faits connus d'une époque, on recueillit les récits relatifs à une contrée ou à une région, on se contenta des narrations relatives à une dynastie ou à une capitale. C'est ce que firent, par exemple, Ibn Hayyân, l'historien d'al-Andalus et de la dynastie omeyyade de Cordoue, Ibn ar-Raqîq, l'historien de l'Ifrîqiya et des dynasties de Kairouan.

Il n'y eut par la suite que des imitateurs au caractère borné et à l'intelligence limitée, qui reproduisirent servilement le modèle de leurs devanciers, insensibles aux conditions générales, aux changements de coutumes intervenus au sein des nations et au cours des époques.

Leurs récits des dynasties, leurs narrations des événements des époques primitives sont des formes privées de contenu, des fourreaux sans lames, des connaissances à rejeter parce qu'on ne peut y distinguer le nouveau de l'ancien. C'est ainsi qu'ils parlent d'événements dont ils n'indiquent pas les origines, d'espèces dont ils ne considèrent pas les genres ni ne déterminent les différences, reproduisant littéralement les récits rebattus, fidèles aux auteurs anciens qui en ont traité. Ils négligent ainsi ce qui est propre aux nouvelles générations, étant incapables de s'en faire les interprètes, et leurs livres restent muets sur ce point. S'ils traitent d'une dynastie, ils enfilent les récits les uns après les autres, vrais et imaginaires, tels qu'ils leur ont été transmis. Ils ne se soucient ni de relater le commencement de cette dynastie, ni d'indiquer les raisons qui l'ont portée au faîte de sa puissance, ni d'expliquer pourquoi elle a pris fin. Le lecteur y cherche [vainement] les origines et les rangs des diverses conditions, les causes[a] de leur contemporanéité ou de leur succession, les raisons plausibles de leurs différences ou de leurs ressemblances, comme cela sera exposé dans l'Introduction[20] du présent ouvrage.

Puis vinrent d'autres auteurs qui écrivirent des ouvrages d'une extrême brièveté, où ils se contentèrent de donner les noms des souverains, détachés des généalogies et des récits, avec des indications numériques de la durée de leurs règnes, comme dans le *Mîzân al-'Amal* d'Ibn Rashîq et dans les œuvres d'autres historiens insignifiants qui ont marché sur ses traces. Aucun d'eux ne mérite la considération, ne jouit d'autorité, n'est jugé digne de passer à la postérité. Car ils ont négligé ce qui est utile, abandonné leurs coutumes ainsi que les voies tracées par les historiens.

Après avoir lu les œuvres des historiens et sondé les profondeurs d'hier et d'aujourd'hui, j'ai tiré mon esprit de la torpeur et du sommeil de l'insouciance[21], et je me suis laissé convaincre d'écrire, bien que je ne me reconnaisse aucun talent. J'ai donc composé un livre d'histoire, grâce auquel j'ai jeté quelque lumière sur les conditions des présentes générations. Je l'ai divisé en parties où l'on trouvera aussi bien des informations[22] que des considérations d'ordre général. J'y ai montré les causes[23] du commencement des États et de la civilisation, et je l'ai fondé sur l'histoire[b] des deux nations qui à notre époque peuplent le Maghreb et sont répandues dans ses régions et ses villes, avec, quelle qu'en fût la durée, leurs dynasties passées, leurs rois et leurs alliés. Ces nations, ce sont les Arabes et les Berbères. Il est depuis si longtemps attesté que ces deux peuples ont vécu au Maghreb et y ont fixé leur demeure que l'on conçoit mal l'existence d'autres peuples dans ce pays, et que ses habitants eux-mêmes ignorent l'existence d'autres peuples que les leurs.

J'ai mis le plus grand soin à présenter correctement les sujets traités dans cet ouvrage et à en faciliter l'accès aux savants et à l'élite[24]. J'ai adopté, dans l'ordre de présentation et dans la division en chapitres, une méthode inhabituelle. J'ai inventé une voie remarquable, une approche et une manière originales. Des conditions de la civilisation, de l'adoption du mode de vie urbain, des caractéristiques essentielles de la société humaine, j'ai donné des explications qui permettent au lecteur de découvrir les causes des événements et de voir par quelles voies les fondateurs de dynasties sont parvenus au pouvoir. On pourra, de la sorte, se soustraire à l'imitation, et saisir les conditions des époques et de la suite des générations.

J'ai divisé mon ouvrage en une introduction et trois livres.

L'Introduction traite de la supériorité de la science de l'histoire, présente un exposé de ses méthodes et évoque les erreurs des historiens.

Le livre I traite de la civilisation et de ses accidents

essentiels : le pouvoir et l'autorité, l'acquisition des richesses, les moyens de subsistance, les arts et les sciences ; et il en explique les raisons et les causes.

Le livre II est consacré à l'histoire des Arabes, avec leurs générations et leurs dynasties, depuis le commencement de la Création jusqu'à notre époque. Il comprend la mention d'une partie des nations célèbres et des États contemporains des Arabes[25], comme les Nabatéens[26], les Syriens, les Perses, les Israélites, les Égyptiens, les Grecs, les Romains, les Byzantins[c27] et les Turcs.

Le livre III traite de l'histoire des Berbères et des Zénètes, leurs voisins, ainsi que de leur commencement, de leurs différentes générations, de leur pouvoir et de leurs dynasties, particulièrement dans les régions du Maghreb.

Par[d] la suite, j'ai fait un voyage en Orient pour jouir de ses lumières, accomplir le devoir de pèlerinage à La Mecque et visiter Médine[28], suivant la coutume, et, en même temps, pour connaître les vestiges de cette région dans ses recueils [scientifiques] et ses livres. J'ai pu ainsi combler mes lacunes au sujet de l'histoire des rois non arabes de ces contrées et des dynasties turques qui ont étendu leur pouvoir sur certains de ces pays. J'ai ajouté ces informations à ce que j'avais déjà écrit, en les insérant dans les chapitres où j'avais parlé des nations des différents districts, des rois des diverses cités et régions éloignées, qui étaient contemporains de ces générations d'Arabes et de Berbères. J'ai pris le parti de la brièveté et de la concision, optant pour les solutions les plus simples et évitant les complications, posant d'abord les généalogies[29] générales pour passer ensuite aux histoires particulières.

Ainsi, mon ouvrage se trouve englober l'histoire de la Création. En levant maintes difficultés pour atteindre des vérités fuyantes, en assignant aux événements dynastiques leurs causes, il est comme un écrin pour la sagesse, un réservoir pour l'histoire.

Comme il est constitué de l'histoire des Arabes et des Berbères, habitants des villes et des tentes, ainsi que de l'évocation des grands États contemporains de ces peuples ; comme, en outre, il exprime les avertissements et les leçons à tirer des commencements et de l'histoire qui leur fait suite, je l'ai intitulé : *Le Livre des Exemples. Traité des commencements et de l'histoire relatif aux jours des Arabes, des non-Arabes, des Berbères*[e] *et des grands souverains de leur temps*[30].

Je n'ai rien omis du commencement des générations et des États, de la contemporanéité des anciennes nations, des causes des actions et des changements pendant les époques révolues et dans les communautés religieuses passées, et de tout ce qui advient dans la civilisation, tels qu'États et religions, villes et villages, puissance et abaissement, grandeur et petitesse, sciences et arts, acquisitions et gaspillage, conditions communes changeantes, nomades et sédentaires, choses présentes et à venir. De tout cela, j'ai traité exhaustivement, en présentant toujours les arguments et les causes.

Voilà donc un livre unique en son genre, où j'ai réuni des connaissances inhabituelles, des vérités proches de nous mais voilées. Cependant, je suis convaincu de mon imperfection, en comparaison des savants des différents siècles. Je reconnais mon inaptitude à prononcer un verdict sur de pareils sujets, et j'espère que les gens qui possèdent la compétence et le savoir considéreront ce travail avec un œil critique et sans complaisance et voudront bien faire preuve d'indulgence en en corrigeant les erreurs. Mon apport est de peu de valeur à côté de celui des savants, néanmoins, reconnaissant mes défauts, j'ose espérer échapper au blâme et gagner la bienveillance de mes pairs. Que Dieu fasse que nos œuvres soient sincèrement consacrées à Sa face généreuse ! Dieu me suffit. Quel excellent protecteur[f] !

INTRODUCTION

Importance de la science de l'histoire. Exposé de ses méthodes. Erreurs et méprises des historiens[a]*, et quelques-unes de leurs causes.*

L'histoire est une branche du savoir au chemin escarpé. Elle est de grande utilité et son but est noble. En effet, elle nous fait connaître les conditions des anciennes nations, les vies des prophètes, les dynasties et les politiques des rois. Ainsi, qui le désire y peut bénéficier pleinement d'exemples pour les choses religieuses ou mondaines.

L'histoire doit donc faire appel à des domaines multiples et à des connaissances variées et exige des qualités de réflexion théorique et de fermeté d'esprit susceptibles de conduire au vrai, de préserver des faux pas et des erreurs. Car si les récits historiques sont jugés du seul point de vue de leur transmission, sans être examinés à la lumière des modèles de l'expérience, des règles de la politique, de la nature de la civilisation et des conditions de la vie en société, et sans que les faits passés soient évalués par analogie avec les faits présents, on ne peut se prémunir contre les faux pas et éviter de dévier du chemin de la vérité.

Bien souvent, les historiens, les commentateurs du Coran[1], les grandes autorités en matière de sciences traditionnelles[2] ont commis des erreurs dans leur narration des anecdotes et des événements pour n'avoir pris en considération que le simple aspect de la transmission. N'ayant recours ni à la comparaison et à l'analogie avec des modèles ou des cas semblables, ni au critère de la sagesse[3], ni à la nature des choses, ni à l'examen des récits à la lumière de la réflexion théorique et de l'intelligence, ils se sont écartés du vrai, se sont perdus dans le désert de l'illusion et de l'erreur.

C'est ce qui arrive, en particulier, lorsqu'il est question de sommes d'argent ou d'effectifs militaires. Car les chiffres sont ce qui se prête le plus au mensonge et aux vaines paroles, et il est nécessaire de les confronter aux modèles et aux règles.

Voici un exemple, rapporté par al-Mas'ûdî et beaucoup d'autres historiens, au sujet des armées des Israélites[4]. Moïse, dit-on, les dénombra dans le désert[5], en passant en revue les hommes d'au moins vingt ans en état de porter les armes : il en compta plus de 600 000. En rapportant ce fait, al-Mas'ûdî ne s'est pas demandé si l'Égypte et la Syrie pouvaient contenir[b] des effectifs aussi élevés. Chaque royaume n'a que le nombre de troupes qu'il est capable de contenir et d'entretenir. Il ne peut aller au-delà. Ce fait est attesté par l'expérience et l'observation des conditions présentes. En outre, des armées aussi nombreuses peuvent difficilement avancer ou combattre, par manque d'espace. Déployées en ordre de bataille, elles s'étendront sur une distance double ou triple de la portée de la vue. Comment pourront-elles alors se battre ? Comment l'une peut-elle l'emporter, alors que, dans ses propres rangs, une aile ignore ce que fait l'autre ? Le présent en porte témoignage. Et ce qui est passé ressemble plus à ce qui viendra que l'eau à l'eau.

Par ailleurs, la puissance des Perses et de leur État était beaucoup plus grande que celle des Israélites. La preuve en est que Nabuchodonosor les a vaincus, a fait main basse sur leur pays, les a asservis, a détruit Jérusalem, base de leur religion et de leur autorité.

Il n'était pourtant qu'un des gouverneurs de la province du Fars, un toparque des marches occidentales de celle-ci, dit-on. Les provinces perses des deux Irak[6], du Khurâsân, de la Transoxiane, de Derbend, étaient beaucoup plus vastes que les provinces d'Israël. Néanmoins, les armées perses n'avaient jamais atteint ou seulement approché le chiffre avancé par al-Mas'ûdî. La plus grande concentration des troupes perses à al-Qâdisiya, selon la tradition rapportée par Sayf, se montait à 120 000 hommes, serviteurs exceptés. En comptant ceux-ci, ils étaient, selon la même source, plus de 200 000. Et d'après une tradition remontant à 'A'isha et az-Zuhrî, les troupes de Rustum engagées contre Sa'd à al-Qâdisiya ne dépassaient pas 60 000 hommes, avec les serviteurs.

Ceci encore : si les Israélites avaient atteint un tel chiffre, ils auraient exercé leur pouvoir et leur autorité sur un territoire plus vaste. Car l'étendue des provinces soumises à un État est en proportion des effectifs des troupes et des tribus qui sont au service de ce dernier, comme nous le montrerons dans le chapitre du livre I de cet ouvrage consacré aux provinces[c]. Or, on sait que les provinces des Israélites ne dépassaient pas, en Syrie, la Jordanie et la Palestine et, au Hijâz, Yathrib et Khaybar.

Il faut ajouter qu'entre Israël et Moïse, il n'y a, d'après les savants rigoureux, que trois[d] générations. Moïse était en effet le fils d'Amram, fils de Quehat[e], fils de Lévi, fils de Jacob, qui est Israël-Allâh. C'est la généalogie qu'on trouve dans la Torah[f][7]. Pour le temps qui les sépare, voici ce que dit al-Mas'ûdî : « Israël entra en Égypte avec ses enfants, les tribus, et leurs enfants. Lorsqu'ils se rendirent auprès de Joseph, ils étaient soixante-dix âmes. Leur séjour en Égypte, jusqu'à leur départ avec Moïse pour le Sinaï, fut de deux cents ans. Pendant ce temps, ils étaient soumis aux souverains successifs des Égyptiens, les Pharaons[8]. » Il est improbable qu'une descendance soit aussi nombreuse en l'espace de quatre générations. Et si l'on prétend que l'effectif en question se rapporte à l'époque de Salomon et de ses successeurs, ce ne sera guère vraisemblable, puisque, entre Israël et Salomon, il n'y a que onze générations. Salomon était le fils de David, fils de Jessé, fils d'Obed, fils de Booz, fils de Salmon, fils de Nahasson, fils d'Aminadab, fils de Ram, fils de Herzon, fils de Perez, fils de Juda, fils de Jacob. La descendance d'un seul homme ne peut, au bout de onze générations, se ramifier au point d'atteindre le chiffre avancé. Elle peut sans doute être évaluée à des centaines, voire à quelques milliers ; mais qu'elle dépasse ces chiffres est de l'ordre de l'improbable. D'ailleurs, il suffit pour se convaincre de la fausseté de ces allégations et du caractère mensonger des traditions sur lesquelles elles sont fondées de considérer les faits présents et observables, ainsi que les faits connus du passé récent. Ce qui est attesté dans les *Isrâ'iliyyât*, c'est que les troupes de Salomon comptaient 12 000 hommes, et que le nombre de ses chevaux de race, entravés aux portes du palais, s'élevait à 1 400[9]. Ce sont les informations les plus sûres. Les fables rapportées par le vulgaire ne méritent pas la moindre créance. Cela dit, c'est sous le règne de Salomon que l'État des Israélites était le plus florissant, et leur pouvoir le plus étendu.

À notre époque aussi, lorsque les discussions portent sur les troupes des dynasties régnantes ou d'une dynastie d'époque voisine, lorsqu'on relate des récits au sujet des armées musulmanes ou chrétiennes, qu'on évoque le montant des rentrées fiscales, les dépenses du sultan, les prodigalités des gens opulents ou les biens des riches, la plupart des gens se laissent entraîner trop loin par les chiffres, dépassant les limites des conditions ordinaires, cédant à la fascination de l'étrange. En s'informant auprès des responsables des registres militaires sur les effectifs des armées, en faisant des évaluations des biens des riches et de ce qu'ils gagnent, en tentant de mettre en lumière le montant des dépenses que les gens opulents ont l'habitude de faire, on ne trouve pas le dixième des chiffres avancés. Il y a à cela plusieurs raisons : la passion que l'âme éprouve pour les choses étranges, la facilité avec laquelle on se laisse emporter par les mots, l'indifférence à toute censure ou critique. Ainsi, on ne fait aucun examen de conscience ni pour une erreur involontaire ni pour un acte intentionnel ; on n'exige plus de soi les qualités de pondération et d'honorabilité[10] requises pour la transmission d'un récit ; on ne s'astreint à aucune recherche ni à aucune enquête. On donne libre cours à la fantaisie et au mensonge, on considère les versets de Dieu comme objet de raillerie, « se procurant de bonnes histoires au prix de l'égarement loin de la voie de Dieu[A] ». C'est là, faut-il le dire, un bien mauvais marché.

On pourrait penser que, si les conditions habituelles s'opposent à un tel accroissement de la descendance, cela ne s'applique pas au cas des Israélites. En ce qui les concerne, c'était un miracle, conformément à la tradition qui veut que, parmi les choses révélées à leurs ancêtres, les prophètes Abraham, Isaac et Jacob, il y avait la promesse que Dieu accroîtrait leur descendance jusqu'à ce qu'elle fût aussi nombreuse que les étoiles du ciel et les cailloux de la terre. Dieu accomplit pour eux cette promesse comme une grâce et un miracle en leur faveur. On ne pourrait donc opposer à ce fait les conditions habituelles, ni le mettre en cause.

A. Coran, XXXI, 6.

Et si quelqu'un s'oppose à ce fait en récusant la tradition qui le rapporte, arguant que celle-ci ne se trouve que dans la Torah — que les juifs, comme il est notoire, ont altérée —, on doit lui rétorquer, suivant les savants rigoureux, que cette thèse de l'altération est inacceptable et qu'elle ne doit pas être comprise au sens littéral. Car, comme le dit al-Bukhârî dans son *Sahîh*, la coutume s'oppose à ce que les adeptes d'une religion se livrent à de tels actes en ce qui concerne leurs livres divins. L'accroissement considérable du nombre des Israélites serait donc un miracle, rompant avec l'ordre habituel. Mais il n'en reste pas moins vrai que l'expérience, au sens propre, s'oppose à un tel phénomène dans tous les autres cas.

Pour ce qui est de dire que des armées aussi nombreuses pouvaient difficilement s'affronter sur le champ de bataille, c'est vrai. Mais un tel affrontement n'eut pas lieu, et il n'eût guère été nécessaire. Il est également vrai que chaque royaume a des effectifs militaires déterminés. Mais les Israélites ne formaient pas, au départ, une milice et ils n'avaient pas d'État. L'accroissement de leur nombre était uniquement en rapport avec leur conquête du pays de Canaan, que Dieu leur avait promis et dont Il avait purifié à leur intention le territoire. Toutes ces choses sont des miracles. C'est Dieu qui guide vers la vérité.

Voici un autre exemple des récits inconsistants des historiens. La plupart d'entre eux rapportent, dans leurs récits relatifs aux rois Tubba' du Yémen et de la péninsule Arabique, que ceux-ci lançaient, à partir du Maghreb, des raids contre l'Ifrîqiya et les Berbères du Maghreb. On prétend qu'Ifrîqus Ibn Qays Ibn Sayfî, un des grands rois de la première époque du Yémen, qui vivait au temps de Moïse ou un peu avant, avait attaqué l'Ifrîqiya et infligé une grande défaite aux Berbères. C'est lui qui leur aurait donné le nom de Berbères. Ayant écouté leur parler étranger, il se serait exclamé : « Quelle est cette *barbara* ? » De là viendrait ce nom, qui leur resta attaché depuis lors. En quittant le Maghreb, il y aurait maintenu quelques tribus himyarites qui se fixèrent dans le pays et se mêlèrent à la population locale. Les Sinhâja et les Kutâma seraient leurs descendants. De là l'opinion partagée par at-Tabarî, al-Jurjânî, al-Mas'ûdî, Ibn al-Kalbî et al-Bayhaqî[11], que les Sinhâja et les Kutâma sont d'origine himyarite. Al-Mas'ûdî[12] rapporte que Dhû l-Adh'âr, antérieurement à Ifrîqus, avait, au temps de

Salomon, razzié et soumis le Maghreb. Il dit la même chose au sujet de son fils Yâsir, qui lui succéda. Parvenu jusqu'à la rivière de sable, dans le pays du Maghreb, et ne pouvant plus frayer son chemin à cause de l'énorme quantité de sable, il serait ensuite retourné sur ses pas.

De même, on raconte qu'As'ad Abû Karib, le dernier roi des Tubba', contemporain du roi perse kayânide Yastâsb[13], régna sur Mossoul et l'Azerbaïdjan. Il aurait guerroyé contre les Turcs et leur aurait infligé une grande défaite. Il les aurait ensuite attaqués une deuxième et une troisième fois. Plus tard, il envoya ses trois fils à la conquête du Fars, de la Sogdiane — pays des nations turques de Transoxiane — et du pays des Rum[14]. Le premier s'empara du pays qui s'étendait jusqu'à Samarkand et passa en Chine par le désert. Il y retrouva son frère, qui venait de razzier la Sogdiane et l'avait devancé en Chine. Ils pillèrent ce pays et rentrèrent avec leur butin, après y avoir laissé quelques tribus himyarites. Celles-ci y seraient encore aujourd'hui. Le troisième frère aurait atteint Constantinople. Après avoir ravagé la ville et soumis le pays des Rum, il aurait repris le chemin du retour.

Tous ces récits sont loin d'être authentiques. Ils sont fortement entachés d'illusions et d'erreurs, et ressemblent plutôt aux histoires qu'inventent les conteurs[15]. Le royaume des Tubba' était localisé dans la péninsule Arabique, et c'était à Sanaa, au Yémen, que ces rois avaient leur résidence et leur capitale. La péninsule Arabique est entourée par la mer sur trois côtés : au sud, la mer de l'Inde [océan Indien] ; à l'est, la mer du Fars [golfe Persique], qui se détache de la mer de l'Inde et s'étend jusqu'à Basra ; à l'ouest, la mer de Suez [mer Rouge], qui va de la mer du Fars jusqu'à la province égyptienne de Suez. On peut le voir sur une carte. Pour aller du Yémen au Maghreb, il n'y a qu'une seule voie, qui passe par Suez. De la mer de Suez à la mer Syrienne [Méditerranée], il y a une distance de deux journées de marche, ou moins. Il est improbable qu'un grand roi ait emprunté ce chemin avec une armée nombreuse, sans qu'il fût maître du pays. Cela est contraire à l'expérience. Dans ces provinces, il y avait eu les Amalécites, alors qu'en Syrie, il y avait eu les Cananéens et, en Égypte, les Coptes. Plus tard, les Amalécites furent les maîtres de l'Égypte, et les Israélites, de la Syrie. On n'a pas rapporté que les Tubba' aient jamais combattu contre aucune de ces nations ni qu'ils aient possédé une quelconque partie de ces territoires. D'autre part, une longue distance sépare le Yémen du Maghreb, et une armée a besoin d'une grande quantité de provisions et de fourrage. En passant par des territoires qui ne sont pas soumis à son autorité, elle réquisitionne nécessairement les grains et le bétail, pille le pays qu'elle traverse. Ce qu'elle obtient de cette façon reste encore en deçà de ses besoins en vivres et en fourrage. Si elle veut emporter de son propre pays le ravitaillement nécessaire, elle manquera de bêtes de somme pour le transport. Il est donc indispensable que toutes les provinces traversées soient conquises et soumises, afin qu'une armée puisse s'y procurer son ravitaillement. Supposer qu'elle passe au milieu de ces nations sans susciter leur hostilité, et obtienne pacifiquement ce dont elle a besoin, est encore plus invraisemblable. Cela prouve que ces récits sont peu fondés, ou inventés.

Quant à la rivière de sable qui serait infranchissable, on n'en a jamais entendu parler au Maghreb. Pourtant, nombreux sont ceux qui ont traversé ce pays. Ses routes ont été empruntées par les voyageurs à toutes les époques et dans toutes les directions. Or, l'étrangeté qu'on prête à cette rivière aurait dû inciter à en parler.

Pour ce qui est des expéditions des rois des Tubba' en Orient et au pays des Turcs, si la voie d'accès est plus vaste que le passage de Suez, la distance est plus grande, et les Perses et les Byzantins s'interposent entre les Tubba' et les Turcs. On n'a jamais rapporté que les Tubba' aient occupé les territoires de ces deux nations. Tout au plus ont-ils guerroyé contre les Perses sur les frontières entre le pays de l'Irak et les territoires des Arabes situés entre al-Bahrayn et al-Hîra, régions frontalières communes aux deux nations. Ces guerres ont eu lieu entre le Tubba' Dhû l-Adh'âr et le roi kayânide Kîkâwûs, puis entre le Tubba' al-Asghar Abû Karib et le Kayânide Yastâsb. Il y en eut d'autres, ensuite, avec les Mulûk at-Tawâ'if [les Satrapes], puis avec les Sassanides. L'expérience montre que les Tubba' n'auraient pas pu, au-delà de la Perse, effectuer des raids contre le territoire des Turcs et le Tibet. Car il y a des nations qui s'interposent et, à cause de la distance, il y a des difficultés à disposer des provisions et du fourrage nécessaires. Les récits qu'on rapporte à ce sujet sont donc inconsistants et falsifiés. À supposer que leur transmission fût correctement établie, ils n'en seraient pas moins suspects à cause de ce qui vient d'être dit. Ils le sont d'autant plus que leur voie de transmission n'est pas valide. La tradition d'Ibn Ishâq, dans son récit au sujet de Yathrib, des Aws et des Khazraj, suivant laquelle le dernier roi des Tubba' aurait fait une expédition en Orient, doit s'entendre de l'Irak et du Fars, et en aucun cas du pays des Turcs et du Tibet, pour les raisons déjà exposées. On ne doit pas ajouter créance à ce genre d'informations. On doit examiner les récits avec attention, en vérifier la conformité à des règles valides. C'est la meilleure façon de les purifier de leurs scories. C'est Dieu qui nous guide vers ce qui est juste.

Voici un autre exemple encore plus invraisemblable et plus enraciné dans l'erreur. C'est celui que colportent les exégètes du Coran lorsqu'ils expliquent cette parole de Dieu dans la sourate *al-Fajr* : « Ne vois-tu pas comment ton Seigneur a traité les 'Ad d'Iram aux colonnes[A] ? » Ils font du mot Iram le nom d'une ville dont il est dit qu'elle a des piliers ou colonnes. Ils rapportent que 'Ad, fils de Us, fils d'Iram, avait eu deux fils, Shadîd et Shaddâd, qui régnèrent après lui. Shadîd mourut, tout le pouvoir échut alors à Shaddâd, et les rois lui furent soumis. Ayant entendu une description du paradis, il dit : « Je bâtirai un lieu pareil. » Il édifia la ville d'Iram dans le désert d'Aden en trois cents ans. On raconte que c'était une grande ville. Ses palais étaient d'or et d'argent, ses colonnes d'émeraude et de saphir. On y trouvait toutes sortes d'arbres et des rivières qui coulaient librement. Lorsque son édification fut terminée, Shaddâd voulut s'y rendre avec les habitants de son royaume. Mais à un jour et une nuit de marche de la ville, Dieu envoya contre eux une clameur du ciel, et tous périrent. Ce récit est rapporté par at-Tabarî, ath-Tha'âlibî, az-Zamakhsharî et d'autres exégètes. Ils rapportent aussi que 'Abd Allâh Ibn Qilâba, un Compagnon du Prophète, racontait qu'un jour, parti à la recherche de ses chameaux, il tomba par hasard sur cette ville, d'où il emporta tout ce qu'il put. La nouvelle parvint aux oreilles de Mu'âwiya, qui le manda auprès de lui. 'Abd Allâh lui fit le récit de son aventure. Le calife convoqua Ka'b al-Ahbâr et l'interrogea à ce sujet. Ka'b dit : « C'est Iram aux colonnes. Un musul-

A. Coran, LXXXIX, 6-7.

man vivant sous ton règne y entrera. Il est blanc, roux, petit de taille, avec un grain de beauté au sourcil et un autre au cou. Il sortira à la recherche de ses chameaux. » Sur ce, Ka'b se retourna et aperçut Ibn Qilâba. « Par Dieu, s'écria-t-il, c'est bien cet homme. »

Mais depuis, de cette ville, on n'entendit plus parler nulle part. Le désert du Yémen où elle aurait été édifiée se situe au centre de ce pays. Or, c'est une région qui n'a pas cessé d'être habitée ; les voyageurs et les guides l'explorent dans toutes les directions. On n'a jamais rapporté aucune information au sujet de cette ville. Aucun historien, aucune nation n'en parle. Si seulement on prétendait que ses vestiges avaient disparu, comme ceux de bien d'autres cités, cela aurait été plus vraisemblable. Mais, apparemment, on affirme qu'elle existe encore. Certains même l'identifient à Damas, en se fondant sur le fait que cette ville fut autrefois possédée par les 'Ad. D'autres, pris de délire, vont jusqu'à dire qu'elle est invisible et que seuls peuvent la découvrir ceux qui pratiquent des exercices d'ascétisme et les magiciens. Mais ce ne sont que des propos sans fondement, du genre des contes.

Ce qui a amené les exégètes du Coran à faire cette sorte de suppositions, ce sont des considérations découlant de l'analyse grammaticale. Voyant dans l'expression *dhât al-'imâd*, « aux colonnes », une épithète du mot *Iram*, ils ont donné au mot *'imâd* le sens de colonnes. D'où l'idée d'un édifice. Ils ont été également poussés dans cette direction par la leçon d'Ibn az-Zubayr[16], qui lit : *'Adi Iram* ['Ad d'Iram], avec une forme d'annexion, et non *'Adin Iram* ['Ad-Iram]. Ils ont ensuite adopté ces histoires, sorte de contes inventés, semblables aux interprétations coraniques de Sayfawayh[17], qu'on rapporte comme des histoires comiques.

En réalité, les piliers dont il s'agit sont des piliers de tente. On pourrait sans doute penser aussi à des colonnes, étant donné la puissance des 'Ad, et ils pourraient donc être décrits en termes généraux comme un peuple qui avait des édifices et des colonnes. Mais on ne pourrait pas affirmer qu'il s'agit de tel édifice particulier, dans telle ville déterminée. Si, conformément à la leçon d'Ibn az-Zubayr, on lit *'Adi Iram* ['Ad d'Iram], avec une construction au génitif, ce devrait être comme dans l'expression où se marque le lien d'annexion d'une fraction à une tribu. Par exemple : les Quraysh de Kinâna, les Ilyâs de Mudar, les

Rabî'a de Nizâr. Il n'y a donc pas lieu de faire des interprétations aussi invraisemblables, à l'appui desquelles on apporte des anecdotes sans consistance, trop éloignées de la vérité pour être attribuées au Livre de Dieu[g].

Voici encore un autre exemple des anecdotes falsifiées qu'on trouve chez les historiens. Ils rapportent tous que la raison qui a poussé le calife ar-Rashîd à disgracier les Barmécides fut l'intrigue de sa sœur al-'Abbâsa[18] avec Ja'far Ibn Yahyâ Ibn Khâlid[19], son affranchi. Comme ar-Rashîd tenait beaucoup à boire du vin avec eux, il les autorisa à établir un contrat de mariage, afin qu'ils puissent être admis tous deux en son conseil, mais sans le droit d'avoir des rapports intimes. Al-'Abbâsa, très éprise de Ja'far, aurait trouvé une ruse pour rester seule avec lui : il l'aurait ainsi possédée quand il était ivre et elle serait tombée enceinte de ses œuvres. On aurait rapporté la chose à ar-Rashîd, qui serait entré dans une grande colère.

Tout cela est si peu conforme avec la position d'al-'Abbâsa, étant donné sa religion, sa naissance, son rang ! N'est-elle pas issue de 'Abd Allâh Ibn al-'Abbâs, dont ne la séparent que quatre générations d'hommes — les plus nobles de la religion, les plus grands de la communauté, après lui ? N'est-elle pas la fille de Muhammad al-Mahdî, fils d'Abû Ja'far 'Abd Allâh al-Mansûr, fils de Muhammad as-Sajjâd, fils de 'Alî, le « Père des califes », fils de 'Abd Allâh, l'interprète du Coran, fils d'al-'Abbâs, l'oncle paternel du Prophète ? Fille et sœur de calife, protégée de toutes parts par son appartenance à la haute royauté et au califat prophétique, à une lignée de Compagnons et d'oncles du Prophète, de guides de la communauté, lignée qui a reçu la lumière de la Révélation et la visite des anges ; toute proche encore d'un arabisme bédouin et d'une foi simple, étrangère aux habitudes de luxe et aux attraits des péchés, peut-on trouver personne mieux gardée et plus chaste ? Où la pureté et la vertu trouveront-elles refuge si elles désertent sa maison ? Comment peut-elle accepter d'unir son nom à celui de Ja'far Ibn Yahyâ, de souiller sa noblesse arabe du sang d'un affranchi persan ? Son ancêtre à lui avait été acheté comme esclave, ou peut-être avait-il été affranchi par un ancêtre à elle, membre de la famille du Prophète et noble Qurayshite. Ce n'est que la dynastie qurayshite qui a tiré Ja'far et son père de leur vile condition et les a élevés au rang de la noblesse. Comment ar-

Rashîd, avec sa fierté et sa haute naissance, aurait-il pu se permettre de s'allier à des affranchis persans ? Quiconque voudra bien réfléchir avec impartialité à cette histoire et juger d'al-'Abbâsa par analogie avec la fille d'un grand roi de son temps ne pourra que la disculper de s'être commise de la sorte avec un affranchi de sa famille, soumis à l'autorité de son clan. Il déniera avec indignation toute vérité à ce conte. Et qui pourrait être comparé en dignité à al-'Abbâsa et ar-Rashîd ?

En réalité, ce qui a causé la disgrâce des Barmécides, c'est leur mainmise sur l'État et leur accaparement des revenus fiscaux[20]. Au point qu'ar-Rashîd, si peu d'argent qu'il demandât, ne pouvait obtenir satisfaction. Les Barmécides le tenaient sous leur dépendance et usurpaient son pouvoir. Il n'avait aucune part dans la direction des affaires du royaume. Eux gagnaient ainsi en influence et en prestige, plaçaient à tous les échelons de l'État et à tous les postes des chefs nommés parmi leurs fils ou leurs clients, se réservant toutes les fonctions d'épée et de plume, telles que celles de vizir, de secrétaire, de chef d'armée, de chambellan. On dit qu'au palais d'ar-Rashîd il y avait vingt-cinq descendants de Yahyâ Ibn Khâlid qui occupaient de telles responsabilités. Ils l'emportaient sur les hommes appartenant à la dynastie régnante et leur barraient l'accès à ces fonctions, grâce à la position de Yahyâ auprès de Hârûn ar-Rashîd. De celui-ci, il avait été le tuteur lorsqu'il était prince héritier, le conseiller, lorsqu'il fut devenu calife. Ar-Rashîd avait grandi dans son giron, avait tout appris de lui, était sous sa férule et l'appelait « mon père ». Cela attira les hommages aux Barmécides au détriment du souverain. On s'efforça de leur plaire, on chercha le prestige auprès d'eux. Les hommes influents tournèrent leurs regards de leur côté, on se mit à leur disposition, on concentra en eux tous les espoirs. Des marches lointaines leur parvenaient les présents des princes et des émirs. Les revenus fiscaux étaient détournés et versés à leur trésor dans l'espoir de se rapprocher d'eux et de gagner leurs faveurs. De leur côté, ils distribuaient des présents aux chiites et aux grands personnages parmi les proches parents de la famille dynastique et les comblaient de dons, donnaient de quoi vivre aux parents pauvres des grandes familles, payaient les rançons des prisonniers. On chantait leurs louanges plus haut que celles du calife. Eux répandaient sur leurs solliciteurs les présents et les dons. Ils avaient acquis des villages dans toutes les provinces et des exploitations foncières autour des grandes villes et dans les campagnes.

Ils finirent par susciter le mécontentement du cercle le plus proche[21] du calife, la haine secrète de l'élite[22], l'exaspération des divers clients de la dynastie. Toutes les figures de l'envie et de la jalousie se firent jour contre eux, les scorpions de l'intrigue se glissèrent jusque dans leurs positions les plus confortables au sein de l'État. Les Banû Qahtaba, leurs oncles maternels, furent parmi les plus acharnés à les dénoncer, l'âme emplie de jalousie, indifférents aux liens du sang et de parenté. Ces sentiments trouvèrent un écho favorable chez leur maître : un début de révolte, un mouvement d'orgueil contre son maintien en tutelle, des haines rentrées suscitées par les futilités de la vie de cour, renforcées par la persistance des Barmécides à s'opposer à ses volontés. Ce fut le cas, par exemple, dans l'affaire de Yahyâ Ibn 'Abd Allâh Ibn al-Hasan Ibn 'Alî Ibn Abî Tâlib, le frère de Muhammad al-Mahdî, surnommé an-Nafs az-Zakiyya, qui s'était révolté contre al-Mansûr. Ce Yahyâ avait été ramené du pays des Daylam par al-Fadl Ibn Yahyâ[23], avec un écrit d'aman d'ar-Rashîd qui, pour ce service, avait, selon at-Tabarî[24], versé mille fois mille dirhams aux Barmécides. Ar-Rashîd confia Yahyâ à Ja'far et le chargea de son emprisonnement et de sa surveillance dans sa maison. Après[b] quelque temps, par désir de se faire bien voir, Ja'far prit la liberté de relâcher son prisonnier, prétendument par respect pour le sang de la famille du Prophète et pour renforcer l'autorité du souverain. Interrogé par ar-Rashîd, à qui on avait rapporté le fait, Ja'far comprit que le calife était prévenu et répondit qu'il venait de mettre en liberté Yahyâ. Le calife fit mine d'approuver et cacha ses sentiments. Ce fut ainsi que Ja'far causa sa perte et celle de sa famille. La haute position qu'ils s'étaient acquise fut anéantie, le ciel qu'ils avaient édifié s'effondra sur eux, la terre se déroba sous leurs pieds et leur maison fut engloutie. Leurs jours de gloire ne furent qu'un souvenir du passé et un exemple pour la postérité[25].

Quiconque réfléchit sur leur histoire, examinant, d'un côté, le comportement de la dynastie au pouvoir, et de l'autre, leur conduite, pourra découvrir les indices certains de tout ce drame, ainsi que l'enchaînement des causes qui y ont conduit. On peut citer, par exemple, la discussion rapportée par Ibn 'Abd Rabbih[26] entre ar-Rashîd et l'arrière-grand-oncle de l'historien, Dâwud Ibn 'Alî, au sujet de la disgrâce des Barmécides. Ou encore les conversations sur le même sujet — rapportées par l'auteur du *'Iqd* dans le chapitre des poètes[27] — qui eurent lieu entre al-Asma'î et respectivement ar-Rashîd et al-Fadl Ibn Yahyâ, au cours des veillées organisées par le calife. On voit bien que ce qui avait causé la perte des Barmécides fut la jalousie du calife et des hauts dignitaires, ainsi que les luttes pour l'exercice de l'autorité. On y voit aussi comment leurs ennemis, du cercle le plus proche du calife, avaient soufflé ces vers aux chanteurs, afin de les faire entendre à ce dernier et d'exciter sa colère :

Puisse Hind tenir sa promesse,
et guérir nos âmes en détresse !
Qu'elle soit une fois la maîtresse.
Si on n'est tyran, c'est par faiblesse !

Les ayant entendus, ar-Rashîd s'écria : « Par Allâh, je ne suis qu'un faible ! » De cette façon, sa jalousie rentrée éclata au grand jour et sa terrible vengeance tomba sur eux. Dieu nous préserve de la domination des hommes et de l'adversité.

On prétend, par ailleurs, qu'ar-Rashîd se livrait à la boisson et s'enivrait avec ses compagnons. À Dieu ne plaise ! Que cela est loin de ce que l'on connaît d'ar-Rashîd : la conformité de sa conduite avec les obligations religieuses et morales du califat ; son amitié pour les savants et les saints ; ses conversations avec al-Fudayl Ibn Iyâd, Ibn as-Sammâk et al-'Umarî ; sa correspondance avec Sufyân [ath-Thawrî] ; les larmes qu'il a versées en écoutant leurs sermons ; ses prières au cours de ses circumambulations à La Mecque ; sa piété, son observance des heures de prières et du réveil à l'aube. Chaque jour, selon at-Tabarî[28] et d'autres, il faisait cent prosternations surérogatoires. Tous les ans, il faisait soit le pèlerinage à La Mecque, soit une expédition contre les infidèles. Un jour, il réprimanda Ibn Abî Maryam, son bouffon, qui, l'ayant entendu réciter au cours de sa prière le verset : « Comment n'adoré-je pas Celui qui m'a créé[A] », enchaîna : « Par Dieu, je ne sais pourquoi. » Ar-Rashîd ne

A. Coran, XXXVI, 22.

put se retenir de rire. Il gourmanda Ibn Abî Maryam en ces termes : « Quoi ? Même pendant la prière ? Je te permets tout. Mais gare, si tu touches au Coran ou à la religion. »

Ar-Rashîd était encore tout imprégné du savoir et de la simplicité de ses ancêtres, dont peu de temps le séparait. Il n'y avait que peu d'écart entre lui et son grand-père Abû Ja'far, et il était encore un jeune homme quand celui-ci mourut. Abû Ja'far, avant de devenir calife, mais aussi après son avènement, était un homme de grand savoir et de profonde piété. C'est lui qui, ayant conseillé à Mâlik de composer *al-Muwatta'*, s'adressa à lui en ces termes : « Ô Abû 'Abd Allâh ! Nous sommes aujourd'hui les deux hommes les plus savants qui restent. Puisque je suis occupé par ma charge de calife, il te revient à toi de composer un ouvrage qui soit utile aux gens, où tu éviteras les facilités d'Ibn 'Abbâs et les complications d'Ibn 'Umar, un ouvrage simple et commode. » « C'est de lui, dira Mâlik, que j'ai appris ce jour-là l'art d'écrire[29]. » Son fils al-Mahdî, le père d'ar-Rashîd, fut témoin de son scrupule à user des revenus publics pour habiller sa famille. Il le surprit un jour dans son conseil entouré de tailleurs à qui il avait confié les vieux habits de ses gens à raccommoder. Contrarié, al-Mahdî lui dit : « Ô Émir des croyants, accorde-moi d'habiller cette année sur mes propres revenus les gens de ta maison. » Abû Ja'far le lui accorda. Il n'essaya pas de le dissuader et ne permit pas qu'on fît des dépenses de ce genre en puisant dans les biens des musulmans. Comment ar-Rashîd, que si peu d'années séparaient alors de ce calife et de ce paternel exemple, qui fut éduqué au sein d'une famille imprégnée des mêmes principes, se serait-il adonné à la boisson et *a fortiori* publiquement ? On sait qu'à l'époque préislamique les Arabes de noble extraction s'abstenaient de boire du vin. La vigne n'était pas une plante de chez eux, et boire du vin, pour beaucoup d'entre eux, était considéré comme une action blâmable. Ar-Rashîd, comme ses pères, prenait grand soin d'éviter toutes les choses blâmables au point de vue religieux ou moral et tenait à se parer des plus belles actions, des qualités les plus parfaites, ainsi que des vertus traditionnelles des Arabes.

On peut citer à ce titre l'anecdote rapportée par at-Tabarî et al-Mas'ûdî[30] au sujet du médecin Jibrîl Ibn Bukhtîshû'. On avait servi du poisson à la table d'ar-Rashîd, et Jibrîl lui avait défendu d'en goûter et avait ordonné au maître de la table de le porter chez lui. Intrigué, le calife fit épier son médecin par un domestique, qui le surprit en train d'en manger. En guise de justification, Jibrîl prit trois morceaux de poisson qu'il présenta chacun dans une coupe différente : dans la première, il ajouta de la viande préparée avec des épices, des légumes, des herbes rafraîchissantes et des sucreries. Il versa dans la seconde de l'eau glacée, et du vin pur dans la troisième. Montrant les deux premières, il dit : « Ceci est à servir à l'Émir des croyants : du poisson, accompagné d'autres choses, ou non accompagné. » De la troisième, il dit[i] : « Ceci est pour Ibn Bukhtîshû'. » Puis il les remit au maître de la table. À son réveil, ar-Rashîd convoqua Jibrîl pour le réprimander. Celui-ci fit porter les trois coupes : dans celle où avait été versé le vin, le poisson s'était imprégné du liquide et était réduit en miettes, tandis que dans les deux autres il s'était altéré et sentait mauvais. La justification du médecin fut tout à fait concluante[31]. Il en ressort en tout cas qu'il était notoire auprès de ses proches et des gens qui le servaient à table qu'ar-Rashîd s'abstenait de boire du vin. Et c'est un fait bien établi qu'ar-Rashîd fit emprisonner Abû Nuwâs parce qu'on lui avait rapporté qu'il s'adonnait à la boisson, et qu'il ne le relâcha qu'après qu'il se fut repenti et eut renoncé au vin.

En réalité, ar-Rashîd ne prenait qu'une boisson à base de dattes, en conformité avec l'école juridique de l'Irak, dont les décisions en cette matière sont notoires. On ne peut aucunement l'accuser d'avoir consommé du vin pur, et les récits inconsistants rapportés à ce sujet ne peuvent être retenus. Il n'était pas homme à commettre un péché considéré comme un des plus graves par la communauté musulmane. D'ailleurs, les tout premiers 'Abbâssides, qui avaient encore la rudesse du désert et la simplicité de la religion primitive, n'étaient guère susceptibles d'adopter dans leurs habitudes vestimentaires, leurs parures ou leurs manières de table des goûts de dissipation ou de luxe. Comment auraient-ils pu sortir des limites de ce qui est permis et licite pour commettre des actes interdits ou illicites ? At-Tabarî, al-Mas'ûdî et d'autres historiens s'accordent à reconnaître que tous les califes omeyyades et 'abbâssides de la première période avaient un équipement à peine orné d'argent, qu'il s'agisse de leurs ceintures, de leurs épées, des rênes et des selles de leurs chevaux. Le premier calife à adopter un équipement orné d'or fut al-Mu'tazz[32], fils d'al-Mutawakkil, huitième successeur d'ar-Rashîd. Ils[j] observaient la même conduite pour ce qui est des vêtements. Comment auraient-ils pu agir autrement pour ce qui est des boissons. Tout cela apparaîtra avec davantage de clarté si l'on saisit la nature de l'État à ses débuts, au moment où il conserve encore la bédouinité de ses premiers temps. C'est ce que nous montrerons, s'il plaît à Dieu, dans le livre I de cet ouvrage.

Des récits du même genre, ou peu s'en faut, sont rapportés par tous les historiens au sujet de Yahyâ Ibn Aktham, le cadi et compagnon du calife al-Ma'mûn. On raconte qu'il buvait du vin avec ce dernier. Une nuit, tombé ivre, on l'ensevelit dans du basilic. Ayant repris ses esprits, il se serait mis à chanter :

Ô mon maître ! Seigneur de tous les hommes,
de mon échanson injuste est la loi !
Je l'ai négligé, il m'a rendu comme
tu me vois là : sans raison et sans foi.

La conduite d'Ibn Aktham et d'al-Ma'mûn est en réalité identique à celle qu'on reconnaît à ar-Rashîd. Leur boisson était à base de dattes. Elle n'était pas prohibée, selon leur doctrine. Pour ce qui est de l'ivresse, elle n'était pas compatible avec leur rang. L'amitié entre Ibn Aktham et al-Ma'mûn était inspirée par la religion. Il est vrai qu'ils dormaient dans la même pièce. On rapporte ce trait de vertu et de savoir-vivre d'al-Ma'mûn : s'étant réveillé une fois au milieu de la nuit, il se leva et chercha à tâtons la cruche d'eau, de crainte de réveiller Yahyâ. C'est aussi un fait établi qu'ils faisaient ensemble la prière de l'aube. Comment cela peut-il s'accorder avec la boisson ? En outre, Yahyâ Ibn Aktham appartenait au cercle des traditionnistes ; l'imam Ahmad Ibn Hanbal et le cadi Ismâ'îl ont parlé de lui avec éloge ; at-Tirmidhî tient de lui plusieurs traditions du Prophète de son *Kitâb al-Jâmi'* ; l'érudit al-Mizzî indique qu'al-Bukhârî a rapporté d'après lui plusieurs traditions, qu'il a insérées dans d'autres recueils que son *al-Jâmi' as-sahîh*. Attaquer[k] Yahyâ, c'est attaquer tous ces hommes.

D'autre part, les propos outrageants insinuant que Yahyâ avait du goût pour les garçons sont un grossier mensonge à la face de Dieu et une imposture dirigée contre les savants. Leurs auteurs s'appuient sur les récits inconsistants des conteurs, sans doute inventés par ses ennemis. Car il était envié pour sa perfection et en raison de son amitié avec le détenteur de l'autorité. En réalité, son rang dans les sciences et la religion le mettent au-dessus de tout soupçon. Ibn Hanbal, à qui l'on avait rapporté ces calomnies que les gens faisaient courir sur Yahyâ, s'écria : « Grand Dieu ! Grand Dieu ! Qui dit cela ? » Il désapprouva ces propos de la façon la plus catégorique. Lorsque le cadi Ismâ'îl parla une fois de lui en termes de louange, on lui fit connaître les rumeurs répandues sur Yahyâ. Il s'exclama : « À Dieu ne plaise ! La probité d'un homme tel que lui ne saurait être ternie par les accusations d'un insolent ou d'un envieux. » Il dit aussi : « Yahyâ Ibn Aktham est trop innocent devant Dieu pour que rien de ce dont on l'a accusé au sujet de l'amour des garçons ne soit vrai. J'ai pu observer sa vie la plus secrète, et j'ai vu sa crainte extrême de Dieu. C'était un homme enjoué et affable, et ce fut là l'origine des accusations portées contre lui. » Ibn Hibbân, qui le cite dans *ath-Thiqât*, dit qu'il ne faut prêter aucune attention à ces rumeurs, qui sont pour la plupart sans fondement.

Du même tonneau est l'histoire du panier, rapportée par Ibn 'Abd Rabbih, l'auteur du *'Iqd*[33], pour expliquer comment al-Ma'mûn devint le gendre d'al-Hasan Ibn Sahl en épousant sa fille Bûrân. Un soir, alors qu'il se promenait dans les rues de Bagdad, al-Ma'mûn se heurta à un panier qui pendait du haut d'un toit à l'aide de cordes de soie attachées à une poulie. Il s'assit dans le panier, s'agrippa aux cordes, et se vit hisser en l'air. Il se retrouva dans une salle qu'Ibn 'Abd Rabbih se plaît à décrire avec ses splendides tapis, le bel ordre de son mobilier, et toute la magnificence qu'elle offrait au regard ébloui et ravi. Une femme d'une beauté admirable et pleine de séduction sortit de derrière les voiles, et vint au-devant d'al-Ma'mûn. Elle le salua et l'invita à lui tenir compagnie. Alors il passa la nuit à boire avec elle. Au matin, il regagna l'endroit où ses compagnons l'attendaient. Il était si amoureux de la femme qu'il demanda sa main à son père. Mais comment tout cela peut-il se concilier avec ce que l'on sait d'al-Ma'mûn ? Sa piété, son savoir, son soin à imiter la conduite des califes bien guidés — ses ancêtres —, son approbation de la vie des quatre premiers califes, ces piliers de la communauté musulmane ? Ses discussions avec les savants, son soin à observer, dans ses prières et dans ses décrets, les normes divines ? Peut-on lui attribuer les mœurs des gens impies et frivoles, qui traînent la nuit dans les rues, entrent dans des maisons inconnues, fréquentent les lieux où l'on fait des veillées à la manière des Bédouins amoureux ? Comment, par ailleurs, cette histoire peut-elle s'accorder avec le rang et la noblesse de la fille d'al-Hasan Ibn Sahl, et avec la rigueur et la chasteté qui régnaient dans la maison de son père ?

Les histoires de ce genre sont nombreuses et bien connues dans les ouvrages des historiens. Ceux qui les inventent ou les répandent sont poussés par l'attrait des plaisirs interdits et le goût de dévoiler les secrets d'autrui. Ils citent les exemples de ces hommes pour justifier leurs propres penchants pour les plaisirs. Aussi les voit-on souvent exprimer leur passion pour cette sorte d'anecdotes et éplucher les livres pour en relever. Ils feraient mieux — si au moins ils savaient — de prendre exemple sur les qualités de perfection de ces personnages, plus conformes à leur rang et plus notoirement connues.

Un jour, je fis à un émir de rang royal des reproches au sujet de sa passion pour le chant et la pratique d'un instrument à cordes : « Ce n'est pas ton affaire, lui dis-je ; et c'est une chose qui ne convient pas à ton rang. — Ne vois-tu pas, rétorqua-t-il, qu'Ibrâhîm, fils d'al-Mahdî, était le maître de cet art et le meilleur chanteur de son temps ? — Ah ! Vraiment ! repris-je. Et pourquoi ne prends-tu pas plutôt exemple sur son père ou sur son frère ? Ne vois-tu pas que c'est justement cela qui l'empêcha de s'élever à leur position ? » Mais le prince, sourd à mes conseils, me tourna le dos.

L'opinion rapportée par de nombreux historiens et des savants dignes de foi au sujet des 'Ubaydites[34], califes chiites de Kairouan et du Caire, fait également partie du même genre de récits inconsistants. Ces auteurs nient qu'ils appartiennent à la famille du Prophète et récusent leur descendance d'Ismâ'îl al-Imâm Ibn Ja'far as-Sâdiq. Ils se fondent pour cela sur des histoires qui ont été forgées pour les califes 'abbâssides affaiblis, afin de leur plaire en dénigrant ceux qui leur faisaient la guerre et en insultant leurs ennemis. De ces anecdotes, nous citerons des exemples lorsque nous traiterons des 'Ubaydites. Ils se dispensent d'examiner le témoignage des faits et les preuves tirées des circonstances concrètes, qui disent tout le contraire et constituent un démenti et une réfutation de ces allégations.

Tous les récits de ces historiens s'accordent sur le commencement de l'État chiite. Lorsque la propagande qu'Abû 'Abd Allâh al-Muhtasib menait dans le pays des Kutâma[35] en faveur d'ar-Ridâ, membre de la famille du Prophète, fut notoirement connue, et qu'on sut son dévouement à 'Ubayd Allâh al-Mahdî et à son fils Abû-l-Qâsim, ceux-ci, craignant pour leur vie, s'enfuirent de l'Orient, siège du califat[36]. Après avoir traversé l'Égypte, ils quittèrent Alexandrie, déguisés en marchands. 'Isâ an-Nawsharî, gouverneur d'Égypte et d'Alexandrie, mis au courant, envoya des cavaliers à leurs trousses. Trompés par leur accoutrement, ceux-ci ne purent les identifier, et les fugitifs gagnèrent alors le Maghreb. Al-Mu'tadid ordonna aux Aghlabides, émirs de l'Ifrîqiya à Kairouan, et aux Midrârites, émirs de Sijilmâsa, de fouiller tout le pays et d'envoyer partout des espions pour les retrouver. Ilyasa', le Midrârite, maître de Sijilmâsa, découvrit leur cachette dans son territoire, et les fit arrêter pour plaire au calife. Cela se passait avant la victoire des chiites sur les Aghlabides, à Kairouan. Par la suite, la cause des 'Ubaydites triompha au Maghreb et en Ifrîqiya, puis au Yémen, à Alexandrie, en Égypte, en Syrie et au Hijâz. Ils se taillèrent dans les provinces de l'islam un domaine équivalant à celui des 'Abbâssides. Ils faillirent même pénétrer au cœur de leur empire et faire basculer leur pouvoir. À Bagdad et en Irak, l'émir al-Basâsirî, un affranchi des Daylam[m] (qui avaient instauré leur domination sur les califes 'abbâssides), se rallia à leur cause à la suite du différend qui l'avait opposé aux émirs non arabes. Pendant une année entière, il fit prononcer leur nom dans les sermons des mosquées. Ainsi, les 'Abbâssides furent sans cesse gênés par leur puissance et leur État, tandis que les souverains omeyyades, par-delà la mer, adoptaient envers eux une attitude de crainte mêlée d'hostilité. Comment un homme usant d'un faux nom et de mensonges pour arriver au pouvoir suprême aurait-il pu si bien réussir ? Voyez ce qu'il advint du Qarmate[37], qui se prévalait d'une fausse généalogie : sa cause fut complètement anéantie, ses partisans dispersés. Très vite, leur perversité et leur fourberie furent dévoilées. Leur fin fut désastreuse, et ils goûtèrent les fruits amers de leurs méfaits. Si tel eût été le cas des ʿUbaydites, ils n'auraient pas tardé à être découverts. Le poète a dit :

> *Quels que soient les traits de caractère d'un homme,*
> *qu'il ne se donne pas l'illusion de les dissimuler, car*
> *l'on finit toujours par les connaître*[38].

Or, la dynastie des ʿUbaydites a duré à peu près deux cent soixante-dix ans. Ils eurent en leur possession la Station d'Abraham et son oratoire[39], la patrie du Prophète et le lieu où il fut enterré[40], les lieux où se tiennent les pèlerins et où sont descendus les anges. Puis leur pouvoir prit fin. Durant tout ce temps, leurs partisans leur ont témoigné le dévouement et l'amour les plus parfaits, et se sont montrés convaincus de leur rattachement à l'imam Ismâʿil Ibn Jaʿfar as-Sâdiq. À diverses reprises, après la chute de l'État ʿubaydite et la disparition de toute trace de son influence, ils se révoltèrent contre le pouvoir établi et continuèrent à défendre leur hérésie et à proclamer les noms de leurs enfants en bas âge, se réclamant de leurs prétendus droits au califat et de leur désignation par les imams qui les avaient précédés. S'ils concevaient un doute sur leur généalogie, ils ne se seraient pas tant risqués à prendre fait et cause pour eux. L'auteur d'une hérésie ne cherchera pas à tromper les gens sur ce qu'il est et sur la nature de sa cause, il ne mentira pas au sujet de sa propre croyance.

Il est étrange qu'al-Qâdî Abû Bakr al-Bâqillânî, le plus grand théoricien en matière de théologie, ait pris parti pour une vue si partiale, partagé une opinion si faible[41]. Si son attitude est motivée par la déviation des ʿUbaydites de la vraie religion et leur appartenance à la tendance rafidite la plus extrémiste, cela n'aide[a] en rien à repousser leur innovation, comme le fait de confirmer leur origine [ʿalide] ne leur est d'aucun secours devant Dieu pour ce qui est de leur hérésie. Dieu n'a-t-il pas dit à Noé, à propos de son fils : « Il ne fait plus partie de ta famille. Il est une œuvre impie. Ne pose pas de questions sur ce que tu ne sais pas[A] » ? Et le prophète Muhammad n'a-t-il pas exhorté Fâtima en ces termes : « Ô Fâtima, agis. Je ne pourrai t'aider en rien auprès de Dieu » ?

A. Coran, XI, 46.

Lorsqu'un homme a le savoir d'une chose, lorsqu'il atteint la certitude sur un sujet quelconque, il a le devoir de la proclamer. « Dieu dit le vrai. Il met les hommes sur la bonne voie[A]. » Or, les chiites ont toujours donné lieu à la suspicion des États ; ils se sont trouvés constamment placés sous la surveillance des tyrans, à cause du grand nombre de leurs partisans, de leur prosélytisme dans les régions les plus lointaines et de leurs rébellions répétées contre les pouvoirs en place. Aussi leurs hommes les plus influents ont-ils dû vivre dans la clandestinité, et peu de gens pouvaient les reconnaître. Comme dit le poète :

Si tu demandes aux jours mon nom, ils ne savent que répondre ;
si tu leur demandes où est ma demeure, ils l'ignorent[42].

À tel point que Muhammad, fils d'Ismâ'îl al-Imâm, l'ancêtre de 'Ubayd Allâh al-Mahdî, était surnommé al-Maktûm. Ses partisans l'avaient appelé ainsi après s'être résolus à le tenir caché, par crainte de leurs persécuteurs. Les gens favorables aux 'Abbâssides tentèrent par la suite d'utiliser cette circonstance pour dénigrer la généalogie des 'Ubaydites, lorsque ceux-ci eurent triomphé. Ils cherchèrent par le moyen d'une telle ineptie à se faire bien voir des califes 'abbâssides affaiblis. Les gouverneurs et les commandants de l'État 'abbâsside chargés de mener la guerre contre ses ennemis en furent enchantés, car ils y trouvaient une excuse à leur incurie et à leur impuissance à résister aux Berbères kutâma, partisans et propagandistes des 'Ubaydites, qui leur avaient enlevé la Syrie, l'Égypte et le Hijâz[o]. Les cadis de Bagdad allèrent jusqu'à dresser un acte judiciaire niant l'authenticité de la généalogie des 'Ubaydites. Un certain nombre de notabilités et de savants l'appuyèrent de leurs témoignages au cours d'une journée mémorable : il y avait ash-Sharîf ar-Radî et son frère al-Murtadâ, Ibn al-Bathâwî, parmi les premiers ; Abû Hâmid al-Isfarâyinî, al-Qudûrî, as-Saymarî, Ibn al-Akfânî, al-Abîwardî, Abû 'Abd Allâh Ibn an-Nu'mân, le juriste chiite, parmi les seconds. Cet événement eut lieu en l'an 402 [1011], sous le règne d'al-Qâhir. Tous les témoignages furent produits sur la base de l'opinion courante parmi les habitants de Bagdad transmise par ouï-dire. Or, ceux-ci étaient en majorité des

A. Coran, XXXIII, 4.

partisans des ‘Abbâssides, qui mettaient justement en cause la généalogie des ‘Ubaydites.

Les historiens recueillirent l’information telle qu’ils l’avaient entendue. Puis ils nous la transmirent comme ils l’avaient apprise. Mais la vérité est tout autre[p]. La lettre qu’al-Mu‘tadid envoya à l’Aghlabide de Kairouan et au Midrârite de Sijilmâsa, au sujet de ‘Ubayd Allâh, est le témoignage le plus sûr et la preuve la plus éclatante de l’authenticité de la généalogie des ‘Ubaydites. Plus que tout autre, al-Mu‘tadid devait connaître la généalogie des descendants du Prophète.

L’État et le pouvoir sont comme un marché universel : on vient y exposer tous les produits des sciences et des arts, y chercher les sagesses les plus inaccessibles, y déverser toutes sortes de traditions et de récits ; et ce qui y a cours est recherché de tous. Si l’État se garde de l’injustice et de la partialité, de la sottise[43] et de la futilité[44], s’il se maintient dans le juste milieu et ne s’écarte pas du droit chemin, c’est l’or fin et le pur argent qui auront cours sur son marché. Mais qu’il se laisse entraîner par les intérêts particuliers et les haines, par les transactions de l’iniquité et du mensonge, et c’est du vil métal et des fausses pièces qui y triompheront. Un critique lucide est pour lui-même sa propre balance dans sa réflexion théorique, dans ses enquêtes et dans tout ce qui est objet de son attention.

Un récit similaire, et de loin encore plus invraisemblable, est celui que colportent en secret ceux qui attaquent l’authenticité de la filiation d’Idrîs, fils d’Idrîs, fils de ‘Abd Allâh, fils d’al-Hasan, fils de ‘Alî Ibn Abî Tâlib, qui devint imam du Maghreb Extrême après la mort de son père. Ils profèrent des calomnies passibles du châtiment légal, selon lesquelles l’enfant posthume d’Idrîs Ier était, en fait, un rejeton de Râshid, son client. Que Dieu les maudisse ! Quels ignorants ! Ne savent-ils pas qu’Idrîs Ier avait pris femme chez les Berbères, que, depuis son arrivée au Maghreb jusqu’à sa mort, il avait vécu dans un milieu de tradition purement rurale, et que, dans un tel milieu, une affaire de ce genre ne pouvait pas rester secrète. En effet, il n’y a pas, chez les ruraux, d’endroits dérobés qui puissent inciter aux soupçons. Les femmes sont toujours sous le regard de leurs voisines, et leurs voisins peuvent les entendre, parce que les murs se touchent, que les constructions sont basses et que les pièces d'habitation ne sont séparées par aucun espace vide. Après la mort de son maître, Râshid servait toutes les femmes du harem, au vu des amis et des partisans du défunt et sous la surveillance de tous. Tous les Berbères du Maghreb Extrême s'accordèrent pour prêter serment d'allégeance à Idrîs II, comme successeur de son père, et consentirent à lui obéir. Ils jurèrent de mourir pour lui et risquèrent leur vie à ses côtés au cours de ses expéditions et de ses raids. S'ils avaient eu de tels soupçons, ou si seulement de tels soupçons étaient parvenus à leurs oreilles, même de la part d'un ennemi haineux ou de quelque hypocrite suspect, ils auraient au moins été quelques-uns à lui refuser leur allégeance. Certes, il n'en fut rien ! Toute cette histoire émanait de leurs ennemis mortels, les 'Abbâssides, et des Aghlabides, gouverneurs et fonctionnaires des 'Abbâssides en Ifrîqiya.

Voici ce qui s'était passé. Lorsque Idrîs s'enfuit au Maghreb, à la suite de la bataille de Fakhkh[45], le calife al-Hâdî chargea les Aghlabides de guetter son passage et de lancer des espions à ses trousses. Mais ils ne purent mettre la main sur lui, et il se réfugia au Maghreb. Son autorité fut reconnue et sa cause triompha. Un peu plus tard, ar-Rashîd apprit ce qu'il en était de l'appui secret que Wâdih, client 'abbâsside et gouverneur d'Alexandrie, apportait aux 'Alides, et l'aide qu'il avait fournie à Idrîs pour sa fuite au Maghreb. Il le fit tuer, et chargea secrètement ash-Shammâkh, un affranchi de son père, d'assassiner Idrîs par la ruse. Ash-Shammâkh feignit d'embrasser le parti d'Idrîs et de rompre avec ses maîtres 'abbâssides. Idrîs le prit sous sa protection et l'admit dans son entourage. Profitant d'une occasion où il se trouva seul avec lui, ash-Shammâkh le tua en lui administrant quelque poison. La nouvelle de la mort d'Idrîs fut reçue par les 'Abbâssides avec une grande satisfaction, car ils espéraient avoir ainsi mis un terme à la cause 'alide au Maghreb et coupé le mal à la racine. Ils ignoraient encore que leur ennemi avait laissé un enfant posthume. Mais il ne se passa que peu de temps avant qu'ils eussent la surprise de voir réapparaître la propagande 'alide, triompher le chiisme au Maghreb, et se reformer l'État idrîside avec Idrîs II. Ce fut, pour eux, plus dur qu'un coup de poignard. Comme la dynastie arabe, déjà atteinte par la faiblesse et la vieillesse, ne pouvait plus prétendre contrôler les provinces lointaines, tout ce que pouvait faire ar-Rashîd contre Idrîs Ier dans son lointain Maghreb, où il était sous la protection des Berbères, était de trouver quelque stratagème pour l'empoisonner. Les 'Abbâssides eurent donc recours à leurs partisans aghlabides pour colmater cette brèche, trouver un remède contre ce danger qui menaçait leur État et exterminer leur ennemi avant qu'il ne s'incrustât plus profondément. Al-Ma'mûn et ses successeurs leur écrivirent donc dans ce sens, mais les Aghlabides étaient trop faibles pour s'attaquer aux Berbères du Maghreb Extrême. D'autre part, ils avaient plutôt intérêt à se rebiffer contre leurs maîtres, car les esclaves non arabes avaient déjà lancé leurs assauts contre le califat dans la capitale 'abbâsside, soumis les califes à leur domination et confisqué toutes les affaires et toutes les décisions gouvernementales relatives aux hommes, aux impôts et aux fonctionnaires. Comme disait le poète :

Calife en cage,
entre Wasîf et Bughâ
il répète leur langage,
comme fait un ara[46].

Les princes aghlabides, redoutant les intrigues, cherchèrent toutes sortes d'excuses. Tantôt ils affichèrent son mépris du Maghreb et de ses habitants, tantôt ils présentèrent une image effrayante du pouvoir d'Idrîs et de celui de ses successeurs. Ils écrivirent aux 'Abbâssides qu'il faisait des excursions hors de son territoire et ils mêlèrent des monnaies idrîsides à leurs cadeaux, présents et impôts. Par là, ils voulaient montrer toute l'influence qu'il avait acquise et faire redouter sa puissance, soulignant le grand danger qu'ils couraient à l'attaquer et à le combattre, et laissant planer la menace de changer de camp s'ils y étaient contraints. Enfin, ils attaquèrent l'authenticité de la filiation d'Idrîs II au moyen de calomnies, comme on l'a vu plus haut, en cherchant à le rabaisser, sans se soucier d'étayer leurs allégations. La distance qui les séparait de Bagdad était grande, et, à cause de leur faiblesse d'esprit, les enfants des 'Abbâssides alors sur le trône et leurs esclaves non arabes étaient disposés à prêter l'oreille à n'importe quel racontar. Il en fut ainsi jusqu'à la fin des Aghlabides.

Ces odieuses calomnies vinrent ensuite à être connues de la foule. Des gens malveillants les recueillirent avec avidité et crurent y trouver un moyen de nuire aux Idrîsides en cas de rivalité. Les maudits ! Ne savaient-ils pas qu'ils s'écartaient de la loi religieuse pour laquelle il n'y a pas de distinction entre le fait et le simple soupçon ? Idrîs était né dans le lit de son père, et « l'enfant appartient au lit[47] ». Placer les membres de la famille du Prophète au-dessus de ce genre de soupçon est un article de foi. Car Dieu les a lavés de toute souillure[48] et les a purifiés. Le lit d'Idrîs doit être considéré comme pur de toute souillure et exempt de toute turpitude, en conformité avec le Coran. Croire le contraire est un péché et un aveu d'impiété.

Si je me suis attardé à réfuter les accusations portées contre les Idrîsides, c'est pour ne laisser aucune place au doute et pour empêcher les envieux de nuire. Car j'ai entendu de mes propres oreilles un de leurs détracteurs attaquer l'authenticité de leur filiation avec des mensonges prétendument empruntés à un historien du Maghreb qui s'était détourné des descendants du Prophète et ne voulait plus croire en leurs ancêtres. En réalité, les Idrîsides sont au-dessus de tout cela et en sont exempts. À vouloir réfuter une faute qui ne peut exister, on s'expose au blâme. Cependant, je les ai défendus dans le monde d'ici-bas, en espérant qu'ils me défendront le jour de la Résurrection.

La plupart de ceux qui attaquent l'authenticité de la généalogie des Idrîsides sont des envieux qui, ou bien appartiennent eux-mêmes à la famille du Prophète, ou bien prétendent lui appartenir. Se réclamer de cette lignée[a] est un titre de grande noblesse parmi les nations et les générations dans le monde entier. Mais c'est également s'exposer au soupçon. La généalogie des Idrîsides à Fès, leur ville, comme dans les autres régions du Maghreb est si connue et si évidente que personne ne pourrait en produire une aussi solide, ou seulement y prétendre. Elle a été transmise de façon continue de génération en génération. La demeure d'Idrîs, l'ancêtre des Idrîsides qui a tracé le plan et fondé Fès, est encore au milieu de leurs habitations. Sa mosquée jouxte leur quartier et leurs rues. Son épée est suspendue au sommet du grand minaret situé au centre de leur ville. Et à côté de ces vestiges, il y en a encore d'autres qui sont attestés par une tradition ininterrompue, qui dépasse le degré du *tawâtur*[49] et approche du témoignage oculaire. Les autres branches de cette lignée voient toutes ces choses que Dieu a accordées aux Idrîsides, et constatent que la noblesse de leur origine prophétique est rehaussée par le prestige royal hérité de leurs ancêtres au Maghreb. Ils se rendent bien compte qu'eux-mêmes n'ont rien de tout cela et qu'ils ne peuvent leur être comparés. Ils savent que ceux qui appartiennent à la famille du Prophète, mais qui ne peuvent fournir autant de preuves, peuvent tout au plus faire admettre leur bonne foi, car les gens doivent être crus pour ce qui est de leurs généalogies. Mais il y a une grande différence entre le vrai et le probable, entre ce qui est certain et ce qui est concédé comme possible.

Sachant tout cela, ils étouffent de dépit. Beaucoup voudraient, par envie, les priver de leur noblesse et les ravaler au rang des gens du commun et des humbles. Ils ont alors recours aux contrevérités, aux querelles et aux calomnies et montent contre eux ce genre d'attaques sans fondement et ces histoires mensongères. Ils se justifient en disant qu'en cette matière les soupçons et les suppositions sont également valables pour tous. Mais qui leur concédera cela ? Qu'on sache, il n'y a pas au Maghreb de descendants de cette noble maison dont la généalogie soit aussi solidement et clairement établie que celle des descendants d'Idrîs, de la famille d'al-Hasan. Et les plus illustres des Idrîsides, de nos jours, sont les Banû 'Imrân de Fès, qui sont issus de Yahyâ al-Jûtî, fils de Muhammad, fils de Yahyâ al-'Addâm, fils d'al-Qâsim, fils d'Idrîs, fils d'Idrîs. Ils sont les chefs de la famille du Prophète dans cette ville. Ils habitent dans la maison de leur ancêtre Idrîs. Ils ont la primauté sur tous les habitants du Maghreb. Nous y reviendrons lorsque nous traiterons des Idrîsides[50], s'il plaît à Dieu. Ils sont les descendants de 'Imrân, fils de Muhammad, fils d'al-Hasan, fils de Yahyâ, fils de 'Abd Allâh, fils de Muhammad, fils de 'Alî, fils de Muhammad, fils de Yahyâ, fils d'Ibrâhîm, fils de Yahyâ al-Jûtî. Le chef de leur famille est aujourd'hui Muhammad, fils de Muhammad, fils de Muhammad, fils de 'Imrân.

À ce même genre de fausses allégations et de vues erronées appartiennent les accusations portées par de piètres juristes du Maghreb contre l'imam al-Mahdî, chef de l'État almohade[51]. On lui reproche d'avoir été un charlatan et un mystificateur dans son action en faveur de la véritable unicité de Dieu et dans sa dénonciation de l'injustice de ses prédécesseurs. On soutient que toutes ses prétentions sous ce rapport sont fausses, et on récuse l'affirmation de ses partisans almohades relatives à son appartenance à la famille du Prophète. En réalité, ce qui poussa les juristes à le traiter de menteur, c'était l'envie qu'ils éprouvaient dans leur cœur. Ils croyaient pouvoir le confondre en matière scientifique et religieuse et dans les décisions juridiques, mais il les surpassa. Ses avis étaient suivis, ses paroles écoutées, ses partisans sûrs. Jaloux, ils voulurent le rabaisser en attaquant ses doctrines et en mettant en doute ses prétentions. D'autre part, les souverains Lamtûna, ennemis d'al-Mahdî, entouraient les juristes des plus grandes marques de respect et d'honneur, car ces rois avaient beaucoup de simplicité et de sollicitude pour la religion. Sous leur règne, les savants jouissaient de considération et siégeaient au conseil dans leurs villes, suivant leur degré d'influence ; ils prirent donc parti pour eux et combattirent leurs ennemis. Par fidélité à leurs maîtres lamtûna et à leur dynastie, ils s'emportèrent contre al-Mahdî à cause de son opposition à ces souverains, des reproches qu'il leur fit, du combat qu'il mena contre eux. Cependant, la position d'al-Mahdî n'a rien à voir avec celle de ces savants, et son statut est très loin de tout ce qu'ils pouvaient croire. Voici un homme qui critique vivement la dynastie régnante et s'oppose par sa réflexion personnelle à ses juristes. Il s'adresse à son propre peuple et se met à la tête du combat contre cette dynastie. Il la déracine et la met sens dessus dessous, alors qu'elle est au sommet de sa force et de sa puissance, qu'elle dispose du maximum d'alliés et de troupes. Un nombre incalculable de ses partisans tombent au combat, après avoir juré de se battre pour lui jusqu'à la mort, le protègent contre les périls au prix de leur vie, cherchent à se rapprocher de Dieu en donnant leur sang pour faire triompher sa cause et soutenir son entreprise jusqu'à ce qu'elle ait enfin le dessus et qu'elle parvienne à remplacer les dynasties des deux Rives. Il reste frugal, abstinent, patient dans l'adversité, peu attiré par les biens de ce monde. Il meurt sans fortune, sans aucun bien terrestre. Il ne laisse même pas d'enfants — ce qui est le désir, souvent déçu, de tout homme. Je voudrais bien savoir ce qu'il attendait de tout cela, si ce n'est de plaire à Dieu, puisqu'il n'a joui d'aucun bien en ce monde. Du reste, si ses intentions n'avaient pas été pures, il n'aurait pas réussi dans son entreprise et sa cause n'aurait pas aussi largement triomphé. « C'est la coutume de Dieu envers Ses serviteurs[A]. »

Quant à l'appartenance d'al-Mahdî à la famille du Prophète, les juristes la rejettent sans aucune preuve à l'appui. S'il était établi qu'il avait lui-même revendiqué cette origine, aucun argument ne pourrait lui être opposé, car on doit croire ce que disent les gens de leur origine. On pourrait objecter qu'un homme n'est investi de l'autorité sur un groupe que s'il en est issu — ce qui est vrai, comme on le verra dans le premier chapitre du présent ouvrage[52]. Il est certain qu'al-Mahdî fut le chef de tous les Masmûda. Ceux-ci acceptèrent de le suivre et de se soumettre à son autorité et à celle de son clan, les Hargha, jusqu'à ce que Dieu eût fait triompher sa cause. Mais le pouvoir d'al-Mahdî ne dépendait aucunement de son origine fâtimide. Ce ne fut pas à cause d'elle qu'on le suivit, mais parce qu'il partageait cet esprit de corps des Hargha et des Masmûda parmi lesquels il occupait une haute position et bénéficiait de liens profonds. Son origine fâtimide n'était plus connue. Elle s'était effacée de la mémoire des gens, bien que lui-même et sa famille en eussent gardé le souvenir, transmis de génération en génération. Il s'était pour ainsi dire dépouillé de sa première origine pour revêtir la peau des Hargha et se faire connaître comme un des leurs. Son esprit de corps n'était pas affecté par sa première origine, puisqu'elle n'était pas connue de son clan. C'est ce qui arrive souvent lorsque la première origine demeure cachée.

On peut citer à ce propos l'histoire de 'Arfaja et de Jarîr, qui se disputaient le commandement des Bajîla. 'Arfaja était de la tribu des Azd, mais il avait revêtu la peau des Bajîla, et put ainsi disputer à Jarîr le commandement de ceux-ci devant 'Umar. Cet exemple permet de comprendre la vérité en cette matière.

Dieu nous guide vers ce qui est juste.

En nous étendant à l'excès sur ces erreurs, nous avons bien failli nous écarter de l'objectif de notre ouvrage. C'est que nombreux sont les auteurs dignes de confiance et les historiens érudits qui se sont laissé prendre à ce genre de

A. Coran, XL, 85.

récits et d'idées, et les ont gravés dans leur esprit. Beaucoup de gens, peu doués pour la réflexion théorique et le raisonnement, les tiennent d'eux et les ont transmis à leur tour tels quels, sans recherche ni réflexion, de sorte qu'ils ont été rangés parmi les choses qu'on apprend par cœur. L'histoire est ainsi devenue une discipline confuse et sans rigueur, qui ne fait qu'embrouiller celui qui l'étudie, et qui relève de la vulgarisation. Celui qui la pratique aujourd'hui doit donc connaître les règles de la politique, la nature des choses existantes, les différences entre les nations, les lieux, les époques quant aux conduites humaines, aux caractères, aux coutumes, aux croyances, aux doctrines et à toutes les conditions qui entourent la vie des hommes. Il doit établir toutes ces choses pour le présent, faire ressortir les concordances et les contrastes avec le passé, et expliquer les similitudes et les différences. Il doit savoir comment les États et les religions ont été fondés, quelles sont les raisons qui les ont fait triompher, quelles sont les causes qui les ont fait naître et les motifs qui justifient leur existence. Il doit connaître enfin les conditions des hommes qui les dirigent et leur histoire. Il obtiendra ainsi une vue complète sur les causes de chaque événement, une parfaite appréhension des fondements de chaque donnée. Alors, seulement, il pourra procéder à une confrontation entre les récits tels qu'ils lui ont été transmis et les règles et les modèles ainsi constitués. En cas d'accord et de conformité, ces récits peuvent être déclarés authentiques, sinon, ils seront tenus pour suspects et écartés. C'est cette démarche qui explique que les anciens tenaient l'histoire en grande estime, et qu'elle fut cultivée par at-Tabarî et al-Bukhârî et, avant eux, par Ibn Ishâq, ainsi que par d'autres savants musulmans de leur importance. Mais cette raison profonde a été oubliée par la majorité des gens, au point que s'occuper d'histoire est devenu un signe d'ignorance. Le vulgaire et ceux qui ne possèdent pas de solides connaissances croient pouvoir aisément l'apprendre et l'approfondir, et passer pour des historiens. C'est ainsi que le bon grain est mélangé avec l'ivraie, la pulpe avec l'écorce, la vérité avec le mensonge.

« Dieu est la fin de toutes choses[A]. »

A. Coran, XXXI, 22.

Il y a encore, dans le travail de l'historien, une autre source d'erreur qui passe inaperçue : l'inattention au changement qui affecte les conditions des nations et des générations, en rapport avec le changement des époques et l'écoulement des jours. C'est un mal très répandu mais profondément dissimulé, qui ne se déclare qu'au bout de longues périodes de temps, et que seules quelques rares individualités de la race humaine sont capables de déceler.

En effet, les conditions du monde, les nations avec leurs coutumes et leurs croyances, ne persistent pas sous une même forme, ne revêtent pas un caractère constant. On note, au contraire, des différences qui s'accentuent avec l'écoulement des jours et des temps, le passage incessant d'un état à un autre. Cela s'observe aussi bien à l'échelle des individus, des époques ou des grandes cités, qu'à celle de l'ensemble des régions, des pays, des temps, des États. « C'est la règle suivie par Dieu envers Ses créatures[A]. »

Ainsi, les nations des anciens Perses, des Syriens, des Nabatéens, des Tubba', des Israélites, des Égyptiens, qui autrefois peuplaient le monde, avaient des conditions particulières pour tout ce qui concernait leurs États, leurs provinces, leur gouvernement, leurs arts, leurs langues, leurs termes techniques, et tout ce qui touche au commerce entre les hommes et aux circonstances de leur établissement sur la terre. De cela, leurs vestiges portent témoignage. Après eux sont venus les Perses du deuxième âge, les Byzantins, les Arabes, les Francs. Les anciennes conditions changèrent. Les coutumes se transformèrent, tantôt en gardant des analogies et des similitudes avec les précédentes, tantôt en s'y opposant et en s'en éloignant. Puis ce fut l'islam, avec le pouvoir des Mudar. Toutes les conditions antérieures subirent une nouvelle transformation, pour aboutir, par transmission d'une génération à l'autre, à ce que nous connaissons, dans l'ensemble, à notre époque.

Puis l'État des Arabes à son tour disparut, de même leurs jours de gloire. Il ne resta plus rien de leurs ancêtres qui avaient édifié leur puissance et fondé leur pouvoir. Celui-ci passa aux mains d'autres peuples non arabes : les Turcs en Orient, les Berbères en Occident, les Francs dans le Nord. Avec la disparition des Arabes, des nations entières s'éteignirent, des conditions et des usages se trans-

A. Coran, XL, 85.

formèrent au point qu'on oublia leur raison d'être et qu'ils tombèrent en désuétude.

La raison du changement des conditions et des usages, selon l'opinion courante, est que les usages de chaque génération suivent ceux du pouvoir établi. Comme dit le proverbe : « Les gens ont la religion de leur roi. » Lorsque des chefs politiques s'emparent de l'État et du pouvoir, ils se tournent nécessairement vers les usages de leurs prédécesseurs et en adoptent un grand nombre, mais sans négliger les usages de leur propre génération. Il se crée de la sorte une certaine différence entre les usages de leur dynastie et ceux de l'époque précédente. Puis une nouvelle dynastie, à son tour, mêle ses propres usages à ceux de ses devanciers, créant un nouvel écart, plus important par rapport à la première dynastie. L'écart s'accuse ainsi de plus en plus, pour aboutir en fin de parcours à une complète opposition. Aussi longtemps que les nations se succéderont dans l'exercice du gouvernement, il y aura des différences dans les usages et les conditions des hommes.

Comme on le sait, l'analogie et l'imitation sont des procédés dont l'homme se sert d'une manière naturelle. Mais ils n'empêchent pas de commettre des erreurs. Joints à l'étourderie et à la négligence, ils peuvent égarer le chercheur et le détourner de son but. Il arrive souvent que quelqu'un qui a entendu de nombreux récits du passé, sans prendre en compte les changements et les transformations des conditions, dès le premier instant juge ces récits d'après ce qu'il sait et à l'aune de ce qu'il a vu. Or, entre le passé et le présent, l'écart peut être très grand, et on ne manque pas, dans ce cas, de commettre de graves erreurs.

En voici quelques exemples.

Les historiens qui rapportent la biographie d'al-Hajjâj indiquent que son père fut maître d'école. Or, de nos jours, l'enseignement est l'un de ces métiers que l'on exerce pour gagner sa vie, et qui sont éloignés de l'influence de l'esprit de corps. Un maître d'école est un homme faible, pauvre et sans racines. Aussi, beaucoup de ces pauvres gens qui exercent des métiers pour gagner leur subsistance aspirent-ils à des positions pour lesquelles ils ne sont pas faits, s'imaginant qu'elles sont à leur portée. Ils se laissent égarer par les démons de l'ambition et se retrouvent souvent précipités dans le malheur et la détresse. Ils ne comprennent pas qu'en tant que gens de métier, ce genre d'aspiration leur est interdit, qu'au début de l'islam et à l'époque des deux premières dynasties l'enseignement était tout autre chose. Alors, la science, d'une manière générale, n'était pas un métier. C'était la simple transmission de ce qui avait été dit par le Législateur, l'enseignement, à titre de devoir d'information, des choses de la religion qui étaient ignorées. Les gens issus des grandes familles qui avaient été les soutiens de l'islam étaient ceux qui enseignaient le Livre de Dieu et la Tradition de Son prophète, non dans le sens d'un enseignement organisé dans le cadre d'un métier, mais dans celui d'une communication de l'information. Le Coran était leur livre, révélé au Prophète, lequel était l'un des leurs. C'était leur guide vers la voie du salut. L'islam était leur religion : ils avaient combattu pour lui jusqu'à la mort. Grâce à lui, ils avaient été distingués et honorés entre les nations. Ils mettaient leur zèle à le répandre et à le faire comprendre à la communauté. Ils ne se laissaient détourner ni par l'illustration de leur naissance ni par leur dignité. Cela est attesté par le fait que le Prophète envoya ses plus illustres Compagnons avec les délégations des Arabes pour apprendre à leurs différentes tribus les devoirs de l'islam et les lois de la religion. Parmi ceux-ci, il y avait ses dix premiers Compagnons[53], et d'autres après eux.

Puis, lorsque l'islam se fut solidement établi, que les racines de la foi musulmane se furent ramifiées au point que des nations lointaines la reçurent de ses adeptes, que, avec le temps, de nouvelles conditions apparurent et que de nouvelles dispositions légales furent tirées en grand nombre des textes pour répondre au flot incessant de cas nouveaux, on eut besoin d'une norme pour éviter les erreurs. La science devint alors une aptitude nécessitant un apprentissage, et se rangea parmi les métiers et les professions, comme nous le verrons dans le chapitre consacré à la science et à l'enseignement[54]. Les gens appartenant à des clans puissants[55] se consacrèrent au pouvoir et au gouvernement. La science, abandonnée à d'autres, devint une profession lucrative, et l'enseignement fut regardé avec dédain par les riches et les puissants. Il devint un métier réservé aux petites gens, méprisé des puissants et des hommes au pouvoir. Le père d'al-Hajjâj Ibn Yûsuf faisait partie des chefs et des nobles de la tribu des Thaqîf, dont on connaît le rang parmi les Arabes, et la rivalité sur le plan de l'honneur avec les Quraysh. S'il avait enseigné le Coran, ce n'était pas, comme à notre époque, à titre professionnel, mais dans le contexte particulier du début de l'islam, précédemment décrit.

Voici un autre exemple. Lorsque les gens apprennent dans les ouvrages d'histoire les conditions dans lesquelles les cadis exerçaient autrefois leur métier et, notamment, le fait qu'ils avaient des responsabilités militaires et dirigeaient des troupes, ils se font de fausses idées et croient pouvoir prétendre aux mêmes positions. Ils pensent que la fonction de cadi, à notre époque, est la même qu'autrefois. Lorsqu'ils apprennent, par exemple, qu'Ibn Abî 'Amir — qui exerçait une domination sur son maître Hishâm — et Ibn 'Abbâd — un des rois des *taïfas* qui gouvernait Séville —, étaient tous deux fils de cadis, ils s'imaginent que la fonction de cadi à cette époque était ce qu'elle est de nos jours. Ils ne perçoivent pas tous les changements qui ont affecté les usages relatifs à l'office de cadi, comme nous le montrerons dans la section du livre I consacrée à cette question. Ibn Abî 'Amir, comme Ibn 'Abbâd, appartenaient aux tribus arabes sur lesquelles s'appuyait la dynastie omeyyade d'al-Andalus, et qui en formaient le clan. Le haut rang qu'ils occupaient parmi celles-ci était notoirement connu. Ce ne fut pas à la dignité de cadi, telle qu'on l'entend à notre époque, qu'ils durent leur accession à la direction des affaires et au pouvoir suprême. Au contraire, les cadis, dans ces temps anciens, étaient recrutés parmi les gens puissants du clan de la dynastie au pouvoir et parmi ses clients, comme[v] c'est le cas à notre époque, au Maghreb, pour[w] l'office de vizir. Il suffit de se rappeler que les cadis étaient alors chargés du commandement des campagnes d'été contre les chrétiens ainsi que d'autres affaires importantes, qui n'étaient confiées qu'à des gens soutenus par un clan puissant.

Ainsi, ceux qui entendent ces récits peuvent se tromper et se faire une conception inadéquate des conditions [de la vie en société]. Ce genre de méprise se rencontre le plus fréquemment aujourd'hui chez certains Andalous à l'intelligence bornée. Il y a déjà bien longtemps que l'esprit de clan a disparu de leur pays, à la suite de l'anéantissement des Arabes et de leur dynastie, puis de l'émancipation d'al-Andalus de l'emprise des clans berbères. Les généalogies arabes ont été préservées, mais en perdant toutes leurs vertu de puissance et de solidarité tribales. Les Arabes andalous ne sont plus que des sujets désunis, asservis et accoutumés à l'humiliation. Mais ils s'imaginent que, dans leurs rapports avec la dynastie régnante, c'est leur nom qui pourra encore leur procurer avantage et supériorité. C'est ainsi que l'on voit chez eux des gens de métier et des artisans agir dans ce sens et espérer atteindre leur but. Quiconque connaît d'expérience ce que sont les conditions de la vie tribale, la solidarité clanique et les dynasties fondées au Maghreb, et qui sait comment s'effectue la domination d'une nation sur une autre, ou d'une famille sur une autre, ne pourrait guère tomber dans ce genre d'erreurs ni se laisser abuser sur de pareils sujets.

Un dernier exemple, à propos de la manière dont les historiens traitent des dynasties et des rois. Pour chaque monarque, on énumère son nom, sa généalogie, le nom de son père, celui de sa mère, ceux de ses femmes, son surnom, l'inscription gravée sur son sceau, le nom de son cadi, celui de son chambellan et celui de son vizir. On suit l'exemple des historiens des deux premières dynasties sans discerner l'objectif que ceux-ci visaient. Or, à cette époque, les œuvres historiques étaient écrites pour les membres de la famille dynastique, dont les enfants désiraient ardemment connaître la vie et les hauts faits de leurs ancêtres, afin de marcher sur leurs traces et d'imiter leurs modèles. Ce souci allait jusqu'à choisir leurs hommes de confiance parmi les descendants des anciens serviteurs de la dynastie et à nommer les enfants ou les parents des anciens clients de celle-ci aux différentes fonctions et dignités. Ainsi que nous l'avons déjà indiqué, l'office de cadi, comme celui de vizir, était également confié à des membres du clan de la dynastie régnante. Voilà pourquoi les historiens devaient les mentionner tous.

Maintenant qu'on a affaire à des États distincts, à des époques très éloignées les unes des autres, qu'on cherche d'abord à connaître les rois eux-mêmes, les rangs respectifs des différents États en termes de puissance et de domination, les nations qui leur tenaient tête et celles qui étaient trop faibles pour leur résister, quelle est donc l'utilité pour un auteur de notre époque de citer les noms des fils et des femmes de monarques appartenant à une dynastie ancienne, de mentionner l'inscription de leurs sceaux, leurs surnoms, ainsi que les noms de leurs cadis, de leurs vizirs et de leurs chambellans, alors que l'origine, la généalogie et les actions de ces derniers restent ignorées ? Ces historiens n'y sont poussés que par l'imitation, l'ignorance des objectifs que s'assignaient les auteurs anciens et la négligence de ce que doivent être les buts de l'histoire. À moins qu'il ne s'agisse de vizirs qui furent les auteurs de hauts faits et dont les actions avaient éclipsé celles de leurs maîtres, tels al-Hajjâj, les Banû Muhallab, les Barmécides[x], les Banû Sahl Ibn Nawbakht, Kâfûr al-Ikhshîdî et Ibn Abî ʻAmir. Il n'y a pas d'objection dans ce cas, puisque ces vizirs s'étaient hissés à la hauteur des souverains, à mentionner brièvement leurs vies et leurs actions.

Ajoutons encore une remarque pour clore ce chapitre. L'histoire, à proprement parler, est le récit des informations relatives à une époque ou à une génération. Quant à la description des conditions générales des différentes parties du monde, des diverses générations et époques, elle constitue la base qui permet à l'historien de fonder la plupart de ses objectifs et d'éclairer les informations qu'il rapporte. Autrefois, elle faisait l'objet d'ouvrages indépendants. Al-Masʻûdî, par exemple, a suivi cette voie dans son *Murûj adh-dhahab*. Il y présente les conditions des diverses nations et des différentes régions d'Occident et d'Orient à son époque, c'est-à-dire autour des années 330 de l'hégire [940]. Il expose les croyances et les usages, décrit le plat pays, les montagnes et les mers, les provinces et les dynasties. Il distingue entre les nations arabes et non arabes. C'est ainsi qu'il est devenu une autorité de référence pour les historiens et une source pour vérifier beaucoup de leurs informations.

Après al-Masʻûdî, al-Bakrî a fait un travail similaire, mais en se bornant exclusivement à la description des routes et des provinces. Car, de son temps, les nations et les générations n'avaient pas subi force transformations ni connu de grands changements. À l'inverse, de nos jours, en cette fin du VIIIe siècle [XIVe], les conditions du Maghreb se sont transformées sous nos yeux et ont changé du tout au tout. Aux nations berbères, ses habitants depuis les temps anciens, se sont substituées les nations arabes qui, après avoir commencé leur pénétration dans le Maghreb au Ve siècle [XIe], les ont surpassées en nombre, dominées et dépouillées de la plus grande partie de leur territoire et ont partagé le pouvoir avec elles sur le reste. Cette situation s'aggrava au milieu du VIIIe siècle [XIVe] par la peste dévastatrice qui frappa la civilisation en Orient comme en Occident, affaiblit les nations, emporta toute une génération, annula et effaça beaucoup de ce qui fait la beauté de la civilisation. Survenant au moment où les États étaient atteints par la vieillesse et approchaient de leur terme, ce fléau acheva de ruiner leur puissance, émoussa leur vigueur, mina leur autorité et les mit à un doigt de l'anéantissement et de la disparition. À cause de la diminution de la population, la civilisation s'altéra. Les villes et les ouvrages d'art tombèrent en ruine, les chemins et les indications routières s'effacèrent, les lieux d'habitation et de campement se dépeuplèrent, les dynasties et les tribus s'affaiblirent, les habitants changèrent. L'Orient fut, semble-t-il, atteint par le même fléau, mais en proportion de l'expansion de sa civilisation. Ce fut, dans le monde, comme si la voix de l'existence avait appelé à la torpeur et au repli sur soi, et que le monde se fût hâté de répondre à l'appel. C'est Dieu l'héritier de la terre et de ceux qu'elle porte.

Lorsqu'il se produit un changement général des conditions, c'est comme si la Création avait changé à la racine, comme si le monde entier s'était transformé. C'est alors comme une Création nouvelle, un recommencement de la vie, l'avènement d'un monde. Pareille époque requiert quelqu'un qui enregistre les conditions des hommes et celles des différentes régions du monde et des nations qui les peuplent, qui décrive les usages et les croyances qui ont changé, et qui fasse ainsi pour son temps ce qu'al-Mas'ûdî avait fait pour le sien, afin qu'il serve de modèle aux historiens futurs.

Dans le cours du présent ouvrage, je dirai ce qu'il m'est possible de dire de ce pays du Maghreb à ce sujet, soit en termes explicites, soit de manière allusive. Ce que je me propose d'écrire concerne spécialement le Maghreb, les conditions de ses générations et de ses nations, de ses provinces et de ses dynasties, à l'exclusion de toute autre région[56]. Cela, en raison de mon ignorance des conditions de l'Orient et de ses nations, et du fait que les récits qui ont cours n'embrassent pas l'essentiel de ce que je cherche. Si al-Mas'ûdî a été plus exhaustif, ce fut, comme il le dit dans son livre, grâce à ses lointains voyages et à ses déplacements dans les différents pays[57]. Et cependant, lorsqu'il a traité du Maghreb, il n'en a pas fait une description complète. « Par-dessus tout être qui possède un savoir, il y a l'Omniscient[A]. » Tout savoir revient à Dieu. Les hommes sont faibles et limités. Le reconnaître est un devoir. Celui que Dieu assiste a sa route aplanie ; ses efforts et ses entreprises sont couronnés de succès. Nous espérons que Dieu nous aidera à atteindre les objectifs que nous nous sommes assignés en prenant la plume. C'est Dieu qui nous guide et nous aide. C'est en Lui qu'il faut placer sa confiance.

Il nous reste encore à présenter une note préliminaire[58] sur la méthode que nous utiliserons pour transcrire les phonèmes qui n'appartiennent pas à la langue arabe, chaque fois qu'il s'en rencontrera dans le présent ouvrage. Comme on l'expliquera plus loin, les lettres correspondent, au point de vue phonétique, à des modalités des sons qui sortent du larynx. Ceux-ci résultent de la rupture de la voix au contact de la luette et des bords de la langue contre le palais, la gorge ou les dents, ou encore au contact des lèvres. Les sons se différencient suivant la variété de ces contacts, et c'est ce qui donne des phonèmes qui se distinguent à l'oreille. De leur combinaison résultent les mots qui expriment ce qui est dans l'esprit.

Toutes les nations n'ont pas les mêmes phonèmes. Il y a des phonèmes qui se trouvent chez certaines nations et pas chez d'autres. Comme on le sait, les Arabes ont vingt-huit lettres dans leur langue. Les Hébreux ont des lettres que ne possède pas notre langue, et *vice versa.* Il[aa] en est de même des Francs, des Turcs, des Berbères et des autres nations non arabes.

Pour transcrire les phonèmes de leur langue, les Arabes lettrés ont adopté conventionnellement des caractères distincts, tels que *alif*, *b*, *j*, *r*, *t*, etc. Lorsqu'ils rencontrent un phonème auquel ne correspond aucune lettre de leur alphabet, ils ne le transcrivent pas et négligent d'en rendre compte. Parfois certains scribes le notent à l'aide de la lettre de notre langue qui exprime le phonème le plus proche, soit avant, soit après. Ce procédé est insuffisant. Il modifie le phonème radicalement.

Comme notre ouvrage embrasse l'histoire des Berbères

A. Coran, XII, 76.

et d'autres nations non arabes, et que les noms propres et un certain nombre de mots appartenant à ces nations comprennent des phonèmes qui n'ont pas d'équivalents dans notre langue et dans notre écriture, nous sommes obligés d'indiquer ces phonèmes de façon particulière. Nous ne nous sommes pas contentés de les noter à l'aide des lettres arabes voisines. Car, comme nous l'avons dit, ce procédé est insuffisant. Nous avons donc choisi, dans le présent ouvrage, de noter chaque phonème étranger à l'aide des deux lettres arabes les plus proches, pour que le lecteur le prononce comme un phonème intermédiaire entre les phonèmes représentés par ces deux lettres, ce qui permet d'arriver à la prononciation correcte.

Pour cela, je me suis inspiré du procédé utilisé dans le Coran pour noter les phonèmes dits d'*al-ishmâm*, comme, par exemple, le *s* dans *as-sirât*, suivant la lecture de Khalaf. Le *s* y est prononcé comme un phonème intermédiaire entre *s* et *z*. On écrit un *s* avec un *z* à l'intérieur. De cette façon, on indique qu'il s'agit d'un phonème intermédiaire.

J'ai procédé de la même façon pour noter chaque phonème étranger qui occupe une position intermédiaire entre deux phonèmes de notre langue. Par exemple, le *k* berbère se prononce entre notre *k* et notre *j* ou *q*, comme[ab] dans le nom propre *Buluggîn*. Je le note à l'aide d'un *k*, avec un point en dessous[ac], comme pour le *j*, ou avec un point [ou deux] au-dessus, comme pour le *q*. Cela indique que le phonème doit être prononcé entre le *k* et le *j*[ad] ou le *q*. C'est un phonème très fréquent en berbère. J'ai utilisé le même procédé pour les autres phonèmes. Chaque phonème étranger dont la prononciation se situe entre celles de deux phonèmes de notre langue, je l'ai noté à l'aide des lettres représentant ces deux phonèmes, pour que le lecteur sache qu'il s'agit d'un phonème intermédiaire et le prononce comme tel. Si nous l'avions transcrit à l'aide d'une seule des deux lettres, nous nous serions éloigné de la prononciation correcte pour lui attribuer celle d'un phonème de notre langue. Nous aurions ainsi déformé la langue d'origine. C'est une chose qu'il faut savoir.

C'est Dieu qui donne le succès.

AUTOBIOGRAPHIE

[MON NOM]

La maison[1] [des Banû Khaldûn] tire son origine de Séville. Mes ancêtres ont émigré à Tunis vers le milieu du VIIe [XIIIe] siècle, lors de l'exode consécutif à la victoire du fils d'Alphonse, roi de Galice[2].

Mon nom[3] est 'Abd ar-Rahmân Ibn Muhammad Ibn Muhammad Ibn al-Hasan Ibn Muhammad Ibn Jâbir Ibn Muhammad Ibn Ibrâhîm Ibn 'Abd ar-Rahmân Ibn Khaldûn. Je ne peux citer de ma généalogie jusqu'à Khaldûn que ces dix générations. Il y en a sans doute plus, et un nombre égal a dû tomber dans l'oubli. De mes ancêtres, Khaldûn est en effet le premier qui foula la terre andalouse ; et si l'on considère que sa venue date du début de la conquête, il y a de cela sept cents ans, il faudra compter jusqu'à nous unc vingtaine de générations, trois par siècle, selon la règle que j'ai établie au début du premier livre des *Exemples*[4].

Appartenant à la tribu arabe yéménite de Hadramawt, nous sommes issus de Wâ'il Ibn Hujr, chef arabe de renom, qui compta parmi les Compagnons du Prophète.

Voici la généalogie de Wâ'il, telle que l'a rapportée Abû Muhammad Ibn Hazm dans son *Kitâb al-Jamhara*[5] : Wâ'il Ibn Hujr Ibn Sa'îd Ibn Masrûq Ibn Wâ'il Ibn an-Nu'mân Ibn Rabî'a Ibn al-Hârith Ibn 'Awf Ibn Sa'd Ibn 'Awf Ibn 'Adiyy Ibn Mâlik Ibn Shurahbîl Ibn al-Hârith Ibn Mâlik Ibn Murra Ibn Himyarî Ibn Zayd Ibn al-Hadramî Ibn 'Amr Ibn 'Abd Allâh Ibn Hâni' Ibn 'Awf Ibn Jurshum Ibn 'Abd Shams Ibn Zayd Ibn La'ay Ibn Shabt Ibn Qudâma

Ibn A'jab Ibn Mâlik Ibn La'ay Ibn Qahtân. Il eut deux fils : 'Alqama et 'Abd al-Jabbâr.

D'après Abû 'Umar Ibn 'Abd al-Barr, qui lui consacre à la lettre *wâw* une notice biographique dans son *Istî'âb*[6], il alla un jour voir le Prophète. L'Envoyé de Dieu, l'ayant invité à s'asseoir sur son manteau qu'il étendit sur le sol, fit pour lui cette prière : « Que Dieu bénisse Wâ'il Ibn Hujr, ses enfants et les enfants de ses enfants jusqu'au jour de la Résurrection. » Il envoya ensuite avec lui Mu'âwiya Ibn Abî Sufyân pour enseigner à sa nation le Coran et l'islam. Wâ'il noua à cette occasion un lien d'amitié avec Mu'âwiya. Il lui rendit visite au début de son règne ; le calife le gratifia d'un présent. Il le refusa.

Lors du combat contre Hujr Ibn 'Adiy al-Kindî à Kûfa, les chefs yéménites se réunirent, et Wâ'il fut parmi eux. Ils prirent parti pour Ziyâd Ibn Abî Sufyân contre Hujr, s'emparèrent de lui et le livrèrent à Mu'âwiya. Celui-ci, comme on sait, le fit exécuter[7].

« Les Banû Khaldûn de Séville sont considérés comme des descendants de Wâ'il, précise Ibn Hazm[8]. Leur ancêtre, venu de l'Orient, est Khâlid, connu sous le nom de Khaldûn Ibn 'Uthmân Ibn Hâni' Ibn al-Khattâb Ibn Kurayb Ibn Ma'dîkarib Ibn al-Hârith Ibn Wâ'il Ibn Hujr. »

Ibn Hazm ajoute : « Un de ses descendants est Kurayb Ibn 'Uthmân Ibn Khâlid, qui, avec son frère Khâlid, fut parmi les plus grands rebelles d'al-Andalus. »

Ibn Hazm dit encore : « Son frère Muhammad a eu parmi ses descendants Abû al-'Asî 'Amr Ibn Muhammad Ibn Khaldûn. »

Les Banû Abî al-'Asî sont Muhammad, Ahmad et 'Abd Allâh. « Leur frère 'Uthmân, dit l'auteur de la *Jamhara*, compte parmi ses descendants Abû Muslim 'Umar Ibn Muhammad Ibn Baqiy Ibn 'Abd Allâh Ibn Bakr Ibn Khâlid Ibn 'Uthmân Ibn Khâlid Ibn 'Uthmân Ibn Khaldûn, philosophe célèbre en Andalus, disciple de Maslama al-Majrîtî, et Ahmad Ibn Muhammad Ibn Ahmad Ibn Muhammad Ibn 'Abd Allâh, cousin d'Abû Muslim. »

Ibn Hazm dit enfin : « Des descendants de Kurayb, le chef mentionné ci-dessus, il ne reste plus aujourd'hui qu'Abû al-Fadl Ibn Muhammad Ibn Khalaf Ibn Ahmad Ibn 'Abd Allâh Ibn Kurayb. »

MES ANCÊTRES EN ANDALUS

À son arrivée en Andalus, Khaldûn Ibn ʻUthmân, mon ancêtre, s'établit à Carmona avec un petit groupe d'hommes de sa nation de Hadramawt. C'est là que fut fondée la maison de ses descendants, qui s'installèrent par la suite à Séville. Ils faisaient partie du corps d'armée yéménite.

Un des rejetons de Khaldûn, Kurayb[1], fut l'auteur, avec l'aide de son frère Khâlid, d'une rébellion célèbre sous le règne de l'émir ʻAbd Allâh al-Marwânî. Il se souleva contre Ibn Abî ʻAbda, garda le pouvoir pendant plusieurs années, puis fut renversé à son tour et tué par Ibrâhîm Ibn Hajjâj, sur l'ordre de l'émir ʻAbd Allâh, vers la fin du IIIe [fin du IXe - début du Xe] siècle. On peut donner une vue résumée de cette rébellion d'après les récits d'Ibn Saʻîd, qu'il rapporte d'après al-Hijârî, d'Ibn Hayyân et d'autres auteurs, qui eux-mêmes les rapportent d'après une tradition d'Ibn al-Ashʻath, l'historien de Séville.

Sous le règne de l'émir ʻAbd Allâh, l'Andalus était entré dans une période de troubles. Les grands de Séville cherchaient à organiser un soulèvement et à s'emparer du pouvoir. Ils appartenaient à trois maisons : les Banû Abî ʻAbda, les Banû Khaldûn, les Banû Hajjâj.

L'ancêtre des premiers, Abû ʻAbda, fut gouverneur de Séville et de sa région sous ʻAbd ar-Rahmân ad-Dâkhil. Leur chef était alors Umayya Ibn ʻAbd al-Ghâfir, petit-fils d'Abû ʻAbda. Haut dignitaire du califat de Cordoue, il avait eu la charge d'importantes provinces.

Les Banû Khaldûn avaient à leur tête Kurayb, secondé par son frère Khâlid. L'historien Ibn Hayyân écrit à leur propos : « La maison des Banû Khaldûn est encore aujourd'hui extrêmement célèbre à Séville ; ses chefs ont toujours tenu une position éminente parmi les hommes politiques et les savants. »

Quant aux Banû Hajjâj, ils avaient alors pour chef ʻAbd Allâh. « Les Banû Hajjâj, dit Ibn Hayyân, sont de la tribu de Lakhm. Sévillans de vieille souche, ils ont eu une postérité nombreuse ; leur maison s'est illustrée dans le domaine politique autant que dans celui des sciences. »

Vers les années 280 [890], les désordres s'aggravèrent en Andalus. L'émir 'Abd Allâh nomma à Séville Umayya Ibn 'Abd al-Ghâfir. Il envoya avec lui son fils Muhammad, qu'il avait confié à sa garde. Les trois familles sévillanes se réunirent et se soulevèrent contre Muhammad, le fils de l'émir 'Abd Allâh, et contre Umayya. Celui-ci était leur complice et trompait son protégé. Ils assiégèrent le palais, jusqu'au moment où le prince Muhammad demanda à retourner auprès de son père. On le fit sortir. Alors Umayya usurpa le pouvoir à Séville ; il fit tuer secrètement 'Abd Allâh, le chef des Banû Hajjâj, et le remplaça à la tête de sa famille par son frère Ibrâhîm. Il mit la ville au pas et prit en otages les enfants des Banû Khaldûn et des Banû Hajjâj. Ceux-ci se révoltèrent contre lui, il menaça alors de tuer leurs enfants. Il ne les libéra que lorsqu'il se fut assuré de la soumission de ses rivaux par un serment de fidélité. Mais ceux-ci ne tardèrent pas à se soulever de nouveau et à le combattre. Umayya se défendit jusqu'à la mort, tuant ses femmes, coupant les jarrets à ses chevaux, brûlant ses biens. Il mourut les armes à la main ; sa tête fut livrée à la populace. On écrivit à l'émir qu'il avait été mis à mort parce qu'il s'était révolté contre son autorité. Cette raison fut acceptée, par esprit de conciliation, et l'émir nomma gouverneur un de ses parents, Hishâm Ibn 'Abd ar-Rahmân. On eut vite fait d'usurper son autorité ; son fils fut traîtreusement assassiné. Kurayb Ibn Khaldûn, premier artisan de la sédition, s'empara du pouvoir absolu à Séville.

Depuis l'assassinat de son frère 'Abd Allâh, Ibrâhîm Ibn Hajjâj, comme le rapporte Ibn Sa'îd, d'après al-Hijârî, aspirait au pouvoir personnel. Il assista d'abord Ibn Hafsûn, à l'époque le plus grand rebelle de l'Andalus, maître de Malaga et de sa région jusqu'à Ronda, et réussit à obtenir son appui. Il se tourna ensuite vers Kurayb Ibn Khaldûn, qu'il flatta et essaya de connaître de près. Celui-ci fit de lui son lieutenant et l'associa à son pouvoir.

Kurayb était prévenu contre ses sujets et les gouvernait avec un esprit partisan. Tandis qu'il se montrait sévère et dur à leur égard, Ibn Hajjâj les traitait avec bienveillance et intercédait auprès de lui en leur faveur. Ainsi, il réussit à se concilier le peuple, qui se détourna de Kurayb. Ensuite, il demanda secrètement à l'émir 'Abd Allâh de lui envoyer un écrit le nommant gouverneur de Séville afin d'obtenir la confiance du peuple. L'émir lui envoya un acte d'investiture, qu'il montra aux dignitaires de la ville, gagnés à sa cause et montés contre Kurayb. Puis il déclara la révolte. La foule se souleva contre Kurayb et le mit à mort[2]. Ibn Hajjâj expédia sa tête à l'émir et s'installa au pouvoir à Séville.

Ibn Hayyân dit : « Il [Kurayb] fortifia la ville de Carmona, l'une des plus importantes forteresses de l'Andalus. Il y installa sa cavalerie et y résida en alternance avec Séville. Il forma des troupes et les classa en différentes catégories. Il flattait l'émir ʻAbd Allâh par l'envoi d'argent et de cadeaux et le soutenait militairement dans ses expéditions d'été contre les chrétiens. On venait le voir et on le louait. Il faisait des cadeaux aux familles illustres qui lui rendaient visite et des dons aux poètes qui le louaient. Abû ʻAmr Ibn ʻAbd Rabbih, l'auteur du *ʻIqd*, était venu le voir, de préférence à tous les autres rebelles ; Kurayb sut reconnaître sa valeur et le gratifia d'un grand présent. »

La maison des Banû Khaldûn, selon le témoignage d'Ibn Hayyân, d'Ibn Hazm et d'autres auteurs, se maintint à Séville durant toute l'époque omeyyade jusqu'aux temps des *reyes de taifa*. Ayant perdu de leur puissance, ils n'eurent plus jamais l'émirat.

Kaʻb Ibn ʻAbbâd, lorsqu'il fut devenu maître de Séville et qu'il y eut imposé son pouvoir, choisit ses ministres parmi les Banû Khaldûn et leur confia de hautes charges au sein de son État. Ils participèrent avec lui à la bataille de Zallaqa, qui vit la victoire de ce prince et de Yûsuf Ibn Tâshfîn contre le roi de Galice[3]. Beaucoup d'entre eux tombèrent martyrs au cours de cette bataille. Ils avaient participé vaillamment à une offensive aux côtés d'Ibn ʻAbbâd et avaient été encerclés par l'ennemi. Puis les musulmans eurent le dessus, et Dieu leur donna la victoire sur leurs ennemis. Par la suite, Yûsuf Ibn Tâshfîn et les Almoravides établirent leur domination sur l'Andalus. L'État des Arabes fut ruiné, leurs tribus anéanties.

MES ANCÊTRES EN IFRÎQIYA

Les Almohades s'emparèrent de l'Andalus et l'enlevèrent aux Almoravides. Leurs souverains étaient ʻAbd al-Mûmin et ses fils. Le cheikh[1] Abû Hafs, chef des Hintâta, était le premier dignitaire de leur État. Il fut plusieurs fois nommé gouverneur de Séville et de l'Andalus oriental. Son fils 'Abd al-Wâhid fut également nommé à cette fonction pendant quelque temps et y fut suivi par son propre fils Abû Zakariyâ'. Mes ancêtres à Séville furent en relation avec eux. L'un d'eux, du côté maternel, connu sous le nom d'Ibn al-Muhtasib, avait offert à Abû Zakariyâ', fils de Yahyâ, fils de 'Abd al-Wâhid, fils d'Abû Hafs, une esclave galicienne dont il fit sa concubine. Elle lui donna plusieurs fils : Abû Yahyâ Zakariyâ', désigné héritier présomptif, mais mort avant son père, et deux autres : 'Uthmân et Abû Bakr, ce qui lui valut le surnom de « Mère des califes ». Au cours des années 620 [1220], l'émir Abû Zakariyâ' fut muté en Ifrîqiya. En l'an 625 [1225], il se proclama souverain, répudia l'autorité des Mûminides[2], et exerça un pouvoir sans partage sur l'Ifrîqiya.

En Andalus, l'État des Almohades se disloqua : après la sédition d'Ibn Hûd, qui y perdit la vie, le pays était entré dans une période de crise, mise à profit par le roi chrétien, qui multiplia les attaques à la Frontiera, vaste pays s'étendant de Cordoue et de Séville jusqu'à Jaén. Ibn al-Ahmar entrait également en dissidence en Andalus oriental à partir de la forteresse d'Arjona, et tentait de rassembler ce qui restait de forces dans le pays. Il entra en discussion avec les membres du conseil[3] de Séville, qui étaient à cette époque les Banû al-Bâjî, les Banû al-Jadd, les Banû al-Wazîr, les Banû Sayyid an-Nâs, les Banû Khaldûn, leur proposant de se soulever contre Ibn Hûd, d'abandonner la Frontiera au roi chrétien et de s'emparer des montagnes côtières et de leurs villes difficiles d'accès, telles que Malaga, Grenade et Almería. Mais ils refusèrent de livrer leur pays. Leur chef[4] était alors Abû Marwân al-Bâjî. Ibn al-Ahmar leur déclara la guerre et répudia l'autorité d'al-Bâjî. Il prêta serment tantôt à Ibn Hûd, tantôt au Mûminide, maître de Marrakech, tantôt à l'émir Abû Zakariyâ', maître de l'Ifrîqiya. Il s'installa à Grenade et en fit sa capitale, alors que le pays de la Frontiera et ses villes restaient privés de la protection du pouvoir central.

Les Banû Khaldûn redoutèrent les suites [d'une victoire] du roi chrétien. Quittant Séville pour la rive du Maghreb, ils s'installèrent à Ceuta. Le roi chrétien concentra ses forces contre les villes frontières andalouses : ainsi, au bout de vingt ans, il s'empara de Cordoue, de Séville, de Carmona, de Jaén et de sa région.

Quand les Banû Khaldûn s'installèrent à Ceuta, al-'Azafî maria ses enfants — filles et garçons — avec les leurs. Ainsi, il se mêla à eux et eut avec eux une alliance qui demeura célèbre. Mon aïeul al-Hasan Ibn Muhammad, petit-fils d'Ibn al-Muhtasib, était au nombre des Banû Khaldûn qui avaient passé la mer. Se souvenant des services rendus[5] par sa famille à l'émir Abû Zakariyâ', il se rendit auprès de lui. Celui-ci lui réserva un bon accueil. Après un voyage en Orient au cours duquel il accomplit l'obligation de pèlerinage, il rejoignit l'émir Abû Zakariyâ' à Bône[6], et fut comblé d'honneurs. Il demeura ainsi sous la protection de ce prince, et jouit de ses bienfaits. Il fut doté de traitements[7], et reçut des terres[8]. C'est là qu'il mourut. Il fut enterré à Bône. Il laissa un fils, Muhammad Abû Bakr, qui grandit entouré de ces mêmes faveurs. En l'an 647 [1247], Abû Zakariyâ' mourut à Bône. Son fils al-Mustansir Muhammad lui succéda ; il accorda à mon ancêtre Abû Bakr les mêmes avantages dont jouissait son père.

Puis le temps passa. Al-Mustansir mourut en l'an 675 [1277]. Son fils Yahyâ monta sur le trône. L'émir Abû Ishâq rentra de l'Andalus, où il s'était réfugié poursuivi par son frère al-Mustansir. Il chassa Yahyâ du trône et s'empara du pouvoir en Ifrîqiya. Il chargea mon aïeul Abû Bakr de la gestion des affaires[9] de l'État, suivant la tradition des grands souverains almohades. Cette fonction consistait à nommer et à révoquer les gouverneurs, et à leur demander des comptes sur les rentrées fiscales. Mon aïeul sut s'en acquitter avec compétence. Plus tard, le sultan Abû Ishâq nomma son fils Muhammad, mon grand-père, à la fonction de chambellan du prince héritier Abû Fâris, éloigné à Bijâya. Par la suite, mon grand-père demanda à être déchargé de cette fonction. Son vœu fut exaucé, et il retourna à la capitale[10].

Quand le prétendant Ibn Abî 'Imâra s'empara du pouvoir à Tunis, il fit arrêter mon aïeul Abû Bakr, confisqua ses biens et le fit étrangler dans sa prison[11]. Mon grand-père Muhammad accompagna le sultan Abû Ishâq et ses enfants à Bijâya. Le sultan fut mis aux arrêts par son fils Abû Fâris, qui partit ensuite combattre avec ses frères contre le prétendant Abû 'Imâra. Celui-ci ressemblait à al-Fadl, fils du sultan détrôné. Abû Fâris et ses partisans furent encerclés par l'ennemi à Marramâjanna, et mon grand-père put s'enfuir avec Abû Hafs, fils de l'émir Abû Zakariyâ'. Deux autres personnages se trouvaient avec eux :

al-Fazârî et Ibn Sayyid an-Nâs. Ils se réfugièrent tous dans la forteresse de Sinân.

Al-Fazârî était, de tous les clients[12] du seigneur Abû Hafs, celui qui avait sa préférence. Abû l-Hasan Ibn Sayyid an-Nâs ne supporta pas qu'al-Fazârî fût placé au-dessus de lui, alors qu'il occupait à Séville une position plus éminente. Aussi alla-t-il rejoindre le seigneur Abû Zakariyâ' al-Awsat à Tlemcen. Nous avons mentionné ailleurs ce qu'il advint de lui[13].

Quant à Muhammad Ibn Khaldûn, il demeura auprès de l'émir Abû Hafs, ne s'inquiétant guère de la préférence dont jouissait al-Fazârî. Lorsque le prince s'empara de l'autorité, il lui reconnut ses services, lui concéda des terres, et le mit au rang des chefs et des dignitaires de son armée. Il s'en remettait à lui pour nombre de questions relatives aux fonctionnaires de son royaume, et le destinait à la fonction de chambellan après al-Fazârî.

Puis Abû Hafs mourut. Le trône revint à Abû 'Asîda, petit-fils de son frère al-Mustansir. Le nouveau souverain désigna comme chambellan Muhammad Ibn Ibrâhîm ad-Dabbâgh, ancien secrétaire d'al-Fazârî, et fit de Muhammad Ibn Khaldûn son adjoint. Cette situation dura jusqu'à la mort du sultan. Avec l'accession au trône de l'émir Khâlid, mon grand-père continua à jouir du même respect et des mêmes honneurs, mais le souverain ne lui confia aucune charge officielle. Il en fut ainsi jusqu'au règne d'Abû Yahyâ Ibn al-Lihyânî, qui se l'attacha et lui confia ses affaires lorsque les Arabes commencèrent à faire peser leur domination. C'est ainsi qu'il fut chargé par le souverain de la défense d'al-Jazîra contre les Dalaj, une branche des Sulaym installée dans la région. Il y accomplit des faits d'armes mémorables.

Après la fin du règne d'Ibn al-Lihyânî, Muhammad Ibn Khaldûn partit pour l'Orient. Il s'acquitta de l'obligation de pèlerinage en 718 [1318], et fit acte de contrition et de renoncement. Il retourna à La Mecque cinq ans plus tard, en pèlerinage surérogatoire, puis ne quitta plus sa demeure. Le sultan Abû Yahyâ lui laissa la jouissance de la plupart des terres et traitements dont il était pourvu. Il lui proposa à plusieurs reprises d'être son chambellan. Il refusa. J'ai recueilli à ce propos le témoignage de Muhammad Ibn Mansûr Ibn Muznî :

« À la mort du chambellan Muhammad Ibn 'Abd al-

'Azîz al-Kurdî, surnommé al-Mizwâr, en l'an 727 [1327], le sultan fit appeler ton grand-père Muhammad Ibn Khaldûn ; il lui proposa d'être son chambellan et son chargé de pouvoir ; ton grand-père le pria de l'en dispenser ; le sultan accepta ses excuses et le consulta sur un candidat ; il lui conseilla le gouverneur de la place frontière de Bijâya, Muhammad Ibn Abî l-Husayn Ibn Sayyid an-Nâs, en considération de ses compétences et qualités, et en raison des relations qu'avaient entretenues leurs familles à Tunis, et plus anciennement à Séville. "De tous les membres de votre suite et de vos proches, lui dit-il, il est le mieux placé pour remplir cette charge." Le sultan se rangea à son avis : il fit appeler Ibn Sayyid an-Nâs et le nomma chambellan. »

Chaque fois que le sultan Abû Yahyâ quittait Tunis, il en laissait le gouvernement à mon grand-père, jusqu'à sa mort en 737 [1337] : il s'en remettait entièrement à ses jugements et à son dévouement.

Mon père, Muhammad Abû Bakr, délaissa la carrière des armes et le service des princes et se consacra à la science et à une vie recluse. Il avait grandi sous la protection d'Abû 'Abd Allâh az-Zubaydî, surnommé al-Faqîh, qui était en son temps le savant et le mufti le plus éminent de Tunis et l'homme le plus versé dans les voies de la sainteté qu'il avait héritées de son père Husayn et de son oncle Hasan, tous deux saints célèbres. Mon grand-père, qui l'avait fréquenté assidûment depuis son renoncement au monde, lui avait confié son fils, c'est-à-dire mon père. Celui-ci apprit la science et se perfectionna dans le droit. Très versé en langue arabe, il avait des vues pénétrantes sur la poésie et ses disciplines annexes : il me souvient encore des gens de lettres qui recherchaient son arbitrage en matière de poésie et lui soumettaient leurs productions. Il mourut lors de la Grande Peste, en l'an 749 [1348].

[MON ÉDUCATION, MES MAÎTRES]

Né à Tunis, tout au début du mois de *ramadân* de l'an 732 [1332], je fus élevé dans le giron de mon père, que Dieu l'ait en Sa miséricorde, jusqu'à l'âge adulte. J'appris le Coran sous la direction du maître d'école coranique Abû

'Abd Allâh Muhammad Ibn Sa'd Ibn Burrâl al-Ansârî, émigré andalou de la province de Valence. Il avait reçu sa formation des maîtres de Valence et de sa région, et était une autorité insurpassable en lectures coraniques[1]. Le plus célèbre de ses maîtres dans les sept lectures du Coran avait été Abû l-'Abbâs Ahmad Ibn Muhammad al-Batarnî, dont les maîtres et les chaînes d'appui[2] en cette matière sont connus.

Après avoir appris par cœur le texte coranique, je le récitai devant lui à vingt et une reprises[3], selon les sept lectures célèbres : d'abord une variante après l'autre, puis en une récitation groupée. Je fis encore une autre récitation groupée, puis une dernière récitation suivant la variante de Ya'qûb dans la double tradition où elle est conservée[4]. Ensuite, je récitai devant lui les deux poèmes didactiques d'ash-Shâtibî — *al-Lâmiyya* et *ar-Râ'iyya* — traitant des différentes variantes de lecture et de l'orthographe du Coran. Il m'en avait communiqué auparavant le texte d'après le maître Abû l-'Abbâs al-Batarnî et d'autres de ses maîtres. Il testa également mes connaissances sur le *Taqassî* d'Ibn 'Abd al-Barr, où sont présentées les traditions contenues dans le *Muwatta'*. L'auteur y suit la même méthode que dans son *Tamhîd*, mais en se limitant aux traditions. Et j'étudiai avec lui de nombreux autres ouvrages, comme, par exemple, le *Tashîl* d'Ibn Mâlik et le *Mukhtasar*, ouvrage de droit d'Ibn al-Hâjib, dont je ne pus achever l'apprentissage par cœur. Dans le même temps, j'appris l'arabe sous la direction de mon père et de certains professeurs de Tunis : le maître Abû 'Abd Allâh Muhammad Ibn al-'Arabî al-Hasâyirî, éminent grammairien, auteur d'un commentaire accompli du *Tashîl*[5] ; Abû 'Abd Allâh Muhammad Ibn ash-Shawwâsh az-Zarzâlî ; Abû l-'Abbâs Ahmad Ibn al-Qassâr (qui vit encore aujourd'hui à Tunis), dont le cours de grammaire était plein d'intérêt et qui avait écrit un commentaire d'*al-Burda*, le célèbre poème à la louange du Prophète ; Abû 'Abd Allâh Muhammad Ibn Bahr, la plus grande autorité de Tunis en langue et littérature[6]. Je fréquentai ses leçons avec assiduité et j'appris beaucoup auprès de lui : c'était un océan de science. Il me conseilla d'apprendre par cœur de la poésie. C'est ainsi que j'appris le *Livre des six poèmes*, *al-Hamâsa* d'al-A'lam, les poèmes de Habîb, une partie des poèmes d'al-Mutanabbî et quelques poèmes du *Kitâb al-Aghânî*.

J'allai aussi aux cours de Shams ad-dîn Abû 'Abd Allâh Muhammad Ibn Jâbir Ibn Sultân al-Qaysî al-Wâdiyâshî, le plus grand traditionniste de Tunis, qui avait fait deux voyages en Orient. J'appris avec lui l'ouvrage de Muslim Ibn al-Hajjâj[7] en entier, à l'exception d'une petite partie du livre de la chasse ; j'appris également avec lui le *Muwatta'* du début jusqu'à la fin, ainsi qu'une partie des cinq ouvrages de base. Il m'autorisa à transmettre sous son autorité de nombreux ouvrages de langue et de droit. Puis il m'accorda une licence générale[8] et m'informa sur ses maîtres qui étaient mentionnés dans le répertoire de ses professeurs[9]. Le plus célèbre d'entre eux à Tunis était le grand cadi Abû l-'Abbâs Ahmad Ibn al-Ghammâz al-Khazrajî.

J'étudiai le droit avec un groupe de professeurs à Tunis. Il y avait parmi eux Abû 'Abd Allâh Muhammad Ibn 'Abd Allâh al-Jayyânî et Abû l-Qâsim Muhammad al-Qasîr, avec qui j'étudiai le *Kitâb at-Tahdhîb* d'Abû Sa'îd al-Barâdhi'î et l'abrégé de la *Mudawwana*, livre de base de l'école malikite. Ce fut avec ce dernier que je perfectionnai mes connaissances du droit. J'assistais à la même époque, en compagnie de mon frère Muhammad, que Dieu l'ait en Sa miséricorde, aux séances de mon grand maître Abû 'Abd Allâh Muhammad Ibn 'Abd as-Salâm, grand cadi de la ville ; je tirai profit de ses leçons. J'appris avec lui pendant cette période le *Kitâb al-Muwatta'* de l'imam Mâlik, qu'il avait reçu d'Abû Muhammad Ibn Hârûn at-Tâ'î avant qu'il ne fût atteint de troubles mentaux, suivant des chaînes de transmission remontant à l'auteur. J'eus bien d'autres professeurs du corps enseignant de Tunis. De tous ces maîtres, je suivis les cours. Ils m'autorisèrent tous à rapporter leurs écrits et me donnèrent licence. Puis ils furent tous emportés par la Grande Peste.

Nous avions reçu un groupe de savants qui accompagnaient le sultan Abû l-Hasan lorsqu'il avait fait la conquête de l'Ifrîqiya en l'an 748 [1347]. Le souverain leur faisait une obligation d'assister à son conseil et s'honorait de leur présence. Il y avait parmi eux :

— Abû 'Abd Allâh Muhammad Ibn Sulaymân as-Sattî, premier mufti du Maghreb et chef de l'école malikite ; j'allais souvent à ses séances et en tirai grand profit.

— Abû Muhammad 'Abd al-Muhaymin Ibn 'Abd al-Muhaymin al-Hadramî, secrétaire du sultan Abû l-Hasan, chargé du paraphe qu'on apposait en bas des écrits sultaniens. C'était le plus grand traditionniste et grammairien du Maghreb. Je fus assidu à ses leçons et reçus de lui licence pour les six ouvrages de base[10], le *Muwatta'*, les *Siyar [sic]* d'Ibn Ishâq, le livre d'Ibn as-Sallâh[11] sur les traditions du Prophète, et de nombreux autres ouvrages dont les titres m'échappent. Il avait de vastes connaissances en matière de traditions prophétiques, et sa méthode de prise de notes[12] et de mémorisation était parfaite[13]. Il possédait une bibliothèque de plus de trois mille volumes[14], comprenant des ouvrages de toutes les disciplines : traditions prophétiques, droit, langue arabe, littérature, sciences rationnelles, etc. Tous ces ouvrages étaient des exemplaires exacts, conformes à l'original. Il n'y en avait pas un seul où on ne trouvait des indications véridiques, jusqu'à l'auteur, écrites de la main d'un de ses maîtres connus, — même les ouvrages de droit et d'arabe, qu'on trouve rarement aujourd'hui avec une chaîne de garants jusqu'à leurs auteurs.

— Abû l-'Abbâs Ahmad az-Zawâwî, première autorité du Maghreb dans la science des lectures du Coran. J'ai lu devant lui le Livre saint avec les sept variantes de lecture groupées, suivant la méthode d'Abû 'Amr ad-Dânî et d'Ibn Shurayh, en une récitation finale que je ne pus achever. J'ai appris avec lui de nombreux ouvrages et je reçus de lui licence générale.

— Abû 'Abd Allâh Muhammad Ibn Ibrâhîm al-Abilî, le plus grand maître en sciences rationnelles. Il naquit et grandit à Tlemcen. Il étudia les ouvrages de mathématiques et acquit une grande habileté dans cette discipline. Se trouvant à Tlemcen lors du grand siège qui eut lieu au cours des premières années du VIIIe [XIVe] siècle, il quitta cette ville et se rendit en pèlerinage à La Mecque. Il rencontra les grands savants de l'Orient de cette époque, mais ne put rien apprendre auprès d'eux, car il souffrait alors de troubles accidentels qui affectaient son intelligence. À son retour au Maghreb, lorsqu'il eut recouvré la santé, il étudia la logique et les deux sciences des fondements auprès du maître Abû Mûsâ 'Isâ Ibn al-Imâm. Celui-ci avait fait ses études à Tunis avec son frère Abû Zayd 'Abd ar-Rahmân sous la direction des disciples du célèbre Ibn Zaytûn. Il s'était ensuite rendu à Tlemcen, avec de grandes connaissances en sciences rationnelles et traditionnelles. Ce fut alors qu'Al-Abilî étudia auprès de lui, comme on l'a déjà dit. Par la suite, al-Abilî dut s'enfuir au Maghreb Extrême car le sultan Abû Hammû l'obligeait à administrer ses affaires et à tenir ses comptes fiscaux. Il s'enfuit donc au Maghreb, où il parvint jusqu'à Marrakech. Il s'attacha au savant très renommé Abû l-'Abbâs Ibn al-Bannâ', reçut de lui toutes les sciences rationnelles, hérita de son rang et même le surpassa. Après la mort d'Ibn al-Bannâ', il se rendit dans les montagnes des Haskura, à l'invitation de 'Alî Ibn Muhammad Ibn Tarumît, pour étudier auprès de lui. Al-Abilî profita de son enseignement et, après quelques années, lorsque Ibn Tarumît fut appelé à la cour par le roi du Maghreb, le sultan Abû Sa'îd, qui lui donna une maison dans la Ville neuve, il l'accompagna. Plus tard, le sultan Abû l-Hasan l'admit dans son entourage et le nomma parmi les docteurs de son conseil. Pendant ce temps, il continua à enseigner les sciences rationnelles et à les répandre parmi les habitants du Maghreb, de sorte que beaucoup d'entre eux, provenant de toutes les capitales maghrébines, y devinrent habiles. Ainsi, il put former deux générations successives. Lorsqu'il vint à Tunis dans le cortège du sultan Abû l-Hasan, je m'attachai à lui. J'appris auprès de lui les deux sciences des fondements[15], la logique, ainsi que toutes les disciplines philosophiques et mathématiques. Il me reconnaissait, Dieu l'ait en Sa miséricorde, les plus grandes qualités en ces matières.

Abû l-Qâsim 'Abd Allâh Ibn Yûsuf Ibn Ridwân, un de mes amis, originaire de Malaga, faisait également partie de la suite du sultan Abû l-Hasan. Il était son secrétaire et attaché au service d'Abû Muhammad 'Abd al-Muhaymin, qui était, à cette époque, le chef des secrétaires et le responsable du paraphe qu'on appose en bas des ordres et des messages officiels. Une partie de ce paraphe était écrite de la main du sultan. Ibn Ridwân était une des gloires du Maghreb : habile calligraphe, il possédait de vastes connaissances, avait un jugement sûr, excellait dans l'art des contrats, était aussi éloquent dans la correspondance officielle, la composition poétique et dans les sermons en chaire. En effet, il conduisait souvent la prière en présence du sultan. Quand il vint à Tunis, je devins son compagnon et j'eus du plaisir à le fréquenter. Quoique je ne l'eusse pas comme professeur, à cause de nos âges trop rapprochés, j'appris autant de lui que de mes autres maîtres. Mon ami Abû l-Qâsim ar-Rahawî, le poète de Tunis, fit sa louange dans un poème aux rimes en *n*. Il lui demandait de rappeler à son maître Abû Muhammad 'Abd al-Muhaymin de transmettre son poème de louange, aux rimes en *b*, au sultan Abû l-Hasan. Nous avons déjà mentionné ce poème dans les récits relatifs au sultan. Dans son éloge d'Ibn Ridwân, ar-Rahawî mentionne les grands savants qui étaient venus avec le sultan. Mais il y eut par la suite l'offensive des Arabes contre le sultan à Kairouan, au début de l'année 749 [1348]. Les esprits s'étaient détournés de ce genre d'activités, et ar-Rahawî ne put obtenir satisfaction. Ce fut ensuite la peste dévastatrice. On eût dit un tapis qu'on avait roulé avec tout ce qui se trouvait dessus. 'Abd al-Muhaymin fut du nombre de ceux qui périrent. Il fut enterré dans le cimetière de ma famille à Tunis, en raison de ses liens d'amitié avec mon père, que Dieu l'ait en Sa miséricorde, lors de la venue [des savants qui faisaient partie du cortège d'Abû l-Hasan].

Au moment de la bataille de Kairouan, les habitants de Tunis se révoltèrent contre les partisans du sultan Abû l-Hasan, et ceux-ci se retranchèrent dans la forteresse, siège du pouvoir, où se trouvaient les enfants du sultan et ses femmes. Ibn Tâfrâgîn, ayant rejeté l'autorité d'Abû l-Hasan, avait quitté Kairouan pour rallier le camp des Arabes qui assiégeaient ce dernier. Ils s'étaient accordés sur le nom d'Abû Dabbûs et lui avaient prêté serment de fidélité, comme on l'a vu dans le récit relatif au sultan. Ibn Tâfrâgîn fut envoyé à Tunis. Il assiégea la forteresse, mais celle-ci lui résista. Le jour de la révolte des habitants de Tunis et du tumulte qui en résulta, 'Abd al-Muhaymin s'était enfui de chez lui pour se réfugier dans notre maison. Il se cacha chez mon père, que Dieu l'ait en Sa miséricorde, et demeura ainsi chez nous pendant environ trois mois. Puis le sultan parvint à s'échapper de Kairouan et à rejoindre Sousse d'où il s'embarqua pour Tunis. Ibn Tâfrâgîn s'enfuit en Orient. 'Abd al-Muhaymin quitta sa retraite, et le sultan le rétablit dans ses fonctions comme responsable du paraphe et secrétaire. Il témoigna souvent à mon père sa reconnaissance pour l'aide qu'il lui avait apportée[16].

Les grands savants mentionnés dans le poème d'ar-Rahawî occupaient le premier rang dans le conseil du sultan Abû l-Hasan. Parmi tous les habitants du Maghreb, il les avait choisis pour faire partie de son cortège. Ce sont :

Les deux Ibn al-Imâm.

Deux frères, natifs de Barishk, dans la province de Tlemcen : l'aîné, Abû Zayd 'Abd ar-Rahmân ; le cadet, Abû Mûsâ 'Isâ. Leur père, imam d'une mosquée à Barishk, avait été accusé par Zîrim Ibn Hammâd, qui tenait à cette époque la ville sous son pouvoir, de détenir un dépôt d'argent appartenant à l'un de ses ennemis. Il exigea que ce dépôt lui fût remis, ce à quoi l'imam refusa de consentir. Zîrim l'attaqua de nuit pour lui prendre l'argent, et l'imam se défendit et fut tué. Ses deux fils, les deux frères Ibn al-Imâm, se rendirent à Tunis en l'an 700 [1301]. Ils apprirent la science sous la direction des disciples d'Ibn Zaytûn et firent leur droit avec les compagnons d'Abû 'Abd Allâh Ibn Shu'ayb ad-Dukkâlî. Puis ils retournèrent au Maghreb, forts de grandes connaissances, et s'installèrent à Alger, où ils dispensèrent la science, Barishk leur étant interdit à cause de Zîrim.

Le sultan Abû Ya'qûb, souverain mérinide, maître du Maghreb Extrême, poursuivait alors obstinément son long et célèbre siège de Tlemcen[17]. Il avait disséminé ses troupes aux alentours de la ville et conquis nombre de ses circonscriptions et bourgades. Ayant pris la circonscription de Maghrâwa dans le Chélif, avec sa capitale Miliana, il y expédia al-Hasan Ibn 'Alî Ibn Abî at-Tallâq, des Banû 'Askar, et 'Alî Ibn Muhammad al-Khayrî, des Banû Wartâjjan, secondés, pour l'établissement et la collecte des impôts, par le secrétaire Mindîl Ibn Muhammad al-Kinânî. Les deux frères Ibn al-Imâm quittèrent alors Alger pour Miliana. Ils surent plaire à Mindîl al-Kinânî, qui les rapprocha de sa personne, leur accorda une place de choix dans son entourage, et leur confia l'éducation de son fils Muhammad.

Yûsuf Ibn Ya'qûb, le sultan du Maghreb, mourut à l'endroit même où il se trouvait lors du siège de Tlemcen, en l'an 705 [1306], poignardé par un de ses eunuques. Son petit-fils Abû Thâbit lui succéda, après les graves événements que nous avons relatés dans les récits concernant les Mérinides. Entre lui, le maître de Tlemcen — qui était, à cette époque, Abû Zayyân Muhammad Ibn 'Uthmân Ibn Yaghmurâsin — et Abû Hammû, le frère de ce dernier, fut signé un traité de paix aux termes duquel le siège de la ville devait être levé et ses circonscriptions rétrocédées.

Abû Thâbit tint parole et retourna au Maghreb. Ibn at-Tallâq, al-Khayrî et al-Kinânî quittèrent Miliana pour la même destination, passant par Tlemcen. Al-Kinânî était accompagné par les deux Ibn al-Imâm : il les introduisit auprès d'Abû Hammû, fit leur éloge, et vanta leur haut rang dans les sciences. Abû Hammû se réjouit de leur présence, et édifia pour eux le collège connu sous leur nom. Ils demeurèrent auprès de lui, suivant les us et coutumes des savants, et lorsqu'il mourut, ils adoptèrent la même attitude envers son fils Abû Tâshfîn. Cela dura jusqu'au moment où le sultan Abû l-Hasan marcha sur Tlemcen et la prit sans combattre, en l'an 737 [1337]. La renommée que les deux savants avaient acquise dans toutes les régions du Maghreb leur avait gagné l'estime du sultan. Dès son entrée dans la ville, il les fit appeler, leur réserva une place près de lui, les honora publiquement, et les éleva au-dessus de leurs pairs. À chacun de ses passages à Tlemcen, ils faisaient l'ornement de son conseil, et étaient de toutes les délégations des notables de la ville qu'il recevait dans les occasions officielles. Puis il leur demanda de l'assister à la guerre. Ainsi, ils furent à ses côtés lors de la bataille de Tarifa[18], puis revinrent dans leur pays. L'un d'eux, Abû Zayd, mourut quelque temps après ; son frère Abû Mûsâ continua à profiter des honneurs qui lui étaient accordés par le souverain. En l'an 748 [1347], lorsque Abû l-Hasan entreprit la conquête de l'Ifrîqiya, il demanda à Abû Mûsâ Ibn al-Imâm de l'accompagner. Honoré et respecté, celui-ci occupait une position élevée et jouissait de la proximité du souverain. Après que celui-ci se fut emparé de l'Ifrîqiya, il l'autorisa à retourner en son pays. Il y demeura bien peu de temps, avant de succomber à la peste dévastatrice en l'an 749 [1348]. Les descendants des deux Ibn al-Imâm à Tlemcen continuèrent jusqu'à nos jours à suivre la voie des honneurs et à en gravir les échelons.

As-Sattî.

Muhammad [Ibn 'Alî] Ibn Sulaymân as-Sattî est issu de la tribu de Satta, une des branches des Awraba, dans la région de Fès. Son père s'était installé à Fès, et Muhammad y grandit. Il apprit la science auprès du maître Abû l-Hasan as-Sughayyir, la plus grande autorité du malikisme au Maghreb, savant de grande renommée et grand cadi de Fès, et perfectionna ses connaissances en droit sous sa direction.

As-Sattî était le meilleur connaisseur de la doctrine de Mâlik, celui qui en avait la meilleure intelligence. Le sultan Abû l-Hasan, prince pieux, généreux et d'extrême mérite, désirait rehausser la gloire de son conseil en y admettant des savants. Il en avait choisi quelques-un parmi eux pour le suivre dans ses déplacements et lui tenir compagnie. L'imam Muhammad Ibn Sulaymân était du nombre. Il vint à Tunis dans le cortège du sultan, et nous pûmes voir toute l'étendue de ses qualités. En droit, il était incomparable, tant pour sa mémoire que pour son intelligence, et je revois encore mon frère Muhammad, que Dieu l'ait en Sa miséricorde, lisant devant lui le *Kitâb at-tabsira* d'Abû al-Hasan al-Lakhmî. As-Sattî corrigeait ses erreurs par des commentaires personnels et à l'aide de citations faites de mémoire, au cours de nombreuses séances. Telle était la méthode qu'il appliquait à la plupart des livres qu'il enseignait. Il assista à la bataille de Kairouan aux côtés du sultan Abû l-Hasan et put s'échapper avec lui et regagner Tunis, où il demeura près de deux ans. Puis le Maghreb se révolta contre le sultan, et Abû 'Inân, le fils de ce dernier, prit le pouvoir. Abû l-Hasan quitta ensuite Tunis par mer à la fin de l'année 750 [1349]. Il fit naufrage au large de Bijâya : il y perdit sa flotte et sa famille ; et la plupart de ces excellents hommes qui l'accompagnaient, ainsi que d'autres, périrent. Lui-même fut rejeté par la mer sur une île d'où le tira un bateau de sa flotte qui le ramena à Alger, ayant perdu tous ses biens, et vu périr la plupart des membres de sa famille et un grand nombre de ses compagnons. Nous avons relaté ce qui lui arriva par la suite dans les récits le concernant.

Al-Abilî.

Muhammad Ibn Ibrâhîm al-Abilî a grandi à Tlemcen et est originaire d'Avila, dans le nord de l'Andalus. Ayant traversé la mer, son père et son oncle Ahmad furent employés par Yaghmurâsin Ibn Ziyân et son fils dans leur armée. Ibrâhîm épousa la fille du cadi de Tlemcen, Muhammad Ibn Ghalbûn, et de leur union naquit Muhammad. Élevé à Tlemcen sous la tutelle du cadi son grand-père, il eut un penchant pour la science et se détourna du métier des armes qui était celui de son père et de son oncle. Il arriva à l'âge d'homme, ayant conçu une passion pour les mathématiques. Il y avait montré des dons supérieurs, et, à cause de son renom, les gens s'étaient pressés autour de lui pour suivre ses leçons, alors qu'il était encore à l'âge de la puberté.

Puis le sultan Yûsuf Ibn Ya'qûb vint attaquer Tlemcen. Il s'installa pour un long siège et envoya des expéditions contre les circonscriptions de la ville, dont il conquit la plupart. Ibrâhîm al-Abilî était alors à la tête d'une troupe à Hunayn, port de Tlemcen. Quand Yûsuf Ibn Ya'qûb eut conquis cette agglomération, il fit prisonniers tous les partisans d'Ibn Ziyân qui s'y trouvaient, y compris Ibrâhîm al-Abilî. Une rumeur se propagea à Tlemcen, prétendant que le sultan libérait les prisonniers en échange de leurs fils qu'il prenait en otage. Désirant rejoindre son père dans le but de faire cet échange, et poussé par sa famille, Muhammad al-Abilî sortit de la ville en escaladant les murailles. Il découvrit que la nouvelle était fausse. Yûsuf Ibn Ya'qûb lui demanda de prendre la direction d'une troupe de soldats andalous à Tawarirat. Mais, ne voulant point rester, il s'empressa de s'enfuir. Portant cilice, il partit en direction de La Mecque. Il parvint ainsi au monastère d'al-'Ubbâd, et se cacha au milieu des derviches. Là, il rencontra le chef d'un groupe de gens de Karbalâ', descendants d'al-Husayn, venu au Maghreb pour y faire la propagande de sa secte. C'était un homme intelligent. Mais à la vue des troupes de Yûsuf Ibn Ya'qûb et de la forte crainte qu'il inspirait, il désespéra d'atteindre son but, y renonça et décida de retourner en son pays. Mon maître Muhammad Ibn Ibrâhîm se joignit à son cortège. Il me fit lui-même le récit de son voyage :

« Je découvris bientôt qui il était et dans quel but il était venu, et je me mêlai à ses compagnons et à ses partisans. Il était accueilli dans chaque ville par des fidèles et des serviteurs qui lui apportaient de son pays des provisions et de l'argent pour ses dépenses, jusqu'au moment où nous embarquâmes de Tunis pour Alexandrie. En mer, je fus pris d'une grande excitation sexuelle, et j'eus honte, à cause du rang de cet homme, de faire trop souvent mes ablutions. Un des membres de sa suite me conseilla de boire du camphre. J'en puisai une poignée que j'avalai, et tout me devint confus. »

Il arriva en Égypte dans cet état. Là se trouvaient à cette époque les plus grands savants en sciences rationnelles et traditionnelles : Taqiy ad-dîn Ibn Daqîq al-ʿId, Ibn ar-Rifʿa, Safiy ad-dîn al-Hindî, at-Tabrîzî, Ibn al-Badîʿ, et d'autres. C'est à peine s'il pouvait les distinguer, lorsqu'il nous parlait d'eux, à cause de son état de confusion. Puis il partit en pèlerinage en compagnie de ce chef, et le suivit à Karbalâ'. Ce dernier lui adjoignit un de ses hommes pour le ramener en lieu sûr dans son pays des Zwâwa, à l'extrémité du Maghreb.

Mon maître, que Dieu l'ait en Sa miséricorde, me rapporta encore ces détails :

« J'avais avec moi une grosse somme d'argent, dont j'avais fait provision au Maghreb, et que je cachais dans la robe[19] que je portais. Compte tenu de mon état — celui que je viens d'évoquer —, il me l'avait enlevée, jusqu'au moment où il la remit aux hommes à qui il avait demandé de me raccompagner au Maghreb. Lorsqu'ils m'eurent ramené en lieu sûr, ils me rendirent l'argent contre un reçu qu'ils avaient ordre de lui remettre. »

Le retour de mon maître coïncida avec la mort de Yûsuf Ibn Yaʿqûb et la levée du siège de Tlemcen. Il rentra dans sa ville, étant guéri de sa confusion. Alors, il se tourna avec ardeur vers les études scientifiques. Comme il avait un penchant pour les sciences rationnelles, il étudia la logique et des éléments des deux sciences des fondements[20] sous la direction d'Abû Mûsâ Ibn al-Imâm. Abû Hammû, le maître de Tlemcen, était alors au faîte de son pouvoir. C'était un homme qui tenait bien ses affaires en main. Ayant appris que mon maître était très compétent dans la science du calcul, il le chargea de mettre de l'ordre dans ses finances et de superviser ses percepteurs d'impôts. Mon maître refusa l'offre, mais Abû Hammû le contraignit d'accepter. Il dut recourir à une ruse pour s'enfuir, et regagna Fès, sous le règne du sultan Abû ar-Rabîʿ. Abû Hammû envoya ses hommes à sa recherche. Mon maître se cacha à Fès, chez Khallûf al-Maghîlî, un maître de mathématiques juif. Il apprit avec lui toutes les disciplines mathématiques et y devint habile. Puis il quitta Fès sous un déguisement pour rejoindre Marrakech, en l'an 710 [1310]. Il y descendit chez l'imam Abû l-ʿAbbâs Ibn al-Bannâ', maître en sciences rationnelles et traditionnelles et très versé dans le soufisme, en théorie et en pratique. Il s'attacha à lui, suivit ses leçons, et acquit de solides connaissances en sciences rationnelles, en mathématiques et en philosophie.

Par la suite, le chef des Haskûra, 'Alî Ibn Muhammad Ibn Tarûmît l'invita à venir suivre ses leçons. Ibn Tarûmît était alors en mauvais termes avec le sultan. Notre maître le rejoignit dans ses montagnes et séjourna chez lui pendant une assez longue période durant laquelle il étudia auprès de lui et s'enrichit de connaissances. Les étudiants de la région se réunissaient autour de lui, et il put ainsi à la fois beaucoup apprendre et faire profiter de son savoir. Pendant tout ce temps, il était entouré du respect et de l'affection d''Alî Ibn Muhammad Ibn Tarumît, et obéissait au moindre de ses désirs. Il eut ainsi un grand ascendant sur lui et, dans le même temps, il acquit un grand prestige parmi les tribus de cette région. Lorsque le sultan Abû Sa'îd demanda à 'Alî Ibn Tarûmît de descendre de sa montagne, mon maître descendit avec lui, et élut domicile à Fès. Les étudiants, de toutes parts, se pressèrent en foule autour de lui ; sa science se répandit, et son renom grandit.

Quand, après sa conquête de Tlemcen, le sultan Abû l-Hasan rencontra Abû Mûsâ Ibn al-Imâm, celui-ci lui parla d'al-Abilî en termes très élogieux, et le présenta comme un savant éminent. Comme on l'a vu, le sultan avait le souci de réunir des savants pour son conseil. Il le fit quérir de son lieu de résidence à Fès, et l'admit dans son conseil parmi la classe des docteurs. Mon maître poursuivit son enseignement tout en restant attaché à la suite du sultan. Ainsi, il assista avec lui à la bataille de Tarifa et à celle de Kairouan en Ifrîqiya. L'amitié qui s'était formée entre lui et mon père, que Dieu l'ait en Sa miséricorde, me donna l'occasion d'étudier auprès de lui. Je fus assidu à ses leçons et devins son disciple. Je commençai les sciences rationnelles par les mathématiques, puis j'étudiai la logique, les deux sciences des fondements qui viennent après celle-ci, et les sciences de la philosophie. À ce moment-là, le sultan devait quitter Tunis à bord de sa flotte pour se rendre au Maghreb. Mon maître était notre hôte : nous lui fîmes la suggestion de rester et le détournâmes de son voyage. Il accepta, et resta chez nous. Puis le sultan Abû l-Hasan le réclama. Nous invoquâmes de bonnes raisons pour le garder auxquelles il céda. Advint ensuite le naufrage du sultan dont nous avons déjà parlé.

Mon maître resta donc à Tunis. Nous recherchions ses cours, ainsi que tous les habitants de notre ville, avec ardeur. Lorsque, après la mort d'Abû l-Hasan dans les montagnes des Hintata, son fils Abû 'Inân retrouva sa liberté d'esprit, ayant arraché Tlemcen aux Banû 'Abd al-Wâd, il écrivit au maître de Tunis, le sultan Abû Ishâq, qui était sous la tutelle du chef des Almohades, Abû Muhammad Ibn Tâfrâgîn, pour rappeler al-Abilî auprès de lui. Mon maître fut remis à son ambassadeur, et il s'embarqua sur la flotte avec laquelle le sultan avait voyagé. Il s'arrêta à Bijâya et y séjourna un mois, le temps que les étudiants de cette ville, qui l'en avaient prié et qui avaient adressé une demande dans ce sens au commandant du bateau, étudient avec lui le *Mukhtasar* d'Ibn al-Hâjib sur les principes du droit. Étant reparti, il débarqua au port de Hunayn et se rendit auprès du sultan à Tlemcen. Abû 'Inân lui réserva une place d'honneur, et le nomma dans la classe de ses maîtres. Il étudia sous sa direction et se considéra comme son disciple jusqu'à la date de sa mort à Fès, en l'an 757 [1356]. Il m'avait appris, que Dieu l'ait en Sa miséricorde, qu'il était né à Tlemcen en l'an 681 [1282].

'Abd al-Muhaymin, secrétaire d'Abû l-Hasan.

Il est originaire de Ceuta, d'une vieille famille connue sous le nom de Banû 'Abd al-Muhaymin. Son père, cadi sous les Banû l-'Azafî, prit soin de son éducation. 'Abd al-Muhaymin fit ses études avec les professeurs de la ville, en s'attachant particulièrement au maître Abû Ishâq al-Ghâfiqî. Lorsque ar-Ra'îs Abû Sa'îd, maître de l'Andalus, prit possession de Ceuta et fit déporter les Banû l-'Azafî ainsi que d'autres notables de la ville à Grenade, le cadi Muhammad Ibn 'Abd al-Muhaymin et son fils 'Abd al-Muhaymin étaient du nombre des exilés.

'Abd al-Muhaymin acheva ses études à Grenade. Il fut l'élève d'Abû Ja'far Ibn az-Zubayr et de ses émules. Il excella dans la connaissance du *Livre* de Sîbawayh et se distingua par la qualité de ses chaînes de garants et par le nombre de ses maîtres. Les savants du Maghreb, de l'Andalus et de l'Orient correspondirent avec lui.

Le vizir Abû 'Abd Allâh Ibn al-Hakîm ar-Rundî qui, usurpant le pouvoir du sultan al-Makhlû', des Banû l-Ahmar, régnait alors en maître sur l'Andalus, lui demanda d'être son secrétaire. 'Abd al-Muhaymin accepta l'offre. Ibn al-Hakîm l'admit dans la classe des hommes supérieurs qui composaient son conseil, tels que le traditionniste et voyageur Abû 'Abd Allâh Ibn Rushayd al-Fihrî, Abû l-'Abbâs Ahmad Ibn [ ] al-'Azafî, le savant, soufi et ascète Abû 'Abd Allâh Muhammad Ibn Khamîs at-Tilimsânî — ces deux derniers n'avaient pas leurs pareils en éloquence et en poésie — ainsi que bien d'autres. Ibn al-Khatîb les mentionne tous dans son *Histoire de Grenade*[21].

Après le malheur qui frappa le vizir Ibn al-Hakîm et le rétablissement de l'autorité des Mérinides sur Ceuta, 'Abd al-Muhaymin rentra dans sa ville natale. Puis le sultan Abû Sa'îd monta sur le trône. Son fils Abû 'Alî, qui avait de l'ascendant sur lui et dirigeait seul les affaires de l'État, désirait inviter des hommes éminents dont il ferait l'ornement de sa cour. Il appela 'Abd al-Muhaymin de Ceuta et, en l'an 712 [1312], lui confia la charge de secrétaire. Après être entré en dissidence contre son père en l'an 714 [1314], il se retrancha dans la Ville neuve, puis la quitta pour Sijilmâsa, ayant conclu la paix. Le sultan Abû Sa'îd garda auprès de lui 'Abd al-Muhaymin et en fit son secrétaire, avant de le nommer secrétaire en chef et responsable de l'apposition du paraphe sur les lettres et les ordres officiels. 'Abd al-Muhaymin prit ses nouvelles fonctions en l'an 718 [1318] et les conserva pendant tout le règne d'Abû Sa'îd et sous celui de son fils Abû l-Hasan. Il accompagna ce dernier en Ifrîqiya, mais resta à Tunis et n'assista pas à la bataille de Kairouan, parce qu'il souffrait de la goutte. Lors des émeutes de Tunis, à la suite des nouvelles alarmantes que l'on recevait de la bataille et du départ des partisans du sultan avec son harem pour la forteresse, 'Abd al-Muhaymin s'éloigna d'eux et, se faufilant par les rues de la ville, vint se cacher dans notre maison, de crainte d'avoir à subir des désagréments s'il restait avec eux. À l'issue de ce sombre épisode, quand le sultan eut quitté Kairouan pour Sousse puis se fut embarqué de ce port vers Tunis, il destitua 'Abd al-Muhaymin, lui reprochant son absence aux côtés des siens à la forteresse. Il confia le paraphe à Abû l-Fadl, fils du secrétaire en chef 'Abd Allâh Ibn Abî Madyan, dont la famille possédait auparavant le privilège. 'Abd al-Muhaymin resta en disgrâce durant plusieurs mois. Puis le sultan lui rendit ses faveurs, fut satisfait de lui et le rétablit dans la fonction du paraphe. Il mourut peu de jours après de la peste dévastatrice en l'an 749 [1348]. Il était né en 675 [1277]. Sa biographie complète est donnée par Ibn al-Khatîb dans son *Histoire de Grenade*. Le lecteur peut s'y reporter s'il le désire.

Ibn Ridwân.

Quant à Ibn Ridwân, qui est mentionné dans le poème d'ar-Rahawî, son nom complet est Abû l-Qâsim 'Abd Allâh Ibn Yûsuf Ibn Ridwân an-Nijârî. Originaire de l'Andalus, il grandit à Malaga. Il étudia auprès des professeurs de cette ville, excella dans la langue arabe et la littérature, et acquit des connaissances variées en sciences. Poète et prosateur, il était aussi habile dans la correspondance que dans l'art des contrats. Il émigra après la bataille de Tarifa et s'installa à Ceuta. Il y rencontra le sultan Abû l-Hasan, qui le récompensa pour un poème qu'il fit à sa louange. Il s'attacha à Ibrâhîm Ibn Abî Yahyâ, qui était à l'époque cadi des armées et prédicateur du sultan, et qui lui demanda de le suppléer dans ces deux fonctions. Ensuite, il le fit admettre dans le groupe des secrétaires du sultan. Ibn Ridwân s'attacha au service de 'Abd al-Muhaymin, secrétaire en chef, dont il devint le disciple. Cette situation dura jusqu'à l'époque du départ du sultan pour l'Ifrîqiya et de la bataille de Kairouan. Les partisans du sultan furent assiégés dans la forteresse de Tunis ainsi que la famille et les femmes de celui-ci. Ibn Ridwân était resté à Tunis avec une partie des serviteurs du souverain. Au moment du siège, il se fit remarquer par la correspondance qu'il entretenait avec le sultan, et dont il rédigea la majeure partie avec beaucoup de talent. À son retour de Kairouan, Abû l-Hasan reconnut ses services en l'admettant dans son cercle d'intimes, en le rapprochant de sa personne et en lui confiant de nombreuses tâches. Quand il quitta Tunis à bord de sa flotte pour se rendre au Maghreb, en l'an 750 [1349], comme on l'a vu précédemment, et qu'il laissa le gouvernement de Tunis à son fils Abû l-Fadl, il nomma Ibn Ridwân secrétaire de ce dernier. Mais Ibn Ridwân n'occupa cette fonction que quelques jours. Le sultan almohade[22], al-Fadl, fils du sultan Abû Yahyâ, leur reprit Tunis. Abû l-Fadl s'enfuit et rejoignit son père, mais Ibn Ridwân ne put l'accompagner. Il fut retenu à Tunis pendant un an, avant de s'embarquer pour l'Andalus. Il demeura à Almería, avec un groupe de partisans d'Abû l-Hasan. Le chef des Hintâta, 'Âmir Ibn Muhammad Ibn 'Alî, y assurait la protection des femmes et du fils d'Abû l-Hasan, qu'il avait ramenés de Tunis avec lui sur un navire. Ayant trouvé refuge en Andalus, ils étaient descendus à Almería, où le sultan Abû l-Hajjâj leur servait une pension. Ibn Ridwân les rejoignit et demeura avec eux. Abû l-Hajjâj, souverain de l'Andalus, lui proposa de devenir son secrétaire, mais il refusa.

Puis le sultan Abû l-Hasan mourut. Ceux de sa famille qu'il avait laissés à Almería rentrèrent au Maghreb et se rendirent auprès du sultan Abû 'Inân. Ibn Ridwân les accompagna. Le souverain reconnut les services qu'il avait rendus à son père, lui demanda de devenir son secrétaire et le distingua en lui permettant d'assister à son conseil avec les étudiants de sa cour. Muhammad Ibn Abî 'Amr était alors le premier personnage de l'État et le confident du sultan. Responsable du paraphe et des comptes des impôts et des troupes, il avait un grand ascendant sur le sultan et était son favori. Il fit employer Ibn Ridwân au service du souverain, jusqu'à ce que celui-ci lui devînt extrêmement attaché : il en fit son ami et son compagnon, l'admit dans ses veillées et ses réunions privées. Ibn Abî 'Amr ne cessait de le rapprocher du sultan et de lui vanter ses qualités ; chaque fois qu'il s'absentait pour une affaire plus importante, il se faisait remplacer par lui pour les devoirs de sa charge. Ainsi, il eut les faveurs du sultan, qui apprécia hautement ses qualités. Quand Ibn Abî 'Amr partit pour une expédition avec l'armée à Bijâya en l'an 754 [1353], Ibn Ridwân se trouva seul à occuper la fonction de secrétaire du sultan. À son retour, Ibn Abî 'Amr fut disgracié et éloigné à Bijâya. Le souverain le nomma gouverneur de la ville et de sa région, et le chargea de combattre les Almohades[23] à Constantine. Il confia la charge de secrétaire au seul Ibn Ridwân, et lui donna le paraphe comme il avait été dévolu auparavant à Ibn Abî 'Amr. Ibn Ridwân exerça ainsi cette fonction seul, tout en voyant ses domaines étendus, ainsi que ses revenus et son prestige. Puis Abû 'Inân le disgracia à la fin de l'an 757 [1356]. Il nomma au paraphe Muhammad Ibn Abî l-Qâsim Ibn Abî Madyan, et à la rédaction des textes officiels et des placets[24], Abû Ishâq Ibrâhîm Ibn al-Hâjj al-Gharnâtî. Quand Abû Sâlim monta sur le trône, il confia le paraphe à 'Alî Ibn Muhammad Ibn Su'ûd, responsable du registre des armées, et la rédaction des textes officiels, des placets et de la correspondance confidentielle à l'auteur de cet ouvrage, 'Abd ar-Rahmân Ibn Khaldûn. Abû Sâlim mourut en 762 [1361]. Le vizir 'Amar usurpa le pouvoir des princes qui étaient sous sa tutelle. Il donna le paraphe à Ibn Ridwân durant toute la période où il détint l'autorité. Puis lui-même fut tué par 'Abd al-'Azîz, fils du sultan Abû l-Hasan. Ce souverain exerça un pouvoir personnel. Il maintint Ibn Ridwân au paraphe. Après sa mort, le trône passa à son fils as-Sa'îd, sous la tutelle du vizir Abû Bakr Ibn Ghâzî Ibn al-Kâs, et Ibn Ridwân resta en poste. Ensuite, le sultan Ahmad s'empara du pouvoir, après avoir renversé as-Sa'îd et Abû Bakr Ibn Ghâzî. Sous son règne, les affaires de l'État furent dirigées par Muhammad Ibn 'Uthmân Ibn al-Kâs, qui dominait son souverain. Le paraphe restait toujours aux mains d'Ibn Ridwân, qui finit sa vie à Azemmour, alors qu'il accompagnait le sultan Ahmad dans une de ses expéditions à Marrakech où il devait assiéger 'Abd ar-Rahmân Ibn Buyifellusen, fils du sultan Abû 'Alî, en l'an [ ][25].

Il y avait dans le cortège du sultan Abû l-Hasan un bon nombre d'hommes éminents et de notables du Maghreb. Beaucoup d'entre eux périrent de la peste dévastatrice à Tunis ; d'autres se noyèrent au cours du naufrage de la flotte du sultan ; d'autres, enfin, furent épargnés par le malheur et vécurent jusqu'au terme déterminé pour eux.

Parmi les savants qui avaient accompagné Abû l-Hasan dans son expédition en Ifrîqiya, je dois encore citer :

— Mon maître Abû l-'Abbâs Ahmad Ibn Muhammad az-Zawâwî, la plus grande autorité du Maghreb dans les lectures du Coran. Il étudia la science et l'arabe auprès des professeurs de la ville de Fès. Il fut le rapporteur du voyageur Abû 'Abd Allâh Muhammad Ibn Rushayd. C'était une autorité éminente dans la science des lectures du Coran, où il avait acquis une compétence incomparable. Il possédait en outre une voix digne des trompettes de David[26]. Il était chargé de diriger la prière des *tarâwîh* en présence du sultan, et de faire devant lui la récitation de son *hizb*[27].

— Le juriste Abû 'Abd Allâh Muhammad Ibn as-Sabbâgh, originaire de Meknès. Il avait des compétences très supérieures en sciences traditionnelles et rationnelles, était un bon connaisseur des traditions du Prophète et de leurs transmetteurs, et une autorité éminente dans la connaissance du *Kitâb al-Muwatta'* et dans son enseignement. Il étudia auprès des professeurs des villes de Fès et de Meknès. Il rencontra notre maître Abû 'Abd Allâh al-Abilî, s'attacha à lui et fut son disciple dans les sciences rationnelles. Il acheva ses études avec lui et finit très brillamment sa formation. Le sultan le choisit pour son conseil, et le convoqua auprès de lui. Il resta avec lui jusqu'au naufrage où il trouva la mort.

— Le cadi Abû 'Abd Allâh Muhammad Ibn 'Abd Allâh Ibn 'Abd an-Nûr, originaire de la région de Nedroma et de souche sinhâjienne. Il avait des compétences très supérieures en droit malikite, où il fut formé sous la direction des deux frères Abû Zayd et Abû Mûsâ Ibn al-Imâm, dont il était un des disciples les plus illustres. Lorsque le sultan Abû l-Hasan se fut emparé de Tlemcen, il éleva la position des Ibn al-Imâm, et fit d'eux ses conseillers pour les affaires de leur pays. Abû l-Hasan s'entourait de nombreux savants, leur servait des pensions, et en faisait l'ornement de son conseil. Il demanda aux Ibn al-Imâm de choisir pour lui quelques-uns de leurs disciples qui pourraient être admis avec les juristes de son conseil. Alors ils lui indiquèrent Ibn 'Abd an-Nûr. Le sultan le rapprocha de sa personne, lui désigna une place près de lui dans son conseil, et le nomma cadi des armées. Il resta attaché à sa suite jusqu'à sa mort, lors de la peste à Tunis en l'an 749 [1348].

Ibn 'Abd an-Nûr avait laissé à Tlemcen son frère 'Alî, qui avait suivi en même temps que lui les leçons d'Ibn al-Imâm, mais qui était moins bon juriste. Lorsque le sultan Abû 'Inân se rebella contre son père le sultan Abû l-Hasan et partit pour Fès, il lui demanda de le suivre et le nomma cadi de Meknès. Il occupa ce poste jusqu'à l'époque où 'Amar Ibn 'Abd Allâh dirigea l'État, comme on l'a vu précédemment. 'Alî Ibn 'Abd an-Nûr voulut alors partir accomplir son obligation de pèlerinage. 'Amar lui en donna la permission. Il put donc partir pour le pèlerinage en l'an 764 [1363]. Arrivé à La Mecque, alors qu'il ne s'était pas encore rétabli d'une maladie qu'il avait contractée, il succomba pendant qu'il faisait le tour de la Kaaba. Avant de mourir, il avait chargé l'émir des pèlerins de recommander son fils Muhammad auprès de Yulbughâ al-Khâsiqî, qui avait à cette époque la haute main sur l'Égypte. Celui-ci fut pour Muhammad un bon tuteur, le nomma à une fonction juridique qui lui permit de subvenir à ses besoins sans avoir à rougir en mendiant. Ce Muhammad, que Dieu lui pardonne, avait une passion pour l'alchimie, comme bien d'autres qui sont tombés dans cette erreur. Cela le perdit aux yeux des gens en rendant sa religion suspecte et en ternissant son honneur. Il fut obligé de quitter l'Égypte et de s'installer à Bagdad, où il rencontra les mêmes difficultés. Il se réfugia finalement à Mardin, et s'établit chez son gouverneur, qui le prit sous sa protection avec bienveillance. Nous avons appris, après 790 [1388], qu'il mourut dans cette ville de mort naturelle. Seul Dieu demeure.

— Le maître de mathématiques Abû 'Abd Allâh Muhammad Ibn an-Najjâr, originaire de Tlemcen. Il étudia auprès des professeurs de cette ville et de notre maître al-Abilî, dont il fut un brillant disciple. Il partit ensuite pour le Maghreb, rencontra à Ceuta Abû 'Abd Allâh Muhammad Ibn Hilâl, éminent mathématicien et commentateur de l'*Almageste*, traité d'astronomie, et étudia à Marrakech auprès de l'éminent savant Abû l-'Abbâs Ibn al-Bannâ', qui était une autorité dans les sciences astrologiques, ainsi que dans leurs lois et les autres disciplines qui en dépendent. Il retourna à Tlemcen fort de vastes connaissances et fut sollicité par la dynastie en place. À la mort d'Abû Tâshfîn et à la prise de possession de Tlemcen par le sultan Abû l-Hasan, il fut admis dans la suite de ce dernier, qui lui servit une pension. Il assista avec lui à la campagne d'Ifrîqiya et mourut de la peste.

— Abû l-'Abbâs Ahmad Ibn Shu'ayb, originaire de Fès. Il avait des compétences très supérieures en langue, littérature, et sciences rationnelles (philosophie, mathématiques, médecine et autres disciplines). Le sultan Abû Sa'îd l'employa dans le groupe des secrétaires et lui versa une pension comme médecin, à cause de son excellence dans les deux emplois. Ainsi, il fut à la fois son secrétaire et son médecin, et il occupa également ces deux fonctions sous son successeur Abû l-Hasan. Avec ce dernier, il assista à la campagne d'Ifrîqiya ; il mourut de la peste. Il avait écrit des vers qui rivalisent avec ceux des grands poètes anciens et modernes, et avait une grande autorité et une grande pénétration en matière de critique de la poésie.

— Mon ami le prédicateur Abû 'Abd Allâh Muhammad Ibn Ahmad Ibn Marzûq, originaire de Tlemcen. Ses ancêtres avaient été les hôtes du *shaykh* Abû Madyan à al-'Ubbâd. Ils étaient au service de son tombeau de père en fils, depuis que l'un de leurs ancêtres l'avait servi de son vivant. Son cinquième ou sixième ancêtre, nommé Abû Bakr, fut connu pour sa sainteté. Quand il mourut, Yaghmurâsin Ibn Ziyyân, sultan de Tlemcen des Banû 'Abd al-Wâd, le fit enterrer dans le caveau du palais, car il voulait avoir sa tombe près de celle du saint homme quand il viendrait à mourir.

Muhammad Ibn Marzûq grandit à Tlemcen. Il était né en l'an 710 [1310], comme il me l'a dit lui-même. Il partit avec son père pour l'Orient. Alors que son père était resté à proximité des deux lieux saints[28], Muhammad revint au Caire où il séjourna quelque temps. Il étudia auprès du malikite Burhân ad-dîn as-Safâqusî et de son frère, et excella aussi bien dans la connaissance des textes que dans leur restitution avec leurs chaînes de garants[29]. Il avait une belle écriture dans les deux calligraphies maghrébine et orientale[30]. En l'an 735 [1335], il retourna au Maghreb et rencontra le sultan Abû l-Hasan, qui soutenait le siège de Tlemcen et venait de construire à al-'Ubbâd une grande mosquée. L'oncle de Muhammad Ibn Marzûq, qui était prédicateur à al-'Ubbâd suivant la tradition de leur famille, vint à mourir. Le sultan le nomma à sa place. Ayant entendu un de ses sermons où il le louait hautement, le sultan l'apprécia. Il le prit à son service et le rapprocha de sa personne. Pendant ce temps, il continua à assister assidûment aux leçons des deux maîtres Ibn al-Imâm, et à rechercher la compagnie des esprits supérieurs et des grands hommes pour apprendre auprès d'eux. Chaque jour le sultan lui donnait une position plus haute. Il assista avec lui à la bataille de Tarifa, qui fut une épreuve pour les musulmans, et lui servit d'ambassadeur auprès du maître de l'Andalus. Après qu'Abû l-Hasan eut pris possession de l'Ifrîqiya, il l'envoya comme ambassadeur auprès du fils d'Alphonse, roi de Castille[31], pour conclure un traité de paix et demander la libération de son fils Abû 'Umar Tâshfîn, fait prisonnier le jour de la bataille de Tarifa. Il ne put donc assister à la bataille de Kairouan. Revenant avec Abû Tâshfîn, accompagné d'un groupe de hauts dignitaires chrétiens envoyés en ambassade par leur roi, il apprit la nouvelle de la bataille de Kairouan à Constantine, dans le territoire de l'Ifrîqiya, où se trouvait le gouverneur du sultan et sa milice. Les habitants de Constantine se rebellèrent contre eux tous, et pillèrent leurs biens. Ils firent dire la prière au nom d'al-Fadl, fils du sultan

Abû Yahyâ, et rétablirent l'autorité des Almohades. Répondant à leur appel, al-Fadl vint à Constantine et en prit possession. Puis Ibn Marzûq repartit pour le Maghreb, en compagnie d'un groupe de hauts personnages, de gouverneurs et d'ambassadeurs de rois. Il se rendit auprès du sultan Abû 'Inân à Fès, raccompagnant la mère du souverain, qui avait été l'épouse préférée d'Abû l-Hasan. Celle-ci se rendait auprès de son époux, lorsqu'elle apprit les nouvelles à Constantine et assista aux désordres. Ayant été informée que son fils Abû 'Inân s'était emparé du trône de son père et avait pris Fès, elle décida de retourner auprès de lui, alors qu'Ibn Marzûq s'était mis à son service.

Ibn Marzûq demanda ensuite à rentrer à Tlemcen. Il en eut la permission, et s'installa à al-'Ubbâd, lieu de résidence de ses ancêtres. La ville était alors sous l'autorité d'Abû Sa'îd 'Uthmân Ibn 'Abd ar-Rahmân Ibn Yahyâ Ibn Yaghmurâsin Ibn Ziyyân, auquel sa tribu des Banû 'Abd al-Wâd venait de prêter serment à Tunis après la bataille de Kairouan, et alors qu'Ibn Tâfrâgîn assiégeait la forteresse. Les Banû 'Abd al-Wâd repartirent pour Tlemcen. Ils y trouvèrent Abû Sa'îd 'Uthmân Ibn Jarrâr, de la maison royale 'abdal-wâdide, qui avait été nommé gouverneur de la ville par Abû 'Inân après qu'il se fut rebellé contre son père puis reparti pour Fès. Après le départ d'Abû 'Inân, Ibn Jarrâr rejeta son autorité et se proclama souverain. 'Uthmân Ibn 'Abd ar-Rahmân, aidé par son frère Abû Thâbit et leur groupe, tint tête à Ibn Jarrâr, lui enleva Tlemcen et le tua après l'avoir emprisonné. Puis il prit les rênes du pouvoir à Tlemcen, secondé par son frère Abû Thâbit.

Sur ce, le sultan Abû l-Hasan s'embarqua à Tunis ; sa flotte fit naufrage, mais il parvint à gagner Alger où il fit escale et se mit à rassembler des troupes pour marcher sur Tlemcen. Abû Sa'îd eut l'idée d'arrêter son offensive en établissant un contact avec lui. Il choisit pour ce faire al-Khatîb Ibn Marzûq, le convoqua, et lui confia en secret ce qu'il devait dire de sa part au sultan Abû l-Hasan. Ibn Marzûq partit pour cette mission, en empruntant la route du désert. Mais Abû Thâbit et le clan des Banû 'Abd al-Wâd, apprenant la nouvelle, désavouèrent Abû Sa'îd et lui reprochèrent cette démarche. Abû Sa'îd nia les faits. Alors, les Banû 'Abd al-Wâd dépêchèrent Suqayr Ibn 'Amir pour intercepter Ibn Marzûq. Celui-ci fut ramené et détenu pendant quelques jours en prison. Puis ils l'embarquèrent pour l'Andalus. Il descendit chez le sultan Abû l-Hajjâj, à Grenade. Il avait contracté avec celui-ci un lien depuis qu'ils s'étaient trouvés ensemble dans le conseil du sultan Abû l-Hasan à Ceuta, à l'issue de la bataille de Tarifa. Abû l-Hajjâj, par respect de cette ancienne relation, le rapprocha de sa personne et le chargea du sermon à la mosquée de l'Alhambra. Il occupa cette fonction jusqu'au jour où, en l'an 754 [1353], il fut rappelé par le sultan Abû 'Inân qui, après la mort de son père, venait de s'emparer de Tlemcen et de sa région. Ibn Marzûq se présenta devant le souverain, et celui-ci, en considération de ses services, l'admit parmi les hauts dignitaires de son conseil. Ibn Marzûq lisait le Livre saint devant lui lors de ses réunions scientifiques, et était du nombre de ceux qui donnaient des leçons dans son conseil. Puis le sultan l'envoya à Tunis, en 758 [1357], année où il en prit possession, afin de demander pour lui la main de la fille du sultan Abû Yahyâ. La princesse refusa et se cacha à Tunis. On fit dire à Abû 'Inân qu'Ibn Marzûq était au courant du lieu de sa cachette. Il le disgracia. Puis le souverain quitta Constantine. Les habitants de Tunis se rebellèrent contre les fonctionnaires et les troupes mérinides qui s'y trouvaient, et appelèrent Abû Muhammad Ibn Tâfrâgîn, qui se trouvait à Mahdiya. Celui-ci se présenta et prit possession de la ville. Les partisans d'Abû 'Inân prirent la mer à bord de la flotte et accostèrent dans les ports de Tlemcen. Abû 'Inân ordonna d'arrêter Ibn Marzûq et manda dans ce but Yahyâ Ibn Shu'ayb, un officier de sa garde. Celui-ci le trouva à Tessala et, après lui avoir mis les fers, le ramena. Il fut présenté devant le sultan, qui l'admonesta, le jeta en prison un temps, puis le relâcha peu avant de mourir.

Après la mort d'Abû 'Inân, l'État connut une période de troubles. Le clan des Banû Marîn prêta serment à un prince, descendant de Ya'qûb Ibn 'Abd al-Haqq. Ils assiégèrent la Ville neuve où se trouvaient le fils d'Abû 'Inân, as-Sa'îd, et le vizir al-Hasan Ibn 'Amar qui avait ce dernier sous sa tutelle. Le sultan Abû Sâlim était alors en Andalus, où, après la mort d'Abû l-Hasan, il avait été exilé en même temps que ses cousins, fils du sultan Abû 'Alî, par son frère Abû 'Inân, qui avait pu mettre la main sur eux tous. Quand ce dernier mourut, Abû Sâlim voulut donc partir au Maghreb pour prendre possession du trône. Mais il en fut empêché par Ridwân, qui dirigeait alors le royaume de l'Andalus, usurpant le pouvoir du fils du sultan Abû l-Hajjâj. Abû Sâlim se rendit à Séville, en pays ennemi, et descendit chez Pierre[32], leur roi, qui lui fournit des navires et le fit passer sur la rive maghrébine. Ayant mis pied à terre sur les hauteurs d'as-Safîha dans le pays des Ghumâra, il fut proclamé par les Banû Muthnî et les Banû Munîr et put ainsi réaliser son dessein et s'emparer du trône, comme nous l'avons longuement relaté dans le récit relatif aux Mérinides. Lorsqu'il était en Andalus, Ibn Marzûq était un de ses familiers, le servait et s'entretenait avec lui de ses affaires. Pendant que le sultan était à as-Safîha, il correspondait souvent avec lui et engageait les chefs mérinides à soutenir sa cause. Une fois monté sur le trône, Abû Sâlim lui reconnut tous ses services. Il le plaça au-dessus des autres, l'entoura de son affection, et remit entre ses mains la direction des affaires. Les gens se mirent sous ses ordres, les plus nobles personnages de l'État se pressèrent à sa porte, et tous les visages se tournèrent vers lui. Mais les gens de la cour en furent ulcérés ; et ils se vengèrent sur le sultan. Ils guettèrent l'occasion, jusqu'au moment où 'Amar Ibn 'Abd Allâh s'empara de la Ville neuve. Abandonné, Abû Sâlim fut assassiné par 'Amar Ibn 'Abd Allâh à la fin de l'année 762 [1361]. Ce dernier jeta Ibn Marzûq en prison, et excita contre lui le sultan qu'il venait de placer sur le trône, Muhammad[33], fils de 'Abd ar-Rahmân, fils d'Abû l-Hasan. Le souverain le fit torturer et lui confisqua ses biens. Par la suite, il le remit en liberté, le défendant contre de nombreux personnages de la cour qui voulaient sa mort.

En l'an 764 [1363], Ibn Marzûq gagna Tunis. Il descendit chez le sultan Abû Ishâq et son ministre Abû Muhammad Ibn Tâfrâgîn, qui avait la haute main sur l'État. Ils le reçurent avec des témoignages d'honneurs, et le nommèrent à la charge de prédicateur de la grande mosquée almohade de Tunis. Il demeura dans cette ville jusqu'à la mort du sultan Abû Ishâq, en l'an 770 [1369]. Le fils de ce dernier, Khâlid, monta sur le trône. Puis le sultan Abû l-'Abbâs, petit-fils du sultan Abû Yahyâ, marcha sur Tunis à partir de son siège à Constantine. Il prit possession de la ville et tua Khâlid, en l'an 772 [1371].

Ibn Marzûq redoutait Abû l-'Abbâs, car lorsqu'il était à la cour de Fès, il lui préférait son cousin Abû 'Abd Allâh Muhammad, maître de Bijâya, et donnait à ce dernier la préséance en présence du sultan Abû Sâlim. Le sultan Abû l-'Abbâs le destitua de la charge de prédicateur à Tunis. Ibn Marzûq ne protesta pas, mais décida de partir pour l'Orient. Après avoir obtenu la permission du sultan, il s'embarqua et descendit à Alexandrie. Par la suite, il se rendit au Caire et rencontra les savants et les émirs de l'État. Il se fit apprécier par ces derniers, qui l'introduisirent auprès du sultan. C'était alors al-Ashraf. Ibn Marzûq fut admis dans son conseil et nommé à diverses fonctions scientifiques, qui lui permirent de gagner sa vie. Celui qui joua le rôle d'intermédiaire entre le sultan et lui fut l'intendant Muhammad Ibn Aqbughâ As, qu'il avait connu dès son arrivée et dont il avait su gagner l'estime et la sympathie. Muhammad Ibn Aqbughâ était intervenu en sa faveur avec succès.

Ibn Marzûq résida au Caire jusqu'à sa mort, en l'an 781 [1379]. Entouré de respect, connu pour sa vertu, il avait été candidat à la charge de cadi malikite. Dans les diverses fonctions qu'il avait occupées, il avait toujours continué à enseigner.

Nous avons mentionné ici nos maîtres et amis qui étaient venus [à Tunis] dans le cortège du sultan Abû l-Hasan. Il ne sied pas dans ce livre de faire des longueurs. Aussi bornons-nous à cette liste, et revenons à notre récit biographique.

[MA NOMINATION AU PARAPHE À TUNIS. MON VOYAGE AU MAGHREB EXTRÊME, OÙ JE DEVINS SECRÉTAIRE DU SULTAN ABÛ 'INÂN]

Depuis que je suis sorti de l'enfance et me suis approché de la puberté, je n'ai jamais cessé de m'appliquer avec assiduité à l'acquisition de la science et des vertus, partagé entre les leçons et les cercles des savants, jusqu'au jour où la peste dévastatrice vint emporter notables et dignitaires, le corps entier des professeurs [de Tunis], et que périrent mes parents, que Dieu les ait en Sa miséricorde.

Je fréquentai le cours de mon maître Abû 'Abd Allâh al-

Abilî, et étudiai auprès de lui avec assiduité pendant trois ans, jusqu'à ce que j'eusse acquis quelques solides connaissances en science. Rappelé par le sultan Abû 'Inân, il alla le rejoindre, alors que de mon côté je fus convoqué par Abû Muhammad Ibn Tâfrâgîn, qui avait alors la haute main sur l'État à Tunis, pour occuper la charge de secrétaire au paraphe auprès du sultan Abû Ishâq.

Le maître de Constantine, le prince Abû Zayd, petit-fils du sultan Abû Yahyâ, se préparait à marcher sur Tunis avec ses troupes, en alliance avec les Arabes Awlâd Muhalhil, qui avaient sollicité son aide. Ibn Tâfrâgîn envoya son sultan Abû Ishâq avec les Arabes Awlâd Abî l-Layl, distribua les soldes aux troupes, et procéda aux nominations aux différents postes et emplois. Comme Abû 'Abd Allâh Muhammad Ibn 'Amar, secrétaire au paraphe, avait opposé quelques difficultés en arguant qu'il voulait une augmentation de ses rétributions, il le destitua et me nomma à sa place. C'est ainsi que je remplis cet office, qui consiste à écrire en gros caractères la formule : « Louanges et grâces à Dieu » sur les messages et les ordres du sultan, entre la *basmala*[1] et le corps du texte.

Je partis avec eux au début de l'année 753 [1352], mais j'avais décidé en moi-même de les quitter, à cause de l'ennui que j'éprouvais depuis le départ de mes maîtres, et du fait que j'étais privé de toute activité scientifique. Quand les Banû Marîn étaient retournés à leurs bases au Maghreb, qu'avait cessé leur flux vers l'Ifrîqiya, et qu'étaient repartis la plupart des savants éminents, amis et maîtres, qui les avaient accompagnés, j'avais résolu de rejoindre ceux-ci. Seul mon frère aîné Muhammad, que Dieu l'ait en Sa miséricorde, m'en avait empêché. Lorsque cette charge me fut proposée, je m'empressai donc d'accepter, afin de réaliser mon projet de rejoindre le Maghreb. Et il en fut ainsi.

Après avoir quitté Tunis, nous descendîmes dans le pays des Huwâra. Les deux armées avancèrent l'une vers l'autre dans la plaine de Marramâjanna, et notre camp fut mis en déroute. Je me réfugiai à Ubba, où je résidai chez un éminent ermite, le *shaykh* 'Abd ar-Rahmân al-Washtânî. Puis je passai à Tebessa, où je descendis chez Muhammad Ibn 'Abdûn, son gouverneur. Je restai là quelques jours, le temps qu'il me préparât le chemin et qu'il engageât un Arabe pour m'escorter. Je voyageai ainsi jusqu'à Gafsa. J'y demeurai quelques jours, guettant la route, jusqu'à l'arrivée du juriste Muhammad, fils du commandant Mansûr Ibn Muznî, dont le frère, Yûsuf, était alors le maître du Zâb. Muhammad était à Tunis au moment où celle-ci fut assiégée par l'émir Abû Zayd. Il en était sorti et s'était rallié à ce dernier. Puis ils apprirent que le sultan Abû 'Inân, roi du Maghreb, avait marché sur Tlemcen. Ayant pris possession de la ville, il en tua le sultan, 'Uthmân Ibn 'Abd ar-Rahmân, ainsi que son frère Abû Thâbit. Il parvint jusqu'à Médéa, et enleva Bijâya à son gouverneur, l'émir Abû 'Abd Allâh, petit-fils du sultan Abû Yahyâ. Arrivé en vue de la ville, il écrivit à ce prince, qui vint à sa rencontre, lui remit sa cité, et prit place dans son cortège. Abû 'Inân nomma comme gouverneur de Bijâya 'Amar Ibn 'Alî, chef des Banû Wattâs, de la famille dirigeante des Banû l-Wazîr. Lorsque donc le prince Abû Zayd eut connaissance de ces nouvelles, il leva en hâte le siège de Tunis, et passa par Gafsa. C'est alors que Muhammad Ibn Muznî, qui se dirigeait vers le Zâb, vint nous voir. Je l'accompagnai jusqu'à Biskra, et me présentai chez son frère, alors que, de son côté, il s'était rendu pour passer l'hiver dans un village de la région où son frère lui servait une pension.

Comme nous venons de le voir, après avoir conquis Bijâya, Abû 'Inân y avait nommé comme gouverneur 'Amar Ibn 'Alî Ibn al-Wazîr, l'un des chefs des Banû Wattâs. Sur ce, Fârih, client de l'émir Abû 'Abd Allâh, vint dans la ville pour ramener les femmes et les enfants du sultan. Il incita un fripon des Sinhâja à assassiner 'Amar Ibn 'Alî. Celui-ci fut tué pendant son conseil, et Fârih s'empara de la ville et envoya quérir l'émir Abû Zayd de Constantine. Les notables se consultèrent, craignant la colère d'Abû 'Inân. Ils se révoltèrent contre Fârih et le tuèrent, puis rétablirent l'autorité du Mérinide. Ils firent chercher le gouverneur du sultan sur Tadlis Yahyâten Ibn 'Umar Ibn 'Abd al-Mûmin, chef de la tribu mérinide des Wangâsen, et lui confièrent l'autorité. Puis ils envoyèrent au sultan un message l'assurant de leur obéissance. Celui-ci leur expédia aussitôt son chambellan Muhammad Ibn Abî 'Amr, appuyé par de nombreuses troupes et accompagné des dignitaires de l'État et des notables de la cour.

Quant à moi, je quittai Biskra pour me rendre auprès du sultan Abû 'Inân à Tlemcen. Je rencontrai à al-Bathâ' Ibn Abî 'Amr, qui m'accueillit avec des honneurs auxquels je ne m'attendais guère[2], et me ramena avec lui à Bijâya.

J'assistai à la conquête de la ville. Puis les délégations de l'Ifrîqiya se succédèrent. Quand le sultan revint, je m'intégrai à l'une d'elles. Je reçus du sultan des marques d'honneur et des faveurs que je n'escomptais pas, car je n'étais encore qu'un jeune homme imberbe. Puis je repartis avec les délégations. Ibn Abî 'Amr revint à Bijâya, et je demeurai chez lui, jusqu'au terme de l'hiver, vers la fin de l'an 754 [1353].

De retour à Fès, le sultan Abû 'Inân fit tenir une réunion d'hommes de science. On parla de moi en sa présence, alors qu'il était en train de choisir des étudiants pour participer aux discussions dans son conseil. Ceux qui m'avaient connu à Tunis le renseignèrent sur moi et lui firent mon portrait. Il écrivit à son chambellan de m'envoyer auprès de lui. Ainsi, je me présentai devant lui en l'an 755 [1354]. Il m'admit dans son conseil scientifique et me fit l'obligation d'assister avec lui aux prières. Plus tard, il m'employa comme secrétaire et comme chargé de la rédaction des réponses aux placets qui lui étaient présentés. C'était contre mon gré, car je ne sache pas qu'une chose pareille arrivât jamais à mes ancêtres. Je me livrai à la réflexion et à l'étude, et je fréquentai les professeurs, maghrébins ou andalous, qui venaient en ambassade à la cour de Fès. Et je pus satisfaire mon désir d'apprendre auprès d'eux.

Parmi les savants qui faisaient alors partie de la suite [du sultan Abû 'Inân], il y avait :

— Le maître Abû 'Abd Allâh Muhammad Ibn as-Saffâr, originaire de Marrakech, la plus grande autorité de son temps en lectures coraniques. Il fut le disciple d'un groupe de professeurs du Maghreb, dont le plus grand était le chef des traditionnistes, le voyageur Abû 'Abd Allâh Muhammad Ibn Rushayd al-Fihrî. Celui-ci était, pour les gens du Maghreb, le principal chaînon dans leurs chaînes de transmission. Jusqu'à sa mort, Ibn as-Saffâr faisait réciter au sultan le texte coranique suivant les sept lectures.

— Mon ami, le grand cadi de Fès, Abû 'Abd Allâh Muhammad al-Maqqarî, originaire de Tlemcen. Il fut le disciple dans cette ville d'Abû 'Abd Allâh Muhammad as-Salâwî. Celui-ci était arrivé à Tlemcen, venant du Maghreb [Extrême], sans la moindre instruction. Par la suite, il eut l'ambition de devenir un savant. Il se livra chez lui à l'étude du Coran, qu'il apprit par cœur, et qu'il récita suivant les sept lectures ; ensuite il s'adonna à l'étude du *Kitâb at-tashîl* sur la langue arabe et le mémorisa également, et fit de même des deux abrégés d'Ibn al-Hâjib sur le droit et les principes du droit. Puis il s'attacha au juriste 'Imrân al-Mashaddâlî, disciple d'Abû 'Alî Nâsir ad-dîn, se perfectionna dans le droit sous sa direction et acquit des connaissances inégalées en sciences. Lorsque le sultan Abû Tâshfîn eut construit son collège à Tlemcen, il l'y affecta pour la charge d'enseignement, afin de rivaliser avec les deux Ibn al-Imâm. Un bon nombre d'étudiants de Tlemcen apprirent leur droit sous sa direction, dont le plus brillant fut Abû 'Abd Allâh al-Maqqarî, ci-dessus mentionné. Lorsque mon maître Abû 'Abd Allâh al-Abilî arriva à Tlemcen, après la conquête de celle-ci par le sultan Abû l-Hasan, as-Salâwî venait d'être assassiné. Cela s'était passé le jour même de la prise de la ville. Il fut tué devant la porte du collège par un agent du sultan, pour une faute qu'il avait commise alors qu'il était au service d'Abû 'Alî, frère du souverain, avant d'entreprendre sa carrière scientifique. Après sa mort, Abû 'Abd Allâh fréquenta assidûment le cours de mon maître al-Abilî, ainsi que ceux des deux frères Ibn al-Imâm. Il acquit ainsi des connaissances très vastes et diversifiées.

Quand le sultan Abû 'Inân se rebella contre son père en 749 [1348] et le destitua, il demanda à al-Maqqarî de rédiger le serment d'allégeance. Celui-ci s'exécuta et lut le serment devant les gens lors d'une journée mémorable. Puis il partit pour Fès avec le sultan. Après la prise de la ville, Abû 'Inân démit le cadi de celle-ci, le vénérable et très âgé Abû 'Abd Allâh Ibn 'Abd ar-Razzâq, et nomma al-Maqqarî à sa place. Celui-ci occupa cette fonction jusqu'au moment où le souverain le disgracia dans un mouvement d'humeur princier, et le remplaça par le juriste Abû 'Abd Allâh al-Fishtâlî, à la fin de l'année 756 [1355]. Envoyé ensuite en ambassade en Andalus, il refusa de revenir. Le sultan entra dans une grande colère, reprocha au souverain andalou de le retenir auprès de lui, et lui adressa un message lui demandant de le renvoyer. Ibn al-Ahmar intercéda en sa faveur, et après avoir obtenu pour lui une promesse de vie sauve écrite de la main d'Abû 'Inân, il le renvoya avec une délégation de grands savants de Grenade, dont les deux cadis de la ville, mes maîtres Abû l-Qâsim ash-Sharîf as-Sabtî et Abû l-Barakât Muhammad Ibn Muhammad Ibn Ibrâhîm Ibn al-Hâjj al-Ballafîqî. Le premier était la plus éminente personnalité de ce temps par sa grandeur, son savoir, sa dignité, sa suprématie, et son autorité en langue arabe, en poésie et en critique littéraire, maniant vers et prose avec autant de maîtrise. Le second, originaire d'Alméria, était le maître des traditionnistes, juristes, littérateurs, soufis et orateurs de l'Andalus, le seigneur des savants de manière absolue, versé dans les divers chemins de la connaissance et les règles de convenance à observer en compagnie des rois et des hommes de pouvoir. Ils vinrent donc en intercesseurs auprès du sultan qui, éprouvant un grand désir de les rencontrer, agréa leur démarche. Ainsi, leur médiation réussit. J'étais présent au conseil du sultan le jour de leur arrivée, en l'an 757 [1356]. Ce fut un jour mémorable. Le cadi al-Maqqarî demeura à la cour, mais sans affectation ni pension. Il eut à subir quelque temps plus tard une épreuve de la part du sultan : lors d'un procès avec ses proches, il avait refusé de comparaître avec eux devant le cadi al-Fishtâlî. Le sultan demanda alors à un officier des gardes du palais de l'amener devant le cadi, qui prononça contre lui sa sentence. Cela fut considéré par les gens comme une épreuve. Ensuite, un peu plus tard, lorsqu'il partit pour Constantine, le sultan le nomma à la charge de cadi des armées. Après la prise de la ville, alors que le souverain était sur le chemin du retour vers Fès, sa capitale, en l'an 758 [1357], le cadi al-Maqqarî tomba malade. Il succomba à son arrivée.

— Mon ami, l'éminent, le savant sans pareil, le chevalier des sciences rationnelles et traditionnelles, le maître en sciences dérivées et en sciences fondamentales, Abû 'Abd Allâh Muhammad Ibn Ahmad as-Sharîf al-Hasanî, connu aussi sous le nom d'al-'Alwî, parce que natif d'un village de la région de Tlemcen nommé al-'Alwîn. Le nom de sa maison est inattaquable, et s'il se trouve des menteurs pour en médire, gens qui ne considèrent ni leur devoir religieux ni la science généalogique, leurs propos doivent être tenus pour vains, et on ne doit leur accorder aucun crédit. Ayant grandi à Tlemcen, cet homme étudia sous la direction des professeurs de cette ville, en s'attachant aux deux Ibn al-Imâm avec qui il perfectionna ses connaissances en droit, en sciences des fondements et en théologie. Ensuite, il suivit avec assiduité les cours de mon maître Abû 'Abd Allâh al-Abilî et acquit avec lui de solides connaissances. Il devint un océan de science, et montra une intelligence féconde.

Puis, en l'an 74[ ], il partit pour Tunis, où il rencontra mon maître, le cadi Abû 'Abd Allâh Ibn 'Abd as-Salâm. Il fréquenta ses cours, apprit beaucoup auprès de lui, et admira son rang dans les sciences. De son côté, Ibn 'Abd as-Salâm lui prêtait une oreille attentive, lui accordait sa préférence, reconnaissait ses mérites. On prétend qu'il s'isolait avec lui dans sa maison pour lire le chapitre sur le soufisme du *Kitâb al-Ishârât* d'Ibn Sînâ, ouvrage dont ash-Sharîf avait une parfaite connaissance, après l'avoir étudié avec mon maître al-Abilî. Ash-Sharîf avait également étudié avec ce dernier une grande partie du *Kitâb ash-Shifâ'*, quelques-uns des abrégés d'Aristote par Ibn Rushd, des ouvrages de calcul, d'astronomie, et de science des successions. Il possédait, en outre, des connaissances en droit, en langue arabe et dans toutes les sciences religieuses, et excellait dans la science des divergences. En tout cela, Ibn 'Abd as-Salâm reconnut ses qualités et ses mérites. Ash-Sharîf rentra ensuite à Tlemcen et se consacra à l'enseignement. Il prodigua ses connaissances et eut des disciples dans tout le Maghreb, jusqu'à l'époque des troubles qui suivirent la bataille de Kairouan. Après la mort d'Abû l-Hasan et la prise de Tlemcen par son fils Abû 'Inân, en l'an 753 [1352], ce dernier prit ash-Sharîf à son service et l'admit dans son conseil scientifique à côté d'autres membres du corps professoral qu'il avait choisis dans le même but. Il l'emmena avec lui à Fès, mais ash-Sharîf éprouva de l'ennui à vivre éloigné de son pays. Il se plaignit à plusieurs reprises, cependant que le souverain ne céda point et conçut envers lui des soupçons. Il apprit sur ces entrefaites que 'Uthmân Ibn 'Abd ar-Rahmân, sultan de Tlemcen, l'avait nommé par testament tuteur de son fils et avait déposé à son intention une somme d'argent chez un notable de Tlemcen. Croyant qu'ash-Sharîf était au courant, Abû 'Inân confisqua le dépôt, le disgracia et le maintint en détention plusieurs mois. Ensuite, au début de l'année 756 [1355], il le libéra et l'envoya en exil. Après la prise de Constantine, il lui accorda son pardon et le réadmit dans son conseil. Il y resta jusqu'à la mort du souverain, à la fin de l'an 759 [1358].

Quand le sultan Abû Hammû Ibn Yûsuf Ibn 'Abd ar-Rahmân reprit Tlemcen aux Mérinides, il appela ash-Sharîf de Fès. Après avoir obtenu la permission du vizir 'Amar Ibn 'Abd Allâh, qui dirigeait alors les affaires de l'État, ash-

Sharîf se rendit dans la capitale 'abdal-wâdide. Abû Hammû le reçut à bras ouverts, lui donna sa fille en mariage, et édifia pour lui un collège dans une partie duquel il aménagea un mausolée pour son père et son oncle. Ash-Sharîf y dispensa son enseignement jusqu'à sa mort, en l'an 771 [1370]. Il m'avait informé — que Dieu l'ait en Sa miséricorde — qu'il était né en l'an 710 [1310].

— Mon ami, le secrétaire et cadi Abû l-Qâsim Muhammad Ibn Yahyâ al-Barjî, de Barja, en Andalus. Il était secrétaire d'Abû 'Inân, chargé de la rédaction [des textes officiels] et de la correspondance confidentielle. Attaché à la personne du souverain, il était un de ses favoris. Élevé à Barja, il fit de sérieuses études, apprit les livres, la tradition et le droit sous la direction des professeurs de l'Andalus. C'était un océan de science en littérature, et il avait des compétences très supérieures en vers et en prose. C'était un homme sans pareil pour la noblesse de caractère, la facilité de l'abord, la gaieté, la bonté. Il quitta son pays pour Bijâya dans les années 740 [1340]. La ville était alors sous l'autorité personnelle de l'émir Abû Zakariyâ, fils du sultan Abû Yahyâ, et il ne s'y trouvait personne de compétent en matière de secrérariat et d'éloquence. Aussi al-Barjî fut-il accueilli avec empressement par les dignitaires de l'État, qui lui confièrent la charge de la rédaction [des textes officiels] et du secrétariat du sultan. Il les exerça jusqu'à la mort de l'émir Abû Zakariyâ'. Lorsque le fils de ce dernier, Muhammad, lui succéda, al-Barjî continua à occuper la même fonction de secrétaire. Puis le sultan Abû Yahyâ mourut. Le sultan Abû l-Hasan marcha sur l'Ifrîqiya, s'empara de Bijâya, et éloigna l'émir Muhammad et sa famille à Tlemcen, comme on l'a vu dans le récit le concernant. Al-Barjî descendit donc à Tlemcen et y demeura. Quand Abû 'Inân, alors gouverneur de la ville, l'apprit, il le contacta et le prit en grande affection. Ensuite, il y eut la bataille de Kairouan. Abû 'Inân rejeta l'autorité de son père et s'empara du pouvoir. Il demanda alors à al-Barjî de devenir son secrétaire et l'emmena avec lui au Maghreb. Il ne l'éleva pas jusqu'au paraphe, qu'il avait réservé à Muhammad Ibn Abî 'Amr. Le père de celui-ci lui avait enseigné le Coran et les sciences [religieuses], et Muhammad avait été élevé au palais. Abû 'Inân l'avait donc nommé au paraphe, et al-Barjî était son adjoint. Cette situation dura jusqu'à la fin d'[du règne d'Abû 'Inân].

Après la mort de ce dernier et la prise du pouvoir, au Maghreb, par son frère Abû Sâlim, Ibn Marzûq, qui avait, comme on l'a vu, acquis une grande influence sur l'esprit de ce souverain, déplaça al-Barjî du secrétariat et le nomma cadi des armées. Il occupa cette fonction jusqu'à sa mort, en l'an 78[ ] [après 1378]. Il m'avait informé, que Dieu l'ait en Sa miséricorde, qu'il était né en l'an 710 [1310].

— Mon maître, l'homme de grand âge, le voyageur, Abû 'Abd Allâh Muhammad Ibn 'Abd ar-Razzâq, le maître de son temps par sa grandeur, son éducation, son savoir, et par l'expérience qu'il avait des gens de son pays et le haut rang qu'il occupait parmi eux. Il grandit à Fès et fut le disciple des professeurs de cette ville. Ensuite, il partit pour Tunis où il rencontra le cadi Abû Ishâq Ibn 'Abd ar-Rafî', ainsi que le cadi Abû 'Abd Allâh an-Nafzâwî et les savants de leur génération. Il étudia auprès d'eux tous et se perfectionna dans le droit. Puis il s'en retourna au Maghreb. Là, il se conforma aux us et coutumes des grands et des maîtres. Puis le sultan Abû l-Hasan le nomma à la charge de cadi de la ville de Fès, qu'il conserva jusqu'au retour d'Abû 'Inân de Tlemcen, après la bataille de Kairouan et le rejet par celui-ci de l'autorité de son père. Abû 'Inân le destitua et le remplaça par Abû 'Abd Allâh al-Maqqarî. Ibn 'Abd ar-Razzâq se retira dans sa demeure, sans occuper aucune charge.

Quand Abû 'Inân eut réuni le corps des professeurs pour faire des cours en son conseil, afin de s'instruire auprès d'eux, il appela notre maître Abû 'Abd Allâh Ibn 'Abd ar-Razzâq. Il étudia avec lui les traditions du Prophète et le Coran suivant les sept lectures au cours de séances particulières, et ce jusqu'à sa mort, qui survint peu de temps avant celle du souverain.

J'ai connu bien d'autres savants du Maghreb et de l'Andalus. Avec tous, j'ai eu des contacts directs et des discussions. Je me suis instruit auprès d'eux, et j'ai obtenu d'eux une licence générale.

[MA DISGRÂCE AUPRÈS DU SULTAN ABÛ ʿINÂN]

Je pris contact avec le sultan Abû 'Inân à la fin de l'année 756 [1355]. Il me rapprocha de sa personne, m'admit parmi ses familiers, et m'employa dans son secrétariat. Mais ma relation avec lui se troubla, après avoir été d'une limpidité inexprimable. Il tomba malade à la fin de l'année 757 [1356]. J'étais un des intimes du prince almohade[1] Muhammad, maître de Bijâya. Mes liens avec lui étaient renforcés par le souvenir de la position de mes aïeux auprès de la dynastie [hafside]. Je négligeai d'observer la réserve nécessaire en pareil cas, pour ne pas éveiller la jalousie du sultan. À peine fut-il atteint par la maladie qu'un homme égaré vint lui rapporter que le maître de Bijâya s'apprêtait à s'enfuir pour reconquérir son pays, où se trouvait alors le grand vizir du sultan, 'Abd Allâh Ibn 'Alî. Abû 'Inân entra dans une grande colère et le fit aussitôt arrêter. Comme on lui avait également rapporté que j'étais de complicité avec lui, il me mit en état d'arrestation, me fit subir de mauvais traitements, et me jeta en prison. Cela eut lieu le 18 *safar* de l'an 758 [10 février 1357]. Il relâcha ensuite le prince Muhammad, alors que je demeurai en détention jusqu'à sa mort. Peu de temps avant sa disparition, je lui adressai une supplique commençant ainsi :

Pourquoi m'en prendrais-je à vous, ô nuits ?
Pourquoi te résisterais-je, cruel destin ?
Il suffit à ma peine d'être éloigné de l'ami,
de ne pas être là où contre moi l'on parle.
Il suffit à ma douleur de subir les coups du sort,
qui tantôt me favorise, tantôt me fait la guerre.

J'y disais, exprimant mon ardent désir [de revoir les êtres aimés] :

Seul me console le souvenir des lieux
témoins des prodiges de nuits révolues.
Le souffle du vent ravive mon désir de les revoir,
et me frappent au cœur leurs éclairs séducteurs.

C'était un long poème d'environ deux cents vers[2], que je n'ai plus entièrement en mémoire. Il eut sur lui de l'effet. Il se laissa fléchir. Se trouvant alors à Tlemcen, il promit de me relâcher à son retour à Fès. Mais cinq jours après son arrivée, il fut pris de douleurs, et il succomba au bout d'une quinzaine, le 24 *dhû-l-hijja* de l'an 759 [27 novembre 1358].

Le vizir al-Hasan Ibn 'Amar, qui prit les affaires de l'État en main, relaxa aussitôt un groupe de prisonniers dont je faisais partie. Il me fit présent d'une robe d'honneur et d'une monture, et me rétablit dans ma situation antérieure. Je lui demandai la permission de retourner en mon pays ; il s'y opposa, mais continua à me traiter avec générosité et à me prodiguer ses bienfaits, jusqu'au jour où son autorité s'écroula, et que les Banû Marîn se révoltèrent contre lui. Survinrent ensuite les événements que nous avons relatés dans le récit relatif à ces derniers.

MA NOMINATION COMME SECRÉTAIRE DU SULTAN ABÛ SÂLIM, chargé de la correspondance confidentielle et des textes officiels

Alors que le sultan Abû Sâlim, après avoir quitté l'Andalus, avait passé la mer pour conquérir son trône et était descendu sur les hauteurs d'as-Safîha, dans le pays des Ghumâra, Ibn Marzûq, qui se trouvait à Fès, travaillait secrètement pour lui. Il sollicita mon aide, car j'entretenais des liens d'amitié et de bonne entente avec les chefs des Banû Marîn. J'incitai beaucoup d'entre eux [à se rallier à Abû Sâlim], et ils répondirent favorablement à ma demande. J'étais alors secrétaire de l'homme qui dirigeait les affaires des Mérinides, Mansûr Ibn Sulaymân Ibn Mansûr Ibn 'Abd al-Wâhid Ibn Ya'qûb Ibn 'Abd al-Haqq. Celui-ci venait d'être placé sur le trône [par les chefs mérinides], qui avaient assiégé le vizir al-Hasan Ibn 'Amar et son sultan as-Sa'îd Ibn Abî 'Inân, retranchés dans la Ville neuve. Ibn Marzûq vint donc me voir dans ce but, et me transmit une lettre du sultan Abû Sâlim, contenant un appel à agir pour sa cause et faisant les plus grandes promesses. Ibn Marzûq s'était ainsi déchargé de son fardeau sur moi.

Je pris l'affaire en main et allai voir les chefs des Banû Marîn et les princes pour les pousser à adopter le parti d'Abû Sâlim. J'obtins leur ralliement, et Ibn Marzûq, de son côté, envoya un message à al-Hasan Ibn 'Amar le sollicitant dans le même sens. Las du siège, celui-ci s'empressa d'accepter. Les Banû Marîn se mirent finalement d'accord pour abandonner Mansûr Ibn Sulaymân et entrer dans la Ville neuve. Après qu'ils eurent pris cette décision, je m'empressai de me rendre auprès du sultan Abû Sâlim, entouré d'un groupe de dignitaires de l'État, dont Muhammad Ibn 'Uthmân Ibn al-Kâs. Ce dernier allait plus tard usurper le pouvoir de son sultan sur le Maghreb. Son départ avec moi fut l'origine de sa fortune et le commencement de son pouvoir, à la suite de l'intervention que je fis en sa faveur auprès du sultan.

Je me présentai auprès du sultan à as-Safîha, chargé de ces nouvelles de l'État, à savoir la décision prise par les Banû Marîn de destituer Mansûr Ibn Sulaymân et la date fixée pour cela, et je le poussai à agir. Il se mit en route, et bientôt on nous annonça les bonnes nouvelles de la fuite de Mansûr Ibn Sulaymân vers la région de Bâdis, de l'entrée des Banû Marîn dans la Ville neuve, et de la proclamation par al-Hasan Ibn 'Amar de la cause du sultan Abû Sâlim. Ensuite, nous fûmes accueillis à al-Qasr al-Kabîr par les tribus et les troupes du sultan, avec leurs drapeaux, ainsi que par le vizir de Mansûr Ibn Sulaymân, Mas'ûd Ibn Rahhû Ibn Mâsây. Le sultan lui témoigna les marques d'honneur qui convenaient à son rang, et le nomma adjoint d'al-Hasan Ibn Yûsuf Ibn 'Alî Ibn Muhammad al-Wartâjannî, à qui il venait de confier la charge de vizir, après l'avoir rencontré à Ceuta. Al-Wartâjannî avait été exilé en Andalus par Mansûr Ibn Sulaymân, et Abû Sâlim lui demanda donc de devenir son vizir et mit toute sa confiance en lui. Lorsque les troupes se furent rassemblées chez lui à al-Qasr, Abû Sâlim se dirigea vers Fès. Al-Hasan Ibn 'Amar vint à sa rencontre à l'extérieur de la ville et lui fit soumission. J'étais dans son cortège quand il entra dans la capitale de son royaume, quinze jours après que je l'eus rejoint, au milieu du mois de *sha'bân* de l'an 760 [1359]. En reconnaissance de mes services, il me nomma son secrétaire particulier, me chargea de sa correspondance et de la rédaction de ses ordonnances. J'employais dans la plupart des cas la prose libre, sans qu'aucun de ceux qui écrivaient en prose rimée ne suivît mon exemple. J'avais agi ainsi parce que la prose rimée était peu maîtrisée et que la plupart des gens en ignoraient les aspects les plus élevés, contrairement à la prose libre. Je fus donc le seul à écrire de cette façon, qui était inhabituelle parmi les gens du métier.

Puis je me plus à faire des vers. Je composai de nombreux poèmes en mètres variés, ni très beaux ni trop mauvais. À l'occasion de la nuit de fête organisée pour la commémoration de la naissance du Prophète de l'an 762 [1360], je récitai devant [le souverain] des vers[1] :

. . . .

Je récitai un autre poème devant le souverain au moment de la réception à la cour d'un présent du roi du Soudan, où l'on put voir un animal étrange appelé girafe[2] :

. . . .

Je présentai bien d'autres poèmes au sultan au cours de son règne, mais il ne m'en reste plus aucun souvenir à présent.

Par la suite, Ibn Marzûq eut un grand ascendant sur l'esprit du sultan. Il se réserva le contact avec lui et repoussa tous ceux qui tentaient de s'approcher de sa personne. Alors je me retirai et me tins en retrait, tout en continuant cependant à remplir ma charge de secrétaire confidentiel et à rédiger les messages et les ordres du souverain.

Vers la fin de son règne, le sultan me nomma à la charge des *mazâlim*[3]. Je m'en acquittai comme il convient, et rendis justice à un grand nombre de gens, ce dont j'espère une récompense auprès de Dieu. Cependant, Ibn Marzûq, poussé par la jalousie et l'envie, ne cessait d'intriguer contre moi et contre d'autres dignitaires de l'État, jusqu'au jour où le sultan perdit son pouvoir par sa faute. 'Amar Ibn 'Abd Allâh se révolta dans la capitale, et les gens se rallièrent à lui et rejetèrent l'autorité du sultan. Celui-ci y perdit la vie, comme nous l'avons relaté dans le récit relatif aux Mérinides.

Après avoir pris les rênes du pouvoir, le vizir 'Amar me confirma dans mes fonctions, étendit mes terres et augmenta mes traitements. La jeunesse portant aux excès, j'aspirais à obtenir une position plus élevée, comptant sur mon ancienne amitié avec lui. Celle-ci remontait au temps du sultan Abû 'Inân : nous formions, lui et moi, un groupe d'amis avec l'émir Abû 'Abd Allâh, le maître de Bijâya, qui faisait la gaieté de nos réunions. Comme je l'ai déjà dit, le sultan en fut très jaloux. Il sévit contre nous et épargna 'Amar Ibn 'Abd Allâh à cause de la position de son père sur la place frontière de Bijâya. [Le souvenir de] ma familiarité avec lui à l'époque où il prit le pouvoir et le fait qu'il manqua à satisfaire mes aspirations m'incitèrent à cesser de le fréquenter et à ne plus mettre les pieds dans le palais du sultan, en signe de mécontentement. Alors, il se retourna contre moi et me témoigna une grande froideur. Je demandai à rentrer dans mon pays, l'Ifrîqiya. À cette époque, les Banû 'Abd al-Wâd avaient recouvré leur pouvoir à Tlemcen et au Maghreb central. 'Amar s'opposa à mon départ : il craignait qu'Abû Hammû, maître de Tlemcen, ne se réjouisse de ma présence et que je ne demeurasse auprès de lui. Il persista dans son refus. De mon côté, je voulus à tout prix partir. J'implorai l'aide de son lieutenant et ami, le vizir Mas'ûd Ibn Rahhû Ibn Mâsây. Je me rendis auprès de lui le jour de la fête de la rupture du jeûne de l'an 763 [1362], et lui adressai des vers[4].

. . . .

Le vizir Mas'ûd intervint auprès de lui en ma faveur. Finalement, il m'autorisa à aller où je voulais, à condition de renoncer à Tlemcen. Je choisis l'Andalus. Au début de l'an 764 [1362], j'envoyai mes enfants avec leur mère chez leurs oncles[5], les fils du commandant Muhammad Ibn al-Hakîm, à Constantine, tandis que je prenais la route de l'Andalus. Au moment où le sultan de ce pays, Abû 'Abd Allâh al-Makhlû', s'était rendu auprès du sultan Abû Sâlim à Fès et avait séjourné chez lui, j'avais noué avec lui des relations d'amitié et de service, après lui avoir été présenté par son vizir Abû 'Abd Allâh Ibn al-Khatîb, avec qui je m'étais lié. Je l'avais servi et m'étais employé à régler ses affaires avec l'État. Sur ce, le roi chrétien, s'étant brouillé avec le Commandant, un membre de la famille d'Abû

'Abd Allâh qui l'avait chassé de son trône de l'Andalus, invita ce dernier à repassser la mer pour reconquérir son royaume. Je le suppléai alors au mieux auprès de ses femmes et de ses enfants restés à Fès : je m'occupai de leurs affaires, leur fis verser des provisions par ceux qui en étaient chargés, et leur trouvai des domestiques. Puis, avant d'avoir recouvré son trône, ses relations avec le roi chrétien se détériorèrent, celui-ci étant revenu sur une des conditions de leur accord consistant à céder les forteresses musulmanes dont il s'était emparé à la suite de ses incursions. Abû 'Abd Allâh se sépara donc de lui et se rendit en pays musulman. Il descendit à Ecija et envoya un message à 'Amar Ibn 'Abd Allâh, où il lui demandait de lui céder une des villes de l'Andalus occidental qui servaient de base aux rois du Maghreb dans leur guerre sainte. Il s'adressa à moi pour cette affaire : je lui servis très efficacement d'intermédiaire auprès de 'Amar, jusqu'à ce qu'il eût atteint son but. 'Amar lui concéda la ville de Ronda et sa région, et il put y descendre et en prendre possession. Ce fut le lieu de son *hégire*[6], et la base de sa victoire. C'est à partir de là qu'il reprit possession de l'Andalus vers le milieu de l'année 763 [1361-1362]. Par la suite, on l'a vu, je me fâchai avec 'Amar. Je me rendis donc auprès d'Abû 'Abd Allâh, comptant sur les services que je lui avais rendus. Il me récompensa de façon extraordinaire.

MON VOYAGE EN ANDALUS

Ayant résolu de partir pour l'Andalus, j'envoyai ma femme et mes enfants chez leurs oncles à Constantine. Je les recommandai auprès du maître de cette ville, le sultan Abû l-'Abbâs, petit-fils du sultan Abû Yahyâ, en lui signalant que je passais d'abord par l'Andalus, et que, de là, je me rendrais ensuite auprès de lui par mer. Puis je me dirigeai vers Ceuta, le port du Détroit. Le plus grand personnage de cette ville était alors ash-Sharîf Abû l-'Abbâs Ahmad, fils d'ash-Sharîf al-Hasanî. Aux yeux de tous les gens du Maghreb, sa généalogie était claire et ne donnait pas prise au doute. Ses ancêtres avaient émigré à Ceuta en provenance de Sicile. Au début, les Banû l-'Azafî les reçurent avec honneur et se lièrent avec eux par des mariages. Mais, lorsque leur réputation grandit dans la ville, ils se retournèrent contre eux. Yahyâ, le dernier des 'Azafî, les exila à Algésiras. Ils furent interceptés par des bateaux chrétiens dans le détroit d'az-Zuqâq [Gibraltar] et faits prisonniers. Le sultan Abû Sa'îd s'efforça de les racheter, en considération de leur noblesse. Il envoya un message dans ce sens aux chrétiens, qui répondirent favorablement à sa demande. Ainsi, il obtint le rachat d'ash-Sharîf et de son père moyennant une rançon de trois mille dinars. Ceux-ci revinrent à Ceuta. Bientôt les Banû l-'Azafî et leur État s'éteignirent. Le père d'ash-Sharîf mourut, et celui-ci le remplaça à la tête du conseil. Après la bataille de Kairouan, quand Abû 'Inân destitua son père et s'empara du Maghreb, le gouverneur de Ceuta, 'Abd Allâh Ibn 'Alî al-Wazîr, nommé à ce poste par Abû l-Hasan, resta fidèle à ce dernier, alors que les habitants de la ville penchèrent du côté du sultan Abû 'Inân. Poussés par ash-Sharîf, qui avait pris le parti de celui-ci, ils se révoltèrent contre al-Wazîr et l'expulsèrent. Ils se rendirent ensuite en délégation auprès d'Abû 'Inân et lui remirent la ville. Le souverain nomma un nouveau gouverneur, Sa'îd Ibn Mûsâ al-'Ajîsî, un des hauts dignitaires de son État, qui avait été son précepteur. Il confirma ash-Sharîf seul à la direction du conseil à Ceuta, où rien ne pouvait être tranché sans lui. Ash-Sharîf se rendit par la suite auprès du souverain, qui l'accueillit avec plus d'honneurs qu'il n'en réservait aux délégations des rois et des grands. Il continua à jouir des mêmes égards durant tout le règne d'Abû 'Inân, et après sa mort.

Ash-Sharîf était entouré de respect et inspirait la déférence. Il était accueillant et généreux envers ses hôtes. Il cultivait les sciences et les lettres, s'adonnait à la poésie. Il était d'une générosité, d'une loyauté et d'une simplicité d'âme extrêmes. Quand je passai le voir en l'an 764 [1362], il m'hébergea dans sa maison en face de la Grande Mosquée, et me reçut mieux que ne l'aurait fait un roi. La nuit de mon départ, il me fit embarquer sur un bateau qu'il aida lui-même à mettre à l'eau, poussant à l'extrême sa faveur et sa générosité.

Je débarquai à Jabal al-Fath [Gibraltar], alors en la possession du maître du Maghreb. Puis je le quittai pour Grenade et envoyai un message au sultan Ibn al-Ahmar et à son vizir Ibn al-Khatîb pour leur annoncer mon arrivée. Je passai la nuit à la distance d'un relais de poste de Grenade. J'y trouvai une lettre d'Ibn al-Khatîb, où il me souhaitait la bienvenue[1]. En voici le texte :

« *Ta venue est comme une pluie bienfaisante qui, dans un pays desséché,*
Vient abreuver l'oiseau favorisé, les vastes terres et la plaine.
J'en fais le serment devant Celui vers qui se tournent avec humilité
Les visages du vieillard, de l'enfant au berceau et de l'homme mûr :
Le bonheur que j'éprouve à ta rencontre
Me fait oublier celui de la jeunesse et de la famille.
Mon amitié n'a pas besoin de témoin :
Car dire l'évidence serait une preuve d'ignorance.

« Je jure par Celui dont le temple est le lieu de pèlerinage des Quraysh, [...][2], par une lumière dont la lampe et l'huile sont devenues exemplaires[3], que si m'avait été donné le choix [...] entre le retour de la jeunesse et ta venue [...], ce n'est pas la jeunesse que j'aurais choisie, lors même que j'en ressens vivement la nostalgie, que le prix en est pour moi inestimable, que ses vestiges font couler mes larmes. Dieu soit loué. Il m'a garanti contre les démons de la solitude, a comblé mes désirs, m'a donné la jouissance de mon eau et de ma terre, ainsi que de la compagnie de mes amis [...][4]. »

Dès le lendemain, j'entrai dans la ville. C'était le 8 *rabî'* I 764 [26 décembre 1362]. Le sultan était tout excité par mon arrivée. Il m'avait réservé un de ses palais, avec ses tapis et son équipement, et avait envoyé pour m'accueillir, montés sur des chevaux, ses proches. Il me manifesta ainsi sa joie et son affection, et me récompensa de mes services. Puis je fus introduit auprès de lui. Il m'accueillit avec la même bienveillance et me revêtit d'une robe d'honneur. Après avoir pris congé de lui, je fus reconduit par le vizir Ibn al-Khatîb jusqu'à mon lieu de résidence.

Ensuite, il m'admit parmi les membres les plus éminents de sa cour, me réserva le privilège d'être le confident de ses retraites et le compagnon de ses promenades à cheval, de partager sa table, ses divertissements et ses plaisanteries dans ses réunions intimes. Et je poursuivis ainsi mon séjour auprès de lui. En l'an 765 [1363], il m'envoya en ambassade auprès du roi chrétien de Castille, Pierre, fils d'Alphonse, pour parachever le traité de paix entre lui et les rois du Maghreb. J'étais porteur d'un riche présent, notamment des soieries et des chevaux de race équipés de lourds étriers en or. Je rencontrai le roi chrétien à Séville, où je vis de mes yeux les vestiges de ma famille. Il me traita avec les plus grands honneurs et se réjouit de ma présence. Il apprit que ma famille avait occupé jadis à Séville une haute position, et le juif Ibrâhîm Ibn Zarzar lui fit mon éloge. Ibn Zarzar, excellent médecin et astronome, m'avait connu à la cour du sultan Abû 'Inân, qui l'avait fait venir pour le soigner alors qu'il se trouvait dans la capitale d'Ibn al-Ahmar en Andalus. Par la suite, après la mort d'Ibn Ridwân, qui dirigeait l'État [nasride], il était passé au service du roi chrétien et demeura auprès de lui comme un de ses médecins. Lorsque j'arrivai donc chez le roi de Castille, Ibn Zarzar fit mon éloge devant lui. Le souverain me demanda de rester, et m'offrit de me rétablir dans les biens de mes ancêtres à Séville, détenus par des dirigeants de son royaume. Je m'en défendis en des termes qu'il put accepter, et il continua à me marquer sa satisfaction jusqu'à mon départ. Il me fournit des provisions et me donna une monture : une mule fringante pourvue de lourds étriers et d'une bride en or. J'en fis présent au sultan, qui me donna le village d'Elvira en terre irriguée dans la plaine de Grenade. Il m'en fit dresser un acte [ ][5].

Puis, le cinquième jour après mon retour, j'assistai aux cérémonies de commémoration de la naissance du Prophète. Celle-ci était célébrée par un festin et des invitations, et les poètes déclamaient des vers, à l'imitation d'une coutume des rois du Maghreb. Cette nuit-là, je récitai un poème devant le sultan[6] :

. . . .

En l'an 765 [1363], je récitai devant le souverain un autre poème à l'occasion de la célébration de la circoncision de son fils. Il avait organisé un festin et fait une invitation publique aux habitants de toutes les parties de l'Andalus[7].

. . . .

La même année, je récitai encore au sultan des vers à

l'occasion de la commémoration de la naissance du Prophète[8] :

. . . .

Mon séjour était empreint de stabilité, je goûtais la sécurité et le repos, et le sultan me marquait sa satisfaction et ses faveurs. La nostalgie et le souvenir des miens me devinrent de plus en plus sensibles. Ce fut alors que le souverain ordonna de faire venir ma famille de son lointain lieu de résidence à Constantine. Il la fit d'abord transférer à Tlemcen, puis ordonna à l'amiral d'Alméria d'aller l'y chercher avec sa flotte. Elle débarqua dans ce port, où j'allai l'accueillir avec la permission du sultan. Puis j'arrivai avec elle à la capitale, après avoir préparé à son intention maison, jardin et champ, ainsi que tout le nécessaire au quotidien. À l'approche de la ville, je trouvai un message du vizir Ibn al-Khatîb, à qui j'avais demandé l'autorisation de rentrer. Il y disait :

« Mon Seigneur,

« Que d'heureux augures t'accompagnent en ce pays sûr ! Que Dieu te donne la jouissance de la paix, jointe à la réunion avec tes enfants, et qu'Il t'accorde longue vie ! J'ai reçu ta lettre m'annonçant l'approche de notre rencontre, l'imminence de ton arrivée, la fin de notre éloignement, la proximité de ton établissement. Tu m'as demandé quand il convient de te présenter devant le Sultan. Au vrai, mon Seigneur aura à se présenter devant la Noble Porte au moment où le Souverain tient encore son conseil, et ensuite il emmènera sa noble famille au lieu de résidence que le bonheur et l'heureuse fortune ont choisi pour elle. Salut. »

Mais ennemis et intrigants ne tardèrent pas à me faire suspecter aux yeux du vizir Ibn al-Khatîb, à cause de ma familiarité avec le sultan et de sa bienveillance pour moi, parvenant ainsi à exciter sa jalousie. Il changea d'attitude à mon égard, et je soupçonnai chez lui une certaine réserve, alors qu'il exerçait un pouvoir absolu et dirigeait toutes les affaires de l'État. Je reçus alors des messages du sultan Abû 'Abd Allâh, maître de Bijâya, m'informant qu'il s'était emparé de cette ville au mois de *ramadân* de l'an 765 [1363]. Ensuite, il m'invita à le rejoindre[9]. Je demandai au sultan

Ibn al-Ahmar l'autorisation de me rendre auprès de ce prince, et lui cachai l'affaire d'Ibn al-Khatîb, dont je voulais préserver l'amitié. Il en fut attristé, mais voulut bien m'accorder son consentement. Il me fit ses adieux, m'approvisionna pour le voyage et me fit écrire un ordre d'escorter, rédigé sous la dictée d'Ibn al-Khatîb. En voici le texte :

« Ceci est un noble ordre d'escorter, d'élever, d'honorer, et de respecter [son détenteur]. Il parachève le bienfait, complète la bonne action [du Souverain], proclame hautement que l'intéressé a procuré le plus beau contentement, et lui fait savoir qu'il sera reçu à bras ouverts s'il désire revenir après ce départ ou s'il préfère encore rester au lieu de s'en aller comme il en a exprimé l'intention.

« Fait et doit être mis à exécution sur ordre du Prince 'Abd Allâh Muhammad, fils de notre maître le Prince des musulmans Abû l-Hajjâj, fils de notre maître le Prince des musulmans Abû l-Walîd Ibn Nasr, que Dieu consolide son pouvoir, rende puissante sa victoire, élève son renom.

« En faveur de l'Ami et du Compagnon, le très considéré et très influent, le très proche et très aimé, le grand juriste, le très éminent et unique, le premier et le chef, le très vertueux et le parfait, le très haut placé et le très élevé, le très hautement estimé et très agréé, le très pur et très sincère, Abû Zayd 'Abd ar-Rahmân, fils du grand maître, le bien né, le juriste très haut placé et respecté, le premier, l'unique et le très élevé, le très vertueux et très parfait, le très digne et très aimé, Abû Yahyâ Abû Bakr, fils du grand maître, très élevé et très glorieux, le commandant très estimé, le très honoré et respecté, le très aimé, celui que Dieu a pris en pitié, Abû 'Abd Allâh Ibn Khaldûn. »

MON VOYAGE DE L'ANDALUS À BIJÂYA OÙ JE FUS NOMMÉ CHAMBELLAN AVEC LES PLEINS POUVOIRS

Sous la dynastie des Hafsides, qui se rattachent aux Almohades, Bijâya était une ville frontière de l'Ifrîqiya. Lorsque le sultan Abû Bakr Ibn Yahyâ prit le pouvoir et exerça une autorité indépendante sur l'Ifrîqiya, il nomma à la tête de la ville frontière de Bijâya son fils, le prince Abû Zakariyâ', et de celle de Constantine un autre de ses fils, le prince Abû 'Abd Allâh. Les Banû 'Abd al-Wâd, rois de Tlemcen et du Maghreb central, lui disputaient ces provinces. Ils concentraient leurs troupes contre Bijâya, lançaient des assauts contre Constantine. Il en vint ainsi à demander la protection du sultan Abû l-Hasan, roi du Maghreb Extrême, le plus grand souverain de la dynastie des Mérinides. Le sultan Abû l-Hasan marcha sur Tlemcen et, après l'avoir asphyxiée pendant deux ans ou plus, il la prit d'assaut et tua son sultan Abû Tâshfîn. Cela eut lieu en l'an 737 [1337]. Ainsi, les Almohades [Hafsides] purent se libérer de la pression que les 'Abdal-wâdides faisaient peser sur eux et leur État fut consolidé.

Abû 'Abd Allâh Muhammad, fils du sultan Abû Yahyâ, mourut en l'an 740 [1339-1340], laissant sept fils, dont l'aîné était Abû Zayd 'Abd ar-Rahmân, suivi d'Abû l-'Abbâs Ahmad. Abû Zayd succéda à son père, sous la tutelle de Nabîl, affranchi des Hafsides. Puis Abû Zakariyâ' mourut à son tour à Bijâya en 746 [1345], laissant trois fils, dont l'aîné était Abû 'Abd Allâh Muhammad. Le sultan Abû Bakr nomma pour gouverner Bijâya son fils, le prince Abû Hafs, mais les habitants de la ville penchèrent pour le prince Abû 'Abd Allâh, fils d'Abû Zakariyâ', rejetèrent l'autorité du prince 'Amar et l'expulsèrent. Le sultan s'empressa alors de réparer cette maladresse en nommant Abû 'Abd Allâh, comme le réclamaient les habitants.

Puis le sultan Abû Bakr mourut au milieu de l'année 747 [1346]. Abû l-Hasan marcha sur l'Ifrîqiya, dont il s'empara. Il éloigna les princes de Constantine et de Bijâya au Maghreb, où il les dota de terres. Plus tard, il y eut les événements de Kairouan. Après avoir rejeté l'autorité de son père, le sultan Abû 'Inân quitta Tlemcen pour Fès, et emmena avec lui ces princes de Bijâya et de Constantine, qu'il rapprocha de sa personne et combla d'honneurs. Il les renvoya ensuite : d'abord le prince Abû 'Abd Allâh et ses frères à partir de Tlemcen, ensuite Abû Zayd et ses frères à partir de Fès. Il leur demanda de reprendre le contrôle de leurs villes respectives et d'inciter les habitants à la révolte contre Abû l-Hasan. Ils arrivèrent dans leurs pays et en reprirent possession, après en avoir chassé al-Fadl Ibn Abî Bakr, qui y avait supplanté les Banû Marîn.

Abû 'Abd Allâh s'installa ainsi à Bijâya. Il y demeura jusqu'à la mort d'Abû l-Hasan dans les montagnes des Masmûda et la marche d'Abû 'Inân sur Tlemcen, en l'an 753 [1352]. Celui-ci, après avoir mis en déroute et fait périr les rois 'abdal-wâdides, occupa Médéa. Il s'approcha ensuite de Bijâya, et le prince Abû 'Abd Allâh s'empressa de venir à sa rencontre. Il se plaignit auprès de lui des attaques des armées et des Arabes, et de la faiblesse des rentrées fiscales, et lui remit la ville. Abû 'Inân en prit possession et y installa ses percepteurs. Il emmena avec lui au Maghreb Abû 'Abd Allâh, et celui-ci demeura auprès de lui, entouré de faveurs et d'honneurs. Quand je vins chez le sultan Abû 'Inân à la fin de l'an 755 [1354] et qu'il me prit à son service, je vibrai au souvenir des anciens liens entre mes ancêtres et ceux du prince Abû 'Abd Allâh, et je répondis promptement à l'invitation qu'il me fit de devenir son compagnon. La jalousie d'Abû 'Inân était extrême en pareilles circonstances. Nos rivaux, de plus en plus nombreux, lui firent rapporter que le prince Abû 'Abd Allâh se préparait à s'enfuir à Bijâya, et que j'avais conclu avec lui un pacte en ce sens en échange de la promesse de me faire chambellan. Le sultan en fut très ému et sévit contre nous. Il me garda en prison près de deux ans, jusqu'à sa mort.

Puis il y eut le règne du sultan Abû Sâlim, qui établit son autorité sur le Maghreb. Je fus nommé son secrétaire confidentiel. Il se tourna ensuite vers Tlemcen, qu'il reprit aux Banû 'Abd al-Wâd et d'où il expulsa Abû Hammû Mûsâ Ibn Yûsuf Ibn 'Abd ar-Rahmân Ibn Yahyâ Ibn Yaghmurâsin. Sur quoi, il retourna à Fès, après avoir nommé Abû Ziyân Muhammad, fils d'Abû Sa'îd 'Utmân, fils du sultan Abû Tâshfîn, gouverneur de Tlemcen, et lui avoir fourni de l'argent et des troupes de son pays pour repousser les assauts d'Abû Hammû contre Tlemcen et lui rester fidèle.

Abû Sâlim était accompagné par le prince Abû 'Abd Allâh, maître de Bijâya, comme nous l'avons déjà mentionné, ainsi que par le prince Abû l-'Abbâs, maître de Constantine. Quelques années auparavant, celui-ci avait renversé son frère Abû Zayd et avait pris le pouvoir dans cette ville contre laquelle les Mérinides avaient soutenu un siège pendant plusieurs années. Un jour, Abû Zayd en sortit pour régler une affaire à Bône, en y laissant son frère. Ce dernier rejeta alors son autorité et s'empara du pouvoir. Il mena ensuite une attaque contre les troupes mérinides massées autour de la ville, les mit en déroute, et leur infligea une défaite totale. Le sultan [Abû 'Inân] quitta Fès en l'an 758 [1357] pour marcher contre lui. Désavoué par les habitants de la ville, il fut livré au sultan, qui le fit embarquer pour Ceuta où il fut placé en détention. Quand le sultan Abû Sâlim s'empara de cette ville, après avoir passé le Détroit en l'an 760 [1359], il le libéra, l'emmena avec lui dans sa capitale, et lui promit de le rétablir à la tête de sa ville.

Après donc qu'Abû Sâlim eut nommé Abû Ziyân pour gouverner Tlemcen, ses intimes et ses conseillers lui suggérèrent d'envoyer ces princes almohades [hafsides] dans leurs villes. Il expédia Abû 'Abd Allâh à Bijâya, que son oncle Abû Ishâq, maître de Tunis, alors sous la tutelle d'Ibn Tâfrâgîn, avait reprise aux Mérinides, et Abû l-'Abbâs à Constantine, alors gouvernée par un chef mérinide. Abû l-'Abbâs reprit immédiatement possession de Constantine, que son gouverneur lui céda sur ordre d'Abû Sâlim. De son côté, Abû 'Abd Allâh se dirigea vers Bijâya. Mais après de multiples attaques et des sièges répétés, les habitants continuèrent avec le sultan Abû Ishâq à lui résister.

J'avais joué dans l'envoi de ces princes dans leurs pays un rôle digne d'éloges, la part que j'y avais prise, à côté des proches du sultan et des membres éminents de son conseil, jusqu'à la réussite de l'entreprise, ayant été prépondérante. Le prince Abû 'Abd Allâh prit l'engagement par écrit de me nommer chambellan dès qu'il aurait le pouvoir. Dans nos États du Maghreb, occuper la charge de chambellan signifie avoir une autorité absolue sur l'État, le chambellan étant le seul et unique intermédiaire entre le sultan et les membres de son État. J'avais un frère nommé Yahyâ, plus jeune que moi. Je l'envoyai avec le prince Abû 'Abd Allâh, pour préserver ce pacte, et m'en retournai à Fès avec le sultan. Puis je partis pour l'Andalus, comme on l'a déjà vu, et séjournai dans ce pays, jusqu'au moment où le vizir Ibn al-Khatîb changea de sentiment à mon égard et que nos relations s'assombrirent.

Ce fut dans ces circonstances que nous apprîmes que le prince Abû 'Abd Allâh avait repris Bijâya à son oncle, au mois de *ramadân* de l'an 765 [1364]. Il m'envoya un message me demandant de le rejoindre, et je résolus de répondre à son invitation. Le sultan Ibn al-Ahmar, ne sachant pas que ma décision avait été guidée par un autre motif, me désapprouva. En effet, il ignorait l'état de mes relations avec le vizir Ibn al-Khatîb. Mais je persistai dans ma résolution, et le sultan finit par m'accorder son consentement, plein d'affection et de bienveillance. Je pris la mer à Almería au milieu de l'année 766 [1365], et débarquai à Bijâya au bout de cinq jours. Le sultan, maître de Bijâya, me fit un excellent accueil. Il envoya les dignitaires de l'État montés sur des chevaux pour me recevoir. Les habitants de la ville vinrent de toutes parts se frotter aux pans de mes habits et m'embrasser les mains. Ce fut une journée mémorable. Quand j'arrivai devant le sultan, il me salua chaleureusement et m'offrit une robe d'honneur. Dès le lendemain, les dignitaires de l'État se présentèrent tôt à ma porte, sur ordre du souverain. J'eus à supporter seul tout le poids de son royaume, et je déployai tous mes efforts à administrer ses affaires et à diriger sa politique. Il me donna en outre la charge du sermon dans la mosquée de la citadelle. Parallèlement, après avoir expédié les affaires du gouvernement de l'aube au lever du soleil, je passais mon temps à enseigner à la mosquée, sans m'arrêter.

Il régnait entre le sultan et son cousin, le sultan Abû l-'Abbâs, maître de Constantine, un état de discorde dû à des querelles au sujet des frontières de leurs provinces respectives, des sujets et des fonctionnaires qui entraient sous leur souveraineté. Le feu de leur dissension était attisé par les Dawâwida[1], de la tribu des Riyâh[2], résidant dans leurs contrées, qui cherchaient ainsi à favoriser la guerre, source de leurs profits. Chaque année, les deux sultans massaient des troupes pour en découdre. En l'an 766 [1365], ils se rencontrèrent à Farjîwa. Les Arabes se partagèrent, et Ya'qûb Ibn 'Alî se trouva du côté du sultan Abû l-'Abbâs. Le sultan Abû 'Abd Allâh fut mis en déroute et revint à Bijâya, défait. J'avais réuni pour lui de grosses sommes d'argent, qu'il dépensa entièrement au profit des Arabes. À son retour, il ne restait plus un sou dans ses caisses. Je dirigeai moi-même une expédition chez les tribus berbères de Bijâya, qui se soustrayaient aux impôts depuis des années. J'entrai dans leur pays et pris des otages pour gage de leur obéissance, jusqu'à ce que j'eusse obtenu le paiement de tout le montant de leurs contributions. Ce fut pour nous une aide considérable. Puis le maître de Tlemcen envoya une délégation au sultan lui demandant sa fille en mariage. Abû 'Abd Allâh lui donna son consentement, dans l'espoir de trouver en lui un appui contre son cousin Abû l-'Abbâs.

En l'an 767 [1366], celui-ci se prépara à la guerre : il plaça des espions dans toute la région de Bijâya et établit une correspondance avec les habitants de la ville. Ceux-ci craignaient le sultan Abû 'Abd Allâh, à cause de sa sévérité et de sa violence. Ils acceptèrent donc de rejeter son autorité[3]. Le sultan Abû 'Abd Allâh effectua une sortie pour repousser son cousin. Il cantonna dans la montagne de Lizû, dont il voulut se servir comme refuge. Poussé par Ibn Sakhr et les tribus Sidwîksh, le sultan Abû l-'Abbâs l'y surprit de nuit au milieu de son armée et des groupes arabes des Awlâd Muhammad, appartenant aux Riyâh, et cerna son camp. Abû 'Abd Allâh fut obligé de s'enfuir. Mais Abû l-'Abbâs le rattrapa et le tua. Puis il se dirigea vers la ville, comme convenu avec ses habitants.

Toutes ces nouvelles me parvinrent alors que je me trouvais à la citadelle, dans le palais du sultan. Un groupe d'habitants de la ville me demanda de prendre le pouvoir et de proclamer un des fils d'Abû 'Abd Allâh, encore en bas âge, mais je m'en abstins. Puis je sortis au-devant d'Abû l-'Abbâs, qui me rendit des témoignages d'honneur et de respect et m'entoura de ses faveurs. Je lui remis la ville. Il me rétablit dans ma situation antérieure sans rien y changer. Mais les intrigues et les mises en garde contre moi se multiplièrent. L'ayant compris, je demandai au souverain la permission de partir, selon l'engagement qu'il avait pris à mon égard. Après quelques atermoiements, il me l'accorda. Je me rendis chez les Arabes, et descendis chez Ya'qûb Ibn 'Alî[4]. Ensuite, le sultan changea de sentiments à mon encontre. Il fit arrêter mon frère et l'emprisonna à Bône. Puis il fit perquisitionner nos maisons, pensant y trouver des provisions et de l'argent, mais ses soupçons furent vains. Plus tard, je quittai les tribus de Ya'qûb Ibn 'Alî et me rendis à Biskra, à cause de mon amitié pour son chef, Ahmad Ibn Yûsuf Ibn Muznî, et pour son père. Il fut généreux et bon à mon égard et me soutint dans l'épreuve par son argent et par son influence.

MON SOUTIEN À ABÛ HAMMÛ, MAÎTRE DE TLEMCEN

Le sultan Abû Hammû avait renforcé ses liens avec le sultan Abû 'Abd Allâh, maître de Bijâya, en se mariant avec sa fille. Celle-ci se trouvait chez lui à Tlemcen. Lorsqu'il eut appris la nouvelle de la mort de son père et de la prise de Bijâya par le cousin de celui-ci, le sultan Abû l-'Abbâs, maître de Constantine, il manifesta une grande colère. Comme on l'a vu, les habitants de Bijâya redoutaient leur sultan, à cause de sa sévérité et de sa brutalité. Ils avaient donc secrètement rejeté son autorité et établi une correspondance avec son cousin à Constantine. Ils avaient semblablement pris des contacts avec le sultan Abû Hammû, dans l'espoir de se débarrasser d'Abû 'Abd Allâh grâce à l'un ou à l'autre. Lorsque le sultan Abû l-'Abbâs se fut emparé de la ville et qu'il eut tué son cousin, ils pensèrent que leur blessure s'était cicatrisée et que leur but était atteint. Aussi prirent-ils son parti.

Abû Hammû laissa éclater sa colère pour faire illusion et en user comme d'un paravent pour s'emparer de Bijâya. Il se croyait en état de le faire en raison de ses forces nombreuses et des sièges que son peuple avaient antérieurement mis devant la ville. Il quitta Tlemcen à la tête d'une armée impressionnante et vint camper à ar-Rashsha, sur l'esplanade. Il était appuyé par les nombreuses tribus des Zughba et leurs femmes, depuis Tlemcen jusqu'au pays des Husayn : les Banû 'Amir, les Banû Ya'qûb, les Suwayd, les Dayâlim, les 'Attâf, les Husayn.

Abû l-'Abbâs fut retenu à Bijâya avec des troupes peu nombreuses, ayant été pris de court par Abû Hammû et empêché de réunir ses forces. Mais les habitants de la ville se défendirent vaillamment. Le sultan envoya chercher à Constantine, où il était emprisonné, Abû Ziyân, fils du sultan Abû Sa'îd, oncle d'Abû Hammû. Il ordonna à son affranchi Bashîr, chef de son armée, de se mettre en campagne avec ce dernier. Ils marchèrent ainsi jusqu'au pays des Banû 'Abd al-Jabbâr, en face du camp d'Abû Hammû. Les Zughba avaient peur du sultan Abû Hammû, ayant été avertis qu'il les jetterait en prison s'il prenait possession de Bijâya. Ils écrivirent à Abû Ziyân, puis se rendirent auprès de lui et conclurent avec lui un pacte. Quelques jours plus tard, un groupe de guerriers descendit du haut de la forteresse et repoussa une petite troupe de soldats qui se trouvait non loin de là. Après avoir arraché le pavillon de celle-ci, ils descendirent de cette hauteur vers la plate-forme d'ar-Rashsha. Lorsque les Arabes les eurent aperçus de la position la plus reculée qu'ils occupaient dans le camp, ils prirent la fuite. Les autres suivirent leur exemple les uns après les autres, laissant finalement le sultan Abû Hammû seul dans son camp. Lui-même prit ses chameaux et s'en fut. Les routes furent encombrées par tous ces gens, qui marchaient les uns sur les autres. Beaucoup périrent. Ils furent détroussés de tous côtés par les Berbères, habitants de la montagne, lorsque vint la nuit, et abandonnèrent leurs provisions et leurs effets. Le sultan Abû Hammû ainsi que les autres ne purent s'en tirer qu'à grand-peine. Le matin, ils étaient saufs et, provenant de toutes directions, se déversaient par flots vers Tlemcen.

Le sultan Abû Hammû avait appris mon départ de Bijâya et ce que le sultan Abû l-'Abbâs avait fait subir à mon frère, à ma famille et à tout ce que j'avais laissé derrière moi. Il m'avait écrit avant cette bataille pour me demander de venir auprès de lui. Mais les choses étaient empreintes d'ambiguïté ; aussi avais-je décliné l'invitation, en présentant des excuses. Et j'étais demeuré chez les tribus de Ya'qûb Ibn 'Alî. Puis j'étais parti pour Biskra, où j'étais descendu chez l'émir Ahmad Ibn Yûsuf Ibn Muznî. Lorsque le sultan Abû Hammû arriva à Tlemcen, affligé par sa défaite, il chercha à se rallier les tribus des Riyâh pour les joindre à ses troupes et attaquer le territoire de Bijâya. Il m'écrivit à ce propos, parce que je les avais récemment commandés et soumis à mon autorité. Il voulait s'en remettre à moi dans cette affaire et m'offrit la charge de chambellan et de chancelier. Il y avait dans la lettre un mot écrit de sa main, rédigé ainsi :

« Louange à Dieu pour Ses bienfaits ! Grâces à Lui rendues pour Ses dons !

« Que le Faqîh honoré Abû Zayd 'Abd ar-Rahmân Ibn Khaldûn, Dieu le garde, sache que [nous l'invitons] à se présenter devant notre Illustre Majesté. Nous t'avons réservé un rang inaccessible, une position élevée, celle de la plume de notre califat, et d'un de nos ministres. Nous te le faisons savoir.

« Écrit de la main de l'esclave de Dieu, qui met toute sa confiance en Dieu, Mûsâ Ibn Yûsuf, que Dieu soit bon pour lui et lui soit favorable. »

Ensuite, il y avait ceci, écrit de la main du secrétaire : « Fait le 17 *rajab al-fard* de l'an 769, que Dieu nous en fasse connaître le bien. »

Voici maintenant le texte de la lettre où se trouvait inséré le mot du souverain :

« Que Dieu vous honore, ô Faqîh Abû Zayd, et qu'Il continue de vous entourer de Ses faveurs. Nous connaissons avec certitude et nous avons vérifié l'amour que vous portez à Notre Majesté, votre entier dévouement à Notre personne, votre attachement envers Nous dans le passé et le présent. De plus, Nous sommes au fait de toutes vos belles qualités, du degré de vos connaissances par lequel vous dépassez vos émules, de vos hautes compétences dans les disciplines scientifiques et les lettres arabes.

« La charge de chambellan de Notre porte sublime — Dieu l'exalte — est le degré le plus élevé pour des hommes tels que vous, la fonction la plus haute réservée à vos émules. Elle vous tiendra près de Nous, vous attachera à Notre personne, vous mettra dans Nos secrets les plus cachés. Nous vous avons désigné pour occuper cette fonction de préférence [à tous les autres]. Empressez-vous de vous présenter à Notre porte sublime, Dieu l'exalte, où vous êtes loué et hautement estimé, afin que vous soyez le chambellan de Notre porte sublime, le dépositaire de Nos secrets, le maître de Notre noble paraphe, avec les bienfaits universels, la grande bonté, la considération et les honneurs qui conviennent à ce rang, assuré de n'avoir nul associé ni concurrent, même s'il se trouvait quelqu'un de votre valeur. Sachez-le et comptez-y. Puisse le Dieu Très Haut vous choisir comme ami, vous donner une joie continuelle, vous favoriser toujours. Que le salut soit sur vous, ainsi que la miséricorde et la bénédiction de Dieu. »

Ces messages du sultan me parvinrent par l'intermédiaire

d'un de ses ministres, qui vint en ambassade à cet effet auprès des chefs des Dawâwida. Je m'occupai de cette affaire et l'assistai de mon mieux, poussant ces derniers à répondre favorablement à l'émissaire du sultan et à se mettre promptement à son service. Leurs principaux dirigeants abandonnèrent le sultan Abû l-'Abbâs pour se mettre sous la bannière d'Abû Hammû et exécuter ses plans. Il put ainsi atteindre son objectif. Mon frère Yahyâ venait d'être libéré à Bône. Il vint me voir à Biskra, et je l'envoyai au sultan Abû Hammû pour me remplacer à la charge qui m'était offerte. Je m'abstins de m'exposer aux périls inhérents à cette charge, ayant renoncé au mirage des titres, et souffrant d'avoir longtemps négligé la science. Je ne voulus plus me mêler des affaires des rois, et je mis tout mon zèle à étudier et à enseigner. Mon frère se présenta donc chez Abû Hammû, qui lui fit confiance et lui remit la charge.

En même temps que ces missives du sultan, je reçus une lettre du vizir Abû 'Abd Allâh Ibn al-Khatîb de Grenade, où il exprimait son désir de me voir. Elle était parvenue à Tlemcen grâce aux bons soins des ambassadeurs du sultan Ibn al-Ahmar, et de là, on me l'avait expédiée. En voici le texte :

« *Par mon âme — et celle-ci n'est pas si futile*
qu'un marchandage m'en fasse baisser le prix —,
mon ami s'est éloigné de moi ; sourd à mes gémissements,
à dessein, il a garni de plumes la flèche de la séparation et m'a frappé à mort.
Comme si la peine de la vieillesse ne suffisait pas,
son départ a redoublé mes soucis.
De mes larmes je lui ai fait une aiguade,
mais, lui, par son départ, a rendu trouble ma boisson, et m'a assoiffé.
Je l'ai nourri de ma fidélité pleine et entière,
en retour, il a rendu stériles mes espoirs et condamné à la solitude tous mes instants.
J'ai juré qu'il a pour moi autant de satisfaction
que j'en ai pour lui, mais il m'a fait manquer à mes serments.
J'ai tant souffert des brûlures [de la séparation],
que je désire sa rencontre, tel un assoiffé une gorgée d'eau.
J'ai demandé à ma folie pour lui de rapprocher son trône,
prenant les démons du désir pour les djinns de Salomon.
Si autour de moi quelqu'un prononce son nom,
je bondis, sans savoir, tel un fou assoiffé.

Par Dieu, prêté-je l'oreille à un censeur que j'ai tenté d'éviter,
c'est lui-même qui s'inquiète et cherche à m'éviter.
Pas un jour mon âme n'a vu la compassion
de quiconque pour le serviteur du serviteur du Miséricordieux ;
et jamais auparavant je n'ai ressenti un tel désir pour l'ami
s'introduire entre mon corps et mon esprit.

« Pour ce qui est de mon désir de te voir, il est plus vaste que l'océan, et quant à ma patience, on se demande où elle est passée. Mais l'adversité a une affinité avec la consolation, le croyant trouve dans l'assistance de Dieu un parfum. Peut-on supporter d'être piqué par des guêpes, ou encore, d'être frappé sur la chair nue, de vivre de longs jours et des mois sous le joug ? Comment l'œil peut-il se consoler de la perte de sa prunelle, d'oublier, tel l'ascète, le secret par lequel il voit et observe. Il y a dans le corps une partie qui le rend bon si elle est bonne : qu'en advient-il si elle s'en va et le quitte ? Si la séparation est un premier trépas, en quoi placer notre confiance ? Apaiser la douleur de la séparation est au-dessus des forces d'un magicien, et la brûlure du désir est presque un arrachement de l'âme.

« *Vous m'avez quitté, et après vos adieux,*
ma patience s'est transformée en désobéissance.
Tantôt, de regret, je claque des dents,
tantôt j'implore l'intercession de mes larmes.

« Parfois, je cherche un remède dans la fréquentation de lieux solitaires, je retrouve les traces de ma tristesse dans les visites matinales aux vestiges usés. Au *a* de l'absence je demande où sont passés les siens, au *f* du foyer abandonné, que sont devenus ceux qui l'avaient allumé, au *p* des trois pierres sur lesquelles avait reposé la marmite, où sont les lieux des unitaires. Entre tous ces vestiges, je reste égaré, comme un hérétique. Je m'égare et ne trouve point de guide. Je suis épris de qui a oublié, par Dieu, mes yeux insomniaques, a dormi sur mes soucis réunis ou dispersés, a voyagé par ennui, et non à cause du dégoût pour mon mauvais caractère, a troublé notre union autrefois sereine, a ensanglanté sa lance après avoir été fidèle.

« *Ô mon cœur, tempère ton désir, car*
tu voues une affection pure à qui n'est pas reconnaissant.

« Me voici pleurant sur lui des larmes d'un sang qu'il a versé, me lamentant sur une séparation dont je m'attriste, me plaignant auprès de lui de l'état d'un cœur qu'il a scindé, où il a déposé ce qu'il a pu d'affection, alors qu'il l'a trompé, puis l'a brûlé et l'a quitté, […] implorant sa protection pour une injustice dont il est l'auteur.

« *Ô mes amis, de votre vie, avez-vous jamais vu*
avant moi un homme assassiné, pleurant d'amour pour son assassin ?

« Sans les *qui sait ?* et les *il se peut* de l'espoir, ou plutôt, sans l'intercession du lieu où il est descendu, j'aurais déployé les bannières de la colère et répandu ses escadrons, cachés dans les interstices de l'écriture, levant des *alifs* comme des lances aux pointes haineuses, bandant des *nûns* comme des arcs très durs, faisant surgir de la feuille et de l'encre des chevaux noirs et blancs tirant sur les rênes. Mais il s'est réfugié dans un lieu sacré et sûr, s'est abrité à l'ombre d'un patronage protégé à sa droite et à sa gauche contre le crime des attaques, lieu sacré des demeures d'Ibn Muznî, de la protection yazanite[1], des ambitions élevées, d'un caractère qui n'admet ni la bassesse ni le vice, où [l'on est assuré de trouver] des bienfaits et des oiseaux de bon augure, où l'on reçoit une hospitalité sans pareille.

« *Un nom qu'on dirait éclairé par le soleil*
du matin et l'éclat de l'aurore.

« Qui parvient à une telle situation jouit de la sécurité, est absous de ses péchés. Comme dit l'excellent poète :

« *Par Dieu je l'aurais qualifié d'avare*
si Emesse n'était pas sa demeure.
Chaque fois que je m'en souviens ma nostalgie se soulève,
comme volent les étincelles quand on bat le briquet.

« Mais Dieu me pardonne ! Comment comparer le pays des palmiers avec celui des gens non circoncis et avares, qui dément l'image qu'on s'en fait ? Comment rapprocher la seconde Hajar du gîte des hérétiques et des libertins ?

« *Celui qui nie une pluie abondante née*
sur la terre ne fait qu'éloigner son retour.
Les bouts des doigts des Banû Muznî sont des nuages chargés de pluie,
qui étanchent la soif par la faveur de celui qui les manie.
Le jour où ce nuage a flotté sur Biskra,
elle a exprimé ses remerciements.
Elle a rendu grâces même par son expression,
sa signification et les lettres qui la composent.
[...]

« Mais je dirais : Ô toi que je tiens pour mon fils, “je ne jurerai pas par cette ville, alors que dans cette ville tu es absous.” La séparation d'avec toi a dissous ma patience ; mon désir de te revoir, ô Ibn Khaldûn, s'est incrusté pour l'éternité au fond de mon cœur. Que Dieu fasse vivre un temps qui verra, près de toi, guérir son mal ; où sa perle, qu'abrite ta gloire, brillera ; où son but sera accompli dans le champ de ton amitié. Bienvenue dans un jardin dont le saule d'Égypte ombrage tes diverses connaissances. Après ton départ, ses colombes pleurent, et la sauterelle se joint à leurs lamentations. Ses souffles légers, plus doux, affluent, et ses soirées, silencieuses, s'évanouissent. Ses grands arbres s'embrouillent, ses colombes tombent dans des pleurs inextricables. Comme si tu n'étais pas la lune des halos de ses coupoles, comme si ta compagnie n'était pas la porte vers l'élégance la meilleure et la plus pure, comme si la prunelle de ton œil ne nageait pas dans l'eau de sa jeunesse. Ma tristesse est celle de la perte d'une perle arrachée par l'absence, que le temps tarde à rendre, et que crie le corbeau dans les airs, prononçant des augures, mais taisant la passion. Mais qu'est-ce qui pourrait se substituer à vous, ô jardins, après que votre fleuve a gonflé et que vos bassins se sont remplis [...][2] ?

« Que Dieu te choisisse pour ami en tout ce qui t'entoure et tout ce que tu possèdes ! Que l'éloignement et le péril te soient épargnés ! Que Dieu soit avec toi où que tu ailles, qu'Il te gratifie des marques de bonheur les plus claires, et qu'Il me procure l'occasion de te revoir avant ma mort ! Que la noble paix hante le lieu de résidence de mon fils, celui qui habite mon esprit, mon frère et mon seigneur, à qui je ne ferai point de reproches ! Que la miséricorde et la bénédiction de Dieu soient sur lui !

« De la part de celui qui l'aime et qui languit de le voir,

Muhammad Ibn ‘Abd Allâh Ibn al-Khatîb, le 14 du mois de *rabî‘* II de l’an 770 [26 novembre 1368-1369]. »

Ibn al-Khatîb m’avait écrit avant cette lettre une autre missive qu’il avait expédiée à Tlemcen. Elle y arriva tardivement, et mon frère Yahyâ me l’envoya après son arrivée chez le sultan. Voici le texte de cette lettre :

« Mon honorable et digne seigneur, mon frère de par l’amitié et la foi, mon fils de par la tendresse.

« Le temps est long depuis que je ne reçois plus de tes nouvelles, et que toute information à ton sujet a cessé. J’espère que l’intention que je mets dans ce message te le fera parvenir, franchissant les obstacles qui nous séparent. Cependant, en te communiquant mes pensées secrètes, mon état est comme celui de qui la soif ne se désaltère, la faim ne s’apaise, comme tel qui a outrepassé les limites naturelles et les coutumes établies. Voici — et que le salut soit sur toi, comme jardins humectés de larmes, que soit dite ma constante nostalgie, que s’exhale ma plainte de la douleur de la séparation, que s’élève jusqu’à Dieu le vœu de nous réunir avant que passe l’heure, Lui qui rend aisé ce qui est malaisé, proche ce qui est éloigné —, voici que je m’enquiers de toi, étant de tous les hommes celui qui est le moins capable d’arriver jusqu’à toi, mais aussi celui qui tient le plus à la pérennité de ton bonheur.

« Ces jours derniers m’apprirent les divers états par lesquels le destin a voulu te mener, ton séjour à Biskra, où l’on s’est réjoui de ta présence ; tu t’es réfugié chez un prince intègre, de père généreux, de célèbre vertu, dont la valeur est connue jusqu’aux contrées lointaines ; puisse Dieu, de par Sa force et Sa puissance, le garder, refuge pour les hommes supérieurs, asile des grands, source d’inspiration des plus belles louanges. Il n’est pas en tout temps donné de jouir de la sécurité ! Loue Dieu pour ton salut, ménage l’espoir, préserve ton essence vertueuse des fatigues et des périls. Vil est l’objet recherché par ceux qui ont le souci de ce bas monde, multiples sont les obstacles qui nous entourent, bien triste est le résultat de nos peines. Le salut s’obtient avec le moindre effort. L’homme raisonnable ne se laisse pas prendre tout entier par ce qui a pour fin la mort, mais ne s’en attribue que le nécessaire. Et cependant, un homme tel que toi — Dieu te conserve la santé — ne serait pas incapable d'obtenir ce qui pourrait satisfaire au centuple les besoins en nourriture d'une vie humaine. Dieu nous suffit !

« Si, seigneur unique, fils dévoué, tu désires connaître mon état, sache qu'il est celui de qui se laisse guider par le destin, qui marche sur le chemin de l'insouciance, qui se laisse porter au gré des préoccupations du jour. Il y a derrière les choses un mystère voilé, un espoir écrit, où nous plaçons le vœu que Dieu nous accorde Sa protection. Tu connais ma lassitude : elle a été allégée par le désespoir, quand la ruse a échoué, que nulle issue n'était plus en vue, que toutes les voies étaient fermées. Je suis aujourd'hui comme les gens au voisinage de l'équilibre.

« Pour ce qui concerne le sultan — que Dieu le prenne en amitié —, son extrême bonté, son constant souci pour ce qui est cause de rapprochement et d'union, dépassent plusieurs fois ce que mon seigneur a connu lui-même, avec en plus l'indépendance, et cela qui est le produit de l'habitude de la victoire. Dieu soit loué !

« Pour ce qui est des êtres chers et des enfants, rien de neuf. Cependant, le désir [de te voir] occupe tout mon cœur, et la représentation en esprit de [ta] rencontre me détache de la patrie et des biens présents. Puisse Dieu faciliter dans les meilleures conditions la réalisation de ce désir, et que ce soit avant le dernier voyage de ce monde de supplice.

« En ce qui concerne la patrie, c'est une abondance de rêve, la paix et la supériorité sur l'ennemi. Il suffit de mentionner la conquête en un an d'Iznajar, de Burgo, enclave en terre musulmane, de Huete, d'Algarinejo, de Priego, de la forteresse d'as-Sahla ; l'occupation sans combat de la ville d'Utrera, fille de Séville, et la capture de cinq mille prisonniers ; puis la conquête de Jaén, capitale politique jumelle de Cordoue, également sans combat, en un jour resplendissant, tuant les combattants, faisant prisonniers les femmes et les enfants, effaçant les monuments pour la rendre inhabitable ; la conquête enfin de la ville d'Ubeda, qui enveloppe Jaén dans son manteau, cité commerciale prospère, dotée de beaux édifices et de biens en abondance. Puisse Dieu le Très Haut nous conserver Son soutien, ne pas nous retirer Sa miséricorde, rendre utiles nos efforts dans ce but.

« Il n'y a pas eu d'autres événements en dehors de ceux

que tu connais déjà : Dieu a repris cette créature du mal, cette souillure de la terre, dépourvue de toute trace de bien, ʿAmar Ibn ʿAbd Allâh. Lui-même fut emporté par une mort horrible, sa suite châtiée, ses richesses anéanties. Après lui, l'agitation s'est emparée du pays ; mais le Maghreb, rongé par ses maux, ne changera guère avec un autre.

« Aujourd'hui, après le décès du cheikh Abû l-Hasan ʿAlî Ibn Badr ad-dîn[3], que Dieu l'ait en Sa miséricorde, l'Andalus a pour chef de guerre sainte l'émir ʿAbd ar-Rahmân Ibn ʿAlî[4], fils du sultan Abû ʿAlî. Il vient de s'y établir, après l'avoir quitté quelque temps, en même temps que le vizir Masʿûd Ibn Rahhû[5] et ʿUmar Ibn ʿUthmân Ibn Sulaymân.

« Le roi des chrétiens, Pierre, a repris le pouvoir à Séville, mais son frère mène des attaques contre lui à partir de la Castille, alors que Cordoue se révolte, marchant derrière un groupe de grands personnages ralliés à ce dernier par la peur. Les musulmans profitent de ce vent favorable, Dieu leur ayant, contre tout espoir, ouvert miraculeusement les portes de la victoire et du bien. À l'issue de telles circonstances, le sultan — Dieu l'assiste — s'est donné le surnom d'al-Ghaniy bi-l-lâh[6] et a fait publier des messages relatant en détail ces diverses conquêtes, que je tiens vivement à te faire parvenir si je peux.

« Quant à ce que ta perfection aimerait savoir de mes occupations dans le temps de loisir : des notes, quelques écrits, qui ne rencontrent nul écho, après que ta seigneurie nous eut quitté.

« Entre autres : un livre sur l'amour fut présenté au sultan, composé par Ibn Abî Hajla, un Oriental ; quelques amis me suggérèrent d'y donner la réplique. J'y consentis, mais en m'appliquant à un objet plus noble : l'amour de Dieu. Il en a résulté un ouvrage[7] que mes amis ont jugé étrange. On l'expédia en Orient en même temps que mon *Histoire de Grenade* et d'autres de mes œuvres. Quand les gens surent qu'il avait été affecté au couvent Saʿîd as-Suʿadâʾ au Caire, ils vinrent le consulter en grand nombre. Il contient des subtilités imitées des Orientaux, tels ces vers :

« *J'abandonne à l'Égypte l'amour :*
ce pays en fait don dès qu'on en respire l'air.
À celui qui refuse de me croire, dis simplement :
il suffit de citer comme amante la femme d'al-ʿAzîz.

« Puisse Dieu m'aider à en faire une copie et à te l'envoyer. J'ai publié aussi un volume que j'ai intitulé *al-Ghayra 'alâ ahl al-hayra*, et un second volume que j'ai intitulé *Haml al-jumhûr 'alâ as-sanani al-mashhûr*. Je prépare, en outre, un abrégé du *Kitâb at-tâj*[8] d'al-Jawharî, ayant pour but de le réduire au cinquième de son volume, en lui conservant sa structure facile. Dieu nous aide à passer ce temps dont le commencement est proche de la fin. Il n'y a de force et de puissance qu'en Dieu.

« Je demande que mon seigneur et fils me tienne informé. Il ne manquera pas de trouver quelqu'un revenant de La Mecque ou se dirigeant vers Tlemcen. De là, le seigneur ash-Sharîf fera suivre. L'âme est assoiffée, et le cœur, de désir et de nostalgie, monte à la gorge. Je prie Dieu de préserver comme un dépôt ce que j'ai placé de loin sous sa garde ; de t'accorder la santé, de nous sauver du malheur, de nous mettre tous sur le bon chemin, et de sceller notre vie par le bonheur. Le salut de Dieu sur toi à la fin comme au commencement, ainsi que Sa miséricorde et Sa bénédiction.

« Ton dévoué Ibn al-Khatîb, qui languit de te voir, qui se souvient de toi, qui prie pour toi. Le 2 *jumâdâ* I de l'an 769 [23 décembre 1367-1368]. »

Répondant à ces missives d'Ibn al-Khatîb, j'évitai l'emploi de la prose rimée, craignant de ne pouvoir l'égaler dans cet art, où personne ne pouvait se mesurer à lui. Voici le texte de ma réponse :

« Mon glorieux et noble seigneur, toi qui es l'unique trésor que j'espère conserver, toi que je vénère et affectionne comme mon père,

« Mon désir de te voir — depuis que nous vivons éloignés l'un de l'autre et que cet éloignement ne fait que renforcer — m'a fait tendre l'oreille à tes nouvelles, m'a fait rêver de recueillir tes lettres des mains des vents, jusqu'au jour où me parvint ton précieux message, me trouvant à l'affût, fidèle à mon engagement, animé des sentiments les plus affectueux. Il a répandu sur mon cœur une quiétude perdue, ressuscité de grandes joies, et rallumé l'espoir ardent de te retrouver. Je prie Dieu de me faire jouir de ta présence avant le terme fatal, selon ce qui t'agrée et réalise tes espoirs et les miens. Je le saluai comme une pluie qui tombe sur celui qui erre dans le désert, comme l'apparition de l'aube brillante à celui qui a marché toute la nuit. C'est par une grâce digne des saints qu'il t'a été accordé personnellement de vivre dans la tranquillité et la stabilité, de voir tes soucis dissipés et les désordres apaisés, et que, plus généralement, l'État a été renforcé et favorisé des vents de la victoire, qu'il a eu le dessus sur l'ennemi de Dieu en récupérant les forteresses perdues au moment de la faiblesse du royaume, et en détruisant celles qui sont les bases des chrétiens. C'est une chose rare qui ne se réalise qu'en rêve, un signe parmi les signes de Dieu. Que cette victoire enfouie dans le repli des époques révolues ait reparu en cette période illustre est une preuve de la faveur dont jouit Sa Noble Majesté auprès de Dieu, puisque par son entremise se sont produits ces faits inouïs et se sont renouvelés, en fin de parcours, les miracles de la communauté musulmane. Tu y as accompli — Dieu soit loué —, grâce à ton habileté dans la direction des affaires et à ta bonne fortune, de beaux exploits et gagné une grande réputation, qui sont comme des broderies sur la robe du califat nasride et comme une couronne pour le vizirat. Puisse Dieu inscrire ton action parmi celles qu'Il agrée de la part de Ses serviteurs.

« J'ai mis au courant les nobles de ce pays bien gardé, et fait répandre en tout lieu la nouvelle, afin que l'on se réjouisse de la puissance de l'islam, que les bienfaits de Dieu apparaissent au grand jour, que la dynastie des Banû l-Ahmar soit constamment mentionnée avec les louanges qu'elle mérite, qu'on prie pour elle, qu'on parle des bienfaits dont elle jouit, et qu'on exalte sa supériorité sur les États passés et à venir. Les poitrines se sont gonflées de reconnaissance, les cœurs se sont remplis de respect et d'admiration. On loua sincèrement vos exploits et on pria pour vous. La lettre de mon seigneur était le meilleur indice de la noblesse de l'État nasride, et le meilleur interprète de ses hauts faits lorsque ma langue se trouvait incapable de les exprimer. Puisse Dieu lui allouer un surcroît de Ses faveurs, et qu'Il réjouisse les musulmans en lui accordant une longue vie.

« À ta lettre, j'exhale la plainte d'un étranger qui a souffert d'un désir violent, d'une agitation qui a failli, de douleur, emporter son âme, après qu'il eut quitté le lieu de la sécurité, qu'il se fut séparé de la demeure de la puissance, où il se trouvait entre un maître bienveillant et un seigneur généreux, dans un pays beau et parmi des frères affectueux. "Si je connaissais l'Invisible, je me trouverais en abondance de bien[A]."

« Si, mon illustre seigneur, tu désires connaître mon état, sache qu'il est comme à l'accoutumée : je me laisse guider par l'espoir, je lutte avec les jours pour le lot qui m'est réservé, et je ne voue qu'insouciance pour l'existence.

« *À quoi me sert, lorsqu'il est requis de descendre,*
de suivre la voie montante de mes espoirs ?

« Que Dieu nous ramène à Lui. Ton utile exhortation me guérira peut-être de ce mal incurable, s'il plaît à Dieu. Cependant, la bienveillance divine m'accompagne, et mon refuge auprès du chef Ibn Muznî — et quel chef ! — me procure une complète protection qui m'a permis de ne pas avoir à rechercher des provisions que je recevais d'eux, comme tu le sais, au moment où ma situation s'était aggravée, mon sort avait changé, et alors que j'avais failli de peu tomber dans le malheur, à la suite de la mort du sultan — que Dieu l'ait en Sa miséricorde — par la main de son cousin, son rival heureux avec qui il partageait le même sang. J'avais vu mon prestige terni, et j'avais été écarté du pouvoir ; mon frère, que j'avais laissé derrière moi, avait été jeté en prison ; j'avais désespéré de son sort, sans certaines circonstances que Dieu avait disposées pour le sauver. Après son départ, de graves dommages furent causés à ma demeure et à mes enfants, les propriétés que j'avais acquises avec le reste des bienfaits que m'avait accordés la dynastie nasride — que Dieu la garde — furent confisquées. [Ibn Muznî] m'offrit un abri, partagea mon malheur, me fit profiter de son prestige et de ses richesses, m'aida contre les coups du sort et me vengea. Ainsi, le monde voit quel est mon rang, les rois désirent s'attacher mes services et me comblent de présents. Que Dieu me délivre de l'entrave des espoirs, et me guide vers le rejet de ces jouissances ruineuses.

« Tu m'as informé, seigneur, des œuvres originales que tu as composées et des lettres éloquentes que tu as écrites au sujet de ces grandes conquêtes. J'aurais souhaité les

A. Coran, VII, 188.

recevoir toutes ou du moins une partie d'entre elles, et je regrette tout ce que j'ai manqué.

« Pour ce qui est des nouvelles de ce pays, rien de plus que ce que vous savez déjà : le sultan Abû Ishâq, fils du sultan Abû Yahyâ, est établi à Tunis où il exerce un pouvoir personnel, après la mort de son ministre, Abû Muhammad Ibn Tâfrâgîn, cheikh des Almohades, qui dirigeait ses affaires. Il traite avec rigueur les Arabes qui sollicitent son aide, pour ce qui est de la collecte des impôts et du respect des lois, mais les flatte, lorsqu'il s'agit d'assurer la sécurité de ses sujets et des routes. En somme, une bonne politique pour l'époque. Bijâya, où j'ai eu la charge de l'État, est passée par la force, comme tu le sais, sous l'autorité du maître de Constantine et de Bône. Par son comportement dur et intraitable, celui-ci fait subir à l'État plus qu'il ne peut supporter, exerçant un pouvoir absolu et refusant de payer les Bédouins qui font les récoltes. Pour cette raison, son autorité est souvent enfreinte. Sinon, le pays est dominé par les Arabes, la terre se rétrécit à ses extrémités et à son centre, et partout la flamme des États s'éteint. Car tout commencement a une fin.

« Quant aux nouvelles du Maghreb Extrême, tu es au fait des plus secrètes d'entre elles. Pour l'Orient, ce qu'en disent les pèlerins cette année porte aux larmes et accroît l'inquiétude : désordres, ruine de l'autorité, usurpation du pouvoir par des tyrans, détérioration des édifices et des pièces d'eau destinés aux hommes de Dieu et aux pèlerins de Son temple. On a même rapporté que Le Caire connut plusieurs jours d'épouvante, et que ses rues et ses marchés furent livrés à l'agitation. Ces désordres eurent pour origine l'attaque d'Asandamur — qui dominait l'État après Yulbughâ al-Khâsiqî — contre son sultan à l'extérieur de la forteresse. Asandamur fut défait, et il y eut plus de cinq cents morts parmi les hommes de la suite de Yulbughâ et ses affranchis. Ceux qui restèrent en vie furent arrêtés et jetés en prison, beaucoup furent crucifiés, Asandamur fut tué dans sa prison, et les rênes du pouvoir furent mises entre les mains d'un grand personnage, affranchi du sultan. Il exerça un pouvoir absolu et dirigea les affaires de façon indépendante. C'est Dieu, qu'Il soit exalté, qui a pouvoir sur le cours des choses et qui révèle l'explication des choses cachées.

« Je désire que mon seigneur — Dieu le garde — n'interrompe pas, même pour un jour, ses lettres, et qu'il continue de cette façon à me faire profiter de ses nombreuses faveurs, qu'il embrasse les pieds de Sa Noble Majesté et lui fasse connaître toute ma fidélité et ma reconnaissance pour ses bienfaits, qu'il transmette à la suite du souverain et à ses intimes, grands et petits, un salut arraché aux souffles des jardins.

« J'ai fait parvenir à Sa Noble Majesté par le pèlerin Nâfi' — Dieu le conserve sain et sauf — un message que lui a remis mon frère Yahyâ lorsqu'il l'a rencontré à Tlemcen, à la cour du sultan Abû Hammû, que Dieu l'assiste. Ce message arrivera peut-être à destination ; je prie mon seigneur de réitérer au souverain ce que je n'ai pu y exprimer de mes louanges et de mes prières.

« Que Dieu te garde, trésor pour les musulmans, refuge pour ceux qui espèrent. Salut à toi et à ceux qui se sont refugiés auprès de toi : mes seigneurs tes nobles enfants, ta famille, ta suite, tes compagnons.

« Ton ami dévoué, qui compte sur toi, qui est partisan de tes bienfaits,

IBN KHALDÛN.

« Lettre adressée à mon seigneur et mon soutien, maître de bienfaits, de faveurs et de vertus aux fins et aux principes nobles, imam de la communauté, chef des imams, couronne des musulmans, gloire des plus grands savants, soutien de l'islam, élu des nobles rois, joyau des États, garant de l'imamat, couronne des États, préféré de Dieu, ami de l'Émir des musulmans — Dieu l'assiste — le vizir Abû 'Abd Allâh Ibn al-Khatîb, Dieu le garde et le récompense pour les services qu'il rend aux musulmans. »

Ibn al-Khatîb m'adressa une autre lettre de Grenade. En voici le texte :

« Mon seigneur et ami, mon frère qui me tient lieu de fils ! Que Dieu soit avec vous où que vous soyez, et qu'il ne vous prive jamais de Sa bonté et de Sa faveur ! Si votre lieu de résidence était tel qu'il me fût possible de vous y envoyer régulièrement un messager, ou de vous y expédier quelqu'un pour s'enquérir de vous, ou de vous y faire mander un de mes adjoints, je me serais adressé à moi-même le reproche d'avoir négligé mon devoir envers vous.

Mais vous connaissez mon excuse. Louez Dieu d'avoir pu vous établir auprès de cet excellent homme qui vous a offert sa protection et couvert de ses bienfaits. Que Dieu rende grâces à son illustration qui n'a pas manqué à sa promesse, et à sa réputation qui ne s'est pas démentie.

« J'ai profité du voyage de ce cheikh, qui part pour les deux lieux saints, porteur d'un message sur l'ensemble des conquêtes, pour qu'il vous remette la présente lettre. J'aimerais que vous preniez connaissance des écrits dont il est porteur, genre dans lequel vous êtes passé maître. Vous y trouverez peut-être quelque divertissement. Ce sera sans doute possible pour une partie d'entre eux qui n'a pas été scellée. J'essaie de vous faire connaître le côté manifeste des choses. Mais pour ce qui est du côté caché, c'est une chose inaccessible.

« Vous êtes sans doute désireux de connaître mon état. Sachez que je suis arrivé à un point limite : dominé par une mauvaise humeur extrême, je suis sans cesse assailli par des maladies auxquelles je ne trouve nul remède, à cause de la persistance de la même cause et de mon incapacité à la repousser, je veux parler de mon intimité [avec le sultan Ibn al-Ahmar ?]. Que Dieu fasse qu'elle ait une bonne issue. J'ai usé de tous les moyens [pour en sortir], mais sans aucun résultat. Si, après votre départ, je ne m'étais pas occupé l'esprit avec ces vaines compositions, en observant une vie d'ascétisme, en prenant mes distances et en m'attachant à la lecture, l'altération de mon esprit ne se serait pas arrêtée là.

« La dernière chose que j'ai fait paraître est un cahier que j'ai intitulé *Istinzâl al-lutf al-mawjûd fî asr al-wujûd*. Je l'ai dicté ces jours derniers, alors que j'assurais l'intérim du sultan pendant son expédition pour la guerre sainte. J'aimerais que vous en preniez connaissance, ainsi que de mon ouvrage sur l'amour. Puisse Dieu réaliser ce vœu !

« En dépit de tout cela, je n'ai épargné aucun effort pour vous faire parvenir des messages, soit par la voie de votre frère, soit par celle du seigneur ash-Sharîf Abû ʻAbd Allâh. J'ai tenté de vous en envoyer même à partir du Maghreb [Extrême], lorsque j'entendais parler d'un convoi qui en partait. Mais j'ignore si quelques-uns de ces messages ont pu arriver jusqu'à vous. Sinon, tout ici est comme vous l'avez laissé. Vos amis vont bien, désirent vous voir, et sont tristes d'être séparés de vous. Il n'y a de force et de puissance qu'en Dieu !

« Que Dieu vous garde, soit avec vous et se charge de vos affaires. Que le salut et la miséricorde de Dieu soient sur vous.

« De votre ami, qui désire vous voir, le cheikh Ibn al-Khatîb. Fait le premier du mois de *rabî'* II de l'an 771 [3 octobre 1369-1370]. »

La lettre contenait un billet dont voici le texte :

« Mon seigneur, que Dieu soit satisfait de vous !

« Notre ami Abû 'Abd Allâh ash-Shaqûrî, qui est un bon médecin, s'est établi à Tlemcen par désir de changement, cédant à son tempérament que vous connaissez. S'il prend contact avec vous, aidez-le pour ce sur quoi il aura arrêté son choix, quoique, pour ce faire, il n'ait pas besoin d'un homme comme vous [*sic*].

« Lettre adressée à mon seigneur, qui me tient lieu de frère, le grand juriste, le grand vizir, le chef et le chambellan, l'éminent savant, le vizir Ibn Khaldûn, que Dieu, par Ses grâces, lui conserve son bonheur et lui garde sa gloire. »

Si j'ai longuement cité ces correspondances, bien qu'elles apparaissent comme une digression par rapport au sujet de ce livre, c'est qu'elles renferment beaucoup d'informations qui concernent ma vie et ma situation. Ainsi, ceux des lecteurs qui le désirent peuvent les en extraire.

Le sultan Abû Hammû persistait à vouloir attaquer Bijâya et à se rallier, dans ce but, les tribus Riyâh. Il comptait pour cela sur mon soutien et me demandait, en outre, de faciliter ses contacts avec le maître hafside de Tunis, le sultan Abû Ishâq, fils du sultan Abû Bakr. Car grande était la haine que celui-ci nourrissait à l'égard d'Abû l-'Abbâs, maître de Bijâya et de Constantine, qui était son propre neveu, haine résultant de leur appartenance à la même famille et à la même dynastie. Abû Hammû ne cessait de lui envoyer des émissaires, qui s'arrêtaient chez moi, alors que je me trouvais à Biskra. Et je renforçai leurs liens, en envoyant des messages à chacun d'eux.

Abû Ziyân, cousin du sultan Abû Hammû, avait poursuivi ce dernier après sa déroute devant Bijâya et la désorganisation de son camp, et avait attaqué les environs de la ville, mais sans résultat. Il retourna ensuite au pays des Husayn, s'établit parmi ces derniers et obtint leur ralliement.

Il régnait une atmosphère de duplicité dans la plupart des provinces du Maghreb central. De nombreuses tribus des Zughba rejetèrent l'autorité d'Abû Hammû, et beaucoup se séparèrent de lui et partirent pour le désert. Mais il finit par en rallier un grand nombre. Au milieu de l'année 769 [1368], il marcha avec son armée contre les Husayn et Abû Ziyân. Ceux-ci se réfugièrent dans le Titteri. Abû Hammû m'envoya un émissaire pour me demander de réunir les Dawâwida et de prendre ses ennemis à revers du côté du Sahara. En même temps, il écrivit aux chefs de ces tribus, Ya'qûb Ibn 'Alî, premier des Awlâd Muhammad, et 'Uthmân Ibn Yûsuf, premier des Awlâd Sibâ' Ibn Yahyâ, pour les appeler à venir auprès de lui. Il écrivit également à Ibn Muznî, qui était au centre de leur territoire, de les approvisionner. Celui-ci s'exécuta. Nous nous mîmes en marche pour le rejoindre, en prenant la direction de l'ouest, et nous descendîmes à al-Qatfa, au sud du Titteri, que le sultan assiégeait du côté du Haut Plateau. Il était convenu qu'après cette opération il marcherait avec nous sur Bijâya.

Abû l-'Abbâs, maître de Bijâya, apprit la nouvelle. Il rassembla ce qui restait des tribus Riyâh et établit son campement en bordure de Thaniyat al-Qisâb, sur la route d'al-Masîla. Sur ces entrefaites, les Zughba non ralliés au sultan Abû Hammû, c'est-à-dire Khâlid Ibn 'Amir, premier des Banû 'Amir, et les Awlâd 'Arîf, premiers des Suwayd, se rassemblèrent et nous attaquèrent sur le lieu même de notre camp. Les tribus des Dawâwida prirent la fuite, et nous battîmes en retraite à al-Masîla, puis au Zâb, alors que les Zughba se dirigèrent vers le Titteri et firent leur jonction avec Abû Ziyân et les Husayn. Ils assaillirent le camp d'Abû Hammû et le mirent en déroute. Celui-ci, défait, rentra à Tlemcen. Mais il poursuivit sans relâche ses efforts pour rallier les Zughba et les Riyâh, espérant un jour triompher de son cousin, et reprenant année après année ses attaques contre Bijâya. Je continuai à le soutenir et à consolider ses liens avec les Dawâwida, ainsi qu'avec le sultan Abû Ishâq, maître de Tunis, et après lui avec son fils Khâlid. Puis les Zughba se soumirent à son autorité et entrèrent tous à son service, et il quitta Tlemcen pour prendre sa revanche sur les Husayn et sur Bijâya, et ce vers la fin de l'année 771 [1370]. Je me rendis auprès de lui avec un groupe de Dawâwida des Awlâd 'Uthmân Ibn Yûsuf Ibn Sulaymân pour connaître sa situation et apprendre de lui les services qu'il attendait de ces derniers. Il nous fixa un rendez-vous à Alger, après quoi les Arabes allèrent rejoindre leurs familles, tandis que je m'attardai là-bas peu de temps pour régler quelques affaires et les rejoindre. Je dirigeai la prière de la fête de la rupture du jeûne en sa présence à al-Bathâ', et prononçai le sermon. Au moment où il quittait la place en plein air réservée à la prière, je lui adressai un poème où je le félicitais pour la fête et l'invitais à la constance. J'y disais :

Voici les demeures. Adresse-leur ton salut au matin,
et arrête auprès d'elles tes montures fourbues.
N'interroge pas les ruines si tu ne peux
les arroser de larmes abondantes.
Elles ont conclu avec tes yeux un pacte
selon lequel tu ne te montreras pas avare après la séparation.
Ô vous tous, gens de ma tribu, peut-être
qu'à votre souvenir mon cœur sera ému et trouvera le repos.

Les campements, pour les voyageurs, se taisent
de tristesse, alors que la gaieté les rendait éloquents.

C'est un long poème ; mais je n'ai plus en mémoire que ces vers.

Sur ce, nous apprîmes que le sultan mérinide 'Abd al-'Azîz, maître du Maghreb Extrême, s'était emparé de la montagne où s'était réfugié 'Amir Ibn Muhammad al-Hintâtî[9], près de Marrakech, après un blocus d'un an. L'ayant emmené à Fès, il l'avait tué en le soumettant à des supplices. On lui prêtait l'intention de marcher sur Tlemcen, à cause des attaques d'Abû Hammû contre les frontières du Maghreb alors qu'il soutenait son siège contre 'Amir. Dès l'arrivée de cette nouvelle, Abû Hammû abandonna son entreprise, rentra à Tlemcen, et se mit à faire des préparatifs pour se rendre au Sahara, avec l'appui des Banû 'Amir, une tribu des Zughba. Il rallia et rassembla ceux qu'il put, chargea les bêtes de somme et passa ainsi la fête du sacrifice. Je lui demandai la permission de partir pour l'Andalus, en raison des difficultés à rejoindre le pays des Riyâh, car le désordre régnait et les routes étaient coupées. Il y consentit, et me donna une lettre pour le sultan Ibn al-Ahmar[10]. Je me dirigeai vers le port de Hunayn. De son côté, ayant appris que le maître du Maghreb était descendu à Taza avec son armée, il quitta Tlemcen après mon départ et se dirigea vers le Sahara par la route d'al-Bathâ'. Mais je ne pus prendre la mer à Hunayn, et demeurai impuissant. On rapporta au sultan 'Abd al-'Azîz que je me trouvais dans ce port, et que j'étais en possession d'un dépôt que je devais remettre au maître de l'Andalus, ce qui n'était que le fruit de l'imagination de quelque personnage trompeur, qui en informa le sultan. Celui-ci expédia sans délai un détachement de Taza pour m'intercepter et m'enlever le dépôt, et poursuivit lui-même sa route vers Tlemcen. Le détachement me trouva encore à Hunayn. On fit une enquête, mais on ne put établir l'exactitude de l'information, puis on m'emmena auprès du sultan, que je rencontrai près de Tlemcen. Il m'interrogea sur cette affaire, et je l'informai de l'exacte vérité. Il me reprocha vivement d'avoir rompu avec sa famille. Je présentai comme excuse l'attitude à mon égard de 'Amar Ibn 'Abd Allâh, qui exerçait un pouvoir absolu à la cour mérinide. Wanazmâr Ibn 'Arîf, grand personnage de son conseil, qui avait été client de son père, ainsi que son vizir 'Amar Ibn Mas'ûd Ibn Hamâma, témoignèrent pour moi. Les faveurs de Dieu m'entourèrent. Au cours de ce conseil, le sultan m'interrogea sur Bijâya, en me faisant comprendre qu'il désirait s'en emparer. Je lui indiquai un moyen facile d'y parvenir, dont il se réjouit. Je passai cette nuit-là en état d'arrestation. Puis il me libéra le lendemain. Je me dirigeai vers le monastère du cheikh et saint Abû Madyan, où je descendis, avec le projet de renoncer au monde et de me consacrer à la science si on m'en laissait le loisir.

MON SOUTIEN AU SULTAN 'ABD AL-'AZÎZ, MAÎTRE DU MAGHREB, CONTRE LES 'ABDAL-WÂDIDES

Lorsque le sultan Abd al-'Azîz entra à Tlemcen, qu'il l'occupa, et que la nouvelle en parvint à Abû Hammû alors qu'il se trouvait à al-Bathâ', celui-ci en sortit pour se diriger avec ses hommes et ses partisans des Banû 'Amir vers le pays des Riyâh. Le sultan 'Abd al-'Azîz dépêcha à sa poursuite son vizir Abû Bakr Ibn Ghâzî à la tête des troupes, et rassembla contre lui, grâce à l'action de son client Wanazmâr, les tribus des Zughba et des Ma'qil. Puis, après réflexion, il décida de m'envoyer en avant, au pays des Riyâh, afin de renforcer sa position et d'inciter ces tribus à le soutenir et à le venger de son ennemi. En effet, il savait que je pouvais arracher la soumission des Riyâh et obtenir d'eux ce que je voulais. Il me fit donc sortir de ma retraite d'al-'Ubbâd, près du monastère du saint Abû Madyan, alors que je venais de commencer à enseigner la science, bien décidé à couper avec le monde. Il me consola, me rapprocha de sa personne, et me demanda d'exécuter son projet. Je ne pus qu'acquiescer. Il me revêtit d'une robe d'honneur et m'offrit une monture. Puis il écrivit aux chefs des Dawâwida d'obéir aux ordres que je leur transmettrai de sa part, et à Ya'qûb Ibn 'Alî et Ibn Muznî de m'aider à éloigner Abû Hammû des tribus des Banû 'Amir pour le repousser vers le campement de Ya'qûb Ibn 'Alî.

Après avoir pris congé de lui, je partis le jour de *'âshûrâ'*[1] de l'an 772 [1371]. Je rejoignis le vizir, qui cantonnait avec son armée et les tribus arabes des Ma'qil et des Zughba sur al-Bathâ', eus une entrevue avec lui et lui remis le message du sultan. Puis je partis en avant. Wanazmâr me reconduisit. Il me recommanda son frère Muhammad, qu'Abû Hammû avait arrêté lorsqu'il avait senti que [les Arabes de sa tribu] allaient l'abandonner et qu'ils avaient l'intention de partir pour le Maghreb. Il l'avait sorti avec lui, enchaîné, de Tlemcen, et l'avait emmené dans son camp. Wanazmâr insista auprès de moi pour que j'essaie d'obtenir sa libération coûte que coûte. Il envoya avec moi pour m'escorter le fils de son frère 'Isâ, à la tête d'un groupe de Suwayd, et le chargea en même temps de demander aux tribus des Husayn de chasser de chez eux Abû Ziyân. Nous nous mîmes en marche ensemble et parvînmes chez les Husayn. Farah Ibn 'Isâ les informa de la recommandation de son oncle Wanazmâr. Ils rompirent leur pacte avec Abû Ziyân et le firent conduire au pays des Riyâh, où il descendit chez les Awlâd Yahyâ Ibn 'Alî Ibn Sibâ'. Ceux-ci l'emmenèrent au cœur du désert. Quant à moi, je continuai mon chemin vers le pays des Riyâh. Parvenu à al-Masîla, j'appris que le sultan Abû Hammû et les tribus des Riyâh campaient non loin de là, sur le territoire des Awlâd Sibâ' Ibn Yahyâ, appartenant aux Dawâwida. Ces tribus étaient venues rejoindre Abû Hammû les unes après les autres, et ce dernier leur avait prodigué des cadeaux pour les rallier. Mais quand elles apprirent que je me trouvais à al-Masîla, elles vinrent me voir. Je les engageai à se mettre sous l'autorité du sultan 'Abd al-'Azîz, et envoyai une délégation de leurs notables et de leurs chefs au vizir Abû Bakr Ibn Ghâzî. L'ayant rejoint au pays des Dayâlim, près de la rivière Wâsil, ils lui firent soumission et l'invitèrent à pénétrer dans leur pays pour pourchasser son ennemi.

Alors que le vizir partait avec eux, je quittai al-Masîla pour Biskra, où je rencontrai Ya'qûb Ibn 'Alî. Ce dernier s'était mis d'accord avec Ibn Muznî pour reconnaître l'autorité du sultan 'Abd al-'Azîz. Il avait envoyé son fils Muhammad auprès d'Abû Hammû et de Khâlid Ibn 'Amir, chef des Banû 'Amir, pour les inviter à passer sur son territoire et s'éloigner du pays du sultan 'Abd al-'Azîz. L'émissaire trouva Abû Hammû en train de descendre d'al-Masîla vers le Sahara. Il le rencontra à ad-Dawsen, et passa la nuit à le persuader de quitter le territoire des Awlâd Sibâ' et de passer à l'est du Zâb, pays de sa propre tribu. Il continua la discussion le jour suivant, mais à la fin de la journée, on vit monter au-dessus du col un nuage de poussière. Quand on alla s'informer, on découvrit au-dessous du col les premiers éléments de la cavalerie, suivis des troupes mérinides, des Ma'qil et des Zughba marchant derrière le vizir Abû Bakr Ibn Ghâzî. La délégation des Awlâd Sibâ' que j'avais envoyée d'al-Masîla leur avait montré la route. Ils parvinrent ensuite sur les hauteurs surplombant le camp et l'attaquèrent au coucher du soleil. Les Banû 'Amir s'enfuirent, et le camp du sultan Abû Hammû, ses bagages et ses richesses furent pillés. Lui-même s'échappa à la faveur de la nuit, ses enfants et son harem furent dispersés et le rejoignirent seulement quelques jours plus tard. Ils se rassemblèrent aux ksours du Mzab, au Sahara, après avoir été dépouillés par les troupes et les Arabes.

Muhammad Ibn 'Arîf fut libéré au cours de ces désordres par ceux qui avaient été chargés de sa surveillance. Il vint trouver le vizir et son frère Wanazmâr, qui le reçurent avec [les honneurs] qui convenaient à son rang. Le vizir Abû Bakr Ibn Ghâzî demeura encore quelques jours à ad-Dawsen pour se reposer. Avant qu'il eût repris le chemin du Maghreb, Ibn Muznî lui dépêcha un messager pour l'assurer de sa soumission, et lui fit parvenir en abondance des provisions et du fourrage. Pour moi, je m'attardai encore quelques jours auprès de ma famille à Biskra, puis je me rendis auprès du sultan, accompagné d'une importante délégation de Dawâwida conduite par Abû Dînâr, frère de Ya'qûb Ibn 'Alî et un groupe de leurs notables. Nous arrivâmes à Tlemcen avant le vizir, et nous nous présentâmes devant le sultan. Les présents, les honneurs, et la réception qu'il nous réserva furent tels que de longue date on n'en avait pas vu de pareils. Ensuite le vizir Abû Bakr rentra par la route du Sahara, après être passé par les ksours des Banû 'Amir qu'il réduisit à l'état de ruines. Le jour où il se présenta devant le sultan fut mémorable. Après quoi, le sultan autorisa les délégations des Dawâwida à retourner en leur pays, après les avoir retenues jusqu'à l'arrivée du vizir et de son client Wanazmâr Ibn 'Arîf. Ils lui firent leurs adieux, et il se montra extrêmement bienveillant à leur égard. Ainsi, ils rentrèrent chez eux.

Puis le sultan résolut d'éloigner Abû Ziyân des tribus Dawâwida, de crainte qu'il ne repassât dans le camp des Husayn. Après m'avoir consulté sur ce point, il me dépêcha chez ces derniers pour tenter de le faire sortir de chez eux. Je partis donc pour cette mission. Or les Husayn, redoutant le sultan, avaient changé d'attitude à son égard et étaient rentrés chez eux au retour de leur expédition avec le vizir. Ils se hâtèrent de rappeler Abû Ziyân du lieu où il se trouvait chez les Awlâd Yahyâ Ibn 'Alî, l'accueillirent chez eux et se rassemblèrent autour de lui. Ainsi, ils entrèrent de nouveau en dissidence, comme au temps d'Abû Hammû. Le Maghreb Central s'embrasa. À la même époque, un jeune homme de la famille princière de Maghrâwa, Hamza Ibn 'Alî Ibn Râshid, qui s'était échappé du camp du vizir Ibn Ghâzî alors que celui-ci contrôlait cette région, s'empara du Chelif et reprit possession du territoire de sa tribu. Le sultan envoya son vizir 'Amar Ibn Mas'ûd à la tête de l'armée pour le combattre, mais ce dernier eut du mal à en venir à bout. Pendant ce temps, je restais isolé à Biskra, coupé du sultan, avec lequel je ne pouvais communiquer que par écrit.

Pendant que j'étais à Biskra, j'appris que le vizir Ibn al-Khatîb s'était enfui de l'Andalus et s'était réfugié auprès du sultan 'Abd al-'Azîz à Tlemcen. Redoutant son souverain, dont il usurpait le pouvoir et auprès de qui les gens de la cour s'étaient mis à le calomnier, Ibn al-Khatîb avait organisé, avec la permission du sultan, un voyage d'inspection des villes frontières soumises à l'autorité des rois du Maghreb. Arrivé à Gibraltar, il présenta à l'officier de service un ordre du sultan 'Abd al-'Azîz de le laisser passer, et traversa aussitôt le Détroit pour Ceuta. Ensuite, il poursuivit son chemin vers Tlemcen, où il arriva en une journée mémorable. Le sultan l'accueillit avec des marques d'estime, de faveur et de générosité sans pareilles.

Ibn al-Khatîb m'écrivit de Tlemcen, m'informant de sa situation et me faisant des reproches au sujet de ce qu'il avait appris sur les circonstances de mon départ de l'Andalus, que j'ai rapportées ci-dessus. Je ne retrouve plus à présent cette lettre, mais voici la réponse que j'y fis :

« Louanges à Dieu ! Il n'y a de force qu'en Lui. Ses décrets sont irréversibles.

« Mon seigneur, trésor éternel, anse solide que tient ma main.

« Je vous salue comme l'esclave salue son maître, le serviteur soumis son roi ; ou plutôt, comme l'amant s'adresse à l'être aimé, comme l'homme perdu dans la nuit accueille la lumière du jour.

« Je réaffirme ce dont vous savez mieux que moi la solide détermination : mon affection pour vous, ma très haute estime, ma disposition à dire de vous le plus grand bien, à entonner vos louanges, à chanter dans tous les horizons vos belles actions. C'est chez moi une habitude connue, un caractère enraciné. Dieu le sait. Il me suffit comme témoin !

« De cela, j'ai fait le serment, comme vous le savez. Rien ne peut le changer : ni le temps ni l'absence. Mais vous savez mieux que moi ce qui est dans mon cœur, vous êtes le meilleur témoin de mes pensées les plus secrètes. Même si j'étais [cet homme qu'on vous a décrit], tous les droits que vous avez acquis sur moi, votre aide, votre empressement à m'attirer les faveurs — si le destin l'avait voulu —, la haute position que vous m'avez réservée dans votre pouvoir et votre État, tout cela n'est-il pas de nature à vous gagner profondément mon cœur, à en extraire tout sentiment de haine ?

« Je me refuse à croire, quant à moi, que vous ayez nourri à mon égard un sentiment d'hostilité, ou que vous ayez ajouté foi à des soupçons. Même s'il est permis au tourtereau quelque infidélité, à Dieu ne plaise que ma fidélité pour vous soit en défaut, ou que ma reconnaissance de vos bienfaits diminue. Je les garderai au plus profond de mon cœur jusqu'au jour de la résurrection ou de la rencontre.

« Je vous jure par Dieu et par tous les objets du serment que personne n'a rien su de ces secrets enfouis, excepté notre ami commun et très proche, le sage, l'excellent, l'éminent Abû ʿAbd Allâh ash-Shaqûrî, Dieu l'honore. Je me suis ouvert à lui pour exhaler ma douleur et soulager mon cœur, connaissant mieux que tout autre sa place auprès de vous. Il était d'ailleurs au courant de mon dessein de vous rejoindre et de mon empressement à gagner le port pour faire la traversée vers l'Andalus au moment où je venais de quitter le maître de Tlemcen, dont le pouvoir était ruiné. J'avais alors été l'objet de présomptions et de soupçons et, à cause de ce qu'on avait rapporté au souverain sur moi — ce que je n'avais ni fait ni même pensé faire —, j'étais irrémédiablement perdu, sans la mansuétude de notre seigneur le calife, sa bonne opinion de moi, sa solide perspicacité. Je n'avais fait tout cela que mû par le désir de vous voir, et dans l'espoir de jouir de votre compagnie. N'ayez pas de soupçons à mon endroit, n'ajoutez pas foi aux suppositions. Je suis tel que vous me connaissez pour ce qui est de l'amitié, de la simplicité, de la loyauté, de la conformité du dehors et du dedans, l'homme le plus fidèle à ses engagements, celui qui garde le mieux un secret, qui sait le mieux reconnaître l'importance des frères et les mérites des hommes supérieurs.

« Si j'ai tardé à vous écrire de Tlemcen, c'est en raison de la crainte d'éveiller les soupçons de mon hôte, en m'adressant à un autre État, surtout le vôtre, traditionnellement uni et lié au Maghreb par des liens de soutien et d'assistance. Cependant, votre émissaire est venu me voir à plusieurs reprises et m'a appris l'intérêt que vous portez, ainsi que le sultan, à mieux connaître ma situation. Je lui ai dévoilé tout ce que je savais pouvoir répondre à votre curiosité, et j'ai pris de lui l'assurance qu'il vous le transmettrait fidèlement. Du reste, vous savez que depuis que notre seigneur le calife a épargné ma vie et m'a secouru, j'ai constamment été pris par des affaires qui ne m'ont pas laissé le temps de la réflexion.

« Dans ce lieu éloigné où je suis en service pour le souverain, les nouvelles qui me sont parvenues au sujet de votre arrivée au Maghreb, alors que mon messager n'avait pas encore atteint la capitale, n'étaient ni claires ni cohérentes. Ne sachant ni où vous vous êtes arrêté ni où vous pensez vous établir, j'ai attendu, avant de vous écrire, d'y voir plus clair. Votre lettre — qui m'est chère et qui est conforme au chemin de la vertu et de la gloire — m'a appris les changements extraordinaires que le destin vous a fait connaître. J'ai été émerveillé par la réalisation de votre vœu sans cesse repoussé, que dans nos discussions nous étions loin de prévoir. Je loue Dieu de vous avoir délivré du bourbier des États dans les conditions les meilleures et par la voie la plus belle, aux suites dignes d'éloge dans ce monde et dans l'autre, et aux heureuses conséquences pour la famille, les enfants, les biens et les effets que vous avez quittés, après que vous avez dominé le coursier rétif des jours, gravi les sommets de la gloire, commandé au monde entier, atteint les horizons célestes. Heureux, vous dont l'âme exaltée, après avoir réalisé le plus cher de ses désirs, se tourne vers ce qui est à Dieu. Pour moi, si vous avez eu l'inspiration de renoncer au monde et à ses vanités au moment où vous êtes le plus favorisé par la fortune et où vos plus grands espoirs sont exaucés, c'est que vous êtes attiré par Dieu, et que vous jouissez de Ses faveurs et de Son amour. Lorsque Dieu veut une chose, Il en facilite les voies.

« On m'a dit la chaleur de l'accueil que vous ont réservé le souverain et les membres de l'État. Le calife, Dieu l'assiste, est de ceux qui persévèrent dans la gloire, qui marchent sur les traces des meilleurs. Plût à Dieu que cela se fût produit à une époque où vous vous tourniez encore vers la fortune, où vous trouviez une consolation dans la réalisation de vos désirs. On se serait alors réjoui de votre présence, et le trône royal se serait honoré de votre position. Mais il faut croire que l'impulsion qui vous a fait vaincre les désirs et rejeter les plaisirs, qui vous a facilité la séparation d'avec les êtres chers, vous contraint de fuir auprès de Dieu, afin qu'Il vous aide à accéder à la vaste plaine du combat spirituel, et vous élève au sommet des pratiques de dévotion. Dieu guide vers le chemin le plus droit. Bientôt, vous aurez franchi les étapes de la connaissance du Vrai, vos perceptions intérieures seront polies par l'inspiration de la Vérité, vous aurez accueilli puis laissé derrière vous les stations spirituelles, scruté les lumières et les éclairs de la connaissance ; et, après en avoir levé les obstacles, les vérités de l'arrivée au but vous auront été dévoilées.

« Quant à ma situation — et je me plais à croire que vous vous y intéressez et que vous cherchez à la connaître —, la Porte Seigneuriale, que Dieu l'exalte, ne l'ignore point : elle est obéissance à sa volonté, émanation de ses ordres, zèle à son service. J'ose penser que mon action pour lui obtenir le soutien, la fidélité et le ralliement de tous, ainsi que mes conseils et mes relations d'amitié pour lui gagner des clients, trouveront grâce à ses yeux. Et pour ce qui touche particulièrement à ma personne et à mes enfants, mon messager, élevé et éduqué par mes soins, vous en donnera les nouvelles les plus sûres, si tel est le désir de Votre Excellence. Permettez-lui de vous entretenir, encouragez-le aux confidences, obligez-le à aller jusqu'au bout de ses récits, et de ne pas s'arrêter à leurs débuts. Vous pouvez vous fier à lui : il n'est pas indigne de garder un secret.

« J'attends, en ami qui ne consentirait pas à sacrifier un cheveu de votre tête, la réponse que doit vous rapporter au sujet de vos enfants et de vos biens notre ami commun, le très glorieux et excellent, le seigneur secourable, le premier personnage du Maghreb, le soutien de l'État, Abû Yahyâ Ibn Abî Madyan — Dieu soit avec lui. Faites-moi savoir tout ce qu'il en est, et soyez sans souci. Cette séparation est un bien, vous jouissez d'une grande autorité, vos exploits sont beaux, les ennemis qui vous calomnient sont peu nombreux et méprisables, votre intention est pure, vos actes sincères. Celui qui est pour Dieu, Dieu est pour lui.

« Le chef Ibn Muznî, mon hôte — Dieu le récompense de sa générosité —, a pour tout ce qui vous concerne la sollicitude de celui qui apprécie hautement votre valeur, qui remercie ce temps d'avoir fait naître un homme tel que vous. Je lui ai fait un rapport sur vos hauts faits, vos immenses qualités, votre extraordinaire manière d'agir — ce dont témoignent vos exploits notoires, que vos lettres rendent éternels, et qui sont sur toutes les lèvres — aussi bien dans la direction de l'État que dans la conduite de la politique. Je lui ai transmis votre salut ; il vous paie de retour, et prie pour vous.

« Transmettez mon salut à mon seigneur, qui est une part de moi-même, qui me tient lieu de fils, le juriste, l'excellent, le noble Abû l-Hasan, votre fils, que Dieu l'honore. C'est avec joie que j'ai appris qu'il a acquis au sein de l'État une position respectée et un rang éminent. Puisse Dieu vous faire revêtir le manteau de la santé et de la protection, vous réserver joie et sécurité, vous garder les bienfaits dont il vous a comblés, vous préserver Sa bonté et Sa grâce.

« Que le noble salut de Dieu soit sur vous, ainsi que Sa miséricorde et Ses bénédictions.

« Votre dévoué et reconnaissant 'Abd ar-Rahmân Ibn Khaldûn, qui prie pour vous, qui languit de vous voir, et qui est le partisan de vos bienfaits.

« Ce jour de la fête de la rupture du jeûne de l'an 772 [1371]. »

Ibn al-Khatîb m'avait envoyé en même temps que sa lettre une copie du message qu'il avait adressé à son souverain Ibn al-Ahmar, maître de l'Andalus, au moment où il entrait à Gibraltar et passait sous le gouvernement des Mérinides. Bien qu'il soit étranger à l'objet de ce travail, j'ai voulu le reproduire ici à cause de son originalité et de son extrême perfection, et parce qu'un cas de ce genre ne saurait être négligé dans un livre comme le nôtre, sans parler de son intérêt pour celui qui désire avoir plus d'informations sur les conditions des États dans leurs détails. En voici le texte :

« Ô pleurez, pleurez ; oui déjà se sont
éloignés les voyageurs de la nuit ;
volant vers la mer par-delà les monts,
ils ont échangé chameaux contre navires.
S'est dispersé le foyer comme glissent,
de pente raide, les perles du collier.
J'étais de mon but autrefois soucieux ;
me voici sur la route ! Gloire à Dieu,
possesseur du royaume.

« Sire,

« Que Dieu soit avec vous et prenne soin de vos affaires. Je vous fais mes adieux, et prie Dieu de nous réunir après la séparation. J'ai à vous dire que l'homme est prisonnier du destin, privé de libre arbitre, changeant au gré de ses humeurs et de ses pensées ; que tout commencement a une fin ; que puisque la séparation de deux personnes, soit par la mort, soit durant la vie, est inéluctable, elle est la meilleure quand elle se produit entre amis, par des voies belles et innocentes.

« Vous connaissez, Sire, l'état de votre esclave depuis qu'il a ramené auprès de vous vos enfants du Maghreb[2]. Je vivais dans un état d'anxiété et d'instabilité, n'étant retenu que par votre sollicitude et par vos promesses, guettant une heureuse occasion de voir changer votre cœur, m'efforçant, au long des jours, de vous conduire jusqu'à l'âge [de la maturité], de vous aider à élever vos fils et à prendre en main vos affaires, de consolider la tranquillité de votre royaume, délaissant pour cela mon intérêt pour le vôtre, espérant vous voir vous acquitter de vos engagements.

« À présent que votre esclave vous a procuré le calme qui a fait suite à la victoire, [au renforcement de votre] puissance et au succès de vos efforts, que la paix a pu être établie pour de longues années et que vous n'avez plus à craindre en Andalus un fauteur de troubles parmi vos proches ; alors que, parti en inspection aux frontières occidentales, il s'est approché du port du Détroit, là où la terre rejoint le pays de l'Orient, il s'est trouvé assailli par ses pensées, sa patience a été ébranlée par une tempête d'idées et, se souvenant qu'il est au déclin de l'âge, s'inquiétant des conséquences de l'absorption [dans le monde], se remémorant ce que devrait être la conduite des hommes supérieurs quand vient la vieillesse, il a été dominé par un état[3] d'une force extrême qui a fait s'effondrer tout attachement à ceux qu'on aime, à la patrie, au prestige, à l'autorité, si beaux, si grands, si incomparables soient-ils. Et il s'est conformé à ces paroles : "Mourez avant de mourir[4]."

« Si cet état que j'espère du secours divin s'avère authentique, alors commencera la marche en avant dans les faveurs divines, se renforcera l'attachement à l'anse solide de Dieu ; si manque la capacité, et si la volonté se trouve en défaut, il restera la bonté divine.

« C'est là une entreprise difficile ; mais plusieurs choses me l'ont rendue aisée. D'abord celle-ci : dès lors que mon départ était inéluctable, il ne pouvait se faire sous une autre forme, puisque, pour vous, il était de l'ordre de l'impossible. Il y a encore ceci : en supposant que Votre Majesté m'eût autorisé à me retirer, par Dieu, je n'aurais jamais supporté le moment des adieux, je serais mort avant cela. Cette raison d'ordre affectif — que Votre Majesté n'ignore point — est à elle seule suffisante. Il y a aussi mon désir que soit démontrée la véracité de mes déclarations, qu'on croyait non véridiques. J'ai voulu également profiter, pour vous quitter, de cette période de sécurité et de calme prolongé, où vous n'avez pas besoin de moi : en toute autre circonstance, mon départ, même nécessaire, eût été laid. Enfin, une dernière chose — et c'est mon excuse la plus forte : si je ne peux mener mon dessein à son terme ; si, à cause d'une faiblesse, d'une maladie, de la peur des routes, de l'épuisement de mes provisions, ou d'un désir irrésistible, je trouve que ce dessein est au-dessus de mes forces, alors je reviendrai comme le père bienveillant retourne auprès de son fils bon et satisfait. Car je n'ai laissé derrière moi ni parole ni forfaits qui puissent être un obstacle à mon retour. Bien au contraire, ce que j'ai laissé, ce sont des services qui me font honneur, des exploits éternels, une conduite exemplaire. Je me retire en vue d'un noble but, qui me place au-dessus de mes maîtres, des grands de mon pays et des hommes de ma génération. En vous quittant, je vous ai laissé dans un état dont j'étais pleinement satisfait ; je vous louais et priais pour vous. Si Dieu me donne le temps et réalise mon vœu, mon espoir est de retourner auprès de mon fils et de ma terre ; si je meurs, j'espère être de ceux dont "le salaire incombe à Dieu[A]".

« Si j'ai commis un acte droit et juste, je n'ai pas à en être blâmé ; si mon acte est celui d'un fou, d'un homme à la raison corrompue, on ne condamne pas un homme dont la raison s'est altérée, dont le tempérament s'est corrompu : au contraire, il doit être excusé et pris en pitié. Si Votre Majesté ne considère pas ma situation en toute équité, que des fautes me soient incriminées, qu'après mon départ, on me charge de vices, sa pudeur et son honnêteté s'y opposeront, lui rappelant mes bonnes actions : les soins que j'ai mis à son éducation et à son instruction, mon action au service de ses ancêtres et pour rendre ses œuvres éternelles ; elle se souviendra aussi que c'est moi qui ai donné les noms à ses fils, et à elle, son surnom de sultan ; que je lui ai prodigué mes conseils pour accomplir de bonnes œuvres ; que j'ai été son confident et son familier. Et jamais, au cours de ce temps, je n'ai eu à rougir de l'avoir trahi dans la gestion de ses biens ou la garde de ses

A. Coran, IV, 100.

secrets, jamais je n'ai usé de tromperie dans l'administration de ses affaires, ni commis un acte ignominieux, ni été pris en défaut. En cela, je n'étais mû ni par la peur ni par l'avidité. S'il n'y a pas là des raisons de considération, d'attachement et de constance, où les hommes pourraient-ils en trouver ?

« Maintenant que je suis parti, je ne vous recommande ni mes biens — c'est ce que j'ai laissé de moins important —, ni mes fils — ce sont vos hommes et vos serviteurs, et un roi tel que vous cherche à augmenter le nombre de leurs pareils —, ni mes femmes, qui sont au nombre des gouvernantes et des intimes de votre maison et de votre demeure. Je vous recommande seulement ce que j'avais dans votre patrie de plus cher : vous-même. Je vous recommande à vous-même et vous demande d'avoir pour moi des égards particuliers en vous-même. Je vous recommande de craindre Dieu, d'agir en vue du lendemain, de maintenir les divertissements dans les limites du sérieux, d'observer la pudeur devant Dieu, qui efface les péchés, qui renouvelle Ses bienfaits à l'homme après l'en avoir privé "afin de voir comment vous agissez[A]".

« En contrepartie de tout ce que je vous ai épargné : provisions de voyage, récompense, aide, je vous demande seulement de prononcer ces paroles, chose facile pour vous : "Que Dieu te pardonne pour les devoirs que tu n'as pas remplis envers moi, soit par erreur, soit intentionnellement." Faites-le, et je serai pleinement satisfait.

« Mais sachez également — et ceci est un conseil que je vous donne — que la renommée d'Ibn al-Khatîb est répandue dans toutes les contrées, auprès de tous les rois. Croire en lui, avoir de l'amour pour lui, demander de ses nouvelles, dire du bien de lui en son absence, ordonner de le visiter, serait de votre part faire preuve de noblesse, de force, de sagacité. Ibn al-Khatîb a été chez vous comme une clémente nuée qui, après avoir arrosé la terre, s'est dissipée, laissant les fleurs répandre leur parfum, et partout surgir la beauté. Il a été avec vous comme une nourrice qui, vous ayant fait boire le lait de la politique et de la bonne administration, couché dans le berceau de la paix et de la sécurité, couvert du voile de la santé, s'en est allée au bain pour laver les saletés de la graisse et du lait et revenir ;

A. Coran, VII, 129.

elle est contente si elle retrouve le nourrisson endormi ou réveillé, car elle ne l'a quitté qu'à l'âge du sevrage.

« Pour terminer ce long discours, je vous fais le serment formel que je n'ai manqué de vous prodiguer aucun conseil pour ce monde ou pour l'autre, et que je ne vous ai quitté que par incapacité. Quiconque pense le contraire commet une injustice envers vous et envers moi. Que Dieu vous guide et prenne soin de vos affaires.

« Prenant la mer, je vous dis : souvenez-vous de moi. »

Fin de la lettre. Dans le pli de celle-ci, il y avait encore ces vers :

Des yeux de ton amant coulent les larmes :
de ta direction il a senti venir le vent d'est.
Comment, ô mon jardin, t'oublierait mon cœur :
avant de naître, il t'aimait à la folie.
Qu'est-il devenu après s'être enivré
de ta présence ardemment désirée et de tes faveurs ?
Il n'a quitté ta demeure inaccessible
que pour la demeure de ton seigneur.
Mon excuse est ta satisfaction. Rien de neuf !
Longue vie à toi, dans la vertu et la satisfaction.
Si tu dis être triste de m'avoir perdu,
que sont ton chagrin et ta mélancolie à côté des miens ?
Mes fils sont sous ta protection, mon nid sur l'arbre de ta maison,
ma tombe et ma terre sont sur ta terre.
Ô temps ! Tu m'as incité à me séparer des miens.
Que ne me suis-je préparé à te faire la guerre.
Tes changements m'ont fait connaître toutes les difficultés :
mais plus difficile que toute chose est la séparation.

Ibn al-Khatîb a ajouté à la fin ces mots à mon intention :

« C'est là ce qui m'a été donné d'accomplir. Que Dieu nous aide à sortir de cette confusion, sans rapport avec les gens parfaits. Qu'Il nous ramène à Lui, qu'Il fasse que nous nous en remettions à Lui en toute pureté, qu'Il concentre notre désir sur ce qui se trouve auprès de Lui. »

Dans le même courrier, il y avait en outre le mot suivant :

« Que Dieu soit satisfait de votre seigneurie. Je vous fais

parvenir, pour votre divertissement, un des écrits que j'ai publiés au cours des derniers événements et que mon fils a pu prendre à temps. Mon fils vous transmet ses salutations. Il jouit auprès de Sa Noble Majesté d'une grande faveur, a été comblé de bienfaits, généreusement gratifié d'une pension, et doté d'une escorte de cavaliers. Dieu soit loué ! »

Mon séjour à Biskra se prolongeait, les désordres qui régnaient dans le Maghreb Central m'empêchant de joindre le sultan 'Abd al-'Azîz. Hamza Ibn 'Alî Ibn Râshid se trouvait dans le pays des Maghrâwa, et le vizir 'Amar Ibn Mas'ûd soutenait un siège contre lui dans la forteresse de Tajahmûmit. Abû Ziyân, le 'Abdal-wâdide, était chez les Husayn, qui le protégeaient et appuyaient sa cause.

Puis le sultan s'emporta contre son vizir 'Amar Ibn Mas'ûd, lui reprochant son incapacité dans la lutte contre Hamza et ses partisans. Il le convoqua à Tlemcen, le mit aux arrêts, et l'expédia en état de détention à Fès, où il fut mis en prison. Ensuite, il prépara les armées avec le vizir Abû Bakr Ibn Ghâzî, qui marcha contre Hamza et l'assiégea. Celui-ci put s'enfuir du siège et parvenir plus loin que Miliana. Alerté, le gouverneur de cette ville l'arrêta. Le rebelle et un groupe de ses partisans furent conduits devant le vizir, qui leur fit couper la tête et les crucifia pour servir d'exemple aux fauteurs de troubles.

Le vizir fut ensuite chargé par le sultan de marcher contre les Husayn et Abû Ziyân. Il partit à la tête des troupes, rallia les Arabes de la tribu des Zughba, et se dirigea vers les Husayn, qui s'étaient retranchés dans la montagne du Titteri. Il cantonna du côté du plateau, leur coupant ainsi la retraite. Le sultan écrivit alors aux chefs des Dawâwida, de la tribu des Riyâh, de cerner le Titteri à l'est, et à Ibn Muznî, le maître de Biskra, de leur distribuer des soldes. Moi-même, je reçus du souverain l'ordre de conduire ces tribus. Je partis donc à leur tête au début de l'année 774 [1372-1373], et nous établîmes notre campement à al-Qatfa. Je me présentai ensuite avec un groupe des chefs Dawâwida devant le vizir, à l'endroit qu'il occupait dans le siège du Titteri. Il précisa à ces derniers les conditions de service et fixa avec eux le montant de leur rétribution. Puis nous revînmes à leurs campements d'al-Qatfa. Les Dawâwida firent un siège sévère de la montagne et obligèrent nos adversaires à se réfugier sur le sommet avec leurs troupeaux et leurs bêtes de somme. Leurs animaux, de toute espèce, périrent et, n'en pouvant mais, certains d'entre eux écrivirent secrètement au vizir pour faire soumission. Dès lors, ils se méfièrent les uns des autres et, la nuit, quittèrent la montagne en rangs dispersés, accompagnés d'Abû Ziyân, et se dirigèrent vers le Sahara. Le vizir occupa la montagne et s'empara de tout ce qu'ils y avaient abandonné. Une fois en lieu sûr au désert, les Husayn rompirent leur engagement avec Abû Ziyân, qui gagna les montagnes des Ghammara. Leurs notables se rendirent à Tlemcen auprès du sultan 'Abd al-'Azîz, et lui renouvelèrent leur soumission. Leur démarche fut agréée, et le souverain les renvoya dans leurs territoires.

Le vizir me demanda, sur ordre du sultan, de partir avec les Awlâd Yahyâ Ibn 'Alî Ibn Sibâ' pour arrêter Abû Ziyân dans la montagne des Ghammara. En vertu de leur allégeance envers le sultan, les Awlâd Yahyâ avaient le devoir de mener cette opération, car les Ghammara faisaient partie de leurs sujets. Mais nous ne trouvâmes pas Abû Ziyân chez ces derniers, et on nous apprit qu'il était parti pour Ouargla, ville saharienne, et était descendu chez son gouverneur Abû Bakr Ibn Sulaymân. Nous quittâmes donc le pays des Ghammara : les Awlâd Yahyâ regagnèrent leurs tribus, tandis que, de mon côté, je retournai auprès de ma famille à Biskra. J'informai le sultan de ce qui s'était passé et attendis ses ordres, jusqu'au moment où je reçus son invitation à venir à sa cour. Je me rendis alors auprès de lui.

Le vizir Ibn al-Khatîb était un miracle d'entre les miracles de Dieu en matière de prose et de vers, d'érudition et de littérature. Il était inégalable dans ce domaine, et personne ne pouvait s'y diriger comme lui. Voici le texte *in extenso* d'une réponse qu'il avait faite au nom de son souverain à une lettre du sultan de Tunis, laquelle était accompagnée d'un présent constitué de chevaux et d'esclaves :

« Au califat [hafside] dont l'excellence est fondée sur des bases solides et non contestables, qui a élevé l'édifice de sa supériorité et de sa puissance notoires sur ce qu'ont établi les ancêtres, dont on doit reconnaître les droits et les obligations intangibles, qui est un abri et un asile pour ceux qui espèrent en lui.

« Nous nous mêlons à son extrême élévation et à son noble patronage comme l'eau se mêle au meilleur vin ; nous louons son illustre gloire et son excellence universelle comme s'exhale le parfum des fleurs dans les jardins, quand passe au-dessus d'eux un nuage chargé de pluie ; notre prière pour que dure son règne et que continue sa grandeur monte jusques aux portes des cieux ; notre ardent désir de nous acquitter de toutes nos obligations envers lui et de reconnaître ses bienfaits universels est illimité et ineffable, bien que nous sachions qu'en vérité nous sommes incapables d'atteindre ce but.

« C'est vers ce califat que nous nous tournons pour témoigner de notre respect quand les visages des hommes doivent se tourner quelque part, c'est lui que nous choisissons quand l'espoir nous préoccupe. C'est pour lui [plus que tout autre] que nous sommes prêts à sacrifier nos vies, lui que nous sommes prêts à mettre hors de danger quand le devoir commande de faire don de soi ou de repousser un malheur.

« Au sultan Untel, fils d'Abû Ishâq, fils du sultan Untel, Abû Yahyâ, fils d'Abû Bakr, fils du sultan Untel, Abû Zakariyâ', fils du sultan Untel, Abû Ishâq, fils de l'émir Untel, Abû Zakariyâ', fils du cheikh Untel, Abû Muhammad, fils de 'Abd al-Wâhid Abû Hafs, Dieu le conserve en vie, et que sa position soit aussi prospère et sûre que la station d'Abraham, que vers lui les fruits affluent sans restriction de moment ni de durée, qu'il soit assisté et aidé par Dieu contre ceux qui dépouillent les gens autour de lui.

« De celui qui place sa valeur plus haut que toute valeur, qui se presse vers ceux qui proclament ses droits, qui loue sa grandeur dont les exploits sont rendus éternels en prose et en vers comme le jardin parfumé loue la pluie, qui prie Dieu de le conserver longtemps en vie dans une complète immunité et une ferme puissance, et de sceller sa vie, après qu'il a atteint son but et achevé son œuvre, par la proximité de Dieu et la vie éternelle.

« ['Abd Allâh al-Ghanî bi-l-lâh, Commandeur des musulmans, Muhammad, fils de notre Seigneur, Commandeur des musulmans, Abû l-Walîd Ismâ'îl, fils de Faraj, fils de Nasr].

« Salut généreux, semblable aux paroles des fleurs que transporte la respiration des matins, aux mumures ininterrompus des rivières que rapportent les camomilles et les narcisses, au visage de la mariée quand elle se découvre sur son lit d'apparat, ainsi que miséricorde et bénédiction de Dieu sur votre califat à la noble extraction, au puissant voisin.

« Louange à Dieu, qui a caché Son extrême sagesse à l'intelligence des hommes, de sorte qu'elle ne peut en prendre la mesure, qui a fait des esprits des "troupes de soldats organisés" — comme il est dit dans la tradition — éprouvant de la tendresse pour leurs espèces, qui a sauvé la communauté [musulmane] [...], qui dompte les espoirs après qu'ils sont devenus rétifs, qui réalise les vœux avant qu'ils soient formulés, qui renouvelle les amitiés en Lui et pour Sa satisfaction au moment où elles sont usées ; le roi véritable, celui qui renforce les liens après qu'ils ont été défaits, qui enrichit les âmes — de par Sa puissance — après leur faillite. Louange qui fait couler de nouveau en abondance les bienfaits, ressuscite les vieux espoirs de leurs tombeaux, sanctifie les âmes, après qu'elles ont été réduites au désespoir, en leur donnant les attributs des anges du ciel.

« La prière et le salut de Dieu soient sur notre maître et seigneur Muhammad, Son apôtre, lumière de la bonne direction, purificateur de la terre de ses souillures, l'élu de Dieu entre les hommes, le maître des nobles apôtres à côté de Seth et d'Élie, qui est venu pour être le gardien de leurs traces quand elles se sont interrompues, aussi bien après leur victoire qu'après leur désespoir, qui a contraint les lions à rentrer dans leurs repaires, après avoir montré les dents et déchiré leurs proies, qui a jeté par terre les idoles et fait taire les cloches.

« Que Dieu soit satisfait de sa famille, de ses compagnons, et de ceux qui ont fait cause commune avec lui, les défenseurs et les gardiens de sa blanche loi, qui en ont fécondé l'arbre, lions de la guerre quand elle fait rage, moines des ténèbres qui, par leur dialogue intime avec le Dieu Entendant et Connaissant, rompent la solitude de la nuit noire, et dont la douce respiration, lorsqu'ils demandent pardon à Dieu, rivalise avec le souffle du matin.

« Que Dieu accorde à votre califat élevé des faveurs qui renforcent sa puissance ; que la divine immunité continue à lui procurer respect et sauvegarde ; que les informations relatives à ses conquêtes, assistées par les anges et l'esprit, soient le basilic de sa cour ; que les titres de gloire, tels que ceux laissés par les premiers aux derniers, soient inscrits dans ses feuillets ; que les arènes de l'existence soient le champ d'action des chevaux de sa générosité et de son courage ; que la puissance et la justice soient associées à sa cité et à sa balance ; que sa main, assistée par Dieu, tienne l'épée de la victoire lorsque se soulèvent ses adversaires, ou que l'avidité des faibles les poussent à piller et à déchirer le pays, ou que souffle le vent des Riyâh et que se révolte leur chef Mirdâs [...][5]. »

Il m'écrivit également pour me féliciter de la naissance d'un fils, en me reprochant de ne pas l'en avoir informé. Voici le texte de sa lettre[6] :

« *Tous mes compliments, ô père d'al-Fadl ar-Ridâ et de Zayd*[7] *!*
Que Dieu te préserve des injustices et des pièges.
Que ce soit pour toi l'heureux augure d'une chance inégalée,
Qui n'est pareille ni à celle d'un 'Amr ni à celle d'un Zayd.
Rends grâces à Dieu de Ses bienfaits
qui ne veulent d'autres liens que la reconnaissance.

« Salut à l'astre des écoles, celui à qui sont destinées les plus hautes positions, qui a la faveur du temps grondeur, né à la conjonction de Mercure et de Jupiter[8]. Bienvenue à la nouvelle lune dans le plus beau levant, à celui dont la vue pénétrante regarde de la plus haute des tours. Salut à celui qui est riche des plus belles nouvelles, grandeur de sa famille et de son clan, couronne d'une gloire que n'atteignent ni Chosroès ni Ardhashir. Voilà que la maison hadramienne[9] s'est renforcée d'un cavalier, que le troupeau trouve la protection d'un gardien, que les classes des collèges s'éclairent du plus beau des astres... »

[MON RETOUR AU MAGHREB EXTRÊME]

Je m'employais à assister le sultan 'Abd al-'Azîz, roi du Maghreb, comme je l'ai déjà relaté en détail. Je séjournais à Biskra, auprès d'Ahmad Ibn Yûsuf Ibn Muznî, qui avait sous son autorité les Riyâh. Il avait pour obligation de payer à ces derniers la plus grande partie de leurs soldes, prélevées sur les impôts du Zâb, et ils devaient s'en remettre à lui pour le règlement de beaucoup de leurs problèmes. Or, je sentis brusquement qu'il était devenu jaloux de l'influence que j'exerçais sur ces tribus. Le cœur rempli de colère, il céda à ses soupçons et présomptions à mon égard, et prêta foi à toutes les médisances et aux inventions que mes détracteurs lui faisaient entendre sur mon compte. Débordant de fureur, il s'en ouvrit dans une lettre à Wanazmâr Ibn 'Arîf, l'ami et le conseiller du sultan. Wanazmâr en informa le souverain, qui me convoqua aussitôt.

Je quittai Biskra avec ma famille et mes enfants le jour du *mawlid* de l'an 774 [3 juillet 1372-1373] pour me rendre auprès du sultan, qui était tombé malade. À peine arrivé à Miliana, dans le Maghreb Central, j'appris la mort du souverain, la proclamation de son fils Abû Bakr as-Sa'îd, sous la tutelle du vizir Abû Bakr Ibn Ghâzî, son départ pour le Maghreb et sa marche accélérée vers Fès.

Miliana était alors sous les ordres de 'Alî Ibn Hassûn Ibn Abî 'Alî al-Yanâtî, un des commandants de l'armée du sultan et un client de sa famille. Je partis avec lui chez les tribus des 'Attâf. Nous descendîmes chez les Awlâd Ya'qûb Ibn Mûsâ, qui comptaient parmi les chefs de ces tribus, et quelques-uns de ces derniers me conduisirent au campement des Awlâd 'Arîf, chefs des Suwayd. Au bout de quelques jours, 'Alî Ibn Hassûn vint nous rejoindre avec son armée, et nous fîmes route ensemble pour le Maghreb par la route du Sahara.

Après la mort du sultan 'Abd al-'Azîz, Abû Hammû avait quitté Tîgûrârîn, la ville du désert où il s'était réfugié. Il était revenu à Tlemcen et avait repris possession de cette ville, ainsi que des provinces qui en dépendaient. Il demanda aux Banû Yaghmûr, chefs des 'Ubayd Allâh, de la tribu arabe des Ma'qil, de nous intercepter aux frontières de leur pays, aux sources de l'oued Zâ. C'est ce qu'ils firent. Quelques-uns d'entre nous purent s'échapper en s'enfuyant avec leurs chevaux vers la montagne de Debdou. Tout ce que nous transportions avec nous fut pillé, et la plupart des cavaliers, dont j'étais, furent contraints de céder leurs montures. Je restai deux jours dans le désert, nu et sans abri. Puis je parvins à regagner les régions habitées et à rejoindre mes compagnons à la montagne de Debdou. Durant toutes ces péripéties, il y eut des faveurs divines telles qu'on ne peut les décrire ni en être assez reconnaissant envers Dieu.

Nous reprîmes ensuite notre route vers Fès. Je me présentai, au mois de *jumâdâ*, devant le vizir Abû Bakr et son cousin Muhammad Ibn 'Uthmân. Une ancienne amitié et des liens particuliers m'unissaient au vizir : il avait rejoint avec moi le sultan Abû Sâlim lorsque, venu de l'Andalus pour conquérir le trône, celui-ci avait cantonné dans la montagne d'as-Safîha, comme nous l'avons déjà relaté à maintes reprises dans le présent ouvrage. La bonté et la générosité avec lesquelles je fus accueilli par le vizir, qui m'octroya une pension et me dota de terres, dépassèrent mon attente. Je fus entouré d'égards à la cour, où je tins un rang éminent, jouissant d'un grand prestige, occupant une place élevée auprès du sultan.

Au terme de l'hiver, un différend éclata entre le vizir Abû Bakr Ibn al-Ghâzî et le sultan Ibn al-Ahmar, ayant pour cause Ibn al-Khatîb et la demande du sultan andalou de l'éloigner de la cour de Fès. Le vizir eut du scrupule à accéder à cette demande, ce qui entraîna la détérioration des relations entre les deux hommes.

Le vizir se mit à armer un parent des Banû l-Ahmar pour attaquer l'Andalus, alors que, de son côté, Ibn al-Ahmar s'empressa de libérer le prince 'Abd ar-Rahmân Ibn Buyifellusen, petit-fils du sultan Abû 'Alî, ainsi que le vizir Mas'ûd Ibn Rahhû Ibn Mâsây, qu'il avait emprisonnés sous le règne du sultan 'Abd al-'Azîz à la suite d'une requête adressée par ce dernier à Ibn al-Khatîb, alors ministre à la cour de Grenade. Il les poussa à conquérir le pouvoir au Maghreb, leur fit traverser la mer dans sa flotte et les débarqua sur les côtes de Ghassâsa. Les deux hommes se rendirent chez les Battûya, non loin de là. Ceux-ci leur accordèrent leur protection et firent allégeance au prince 'Abd ar-Rahmân. Ibn al-Ahmar quitta ensuite Grenade à la tête des armées andalouses et vint mettre le siège devant Gibraltar.

Ayant appris les nouvelles, le vizir Abû Bakr, qui dirigeait l'État mérinide, dépêcha aussitôt à Ceuta son cousin Muhammad Ibn 'Uthmân Ibn al-Kâs, à la tête de renforts, pour venir en aide à la garnison mérinide de Gibraltar. Lui-même partit à la tête des troupes chez les Battûya pour combattre le prince 'Abd ar-Rahmân. Il mit le siège devant Taza, dont le prince venait de s'emparer.

Or, le sultan 'Abd al-'Azîz avait autrefois réuni un certain nombre de ses frères candidats au trône et les avait emprisonnés à Tanger. Lorsque Muhammad Ibn al-Kâs parvint à Ceuta, il y eut une correspondance entre lui et Ibn al-Ahmar. Ils se reprochèrent mutuellement leurs actes, et Ibn al-Ahmar blâma vivement [les chefs mérinides] d'avoir écarté du trône ceux qui en étaient les plus dignes pour y placer as-Sa'îd Ibn 'Abd al-'Azîz, un enfant en bas âge. Muhammad chercha à gagner ses faveurs, rejetant toute responsabilité dans cette affaire. Il fut alors poussé par Ibn al-Ahmar à prêter serment de fidélité à un des princes prisonniers à Tanger. De son côté, le vizir Abû Bakr lui avait également recommandé de proclamer un de ces princes pour l'opposer au prince 'Abd ar-Rahmân si celui-ci devenait trop dangereux.

Sous le règne d'Abû Sâlim, Muhammad Ibn al-Kâs avait été nommé par ce dernier vizir de son fils, le prince Ahmad. Il s'empressa donc de se rendre à Tanger, tira Ahmad, fils du sultan Abû Sâlim, de sa prison, et lui prêta serment de fidélité. Il revint ensuite avec lui à Ceuta et écrivit à Ibn al-Ahmar pour l'informer de la situation et lui demander du renfort, avec la promesse de lui céder Gibraltar. Le sultan andalou lui fournit autant d'argent et de troupes qu'il voulait, et occupa Gibraltar où il stationna ses troupes.

Ahmad, fils d'Abû Sâlim, avait pris avec les autres princes qui partageaient sa détention un engagement selon lequel celui d'entre eux qui serait porté au pouvoir ferait passer les autres en Andalus. Dès qu'il fut proclamé sultan, il voulut tenir sa promesse. Il leur fit donc traverser à tous le Détroit, et ils descendirent chez Ibn al-Ahmar, qui les accueillit généreusement et leur servit des pensions.

Les nouvelles de tous ces événements parvinrent au vizir Abû Bakr alors qu'il soutenait le siège de Taza contre le prince 'Abd ar-Rahmân. Il trépigna de colère contre son cousin, leva le siège et rentra dans la capitale. Il cantonna sur la colline des Fiancées, à l'extérieur de la ville, et adressa des menaces à Muhammad Ibn 'Uthmân. Ce dernier répliqua qu'il n'avait fait que suivre ses recommandations, ce qui redoubla la colère et les menaces du vizir. Entre les deux hommes, le fossé s'élargit.

Puis, Muhammad Ibn 'Uthmân reprit la route avec son sultan et le renfort des troupes andalouses et vint camper dans les montagnes du Zarhûn, qui dominent la ville de Meknès, où il bénéficia de la protection des habitants. Le vizir Abû Bakr marcha contre eux et escalada la montagne. Ils contre-attaquèrent et le mirent en déroute. Alors il battit en retraite jusqu'à sa base, à l'extérieur de la capitale.

Le sultan Ibn al-Ahmar avait recommandé à Muhammad Ibn 'Uthmân de solliciter l'aide et l'assistance du prince 'Abd ar-Rahmân, et de lui céder une partie des provinces du Maghreb où il établirait son pouvoir. Muhammad Ibn 'Uthmân écrivit donc au prince, lui demandant de le rejoindre et de lui apporter son appui.

Sur ce, les relations entre le vizir Abû Bakr et Wanazmâr se détériorèrent. Ce dernier demanda au vizir de conclure la paix avec le prince 'Abd ar-Rahmân, alors qu'il l'assiégeait à Taza. Le vizir refusa et l'accusa d'être l'ami du prince et d'avoir des sympathies pour lui. Il résolut de l'arrêter et chargea de cette besogne un de ses espions. Wanazmâr s'enfuit de nuit et rejoignit les tribus Ahlâf, branche des Ma'qil, qui étaient des partisans du prince 'Abd ar-Rahmân. Avec les Ahlâf, il y avait 'Alî Ibn 'Umar al-Way'alânî, chef des Banû Wartâjjan. S'étant révolté contre le vizir Ibn Ghâzî, il avait gagné le Sous et traversé ensuite le désert pour se rendre auprès de ces tribus, qu'il poussa à reconnaître le prince 'Abd ar-Rahmân. Arrivé chez les Ahlâf après avoir ainsi échappé au filet du vizir Abû Bakr, Wanazmâr les incita à persévérer dans leur entreprise. Ce fut alors qu'ils reçurent les nouvelles du prince Ahmad, fils d'Abû Sâlim, et de son vizir Muhammad Ibn 'Uthmân. Puis un émissaire du prince 'Abd ar-Rahmân vint leur demander de le rejoindre. Le prince sortit de Taza, fit sa jonction avec eux et cantonna avec leurs tribus. Ensuite, ils repartirent tous ensemble apporter leur renfort au sultan Abû l-'Abbâs[1] et parvinrent jusqu'à Sefrou. S'étant réunis sur le bord de l'oued Nedja, ils conclurent un pacte, et dès le lendemain furent sur le pied de guerre, chacun de son côté.

Le vizir lança contre eux une attaque qui se solda par un échec. Il battit en retraite et se retrancha dans la Ville neuve. Ses adversaires cantonnèrent sur la colline des Fiancées et entreprirent le siège de la ville. Cela eut lieu pendant les jours de la fête de la rupture du jeûne de l'an 775 [1374]. Après un siège de trois mois qui étrangla la ville, le vizir et ceux qui étaient avec lui ne purent plus résister. Le vizir consentit à la conclusion d'un traité de paix aux termes duquel le jeune as-Sa'îd, fils du sultan 'Abd al-'Azîz, devait abdiquer en faveur de son cousin, le sultan Abû l-'Abbâs, et lui faire acte d'allégeance.

Lors de leur rencontre sur le bord de l'oued Nedja, le sultan Abû l-'Abbâs et le prince 'Abd ar-Rahmân avaient conclu un pacte d'aide et de soutien mutuels ainsi conçu : au sultan Abû l-'Abbâs revenait l'autorité sur toutes les provinces du Maghreb ; au prince 'Abd ar-Rahmân les pays de Sijilmâsa et du Draa, ainsi que les provinces qui étaient autrefois dévolues à son grand-père le sultan Abû 'Alî, frère du sultan Abû l-Hasan. Mais au cours du siège, le prince 'Abd ar-Rahmân changea d'avis, exigeant indûment Marrakech et ses provinces. Les autres y consentirent sans rien dire et passèrent avec lui un contrat sur ce point, afin d'assurer leur victoire.

Par la suite, il y eut l'accord entre le sultan Abû l-'Abbâs et le vizir Abû Bakr, qui sortit au-devant de lui de la Ville neuve et destitua son jeune sultan. Abû l-'Abbâs entra dans la capitale au début de l'année 776 [1374-1375], et le prince 'Abd ar-Rahmân partit à marche forcée pour Marrakech. Mais le sultan et son vizir, changeant de sentiment à son égard, dépêchèrent des troupes pour le poursuivre. Celles-ci le rattrapèrent près de l'oued Behth et lui livrèrent bataille pendant une heure de temps. Puis elles abandonnèrent la partie et rebroussèrent chemin, tandis qu'il continua sa route vers Marrakech. Son vizir Mas'ûd Ibn Mâsây lui demanda l'autorisation de se rendre en Andalus, où il pensait vivre dans la tranquillité. Le prince le lui accorda et poursuivit son chemin vers Marrakech, qu'il occupa.

Quant à moi, j'étais demeuré à Fès, entouré de la protection et des faveurs de l'État, depuis que je m'étais présenté devant le vizir en l'an 774 [1372-1373], comme je l'ai mentionné précédemment, m'adonnant à l'étude et à l'enseignement. Lorsque le sultan Abû l-'Abbâs et le prince 'Abd ar-Rahmân vinrent à Fès et installèrent leur camp sur la colline des Fiancées, que les membres de l'État, juristes, secrétaires et militaires se présentèrent devant eux, et que tout le monde fut autorisé à leur rendre visite de grand matin, sans qu'on n'y vît rien de répréhensible, j'allai moi aussi rendre hommage aux deux sultans. Entre le vizir Muhammad Ibn 'Uthmân et moi, il y avait une relation d'amitié dont j'ai parlé plus haut. Le vizir me manifestait sa considération pour ces anciens liens et me faisait de multiples promesses. De son côté, le prince 'Abd ar-Rahmân avait de la sympathie pour moi et m'appelait très souvent auprès de lui pour me consulter sur ses affaires. Le vizir Muhammad Ibn 'Uthmân en étouffa de colère et monta contre moi son sultan, qui me fit arrêter. Quand le prince 'Abd ar-Rahmân eut vent de l'affaire et sut que je subissais cette épreuve à cause de lui, il jura de lever son camp sur l'heure et leur envoya son ministre Mas'ûd Ibn Mâsây pour les en informer. Ils me relaxèrent dès le lendemain. Puis deux jours plus tard, les deux princes se séparèrent. Le sultan Abû l-'Abbâs entra dans la capitale, tandis que le prince 'Abd ar-Rahmân se dirigea vers Marrakech.

Je souffrais alors de solitude. Aussi accompagnai-je le prince 'Abd ar-Rahmân, avec l'intention de faire la traversée pour l'Andalus à partir du port de Safi. Je comptais pour cela sur la compagnie de Mas'ûd Ibn Mâsây, pour qui j'éprouvais une vive affection. Quand celui-ci revint, ma résolution devint plus ferme encore. Nous allâmes ensemble rejoindre Wanazmâr Ibn 'Arîf dans la région de Guercif où il se trouvait, afin de lui demander d'intercéder en notre faveur auprès du sultan Abû l-'Abbâs, maître de Fès, pour qu'il nous autorisât à partir pour l'Andalus. Nous trouvâmes chez lui un émissaire du sultan, qui l'appelait auprès de lui, et nous l'accompagnâmes à Fès. Il demanda pour moi l'autorisation, et le sultan me l'accorda après quelque délai, en dépit du vizir Muhammad Ibn 'Uthmân, de Sulaymân Ibn Dâwud Ibn A'râb, et d'autres dignitaires de l'État.

Lorsque le sultan Abû Hammû eut quitté Tlemcen, mon frère Yahyâ revint de chez les Zughba et se rendit auprès du sultan 'Abd al-'Azîz. Il demeura à son service et, après sa mort, à celui de son fils Muhammad as-Sa'îd qu'on avait intronisé à sa place. Puis, quand le sultan Abû l-'Abbâs s'empara de la Ville neuve, mon frère lui demanda l'autorisation de partir pour Tlemcen. Ayant reçu cette autorisation, il se rendit auprès d'Abû Hammû, qui le rétablit dans la fonction de secrétaire particulier qu'il avait occupée autrefois. De mon côté, j'obtins la permission, après lui, de partir pour l'Andalus. Je m'y rendis avec l'intention de m'y établir et d'y jouir de la tranquillité.

MON SECOND VOYAGE EN ANDALUS, PUIS À TLEMCEN. MON SÉJOUR CHEZ LES AWLÂD ʿARÎF

J'ai relaté plus haut comment le sultan Abû l-ʿAbbâs, maître de Fès, avait changé à mon égard, et comment j'étais parti avec le prince ʿAbd ar-Rahmân, l'avais ensuite quitté et avais rejoint Wanazmâr Ibn ʿArîf, afin de lui demander d'intercéder en ma faveur pour obtenir la permission de me rendre en Andalus où je comptais m'établir et vivre retiré, en me consacrant à l'étude de la science. Tout cela s'accomplit. Après un premier refus, on m'accorda ce que je voulais. Au printemps de l'année 776 [1374-1375], je fis la traversée pour l'Andalus. Le sultan m'accueillit avec bonté et générosité, comme de coutume. J'avais rencontré à Gibraltar le juriste Abû ʿAbd Allâh Ibn Zamrak, qui occupait auprès du sultan Ibn al-Ahmar la fonction de secrétaire, après Ibn al-Khatîb. Il se rendait à Fès pour complimenter [le nouveau sultan] et avait fait la traversée vers Ceuta avec sa flotte. Je l'avais prié de ramener avec lui à Grenade ma famille et mes enfants. Lorsqu'il arriva à Fès et qu'il en parla avec les membres de l'État, ils en furent irrités. Ils étaient contrariés par mon installation en Andalus et m'accusaient de vouloir inciter le sultan Ibn al-Ahmar à se rapprocher du prince ʿAbd ar-Rahmân dont j'étais, selon leur dire, un intime. Ils empêchèrent ma famille de me rejoindre et demandèrent au sultan Ibn al-Ahmar de me renvoyer chez eux. Celui-ci refusa. Ils le prièrent alors de me faire débarquer sur la rive de Tlemcen. Ils chargèrent Masʿûd Ibn Mâsây, qu'ils venaient d'autoriser à partir pour l'Andalus, d'en parler de vive voix avec le sultan et de lui faire comprendre que j'avais voulu sauver la vie à Ibn al-Khatîb. Ils avaient mis celui-ci en détention dès qu'ils avaient occupé la Ville neuve et pu mettre la main sur lui. Ibn al-Khatîb m'avait écrit de sa prison pour me demander de le secourir et d'intercéder pour lui. Je m'étais adressé aux membres de l'État, comptant plus particulièrement sur Wanazmâr et Ibn Mâsây.

Mais ma démarche n'eut aucun succès, et Ibn al-Khatîb fut tué sur le lieu de sa détention.

Lorsque Ibn Mâsây, que l'on dressa contre moi, se présenta devant le sultan Ibn al-Ahmar et lui rapporta ce que j'avais fait pour Ibn al-Khatîb, il en fut irrité et consentit à leur demande de m'embarquer pour la côte maghrébine.

Je descendis à Hunayn. Mes relations avec Abû Hammû étaient des plus mauvaises : comme on s'en souvient, j'avais déclenché contre lui une attaque des Arabes dans le Zâb. Il m'ordonna de demeurer à Hunayn. Puis Muhammad Ibn 'Arîf alla le voir et lui reprocha sa conduite à mon égard. Il me fit alors venir à Tlemcen. Je m'établis à al-'Ubbâd, où je fus rejoint par ma famille et mes enfants en provenance de Fès, à la fête de la rupture du jeûne de l'an 776 [1375], et je me mis à enseigner.

Sur ces entrefaites, le sultan Abû Hammû forma le projet d'appeler les Arabes Dawâwida à son service. Il me fit venir auprès de lui et me chargea de me rendre chez ces derniers dans ce but. J'en fus fâché et décidai en moi-même de n'en rien faire, ayant choisi le renoncement et une vie loin du monde. Mais je fis mine d'accepter et quittai Tlemcen. Parvenu à al-Bathâ', je bifurquai à droite vers Mendâs et gagnai les tribus des Awlâd 'Arîf, à l'est du mont Guzûl. Ils me reçurent à bras ouverts et se montrèrent généreux envers moi. Après quelques jours, ils envoyèrent chercher ma famille à Tlemcen, et présentèrent de ma part au sultan de bonnes excuses pour n'avoir pu m'acquitter de la tâche qu'il m'avait confiée. Ils m'installèrent ensuite avec ma famille à Qal'at Ibn Salâma, dans le pays des Banû Tûjîn, que le sultan[1] avait concédé aux Awlâd 'Arîf. J'y résidai pendant quatre ans, délaissant toute préoccupation. C'est pendant ce séjour que je commençai la rédaction de mon ouvrage. J'en achevai l'introduction [*al-Muqaddima*] selon cette manière originale qui me fut inspirée dans cette retraite : des torrents de mots et d'idées se déversèrent sur mon esprit et y furent agités jusqu'à ce que j'en eusse extrait la crème et élaboré les produits.

Puis ce fut le retour à Tunis.

MON RETOUR À TUNIS AUPRÈS DU SULTAN ABÛ L-'ABBÂS

Descendu à Qal'at Ibn Salâma chez les tribus des Awlâd 'Arîf, j'étais logé au château d'Abû Bakr Ibn 'Arîf, édifié par ce dernier. C'était une demeure des plus magnifiques et des plus solides. J'y poursuivais depuis longtemps mon séjour, me tenant éloigné des États du Maghreb et de Tlemcen et continûment occupé à composer cet ouvrage. Ayant achevé la rédaction de l'introduction à l'histoire des Arabes, des Berbères et des Zénètes, j'éprouvai le besoin de consulter les livres et les recueils qui ne se trouvent que dans les grandes villes, afin de corriger et de vérifier les nombreuses citations que j'avais faites de mémoire. Puis je tombai malade : j'étais au bord du gouffre et ne fus sauvé que par la faveur divine. À cause de tout cela, j'éprouvai le désir de me réconcilier avec le sultan Abû l-'Abbâs et de retourner à Tunis, patrie de mes pères, où s'élèvent leurs demeures, où se conservent leurs traces et leurs tombeaux.

J'écrivis au sultan, en lui parlant de mon retour à l'obéissance et de mon désir de réconciliation. Puis j'attendis. Peu de temps après, je reçus sa réponse, accompagnée de lettres d'aman et d'une invitation à le rejoindre. Je fis promptement le voyage. Quittant les Awlâd 'Arîf, je partis avec les Arabes al-Akhdar, une branche nomade des Riyâh, qui étaient venus s'approvisionner à Mendès. Nous prîmes la route en *rajab* de l'an 780 [24 octobre-22 novembre 1378], et traversâmes le désert jusqu'à ad-Dawsen, à la limite du Zâb. Puis je remontai jusqu'au plateau avec les hommes de la suite de Ya'qûb Ibn 'Alî, que j'avais rencontrés à Farfâr, village fondé par ce dernier dans le Zâb. Je restai avec eux jusqu'à notre arrivée chez Ya'qûb Ibn 'Alî dans la banlieue de Constantine. Il y avait là le gouverneur de la ville, le prince Ibrâhîm, fils du sultan Abû l-'Abbâs, avec son camp et ses troupes. Quand je me présentai devant lui, il me réserva un accueil d'une bonté et d'une générosité qui dépassèrent mon attente. Il m'autorisa ensuite à entrer à Constantine et à confier ma famille à sa généreuse protection le temps que je devais me rendre auprès de son père. Ya'qûb Ibn 'Alî me fit accompagner par son neveu, le fils de son frère Abû Dînâr, avec un groupe d'hommes de leur tribu. Nous partîmes ainsi trouver le sultan Abû l-'Abbâs, qui venait de quitter Tunis pour le Djérid, afin de faire cesser les désordres que faisaient régner les chefs de cette région. Je le rejoignis à l'extérieur de Sousse. Il agréa ma venue, me fit bon accueil, me manifesta une extrême familiarité, et me consulta sur ses affaires les plus importantes. Puis il me fit reconduire à Tunis, et ordonna à son affranchi Fârih, qui l'y suppléait, de préparer pour moi une résidence, de me servir une pension suffisante, de me procurer du fourrage pour les bêtes, et de ne rien me ménager de ses bontés. Je rentrai à Tunis au mois de *sha'bân* [23 novembre-21 décembre 1378] de la même année, trouvant refuge dans la faveur et la protection du sultan. J'envoyai chercher ma famille et mes enfants pour que nous fussions réunis et qu'ils jouissent avec moi de ses bienfaits. Et je jetai là mon bâton de voyageur.

L'absence du sultan se prolongea jusqu'au moment où il s'empara des villes du Djérid. Ses ennemis défaits furent dispersés, et leur chef, Yahyâ Ibn Yamlûl, rejoignit Biskra, où il descendit chez son gendre Ibn Muznî. Le sultan partagea le Djérid entre ses fils : il installa Muhammad al-Muntasir à Tozeur, à laquelle il rattacha les circonscriptions de Nefta et de Nefzâwa, et Abû Bakr à Gafsa. Puis il rentra à Tunis victorieux, ayant aplani les difficultés.

Il se montra bienveillant à mon égard et me rapprocha de sa personne pour lui servir de compagnon et de confident. Ses intimes en étouffèrent de dépit, mais les calomnies qu'ils répandirent contre moi n'eurent aucun succès auprès du sultan. Ils allèrent voir Muhammad Ibn 'Arafa, imam de la Grande Mosquée et grand mufti du royaume. Cet homme gardait contre moi des rancœurs qui remontaient à l'époque où nous suivions les cours des mêmes maîtres. Souvent, on remarquait ma supériorité sur lui, bien qu'il fût plus âgé que moi[1]. Depuis lors, ce sentiment de jalousie s'était incrusté dans son cœur et ne l'avait plus quitté. Dès mon retour à Tunis, les étudiants avaient afflué autour de moi, au nombre desquels on comptait ses disciples et d'autres. Ils sollicitaient des leçons et voulaient étudier sous ma direction. Comme je cédai à leur désir, il trouva cela insupportable. Il tenta secrètement de détourner beaucoup d'entre eux, mais ils refusèrent. Sa jalousie redoubla. À la même époque, les gens de la cour venaient le voir. Ils s'accordèrent pour dresser le sultan contre moi et me couvrir de calomnies. Mais le souverain ne les écouta guère. Il m'avait chargé de me consacrer à la composition de cet ouvrage, parce qu'il s'intéressait aux connaissances et à l'histoire, ainsi qu'à l'acquisition des vertus. J'en terminai ainsi la partie consacrée à l'histoire des Berbères et des Zénètes[2]. Je rédigeai aussi, d'après les informations dont je disposais, une partie sur l'histoire de l'époque antéislamique et des deux premières dynasties arabes. Je pus ainsi achever une copie, que je présentai à sa bibliothèque.

Parmi les arguments invoqués contre moi auprès du sultan, il y avait le fait que je m'abstenais de composer des poèmes à sa louange. J'avais en effet délaissé la poésie et cessé de faire des vers, et me consacrais exclusivement à la science. Mes rivaux disaient au sultan : « Il ne s'en abstient que par dédain pour ton empire, puisqu'il a écrit des poèmes de louange en l'honneur d'autres rois. » Je dus à un ami qui appartenait à la cour de percer leur secret. Aussi, en présentant au souverain mon livre, que je lui dédiai, lui adressai-je ce poème où je faisais son éloge, célébrais sa vie et ses conquêtes. Je m'excusai auprès de lui de faire des vers, et sollicitai sa bienveillance en lui faisant présent de mon livre. Voici ce poème :

L'étranger peut-il espérer frapper à une autre porte que la tienne,
et l'espoir, de toi, peut-il se détacher ?
Ta grande ambition aiguise ta volonté
comme le polisseur aiguise le tranchant du sabre.
Tu es la matrice du monde, le lieu où se réalisent les désirs,
Tu es l'abondante pluie, là où brillent les nuages couvrant le ciel,
là où les lumineux palais s'élèvent
jusqu'aux étoiles qui les accueillent et coulent auprès d'eux ;
là où on écarte les portes des blanches tentes
pour rechercher la grandeur et les faveurs ;
là où la protection a de vastes cours,
la puissance une ombre portée par les lances flexibles ;
là où le bois des lances se met presque à fleurir
tant il a été abreuvé de sang ;
là où les chevaux sont harassés par les guerriers,
qui prolongent leurs attaques et s'enfoncent loin en pays ennemi ;
là où les visages brillants se voilent de pudeur,
et les joues scintillent de gaieté ;

là où les rois chasseurs et les hommes de premier rang
aiment vivre en voisins ou descendre en hôtes.

[Les Hafsides] sont les partisans du Mahdî, ou plutôt les partisans de l'unicité
que le Livre est venu exposer,
ou mieux encore, les partisans du Seigneur miséricordieux qui les a fait aimer
des hommes, grâce à quoi ils ont été élevés et distingués.
Ils ont établi sur la piété l'édifice de leur puissance ;
Ô Dieu, quel grand édifice !
Ils ont pour père Abû Hafs, quel grand homme !
et pour ancêtre al-Fârûq[3]*.*
Une généalogie droite comme le bois d'une lance,
qu'un habile artisan a redressé.
Elle plane au-dessus du temps,
couronne de lunes pour la gloire.
Leurs nouveaux comme leurs anciens chefs sont supérieurs à tous les hommes,
et d'eux tous, tu es le plus puissant et le plus grand.
Ils ont élevé au-dessus des étoiles de solides édifices,
mais celui que tu as élevé est le plus ferme et le plus grand.

Ô toi qui traverses le vaste désert,
par une nuit écumeuse et sans fin ;
qui, fendant les espaces ténébreux, ne crains pas
de t'égarer, portant ta lance comme un flambeau ;
qui te retournes sur ta selle comme un spectre
aux extrémités d'une couche ;
qui, désirant réussir à trouver les voies de la richesse,
recherches un lieu fertile où jamais elle ne tarit ;
arrête ta monture : tu as enfin trouvé l'homme
qui te comblera de ses bienfaits.
Quel homme généreux de ses dons !
Il rend la vie, comme l'eau abondante rend la vie à un jardin.
Il est notre commandeur des croyants, notre guide,
et notre refuge pour notre religion aussi bien que pour notre vie ici-bas.
Abû l-'Abbâs, tu es le meilleur des califes,
tes qualités innées, que personne n'ignore, en témoignent.
Tu implores le secours de Dieu pour vaincre tes ennemis,
et tu t'en remets à l'aide de ton Seigneur.
Vers la grandeur, tu as devancé tous les rois sans te presser,

Si tu as avancé à pas lents, tu es le premier arrivé[4].
Quand rivalisent les rois, tu es, de tous,
le plus grand et le plus parfait.
Si tu compares tes ancêtres avec les leurs,
la chose paraît claire et indéniable.
À ton peuple, ils ont fait soumission par le lien le plus fort :
celui de la religion qu'on ne peut défaire.
Questionne à ce propos Tlemcen et les Zénètes
et les Banû Marîn qui leur sont antérieurs.
Questionne l'Andalus et les cités de ses rois,
qui te conteront [ce que les Almohades avaient fait pour eux] quand ils étaient dans le désespoir et l'épouvante.
Questionne encore Marrakech et ses palais,
ses monuments là-dessus sont éloquents.

Ô roi ! les cœurs sont remplis de ta louange
au-delà de tout ce que l'on peut imaginer.
Tu es assisté par Dieu, et les hommes exécutent leurs devoirs envers toi
comme si c'étaient des décrets divins.
Tu es venu en un temps difficile,
temps austère et tourmenté que les gens fuyaient,
où les hommes étaient dispersés,
la protection du califat abandonnée.
Les hommes ont tourné vers toi leurs regards ;
en toi ils ont placé tous leurs espoirs d'amélioration de leur sort.
Tu t'es attelé à la tâche en y mettant
ton courage et ta volonté, sans souffrir aucune négligence.
Tu as dompté les esprits les plus rétifs
et aplani les obstacles les plus insurmontables.
Tu as réduit les insolents et les as repoussés
hors du territoire sacré qu'ils ont violé.
Sawla et sa tribu disposaient d'une grande force ;
avec eux, Dhuwayb et les Ma'qil organisaient des attaques,
et les Banû Muhalhil parachevaient
ce qu'ils n'avaient pu mener à son terme.

Sawla est Khâlid Ibn Hamza, le chef des Awlâd Abî l-layl ; Dhuwayb est son cousin Ahmad Ibn Hamza ; les Ma'qil sont un groupe d'Arabes qui comptaient parmi leurs alliés ; les Muhalhil sont les fils de Muhalhil Ibn Qâsim, qui sont les rivaux des premiers[5]. Puis je repris, décrivant les Arabes et leurs tribus :

Hommes étonnants, toujours en mouvement ;
leurs montures soumises les portent au loin.
Leurs tentes sont dressées haut sur des piliers,
et derrière elles, leurs longs boucliers et leurs lances souples.
Ils vont sur toute terre sèche, aux cailloux brûlants,
miroir où, assoiffés, ils se désaltèrent.
Démons, ils n'ont que le mirage pour boisson, et pour toute subsistance
une lance qu'ils manient adroitement, et un sabre.
Leur tribu s'arrête dans les espaces nus, et devant eux,
il n'y a que des destinées lointaines, à l'aller comme au retour.
Ils faisaient peur aux rois à cause de leur nomadisme,
mais leurs bienfaits leur ont procuré le bien-être.
[...][6]
Puis tu les as attirés par tes bienfaits,
et ainsi, ils se sont soumis à ta puissance.
Tu as extirpé des gens du Djérid l'égarement,
qui, sans cesse, les tournait en ridicule.
Tu as démoli ce qu'ils ont construit,
et tu as interrompu ce qu'ils ont raffermi.
De ses villes et de ses citadelles,
tu as, grâce à tes conquêtes, formé un collier royal.
Tu as dominé leur hypocrisie,
sans jamais faillir et sans que ta volonté fléchît,
te faisant craindre et usant d'une politique
aussi douce que l'eau de l'Euphrate.
Grâce à elle, les temps sont devenus agréables et délicieux,
après une période aussi amère que la coloquinte.
Les gens sont venus s'abriter sous la puissance du plus admirable des rois,
facile, bon et à tous supérieur.
Tous les cœurs sont unanimement satisfaits,
ceux des enfants, comme ceux des hommes d'âge mûr.
Ô roi ! tu as rempli le monde et ses habitants
de tranquillité et de sécurité au-delà de leur espoir.
Nulle part on n'est surpris par le danger ;
nulle part on ne voit courir une lionne avec ses lionceaux.
Les voyageurs traversent les déserts,
en suivant le chemin du katha[7], *sans crainte du gerfaut.*
Louange à Dieu qui, grâce à ta grandeur, a fait revivre les espoirs,
et a permis de nouveau d'orner les cous gracieux de bijoux.
Louange à Dieu qui, grâce à ta bonne direction, a montré aux hommes

le bon chemin, permettant à celui qui réfléchit de voir clair.
Le monde est devenu comme une mariée dont on a ôté le voile ;
resplendissante de beauté, elle se balance et laisse traîner sa robe.
C'est comme si, grâce à ta justice, le pays
était devenu un vaste espace libre où il n'y a aucun risque de se perdre.
Comme si les lumières des astres n'étaient que le reflet
de la lumière, plus belle, de ton front.
Comme si le voile était levé,
et que la réalité se confondait avec l'imagination.

Dans le même poème, je disais, pour m'excuser de ne pas lui avoir adressé de louange :

Seigneur ! mon inspiration décline, mon naturel
se montre stupide, et tout pour moi s'embrouille.
Ma volonté aspire à atteindre les vérités,
mais je m'en trouve écarté.
Toute la nuit je cherche l'inspiration,
mais elle ne fait que me fuir tout en s'épanchant.
Les mots s'agitent dans mon esprit,
la composition s'égare, les rimes se hérissent.
Je passe plus d'un an à trier mes vers,
a-t-on jamais vu des poèmes d'un an jugés mauvais et rejetés ?
Je les tiens cachés aux gens compétents,
et prends garde à ne les montrer en aucune occasion.
Les vers sont une marchandise dont la popularité dépend du bon accueil qu'on leur fait ;
en cela le bon poète et l'intrus sont égaux.
Si mes vers te parviennent languissants,
sans apprêts, futiles et verbeux,
ils seront fiers d'être par toi agréés,
et pour cela je serai toujours éloquent.

Dans le même poème, j'évoquais l'ouvrage que j'avais composé pour sa bibliothèque :

Voici sur le temps et la vie des hommes,
des Exemples[8] *dont la qualité sera reconnue par tout juge équitable.*
Des pages qui disent l'histoire des hommes
du passé, en s'attachant à la fois aux choses générales et aux détails.
Ainsi révéleront leurs secrets les Tubba' et les Amalécites,
et avant eux, les Thamûd et les premiers 'Ad ;

de même que ceux qui président au destin de l'islam :
les Mudar et ceux des Berbères qui sont avec eux.
Pour réunir [ces leçons], j'ai résumé les livres des anciens,
en plaçant au début[9] *ce qu'ils ont négligé.*
J'ai atténué les difficultés du discours,
en employant pour m'exprimer les mots les plus répandus.
De mon ouvrage j'ai offert à ta grandeur des perles
précieuses et des astres qui ne se couchent jamais.
J'en ai fait une gloire pour ton royaume,
la fierté des réunions et la beauté des assemblées.
Par Dieu, je n'ai pas exagéré dans mon propos,
car il n'est pas digne d'un homme de faire dans l'excès.
Tu es trop enraciné dans les sciences
pour que quiconque t'en fasse accroire.
Tu fais exister toute vertu et toute vérité :
tu sauras ce qu'il en est si on les altère.
Tu fais toujours passer le vrai avant toute chose,
que pourrait donc prétendre un faussaire ?
Dieu t'a accordé une position supérieure à toutes,
juge d'après ce que tu trouves bon, tu es le plus équitable.
Que Dieu te garde, en tant que seigneur des hommes,
Il les crée, et tu en as soin par ton gouvernement.

Après que je l'eus quitté pour Tunis alors qu'il se trouvait dans son camp militaire près de Sousse, j'appris à mon arrivée à la capitale qu'il était tombé malade sur le chemin de retour, puis avait recouvré la santé. Je lui adressai à cette occasion ces vers :

Voici que le temps rit, après s'être renfrogné,
et que la miséricorde nous couvre, après le malheur.
Les visages se sont éclaircis, et l'ombre qui les enveloppait
a été chassée par les chants des chameliers.
La nuit des soucis a été écartée,
comme les ténèbres sont écartées par un tison emprunté à un grand feu.
C'est comme si la vie avait été insufflée à des hommes,
qui auraient repris l'espoir d'outre-tombe.
Les hommes sont réjouis, comme s'ils avaient été
revêtus des plus beaux bienfaits.
Comme si on leur avait servi un vin fort,
ou qu'ils avaient été abreuvés de bonheur sans verres.
Ils se balancent de joie et de satisfaction,
et font se joindre le soleil et la lune.

Les cavaliers qui se rencontrent se félicitent de la nouvelle,
et les amis se rendent visite pour se l'annoncer.
On a trouvé auprès d'un intercesseur
l'effet de la guidance dans le lieu de réunion familier.
Il a sollicité la sainte miséricorde,
et a reconnu la sainteté du Tout-Miséricordieux.
Par la sincérité de la prière, c'est un remède
qui réconforte et guérit les maux incurables.

La personne à laquelle il est fait ici allusion est l'imam de la Grande Mosquée az-Zaytûna de Tunis :

Ô fils des califes, dont la lumière a permis
de suivre la voie du Vrai, après qu'elle a été abandonnée ;
qui as fait triompher la religion droite,
avec une résolution qui ne peut s'inverser ;
qui as abandonné les désirs et les plaisirs,
pour les plaisirs des prières matinales et nocturnes ;
qui gouvernes les sujets avec un tel art,
qu'ils se sont réfugiés auprès de toi comme auprès du plus généreux et du plus accompli des rois.
Tu es tel un lion défendant le territoire de ses lionceaux,
qui trouvent en son repaire le refuge le plus imprenable.
[...][10]
Ta durée est un abri et une protection pour les hommes,
la survie de nos esprits et de nos âmes.
Tu es celui qui assure la défense de notre religion,
qui, sans toi, perdrait la fidélité et le respect qu'on lui doit.
Dieu t'a accordé une position supérieure,
et t'a octroyé des faveurs sans défaut.
Nos cœurs se tournent vers toi avant nos visages,
tous autant que nous sommes, chefs et sujets.
Quand tu demeures parmi nous, la crainte que tu inspires
s'en va faire la guerre aux ennemis.
Et quand tu pars en campagne, tu es le symbole du bonheur,
qui suit tes pas dans ton cortège et ton armée.
Quand, de la perfection, les indices sont réunis,
elle trouve en toi un être à sa mesure.
Jouis donc de ton pouvoir sur ton puissant État,
en infligeant aux ennemis un terrible châtiment.

Je te dédie ces vers, dont je rougis,
mais que je voudrais comme une vierge ornée des plus précieux atours.

J'implore ton pardon ! La jeunesse et sa lumière ont disparu,
et je ne m'éclaire plus qu'à l'éclat de mes cheveux blancs[11].
Sans les grâces dont tu m'as entouré,
je ne me serais guère occupé de noircir des feuillets.
Par Dieu, la vie dans l'éloignement[12]
n'a laissé en moi qu'une corde noire et usée.
Le temps m'a atteint dans tout ce que j'ai appris de littérature
dans les réunions savantes et auprès des maîtres.
Il a fondu sur mes richesses, a ébranlé ma sécurité,
a arraché à la racine l'arbre élevé de ma vivacité.
Ta satisfaction est la seule compassion sur quoi je puisse compter,
elle me fera revivre à moi-même et fera disparaître mon malheur.

Cependant, les intrigues des gens de la cour ne firent qu'augmenter en se diversifiant. Ibn 'Arafa excitait davantage ces derniers contre moi chaque fois qu'ils venaient le voir. Finalement, ils persuadèrent le sultan de m'emmener avec lui en campagne, et recommandèrent à son lieutenant à Tunis, le commandant Fârih, de déclarer au souverain qu'il ne voulait pas de ma présence, parce que, prétendait-il, il craignait que je le gêne dans l'exercice de son autorité. Par ailleurs, ils se mirent d'accord pour qu'Ibn 'Arafa appuyât de son témoignage les dires de Fârih. Mais lorsqu'il en parla au sultan en mon absence, celui-ci désapprouva leur attitude ; puis il m'ordonna de l'accompagner dans son voyage. Bien que cela me fût pénible, je m'empressai d'obéir, n'ayant guère le choix. Je partis donc avec lui, et parvins jusqu'à Tebessa, au milieu des plateaux de l'Ifrîqiya. Le sultan devait descendre jusqu'à Tozeur avec ses troupes et ses alliés arabes. En effet, Ibn Yamlûl avait attaqué cette ville en l'an 783 [1381] et l'avait arrachée au fils du sultan. Abû l-'Abbâs marcha contre lui et le chassa de Tozeur, où il rétablit son fils et ses partisans. Avant de quitter Tebessa, il m'avait fait reconduire à Tunis. Je m'arrêtai dans mes terres d'ar-Rayâhîn, aux environs de la ville, pour faire mes récoltes. Quand le sultan, victorieux, revint de son expédition, je rentrai avec lui à la capitale.

Au mois de *sha'bân* de l'an 784 [10 octobre-7 novembre 1382], le sultan décida de marcher sur le Zâb, parce qu'Ibn Muznî, maître de cette région, avait donné refuge à Ibn Yamlûl et avait facilité son installation dans son voisinage. Je craignis de retomber dans la même situation que lors de la précédente expédition. Or, il y avait dans le port un navire appartenant à des marchands d'Alexandrie, déjà chargé et prêt à repartir à destination de cette ville. Je me précipitai chez le sultan et le suppliai de me laisser partir pour m'acquitter de l'obligation de pèlerinage. Il me donna sa permission. Quand je me dirigeai vers le port, je fus suivi par une foule de gens : dignitaires de l'État, notables de la ville, étudiants. Après leur avoir fait mes adieux, je m'embarquai, au milieu du mois de *sha'bân*, et les quittai. Ce fut une faveur de Dieu. Je pus ainsi me consacrer à renouveler les traces de savoir que je possédais. Dieu est le maître de toutes choses. Qu'Il soit exalté.

MON VOYAGE EN ORIENT. MES FONCTIONS DE CADI AU CAIRE

Après mon départ de Tunis au milieu du mois de *sha'bân* de l'an 784 [1382], nous passâmes environ quarante jours en mer. Nous atteignîmes le port d'Alexandrie le jour de la fête de la rupture du jeûne, dix jours après l'intronisation du roi az-Zâhir, qui avait remplacé au pouvoir les Banû Qalâ'ûn. Nous guettions cet événement car, dans les régions les plus lointaines, on parlait de l'ambition de [Sa'îd Barqûq] et de ses préparatifs.

Je demeurai un mois à Alexandrie pour prendre mes dispositions pour le pèlerinage. Mais cette année-là le destin s'y opposa. Je partis alors pour Le Caire, le premier du mois de *dhû-l-qa'da* [6 janvier 1382].

Le Caire : capitale du monde, jardin de l'univers, lieu de rassemblement des nations, fourmilière humaine, palais de l'islam, siège du pouvoir. Des palais sans nombre s'y élèvent, partout y fleurissent medersas et couvents ; comme les astres éclatants, y brillent les savants. La ville s'étend sur les bords du Nil, rivière du paradis[1], réceptacle des eaux du ciel, dont les flots étanchent la soif des hommes, leur procurent fruits abondants et richesses. J'ai traversé ses rues : les foules s'y pressent, les marchés y regorgent de biens.

On n'a pas cessé de me parler de cette ville, de son haut degré de civilisation, de sa grande prospérité. Les impressions à son propos que j'ai recueillies auprès de mes maîtres ou de mes amis, pèlerins ou marchands, sont diverses. J'interrogeai un jour mon ami Abû 'Abd Allâh al-Maqqarî, grand cadi de Fès, premier savant du Maghreb, qui était revenu de pèlerinage en 740 [1340] : « Comment est Le Caire ? » « Celui qui ne l'a pas vu, me répondit-il, ne connaît pas la puissance de l'islam. » Je posai la même question à mon maître Abû l-'Abbâs Ibn Idrîs, premier des savants de Bijâya. Il me répondit : « Ses habitants déferlent, comme s'ils revenaient du Jugement dernier. » Il faisait par là allusion à la multiplicité des nations qui l'habitent et à leur confiance en l'avenir.

Mon ami Abû l-Qâsim al-Barjî, cadi des armées à Fès, juriste et secrétaire, s'était présenté devant le conseil du sultan Abû 'Inân à son retour d'une ambassade auprès des rois d'Égypte, et après avoir transmis la lettre du sultan au noble tombeau du Prophète[2], en l'an 756 [1355]. Le sultan l'ayant interrogé sur Le Caire, il répondit : « Pour exprimer mon impression en peu de mots, je dirai ceci : ce que l'homme imagine surpasse la réalité, car l'imaginaire est plus vaste que toute chose sensible. À cela, une seule exception : Le Caire. En effet, cette ville dépasse tout ce que l'on peut s'imaginer à son propos. » Le sultan fut émerveillé par ces paroles, ainsi que tous les assistants.

Quelques jours à peine après mon arrivée au Caire, les étudiants vinrent en foule, malgré mon faible savoir, me demander des leçons sans accepter aucune excuse. Je m'installai donc pour enseigner à la Grande Mosquée d'al-Azhar. Je fus ensuite introduit auprès du sultan, qui m'accueillit avec bonté, me consola de l'éloignement de mon pays, me fit servir une pension prélevée sur ses aumônes, conformément à son habitude avec les gens de science. Puis j'attendis ma famille et mes enfants, qui devaient me rejoindre de Tunis où ils étaient retenus par le sultan en gage de mon retour auprès de lui. Je priai le sultan, maître de l'Égypte, d'intercéder en ma faveur. Voici le texte du message qu'il adressa au souverain de Tunis :

« Au nom de Dieu, le Tout miséricorde, le Miséricordieux.

« L'esclave et l'ami de Dieu, votre frère Barqûq [ ][3]

« Le plus grand des sultans ; le possesseur du royaume visible ; le très grand seigneur ; le savant équitable ; le combattant assisté par Dieu ; le défenseur des frontières ; le victorieux ; le *chahinchah* ; l'épée du monde et de la religion ; le sultan de l'islam et des musulmans ; celui par qui la justice a été revivifiée dans le monde ; celui qui rend justice aux opprimés contre les oppresseurs ; l'héritier du Royaume ; le sultan des Arabes, des Persans et des Turcs ; l'Alexandre de notre temps ; le dispensateur de bienfaits ; celui qui fait rois ceux qui s'assoient sur des trônes et les porteurs de couronnes, qui distribue les provinces et les contrées, qui extirpe de la terre les tyrans, les princes injustes, les infidèles ; le souverain des deux mers ; celui qui aplanit la voie des deux directions de la prière[4] ; le serviteur des deux lieux saints[5] ; l'ombre de Dieu sur la terre ; celui qui fait respecter Sa Tradition et Sa Loi ; le sultan de la terre ; le gardien de la sécurité du monde ; le maître des rois et des sultans ; l'associé du Commandeur des croyants[6] : Abû Sa'îd Barqûq, fils du martyr, la gloire du monde et de la religion, Abû l-Ma'âlî Anas. Que Dieu rende éternel son empire, et donne la victoire à ses armées et à ses auxiliaires.

« À Sa Haute et Généreuse Majesté, Victorieuse et Favorisée, Triomphante et Protégée, le Sultan et le Savant, l'Équitable et l'Aimé de Dieu, le Combattant pour la foi et l'Unique : Abû l-'Abbâs, Trésor de l'islam et des musulmans, Recours pour ce monde et pour l'autre, Guide des unitaires, Celui qui fait triompher les conquérants et les combattants de la foi, l'Épée des gens reconnaissants, le Restaurateur des États. Son royaume est toujours rempli de sa puissance, sa crainte force à l'obéissance l'âme des oppresseurs, sa justice le destine à la puissance dans ce monde et dans l'autre.

« À Vous Notre salut, puisé dans une eau pure, débordant de fraîcheur ; Nos louanges, exhalaison d'encens, promesse de bonheur ; Notre amitié, qui sera toujours plus ardente et plus riche.

« Ensuite : louanges à Dieu qui a fait de nos cœurs des soldats prêts au combat ; qui nous a permis, malgré les distances, de confirmer nos amitiés ; qui a fait que les liens d'amitié entre les rois soient tous les jours renouvelés.

« Prière et salut perpétuels sur notre maître et seigneur Muhammad, le serviteur et l'Envoyé de Dieu, qui a été rendu victorieux et a été assisté grâce à la terreur d'un mois [inspirée à ses ennemis], par l'intermédiaire de qui Dieu a édifié et élevé le phare de la religion, ainsi que sur sa famille et sur ses Compagnons qui ont marché sur son chemin et hérité de sa seigneurie.

« Nous portons à la connaissance de Votre Majesté que Dieu — qu'Il soit loué — a doué Notre noble nature de l'inclination à glorifier la noble science et les savants, à placer la science très haut et à déployer son étendard, à aimer ses serviteurs, à favoriser leurs desseins, à réaliser leurs désirs, à leur faire du bien, et à chercher par ce moyen à Nous rapprocher de Dieu en secret et au grand jour.

« En effet, les savants — que Dieu soit satisfait d'eux — sont les héritiers des prophètes, la prunelle des yeux des saints, les guides des créatures de Dieu sur la terre, en particulier, ceux que Dieu a doués de l'intelligence profonde de ce qu'ils savent, à qui Il a inspiré la meilleure voie d'accès au savoir. Tel est le cas de celui qui a motivé la rédaction de la présente lettre : le savant aux séances élevées[7], le maître, l'important, le grand, le savant, le vertueux, le ferme, l'élu, le guide, le savantissime, l'exemple, le bien guidé, l'unique, le vérificateur, le noble, l'incomparable, le glorieux, l'ami de la religion, la beauté de l'islam et des musulmans, la beauté des savants dans le monde, le plus vertueux des hommes, l'exemple de l'éloquence, le plus grand des savants de la communauté musulmane, le guide des guides, celui qui éclaire tous les chercheurs, le serviteur zélé des rois et des sultans : 'Abd ar-Rahmân Ibn Khaldûn le malikite, que Dieu lui garde Ses faveurs.

« Il est en effet digne des plus grands honneurs et de la plus haute considération. S'il a émigré dans Notre noble empire et a préféré demeurer chez Nous dans le pays d'Égypte, ce n'est pas par dédain pour son pays, mais par amour pour Nous et poussé par le désir de s'attirer Nos faveurs grâce aux perles précieuses de son esprit et à ses belles qualités. Nous avons trouvé en lui bien plus que ce que recèlent les âmes, ce qu'on ne peut ni décrire ni énumérer. Quel homme extraordinaire, venu d'un pays extraordinaire, avec tant de choses merveilleuses !

« Comme il n'a pas cessé — depuis qu'il s'est présenté devant Nous — de rendre grâces à Votre Noble Majesté, de louer Vos belles qualités, il a entraîné Notre noble esprit à Vous aimer, et Nous avons choisi de Nous adresser à Vous par cette lettre. *Car l'oreille quelquefois est éprise avant l'œil*[8].

« Il Nous a également informé que sa famille et ses

enfants se trouvent dans le royaume de Tunis, sous la protection de Votre Majesté. Il voudrait les faire venir en Égypte pour qu'ils demeurent avec lui et qu'il soit réuni avec eux durant son séjour parmi Nous. Nous avons donc pris la décision d'écrire à Votre Noble Majesté pour ces deux bonnes raisons. Nous avons choisi d'en informer Votre Majesté, afin que, de par Votre noble gré et Votre amitié, vous donniez votre ordre élevé pour que soit satisfaite la demande de la famille du maître Waliy-d-dîn susnommé, que tous les empêchements et les obstacles qui la retenaient soient levés et que, dotée de recommandations, elle soit envoyée auprès de lui, entourée d'honneurs et de respect et dans les meilleures conditions possibles, en compagnie du porteur de la présente : le Maître vertueux, le gnostique engagé dans la voie, l'incomparable Sa'd ad-dîn Ibn Mas'ûd al-Miknâsî, que Dieu l'honore. Qu'ils soient embarqués sur un navire de la flotte de Votre Majesté, et qu'il soit instamment recommandé aux marins de redoubler pour les susnommés d'égards et de soins. Les marins trouveront à leur arrivée sécurité et générosité au-delà de leurs désirs. Il y veillera lui-même, conformément à ses habitudes d'amitié et de soutien, et enverra les lettres, les ordres et les écrits nécessaires. Que Dieu, Ses anges et Ses versets le gardent, de par Sa grâce et Sa faveur, si telle est Sa volonté.

« Fait le 15 *safar* béni de l'an 786 [8 avril 1384], par noble décret. Louanges à Dieu. Que Ses prières et Son salut soient sur notre seigneur Muhammad, sur sa famille et sur ses Compagnons. »

Par la suite, un enseignant du collège al-Qamhiyya du Caire, une fondation pieuse de Salâh ad-dîn Ibn Ayyûb, vint à mourir, et je fus nommé par le sultan à sa place. Peu de temps après, le souverain s'emporta contre le cadi malikite d'Égypte à cause d'une raillerie, et le démit de ses fonctions. C'était l'un des quatre grands cadis du royaume (il y en avait un pour chacune des quatre écoles juridiques), ainsi nommés pour être distingués des cadis placés sous leur autorité. L'étendue de chaque juridiction était en effet immense, la population qu'elle régissait et les procès qui lui étaient soumis, nombreux. Le cadi shafi'ite avait la prééminence sur les autres : d'abord parce que son autorité s'étendait à toutes les provinces, à l'est comme à l'ouest, au Saʿîd comme au Fayyûm ; ensuite parce qu'il avait la compétence exclusive de statuer sur les biens des orphelins et sur les legs. Lorsque, dit-on, le sultan exerçait lui-même, dans le passé, la fonction de cadi, il le faisait en qualité de cadi shafiʿite. Quand le cadi malikite fut donc destitué en l'an 786 [1384], le sultan me choisit pour cette fonction, voulant ainsi me témoigner son estime et m'honorer. Je le priai de vive voix de m'en dispenser, mais il tenait à ma nomination. Il me revêtit d'une robe d'honneur dans la salle du trône, et envoya un grand personnage de la cour pour mon installation dans la cour de justice au collège as-Sâlihiyya, entre les deux palais.

Je m'acquittai dignement de la tâche dont le souverain m'avait chargé, mettant tous mes efforts à l'application des lois de Dieu dont j'avais la garde. Pour le droit, je ne cédais à aucune critique ; et ni le prestige ni la puissance ne m'en faisaient écarter. Je respectais l'égalité des parties, défendais le droit du plus faible, refusais les intercessions et les recommandations d'où qu'elles vinssent. J'examinais soigneusement les témoignages, vérifiais l'honorabilité des personnes appelées à faire office de témoins. Car parmi ceux-ci, aux gens de bonne foi étaient mêlés des libertins, aux bons, des scélérats. Les juges s'abstenaient de critiquer leur comportement et fermaient les yeux sur les choses à leur reprocher, du fait qu'ils se réclamaient de la protection des puissants. En effet, la plupart d'entre eux étaient liés à des émirs, en tant que maîtres de Coran ou imams dans les prières ; simulant l'honorabilité, ils se faisaient bien voir de ces derniers, qui leur prêtaient un certain prestige en les proclamant intègres auprès des juges et en intercédant en leur faveur. Le mal devenait insupportable, les prévarications et les falsifications répandaient partout leur nocivité.

Quelques-uns de ces méfaits vinrent à ma connaissance. J'infligeai à leurs auteurs les châtiments les plus durs. Ayant été informé qu'un groupe de ces témoins ne remplissaient pas les conditions de probité, je leur interdis de déposer. Quelques-uns, secrétaires préposés aux livres des cadis et à la consignation de leurs jugements à la cour, étaient rompus à la rédaction des plaintes et à l'enregistrement des jugements. Ils se faisaient employer par les émirs pour dresser leurs contrats selon les formes requises. Ils avaient acquis, de cette façon, une certaine supériorité sur leurs pairs et utilisaient leur position pour en imposer aux cadis et se protéger contre les reproches que ceux-ci seraient amenés à leur faire en raison de leurs méfaits.

Certains s'attaquaient aux contrats les mieux établis pour trouver le moyen de les invalider pour vice juridique ou de forme. Ils recouraient à ce procédé à la demande des puissants ou pour de l'argent. C'était particulièrement vrai des affaires relatives aux biens de mainmorte qui, dans cette capitale populeuse, étaient innombrables. De ce fait, ils étaient mal connus du public, on en ignorait les bénéficiaires, et ils étaient exposés à la négligence, à cause de la multiplicité des écoles juridiques auxquelles appartenaient les juges du pays. Quiconque désirait opérer une vente ou concéder un titre de propriété pour un de ces biens pouvait le faire s'il se pliait aux conditions des secrétaires, qui faisaient fi de la décision des juges d'en interdire la vente et l'achat pour les protéger des transactions malhonnêtes. Un gros préjudice était ainsi porté aux biens de mainmorte, et un grave danger pesait sur les contrats et les propriétés.

Plaçant mon espoir en Dieu, je m'employai à extirper ce mal, attirant sur moi le mécontentement et la haine. Je me tournai ensuite vers les muftis malikites. Ils étaient bien connus des juges, en raison de leurs oppositions fréquentes, des conseils qu'ils donnaient aux plaideurs, de leurs *fatwâs* contre les jugements rendus. Et voilà que je découvris parmi eux des gens méprisables : à peine dignes de porter les titres d'étudiants ou de témoins judiciaires, ils se hissaient aux rangs de muftis et de professeurs. Ils occupaient ces fonctions indûment, les accaparaient sans qu'il se trouvât personne pour les en blâmer ou mettre en cause leur compétence. Les muftis étaient en effet extrêmement nombreux, en raison de la grande densité de la population. Dans ce pays, les *fatwâs* étaient données librement, sans aucun contrôle, chaque plaideur s'efforçant d'en obtenir pour avoir gain de cause sur son adversaire et le contraindre, trouvant quand il voulait un mufti prêt à le satisfaire et à lui frayer un chemin à travers la jungle des divergences entre les écoles juridiques. Les *fatwâs* s'opposaient et se contredisaient, créaient de grands désordres quand elles intervenaient après qu'un jugement avait été rendu. Vu les nombreuses divergences d'écoles, le manque d'honnêteté, la difficulté pour les gens du commun à juger de la compétence d'un mufti ou de la notoriété d'une *fatwâ*, il semblait quasiment impossible que s'arrêtent les abus, que cessent les désordres.

M'en tenant à la vérité, je donnai un coup d'arrêt aux impudents et aux ignorants, et les obligeai à abandonner leurs prétentions. Il y avait un groupe de rebuts venus du Maghreb, qui faisaient illusion en brandissant un ramassis de termes techniques glanés ici et là dans les sciences. Ils ne se réclamaient d'aucun maître connu, n'avaient rien produit dans aucune discipline. Se moquant du monde, ils consacraient leurs réunions à calomnier et à flétrir autrui. Ils furent irrités par mon attitude, et remplis de jalousie et de haine à mon égard. Ils allèrent voir en secret des gens de leur race qui habitaient dans des zaouïas et qui, grâce à un simulacre de piété, recherchaient un prestige qu'ils employaient à des œuvres iniques. Souvent, les gens se trouvaient dans la nécessité de s'adresser à eux pour des affaires de droits. Ils jugeaient alors suivant l'inspiration de Satan, en prétendant faire œuvre de bien. Leur religion ne les empêchait guère d'aborder les lois de Dieu en ignorants.

Je coupai court à leur influence, et rendis le jugement de Dieu contre ceux qu'ils protégeaient. Ils ne purent rien contre cela, et bientôt leurs zaouïas furent délaissées, la source de leurs profits tarie. Dans leur langage barbare, ils s'adressèrent à des sots pour porter atteinte à mon honneur et répandre sur mon compte toutes sortes de récits mensongers et de calomnies. Ils firent secrètement parvenir au sultan leurs plaintes contre mon injustice, mais il ne leur prêta aucune foi. Quant à moi, je ne voulais pour juge que Dieu Lui-même dans la tâche qui m'était confiée. Tournant le dos aux ignorants, je persistais dans la voie de la rigueur et de la sévérité, du respect de l'équité et du droit, m'écartant du faux chaque fois qu'on voulait m'y mêler, frappant durement ceux qui, par un signe d'intelligence, cherchaient à m'influencer par leur prestige ou des intérêts privés. Comme cette conduite n'était guère partagée par les autres cadis, mes collègues, ils me la reprochèrent et m'invitèrent à suivre leur exemple dans l'attitude qu'ils étaient convenus d'adopter : donner satisfaction aux grands, avoir des égards pour les notables, trouver les formes extérieures pour juger en faveur des puissants ou renvoyer le procès si celles-ci venaient à manquer — étant donné qu'un juge n'a pas l'obligation de prononcer son verdict s'il se trouve d'autres juges dans le cercle de sa juridiction —, alors qu'ils savaient qu'ils s'étaient préalablement entendus là-dessus. Je voudrais bien savoir quelle pourrait être leur excuse de s'en tenir aux formes extérieures, conscients qu'il en était tout autrement. Mais de cas semblables, le Prophète — que la prière et le salut de Dieu soient sur lui — n'a-t-il pas dit : « Celui à qui j'ai adjugé une chose au détriment du droit de son frère, en vérité, je lui ai adjugé une part de l'enfer[9] » ?

Dans tout cela, je voulais tenir strictement mon engagement et lui rester fidèle, ainsi qu'à celui envers qui je l'avais contracté. Ce ne fut alors de tous côtés qu'inimitiés, cris et dénigrement. On fit dire aux témoins contre qui j'avais prononcé l'interdit que ma sentence était illégale, vu que je m'étais fondé sur mon savoir personnel pour incriminer leur probité, alors que c'était une affaire de consensus. Les mauvaises langues se donnèrent libre cours, et il s'éleva un grand tumulte.

Certains me demandèrent de juger en leur faveur. Je fis suspendre le procès. On excita contre moi les plaideurs, qui s'en vinrent crier à l'injustice auprès du sultan. L'affaire fut confiée à l'examen d'une nombreuse assemblée à laquelle le sultan invita cadis et muftis. J'établis que le jugement prononcé était absolument exempt de toute fausseté. Le sultan perça à jour mes détracteurs, et je prononçai malgré eux mon verdict. Étouffant de colère, ils firent dire secrètement aux amis du sultan et aux grands personnages de son entourage qu'il n'était pas convenable qu'on eût si peu tenu compte de leur prestige et qu'on eût repoussé leur intercession. Ils prétendirent qu'au fond de cette affaire, il y avait [mon] ignorance de la terminologie, et appuyèrent leurs allégations par des énormités sur mon compte susceptibles d'exaspérer l'homme le plus doux, d'aviver les inimitiés de l'homme le plus droit, espérant de la sorte exciter la colère et nourrir les cœurs de haine contre moi. Dieu les en rétribuera, et ils auront à en répondre devant Lui.

Ce fut donc, de tous côtés, un déferlement d'inimitiés suscitées contre moi, qui finit par assombrir mes relations avec les membres de l'État. À la même époque, le malheur me frappa dans ma famille et mes enfants : le navire les ramenant du Maghreb fut englouti dans une tempête, et avec lui, mes biens, mon épouse et ma progéniture. Mon infortune et mon affliction furent grandes. L'idée de renoncer au monde se présenta de nouveau à mon esprit. Je résolus de démissionner de ma charge, mais des amis que je consultai à ce sujet me le déconseillèrent, redoutant le refus du sultan et sa colère. Je demeurai en proie à l'incertitude, sur l'étroit sentier de l'espérance et du désespoir. Mais peu de temps après, je fus sauvé par la bonté divine : le sultan — que Dieu l'assiste — me fit la faveur de considérer [ma situation] avec pitié, en me libérant d'un engagement que j'étais désormais incapable de tenir, d'une charge dont je maîtrisais si peu — à ce que l'on prétendait — le langage. Il y réaffecta son précédent titulaire, et me délia de ses chaînes. Je m'en allai, laissant un bon renom, accompagné par la tristesse, les prières, et les louanges de tous. Me regardant avec commisération, on formait l'espoir secret de me voir rétabli dans mes fonctions.

Comme par le passé, je continuai à bénéficier des bontés, de la protection et de la considération du souverain. Content de jouir de la santé — que le Prophète, que la prière et le salut de Dieu soient sur lui, avait sollicitée de son Seigneur —, je consacrai mon temps à enseigner, à lire, à écrire, avec l'espoir que Dieu m'accorde de vivre le restant de mes jours dans la dévotion, et de vaincre, grâce à Sa faveur et à Ses bienfaits, les obstacles sur la voie de la félicité.

MON PÈLERINAGE À LA MECQUE

Après ma destitution, trois ans passèrent ainsi. Ayant résolu d'accomplir l'obligation de pèlerinage, je pris congé du sultan et des émirs, qui m'approvisionnèrent pour le voyage et m'aidèrent plus que de besoin. Je quittai Le Caire au milieu du mois de *ramadân* de l'an 789 [29 septembre 1387], me dirigeant vers le port de Tor, à l'est de la mer de Suez. Je m'embarquai le dixième jour après la fête de la rupture du jeûne, et nous parvînmes à Yanbo au bout d'un mois. Nous y trouvâmes le *mahmal*[1], que j'accompagnai à partir de là jusqu'à La Mecque, où j'entrai le 2 *dhû-l-hijja* [14 décembre 1387]. J'accomplis mon obligation cette année-là. Je revins ensuite à Yanbo : j'y passai cinquante jours à attendre un temps favorable. Nous prîmes enfin la mer ; mais à l'approche de Tor, un vent contraire nous obligea à retourner vers la côte occidentale, et nous débarquâmes au port de Kosseir. Puis nous nous fîmes escorter par des Arabes nomades de la région jusqu'à la ville de Kus, base du Sa'îd. Nous y fîmes une halte de quelques jours, avant de descendre le Nil jusqu'au Caire, que nous atteignîmes au mois de *jumâdâ* 790 [8 mai-6 juin 1388], après un mois de voyage. J'accomplis mon devoir envers le sultan en allant le voir et en l'informant des prières que j'avais élevées en sa faveur. Il en manifesta une grande satisfaction. Par la suite, je continuai à jouir de sa considération, comme par le passé, et à m'abriter sous l'ombre de sa générosité.

Durant mon séjour à Yanbo, j'avais rencontré le juriste et fin lettré Abû l-Qâsim Ibn Muhammad, petit-fils du doyen des savants[2], du chevalier des lettrés, du plus prestigieux des rhéteurs, Abû Ishâq Ibrâhîm as-Sâhilî, dont le grand-père était surnommé at-Tuwayjin. Venu en pèlerinage, Abû l-Qâsim m'avait apporté une lettre de mon ami, le grand vizir et le savant Abû 'Abd Allâh Ibn Zamrak, secrétaire particulier et favori du sultan Ibn al-Ahmar, maître de Grenade. Mêlant vers et prose, il y exprimait son désir de me revoir et rappelait les devoirs de l'amitié. En voici le texte[3] :

« Mon seigneur, étendard des hommes illustres, le plus grand des chefs de l'islam, honneur des porteurs d'épée et de plume, beauté des intimes et des soutiens [des rois], préféré des États, serviteur zélé des rois, élu des califes, lumière à l'horizon de la grandeur, unique parmi les gens supérieurs, exemple pour les savants, modèle de l'éloquence.

« Que Dieu vous garde, porte-bannière de la gloire, phare de la vertu, mât de la noblesse, illustrateur de la grandeur, astre du bonheur, lumière de la bonne voie, inspirateur des louanges, dispensateur des connaissances ; qu'Il adoucisse les sources où vous puisez faveurs et protection ; qu'Il vous donne la jouissance d'une vie parfaite dans ce monde de l'imperfection.

« En quels termes dois-je vous saluer, qui soient dignes du rang supérieur et de la valeur éclatante qui sont les vôtres ? Dirai-je, [comme le poète] :

« *Je te salue comme Chosroès pour sa grandeur et comme les Tubba*[4]

« Mais c'est une tradition qu'on ne saurait plus suivre : d'un côté, c'est une formule barbare qui n'a rien d'évident et qui n'éclaire rien, un gémissement contraire à la belle clarté de la langue arabe ; de l'autre, c'est une ignorance crasse, inapte à exprimer l'élévation, dont les traces ont été effacées par l'injustice, et dont les vestiges ont à jamais disparu. Ces deux formes de salutation, il est vrai, ont fait courir bien des cortèges et partir au loin bien des courriers ; mais il s'en faut de beaucoup qu'elles conviennent à mon but.

« Le salut de l'islam est bien plus enraciné dans la gloire, plus conforme à la loi divine. Il convient donc que le salut que je vous envoie soit celui que, dans Son Livre, Dieu a adressé à Ses envoyés et à Ses prophètes, celui que les anges ont réservé aux saints qui L'entourent. Je dirai donc :

« Salut à vous, porteur des grâces divines comme nuée dans le désert ; découvrant les plus belles louanges comme fleurs dessous leurs corolles ; accompagné des meilleures bénédictions.

« Je vous renouvelle mon souhait de connaître votre état, que parent la science et la religion, qui est source de lumière pour les gens bien guidés. Que Dieu augmente vos vertus, donne le succès à toutes vos entreprises.

« Je vous dis ensuite mon estime, que je place toujours plus haut, ma foi en vous qu'aucune ombre n'entache, les éloges que je fais de vous et que répandent mes lettres parmi les Turcs.

« Quand je veux, ô souverain seigneur, décrire ta gloire universelle et ton illustration sans mélange, les voies pour m'adresser à toi se ramifient, je ne sais plus quel haut fait permet d'élever l'étendard de la gloire, dans quelle mer de ton éloge je dois diriger ma plume. Tâche immense ! “Le soleil est au-dessus de toute parure et de tout vêtement.” Et lorsque je veux me plaindre de la séparation, implorer secours contre les désirs, je me trouve devant une trop grande immensité, je perds et le pouvoir de la réflexion et celui de l'improvisation. Mieux vaut laisser ma langue se mouvoir au gré des vents des désirs, ma plume teindre les séparations des feuillets avec le sang noir de l'encre répandue. Pour d'autres que toi, les meilleures plumes doivent être stimulées dans l'espace du papier pour leur faire atteindre la créativité et l'invention. Mais [pour toi] les larmes sont à même la pensée intime, les plaintes sont dans la séparation même. Dieu sait que pour avoir de tes nouvelles je questionne les éclairs, et que pour te faire parvenir mes messages, je les confie même aux souffles légers des vents ; que je cherche à voir la lueur de ton front sur la face du soleil et dans l'éclat des nuages qui lancent des éclairs.

« Je t'ai expédié plusieurs lettres et poèmes, surtout un poème de condoléance pour la perte des tiens, perles que la mer a voulu garder pour elle, que Dieu sanctifie leurs âmes et te réserve une grande récompense dans la vie future [en compensation de la douleur causée par cette perte]. C'est une pièce unique, de plus de cent cinquante vers, et je ne sais si elle t'est parvenue, ou si elle a été perdue en chemin à cause de la distance. Votre réponse me le fait craindre, car je connais vos nobles intentions et votre fidélité.

« Depuis que votre lumière brille exclusivement sur l'Orient, je n'ai reçu aucune lettre de votre part ; mais je sais que deux de vos missives ont été perdues à leur arrivée en ce pays d'Occident. »

Ibn Zamrak indiquait dans sa lettre qu'il avait envoyé un poème à la louange du roi az-Zâhir, maître de l'Égypte. Il me priait de le présenter au souverain, et de le faire réciter — si possible — devant lui. C'est un poème de rime *hamza*, qui commence ainsi :

> *Est-ce larmes qui se répandent en torrent, ou perles,*
> *Lorsque apparaît à l'horizon le nuage étincelant…*

Il l'avait inséré dans la lettre et s'excusait de l'avoir fait calligraphier par un copiste qui avait écrit le *hamza* de la rime sur un *alif*, alors qu'il doit être écrit sur un *wâw*, car il peut être remplacé par un *wâw*, et peut se lire soit comme un *hamza*, soit comme un *wâw*, de même qu'il devient *wâw* comme *harf itlâq*. C'est ce qui est requis par les règles ; encore que, suivant certains, le *hamza* doive s'écrire avec un *alif* dans tous les cas, mais c'est une opinion qui ne compte pas. Comme il m'autorisa à transcrire le poème en calligraphie orientale pour en faciliter la lecture, j'en fis une copie que je présentai avec l'original au sultan. Le poème fut lu devant ce dernier par son secrétaire particulier. Je n'avais pas demandé la permission de faire une copie pour moi et, comme on ne me rendit ni la copie ni l'original, je ne pus en conserver aucune trace.

Dans une autre partie de sa lettre, Ibn Zamrak m'informait de la situation du vizir Mas'ûd Ibn Rahhû[5], qui détenait le pouvoir au Maghreb à cette époque. Il y évoquait la révolte du vizir et son ingratitude envers la cour de Grenade :

« Après vingt ans passés en Andalus, au cours desquels Mas'ûd Ibn Rahhû nageait dans le bonheur, jouissait d'autorité, de richesse et de prestige, on l'a fait passer au Maghreb en compagnie du fils du sultan Abû 'Inân — de cela, vous êtes déjà informé par une copie de la lettre adressée aux habitants de la capitale, que j'avais rédigée à Gibraltar. Il se rendit maître du royaume, eut tous les biens de ce monde et, à cause de la faiblesse du sultan — que Dieu l'ait en Sa miséricorde —, dirigea seul les affaires du pays. Dès lors il dénia les droits, son ambition donna des fruits amers, et son ingratitude se manifesta aux yeux de tous ses proches. Il prit contact avec des gens de Ceuta, dont les habitants se révoltèrent [contre l'autorité de Grenade], croyant que la casbah ne pouvait leur résister. Celle-ci était défendue par le chef redoutable Abû Zakariyâ' Ibn Shu'ayb, guerrier intrépide qui sait repousser tous les assauts. Tenant tête à l'offensive, il donna l'alarme à l'Andalus en allumant un feu sur une tour. Des renforts lui furent aussitôt envoyés de Gibraltar et de Malaga, et d'autres secours suivirent en grand nombre. Les habitants de la ville prirent peur, et les notables revinrent sur leur position et se rendirent à la casbah. Puis les habitants appelèrent à leur secours leurs voisins, et reçurent également des renforts. Il y eut ensuite une intervention de saints personnages pour mettre fin aux combats, mais [les gens de la ville] trahirent de nouveau. Cette situation exigea que l'on fasse venir de Grenade le sultan détrôné Abû l-'Abbâs, afin de le faire proclamer d'abord à la casbah, d'où il devait ensuite se diriger vers le Maghreb, car il était réclamé par les Banû Marîn et d'autres. Ce prince est le fils de feu le sultan Abû Sâlim, qui vous avait confié la direction de sa maison et élevé au-dessus de ses fidèles et de ses partisans. »

Dans la même lettre, Ibn Zamrak me demandait de lui envoyer des livres d'Égypte :

« Je voudrais que mon Seigneur m'envoie tout ce qui s'écrit sur la Liminaire[6] par les esprits supérieurs et les maîtres de ce temps, puisqu'il n'est guère possible d'expédier un commentaire en entier. Car je fais moi-même un commentaire de cette sourate, dont j'espère un profit auprès de Dieu. Comme je vous l'ai déjà signalé, j'ai en ma possession le commentaire d'at-Tayyibî, apporté au Maghreb par 'Uthmân at-Tijânî ; j'ai également le premier volume du commentaire d'Abû Hayyân, ainsi qu'un résumé de son *I'râb*, et le *Kitâb al-Mughnî* d'Ibn Hishâm. J'ai, par ailleurs, entendu parler d'un début de commentaire de l'imam Bahâ' d-dîn Ibn 'Aqîl ; de même, j'ai entre les mains le début de celui d'Akmal ad-dîn al-Athîrî, que Dieu soit satisfait d'eux. Mais ce dernier n'a pas dépassé la *basmala*[7]. D'autre part, Abû Hayyân signale dans le préambule de son commentaire que son maître Sulaymân an-Naqîb — ou Abû Sulaymân, je ne sais au juste lequel en ce moment-là — a composé un ouvrage de rhétorique en deux volumes, qu'il a placé en introduction à son Grand Commentaire. Pouvez-vous me l'envoyer également ? »

Ibn Zamrak abordait plusieurs autres sujets, qu'il n'est pas besoin de mentionner ici. Il terminait sa lettre avec le salut, et signait ainsi : Muhammad Ibn Yûsuf Ibn Zamrak as-Sarîhî. Fait le 20 *muharram* de l'an 789 [10 février 1387].

Je reçus une autre lettre du grand cadi de Grenade, Abû l-Hasan 'Alî Ibn al-Hasan al-Binnî. En voici le texte :

« Louange à Dieu. Que la prière et le salut soient sur notre Maître et Seigneur Muhammad, Son envoyé.

« Ô mon seigneur et ami unique, qui êtes, près ou loin de moi, le confident de mon âme ; que Dieu vous garde dans la perfection de votre noblesse, que brille l'astre de votre bonheur lors même que déclinent les astres.

« Je vous adresse le salut le plus parfait de Grenade — que Dieu la consolide — et vous dis mon désir de vous revoir. Votre souvenir nous hante de son parfum, et notre gratitude à votre égard restera éternellement vivace.

« Nous avons appris que vous vous êtes retiré des fonctions de cadi, dont vous avez goûté toute l'amertume.

Cela m'a rappelé ces vers récités par notre maître Abû l-Hasan Ibn al-Jayyâb, après la destitution de son ami ash-Sharîf Abû l-Qâsim de la charge de cadi :

« *Au diable la mégère acariâtre,*
ignorante de ton rang illustre.
Si elle avait toute sa raison,
elle serait allée vers toi, comme la nuit on se dirige vers un feu[8].

« Ayant su, ensuite, que vous avez quitté vos fonctions selon le désir du sultan d'Égypte — que Dieu l'assiste —, je vous ai adressé, en imaginant que je vous voyais devant moi, ces autres vers :

« *Dieu te soit propice, ô astre de générosité et de gaieté,*
tu as acquis dans les lois une position glorieuse.
Mais, par scrupule, tu as demandé à en être déchargé,
c'est là, tu le sais, la voie des hommes de bien. [...][9]

« Dans votre lettre, vous avez, mon seigneur — que Dieu soit content de vous et vous donne toute satisfaction —, vous avez longuement loué le sultan, qui vous a fait la grâce de vous garder ses bontés et a consenti à votre démission des fonctions de cadi. Vous demandez à nos saints de prier pour son bonheur. Quelle excellente pensée ! La prière pour lui est un devoir, puisque propice à la bonne marche des choses, favorable au bien de l'élite et du peuple. Répondant à votre appel, les savants et les saints de ce pays ont élevé de bonnes prières pour lui et pour vous — que Dieu les entende et réalise les espoirs de chacun d'entre vous.

« Votre rang parmi les savants et les grands hommes, votre vertu et votre noble origine sont tels que vous suscitez dans ce pays les plus grands éloges et y jouissez d'une haute célébrité ; mais Dieu a voulu que vos belles qualités se manifestent avec éclat dans cet autre pays d'Égypte. De toute façon, en quelque lieu que vous soyez, vous êtes la gloire de ce temps ; en vous se concentrent, à l'infini, les plus belles vertus.

« Lorsque notre seigneur le sultan Abû 'Abd Allâh eut pris connaissance de la lettre que vous m'avez adressée, il a longuement loué vos desseins, a exprimé sa conviction de la sincérité de votre amitié et de vos sentiments ; il a consacré son conseil, ce jour-là, à vanter vos qualités et à rendre grâce à Dieu des dons qu'Il vous a accordés. »

Il terminait avec le salut et signait : 'Alî Ibn 'Abd Allâh Ibn al-Hasan. La lettre portait la date de *safar* 790 [10 février-9 mars 1388].

La lettre contenait, de sa main, un mot, dont voici le texte :

« Je vous demande pardon pour la présente, que je n'ai pu écrire de ma main, et à laquelle est joint ce mot. J'ai en ce moment les yeux malades — que Dieu vous garde de tous les maux — et j'espère que vous m'excuserez. Vous désirez peut-être avoir quelques informations sur les désordres qui se sont produits récemment au Maghreb, que Dieu le protège, et qu'Il sauvegarde tous les pays d'islam. Voici pour l'essentiel :

« Une troupe de soldats a été envoyée [au Maghreb] pour se mettre au service de leur prince al-Wâthiq[10]. Celui-ci, ainsi que son vizir et ceux qui l'ont conseillé, a cru bon de garder ces soldats en otage et de les mettre aux fers jusqu'au moment où il obtiendrait la cession de Ceuta. La troupe était commandée par le renégat Muhammad et son adjoint, l'eunuque surnommé Nasr Allâh. Il y eut beaucoup d'hésitation à propos de cette affaire, jusqu'au moment où le destin voulut qu'on envoyât le sultan Abû l-'Abbâs — que Dieu l'assiste — en compagnie de Faraj Ibn Ridwân, appuyé par une nouvelle troupe. Il y eut ensuite les événements que vous connaissez d'après ce que vous ont rapporté les voyageurs. C'est là ce que nous avons eu le temps de vous dire. »

Il ajouta, avant de terminer, l'expression de ses vœux.

Si j'ai enregistré ici ces informations, bien qu'elles soient en dehors du sujet de cette autobiographie, c'est pour apporter une confirmation de ces événements — qui sont d'ailleurs mentionnés en leur place dans notre ouvrage —, car le chercheur pourrait avoir besoin de les vérifier sous un autre angle.

Après avoir accompli l'obligation de pèlerinage, je m'en revins au Caire grâce à la protection et à la faveur divines. J'allai voir le Sultan : il me reçut — que Dieu l'assiste — avec la même bonté et les mêmes égards qu'à l'accoutumée.

Plus tard, en l'an 791 [1389], eut lieu la révolte d'an-Nâsirî[11]. Le sultan eut à affronter un terrible malheur: Dieu voulut ainsi le mettre à l'épreuve, mais Il donna une fin heureuse à cette affaire en rétablissant le sultan sur son trône, afin qu'il veillât aux intérêts de Ses serviteurs. Le souverain continua à me prodiguer ses bienfaits, alors que je m'étais retiré dans ma demeure, jouissant de la santé, revêtu du manteau de la solitude, occupé à l'étude de la science et à l'enseignement, jusqu'au début de cette année 797 [octobre-novembre 1394[12]].

MES FONCTIONS D'ENSEIGNEMENT ET DE DIRECTION DES COUVENTS

Depuis l'époque lointaine des rois ayyoubides, leurs maîtres, les Turcs qui gouvernent l'Égypte et la Syrie, ont mis tous leurs soins à fonder des medersas pour l'enseignement de la science, des couvents pour la pratique du soufisme sunnite, consistant en *dhikr*[1] et en prières surérogatoires. Cette politique, ils l'ont empruntée aux dynasties califales qui les ont précédés. Ils font construire des édifices et les dotent de terres productives pour l'entretien des étudiants et des hommes engagés dans la voie de l'ascétisme; lorsque l'exploitation de celles-ci dégagent un excédent, ils en laissent la jouissance à leurs descendants, en espérant de cette façon soustraire à l'indigence les plus pauvres d'entre eux. Les grands dignitaires et les riches personnages de l'État ont suivi l'exemple de leurs princes, et Le Caire s'est trouvé ainsi nanti d'un grand nombre de medersas et de couvents, qui assurent leur subsistance aux ermites, juristes et soufis. C'est là une des bonnes actions de la dynastie turque et une de ses plus belles œuvres éternelles.

Peu de temps après mon arrivée au Caire, alors que le sultan venait de me prendre sous sa protection, une medersa s'était trouvée sans titulaire. Fondée par Salâh ad-dîn Ibn Ayyûb [Saladin], qui lui avait affecté des terres *waqf*[2] à blé [*qamh*] — ce pourquoi on l'appelle *al-Qamhiyya* —, elle était consacrée à l'enseignement du droit malikite. Dans le même endroit, Saladin avait fondé une autre medersa au profit des shafi'ites. Le sultan m'y nomma[3], en remplacement du professeur qui venait de mourir et, quelque temps plus tard, en l'an 786 [1384], il me confia la charge de cadi malikite, comme je l'ai mentionné plus haut.

Je fis ma leçon inaugurale en présence de nombreux grands émirs, qui voulurent par là me faire honneur et me marquer l'estime du sultan et la leur. Je prononçai, en cette occasion, un discours où, m'adressant à ces personnages en des termes dignes de leur rang, j'évoquais la situation. En voici le texte :

« Louange à Dieu, qui a commencé par nous accorder Ses bienfaits avant que nous les ayons sollicités, qui inspire la reconnaissance à ceux qu'Il a guidés, qui accorde en récompense aux bienfaiteurs Son amour, la grâce la plus précieuse.

« C'est Lui qui a enseigné à l'homme les noms et le sens clair, et d'autres choses encore qu'il ignorait ; qui, le distinguant par la raison, lui a donné la supériorité sur tous les êtres ; qui lui a inspiré d'accepter les obligations de la loi et de supporter leur fardeau ; qui a créé les djinns et les humains pour l'adoration : seuls ceux parmi eux qui se sont efforcés d'obéir ont atteint la félicité ; qui a facilité la voie à chaque être pour accomplir ce pour quoi il a été créé, en se mettant dans la bonne direction ou dans la voie de l'égarement. Et Dieu a achevé la création des êtres, avec leurs caractères, leurs subsistances et leurs temps de vivre.

« Que la prière soit sur notre maître et seigneur Muhammad, sel du monde et sa beauté, preuve ultime que Dieu a donnée de l'univers. Adam était encore entre argile et eau que Dieu avait élevé Muhammad à travers les degrés de Son élection et fait de lui le Sceau des prophètes et des envoyés. Par sa loi pure, notre prophète a rendu caduques toutes les autres croyances, et distingué en elles le licite de l'illicite ; il nous a agréé l'islam et accordé son entier bienfait.

« Que Dieu soit satisfait de la famille et des Compagnons du Prophète, qui sont l'expression de sa miséricorde, les héros de ses célèbres batailles, et qui constituent la meilleure communauté qui soit jamais née parmi les hommes, en raison de sa modération, de sa sagesse et de sa droiture. Que la prière de Dieu soit sur eux tous en permanence, et que cette permanence soit la source de biens et de bénédictions continus.

« Ensuite : Dieu a établi sur une base inébranlable la communauté musulmane et l'a délivrée de ses maux ; après avoir arraché la terre aux usurpateurs, Il l'a donnée en héritage à Ses serviteurs vertueux, tandis que les Perses maudissaient leur couronne et leur diadème, que les Byzantins se livraient au culte de leurs statues et de leurs icônes. Il a fait des savants les garants et les gardiens de cette communauté : tels des astres, ils indiquent aux fidèles la bonne voie et, par des exposés et des éclaircissements, ils rapprochent de leur intelligence le sens de la religion ; ils composent des ouvrages pour ordonner la loi et l'organiser selon les principes et leurs dérivés.

« Il a fait des rois les piliers de cette communauté : par une sage politique, ils redressent ses déviations ; leur volonté farouche est un rempart contre les ruses et les agressions de ses ennemis.

« La communauté musulmane a connu grâce à ses savants le triomphe et l'expansion, un renom qui ne cesse de grandir, et jouit de bénédictions et d'œuvres éternelles. À ses rois, elle doit la puissance et la gloire, une autorité qui fait plier les tyrans, contraint les infidèles à s'incliner devant les croyants, confond les vils associateurs.

« Ainsi se sont succédé les peuples et les âges, les dynasties et les capitales, et se sont répétés les jours et les nuits. Jusqu'au jour où les dynasties de ce clan vainqueur des Turcs ont établi leur protection sur l'islam, dissipant par les lumières de leurs lances les ténèbres de l'égarement et du doute, mettant fin au mensonge et à l'imposture, à l'ignorance et au polythéisme, manifestant dans tout ce qu'ils font le mystère de la parole du Prophète : “Il y aura toujours dans ma nation des hommes [qui feront triompher la vérité en combattant : ce sont eux les gens de science[4]].”

« Ils ont étendu le domaine de l'islam, accompli au mieux et poussé jusqu'aux frontières les plus lointaines du Hijâz et de la Syrie la mission califale, et servi les deux lieux saints de telle sorte qu'ils se sont rendus supérieurs à tous les rois. Depuis qu'ils se sont installés sur le trône d'Égypte — qui, dès les temps les plus anciens, domine toutes les contrées —, la civilisation dans ce pays s'est épanouie à l'extrême : ses medersas retentissent des récitations coraniques ; ses mosquées, plus nombreuses que les étoiles, sont remplies de prières ; ses minarets, d'où s'élèvent les cantiques, proclament la foi en Dieu. Elle est embellie par d'innombrables palais, sa pompe aligne les titres d'al-'Azîz, az-Zâhir, al-Amîr, as-Sultân. Les étendards de leurs rois flottent au ciel, manifestant leur puissance, et dans les convois nocturnes, étincelantes, les armes de leurs guerriers font pâlir les astres. Ses savants recherchent la science avec un zèle sincère, aussi inaccessible soit-elle, et tiennent le flambeau du savoir jusque dans les confins les plus obscurs. Ses cadis rivalisent de science et de noblesse, sont dotés de belles qualités et de vertus, tranchent avec adresse les litiges les plus difficiles.

« Mais aucun roi n'est comparable au sultan az-Zâhir Abû Sa'îd, le glorieux, le puissant, le chef suprême des clans et des foules ; celui dont la grandeur surpasse toute grandeur, dont les glorieuses troupes défient la mer déchaînée ; l'épée de Dieu brandie contre l'infidèle et Sa miséricorde couvrant les croyants de Sa bonté ; le maître des couronnes, des trônes et des chaires ; le souverain des palais hauts et rayonnants ; le maître du pouvoir, assisté par les épées tranchantes et les lances intrépides, par les plumes habiles à exprimer la puissance et par la faveur divine dont la force est supérieure à toute force ; le seigneur des rois et des sultans, le protecteur du Commandeur des croyants. Que Dieu lui donne la victoire et le succès dans toutes ses entreprises ; que les effets de Sa faveur l'entourent partout où il va ; que ses actes trouvent une issue heureuse dans ce monde, et que la joie l'accompagne dans l'autre.

« Ayant pris les rênes du pouvoir grâce à sa volonté et à sa résolution, il a eu la grande sagesse, bandant son arc, de faire jouir ses sujets de la sécurité et de la justice, de montrer autant de vaillance et de générosité en temps de guerre qu'en temps de paix. Il a fait des émirs, qu'il a choisis avec l'aide de Dieu, les piliers de son État : à l'un, il a confié la direction des affaires ; celui-là a la prééminence sur tous les personnages du palais. Il a fait d'un second son conseiller, homme dont les avis éclairés ne s'écartent jamais de la raison. Il a laissé l'exécution de ses sentences à un troisième, dont l'équité est éclatante. Il a fait d'un quatrième son confident, qu'il consulte sur les affaires les plus importantes. Il a enfin chargé de la plume un cinquième, homme habile à exprimer les pensers les plus secrets.

« Que Dieu les garde tous, et qu'Il les comble de bonheur et de bienfaits, maîtres et subordonnés.

« Ayant quitté l'Occident, j'ai traversé les vastes flots bleus de la mer pour me diriger vers l'Orient : de sa face rayonnante s'écoule le fleuve du jour ; au milieu de son noble bois s'élève l'arbre royal qui a donné sa puissance à l'islam ; et c'est de son rameau couvert de feuillage que nous recueillons les fleurs des savoirs ; de ses abondantes eaux douces que nous viennent les sources des sciences et des vertus dont s'alimentent nos maigres ruisseaux.

« Après avoir été entouré de considération et d'honneur, comblé de bienfaits et de faveur ; après avoir été tiré de la confusion et de l'obscurité, on m'a jugé digne de la charge qu'on confie aux maîtres malikites au sein de cette noble fondation, qui est un bienfait du sultan Salâh ad-dîn Ayyûb, roi de la fermeté et de la guerre sainte, celui qui a fait disparaître de ce pays la croyance à la trinité et le rafidisme[5] ignoble, qui a purifié la sainte Jérusalem, où les cloches et les croix s'étaient fortement implantées, de la souillure de l'incroyance, et dont les actions, agréées par Dieu, brilleront autour de lui au "jour du mutuel appel".

« Si le Sultan — que Dieu l'assiste — m'a chargé de l'enseignement de la science dans ce lieu, ce n'est guère à cause de ma supériorité sur les maîtres, ni par dédain pour les grands spécialistes en la matière. Je suis convaincu de mon insuffisance par rapport aux savants des temps passés et présents, de mon impuissance devant l'immensité de la tâche. Je souhaite trouver chez ceux qui détiennent la puissance, ainsi que chez ceux qui possèdent de vastes connaissances, un regard de compréhension, de pardon et d'indulgence. Car, comparées aux leurs, mes compétences sont infimes. L'aveu permet d'échapper aux reproches, et des frères, on peut toujours espérer une bonne action.

« Que Dieu agrée les actions de notre seigneur le Sultan ; qu'Il lui fasse réaliser ses désirs dans ce monde et dans l'autre ; qu'il lui accorde Son bienfait et une destination élevée.

« Qu'Il perpétue Ses bienfaits à mes seigneurs les Émirs.

« Qu'Il sauvegarde pour les musulmans, grâce à leur union, Son règne et le leur.

« Qu'Il accorde son secours aux cadis et aux gouvernants musulmans, les renforce dans la voie droite, leur donne longue vie.

« Qu'Il soit satisfait de tous les présents en cet heureux jour, de par Sa grâce et Sa générosité. »

À la fin de cette réunion, les yeux se tournèrent vers moi avec révérence et considération ; les gens se dirent que j'étais digne des plus hautes fonctions. Et je me livrai à la science et à l'enseignement jusqu'au jour où le sultan, dans un mouvement d'humeur, s'emporta contre le cadi malikite et le destitua. Il me demanda en son conseil et au milieu de ses émirs de le remplacer. Ce fut en vain que je le priai de m'en dispenser. Après m'avoir revêtu d'une robe d'honneur, au mois de *rajab* de l'an 786 [août 1384], il envoya avec moi quelques-uns de ses émirs pour mon installation à la medersa as-Sâlihiyya. Je remplis honorablement mes fonctions : fidèle au pacte avec Dieu, je fis respecter le droit et l'équité. Mais j'attirai la colère de gens qui n'étaient point satisfaits de me voir appliquer les lois de Dieu ; et, comme je l'ai déjà relaté, je fus en butte à une tumultueuse campagne de mensonges et de calomnies.

J'avais, dès mon arrivée en Égypte, envoyé chercher mes enfants ; comme le sultan de Tunis les avait retenus pour me marquer sa considération, je priai le sultan d'Égypte d'intercéder auprès de lui en leur faveur. Il accepta, et lui écrivit dans ce sens. Ainsi, ma famille put quitter Tunis à bord d'un navire. Mais au large d'Alexandrie, une tempête souffla sur le bateau, qui coula avec tout son contenu. J'y perdis mes biens et mes enfants. Ma peine fut si grande que j'en eus l'esprit altéré. Le sultan me dispensa de cette charge et me rendit le repos. Ainsi je fus libre de me dédier à la science, en me consacrant à l'enseignement et en travaillant à mon œuvre.

Plus tard, le sultan ayant achevé la construction de sa medersa[6] entre les deux palais, où il avait aménagé un mausolée pour sa famille, m'y nomma pour l'enseignement du droit malikite. Je rédigeai un discours que je devais prononcer, suivant leur coutume, le jour de ma leçon inaugurale. En voici le texte :

« Louange à Dieu qui a fait à Ses serviteurs la faveur de les créer et de les faire être, qui les a dirigés vers les différents moments du culte qu'ils doivent lui rendre entre Son décret et Son désir, qui leur a fait connaître les secrets de Son unicité dans les manifestations de Son être, et les effets de Sa bonté dans les actions de Ses serviteurs, qui leur a fait porter le fardeau des obligations de la loi pour les mettre à l'épreuve en leur faisant une promesse sincère, qui a facilité à chacun ce pourquoi il a été créé, en le mettant sur la bonne direction ou sur la voie de l'égarement, qui a fait de l'homme Son vicaire sur la terre après lui avoir montré les deux voies du bien et de la corruption, qui lui a fait connaître ce qu'il ne savait pas : perceptions de l'ouïe et de l'œil, exposé clair de ce qui est enfermé dans le cœur ; qui a suscité parmi les hommes des prophètes et des rois qui combattent pour Dieu comme on doit combattre pour Lui, et qui s'appliquent à obtenir Sa satisfaction en s'employant à faire respecter la justice ; qui a fait réciter dans les maisons sacrées les litanies et les oraisons.

« Que la prière et le salut soient sur notre seigneur et maître Muhammad, seigneur des hommes et des génies, des esprits et des corps, des anges et des prophètes. Dieu a parachevé en lui leur perfection et leurs termes ; Il a honoré par lui les mondes, et l'univers entier a été illuminé par la lumière de sa naissance ; Il a exposé pour lui le Coran, afin de raffermir son cœur[A], et l'Esprit fidèle a déposé dans son cœur la Révélation du Maître des mondes pour qu'il soit un avertisseur pour Ses serviteurs, et ainsi il a appelé les hommes à l'adoration de Dieu en toute conscience et en menant un combat sincère ; Il a fait descendre sur lui une grande victoire, les anges du ciel sont venus à son aide, et ainsi la lumière de Dieu s'est manifestée en dépit de ceux qui ont voulu lui nuire en l'éteignant et en l'étouffant, et la religion vraie a été parachevée, de sorte que son interruption ou sa disparition ne sont plus à craindre ; Il lui a réservé ses grâces dans l'au-delà, l'a distingué en lui accordant une place privilégiée parmi Ses martyrs le jour de la Résurrection, et lui a donné le pouvoir d'intercession en faveur de ceux qui font partie de sa communauté et se sont réfugiés sous son égide.

« Que Dieu soit satisfait des membres de sa famille et de ses Compagnons : ils sont les pluies de sa miséricorde, les plus braves parmi ses soldats, ceux de son sang et ceux qui ont bénéficié de son amour, ceux qui ont fait provision de piété — la meilleure de ses provisions —, ceux qui ont

A. Coran, XXV, 32.

combattu avec leurs épées les ennemis déclarés et obstinés du Vrai, les injustes et les hérétiques, jusqu'à ce que la religion de Dieu ait triomphé, et que l'appel à l'islam ait gagné tous les pays du monde et tous les peuples : Arabes et non-Arabes, Perses, Byzantins, Turcs, Kurdes. Que le salut de Dieu soit sur lui et sur eux, un salut tel qu'il permette la continuité et l'habitude du bien, et qu'il prépare à l'obtention de la récompense divine.

« Que Dieu soit satisfait des quatre Imams, les savants de la Sunna, la troupe choisie et attachée [à Dieu].

« Qu'Il soit satisfait de notre Imam, qui a porté la loi et l'a exposée clairement, en a exprimé et déterminé les nobles intentions, l'a embellie après en avoir scruté les horizons et les sommets et être passé entre ses flammes brillantes ; qui est la lumière de la bonne direction quand on en mesure l'exacte distance, la condition de l'acquisition et de la compréhension quand on en respecte les règles, le but de ceux qui voyagent en quête de science ; l'Imam de cette communauté fidèle, celui qui a extrait les lumières de la prophétie de sa niche évidente, l'imam Mâlik Ibn Anas. Que Dieu le couvre de Sa faveur, et qu'Il nous fasse connaître la bénédiction de suivre sa bonne direction et son savoir.

« Que Dieu soit satisfait des premiers croyants et des bien-guidés, ainsi que de tous ceux qui les ont suivis en accomplissant le bien, jusqu'au jour du Jugement dernier.

« Les hommes sont dans la dépendance de Dieu : Il les protège par Sa bonté et Sa miséricorde, se porte garant d'eux de par Son bienfait et Sa faveur, leur procure les moyens d'accès au bonheur par les règles de Sa religion et de Sa loi, les incite à prendre soin de leurs affaires et à gouverner le peuple, conformément à Sa voie et à Sa sagesse. C'est pourquoi Il a choisi pour eux les rois, en qui Il a mis une disposition naturelle pour la justice, et qu'Il a guidés sur le chemin de l'attachement à Sa parole. Il les a distingués en leur accordant leur subsistance avec largesse, et en les faisant, de par Son pouvoir, les maîtres de la terre. Ainsi, ils recherchent, en accomplissant de bonnes œuvres, Sa récompense et Sa rétribution.

« Notre Seigneur le sultan al-Malik az-Zâhir Abû Sa'îd est le Puissant et le Vainqueur, le Juste et le Pur, Celui qui s'est chargé des affaires des musulmans dont le fardeau avait fatigué les épaules, le Pôle de la royauté parmi les partisans de qui Dieu a fait surgir les Substituts et émerger les Piliers, Celui qui a, par sa bonne politique, redonné de l'éclat à la puissance; il est la miséricorde de Dieu qui prend soin des hommes, Ses deux mains qui dispensent la vie et les subsistances, Son ombre qui protège les croyants par sa justice et son équité, Celui qui a brisé les tyrans et effacé les traces des plus grands empereurs romains, des porteurs de couronnes, tubba' et perses, de leurs chefs et de leurs chevaliers; il surpasse tous les rois en gloire et en lutte, s'en remet sincèrement en tout au Maître de ce monde et de l'autre, soutient la cause des unitaires, dresse les piliers de la religion; il est le Protecteur du califat, le Sultan des musulmans.

« Que Dieu rende vraies ses opinions dans les choix qu'il fait pour Lui; qu'Il lui fasse de la victoire un auxiliaire, de la chance une compagne, de la puissance une amie; qu'Il le protège et le soutienne dans la direction des affaires des musulmans; qu'Il réalise l'espoir de la communauté musulmane; que durent son règne et son autorité.

« Dieu l'a investi du pouvoir pour lequel il est monté sur le trône, et son royaume occupe une place centrale parmi les États; Il a réuni entre ses mains la religion, en le faisant prince des deux lieux saints, et le monde, en lui donnant l'autorité sur les Turcs; Il a fait couler pour lui les fleuves d'Égypte, chargés d'eau et de richesses: il les traverse au moyen de la justice qu'il observe dans tout ce qu'il fait; Il a uni en sa faveur les cœurs des hommes: dans le secret de leurs âmes ils témoignent de l'amour que Dieu a pour lui d'un témoignage pur, exempt de l'incertitude et du doute. Il a acquis ainsi un degré de puissance et de pouvoir dont il est pleinement satisfait.

« Puis son âme s'est tendue vers Dieu: il a dirigé toute son intention vers Lui et s'est appuyé sur Lui. Il a été prompt à faire des bonnes œuvres, d'une âme tranquille, sans rien demander en retour, et sans faire reproche de ses bienfaits. Il a gouverné d'une manière excellente aussi bien les affaires de la religion que celles du pouvoir, comme en témoignent les humains et les génies. Les gens se sont abrités sous sa justice, croyant sincèrement que Dieu l'abritera sous Son ombre protectrice le jour de la Résurrection.

« Il a rivalisé [avec ses prédécesseurs] dans la fondation de medersas et de couvents pour l'enseignement du Livre et de la Sunna, ainsi que dans la construction de mosquées sacrées — que Dieu, en récompense, lui réserve des maisons au paradis. Dieu ne néglige l'acte de quiconque, que cet acte soit manifeste ou caché.

« Ce noble et grand édifice est un des fruits de la grandeur du sultan az-Zâhir et de sa bienveillance, un des signes de sa justice et de sa sagesse, un des témoignages évidents de son extrême gloire, la preuve du succès de sa sollicitude envers la religion : il surpasse en beauté et en élégance les corps célestes, et l'esprit humain reste confondu devant le bel ordonnancement de son architecture. Même des mots magiques seraient impuissants à le décrire. Touchant les nuages, il a à sa portée les astres brillants ; il est paré du voile de la félicité, auréolé de la faveur divine. La mosquée d'al-Walîd, le palais de Ghumdan, la salle du trône de Chosroès ne sauraient lui être comparés, ni Sanaa. C'est tout à la fois une salle qu'emplit la piété et l'islam, un palais qui recueille le salut et la paix, un espace divin qui donne naissance à une ombre propice à la miséricorde et à la quiétude, un astre d'Orient dont le sourire éclatant répond à celui du soleil.

« Le Sultan a confié la direction de sa construction à l'illustre et haut émir Jahrakas al-Khalîlî, le sabre de son État, qu'il a tiré du fourreau de son royaume, la flèche qu'il a choisie parmi toutes celles de son carquois, la lame de son pouvoir qu'aiguisent sa puissance et sa volonté, son gouverneur assisté par Dieu, dont les qualités répondent aux vœux les plus inaccessibles, commandant de son Écurie, qui fit mener les travaux avec la plus grande diligence, appela les artistes les plus grands et les plus habiles : ceux-ci rivalisèrent de zèle pour produire les formes les plus parfaites, et utilisèrent toutes les machineries pour exécuter les travaux qui excédaient leurs forces. Et ce fut là comme un rendez-vous des génies de 'Abqar[7] et des effrites[8] des déserts, des djinns et des démons, et des plus grands des anciens sages ressuscités. Les pierres furent apportées à dos de chameau par d'innombrables caravanes ; des pans de montagne furent arrachés et descendus à l'aide de planches, et l'édifice fut élevé à une hauteur vertigineuse, soutenu par des colonnes, recouvert de dessins et de couleurs brillantes s'ajoutant au nacre et au marbre, à l'argent et à l'or.

« La medersa fut consacrée aux prières et aux invocations, aux dévotions du soir et du matin, à la lecture du

Coran et à la demande du pardon de Dieu, au recueillement loin du monde, favorable à la réception des révélations mystiques et des lumières divines, à l'étude et à la réflexion, à la production des connaissances et des plus purs joyaux de l'esprit. Les sources de la sagesse, à ces multiples contacts, coulent de ses jardins ; ses galeries et ses salles ouvrent leurs portes sur le paradis ; les réflexions les plus avancées dans les sciences et la mystique y sont menées ; de toutes ses parties montent vers Dieu paroles belles et actions vertueuses ; et ceux qui la fréquentent ont dans l'autre monde une récompense qui pèsera dans la balance le jour de la reddition des comptes auprès de Dieu.

« À cette medersa, le Souverain a affecté des personnalités éminentes des quatre écoles juridiques, et les plus grands maîtres du soufisme. Il les a choisis un à un parmi les habitants de son royaume, et les a élevés à ce grand honneur en signe de sa bienveillance et de sa bonté. En leur confiant ces fonctions, il a cherché à élargir et à diversifier les voies du bien ; en leur demandant d'éduquer les aspirants mystiques et les étudiants, il a voulu se rapprocher de Dieu et suivre la voie et la tradition des rois de sa nation.

« Il m'a fait la faveur et a eu pour moi l'extrême bonté de m'associer à ces hommes éminents. Si mon infime savoir me place loin derrière eux, si ma faiblesse fait de moi leur obligé, j'espère trouver en leur clémence et en leur mansuétude secours et protection. Car il ne faut voir là qu'une grâce particulière de notre seigneur le Sultan — que Dieu l'assiste —, qui a voulu ainsi distinguer un inconnu, mettant le comble à sa bienveillance. Mais les perles ne sont-elles pas mêlées au corail, ne voit-on pas ensemble diadèmes et couronnes, et les chevaux de race ne sont-ils pas entraînés à courir avec des bâtards ? Toutefois, tout dépend du jugement de notre seigneur le Sultan et de ses volontés. C'est lui qui décide de la compétence et du savoir ; et ce sont les effets de sa bienveillance qui dirigent notre vie et nos espoirs.

« Que Dieu nous inspire pour lui de la reconnaissance ; qu'Il nous aide à remplir fidèlement les devoirs de la charge dont il nous a revêtu ; qu'Il accorde au Souverain Sa protection contre les coups du sort ; qu'Il préserve les pays d'islam sous la sauvegarde de son armée ; qu'Il lui accorde le bonheur et lui donne de la consolation dans ses enfants, ses proches, et tous ceux qui l'entourent. »

Cependant, mes ennemis se liguèrent contre moi pour convaincre l'émir chargé des affaires de la medersa de m'en fermer la porte et de m'ôter les moyens d'en assumer la direction. Le sultan dut céder à celui-ci ; renonçant à ma charge, je me consacrai à mes activités d'enseignement et à la poursuite de la rédaction de mon ouvrage.

En l'an 789 [1387], je partis en pèlerinage, après y avoir été autorisé par le sultan, qui me prodigua, ainsi que ses émirs, de riches provisions. Je m'embarquai à Tor, sur la mer de Suez, à destination de Yanbo. De là, j'accompagnai le *mahmal*[9] jusqu'à La Mecque. Après avoir accompli mon obligation cette année-là, je revins par mer jusqu'à Kosseir. Ensuite, je gagnai Kus, à l'extrémité du Sa'îd, et je descendis le Nil jusqu'au Caire. Je me présentai devant le sultan, et l'informai des vœux que j'avais faits pour lui dans les lieux où les prières sont exaucées. Il continua à m'honorer comme par le passé et à m'entourer de sa protection.

Comme la chaire de hadith à la medersa Salghatmish[10] se trouva vacante, le sultan m'y nomma à la place de la fonction que j'occupais dans sa medersa. Je commençai mon enseignement en *muharram* de l'an 791 [janvier 1389]. Je fis ce jour-là — selon la coutume — un discours dont voici le texte :

« . . . .[11]

« J'étudierai dans ce cours le *Muwatta'* de l'imam Mâlik Ibn Anas, que Dieu soit satisfait de lui. Cet ouvrage constitue en effet un des fondements des *sunan*[12] et compte parmi les ouvrages de base du hadith. En outre, il est la base de l'école malikite, l'axe autour duquel s'articulent les questions qui y sont traitées, le point d'appui de ses règles juridiques. Les traditions qui y sont contenues servent de référence à la majeure partie du droit malikite.

« Commençons par donner des indications sur l'auteur — que Dieu soit satisfait de lui —, sur sa probité et sa piété, sur la place du *Muwatta'* parmi les ouvrages de hadith. Nous mentionnerons ensuite les différentes versions et voies par lesquelles cet ouvrage nous est parvenu, et dirons comment les gens ont limité leur choix à la version de Yahyâ Ibn Yahyâ ; puis nous parlerons de nos chaînes de garants en la matière, avant d'en revenir au texte lui-même.

« Pour ce qui est de l'imam Mâlik, que Dieu soit satisfait de lui, il est le guide de la ville de l'hégire, le maître sans partage des habitants du Hijâz en matière de hadith et de droit ; il est imité et suivi par les habitants de nombreuses contrées, et notamment par ceux du Maghreb.

« Voici ce que dit de lui al-Bukhârî :

« "Son nom est Mâlik Ibn Anas Ibn Abî 'Amir al-Asbahî ; son surnom est Abû 'Abd Allâh. Mâlik était l'allié de 'Abd ar-Rahmân Ibn 'Uthmân Ibn 'Ubayd Allâh al-Qurshî at-Taymî, neveu de Talha Ibn 'Ubayd Allâh. C'était une grande autorité. Yahyâ Ibn Sa'îd fut un de ses transmetteurs[13]."

« Son grand-père est Abû 'Amir Ibn 'Amr Ibn al-Harith Ibn 'Uthmân (selon d'autres traditions : Ghaymân), Ibn Juthayl (selon d'autres traditions : Huthayl ou Khuthayl, ou encore : Hisl), Ibn 'Amr Ibn al-Harith. Il appartient aux Dhû Asbah, tribu himyarite, frères des Yahsub, dont la généalogie est connue. Il est donc un Himyarite de souche et un Qurayshite par alliance.

« Né en l'an 91 [710], selon Ibn Bukayr, en l'an 94 [713], selon Muhammad Ibn 'Abd al-Hakam, il fut élevé à Médine et y étudia le droit. Il fut l'élève de Rabî'a ar-Ra'y, d'Ibn Shihâb et de son oncle, Abû Suhayl, ainsi que d'autres de leurs contemporains, qui comptent parmi les suivants ou les suivants des suivants[14].

« Il commença à donner des consultations juridiques et à enseigner le hadith à la mosquée de l'Envoyé de Dieu — sur lui la prière et le salut — alors qu'il était un jeune homme d'à peine vingt ans. Il poursuivit une carrière de mufti à Médine pendant soixante ans. Tous les grands savants furent de ses disciples, et des gens innombrables vinrent de tous les pays suivre son enseignement. Parmi ses plus grands disciples, on peut citer l'imam Muhammad Ibn Idrîs ash-Shâfi'î, Ibn Wahb, al-Awzâ'î, Sufyân ath-Thawrî, Ibn al-Mubârak, et d'autres.

« Il mourut en l'an 179 [795-796], suivant tous ceux qui rapportent l'événement. Al-Wâqidî a dit : "Mâlik a vécu 90 ans." De son côté, Sahnûn, qui se réfère à Ibn Nâfi', a rapporté ceci : "Mâlik mourut à l'âge de 87 ans. Tous ses contemporains, sans exception, témoignent de sa probité, de sa solidité, de sa mémoire, du soin qu'il mit en toutes choses, de son scrupule. Ibn 'Uyayna est allé jusqu'à dire : Nous pensions que le hadith du Prophète — sur lui la prière et le salut : 'C'est en vain que se fatigueraient les caravanes pour trouver plus savant que le savant de Médine' s'appliquait à Mâlik Ibn Anas."

« Ash-Shâfi'î a dit : "Quand s'est constituée la tradition, Mâlik en fut l'astre." Il a dit aussi : "Lorsque vous récoltez un hadith rapporté par Mâlik, tenez-le fermement." Ibn Hanbal a dit : "En matière de hadith, Mâlik est l'Émir des croyants."

« De nombreux ouvrages ont été écrits sur les excellentes qualités de Mâlik, dont la renommée n'a pas besoin d'être soulignée. Pour ce qui est du motif qui l'a poussé à composer le *Muwatta'*, il a été rapporté par Abû 'Umar Ibn 'Abd al-Barr ce qui suit : "'Abd al 'Azîz Ibn 'Abd Allâh Ibn Abî Salma al-Mâjishûn avait écrit un ouvrage sur le modèle du *Muwatta'*, où il avait réuni les paroles qui faisaient l'accord des Médinois, mais sans mentionner aucun hadith. Il le présenta à Mâlik, qui l'examina et en fut satisfait. 'Quel beau travail, s'écria-t-il, mais si j'en étais l'auteur, j'aurais commencé par les traditions[15] ; je l'aurais renforcé par les paroles[16].'"

« D'après une autre tradition, Abû Ja'far al-Mansûr, parti en pèlerinage, rencontra Mâlik à Médine. Il l'honora et s'entretint avec lui. Dans l'un de ses entretiens, il lui dit : "Ô Abû 'Abd Allâh ! nous sommes aujourd'hui les deux hommes les plus savants sur terre ; puisque je suis occupé par ma charge de calife, il te revient de composer un ouvrage qui soit utile aux gens, où tu éviteras les facilités d'Ibn 'Abbâs et les complications d'Ibn 'Umar, un ouvrage simple et commode." "C'est de lui, dira Mâlik, que j'ai appris à composer."

« Ce fut donc là un des motifs qui poussèrent Mâlik à composer cet ouvrage. Il l'appela *al-Muwatta'*, c'est-à-dire le livre rendu facile (du verbe *watu'a* qui, selon al-Jawharî, signifie : devenir facile, et *watta'a* : rendre facile). À l'époque où il le composait, il y eut à Médine de nombreux ouvrages qui furent également appelés *al-Muwatta'*. Les amis de Mâlik lui dirent : "Voilà que beaucoup de gens ont fait la même chose que toi." Quand on lui mit entre les mains quelques-uns de ces ouvrages, il les examina et dit : "Sachez qu'aucun de ces ouvrages ne sera élevé si le but de son auteur n'est pas exclusivement la recherche de Dieu." Or, il en fut de ces *Muwatta'* comme s'ils étaient tous tombés dans un puits : il n'en resta plus aucun souvenir. Quant à

Mâlik, il se mit à polir son livre et en rendre la compréhension plus aisée ; il l'acheva, dit-on, au bout de quarante ans. L'ouvrage fut accueilli favorablement par la communauté musulmane en Orient comme en Occident, depuis l'époque où il fut composé jusqu'à nos jours. Sans exception, les savants de tous les siècles le couvrirent de louanges.

« Ash-Shâfi'î et 'Abd ar-Rahmân Ibn Mahdî ont dit : "Après le Livre de Dieu, il n'y a pas sur la terre un livre plus utile (selon une autre version : plus authentique ; selon une autre encore : plus vrai) que le livre de Mâlik[17]."

« Yûnus Ibn 'Abd al-A'lâ a dit, de son côté : "Je ne connais pas un ouvrage de science plus vrai que le *Muwatta'* de Mâlik."

« Je dois à présent parler en détail des voies de transmission et des versions de cet ouvrage. Il existe un grand nombre de versions du *Muwatta'*, portant chacune le nom de celui qui l'a recueillie de Mâlik. On a ainsi celles de l'imam Muhammad Ibn Idrîs ash-Shâfi'î, 'Abd Allâh Ibn Wahb, 'Abd Allâh Ibn Maslama al-Qa'nabî, Mutarrif Ibn 'Abd Allâh al-Yasârî (qui tient son nom de 'Abd Allâh Ibn Yasâr), 'Abd ar-Rahmân Ibn al-Qâsim (qui l'a transmise à Sahnûn Ibn Sa'îd), et Yahyâ Ibn Yahyâ al-Laythî al-Andalusî. Ce dernier quitta l'Andalus pour aller apprendre auprès de Mâlik le droit et le hadith, puis il retourna en son pays avec une science abondante et une immense récolte de hadiths. Il avait, en particulier, recueilli auprès de lui le *Muwatta'*, qu'il introduisit en Andalus et au Maghreb. Les gens affluèrent autour de lui, et ils choisirent sa version du *Muwatta'* à l'exclusion de toute autre. On s'appuya, pour l'explication et le commentaire de l'ouvrage, sur le plan de cette version et l'ordre dans lequel les matières y étaient disposées, les autres versions étant seulement signalées aux endroits concernés. Aussi toutes les autres versions ainsi que toutes les autres voies de transmission furent-elles abandonnées, à l'exception de celle de Yahyâ Ibn Yahyâ, qui fait autorité jusqu'à nos jours, en Orient comme en Occident.

« Voici enfin ma chaîne d'appuis concernant cet ouvrage, jusqu'à Yahyâ Ibn Yahyâ. Je l'ai étudié en premier lieu avec un groupe de mes maîtres, que Dieu les ait en Sa miséricorde. Ce sont :

« — Abû 'Abd Allâh Muhammad Ibn 'Abd as-Salâm

Ibn Yûsuf al-Huwwârî, le guide du malikisme, grand cadi et grand mufti de Tunis. J'ai entendu de lui le *Muwatta'* du début à la fin en sa maison de Tunis ;

« — le voyageur Abû 'Abd Allâh Muhammad Ibn Jâbir Ibn Sultân al-Qaysî al-Wâdiyâshî, la plus grande autorité de Tunis en matière de chaînes d'appuis ; j'ai entendu auprès de lui une partie de l'ouvrage, et reçu de lui licence de le rapporter en entier ;

« — Abû l-Barakât Muhammad Ibn Muhammad Ibn Muhammad (trois générations de spécialistes de Hadith), Ibn Ibrâhîm Ibn al-Hâjj al-Ballafîqî, maître des traditionnistes de l'Andalus et le plus grand de ses cadis ; je l'ai rencontré en 756 [1355] à Fès, où il était venu en ambassade de la part du roi andalou auprès du souverain du Maghreb ; j'ai assisté à son cours à la Grande Mosquée Qarawiyîn et entendu de lui une partie de l'ouvrage. Il m'a donné licence de rapporter le livre en entier ; je l'ai rencontré une seconde fois en l'an 762 [1361] : il était revenu au Maghreb à l'invitation du sultan Abû Sâlim, fils du sultan Abû l-Hasan, qui voulait recevoir son enseignement ; faisant office de lecteur, je repris avec lui toute une partie du livre, et reçus une seconde fois de lui licence de rapporter l'ouvrage en entier ;

« — Abû 'Abd Allâh Muhammad Ibn Ibrâhîm al-Abilî, à son époque maître du Maghreb en sciences rationnelles, et le plus utile de tous ; j'ai étudié auprès de lui une partie de l'ouvrage, et reçu licence pour le livre entier.

« Tous ont entendu le *Muwatta'* auprès du maître d'âge avancé, Abû Muhammad 'Abd Allâh Ibn Muhammad Ibn Hârûn at-Tâ'î, qui l'a reçu du cadi Abû l-Qâsim Ahmad Ibn Yazîd Ibn Baqîy, qui l'a reçu du maître Abû 'Abd Allâh Muhammad Ibn 'Abd al-Haqq al-Khazrajî.

« J'ai également étudié l'ouvrage sous la maîtrise d'Abû l-Barakât, qui le tenait du maître de l'école malikite de Bijâya, Nâsir ad-dîn Abû 'Alî Mansûr Ibn Ahmad Ibn 'Abd al-Haqq al-Mashaddâlî, qui le tenait de l'imam Sharaf ad-dîn Muhammad Ibn Abî al-Fadl al-Mursî, qui le tenait d'Abû l-Hasan 'Alî Ibn Mûsâ Ibn an-Naqrât, d'après Abû l-Hasan 'Alî Ibn Ahmad al-Kinânî.

« Al-Khazrajî et al-Kinânî ont dit qu'ils ont entendu l'ouvrage d'Abû 'Abd Allâh Muhammad Ibn Faraj, client d'Ibn at-Tallâ', qui l'a reçu du cadi Abû al-Walîd Yûnus Ibn 'Abd Allâh Ibn Mughîth Ibn as-Saffâr, grand cadi de Cordoue.

« J'ai également étudié l'ouvrage sous la maîtrise d'Abû 'Abd Allâh Ibn Jâbir, d'après le cadi Abû l-'Abbâs Ahmad Ibn Muhammad Ibn al-Ghammâz, d'après son maître Abû ar-Rabî' Sulaymân Ibn Mûsâ Ibn Sâlim al-Kalâ'î, d'après le cadi Abû l-Qâsim 'Abd ar-Rahmân Ibn Hubaysh et Abû 'Abd Allâh Muhammad Ibn Sa'îd Ibn Zarqûn, le commentateur du *Muwatta'*.

« Ibn Zarqûn a dit qu'il a reçu l'ouvrage d'Abû 'Abd Allâh al-Khawlânî, qui l'avait reçu d'Abû 'Amr 'Uthmân Ibn Ahmad al-Qayjâtî.

« Ibn Hubaysh a dit qu'il a reçu l'ouvrage du cadi Abû 'Abd Allâh Ibn Asbagh et de Yûnus Ibn Muhammad Ibn Mughîth, lesquels l'ont reçu d'Abû 'Abd Allâh Muhammad Ibn at-Tallâ'.

« Ibn Hubaysh a dit, par ailleurs, qu'il l'a reçu d'Abû l-Qâsim Ahmad Ibn Muhammad Ibn Ward, qui l'avait reçu du cadi Abû 'Abd Allâh Muhammad Ibn Khalaf Ibn al-Murâbit, qui le tenait du lecteur de Coran Abû 'Umar Ahmad Ibn Muhammad Ibn 'Abd Allâh al-Mu'âfirî at-Talamankî.

« Le cadi Abû l-Walîd Ibn Mughîth, al-Qayjâtî et at-Talamankî ont dit qu'ils l'ont reçu d'Abû 'Isâ Yahyâ Ibn 'Abd Allâh Ibn Yahyâ, qui l'avait reçu de l'oncle de son père Abû Marwân 'Ubayd Allâh Ibn Yahyâ, qui le tenait de son père Yahyâ Ibn Yahyâ.

« At-Talamankî a dit qu'il l'a reçu d'Abû Ja'far Ahmad Ibn Muhammad Ibn Hudayr al-Bazzâz, qui a dit l'avoir entendu d'Abû Muhammad Qâsim Ibn Asbagh, qui dit l'avoir entendu d'Abû 'Abd Allâh Muhammad Ibn Waddâh, qui dit l'avoir entendu de Yahyâ Ibn Yahyâ, qui l'a entendu de Mâlik, à l'exception de trois chapitres de la fin du livre de la retraite. Yahyâ n'était pas sûr d'avoir entendu le premier de ces chapitres, consacré à l'interruption de la retraite en raison des fêtes, de la bouche même de Mâlik ; aussi alla-t-il le recueillir auprès de Ziyâd Ibn 'Abd ar-Rahmân, surnommé Shabtûn, disciple de Mâlik.

« J'ai enfin d'autres chaînes d'appuis pour cet ouvrage, mais je n'en ai plus présents à l'esprit tous les maillons.

« D'abord celle que je tiens de mon maître Abû Muhammad 'Abd Al-Muhaymin Ibn Muhammad al-Hadramî, secrétaire du sultan Abû l-Hasan. Je l'ai rencontré à Tunis, alors qu'il faisait partie du cortège du sultan, qui s'était emparé de la ville. J'ai assisté à son cours, j'ai appris beaucoup de lui, et j'ai reçu de lui une partie du *Muwatta'*. Il m'a donné licence générale. Lui-même a reçu cet ouvrage du maître Abû Ishâq al-Ghâfiqî, d'Abû al-Qâsim al-Qabtûrî, et d'un certain nombre des maîtres de Ceuta. Sa chaîne d'appuis pour cet ouvrage comprend le cadi 'Iyâd et Abû l-'Abbâs al-'Azafî, l'auteur d'ad-*Durr al-mnazzam fî l-mawlid al-mu'azzam*.

« Ensuite celle de mon maître Abû 'Abd Allâh al-Kûsî, prédicateur à la Grande Mosquée de Grenade. Après avoir entendu de lui une partie de l'ouvrage, j'ai reçu de lui licence de le rapporter en entier. Lui-même le rapporte d'après le maître Abû Ja'far Ibn az-Zubayr, qui l'a rapporté d'après le cadi Abû 'Abd Allâh Ibn Bakkâr et d'un certain nombre d'autres maîtres de l'Andalus. Sa chaîne d'appuis se rattache à celles du cadi Abû l-Walîd al-Bâjî et du *hâfiz* Abû 'Umar Ibn 'Abd al-Barr.

« Puis celle de mon maître de Coran Abû 'Abd Allâh Muhammad Ibn Sa'd Ibn Burrâl al-Ansârî, le plus grand maître des lectures du Coran à Tunis. J'avais étudié auprès de lui le Coran suivant les sept lectures ; j'avais, d'autre part, récité devant lui les poèmes didactiques d'ash-Shâtibî sur la lecture et l'orthographe du Coran, ainsi que le *Kitâb at-taqassî* d'Ibn 'Abd al-Barr. Il m'a donné licence générale, ainsi qu'une licence particulière pour ces ouvrages. Il rapporte lui-même le *Muwatta'* d'après Abû l-'Abbâs Ahmad Ibn Muhammad Ibn al-Ghammâz et d'après son maître Abû l-'Abbâs Ahmad Ibn Mûsâ al-Batarnî.

« Enfin, celle de mon maître, le professeur Abû 'Abd Allâh Muhammad Ibn as-Saffâr al-Murrâkushî, la plus grande autorité en matière de lectures du Coran au Maghreb. J'ai entendu auprès de lui une partie de cet ouvrage dans le conseil du sultan Abû 'Inân, roi du Maghreb, en même temps que le souverain. Il m'a donné licence pour l'ouvrage en entier. Lui-même le rapporte d'après son maître, le traditionniste du Maghreb, Abû 'Abd Allâh Ibn Rushayd al-Fihrî as-Sabtî, qui le rapportait d'après les maîtres de Ceuta et de l'Andalus, comme cela est indiqué dans les ouvrages consacrés à leurs traditions et à leurs voies de transmission, mais je ne m'en souviens pas à présent. Ce que nous avons mentionné est cependant suffisant. Que Dieu nous aide à Lui être obéissants.

« C'était là mon introduction à ce cours. Dieu est mon guide. »

Je fus considéré, à l'issue de cette séance, avec admiration et respect; tous, aussi bien l'élite que les gens du commun, estimèrent en leur cœur que j'étais digne des plus hautes fonctions.

Je continuai à me présenter régulièrement devant le sultan pour le saluer et prier pour lui, comme il était de mon devoir de le faire. Jusqu'au jour où, dans un mouvement d'humeur propre aux rois, le souverain s'emporta contre le cadi malikite et l'éloigna. Il le destitua de la charge de cadi en *rajab* de l'an 786 [août 1384], et me demanda en son conseil et en présence de ses émirs de le remplacer. Malgré la prière que je lui adressai de m'en dispenser, il tint à ce que son ordre fût exécuté, me revêtit d'une robe d'honneur, et envoya ses émirs pour mon installation comme juge à la medersa de la justice[18]. Je m'acquittai honorablement de ma charge, remplissant mon pacte avec Dieu et avec le sultan de faire respecter le droit et d'observer l'équité, jusqu'au jour où j'attirai la colère de ceux que mécontentait l'application de la loi de Dieu. Il se produisit alors les choses dont j'ai parlé plus haut, et le tumulte des adeptes du mensonge et de la dénégation grossit. Le sultan me libéra de mes fonctions une année après ma nomination, alors que je venais d'apprendre la nouvelle du naufrage du navire en provenance de Tunis survenu à Alexandrie, et de la perte de mes biens et de mes enfants. Les condoléances que je reçus furent à la mesure de ma peine, qui fut extrême. Dieu a le pouvoir d'accomplir ce qu'Il veut.

En l'an 789 [1387], je partis pour accomplir mon obligation de pèlerinage. Je m'embarquai à Tor, sur la mer de Suez, pour Yanbo. J'accompagnai le *mahmal* jusqu'à La Mecque, et j'accomplis cette année-là mon obligation. Puis je revins en Égypte par mer comme à l'aller. Comme la chaire de hadith à la medersa Salghatmish se trouva vacante, le sultan m'y nomma en *muharram* 791 [janvier 1389], à la place du poste que j'occupais dans sa medersa.

Je continuai par la suite à vivre retiré, me consacrant à l'enseignement et à la rédaction de mon œuvre, jusqu'au jour où le sultan me nomma au couvent de Baybars. Puis, au bout d'un an ou un peu plus, il me retira cette charge pour le motif que je vais maintenant indiquer.

MA NOMINATION AU COUVENT DE BAYBARS ET MA DESTITUTION DE CETTE INSTITUTION

De retour de La Mecque après y avoir accompli mon obligation, en l'an 790 [1388], j'avais repris mes activités d'enseignement et de rédaction de mon œuvre. Je continuais à me rendre régulièrement auprès du sultan pour lui faire mes hommages et prier pour lui. Le souverain me témoignait sa compassion et me faisait de bonnes promesses.

Il y avait au Caire un couvent fondé par le sultan Baybars, huitième roi des Turcs. Celui-ci, de conserve avec son compagnon Salâr, avait usurpé le pouvoir d'an-Nâsir Muhammad Ibn Qalâ'ûn. Ne supportant pas leur tutelle, ce dernier partit un jour à la chasse et se retrancha à al-Karak. Baybars s'empara du trône. Cependant, à l'appel des émirs de Syrie, anciens mamelouks de son père, et avec leur aide, an-Nâsir marcha sur l'Égypte, reprit son trône et tua Baybars et Salâr, en l'an 708 [1308 ou 1309].

Durant son règne, Baybars avait fait construire un couvent près de la porte de la Victoire, à l'intérieur de la ville. C'était un très grand et très beau monument, donnant les meilleurs rapports et doté de nombreux biens de mainmorte. Son directeur et son intendant étaient désignés conformément aux conditions prescrites dans l'acte de fondation, qui prévoyaient d'importantes rétributions pour ces deux fonctions.

L'intendant de ce couvent, Sharaf ad-dîn al-Ashqar, qui était l'imam du sultan az-Zâhir, vint à mourir à mon retour de pèlerinage. Désirant améliorer ma situation et me témoigner sa bonté, le sultan me nomma à sa place, et je conservai cette charge jusqu'à la révolte d'an-Nâsirî.

RÉCIT DE LA RÉVOLTE D'AN-NÂSIRÎ
précédé de Considérations sur le passage graduel
des États à un stade de grandeur et de domination,
puis à un autre d'affaiblissement et de déclin.
Dieu arrive à Ses fins

Les États universels[1] sont ceux où se succèdent les rois les uns après les autres, au cours d'une longue période, en vertu de l'esprit de corps dû aux liens de sang ou de clientèle. C'est ce qui est à la base de leur prise du pouvoir et de leur domination. Il en va ainsi jusqu'à leur chute, lorsque de nouveaux venus l'emportent sur eux, leur arrachent le pouvoir grâce à l'esprit de corps qui leur en donne la capacité, et s'emparent des provinces qui étaient soumises à la dynastie précédente, se répartissant entre eux les rentrées fiscales en considération du courage, de la virilité et de la force de leurs clans respectifs.

Tout d'abord, à cause de leurs activités guerrières, ils continuent à mener une vie rude ; ils se contentent de peu, conservant leurs habitudes bédouines et en raison de leur ancien état de pauvreté. Mais, avec l'accroissement des revenus fiscaux, leur fortune s'étend ; l'amour des plaisirs leur apparaît sous un jour favorable, puisque maintenant ils ont les moyens de le satisfaire. Bientôt ils recherchent le luxe en toutes choses : vêtements, nourriture, résidences, montures, esclaves, et mènent un train de vie de plus en plus opulent à mesure que leurs ressources augmentent. Ils atteignent alors à leur plus haut niveau de prospérité.

Mais déjà les recettes se font moins grosses que les dépenses, les revenus fiscaux ne suffisent plus à payer les soldes des troupes et à les entretenir. Il en va de même pour tous ceux qui leur sont soumis, tant il est vrai que les gens sont à l'image de leurs rois et de leur État. Alors chacun révise son train de vie, le réduit, et cherche à équilibrer ses dépenses et ses recettes.

Par ailleurs, ayant abandonné leur rudesse pour une vie d'aisance et de bien-être, les hommes de la dynastie ont perdu du même coup beaucoup de leur esprit guerrier. C'est alors que l'un de leurs chefs, soucieux de réparer le mal, cherchera à s'emparer du pouvoir, en s'appuyant sur ce qu'il lui reste de rudesse, et en invitant les autres à renoncer à l'opulence. Pour arriver à ses fins, il en appelle à la solidarité de son clan ou de ceux qu'il rallie dans ce but. Après avoir pris en main la dynastie, il travaille à la guérir de ses maux ; il acquiert ainsi plus de droits que d'autres au trône et s'en trouve le plus proche. De la sorte, le trône lui revient et est gardé dans sa famille. C'est alors comme s'il fondait une nouvelle dynastie, qui passera par les mêmes étapes, connaîtra les mêmes vicissitudes, avant qu'un nouveau venu ne s'empare du pouvoir, jusqu'au jour où la dynastie entière s'éteindra ainsi que le pouvoir de tous ceux qui l'avaient fondée. Une autre dynastie sera alors établie, dont l'esprit de corps sera fondé sur des liens de sang ou de clientèle complètement différents. Car c'est là la coutume de Dieu à l'égard de Ses serviteurs.

Les débuts de la dynastie turque des Ayyoubides se présentent comme suit. Nous avons relaté[2] comment les Banû Ayyûb avaient fait la conquête de l'Égypte et de la Syrie. Après avoir établi son pouvoir sur cette région, Salâh ad-dîn [Saladin] s'était tourné vers la guerre sainte et avait arraché aux Francs les citadelles et les forteresses qu'ils détenaient sur le littoral. Le clan auquel il appartenait était numériquement faible : sa famille se rattachait aux Kurdes appelés Banû Hâdhân, qui formaient un groupe peu nombreux. Leurs rangs furent renforcés grâce à la communauté des musulmans, animés par l'esprit de guerre sainte à laquelle Saladin appelait. Sa force devint grande grâce aux musulmans, il put faire entendre ses propagandistes, et, grâce à lui, Dieu fit triompher l'islam : toute la côte fut arrachée aux Francs chrétiens, même la mosquée de Jérusalem, que ceux-ci avaient occupée et où ils avaient commis des atrocités en tuant et en faisant des prisonniers. Dieu effaça cette infamie par la main de Saladin.

À sa mort, ses fils et ses neveux se partagèrent les possessions ayyoubides ; ils devinrent très puissants, et se répartirent les villes de Syrie et d'Égypte. Il en fut ainsi jusqu'à l'avènement, à la fin de leur domination, d'as-Sâlih Najm ad-dîn Ayyûb, fils d'al-Kâmil Muhammad, fils d'al-'Adil Abû Bakr, frère de Saladin, qui voulut renforcer son clan afin de protéger l'État et de sauvegarder l'institution des usages de la royauté en achetant un grand nombre de mamelouks, comme au temps des derniers califes de Bagdad. Les marchands se mirent à en importer pour lui, et il en acheta ainsi un grand nombre. Il confia leur éducation à des instructeurs qui leur enseignèrent les disciplines du métier de soldat, comme la lutte et le tir à l'arc, après les avoir initiés aux règles de la religion et de la morale. Il put en réunir ainsi près d'un millier. Il s'était établi dans la région de Damiette, pour protéger le pays contre les attaques des Francs qui occupaient la forteresse du même nom. Son père avait construit à cette fin dans la région la citadelle de Mansûra. C'est là qu'il mourut. Najm ad-dîn y séjourna également pour défendre les habitants de Damiette contre les Francs, et y trouva la mort. Son fils al-Mu'azzam Tûranshâh, qui était son lieutenant à la forteresse de Kayfa dans les Diyârbakir, au-delà de l'Euphrate, fut proclamé par l'armée, qui le fit quérir. Alors qu'ils attendaient son arrivée, le camp de Mansûra fut attaqué par les Francs, avertis de la situation. Dieu donna la victoire aux musulmans à l'issue des combats, et le roi des Francs, Rey de France[3], fut pris en otage et expédié au Caire où on l'incarcéra à Dâr Luqmân[4]. Il sera racheté contre Damiette, comme nous l'avons mentionné dans l'histoire des Ayyoubides[5]. La femme d'as-Sâlih Ayyûb, nommée Shajar ad-Durr, fut placée sur le trône, et on lui confia la direction de la bataille. Elle arbitrait les litiges entre les soldats et paraphait les actes officiels. Le jour de la rencontre avec les Francs, elle avança montée sur un cheval sous les étendards, entourée par les troupes, jusqu'à ce que Dieu eût raffermi Sa religion et donné aux musulmans une victoire complète.

Ensuite, al-Mu'azzam Tûranshâh arriva et fut installé sur le trône à la place de son père. Les mamelouks qui l'avaient accompagné étaient fiers de la position qu'ils occupaient auprès de lui, et constituaient son entourage exclusif. À cette époque, les chefs turcs qui dirigeaient les affaires de l'État depuis les règnes du père et du grand-père du sultan étaient Aqatây al-Jamadâr, Aybak at-Turkumânî et Qalâ'ûn as-Sâlihî. Blessés dans leur amour-propre par le comportement des mamelouks de Tûranshâh et jaloux de la faveur dont ils jouissaient auprès de celui-ci, ils s'emportèrent contre eux et contre lui, et décidèrent de tuer le sultan. Lorsqu'il partit pour Le Caire, ils l'assassinèrent sur la route, à Fâriskûr.

Ils placèrent sur le trône l'un d'entre eux, Aybak

at-Turkumânî. Ainsi fut fondée l'actuelle dynastie turque, comme nous l'avons expliqué dans l'histoire de celle-ci[6]. Après Aybak régnèrent successivement son fils 'Alî al-Mansûr, son affranchi Qutuz, puis az-Zâhir Baybars al-Bunduqdârî. À cette époque, les Tatars étaient apparus et avaient acquis une grande puissance. Venant du Khurâsân, Hûlâgû, fils de Gengis Khân, après avoir pris possession de Bagdad et tué le dernier calife 'abbâsside al-Musta'sim, avait envahi la Syrie, dont il arracha toutes les villes et les bourgades aux Ayyoubides. Mais ayant appris que Barka, le maître de Sarây, lui aussi descendant de Gengis Khân, avait marché sur le Khurâsân, il retourna sur ses pas, plein de courroux, et s'attacha à combattre ce dernier jusqu'à sa mort. Profitant du fait que Hûlâgû était occupé avec la révolte de Barka, Qutuz quitta l'Égypte et s'empara de toute la Syrie, avec ses villes et ses villages. Il en fit une possession des Turcs, affranchis des Ayyoubides. La dynastie de ces Mamelouks devint puissante, et connut une longue succession de règnes, comme nous l'avons montré dans leur histoire.

Puis il y eut Qalâ'ûn. Lorsque az-Zâhir Baybars prit le pouvoir, il s'appuya sur lui et lui donna sa fille en mariage. À cette époque, le luxe ne les avaient pas encore pervertis, ils conservaient leur force et leur vigueur, et célébraient les valeurs guerrières et la virilité. Après la mort de Baybars et de ses deux fils, Qalâ'ûn prit les rênes du pouvoir. Il étendit les bases de son royaume et de son autorité. Après la disparition de Hûlâgû et la proclamation de ses fils encore en bas âge, les Tatars n'étaient plus de force à attaquer la Syrie. Le pouvoir de Qalâ'ûn en fut renforcé, le prestige de sa politique rehaussé : il devint un exemple à suivre pour ses successeurs.

Ses deux fils, Khalîl al-Ashraf et Muhammad an-Nâsir, lui succédèrent l'un après l'autre. Le second eut un long règne. Il constitua avec ses mamelouks un clan, qui atteignait un nombre jamais connu avant lui. Il organisa les fonctions de l'État, et désigna à chaque poste des émirs choisis parmi ces mamelouks, à qui il accorda généreusement des concessions foncières et des charges publiques, leur permettant ainsi de bénéficier de grandes ressources et de vivre dans l'opulence. Riches marchands et grands savants affluèrent en Égypte : le souverain les combla de ses dons et de sa bienveillance. Ses émirs rivalisèrent pour la création de medersas, de monastères et de couvents, faisant de la dynastie turque une merveille des temps, la plus belle perle parmi les États.

Après l'année 740 [1339-1340] mourut an-Nâsir. Ses émirs placèrent sur le trône ses fils l'un après l'autre, usurpant leur pouvoir et luttant entre eux pour s'emparer de l'autorité. Lorsqu'un émir triomphait, il tuait son rival, ainsi que le sultan qu'il avait sous sa tutelle, et proclamait son propre sultan. Cela dura jusqu'à l'avènement de Hasan an-Nâsir : il fit tuer Shaykhûn, qui usurpait son pouvoir, affirma son autorité, et confia la direction des affaires de l'État à son mamelouk Yulbughâ.

Yulbughâ s'acquitta de sa tâche, mais jaloux, ses pairs le calomnièrent auprès du sultan, qui décida de le mettre à mort. Informé, alors qu'il était occupé à préparer du fourrage de luzerne pour ses chevaux, Yulbughâ résolut de résister et s'apprêta à l'affrontement. Appelé par le sultan, il se fit attendre. Le souverain, enflammé de colère, alla le trouver, accompagné par sa garde personnelle. Yulbughâ avança à sa rencontre, l'attaqua et le mit en déroute. Le souverain retourna à la citadelle, Yulbughâ à ses trousses. Ne le trouvant pas au palais, ce dernier le fit chercher, finit par mettre la main sur lui et le tua.

Il éleva sur le trône Muhammad al-Mansûr Ibn al-Muzaffar Hâjji Ibn an-Nâsir, et dirigea les affaires de l'État comme il convenait. Il se plut à acquérir des mamelouks en grand nombre, à les éduquer, à les enrichir par des concessions foncières et des charges publiques, et finit par en réunir un nombre jamais atteint avant lui par la dynastie turque. Il détrôna al-Mansûr Ibn al-Muzaffar au bout de deux ans, le remplaça par Sha'bân al-Ashraf Ibn Husayn Ibn an-Nâsir, qu'il plaça sous sa tutelle. Il continua à renforcer la puissance de l'État, à faire montre d'opulence et de richesse, jusqu'à ce que les signes de la puissance et du bien-être apparussent dans les demeures, les chevaux, les esclaves, les parures. Cependant, ces bienfaits furent déniés, et les droits méprisés. On le détesta pour la trop grande sévérité de ses punitions, et on trama sa mort. Ses ennemis se préparèrent secrètement à exécuter leur complot à la chasse d'hiver, après s'être présentés devant lui avec leurs tentes et leur sultan. Ayant percé leur dessein, Yulbughâ prit la fuite pour Le Caire. Ils entrèrent dans la tente du sultan al-Ashraf, le prirent avec eux, et se lancèrent à la poursuite de Yulbughâ. Ayant franchi le Nil, ils le rattrapèrent le soir même et, à la tombée de la nuit, l'assassinèrent dans sa prison. Après quoi, ils se livrèrent contre les habitants de la ville à des méfaits sans précédent depuis la fondation de la dynastie turque : ils s'adonnèrent au pillage et au brigandage, s'introduisirent dans les maisons et les bains pour abuser des femmes et donner libre cours à leurs appétits et à leur convoitise. Pris de panique, les gens allèrent se plaindre au sultan. Les prières s'élevèrent vers Dieu, invoquant Son secours. Les grands personnages de l'État se réunirent avec le sultan et discutèrent avec lui des moyens pour faire cesser le mal. Il leur ordonna de poursuivre les rebelles à cheval, et exhorta ses troupes et ses sujets à les pourchasser et à les mettre en état d'arrestation. En un rien de temps, ceux-ci furent maîtrisés et jetés en prison. Après les avoir enchaînés, on les promena à dos de chameau, en criant leurs noms, pour mieux les faire connaître. La plupart furent coupés en deux, les autres exilés et emprisonnés dans des régions frontalières éloignées. Puis on les relâcha. Parmi ceux qui furent libérés, il y avait un groupe de la prison d'al-Karak, constitué de Barqûq — qui prendrait le pouvoir plus tard —, de Barka al-Jubânî, d'at-Tunbughâ al-Jûbânî et de Jahrakas al-Khalîlî.

Ancien *dawâdâr*[7] de Yulbughâ, Tashtamar sut plaire au sultan al-Ashraf, qui le nomma son propre secrétaire. À l'exemple de son maître Yulbughâ, Tashtamar espérait confisquer l'autorité du souverain. Il utilisa, dans ce but, un artifice consistant à regrouper les mamelouks yulbughistes d'où qu'ils vinssent, cherchant ainsi à former une force qui pourrait servir son ambition. Par des entretiens et des lettres, il réussit à convaincre le sultan : un grand nombre d'entre eux furent regroupés au palais d'al-Ashraf, qui les mit au service de son fils, le prince héritier 'Alî. Se voyant nombreux et remplis du sentiment de puissance que donne l'esprit de corps, ces mamelouks se montrèrent de plus en plus exigeants vis-à-vis du sultan et fiers de leur appartenance yulbughiste. En l'an 777 [1375-1376], le sultan al-Ashraf décida d'accomplir l'obligation de pèlerinage. Il partit en grande pompe, accompagné du calife et des cadis, et laissa la lieutenance de la citadelle et du royaume à son fils 'Alî, sous la tutelle de Quratây, un des chefs yulbughistes. Quand il parvint à Aqaba, les mamelouks exigèrent la remise du fourrage et des provisions qui leur étaient alloués ; ceux qui étaient au Caire exigèrent aussi le paiement de leur solde auprès des agents du fisc. Puis les mamelouks qui étaient avec le sultan exprimèrent ouvertement leurs revendications en paroles et en actes. Tashtamar fermait les yeux, pensant que l'heure était venue pour lui de s'emparer de l'autorité. Le sultan finit par se fâcher et les réprimander : ils chargèrent contre lui à cheval. Comme il quittait son campement avec un détachement de sa garde personnelle, ils firent s'abattre sur lui une grêle de flèches. Il rentra au campement, et, le soir même, partit à dos de chameau pour Le Caire. Il y arriva au matin, et alla avec son escorte se reposer au dôme d'an-Nasr.

Pendant l'absence du sultan, une altercation avait opposé Quratây, le tuteur du prince héritier 'Alî al-Mansûr, à l'intendant du palais ; Quratây, habité par la haine et la colère, poussa 'Alî al-Mansûr, qui s'empressa d'y consentir, à s'emparer du pouvoir. Le jour même de la révolte des mamelouks, Quratây faisait asseoir son protégé à la porte des Écuries et lever un drapeau appelant à son intronisation. Sur ces entrefaites, ils apprirent au matin l'arrivée du sultan al-Ashraf au dôme d'an-Nasr. Ils se précipitèrent en toute hâte à sa recherche, un à un ou par petits groupes. Trouvant les partisans du sultan endormis, Quratây et Yulbughâ an-Nâsirî, un autre chef yulbughiste, se glissèrent parmi eux et les égorgèrent tous. Ils revinrent avec les têtes de leurs victimes dégouttant de sang. Tristes de n'avoir découvert aucune trace d'al-Ashraf, ils continuèrent de l'appeler, lorsqu'une femme leur indiqua sa cachette. Ils s'y ruèrent, en tirèrent le sultan, et le mirent à mort sur-le-champ en lui arrachant les épaules. Après quoi, on prêta serment à son fils al-Mansûr.

Le lendemain, Tashtamar, le *dawâdâr*, rentra avec le harem et la suite du sultan restés à Aqaba, et résolut de combattre Quratây et ses amis dans l'espoir de conquérir le pouvoir, qu'il désirait. Mais ceux-ci lui résistèrent, le vainquirent et s'emparèrent de lui. Ils lui offrirent le gouvernorat de Syrie, et lui permirent d'aller rejoindre son poste. Ainsi, ils demeurèrent les maîtres du pouvoir.

Aynabak était un autre émir yulbughiste ; il avait participé à ces événements avec Quratây et lui avait donné en mariage une de ses filles. Quratây plaça en lui toute sa confiance, mais lui, ambitionnait d'accaparer le pouvoir. Comme Quratây passait tout son temps à boire, un jour il sortit à cheval avec le sultan ʿAlî, enleva le pouvoir à Quratây, qu'il exila à Safad, et demeura le seul maître de l'État.

Par la suite, Tashtamar se souleva en Syrie avec tous ses émirs. Aynabak marcha contre lui. Il envoya l'avant-garde de l'armée en avant, avec un groupe d'émirs, dont Barqûq et Barka — qui prendraient par la suite le pouvoir —, et resta à l'arrière avec le sultan. Parvenus à Bulbîs, les émirs qui étaient à l'avant-garde se révoltèrent, et son frère revint vers lui, après avoir été mis en déroute. Aynabak retourna à la citadelle. Mais les émirs rejetèrent son autorité, et lui déclarèrent la guerre au dôme d'an-Nasr. Il envoya contre eux les troupes, et dès que celles-ci partirent, il tenta de s'enfuir. Mais il fut arrêté et tué à coups de flèches à Alexandrie.

Les émirs yulbughistes se regroupèrent autour de cinq d'entre eux : Gutluq Temir al-ʿAlâʾî, Yulbughâ an-Nâsirî, Damurdâsh al-Yûsufî, Barka et Barqûq. Puis les quatre derniers, après l'avoir emporté sur tous les autres émirs, qu'ils emprisonnèrent à Alexandrie, restèrent les seuls maîtres. Ils confièrent la direction à Yulbughâ an-Nâsirî, mais voyant qu'il était peu au courant des affaires, ils décidèrent de faire appel à Tashtamar. Lorsque celui-ci apprit la nouvelle, il y vit la réalisation de ses désirs, et rentra en Égypte. Ils lui remirent alors le pouvoir, avec droit de nomination et de destitution.

Pour renforcer leur clan, Barqûq et Barka se mirent à acquérir des mamelouks en grand nombre en les prenant à leur service et en leur procurant prestige et concessions foncières. Tous les gens affluèrent vers eux, à l'exclusion des autres émirs. Inquiet, Tashtamar se laissa convaincre par ses amis de faire un coup de force. En l'an 779 [1377-1378], à la Fête du sacrifice, Tashtamar engagea précipitamment ses amis à mener une action irréfléchie. Ceux-ci sortirent et envoyèrent le chercher, mais il se déroba. Ils combattirent et furent défaits. Tashtamar fut arrêté et emprisonné à Alexandrie. On envoya avec lui Yulbughâ an-Nâsirî. Désormais, les deux émirs Barqûq et Barka n'avaient plus de concurrents. Ils placèrent leurs amis aux différentes fonctions. Et lorsque s'intensifièrent en Syrie les troubles fomentés par les Turcomans et les Arabes, ils dépêchèrent Yulbughâ an-Nâsirî comme gouverneur à Alep, en lui confiant le soin d'y redresser la situation.

Puis Barqûq et Barka se disputèrent la suprématie. Ils

dissimulèrent l'hostilité qu'ils nourrissaient l'un envers l'autre et se considérèrent avec crainte. Afin de lui couper les ailes, Barqûq fit arrêter les membres de l'entourage de son rival, recrutés dans son clan. Alarmé, Barka se rendit avec ses partisans au dôme d'an-Nasr pour livrer combat à Barqûq et à ses amis, espérant l'emporter sur lui.

Ne bougeant pas des Écuries, Barqûq lança ses hommes en groupes contre Barka et son clan. Ils les harcelèrent ainsi pendant trois jours matin et soir, leur infligeant de grandes pertes. Barka, abandonné par ses amis, fut livré à Barqûq, qui l'envoya à Alexandrie. Il y fut emprisonné, avant d'être mis à mort par Ibn 'Arrâm, gouverneur de cette ville. Les partisans de Barka crièrent vengeance. Barqûq les autorisa à se faire justice : ils exécutèrent l'assassin de leur maître sur la place de la citadelle, après l'avoir crucifié et promené à dos de chameau. Comme ils n'étaient pas satisfaits, Barqûq les laissa libres de faire ce qu'ils voulaient du cadavre...

Demeuré le seul responsable de l'État, Barqûq entreprit d'assainir la situation par le recours à la menace, tout en œuvrant dans le sens de ce qui est juste et en faisant preuve de pondération. Il veilla à équilibrer les recettes et les dépenses, mit un frein à l'excès d'opulence et à la dissipation auxquels s'étaient livrés les Banû Qalâ'ûn, entraînant un excédent des dépenses et une incapacité à faire marcher les affaires de l'État. Après avoir observé tout cela, Barqûq s'efforça d'y remédier, considérant que c'était le meilleur moyen d'accéder au trône, et d'enlever le titre de sultan aux Banû Qalâ'ûn, corrompus par le luxe et responsables des maux qui affectaient l'État. Il arriva ainsi à ses fins ; ses partisans et son clan furent satisfaits de lui, et il monta sur le trône le 19 *ramadân* de l'an 784 [26 novembre 1382], en prenant le surnom d'az-Zâhir. Il plaça ses partisans aux différentes fonctions de l'État, et ils s'acquittèrent au mieux de leurs tâches, comme il le fit de la sienne. On passa ainsi de la dynastie des Banû Qalâ'ûn à celle de Barqûq az-Zâhir et de ses descendants.

La situation se maintint ainsi quelque temps. Mais bientôt az-Zâhir eut à affronter la concurrence des yulbughistes, anciens clients, comme lui, de Yulbughâ, en particulier celle de Yulbughâ, lieutenant d'Alep. Celui-ci résolut de se révolter. Ayant percé ses intentions, az-Zâhir le fit quérir. Yulbughâ se présenta devant lui. Alors, az-Zâhir l'emprisonna pendant quelque temps, puis lui rendit la lieutenance d'Alep. Yulbughâ bouillonnait de colère d'avoir subi pareil traitement. Se défiant de lui, az-Zâhir envoya son secrétaire pour l'arrêter avec l'aide du chambellan en l'an 790 [1388]. Yulbughâ se rebella. Il invita à se joindre à lui le lieutenant de Malatya, Mantâsh, émir yulbughiste qui s'était insurgé avant lui, et engagea les lieutenants de Syrie à marcher sur l'Égypte tous ensemble contre az-Zâhir. Ils répondirent tous à son appel et se rangèrent derrière lui et sous son étendard.

Ayant appris ces nouvelles, az-Zâhir Barqûq envoya contre eux ses armées ainsi que les émirs yulbughistes qui étaient au nombre de ses partisans : le grand *dawâdâr* Yûnus, Jahrakas al-Khalîlî, émir des Écuries, l'*atabek* Aytamash, le grand chambellan Aydakâr, et leur maître Ahmad Ibn Yulbughâ. De son côté, Yulbughâ an-Nâsirî quitta Alep avec son armée, et sollicita l'aide des Arabes et des Turcomans, ainsi que des émirs de Syrie. Lorsque les deux camps furent en vue l'un de l'autre, dans la région de Damas, de nombreuses unités de l'armée du sultan se rallièrent à l'ennemi, et le reste de ses troupes fut mis en déroute à l'issue d'un rude assaut. Aytamash s'enfuit vers la citadelle de Damas, Jahrakas et Yûnus périrent. An-Nâsirî entra à Damas, puis résolut de partir vers l'Égypte. On n'eut plus aucune nouvelle de lui jusqu'au moment où il reparut près du Caire.

Sur ces entrefaites, le sultan az-Zâhir libéra le calife. Celui-ci avait été accusé d'avoir trempé dans un complot tramé par un soldat, un diable incarné appelé Qurt, qui avait projeté d'assassiner le sultan le jour de son départ à la guerre, quelques années avant son accession au trône. Après vérification, le sultan avait ordonné d'exécuter Qurt, et le calife fut placé en détention. Il resta sept ans en prison. Az-Zâhir le libéra donc lors de cet événement.

Quand [az-Zâhir] parvint à Qayta, les armées se rassemblèrent. Le sultan prit position devant la citadelle jusqu'à la tombée de la nuit. Ensuite, il rentra chez lui, sortit sous un déguisement, et se glissa dans les profondeurs de la ville. Le jour suivant, an-Nâsirî et ses partisans étaient devant la citadelle, avec Amîr Hâjj, fils d'al-Ashraf. Ils le remirent sur le trône et lui donnèrent le surnom d'al-Mansûr. Puis ils firent venir d'Alexandrie les émirs qui s'y trouvaient en détention, au nombre desquels at-Tunbughâ al-Jûbânî, qui avait rang d'*amîr majlis*. Al-Jûbânî avait été autrefois arrêté, puis emprisonné pendant quelques jours par az-Zâhir, qui l'avait ensuite relâché et envoyé comme lieutenant à Damas. Des rumeurs s'élevèrent disant qu'il se préparait à la révolte et qu'il en avait parlé secrètement avec Yulbughâ an-Nâsirî, lieutenant d'Alep. Le sultan fut renforcé dans ses soupçons, parce qu'il connaissait les liens d'amitié qui unissaient les deux hommes. Il envoya chercher al-Jûbânî, et quand ce dernier se présenta devant lui, il le mit en détention à Alexandrie. Lorsque donc an-Nâsirî s'empara de l'Égypte, et qu'il eut placé sur le trône Amîr Hâjj, fils d'al-Ashraf, il fit venir at-Tunbughâ pour qu'il l'aidât dans son entreprise.

L'absence d'az-Zâhir inquiéta an-Nâsirî et ses partisans. Ils firent d'intenses recherches pour le retrouver. Az-Zâhir appela al-Jûbânî et, plaçant en lui toute sa confiance, il lui demanda l'aman sous la foi du serment. Al-Jûbânî lui jura sa foi et l'emmena à la citadelle, après avoir obtenu de son ami an-Nâsirî qu'il lui garantît la vie sauve. Ils l'enfermèrent dans un palais, et se concertèrent sur le sort à lui réserver. Tous les émirs yulbughistes réclamèrent sa mort. Mantâsh fut le plus insistant. Nu'ayr, émir des Banû Muhannâ de Syrie, qui arriva de son pays afin de témoigner de son amitié pour an-Nâsirî, leur conseilla vivement de mettre az-Zâhir à mort. Mais al-Jûbânî, fidèle à son serment, s'y opposa, ce qui excita leur colère. Ils décidèrent alors de l'envoyer à al-Karak, et firent croire à Mantâsh qu'ils l'envoyaient à Alexandrie et qu'il pourrait l'attendre au bord de la mer et faire de lui ce que bon lui semblait. Ajoutant foi à leurs paroles, Mantâsh l'attendit au port. Mais ils empruntèrent un autre chemin pour al-Karak, où ils nommèrent un lieutenant à qui ils confièrent az-Zâhir. Ainsi, le dessein de Mantâsh échoua. Il projeta un coup de force. Il demeura chez lui, prétextant qu'il était malade, et lorsque al-Jûbânî alla le voir, de retour d'al-Karak, il l'incarcéra à Alexandrie. Il partit ensuite pour Le Caire, déclarant la rébellion. Il cantonna près de la medersa an-Nâsir Hasan, et mit le siège devant la citadelle, où se trouvait an-Nâsirî. Ce dernier appela à son aide les émirs yulbughistes qui, tout en lui faisant des promesses trompeuses, prirent position à ar-Rumayla, en face de la citadelle. L'affrontement dura quelques jours. Finalement, abandonné par ses partisans, an-Nâsirî sortit et prit la fuite. Il fut arrêté par les agents de la route à Fâriskûr et ramené à la capitale. Mantâsh le fit mettre en prison à Alexandrie, avec son ami, et resta le seul maître du pouvoir.

Il envoya un messager à al-Karak avec l'ordre de tuer az-Zâhir. Le lieutenant s'y refusa, sous le prétexte qu'il devait avoir des instructions signées du sultan, du calife et des cadis. Az-Zâhir distribua des présents à tous les habitants d'al-Karak ; aussi un groupe d'entre eux proposa-t-il de tuer le messager de Mantâsh. C'est ce qui fut fait. Ensuite, ils relâchèrent az-Zâhir et se rendirent dans une plaine. Az-Zâhir rallia quelques troupes d'Arabes et fut rejoint par quelques-uns de ses mamelouks. Il partit pour la Syrie, écrasa Ibn Bâkîsh, gouverneur de Gaza, qui s'était mis sur son chemin, et poursuivit sa route vers Damas. Mantâsh quitta Le Caire à la tête des troupes, emmenant avec lui son sultan Amîr Hâjj, et tenta en forçant l'allure de barrer le passage à az-Zâhir vers la capitale syrienne. Ce dernier le devança, mais Jantamar, gouverneur de la ville, refusa de l'y laisser entrer. Az-Zâhir lui livra bataille, et l'assiégea. Sur ce, il fut rejoint par Kamshubughâ al-Hamawî, gouverneur d'Alep, qui avait reconnu publiquement son autorité dans sa province, et était venu se joindre à lui avec son armée. Il le soulagea de ses peines et s'adressa à lui avec tout le protocole royal. Pendant qu'ils soutenaient encore le siège, ils apprirent l'arrivée de Mantâsh avec son sultan et ses armées. Az-Zâhir alla à leur rencontre à Shaqhab. Lorsque les deux camps furent en vue l'un de l'autre, az-Zâhir fondit sur le sultan Amîr Hâjj et ses armées et les tailla en pièces, tandis que Kamshubughâ, défait, s'était enfui vers Alep, poursuivi par Mantâsh. Après avoir démantelé la garde d'Amîr Hâjj, az-Zâhir s'empara de ce dernier, ainsi que du calife et des cadis, qu'il confia à ses adjoints. Puis les deux camps s'entremêlèrent, au point que la confusion fut totale. Mantâsh s'enfuit à Damas, poursuivi par az-Zâhir, qui mit de nouveau le siège devant la ville. Dès le lendemain, Mantâsh livra bataille et fut vaincu. Az-Zâhir fit réunir le calife et les cadis, qui prononcèrent la destitution d'Amîr Hâjj, et prirent acte du rétablissement par le calife d'az-Zâhir sur son trône.

Celui-ci repartit pour l'Égypte. En route, il apprit que ses mamelouks avaient occupé la citadelle, au Caire. Quand le sultan Amîr Hâjj, Mantâsh et les troupes l'avaient quittée, les mamelouks qui se trouvaient dans une cave où on les avait enfermés se donnèrent le mot pour s'évader et s'emparer de la citadelle et du pouvoir. Ils sortirent, et le *dawâdâr* de Mantâsh, qui était sur les lieux, s'enfuit avec la suite qui l'accompagnait. Les mamelouks d'az-Zâhir prirent la citadelle. Butâ se mit à leur tête et dirigea leurs affaires. Puis il attendit les nouvelles de son sultan. Ayant été informé de tout cela, az-Zâhir accéléra sa marche vers Le Caire. Il fit sa rentrée au milieu du mois de *safar* de l'an 791 [13 février 1388-1389] ; son retour et son rétablissement au pouvoir furent accueillis par le peuple avec une grande joie. Il nomma Butâ à la charge de *dawâdâr*, fit venir les émirs emprisonnés à Alexandrie, leur rendit sa faveur, et les rétablit dans leurs fonctions. Il réaffecta al-Jûbânî à Damas et an-Nâsirî à Alep, et tout rentra dans l'ordre.

Puis, il nomma Sudûn son lieutenant. Ancien intendant du couvent où j'étais affecté, il me reprochait de m'être opposé à lui à propos de certains jugements qu'il voulait obtenir en justice lorsque j'étais cadi, et également de m'être opposé à son *dawâdâr*, qui le suppléait au couvent. Il était donc en colère contre moi. Par ailleurs, az-Zâhir nous reprochait, à nous autres juristes, les *fatwâs* que Mantâsh nous avait demandées et qu'ils nous avait obligé d'écrire sous la contrainte. Nous les avions écrites, en tentant de nous dérober comme nous avions pu. Mais le sultan az-Zâhir ne voulut point accepter nos excuses, nous fit des réprimandes, à moi particulièrement. Sudûn trouva donc chez lui un écho favorable lorsqu'il l'incita à me destituer de ma charge au couvent.

Après avoir été écarté, j'écrivis à al-Jûbânî des vers d'excuse pour qu'il les montrât au sultan. Celui-ci les ignora et se détourna de moi pendant quelque temps. Puis il me rendit sa faveur et ses bontés, comme à l'accoutumée. Voici ces vers :

Seigneur ! Toi en qui je place toute ma confiance,
Toi dont le secours est mon plus grand espoir,
N'abandonne pas ta bonne opinion de moi,
Car aujourd'hui, je ne pourrais vivre sans elle.
Agrée-moi encore comme client, comme tu l'avais fait autrefois,
en acceptant d'être mon intercesseur [auprès du sultan].
Ne m'abandonne pas : je ne trahirai jamais,
de mon côté, ni l'amour que je te porte ni la reconnaissance de tes bienfaits.

Protège-moi : le péril a planté en moi ses crocs,
et ses chevaux accourent vers ma demeure.
Si on convoquait tous ceux qui pourraient venir à mon secours,
tu tiendrais lieu pour moi de famille et de parents.
Informe de ma situation celui à qui Dieu a confié
la gestion des affaires de ce monde.
Dieu lui a montré dans son règne le plus grand des miracles,
en le chargeant [du gouvernement des hommes], puis en l'en déchargeant.
Dans l'épreuve, Dieu a témoigné qu'Il l'aidait
et lui accordait généreusement Sa faveur.
Il est le sultan puissant, le roi victorieux,
la gloire de ce monde et l'honneur de la tribu.
Il a protégé l'islam contre tous les périls,
dont les secousses ont menacé l'existence.
Il a donné à l'ennemi un coup de lance si profond,
qu'il a fait voler en éclats toutes ses armes.
Il est reconnaissant envers Dieu pour Ses bienfaits,
et à Le satisfaire, il passe ses matinées et ses soirées.
Présente-lui avec douceur mon état et la douleur
du vide où je me trouve, toi qui es son ami intime.
Transmets-lui ces paroles, qu'un homme comme toi
a la générosité de dire dans une auguste assemblée.
« Ô Maître[8] des rois ! Ô toi qui rends justice au temps,
comme le temps rend justice aux saisons,
ne me refuse pas ton assistance, car c'est en ta générosité
que je place toujours mon espoir.
Je suis le voisin que tu as protégé,
et que tu as guidé sur la voie de la grandeur.
Je suis l'étranger dont tu as adouci le mal du pays
et la tristesse, en lui témoignant ta satisfaction et en lui rendant la vie facile.
Tu as voulu le réunir avec les siens,
Mais Dieu en a décrété autrement.
Le Destin l'a séparé de ses enfants et de sa femme,
lui qui espérait tant les retrouver.
L'éloignement a fait de lui un homme perdu,
qui n'a plus ni ses racines ni sa descendance.
Tu l'as tiré de l'obscurité et élevé
aux plus hauts sommets de la grandeur.
Tu l'as placé à un haut rang, avant qu'il ne s'excuse
auprès de toi de sa faiblesse et de son obscurité[9].
Tu lui as accordé une amitié véritable,

à Dieu ne plaise qu'elle soit laissée en jachère !
Tu as une noblesse d'esprit que je n'ai jamais vue chez aucun autre,
moi qui connais d'expérience mon siècle et ses hommes.
Mes ennemis ont monté contre moi des récits mensongers,
qui sont tous sans aucun fondement.
Ils ont fait circuler sur mon compte les plus étranges faussetés,
comme autant de filets pour arriver à leur fin.
Ils ont lancé les plus grossières calomnies,
pensant qu'elles pourront être acceptées.
Ils m'ont prêté des paroles
qu'il serait invraisemblable que je puisse prononcer.
Comment puis-je méconnaître les droits,
et comment ne pas reconnaître
tous tes bienfaits envers moi ?
Comment puis-je renier des bienfaits
aussi manifestes que la lumière du jour ?
S'il en était ainsi, j'aurais renié Dieu le Très Haut
et trahi publiquement Son Envoyé !
On nous a imposé de signer un écrit[10]*,*
nous exposant ainsi à tous les soupçons.
Par le Livre que Dieu a fait descendre
sur le cœur du [Prophète] capable de le recevoir,
nous n'avions pas voulu cet écrit,
ni agi de notre plein gré, ni accepté son argument.
En réalité, nous avions signé cet écrit contraints par un homme injuste,
auquel nous n'avions aucun moyen de résister,
homme prompt à la colère, lent au pardon,
brandissant son arme et prêt à la porter sur nous.
Moi je ne suis pas un homme de pouvoir,
et je ne me mêle guère aux gens en place ;
mais quelqu'un de malveillant a cité mon nom,
poussant à l'extrême sa haine et son inimitié.
Nous avions écrit cet acte en espérant que ta magnanimité
effacerait nos lourds péchés.
Nous n'avions désigné personne nommément,
et on ne nous avait donné aucune précision.
Tout était formulé dans le plus grand flou :
on ne savait ni de qui ni de quoi il s'agissait.
Et eux croyaient que tout cela était conforme aux bassesses
et aux turpitudes qu'ils se disaient en eux-mêmes.
Mais c'étaient des pensées contraires à la vérité,
des ténèbres qu'ils ne savaient pas interpréter.

Sa Majesté le Sultan, par la bonne direction et la vertu,
a été préservé par Dieu de tous ces défauts.
Il est le plus grand des rois, il pardonne les offenses,
et guette tous les péchés du siècle pour les absoudre.

Accepte nos excuses : nous implorons aujourd'hui[11],
par la vie du Sultan, ta compréhension.
Soulage le poids du temps pour un étranger,
qui souffre de l'aridité et de la stérilité de sa vie.
Il est votre voisin, votre hôte ; il s'est réfugié sous votre protection :
un homme généreux n'abandonne jamais celui qui s'est réfugié auprès de lui.
Renouvelle-lui l'expression de ta satisfaction :
la générosité des gens nobles ne s'altère jamais.
Fais-lui connaître ta clémence,
sa patience est à bout.
Prête-lui assistance : il a placé
tout son espoir en ta bonté. »
Ô homme aux actions glorieuses dans ce monde !
Ô at-Tunbughâ ! Ô jardin et inspirateur de la grandeur !
Pourquoi m'a-t-on chassé de mon poste au couvent[12],
alors que je n'ai commis aucune faute ni aucun crime ?
J'y fus nommé au moment où il était vacant
par un noble décret, et j'y fus installé avec une robe d'honneur.
J'espérais obtenir un autre poste,
car il[13] *m'a fait la promesse de m'en donner un équivalent.*
J'y comptais pour affronter ce temps,
sans soupçonner que je m'appuyais sur une base fragile.
Transmets ma requête : tu es de ceux qui désirent
faire du bien à ceux qui sont sous ta dépendance.
Comme récompense tu auras ma prière
pour que Dieu te réserve une place près de Lui.

Dans le même poème, je faisais allusion à son départ en Syrie en ces termes[14] :

Sois accompagné par la gloire, ayant réalisé tous tes espoirs,
alors que le clan de tes ennemis a été mis en déroute.
Emploie-toi à travailler au bonheur du roi az-Zâhir,
en faisant disparaître toute trace du mal[15],
et en restaurant au monde son unité,
de telle sorte que la joie partout y règne.
Cherche dans son bonheur la victoire,

et celle-ci t'accompagnera dans tes déplacements et dans tes séjours prolongés.
Observe ce qu'il fera subir aux ennemis
en jumâdâ, *ou un peu plus tard*[16].
Prenez cela comme un signe de bon augure,
que Dieu fera avérer.
L'Élu[17] *aimait toujours les présages,*
et en agréait les plus beaux.

MON ENTREMISE DANS LES ÉCHANGES DE PRÉSENTS ET D'OBJETS PRÉCIEUX ENTRE LES SOUVERAINS DU MAGHREB ET LE ROI AZ-ZÂHIR

Bien souvent, les souverains liés par le voisinage échangent des présents constitués par les objets rares de leurs pays respectifs, afin de maintenir de bonnes relations et de s'entraider en cas de besoin. C'est ainsi que Salâh ad-dîn Ibn Ayyûb [Saladin] avait fait un présent au roi du Maghreb, Ya'qûb al-Mansûr, de la dynastie des Mûminides : occupé à chasser les Francs de la côte syrienne, il demanda à celui-ci de l'aider avec sa flotte, afin de couper les ennemis des secours qui leur venaient de la mer. Il manda dans ce but son ambassadeur 'Abd al-Karîm Ibn Munqidh, émir de Shayzar. Al-Mansûr reçut ce dernier avec les honneurs, mais s'abstint de répondre favorablement à la demande de Salâh ad-dîn, parce que, dans la lettre qui lui avait été adressée, on avait omis de lui donner le titre de Commandeur des croyants. Cette omission lui était restée au travers de la gorge et avait provoqué son refus. C'était al-Fâdil 'Abd ar-Rahîm al-Baysânî, secrétaire de Salâh ad-dîn, qu'il consultait sur les affaires de l'État, qui fut à l'origine de l'omission. Comme Salâh ad-dîn soutenait la légitimité du calife 'abbâsside au Caire, al-Fâdil en conclut qu'on ne pouvait reconnaître deux califes à la fois dans la communauté musulmane, selon l'opinion la plus répandue. Mais les gens du Maghreb étaient d'un autre avis, s'appuyant sur le fait que le califat n'était pas un simple titre, mais revenait à celui qui, soutenu par une solidarité effective, était capable de le maintenir et de le défendre. Sur ce point, les divergences sont notoires parmi les gens de vérité.

Puis la dynastie almohade s'éteignit, et la dynastie mérinide lui succéda. Les grands dignitaires et les chefs de cette dynastie, qui faisaient leur pèlerinage à La Mecque en passant par ces pays d'Orient, trouvaient aide et assistance auprès des souverains de cette région, qui leur en facilitaient la traversée. Les bonnes manières commandaient de faire montre de générosité et de courtoisie, d'offrir présents et objets rares, de répondre aux cadeaux reçus dans un esprit digne des rois. De cela, des récits et des exemples ont été conservés par la tradition, qui méritent d'être ici mentionnés.

En l'an 700 [1300-1301], Yûsuf Ibn Ya'qûb Ibn 'Abd al-Haqq, troisième souverain mérinide, fit, à l'occasion du voyage en Orient d'une de ses filles, un présent[1] somptueux au maître de l'Égypte, an-Nâsir Muhammad Ibn Qalâ'ûn. Il avait réuni dans ce cadeau toutes sortes d'objets rares et de trésors, et notamment des chevaux et des mules. Le juriste Abû Ishâq al-Hasnâwî, secrétaire des Hafsides de Tunis, qui avait vu de ses propres yeux le présent en question lors de son passage par Tunis, m'a dit à ce propos : « J'ai compté quatre cents mules fringantes. » Il ne dit rien sur le reste. C'était Abû l-Hasan at-Tanasî, un des juristes du Maghreb et grand mufti de Tlemcen, qui était chargé de transmettre le présent. An-Nâsir répondit par un présent encore plus magnifique, qu'il fit porter par deux de ses émirs. Ceux-ci trouvèrent Yûsuf Ibn Ya'qûb au siège de Tlemcen. Il les envoya à Marrakech pour en visiter les beaux monuments, et mourut pendant leur absence. Après leur retour, son petit-fils et successeur Abû Thâbit les approvisionna et les fit reconduire. Interceptés et dépouillés par les tribus Husayn, ils entrèrent à Bijâya, puis reprirent leur chemin vers l'Égypte.

Après la prise de Tlemcen par Abû l-Hasan, une concubine de son père Abû Sa'îd — qui avait eu une part dans son éducation — lui exprima le désir de faire le pèlerinage à La Mecque sous ses auspices et de son vivant. Il lui en donna l'autorisation et mit à son service son client 'Arîf Ibn Yahyâ, un des émirs Suwayd, ainsi que plusieurs de ses émirs et des membres de son entourage. Ils emmenèrent avec eux un présent[2] de sa part au roi an-Nâsir, comprenant des chevaux de pur sang et des montures légères, des tissus de soie, de lin et de laine, des cuirs fins tannés, de la vaisselle de cuivre et de céramique, des spécialités de chacune des villes du Maghreb, de formes et de qualité similaires. Et l'on prétend qu'en plus de cela, s'y trouvait une mesure de perles et de rubis. Il y avait en tout cinq cents charges de chameau. Les chevaux de pur sang, au nombre de cinq cents, étaient munis de selles brodées en or et incrustées de pierres précieuses, de mors dorés, d'épées ornées d'or et de perles. Les charges avaient une valeur décroissante : la première, de 10 000, et la dernière, de 100 dinars.

Les gens parlèrent pendant longtemps de ce présent. Après qu'il fut exposé devant le roi an-Nâsir, celui-ci ordonna à ses émirs de le partager, et on fit la distribution devant lui. Les hôtes furent traités avec la plus grande générosité pour leur hébergement et leur nourriture, ainsi que pour leur approvisionnement pour le Hijâz et leur pays. Longtemps après, on continua à évoquer ce présent dans les réunions et les veillées. Cet événement eut lieu en l'an 738 [1337-1338].

Quand les envoyés du roi du Maghreb voulurent rentrer en leur pays après avoir accompli l'obligation de pèlerinage, an-Nâsir les chargea d'un cadeau pour leur souverain en réponse au présent de celui-ci. Ce cadeau comprenait : une charge d'étoffes en soie et de tissus fabriqués à Alexandrie (qui étaient chaque année portés au palais du sultan), d'une valeur de 50 000 dinars ; une tente royale fabriquée en Syrie, conçue comme un palais, et composée de plusieurs pièces pour dormir, de salles pour les réunions, de cuisines, de tours de surveillance et d'autres tours dont l'une devait servir au sultan pour la revue des troupes ; une maquette[3] de mosquée avec mihrab, colonnes, minaret, faite de pièces de lin recousues, coupées selon les formes voulues par ceux qui avaient conçu la maquette ; une deuxième tente, ronde et haute, surmontée d'un cône, très spacieuse, et pouvant abriter plus de cinq cents cavaliers ; dix chevaux de pur sang, avec étriers et mors en or poli. Quand ce présent passa par Tunis, il était accompagné par des serviteurs chargés de dresser les tentes. On l'exposa devant le sultan de Tunis, et je pus voir ce jour-là de mes propres yeux toutes les choses qu'il renfermait. Puis on l'emmena au sultan mérinide. Longtemps après, on en parla encore avec émerveillement.

Quant aux rois almohades de Tunis, ils envoyaient des cadeaux aux souverains égyptiens en différentes occasions au cours de l'année.

À mon arrivée en Égypte, après avoir été présenté au roi az-Zâhir, qui m'avait comblé de ses bienfaits et de sa générosité, j'avais écrit au sultan de Tunis pour lui faire part du désir de ce dernier d'acquérir de bons chevaux, surtout des chevaux du Maghreb, qu'il appréciait pour leur fougue et leur résistance. Il me disait, qu'à force de repos et de bien-être, les chevaux d'Égypte avaient perdu de leur résistance. Comme j'avais incité le sultan de Tunis à faire présent au roi az-Zâhir des plus belles bêtes, il lui envoya cinq chevaux de son écurie sur le bateau qui devait ramener en Égypte ma famille et mes enfants. Mais le navire fit naufrage dans le port d'Alexandrie, et ces chevaux périrent, avec ce qui s'y trouvait. Toute chose se produit selon son destin.

Plus tard, en l'an 793 [1390-1391], Yûsuf Ibn Ghânim, chef des Arabes Ma'qil du Maghreb et premier des Awlâd Husayn, vint en Égypte pour échapper au courroux du sultan Abû l-'Abbâs Ahmad Ibn Abî Sâlim, roi mérinide de Fès. Il avait l'intention d'accomplir son pèlerinage et de solliciter à cette occasion le pardon de son maître. Le sultan se trouvait en Syrie, où il était occupé à réduire la révolte de Mantâsh. Je le présentai alors au chef du *mahmal*, et, à son retour de La Mecque, je le mis en contact avec le sultan az-Zâhir, qui venait de rentrer de Syrie. Il se présenta devant lui et lui fit sa requête. Az-Zâhir lui remit une lettre d'intercession en sa faveur auprès du sultan du Maghreb et le chargea d'un cadeau[4] pour ce dernier, composé d'étoffes, de parfums et d'arcs, en lui demandant de lui expédier des chevaux du Maghreb. L'intercession d'az-Zâhir fut agréée, et Yûsuf Ibn 'Alî retrouva son ancien rang auprès de son souverain. Celui-ci fit un choix de beaux chevaux et d'autres belles choses pour en faire présent au roi az-Zâhir, mais la mort l'empêcha de l'expédier. Son fils Abû Fâris lui succéda ; il périt à son tour peu de jours après, laissant le trône à son frère Abû 'Amir. Le nouveau souverain compléta le présent et l'envoya avec Yûsuf Ibn 'Alî.

Comme les chevaux tardaient à venir, le sultan az-Zâhir résolut d'envoyer un de ses émirs au Maghreb pour en acheter. Il confia cette tâche à un de ses mamelouks nommé Qutlûbughâ, éduqué par al-Khalîlî et, m'ayant convoqué, me demanda mon avis et me consulta sur la voie à suivre. Après lui avoir exprimé mon accord, je lui conseillai d'écrire au sultan almohade de Tunis, au sultan 'abd-al-wâdide de Tlemcen et au sultan mérinide de Fès. Il chargea son émissaire d'un petit cadeau pour chacun des trois souverains, composé d'étoffes, de parfums et d'arcs, et celui-ci partit pour le Maghreb en l'an 799 [1396-1397]. Chacun des souverains du Maghreb le fit reconduire en toute sécurité et le traita avec les honneurs qu'il méritait. Lorsqu'il parvint à Fès, il trouva le présent prêt, et Yûsuf Ibn 'Alî sur le point de partir pour l'Égypte afin de le remettre au roi az-Zâhir de la part du sultan Abû 'Amir, un des fils du sultan Abû l-'Abbâs, à qui la demande avait d'abord été adressée. La Fête du sacrifice survint, alors que Qutlubughâ et sa suite se trouvaient encore à Fès. Puis ils la quittèrent pour l'Égypte. Le sultan combla de ses bienfaits et de ses dons l'ambassadeur et ses gens, ce qui les remplit de joie et de gratitude. Ils passèrent par Tlemcen, où régnait Abû Ziyân, fils du sultan Abû Hammû, descendant de Yaghmurâsin. Celui-ci chargea l'émissaire égyptien d'un autre présent consistant en chevaux munis d'étriers. Comme il était habile à faire des vers, il lui remit en même temps un poème faisant les louanges du sultan az-Zâhir. Lors de leur passage par Tunis, le sultan Abû Fâris 'Abd al-'Azîz, fils du sultan Abû l-'Abbâs, de la dynastie des Almohades, ajouta encore un troisième présent comprenant de beaux chevaux, par lequel il renforça ceux des deux autres sultans, et en chargea son ambassadeur Abû 'Abd Allâh Ibn Tâfrâgîn, un des grands chefs almohades. Les trois présents arrivèrent au palais du sultan az-Zâhir à la fin de l'année et furent exposés devant lui. Ses intimes se partagèrent les étoffes, les épées, les tapis, les étriers. Il donna des chevaux à nombre d'entre eux et garda le reste pour ses écuries.

Le présent du maître du Maghreb comprenait trente-cinq chevaux de pur sang munis de selles brodées en or et de brides dorées, et des épées ornées ; trente-cinq charges de cuirs, de tissus de soie, de lin et de laine, de la meilleure qualité. Celui du maître de Tlemcen : trente chevaux avec des étriers dorés et plusieurs charges de tissus. Enfin celui du maître de Tunis : trente chevaux recouverts de housses, sans étriers. Tous les objets étaient d'un beau travail et d'une espèce rare. Le jour où ils furent exposés devant le sultan, celui-ci se tenait dans la salle du trône en grande pompe. Les émissaires furent introduits en sa présence et lui transmirent les messages de leurs souverains. Le sultan leur manifesta sa bonté et sa satisfaction, et ils retournèrent en leurs résidences, dotés de riches pensions et jouissant d'un grand train de vie. Quand arriva le moment du départ pour le pèlerinage, le sultan les autorisa à se joindre au *mahmal* et les approvisionna généreusement pour le voyage. Au retour, ils furent de nouveau admis en présence du sultan, qui leur témoigna une égale bonté. Puis ils s'en retournèrent en leurs pays, après avoir été reconduits, leurs trousses remplies et leurs trésors enrichis des effets de la générosité et des bienfaits du sultan.

Quant à moi, cette entremise me valut de beaux titres de gloire, pour tout le zèle que j'avais mis à établir entre ces rois un lien que la mémoire garderait éternellement. De cela, je rends grâce à Dieu.

MA SECONDE NOMINATION COMME CADI EN ÉGYPTE

Destitué de ma première charge de cadi en l'an 787 [1385-1386], je m'adonnais à la science en me consacrant à l'enseignement et à la rédaction de mon œuvre. Depuis lors, chaque fois que cette charge s'était trouvée vacante par suite du décès ou de la destitution de son titulaire, le sultan y avait nommé les hommes qui lui paraissaient les plus compétents, bien qu'il considérât que j'en étais le plus digne, n'était l'hostilité que me vouaient certains émirs et grands dignitaires de sa suite, qui avaient auparavant mené campagne contre moi. Lorsque ceux-ci eurent enfin disparu, et que survint la mort du cadi malikite Nâsir ad-dîn Ibn at-Tanasî, le souverain me fit venir du Fayyûm, où j'étais en train de réunir mes récoltes, et me désigna pour succéder à ce dernier, au milieu du mois de *ramadân* de l'an 801 [21 mai 1399][1]. Je m'acquittai de ma fonction suivant les règles de conduite qu'on me connaissait, dans le respect des devoirs de ma charge au point de vue de la Loi religieuse et des coutumes. Le sultan, que Dieu l'ait en Sa miséricorde, était satisfait des commentaires qui parvenaient à ses oreilles sur ma façon d'agir.

Il mourut quelque temps plus tard, au milieu du mois de *shawwâl* de la même année. Avant de quitter ce monde, il avait réuni le calife, les cadis et les émirs, et désigné son fils aîné Faraj, et après lui, chacun de ses frères. Il avait ensuite fait son testament et nommé l'*atabek* Aytamash tuteur du prince héritier. Après sa mort, tout se passa conformément à ses volontés.

Le gouverneur de Syrie était à cette époque un émir de l'entourage du sultan défunt, nommé Tanim. Lorsqu'il eut pris connaissance des événements survenus après la mort du sultan, il étouffa de dépit de ne pas avoir été choisi comme tuteur du fils d'az-Zâhir, ce qui lui aurait permis de détenir les rênes du pouvoir. Il fut entretenu dans ces illusions par les fauteurs de troubles. Sur ces entrefaites, l'*atabek* Aytamash entra en rébellion. Les choses se passèrent ainsi : l'*atabek* avait à son service un *dawâdâr* inexpérimenté et ambitieux qui, fort de la faveur qu'il avait auprès de lui, regardait de haut les dignitaires de l'État et négligeait leurs avis, excitant ainsi leur haine. Aussi allèrent-ils suggérer au sultan d'en finir avec la douceur de la tutelle. Celui-ci se laissa convaincre et convoqua les cadis en son conseil. Il fit valoir, contre l'*atabek*, qu'il pouvait se passer de tuteur, étant capable, comme chacun sait, de s'occuper de ses affaires et de bien agir. Tous les émirs de son père présents au conseil en témoignèrent, ainsi que les hauts dignitaires et les fonctionnaires, et leur témoignage fut agréé par les cadis. Ils présentèrent la chose à l'*atabek*, qui ne trouva rien à redire à leur témoignage. L'émancipation du sultan fut prononcée le jour même, aussi bien pour ses actes personnels que pour le gouvernement de son royaume. À l'issue de la réunion, l'*atabek* quitta les Écuries et rentra chez lui.

Après avoir repensé à ce qu'ils venaient de faire, la plupart des émirs trouvèrent que ce n'était pas juste. Ils poussèrent l'*atabek* à tout rejeter et à assumer la tutelle dont l'avait chargé le sultan. À la fin du mois du *mawlid*, ils déclarèrent la révolte. Les partisans du sultan Faraj leur livrèrent bataille le soir même et toute la nuit, et les mirent en déroute. Alors, ils se rendirent en Syrie, pour demander au gouverneur Tanim de venir à leur aide. On se souvient des sentiments qui agitaient celui-ci : il les accueillit favorablement et répondit à leur appel. À la suite de quoi, ils décidèrent de marcher sur l'Égypte.

Quant au sultan, il résolut de profiter de la déroute de l'*atabek* et de ses partisans et de leur départ en Syrie pour les pourchasser, briser leur puissance et disperser leurs rangs. Il se mit en campagne au mois de *jumâdâ* ; parvenu à Gaza, il apprit que le gouverneur Tanim, l'*atabek* et les émirs qui étaient avec lui avaient quitté la Syrie et marchaient contre lui. Ils avaient réuni toutes leurs forces et se trouvaient à proximité d'ar-Ramla. Il leur dépêcha le grand cadi shafi'ite Sadr ad-dîn al-Munâwî et Nâsir ad-dîn ar-Rammâh, maître de tir à l'arc, pour les avertir, les sommer de se soumettre, et les inviter à s'unir et à renoncer à la rébellion, en leur promettant de répondre favorablement à leurs revendications. Multipliant leurs exigences, ils persistèrent dans leur entreprise. Au lendemain du retour de ses émissaires, le sultan mobilisa les troupes, décidé à prendre ses ennemis de vitesse. Il les trouva venant à sa rencontre : d'abord ils répondirent à son offensive par une contre-offensive, mais, défaits, ils battirent en retraite. Plusieurs de leurs notables et de leurs émirs furent jetés à terre en avant de l'escadron du sultan et mis aux fers dès le soir. Aytamash put s'enfuir : il se réfugia dans la citadelle de Damas, mais fut arrêté par le commandant de celle-ci.

Le sultan se dirigea ensuite vers Damas. Il y fit une entrée en bon ordre en ce jour glorieux, et y demeura quelques jours. Sur son ordre les émirs prisonniers furent mis à mort, leur chef, l'*atabek*, égorgé, et Tanim, étranglé. Puis il s'en retourna en Égypte.

J'avais demandé l'autorisation de partir en avant pour visiter Jérusalem. Le sultan m'y autorisa. Dès que j'arrivai dans la Ville sainte, je me rendis à la mosquée : j'y priai et en recueillis la bénédiction. Je m'abstins d'entrer dans l'église d'al-Qumâma[2], construite, à ce que l'on prétend, sur le lieu de la croix par les nations chrétiennes, ce qui va à l'encontre du Coran. J'en ressentis de la répulsion, et je me refusai à y mettre les pieds. Je poursuivis ma visite en me conformant aux règles habituelles et aux usages surérogatoires, avant de me rendre sur la tombe d'al-Khalîl, que le salut soit sur lui. Je m'arrêtai en route à Bethléem, vaste construction sur le lieu de naissance du Messie ; les Césars y ont élevé un édifice[3] reposant sur deux rangées de colonnes taillées dans la roche, bien alignées, surmontées de représentations de leurs rois, et d'inscriptions historiques relatives à leurs États, aisément accessibles à celui qui voudrait les faire traduire avec exactitude par un connaisseur. C'est là un monument qui témoigne de la grandeur des Césars et de l'étendue de leur empire. Je quittai ensuite le tombeau d'al-Khalîl pour gagner Gaza ; de là, je rejoignis le sultan aux environs du Caire. Je rentrai avec son cortège vers la fin du mois de *ramadân* de l'an 802 [25 mars 1400].

Il y avait au Caire un juriste malikite nommé Nûr ad-dîn Ibn al-Khallâl : il avait passé le plus clair de son temps à assurer l'intérim des grands cadis de la même école juridique. Poussé par un de ses amis, il brigua le poste, en donnant une bonne partie de sa fortune pour obtenir l'intervention de certains membres de l'entourage du sultan. Il réussit à obtenir ce qu'il voulait et, au milieu du mois de *muharram* de l'an 803 [7 septembre 1400][4], il fut revêtu de la robe de fonction. Pour moi, je repris mon enseignement et la rédaction de mon œuvre, jusqu'au moment de l'expédition contre Tamerlan[5] pour défendre la Syrie.

VOYAGE DU SULTAN EN SYRIE POUR DÉFENDRE SON PAYS CONTRE LES TATARS

Les Tatars se rattachent aux peuples turcs. Or, de l'avis unanime des généalogistes et des historiens, les nations du monde les plus nombreuses appartiennent à deux groupes : les Arabes et les Turcs. Aucune nation au monde ne leur est supérieure en nombre : les premiers dans le Midi, les seconds dans le Nord de la terre. Ils règnent sur le monde tour à tour : tantôt ce sont les Arabes qui ont le pouvoir, rejetant les non-Arabes[1] vers l'extrême nord ; tantôt ce sont les non-Arabes et les Turcs qui les repoussent vers l'extrême sud. C'est la coutume de Dieu à l'égard de Ses serviteurs.

Nous dirons comment le pouvoir est passé aux Tatars et comment l'État islamique est resté entre leurs mains jusqu'à notre époque.

Dieu, qu'Il soit exalté, a créé le monde et y a établi les différentes espèces d'hommes sur la face de la terre, au milieu de la partie qui en est émergée ; celle-ci constitue, selon les géographes, le quart de sa surface, et se divise en sept parties appelées climats, qui partent de l'équateur entre l'est et l'ouest, là où le soleil tombe d'aplomb sur la tête des habitants, et continuent ainsi jusqu'au septième climat. L'équateur est au sud de la terre habitée, et les sept climats se terminent au nord de celle-ci.

Il n'y a pas, au sud de l'équateur et jusqu'à la limite des terres émergées, de terres cultivées, en raison de l'extrême chaleur qui empêche toute génération ; il en va de même au nord des sept climats, à cause du froid extrême qui empêche également toute génération.

L'eau qui enveloppe la terre à l'est passe, à treize degrés au-dessus de l'équateur, par un large détroit ; elle se dirige ensuite vers l'ouest parallèlement à l'équateur en longeant les côtes sud de la Chine, d'Inde, du Sind et du Yémen, et aboutit enfin au centre de la terre, à Bâb al-Mandab, formant ainsi la mer d'Inde et de Chine [océan Indien]. Elle bifurque à ce niveau vers un golfe, et longe au nord-ouest le Yémen, Tihâma, le Hijâz, Madyan, Aylat, Fârân, pour aboutir à la ville d'al-Qulzum : c'est la mer de Suez, dont la rive baigne le pays du Sa'îd jusqu'à 'Aydhâb et le pays des Béja. Un autre golfe, appelé le golfe Vert [golfe d'Oman], s'étend depuis le milieu de la mer d'Inde vers le nord jusqu'à la ville d'Ubulla, formant la mer de Perse [golfe Persique], qui baigne à l'est la Perse, Kirmân et le Sind.

L'eau pénètre également par l'ouest : s'introduisant, au niveau du quatrième climat par un passage étroit, nommé mer d'az-Zuqâq [détroit de Gibraltar], qui est large de dix-huit milles, elle longe en direction de l'est le pays des Berbères : le Maghreb Extrême et Central, l'Ifrîqiya, ainsi qu'Alexandrie, la Terre d'Errance [le Sinaï], la Palestine et la Syrie. Dans sa partie occidentale, cette mer baigne tous les pays des Francs ; deux golfes partent de sa rive nord : le plus à l'est est le golfe de Constantinople, le plus à l'ouest le golfe de Venise ; elle porte le nom de mer Byzantine ou Syrienne [mer Méditerranée].

Ces sept climats se scindent en deux parties, suivant une ligne de partage entre l'est et l'ouest. La moitié ouest a en son centre la mer Byzantine ; la moitié est renferme en sa partie sud la mer Indienne. La première a moins de terres cultivées que la seconde, car, d'un côté, la mer en son milieu s'élargit et recouvre une grande partie des terres; d'un autre côté, l'extrême chaleur en sa partie méridionale réduit les surfaces cultivables. Par conséquent, les établissements humains ne se développent que dans sa partie septentrionale. Ils sont au contraire beaucoup plus épanouis dans la moitié est : nulle mer ne fait, en son milieu, concurrence à la terre ; et la mer Indienne, qui la longe au sud, est très étendue ; le voisinage de l'eau y adoucit l'air et lui donne une nature favorable à la génération : toutes ses provinces sont ainsi propices à la culture. Il en résulte que les établissements humains s'y sont bien épanouis.

L'établissement des hommes dans le monde a commencé avec Adam, que les prières de Dieu soient sur lui. C'est dans cette moitié est de la terre que les fils d'Adam se sont d'abord reproduits ; mais toutes les nations entre Adam et Noé ont disparu, et nous ne savons rien de leur histoire. En effet, ce qui nous est parvenu dans les Livres divins, c'est seulement l'histoire de Noé et de ses descendants. Nous ne savons rien au-delà. Le plus ancien des livres révélés que nous connaissions aujourd'hui est la Torah : elle ne renferme rien au sujet de l'histoire de ces peuples. Or, le seul moyen d'être en rapport avec l'histoire ancienne est la révélation. Autrement, les récits historiques disparaissent avec la disparition de leurs peuples.

Les généalogistes sont unanimes à dire que la descendance humaine procède exclusivement de Noé et de trois de ses fils : Sem, Cham et Japheth. Sem est l'ancêtre des Arabes, des Hébreux, des Sabéens ; Cham, celui des Coptes, des Cananéens, des Berbères, des Noirs ; Japheth, celui des Turcs, des Rum, des Khazars, des Perses, des Daylam et des Jîl. Mais je ne sais sur quoi se fondent les généalogistes pour affirmer que tout le lignage humain procède exclusivement de ces trois personnages. Est-ce sur la tradition ? Cela n'est pas possible, comme nous venons de le voir. Ou bien sur une opinion tirée de la division du monde habité, qui les aurait amenés à attribuer aux peuples de chaque région du monde un seul lignage commun : au sud la descendance de Sem, à l'ouest celle de Cham, au nord celle de Japheth ? Mais puisque c'est là la tradition admise parmi les généalogistes du monde, appuyons-nous sur elle et poursuivons notre propos.

Le premier qui régna sur la terre parmi les descendants

de Noé — que le salut soit sur lui — fut Nemrod, fils de Canaan, fils de Kush, fils de Cham, mentionné dans la Torah. Après lui régna Eber, fils de Shélah, à qui on fait remonter les Hébreux et les Syriens, qui sont les Nabatéens ; ceux-ci eurent une puissante dynastie : ce sont les rois de Babylone, descendants de Nabît, fils d'Ashshûr, fils de Sem (on dit aussi : Nabît, fils de Mâsh, fils d'Aram). Ce sont eux qui, d'après Mas'ûdî, régnèrent sur la terre après le Déluge. Ils furent ensuite vaincus par les Perses, qui leur enlevèrent Babylone et toutes les terres qui leur étaient soumises. À cette époque, deux grands États se partageaient le monde : celui des rois de Babylone dont nous venons de parler, et celui des Coptes en Égypte ; les premiers en Orient, les seconds en Occident. Ils faisaient de la magie, et s'en servaient dans beaucoup de leurs travaux. De cela on a un double témoignage : les anciens temples égyptiens et le *Livre d'agronomie* d'Ibn Wahshiyya. Après leur victoire sur Babylone, les Perses restèrent les seuls maîtres de l'Orient. Puis Moïse — sur lui les prières de Dieu — apporta la loi première, interdit la magie et ses procédés. Dieu, par le naufrage du Pharaon et de ses gens, lui donna la victoire sur les Coptes. Plus tard, les fils d'Israël établirent leur pouvoir sur la Syrie et fondèrent Jérusalem. Dans le nord et l'ouest apparurent les Rum. Ils vainquirent le premier empire des Perses et leur prirent le pouvoir. Alexandre enleva aux Perses toutes leurs possessions. Leur empire passa plus tard aux Sassanides, tandis que celui des Grecs en Syrie et au Maghreb alla aux Césars, comme nous l'avons mentionné précédemment. Ces deux empires acquirent une grande puissance et établirent leur domination sur le monde entier. Les Turcs, qui disputèrent aux Perses le Khurâsân et la Transoxiane au cours de guerres restées célèbres, eurent pour rois les Banû Afrâsiyâb.

Puis apparut le Sceau des prophètes, Muhammad, que les prières de Dieu soient sur lui. Il réussit à réunir les Arabes autour de l'islam. « Même si tu avais pour cela dépensé en totalité ce qui est sur la terre, tu n'aurais pu unir leurs cœurs. Mais c'est Dieu qui les a unis[2]. » Dieu le reprit auprès de Lui, après qu'il eut ordonné la guerre sainte et promis, au nom de Dieu, que la terre irait à sa communauté. Deux ans après sa mort, les Arabes marchèrent contre Chosroès et César et leur arrachèrent le pouvoir ; par-delà les Perses, ils atteignirent les Turcs, et par-delà les Rum, les Berbères et le Maghreb. Le monde entier se trouva désormais sous la bannière de l'islam.

Après la mort du Prophète, des divergences naquirent entre les hommes de la religion au sujet de celui à qui devait revenir l'autorité. Un groupe d'Arabes prit le parti de 'Alî, et prétendit que le Prophète avait laissé une disposition testamentaire en faveur de son cousin. Mais la communauté refusa de souscrire à cette prétention, et se prononça pour l'*ijtihâd*[3]. Les anciens adoptèrent cette position durant le règne de la dynastie omeyyade, où le pouvoir et l'islam connurent un grand développement. Le chiisme se perpétua avec de multiples tendances soutenant le droit des descendants de 'Alî, et indiquant auxquels de ces derniers revenait ce droit. L'une de ces tendances aboutit à Muhammad Ibn 'Alî Ibn 'Abd Allâh Ibn 'Abbâs. Ses partisans apparurent au Khurâsân, et prirent possession de toute cette région ainsi que de l'Irak. Ensuite, ils vainquirent les Omeyyades et leur arrachèrent le pouvoir[4]. Ils devinrent puissants, contribuèrent à la puissance de l'islam, et eurent de nombreux califes. Puis leur État fut atteint, comme tous les États, par le luxe et la quiétude. Ils devinrent indolents, et de nombreux contestataires se révoltèrent contre eux parmi les 'Alides et d'autres : au Maghreb, la dynastie des Banû Ja'far as-Sâdiq, ou 'Ubaydites, descendants de 'Ubayd Allâh al-Mahdî Ibn Muhammad. Soutenue par les Kutâma et les tribus berbères, elle s'empara du Maghreb et de l'Égypte. Au Tabaristân, la dynastie des Banû al-'Alawî, soutenue par les Daylam et leurs frères les Jîl. Enfin, la lointaine dynastie des Omeyyades en Andalus. Quand les 'Abbâssides les eurent vaincus et qu'ils eurent massacré un grand nombre d'entre eux, 'Abd ar-Rahmân, fils de Mu'âwiya, fils de Hishâm, fils de 'Abd al-Malik, prit la fuite et se réfugia au Maghreb. Il passa ensuite en Andalus, y obtint le ralliement des Arabes et des clients des Omeyyades et fonda un nouveau pouvoir omeyyade. Jusqu'au IVe [X^e^] siècle, la communauté musulmane resta partagée entre ces quatre dynasties.

Au Tabaristân, le pouvoir des Banû al-'Alawî disparut, pour passer aux Daylam ; ceux-ci se partagèrent le Khurâsân, la Perse, l'Irak, puis établirent leur domination sur Bagdad ; le calife fut placé sous la tutelle des Bouyides, qui leur étaient attachés.

Les Samanides — partisans des Banû Tâhir —, qui étaient gouverneurs des provinces de Transoxiane, profitèrent de l'affaiblissement du califat pour usurper le pouvoir dans ces régions et s'y tailler un grand royaume. À la fin de leur règne, Mahmûd Ibn Sebüktgîn, un de leurs clients, usurpa leur pouvoir. Il s'empara du Khurâsân, de la Transoxiane jusqu'au Shâsh, puis de Ghazna et du pays qui s'étendait au sud de cette ville jusqu'en Inde. Il passa ensuite en Inde : il en conquit une grande partie, et mit la main sur des trésors qu'aucun autre conquérant avant lui n'avait jamais réussi à trouver. Cette situation dura dans la communauté musulmane jusqu'à la fin du IVe [xe] siècle.

Depuis leur soumission aux Arabes et leur conversion à l'islam, les Turcs étaient restés les maîtres des pays qu'ils possédaient en Transoxiane : Kashghar, as-Sâghûn et Farghâna. Les califes les avaient nommés gouverneurs de ces régions, et ils y fondèrent un nouveau pouvoir. Les Turcs nomades se déplaçaient dans ces régions à la recherche de zones de pluies et de pâturages ; ils étaient dominés par la tribu des Ghuzz, qui font partie de leurs peuples. Les Ghuzz sont identifiés avec les *Khûz*, nom que les Arabes ont déformé en transformant le *kh* en *gh* et en contractant le *û* dans le deuxième *z*, ce qui a donné un double *z*. Les chefs de ces Ghuzz étaient issus des Banû Saljûq Ibn Mikâ'îl, qui servaient tantôt les rois turcs du Turkestan, tantôt les rois samanides de Bukhârâ. Lorsque entre ces derniers éclataient des conflits, ils choisissaient le parti qui leur convenait. Plus tard, Mahmûd Ibn Sebüktgin vainquit les Samanides ; venant du Khurâsân, il s'installa à Bukhârâ et les chassa du trône. Puis il fit arrêter et mettre en prison dans le Khurâsân les plus hauts personnages des Banû Saljûq. Après sa mort, ce fut son frère Mas'ûd qui prit le pouvoir et le remplaça sur le trône. Les Banû Saljûq se soulevèrent contre lui, et les Ghuzz passèrent au Khurâsân, qu'ils occupèrent. Puis ils prirent le Tabaristân aux Daylam, et Ispahan et la Perse aux Bouyides. Leur roi était alors Tughrilbeg Ibn Mikâ'îl, des Banû Saljûq. Il enleva Bagdad aux descendants de Mu'izz ad-Dawla Ibn Buwayh (qui avait usurpé le pouvoir du calife al-Mutî' et l'avait écarté des affaires du califat et du pouvoir), passa en Irak arabe, dont il vainquit et fit disparaître les rois, au pays de Bahrayn et d'Oman, puis en Syrie et au pays des Rum. Il réunit ainsi toutes les provinces de l'islam sous son autorité.

Les Arabes refluèrent au Hijâz, dépouillés du pouvoir, comme s'ils n'y avaient jamais eu aucune part. Cela se passait dans les années quarante du ve [années soixante du xie] siècle. Les Francs lançaient leur offensive contre ce qui restait des Omeyyades de l'Andalus, leur arrachaient le pouvoir, occupaient villes et métropoles. Au Caire, les 'Ubaydites se trouvaient soumis à une double pression : celle des souverains ghuzz à partir de la Syrie, avec Mahmûd Ibn Zankî mais aussi avec d'autres de leurs princes ou de leurs mamelouks ; et celle des souverains du Maghreb, qui s'étaient annexé tout le pays au-delà d'Alexandrie, d'abord avec les rois Sinhâja en Ifrîqiya, puis avec les Lemtuna almoravides au Maghreb Extrême et Central et, plus tard, avec les Masmûda almohades. Ils devaient en outre faire face, en Orient, aux Ghuzz et aux Saljûqides et, après ces derniers, à leurs descendants et leurs clients, jusqu'à la fin du vie [xiie] siècle.

Puis, alors qu'était tombé le vent des Ghuzz, que leur dynastie s'était désagrégée, on assista à l'apparition de Gengis Khân, l'émir des Mongols, peuple tatar. Gengis Khân était voyant, et son grand-père an-Najr l'avait été également. On prétend que ce dernier naquit sans père. Ayant vaincu les Ghuzz au désert, Gengis Khân s'empara du pouvoir des Tatars. Il marcha contre la capitale de Khwârizm, où régnait 'Alâ' ad-dîn Khwârizm Shâh, dont les ancêtres étaient des clients de Tughrilbeg. Il lui disputa son pouvoir et le poursuivit jusqu'au lac de Tabaristân. 'Alâ' ad-dîn se réfugia dans une île de ce lac, où il tomba malade et mourut. Gengis Khân retourna au Mâzandarân, une contrée du Tabaristân, où il s'établit. Il expédia ses armées composées de Mongols et fit soumettre tout le pays qui était sous l'autorité des Ghuzz. Il installa son fils Tûlî sur le trône du Khurâsân, son fils Dûshî Khân sur Sarây et le pays des Turcs, et son fils Jaqatây sur le trône des Turcs en Transoxiane, c'est-à-dire Kâshghar et le Turkestan. Quant à lui, il demeura à Mâzandarân jusqu'à sa mort, et y fut enterré.

Son fils Tûlî laissa deux enfants mâles : Qublây et Hûlâgû. La mort du premier permit à Hûlâgû de demeurer le seul maître du Khurâsân. Il entra ensuite en conflit avec Barka, fils de Dûshî Khân, et soutint contre lui une longue guerre, dont ils finirent par se lasser tous les deux. Hûlâgû se tourna alors vers le pays d'Ispahan et la Perse, ensuite vers les califes de Bagdad et l'Irak arabe. Il soumit toutes ces contrées, entra à Bagdad sous le dernier calife 'abbâsside al-Musta'sim, qu'il tua, avant de mettre la ville à feu et à sang. Il professait alors le paganisme.

Il passa ensuite en Syrie, s'empara de toutes ses villes et ses métropoles jusqu'à Jérusalem. Les rois d'Égypte, qui étaient d'anciens clients des Ayyoubides, appelèrent à l'aide Barka, le maître de Sarây. Celui-ci avança vers le Khurâsân, afin de détourner Hûlâgû de la Syrie et de l'Égypte. Lorsqu'il apprit cette nouvelle, Hûlâgû entra dans une grande fureur, car entre les deux hommes régnait un esprit de compétition et de haine. Il revint sur ses pas vers l'Irak, puis vers le Khurâsân pour repousser Barka, et le conflit se prolongea entre eux jusqu'à la mort de Hûlâgû, en 663 [1264]. Les émirs de l'Égypte, anciens clients des Ayyoubides, se mirent en campagne. Le plus grand d'entre eux, Qutuz, qui était leur roi, reprit l'une après l'autre, les villes syriennes que Hûlâgû avait enlevées aux Ayyoubides, et annexa la Syrie à son royaume d'Égypte. Puis Dieu guida Abghâ, fils de Hûlâgû, vers l'islam. Il se convertit après son cousin Barka, maître de Sarây, qui avait embrassé l'islam par l'intermédiaire d'un mystique, disciple de Shams ad-dîn Kubrâ. Ainsi, les deux hommes s'accordèrent dans l'islam. Après eux se convertirent les Banû Jaqatây de Transoxiane. Dès lors, toutes les possessions musulmanes se trouvèrent sous l'autorité des enfants de Gengis Khân, Mongols et Tatars, à l'exception du Maghreb, de l'Andalus, de l'Égypte et du Hijâz. Ils furent ainsi les successeurs dans ces provinces des Saljûqides et des Ghuzz. Cette situation dura jusqu'à notre époque.

L'empire des Banû Hûlâgû disparut avec la mort d'Abû Sa'îd, leur dernier souverain, en l'an 740 [1339-1340]. Il fut partagé entre leurs gouverneurs et leurs parents mongols : l'Irak arabe, l'Adharbayjân et Tabrîz furent soumis à l'autorité d'ash-Shaykh Hasan, petit-fils de Hûlâgû, et demeurèrent jusqu'à nos jours aux mains de ses descendants ; Shâh Walî, un des serviteurs des Banû Hûlâgû, régna sur le Khurâsân et le Tabaristân, tandis que les Banû Muzaffar al-Burdî, qui furent aussi de leurs gouverneurs, régnèrent sur Ispahan et la Perse. Les Banû Dûshî Khân, quant à eux, conservèrent leur royaume de Sarây. Leur dernier souverain est Taqtamash Ibn Burdîbak.

Par la suite, les Banû Jaqatây de Transoxiane et leurs princes virent croître leur espoir d'établir leur domination sur les provinces soumises aux Banû Hûlâgû et aux Banû Dûshî Khân. N'ayant pas été touchés par le luxe et la mollesse, ils avaient en effet atteint une grande puissance et avaient conservé leur mode de vie bédouin. Ils étaient gouvernés par un roi nommé Sâtalmash, qui mourut il y a peu. On éleva sur le trône son fils, et tous les émirs des Banû Jaqatây se mirent au service de ce dernier. Le plus éminent d'entre eux était Timûr, connu sous le nom de Timur Ibn Taraghây. Il prit sous sa tutelle l'enfant, épousa la reine, et mit la main sur les possessions des Banû Dûshî Khân en Transoxiane : Samarqand, Bûkhârâ et Khwârizm. Après quoi, il passa au Tabaristân et au Khurâsân, dont il s'empara ; puis, après avoir pris Ispahan, marcha sur Bagdad, qu'il enleva à Ahmad Ibn Uways. Celui-ci se réfugia auprès du roi d'Égypte, az-Zâhir Barqûq, mentionné plus haut, qui l'accueillit et lui promit de le faire triompher de son ennemi.

L'émir Tamerlan envoya des messagers au maître de l'Égypte pour établir avec lui les conditions de sa nomination comme gouverneur, d'union et de bon voisinage. Parvenus à ar-Rahba, ceux-ci furent accueillis par le gouverneur de cette localité. Ils eurent une discussion avec lui, au cours de laquelle ils excitèrent son hostilité. Après les avoir invités à descendre chez lui, il les attaqua de nuit et les massacra tous. Az-Zâhir, de son côté, se mit en campagne, rallia les Arabes et les Turcomans, et cantonna sur les rives de l'Euphrate. Il appela à son secours Taqtamash, le maître de Sarây, qui mobilisa ses troupes et vint prendre position sur les voies d'accès.

En l'an 796 [1393-1394], Tamerlan marcha sur la Syrie, atteignit ar-Ruhâ, alors qu'az-Zâhir campait sur les rives de l'Euphrate. Craignant de lui livrer bataille, il alla guerroyer contre Taqtamash, à qui il enleva toutes ses provinces. Les tribus mongoles se rallièrent à Tamerlan et se rangèrent sous sa bannière. Taqtamash partit vers le nord, au-delà de Bulghâr, et se mit sous la protection des tribus Arûs, qui se rattachaient aux peuples turcs des montagnes. Tous les clans turcs marchèrent sous la bannière de Tamerlan.

Puis des troubles se produisirent chez les rois de l'Inde. À l'appel d'un de leurs princes dissidents, Tamerlan marcha contre eux à la tête des troupes mongoles, s'empara de Delhi, dont le souverain s'enfuit à Cambay, port de la mer Indienne, et saccagea le pays. Ayant appris la mort d'az-Zâhir Barqûq en Égypte, il rebroussa chemin, traversa l'Irak, l'Arménie et l'Arzangân. Parvenu à Sivas, il la réduisit à l'état de ruines, ravagea la région, puis repartit au début de l'année 803 [1400] pour attaquer Qal'at ar-Rûm. Celle-ci lui résista. Il poursuivit alors son chemin vers Alep, mit en déroute le gouverneur de Syrie qui était venu à sa rencontre avec son armée. Les Mongols pénétrèrent dans la ville de tous côtés, se livrèrent au pillage et aux spoliations, attentèrent à l'honneur des gens de la manière la plus barbare qui fût. Dès que ces nouvelles parvinrent en Égypte, le sultan Faraj, fils du roi az-Zâhir, s'apprêta à se porter à la défense de la Syrie. Il se mit en campagne à la tête de ses troupes turques et tenta de devancer les Mongols et leur souverain Tamerlan afin de leur barrer le chemin vers cette province.

RENCONTRE AVEC TAMERLAN, SULTAN DES MONGOLS ET DES TATARS

Lorsque parvint en Égypte la nouvelle que Tamerlan s'était emparé du Bilâd ar-Rûm et qu'après avoir détruit Sivas il était retourné en Syrie, le sultan réunit ses troupes, ouvrit le bureau des soldes, et donna à l'armée l'ordre de départ pour la Syrie. J'étais alors destitué de ma fonction, mais fus convoqué par Yishbak, secrétaire du sultan, qui me demanda de faire partie du cortège du souverain. Je manifestai ma contrariété, mais l'émir insista par de douces paroles et une grande bonté, et je dus céder. Je partis donc avec eux, au milieu du mois du noble *mawlid* de l'an 803 [5 octobre 1400]. Après un arrêt de quelques jours à Gaza, où nous guettions les nouvelles, nous parvînmes en Syrie, gagnant de vitesse les Tatars. Repartis de nuit après une halte à Shaqhab, nous arrivâmes au matin à Damas, alors que l'émir Tamerlan venait de quitter Baalbek avec ses armées, et se dirigeait lui aussi vers la capitale syrienne.

Le sultan fit dresser ses tentes sur la place de la coupole Yulbughâ, et Tamerlan, désespérant d'attaquer la ville, bivouaqua en vue de notre camp : nous passâmes ainsi plus d'un mois à nous observer, durant lequel les deux armées se rencontrèrent trois ou quatre fois sans victoire décisive ni d'un côté ni de l'autre.

Mais on vint rapporter au sultan et aux plus grands de ses émirs que certains émirs, fauteurs de désordre, se préparaient à s'enfuir en Égypte pour y fomenter une révolte. Ils décidèrent de rentrer aussitôt, craignant que ces rebelles entraînassent le peuple derrière eux, ce qui pouvait causer l'effondrement de l'État. Ils quittèrent Damas de nuit, un vendredi du mois de [ ][1] et, après avoir franchi la montagne d'as-Sâlihiya et dévalé ses torrents, ils poursuivirent leur route par la côte jusqu'à Gaza. Les gens de leur suite partirent de nuit, croyant que le sultan avait pris la grande route pour l'Égypte. Ils allèrent ainsi par bandes, en passant par Shaqhab, jusqu'à parvenir au Caire. Les habitants de Damas se réveillèrent le lendemain dans la consternation, ne comprenant rien à ce qui s'était passé.

Les cadis et les juristes vinrent me voir. Je tins avec eux une réunion à la medersa al-'Adiliya, et ils se mirent d'accord pour demander à l'émir Tamerlan la sécurité pour leurs maisons et leurs femmes. Ils consultèrent le commandant de la citadelle, qui désapprouva leur décision. Mais ils passèrent outre, et le cadi hanbalite Burhân ad-dîn Ibn Muflih, se rendit auprès de Tamerlan, accompagné du cheikh de la *zaouïa* [ ][2]. Il leur accorda l'aman, et les renvoya avec une invitation pour les notables et les cadis. Munis de cadeaux, ceux-ci se firent descendre par des cordes du haut des remparts et se présentèrent devant lui. Il les reçut avec bienveillance, leur remit des écrits d'aman et les congédia avec les plus grands espoirs. Ils étaient parvenus avec lui à un accord comportant l'ouverture de la ville dès le lendemain, la reprise de la vie normale, et l'entrée d'un émir qui exercerait la fonction de gouverneur et qui aurait pouvoir sur eux en son nom glorieux.

Le cadi Burhân ad-dîn m'apprit qu'il l'avait interrogé à mon sujet : il voulait savoir si j'étais reparti avec les armées égyptiennes ou si j'étais dans la ville. Le cadi lui indiqua la medersa où je me trouvais. Nous passâmes cette nuit dans l'attente de nous rendre auprès de lui. Une dispute éclata dans la Grande Mosquée, et certains critiquèrent le fait de se fier à de simples paroles. Ayant eu vent de tout cela au cœur de la nuit, je craignis pour ma vie, et j'allai voir avant le lever du jour les cadis qui se tenaient devant la porte et leur demandai de me laisser sortir ou de me faire descendre du haut du rempart. Ils refusèrent tout d'abord, puis ils finirent par se rendre à mes raisons et me laissèrent descendre. Je trouvai les gens de Tamerlan près de la porte et, parmi eux, son lieutenant, qu'il avait désigné pour occuper la fonction de gouverneur de Damas. Il s'appelait Shâh Malik, des Banû Jaqatây, du même clan que Tamerlan. Nous échangeâmes les formules de salut et de protection ; puis Shâh Malik me donna une monture et désigna pour m'accompagner chez le sultan un de ses gens. Lorsque je m'arrêtai devant la porte de Tamerlan, l'on ordonna de m'installer dans une tente près de la sienne ; mais lorsqu'on donna de plus amples informations sur moi, en précisant que j'étais le cadi malikite maghrébin, Tamerlan me fit appeler aussitôt[3].

J'entrai dans sa tente. Je le trouvai à demi allongé, appuyé sur son coude : des plats lui étaient présentés, sur un signe qu'il faisait à l'adresse des clans mogols assis en cercles devant sa tente. D'abord, je le saluai, et lui marquai par un signe de tête ma soumission. Il leva la tête, me tendit sa main à baiser, et me signifia de m'asseoir. Je m'assis à l'endroit même où j'étais parvenu.

Il fit appeler le juriste 'Abd al-Jabbâr Ibn an-Nu'mân[4], un hanafite de Khwârizm, membre de son entourage, pour nous servir d'interprète. Il me demanda de quelle région du Maghreb je venais, et pourquoi je l'avais quittée.

« J'ai quitté mon pays pour accomplir l'obligation du pèlerinage. J'avais pris la mer ; arrivé au port d'Alexandrie le jour de la Fête de la rupture du jeûne de l'an 784 [8 juin 1383], j'avais trouvé la ville en fête : il y avait exactement dix jours qu'az-Zâhir était intronisé.

— Et qu'a-t-il fait pour toi ?

— Le plus grand bien ; il m'a reçu avec bonté, m'a hébergé et m'a approvisionné pour le pèlerinage. À mon retour, il m'a accordé une pension, et j'ai vécu sous sa protection, jouissant de ses bienfaits — que Dieu l'ait en Sa miséricorde et lui accorde Sa récompense.

— Dans quelles circonstances t'a-t-il nommé cadi ?

— Après la mort du cadi malikite, un mois avant sa propre mort, il m'a désigné à sa place[5], me jugeant digne d'occuper cette fonction, doté des qualités d'équité et d'impartialité, indifférent au prestige. Mais il décéda un mois plus tard, et les dignitaires de l'État, mécontents de me voir occuper cette position, m'en déchargèrent, que Dieu les en récompense.

— Et ton fils[6] ?

— Il est dans le Maghreb Intérieur, secrétaire du Grand Roi.

— Que désigne le “Maghreb Intérieur” dans la description du Maghreb ?

— Il signifie chez les gens de ce pays “le plus reculé” ; car le Maghreb tout entier est baigné par la mer Syrienne. Les régions les plus proches par rapport à nous en sont Barqa et l’Ifrîqiya ; Tlemcen et le pays Zénète en constituent le Maghreb Central ; Fès et Marrakech forment le Maghreb Extrême ou “Intérieur”.

— Où se situe Tanger dans ce Maghreb ?

— Dans l’angle, entre la mer Environnante et le détroit d’az-Zuqâq, qui est le détroit de la mer Syrienne.

— Et Ceuta ?

— À quelque distance de Tanger, sur la côte d’az-Zuqâq ; c’est de là qu’on embarque pour l’Andalus, la distance qui l’en sépare n’étant que de quelque vingt milles.

— Et Fès ?

— Elle n’est pas sur la côte ; construite entre des collines, c’est la capitale des rois du Maghreb, les Mérinides.

— Et Sijilmâsa ?

— À la frontière entre les pays cultivés et les sables, du côté sud.

— Cela n’est pas assez. Je veux que tu me fasses par écrit la description du Maghreb tout entier : ses régions les plus lointaines et les plus proches, ses montagnes et ses fleuves, ses villages et ses grandes villes, comme si je l’avais sous les yeux.

— Ce sera fait sous vos auspices. »

Plus tard, quand j’eus quitté son conseil, je rédigeai ce qu’il m’avait demandé en un petit abrégé d’une douzaine de cahiers in-folio. Après cette conversation, il signifia à ses serviteurs d’apporter de sa propre tente un plat nommé *ar-rishta*, que les Tatars confectionnent à la perfection. Quand on eut apporté les plats, il fit signe de me les présenter. Je me levai et m’en servis ; puis je bus et me parfumai. Mon attitude eut sur lui le meilleur effet. Ensuite, je me rassis ; et nous gardâmes un moment le silence.

J’étais dominé par la crainte, en pensant au grand malheur du cadi shafi‘ite Sadr ad-dîn al-Munâwî, qui avait été fait prisonnier à Shaqhab par les troupes tatares parties à la poursuite de l’armée égyptienne. On l’avait ramené, et on exigeait une rançon pour sa libération. Je méditai des paroles par lesquelles je m'adresserais à lui et tenterais d'obtenir sa bienveillance en glorifiant sa vie et son règne. J'avais autrefois, quand j'étais au Maghreb, entendu de nombreuses prédictions concernant son avènement. Les astrologues, qui faisaient des prédictions d'après les deux planètes supérieures[7], guettaient la dixième conjonction dans le trigone. Celle-ci devait se produire en l'an 766 [1364-1365]. Ayant rencontré en l'an 761 [1359-1360], à la Grande Mosquée Qarawiyîn à Fès, le prédicateur de Constantine, Abû 'Alî Ibn Bâdis, qui était très versé dans l'astrologie, je l'avais interrogé au sujet de cette conjonction et de ses effets.

« Elle signale, m'avait-il dit, un grand rebelle dans la région du nord-est, originaire d'une nation de nomades habitant des tentes, qui dominera les empires, renversera les États, et soumettra la plus grande partie du monde.

— À quelle époque apparaîtra-t-il ? avais-je demandé.

— C'est en l'an 784 [1382-1383] que sa renommée se répandra de par le monde », m'avait-il expliqué.

Des propos similaires m'avaient été tenus, dans une de ses lettres, par le médecin et astrologue juif Ibn Zarzar, qui était au service du roi chrétien Pèdre, fils d'Alphonse. Mon maître Muhammad al-Abilî lui-même, que Dieu l'ait en Sa miséricorde, qui était la plus haute autorité en matière de sciences rationnelles, me disait chaque fois que je discutais avec lui ou l'interrogeais à ce sujet : « Son heure est proche, et si tu restes en vie, tu le verras certainement. » Les soufis, eux aussi, attendaient l'arrivée de cet être : ils voyaient en lui le Fâtimide dont il est parlé dans certains hadiths du Prophète, adoptés par les chiites et d'autres. Le petit-fils du maître Abû Ya'qûb al-Bâdisî, le plus éminent des saints du Maghreb, m'avait rapporté que celui-ci avait dit un jour, après s'être relevé de sa prière matinale : « Ce jour est né le Fâtimide. » Cela se passait dans les années quarante du VIIIe [années quarante du XIVe] siècle. En raison de tout cela, je guettais son avènement.

À cause de la crainte que j'éprouvais, j'eus donc l'idée de l'entretenir un peu de ces choses, afin qu'il y trouvât du repos et qu'il fût mieux disposé en ma faveur. Je m'adressai à lui en ces termes :

« Que Dieu t'assiste, Sire ! Cela fait aujourd'hui trente ou quarante ans que j'espère cette rencontre.

— Pour quelle raison ? demanda-t-il.

— Pour deux raisons, répliquai-je. La première, c'est que tu es le sultan du monde, le roi d'ici-bas ; et je ne sache pas qu'il ait paru dans la Création depuis Adam un roi qui te fût comparable. Je ne suis pas de ceux qui parlent en l'air, car je suis homme de science. En voici l'explication : Le pouvoir n'existe que par l'esprit de corps. Il est d'autant plus étendu que les peuples groupés sous cet esprit de corps sont nombreux. Or, avant comme après, les hommes de science s'accordent sur le fait que les deux nations les plus nombreuses de la terre sont les Arabes et les Turcs. Vous connaissez l'étendue du pouvoir des Arabes lorsqu'ils étaient unis par la religion autour de leur prophète. Quant aux Turcs, il suffit, pour témoigner de leur part au pouvoir, de citer leur rivalité avec les rois de Perse, auxquels Afrasyâb a arraché le pays de Khurâsân. Aucun roi de la terre, ni Chosroès, ni César, ni Alexandre, ni Nabuchodonosor n'a jamais disposé d'un esprit de corps comparable au leur. Le premier est le chef et le roi des Perses : mais que valent ceux-ci devant les Turcs ? Le deuxième et le troisième sont les rois des Rum : mais les Rum peuvent-ils être comparés aux Turcs ? Quant à Nabuchodonosor, il est le chef des Babyloniens et des Nabatéens : et que sont-ils, comparés aux Turcs ? C'est une preuve évidente de la vérité de ce que j'ai avancé concernant Votre Majesté.

« La deuxième raison pour laquelle j'espérais vous rencontrer, ce sont les prédictions des devins du Maghreb et des saints. »

Et je lui fis part de ce que j'ai relaté plus haut.

« Tu as cité Nabuchodonosor à côté de Chosroès, de César et d'Alexandre, remarqua-t-il, alors qu'il ne peut être considéré pareillement. Ils sont de grands rois, et lui n'est qu'un commandant des Perses, comme moi je ne suis qu'un des lieutenants du maître du trône que voilà. »

Et il fit un geste en direction d'une rangée d'hommes qui se tenaient derrière lui. Il voulait désigner l'homme dont il avait épousé la mère en secondes noces, après la mort du roi Sâtalmash ; mais il ne le trouva pas là, et on lui dit qu'il avait quitté le rang.

« À quel peuple appartenait Nabuchodonosor ? reprit-il.

— C'est une question controversée, répliquai-je. Certains disent qu'il se rattache aux Nabatéens, derniers rois de Babylone, d'autres affirment qu'il descend des premiers Perses.

— Il est donc descendant de Manushihr, affirma-t-il.

— Oui, dis-je ; c'est du moins ce que l'on raconte.

— Nous avons avec ce Manushihr des liens de parenté par les femmes », déclara-t-il.

J'exprimai à l'interprète ma grande admiration pour ce fait, et j'ajoutai :

« C'est une autre raison pour moi de souhaiter te rencontrer.

— Et toi, à quel avis te ranges-tu ? reprit le souverain.

— Je pense, dis-je, qu'il fait partie des derniers rois de Babylone. »

Il fut de l'avis contraire.

« L'opinion de Tabari nous crée des ennuis, dis-je. Il est l'historien et le traditionnaire de l'islam. Personne ne le surpasse.

— Pourquoi nous en tenir à Tabari ? dit-il. Prenons les livres d'histoire des Arabes et des non-Arabes, et disputons.

— Et moi aussi je plaiderai pour Tabari. »

Notre entretien s'arrêta là. Il garda le silence un moment. Puis on vint lui annoncer l'ouverture de la ville et la sortie des cadis, fidèles à leur parole de lui faire soumission en échange de leur sécurité. À cause d'un mal qu'il avait au genou, on le transporta jusqu'à son cheval et on le fit monter. Il prit les rênes et se mit bien en selle, pendant qu'à ses côtés on fit battre les tambours jusqu'à ce que l'air en tremblât. Ensuite, il se dirigea vers Damas.

Il descendit de cheval au cimetière de Manjak, près de la porte d'al-Jâbiya, et tint audience. Les cadis et les notables de la ville furent introduits auprès de lui, et je fus du nombre. Il les congédia, après avoir ordonné à son lieutenant Shâh Malik de les revêtir de robes d'honneur, suivant leurs fonctions respectives. Quant à moi, il me signifia de m'asseoir. Je m'assis devant lui. Il convoqua ensuite les émirs de son gouvernement chargés des questions d'architecture, qui amenèrent avec eux les maîtres maçons géomètres. Ils discutèrent sur la façon de vider l'eau du fossé qui entourait la citadelle, afin de découvrir par le moyen de l'art le système d'évacuation. Ils débattirent longuement, et s'en allèrent. Je suivis leur exemple, après en avoir demandé l'autorisation à Tamerlan, et rentrai chez moi, à l'intérieur de la ville. M'étant enfermé pour rédiger la description du Maghreb qu'il m'avait demandée, je l'achevai au bout de quelques jours et la lui présentai en mains propres. Il demanda à son secrétaire de la lui traduire en langue mongole.

Par la suite, il renforça le siège de la citadelle, disposant autour d'elle des machines de guerre telles que catapultes, *nufût*[8], onagres, balistes : soixante catapultes et autres engins furent ainsi dressés en l'espace de quelques jours. De tous côtés s'écroulaient les murs de la citadelle : n'en pouvant plus, les assiégés demandèrent l'aman.

Il y avait dans la citadelle un groupe de serviteurs du sultan qui y étaient restés après son départ. Le sultan Tamerlan leur accorda l'aman, et ils se présentèrent devant lui. La citadelle fut ensuite détruite et ses traces effacées.

Après s'être approprié tout ce que le sultan d'Égypte avait abandonné derrière lui : biens de toutes sortes, animaux de charge, chevaux, Tamerlan expropria les gens de la ville et leur arracha d'immenses richesses. Puis il autorisa le pillage des maisons : on s'empara des femmes et des biens, et on mit le feu aux hardes et aux objets sans valeur. L'incendie atteignit les murs des maisons, qui étaient soutenues par des poutres en bois. Redoublant d'intensité, il gagna la Grande Mosquée : le feu s'éleva jusqu'au plafond de l'édifice, dont le plomb coula ; les voûtes et les murs s'écroulèrent. L'horreur du spectacle était extrême. C'est Dieu qui a entre Ses mains le cours des choses. Il agit envers Ses créatures et gouverne Son royaume comme il Lui plaît.

Durant mon séjour chez le sultan Tamerlan, un homme de la citadelle vint le voir le jour où il accorda l'aman aux habitants de celle-ci. C'était un descendant des califes installés en Égypte, de la lignée de l'ʿabbâsside al-Hâkim, qu'az-Zâhir Baybars avait mis sur le trône. Il demanda à Tamerlan de lui faire justice, et de le rétablir dans la fonction de calife qu'occupaient ses ancêtres.

« Je convoquerai les juristes et les cadis, lui dit Tamerlan. S'ils t'accordent quelque chose, je te ferai justice. »

Juristes et cadis furent appelés ; je fus du nombre. Nous nous présentâmes devant Tamerlan, ainsi que l'homme qui revendiquait le califat. ʿAbd al-Jabbâr lui dit :

« Tu es devant une assemblée d'équité, parle. »

L'homme déclara :

« Le califat nous revient, à nous et à nos ancêtres. Selon le hadith authentique, tant que le monde existe, l'autorité est aux ʿAbbâssides ; c'est-à-dire l'autorité du califat. J'ai plus de droit au califat que celui qui en occupe la fonction aujourd'hui en Égypte. Car mes pères, dont je suis l'héritier, y avaient droit, tandis que lui, il a été investi sans fondement. »

'Abd al-Jabbâr demanda à chacun d'entre nous de dire son avis. Nous restâmes un moment silencieux. Il réitéra sa question :

« Que dites-vous de ce hadith ? »

Burhân ad-dîn Ibn Muflih affirma qu'il était faux, et sollicita mon opinion.

« Il est faux en effet, comme vous le dites », approuvai-je.

Le sultan Tamerlan intervint :

« Comment le califat est-il passé aux 'Abbâssides jusqu'à notre époque ? »

Comme il s'adressait à moi, je répondis en ces termes :

« Que Dieu t'assiste, Sire ! Au lendemain de la mort du Prophète, les musulmans s'étaient divisés sur la question de savoir s'ils devaient nécessairement nommer l'un d'entre eux pour diriger leurs affaires religieuses et temporelles. Un groupe, dont les khârijites, nia cette nécessité ; la majorité de la communauté se prononça en sa faveur. Puis des divergences naquirent quant à son fondement. Les chiites dans leur totalité invoquèrent la thèse de la disposition testamentaire : selon eux, le Prophète — que la prière et le salut de Dieu soient sur lui — aurait laissé une disposition testamentaire en faveur de 'Alî. Mais ils se divisèrent en tendances innombrables au sujet de la transmission de cette disposition aux descendants de ce dernier. Les sunnites refusèrent unanimement d'admettre la réalité de cette disposition. Ils trouvèrent le fondement de cette nécessité dans l'*ijtihâd*[9], qui est l'effort indépendant des musulmans pour le choix d'un homme réunissant les qualités de vérité, de savoir et de justice, à qui ils délégueraient la direction de leurs affaires.

« Les sectes 'alides se multiplièrent, et selon eux, la disposition testamentaire serait ensuite passée des Banû al-Hanafiyya aux Banû al-'Abbâs, lorsque Abû Hâshim Ibn Muhammad Ibn al-Hanafiya la transmit à Muhammad Ibn 'Alî Ibn 'Abd Allâh Ibn 'Abbâs. Celui-ci implanta ses missionnaires dans le Khurâsân, et Abû Muslim apporta son appui à la secte, et soumit à son autorité le Khurâsân et l'Irak. Après s'être installé à Koufa, ses partisans choisirent pour chef Abû l-'Abbâs as-Saffâh, le fils du fondateur de la secte. Voulant réunir autour de la proclamation de celui-ci l'unanimité des sunnites et des chiites, ils écrivirent aux chefs de la communauté et aux personnages influents du Hijâz et d'Irak pour solliciter leur avis. Tous manifestèrent leur satisfaction. Abû l-'Abbâs reçut alors de ses partisans à Koufa un acte d'allégeance exprimant le consensus et l'unanimité. Il légua ensuite son titre à son frère al-Mansûr, et celui-ci, à ses descendants. Le califat demeura dans la famille 'abbâsside jusqu'à al-Musta'sim, le dernier calife de Bagdad ; il se transmettait soit par désignation testamentaire, soit par le choix des contemporains. Quand Hûlâgû s'empara de Bagdad et tua al-Musta'sim, les membres de la famille de ce dernier se dispersèrent. L'un d'entre eux, nommé Ahmad al-Hâkim, descendant d'ar-Râshid, gagna l'Égypte, et fut intronisé par az-Zâhir Baybars, avec le consentement des notabilités de l'armée et du corps des juristes. Le califat se transmit ensuite dans sa famille, jusqu'à l'actuel titulaire de la fonction en Égypte. On ne connaît aucune version différente de ces faits. »

Tamerlan dit alors à notre plaideur :

« Tu as entendu la sentence des cadis et des muftis, d'où il apparaît que tu n'as aucun droit à revendiquer. Va ton chemin ! »

MON DÉPART DE CHEZ TAMERLAN ET MON RETOUR EN ÉGYPTE

Après ma rencontre avec Tamerlan et ma descente le long du rempart, un de mes amis, qui connaissait bien les coutumes des Tatars pour avoir fréquenté ces derniers, me conseilla d'offrir un cadeau à l'émir, si petit fût-il ; car chez eux, c'était quelque chose d'obligatoire lorsqu'on rend visite à leurs rois. Je choisis au marché des livres un très beau Coran en un volume avec une reliure aux fers, un joli tapis de prière, une copie d'*al-Burda*, le célèbre poème à la louange du Prophète, que la prière et le salut de Dieu soient sur lui, et quatre boîtes de très bonnes sucreries égyptiennes.

Muni de ce présent, je fus introduit auprès de lui dans le Palais bigarré, alors qu'il tenait audience dans la salle du trône. Me voyant, il se leva et me fit signe de m'asseoir à sa droite. Il était entouré par les grands dignitaires des Banû Jaqatây. Ayant pris place, je gardai le silence quelques instants. Puis, me tournant vers lui, je montrai le présent, que tenaient mes serviteurs, et le déposai par terre. Il se mit en face de moi. J'ouvris le Livre saint : dès qu'il le reconnut, il se hâta de se lever, et le posa sur la tête. Je lui présentai ensuite le poème *al-Burda* : il me demanda ce que c'était et me questionna sur son auteur. Je lui dis ce que j'en savais. Puis, je lui remis le tapis de prière. Il le prit et l'agréa. Je posai enfin devant lui les boîtes de confiserie. Après que j'en eus goûté, suivant l'usage, il en distribua à toute l'assistance. Tout ce que j'avais apporté, il l'accueillit avec faveur, et s'en montra satisfait.

M'adressant à lui en ces termes, je ramenai la conversation sur ma situation et celle de certains de mes amis :

« Sire, que Dieu t'assiste ! Je voudrais te soumettre quelques propos.

— Parle.

— Je suis doublement étranger dans ce pays : par rapport au Maghreb, ma patrie et la terre où je suis né, et par rapport à l'Égypte et aux hommes de ma génération. Me trouvant sous ta protection, je te prie de me dire ce qui pourrait adoucir ma situation.

— Dis-moi ce que tu veux, et je le ferai pour toi.

— L'éloignement m'a fait oublier ce que je veux. Puisses-tu m'en faire ressouvenir, Sire.

— Quitte la ville, et viens dans mon camp. Je réaliserai, si Dieu le veut, le fond de ton désir.

— Que ton lieutenant Shâh Malik m'en écrive l'ordre », lui demandai-je.

Il commanda à Shâh Malik de faire le nécessaire. Après l'avoir remercié et prié pour lui, je repris :

« Il me reste une dernière requête.

— Laquelle ?

— Elle concerne les membres de la suite du sultan d'Égypte restés ici après son départ. Lecteurs de Coran, secrétaires, responsables de bureaux administratifs, gouverneurs, ils sont aujourd'hui soumis à ton autorité. Un souverain ne peut négliger des gens comme eux. Or, ton pouvoir est immense, tes provinces vastes ; ton administration a le plus grand besoin de gens qualifiés pour l'exercice de toutes sortes de fonctions.

— Que demandes-tu pour eux ?

— Un écrit d'aman en quoi ils puissent placer leur confiance et qui soit pour eux un sûr appui.

— Donne-leur un écrit d'aman », ordonna-t-il à son secrétaire.

Après l'avoir remercié et avoir prié pour lui, je sortis avec le secrétaire et le talonnai jusqu'à ce qu'il m'eût délivré l'écrit d'aman sur lequel Shâh Malik apposa ensuite le sceau du sultan. Après quoi, je m'en retournai chez moi.

Quand il fut sur le point de repartir et qu'il eut résolu de quitter la Syrie, je me présentai un jour devant lui. Après les échanges d'usage, il s'adressa à moi par ces mots :

« Tu as ici une mule.

— Oui.

— Belle ?

— Oui.

— Veux-tu me la vendre ?

— Que Dieu t'assiste, Sire ! Suis-je un homme à faire des affaires avec un homme tel que toi ? Avec cette mule, je ne puis que te servir, et je le ferais avec d'autres si j'en avais.

— Je voulais, en échange, t'offrir mes bienfaits.

— Pourrais-je espérer d'autres bienfaits, après ceux dont tu m'as déjà comblé ? Tu as fait de moi un de tes clients, tu m'as réservé dans ton conseil une place parmi tes intimes, tu as manifesté à mon égard ta générosité et ta bonté. Puisse Dieu agir de même à ton égard. »

Nous restâmes un moment sans parler : on lui amena la mule, alors que j'étais encore avec lui dans son conseil. Je ne la revis plus jamais.

Un autre jour que je me présentai auprès de lui, il me dit :

« Veux-tu partir en Égypte ?

— Que Dieu t'assiste, Sire ! Mon désir est le tien, toi qui m'as offert le gîte et assuré la subsistance. Je ferai ce voyage, si c'est pour te servir ; sinon, je n'en ai aucun désir.

— Non ! Tu partiras auprès de ta famille et des tiens. »

Il se tourna vers son fils, qui était sur le point de partir avec ses bêtes pour Shaqhab, où il y avait des pâturages de printemps, et se mit à discuter avec lui. Le juriste 'Abd al-Jabbâr, qui nous servait d'interprète, me dit :

« Le sultan t'a recommandé à son fils. »

J'élevai mes prières en faveur du souverain. Mais je me dis que son fils ne suivait pas un itinéraire bien défini, et que gagner Safad, le port[1] le plus proche, me laisserait plus de liberté. J'en fis part à Tamerlan, qui m'accorda ce que je voulais, et me recommanda à un messager venu auprès de lui de la part du chambellan de Safad, Ibn ad-Dâwidârî. Sur ce, je pris congé de lui, et m'en allai.

Comme nos chemins divergeaient, je me séparai de ce messager et poursuivis mon voyage en compagnie d'un groupe d'amis. En cours de route, nous fûmes attaqués par des Bédouins 'Ashîr, qui nous dépouillèrent de tout ce que nous possédions. Nous nous refugiâmes, nus, dans un village à proximité de là. Après deux ou trois jours, nous rejoignîmes as-Subayba, où nous pûmes remplacer quelques vêtements, avant de repartir pour Safad. Nous y demeurâmes quelques jours. Puis un bateau de la flotte d'Ibn 'Uthmân[2], le sultan de Bilâd ar-Rûm, accosta à Safad. Il avait à son bord un ambassadeur égyptien qui revenait d'une mission auprès de ce souverain. Je m'embarquai avec lui pour Gaza ; de là je regagnai Le Caire, où nous arrivâmes au mois de *sha'bân* de l'an 803 [février-mars 1401].

Le sultan d'Égypte avait envoyé un ambassadeur à l'émir Tamerlan, en réponse à la proposition de paix que celui-ci lui avait adressée. Il arriva auprès de lui peu de temps après mon départ. Après avoir accompli sa mission, il revint, et son retour suivit de peu le mien. Il m'envoya un de ses amis, qui me dit ceci de sa part : « Tamerlan m'a confié pour toi le prix de la mule qu'il t'avait achetée. Voici la somme, prends-la, car il nous a engagés à le libérer de l'argent qu'il te doit. »

Je répondis : « Je n'accepterai cet argent que si le sultan qui t'a envoyé auprès de l'émir m'y autorise. Autrement non. » J'allai ensuite voir le souverain pour le mettre au courant.

« Mais que t'importe ? s'écria celui-ci.

— Il serait malséant de ma part, expliquai-je, d'accepter cet argent sans vous informer. »

Le sultan laissa faire sans rien dire. Quelque temps plus tard, on me fit parvenir la somme en question. Le porteur s'excusa de la modicité de celle-ci, en affirmant que c'était là tout ce qu'on lui avait remis. Quant à moi, je louai Dieu pour ma délivrance.

J'écrivis alors au maître du Maghreb[3] une lettre où je lui fis connaître ce qui s'était passé entre Tamerlan, le sultan des Tatars, et moi. Je lui décrivis également le déroulement de la bataille de Syrie. Voici le texte de la partie de la lettre que je consacrai à ces informations :

« Si vous faites à votre esclave l'honneur de demander de ses nouvelles, sachez qu'il se porte bien, Dieu soit loué. L'an dernier, je partis en Syrie avec le cortège du sultan, alors que les Tatars, après avoir quitté le pays des Rum et l'Irak, venaient de marcher sur cette province sous la conduite de leur roi Tamerlan. Ce dernier s'était emparé d'Alep, de Hamât, d'Émèse, de Baalbek, et les avait mis à sac, alors que ses troupes y avaient commis de mémoire d'hommes les pires exactions. Le sultan se mit en campagne pour sauver la Syrie. Il devança Tamerlan à Damas, passa un mois à le combattre, puis dut retourner en Égypte. Il laissa en arrière bon nombre de ses émirs et de ses cadis. Je fus du nombre. Ce fut alors que j'appris que Tamerlan s'était enquis de moi. Ne pouvant refuser de lui rendre visite, je sortis de Damas et me présentai à son conseil. Il me reçut avec bonté, et j'obtins de lui l'aman pour les habitants de Damas. Pendant trente-cinq jours que je passai auprès de lui, je le voyais matin et soir. Enfin, m'ayant donné congé, il me fit ses adieux de la manière la plus cordiale. Et je rentrai en Égypte. Il m'avait auparavant demandé la mule que j'utilisais comme monture. Je la lui avais cédée. Mais il avait insisté pour que je la lui vende. J'en fus gêné, à cause de la bonté avec laquelle il m'avait traité. Après mon retour en Égypte, il m'en envoya le prix par l'intermédiaire d'un ambassadeur venu auprès de lui de la part du sultan. Et je louai Dieu de m'avoir délivré des périls de ce monde.

« Les Tatars étaient venus dans les années 620 [1223] du désert de Transoxiane — pays qui s'étend entre cette région et la Chine — sous la conduite de leur célèbre roi Gengis Khân. Celui-ci enleva l'Orient entier aux Saljûqides et à leurs clients jusqu'en Irak arabe, et partagea son empire entre trois de ses fils : Jaqatây, Tûlî, et Dûshî Khân.

« À Jaqatây, l'aîné, échurent le Turkestan et Kâshghar, as-Sâghûn, ash-Shâsh, Farghâna, et tout le pays au-delà de la Transoxiane.

« Tûlî eut les provinces du Khurâsân, de l'Irak perse, d'ar-Rayy, de l'Irak arabe, de la Perse, du Sijistân, et du Sind. Il avait deux fils : Qublây et Hûlâgû.

« Dûshî Khân eut, quant à lui, le pays de Qabjaq, qui comprenait Sarây et le pays des Turcs jusqu'à Khwârizm.

« Il y avait un quatrième frère, nommé Ukadây, qui était leur aîné, et qu'ils appelaient Khân, ce qui veut dire : le maître du trône ; c'est l'équivalent du calife dans l'empire musulman. Comme sa lignée s'était interrompue, le khânat passa à Qublây, puis aux Banû Dûshî Khân, les maîtres de Sarây. L'empire des Tatars se maintint dans ces trois États.

« Hûlâgû s'empara par la suite de Bagdad et de l'Irak arabe jusqu'à Diyârbakir et l'Euphrate. Il attaqua la Syrie, en prit possession, puis l'abandonna. Ses enfants revinrent à la charge à plusieurs reprises, mais furent chaque fois repoussés par les rois turcs d'Égypte, jusqu'à ce que leur puissance fût anéantie vers les années 740 [1340]. Le cheikh Hasan an-Nuwayn et ses descendants succédèrent aux Banû Hûlâgû. Leur empire fut partagé entre plusieurs branches de leur famille. Ainsi disparut la menace qu'ils faisaient peser sur les rois de Syrie et d'Égypte.

« Vers les années 70 ou 80 du VIIIe [XIVe] siècle apparut chez les Banû Jaqatây, en Transoxiane, un émir nommé Tamerlan, qui était le tuteur d'un enfant issu, comme lui, de Jaqatây par une lignée de rois. Tamerlan Ibn Targhay, qui était donc le cousin des rois des Banû Jaqatây, avait sous sa tutelle l'héritier du trône, nommé Mahmûd, dont il épousa la mère, Sarghatmish. Il mit la main sur toutes les possessions tatares jusqu'à Diyârbakir et les soumit à son autorité, lança des offensives contre le pays des Rum et l'Inde. Ses troupes saccagèrent toutes ces régions et réduisirent à l'état de ruines leurs forteresses et leurs villes. Il serait trop long de raconter ici tout cela en détail. Il attaqua ensuite la Syrie, y commit les horreurs que l'on sait, et rentra enfin dans son pays. D'après les dernières nouvelles, il se serait dirigé vers Samarqand, sa capitale.

« Les Tatars ont des effectifs innombrables : un million ne serait pas exagéré ; en tout cas, pas moins. Quand ils campent, ils remplissent tout l'espace. Et quand leurs régiments avancent dans une vaste contrée, ils se trouvent trop serrés. Ils montrent, comme les Bédouins arabes, une extraordinaire disposition aux raids et aux pillages, aux actes de violence contre les populations des régions civilisées, à qui ils font subir les pires supplices pour leur arracher leur butin.

« Tamerlan est un des plus grands rois et un des tyrans

les plus illustres. Certains lui attribuent la science. D'autres en font un rafidite, à cause de la préférence qu'il montre à l'égard des gens de la famille du Prophète. D'autres, enfin, font de lui un magicien. En fait, il n'est rien de tout cela. C'est simplement un homme très vif et d'une extrême intelligence, qui questionne et scrute toute chose, connue ou inconnue, avec opiniâtreté. Âgé de 60 à 70 ans, il a le genou droit ankylosé : enfant, il avait été atteint par une flèche au cours d'un raid, à ce qu'il m'a dit. Il peut marcher sur une courte distance, en traînant la jambe. Lorsqu'il y a un long trajet à faire, les hommes le portent sur leurs bras. C'est un homme favorisé. Le pouvoir appartient à Dieu. Il l'accorde à qui Il veut parmi Ses serviteurs. »

MA NOMINATION À LA FONCTION DE CADI POUR LES TROISIÈME, QUATRIÈME ET CINQUIÈME FOIS

Comme mon absence du Caire se prolongeait — je me trouvais alors chez le sultan Tamerlan — et que s'était répandu le bruit de ma disparition, on désigna à la fonction de cadi Jamâl ad-dîn al-Aqfahasî, un des grands savants malikites, homme de vaste érudition et de grande intelligence, de piété scrupuleuse, trop intègre pour défendre des intérêts particuliers. Il reçut l'investiture en *jumâdâ* II de cette même année.

Lorsque je fus de retour en Égypte, on changea d'avis et, reconsidérant ma situation, on me confia la charge au mois de *sha'bân* suivant [avril 1401]. Je veillai, comme par le passé, à faire respecter le droit, à refuser de prendre en compte des intérêts particuliers, à poursuivre les coupables. Je fus dénigré par des gens qui n'avaient nul souci du droit, qui étaient incapables de se juger eux-mêmes équitablement. Ils intriguèrent auprès du sultan pour faire nommer un certain Jamâl ad-dîn al-Bisâtî qui, en retour, versa à ses protecteurs une partie de sa fortune et favorisa beaucoup de leurs intérêts dans les affaires de justice. Que Dieu les confonde tous ! Il fut revêtu de la robe de fonction vers la fin du mois de *rajab* de l'an 804 [début décembre 1401]. Puis le sultan se ravisa, rectifia son opinion et me rétablit dans ma charge à la fin de la même année [février 1402]. Je repris les choses comme avant. La situation dura ainsi un peu plus d'un an. Puis de nouveau on rétablit al-Bisâtî, en utilisant les mêmes moyens et pour les mêmes buts, et on l'investit le 6 *rabî'* I de l'an 806 [24 septembre 1403]. Rétabli dans ma fonction le 10 *sha'bân* 807 [12 février 1405], je fus encore une fois remplacé par le même personnage vers la fin de *dhû al-qa'da* de la même année [fin mai 1405][1]. C'est Dieu qui a entre Ses mains le cours des choses.

LIVRE I DES « EXEMPLES »

NATURE DE LA CIVILISATION. RURAUX ET CITADINS. DOMINATION, ACQUISITION, MOYENS D'EXISTENCE, SCIENCES ET ARTS. CAUSES DE CES DIFFÉRENTS PHÉNOMÈNES

Muqaddima

Dans sa vérité, l'histoire nous informe sur la société humaine, c'est-à-dire la civilisation du monde et tous les états qui l'affectent de par sa nature : la vie en groupes isolés et la vie en communauté[1], les formes de solidarité[2], les types de domination[3] des hommes les uns sur les autres, le pouvoir[4] et les États[5] engendrés par cette domination, les catégories de ces États, les modes d'acquisition et les moyens d'existence, les sciences et les arts auxquels les hommes consacrent leurs travaux et leurs efforts.

Or, il est de la nature de l'information de se prêter au mensonge, et cela pour plusieurs raisons.

D'abord, le fait de prendre parti pour une opinion ou une doctrine. Lorsque l'âme observe la neutralité à l'égard d'une information, elle l'examine avec toute l'attention nécessaire, afin d'y discerner le vrai du faux. Si, au contraire, elle est nourrie d'un préjugé en faveur de telle opinion ou de telle croyance, elle accepte d'emblée tout ce qui va dans son sens, et son inclination et sa partialité, agissant comme un voile sur son œil intérieur, l'empêchent de procéder à un examen critique. C'est ainsi qu'elle est amenée à accepter les récits mensongers et à les transmettre.

Il y a aussi, parmi les raisons qui conduisent au mensonge, la confiance placée dans les transmetteurs. On doit recourir dans ce cas à l'examen de la probité de ces derniers, selon la méthode de la critique des transmetteurs[6].

Il y a également parmi ces raisons l'inattention à la véritable signification des faits. Beaucoup de transmetteurs, ignorant la signification de ce qu'ils ont vu ou entendu, rapportent l'information d'après leur croyance et leurs conjectures, et produisent ainsi des mensonges.

Il y a aussi l'illusion d'être dans le vrai, fréquente chez bien des gens. Elle tient le plus souvent à la confiance qu'on place dans les transmetteurs.

Il y a l'inaptitude à décrire les faits de façon adéquate[7], à cause[a] de l'ambiguïté ou de la fausse apparence qu'ils présentent. L'informateur les décrit comme il les voit, alors qu'ils cachent une vérité tout autre.

Il y a la recherche des faveurs des grands et des gens haut placés : on chante leurs louanges, on les flatte, on les dépeint sous un jour avantageux et on répand ainsi leur renom. On produit de la sorte des informations qui s'écartent de la vérité. L'âme humaine a soif de louanges, et les gens sont attirés par les succès mondains et les moyens d'y parvenir, tels que le rang ou la richesse. Le plus souvent, ils sont peu portés à la vertu et ne s'intéressent guère à ceux qui la pratiquent.

Il y a enfin une dernière raison, qui passe avant toutes celles qui viennent d'être mentionnées : l'ignorance[b] de la nature des conditions qui caractérisent la civilisation. Toute chose qui vient à l'existence, essence ou acte, a nécessairement une nature qui la caractérise dans son essence et dans tous les états qui l'affectent. Si celui qui recueille une information connaît la nature des choses existantes, les états qui les affectent, et les circonstances où ceux-ci se produisent, cette connaissance l'aide, lorsqu'il examine des informations, à distinguer le vrai du faux. C'est là la méthode d'examen la plus efficace dont il puisse disposer.

Il arrive souvent qu'on accepte des informations en elles-mêmes impossibles, qu'on les transmette à son tour, et qu'elles passent ainsi à la postérité. Al-Mas'ûdî a rapporté une information de ce genre, relative à Alexandre et aux monstres marins qui l'auraient empêché de bâtir Alexandrie. Il fit fabriquer un coffre en bois contenant une caisse de verre, et l'utilisa pour descendre au fond de la mer. Il dessina les monstres diaboliques qu'il avait vus et en fit exécuter des statues métalliques qu'il fit dresser devant les constructions. Lorsque les monstres ressortirent, ils s'enfuirent à la vue de ces statues, et le roi put ainsi achever la construction d'Alexandrie[8].

C'est une longue histoire du genre des contes de Khurâfa[9]. Elle est absurde pour plusieurs raisons. Il y a d'abord le fait même qu'Alexandre utilise une caisse de verre pour braver la mer et ses vagues. Un roi ne se lancerait pas dans pareille aventure, et celui qui le ferait s'exposerait au péril. Ses sujets se révolteraient contre lui et se rallieraient à un autre, et ce serait sa perte. Ils n'attendraient pas un instant son retour. Enfin, les djinns n'ont pas de formes définies, mais ils peuvent en prendre une à leur gré. Ce qu'on dit de leurs nombreuses têtes ne doit pas être pris à la lettre. C'est seulement une façon de signifier l'horreur et l'effroi.

Tout cela va à l'encontre de l'authenticité de cette histoire. Mais il y a d'autres considérations encore plus évidentes qui en montrent l'absurdité du point de vue des faits. Celui qui plonge dans l'eau, même s'il se trouve dans une caisse, manque d'air pour sa respiration naturelle, et, pour cette raison, son esprit s'échauffe rapidement. Ne disposant plus d'air froid pour l'équilibre entre l'humeur du poumon et l'esprit du cœur, il meurt sur-le-champ. C'est pourquoi on périt dans les bains lorsque l'air froid y est coupé. C'est ce qui se produit également quand on descend dans des puits ou des silos profonds, où l'air est échauffé par la putréfaction et n'est pas agité par les vents du dehors. On y meurt sur le coup. C'est ce qui explique aussi la mort des poissons lorsqu'ils sont hors de l'eau. En effet, l'air ne suffit pas à l'équilibre de leur poumon. Car les poissons sont extrêmement chauds, et l'eau qui sert à leur équilibre humoral est froide. Or l'air, hors de l'eau, est chaud, ce qui fait que le chaud l'emporte sur leur esprit animal et qu'ils meurent d'un coup. Il en va de même dans les morts subites ou dans des cas similaires.

Al-Mas'ûdî rapporte encore une autre histoire absurde, celle de la statue de l'étourneau à Rome. Un certain jour de l'année, les étourneaux affluent vers la statue, portant des olives dont les Romains tirent leur huile[10]. Quel procédé bien peu naturel pour se procurer de l'huile !

Du même genre est l'histoire rapportée par al-Bakrî au sujet de la construction de la ville appelée la « Cité des portes[11] ». Pour en faire le tour, il faut trente jours de marche, et elle a dix mille portes. Or, les villes sont faites pour servir de retranchement et de refuge, comme on le verra plus loin. Mais d'une ville pareille on ne peut faire le tour. On ne peut donc parler à son sujet ni de siège ni d'assiégés.

Il y a aussi l'histoire de la Ville de cuivre racontée par al-Mas'ûdî[12]. On dit que c'est une cité où toutes les constructions sont en cuivre, et qui se situe dans le désert de Sijilmâsa. On dit aussi que Mûsâ Ibn Nusayr l'avait abordée une nuit lors de ses expéditions au Maghreb, que ses portes sont fermées et que celui qui parvient à en escalader les remparts se met à battre des mains quand il arrive au faîte de ceux-ci, se jette dans le vide et disparaît pour toujours. C'est un récit absurde. Il appartient au genre d'histoires étranges rapportées par les conteurs. Le désert de Sijilmâsa a été parcouru en tous sens par les voyageurs et les guides, et ils n'ont jamais recueilli aucune information sur cette ville. Tout ce que l'on raconte à son sujet est absurde au regard de l'expérience et contraire aux procédés naturels utilisés pour la construction et la fondation des villes. Les métaux existent juste en quantité suffisante pour les vases et autres ustensiles. Comme on le voit, il est absurde et invraisemblable de s'en servir[d] pour construire une ville.

Il existe bien d'autres exemples du même type. Leur examen suppose la connaissance de la nature de la civilisation. C'est la voie la meilleure et la plus sûre pour l'appréciation des informations et la distinction entre le vrai et le faux[e]. Elle doit précéder l'examen, selon la méthode de la critique des transmetteurs. On ne devrait recourir à cette dernière qu'après qu'il a été établi que l'information est en elle-même possible ou impossible. Si celle-ci est impossible, il n'est plus besoin de procéder à la critique des transmetteurs. Les théoriciens[13] considèrent une information comme suspecte lorsque sa signification littérale aboutit à une impossibilité, ou lorsqu'on ne peut lui donner une interprétation acceptable pour la raison. La critique des transmetteurs est, par contre, la méthode appropriée quand il s'agit d'authentifier les informations relatives à la loi religieuse. La plupart d'entre elles concernent des obligations exprimées sous forme de commandements[14]. Le législateur ordonne de s'y conformer pour autant que leur vérité est établie comme probable[15]. Or, ce qui permet d'établir la vérité du probable, c'est la confiance dans les transmetteurs, résultant de leur probité et de leur rigueur. Pour établir la vérité et l'authenticité des informations relatives aux événements, on doit nécessairement prendre en considération leur conformité. On doit examiner la possibilité même de leur production ; ce qui, dans ce cas, est plus important que la critique des transmetteurs et en constitue le préalable. Ce qui est visé par un discours exprimant un commandement dérive exclusivement de ce discours ; alors que ce qui est visé par un discours informatif dépend à la fois de ce discours et de sa conformité à un objet extérieur.

S'il en est bien ainsi, la règle à appliquer pour discerner le vrai du faux dans les informations à partir de ces notions de possibilité et d'impossibilité est de considérer[f] la société humaine, c'est-à-dire la civilisation, en y distinguant les états qui l'affectent en son essence et selon sa nature, ceux qui l'affectent par accident, et qui ne doivent pas être pris en compte, et ceux qui ne peuvent l'affecter. En faisant cela, nous disposerons d'une règle pour distinguer dans les informations le vrai du faux et la vérité du mensonge selon une voie démonstrative qui ne laisse point de place au doute. Si nous apprenons quelque chose au sujet des états qui affectent la civilisation, nous saurons juger de ce qui doit être accepté et de ce qui doit être rejeté comme faux. Nous aurons un critère adéquat au moyen duquel les historiens pourront se maintenir sur la voie de la vérité et de la rectitude dans les informations qu'ils rapportent.

Tel est le but du livre I de cet ouvrage. Nous pourrions dire qu'il s'agit d'une science indépendante, avec un objet et des problèmes propres : la civilisation humaine et la société humaine, et l'explication des états[g] qui l'affectent dans son essence, successivement. Il en va de même pour toutes les sciences, qu'elles reposent sur la tradition ou sur la raison.

Sache que l'examen d'un tel objet est une entreprise entièrement neuve, qu'il se place à un point de vue inaccoutumé et qu'il est, en plus, de grande utilité, étant l'aboutissement d'une recherche approfondie. Il ne doit pas être confondu avec la rhétorique, qui est une des parties de la logique. En effet, la rhétorique a pour objet les discours qui emportent la conviction et qui sont utiles pour obtenir l'adhésion du public en faveur d'une opinion déterminée, ou pour l'en détourner. Il n'a rien à voir non plus avec la science de la politique. Cette science traite de l'art de gouverner un foyer ou une cité, conformément aux exigences de la morale et de la sagesse, afin d'inspirer aux gens un comportement favorable à la conservation et à la pérennité de l'espèce.

L'objet de la science dont il est ici question est différent de celui de ces deux disciplines, bien que celles-ci présentent certaines ressemblances avec la nôtre. On pourrait bien dire que c'est une science qui vient de naître. Jamais, je peux l'affirmer, je n'ai rencontré aucun auteur au monde qui ait traité du même objet. Je ne sais si c'est faute de s'y être intéressé — mais il n'y a pas de raison de le supposer — ou simplement parce que les œuvres qui ont pu être écrites sur ce sujet et qui l'ont approfondi ne nous sont pas parvenues. Les sciences sont nombreuses et il y a beaucoup de sages parmi les nations de l'espèce humaine. Les sciences qui ont été perdues sont plus nombreuses que celles qui nous sont parvenues. Où sont les sciences des Perses, que 'Umar avait donné l'ordre d'abolir à l'époque de la conquête[16] ? Où sont les sciences des Chaldéens, des Assyriens, des Babyloniens[h]? Où sont leurs œuvres et les résultats qu'ils ont acquis ? Où sont encore les sciences des Égyptiens avant eux[i]? Les sciences qui sont arrivées jusqu'à nous proviennent d'une seule nation, la Grèce, grâce à la passion mise par al-Ma'mûn à les faire sortir de la langue grecque et aux moyens qu'il a pu mettre en œuvre : un grand nombre de traducteurs et beaucoup d'argent. Nous ne connaissons rien des sciences des autres nations.

Toute réalité naturelle dépendante requiert l'étude des accidents qui l'affectent en son essence. Il s'ensuit qu'il doit y avoir une science particulière pour tout concept et pour toute réalité. Néanmoins, les sages ont sans doute considéré en premier lieu les fruits des sciences. Or, les fruits de la science ici en question concernent seulement les informations historiques, comme nous l'avons vu. Même si les problèmes qu'elle étudie sont nobles, dans leur essence et dans leur particularité, ses fruits — l'authentification des informations historiques — sont de faible importance. C'est pour cette raison que son étude a dû être négligée. Mais Dieu est plus savant, car « vous avez reçu peu de science en partage[A] ».

Dans cette branche du savoir qui a requis notre attention, un certain nombre de problèmes qui lui appartiennent en propre, en raison de son objet, ont pu être traités incidemment par certains savants au fil des arguments développés dans leurs sciences. Au sujet du fondement de la prophétie, par exemple, les philosophes affirment que les

A. Coran, XVII, 85.

hommes doivent coopérer pour survivre et qu'ils ont, par conséquent, besoin d'un arbitre et d'une autorité[17]. Au sujet de la nécessité des langues, on trouve, dans la science des fondements du droit, l'idée que les gens ont besoin d'exprimer leurs intentions en raison même de leur coopération et de leur vie en société et que, pour cela, la communication par les mots est la plus simple. Il y a un autre exemple chez les juristes, lorsqu'ils expliquent les motifs des dispositions légales sur la base des visées de celles-ci. Ainsi, ils indiquent que l'adultère altère les généalogies et corrompt l'espèce, que le meurtre corrompt également l'espèce, que l'injustice annonce la ruine de la civilisation, ce qui conduit à son tour à la corruption de l'espèce. On peut tirer des indications de ce genre de tous les exposés des motifs des dispositions légales, car ils visent tous à la préservation de la civilisation et ont, par conséquent, à examiner tout ce qui l'affecte. Les cas que nous venons de présenter à titre d'exemples le montrent clairement.

On trouve également un petit nombre de problèmes relevant de la science en question dans les adages dispersés des sages de l'humanité. Mais ils n'y sont pas traités de manière complète. Ainsi, dans l'histoire du hibou rapportée par al-Mas'ûdî, le Môbedh[18] dit à Vahrâm, fils de Vahrâm : « Sire, un royaume n'atteint toute sa puissance que grâce à la loi religieuse et à l'obéissance à Dieu, à Ses commandements et à Ses interdits ; la loi n'atteint sa plénitude que grâce au souverain ; le souverain n'atteint sa puissance que grâce aux hommes ; les hommes ne sont soutenus que par la richesse ; la richesse ne s'obtient que par la culture[19] ; la culture ne se réalise que par la justice ; la justice est la balance qui s'interpose entre les hommes ; Dieu l'a dressée et en a désigné le gardien : c'est le souverain. » Anôcharvân[20] a dit, exactement dans le même sens : « Le souverain est soutenu par l'armée, l'armée par la richesse, la richesse par l'impôt, l'impôt par la culture, la culture par la justice ; la justice par l'intégrité des fonctionnaires ; l'intégrité des fonctionnaires par la rectitude des ministres. Mais la base de tout est le soin mis par le souverain à s'informer personnellement de l'état[j] de ses sujets et sa capacité à les éduquer, de telle sorte que ce soit lui qui gouverne sur eux et non pas eux sur lui. »

De même, l'ouvrage sur la politique attribué à Aristote[21] — qui est très répandu — renferme des éléments intéressants faisant partie de notre science. Mais ils n'y sont pas étudiés d'une manière complète, ni étayés d'une argumentation suffisante et sont mêlés à d'autres sujets. L'auteur de l'ouvrage se réfère aux idées générales que nous avons rapportées d'après le Môbedh et Anôcharvân, et les présente en un cercle étrange dont il exagère l'importance. Voici ce qu'il dit : « Le monde est un jardin et l'État son enceinte ; l'État est l'autorité qui donne vie à la tradition ; la tradition est la politique que suit le souverain ; le souverain est l'ordre[k] que soutient l'armée ; l'armée est faite d'agents entretenus par la richesse ; la richesse est formée par les gains des sujets ; les sujets sont des serviteurs sous la garde de la justice ; la justice est chose connue : elle est le pilier du monde. Le monde est un jardin… » Et l'on recommence à la première proposition. Ce sont huit maximes de sagesse politique qui s'enchaînent et dont les dernières rejoignent les premières en un cercle sans commencement ni fin. L'auteur était fier de les avoir découvertes et en vantait les avantages[l]. Celui qui se penchera avec l'attention et la compréhension nécessaires sur le chapitre que nous avons consacré à l'État et au pouvoir y trouvera, sous une forme complète, fondée sur des preuves et des arguments clairs, l'explication de ces maximes et l'exposé détaillé de ce qui a été présenté ici en termes généraux. C'est à Dieu seul que nous devons la connaissance de toutes ces choses, et non à l'enseignement d'Aristote ou aux leçons du Môbedh.

On trouve chez Ibn al-Muqaffa', et notamment dans les passages de ses épîtres où il fait des digressions sur des sujets de politique, un grand nombre des points dont nous traitons dans notre ouvrage ; mais il ne les appuie pas sur des arguments, comme nous le faisons, et se contente de les évoquer en usant des moyens de la rhétorique, dans le style des dissertations et des morceaux d'éloquence.

Al-Qâdî Abû Bakr at-Turtûshî a voulu faire la même chose dans son livre *Sirâj al-mulûk*, qu'il a divisé en chapitres assez semblables aux chapitres et aux questions de notre ouvrage. Cependant, il n'y a pas atteint le but ni trouvé la voie. Il n'a ni exposé tous les problèmes ni produit toutes les preuves. Réservant un chapitre particulier à chaque question traitée, il accumule un grand nombre d'anecdotes et de citations, rapporte les propos disparates des sages de la Perse tels que Buzurjmihr et le Môbedh ou des sages de l'Inde, ou encore les traditions de Daniel, d'Hermès ou d'autres grands hommes. Il ne cherche pas, par la vérification, à découvrir ce qu'il y a derrière l'apparence ; il n'use pas d'arguments naturels pour déchirer le voile [qui cache la réalité]. Ce qu'il a fait est une simple compilation du genre des sermons. Tout près du but, il n'a pas pu l'atteindre. Il n'a pu réaliser son dessein ni examiner l'ensemble des problèmes en relation avec le sujet.

Quant à nous, Dieu nous a favorisés de Son inspiration. Il nous a fait découvrir une science dont Il nous a fait l'interprète sincère et exact. Si j'ai pu exposer toutes les questions de cette science, et distinguer ses points de vue et ses objectifs de ceux de toutes les autres disciplines, c'est grâce à l'aide et à la bonne direction de Dieu. Si j'ai omis un point quelconque, ou si j'ai confondu certains de ses problèmes avec ceux d'une autre discipline, c'est au critique rigoureux de redresser ces fautes ; mais on me reconnaîtra un mérite : celui d'avoir ouvert la route et indiqué la direction à suivre. Dieu guide par Sa lumière qui Lui plaît[A].

Nous allons maintenant exposer dans ce livre les conditions de la civilisation, telles qu'elles apparaissent lorsque les hommes vivent en société : pouvoir, acquisition des biens, sciences, arts, selon des voies démonstratives grâce auxquelles on pourra vérifier avec clarté les connaissances des spécialistes aussi bien que celles des gens du commun, repousser les illusions et dissiper les doutes.

L'homme se distingue de tous les autres animaux par un certain nombre de particularités. Ce sont, en premier lieu, les sciences et les arts, produits de la pensée, qui à la fois le distingue des animaux et l'élève au-dessus de toutes les créatures. En second lieu, le besoin d'une autorité répressive et d'un pouvoir de contrainte, sans lesquels l'existence de l'homme ne peut se réaliser. De tous les animaux, l'homme est le seul dans ce cas, si on ne tient pas compte de ce qu'on dit des abeilles et des sauterelles. Mais si cette condition existe chez les insectes, ils l'ont par inspiration, non comme résultat de la pensée et de la réflexion. En troisième lieu, l'effort en vue de la subsistance, la recherche active des voies et des moyens adéquats pour assurer celle-ci. Dieu a voulu que l'homme, pour vivre et subsister, soit dans la nécessité de se nourrir, et Il l'a guidé vers le désir et la recherche de nourriture. Le Très-Haut a dit : « Il donna toutes choses à Ses créatures et les conduisit dans la

A. *Cf.* Coran, XXIV, 35.

bonne direction[A]. » En dernier lieu, la civilisation, c'est-à-dire le fait d'habiter ou de camper ensemble dans une ville ou un campement, de jouir de la société, de satisfaire les besoins humains. Car la coopération pour assurer leur subsistance est une chose inscrite dans la nature des hommes, comme nous le montrerons. La civilisation est soit rurale : c'est celle qui se rencontre dans le pays ouvert, dans les montagnes, dans les campements mobiles à la recherche des pâturages dans le désert ou aux confins des sables ; soit urbaine : c'est celle qu'on trouve dans les grandes capitales, dans les villes, les villages et les hameaux, lieux qui servent de refuge et où l'on peut se protéger derrière des murailles. Dans ses différentes conditions, la civilisation, en tant que vie en société, est affectée d'un certain nombre d'états résultant de son essence.

Le livre I comprendra donc six parties :

I. La civilisation humaine en général, ses différentes formes, son degré d'extension.

II. La civilisation rurale[22], les tribus et les nations vivant dans l'isolement.

III. Les États, le califat, le pouvoir royal, les positions gouvernementales.

IV. La civilisation urbaine, les villes, les grandes capitales.

V. Les arts, les moyens d'existence, les biens et leurs modes d'acquisition.

VI. Les sciences, leur acquisition et leur apprentissage.

Si j'ai placé en premier la civilisation rurale, c'est parce qu'elle est première par rapport à tout le reste, comme nous le montrerons plus loin. Pour les mêmes raisons, j'ai présenté le pouvoir avant les villes et les capitales. Quant aux raisons qui m'ont poussé à placer les moyens d'existence avant les sciences, elles tiennent au fait que les moyens d'existence sont de l'ordre de la nécessité et de la nature, alors que l'apprentissage des sciences est de l'ordre de la perfection et des commodités. Or, ce qui est de l'ordre de la nature est antérieur à ce qui est de l'ordre de la perfection. J'ai traité des arts avec l'acquisition des biens, car sous certains aspects, et du point de vue de la civilisation, ils en relèvent, comme nous le montrerons plus loin.

C'est Dieu qui nous accorde succès et assistance.

A. Coran, XX, 50.

Première partie du livre I

LA CIVILISATION HUMAINE EN GÉNÉRAL

PRÉAMBULES[a]

I. LA SOCIÉTÉ[1] HUMAINE EST NÉCESSAIRE

C'est ce qu'expriment les philosophes en disant : « l'homme est politique par nature » ; c'est-à-dire que la société ou, selon leur terminologie, la cité, lui est indispensable. C'est cela la signification de la civilisation. En voici l'explication. Dieu a créé l'homme et l'a doté d'une forme telle qu'il ne peut vivre et subsister que grâce à la nourriture. Il l'a guidé vers la recherche de celle-ci par une impulsion naturelle et par la capacité qu'Il a mise en lui de se la procurer. Mais la force d'un seul homme ne suffit pas à ses besoins en nourriture et ne peut lui assurer sa survie matérielle. Considérons une quantité minimale de nourriture, par exemple, une ration journalière de froment. Elle ne peut être obtenue qu'après une longue préparation : mouture, pétrissage, cuisson. Chacune de ces trois opérations nécessite des ustensiles et des outils qui sont les produits de multiples industries, telles que celles du forgeron, du menuisier, du potier. En supposant même que ce froment soit consommé en grains, sans préparation préalable, il ne peut être obtenu que grâce à d'autres opérations encore plus nombreuses que les premières, telles que semence, moisson, battage (qui consiste à séparer les grains de l'épi). Et pour chacune de celles-ci, il faut encore une plus grande quantité d'outils et un plus grand nombre d'industries. Il est impossible que la force d'un seul homme suffise à tout cela. Un homme doit unir sa force à celles, nombreuses, d'autres hommes, afin que ses besoins en nourriture, ainsi que les leurs, puissent être satisfaits.

Grâce à leur coopération, ils produiront au-delà de leurs besoins propres.

De même, pour assurer sa défense, chaque homme a besoin de l'aide de ses semblables. Lorsque Dieu a composé les natures de tous les animaux et leur a distribué des forces, Il a doté de nombreux animaux non doués de raison d'une force plus grande que celle de l'homme. Celle du cheval, par exemple, est bien supérieure à celle de l'homme. Il en va de même de celles de l'âne et du bœuf. Et les forces du lion et de l'éléphant dépassent plusieurs fois celle de l'homme.

Comme l'agressivité est naturelle chez les animaux, Dieu a doté chacun d'entre eux d'un organe pour se défendre. À l'homme, Il a donné la pensée et la main. Avec l'aide de la pensée, la main favorise l'exercice des industries. Celles-ci procurent à l'homme les armes qui remplacent les organes destinés à assurer la fonction de défense chez les autres animaux. Les lances font office de cornes pour percer, les épées de griffes pour infliger des blessures, les boucliers de peau dure et lisse, etc., comme l'indique Galien dans son *De usu partium*.

La force d'un homme ne peut se mesurer à celle d'aucun animal, *a fortiori* d'une bête féroce. Seul, il est donc tout à fait incapable de se défendre contre les animaux. Il ne peut pas non plus utiliser les instruments de défense, trop nombreux et trop difficiles à fabriquer. Il lui est donc indispensable de coopérer en tout cela avec ses semblables pour assurer sa subsistance et se maintenir en vie, car Dieu l'a façonné comme un être qui doit manger pour vivre. Il ne pourra pas non plus se défendre, car il est dépourvu d'armes ; il sera la proie des bêtes et mourra prématurément, et l'espèce humaine disparaîtra. En revanche, avec la coopération, l'homme peut se procurer des aliments pour se nourrir et des armes pour se défendre. Et le plan divin visant la perpétuation de l'homme et la préservation de l'espèce humaine peut se réaliser.

En conséquence, la société est nécessaire à l'espèce humaine. Sans elle, l'existence des hommes ne se réaliserait pas, et la volonté de Dieu de les établir sur la terre et de faire d'eux Ses vicaires[A] n'aboutirait pas. C'est en cela que réside la signification de la civilisation dont nous avons fait l'objet de notre science.

A. *Cf.* Coran, II, 30.

Ce qui vient d'être dit peut être considéré comme une manière d'en établir l'objet[2] dans la branche du savoir qui lui est propre. Cela étant, il n'y avait pas obligation pour l'auteur de le faire. En effet, il est admis dans l'art de la logique que l'auteur d'une science n'est pas tenu d'établir l'objet de cette science. Cependant, comme il n'y a pas non plus interdiction de le faire, disons que c'est une contribution volontaire de notre part.

C'est Dieu qui, dans Sa générosité, accorde le succès.

Une fois que la société est constituée et que les hommes sont établis dans le monde, il leur faut une autorité qui les empêche de s'agresser mutuellement, car l'agressivité et l'injustice relèvent de la nature animale de l'homme. Les armes faites pour se défendre contre l'agressivité des animaux ne sont pas suffisantes pour protéger les hommes contre leur propre agressivité, car ils disposent tous des mêmes armes. Il leur faudra quelque chose d'autre, mais qui ne leur soit pas extérieur, parce que tous les animaux sont inférieurs aux hommes quant aux perceptions et aux inspirations. Par conséquent, celui qui a autorité sur eux doit être l'un des leurs. Il doit les dominer, avoir sur eux la haute main et les contraindre par la force, afin de les empêcher de s'agresser mutuellement. C'est en cela que réside la signification du pouvoir. Ainsi, on voit que le pouvoir est une caractéristique naturelle propre à l'homme, qui lui est absolument indispensable. Certes, il existe chez certains animaux, comme l'affirment les philosophes. Il en est ainsi des abeilles et des sauterelles, chez qui l'on a pu discerner l'existence d'une autorité, de l'obéissance et de l'obédience à un chef, lequel est un individu distinct des autres à la fois par sa forme et par sa taille. Mais, en dehors de l'homme, cette caractéristique existe en vertu d'une disposition naturelle et d'une direction divine, non en vertu de la pensée et de l'art de gouverner.

« Il donna toutes choses à Ses créatures, puis les a guidées. »

Les philosophes vont plus loin. Ils tentent de fonder la prophétie sur des preuves rationnelles et affirment qu'elle est une particularité naturelle de l'homme. Ils poussent jusqu'au bout cet argument et disent que les hommes doivent nécessairement être soumis à une autorité. Ils poursuivent en affirmant que cette autorité doit être fondée sur une Loi inspirée par Dieu et transmise par un homme. Celui-ci doit se distinguer des autres hommes par des qualités particulières de rectitude divine que Dieu a déposées en lui, afin qu'il obtienne la soumission et l'adhésion. Ainsi, l'autorité peut s'exercer sur les hommes sans rencontrer ni opposition ni contestation.

Comme on le voit, cette proposition des philosophes n'est pas logique[a]. Car l'existence et la vie des hommes peuvent bien se réaliser sans la prophétie et se fonder sur l'autorité qu'impose la personne qui gouverne soit par elle-même, soit grâce à l'esprit de corps, qui lui permet de contraindre les autres et de les conduire sur le chemin qu'elle désire. Les gens du Livre et les adeptes des prophètes sont peu nombreux en comparaison des païens[3], qui n'ont pas de Livre. Ces derniers forment même la majorité des habitants du monde. Pourtant, ils ont connu des États, ont laissé des vestiges et ont *a fortiori* existé. Aujourd'hui même, ils jouissent des mêmes choses dans les climats extrêmes du Nord et du Sud. Mais à l'inverse, la vie humaine à l'état d'anarchie, sans aucune autorité, est impossible.

Cela montre clairement que les philosophes sont dans l'erreur quand ils considèrent la prophétie comme nécessaire. Celle-ci n'est pas déductible logiquement, mais doit être appréhendée avec l'aide de la Loi religieuse, comme c'est d'ailleurs la doctrine des anciens musulmans.

C'est Dieu qui donne le succès et qui conduit les hommes sur la bonne voie.

II. LE DEGRÉ D'EXTENSION DE LA CIVILISATION SUR LA TERRE. QUELQUES INDICATIONS SUR LES MERS, LES FLEUVES ET LES CLIMATS[a1]

Dans les livres des sages[2] qui ont étudié les conditions du monde, on montre que la Terre est de forme sphérique et qu'elle est entourée de l'élément eau sur lequel elle flotte comme un grain de raisin. Certaines parties de la Terre ne sont pas recouvertes par l'eau, car Dieu a voulu y créer les animaux et y établir l'espèce humaine, à qui Il a confié son vicariat sur ces derniers. On pourrait croire, partant de là, que l'eau est au-dessous de la Terre. Cela est faux. En fait, le « dessous » naturel est le cœur de la Terre, le milieu de la sphère terrestre ; il en est le centre vers lequel toutes choses sont attirées par leur pesanteur. Toutes les autres parties situées au-delà, ainsi que l'eau qui entoure la Terre, sont au-dessus. Si l'on dit d'une partie quelconque de la Terre qu'elle est « au-dessous », c'est par référence à une autre région de celle-ci.

La partie de la Terre non recouverte par l'eau occupe la moitié[b] de la surface de la sphère terrestre. Formant un disque, elle est entourée de tous côtés par l'élément eau, qui forme une mer que l'on appelle la mer Environnante[3]. On lui donne aussi des noms étrangers comme ceux de *Lablâya*[4] ou d'*Okeanos*[c]. On dit aussi la mer Verte ou la mer Noire.

La partie émergée de la Terre susceptible d'être habitée comprend plus de déserts et d'espaces vides que de régions effectivement habitées. Les zones vides sont plus vastes dans le Sud que dans le Nord. La partie habitée est davantage orientée vers le nord. Formant un plan circulaire, elle atteint vers le sud l'équateur et vers le nord une ligne circulaire[d] au-delà de laquelle se trouvent les montagnes la séparant de l'élément eau. C'est entre ces montagnes, orientées vers l'est, que se situe le barrage de Gog et Magog. À l'est et à l'ouest, la partie habitée de la Terre s'étend également jusqu'à l'élément eau, à deux sections du cercle entourant la Terre.

La partie[e] émergée de la Terre couvre, dit-on, la moitié de la sphère terrestre ou un peu moins. La partie habitée en couvre le quart. Elle est elle-même divisée en sept climats[5].

L'équateur divise la Terre en deux moitiés, d'ouest en est. Il représente la largeur de la Terre, ou le plus grand cercle autour de la Terre, comme l'écliptique et la ligne équinoxiale sont les plus grands cercles du firmament. L'écliptique est divisé en 360°. Un degré est égal à 5 parasanges, le parasange étant égal à 12 000 coudées ou 3 milles, vu que le mille est égal à 4 000 coudées. La coudée est égale à 24 doigts, et le doigt à 6 grains d'orge alignés dos contre ventre. La distance entre la ligne équinoxiale parallèle à l'équateur de la Terre et divisant le firmament en deux moitiés et chacun des deux pôles est de 90°. Cependant, la partie habitée au nord de l'équateur s'étend sur seulement 64°. Le reste de cette région est vide et inhabité, à cause du froid extrême et du gel. De même, la région située au sud de l'équateur est tout entière vide à cause de la chaleur extrême. Tout cela sera expliqué plus loin, si Dieu le veut.

Les auteurs qui nous informent sur la Terre habitée et ses limites, ses grandes cités et ses villes, ses montagnes, ses mers, ses rivières, ses déserts et ses sables, tels que Ptolémée[6] dans sa *Géographie* et l'auteur du *Livre de Roger*[7], divisent cette Terre en sept parties qu'ils ont appelées climats. Celles-ci sont séparées par des frontières imaginaires. Elles s'étendent d'est en ouest, sont égales en largeur, mais diffèrent en longueur[8]. Le premier climat est plus long que le deuxième, et il en va de même du deuxième par rapport au troisième et ainsi de suite. Le septième climat est le plus court, du fait de la forme circulaire qui résulte du retrait de l'eau de la sphère terrestre.

Chaque climat est divisé à son tour par ces auteurs en dix sections successives d'ouest en est. Pour chacune d'elles, on donne les informations relatives aux conditions générales et à la civilisation.

De la mer Environnante, disent les géographes, sort la mer Byzantine que nous connaissons bien, du côté du Maghreb[f], dans le quatrième climat. Elle commence par un détroit resserré, d'une largeur d'environ 12 milles, entre Tanger et Tarifa, nommé az-Zuqâq[9]. De là, elle s'étend vers l'est et atteint une largeur de 600 milles. Elle se termine à l'extrémité de la quatrième section du quatrième climat[g], à 1 160 parasanges de son point de départ. Là, elle est bordée par le littoral de la Syrie. Au sud, elle baigne les côtes du Maghreb : Tanger à la hauteur du détroit, ensuite l'Ifrîqiya, puis Barqa et Alexandrie. Au nord, elle baigne les côtes de Constantinople, de Venise, de Rome, de la France et de l'Andalus, où elle rejoint Tarifa sur le détroit, en face de Tanger. Cette mer s'appelle la mer Byzantine ou Syrienne[10]. Elle renferme de nombreuses îles habitées. Certaines d'entre elles sont grandes, telles que la Crète, Chypre, la Sicile, Majorque, la Sardaigne et Denia[h].

D'après les géographes, deux autres mers sortent du nord de la mer Byzantine par deux détroits. La première est en face de Constantinople. Elle se resserre après son point de départ, et a une largeur d'un jet de flèche. Elle se prolonge ainsi sur une distance de trois jours de navigation jusqu'à Constantinople. À partir de là, elle atteint une largeur de 4 milles et coule ainsi sur 60 milles. C'est ce qu'on appelle le golfe de Constantinople. De là, elle sort par une bouche de six milles de large et se jette dans la mer de Nîtush[11]. Cette mer s'oriente à partir de là vers l'est. Elle passe par la terre d'Héraclée (du Pont) et se termine au pays des Khazars, à 1 300 milles de la bouche d'où elle sort. Sur ses deux rives vivent les nations des Byzantins, des Turcs, des Bulgares, des Russes.

La deuxième mer qui sort de la mer Byzantine est le golfe de Venise[12]. Partant du nord du territoire byzantin, elle tourne vers l'ouest à hauteur de Sant' Angelo [de' Lombardi], en direction du pays des Vénitiens, et se termine au pays d'Aquiléia, à 1 100 milles de son point de départ. Sur ses deux rives vivent les Vénitiens, les Byzantins et d'autres nations. On l'appelle le golfe de Venise.

Selon les géographes, à l'est, à 13° au nord de l'équateur, une autre vaste mer se détache de la mer Environnante. Elle avance d'abord un peu vers le sud jusqu'au premier climat, qu'elle traverse ensuite en s'orientant vers l'ouest jusqu'à ce qu'elle atteigne dans sa cinquième section le territoire des Abyssins et des Noirs et Bâb al-Mandab, à 4 500 parasanges de son point de départ. On l'appelle la mer Chinoise, Indienne ou Abyssine[13]. Au sud, elle est bordée par le pays des Noirs et le pays de Berbera, mentionné par Imru'u-l-Qays[14] dans un de ses poèmes. Ces Berbera n'appartiennent pas aux Berbères qui constituent les tribus du Maghreb. On trouve ensuite les villes de Mogadiscio et de Sufâla, le pays de Wâqwâq[15], et d'autres nations au-delà desquelles il n'y a plus que déserts et solitudes. Au nord, elle est bordée à son point de départ par la Chine, puis elle longe l'Inde, le Sind, les côtes du Yémen, avec al-Ahqâf, Zabîd et d'autres lieux ; enfin, elle se termine au pays des Noirs, au-delà desquels se trouve celui des Béja.

De la mer Abyssine, disent les géographes, sortent deux autres mers. La première part de son point d'aboutissement à Bâb al-Mandab. D'abord resserrée, elle s'élargit ensuite en avançant vers le nord et en s'orientant légèrement vers l'ouest pour aboutir à la ville d'al-Qulzum, dans la cinquième section du deuxième climat, à 1 400 milles de son point de départ. On l'appelle la mer d'al-Qulzum ou la mer de Suez[16]. Entre cette mer et Fustât[17], il y a une distance de trois journées de marche. À l'est, elle baigne les côtes du Yémen, du Hijâz, avec Djedda, et est bordée à son extrémité par Madyan, Ayla et Fârân[18]. À l'ouest, elle longe les côtes du Sa'îd[19], 'Aydhâb, Souakin, Zeila et le pays des Béja, à son point de départ. Elle se termine à al-Qulzum, en face d'al-'Arîsh sur la mer Byzantine, dont la séparent six journées de marche. De nombreux souverains, avant l'islam et depuis son avènement, ont voulu percer le territoire entre ces deux mers, mais leur projet n'a pas abouti.

La deuxième mer qui sort de la mer Abyssine est appelée le golfe Vert[20]. Partant de la région située entre le Sind et al-Ahqâf, au Yémen, elle se dirige vers le nord en s'orientant légèrement à l'ouest jusqu'à ce qu'elle parvienne à al-Ubulla, sur la côte d'al-Basra, dans la sixième section du deuxième climat, à 440 parasanges de son point de départ. Elle est appelée la mer du Fars[21]. À l'est, elle est bordée par les côtes du Sind[22], de Mukrân, de Kirmân, du Fars et d'al-Ubulla. À l'ouest, elle est bordée par les côtes d'al-Bahrayn, d'al-Yamâma, Oman, ash-Shihr et al-Ahqâf. Entre la mer du Fars et al-Qulzum se trouve la péninsule Arabique, qui s'avance dans la mer. Elle est entourée par la mer Abyssine au sud, la mer d'al-Qulzum à l'ouest, la mer du Fars à l'est. Elle confine à l'Irak par une ligne située entre la Syrie et Basra, sur 1 500 milles. Là se trouvent les villes de Kûfa, d'al-Qâdisiya et de Bagdad, le palais de Chosroès et al-Hîra. Au-delà, il y a les nations non arabes des Turcs, des Khazars, et d'autres encore. La péninsule Arabique comprend le Hijâz à l'ouest, le Yamâma, al-Bahrayn et Oman à l'est, le Yémen au sud, avec son littoral baigné par la mer Abyssine.

Les géographes rapportent qu'il y a sur la partie habitée de la Terre une autre mer isolée de toutes les autres, au nord, dans le pays des Daylam. On l'appelle la mer de Jurjân ou de Tabaristân[23]. Elle a une longueur de 1 000 milles sur une largeur de 600 milles. Elle est bordée à l'ouest par l'Azerbaïdjan et le Daylam, à l'est par la terre des Turcs et le Khwârezm, au sud par le Tabaristân et au nord par le pays des Khazars et des Alains.

Ce sont là toutes les mers célèbres citées par les géographes.

Il y a, d'autre part, disent les géographes, de nombreux fleuves sur la terre habitée. Les plus grands sont au nombre de quatre : le Nil, l'Euphrate, le Tigre et le fleuve de Balkh nommé Jayhûn[24].

Le Nil prend naissance dans une grande montagne, à

16° au-delà de l'équateur, à hauteur de la quatrième section du premier climat. On l'appelle la montagne d'al-Qumr[25]. On ne connaît pas de montagne plus haute sur la Terre. De nombreuses sources en jaillissent. Les unes tombent dans un lac à proximité, les autres dans un autre lac. De ces deux lacs sortent des rivières qui se jettent toutes dans un lac près de l'équateur, à dix journées de marche de la montagne. De ce dernier lac partent deux fleuves. Le premier coule vers le nord et traverse la Nubie puis l'Égypte. À la fin de son parcours, il se divise en plusieurs branches rapprochées, appelées canaux, qui se jettent dans la mer Byzantine, à Alexandrie. C'est le Nil d'Égypte. Il est bordé à l'est par le Sa'îd, et à l'ouest par les oasis. Le second fleuve tourne vers l'ouest et continue à couler dans cette direction jusqu'à la mer Environnante. C'est le Nil des Noirs. Toutes les nations noires se trouvent sur ses bords.

L'Euphrate prend naissance en Arménie, dans la sixième section du cinquième climat. Il coule vers le sud en traversant le territoire de Byzance, de Malatya à Manbij, puis il passe par Siffîn, ar-Raqqa et Kûfa, atteint le Marais, situé entre Basra et Wâsit, avant de se jeter dans la mer Abyssine. Il reçoit sur son parcours de nombreux affluents. De nombreuses autres rivières en sortent et se jettent dans le Tigre.

Le Tigre naît de plusieurs sources dans le pays de Khilât, qui est aussi en Arménie. Il coule vers le sud, en passant par Mossoul, l'Azerbaïdjan, Bagdad et Wâsit. Là, il se divise en plusieurs canaux qui se jettent tous dans le lac de Basra, avant de rejoindre la mer du Fars. Le Tigre a son cours à l'est de l'Euphrate. Il reçoit plusieurs grandes rivières sur ses deux rives. Entre l'Euphrate et le Tigre, à l'amont de celui-ci, se trouve l'île de Mossoul, en face de la Syrie, du côté des rives de l'Euphrate, et en face de l'Azerbaïdjan, du côté des rives du Tigre.

Le fleuve Jayhûn prend naissance près de Balkh, dans la huitième section du troisième climat, d'un grand nombre de sources. Il reçoit de grandes rivières et coule du sud vers le nord, traversant le territoire du Khurâsân, puis pénétrant dans celui du Khwârizm, dans la huitième section du cinquième climat. Il se jette ensuite dans le lac de Gurgânj, situé en contrebas de la ville du même nom. Ce lac a une longueur et une largeur d'un mois de marche. Il reçoit également le fleuve de Farghâna et du Shâsh[26], qui vient du pays des Turcs. Le fleuve Jayhûn est bordé à l'ouest par les pays du Khurâsân et du Khwârizm, à l'est par ceux de Bukhârâ, de Tirmidh et de Samarkand. Au-delà, c'est le pays des Turcs, Farghâna, Kharlukhs[27] et d'autres nations non arabes.

Tout cela est indiqué dans le livre de Ptolémée et dans le *Livre de Roger* d'ash-Sharîf al-Idrîsî. Dans les ouvrages de géographie, on représente toutes les montagnes, les mers et les fleuves du monde habité et on en traite d'une manière exhaustive. Nous n'avons pas besoin de reprendre tout cela ici. C'est un sujet trop long et, dans notre ouvrage, nous nous intéressons surtout au Maghreb, pays des Berbères, et aux pays arabes de l'Orient.

C'est Dieu qui donne le succès.

SUPPLÉMENT AU IIe PRÉAMBULE[a]

LE QUART SEPTENTRIONAL DE LA TERRE EST PLUS CIVILISÉ[1] QUE LE QUART MÉRIDIONAL. POURQUOI ?

Nous savons, d'après l'observation directe et sur la foi d'une tradition ininterrompue, que les premier et deuxième climats de la terre habitée sont moins civilisés que les climats qui les suivent. Les régions civilisées de ces deux premiers climats sont séparées par des espaces vides, des déserts et des sables, et limitées à l'est par la mer de l'Inde. Les nations et les populations qui y habitent ne sont pas très nombreuses. Il en va de même de leurs capitales et de leurs villes.

Les troisième et quatrième climats, ainsi que les climats suivants, sont dans la situation inverse. Les déserts y sont rares. On y trouve peu ou pas de sables. Leurs nations et leurs populations sont excessivement nombreuses, ainsi que leurs capitales et leurs villes. La civilisation s'y épanouit entre le troisième et le sixième climat. Le Sud est complètement vide.

De nombreux philosophes attribuent cela à la chaleur excessive et au fait que le soleil dans cette région s'écarte peu du zénith. C'est ce que nous allons montrer, en apportant les preuves appropriées. On comprendra par là même la raison de l'abondance de la culture dans les régions comprises entre le troisième et le quatrième climat au nord, et jusqu'aux cinquième et septième climats.

Lorsque les pôles Nord et Sud célestes sont au-dessus de l'horizon, ils forment un grand cercle qui divise le firmament en deux. C'est le plus grand cercle allant d'est en ouest. On l'appelle la ligne équinoxiale. On explique, dans la partie de l'astronomie qui traite de ces questions, que la sphère supérieure se meut d'est en ouest d'un mouvement journalier et entraîne avec elle toutes les sphères qu'elle renferme. Ce mouvement est perceptible. On explique également que les astres, dans leurs sphères, se meuvent en sens inverse, d'ouest en est. Les périodes de ce mouvement diffèrent suivant la rapidité ou la lenteur des astres.

Parallèlement aux courses de ces astres dans leurs sphères, il y a un grand cercle de la sphère supérieure qui la divise en deux. C'est l'écliptique. Il est divisé en douze signes. Comme on l'explique en astronomie, la ligne équinoxiale le coupe en deux points opposés : le commencement du Bélier et le commencement de la Balance. Elle divise ainsi le zodiaque en deux parties : l'une s'écarte de la ligne équinoxiale vers le nord, comprenant les signes qui vont du commencement du Bélier à la fin de la Vierge ; l'autre s'en écarte vers le sud, allant du commencement de la Balance à la fin des Poissons.

Quand les deux pôles tombent sur l'horizon dans toutes les régions de la Terre, une ligne se forme sur la surface de celle-ci, face à la ligne équinoxiale, allant d'ouest en est. Elle est appelée l'équateur. D'après l'observation astronomique, on pense que cette ligne se situe au début du premier climat. Toute la civilisation est au-delà, vers le nord.

Le pôle Nord monte graduellement au-dessus de l'horizon de la Terre habitée, jusqu'à la hauteur de 64°. Là s'arrête la civilisation. C'est la fin du septième climat. Quand il monte sur l'horizon jusqu'à 90° — distance qui le sépare de la ligne équinoxiale — il est alors au zénith et la ligne équinoxiale est sur l'horizon. Six signes du zodiaque, ceux qui sont au nord, restent au-dessus de l'horizon ; les six autres, qui sont au sud, restent au-dessous.

La culture est impossible entre le 64ᵉ et le 90ᵉ degré, car le chaud et le froid ne peuvent s'y mélanger en raison du grand intervalle de temps qui les sépare. Il ne peut donc y avoir de génération.

Le soleil est donc à son zénith sous l'équateur, au début

du Bélier et de la Balance, puis il décline vers le commencement du Cancer et du Capricorne. Sa plus grande déclinaison de la ligne équinoxiale est de 24°.

Lorsque le pôle Nord monte sur l'horizon, la ligne équinoxiale s'éloigne du zénith dans la même proportion et le pôle Sud s'abaisse d'autant, de sorte qu'on a une distance égale dans les trois cas. C'est ce que les astronomes qui calculent les heures des prières appellent la « latitude » d'une localité donnée. Lorsque la ligne équinoxiale s'éloigne du zénith, les signes nord du zodiaque s'élèvent graduellement jusqu'au commencement du Cancer, et les signes sud descendent au-dessous de l'horizon jusqu'au commencement du Capricorne, en raison de l'inclinaison des deux moitiés du zodiaque sur l'un ou l'autre côté de l'horizon de l'équateur, comme nous l'avons dit précédemment.

L'horizon nord continue à s'élever jusqu'à ce que sa limite nord, qui coïncide avec le commencement du Cancer, soit au zénith. Cela se produit là où la latitude est de 24° au Hijâz et dans les régions voisines. C'est la déclinaison de la ligne équinoxiale à l'horizon de l'équateur au commencement du Cancer. Lorsque s'élève le pôle Nord, le Cancer s'élève également jusqu'à ce qu'il atteigne le zénith. Si le pôle Nord s'élève à plus de 24°, le soleil descend du zénith et continue ainsi jusqu'à ce que l'élévation du pôle Nord soit de 64°. Le soleil descend alors de la même distance et le pôle Sud s'abaisse d'autant au-dessous de l'horizon. Alors la génération cesse, en raison du froid et du gel excessifs et du long intervalle de temps sans aucun contact avec le chaud.

Quand le soleil est au zénith, ou près du zénith, ses rayons tombent perpendiculairement à la Terre. Lorsqu'il s'en écarte, ils arrivent sous un angle obtus ou aigu. Si les rayons tombent à angle droit, la lumière est forte et largement répandue, et c'est l'inverse qui se produit quand les angles sont obtus ou aigus. Par conséquent, la chaleur est plus grande au zénith ou à proximité du zénith que dans les autres positions, car la lumière est la cause de la chaleur et de l'échauffement. À l'équateur, le soleil est au zénith deux fois par an, aux deux points du Bélier et de la Balance. Il ne s'en écarte que fort peu. À peine la chaleur devient-elle modérée, lorsque le soleil atteint la limite de sa déclinaison au commencement du Cancer et du Capricorne, que celui-ci s'élève de nouveau au zénith. Ainsi, les rayons perpendiculaires persistent sur cet horizon de façon prolongée, sinon en permanence. L'air est embrasé d'une chaleur excessive. Il en est de même dans toutes les régions comprises entre l'équateur et le 24e degré de latitude, où le soleil passe au zénith deux fois par an. Les rayons y sont presque aussi persistants qu'à l'équateur. L'excès de chaleur a sur l'air une action de dessèchement qui empêche la génération. En effet, à cause de l'excès de chaleur, les sources d'eau et d'humidité sont asséchées et la génération est abolie, aussi bien dans le règne minéral que dans les règnes animal et végétal, étant donné qu'elle ne peut se produire qu'avec l'humidité.

Lorsque le commencement du Cancer s'écarte du zénith à la latitude de 25° et au-delà, le soleil aussi s'éloigne de son zénith. La chaleur devient modérée, avec de légères variations. Alors se produit la génération. Elle continue à se développer graduellement jusqu'à ce que le froid devienne excessif à cause du manque de lumière et du fait que les rayons solaires tombent à angle obtus. La génération décroît, puis s'abolit. Cependant, l'effet de l'excès de chaleur est plus fort que celui de l'excès de froid. Car le dessèchement causé par la chaleur est plus rapide que le gel causé par le froid.

Voilà pourquoi la civilisation est peu développée dans les premier et deuxième climats, moyennement développée dans les troisième, quatrième et cinquième climats, où la chaleur est tempérée par la décroissance de la lumière, très développée dans les sixième et septième climats, en raison de la diminution de la chaleur. Au début, le froid n'entraîne pas l'abolition de la génération, comme avec la chaleur. Car il ne produit un effet desséchant que lorsqu'il est excessif, ce qui est le cas au-delà du septième climat. C'est pourquoi la civilisation est plus développée et plus étendue dans le quart septentrional du globe.

À partir de ces faits, les philosophes ont conclu que les régions équatoriales et plus au sud sont vides. On leur a opposé que l'observation et une tradition ininterrompue montrent qu'elles sont habitées. Comment trancher ? Il est évident que les philosophes ne voulaient pas nier la possibilité de toute civilisation dans ces régions. Mais ils ont été conduits par leur raisonnement à conclure que la génération y est grandement empêchée en raison de l'excès de chaleur, et que la civilisation y est soit tout à fait impossible, soit possible mais à un degré inférieur. Ce qui est vrai. Car si, comme on le dit, une civilisation existe dans les régions équatoriales et plus au sud, elle est très faible.

Ibn Rushd[2] prétend que l'équateur est tempéré[3], et que les régions situées au Sud sont à l'image de celles qui sont situées au Nord. Il y aurait donc autant de terres habitables au Sud qu'au Nord. L'invraisemblance de cette proposition ne tient pas à l'abolition de la génération mais au fait que, dans la région située au sud de l'équateur, l'eau recouvre la terre là où, dans les zones correspondantes du Nord, la génération est possible. Comme la civilisation ne peut exister dans les zones tempérées du sud de l'équateur en raison de la prédominance de la mer, il doit en être de même dans les autres zones. Car la civilisation se développe graduellement et commence sa progression là où elle est possible, mais non là où elle est impossible.

Quant à l'opinion suivant laquelle la civilisation ne peut exister à l'équateur, elle est contredite par le témoignage d'une tradition ininterrompue. Mais Dieu est plus savant.

Après cette discussion, nous allons tracer une carte de la Terre, comme l'a dessinée l'auteur du *Livre de Roger*. Nous procéderons ensuite à une description détaillée de cette carte.

DESCRIPTION DÉTAILLÉE DE LA CARTE[4]

Nous présenterons deux vues, l'une détaillée, l'autre générale. La première, qui sera donnée à la suite de la présente section, comprendra une description des différents pays, montagnes, mers et fleuves du monde habité, pris un à un. La seconde traitera de la division du monde en sept climats, de leur extension en latitude, et de la longueur des jours de chacun. C'est l'objet de la présente section.

Comme nous l'avons vu précédemment, la Terre flotte sur l'élément eau comme un grain de raisin. Pour cette raison, une partie en est découverte, conformément au plan divin relatif à la civilisation et à la génération à partir des éléments. On dit que cette partie émergée représente la moitié de la surface de la Terre. Le monde habité en constitue le quart. Le reste est inoccupé. Selon une autre opinion, le monde habité n'en représente qu'un sixième. La partie vide de la terre émergée s'étend aussi bien au sud qu'au nord. La civilisation est répandue sur une bande continue de l'ouest à l'est, sans aucun espace vide dans l'une ou l'autre direction entre la terre et la mer.

Le monde habité, à ce que l'on dit, est traversé par une ligne imaginaire qui va d'ouest en est, en face de la ligne équinoxiale du firmament, là où les deux pôles de la sphère céleste sont sur l'horizon. C'est à partir de cette ligne que se répand la civilisation vers le nord.

Ptolémée affirme que la civilisation se répand aussi, à partir de là, vers le sud, et il en indique l'extension en latitude, comme nous le verrons plus loin.

Ishâq Ibn al-Hasan al-Khâzinî pense qu'il existe une autre civilisation au-delà du septième climat, et il en indique l'extension en latitude. Al-Khâzinî est une des grandes autorités en géographie.

Les anciens philosophes divisaient le monde habité, au Nord, en sept climats, suivant des lignes imaginaires allant de l'ouest vers l'est. Ils pensent que chacun de ces climats a une latitude différente, comme nous allons le voir en détail.

Le premier climat suit l'équateur vers le nord. Vers le sud, la partie habitée est limitée à celle qui est indiquée par Ptolémée. Au-delà, il n'y a que des déserts sans eau et des sables, jusqu'au cercle d'eau appelé la mer Environnante. Au nord du premier climat viennent successivement le deuxième, le troisième, le quatrième, le cinquième, le sixième et le septième climat. Celui-ci constitue la limite de la civilisation au nord. Au-delà, il n'y a que vide et déserts jusqu'à la mer Environnante. Cependant, il y a beaucoup plus d'espace vide au Sud qu'au Nord.

Pour ce qui est des latitudes de ces climats et du nombre d'heures dont se compose le jour dans chacun d'eux, il faut savoir que les deux pôles de la sphère céleste sont à l'équateur sur l'horizon d'ouest en est, et que le soleil y est au zénith. Lorsqu'on s'éloigne dans le monde habité vers le nord, le pôle Nord s'élève légèrement et le pôle Sud descend d'autant, alors que le soleil s'éloigne d'une distance égale de la ligne équinoxiale. Ces trois distances sont identiques, et chacune d'elles est appelée latitude géographique, comme le savent bien les astronomes qui calculent les heures des prières.

Il y a différentes opinions au sujet de la latitude du monde habité, ainsi que de la latitude de chaque climat. D'après Ptolémée[5], la latitude totale du monde habité est de 77° 1/2 : 11° au sud de l'équateur et 66°1/2 dans les différents climats du Nord. Selon lui, le premier climat s'étend jusqu'au 16e degré, le deuxième jusqu'au 20e degré, le troisième jusqu'au 27e degré, le quatrième jusqu'au 33e degré, le cinquième jusqu'au 38e degré, le sixième jusqu'au 43e degré, le septième jusqu'au 48e degré. Il évalue la longueur d'un degré de la sphère céleste à 66 milles 2/3, en le rapportant à la surface de la Terre. De la sorte, le premier climat a, du sud au nord, 1 067 milles ; le deuxième climat, 1 333 ; le troisième, 1 790 ; le quatrième, 2 185 ; le cinquième, 2 520 ; le sixième, 2 840 ; le septième, 3 150.

Les durées de la nuit et du jour varient dans ces différents climats en raison de la déclinaison du soleil par rapport à la ligne équinoxiale et de l'élévation du pôle Nord au-dessus de l'horizon, ce qui entraîne une variation des arcs diurne et nocturne.

À la limite du premier climat, la plus longue nuit, quand le soleil entre dans le Capricorne, et le jour le plus long, quand le soleil entre dans le Cancer, atteignent douze heures et demie, selon Ptolémée. À la limite du deuxième climat, ils atteignent 13 heures ; à la limite du troisième, treize heures et demie ; à la limite du quatrième, 14 heures ; à la limite du cinquième, une demi-heure de plus ; à la limite du sixième, 15 heures ; et à la limite du septième, une demi-heure de plus. Les durées du jour le plus court et de la nuit la plus courte sont obtenues en déduisant ces chiffres de 24, qui est le nombre d'heures de la nuit et du jour ou d'une révolution complète du ciel. La variation de la longueur maximale du jour et de la nuit, d'un climat à l'autre, est d'une demi-heure, en remontant depuis le premier climat, au sud, jusqu'au dernier climat, au nord.

D'après Ishâq Ibn al-Hasan al-Khâzinî, la partie de la terre habitée située au-delà de l'équateur s'étend sur une latitude de 16° 25'. La longueur maximale du jour et de la nuit y atteint 13 heures. L'extension en latitude du premier climat ainsi que la durée de la nuit et du jour sont identiques à celles de la zone située au-delà de l'équateur. Pour le deuxième climat, les chiffres sont respectivement de 24° et treize heures et demie. Pour le troisième climat, 30° et 14 heures. Pour le quatrième climat, 36° et quatorze heures et demie. Pour le cinquième climat, 41° et 15 heures. Pour le sixième climat, 45° et quinze heures et demie. Pour le septième climat, 48° 1/2 et 16 heures. Au-delà du septième climat, l'extension en latitude de la civilisation atteint son point extrême au 63e degré. La longueur maximale du jour et de la nuit y est de 20 heures.

Selon d'autres géographes éminents, en dehors d'Ishâq al-Khâzinî, l'extension en latitude de la partie habitée de la terre située au-delà de l'équateur, au Sud, est de 16° 27'. Le premier climat a une extension de 20° 15'; le deuxième, de 27° 13'; le troisième, de 33° 20'; le quatrième, de 38° 1/2[b]; le cinquième, de 43°; le sixième, de 47° 53' ou, selon une autre opinion, de 46° 50'; le septième, de 51° 53'. La civilisation atteint, au-delà du septième climat, le 77e degré. Selon un autre grand géographe, Abû Ja'far al-Khâzinî, l'extension en latitude du premier climat va de 1° à 20° 13'; celle du deuxième va jusqu'à 27° 13'; celle du troisième jusqu'à 33° 39'; celle du quatrième jusqu'à 38° 23'; celle du cinquième jusqu'à 42° 58'; celle du sixième jusqu'à 47° 2'; celle du septième jusqu'à 50° 45'[c]. La civilisation au-delà du septième climat s'étend jusqu'à 77°.

D'après Abû Ja'far al-Khâzinî, le même éminent géographe, la latitude du premier climat s'étend de 1° jusqu'à 20° 13'; celle du deuxième va jusqu'à 27° 13'; celle du troisième jusqu'à 33° 39'; celle du quatrième jusqu'à 38° 23'; celle du cinquième jusqu'à 42° 58'; celle du sixième jusqu'à 47° 2'; et celle du septième jusqu'à 50° 45'.

C'est là ce que[d] nous savons en ce qui concerne les différentes opinions des géographes au sujet des extensions en latitude, des durées du jour et de la nuit, et des largeurs en milles des sept climats. Dieu « a créé toute chose et lui a donné la juste mesure[A] ».

Les auteurs qui traitent de la géographie du monde divisent chacun des sept climats en dix sections égales, d'ouest en est, dans le sens de la longueur. Ils mentionnent les pays, les villes, les montagnes et les fleuves compris dans chaque section, ainsi que les distances qui les séparent.

Nous allons maintenant présenter brièvement ces différentes sections, en énumérant pour chacune d'elles les pays, les rivières et les mers les plus connus. Nous suivrons la démarche observée dans la *Nuzhat al-mushtâq* composée par al-Alawî al-Idrîsî al-Hammûdî pour le roi chrétien de Sicile, Roger, fils de Roger. Al-Idrîsî était l'hôte

A. Coran, XXV, 2.

de ce prince, en Sicile, après que sa famille eut quitté la principauté de Malaga. Il écrivit son livre au milieu du VIe [XIIe] siècle. Il s'est servi d'un grand nombre d'ouvrages, tels que ceux d'al-Mas'ûdî, d'Ibn Khurradâdhbih, d'al-Hawqalî, d'al-Udhrî, d'Ishâq al-Munajjim, de Ptolémée et d'autres.

Nous allons passer en revue ces différents climats, en commençant par le premier.

Premier climat.

À l'ouest, il y a les îles Éternelles[6], à partir desquelles Ptolémée commence la détermination de la longitude. Elles sont au-delà de la masse de terre de ce climat, dans la mer Environnante. Elles comptent plusieurs îles, dont les plus grandes et les plus connues sont au nombre de trois. On dit qu'elles sont habitées.

Nous avons appris que des navires francs les ont abordées vers le milieu du siècle, ont attaqué leurs habitants, fait du butin et des prisonniers. Une partie de ceux-ci furent vendus sur les côtes du Maghreb Extrême et entrèrent au service du sultan. Lorsqu'ils eurent appris la langue arabe, ils donnèrent des renseignements sur leurs îles. Ils dirent que, chez eux, on creuse la terre avec des cornes pour la culture. Le fer est inconnu dans leur pays. Ils se nourrissent d'orge[7], élèvent des chèvres, utilisent comme armes de combat des pierres qu'ils lancent derrière eux. Leur culte consiste à se prosterner devant le soleil à son lever. Ils ne connaissent pas de religion et n'ont jamais reçu de message prophétique.

On ne peut atteindre ces îles que par hasard, non de façon intentionnelle. En effet, pour la navigation en mer, on se sert des vents. On doit connaître les directions dans lesquelles ils soufflent et les lieux auxquels on aboutit lorsqu'on se place en droite ligne à partir d'un pays donné, dans le sillage d'un vent. Quand le vent change, sachant la direction où il mène en droite ligne, on dispose les voiles en conséquence, suivant les règles connues des marins[8], qui sont les chefs des bateaux en mer. Les pays riverains de la mer Byzantine sont représentés sur un livre[9] avec leur forme réelle et leur position exacte sur la côte. Les différents vents, avec leur origine et leur parcours, sont également indiqués sur ce livre qu'on appelle « compas[10] ».

C'est sur ce document que s'appuient les navigateurs pour s'orienter dans leurs voyages. Mais il n'existe rien de semblable pour la mer Environnante. C'est pourquoi les bateaux n'y entrent guère. Car, quand ils perdent la côte de vue, ils parviennent rarement à retrouver le chemin du retour. À cela s'ajoutent toutes les vapeurs qui se forment dans l'atmosphère au-dessus de cette mer et à sa surface, et qui entravent la marche des bateaux. À cause de leur éloignement, ces vapeurs ne peuvent être atteintes et dissipées par les rayons du soleil que réfléchit la terre. Ainsi, il est difficile de trouver la direction de ces îles et de recueillir des informations à leur sujet.

Dans la première section de ce climat se trouve l'embouchure du Nil, qui prend sa source dans la montagne d'al-Qumr, comme nous l'avons déjà mentionné. C'est le Nil des Noirs, qui coule en direction de la mer Environnante, où il se jette à l'île d'Awlîl[11]. Sur le bord de ce Nil est située la ville de Sila[12], ainsi que Tekrûr[13] et Ghana[14], qui, de nos jours, appartiennent aux gens du Mali, une nation noire. C'est dans leur pays que se rendent les marchands du Maghreb Extrême.

À proximité de cette contrée, au nord, se trouve le pays des Lamtûna et de toutes les tribus des porteurs de voiles, avec les déserts où elles se déplacent. Au sud de ce Nil est un peuple de Noirs qu'on appelle Lamlam. Ce sont des infidèles. Ils se scarifient le visage et les tempes. Les gens de Ghana et de Tekrûr lancent des raids contre leur territoire, les capturent et les vendent aux marchands qui les emmènent au Maghreb où ils forment la majorité des esclaves. Plus au sud, au-delà de cette peuplade, il n'y a plus de civilisation digne de ce nom. Il n'y a que des hommes plus proches des animaux que d'êtres raisonnables. Ils vivent dans les marais ou dans des grottes, mangent des herbes et des graines non préparées. Ils se mangent souvent entre eux. On ne peut les considérer comme des êtres humains. Tous les fruits que consomment les pays noirs viennent des ksours du Sahara maghrébin, comme le Touat, Tigûrarîn et Ouargla. On dit qu'à Ghana il y avait un royaume et une dynastie connue sous le nom de Banû Sâlih, d'origine 'alide. L'auteur du *Livre de Roger* précise qu'il s'agit de Sâlih Ibn 'Abd Allâh Ibn Hasan Ibn al-Hasan, mais on ne connaît pas de Sâlih parmi les descendants de 'Abd Allâh Ibn al-Hasan. De nos jours, cette dynastie a disparu, et Ghana est passée sous l'autorité du sultan du Mali.

À l'est de ce pays, dans la troisième section du premier climat, est le territoire des Gawgaw. Il s'étend le long d'une rivière qui prend sa source dans une des montagnes de cette région. Cette rivière coule vers l'ouest et se perd dans les sables de la deuxième section. Le royaume de Gawgaw, d'abord indépendant, fut conquis par le sultan du Mali et intégré dans son territoire. Il est aujourd'hui en ruine, à la suite de troubles dont nous parlerons lorsque nous traiterons de l'État du Mali, à la place qui lui revient dans l'histoire des Berbères.

Au sud du pays de Gawgaw se trouve le territoire de la nation noire des Kanem[15]. Plus loin sont les Wangâra, sur la rive nord du Nil des Noirs. À l'est des territoires de ces deux peuples, il y a le pays des Zaghây et des Tâjira[16], qui touche la terre de Nubie, dans la quatrième section de ce climat. Cette quatrième section est traversée par le Nil d'Égypte depuis sa source, à l'équateur, jusqu'à la mer Byzantine, au nord.

Le Nil d'Égypte sort de la montagne d'al-Qumr à 16° au-dessus de l'équateur. Il y a différentes opinions quant à la lecture de ce nom. Certains lisent *Qamar*, comme l'astre du ciel, parce que cette montagne est très blanche et lumineuse. Le *Mushtarik*[17] de Yâqût donne *Qumr*, par référence au nom d'un peuple de l'Inde. La même lecture se trouve chez Ibn Sa'îd.

De cette montagne jaillissent dix sources. Cinq se jettent dans un premier lac, et les cinq autres dans un deuxième lac. Entre les deux lacs, il y a une distance de 6 milles. De chacun d'eux sortent trois rivières qui viennent toutes se déverser dans une même étendue marécageuse, barrée par une montagne qui la traverse du côté nord. Les eaux de ce marécage se divisent ensuite en deux branches : la branche ouest coule vers le pays des Noirs, en direction de l'Occident, jusqu'à ce qu'elle se jette dans la mer Environnante. La branche est se dirige vers le nord à travers l'Abyssinie, la Nubie et les régions intermédiaires. Lorsqu'elle parvient en Basse-Égypte, elle se ramifie en quatre bras. Trois se jettent dans la mer Byzantine à Alexandrie, Rashîd[18] et Damiette, et le dernier passe dans un lac salé, avant de rejoindre la mer.

Au milieu de ce premier climat, le long du Nil, s'étendent

les pays de Nubie, d'Abyssinie et la partie du pays des oasis jusqu'à Assouan. La partie sédentarisée de la Nubie a pour ville Dongola, située sur la rive ouest du Nil. Plus loin sont 'Alwa et Yulâq[19]. À six jours de marche de Yulâq, en direction du nord, il y a la montagne des Cataractes, de forte altitude du côté de l'Égypte et d'altitude peu élevée du côté de la Nubie. Le Nil la traverse de part en part et retombe en une chute haute et terrifiante. Les bateaux ne peuvent pas la franchir. Les barques soudanaises sont déchargées de leurs cargaisons, qu'on transporte sur des animaux de bât jusqu'à Assouan, capitale du Sa'îd. On fait de même, en sens inverse, pour les cargaisons des bateaux du Sa'îd. Il y a douze jours de marche entre les Cataractes et Assouan. Les oasis sont bordées à l'ouest par le Nil. De nos jours, elles sont en ruine, mais on y voit encore les vestiges d'une ancienne occupation.

Au milieu du premier climat, dans sa cinquième section, est l'Abyssinie. Elle s'étend le long d'un fleuve venu d'au-delà de l'équateur[e]. Ce fleuve coule vers la terre de Nubie et se jette dans le Nil qui descend vers l'Égypte. Beaucoup de gens croient, à tort, que ce fleuve fait partie du Nil d'al-Qumr. Ptolémée, qui le mentionne dans sa *Géographie*, dit qu'il n'appartient pas au Nil.

Au milieu du premier climat, dans sa cinquième section, se termine la mer de l'Inde. Venant du côté de la Chine, elle recouvre la plus grande partie du premier climat jusqu'à cette cinquième section. La civilisation se cantonne dans les îles très nombreuses qu'elle renferme — près d'un millier, dit-on —, sur ses côtes méridionales qui forment la limite sud du monde habité, ainsi que sur son littoral septentrional. Mais seule une partie de ce littoral est comprise dans le premier climat, à savoir une portion de la Chine, du côté de l'est, et le pays du Yémen, dans la sixième section de ce climat, entre les deux mers qui se détachent de la mer de l'Inde vers le nord, c'est-à-dire la mer d'al-Qulzum et la mer du Fars. Située entre ces deux mers, la péninsule Arabique comprend le Yémen et le Shihr à l'est, sur la côte de la mer de l'Inde, le Hijâz, le Yamâma et les régions voisines, dont nous reparlerons quand nous aborderons le deuxième climat et les suivants.

Sur le littoral ouest de la mer de l'Inde, à la frontière de l'Abyssinie, il y a Zayla; les terres des Béja sont au nord de l'Abyssinie, entre la montagne d'al-'Allâqî, à l'extrême sud du Saʿîd, et la mer d'al-Qulzum, qui se détache de la mer de l'Inde. Au nord de Zayla et de cette section est le golfe de Bâb al-Mandab. À cet endroit, la mer devient étroite à cause de la montagne d'al-Mandab qui s'avance dans la mer de l'Inde du sud au nord, le long du littoral du Yémen, sur une distance de 12 milles. La mer se rétrécit jusqu'à n'avoir que 3 milles de large environ. Ce goulot est appelé Bâb al-Mandab. C'est par là que passent les bateaux du Yémen en direction de la côte de Suez, près du Caire. Au nord de Bâb al-Mandab se trouvent les îles de Souakin et Dahlak. En face, vers l'ouest, il y a les terres des Béja, une nation noire comme nous venons de le dire. À l'est, c'est le Tihâma du Yémen, avec la ville de Haliy Ibn Yaʿqûb.

Au sud de Zayla, sur la côte ouest de la mer de l'Inde, se trouvent les villages de Berbera, qui se succèdent vers le sud jusqu'à la fin de la sixième section. À l'est de ces villages est le pays des Zanj[f]. Il y a ensuite, sur la côte sud de la mer de l'Inde, la ville de Mogadiscio, très peuplée, avec de nombreux marchands, mais d'allure encore rurale. S'étendant sur la côte sud, il y a le pays de Sufâla, dans la septième section.

À l'est du pays de Sufâla, sur la côte sud, est le pays du Wâqwâq, qui s'étend jusqu'à la limite de la dixième section du premier climat, là où la mer de l'Inde rejoint la mer Environnante.

Les îles de la mer de l'Inde sont nombreuses. L'une des plus grandes est celle de Sarandîb[20]. Elle est arrondie et renferme une montagne célèbre, qu'on dit être la plus haute du monde. Elle est située en face de Sufâla. Puis, il y a l'île d'al-Qumr[21], de forme allongée, qui commence en face de Sufâla et s'étend vers l'est, en s'incurvant jusqu'à l'approche des côtes sud de la Chine. Elle est entourée au sud par les îles de Wâqwâq, à l'est par les îles de Sîlâ[22], ainsi que par maintes autres îles. On y trouve différentes sortes de parfums et d'encens. On dit aussi qu'elle renferme de l'or et des émeraudes. La plupart de ses habitants sont païens. Ils ont de nombreux rois. Dans ces îles, il y a, au plan de la civilisation, des choses merveilleuses qui ont été rapportées par les géographes.

Sur le littoral nord de la mer de l'Inde, dans la sixième section du premier climat, est le Yémen tout entier. Du côté de la mer d'al-Qulzum, on trouve Zabîd, al-Muhjam et le Tihâma du Yémen. Il y a ensuite Sa‘da, siège de l'imamat zaydite, aussi éloignée de la côte sud que de la côte est. Plus loin, on trouve la ville d'Aden. Au nord de celle-ci est Sanaa. À l'est de ces deux villes, il y a la terre d'al-Ahqâf et de Zafâr, suivie de la terre du Hadramawt, puis du pays d'ash-Shihr, entre la mer de l'Inde, au sud, et la mer du Fars. Seule cette partie de la sixième section parmi toutes les parties centrales du premier climat n'est pas recouverte par la mer. Il y a ensuite une petite portion de la neuvième section et une plus grande partie de la dixième section. Celle-ci inclut le sud de la Chine, dont une des plus célèbres villes est Canton[23]. En face de la Chine, du côté est, il y a les îles de Sîlâ, que nous avons déjà mentionnées.

Ici s'achève ce que nous avons à dire sur le premier climat.

Le deuxième climat.

Le deuxième climat est contigu au premier sur sa limite nord. En face de [sa limite] ouest, dans la mer Environnante, deux des îles Éternelles, déjà mentionnées, en font partie.

Au sud des première et deuxième sections de ce climat se trouve la terre de Qamnûriya. Ensuite, à l'est, il y a la partie sud de la terre de Ghana, puis les terres des Zaghây noirs. Au nord, il y a le désert de Nîsar, qui s'étend sans interruption d'ouest en est. Les marchands l'empruntent pour passer du pays du Maghreb au Soudan. Les terres où se déplacent les Sinhâja — porteurs de voile — en font partie. Ceux-ci sont constitués de groupes nombreux : les Gudâla, les Lamtûna, les Messûfa, les Lamta, les Wetriga. Au même niveau que ces déserts, à l'est, se trouve la terre du Fezzan. Puis viennent les terres des tribus berbères azgâr, qui s'étendent vers l'est jusqu'au sud de la troisième section. Plus loin, dans la même section, on trouve le pays des Kawar, qui sont une nation noire, puis une portion de la terre des Tâjuwîn. La partie nord de cette troisième section est occupée par le reste du pays de Waddân. Au même niveau, plus à l'est, on a la terre de Santariya[24], qu'on appelle aussi les Oasis intérieures.

La partie sud de la quatrième section est occupée par le reste de la terre des Tâjuwîn.

Au milieu de la quatrième section s'interpose le pays du Sa'îd, qui s'étend sur les deux rives du Nil. Celui-ci, prenant sa source dans le premier climat, s'écoule vers son embouchure dans la mer. Il passe dans cette section entre les deux montagnes qui lui barrent le chemin : celle des Oasis à l'ouest et celle d'al-Muqattam à l'est. Sur la partie sud se trouvent Isna et Armant. Le pays du Sa'îd continue sur les deux côtés du Nil, jusqu'à Assyût et Qûs, puis jusqu'à Sawl. Là, le Nil se divise en deux branches : la droite aboutit à al-Lâhûn, situé encore dans la quatrième section ; la gauche finit à Dalâs. La région comprise entre les deux forme le sud de l'Égypte.

À l'est de la montagne d'al-Muqattam se trouve le désert de 'Aydhâb, qui s'étend dans la cinquième section et arrive jusqu'à la mer de Suez, c'est-à-dire la mer d'al-Qulzum. Cette mer se détache de la mer de l'Inde en allant du sud au nord. Sur son littoral est, dans cette cinquième section, se trouve la terre du Hijâz, qui va de la montagne de Yalamlam jusqu'à Yathrib. Au centre du Hijâz, il y a La Mecque et, au bord de la mer, la ville de Djedda, qui fait face à 'Aydhâb, située sur la rive ouest de la mer d'al-Qulzum.

Dans la sixième section vers l'ouest, le pays du Najd — avec Jurash et Tabâla au sud — s'étend vers le nord jusqu'à 'Ukâz. Au nord du Najd, dans la même section, on trouve le reste de la terre du Hijâz. Au même niveau que le Najd, vers l'est, c'est le pays de Najrân et de Janad, et plus au nord, c'est le Yamâma. Directement à l'est de Najrân, on trouve la terre de Saba' et de Ma'rib, suivie de la terre d'ash-Shihr, qui se termine dans la mer du Fars, la deuxième mer qui sort de la mer Indienne et se dirige vers le nord, comme nous l'avons vu précédemment, puis tourne vers l'ouest, au niveau de la sixième section. Elle baigne ainsi, à l'est, et, sur sa partie concave, à l'ouest, un territoire de forme triangulaire. Au sud de celui-ci, il y a la ville de Qalhât, port d'ash-Shihr. Au nord, sur le littoral, il y a le pays d'Oman, suivi par al-Bahrayn avec Hajar, à la limite de la sixième section.

La partie sud-ouest de la septième section est occupée par une portion de la mer du Fars qui rejoint la portion comprise dans la sixième section. La mer Indienne baigne toute la partie sud de la septième section. Là, sur le littoral de cette mer, on trouve le pays du Sind, puis le pays de

Mukrân, face au pays d'at-Tawbarân, qui appartient également au Sind. Ainsi, le Sind en entier est situé dans la partie ouest de cette section. Il est séparé de la terre de l'Inde par des espaces désertiques. Un fleuve, venant de l'Inde, le traverse et se jette dans la mer Indienne, au sud. Le pays de l'Inde commence avec le Ballaharâ[25] à l'est, sur le littoral de la mer Indienne. Au nord est le Multân, le pays de la grande idole[26]. La partie la plus septentrionale de l'Inde est occupée par le sud du Sijistân.

À l'ouest de la huitième section, on trouve le reste du pays de Ballaharâ, qui appartient à l'Inde. Au même niveau, à l'est, est le pays d'al-Qandahâr[27], suivi du pays de Munîbâr[28]. Au nord de ce pays, dans la partie la plus au nord de cette section, il y a la terre de Kâbul. À l'est de celui-ci, on trouve le territoire d'al-Qanûj[29], s'étendant jusqu'à la mer Environnante, entre le Kashmir intérieur et le Kashmir extérieur, à la limite de ce climat.

Commençant à l'ouest de la neuvième section, l'Inde extrême s'étend jusqu'à l'est de celle-ci et rejoint vers le sud la dixième section. Une partie de la Chine se trouve au nord de la neuvième section, avec la ville de Khayghûn[30]. La Chine s'étend ensuite sur toute la dixième section jusqu'à la mer Environnante.

Le troisième climat.

Le troisième climat est contigu au deuxième sur sa limite nord. La première section, à un tiers de sa largeur vers le sud, comprend la montagne du Deren[31] qui s'étend de la mer Environnante, à l'ouest, jusqu'à la limite de la section, à l'est. Cette montagne est habitée par les Berbères qui forment des peuples si nombreux que seul leur Créateur est capable de les recenser, comme nous le verrons plus loin. Dans la région située entre cette montagne et le deuxième climat, sur le littoral de la mer Environnante, se trouve Ribât Mâssa, que jouxtent, à l'est, les pays du Sous et de Noul. Plus à l'est, il y a le pays du Draa, puis le pays de Sijilmâsa, suivi d'une portion du Sahara de Nîsar, désert déjà mentionné dans le deuxième climat.

La montagne du Deren domine toutes ces régions de la première section. Dans sa partie occidentale, jusqu'au fleuve de la Moulouya, elle a peu de cols et de routes. Au-delà, jusqu'à l'endroit où elle se termine, ceux-ci sont plus nombreux. Cette partie occidentale est occupée par les tribus masmûda : les Saksîwa près de la mer Environnante, puis les Hintâta, les Tinmellal, les Gedmîwa et les Hashkûra, qui sont les derniers Masmûda dans cette région. Puis viennent les tribus zanâga, c'est-à-dire Sinhâja. À la fin de cette première section du troisième climat, on trouve quelques tribus zénètes. Là, la montagne de l'Aurès touche le Deren. C'est la montagne des Kutâma. Ensuite viennent d'autres tribus qui seront mentionnées à leur place[32].

La montagne du Deren, du côté ouest, domine le Maghreb Extrême, qui s'étend au nord. Dans le Sud de ce pays, on trouve Marrakech, Aghmât et Tadla. Sur le littoral de la mer Environnante, il y a le Ribât d'Asfî et la ville de Salé. À l'est de Marrakech, il y a Fès, Meknès, Taza, Qasr Kutâma. C'est cette région que les habitants du pays appellent le Maghreb Extrême. Deux de ses villes, Azila et Larache, se trouvent sur le littoral de la mer Environnante. Au même niveau, vers l'est, c'est le Maghreb Central, avec sa capitale, Tlemcen. Sur la côte de la mer Byzantine, qui le borde, il y a les villes de Hunayn, Oran et Alger. En effet, la mer Byzantine sort de la mer Environnante au détroit de Tanger, à l'ouest du quatrième climat[g], et continue en direction de l'est jusqu'à la Syrie. Après avoir dépassé, à peu de distance, ce détroit resserré, elle s'élargit vers le sud et vers le nord, s'étendant dans les troisième et cinquième climats. C'est pourquoi plusieurs villes du troisième climat se trouvent sur le littoral de la mer Byzantine, de Tanger à al-Qasr as-Saghîr, Ceuta, Bâdis et Ghassâsa. Bijâya jouxte Alger à l'est, sur le littoral. Puis, à l'est de Bijâya, vient Constantine, qui est située à la fin de cette première section, à une journée de marche de la mer. Au sud de ces régions se trouve le pays d'Ashîr, qui s'élève vers le sud du Maghreb Central, avec les monts de Titteri. Il y a ensuite Msîla et le Zâb, dont la capitale, Biskra, est au nord de l'Aurès, montagne reliée au Deren comme nous l'avons vu précédemment. Là se termine cette section du côté est.

La deuxième section de ce climat, comme la première, est traversée par la montagne du Deren qui, sur un tiers de sa largeur vers le sud, s'étend d'ouest en est et la divise en deux parties. La mer Byzantine recouvre une partie du Nord de cette section. La partie située au sud de la montagne du Deren est constituée entièrement de déserts à l'ouest. À l'est, c'est Ghadamès. Au même niveau, plus à l'est, c'est la terre du Waddân, dont le reste se trouve dans le deuxième climat, comme on l'a vu précédemment. La partie située au nord du Deren, qui le sépare de la mer Byzantine vers l'ouest, comprend l'Aurès, Tebessa et Laribus. Sur le littoral se trouve la ville de Bône. Au même niveau, à l'est, c'est l'Ifrîqiya, avec, sur le littoral, Tunis, puis Sousse, puis Mahdiya. Au sud de ces villes et au nord du Deren, il y a le pays du Djérid, qui comprend Tozeur, Gafsa et Nefzâwa. Entre ces villes et le littoral, il y a Kairouan, les monts Ousselat et Sbeitla. Au même niveau, vers l'est, il y a la ville de Tripoli, sur le littoral de la mer Byzantine. En face, vers le sud, il y a Maqqara et la montagne de Dammer, des tribus huwâra, reliée à la montagne du Deren et faisant face à Ghadamès, déjà mentionnée, à la limite de la partie sud. À la lisière de cette section, à l'est, on trouve Suwayqa Ibn Mathkûd, sur le littoral. Plus au sud, il y a les aires de déplacement des Arabes, sur la terre du Waddân.

La troisième section de ce climat est également traversée par la montagne du Deren. Mais celle-ci tourne vers le nord lorsqu'elle arrive à la limite de cette section et se prolonge ainsi jusqu'à la mer Byzantine, à l'endroit appelé cap Awthân. La mer Byzantine recouvre la partie nord de cette troisième section, laissant une bande de terre de plus en plus étroite entre la côte et la montagne du Deren. Derrière celle-ci, vers le sud et l'ouest, il y a le reste de la terre du Weddân, avec les espaces de déplacement des Arabes. Puis on trouve Zawîla Ibn al-Khattâb, suivie par des sables et des déserts jusqu'à la limite de la section à l'est. Entre la montagne et la mer, à l'ouest, on trouve la ville de Syrte, sur le littoral. Ensuite, on trouve des espaces vides et des déserts où se déplacent les Arabes. Plus loin, c'est Ajdâbiya, puis Barqa, au détour de la montagne. Vient ensuite Tulaymitha, sur la mer, puis, à l'est, après le tournant de la montagne, on trouve les terres de nomadisation des Hayyib et des Ruwâha, jusqu'à la limite de la section.

Dans le sud-ouest de la quatrième section de ce climat, on trouve le désert de Birnîq[33]. Au nord de celui-ci, c'est le pays des Hayyib et des Ruwâha. Ensuite, la mer Byzantine occupe une partie de cette section, en direction du sud, presque jusqu'à sa bordure, ne laissant jusqu'à la lisière de la section que des déserts où se déplacent les Arabes. Au même niveau, vers l'est, c'est le pays d'al-Fayyûm, qui s'étend à l'embouchure d'un des deux bras du Nil. Cette rivière passe par al-Lâhûn, dans le Sa'îd, dans la quatrième section du deuxième climat, avant de se jeter dans le lac d'al-Fayyûm. À l'est, c'est la terre d'Égypte, avec sa ville célèbre, sur l'autre bras du Nil qui passe par Dalâs dans le Sa'îd, à la limite de la deuxième section. Au nord du Caire, ce bras se divise de nouveau en deux ramifications à Shattanawf et Ziftâ[b]. Une de ces ramifications, la droite, se divise à son tour en deux autres à Tarnût[c]. Tous ces bras se jettent dans la mer Byzantine. À l'embouchure du bras occidental se trouve la ville d'Alexandrie ; Rashîd est sur celle du bras du milieu et Damiette sur celle du bras oriental. Entre Le Caire et ces différents points du littoral, c'est la Basse-Égypte, tout entière fortement peuplée et couverte de cultures.

Dans la cinquième section de ce climat, on trouve la Syrie, ou du moins la plus grande partie de celle-ci, comme on va le voir. La mer d'al-Qulzum se termine au sud-ouest de cette section, à Suez. En effet, partant de la mer Indienne, elle va vers le nord, puis s'oriente vers l'ouest. Une portion de la partie ouest, assez longue, est comprise dans cette section et se termine à Suez. Sur cette portion, au-delà de Suez, on trouve les montagnes de Paran, le mont Sinaï, Ayla de Madyan, et, à son extrémité, al-Hawrâ'[34]. De là, la mer d'al-Qulzum s'oriente vers le sud, à partir de la côte d'al-Hijâz, comme on l'a vu précédemment dans la description de la cinquième section du deuxième climat.

Le nord-ouest de cette cinquième section est recouvert en grande partie par une portion de la mer Byzantine. Sur le littoral de celle-ci, on trouve al-Faramâ et al-'Arîsh, et la ville d'al-Qulzum est près de son extrémité. À cet endroit, il n'y a qu'une étroite bande de terre entre la mer Byzantine et la mer d'al-Qulzum, formant comme une porte qui s'ouvre vers la Syrie. À l'est de cette porte, c'est le Tîh, désert où rien ne pousse ; c'est là que les Israélites errèrent pendant quarante ans à leur sortie d'Égypte et avant leur entrée en Syrie, comme cela est raconté dans le Coran[A]. Une partie de l'île de Chypre, située dans cette portion de la mer Byzantine, est comprise dans la cinquième section, le reste de l'île est dans le quatrième climat, comme on le

A. *Cf.* V, 6.

verra plus loin. Sur la côte de l'étroite bande de terre séparant la mer Byzantine de la mer de Suez se trouvent al-'Arîsh, qui marque la frontière de l'Égypte, et Ascalon. Puis la mer Byzantine s'oriente vers le nord, atteignant le quatrième climat à Tripoli et 'Arqa[35]. C'est là la limite est de la mer Byzantine. Cette portion de la mer Byzantine comprend la plus grande partie des côtes syriennes. À l'est d'Ascalon, légèrement vers le nord, il y a Césarée ; puis, dans la même direction, 'Akka, Tyr, Sydon et 'Arqa. Ensuite, la mer Byzantine continue en direction du nord dans le quatrième climat.

Face aux villes côtières de cette portion de la mer Byzantine comprise dans la cinquième section, il y a une grande montagne qui part du littoral d'Ayla, sur la mer d'al-Qulzum, et s'étend ensuite au nord-est jusqu'à ce qu'elle dépasse la cinquième section. On l'appelle la montagne d'al-Lukkâm[36]. Elle forme une sorte de barrière entre l'Égypte et la Syrie. À une de ses extrémités, près d'Ayla, se trouve al-'Aqaba, par où passent les pèlerins d'Égypte vers La Mecque. Plus loin, en direction du nord, on trouve la tombe d'al-Khalîl, au mont Sharât, qui prolonge la montagne d'al-Lukkâm au nord d'al-'Aqaba, en s'orientant d'abord vers l'est et en tournant ensuite légèrement vers le sud. À l'est, c'est le pays d'al-Hijr et les terres de Thamûd, de Taymâ' et de Dûmat al-Jandal, qui constituent la partie nord du Hijâz. Au sud, on trouve le mont Radwâ, suivi, plus au sud, des châteaux de Khaybar. Entre le mont Sharât et la mer d'al-Qulzum est le désert de Tabûk. Au nord du mont Sharât, il y a la ville d'al-Quds[37], près de la montagne d'al-Lukkâm. Puis viennent le Jourdain et [le lac de] Tibériade. À l'est, on trouve le pays d'al-Ghawr jusqu'à Adhri'ât et au Hawrân. Au même niveau, à l'est, c'est Dûmat al-Jandal, qui marque la lisière de cette cinquième section et du Hijâz. Au détour d'al-Lukkâm, à la limite de la cinquième section vers le nord, se trouve la ville de Damas, face à Sidon et Beyrouth sur le littoral, dont elle est séparée par al-Lukkâm. Au même niveau que Damas, vers l'est[38], est la ville de Baalbek. Ensuite, on trouve la ville de Hims[39], au nord de la cinquième section, là où s'arrête al-Lukkâm. À l'est de Baalbek et de Hims, c'est la ville de Tadmur et les espaces des nomades, jusqu'à la limite de la section.

Le sud de la sixième section comprend le désert des

bédouins arabes, au nord du Najd et du Yamâma, entre le mont al-'Arj et as-Sammân, et jusqu'à Bahrayn et Hajar sur la mer du Fars. Dans le nord de la sixième section, au-delà de ce désert, on trouve le pays d'al-Hîra, d'al-Qâdisiyya et des marais de l'Euphrate. Puis, à l'est, il y a la ville de Basra. La mer du Fars se termine dans la partie nord de cette section, à Abâdân et à al-Ubulla. Le Tigre s'y jette près d'Abâdân. Ce fleuve se divise en plusieurs cours et reçoit des affluents de l'Euphrate. Tous ces cours se réunissent près d'Abâdân et se jettent dans la mer du Fars. Cette portion de la mer du Fars s'élargit dans le sud de la sixième section et se rétrécit vers la lisière de celle-ci, à l'est. En son extrémité, elle se rapproche de la limite nord de la sixième section. Sur sa rive ouest, on trouve le nord d'al-Bahrayn, Hajar et al-Ahsâ, avec, à l'ouest de ceux-ci, al-Khatt, as-Sammân et le reste du Yamâma.

Sur sa rive est, c'est le littoral du Fars. Au sud de celui-ci, à la fin de la sixième section du côté de l'est et sur une ligne qui longe la mer du Fars vers l'est et, au-delà, vers le sud, il y a les montagnes d'al-Qufs, appartenant au Kirmân. Au nord de Hurmuz, sur la côte de la mer du Fars, il y a les villes de Sîrâf et de Najîram. À l'est, jusqu'à la fin de la sixième section, et au nord de Hurmuz, c'est le pays du Fars, avec les villes de Sâbûr, Darâbjird, Fasâ, Istakhr, ash-Shâhijân, et Shîrâz, la capitale. Au nord du Fars, à l'extrémité de la mer du Fars, est le pays de Khûzistân, comprenant les villes d'al-Ahwâz, Tustar, Jundîshâbûr, Suse, Râmhurmuz et d'autres. Arrajân est sur la frontière entre le Fars et le Khûzistân. À l'est du Khûzistân, il y a les montagnes kurdes, qui s'étendent jusqu'à la région d'Isfahân. C'est là où habitent les Kurdes. Ils nomadisent, au-delà de ces montagnes, sur les terres du Fars qu'on appelle *az-zumûm*[40].

Dans le sud-ouest de la septième section, on trouve le reste des montagnes d'al-Qufs, bornées au sud et au nord par les pays du Kirmân et du Mukrân. Elles comprennent les villes d'ar-Rûdhân, ash-Shîrajân, Jîruft (Jayruft), Yazdshîr et al-Fahraj. Au nord du Kirmân s'étend le reste du Fars jusqu'à la frontière d'Isfahân. La ville d'Isfahân se trouve sur le bord nord-ouest de la septième section. À l'est du Kirmân et du Fars, il y a le Sijistân au sud et le Kûhistân au nord. Les grands déserts occupent une position centrale au milieu de cette section, entre le Kirmân et le Fars, d'un côté, le Sijistân et le Kûhistân, de l'autre. Hostiles, ces déserts ne comptent que peu de routes. Le Sijistân comprend les villes de Bust et d'at-Tâq. Le Kûhistân fait partie du Khurâsân, dont une des villes les plus connues est Sarakhs, qui est à la limite de cette section.

Dans la huitième section, à l'ouest et au sud, on trouve les terres de nomadisation des Khalaj', qui appartiennent aux nations turques. Ces terres sont contiguës au Sijistân, à l'ouest, et à Kâbul, en Inde orientale, au sud. Au nord, elles jouxtent les montagnes et le pays d'al-Ghûr, avec sa capitale Ghazna, la clef de l'Inde. Aux confins d'al-Ghûr, au nord, on trouve la ville d'Astarâbâdh. Plus au nord, à la limite de la section, il y a le pays de Herât, qui est au centre du Khurâsân. Il comprend Isfarâyin, Qâshân, Bûshanj, Marw ar-Rûdh, at-Tâliqân et al-Jûzajân. Cette partie du Khurâsân s'étend jusqu'au fleuve Jayhûn[41]. Sur ce fleuve se trouvent les villes khurâsâniennes de Balkh, à l'ouest, et Tirmidh, à l'est. La ville de Balkh était la capitale du royaume turc.

Le fleuve Jayhûn vient du Wakhân, pays situé à la frontière du Badakhshân, au-delà de l'Inde. Partant de l'angle sud-est de cette section, il se dirige rapidement vers l'ouest jusqu'au milieu de la section. Là, il prend le nom de Kharnâb. Ensuite, il coule vers le nord, traverse le Khurâsân et continue dans la même direction pour se jeter dans le lac de Khwârizm[42], situé dans le cinquième climat, comme nous le verrons plus loin. Au milieu de cette huitième section, quand il tourne du sud vers le nord, il reçoit cinq grands affluents des régions d'al-Khuttal et d'al-Wakhsh, à l'est, et d'autres affluents venant des montagnes d'al-Buttam, à l'est et au nord d'al-Khuttal. Ainsi, il s'élargit et s'agrandit au point d'atteindre des dimensions sans pareilles. L'un des cinq affluents du Jayhûn est le Wakhshâb[43]. Il vient du Tibet, qui s'étend au sud-est de la présente section, puis il coule vers le nord-ouest. Sa route est barrée par une grande montagne. Partant du milieu de cette section, au sud, celle-ci s'oriente ensuite vers le nord-est et continue ainsi jusqu'à ce qu'elle arrive à la neuvième section, en dépassant de peu la huitième section au nord. Elle passe par le pays du Tibet et atteint la portion sud-est de cette section. Elle sépare ainsi les Turcs du pays des Khuttal. Elle est traversée par une seule route, au milieu de la portion est de cette section. Al-Fadl Ibn Yahyâ y a construit un barrage[44], qu'il a muni d'une porte, comme celui de Gog et Magog. Lorsque le Wakhshâb quitte le Tibet et rencontre cette montagne, il se fraie un chemin au-dessous de celle-ci sur une longue distance, avant de réapparaître dans le pays du Wakhsh et de se jeter dans le Jayhûn, près de Balkh. Le Jayhûn se dirige ensuite vers Tirmidh, au nord, et continue dans cette direction jusqu'au pays d'al-Jûzajân.

À l'est du pays du Ghûr, entre cette région et le Jayhûn, il y a le Bâmiyân, qui fait partie du Khurâsân. Sur la rive est du fleuve s'étendent le pays d'al-Khuttal, formé en grande partie de montagnes, et le pays d'al-Wakhsh, limité au nord par les montagnes d'al-Buttam. Celles-ci partent des confins du Khurâsân, à l'ouest du Jayhûn, et s'orientent vers l'est avant d'atteindre la grande montagne derrière laquelle se trouve le pays du Tibet. C'est au pied de cette montagne que coule le Wakhshâb, comme nous l'avons vu. Les deux montagnes se rejoignent à la porte d'al-Fadl Ibn Yahyâ, et le Jayhûn coule entre leurs flancs. D'autres affluents viennent se jeter dans le Jayhûn, dont le fleuve du pays du Wakhsh, qui vient de l'est, au nord de Tirmidh, et la Balkhâ qui, sortant des montagnes d'al-Buttam à leur point de départ à al-Jûzajân, s'y déverse à l'ouest. Sur la rive ouest de ce fleuve, on trouve la ville khurâsânienne d'Amul. Sur sa rive est, il y a les terres de la Sogdiane et d'Ushrûsana, qui appartiennent au pays des Turcs. À l'est, c'est le pays de Farghâna, qui va jusqu'à la limite est de la section. Tout le pays des Turcs est ici traversé par les montagnes d'al-Buttam au nord.

Le Tibet occupe la partie qui va de l'est au centre de la neuvième section. Au sud, c'est l'Inde, et à l'est, la Chine jusqu'à la lisière de la section. Dans la partie extrême nord de cette section, au nord du Tibet, on trouve le pays des Kharlukhs[45], qui fait partie du pays des Turcs, allant jusqu'à la limite nord de la section. Il est jouxté à l'ouest par la terre de Farghâna. À l'est, c'est la terre des Turcs Tughurghuz [Tughuzghuz], qui va jusqu'à la limite nord-est de la section.

La partie sud de la dixième section est entièrement occupée par ce qui reste de la partie nord de la Chine. Au nord, il y a la partie restante du pays des Tughurghuz. À l'est de celui-ci, il y a la terre des Turcs khirkhir [khirghiz][46], qui va jusqu'à la limite est de la section. Au nord du pays des Khirkhir [Khirghiz], on trouve le pays des Turcs kimäk[47].

En face des pays des Kimäk et des Khirkhir [Khirghiz], dans la mer Environnante, il y a l'île Hyacinthe, au centre d'une chaîne de montagnes circulaire. De cette montagne à l'île, il n'y a aucun accès ni chemin, et il eſt très difficile de l'escalader de l'extérieur. Sur l'île, on trouve des serpents dont la morsure eſt mortelle, et beaucoup d'hyacinthes. Les gens de cette région parviennent à extraire ces pierres précieuses par des moyens qui leur sont inspirés par Dieu.

Les régions des neuvième et dixième ſections situées au-delà du Khurâsân et du Khuttal sont les espaces de nomadisation des Turcs, qui sont des nations innombrables. Ce sont de grands nomades ; ils ont des chameaux, des moutons, des vaches et des chevaux qu'ils élèvent, utilisent comme montures et mangent. Ils forment des groupes innombrables. On trouve parmi eux des musulmans dans la région qui jouxte le Jayhûn. Ceux-ci attaquent les Turcs infidèles qui professent le paganisme et vendent leurs captifs à leurs voisins, lesquels les envoient au Khurâsân, en Inde et en Irak.

Le quatrième climat.

Le quatrième climat eſt contigu au nord du troisième. La première ſection de ce climat, à l'oueſt, comprend une portion de la mer Environnante qui s'allonge du commencement de la ſection, au sud, à sa limite, au nord. Au sud de cette partie de la mer Environnante, on trouve la ville de Tanger. Au nord de Tanger, la mer Byzantine se détache de la mer Environnante par un détroit resserré de 12 milles de large, entre Tarifa et Algésiras, au nord, Qasr al-Majâz[48] et Ceuta, au sud. La mer Byzantine coule vers l'eſt jusqu'au milieu de la cinquième ſection de ce climat. Elle s'élargit progressivement, couvrant les quatre premières ſections et la plus grande partie de la cinquième, ainsi qu'une partie des troisième et cinquième climats, comme il sera mentionné plus loin.

Cette mer se nomme mer Syrienne. Elle renferme des îles nombreuses, dont les plus grandes à l'oueſt sont Ibiza, Majorque, Minorque, la Sardaigne, la Sicile — la plus grande — le Péloponnèse, la Crète et Chypre. Elles seront toutes citées plus loin, chacune dans sa ſection.

À la lisière de la troisième ſection de ce quatrième climat et dans la troisième ſection du cinquième climat, le golfe des Vénitiens se détache de la mer Byzantine. Il va vers le nord, puis s'oriente vers l'ouest à partir du milieu de la section. Il continue ainsi jusqu'à la deuxième section du cinquième climat.

À la limite est de la quatrième section du cinquième climat, un autre golfe, celui de Constantinople, se détache de la mer Byzantine. En s'orientant vers le nord, il se resserre, sa largeur se réduisant à la portée d'une flèche. Il continue ainsi jusqu'à la lisière du cinquième climat, traverse la quatrième section du sixième climat, et aboutit à la mer de Nîtush, coulant vers l'est tout au long de la cinquième section et dans la moitié de la sixième section du sixième climat.

Lorsque la mer Byzantine sort de la mer Environnante au détroit de Tanger, s'ouvrant en direction du troisième climat, il reste une petite portion de cette section au sud du détroit. C'est là que se situe la ville de Tanger, au confluent des deux mers. Après Tanger, il y a Ceuta, sur la mer Byzantine, puis Tétouan et Bâdis. La mer recouvre le reste de la section, en direction de l'est, puis s'étend au troisième climat. La plus grande partie des zones habitées de cette section se situe au nord, c'est-à-dire au nord du détroit. C'est l'Andalus.

La partie occidentale de l'Andalus, baignée par la mer Environnante et par la mer Byzantine, commence avec Tarifa, au confluent des deux mers. À l'est, sur le littoral de la mer Byzantine, il y a Algésiras, Malaga, Almunecar et Almería. Au nord-ouest de ces villes, près de la mer Environnante, il y a les villes de Jerez et de Niebla. En face de ces deux cités, sur la mer, est l'île de Cadix. À l'est de Jerez et de Niebla, il y a Séville, Écija, Cordoue, Bartala[49], Grenade, Jaén, Ubeda, Cadix et Baza. Au nord-ouest de ces villes, sur la mer Environnante, on trouve Santamaria et Silves. Au nord-est de celles-ci, il y a Badajoz, Mérida, Évora, suivies de Ghâfiq[50] et Trujillo, puis de Calatrava. Au nord-ouest de ces villes, sur la mer Environnante, il y a Lisbonne, au bord du Tage. À l'est de Lisbonne, sur le même fleuve, il y a Santarem et Coria, puis Alcantara. Au même niveau que Lisbonne, à l'est, s'élève la Sierra [de Guadarrama], qui commence à l'ouest et va vers l'est jusqu'à la limite nord de la section. Elle se termine à Medinaceli, au-delà du milieu de la section. Au pied de la Sierra, on trouve Talavera, à l'est de Coria, puis Tolède, Guadalajara et Medinaceli. Au début de cette montagne, dans la région qui la sépare de Lisbonne, on trouve la ville de Coïmbre. C'est là l'Andalus occidental.

Quant à l'Andalus oriental, il comprend, après Almería, située sur le littoral de la mer Byzantine, les villes de Carthagène, Alicante, Denia, Valence et Tarragone, à la limite est de la section. Au nord de ces villes, on trouve Lorca et Segura, qui jouxtent Baza et Calatrava, dans l'Andalus occidental. À l'est viennent ensuite Murcie, à l'est, et Jativa au nord[51] de Valence, puis Jucar, Tortosa et Tarragone, à la limite de la section. Au nord de ces villes, les terres de Chinchilla et Huerte voisinent avec Segura et Tolède à l'ouest. Fraga est au nord-est de Tortosa. À l'est de Medinaceli, il y a Calatayud, suivie de Saragosse et Lérida, à la limite nord-est de la section.

La deuxième section de ce climat est entièrement recouverte par la mer, à l'exception de sa partie nord-ouest, qui comprend le reste de la montagne d'al-Burtât[52], c'est-à-dire des cols et des routes. Cette partie est dans le prolongement de l'extrémité de la première section du cinquième climat. Partant du bord de la mer Environnante, à la limite sud-est de cette dernière section, cette montagne s'oriente ensuite vers le sud-est et aboutit ainsi au quatrième climat, dont elle évite la première section pour passer à la deuxième. Celle-ci en comprend donc une partie d'où on passe à la terre voisine appelée terre de Gascogne. On trouve dans celle-ci les villes de Gérone et de Carcassonne. Sur le littoral de la mer Byzantine, il y a Barcelone, puis Narbonne.

La mer, qui recouvre cette section, renferme plusieurs îles, dont la plupart, trop petites, sont inhabitées. À l'ouest, il y a la Sardaigne et, à l'est, la Sicile. C'est une île étendue, dont le tour, dit-on, fait 700 milles. Elle a de grandes villes, dont les plus connues sont Syracuse, Palerme, Trapani, Mazzara et Messine. Elle est en face de l'Ifrîqiya. Entre la Sicile et l'Ifrîqiya, il y a les îles de Gozzo et de Malte.

La troisième section de ce climat est également recouverte par la mer, sauf en trois endroits dans le Nord. Ce sont, à l'ouest, la Calabre ; au centre, la Lombardie ; à l'est, la Vénétie.

La quatrième section de ce climat est également maritime. Elle comprend plusieurs îles, dont la plupart sont inhabitées, comme dans la troisième section. Les îles habitées sont le Péloponnèse dans la région nord-ouest, et la Crète, qui s'allonge vers le sud-est à partir du milieu de la section.

Une partie de la cinquième section formant un grand triangle entre le sud et l'est est recouverte par la mer. Le côté ouest de ce triangle rejoint la lisière de la cinquième section. Pour le dernier tiers de la section, à l'est, la partie nord suit le littoral vers l'ouest, la partie sud comprend le nord de la Syrie, et la partie centrale est traversée par la montagne d'al-Lukkâm. Parvenue à la limite nord de la Syrie, cette montagne tourne vers le nord-est. Après ce coude, on l'appelle la « Chaîne[53] ». À partir de là, elle passe au cinquième climat. Après avoir tourné vers l'est, elle traverse une partie du pays d'al-Jazîra. Du côté de l'ouest s'élèvent des montagnes continues qui se terminent en un promontoire sur la Méditerranée, à la limite nord de la section. Ces montagnes sont traversées par des cols, appelés ad-Durûb[54], qui conduisent en Arménie. Cette section comprend une partie de l'Arménie située entre ces montagnes et la Chaîne.

La partie sud de la cinquième section comprend, avons-nous dit, le Nord de la Syrie et est traversée du sud au nord par la montagne d'al-Lukkâm, entre la mer Byzantine et la limite de la section. Sur le littoral, il y a la ville d'Antarsûs[55], au début de la section, au sud. Elle est voisine de 'Arqa et de Tripoli, situées également sur le littoral et appartenant au troisième climat. Au nord d'Antarsûs, on trouve Jabala, puis Lattaquié, Alexandrette et Selefke. Au nord, c'est la terre byzantine.

La montagne d'al-Lukkâm, qui s'étend entre la mer et la lisière de la section, est couronnée du côté de la Syrie, au sud-ouest de la section, par la forteresse d'al-Khawâbî, qui appartient aux Assassins ismaéliens, appelés aujourd'hui al-Fidâwiya. Cette forteresse se nomme également Masyât. Elle est en face d'Antarsûs, à l'est. À l'est d'al-Lukkâm, sur le côté opposé, il y a la ville de Salamiyya, au nord de Homs. Au nord de Masyât, il y a la ville d'Antioche, située entre la montagne et la mer. En face de cette dernière, à l'est de la montagne, est al-Ma'arra, et à l'est d'al-Ma'arra, al-Marâgha. Au nord d'Antioche, on trouve al-Massîsa, puis Adana et Tarsûs, aux confins de la Syrie. À l'ouest de la montagne, en face d'Antioche, on trouve Qinnasrîn et 'Ayn Zarba. En face de Qinnasrîn, à l'est de la montagne, il y a Alep, et en face de 'Ayn Zarba se trouve Manbij, à la limite de la Syrie.

À droite d'ad-Durûb, dans la région qui les sépare de la mer Byzantine, il y a le pays des Byzantins qui, à notre époque, appartient aux Turkmènes et dont le sultan est Ibn 'Uthmân. Sur le littoral, il y a les villes d'Antalia et d'al-'Alâyâ.

L'Arménie, située entre les Durûb et la Chaîne, comprend Mar'ash, Malatya et Anqara[56], s'étendant ainsi jusqu'à la limite nord de la section. Le fleuve Jayhân part de la cinquième section, en Arménie ; de même le fleuve Sayhân, à l'est de celui-ci. Le Jayhân coule vers le sud jusqu'à ce qu'il dépasse les Durûb. Il passe ensuite par Tarsûs et al-Massîsa, tourne vers le nord-ouest pour se jeter dans la mer Byzantine, au sud de Selefke. Le Sayhân coule parallèlement au Jayhân. Il passe en face d'Anqara et de Mar'ash, avant de se diriger vers la Syrie, laissant derrière lui les Durûb. Il passe ensuite par 'Ayn Zarba, s'écarte du Jayhân, se dirige vers le nord-ouest et rejoint le Jayhân à l'ouest d'al-Massîsa.

Le pays d'al-Jazîra, situé entre le coude formé par la montagne d'al-Lukkâm et la montagne de la Chaîne, comprend, au sud, les villes d'ar-Râfiqa et d'ar-Raqqa, de Harrân, Sarûj, ar-Ruhâ, Nisibe, Samosate et Amid, au nord de la Chaîne, à l'extrémité nord-est de la section. Le Tigre et l'Euphrate traversent cette région en son milieu. Prenant leur source dans le cinquième climat, ils passent au sud de l'Arménie et franchissent la Chaîne. L'Euphrate coule à l'ouest de Samosate et de Sarûj, et tourne vers l'est. Il passe à l'ouest d'ar-Râfiqa et d'ar-Raqqa, puis pénètre dans la sixième section. Le Tigre passe à l'est d'Amid et, un peu plus loin, tourne vers l'est, avant de parvenir, peu après, dans la sixième section.

La sixième section de ce climat comprend à l'ouest le pays d'al-Jazîra. À l'est d'al-Jazîra est l'Irak, qui finit non loin de la limite de la section. Aux confins de l'Irak, la montagne d'Isfahân vient du sud de la section et se dirige vers l'ouest. À partir du centre de la partie nord de la section, elle s'oriente vers l'ouest jusqu'à ce qu'elle dépasse la sixième section, et, dans la même direction, rejoint la Chaîne dans la cinquième section.

La sixième section laisse apparaître une division en deux parties, ouest et est. Dans la partie ouest, on voit, au sud, le point où l'Euphrate quitte la cinquième section, et, au nord, celui où la quitte le Tigre. Dès que l'Euphrate entre dans la sixième section, il passe par Qarqîsiyâ. Un bras s'en détache et se dirige vers le nord. Il disparaît sous le sol d'al-Jazîra et coule de manière souterraine dans cette région. Non loin de Qarqîsiyâ, l'Euphrate tourne vers le sud et passe à l'ouest du Khâbûr et d'ar-Rahba. Là, un affluent en sort et coule vers le sud, laissant Siffîn à l'ouest, et tournant vers l'est. Il se subdivise en plusieurs bras, dont les uns passent par Kûfa, les autres par Qasr Ibn Hubayra et al-Jâmi'ayn. Tous ces bras sortent, au sud de la section, vers le troisième climat où ils disparaissent sous terre à l'est d'al-Hîra et d'al-Qâdisiya. En quittant ar-Rahba, l'Euphrate se dirige vers l'est et continue ainsi jusqu'à ce qu'il parvienne au nord de Hît. Il passe ensuite au sud du Zâb et d'al-Anbâr, et vient se jeter dans le Tigre à Bagdad.

Lorsque le Tigre entre dans la sixième section, après avoir quitté la cinquième section, il s'oriente vers l'est et coule en face de la Chaîne, qui rejoint la montagne de l'Irak à l'ouest. Il passe au nord de Jazîrat Ibn 'Umar, Mossoul et Takrît, avant d'atteindre al-Hadîtha. Il tourne vers le sud, laissant al-Hadîtha à l'est, ainsi que le grand Zâb et le petit Zâb. Il continue ensuite à couler dans la même direction vers le sud, à l'ouest d'al-Qâdisiya, jusqu'à ce qu'il atteigne Bagdad et rejoigne l'Euphrate. Il se dirige ensuite vers le sud, passant à l'ouest de Jarjarâyâ et quitte enfin la section pour entrer dans le troisième climat. Là, il se divise en plusieurs bras, qui se réunissent ensuite avant de se jeter dans la mer du Fars à Abâdân. La région comprise entre le Tigre et l'Euphrate, avant la jonction de ces deux fleuves à Bagdad, est le pays d'al-Jazîra. Après avoir quitté Bagdad, le Tigre reçoit un autre affluent qui, venant du nord-est, parvient au pays d'an-Nahrawân, en face de Bagdad, puis tourne vers le sud et rejoint le Tigre, avant le passage de celui-ci au troisième climat. Entre ce fleuve et les montagnes de l'Irak et du Kurdistân, il reste Jalûlâ, et à l'est de Jalûlâ, près de la montagne, le pays de Hulwân et de Saymara.

La partie ouest de la sixième section comprend une montagne qui commence à la montagne kurde et s'étend vers l'est jusqu'à la limite de la section. On l'appelle le mont Shahri-zûr. Elle divise cette partie de la section en deux. La région sud comprend Khûnajân, au nord-ouest d'Isfahân. C'est le pays d'al-Bahlûs[57]. Au centre de ce pays est Nahâwand ; au nord, Shahrazûr, à l'ouest du point de jonction des montagnes ; à l'est, Dînawâr, à la limite de la section. L'autre région contient une portion de l'Arménie, avec sa capitale, al-Marâgha. La partie de la montagne de l'Irak qui lui fait face est appelée Bârimmâ. Elle est habitée par les Kurdes. Derrière elle, sur le Tigre, il y a le grand Zâb et le petit Zâb. À la lisière de cette section, à l'est, on trouve le pays de l'Azerbaïdjan, avec Tabrîz et al-Baylaqân. À l'angle nord-est, il y a une petite portion de la mer de Nîtush[58], c'est-à-dire la mer des Khazars.

La septième section de ce climat comprend, au sud-ouest, presque la totalité du pays d'al-Bahlûs, avec Hamadân et Qazwîn. Ce qu'il en reste se trouve dans le troisième climat. Isfahân se situe dans cette section. Au sud, cette ville est entourée par des montagnes qui viennent de l'ouest et qui, après avoir traversé le troisième climat, passent au niveau de sa sixième section au quatrième climat et rejoignent la montagne de l'Irak à l'est. C'est ce que nous avons mentionné plus haut, en indiquant que ces montagnes entouraient al-Bahlûs dans sa partie orientale. Les montagnes en question, qui entourent Isfahân, se dirigent vers le nord en partant du troisième climat, et passent dans la septième section où elles enserrent le pays d'al-Bahlûs à l'est. À leurs pieds se trouvent Qâshân et Qumm. À peu près à mi-chemin de leur course, elles tournent légèrement à l'ouest, puis elles décrivent un arc, se dirigeant vers l'est et déviant vers le nord, avant d'entrer dans le cinquième climat. Au milieu de l'arc ainsi formé, à l'est de la section, se trouve la ville d'ar-Rayy. Là où elles tournent vers l'ouest, une autre montagne commence et va vers l'ouest jusqu'à la limite de la septième section. Au sud, c'est Qazwîn. Au nord, longeant la montagne d'ar-Rayy et s'étendant vers le nord-est jusqu'au milieu de la septième section, et au-delà jusqu'au cinquième climat, se trouve le pays du Tabaristân, entre ces montagnes et la mer du Tabaristân[59], dont une partie pénètre dans la septième section au milieu de sa partie nord-ouest jusqu'à sa limite nord-est. En face de la montagne d'ar-Rayy, au point où elle tourne vers l'ouest, s'élève une autre montagne qui suit la même direction, vers l'est, avec une légère inclinaison vers le sud jusqu'à ce qu'elle atteigne la huitième section à l'ouest. Entre la montagne d'ar-Rayy et cette dernière montagne, à leur début, s'étend le pays de Jurjân, avec Bistâm. Derrière cette montagne, une partie de la septième section contient le reste du désert compris entre le Fars et le Khurâsân, à l'est de Qâshân. À l'extrémité de ce désert, près de cette montagne, est la ville d'Astarâbâdh. Sur les pentes est de cette montagne s'étend la région de Nîsâbûr, appartenant au Khurâsân, jusqu'à la limite de la section. Au sud de la montagne, à l'est du désert, il y a Nîsâbûr, puis Marw ash-Shâhijân à la lisière de la section. Au nord de Marw et à l'est de Jurjân, il y a les villes de Mahrajân, Khâzarûn et Tûs, à la limite est de la section. Toutes ces localités sont au nord de la montagne. Plus au nord, il y a la ville de Nasâ, entourée à l'angle nord-est de la section par des bandes de désert.

La huitième section de ce climat renferme, à l'ouest, le Jayhûn, qui coule du sud au nord. Sur sa rive ouest, il y a les villes khurâsâniennes de Zamm[k] et d'Amul, ainsi que les villes d'at-Tâhiriyya[l] et de Gurgânj, qui appartiennent au Khwârizm. L'angle sud-est de la section est entouré par les montagnes d'Astarâbâdh, déjà rencontrées dans la septième section. Elles pénètrent dans cette section du côté ouest et en enserrent l'angle sud-est, où nous trouvons le reste du pays de Herât. Elles traversent le troisième climat entre Herât et al-Jûzajân, puis rejoignent la montagne d'al-Buttam, comme nous l'avons déjà mentionné. À l'est de Jayhûn, au sud de cette section, il y a le pays de Bukhârâ, puis le pays de la Sogdiane, avec sa capitale Samarkand, et le pays d'Ushrûsana, avec Khujanda à la limite est de la section. Au nord de Samarkand et d'Ushrûsana, il y a la terre d'Ilâq. Au nord d'Ilâq, c'est la terre d'ash-Shâsh[60], qui s'étend jusqu'à la limite de la huitième section et occupe une partie de la neuvième section, laquelle comprend le reste de la terre de Farghâna.

De cette même partie de la neuvième section vient le fleuve d'ash-Shâsh[61]. Il traverse la huitième section pour se jeter dans le Jayhûn, à l'endroit où celui-ci quitte la huitième section au nord pour entrer dans le cinquième climat. Dans la terre d'Ilâq, un autre fleuve venant de la neuvième section du troisième climat, aux confins du Tibet, se jette dans le fleuve d'ash-Shâsh. Avant de quitter la neuvième section, il reçoit le fleuve de Farghâna. Parallèlement au fleuve d'ash-Shâsh s'étendent les montagnes de Jabrâghûn. Celles-ci partent du cinquième climat et s'étendent vers le sud-est jusqu'à ce qu'elles entrent dans la neuvième section autour d'ash-Shâsh. Puis elles tournent dans la neuvième section, encerclant ash-Shâsh et Farghâna vers le sud, et entrent dans le troisième climat. Entre le fleuve d'ash-Shâsh et l'extrémité de ces montagnes, au milieu de la section, est le pays de Fârâb, séparé de Bukhârâ et de Khwârizm par des bandes de désert. Dans l'angle nord-est de cette section est le pays de Khujanda, avec les villes d'Isfîjâb et de Tarâz[62].

La neuvième section de ce climat comprend, à l'ouest, au-delà de Farghâna et d'ash-Shâsh, la terre de Kharlukh au sud et la terre de Khallûkh[63] au nord. L'est de la section, jusqu'à la limite de celle-ci, est entièrement occupé par la terre des Kimäks. Celle-ci s'étend sur toute la dixième section jusqu'aux montagnes des Qufâyâ, à la limite est de la section, surplombant la mer Environnante. Ce sont les montagnes de Gog et de Magog. Toutes ces nations font partie des peuples turcs.

Le cinquième climat.

La première section de ce climat est en grande partie recouverte par l'eau, sauf une petite portion au sud et à l'est. En effet, la mer Environnante pénètre dans les cinquième, sixième et septième climats à partir du cercle qu'elle forme autour des différents climats. La partie émergée, vers le sud, a la forme d'un triangle qui prolonge l'Andalus, dont elle englobe la partie restante[64]. La mer la baigne sur deux des côtés du triangle. Du reste de l'Andalus occidental, elle comprend Montemayor sur le littoral, au début de la section au sud-ouest, Salamanque à l'est, et Zamora au nord. À l'est de Salamanque, il y a Avila, à l'extrême sud et, à l'est de celle-ci, la terre de Castille, avec la ville de Ségovie. Au nord de celle-ci est la terre de León, avec Burgos, et au-delà, plus au nord, il y a la Galicie, s'étendant jusqu'à l'angle de cette portion. Sur la mer Environnante, à l'extrême bout, du côté ouest du triangle, il y a la ville de Santiago, c'est-à-dire [Saint-] Jacob.

De l'est de l'Andalus, cette section comprend la ville de Tudela, située à la limite sud et à l'est de la Castille. Au nord-est de Tudela, il y a Huesca et Pampelune. À l'ouest de Pampelune est Estella. Najera[m] est entre cette dernière et Burgos. Au centre de cette partie s'élève une grande montagne, en face de la mer, le long et à peu de distance du côté nord-est du triangle, qu'elle rejoint, ainsi que la mer près de Pampelune, à l'est. On a vu que cette montagne débouche sur la mer Byzantine, au sud, dans le quatrième climat, et qu'elle forme une barrière pour l'Andalus du côté est (nord). Ses cols sont les portes qui conduisent en Gascogne, laquelle appartient aux nations franques. À la Gascogne appartiennent, dans le quatrième climat, Barcelone et Narbonne, qui sont situées sur le littoral de la mer Byzantine, et, au nord de ces villes, Gérone et Carcassonne. On y trouve également, dans le cinquième climat, Toulouse, située au nord de Gérone.

Du côté est, la partie de cette première section non recouverte par la mer a la forme d'un triangle allongé, dont l'angle aigu au-delà des Pyrénées, à l'est. À son sommet, touchant aux Pyrénées, elle comprend la ville de Bayonne, sur le littoral de la mer Environnante. Aux confins de cette partie, dans la région nord-est de la section, est la terre du Poitou, appartenant aux Francs et s'étendant jusqu'à la limite de la section.

La deuxième section comprend, dans sa partie ouest, la terre de Gascogne. Au nord de celle-ci, il y a le Poitou et Burghush[65], déjà mentionnés. À l'est de la Gascogne, une portion de la mer Byzantine pénètre dans cette section comme une dent, avec une légère inclinaison vers l'est. À l'ouest, le pays de Gascogne se termine par un golfe sur la mer. Au sommet de cette portion, au nord, il y a la région de Gênes, et dans la même direction, vers le nord, s'étendent les montagnes des Alpes[66]. Au nord de celles-ci est la Bourgogne. À l'est du golfe de Gênes, sur la mer Byzantine, il y a un autre golfe sur la même mer. Entre les deux, il y a une péninsule, avec Pise à l'ouest et, à l'est, la grande cité de Rome, capitale des Francs et résidence du pape, leur plus haut patriarche. Rome est connue pour ses édifices grandioses, ses monuments imposants et ses églises gigantesques. Parmi les merveilles de cette ville, il faut citer le fleuve qui la traverse d'est en ouest et dont le lit est pavé de cuivre. Rome renferme l'église des apôtres Pierre et Paul, où ils sont enterrés. Au nord de la région de Rome, il y a la Lombardie, qui va jusqu'à la limite de la section. Sur le littoral de la péninsule où Rome est située, on trouve la ville de Naples, à l'est, jouxtant la région de la Calabre, en pays franc. Au nord de la Calabre, il y a une portion du golfe de Venise, qui pénètre dans cette section à partir de la troisième, en tournant vers l'est et en ayant, dans cette section, le nord en face d'elle. Elle s'étend sur environ un tiers de la section. Une grande partie de la Vénétie se trouve sur cette mer, au sud, dans la région comprise entre cette mer et la mer Environnante[67]. Au nord, c'est la région d'Aquilée, dans le sixième climat.

La troisième section comprend, dans sa partie ouest, la région de la Calabre, entre le golfe de Venise et la mer Byzantine. Une partie de la terre de Calabre, dans le quatrième climat, s'avance dans la mer en une péninsule, entre deux golfes qui se détachent vers le nord et s'étendent dans cette section. À l'est de la Calabre, il y a la région des Lombards, située entre le golfe de Venise et la mer Byzantine. Une partie de cette terre fait partie du quatrième climat et s'avance dans la mer Byzantine.

À l'est, cette section est entourée par le golfe de Venise, qui appartient à la mer Byzantine. Il s'étend vers le nord, puis tourne vers l'ouest en face de la limite nord de la section. Partant du quatrième climat, une grande montagne s'étend vers le nord, parallèlement au golfe de Venise, longe celui-ci vers l'ouest dans le sixième climat, et se termine en face d'un détroit, au nord, dans le pays d'Aquilée, appartenant aux nations des Alamanni[68], comme nous le verrons plus loin. Sur ce détroit, entre lui et la montagne, en direction du nord, est le pays des Vénitiens. En direction de l'ouest, entre cette montagne et la mer, est le pays des Jarwâsiya, puis celui des Alamanni, à l'extrémité du détroit.

La quatrième section de ce climat comprend une portion de la mer Byzantine, qui y pénètre à partir du quatrième climat. Elle forme des bras de mer, de direction nord, séparés par des péninsules. À la limite est de la section est le détroit de Constantinople. Venant du sud, ce bras de mer prend la direction du nord jusqu'au sixième climat puis, à partir de là, il tourne rapidement vers l'est, et rejoint la mer de Nîtush dans la cinquième section. Cette mer occupe une partie de la quatrième section ainsi que la sixième section du sixième climat, comme nous le verrons plus loin. La ville de Constantinople est située à l'est du détroit, à l'extrémité nord de la section. C'est une très grande cité, qui fut la capitale des empereurs byzantins. Les édifices et la grandeur de cette ville ont suscité de nombreux récits. La partie de la quatrième section entre la mer Byzantine et le détroit de Constantinople contient la Macédoine, qui avait appartenu aux Grecs et avait été le point de départ de leur pouvoir. À l'est du détroit et jusqu'à la fin de la section, il y a une portion du pays de Bâtûs[69] qui, à ce qu'il me semble, est utilisée aujourd'hui comme terre de parcours par les Turkmènes. Ibn 'Uthmân[70] y a établi son pouvoir, faisant de Brousse sa capitale. Auparavant, ce pays appartenait aux Byzantins. Il leur fut enlevé par d'autres nations, puis passa aux Turkmènes.

Le sud-ouest de la cinquième section de ce climat comprend le pays de Bâtûs. Au nord et jusqu'à la limite de la section, c'est le pays d'Amorium. À l'est d'Amorium, il y a le Qubâqib, qui se jette dans l'Euphrate. Prenant sa source dans une montagne de cette région, il coule vers le sud et rejoint l'Euphrate, avant que celui-ci ne quitte cette section pour continuer à couler dans le quatrième climat. À l'ouest de l'Euphrate, vers la fin de la section, il y a les sources du Sayhân et du Jayhân, à l'ouest de ce dernier. Tous deux coulent dans la même direction que l'Euphrate. Nous les avons mentionnés plus haut. Le Tigre prend sa source à l'est de l'Euphrate ; il coule parallèlement à lui et dans la même direction, avant de le rejoindre à Bagdad. À l'angle sud-est de cette section, derrière les montagnes d'où sort le Tigre, il y a la ville de Mayyafâriqîn. Le Qubâqib, déjà mentionné, divise cette section en deux parties. L'une, au sud-ouest, contient la terre de Bâtûs, comme on l'a vu. Le nord de Bâtûs, jusqu'à la fin de la section, au nord, et la région située derrière la montagne où le Qubâqib prend sa source, forment le pays d'Amorium. L'autre couvre le tiers nord-est et sud de la section. Au sud, le Tigre et l'Euphrate prennent leur source. Au nord, c'est le pays de Baylaqân, qui jouxte la terre d'Amorium, derrière la montagne du Qubâqib. C'est une vaste région, à l'extrémité de laquelle se trouve la ville de Kharshana, près des sources de l'Euphrate. À l'angle nord-est, il y a une petite portion de la mer de Nîtush, qui communique avec le détroit de Constantinople.

La sixième section de ce climat renferme au sud-ouest l'Arménie, qui s'étend au-delà du milieu de la section vers l'est. Au sud-ouest, on y trouve la ville d'Arzan[71], et, au nord, Tiflis et Dabîl. À l'est d'Arzan, il y a les villes de Khilât puis de Bardha'a. Au sud-est, il y a la capitale de l'Arménie. À partir de là, l'Arménie entre dans le quatrième climat, où elle comprend al-Marâgha, à l'est de la montagne des Kurdes, appelée Bârimmâ, et déjà mentionnée en liaison avec la sixième section du quatrième climat. Dans cette section et dans le quatrième climat, l'Arménie est bordée à l'est par l'Azerbaïdjan. Dans cette section, à l'extrémité est de ce pays, on trouve Ardabîl, sur une portion de la mer de Tabaristân. Cette mer pénètre dans la portion est de cette section à partir de la septième section. Elle est appelée mer de Tabaristân. Sur la même mer, au nord, on trouve, toujours dans cette section, une portion du pays des Khazars. Ce sont des Turkmènes. Au nord de cette partie de la mer commence une chaîne de montagnes qui s'étend en direction de l'ouest jusqu'à la cinquième section. Elle traverse celle-ci en contournant Mayyafâriqîn, avant d'entrer dans le quatrième climat à Amid et de rejoindre la Chaîne au nord de la Syrie et, de là, de se confondre avec la montagne d'al-Lukkâm.

Dans ces montagnes du nord de cette section, il y a des cols qui sont comme des portes s'ouvrant des deux côtés. Au sud, il y a le pays des Portes, qui s'étend vers l'est jusqu'à la mer de Tabaristân. La ville de Derbend est sur cette mer. Au sud-ouest, le pays des Portes rencontre l'Arménie. À l'est, le pays des Portes et l'Arménie sont séparés de l'Azerbaïdjan méridional par la terre d'ar-Rân, qui va jusqu'à la mer de Tabaristân. Au nord de ces montagnes, il y a une portion de cette section qui comprend, à l'ouest, le royaume d'as-Sarîr[72]. À l'angle nord-ouest de cette portion, qui coïncide avec l'angle de la section, il y a un fragment de la mer de Nîtush, sur laquelle on trouve le détroit de Constantinople, comme on l'a vu précédemment. Le pays d'as-Sarîr entoure ce fragment de la mer de Nîtush, et Trébizonde est sur cette mer. Le pays d'as-Sarîr s'étend entre la montagne des Portes et le nord de la section. À l'est, il rencontre une montagne qui constitue une barrière le séparant de la terre des Khazars. À son extrémité se trouve la ville de Sûl. Derrière cette barrière montagneuse, une portion de la terre des Khazars occupe l'angle nord-est de la section, entre la mer de Tabaristân et la limite nord de la section.

La septième section de ce climat est recouverte dans toute sa partie ouest par la mer de Tabaristân. La portion sud de cette mer est comprise dans le quatrième climat, et, sur ses rives, se trouvent le pays de Tabaristân et les montagnes du Daylam jusqu'à Qazwîn, comme nous l'avons mentionné en présentant ce climat. Jouxtant cette portion, à l'ouest, il y a la petite portion qui se trouve dans la sixième section du quatrième climat. Au nord, c'est la portion qui est à l'est de la sixième section. Une partie de la septième section, à l'angle nord-ouest, n'est pas recouverte par la mer. C'est là où l'Atil[73] se jette dans cette mer. Une autre partie de cette section, à l'est, n'est pas non plus recouverte par la mer. C'est une terre de nomadisme appartenant aux Ghuzz, qui font partie des nations turques. On dit que ce sont les Khûz, nom qui semble avoir été arabisé en transformant le *kh* en *gh* et en redoublant le *z*[74]. Elle″ est bordée au sud par une montagne qui entre de la huitième section, s'étend vers l'ouest sans atteindre le milieu de la septième section, puis tourne vers le nord et rencontre la mer de Tabaristân. Elle côtoie celle-ci jusqu'au sixième climat, tourne à son extrémité et s'en éloigne. À cet endroit, cette montagne prend le nom de Shiyâ[75]. Elle se dirige vers l'ouest jusqu'à la sixième section du sixième climat, puis revient en direction du sud jusqu'à la sixième section du cinquième climat. C'est cette partie qui occupe la portion de cette section située entre la terre d'as-Sarîr et celle des Khazars. La terre des Khazars est contiguë aux pentes de cette montagne, appelée mont Shiyâ, dans les sixième et septième sections, comme nous allons le voir.

Toute la huitième section du cinquième climat est occupée par les terres de parcours des Ghuzz, qui font partie des nations turques. Au sud-ouest, il y a le lac de Khwârizm, où se jette le Jayhûn. Le tour de ce lac mesure 300 milles. Plusieurs autres rivières s'y jettent, provenant de ces terres. Au nord-est de ce lac, on trouve le lac de Ghurghûn[76], qui a un périmètre de 400 milles et dont l'eau est douce. Au nord de cette section, on trouve la montagne de Murghâr[77], dont le nom signifie montagne de neige, car la neige n'y fond jamais. Cette montagne s'étend jusqu'à la limite de la section. Au sud du lac de Ghurghûn, il y a une montagne pierreuse, aride, où rien ne pousse : c'est le mont Ghurghûn, qui a donné son nom au lac. De cette montagne et du mont Murghâr, au nord, coulent des rivières innombrables qui se jettent des deux côtés dans le lac.

La neuvième section de ce climat renferme le pays d'Adhkish, une nation turque, à l'ouest du territoire des Ghuzz et à l'est de celui des Kimäks. Il est entouré à l'ouest, aux confins de la section, par les montagnes de

Qûfâyâ, qui encerclent Gog et Magog. Elles s'étendent du sud au nord. Dès leur entrée dans la dixième section, elles changent de direction. En effet, elles pénètrent dans cette section à partir de la dixième section du quatrième climat, où elles côtoient le littoral de la mer Environnante du sud au nord, s'orientent vers l'ouest, au milieu de la section, et entourent le pays des Kimäks. Elles traversent ensuite la dixième section du cinquième climat, toujours dans la direction ouest, jusqu'à la fin de la section. Au sud de ces montagnes, une portion de cette section s'allonge à l'ouest et contient l'extrémité du pays des Kimäks. Elles pénètrent ensuite dans la neuvième section, à sa limite nord-est, tournent rapidement vers le nord et continuent dans la même direction jusqu'à la neuvième section du sixième climat, là où se trouve le Mur, comme nous le verrons plus loin. De la dixième section il reste encore une portion, située au-delà des montagnes des Qufâyâ, à l'angle nord-est. Elle s'allonge au sud et fait partie du pays de Gog.

La dixième section du cinquième climat renferme la terre de Gog, qui l'occupe entièrement, sauf une portion de la mer Environnante située à l'est et s'étendant du sud au nord et une portion située au sud-ouest, au-delà des montagnes de Qufâyâ, là où celles-ci traversent la section. Tout le reste est le pays de Gog.

Le sixième climat.

La première section de ce climat est recouverte pour plus de la moitié par la mer. Celle-ci s'incurve vers le nord et l'est. Ensuite, elle s'étend vers l'est, puis tourne vers le sud pour atteindre presque la limite de la section. La portion de terre non recouverte par la mer a la forme d'une péninsule, baignée par la mer Environnante des deux côtés. Elle est longue et large. C'est la Bretagne. À l'entrée de la Bretagne, entre les deux bras de mer, à l'angle sud-est de la section, c'est le pays de Sées, qui jouxte le Poitou, déjà mentionné dans les première et deuxième sections du cinquième climat.

La deuxième section de ce climat est pénétrée par la mer Environnante à l'ouest et au nord. À l'ouest, la mer occupe une première zone allongée, qui s'étend sur plus de la moitié nord de la section, à l'est de la Bretagne. Elle rejoint au nord une autre zone qui va d'ouest en est. La mer s'élargit quelque peu à l'ouest de la section qui renferme une portion de l'Angleterre. C'est une grande île qui comprend des villes nombreuses et abrite un important royaume. Le reste de l'Angleterre est dans le septième climat. Au sud de cette zone maritime et de l'île qui s'y trouve, dans la moitié occidentale de la section, viennent ensuite les pays de Normandie et des Flandres[78], puis la France, au sud-ouest, et la Bourgogne, à l'est de la France. Tous ces pays appartiennent aux nations franques. La moitié orientale de la section renferme le pays des Alamanni. Au sud, il y a le pays d'Aquiléia, avec la Bourgogne au nord, puis viennent la Lorraine et la Saxe. Sur la partie baignée par la mer Environnante, à l'angle nord-est, c'est la Frise. Tous ces pays appartiennent aux Alamanni.

La troisième section de ce climat contient, dans sa partie ouest, la Bohême au sud et la Saxe au nord. Dans sa partie est, elle renferme la Hongrie au sud et la Pologne au nord. Ces deux pays sont séparés par les monts du Balwât[79], qui viennent de la quatrième section et s'étendent vers le nord-ouest jusqu'en Saxe, à la limite de la moitié ouest de la section.

La quatrième section de ce climat contient, dans sa partie sud, la terre de Jathûliya[80] et, au nord, la Russie, séparées par les montagnes de Balwât depuis le début de la section à l'ouest jusqu'à leur limite dans la moitié est de la section. À l'est de la terre de Jathûliya, il y a le pays de Jirmâniya. À l'angle sud-est, c'est la région de Constantinople, avec la cité de Constantinople à l'extrémité du golfe qui se détache de la mer Byzantine, là où il rejoint la mer de Nîtush. Une petite portion de cette mer, que prolonge le golfe, apparaît au sud-est de cette section. À l'angle, entre la mer de Nîtush et le golfe, il y a la ville de Masnât[81].

La cinquième section du sixième climat, dans sa partie sud, est occupée par la mer de Nîtush, qui s'étend depuis le golfe, à la limite de la quatrième section, et coule à l'est à travers toute la cinquième section et une portion de la sixième, sur 1 300 milles de long et 600 milles de large. Au-delà de la mer de Nîtush, au sud de cette section, il reste une bande de terre qui s'allonge d'ouest en est. Sur cette terre, à l'ouest, on trouve Heracleia, sur la mer de Nîtush, jouxtant le pays de Baylaqân[82], qui fait partie du cinquième climat. À l'est, on trouve le pays des Alains avec sa capitale, Sinope, sur la mer de Nîtush. Au nord de cette mer, à l'ouest de la section, il y a le pays des Burjân ; à l'est, c'est le pays de la Russie. Tous ces pays sont sur la mer de Nîtush. La Russie entoure le pays des Burjân[83] : du côté est, dans cette section ; du côté nord, dans la cinquième section du septième climat ; du côté ouest, dans la quatrième section de ce climat.

La sixième section est occupée dans sa partie ouest par le reste de la mer de Nîtush, qui tourne légèrement vers le nord. Entre la mer de Nîtush et la limite nord de la section est le pays des Comans[84]. Au sud de la mer de Nîtush, puis en suivant son littoral vers le nord, il y a le reste du pays des Alains, dont la limite sud est comprise dans la cinquième section. Dans la partie est de la section, le pays des Khazars continue, et, plus à l'est, c'est le pays des Burtâs[85]. À l'angle nord-est, il y a la terre des Bulghars, et à l'angle sud-est, celle des Balanjars[86] que traversent à cet endroit les montagnes de Shiyâ Kûh. Celles-ci tournent, avec le littoral de la mer des Khazars, dans la septième section. Après l'avoir quittée, elles s'orientent à l'ouest, passent par cette partie de la sixième section du sixième climat, et entrent dans la sixième section du cinquième climat, où elles rencontrent les montagnes des Portes. Le pays des Khazars se trouve de part et d'autre des montagnes de Shiyâ Kûh.

La septième section comprend, dans sa partie sud, la région traversée par les montagnes de Shiyâ, après qu'elles ont quitté la mer de Tabaristân. S'étendant jusqu'à la limite ouest de la section, cette région fait partie de la terre des Khazars. À l'est, on trouve la portion de la mer de Tabaristân que longent ces montagnes à l'est et au nord. Au-delà du Shiyâ, dans la partie nord-ouest, il y a la terre de Burtâs. À l'est de la section, ce sont les pays des Bashkir et des Pétchénègues, qui sont des nations turques.

La huitième section, dans sa partie sud, est entièrement occupée par la terre des Turcs khûlukhs. Dans la partie nord, on trouve, à l'ouest, la terre Puante et, à l'est, la région que Gog et Magog auraient dévastée avant la construction du Mur. La Volga, un des plus grands fleuves du monde, prend sa source dans cette terre Puante. Son cours traverse le pays des Turcs et son embouchure est sur la mer de Tabaristân, dans la septième section du cinquième climat. Très sinueuse, elle sort d'une montagne de la terre Puante, après avoir été alimentée par trois rivières qui confluent en un seul fleuve. Elle coule à l'ouest jusqu'à la fin de la septième section du sixième climat. Là, elle tourne vers le nord et atteint la septième section du septième climat, qu'elle traverse à son angle sud-ouest. Elle passe ensuite dans la sixième section du septième climat où elle avance sur une courte distance à l'ouest, avant de tourner de nouveau vers le sud et de revenir à la sixième section du sixième climat. Une branche s'en détache alors, coule vers l'ouest et se jette dans la mer de Nîtush, dans la même section. La Volga traverse ensuite le pays des Bulghars, à l'angle nord-est, passe dans la septième section du sixième climat et tourne une troisième fois vers le sud. Elle franchit le Shiyâ, traverse le pays des Khazars et atteint la septième section du cinquième climat, dans l'angle sud-ouest de cette section, non recouvert par la mer, avant de se jeter dans la mer de Tabaristân.

La neuvième section de ce climat, à l'ouest, renferme le pays des Turcs khifshâkhs ou qiptshaqs, ainsi que celui des Türgishs, qui sont aussi des Turcs. À l'est, c'est le pays de Magog, séparé de ces régions par les montagnes de Qûfâyâ, formant ceinture. Nous en avons déjà parlé précédemment. Ces montagnes partent de la mer Environnante, à l'est du quatrième climat, remontent du sud au nord jusqu'à la limite de ce climat, le quittent en avançant vers le nord-ouest et passent dans la neuvième section du cinquième climat, où elles reprennent leur direction antérieure. Puis elles entrent dans la neuvième section du sixième climat, qu'elles traversent du sud au nord, en allant légèrement à l'ouest. Au milieu de ces montagnes dans cette section se trouve le Mur construit par Alexandre. Elles continuent ensuite dans la même direction et entrent dans la neuvième section du septième climat, qu'elles traversent du sud jusqu'à leur rencontre avec la mer Environnante au nord. De là, elles suivent la mer vers l'ouest jusqu'à la cinquième section du septième climat, où elles rejoignent la mer Environnante à l'ouest.

Au milieu de cette neuvième section, il y a le Mur construit par Alexandre, comme nous l'avons déjà dit. On trouve dans le Coran le récit le plus valide le concernant. Dans son livre de géographie[87], Ibn Khurradâdhbih rapporte qu'al-Wâthiq vit en rêve que le Mur était ouvert. Il se réveilla, effrayé, et envoya en mission d'information l'interprète Salâm [ou Sallâm], qui parvint sur les lieux et revint avec des informations précises et une description du Mur. Mais c'est là une longue histoire, qui n'a pas sa place dans ce livre.

La dixième section de ce climat contient le pays de Magog, avec une portion de la mer Environnante qui va jusqu'à la fin de la section et qui le baigne à l'est et au nord. Elle s'allonge au nord et s'étend un peu en largeur à l'est.

Le septième climat.

La mer Environnante recouvre la plus grande partie du septième climat, au nord, jusqu'au milieu de la cinquième section, où elle rencontre les montagnes de Qûfâyâ entourant Gog et Magog.

Les première et deuxième sections sont recouvertes par l'eau, la seule partie qui émerge étant l'île d'Angleterre, presque tout entière située dans la deuxième section, avec seulement un bout dirigé vers le nord, dans la première section. La partie restante de l'Angleterre, avec la portion de la mer qui l'entoure, est dans la deuxième section du sixième climat, où on l'a déjà mentionnée. Le canal qui la sépare du continent a 12 milles de large. Au-delà de cette île, au nord de la deuxième section, se trouve l'île de Raslânda[88], qui s'allonge d'ouest en est.

La troisième section de ce climat est en grande partie recouverte par la mer, sauf une portion au sud, qui a une forme allongée et qui s'élargit dans sa partie orientale. C'est le prolongement de la terre de Pologne que nous avons déjà mentionnée dans la troisième section du sixième climat, en indiquant qu'elle se trouvait au nord de cette section. À l'ouest de la partie maritime de cette section, il y a une grande île de forme ronde, rattachée au continent par un isthme, au sud, qui conduit à la Pologne. Au nord, c'est l'île de Barqâgha[89], de forme allongée, s'étendant au nord de la section d'ouest en est.

La quatrième section de ce climat est recouverte par la mer Environnante dans toute sa partie nord, d'ouest en est. Sa partie sud n'est pas recouverte par l'eau. À l'ouest, on trouve la terre de Fîmâzik[90], qui est aux Turcs, et, à l'est, le pays de Tabast[91], suivi de la terre de Raslânda[92], qui va jusqu'à la limite est de la section. Elle est couverte de neiges en permanence et peu habitée. Elle est contiguë à la

Russie dans les quatrième et cinquième sections du sixième climat.

La cinquième section de ce climat comprend, dans sa partie ouest, le pays de la Russie. Celui-ci s'étend, au nord, jusqu'à la partie de la mer Environnante que surplombent les montagnes de Qûfâyâ, comme on l'a vu. À l'est, il est limité par la terre des Comans, qui s'étend depuis la mer de Nîtush, dans la sixième section du sixième climat, et parvient jusqu'au lac de T-r-m-y[93] dans cette section. C'est un lac d'eau douce, qui reçoit de nombreuses rivières des montagnes du Nord et du Sud. Au nord de la partie est de la section est la terre des Nabâriya[94], qui sont des Turkmènes. Elle va jusqu'à la limite de la section.

La sixième section contient dans sa partie sud-ouest le prolongement du pays des Comans. Au centre de cette région, il y a le lac Gh.n.w.n.[95] d'eau douce, qui reçoit les rivières venues des montagnes des régions est. Il est toujours gelé à cause du froid extrême, sauf pendant la courte période d'été. À l'est du pays des Comans, on retrouve la Russie, qui commence au nord-est de la cinquième section du sixième climat. À l'angle sud-est de cette section, il y a le reste de la terre des Bulghars, qui commence au nord-est de la sixième section du sixième climat. Au centre de cette partie du pays des Bulghars, la Volga effectue son premier tournant vers le sud, comme nous l'avons déjà vu. À la limite nord de cette section, les montagnes de Qûfâyâ s'étendent d'ouest en est.

La septième section de ce climat comprend, dans sa partie ouest, le reste de la terre des Pétchénègues, qui sont une nation turque. Cette terre commence au nord-est de la section précédente et au sud-ouest de la présente section, et pénètre dans le sixième climat, au sud. Dans la partie est de la section, il y a le reste de la terre des Bashkir, suivie du reste de la terre Puante, qui va jusqu'à la limite est de la section. La lisière nord de la section est occupée par les montagnes de Qûfâyâ, qui s'étendent d'ouest en est.

La huitième section de ce climat renferme, dans sa partie sud-ouest, le prolongement de la terre Puante. À l'est de celle-ci, il y a le Gouffre[96], qui est une chose extraordinaire. C'est un immense trou dans la terre, très large, et dont on ne peut atteindre le fond. Grâce à la fumée qu'on y voit pendant le jour, et aux feux intermittents qui y apparaissent la nuit, on sait qu'il est habité. On peut y voir aussi parfois une rivière qui le traverse du sud au nord. Dans la partie orientale de cette section, il y a la terre Dévastée, contiguë au Mur. Au nord, la section est limitée par les montagnes de Qûfâyâ, qui vont d'ouest en est.

La neuvième section de ce climat est occupée dans sa partie ouest par le pays des Khifshâkhs, c'est-à-dire des Qiptshaqs. Elle est traversée par les montagnes de Qûfâyâ, qui font un coude à la limite nord, près de la mer Environnante, et s'orientent légèrement vers le sud-est à partir du milieu de la section. Elles passent ensuite dans la neuvième section du sixième climat. C'est là, au milieu de leur parcours, que se dresse le mur de Gog et de Magog, déjà mentionné. La partie orientale de cette section contient le pays de Magog, au-delà des montagnes de Qûfâyâ, sur la mer. De faible largeur, celle-ci s'allonge, et l'entoure à l'est et au nord.

La dixième section est entièrement recouverte par la mer.

Ici finit notre propos sur la carte du monde et ses sept climats.

Il y a dans la création des cieux et de la terre, et dans la différence entre le jour et la nuit, des signes pour ceux qui savent[A].

III. CLIMATS TEMPÉRÉS ET CLIMATS EXTRÊMES. INFLUENCE DE L'AIR SUR LA COULEUR DE LA PEAU ET SUR DE NOMBREUX AUTRES ASPECTS DE LA VIE DES HOMMES

Nous avons montré que la partie habitée de la terre émergée est celle qui est située en son milieu, en direction du nord, à cause de la chaleur excessive dans le Sud et du froid excessif dans le Nord. Étant donné l'opposition entre le Nord et le Sud au point de vue du froid et de la chaleur, il s'ensuit que ces deux qualités vont en décroissant à mesure qu'on avance vers le centre, qui doit donc être tempéré. Le quatrième climat est ainsi la zone la plus tempérée du monde habité. Les cinquième et troisième climats qui le bordent restent encore assez tempérés, alors que les deuxième et sixième sont loin de l'être. Quant aux premier

A. *Cf.* Coran, II, 164 ; III, 190 ; XLV, 3-5, etc.

et septième climats, ils le sont encore moins. En conséquence, les sciences, les arts, les constructions, les vêtements, les aliments de base, les fruits, et même les animaux, ainsi que tout ce qui est objet de génération dans ces trois climats médians, se distinguent par leur modération[1].

Les occupants humains de ces zones sont également les plus modérés quant à leurs corps, la couleur de leur peau, leurs caractères, leurs conditions. Ils observent le juste milieu pour ce qui est de leurs habitations, de leurs vêtements, de leurs aliments, de leurs industries. Ils ont des maisons de pierre bien construites, et décorées avec art, rivalisent d'habileté pour produire les instruments et les ustensiles les plus beaux. On trouve chez eux les minerais naturels tels que l'or, l'argent, le fer, le cuivre, le plomb, l'étain ; et ils utilisent dans leurs transactions les deux métaux précieux. Dans presque toutes leurs conditions, ils évitent l'excès. Ce sont les habitants du Maghreb, de la Syrie, des deux Irak, de l'Inde occidentale et de la Chine. Ce sont aussi les habitants de l'Andalus et leurs voisins francs ou galiciens, et toutes les populations liées à eux ou vivant dans leur proximité dans ces climats tempérés. L'Irak et la Syrie, occupant en tout une position médiane, sont aussi les plus tempérés de tous les pays.

Dans les climats les plus éloignés de la tempérance, à savoir les premier, deuxième, sixième et septième climats, les habitants sont aussi les plus éloignés de la modération dans toutes leurs conditions. Ils ont des maisons de terre ou de roseaux, se nourrissent de millet et d'herbes. En guise de vêtements, ils se couvrent de feuilles d'arbres jointes ou de peaux. La plupart d'entre eux vont nus, sans aucun vêtement. Les fruits et les assaisonnements de leurs pays sont de composition étrange, inclinant vers l'excès. Dans leurs transactions, au lieu des métaux précieux, ils utilisent le cuivre ou le fer, ou des peaux consacrées à cet usage. Bien plus, leurs caractères sont proches de ceux des animaux. Ainsi l'on raconte à propos de la plupart des Noirs, habitants du premier climat, qu'ils demeurent dans des cavernes et des marais, se nourrissent d'herbes, vivent en groupes isolés et non en communautés, et qu'ils se mangent[a] entre eux. Il en va de même des Slaves. La raison en est que leur éloignement du caractère tempéré produit chez eux une complexion et un caractère proches de ceux des animaux, ce qui les écarte d'autant de la condition humaine. La même chose s'applique à leur vie religieuse. Ils ignorent les missions prophétiques et ne pratiquent aucune loi religieuse, à l'exception d'une très petite minorité, qui vit dans les régions limitrophes de la zone tempérée. Ce sont, par exemple, les Abyssins, voisins des Yéménites, qui pratiquaient le christianisme avant l'islam, et qui ont continué de le pratiquer depuis l'avènement de celui-ci jusqu'à l'époque présente ; les habitants du Mali, les Gawgaw et les Tekrûr, qui vivent dans le voisinage des pays du Maghreb et qui, à l'époque présente, sont musulmans. Ils ont adopté l'islam, dit-on, au VIIe siècle. Ce sont aussi les nations slaves, franques et turques, dans le Nord, qui professent[b] le christianisme. Tous les autres habitants des climats extrêmes du Sud et du Nord ignorent la religion. La science n'a pas de place chez eux et, dans tous leurs comportements, ils sont éloignés des hommes et proches des bêtes. « Et Dieu crée ce que vous ne savez point[A]. »

On ne peut opposer à ce qui vient d'être dit le fait que le Yémen, Hadramawt, les Ahqâf, le Hijâz, le Yamâma et les régions avoisinantes de la presqu'île des Arabes se trouvent dans les premier et deuxième climats. En effet, comme nous l'avons déjà mentionné, la presqu'île Arabique est baignée sur trois de ses côtés par la mer. L'humidité de celle-ci s'y répercute sur l'humidité de l'air, et cela diminue la sécheresse et l'excès qu'entraîne la chaleur. Ainsi, à cause de l'humidité de la mer, la péninsule Arabique a quelque chose de tempéré.

Des généalogistes qui n'ont aucune connaissance de la nature des choses se sont imaginé que les Noirs sont des fils de Cham, fils de Noé, et que la couleur noire qui leur est propre leur vient de la malédiction de Noé[2]. L'effet de celle-ci serait visible dans la couleur de Cham et dans l'esclavage que Dieu a infligé à sa descendance. La malédiction de Noé contre son fils Cham est bien mentionnée dans la Torah, mais il n'y est pas question de couleur noire. Il y est dit seulement que les enfants de Cham seraient les esclaves des enfants de ses frères, rien de plus. Le fait de rapporter la couleur des Noirs à Cham révèle qu'on ignore[c] la nature de la chaleur et du froid, et leurs effets sur l'air et sur les animaux qui s'y développent.

A. Coran, XVI, 8.

En fait, la couleur noire de la peau, commune à tous les habitants des premier et deuxième climats, est due à la composition de l'air où ils vivent. Celle-ci résulte de la chaleur qui atteint un degré très élevé d'intensité dans le Sud. Là, en effet, le soleil est au zénith deux fois par an, à de courts intervalles. En toute saison, le soleil est à son point culminant pendant une longue durée. La lumière solaire est alors très intense. Les gens doivent subir un été excessivement chaud, et leur peau devient noire à cause de l'excès de chaleur.

Dans les climats correspondants au nord, à savoir les septième et sixième climats, la couleur blanche de la peau est, de la même façon, commune à tous les habitants, du fait de la composition de l'air qui résulte du froid excessif dans le Nord. Là, le soleil est toujours à l'horizon à la hauteur de l'œil de l'observateur, ou dans une zone assez proche, sans jamais s'élever jusqu'au zénith ou même s'en approcher. La chaleur y est donc faible, et le froid intense en toute saison. En conséquence, la couleur de la peau des habitants est blanche, et ceux-ci ont tendance à avoir peu de poils. Les autres effets du froid excessif sont la couleur bleue des yeux, les taches de rousseur sur la peau et les cheveux blonds.

Les cinquième, quatrième et troisième climats, occupant une position médiane, jouissent à un haut degré du caractère tempéré, celui-ci correspondant justement à la nature de ce qui est médian. Le quatrième climat, situé le plus près du centre, comme on l'a vu, est le plus tempéré de tous. La constitution physique et le caractère de ses habitants sont donc empreints de modération, autant que cela découle de la composition de l'air où ils vivent. Les cinquième et troisième climats, situés de part et d'autre du quatrième, viennent après ce dernier pour ce qui est du caractère tempéré, bien qu'ils soient moins centraux, l'un inclinant légèrement vers le Sud chaud, l'autre vers le Nord froid. Cependant, ils ne vont pas jusqu'à l'excès.

Les quatre autres climats, au contraire, ont un caractère excessif, de même que leurs habitants, tant pour ce qui est de leur constitution physique que pour ce qui est de leurs caractères. Le premier et le deuxième sont excessivement chauds et leurs habitants sont noirs. Le septième et le sixième sont excessivement froids et leurs habitants sont blancs. Les habitants du Sud appartenant aux premier et deuxième climats sont appelés Abyssins, Zanj ou Noirs, trois synonymes désignant la nation dont la peau est devenue noire. Toutefois, le nom d'Abyssins est restreint à ceux qui habitent face à La Mecque et au Yémen, et celui de Zanj à ceux qui vivent le long de la mer Indienne. Tous ces noms ne leur sont pas donnés du fait de leur descendance d'un quelconque fils d'Adam à la peau noire, que ce soit Cham ou un autre. On trouve parfois des Noirs originaires du Sud qui habitent le quatrième climat tempéré, ou le septième climat à la population devenue blanche. Avec le temps, la couleur de la peau de leurs descendants tend graduellement vers la blancheur. À l'inverse, les gens qui habitent dans le Sud, et qui sont originaires du Nord ou du quatrième climat, ont des descendants dont la peau devient noire. Il y a là une preuve que la couleur de la peau dépend de la composition de l'air. Dans son poème en mètre *rajaz* sur la médecine, Avicenne dit :

Par la chaleur, les Zanj ont leurs corps transformés,
et la couleur de leur peau est devenue toute noire.
Les Slaves, au contraire, ont acquis la blancheur,
et leur peau est devenue diaphane[3].

On ne désigne pas les habitants du Nord par la couleur de leur peau, car les peuples dont la langue a été utilisée pour donner les noms étaient blancs. La blancheur était pour eux quelque chose d'ordinaire et de commun. Elle ne présentait pour eux aucun caractère étrange qui les eût poussés à la prendre en considération dans leur nomination. Ainsi, les habitants du Nord, Turcs, Slaves, Tughurghuz, Khazars, Alains, la plupart des Francs, les Gog et Magog, forment des nations distinctes et des peuples multiples aux noms variés.

Les habitants des climats médians jouissent d'un caractère tempéré aussi bien pour ce qui est de leur constitution physique que pour ce qui est de leurs mœurs, de leurs conduites et de toutes les conditions de leur civilisation : moyens d'existence, habitations, industries, sciences, commandement, pouvoir[d]. On trouve chez eux toutes sortes de choses à caractère tempéré : missions prophétiques, religions, États, lois, sciences, villes, édifices, agriculture, excellentes industries. Parmi les habitants de ces climats sur lesquels nous disposons d'informations historiques, il y a les Arabes, les Byzantins, les Perses, les Israélites, les Grecs, les habitants de l'Inde occidentale, les Chinois.

Voyant que ces nations diffèrent par leurs marques distinctives et leurs caractéristiques, les généalogistes ont pensé que cela s'expliquait par leurs origines. Ils ont fait de tous les Noirs, habitants du Sud, des fils de Cham. Perplexes quant à l'explication de la couleur de leur peau, ils ont eu recours à l'anecdote inconsistante mentionnée ci-dessus. D'autre part, ils ont fait de tous les habitants du Nord, ou de la plupart d'entre eux, des fils de Japhet ; et de la plupart des nations tempérées qui habitent la zone centrale, cultivent les sciences et les industries, pratiquent les religions et les lois, et sont gouvernés suivant les règles de la politique et sous l'autorité des rois, ils ont fait des fils de Sem. Même si cette thèse correspond à la vérité, on ne doit pas y arriver par un raisonnement analogique, mais par un constat de fait. On ne doit pas croire que les habitants du Sud sont désignés par le nom de Noirs ou d'Abyssins du fait qu'ils descendent d'un certain Cham, qui aurait été noir. L'erreur vient de ce que l'on est convaincu que les nations ne peuvent être distinguées les unes des autres que par les généalogies. Il n'en est pas ainsi. Pour identifier un peuple ou une nation, on peut se servir, dans certains cas, des généalogies, comme chez les Arabes, les Israélites et les Perses. Mais on peut aussi se servir du lieu géographique et des marques physiques, comme chez les Zanj, les Abyssins, les Slaves et les Noirs ; ou des coutumes et des marques distinctives, en plus des généalogies, comme chez les Arabes ; ou encore par d'autres conditions et traits distinctifs. Généraliser en disant que les habitants de telle ou telle région située au Nord ou au Sud sont les descendants de tel personnage connu, parce qu'ils ont en commun la couleur de la peau, une qualité ou une marque quelconque héritée de cet ancêtre, est une de ces erreurs où l'on tombe par ignorance de la nature des choses créées et des lieux géographiques. En réalité, toutes ces caractéristiques changent avec la suite des générations et ne doivent d'ailleurs pas demeurer inchangées.

Car c'est la coutume de Dieu à l'égard de Ses serviteurs. « Et dans la coutume de Dieu, tu ne trouveras nulle modification[A]. »

A. Coran, XXXIII, 62.

IV. L'INFLUENCE DE L'AIR SUR LE CARACTÈRE DES HOMMES

Nous avons vu que les Noirs sont en général de caractère insouciant, étourdi et très gai. On les voit prompts à danser sur n'importe quelle mélodie ; partout, on les décrit comme insensés[1]. En voici l'explication véritable.

Comme les philosophes l'ont établi, la nature de la gaieté et de la joie est dans l'expansion et la diffusion de l'esprit animal, et, à l'inverse, la nature de la tristesse est dans sa contraction et sa concentration. Par ailleurs, il a également été établi que la chaleur a pour effet l'expansion de l'air et de la vapeur, qu'elle disperse et dont elle augmente le volume. C'est pour cette raison qu'un homme étourdi par le vin éprouve une joie et une gaieté inexprimables, à cause de la chaleur naturelle qui affecte l'esprit logé dans le cœur et qui est provoquée par le feu du vin. L'esprit alors se répand et la joie surgit. De même, lorsque les gens qui sont au bain respirent l'air, et que la chaleur de celui-ci, au contact de leurs esprits animaux, les réchauffe, ils éprouvent de la joie et, souvent, se mettent à chanter sous l'effet de la gaieté.

Comme les Noirs habitent dans la zone chaude de la terre, que la chaleur domine leur tempérament et est la base de leur constitution, leurs esprits animaux ont un degré de chaleur qui s'accorde avec leurs corps et avec le climat où ils vivent. En comparaison avec les habitants du quatrième climat, leurs esprits sont plus chauds, ont plus d'expansion, sont plus prompts à la joie et à la gaieté, et sont plus dilatés. L'inconstance suit.

Les habitants des pays maritimes sont un peu dans le même cas. En effet, la chaleur de l'air où ils vivent est redoublée du fait de la lumière et des rayons qui sont renvoyés par la surface de la mer. Chez eux, la joie et l'insouciance, effets de la chaleur, sont donc plus grandes que dans les pays froids des collines et des montagnes. C'est ce qu'on peut constater jusqu'à un certain point chez les habitants du pays du Djérid, situé dans le troisième climat, car, dans cette région très orientée au sud et éloignée des plaines cultivées et des collines, la chaleur est forte et se répercute sur l'air. On peut encore donner l'exemple des

Égyptiens. L'Égypte s'étend sur à peu près la même latitude que le Djérid, et ses habitants sont enclins à la joie, à l'insouciance, et ils ne se préoccupent pas de l'avenir. Ils ne font aucune provision d'aliments, ni pour un an ni pour un mois, et se contentent généralement d'acheter leur nourriture au marché. Fès, au contraire, est une ville du Maghreb, située en plein milieu des collines froides. Ses habitants vont la tête basse à cause de leur tristesse, et ils s'inquiètent de l'avenir à l'excès. Un homme de Fès fait des réserves de froment pour des années, mais, chaque matin, il va au marché acheter sa nourriture quotidienne, de crainte d'entamer ses réserves. En poursuivant l'enquête dans les divers climats et pays, on pourrait constater d'autant mieux l'influence qu'exercent sur le caractère les différentes qualités de l'air. « C'est Dieu le Créateur, l'Omniscient[A]. »

Al-Mas'ûdî a tenté d'expliquer les raisons de l'insouciance, de l'étourderie et de la grande gaieté des Noirs. Mais il n'a fait que citer Galien[2] et Ya'qûb Ibn Ishâq al-Kindî, qui attribuent ce caractère à la faiblesse du cerveau et à la débilité mentale qui s'ensuit[3]. C'est là une affirmation peu concluante et non prouvée. « Dieu guide qui Il lui plaît[B]. »

V. L'ABONDANCE ET LA FAMINE ET LEURS EFFETS SUR LE CORPS HUMAIN ET LE CARACTÈRE

L'abondance ne règne pas partout dans les climats tempérés, et leurs habitants ne jouissent pas tous de l'aisance. Il y a des régions où l'on dispose en abondance de grains, d'assaisonnements, de froment et de fruits, parce que le sol y est riche et tempéré et que la civilisation y est prospère. Mais il y a aussi des terres incultes où ne poussent ni graines ni herbes et dont les habitants mènent une vie de privations. C'est le cas, par exemple, des gens du Hijâz et du Yémen ou des Sinhâja, porteurs de voile, qui vivent dans le désert du Maghreb et dans les franges sablonneuses qui séparent les Berbères des Noirs. Toutes ces populations n'ont ni grains ni assaisonnements et se nourrissent uniquement de lait et de viande. C'est encore le cas

A. Coran, XV, 86. ◆ B. Coran, II, 142.

des Arabes qui nomadisent dans des espaces arides. Même s'ils peuvent s'approvisionner en grains et en assaisonnements dans les pays des collines, ils ne le font qu'occasionnellement, sous le contrôle de la milice locale, et en petite quantité, vu leurs moyens limités. C'est à peine s'ils se procurent le nécessaire. Il ne peut donc être question pour eux ni d'aisance ni d'abondance. Aussi se contentent-ils le plus souvent de lait, qui est pour eux un excellent substitut au froment. En dépit de tout cela, ces habitants des déserts qui manquent de grains et d'assaisonnements sont plus sains de corps et de caractères que les habitants des collines qui vivent dans l'aisance. Ils ont le teint plus pur ; leurs corps sont plus sains, leurs formes plus parfaites et plus belles, leurs caractères plus éloignés de l'excès, leur esprit plus pénétrant, aussi bien dans le domaine des connaissances que dans celui des perceptions. Cela est attesté par l'expérience chez tous les peuples de ces régions. On peut observer un grand nombre de ces différences entre les Arabes et les Berbères d'un côté, et entre les porteurs de voile et les gens des collines, de l'autre. Ce sont des faits bien connus de ceux qui ont une expérience directe de ces peuples. De cela, on peut suggérer l'explication suivante — mais Dieu est plus savant.

Une nourriture abondante, avec les humidités qu'elle contient, engendre dans le corps des matières superflues qui ont pour effet de lui donner des dimensions disproportionnées et de l'enfler d'humeurs corrompues et putrides. Le teint devient pâle et le corps prend des formes laides, du fait d'un excès de chair, comme nous l'avons montré. Les mauvaises vapeurs qui émanent des humidités et montent au cerveau obscurcissent l'esprit et les pensées. Cela entraîne stupidité, apathie et, d'une façon générale, déviation de la tempérance. On peut, à cet égard, comparer les animaux des déserts et des pays arides, tels que la gazelle, l'autruche, l'antilope, la girafe, l'onagre, le buffle, aux espèces correspondantes qui vivent dans les régions des collines, des plaines cultivées et des riches prairies. Il y a entre eux une grande différence quant au lustre de leurs robes, à la beauté et à l'harmonie de leurs formes, aux proportions de leurs membres, à l'acuité de leurs perceptions. La gazelle s'apparente à la chèvre, la girafe au chameau ; l'onagre et le buffle s'apparentent à l'âne et au bœuf. Mais quelle différence entre les premiers et les seconds ! Cela est dû uniquement à l'abondante nourriture dans les collines, ce qui engendre dans le corps des animaux domestiques des matières superflues et des humeurs corrompues dont les effets ne manquent pas d'apparaître sur eux. Au contraire, la faim donne aux animaux du désert des formes et un aspect extérieur bien plus beaux.

Les mêmes remarques s'appliquent aux hommes. Dans les climats où règne l'aisance, où abondent les céréales, les produits de l'élevage, ainsi que les assaisonnements et les fruits, les gens ont généralement l'esprit stupide et le corps lourd. C'est le cas des Berbères, qui ont une surabondance d'assaisonnements et de froment, comparés aux Masmûda, aux gens du Sous ou aux Ghumâra, qui mènent une vie de dénuement et se contentent d'orge et de millet. Ces derniers sont bien mieux nantis intellectuellement et physiquement. On peut dire la même chose des habitants du Maghreb en général, bien pourvus en assaisonnements et en froment, comparés aux habitants de l'Andalus, dont la terre ne produit pas du tout de beurre, et qui se nourrissent principalement de millet. Les seconds possèdent pourtant une intelligence, une agilité physique et une disposition à s'instruire qu'on ne trouve nulle part ailleurs. Il en est de même, d'une façon générale, des habitants des campagnes du Maghreb, comparés aux citadins. Si les uns et les autres consomment avec autant de profusion les assaisonnements et jouissent d'autant d'aisance, les citadins n'usent des assaisonnements qu'avec des plats accommodés et les adoucissent en leur ajoutant d'autres ingrédients. Les assaisonnements perdent ainsi de leur lourdeur et deviennent plus fins. D'autre part, les citadins mangent principalement de la viande de mouton et du poulet et n'utilisent pas beaucoup de beurre, à cause de son peu de goût. Il y a moins d'humidités dans leurs aliments, et les matières superflues nocives que ces humidités produisent dans leurs corps sont en quantité moindre. En conséquence, les corps des citadins sont plus délicats que ceux des gens de la campagne[a], qui mènent une vie rude. Mais, parmi ces gens de la campagne, ceux qui se sont entraînés à la faim n'ont pas dans leurs corps de matières superflues, épaisses ou fines.

L'effet de l'abondance sur le corps apparaît jusque dans le comportement religieux et la dévotion. Ainsi, les ruraux et les citadins qui vivent dans le dénuement, s'astreignent à un régime de famine et s'abstiennent des plaisirs, sont plus pieux et plus disposés aux actes de dévotion que les gens riches qui vivent dans l'abondance. Bien plus, on constate que les gens de piété sont peu nombreux dans les villes et les capitales, à cause d'une dureté de cœur et d'une apathie, dues à une trop grande consommation de viande, d'assaisonnements et de froment pur. C'est pour cette raison qu'on ne trouve de dévots et d'ascètes que parmi les gens des campagnes qui se nourrissent de façon frugale. On observe aussi, à ce sujet, que le degré de piété des habitants d'une ville varie selon le niveau de richesse et de prospérité de celle-ci.

On peut encore noter que ceux qui vivent dans l'abondance et sont habitués aux meilleures nourritures, qu'il s'agisse de nomades, de ruraux sédentaires ou de citadins, meurent plus vite que les autres en période de mauvaises récoltes et de famine. On le remarque, par exemple, chez les Berbères du Gharb, les habitants de Fès et, dit-on, ceux du Caire. Au contraire, les Arabes des régions arides et des déserts, les habitants des pays des dattiers qui se nourrissent principalement de dattes, les habitants de l'Ifrîqiya contemporaine qui vivent surtout d'orge et d'huile, ou ceux de l'Andalus qui se nourrissent généralement de millet et d'huile, ne souffrent pas autant que les premiers s'il leur arrive de connaître de mauvaises récoltes et la famine, et très peu meurent de faim. Cela pourrait s'expliquer par le fait que chez les gens qui vivent dans l'abondance et qui sont habitués aux assaisonnements, et plus particulièrement au beurre, l'estomac acquiert une quantité d'humidité excessive, supérieure à celle qu'il doit avoir originellement, conformément à la constitution du corps humain. Lorsque leurs habitudes sont rompues par suite d'une pénurie de nourriture ou du manque d'assaisonnements, ou à cause de la consommation d'aliments grossiers et inaccoutumés, leur estomac, qui est un organe extrêmement faible et considéré pour cette raison comme un organe vital, se dessèche et se contracte rapidement. La maladie survient, suivie d'une mort prompte. Ainsi, ceux qui meurent dans les famines sont victimes du régime alimentaire antérieur de satiété auquel ils étaient habitués, non de la faim qui les touche pour la première fois. Chez ceux qui connaissent les privations et se passent d'assaisonnements et de beurre, l'humidité originelle ne sort pas de ses limites, n'augmente pas et tolère tous les aliments naturels. Leurs estomacs ne souffrent donc ni de sécheresse ni d'aucun déséquilibre après un changement de nourriture. En général, ils échappent à la mort que provoquent chez les autres l'abondance de nourriture et une grande consommation d'assaisonnements.

À la base, on doit savoir que les aliments et leur consommation ou leur rejet sont affaire d'habitude. Celui qui s'est habitué à un aliment qui lui convient acquiert une accoutumance à cet aliment. Arrêter d'en prendre, ou en changer, devient nocif, sauf s'il s'agit d'une substance qui n'a rien à voir avec le but de la nutrition, tels que poisons et alcaloïdes, ou tout autre produit ayant un caractère excessif. Tout ce qui peut servir de nourriture et qui convient au goût peut devenir, avec l'habitude, un aliment coutumier. Si un homme prend régulièrement du lait et des légumes à la place du froment, et que cela devient une habitude, ces produits suffiront à sa nutrition, et il pourra sans aucun doute se passer de froment et de grains.

Il en est de même pour les gens qui s'entraînent à endurer la faim et à se passer de nourriture, comme c'est le cas, dit-on, des ascètes. On raconte à propos de ces derniers des récits étranges, qu'on a peine à croire lorsqu'on ignore ce genre de choses. L'explication est simple : c'est une question d'habitude. Quand l'âme s'habitue à quelque chose, cela entre dans sa constitution et devient une partie de sa nature[b], car elle peut prendre des colorations diverses. Si, par un entraînement progressif, elle acquiert une accoutumance à la faim, cela devient pour elle une habitude et une nature.

Les médecins croient que la faim entraîne la mort. Leur assertion est fausse, sauf si la faim survient d'un seul coup et que l'alimentation est totalement interrompue. L'intestin ne fonctionne plus, et il est atteint d'une affection qui peut entraîner la mort. Si, au contraire, la quantité d'aliments est diminuée peu à peu par un entraînement progressif, comme il est d'usage chez les soufis, il n'y a aucun danger de mort. La même progression est d'ailleurs nécessaire lorsqu'on veut abandonner l'entraînement. Si on revient d'un seul coup au régime alimentaire antérieur, on peut en mourir. Il faut donc mettre fin à l'entraînement comme on l'a commencé, c'est-à-dire de façon progressive.

Nous avons connu personnellement quelqu'un qui

n'avait pas pris de nourriture pendant plus de quarante jours consécutifs. Nos maîtres étaient présents sous le règne du sultan Abû l-Hasan lorsqu'on conduisit devant lui deux femmes d'Algésiras et de Ronda qui s'étaient abstenues de toute nourriture depuis des années. Tout le monde fut au courant de leur histoire, et on put en vérifier la véracité. Elles continuèrent ainsi jusqu'à leur mort. J'ai connu plusieurs personnes qui se nourrissaient uniquement de lait de chèvre, qu'elles buvaient au pis de l'animal à un certain moment de la journée ou à l'heure du petit déjeuner. C'était leur seule nourriture durant quinze ans. Il y a bien d'autres gens qui vivent comme elles, et cela n'a rien d'invraisemblable.

Il faut savoir que la faim, pour ceux qui sont capables de l'endurer, ainsi que la frugalité sont plus saines pour le corps que l'abondance de nourriture. Comme nous l'avons déjà dit, un tel régime a pour effet de purifier et d'assainir le corps et l'esprit. On peut le voir d'après l'influence sur le corps des différentes sortes de nourritures. Ainsi, nous constatons que les hommes qui se nourrissent de la chair d'animaux forts et de grande taille engendrent une race qui se distingue par les mêmes qualités. C'est ce qui ressort de la comparaison entre les ruraux et les citadins. C'est aussi ce que montre l'exemple des gens qui se nourrissent du lait et de la chair de chameau : comme celui-ci, ils deviennent patients, endurants et capables de porter de lourds fardeaux ; leur estomac acquiert aussi la force et l'épaisseur de celui du chameau, ne montre aucune faiblesse, et n'est pas affecté, comme chez les autres, par la nocivité des aliments. Ces gens peuvent prendre, pour se purger, des alcaloïdes à l'état pur, tels que la coloquinte verte, les Thapsia garganica, l'euphorbe, sans que leur estomac en souffre. Les citadins mourraient instantanément s'ils prenaient de ces plantes chargées de substances vénéneuses, car leur estomac est rendu délicat par leur nourriture légère.

On peut citer cet autre exemple de l'influence des aliments sur le corps : au dire des agronomes et selon le témoignage des gens d'expérience, lorsqu'on nourrit des poules de grain préalablement bouilli avec du crottin de chameau, et qu'on leur fait couver des œufs, on a des poussins extrêmement grands. On peut même se passer de donner aux poules du grain ainsi préparé et se contenter de mettre le crottin de chameau avec les œufs à couver ;

on obtient également des poulets énormes. Il y a beaucoup d'autres cas semblables.

Au vu de ces exemples de l'influence des aliments sur le corps, on ne peut plus douter que la faim puisse avoir des effets similaires, car deux opposés sont à considérer pareillement pour ce qui est d'exercer ou non une influence. La faim a pour effet de purifier le corps des matières superflues et corrompues ainsi que des humidités mélangées qui endommagent le corps et l'intelligence, de même que l'effet des aliments est de produire ces matières et ces humidités dans le corps.

Dieu est omniscient.

VI. PRÉSENTATION DES DIFFÉRENTS TYPES D'HOMMES QUI ONT UNE PERCEPTION DE L'INVISIBLE, SOIT PAR UNE DISPOSITION NATURELLE, SOIT PAR L'ENTRAÎNEMENT, PRÉCÉDÉE D'UN EXPOSÉ SUR LA RÉVÉLATION ET LES VISIONS[a]

Dieu a élu certains individus et les a distingués en leur adressant Sa parole. Il a mis en eux une disposition naturelle à Le connaître et en a fait des intermédiaires entre Lui et Ses serviteurs. Ils font connaître à ceux-ci ce qui est bon pour eux, les exhortent à suivre la bonne voie, les gardent du feu de l'enfer, leur montrent le chemin du salut. Parmi les connaissances que Dieu leur a accordées, et les miracles qu'Il a exprimés par leur bouche, figure l'information au sujet des choses qui sont invisibles aux hommes, et dont ils ne peuvent avoir connaissance que si cette connaissance leur vient de Dieu par l'intermédiaire de ces individus, ces derniers ne les connaissant que si Dieu les en instruit. Le Prophète a dit : « Certes, je ne sais que ce que Dieu m'a appris. » L'information qu'ils rapportent au sujet de ces choses a pour caractère propre et nécessaire la vérité, comme on pourra le voir clairement lorsque sera exposé ce qu'est la prophétie.

Le signe grâce auquel on reconnaît ce type d'hommes est que l'état de révélation les rend comme absents à ceux qui les entourent. En même temps, ils émettent un râlement qui les fait croire évanouis ou inconscients, mais qui n'a rien à voir avec cet état. En réalité, ils sont absorbés dans leur rencontre avec l'ange spirituel, grâce à une forme de perception qui leur est propre et qui est totalement étrangère aux autres hommes. Ils retombent ensuite au niveau des perceptions humaines : soit qu'ils entendent un bruit de parole, dont ils saisissent ensuite le sens, soit qu'ils voient la figure d'un individu qui leur délivre le message dont Dieu l'a chargé. Puis cet état se dissipe, alors qu'ils gardent la mémoire du message qui leur a été confié. Lorsqu'on l'interrogeait sur la révélation, le Prophète disait : « Parfois, elle survient comme une cloche qui sonne, et elle a sur moi l'effet le plus intense. Elle cesse au moment où j'ai compris ce que [l'ange] a dit. D'autres fois, l'ange m'apparaît sous les traits d'un homme ; il me parle, et je retiens ce qu'il dit[1]. » Au cours de ce processus, ils éprouvent un état de tension et de suffocation[2] inexprimable. Une tradition prophétique dit : « La révélation lui causait une grande tension[3]. » Et, selon 'A'isha, « la révélation lui venait les jours de grand froid. Pourtant, lorsqu'elle cessait, son front était couvert de sueur[4] ». Dieu dit dans le Coran : « Nous allons te confier une parole grave[A]. »

C'est à cause de cet état qui gagnait les prophètes lorsqu'ils recevaient la révélation que les polythéistes les accusaient d'être des possédés. « Ils ont, disaient-ils, un démon pour compagnon. » Ils étaient trompés par l'apparence de cet état. « Celui que Dieu égare est sans guide[B]. »

Un autre signe pour reconnaître ce type d'hommes est le fait que, avant la révélation, ils sont bons, innocents, éloignés de toute action blâmable et de toute turpitude. C'est ce qu'on appelle l'impeccabilité. C'est comme s'ils étaient naturellement portés à éviter les actes blâmables et à s'en écarter comme de quelque chose qui est en contradiction avec leur nature. Selon le *Sahîh*, il est rapporté que Muhammad, alors qu'il était jeune homme, portait un jour avec son oncle al-'Abbâs des pierres pour la construction de la Kaaba. Les ayant mis dans son vêtement de dessus, il se découvrit. Il tomba évanoui jusqu'à ce qu'on l'eut recouvert[5]. Une autre fois, il fut invité à un repas de noces où l'on s'amusait. Il tomba dans un profond sommeil jusqu'au lever du soleil. Ainsi, il n'assista à rien de ce qui se passa durant la fête. Dieu l'en préserva par une disposition naturelle. Il s'abstenait même des aliments mal vus. Ainsi, il ne

A. Coran, LXXIII, 5. ◆ B. Coran, XIII, 33.

touchait jamais à l'oignon ni à l'ail. Interrogé à ce sujet, il répondit : « Je me confie à Celui auquel vous ne vous confiez pas[6]. »

Autre exemple : lorsque le Prophète, après avoir été pour la première fois surpris par la révélation, en informa Khadîja, celle-ci voulut l'éprouver. « Tiens-moi, lui dit-elle, entre ton corps et ton habit. » Lorsqu'il fit ce qu'elle avait demandé, l'inspiration se dissipa. « C'est un ange, l'assura-t-elle, et non un démon. » Cela signifie qu'un ange ne s'approche pas d'une femme. Elle lui demanda aussi quels vêtements il préférait que l'ange portât quand il venait à lui. « Le blanc et le vert », répondit-il. C'est un ange, confirma-t-elle encore, ce qui veut dire que le blanc et le vert sont les couleurs du bien et des anges, alors que le noir est une couleur du mal et des démons. Il y a bien d'autres histoires de ce genre[7].

Un autre signe de ce type d'hommes est le fait qu'ils exhortent les gens à la religion et au culte de Dieu par la prière, l'aumône et la chasteté. Khadîja ainsi qu'Abû Bakr tinrent ce signe pour preuve de la vérité de Muhammad. Ils n'eurent pas besoin d'autre preuve que sa conduite et son caractère. Il est rapporté dans le *Sahîh* que lorsque Héraclius reçut la lettre du Prophète, où il le conviait à embrasser l'islam, il convoqua tous les Qurayshites présents dans son pays, dont Abû Sufyân, et les interrogea sur la conduite de Muhammad. Parmi ses questions, il y avait celle-ci : « Que vous ordonne-t-il ? » Abû Sufyân lui répondit qu'il leur ordonnait la prière, l'aumône, les dons, la chasteté. Héraclius reprit : « Si ce que tu m'as dit est vrai, c'est un prophète, et il possédera le sol même sur lequel tu me vois poser les pieds[8]. » La chasteté à laquelle Abû Sufyân faisait allusion, c'est l'impeccabilité. Ainsi, de cette qualité d'impeccabilité, et de l'exhortation à la religion et au culte de Dieu, Héraclius a conclu à la vérité de la prophétie, et n'a pas eu besoin de miracle. C'est la preuve qu'il s'agit bien d'un signe de la prophétie.

Un autre signe est qu'ils jouissent de considération[9] au sein de leur peuple. On lit dans le *Sahîh* : « Dieu n'a envoyé aucun prophète qui n'ait la protection de son peuple », ou, selon une version différente (d'après une correction d'al-Hâkim[10] au deux *Sahîh*) « … qui ne soit entouré de la richesse de son peuple[11] ». D'après le *Sahîh*, une des questions posées par Héraclius à Abû Sufyân fut la suivante : « Quelle est sa place parmi vous ? » « Il est chez nous un homme considéré », répliqua Abû Sufyân. Et Héraclius de reprendre : « Les prophètes sont envoyés parmi les gens considérés de leur peuple[12]. » C'est-à-dire qu'un prophète doit être issu d'un clan puissant qui le protège contre le mal qui pourrait lui être fait par les infidèles, pour qu'il puisse ainsi transmettre le message de son Seigneur et parachever Sa religion et Sa communauté, selon ce que Dieu veut.

Enfin, un autre signe de ce type d'hommes est la production de prodiges[13], qui attestent leur authenticité. Les autres hommes sont incapables de produire des faits semblables. Aussi ceux-ci sont-ils appelés des « miracles[14] ». Ils ne sont pas du domaine de ce qui est possible aux hommes, et se situent au-delà des capacités humaines. Il y a des divergences d'opinion sur la façon dont ils se produisent et sur leur valeur en tant que preuve de l'authenticité des prophètes. Les théologiens qui se fondent sur la thèse de « l'agent spontané[15] » affirment que le miracle se produit par la puissance de Dieu, non par l'action du prophète. Les mutazilites considèrent que les actions des hommes émanent d'eux-mêmes. Cependant, les miracles n'appartiennent pas au genre des actions humaines. Pour tous les théologiens, les prophètes n'ont que l'initiative d'utiliser le miracle — avec la permission de Dieu — comme un « défi[16] », c'est-à-dire, de le présenter, avant qu'il ne se produise, comme une preuve de la vérité de leurs dires. Ainsi, le miracle tient lieu de déclaration explicite de Dieu en faveur de la vérité du prophète, et constitue donc une preuve de vérité catégorique. Un miracle qui a force de preuve est donc la combinaison d'un prodige et d'un défi. C'est pourquoi ce dernier en est une partie constitutive. La formulation des théologiens est un caractère propre, ce qui est une seule et même chose, parce que c'est ce qu'ils entendent par « essentiel ».

Le défi est ce qui distingue le miracle du charisme et de la magie, car ces deux derniers n'ont pas besoin de prouver leur vérité. Le défi n'y intervient que de façon fortuite. S'il y a défi dans le charisme — pour ceux qui admettent la possibilité de celui-ci — et s'il a une valeur de preuve, ce ne peut être que de la sainteté, qui n'a rien à voir avec la prophétie. C'est pourquoi le maître Abû Ishâq, et d'autres, n'admettent pas les prodiges en tant que manifestation de charismes, afin d'éviter toute confusion entre prophétie et sainteté quand il y a un défi. Cependant, nous venons de montrer la différence entre les deux et aussi que le défi qu'utilise le saint est autre que celui qu'utilise le prophète, ce qui montre qu'il n'y a aucune confusion. Il reste que les propos rapportés sous l'autorité du maître Abû Ishâq ne sont pas très clairs, et ont souvent été interprétés comme une thèse niant la possibilité que les saints accomplissent les prodiges des prophètes, vu que chaque catégorie a ses propres prodiges.

Pour les mutazilites, ce qui s'oppose à la production des charismes, c'est le fait que les prodiges ne sont pas des actes humains. Or, disent-ils, les actes des saints sont des actes ordinaires, et il n'y a donc pas de prodige.

Par ailleurs, il est absurde de supposer que les miracles puissent être accomplis, de façon frauduleuse, par un menteur. Pour les Ash'arites, c'est parce que le caractère propre du miracle est d'être une confirmation d'authenticité et une indication de la bonne voie. S'il en était autrement, la preuve se tournerait en doute, la bonne voie en égarement, et, j'ajouterais, la confirmation de la vérité en mensonge. Les réalités ne seraient qu'absurdités, et les caractéristiques subiraient un changement complet. Or, une chose dont l'existence hypothétique serait nécessairement absurde est en elle-même impossible. Pour les mutazilites, c'est parce que la transformation de la preuve en doute et de la bonne voie en égarement est quelque chose d'abominable — ce qui ne peut donc venir de Dieu.

Les philosophes tiennent le prodige pour un acte du prophète, même s'il est hors de son pouvoir. Cela se fonde sur leur théorie de la causalité essentielle et sur le fait que, pour eux, l'enchaînement des événements repose sur des conditions et des causes qui se produisent dans le temps, et qui reviennent en dernière instance au Nécessaire par soi, qui agit par son essence et non par un choix. Selon eux, l'âme du prophète possède des qualités propres essentielles — dont la production de ces prodiges avec l'aide du pouvoir du Nécessaire par soi, auquel les éléments obéissent dans le processus de la génération. D'après eux, il est dans la nature du prophète d'agir sur les choses créées chaque fois qu'il concentre et dirige son intention vers elles, et cela, grâce à une disposition que Dieu a mise en lui. Ils affirment que le prodige peut être accompli par le prophète, qu'il y ait défi de sa part ou non. Il témoigne de la véracité dans la mesure où il donne la preuve de la capacité du prophète à agir sur les choses créées — qualité spécifique de l'âme prophétique — et non en tant que reconnaissance explicite de cette véracité. Le prodige n'est donc pas, à leurs yeux, une preuve formelle, comme il l'est pour les théologiens. De même, le défi n'est pas une partie constitutive du miracle et ne peut servir de critère pour distinguer celui-ci de la magie et du charisme. Ce qui, d'après eux, distingue la prophétie de la magie, c'est le fait que le prophète soit par nature porté vers le bien, et se détourne du mal. Ses prodiges sont hors d'atteinte du mal, contrairement aux actions du magicien, tout entières investies par le mal et orientées vers le mal. D'autre part, ce qui distingue la prophétie du charisme, c'est le fait que les prodiges du prophète sont spécifiques : ascension au ciel, traversée de corps solides, résurrection des morts, conversation avec les anges, vol à travers les airs. Les charismes des saints sont d'un ordre inférieur, comme, par exemple, la multiplication des objets, la prédiction partielle de l'avenir, ou autres manifestations semblables, inférieures au pouvoir discrétionnaire des prophètes. Un prophète peut accomplir les prodiges des saints, mais la réciproque n'est pas vraie. Tout cela est confirmé par les soufis dans leurs écrits sur la voie mystique et dans les récits de leurs expériences extatiques.

Cela étant établi, il faut savoir que le noble Coran, qui a été révélé à notre Prophète, est le miracle le plus grand, le plus noble, le plus probant. En général, les prodiges sont distincts de la révélation que reçoit un prophète. Le miracle vient authentifier la révélation. Cela est évident. Or, le Coran est à la fois révélation proclamée et prodige miraculeux. Il est à lui-même sa propre preuve. Il n'a pas besoin d'une preuve extérieure, comme c'est le cas des prodiges liés aux révélations. Il est la preuve la plus probante qui soit, puisqu'il réunit en lui la preuve et ce qu'il faut prouver. C'est le sens de ces paroles du Prophète : « Il n'est aucun prophète qui n'ait reçu des signes tels qu'ils ont entraîné l'adhésion des hommes. Moi, ce que j'ai reçu, c'est une révélation qui m'a été révélée. Ainsi, j'espère avoir le plus grand nombre d'adeptes le jour de la Résurrection[17]. » Il veut dire qu'un miracle aussi clair et probant, vu qu'il est identique à la révélation, rencontre, à cause de sa clarté, une plus forte adhésion ; il y a donc un grand nombre de gens qui ajoutent foi à la vérité du prophète et qui croient en lui. Ce sont eux qui constituent les adeptes et la communauté du prophète.

Dieu, qu'Il soit exalté, est plus savant.

Tout cela est la preuve que le Coran se distingue de tous les livres divins par le fait que notre Prophète l'a reçu tel quel, dans sa forme récitée, avec ses mots et expressions. Il n'en est pas ainsi de la Torah, de l'Évangile et d'autres livres célestes. Les prophètes les ont reçus, au moment de la révélation, sous leur forme d'idées. Après leur retour à l'état humain, ils ont exprimé ces idées dans leurs mots ordinaires. C'est pourquoi ces livres n'ont pas le caractère d'inimitabilité. Celle-ci est donc réservée au Coran. La façon dont les prophètes ont reçu leurs livres est la même que celle dont notre Prophète reçut les idées qu'il attribue à Dieu, comme on peut le voir dans plusieurs traditions. Le Prophète rapporte, d'après son Seigneur, ces paroles, qui témoignent qu'il a reçu le Coran dans sa forme récitée : « N'agite pas ta langue pour le hâter : à Nous de l'assembler et d'en fixer la lecture[A]. »

La raison de la révélation de ces versets fut la hâte du Prophète à apprendre les versets coraniques de peur de les oublier et afin de bien garder ce qui lui a été lu et révélé. Mais c'est Dieu qui s'est chargé de le garder. Il dit : « C'est Nous, en revanche, qui faisons descendre le Rappel, aussi bien que Nous en assurons la garde[B]. » C'est la signification de la « garde » propre au Coran, et non pas ce que croient, à tort, les gens du commun.

Il y a de nombreux versets qui attestent que le Coran a été révélé dans une forme récitée, dont chaque verset est inimitable. Notre Prophète n'a pas produit de miracle plus grand que le Coran, et le fait d'avoir uni les Arabes autour de sa mission. « Même au prix de tous les trésors de la terre, tu ne pourrais pas unir leurs cœurs. Mais Dieu les a unis[C]. » Il faut savoir tout cela, et l'avoir présent à l'esprit. La vérité en apparaîtra comme je l'ai établie. Cela montre combien le rang du prophète Muhammad est supérieur à celui des autres prophètes et combien sa position est élevée.

Nous allons exposer maintenant ce qu'est la prophétie, d'après les explications données par de nombreux savants

A. Coran, LXXV, 16-17. ◆ B. Coran, XV, 9. ◆ C. Coran, VIII, 63.

rigoureux. Nous parlerons ensuite de ce que sont la divination, le rêve et la voyance, ainsi que d'autres moyens de perception de l'invisible.

La prophétie.

Quand nous regardons ce monde et toutes les créatures qui s'y trouvent, nous y constatons un ordre et une organisation, des liens entre les causes et les effets, une continuité entre les mondes créés[18], une transformation de certains êtres[19] en d'autres. En cela, ses merveilles et ses fins sont infinies. Prenons d'abord le monde sensible et corporel. Dans le monde visible des éléments, on constate une ascension progressive de la terre à l'eau, à l'air et au feu, dans une continuité des uns et des autres. Chacun de ces éléments est susceptible de se transformer en celui qui le suit ou le précède vers le haut ou vers le bas, ce qui se produit quelquefois. En s'élevant, les éléments sont de plus en plus subtils, jusqu'à ce qu'on arrive au monde des sphères célestes. Celles-ci sont ce qu'il y a de plus subtil. Elles sont formées de strates reliées les unes aux autres suivant une disposition dont les sens ne perçoivent que les mouvements. C'est grâce à ceux-ci que certains savants arrivent à connaître les dimensions et les positions des sphères et, au-delà, l'existence des essences qui produisent ces effets sur les sphères.

Voyons ensuite le monde de la génération : il commence avec les minéraux et s'élève graduellement, de manière admirable, jusqu'aux végétaux puis aux animaux. Le dernier niveau[20] des minéraux est en continuité avec le premier niveau des végétaux, où il y a, par exemple, les herbes et les plantes sans semence. Le dernier niveau des végétaux, où on trouve le palmier et la vigne, par exemple, est en continuité avec le premier niveau des animaux, avec les limaces et les coquillages, qui n'ont que le sens du toucher. Le mot « continuité » appliqué à ces êtres créés signifie que le dernier niveau de chaque groupe est parfaitement préparé à devenir le premier du groupe suivant.

Le monde animal est très étendu, et ses espèces sont nombreuses. Le processus graduel de la génération y aboutit à l'homme, doué de pensée et de réflexion. L'homme s'est élevé jusqu'à ce niveau à partir du monde des singes, où se rencontrent intelligence et perception, mais qui n'arrive pas jusqu'à la réflexion et à la pensée en acte. Cela se trouve dans le premier niveau de l'homme, qui vient après le monde simiesque. C'est la limite de ce que nous pouvons observer.

Dans ces divers mondes, on trouve des influences de différentes espèces. Dans le monde sensible, il y a les influences des mouvements des sphères et des éléments. Dans le monde de la génération, il y a les influences des mouvements de la croissance et de la perception. Tout cela témoigne du fait qu'ils sont influencés par un agent différent du corps. C'est un agent spirituel, en continuité avec les êtres créés, parce que les mondes sont eux-mêmes en continuité. Cet agent, c'est l'âme, qui perçoit et qui meut. Au-dessus de l'âme, il y a nécessairement un autre être qui lui donne le pouvoir de perception et de mouvement, qui est également en continuité avec elle, et dont l'essence est perception pure et intellection absolue. C'est le monde des anges. Il s'ensuit nécessairement que l'âme possède une aptitude à s'arracher à la condition humaine pour rejoindre la condition angélique, et faire partie de façon effective de l'espèce des anges à certains moments, en un éclair. Cela se produit quand l'essence spirituelle de l'âme atteint sa perfection en acte, comme nous le verrons plus loin.

L'âme est en continuité avec le niveau qui la suit, comme c'est le cas de tous les êtres hiérarchiquement ordonnés. Elle a donc, dans cette continuité, deux versants, l'un tourné vers le haut, l'autre vers le bas. Vers le bas, elle est en continuité avec le corps, grâce à quoi elle acquiert ses perceptions sensibles, qui la rendent apte à accéder à l'intellection en acte ; vers le haut, elle est en continuité avec le niveau des anges, ce qui lui permet d'acquérir les perceptions de la science et de l'invisible, car le savoir des choses créées existe de façon intemporelle dans l'intellection des anges. Cela est la conséquence de l'ordre rigoureux de l'être dont nous avons déjà parlé, fondé sur la continuité de ses essences et de ses facultés[21].

L'âme humaine n'est pas visible, mais son influence apparaît dans le corps. Le corps et ses différentes parties, prises ensemble ou séparément, sont comme les instruments de l'âme, et de ses facultés. Les facultés d'agir sont celles de saisir avec la main, de marcher avec le pied, de parler avec la langue, de se mouvoir complètement avec le corps en avançant. Quant aux facultés perceptives, il faut noter d'abord que les facultés de la perception sensible sont ordonnées hiérarchiquement et s'élèvent jusqu'à la plus haute, à savoir la faculté de penser, qu'on désigne sous le nom de « faculté raisonnable ». Les facultés du sens externe, avec les organes de la vue, de l'ouïe, etc., s'élèvent jusqu'aux facultés internes, dont la première est le sens commun. Celui-ci est la faculté d'appréhender simultanément les objets sensibles perçus par la vue, l'ouïe, le toucher, etc., se distinguant ainsi des facultés du sens externe, qui n'a pas affaire à plusieurs objets sensibles en même temps. Ensuite, le sens commun transfère les perceptions à l'imagination, qui est la faculté qui représente les objets sensibles tels quels, dépouillés seulement des matières extérieures. L'organe qui permet l'activité de ces deux facultés est la première cavité du cerveau : l'avant de cette cavité pour le sens commun, l'arrière pour l'imagination. Puis l'imagination s'élève vers l'estimative[22] et la mémoire. L'estimative permet de percevoir les idées qui se rapportent à des individus, comme l'inimitié de Zayd, l'amitié de 'Amr, la compassion du père, la férocité du chacal. La mémoire sert de dépôt à tous les objets perçus, imaginés ou non. Elle est comme un magasin qui les conserve jusqu'au moment où on en a besoin. L'organe qui permet l'activité de ces deux facultés est la cavité arrière du cerveau : la partie de devant pour l'estimative, et la partie de derrière pour la mémoire. Toutes ces facultés s'élèvent ensuite vers la faculté de penser, dont l'organe est la cavité centrale du cerveau. C'est la faculté qui permet à la réflexion de se mouvoir et de se diriger vers l'intellection. En raison de sa tendance naturelle, l'âme est constamment mue par elle pour se libérer de l'emprise des facultés et des dispositions propres à la condition humaine, et accéder, dans son intellection, à l'acte, en s'assimilant au plérome suprême spirituel. Elle atteint ainsi le premier degré des êtres spirituels, en ayant des perceptions sans le secours des organes corporels. L'âme est donc constamment mue et dirigée vers cela. Parfois, elle se dépouille totalement de la condition humaine et de la spiritualité qui lui est attachée pour accéder à la condition angélique du niveau supérieur, non par acquisition, mais par une disposition naturelle primitive dont Dieu l'a pourvue.

À cet égard, les âmes humaines sont de trois sortes. La première est par nature incapable de parvenir à la perception spirituelle. Elle se contente de se mouvoir vers le niveau inférieur des perceptions des sens, de l'imagination et de la formation des idées à partir de la mémoire et de l'estimative, suivant un nombre limité de règles, et un ordre particulier, qui permettent l'acquisition par concepts et par assentiment[23] des connaissances produites par la pensée dans le corps. Celles-ci relèvent toutes de l'imagination, et sont d'extension limitée, puisque, de par leur origine, elles atteignent les premiers principes et ne peuvent aller au-delà. Si elles s'altèrent, tout ce qui vient après elles s'altère également. C'est là, en général, l'étendue de la perception corporelle de l'homme. C'est la limite des perceptions des savants, là où ils se trouvent en terrain ferme.

La deuxième sorte d'âme se dirige par le mouvement de la pensée vers l'intellection spirituelle et une perception qui n'a pas besoin des organes du corps, en vertu d'une prédisposition innée. Ses perceptions s'étendent au-delà des premiers principes, auxquels se limite le premier seuil de la perception humaine, et elle se meut librement dans l'espace des visions internes, qui sont pure intuition et qui n'ont aucune limite ni à leur commencement ni à leur fin. Ce sont les perceptions des saints possédant les sciences mystiques et les connaissances divines. Les bienheureux les obtiennent après leur mort dans le Monde intermédiaire[24].

La troisième sorte d'âme a une disposition naturelle à se dépouiller totalement de la condition humaine, corporelle ou spirituelle, pour passer à la condition angélique du niveau supérieur et devenir, en un éclair, ange en acte. Au cours de cet instant, elle a la vision du plérome suprême dans son niveau propre, entend les paroles de l'âme et le discours divin. Cette sorte d'âme appartient aux prophètes. Dieu leur a donné, suivant une disposition et un trait inné de leur nature, la capacité de se dépouiller de la condition humaine en cet instant où ils reçoivent la révélation. Il les a préservés des effets des limitations et des obstacles corporels qui les affectent à cause de leur condition d'homme, en implantant dans leur nature les attributs d'impeccabilité et de rectitude qui leur permettent de prendre cette direction. Il a consolidé dans leur nature individuelle un désir de L'adorer tel qu'il les dirige vers cette voie et les y encourage. Ainsi, ils peuvent s'orienter vers le niveau des anges en se dépouillant de la condition humaine chaque fois qu'ils le désirent, grâce à cette disposition naturelle, et non avec l'aide d'un pouvoir acquis ou d'une technique quelconque.

Quand ils s'orientent ainsi et se dépouillent de leur condition humaine, qu'ils reçoivent dans le plérome suprême ce qu'ils doivent recevoir, ils le font descendre au niveau des facultés humaines de perception, afin qu'il puisse être communiqué aux hommes. Parfois, tel prophète entend un bruit qui est comme un signe où il déchiffre l'idée qui lui a été révélée. Quand le bruit cesse, il a déjà retenu et compris celle-ci. Parfois, l'ange qui lui apporte le message lui apparaît sous les traits d'un homme. Il lui parle, et il comprend ce qu'il lui dit. La réception du message de l'ange, le retour aux perceptions humaines, la compréhension de ce message, tout cela semble se passer en un seul instant, rapide comme l'éclair. En effet, cela n'a pas lieu dans le temps. Toutes ces actions se produisent simultanément, et c'est cela qui donne l'impression de rapidité. D'où le nom de *wahy* [révélation] qu'on leur donne et qui signifie « promptitude ».

Il est établi que le premier état, celui où on entend un bruit, correspond au rang des prophètes qui ne sont pas envoyés comme messagers. Le second état, où l'ange apparaît sous les traits d'un homme qui s'adresse au Prophète, est celui des messagers. C'est pourquoi il est plus parfait que le premier. C'est le sens de la tradition, où le Prophète expliquait ce qu'est la révélation, en réponse à une question qui lui fut posée par al-Harith Ibn Hishâm : « Parfois, disait le Prophète, elle survient comme un son de cloche, et c'est alors qu'elle a sur moi l'effet le plus intense ; quand le bruit cesse, j'ai retenu ce qu'il a dit. D'autres fois, l'ange m'apparaît sous les traits d'un homme. Il me parle et je retiens ce qu'il dit. » Le Prophète fut plus affecté dans le premier cas, parce que c'était la première fois qu'il effectuait le passage de la puissance à l'acte dans son contact avec l'ange. D'où une certaine difficulté. Lorsqu'il revint au niveau des perceptions humaines, la communication ne passa que par l'ouïe ; tous les autres sens faisaient difficulté. Avec la réitération de la révélation et la multiplication des messages, le contact devint plus aisé. En revenant au niveau des perceptions humaines, le Prophète pouvait utiliser tous les sens, et en particulier celui de la vue, qui est le plus clair.

L'emploi, dans le premier cas, du verbe à l'accompli — « j'ai retenu » — et, dans le second, du verbe à l'inaccompli — « je retiens » — est une finesse de la rhétorique. En effet, les deux états de la révélation sont rapportés au modèle de la parole : le premier est comparé à un bruit qui est, comme on sait, autre chose que la parole. Le Prophète indique que la compréhension et la rétention suivent immédiatement la cessation du son. Il a donc exprimé l'action de retenir par le verbe à l'accompli, qui indique la fin et l'interruption de l'action. Dans le deuxième état, l'ange est comparé à un homme qui s'adresse au Prophète et lui parle. Or, la parole est retenue au fur et à mesure qu'elle est prononcée. Le Prophète a donc utilisé ici le verbe à l'inaccompli, qui exprime le renouvellement de l'action.

L'état de la révélation est en général difficile et pénible. Le Coran l'indique en ces termes : « Nous allons te communiquer une parole grave[A]. » D'autre part, 'A'isha a dit : « Il subissait une grande tension du fait de la révélation. » Elle a dit encore : « La révélation lui venait les jours de grand froid. Pourtant, lorsqu'elle cessait, son front était couvert de sueur. » C'est pourquoi il tombait dans un état d'absence et il râlait. Comme nous l'avons établi, cela est dû au fait que la révélation est une rupture avec la condition humaine pour accéder aux perceptions angéliques et recevoir la parole de l'âme. Une grande tension en résulte, car l'essence [corporelle] se sépare de sa propre essence, et la quittant à son propre niveau, passe à un niveau supérieur. C'est la signification de l'« étouffement », dont il est question au début de la révélation lorsque le Prophète dit : « Il m'étouffa jusqu'à ce que je fusse à bout de souffle, puis il me relâcha et dit : "Récite". Je répondis : "Je ne peux pas réciter[25]"... » Il recommença une deuxième et une troisième fois, comme cela est rapporté dans la suite de cette tradition.

L'accoutumance rend progressivement la révélation plus facile à supporter qu'au début. C'est pourquoi les fragments[26], les sourates et les versets du Coran, révélés pendant que le Prophète était à La Mecque, furent plus courts que ceux qu'il reçut à Médine. Ainsi, il a été rapporté que la sourate *al-Barâ'a*, « l'Immunité », fut révélée pendant l'expédition de Tabûk. Le Prophète la reçut dans sa totalité ou dans sa majeure partie alors qu'il chevauchait sur sa chamelle. Auparavant, quand il était à La Mecque, il avait

A. Coran, LXXIII, 5.

reçu une des sourates les plus courtes (placées à la fin du Livre sacré) en deux temps, une première partie d'abord, puis l'autre à un autre moment. L'une des dernières révélations reçues à Médine fut « le verset de la religion[A] », qui est très long, alors que, auparavant, les versets reçus à La Mecque étaient courts, comme ceux des sourates *ar-Rahmân*, « le Bienfaiteur », *adh-Dhâriyât*, « celles qui vont », *al-Muddatir*, « celui qui est couvert d'un manteau », *ad-Duhâ*, « la clarté diurne », et *al-'Alaq*, « l'adhérence[27] ». Cela d'ailleurs peut servir de critère pour distinguer les sourates et les versets mecquois des médinois. C'est Dieu qui guide vers ce qui est juste. Voilà, en résumé, ce qu'il y a à dire sur la prophétie.

La divination dite kahâna[28].

La divination est également une des propriétés de l'âme humaine. Dans tout ce qui précède, nous avons vu que celle-ci a une aptitude à se dépouiller de la condition humaine pour accéder à la spiritualité du niveau supérieur. Les hommes qui appartiennent à la classe des prophètes peuvent, un instant, accéder à ce niveau, grâce à une disposition naturelle qu'ils possèdent à cet effet. Il a été établi qu'ils peuvent faire cela sans l'aide de qualités acquises, de perceptions, de concepts ou d'actions physiques — paroles ou mouvements —, ou de toute autre chose. Ils se dépouillent de la condition humaine pour accéder à la condition angélique par le simple effet d'une disposition naturelle, et ce en un instant plus rapide que l'éclair.

S'il en est bien ainsi, et s'il existe une telle disposition dans la nature humaine, il doit y avoir, suivant une classification logique des êtres, une autre catégorie d'êtres humains inférieure à la première, comme ce qui est imparfait est inférieur à son opposé qui est parfait. Dans notre cas, l'opposition se situe entre le fait de ne pas avoir, ou d'avoir, besoin d'aide pour la perception de l'invisible. Il y a une énorme différence entre les deux situations.

Il y a donc, d'après la classification des êtres, une autre catégorie d'hommes qui ont une disposition naturelle à diriger volontairement leur pensée vers l'invisible, par l'intermédiaire de leur faculté intellectuelle, lorsque celle-ci le

A. Coran, V, 3.

désire, mais sans pouvoir y accéder. À cause de cette incapacité, ces hommes sont portés à s'accrocher à des objets particuliers sensibles ou imaginaires, tels que les corps transparents, les os d'animaux, la prose rimée ou les auspices d'oiseaux ou d'animaux. Ils tentent de maintenir la sensation ou l'image afin de s'y appuyer pour réaliser la séparation d'avec la condition humaine. Elles leur servent en quelque sorte d'encouragement.

La faculté qui est au principe de cette perception est la divination. Comme les âmes de cette catégorie d'hommes sont par nature inférieures et incapables d'atteindre la perfection, elles perçoivent mieux le particulier que l'universel et s'attachent plus aux choses particulières qu'aux choses universelles. Ces hommes ont donc une imagination puissante, car l'imagination est l'organe des choses particulières. Celles-ci l'envahissent aussi bien pendant le sommeil qu'à l'état de veille, et sont toujours présentes et prêtes. L'imagination fait appel à ces choses particulières et s'y regarde constamment comme dans un miroir.

Le devin n'est pas capable d'atteindre la perfection dans la perception des intelligibles, parce que son inspiration lui vient des démons. L'état le plus élevé de cette catégorie d'hommes est celui où ils se détachent des sens en s'aidant de paroles contenant des rimes ou des consonances, et parviennent quelque peu à établir ce contact imparfait avec l'invisible. Grâce à ce mouvement et à cette assistance étrangère, ils reçoivent dans leurs cœurs quelque inspiration, que leurs langues expriment au hasard. Parfois, ils disent la vérité et se conforment à la réalité ; parfois, ils mentent. Car, pour remédier à leur incapacité, ils se servent de quelque chose d'étranger à leur essence perceptive, quelque chose de différent d'elle et d'incompatible avec elle. Ils disent en même temps le vrai et le faux. Ils ne sont donc pas dignes de foi. Ils se réfugient souvent dans les suppositions et les conjectures, parce qu'ils s'efforcent, à ce qu'ils prétendent, d'accéder à l'invisible, et veulent en faire accroire à ceux qui les consultent.

Le nom de *kâhin* désigne tout particulièrement ceux qui se servent de la prose rimée, car ils occupent le rang le plus élevé parmi tous les genres de devins. Le Prophète a dit : « Ceci est du genre de la prose rimée des *kuhhân*[29]. » Par l'emploi du génitif, il a donc fait de la prose rimée une particularité des devins. S'informant sur Ibn Sayyâd[30], il lui demanda comment lui venait l'inspiration. Ibn Sayyâd lui répondit : « Elle me vient à la fois sous la forme de la vérité et du mensonge. » Le Prophète remarqua : « Tu es dans la confusion. » Il voulait dire que la prophétie a pour caractéristique la vérité, et qu'elle ne doit en aucune façon être entachée de mensonge. En effet, elle est un contact du prophète avec le plérome suprême, sans aucune aide ni assistance étrangère. Au contraire, le devin, en raison de sa faiblesse, a besoin de concepts étrangers. Ceux-ci entrent dans sa perception et se mêlent à la perception vers laquelle il dirige sa pensée. Cette dernière devient confuse et est affectée de mensonge. Elle ne peut donc pas être une prophétie.

L'usage de la prose rimée, avons-nous dit, est la forme la plus élevée de divination. Cela est dû au fait qu'elle fournit l'aide la plus légère que l'on puisse obtenir de toutes les choses visibles ou audibles. La légèreté de l'aide est l'indice d'une certaine possibilité de contact et de perception, et d'un certain succès à surmonter la faiblesse.

Certains prétendent que la divination s'est interrompue depuis l'époque du Prophète : les démons furent alors lapidés avec les météores, juste avant la mission prophétique, afin de les empêcher d'accéder aux informations du ciel, comme cela est mentionné dans le Coran[A]. Les devins obtenaient les informations célestes par l'intermédiaire des démons, et la divination aurait cessé d'exister depuis ce temps-là. Mais ce n'est pas là une preuve. Car, comme nous l'avons établi, les devins tirent leur savoir aussi bien des démons que d'eux-mêmes. De plus, d'après le verset en question, les démons ne furent écartés que d'un seul genre d'informations célestes, celles relatives à la mission prophétique, et pas des autres. D'autre part, il n'est parlé d'interruption de la divination que pour la période qui précéda immédiatement la prophétie. Elle a bien pu revenir, depuis, à son état antérieur. Tel semble bien être le cas. En effet, toutes ces sortes de perceptions s'estompent en présence de la prophétie, comme les étoiles et les lampes pâlissent quand le soleil paraît. La prophétie est la plus grande lumière, en présence de laquelle toute autre lumière se voile et disparaît.

Certains philosophes prétendent que la divination n'existe

A. *Cf.* XV, 17 ; XXXVII, 7.

que dans la période qui précède immédiatement une mission prophétique. Ensuite elle disparaît. Cela se produit à chaque mission prophétique. En effet, disent-ils, chaque mission prophétique est nécessairement liée à une constellation. La perfection de la constellation va de pair avec celle de la prophétie qu'elle indique, et son imperfection requiert l'existence d'une nature imparfaite dans le genre qui lui est nécessairement lié. C'est le sens de la divination, comme on l'a vu. Avant l'apparition de la constellation dans son état parfait, elle se montre dans un état imparfait, qui requiert l'existence d'un ou de plusieurs devins. Quand la constellation atteint sa perfection, l'existence du prophète atteint sa perfection. Les constellations qui indiquent une pareille nature cessent d'exister, et de celle-ci il ne reste plus rien. Tout cela est fondé sur l'affirmation qu'une partie d'une constellation donnée doit exercer une partie de l'influence de celle-ci. Cette affirmation est contestable. Il se peut qu'une constellation n'exerce d'influence que sous sa forme propre. Amputée de certaines de ses parties, elle n'exerce aucune influence, et non pas une influence restreinte, comme le disent ces philosophes.

Lorsque des devins sont contemporains d'un prophète, ils savent s'il est véridique et ils connaissent la valeur de ses miracles. En effet, ils ont de la prophétie une expérience intuitive, comme celle qu'a tout homme du sommeil. L'intellection, sous ce rapport, est plus forte chez le devin que chez le dormeur. Ce qui empêche le devin de reconnaître la prophétie, et l'incite à la nier, n'est autre que la tentation de se proclamer eux-mêmes prophètes. D'où leur opposition, comme ce fut le cas d'Umayya Ibn Abî as-Salt[31], qui voulait être prophète, ou d'Ibn Sayyâd, de Musaylima[32], et d'autres. Si leur foi l'emporte et qu'ils renoncent à ces ambitions, ils deviennent de très bons croyants, comme Tulayha al-Asadî[33] et Qârib Ibn al-Aswad[34], dont les exploits lors des conquêtes musulmanes témoignent de la ferveur.

Les visions oniriques.

La vision onirique est l'appréhension, au cours d'un bref instant, par l'âme rationnelle des formes des événements dans son essence spirituelle. Quand l'âme est spirituelle, les formes des événements existent en elle, en acte, comme c'est le cas de toutes les essences spirituelles. Elle devient spirituelle en se dépouillant des matières corporelles et des perceptions physiques. Cela peut se produire en un court instant, à cause du sommeil, comme on va le voir. Pendant cet instant, l'âme recueille ce qu'elle désire savoir des choses de l'avenir, et ramène ce savoir au niveau de ses perceptions. Quand ce qu'elle a ramené est faible et confus, elle a recours à l'imagination pour l'appréhender, en usant de l'imitation et des images. À cause de cette imitation, l'interprétation est nécessaire. Mais, quand ce qu'elle a ramené est fort et qu'elle se passe de l'imitation, il n'y a pas besoin d'interprétation, parce qu'il n'y a pas eu recours à l'image et à l'imagination.

L'âme connaît de tels instants parce qu'elle est une essence spirituelle en puissance, complétée par le corps et ses perceptions. Lorsque son essence devient intellection pure et que son être en acte atteint sa perfection, elle devient une essence spirituelle qui perçoit sans l'aide d'aucun organe corporel. Cependant, c'est une essence spirituelle d'un genre inférieur à celui des anges, lesquels appartiennent au niveau le plus élevé et n'ont pas besoin de compléter leurs essences avec des perceptions corporelles quelconques. L'âme a cette disposition tant qu'elle reste dans le corps. Cette disposition est de deux sortes : l'une est particulière aux saints, l'autre commune à tous les hommes. C'est de cette dernière qu'il s'agit dans les visions. Quant aux prophètes, ils ont une disposition à se dépouiller de la condition humaine pour accéder à la condition angélique pure, qui est au niveau le plus élevé des essences spirituelles. Cette disposition se manifeste de façon répétée lors des états d'inspiration. Lorsque le prophète revient au niveau des perceptions physiques et qu'il réalise certaines perceptions, son état ressemble sans conteste à celui du sommeil, bien que celui-ci soit d'un degré inférieur.

C'est à cause de cette ressemblance que le Législateur a dit de la vision qu'elle constituait la quarante-sixième partie de la prophétie[35] — ou la quarante-troisième, ou encore la soixante-dixième, selon d'autres versions. Ces chiffres ne doivent pas être pris à la lettre. Ils indiquent seulement l'idée qu'il y a une très grande différence entre ces deux niveaux de perception. Le chiffre soixante-dix mentionné dans certaines chaînes de transmission de cette tradition le montre bien, puisque les Arabes l'emploient pour signifier une grande quantité. Certains ont interprété le chiffre quarante-six, qui apparaît dans la première version, comme suit : la révélation a commencé par des visions oniriques qui ont duré six mois, soit une demi-année. La durée totale de la prophétie, à La Mecque et à Médine, est de vingt-trois ans. Une demi-année représente donc un quarante-sixième de la durée totale de la prophétie. Mais un tel raisonnement est invérifiable. En effet, si les chiffres en cause sont valables pour le prophète Muhammad, comment savoir s'ils le sont pour les autres prophètes ? De plus, ces chiffres n'expriment que le rapport entre la durée de la vision onirique et celle de la prophétie, mais ils ne disent rien du rapport entre la vérité de la vision et celle de la prophétie. Si ce qui a été dit précédemment est bien clair, il apparaîtra alors que la fraction en cause indique le rapport entre la disposition primitive commune à tous les hommes et la disposition naturelle propre aux prophètes.

Bien que commune à tous les hommes, cette disposition lointaine rencontre maints obstacles et entraves qui l'empêchent de devenir effective. Les plus sérieuses parmi ces entraves sont les sens externes. Mais, pendant le sommeil, qui est une fonction humaine naturelle, Dieu a accordé à l'homme le pouvoir d'écarter le voile des sens. L'âme, une fois ce voile levé, peut appréhender ce qu'elle désire connaître du monde de la vérité. Parfois, elle a, en un éclair, la perception de ce qu'elle cherche. C'est pourquoi le Législateur a considéré la vision onirique comme une annonce de bonnes nouvelles. Il a dit : « Il ne reste de la prophétie que l'annonce de la bonne nouvelle. » Et comme on lui demandait en quoi consistait cette annonce, il répondit : « La vision bonne, que l'homme de bien voit, ou qui lui est inspirée[36]. »

Voici comment on peut expliquer la levée du voile des sens pendant le sommeil. L'âme rationnelle ne perçoit et n'agit que sous l'impulsion de l'esprit animal, qui est une vapeur subtile concentrée dans la cavité gauche du cœur, comme il est dit dans les livres d'anatomie de Galien et d'autres savants. Transporté par le sang des artères et des veines, il permet la perception sensorielle, le mouvement et tous les actes physiques. Sa partie la plus subtile remonte au cerveau. Elle est tempérée par le froid cervical et fait agir les facultés qui y sont localisées. En effet, c'est grâce à cet esprit vaporeux que l'âme rationnelle perçoit et agit.

Elle lui est liée par l'effet de la sagesse de la création, qui veut que ce qui est subtil n'exerce pas d'influence sur ce qui est dense.

De toutes les matières corporelles, l'esprit animal est ce qu'il y a de plus subtil. Il peut donc recevoir l'influence de l'essence, qui n'en diffère que par la corporéité. Cette essence, c'est l'âme rationnelle, qui peut ainsi, par l'intermédiaire de l'esprit animal, exercer son influence sur le corps.

Nous avons vu précédemment que la perception de l'âme rationnelle est de deux sortes : une perception externe par les cinq sens ; et une perception interne, par les facultés cérébrales[37]. Toutes ces perceptions détournent l'âme rationnelle de la perception pour laquelle elle a une disposition naturelle, à savoir la perception des essences spirituelles situées au-dessus d'elle.

Comme les sens externes sont corporels, ils sont sujets à la faiblesse et à la paresse dues à la fatigue et au relâchement de l'esprit après une grande activité. Dieu a donc créé en eux le désir du repos pour que la perception puisse être renouvelée sous une forme parfaite. Cela se passe ainsi : l'esprit animal se retire de tous les sens externes et retourne au sens interne. Cela est favorisé par le froid qui enveloppe le corps pendant la nuit. La chaleur naturelle se dirige alors vers les profondeurs du corps en passant du dehors au-dedans, et en entraînant l'esprit animal qui est son véhicule vers l'intérieur. C'est pourquoi les hommes, en général, ne dorment que la nuit.

L'esprit se retire ainsi des sens externes et retourne aux facultés internes. Les préoccupations et les obstacles des sens cessent de peser sur l'âme, qui revient aux formes de la mémoire. Au moyen de la synthèse et de l'analyse, elle produit à partir de ces formes des représentations imaginaires. Celles-ci sont, le plus souvent, de facture ordinaire, parce qu'elles proviennent de perceptions encore fraîches. L'âme transmet ces représentations au sens commun — qui comprend les cinq sens — pour qu'elles soient perçues sur le mode des cinq sens. Parfois, l'âme se tourne un instant vers son essence spirituelle, tout en restant attirée par les facultés internes. Elle a alors des perceptions au moyen de sa propre faculté de perception spirituelle, parce que cela correspond à sa nature, et elle retient les formes des choses qui sont devenues intelligibles dans son essence en cet instant. L'imagination se saisit ensuite de ces formes perçues et les représente dans leur réalité ou sous forme allégorique, selon les moules habituels. Ce sont les formes allégoriques qui ont besoin d'interprétation.

Lorsque l'âme exerce son activité de synthèse et d'analyse sur les formes de la mémoire, avant d'avoir, un bref instant, des perceptions (de son essence spirituelle), elle produit des « rêves confus[38] ». D'après une tradition du *Sahîh*, le Prophète a dit : « Il y a trois sortes de visions : celles qui viennent de Dieu, celles qui viennent de l'ange et celles qui viennent de Satan[39]. » Cette énumération s'accorde bien avec ce qui vient d'être dit. Les rêves clairs sont de Dieu ; les rêves allégoriques, qui ont besoin d'interprétation, sont de l'ange ; les rêves confus sont de Satan, parce qu'ils ne sont que mensonge et que Satan est la source du mensonge.

Voilà ce que sont les visions oniriques et comment elles sont causées et favorisées par le sommeil[40]. Elles sont une particularité de l'âme humaine commune à tous les hommes. Nul n'en est exempt. Chaque être humain a pu avoir, plus d'une fois, des visions oniriques qui se sont réalisées à son réveil. Il sait de façon certaine que l'âme doit avoir nécessairement accès à l'invisible au cours du sommeil. Si une telle chose peut se produire dans le monde du sommeil, on doit en admettre la possibilité dans d'autres circonstances, car l'essence perceptive est une, et ses propriétés sont les mêmes dans tous les cas. Dieu guide vers la vérité.

Les inducteurs de rêve.

Ce que l'homme perçoit de cette façon ne dépend, en règle générale, ni de notre volonté ni de notre pouvoir. Cela se passe ainsi : l'âme, préoccupée de quelque chose, a pendant le sommeil une brève perception de l'invisible. Mais ce n'est pas parce qu'elle le veut qu'elle voit ce qu'elle voit.

Dans le *Ghâya*[41], ainsi que dans d'autres ouvrages de magie, il est fait mention de noms qui sont prononcés avant de s'endormir et qui provoquent des rêves au sujet de ce que l'on désire savoir. On les appelle des inducteurs de rêve[42]. Dans le *Ghâya*, Maslama en indique un qu'il appelle l'« inducteur de rêve de la nature parfaite ». En s'endormant, après avoir libéré et bien orienté son esprit, on dit ces mots étrangers : *tamâghis ba'dân yaswâdda waghdâs nawfanâ ghâdis*[43], et on mentionne ce que l'on désire. On voit alors, dans le sommeil, la chose demandée.

Un homme, dit-on, a fait cela après plusieurs nuits d'ascèse alimentaire et de *dhikr*[44]. Un être lui apparut et lui dit : « Je suis ta nature parfaite. Questionne. » Et il l'informa sur ce qu'il voulait savoir. Moi-même, grâce à ces noms, j'ai eu des rêves merveilleux qui m'ont révélé des choses que je voulais savoir sur ma propre vie. Cependant, cela ne prouve pas que l'intention de rêver puisse provoquer le rêve. Les inducteurs de rêve ne font que produire dans l'âme un état de disponibilité pour le rêve. Lorsqu'on est bien préparé pour une chose, cela favorise la production de la chose pour laquelle on s'est préparé. Mais on peut se préparer tant qu'on veut pour une chose, cela ne prouve pas que l'on a provoqué l'apparition de cette chose. La capacité de se préparer pour une chose n'est pas la même que celle de la produire. Il faut savoir tout cela et en tenir compte dans les cas analogues. Dieu est « le Sage, l'Informé[A] ».

Autres genres de divination.

Dans l'espèce humaine, on rencontre des gens qui prédisent les choses avant leur apparition, grâce à une disposition naturelle qui fait d'eux une catégorie distincte parmi les autres hommes. Ils n'ont recours, pour ces productions, à aucun art particulier, et ne s'appuient ni sur l'influence des astres ni sur rien d'autre. On constate que leurs perceptions de l'invisible ne sont dues qu'à une disposition naturelle qui est en eux. Ce sont, par exemple, les devins dits *'arrâfs*[45], ceux qui scrutent les corps transparents tels que miroirs et bols remplis d'eau, ceux qui scrutent les cœurs, les foies, les os des animaux, ceux qui tirent des augures des oiseaux et des bêtes fauves, ceux qui jettent des petits cailloux, des grains de blé ou des noyaux de dattes. Tous ces cas existent dans le monde humain, et personne ne peut ni les nier ni les ignorer. Il y a aussi les fous : des paroles de l'invisible leur viennent sur la langue, et ils les rapportent à leur entourage. Il y a les dormeurs et les mourants qui, au moment de s'endormir ou d'expirer,

A. Coran, VI, 18.

disent l'invisible. Il y a enfin les soufis qui se livrent à des exercices ascétiques et qui, comme on sait, ont des perceptions de l'invisible par une grâce divine.

Nous allons maintenant parler de toutes ces perceptions en commençant par la divination et en les passant ensuite en revue une à une. En guise de préambule, nous examinerons comment l'âme humaine, pour tous les types d'hommes mentionnés, est préparée à percevoir l'invisible.

L'âme humaine est une essence spirituelle, la seule, avons-nous dit, parmi toutes les substances spirituelles, à avoir une existence en puissance. Elle passe de la puissance à l'acte grâce au corps et aux conditions qui lui sont attachées. C'est là quelque chose que tout le monde peut percevoir.

Tout ce qui existe en puissance a une matière et une forme. La forme de l'âme par laquelle s'accomplit son être, c'est la perception et l'intellection. Elle existe d'abord en puissance, avec une disposition à la perception et à la réception des formes universelles et particulières. Ensuite, elle croît et accomplit son être en acte grâce à la compagnie du corps, aux perceptions sensorielles qu'elle s'habitue à recevoir par son intermédiaire, et aux idées universelles qu'elle tire de ces perceptions. Elle appréhende les formes de façon répétée jusqu'à ce qu'elle réalise la perception et l'intellection comme sa forme en acte, et qu'ainsi s'accomplisse son essence. L'âme est alors comme une matière première[46] et, grâce à la perception, elle reçoit les formes les unes après les autres, en un flot ininterrompu.

C'est pourquoi un enfant, au début de sa croissance, est incapable d'accomplir aucune des perceptions que l'âme tire de son essence durant le sommeil, par dévoilement ou par d'autres moyens. En effet, la forme de l'âme, qui est son essence même, et qui est perception et intellection, n'est pas encore accomplie. L'âme n'a même pas encore la capacité d'abstraire les idées universelles. Plus tard, lorsqu'elle réalise son essence en acte, elle a, tant qu'elle reste attachée au corps, deux sortes de perceptions : l'une, par les organes du corps, qui lui est transmise par les perceptions corporelles ; l'autre, par son essence, sans intermédiaire. Elle est coupée de cette dernière par son immersion dans le corps et les sens, et par les préoccupations rattachées à ceux-ci. Les sens la tirent toujours vers l'extérieur, en raison de sa disposition première à la perception physique. Parfois, elle quitte l'extérieur pour s'immerger dans l'intérieur, et, ainsi, le voile du corps est écarté pour un instant. Cela se produit soit grâce à une propriété commune à tous les hommes en général, comme le sommeil, soit grâce à une propriété que possèdent certains hommes en particulier, comme la divination ou le jet de cailloux, soit enfin grâce à des exercices spirituels comme ceux pratiqués par les mystiques, partisans du dévoilement. L'âme se tourne alors vers les essences situées au-dessus d'elle, appartenant au plérome suprême, en vertu de la continuité d'être entre son propre niveau et le leur, comme nous l'avons établi précédemment. Ces essences sont spirituelles. Elles sont perception pure et intellect en acte. Elles ont en elles les formes et les réalités des êtres, comme on l'a vu. Quelques-unes de ces formes se manifestent dans l'âme, qui en tire quelque connaissance. Parfois, elle transmet les formes perçues à l'imagination, qui les met dans les moules habituels. L'âme ramène ensuite ce qu'elle a perçu aux sens soit sous une forme abstraite, soit selon les moules de l'imagination et, de cette façon, en rend compte. Voilà comment on peut expliquer la disposition de l'âme à la perception de l'invisible.

Voyons maintenant, comme nous l'avons promis, les différentes sortes de perception de l'invisible. Il y a d'abord la première sorte qui s'apparente à la catégorie des devins : ceux qui scrutent les corps transparents — miroirs, bols, plans d'eau, cœurs, foies et os d'animaux ; et ceux qui jettent des cailloux ou des noyaux de dattes. Cependant, de par leur constitution, leur niveau est inférieur à celui du devin. Celui-ci n'a pas besoin de faire un grand effort pour lever le voile des sens. Les premiers, au contraire, doivent s'efforcer de concentrer toutes leurs facultés de perception sensorielle en un seul sens, le plus noble, celui de la vue. Ils le concentrent sur un objet de surface unie jusqu'à ce qu'apparaisse la perception au sujet de laquelle ils donnent une information. On croit souvent que ce qu'ils voient, ils le voient à la surface du miroir. Il n'en est rien. En réalité, ils scrutent la surface du miroir jusqu'à ce qu'elle disparaisse à leurs yeux. Entre eux et le miroir, un voile apparaît. Il est comme un nuage où se représentent des formes, et celles-ci sont les objets de leurs perceptions. Ces objets leur indiquent ce qu'ils désirent savoir, négativement ou positivement, et ils rapportent cela comme ils l'ont perçu.

Dans cet état, ils ne perçoivent pas le miroir et les images qu'on y voit d'habitude, mais ils ont une perception d'un autre genre, de nature psychique et non d'ordre visuel, qui permet à l'objet psychique d'être représenté pour les sens, comme on sait. C'est ce qui se passe également pour ceux qui scrutent les cœurs et les foies des animaux, pour ceux qui regardent dans l'eau ou dans les bols et pour d'autres cas du même genre.

Nous avons observé des hommes de ce genre qui occupaient d'abord leurs sens avec des fumigations seules, puis avec des incantations, afin de se mettre en état de réceptivité. Ils racontaient ensuite ce qu'ils avaient perçu. Ils prétendaient voir des formes distinctes dans l'air, qui leur disaient ce qu'ils voulaient savoir à travers des exemples et des allusions. Chez ces devins, la rupture avec les sens est plus légère que chez ceux dont nous avons parlé précédemment. Le monde est bien étrange !

L'augure consiste à dire l'invisible à l'apparition d'un oiseau ou d'un animal. La pensée reste attachée à ceux-ci après qu'ils ont disparu. C'est une faculté de l'âme qui permet d'appliquer l'intuition et la pensée sur des choses vues ou entendues, devant servir à tirer l'augure. Ce genre de devins ont une imagination très forte, comme on l'a vu précédemment, et l'exercent dans leur recherche en s'aidant de ce qu'ils ont vu ou entendu. Ils obtiennent ainsi quelque perception de l'invisible, l'imagination agissant ici comme dans le sommeil. Lorsque les sens sont engourdis, l'imagination s'interpose entre les choses vues à l'état de veille, et les combine avec ce qu'elle a elle-même appréhendé. Elle produit ainsi les visions.

Les fous ont une âme rationnelle faiblement reliée au corps, parce que leurs humeurs sont généralement corrompues et que leur esprit animal est faible. Leur âme n'est pas profondément immergée dans les sens, car elle est occupée par les souffrances et la maladie que lui cause son insuffisance. Souvent, une autre substance spirituelle de nature satanique vient lui disputer le corps et s'y accrocher. Comme elle n'a pas assez de force pour la repousser, le corps en est possédé. Lorsqu'un fou est atteint de possession, soit à cause de la corruption de ses humeurs — résultat de la corruption de l'âme en son essence —, soit à cause d'esprits sataniques qui lui disputent son corps, il rompt complètement avec les sens et a une brève perception du monde de son âme. Des formes s'impriment dans celle-ci et sont transformées par l'imagination. Souvent, alors qu'il se trouve dans cet état, il dit des choses [de l'invisible] indépendamment de sa volonté.

Chez tous ces gens, la perception [de l'invisible] mêle le vrai au faux. En effet, même en rompant avec les sens, ils n'ont de contact [avec l'invisible] qu'avec l'aide de concepts étrangers, comme nous venons de l'établir. C'est de là que vient le caractère mensonger de leurs perceptions.

Les devins dits *'arrâfs* recherchent avec assiduité la perception de l'invisible, mais sans jamais réaliser de contact avec lui. Ils concentrent leur pensée sur ce qu'ils veulent savoir, et font diverses suppositions et conjectures, en se fondant sur ce qu'ils supposent être les principes du contact avec l'invisible et de la perception de celui-ci. Ils prétendent ainsi le connaître, mais en réalité il n'en est rien.

Voilà ce qu'il en est de toutes ces choses. Al-Mas'ûdî en a traité dans *Les Prairies d'or*[47], mais sans parvenir à la vérité. Ce qu'il en dit montre qu'il n'avait pas de connaissances très approfondies en ce domaine. Il rapportait tout ce qu'il entendait, sans se soucier de la qualité de ses sources. Tous ces modes de perception de l'invisible que nous venons de mentionner existent dans l'espèce humaine. Les Arabes s'adressaient aux devins pour connaître les événements de l'avenir. Ils s'en remettaient également à eux lors de leurs disputes pour qu'ils leur disent la vérité sur la base de leurs perceptions de l'invisible. On trouve dans les ouvrages d'*adab* de nombreuses informations à ce sujet. À l'époque préislamique, il y avait des devins célèbres tels que Shiqq, des Anmâr Ibn Nizâr, et Satîh, des Mâzin Ibn Ghassân[48]. Ce dernier se pliait comme un vêtement, car il n'avait d'autres os que ceux du crâne. Parmi les anecdotes célèbres qu'on raconte à leur sujet, il y a leur interprétation du rêve de Rabî'a Ibn Nasr : ils lui annoncèrent que les Abyssins s'empareraient du Yémen, que les Mudar régneraient après eux et que la mission prophétique muhammadienne apparaîtrait parmi les Quraysh[49]. Il y a aussi l'interprétation du rêve du Môbedh par Satîh. Le roi de Perse lui envoya 'Abd al-Masîh pour le consulter au sujet de ce rêve, et Satîh l'informa de la mission prophétique de Muhammad et de la ruine du pouvoir perse. Tout cela est bien connu.

Les *'arrâfs* étaient également nombreux chez les Arabes,

qui les mentionnent dans leur poésie. Un de leurs poètes a dit :

Soigne-moi, dis-je, au ʿarrâf *du Yamâma.*
Si tu me soignes, tu es, certes, médecin[50].

Et un autre poète a dit :

Je promis au ʿarrâf *du Yamâma tout ce qu'il désirait*
s'il me guérissait. Au ʿarrâf *du Najd je fis semblable promesse.*
Ils me dirent : Dieu te guérisse ! Par Dieu, nous ne pouvons rien
contre le mal qui te ronge dans ta poitrine.

Le *ʿarrâf* du Yamâma était Rabâh Ibn ʿIjla, et celui du Najd, al-Ablaq al-Asadî.

Il y a encore un autre genre de perception de l'invisible. Certaines personnes, au moment de passer de l'état de veille au sommeil, laissent échapper des paroles au sujet de choses qu'ils désirent savoir. Ils obtiennent ainsi un savoir surnaturel de ces choses. Cela se produit seulement au tout début du sommeil, au moment où l'on quitte l'état de veille et qu'on ne contrôle plus ses paroles. On parle comme si on y était contraint et, au mieux, on entend et comprend ce que l'on dit. Des paroles du même genre émanent de ceux qui sont tués, au moment où la tête se sépare du tronc. Nous avons appris que certains tyrans oppresseurs ont mis à mort des prisonniers pour apprendre d'eux leur avenir, d'après les paroles qu'ils prononceraient au moment d'expirer. Ceux-ci leur firent des prédictions désagréables.

Dans son *Kitâb al-Ghâya*, Maslama mentionne, dans le même ordre d'idées, le cas suivant : on met un homme dans un tonneau d'huile de sésame, on l'y laisse pendant quarante jours, en le nourrissant de figues et de noix jusqu'à ce qu'il perde sa chair et qu'il ne lui reste que les veines et les sutures du crâne. On le sort de l'huile, et, quand il sèche à l'air, il répond à toutes les questions d'ordre particulier ou général qu'on lui pose sur l'avenir. C'est un exemple des actes odieux des magiciens, mais qui donne une idée des étrangetés du monde humain.

Certains essaient d'accéder à la perception de l'invisible au moyen d'exercices spirituels. En se livrant à eux-mêmes un combat spirituel, ils tentent de parvenir à une mort artificielle. Ils tuent toutes leurs facultés corporelles et font disparaître les influences par lesquelles elles colorent l'âme. Ce résultat s'obtient par la concentration de la pensée et une longue abstinence alimentaire. On sait de manière formelle que, lorsque la mort s'établit dans le corps, la perception sensorielle et le voile qu'elle constitue disparaissent, et l'âme accède à la connaissance de son essence et de son monde propre. Ces gens cherchent à parvenir à cet état par des moyens artificiels, en espérant obtenir avant la mort ce qui ne s'obtient que dans l'au-delà, et permettre ainsi à leur âme de connaître les choses de l'invisible.

Du même genre sont ceux qui s'adonnent à des exercices magiques pour atteindre la connaissance des choses de l'invisible et obtenir des pouvoirs sur les différents mondes. Ils se trouvent en majorité dans les climats extrêmes du Nord et du Sud, et notamment en Inde où on les appelle des *yogis*. Ils ont de nombreux ouvrages sur la façon d'accomplir ces exercices, et on raconte à leur sujet des choses étranges.

Quant aux soufis, leurs exercices sont de nature religieuse et exempts de ces intentions blâmables. Ils ne cherchent qu'à concentrer leur esprit et à se tourner totalement vers Dieu, pour vivre les expériences mystiques de la Connaissance et de l'Unicité. Dans leurs exercices, à la concentration et au jeûne, ils ajoutent le *dhikr* dont ils se nourrissent. C'est ce qui leur permet de parfaire l'orientation de leur esprit. En effet, quand l'âme s'est développée avec le *dhikr*, elle est plus près de la connaissance de Dieu, et sans *dhikr*, elle est satanique.

La connaissance de l'invisible et les pouvoirs que peuvent avoir les soufis sont purement fortuits. Ceux-ci ne les recherchent pas en premier lieu. Si c'était le cas, le but visé ne serait pas Dieu, mais les pouvoirs et la connaissance de l'invisible. C'eût été un bien mauvais marché et, en réalité, une forme de polythéisme. « Celui qui préfère la gnose pour la gnose, a dit un soufi, professe que Dieu a un associé. » Les soufis ne recherchent que Dieu et rien d'autre. Tout ce qui peut survenir au cours de leurs dévotions [comme manifestations de l'invisible] est purement accidentel et n'est pas visé comme tel. Beaucoup d'entre eux fuient ce genre de manifestations quand elles se produisent et ne leur accordent aucune importance. Ils veulent Dieu pour Lui-même, et non pour autre chose. Cependant, on sait qu'ils connaissent ce genre de manifestations, qu'ils appellent de noms particuliers : « physiognomie » et « dévoilement » pour leurs lectures de pensée et leurs perceptions de l'invisible ; « charismes » pour leurs pouvoirs. Rien de tout cela n'est indigne d'eux. Le maître Abû Ishâq al-Isfarâynî ainsi qu'Abû Muhammad Ibn Abî Zayd al-Mâlikî, entre autres, pensent que ce sont des choses qu'il faut écarter, afin d'éviter que les miracles soient confondus avec autre chose. Mais les théologiens admettent qu'on peut fort bien distinguer le miracle par le fait du « défi ». Cela est suffisant.

Il est établi dans le *Sahîh* que l'Envoyé de Dieu a dit : « Il y a parmi vous des gens qui entendent des paroles, et 'Umar en est un. » Parmi les Compagnons du Prophète, il y eut, dans ce sens, de nombreux faits fort connus. Ainsi, 'Umar s'était écrié un jour : « Ô Sâriya, attention à la montagne ! » Sâriya Ibn Zunaym était à la tête des troupes musulmanes en Irak, à l'époque des conquêtes. Lors d'un combat contre les polythéistes, il s'était trouvé en grande difficulté, sur le point d'être battu. Il y avait, à proximité, une montagne vers laquelle il se dirigeait. 'Umar, qui prêchait à Médine, en fut informé. Il s'écria : « Ô Sâriya, attention à la montagne ! » Sâriya l'entendit là où il se trouvait, et vit 'Umar lui apparaître en personne. Cette histoire est très connue[51].

Abû Bakr connut également un épisode analogue, au moment où il exprimait ses dernières volontés à sa fille 'A'isha. Avant cela, il avait promis à celle-ci le don de quelques charges de chameau de dattes de son jardin. Étant près de mourir, il lui conseilla donc de les récolter pour les soustraire aux autres héritiers. « Ce sont, lui dit-il, tes deux frères et tes deux sœurs. » 'A'isha s'étonna : « Il y a bien Asmâ', mais quelle est l'autre ? » Abû Bakr répondit : « Je vois que l'enfant qui est dans le ventre de Bint Khârija est une fille. » Et ce fut une fille. Cette anecdote est citée dans le *Muwatta'*[52], au chapitre des dons non permis.

De nombreux faits analogues se sont produits tant en faveur des Compagnons que des hommes pieux et exemplaires qui sont venus après eux. D'après les soufis, ces phénomènes se produisent plus rarement au temps des prophètes, parce que, en présence d'un prophète, un homme engagé dans la voie mystique ne peut pas conserver son état. Ils vont même jusqu'à dire qu'un mystique qui se rend à Médine est privé de son état tant qu'il y demeure.

Puisse Dieu nous accorder Sa lumière et nous guider vers la vérité.

Il y a parmi les adeptes du soufisme des simples d'esprit et des aliénés qui sont plus près des fous que des êtres raisonnables. On doit reconnaître pourtant qu'ils ont réalisé les stations de la sainteté et les états des véridiques. Les mystiques qui ont atteint la vision du vrai[53], et qui comprennent leur langage, savent très bien cela. Cependant, ces simples d'esprit ne sont pas légalement responsables. Ils disent des choses étonnantes du monde de l'invisible. N'étant liés par rien, ils en parlent librement et racontent des choses extraordinaires. Souvent, les juristes refusent de reconnaître leurs états mystiques, parce qu'ils les considèrent comme irresponsables et que, par ailleurs, la sainteté ne s'obtient que par l'observation des règles du culte. C'est une erreur. « C'est une faveur divine. Dieu l'accorde à qui Il veut[A]. » La sainteté ne dépend ni de la dévotion ni d'autre chose. Quand l'âme humaine est ferme dans son être, Dieu lui réserve ce qu'Il veut de Ses dons. Or, l'âme rationnelle de ces gens n'est ni anéantie ni corrompue, comme celle des fous. Ce qui leur manque, c'est l'intelligence qui fonde la responsabilité légale. L'intelligence est un attribut particulier de l'âme. C'est un ensemble de connaissances nécessaires qui permettent à l'homme de bien diriger son jugement, et de savoir ce qu'il lui faut pour sa subsistance et sa vie domestique. Si l'homme, pourrait-on dire, est capable de savoir ce qu'il lui faut pour assurer sa subsistance, il ne peut pas se dérober à l'accomplissement de ses devoirs religieux pour bien se préparer à l'au-delà. Mais quelqu'un qui a perdu cet attribut n'a pas pour autant perdu son âme et n'est pas oublieux de sa réalité. Il peut garder sa réalité tout en étant dépourvu de l'intelligence qui fonde la responsabilité légale, c'est-à-dire de la connaissance de ce qui est bon pour sa subsistance. Il n'y a rien d'absurde à cela. Ce n'est pas uniquement sur la base [du respect] des prescriptions légales que Dieu accorde à Ses serviteurs le privilège de la connaissance.

Cela étant admis, il faut savoir que, souvent, on confond

A. Coran, V, 54.

le cas de ces gens avec celui des fous, dont l'âme rationnelle est atteinte et qui doivent être classés avec les bêtes. Voici quelques signes qui permettent de les distinguer. Tout d'abord, les simples d'esprit sont portés d'une certaine façon à la remémoration de Dieu et à la dévotion, qu'ils ne quittent jamais, bien que ce soit d'une façon non conforme aux prescriptions légales, à cause de leur irresponsabilité, comme nous l'avons déjà dit. Tandis que les fous n'ont aucune sorte de penchant à la dévotion.

Autre signe : les simples d'esprit sont tels de naissance, alors que les fous deviennent aliénés à un certain âge, à la suite d'un accident naturel d'ordre physique. Quand ils sont ainsi affectés et que leur âme est atteinte, aucun espoir n'est permis.

Autre signe enfin : les simples d'esprit accomplissent pour les hommes de nombreux actes surnaturels, bons ou mauvais. Ils agissent sans permission, en raison de leur irresponsabilité. Les fous, au contraire, n'ont aucun pouvoir de ce genre[54].

Toutes ces considérations ont été amenées par la discussion. Dieu est notre guide vers ce qui est juste.

Certains prétendent qu'il y a des modes de perception de l'invisible sans rupture avec les sens. C'est le cas des astrologues, qui se basent sur les indications astrologiques, les conséquences des positions des astres au firmament, leurs influences sur les éléments, le mélange de leurs natures quand ils sont en opposition et les effets de ces mélanges sur l'air. En réalité, les astrologues n'ont rien à voir avec l'invisible. Ils font de simples suppositions et conjectures, fondées sur les influences astrales et leurs effets sur l'air. Un supplément d'intuition permet de déterminer comment ces influences astrales s'exercent en particulier sur tel ou tel individu du monde sublunaire, comme l'a dit Ptolémée. Nous montrerons plus loin la fausseté de l'astrologie[55]. En tout cas, même si elle était bien établie, elle relèverait tout au plus de l'intuition et de la conjecture, ce qui n'a rien à voir avec le type de perception dont nous avons parlé plus haut.

La géomancie.

Il y a aussi des gens du commun qui, pour découvrir l'invisible et connaître les événements de l'avenir, ont inventé un art qu'ils ont appelé « géomancie[56] », d'après le matériau qui y eſt utilisé. En simplifiant, cet art consiſte à former des figures avec des points disposés en quatre rangées. Les figures diffèrent selon que les rangées sont d'un ou de deux points. On a ainsi seize figures. Si toutes les rangées sont soit d'un point, soit de deux points, on a deux figures. Si on a une seule fois une rangée d'un point, on obtient quatre figures. Si on a deux rangées d'un point, on obtient six figures. Si on a trois rangées d'un point, on obtient quatre figures. On a donc un total de seize figures.

Les géomanciens donnent à chacune de ces figures un nom particulier et les classent en faſtes ou néfaſtes, comme les aſtres. Aux seize figures correspondent, à ce qu'ils prétendent, seize mansions naturelles, comme celles qu'on attribue aux signes du zodiaque et aux quatre points cardinaux de la sphère céleſte. Chaque figure eſt associée à une mansion, à des chances et à une catégorie d'êtres du monde des éléments. C'eſt ainsi qu'ils ont créé une discipline qui rivalise avec l'aſtrologie et ses interprétations. Cependant, si l'on en croit Ptolémée, les interprétations aſtrologiques sont fondées sur des indications naturelles. En revanche, la géomancie ne s'appuie que sur des indications conventionnelles. En effet, Ptolémée n'a traité que des naissances et des conjonctions qui, selon lui, sont le résultat des influences des aſtres et des positions des sphères dans le monde des éléments. Après lui, les aſtrologues ont développé les *queſtions*. Ils ont tenté de découvrir les pensées secrètes, qu'ils associent aux différentes mansions du firmament et auxquelles ils appliquent les interprétations liées à chaque mansion aſtrale. Ces mansions sont celles qui sont citées par Ptolémée.

Il faut savoir que les pensées secrètes sont des phénomènes psychologiques qui n'appartiennent pas au monde des éléments. Elles ne relèvent ni des influences des aſtres ni des positions des sphères, et les unes et les autres ne fournissent pas d'indications à leur sujet. Certes, l'aſtrologie conſtitue une introduction aux *queſtions* pour ce qui concerne les déductions à partir des aſtres et des positions des sphères. Mais cela eſt fait d'une façon non naturelle. Quand vinrent les géomanciens, ils renoncèrent à utiliser les aſtres et les positions des sphères, parce qu'il leur était difficile d'établir la hauteur des étoiles avec des inſtruments, et de définir leurs positions moyennes par des calculs. Ils inventèrent alors ces figures et en limitèrent hypothétiquement le nombre à seize, nombre qui correspond à celui des mansions du firmament et des points cardinaux. Ils les différencièrent en fastes, néfastes et mixtes, comme les planètes. Ils se bornèrent à l'aspect sextile. Ils appliquèrent à ces figures les interprétations astrales, comme dans les *questions*, car, dans les deux cas, le procédé n'est pas naturel, comme on l'a déjà vu.

De nombreux citadins oisifs cherchèrent à gagner leur vie en pratiquant la géomancie. Ils composèrent des traités sur les règles et les principes de cet art, comme le firent az-Zanâtî[57] et d'autres.

Il y a des géomanciens qui cherchent à accéder à l'invisible par la pratique de cet art. Ils occupent leurs sens en examinant les combinaisons de ces figures et se trouvent ainsi en état de préparation, à l'instar de ceux qui atteignent cet état naturellement. Ce sont les plus nobles parmi les géomanciens.

On fait généralement remonter l'origine de la géomancie aux anciens prophètes. On la rattache souvent à Daniel ou à Idrîs[58], comme on le fait pour toutes les techniques. On va même jusqu'à affirmer qu'elle a un caractère légal. Pour cela, on se fonde sur cette tradition du Prophète : « Il y eut un prophète qui traçait des lignes. Quiconque trace des lignes comme celles qu'il a tracées est agréé. » Mais rien dans cette tradition ne prouve la légalité de la géomancie, comme le prétendent certains. Sa signification est la suivante : il y eut un prophète qui traçait des lignes, et il recevait la révélation pendant qu'il s'adonnait à cette activité. Il ne serait pas absurde que telle fut l'habitude de certains prophètes, car ceux-ci n'ont pas le même niveau de perception de la révélation. Dieu a dit : « Parmi ces envoyés, Nous donnons la précellence à certains d'entre eux sur d'autres[A]. » Certains ont reçu ainsi la révélation : l'ange leur a parlé d'emblée, sans aucune demande de leur part et sans qu'ils l'aient voulu. D'autres recherchent ce contact : à partir des affaires humaines qui se présentent à eux, les gens de leur nation leur posent des questions au sujet d'un problème particulier, d'une obligation religieuse ou de quelque chose du même genre. Et ils s'adressent alors à leur Seigneur pour qu'Il leur révèle ce qu'ils désirent savoir. Il y a

A. Coran, II, 253.

ici une autre division. L'inspiration peut venir à une personne qui ne s'est pas du tout préparée à la recevoir, comme dans le cas précédemment cité. Ou bien, elle vient à une personne qui s'est préparée d'une certaine façon. Ainsi, dans les *Isrâ'iliyyât*, on raconte qu'un prophète se préparait à recevoir la révélation en écoutant de beaux chants. L'authenticité de cette anecdote ne peut pas être établie, mais la chose n'est pas improbable. Dieu réserve ce qu'Il lui plaît à Ses prophètes et à Ses envoyés. Cela nous a été rapporté d'après un grand soufi qui affirmait qu'il pouvait rompre avec les sens en écoutant de la musique. Par ce moyen, il se tournait librement vers ses perceptions au niveau de sa propre station, qui était inférieure à la prophétie. « Il n'est aucun d'entre nous qui n'ait son endroit fixé[A]. »

Cela dit, revenons aux géomanciens. Il y en a parmi eux, avons-nous dit, qui obtiennent le dévoilement en occupant leurs sens par l'examen des lignes et figures. Ils ont alors la perception intuitive de l'invisible en se détachant totalement des sens. Ils quittent les perceptions humaines pour accéder aux perceptions spirituelles. Ces deux formes de perceptions ont été expliquées précédemment ; il s'agit d'une sorte de divination, du type de celle qui consiste à scruter les os, l'eau ou les miroirs ; ce qui n'est pas le cas de la pratique de ceux qui se contentent de moyens artificiels leur permettant d'accéder à l'invisible par l'intuition et les conjectures, sans quitter les perceptions corporelles et en continuant à se mouvoir dans le domaine des suppositions. Certains prophètes peuvent, dans leur propre station prophétique, se préparer à recevoir les paroles de l'ange en traçant des lignes, de la même façon que ceux qui ne sont pas prophètes se préparent à avoir des perceptions spirituelles et à quitter les perceptions humaines. Cependant, ceux-ci n'ont que des perceptions spirituelles, tandis que les prophètes ont une perception angélique par une révélation d'origine divine.

Les prophètes sont bien au-dessus des stations des géomanciens, dont les perceptions sont fondées sur l'intuition et la conjecture. Dans leur loi religieuse, ils ne permettent à aucun homme de dire l'invisible ou de s'en occuper. La formule : « Quiconque trace des lignes comme celle qu'il a

A. Coran, XXXVII, 164.

tracées eſt agréé », qui apparaît dans la tradition citée ci-dessus, signifie : « son dessin eſt vrai », car il eſt confirmé par le fait de la révélation de ce prophète qui recevait l'inspiration au moment où il traçait des lignes. Ou bien elle fait allusion à la grandeur et au haut rang de celui qui trace des lignes sur le sable — sans qu'il y ait aucun rapport entre géomancie et révélation —, s'il le fait de la même façon que le prophète qui trace des lignes pour se préparer à recevoir la révélation et se trouve en accord avec le prophète. S'il tire [ses perceptions] de la géomancie seule, sans accord avec la révélation, ses perceptions ne sont pas vraies. C'eſt la signification de cette tradition. Mais Dieu eſt plus savant.

Il n'y a là rien qui indique que la géomancie soit conforme à la loi, ni qu'il soit permis de la pratiquer pour connaître l'invisible, comme le prétendent les géomanciens des villes. Certains inclinent vers cette vue, arguant que tout acte d'un prophète eſt une loi et que la géomancie eſt donc conforme à la loi, d'après la doctrine selon laquelle la loi de nos prédécesseurs serait aussi la nôtre. Mais cela ne s'applique pas à notre cas. On ne parle de loi que pour les envoyés qui légifèrent pour les différentes nations. Ce n'eſt pas ce que dit la tradition citée, où il n'eſt queſtion que d'une situation particulière à un certain prophète qui, probablement, n'était pas un prophète législateur. Son acte ne pouvait être considéré ni comme une loi propre à sa nation ni comme une loi commune à sa nation et à d'autres. Au contraire, elle indique qu'il s'agit d'une condition qui peut valoir pour un certain prophète en particulier, non pour tous les hommes. Voilà ce que je voulais préciser ici. C'eſt Dieu qui inspire ce qui eſt juſte.

Quand les géomanciens veulent découvrir une chose de l'invisible, comme ils le prétendent, ils prennent du papier, du sable ou de la farine, et dessinent les points en quatre lignes, suivant le nombre des quatre rangées. Puis ils répètent cela quatre fois. Ils obtiennent ainsi seize lignes. Ils déduisent alors les points par paires. Les points qui reſtent dans chaque ligne, en paires ou en unités, sont mis, suivant l'ordre, dans la rangée à laquelle ils appartiennent. Cela donne quatre combinaisons, qu'ils disposent en lignes successives. Puis ils en tirent quatre autres combinaisons horizontalement, en considérant chaque rangée, la combinaison voisine correspondante, et les paires ou les unités qui s'y trouvent. Cela donne huit combinaisons disposées en une ligne. Puis, de chaque groupe de deux combinaisons, ils tirent une combinaison placée en dessous, en considérant les paires ou les unités qui se trouvent dans chaque rangée de deux combinaisons. On a ainsi quatre autres combinaisons en dessous. De ces quatre dernières, ils tirent encore deux combinaisons placées en dessous, et, de celles-ci, une combinaison placée également en dessous. Cette quinzième combinaison[59], associée avec la première, forme la seizième et dernière combinaison. De tout ce dessin, ils font une interprétation curieuse, selon les caractères faste ou néfaste impliqués par les combinaisons lorsqu'elles sont considérées en elles-mêmes, examinées, analysées, combinées, mises en rapport avec les différentes choses existantes, etc.

Cet art s'est répandu dans tous les pays civilisés. De nombreux ouvrages lui ont été consacrés et de nombreux auteurs, anciens ou modernes, s'y sont illustrés. Mais, comme on le voit, il n'est qu'arbitraire et passion. La vérité qu'il faut toujours garder présente à l'esprit, c'est que les choses cachées ne peuvent en aucune façon être connues par le moyen d'un art quelconque. Elles ne sont accessibles qu'à certains individus du genre humain qui possèdent une disposition naturelle à rompre avec le monde des sens pour accéder au monde de l'esprit. Les astrologues appellent ces gens des « Vénusiens », parce que, disent-ils, la planète Vénus indique dans leur thème astral de naissance leur capacité à percevoir l'invisible.

Lorsque la géomancie — ou d'autres techniques du même genre — est pratiquée par un de ceux qui sont dotés de cette qualité, et que celui-ci, en scrutant les points, les os ou autre chose, cherche à occuper ses sens pour que son âme puisse retourner, un instant, au monde des entités spirituelles, elle peut être considérée comme une technique du même genre que celle du jet de cailloux ou de l'examen des cœurs des animaux ou des miroirs transparents. Mais s'il n'en est pas ainsi, et que celui qui pratique cet art vise à connaître l'invisible directement par ce moyen, et prétend qu'il peut y arriver, ce ne peut être que radotage et action vaine. « Dieu guide qui Il veut[A]. »

Il y a un signe auquel on reconnaît ceux qui ont cette disposition à percevoir l'invisible : lorsqu'ils orientent leur

A. Coran, II, 142.

esprit vers la connaissance de ces choses, ils sont comme hors de leur état naturel. Ils bâillent, s'étirent et montrent des symptômes d'absence. L'intensité de ces manifestations varie selon le degré de leur disposition. Ceux qui ne présentent pas ce signe ne peuvent aucunement prétendre à la perception de l'invisible. Ce ne sont que des fourbes qui cherchent à répandre leurs mensonges.

Le hisâb an-nîm[60].

On trouve aussi des gens qui procèdent, pour découvrir l'invisible, selon des règles qui n'ont de rapport ni avec le premier mode — qui relève des perceptions spirituelles de l'âme —, ni avec l'intuition — fondée sur les influences astrales selon Ptolémée —, ni avec les suppositions et les conjectures des devins dits *'arrâfs*. En fait, ce ne sont que des attrape-nigauds. Je n'en citerai que quelques exemples qu'on trouve dans la littérature sur le sujet et qui ont passionné l'élite.

Il y a d'abord le calcul qu'on désigne sous le nom de *hisâb an-nîm*, mentionné à la fin de la *Politique* attribuée à Aristote. Il sert à prédire auquel, de deux rois en guerre, échoira la victoire ou la défaite. On calcule le nombre que représentent les lettres composant le nom de chacun des deux rois en se servant du système dit *hisâb al-jummal*[61], d'après lequel on attribue aux lettres de l'alphabet, dans l'ordre *alif*, *bâ*, *jîm*, etc., les valeurs numériques d'unités, de dizaines, de centaines et de milliers. Cela fait, on divise par 9 chacun des deux totaux obtenus. On réserve les deux restes, puis on compare : s'ils ne sont pas égaux et qu'ils sont tous les deux pairs ou impairs, le roi au plus petit reste sera le vainqueur. Si l'un est pair et l'autre impair, celui qui a le plus grand reste sera le vainqueur. S'ils sont égaux et pairs, le roi attaqué sera le vainqueur ; et s'ils sont impairs, le roi attaquant sera le vainqueur. L'auteur de l'ouvrage cite, à propos de cette procédure, deux vers très répandus que voici :

Si les nombres sont ou pairs ou impairs, c'est le moindre qui l'emporte.
Si l'un est pair, l'autre impair, c'est le plus grand qui est le vainqueur.

La victoire va à celui qui est attaqué si les nombres sont égaux et pairs ;
elle va à l'attaquant s'ils sont égaux et impairs.

Pour trouver le reste après la division par 9, on a posé une règle fort connue de ceux qui pratiquent le *hisâb an-nîm*. On prend les lettres désignant le chiffre 1 dans les quatre rangées [du système de numération] : *alif* pour les unités, *yâ'* pour les dizaines, *qâf* pour les centaines, *shîn* pour les milliers. Il n'y a pas de nombre supérieur à mille qu'on puisse désigner par une lettre, car la lettre *shîn* est la dernière de l'alphabet. On dispose ensuite ces quatre lettres dans l'ordre de leurs valeurs numériques. On forme ainsi le mot *ayqsh*. On procède de la même façon pour les lettres désignant le chiffre 2 dans les trois premières rangées du système de numération, en omettant la rangée des milliers, parce qu'il n'y a plus de lettres disponibles. Les trois lettres pour le chiffre 2 sont *b* pour les unités, *k* pour les dizaines, *r* pour les centaines. Ensemble, elles forment le mot *bkr*. On obtient de la même façon, pour les lettres désignant le chiffre 3, le mot *jls*, et on continue ainsi jusqu'à la fin de l'alphabet. On a en tout 9 mots, 9 étant le dernier chiffre des unités. Ce sont : *ayqsh*, *bkr*, *jls*, *dmt*, *hnth*, *wskh*, *z 'dh*, *hfz*, *tdgh*, rangés dans l'ordre numérique. Chacun de ces mots est affecté du nombre correspondant à sa rangée dans le système de numération : 1 pour *ayqsh*, 2 pour *bkr*, 3 pour *jls*, et ainsi de suite jusqu'à 9 pour *tdgh*. Pour diviser un nom par 9, on note les mots où figure chacune des lettres qui le composent, on remplace celles-ci par les valeurs numériques de ces mots, et on les additionne. Si le total est supérieur à 9, on en retranche 9 et on garde le reste. Sinon, on prend le total tel quel. On procède pareillement pour l'autre nom et l'on compare les deux résultats suivant la méthode précédemment décrite.

L'explication de cette règle est simple. Le reste d'une division par 9 est identique pour tout multiple de dix. On additionne les nombres des multiples de dix, qu'on traite donc comme des unités. Ainsi, on ne fait pas de différence entre 2, 20, 200, 2 000, où l'on ne considère que le nombre 2 ; ou entre 3, 30, 300, 3 000, où l'on ne considère que le nombre 3. Les nombres sont placés en une suite qui n'indique que l'unité dans les multiples de dix. Les lettres qui indiquent les différents multiples de dix dans chaque mot

— unités, dizaines, centaines, milliers — entrent chacune dans la composition d'un mot. Le nombre de ce mot vaut pour toutes les lettres qu'il contient, sans tenir compte du fait qu'elles désignent des unités, des dizaines, des centaines ou des milliers. Le nombre de chaque mot est donc pris à la place des lettres qu'il contient, et les valeurs numériques de celles-ci sont additionnées, comme nous l'avons vu. C'est de cette façon que l'on procède habituellement en cette matière depuis les temps anciens.

D'après certains de mes maîtres que j'ai fréquentés personnellement, il serait plus valide d'utiliser neuf autres mots à la place de ceux qui sont mentionnés ci-dessus. Ces mots sont également rangés en une suite, et on y observe la même procédure de division par 9. Ces 9 mots sont : *'rb*, *ysqk*, *jzlt*, *mdws*, *hf*, *thdhn*, *ghsh*, *kh'*, *thdtz*. Ils sont composés de trois, quatre ou deux lettres, sans suivre aucune règle, comme on le voit. Nos maîtres les transmettaient d'après Abû l-'Abbâs Ibn al-Bannâ', la plus grande autorité du Maghreb en matière d'astrologie, de *sîmiyâ* et de secrets des lettres. Ils prétendaient que l'emploi de ces mots pour la division dans le *hisâb an-nîm* est plus valable que celui de la série commençant avec *ayqsh*. Dieu seul sait ce qu'il en est au juste.

Tous ces modes de perception de l'invisible ne sont fondés sur aucune preuve ni vérification. D'ailleurs, les savants rigoureux considèrent qu'on ne peut attribuer à Aristote l'ouvrage qui renferme le *hisâb an-nîm*, car il contient des opinions qu'on ne peut ni vérifier ni prouver. Le lecteur peut s'y reporter, s'il est un savant solide.

La zâ'iraja[62].

Il y a enfin une dernière technique au moyen de laquelle on prétend découvrir l'invisible. C'est celle de la *zâ'iraja*, appelée « *Zâ'iraja* de l'univers ». Elle est attribuée à Abû l-'Abbâs as-Sabtî, mystique maghrébin célèbre, qui vivait à Marrakech à la fin du VIe [XIIe] siècle, sous le règne de l'Almohade Ya'qûb al-Mansûr.

La *zâ'iraja* est un procédé étonnant et une invention nouvelle. Bien des membres de l'élite se passionnent pour l'accès à l'invisible par l'opération, bien connue et énigmatique, qui y est mise en œuvre, dont ils s'efforcent de comprendre les signes et de découvrir le secret. La *zâ'iraja* qu'ils utilisent a la forme d'un grand cercle, renfermant d'autres cercles concentriques pour les sphères célestes, les éléments, les choses créées, les entités spirituelles et d'autres catégories d'êtres et de sciences. Chaque cercle est divisé en secteurs qui comprennent les signes du zodiaque, les éléments et différentes autres choses. Les lignes concentriques de ces secteurs vont jusqu'au centre et s'appellent des « cordes ». Le long de chaque corde sont écrites des lettres à valeur numérique conventionnelle. Les unes sont des chiffres *zimâm*, utilisés de nos jours au Maghreb par les agents des services financiers et de la comptabilité. D'autres sont des chiffres *ghubâr*[63] ordinaires. À l'intérieur de la *zâ'iraja*, entre les cercles, sont indiqués des noms de sciences et des sujets concernant les mondes créés. Au dos des cercles de la *zâ'iraja*, il y a une table avec de nombreuses cases : 55 horizontales et 131 verticales. Dans certaines parties de cette table, les cases sont remplies tantôt avec des nombres, tantôt avec des lettres. Dans d'autres parties, les cases sont vides. On ignore le rapport entre ces nombres et leurs positions et la règle selon laquelle certaines cases sont pleines et d'autres vides. Sur le contour de la *zâ'iraja* sont écrits des vers en mètre *tawîl*, avec rime en *la*. Ils décrivent le procédé qu'il faut suivre pour obtenir, au moyen de cette *zâ'iraja*, les réponses aux questions que l'on pose. Mais ce sont plutôt des énigmes qui manquent totalement de clarté. Dans une autre partie de la *zâ'iraja*, il y a un vers attribué à Mâlik Ibn Wuhayb, un des plus grands parmi ceux qui prédirent les événements au Maghreb. C'est un savant de Séville, qui vivait sous la dynastie des Lemtûna. Voici ce vers :

Tu as pris possession de la question d'une grande créature. Conserve donc les doutes étranges qui ont été soulevés et que le zèle peut dissiper.

C'est ce vers dont on se sert en général dans le procédé de découverte de la réponse à partir de la question, en opérant sur cette *zâ'iraja* ou sur une autre. Quand on veut obtenir la réponse à une question, on écrit celle-ci en séparant les lettres. Ensuite, on détermine l'ascendant du jour, c'est-à-dire le signe du zodiaque et son degré sur l'horizon, et on se reporte à la *zâ'iraja*. On prend la corde bordant le signe du zodiaque, on la suit de son point de départ jusqu'au centre, et, de là, jusqu'à la circonférence du cercle opposé à l'ascendant. On note toutes les lettres écrites à l'intérieur de cette corde, de bout en bout, ainsi que les chiffres écrits dans les intervalles, que l'on convertit en lettres sur la base de leurs valeurs numériques. Parfois, on transforme les unités en dizaines, les dizaines en centaines, ou l'inverse, selon les règles du procédé de la *zâ'iraja*. Les lettres ainsi obtenues sont mises avec celles de la question, et l'on ajoute toutes les lettres et tous les chiffres qui sont à l'intérieur de l'arc bordant le signe se trouvant à trois signes de celui de l'ascendant. On le suit de son point de départ jusqu'au centre seulement, sans aller jusqu'à la circonférence. Les chiffres sont convertis en lettres comme précédemment, et celles-ci sont ajoutées aux autres lettres. Puis on écrit en lettres séparées le vers qui est le fondement et la règle de ce procédé, à savoir le vers d'Ibn Wuhayb précédemment cité, et on le met de côté. Puis on multiplie le nombre du degré de l'ascendant par la « base » du signe. La « base » désigne ici la distance du signe à la dernière rangée, contrairement à l'usage chez les arithméticiens, pour qui elle désigne la distance du signe à la première rangée. On multiplie encore le degré par un autre nombre appelé la « plus grande base » ou « cycle primordial ». Le résultat est inscrit dans les cases de la table, selon des règles bien connues et des procédures déterminées, et suivant un nombre précis de cycles. On déduit certaines lettres, on en supprime d'autres, on compare le reste aux lettres du vers mis de côté. On prend quelques-unes de ces dernières et on les ajoute aux lettres de la question et à celles qui sont avec elles. Toutes ces lettres sont ensuite divisées par certains nombres appelés « cycles », et, à chaque cycle, on enlève la lettre par laquelle celui-ci se termine. On répète la même opération pour tous les cycles prévus. On obtient finalement un certain nombre de lettres séparées, que l'on écrit à la file pour former un vers du même mètre et de même rime que le vers qui sert de base au procédé, à savoir le vers de Mâlik Ibn Wuhayb précédemment cité. Nous reprendrons tout cela au chapitre des sciences, quand nous parlerons du mode d'utilisation de la *zâ'iraja*.

J'ai vu bien des membres de l'élite se donner à corps perdu à la découverte de l'invisible au moyen de la *zâ'iraja*, en utilisant ce genre d'opérations. Ils croient que la correspondance entre la question et la réponse au niveau du discours est la preuve d'une correspondance similaire au niveau du réel. Mais cela n'est pas vrai, parce que, comme on l'a vu précédemment, l'invisible ne peut en aucune façon être perçu par un moyen technique. En fait, la correspondance qu'on peut observer entre la question et la réponse n'existe que pour ce qui est de la signification et de l'accord au niveau du discours, de sorte que la réponse soit correcte et conforme à la question. En séparant les lettres de la question de celles des cordes, en inscrivant dans les cases les nombres qui résultent de la multiplication de certains nombres déterminés de la table, en extrayant certaines lettres de la table et en en rejetant d'autres, en répétant tout cela avec un nombre déterminé de cycles et en comparant le tout avec les lettres du vers disposées à la file, il n'est pas impossible de trouver un semblable résultat. Un homme intelligent peut découvrir des relations entre ces diverses choses et, par ce moyen, parvenir à connaître ce qui est inconnu. En effet, l'établissement de relations entre les choses est ce qui permet à l'âme de déduire le connu de l'inconnu. Ce procédé est surtout utilisé par ceux qui pratiquent les exercices spirituels. Ceux-ci renforcent la capacité de l'intellect à faire des raisonnements analogiques et aiguisent la pensée, comme nous l'avons déjà dit plus d'une fois. C'est ce qui explique qu'on attribue généralement la *zâ'iraja* à ceux qui s'adonnent aux exercices spirituels. Ainsi, la *zâ'iraja* dont il est parlé ici est attribuée à as-Sabtî, et j'en ai vu une autre dont l'auteur serait Sahl Ibn 'Abd Allâh[64].

La *zâ'iraja*, il faut en convenir, est un procédé étonnant, une énigme extraordinaire. Ce qui explique, me semble-t-il, que la réponse soit donnée sous forme versifiée, c'est le fait que les lettres de la *zâ'iraja* font pendant à celles du vers de Mâlik Ibn Wuhayb. C'est pourquoi le vers de la réponse a le même mètre et la même rime. Cela peut être déduit du fait que, comme nous l'avons constaté, lorsque, dans ce genre d'opérations, on omet de faire correspondre les lettres avec le vers, la réponse ne sort pas sous forme versifiée. C'est ce que nous verrons dans le chapitre consacré à ces questions[65].

Bien des gens n'ont pas la capacité de compréhension qui leur permettrait de croire à ce procédé et à son efficacité pour l'obtention de l'objet recherché. Ils en dénient le bien-fondé et le tiennent pour une fantaisie et une sorte de jeu de mots. Ils croient que celui qui s'en sert introduit les lettres d'un vers qu'il compose à son gré entre les lettres de la question et les cordes. Il exécuterait ces opérations sans aucune règle et présenterait son vers en faisant croire que c'est le résultat du procédé, obtenu de façon rigoureuse.

C'est une supposition fausse et erronée, due à une incapacité de comprendre les relations entre les choses qui existent et celles qui sont connues, ainsi que les différences entre les pouvoirs de perception et d'intellection. Tout être percevant est enclin à nier ce qu'il n'est pas capable de percevoir. Mais pour réfuter ces allégations, il nous suffit de faire remarquer que ce procédé a été directement observé, et qu'on sait de manière formelle qu'il a été mis en œuvre suivant une méthode rigoureuse et des règles valides. Aucune personne intelligente et dotée d'intuition, à laquelle ce procédé serait familier, ne dirait le contraire. Beaucoup de problèmes d'arithmétique — qui sont ce qu'il y a de plus clair au monde — sont difficiles à comprendre, parce que les relations y sont dissimulées et difficiles à établir. C'est encore plus vrai dans notre cas, ici, où les relations sont si mystérieuses et étranges.

Voici, pour illustrer mon propos, un exemple de ces problèmes. Soit un nombre donné de dirhams : mettez 3 *fals*[66] à côté de chaque dirham. Puis prenez tous les *fals* et achetez un poulet avec. Ensuite, prenez tous les dirhams et achetez d'autres poulets au même prix que le premier poulet. Combien de poulets avez-vous achetés ? Réponse : 9. En effet, on a : 1 dirham égale 24 *fals*, 3 *fals* égalent 1/8 de dirham, et dans 1, il y a huit fois 1/8. En additionnant les 1/8 de dirham, on a le prix d'un poulet. On a donc 8 poulets, puisqu'il y a 8 fois 1/8 dans 1. On ajoute à ce nombre un autre poulet, celui qui a été acheté avec les *fals* additionnels et qui a déterminé le prix des poulets achetés avec les dirhams. Cela fait donc 9. Ainsi, on voit bien comment la solution était implicitement contenue dans les rapports entre les données numériques du problème. Cependant, à première vue, on peut avoir l'illusion que ce genre de choses relève du domaine de l'invisible qu'on ne peut pas connaître.

Il est donc évident que c'est la connaissance des rapports entre les choses qui permet de déduire l'inconnu du connu. Mais cela n'est valable que pour les événements qui se produisent dans le monde de l'existence ou qui relèvent de la science. Quant aux choses de l'avenir, elles sont du domaine de l'invisible qu'il est impossible de connaître, à moins que les causes de leur apparition ne soient connues ou qu'elles ne soient annoncées par une prédiction véridique.

Si cela est bien clair, il s'ensuit que toutes les opérations de la *zâ'iraja* servent seulement à découvrir les mots de la réponse à partir des mots de la question. Comme on l'a vu, il s'agit de tirer d'un ensemble ordonné de lettres un autre ensemble des mêmes lettres, ordonnées différemment. Le secret de cette opération réside dans un certain rapport qui existe entre les deux ordres, que certains sont capables de percevoir et d'autres pas. Quiconque connaît ce rapport parvient aisément à découvrir la réponse en appliquant les règles décrites ci-dessus.

La réponse peut aussi, sur la base des significations et des combinaisons de mots dont elle se compose, indiquer soit la négation, soit l'affirmation, par rapport à l'objet de la question posée. Mais cela relève d'un autre ordre, impliquant la conformité des mots avec le monde extérieur. C'est quelque chose que les opérations de la *zâ'iraja* ne permettent pas de connaître et qui reste voilé aux hommes.

Dieu garde tout Son savoir pour Lui-même. « Dieu sait, et vous ne savez pas[A*b*]. »

A. Coran, II, 216, 232 ; III, 66 ; XXIV, 19.

Deuxième partie du livre I

LA CIVILISATION RURALE. NATIONS VIVANT EN GROUPES ISOLÉS ET TRIBUS

avec un exposé de quelques principes et préliminaires

I. LES SOCIÉTÉS RURALES ET LES SOCIÉTÉS URBAINES[1] SONT NATURELLES

Les différences entre les conditions de vie des sociétés dépendent de leurs moyens d'existence. En effet, l'organisation sociale n'est là que pour permettre aux hommes de coopérer en vue d'assurer leur existence, en se préoccupant d'abord de ce qui est nécessaire et simple, avant de se soucier de ce qui relève du confort et du luxe.

Certains pratiquent l'agriculture : ils cultivent des légumes ou des céréales. D'autres élèvent des animaux : ovins, bovins, caprins, abeilles, vers à soie, autant pour leur croît que pour leurs produits. Qu'ils s'occupent d'agriculture ou d'élevage, ils sont poussés par la nécessité à vivre à la campagne, qui leur offre pour leurs champs, leurs cultures et leurs pâturages un espace qu'ils ne peuvent trouver dans les villes. Pour eux, la vie à la campagne s'impose comme quelque chose de nécessaire. Leur vie en société et leur coopération pour les besoins de l'existence et de la civilisation — tels que nourriture, abri, chaleur — ne visent que l'obtention du strict minimum pour préserver leur vie et assurer leur subsistance, parce qu'ils sont incapables d'aller au-delà. Des conditions meilleures et un niveau de richesse et de confort supérieur à leurs besoins les incitent à rechercher le repos et la tranquillité. Alors ils coopèrent pour ce qui dépasse les simples nécessités, recherchent plus de nourriture et de vêtements, et y mettent beaucoup de soin. Ils construisent de grandes maisons et fondent des villes et des cités pour s'y retrancher. Une augmentation du bien-être et de la prospérité entraîne des habitudes de luxe : on met un soin extrême à la préparation de la nourriture et des plats raffinés, au choix des plus riches habits de soie et de brocart, à l'édification des maisons et des tours les plus hautes — meublées de la façon la plus somptueuse —, et au perfectionnement des arts. On construit des palais et des résidences, avec de l'eau courante, des tours de plus en plus élevées, des meubles toujours plus riches. À des degrés divers, on soigne également la qualité des vêtements, des lits, de la vaisselle et des ustensiles réservés aux domestiques. Tels sont les citadins[2], c'est-à-dire ceux qui ont des demeures fixes et qui habitent dans les cités et les villes. Les uns vivent des arts, les autres du commerce. Ils ont des revenus plus importants et davantage de confort que les habitants de la campagne, parce qu'ils jouissent de conditions qui vont au-delà du strict nécessaire et de moyens d'existence qui correspondent à leur richesse.

Il est donc clair que les sociétés rurale et urbaine sont naturelles et nécessaires, comme on l'a vu[a].

II. LA SOCIÉTÉ ARABE EST NATURELLE

Les habitants des campagnes, avons-nous dit, ont des moyens d'existence naturels, comme l'agriculture et l'élevage. Se limitant au nécessaire pour la nourriture, les vêtements, le logement et tous les aspects de leur vie et de leurs coutumes, ils ne peuvent prétendre ni au confort ni au luxe. Ils ont des tentes faites de poils de chèvre ou de chameau, ou des cabanes en bois, en argile ou en pierre, sans mobilier, juste ce qu'il faut pour s'abriter. Parfois, ils se réfugient dans des cavernes et des grottes. La nourriture qu'ils prennent est peu préparée, voire pas du tout, sauf celle qui se trouve par hasard au contact du feu.

Pour ceux qui cultivent des grains et pratiquent l'agriculture, il est plus approprié de se fixer dans un lieu que de nomadiser. C'est le cas des habitants des hameaux, des villages et des montagnes dont font partie la plupart des Berbères et des autres peuples non arabes.

Ceux qui vivent de l'élevage d'animaux de pâturage — ovins et bovins — doivent généralement transhumer à la recherche de pâturages et d'eau, car il est préférable pour eux de se déplacer. On les appelle des « moutonniers », c'est-à-dire des éleveurs de moutons et de bœufs. Ils ne s'enfoncent pas trop loin dans le désert, où ils ne peuvent pas trouver de bons pâturages. Ce sont, par exemple, les Berbères, les Turcs et leurs frères turkmènes et slaves.

Ceux qui vivent de l'élevage des chameaux se déplacent davantage et pénètrent plus avant dans le désert. En effet, les pâturages, les plantes et les arbres des collines ne peuvent pas remplacer les arbustes et l'eau salée du désert dont le chameau a besoin pour son équilibre. En outre, le chameau doit revenir en hiver aux régions désertiques pour fuir les rigueurs du froid et retrouver une température plus clémente, et les chamelles doivent mettre bas dans les sables. Car, de tous les animaux, celles-ci ont l'accouchement le plus difficile et ont le plus besoin de chaleur. Les chameliers sont donc obligés d'aller très loin à la recherche du fourrage. Souvent, repoussés par les milices hors du pays des collines, ils s'enfoncent encore plus avant dans les déserts pour échapper à la justice et éviter d'être punis pour leurs actes d'agression. Ils apparaissent ainsi comme les hommes les plus farouches. Comparés aux habitants des villes, ils sont des fauves indomptables ou des bêtes féroces. Tels sont les Arabes, avec leurs pendants, nomades berbères et zénètes, en Occident ; Kurdes, Turkmènes et Turcs, en Orient. Les Arabes sont les plus nomades et les plus enracinés dans la vie dans le désert, parce qu'ils n'élèvent que des chameaux, tandis que les autres élèvent, en outre, des moutons et des bœufs.

Il est donc évident que la société arabe est naturelle et nécessaire à la civilisation.

Dieu est « le Créateur, l'Omniscient[A] ».

III. LES RURAUX SONT PLUS ANCIENS QUE LES CITADINS ET ONT EXISTÉ AVANT EUX. LA CAMPAGNE EST LA BASE ET LE RÉSERVOIR DE LA CIVILISATION ET DES CITÉS

On a vu que les ruraux se limitent au nécessaire et sont incapables de faire plus, tandis que les citadins recherchent le confort et le luxe dans leur mode de vie et leurs habitudes. Or, sans aucun doute, les besoins de première

A. Coran, XV, 86 ; XXXVI, 81.

nécessité sont plus anciens et ont existé avant les besoins de confort et de luxe. Les besoins de première nécessité sont en quelque sorte la base, dont le superflu n'est qu'une branche dérivée. Ainsi, les ruraux sont à l'origine des villes et des citadins, et les précèdent. Ce que l'homme recherche d'abord, c'est la satisfaction des besoins de première nécessité. C'est seulement quand ceux-ci sont assouvis qu'il aspire au confort et au luxe. La rudesse de la civilisation rurale a précédé la mollesse de la civilisation urbaine. Aussi peut-on remarquer que les ruraux aspirent à devenir des citadins et que tous leurs efforts tendent vers ce but. Dès qu'ils ont assez de biens pour adopter les conditions et les habitudes du confort, ils préfèrent la tranquillité et se soumettent au joug de la ville. C'est le cas de toutes les tribus des campagnes. Les citadins, en revanche, ne sont nullement attirés par les conditions de vie à la campagne, sauf nécessité extrême ou incapacité de mener le train de vie citadin.

Voilà un fait prouvant que les ruraux sont à l'origine des citadins et les devancent : si on enquête sur les habitants d'une ville donnée, on trouvera que la majorité d'entre eux est originaire de la campagne voisine et de ses villages. Ils se sont enrichis et sont venus s'installer en ville, attirés par la tranquillité et le confort de la vie citadine. Cela montre que les conditions de la civilisation urbaine sont secondes par rapport à celles de la civilisation rurale, et que celle-ci est une base pour celle-là. Cela doit être bien compris.

Par ailleurs, parmi les ruraux, comme parmi les citadins, il y a des différences : certains clans ou tribus sont plus importants que d'autres ; certaines cités plus étendues que d'autres, et certaines villes ont une civilisation plus prospère que d'autres.

Il est donc clair que l'existence des ruraux est antérieure à celle des villes et des cités et en est la base. De même, l'existence des villes et des cités résulte des habitudes de luxe et de tranquillité, qui sont postérieures aux usages liés aux nécessités vitales.

IV. LES RURAUX SONT PLUS ENCLINS AU BIEN QUE LES CITADINS

En voici la raison : lorsque l'âme est encore dans son état originel, elle est prête à recevoir ce qui se présente à elle et s'y imprime, en bien ou en mal. Le Prophète a dit : « Tout enfant naît à l'état de nature. Ce sont ses parents qui font de lui un juif, un chrétien ou un zoroastrien[1]. » Selon que l'âme est d'abord touchée par le bien ou le mal, elle s'éloigne de l'autre et éprouve des difficultés à en acquérir les traits. Quand l'âme d'une personne bonne est d'abord gagnée par les habitudes du bien et qu'elle acquiert une disposition permanente au bien, cette personne s'éloigne du mal et il lui est difficile de mal agir. Et c'est l'inverse qui se produit pour une personne méchante, qui est d'abord gagnée par les habitudes du mal.

Les citadins sont tournés vers les différents genres de plaisirs et les habitudes[a] du luxe, le monde et l'assouvissement des désirs qui s'y attachent. Leurs âmes se colorent de nombreux défauts et vices. Plus ils ont de défauts, plus les voies du bien leur deviennent inaccessibles, si bien qu'ils perdent toute notion de pudeur. Beaucoup se plaisent à dire des obscénités dans leurs réunions, et même devant leurs supérieurs et leurs femmes. Ils ne sont plus retenus par la pudeur, car ils ont pris l'habitude d'étaler leurs abominations en paroles et en actes.

Les ruraux s'occupent eux aussi des affaires de ce monde, mais seulement pour autant que cela concerne les nécessités de la vie, et non le luxe ou ce qui touche aux désirs et aux plaisirs. Cette situation se reflète dans leurs relations. Les défauts et les vices qu'ils contractent sont très peu nombreux en comparaison de ceux des citadins. Ils sont plus près de la nature originelle et plus éloignés des mauvaises dispositions que l'âme acquiert à cause du grand nombre des mauvaises habitudes. Aussi peuvent-ils plus facilement se corriger que les citadins. Tout cela est évident. On montrera plus loin[2] que la civilisation urbaine est la fin de la civilisation, son engagement dans la corruption, l'ultime degré du mal et l'état le plus éloigné du bien. Il est donc clair que les ruraux sont plus enclins au bien que les citadins. « Dieu aime ceux qui se prémunissent[A]. »

Cela n'eſt pas contredit par ce que rapporte al-Bukhârî au sujet des propos adressés par al-Hajjâj à Salama Ibn al-Akwa'. Quand al-Hajjâj apprit que Salama était allé vivre à la campagne, il lui dit : « Tu retournes en arrière et tu te fais arabe. » Salama lui répondit : « Non. Mais l'Envoyé de Dieu m'a permis de vivre à la campagne[b3]. »

Au début de l'islam, l'émigration à Médine était une obligation pour les Mecquois, qui devaient accompagner partout le Prophète, l'aider dans sa mission et le protéger. Mais ce n'était pas une obligation pour les Arabes nomades, habitants du désert. En effet, les Mecquois étaient liés par le devoir de solidarité avec le Prophète, consiſtant à l'aider et à le protéger, alors que ce n'était guère le cas des autres Arabes du désert. Les Émigrés avaient en horreur de s'« arabiser », c'eſt-à-dire de résider dans le désert, là où l'émigration n'était pas une obligation. Selon la tradition de Sa'd Ibn Abî Waqqâs, le Prophète a dit, pendant que Sa'd était malade à La Mecque : « Ô Dieu ! accorde à mes Compagnons d'émigrer et ne les fais pas revenir en arrière[4]. » Cela signifie que Dieu devrait leur permettre de demeurer à Médine et de ne pas avoir à la quitter, de sorte qu'ils n'eussent pas à rebrousser chemin. Car ça aurait été « revenir sur ses pas », comme on le dit à propos de n'importe quelle entreprise. On dit que cette injonction ne concernait que la période antérieure à la conquête de La Mecque, lorsque l'émigration était nécessaire à cause du petit nombre de musulmans. Mais, après la conquête, quand les musulmans furent devenus nombreux et forts, et que Dieu eut accordé l'inviolabilité à Son prophète, l'obligation d'émigrer fut abolie. Car le Prophète a dit : « Plus d'émigration après la conquête. » Cela voulait dire, d'après certains, que l'émigration n'était pas obligatoire pour ceux qui s'étaient convertis après la conquête. On a dit aussi que cela signifiait qu'elle n'était plus obligatoire pour ceux qui s'étaient convertis et avaient émigré avant la conquête. En tout cas, tout le monde reconnaît que l'émigration n'était plus une obligation après la mort du Prophète. Car, à partir de cette époque, les Compagnons s'étaient dispersés dans toutes les directions. Il ne

A. Coran, III, 76.

restait plus que le mérite de résider à Médine, qui est en soi une émigration.

Si al-Hajjâj adressa à Salama, qui était allé vivre à la campagne, ces propos : « Tu retournes en arrière et tu te fais arabe », c'était pour lui reprocher d'abandonner Médine. Il faisait ainsi allusion à l'invocation du Prophète déjà citée : « Ne les fais pas revenir en arrière. » Par les mots : « tu t'es fait arabe », il voulait dire que Salama était devenu l'un de ces Arabes nomades qui n'étaient pas tenus d'émigrer. Salama répondit en repoussant les deux allégations, tout en affirmant que le Prophète lui avait permis d'aller à la campagne. C'était un privilège spécial, comme c'était le cas du témoignage de Khuzayma et de la chevrette d'Abû Burda[5]. Ou bien al-Hajjâj reprochait simplement à Salama de ne plus résider à Médine, car il savait que l'émigration n'était plus obligatoire après la mort du Prophète. La réponse de Salama fut qu'il était préférable, et plus important pour lui, de profiter de la permission du Prophète, car s'il lui avait accordé ce privilège, c'était pour quelque motif particulier.

Quoi qu'il en soit, rien ne prouve que l'expression « se faire arabe » implique une quelconque condamnation de la campagne. Le caractère d'obligation légale de l'émigration visait, comme on l'a vu, l'aide et la protection apportées au Prophète. Il n'avait pas pour objet de condamner la campagne. De plus le reproche de ne pas accomplir cette obligation en « se faisant arabe » n'implique pas une condamnation du fait de « se faire arabe ». Mais Dieu est plus savant.

V. LES RURAUX SONT PLUS ENCLINS AU COURAGE QUE LES CITADINS

En voici la raison. Les habitants des villes aiment la paresse et la tranquillité, s'abandonnent au bien-être et au confort. Ils s'en remettent pour la défense de leurs biens et de leurs vies au gouverneur qui dirige leurs affaires et à la milice qui a pour mission de les protéger. Ils se reposent entièrement sur les murs qui les entourent et les fortifications qui les protègent. Ils ne sont pas terrorisés. On ne fait pas fuir leur gibier. Ils sont insouciants et confiants, et ne portent plus d'armes. Ils ont été élevés dans ce climat depuis des générations. Ils sont devenus comme les femmes et les enfants qui sont sous la dépendance du maître de la maison. Tout cela a fini par devenir un trait de caractère qui tient lieu de nature.

De leur côté, les ruraux vivent isolés, à l'écart, dans un pays ouvert. Ils sont loin de la milice, et n'ont ni murs ni portes. Ils se chargent de leur défense, n'en abandonnent le soin à personne et ne se fient qu'à eux-mêmes. Ils portent les armes en permanence, surveillent les routes de tous côtés, s'interdisent le sommeil, si ce n'est pour de brefs instants, quand ils sont ensemble dans les réunions, ou en selle. Ils sont attentifs au plus léger bruit, à la moindre alarme. Ils vont seuls dans le désert, confiants en leur courage, sûrs d'eux-mêmes. Chez eux, l'intrépidité est devenue un trait de caractère, le courage une nature. Ils y ont recours chaque fois qu'ils doivent répondre à un appel ou qu'ils sont mis en alerte. Lorsque les citadins viennent à la campagne ou voyagent avec eux, ils dépendent d'eux et ne sont plus maîtres de leur sort. C'est un fait d'observation. Ainsi en est-il de la connaissance du pays, de l'orientation, des points d'eau, des carrefours. Tout cela résulte des divers facteurs qui viennent d'être expliqués. À la base, il y a ce fait : l'homme est l'enfant de ses habitudes et des choses qui lui sont familières, et non de sa nature et de son tempérament. Les conditions auxquelles il s'habitue au point qu'elles se transforment en caractère, en qualités permanentes, en coutumes, prennent la place de la nature et des qualités innées. Observez les hommes autour de vous, et vous aurez souvent l'occasion de le vérifier.

« Dieu crée ce qu'Il veut[A]. »

VI. LA SOUMISSION DES CITADINS AUX LOIS ÉMOUSSE LEUR COURAGE ET FAIT DISPARAÎTRE LEUR CAPACITÉ DE SE DÉFENDRE

En effet, les gens ne sont pas tous leurs propres maîtres. Les chefs et les princes qui ont autorité sur les autres sont peu nombreux en comparaison du reste des hommes. En général, tout homme est nécessairement soumis à l'autorité

A. Coran, III, 47.

de quelqu'un. Si l'autorité est douce et juste et qu'elle n'impose pas ses lois et ses interdictions, ceux qui lui sont soumis montrent leur courage ou leur lâcheté et se sentent à l'abri de la contrainte. Leur liberté de comportement leur devient naturelle, et ils ne savent plus se conduire autrement. Si, au contraire, l'autorité et ses lois s'accompagnent de force brutale et d'intimidation, elle brise leur courage et fait disparaître leur capacité de se défendre, à cause de l'inertie qui s'empare des âmes opprimées, comme nous le montrerons plus loin.

'Umar interdit à Sa'd d'abuser de son pouvoir. Ce dernier avait retiré à Zuhra Ibn Hawiyya le butin pris sur al-Jâlinûs, d'une valeur de 75 000 pièces d'or. Zuhra avait poursuivi al-Jâlinûs le jour d'al-Qâdisiya et l'avait tué et dépouillé. Sa'd[a] lui enleva son butin en disant : « Pourquoi n'as-tu pas attendu mes ordres pour le poursuivre ? » Il écrivit à 'Umar pour lui demander sa permission. Mais 'Umar lui répondit : « Comment peux-tu agir de la sorte avec un homme tel que Zuhra, qui s'est montré si valeureux, alors qu'il te reste tout à faire dans cette guerre ? Veux-tu briser son élan et le décourager ? » Et 'Umar donna l'ordre d'accorder à Zuhra son butin[1].

Quand les lois s'appuient sur des peines, elles annihilent le courage. Le fait de subir une peine sans pouvoir se défendre engendre un sentiment d'humiliation qui a pour effet certain de briser le courage. Quand les lois servent à éduquer ou à instruire et qu'elles sont appliquées depuis l'enfance, elles ont un peu le même résultat, car l'enfant élevé dans la crainte et la soumission n'est plus capable de montrer son courage.

C'est pourquoi l'on trouve plus d'intrépidité chez les Arabes qui vivent isolés dans le désert que chez les gens soumis aux lois. On remarque également que ceux qui ont eu à subir les lois depuis leur enfance, à travers leur éducation et leur instruction dans les arts, les sciences et la religion, sont dépouillés d'une grande part de leur courage et sont à peine capables de faire front à une injustice. C'est le cas des étudiants : ils doivent étudier et apprendre auprès des maîtres et des plus grandes autorités scientifiques qui dispensent leur enseignement et leur éducation dans des assemblées dominées par le respect et la crainte. Il faut bien comprendre ces situations, qui détruisent la capacité de se défendre et le courage.

Cela n'est pas contredit par le fait que les Compagnons s'étaient soumis aux lois religieuses sans pourtant rien perdre de leur courage. Au contraire, ils étaient les plus braves des hommes. C'est que, lorsque les musulmans apprirent leur religion du Législateur, ils le firent de leur propre mouvement, après avoir entendu les menaces et les exhortations de celui-ci. Ce n'était pas le résultat d'un enseignement ou d'une éducation institués. Il n'y avait là que des lois et des préceptes religieux, qu'ils reçurent oralement et auxquels ils se soumirent, parce qu'ils étaient profondément convaincus des articles de foi et de la vérité [de la religion]. Leur courage n'avait en rien été entamé, n'ayant pas eu à souffrir des griffes de l'éducation et de l'autorité. 'Umar a dit : « Celui qui n'a pas été éduqué par la Loi religieuse, puisse-t-il ne pas être éduqué. » Il exprimait le vœu que chacun trouvât une injonction en lui-même, et la certitude que le Législateur savait, mieux que quiconque, ce qui est bon pour les hommes.

Par la suite, l'influence de la religion diminua. Les gens furent soumis à des lois contraignantes. La Loi religieuse devint un objet de science et un métier qu'on apprenait par l'enseignement et l'éducation. Les gens adoptèrent la civilisation urbaine et obéirent aux lois. Et ainsi leur courage fut émoussé.

Il est donc clair que les lois gouvernementales et éducatives détruisent le courage, car elles sont fondées sur une autorité extérieure. Au contraire, les lois religieuses ne produisent pas un tel effet, parce qu'elles sont fondées sur une injonction intérieure. Ces lois gouvernementales et éducatives contribuent ainsi à affaiblir les âmes des citadins et à briser leur force, parce qu'elles s'exercent sur tous, de l'enfance à l'âge adulte. Les ruraux, en revanche, échappent à cette situation, parce qu'ils sont soustraits aux lois gouvernementales et à l'instruction et à l'éducation[b]. Dans son livre sur les *Règles des maîtres et des élèves*, Abû Muhammad Ibn Abî Zayd a dit : « Un maître ne doit pas donner plus de trois coups à un enfant pour l'éduquer[2]. » Il rapporte ce propos d'après le juge Shurayh[3]. On a invoqué, à l'appui de cette règle, la tradition du commencement de la révélation où il est dit que l'étouffement s'était répété trois fois[4]. Mais c'est un argument qui ne tient pas. L'exemple de l'étouffement ne peut pas être invoqué ici, parce qu'il n'a rien à voir avec l'instruction ordinaire.

« Dieu est sage et savant[A]. »

VII. SEULES LES TRIBUS POSSÉDANT UN ESPRIT DE CORPS PEUVENT HABITER À LA CAMPAGNE

Dieu a mêlé dans les caractères des hommes le bien et le mal. Il a dit : « Ne lui avons-Nous pas indiqué les deux voies[B] ? » Et aussi : « Et Il lui a inspiré son libertinage et sa piété[C]. »

L'homme est plus enclin au mal qu'à toute autre qualité quand il est laissé à ses habitudes et qu'il n'est pas redressé par le modèle de la religion. C'est le cas de la plupart des gens, à l'exception de ceux qui sont assistés par Dieu. Parmi les qualités mauvaises de l'homme, il y a l'injustice et l'agressivité. Celui qui jette les yeux sur le bien de son frère s'empresse aussitôt de mettre la main dessus. Comme l'a dit le poète[a] :

L'injustice est un trait de l'âme humaine. S'il se trouve un homme qui s'en abstient[1], c'est toujours pour quelque raison.

Dans les villes et les cités, ce sont les autorités gouvernementales et les États qui empêchent les gens de s'agresser mutuellement. Ils contrôlent le peuple, afin de prévenir les attaques et les actes d'hostilité. Les citadins sont ainsi retenus, par la contrainte et l'autorité qui pèsent sur eux, de commettre des injustices, à moins que celles-ci ne viennent des gouvernants eux-mêmes. Contre les agressions extérieures, en cas de négligence, d'attaque surprise nocturne ou d'incapacité à repousser l'ennemi pendant le jour, il y a les remparts. Il y a aussi la milice formée par les troupes auxiliaires de l'État, quand la cité est bien préparée et prête à résister.

Chez les tribus, à la campagne, ce sont les chefs et les grands personnages qui empêchent les agressions mutuelles, grâce au respect et à la vénération qu'ils inspirent au peuple. Quant aux campements, ils sont défendus contre l'exté-

A. Coran, VI, 18. ◆ B. Coran, XC, 10. ◆ C. Coran, XCI, 8.

rieur par une garde tribale composée des membres les plus braves de la tribu et par les jeunes, réputés pour leur courage. Pour que la défense et la protection soient efficaces, il faut un esprit de corps unifié et une ascendance commune. C'est ce qui fait la puissance d'une tribu et la rend redoutable, car le sentiment familial ou clanique[2] est ce qu'il y a de plus important. Dieu a mis dans le cœur des hommes de la compassion et de l'affection pour ceux du même sang et pour les proches, et ces sentiments font partie de la nature humaine. C'est grâce à eux que les hommes se portent aide et secours mutuels et inspirent de la crainte à leurs ennemis.

On peut citer à cet égard l'histoire de Joseph et de ses frères, racontée dans le Coran. Ils dirent à leur père : « Si le loup le mangeait, alors que nous formons une bande[3], c'est que nous serions des perdants[A]. » Cela signifie qu'on ne peut imaginer que quelqu'un soit l'objet d'une agression, alors qu'il a l'appui de son clan.

Ceux qui se trouvent seuls[4], isolés de leurs lignées, éprouvent rarement une quelconque affection pour les autres. Au combat, quand le danger menace, chacun s'esquive pour sauver sa peau, par peur d'être abandonné sans soutien. Pour la même raison, ils ne peuvent pas vivre dans le désert, où ils seraient une proie facile pour n'importe quelle nation qui voudrait les avaler. Si cela est valable pour le lieu d'habitation qu'il est nécessaire de défendre et de protéger, ce doit l'être dans tous les cas où il est question d'obtenir l'adhésion des gens : mission prophétique, fondation d'un pouvoir politique ou d'un mouvement spirituel. Rien de tout cela ne peut aboutir sans combat, étant donné la nature rebelle de l'homme. Or, comme on l'a vu, dans tout combat, l'esprit de corps est nécessaire. C'est un principe directeur qu'il faudra garder à l'esprit pour tout ce qui sera exposé plus loin.

C'est Dieu qui donne le succès.

A. Coran, XII, 14.

VIII. L'ESPRIT DE CORPS RÉSULTE DE LA FUSION[1] PAR LES LIENS DU SANG OU DE QUELQUE CHOSE D'ÉQUIVALENT

Entretenir les liens de famille[2] est naturel aux hommes, sauf rares exceptions. D'où l'affection qu'on a pour les proches parents et tous ceux qui appartiennent au même sang : on voudrait qu'ils soient à l'abri de tout mal et de tout désastre. Un homme se sent humilié si l'un des siens est traité injustement ou attaqué. Il voudrait le protéger en cas de péril. C'est une tendance naturelle à l'homme depuis toujours. Si la parenté est si étroite qu'elle conduit à la fusion et à l'unité, les liens sont évidents et appellent automatiquement la solidarité. Tandis qu'une parenté éloignée est souvent en partie oubliée. Il en reste, cependant, une certaine notoriété. C'est pour cette raison que, pour fuir l'humiliation que l'on ressent[3], on se sent obligé de venir en aide à des parents même éloignés, s'ils subissent une injustice.

Les relations de clientèle et l'alliance sont du même ordre. Le sentiment d'attachement que chacun éprouve pour ses clients ou ses alliés est dû à la honte que l'on ressent quand un voisin, un proche, ou un parent est humilié. La fusion qui résulte des liens de clientèle est presque identique à celle des liens du sang. C'est dans ce sens qu'on doit comprendre cette tradition du Prophète : « Apprenez de vos généalogies ce qui est utile à l'entretien de vos liens de famille[4]. » Cela signifie que toute l'utilité de la généalogie réside dans cette fusion qui rend obligatoire l'entretien des liens de famille, ce qui pousse à l'entraide et au sentiment d'attachement. Tout le reste est superflu. La généalogie est quelque chose d'imaginaire qui n'a pas de réalité. Son seul avantage est dans les liens et la fusion qui en résultent. Lorsque les liens de parenté sont clairs et évidents, ils entraînent un sentiment naturel d'attachement, comme on l'a vu. S'ils ne sont connus que par une histoire déjà ancienne, ils n'ont plus qu'un faible impact sur l'imagination et leur utilité s'évanouit. S'en occuper devient une activité gratuite et un jeu que la loi interdit. C'est à partir de cette considération que l'on doit comprendre le sens de l'adage : « La généalogie est un savoir sans utilité, et son ignorance est sans dommage. » Cela signifie que, lorsque la généalogie n'est pas assez évidente et qu'elle devient une affaire de connaissances scientifiques, elle n'a plus aucun effet sur l'imagination et ne nourrit plus le sentiment d'attachement suscité par l'esprit de corps. Elle devient alors inutile.

Dieu est plus savant.

IX. LES LIGNAGES PURS NE SE RENCONTRENT QUE CHEZ LES GENS QUI VIVENT ISOLÉS DANS LE DÉSERT, TELS QUE LES ARABES OU LES PEUPLES DU MÊME GENRE

Les Arabes mènent une vie de misère et de privations dans un cadre hostile, poussés par la nécessité qui leur a réservé ce lot. Ils tirent leur subsistance de l'élevage des chameaux et de leurs produits, ce qui les oblige à vivre à l'écart, dans le désert, où leurs troupeaux trouvent les plantes dont ils se nourrissent et où les chamelles mettent bas dans les dunes, comme on l'a vu. Or le désert, lieu de privation et de famine, est devenu pour les Arabes une terre familière et coutumière, et, à travers les générations, ils y ont trempé leur caractère et leur nature. Aucune nation ne pense à partager leur sort, aucun peuple n'est attiré par leur voisinage. Même si l'un d'eux trouvait les moyens et la possibilité de fuir ces conditions, il ne le ferait point. Aussi leurs lignages sont-ils exempts de tout risque de mélange ou de corruption. Ils les gardent préservés et purs. Voyez l'exemple des tribus mudarites telles que les Quraysh, les Kinâna, les Thaqîf, les Banû Asad, les Hudhayl et leurs voisins Khuzâ'a. Ils menaient une vie dure, habitaient une contrée privée d'agriculture et d'élevage, loin des terres fertiles de Syrie et d'Irak et des sources de condiments et de grains. Mais leurs lignages étaient restés purs, préservés de tout mélange.

En revanche, les Arabes qui vivaient dans les pays des collines où abondaient les prairies et les vivres, comme les Himyar et les tribus Kahlân — telles que les Lakhm, les Judhâm, les Ghassân, les Tayy, les Qudâ'a et les Iyâd —, avaient des lignages mélangés, aux branches entrecroisées. Comme on le sait, il existe beaucoup de divergences au sujet de la généalogie de chacune de leurs maisons. Cela[a] était dû aux contacts avec les non-Arabes, qui n'accordaient aucune importance à la préservation des lignages de leurs grandes familles et de leurs peuples — ce qui était un trait propre aux Arabes. 'Umar a dit : « Apprenez vos généalogies, et ne soyez pas comme les Nabatéens du Sawâd. Quand on demande à l'un d'eux son origine, il répond qu'il vient de tel village. » En outre, ces Arabes avaient pris part, à côté d'autres peuples, aux luttes pour les bonnes terres et les gras pâturages. Cela renforça les mélanges et le croisement des lignages. Au début de l'islam, les gens étaient désignés par leur résidence. On disait : « les troupes de Qinnasrîn », « les troupes de Damas », « les troupes d'al-'Awâsim ». Cet usage gagna ensuite l'Andalus. Cela ne veut pas dire que les Arabes avaient cessé de se référer aux lignages. Mais après les conquêtes, attachés à certains districts, ils furent connus sous les noms de leurs lieux de résidence. Ce fut une marque supplémentaire, en plus des lignages, qui permettait à leurs chefs de les identifier. Plus tard, les Arabes se mêlèrent dans les villes aux Persans et aux autres non-Arabes. La pureté des lignages se perdit complètement, et, avec elle, son fruit, l'esprit de corps. On ne s'occupa plus des généalogies, puis les tribus elles-mêmes disparurent, et, avec elles, l'esprit de corps. Mais les habitants du désert conservèrent inchangés les anciens usages.

Dieu[b] est l'héritier de la terre et de ceux qui y vivent.

X. COMMENT SE PRODUIT LE MÉLANGE DES LIGNAGES

On sait qu'une personne d'un lignage donné peut fort bien se faire adopter par les gens d'un autre lignage pour des raisons diverses : attirance personnelle, alliance, clientèle, fuite après un crime. Elle portera leur nom et sera considérée comme des leurs, avec toutes les conséquences que cela comporte : attachement, droits et obligations liés à la vengeance et au sang, etc. Si on profite des avantages d'un lignage, c'est comme si on lui appartenait. Être avec tel clan ou tel autre signifie seulement qu'on se soumet à ses lois et qu'on en partage toutes les conditions, comme si on lui était uni. Avec le temps, le lignage primitif est oublié. Ceux qui en étaient informés disparaissent, et la plupart des gens ignorent désormais son existence. C'est ainsi que certains peuples ont adopté les noms d'autres peuples, que certains groupes se sont unis à d'autres. Cela est aussi vrai pour l'époque antéislamique que pour l'époque de l'islam, pour les Arabes que pour les non-Arabes. On peut le voir, par exemple, en examinant les divergences au sujet de la généalogie de la famille d'al-Mundhir et d'autres.

Un autre exemple nous est fourni par l'affaire des Bajîla et de 'Arfaja Ibn Harthama. Lorsque 'Arfaja fut nommé par 'Umar gouverneur des Bajîla, ceux-ci demandèrent au calife de revenir sur sa décision, sous prétexte que c'était un étranger dit *nazîf*, c'est-à-dire une personne venue de l'extérieur et adoptée par la tribu. Ils réclamèrent[a] à sa place un certain Jarîr. 'Umar interrogea 'Arfaja. « Ils disent vrai, répondit celui-ci. J'ai versé le sang dans ma tribu et je me suis réfugié chez eux. » Cela montre que 'Arfaja s'était mêlé aux Bajîla, s'était assimilé à eux, avait porté leur nom et aurait bien pu devenir leur chef s'il ne s'était trouvé quelqu'un qui connaissait son origine. Si personne n'y avait prêté attention et que plus de temps se fût écoulé, l'affaire aurait été complètement oubliée, et 'Arfaja serait passé pour un des leurs, à tout point de vue.

Cela doit être bien compris. On doit réfléchir au sens des agissements de Dieu envers Ses créatures. De nombreux exemples du même genre se rencontrent aujourd'hui, comme par le passé.

XI. LES GENS QUI PARTAGENT UN MÊME ESPRIT DE CORPS NE PEUVENT PAS ÊTRE COMMANDÉS PAR UNE PERSONNE N'APPARTENANT PAS À LEUR LIGNAGE

En effet, le commandement ne s'obtient que par la domination, et celle-ci ne se réalise que par l'esprit de corps, comme on l'a vu. Le commandement doit donc nécessairement être détenu par un clan qui domine tous les autres pris un à un, car chaque clan qui reconnaît la supériorité du clan du chef consent à lui obéir et à le suivre.

Une personne qui entre dans une tribu et en adopte le nom ne bénéficie pas pour autant de l'esprit de corps de cette tribu, attaché à l'appartenance de ses membres au même lignage. Elle reste considérée comme une personne étrangère agrégée au clan. La solidarité que la tribu lui doit ne va pas au-delà des liens de clientèle ou d'alliance — ce qui n'autorise aucune domination de sa part sur la tribu. On peut supposer qu'elle s'unisse et se mêle à celle-ci, que le souvenir de l'époque primitive de son rattachement s'oublie, qu'elle soit assimilée à la tribu et porte son nom. Mais avant ce processus, elle ne peut — ni elle-même ni aucun de ses ancêtres — prétendre au commandement, car celui-ci se transmet dans une famille particulière dont la position dominante est favorisée par l'esprit de corps. Au début, le fait du rattachement de cette personne à la tribu est, sans aucun doute, connu. Cela lui interdit alors de prétendre au commandement. Comment peut-elle le transmettre, étant donné son statut, alors que le commandement doit nécessairement être transmis par héritage par une personne qui y a droit, en raison du fait, déjà signalé, que la domination dépend de l'esprit de corps ?

Beaucoup de chefs de tribu ou de clan désirent se faire passer pour les membres de certains lignages, à cause d'une qualité particulière qu'on reconnaît à ceux qui leur appartiennent — comme le courage ou la générosité —, ou de leur renom à un titre quelconque. Ils choisissent donc un de ces lignages et se créent d'énormes difficultés en prétendant appartenir à une de ses branches, sans se rendre compte qu'ils prêtent ainsi le flanc aux attaques contre leur commandement et leur propre noblesse.

Ces attitudes sont de nos jours fréquentes. Ainsi, les Zénètes en général se disent arabes. Les Awlâd Rabâb, connus sous le nom de Hijâzî, de la tribu des Banû 'Amir, une des branches des Zughba, prétendent[a] être des Sharîd des Banû Sulaym. En fait, leur ancêtre était venu chez les Banû 'Amir comme menuisier qui fabriquait des brancards. Il se mêla à eux, s'unit à leur lignage et devint finalement leur chef. On l'appelait le Hijâzî.

De même, les Banû 'Abd al-Qawiy Ibn 'Abbâs, de la tribu des Tujîn, prétendent descendre d'al-'Abbâs Ibn 'Abd al-Muttalib, parce qu'ils voudraient être considérés comme de la noble famille du Prophète. Ils se trompent sur le nom d'al-'Abbâs Ibn 'Atiya, le père de 'Abd al-Qawiy. Or, on sait qu'aucun 'Abbâsside n'est jamais entré au Maghreb. En effet, dès le début de la dynastie 'abbâsside, le Maghreb fut gagné à la cause de leurs ennemis 'alides : Idrîsides et

'Ubaydites. Aucun 'Abbâsside n'aurait jamais accepté de rejoindre les rangs d'un partisan des 'Alides.

Les Zayyânides, rois des Banû 'Abd al-Wâd, ont également le même genre de prétentions. Ils disent qu'ils descendent d'al-Qâsim Ibn Idrîs, en se fondant sur le fait qu'ils sont issus d'al-Qâsim, comme on le sait d'après leur généalogie. Dans leur idiome zénète, ils sont appelés les *Ayt al-Qâsim*, c'est-à-dire les Banû l-Qâsim. Ils prétendent que cet al-Qâsim est al-Qâsim, fils d'Idrîs, ou al-Qâsim, fils de Muhammad, fils d'Idrîs. À supposer que leur prétention soit justifiée, tout ce que l'on pourrait dire d'al-Qâsim, c'est qu'il avait fui son royaume et s'était réfugié chez eux. Comment aurait-il pu devenir leur chef dans leur pays ? C'est une erreur, due à ce prénom d'al-Qâsim. Comme il était très courant chez les Idrîsides, les Zayyânides se sont imaginé que leur al-Qâsim était un Idrîside. En réalité, ils n'ont que faire de cette généalogie. Leur pouvoir et leur puissance leur viennent de leur esprit de corps, non de leur prétention à une ascendance quelconque, 'alide, 'abbâsside ou autre.

Toutes ces prétentions ne sont dues qu'aux flatteries de ceux qui cherchent à plaire aux rois en inventant ce genre d'histoires et de considérations. Celles-ci se répandent si largement qu'il devient difficile de les réfuter. Je me suis laissé dire que, quand ce genre de propos avaient été tenus devant Yaghmurâsin Ibn Zayyân, fondateur de la dynastie zayyânide, il les démentit. S'exprimant dans la langue zénète, il dit à peu près ceci : « Nous avons obtenu les biens de ce monde et le pouvoir par nos épées, et non par cette ascendance. Quant à son utilité dans l'autre monde, elle dépend de Dieu seul. » Et il tourna le dos à ceux qui voulaient gagner ses bonnes grâces de cette façon.

On peut citer encore d'autres exemples. Les Banû Sa'd, chefs des Banû Yazîd, de la tribu des Zughba, prétendent descendre d'Abû Bakr as-Siddîq. Les Banû Salâma, chefs des Banû Ydelten, se disent des Tûjîn. Les Dawâwida, chefs des Riyâh, se présentent comme des descendants des Barmécides[b], comme, m'a-t-on dit, les Banû Muhannâ, émirs des Tayy, en Orient. Et il y a bien d'autres exemples. Mais le fait même que ces clans ont la primauté sur leurs tribus va à l'encontre de leurs prétentions généalogiques. Ils doivent être, au contraire, d'un des lignages les plus purs de leur peuple et du clan le plus puissant. Si cela est bien compris, on évitera les erreurs dans ce domaine.

L'exemple du Mahdî des Almohades, à qui on attribue une ascendance ʿalide, est à considérer différemment. En effet, la famille dont il était issu n'exerçait pas le commandement sur les Hargha, sa tribu. Lui-même ne devint leur chef qu'après avoir connu la célébrité à cause de sa science et de sa foi, et que les Masmûda eurent répondu à son appel. Il appartenait, en fait, à une famille d'importance moyenne.

Dieu connaît ce qui est caché et ce qui est visible.

XII. ON PARLE DE « NOBLESSE » ET DE « MAISON » AU SENS PROPRE ET VRAI POUR CEUX QUI APPARTIENNENT À UN CLAN PUISSANT. POUR TOUS LES AUTRES, CES MOTS DOIVENT ÊTRE PRIS AU SENS MÉTAPHORIQUE ET FIGURÉ

En effet, la noblesse et l'illustration se fondent sur les qualités personnelles. Dire de quelqu'un qu'il appartient à une grande « maison » signifie qu'il compte parmi ses aïeux des hommes nobles et célèbres. Être né de ces hommes et porter leur nom lui confèrent un haut rang parmi les siens, car ceux-ci conservent du respect pour la grandeur et la noblesse que ses ancêtres avaient acquises par leurs qualités personnelles.

Pour ce qui est de la naissance et de la lignée, les hommes sont comparables à des gisements. Le Prophète a dit : « Les hommes sont comparables à des gisements : les meilleurs à l'époque préislamique sont aussi les meilleurs à l'époque de l'islam, s'ils comprennent[1]. » L'illustration est donc à mettre en rapport avec le lignage.

Nous avons montré que les avantages et l'utilité de l'appartenance à un même lignage résident dans l'esprit de corps, qui résulte du sentiment familial et tribal et de l'entraide. Là où l'esprit de corps est redoutable et le lignage maintenu pur, les avantages liés au lignage n'en sont que plus évidents et l'utilité plus grande. Le nombre des nobles aïeux renforce encore ces avantages. L'illustration et la noblesse, à cause de ces avantages du lignage, sont fortement enracinées chez ceux qui ont un esprit de corps puissant. La noblesse d'une « maison » est d'autant plus grande que son esprit de corps est puissant, car la noblesse est le ressort de l'esprit de corps.

Les habitants des villes qui vivent isolés de leurs lignages[2] n'ont une « maison » qu'au sens figuré. S'ils croient en avoir une véritablement, ce n'est que fausse prétention. Si on examine ce qu'est l'illustration chez les citadins, on trouvera qu'elle signifie ceci : un des ancêtres était un homme de bien, allié à des hommes de bien et s'efforçant de vivre à l'abri du mal. Ce qui est tout différent du vrai sens de l'esprit de corps, qui résulte d'un lignage commun et d'un nombre important d'ancêtres communs. Il faut comprendre ici les mots « illustration » et « maison[a] » au figuré : un certain nombre d'aïeux successifs se sont tous conduits en hommes de bien. Mais ce n'est pas une « illustration » au sens vrai et de façon absolue.

Une ancienne « maison » peut avoir eu originellement de la noblesse, qui lui venait de son esprit de corps et des qualités personnelles de ses chefs. Plus tard, ses membres perdent cette noblesse, parce que la civilisation urbaine a fait disparaître leur esprit de corps. Ils se mêlent aux gens du commun, mais gardent une obsession de leur ancienne illustration, qui leur fait croire qu'ils appartiennent aux plus nobles maisons, issues des clans puissants. En fait[b], il n'en est rien, car leur esprit de corps s'est complètement perdu. Beaucoup de citadins, dont l'origine remonte à des « maisons » arabes ou non arabes, vivent avec ces obsessions.

Les Israélites sont les plus possédés par ce genre d'idée fixe. Leur maison fut une des plus illustres du monde. D'abord à cause de leur lignage : ils comptaient parmi leurs ancêtres un grand nombre de prophètes et de messagers, depuis Abraham, jusqu'à Moïse, fondateur de leur communauté et de leur loi. Ensuite, en raison de leur esprit de corps et de la royauté qui leur fut promise par Dieu et qu'Il leur fit obtenir grâce à cet esprit de corps. Plus tard, ils en furent entièrement dépouillés et connurent l'humiliation et le dénuement. Leur destin fut l'exil sur la terre. Pendant des milliers d'années, ils eurent pour unique lot l'esclavage et l'incroyance. Aujourd'hui encore, ils restent sous l'empire de cette obsession. On les voit répéter : « Tel est un descendant d'Aaron, et tel autre est issu de Josué. Tel est de la lignée de Caleb, et tel autre de la tribu de Juda. » Cela, malgré la disparition de leur esprit de corps et leur constante humiliation depuis de longs siècles. Et il y a de nombreux autres habitants des villes, dont les lignages ne conservent plus aucun esprit de corps, qui continuent à se livrer à un pareil délire.

Abû l-Walîd Ibn Rushd a commis une erreur en cette matière, lorsqu'il a traité de l'illustration dans sa *Rhétorique*, un des abrégés des livres du Premier Maître[3]. « L'illustration, dit-il, est le fait d'appartenir aux citadins qui se sont le plus anciennement installés dans la ville. » Il ne tient aucun compte de ce qui vient d'être mentionné. Mais je voudrais savoir à quoi peut bien servir d'être anciennement installé dans une ville si on n'est pas, par ailleurs, soutenu par un clan puissant — ce qui fait qu'on est craint et obéi. Ibn Rushd semble affirmer que l'illustration n'est rien d'autre que le fait d'avoir un grand nombre d'ancêtres. Pourtant, la rhétorique est bien l'art d'obtenir la faveur des gens dont les opinions comptent, c'est-à-dire ceux qui détiennent le pouvoir de décision. On ne prête aucune attention à ceux qui n'ont aucun pouvoir. Ils ne peuvent obtenir la faveur de personne, et personne ne cherche à se les concilier. C'est bien à cette catégorie qu'appartiennent les habitants des villes. Mais Ibn Rushd a été élevé dans une société et dans un pays qui n'ont pas l'expérience de l'esprit de corps et qui ne sont pas familiarisés avec les conditions qui la caractérisent. Il en est resté au sens communément admis des notions de « maison » et d'« illustration », à savoir le fait en soi d'avoir un certain nombre d'ancêtres. Il n'est pas revenu à la définition vraie et à la raison d'être de l'esprit de corps dans la vie des hommes.

« Dieu connaît toute chose[A]. »

XIII. LA « MAISON » ET LA NOBLESSE DES CLIENTS ET DES PROTÉGÉS SONT CELLES DE LEURS MAÎTRES ET NE DÉPENDENT EN RIEN DE LEURS PROPRES LIGNAGES

La noblesse solide et véritable, avons-nous dit, n'appartient qu'aux clans puissants. Lorsque les membres d'un clan puissant s'attachent des protégés hors de leur lignage, ou prennent des esclaves et des clients et qu'ils établissent des liens étroits avec eux, ces clients et protégés sont, jusqu'à un certain point, partie prenante du clan, auquel ils

A. Coran, II, 29.

s'identifient comme s'il était le leur. Du fait de leur participation au clan, ils se trouvent appartenir d'une certaine manière au même lignage. Le Prophète a dit : « Tout client appartient au même groupe que ses maîtres, qu'il soit esclave, protégé ou allié[1]. »

Le lignage d'origine d'un client ne lui est d'aucune utilité dans le clan de ses maîtres, puisqu'il en est séparé. De même, l'esprit de corps attaché à son propre lignage ne peut plus jouer, car il perd toute influence une fois que le client s'est uni à un autre lignage et qu'il s'est détaché des membres de son clan. Désormais, il fait partie du clan de ses maîtres et devient un des leurs. S'il a un certain nombre d'ancêtres dans son clan d'adoption, il y acquiert une certaine noblesse et y jouit d'une « maison », mais seulement en sa qualité de client et de protégé, et sans jamais atteindre le niveau de noblesse de ses maîtres. En toutes circonstances, il leur restera inférieur.

C'est ce qui se produit pour tous les clients et serviteurs des dynasties. Leur noblesse leur vient de leur solide attachement comme clients et comme serviteurs d'une dynastie particulière, et du passé d'un grand nombre de leurs ancêtres au service de celle-ci. Ainsi, les clients turcs des 'Abbâssides et, avant eux, les Barmécides et les Banû Nawbakht ont pu jouir d'une « maison », et de la noblesse, et édifier la gloire de leur famille grâce à leur solide attachement au service de la dynastie 'abbâsside. Ja'far Ibn Yahyâ Ibn Khâlid se constitua une des plus illustres « maisons » et parvint à la plus haute noblesse grâce à sa position de client d'ar-Rashîd et de sa famille, et non à cause de son origine persane. Il en va de même des clients et des serviteurs de toute dynastie : le prestige de leur « maison » et leur renommée leur viennent de leur attachement et de leur fidélité à une dynastie en tant que clients. Leur ancien lignage, s'il est différent de celui de la dynastie, disparaît. Il reste ignoré et ne compte guère dans leur noblesse et leur gloire. Seuls importent leurs liens de clientèle ou de protection, puisque ce sont eux qui sont le fondement de l'esprit de corps grâce auquel ils peuvent avoir « maison » et noblesse.

La noblesse d'un client est, pour ainsi dire, dérivée de celle de ses maîtres, et sa « maison » de la leur. Le lignage qu'il avait en naissant ne lui est d'aucune utilité. Sa gloire n'est fondée que sur la relation de clientèle avec la dynastie qu'il sert, et sur les liens créés par la protection et l'éducation qu'il a reçues d'elle. Parfois, un client est d'abord attaché à un clan et à une dynastie déterminée. Si celle-ci disparaît et qu'il devient client et protégé d'une autre dynastie, le premier lien ne lui sert plus à rien, car son esprit de corps s'est perdu, contrairement au second lien, qui lui est utile, parce que son esprit de corps est vivant.

C'est la situation qu'ont connue les Barmécides. En effet, on dit qu'ils appartenaient à une « maison » perse dont les membres étaient les gardiens des temples du feu. Quand ils devinrent clients des 'Abbâssides, leur ancienne situation ne compta guère. Ils ne durent leur noblesse qu'à leur position de clients et de protégés des 'Abbâssides.

En dehors de cela, il n'y a qu'idées fausses et obsessions d'âmes rétives dépourvues de la moindre réalité. Tout ce que nous avons dit est attesté par les faits.

« Le plus noble au regard de Dieu est celui qui Le craint davantage[A]. »

XIV. L'ILLUSTRATION[1] D'UNE LIGNÉE NE DURE PAS AU-DELÀ DE QUATRE GÉNÉRATIONS

Le monde des éléments, avec tout ce qui s'y trouve, est soumis à la génération et à la corruption, aussi bien ses essences que ses conditions. Toutes les choses créées — minéraux, plantes et animaux, y compris l'homme — sont soumises à cette loi, comme chacun peut le voir de ses yeux. Il en va de même de toutes les conditions qui les affectent, en particulier les conditions humaines. Les sciences se développent puis disparaissent, les arts aussi, et toutes choses semblables.

L'illustration est un accident qui affecte les hommes. Elle est donc soumise à la génération et à la corruption, inévitablement. Il n'existe personne dans toute la Création dont la noblesse remonte en ligne directe et ininterrompue jusqu'à Adam, à l'exception du Prophète, par l'effet d'une grâce particulière et pour préserver sa vérité profonde.

Au départ de toute noblesse, a-t-on dit, il y a un état d'extériorité. On est extérieur au commandement et à la noblesse, dans une position d'abaissement et d'humilité,

A. Coran, XLIX, 13.

privé de toute illustration. Cela signifie que toute noblesse et toute illustration sont précédées par leur absence, comme c'est le cas de toute chose créée.

L'illustration d'une famille ne dure pas au-delà de quatre générations. Celui qui a été le bâtisseur de la gloire de sa famille connaît ce qu'il lui en a coûté. Il veille à conserver les qualités qui ont permis à cette gloire de naître et de durer. Son fils, qui vient après lui, a été en contact étroit avec son père, et a donc pu entendre et apprendre tout cela de lui. Mais il est inférieur à son père, pour autant que le savoir par ouï-dire est inférieur à l'expérience directe. Le représentant de la troisième génération se contente de marcher sur les traces de ses prédécesseurs et de les imiter. Son infériorité par rapport à la deuxième génération est celle qui existe entre un imitateur et celui qui réfléchit par lui-même.

La quatrième génération est, à tous égards, inférieure aux précédentes. Son représentant a perdu les qualités qui avaient permis la conservation de la gloire familiale. Il ne leur voue que du mépris et croit que l'édifice de ses aïeux ne leur avait coûté aucune peine ni effort, mais leur revenait de droit dès l'origine, en vertu de leur naissance et non des efforts du clan et des qualités de ses chefs. Il se voit entouré d'un grand respect, mais en ignore l'origine et les raisons, et pense que cela n'est dû qu'à sa naissance. Il se place[a] au-dessus des membres de son clan et se croit supérieur à eux, car il a été élevé dans l'idée qu'ils lui doivent obéissance, sans se douter des qualités qu'il doit lui-même posséder pour mériter leur soumission, en particulier l'humilité qu'il doit observer devant eux et le respect pour leurs sentiments. Son mépris provoque leur révolte. Ils le méprisent à leur tour et le remplacent par un membre d'une autre branche de la tribu, choisi à l'extérieur de son lignage, afin de faire respecter la volonté du clan, et après s'être assurés des qualités du successeur. Celui-ci voit alors grandir sa famille, tandis que décline celle du premier et que s'effondre l'édifice de sa « maison ».

C'est ce qui se passe pour les rois[b]. Il en va de même pour ce qui est des « maisons » des tribus, des émirs et de tous ceux qui ont un esprit de corps. C'est aussi le cas des grandes « maisons » des villes. Quand des maisons déclinent, d'autres s'élèvent[c], qui appartiennent au même lignage. « S'Il voulait, Il vous ferait disparaître et ferait une nouvelle création. Pour Dieu, cela ne serait pas bien difficile[A]. »

La règle des quatre générations pour la durée de l'illustration est valable en général. Mais il arrive qu'une « maison » tombe dans l'oubli, disparaisse et s'effondre en moins de quatre générations. Elle peut aussi survivre jusqu'à la cinquième ou la sixième génération, mais dans un état de décadence et de déclin. On doit compter quatre générations : le fondateur et celui qui l'a connu, l'imitateur et le destructeur. Il ne peut pas y en avoir moins.

Une illustration qui dure quatre générations est considérée comme un titre de gloire. Le Prophète a dit : « Un homme noble est celui qui est issu d'un père noble, lui-même fils de noble, fils de noble, comme Joseph, fils de Jacob, fils d'Isaac, fils d'Abraham. » Ce qui veut dire que Joseph avait atteint le sommet de la gloire[d].

Dans la Torah, on peut lire à peu près ceci : « Je suis Allâh, ton Seigneur puissant, jaloux, demandant compte des péchés des pères aux enfants des troisième et quatrième générations[2]. » Cela montre bien que quatre générations représentent un maximum pour le nom et l'illustration. Dans le *Kitâb al-aghânî*[3], on trouve l'histoire de 'Uwayf al-Qawâfî où Khosrô demanda à an-Nu'mân s'il y avait chez les Arabes une tribu plus noble qu'une autre. Celui-ci répondit par l'affirmative. « Comment cela ? » s'enquit Khosrô. « Il faut, expliqua an-Nu'mân, que trois aïeux successifs aient été des chefs et qu'il y ait, à la quatrième génération, un homme doué de perfection. La "maison" appartient alors à sa tribu. » En cherchant bien, il trouva que cette condition n'était remplie que par la famille de Hudhayfa Ibn Badr al-Fazârî, qui était la « maison » des Qays ; la famille de Hâjib Ibn Zurâra, qui était la « maison » des Tamîm ; la famille de Dhû l-Jaddayn, qui était la « maison » des Shaybân ; enfin, la famille d'al-Ash'ath Ibn Qays, qui était la « maison » des Kinda. Il réunit ces différents clans et leurs familles et désigna des arbitres impartiaux. Hudhayfa Ibn Badr se leva ; puis al-Ash'ath Ibn Qays, à cause de ses liens de parenté avec an-Nu'mân ; puis Bistâm Ibn Qays, des Shaybân ; puis Hâjib Ibn Zurâra ; et enfin Qays Ibn 'Asim. Ils firent des discours et parlèrent beaucoup. Khosrô dit : « Ils sont tous des seigneurs, et chacun d'eux est à sa place. »

A. Coran, XIV, 19.

C'était, après les Hâshimites, les « maisons » arabes les plus célèbres pour leur noblesse. Il faut y ajouter la « maison » des Banû ad-Dayyân[4], de la tribu des Banû l-Hârith Ibn Ka'b, qui était la « maison » du Yémen.

Tout cela montre bien que l'illustration dure au plus quatre générations.

Dieu est plus savant.

XV. LES NATIONS QUI VIVENT À L'ÉCART SONT LES PLUS APTES À LA DOMINATION

La vie rurale, comme on l'a vu dans le troisième préambule, appelle le courage[1]. Aussi les hommes qui vivent à l'écart ont-ils, sans aucun doute, plus de courage que les autres. Ils sont plus aptes à dominer les autres nations et à leur arracher ce qu'elles possèdent. Cependant, pour un même groupe, la situation change à cet égard suivant les différentes époques de son histoire. En effet, quand un peuple s'installe dans les plaines fertiles, jouit d'une longue prospérité et s'habitue à l'aisance, son courage décroît à mesure qu'il s'éloigne de ses anciennes conditions de vie, à l'écart dans le désert.

Cela peut être illustré par l'exemple des animaux sauvages tels que les gazelles, les buffles, les onagres, une fois domestiqués. Lorsque, au contact des hommes, ils perdent leur caractère sauvage et qu'ils vivent dans l'abondance, ils n'ont plus ni la même vigueur ni la même force. Même leur démarche et la beauté de leur pelage changent. Il se produit exactement la même chose avec les hommes, lorsqu'ils passent de la vie à l'écart à la vie en société avec les autres hommes.

La raison en est que les tempéraments et les caractères sont déterminés par les habitudes et les coutumes. Les nations qui dominent sont celles qui montrent le plus d'audace et de courage. Plus un peuple est enraciné dans le désert et éloigné des autres, plus il est apte à dominer, comparé à un autre peuple égal en nombre, de force et d'esprit de corps équivalents.

On peut comparer à cet égard les Mudar à leurs prédécesseurs, les Himyar et les Kahlân, qui avaient accédé avant eux au pouvoir et à la prospérité, ainsi qu'aux Rabî'a, qui s'étaient fixés sur les terres fertiles de l'Irak. Les Mudar avaient gardé leurs habitudes de vie dans le désert, tandis que les autres avaient adopté une vie d'abondance et de luxe. Aussi, mieux préparés à dominer à cause de leur vie bédouine, les premiers ont-ils vaincu les seconds et leur ont-ils arraché leurs possessions.

Il arriva la même chose avec les Banû Tayy, les Banû 'Amir Ibn Sa'sa'a, et les Banû Sulaym Ibn Mansûr par la suite. Ils étaient restés dans le désert après le départ des autres tribus de Mudar et du Yémen, et n'avaient reçu aucune part de leurs richesses. Ils purent ainsi, grâce à leurs conditions de vie dans le désert, maintenir la force de leur esprit de corps, et celle-ci ne subit pas l'usure du luxe. Ils devinrent ainsi le groupe le plus puissant. Toute tribu arabe qui jouit de l'aisance et de l'abondance est inférieure à celle qui en est privée. La tribu qui vit dans le désert sera supérieure à l'autre et plus puissante, à égalité de force et de nombre.

C'est la coutume de Dieu à l'égard de Ses serviteurs.

XVI. LE POUVOIR EST LA FIN DE L'ESPRIT DE CORPS

En effet, comme on l'a vu précédemment, c'est grâce à l'esprit de corps que sont assurées la protection, la défense et l'attaque, ainsi que toute entreprise qui requiert l'adhésion du groupe[1]. D'autre part, on a vu que les hommes, de par leur nature, ont besoin dans toute organisation sociale d'une autorité et d'un arbitre pour ne pas s'agresser mutuellement. Cette personne doit nécessairement les dominer, en s'appuyant sur l'esprit de corps, sinon elle serait incapable de remplir sa tâche. Cette domination, c'est le pouvoir. C'est plus que le simple commandement. En effet, avec le commandement, on est seulement un seigneur obéi, mais on ne peut pas faire respecter ses arrêts par la contrainte. Or, le pouvoir est le fait de dominer et de gouverner par la contrainte.

Quand un homme appartenant à un clan puissant parvient à la position[a] de seigneur obéi, il ne manque pas d'exercer la domination et la contrainte s'il a les moyens de le faire, car c'est une chose que l'âme désire. Mais il ne peut y réussir que grâce à l'esprit de corps, qui lui permet de se faire obéir. La domination par l'exercice du pouvoir est donc, comme on le voit, la fin ultime de l'esprit de corps.

Même si une tribu a plusieurs « maisons » distinctes et de multiples clans, il doit y avoir un clan, plus puissant que tous les autres, qui les domine et s'en fait obéir. Tous les autres clans doivent s'y fondre, de sorte qu'ils ne forment plus avec lui qu'un seul grand clan uni. Sinon, c'est la dispersion, qui mène à la dissension et aux conflits. « Si Dieu ne repoussait pas les hommes les uns par les autres, la terre en serait gâtée[A]. »

Lorsqu'une famille, grâce à cet esprit de corps, impose sa domination sur sa propre tribu, elle cherche naturellement à dominer des groupes éloignés. Ou bien ceux-ci sont de force égale et parviennent à repousser son attaque — les deux adversaires étant également intrépides — et chacun reste alors le maître de son territoire et de son peuple, comme c'est le cas des diverses tribus et nations du monde. Ou bien elle l'emporte sur le clan adverse, le soumet, et l'assimile. Sa force de domination s'en trouve accrue, et elle se donne un objectif plus élevé qu'au départ. Elle continue ainsi jusqu'au jour où sa force égale celle de la dynastie régnante. Si, à ce moment, celle-ci a déjà atteint le stade de sénilité et qu'il ne se trouve aucun clan ami pour la défendre, elle la soumet, lui arrache le pouvoir et règne à sa place. Si elle parvient au sommet de sa puissance alors que la dynastie régnante n'est pas encore sénile, mais recherche une alliance avec les autres clans, elle sera alors adoptée comme cliente pour servir les desseins de cette dynastie. C'est un autre degré du pouvoir, inférieur au pouvoir absolu. C'est ce type de pouvoir qu'eurent les Turcs sous les 'Abbâssides, les Sinhâja et les Zénètes avec les Kutâma, les Banû Hamdân avec les souverains chiites 'alides et 'abbâssides.

Il est donc évident que le pouvoir est la fin de l'esprit de corps. Lorsque l'esprit de corps atteint son but, la tribu obtient le pouvoir. Selon les circonstances du moment, elle l'exerce directement ou à travers l'aide qu'elle fournit à la dynastie régnante. Si des obstacles surviennent avant la réalisation de cette fin, il y a un temps d'arrêt, en attendant un jugement de Dieu.

A. Coran, II, 251.

XVII. AU NOMBRE DES OBSTACLES AU POUVOIR, IL Y A LE LUXE ET LE BIEN-ÊTRE

En voici la raison. Lorsqu'une tribu, grâce à son esprit de corps, parvient à un certain degré de domination, elle s'empare d'une quantité de richesses en proportion de sa puissance et jouit à son tour de prospérité et de bien-être. La part qui lui en est réservée est proportionnelle à sa domination et à l'aide qu'elle fournit à la dynastie régnante. Si celle-ci est assez puissante pour que nul ne songe à lui prendre le pouvoir ou à le partager avec elle, la tribu en question se soumet à son autorité et se montre satisfaite de la part des richesses et des revenus fiscaux qu'elle lui concède. Ses membres ne pensent pas au pouvoir et aux moyens d'y parvenir. Leur seule ambition est de profiter de la prospérité, d'acquérir des biens, de mener une vie d'abondance, de jouir de la tranquillité et du repos sous la protection de l'État, et d'adopter les usages royaux en matière d'habitation et de vêtements, avec d'autant plus de prodigalité et de raffinement qu'ils deviennent plus riches et qu'ils s'habituent au luxe et à tout ce qui s'ensuit.

Alors, la rudesse de leur ancienne vie dans le désert disparaît, leur esprit de corps et leur courage s'affaiblissent, tandis qu'ils se délectent dans le bien-être que Dieu leur a donné. Ayant grandi dans ce climat, leurs enfants et leurs descendants sont trop fiers pour se passer du service d'autrui et s'occuper de leurs affaires. Ils n'ont que dédain pour les choses nécessaires à l'esprit de corps, et cela devient chez eux un trait de caractère et une nature. Au cours des générations qui se succèdent, leur esprit de corps et leur courage déclinent. Finalement, leur esprit de corps disparaît, et c'est l'annonce de leur propre destruction. Plus ils sont riches et prospères, plus ils sont menacés d'extinction — pour ne rien dire de leurs chances d'arriver au pouvoir. Le luxe et une vie trop facile brisent la vigueur de l'esprit de corps, qui seul permet de dominer. Et quand une tribu perd son esprit de corps, elle n'est plus capable ni de se défendre ni de se protéger, et encore moins d'attaquer. Elle ne tarde pas à se faire absorber par d'autres nations.

Il est donc clair que le luxe est un obstacle au pouvoir. « Dieu accorde Son pouvoir à qui Il veut[A]. »

XVIII. AU NOMBRE DES OBSTACLES AU POUVOIR, IL Y A L'ABAISSEMENT DE LA TRIBU ET SA SOUMISSION À AUTRUI

En voici la raison. L'abaissement et la soumission brisent la vigueur et la force de l'esprit de corps. Quand on se soumet et s'avilit, c'est la preuve qu'on n'en conserve plus rien. En effet, on n'accepte l'abaissement que quand on a perdu la capacité de se défendre. Et celui qui n'est plus capable de se défendre peut encore moins résister ou attaquer.

Voyez l'exemple des Israélites. Moïse les invita à se rendre maîtres de la Syrie, en les informant que Dieu leur avait donné la royauté de ce pays. Mais, trop faibles, ils dirent : « Il y a en cette terre un peuple de géants, et nous n'y entrerons pas avant qu'ils en soient sortis[B] — c'est-à-dire avant que Dieu ne les en ait chassés de par Sa puissance, sans notre esprit de corps —, et ce serait un de tes miracles, ô Moïse ! » Lorsque Moïse les pressa, ils s'entêtèrent et se révoltèrent[1] en disant : « Allez-y, toi et ton Seigneur, et combattez[C]. »

Leur attitude ne peut s'expliquer que par le sentiment qu'ils avaient de leur incapacité à résister et à attaquer. C'est ce qui ressort du verset coranique, et c'est ainsi qu'il faut l'interpréter. En effet, la soumission était devenue un trait de leur caractère, après leur long asservissement par les Égyptiens. Ainsi, ils perdirent tout esprit de corps. De plus, ils ne crurent pas vraiment ce que leur annonça Moïse : que la Syrie serait à eux et que les Amalécites de Jéricho tomberaient entre leurs mains par un décret de Dieu en leur faveur. Ils se montrèrent incapables et faibles, car ils se savaient incapables d'attaquer l'ennemi, à cause de l'avilissement de leur caractère. Ils mirent en doute ce que leur Prophète leur avait annoncé et les ordres qu'il leur avait donnés. Dieu les punit en les obligeant à rester dans le désert. Ils demeurèrent sur une terre aride, entre la Syrie et l'Égypte, durant quarante ans, sans contact avec la

A. Coran, II, 247. ◆ B. Coran, V, 22. ◆ C. Coran, V, 24.

civilisation et sans pouvoir s'établir dans aucune ville, comme cela est raconté dans le Coran. Car les Amalécites de Syrie et les Coptes d'Égypte s'étaient montrés durs à leur égard, et eux-mêmes, à ce qu'ils prétendaient, étaient trop faibles pour leur résister. Le contexte[a] et la signification du verset permettent de voir une intention évidente derrière ce séjour dans le désert : la disparition de la génération qui avait échappé à l'avilissement et à la contrainte, mais dont le caractère avait été affecté et l'esprit de corps détruit. Une autre génération naquit ensuite, puissante, ne connaissant ni la rigueur des lois ni l'oppression, et n'ayant jamais subi l'humiliation. Alors, un nouvel esprit de corps put se développer en son sein, grâce auquel elle fut capable d'attaquer et de dominer. On voit par là qu'une période de quarante ans est le temps minimal requis pour qu'une génération puisse disparaître et une autre surgir. Dieu soit loué ! Il est sage et savant.

Il y a là la meilleure preuve de l'importance de l'esprit de corps : c'est grâce à lui que sont assurées la défense, la résistance, la protection et l'attaque. Sans esprit de corps, aucune de ces actions ne peut être accomplie.

À ce chapitre sur les causes d'avilissement d'une tribu, il faut ajouter les impôts et les taxes.

Une tribu ne consent à payer des impôts que si elle se résigne à l'avilissement. Les impôts et les taxes sont une marque d'oppression et d'avilissement que les âmes fières[b] ne supportent pas, à moins de les préférer à la mort et à la destruction. C'est dire que son esprit de corps est alors trop faible pour se défendre et se protéger. Ceux dont l'esprit de corps est trop faible pour repousser l'injustice ne peuvent *a fortiori* ni résister ni attaquer, puisqu'ils ont accepté de se soumettre. Or, l'avilissement est un obstacle, comme on l'a déjà vu.

On peut citer à cet égard cette tradition du Prophète à propos du labourage de la terre, rapportée dans le *Sahîh*[2]. Voyant une charrue dans une maison des Ansâr, il s'écria : « Elle n'entre pas dans une maison sans qu'entre avec elle l'avilissement. » C'est une preuve évidente que les impôts entraînent l'avilissement. En outre, l'avilissement par les impôts s'accompagne de tromperie et de fraude, qui viennent avec l'oppression. Selon le *Sahîh*, le Messager de Dieu avait en horreur les impôts. Quand on lui demanda un jour pourquoi, il répondit : « Un homme soumis aux impôts ment quand il parle, et ne tient pas sa parole quand il promet[3]. » Si[c] une tribu est avilie par le paiement des impôts, il n'y a aucun espoir qu'elle arrive un jour au pouvoir.

On voit par là l'erreur de ceux qui prétendent que les Zénètes du Maghreb étaient des pasteurs moutonniers qui payaient des impôts aux souverains de leur temps. C'est une grave erreur, comme on le voit, car, si tel était le cas, ils n'auraient jamais pu affermir leur pouvoir ni fonder une dynastie.

On peut encore citer les paroles adressées par Shahrbarâz, roi de Derbend, à 'Abd ar-Rahmân Ibn Rabî'a, lorsque celui-ci vint l'attaquer. Shahrbarâz lui demanda l'aman en échange de son ralliement et lui dit : « Aujourd'hui, je suis des vôtres. Ma main est dans vos mains. Je suis votre ami sincère. Soyez les bienvenus. Que Dieu vous bénisse. À la place de l'impôt de capitation, nous vous apporterons notre soutien et ferons ce que vous voudrez. Ne nous avilissez pas en nous contraignant à payer la capitation, vous nous affaibliriez au profit de vos ennemis[4]. » Ces propos confirment bien nos précédentes remarques.

XIX. PARMI LES SIGNES DE LA ROYAUTÉ, IL Y A LA RECHERCHE DES VERTUS, ET VICE VERSA

Le pouvoir est naturel à l'homme, car celui-ci est par nature social, comme on l'a vu. L'homme est plus porté vers le bien que vers le mal, en raison à la fois de ses dispositions naturelles et de sa faculté rationnelle et intellectuelle. En effet, le mal en lui vient de ses facultés animales, mais, en tant qu'être humain, il est plus enclin au bien et aux vertus. Le pouvoir et l'art de gouverner sont des attributs de l'homme comme tel, car ils ne se trouvent que chez l'homme et non chez les animaux. Les qualités bonnes de l'homme correspondent donc au gouvernement et au pouvoir, puisque c'est le bien qui convient au gouvernement des hommes.

La gloire, avons-nous dit, a une base sur laquelle elle se fonde et qui lui permet d'atteindre sa vérité, à savoir l'esprit de corps et la famille. Elle a aussi des ramifications qui lui permettent d'accomplir et de perfectionner son être : ce sont les vertus. Si le pouvoir est la fin de l'esprit de corps, il est aussi la fin de ce qui en constitue les ramifications et les compléments, c'est-à-dire les vertus. En effet, un pouvoir sans ses compléments est comme un homme amputé de ses membres, ou comme quelqu'un qui apparaît nu au milieu de la foule.

L'esprit de corps seul, sans la pratique des vertus, serait un défaut de la part des membres d'une « maison » illustre. Ce serait encore bien plus grave pour les princes, car la royauté est la fin de toute gloire et le degré le plus élevé de toute illustration. Le gouvernement et le pouvoir sont faits pour prendre soin des hommes et pour représenter les lois de Dieu parmi Ses serviteurs. Or, les lois de Dieu relatives à Ses créatures et à Ses serviteurs sont fondées sur le bien et le respect de l'intérêt général, comme le montrent les lois révélées. Les mauvaises lois ne viennent que de l'ignorance et de Satan, contrairement aux arrêts et au pouvoir de Dieu. Car Dieu crée et détermine à la fois le bien et le mal. Il n'est d'autre Créateur que Lui.

Celui qui s'appuie sur l'esprit de corps, garantissant la puissance, et qui cultive les vertus appropriées pour faire respecter les lois de Dieu parmi Ses créatures est prêt à être le représentant de Dieu auprès de Ses serviteurs et à prendre soin de Ses créatures. Il a les qualifications qu'il faut pour cela. Cet argument est plus solide et plus probant que le précédent.

Il apparaît[a] donc clairement que la possession des vertus par une personne qui s'appuie sur l'esprit de corps est un indice de son aptitude au pouvoir. Quand des clans puissants, qui ont imposé leur domination sur des régions nombreuses et des nations multiples, se font remarquer par la recherche du bien et des vertus — telles que la générosité, le pardon des fautes, l'indulgence pour les faibles, l'hospitalité, l'aide aux orphelins, le secours aux indigents, l'endurance dans l'adversité, la fidélité à la parole donnée, le sacrifice des biens personnels pour la préservation de l'honneur, le respect de la Loi religieuse et des savants qui s'en occupent, l'observation de ce qui est permis ou interdit par eux et la confiance en eux, la foi dans les gens pieux, la recherche de leur bénédiction et le désir de bénéficier de leurs prières, le respect et la vénération des gens âgés et des maîtres, la soumission à la vérité avec ceux qui la proclament, la justice pour les faibles contre soi-même, l'humilité envers les pauvres, l'attention aux plaintes de ceux qui appellent au secours, l'observance des lois et des règles du culte dans leurs moindres détails, l'abstention de toute tromperie, ruse, fraude, manquement à la parole donnée, etc. —, on sait qu'ils ont acquis les vertus politiques et que, de ce fait, ils méritent de gouverner ceux qui sont placés sous leur autorité, ou les hommes en général. Dieu leur a accordé ce bien, en accord avec leur esprit de corps et leur supériorité. Cela n'est ni superflu ni vain, en ce qui les concerne. La royauté est le bien et le rang qui conviennent le mieux à leur esprit de corps. On sait que Dieu leur a destiné la royauté et l'a mise entre leurs mains.

Inversement, lorsque Dieu veut priver une nation de son pouvoir, Il fait commettre à ses membres toutes sortes d'actions blâmables et de vices. Ils perdent toutes leurs vertus politiques. Celles-ci disparaissent peu à peu jusqu'au jour où le pouvoir leur échappe et passe à d'autres mains. C'est ainsi que s'annonce leur perte : Dieu leur retire le pouvoir et les biens qu'Il leur a accordés. « Quand Nous voulons faire périr une cité, Nous ordonnons aux riches, et ils se livrent à leur scélératesse. La parole contre cette cité se réalise, et Nous la détruisons entièrement[A]. »

Si on examine attentivement ces questions à travers les exemples des nations passées, on verra un grand nombre des choses dont nous avons parlé et que nous avons décrites. « Dieu crée ce qu'Il veut et choisit[B]. »

Parmi les qualités de perfection, il en est une que cultivent les tribus puissantes et qui témoigne de leur vocation au pouvoir : c'est d'honorer les savants, les gens pieux, les gens nobles, les gens illustres, les marchands et les étrangers, et de traiter chacun selon son rang. Il est bien naturel que les tribus puissantes et les grandes familles honorent ceux qui rivalisent avec elles de noblesse, d'influence et d'esprit de corps, et qui jouissent d'autant de prestige qu'elles-mêmes. Le plus souvent, cette attitude est motivée par le désir des honneurs, la crainte de ceux qu'on honore, ou l'espoir d'être payé de retour. Mais, pour ce qui est de ceux dont on n'a ni à redouter l'esprit de corps ni à espérer un appui, aucun doute n'entache le respect qu'on leur témoigne, et il est sûr qu'on ne les honore que pour la

A. Coran, XVII, 16. ◆ B. Coran, XXVIII, 68.

gloire, la recherche des qualités de perfection et l'intérêt pour le gouvernement des hommes en général. Honorer ses rivaux et ses pairs est une nécessité du gouvernement particulier, entre membres égaux d'une même tribu, mais respecter les étrangers qui se distinguent par leurs vertus et leurs qualités particulières est un trait de perfection propre au gouvernement des hommes en général. Les gens pieux sont respectés pour des raisons religieuses ; les savants, parce qu'on a besoin d'eux pour l'application des règles de la Loi religieuse ; les marchands, pour les encourager à étendre leurs activités au profit de tous ; les étrangers, par générosité, et, dans certains cas, pour les attirer. Traiter les gens selon leur rang est une question d'équité et donc de justice. Quand un clan[b] montre de pareilles dispositions, on sait qu'il a vocation au gouvernement des hommes en général, c'est-à-dire à la royauté, et que Dieu le destine au pouvoir, parce qu'il en présente déjà les signes. C'est pourquoi la première chose à disparaître au sein d'une famille régnante, lorsque Dieu veut lui ôter son pouvoir et son autorité, c'est le respect pour cette catégorie de personnes. Dès qu'on remarque qu'une nation manque à ce devoir, on peut être sûr qu'elle commence à perdre toutes ses vertus et qu'elle ne tardera pas à perdre le pouvoir.

« Si Dieu veut du mal à un peuple, il est impossible de repousser ce mal[A]. »

XX. LES NATIONS SAUVAGES[1] ONT LE POUVOIR LE PLUS ÉTENDU

En effet, ces nations sont, comme on l'a vu, plus aptes à dominer, à imposer leur autorité et à soumettre les autres groupes. Car leurs membres ont la force de combattre les autres nations, et se comportent avec les sédentaires comme des animaux de proie. Comme exemples de ces nations, on peut citer les Arabes et les Zénètes, ainsi que les Kurdes, les Turkmènes et les Sinhâja voilés.

Ces nations n'ont pas de territoires propres qu'elles pourraient utiliser comme pâturages, ni de pays où elles pourraient s'établir. Pour elles, toutes les régions et tous les territoires se valent. C'est pourquoi elles ne se contentent

A. Coran, XIII, 11.

pas de contrôler leur propre région et ses environs et ne s'arrêtent pas aux frontières de leur horizon, mais débordent sur les pays lointains et vont soumettre les nations les plus éloignées.

Cela peut être illustré par les propos suivants de 'Umar. On raconte qu'après avoir reçu le serment d'allégeance, il poussa les gens à la conquête de l'Irak en disant : « Le Hijâz n'est pas une demeure pour vous, si ce n'est comme pâturage. Ses habitants ne le supportent que pour cette raison. Que faites-vous, nouveaux émigrés, de la promesse de Dieu ? Parcourez la terre que Dieu, dans Son Livre, vous a promis de vous donner en héritage. Dieu dit : "pour le faire prévaloir sur la religion en entier, en dépit des associateurs[A]". »

On peut également citer l'exemple des anciens Arabes, comme les Tubba' et les Himyar. On dit qu'ils partirent du Yémen une fois jusqu'au Maghreb, et une autre jusqu'en Irak et en Inde. Aucune autre nation, excepté celle des Arabes, n'accomplit jamais un fait semblable.

Il y a aussi le cas des Sinhâja voilés du Maghreb. Lorsqu'ils voulurent le pouvoir, ils débordèrent de leurs terres de nomadisme, près du Soudan dans le premier climat, jusqu'aux provinces d'al-Andalus dans les quatrième et cinquième climats, sans interruption.

Voilà ce qu'il en est de ces nations et pourquoi leurs États sont les plus étendus et les plus éloignés de leurs bases de départ.

C'est Dieu qui détermine la mesure de la nuit et du jour[B].

XXI. TANT QUE L'ESPRIT DE CORPS EST PRÉSERVÉ AU SEIN D'UNE NATION, LE POUVOIR Y PASSE D'UNE BRANCHE À L'AUTRE

En voici la raison. Une nation n'accède au pouvoir qu'après avoir établi sa domination et soumis toutes les autres nations. C'est parmi ses membres que sont recrutés ceux qui exercent l'autorité et soutiennent le trône. Mais ils ne sont pas tous retenus, parce qu'il y a trop de candidats

A. Coran, IX, 33 ; LXI, 9. ◆ B. *Cf.* Coran, LXXIII, 20.

en compétition, dont un grand nombre sont éliminés au cours des rivalités qui les opposent.

Ceux qui sont promus à la direction des affaires de l'État se livrent à une vie de délices, se noient dans un océan de luxe et de richesses. Ils asservissent leurs frères de la même génération et les utilisent pour les divers besoins et entreprises de l'État. Ceux qui sont loin du pouvoir et écartés de ses allées restent sous la protection de la dynastie, dont ils partagent le lignage ; mais ils échappent aux effets de la sénilité, parce qu'ils vivent loin du luxe et de ce qui s'y rattache.

Les premiers sont usés par le temps qui passe. La sénilité les prive de leur aisance et les réduit à la misère. Les charges de l'État les consument. Avec le temps, l'opulence et le luxe viennent à bout de leur énergie et de leur vigueur, et ils arrivent à la limite de la civilisation urbaine et de la domination politique.

Comme le ver à soie sécrète son fil et meurt,
par un juste retour, au milieu de ses fils.

Les seconds, pendant ce temps, gardent intact leur esprit de corps. Leur force de domination est préservée de toute atteinte et leur capacité à vaincre reconnue. Ils peuvent alors espérer arriver au pouvoir dont ils ont été jusque-là écartés par une autre force de leur clan, supérieure à la leur. Leur suprématie n'est plus contestée. Ils s'emparent du pouvoir et deviennent les nouveaux maîtres. Puis ils refont la même expérience avec les autres clans de leur peuple, demeurés éloignés du pouvoir. Ainsi, la royauté se maintient dans la même nation, tant que son esprit de corps n'a pas été brisé, ou que tous ses clans n'ont pas cessé d'exister. C'est la coutume de Dieu dans le monde d'ici-bas. « Et l'autre monde, aux yeux de ton Seigneur, appartient à ceux qui Le craignent[A]. »

On trouve une illustration de tout cela dans le passé des nations. Lorsque s'éteignit le royaume des ʻAd, leurs frères, les Thamûd, leur succédèrent. Ceux-ci, à leur tour, furent remplacés par leurs frères, les Amalécites ; ces derniers, par leurs frères, les Himyar ; ceux-ci par leurs frères, les Tubbaʻ, qui étaient également des Himyar, et ces

A. Coran, XLIII, 35.

derniers par les Adhwâ'. Puis il y eut la dynastie des Mudar.

Il en alla de même des Perses. Après l'extinction des Kayânides, le pouvoir échut aux Sassanides. Puis, quand Dieu l'eut voulu, ils disparurent tous avec l'avènement de l'islam. Le pouvoir des Grecs fut également détruit et passa à leurs frères, les Romains.

Et ce fut pareil pour les Berbères du Maghreb. Après l'extinction des Maghrâwa et des Kutâma, qui furent les premiers rois berbères, le pouvoir passa aux Sinhâja, puis aux Sinhâja voilés, aux Masmûda, et enfin aux branches restantes des Zénètes.

C'est la coutume de Dieu à l'égard de Ses serviteurs et de Ses créatures.

La base de tout cela est l'esprit de corps. La force de celui-ci varie selon les générations. Le luxe use et détruit le pouvoir, comme nous le verrons plus loin. Quand une dynastie s'éteint, seuls peuvent hériter de son pouvoir ceux qui s'appuient sur son esprit de corps, car celui-ci avait obtenu l'adhésion et la soumission de tous et fait accepter sa suprématie sur tous les autres esprits de corps. Cela n'est possible que pour ceux qui ont avec cette dynastie des liens de sang très étroits. En effet, la force de l'esprit de corps dépend du degré de parenté avec la dynastie. Cela est valable tant qu'il n'y a pas de grand bouleversement dans le monde : changement de religion, effondrement d'une civilisation, ou autre événement dû à la volonté divine. Alors, le pouvoir passe d'un peuple à un autre, que Dieu a choisi pour effectuer ce bouleversement. C'est ce qui arriva aux Mudar : ils dominèrent les nations et les dynasties et prirent le pouvoir aux autres peuples de la terre, après en avoir été écartés pendant de longs siècles.

XXII. LES VAINCUS IMITENT TOUJOURS LES VAINQUEURS DANS LEURS MARQUES DISTINCTIVES, LEURS VÊTEMENTS, LEURS OCCUPATIONS, AINSI QUE DANS TOUS LEURS COMPORTEMENTS ET TOUTES LEURS HABITUDES

En voici la raison. L'homme croit toujours en la perfection de celui qui a réussi à le dominer et à le soumettre, soit à cause du respect qu'il lui inspire, soit parce qu'il se persuade que sa soumission n'est pas due à la nature de la domination mais à la perfection du vainqueur. Si cette erreur continue à être entretenue, elle se transforme en croyance. Le vaincu adopte alors tous les usages du vainqueur et désire lui ressembler. C'est ce qui explique le phénomène de l'imitation.

On peut aussi se tromper sur la nature de la domination, en croyant que celle-ci n'est due ni à l'esprit de corps ni au courage, mais uniquement aux habitudes et aux usages du vainqueur. Ce cas se ramène au premier. Aussi voit-on toujours le vaincu chercher à ressembler au vainqueur en toutes choses : vêtements, monture, armes, etc.

Ainsi des enfants vis-à-vis de leurs parents : ils les imitent toujours, uniquement parce qu'ils croient en leur perfection. De même, dans tous les pays, on peut observer que le plus souvent les habitants sont influencés par l'habillement de la garde et de l'armée du souverain, tout simplement parce que celles-ci les dominent.

Même entre deux nations voisines, dont l'une domine l'autre, on voit apparaître une forte tendance à l'assimilation et à l'imitation. C'est le cas, de nos jours, en Andalus. Les Andalous imitent les nations galiciennes en toutes choses : vêtements, marques distinctives, habitudes et comportements. Ils vont jusqu'à orner de peintures les murs, les édifices publics et les maisons. Un observateur sagace peut y voir un signe de soumission. Le pouvoir appartient à Dieu[A].

Cela peut nous faire comprendre la signification de l'adage : « Les gens du commun suivent la religion de leur roi », qui touche à notre sujet. En effet, le souverain domine ceux qui sont placés sous son autorité. Les sujets l'imitent, parce qu'ils croient en sa perfection, de la même façon que les enfants imitent leurs parents et que les étudiants imitent leur maître.

Dieu est savant et sage.

A. *Cf.* Coran, XIII, 31.

XXIII. UNE NATION DOMINÉE ET SOUMISE À UN POUVOIR ÉTRANGER NE TARDE PAS À S'ÉTEINDRE

En voici la raison — mais Dieu est plus savant ! Quand les hommes sont soumis à autrui et que, asservis, ils deviennent comme des instruments aux mains de leurs maîtres et dépendent d'eux, ils sont gagnés par la paresse. Ils perdent peu à peu tout espoir. Or, c'est la force de l'espoir et l'énergie qu'il communique aux facultés animales qui permettent à l'homme de se reproduire et de s'établir sur la terre. Quand la paresse fait perdre l'espoir, avec tout ce qu'il autorise, et que la domination fait disparaître l'esprit de corps, les hommes voient leur civilisation décroître, leurs moyens d'existence et leurs activités se réduire à néant. Ils sont incapables de se défendre, parce que la domination a sapé leur force. Ils deviennent les victimes de toutes les tyrannies, la proie de toutes les convoitises. Cela ne dépend en rien du fait qu'ils aient déjà accédé au pouvoir ou non.

Il y a peut-être aussi une autre raison. L'homme est, par nature, fait pour commander, car Dieu a fait de lui Son représentant sur la terre. Or, un chef, dépouillé de sa faculté de commander et de sa puissance, s'abandonne à l'apathie et néglige même de boire et de manger. Cela n'est pas seulement observable dans le comportement des hommes, mais on peut en dire autant des animaux de proie, qui ne s'accouplent pas s'ils sont en captivité. Ainsi, une tribu soumise à une autorité étrangère s'éteint peu à peu et finit par disparaître. La durée n'appartient qu'à Dieu.

Cela peut être illustré par l'exemple des Perses. Autrefois, ils étaient si nombreux qu'ils couvraient le monde entier. Ils restèrent encore très nombreux, après que leurs armées eurent été défaites par les Arabes. Sa'd, dit-on, recensa la population au-delà de Ctésiphon : il y avait 137 000 âmes, dont 37 000 chefs de famille. Mais, quand ils furent soumis aux Arabes et subirent l'oppression, ils ne survécurent que peu de temps avant d'être balayés, comme s'ils n'avaient jamais existé. Il ne faut pas croire qu'ils aient été victimes d'une persécution ou d'une répression généralisée, car le gouvernement de l'islam est connu pour sa justice. Leur sort ne fut imputable qu'à la nature de l'homme : c'est ce qui advient lorsqu'un peuple n'est plus maître de son destin et devient un instrument aux mains des autres.

Les nations noires, qui sont les seules en général à accepter l'esclavage, ont une humanité incomplète et sont proches de la plupart des animaux, comme on l'a vu précédemment.

Il y a aussi ceux qui espèrent, en devenant esclaves, accéder à un rang élevé, s'enrichir ou devenir puissants, comme c'est le cas des Turcs en Orient ou des infidèles galiciens et francs en Andalus. Il est de coutume que l'État les réclame. Ils n'ont donc pas honte d'être esclaves, car ils ont l'espoir d'obtenir du prestige et un rang élevé s'ils sont choisis par l'État.

Dieu est plus savant.

XXIV. LES ARABES NE CONTRÔLENT QUE LES RÉGIONS DES PLAINES

En raison de la nature de leur vie à l'écart, les Arabes pratiquent le pillage et les déprédations. Ils pillent ce qui est à leur portée en évitant d'engager des combats et de s'exposer au danger. Puis ils se replient sur leurs pâturages du désert. Ils ne soutiennent jamais une attaque, et ne livrent combat que pour se défendre. S'il se présente une forteresse ou une position difficile, ils les évitent pour des entreprises plus aisées, et s'abstiennent de s'en approcher. Aussi les tribus protégées par des montagnes inaccessibles sont-elles à l'abri de leurs déprédations et de leurs méfaits. Les Arabes ne franchiront pas les collines pierreuses, ne chercheront pas les difficultés et ne prendront aucun risque pour aller les trouver.

Les plaines, au contraire, sont livrées à leur pillage et à leur avidité, dès que l'absence de milice ou la faiblesse de l'État les met à leur portée[a]. Ils multiplient les raids, pillent et attaquent sans cesse, parce que l'entreprise est aisée. Les habitants finissent par courber l'échine. Ils sont ballottés entre leurs autorités changeantes et corrompues, jusqu'au jour où leur civilisation s'éteint.

Dieu a pouvoir sur Ses créatures.

XXV. LES PAYS CONQUIS PAR LES ARABES NE TARDENT PAS À TOMBER EN RUINE

En voici la raison. Habitués aux conditions de vie à l'écart et à tout ce qui y prédispose, les Arabes sont une nation farouche. La vie isolée fait partie de leur caractère et de leur nature. Ils s'y complaisent, parce qu'elle leur permet d'échapper au joug de l'autorité et de ne se soumettre à aucun gouvernement. Mais cette disposition est incompatible et en contradiction avec la civilisation. Ils passent ordinairement toute leur vie en voyage et en déplacement, ce qui est en opposition et en contradiction avec une vie fixe, productrice de civilisation. Les pierres, par exemple, ne leur servent que comme points d'appui pour leurs marmites : ils vont les prendre dans les édifices, qu'ils dévastent dans ce but. Le bois leur sert uniquement à faire des mâts et des piquets pour leurs tentes. Pour s'en procurer, ils démolissent les toits des maisons. Leur existence est essentiellement en opposition avec la construction, qui est la base de la civilisation. Tels sont donc les Arabes en général.

De plus, il leur est naturel de piller ce qui appartient à autrui. Pour gagner leur subsistance quotidienne, ils ne comptent que sur leurs lances. Leur tendance à extorquer les biens d'autrui n'a pas de limite. Dès que leur regard se pose sur un bien quelconque, mobilier ou ustensile, ils s'en emparent. Quand ils utilisent leur domination et leur autorité politique pour piller, il n'y a plus de gouvernement pour protéger les biens des gens, et la civilisation est détruite.

Par ailleurs, ils forcent les artisans et les ouvriers à travailler pour eux, mais leur travail leur paraît sans valeur, et ils ne lui accordent aucune rétribution. Or, comme nous le verrons plus loin, le travail est la base réelle du profit[1]. S'il n'est pas apprécié et rétribué, l'espoir de réaliser un profit s'affaiblit et les gens ne veulent plus travailler. Les habitants se dispersent, et la civilisation se désintègre.

En outre, ils n'ont aucun souci des lois, ne se préoccupent guère de réprimer les méfaits et les agressions. Ils n'ont qu'une seule pensée : s'emparer des biens d'autrui par le pillage ou l'impôt. Une fois leur but atteint, ils ne voient pas plus loin. Ils ne pensent ni à améliorer le sort des gens, ni à s'occuper de leurs intérêts, ni à réprimer ceux qui cherchent à nuire. Souvent, ils imposent des amendes, mais c'est uniquement pour leur profit et pour augmenter les revenus fiscaux, comme de coutume. Cela n'aide en rien à combattre les méfaits et à dissuader les malfaiteurs. Au contraire, cela ne fait qu'en augmenter le nombre, car la perte représentée par une amende est peu de chose à côté de ce que l'on gagne en réalisant son but[2].

Sous leur gouvernement, les sujets vivent comme en état d'anarchie, sans lois. Or, l'anarchie détruit l'homme et ruine la civilisation. Comme on l'a vu, le pouvoir politique est une caractéristique naturelle de l'homme ; la seule à rendre possible son existence et la vie en société. C'est ce qu'on a déjà vu au début de cette partie.

Enfin, ils veulent tous le commandement. Rarement un Arabe concédera le pouvoir à un autre, fût-il son père, son frère ou l'aîné de sa famille. Quand cela se produit, c'est par exception et parce que la décence l'exige. Aussi trouve-t-on chez eux une multitude de gouverneurs et d'émirs. Leurs sujets doivent obéir à des autorités multiples, qu'il s'agisse des impôts ou des lois. Ainsi la civilisation se désintègre et disparaît.

'Abd al-Malik interrogea un Arabe venu le voir au sujet d'al-Hajjâj. L'homme, voulant faire devant le calife l'éloge de ce dernier pour son bon gouvernement et son œuvre de civilisation, dit : « Quand je l'ai quitté, il était seul à pratiquer l'injustice. »

Voyez ce que sont devenus les pays sur lesquels les Arabes ont régné et qu'ils ont soumis depuis le début de la Création : leur civilisation s'est effondrée, ils se sont vidés de leur population, et même la terre n'y est plus ce qu'elle était. Le Yémen, lieu de leur séjour fixe, n'est plus que ruines, à l'exception de quelques cités. De même, la civilisation persane de l'Irak arabe est complètement détruite. C'est le cas encore de la Syrie d'aujourd'hui. Et c'est pareil pour l'Ifrîqiya et le Maghreb : quand les Banû Hilâl et les Banû Sulaym y vinrent au ve [xiie] siècle et qu'ils s'y furent battus durant trois cent cinquante ans, ces pays connurent le même sort que les trois premiers : leurs plaines furent complètement ruinées. Autrefois, toute la région s'étendant entre le Soudan et la mer Byzantine était urbanisée, comme en témoignent encore les vestiges de la civilisation : monuments, sculptures, ruines de villages et de bourgades.

Dieu est l'héritier de la terre et de ceux qui y vivent. Il est le meilleur des héritiers[A].

XXVI. LES ARABES N'OBTIENNENT LE POUVOIR QU'EN S'APPUYANT SUR UN MOUVEMENT RELIGIEUX — PROPHÉTIE OU SAINTETÉ —, OU À LA FAVEUR D'UN GRAND ÉVÉNEMENT RELIGIEUX EN GÉNÉRAL

En voici la raison. À cause de leur caractère farouche, les Arabes sont, moins qu'aucune autre nation, disposés à accepter la soumission : ils sont rudes, orgueilleux, ambitieux, et veulent tous commander. Il est rare que leurs désirs se rejoignent. Mais la religion — grâce à un prophète ou à un saint — leur permet de se modérer eux-mêmes et de perdre leur orgueil et leur esprit de rivalité. Il leur devient alors plus aisé de se soumettre et de s'unir, du fait que leur religion commune efface la rudesse et l'orgueil et refrène la jalousie et l'esprit de compétition. Quand un prophète ou un saint apparaît parmi eux et les appelle à observer les commandements divins, les débarrasse de leurs défauts et leur inculque les vertus — leur permettant ainsi de rassembler toutes leurs forces pour le triomphe de la vérité —, ils deviennent unis et obtiennent la domination et le pouvoir. D'ailleurs, les Arabes sont les hommes les plus prompts à accepter la vérité et la bonne voie, parce que leurs caractères ne sont pas déformés par les mauvaises habitudes ni contaminés par les mœurs dépravées. Leur caractère farouche peut être facilement corrigé. Il est disposé au bien, puisqu'il garde encore sa nature originelle, et est éloigné des mauvaises habitudes et des vices qui s'impriment dans l'âme. Comme le dit la tradition prophétique déjà citée : « Tout enfant naît dans l'état originel… »

XXVII. LES ARABES SONT LES MOINS APTES À GOUVERNER

En voici la raison. Plus que toute autre nation, les Arabes sont des gens du désert. Ils s'y enfoncent le plus

A. *Cf.* Coran, xxi, 89.

loin, et ils sont les moins dépendants des produits et des céréales des collines. Ils sont habitués à la pauvreté et à la rudesse, et peuvent se passer des autres. À cause de la vie qu'ils mènent et de leur caractère farouche, ils se soumettent difficilement les uns aux autres. Chez eux, le chef a généralement besoin des autres membres de la tribu, parce que l'esprit de corps est nécessaire à la défense du groupe. Il est donc forcé de les traiter avec douceur et d'éviter de les heurter pour ne pas risquer de compromettre l'esprit de corps — ce qui causerait sa perte et la leur. Or, le gouvernement et le pouvoir exigent que le souverain exerce une autorité de contrainte. Sinon, sa politique échoue.

D'autre part, il est de la nature des Arabes, comme on l'a vu, de s'emparer des biens d'autrui. C'est ce qui les intéresse en premier lieu. Ils ne se préoccupent ni de faire respecter les lois ni de protéger les gens. Quand ils règnent sur une nation, ils n'ont d'autre but que de profiter de leur position pour s'emparer des biens de leurs sujets, sans autrement se soucier de leur rôle de gouvernants. Souvent, ils instituent des amendes pour punir les méfaits afin d'accroître les revenus fiscaux et d'augmenter les profits. Ce n'est pas là un moyen de dissuasion, mais bien plutôt un encouragement, si on considère les objectifs des malfaiteurs et l'insignifiance de ce qu'ils sont obligés de donner en comparaison de la réalisation de leurs objectifs. Cela ne fait qu'accroître les méfaits, et la civilisation est détruite. Une nation ainsi gouvernée est dans un état de quasi-anarchie, où chacun veut prendre ce qui appartient à l'autre. La civilisation ne peut s'y maintenir et ne tarde pas à tomber en ruine, comme dans tout état d'anarchie, comme on l'a vu.

Pour toutes ces raisons, la nature des Arabes les éloigne de l'art de gouverner. Ils n'y deviennent aptes que lorsque leur nature est transformée par la religion, qui les débarrasse de leurs anciens comportements, les pousse à se modérer eux-mêmes et à protéger leurs sujets les uns contre les autres, comme on l'a déjà dit.

C'est ce qui s'est produit avec la dynastie qu'ils ont fondée à l'époque musulmane. La religion leur permit de fonder leur gouvernement sur la Loi religieuse et ses prescriptions, lesquelles, de façon explicite ou implicite, tiennent compte de l'intérêt de la civilisation. Les califes se succédèrent. Ainsi, les Arabes eurent un empire étendu et un pouvoir fort. Quand Rustum vit les musulmans réunis pour la prière, il s'écria: « 'Umar me mange le foie. Il apprend aux chiens les bonnes manières. »

Plus tard, de nombreuses tribus tournèrent le dos à la dynastie et négligèrent la religion. Elles oublièrent la politique et retournèrent dans le désert. Elles en vinrent à ignorer leurs liens de solidarité tribale avec la dynastie, parce qu'elles n'étaient plus disposées à obéir ni à se plier à la justice. Elles reprirent leur vie à l'écart comme autrefois. Elles n'eurent plus rien à voir avec le pouvoir, si ce n'est le fait que celui-ci appartenait aux califes — qui étaient des Arabes. Et quand le califat disparut et qu'il n'en resta nulle trace, les Arabes n'eurent plus aucune part au pouvoir, qui leur fut enlevé par les non-Arabes. Ils retrouvèrent leur vie de nomades dans le désert, ignorant tout du pouvoir et du gouvernement. La plupart ne savent même plus qu'ils ont eu, autrefois, un pouvoir. Or, aucune nation au monde n'eut un pouvoir aussi étendu que celui des différentes générations des Arabes. En témoignent les dynasties des 'Ad, des Thamûd, des Amalécites, des Himyar, des Tubba', puis celles des Mudar, à l'époque de l'islam, avec les Omeyyades et les 'Abbâssides. Mais, ayant oublié leur religion, les Arabes perdirent de vue leur expérience du gouvernement et retournèrent à leur civilisation nomade originelle. Si, quelquefois, ils parviennent encore à imposer leur domination à des dynasties affaiblies, comme dans le Maghreb actuel, ils ne font que ruiner la civilisation des régions soumises à leur autorité, comme on l'a vu précédemment.

Dieu est le meilleur héritier[A].

XXVIII. LES TRIBUS ET LES CLANS VIVANT À LA CAMPAGNE SONT DOMINÉS PAR LES HABITANTS DES VILLES[a]

On a vu précédemment que la civilisation de la campagne est inférieure à la civilisation des villes. En effet, les habitants des campagnes ne disposent pas de tout ce qui est nécessaire à la civilisation. Ils ont certes l'agriculture, mais sans ses bases, en particulier la plupart des métiers liés à l'artisanat. Ils n'ont ni menuisiers, ni tailleurs, ni forgerons,

A. *Cf.* Coran, XXI, 89.

ni les autres artisans qui pourraient leur fournir les objets nécessaires à leur subsistance, que ce soit pour l'agriculture ou pour autre chose.

De même, ils n'ont ni dinars ni dirhams. Ils n'en ont que les équivalents en grains, en bétail et en produits animaux, tels que lait, laine, poil et peaux, dont les habitants des villes ont besoin et qu'ils leur paient en dinars et en dirhams. Cependant, alors que les campagnes ont besoin des villes pour le nécessaire, les villes ne dépendent des campagnes que pour les commodités et les superfluités. Les habitants des campagnes ont besoin des villes pour le nécessaire, en raison même de la nature de leur existence. Tant qu'ils demeurent à la campagne et n'ont pas conquis et soumis les villes, ils restent dépendants de celles-ci et doivent servir leurs intérêts et leur obéir chaque fois qu'elles l'exigent.

Quand la ville a un roi, ils lui doivent obéissance et soumission. Quand elle n'a pas de roi, il y a nécessairement quelque membre de la cité qui la dirige et exerce une certaine autorité sur les autres habitants, sinon, la civilisation de la cité disparaît. Ce chef se fait obéir des habitants des campagnes et les fait agir selon ses intérêts : soit par la persuasion, en leur distribuant de l'argent et en leur permettant de se procurer, dans la cité, les produits dont ils ont besoin — ce qui consolide leur civilisation ; soit, quand il en est capable, en usant de la force, fût-ce pour les diviser. Ainsi, il gagne à sa cause un parti qui l'aide à combattre les autres et il les oblige à lui obéir par crainte de l'effondrement de leur civilisation. Souvent, ils ne peuvent pas quitter les territoires où ils se trouvent pour aller dans d'autres régions, car, partout, il y a des populations qui défendent les terres qu'elles occupent. Ils n'ont donc d'autre issue que de se soumettre à la ville et à ses habitants. Ainsi, les habitants des campagnes sont nécessairement dominés par les habitants des villes.

« Dieu domine Ses serviteurs[A]. »

A. Coran, VI, 18, 61.

Troisième partie du livre I

ÉTATS UNIVERSELS, POUVOIR, CALIFAT, FONCTIONS GOUVERNEMENTALES

avec les conditions qui y sont attachées
et l'énoncé de certains principes fondamentaux
et de compléments

I. ON NE PEUT OBTENIR LE POUVOIR ET FONDER DES ÉTATS UNIVERSELS[1] QU'EN S'APPUYANT SUR LE GROUPE[2] ET L'ESPRIT DE CORPS

En effet, nous avons établi au premier chapitre que la capacité de dominer et de se défendre ne peut s'obtenir que grâce à l'esprit de corps, qui implique le sentiment d'orgueil[3], l'encouragement mutuel au combat et la volonté de se battre les uns pour les autres jusqu'à la mort.

Le pouvoir est une position noble et désirée. Il procure tous les biens de ce monde, les plaisirs du corps et les joies de l'âme. Aussi est-il en général objet de compétition. Il est rare que quelqu'un le cède à un autre sans y être forcé. De là les contestations qui conduisent aux guerres, aux combats, aux luttes pour la domination. Or, rien de tout cela ne se produit sans esprit de corps, comme nous l'avons déjà dit.

C'est un fait que la plupart des gens sont incapables de comprendre. Ils n'y prêtent plus attention, parce qu'ils ont oublié l'époque où ont été jetées les bases des États. Ils ont vécu depuis si longtemps en milieu urbain, génération après génération, qu'ils ne savent plus rien de ce que furent les débuts de la dynastie régnante. Ils voient seulement que son autorité est bien assise, que le peuple lui est soumis, et qu'elle n'a pas besoin de l'esprit de corps[a] pour aplanir son pouvoir. Ils ignorent quel en fut le commencement et quelles furent les difficultés rencontrées par ses fondateurs. L'oubli de l'esprit de corps et de son influence se remarque tout particulièrement chez les Andalous, à cause de leur long passé et du fait que, en règle générale, ils n'en ont plus besoin, leur pays ayant été réduit à néant et vidé de ses groupes tribaux.

Dieu a le pouvoir de faire ce qu'Il veut.

II. UN ÉTAT BIEN ÉTABLI PEUT SE PASSER DE L'ESPRIT DE CORPS

En voici la raison. Lorsqu'un État universel en est encore à ses débuts, les gens acceptent mal de se soumettre à son autorité s'ils n'y sont pas contraints par la force, parce qu'il leur apparaît comme étranger et qu'ils ne sont pas encore habitués à son pouvoir. Mais, une fois que les membres du groupe particulièrement désigné pour le pouvoir tiennent fermement le commandement et se transmettent le pouvoir durant plusieurs générations et à travers des règnes[1] successifs, alors les débuts tombent dans l'oubli. Le commandement est pleinement reconnu aux membres de ce groupe. Se soumettre à leur autorité et leur obéir devient une religion. On se bat pour eux comme on le ferait pour les articles de foi. Ils n'ont guère besoin, à ce stade, d'esprit de corps pour asseoir leur autorité. L'obéissance à l'État est alors comme un livre révélé qu'on ne peut ni changer ni contredire[a]. Ce n'est donc pas sans raison que l'on place les chapitres sur l'imamat à la suite de ceux qui sont consacrés aux articles de foi, comme si l'imamat en faisait partie[2].

Les membres de la famille régnante maintiennent leur autorité sur le gouvernement et sur leur propre État en s'appuyant soit sur des clients et des protégés qui ont grandi à l'ombre de son esprit de corps et de sa puissance, soit sur des clans extérieurs à son lignage[b] mais qui lui sont attachés en tant que clients.

C'est ce qui arriva aux 'Abbâssides. L'esprit de corps des Arabes avait disparu sous le règne d'al-Mu'tasim et de son fils al-Wâthiq. Par la suite, ils durent s'appuyer uniquement sur des clients : Perses, Turcs, Daylam, Saljûq, etc. Puis les Perses et les autres clients dominèrent les provinces de l'empire. L'autorité des 'Abbâssides se réduisit au point de ne pas dépasser le district de Bagdad. Finalement, les Daylam marchèrent sur cette ville et en prirent possession, et les califes furent soumis à leur pouvoir. Puis le pouvoir des Daylam disparut, les Saljûqides régnèrent après eux, et les califes leur furent également soumis. Les Saljûqides disparurent à leur tour. Les Tatars enfin attaquèrent Bagdad. Ils tuèrent le calife et effacèrent toute trace de la dynastie ʿabbâsside.

Il en alla de même des Sinhâja, au Maghreb. Leur esprit de corps disparut dès le ve [xie] siècle, ou même plus tôt, mais leur État put se maintenir avec une puissance amoindrie à Mahdiyya, Bijâya, al-Qalʿa et dans les autres villes frontières de l'Ifrîqiya. Parfois, quelque rival leur disputait le pouvoir et se retranchait dans une de ces villes. Mais leur autorité et leur pouvoir continuèrent à être reconnus, jusqu'à ce que Dieu permît l'extinction de leur État. Les Almohades, appuyés sur le très puissant esprit de corps des Masmûda, vinrent et effacèrent leurs traces.

L'État des Omeyyades en Andalus connut le même sort. Quand l'esprit de corps arabe sur lequel il s'appuyait fut détruit, les *reyes de taifas* lui arrachèrent le pouvoir et se partagèrent son territoire. Eux-mêmes entrèrent en rivalité les uns avec les autres et se disputèrent les différentes provinces. Chacun mit la main sur le territoire qu'il gouvernait et se dressa sur ses ergots. Ayant appris comment se comportaient les non-Arabes avec les ʿAbbâssides, ils se donnèrent des surnoms de rois et adoptèrent l'apparat royal. Ils n'eurent pas à craindre de voir contester ou modifier leur situation, parce que l'Andalus n'était plus un pays de clans et de tribus, comme nous le mentionnerons plus loin. Ils purent donc se maintenir longtemps. Comme l'a dit Ibn Sharaf :

> *Ce qui m'ôte tout désir de la terre andalouse,*
> *ce sont ces noms de Muʿtasim et de Muʿtadid,*
> *titres royaux dont on abuse,*
> *tel le chat qui se gonfle pour se faire lion*[3].

Pour se maintenir au pouvoir, ils s'appuyèrent sur des clients et sur des nouveaux venus en Andalus — Berbères, Zénètes et autres tribus originaires du Maghreb —, à l'exemple de l'État omeyyade qui, à l'époque de son déclin, avait fait appel à ces mêmes catégories quand l'esprit de corps arabe s'était affaibli et qu'Ibn Abî ʿAmir avait usurpé le pouvoir des califes. Ces roitelets se constituèrent ainsi des États importants, chacun régnant sur une partie de l'Andalus, et leur puissance fut à la mesure de l'État omeyyade qu'ils s'étaient partagé. Ils régnèrent ainsi jusqu'au moment où les Almoravides, appuyés sur le puissant esprit de corps des Lamtûna, passèrent la mer et vinrent les attaquer. Ceux-ci les remplacèrent, les délogèrent de tous les centres qu'ils occupaient et effacèrent leurs traces, sans qu'ils eussent opposé de résistance, faute d'esprit de corps.

En effet, c'est grâce à l'esprit de corps qu'un État est bien établi et protégé dès son commencement. At-Turtûshî pensait que la protection des États est assurée, d'une façon générale, par l'armée qui reçoit une solde mensuelle. C'est ce qu'il écrit dans le livre qu'il a intitulé *Sirâj al-mulûk*. Il ne traite pas de la fondation des États universels à leur commencement. Ses propos ne concernent que les stades ultérieurs qui viennent après les phases d'édification, d'affermissement de l'autorité de la famille régnante et de consolidation du pouvoir de ses membres. At-Tartûshî avait connu l'État à l'époque où il était déjà atteint par la décrépitude et avait perdu toute sa puissance. Il devait faire appel à des clients et à des protégés, ainsi qu'à des mercenaires, pour assurer sa défense. C'était déjà l'époque des *reyes de taifas* : l'État omeyyade était en état de dissolution, son esprit de corps arabe avait disparu, et les gouverneurs s'étaient taillé un pouvoir autonome, chacun dans sa région. At-Turtûshî vivait à Saragosse, qui était gouvernée par al-Musta'în Ibn Hûd et son fils al-Muzaffar. Ceux-ci n'avaient plus d'esprit de corps, car les Arabes, dominés par le luxe depuis trois cents ans, étaient anéantis. Notre auteur ne connut que des princes qui exerçaient un pouvoir personnel indépendant de leurs clans, et dont l'autorité s'était affermie depuis l'époque de l'État omeyyade, quand il existait encore un certain esprit de corps. Leur pouvoir n'était pas contesté, et ils pouvaient s'appuyer sur des troupes mercenaires. Partant de là, at-Turtûshî a généralisé. Il n'a pas saisi comment le pouvoir s'établit au commencement de l'État, et il n'a pas vu qu'il n'est accessible qu'à ceux qui ont un esprit de corps. Mais c'est une chose que le lecteur devrait maintenant discerner. Il comprendrait par là même la sagesse profonde de Dieu en cette matière.

« Dieu donne Son pouvoir à qui Il veut[A]. »

A. Coran, II, 247.

III. UN MEMBRE DU GROUPE AU POUVOIR PEUT FONDER UN NOUVEL ÉTAT QUI SE PASSE DE L'ESPRIT DE CORPS

C'est ce qui arrive quand l'État d'origine domine beaucoup de nations et de peuples et jouit de l'obédience et de la soumission des habitants des provinces lointaines de l'empire. Si un prince dissident rejoint ceux-ci, après s'être éloigné du siège de son État et du foyer de sa puissance, ils l'entourent, soutiennent son pouvoir, l'assistent dans son entreprise et veillent sur l'établissement de son État. Ils espèrent qu'il s'affirmera au sein de son groupe et qu'il arrachera le pouvoir à ses rivaux. Ils ne chercheront[a] point à partager le pouvoir avec lui, car ils sont soumis à l'esprit de corps de celui-ci, reconnaissent la supériorité qui lui revient ainsi qu'à sa famille[b] et croient en l'obéissance à ceux-ci comme à un dogme. Vouloir partager son pouvoir ou gouverner sans lui, ce serait, pour eux, tout à fait impensable.

De tels cas se sont produits avec les Idrîsides, au Maghreb Extrême, et les 'Ubaydites, en Ifrîqiya et en Égypte. Les Tâlibites avaient quitté l'Orient pour les provinces lointaines de l'empire. Ils s'étaient éloignés du centre du califat, avec l'objectif de l'arracher aux 'Abbâssides. Le pouvoir était depuis longtemps aux mains des descendants de 'Abd Manâf : avec les Omeyyades d'abord, ensuite avec les Hâshimites. Les Tâlibites firent donc dissidence dans le lointain Maghreb et proclamèrent un pouvoir indépendant. Ils furent par deux fois soutenus par les Berbères : les Awraba et les Maghîla appuyèrent la cause des Idrîsides, et les Kutâma, les Sinhâja et les Huwâra celle des 'Ubaydites. Ils élevèrent très haut ces États et établirent leur autorité avec l'aide de leurs tribus. Ils détachèrent le Maghreb tout entier des possessions 'abbâssides, et ensuite l'Ifrîqiya. L'influence des 'Abbâssides ne fit que décroître, au profit des 'Ubaydites, jusqu'à ce que ces derniers s'emparent de l'Égypte, de la Syrie et du Hijâz et qu'ils partagent avec ceux-là, par moitié, toutes les provinces de l'islam. Cependant, les Berbères, qui étaient les soutiens de l'État, laissèrent tout le pouvoir aux 'Ubaydites et acceptèrent leur autorité. Ils ne désiraient qu'une chose : occuper les plus hauts postes auprès d'eux. Tout cela était dû à la grandeur du pouvoir des Hâshimites et à la domination des Quraysh et des Mudar sur toutes les nations. Le pouvoir resta donc aux mains de leurs descendants, jusqu'à la destruction complète de l'empire des Arabes.

« Dieu décide, et nul ne s'oppose à Sa décision[A]. »

IV. LES ÉTATS PUISSANTS ET D'EXTENSION UNIVERSELLE SONT FONDÉS SUR LA RELIGION : MISSION PROPHÉTIQUE OU APPEL EN FAVEUR DU VRAI

En effet, le pouvoir ne s'obtient que par la domination, laquelle ne s'obtient à son tour que par l'esprit de corps. Il n'y a que l'aide de Dieu, lorsqu'Il établit Sa religion, qui puisse accorder les désirs individuels en vue d'une lutte pour quelque chose, et unir et rapprocher les cœurs. Dieu a dit : « Et si tu avais dépensé en totalité ce qui est sur la terre, tu n'aurais pas pu mettre l'affection entre leurs cœurs[B]. » Cela est dû au fait que lorsque les cœurs sont attirés par les mauvais désirs et l'intérêt pour le monde, il en résulte des jalousies et des dissensions. Mais quand les hommes s'orientent vers le vrai, refusent le monde et le faux et se tournent vers Dieu, leur vue est unifiée. La jalousie disparaît, les divergences diminuent. La coopération et l'entraide s'épanouissent. L'influence grandit, et l'État gagne en importance. C'est ce que nous allons montrer maintenant.

V. LA RELIGION APPORTE À L'ÉTAT, À SES DÉBUTS, UNE FORCE SUPPLÉMENTAIRE, LAQUELLE S'AJOUTE À LA FORCE DE L'ESPRIT DE CORPS DUE AU NOMBRE DE SES PARTISANS

La raison en est, on l'a vu, que l'adoption de la religion fait disparaître la jalousie et l'envie chez les gens qui appartiennent au même clan et les oblige à se tourner uniquement vers le vrai. Quand ils voient clair dans leur entreprise, rien ne peut les arrêter, parce qu'ils ont la

A. Coran, XIII, 41. ◆ B. Coran, VIII, 63.

même orientation et s'accordent tous sur le même objectif, pour lequel ils sont prêts à mourir. À l'inverse, les membres de l'État qu'ils attaquent, même s'ils sont plusieurs fois plus nombreux, sont divisés quant à leurs objectifs, parce que ceux-ci sont faux ; et ils s'abandonnent mutuellement, par peur de la mort. Même plus nombreux, ils ne peuvent pas résister aux premiers qui l'emportent sur eux, et ne tardent pas à leur tour à être anéantis, à cause de leur luxe et de leur avilissement, comme on l'a vu précédemment.

C'est ce qui arriva aux ennemis des Arabes, au début de l'islam, durant les conquêtes. Les armées musulmanes à al-Qâdisiya, comme à al-Yarmûk, comptaient 30 000 hommes, alors que les troupes perses sélevaient à 120 000 à al-Qâdisiya, et celles d'Héraclius à 400 000, d'après al-Wâqidî. Ni les Perses ni les Byzantins ne purent résister face aux Arabes, qui les mirent en déroute et prirent leurs possessions.

Il y a aussi l'exemple des Lamtûna et des Almohades. De nombreuses tribus au Maghreb pouvaient les égaler ou les surpasser en nombre et en esprit de corps. Mais leur unité religieuse décupla la force de leur esprit de corps, en raison de la clarté de leur vision et de leur détermination à se battre jusqu'à la mort, comme on l'a déjà dit. Ainsi, rien ne put leur résister.

À l'inverse, quand la qualité[1] de la religion se transforme et dégénère, le pouvoir s'écroule. La domination ne dépend plus que de l'esprit de corps, et la religion ne peut plus rien lui ajouter. Alors, l'État est vaincu par les clans qui lui étaient autrefois soumis, mais qui étaient de force égale ou supérieure, et qu'il avait pu dominer grâce à la force supplémentaire de la religion, malgré la supériorité de leur esprit de corps et leur plus grand enracinement au désert.

Cela peut être illustré par les rapports entre les Almohades et les Zénètes. Ces derniers étaient plus enracinés au désert et plus farouches que les Masmûda. Mais les Masmûda, en devenant les adeptes du Mahdî, formèrent un mouvement religieux[2]. En s'identifiant à ce mouvement, ils décuplèrent leur force clanique et purent vaincre les Zénètes et faire d'eux leurs clients, malgré la supériorité de l'esprit de corps de ces derniers et leur plus grande bédouinité. Mais, dès qu'ils dévièrent de leur teinture religieuse, les Zénètes se soulevèrent contre eux de partout et leur arrachèrent le pouvoir.

Dieu est maître de Ses décrets[A].

VI. UN MOUVEMENT RELIGIEUX NE PEUT PAS RÉUSSIR SANS ESPRIT DE CORPS

En effet, comme on l'a vu, l'esprit de corps est nécessaire à toute entreprise qui requiert l'adhésion des hommes. Il est dit dans la tradition prophétique déjà citée que « Dieu n'a pas envoyé de prophète qui ne fût entouré de la protection de son peuple ». Si cela est vrai des prophètes — les mieux faits pour accomplir des prodiges —, que n'en serait-il des autres hommes ? Ceux-ci ne sauraient donc en aucune façon accomplir le prodige de vaincre sans esprit de corps.

C'est ce que montre l'histoire d'Ibn Qasiy, l'auteur du *Khal' an-na'layn*[1], sur le soufisme. Il se souleva en Andalus et prit la tête d'un mouvement de réforme. Ses adeptes s'appelaient *al-Murâbitûn*[2]. Cela se passait un peu avant l'apparition du mouvement d'al-Mahdî. Pendant quelque temps, Ibn Qasiy eut un certain succès, car les Lamtûna étaient occupés par leurs difficultés avec les Almohades. Mais il n'y avait ni clans ni tribus pour le défendre. Dès que les Almohades s'emparèrent du Maghreb, il s'inclina et épousa leur cause. Il leur prêta serment d'allégeance, de sa forteresse d'Arcos, et leur remit la province frontière qu'il contrôlait. Il fut le premier représentant de leur mouvement en Andalus. Son soulèvement avait reçu le nom de « révolte des Murâbitûn ».

Dans le même chapitre, il y a le cas des dissidents, gens du commun ou juristes, qui veulent réformer les mœurs. Beaucoup de pieux personnages, soucieux de l'observance des règles de la religion, se mettent en tête de se révolter contre les princes injustes, d'appeler à combattre et à interdire le mal et à ordonner le bien. Ils espèrent ainsi recevoir une récompense de Dieu pour leur action. Ils attirent de nombreux partisans et prosélytes dans le peuple, et risquent ainsi leur vie. La plupart périssent en pécheurs et sans espoir de rétribution, n'étant pas destinés à ce genre d'en-

A. *Cf.* Coran, XII, 21.

treprise. Dieu n'a recommandé ce genre d'activités qu'à ceux qui sont capables de les mener à bien. Le Prophète a dit : « Si l'un d'entre vous voit quelque chose de blâmable, qu'il le change de sa main. S'il ne le peut, qu'il le change avec sa langue. S'il ne le peut, qu'il le change avec son cœur[3]. »

La position des rois et des États est solidement établie et forte. Pour l'ébranler et la renverser, il faut une attaque puissante appuyée sur l'esprit de corps des tribus et des familles. Même les prophètes, pour accomplir leur mission religieuse, étaient soutenus par des groupes tribaux et des familles. Pourtant, ils pouvaient recevoir une assistance de l'univers entier, si Dieu l'avait voulu. Mais Dieu[a], dans Sa sagesse, a laissé les choses suivre leur cours habituel.

Si un homme quelconque empruntait ce chemin, à supposer qu'il fût sincère, étant seul, il lui manquerait l'esprit de corps et il tomberait dans un abîme de perdition. S'il n'est qu'un fourbe qui cherche par ce moyen à obtenir le commandement, il rencontrera encore plus d'obstacles et courra encore plus de dangers. Car c'est une entreprise qui appartient à Dieu et qui ne peut s'accomplir qu'avec Son agrément et Son assistance. Elle exige que l'on soit sincère envers Dieu et qu'on ait de bonnes intentions vis-à-vis des musulmans. Aucun musulman, aucun homme à l'esprit éclairé ne peut en douter.

Dans l'histoire de la communauté musulmane, cette tendance se manifesta pour la première fois à Bagdad, au moment de la révolte de Tâhir[4]. Al-Amîn fut tué et al-Ma'mûn, retenu au Khurâsân, retarda son retour en Irak. Puis il désigna comme héritier du trône 'Alî Ibn Mûsâ ar-Ridâ, descendant d'al-Husayn. Les 'Abbâssides manifestèrent leur désapprobation. Ils convinrent de se soulever contre al-Ma'mûn, de lui retirer leur investiture et de lui trouver un remplaçant. Ce fut ainsi qu'on prêta serment à Ibrâhîm, fils d'al-Mahdî. Des troubles éclatèrent à Bagdad. Des malfaiteurs, recrutés parmi les filous et la soldatesque, se mirent à attaquer les honnêtes gens. Ils volèrent, pillèrent, et vendirent ouvertement leurs rapines sur les marchés. Les habitants se plaignirent auprès des autorités, mais en vain. Alors, des gens pieux et honnêtes s'unirent pour s'opposer aux criminels et faire cesser leurs méfaits. Un homme, connu sous le nom de Khâlid ad-Daryûsh, apparut à Bagdad. Il appela les gens à appliquer le précepte du commandement du bien et de l'interdiction du mal, et il fut largement entendu. Il livra un combat contre les malfaiteurs et les vainquit. Puis il les fit battre et leur appliqua un châtiment exemplaire. Après lui apparut un autre homme, issu du bas peuple de Bagdad. Il s'appelait Sahl Ibn Salâma al-Ansârî et avait pour surnom Abû Hâtim. Il porta au cou un Coran et exhorta les gens à appliquer le précepte du commandement du bien et de l'interdiction du mal, et d'agir en accord avec le Livre de Dieu et la Tradition de Son prophète. Il fut suivi par tout le monde : gens nobles et d'humble condition, Hâshimites et autres. Il s'installa au palais de Tâhir et se dota d'un secrétariat. Il circula dans Bagdad et sévit contre ceux qui terrorisaient les gens et contre les escrocs qui se faisaient payer pour leur protection. À Khâlid ad-Daryûsh, qui lui dit qu'il n'avait rien contre les autorités, il répliqua que, lui, il combattait tous ceux qui agissaient à l'encontre du Coran et de la Tradition prophétique, quels qu'ils fussent. Tout cela eut lieu en l'an 201 [817]. Ibrâhîm Ibn al-Mahdî expédia contre lui une armée. Sahl fut battu et fait prisonnier. Son pouvoir se disloqua rapidement et disparut, et ce fut tout juste s'il eut la vie sauve.

Plus tard, beaucoup de gens obsédés par le démon suivirent cet exemple et se posèrent en réformateurs des mœurs. Ils ignoraient qu'on ne pouvait entreprendre une pareille tâche sans être soutenu par l'esprit de corps, et ne se rendaient pas compte du sort qui les attendait. Ce genre de personnages doit être, selon les cas, soigné comme les fous, puni de façon exemplaire — de la peine capitale ou de la bastonnade — comme les fauteurs de troubles, ou publiquement ridiculisé comme les bouffons.

Certains se réclament du Fâtimide attendu, soit en prétendant être le Fâtimide en personne, soit en se faisant passer pour un de ses missionnaires. Ils ne savent rien de ce personnage et ignorent même qui il est. La plupart sont des obsédés, des fous ou des imposteurs. Ils cherchent par ce moyen à obtenir un pouvoir auquel ils aspirent de toutes leurs forces, mais qu'ils sont incapables d'atteindre par des moyens normaux. Ils croient parvenir ainsi à leurs fins, sans penser aux périls qui les attendent. Ils ne tardent pas à trouver la mort, à cause des désordres qu'ils créent, et leur supercherie finit mal pour eux.

Au début de ce siècle, un soufi nommé at-Tuwayzirî fit

dissidence dans le Sous. Il se rendit à la mosquée de Mâssa, au bord de la mer, et prétendit être le Fâtimide attendu. Il voulait tromper les gens de cette région, qui croyaient en une prédiction selon laquelle le Fâtimide devait apparaître dans leur pays, et la mosquée de Mâssa être le point de départ de son mouvement. De nombreux groupes berbères affluèrent autour de lui comme des papillons attirés par la flamme. Mais les chefs berbères craignirent une extension des troubles, et 'Umar as-Saksîwî, premier des Masmûda à cette époque, le fit assassiner dans son lit[5].

Une autre dissidence eut lieu chez les Ghumâra, également au début de ce siècle : un homme nommé al-'Abbâs eut les mêmes prétentions et fut suivi par les membres les plus stupides de ces tribus et par des ignorants. Il marcha sur une ville des Ghumâra appelée Bâdis, et la prit d'assaut. Puis il fut tué quarante jours après le début de son mouvement. Ainsi, il périt comme ses prédécesseurs.

Il y a beaucoup d'autres exemples de ce genre. L'erreur tient au fait qu'on néglige de prendre en considération l'esprit de corps. Et quand il y a une imposture, l'entreprise est *a fortiori* vouée à l'échec et le crime reconnu. « C'est la récompense des injustes[A]. »

VII. TOUT ÉTAT S'ÉTEND SUR UN NOMBRE DÉTERMINÉ DE PROVINCES ET DE TERRITOIRES QU'IL NE PEUT DÉPASSER

En voici la raison. Le groupe tribal et le clan qui ont soutenu l'État et lui ont permis de s'établir doivent être répartis entre les différentes provinces et régions frontières dont ils ont pris possession et qu'ils ont soumises. De cette façon, ils peuvent les défendre contre l'ennemi et y faire appliquer les lois de l'État, notamment en matière d'impôts et de répression.

Quand tous les clans sont distribués ainsi sur les différentes frontières et provinces, leurs effectifs finissent nécessairement par s'épuiser. Les possessions de l'État atteignent alors leur extension maximale, qui donne la configuration de ses frontières, de son territoire et de son rayonnement. Si l'État s'aventure au-delà du pays qu'il contrôle, les

A. Coran, V, 29.

nouvelles extensions resteront sans défense et offriront aux ennemis frontaliers l'opportunité de l'attaquer. Les conséquences en seront des plus néfastes, car une telle situation suscite chez les autres hardiesse et manque de respect. Tant que le groupe tribal conserve des forces abondantes et que ses effectifs ne sont pas épuisés par l'envoi de contingents aux frontières et dans les provinces, l'État reste capable de repousser plus loin ses limites, jusqu'au moment où il atteint son expansion maximale.

Il y a à cela une raison naturelle : la force de l'esprit de corps est comme toutes les forces naturelles, et toute force naturelle qui est à l'origine d'une action procède de cette façon. Un État est plus puissant en son centre qu'à sa frontière et à la limite de son expansion. Lorsqu'il atteint celle-ci, il s'arrête et ne peut aller au-delà. C'est comme les rayons lumineux qui diffusent à partir de leurs foyers, ou les cercles qui s'élargissent à la surface de l'eau après qu'elle a été frappée par un objet.

Quand un État décline et s'affaiblit, c'est à partir de ses frontières qu'il recule. Le centre est préservé aussi longtemps que l'État n'est pas entièrement détruit. Mais lorsque l'État est miné en son centre, il ne lui sert à rien que ses limites et le reste de son territoire soient préservés. Il s'écroule aussitôt. Le centre est comme le cœur d'où émane l'esprit. Si le cœur est vaincu et soumis, tous les membres sont mis en déroute.

On peut citer à cet égard l'exemple de l'État perse, qui avait pour centre Ctésiphon. Lorsque les musulmans s'emparèrent de cette ville, tout le pouvoir perse s'effondra, et les provinces extérieures, restées en possession de Yazdjard, ne lui servirent de rien.

C'est tout l'inverse avec l'État byzantin en Syrie. Ayant pour centre Constantinople, les Byzantins purent s'y replier lorsqu'ils furent vaincus par les musulmans, et la perte de la Syrie ne leur fut point fatale. Leur pouvoir se maintint longtemps encore à Constantinople, jusqu'au moment où Dieu permit sa destruction.

On peut encore considérer l'exemple des Arabes au début de l'islam. Comme ils constituaient un groupe très nombreux, ils purent rapidement vaincre les pays voisins de Syrie, d'Irak et d'Égypte. Ils poursuivirent ensuite leur marche vers la Chine, le Sind, l'Abyssinie, l'Ifrîqiya et le Maghreb. Puis ils passèrent en Andalus. Ils se répartirent entre les provinces et les régions frontières de l'empire et installèrent des garnisons. Après avoir de la sorte épuisé leurs effectifs, ils ne purent pousser plus loin leurs conquêtes. L'islam atteignit ainsi les limites de son expansion. Ces frontières ne furent plus dépassées ; puis ce fut le reflux, jusqu'à ce que Dieu eût permis la destruction de l'empire arabe.

Il en fut de même des dynasties postérieures. La force de chacune d'elles dépendait du nombre de ses partisans. Lorsque s'épuisaient leurs effectifs, par suite de leur répartition, leurs conquêtes et l'expansion de leur puissance s'arrêtaient. C'est la coutume de Dieu envers Ses créatures.

VIII. LA TAILLE, L'EXPANSION ET LA DURÉE D'UN ÉTAT DÉPENDENT DU NOMBRE DE SES PARTISANS

En voici la raison. Le pouvoir dépend d'abord de l'esprit de corps. Or, les partisans d'un État forment les troupes qui se fixent dans les différentes provinces et régions sous son contrôle, et s'y trouvent ainsi disséminées. Plus le groupe tribal et les partisans d'un État universel sont nombreux, et plus il est puissant, plus ses provinces et territoires sont vastes, et son pouvoir étendu.

On peut, à cet égard, citer l'exemple de l'État islamique, lorsque Dieu unit les Arabes autour de l'islam. Le nombre des musulmans à l'expédition de Tabûk — la dernière effectuée par le Prophète — fut de 110 000, comprenant les hommes des Mudar et des Qahtân, cavaliers et fantassins. Ce nombre s'accrut de ceux qui se convertirent à la suite de ce raid et jusqu'à la mort du Prophète. Lorsqu'ils partirent à la conquête du pouvoir détenu par les autres nations, celles-ci ne purent avoir contre eux ni protection ni refuge. Les territoires des Perses et des Byzantins, les deux plus grands États du monde en ce temps-là, leur furent ouverts, de même que ceux des Turcs, des Francs, des Berbères du Maghreb et des Goths de l'Andalus. Les Arabes franchirent tout l'espace entre le Hijâz et le Sous Extrême, et entre le Yémen et les Turcs, à l'extrême nord. Ainsi, ils se rendirent maîtres des sept climats.

On peut aussi comparer les États des Sinhâja et des Almohades avec celui des 'Ubaydites avant eux. Les tribus kutâma qui avaient soutenu les 'Ubaydites étaient plus nombreuses que celles des Ṣinhâja et des Masmûda. Aussi, les 'Ubaydites eurent-ils un État plus grand, puisqu'ils eurent en leur possession l'Ifrîqiya, le Maghreb, la Syrie, l'Égypte et le Hijâz. De même, on peut citer le cas des Zénètes, qui régnèrent un peu plus tard[a] : étant moins nombreux que les Masmûda, ils furent moins puissants que les Almohades. Dès le début, leurs effectifs étaient inférieurs à ceux des Masmûda. On considérera également l'exemple des deux dynasties zénètes qui règnent de nos jours : les Mérinides et les 'Abdal-wâdides. Au début de leur pouvoir, le nombre des Mérinides était supérieur à celui des 'Abdal-wâdides, aussi leur État fut-il plus puissant et plus étendu. Et ils purent maintes fois imposer à ces derniers leur domination. On dit que le nombre des Mérinides, à leurs débuts, fut de 3 000, alors que celui des 'Abdal-wâdides fut de 1 000. Le pouvoir, la richesse, et le grand nombre de serviteurs que celui-ci requiert, accrurent leurs effectifs.

Ainsi l'étendue et la puissance d'un État sont en proportion de la force numérique de ceux qui ont contribué à sa fondation. Il en va de même de sa durée. En effet, la durée de vie de tout être créé dépend de la force de son tempérament. Or, le tempérament des États est lié à celui de l'esprit de corps. Si l'esprit de corps est fort, le tempérament suit, et l'État a une longue vie. La force de l'esprit de corps, de son côté, dépend de la force numérique, comme on l'a vu.

La véritable raison de tout cela réside dans le fait que le déclin d'un État l'affecte d'abord dans ses provinces extérieures. Quand un État a des possessions considérables, ses provinces s'étendent loin de son centre et sont en grand nombre. Or il faut du temps pour que le déclin se manifeste, et, pour chaque province, il faut un temps particulier. Tous ces temps s'additionnent et font durer la vie de l'État.

On peut le voir à travers l'exemple de l'État arabe islamique. C'est l'État qui a eu la plus longue durée, avec les 'Abbâssides, au centre, et les Omeyyades dans la région éloignée de l'Andalus. Leur pouvoir s'éteignit seulement après le IVe [X^e^] siècle. L'État 'ubaydite dura environ deux cent quatre-vingts ans. Celui des Sinhâja dura un peu moins, en comptant à partir de la date où Ma'add al-Mu'izz nomma Buluggîn Ibn Zîrî sur l'Ifrîqiya en 358 [969], jusqu'à la date où les Almohades s'emparèrent d'al-Qal'a et de Bijâya en 557 [1162]. La dynastie almohade[1] règne depuis maintenant environ deux cent soixante-dix ans.

Ainsi la durée d'un État dépend du nombre de ses partisans. « C'est la coutume immémoriale de Dieu envers Ses serviteurs[A]. »

IX. LES TERRITOIRES OCCUPÉS PAR DES TRIBUS ET DES CLANS NOMBREUX SONT RAREMENT SOUMIS DE FAÇON DURABLE À UN ÉTAT

La raison en est la diversité des opinions et des désirs. Derrière chaque opinion et chaque désir, il y a un clan qui les défend. À tout moment, l'État est confronté à de multiples oppositions et rébellions, même s'il s'appuie sur un clan puissant, car tous les clans qui sont sous son autorité se croient assez forts et puissants.

Voyez ce qui s'est passé en Ifrîqiya et au Maghreb depuis le début de l'islam jusqu'à notre époque. Les habitants de ces territoires sont des Berbères, qui sont organisés en tribus et clans. La première victoire qu'Ibn Abî Sarh remporta sur eux et sur les Francs resta sans lendemain[1]. Ils reprirent sans cesse l'étendard de la révolte et du reniement, et les musulmans leur infligèrent de grandes défaites. Après qu'ils eurent adopté fermement la religion musulmane, ils se révoltèrent et entrèrent de nouveau en dissidence, et, à plusieurs reprises, suivirent la croyance des khârijites. Ibn Abî Zayd a dit : « Les Berbères du Maghreb renièrent leur foi douze fois. » L'autorité de l'islam ne leur fut imposée de façon durable qu'à partir de l'époque où Mûsâ Ibn Nusayr devint gouverneur. C'est le sens des propos attribués à 'Umar, disant que l'Ifrîqiya divise[2] les cœurs de ses habitants. Il indiquait par là qu'il y avait en Ifrîqiya un grand nombre de clans et de tribus — ce qui constituait un facteur de désobéissance et d'insoumission. À la même époque, la situation en Irak se présentait différemment, et il en était de même en Syrie. Leurs troupes se recrutaient parmi les Perses et les Byzantins, et le reste de la population était constitué par le peuple des villes et des

A. Coran, XL, 85.

cités. Quand les musulmans leur prirent le pouvoir, il n'y eut plus d'opposition ni de résistance.

Quant aux Berbères du Maghreb, ils ont des tribus innombrables. Ce sont tous des ruraux, organisés en clans et en familles. Chaque fois qu'une tribu est anéantie, une autre la remplace, adoptant la même attitude de rébellion et de reniement. C'est ce qui fait que les Arabes mirent longtemps à établir leur État en Ifrîqiya et au Maghreb.

La Syrie avait connu une situation semblable à l'époque des Israélites. On y trouvait des tribus innombrables, divisées en multiples clans : les tribus de Palestine et de Canaan, les fils d'Ésaü, les Madianites, les fils de Loth, les Édomites, les Arméniens, les Amalécites, les Girgashites et les Nabatéens, du côté de la Mésopotamie et de Mossoul. Les Israélites eurent beaucoup de mal à établir leur État et à affermir leur pouvoir, et leur règne connut des troubles répétés. L'opposition gagna leurs propres rangs, et ils firent dissidence et se rebellèrent contre leurs gouvernants. Ils n'eurent jamais un pouvoir fermement établi et, finalement, ils furent dominés par les Perses, les Grecs et, en dernier lieu, par les Romains, à l'époque de la Diaspora. « Dieu est maître de Son décret[A]. »

Inversement, dans les territoires libres de tout esprit de corps, la fondation d'un État est aisée, et l'autorité est exercée en toute quiétude, parce que les désordres et les rébellions sont rares. Là, un État n'a pas grand besoin d'esprit de corps. C'est le cas, de nos jours, de l'Égypte et de la Syrie. On n'y trouve ni tribus ni esprit de corps, et on ne croirait jamais que la Syrie fut autrefois un foyer de l'esprit tribal. Le pouvoir en Égypte jouit de la plus grande tranquillité et solidité, parce qu'il y a peu de dissidents et de clans. Il n'y a qu'un souverain et des sujets. L'État est dirigé par les rois turcs et leurs clans, qui imposent leur domination tour à tour, le pouvoir passant d'une branche à l'autre. Le califat[a] est nominalement détenu par un ʿAbbâsside, descendant des califes de Bagdad.

Il en va de même dans l'Andalus contemporain. Le clan d'Ibn al-Ahmar, le souverain de ce pays, n'était au moment de la fondation de l'État ni très puissant ni numériquement très important. Les Banû al-Ahmar appartenaient à une des maisons arabes qui soutenaient les Omeyyades, et

A. Coran, XII, 21.

dont peu avaient survécu. Après la chute de l'État arabe et l'arrivée au pouvoir des Berbères lamtûna et almohades, les Andalous ne purent supporter le règne de ces derniers et leur dure oppression. Ils nourrirent à leur égard haine et ressentiment. Vers la fin de leur règne, les princes almohades remirent de nombreuses forteresses au roi chrétien, afin de les aider à garder en leur possession leur capitale, Marrakech. Quelques survivants de l'ancien esprit tribal s'unirent face à cette situation. C'étaient des Arabes de vieille souche, tels les Ibn Hûd, les Ibn al-Ahmar, les Ibn Mardanîsh et d'autres, lesquels avaient pu échapper relativement à la civilisation urbaine et aux villes et avaient maintenu une tradition militaire. Ibn Hûd prit le pouvoir, reconnut l'autorité des califes 'abbâssides d'Orient et appela à la révolte contre les Almohades. Le serment d'allégeance en faveur de ces derniers fut rompu, et ils furent chassés. Ibn Hûd devint le seul maître de l'Andalus. Mais ensuite, Ibn al-Ahmar brigua également le pouvoir. Il s'opposa à l'autorité d'Ibn Hûd, et reconnut celle d'Ibn Abî Hafs, souverain almohade de l'Ifrîqiya. Puis il prit le pouvoir avec l'aide d'un petit groupe de parents, qui s'étaient surnommés les « chefs ». Il n'eut pas besoin de plus de gens, car, à cette époque, il n'y avait pas beaucoup de clans en Andalus, mais seulement une autorité et des sujets. Plus tard, il s'appuya, contre le roi chrétien, sur les chefs zénètes, qui franchirent la mer pour le rejoindre. Ceux-ci devinrent ses alliés pour la défense des frontières et la constitution des garnisons.

Le souverain du Maghreb, de la dynastie des Zénètes[3], forma l'espoir de s'emparer de l'Andalus. Mais ces chefs zénètes, alliés d'Ibn al-Ahmar, se portèrent à la défense de ce dernier. Il put, de la sorte, affermir son pouvoir. Les gens s'habituèrent à son règne et ne purent l'attaquer. Il transmit son autorité à ses descendants, qui continuent à régner de nos jours. Mais qu'on ne croie pas qu'il avait bâti son pouvoir sans s'appuyer sur un clan. Il avait bien commencé avec l'aide d'un clan, peu nombreux il est vrai, mais suffisant. La terre andalouse avait alors peu de clans et de tribus, et on n'avait pas besoin d'un esprit de corps très puissant pour imposer sa domination. « Dieu peut bien se passer des mondes[A]. »

A. Coran, III, 97.

X. DE PAR SA NATURE, LE POUVOIR VEUT LA GLOIRE POUR LUI SEUL, RECHERCHE LE PLUS GRAND LUXE ET ACCORDE SA PRÉFÉRENCE À LA TRANQUILLITÉ ET AU REPOS[a]

Tout d'abord, l'exclusivité de la gloire. Comme on l'a vu précédemment, le pouvoir est fondé sur l'esprit de corps, et l'esprit de corps résulte de la réunion de nombreux clans[1], dont l'un est plus puissant que tous les autres. Celui-ci les domine, les soumet à son autorité et finit par les absorber. C'est de cette façon que se constituent les groupements, que s'effectue la domination, que se forment les États. Cela est dû au fait que l'esprit de corps est, pour un groupe tribal, comme le tempérament pour les choses créées. Le tempérament résulte des éléments, mais, comme on l'a montré ailleurs, si les éléments sont égaux, aucun tempérament ne peut en résulter. Un des éléments doit dominer les autres, et c'est grâce à cette domination que s'effectue le mélange. Il en va de même des clans : l'un d'eux doit dominer tous les autres, afin qu'il puisse les regrouper, les unifier et les transformer en un clan unique qui les comprenne tous.

Ce grand clan se forme seulement derrière ceux qui appartiennent à une grande maison et qui exercent le commandement. L'un d'eux doit être leur chef et les dominer, et c'est lui qui s'impose comme le chef de tous les clans, parce qu'il est issu d'une famille qui a la suprématie sur toutes les autres. Quand il acquiert une telle position, il devient trop fier pour partager son autorité et son commandement — car l'orgueil et la fierté font partie de la nature animale —, et il ne tarde pas à suivre la pente de l'amour-propre qui est inné chez l'homme.

D'autre part, la politique exige que l'autorité soit exercée par un seul. Si elle était partagée entre plusieurs, cela entraînerait la ruine de l'ensemble. « Si, dans le ciel et la terre, il y avait des divinités autres que Dieu, ils seraient détruits[A]. »

Le chef met au pas les différents clans et ne permet à

A. Coran, XXI, 22.

personne de partager son autorité. Il réprime les clans qui montrent une telle prétention, est jaloux de son pouvoir, et n'en concède pas la moindre parcelle à quiconque. De la sorte, il s'approprie toute la gloire, et ne permet pas aux autres d'y prendre part. Cela peut se réaliser avec le premier souverain de l'État, ou seulement avec le second ou le troisième, suivant la résistance et la force des différents clans. Mais cela arrive nécessairement dans tout État. C'est la coutume de Dieu envers Ses serviteurs.

Pour ce qui est de la recherche du luxe, lorsqu'une nation établit sa domination et entre en possession des biens de ceux qui ont régné avant elle, sa prospérité et son bien-être augmentent. Ses membres adoptent un grand nombre d'habitudes nouvelles, et passent d'une vie dure, réduite aux nécessités, à une vie de confort, de raffinement et d'ornement. Puis ils se mettent à imiter les habitudes et les manières de leurs prédécesseurs. Ce qui était encore sans nécessité acquiert le caractère d'usages qu'ils sont obligés de suivre. Ils recherchent alors ce qu'il y a de plus délicat en matière de nourriture, de vêtements, de tapis, de vases. Entre eux, comme avec les autres nations, ils rivalisent de bonne chère, d'habits raffinés, de belles montures. Chaque génération veut surpasser la précédente, jusqu'à la fin de l'État. Plus leur pouvoir est étendu, et plus leur luxe est grand. Ils continuent ainsi, jusqu'à ce que l'État atteigne sa limite, compte tenu de sa puissance et des usages de ses prédécesseurs. C'est ainsi que Dieu agit envers Ses créatures.

Quant à la préférence accordée à la tranquillité, elle est liée au fait qu'une nation n'obtient le pouvoir que par la lutte[2], avec pour objectif de vaincre et de régner. Lorsque cette fin est atteinte, tout effort cesse. Comme a dit le poète :

Je m'étonnais de la course du Temps, entre elle et moi.
Puis nous nous séparâmes, et le Temps se figea[3].

Ceux qui sont arrivés au pouvoir n'ont plus à endurer les peines qu'ils s'étaient infligées pour y parvenir. Ils préfèrent désormais le repos, le calme et la tranquillité, et veulent cueillir les fruits du pouvoir, c'est-à-dire élever des édifices et des demeures et avoir de beaux habits. Ils construisent des palais, installent l'eau courante, plantent des jardins. Ils jouissent ainsi de la vie, préfèrent le repos à l'effort, se livrent entièrement à leur goût pour les habits, la cuisine, le mobilier, les tapis. Ils s'habituent à ces usages, qu'ils transmettent à leurs successeurs. Cet état de choses continue à s'amplifier, jusqu'à ce que Dieu fasse exécuter Son décret.

XI. LORSQUE SE RÉALISENT PLEINEMENT, CONFORMÉMENT À LA NATURE DU POUVOIR, LE MONOPOLE DE LA GLOIRE, LE LUXE ET LA TRANQUILLITÉ, L'ÉTAT EST SUR LE DÉCLIN

Il y a à cela plusieurs explications. Tout d'abord, comme on l'a vu, le pouvoir exige le monopole de la gloire. Tant que la gloire retombe sur tout le clan et que les membres de celui-ci y tendent dans un commun effort, leurs aspirations à imposer leur domination aux autres et à défendre leurs propres possessions sont également ardentes et intraitables. Ils désirent tous parvenir à la puissance. Pour édifier leur gloire, la mort leur est douce, et ils préfèrent périr plutôt que de la voir détruite. Mais lorsque l'un d'eux entend se réserver la gloire pour lui seul, il réprime les autres, contrôle leurs mouvements, et garde pour lui toutes les richesses. Alors ceux-ci ne montrent plus d'ardeur pour l'acquisition des honneurs. Ils perdent leur enthousiasme et acceptent l'humilité et le déclin.

La génération suivante est élevée dans le même esprit. Les membres du clan de l'État considèrent les pensions qui leur sont allouées par le souverain comme le prix de leur service militaire et de leur soutien. Ils n'imaginent même pas qu'il puisse en être autrement. Mais il est rare qu'une personne qui loue ses services soit prête à sacrifier sa vie. Tout cela introduit un germe de faiblesse dans l'État et contribue à miner sa puissance. Son esprit de clan est détruit, parce que ses membres ont perdu leur courage, et il s'achemine vers le délabrement et la sénilité.

Deuxièmement, le pouvoir, de par sa nature, exige le luxe. Les membres de l'État prennent de nouvelles habitudes. Leurs dépenses dépassent le montant de leurs pensions, et leurs entrées ne couvrent pas leurs sorties. Les plus pauvres périssent, et les plus riches dissipent tout leur revenu en dépenses exagérées. Les générations suivantes voient s'aggraver cette situation. Finalement, leurs revenus ne suffisent plus à couvrir les dépenses engendrées par les habitudes de luxe. Ils se retrouvent dans la gêne. Quand leur souverain exige d'eux le paiement des dépenses occasionnées par les raids et les guerres, ils sont incapables d'y faire face. Ils sont alors pénalisés, et beaucoup d'entre eux voient leurs biens confisqués au profit soit des souverains, soit de leurs enfants ou des protégés de l'État. Ainsi appauvris, ils sont incapables de conduire leurs affaires, et leur défaillance contribue à affaiblir le souverain.

D'autre part, quand, dans un État, le luxe augmente et que les revenus ne suffisent plus aux besoins et aux dépenses de ses membres, le souverain, détenteur de l'autorité, doit augmenter leurs allocations, afin de remédier au manque et de les aider à surmonter leurs difficultés. Mais les revenus fiscaux ont un montant fixe. Même s'ils croissent, grâce à de nouvelles taxes, leur montant, après cet accroissement, reste limité. Quand ils sont distribués pour payer les allocations, qui ont subi elles-mêmes une augmentation en raison du luxe et de la multiplication des dépenses, les effectifs de la milice doivent être réduits par rapport à ce qu'ils étaient avant l'augmentation des allocations.

Puis le luxe continue de croître et les allocations d'augmenter, entraînant de nouvelles diminutions des effectifs de la milice. Cela se produit trois, quatre fois. Finalement, l'armée est réduite au minimum. La défense s'affaiblit, les forces de l'État s'effondrent. Il est attaqué par les États voisins et par les clans et les tribus qui lui étaient autrefois soumis. Et Dieu permet sa destruction — comme c'est le destin de toutes Ses créatures.

De plus, le luxe corrompt[a] le caractère. L'âme contracte toutes sortes de vices et de mauvaises habitudes, comme on le verra dans le chapitre sur la civilisation urbaine. Les membres de l'État perdent les vertus qui étaient à la fois un signe et une preuve de leur qualification pour le pouvoir. Ils prennent tous les défauts qui sont à l'opposé de celles-ci. C'est le signe de leur régression et de leur chute, conformément au plan divin. Peu à peu, l'État commence à dépérir. Il s'appauvrit, est atteint des maladies chroniques de la vieillesse, et finit par succomber.

Troisièmement, le pouvoir a besoin, par nature, de la tranquillité. Quand les membres de l'État s'habituent à la tranquillité et au repos, ceux-ci leur deviennent naturels. Il en est ainsi de toutes les choses auxquelles on s'habitue. Les nouvelles générations grandissent dans l'aisance, le luxe et la tranquillité. Leur caractère farouche se transforme. Elles oublient les habitudes de la civilisation bédouine qui leur avaient permis d'accéder au pouvoir : le courage, la rapacité, la capacité de traverser les déserts et de s'y orienter. Rien ne les distingue plus du peuple des villes, si ce n'est leur ingéniosité et leurs emblèmes. Leur défense s'affaiblit, leur courage se perd, et leur puissance est brisée. Cette situation a sur l'État des effets néfastes qui se manifestent par la décrépitude.

Les membres de l'État continuent à prendre de nouvelles habitudes de luxe et à adopter de nouvelles formes de la civilisation urbaine, à jouir de la tranquillité et du bien-être, et à s'enfoncer davantage dans ce mode de vie. Ils s'éloignent d'autant de la civilisation rurale et de la rudesse, et peu à peu s'en détachent. Ils oublient les qualités de courage qui assuraient leur protection et leur défense et finissent par dépendre d'une milice étrangère, s'ils en ont une.

On peut se référer aux États dont l'histoire est racontée dans les livres usuels : on constatera la vérité indubitable de tout ce qui vient d'être dit[b].

Il arrive parfois que le souverain d'un État rendu sénile par l'abus du luxe et du repos choisisse de nouveaux alliés et partisans en dehors de son clan, parmi des gens accoutumés à la rudesse, et en fait des troupes plus aptes à supporter les guerres et les épreuves de la faim et de la privation. Cela peut constituer un remède à la vieillesse de l'État, mais seulement jusqu'à ce que Dieu ait décidé de son sort.

C'est le cas de l'État turc en Orient[1]. Ses troupes sont formées en majorité d'affranchis turcs. Les souverains choisissent des cavaliers et des fantassins parmi les mamelouks qu'on importe spécialement, car ils sont plus combatifs et supportent mieux les privations que les descendants de mamelouks recrutés plus anciennement et ayant vécu dans le bien-être et sous la protection du gouvernement. Il en va de même chez les Almohades d'Ifrîqiya. Le plus souvent, ils choisissent leurs troupes parmi les Zénètes et les Arabes, dont ils recrutent un grand nombre, délaissant les hommes du clan de l'État, habitués au luxe. De cette façon, l'État se donne une nouvelle vie, exempte des atteintes de la vieillesse. Dieu est l'héritier de la terre et de ceux qui s'y trouvent.

XII. LES ÉTATS, COMME LES PERSONNES, ONT UNE LONGÉVITÉ NATURELLE

La longévité naturelle des individus humains, d'après l'opinion des médecins et des astrologues, serait de cent vingt ans — chiffre qui équivaut à la grande année lunaire des astrologues. Elle diffère, pour chaque génération, suivant les conjonctions astronomiques. Elle peut être supérieure ou inférieure à cent vingt ans. Les personnes nées sous certaines conjonctions peuvent vivre cent ans. D'autres vivent cinquante, quatre-vingts ou soixante-dix ans, selon ce qui découle des indications des conjonctions. La longévité dans les pays musulmans se situe entre soixante et soixante-dix ans, comme il est dit dans la Tradition du Prophète. La longévité naturelle n'est dépassée que dans des cas très rares et par suite de positions célestes inhabituelles, comme cela s'est produit, par exemple, pour Noé et pour quelques individus des 'Ad et des Thamûd.

La longévité des États varie également selon les conjonctions astrales mais, en général, aucun État n'a une durée supérieure à celle de trois générations. La durée d'une génération est égale à la longévité moyenne d'un individu, c'est-à-dire quarante ans. C'est le terme de la croissance et de la maturité. Dieu a dit : « … quand enfin il atteint sa pleine maturité, à quarante ans[A]… » C'est pourquoi nous disons que la longévité d'un individu est égale à celle d'une génération.

Il y a une confirmation de cette proposition dans ce que nous avons déjà dit à propos de la signification du séjour des Israélites dans le désert, à savoir : quarante ans est le temps nécessaire à la disparition d'une génération vivante et à la croissance d'une autre qui n'aurait pas connu l'humiliation[1]. Cela prouve que quarante ans — qui est la durée moyenne d'une vie humaine — est la durée à prendre en considération pour une génération.

La longévité d'un État n'excède pas, avons-nous dit, trois générations. Au cours de la première, les membres de

A. Coran, XLVI, 15.

l'État n'ont pas encore perdu les traits de la civilisation rurale, avec sa rudesse et son caractère indomptable. Ils sont habitués à une vie de privation, au courage, à la rapacité et au partage de la gloire. Ils gardent encore toute la force de leur esprit de corps. Ils sont implacables et craints, et les gens leur sont soumis.

Au cours de la deuxième génération, le pouvoir et le bien-être les font passer de la civilisation rurale à la civilisation urbaine, de la privation à la richesse et à la prospérité, du partage de la gloire à l'accaparement de celle-ci par un seul et au désintérêt des autres, de la fierté de vaincre à l'humiliation de se soumettre. La force de leur esprit de corps est entamée. Ils s'habituent à la servilité et à l'obéissance. Mais ils conservent encore une grande partie de leurs anciennes qualités, parce qu'ils ont été en contact avec la première génération. Ils en ont observé les conditions, l'orgueil, l'aspiration à la gloire, la volonté de se défendre et de se protéger. Ils ne peuvent abandonner tout cela d'un coup, même s'ils en perdent une bonne part. Ils vivent avec l'espoir de retrouver les conditions de la première génération, ou même avec l'illusion qu'ils les ont gardées.

À la troisième génération, ils ont complètement oublié l'époque de la civilisation rurale et de la rudesse, comme si celle-ci n'avait jamais existé. Ils ne connaissent plus la douceur de la puissance et de l'esprit de corps, car ils vivent désormais sous la contrainte. Avec eux, le luxe est à son comble. Ils jouissent de la prospérité et de la richesse. Ainsi, ils deviennent dépendants de l'État, comme des femmes ou des enfants qui ont besoin d'être protégés. Il n'y a plus d'esprit de corps, et ils ne savent plus ni se protéger, ni se défendre, ni attaquer. Ils font encore illusion avec leurs emblèmes, leur apparat, leurs chevaux et leur adresse, mais ils sont plus poltrons que des femmes allongées sur le dos. S'ils sont attaqués, ils ne sont guère capables de se défendre, et le souverain doit se tourner vers d'autres pour trouver de l'aide. Il augmente le nombre de ses clients et recrute des partisans capables de fournir quelque soutien à l'État, jusqu'au jour où Dieu décide de la destruction de celui-ci. Et il disparaît avec tout son monde.

Comme on le voit, on a donc trois générations au bout desquelles un État vieillit et s'use. Aussi est-ce à la quatrième génération que prend fin l'illustration. C'est ce que nous avons déjà indiqué précédemment quand nous avions établi que la gloire et l'illustration ne durent que quatre générations[2]. À l'appui[a] de cette proposition, nous avions apporté des arguments naturels évidents, fondés sur des prémisses que nous avions pris soin d'établir préalablement. Au lecteur d'y réfléchir. S'il est impartial, il ne se détournera pas de la vérité.

Trois générations, c'est donc cent vingt ans. Un État reste en général dans les limites de cette durée, avec plus ou moins d'écart, sauf si, par hasard, aucun ennemi ne l'attaque, alors qu'il se trouve déjà au stade de la vieillesse. Si un ennemi l'attaquait, il ne se trouverait personne pour le défendre. « … quand leur terme viendra, ils ne pourront ni le retarder ni l'avancer d'une heure[A]… »

La vie d'un État est à l'image de celle d'une personne : elle croît jusqu'à un certain âge, puis elle stagne et elle passe à une phase de régression. Aussi entend-on couramment dire que la longévité d'un État est de cent ans — ce qui rejoint ce que nous avons dit.

Cela nous permet de déduire une règle pour établir correctement le nombre d'ancêtres dans un lignage lorsqu'on n'en est pas sûr, mais qu'on dispose de la durée totale du lignage depuis le premier ancêtre. On compte pour chaque siècle trois ancêtres. Si le résultat correspond au nombre d'ancêtres figurant sur l'arbre généalogique, celui-ci est exact. S'il manque une génération, cela veut dire qu'il y a une erreur, et que l'arbre généalogique comprend un ancêtre de trop. S'il y a une génération en plus, c'est qu'on a omis un ancêtre. De même, on peut calculer le nombre d'années si on a le nombre exact des ancêtres.

« C'est Dieu qui mesure la nuit et le jour[B]. »

XIII. LE PASSAGE DES ÉTATS DE LA CIVILISATION RURALE À LA CIVILISATION URBAINE

Ces deux phases sont naturelles dans la vie des États. La domination qui conduit au pouvoir est le résultat de l'esprit de corps, lequel implique grande énergie et rapacité. Tout cela n'existe, en général, que dans la civilisation

A. Coran, XVI, 61. ◆ B. Coran, LXXIII, 20.

rurale. Les États passent donc par une première phase rurale.

L'accès au pouvoir entraîne l'aisance et la prospérité. La civilisation urbaine signifie avant tout l'adoption du luxe dans toute sa diversité et la maîtrise des arts qui sont employés pour les différents aspects du luxe : cuisine, vêtements, édifices, tapis, chevaux, vases et tout ce qui concerne la vie domestique. Chacune de ces choses exige des arts particuliers permettant d'y exceller. Aussi les arts se suivent et se multiplient avec la diversification des désirs et des plaisirs humains et la jouissance du luxe, ainsi qu'avec la variété des coutumes.

La phase urbaine du pouvoir doit donc suivre sa phase rurale, car le pouvoir entraîne nécessairement l'aisance. Les membres de l'État, au cours de cette phase urbaine, prennent toujours pour modèle l'État précédent : ils ont vu, de leurs yeux, ses usages, et, en général, s'inspirent de lui.

C'est ce qui arriva aux Arabes après les conquêtes, lorsqu'ils se rendirent maîtres des Perses et des Byzantins et qu'ils réduisirent à la servitude leurs filles et leurs fils. À cette époque, ils ne connaissaient rien de la civilisation urbaine. On raconte que lorsqu'on leur présenta du *muraqqaq*[1], ils le prirent pour un morceau de tissu. Et quand ils trouvèrent du camphre dans les magasins du roi de Perse, ils s'en servirent comme du sel pour faire leur pain. Il y a bien d'autres histoires du même genre. Par la suite, quand ils eurent asservi les gens qui étaient au service des États antérieurs, qu'ils les eurent employés comme domestiques et pour les besoins de leurs maisons, et qu'ils eurent choisi parmi eux les plus habiles et les plus aptes en ces matières, ceux-ci leur apprirent à manier et à maîtriser leur savoir-faire. Ayant, par ailleurs, atteint un grand degré d'aisance et un mode de vie très diversifié, ils développèrent toutes ces choses au plus haut point et passèrent à la phase de la civilisation urbaine, celle du luxe et du raffinement pour la cuisine, les boissons, les vêtements, les édifices, les armes, les tapis, les ustensiles, la musique et tout le petit mobilier de la maison. Ils montrèrent autant de perfection pour leurs jours de parade, leurs banquets, leurs nuits de mariage. Sur ce point, ils dépassèrent tout ce que l'on peut imaginer.

Les récits que font al-Mas'ûdî, at-Tabarî et d'autres auteurs au sujet du mariage d'al-Ma'mûn avec Bûrân, fille d'al-Hasan Ibn Sahl, en fournissent un exemple des plus étonnants[2]. On y trouve une description des présents offerts par ce dernier aux membres de la suite d'al-Ma'mûn — lorsque le calife vint chez lui en bateau à Fumm as-Silh pour demander la main de Bûrân —, la liste des dépenses qu'il fit pour les fiançailles de sa fille, celle des cadeaux de noces offerts par al-Ma'mûn et les frais de la cérémonie de mariage. Le jour des fiançailles, al-Hasan Ibn Sahl distribua des dons aux membres de la suite d'al-Ma'mûn qui assistèrent au banquet. À ceux de la première classe, il jeta des boules de musc enveloppées dans des actes donnant droit de propriété sur des fermes ou des immeubles. Chacun avait son lot selon le hasard et la chance. À ceux de la deuxième classe, il donna des sacs contenant chacun 10 000 dinars. Ceux de la troisième classe eurent droit à des sacs de 10 000 dirhams. Il avait auparavant dépensé plusieurs fois autant quand al-Ma'mûn était descendu chez lui. De son côté, al-Ma'mûn offrit à Bûrân 1 000 rubis en cadeau de noces, le soir du mariage. Il fit brûler des cierges d'ambre dont chacun pesait un *mann*, soit une livre deux tiers. Sur le passage de la mariée, on déploya des tapis tissés d'or et ornés de perles et de pierres précieuses. Lorsque al-Ma'mûn les vit, il s'écria : « Quel admirable homme qu'Abû Nuwâs ! On croirait qu'il avait ce spectacle sous les yeux quand il décrivait ainsi le vin :

Des bulles grandes ou petites à sa surface,
brillent comme des perles sur fond d'or[3]. »

Pour les banquets de la nuit de noces, on avait entassé dans les cuisines 140 charges de mulet de bois, trois fois par jour pendant une année entière. Toute cette quantité fut brûlée cette nuit-là. Des palmes arrosées d'huile furent allumées. Des bateliers furent chargés de préparer des barques pour transporter les invités d'honneur sur le Tigre, de Bagdad aux palais royaux de la cité d'al-Ma'mûn, pour le banquet. Il y en eut 30 000, qui firent le va-et-vient jusqu'à la fin de la journée. Et il y eut bien d'autres choses du même genre.

On pourrait aussi citer l'exemple du mariage d'al-Ma'mûn, fils de Dhî-n-Nûn, à Tolède, décrit par Ibn Bassâm dans son *Kitâb adh-dhakhîra* et par Ibn Hayyân.

Avant cela, alors qu'ils étaient tous encore dans leur première phase rurale, les Arabes étaient tout à fait incapables de pareilles choses. Dans leur indigence et leur simplicité, ils n'en avaient ni les moyens matériels ni les capacités techniques. On raconte qu'al-Hajjâj donna un banquet à l'occasion de la circoncision d'un de ses fils. Il fit venir un des notables persans et l'interrogea sur les banquets perses. « Décris-moi, lui demanda-t-il, le plus grand festin auquel tu as assisté. » L'homme lui répondit : « Monseigneur, j'ai vu un festin offert par l'un des satrapes du roi de Perse aux habitants du Fars. Il y avait des plats d'or sur des tables d'argent, quatre par table. Chaque table était portée par quatre serviteurs, et quatre invités prenaient place autour d'elle. Après le repas, chaque groupe d'invités pouvait emporter la table, ses plats et ses serviteurs. » Al-Hajjâj appela alors son page et lui dit : « Qu'on égorge des chameaux, et qu'on donne à manger aux gens ! » Il comprit qu'il ne pouvait pas se hisser jusqu'à ce faste. Et c'était bien ainsi.

Les allocations et les présents qui étaient dispensés par les Omeyyades vont aussi dans ce sens : c'étaient le plus souvent des chameaux, conformément aux usages des Arabes et à leur origine bédouine. Mais, par la suite, sous les 'Abbâssides, les 'Ubaydites et les États suivants, les présents offerts par les souverains consistaient en grandes sommes d'argent, coffres de vêtements et chevaux harnachés.

Il se passa la même chose entre les Kutâma, d'un côté, et les Aghlabides d'Ifrîqiya et les Banû Tughj d'Égypte, de l'autre ; entre les Lamtûna et les *reyes de taifas* de l'Andalus ; entre les Almohades [et les princes andalous] ; entre les Zénètes et les Almohades, etc.

La civilisation urbaine passe d'un État à celui qui le remplace. Ainsi, des Perses, elle s'est transférée aux Arabes omeyyades et 'abbâssides. Des Omeyyades de l'Andalus, elle est passée aux Almohades et aux Zénètes, souverains actuels du Maghreb. La civilisation des 'Abbâssides a été transmise aux Daylam et aux Turcs, puis aux Saljûqides, aux Turcs d'Égypte et aux Tatars des deux Irak.

La civilisation urbaine d'un État est à la mesure de sa puissance. Car la civilisation urbaine est une conséquence du luxe ; celui-ci découle de la richesse et du bien-être ; et ces derniers découlent du pouvoir et de l'étendue des possessions d'un État. Ainsi, l'importance de tous ces éléments est en proportion de celle du pouvoir.

Si on réfléchit attentivement à tout ce qui précède, on verra qu'il en est bien ainsi de la civilisation[a] et des États. Dieu est l'héritier de la terre et de ceux qu'elle porte.

XIV. LE LUXE APPORTE À UN ÉTAT, À SES DÉBUTS, UNE FORCE SUPPLÉMENTAIRE

En voici la raison. Un groupe tribal qui a le pouvoir et qui vit dans le luxe a une forte croissance, et le nombre des frères et des cousins[1] augmente. Ainsi le clan s'élargit. D'autre part, il adopte de nombreux clients et protégés. Les nouvelles générations vivent dans la prospérité et le bien-être. Le groupe ne cesse de voir croître son nombre et augmenter sa puissance, parce que, avec le nombre, les clans alors se multiplient. Quand disparaissent les première et deuxième générations et que l'État commence à vieillir, ses clients et protégés ne peuvent rien par eux-mêmes pour en renforcer les fondements et en raffermir les bases, car ils n'ont jamais eu aucune part au pouvoir mais ont toujours dépendu de l'État, qu'ils ont soutenu. Quand les racines lâchent, les branches ne peuvent pas tenir toutes seules, elles disparaissent, et l'État ne garde plus toute sa puissance antérieure.

Cela peut être illustré par ce qui s'est passé pour l'État arabe à l'époque de l'islam. Au temps du Prophète et des premiers califes, les Arabes comptaient, on l'a vu, environ 150 000 hommes des tribus mudar et qahtân. Lorsque le luxe atteignit son point culminant, que le nombre des Arabes, à la suite de leur prospérité, s'accrut, et que les califes adoptèrent un grand nombre de clients et de protégés, ces effectifs se multiplièrent. On dit que, quand al-Mu'tasim fit la conquête d'Amorium, il mit le siège devant la ville avec 900 000 hommes. Ce chiffre doit vraisemblablement être correct, si l'on tient compte des garnisons musulmanes des frontières proches et lointaines, à l'est et à l'ouest, et si l'on y ajoute les effectifs de la garde du souverain, plus les clients et les protégés.

Al-Mas'ûdî dit : « On recensa les descendants d'al-'Abbâs Ibn 'Abd al-Muttalib, sous le règne d'al-Ma'mûn, pour leur distribuer des pensions. Ils étaient 30 000, hommes et femmes[2]. » On remarquera l'importance de ce nombre, après moins de deux cents ans ; il s'explique par la prospérité et le bien-être de l'État 'abbâsside, dans lesquels avaient été élevées les nouvelles générations. Au début de la conquête, les populations arabes étaient loin d'atteindre de tels chiffres.

Dieu est « le Créateur, l'Omniscient[A] ».

XV. LES DIFFÉRENTES PHASES D'UN ÉTAT ET LE CHANGEMENT DES TRAITS RURAUX DE SES MEMBRES EN FONCTION DE CHACUNE DE CES PHASES[a]

Tout État passe par différentes phases et connaît des conditions renouvelées. À chacune de ces phases, ses membres acquièrent un caractère particulier qui correspond aux conditions de cette phase et qui ne se retrouve pas dans les autres. En effet, le caractère dépend, par nature, de la situation où il se développe.

Les conditions et les phases d'un État ne dépassent pas, en règle générale, le nombre de cinq.

La première phase est celle de la victoire, du triomphe sur l'adversaire et de la prise du pouvoir, arraché à l'État précédent. Le souverain est alors un modèle pour son groupe dans la recherche de la gloire, la collecte des impôts, la protection des biens et la défense. Il ne réclame aucun avantage exclusif pour lui-même, comme l'exige l'esprit de clan, qui a permis de vaincre et qui conserve encore toute sa vigueur.

La deuxième phase est celle où le souverain prend tout le pouvoir, à l'exclusion des autres membres de son groupe, dont il réprime toute aspiration à participer à l'autorité. Au cours de cette phase, le souverain s'efforce d'acquérir des hommes à lui, de s'entourer de clients et de protégés et d'en accroître sans cesse le nombre, afin d'humilier les membres de son clan et de sa famille, qui sont du même lignage et ont les mêmes prétentions au pouvoir que lui. Il les tient éloignés du pouvoir et de ses sources, et fait échec à toutes leurs tentatives d'y parvenir. Il concentre toute l'autorité entre les mains de sa proche famille et réserve toute la gloire qu'il édifie aux membres de sa maison. Il dépense, pour combattre et soumettre les

A. Coran, XV, 86.

siens, autant d'énergie, sinon plus, que les fondateurs de l'État pour arriver au pouvoir. Ces derniers, qui avaient à lutter contre des étrangers, pouvaient compter sur l'appui de tous ceux qui participaient à l'esprit de clan. Mais, en cette deuxième phase, le souverain affronte ses propres parents et n'est soutenu que par quelques étrangers. C'est donc une situation difficile.

La troisième phase est celle où le souverain a l'esprit libre et assez de tranquillité pour recueillir les fruits du pouvoir, c'est-à-dire, tout ce que désire la nature humaine : acquisition de biens, création d'œuvres durables, célébrité. Il apporte tous ses soins à la perception des impôts, à la gestion rigoureuse des recettes et des dépenses, au contrôle et à la modération de ces dernières. Il érige de vastes constructions, de grands édifices, des villes spacieuses, des monuments élevés. Il distribue des présents aux nobles envoyés des nations et aux grands personnages des tribus, et octroie ses bienfaits à tous ceux qui les méritent. En outre, il se montre généreux envers ses protégés et les membres de sa suite, leur prodigue argent et positions élevées. Il inspecte ses troupes, leur alloue des soldes, leur paie régulièrement leurs mensualités. Les effets de ces mesures sont visibles sur les uniformes des soldats, leur équipement et leurs armes les jours de parade ; ainsi, le souverain peut s'enorgueillir devant les États amis et effrayer ses ennemis. Cette phase est la dernière où le souverain exerce le pouvoir absolu : il décide en toute indépendance, édifie les bases de sa puissance, et montre la route à ceux qui viendront après lui.

La quatrième phase est celle du contentement et du désir de paix. Le souverain est satisfait de ce que ses prédécesseurs ont édifié. Il vit en paix avec les autres monarques. Il imite ses devanciers, marche fidèlement sur leurs traces, suit leur exemple du mieux qu'il peut. Il pense que toute déviation de leur tradition ne peut que nuire à son autorité, et qu'ils savaient mieux que lui comment préserver la gloire qu'ils lui ont léguée.

La cinquième phase est celle de la dilapidation et du gaspillage. Ce que ses devanciers avaient accumulé, le souverain le dissipe pour ses plaisirs, par excès de libéralité envers ses familiers et pour ses réceptions. Il s'entoure d'hommes dépravés et faux auxquels il confie des affaires importantes qu'ils sont incapables de traiter par eux-mêmes et qu'ils ne savent même pas par quel bout prendre. Il dresse contre lui les plus grands amis de l'État, membres de sa propre famille ou protégés de ses ancêtres, qui en viennent à le haïr et à abandonner sa cause. Il affaiblit ses troupes, parce qu'il dépense leurs soldes pour ses plaisirs et qu'il les prive de ses soins directs et de son attention. Ainsi, il détruit ce que ses ancêtres avaient fondé, démolit ce qu'ils avaient édifié. Au cours de cette phase, l'État souffre des effets de l'âge. Il est atteint d'un mal chronique dont il ne peut plus se relever, un mal contre lequel il ne trouve plus aucun remède, jusqu'au jour où il disparaît. C'est ce que nous montrerons dans les développements qui vont suivre.

Dieu est le meilleur des héritiers[A].

XVI. LES ŒUVRES[1] RÉALISÉES PAR UN ÉTAT SONT EN RAPPORT AVEC SA PUISSANCE ORIGINELLE

En voici la raison. Les œuvres d'un État sont le produit de la force qui lui a permis de s'établir au moment de sa fondation. Plus cette force est grande, plus l'œuvre est importante. Prenez l'exemple des édifices et des grandes constructions : ils varient selon la force originelle de l'État. Il faut, pour les ériger, beaucoup d'artisans, et le travail et la coopération d'un grand nombre de gens. Un État puissant, qui s'étend sur de vastes territoires et règne sur des provinces et des populations nombreuses, dispose de maints artisans, venus de toutes les régions et contrées du royaume. Ainsi, les plus grands travaux peuvent être réalisés.

On peut citer, à cet égard, les édifices des 'Ad et des Thamûd, dont parle le Coran[2]. Ou encore, les arcades de Khosrô, que chacun peut voir de ses yeux, et qui montrent la puissance des Perses. Ar-Rashîd voulut les démolir, mais dut y renoncer, après de vaines tentatives. On connaît l'histoire célèbre des conseils qu'il demanda, à ce sujet, à Yahyâ Ibn Khâlid[3]. Quand on voit comment un État a construit un édifice qu'un autre a été incapable de détruire, alors qu'il est bien plus facile de démolir que de construire, on peut mesurer la différence qui les sépare. De même, quand on évoque des monuments tels que la Nef d'al-

A. *Cf.* Coran, XXI, 89.

Walîd[4] à Damas, la Grande Mosquée omeyyade de Cordoue, le pont sur le fleuve dans la même ville, les arches de l'aqueduc qui amenait l'eau à Carthage, les ruines de Cherchell au Maghreb, les pyramides d'Égypte ou beaucoup d'autres édifices encore visibles aujourd'hui, on voit toute la différence qui existe entre des États puissants et des États faibles.

Ces travaux des anciens ont pu être réalisés grâce à des machines et avec le concours d'habiles artisans et d'une abondante main-d'œuvre. C'est par ces moyens seulement qu'on a pu élever tous ces monuments et ces ouvrages. Il ne faut pas croire, comme le vulgaire, que les anciens étaient physiquement plus grands que nous. Il n'y a pas, entre les hommes, autant de différences que celles qu'on remarque entre les monuments et les vestiges du passé. Mais les conteurs se sont emparés de ce sujet et en ont traité avec beaucoup d'exagération. À propos des 'Ad, des Thamûd, des Amalécites et des Cananéens, ils ont raconté des histoires purement mensongères. Une de ces histoires les plus étranges est celle d'Og, fils d'Anak, qui faisait partie des Cananéens[a]. Og, à ce qu'ils prétendent, était si grand qu'il pouvait pêcher des poissons dans la mer et les griller à même le soleil. Ces conteurs sont aussi ignorants des affaires humaines que des astres. Ils croient que le soleil renferme de la chaleur, et qu'il y fait plus chaud quand on s'en rapproche. Ils ne savent pas que la chaleur, c'est la lumière, et que la lumière est plus intense au voisinage de la terre à cause de la réflexion des rayons solaires à la surface de celle-ci. Dans cette zone, la chaleur est plusieurs fois plus forte. Dans les régions éloignées de la réflexion des rayons, il n'y a pas de chaleur, et il y fait froid. C'est de là que partent les nuages. En lui-même, le soleil n'est ni froid ni chaud. C'est un corps simple, lumineux, qui n'a pas de tempérament propre.

D'autre part, disent-ils, Og, fils d'Anak, était au nombre de ces Amalécites ou Cananéens qui furent attaqués par les Israélites lorsqu'ils conquirent la Syrie. Or, les Israélites de cette époque avaient des tailles et des corps à peu près semblables aux nôtres, comme on le voit aux dimensions des portes de Jérusalem. Celles-ci ont été détruites puis reconstruites, mais elles ont conservé les mêmes formes et les mêmes dimensions. Comment aurait-il pu y avoir une si grande différence de taille entre Og et ses contemporains ?

L'erreur de ces conteurs est due au fait qu'ils ont été impressionnés par les monuments des anciennes nations. Ils n'ont pas compris le mode d'organisation de ces anciens États, le type de coopération qui s'y pratiquait, et comment, grâce à cela et à l'emploi des machines, on pouvait élever de si grands monuments. Ils se sont donc imaginé, à tort, que cela était dû à la force et à l'énergie d'hommes de très grande taille.

Al-Mas'ûdî avance, d'après les philosophes, la théorie suivante, qui a une base purement arbitraire[5]. « Quand Dieu créa le monde, la nature qui constituait les corps était très abondante[6] et aussi forte et parfaite que possible. La vie était plus longue et les corps plus forts, à la mesure de la perfection de cette nature. La mort n'est due qu'à la dissolution des forces naturelles. Plus ces forces sont grandes, plus la vie est longue. Au début du monde, les vies humaines atteignaient leur plein terme et les corps étaient parfaits. Puis, le monde n'a pas cessé de se dégrader, en raison de l'imperfection graduelle de la matière, jusqu'à ce qu'il eût atteint l'état où il se trouve encore aujourd'hui. Il continuera à se détériorer jusqu'à sa dissolution et sa destruction. »

Comme on le voit, c'est une opinion qui n'a d'autre fondement que l'arbitraire pur. Elle ne s'appuie ni sur une raison naturelle ni sur une base logique. Nous pouvons voir de nos yeux les habitations et les portes des anciens, ainsi que les procédés qu'ils avaient utilisés pour la construction de leurs immeubles, leurs monuments, leurs maisons et leurs demeures, comme, par exemple, celles des Thamûd, taillées dans le rocher, petites, avec des portes étroites. Le Prophète a indiqué que c'était bien là les habitations des Thamûd. Il a interdit de se servir de leur eau. Le pain fait avec cette eau a été jeté et l'eau répandue par terre. Il a dit : « N'entrez dans les maisons de ceux qui se sont nui à eux-mêmes qu'en pleurant, de crainte que vous subissiez le même sort[7]. » Il en va[b] de même du pays des 'Ad, de l'Égypte, de la Syrie, et de tous les endroits de la terre, en Orient comme en Occident. La vérité est celle que nous avons établie.

On compte aussi, parmi les hauts faits des États, leurs façons de célébrer les mariages et les repas de noce, comme on l'a vu pour le repas de noce de Bûrân et les banquets d'al-Hajjâj et d'Ibn Dhî-n-Nûn.

Il y a également les présents, qui sont en rapport avec la puissance des États. Cela reste valable même lorsque l'État est à son déclin. En effet, les États ont des ambitions proportionnelles à la force de leur pouvoir et au degré de leur domination. Ces ambitions demeurent vivaces jusqu'à leur destruction.

Voyez les présents offerts par Ibn Dhî Yazan aux ambassadeurs des Quraysh. À chacun d'eux, il donna deux livres d'or et d'argent, dix esclaves mâles, dix servantes et une outre d'ambre gris. Et il donna à 'Abd al-Muttalib dix fois plus. Le royaume de Dhî Yazan, à cette époque, se limitait pourtant au pays du Yémen, qui était sous l'autorité de la Perse. La munificence d'Ibn Dhî Yazan était due à sa haute ambition, car sa famille, les Tubba', avait eu autrefois un grand pouvoir et exercé sa domination sur les nations dans les deux Irak, en Inde et au Maghreb.

De même, les présents qu'offraient les Sinhâja d'Ifrîqiya aux ambassadeurs zénètes qui se rendaient auprès d'eux consistaient en des sommes d'argent importantes, en des coffres de vêtements, en de nombreux coupons d'étoffe. L'*Histoire* d'Ibn ar-Raqîq contient maints récits à ce sujet.

Du même genre également sont les allocations, les présents et les dépenses que faisaient les Barmécides. Lorsqu'ils voulaient aider un homme sans ressources, ils lui donnaient une propriété et une charge lui assurant la prospérité jusqu'à la fin de ses jours. Ils ne se contentaient pas d'un don qui pouvait être consommé en moins d'un jour. Il y a à leur sujet de nombreux récits qui sont consignés dans les livres. Tous ces récits sont en rapport avec la puissance des États.

Quand Jawhar al-Kâtib as-Saqlabî, commandant de l'armée des 'Ubaydites, partit pour la conquête de l'Égypte, il prit avec lui, de Kairouan, une provision de mille charges d'argent. Aucun État ne serait aujourd'hui capable d'en faire autant.

On a, écrite de la main d'Ahmad Ibn Muhammad Ibn 'Abd al-Hamîd al-Kâtib, une liste des sommes remises au trésor à Bagdad, en provenance de toutes les provinces de l'empire, sous le règne d'al-Ma'mûn. Je la reproduis ici, d'après Jirâb ad-dawla[8].

As-Sawâd	Récoltes : 27 780 000 dirhams
	Différents genres de revenus : 14 800 000 dirhams
	Habits de Najrân : 200
	Argile pour sceau : 240 livres
Kaskar	11 600 000 dirhams
Régions du Tigre	20 800 000 dirhams
Hulwân	4 800 000 dirhams
Al-Ahwâz	25 000 dirhams
	Sucre : 30 000 livres
Fars	27 000 000 dirhams
	Eau de rose : 30 000 flacons
	Raisin noir : 20 000 livres
Kirmân	4 200 000 dirhams
	Tissu yéménite : 500 pièces
	Dattes : 20 000 livres
	Cumin : 1 000 livres
Mukrân	400 000 dirhams
Sind et territoires voisins	11 500 000 dirhams
	Bois de santal : 150 livres
Sijistân	4 000 000 dirhams
	Tissu losangé : 300 pièces
	Sucre candi : 20 000 livres
Khurâsân	28 000 000 dirhams
	Lingots d'argent : 1 000
	Bêtes de charge : 4 000
	Esclaves : 1 000 têtes
	Vêtements : 27 000
	Myrobolan : 30 000 livres
Jurjân	12 000 000 dirhams
	Soie : 1 000 pièces

Qûmis	1 500 000 dirhams Lingots d'argent : 1 000
Tabaristân, ar-Ruyân et Nihâwand	6 300 000 dirhams Tapis du Tabaristân : 600 pièces Robes : 200 Vêtements : 500 Nappes : 300 Gobelets : 300
Ar-Rayy	12 000 000 dirhams Miel : 20 000 livres
Hamadhân	11 800 000 dirhams Suc de grenade : 1 000 livres Miel : 12 000 livres
Région entre[9] Basra et Koufa	10 700 000 dirhams
Mâsâbadhân et ar-Rayyân[10]	4 000 000 dirhams
Shahrazûr	6 000 000 dirhams
Mossoul et sa région	24 000 000 dirhams Miel blanc : 20 000 livres
Azerbaïdjan	4 000 000 dirhams
Al-Jazîra et les districts voisins de l'Euphrate	34 000 000 dirhams
Karaj[11]	300 000 dirhams
Jîlân[12]	5 000 000 dirhams Esclaves : 1 000 têtes Miel : 12 000 pots Faucons : 10 Robes : 20
Arménie	13 000 000 dirhams

	Tapis brodés : 20 Broderies : 580 pièces Poisson *Sûrmâhî* salé[13] : 10 000 livres Hareng[14] : 10 000 livres Mules : 200 Faucons : 30
Qinnasrîn	400 000 dinars[15] Raisins secs : 1 000 charges
Damas	420 000 dinars
Jordanie	96 000 dinars
Palestine	310 000 dinars Raisins secs : 300 000 livres[16]
Égypte	1 920 000 dinars
Barqa	1 000 000 dirhams
Ifrîqiya	13 000 000 dirhams Tapis : 120
Yémen	370 000 dinars, sans compter les vêtements
Hijâz	300 000 dinars
	(Fin de la liste)

Pour ce qui est de l'Andalus, les historiens les plus dignes de foi de ce pays rapportent que 'Abd ar-Rahmân an-Nâsir laissa dans son trésor 5 000 000 dinars, soit un poids de cinq cents quintaux.

J'ai vu dans une des histoires d'ar-Rashîd que l'argent versé annuellement au trésor sous son règne était de 7 500 quintaux de dinars d'or.

Concernant l'État des 'Ubaydites, j'ai vu dans l'*Histoire* d'Ibn Khallikân, dans la notice consacrée à al-Afdal Ibn Badr al-Jamâlî — commandant de l'armée, qui usurpait le pouvoir des califes d'Égypte —, que, lorsque celui-ci était mort, on trouva dans ses trésors 600 000 dinars et 250 *'irdabs*[17] de dirhams, ainsi que l'équivalent de ces sommes en pierres précieuses, perles, effets, meubles[18], chevaux et bêtes de somme.

Quant aux États actuels, le plus important d'entre eux est l'État des Turcs d'Égypte, qui atteignit le sommet de sa puissance sous le règne d'an-Nâsir Muhammad Ibn Qalâ'ûn. Celui-ci fut dominé au début de son règne par les deux émirs Baybars et Salâr. Ensuite, il fut détrôné par Baybars, qui prit le pouvoir, avec Sallâr comme associé. Quelque temps après, quand an-Nâsir eut reconquis le pouvoir, il disgracia Sallâr et confisqua son trésor[19]. J'ai pris connaissance de l'inventaire de celui-ci, dont j'extrais ce qui suit :

Yacinthes jaunes et rubis	4 livres et demie
Émeraudes	19 livres
Diamants et saphirs	300 grandes pièces
Chatons divers	2 livres
Perles rondes pesant entre 1 *mithqâl* et 1 dirham	1 150 pièces
Pièces d'or	1 400 000 dinars
Un bassin plein d'or pur	
Des sacs pleins d'or découverts entre deux murs. On n'en connaît pas le nombre.	
Dirhams	2 071 000
Joyaux	4 quintaux

Une quantité équivalente d'effets, de meubles, de chevaux, de bêtes de somme, de récoltes, de bétail, d'esclaves mâles et femelles, d'immeubles.

Ensuite vient l'État des Mérinides au Maghreb Extrême. J'ai pu voir dans le trésor royal un inventaire écrit de la main de leur ministre des Finances, Hassûn Ibn al-Bawwâq'. Il y est indiqué que le sultan Abû Sa'îd laissa dans son trésor plus de 700 quintaux de dinars d'or et l'équivalent en d'autres biens et effets. Son fils et successeur, Abû l-Hasan, avait un trésor encore plus riche. Quand il s'empara de Tlemcen[20], il trouva dans les trésors de son sultan, l''Abdal-wâdide Abû Tâshfîn, plus de 300 quintaux d'or — entre les pièces de monnaie et les joyaux — et l'équivalent en d'autres biens.

Pour ce qui est des souverains almohades d'Ifrîqiya, j'ai connu le sultan Abû Bakr, leur neuvième roi[21]. Après avoir disgracié le commandant de ses armées, Muhammad Ibn al-Hakîm, il lui confisqua 40 quintaux de dinars d'or et un *mudd*[22] de chatons et de perles. Il s'empara également d'une quantité de tapis de ses maisons d'une valeur à peu près égale, ainsi que l'équivalent en d'autres biens.

J'étais présent en Égypte lorsque le roi az-Zâhir Abû Sa'îd Barqûq disgracia son ministre de l'Intérieur, l'émir Mahmûd et lui confisqua ses biens. La personne chargée de la confiscation m'informa que la quantité d'or qu'on lui prit était de 1 600 000 dinars. Les effets, chevaux, bétail, récoltes, bêtes de somme, étaient proportionnés à cette somme[d].

Tous ces faits doivent être considérés en tenant compte de la puissance relative des États. On ne doit pas rejeter ce qui ne paraît pas familier ni ce dont on ne voit pas d'exemple à l'époque où l'on vit, car on se rendrait incapable de saisir toutes les choses possibles. Bien des gens distingués, entendant ce genre d'informations au sujet des anciens États, s'empressent de les rejeter. Ils ont tort. Les conditions du monde et de la civilisation ne sont pas toujours les mêmes. Celui qui ne connaît qu'un niveau bas ou moyen de la civilisation ne doit pas croire que celle-ci se limite à ces niveaux. En examinant les informations qui nous sont parvenues sur les 'Abbâssides, les Omeyyades et les 'Ubaydites, et en comparant celles qui sont authentiques et non sujettes au doute avec ce que nous observons des États contemporains moins puissants, nous constatons de grandes différences. Cela tient aux disparités entre les forces originelles de ces États et entre leurs civilisations respectives. Comme on l'a vu, les œuvres d'un État sont proportionnelles à sa puissance originelle. Nous ne pouvons donc pas rejeter *a priori* ce qu'on nous en dit. D'ailleurs, beaucoup de ces informations se rapportent à des choses extrêmement bien connues et évidentes. Certaines d'entre elles sont l'objet d'une tradition ininterrompue, et d'autres peuvent être confirmées par le témoignage des monuments ou d'autres vestiges.

On peut donc, en partant des informations qui sont rapportées à leur sujet, déduire les degrés de force ou de faiblesse, de grandeur ou de petitesse, des divers États. L'intéressante histoire que voici est instructive à cet égard.

Sous le règne du sultan mérinide Abû 'Inân, un éminent savant de Tanger, connu sous le nom d'Ibn Battûta, revint au Maghreb. Vingt ans plus tôt, il était parti pour l'Orient et avait voyagé en Irak, au Yémen et en Inde. Il visita la ville de Delhi, capitale du roi de l'Inde et entra en contact avec le souverain qui y régnait à cette époque — c'était alors le sultan Muhammad Shâh. Ce souverain le prit en grande estime et le nomma à la fonction de cadi malikite. Ibn Battûta retourna ensuite au Maghreb et se rendit auprès du sultan Abû 'Inân.

Il fit le récit de son voyage et des merveilles qu'il avait vues dans les divers royaumes de la terre. Il parla surtout beaucoup du souverain de l'Inde, et rapporta à son sujet bien des choses qui étonnèrent ses auditeurs. Il raconta, par exemple, que lorsque le roi de l'Inde partit en voyage, il compta les habitants de sa capitale, hommes, femmes et enfants, et leur alloua une pension de six mois, qui leur fut versée de ses revenus personnels[23]. Son retour fut célébré par une grande journée de fête[24] ; toute la population vint à sa rencontre dans un espace désert à l'extérieur de la ville et se rangea autour de lui. Au cours de la cérémonie, on disposa autour de lui des balistes placées sur les dos des bêtes de charge, et l'on tira sur les gens des bourses de dirhams et de dinars, jusqu'au moment où le souverain entra dans la salle d'audience.

Ibn Battûta raconta d'autres histoires du même genre, et les gens à la cour le traitèrent tout bas de menteur. J'eus un jour l'occasion, à cette époque, de rencontrer le célèbre vizir Fâris Ibn Wadrâr, et je demandai son avis sur ce point, en lui laissant entendre que je ne croyais pas aux récits de cet homme, vu sa réputation de menteur. Le vizir me répondit : « Garde-toi de rejeter ce genre d'informations du simple fait que tu n'en as pas été témoin toi-même. Tu serais comme le fils de vizir élevé en prison. On raconte qu'un vizir, emprisonné par son roi, était resté des années derrière les barreaux et avait élevé son fils dans son lieu de détention. Quand l'enfant eut grandi et atteint l'âge de raison, il interrogea un jour son père au sujet de la viande qu'il venait de manger. "C'est du mouton", lui répondit celui-ci. Le fils demanda ce qu'était le mouton, et le père lui en fit une description détaillée. Et le fils de remarquer : "Mon père, tu veux dire que c'est comme un rat ?" Mécontent, le vizir répliqua : "Quel rapport y a-t-il entre un mouton et un rat ?" Ensuite, la même chose se répéta à propos de la viande de chameau et de bœuf. Comme l'enfant n'avait vu dans sa prison que des rats, il croyait que tous les animaux étaient de la même espèce. »

Cette attitude de scepticisme à l'égard des informations historiques est aussi répandue que la tentation de l'exagération, liée au désir d'étonner, comme on l'a vu au début de cet ouvrage[25]. Il faut donc toujours en revenir aux sources des informations, se dominer, et distinguer entre la nature de ce qui est possible et ce qui est impossible, en s'appuyant sur la claire raison et le bon sens naturel. Tout ce qui entre dans la sphère du possible doit être admis, et tout ce qui n'y entre pas rejeté. Par le mot « possible », nous n'entendons pas ce qui est intellectuellement « possible » de façon absolue : le champ en est si large qu'il n'impose aucune limite aux événements. Mais nous voulons parler du « possible » en considération de la matière propre à chaque chose. Si nous examinons l'origine, le genre, la différence spécifique, la grandeur et la force d'une chose, nous pourrons, en rapport avec tout cela, juger de ses conditions et rejeter comme impossible ce qui n'entre pas dans la sphère de cette chose.

« Dis : Seigneur, accrois ma science[A]. »

XVII. POUR LUTTER CONTRE SON PROPRE GROUPE[1] ET LES MEMBRES DE SON CLAN, LE SOUVERAIN S'APPUIE SUR SES CLIENTS ET SES PROTÉGÉS

Le souverain, avons-nous dit, n'accède au pouvoir que grâce à l'appui des siens. Ceux-ci forment un groupe solidaire autour de lui et l'aident dans son entreprise. Il se sert d'eux pour combattre les rebelles, et choisit parmi eux les fonctionnaires de son royaume, ses vizirs et ses collecteurs d'impôts. Ils l'aident à imposer sa domination, sont associés à son pouvoir, participent à toutes les affaires importantes.

Il en va ainsi durant toute la première phase de l'État, comme on l'a vu. Mais quand arrive la deuxième phase, que le souverain veut le pouvoir pour lui seul, accapare

A. Coran, XX, 114.

toute la gloire et en éloigne les siens avec la dernière énergie, ceux-ci deviennent pour lui, en réalité, des ennemis. Pour les écarter du pouvoir et leur interdire toute participation à l'autorité, il s'entoure d'autres partisans d'origine différente, qu'il utilise contre eux et dont il fait ses amis. Ces nouveaux venus deviennent ses plus proches serviteurs. Il leur donne la préférence et en fait ses obligés. Il leur accorde les plus grandes faveurs et les plus hautes positions. Car, au prix de leur vie, ils empêchent les siens de reprendre le pouvoir qui était le leur et de retrouver leur ancien rang à ses côtés.

À ce stade, le souverain s'entoure exclusivement de ces hommes nouveaux. Il les distingue par des faveurs et des honneurs particuliers et leur accorde les mêmes privilèges que ceux qu'il réserve à son propre peuple. Il leur confie les charges les plus importantes, comme celles de vizir, de commandant en chef, de collecteur d'impôts, ainsi que certaines prérogatives royales qu'il garde pour lui seul à l'exclusion des membres de sa famille. Car ces gens sont devenus ses meilleurs amis et ses conseillers les plus sincères. Cependant, c'est déjà l'annonce de la destruction de l'État et un signe de la maladie chronique qui l'atteint. L'esprit de corps sur lequel a été édifiée sa domination est perdu. Ses membres sont aigris, à cause du mépris et de l'hostilité que leur témoigne le souverain. Ils sont pleins de haine contre lui et guettent un revirement du sort pour l'attaquer. Tout cela retombe sur l'État, et rien ne peut plus le guérir de ce mal. Car le passé ne fait que se confirmer au cours des générations suivantes, jusqu'à la disparition complète de l'État.

Prenez l'exemple de l'État des Omeyyades. D'abord, ils n'employèrent dans leurs guerres et l'administration de leurs provinces que des Arabes, tels que 'Amr Ibn Sa'd Ibn Abî Waqqâs, 'Ubayd Allâh Ibn Ziyâd Ibn Abî Sufyân, al-Hajjâj Ibn Yûsuf, al-Muhallab Ibn Abî Sufra, Khâlid Ibn 'Abd Allâh al-Qasrî, Ibn Hubayra, Mûsâ Ibn Nusayr, Bilâl Ibn Abî Burda Ibn Abî Mûsâ al-Ash'arî, Nasr Ibn Sayyâr, et d'autres. De même, durant tout le début de l'État 'abbâsside, on fit appel à des personnalités arabes. Mais, quand l'État passa à la phase de l'accaparement de la gloire par les souverains et que les Arabes furent écartés des charges gouvernementales, l'office de vizir fut réservé aux non-Arabes et aux protégés, tels que les Barmécides, les

Banû Sahl, les Banû Nawbakht, les Banû Tâhir et, par la suite, les Bûyides et les clients turcs, tels que Bughâ, Wasîf, Utâmish, Bâkiyâk, Ibn Tûlûn et leurs descendants, ainsi que d'autres clients non arabes. L'État passa à des gens différents de ceux qui l'avaient fondé, et la puissance échut à des gens différents de ceux qui l'avaient obtenue à l'origine.

C'est la coutume de Dieu à l'égard de Ses serviteurs.

XVIII. CONDITIONS DES CLIENTS ET DES PROTÉGÉS DES ÉTATS

Les protégés d'un État occupent des positions plus ou moins importantes suivant l'ancienneté de leurs liens avec le souverain. En voici la raison. L'objectif poursuivi à travers l'esprit de corps, à savoir la défense et la lutte pour la domination, ne se réalise que grâce aux liens du sang, car, comme on l'a vu précédemment, les parents et les proches parents s'entraident, alors que les étrangers et les gens éloignés ne le font pas. Les liens de clientèle et les relations d'alliance ou de maîtres à esclaves jouent le même rôle. En effet, quoique naturels, les liens du sang ont un rapport avec l'imagination. Ce qui donne leur sens à ces liens, c'est la vie en commun, la fréquentation, une longue familiarité et des relations de camaraderie entre ceux qui ont été élevés et nourris ensemble, et ont partagé les mêmes conditions pour tout ce qui touche à la vie et à la mort. Des liens établis sur cette base conduisent à l'orgueil[1] et à l'entraide. C'est un fait observable.

Il se passe la même chose dans les rapports de protection. Entre protecteur et protégé, il se crée une forme particulière de contact, qui est du même ordre que les liens du sang et à travers laquelle s'affirme la relation. Il n'y a pas à proprement parler de liens du sang, mais il y a des effets similaires à ceux des liens du sang.

Quand l'établissement des liens d'un groupe tribal avec ses clients est antérieur à l'arrivée au pouvoir, ces liens sont plus profonds. Ils entretiennent des sentiments plus sincères et sont d'un métal plus pur. Cela pour deux raisons :

Premièrement, avant d'arriver au pouvoir, ils sont tous dans les mêmes conditions. Les liens du sang ne se distinguent des liens de clientèle que dans de rares cas. Les clients sont traités sur le même pied que les proches parents ou les parents. Mais, quand l'établissement des liens de clientèle a lieu après l'arrivée au pouvoir, la position royale crée une distinction entre maîtres et clients, et entre proches parents et clients ou protégés, car le commandement et le pouvoir rendent nécessaires les distinctions et les différences de rang. Les clients sont alors traités différemment et considérés comme des étrangers. Leurs liens avec le clan au pouvoir sont plus faibles et leur solidarité moins évidente. Aussi, ces liens de clientèle sont-ils moins solides que ceux qui précèdent l'arrivée au pouvoir.

Deuxièmement, les clients dont les liens de clientèle ont été établis avant l'arrivée au pouvoir, à cause de la longue période de temps écoulé, sont rattachés à une époque reculée par rapport à l'État contemporain[a]. La nature exacte de leurs liens s'obscurcit, et, le plus souvent, on croit qu'il s'agit de liens du sang. Cela renforce l'esprit de corps. À l'inverse, quand ces liens s'établissent après l'arrivée au pouvoir, leur nouveauté fait qu'ils sont connus de la plupart des gens ; leur nature est donc évidente et se distingue nettement de celle des liens du sang. L'esprit de corps qui en résulte est plus faible que celui qui prévaut quand les liens de clientèle sont formés avant l'avènement de l'État.

L'étude des États et des chefferies le montre bien. Quand les liens entre les protégés et leurs protecteurs sont établis avant l'arrivée de ceux-ci au commandement et au pouvoir, ils sont plus forts. Les protégés sont plus proches de leurs protecteurs, et sont considérés par eux comme leurs fils, leurs frères ou leurs proches parents. Au contraire, les rapports ne sont pas aussi proches et aussi étroits quand ces liens sont établis après l'accès au commandement et au pouvoir. C'est ce que chacun peut observer de ses propres yeux.

Ainsi, lorsqu'un État est proche de sa fin, il fait appel à des étrangers qu'il adopte comme clients. Cependant, ceux-ci n'arrivent jamais à édifier une gloire aussi solide que celle des clients adoptés avant la fondation de l'État. Leurs liens sont trop récents, et l'État est sur le point de disparaître. Leur position reste donc des plus modestes. Si le souverain, délaissant les anciens partisans et protégés de l'État, les a recrutés, c'est en raison de l'arrogance et de l'indocilité de ceux-ci, qui se conduisent à son égard comme des membres de son clan et de sa famille, parce que les liens qu'ils ont avec lui ont été solidement établis de longue date sur la base de l'éducation, des relations avec ses ancêtres et son peuple, du rang tenu aux côtés des membres les plus influents de sa famille. Aussi se montrent-ils avec lui familiers et arrogants. C'est pourquoi le souverain les écarte et renonce à leurs services pour s'entourer de nouveaux venus. Ceux-ci, adoptés trop récemment, ne peuvent prétendre à des positions aussi glorieuses et ne se départissent jamais de leur qualité d'étrangers.

C'est ce qui arrive à tous les États quand ils sont sur le déclin. Les noms de « protégés » et de « clients » désignent les partisans de la première heure. Quant à ces nouveaux venus, ils sont appelés « serviteurs » ou « aides ».

« Dieu est l'ami des croyants[A]. »

XIX. MISE SOUS TUTELLE[1] DU SOUVERAIN ET USURPATION DE SON POUVOIR

Quand le pouvoir est détenu de façon continue par une famille et une branche déterminée d'un même groupe tribal, quand cette famille exerce le pouvoir seule, en écartant tout le reste du groupe, et que ses enfants s'y succèdent tour à tour par désignation, il arrive souvent qu'un vizir ou un membre de la cour usurpe l'autorité du souverain. Cela se produit le plus souvent à l'occasion de l'accession au trône d'un jeune enfant ou d'un prince faible de caractère qui s'élève sur le trône après son père[a], ou qui est porté au pouvoir par ses parents du côté paternel ou ses oncles maternels. On se fait à l'idée qu'il n'est pas capable d'exercer le pouvoir. Son tuteur[2], ancien vizir de son père, membre de la cour, client ou membre du clan royal, prend alors les affaires en main, en laissant croire qu'il n'est que le gardien de l'autorité du souverain, jusqu'à ce qu'on s'habitue à son usurpation. Il se sert alors de sa situation pour arriver au pouvoir. Il ne laisse pas approcher l'enfant, l'habitue aux plaisirs auxquels le convie le luxe où il vit, et saisit toutes les occasions de l'y entraîner. Il le détourne des affaires du gouvernement, afin de lui confisquer son autorité. L'enfant en arrive à croire que la part dévolue au sou-

A. Coran, III, 68.

verain dans l'exercice du pouvoir consiste seulement à s'asseoir sur un trône, à donner la main en signe d'accord, à se faire appeler « Sire » et à rester avec les femmes derrière le voile. Il pense que la prise de décision[3], les ordres et les interdictions, la direction et le contrôle des affaires du gouvernement, tels que l'inspection de l'armée, des finances, des frontières, sont du ressort du vizir. Il lui abandonne donc tout cela, et le vizir renforce ainsi sa position de suprématie et de mainmise sur l'autorité. Tout le pouvoir passe entre ses mains, et il peut le transmettre à sa propre famille et à ses enfants.

Il en fut ainsi avec les Bûyides, les Turcs, Kâfûr al-Ikhshîdî et bien d'autres, en Orient, et avec al-Mansûr Ibn Abî 'Amir, en Andalus.

Parfois, le souverain mis sous tutelle et privé d'autorité prend conscience de sa situation et tente de s'émanciper. Il rétablit le pouvoir dans sa famille et s'en prend à ceux qui l'ont tenu en tutelle. Ou bien il les tue, ou bien il les destitue seulement. Mais cela est très rare. Car, lorsqu'un État en arrive à être dominé par ses vizirs et ses clients, il s'enlise dans cette situation et parvient rarement à en sortir. En effet, c'est souvent le résultat de la vie de luxe : élevés dans l'opulence, les jeunes princes oublient les qualités de virilité et s'habituent aux mœurs des nourrices. Ayant grandi dans cette atmosphère, ils ne désirent pas le commandement et ne savent rien du pouvoir personnel et de la domination. Ils n'ont qu'une ambition : être entourés de la pompe royale et jouir de toutes les sortes de plaisirs et de luxes. Ainsi, clients et protégés parviennent à imposer leur domination quand la famille princière écarte le reste de son clan et exerce le pouvoir seule. Cela se produit dans tout État, de façon nécessaire, comme on l'a vu précédemment.

Ce sont deux maux dont aucun État ne peut guérir, sauf en de rares cas.

« Dieu donne Sa royauté à qui Il veut[A]. »

A. Coran, II, 247.

XX. CEUX QUI DOMINENT LE SOUVERAIN NE PARTAGENT PAS AVEC LUI LE TITRE RÉSERVÉ AU DÉTENTEUR DU POUVOIR SUPRÊME

En voici la raison. Le pouvoir et l'autorité sont acquis à leurs détenteurs depuis la fondation de l'État, grâce à l'esprit de corps de leur peuple et au leur propre qu'ils ont su mobiliser derrière eux, jusqu'à ce qu'ils se soient qualifiés, eux et leur peuple, pour le pouvoir et la suprématie. Cette qualification leur demeure reconnue, et c'est ce qui garantit l'identité et la permanence de l'État.

Mais celui qui domine le souverain, à supposer qu'il ait un esprit de corps — étant un membre du groupe tribal au pouvoir, un client ou un protégé —, cet esprit de corps fait partie de celui de la dynastie régnante et en dépend, et il n'a aucune qualification[1] pour le pouvoir. Il ne tentera donc pas de prendre le pouvoir ouvertement, devant se contenter de ses fruits, c'est-à-dire l'exercice de l'autorité sous ses différentes formes[2]. Il fait croire aux membres de l'État qu'il agit sous les ordres du souverain et qu'il ne fait qu'exécuter les décisions émises par celui-ci de derrière le voile. Il s'abstient soigneusement de se donner les attributs, les emblèmes et les titres du pouvoir, et évite tout ce qui peut jeter sur lui le moindre soupçon à cet égard, même[a] s'il est parvenu à exercer la réalité de l'autorité. Car il peut dissimuler son usurpation grâce au voile que le souverain et ses ancêtres ont institué pour se protéger de leur groupe tribal, depuis le commencement de l'État. Et il se fait passer pour un simple représentant du souverain.

S'il tentait de s'arroger une quelconque prérogative royale, il se heurterait à la rivalité des membres du clan et du groupe tribal au pouvoir, qui s'efforceraient de l'évincer. Car il n'a aucune qualification pour régner, qui obligerait ces derniers à reconnaître son autorité et à lui obéir. Et il périrait du premier coup.

C'est ce qui arriva à 'Abd ar-Rahmân Ibn al-Mansûr Ibn Abî 'Amir. Il voulut partager avec Hishâm et les membres de sa famille le titre de calife, et ne se contentait plus du pouvoir exécutif et des honneurs dont s'étaient satisfaits son père et son frère. Il demanda à son calife, Hishâm, de le désigner comme son successeur présomptif. Les Banû

Marwân, ainsi que les Quraysh, irrités, prêtèrent serment d'allégeance à un cousin du calife, Muhammad Ibn 'Abd al-Jabbâr Ibn an-Nâsir, et se révoltèrent contre le vizir et Hishâm. Cela entraîna la ruine des 'Amirides et la mort de leur calife al-Mu'ayyad. Celui-ci fut remplacé par un autre prince de la dynastie, dont la lignée continua à régner jusqu'à la fin des Omeyyades[3]. Ainsi, le pouvoir [des 'Amirides] fut détruit.

Dieu est le meilleur des héritiers.

XXI. LE VÉRITABLE SENS ET LES DIFFÉRENTES SORTES DE POUVOIR

Le pouvoir est une fonction[1] naturelle à l'homme. Comme nous l'avons déjà montré, les hommes ne peuvent vivre et exister qu'en s'associant et en coopérant pour se procurer leur nourriture et les objets de première nécessité. Vivant en société, ils sont contraints à traiter les uns avec les autres et à satisfaire leurs besoins. Chacun veut se saisir de ce dont il a besoin, car l'injustice et l'agressivité sont inhérentes à la nature animale. Celui à qui on veut prendre son bien le défend, poussé par la colère et l'orgueil, et par une réaction naturelle à l'homme en pareille situation. Il en résulte des dissensions, qui aboutissent à des combats, lesquels engendrent des désordres, du sang versé, des morts. Tout cela peut conduire à l'extinction de l'espèce humaine. Or, le Créateur a voulu expressément la préservation de celle-ci.

Les hommes ne peuvent donc demeurer dans l'anarchie, sans chef pour réprimer les actes d'agression mutuelle. Ils ont besoin d'une personne d'autorité[2] — c'est le chef qui les gouverne. Comme l'exige la nature humaine, le chef doit être investi du pouvoir, de la force de contrainte et de l'autorité. En tout cela, l'esprit de corps est indispensable, car, comme nous l'avons vu, aucune action de revendication ou de défense ne peut se réaliser sans esprit de corps. Ainsi, le pouvoir est une fonction noble, très convoitée, et qui a besoin d'être défendue. Or, rien de tel, répétons-le, ne peut être obtenu sans esprit de corps.

Les groupes unis par l'esprit de corps sont inégaux. Chaque groupe exerce son autorité et sa domination sur le peuple et la famille qui l'ont en partage, mais tous ne parviennent pas au pouvoir suprême. Le pouvoir n'appartient, en réalité, qu'à ceux qui sont servis par des sujets, lèvent des impôts et des taxes, organisent des expéditions militaires, défendent des frontières, et n'ont au-dessus d'eux aucune force contraignante. C'est le véritable sens du pouvoir, tel qu'on l'entend généralement.

Lorsque l'esprit de corps d'un prince ne lui permet pas d'exercer l'une ou l'autre de ces prérogatives, telles que la défense des frontières, la levée des impôts et taxes, les expéditions militaires, son pouvoir est incomplet et ne recouvre pas entièrement le sens véritable de ce terme. Ce fut le cas de nombreux princes berbères sous les Aghlabides de Kairouan, ainsi que de princes non arabes sous les premiers 'Abbâssides. De même, lorsqu'un groupe n'est pas capable de dominer tous les autres et de leur imposer son autorité, et qu'il se trouve soumis à une autorité supérieure à la sienne, le pouvoir est également incomplet. Il en est ainsi du pouvoir des gouverneurs de province et des chefs de région à l'intérieur d'un même État. Cela arrive fréquemment dans un État qui s'étend sur de vastes territoires : on y voit des princes qui gouvernent leurs propres peuples dans les provinces et les régions lointaines, et qui obéissent à l'État qui les réunit tous. C'est le cas des Sinhâja, sous les 'Ubaydites ; des Zénètes, tantôt sous les Omeyyades, tantôt sous les 'Ubaydites ; des princes non arabes sous les 'Abbâssides ; des chefs et des princes berbères sous les Francs[3], antérieurement à l'islam ; des satrapes perses sous Alexandre et ses successeurs grecs, et de bien d'autres.

Tout ce qui précède apparaîtra fondé à qui voudra bien y réfléchir. Dieu domine Ses serviteurs[A].

XXII. TROP DE RIGUEUR NUIT AU POUVOIR ET ENTRAÎNE SOUVENT SA DESTRUCTION

L'intérêt que représente le souverain pour ses sujets ne réside ni dans sa personne physique — élégance, beauté des traits, taille —, ni dans l'étendue de son savoir, ni dans sa belle écriture, ni dans la perspicacité de son esprit. Il dépend surtout de sa relation avec eux. Le pouvoir et l'autorité sont quelque chose de relationnel, c'est-à-dire impli-

A. *Cf.* Coran, VI, 18, 61.

quant une relation entre deux termes qui doivent aller ensemble. Dans sa vérité, le souverain est celui qui règne sur des sujets et qui dirige leurs affaires. Le souverain est celui qui a des sujets, et les sujets, ce sont les personnes qui ont un souverain. Cette relation de souverain à sujets est ce qu'on appelle l'exercice du pouvoir[1], c'est-à-dire le fait que le souverain règne sur les sujets. Si l'exercice du pouvoir et ses conséquences sont suffisamment bons, le but de l'autorité est pleinement atteint. En effet, une autorité bonne et bienfaisante sert les intérêts des sujets, et une autorité mauvaise et oppressive leur nuit et cause leur perte.

Ce qui fait une bonne autorité, c'est la douceur. Si le souverain emploie la force de contrainte, est prompt à punir, scrute les fautes et compte les péchés de ses sujets, ceux-ci seront craintifs et vils. Ils se protégeront contre lui derrière le mensonge, la ruse, la tromperie, dont ils feront la base de leur conduite. Leur intelligence et leur caractère seront corrompus. Ils abandonneront souvent leur souverain sur le champ de bataille et dans les circonstances où ils devront le défendre. Sa protection ne sera plus assurée, à cause de l'altération des sentiments des sujets. Souvent, ceux-ci conspireront pour le tuer. Ainsi, l'État se disloquera et l'enceinte qui le protège s'écroulera. Si le souverain se maintient au pouvoir et continue à opprimer ses sujets, l'esprit de corps se défera, pour les raisons déjà exposées, et l'enceinte protectrice s'effondrera parce que l'État sera incapable de se défendre. À l'inverse, quand le souverain est bon envers ses sujets et se montre indulgent pour leurs mauvaises actions, ceux-ci lui donnent leur confiance et cherchent refuge auprès de lui. Ils lui vouent un profond amour et combattent contre ses ennemis jusqu'à la mort. Tout alors est pour le mieux.

Une bonne autorité se doit, en outre, d'accorder ses bienfaits aux sujets et d'assurer leur défense. Car c'est la défense qui donne sa véritable signification au pouvoir. Quant aux bienfaits et à la bienveillance, ils font partie de la douceur que doit montrer le souverain envers ses sujets et de l'attention qu'il doit porter à leurs conditions d'existence. C'est un des meilleurs moyens pour le souverain de gagner l'amour de ses sujets.

La qualité de la douceur se rencontre rarement chez une personne à l'esprit vif et pénétrant. Elle est plus souvent le lot de personnes ingénues ou indulgentes. Le moindre défaut d'un souverain trop intelligent est qu'il impose à ses sujets des tâches au-dessus de leurs forces. Car il voit plus loin qu'eux, et, grâce à sa perspicacité, prévoit, au départ, les conséquences des choses. Mais en leur demandant trop, il peut les mener à la ruine. Le Prophète a dit : « Mettez-vous au pas des plus faibles[2]. »

C'est sur cette base que le Législateur a posé comme condition du choix d'un gouvernant qu'il ne soit pas doté d'une intelligence trop vive. À l'origine de cette disposition, il y a l'histoire de Ziyâd Ibn Abî Sufyân. Quand 'Umar le démit de ses fonctions de gouverneur de l'Irak, Ziyâd s'adressa à lui en ces termes : « Ô Commandeur des croyants ! Pour quelle raison m'as-tu destitué ? Est-ce pour incompétence ou pour trahison ? — Pour aucune de ces deux raisons, répondit 'Umar. Mais je ne voulais pas faire subir aux gens ton excès d'intelligence. » On en tira la conclusion qu'un gouvernant ne doit pas avoir une intelligence et une habileté excessives, comme Ziyâd Ibn Abî Sufyân ou 'Amr Ibn al-'As, car ces qualités vont avec l'oppression, un mauvais exercice de l'autorité et une tendance à forcer les gens à faire ce qu'il n'est pas dans leur nature de faire. Tout cela sera repris à la fin de ce livre. Dieu est le meilleur maître.

Il s'ensuit que l'habileté et l'intelligence sont un défaut chez un homme politique. Car ils dénotent un excès dans la réflexion, comme la stupidité suppose un excès dans l'inertie. Or, pour toute qualité humaine, les extrêmes sont blâmables, et il faut choisir le juste milieu. Il en est ainsi de la générosité, qui est entre la prodigalité et l'avarice ; ou du courage, qui est entre la témérité et la couardise ; ainsi que de bien d'autres qualités humaines. C'est pour cette raison qu'on attribue à quelqu'un d'excessivement intelligent les qualités du démon : on dit que c'est un démon, qu'il est démoniaque, etc. « Dieu crée ce qu'Il veut[A]. »

XXIII. SIGNIFICATION DU CALIFAT[a] ET DE L'IMAMAT

La vérité du pouvoir réside dans la vie en société, qui est nécessaire aux hommes[1]. Le pouvoir requiert la domination

A. Coran, III, 47.

et la contrainte, qui sont des effets de l'irascibilité et de l'animalité. Il s'ensuit que les ordres du détenteur du pouvoir s'écartent en général du droit et causent du tort, pour ce qui est des affaires de ce monde, aux gens qui lui sont soumis, car il les force à se plier, au-delà de leurs capacités, à ses volontés et à ses désirs. Cela diffère suivant les intentions des différentes générations passées et présentes. Ainsi, l'obéissance au détenteur du pouvoir est difficile. La désobéissance qui s'ensuit conduit aux désordres et au meurtre.

Il est donc nécessaire de se référer à des règles politiques établies de façon obligatoire, que tout le monde reconnaît, et dont tout le monde respecte les clauses. De telles règles existaient chez les Perses et dans d'autres nations. Tout État où une telle politique ferait défaut ne pourrait réussir à affermir son autorité et asseoir sa suprématie de façon complète. « C'est la coutume de Dieu à l'égard de ceux qui furent antérieurement[A]. »

Quand ces règles sont établies par les sages[2], les grands personnages et les esprits les plus éclairés de l'État, on a affaire à une *politique rationnelle*. Quand elles sont établies par Dieu par l'intermédiaire d'un législateur qui les proclame et en fait une loi religieuse, on a affaire à une *politique religieuse*, qui est utile dans ce monde et dans l'autre.

En effet, les hommes n'ont pas été créés uniquement en vue du monde d'ici-bas, qui n'est que jeu et vanité, puisque destiné à la mort et à l'anéantissement. Dieu a dit : « Croyez-vous que Nous vous ayons créés sans but[B] ? » Le but pour lequel ils ont été créés est leur religion, qui doit les conduire au bonheur dans l'autre monde. C'est « la voie de Dieu, à qui est ce qui se trouve dans les cieux et sur la terre[C] ». Aussi les lois religieuses sont-elles venues pour exhorter les hommes à suivre ce chemin dans tout ce qu'ils font, aussi bien en matière de culte que dans leurs relations avec leurs semblables. Même le pouvoir, qui est naturel à la société humaine, elles le font dépendre de la voie de la religion[b], afin que toute chose soit régie par le Législateur. Tout pouvoir fondé sur la contrainte et la domination, et qui laisse libre cours à l'irascibilité, est injustice et oppression. Il est blâmé par le Législateur, comme il l'est selon les exigences de la sagesse politique.

A. Coran, XXXIII, 38, 62. ◆ B. Coran, XXIII, 115. ◆ C. Coran, XLII, 53.

De même, tout pouvoir fondé sur la politique et ses règles, qui n'eſt pas régi par le Législateur, eſt également blâmable, parce que privé de la lumière divine. « Celui en qui Dieu ne met pas Sa lumière n'a point de lumière[A]. » Le Législateur connaît mieux l'intérêt des hommes pour tout ce qui concerne les affaires de l'autre monde, qui leur sont cachées. Les œuvres des hommes, qu'elles se rapportent au pouvoir ou à autre chose, retomberont sur eux à la Résurrection. Le Prophète a dit : « Ce sont vos œuvres qui retomberont sur vous. »

Les règles de la politique ne considèrent que les intérêts du monde d'ici-bas. « Ils connaissent une apparence de la vie d'ici-bas[B]. » Mais ce que veut le Législateur pour les hommes, c'eſt leur bien dans l'autre monde. Il eſt donc nécessaire, conformément aux lois religieuses, d'exhorter les hommes à se soumettre aux préceptes religieux aussi bien pour les affaires de ce monde que pour celles de l'autre monde. Cette tâche a d'abord incombé aux porteurs des lois religieuses, c'eſt-à-dire les prophètes. Puis elle eſt passée à ceux qui les ont remplacés, c'eſt-à-dire les califes.

On voit donc clairement, d'après ce qui précède, la signification du califat. Le *pouvoir naturel* consiſte à faire agir les masses suivant des buts et des désirs égoïſtes. Le *pouvoir politique* consiſte à les faire agir suivant une vue rationnelle des intérêts mondains à sauvegarder, ou des préjudices à écarter. Le *califat* consiſte à les faire agir suivant une vision religieuse des intérêts de l'autre monde et des affaires de ce monde qui en dépendent. En effet, pour le Législateur, toutes les affaires terreſtres doivent être considérées en relation avec les intérêts de l'autre monde[c]. En vérité, le calife eſt donc le subſtitut du Législateur pour la garde de la religion et le gouvernement des affaires d'ici-bas sur un fondement religieux.

Tout cela doit être bien compris et pris en considération pour la suite de notre propos. Dieu eſt sage et omniscient.

A. Coran, XXIV, 40. ◆ B. Coran, XXX, 7.

XXIV. DIVERGENCES D'OPINIONS AU SEIN DE LA COMMUNAUTÉ MUSULMANE AU SUJET DU STATUT ET DES CONDITIONS D'ACCÈS AU CALIFAT[a]

Nous venons de voir quelle est la signification véritable de cette fonction. Le calife, avons-nous dit, est le substitut du Législateur pour la garde de la religion et le gouvernement des affaires d'ici-bas sur un fondement religieux. C'est pourquoi on appelle cette fonction « califat » ou « imamat », et celui qui l'exerce « calife » ou « imam ». Les modernes ont commencé à l'appeler aussi « sultan » lorsqu'il y eut plusieurs califes à la fois, et que, en raison des distances et en l'absence des conditions requises, on fut obligé de prêter serment à quiconque imposait sa domination.

L'appellation « imam » est fondée sur l'analogie avec l'imam qui dirige la prière — qu'on doit suivre et prendre pour modèle. C'est pour cette raison que le califat est aussi appelé « grand imamat ». Quant à l'appellation « calife », elle s'explique par le fait que le calife « remplace » (*yakhlufu*) le Prophète auprès de sa communauté. On dit « calife » tout court, ou « calife du Messager de Dieu ». Il y a des opinions divergentes au sujet de l'appellation « calife de Dieu ». Certains l'acceptent en se référant au vicariat général que Dieu a donné aux hommes sur la terre, comme il est dit dans le Coran : « Je vais placer sur la terre un vicaire[A] » et « C'est Lui qui fit de vous les vicaires de la terre[B] ». Mais la majorité des savants sont contre, car les versets cités ne s'appliquent pas à ce cas. Abû Bakr interdisait qu'on l'appelât ainsi. « Je ne suis pas le vicaire de Dieu, disait-il, mais celui de son Messager. » On remplace un absent, et non quelqu'un qui est présent.

La désignation d'un imam est une obligation. Elle est reconnue comme une obligation de la loi religieuse en vertu du consensus des Compagnons du Prophète et de leurs successeurs à la seconde génération. En effet, à la mort du Prophète, les Compagnons se sont empressés de prêter serment d'allégeance à Abû Bakr et de lui confier la direction de leurs affaires. Il en alla de même aux époques

A. Coran, II, 30. ◆ B. Coran, VI, 165.

suivantes. En aucun temps, on ne laissa les gens vivre dans l'anarchie. Il s'établit donc un consensus tendant à instituer la désignation de l'imam comme obligatoire.

Certains ont exprimé l'opinion que le caractère obligatoire de l'imamat repose sur la raison et que le consensus ne fait que confirmer un jugement de celle-ci. En effet, ajoutent-ils, l'imamat est une obligation selon la raison, parce que la vie en société est nécessaire aux hommes, et qu'il leur est impossible de vivre et d'exister comme des individus isolés. La vie en société engendre nécessairement des contestations, à cause des conflits d'intérêts. Sans un gouvernant disposant d'autorité[1], cela peut conduire à des désordres capables de causer l'anéantissement et l'extinction des hommes. Or, la préservation de l'espèce est un des objectifs nécessaires de la loi religieuse.

C'est ce que les philosophes ont précisément en vue lorsqu'ils parlent de la nécessité de la prophétie pour les hommes. Nous avons montré précédemment la fausseté de cette thèse, dont l'une des prémisses est que l'autorité doit s'appuyer sur une loi divine à laquelle la masse se soumet comme à un article de foi et de croyance. Cette thèse n'est pas admissible. Car l'autorité peut se fonder sur la violence ou la contrainte exercées par un souverain ou des gens puissants, même en l'absence d'une loi religieuse, comme ce fut le cas chez les païens et les peuples qui n'avaient pas de Livre ou n'avaient pas été touchés par la mission d'un prophète.

Nous pourrions également dire qu'il suffit, pour éviter les litiges, que chacun sache que la raison lui défend d'être injuste. Il est donc faux de prétendre que les litiges ne peuvent être évités que par l'existence d'une loi religieuse, d'un côté, et de la désignation d'un imam, de l'autre. Le même résultat peut être atteint aussi bien avec un imam qu'avec des chefs puissants, ou par le fait de s'abstenir de querelles et de nuisances. L'argument rationnel des philosophes, qui est fondé sur cette prémisse, est donc sans valeur. Il s'ensuit que le caractère obligatoire de l'imamat ne peut avoir d'autre base que la loi religieuse, c'est-à-dire, dans notre cas, le consensus, comme nous venons de le voir.

Certains ont exprimé à ce sujet une opinion extrême, en soutenant que l'imamat n'est absolument pas obligatoire, ni au point de vue de la raison, ni à celui de la loi religieuse. C'est le cas notamment du mutazilite al-Asamm[2] et d'un certain nombre de khârijites. Selon eux, il n'est d'autre obligation que d'observer les dispositions de la loi religieuse. Quand la communauté s'accorde sur la justice et l'application des lois de Dieu, il n'est pas besoin d'imam, et il n'y a pas obligation d'en nommer un. Cette opinion est refutée par le consensus général. Ceux qui l'ont soutenue étaient mus par le désir de fuir le pouvoir et ses pratiques d'oppression, de domination et de jouissance des biens terrestres. Car ils avaient vu que la loi religieuse abondait en condamnations à l'encontre de ce genre de pratiques et de ceux qui les suivent, et qu'elle exhortait les gens à s'y opposer.

Cependant, la loi divine ne condamne pas le pouvoir en soi et n'interdit pas de l'exercer. Elle ne réprouve que les maux qui en résultent, comme la contrainte, l'injustice, la recherche des plaisirs. Il n'y a aucun doute que ce sont là des méfaits qu'il est défendu de commettre, et qu'ils font partie des conséquences du pouvoir. De même, la loi religieuse loue la justice et l'équité, l'observance des devoirs religieux et la défense de la religion, et promet une récompense à ceux qui accomplissent ces vertus. Tout cela fait également partie des conséquences du pouvoir. Le pouvoir a donc été condamné pour certains de ses aspects et non pour d'autres. Il n'a pas été condamné en soi, et il n'est pas exigé de s'en désintéresser. De même, la loi religieuse blâme le désir et l'irascibilité chez les individus légalement responsables ; mais elle ne dit pas qu'il faut les éliminer entièrement, car ils correspondent à une nécessité. Il faut seulement en user à bon escient. David et Salomon avaient possédé un pouvoir sans égal. Ils étaient pourtant des prophètes de Dieu, et comptaient parmi les plus nobles de Ses créatures.

Nous pourrions encore ajouter ceci à l'adresse de ces gens : « Votre fuite du pouvoir, en proclamant le caractère non obligatoire de l'imamat, ne vous avance à rien. Vous êtes d'accord avec l'obligation de faire appliquer les lois religieuses. Mais cela ne peut se réaliser que si l'on s'appuie sur l'esprit de corps et la puissance. L'esprit de corps, par sa nature, requiert le pouvoir. Ainsi, on aboutit au pouvoir, même sans imam. C'est ce que vous avez voulu fuir ! »

S'il est donc établi par un consensus général que l'imamat est une obligation, il doit être considéré comme un devoir collectif[3], laissé au libre choix de ceux qui ont le pouvoir de décision. Il incombe à ceux-ci de désigner l'imam, et tous les hommes doivent lui obéir. Dieu a dit : « Obéissez à Dieu, obéissez à Son Messager et à ceux d'entre vous qui détiennent l'autorité[A]. »

Il n'est pas permis de désigner à la fonction d'imam deux hommes à la fois. C'est l'opinion de la majorité des savants, qui se fondent sur un certain nombre de traditions explicites sur ce point, contenues au chapitre du « commandement » du *Sahîh* de Muslim. D'autres savants pensent que cette restriction s'applique seulement au cas où les deux imams se trouveraient dans le même pays ou dans le voisinage l'un de l'autre. Quand il y a une grande distance, ou que l'imam ne peut pas contrôler des régions lointaines, il est permis de nommer un autre imam dans ces régions pour prendre soin des intérêts publics. Parmi les docteurs célèbres qui se sont rangés à cette opinion, on peut citer le professeur Abû Ishâq al-Isfarâyinî, chef des théologiens. Imân al-Haramayn penchait aussi pour cette opinion dans son *Kitâb al-irshâd*[4]. Les savants andalous et maghrébins se sont également souvent exprimés clairement dans ce sens. En effet, les savants andalous furent nombreux à prêter serment d'allégeance aux Omeyyades. Ils donnèrent à an-Nâsir 'Abd ar-Rahmân et à ses successeurs le titre de Commandeur des croyants, qui est attaché au califat, comme nous le verrons plus loin. Il en fut de même plus tard pour les Almohades, au Maghreb.

Certains savants ont rejeté cette dernière opinion, en arguant du consensus. Mais celui-ci n'est pas évident. S'il y avait eu un consensus sur ce point, ni le maître Abû Ishâq ni Imâm al-Haramayn ne s'y seraient opposés. Ils sont les mieux placés pour savoir ce que signifie le consensus. Cela est une réfutation de l'imam al-Mâzarî et d'an-Nawawî d'après le sens explicite des traditions ci-dessus mentionnées de Muslim.

Un certain nombre de modernes ont défendu la thèse de l'imam unique en se fondant sur l'idée d'antagonisme à laquelle fait allusion ce verset coranique : « S'il y avait dans le ciel et sur la terre des divinités autres que Dieu, ils seraient détruits[B]. » Cependant, ce verset ne permet pas de prouver la justesse de cette thèse. Sa signification est d'ordre rationnel : Dieu nous l'a fait voir afin que nous

A. Coran, IV, 59. ◆ B. Coran, XXI, 22.

puissions avoir une preuve rationnelle de l'unicité divine à laquelle Il nous a enjoint de croire. Ainsi celle-ci est plus solidement établie. Mais notre problème ici est celui de l'interdiction de désigner deux imams en même temps. C'est un problème qui concerne la loi religieuse et les obligations. Le verset en question ne peut être utilisé ici comme argument que si on en établit le caractère légal par l'adjonction de la prémisse suivante : le pluralisme engendre la corruption, et nous devons éviter tout ce qui conduit à celle-ci. Sur cette base, le verset peut servir d'argument légal. Mais Dieu est plus savant.

L'accession à l'imamat est soumise à quatre conditions : la science, la probité, la compétence, l'absence de tout défaut des sens et des membres susceptible d'affecter le pouvoir de juger ou d'agir. Il y a des divergences au sujet d'une cinquième condition : l'ascendance qurayshite.

1. La condition de la science est évidente. L'imam ne peut faire appliquer les lois divines que s'il les connaît. S'il ne les connaît pas, on ne peut lui confier le soin de veiller à leur application. La science qu'il doit posséder ne doit pas être en deçà du niveau qui lui permet d'exercer sa réflexion personnelle[5], car la simple imitation est un défaut, et il est requis de l'imam d'être parfait dans toutes ses qualités et comportements.

2. La probité est requise, parce que l'imamat est une fonction religieuse qui a sous son autorité toutes les autres fonctions où la condition de probité est exigée. L'imamat est donc concerné par cette condition au premier chef. Il n'y a aucune divergence entre les savants sur le fait que la probité se perd si l'imam agit de façon impie, en commettant des actes défendus ou des choses du même genre. En revanche, il y a des divergences d'opinion sur le fait de savoir si elle se perd lorsque l'imam introduit des innovations en matière de dogme.

3. La compétence signifie que l'imam possède la hardiesse requise pour appliquer les peines légales et faire la guerre ; qu'il est habile dans l'art militaire et est capable d'entraîner le peuple ; qu'il sait ce que sont l'esprit de corps et la ruse, et est assez fort pour supporter le poids du gouvernement. Ainsi, il se rend digne des tâches qui lui sont confiées : protection de la religion, combat contre l'ennemi, application des lois, direction des affaires du monde, administration des intérêts publics.

4. L'absence de tout défaut ou incapacité affectant les sens ou les membres — folie, cécité, mutisme, surdité, amputation ayant un effet sur la liberté d'agir, telle que perte des mains, des pieds ou des testicules — est requise, parce que de tels défauts peuvent avoir une influence sur la pleine capacité d'agir de l'imam et l'accomplissement de ses devoirs. Même si l'un de ces défauts ne concerne que l'aspect extérieur, comme la perte d'un membre, la condition d'exemption reste requise en tant que condition de perfection.

La privation de la liberté d'action est considérée au même plan que la perte des membres. Deux cas peuvent se présenter. Le premier est celui où l'imam est forcé à l'inaction ou est rendu incapable d'agir de manière absolue, à cause de la captivité par exemple. L'exemption de ce défaut a un caractère obligatoire, comme la perte des membres. Le second cas relève d'une catégorie différente : c'est quand l'imam est sous tutelle, et que l'un de ses aides a autorité sur lui, sans lui désobéir ou s'opposer à lui de façon formelle. Il faut alors considérer la situation de l'usurpateur. S'il agit en accord avec la religion, la justice et les principes du bon gouvernement, il est permis de l'agréer. Sinon, les musulmans doivent rechercher l'aide de quelqu'un pour l'empêcher de nuire et pour guérir le mal, jusqu'à ce que le calife retrouve son pouvoir d'agir.

5. La condition de l'ascendance qurayshite est fondée sur le consensus des Compagnons le jour de la Saqîfa[6]. Les Ansâr[7] voulurent prêter serment d'allégeance à Sa'd Ibn 'Ubâda et dirent : « Un chef des nôtres et un des vôtres. » Les Quraysh arguèrent alors de cette parole du Prophète : « Les imams sont pris parmi les Quraysh. » Ils ajoutèrent : « Le Prophète nous a recommandé d'être bons envers ceux d'entre vous qui sont bons et de ne pas punir ceux d'entre vous qui font le mal. Si le commandement devait vous revenir, le Prophète ne vous aurait pas recommandés à nous. » Leur argument l'emporta, et les Ansar revinrent sur leur proposition des deux chefs, et renoncèrent à proclamer Sa'd. Il y a aussi cette autre tradition bien établie du *Sahîh* : « L'autorité restera toujours dans la tribu des Quraysh[8]. » Et il y a d'autres preuves du même genre.

Mais avec l'affaiblissement de leur pouvoir et la disparition de leur esprit de corps, conséquence de leur vie de luxe, de leur bien-être et de leur usure au service de l'État dans toutes les régions de la terre, les Quraysh se trouvèrent incapables de supporter tout le poids du califat. Des non-Arabes les dominèrent et leur dérobèrent le pouvoir de décision. Cela introduisit de la confusion dans l'esprit de nombreux savants rigoureux, qui en vinrent à nier que l'ascendance qurayshite fût une condition de l'accession à l'imamat. Ils se fondèrent sur le sens obvie d'un certain nombre de textes. Par exemple, cette tradition du Prophète : « Écoutez et obéissez, même si vous êtes gouvernés par un esclave abyssin couleur de raisin sec[9]. » Mais cette tradition ne constitue pas un argument valide pour la thèse avancée, car il n'y a là qu'une simple métaphore hypothétique pour signifier de façon appuyée l'obligation d'obéissance. Autre exemple, avec ces paroles de 'Umar : « Si Sâlim, client d'Abû Hudhayfa, était encore vivant, je l'aurais désigné » ; ou, selon une autre version : « Je n'aurais eu aucune objection contre lui[10]. » Cela non plus ne prouve rien, car, comme on le sait, l'opinion d'un Compagnon ne constitue pas une preuve. D'autre part, un client fait partie du groupe auquel il se rattache. L'esprit de corps de Sâlim lui vient des Quraysh, et c'est ce qui compte dans la condition d'appartenance aux Quraysh. 'Umar considérait le califat comme une question de grande importance. Voyant que les conditions requises n'étaient selon lui pas remplies, il pensa à Sâlim qui, à son avis, les remplissait, y compris les liens de clientèle, lesquels signifient l'esprit de corps, comme nous le verrons plus loin. Il ne manquait que la pureté de l'ascendance, mais 'Umar pensa que Sâlim n'en avait pas besoin. Car ce qui importe, dans l'ascendance, c'est l'esprit de corps, qui était acquis avec les liens de clientèle. 'Umar montrait ainsi combien il avait le souci de veiller sur les affaires des musulmans, et de les confier à quelqu'un qu'il jugeait irréprochable et digne de confiance.

Le cadi Abû Bakr al-Bâqillânî fut l'un de ceux qui nièrent que l'ascendance qurayshite fût une condition d'accession au califat. Il vécut à une époque où l'esprit de corps des Quraysh avait disparu et où les rois non arabes dominaient les califes. Aussi, voyant l'état auquel étaient réduits ceux-ci à son époque, abandonna-t-il la condition de l'ascendance qurayshite, même s'il devait ainsi rejoindre la position des khârijites[11].

Cependant, la majorité des docteurs maintinrent cette condition. Ils affirmèrent qu'un Qurayshite conservait son droit à l'imamat même s'il perdait la capacité de diriger les affaires des musulmans. On doit leur opposer que, dans ce cas, il ne remplit plus la condition de compétence qui lui permet de s'acquitter de sa charge. En effet, quand la force disparaît en même temps que l'esprit de corps, la compétence disparaît également. Et si la condition de compétence fait défaut, cela se répercute sur celles de la science et de la religion. Les conditions d'accession à l'imamat ne sont plus alors prises en considération, ce qui va à l'encontre du consensus.

On doit maintenant examiner la raison profonde pour laquelle on a fait de l'ascendance qurayshite une condition de l'accession à l'imamat. De cette façon, on pourra déterminer rigoureusement laquelle de ces opinions est la plus juste.

Toutes les lois religieuses doivent être fondées sur les intentions et les raisons cachées en vue desquelles elles ont été instituées. Si nous nous demandons[b] quelle est la raison cachée derrière la condition de l'ascendance qurayshite, et quel est le dessein poursuivi par le Législateur en l'instituant, nous devrons répondre que le but visé n'est pas seulement de bénéficier de la faveur divine attachée aux liens avec le Prophète, comme on le croit communément. Ces liens existent effectivement[c] et sont l'occasion de la faveur divine. Mais l'obtention de celle-ci ne peut pas constituer un objectif légal, comme chacun sait. Il faut donc qu'un intérêt général soit impliqué, et qu'il soit le but visé derrière cette condition. Un examen approfondi montrera que cet intérêt général n'est autre que le respect de l'esprit de corps, qui assure les tâches de protection et d'attaque, et dont la présence permet à celui qui occupe la fonction d'imam d'être débarrassé des oppositions et des divisions. Ainsi, il gagne la confiance de la communauté et fait régner la concorde.

Les Quraysh étaient les chefs des Mudar et la plus ancienne et la plus puissante de leurs tribus. Par leur nombre, leur esprit de clan et leur noblesse, ils étaient supérieurs à tous les Mudar. Cette supériorité leur était reconnue par tous les autres Arabes, qui acceptaient leur suprématie. Si le pouvoir était revenu à d'autres, on aurait pu craindre des divisions du fait de leur opposition et de leur refus de se soumettre. Aucune autre tribu des Mudar n'eût été capable de les faire renoncer à leur opposition et de les entraîner contre leur gré. Cela aurait abouti à la division de la communauté et à la discorde. Or, c'est précisément ce contre quoi le Législateur avait mis en garde les musulmans. Il désirait favoriser leur accord et les soustraire aux disputes et aux dissensions, afin qu'ils fussent unis et solidaires, et que leur protection fût bien assurée. Avec les Quraysh au pouvoir, c'était le contraire. Grâce à leur supériorité, ils étaient capables de faire faire aux gens ce qu'on attendait d'eux. Aucune opposition, aucune division n'était à craindre, car les Quraysh pouvaient prendre la responsabilité de les éviter et d'empêcher qu'elles éclatent. Aussi fit-on de l'ascendance qurayshite une condition d'accession à l'imamat. Comme les Quraysh avaient l'esprit de corps le plus puissant, c'était le meilleur moyen de faire régner l'ordre dans la communauté et d'obtenir la concorde. L'accord des Quraysh signifiait celui de tous les Mudar. Ainsi tous les Arabes s'inclinèrent devant eux. Les autres nations se soumirent aux lois musulmanes, et les armées musulmanes foulèrent le sol de pays lointains. C'est ce qui se produisit pendant l'époque des conquêtes. Il en fut encore ainsi sous les deux dynasties omeyyade et 'abbâsside, jusqu'à la chute du pouvoir califal et la disparition de l'esprit de corps arabe. Tous ceux qui sont familiers de l'histoire et de la biographie des Arabes et qui en ont compris les conditions savent combien les Quraysh étaient supérieurs en nombre et en puissance à toutes les autres tribus mudarites. Ibn Ishâq dans son *Kitâb as-siyar*[12], ainsi que d'autres auteurs, ont parlé de ces faits.

S'il est établi que la condition de l'ascendance qurayshite n'a été prévue que pour éviter les dissensions, vu que les Quraysh disposaient de la suprématie et d'un puissant esprit de corps ; si l'on sait, par ailleurs, que le Législateur ne fait pas de lois spécifiquement pour une génération, une époque ou une nation, on peut en conclure que cette condition revient à celle de la compétence. On doit donc l'y ramener et déterminer la raison qu'il y a derrière l'ascendance qurayshite, c'est-à-dire l'existence de l'esprit de corps. On peut alors considérer comme une condition nécessaire pour diriger les affaires des musulmans le fait que le calife appartient à un groupe doté d'un esprit de corps puissant et supérieur à celui de ses contemporains, grâce auquel il peut se faire obéir des autres et réaliser l'unité en vue d'une protection efficace. En général, un tel esprit de corps ne s'étend pas à tous les pays et à toutes les régions, comme ce fut autrefois le cas avec l'esprit de corps des Quraysh. La mission de l'islam, dirigée par les Quraysh, eut un caractère universel, et l'esprit de corps des Arabes fut à la mesure de cette mission. Ainsi les Arabes purent-ils vaincre toutes les autres nations. Mais[d], de nos jours, chaque pays est à ceux qui disposent de l'esprit de corps dominant.

Si l'on réfléchit à la raison profonde pour laquelle Dieu a institué le califat, on ne trouvera rien à ajouter à ce qui vient d'être dit. Dieu a fait du calife Son représentant et l'a chargé de diriger les affaires de Ses serviteurs, afin qu'il leur fasse faire ce qui est bon pour eux et les détourne de ce qui leur est nuisible. Le calife en a reçu l'ordre direct, et on ne donne pas à quelqu'un un ordre qu'il n'est pas capable d'exécuter. Une réflexion de l'imam Ibn al-Khatîb[13] à propos des femmes est très instructive à cet égard. Dans de nombreuses[e] lois religieuses, les femmes, remarque-t-il, sont subordonnées aux hommes. Elles ne sont pas désignées comme telles, mais seulement par analogie. Cela, parce qu'elles n'ont aucun pouvoir et que les hommes ont autorité sur elles, sauf en ce qui concerne les devoirs religieux, où chacun est responsable de lui-même. Dans ce dernier cas, le texte s'adresse à elles directement, et non par analogie.

Tout ce qui vient d'être dit est d'ailleurs attesté par les faits. Une nation ou un peuple ne peuvent être dirigés que par ceux qui les dominent. Et il est rare que la loi religieuse soit en contradiction avec les faits. Dieu est plus savant.

XXV. LES DOCTRINES DES CHIITES RELATIVES AU STATUT DE L'IMAMAT[a]

Le mot *shî'a* signifie « compagnons, partisans ». Les juristes et les théologiens anciens et modernes l'utilisent pour désigner les partisans de 'Alî et ses descendants. La doctrine sur laquelle tous les chiites sont d'accord est que l'imamat n'est pas une simple question d'intérêt général qui doit être du ressort de la communauté musulmane, laquelle en investit une personne de son choix. Il est, pour eux, le pilier de la religion et le fondement de l'islam. C'est une fonction qu'un prophète n'a pas le droit de délaisser ou de déléguer à la communauté. C'est à lui qu'il revient de désigner pour elle un imam, qui doit être exempt de tout péché, petit ou grand. Ils prétendent que c'est 'Alî qui fut désigné par le prophète Muhammad, et ils rapportent, à l'appui de leurs dires, des textes qu'ils interprètent dans le sens de leur doctrine. Ces textes ne sont connus ni des plus habiles connaisseurs de la Sunna ni des transmetteurs de la loi religieuse. La plupart sont apocryphes, présentent des chaînes de garants suspectes ou n'ont rien à voir avec les interprétations erronées qu'en donnent les chiites.

Ils divisent ces textes en deux catégories, de sens clair ou caché. Comme texte de sens clair, ils donnent, par exemple, cette tradition : « 'Alî est le seigneur de ceux dont je suis le seigneur. » Cette seigneurie, disent-ils, ne s'applique qu'à 'Alî. C'est pourquoi 'Umar lui aurait dit : « Tu es devenu le seigneur de tous les croyants et de toutes les croyantes. »

Autre exemple : « Votre meilleur juge, aurait dit le Prophète, est 'Alî. » Or, l'imamat, disent-ils, n'a d'autre signification que celle de juger selon les lois de Dieu. C'est ce qu'on entend par les « détenteurs de l'autorité » auxquels Dieu a enjoint d'obéir dans le verset : « Obéissez à Dieu, obéissez au Messager et à ceux d'entre vous qui détiennent l'autorité[A]. » Par « détenir l'autorité », on entend donc le fait d'arbitrer et de juger. C'est pourquoi ce fut 'Alî, et nul autre, qui joua le rôle d'arbitre dans l'affaire de l'imamat le jour de la Saqîfa.

Autre exemple encore, cette parole du Prophète : « Celui qui me prête serment d'allégeance au péril de sa vie sera mon mandataire et aura charge de l'autorité après moi. » Seul 'Alî lui prêta serment.

Comme exemple de textes de sens caché, ils donnent celui où il est rapporté que le Prophète envoya 'Alî réciter la sourate de l'Immunité, au moment où elle lui fut révélée, pendant la fête du pèlerinage. Muhammad avait d'abord envoyé Abû Bakr, mais il eut cette révélation : « Un homme des tiens — ou un homme de ton groupe — doit la transmettre. » Il envoya donc 'Alî pour qu'il récitât et transmît la sourate. Cela est une preuve, disent-ils, que 'Alî était le préféré de Muhammad. En outre, ajoutent-ils, on

A. Coran, IV, 59.

ne sache pas que le Prophète ait jamais accordé la préséance à quiconque sur 'Alî, tandis qu'Abû Bakr et 'Umar furent, dans deux expéditions, placés une fois derrière Usâma Ibn Zayd[1], une autre fois derrière 'Amr Ibn al-'As[2]. Tout cela prouverait, d'après eux, que 'Alî, et nul autre, fut désigné pour être calife. Cependant, les textes cités par les chiites ou bien ne sont pas connus, ou bien n'ont rien à voir avec l'interprétation qu'ils en donnent.

Certains chiites soutiennent que ces textes prouvent que 'Alî fut désigné en personne comme calife, et que le califat devait être transmis à ses successeurs. Ce sont les imâmites. Ils rejettent les deux *Shaykhs*[3] pour n'avoir pas donné la préséance à 'Alî et ne pas lui avoir prêté serment d'allégeance, conformément aux textes précités, et ils récusent leur imamat. Mais il ne faut accorder aucune attention aux attaques des extrémistes imâmites contre ces deux califes ; elles n'ont aucune validité ni à nos yeux ni à ceux des autres chiites.

D'autres chiites prétendent que les preuves en question indiquent la désignation de 'Alî par allusion à ses qualités, mais sans le nommer explicitement. Cependant, disent-ils, les gens ont commis une erreur en ne faisant pas le lien entre les qualités et la personne. Cette opinion est celle des zaydites. Ceux-ci ne rejettent pas les deux *Shaykhs*. Ils ne récusent pas non plus leur imamat, tout en affirmant que 'Alî leur était supérieur. Ils admettent, cependant, qu'une personne puisse être désignée comme imam, même s'il existe au même moment une autre personne qui lui soit supérieure.

Les opinions des chiites divergent au sujet du califat après 'Alî. Certains pensent qu'il revient aux descendants de Fâtima, qui se désignent les uns les autres par testament, comme nous le verrons plus loin. Les tenants de cette opinion sont appelés « imâmites », par référence au fait qu'ils font de la connaissance et de la désignation de l'imam un article de foi. Ce point est le fondement de leur doctrine.

D'autres prétendent que le califat revient aux descendants de Fâtima, mais d'après le choix des chiites et à condition que l'imam choisi soit savant, ascétique, généreux et brave, et qu'il proclame publiquement sa mission d'imam. Ce sont les zaydites, du nom du fondateur de cette secte, Zayd, fils de 'Alî, fils d'al-Husayn, qui est le petit-fils de Muhammad. Zayd engagea avec son frère

Muhammad al-Bâqir une controverse au sujet du devoir de l'imam de proclamer publiquement sa mission. Al-Bâqir lui objecta que, dans ce cas, leur père Zayn al-'Abidîn n'aurait pas été imam, parce qu'il ne s'était pas proclamé publiquement ni n'avait songé à le faire. Il l'accusa également de suivre les doctrines des mutazilites, qu'il avait reçues de Wâsil Ibn 'Atâ'. Lorsque les imâmites engagèrent une dispute avec Zayd au sujet des deux *Shaykhs* et qu'ils s'aperçurent qu'il reconnaissait l'imamat de ces derniers et ne les rejetait pas, ils l'abandonnèrent et refusèrent de le reconnaître comme imam. C'est pourquoi ils furent surnommés les « rafidites[4] ».

D'autres chiites soutiennent que le califat après 'Alî — ou ses deux fils, les petits-fils de Muhammad, avec des divergences sur ce point — revient à Muhammad Ibn al-Hanafiyya, frère de ces derniers, puis à ses descendants. Ce sont les kaysânites, du nom de Kaysân, client de 'Alî.

Entre ces différentes sectes, il y a de nombreux points de divergence que nous avons omis de mentionner, pour être bref.

Il y a aussi des sectes chiites appelées les « extrémistes ». Elles sortent des limites de la raison et de la foi, en professant la divinité des imams : ils prétendent soit que l'imam est un homme aux attributs divins, soit que c'est un Dieu incarné. C'est une doctrine de l'incarnation, qui concorde avec celle des chrétiens concernant Jésus. 'Alî fit brûler les chiites qui proclamèrent ce genre de doctrine à son sujet. Muhammad Ibn al-Hanafiyya, de son côté, s'emporta contre al-Mukhtâr Ibn Abî 'Ubayd, lorsqu'il apprit que celui-ci avait dit la même chose sur lui. Il le maudit et le rejeta publiquement. Ja'far as-Sâdiq en fit autant avec ceux dont on lui avait dit qu'ils avaient une attitude semblable à son égard.

Certains de ces extrémistes prétendent que seul l'imam est doté de perfection. Quand il meurt, son esprit passe à un autre imam, pour que cette perfection soit en lui. C'est la doctrine de la métempsycose.

D'autres encore s'arrêtent à l'un des imams, qu'ils considèrent comme le dernier, et ne vont pas plus loin. Ce sont les Wâqifiyya[5]. Certains disent que le dernier imam est toujours vivant et n'est pas mort, mais qu'il est caché à la vue des hommes. Ils donnent comme preuve de leur théorie l'histoire d'al-Khidr.

On a dit des choses de ce genre au sujet de ʿAlî : qu'il est dans les nuages, que le tonnerre est sa voix, et l'éclair son fouet. Les mêmes choses ont été dites à propos de Muhammad Ibn al-Hanafiyya. On a prétendu qu'il est dans les montagnes de Radwâ, au Hijâz. Kuthayyir, un des poètes extrémistes, a dit[6] :

Sachez que les imams qurayshites,
maîtres de la vérité, sont quatre, tous égaux :
ʿAlî et ses trois fils, qui sont les petits-fils du Prophète ;
ils sont tous apparus au grand jour.
L'un fut homme de foi et de piété ;
le deuxième fut dérobé aux regards à Karbalâ' ;
le troisième ne goûtera pas la mort avant
de diriger une armée, précédé d'une bannière.
Caché aux regards, de longtemps on ne l'a vu ;
il est à Radwâ et a auprès de lui du miel et de l'eau.

Les imâmites extrémistes, et en particulier les duodécimains, professent une doctrine analogue. Ils prétendent que leur douzième imam, c'est-à-dire Ibn al-Hasan al-ʿAskarî, qu'ils surnomment al-Mahdî, se retira dans la cave de leur maison à al-Hilla et fut dérobé aux regards pendant qu'il y était emprisonné avec sa mère. Depuis lors, il y demeura caché. Il réapparaîtra à la fin des temps et remplira le monde de justice. (Il y a là une allusion à la tradition rapportée dans le livre d'at-Tirmidhî à propos du Mahdî.) Ils l'attendent encore aujourd'hui et, pour cette raison, l'appellent l'« Imam attendu ». Chaque soir, ils viennent avec une monture et se mettent devant la porte de cette cave après la prière du couchant : ils l'appellent par son nom et lui demandent de sortir. Ils restent ainsi jusqu'à la disparition des étoiles, puis ils se dispersent, en attendant de recommencer le lendemain. Cette coutume s'est poursuivie jusqu'à nos jours.

Certains des Wâqifiyya prétendent que l'imam qui meurt revient sur terre. Ils se fondent sur certaines histoires racontées dans le saint Coran : celle des gens de la caverne[A], celle du passant dans une cité[B], celle de l'Israélite assassiné[C], qui fut frappé avec les os de la vache que Dieu avait ordonné de sacrifier. Ce sont des faits extraordinaires

A. Coran, XVIII. ◆ B. Coran, II, 259. ◆ C. Coran, II, 67 et suiv.

qui se sont produits en tant que miracles. Mais on ne peut pas s'en servir comme preuve en dehors de leur contexte.

As-Sayyid al-Himyarî, qui fait partie de ces Wâqifiyya, évoque leur doctrine dans les vers suivants :

Quand un homme a sa tête qui grisonne,
que les coiffeurs lui recommandent de se teindre les cheveux,
sa gaieté s'évanouit.
Pleurons, ami, notre jeunesse enfuie.
D'elle, rien ne reviendra,
jusqu'au Jour du retour.
C'est le jour où les hommes retrouveront
leur vie d'ici-bas, avant la Reddition des comptes.
Je crois que cette doctrine est vraie,
et je n'ai aucun doute quant à la Résurrection.
De même, Dieu a parlé de certains hommes
qui ont ressuscité après être devenus poussière.

Les autorités chiites nous ont épargné la peine de réfuter les doctrines de ces extrémistes : elles-mêmes les rejettent et montrent la fausseté des preuves sur lesquelles elles s'appuient.

Les kaysânites, de leur côté, affirment qu'après Muhammad Ibn al-Hanafiyya, l'imamat revint à son fils Abû Hâshim. Ce sont les hâshimites. À partir d'Abû Hâshim, leurs opinions divergent. Certains disent que l'imamat revint à son frère ʿAlî, puis au fils de celui-ci, al-Hasan Ibn ʿAlî. D'autres prétendent qu'avant sa mort à ash-Sharât, après son retour de Syrie, Abû Hâshim désigna comme successeur Muhammad Ibn ʿAlî Ibn ʿAbd Allâh Ibn ʿAbbâs. Muhammad désigna à son tour son fils Ibrâhîm, surnommé al-Imâm, lequel désigna son frère ʿAbd Allâh Ibn al-Hârithiyya, surnommé as-Saffâh. Ce dernier désigna son frère ʿAbd Allâh Abû Jaʿfar, surnommé al-Mansûr. Depuis, l'imamat se transmet aux descendants d'al-Mansûr de père en fils, jusqu'au dernier, par voie testamentaire et désignation. C'est la doctrine des hâshimites, soutiens de la dynastie ʿabbâsside. On compte parmi eux Abû Muslim, Sulaymân Ibn Kathîr, Abû Salima al-Khallâl, ainsi que d'autres partisans des ʿAbbâssides. À l'appui de leur prétention au pouvoir, ils ajoutent souvent un autre argument selon lequel leur droit leur venait d'al-ʿAbbâs : celui-ci, disent-ils, était vivant à la mort du Prophète et était le mieux placé pour lui succéder, parce qu'il était son oncle.

Quant aux zaydites, leur position sur la transmision de l'imamat est fondée sur leur conception de l'institution elle-même. D'après cette conception, l'imam doit être choisi par les gens qui ont le pouvoir de décision, et ne doit pas être désigné par testament. Ils reconnaissent donc l'imamat de 'Alî, puis de son fils al-Hasan, puis d'al-Husayn, frère de celui-ci, puis du fils d'al-Husayn, 'Alî Zayn al-'Abidîn, puis du fils de ce dernier, Zayd Ibn 'Alî, fondateur de la secte zaydite. Zayd fit dissidence à al-Kûfa et se proclama publiquement imam. Il fut tué et mis en croix à al-Kunâsa[7]. Les zaydites reconnurent ensuite comme imam son fils Yahyâ, qui partit pour le Khurâsân et fut tué à al-Jûzajân, après avoir désigné comme successeur Muhammad Ibn 'Abd Allâh Ibn al-Hasan Ibn al-Hasan, petit-fils du Prophète. Muhammad était surnommé an-Nafs az-Zakiyya[8]. Il déclara la révolte au Hijâz et prit le surnom d'al-Mahdî. Les troupes d'al-Mansûr furent envoyées contre lui. Il fut vaincu et tué. Avant sa mort, il désigna son frère Ibrâhîm, qui se déclara à Basra, avec à ses côtés 'Isâ Ibn Zayd Ibn 'Alî. Al-Mansûr vint les attaquer lui-même (ou ses généraux) à la tête de ses troupes. Ibrâhîm et 'Isâ furent défaits et tués. Tout cela avait été prédit par Ja'far as-Sâdiq. Ces prédictions sont comptées parmi les grâces dont Dieu l'avait favorisé.

D'autres zaydites affirment que ce fut Muhammad Ibn al-Qâsim Ibn 'Alî Ibn 'Umar qui succéda comme imam à Muhammad Ibn 'Abd Allâh an-Nafs az-Zakiyya. 'Umar était le frère de Zayd Ibn 'Alî. Muhammad Ibn al-Qâsim déclara la révolte à at-Tâliqân. Il fut arrêté et conduit à al-Mu'tasim, qui le fit mettre en prison, où il mourut.

D'autres zaydites disent que l'imamat après Yahyâ Ibn Zayd revint à son frère 'Isâ, qui était présent aux côtés d'Ibrâhîm Ibn 'Abd Allâh dans le combat qui l'opposait à al-Mansûr. Ils affirment qu'après lui, l'imamat fut transmis à ses descendants. C'est de lui que prétendait descendre l'imposteur des Zanj, comme nous le mentionnerons dans les récits qui leur sont consacrés.

D'autres zaydites encore disent que l'imamat après Muhammad Ibn 'Abd Allâh revint à son frère Idrîs, qui s'enfuit au Maghreb, où il mourut. Son fils, Idrîs fils d'Idrîs, poursuivit son œuvre et fonda la ville de Fès. Ses descendants régnèrent après lui au Maghreb, jusqu'à la disparition de leur dynastie, comme nous le mentionnerons dans leur histoire. Par la suite, le pouvoir des zaydites resta désorganisé.

On compte aussi parmi les zaydites le missionnaire qui s'empara du Tabaristân. Il s'agit d'al-Hasan, fils de Zayd, fils de Muhammad, fils d'Ismâ'îl, fils d'al-Hasan, fils de Zayd, fils d'al-Hasan, petit-fils du Prophète. Il y avait avec lui son frère Muhammad Ibn Zayd. Plus tard, la doctrine zaydite fut propagée chez les Daylam par le zaydite an-Nâsir al-Utrûsh. Les Daylam se convertirent à l'islam par son intermédiaire. Al-Utrûsh est al-Hasan, fils de 'Alî, fils d'al-Hasan, fils de 'Alî, fils de 'Umar, lequel était le frère de Zayd Ibn 'Alî. Les descendants d'al-Utrûsh fondèrent une dynastie au Tabaristân. Ils furent à l'origine de l'accession des Daylam au pouvoir et de la domination qu'ils exercèrent sur les califes de Bagdad, comme nous le verrons dans l'histoire des 'Abbâssides.

Les imâmites prétendent que l'imamat après 'Alî le Légataire revint à son fils al-Hasan, par voie testamentaire, puis au frère de celui-ci, al-Husayn, puis au fils d'al-Husayn, 'Alî Zayn al-'Abidîn, puis au fils de 'Alî, Muhammad al-Bâqir, puis au fils de ce dernier, Ja'far as-Sâdiq. À partir de celui-ci, les imâmites se scindèrent en deux groupes. Le premier dit que l'imamat revint après Ja'far as-Sâdiq à son fils Ismâ'îl, qu'ils nomment entre eux al-Imâm ; ce sont les ismâ'iliens. Le second dit que l'imamat revint à un autre fils de Ja'far, Mûsâ al-Kâzim. Ce sont les duodécimains, ainsi appelés parce qu'ils se sont arrêtés au douzième imam qui, d'après eux, restera caché jusqu'à la fin des temps, comme nous l'avons déjà indiqué.

Les ismâ'iliens prétendent que l'imamat revint à l'imam Ismâ'îl par désignation de son père Ja'far as-Sâdiq. L'effet de cette désignation, disent-ils, fut que l'imamat devait demeurer dans sa descendance, bien que lui-même mourût avant son père, comme dans l'histoire de Moïse et d'Aaron. Ils disent que l'imamat passa d'Ismâ'îl à son fils Muhammad al-Maktûm, qui fut le premier des imams cachés. En effet, selon les ismâ'iliens, un imam peut ne pas disposer de force et se cacher. Mais ses missionnaires proclament ouvertement sa mission pour ne pas laisser de prétexte aux hommes. S'il dispose de force, il se manifeste au grand jour et proclame ouvertement sa mission. Après Muhammad al-Maktûm, l'imamat revint, disent-ils, à son fils Ja'far al-Musaddiq, puis au fils de celui-ci, Muhammad al-Habîb, qui fut le dernier des imams cachés, et après Muhammad à son fils 'Ubayd Allâh al-Mahdî, dont le missionnaire, Abû 'Abd Allâh ash-Shî'î, parut chez les Kutâma. Les gens répondirent à son appel, et il tira al-Mahdî de sa prison à Sijilmâsa. Al-Mahdî régna sur Kairouan et le Maghreb, et, après lui, ses descendants régnèrent sur l'Égypte, comme on le sait d'après leur histoire.

Les ismâ'iliens sont ainsi appelés, parce qu'ils reconnaissent Ismâ'îl comme imam. On les appelle aussi les *Bâtini*, parce qu'ils reconnaissent l'Imam caché (*imâm bâtin*). On les appelle encore les « hérétiques », en raison du caractère hérétique de certaines de leurs croyances. On distingue parmi celles-ci les « croyances anciennes » et les « croyances nouvelles », que propagea à la fin du ve [xie] siècle al-Hasan Ibn Muhammad as-Sabbâh. Celui-ci tenait des citadelles en Syrie et en Iraq, où sa doctrine fut maintenue jusqu'à leur destruction par les rois turcs d'Égypte et les Tatars de l'Irak. On trouve un exposé de la doctrine d'as-Sabbâh dans le *Kitâb al-milal wa-n-nihal* d'ash-Shahrastânî.

Les duodécimains, qui se voient souvent réserver le nom d'imâmites par les chiites modernes, reconnaissent comme imam Mûsâ al-Kâzim, fils de Ja'far as-Sâdiq, parce que le frère de celui-ci, Ismâ'îl al-Imâm, était mort du vivant de leur père Ja'far. Ja'far désigna par testament Mûsâ comme imam. Après ce dernier, l'imamat passa à son fils 'Alî ar-Ridâ. Al-Ma'mûn le nomma héritier du trône, mais il mourut avant lui, et ne put exercer le pouvoir. L'imamat passa ensuite au fils de 'Alî, Muhammad at-Taqî, puis au fils de ce dernier, 'Alî al-Hâdî, puis au fils de 'Alî al-Hâdî, Muhammad al-Hasan al-'Askarî, et enfin au fils de ce dernier, Muhammad al-Mahdî, l'imam attendu dont nous avons parlé plus haut[9].

Au sein de ces diverses croyances chiites, il y a de nombreuses divergences. Nous nous sommes contenté de présenter les principales doctrines. Pour une vue plus exhaustive, on peut se reporter aux ouvrages sur les religions et les sectes d'Ibn Hazm[10], d'ash-Shahrastânî et d'autres auteurs.

« Dieu égare qui Il veut et dirige qui Il veut[A]. »

A. Coran, XVI, 93.

XXVI. LA TRANSFORMATION DU CALIFAT EN POUVOIR ROYAL

Le pouvoir est une fin naturelle de l'esprit de corps. Il ne lui est pas lié de façon arbitraire, mais suivant la nécessité et l'ordre de l'être, comme nous l'avons déjà indiqué. L'esprit de corps est indispensable aux lois et aux croyances religieuses, ainsi qu'à tout ce qui requiert l'adhésion des hommes. Car, comme on l'a vu, c'est seulement grâce à l'esprit de corps qu'on peut faire aboutir toute revendication.

L'esprit de corps est donc indispensable à la communauté musulmane. C'est lui qui lui permet d'accomplir ce que Dieu attend d'elle. Il est dit dans le *Sahîh* : « Dieu n'a jamais envoyé de prophète qui ne jouît de la protection des siens[1]. » Il est vrai, cependant, que le Législateur a condamné l'esprit de corps et enjoint de le rejeter et de l'abandonner. Il a dit : « Dieu vous a délivrés de l'arrogance de l'âge de l'ignorance et de l'orgueil de la naissance. Vous êtes les fils d'Adam, et Adam fut fait de terre[2]. » De même, Dieu a dit : « Le plus noble d'entre vous, aux yeux de Dieu, est le plus pieux[A]. »

Nous savons également que le Législateur a condamné le pouvoir et ses détenteurs. À ceux-ci, il a reproché de jouir de la fortune, de se livrer à une vaine prodigalité, de se détourner de la voie de Dieu. Mais il a recommandé l'amitié dans la religion et a mis en garde les hommes contre la discorde et la division.

Le monde d'ici-bas et tout ce qui le concerne ne sont, aux yeux du Législateur, qu'un véhicule pour l'autre monde. Qui perd le véhicule n'atteindra pas le point d'arrivée. Mais, lorsque le Législateur interdit ou condamne certaines activités ou enjoint d'y renoncer, il n'entend pas par là qu'il faut les négliger complètement ou les extirper, ni qu'il faut abolir une fois pour toutes les facultés qui leur donnent naissance. Ce qu'il veut, c'est que ces facultés soient, dans la mesure du possible, au service du vrai, de telle sorte que toutes les intentions soient droites, et que le but visé par tous soit identique. C'est dans ce sens que le Prophète a dit : « Celui qui émigre pour rejoindre Dieu et Son

A. Coran, XLIX, 13.

Messager rejoint Dieu et Son Messager ; et celui qui émigre en vue des biens de ce monde ou pour se marier, c'est à cela même que le conduit son émigration[3]. »

Quand le Législateur condamne l'irascibilité, cela ne signifie pas qu'il ait voulu l'extirper de l'homme. Car si l'homme perdait cette faculté, il ne serait plus capable de faire triompher le vrai. Le combat pour Dieu et la glorification de Sa parole ne seraient plus alors possibles. En fait, seule est condamnable l'irascibilité au service de Satan ou de fins blâmables. La colère qui est pour Dieu et à Son service mérite, au contraire, la louange. Elle figurait parmi les traits de caractère du Prophète.

De même, lorsqu'on condamne les désirs, on n'entend pas par là qu'il faut les abolir. Un individu dépourvu de désirs est un être inférieur. Cela signifie seulement qu'on doit les diriger vers ce qui est permis et sert l'intérêt général, de sorte que l'homme agisse en serviteur soumis aux ordres de Dieu.

Il en va de même de l'esprit de corps : la loi religieuse le condamne en ces termes : « Ni vos liens du sang ni vos enfants ne vous seront utiles au jour de la Résurrection[A]. » Il s'agit de l'esprit de corps au service de l'erreur, comme c'était le cas pendant l'âge de l'ignorance, ou quand on s'en sert pour s'en vanter ou en tirer avantage sur quelqu'un. Mais une telle attitude n'est pas digne d'un homme intelligent et n'est d'aucune utilité dans l'autre monde, le monde de la vie éternelle. En revanche, lorsque l'esprit de corps est au service du vrai et de l'accomplissement des commandements divins, il est souhaitable. Sans lui, il n'y aurait plus de lois religieuses ; et celles-ci ne peuvent être établies que grâce à l'esprit de corps, comme nous l'avons vu précédemment.

Il en va de même du pouvoir. Lorsque le Législateur le condamne, cette condamnation ne s'entend ni de la domination par le vrai ni de la contrainte exercée sur les hommes en faveur de la foi et pour la sauvegarde de l'intérêt général. Le Législateur ne blâme le pouvoir que lorsque la domination est fondée sur l'erreur et qu'on utilise les hommes à des fins personnelles et pour la satisfaction de désirs égoïstes. Quand le pouvoir impose sa domination sur les gens dans le but sincère d'être au ser-

A. Coran, LX, 3.

vice de Dieu, d'exhorter les hommes à L'adorer et à combattre Ses ennemis, il n'est pas condamnable. Salomon a dit : « Seigneur, donne-moi un royaume tel qu'il ne conviendra à personne après moi[A]. » Car il se savait éloigné de l'erreur en tant que prophète et roi.

Quand 'Umar Ibn al-Khattâb partit pour la Syrie, Mu'âwiya l'accueillit avec un faste royal, entouré d'une suite nombreuse et bien équipée. Le calife le désapprouva et lui dit : « Ô Mu'âwiya, as-tu donc adopté les manières des rois de Perse ? » Celui-ci répliqua : « Commandeur des croyants, je suis dans une région frontalière, en face de l'ennemi. Il nous faut rivaliser avec lui de pompe militaire. » 'Umar se tut, jugeant que Mu'âwiya n'avait pas tort, car il avait mis en avant une fin conforme à la vérité et à la foi[4]. Si l'intention de 'Umar était de refuser le pouvoir comme tel, il n'aurait pas été convaincu par cette réponse au sujet de l'adoption des « manières perses ». Il aurait exigé que Mu'âwiya les rejetât complètement. En évoquant les « manières des rois de Perse », 'Umar entendait la voie de l'erreur, de l'injustice et de l'iniquité que les princes perses pratiquaient dans leur gouvernement, ainsi que leur oubli de Dieu. Mu'âwiya répondit que ce qu'il recherchait, ce n'étaient pas les « manières des rois de Perse » et leur erreur, mais l'amour de Dieu. C'est pourquoi 'Umar se tut.

Les Compagnons du Prophète, eux aussi, avaient manifesté leur refus du pouvoir royal et de ses attributs et en avaient abandonné les usages, craignant l'erreur qui pouvait s'y mêler. Quand le Messager de Dieu fut près de mourir, il désigna Abû Bakr pour le remplacer à la direction de la prière, car c'était la fonction religieuse la plus importante. Les gens l'acceptèrent comme calife — la charge de calife consistant à faire agir les hommes selon la loi divine — sans qu'il fût nullement question de pouvoir royal. À cette époque, celui-ci était considéré comme source d'erreur et comme l'apanage des infidèles et des ennemis de la religion. Abû Bakr occupa sa charge le temps voulu par Dieu, en se conformant aux préceptes de son maître. Il combattit les apostats, jusqu'à ce que tous les Arabes s'unissent autour de l'islam. Puis il désigna 'Umar pour lui succéder. Celui-ci marcha sur ses traces. Il combattit les

A. Coran, XXXVIII, 35.

nations et les vainquit. Il permit aux Arabes de s'emparer de leurs biens et de leur pouvoir — ce qu'ils firent.

Le califat revint ensuite à 'Uthmân Ibn 'Affân, puis à 'Alî. Ces quatre premiers califes étaient restés innocents du pouvoir royal et éloignés de ses voies. Ces dispositions avaient été fortifiées en eux par la vigueur de l'islam à ses débuts et par la bédouinité des Arabes. Ceux-ci étaient en effet la nation la plus éloignée des richesses et du luxe de ce bas monde, tant à cause de leur religion, qui leur recommandait de ne pas désirer les biens de ce monde, qu'à cause de leur vie bédouine, de leur habitat et des rudes conditions d'existence auxquelles ils étaient accoutumés. Plus que toute autre nation, les Mudar menaient une existence de famine. Cantonnés au Hijâz, sur une terre où on ne pouvait pratiquer ni agriculture ni élevage, ils n'avaient pas accès aux plaines cultivées, riches en grains, car celles-ci étaient trop éloignées et accaparées par les Rabî'a et les Yéménites qui les contrôlaient. Ils n'enviaient pas l'abondance de ces régions. Ils se nourrissaient souvent de scorpions et de scarabées. Ils étaient fiers de manger du *'ilhiz*, plat confectionné avec des poils de chameau écrasés avec des pieux dans du sang et cuits. Les Quraysh avaient des conditions de nourriture et de logement similaires.

Cette situation dura jusqu'au jour où l'esprit de corps des Arabes s'unit autour de la foi, lorsque Dieu les honora de la prophétie de Muhammad. Ils marchèrent alors contre les nations des Perses et des Byzantins et se mirent à la recherche de la terre que Dieu leur avait destinée suivant une promesse véridique. Ils ravirent à ces nations leur pouvoir et s'emparèrent de leurs biens. De la sorte, ils acquirent d'immenses richesses. Ainsi, un seul cavalier reçut, comme part d'une expédition, près de 30 000 pièces d'or. Les biens dont ils prirent possession furent sans nombre. Cependant, ils continuèrent à mener une existence rude. 'Umar rapiéçait son habit avec des morceaux de peau. 'Alî disait : « Pièces d'or et d'argent, allez tenter d'autres que moi. » Abû Mûsâ s'abstenait de manger du poulet, que les Arabes ne connaissaient pas auparavant, et qui était alors très rare. Ils ignoraient également les tamis, et ils mangeaient le blé avec le son. Pourtant, les richesses qu'ils avaient acquises étaient plus grandes que celles de tous les hommes avant eux.

Al-Mas'ûdî dit[5] : « Au temps de 'Uthmân, les Compagnons du Prophète acquirent des terres et de l'argent. Le jour de la mort de 'Uthmân, il avait chez son trésorier 150 000 dinars et 1 000 000 de dirhams. Ses propriétés à Wâdî l-Qurâ, Hunayn et en d'autres lieux étaient estimées à 200 000 dinars. Il avait également laissé beaucoup de chameaux et de chevaux. Le huitième de l'héritage d'az-Zubayr[6] atteignit la somme de 50 000 dinars ; et il laissa en outre mille chevaux et mille servantes. Talha[7] tirait de ses terres en Irak mille dinars par jour, et davantage encore de la région d'ash-Sharât. 'Abd ar-Rahmân Ibn 'Awf[8] avait dans ses écuries mille chevaux ; il possédait, en outre, mille chameaux et dix mille moutons. Le quart de l'héritage qu'il laissa après sa mort fut évalué à 84 000 [dinars]. Zayd Ibn Thâbit[9] laissa des monceaux d'or et d'argent qu'il fallait fendre à la hache, sans compter les biens et les terres évalués à 100 000 dinars. Az-Zubayr se fit construire une maison à Basra et d'autres en Égypte, à Koufa et à Alexandrie. De même, en plus de la maison qu'il avait à Koufa, Talha s'en fit construire une autre à Médine, qu'il embellit avec du plâtre, des briques et du bois de teck. Sa'd Ibn Abî Waqqâs[10] fit élever une résidence à al-'Aqîq : elle était haute, spacieuse et couronnée de balcons. Al-Miqdâd[11] avait à Médine une maison enduite de plâtre à l'extérieur et à l'intérieur. Ya'lâ Ibn Munya[12] laissa 50 000 dinars, des immeubles et d'autres biens évalués à 300 000 dirhams[13]. » Fin de la citation d'al-Mas'ûdî.

Comme on le voit, les musulmans avaient amassé des richesses considérables. Cependant, ils n'encouraient aucun reproche au point de vue religieux, car ces biens étaient licites, étant constitués de butins et de tributs. Ils n'en usaient pas avec excès, mais se montraient modérés en tout, comme nous l'avons dit précédemment. Ils n'étaient donc pas sujets au blâme. S'il est répréhensible d'amasser beaucoup de biens en ce monde, c'est en raison de l'excès et du manque de modération. Comme ils vivaient avec parcimonie et faisaient leurs dépenses pour et conformément à la vérité, l'accumulation des biens les aida à suivre les voies de la vérité et à mériter les grâces de l'au-delà.

Peu à peu, les Arabes sortirent finalement de leur bédouinité et de leur pauvreté. Ils connurent la nature du pouvoir — lequel est une conséquence nécessaire de l'esprit de corps, comme on l'a vu — et eurent à exercer la domination et la contrainte. Leur attitude vis-à-vis du pouvoir fut alors identique à celle qu'ils avaient eue vis-à-vis de la richesse et de l'accumulation des biens. Ils n'employèrent pas leur domination à de mauvaises fins et ne s'écartèrent pas des objectifs de la foi et des voies de la vérité.

Lors de la discorde qui éclata entre 'Alî et Mu'âwiya — comme une conséquence nécessaire de l'esprit de corps —, les deux parties suivirent la voie de la vérité et de la réflexion indépendante[14]. Leur combat ne fut inspiré ni par un objectif temporel, ni par une préférence pour des choses vaines, ni par la haine, comme on pourrait le croire ou comme le laisseraient entendre les hérétiques. Mais leurs points de vue sur la vérité étaient différents, et chacun s'opposa à la conception de l'autre en se fondant sur son propre effort pour atteindre la vérité. C'est pour cela qu'ils combattirent. Si la vérité était du côté de 'Alî, Mu'âwiya n'avait pas agi avec de mauvaises intentions. Il voulait la vérité, mais se trompa. Chacun d'eux, suivant ses propres intentions, était dans le vrai. La nature du pouvoir voulait que la gloire échût sans partage à un seul homme. Il ne revenait pas à Mu'âwiya de dénier cette réalité ni pour lui-même ni pour les siens. C'était quelque chose de naturel, découlant de la nature même de l'esprit de corps. Les Omeyyades et leurs partisans, qui ne partageaient pas avec Mu'âwiya son souci de la vérité, l'avaient bien senti. Ils se rallièrent autour de Mu'âwiya et combattirent pour lui jusqu'à la mort. S'il avait tenté de les pousser vers une autre voie et s'il s'était opposé à leur dessein de s'emparer de tout le pouvoir pour eux-mêmes, il aurait contribué à diviser les musulmans. Il était plus important pour lui de renforcer l'unité que de tenter de s'opposer au cours des choses contre lequel on pouvait difficilement lutter.

'Umar Ibn 'Abd al-'Azîz disait, quand il voyait al-Qâsim, fils de Muhammad, fils d'Abû Bakr : « Si j'avais le moindre pouvoir, je le nommerais calife. » Il aurait pu le désigner comme son successeur, mais il craignait les Omeyyades, qui avaient le pouvoir de décision. Il ne pouvait leur retirer le pouvoir sans causer une scission. Tout cela découle des tendances inhérentes au pouvoir, qui résultent elles-mêmes de l'esprit de corps.

Si on suppose[a] qu'un individu arrive au pouvoir et l'exerce seul, il ne sera pas critiquable s'il met son pouvoir au service de la vérité. Salomon et son père David régnèrent en autocrates sur les Israélites, comme l'exige la nature du pouvoir ; et pourtant, on sait qu'ils étaient de grands prophètes et amis de la vérité.

De même, Mu'âwiya désigna Yazîd comme son successeur, par crainte des dissensions, car les Omeyyades n'admettaient pas que l'autorité fût confiée à quelqu'un d'étranger à leur famille. S'il avait nommé un autre que Yazîd, ils se seraient révoltés, alors qu'ils avaient bonne opinion de ce dernier. Cela ne fait pas l'ombre d'un doute, et nul ne devrait penser que Mu'âwiya eut d'autre motif d'agir. Il n'aurait jamais désigné Yazîd, s'il avait su qu'il avait affaire à un scélérat. Mu'âwiya n'était pas homme à agir de la sorte.

Tel fut aussi le cas de Marwân Ibn 'Abd al-Hakam et de son fils. S'ils furent rois, ils ne tombèrent pas pour autant dans la vanité et l'injustice. Ils s'efforcèrent toujours de se conformer à la vérité et de ne s'en écarter qu'en cas de nécessité, comme lorsqu'il y avait un risque de dissension. Car, pour eux, l'unité passait avant toute autre considération. En témoignent leur respect et leur imitation des [premiers musulmans]. Et c'est également confirmé par les informations consignées à leur sujet par les anciens. Mâlik s'appuya, dans son *Muwatta'*, sur la pratique judiciaire de 'Abd al-Malik. Quant à Marwân, il faisait partie de la première classe des musulmans de la deuxième génération, et son mérite est notoire. Ensuite, les fils de 'Abd al-Malik se succédèrent sur le trône. Leur zèle pour la foi est connu. 'Umar Ibn 'Abd al-'Azîz, dont le règne s'intercale entre les leurs, aspira de toutes ses forces à suivre l'exemple des quatre premiers califes et des Compagnons.

Puis vinrent les derniers Omeyyades : ils se servirent de la nature du pouvoir pour atteindre des objectifs temporels et servir leurs fins personnelles, et ils oublièrent[b] la conduite de leurs ancêtres, qui observaient la modération et ne se laissaient guider que par la vérité. C'est pourquoi ils s'attirèrent des reproches ; et l'on se détourna d'eux pour adopter la cause des 'Abbâssides. Puis ceux-ci accédèrent au pouvoir. Ils se montrèrent d'une grande probité et exercèrent leur autorité en s'efforçant de respecter autant que possible les voies de la vérité. Cela dura jusqu'à l'avènement des fils d'ar-Rashîd. Il y en eut parmi eux de bons et de mauvais. Puis vinrent les descendants de ces derniers. Ils usèrent du pouvoir et du luxe dans toute leur plénitude, se livrèrent aux plaisirs et aux vanités de ce bas monde et tournèrent le dos à leur religion. Dieu alors permit qu'ils fussent combattus et que le pouvoir fût arraché complètement des mains des Arabes et confié à d'autres peuples. « Dieu ne lèse pas du poids d'une fourmi[A]. » Quiconque examine avec attention les biographies de ces califes et de ces rois et leurs différentes attitudes à l'égard de la vérité conviendra de la justesse de ce que nous avons dit.

Al-Mas'ûdî rapporte un jugement similaire d'Abû Ja'far al-Mansûr à propos des Omeyyades[15] :

« Comme ses oncles paternels parlèrent en sa présence des Omeyyades, il dit : "'Abd al-Malik était un tyran qui ne se souciait pas des conséquences de ses actes. Sulaymân ne s'intéressait qu'à son ventre et à ses plaisirs sexuels. 'Umar était un borgne au royaume des aveugles. Hishâm était leur seul homme." Puis il ajouta : "Les Omeyyades administrèrent d'abord correctement le pouvoir qui avait été établi à leur profit ; ils veillèrent sur lui et préservèrent la part que Dieu leur en avait donnée. Ils entreprirent de grandes choses et refusèrent les bassesses. Cela dura jusqu'au jour où l'autorité passa à leurs descendants gâtés par la fortune, qui n'aspiraient qu'à la satisfaction de leurs désirs et aux plaisirs interdits. Ils ignoraient que Dieu punit les pécheurs après les avoir comblés de biens, et se croyaient à l'abri de Son châtiment. De plus, ils ne se préoccupaient guère de la préservation du califat, prenaient à la légère le commandement et se montraient trop faibles pour gouverner. Aussi Dieu les a-t-Il dépouillés de leur puissance, humiliés et privés de leur opulence."

« Al-Mansûr manda ensuite en sa présence 'Abd Allâh Ibn Marwân. Celui-ci lui fit le récit de sa rencontre avec le roi de Nubie. Fuyant devant les 'Abbâssides, il s'était réfugié dans le pays de ce dernier. Voici ce qu'il dit : "J'étais là depuis peu de temps, quand leur roi vint me voir. Il s'assit par terre, alors qu'il y avait des tapis précieux disposés pour moi.

« "'Qu'est ce qui t'empêche, lui demandai-je, de t'asseoir sur nos tapis ?'

« "Il répondit :

« "'Je suis un roi ! Et un roi doit se montrer humble devant la grandeur de Dieu, puisque c'est Dieu qui l'a élevé.' Il me questionna à son tour :

A. Coran, IV, 40.

« “‘Pourquoi buvez-vous du vin, alors que c’est interdit par votre Livre ?

« “— Nos esclaves et nos partisans se sont enhardis à le faire, répliquai-je.

« “— Et pourquoi, reprit-il, laissez-vous vos animaux piétiner les champs cultivés alors que votre Livre vous interdit de commettre des déprédations ?

« “— Nos esclaves et nos partisans l’ont fait par ignorance, dis-je.

« “— Et pourquoi vous habillez-vous de brocart, d’or et de soie, alors que votre Livre l’interdit ?

« “— Nous avons perdu notre pouvoir, dis-je, et nous avons demandé l’aide des peuples non arabes qui ont adopté notre religion. Ils se vêtirent de cette façon contre notre gré.’

« “Le roi de Nubie réfléchit un instant. Il traçait des figures sur le sol de sa main en murmurant : ‘Nos esclaves, nos partisans, des non-Arabes qui ont adopté notre religion.’ Puis, levant la tête vers moi, il me dit : ‘Tout cela est faux ! Mais vous avez permis de faire ce que Dieu a défendu. Vous vous êtes livrés à des actes qui vous étaient interdits. Et vous avez régné en souverains injustes. Dieu vous a dépouillés de votre puissance et vous a humiliés à cause de vos péchés. La vengeance que Dieu vous réserve n’a pas encore produit tous ses effets. Je crains que le châtiment ne vous frappe alors que vous êtes encore dans mon pays, et qu’il ne retombe sur moi. Le devoir d’hospitalité est de trois nuits. Prends ce qu’il te faut comme provisions et quitte mon territoire.’”

« Al-Mansûr fut étonné de ces propos, qui le plongèrent dans une profonde réflexion. »

On a donc vu comment le califat s’est transformé en pouvoir royal. Au début, les Arabes ont vécu sous le régime du califat. Chacun trouvait une autorité en lui-même[16] : c’était la religion, qu’ils préféraient aux affaires de ce monde, même si cela devait les conduire à leur propre destruction, pourvu que la masse des gens fût épargnée.

Ainsi, lorsque ‘Uthmân fut assiégé dans sa maison, al-Hasan, al-Husayn, ‘Abd Allâh Ibn ‘Umar, Ibn Ja‘far et d’autres vinrent lui proposer de le défendre. Mais il refusa et interdit qu’on tirât l’épée entre musulmans. Il craignait la division et désirait préserver la concorde, nécessaire au maintien de l’unité, même au prix de sa vie.

Au début de son califat, ‘Alî fut conseillé par al-Mughîra[17] de laisser az-Zubayr, Mu‘âwiya et Talha à la tête de leurs provinces respectives, jusqu'à ce que les gens lui prêtent serment d'allégeance et que l'unité se réalise autour de lui. Après quoi, il aurait toute latitude d'agir comme il l'entendait. C'était judicieux au point de vue du pouvoir. Cependant, ‘Alî refusa de suivre ce conseil, afin d'éviter la duplicité, interdite par l'islam. Al-Mughîra revint le voir le jour suivant et lui dit : « Je t'ai donné hier un conseil. Quand j'ai réfléchi, j'ai trouvé que mon avis n'était ni vrai ni bon. C'est toi qui avais raison. » ‘Alî répliqua : « Certainement pas. Je sais que tu m'as bien conseillé hier et que tu me trompes aujourd'hui. Seul mon souci de défendre la vérité m'a empêché de suivre ton conseil. »

On voit donc combien les premiers musulmans étaient préoccupés par leur foi, au détriment de leurs intérêts temporels. Alors que nous,

Nous voulons réparer ce monde, en mettant notre foi en morceaux ;
mais rien ne demeure : ni notre foi ni ce monde rapiécé[18].

Comme on le voit, le califat s'est d'abord transformé en pouvoir royal, tout en conservant un certain nombre de ses valeurs, telles que l'attachement à la foi et le respect du chemin de la vérité. Le changement n'affecta que le type d'autorité : c'était d'abord la religion, ensuite c'est devenu l'esprit de corps et le sabre. Il en fut ainsi à l'époque de Mu‘âwiya, de Marwân et de son fils ‘Abd al-Malik, et sous les règnes des premiers califes ‘abbâssides, jusqu'à ar-Rashîd[c] et à quelques-uns de ses descendants. Puis les valeurs du califat disparurent, et il ne resta de celui-ci que le nom. L'autorité gouvernementale devint un pouvoir royal pur et simple. La domination s'exerça suivant la plénitude de sa nature et fut employée à ses fins particulières, à savoir la contrainte et la satisfaction des désirs et des plaisirs.

Telle fut la situation sous les successeurs des fils de ‘Abd al-Malik et des ‘Abbâssides, après al-Mu‘tasim et al-Mutawakkil. Ils[d] restèrent califes de nom, parce que l'esprit de corps des Arabes demeurait vivant. Durant ces deux phases, le califat et le pouvoir royal étaient entremêlés. Ensuite, le califat disparut complètement avec la disparition de l'esprit de corps des Arabes, l'extinction de l'ensemble de leurs générations[19] et l'effacement de leurs conditions. Le pouvoir redevint pouvoir royal pur.

Il en fut ainsi des rois non arabes, en Orient. Ils obéissaient au calife pour les bénédictions attachées à sa dignité, mais détenaient tous les attributs et toutes les prérogatives du pouvoir, dont le calife était complètement dépourvu. Il en alla de même des rois zénètes, au Maghreb : par exemple, les Sinhâja avec les 'Ubaydites, les Maghrâwa et les Banû Yafran (Ifren) avec les califes omeyyades de l'Andalus et les 'Ubaydites de Kairouan.

Ainsi, le califat était d'abord distinct du pouvoir royal. Ensuite, ses valeurs sont devenues obscures et confuses. Finalement, le pouvoir royal subsista seul, quand son esprit de corps se sépara de celui du califat.

« Dieu détermine la mesure de la nuit et du jour[A]. »

XXVII. LA SIGNIFICATION DU SERMENT D'ALLÉGEANCE

Le serment d'allégeance est le fait de prêter obéissance. Celui qui le fait s'engage à abandonner à son prince la direction de ses propres affaires et celles des musulmans, à s'abstenir de toute contestation à ce sujet, et à lui obéir dans toutes les affaires dont il le charge, que cela lui plaise ou non.

Autrefois, quand les gens prêtaient serment d'allégeance à un prince et contractaient un engagement vis-à-vis de lui, ils mettaient leurs mains dans la sienne, en signe de confirmation de l'engagement pris, ainsi que le font acheteur et vendeur ; aussi l'avait-on appelé *bay'a*, nom de l'action exprimée par *bâ'a*, « vendre ». La *bay'a* était donc un serrement de mains. C'est la signification de ce mot dans la langue courante et d'après la loi religieuse, telle qu'elle est communément interprétée. C'est également dans ce sens qu'il est employé dans la Tradition, lorsqu'il est question du serment d'allégeance prêté au Prophète la nuit d'al-'Aqaba[1] et sous l'Arbre, et partout où le mot *bay'a* est employé.

Le mot *bay'a* apparaît également avec cette signification dans les expressions : *bay'at al-khulafâ'*, « *bay'a* faite aux califes », et *aymân al-bay'a*, « serments de la *bay'a* ». Les califes

A. Coran, LXXIII, 20.

exigeaient des serments en signe d'engagement envers eux et collectaient tous ces serments. De là, les « serments de la *bay'a* ». Le plus souvent, ces serments étaient obtenus sous la contrainte. Lorsque Mâlik émit un avis juridique considérant comme nul tout serment prêté sous la contrainte, cela déplut aux gens au pouvoir, car ils virent dans cet avis une attaque contre les « serments de la *bay'a* ». Et l'imam Mâlik eut à subir les épreuves que l'on sait[2].

Aujourd'hui[a], la forme la plus courante de la *bay'a* consiste en une salutation selon l'ancienne coutume royale perse : on baise la terre devant le souverain, ou la main, le pied, le bas de la robe du monarque. L'usage ici du mot *bay'a* — qui signifie engagement à obéir — est métaphorique. La soumission qui s'exprime dans cette salutation et l'observation des règles de bienséance sont devenues des marques obligatoires et des conséquences de l'obéissance. Elles se sont imposées au point qu'on les considère comme une loi coutumière. Elles ont ainsi remplacé le serrement de mains, qui correspond au sens véritable de la *bay'a*. Car on estime que, dans le fait de serrer la main à tout le monde, il y a une forme d'abaissement et de déconsidération, qui sont incompatibles avec le commandement et la préservation de la dignité royale. Cependant, il y a quelques rares princes qui, par modestie, serrent les mains des hommes qui font partie de leur cercle intime et des personnages religieux les plus renommés parmi leurs sujets.

La signification coutumière du serment d'allégeance doit être bien comprise. Toute personne doit la connaître pour l'accomplissement de ses devoirs envers son souverain et son imam, et pour éviter des comportements vains ou négligents. Il faut prendre cela en considération dans les rapports avec les rois.

Dieu « est le Fort, le Puissant[A] ».

XXVIII. LA DÉSIGNATION À LA SUCCESSION[a]

Nous avons traité précédemment de l'imamat et de son fondement légal, lié à son utilité publique. L'objet de l'imamat, avons-nous dit, est de diriger les affaires religieuses et mondaines de la communauté musulmane. L'imam est le

A. Coran, XI, 66.

protecteur des musulmans et celui en qui ils placent leur confiance. Comme il a soin de leurs affaires durant sa vie, il s'ensuit qu'il doit également s'en préoccuper pour la période qui suit sa mort, en désignant une personne qui prenne en charge leurs affaires, comme il l'a fait lui-même, et à qui ils puissent se fier, comme ils se sont fiés à lui auparavant.

Cette désignation est reconnue comme légale en vertu du consensus de la communauté, qui la déclare permise et valide quand elle se produit. Ainsi, Abû Bakr désigna 'Umar en présence des Compagnons, qui approuvèrent cette désignation et, sur cette base, s'obligèrent à obéir à 'Umar. De même, 'Umar désigna les six survivants des Dix pour faire partie du Conseil[1], et les habilita à choisir [un calife] pour les musulmans. Chacun d'eux s'en remit à son collègue, jusqu'à ce que vînt le tour de 'Abd ar-Rahmân Ibn 'Awf. Celui-ci réfléchit et discuta de la question avec les musulmans. Il constata que ceux-ci étaient d'accord sur 'Uthmân et 'Alî. Il préféra proclamer 'Uthmân, parce que ce dernier était d'accord avec lui sur l'obligation de suivre l'exemple des deux *Shaykhs*[2] en toutes circonstances, sans faire appel à son jugement personnel. La proclamation de 'Uthmân fut confirmée, et il y eut obligation de lui obéir. Les principaux Compagnons étaient présents, aussi bien lors de la désignation de 'Umar qu'à celle de 'Uthmân. Aucun d'eux n'exprima de critique, ce qui montre qu'ils étaient d'accord sur la validité de cette procédure de désignation et en reconnaissaient la légalité. On sait que le consensus a force de preuve.

Aucun soupçon ne doit peser sur l'imam en cette matière, même dans le cas où il désigne son père ou son fils. En effet, s'il est digne de la confiance des musulmans pour prendre soin de leurs affaires durant sa vie, on doit d'autant moins le soupçonner de tolérer que des conséquences néfastes puissent apparaître après sa mort. On doit rejeter l'opinion de ceux qui disent qu'un imam est suspect quand il désigne son fils ou son père, aussi bien que celle selon laquelle il n'est suspect que s'il désigne son fils, et non son père. En effet, aucun soupçon ne doit l'atteindre sur ce chapitre. Encore moins s'il existe une raison qui motive sa décision, comme la recherche de l'intérêt général ou la crainte de quelque désordre. Dans ce cas, tout soupçon doit être écarté.

C'est ce qui arriva à Mu'âwiya lorsqu'il désigna comme héritier du trône son fils Yazîd. En fait, cet acte, accompli avec l'accord des gens, est un argument en faveur de la thèse avancée. En effet, ce qui poussa Mu'âwiya à préférer son fils Yazîd à tout autre candidat à la succession, ce fut avant tout la considération de l'intérêt public, qui était de préserver l'unité et la concorde. Car ceux qui avaient le pouvoir de décision, c'est-à-dire les Omeyyades, s'étaient mis d'accord sur Yazîd, et ils refusaient alors tout autre candidat. Les Omeyyades étaient le clan [le plus puissant] des Quraysh et de toute la communauté musulmane, et avaient une position dominante. C'est pour cette raison que Mu'âwiya préféra Yazîd à d'autres candidats considérés plus dignes de l'imamat. Il choisit le moins bon au lieu du meilleur, afin de sauvegarder l'accord et la concorde, qui sont plus importants aux yeux du Législateur. Aucune autre motivation ne devrait être attribuée à Mu'âwiya. Sa probité et le fait qu'il était un Compagnon du Prophète interdisent toute autre explication. La présence des Compagnons et leur silence sont, en cette occasion, un argument décisif contre le doute à ce sujet. Ils n'étaient pas hommes à tolérer la moindre entorse à la vérité, et Mu'âwiya, pour sa part, n'était pas de ceux qui, par orgueil, refusent d'accepter la vérité. Ils étaient tous au-dessus de cela, et leur probité interdit tout soupçon de ce genre à leur sujet. Le fait que 'Abd Allâh Ibn 'Umar évita de prendre part à cette affaire peut s'expliquer par sa tendance à s'abstenir de se mêler de toute affaire, licite ou non. Il est bien connu pour cela. Il n'y eut qu'Ibn az-Zubayr à s'opposer au choix de Mu'âwiya, accepté par la majorité. Or, on connaît le statut de l'opinion divergente minoritaire.

Après Mu'âwiya, d'autres califes qui avaient le souci de la vérité et y conformaient leurs actes agirent dans le même sens. C'est le cas des Omeyyades 'Abd al-Malik et Sulaymân, et des 'Abbâssides as-Saffâh, al-Mansûr, al-Mahdî, ar-Rashîd, et d'autres, connus pour leur probité et leur souci des intérêts des musulmans. On ne peut pas les blâmer d'avoir préféré leurs fils ou leurs frères et de s'être écartés de la tradition des quatre premiers califes. Leur situation était différente de celle de ces califes : ceux-ci vivaient à une époque où la nature du pouvoir ne s'était pas encore manifestée et où l'autorité était d'ordre religieux. Chacun avait autorité sur lui-même. Ainsi, ils désignèrent comme successeurs les personnes qui étaient acceptables au point de vue religieux et les préférèrent à toutes les autres. Ils laissèrent à chacun de ceux qui aspiraient au califat le soin de se contrôler lui-même.

Mais, plus tard, à partir de Mu'âwiya, l'esprit de corps était sur le point d'atteindre son objectif ultime : le pouvoir royal. L'autorité religieuse s'était affaiblie, et le besoin s'était fait sentir d'une autorité gouvernementale et de clan[3]. Si une personne non agréée par le clan avait été désignée, elle aurait été rejetée. Son pouvoir se serait rapidement écroulé, et cela aurait entraîné la division et la dissension au sein de la communauté.

Un homme interrogea 'Alî : « Pourquoi les musulmans sont-ils en désaccord en ce qui te concerne, alors qu'ils s'étaient accordés sur Abû Bakr et 'Umar ? » Il répondit : « Parce que Abû Bakr et 'Umar gouvernaient des hommes comme moi, alors que, aujourd'hui, j'ai à gouverner des gens comme toi. » Il faisait allusion à l'autorité de la religion.

Autre exemple à méditer : quand al-Ma'mûn désigna comme son successeur 'Alî Ibn Mûsâ Ibn Ja'far as-Sâdiq, qu'il surnomma ar-Ridâ, le clan 'abbâsside désapprouva son acte, rompit le serment d'allégeance qu'il lui avait prêté, et proclama son oncle Ibrâhîm, fils d'al-Mahdî. Il y eut tant de troubles, de dissensions, de routes coupées, de rebelles et de dissidents que toute autorité fut près de disparaître. Al-Ma'mûn dut quitter le Khurâsân en toute hâte pour rentrer à Bagdad et rétablir la situation[4].

Tout cela doit être pris en considération lorsqu'on traite de la succession. Les époques diffèrent en raison des différents événements qui s'y produisent, des tribus et des esprits de clan qui y apparaissent. Elles diffèrent aussi selon les intérêts, et chacun de ceux-ci obéit à des lois particulières. C'est un effet de la bonté de Dieu envers Ses serviteurs.

Cependant, la religion ne fait pas de la préservation de l'héritage dans sa propre lignée le but de la désignation d'un successeur. Le [pouvoir] vient de Dieu, et Il le réserve à qui Il lui plaît. Il faut y observer la plus grande pureté d'intention, de crainte de faire des dignités religieuses un jeu futile.

Le pouvoir appartient à Dieu[A]. Il le donne à qui Il veut parmi Ses serviteurs.

A. *Cf.* Coran, XXII, 56.

Voici maintenant quelques points dont la vérité doit être clairement établie.

Le premier concerne le libertinage que laissa voir Yazîd durant son califat. On doit se garder de croire que Mu'âwiya eût pu prévoir ce comportement de Yazîd. Il était bien trop probe et vertueux pour cela ! De son vivant, il blâmait Yazîd d'écouter de la musique et le lui interdisait. Or c'est un moindre péché, qui était d'ailleurs objet d'opinions divergentes [de la part des docteurs].

Lorsque Yazîd laissa voir son libertinage, les Compagnons furent en désaccord quant à l'attitude à prendre à son égard. Les uns pensèrent qu'il fallait se soulever contre lui et rompre le serment d'allégeance. C'est le cas d'al-Husayn et de 'Abd Allâh Ibn az-Zubayr, ainsi que d'autres qui suivirent leur exemple. Les autres s'opposèrent à une telle attitude, à cause des troubles et de l'effusion de sang qu'elle n'aurait pas manqué d'entraîner. De plus [les éventuels opposants] auraient été incapables de réussir. Car, à cette époque, la puissance de Yazîd reposait sur le clan des Omeyyades et sur la majorité des Quraysh, qui détenaient le pouvoir de décision. Il avait avec lui l'esprit de corps de tous les Mudar. Il représentait donc la puissance la plus grande, et nul ne pouvait lui résister. Ainsi, les Compagnons n'étaient pas de taille à affronter Yazîd. Ils ne pouvaient que prier pour que Dieu le guide — ou qu'Il les débarrasse de lui. C'est la voie qui fut suivie par la majorité des musulmans. Mais ils étaient tous habilités à user de leur jugement personnel. Aucun des deux partis ne mérite le désaveu. Il est notoire qu'ils n'eurent d'autres mobiles que la piété et l'amour de la vérité. Que Dieu nous aide à suivre leur exemple !

Le deuxième point a trait à la désignation d'un successeur par le Prophète. Les chiites prétendent qu'il a laissé un testament en faveur de 'Alî. C'est un point dont l'authenticité n'a pas été établie et qu'aucune grande autorité en matière de traditions n'a rapporté. Il est dit, dans le *Sahîh*, que le Prophète demanda de l'encre et du papier pour écrire son testament et que 'Umar ne le laissa pas faire[5]. C'est une preuve évidente qu'il n'y a pas eu [de testament en faveur de 'Alî].

Il y a aussi, dans le même sens, ces propos tenus par 'Umar quand il fut poignardé et qu'on lui demanda de désigner un successeur : « Si je désigne un successeur, je dirai qu'un meilleur que moi a désigné le sien » — allusion à Abû Bakr — « et si je ne le fais pas, je dirai que quelqu'un de meilleur que moi s'est abstenu de le faire » — allusion au Prophète. Cela se passait en présence des Compagnons, qui reconnaissaient donc que le Prophète n'avait pas désigné de successeur.

Il y a encore la déclaration de 'Alî à al-'Abbâs, lorsque ce dernier l'invita à se rendre avec lui chez le Prophète pour le questionner sur leur désignation à sa succession. 'Alî refusa en disant : « S'il nous écarte [du califat], nous perdrons à jamais tout espoir d'y accéder. » C'est une preuve que 'Alî savait que le Prophète n'avait pas fait de testament et n'avait pas désigné de successeur.

Le doute des imâmites en cette matière vient du fait qu'ils prétendaient que l'imamat est un pilier de la foi. Cela est faux. En fait, c'est une question d'intérêt public, laissée à la responsabilité des hommes. Si l'imamat était un pilier de la foi, il en aurait été comme de la prière : le Prophète s'y serait fait remplacer, comme il l'avait fait pour la prière avec Abû Bakr. Et cela se saurait, comme on le sait pour la prière. Dans le fait que, pour appuyer la candidature d'Abû Bakr au califat, les Compagnons présentèrent le califat comme quelque chose d'analogue à la prière, en disant : « Le Messager de Dieu l'a agréé pour notre religion ; pourquoi ne l'accepterions-nous pas pour nos affaires temporelles ? », il y a une autre preuve que le Prophète n'a pas désigné de successeur par testament. Cela montre également que la question de l'imamat et de la désignation d'un successeur de l'imam n'était pas aussi importante qu'elle l'est devenue de nos jours. L'esprit de corps qui, d'habitude, doit être pris en considération dans tout ce qui unit ou sépare, n'était pas si important à cette époque. Tout ce qui concernait la foi et l'islam, comme l'union des cœurs autour de la nouvelle religion ou le fait de mourir pour elle, suivait un cours surnaturel. Car les gens voyaient de leurs yeux se produire des choses telles que l'intervention des anges pour les secourir, les messages célestes qui arrivaient fréquemment au milieu d'eux, les paroles divines qui leur étaient récitées à chaque événement. On n'avait pas alors à se préoccuper d'esprit de corps, car les gens avaient appris la soumission et l'obéissance. Ils étaient effrayés et troublés par la succession de tant de miracles extraordinaires et de faits divins, et par la fréquente intervention des anges. Toutes ces questions du califat, du pouvoir, de la succession, de l'esprit de corps étaient comme submergées sous ce flot.

Puis ces circonstances favorables cessèrent avec la disparition des miracles et la mort des générations qui en avaient été les témoins. Cet état de choses changea peu à peu, les effets des phénomènes surnaturels qui avaient eu lieu s'effacèrent, et on en revint, comme par le passé, au cours ordinaire des choses. L'esprit de corps entra de nouveau en ligne de compte, avec les conséquences bonnes ou mauvaises qui en résultent ordinairement. Le califat et le pouvoir royal, ainsi que la question de la succession, acquirent une importance capitale aux yeux des gens, contrairement à ce qui s'était passé autrefois.

On voit donc comment les choses ont évolué depuis le temps du Prophète : à son époque, la question du califat n'était pas très importante, et il n'y avait pas eu de successeur désigné. Ensuite, à l'époque des [premiers] califes, son importance s'accrut quelque peu, en raison des besoins liés à la défense, à la guerre sainte, à l'apostat [de certaines tribus] et aux conquêtes ; on eut alors le choix entre désigner ou non un successeur, comme on l'a vu dans le cas de ʿUmar. Aujourd'hui, elle est devenue une des questions les plus importantes, à cause de la concorde nécessaire à la défense et à la prise en charge des affaires publiques. Dans ce contexte, l'esprit de corps acquiert un rôle important [pour le califat et le pouvoir], car il est la base de l'autorité qui permet d'éviter la désunion et l'abandon mutuel, et la source de l'union et de la concorde qui garantissent les desseins et les lois de l'islam.

Le troisième point, enfin, se rapporte aux guerres survenues à l'époque islamique entre les Compagnons et les hommes de la seconde génération. Leurs divergences ne concernaient que les affaires religieuses. Elles étaient nées de leurs efforts personnels pour trouver des arguments valides et des vues pertinentes. Quand des gens habilités à user de leur jugement indépendant produisent des arguments divergents, deux cas peuvent se produire. Ou bien on dit que, dans les questions ouvertes à la discussion, la vérité ne se trouve que d'un seul côté, et l'autre est dans l'erreur. Mais comme il ne peut être établi par consensus de quel côté est la vérité, chaque côté est susceptible d'être dans le vrai, et le côté de l'erreur n'est pas indiqué. Il y a alors un consensus sur le fait que personne ne peut être déclaré en faute. Ou bien on dit que les deux côtés sont dans le vrai, et que « toute personne habilitée à user de son jugement indépendant a raison ». Dans ce cas, il est d'autant plus nécessaire de s'abstenir de dire qu'un des côtés est dans l'erreur, ou en faute.

Les divergences entre les Compagnons et les hommes de la seconde génération relevaient tout au plus du jugement personnel au sujet de questions religieuses sur lesquelles il n'y avait pas de certitude. C'est ainsi qu'elles doivent être considérées. Elles concernaient : 1. 'Alî, d'un côté, et Mu'âwiya, az-Zubayr, 'A'isha et Talha, de l'autre ; 2. Al-Husayn, d'un côté, et Yazîd de l'autre ; 3. Az-Zubayr, d'un côté, et 'Abd al-Malik de l'autre.

1. Le cas de 'Alî. Au moment de l'assassinat de 'Uthmân, les gens étaient dispersés entre les diverses villes [du nouvel empire]. Ils ne purent donc assister à la prestation du serment d'allégeance à 'Alî. Parmi ceux qui étaient présents, les uns prêtèrent serment, les autres attendirent que les gens se rassemblent et se mettent d'accord sur un imam. C'est le cas de Sa'd, de Sa'îd, d'Ibn 'Umar, d'Usâma Ibn Zayd, d'al-Mughîra Ibn Shu'ba, de 'Abd Allâh Ibn Sallâm, de Qudâma Ibn Maz'ûn, d'Abû Sa'îd al-Khudrî, de Ka'b Ibn 'Ujra, de Ka'b Ibn Mâlik, d'an-Nu'mân Ibn Bashîr, de Hassân Ibn Thâbit, de Maslama Ibn Mukhallad, de Fudâla Ibn 'Ubayd, ainsi que d'autres Compagnons de haut rang. Il y avait également, dans les diverses villes, des gens qui refusèrent de prêter serment à 'Alî et demandèrent de venger 'Uthmân. On laissa le pouvoir vacant, afin que les musulmans forment un Conseil pour désigner un imam. On soupçonna 'Alî de négligence quand il s'abstint de venir en aide à 'Uthmân contre ses meurtriers, mais on ne le soupçonna pas d'avoir conspiré contre lui. Car c'était impensable. Lorsque Mu'âwiya fit ouvertement des reproches à 'Alî, il ne le blâma que pour son silence.

Puis les divergences éclatèrent. 'Alî considéra que le serment d'allégeance qui lui avait été prêté était valide et engageait également ceux qui ne l'avaient pas encore prêté, car il avait recueilli le consensus des gens de Médine, la ville du Prophète et le lieu de résidence des Compagnons. Il décida de remettre la vengeance de 'Uthmân jusqu'à la réalisation de l'unité et de l'accord [des musulmans]. Alors, il aurait les moyens d'agir. Pour les autres, le serment d'allégeance n'avait pas été confirmé, à cause de la dispersion des Compagnons, qui étaient habilités à décider. Seul un petit nombre d'entre eux était présent. Or, disaient-ils, le serment d'allégeance ne pouvait être valide qu'avec l'accord de ceux qui détiennent le pouvoir de décision, et il n'y avait aucune obligation à confirmer celui qui avait reçu le serment d'autres personnes ou seulement d'un petit nombre de ceux qui sont habilités à décider. Ils pensaient qu'il y avait une vacance de pouvoir, et qu'ils devaient d'abord venger 'Uthmân et ensuite se mettre d'accord sur un imam. Parmi ceux qui partageaient cette opinion, il y avait Mu'âwiya, 'Amr Ibn al-'As, 'A'isha — la Mère des croyants —, az-Zubayr et son fils 'Abd Allâh, Talha et son fils Muhammad, Sa'd, Sa'îd, an-Nu'mân Ibn Bashîr, Mu'âwiya Ibn Hudayj, ainsi que d'autres Compagnons qui s'étaient abstenus de prêter serment à 'Alî à Médine, comme on l'a vu.

Néanmoins, les gens de la seconde époque après eux s'accordèrent sur le fait que le serment d'allégeance prêté à 'Alî était valide et engageait tous les musulmans. Ils considérèrent qu'il fallait donner raison à 'Alî pour les positions qu'il avait prises, et considérer que l'erreur était du côté de Mu'âwiya et de ceux qui partageaient son opinion, et notamment Talha et az-Zubayr, qui avaient rompu avec 'Alî après lui avoir prêté serment d'allégeance, comme le rapporte la tradition. D'autre part, il ne fallait imputer la faute à aucun des deux partis, conformément à l'attitude qu'on doit observer envers les gens habilités à user de leur jugement indépendant. Il se forma donc un consensus des gens de la seconde époque sur une des deux positions des gens de la première période, comme chacun sait. Interrogé sur les hommes tombés aux batailles d'al-Jamal et de Siffîn, 'Alî répondit : « Par Dieu, tous ceux d'entre eux qui mourront le cœur pur seront admis au Paradis. » 'Alî faisait ainsi allusion aux deux camps. Ces paroles ont été rapportées par at-Tabarî et par d'autres.

La probité de tous ces hommes ne doit pas être mise en doute, et rien de ce qu'ils ont fait ne doit être suspecté. Ils sont tous de grands personnages que tout le monde connaît. Leurs actes et leurs paroles nous ont été transmis selon des traditions solidement établies. Leur probité va de soi pour tous les sunnites, si on ne tient pas compte de l'opinion des mutazilites concernant ceux qui combattirent contre 'Alî. Mais cette opinion ne retient l'attention d'aucun ami de la vérité. L'observateur impartial trouvera une excuse à tous ces gens pour leurs divergences au sujet de 'Uthmân et pour celles qui sont apparues entre les Compagnons après sa mort. Il admettra que c'était une pomme de discorde pour éprouver la communauté musulmane, alors que, dans le même temps, Dieu avait chassé les ennemis des musulmans et les avait rendus maîtres de leurs territoires et de leurs pays. Les musulmans s'étaient établis sur leurs frontières dans les villes, à Basra et à Koufa, comme en Syrie et en Égypte.

La plupart des Arabes qui s'étaient fixés dans ces villes étaient des gens rudes. Ils avaient peu profité de la compagnie du Prophète, leurs mœurs n'avaient pas été adoucies par l'exemple de sa vie et de sa conduite, et ils ne s'étaient pas exercés à imiter son caractère. De l'époque de la Jâhiliya, ils avaient gardé la dureté, l'esprit de corps, l'orgueil, l'ignorance de la sérénité de la foi. Avec le développement de l'État islamique, ils s'étaient trouvés subitement sous la domination des émigrés et des Ansâr : les Quraysh, les Kinâna, les Thaqîf, les Hudhayl et les premiers convertis à l'islam parmi les habitants du Hijâz et de Yathrib. Ils furent atteints dans leur fierté et étouffèrent de dépit, car ils croyaient avoir droit à la première place, en raison de [la noblesse de] leurs lignages, de leur nombre et de leur victoire sur les Perses et les Byzantins. Il y avait parmi eux les tribus des Bakr Ibn Wâ'il et des 'Abd al-Qays, appartenant aux Rabî'a ; les tribus des Kinda et des Azd, du Yémen ; les tribus des Tamîm et des Qays, appartenant aux Mudar, ainsi que d'autres. Ils se mirent à mépriser les Quraysh, à les regarder de haut et à montrer des réticences à leur obéir, et ils se justifièrent en prétendant qu'ils étaient injustement traités. Ils cherchèrent une protection contre eux, et les accusèrent de mal conduire leurs expéditions et de ne pas observer l'équité dans le partage du butin.

La rumeur s'empara de ces plaintes et se répandit jusqu'à Médine. Les Médinois, comme on devait s'y attendre, les tinrent pour graves et en informèrent 'Uthmân. Celui-ci envoya plusieurs hommes pour s'informer de la situation : Ibn 'Umar, Muhammad Ibn Maslama, Usâma Ibn Zayd, et d'autres. Ils ne trouvèrent rien à dire contre les gouverneurs des villes en question et aucun motif pour les blâmer, et ils rendirent fidèlement compte de ce qu'ils avaient vu. Mais les critiques ne cessèrent pas pour autant. Les vilains propos et les rumeurs ne firent qu'augmenter. Al-Walîd Ibn 'Uqba, gouverneur de Koufa, fut accusé de boire du vin. Des gens de cette ville témoignèrent contre lui, et 'Uthmân lui appliqua la punition prévue par la loi et le révoqua. De ces différentes villes affluèrent des gens vers Médine pour demander la déposition de leurs gouverneurs. Ils se plaignirent à 'Alî, 'A'isha, az-Zubayr et Talha. 'Uthmân révoqua quelques gouverneurs, mais cela ne suffit pas à faire taire les critiques. Lorsque Sa'îd Ibn al-'As, gouverneur de Koufa, vint pour une mission auprès de 'Uthmân, il fut à son retour intercepté en chemin et renvoyé après avoir été destitué de ses fonctions. Puis des différends éclatèrent entre 'Uthmân et les Compagnons présents à Médine. Ces derniers lui reprochèrent de refuser de procéder aux destitutions [des gouverneurs incriminés]. Mais il persista dans son refus, sauf en cas de faute prouvée.

Puis ils se mirent à le critiquer pour d'autres de ses actes. Mais il continua d'affirmer son droit au jugement indépendant. De leur côté, ils affirmèrent le même droit. Peu après, une foule se rassembla et se rendit à Médine, en faisant croire qu'elle demandait justice à 'Uthmân, alors que, en réalité, elle méditait sa mort. Il y avait des gens de Basra, de Koufa et d'Égypte. 'Alî, 'A'isha, az-Zubayr, Talha, et d'autres, se mirent de leur côté, cherchant à calmer les esprits et à amener 'Uthmân à adopter leur point de vue. 'Uthmân accepta de déposer le gouverneur d'Égypte. Les gens partirent. Mais ils ne tardèrent pas à rebrousser chemin, en prétextant qu'ils avaient trouvé une lettre sur un courrier qui devait la porter au gouverneur d'Égypte. Dans cette lettre, il y avait l'ordre de les tuer. 'Uthmân jura que la lettre [était un faux]. Ils lui demandèrent de leur livrer son secrétaire, Marwân. Marwân jura à son tour, et 'Uthmân leur dit que, selon la loi, on ne pouvait exiger rien de plus. Alors, ils l'assiégèrent dans sa résidence, s'introduisirent chez lui de nuit — quand ils ne pouvaient être vus de personne —, et le tuèrent. Ainsi commença l'époque des troubles.

Tous ces personnages avaient une excuse valable pour ce qui s'était produit. Tous se souciaient de la religion et ne négligeaient rien qui fût en relation avec elle. Après l'événement, ils examinèrent la situation et y réfléchirent. Dieu seul pénètre leurs secrets. Il connaît ces hommes.

Quant à nous, nous ne pouvons penser d'eux que du bien, en raison de ce que nous savons de leur vie et de ce qu'a dit le Véridique à leur sujet.

2. Pour ce qui est d'al-Husayn, lorsqu'il apparut clairement aux yeux de tous ses contemporains que Yazîd était un impie, il fut appelé à Koufa par les partisans de la famille du Prophète, qui étaient prêts à soutenir sa cause. Al-Husayn pensa que c'était un devoir de se révolter contre Yazîd, en raison de son impiété, surtout quand on avait la capacité de le faire. Il se sentait dans l'obligation d'accomplir cette tâche, car il avait les qualités et la puissance requises. Pour ce qui est des qualités, il les avaient certes, comme il le croyait, et même plus qu'il ne fallait. Mais il s'illusionnait sur sa puissance. L'esprit de corps des Mudar s'était concentré chez les Quraysh, celui des Quraysh chez les 'Abd Manâf, et celui des 'Abd Manâf chez les Omeyyades. Les Quraysh et tous les autres reconnaissaient ce fait et ne le contestaient pas. On l'oublia au début de l'islam, parce que les gens avaient l'esprit occupé par les faits surnaturels, la Révélation et l'intervention fréquente des anges en faveur des musulmans. Ils négligeaient donc ce qui se rapportait à leurs coutumes. Ainsi, l'esprit de corps et les aspirations de la Jâhiliya avaient disparu et avaient été oubliés. Seule avait subsisté la solidarité naturelle pour se protéger et se défendre, qu'on pouvait utiliser pour établir la religion et combattre les polythéistes. La religion servait de guide, et les coutumes étaient laissées de côté. Mais, quand la prophétie et les faits surnaturels terrifiants eurent cessé, les coutumes retrouvèrent jusqu'à un certain point leur force. L'esprit de corps redevint ce qu'il était, et il fut récupéré par ceux qui le détenaient autrefois. Les Mudar étaient plus soumis aux Quraysh qu'à toute autre tribu, à cause de la suprématie qu'ils leur reconnaissaient autrefois.

Il est donc clair qu'al-Husayn était dans l'erreur. Mais il ne s'agissait que d'une affaire terrestre, où l'erreur n'avait pas pour lui de graves conséquences. Au point de vue de la loi religieuse, il n'était pas dans l'erreur, car c'était une question d'opinion. Et il pensait, quant à lui, qu'il était capable d'assumer son acte. Il fut blâmé pour son voyage à Koufa par Ibn 'Abbâs, Ibn az-Zubayr, Ibn 'Umar et Ibn al-Hanafiyya, son frère, ainsi que par d'autres, qui avaient compris son erreur. Mais il ne renonça pas à son entreprise, car Dieu le voulait ainsi.

Les Compagnons du Prophète en dehors d'al-Husayn, ceux qui étaient au Hijâz ou avec Yazîd en Syrie et en Irak, ainsi que leurs partisans, pensaient qu'une révolte contre Yazîd, bien que celui-ci fût un impie, n'était pas permise, en raison des troubles et de l'effusion de sang qu'elle pourrait entraîner. Ils s'abstinrent de se révolter et de suivre al-Husayn, mais sans le désapprouver ou considérer son acte comme une faute. Car il était habilité à user de son jugement indépendant, et était un modèle pour tous ceux qui sont habilités à user de leur jugement indépendant. Mais il ne faut pas non plus commettre l'erreur de croire que ceux qui s'étaient opposés à al-Husayn et avaient refusé de le soutenir étaient en faute. Ils formaient la majorité des Compagnons. Ils étaient avec Yazîd et ne crurent pas bon de se révolter contre lui. Alors qu'al-Husayn était en train de combattre à Karbalâ', il sollicita leur témoignage à l'appui de sa supériorité et de ses droits en disant : « Demandez à Jâbir Ibn 'Abd Allâh, Abû Sa'îd al-Khudrî, Anas Ibn Mâlik, Sahl Ibn Sa'îd, Zayd Ibn al-Arqam et d'autres. » Il ne leur reprocha pas de ne pas l'avoir soutenu et n'y fit aucune allusion. Il savait qu'ils s'étaient fondés sur leur propre jugement, comme lui-même s'était fondé sur le sien.

De même, on ne doit pas davantage tomber dans l'erreur de justifier sa mort en disant qu'elle était fondée sur le jugement indépendant [de ses adversaires], même si on suppose qu'il avait raison dans son propre jugement indépendant. La situation serait comparable à celle où un shafi'ite ou un malikite appliquerait la peine légale à un hanafite qui aurait bu de la liqueur de dattes. Mais il n'en fut pas ainsi. La décision de le combattre ne fut pas fondée sur le jugement indépendant des Compagnons, même si ceux-ci, en s'opposant à lui, s'étaient appuyés sur leur jugement indépendant. Seuls Yazîd et ses partisans avaient combattu contre lui. On ne devrait pas dire non plus que, aux yeux des Compagnons, les ordres de Yazîd étaient valides et devaient être obéis, même s'il était impie, puisqu'il n'était pas permis de se révolter contre lui. Les ordres d'un impie ne peuvent être obéis que s'ils ont une base légale. L'une des conditions pour combattre des rebelles est que l'on soit avec un imam juste. Or, il n'en est pas ainsi dans notre cas. Il n'était donc pas permis de combattre al-Husayn avec Yazîd ou pour lui. En réalité, le combat de Yazîd contre al-Husayn confirme son impiété. Al-Husayn était un martyr, qui mérite une récompense au ciel. Il était dans le vrai et avait agi en tant qu'homme habilité à user de son jugement indépendant. De leur côté, les Compagnons qui étaient avec Yazîd étaient également dans le vrai et avaient agi en tant qu'hommes habilités à user de leur jugement indépendant. Le cadi Abû Bakr Ibn al-'Arabî, qui était un malikite, est dans l'erreur lorsqu'il affirme dans son livre *al-Qawâsim wa-l-'awâsim* qu'al-Husayn fut tué conformément à la loi de son grand-père[6]. Cela vient du fait qu'il ne tient pas compte de la condition requise pour combattre ceux qui professent des opinions divergentes, à savoir : être un imam juste.

3. Quant à Ibn az-Zubayr, il conçut sa révolte dans les mêmes termes qu'al-Husayn. Comme ce dernier, il crut posséder les qualités requises. Mais, pour ce qui est de la puissance, son erreur était encore plus grande. En effet, les Banû Asad n'avaient jamais pu rivaliser avec les Omeyyades, ni avant ni après l'islam. Pour ce qui est d'Ibn az-Zubayr, on ne pourra pas dire que la faute retombe sur son adversaire, comme on l'a affirmé de Mu'âwiya dans son opposition à 'Alî. Le consensus qui nous a permis de trancher dans ce dernier cas n'existe pas ici. D'autre part, l'erreur de Yazîd est établie par son impiété. Mais 'Abd al-Malik, l'adversaire d'Ibn az-Zubayr, est un homme des plus probes qui soient. Pour preuve de sa probité, il suffit de rappeler que Mâlik se référa à ses actes et qu'Ibn 'Abbâs et Ibn 'Umar abandonnèrent Ibn az-Zubayr avec qui ils se trouvaient au Hijâz pour prêter serment d'allégeance à 'Abd al-Malik. En outre, de l'avis de bon nombre de Compagnons, le serment d'allégeance prêté à Ibn az-Zubayr n'était pas valide, parce que les gens qui avaient le pouvoir de décision n'étaient pas présents, comme ce fut le cas au moment de la prestation de serment en faveur de Marwân. Ibn az-Zubayr était d'un avis opposé. Néanmoins, ils étaient tous des gens habilités à user de leur jugement indépendant, apparemment dans le vrai, même si on ne pouvait établir de quel côté était la vérité. Le meurtre d'Ibn az-Zubayr apparaît, d'après ce qui vient d'être dit, comme n'allant pas à l'encontre des principes et des règles du droit. Cependant, c'est un martyr, qui mérite une récompense dans l'autre monde, vu ses bonnes intentions et son attachement à la vérité.

C'est de cette manière qu'il faut juger les actes des anciens : Compagnons du Prophète et hommes de la seconde génération. Ils étaient les meilleurs parmi les membres de la communauté musulmane. Si on accepte qu'ils soient attaqués, qui pourrait prétendre à la probité ? Le Prophète a dit : « Les meilleurs sont ceux de ma génération, puis ceux de la suivante » — cette dernière partie de la phrase répétée deux ou trois fois —, « puis le mensonge se répandra[7] ». Il considérait donc que le bien, c'est-à-dire la probité, était propre à la première période et à celle qui la suivit.

On doit se garder de prendre l'habitude de penser ou de dire du mal d'aucun d'entre eux. Le cœur ne doit pas être troublé par le doute au sujet de ce qu'ils ont pu faire ou dire. On doit tout faire pour découvrir la vérité en ce qui les concerne. Ils le méritent plus que personne. Ils ne s'opposèrent jamais sans de bonnes raisons. Ils ne tuèrent jamais et ne furent jamais tués que dans un combat pour Dieu ou pour faire triompher la vérité.

De plus, on doit croire que leurs divergences sont une miséricorde divine pour les musulmans qui sont venus après eux. Chacun peut ainsi prendre pour modèle celui d'entre eux qu'il a choisi, et faire de lui son imam, son guide et son conseiller.

Il faut comprendre tout cela et saisir le sens de la sagesse de Dieu dans Sa création et Ses créatures.

XXIX. LES FONCTIONS RELIGIEUSES DU CALIFAT

La charge de calife, on l'a vu, consiste en vérité à suppléer le Législateur dans la préservation de la foi et le gouvernement des affaires de ce monde. En effet, le Législateur a autorité sur les deux domaines à la fois : d'un côté, il lui est ordonné de transmettre les obligations religieuses et de faire agir les hommes en accord avec elles ; de l'autre, il est chargé de veiller sur les intérêts humains dans le contexte de la civilisation humaine.

On a montré que celle-ci est nécessaire à l'homme, et que la préservation des intérêts publics est également nécessaire, car si on les néglige, la société périt. On a vu, par ailleurs, que le pouvoir, avec sa force coercitive, suffit à garantir ces intérêts. Encore que ceux-ci seraient, certes, plus complètement assurés s'ils étaient gouvernés par les lois religieuses, car le Législateur connaît mieux ce qui est bon pour les hommes.

Lorsque le pouvoir est islamique, il dépend du califat, dont il est un élément constitutif. Hors de la communauté musulmane, il est indépendant. En tout cas, il comprend des rangs subordonnés et des positions dépendantes, organisés en fonctions et distribués entre les membres de l'État. Chacun remplit ses fonctions suivant les directives du souverain, qui a la haute main sur tous. Ainsi, celui-ci exerce pleinement son pouvoir et accomplit au mieux sa tâche de gouvernement.

Bien que la charge de calife comprenne le pouvoir [temporel] dans le sens indiqué ci-dessus, il lui est attaché, de par son caractère religieux, un certain nombre de fonctions et de charges particulières, propres aux califes de l'islam. Nous commencerons par présenter ces fonctions, et nous reviendrons ensuite à celles qui sont liées au pouvoir et au gouvernement en général.

Toutes les fonctions religieuses et légales — direction de la prière, offices de juge et de mufti, guerre sainte, contrôle des marchés — sont du ressort du grand imamat, c'est-à-dire du califat. Celui-ci est, en quelque sorte, leur source première et leur fondement commun, et toutes les autres fonctions dérivent de lui et sont comprises en lui. Car le calife a une compétence générale, dirige toutes les affaires de la communauté musulmane — religieuses ou temporelles, et veille à l'application des lois en général.

La direction de la prière.

La direction de la prière est la plus haute de toutes ces fonctions. Elle est au-dessus du pouvoir [politique] lui-même, lequel est, comme elle, dépendant du califat. Cela est attesté par le fait que les Compagnons, se fondant sur la désignation d'Abû Bakr par le Prophète pour le remplacer à la direction de la prière, en ont conclu à sa qualification pour le remplacer au gouvernement. « Si le Messager de Dieu, disaient-ils, l'avait agréé pour notre religion, pourquoi ne l'accepterions-nous pas pour nos affaires temporelles ? » Si la direction de la prière n'était pas supérieure au gouvernement, un tel raisonnement n'aurait pas été valide[a].

Cela établi, rappelons qu'il existe dans les villes deux sortes de mosquées. Les unes sont grandes, accueillent un public nombreux et sont conçues pour la célébration des prières des grandes occasions. Les autres, plus petites, sont réservées à des communautés particulières ou à des quartiers déterminés, et l'on n'y célèbre pas les prières publiques. Les grandes mosquées sont sous l'autorité du calife ou de l'un de ses représentants — sultan, vizir ou juge —, qui y désigne un imam pour diriger les cinq prières quotidiennes, les prières du vendredi, des deux fêtes et des éclipses (du soleil et de la lune), et les prières pour demander la pluie. La nomination de l'imam par le calife n'est pas obligatoire, mais elle est fondée sur la considération du meilleur et du préférable, et elle a aussi pour but de maintenir les sujets sous l'autorité du calife pour tout ce qui touche aux affaires d'intérêt public. Cependant, elle est considérée comme obligatoire par ceux qui tiennent pour obligatoire la célébration publique de la prière du vendredi. Pour eux, il est nécessaire que le calife désigne l'imam.

Les mosquées réservées à une communauté particulière ou à un quartier relèvent directement des habitants qui vivent dans le voisinage et n'ont nul besoin ni de l'autorité du calife ni de celle du sultan.

Les dispositions légales et les conditions relatives à la direction de la prière et aux personnes susceptibles d'être nommées à cette charge sont bien connues d'après les livres de droit. Elles sont exposées en détail dans les traités d'administration publique, comme ceux d'al-Mâwardî ou d'autres auteurs. Nous ne nous étendrons pas là-dessus[b]. Les premiers califes ne déléguaient cette fonction à personne. Le fait qu'un certain nombre d'entre eux furent poignardés au moment de l'appel à la prière — et qu'on les guettait donc aux heures de prière — montre bien qu'ils remplissaient cette charge en personne, sans jamais la déléguer. Les Omeyyades, plus tard, firent de même, car ils y voyaient un privilège exclusif et la plaçaient au plus haut rang. On raconte que 'Abd al-Malik dit à son chambellan : « Tu garderas ma porte, sauf pour trois personnes : le maître de la table, car les plats pourraient se gâter ; le muezzin, car il appelle à Dieu ; le maître de la poste, car un retard du courrier peut causer la ruine d'une province. »

Plus tard, lorsque se manifesta la nature du pouvoir, avec sa dureté et son mépris de l'égalité dans les affaires spirituelles et temporelles, les souverains se firent remplacer à la direction de la prière, sauf en certaines occasions et dans les cérémonies des deux fêtes et du vendredi, pour se faire voir au public et s'attirer les éloges. C'est ce que firent de nombreux califes 'abbâssides et 'ubaydites au début de leur dynastie.

La charge de mufti[c].

La charge de mufti doit être confiée, par le calife, après examen, aux docteurs et aux maîtres les plus qualifiés. Le calife doit aider le mufti dans sa tâche et écarter les incapables. En effet, c'est une fonction qui touche aux intérêts religieux des musulmans, et le calife doit donc la surveiller, afin d'empêcher que des gens incompétents y accèdent et égarent le peuple.

Les enseignants sont chargés de l'enseignement et de la diffusion des connaissances. Dans ce but, ils donnent des cours dans les mosquées. Quand il s'agit de grandes mosquées, qui dépendent du souverain pour la nomination aux différents emplois qui y sont exercés et pour le contrôle des imams, les enseignants sont tenus de demander à ce dernier la permission d'enseigner. Si c'est une mosquée populaire, aucune autorisation n'est requise. Cependant, c'est aux muftis et aux enseignants de s'interdire d'eux-mêmes d'entreprendre une tâche pour laquelle ils ne sont pas qualifiés. Ainsi ils ne risqueront pas de tromper la confiance de ceux qui cherchent la bonne voie, ou d'égarer ceux qui demandent un guide. Selon une tradition : « Ceux d'entre vous qui sont les plus prompts à donner des consultations juridiques sont aussi les premiers à aller en enfer[1]. » C'est donc au souverain de leur permettre, ou non, d'exercer leurs fonctions, conformément à l'intérêt général.

L'office de juge[d].

La fonction de juge est une de celles qui dépendent du calife. Celui qui l'occupe a la charge de trancher les litiges et de mettre fin aux contestations et aux dissensions. Mais il doit s'appuyer sur les lois religieuses, puisées dans le Coran et la Sunna. C'est pourquoi elle fait partie des fonctions rattachées au califat et dépendant de sa compétence générale.

Au début de l'islam, la fonction de cadi était exercée par les califes eux-mêmes, qui ne laissaient personne juger à leur place en quelque matière que ce fût. Le premier calife à en charger quelqu'un d'autre fut ʿUmar. Il nomma Abû ad-Dardâ' auprès de lui, à Médine ; Shurayh à Basra et Abû Mûsâ al-Ashʿarî à Koufa. Ce fut à cette occasion qu'il adressa à ce dernier la lettre célèbre où étaient définies exhaustivement les règles relatives à la fonction de juge. En voici le texte[2] :

« La justice est à la fois un précepte religieux clair et une coutume respectée. Tu dois d'abord comprendre les preuves qui te sont présentées, car il est inutile de dire la justice sans preuves suffisantes. Tu dois traiter les gens sur le même pied, pour l'accueil, la justice que tu leur rends et la place que tu leur réserves dans la salle d'audience, de sorte que le noble ne compte pas sur ta partialité, et que le faible ne désespère pas de ton équité. Au plaignant de fournir la preuve, au défendeur de prêter serment. L'arrangement à l'amiable est permis entre musulmans, sauf s'il rend licite ce qui est illicite, ou l'inverse. Si tu as rendu un jugement hier et que, aujourd'hui, après réflexion, tu te sois ravisé à bon escient, ton premier jugement ne doit pas t'empêcher de revenir à ce qui est juste, car la justice est première, et mieux vaut réviser son jugement que persévérer dans l'erreur. Use de ton intelligence quand tu es troublé et que tu ne trouves aucune réponse dans le Coran ou la Sunna. Apprends à reconnaître les similitudes et les ressemblances, et juge par analogie. Au demandeur qui réclame un droit inexistant ou prétend fournir des preuves, donne un délai. S'il apporte ses preuves, tu lui rendras justice ; sinon, tu le débouteras de sa demande. C'est le meilleur moyen de dissiper le doute et de voir clair dans une affaire obscure. Tous les musulmans peuvent faire office de témoins, sauf ceux qui ont subi une peine légale, qui ont été convaincus de faux témoignage ou sont suspectés en raison de leurs liens de clientèle ou de leur parenté [avec l'une des parties]. Dieu, qu'Il soit exalté, pardonne sur la foi du serment et remet [le châtiment] au vu des preuves. Garde-toi de montrer de l'impatience, de la lassitude ou de l'ennui devant les plaideurs. À ceux qui établissent la justice là où elle doit l'être, Dieu réserve la plus grande récompense et donne une bonne réputation. Adieu. » Fin de la lettre de ʿUmar.

Si les califes chargeaient d'autres personnes de la fonction de juge, alors qu'il leur incombait de l'exercer personnellement, c'était parce qu'ils avaient à s'occuper du gouvernement général et de ses multiples tâches : guerre sainte, conquêtes, défense des frontières, protection du centre [de l'empire]. Celles-ci étaient trop importantes pour être laissées aux autres. Ils pensaient qu'il était facile de juger les litiges entre les gens, et ils se faisaient remplacer dans cette charge pour alléger leur fardeau. Cependant, ils ne la confiaient qu'à des membres de leur clan — parents ou clients —, et jamais à des étrangers.

Les dispositions légales et les conditions relatives à la charge de juge sont définies dans les ouvrages de droit, et plus particulièrement dans les traités d'administration publique. Au temps des califes, le juge se bornait à régler les différends entre les plaideurs. Puis, progressivement, d'autres affaires lui furent confiées, à mesure que les califes et les souverains devaient se concentrer sur le gouvernement de l'empire. Finalement, en plus des litiges entre particuliers, le juge eut à s'occuper de tout un ensemble de questions touchant aux intérêts des musulmans en général : biens des personnes soumises à une interdiction, tels les fous, les orphelins, les insolvables, les prodigues ; testaments et biens de mainmorte ; mariage des femmes nubiles en l'absence d'un tuteur matrimonial — si telle est la doctrine du juge ; état des routes et des édifices ; contrôle de la compétence des témoins légaux, des agents et des adjoints du juge, et vérification de leur savoir et de leur expérience pour s'assurer qu'ils sont dignes de confiance. Tout cela a fini par dépendre du juge et faire partie de ses attributions.

Autrefois, les califes confiaient aux juges le redressement des torts[3]. C'est une charge où il est fait appel à la fois à la coercition de l'autorité gouvernementale et à l'équité de la fonction judiciaire, où l'on doit disposer d'autorité et inspirer la crainte pour soumettre la partie coupable et repousser l'agresseur. En un sens, c'est une charge qui permet d'exécuter ce que le juge ou d'autres n'ont pas pu exécuter. Il revient à celui qui l'occupe d'examiner les preuves, de décider des punitions discrétionnaires, d'apprécier les indices et les circonstances, de retarder le jugement jusqu'à ce que la lumière soit faite sur la situation légale, d'inciter les parties à un arrangement à l'amiable, de faire prêter serment aux témoins. Ce sont des attributions plus étendues que celles du juge.

Les premiers califes, jusqu'au règne de l''Abbâsside al-Muhtadî, exercèrent personnellement cette fonction. Parfois, ils s'en déchargeaient sur leurs juges. Ainsi, 'Alî se fit remplacer par son juge Abû Idrîs al-Khawlânî ; al-Ma'mûn par Yahyâ Ibn Aktham, et al-Mu'tasim par Ahmad Ibn Abî Du'âd. Quelquefois, le juge était chargé de la direction de la guerre sainte, à la tête des troupes qui participaient aux campagnes d'été. Ce fut le cas de Yahyâ Ibn Aktham, qui dirigea une campagne d'été contre les Byzantins sous le règne d'al-Ma'mûn, ainsi que de Mundhir Ibn Sa'îd, juge de l'Omeyyade d'al-Andalus 'Abd ar-Rahmân an-Nâsir. La nomination à ces fonctions relevait directement des califes ou des personnes qu'ils chargeaient de cette tâche, tels que vizirs dotés des pleins pouvoirs ou sultans imposés par la force.

La police.

Sous les 'Abbâssides, les Omeyyades d'al-Andalus et les 'Ubaydites d'Égypte et du Maghreb, les affaires criminelles et l'application des peines légales formaient un domaine à part, qui était du ressort du chef de la police. Il s'agit encore d'une fonction religieuse, qu'on considérait, sous ces dynasties, comme relevant de la loi divine. Le champ de ses compétences excède un peu celui du juge. Il revenait au chef de la police d'établir les charges en vue du jugement, de décider des châtiments préventifs avant l'établissement des crimes, d'appliquer les peines légales, de juger en matière de vengeance et de talion, d'appliquer les corrections et les châtiments corporels à l'encontre de ceux qui ne sont pas passés à l'exécution de leurs crimes.

Les deux fonctions de redressement des torts et de police furent oubliées dans les États où on ne s'intéressait plus au régime du califat. Le redressement des torts fut pris en charge par le sultan, par délégation du calife, ou sans elle. La police fut scindée en deux branches. La première s'occupait de l'imputation des crimes, de l'application à ceux-ci des peines légales, de l'exécution de la sentence d'amputation et des peines du talion. Un officier était désigné à cet effet dans ces États. Il prenait ses arrêts sur une base politique, sans se référer aux lois religieuses. On l'appelait tantôt *walî*, tantôt *shurta*. La deuxième branche s'occupait de l'administration des châtiments discrétionnaires et de l'application des peines prévues par la loi religieuse. Ces deux tâches furent regroupées et confiées au juge. Elles firent désormais partie de ses attributions, et il en est encore ainsi de nos jours.

L'office [de juge] échappa aux membres de la dynastie. Tant qu'il y avait un régime de califat religieux, cet office, considéré comme religieux, n'était confié qu'à des membres du clan des califes, qui étaient soit des Arabes, soit des clients — alliés, esclaves ou protégés — possédant la capacité et la compétence requises.

Puis le califat fut détruit et perdit sa suprématie, et on passa à un pouvoir et à un gouvernement purement temporels. Les fonctions religieuses s'éloignèrent quelque peu du pouvoir temporel, car elles ne faisaient pas partie des titres et des prérogatives qui lui étaient associés. Plus tard, les Arabes perdirent tout pouvoir, et l'autorité passa à d'autres peuples, tels que les Turcs ou les Berbères. Ces fonctions, liées au califat, s'éloignèrent alors davantage des princes, à cause de leur caractère et de leurs anciennes attaches avec l'esprit de corps [arabe]. En effet, les Arabes voyaient dans la loi religieuse *leur* religion. Ils considéraient le Prophète comme un des leurs et ses lois comme leur manière et leur voie propres, qui les distinguaient des autres peuples. Mais les non-Arabes ne partagèrent pas ce point de vue. Leur respect pour [ces fonctions] n'était dû qu'au fait qu'ils étaient des musulmans. Ils les confièrent donc à des gens qui n'étaient pas de leur clan, et qui avaient exercé les mêmes charges sous les dynasties califales précédentes. Or, ces derniers, habitués au luxe des États depuis des siècles, avaient oublié la vie bédouine et sa rudesse et adopté le mode de vie citadin, avec ses habitudes de luxe, sa tranquillité et l'inaptitude à se défendre. Sous les États purement temporels qui succédèrent aux califes, ces fonctions furent ainsi abandonnées à ce genre de citadins faibles. Ceux qui les exerçaient n'étaient plus considérés comme des gens puissants, parce qu'il leur manquait la qualification de la naissance et qu'ils étaient façonnés par la culture urbaine. Ils étaient méprisés, comme le sont les citadins plongés dans le luxe et le bien-être, éloignés du clan au pouvoir et dépendants de la milice. La considération qui leur était accordée par l'État était due au fait que celui-ci était responsable de la religion et de l'application des lois religieuses, et qu'ils étaient, eux, les spécialistes des lois, habilités à les interpréter en donnant des consultations juridiques. Si l'État leur donnait une certaine importance, ce n'était pas pour les honorer personnellement, mais pour le bénéfice qu'on pouvait tirer de leur position dans les conseils royaux, où il était bon de montrer du respect pour les dignités religieuses. Ils ne jouissaient, dans ces conseils, d'aucun pouvoir de décision, et leur présence y était de pure forme, sans réalité derrière. En effet, le pouvoir de décision n'appartient qu'à ceux qui disposent d'une force pour imposer leur volonté. Ceux qui n'ont pas de force n'ont pas de pouvoir. Certes, on les considère comme des autorités en matière de lois religieuses et on leur demande des consultations juridiques.

Certains pensent qu'il devrait en être autrement, et que la décision des rois d'écarter de leur conseil les juristes et les cadis est critiquable. Le Prophète a dit : « Les savants sont les héritiers des prophètes. » Mais il faut savoir que l'opinion de ces gens n'est pas fondée. Le pouvoir et l'autorité doivent se conformer aux exigences de la nature de la civilisation ; autrement, ils s'éloigneraient de ce que doit être un [bon] gouvernement. Or, la nature de la civilisation n'exige pas que [les cadis et les juristes] aient une part quelconque à l'autorité. Pour être consulté et avoir un pouvoir de décision, il faut disposer de l'esprit de clan, qui confère l'autorité pour décider et agir. Ceux qui n'ont pas d'esprit de clan, qui n'ont aucune autonomie personnelle, et qui ne peuvent même pas se défendre, mais dépendent des autres, comment pourraient-ils prétendre faire partie du conseil, et pourquoi leur avis y serait-il pris en considération ? On peut les consulter dans le domaine des lois qu'ils connaissent — et c'est ce qui se fait, notamment à travers les consultations juridiques. Mais il n'y a pas lieu de les consulter dans le domaine du gouvernement, dont ils sont très éloignés, du fait qu'ils n'ont pas d'esprit de clan et n'en connaissent ni les conditions ni les lois. Les honorer est donc un acte de générosité de la part des rois et des princes, acte par lequel ceux-ci témoignent de leur égard pour la religion et de leur respect pour ceux qui ont un lien quelconque avec elle.

À propos de la parole du Prophète : « Les savants sont

les héritiers des prophètes », on peut dire ceci : La plupart des juristes de notre époque et de ceux d'un passé récent sont les dépositaires de la loi religieuse dans la mesure seulement où ils énoncent les règles sur la manière d'agir dans les pratiques rituelles, et sur la manière de juger dans les relations entre les gens. Ils exposent ces règles pour ceux qui ont besoin de les appliquer. C'est le but des plus grands d'entre eux. Mais ils ne pratiquent [la loi religieuse] que de façon très restreinte et dans certaines circonstances seulement. À l'inverse, les musulmans et les croyants pieux et scrupuleux portaient la loi religieuse en la pratiquant et en réalisant ses voies. Ceux qui portent la loi religieuse en la pratiquant et en la réalisant, sans la transmettre, peuvent être comptés parmi les « héritiers ». Ce sont, par exemple, les hommes de la *Risâla* d'al-Qushayrî. Ceux qui réunissent les deux conditions sont les savants : ils sont les « héritiers » véritables. Ce sont, par exemple, les juristes de la seconde génération, les anciens musulmans, les quatre imams, ainsi que ceux qui les ont pris pour modèles et ont marché sur leurs traces. S'il y a des membres de la communauté ne remplissant que l'une de ces deux conditions, l'homme qui est pieux est plus digne d'être appelé « héritier » que le juriste qui n'est pas pieux. L'homme pieux a hérité d'une qualité, tandis que le juriste qui n'est pas pieux n'a hérité de rien. Il a des règles sur les manières d'agir, qu'il se contente de nous exposer. Tel est le cas de la majorité des juristes de notre époque, « excepté ceux qui ont cru et accompli les œuvres pies, mais ils sont peu[A] ».

La charge de témoin judiciaire[c].

C'est une charge religieuse qui dépend du juge et relève de sa compétence. Elle consiste à témoigner, avec la permission du juge, pour ou contre. Le témoin judiciaire reçoit les témoignages, témoigne aux procès, consigne [les témoignages et les jugements] par écrit dans des actes pour préserver les droits, les propriétés et toutes les transactions.

Nous avons dit « avec la permission du juge », car la société actuelle est mélangée, et seul le juge peut savoir qui est probe et qui ne l'est pas. Il n'autorise que ceux dont il

A. Coran, XXXVIII, 24.

a pu établir la probité de façon certaine, afin que les intérêts et les transactions soient sauvegardés.

Les conditions requises pour remplir cette charge sont la probité, telle que définie par la loi religieuse, et l'exemption de ce qui peut entraîner l'irrecevabilité du témoignage. Le témoin judiciaire doit, en outre, être capable de rédiger les jugements du juge et les contrats selon la forme et l'ordre requis, en observant les conditions et les stipulations auxquelles ils sont soumis au point de vue légal. Il doit donc posséder les connaissances juridiques nécessaires à l'accomplissement de ces tâches. En raison de ces conditions, de l'entraînement et de l'expérience requis, cette charge a été réservée aux gens qui possèdent la qualité de probité. La probité en est venue à être considérée comme la caractéristique des témoins judiciaires. Mais, en fait, il n'en est rien. Elle n'est qu'une des conditions de leur charge.

Le juge doit enquêter sur les conditions et la conduite des témoins judiciaires, afin de s'assurer de leur probité. Il ne doit pas négliger ce point, car il est de son devoir de sauvegarder les droits des gens. C'est lui qui endosse la responsabilité en toutes ces matières, et qui doit répondre de tout ce qui peut s'ensuivre.

Quand on dispose de témoins judiciaires, on a généralement recours à eux pour établir la probité des personnes dont les juges ignorent la moralité. En raison de l'étendue des villes et de l'ambiguïté des situations, et pour répondre à la nécessité de s'appuyer sur des preuves authentifiées pour régler les conflits entre personnes, les juges s'en remettent généralement à ces témoins. Dans toutes les villes, ceux-ci ont leurs échoppes ou leurs bancs, où ils se tiennent en permanence. Les gens viennent les trouver pour établir les témoignages et les consigner par écrit.

Le mot *'adâla*, « probité », est donc employé dans deux sens : pour la charge de témoin judiciaire, *âdil*, dont nous venons de parler, et pour la probité au point de vue légal, qui apparaît à côté de son contraire, le *jarh*. Les deux sens sont en même temps identiques et distincts. Dieu est plus savant.

La hisba *et la monnaie.*

La *hisba* est une fonction religieuse, relevant de l'obligation d'« ordonner le bien et d'interdire le mal », qui incombe à la personne chargée de diriger les affaires des musulmans. Celle-ci désigne le candidat qui lui paraît qualifié. Et c'est donc au titulaire de cette charge qu'il revient d'assumer l'obligation en question. Pour s'acquitter de sa tâche, il s'entoure d'assistants, s'enquiert des actes répréhensibles et leur applique les peines et les châtiments appropriés. Il veille au respect de l'intérêt public dans la ville. Par exemple, il interdit de provoquer des encombrements dans les rues. Il défend aux porteurs et aux bateliers de prendre des charges excessives. Il ordonne aux propriétaires d'immeubles qui risquent de s'écrouler de les faire démolir et de supprimer tout danger pour les passants. Il chasse les maîtres — exerçant dans des écoles ou ailleurs — coupables de battre leurs élèves avec excès. Il n'intervient pas seulement pour régler des querelles ou des plaintes, mais il peut examiner et juger tous les abus qui sont portés à sa connaissance et lui sont présentés. Sa compétence ne s'étend pas aux plaintes judiciaires en général, mais seulement à ce qui a trait aux escroqueries et aux fraudes sur les denrées alimentaires ou autres produits, et sur les poids et mesures. Il lui revient également d'obliger les débiteurs en retard à s'acquitter de leurs dettes, et de régler toute affaire du même genre où il n'est pas besoin de preuves légales ou de verdict judiciaire. Il s'agit, en somme, de cas qu'on évite de présenter devant le juge, parce qu'ils sont courants et de règlement aisé, et qu'on confie ainsi au titulaire de cette charge.

L'office de la *hisba* est donc subordonné à celui du juge. Sous de nombreuses dynasties musulmanes — 'Ubaydites d'Égypte et du Maghreb, Omeyyades d'al-Andalus —, il relevait de la compétence générale du juge, qui en désignait à son gré le titulaire. Plus tard, lorsque la fonction gouvernementale se sépara du califat, et que le sultan eut à s'occuper de toutes les affaires gouvernementales, la *hisba* fut considérée comme une fonction relevant du pouvoir royal et fit l'objet d'un office à part.

La monnaie.

L'office de la Monnaie est chargé du contrôle des monnaies qui ont cours parmi les musulmans et de leur protection contre toute éventuelle falsification ou altération, lorsque les transactions se font sur la base du nombre de pièces, et a compétence pour tout ce qui touche à la monnaie. Il est également chargé de la frappe des monnaies à la marque du souverain, pour en garantir la qualité et le titre. La marque est imprimée à l'aide d'un coin en fer conçu pour cet usage, sur lequel sont gravés des dessins particuliers. On place le coin sur le dinar ou le dirham, après en avoir établi le poids, et on frappe dessus avec un marteau de manière à y imprimer les dessins. La marque atteste que la pièce est de bonne qualité, suivant les normes de fonte et de purification en usage chez les habitants du pays et les critères définis par l'État. En effet, les normes de la fonte et de la purification des monnaies ne sont pas fixées une fois pour toutes, mais sont définies d'après ce que l'on juge approprié. Une fois que les habitants d'un pays adoptent une certaine norme de pureté, ils s'y tiennent et l'appellent « guide » ou « critérium ». Ils l'utilisent pour vérifier leurs monnaies, et celles qui ne sont pas conformes sont considérées comme mauvaises.

C'est au directeur de la monnaie qu'il incombe de surveiller tout cela. De ce point de vue, l'office de la Monnaie est une charge religieuse, qui doit, par conséquent, dépendre du calife. Autrefois, elle faisait partie des attributions du juge, mais elle est devenue, de nos jours, un office autonome, comme la *hisba*.

Ici s'achève notre propos sur les fonctions du califat. Nous avons omis de parler de certaines d'entre elles qui ont disparu, soit parce qu'elles sont devenues sans objet, soit parce qu'elles font partie, aujourd'hui, des charges gouvernementales. Parmi ces dernières, il y a les fonctions d'émir, de vizir, et celles qui concernent la guerre et les impôts. Nous en parlerons plus loin. Quant aux premières, il y a celle de la direction de la guerre sainte, qui a cessé d'exister quand il n'y a plus eu de guerre sainte, sauf dans un petit nombre d'États, où elle est traitée comme une fonction gouvernementale. Il y a également l'office de syndic des lignages permettant d'accéder au califat ou donnant le droit à une pension du trésor. Cet office a également disparu avec l'extinction du califat.

En général, dans tous les États, les anciennes attributions et fonctions du califat sont passées de nos jours au pouvoir royal et au gouvernement.

Dieu, en Sa sagesse, dirige toute chose.

XXX. LE TITRE DE COMMANDEUR DES CROYANTS EST UN ATTRIBUT PARTICULIER DES CALIFES

Ce titre a été créé à l'époque des [quatre premiers] califes. Quand Abû Bakr reçut le serment d'allégeance, les Compagnons, ainsi que tous les musulmans, l'appelèrent « Représentant du Messager de Dieu ». Il en fut ainsi jusqu'à sa mort. Puis, lorsqu'on prêta serment d'allégeance à 'Umar, qui fut désigné par Abû Bakr, on l'appela « Représentant du Représentant du Messager de Dieu ». Mais on trouva que ce titre était trop incommode, à cause de sa longueur et de ses nombreux compléments de nom. Ceux-ci, avec le temps, devaient sans cesse augmenter. Le titre devenait ainsi imprononçable et incompréhensible. Aussi dut-on y renoncer et choisir un autre titre plus approprié.

Les chefs des expéditions militaires étaient appelés *amîr*, « commandant ». Ce mot est de la forme *fa'îl* et est dérivé de *imâra*, « commandement ». Les gens de la Jâhiliya appelaient le Prophète Muhammad « Commandant de La Mecque » ou « Commandant du Hijâz ». D'autre part, les Compagnons appelaient Sa'd Ibn Abî Waqqâs « Commandant des musulmans », parce qu'il avait commandé l'armée à al-Qâdisiyya. Cette armée comprenait alors la plus grande partie des musulmans.

Or, il advint qu'un des Compagnons appela 'Umar « Commandeur des croyants ». Les gens trouvèrent ce titre bon et tout à fait approprié, et on s'en servit pour s'adresser à 'Umar. Le premier qui l'employa, dit-on, fut 'Abd Allâh Ibn Jahsh. Selon une autre version, ce fut 'Amr Ibn al-'As ou al-Mughîra Ibn Shu'ba. Et, selon une autre version encore, ce fut un courrier qui était venu annoncer une victoire. Arrivé à Médine, il s'enquit de 'Umar en disant : « Où est le Commandeur des croyants ? » L'entourage de 'Umar l'entendit et exprima son approbation : « Tu as trouvé le nom qu'il lui faut, lui dit-on. Il est bien le Commandeur des croyants. » On appela donc 'Umar de ce nom, qui devint le titre par lequel les gens s'adressèrent à lui. Les califes qui lui succédèrent en héritèrent comme un attribut particulier, qu'ils ne laissèrent personne partager avec eux. Il en fut ainsi durant toute l'époque de l'État omeyyade.

Les chiites ont réservé à 'Alî le titre d'Imam, lui conférant ainsi l'imamat, qui est l'équivalent du califat. Par là, ils voulaient faire passer leur doctrine — qui est une innovation blâmable — selon laquelle 'Alî aurait été plus qualifié qu'Abû Bakr pour diriger la prière. Ils ont[a] donc réservé ce titre à 'Alî et à ceux qu'ils considèrent comme ses successeurs au califat. Tous ceux-ci étaient appelés « Imam » tant qu'ils étaient proclamés clandestinement. Lorsqu'ils s'emparèrent du pouvoir, ils changèrent de titre et prirent celui de « Commandeur des croyants ». C'est ce que firent les chiites 'abbâssides. Ils avaient toujours appelé leurs chefs « Imam » jusqu'à Ibrâhîm, qu'ils proclamèrent publiquement et pour lequel ils combattirent et déployèrent les étendards. Après sa mort, son frère as-Saffâh fut appelé « Commandeur des croyants ». Les rafidites d'Ifrîqiya[1] se sont conduits de la même façon. Leurs chefs étaient toujours appelés « Imam », jusqu'à 'Ubayd Allâh al-Mahdî. Celui-ci, ainsi que son fils et successeur al-Qâsim, portaient encore le nom d'imam. Mais après la consolidation de leur pouvoir, leurs successeurs furent appelés « Commandeur des croyants ». Il en fut de même des Idrîsides du Maghreb. Idrîs fut appelé « Imam », ainsi que son fils Idrîs le Jeune. Tel est l'usage chez les chiites.

Les califes se transmettaient le titre de Commandeur des croyants, qui devint un attribut particulier de celui qui gouvernait sur le Hijâz, la Syrie et l'Irak, c'est-à-dire les régions qui constituaient les demeures des Arabes, les centres de l'Empire[b], la base de la communauté musulmane et de la victoire. Et quand l'État 'abbâsside eut atteint son plein épanouissement, les califes adoptèrent un titre supplémentaire pour se distinguer les uns des autres, car celui de Commandeur des croyants leur était commun. Ils créèrent ce nouvel usage pour protéger leurs noms contre l'abus des gens du commun et les préserver de la profanation. Ils se donnèrent des surnoms tels qu'as-Saffâh, al-Mansûr, al-Mahdî, al-Hâdî, ar-Rashîd, et il en fut ainsi jusqu'à la fin de leur dynastie. Leur exemple fut suivi par les 'Ubaydites d'Ifrîqiya et d'Égypte.

Les Omeyyades n'ont pas eu recours à ce procédé. En Orient, ils vécurent dans l'austérité et la simplicité, parce qu'ils gardaient encore leurs attaches avec l'arabité et n'avaient pas échangé les marques de la civilisation rurale contre celles de la civilisation urbaine. En Andalus, ils voulurent rester fidèles aux traditions de leurs ancêtres. De plus, ils étaient conscients de leur infériorité, du fait qu'ils n'avaient pas pu garder le califat, passé aux 'Abbâssides, qu'ils étaient incapables de soumettre le Hijâz, base des Arabes et de la communauté musulmane, et qu'ils étaient éloignés du siège du califat, c'est-à-dire du centre de l'esprit de corps des Arabes. En prenant le commandement d'une province lointaine, ils se bornaient à se protéger des persécutions des 'Abbâssides. Cela dura jusqu'à l'avènement de 'Abd ar-Rahmân le Dernier, c'est-à-dire an-Nâsir [fils de Muhammad], fils de l'émir 'Abd Allâh, fils de Muhammad, fils de 'Abd ar-Rahmân le Moyen, au début du IVe siècle [xe]. Il était alors de notoriété publique que le califat d'Orient avait perdu sa liberté d'action et que les clients des 'Abbâssides exerçaient la réalité du pouvoir et faisaient subir aux califes les pires atteintes, comme de les déposer, les remplacer, les tuer ou les aveugler. 'Abd ar-Rahmân reprit alors à son compte les traditions des califes d'Orient et d'Ifrîqiya. Il se fit appeler « Commandeur des croyants » et prit le surnom d'an-Nâsir li-dîn Allâh. Cet usage, qu'il fut le premier à adopter, fut suivi par ses successeurs comme une coutume bien établie. Ce n'était pourtant pas l'usage de ses ancêtres et des anciens Omeyyades.

Cette situation persista jusqu'à l'époque où l'esprit de corps des Arabes fut complètement détruit et qu'il ne resta plus aucune trace du califat. Les 'Abbâssides furent dominés par leurs clients non arabes, et les 'Ubaydites au Caire par leurs protégés ; les Sinhâja imposèrent leur pouvoir en Ifrîqiya et les Zénètes au Maghreb ; les *reyes de taifas*, en Andalus, chassèrent les Omeyyades et se partagèrent leur dépouille. Le pouvoir de l'islam se disloqua. Les souverains d'Orient et d'Occident se donnèrent des titres différents. Auparavant, ils s'appelaient tous du nom de sultan.

En Orient‘, les souverains non arabes recevaient des califes des surnoms honorifiques indiquant leur soumission, leur obéissance ou leur habileté dans leur charge. Par exemple : Sharaf ad-dawla, « Honneur de la Dynastie », 'Adud ad-dawla, « Bras de la Dynastie », Rukn ad-dawla, « Pilier de la Dynastie », Mu'izz ad-dawla, « Force de la Dynastie », Nasîr ad-dawla, « Protecteur de la Dynastie », Nizâm al-Mulk, « Ordonnateur du Royaume », Bahâ' ad-dawla, « Splendeur de la Dynastie », Dhakhîrat al-Mulk, « Trésor du Royaume ». Les 'Ubaydites donnaient également le même genre de surnoms aux émirs sinhâja. Lorsque ces souverains prirent le pouvoir aux califes, ils se contentèrent de ces titres et s'abstinrent de prendre ceux du califat, par respect pour cette institution dont ils se gardaient de s'arroger les attributs particuliers, comme c'est le cas de tous les usurpateurs, ainsi que nous l'avons vu précédemment. Mais, plus tard, les souverains non arabes d'Orient renforcèrent leur emprise sur le pouvoir et eurent une position de plus en plus éminente dans l'État et le gouvernement, alors que l'esprit de corps du califat disparut complètement. Ils prirent alors des titres royaux, tels que an-Nâsir ou al-Mansûr, qu'ils ajoutèrent à leurs anciens surnoms — composés avec le mot *dîn*, « religion », tels que Salâh ad-dîn, « Bien de la Religion », Asad ad-dîn, « Lion de la Religion », Nûr ad-dîn, « Lumière de la Religion » — pour montrer qu'ils n'étaient plus des clients ou des protégés.

Les *reyes de taifas*, en Andalus, se distribuèrent les titres du califat, car leur emprise sur les califes avait été très forte en raison du fait qu'ils étaient de la même tribu et partageaient le même esprit de corps. Ils prirent les titres d'an-Nâsir, d'al-Mansûr, d'al-Mu'tamid, d'al-Muzaffar, etc. C'est ce que leur reproche Ibn Sharaf dans ces vers[2] :

Ce qui m'ôte tout désir de la terre andalouse,
ce sont ces noms de Mu'tamid et de Mu'tadid ;
titres royaux dont on abuse,
tel le chat qui se gonfle pour se faire lion.

Les Sinhâja s'en tinrent aux titres d'honneur qui leur étaient décernés par les califes 'ubaydites, comme, par exemple : Nasîr ad-dawla, Sayf ad-dawla, Mu'izz ad-dawla. Ils les gardèrent même après avoir rompu avec les 'Ubaydites et reconnu l'autorité 'abbâsside. Plus tard, quand s'éloigna le temps du califat et qu'ils oublièrent toute cette époque, ils délaissèrent tous ces titres et se contentèrent de celui de Sultan. Il en fut de même pour les Maghrâwa du Maghreb, qui ne connurent jamais d'autre titre que celui de Sultan, en accord avec leurs mœurs bédouines et leur rudesse.

Au moment où le mot califat s'était effacé des mémoires et où cette institution n'exerçait plus aucune influence, apparut au Maghreb, au milieu des tribus berbères, Yûsuf Ibn Tâshfîn, roi des Lamtûna, qui devint le maître des deux rives. C'était un homme de bien, respectueux des traditions. Il voulut, pour parfaire sa religion, se placer sous l'autorité du calife[3]. Il s'adressa donc à l''Abbâsside al-Mustazhir, auprès de qui il envoya pour lui faire part de son serment d'allégeance 'Abd Allâh Ibn al-'Arabî et le cadi Abû Bakr, son fils, qui faisaient partie des maîtres de Séville. Ils étaient en outre chargés de lui demander de le nommer souverain du Maghreb et de lui donner l'investiture. Ils revinrent avec l'investiture demandée et la permission accordée à Yûsuf d'adopter les insignes 'abbâssides dans ses vêtements et ses bannières. Dans l'acte d'investiture, le Calife s'adressait à Yûsuf Ibn Tâshfîn en l'appelant « Commandeur des musulmans », pour l'honorer et le distinguer. Yûsuf adopta ce titre. D'autres disent qu'il s'était fait appeler ainsi avant cela, par déférence pour l'institution califale, parce que lui-même et son peuple, les Almoravides, tenaient à l'observance de la religion et de la Coutume du Prophète.

Après les Almoravides vint le Mahdî. Il appelait à la vérité, était partisan des doctrines ash'arites et reprochait aux gens du Maghreb de s'être détournés de celles-ci pour suivre les anciens musulmans dans leur rejet de l'interprétation du sens apparent de la loi religieuse, avec toutes les conséquences qui s'ensuivent, telles qu'on les connaît d'après la doctrine ash'arite. Il appelait[d] ses partisans les « unitariens », pour marquer sa désapprobation [de l'anthropomorphisme]. Il avait la même opinion que les 'Alides sur l'« Imam impeccable » qui doit exister en tout temps, afin de préserver par sa présence l'ordre de l'univers. Il fut donc appelé Imam à cause de la doctrine chiite relative aux titres califaux. On ajouta le qualificatif « impeccable », par référence à sa doctrine de l'impeccabilité de l'imam. Selon ses partisans, il évita de prendre le titre de Commandeur des croyants, par fidélité à la doctrine des premiers chiites, et aussi pour ne pas avoir à le partager avec les ignorants et les jeunes princes, descendants des califes, qui se trouvaient, à cette époque, en Orient et en Occident. Cependant, son successeur désigné, Abd al-Mûmin, devait prendre plus tard le titre de Commandeur des croyants. Après lui, les califes mûminides suivirent son exemple, et, après les Mûminides, les Hafsides d'Ifrîqiya. Ils considéraient que ce titre leur revenait exclusivement, comme l'avait proclamé leur chef al-Mahdî. Celui-ci avait dit que le pouvoir lui appartenait, à lui et à ses partisans après lui, et à nul autre, en raison de la disparition de l'esprit de clan des Quraysh.

Puis l'autorité s'écroula au Maghreb, et les Zénètes[4] s'emparèrent du pouvoir. Leurs premiers souverains gardèrent leurs mœurs bédouines et leur simplicité, et suivirent l'exemple des Lamtûna en adoptant le titre de Commandeur des musulmans, par déférence pour l'institution du califat dont ils avaient reconnu l'autorité, d'abord avec les Mûminides, et ensuite avec les Hafsides. Mais leurs derniers souverains voulurent prendre le titre de Commandeur des croyants[5]. Ils le portent jusqu'à nos jours, pour se donner toute la perfection et les attributs du pouvoir.

« Dieu est souverain maître de son Ordre[A]. »

XXXI. LES TITRES DE PAPE ET DE PATRIARCHE, CHEZ LES CHRÉTIENS, ET LE TITRE DE KOHEN, CHEZ LES JUIFS[a]

En l'absence d'un prophète, toute communauté religieuse doit avoir quelqu'un pour la diriger et veiller à l'application des lois religieuses. Cette personne agit comme le représentant du Prophète, chargé de faire respecter les obligations que celui-ci a apportées. D'autre part, pour la vie en société, l'espèce humaine a besoin nécessairement d'un gouvernement, comme on l'a établi précédemment. Il faut donc aux hommes une personne qui les fasse agir dans le sens de leurs intérêts et les détourne, par la contrainte, de ce qui leur est nuisible. C'est le souverain.

Dans la communauté musulmane, la guerre sainte est un devoir religieux, parce que l'islam a une mission universelle, et que tous les hommes doivent s'y convertir de gré ou de force. Aussi le califat[1] et le pouvoir temporel y sont-ils unis, de sorte que la puissance du souverain puisse les servir tous les deux en même temps.

Les autres communautés n'ont pas de mission universelle et ne tiennent pas la guerre sainte pour un devoir religieux, sauf en vue de leur propre défense. Les responsables religieux n'y sont en rien concernés par les affaires du gouvernement. Ceux qui détiennent le pouvoir le font

A. Coran, XII, 21.

pour des raisons accidentelles, sans rapport avec la religion, et comme simple résultat de l'esprit de corps, dont la nature est de rechercher le pouvoir, comme on l'a vu. Ils n'ont pas l'obligation de dominer les autres nations, comme dans l'islam. Tout ce qu'on leur demande, c'est d'établir leur religion chez eux.

C'est pourquoi les Israélites, après Moïse et Josué, ne s'intéressèrent guère aux affaires du pouvoir pendant près de quatre cents ans, ayant pour unique souci d'établir leur religion[2]. Celui qui s'occupait des questions religieuses était appelé « kohen ». C'était une sorte de représentant de Moïse, chargé de diriger les prières et de présider aux sacrifices. Il devait être de la postérité d'Aaron, car la dignité de kohen avait été destinée à ce dernier et à ses enfants par la Révélation. Pour ce qui est du gouvernement, qui correspond à quelque chose de naturel chez l'homme, les Israélites choisirent soixante-dix anciens, qui furent chargés des lois publiques. Le kohen avait une position religieuse supérieure à la leur et était plus éloigné du tumulte de l'application des lois. Il en fut ainsi jusqu'au moment où l'esprit de corps se développa pleinement et où la puissance des Israélites les rendit aptes au pouvoir. Ils prirent alors aux Cananéens la terre que Dieu leur avait donnée en héritage, avec Jérusalem et ses environs, comme cela leur avait été annoncé par la voix de Moïse. Les Philistins, les Cananéens, les Arman[3], les Édomites, les Ammonites et les Moabites se battirent contre eux. Pendant tout ce temps, ils étaient dirigés par leurs anciens. Quatre siècles environ se passèrent ainsi, sans que les Israélites eussent connu la puissance royale. Ils étaient las de subir les attaques des autres nations et demandèrent à Dieu, par la voix de Samuel, un de leurs prophètes, de leur permettre de se choisir un roi. Ainsi, Dieu établit sur eux Saül. Il défit les [autres] nations et tua Goliath[4], le roi des Philistins. Après lui régnèrent David, puis Salomon. Celui-ci eut un royaume puissant, qui s'étendit jusqu'au Hijâz, puis jusqu'aux frontières du Yémen, puis jusqu'à celles du pays des Byzantins. Après Salomon, les tribus se scindèrent pour former deux États. C'est, comme on l'a vu, une conséquence inéluctable de l'esprit de corps dans le contexte de [l'évolution] des États. La première, établie dans la région de Naplouse, avec pour capitale Samarie, était celle des dix tribus ; l'autre, à Jérusalem, était celle des fils de Juda et de Benjamin.

Nabuchodonosor, roi de Babylone, leur enleva leurs royaumes, en s'attaquant d'abord aux dix tribus de Samarie, puis aux fils de Juda à Jérusalem. Leur règne avait duré sans interruption près de mille ans. Nabuchodonosor détruisit leur temple, brûla leur Torah et anéantit leur religion. Il les déporta à Ispahan et au pays d'Irak, d'où ils ne furent ramenés à Jérusalem que par un roi perse kayanide, après soixante-dix ans. Ils rebâtirent leur temple et rétablirent leur religion dans sa forme primitive, avec l'autorité sacerdotale seulement, le pouvoir temporel restant aux mains des Perses.

Plus tard, Alexandre et les Grecs vainquirent les Perses. Les Juifs passèrent alors sous l'autorité grecque. Puis le pouvoir des Grecs s'affaiblit. Animés par leur esprit de corps naturel, les Juifs se dégagèrent de leur domination. Le pouvoir fut exercé par les prêtres de la famille des Asmonéens, qui combattirent les Grecs jusqu'à ce que le pouvoir de ceux-ci fût détruit et qu'ils fussent vaincus par les Romains. Les Juifs passèrent alors sous le joug romain. Puis les Romains marchèrent sur Jérusalem, où se trouvaient les enfants d'Hérode, apparentés par les femmes aux Asmonéens, derniers survivants de cette dynastie. Ils y mirent le siège pendant quelque temps, avant de la prendre de vive force. Ils y répandirent la mort, la destruction et l'incendie. Ils dévastèrent Jérusalem et déportèrent les Juifs à Rome et dans les pays situés au-delà de cette ville. Ce fut la seconde destruction du temple. C'est ce que les Juifs appellent le « Grand Exil ». Depuis lors, ils ne réussirent plus jamais à rétablir leur pouvoir, parce qu'ils avaient perdu leur esprit de corps. Ils restèrent par la suite sous le joug des Romains et de leurs successeurs. Leurs affaires religieuses étaient prises en charge par leur chef, appelé kohen.

Puis vint le Messie : il apporta aux Juifs la religion dont il était le messager, et abolit certaines lois de la Torah. Il produisit des miracles extraordinaires : guérison des fous et résurrection des morts. Beaucoup le suivirent et crurent en lui. Les principaux furent les apôtres, ses compagnons, qui étaient au nombre de douze. Il envoya une partie d'entre eux, dans toutes les directions, comme messagers pour répandre sa doctrine. Cela s'était passé sous le règne d'Auguste, le premier empereur romain, et au temps d'Hérode, roi des Juifs, qui avait confisqué le pouvoir aux

Asmonéens, ses parents par alliance. Les Juifs furent jaloux de Jésus et le traitèrent d'imposteur. Hérode, leur roi, écrivit à Auguste, empereur romain, et l'excita contre Jésus. Auguste donna aux Juifs la permission de le mettre à mort. Et ce fut l'histoire de Jésus, telle qu'elle est rapportée dans le Coran.

Les apôtres se divisèrent en groupes divers. La plupart d'entre eux se rendirent au pays des Romains, où ils appelèrent à la foi chrétienne. Pierre fut le plus grand de tous les apôtres. Il s'établit à Rome, capitale des empereurs romains. Alors, ils écrivirent l'Évangile révélé à Jésus, en quatre versions correspondant à leurs différentes traditions. Matthieu écrivit son Évangile à Jérusalem, en hébreu. Il fut traduit en latin par Jean, fils de Zébédée, un des apôtres. L'apôtre Luc écrivit son Évangile en latin, pour un grand dignitaire romain. L'apôtre Jean, fils de Zébédée, écrivit son Évangile à Rome. Pierre écrivit son Évangile en latin et l'attribua à son disciple Marc. Ces quatre versions de l'Évangile diffèrent entre elles. En outre, elles ne contiennent pas que la Révélation pure, mais celle-ci y est mêlée aux paroles de Jésus et de ses apôtres. La plus grande partie [de ces versions de l'Évangile] est faite de sermons et de récits. Les lois y sont peu nombreuses.

Les apôtres se réunirent en ce temps-là à Rome et définirent les règles de la communauté chrétienne. Ils les placèrent sous l'autorité de Clément, disciple de Pierre, et y notifièrent la liste des livres qu'il faut accepter et qui doivent guider l'action des chrétiens.

— De l'ancienne loi religieuse des Juifs : la Torah, en cinq volumes ; le Livre de Josué ; le Livre des Juges ; le Livre de Ruth ; le Livre de Judith[5] ; les quatre Livres des Rois ; le Livre des Chroniques ; les trois Livres des Maccabées, par Ibn Gorion[6] ; le Livre d'Ezra, le chef religieux ; le Livre d'Esther[7] et l'histoire de Haman ; le Livre de Job le Juste ; les Psaumes de David ; les cinq Livres de Salomon, fils de David ; les seize prophéties des grands et petits prophètes ; le Livre de Jésus, fils de Sira, ministre de Salomon.

— De la loi religieuse de Jésus, transcrite par les apôtres : les quatre versions de l'Évangile ; le Livre de Paul, en quatorze épîtres ; les Katholika, en sept épîtres, avec une huitième, la Praxeis, qui donne les récits des

[Actes] des apôtres ; le Livre de Clément, qui contient les lois ; le Livre de l'Apocalypse, qui contient la Vision de Jean, fils de Zébédée.

L'attitude des empereurs romains à l'égard du christianisme fut variable : tantôt ils l'adoptèrent et honorèrent ses adeptes, tantôt ils le rejetèrent et persécutèrent les chrétiens. Il en fut ainsi jusqu'à la conversion de Constantin. Dès lors, [tous les empereurs romains] furent chrétiens.

Celui qui est chargé de la religion chrétienne et qui veille à l'application de ses règles est appelé patriarche. Il est le chef de la communauté chrétienne et le représentant du Messie en son sein. Il envoie ses délégués et ses représentants aux nations chrétiennes qui se trouvent dans des régions éloignées. Ce sont les évêques, c'est-à-dire les délégués du patriarche. Celui qui dirige la prière et est consulté en matière de foi est nommé « prêtre ». Celui qui se retire pour se consacrer, dans la solitude, à l'adoration de Dieu est appelé « moine ». Le lieu de retraite est généralement un couvent.

L'apôtre Pierre, chef des apôtres et doyen des disciples, s'établit à Rome, où il dirigea la communauté chrétienne jusqu'au moment où il fut tué par Néron, cinquième empereur romain. Son successeur au siège de Rome fut Arius.

Marc l'évangéliste prêcha sept ans à Alexandrie, en Égypte et au Maghreb. Après lui vint Ananias, qui se donna le nom de patriarche. Ce fut le premier patriarche dans cette région. Il prit avec lui douze prêtres et convint avec eux que, après sa mort, l'un d'eux devait lui succéder. Le douzième prêtre devait alors être remplacé par un fidèle. Le patriarcat tomba ainsi aux mains des prêtres.

Plus tard, il y eut des dissensions entre les chrétiens au sujet des principes de base de leur religion et des articles de leur foi. Ils se réunirent à Nicée, sous le règne de Constantin, pour fixer par écrit ce qui devait être tenu pour vrai dans le christianisme. Ainsi, trois cent dix-huit évêques se mirent d'accord sur une même doctrine du christianisme, qu'ils consignèrent par écrit et qu'ils appelèrent le *Credo*. Ils en firent une référence fondamentale pour tous. Ils stipulèrent, entre autres, que la désignation du patriarche, chef de la chrétienté, ne devait pas être laissée à l'appréciation personnelle des prêtres, contrairement à la décision d'Ananias, le disciple de Marc. Ce point de vue fut donc abandonné. Il fut décidé que le patriarche devait émaner d'une assemblée, en étant élu par les autorités et les chefs des fidèles. Et dès lors, il en fut ainsi. Par la suite, les chrétiens se divisèrent de nouveau sur les principes de leur religion, et des assemblées furent réunies pour en décider, mais il n'y eut plus de divergences au sujet de la règle d'élection du patriarche. Elle resta inchangée à partir de cette époque.

Les évêques continuèrent à être les représentants des patriarches. Ils appelaient le patriarche « père », en signe de respect. De même, en l'absence du patriarche, les prêtres appelaient leur évêque « père », par respect. Il en résulta une longue confusion dans l'usage de ce titre, qui dura, dit-on, jusqu'au patriarcat d'Héraclius, à Alexandrie. Pour distinguer le patriarche de l'évêque, on l'appela « pape », c'est-à-dire « père des pères ». Ce titre apparut pour la première fois en Égypte, d'après ce que dit Jurjîs Ibn al-'Amîd dans son *Histoire*[8]. Il s'est transmis ensuite au titulaire du siège le plus important, celui de Rome, qui est, on l'a vu, le siège de l'apôtre Pierre. Il reste, jusqu'à nos jours, son attribut particulier.

Plus tard, les chrétiens se divisèrent encore sur leur religion et sur ce qu'ils devaient croire au sujet du Messie. Ils éclatèrent en sectes et groupes divers, et chaque groupe chercha appui contre ses rivaux auprès des monarques chrétiens. À chaque époque, il y eut des sectes différentes. Finalement, il n'y eut plus que trois sectes, qui recueillirent la faveur des chrétiens, à l'exclusion de toute autre : les melchites, les jacobites et les nestoriens. Nous ne croyons pas devoir noircir les pages de ce livre en exposant leurs doctrines hérétiques, qui sont, en général, bien connues. Elles sont toutes hérétiques, comme l'énonce clairement le noble Coran. Nous n'avons plus aucune discussion à mener avec eux sur ce sujet, ni d'argumentation à leur présenter. Ils n'ont de choix qu'entre la conversion, la capitation ou la mort.

Chaque secte eut ensuite son patriarche. Celui de Rome aujourd'hui, appelé pape, est un melchite. Rome appartient aux Francs, dont le royaume est dans cette région.

Le patriarche des chrétiens tributaires d'Égypte est un jacobite. Il réside au milieu d'eux. Les Abyssins sont de la même secte. Le patriarche d'Égypte nomme des évêques qui le représentent chez eux pour la direction de leurs affaires religieuses. Le titre de pape est réservé aujourd'hui au patriarche de Rome. Les jacobites ne donnent pas ce titre au leur. Le mot « pape » se prononce *pappa*.

En pays franc, le pape pousse les gens à se soumettre à un seul prince et à le consulter sur tous leurs points d'accord ou de désaccord, afin d'éviter la désunion. Il cherche ainsi à former autour d'un tel prince l'esprit de corps le plus fort, de sorte qu'il ait autorité sur tous. Ce prince est appelé *emperador*, avec le *d* prononcé entre le *dh* et le *ẓ*. Le pape place lui-même la couronne sur la tête de l'empereur, en signe de bénédiction. Aussi l'appelle-t-on le « Couronné ». C'est sans doute le sens du mot *emperador*.

Voilà, en résumé, ce que nous avons voulu dire en guise de commentaire sur les deux mots « pape » et « kohen ».

« Dieu égare qui Il veut et dirige qui Il veut[A]. »

XXXII. RANGS ET TITRES ROYAUX ET GOUVERNEMENTAUX

Un souverain est en soi un être faible, qui porte un lourd fardeau. L'aide des autres hommes lui est indispensable. Il a besoin d'autrui pour assurer sa subsistance et pour tous ses autres besoins. À plus forte raison, pour gouverner les hommes, les créatures et les serviteurs de Dieu, dont il est le berger. Il doit protéger et défendre la communauté contre ses ennemis ; prévenir l'hostilité mutuelle de ses membres en appliquant des peines répressives ; empêcher toute atteinte à la propriété, en particulier en assurant la sécurité des routes. Il doit pousser ses sujets à agir dans le sens de l'intérêt général, et il doit s'occuper de toutes les affaires communes touchant aux subsistances et aux transactions en contrôlant les produits alimentaires de base et les poids et mesures, pour éviter les fraudes. Il doit surveiller la monnaie et protéger les pièces en circulation contre toute falsification. Il doit gouverner ses sujets de telle sorte qu'ils lui soient soumis, qu'ils approuvent les projets qu'il forme pour eux, et qu'ils lui reconnaissent le privilège exclusif de la gloire. Tout cela exige de sa part les plus grands efforts pour se concilier le cœur des hommes. Un noble sage a dit : « Il me serait plus

A. Coran, XVI, 93.

facile de déplacer des montagnes que de gagner le cœur des hommes. »

Il est plus sûr, pour le souverain, de se faire assister par des personnes dont le rapprochent la parenté, l'éducation ou un long passé au service de l'État. À cause de ces liens, leurs caractères s'accordent avec le sien lorsqu'il sollicite leur aide. On lit dans le Coran : « Donne-moi un auxiliaire de ma famille, et que ce soit mon frère Aaron. Renforce-moi grâce à lui, et laisse-le prendre part à mon entreprise[A]. »

L'assistance au souverain peut se faire de plusieurs façons : par l'épée, la plume, le conseil, le savoir, ou en empêchant les gens d'assaillir sa porte et de le détourner de l'examen des affaires les plus importantes. Le prince peut également confier à la personne qui l'assiste toute la direction du royaume, et s'en remettre à sa compétence et à ses capacités. Ainsi[a], l'assistance au souverain peut être assumée par un seul homme, ou être répartie entre plusieurs personnes.

Chacune de ces différentes charges peut elle-même se subdiviser en plusieurs branches. La « plume », par exemple, comprend les sections de la correspondance, des allocutions, des diplômes et concessions foncières, et de la comptabilité, avec les impôts, les pensions et le bureau de l'armée. L'« épée », de son côté, comprend les charges de chef de l'armée, de chef de la police, de directeur des postes, de gouverneur des frontières.

Dans la communauté musulmane, toutes ces charges gouvernementales dépendent du califat, car, comme on l'a déjà vu, le califat est une institution à la fois religieuse et temporelle. La loi religieuse les régit toutes et s'applique à chacune d'elles dans tous ses aspects, étant donné que la législation divine touche à tous les actes des hommes.

Le juriste est concerné par la fonction du pouvoir temporel et du gouvernement, ainsi que par les conditions de son exercice : soit que les pouvoirs du califat sont usurpés, et c'est ce qu'on entend par *sultân* ; soit qu'ils sont délégués, et c'est ce qu'on entend par *vizirat.* Il est concerné également par le degré d'extension des prérogatives [du détenteur du pouvoir temporel] en matière de réglementation et de finances, par tout ce qui touche aux affaires gouvernementales — à un niveau général ou particulier — et

A. Coran, XX, 28-32.

par tout ce qui peut motiver la déposition d'un prince, quand le cas se présente, ainsi que par tout ce qui touche au pouvoir temporel et à l'autorité gouvernementale. Il est concerné enfin par toutes les charges qui dépendent du pouvoir temporel et du gouvernement, telles que celles de vizir, de percepteur d'impôts ou de gouverneur. Le juriste doit se préoccuper de toutes ces choses, parce que, dans l'islam, le califat en tant qu'institution de la loi religieuse recouvre les fonctions du pouvoir temporel et du gouvernement.

Cependant, en traitant des fonctions et des charges du pouvoir temporel et du gouvernement, nous nous plaçons au point de vue de la nature de la civilisation et de l'existence humaine, et non à celui des lois religieuses qui s'y rapportent. Cela n'est pas l'objet de ce livre, comme on l'a vu. Nous n'avons donc pas à nous étendre sur les lois religieuses relatives à ces matières, dont on trouve d'ailleurs un exposé complet dans les traités des règles gouvernementales, comme ceux du juge Abû l-Hasan al-Mâwardî ou d'autres juristes éminents. Ceux qui voudront de plus amples détails pourront se reporter à ces ouvrages. Nous n'avons traité des fonctions califales, en leur consacrant des développements particuliers, que pour les distinguer des fonctions du pouvoir temporel, et non pour présenter de façon rigoureuse toutes les lois religieuses qui s'y rapportent. Ce n'est pas là notre objectif. Nous n'abordons toutes ces questions qu'au point de vue des exigences de la nature de la civilisation et de l'existence humaine.

C'est Dieu qui donne le succès[b].

Le vizirat.

C'est la première des fonctions et dignités du pouvoir temporel. Le mot *wizâra* signifie généralement « assistance ». Il est dérivé de *mu'âzara*, c'est-à-dire le « fait d'aider », ou de *wizr*, c'est-à-dire « fardeau ». C'est comme si le *wazîr* portait les fardeaux (*awzâr*) de celui qu'il sert. Il y a donc une référence à l'idée d'assistance en général.

Les activités et les prérogatives du sultan, comme on vient de le voir, peuvent se ramener à quatre domaines.

1. La protection de la communauté et les moyens qui doivent être mis en œuvre à cet effet : troupes, armes, opérations militaires, et tout ce qui concerne la défense du territoire et les expéditions contre l'ennemi. Le responsable

de ce domaine est le vizir, dans le sens donné à ce mot dans les anciens États d'Orient, et qu'il conserve encore au Maghreb.

2. La correspondance avec ceux qui sont éloignés du souverain dans le temps ou dans l'espace, et l'exécution des ordres concernant les personnes qui sont séparées de lui. C'est le domaine du secrétaire.

3. La collecte des impôts et le contrôle des dépenses, qui doivent être conduits avec toute la rigueur nécessaire pour éviter toute perte. Cette tâche est assurée par le responsable des finances et des taxes[c]. Celui-ci porte le nom de vizir dans l'Orient contemporain.

4. La garde de la porte du souverain, pour éviter qu'un trop grand nombre de solliciteurs ne le détournent des affaires importantes. C'est l'office du chambellan.

Les activités du souverain se limitent strictement à ces quatre domaines. Toutes les fonctions et les dignités du pouvoir temporel en dépendent. Cependant, les positions les plus élevées sont celles où l'assistance couvre tout ce qui est sous l'autorité directe du souverain dans un domaine particulier. Cela implique un contact permanent avec lui et la participation à toutes ses activités [dans ce domaine]. Les charges qui ne concernent qu'un groupe de gens ou un département particulier sont inférieures. Ce sont, par exemple, le commandement d'un poste frontière, l'administration d'un impôt particulier, ou des tâches spéciales, telles que la surveillance des denrées alimentaires ou de la monnaie. Toutes ces charges ont des objets particuliers, et leurs titulaires dépendent de ceux qui ont la responsabilité générale du domaine. Leur rang est inférieur à celui de ces derniers.

Il en fut ainsi durant toute la période qui précéda l'islam. À l'avènement de celui-ci, lorsque le régime du califat fut instauré, toutes ces fonctions disparurent en même temps que les formes du pouvoir temporel, à l'exception de l'assistance par des conseils et des avis, qui était quelque chose de naturel, et qui ne pouvait être supprimée, parce qu'elle était indispensable. Le Prophète prenait les avis de ses Compagnons et discutait avec eux de toutes ses affaires, publiques ou privées. En outre, il consultait Abû Bakr sur d'autres questions particulières. C'est pourquoi certains Arabes, qui étaient au courant des usages des États perse, byzantin et abyssin, appelèrent Abû Bakr le « vizir » de

Muhammad. Ce mot n'était pas connu des musulmans, parce que les fonctions du pouvoir temporel étaient abolies à cause de la simplicité de l'islam. 'Umar était dans la même position vis-à-vis d'Abû Bakr, de même que 'Alî et 'Uthmân vis-à-vis de 'Umar.

La collecte des impôts, les dépenses publiques et la comptabilité ne faisaient pas l'objet de charges particulières chez les premiers musulmans. Ceux-ci étaient des Arabes illettrés qui ignoraient aussi bien l'écriture que le calcul. Pour leur comptabilité, ils employaient des gens du Livre ou certains de leurs clients non arabes. Il y avait peu d'Arabes qui connaissaient cet art. Leurs nobles y étaient peu versés, car ils se distinguaient justement par leur qualité d'illettrés.

De même, ils n'avaient pas de charge spéciale pour la correspondance et la transmission des ordres, parce qu'ils étaient des illettrés et qu'ils étaient tous des hommes de confiance, capables de garder et de transmettre un secret. En outre, le gouvernement d'alors ne nécessitait pas de recourir à cette charge, car le califat était [avant tout] religieux et n'avait rien à voir avec le gouvernement temporel. De plus, l'art d'écrire n'était pas encore considéré comme une profession, dont il eût fallu présenter au calife les plus beaux spécimens. Chacun était capable de s'exprimer avec la plus grande éloquence, et il ne manquait que la transcription graphique. Le calife[d] pouvait, en cas de besoin, faire appel à quelqu'un qui sût écrire.

Pour ce qui est d'éloigner les solliciteurs de leurs portes, c'était une chose interdite par la loi religieuse, et [les califes] s'abstenaient de le faire. Quand le califat se transforma en pouvoir temporel et qu'apparurent les honneurs et les titres royaux, une des premières mesures prises par l'État fut de fermer la porte des souverains au public. Ils craignaient d'être attaqués par des rebelles, comme l'avaient été 'Umar, 'Alî, Mu'âwiya, 'Amr Ibn al-'As et d'autres. De plus, ouvrir leur porte eût occasionné un afflux des solliciteurs et les eût détournés des affaires publiques. Ils chargèrent donc quelqu'un de la garde de leur porte, et l'appelèrent « chambellan ». Comme on l'a vu, lorsque 'Abd al-Malik nomma un chambellan, il lui donna les instructions suivantes : « Tu interdiras ma porte, sauf à trois personnes : le muezzin, car il appelle à Dieu ; le courrier, qui ne vient que pour une affaire importante ; le maître de la table, car les plats pourraient se gâter[1]. »

Plus tard, quand le pouvoir se développa, il y eut un conseiller et assistant pour les relations avec les tribus et les clans, et on lui donna le nom de vizir. La comptabilité resta entre les mains des clients et des protégés juifs et chrétiens. La rédaction des actes officiels fut confiée à un secrétaire particulier, afin d'éviter la divulgation des secrets du souverain — ce qui pouvait avoir des conséquences néfastes sur ses relations avec son clan. Ce secrétaire n'était pas aussi important que le vizir, car on n'avait besoin de lui que pour la mise par écrit, et non pour la langue, c'est-à-dire la formulation. En effet, à cette époque, la langue [arabe] n'avait pas encore été corrompue. Le vizirat était donc la plus haute dignité de l'État, et cela pendant toute la durée de l'État omeyyade. Le vizir avait la responsabilité générale de toutes les affaires qui étaient déléguées [par le souverain], des discussions [avec les clans et les tribus], de toutes les questions de défense et de guerre, ainsi que du bureau de l'armée et de l'attribution des soldes mensuelles.

Avec l'avènement des 'Abbâssides, le développement du pouvoir temporel et l'accroissement du nombre et de l'importance des dignités royales, le vizir devint plus influent. Il reçut délégation du calife pour exécuter ses décisions. Il occupa la position la plus en vue. Tout le monde avait les yeux tournés vers lui et lui était soumis. Comme il avait à distribuer les soldes aux troupes, on lui confia la comptabilité. Il dut alors diriger la collecte et la répartition des fonds publics, et cette tâche s'ajouta à ses autres responsabilités. Ensuite, on lui attribua le contrôle de la plume et de la correspondance pour protéger les secrets du souverain et veiller à la qualité du style, car, à cette époque, la langue de la grande masse s'était corrompue. On adopta l'usage d'un sceau pour les actes officiels du souverain, et ce sceau fut remis au vizir.

Ainsi, le vizir réunit les deux fonctions de la plume et de l'épée et tout ce qui était compris dans l'assistance au prince. Sous le règne d'ar-Rashîd, Ja'far Ibn Yahyâ fut même appelé « Sultan », ce qui montre qu'il avait une responsabilité générale et dirigeait l'État. De toutes les dignités gouvernementales, seule lui échappait celle de chambellan, c'est-à-dire la garde de la porte, parce qu'il dédaignait de l'exercer.

Ensuite, l'État 'abbâsside entra dans une période où les califes se virent usurper leur pouvoir. Celui-ci fut tantôt aux mains du vizir, tantôt aux mains du souverain. Quand le vizir exerçait tout le pouvoir, il lui fallait une délégation de la part du calife pour que les lois religieuses fussent valides et conformes, comme on l'a vu précédemment. Dès lors, il y eut deux sortes de vizirats : un vizirat d'exécution, quand le souverain gardait toute son autorité et que le vizir agissait comme son procureur chargé d'exécuter ses décisions ; et un vizirat de délégation, quand le souverain était dominé par le vizir'. Le calife donnait au vizir délégation pour toutes les affaires du califat et le chargeait de les diriger selon son jugement personnel. Il y eut à cette époque, au sujet de la nomination de deux vizirs de délégation à la fois, des divergences du même genre que celles qui étaient nées à propos de la nomination simultanée de deux imams, comme on l'a vu précédemment, lors de la présentation des lois relatives au califat.

Cette situation où les califes avaient perdu leur autorité se prolongea. Le pouvoir passa aux mains des rois non arabes. Les règles du califat n'eurent plus cours, et les nouveaux vainqueurs ne pouvaient en adopter les titres. Ils dédaignèrent de prendre celui de vizir, car les vizirs étaient leurs serviteurs. Ils se firent donc appeler « émir » ou « sultan ». Ceux qui s'emparaient du pouvoir suprême se donnaient le nom d'« *amîr al-umarâ* » ou de « sultan », en plus des titres honorifiques que leur décernaient les califes, comme on peut le constater dans leurs titulatures. Le nom de vizir fut laissé à ceux qui occupaient cette fonction auprès du calife. Et il en fut ainsi jusqu'à la fin de la dynastie 'abbâsside.

Au cours de toute cette période, la langue [arabe] s'altéra. Elle devint un métier que pratiquaient un nombre [limité] de gens, et fut entourée de mépris. Aussi fut-elle dédaignée par les vizirs, d'autant plus qu'ils étaient des étrangers que leur langue ne préparait pas spécialement à l'éloquence [arabe]. On choisit pour celle-ci des gens appartenant à d'autres classes. Elle devint leur spécialité, et fut au service du vizir.

Le nom d'*amîr* fut réservé au chef des expéditions militaires et de l'armée. L'*amîr* avait autorité sur toutes les autres fonctions et se faisait obéir de tous, soit par délégation [du souverain], soit par usurpation. Et les choses en restèrent là.

Récemment, on a vu apparaître l'État des Turcs en

Égypte. Ceux-ci virent dans quel mépris était tombé le vizirat, traité avec dédain par les émirs et abandonné à ceux qui l'exerçaient auprès du calife mis en tutelle. Le vizirat, placé sous le contrôle de l'émir, était devenu une fonction subalterne et inférieure. Ceux qui occupaient de hautes charges dans l'État ne voulurent plus du titre de vizir[f]. Le responsable des juridictions criminelles et du contrôle de l'armée est appelé de nos jours *nâ'ib*, « lieutenant », et le nom de vizir est réservé au responsable des impôts.

Les Omeyyades de l'Andalus conservèrent d'abord au mot vizir sa signification primitive. Plus tard, ils répartirent les fonctions du vizir entre plusieurs départements, avec un vizir particulier à la tête de chacun : un pour les finances publiques, un pour la correspondance, un pour le redressement des torts, un pour les populations des frontières. Une maison leur fut affectée, où ils siégeaient sur des tapis et exécutaient les ordres du souverain, chacun dans son domaine de compétence. L'un de ces vizirs fut chargé des liaisons entre le calife et les autres vizirs. À cause de son contact permanent avec le souverain, il se hissa au-dessus des autres et eut un rang plus élevé. Le nom de *hâjib*, « chambellan », lui fut spécialement attribué. Il en fut ainsi jusqu'à la fin de l'État omeyyade. La fonction et la dignité de chambellan furent placées au-dessus de toutes les autres dignités. Ce qui fait que les *reyes de taifas* se firent donner ce titre. Le plus important d'entre eux se donna le nom de « chambellan », comme nous le mentionnerons plus loin.

Ensuite, il y eut l'État chiite en Ifrîqiya et à Kairouan. Profondément enracinés dans la civilisation bédouine, ses partisans négligèrent d'abord ces fonctions et ne les désignèrent pas par des noms appropriés. Mais, quand l'État eut atteint le stade de la civilisation urbaine, ils imitèrent les usages en ces matières des deux précédentes dynasties [omeyyade et 'abbâsside], comme on peut le voir dans leur histoire.

Les Almohades, qui vinrent plus tard, commencèrent également par ne pas s'intéresser à ces questions, à cause de leur origine bédouine. Mais ils ne tardèrent pas à adopter des noms et des titres. Le nom de vizir fut d'abord employé dans son sens primitif. Plus tard, ils suivirent l'exemple des Omeyyades [de l'Andalus] et imitèrent leurs usages en matière de gouvernement. Ils donnèrent le nom de vizir à la personne qui faisait office de chambellan dans la salle d'audience du souverain, qui introduisait les ambassadeurs et les autres visiteurs et leur faisait observer les règles concernant la manière de saluer le prince, de lui adresser la parole, ainsi que la façon de bien se tenir en sa présence. L'office de chambellan fut élevé très haut, et il en est encore ainsi à notre époque[g].

Dans l'État des Turcs en Orient, l'officier chargé de faire respecter les règles de bienséance quand on s'adresse au souverain et quand on le salue dans la salle d'audience, et qui introduit les ambassadeurs est appelé *dawâdâr*. Il doit en outre contrôler le secrétaire privé et les maîtres de poste chargés des commissions du souverain dans les provinces et dans la capitale. Cette situation n'a pas changé jusqu'à nos jours. C'est Dieu qui dirige toutes les choses de ce monde.

L'office de chambellan.

Le titre de chambellan, comme on l'a vu précédemment, était réservé sous les États omeyyade et ʿabbâsside à la personne chargée de garder l'accès auprès du souverain, c'est-à-dire de fermer ou d'ouvrir sa porte au public suivant des modalités et des horaires déterminés. C'était alors une charge de rang inférieur et subalterne, car le vizir pouvait y intervenir à sa guise. Il en fut ainsi durant tout le règne des ʿAbbâssides, et la situation est restée sans changement jusqu'à nos jours. En Égypte, cette charge est sous l'autorité du plus haut dignitaire de l'État, appelé *nâ'ib*[h].

Chez les Omeyyades de l'Andalus, le chambellan avait pour charge d'interdire l'accès auprès du souverain aussi bien aux membres de l'élite qu'aux gens du commun. Il servait d'intermédiaire entre le prince, les vizirs et les fonctionnaires de moindre rang. L'office de chambellan était une très haute dignité, comme on peut le voir dans l'histoire de cet État, avec les exemples d'Ibn Hudayr et d'autres.

Plus tard, quand l'État omeyyade fut dépossédé de la réalité du pouvoir, ses usurpateurs se réservèrent le titre de chambellan, en raison du haut prestige de cette charge. Ce fut le cas d'al-Mansûr Ibn Abî ʿAmir et de ses deux fils. Par la suite, ils adoptèrent les insignes de la royauté, et les *reyes de taifas* qui leur succédèrent ne dédaignèrent pas ce titre et considérèrent comme un honneur de le porter. Les plus puissants d'entre eux, après les titres et surnoms royaux, ne manquaient jamais d'ajouter ceux de « chambellan » et de « possesseur des deux vizirats », c'est-à-dire de la « plume » et de l'« épée ». L'office de chambellan désignait l'interdiction de l'accès auprès du prince aux gens du commun et aux membres de l'élite ; celui des « deux vizirats », les deux fonctions réunies de la « plume » et de l'« épée ».

Dans les États du Maghreb et de l'Ifrîqiya, l'office de chambellan resta ignoré, en raison de leurs mœurs bédouines. Il était parfois utilisé chez les 'Ubaydites d'Égypte, à l'époque de leur puissance et de l'épanouissement de leur civilisation. Mais le cas était rare.

Quand vint l'État almohade, la civilisation urbaine, qui eût pu l'inciter à adopter des titres, à distinguer entre les diverses fonctions et à désigner chacune d'elles par un nom particulier, ne se développa que vers la fin de son règne. Les Almohades n'eurent donc que le titre de vizir. Celui-ci fut d'abord réservé au secrétaire qui exécutait les ordres du souverain et le secondait dans ses affaires privées, comme ce fut le cas d'Ibn 'Atiya ou de 'Abd as-Salâm al-Kûmî. De plus, le vizir était chargé de la comptabilité et des finances. Par la suite, ce titre fut donné aux membres de la famille royale, comme Ibn Jâmi' et d'autres. À cette époque, le nom de chambellan n'était pas connu des Almohades. Chez les Hafsides de l'Ifrîqiya, le commandement et le rang le plus éminent appartenaient d'abord au vizir, qui avait pour fonction de donner des avis et des conseils [au souverain]. Il avait le titre de « *Shaykh* des Almohades ». Il nommait à tous les emplois et dirigeait les troupes et les opérations militaires. Les comptes et les bureaux des impôts relevaient d'une charge distincte, dont le titulaire était appelé « directeur des finances[2] ». Celui-ci avait le contrôle absolu des recettes et des dépenses, dressait les comptes, collectait les revenus, et punissait les négligences. Il devait être almohade. La « plume » était également une charge distincte, confiée à une personne compétente en matière de correspondance et digne de confiance. Les membres du clan de l'État n'étaient pas versés dans l'art d'écrire, et la correspondance n'était pas faite dans leur langue. Aussi la naissance n'était-elle pas une condition d'accès à cette fonction.

En raison de l'étendue de son royaume et du grand nombre de ceux qui étaient entretenus dans sa maison, le souverain hafside eut besoin d'un intendant pour administrer ses affaires domestiques avec ordre et mesure, en s'occupant notamment des salaires et pensions, des vêtements, des achats pour les cuisines et les écuries, etc. Il devait déterminer le montant des réserves et se faire verser tout ce dont il avait besoin par les collecteurs d'impôts. On l'appelait « chambellan ». Parfois, on ajoutait à ses attributions, s'il se trouvait qu'il avait une belle écriture, l'apposition de la devise du souverain sur les actes officiels. Sinon, cette tâche était confiée à un autre. Cette situation dura quelque temps. Puis le souverain ne se montra plus en public, et le chambellan devint son intermédiaire avec les gens du commun et tous les dignitaires. À la fin de l'État, le chambellan réunit l'« épée » et les opérations militaires, puis il reçut les fonctions de conseiller. La charge de chambellan devint la plus haute dignité de l'État et engloba plus d'attributions que toutes les autres. Quelque temps après le règne du douzième sultan hafside, le souverain fut dépossédé de son pouvoir et mis en tutelle. Plus tard, son petit-fils, le sultan Abû l-'Abbâs, reprit les rênes du pouvoir, fit disparaître toute trace de tutelle et de mainmise et supprima la charge de chambellan, qui avait servi de marchepied aux usurpateurs. Il dirigea lui-même toutes ses affaires, sans l'aide de personne. Cette situation est restée inchangée jusqu'à nos jours.

Dans les États zénètes du Maghreb, dont le plus important est celui des Mérinides, le titre de chambellan est tout à fait inconnu. La direction de la guerre et de l'armée est confiée au vizir. La « plume », englobant les comptes et la correspondance, est attribuée à ceux qui y sont les plus compétents. Certaines familles, clientes de l'État, en ont toutefois le monopole. Les fonctions[i] de la plume sont tantôt réunies dans les mêmes mains, tantôt partagées entre plusieurs personnes.

La garde de la porte et l'interdiction de l'accès auprès du souverain aux gens du commun constituent une dignité à part chez les Mérinides. Son titulaire est appelé *mizwâr*, c'est-à-dire commandant des troupes attachées à la porte du sultan et chargées d'exécuter ses ordres, d'appliquer les sanctions et les châtiments qu'il prescrit et de garder les personnes détenues dans ses prisons. Le *mizwâr*[j] est le chef de ces troupes. Il a la garde de la porte et doit faire respecter les règles de convenance dans la salle d'audience publique. Son office est une sorte de petit vizirat.

Les 'Abdal-wâdides ignorent tout de ces titres et ne distinguent pas entre les diverses fonctions [gouvernementales], à cause de leurs mœurs bédouines et de leur faiblesse. Dans certaines circonstances, ils donnent le nom de chambellan à la personne chargée des affaires domestiques du souverain, comme c'était le cas chez les Hafsides. Cet officier peut se voir attribuer en même temps les comptes et les actes officiels, comme chez les Hafsides également. Les 'Abdal-wâdides cherchent ainsi à imiter l'État [hafside], dont ils reconnaissent l'autorité et qu'ils n'ont jamais cessé de soutenir depuis leurs débuts.

En Andalus, on appelle aujourd'hui « procurateur[3] » la personne chargée de la comptabilité, des finances privées du souverain et de toutes les questions financières de façon générale. Le vizir a les attributions habituelles, auxquelles s'ajoute parfois la correspondance. Le sultan met sa signature au bas de tous les actes officiels, car il n'y a pas, chez les Andalous, de charge particulière pour le paraphe, comme on le voit dans d'autres États[k].

Chez les Turcs d'Égypte, on donne le titre de chambellan à un officier choisi parmi les gens influents, c'est-à-dire les Turcs. Les chambellans, qui sont nombreux, sont chargés de faire respecter les lois dans la ville. Cette charge dépend de celle du *nâ'ib*, dont la juridiction s'étend aussi bien sur la classe dirigeante que sur les gens du commun. Le *nâ'ib* a le pouvoir de nommer à certains emplois temporaires. Il peut allouer et confirmer des pensions modestes, et ses ordres et décrets sont exécutoires, comme ceux du souverain. Il a de celui-ci une sorte de délégation générale. Quant aux chambellans, ils ont autorité uniquement sur les classes populaires et sur les militaires, quand on porte plainte contre eux. Ils peuvent utiliser la force de contrainte contre ceux qui refusent de se soumettre à leurs sentences. Ils sont d'un rang inférieur à celui du *nâ'ib*.

Chez les Turcs, c'est le vizir qui a la charge de la collecte des différents impôts : impôt foncier, taxes douanières, capitation. Il est également chargé de leur affectation aux dépenses gouvernementales et aux traitements fixes. Il a en outre le pouvoir de nommer les employés de tous grades et de toutes catégories qui s'occupent des impôts ou de l'exécution des dépenses publiques. Les Turcs ont l'habitude de choisir leur vizir parmi les officiers coptes qui sont à la tête des services de la comptabilité et des impôts, parce que, en Égypte, les Coptes connaissent ces questions depuis les temps anciens. Parfois, quand les circonstances l'exigent, le souverain confie cette charge à une personnalité influente choisie parmi les hauts dignitaires turcs ou leurs descendants. Dieu, en Sa sagesse, administre et gouverne toute chose. Il n'y a de Dieu que Lui.

Le bureau des finances et des impôts[1].

Le bureau des finances et des impôts est une institution indispensable au pouvoir. Il s'occupe des opérations fiscales, protège les droits de l'État en matière de recettes et de dépenses, recense les soldats, fixe leurs soldes et leur paie leurs traitements à l'échéance. Pour cela, il se réfère aux règlements établis par les responsables des opérations [fiscales] et les intendants de l'État. Ces règlements figurent dans un livre qui donne tous les détails relatifs aux recettes et aux dépenses, et qui est fondé sur beaucoup de calculs que ne savent exécuter que les hommes les plus habiles dans ces opérations. Ce livre est appelé *dîwân*. Le même mot sert à désigner le lieu où se tiennent les fonctionnaires qui s'occupent de ces choses.

Sur l'origine du nom *dîwân*, on raconte l'anecdote suivante : un jour Khosrô regardait ses secrétaires en train de faire des calculs. Comme ils avaient l'air de se parler à eux-mêmes, il s'écria : « *Dêwâneh* », ce qui veut dire en persan : « Ils sont fous. » Le lieu où ils travaillaient fut dès lors appelé *dêwâneh*. La finale *eh* fut supprimée en raison de l'emploi fréquent du mot et pour en rendre la prononciation plus aisée. De la sorte, on obtint *dîwân*. Puis le terme désigna le livre des opérations fiscales, qui renferme les règlements et les calculs.

On dit aussi que le mot *dîwân* désigne les diables en persan, et que les secrétaires furent appelés de ce nom à cause de leur rapidité à saisir le sens des choses, de leur aptitude à comprendre aussi bien ce qui est difficile que ce qui est facile, et à rapprocher les faits isolés et dispersés. Le mot servit ensuite à indiquer le lieu de travail de ces secrétaires. Ainsi, le terme *dîwân* désigne à la fois les secrétaires chargés de la correspondance officielle et leur lieu de travail à la cour, comme nous allons le voir plus loin.

Cette fonction est parfois confiée à une seule personne, responsable de l'ensemble des opérations. Mais il arrive aussi que chaque opération soit placée sous la responsabilité d'un fonctionnaire distinct, comme on le voit dans certains États où les rôles de l'armée, les concessions foncières, les traitements des militaires, etc., sont contrôlés par des départements différents. Tout dépend des usages de chaque État et des dispositions prises par ses fondateurs.

Le bureau des finances et des taxes n'apparaît dans les États que lorsqu'ils sont parvenus à établir leur supériorité et leur domination et qu'ils commencent à s'intéresser aux différents aspects de l'organisation et de la consolidation de leur pouvoir. Le premier à l'introduire dans l'État islamique fut 'Umar. Voici dans quelles circonstances : Abû Hurayra revint d'al-Bahrayn avec une si grande somme d'argent qu'on ne sut comment la répartir. Il fallut en faire le compte et déterminer exactement les soldes et les droits. Khâlid Ibn al-Walîd conseilla d'établir un registre en disant : « J'ai vu les rois de Syrie adopter un registre. » 'Umar agréa cet avis.

Suivant une autre version, ce fut al-Hurmuzân qui aurait conseillé à 'Umar de se servir d'un registre, après avoir constaté que le calife effectuait des expéditions sans tenir le registre des soldats. « Comment saura-t-on s'il y a des absents, demanda-t-il à 'Umar ? Ceux qui restent en arrière sont des déserteurs. Seul un écrit permet de savoir exactement ce qu'il en est. Tu dois donc établir un registre. » 'Umar demanda ce qu'était un registre. On lui fournit des explications. Lorsqu'il eut agréé le projet, il fit appeler 'Aqîl Ibn Abî Tâlib, Makhrama Ibn Nawfal et Jubayr Ibn Mut'im, qui étaient au nombre des Quraysh qui savaient écrire. Ils établirent le registre des armées musulmanes sur une base généalogique, suivant l'ordre de proximité avec le Prophète. Telle fut l'origine du registre de l'armée[4]. Az-Zuhrî rapporte, d'après Sa'îd Ibn al-Musayyab, que cela eut lieu en *muharram* de l'an 20 de l'hégire [décembre 640].

Le bureau de l'impôt foncier et des taxes ne subit pas de changement après l'avènement de l'islam. En Irak, on utilisait le persan, et en Syrie, le grec. Les secrétaires étaient perses ou byzantins, originaires des pays qui avaient signé un traité de paix avec les musulmans. Sous le règne de ‘Abd al-Malik Ibn Marwân, le califat se transforma en pouvoir temporel. Les Arabes passèrent du bas niveau de leur civilisation rurale à la splendeur de la civilisation urbaine, de leur simplicité d’illettrés à l’habileté dans l’art d’écrire. On vit apparaître, parmi les Arabes et leurs clients, des hommes versés aussi bien dans l’art d’écrire que dans la comptabilité. ‘Abd al-Malik ordonna à Sulaymân Ibn Sa‘d, gouverneur de la Jordanie, de traduire en arabe le registre de la Syrie. Sulaymân s’acquitta de cette tâche au bout d’un an, jour pour jour. Sarhûn[5], secrétaire du calife, ayant vu ce travail, s’adressa en ces termes aux secrétaires byzantins : « Allez gagner votre vie avec un autre métier, car Dieu vous a privés de celui-ci. »

En Irak, ce fut al-Hajjâj qui ordonna à son secrétaire Sâlih Ibn ‘Abd ar-Rahmân de traduire le registre du persan en arabe. Sâlih pratiquait ces deux langues. Il avait été formé par Zâdân-Farrûkh, son prédécesseur comme secrétaire d’al-Hajjâj. Lorsque Zâdân mourut dans la guerre contre ‘Abd ar-Rahmân Ibn al-Ash‘ath, il fut remplacé par Sâlih. Celui-ci exécuta donc l’ordre d’al-Hajjâj. Les secrétaires perses se sentirent humiliés. ‘Abd al-Hamîd Ibn Yahyâ disait à ce propos : « Quel excellent homme que Sâlih ! Il a rendu un immense service aux secrétaires. »

Plus tard, sous l’État des ‘Abbâssides, le bureau des finances et des taxes fut rattaché au vizir chargé d’en contrôler le responsable. Ce fut le cas, par exemple, avec les Barmécides, les Banû Sahl Ibn Nawbakht, et d’autres vizirs ‘abbâssides.

Pour ce qui est des lois religieuses qui concernent cette institution, notamment celles qui touchent à l’armée, aux recettes et aux dépenses du trésor, à la distinction entre les pays conquis par reddition ou par la force, à l’habilité à nommer à cet office, aux conditions pour le recrutement de l’intendant et du secrétaire [qui y sont attachés], aux règlements relatifs aux comptes, il faut se référer aux ouvrages d’administration publique, où toutes ces matières sont traitées en détail. Notre présent ouvrage n’a pas pour objet d’en parler. Nous ne les abordons qu’en relation avec la nature du pouvoir, qui nous occupe ici.

Cette fonction représente un secteur important du pouvoir temporel. En fait, elle en est un des trois principaux piliers. En effet, il y a trois choses indispensables à tout pouvoir : une armée, de l’argent, et le moyen de communiquer avec les absents. Ainsi, le souverain a besoin de se faire assister dans les fonctions de l'épée, de la plume et des finances. Le responsable des finances a donc en partage une part de la direction du pouvoir.

Tel fut le cas sous les Omeyyades de l'Andalus et leurs successeurs, les *reyes de taifas*. Sous les Almohades, cet office était toujours confié à un Almohade qui jouissait d'une complète autonomie pour lever, collecter et vérifier tous les impôts et les taxes, contrôler les fonctionnaires et les agents fiscaux, exécuter les paiements conformément aux montants et aux échéances prévus. On l'appelait le directeur des finances. Parfois, en certaines localités, cette charge était tenue par des personnes qui n'étaient pas des Almohades, mais qui avaient les compétences requises.

Lorsque les Hafsides s'érigèrent en pouvoir indépendant en Ifrîqiya et qu'il y eut l'exode des Andalous, les grandes familles émigrées vinrent leur présenter leurs services. Certaines d'entre elles avaient occupé la charge [des finances] en Andalus, comme les Banû Sa'îd, maîtres d'al-Qal'a près de Grenade, connus également sous le nom de Banû Abî l-Husayn. Les Hafsides placèrent leur confiance en eux et les chargèrent de la direction des affaires financières, fonction qu'ils avaient déjà exercée chez eux. Ils firent d'abord appel à eux et aux Almohades alternativement. Par la suite, les comptables et les secrétaires accaparèrent ces fonctions, qui échappèrent aux Almohades. Ultérieurement, lorsque l'importance du chambellan s'accrut et que son autorité s'étendit à toutes les affaires gouvernementales, la direction des finances perdit de son influence. Son titulaire tomba sous la coupe du chambellan, devint un percepteur parmi d'autres et ne garda rien de toute son ancienne suprématie.

À notre époque, sous l'État des Mérinides, les comptes de l'impôt foncier et les soldes militaires sont réunis entre les mains d'une seule personne. Elle vérifie tous les comptes, et son registre fait foi en dernier ressort. Elle est elle-même contrôlée par le sultan ou le vizir, et sa signature est requise pour la validité des comptes de l'impôt foncier et des soldes.

Ce sont là les principales dignités et charges gouvernementales. Elles constituent les plus hautes fonctions : leurs détenteurs sont investis d'une responsabilité générale et ont un contact direct avec le souverain.

Sous les Turcs [mamelouks], les fonctions des finances et des impôts se répartissent en diverses branches. La personne chargée du bureau des soldes est appelée inspecteur de l'armée[6]. Le nom de vizir est réservé à la personne chargée des finances et qui dirige le bureau général des impôts. C'est la plus haute charge des finances. Celles-ci comprennent de nombreux services, à cause de l'étendue et de la puissance de l'État [turc mamelouk] et parce que le domaine des finances et des impôts est trop vaste pour être correctement géré par un seul homme, quelle que soit sa compétence. La responsabilité générale des finances est donc confiée à celui qu'on désigne sous le nom de vizir. Le vizir est cependant subordonné à un affranchi du sultan, appartenant au clan royal et à la caste militaire. Il suit ses directives et s'efforce de le satisfaire. Cet affranchi est appelé *ustâdh ad-dâr*. Il est un des grands émirs de l'État. Il appartient à l'armée et à la caste militaire.

Le vizir a sous son autorité un certain nombre d'autres fonctions qui ont toutes trait aux finances et aux comptes, mais avec des attributions restreintes. Par exemple, l'intendant du domaine privé, qui gère les fonds privés du souverain, notamment le produit de ses concessions foncières et sa part des revenus des impôts fonciers et du pays soumis à l'impôt[7] qui ne font pas partie des revenus publics. Cet intendant est subordonné à l'émir *ustâdh ad-dâr*. Lorsque le vizir est un militaire, l'*ustâdh ad-dâr* n'exerce pas de contrôle sur lui. L'intendant privé est, d'autre part, sous l'autorité du trésorier du sultan, qui est un des esclaves de celui-ci. Il est appelé *khâzindâr*, parce qu'il a la charge du trésor du souverain. C'est là la terminologie relative aux finances en usage dans l'État turc d'Orient. On a vu auparavant ce qu'il en est au Maghreb en cette matière. C'est Dieu qui dirige toutes choses. Il n'est d'autre maître que Lui.

La correspondance officielle et le secrétariat[m].

Cette charge n'est pas exigée par la nature du pouvoir[n]. Bien des États s'en sont passé tout à fait, comme ceux qui sont restés enracinés dans la civilisation rurale et n'ont pas subi l'influence de la civilisation urbaine et du développement des arts.

Deux choses l'ont rendue indispensable dans l'État islamique : la situation de la langue arabe et la nécessité de s'exprimer avec éloquence. En règle générale, l'écrit se révéla plus efficace pour la transmission de la substance de ce que l'on veut dire que la forme orale. Le secrétaire d'un émir était un membre de sa famille ou un notable de sa tribu. C'est ce qui se passa avec les califes, ainsi qu'avec les Compagnons qui occupaient les postes de gouverneur de Syrie ou d'Irak, en raison de la grande confiance que l'on peut avoir dans ses parents et les membres de sa tribu, et de la discrétion que l'on peut attendre de leur part. Quand la langue s'altéra et devint un métier, [la charge de secrétaire] fut réservée à ceux qui avaient de bonnes connaissances en langue.

Sous les 'Abbâssides, c'était[a] une haute fonction. Le secrétaire expédiait les actes officiels librement. Il inscrivait son nom au bas de ces actes et y apposait le sceau du souverain. C'était un cachet sur lequel était gravé le nom ou l'emblème de celui-ci, et qu'on trempait dans une solution d'eau et d'argile rouge, nommée « argile à cacheter ». Le document était ensuite plié et collé, et ses deux bords étaient scellés. Plus tard, les actes officiels furent rédigés au nom du souverain. Le secrétaire apposait son paraphe au début ou à la fin du document, à son gré et avec la formulation qu'il voulait.

L'office de secrétaire perdit de son importance lorsque d'autres personnages occupant de hautes fonctions dans l'État se hissèrent à des positions éminentes auprès du souverain, ou lorsque le pouvoir de celui-ci fut usurpé par un vizir. Le paraphe du secrétaire devint sans effet à côté de celui de son supérieur, qui fit foi. C'est ce qui arriva au cours de la dernière période de l'État hafside, quand le chambellan devint prépondérant, qu'il obtint la délégation des pouvoirs, puis gouverna en maître absolu. Le paraphe du secrétaire, bien que maintenu formellement à cause de son ancienne importance, n'eut plus de valeur. Le chambellan ordonnait au secrétaire d'apposer son propre paraphe sur les documents, avec une formule d'exécution de son choix. Le secrétaire se pliait à ses ordres et ajoutait ensuite le paraphe habituel[8]. Parfois, le souverain signait lui-même les documents, lorsqu'il était jaloux de son pouvoir et dirigeait lui-même ses affaires. Il faisait alors apposer le paraphe par le secrétaire.

Parmi les fonctions du secrétariat, il faut mentionner encore celle des placets[9]. Elle consiste en ceci : au cours des audiences où le souverain rend la justice et promulgue ses arrêts, le secrétaire s'assied devant lui et inscrit sur les placets qui lui sont présentés les jugements et décisions du monarque, sous la forme la plus concise et la plus expressive. Ces décisions sont soit expédiées telles quelles, soit recopiées par le secrétaire sur une pièce que doit garder l'intéressé. L'auteur des placets doit posséder à fond l'art d'écrire pour s'acquitter convenablement de sa tâche. Ja'far Ibn Yahyâ, qui était chargé des placets sous ar-Rashîd, retournait ces documents aux demandeurs. Les gens férus de beau style s'arrachaient ses placets pour y apprendre l'art d'écrire. On prétend qu'une de ces pièces se vendait pour un dinar. Voilà quels étaient les usages des [anciens] États.

Les personnes chargées de la fonction de secrétaire doivent être choisies parmi les catégories sociales les plus élevées, se distinguer par leur virilité et leur modestie, posséder un grand savoir et être habiles dans l'art d'écrire. En effet, elles sont appelées à s'occuper de questions scientifiques fondamentales, car de telles questions sont abordées dans les réunions et les audiences des souverains. De plus, la fréquentation des rois exige une connaissance parfaite des règles de bienséance et la possession des plus belles vertus. Enfin, pour écrire des lettres et s'exprimer avec justesse, il faut connaître tous les secrets de l'art d'écrire.

Dans certains États, que la nature simple de leur esprit de corps éloigne des sciences, la charge de secrétaire est confiée à un homme d'épée. Toutes les charges et dignités sont réservées par le souverain aux membres de son clan, aussi bien les finances que les affaires militaires ou le secrétariat. Toutefois, si les affaires militaires peuvent se passer des sciences, il n'en est pas de même des fonctions des finances et du secrétariat : l'une exige l'art d'écrire, l'autre celui de compter. On choisit donc par nécessité des personnes appartenant à la classe [des lettrés], mais on les place sous l'autorité et le contrôle d'hommes issus du clan au pouvoir. C'est ce qu'on voit, par exemple, chez les Turcs contemporains, en Orient. Dans l'État turc, la direction du secrétariat est attribuée au chef de la rédaction, mais celui-ci est subordonné à un émir issu du clan du sultan et appelé *dawâdâr*. C'est sur ce dernier que compte le sultan : il place en lui sa confiance et s'adresse à lui pour la plupart de ses affaires. Pour ce qui est du chef de la rédaction, il s'appuie sur lui pour les questions de style ou de formulation, et pour d'autres choses annexes.

Les conditions dont le souverain doit tenir compte dans son choix d'un candidat à cette charge sont multiples. Elles sont indiquées de la façon la plus complète dans cette épître que le secrétaire 'Abd al-Hamîd[10] a adressée à ses pairs :

« Dieu vous garde[p], vous qui faites le métier de secrétaire. Qu'Il vous accorde Sa faveur, vous donne le succès et vous guide. Dieu a placé les prophètes, les envoyés et les rois [au premier rang], et après eux, les autres hommes, qu'Il a fait différents, bien qu'essentiellement égaux. Il leur a fait prendre différentes professions et occupations pour gagner leur vie et se procurer leur subsistance. Il vous a placés, vous autres secrétaires, dans la plus noble position et a fait de vous des gens que distinguent leur éducation, leur honneur, leur science et leur discernement[11]. Vous êtes la cause des perfections et du bon ordre du califat. Grâce à vos conseils, Dieu rend meilleurs ceux qui gouvernent les hommes et donne la prospérité à leurs pays. Vous êtes indispensables au prince. Nul, mieux que vous, ne peut lui suffire. Vous êtes ses oreilles pour entendre, ses yeux pour voir, sa langue pour parler, sa main pour frapper. Puisse Dieu vous conserver votre grand art et ne pas vous priver des bienfaits dont Il vous a comblés.

« Si vous vous conformez au portrait que je fais ici de vous, aucun homme de métier ne doit, plus que vous, réunir autant de qualités dignes d'éloge et de vertus mémorables. Un secrétaire se doit à lui-même et doit à son maître, qui a placé en lui sa confiance pour traiter ses affaires importantes, d'être doux, perspicace, hardi, prudent là où la douceur, le jugement, la hardiesse, la prudence sont nécessaires. Il doit préférer la modération, la justice et l'impartialité. Il doit savoir garder un secret, être fidèle dans l'adversité, être capable de prévoir l'infortune, mettre chaque chose à sa place, juger de chaque malheur à sa juste mesure. Il doit avoir étudié chaque branche des sciences et les bien connaître, ou du moins en avoir appris suffisamment [pour son métier]. Grâce à son intelligence naturelle, à sa bonne éducation et à sa grande expérience, il doit imaginer ce qui va lui arriver et quelles seront les conséquences de ses actes. Ainsi, en prévision de chaque événement et de chaque éventualité, il pourra faire ce qui doit être fait pour les affronter.

« Il vous faut, ô secrétaires, rivaliser d'efforts pour parfaire votre connaissance de toutes les règles de convenance, et pour bien comprendre votre religion. Commencez par le Livre de Dieu et vos devoirs religieux. Ensuite, étudiez la langue arabe, ainsi vous perfectionnerez votre langue. Soignez votre écriture, ornement de vos lettres. Apprenez la poésie et étudiez les expressions rares et les idées qu'elle contient. Apprenez également les *Jours* des Arabes et des non-Arabes, avec les anecdotes et les récits biographiques qui s'y rattachent : tout cela vous sera utile à la réalisation de vos ambitions. Ne négligez pas l'étude du calcul : c'est la base du registre de l'impôt foncier. Ne cédez pas à la convoitise, quel qu'en soit l'objet, élevé ou vil, et ne vous laissez pas tenter par les choses futiles et méprisables, source d'humiliation pour vous et ruineuses pour votre art. Gardez votre profession au-dessus de toute bassesse, et ne tombez jamais dans l'intrigue, la calomnie et les procédés des gens stupides. Prenez garde à l'orgueil, à la vanité, à la suffisance : ils attirent l'hostilité, sans même le motif de la haine. Aimez-vous les uns les autres, en Dieu et pour votre métier. Recommandez-vous de le pratiquer en lui gardant toujours les qualités les plus dignes de la vertu, de l'honnêteté et des mérites de vos prédécesseurs.

« Si l'infortune frappe l'un d'entre vous, soyez bons pour lui, réconfortez-le jusqu'au rétablissement de sa situation. Si l'âge empêche l'un d'entre vous de gagner sa vie, de visiter ses amis, allez le voir, honorez-le, consultez-le, profitez de sa grande expérience et de son savoir du passé. À l'égard de celui qui vous a pris sous sa protection et qui espère obtenir votre assistance en cas de besoin, montrez plus d'attention qu'envers votre fils ou votre frère. S'il y a quelque chose digne d'éloge dans votre travail, vous en attribuerez tout le mérite à votre maître ; et s'il arrive quoi que ce soit de blâmable, vous en prendrez la responsabilité seuls. Prenez garde aux erreurs, aux faux pas et au découragement en cas de changement de fortune. Vous autres secrétaires, vous êtes plus promptement critiqués que les lecteurs du Coran[12], et le blâme vous est plus préjudiciable qu'à eux. Vous savez donc que si vous avez un maître qui s'acquitte de ses devoirs envers vous, vous avez l'obligation de le payer de retour, en lui témoignant fidélité, reconnaissance, docilité, patience, bon conseil ; en gardant ses secrets et en administrant au mieux ses affaires ; en démontrant par des actes la sincérité de vos sentiments envers lui chaque fois qu'il a besoin de vous et a recours à vos compétences. Ayez cela toujours présent à l'esprit : dans l'aisance et dans la gêne, la déception et le réconfort, la bonne et la mauvaise fortune, et que Dieu vous donne le succès. Ce sont là les plus belles qualités dont puisse se parer un membre de votre noble profession.

« Si l'un d'entre vous est investi d'une charge, ou qu'une affaire concernant les faibles créatures de Dieu lui est confiée, qu'il se tourne vers son Seigneur et Lui obéisse. Qu'il soit doux envers les faibles et juste envers les opprimés. Toutes les créatures sont à la charge de Dieu, et Dieu préfère ceux qui sont bons envers Ses créatures. Qu'il juge selon l'équité, honore les gens nobles, augmente les butins de guerre, contribue à la prospérité du pays, suscite l'amitié des sujets et évite de leur causer préjudice. Qu'il soit modeste et indulgent dans l'accomplissement de ses tâches, bienveillant dans l'exploitation[13] de l'impôt foncier et le recouvrement des droits.

« Lorsque vous entrez au service d'un homme, sondez son caractère. Connaissant ses qualités et ses défauts, vous pourrez l'aider à cultiver le bien qui lui convient et à se détourner du mal qui l'attire, en usant des procédés les plus subtils et des manières les plus élégantes. Vous n'êtes pas sans savoir qu'un cavalier qui veut maîtriser sa monture doit en connaître le caractère. Si l'animal aime galoper, il prendra garde de ne pas l'exciter en le montant ; s'il rue, il ne se mettra pas du côté de ses jambes de devant ; s'il craint de l'effaroucher, il fera attention quand il l'abordera du côté de la tête ; s'il est rétif, il le contraindra avec douceur, et, s'il persiste, il le conduira légèrement de côté et lâchera le licou. Il y a dans cette description de bons enseignements pour ceux qui veulent gouverner les hommes, les servir et vivre dans leur intimité. Un secrétaire qui a une excellente éducation, un noble art, des procédés subtils, qui a affaire à des hommes qui peuvent dialoguer et disputer avec lui, le comprendre et le craindre, doit se montrer doux envers son partenaire, savoir le flatter et redresser ses erreurs plus encore qu'une personne qui a affaire à un animal qui ne peut pas lui répondre, ne sait pas discerner ce qui est juste, et ne comprend que le langage que lui a inculqué son maître. Soyez bons dans votre administration. Employez-y toute votre réflexion et votre pensée. Ainsi, vous éviterez les revirements, la lassitude et l'injustice de vos partenaires. Ceux-ci s'accorderont avec vous, et vous gagnerez leur amitié et leur sollicitude.

« Aucun de vous ne doit dépasser les limites de ce qui convient à son rang dans ses réceptions, ses vêtements, les animaux qu'il utilise comme montures, sa nourriture et sa boisson, sa maison, ses domestiques et tout ce qui concerne sa charge. Car, malgré la noblesse de la profession par laquelle Dieu vous a distingués, vous êtes des serviteurs à qui on ne pardonne pas d'imperfection, des gardiens auxquels tout gaspillage et toute prodigalité sont interdits. Pour préserver votre pureté, tenez-vous toujours dans un juste milieu pour toutes les choses que je viens de mentionner. Fuyez les périls de la prodigalité et les fâcheuses conséquences du luxe : on n'en récolte que misère, humiliation et honte, surtout lorsqu'on appartient au milieu des secrétaires et des gens cultivés.

« Il y a des similitudes entre les choses. Les unes sont les indices des autres. Laissez-vous guider par votre expérience passée lorsque vous abordez des affaires nouvelles. Choisissez, pour les traiter, les méthodes les plus claires, les plus sûres et les plus prometteuses. Sachez que le danger le plus grave dans la conduite des affaires est d'en parler, ce qui empêche de décider et de réfléchir. Chacun de vous doit s'en tenir dans ses audiences à ce qui doit être dit. Il doit être concis dans les sujets qu'il introduit lui-même et dans ses réponses, et bien circonscrire son argumentation. Cela profitera à son action, et il évitera d'être débordé par des préoccupations [inutiles]. Il devra implorer Dieu de lui donner le succès et de le mettre sur la bonne voie, car il doit craindre de tomber dans des erreurs préjudiciables à sa santé, à son intelligence et à son éducation. Si l'un d'entre vous pense ou déclare que les hautes performances de son art et l'efficience de son action ne sont dues qu'à son habileté et à son savoir-faire, il s'exposera à ce que Dieu l'abandonne à lui-même, et il se retrouvera alors face à sa propre insuffisance. Si on y réfléchit, tout cela n'est un secret pour personne.

« Que nul d'entre vous n'affirme qu'il a plus de perspicacité ou qu'il est mieux fait pour la conduite des affaires que ses pairs et ses collègues. Aux yeux des gens de discernement, le plus intelligent est celui qui s'est départi de toute vanité et croit que les autres sont plus intelligents et plus dignes d'éloge que lui-même. Chacun doit reconnaître les bienfaits dont Dieu l'a favorisé, mais sans s'aveugler sur soi-même et se considérer comme exempt de tout défaut, sans chercher à l'emporter sur ses amis, ses pairs, ses collègues, sa famille. Tout homme doit louer Dieu, en se montrant humble devant Sa grandeur, soumis à Sa puissance, et en parlant de Ses faveurs.

« Je citerai pour finir cette épître le vieux proverbe : "Celui qui a le devoir de conseiller autrui doit appliquer ses propres conseils à lui-même[14]." Voilà ce qu'il y a de plus essentiel et de plus pertinent dans cette lettre, après les paroles de Dieu. C'est pourquoi je l'ai réservé à la fin, pour clore mon propos. Que Dieu vous garde et nous garde, étudiants et secrétaires, comme Il garde ceux qu'Il sait devoir rendre heureux et guider. C'est à Lui qu'il revient de le faire. Cela est en Son pouvoir. Salut. Que la miséricorde et les bénédictions de Dieu soient sur vous. »

La police.

De nos jours, en Ifrîqiya, le titulaire de cette charge est appelé « magistrat ». En Andalus, on l'appelle « chef de la ville[q] », et dans l'État turc, « gouverneur ». C'est une fonction subordonnée au dignitaire qui a la charge de l'épée. Le chef de la police doit parfois exécuter les ordres de ce dernier.

Lorsque, sous l'État 'abbâsside, cette charge fut originellement créée, son titulaire avait pour attributions, en premier lieu, de préciser le statut des crimes au stade de l'enquête, et, en second lieu, d'appliquer les peines légales. La loi religieuse n'est pas concernée par [l'établissement] des chefs d'accusation, mais seulement par les peines légales qui doivent leur être appliquées. C'est à l'autorité gouvernementale de rechercher les motifs et les circonstances. Lorsque le magistrat est en possession de tous les indices, il peut obliger [le suspect] à avouer, dans l'intérêt général. La personne chargée de l'enquête et de l'application des peines, une fois que l'affaire n'est plus sous la responsabilité du juge, est appelée « chef de la police ». Parfois, on donnait à ce dernier toute compétence pour les délits de sang et les peines légales, dont on déchargeait le juge. La charge[r] de chef de la police fut entourée de respect et confiée à de grands chefs militaires et à d'influents affranchis de l'entourage du souverain. Sa juridiction ne s'étendait pas à toutes les catégories de gens, mais seulement aux gens du commun et aux éléments suspects, ainsi qu'aux débauchés et aux libertins.

Sous les Omeyyades de l'Andalus, l'office de chef de la police devint très estimé. Il fut scindé en une « grande » et une « petite » police. Le chef de la première avait autorité aussi bien sur l'élite que sur les gens du commun. Sa juridiction s'étendait aux fonctionnaires gouvernementaux. Il pouvait saisir leurs biens en cas d'abus et agir de même à l'égard de leurs parents et d'autres personnes de haut rang en relation avec eux. Le chef de la seconde n'avait d'autorité que sur les gens du commun. Le chef de la « grande police » siégeait à la porte du palais et avait à sa disposition des agents qui se tenaient à ses côtés et qui ne pouvaient quitter leurs places que pour exécuter ses ordres. Cette charge n'était confiée qu'aux grands dignitaires de l'État, si bien qu'on la considérait comme une préparation aux fonctions de vizir et de chambellan.

Sous les Almohades, la même charge était également assez célèbre, bien que sa juridiction fût limitée. Elle était réservée aux grands personnages et dignitaires almohades. Mais les fonctionnaires gouvernementaux n'étaient pas soumis à son autorité. Aujourd'hui, elle a perdu de son importance. Elle n'est plus exercée par des personnalités almohades, mais par de simples protégés de la dynastie, choisis pour leur compétence[s].

Sous les Mérinides du Maghreb, elle est de nos jours confiée à des membres des grandes familles, clientes ou protégées de la dynastie.

Sous les Turcs, en Orient, les chefs de la police sont recrutés parmi les grands dignitaires turcs ou les descendants des membres de la dynastie kurde qui les a précédés au pouvoir. Dans les deux régions[15], ils sont choisis pour leur énergie et leur résolution à appliquer la loi, pour qu'ils puissent ainsi juguler la corruption, mettre fin à la criminalité, détruire et faire disparaître les foyers et les centres du libertinage, et appliquer les peines prévues par la loi religieuse et l'autorité gouvernementale, conformément à ce qui est exigé par l'intérêt public de la cité.

« Dieu remplace la nuit par le jour[A]. »

A. Coran, XXIV, 44.

Le commandement de la flotte.

Le commandement de la flotte fait partie des dignités et fonctions de l'État, tant au Maghreb qu'en Ifrîqiya. Il est subordonné à la personne qui a la charge de l'épée et dépend à bien des égards de sa juridiction. Le commandant de la flotte est appelé, dans la langue des marins, *almiland*, avec un *l* emphatique. Ce mot est emprunté aux Francs[16]. C'est le terme technique utilisé chez eux pour cet office.

La charge d'amiral ne se rencontre que dans les États de l'Ifrîqiya et du Maghreb, en raison de leur situation sur la rive méridionale de la mer Byzantine. Sur cette rive s'étend la terre des Berbères, de Ceuta à Alexandrie, et jusqu'en Syrie. Sur la rive septentrionale, il y a l'Andalus, les pays des Francs, des Slaves et des Byzantins, jusqu'en Syrie également. Cette mer est appelée mer Byzantine ou mer Syrienne, du nom des habitants de ses rives. Ceux-ci ont avec la mer des rapports beaucoup plus étroits que toute autre nation maritime.

Les Rum, les Francs et les Goths peuplaient la rive nord. Ils faisaient par mer la plupart de leurs guerres et le plus gros de leur commerce. Ils acquirent ainsi une grande habileté dans la navigation et dans la guerre navale. Convoitant la possession de la rive méridionale, comme ce fut le cas des Romains pour l'Ifrîqiya et des Goths pour le Maghreb, ils franchirent la mer avec leurs flottes et s'en emparèrent. C'est ainsi qu'ils soumirent les Berbères et leur arrachèrent le pouvoir sur ces contrées. Ils y fondèrent des villes peuplées, telles que Carthage, Sbeitla, Jalûla, Mernac, Cherchell et Tanger. À une époque plus ancienne, le maître de Carthage faisait la guerre au maître de Rome et expédiait pour le combattre des vaisseaux chargés de soldats et d'armes. Ce genre d'expéditions constituent donc une tradition chez les peuples riverains de cette mer, qui existe depuis les temps les plus anciens et se perpétue jusqu'à l'époque moderne.

Lorsque les musulmans eurent conquis l'Égypte, 'Umar envoya une lettre à 'Amr Ibn al-'As où il lui demanda de lui décrire la mer. « La mer, lui répondit 'Amr, est un être gigantesque chevauché par un être frêle — des vers sur une planche. » 'Umar interdit alors aux musulmans de naviguer. Aucun Arabe ne devait prendre la mer, et ceux qui le firent contre la volonté du calife furent punis. C'est ainsi que 'Umar s'en prit à Harthama al-Azdî, seigneur des Bajîla, qu'il avait envoyé en expédition contre Oman. Ayant appris qu'il avait fait une attaque par mer, il le désapprouva et le traita avec sévérité. La situation[u] demeura inchangée jusqu'à l'avènement de Mu'âwiya, qui autorisa les musulmans à naviguer et à utiliser des bateaux dans leur combat pour la foi. Cette attitude était motivée par le fait que les Arabes, à cause de leur origine bédouine, n'avaient au départ aucune habileté dans l'art de naviguer. À l'inverse, les Byzantins et les Francs, ayant l'expérience de la mer et étant accoutumés depuis leur enfance à bourlinguer sur leurs vaisseaux, étaient rompus à cet art et en avaient acquis une parfaite maîtrise.

Par la suite, lorsque les Arabes eurent établi solidement leur pouvoir et démontré leur puissance, qu'ils eurent réduit en esclavage et dominé les nations étrangères, que tout homme de métier fut venu leur offrir ses services en échange de leur protection ; lorsqu'ils eurent employé des navigateurs étrangers pour les besoins de leur marine et que, de cette manière, ils eurent acquis habileté et expérience dans ce domaine, eux-mêmes eurent leurs experts et aspirèrent à combattre sur mer. Ils construisirent des vaisseaux et des galères, chargèrent leurs flottes d'hommes et d'armes, y embarquèrent leurs armées et leurs combattants pour aller guerroyer outre-mer contre les nations infidèles[17]. Pour la réalisation de cet objectif, ils choisirent celles de leurs provinces et de leurs frontières les plus proches de la mer ou situées sur ses rives, telles que la Syrie, l'Ifrîqiya, le Maghreb, l'Andalus. Le calife[v] 'Abd al-Malik, pour mener à bien le combat pour la foi, ordonna à Hassân Ibn an-Nu'mân, gouverneur de l'Ifrîqiya, de construire à Tunis un arsenal pour la fabrication des équipements maritimes. C'est à partir de cette ville que fut entreprise la conquête de la Sicile, au temps de Ziyâdat Allâh Ier, fils d'Ibrâhîm Ibn al-Aghlab, sous le commandement d'Asad Ibn al-Furât, qui avait la charge de grand mufti. Qûsara[18] fut également prise sous Ziyâdat Allâh. Mu'âwiya Ibn Hudayj avait tenté de conquérir la Sicile sous le califat de Mu'âwiya Ibn Abî Sufyân ; mais Dieu ne lui avait pas donné la victoire, et ce furent l'Aghlabide et son général Asad Ibn al-Furât qui en firent la conquête. Par la suite[w], les flottes ifrîqiyenne et andalouse, sous les dynasties 'ubaydite et omeyyade, organisèrent sans cesse des attaques contre les pays de la rive septentrionale pour y créer l'insécurité, et en dévastèrent les régions côtières.

Sous le règne de 'Abd ar-Rahmân an-Nâsir, la flotte andalouse comptait près de deux cents vaisseaux. À la même époque, la flotte d'Ifrîqiya disposait d'un nombre de navires à peu près équivalent. La flotte andalouse était alors dirigée par l'amiral Ibn Rumâhis et avait pour ports d'attache Pechina et Almería. Elle était formée d'unités provenant de toutes les provinces. Chaque région où on construisait des vaisseaux contribuait par une unité navale, dirigée par un commandant chargé des combats, de l'armement et des troupes. Il y avait, par ailleurs, un capitaine pour la navigation à la voile ou aux avirons, et pour le mouillage au port. Lorsque les unités devaient être rassemblées en vue d'une expédition d'envergure ou pour tout autre objectif important ordonné par le souverain, le ralliement s'effectuait au port d'attache de la flotte. Le sultan chargeait alors les vaisseaux de ses troupes les plus valeureuses et de ses clients, en en confiant la direction à un seul commandant choisi parmi les meilleurs officiers du royaume, et qui avait autorité sur tous. Ensuite, il leur donnait l'ordre de départ, et attendait qu'ils reviennent, victorieux et chargés de butin.

À l'époque de l'Empire islamique, les musulmans avaient le contrôle de tout le pourtour de la mer Byzantine[19]. Ils y étaient forts et puissants. Les nations chrétiennes, en aucun point de cette mer, ne pouvaient opposer de résistance à leurs flottes. Sans cesse, celles-ci sillonnaient la mer pour faire des conquêtes. C'est ainsi que les musulmans se distinguèrent par maintes victoires et prises de butin. Ils s'emparèrent de toutes les îles éloignées des côtes, telles que Majorque, Minorque, Ibiza, la Sardaigne, la Sicile, Qûsara, Malte, la Crète et Chypre, ainsi que de toutes les provinces [littorales] des Byzantins et des Francs. Abû l-Qâsim le chiite et ses descendants envoyèrent de Mahdiya des expéditions contre l'île de Gênes. Elles revinrent victorieuses et chargées de butin. En 405 [1014/1015], Mujâhid al-'Amirî, maître de Denia, l'un des *reyes de taifas*, conquit la Sardaigne avec sa flotte. Mais les chrétiens la lui reprirent aussitôt.

De la sorte, les musulmans devinrent les maîtres de la plus grande partie de la mer Byzantine. Leurs flottes y allaient et venaient à leur guise. Leurs armées, parties de la Sicile, traversaient la mer pour débarquer sur les grandes terres de la rive nord, en face de l'île. Elles attaquaient les rois des Francs et les mettaient en déroute, comme cela eut lieu sous les Banû Abî l-Husayn, maîtres de la Sicile, qui étaient partisans des 'Ubaydites. Les nations[x] chrétiennes devaient se replier avec leurs flottes sur la rive nord-est de la mer Byzantine, dans les régions côtières peuplées par les Francs et les Slaves, et sur les îles de la mer Égée[20], sans guère oser sortir des limites de cette zone. Les flottes musulmanes s'acharnaient sur elles comme le lion sur sa proie, s'imposaient sur la majeure partie de la surface de cette mer par leur supériorité numérique et par leur armement, et la sillonnaient en tous sens, en temps de paix comme en temps de guerre. Les chrétiens ne pouvaient y faire courir le moindre esquif.

Mais plus tard, lorsque les États 'ubaydite et omeyyade furent gagnés par l'apathie et l'impuissance et qu'ils entrèrent dans une phase de déclin, les chrétiens se lancèrent à la conquête des îles orientales de la mer Byzantine, telles que la Sicile, la Crète et Malte, et en prirent possession. Ils firent en même temps pression sur la côte syrienne et s'emparèrent de Tripoli, d'Ascalon, de Tyr et d'Acre. Ils occupèrent tous les ports de Syrie et soumirent Jérusalem, où ils bâtirent une église pour y pratiquer ouvertement leur religion et leur culte. Ils prirent Tripoli aux Banû Khazrûn, puis Gabès et Sfax, et leur imposèrent l'impôt de capitation. Ils enlevèrent Mahdiya, berceau des 'Ubaydites, aux petits-fils de Buluggîn Ibn Zîrî. Ainsi, au ve siècle [xie], ils reprirent le dessus sur la partie orientale de la mer Byzantine. En Égypte et en Syrie, la flotte perdit de son importance, puis disparut. Depuis lors, et jusqu'à notre époque, ces pays ne montrèrent plus aucun intérêt pour les choses de la mer, alors que celles-ci avaient été l'objet autrefois d'une extraordinaire attention de la part des 'Ubaydites, comme il ressort clairement de leur histoire. C'est ainsi que la fonction de commandement naval y disparut pour ne plus subsister qu'en Ifrîqiya et au Maghreb. À la même[y] époque, dans la partie occidentale de la mer Byzantine, les flottes musulmanes demeurèrent encore assez nombreuses et puissantes. Aucun ennemi n'avait pu entamer cette zone ou prendre avantage sur les musulmans.

Au temps des Almohades, les amiraux de la flotte

appartenaient aux Banû Maymûn, maîtres de Cadiz. ‘Abd al-Mûmin leur enleva cette fonction, qu’ils lui cédèrent de bon gré, en reconnaissant son autorité. La flotte comptait alors une centaine de navires, provenant des deux rives.

Au VIe siècle [XIIe], lorsque l’État almohade eut atteint le sommet de sa puissance et étendu son autorité sur les rives du Maghreb et de l’Andalus, il organisa la flotte la plus grande et la plus parfaite jamais connue. Elle avait pour amiral Ahmad as-Siqillî, appartenant aux Sadghiyân, branche des Sadwiksh, qui habitaient Djerba. Il avait été fait prisonnier sur les côtes de cette île par les chrétiens et élevé au milieu d’eux. Le maître de Sicile l’avait distingué et pris à son service, puis il était mort. Pour une raison quelconque, Ahmad encourut la disgrâce du fils et successeur du souverain sicilien. Craignant pour sa vie, il s’enfuit à Tunis et descendit chez le prince mûminide, avant de poursuivre jusqu’à Marrakech. Le calife Yûsuf al-‘Ashrî Ibn ‘Abd al-Mûmin le reçut avec bienveillance et honneur, le combla de cadeaux et lui confia le commandement de sa flotte. Ahmad se distingua dans les combats contre les nations chrétiennes. Il accomplit des exploits et des actions qui comptèrent parmi les faits mémorables de l’État almohade.

Au cours de cette période, les flottes musulmanes furent, que je sache, plus nombreuses et mieux équipées que jamais auparavant ou depuis. Au moment où Salâh ad-dîn Yûsuf Ibn Ayyûb, qui régnait alors sur l’Égypte et la Syrie, entreprit de reprendre les ports syriens aux nations chrétiennes, de purifier Jérusalem de la souillure de l’incroyance et de la reconstruire, les flottes des infidèles, de toutes les régions de Jérusalem qu’ils contrôlaient, venaient, les unes après les autres, apporter leur secours à ces ports. Elles leur fournissaient équipements et vivres. Les flottes d’Alexandrie ne purent les repousser, parce que les chrétiens continuaient à dominer cette partie orientale de la mer Byzantine et y disposaient de nombreuses flottes. Les musulmans étaient devenus impuissants à organiser la résistance contre eux dans cette région, comme nous l’avons déjà indiqué. Salâh ad-dîn envoya ‘Abd al-Karîm Ibn Munqidh en ambassade auprès de l’Almohade Ya‘qûb al-Mansûr, souverain du Maghreb[21]. ‘Abd al-Karîm appartenait à la famille des Banû Munqidh, princes de Shayzar, qui étaient restés au service de Salâh ad-dîn après qu’il eut conquis leur principauté. Le souverain[z] d’Égypte dépêcha donc ‘Abd al-Karîm auprès du roi du Maghreb pour demander un renfort de sa flotte, afin d’empêcher les navires infidèles de venir au secours des chrétiens dans les ports de Syrie. L’ambassadeur était porteur d’une lettre de Salâh ad-dîn dans ce but. Elle avait été rédigée par al-Fâdil al-Baysânî et commençait ainsi : « Que Dieu ouvre à Notre Seigneur la porte du succès et de la félicité. » Cette lettre est citée par al-‘Imâd al-Isfahânî dans son *al-Fath al-Qudsî*[22]. Al-Mansûr fut irrité qu’on ne s’adressât pas à lui avec le titre de Commandeur des croyants. Toutefois, il dissimula ses sentiments et traita l’ambassadeur avec honneur et bienveillance. Puis il le renvoya, mais sans avoir donné satisfaction à la requête de Salâh ad-dîn.

Cette histoire montre que seul le royaume du Maghreb possédait une flotte, que les chrétiens avaient le dessus dans la partie orientale de la mer Byzantine[aa], et qu’à cette époque — comme ultérieurement — les États d’Égypte et de Syrie ne s’intéressaient pas à la mer et ne cherchaient pas à constituer une flotte pour affronter les États [ennemis].

Puis Ya‘qûb al-Mansûr mourut. L’État almohade déclina. Les nations galiciennes occupèrent la plus grande partie de l’Andalus, refoulèrent les musulmans dans les régions côtières et s’emparèrent des îles de la partie occidentale de la mer Byzantine. Ils renforcèrent leur présence sur cette mer et devinrent plus puissants. Leur flotte augmenta, alors que les forces musulmanes diminuèrent jusqu’au niveau des leurs. Cela se produisit au temps du sultan Abû l-Hasan, souverain des Zénètes du Maghreb. En effet, lorsqu’il se prépara à la guerre sainte, sa flotte était équivalente à celle des chrétiens, aussi bien en nombre qu’en équipement.

Par la suite, la puissance maritime des musulmans continua à décroître, en raison de la faiblesse de l’État et de l’oubli où étaient tombés les usages de la mer, du fait de la prépondérance au Maghreb des mœurs rurales et de l’interruption de l’influence andalouse. Les chrétiens retrouvèrent leur ancienne intrépidité, leur savoir-faire et leur suprématie dans la navigation en haute mer et dans la guerre navale. Les musulmans y firent désormais figure d’étrangers, à l’exception des rares populations des régions littorales, bien endurcies à la vie maritime, mais qui avaient besoin de partisans et de forces nombreuses, ainsi que du soutien de l’État pour le recrutement de forces d’appoint et pour leur tracer la voie à suivre.

La charge de commandant de la flotte a été préservée jusqu'à nos jours dans les États du Maghreb. On continue à s'occuper de la flotte, à construire des bateaux et à naviguer, afin de répondre aux besoins d'éventuelles entreprises du gouvernement dans les régions maritimes. Les musulmans pourront alors demander au vent de souffler contre les infidèles. Il est de notoriété publique parmi les habitants du Maghreb, d'après leurs livres de prédictions, que les musulmans retourneront inéluctablement à l'attaque des chrétiens et feront la conquête des pays des Francs au-delà de la mer, et que cela se réalisera avec la flotte.

« Dieu est l'ami des croyants[A]. »

XXXIII. L'IMPORTANCE RELATIVE DES FONCTIONS DE L'ÉPÉE ET DE LA PLUME DANS L'HISTOIRE DES ÉTATS

L'épée comme la plume sont des instruments dont se sert le souverain pour conduire ses affaires. Dans les débuts d'un État, tant que ses membres sont occupés à établir leur pouvoir, le besoin pour l'épée est plus grand que pour la plume. À cette étape, la plume est une simple servante qui exécute les ordres du souverain, tandis que l'épée lui est associée par une assistance active.

Il en va de même à la fin d'un État : comme son esprit de clan s'affaiblit et que le nombre de ses partisans diminue à cause de la sénilité qui les atteint, il a besoin de s'appuyer sur les gens d'épée. L'État doit avoir recours à eux pour le protéger et le défendre, comme il avait eu recours à eux à ses débuts pour l'établissement de son pouvoir. Dans les deux situations, l'épée est supérieure à la plume. Les gens d'épée ont plus de prestige, bénéficient de plus d'avantages, se voient octroyer de plus belles concessions foncières.

Lorsque l'État est au milieu de son parcours, le souverain peut, dans une certaine mesure, se passer de l'épée. Ayant consolidé son autorité, son seul souci est de récolter les fruits du pouvoir : collecter les impôts, bien organiser l'administration, surpasser les autres États, faire exécuter les lois. Tout cela requiert l'assistance de la plume. Le besoin

A. Coran, III, 68.

de celle-ci grandit, tandis que l'épée reste au fourreau, inemployée. À moins d'un événement particulier, ou de la nécessité de colmater une brèche, on n'a plus besoin d'elle. Ces circonstances favorisent les gens de plume. Ils ont plus de prestige, ont une position plus élevée, jouissent de plus de bienfaits et de richesses. Ils sont plus près du souverain, le fréquentent plus souvent, sont admis dans son intimité. Car la plume est alors l'instrument dont il se sert pour recueillir les avantages du pouvoir. Elle lui permet d'administrer son royaume, de redresser la situation de ses provinces lointaines, de s'enorgueillir de ses succès. Dans cette période, on peut se passer des vizirs et des gens d'épée. Ceux-ci sont tenus à l'écart du cercle intime du souverain et doivent se garder de ses emportements.

On peut citer à cet égard la réponse qu'écrivit Abû Muslim à al-Mansûr lorsque celui-ci l'avait appelé auprès de lui : « De la sagesse persane, nous avons retenu cette recommandation : "Ce que craignent le plus les vizirs, c'est quand le peuple retrouve le calme[1]." »

C'est la coutume de Dieu à l'égard de Ses serviteurs.

XXXIV. LES EMBLÈMES PROPRES AU POUVOIR ET AU GOUVERNEMENT

Il y a des emblèmes et des marques particulières qu'adopte le souverain, et qui sont exigés par le faste et la grandeur. Par ces attributs qui lui sont propres, le souverain se distingue de ses sujets, de son entourage à la cour et de tous les hauts dignitaires de son État. De ces emblèmes, voici les plus célèbres que nous connaissions. « Au-dessus de tout savant, il y a l'Omniscient[A]. »

L'équipage.

Un des emblèmes du pouvoir est l'équipage, qui consiste à déployer les étendards et les drapeaux, à battre les tambours et à sonner les trompettes et les cors. Dans le *Livre sur la politique*, attribué à Aristote, il est dit que la raison de cet équipage est d'effrayer l'ennemi en temps de guerre[1]. Un grand bruit produit sur l'âme un effet de terreur. C'est sans

A. Coran, XII, 76.

doute un phénomène psychologique habituel sur les champs de bataille, comme chacun le sait d'expérience. L'explication d'Aristote — s'il en est bien l'auteur — est donc valable à certains égards. Mais il faut chercher ailleurs la raison véritable. Sans conteste, la musique et le chant provoquent dans l'âme joie et émotion. L'esprit est alors affecté par une sorte d'ivresse qui lui fait apparaître les difficultés comme faciles à vaincre et le prédispose à affronter la mort pour la cause qu'il défend. Cela se constate même chez les animaux. Les chameaux sont sensibles au chant du chamelier, et les chevaux aux sifflets et aux cris de leur maître, comme chacun sait. L'effet est encore plus grand quand les sons sont harmonieux, comme dans la musique. On sait ce qui arrive aux gens qui en écoutent. C'est pourquoi les peuples étrangers viennent sur les champs de bataille avec des instruments de musique tels que les tambours et les trompettes. Des chanteurs, avec leurs instruments, entourent le cortège du souverain et chantent. Ils émeuvent les braves et les incitent à combattre jusqu'à la mort.

Comme nous l'avons observé nous-même, quand les Arabes font la guerre, l'on chante des poèmes et l'on joue de la musique devant les troupes. Les héros sont excités par le chant. Ils se ruent sur le champ de bataille et vont à la rencontre de leurs adversaires. On voit la même chose chez les Zénètes, une des nations du Maghreb. Quand le poète va au-devant des colonnes et se met à chanter, son chant ferait bouger des montagnes. Il incite à se battre jusqu'à la mort, même ceux qu'on ne croirait pas capables d'un tel courage. Les Zénètes appellent ce chant *tazuggayt*[2]. Tout cela est dû à la joie qui naît dans l'âme et qui suscite le courage, comme dans l'ivresse. Dieu est plus savant.

Le grand nombre d'étendards, leurs couleurs, leurs dimensions sont destinés à inspirer la peur, rien de plus. Souvent, la terreur engendre un surplus d'audace. Les états et les changements de l'âme sont étranges. Dieu « est le Créateur et l'Omniscient[A] ».

L'usage des emblèmes diffère d'un souverain à l'autre et d'un État à l'autre. Certains en adoptent beaucoup, d'autres peu, selon l'étendue et la puissance de chaque État.

Les étendards ont servi d'insignes dans les guerres depuis la création du monde. Les nations les ont toujours

A. Coran, XV, 86.

déployés sur les champs de bataille et au cours de leurs raids. C'était également le cas au temps du Prophète et sous les califes, ses successeurs.

Mais, au début de l'islam, les musulmans s'abstinrent de battre les tambours et de sonner les trompettes, pour éviter la dureté et les procédés du pouvoir temporel, et par mépris de la pompe, qui n'a rien à voir avec la vérité. Plus tard, le califat se transforma en pouvoir royal. Les musulmans en vinrent à apprécier la beauté et le faste de ce monde. Leurs clients perses et byzantins, issus des États antérieurs, se mêlèrent à eux et leurs montrèrent les usages d'ostentation et de luxe de ceux-ci. Parmi les choses que les musulmans se mirent à apprécier, il y avait l'équipage royal. Les souverains l'adoptèrent et autorisèrent leurs gouverneurs à suivre leur exemple, pour accroître le prestige du pouvoir et de ses représentants. Les califes ʻabbâssides et ʻubaydites remettaient souvent des étendards aux gouverneurs des régions frontières et aux chefs d'armée. Pour se rendre dans leur province ou aller à la guerre, ceux-ci partaient du palais du calife ou de leurs propres maisons, accompagnés d'un cortège de porteurs d'étendards et de tout l'équipage. Seuls le nombre des étendards et les couleurs califales distinguaient ces cortèges de ceux des califes. Le noir était la couleur des étendards des ʻAbbâssides. Ils l'avaient adopté en signe de deuil des martyrs de leur famille — les Hâshimites — et de reproche aux Omeyyades, responsables de leur mort. C'est pourquoi les ʻAbbâssides étaient surnommés les « Noirs ». Plus tard, les Hâshimites se divisèrent. Les Tâlibites se révoltèrent partout contre les ʻAbbâssides et voulurent prendre des étendards différents. Ils choisirent la couleur blanche, et furent pour cela appelés les « Blancs ». Le blanc fut utilisé durant toute la période ʻubaydite, ainsi que par les Tâlibites qui s'étaient révoltés en Orient : les missionnaires du Tabaristân et de Saʻda, les Qarmates, tenants de l'innovation rafidite, et d'autres. Quand al-Ma'mûn abandonna le port des vêtements noirs et le noir comme insigne de sa dynastie, il choisit le vert et des étendards verts.

L'équipage peut s'étendre à l'infini. Celui des ʻUbaydites, lorsque al-ʻAzîz Nizâr partit pour la conquête de la Syrie, comptait cinq cents drapeaux et cinq cents trompettes. Quant aux souverains berbères du Maghreb, Sinhâja et autres, ils n'avaient pas de couleur particulière. Leurs drapeaux étaient brodés d'or et faits de soie pure de différentes couleurs. Ils autorisaient leurs gouverneurs à en avoir. Mais, avec les Almohades et leurs successeurs zénètes, l'équipage, constitué de tambours et de drapeaux, fut réservé au souverain, et il fut interdit aux gouverneurs et aux officiers d'en avoir un. Il y avait un cortège spécial qui suivait le souverain quand il se déplaçait, et il était appelé l'« arrière-garde ». L'équipage était constitué d'éléments plus ou moins nombreux, suivant les coutumes de chaque dynastie. Certains se contentaient du nombre sept, à cause de la bénédiction qui s'y attache. C'était le cas des Almohades et des Banû l-Ahmar de l'Andalus. D'autres allaient jusqu'à vingt ou trente, comme les Zénètes. Sous le règne du sultan Abû l-Hasan, l'équipage comprenait cent tambours et cent drapeaux multicolores en soie parfilée d'or, de petite et grande taille. Les souverains permettaient aux gouverneurs, aux percepteurs d'impôts et aux généraux d'avoir une seule bannière blanche en lin, de petite taille, et un petit tambour, en temps de guerre. Jamais plus.

À notre époque, dans l'État turc d'Orient, les souverains ont d'abord un seul grand drapeau surmonté d'une grosse touffe de poils, appelé *châlîsh* ou *chatr*[3]. Il sert à l'armée en général. Il y a un autre drapeau qu'on déploie au-dessus de la tête du souverain, appelé *'isâba* ou *shatfa*[4]. C'est l'insigne du souverain. Puis il y a encore beaucoup d'autres drapeaux, appelés *sanjaq*, ce qui veut dire « drapeau » en turc. Les Turcs utilisent un très grand nombre de tambours, appelés *kôs*. Ils permettent à tout émir ou commandant de troupes de constituer son équipage avec les éléments qu'il veut, sauf la *'isâba*, qui est réservée au souverain.

De nos jours, les Galiciens, nation franque de l'Andalus, n'ont pour la plupart qu'un petit nombre d'étendards, qui flottent haut dans le ciel. En outre, sur le champ de bataille, ils jouent avec des instruments à cordes et à vent à la façon dont on joue [habituellement] de la musique. C'est ce que nous avons appris à leur sujet et au sujet des rois étrangers qui vivent au-delà de leur pays. « Dans la création des cieux et de la terre et dans la diversité de vos langues et de vos couleurs, il y a des signes pour ceux qui savent[A]. »

A. Coran, XXX, 22 ; III, 190.

Le trône.

Le trône, la chaire, la chaise ou le fauteuil sont des pièces en bois ou sièges destinés au souverain pour qu'il puisse dominer les membres de sa cour, et qu'il ne soit pas au même niveau qu'eux. C'est une coutume royale qui a toujours existé avant l'islam et dans les États non arabes. [Les rois] s'asseyaient sur des trônes d'or. Salomon fils de David avait un trône d'ivoire recouvert d'or. Cependant, les États n'adoptent l'usage du trône que lorsqu'ils deviennent puissants et riches, comme c'est le cas, on vient de le voir, pour tout ce qui concerne la pompe royale. Quand un État en est encore à ses débuts et conserve ses mœurs bédouines, il ne désire pas en avoir.

Dans l'islam, Mu'âwiya fut le premier à introduire l'usage du trône. Il demanda aux gens la permission de s'asseoir sur un trône, en arguant de sa corpulence. On le lui permit, et il s'assit donc sur un trône. Les souverains musulmans suivirent son exemple. Ainsi le trône devint un des aspects de la pompe royale[a].

'Amr Ibn al-'As, en Égypte, s'asseyait dans son palais directement sur le sol avec les Arabes. Al-Muqawqis vint un jour lui rendre visite. Il fit transporter par ses hommes son trône d'or, où il pouvait s'asseoir à la manière des rois. Il s'y installa, en face de 'Amr et des Arabes. Ceux-ci ne manifestèrent pas de jalousie à son égard, car ils devaient respecter le devoir de protection qu'ils avaient envers lui, et rejetaient, par ailleurs, la pompe royale. Plus tard, les 'Abbâssides, les 'Ubaydites et tous les souverains musulmans d'Orient et d'Occident eurent toutes sortes de trônes, de chaires et de sièges, qui éclipsèrent ceux des rois perses et des empereurs romains.

« C'est Dieu qui remplace la nuit par le jour[A]. »

La monnaie[b].

La frappe de la monnaie consiste à imprimer, sur les dinars et les dirhams servant aux transactions, une marque avec un coin en fer où des dessins ou des mots ont été gravés à l'envers. On frappe les pièces avec ce coin, et les

A. Coran, XXIV, 44.

gravures y apparaissent clairement à l'endroit. Auparavant, on prend soin d'établir le titre de chaque sorte de pièces en les purifiant par plusieurs fontes successives, et on donne à ces pièces, dinars ou dirhams, le poids approprié et fixé à l'avance. Les transactions peuvent alors se faire sur la base du nombre de pièces. Si les pièces n'ont pas un poids fixe, les transactions se font sur la base du poids.

Le mot *sikka*, « monnaie », désignait d'abord le coin, pièce en fer utilisée pour la frappe. Puis il servit à désigner l'effet de la frappe, c'est-à-dire les gravures imprimées sur les pièces d'or ou d'argent. Plus tard, on l'employa pour désigner le fait de s'occuper de cette opération et de contrôler les conditions et les règles qui doivent y être respectées, c'est-à-dire, la fonction elle-même. C'est ainsi que le mot *sikka* a fini par être adopté dans l'usage des États comme nom de cette fonction. Celle-ci est nécessaire au pouvoir, car c'est grâce à elle que l'on peut distinguer dans les transactions les pièces bonnes des fausses. Le fait qu'une pièce n'est pas falsifiée est garanti par les gravures que le souverain y a fait imprimer.

Les rois non arabes avaient des monnaies sur lesquelles ils faisaient graver des figures particulières, comme, par exemple, l'image du souverain régnant, d'une forteresse, d'un animal, d'un monument, ou d'autre chose. Il en fut ainsi jusqu'à la fin de leur pouvoir. Lorsque vint l'islam, cet usage fut abandonné à cause de la simplicité de la nouvelle religion et des mœurs bédouines des Arabes. Dans leurs transactions, ceux-ci utilisaient l'or et l'argent au poids. Les pièces d'or et d'argent perses étaient également en usage chez eux, mais ils les ramenaient à leur poids et ils s'en servaient dans leurs échanges. Les choses en restèrent là jusqu'au jour où les fraudes sur les pièces d'or et d'argent devinrent très importantes, car l'État ne s'intéressait pas à ces questions. D'après une tradition rapportée par Sa'îd Ibn al-Musayyab et Abû-z-Zinâd, 'Abd al-Malik donna alors l'ordre à al-Hajjâj de frapper des pièces d'argent, ce qui permit de distinguer les fausses pièces des bonnes. Cela eut lieu en l'an 74 [693] ou, selon al-Madâ'inî, en l'an 75 [694]. Le calife ordonna ensuite de frapper des dirhams dans toutes les provinces de l'empire, en l'an 76 [695]. Il fit graver sur ces pièces : « Dieu est Un, Dieu est incorporel[A]. »

A. Coran, CXII, 1-2.

Plus tard, sous le règne de Yazîd, fils de ʻAbd al-Malik, Ibn Hubayra devint gouverneur de l'Irak et perfectionna la monnaie. Khâlid al-Qasrî et, après lui, Yûsuf Ibn ʻUmar, lui firent faire encore de grands progrès.

Selon d'autres traditions, le premier à frapper des dinars et des dirhams fut Musʻab Ibn az-Zubayr, en Irak, en l'an 70 [689], sur ordre de son frère ʻAbd Allâh, qui s'était proclamé au Hijâz. Ces pièces portaient gravés, d'un côté, le mot « bénédiction », de l'autre, le nom de Dieu. L'année suivante, al-Hajjâj changea l'inscription, qu'il remplaça par les mots : « Au nom de Dieu, al-Hajjâj. »

Le poids des pièces d'argent fut fixé à la valeur qu'il avait du temps de ʻUmar. Au début de l'islam, un dirham pesait six *dânaqs*, et un *mithqâl* pesait un dirham et 3/7 de dirham. Ainsi dix dirhams valaient sept *mithqâls*. Voici comment cela s'était passé : les dirhams, au temps des Perses, avaient des poids différents ; un dirham qui correspondait au poids d'un *mithqâl* pouvait avoir 20, 12 ou 10 carats. Lorsqu'on voulut fixer le poids du dirham en vue de la dîme légale, on prit la moyenne de ces trois poids, soit 14 carats. Ainsi, le *mithqâl* fut égal à un dirham et 3/7 de dirham. On dit que le dirham *baghlî* pesait 8 *dânaqs*, le *tabarî* 4, le *maghribî* 3 et le *yamanî* 1. ʻUmar donna l'ordre d'enquêter pour savoir lesquels de ces dirhams étaient les plus courants. On trouva que c'étaient le *baghlî* et le *tabarî*. Leur poids total était de douze *dânaqs*. On fixa le poids d'un dirham à six *dânaqs*. En ajoutant les 3/7 de ce poids, on avait un *mithqâl*, et, en retranchant les 3/10 d'un *mithqâl*, on avait un dirham.

Quand ʻAbd al-Malik voulut introduire la frappe de la monnaie pour protéger de la fraude les pièces d'or et d'argent qui avaient cours chez les musulmans, il fixa les valeurs de celles-ci en se référant à la situation qui avait existé du temps de ʻUmar. Il employa un coin de fer sur lequel il fit graver des mots et non des figures, car les mots et l'éloquence correspondaient mieux à la sensibilité des Arabes. De plus, la loi religieuse interdit les images.

Ce que fit ʻAbd al-Malik en cette matière se maintint durant toute l'époque musulmane. Les dinars et les dirhams étaient de forme ronde. Les inscriptions étaient gravées en cercles concentriques. Sur une face, on lisait les noms de Dieu, avec les formules : « Il n'y a de Dieu que Dieu », « Louange à Dieu », et « la prière sur le Prophète et sa famille » ; sur l'autre, la date et le nom du calife. Il en fut ainsi tout au long des règnes des 'Abbâssides, des 'Ubaydites et des Omeyyades [de l'Andalus]. Les Sinhâja n'eurent pas de monnaie, sauf à la fin de leur règne, avec al-Mansûr, maître de Bijâya, comme l'indique Ibn Hammâd dans son *Histoire*[5].

Lorsque les Almohades prirent le pouvoir, le Mahdî fit adopter l'usage d'un dirham de forme carrée et d'un dinar rond où était inscrit un carré. Sur une face étaient gravées les formules : « Il n'y a de Dieu que Dieu » et « Louange à Dieu » ; et, sur l'autre, une légende en plusieurs lignes, avec le nom du Mahdî ou de ses successeurs. Tel fut donc l'usage des Almohades. Leurs monnaies ont encore cette forme aujourd'hui. Le Mahdî, dit-on, était appelé avant son avènement « l'homme au dirham carré ». C'était ainsi qu'il était désigné par les gens qui prédisaient l'avenir et qui annonçaient son règne.

À notre époque, les habitants de l'Orient n'ont pas de monnaie à valeur fixe. Ils utilisent dans leurs transactions des dinars et des dirhams au poids, et ont pour cela des étalons équivalant à un nombre déterminé de ces pièces. Sur les pièces, on grave avec un coin la formule : « Il n'y a de Dieu que Dieu », la prière sur le Prophète, et le nom du souverain, comme c'est l'usage au Maghreb.

« Voilà l'arrêt du Tout-Puissant, de l'Omniscient[A]. »

Note : Pour conclure cet exposé sur la monnaie, précisons ce que l'on doit entendre par dirham et dinar légaux, et quelle en doit être la valeur.

Les dirhams et les dinars sont frappés avec des valeurs et des poids différents selon les régions, les villes, les provinces. La loi religieuse parle de ces deux monnaies ; et de nombreuses lois, telles que celles relatives à l'aumône, au mariage, aux peines, s'y réfèrent. Il faut donc qu'elles aient une réalité aux yeux de la loi religieuse, et que leur valeur soit déterminée par elle et selon sa volonté. C'est par référence à ces monnaies ainsi définies que les lois sont appliquées, à l'exclusion de toute autre monnaie non légale.

Depuis le début de l'islam et l'époque des Compagnons et de leurs successeurs immédiats, il existe un consensus général suivant lequel le dirham légal est défini comme

A. Coran, VI, 96.

suit : dix dirhams égalent sept *mithqâls* d'or ; une once d'or égale quarante dirhams. Le dirham légal est donc égal à 7/10 de dinar. Le poids d'un *mithqâl* d'or est de 72 grains d'orge. Le dirham, qui vaut 7/10 de *mithqâl*, pèse 50 grains et deux cinquièmes. Toutes ces valeurs ont été établies sur la base du consensus général des musulmans. Avant l'islam, il y avait plusieurs sortes de dirhams, dont les meilleurs étaient le *tabarî*, d'un poids de huit *dânaqs*, et le *baghlî*, d'un poids de quatre *dânaqs*. On fixa donc la valeur du dirham légal à la moyenne de ces deux poids, soit six *dânaqs*. Le montant de l'aumône légale à prélever sur cent dirhams *baghlî* ou cent dirhams *tabarî* fut fixé à cinq de ces dirhams moyens.

Cependant, il y a un désaccord [parmi les savants] sur la question de savoir si la valeur du dirham légal fut établie par 'Abd al-Malik et avec le consensus qui fit suite à sa décision, comme nous venons de le rapporter, et comme cela est indiqué par al-Khattâbî dans son *Kitâb ma'âlim as-sunan*[6], et par al-Mâwardî dans son *al-Ahkâm as-sultâniyya*[7]. Des savants rigoureux de l'époque moderne ont récusé cette opinion, qui implique que les monnaies légales d'or et d'argent étaient ignorées à l'époque des Compagnons et de leurs successeurs, alors qu'on devait s'y référer pour fixer les droits légaux en matière d'aumône, de mariage, de peines, etc. En réalité, la valeur de ces monnaies était bien établie en ce temps-là, puisque les droits étaient appliqués, mais elle n'était pas matérialisée dans une forme extérieure. Les musulmans savaient entre eux que la valeur et le poids de ces monnaies étaient définis au point de vue légal.

Avec le développement de l'État islamique et le renforcement de sa puissance, il devint nécessaire de matérialiser les monnaies légales d'or et d'argent dans une forme concrète, avec une valeur et un poids conformes à la loi religieuse, afin de s'épargner la peine d'en déterminer la valeur [constamment]. Cette situation coïncida avec le règne de 'Abd al-Malik. Il matérialisa la valeur des monnaies, qui fut ainsi déterminée extérieurement, comme elle l'était en théorie. Il fit graver sur les pièces son nom et la date, à la suite des deux articles de la profession de foi. Il retira de la circulation les monnaies préislamiques, qu'il fit fondre et graver avec la nouvelle légende. Ainsi, les monnaies anciennes cessèrent d'exister. C'est une vérité qu'on ne saurait contester.

Plus tard, les responsables de la monnaie dans les différents États prirent l'option de donner aux monnaies d'or et d'argent des valeurs différentes de celles qui étaient prévues légalement. Les monnaies eurent ainsi des valeurs qui variaient selon les pays et les régions. La valeur légale de ces monnaies redevint quelque chose de purement théorique, comme au début de l'islam. Dans chaque contrée, on se mit à calculer les droits légaux en monnaies locales, sur la base du rapport entre les valeurs de celles-ci et les valeurs légales.

La fixation du poids du dinar à 72 grains d'orge de taille moyenne est conforme à ce qui a été rapporté par les savants les plus dignes de foi. C'est un point sur lequel il existe un consensus général, à l'unique exception d'Ibn Hazm, qui prétend que ce poids est de 84 grains. Cette opinion d'Ibn Hazm a été rapportée par le cadi 'Abd al-Haqq, mais elle a été rejetée par les savants rigoureux et a été considérée comme une méprise ou comme une erreur. C'est ce qui doit être tenu pour vrai. Dieu confirme la vérité par Ses paroles[A].

On sait également que l'once légale n'est pas la même que l'once courante, car celle-ci varie d'un pays à l'autre, alors que l'once légale a une valeur théorique unique et invariable. « Dieu a créé toute chose et en a fixé le destin[B]. »

Le sceau.

Le sceau est une charge gouvernementale et une fonction du pouvoir temporel. Avant comme après l'islam, il était d'usage que les souverains scellent les lettres et les pièces officielles. Il est bien établi dans les deux *Sahîh* que, lorsque le Prophète voulut écrire à l'empereur byzantin, on lui fit remarquer que les non-Arabes n'acceptaient les lettres que si elles étaient revêtues d'un sceau. Il fit alors faire un sceau d'argent où était gravée la formule : « Muhammad, le Messager de Dieu. » Al-Bukhârî précise que Muhammad fit graver ces trois mots en trois lignes, puis il s'en servit et défendit à quiconque d'en faire un semblable. Il ajoute que ce sceau fut ensuite utilisé par Abû Bakr, 'Umar et 'Uthmân. Ce dernier le laissa tomber de son doigt dans le puits d'Arîs. Comme ce puits avait beaucoup d'eau, on ne put

A. *Cf.* Coran, VIII, 7. ◆ B. Coran, XXV, 2.

en atteindre le fond. 'Uthmân en fut affligé. Il vit dans cet incident un mauvais présage, et il se fit faire un autre sceau semblable[8].

Il y a plusieurs remarques à faire à propos des modalités de la gravure du sceau et du cachetage. Le mot sceau (*khâtam*) se dit de l'anneau porté au doigt. De là, le verbe *takhattama*, qui veut dire « porter le sceau ». Il signifie aussi « la fin » ou « l'achèvement ». On dit : *Khatamtu al-amra*, « je suis parvenu à la fin de telle chose », ou *khatamtu al-Qur'ân*, « j'ai achevé la lecture du Coran ». De là aussi : *khâtam an-nabiyyîn*, « le dernier des prophètes », et *khâtam al-amr*, « la fin d'une affaire ». Le mot *khâtam* signifie également un bouchon de bouteille ou de jarre. Dans ce cas, on dit aussi : *khitâm*. On lit dans le Coran : *Wa khitâmuhu misk*, « Son bouchon est de musc[A] ». Les commentateurs qui donnent à ce mot, dans ce passage, le sens de fin ou d'achèvement se trompent. Ils justifient leur interprétation par le fait que, après avoir bu, la dernière impression qu'on ressent est celle d'un parfum de musc. En réalité il ne s'agit point de cela. Le mot *khitâm* désigne dans le passage en question un bouchon. La jarre de vin doit avoir un bouchon d'argile ou de poix qui protège le vin et lui donne bonne odeur et bon goût. Le vin du paradis est décrit de façon hyperbolique, avec l'évocation d'un bouchon de musc qui donne un parfum et un goût plus exquis que la poix ou l'argile, utilisées habituellement dans le monde d'ici-bas.

En plus des significations exposées ci-dessus, le mot « sceau » s'entend des effets qui résultent de l'application du sceau. Quand on prend un sceau sur lequel on a gravé des mots ou des figures, qu'on le trempe dans une solution d'argile ou dans de l'encre, et qu'on l'applique sur la surface d'un papier, les empreintes des mots apparaissent sur le papier. Il en va de même lorsque le sceau est imprimé sur une matière molle, comme la cire. L'inscription apparaît également sur cette matière. Quand les mots gravés sur un sceau sont imprimés, ils sont lus de gauche à droite si la gravure est de droite à gauche, et vice versa ; car en s'imprimant, la direction de l'écriture s'inverse. Le cachetage peut être fait avec ce genre de sceau qu'on trempe dans de l'encre ou dans une solution d'argile et qu'on applique sur

A. Coran, LXXXIII, 26.

une feuille où apparaissent les mots gravés. Cette action de cacheter exprime l'idée de fin et d'achèvement, c'est-à-dire qu'un écrit revêt ainsi un caractère authentique et valide. Autrement dit, un écrit n'a d'effet qu'avec cette signature ; faute de quoi, il est nul et incomplet. Le cachetage peut également être effectué en traçant à la main, à la fin ou au début d'un écrit, des formules telles que : « Louange à Dieu » ou « Dieu soit exalté », le nom du souverain ou de l'émir, le nom de l'auteur de l'écrit ou une de ses qualités. Ces mots tracés à la main sont un signe de l'authenticité et de la validité de l'écrit. C'est ce qu'on appelle communément la « signature » ou encore le « sceau », par analogie avec l'empreinte laissée par le sceau monté en bague.

De là le « sceau » que le cadi envoie aux plaignants, c'est-à-dire sa signature, ou un mot tracé de sa main, par lesquels il valide ses décisions. De là également le « sceau » du souverain ou du calife, c'est-à-dire sa signature. Quand ar-Rashîd voulut nommer Ja'far vizir à la place de son frère al-Fadl, il dit à leur père Yahyâ Ibn Khâlid : « Mon père, je voudrais faire passer mon sceau de ma droite à ma gauche. » Il s'était ainsi servi du mot « sceau » pour désigner le vizirat, parce que, à cette époque, l'apposition de la signature sur les lettres et les actes officiels était une des prérogatives du vizir. Cet emploi du mot sceau est corroboré par un récit d'at-Tabarî où il est rapporté que Mu'âwiya, désirant amener al-Hasan à conclure la paix, lui envoya une feuille blanche au bas de laquelle il avait apposé son « sceau » et lui écrivit ceci : « Mets sur cette feuille scellée de ma main toutes les conditions que tu désires. Elles te seront accordées[9]. » Le mot « sceau » désigne ici la signature apposée au bas de la feuille, c'est-à-dire un mot tracé à la main ou autre chose.

On peut aussi appliquer un sceau sur une substance molle, qui en reçoit l'empreinte. Cette substance est ensuite collée sur les cordelettes d'attache d'une lettre ou sur des dépôts. On retrouve ici le sens de « fermer, boucher ». Dans les deux cas que nous venons d'examiner, il s'agit du résultat de l'action de sceller, d'où l'emploi du mot « sceau ».

Le premier à avoir introduit l'usage de sceller les lettres, c'est-à-dire de les signer, fut Mu'âwiya. Il avait écrit à Ziyâd, à Koufa, de remettre une somme de cent mille dirhams à 'Amr Ibn az-Zubayr. La lettre fut ouverte, et le montant changé en deux cent mille dirhams. Lorsque Ziyâd présenta ses comptes à Mu'âwiya, celui-ci les rejeta. Il exigea de 'Amr le remboursement de la différence et le mit en prison jusqu'à ce que son frère 'Abd Allâh eût acquitté la somme à sa place. Ce fut alors que Mu'âwiya introduisit l'office du sceau. Cette histoire est rapportée par at-Tabarî[10]. Il ajoute que, à partir de cet incident, le calife commença à attacher les lettres par des cordelettes, usage inconnu avant lui. C'est-à-dire qu'il les fermait.

Le bureau du sceau se dit des secrétaires chargés d'expédier et de sceller les lettres du souverain, soit en y apposant la signature, soit en les attachant. Il peut s'entendre aussi du lieu où se tiennent ces secrétaires, comme on l'a vu pour le bureau des finances.

Les lettres sont fermées soit en perçant la feuille, comme c'est l'usage au Maghreb, soit en collant le haut de la feuille, repliée, sur l'autre bout, comme chez les Orientaux. À l'endroit percé ou collé, on appose une signature pour garantir que la lettre ne sera pas ouverte et lue. Au Maghreb, on met à l'endroit où la feuille est percée un morceau de cire et on appose dessus un sceau sur lequel est gravée une signature. La gravure est alors imprimée sur la cire. En Orient, sous les anciennes dynasties, on apposait à l'endroit où la lettre était collée un sceau gravé, préalablement trempé dans une solution d'argile, de couleur rouge, préparée à cet effet. La gravure s'imprimait sur l'argile. Sous la dynastie 'abbâsside, cette argile s'appelait « argile à cacheter ». On l'importait de Sirâf. Il semble qu'elle était une spécialité de cette ville.

Le sceau, qui s'entend aussi bien de la signature tracée à la main que de l'empreinte d'une gravure, employées pour clore ou attacher les lettres, dépendait spécialement du bureau de la correspondance. Sous la dynastie 'abbâsside, il relevait du vizir. Par la suite, les coutumes changèrent, et on l'affecta dans les différents États aux responsables de la correspondance officielle et du bureau des secrétaires. Dans les États du Maghreb, on le considéra comme une marque ou un emblème du pouvoir. C'était un anneau d'or incrusté d'un rubis, d'une turquoise ou d'une émeraude. Le souverain le portait comme un insigne royal, à l'instar de ce qu'étaient le manteau du Prophète et le bâton pour les 'Abbâssides, ou le parasol pour les 'Ubaydites.

Dieu dans Sa sagesse gouverne toutes choses.

Les broderies royales.

Conformément aux exigences de la pompe royale et aux usages des États, on fait broder les noms des princes ou leurs marques particulières sur les étoffes de soie ou de brocart destinées à leur usage. Les mots sont tissés avec des fils d'or ou avec des fils d'une couleur différente de celle de l'étoffe, suivant l'habileté et la conception des artisans qui fabriquent ces étoffes. Les vêtements royaux sont spécialement ornés de ces broderies pour accroître le prestige du souverain ou de personnages de haut rang, ou pour élever ceux que le souverain distingue en leur offrant ses propres habits, quand il veut les honorer ou les nommer à une haute charge.

Avant l'islam, les souverains non arabes faisaient exécuter dans les broderies royales des portraits de princes, ou d'autres figures et effigies spéciales. Les souverains musulmans remplacèrent ces représentations par leur propre nom, des mots de bon augure ou des formules de louange à Dieu. Sous les Omeyyades et les 'Abbâssides, ces broderies étaient parmi les choses les plus célèbres et les plus illustres. Les ateliers de tissage des vêtements des califes s'appelaient « maisons des broderies ». Ils étaient installés dans l'enceinte du palais. L'officier qui les dirigeait s'appelait le « maître des broderies ». Il était chargé des ouvriers, des métiers et des tisserands. Il payait les salaires des artisans, assurait l'entretien des métiers, surveillait le travail. Il était recruté parmi les serviteurs et les clients de confiance de la dynastie. Il en fut de même sous les Omeyyades de l'Andalus et les *reyes de taifas*, leurs successeurs, ainsi que sous les 'Ubaydites d'Égypte et les souverains non arabes d'Orient qui leur étaient contemporains. Plus tard, lorsque les États musulmans, moins puissants et plus nombreux, n'eurent plus les moyens de mener une vie de luxe et de raffinement, les broderies royales et l'office qui en était chargé disparurent complètement. Quand vinrent les Almohades, au Maghreb, après les Omeyyades, au début du VIe [XIIe] siècle, ils n'eurent pas de broderies royales au commencement de leur règne, à cause de la piété et de la simplicité que leur avait enseignées leur imam, Muhammad Ibn Tûmart al-Mahdî. Ils s'abstinrent de porter des habits de soie et d'or. L'office des broderies n'avait donc pas de place dans leur État. Ce fut seulement à la fin de leur règne que leurs descendants le rétablirent en partie, mais sans lui donner autant de grandeur.

À notre époque, nous avons pu être le témoin, au Maghreb, d'un grand épanouissement de cet office sous l'État mérinide, au moment où il avait atteint sa beauté et sa puissance. Les Mérinides l'ont emprunté à l'État contemporain des Banû al-Ahmar en Andalus, qui l'a lui-même hérité des *reyes de taifas* et porté à un niveau qui témoigne de sa splendeur passée.

Dans l'État turc d'Égypte et de Syrie, il y a actuellement une grande profusion de broderies royales, en rapport avec la puissance politique et le haut degré de civilisation de cette région. Mais elles ne sont pas fabriquées dans les maisons des broderies du palais et ne constituent pas un office de l'État. Les broderies dont l'État a besoin sont commandées auprès des artisans et tissées de soie ou d'or pur. Elles sont appelées *zarkash*, qui est un mot persan. On brode dessus le nom du souverain ou de l'émir. Les artisans les fabriquent spécialement pour eux, comme les différents autres produits fins destinés à l'usage de l'État.

Dieu fixe la nuit et le jour. Il est le meilleur des héritiers[A].

Les tentes et enceintes.

Parmi les emblèmes du pouvoir et les marques du faste dont il s'entoure, on doit encore citer les tentes de différentes sortes, en toile de lin, en laine ou en coton, avec des cordes de lin et de coton. On en fait étalage dans les déplacements ; on en choisit de différentes couleurs, de grande et de petite taille, selon la richesse et la prospérité de l'État. À ses débuts, une dynastie utilise le même genre de tentes que celui dont son peuple se servait avant son accès au pouvoir. Ainsi, au temps des premiers califes omeyyades, les Arabes continuèrent à habiter les tentes de poils et de laine qu'ils avaient autrefois. Ils nomadisaient encore, à l'exception d'une minorité. Lorsqu'ils faisaient des raids ou partaient en guerre, ils emmenaient tous leurs chameaux, leurs tentes et leurs familles, avec femmes et enfants, comme font encore les Arabes d'aujourd'hui. Leurs

A. *Cf.* Coran, LXXIII, 20 ; XXI, 89.

armées comprenaient de nombreux groupes de tentes, les campements étant installés à de grandes distances les uns des autres. Les tribus étaient dispersées, hors de vue les unes des autres, comme c'est encore le cas chez les Arabes.

C'est pourquoi 'Abd al-Malik dut recourir à une formation d'arrière-garde pour regrouper les troupes à l'arrière et les pousser à sa suite, car il craignait qu'elles ne suivent pas le mouvement lorsqu'il reprenait sa marche. On raconte qu'il employa à cette tâche al-Hajjâj, qui lui avait été recommandé par Rawh Ibn Zinbâ'. On connaît l'histoire qui s'ensuivit : à peine nommé, al-Hajjâj brûla les tentes de Rawh, lorsqu'il vit que celui-ci n'avait pas encore levé le camp le jour où 'Abd al-Malik s'était remis en marche. Le fait qu'al-Hajjâj fût chargé d'une telle mission montre bien quel était son rang parmi les Arabes. Car nul n'aurait pu les forcer à reprendre la marche s'il n'était, grâce à son esprit de corps, à l'abri des attaques de leurs tribus les plus stupides. 'Abd al-Malik l'avait donc choisi pour cette mission, parce qu'il était sûr qu'il pouvait s'en acquitter grâce à son esprit de corps et à son énergie.

Plus tard, l'État arabe cultiva les différents aspects de la civilisation urbaine et du luxe. Les Arabes s'établirent dans les villes et les cités. Ils passèrent des tentes aux palais, remplacèrent leurs chameaux de selle par des chevaux, des mulets et des ânes, et adoptèrent, pour leur logement durant leurs déplacements, des tentes en toile de lin de toutes formes et de toutes tailles, rondes, longues ou carrées. Ils en prenaient grand soin et les décoraient magnifiquement.

Le prince ou le commandant de l'armée entouraient leurs tentes et leurs pavillons d'une enceinte de toile de lin. Au Maghreb, l'enceinte se dit en berbère, la langue du pays, *afrâg*, avec un *k* prononcé entre les sons *k* et *q*[d]. Dans cette région, seul le souverain a le droit d'en avoir. En Orient, tout émir, souverain ou non, l'utilise.

Avec la vie d'aisance, on eut tendance à laisser les femmes et les enfants dans les palais et les maisons. Les combattants furent donc moins lourdement chargés et les distances entre les campements des troupes furent réduites. L'armée et le souverain purent s'installer dans un seul et même camp, sur un espace que le regard pouvait embrasser. C'était un beau spectacle à cause de la variété des couleurs. Par la suite, les choses continuèrent ainsi, conformément aux usages des États pour le déploiement de leur grandeur et de leur luxe.

Ce fut encore le cas, plus près de nous, des Almohades et des Zénètes. Au début de leur règne, ils utilisaient dans leurs déplacements les tentes qu'ils avaient avant leur accès au pouvoir. Mais, dès que leurs rois commencèrent à prendre les habitudes du luxe et à habiter dans des palais, ils adoptèrent [pour leurs déplacements] des tentes en plus grand nombre qu'ils ne l'avaient voulu.

Cet usage des tentes est un grand luxe. Mais il expose plus les armées à des attaques de nuit par surprise. Comme elles sont groupées en un seul endroit, l'assaut ennemi peut les atteindre ensemble. De plus, les combattants n'ont pas avec eux leurs familles et leurs enfants, pour lesquels ils seraient prêts à mourir. Il faut donc adopter d'autres mesures de vigilance, comme on le verra plus loin.

Dieu est fort et tout puissant[A].

La maqsûra *et la prière pour le souverain, au cours du sermon du vendredi*[e].

Ce sont deux choses qui font partie des prérogatives du califat et des emblèmes du pouvoir en islam. Elles sont inconnues en dehors des États musulmans.

La *maqsûra*, place réservée au souverain pour l'accomplissement de ses prières, est délimitée par une enceinte autour du mihrab et de l'espace voisin de celui-ci. Le premier à adopter une telle disposition fut Mu'âwiya Ibn Abî Sufyân, après l'attentat d'un khârijite qui lui avait porté un coup de lance. C'est une histoire bien connue. Selon une autre tradition, ce serait Marwân Ibn al-Hakam qui aurait le premier introduit cet usage, après qu'il fut, lui aussi, frappé d'un coup de lance par un Yéménite. Après eux, la *maqsûra* fut adoptée par tous les califes. Ainsi fut instaurée la coutume de séparer le souverain des autres fidèles pendant la prière. Elle n'est cependant observée que lorsque les États atteignent le stade du luxe et de la puissance, comme c'est d'ailleurs le cas pour tous les usages qui touchent à la pompe royale.

Cette coutume se maintint dans tous les États musulmans, aussi bien après la division de l'État 'abbâside et la

A. *Cf.* Coran, XI, 66.

prolifération des États en Orient, qu'après la chute des Omeyyades en Andalus et la formation des multiples royaumes des *taifas*. Au Maghreb, l'usage de la *maqsûra* fut adopté par les Aghlabides à Kairouan, puis par les califes 'ubaydites et leurs gouverneurs sinhâja au Maghreb — les Banû Bâdis à Kairouan, et les Hammâdides à al-Qal'a. Puis il y eut les Almohades, qui régnèrent sur tout le Maghreb et l'Andalus. Ils abolirent cet usage, en accord avec les mœurs bédouines qui étaient leur emblème. Plus tard, leur État atteignit son plein épanouissement et connut le luxe. Ya'qûb al-Mansûr, troisième souverain almohade, adopta la *maqsûra*, et l'usage s'en perpétua après lui chez les souverains du Maghreb et de l'Andalus. Il en alla de même dans tous les autres États. C'est la coutume de Dieu envers Ses serviteurs.

Pour ce qui est de la prière [pour le souverain] dite en chaire au cours du sermon du vendredi, voici les circonstances de son instauration. Au début, les califes dirigeaient eux-mêmes la prière. Ils priaient [sur eux-mêmes], après avoir prié pour le Prophète et béni ses Compagnons.

Le premier qui se servit d'une chaire fut 'Amr Ibn al-'As, quand il eut construit sa mosquée au Caire. 'Umar lui écrivit : « J'ai appris que tu te sers d'une chaire, te mettant ainsi au-dessus des musulmans. Il ne te suffit donc pas d'être debout et de les avoir sur tes talons ? Je t'engage à briser cette chaire en morceaux[11]. »

Puis la pompe royale fut introduite, et les califes furent empêchés de faire le sermon et de diriger la prière. Alors, ils se firent remplacer, dans ces deux fonctions, par des lieutenants. Le prédicateur, du haut de sa chaire, faisait la louange du calife et priait pour lui, parce que Dieu avait fait dépendre de lui le bien de ce monde, et que la prière de cette heure-là devrait être entendue. Il est bien établi que les anciens ont dit : « Celui qui a une bonne prière, qu'il la dise pour le souverain. »

Le premier à prier pour le calife durant le sermon [du vendredi] fut Ibn 'Abbâs. Il pria pour 'Alî. Il était alors gouverneur de ce dernier, à Basra. Dans son sermon, il disait : « Mon Dieu, aide 'Alî [pour] la vérité. » Et l'usage s'en perpétua depuis lors.

D'abord, seul le calife était mentionné. Mais lorsque les califes furent mis en tutelle et leur pouvoir usurpé, les nouveaux maîtres des différentes dynasties furent associés au calife dans la prière, et leurs noms loués après le sien.

Avec la disparition de ces dynasties, cet usage se perdit. Seul le souverain eut droit à être mentionné dans la prière du haut de la chaire, et personne d'autre. Il fut interdit à quiconque de partager avec lui ce privilège ou d'y prétendre.

Souvent, les fondateurs de dynasties négligent cet usage, tant que leur État conserve sa rudesse et ses manières bédouines insouciantes et grossières. Ils se contentent alors d'une formule de prière vague et générale pour celui qui est chargé des affaires des musulmans. Un sermon fait dans ce style est qualifié de « 'abbâsside ». On veut dire par là qu'une invocation en des termes généraux ne peut s'appliquer qu'au calife 'abbâsside, conformément à la tradition passée. Ils ne veulent pas aller plus loin, comme de désigner précisément le souverain et d'énoncer explicitement son nom.

On raconte, à ce propos, l'histoire suivante. L'émir Abû Zakariyâ' Yahyâ Ibn Abî Hafs enleva Tlemcen à Yaghmurâsin Ibn Ziyyân, fondateur de la dynastie 'abdal-wâdide. Puis il décida de le rétablir dans ses États, sous certaines conditions. L'une de celles-ci était de mentionner le nom d'Abû Zakariyâ' du haut de toutes les chaires des provinces de Yaghmurâsin. Celui-ci répondit : « Ces pièces de bois sont à eux. Qu'ils y mentionnent le nom de ceux qu'ils veulent. »

On raconte une histoire similaire au sujet de Ya'qûb Ibn 'Abd al-Haqq, fondateur de la dynastie mérinide. Il y avait à sa cour l'ambassadeur du calife al-Mustansir de Tunis, troisième souverain de la dynastie hafside. Un jour, il arriva en retard à la prière du vendredi. On expliqua à Ya'qûb que le retard de l'ambassadeur était dû au fait que le nom de son souverain n'était pas mentionné dans le sermon. Ya'qûb donna alors la permission qu'on priât pour al-Mustansir. Ce fut une des causes de l'allégeance des Mérinides aux Hafsides.

Telle est donc l'attitude des dynasties à leurs débuts, quand elles sont encore pauvres et attachées à leurs mœurs bédouines. Mais, dès qu'elles commencent à avoir une vision plus aiguë des problèmes de gouvernement, qu'elles se soucient de tous les aspects de leur pouvoir, et qu'elles cherchent à parfaire toutes les marques de la civilisation urbaine et toutes les manifestations du luxe et de la pompe royale, elles ne manquent pas d'adopter tous ces insignes et de les cultiver dans toute leur variété et leur perfection. Elles n'admettent pas de les partager avec qui que ce soit, et craignent de les perdre ou d'être privées des effets qui en résultent.

Le monde est un jardin, et Dieu veille sur toutes choses[A].

XXXV. DES GUERRES ET DES DOCTRINES DES NATIONS RELATIVES À L'ORGANISATION DES BATAILLES[a]

Les guerres et les différentes formes de combat existent depuis que Dieu a créé le monde. L'origine de la guerre est le désir de certains hommes de se venger d'autres hommes. Chaque parti est soutenu par ceux de son clan. Lorsqu'on s'excite au combat et qu'il se forme deux camps opposés, l'un voulant se venger, l'autre se défendre, c'est la guerre. C'est une chose naturelle aux hommes. Nulle nation, nulle génération n'y échappe.

Les causes du désir de vengeance sont généralement les suivantes : la jalousie et l'envie, l'hostilité, le zèle pour la cause de Dieu et de la religion, le dévouement au service d'un pouvoir ou la tentative d'en fonder un nouveau.

Le premier type de guerre se rencontre le plus souvent entre des tribus voisines ou des familles rivales.

Le deuxième, l'hostilité, se voit surtout chez les nations farouches qui vivent dans le désert, tels les Arabes, les Turcs, les Turkmènes, les Kurdes et d'autres peuples semblables. En effet, elles font de leurs lances leur gagne-pain et trouvent leur subsistance en dépouillant autrui. Elles déclarent la guerre à tous ceux qui tentent de défendre leurs biens. Elles ne désirent ni honneurs ni pouvoir. Elles n'ont d'autre souci et d'autre but que de ravir aux autres ce qu'ils possèdent.

Le troisième, c'est celui que la loi religieuse appelle la « guerre sainte ».

Le quatrième, ce sont les guerres que les États mènent contre les dissidents et ceux qui refusent l'obéissance.

Ce sont là quatre sortes de guerre. Les deux premières sont injustes et génératrices de désordre ; les deux autres sont saintes et justes.

A. *Cf.* Coran, XXXIII, 52.

Les hommes, depuis qu'ils existent, ont deux façons de faire la guerre : ou bien l'on avance en formation serrée, ou bien l'on suit la tactique de l'attaque rapide et du repli. L'avance en rangs serrés est la technique utilisée par tous les peuples non arabes depuis toujours. Quant à l'attaque suivie du repli, c'est la forme de combat propre aux Arabes et aux Berbères, habitants du Maghreb. Le combat en formation serrée est à la fois plus sûr et plus ferme que l'attaque rapide suivie de repli. Les rangs sont alignés de façon ordonnée et régulière, comme les rangs de flèches dans le jeu qui porte le même nom, ou les rangs des fidèles à la prière. Les combattants avancent tout droit contre l'ennemi. L'assaut est plus ferme, le combat plus ardent, et l'adversaire en ressent plus d'effroi. C'est comme un mur ou une forteresse que nul ne s'attend à ébranler.

Dans le texte révélé, il est dit : « Dieu aime ceux qui combattent dans son chemin en un rang [serré], comme s'ils étaient un édifice scellé de plomb[A]. » C'est-à-dire qu'ils se soutiennent mutuellement par leur constance. Et une tradition du Prophète dit : « Un croyant est pour un autre croyant comme un édifice dont les parties se supportent mutuellement[1]. » C'est ce qui explique l'obligation, dans cette forme de combat, de se maintenir fermement dans les rangs, et l'interdiction de fuir. Le but de la technique du combat en formation serrée est le maintien d'un bon ordre, comme on l'a vu. Ceux qui fuient devant l'ennemi désorganisent les rangs, et la défaite peut leur être imputée. Ils entraînent en quelque sorte la déroute des musulmans et permettent à leur ennemi d'avoir le dessus. C'est donc une faute grave, parce qu'il en résulte un préjudice général et qu'elle affecte la religion en faisant une brèche dans sa défense. Fuir est donc considéré comme un péché mortel. Tout cela montre que le combat en formation serrée est tenu comme plus important [que tout autre] par le Législateur.

La tactique de l'attaque et du repli est moins sûre, et l'on y est moins à l'abri de la déroute. À moins qu'il ne soit prévu à l'arrière une ligne de défense fixe, qui serve de refuge pour les combattants après les attaques rapides, ce qui constitue un équivalent de la technique du combat en formation serrée, comme nous le verrons plus loin.

Les États[b] anciens, qui possédaient des troupes nom-

A. Coran, LXI, 4.

breuses et de vastes territoires, subdivisaient leurs armées en unités plus petites. Étant donné l'importance des effectifs et le fait que les soldats étaient recrutés dans des provinces très éloignées, il était inévitable que les combattants d'une même armée ne pussent se reconnaître au moment de la mêlée, sur le champ de bataille, et lors de l'échange de coups avec l'ennemi. On pouvait craindre que, dans la confusion, et du fait qu'ils s'ignoraient mutuellement, ils ne dirigent leurs armes contre leurs propres rangs. C'est pourquoi les armées étaient fractionnées en unités plus petites. On mettait ensemble les hommes qui se connaissaient, et les troupes étaient disposées selon un ordre proche de l'ordre naturel des quatre points cardinaux[1], avec au centre le commandant en chef de l'armée, qui pouvait être le souverain lui-même ou l'un de ses généraux. Ce dispositif était appelé *ta'bi'a*. Il en est fait mention dans l'histoire des Perses, des Byzantins et des deux dynasties omeyyade et 'abbâsside du début de l'islam. Devant le souverain se tenait un corps d'armée, avec ses formations distinctes, son chef et son drapeau. On l'appelait l'« avant-garde ». À la droite du prince, il y avait un autre corps, appelé l'« aile droite » ; à sa gauche, un autre corps appelé l'« aile gauche ». Enfin derrière lui, il y avait un corps appelé l'« arrière-garde ». Le souverain et ses hommes se tenaient au centre, entre ces quatre corps d'armée. La position qu'il occupait s'appelait le « cœur ». Quand ce déploiement ingénieux était achevé, s'étendant à portée de la vue ou au-delà, mais sans dépasser une distance d'une ou de deux journées de marche entre chacune des deux armées, selon ce qui était permis par le nombre plus ou moins grand des effectifs, alors pouvait commencer l'avance en formation serrée. On peut observer ce genre de dispositif dans l'histoire des conquêtes musulmanes et celle des deux dynasties omeyyade et 'abbâsside. À l'époque de 'Abd al-Malik, lorsque le calife reprenait sa marche, il y avait des troupes qui ne suivaient pas le mouvement, à cause de la grande étendue couverte par le déploiement de l'armée, si bien qu'il fallait quelqu'un pour les rameuter. Ce fut alors que le calife nomma al-Hajjâj Ibn Yûsuf pour cette mission, comme nous l'avons vu précédemment[2], et comme cela est mentionné dans l'histoire d'al-Hajjâj.

Sous les Omeyyades de l'Andalus, il y avait également un dispositif qui ressemblait beaucoup à celui que nous venons de décrire. Mais chez nous, aujourd'hui, on ignore tout de ce genre de déploiement, car les États contemporains ont des armées si peu nombreuses que les soldats ne peuvent pas ne pas se reconnaître sur le champ de bataille. La plus grande partie des troupes des deux camps peuvent tenir dans le même lieu de campement ou dans une même ville. Chaque soldat connaît ses camarades, qu'il appelle par leurs noms et leurs surnoms au plus fort de la mêlée. Il n'est donc plus besoin de recourir au même dispositif.

Une technique utilisée dans la tactique de l'attaque et du repli consiste à placer, à l'arrière des troupes, une formation de plusieurs lignes constituées d'objets solides et d'animaux, pour servir de refuge à la cavalerie quand elle effectue ses attaques et replis. Le but recherché est de raffermir les combattants, afin qu'ils tiennent bien devant l'ennemi et aient une plus grande chance de vaincre.

Cette technique est également employée par les tenants de la bataille en rangs serrés pour donner à leurs troupes plus de fermeté et de puissance. Les Perses, qui adoptaient cette forme de combat, utilisaient les éléphants dans leurs guerres. Ils leur faisaient porter des tours de bois semblables à des châteaux, garnies de combattants, d'armes et de drapeaux, et les alignaient sur leurs arrières, comme des forteresses en plein cœur de la mêlée. Cela donnait plus d'intrépidité et d'assurance aux soldats.

On peut[d] rappeler à ce propos l'exemple de la bataille d'al-Qâdisiyya. Le troisième jour, avec l'appui de leurs éléphants, les Perses attaquèrent les musulmans. Mais, reprenant courage, quelques braves guerriers arabes s'infiltrèrent au milieu des éléphants et leur portèrent des coups de sabre sur la trompe. Les éléphants se dispersèrent et retournèrent vers leurs écuries à al-Madâ'in. Le camp perse fut ainsi affaibli et l'armée perse mise en déroute le lendemain, au quatrième jour de la bataille.

Les Byzantins, les Goths de l'Andalus et la plupart des nations non arabes se servaient du trône pour affermir le courage de leurs troupes. On dressait un trône au plus fort de la mêlée pour le souverain, qui était entouré de ceux de ses serviteurs, de sa suite et de ses soldats qui étaient prêts à mourir pour lui. Des drapeaux étaient arborés aux quatre coins du trône, lequel était protégé par une seconde enceinte composée d'archers et de fantassins. Le trône atteignait ainsi des dimensions importantes. Il devenait un point de ralliement pour les combattants et un refuge où ils se repliaient après leurs attaques rapides[e]. Ce dispositif fut adopté par les Perses à la bataille d'al-Qâdisiyya. Rustum se tenait assis sur un trône qu'on avait dressé pour lui. Quand les rangs des Perses furent culbutés, il fut surpris par les Arabes dans cet état. Il s'enfuit alors jusqu'à l'Euphrate, où il fut tué.

Les Arabes et la plupart des nations nomades du désert qui pratiquent la tactique de l'attaque et du repli, pour donner plus de fermeté à leurs combattants, disposent en lignes leurs chameaux et les animaux de bât chargés des litières. Ces lignes servent à la retraite de leurs troupes. Ils les appellent *al-majbûda.* Il y a donc là une précaution adoptée [autrefois] par toutes les nations et considérée comme le moyen le plus efficace pour parer aux attaques de l'ennemi et se prémunir contre les surprises et la déroute. Mais, de nos jours, cette pratique est entièrement abandonnée par les États. À la place, on dispose en arrière-garde les bêtes de somme chargées des bagages et des tentes. Comme celles-ci n'ont pas l'efficacité des éléphants et des chameaux, les armées sont plus exposées à la défaite et sont promptes à s'enfuir en plein combat.

Au début[f] de l'islam, toutes les batailles étaient livrées en formation serrée. Il est vrai que les Arabes ne connaissaient auparavant que la tactique de l'attaque et du repli. Mais deux raisons les amenèrent à adopter la première technique. D'abord, leurs ennemis combattaient en formation serrée, et il leur fallait donc faire comme eux. Ensuite, ils étaient prêts à mourir au combat, parce qu'ils voulaient prouver leur constance et la fermeté de leur foi. Et l'avance en formation serrée était la forme de combat la mieux appropriée pour ceux qui désiraient faire le sacrifice de leur vie.

Le premier à abandonner le combat en lignes pour adopter le dispositif en divisions fut Marwân Ibn al-Hakam, lorsqu'il eut à lutter contre le khârijite ad-Dahhâk, puis contre al-Khaybarî. Dans son récit sur la mort d'al-Khaybarî, at-Tabarî dit : « Les khârijites nommèrent à leur tête Shaybân Ibn 'Abd al-'Azîz al-Yashkurî, surnommé Abû ad-Dalfâ'. Marwân les combattit avec des divisions et abandonna, dès ce jour-là, le combat en lignes[3]. »

Ainsi, avec l'abandon du combat en lignes, on oublia la tactique de l'avance en rangs serrés. Ensuite, lorsque les

États s'habituèrent au luxe, on en vint à négliger la ligne qu'on plaçait derrière les combattants. Tant que les États avaient conservé leurs mœurs bédouines et vivaient sous la tente, ils avaient beaucoup de chameaux et campaient avec femmes et enfants. Mais, quand les souverains goûtèrent au faste du pouvoir et à la vie dans les palais et les villes, qu'ils se coupèrent de la vie dans le désert, ils oublièrent le temps des chameaux et des litières, et il leur devint difficile de les utiliser. Pendant leurs déplacements, ils laissaient les femmes à la maison, et ils prenaient des tentes et des pavillons pour le prestige du pouvoir et par goût du luxe. Il fallait donc se contenter des bêtes de somme chargées des bagages et des tentes. Et c'est avec cela qu'ils formaient la ligne placée à l'arrière des combattants. Mais c'était très insuffisant, car il n'y avait pas de motivation pour combattre jusqu'à la mort, comme on le ferait pour sa famille et ses biens. Les soldats avaient peu de constance, et la peur les dispersait et disloquait leurs rangs.

On a vu[g] l'importance, dans la tactique de l'attaque et du repli, de l'établissement d'une ligne à l'arrière des troupes. C'est ce qui a poussé les souverains du Maghreb à employer des groupes de combattants francs dans leurs armées. C'est une pratique qu'ils étaient les seuls à adopter, car les gens de leur pays ne connaissaient que le combat suivant la tactique de l'attaque et du repli. Pour ces souverains, il était très important de disposer d'une telle ligne, pour qu'elle serve de soutien aux combattants. Les hommes composant cette ligne devaient appartenir à un peuple habitué à tenir bon dans le combat en rangs serrés, sinon ils risquaient de s'enfuir, comme les combattants de la tactique de l'attaque et du repli, en causant la déroute du souverain et de son armée. Les souverains du Maghreb avaient donc besoin de faire appel à des troupes issues d'une nation entraînée à combattre de pied ferme, ce qui était le cas des Francs. Et c'est parmi ces troupes qu'ils choisissaient les hommes qui formaient une ligne de protection autour d'eux. Il est vrai qu'il est condamnable de s'appuyer sur des infidèles. Mais ils devaient négliger ce fait, par nécessité, comme on l'a vu, car ils craignaient que leurs propres troupes ne se débandent, tandis que les Francs, habitués au combat en rangs serrés, tenaient bon et convenaient donc mieux que d'autres. Cependant, les souverains n'avaient recours à eux que lorsqu'ils avaient à faire la guerre pour soumettre des tribus arabes ou berbères. Dans la guerre sainte, ils évitaient de les utiliser, de peur de les voir se retourner contre les musulmans. Telle est la situation de nos jours au Maghreb. Nous venons de voir pourquoi. « Dieu sait tout[A]. »

Nous avons appris qu'aujourd'hui les nations turques utilisent les flèches comme armes de combat. Ils adoptent un dispositif en lignes : leurs troupes sont divisées en trois lignes placées l'une derrière l'autre. Ils descendent de cheval, vident leurs carquois par terre devant eux et tirent assis. Chaque ligne aide celle qui la précède à ne pas se laisser enfoncer par l'ennemi, jusqu'à la victoire d'un des deux camps. C'est un dispositif ingénieux et inhabituel.

Les anciens[b] avaient pour règle de creuser des tranchées autour des camps lorsqu'ils se préparaient à attaquer[4]. Ils craignaient les assauts de nuit, car les ténèbres et l'insécurité de la nuit augmentent la peur. Les soldats étaient tentés de s'enfuir, sous couvert de l'obscurité, et s'ils cédaient tous à leur impulsion, le camp était désorganisé et la déroute s'ensuivait. C'est pourquoi on creusait des fossés chaque fois qu'on s'installait dans un campement. On dressait les tentes et on les entourait de tranchées de tous les côtés pour parer aux attaques nocturnes et au risque de débandade.

Les États étaient assez forts et puissants pour entreprendre, à chacun des campements de leurs armées, des travaux de ce genre, qui demandaient une grande concentration de main-d'œuvre, car leur civilisation était florissante et leur pouvoir étendu. Mais, avec la ruine de la civilisation, les États s'affaiblirent. Il y eut peu de soldats et point d'ouvriers. Alors tout fut oublié, comme si cela n'avait jamais existé.

Dieu est le meilleur parmi les puissants.

On peut[i] citer ici les recommandations et les encouragements que 'Alî adressa à ses partisans le jour de Siffîn. On y trouve beaucoup d'éléments de la science de la guerre, où nul n'était plus expert que lui. Voici quelques-uns de

A. Coran, II, 29.

ces propos[5] : « Alignez bien vos rangs, comme un édifice scellé de plomb. Mettez en avant les soldats qui ont une cuirasse, et gardez à l'arrière ceux qui n'en portent pas. Serrez les dents, pour mieux parer les coups de sabre. Enveloppez l'extrémité de vos lances, afin d'en protéger les pointes. Gardez les yeux baissés, on est ainsi plus maître de soi et on a le cœur plus ferme. Étouffez tous les sons, cela donne plus de courage et de dignité. Ne tenez pas vos drapeaux inclinés et ne les ôtez pas. Faites-les porter seulement par les plus braves. Appuyez-vous sur la vérité et la constance, car la victoire est à la mesure de la constance. »

Ce jour-là, al-Ashtar[6] dit, de son côté, aux Azd, pour les encourager : « Serrez les dents et foncez sur l'ennemi la tête en avant. Attaquez avec fougue, comme si vous deviez venger vos pères et vos frères, pleins de colère contre l'ennemi, préférant mourir plutôt que d'être frustrés de votre vengeance et de perdre votre honneur. »

Abû Bakr as-Sayrafî[7], le poète des Lamtûna et des Andalous, a également évoqué de nombreux aspects [de l'art militaire] dans un poème où il fait la louange de Tâshfîn Ibn 'Alî Ibn Yûsuf et décrit sa fermeté lors d'une bataille à laquelle il avait assisté. Il lui rappelle les choses de la guerre à travers des recommandations et des avertissements où le lecteur trouvera bien des éléments de l'art militaire. Voici ces vers :

Ô, vous, porteurs du voile,
qui de vous est le roi, brave et sagace ?
Surpris de nuit par l'ennemi,
tous s'enfuirent, lui resta inébranlable[j].
Vinrent les cavaliers : les lances les repoussèrent,
les troupes fidèles les décimèrent et les firent fuir.
La nuit, éclairée par les casques, brillait
comme le jour au-dessus des guerriers.
Où avez-vous fui, ô fils des Sinhâja ?
Vous étiez un refuge contre la peur,
mais de Tâshfîn, vous vous êtes détournés.
S'il le voulait, il vous punirait.
Vous avez fait de lui un œil privé de ses paupières,
un cœur qu'auraient abandonné ses côtes.
Vous êtes des lions dans leurs épais marais,
mais de la guerre, vous guettez les moindres périls.

Ô Tâshfîn, accepte l'excuse de ton armée : c'était la nuit,
et c'était le destin auquel nul ne peut s'opposer.

Dans le même poème, parlant de l'art militaire, il poursuit :

Je te fais présent des règles de la politique
qu'avant toi, les rois de Perse ont cultivées.
Je n'y suis pas très savant, mais
elles sont un avertissement susceptible d'encourager et d'aider les croyants.
Choisis la double cotte de mailles
que Tubba', habile dans les arts, a recommandée,
et la fine épée indienne,
la mieux faite pour percer les cuirasses polies.
Des chevaux, prends un grand nombre des plus rapides,
c'est la meilleure forteresse, que nul ne peut prendre.
Quand tu campes, entoure-toi de tranchées,
victorieux, attaquant ou attaqué.
Ne franchis point la rivière. Cantonne sur le rivage.
C'est une barrière entre toi et l'ennemi.
Choisis de livrer bataille l'après-midi,
ayant derrière toi une montagne escarpée, refuge imprenable.
Si tes soldats se trouvent repoussés dans un passage étroit,
ils se feront de la place à la pointe de leurs lances.
Attaque dès le premier moment, sans hésiter,
car, hésiter, c'est courir au désastre[k].
Choisis des éclaireurs énergiques,
au caractère franc qui ne trompe pas.
N'écoute pas les menteurs qui apportent des nouvelles alarmantes.
Quoi qu'il fasse, l'opinion d'un menteur est sans valeur.

Lorsque le poète dit : « Attaque dès le premier moment, sans hésiter », il va à l'encontre de l'opinion courante en matière militaire. Quand 'Umar confia à Abû 'Ubayd Ibn Mas'ûd ath-Thaqafî la direction de la guerre dans le Fars et l'Irak, il lui dit : « Écoute les avis des Compagnons du Prophète et des hommes les plus forts d'entre vous. Ne te hâte pas de répondre avant d'avoir tout éclairci. C'est de la guerre qu'il s'agit. Et à la guerre, seul convient l'homme grave, qui sait quand il faut agir ou s'abstenir. » Une autre fois, il lui dit : « La seule chose qui m'empêche de confier le commandement à Salît, c'est son excessive promptitude au combat. Or, à la guerre, se précipiter, c'eſt courir à sa perte, à moins que ce ne soit à bon escient. Par Dieu, n'était ce défaut, je lui donnerais le commandement, mais pour la guerre, il faut un chef posé[8]. »

Tels sont les propos de 'Umar. Ils montrent que, à la guerre, la lenteur eſt préférable à la hâte, jusqu'au moment où la situation devient plus claire. C'eſt le contraire de ce que conseille as-Sayrafī, à moins qu'il n'ait voulu dire qu'il faut attaquer après avoir tout éclairci, ce qui peut se juſtifier. Dieu eſt plus savant.

À la guerre[l], on ne peut être sûr de la victoire, même si l'on a l'avantage des armes et du nombre. En effet, la victoire y eſt plutôt affaire de chance et de hasard. En voici l'explication.

Ce qui donne la victoire, en général, ce sont soit des choses visibles, comme l'abondance des troupes, l'excellente qualité des armes, le grand nombre des braves, une disposition judicieuse des lignes de combat, l'ardeur de l'engagement, etc., soit des choses invisibles. Parmi celles-ci, il y a les ruses et les tromperies humaines, comme le fait de répandre des bruits alarmants et des rumeurs propres à saper le moral de l'ennemi[m], d'occuper les hauteurs, de façon à engager le combat à partir de positions élevées, ce qui jette le trouble dans le camp adverse et y provoque la débandade, ou encore de se dissimuler dans des marais ou des creux, de se dérober au regard de l'ennemi derrière des rochers, pour surgir soudainement au moment où l'adversaire s'eſt trop compromis et n'a plus d'autre choix que la fuite. Il y a aussi des facteurs d'origine surnaturelle, que l'homme n'a pas le pouvoir de maîtriser. Ils affectent les esprits et provoquent l'effroi. Les troupes sont ainsi gagnées par la confusion et mises en déroute. Ce sont ces choses invisibles qui causent le plus souvent la défaite. Car chacun des deux camps, en s'efforçant de vaincre, en use au maximum. Et leur utilisation produit nécessairement un effet d'un côté ou de l'autre. Comme le Prophète l'a dit : « La guerre n'eſt qu'un jeu de tromperie[9]. » Et selon l'adage des Arabes : « Une seule ruse vaut mieux que toute une tribu. »

Ainsi[n], on le voit, la victoire dans les guerres eſt le plus souvent le résultat de causes cachées et non apparentes. Et ce qui apparaît comme le résultat de causes cachées eſt justement ce qu'on appelle la « chance ». Cela doit être médité. L'explication que nous avons donnée de la victoire militaire comme étant le résultat de causes surnaturelles permet de comprendre cette parole du Prophète : « J'ai connu la victoire grâce à l'effroi [provoqué chez l'ennemi] pendant un mois de marche[10]. » Elle permet également de comprendre pourquoi Muhammad a vaincu les associateurs avec des effectifs réduits, et pourquoi les musulmans, après sa mort, ont été victorieux au cours des conquêtes. Dieu a veillé sur Son prophète, en mettant l'effroi dans le cœur des infidèles. Saisis de terreur, ceux-ci ont été mis en déroute. Ce fut un miracle en faveur de l'Envoyé de Dieu. Ainsi, durant toutes les conquêtes musulmanes, ce fut l'effroi qui était la cause des défaites des ennemis. Mais cela resta voilé.

Selon at-Turtûshî, une des causes de la victoire militaire réside dans le fait que l'un des deux camps aligne un plus grand nombre de chevaliers valeureux que l'autre[11]. Ainsi, l'un peut compter dix ou dix-huit de ces chevaliers, et l'autre seulement huit ou seize. La victoire irait à celui qui aurait le plus grand nombre, même s'il ne dépassait son adversaire que d'un seul chevalier. At-Turtûshî ne se lasse pas d'insister sur ce point. Il se réfère aux causes visibles dont nous venons de parler. Mais il est dans l'erreur. En fait, ce qui doit être considéré comme décisif dans la victoire, c'est l'esprit de corps. Si l'un des deux camps a un esprit de corps unique, tandis que l'autre est constitué de groupes différents, même si tous les deux sont approximativement de même importance numérique, le premier l'emportera sur le second. En effet, des groupes différents sont aussi peu solidaires que des individus isolés privés d'esprit de corps ; car chaque groupe agit comme un individu. C'est pour cette raison que le camp constitué de plusieurs groupes ne peut résister devant celui qui a un esprit de corps unique. Cela doit être bien compris. Il y a là une explication plus fondée que celle d'at-Turtûshî. La position de celui-ci ne s'explique que par le fait qu'il vivait à une époque et dans un pays où l'esprit de corps s'était perdu. Les affaires de défense, de protection et d'attaque étaient confiées à des individus. On ne prenait en considération ni esprit de corps ni liens du sang. C'est ce que nous avons vu au début du présent Livre[12].

Cependant, il ne s'agit là et dans les cas similaires, à supposer qu'ils soient vrais, que de causes visibles, telles que l'égalité des effectifs des deux armées adverses, l'ardeur au combat, l'importance de l'armement utilisé, etc. Or, comment de telles choses pourraient-elles suffire à donner la victoire, alors que, comme nous venons de l'établir, aucune d'elles ne peut faire contrepoids aux causes cachées, comme la ruse et la tromperie, ou aux facteurs surnaturels, comme l'effroi ou la déroute provoqués par Dieu ? Il faut savoir tout cela et s'efforcer de comprendre les conditions de l'univers. C'est Dieu qui fixe la nuit et le jour[A].

En relation avec la question de la victoire militaire et de ses causes cachées et non naturelles, on peut évoquer ici la question de la célébrité et de la réputation. Celle-ci est rarement fondée, pour n'importe quelle catégorie de gens, qu'il s'agisse de princes, de savants, d'hommes pieux ou de personnes vertueuses en général. Bien des gens acquièrent une grande célébrité, sans la mériter. D'autres ont la réputation d'être méchants, alors qu'ils sont tout le contraire. D'autres restent obscurs, alors qu'ils sont les plus qualifiés pour être célèbres. Parfois, cependant, la célébrité et la réputation sont fondées et méritées par la personne qui les a acquises. La raison en est que la célébrité et la réputation se fondent sur des récits. Or, les récits, au cours de leur transmission, peuvent être altérés par l'oubli de leurs intentions premières ; ils peuvent être déformés par des préjugés et par l'esprit partisan, par de fausses interprétations et l'ignorance de la conformité ou non des histoires racontées avec la réalité, celle-ci étant obscurcie par l'ambiguïté ou une fausse apparence des faits, ou encore par l'inculture du transmetteur. Ils peuvent être également affectés par la recherche de la faveur des grands et des gens haut placés : on chante leur louange, on les flatte, on les dépeint sous un jour avantageux et on répand ainsi leur renom. L'âme humaine a soif de louanges, et les gens sont attirés par les succès mondains et les moyens d'y parvenir, tels que le rang ou la richesse. Le plus souvent, ils sont peu portés à la vertu et ne s'intéressent guère à ceux qui la pratiquent[13]. Comment, avec tout cela, la vérité peut-elle être respectée ? Ainsi, la célébrité peut être due à ce genre de causes cachées et n'avoir aucun lien avec la réalité. Et ce qui résulte de causes cachées est, justement, ce qu'on appelle la « chance », comme on l'a vu. Mais Dieu est plus savant.

A. *Cf.* Coran, LXXIII, 20.

XXXVI. LES IMPÔTS ET LES RAISONS DE L'AUGMENTATION OU DE LA DIMINUTION DES REVENUS FISCAUX[a]

Dans les débuts d'un État, les impôts sont faibles et les revenus fiscaux importants. À son déclin, c'est l'inverse : impôts élevés et faibles revenus. En voici la raison. Lorsque l'État se conforme aux préceptes de la religion, il n'applique que les taxes légales, telles que les aumônes, l'impôt foncier, la capitation. Ce sont donc des impôts peu élevés. En effet, l'aumône légale, par exemple, qui est prélevée sur les biens meubles[1], est de faible taux, comme on sait. Il en est de même de l'aumône prélevée sur les grains et les troupeaux, ainsi que de la capitation, de l'impôt foncier et de toutes les autres taxes légales. En outre, ces taxes ont des limites qui ne peuvent être dépassées. Et quand l'État est fondé sur la force et l'esprit de corps, il conserve tout d'abord nécessairement ses mœurs rurales, comme on l'a vu. Celles-ci impliquent l'indulgence, la générosité, l'humilité, le respect de la propriété d'autrui et la retenue, sauf en de rares cas. Aussi les impôts individuels, dont l'ensemble constitue le revenu fiscal, sont-ils légers. Quand les taxes et les impôts prélevés sur les sujets sont légers, ceux-ci sont plus actifs et plus entreprenants. Les activités[2] s'accroissent et ne cessent d'augmenter, en raison de la satisfaction procurée par un régime d'impôts modérés. Avec l'accroissement des activités, le nombre des contributions fiscales s'élève. En conséquence, le revenu fiscal, qui est constitué par la somme de toutes ces contributions, devient plus important.

Par la suite, l'État se renforce et se consolide. Les souverains qui se succèdent à sa tête sont plus habiles. La morale rurale, la pondération et la retenue, liées à la simplicité, se perdent. Le pouvoir tyrannique fait son apparition, en même temps que la civilisation urbaine, qui requiert de l'ingéniosité. Les membres de l'État deviennent plus habiles. Plongés dans le bien-être et le luxe, ils se donnent des habitudes et des goûts diversifiés. Alors, ils multiplient les impôts qu'ils prélèvent sur les sujets, les travailleurs agricoles, les paysans et tous les contribuables. Ils augmentent très fortement le taux de chaque impôt, afin d'accroître leurs revenus fiscaux. Ils prélèvent des taxes sur les opérations commerciales et imposent des droits aux portes des villes, comme nous le verrons plus loin. Par la suite[b], les augmentations fiscales se suivent au rythme de l'accroissement progressif des habitudes de luxe prises par l'État, de la multiplication des besoins et des dépenses. Ainsi, les impôts écrasent et accablent les sujets et s'imposent comme une tradition obligée. En effet, les augmentations ont été progressives, et nul ne sait par qui précisément elles ont été décidées ni par qui elles ont été instaurées. Elles ont, pour les sujets, la force d'une coutume à caractère obligatoire.

Par la suite, les impôts augmentent encore, dépassant les limites de la modération. Les sujets ne trouvent plus aucun intérêt à s'adonner à des activités économiques[3] : la faiblesse de leur profit, lorsqu'ils comparent leurs dépenses et le montant de leurs impôts aux fruits et aux profits qu'ils tirent de leurs activités, leur enlève tout espoir. Beaucoup cessent d'entreprendre quoi que ce soit. Il en résulte une baisse du revenu fiscal, en rapport avec la diminution du nombre des contribuables. Souvent, devant cette baisse, les gouvernants augmentent le taux des impôts, en croyant compenser de la sorte le manque à gagner. Les impôts et taxes atteignent un seuil au-delà duquel aucune forme d'utilité ou de profit n'est possible : le coût des activités est trop élevé, les taxes trop nombreuses, et les profits escomptés ne peuvent plus être réalisés. Ainsi, le revenu fiscal continue à décroître et les impôts à augmenter — car on croit toujours que le remède à la situation est dans cette augmentation —, jusqu'au jour où la civilisation s'effondre, aucun espoir n'étant plus attaché aux activités. Et c'est l'État qui en supporte les conséquences néfastes, puisque c'est lui qui bénéficie en premier lieu de ces activités.

Si l'on tient compte de ce qui précède, on saura que le meilleur moyen d'encourager les activités, c'est de diminuer le plus possible le taux des impôts qui frappent ceux qui exercent ces activités. De cette façon, les gens auront de l'ardeur à entreprendre, étant sûrs d'y trouver leur profit.

Dieu est le possesseur de toutes choses.

XXXVII. L'ÉTABLISSEMENT DES DROITS DE DOUANE À LA FIN DES ÉTATS[a]

Les États, avons-nous dit, conservent à leurs débuts leurs mœurs rurales. Ils ont alors peu de besoins, car ils ignorent le luxe et les habitudes qui y sont attachées. Ils ont donc peu de dépenses, et celles-ci sont largement couvertes par les revenus fiscaux, qui excèdent de beaucoup les besoins.

Mais le nouvel État ne tarde pas à adopter les traditions de la civilisation urbaine, avec ses habitudes de luxe, et à suivre la voie des États antérieurs. Il voit ainsi ses dépenses augmenter, et les frais du souverain, en particulier, atteignent d'immenses proportions, parce qu'il doit assurer l'entretien de son entourage et distribuer une grande quantité de soldes et pensions. Comme les recettes fiscales n'y suffisent plus, l'État se trouve obligé d'augmenter les impôts pour payer les soldes des troupes et couvrir les dépenses du souverain. Tout d'abord, on élève les taux des impôts et taxes. Par la suite, les dépenses et les besoins augmentent progressivement à cause de l'acquisition progressive des habitudes du luxe et de l'entretien de plus en plus coûteux de l'armée. L'État est atteint de sénilité et les hommes de son clan ne sont plus capables de collecter les impôts dans les provinces et les régions éloignées. Alors que décroissent les revenus fiscaux, les habitudes du luxe ne font que s'accentuer, et il faut allouer aux troupes des soldes et des pensions toujours plus élevées. Le souverain doit alors avoir recours à de nouveaux impôts : il frappe les transactions commerciales en imposant des droits d'un montant déterminé sur les prix dans les marchés et des taxes sur les marchandises aux portes des villes. En effet, il doit, d'une part, verser de lourdes pensions à cause de la vie de luxe et, d'autre part, faire face à l'accroissement de l'armée et de la milice. Lorsque l'État est proche de sa disparition, ces impôts et taxes peuvent atteindre des proportions démesurées. Les affaires ne marchent plus, car les gens n'ont plus d'espoir, ce qui est l'annonce d'un proche déclin de la civilisation. Tout cela a des répercussions négatives sur le destin de l'État, et la situation ne fait que s'aggraver, jusqu'à la disparition de ce dernier.

On a vu de tels phénomènes se produire dans les capitales de l'Orient, à la fin des 'Abbâssides et des 'Ubaydites. On en vint à prélever des taxes même sur les pèlerins à La Mecque. Salâh ad-dîn Ibn Ayyûb [Saladin] supprima toutes ces taxes et les remplaça par des œuvres de bien. Il en fut de même en Andalus, à l'époque des *reyes de taifas*, jusqu'à ce que Yûsuf Ibn Tâshfîn, prince des Almoravides, y mît fin. De nos jours, on remarque les mêmes abus dans les villes du Djérid, en Ifrîqiya, depuis que leurs chefs se déclarèrent indépendants[b].

« Dieu est bon envers Ses serviteurs[A]. »

XXXVIII. LE COMMERCE D'ÉTAT EST NUISIBLE AUX SUJETS ET RUINEUX POUR LES IMPÔTS[a]

Les revenus fiscaux peuvent devenir insuffisants, en raison du luxe et des dépenses excessives, et ne plus couvrir les besoins de l'État. Comme il lui faut trouver plus d'argent et des ressources fiscales plus importantes, il a recours à divers expédients : tantôt il impose des droits sur les transactions commerciales et sur les marchés, comme on l'a vu dans la section précédente ; tantôt il ajoute de nouvelles taxes douanières à celles déjà existantes ; tantôt il s'en prend aux agents du fisc et aux percepteurs, lorsqu'il estime qu'ils se sont emparés d'une grande part du produit des impôts qui n'apparaît pas sur leurs comptes ; tantôt, enfin, il s'adonne lui-même au commerce ou à l'agriculture, afin d'augmenter ses revenus, car il constate que les commerçants et les agriculteurs, avec peu d'argent, réalisent de gros profits, et que les gains sont proportionnels aux capitaux investis. Il acquiert des troupeaux et des produits agricoles, cherchant à tirer profit de ses achats et des fluctuations du marché. Il y voit une façon d'accroître ses revenus fiscaux et d'augmenter ses gains.

C'est là une grave erreur et une cause de multiples maux pour les sujets. En premier lieu, cela constitue une gêne pour les commerçants et les cultivateurs, lorsqu'ils veulent acheter des animaux ou d'autres marchandises. En effet, les sujets sont plus ou moins égaux quant à la fortune. Quand ils se font concurrence, ils épuisent leurs ressources

A. Coran, XLII, 19.

ou presque. Mais si le souverain lui-même, qui est beaucoup plus riche qu'eux, se met sur les rangs, presque aucun d'entre eux n'est plus en mesure d'obtenir ce qu'il désire, et tous en ressentent peine et inquiétude.

En outre, le souverain peut user de violence pour s'emparer d'une grande quantité de ces denrées quand il s'en trouve, ou les acquérir à vil prix. Personne n'oserait entrer en rivalité avec lui ; ce qui fait que les vendeurs baissent leurs prix. Et lorsqu'il dispose des résultats et des produits de ses exploitations agricoles, grains, soie, miel, sucre, ou toute autre sorte de produits, ou qu'il reçoit les différentes variétés de marchandises, pressé par les besoins de l'État, il ne se préoccupe guère des cours du marché ou de l'état de la demande, et il force les marchands ou les agriculteurs intéressés à les lui acheter, en exigeant le prix fort. Ceux-ci y mettent tout leur argent, et toutes ces marchandises leur restent sur les bras. Ils ne peuvent plus exercer leur commerce, qui est leur gagne-pain. Souvent, ayant besoin d'argent, ils revendent ces marchandises, en période de faible demande, à des prix dérisoires. Cela peut se répéter plusieurs fois pour le même individu, marchand ou cultivateur, qui perd ainsi tout son capital et cesse ses activités.

Ces situations peuvent se multiplier et se répéter. Elles sont cause de ruine, de difficultés et de perte de profit pour les sujets, qui n'ont plus envie de faire aucun effort. Cela a pour conséquence la ruine du système des impôts. En effet, le plus gros des revenus fiscaux provient des agriculteurs et des marchands, en particulier après qu'on a introduit les taxes douanières et augmenté, grâce à elles, les rentrées fiscales. Quand les agriculteurs délaissent leurs champs et les marchands leur commerce, les recettes fiscales disparaissent ou baissent excessivement.

Si le souverain voulait comparer les revenus qu'il tire des impôts avec les maigres bénéfices de ces activités, ces derniers lui apparaîtraient dérisoires à côté des premiers. Et, même si ces activités étaient profitables, elles le priveraient d'une grande part des recettes fiscales provenant des taxes sur le commerce. Il serait, en effet, absurde que des droits soient acquittés sur les transactions du souverain, mais si d'autres que lui menaient les mêmes activités, les taxes auxquelles celles-ci seraient soumises s'ajouteraient au produit fiscal.

Par ce genre d'opérations, le souverain expose la civilisation de son pays à la ruine et peut, avec la ruine et le dépérissement de celle-ci, entraîner la chute de l'État. Quand les sujets ne peuvent plus augmenter leurs capitaux grâce à l'agriculture et au commerce, ceux-ci sont rognés par les dépenses et finissent par disparaître ; et c'est pour eux le désastre. Tout cela doit être bien compris.

Les Perses n'acceptaient pour rois que des princes issus de la famille royale. Ils les choisissaient pour leur vertu, leur piété, leur éducation, leur générosité, leur bravoure et leur noblesse. Avec cela, ils leur imposaient les conditions suivantes : qu'ils observent l'équité et s'abstiennent d'avoir des fermes, pour ne pas nuire à leurs voisins ; qu'ils ne s'adonnent pas au commerce, car cela entraînerait nécessairement la hausse des prix des marchandises ; et qu'ils ne prennent pas d'esclaves à leur service, car ils ne sont jamais de bon conseil.

Les finances et les biens du souverain ne peuvent croître et prospérer que grâce aux recettes fiscales. Et celles-ci ne deviennent abondantes que si le souverain est équitable envers les gens qui possèdent des biens, et qu'il s'intéresse à leur sort. De cette façon, ils peuvent garder l'espoir et avoir le désir d'augmenter et de faire fructifier leurs capitaux, ce qui entraîne une augmentation des revenus fiscaux du souverain. En dehors de cela, si celui-ci se livre à des activités comme le commerce ou l'agriculture, cela, à brève échéance, ne peut que nuire à ses sujets, ruiner son système d'impôts et réduire les activités agricoles.

Les gouvernants et les gens au pouvoir qui se livrent à l'agriculture et au commerce vont parfois jusqu'à acheter à des prix qu'ils fixent eux-mêmes les produits et les marchandises apportés dans leur pays par des étrangers, pour ensuite les revendre en temps opportun à leurs propres sujets, aux prix qu'ils veulent. Cette pratique est encore plus dangereuse que les précédentes, plus ruineuse et plus désastreuse pour le peuple. Le souverain l'adopte souvent sous l'influence de personnages issus des milieux du commerce et de l'agriculture et élevés dans ces professions. Ils poussent le souverain dans ce sens et prennent eux-mêmes part à ces affaires, afin d'atteindre leur objectif qui est de s'enrichir rapidement, d'autant plus qu'ils peuvent effectuer leurs opérations commerciales en échappant aux droits et aux taxes, ce qui est le moyen le plus efficace et le plus rapide d'accroître et de faire fructifier leurs capitaux. Ces gens ne comprennent pas à quel point leurs pratiques causent du tort au souverain, en réduisant ses revenus fiscaux. Le prince doit donc être vigilant, et se détourner de ce genre d'entreprises, aussi nuisibles à ses revenus qu'à son pouvoir.

Que Dieu nous inspire de marcher dans la bonne voie, et qu'Il nous fasse profiter de nos bonnes actions. Il n'y a d'autre Seigneur que Lui.

XXXIX. LA RICHESSE DU SOUVERAIN ET DE SON ENTOURAGE NE SE PRODUIT QU'EN MILIEU DE PARCOURS DES ÉTATS

En voici la raison. Dans les débuts d'un État, les revenus fiscaux se répartissent entre la famille du souverain et les clans qui le soutiennent, en proportion de leur utilité et de leur force, et parce qu'il a besoin d'eux pour consolider l'État, comme on l'a vu précédemment. Agissant comme leur chef, le prince néglige de leur réclamer les revenus qu'ils obtiennent, afin de garder en retour toute l'autorité qu'il désire avoir sur eux. D'un côté, ils sont puissants ; de l'autre, il a besoin d'eux. La part qui lui revient alors des revenus fiscaux ne couvre qu'une très faible partie de ses besoins. Sa suite et ses auxiliaires, vizirs, secrétaires ou clients, sont généralement démunis ; leur prestige est encore faible, puisqu'il dépend de celui de leur maître, lequel est bien réduit du fait de la concurrence des membres du clan au pouvoir.

Ensuite, quand le pouvoir atteint sa pleine force et que le souverain a toute autorité sur les membres de son clan, il ne permet plus à ceux-ci de s'approprier aucune part des impôts, en dehors des allocations qu'il leur accorde, comme au reste de son entourage. Leurs portions sont réduites, à cause de la diminution de leur utilité pour l'État. Tandis qu'ils sont mis au pas, clients et affranchis participent avec eux au soutien de l'État et à la consolidation du pouvoir. Le souverain dispose alors de la totalité ou de la plus grande partie des recettes fiscales. Il s'empare de tous ces fonds et les tient en réserve pour les circonstances importantes. Sa richesse augmente, son trésor se remplit, son prestige devient plus étendu, et il domine tous les membres de son clan. Sa suite et ses gens, vizirs, secrétaires, chambellans, clients, gardes, connaissent alors une situation plus avantageuse. Leur prestige augmente. Ils acquièrent des biens et amassent des richesses.

Puis, lorsque l'État commence à décliner, avec la disparition de l'esprit de corps et l'extinction de la tribu qui l'a fondé, le souverain a besoin de soutiens et de défenseurs. Car il a alors contre lui une multitude de dissidents, de contestataires et de rebelles, et son pouvoir semble sur le point de s'écrouler. Ses revenus vont à ceux qui assurent sa défense et le soutiennent, gens d'épée et clans puissants. Il dépense ses trésors et ses recettes à tenter de relever son État. Mais les impôts sont déjà insuffisants, parce que, comme on l'a vu, il y a trop de traitements et trop de dépenses. Le revenu de l'impôt foncier baisse, alors que les besoins financiers de l'État ne cessent de s'accroître. L'entourage du souverain, les chambellans, les secrétaires, voient alors leur vie d'aisance et de luxe se réduire, à cause de leur perte de prestige et du rétricissement du prestige du souverain.

Par la suite, les besoins financiers du souverain grandissent. Les descendants des courtisans et des fonctionnaires royaux dépensent les richesses accumulées par leurs pères dans des buts qui n'ont rien à voir avec le soutien qu'il faut apporter au prince. Ils ne montrent plus autant de désintéressement que leurs pères et leurs aïeux. Le souverain estime alors qu'il a plus de droits qu'eux à ces richesses, qui furent acquises sous le règne de ses prédécesseurs et grâce aux positions tenues auprès d'eux. Il leur arrache donc leurs biens et se les approprie, en procédant de façon progressive, et en s'en prenant à chacun d'eux successivement, selon la position que chacun occupe. L'État se mue ainsi, pour eux, en ennemi. Et il en subit les conséquences néfastes, en voyant disparaître ses serviteurs, ses grands personnages et les plus riches parmi les hommes de son entourage. Ainsi s'effondre en grande partie l'édifice de gloire qui avait été auparavant fondé et élevé si haut.

On peut rappeler à cet égard ce qui advint aux vizirs 'abbâssides, tels que les Banû Qahtaba, les Barmécides, les Banû Sahl, les Banû Tâhir et d'autres, et plus tard, aux Banû Shuhayd, aux Banû 'Abda, aux Banû Hudayr et aux Banû Burd à l'époque de la chute de l'État omeyyade de l'Andalus, quand apparurent les *reyes de taifas.* On peut voir encore aujourd'hui la même chose sous la présente dynastie. « Telle est la coutume de Dieu… Et tu ne trouveras nulle modification à la coutume de Dieu[A]. »

Pour se prémunir contre de tels dangers, beaucoup de personnages tentent de fuir les charges gouvernementales et d'échapper au contrôle du pouvoir, en emportant avec eux dans un autre pays les richesses de l'État dont ils ont pu s'emparer. Par ce moyen, ils croient pouvoir se réjouir, dépenser ces biens et en profiter en toute sécurité. Mais c'est une erreur grave et une illusion, aux conséquences ruineuses pour leur situation et leur vie.

En effet, il est très difficile, sinon impossible de se dégager de ce genre de situations. S'il s'agit du souverain lui-même, ni le peuple ni ses rivaux, au sein de son clan, ne le laisseront faire en aucune façon. Le moindre acte de sa part dans ce sens causera la destruction de son royaume et sa propre perte, comme le montre l'expérience. Car il est malaisé d'échapper à la servitude du pouvoir, surtout lorsqu'un État atteint son apogée, puis commence à voir son autorité se rétrécir, à s'éloigner de la gloire et des vertus et à se tourner vers le mal.

S'il s'agit d'un personnage du cercle intime du souverain, d'un membre de sa cour ou d'un haut dignitaire de l'État, il lui est rarement donné de se démettre sans difficulté. D'abord parce qu'un roi considère ses gens et ses courtisans, voire tous ses sujets, comme ses esclaves, informés de ses pensées et de ses sentiments. Il ne leur permet donc pas de se soustraire à son service, car il veut absolument éviter que ses secrets ou sa situation soient connus de quiconque, ou que ses gens entrent au service d'autres souverains.

Les Omeyyades de l'Andalus interdisaient à leurs fonctionnaires de se rendre en Orient pour accomplir l'obligation du pèlerinage, parce qu'ils s'imaginaient qu'ils allaient tomber aux mains des 'Abbâssides. Durant tout leur règne, aucun dignitaire de l'État ne put faire le pèlerinage. Ce n'est qu'après leur chute et l'accès au pouvoir des *reyes de taifas* qu'il fut permis aux fonctionnaires au service des États de l'Andalus d'accomplir cette obligation religieuse.

En outre, à supposer qu'un souverain accorde la liberté à un dignitaire de l'État de le quitter, il ne le laissera pas emporter sa fortune, car il estimera que celle-ci fait partie

A. Coran, XXXIII, 62.

de ses biens propres, dans la mesure où son possesseur faisait lui-même partie de l'État. En effet, cette fortune n'a été acquise que grâce à l'État et à l'ombre de son prestige. Le souverain cherchera donc à la reprendre et à la garder comme propriété de l'État.

Maintenant, si nous imaginons que le personnage en question a pu se rendre dans un autre pays avec sa fortune, ce qui n'arrive que très rarement, il sera en butte à la convoitise des souverains de ce pays, qui lui arracheront ses biens par des moyens indirects, en l'effrayant par des menaces ou des intimidations, ou en usant ouvertement de la contrainte. Car, pour eux aussi, ces biens font partie des revenus de l'État et doivent être dépensés pour le bien public. Si les souverains cherchent à mettre la main sur les biens des riches, qui ont acquis leur fortune en exerçant un métier, ils s'en prendront à plus forte raison à l'argent provenant des impôts ou des biens de l'État, qu'ils peuvent plus aisément atteindre en s'appuyant sur la loi ou la coutume.

Voyez[a] ce qui arriva au cadi de Jabala[1]. Il s'était révolté contre Ibn 'Ammâr, maître de Tripoli, et quand les Francs lui enlevèrent la ville, il se réfugia à Damas, puis à Bagdad, où régnait le sultan Barkiyârûq, fils de Malik Shâh. C'était à la fin du ve siècle [xie]. Le vizir du sultan vint trouver le cadi et lui emprunta la plus grosse part de son argent. Ensuite, on lui prit tout le reste, et la somme était immense.

Abû Yahyâ Zakariyâ' Ibn Ahmad al-Lihyânî, le neuvième ou le dixième souverain hafside d'Ifrîqiya, voulut renoncer à son pouvoir et gagner l'Égypte. Il fuyait devant le maître des régions frontières occidentales, qui s'apprêtait à s'emparer de Tunis. Al-Lihyânî profita de son expédition à la région frontière de Tripoli pour cacher ses préparatifs. Là, il s'embarqua sur un bateau et prit la fuite pour Alexandrie. Il emporta avec lui tout l'or et l'argent qu'il avait pu trouver dans le trésor de l'État, après avoir vendu tous les meubles, les immeubles et les bijoux accumulés dans les magasins royaux, et même les livres. Puis, il transporta tout cela au Caire, et descendit chez al-Malik an-Nâsir Muhammad Ibn Qalâ'ûn, en l'an 719 [1319]. Celui-ci l'accueillit avec égards et lui accorda un rang élevé dans sa cour. Mais, à force d'insinuations, il put peu à peu lui soustraire toutes ses richesses. Ibn al-Lihyânî n'eut plus pour vivre que la pension qui lui fut accordée jusqu'à sa mort, en 728 [1327-1328], comme nous le mentionnerons dans son histoire.

Voilà le genre de choses que suggère aux hauts dignitaires de l'État la crainte de leurs souverains. Mais, au mieux, ils peuvent sauver leur tête, s'ils y réussissent. D'ailleurs, ils s'imaginent à tort être dans le besoin. Le renom qu'ils ont pu acquérir au service de l'État leur suffit pour gagner leur vie, soit en recevant une pension, soit en profitant de leur position pour exercer une activité lucrative comme le commerce ou l'agriculture. Les liens entre les États sont [comme] les liens généalogiques.

L'âme est avide, quand on l'excite à la convoitise.
Poussée à la frugalité, elle en est satisfaite[2].

« Dieu est le Donateur, Celui qui a la force, le Ferme[A b]. »

XL. LA DIMINUTION DES TRAITEMENTS ET SOLDES ENTRAÎNE CELLE DES REVENUS FISCAUX

En voici la raison. L'État et le pouvoir constituent le plus grand marché du monde, et le marché est la matière de la civilisation. Si le souverain accapare les richesses et les revenus fiscaux, ou si ceux-ci sont perdus ou employés par lui à des fins inadéquates, les gens de sa suite seront appauvris. De même, ces derniers cesseront d'entretenir leur propre suite et leurs familles, lesquelles n'auront plus de ressources. Or, elles constituent la grande masse, et leurs dépenses forment la plus grande part des activités du marché. Le commerce se ralentit, et les bénéfices diminuent, en raison de la rareté de l'argent. Il s'ensuit une baisse du produit de l'impôt foncier. Car cet impôt, comme les autres revenus, dépend des activités agricoles, des transactions, de la bonne marche des affaires, et de la recherche des gains et des profits. C'est donc l'État qui subit les conséquences négatives de cette situation. Celles-ci se traduisent par une baisse des revenus du souverain, consécutives à la diminution du produit de l'impôt foncier. En effet, comme nous venons de le dire, l'État est le plus grand marché, la

A. Coran, LI, 58.

source, le fondement et la substance de tous les autres marchés, aussi bien pour les recettes que pour les dépenses. Si ses activités se ralentissent ou que ses dépenses diminuent, les autres marchés seront *a fortiori* affectés de maux semblables ou encore plus graves. Il faut remarquer, en outre, que l'argent circule entre les sujets et leur souverain : il passe de leurs mains aux siennes, ensuite de ses mains aux leurs. Si le souverain le garde pour lui, il est perdu pour ses sujets. C'est la coutume de Dieu envers ses Serviteurs.

XLI. L'INJUSTICE ANNONCE LA RUINE DE LA CIVILISATION

Faire violence aux gens, en leur enlevant leurs biens, a pour effet de leur ôter tout intérêt à en acquérir, car ils constatent alors que, au bout du compte, ils finissent par en être dépouillés. Et s'ils perdent ainsi tout intérêt à posséder des biens, ils cesseront tout effort pour en gagner. Leur abstention sera d'autant plus grande que la violence dirigée contre eux sera plus forte et plus étendue. Si les atteintes sont nombreuses et concernent de façon générale tous les moyens d'existence, l'abstention sera également générale, car tous les intérêts seront touchés à la racine. Si elles sont légères, l'abstention le sera dans une semblable mesure. La civilisation et son degré de prospérité, ainsi que la bonne marche des affaires, dépendent du travail et des efforts que les gens fournissent sans cesse en vue de leurs intérêts et pour l'acquisition des biens. Quand les gens cessent de travailler pour gagner leur vie et ne font plus aucune activité pour acquérir des biens, le mouvement de la civilisation s'arrête et tout va vers le déclin. Les gens se dispersent dans toutes les directions pour fuir leur gouvernement et chercher leur subsistance dans d'autres lieux. Ainsi le pays se dépeuple et se vide, ses villes tombent en ruine. Ces bouleversements entraînent la désintégration de l'État et du gouvernement en place, car l'État est la forme de la civilisation, et il se corrompt nécessairement avec la corruption de sa matière.

On peut rappeler à ce propos l'anecdote racontée par al-Mas'ûdî en relation avec l'histoire des Perses[1]. Sous le règne de Bahrâm, fils de Bahrâm, le Môbedhân — premier dignitaire religieux chez les Perses — voulut exprimer de façon détournée son mécontentement au souverain au sujet de l'injustice de son gouvernement et de son imprévoyance quant aux conséquences de cette injustice pour l'État. Il usa d'une parabole qu'il mit dans la bouche d'un hibou, en profitant d'une question que le souverain lui posa lorsqu'il entendit les cris de cet oiseau et lui en demanda le sens. Voici ce que dit le Môbedhân : « C'est un hibou mâle qui veut se marier avec un hibou femelle. La femelle pose comme condition un cadeau de vingt villages tombés en ruine sous le règne de Bahrâm, pour qu'elle puisse y ululer à sa guise. Le mâle lui donne son accord et ajoute : "Si le roi reste encore longtemps en vie, je pourrai te concéder mille villages. Il n'y a rien de plus facile." » Ce récit tira le souverain de sa distraction. Ayant pris à part le Môbedhân, il lui demanda le sens de ses paroles. L'autre lui répondit : « Sire, le pouvoir d'un roi n'atteint toute sa puissance que grâce à la loi et à l'obéissance à Dieu, à Ses commandements et à Ses interdits. La loi n'atteint sa plénitude que grâce au souverain. Le souverain n'atteint sa puissance que grâce aux hommes. Les hommes ne sont soutenus que par la richesse. La richesse ne s'obtient que par l'exploitation de la terre. L'exploitation de la terre ne se réalise que par la justice. La justice est la balance qui s'interpose entre les hommes. Dieu l'a dressée et en a désigné le gardien : c'est le souverain. Sire, tu t'es intéressé aux fermes pour les arracher à leurs propriétaires et à ceux qui les cultivent ; or, ce sont eux qui paient l'impôt foncier et dont on tire les revenus de l'État. Ensuite, tu les as distribuées à tes courtisans, à tes serviteurs, et à des gens oisifs. Ceux-ci ne se sont guère occupés de cultiver ces terres, d'en surveiller les travaux et de pourvoir à l'amélioration des fermes. En raison de leurs liens étroits avec la cour, ils ont été dispensés de payer les impôts. Les autres contribuables et cultivateurs ont été alors l'objet d'abus. Ils ont abandonné leurs fermes et quitté le pays pour se réfugier sur des terres lointaines ou d'accès difficile. Les activités agricoles ont été négligées, les fermes sont tombées en ruine. La richesse est devenue rare, les soldats et les gens du peuple ont péri. Les rois voisins convoitent le royaume de Perse, sachant qu'il ne dispose plus des moyens sans lesquels les fondements du pouvoir s'effondrent. »

Quand le souverain eut entendu ces paroles, il accorda

plus de soins à son royaume. Les fermes furent reprises aux hommes de son entourage et rendues à leurs anciens propriétaires. Ceux-ci, revenus à leurs usages antérieurs, se remirent à cultiver leurs terres, et ceux qui s'étaient affaiblis se renforcèrent. La terre fut de nouveau cultivée, le pays redevint prospère, les percepteurs de l'impôt foncier récoltèrent beaucoup d'argent. Les troupes furent consolidées. L'ennemi fut privé des moyens qui servaient à le renforcer, et les frontières furent garnies. Le souverain prit en main les affaires du gouvernement. Ses jours furent prospères et l'ordre régna dans son empire.

Ce qu'il faut retenir de cette histoire, c'est que l'injustice ruine la civilisation et que la ruine de la civilisation entraîne la ruine et la destruction de l'État. On pourra rétorquer que, dans les grandes villes, les États commettent des violences, sans que ces villes tombent en ruine. En fait, cela tient au rapport entre le degré de gravité de ces violences et les conditions de la civilisation de la ville considérée. Si c'est une ville importante et très peuplée, qui dispose de ressources quasi illimitées, les pertes consécutives aux violences commises restent légères, parce qu'elles se manifestent de façon progressive. En raison de l'ampleur des ressources et des entreprises, ces pertes peuvent demeurer cachées et leurs effets n'apparaître que bien plus tard. Il se peut même que l'État injuste disparaisse complètement avant la ruine de la cité, et que celui qui lui succède, aidé par sa nouveauté, restaure celle-ci. Les pertes restées cachées peuvent être ainsi réparées sans qu'on s'en aperçoive. Mais cela n'arrive que rarement. De tout cela, il faut conclure qu'il est incontestable que la civilisation subit des pertes à cause de l'injustice et de la violence, comme nous l'avons vu, et que ce sont les États qui en supportent les conséquences néfastes.

Par injustice, il ne faut pas entendre seulement le fait d'enlever à quelqu'un l'argent ou d'autres biens dont il est propriétaire, sans compensation et sans motif, comme on le croit communément, mais quelque chose de plus général. Prendre à quelqu'un ses biens, le faire travailler de force, lui réclamer une chose indûment, ou le soumettre à une obligation non voulue par la loi religieuse, c'est commettre une injustice. Ceux qui perçoivent des impôts sur une base illégale sont injustes. Ceux qui, en général, prennent de force le bien d'autrui sont injustes. Et c'est l'État qui en subit les conséquences, dans la mesure où la civilisation, qui est la matière de l'État, dépérit quand les gens perdent confiance.

C'est ce qui est visé par le Législateur, lorsqu'il interdit l'injustice, c'est-à-dire tout ce qui peut engendrer la corruption et la ruine de la civilisation, et menacer l'espèce humaine d'extinction. On voit à l'œuvre la même visée générale de la loi religieuse dans les cinq objectifs nécessaires qu'elle s'assigne, à savoir la préservation de la religion, de la raison, de la vie, de la reproduction de l'espèce, et des biens.

Ainsi, on l'a vu, du fait même que l'injustice constitue une menace pour l'existence de l'espèce humaine, en raison de la ruine de la civilisation qu'elle peut entraîner, elle contient le principe de son interdiction. L'interdire est donc de la plus haute importance. Le Coran et la Tradition prophétique en fournissent de nombreuses preuves, qu'on ne saurait ici dénombrer.

Si l'injustice était à la portée de chacun, elle aurait fait l'objet de peines légales, comme les autres actes qui corrompent l'espèce humaine et que chacun peut commettre, tels que l'adultère, le meurtre ou l'ivresse. Mais l'injustice ne peut être commise que par ceux contre lesquels nul ne peut rien, car elle n'est le fait que de personnes qui disposent de la capacité et de l'autorité. C'est pourquoi elle est particulièrement blâmée, et ceux qui s'en rendent coupables sont de façon réitérée promis aux châtiments, dans l'espoir qu'ils trouvent un frein en eux-mêmes.

« Ton seigneur n'est pas injuste envers Ses serviteurs[A]. »

On objectera[a] que la loi a prévu des peines pour le brigandage. Or, c'est une injustice qui est commise par quelqu'un qui dispose d'un pouvoir, ce qui est effectivement le cas du brigand au moment où il perpètre ses méfaits. À cela, on peut répondre de deux manières. D'abord, les peines prévues en cas de brigandage ne concernent que les crimes commis contre les personnes et les biens, selon l'opinion du plus grand nombre de juristes. Or l'application de la peine n'a lieu qu'après que le brigand a été soumis et requis de répondre de ses crimes. Le brigandage en lui-même n'est pas l'objet de peines définies. Ensuite, du brigand, on ne peut pas affirmer qu'il dispose d'un

A. Coran, XLI, 46.

pouvoir. Lorsque nous parlons du pouvoir de celui qui commet l'injustice, nous entendons par là la libre disposition d'une force à laquelle ne résiste aucune force contraire. C'est ce pouvoir qui est susceptible d'entraîner la ruine. Le pouvoir d'un brigand est seulement celui de faire peur, et c'est par ce moyen qu'il dépouille ses victimes. Contre lui, tout le monde est capable de se défendre par le recours aux lois religieuses ou politiques. Ce n'est donc pas un pouvoir contenant une menace de destruction.

Dieu a le pouvoir de faire ce qu'Il veut.

Parmi les formes les plus graves d'injustice et les plus ruineuses pour la civilisation, il faut citer les travaux et les corvées qui sont indûment imposés aux sujets. Comme nous le montrerons dans le chapitre consacré aux moyens de subsistance, le travail doit être considéré comme un capital. En effet, les gains et les biens ne sont constitués que par la valeur du travail des hommes. Leurs efforts et leurs travaux sont donc pour eux comme des capitaux ou des biens. Ce sont même leurs seuls biens. Ainsi, les sujets qui sont employés dans l'agriculture n'ont pas d'autres moyens de subsistance ou d'autres ressources que leur travail. S'ils sont contraints de travailler pour d'autres, ou employés à des corvées qui ne leur rapportent pas de quoi vivre, ils se trouvent sans aucun moyen de réaliser un profit, et sont spoliés du prix de leur travail, qui est leur capital. Ils sont donc lésés, privés d'une part importante, sinon de la totalité de leurs moyens d'existence. Si une telle situation se perpétue, ils perdent tout intérêt pour les activités économiques et cessent tout effort, et cela conduit à la destruction et à la ruine de la civilisation.

« Dieu attribue Sa subsistance à qui Il veut, sans compter[A b]. »

Il est encore une autre forme d'injustice, plus désastreuse pour la civilisation et pour l'État, c'est l'usurpation des biens d'autrui : on achète aux gens ce qu'ils possèdent au plus bas prix et on leur vend des marchandises, le plus cher possible, dans des transactions effectuées sous la contrainte. Souvent, les prix imposés sont accompagnés de facilités ou de délais de paiement, ce qui laisse espérer aux

A. Coran, II, 212.

gens la possibilité de compenser leurs pertes en jouant sur les fluctuations du marché. Mais, ensuite, on exige d'eux de payer immédiatement, et ils se trouvent forcés de vendre leurs denrées au plus bas prix. Et les pertes consécutives à ces deux opérations affectent leurs capitaux. Tout le monde peut être touché. Les commerçants des villes ou les marchands venant d'autres contrées sont affectés dans leurs marchandises, les petits détaillants et les boutiquiers dans les produits alimentaires et les fruits, les artisans dans les outils ou les ustensiles qu'ils fabriquent. Ainsi, les pertes concernent toutes les corporations et toutes les catégories. Elles continuent sans interruption à frapper les marchandises, à ruiner les capitaux. Les gens n'ont plus d'autre issue que de fermer boutique, car leurs capitaux disparaissent sans qu'ils puissent les consolider par des bénéfices. Ceux qui viennent d'autres pays pour acheter et vendre hésitent à effectuer leurs transactions. Les affaires périclitent, et les sujets perdent leur gagne-pain, lequel provient, pour l'essentiel, du commerce. Les revenus fiscaux du souverain diminuent ou rentrent mal, car, à partir du milieu du règne de la dynastie, ils sont en grande partie constitués par les taxes sur les marchandises, comme on l'a vu précédemment. Tout cela conduit à la dissolution de l'État et au déclin de la civilisation. La désintégration se produit graduellement et de façon imperceptible.

Il en est ainsi quand, pour enlever aux gens leurs biens, on a recours à ce genre de moyens et de procédés. Si l'on pratique la spoliation pure et simple, si on attente aux biens, aux femmes, aux vies, aux personnes et à l'honneur des sujets, la désintégration et la destruction sont alors immédiates, et l'État ne tarde pas à s'écrouler, en raison des troubles.

C'est à cause de ces dommages que la loi interdit l'utilisation de tels moyens. Elle autorise l'habileté dans les transactions commerciales, mais elle défend de s'emparer injustement des biens d'autrui, afin de prévenir les dommages qui peuvent causer la destruction de la civilisation, à la suite de troubles ou de l'abolition des moyens d'existence.

Tous ces abus n'ont d'autre motif que le besoin de l'État et du souverain de disposer de beaucoup d'argent, parce qu'ils sont habitués au luxe. Leurs frais augmentent, les dépenses sont plus importantes, et les ressources ordinaires n'y suffisent plus. Le souverain invente de nouvelles appellations ou de nouvelles sortes de taxes pour accroître ses revenus et équilibrer son budget. Mais le luxe ne fait que s'étendre, entraînant des dépenses toujours plus grandes. Le besoin d'extorquer aux gens leurs biens devient plus pressant. À cause de tout cela, l'État voit son autorité se rétrécir de plus en plus. Son influence finit par s'effacer, et il disparaît sous les coups de ses assaillants.

Dieu détermine toute chose. Il n'y a d'autre Maître que Lui.

XLII. LA RESTRICTION DE L'ACCÈS AU SOUVERAIN ET SON IMPORTANCE ACCRUE QUAND UN ÉTAT EST SUR SON DÉCLIN

À ses débuts, un État est loin de réaliser tous les buts du pouvoir, comme on l'a vu précédemment. En effet, il a encore besoin de l'esprit de clan grâce auquel il peut asseoir son autorité et affirmer sa domination. Or, l'esprit de clan est attaché aux mœurs rurales.

Par ailleurs, si un État s'appuie sur la religion, il ne se préoccupe pas de réaliser les buts du pouvoir temporel. Et s'il n'est fondé que sur la force de domination, ses mœurs rurales le tiennent également éloigné des buts et des habitudes du pouvoir.

Ainsi, quand, à ses débuts, un État est rural, le souverain observe une vie austère et rurale. Il est près des gens et facilement accessible. Plus tard, il affermit son autorité, réclame pour lui seul toute la gloire et éprouve le besoin de s'isoler avec ses intimes pour parler avec eux de ses affaires, car, à cette époque, il y a grande foule à sa porte. Alors, il cherche par tous les moyens à se tenir à l'écart du peuple et impose à ses familiers et aux membres de l'État qui lui sont indispensables de ne s'approcher de lui qu'avec son autorisation. À cet effet, un chambellan est chargé d'empêcher les gens d'accéder librement auprès de lui, et il se tient à sa porte pour exercer sa fonction.

Une fois que le pouvoir a atteint sa plénitude et réalisé ses aspirations, le souverain adopte les manières de la royauté, qui sont étranges et singulières, et doivent être observées et traitées avec tout ce qu'elles exigent d'égards. Souvent, il arrive que des gens qui ont affaire aux rois, ignorant leurs manières, fassent des choses qui leur déplaisent et encourent ainsi leur courroux et leur châtiment. De la sorte, seuls leurs familiers sont finalement au fait des manières à observer en leur présence. Hormis leurs intimes, les rois ne voient plus d'autres personnes de façon fréquente, afin d'éviter ce qui pourrait susciter leur courroux et exposer les gens à leur châtiment. Il se constitue ainsi un second système de restriction à l'admission auprès des souverains, plus limitatif que le premier. Le premier système laisse libre accès aux plus intimes de leurs familiers, à l'exclusion de tous les autres. Le second donne accès aux réunions avec les familiers et exclut le reste du peuple.

Le premier système apparaît au début d'un État, comme nous l'avons dit plus haut. C'est ce qui arriva sous Mu'âwiya, 'Abd al-Malik et les autres califes omeyyades. La personne chargée du *hijâb* (restriction de l'accès au souverain) fut appelée *hâjib* (chambellan), mot construit rigoureusement à partir de la même racine que *hijâb*.

Ensuite, il y eut l'État des 'Abbâssides, qui connut le degré de luxe et de puissance que l'on sait et porta les attributs royaux jusqu'à leur perfection. Ce fut alors qu'on adopta le second système, auquel le nom de chambellan fut plus particulièrement attaché. Il y eut, pour l'accès aux califes, deux maisons distinctes : l'une pour leurs familiers, l'autre pour le peuple. C'est ce que l'on peut lire dans l'histoire des 'Abbâssides.

Plus tard, un troisième système apparut, encore plus restrictif que les deux premiers, qu'on adoptait lorsqu'on voulait mettre un prince en tutelle. En effet, les membres de la famille royale et les dignitaires de l'État qui plaçaient sur le trône les jeunes princes et tentaient d'usurper leur pouvoir commençaient d'abord par les tenir à l'écart des anciens familiers et intimes de leur père. Ils leur faisaient accroire que leur fréquentation portait atteinte à la dignité royale et enfreignait l'étiquette. De cette façon, ils espéraient les couper des autres et les habituer à leur personne pour se rendre ainsi indispensables à leurs yeux et les dominer. C'était pour servir de tels objectifs que le troisième système était instauré. Il n'apparaissait d'ailleurs que lorsqu'un État était sur son déclin, comme on l'a vu à propos de la mise en tutelle du souverain[1]. Il est alors un signe annonciateur du vieillissement et de l'affaiblissement de l'État. C'est une des choses que redoutent les souverains, car les dignitaires de l'État sont naturellement portés à agir ainsi lorsqu'un État approche de sa fin et que ses derniers rois n'exercent plus la plénitude du pouvoir. Les hommes aiment l'exercice du pouvoir absolu, surtout quand ils sont bien placés pour le faire et qu'ils trouvent les motifs et les moyens appropriés.

« Dieu est souverain de Son ordre[A]. »

XLIII. LA DIVISION DE L'ÉTAT EN DEUX ÉTATS DISTINCTS

La division est le premier effet du vieillissement d'un État. En effet, lorsque le pouvoir a atteint sa plénitude et le luxe et le bien-être leur plus haut niveau, et lorsque, d'autre part, le souverain s'est approprié toute la gloire pour lui seul, il répugne au partage et cherche à éliminer par tous les moyens tout ce qui peut y conduire, en mettant à mort ceux de ses proches en qui il n'a pas confiance et qui sont susceptibles de se poser comme candidats au trône.

Ceux qui se sentent visés, craignant pour leur vie, se réfugient souvent dans les provinces éloignées. Ils y sont rejoints par d'autres, qui éprouvent les mêmes sentiments d'orgueil et font l'objet des mêmes soupçons. À cette époque, l'autorité de l'État a commencé à se rétrécir et à ne plus être respectée dans les régions frontalières. C'est là qu'un proche du prince entre en dissidence et proclame un pouvoir indépendant. Son influence ne fera que grandir, alors que l'autorité de la dynastie en place ne cessera de décroître, jusqu'au jour où il pourra presque se poser en égal de celle-ci.

Voyez l'exemple de l'État musulman fondé par les Arabes : lorsqu'il était fort et uni, que son autorité était étendue, et que l'esprit de clan des Banû 'Abd Manâf était unifié et dominait tous les Mudar, on ne vit jamais apparaître aucune dissidence en dehors de celle des khârijites, qui étaient prêts à mourir pour leur doctrine hérétique. Cependant, leur révolte ne fut guère motivée par la recherche du pouvoir ou du commandement, et ils échouèrent devant un esprit de corps plus puissant que le leur. Par la suite, les Omeyyades furent chassés du pouvoir et remplacés par les

A. Coran, XII, 21.

'Abbâssides. L'empire arabe parvint au plus haut sommet de la domination et de la richesse, puis commença à perdre de son influence dans les provinces éloignées. Ce fut alors que 'Abd ar-Rahmân ad-Dâkhil se réfugia en Andalus, à l'extrémité de l'empire islamique. Il y fonda un royaume qu'il veilla à soustraire à l'autorité des 'Abbâssides. De la sorte, l'État arabe fut scindé en deux. Ensuite, Idrîs partit pour le Maghreb, où il fonda un pouvoir dissident. Il fut soutenu, ainsi que son fils après lui, par les Berbères awraba, maghîla et zénètes, et soumit la région des deux Maghrebs.

Plus tard, l'autorité des 'Abbâssides se rétrécit davantage. Les Aghlabides rejetèrent leur tutelle. Les chiites se révoltèrent à leur tour. Soutenus par les Kutâma et les Sinhâja, ils s'emparèrent de l'Ifrîqiya et du Maghreb, puis de l'Égypte, de la Syrie et du Hijâz. Ils battirent les Idrîsides et firent subir une nouvelle division à l'empire arabe, qui fut partagé en trois royaumes distincts : celui des 'Abbâssides, installés dans la région qui était à la fois le centre et la base des Arabes, et en même temps la source de l'islam ; celui des Omeyyades, qui restaurèrent en Andalus leur ancien pouvoir et leur califat d'Orient ; et celui des 'Ubaydites en Ifrîqiya, en Égypte, en Syrie et au Hijâz. Ces trois États continuèrent à coexister, jusqu'à leur disparition à des époques rapprochées.

L'empire 'abbâsside connut d'autres divisions : il y eut les Hamdânides et, après eux, les Banû 'Uqayl à al-Jazîra et à Mossoul ; les Tûlûnides et, après eux, les Banû Tughj en Égypte et en Syrie ; et, à l'extrémité de l'empire, les Sâmânides en Transoxiane et au Khurâsân et les 'Alides dans le pays des Daylam et au Tabaristân. Finalement, les Daylam s'emparèrent du Fars, des deux Irak et de Bagdad, avec ses califes. Puis vinrent les Saljûqides, qui soumirent toutes ces régions. Leur État se scinda à son tour après avoir atteint une grande puissance, comme on peut le voir dans leur histoire.

Voyez encore l'exemple des Sinhâja, au Maghreb et en Ifrîqiya. Quand leur État eut atteint son apogée sous le règne de Bâdis Ibn Mansûr, on vit l'oncle de celui-ci, Hammâd, se révolter et mettre la main sur les provinces du Maghreb situées entre la montagne des Aurès, Tlemcen et la Moulouya. Il fonda al-Qal'a dans la montagne des Kutâma, près d'al-Masîla, et s'y installa. Il s'empara aussi de leur centre d'Ashîr, dans le Titteri. Il se tailla ainsi un royaume rival de celui de la famille des Bâdis, qui conserva Kairouan et ses environs. Il en fut ainsi jusqu'à la disparition des deux États.

L'État almohade connut le même sort. Lorsqu'il commença à perdre de son influence, les Hafsides se révoltèrent en Ifrîqiya et se déclarèrent indépendants, fondant ainsi un royaume dans cette région qu'ils léguèrent à leurs descendants. Ensuite, leur pouvoir grandit et atteignit son apogée. Alors, un de leurs princes, Abû Zakariyâ' Yahyâ, fils du sultan Abû Ishâq Ibrâhîm, le quatrième calife hafside, fit dissidence dans les provinces occidentales et fonda un pouvoir indépendant à Bijâya, Constantine et leurs environs. Il le transmit à ses descendants. L'État hafside fut ainsi scindé en deux parties. Les successeurs d'Abû Zakariyâ' s'emparèrent ensuite de la capitale Tunis, puis, de nouveau, le pouvoir fut partagé entre leurs descendants. Finalement, les Hafsides reformèrent l'unité de leur royaume.

Le processus de scission peut aboutir à la formation de plus de deux ou trois États qui ne sont pas gouvernés par des princes de la dynastie originelle, comme ce qui advint en Andalus avec les *reyes de taifas*, et en Orient avec les rois non arabes. Il en fut également ainsi des Sinhâja d'Ifrîqiya, dont la fin de règne fut marquée par la présence dans chaque place forte d'un rebelle qui se voulait indépendant, comme nous le mentionnerons dans leur histoire. On put, peu avant notre époque, observer le même phénomène dans le Djérid et le Zâb, en Ifrîqiya, comme nous le dirons également.

Il en va ainsi de tous les États, qui sont inévitablement atteints par les effets du vieillissement quand ils connaissent le luxe et la tranquillité, et que leur domination commence à décliner. Alors, les membres de la famille régnante ou les dignitaires influents de l'État se partagent le pouvoir, et on voit se multiplier en son sein des États [rivaux].

Dieu est l'héritier de la terre et de ce qu'elle porte.

XLIV. LORSQU'UN ÉTAT EST ATTEINT DE SÉNILITÉ, IL NE PEUT PAS S'EN REMETTRE

Nous venons d'énumérer les symptômes et les causes de la sénilité qui frappe les États, en en montrant l'origine et le caractère naturel. Si la sénilité qui affecte les États est un phénomène naturel, elle doit se produire comme toutes les choses naturelles, et dans les mêmes conditions que la sénilité qui affecte le tempérament animal. Or la sénilité est une maladie chronique qu'on ne peut guérir ni faire disparaître. Car c'est une chose naturelle, et les choses naturelles ne peuvent changer.

Bien des souverains qui sont attentifs aux choses du gouvernement prennent conscience de leur situation : ils constatent les symptômes de sénilité qui ont affecté leur État et croient possible de les faire disparaître. Ils s'efforcent alors d'assainir l'État et de le guérir, et pensent que le mal vient de l'incapacité ou de la négligence de leurs prédécesseurs. Mais il n'en est rien. En effet, ce sont des choses naturelles dans la vie d'un État, et ce qui empêche un souverain d'y remédier, ce sont les habitudes. Or les habitudes sont comme une seconde nature. Par exemple, un prince qui aura vu son père et ses aînés se vêtir de soie et de brocart, se servir d'armes et de harnais ornés d'or, se tenir séparés du peuple aux audiences et à la prière, ne pourra pas, contrairement à ces usages légués par ses prédécesseurs, porter des habits grossiers ou se mêler à la foule. Il en sera détourné par les habitudes, et ces actes lui apparaîtront abominables. S'il s'avisait de les commettre, il serait traité de fou, pour s'être brusquement écarté des habitudes, et son autorité risquerait d'en souffrir.

On peut rappeler à ce propos le cas des prophètes, qui peuvent aller contre les coutumes et les renier, parce qu'ils bénéficient de l'aide divine et du secours du ciel.

Souvent, à ce stade, l'État a déjà perdu son esprit de corps et y supplée par la pompe royale. Si, en plus de l'affaiblissement de l'esprit de corps, cette pompe disparaît à son tour, les sujets s'enhardissent contre l'État. Mais celui-ci continuera à s'abriter derrière la pompe aussi longtemps que possible, jusqu'à sa chute.

Souvent, aussi, l'État montre un semblant de force qui donne l'illusion qu'il a conjuré sa sénilité, brillant d'une dernière flamme avant de s'éteindre. C'est comme la mèche d'une lampe qui, avant de s'éteindre, donne une flamme qui fait croire qu'elle va se rallumer, alors que, en fait, elle est en train de s'éteindre.

Tout cela doit être médité. L'homme ne doit pas ignorer la sagesse de Dieu selon laquelle Ses créatures suivent le destin qu'Il leur a fixé. « À chaque terme une Écriture[A]. »

XLV. COMMENT UN ÉTAT SE DÉSINTÈGRE

Le pouvoir repose sur deux fondations indispensables : la première, c'est la puissance et l'esprit de corps, dont l'expression est l'armée ; la seconde, c'est l'argent, qui permet d'entretenir celle-ci et de pourvoir aux besoins de l'État. Lorsqu'un État commence à se désintégrer, ce sont d'abord ces deux fondations qui sont atteintes. Nous allons d'abord présenter le processus de désintégration de la puissance et de l'esprit de corps. Nous reviendrons ensuite à la désintégration des finances et des impôts.

Un État[a], avons-nous dit, ne parvient à fonder et à asseoir son pouvoir que grâce à l'esprit de corps. Un esprit de corps supérieur doit réunir et soumettre tous les autres esprits de corps. Cet esprit de corps supérieur est celui qui est propre au chef de l'État, celui de sa famille et de sa tribu.

Lorsque l'État, conformément à la nature du pouvoir, commence à rechercher le luxe et à humilier les clans puissants, les premiers à être touchés sont les membres de la famille du souverain et ses proches parents, qui partagent avec lui le nom royal. Ils sont persécutés plus que quiconque et, en raison de leur position dans le pouvoir, de leur puissance et de leur supériorité, ils sont plus que d'autres affectés par le luxe. Ainsi, ils subissent l'action de deux agents de destruction : le luxe et la répression. Celle-ci peut aller jusqu'à leur mise à mort, car l'affermissement de l'autorité du souverain les a rendus pleins de ressentiment. De son côté, le souverain passe de la jalousie à la crainte pour son trône. Il se met à les tuer, à les humilier et à les priver du bien-être et du luxe auxquels ils s'étaient, pour une grande part, habitués. Ainsi ils périssent, et leur nombre diminue. L'esprit de corps qui soutenait le souverain à travers eux est alors détruit. C'était l'esprit de corps supérieur grâce auquel il réunissait et soumettait les autres esprits de corps. Il se disloque, et sa puissance se dissipe. Le souverain y supplée par le cercle de ses intimes, com-

A. Coran, XIII, 38.

posé de ceux de ses clients et de ses protégés à qui il a réservé ses bienfaits et ses faveurs. Il recrée ainsi un nouvel esprit de corps. Cependant, celui-ci n'a rien de la puissance de l'ancien, parce qu'il lui manque l'appui des liens du sang et de la parenté. Or, on a vu combien l'importance et la vigueur de l'esprit de corps dépendent de ces liens, par la grâce de Dieu.

Le souverain se coupe ainsi de sa famille et de ses soutiens, de ceux qui ont pour lui un dévouement naturel. Les membres des autres clans s'en aperçoivent, s'enhardissent contre lui et contre le cercle de ses intimes. Alors, il sévit contre eux, et les fait exécuter les uns après les autres. Sur ce chapitre, chaque souverain imite son prédécesseur. À cela s'ajoute l'action destructrice du luxe, déjà évoquée plus haut. Ainsi, sous cette double action du luxe et du meurtre, ils courent à leur perte. Ils finissent par être dépourvus de ce qui faisait leur esprit de corps, et par oublier l'affection et la gloire qui y étaient attachées. Ils ne sont plus employés que comme des mercenaires pour la défense militaire, ce qui fait encore diminuer leur nombre. Les effectifs des soldats installés dans les provinces lointaines et sur les frontières s'en trouvent réduits. Les sujets de ces régions sont alors encouragés à rejeter l'autorité de l'État. Les rebelles issus de la famille régnante ou d'autres sortes d'insurgés s'empressent de s'y réfugier, car ils espèrent parvenir à leur fin en obtenant l'allégeance des gens de ces provinces lointaines, où ils sont hors d'atteinte des troupes du gouvernement. Ce processus continue à s'étendre progressivement, alors que le territoire contrôlé par l'État ne cesse de se réduire, jusqu'à ce que les rebelles atteignent les localités les plus proches du centre de l'État. Souvent, celui-ci se scinde en deux ou trois États distincts, suivant sa force originelle, comme on l'a vu. L'autorité est assumée alors par des étrangers à son clan, mais qui lui restent soumis et en reconnaissent la supériorité.

On peut citer à cet égard l'exemple de l'État arabe à l'époque de l'islam. Au départ, il avait étendu son pouvoir jusqu'en Andalus, en Inde et en Chine. Les Omeyyades exercèrent leur autorité sur tous les Arabes, en s'appuyant sur l'esprit de corps des Banû 'Abd Manâf. C'est ainsi que Sulaymân Ibn 'Abd al-Malik put, de Damas, ordonner l'exécution de 'Abd al-'Azîz, fils de Mûsâ Ibn Nusayr, à Cordoue. Ce dernier fut mis à mort, et on ne put désobéir à l'ordre de Sulaymân. Par la suite, l'esprit de corps des Omeyyades disparut, sous l'effet du luxe, et eux-mêmes s'éteignirent. Puis, vinrent les 'Abbâssides. Ils réprimèrent les Hâshimites, tuèrent et exilèrent les Tâlibites, et ainsi l'esprit de corps des 'Abd Manâf fut détruit et disparut. Alors, les Arabes s'enhardirent contre eux. Dans les provinces éloignées, on rejeta l'autorité 'abbâsside, comme le firent les Aghlabides d'Ifrîqiya, les habitants de l'Andalus, et l'empire 'abbâsside fut divisé. Ensuite, les Idrîsides firent dissidence au Maghreb. Ils furent soutenus par les Berbères, qui reconnurent la supériorité de leur esprit de corps et n'eurent aucune crainte d'être inquiétés par les troupes ou les milices 'abbâssides.

Ainsi, lorsque finalement des prétendants s'insurgent contre l'État, ils s'emparent des parties éloignées de l'empire et des provinces lointaines, réussissent à y fonder un nouveau pouvoir et font éclater l'État. Souvent, ils continuent à s'étendre, en profitant de l'affaiblissement de celui-ci, jusqu'à atteindre le centre. Miné par le luxe, le cercle intime du souverain se réduit, puis il est détruit et finit par disparaître. L'État, divisé, s'affaiblit tout entier. Parfois, il survit longtemps après avoir atteint ce stade. Il peut se passer alors de tout esprit de corps, grâce aux sentiments solidement ancrés qu'éprouvent pour lui ses sujets. De tels sentiments d'obéissance et de soumission remontent si loin que nul ne se souvient ni de leur commencement ni de leur origine. Tout ce que l'on sait, c'est qu'il faut obéir au souverain. Celui-ci peut se passer de la force des clans. Pour maintenir son État, il lui suffit de louer les services d'une milice composée de soldats et de mercenaires, fort de l'esprit de soumission bien enraciné chez ses sujets. En effet, nul ne songerait guère à désobéir ou à se révolter sans rencontrer la réprobation et l'opposition de tous. Personne ne peut donc s'y risquer, quels que soient ses efforts. Dans cette situation, l'État est souvent moins exposé aux révoltes et aux contestations, à cause du profond enracinement de l'esprit d'obéissance et de soumission. L'idée de révolte ne vient presque plus à l'esprit, et personne ne pense à s'écarter de la voie de l'obéissance. L'État est alors mieux protégé contre les troubles et les destructions dus aux clans et aux tribus. Il peut encore survivre ainsi, mais sans cesser de perdre de sa substance, comme un corps qui perd sa chaleur naturelle lorsqu'il est privé de nourriture. Enfin, il atteint son heure. « À chaque terme une Écriture[A]. » Tout État a une fin. « Dieu fixe la durée de la nuit et du jour[B][b]. »

Pour ce qui eſt de la désintégration qui vient du côté des finances, on doit d'abord rappeler que tout État passe par un premier ſtade où il conserve ses mœurs rurales. Il fait preuve alors de bonté envers ses sujets, de modération dans ses dépenses, de respeƈt de la propriété d'autrui. Il évite de lever des impôts excessifs ou de recourir à la ruse ou à la violence pour la colleƈte des produits fiscaux et le contrôle des percepteurs. Rien ne pousse alors à l'excès dans les dépenses, et l'État n'a donc pas besoin de beaucoup d'argent.

Plus tard, l'État parvient à imposer sa domination et à s'étendre. Son pouvoir atteint toute sa plénitude. Tout cela appelle le luxe et, pour cette raison, de plus grands frais. Les dépenses du souverain et de son entourage en général augmentent, et les habitants de la capitale sont eux-mêmes gagnés par le mouvement. Les soldes doivent être augmentées à leur tour. Puis, le luxe continue de croître et les dépenses deviennent de plus en plus extravagantes. Tout cela s'étend aux sujets, car le peuple suit la religion et les usages de ceux qui le gouvernent.

Le souverain doit alors imposer des taxes sur les marchandises vendues sur les marchés pour accroître ses revenus. Car, d'un côté, il conſtate que les villes vivent dans le luxe, ce qui eſt un témoignage de leur prospérité ; de l'autre, il a besoin d'argent pour les dépenses de son gouvernement et les soldes de ses troupes. Puis, le luxe ne fait qu'augmenter, et les droits de marché ne suffisent plus. L'autorité de l'État et la contrainte qu'il exerce sur ses sujets ont atteint à cette époque leur plus haut niveau. Il n'hésite pas à leur prendre leurs biens par les droits qu'il impose sur le marché, les transaƈtions commerciales et, dans certains cas, par l'usurpation sous un prétexte quelconque.

À ce ſtade, l'armée ose tenir tête à l'État, dont l'esprit de corps a subi les effets de l'indolence et du vieillissement. Sachant cela, il tente d'y remédier en augmentant les soldes et en multipliant les gratifications. Il n'a pas d'autre choix.

A. Coran, XIII, 38. ◆ B. Coran, LXXIII, 20.

D'autre part, à ce stade, les collecteurs d'impôts se sont fort enrichis, en raison des gros revenus qui passent entre leurs mains et du prestige qu'ils tirent de leur situation. On les soupçonne de détourner l'argent des impôts. L'envie et la jalousie les poussent à se dénoncer mutuellement. L'un après l'autre, ils sont frappés par le malheur, se voient confisquer leurs biens. Ils finissent par perdre leur fortune et par être complètement ruinés. L'État perd ainsi la pompe et la splendeur qu'il s'était acquises grâce à eux.

Quand il leur a arraché toutes leurs richesses, l'État passe à ceux de ses autres sujets qui ont de la fortune. Mais, à ce stade, sa puissance a déjà décliné. Il n'est plus en mesure d'imposer sa volonté et d'agir par la contrainte. Le souverain adopte alors une politique consistant à régler les affaires en distribuant de l'argent. Ce procédé lui paraît plus avantageux que le sabre, devenu peu efficace. Ses besoins d'argent grandissent. Ils ne se limitent plus aux dépenses du gouvernement et aux soldes des troupes. Mais il n'est plus capable d'y faire face. Et cependant, la sénilité qui l'affecte ne fait qu'empirer et les provinces le défient.

À chacun de ces stades, l'État se désintègre davantage. Finalement, il s'achemine vers la mort et s'expose aux agressions. Le premier conquérant venu peut l'arracher à ceux qui continuent à le diriger. Sinon, il se consume peu à peu et disparaît, comme s'éteint la mèche d'une lampe dont l'huile s'est épuisée.

Dieu possède toute chose et gouverne toutes les créatures. Il n'y a d'autre Dieu que Lui.

XLVI. DANS UN PREMIER STADE, UN ÉTAT ATTEINT LES LIMITES DE SON EXPANSION, ENSUITE IL SE RÉTRÉCIT EN DES PHASES SUCCESSIVES, JUSQU'À SA DESTRUCTION ET SA DISPARITION[a]

Nous avons vu dans la troisième partie de la *Muqaddima*, consacrée au califat et au pouvoir temporel, que chaque État s'étend sur un nombre déterminé de provinces et de districts et qu'il ne peut aller au-delà. Cela est en rapport avec les forces qu'il peut distribuer pour la défense de ses territoires et de ses régions. Là où parviennent ses forces, c'est là que sont ses limites, qui constituent ses régions frontières. Elles enserrent l'État de tous les côtés comme une ceinture. Ces limites peuvent coïncider avec l'expansion originelle du précédent État, ou se trouver au-delà, si les forces du nouveau pouvoir sont plus grandes que celles de l'État antérieur.

Tout cela se produit alors que l'État garde encore ses caractéristiques rurales et son rude courage.

Plus tard, l'État atteint la plénitude de sa puissance et de sa domination. Les dons et les pensions sont abondants, en raison de l'importance des revenus fiscaux. Le luxe et la civilisation urbaine connaissent un grand épanouissement et les nouvelles générations y sont élevées et s'y habituent. Les milices vivent dans l'aisance, leurs mœurs se radoucissent. Elles acquièrent des habitudes de couardise et de paresse, à cause de la mollesse de la vie citadine qui leur fait abandonner les valeurs de courage et de virilité, après qu'elles ont renoncé à leurs mœurs rurales et à leur rudesse. Leur orgueil les pousse à se disputer pour le commandement et à s'entre-tuer. Le souverain veut alors mettre un frein à leurs actions, ce qui aboutit à la mise à mort des grands, alors que s'accroît le nombre des subordonnés. Le tranchant de l'État est émoussé, et sa puissance brisée. L'État est affecté par une première forme de désintégration, celle qui vient du côté des troupes et de la milice, comme on l'a vu précédemment.

Parallèlement, gagné par le désir du faste qui s'attache à la puissance et par un orgueil sans limites, l'État se livre au gaspillage. On dépense à l'envi pour la nourriture et les habits, la construction de palais, l'acquisition d'armes de qualité et de chevaux. Alors les revenus de l'État ne peuvent plus couvrir ses frais, et il subit une deuxième forme de désintégration, qui vient du côté des finances et des impôts. L'action conjuguée des deux formes de désintégration entraîne l'impuissance et la destruction.

Souvent, les chefs du clan au pouvoir entrent en rivalité. Ils se disputent et sont incapables de tenir tête aux voisins et de repousser leurs attaques. Souvent, aussi, les habitants des régions frontières et des provinces éloignées, sentant la faiblesse de l'État, se croient assez puissants pour affirmer leur autonomie, et un pouvoir indépendant sur les districts qu'ils contrôlent. Le souverain est trop faible pour les remettre sur le droit chemin. De la sorte, le territoire de l'État se rétrécit par rapport à son étendue primitive, et le souverain doit se contenter de l'administration d'un territoire moins grand. Puis, avec celui-ci, il aboutit à la même incapacité, à la même paresse en matière d'esprit de corps, au même manque d'argent et de revenus qu'avec le territoire primitif.

Alors, le responsable de l'État entreprend de changer les règles de gouvernement suivies jusque-là en ce qui concerne les troupes, les finances, les fonctions administratives, afin d'y remettre de l'ordre. Il cherche ainsi à équilibrer les recettes et les dépenses, à organiser la milice et administrer les districts, à répartir correctement les revenus fiscaux sur les soldes et pensions, et à se conformer en toute chose aux règles suivies par l'État à ses débuts. Mais de nouveaux maux sont à craindre de tous les côtés.

Il se produit, au cours de cette phase tardive, ce qui s'était déjà produit lors de la première phase. On prend les mêmes mesures que celles adoptées par le premier souverain, et les anciens critères sont appliqués aux nouvelles conditions. Le souverain tente ainsi de réparer les maux dus à une désintégration qui se renouvelle à chaque phase et affecte toutes les parties. Finalement, le territoire de l'État se trouve de nouveau réduit, et il se produit encore une fois ce qui s'était produit auparavant.

Tout souverain qui entreprend de changer les règles antérieures est comme le fondateur d'un nouvel État et d'un nouveau pouvoir. Il en est ainsi jusqu'à la destruction de l'État. Les nations voisines tentent de l'abattre et de fonder un autre État qui leur soit propre. Et ce que Dieu a décidé s'accomplit.

Voyez l'exemple de l'État islamique. Il put s'étendre sur un vaste territoire, grâce à ses conquêtes et à ses victoires sur les nations, puis au renforcement de sa milice et à l'augmentation de ses effectifs, lesquels purent bénéficier de dons et de soldes. Il en fut ainsi jusqu'à la fin des Omeyyades et à la victoire des 'Abbâssides. Ensuite, le luxe s'accrut, la civilisation urbaine se développa, et la désintégration fit son apparition. Le domaine 'abbâsside subit une première réduction du côté du Maghreb et de l'Andalus avec la création des États marwânide et 'alide, qui détachèrent ces deux régions frontières de l'autorité de Bagdad.

Puis des dissensions apparurent entre les fils d'ar-Rashîd. Des prétendants 'alides se soulevèrent dans toutes les régions et réussirent à fonder de nouveaux États. Par la suite, al-Mutawakkil fut tué, et les émirs usurpèrent le pouvoir des califes et les soumirent à leur tutelle. Les gouverneurs des provinces éloignées affirmèrent leur indépendance. Les impôts fonciers de ces régions cessèrent d'être payés à Bagdad. Cependant, le luxe continua à s'accroître. Et lorsque al-Mu'tadid arriva au pouvoir, il modifia les règles de fonctionnement de l'État et adopta de nouvelles règles de gouvernement consistant à concéder aux gouverneurs des régions éloignées les pays sur lesquels ils avaient autorité. Ce fut le cas, par exemple, des Sâmânides en Transoxiane, des Tâhirides en Irak et au Khurâsân, des Saffârides au Sind et au Fars, des Tûlûnides en Égypte, des Aghlabides en Ifrîqiya. Le pouvoir des Arabes se disloqua. Les non-Arabes prirent le dessus. Les Bûyides et les Daylam devinrent les maîtres de l'État islamique et mirent les califes sous leur tutelle. Les Sâmânides conservèrent leur pouvoir en Transoxiane, tandis que les Fâtimides firent la conquête de l'Égypte et de la Syrie à partir du Maghreb. Puis il y eut les Turcs saljûqides. Ils s'emparèrent des provinces de l'islam et maintinrent les califes sous leur tutelle, jusqu'à ce que leurs dynasties fussent détruites. À partir du règne d'an-Nâsir, les califes retrouvèrent leur autorité, mais sur un territoire plus réduit que le cercle autour de la lune, à savoir l'Irak arabe jusqu'à Ispahân, le Fars et al-Bahrayn. La dynastie 'abbâsside survécut ainsi quelque temps encore, jusqu'à ce que le pouvoir des califes fût détruit par Hûlâgû, fils de Tûlî fils de Dûshî Khân, le roi des Tatars et des Mongols. Ceux-ci avaient défait les Saljûqides et avaient arraché les provinces islamiques en leur possession.

Voilà donc comment le territoire d'un État se rétrécit de plus en plus par rapport à son étendue initiale. Ce processus se déroule selon des phases successives, jusqu'à la destruction de l'État. C'est quelque chose qu'on peut observer pour tout État, grand ou petit. Dieu agit ainsi envers les États jusqu'à ce que soit accomplie la fin qu'Il a décrétée pour Ses créatures. « Toute chose est vouée à la mort, excepté Sa face[A]. »

A. Coran, XXVIII, 88.

XLVII. COMMENT LES ÉTATS SONT FONDÉS ET COMMENT ILS SE RENOUVELLENT[a]

Une fois que l'État en place s'achemine vers le vieillissement et le déclin, un nouvel État naît et se forme selon deux processus différents.

Dans le premier, les gouverneurs de provinces éloignées proclament leur indépendance lorsqu'ils sentent que l'autorité de l'État s'est affaiblie. Chacun d'eux fonde un nouvel État pour son propre clan, et un pouvoir qu'il laisse en héritage à ses enfants ou à ses clients. Progressivement, ceux-ci voient leur pouvoir prospérer. Souvent, ils se disputent et entrent en compétition pour l'avoir à eux seuls. Celui qui dispose d'une force supérieure l'emporte sur ses rivaux et leur enlève ce qu'ils possèdent.

C'est ce qui arriva aux 'Abbâssides lorsqu'ils furent sur leur déclin et qu'ils perdirent leur autorité sur les régions éloignées de l'empire. Les Sâmânides se proclamèrent indépendants en Transoxiane, les Hamdânides à Mossoul et en Syrie, les Tûlûnides en Égypte. Les Omeyyades de l'Andalus connurent un destin similaire. Leur pouvoir fut partagé entre les *reyes de taifas*, leurs anciens gouverneurs de province, et leur État fut scindé entre plusieurs États et royaumes qui furent transmis par les nouveaux maîtres à leurs proches parents ou à leurs clients. Dans ce processus, il n'y a pas de guerre entre les nouveaux États et l'État en place, car les nouveaux souverains partent d'une situation où leur pouvoir est déjà fermement établi, et ils n'aspirent pas à soumettre l'ancien État. Celui-ci, atteint de sénilité, a perdu son autorité sur les régions éloignées et n'est plus capable de les contrôler.

Dans le second processus, un rebelle issu des nations et des tribus voisines se soulève contre l'État. Ou bien c'est quelqu'un qui défend une cause particulière à laquelle il rallie le peuple, comme nous l'avons indiqué plus haut, ou bien c'est un homme qui dispose de force et d'esprit de corps et qui jouit d'une forte considération au sein de son clan. Ayant acquis une grande autorité sur celui-ci, il compte sur son appui pour accéder au pouvoir. Son clan est d'ailleurs convaincu que le pouvoir est à sa portée, parce qu'il est devenu plus puissant que l'État en place, atteint de sénilité. Avec son clan, cet homme entreprend donc de le soumettre. Il mène contre lui une guerre prolongée, jusqu'à ce qu'il l'emporte sur lui et hérite de son pouvoir. C'est ce qui arriva aux Saljûqides avec les descendants de Sebüktgîn, et aux Mérinides du Maghreb avec les Almohades.

« Dieu est souverain de Son ordre[A]. »

XLVIII. UN NOUVEL ÉTAT NE L'EMPORTE SUR L'ÉTAT EN PLACE QU'À L'ISSUE D'UNE GUERRE PROLONGÉE, ET NON APRÈS UN SEUL COMBAT[a]

On a vu que les nouveaux États sont de deux sortes. Les uns sont fondés par les gouverneurs de provinces éloignées, lorsque l'État en place a perdu son autorité sur ceux-ci et que sa puissance reflue. En général, ces gouverneurs ne l'attaquent pas, car ils n'ont d'autre ambition que de garder ce qu'ils détiennent déjà. Ils n'ont pas la capacité de faire plus. Les autres sont formés par des prétendants et des rebelles qui s'insurgent contre l'État en place. Ceux-ci, inévitablement, attaquent l'État, car ils ont la force suffisante pour le faire. En effet, ces rebelles sont toujours issus de familles qui disposent d'un esprit de corps et d'une puissance leur permettant de mener à bien leur entreprise. Entre eux et l'État en place, des batailles d'abord indécises sont livrées. Ces guerres se répètent et recommencent sans cesse, jusqu'à ce qu'ils l'emportent à force de persévérance. En général, une seule bataille ne peut pas leur donner la victoire.

En effet, la victoire militaire dépend surtout, on l'a vu, de facteurs psychologiques ou qui reposent sur l'imagination. Le nombre, les armes et la détermination au combat peuvent sans doute garantir le succès, mais comme on l'a déjà dit, ils seraient insuffisants en présence de facteurs qui frappent l'imagination. C'est pourquoi la ruse est une des choses les plus utiles à la guerre et un des meilleurs gages de la victoire. Une tradition du Prophète dit : « La guerre est tromperie[1]. »

L'obéissance à l'État en place devient par la force de

A. Coran, XII, 21.

l'habitude une sorte de nécessité et d'obligation, comme on l'a vu à maintes reprises. C'est une source de nombreuses difficultés pour celui qui fonde un nouvel État et un motif de découragement pour ses partisans et ceux qui le soutiennent. Même si les plus proches de ses familiers sont prêts à lui obéir et à lui apporter leur aide, les autres, qui constituent la majorité, sont moins résolus, à cause du devoir d'obéissance à l'État en place, et se montrent moins zélés. C'est pourquoi le fondateur d'un nouvel État ne peut pas affronter directement l'État en place. Il doit donc patienter et mener une guerre prolongée, jusqu'au jour où le déclin de l'État en place devient patent. Alors, ses partisans cessent de se sentir liés à lui par le devoir d'obéissance et sont encouragés à l'attaquer avec détermination. Ainsi se réalisent la victoire et la domination du nouvel État.

En outre, l'État en place possède beaucoup de richesses. Son pouvoir est fermement établi. Il jouit du bien-être et des plaisirs et profite seul du produit des impôts. Il se dote de riches écuries et de belles armes et s'entoure d'une grande pompe royale. Ses souverains distribuent généreusement les dons, par choix ou par nécessité. Tout cela effraie leurs ennemis. Les gens du nouvel État ne possèdent rien de semblable. Ils ont une vie de ruraux, pauvre et indigente, qui ne leur permet pas de se doter de ce genre d'équipements. Leurs cœurs sont remplis de frayeur quand ils entendent parler de la condition et des riches équipements de l'État en place. Ils ont peur de l'affronter au combat, et leur commandant est obligé de se résoudre à une guerre d'usure, en attendant que l'État soit affaibli par la décrépitude et que son esprit de corps et son système fiscal soient désintégrés. Le chef du nouvel État peut alors saisir l'occasion de lui prendre le pouvoir, longtemps après ses premières offensives. C'est la coutume de Dieu envers Ses serviteurs.

D'autre part, les gens du nouvel État diffèrent de ceux de l'État en place par leur origine, leurs coutumes et tous leurs comportements. Depuis qu'ils ont commencé à les attaquer et à montrer leur prétention à leur prendre le pouvoir, ils leur disputent la gloire et leur déclarent une guerre ouverte. Entre les partisans des deux États, le fossé se creuse, ouvertement et en secret. Aucune information sur les hommes de l'État en place, pouvant révéler leurs faiblesses, ne parvient à ceux du nouvel État ni secrètement ni au grand jour. Car il n'y a entre eux aucune forme de familiarité ou d'intimité. Le nouvel État persiste dans ses prétentions, mais en reculant devant le combat, jusqu'au jour où Dieu permet que l'État en place décline, qu'il atteigne le terme de son existence et qu'il s'écroule de partout. Alors, les partisans du nouvel État voient clairement ce qu'il en est de la sénilité et de la décadence de l'État en place, car, entre-temps, leurs forces se sont accrues grâce aux districts et aux provinces qu'ils lui ont arrachés. Ils unissent enfin leurs volontés pour entreprendre l'offensive. Les appréhensions qui minaient leur résolution disparaissent, la guerre d'usure arrive à son terme et un combat décisif leur donne le pouvoir.

Voyez l'exemple de l'État des 'Abbâssides. À l'époque de son émergence et de ses débuts, ses partisans étaient restés plus de dix ans au Khurâsân, après la naissance du mouvement 'abbâsside et la décision d'attaquer l'État en place. Ce fut alors seulement qu'ils remportèrent la victoire et qu'ils renversèrent les Omeyyades.

Ce fut le cas également des 'Alides au Tabaristân, après la naissance de leur mouvement chez les Daylam. Eux aussi, ils durent soutenir une guerre prolongée avant de s'emparer de cette région. Et, lorsque, après la chute du pouvoir 'alide, les Daylam ambitionnèrent d'entrer en possession du Fars et des deux Irak, ils menèrent une guerre d'usure pendant plusieurs années avant de s'emparer d'Ispahân et du Fars, et d'établir ensuite leur domination sur le calife de Bagdad.

Il en fut de même des 'Ubaydites. Leur missionnaire au Maghreb, Abû 'Abd Allâh ash-Shî'î, demeura pendant plus de dix ans chez les Berbères kutâma, menant une guerre d'usure contre les Aghlabides d'Ifrîqiya, jusqu'au jour où il put les vaincre. Les 'Ubaydites s'emparèrent alors de tout le Maghreb, puis regardèrent en direction de l'Égypte. Ils se préparèrent à l'attaque pendant plus de trente ans, envoyant contre elle en permanence des armées et des flottes. L'Égypte recevait des renforts terrestres et maritimes de Bagdad et de Syrie. Les 'Ubaydites prirent Alexandrie, le Fayyûm et le Sa'îd. De là, leur mouvement passa au Hijâz et s'établit à La Mecque et à Médine. Ensuite, leur général Jawhar al-Kâtib marcha sur la capitale de l'Égypte et s'en empara. Il renversa la dynastie des Banû Tughj et fonda Le

Caire. Le calife ʿubaydite Maʿadd al-Muʿizz li-dîn-Allâh vint alors s'y installer, soixante ans environ après la prise d'Alexandrie.

Il arriva la même chose aux souverains saljûqides turcs. Lorsqu'ils renversèrent les Sâmânides et franchirent l'Oxus, ils passèrent près de trente ans à faire la guerre à la dynastie d'Ibn Sebüktgîn au Khurâsân, avant de la soumettre. Après quelque temps, ils marchèrent sur Bagdad et s'emparèrent de la ville et du calife.

De même, les Tatars, successeurs des Saljûqides, après avoir quitté leur désert en l'an 617 [1220-1221], n'établirent leur domination qu'au bout de quarante ans.

De même, au Maghreb, lorsque les Almoravides, appartenant aux tribus lamtûna, se soulevèrent contre les souverains maghrâwa, ils menèrent contre ceux-ci une guerre qui dura plusieurs années, avant de les renverser. Ensuite, il y eut les Almohades, qui dirigèrent leur mouvement contre les Lamtûna. Ils passèrent près de trente ans à les combattre avant de s'emparer de leur capitale, Marrakech. De leur côté, les Mérinides, de la tribu des Zénètes, se révoltèrent contre les Almohades et livrèrent contre eux une guerre d'usure qui dura près de trente ans. Ils s'emparèrent de Fès et la détachèrent avec ses districts de l'empire almohade. Pendant trente autres années, ils continuèrent à guerroyer contre la dynastie régnante avant de prendre Marrakech, sa capitale. Tout cela est mentionné dans l'histoire de ces dynasties.

Voilà comment se passent les attaques et la guerre d'usure que mènent les nouveaux États contre les États en place. C'est la coutume de Dieu envers Ses serviteurs. « Et tu ne trouveras nulle modification à la coutume de Dieu[A]. »

À cela, on pourrait objecter que, dans le cas des conquêtes musulmanes, les Perses et les Byzantins furent battus trois ou quatre années seulement après la mort du Prophète, sans qu'on eût recours à une guerre prolongée. Mais cela doit être compté au nombre des miracles du Prophète, lesquels s'expliquent par le fait que les musulmans étaient prêts à mourir au combat contre leur ennemi, illuminés par leur foi, sans avoir à mener une guerre prolongée. Et dans les cœurs de leurs adversaires, Dieu avait semé la terreur et le désir de fuite. Tout cela rompt avec le cours habituel des choses, selon lequel un nouvel État doit

A. Coran, XXXIII, 62.

mener une guerre prolongée contre l'État en place. S'il y a effectivement là une contradiction, c'est qu'il s'agit d'un miracle de notre Prophète. De tels miracles sont admis dans la communauté musulmane. Mais on ne peut pas juger des choses ordinaires par analogie avec des miracles, et on ne peut tirer argument de ceux-ci.

XLIX. LORSQU'UN ÉTAT EST SUR SON DÉCLIN, LA POPULATION EST IMPORTANTE ET LA PESTE ET LES FAMINES SONT FRÉQUENTES

On a établi plus haut que les États à leurs débuts observent nécessairement une attitude de bienveillance et de justice dans leur exercice du pouvoir et dans leur administration, soit en raison de leurs convictions religieuses — quand ils sont issus d'un mouvement religieux —, soit à cause des qualités de générosité et de bonté qui découlent de leurs mœurs rurales.

Lorsque l'autorité est exercée avec bienveillance et bonté, la confiance des sujets s'épanouit. Ils s'adonnent avec ardeur aux œuvres de civilisation. Celle-ci se répand et la population augmente. Cela se produit de façon progressive et les effets n'en deviennent évidents qu'au bout d'au moins une ou deux générations. C'est également au terme de deux générations qu'un État approche de la fin de son existence naturelle. La civilisation se trouve alors à son plus haut niveau d'expansion et de croissance.

On pourrait objecter qu'on a précédemment établi que le déclin d'un État s'accompagne de dommages pour les sujets et de dégradation de l'administration. C'est exact, mais cela ne contredit pas ce que nous venons d'affirmer. En effet, s'il se produit des dommages et si les revenus fiscaux diminuent à cette époque, les effets négatifs sur la civilisation n'en sont ressentis qu'après un certain temps, parce que les choses naturelles ont un développement progressif.

Lorsqu'un État approche de sa fin, les famines et les épidémies augmentent pour les raisons que voici. Pour ce qui est des famines, elles sont dues au fait que la plupart des gens s'abstiennent de cultiver la terre, à cause des spoliations, des impôts et des taxes sur les marchandises qui pèsent sur eux à cette époque, ou des troubles consécutifs aux désordres et aux rébellions qui accompagnent la sénilité de l'État. Alors, les réserves de grain, en général, diminuent. Or les récoltes ne sont pas toujours bonnes ni régulières. Dans le monde, la quantité de pluie est par nature variable. Les précipitations peuvent être fortes ou faibles ; elles peuvent diminuer ou augmenter. La production de céréales, de fruits ou de lait varie en conséquence. Les gens ne peuvent s'assurer leur nourriture qu'en faisant des réserves. S'il n'y a plus de réserves, on s'attend à la famine. Le prix du grain monte. Les gens nécessiteux ne peuvent payer, et ils succombent. Si les réserves manquent pendant plusieurs années, la famine se généralise.

La fréquence des épidémies, quant à elle, a diverses causes : la multiplication des famines, comme on vient de le voir ; les nombreux troubles liés à la désintégration de l'État, qui entraînent des désordres et des meurtres ; l'apparition de la peste. Celle-ci est généralement due à la corruption de l'atmosphère provenant d'une trop nombreuse population. L'air est vicié par la putréfaction et les mauvaises vapeurs. Or, l'air nourrit l'esprit animal et est en contact permanent avec lui. Quand il est corrompu, le tempérament est atteint. Si la corruption de l'air est très forte, les poumons sont touchés par le mal. On a alors des épidémies, dont les maux affectent spécialement les poumons. Même si la corruption n'est pas très forte, il en résulte une augmentation et une aggravation de la putréfaction. Les fièvres se multiplient et attaquent les tempéraments, la maladie affecte les corps, qui périssent. Dans tout cela, l'augmentation de la putréfaction et des mauvaises vapeurs a pour cause l'accroissement excessif de la civilisation quand un État est sur son déclin, cet accroissement étant lui-même dû, de toute évidence, à la bonté et à la douceur du gouvernement, à la grande sécurité et à la faible fiscalité de la première période de l'État. C'est pourquoi, dans les livres de sagesse, il est clairement indiqué qu'il est nécessaire de prévoir des espaces vides et désertiques entre les aires de civilisation. De la sorte, l'air peut circuler, ce qui permet de chasser la corruption et la putréfaction qui se produisent dans l'atmosphère au contact des êtres animés, et de faire un apport d'air sain. C'est aussi la raison pour laquelle les épidémies sont plus fréquentes dans les villes fortement peuplées, comme Le Caire en Orient et Fès au Maghreb. Dieu décrète ce qu'Il veut.

L. LA CIVILISATION HUMAINE A NÉCESSAIREMENT BESOIN D'UN GOUVERNEMENT POUR ASSURER L'ORDRE[a]

On a déjà vu plus d'une fois, ci-dessus, que la société est nécessaire aux hommes. C'est ce qu'on entend par civilisation, dont il est traité ici. Vivant en société, les hommes ont nécessairement besoin de s'en remettre à quelqu'un qui ait autorité sur eux et qui les gouverne. Son pouvoir repose soit sur une loi révélée à laquelle les hommes doivent se soumettre, parce qu'ils croient aux récompenses et aux châtiments de l'autre monde annoncés par le transmetteur de cette loi, soit sur une politique rationnelle à laquelle ils doivent obéir, parce qu'ils attendent une récompense de la part de celui qui les gouverne quand il aura appris ce qui est bon pour eux.

Dans le premier cas, on réalise un double profit, dans ce monde et dans l'autre, car le Législateur connaît les intérêts ultimes des hommes et s'occupe de leur salut dans l'autre monde. Dans le second cas, il n'y a qu'un seul profit, ici-bas.

Ce qu'on dit du « gouvernement politique[1] » ne concerne pas notre propos ici. En effet, ce que les philosophes entendent par là, c'est la manière dont chaque membre de la société doit diriger son âme et sa conduite, de telle sorte que l'on puisse se passer entièrement des gouvernants. Une société où se réalisent ces exigences est appelée par eux la « cité parfaite[2] », et les règles qui doivent y être respectées, le « gouvernement politique ». Ils ne veulent pas dire par là le gouvernement auquel on soumet les membres de la société par les lois, en vue de l'intérêt général. Ce sont deux choses différentes. La « cité parfaite » est, pour les philosophes eux-mêmes, quelque chose de rare ou de difficilement réalisable. Ils ne l'évoquent d'ailleurs qu'à titre d'hypothèse ou de supposition.

La politique rationnelle dont nous avons parlé est de deux sortes. Dans la première, on prend en considération le bien public en général, en même temps que l'intérêt particulier du souverain dans la bonne administration de son royaume. C'est sous cette catégorie que se range la politique des Perses, qui est dictée par la sagesse[3]. Dans notre communauté musulmane, Dieu nous en a dispensés à l'époque du califat. En effet, les lois religieuses permettent de s'en passer, tant pour ce qui concerne les intérêts généraux que pour ce qui est des intérêts particuliers ; en outre, elles comprennent aussi bien les règles de bienséance que les principes du pouvoir.

Dans la deuxième sorte de politique rationnelle, on considère l'intérêt du souverain et la façon de bien administrer son pouvoir par la contrainte et la domination. Les intérêts généraux sont ici accessoires. C'est cette sorte de politique qui est pratiquée par tous les souverains du monde, qu'ils soient musulmans ou incroyants. Les princes musulmans, cependant, l'appliquent tout en s'efforçant de respecter autant que possible les prescriptions de la loi religieuse de l'islam. Les normes de cette politique sont donc faites d'un mélange de lois religieuses, de règles éthiques, de lois naturelles relatives à la société, ainsi que d'un certain nombre de choses relatives à la puissance et à l'esprit de corps dont il doit être tenu compte. On y est d'abord guidé par la loi religieuse, ensuite par les maximes des sages et les vies des rois.

Parmi ce qui a été écrit de plus beau et de plus complet sur ce sujet, on peut citer la lettre adressée par Tâhir Ibn al-Husayn, le général d'al-Ma'mûn, à son fils 'Abd Allâh Ibn Tâhir, quand il fut nommé par le calife gouverneur d'ar-Raqqa, d'Égypte et des régions intermédiaires. Dans cette fameuse lettre, Tâhir exhorte son fils et lui fait ses recommandations sur toutes les questions religieuses et morales en rapport avec ses nouvelles fonctions, ainsi que sur les principes politiques fondés sur la loi religieuse ou sur la nature du pouvoir. Il l'engage à pratiquer la vertu et le bien en des termes qui ne doivent laisser indifférents ni un roi ni un homme du commun. Voici, d'après at-Tabarî[4], le texte de cette lettre :

« Au nom de Dieu, le Bienfaiteur miséricordieux !

« Tu dois craindre Dieu, l'Unique, Celui qui n'a pas d'associé, Le redouter, te placer sous Son regard, éviter Sa colère. Veille sur tes sujets nuit et jour. Profite de la santé que Dieu t'a accordée pour penser à ta vie future, à ta destination, à ce qui requiert tes soins et à ce dont tu es responsable, et pour agir en tout cela de telle sorte que Dieu te protège et te garde au jour de la Résurrection de Son châtiment et de Ses tourments.

« Dieu a été bon pour toi. Il t'a fait l'obligation d'être doux envers ceux de Ses serviteurs dont Il a fait tes sujets. Il t'a imposé d'observer la justice envers eux, de leur faire respecter Ses droits et de leur appliquer Ses peines, de les défendre, de protéger leurs familles et leurs femmes, d'empêcher que leur sang soit versé, d'assurer la sécurité de leurs routes et de leur permettre de vivre en paix. Dieu te jugera pour les obligations qu'Il t'a imposées et pour les choses qu'Il a confiées à tes soins ou dont Il t'a rendu responsable. Il te rétribuera en tout cela pour ce que tu as fait et pour ce que tu as omis de faire.

« À cette tâche, consacre toute ton intelligence, ta raison et ta perspicacité. Que rien ne t'en détourne. C'est pour toi l'affaire la plus grave, le pivot de ta vie. C'est la première chose à réaliser, avec l'aide de Dieu, pour marcher sur la bonne voie. Que l'observance des cinq prières quotidiennes que Dieu t'a imposée, ainsi que la prière collective, avec les gens derrière toi, soit ta première obligation et ta première règle de conduite. Accomplis ces prières en en respectant toutes les règles, et notamment, en faisant des ablutions complètes et en invoquant le nom de Dieu avant le début des prières. Récite le Coran d'une voix douce, sois calme dans tes postures d'inclination, de prosternation et de récitation de la profession de foi, et sois sincère dans ton intention devant Dieu. Exhorte tous ceux qui sont avec toi et sous tes ordres à faire de même, et persévère dans cette conduite. Comme Dieu l'a dit dans le Coran, la prière "préserve du péché et du mal[A]".

« Ensuite, conforme-toi aux règles de conduite pratiquées par l'Envoyé de Dieu, efforce-toi constamment d'adopter ses qualités et d'imiter les pieux anciens après lui. Si tu es devant une tâche à accomplir, tu trouveras une aide en demandant à Dieu ce que tu dois faire, en Le craignant, en appliquant les prescriptions de Son Livre sur ce qu'il faut faire ou ne pas faire, ce qui est permis ou interdit, et en te laissant guider par les traditions concernant l'Envoyé de Dieu.

« Agis selon les droits de Dieu. Ne t'écarte pas de la justice à cause de ce que tu aimes ou de ce que tu hais, qu'il s'agisse d'une personne qui t'est proche ou d'une personne qui t'est étrangère. Accorde ta faveur à la science de

A. Coran, XXIX, 45.

la loi et à ceux qui la pratiquent, à la religion et à ceux qui la portent, au Livre de Dieu et à ceux qui y conforment leur vie. Le plus bel ornement d'un homme est le savoir relatif à la religion, l'effort pour son acquisition, l'incitation à le rechercher, la connaissance des éléments de ce savoir qui permettent de se rapprocher de Dieu. C'est ce qui indique la voie du bien sous toutes ses formes et ce qui y conduit, ce qui ordonne de s'y conformer et ce qui interdit de commettre les péchés et les crimes. Grâce à ce savoir, avec l'aide de Dieu, l'homme peut mieux connaître et respecter son Seigneur et atteindre aux plus hauts degrés dans l'autre monde. De plus, en remarquant ton savoir religieux, les gens n'en auront que plus de respect pour ton autorité, de révérence pour ton gouvernement, d'amour pour toi et de confiance en ta justice.

« En toute chose, observe la modération. Rien n'est plus clairement utile, plus sûr et, à tous égards, plus excellent que la modération. La modération engage sur la bonne voie. Celle-ci conduit au succès, et le succès au bonheur. C'est par la modération que se préservent la religion et les traditions qui servent de guide. Dans tes affaires mondaines, fais-la passer avant toute chose.

« Ne ménage aucun effort dans ta quête de l'autre monde, des œuvres pies, des préceptes reconnus, des signes de la voie droite. Il ne sert à rien de chercher à accomplir beaucoup de bonnes actions si ce n'est pour rencontrer la face de Dieu, pour Le satisfaire et pour jouir de la compagnie de Ses saints dans la demeure de Sa générosité.

« Sache que, pour les affaires de ce monde, la modération procure de la force et protège contre les péchés. Tu ne trouveras pas un meilleur moyen pour préserver ta personne et ton rang et pour améliorer tes affaires. Tu dois donc l'adopter et te guider sur elle. De la sorte, tu réussiras dans tes entreprises, tu auras une puissance accrue, et tes familiers et ton peuple seront prospères.

« Place toute ta confiance en Dieu, et tes sujets marcheront sur le droit chemin. En toutes choses, cherche appui auprès de Lui, et il te sera accordé de jouir en permanence de Ses bienfaits.

« Garde-toi de soupçonner quiconque pour une tâche que tu lui as confiée, avant d'être bien informé sur son compte. Car c'est un crime que de soupçonner des innocents ou de nourrir contre eux des préjugés. Fais-toi un devoir d'avoir une opinion favorable sur les gens de ton entourage, de chasser de ton esprit toute présomption et de refuser même d'en concevoir à leur sujet. Cela t'aidera à les lier à ta personne et à les former. Ne donne pas prise à Satan, l'ennemi de Dieu. Il profitera de la moindre faiblesse de ta part pour glisser dans ton cœur une telle affliction à cause des soupçons que tu nourriras à leur égard que ta vie en sera empoisonnée. En gardant un préjugé favorable sur les gens, tu en tireras force et repos, tu obtiendras des autres ce que tu désires, tu leur inspireras de l'amitié et tu les inciteras à agir avec droiture en toutes choses.

« Mais ni tes préjugés favorables à l'égard de tes familiers ni ta bienveillance envers tes sujets ne doivent t'empêcher de faire des enquêtes et de t'informer sur tes propres affaires, de traiter personnellement les questions relatives à tes fonctionnaires, d'assurer la protection de tes sujets et de veiller à leurs besoins matériels et à leur prospérité. Bien au contraire, considère comme un devoir prioritaire de t'occuper personnellement des problèmes de tes fonctionnaires et de protéger tes sujets, en étant attentif à leurs besoins et en leur assurant leur nourriture. La religion n'en sera que plus forte et la tradition du Prophète plus vivante.

« Qu'en toutes ces choses tes intentions soient pures. Accorde à ta propre amélioration le soin exclusif de celui qui sait qu'il est responsable de ce qu'il fait, qu'il est récompensé pour ses bonnes actions et puni pour les mauvaises. Dieu a fait de la religion un refuge et une force. Il a élevé ceux qui suivent la foi et l'honorent.

« Tu dois suivre, avec ceux que tu gouvernes, la voie de la religion et le chemin de la guidance. Applique les peines prévues par Dieu aux criminels selon leur rang et leur culpabilité. Cela ne doit souffrir aucune distraction ni négligence de ta part. Exécute sans retard les châtiments de ceux qui doivent être châtiés, car tout manquement en cette matière nuira à l'opinion que le peuple a de tes bonnes dispositions. Appuie-toi dans ce domaine sur les traditions reconnues et écarte-toi des innovations et des péchés. Ainsi, ta foi sera sauve et ta dignité renforcée.

« Si tu prends un engagement, tiens-le. Si tu as promis un bienfait, remplis ta promesse. Fais bon accueil aux dons qu'on te fait, et rends-les. Ferme les yeux sur les défauts que pourraient avoir tes sujets. Garde-toi de dire des mensonges, voue toute ta haine aux menteurs et chasse les calomniateurs. Tes affaires dans ce monde et dans l'autre commenceront à décliner dès que tu admettras un menteur parmi tes intimes ou que tu useras toi-même de mensonge. En effet, le mensonge est le prologue aux crimes, et la calomnie en est la conclusion. Celui qui dit des calomnies n'est jamais sûr. Celui qui les écoute n'a pas de vrais amis. Celui qui s'y conforme ne réussit jamais.

« Aime les gens bons et sincères. Aide les nobles en observant le droit. Accorde tes faveurs aux faibles. Maintiens des liens avec tes proches parents. En tout cela, ton désir doit être de rencontrer la face de Dieu, de renforcer Sa cause, de rechercher Sa récompense, de trouver une bonne place dans l'au-delà. Fuis les mauvais désirs et les injustices. Garde-toi de leur influence et montre à tes sujets que tu en es indemne. Sois juste dans le gouvernement de ton peuple et appuie-toi sur le droit et le savoir de ce qui te met sur la bonne voie.

« Sois maître de toi au moment de la colère. Choisis la dignité et la magnanimité. Dans tout ce que tu entreprends, garde-toi d'être emporté, ou de montrer de la légèreté ou de l'aveuglement.

« Ne te dis pas : “J'ai l'autorité, je fais ce que je veux.” Cela ne tardera pas à apparaître comme un manque de jugement, et traduit une faible confiance en Dieu, l'Unique, Celui qui n'a pas d'associé. Que tes intentions soient pures devant Dieu et ta foi en Lui sincère. Sache que le pouvoir appartient à Dieu. Il le donne et le reprend à qui Il veut.

« Le revirement de fortune et la vengeance divine ne frappent jamais quiconque de façon aussi prompte que les gens au pouvoir qui renient les bienfaits de Dieu, ou ceux qui jouissent de hautes positions au gouvernement et qui se montrent ingrats envers les faveurs et les bienfaits de Dieu et se croient tout-puissants parce que Dieu les a comblés de Ses dons.

« Débarrasse ton âme de toute avidité. N'amasse pas d'autres trésors que ceux de la piété, de la crainte de Dieu, de la justice, du bien de tes sujets, de la prospérité de leurs terres, de l'administration de leurs affaires, de la protection du plus grand nombre et du secours aux affligés. Sache que les richesses qu'on accumule et qu'on conserve dans des magasins ne peuvent fructifier. Au contraire, quand elles sont consacrées à faire le bien-être des sujets, à leur assurer leurs droits et à les préserver du besoin, elles croissent et se multiplient. Le peuple connaît la prospérité, le gouvernement en fait son ornement, l'époque en goûte les bienfaits. Elles procurent puissance et sécurité. Que ta manière d'amasser des trésors soit donc de distribuer ces richesses pour faire la prospérité de l'islam et des musulmans. Paie leurs droits aux fonctionnaires du Commandeur des croyants qui ont servi avant toi. Accorde à tes sujets toutes les parts qui leur reviennent. Prends soin de tout ce qui peut améliorer leurs affaires et leurs moyens d'existence. Si tu agis de la sorte, tu jouiras d'une constante faveur. Tu mériteras de Dieu qu'Il t'accorde plus de bienfaits. Et tu pourras mieux lever l'impôt foncier et percevoir l'argent de tes sujets et de ton district. Comme ta justice et tes bienfaits se seront répandus sur tout le monde, tout le monde sera mieux disposé à t'obéir et accueillera plus favorablement toutes tes volontés. Efforce-toi donc de suivre tout ce que je viens de t'indiquer sur ce chapitre. Sois très scrupuleux sur ce point. La seule richesse qui dure est celle qu'on a dépensée pour le droit de Dieu.

« Sache tenir compte de la gratitude des gens envers toi et récompense ceux qui te l'expriment.

« Que le monde et son aveuglement ne te fassent pas oublier la terreur de l'au-delà, de sorte que tu négliges tes devoirs. La négligence entraîne l'irresponsabilité, et celle-ci conduit à la perdition. Ce que tu fais, fais-le pour Dieu et en Dieu, et espère une récompense. Dieu t'a comblé de Ses faveurs en ce monde. Tu dois donc te réfugier dans la gratitude et y trouver appui. Montre à ton Seigneur les faveurs qu'Il t'a faites, Dieu t'accordera encore plus de bienfaits et de faveurs. Car Dieu distribue Ses récompenses à la mesure de la reconnaissance et de la bonté de ceux qui sont reconnaissants et bons. Il est juste dans les faveurs qu'Il accorde aux hommes et la grâce dont Il les couvre.

« Ne prends aucun péché à la légère. Ne suis pas le parti des envieux. N'aie pas de pitié pour les pécheurs. Ne donne pas aux ingrats. Ne couvre pas tes ennemis. Ne fais pas confiance aux calomniateurs. Ne te fie pas aux traîtres. Ne sois pas l'ami des libertins. Ne suis pas les séducteurs. Ne loue pas les hypocrites. Ne méprise aucun être humain. Ne repousse pas les requêtes des pauvres. N'accepte pas les futilités. Ne distingue pas les bouffons. Ne romps pas tes engagements. Ne crains pas la gloire. Ne montre pas de colère. Ne cède pas à l'orgueil. Ne marche pas avec arrogance. Ne crois pas à la pureté d'un homme stupide. Ne néglige pas ta quête de l'autre monde. Ne passe pas ton temps en réprimandes. Ne ferme pas les yeux sur les actes d'un homme injuste par peur ou par partialité. Ne cherche pas à obtenir la récompense de l'autre monde dans ce monde-ci.

« Recherche fréquemment les avis des juristes. Efforce-toi d'agir avec magnanimité. Écoute les gens d'expérience et les hommes raisonnables, perspicaces et sages. Ne prends pas comme conseillers des gens à l'esprit mesquin ou des avares. N'accepte aucun de leurs avis, car ils te causeront plus de mal que de bien. Rien n'est plus nuisible pour tout ce que tu entreprends pour ton peuple que l'avarice. Tu dois savoir qu'en étant avide, tu prends beaucoup et tu donnes peu. Si tu agis de la sorte, tes affaires seront peu prospères. En effet, tes sujets ne t'aimeront sincèrement que si tu t'abstiens de toucher à leurs biens et de les traiter de façon injuste. Tes amis demeureront sincères avec toi si tu leur prodigues des bienfaits et des présents. Fuis l'avarice. C'est le premier péché que l'homme a commis envers son Seigneur. Or, le pécheur est avili. Dieu a dit dans le Coran : "Ceux qui se préservent de leur propre avarice seront les Bienheureux[A]." Renforce ta générosité en observant le droit. Réserve à tous les musulmans leur part de butin. Sois certain que la générosité est un des plus beaux actes des serviteurs de Dieu. Adopte-la comme un trait de ton caractère, et qu'elle soit pour toi à la fois une pratique et une doctrine.

« Contrôle les registres et les bureaux des troupes. Distribue aux soldats leurs soldes, et donne-leur des moyens d'existence suffisants. Grâce à Dieu, ils ne seront plus dans le besoin. Alors, ils te seront plus attachés et leurs cœurs seront plus empressés et plus heureux de t'obéir. Il n'y a pas de plus grand bonheur pour un homme qui exerce le pouvoir que d'être, pour ses soldats et pour son peuple, un recours dans sa justice, sa protection, son équité, ses soins, sa pitié, sa bonté, sa générosité. De deux issues, efforce-toi d'éviter le mal de l'une, en cherchant à tirer avantage de l'autre et en agissant toujours en conformité avec elle. Ainsi, si Dieu le veut, tu rencontreras succès, prospérité et bonheur.

A. Coran, LIX, 9.

« Sache que la justice tient auprès de Dieu une place à laquelle aucune chose au monde n'est comparable. En effet, c'est la balance de Dieu qui sert à peser équitablement les conditions des hommes sur la terre. C'est en jugeant et en observant l'équité qu'on améliore le sort des sujets. La sécurité des routes est assurée. On fait justice aux opprimés. Les droits des gens sont pris en compte. La vie est protégée. L'autorité est respectée. Dieu dispense la santé et la paix. La religion est renforcée. Les traditions et les lois religieuses sont convenablement suivies. Le droit et l'équité sont observés dans la justice.

« Sois ferme pour tout ce qui concerne Dieu. Abstiens-toi de toute corruption. Fais exécuter les peines légales. Évite la précipitation. Ne te laisse pas gagner par l'angoisse et l'inquiétude. Contente-toi des serments. Sois calme et garde toujours ton sérieux. Tire parti de ton expérience. Sois attentif quand tu te tais, et rigoureux quand tu parles. Traite avec équité tes adversaires. Suspens ton jugement en cas de doute. Sois très exigeant en matière de preuves. Ne te laisse influencer en faveur d'aucun de tes sujets, ni par tes préférences, ni par des questions de convenance, ni par les critiques de quiconque. Sois circonspect et prudent. Observe, examine, médite, agis avec discernement, instruis-toi des exemples du passé. Sois humble avec ton Seigneur. Sois doux envers tous tes sujets. Applique à toi-même le droit. Garde-toi de montrer de la précipitation à verser le sang, car il est très grave aux yeux de Dieu de répandre le sang injustement.

« Considère l'impôt foncier. Le peuple s'y soumet. Dieu en a fait une source de puissance et d'élévation pour l'islam, de bien-être et de sécurité pour les musulmans. Il en a fait pour Ses ennemis et pour les ennemis des musulmans un motif d'affliction et de colère, et pour les infidèles qui leur paient tribut une forme d'humiliation et d'avilissement. Tu dois donc répartir cet impôt entre ceux qui sont concernés de façon juste, équitable, égale et générale. Tu ne dois rien en retrancher en faveur d'un noble en raison de sa noblesse, d'un riche en raison de sa richesse, d'un secrétaire à ton service ou d'un de tes intimes ou de tes familiers. N'en exige jamais plus que ce qui est tolérable. Ne demande à personne plus qu'il ne doit. Traite tout le monde selon le droit. Tu gagneras mieux leur amitié et obtiendras plus sûrement la satisfaction générale.

« Ta responsabilité de gouverneur fait de toi un trésorier, un gardien et un administrateur. Les gens placés sous ton administration sont appelés tes sujets, parce que tu les gardes comme un berger son troupeau, et qu'ils sont confiés à tes soins. Accepte ce qu'ils te donnent de leur excédent, et emploie-toi à les soutenir, à assurer leur bien-être, à alléger leur peine. Emploie, pour la gestion de leurs affaires, des hommes clairvoyants, habiles et expérimentés, versés dans la politique, en théorie et en pratique, capables d'agir avec modération. Verse-leur de bons salaires. C'est une des obligations de la charge dont tu es investi. Que rien ne t'en détourne. Si tu t'adonnes avec zèle à cette tâche, tu attireras sur toi un surcroît de faveurs de ton Seigneur, tu seras loué pour ton œuvre, tu gagneras l'amour de tes sujets, tu contribueras à la prospérité générale. Dans ton pays, il y aura des biens à profusion. La culture se répandra. Tes villes connaîtront l'abondance. Ton revenu foncier augmentera. Tes richesses seront grandes. De la sorte, tu auras les moyens de t'attacher tes troupes, de satisfaire le peuple en lui prodiguant tes dons. On vantera ton gouvernement, et ta justice sera reconnue de tes ennemis. Dans toutes tes entreprises, tu seras juste et fort, bien armé et équipé. Applique-toi donc à tout cela et fais-le passer avant toute chose. Il en résultera pour toi les meilleures conséquences, si Dieu le veut.

« Dans chacune des villes relevant de ton autorité, place un homme de confiance qui t'informe sur tes fonctionnaires et qui te fasse des rapports écrits sur leur conduite et leurs actes. De la sorte, ce sera comme si tu étais présent et observais toi-même les activités de chacun d'eux. Quand tu veux leur donner l'ordre d'entreprendre une chose, considère ce qu'en seront les conséquences. Si tu juges que cette chose peut procurer la paix et la santé, si tu en espères un renforcement de la défense, un bon conseil ou une bonne action, fais exécuter ton ordre. Sinon, abstiens-toi et consulte les gens compétents et bien informés en la matière. Ensuite, prends les dispositions nécessaires. Souvent, un homme veut entreprendre une chose. Comme elle lui paraît conforme à ses désirs, il est séduit et subjugué par elle. S'il n'en considère pas les conséquences, il peut en périr, et son entreprise échoue.

« Dans tout ce que tu fais, arme-toi de résolution et agis avec fermeté, après avoir demandé à Dieu Son aide. En toutes choses, demande conseil à ton Seigneur. Finis ton travail, et ne le remets pas au lendemain. Fais le maximum toi-même. Chaque lendemain réserve des tâches et des événements qui te détourneront de ce que tu aurais dû faire aujourd'hui, mais que tu as remis à plus tard. Sache qu'une journée qui passe emporte avec elle tout son contenu. Si tu remets le travail d'un jour, tu te retrouveras avec du travail accumulé pour deux journées. Tu en seras embarrassé au point d'en tomber malade. Tandis que, si tu accomplis ton travail de chaque jour, tu reposeras ton corps et ton esprit, et tu t'acquitteras convenablement des tâches qui relèvent de ton autorité.

« Observe les gens vertueux et ceux qui sont d'un certain âge. Ceux dont tu es certain qu'ils ont des intentions pures, ceux dont tu as pu constater l'amitié, le soutien comme conseillers et la sincérité, prends-les à ton service et traite-les avec bienveillance.

« Prends soin des descendants des grandes familles qui sont dans le besoin. Procure-leur de quoi vivre et améliore leur sort, de sorte qu'ils ne souffrent plus de la misère.

« Veille personnellement sur les affaires des pauvres et des indigents, de ceux qui ne peuvent se plaindre auprès de toi des injustices qu'ils subissent, des humbles qui ne savent pas qu'ils ont des droits à faire valoir. Prends sur eux les renseignements les plus poussés, et confie le soin de s'occuper d'eux à des personnes probes choisies parmi tes sujets, en leur demandant de faire connaître leurs besoins et leur situation, afin que tu puisses prendre les mesures qui pourront, avec l'aide de Dieu, améliorer leur sort.

« Prends soin également des victimes de l'adversité, de leurs veuves et de leurs orphelins. Accorde-leur des pensions sur le trésor, en suivant l'exemple du Commandeur des croyants — que Dieu le renforce dans sa puissance —, qui est bon envers eux et qui leur donne des présents. Ainsi, Dieu améliorera leurs conditions d'existence et te donnera Sa bénédiction et de plus grandes faveurs.

« Consacre des traitements sur le trésor aux aveugles. À ceux d'entre eux qui savent le Coran ou en ont appris une grande partie, accorde des salaires plus élevés qu'aux autres.

« Pour les musulmans qui sont malades, fais construire des maisons où ils puissent être accueillis et donne-leur des gardes pour veiller sur eux et des médecins pour soigner leurs maladies. Accorde-leur ce qu'ils désirent, tant que cela ne conduit pas à un gaspillage des fonds publics.

« Sache que les hommes ne sont pas encore satisfaits et en paix lorsqu'on leur accorde tous leurs droits et qu'on répond à leurs plus chers désirs. Ils veulent faire connaître leurs besoins à ceux qui les gouvernent, espérant obtenir toujours plus de faveurs et de bienveillance. Souvent, ceux qui s'occupent des affaires des hommes éprouvent de la lassitude devant le trop grand nombre de requêtes qui leur sont adressées. Leur esprit et leur pensée en sont accaparés, et cela leur cause fatigue et difficultés. On ne peut comparer celui qui recherche la justice, et sait ce qui est bon pour lui en ce monde et ce qui lui procure une récompense dans l'autre, avec celui qui ne fait qu'accueillir ce qui peut le rapprocher de Dieu et attendre Sa miséricorde.

« Permets que les gens puissent souvent accéder auprès de toi. Montre-leur ton visage. Ordonne à tes gardes d'être calmes avec eux. Sois doux et souriant. Sois affable dans tes questions et dans ta manière de parler. Manifeste ta sympathie par ta générosité et tes dons.

« Quand tu donnes, que ce soit avec libéralité et bonne grâce. Que ton intention soit d'accomplir une bonne action et de rechercher une récompense dans l'autre monde, en évitant de troubler la vie de ceux qui bénéficient de ta générosité et de leur reprocher les bienfaits dont tu les as comblés. Le don fait de cette façon sera une transaction bénéfique, si Dieu le veut.

« Tire des enseignements des affaires de ce monde que tu peux observer, ainsi que des exemples des hommes qui ont exercé l'autorité et la suprématie au cours des siècles passés et parmi les nations disparues. Avec cela, recherche dans tout ce que tu fais la protection et l'amour de Dieu, agis conformément à Sa loi et à Sa tradition, renforce Sa religion et Son Livre. Détourne-toi de tout ce qui s'écarte de cela ou lui est contraire, et de tout ce qui provoque la colère de Dieu.

« Mets-toi au fait des biens amassés par tes percepteurs et de ce qu'ils dépensent. Ne prends jamais rien d'illicite et ne dépense pas avec excès.

« Aie des entretiens fréquents avec les savants, consulte-les souvent et recherche leur compagnie.

« Que ton unique passion soit de suivre et de renforcer

les traditions, de préférer les choses les plus nobles et les plus élevées.

« Accorde les plus grands honneurs à ceux de tes familiers et de tes intimes que le respect qu'ils te doivent n'empêche pas de te prévenir en secret de tes défauts et de t'indiquer en quoi ils consistent. Ceux-là sont tes amis et tes soutiens les plus sincères.

« Aux hauts fonctionnaires de ta capitale et à tes secrétaires, assigne une heure chaque jour où ils viendront te voir, munis de leurs documents, pour t'exposer les questions sur lesquelles ils veulent avoir ton avis, et te présenter les besoins de tes districts et les affaires de tes villes et de tes sujets. Écoute leurs rapports avec la plus grande attention, en y concentrant ton regard, ton esprit et ton intelligence. À plusieurs reprises, examine-les et réfléchis sur les suites qu'ils peuvent avoir. Fais exécuter ce qui est raisonnable, après avoir demandé conseil à Dieu, et remets jusqu'à plus ample informé ce qui ne l'est pas.

« Ne reproche pas à tes sujets ou à quiconque de ne pas se souvenir de tes bienfaits. N'accepte rien de personne que la loyauté, la droiture et l'aide aux musulmans, et n'accorde tes faveurs à quiconque que sous la condition qu'il possède ces qualités.

« Comprends bien le contenu de cette lettre. Efforce-toi de le méditer et de t'y conformer. Cherche secours auprès de Dieu pour tout ce que tu entreprends, et demande-Lui conseil. Dieu est du côté du bien et des gens de bien. Que les plus beaux de tes actes et de tes désirs soient pour satisfaire Dieu, pour renforcer Sa religion, pour contribuer à la puissance de Son peuple, pour faire régner la justice et le bien au sein de la communauté musulmane et de ceux qu'elle protège. Je demande à Dieu de t'aider, de te donner le succès, de te guider, de te sauvegarder. Salut. »

Les historiens racontent que, lorsque cette lettre fut connue, elle rencontra un grand succès. Al-Ma'mûn en entendit parler. Lorsqu'on la lut devant lui, il déclara : « Abû at-Tayyib — c'est-à-dire Tâhir — n'a rien omis des affaires du monde et de la religion, de la façon d'administrer, de conseiller et de gouverner, de la manière de rendre prospère un royaume et des sujets, de préserver l'autorité, d'assurer l'obéissance due aux califes, de maintenir le califat. Il a parfaitement traité de tous ces sujets et a fait toutes les recommandations nécessaires. » Ensuite, al-Ma'mûn donna l'ordre de faire parvenir une copie de cette lettre à tous ses gouverneurs de province, pour qu'elle leur serve de guide et qu'ils se conforment à son contenu.

C'est là ce que j'ai trouvé de mieux dans ce genre de politique. Dieu inspire celui qu'Il veut parmi Ses serviteurs.

LI. À PROPOS DU FÂTIMIDE, DES DIFFÉRENTES DOCTRINES ÉLABORÉES À SON SUJET ET DE LA VÉRITÉ EN CETTE MATIÈRE[a]

Il est notoirement connu depuis toujours, chez les musulmans, qu'à la fin des temps un homme de la famille du Prophète doit venir pour renforcer la religion et faire triompher la justice. Les musulmans le suivront et il soumettra à son autorité toutes les terres de l'islam. On l'appellera le Mahdî. Après lui apparaîtra l'Antéchrist, ainsi que tous les signes de l'Heure, comme cela est établi dans le *Sahîh*. Ensuite, Jésus descendra sur la terre et tuera l'Antéchrist. Ou bien, Jésus descendra avec le Mahdî, aidera celui-ci à tuer l'Antéchrist et le prendra comme imam dans ses prières.

On s'appuie en cette matière sur des traditions du Prophète que les grands savants ont publiées. Ceux qui désapprouvent les idées relatives au Mahdî contestent ces traditions, et souvent leur en opposent certaines autres.

Les soufis modernes professent une autre doctrine et proposent un certain type d'arguments à propos du Fâtimide. Ils se fondent souvent sur le dévoilement, qui est la base de leurs méthodes.

Nous allons maintenant citer les différentes traditions relatives à ce sujet, ainsi que les critiques qui leur sont adressées et les fondements de ces critiques. Ensuite, nous ferons mention des doctrines et des opinions des soufis. De la sorte, on sera en mesure de discerner la vérité en cette matière, si Dieu le veut.

Les traditions relatives au Mahdî ont élé publiées par un ensemble de grands savants dont : at-Tirmidhî, Abû Dâwud, al-Bazzâr, Ibn Mâja, al-Hâkim, at-Tabarânî, Abû Ya'lâ al-Mawsilî. Ces traditions sont appuyées sur des chaînes de garants souvent critiquées, remontant à un groupe de Compagnons tels que 'Alî, Ibn 'Abbâs, Ibn 'Umar, Talha,

Ibn Mas'ûd, Abû Hurayra, Anas, Abû Sa'îd al-Khudrî, Umm Habîba, Umm Salima, Thawbân, Qurra Ibn Iyâs, 'Alî al-Hilâlî, 'Abd Allâh Ibn al-Hârith Ibn Jaz'. On sait que, pour les traditionnistes, la critique passe avant l'approbation. Quand il y a des attaques dirigées contre quelques-uns des transmetteurs qui forment les chaînes de garants, comme le fait de leur imputer des défauts — tels que la négligence, une mauvaise mémoire, un manque de rigueur, la faiblesse, le manque de jugement —, cela retentit sur l'authenticité des traditions considérées et les rend suspectes. On ne saurait objecter qu'on pourrait dire la même chose au sujet des transmetteurs des deux *Sahîh*. Il y a en effet un consensus général des traditionnistes sur les contenus de ces deux ouvrages tels qu'ils sont présentés par al-Bukhârî et Muslim. Il y a, par ailleurs, un consensus général ininterrompu de la communauté musulmane sur le fait de les accepter et de se conformer à leurs contenus. Le consensus général constitue la protection et la défense la meilleure. Il n'y a pas d'autres ouvrages qui bénéficient d'une position comparable. En ce qui concerne la discussion de leurs chaînes de garants, il faut se référer à ce qui est dit à ce sujet par les grandes autorités en matière de traditions prophétiques.

As-Suhaylî rapporte, d'après Abû Bakr Ibn Abî Khaythama, que ce dernier a fait un important travail de compilation des traditions prophétiques relatives au Mahdî. As-Suhaylî a dit : « On trouve dans les *Fawâ'id al-Akhbâr* d'Abû Bakr al-Iskâf une tradition appuyée sur la plus étrange chaîne de garants. Elle remonte à Mâlik Ibn Anas, qui la tient de Muhammad Ibn Munkadir, qui la tient de Jâbir, lequel a dit : "L'Envoyé de Dieu a dit : 'Celui qui ne croit pas au Mahdî est un infidèle, et celui qui ne croit pas à l'Antéchrist est un menteur.'" Il a dit la même chose, me semble-t-il, à propos du soleil qui se lèvera à l'ouest. » Quelle extravagance ! Pour ce qui est de la chaîne des garants jusqu'à Mâlik Ibn Anas, Dieu seul en connaît la valeur. Il reste qu'Abû Bakr al-Iskâf est tenu chez les traditionnistes pour un transmetteur suspect et un forgeur de traditions.

At-Tirmidhî ainsi qu'Abû Dâwud présentent la tradition suivante, qu'ils font remonter à Ibn Mas'ûd. Celui-ci l'a reçue de 'Asim Ibn Abî an-Najûd, l'un des sept lecteurs, qui la tient de Zirr Ibn Hubaysh, qui la tient de 'Abd Allâh

Ibn Mas'ûd, qui la tient du Prophète : « Si le monde n'était plus qu'à un jour de sa fin — a dit Zâ'ida —, Dieu prolongerait ce jour pour qu'y soit envoyé un homme issu de moi — ou : un homme de ma famille — dont le nom serait semblable au mien et dont le père porterait un nom pareil à celui de mon père. »

C'est là la version d'Abû Dâwud, à laquelle il n'ajoute aucun commentaire. Or, dans sa célèbre *Épître*[1], il dit que tout ce qu'il rapporte dans son ouvrage sans ajouter d'observations doit être considéré comme valide.

Quant à at-Tirmidhî, il donne la recension suivante : « La fin du monde n'aura pas lieu avant que les Arabes ne soient gouvernés par un homme de ma famille dont le nom sera semblable au mien... », ou selon une autre version : « ... avant qu'un homme de ma famille ne règne... »

De ces deux versions, at-Tirmidhî dit qu'elles sont bonnes et valides. Il a également rapporté cette tradition d'après 'Asim, suivant une chaîne de transmetteurs qui s'arrête à Abû Hurayra.

Al-Hâkim affirme que cette tradition a été rapportée par ath-Thawrî, Shu'ba, Zâ'ida et d'autres grandes autorités, d'après 'Asim. « Les chaînes de transmission remontant de 'Asim à Zirr et à 'Abd Allâh, dit-il, sont toutes valides, du fait qu'elles sont fondées sur des informations de 'Asim, qui est au nombre des grandes autorités religieuses musulmanes. »

Cependant, de 'Asim, Ahmad Ibn Hanbal a dit : « C'était un homme pieux, qui lisait assidûment le Coran. Il était bon et digne de confiance. Mais al-A'mash avait plus de mémoire que lui. Shu'ba lui préférait al-A'mash pour ce qui est de l'établissement de la validité des traditions du Prophète. » De même, al-'Ijlî a dit : « Il y a des désaccords avec lui en ce qui concerne Zirr et Abû Wâ'il », en faisant allusion par là à la faiblesse des traditions qu'il rapporte d'après ces deux derniers. Muhammad Ibn Sa'd a dit : « Il était digne de confiance. Mais il commettait beaucoup d'erreurs dans ses traditions[2]. » Ya'qûb Ibn Sufyân a dit : « Il y a quelque incertitude dans ses traditions. » 'Abd ar-Rahmân Ibn Abî Hâtim a dit : « J'ai dit à mon père que, selon Abû Zur'a, 'Asim serait digne de confiance. Mon père m'a répondu : "Cela ne peut être affirmé de lui." » Ibn 'Ulayya l'a critiqué, en disant que tous les 'Asim ont une mauvaise mémoire. Abû Hâtim a dit : « Pour moi, il est digne de confiance, et ses traditions sont bonnes. Mais il n'avait pas une très bonne mémoire. » An-Nasâ'î avait sur lui une opinion différente. Ibn Khirâsh a dit : « Il y a dans ses traditions quelque vice. » Abû Ja'far al-'Uqaylî a dit : « On ne peut rien lui reprocher, si ce n'est sa mauvaise mémoire. » Ad-Dâraqutnî a dit : « Il a un défaut de mémoire. » Yahyâ al-Qattân a dit : « Je n'ai jamais connu personne portant le nom de 'Asim qui n'ait une mauvaise mémoire. » Il a dit par ailleurs : « J'ai entendu dire par Shu'ba : "'Asim Ibn Abî an-Nujûd nous a rapporté des traditions... et nous savions ce qu'il en était." » Adh-Dhahabî a dit : « Il est sûr pour ce qui est des lectures du Coran, mais il ne l'est pas tout à fait pour ce qui est des traditions. C'est un homme digne de foi, mais qui commet des erreurs. Ses traditions sont bonnes. » Si on objecte que les deux Maîtres se sont appuyés sur ses traditions, on répondra qu'ils se sont appuyés sur lui lorsqu'il était confirmé par d'autres sources, et non en tant que source de base. Dieu est plus savant.

Sur ce même chapitre, Abû Dâwud a publié une tradition remontant à 'Alî, telle qu'elle est rapportée par Fitr Ibn Khalîfa, d'après al-Qâsim Ibn Abî Bazza, d'après Abû at-Tufayl, qui la tient du Prophète, lequel a dit : « Si le monde n'avait plus qu'un jour à vivre, Dieu enverrait un homme de ma famille, qui remplirait la terre de justice, après qu'elle a été remplie d'injustice. »

Fitr Ibn Khalîfa est tenu pour digne de confiance par Ahmad Ibn Hanbal, Yahyâ Ibn al-Qattân, Ibn Ma'în, an-Nasâ'î et d'autres. Mais de lui, al-'Ijlî a dit : « Ses traditions sont bonnes, mais il a quelques tendances pro-chiites. » Ibn Ma'în a dit une fois : « Il est sûr, mais pro-chiite. » Ahmad Ibn 'Abd Allâh Ibn Yûnus a dit : « Nous allions voir Fitr, mais il était rejeté, et nous ne rapportions rien sur son autorité. » Une autre fois, il a dit : « J'allais le voir, mais je le quittais comme un chien. » Ad-Dâraqutnî a dit : « On ne peut pas s'appuyer sur lui pour administrer une preuve. » Abû Bakr Ibn 'Ayyâsh a dit : « Je n'ai cessé de transmettre des traditions sur son autorité qu'en raison de l'inacceptabilité de sa doctrine. » Al-Jûzajânî a dit : « Il s'écarte de la voie droite et n'est pas digne de confiance. »

Abû Dâwud donne également la tradition suivante, dont la chaîne des garants remonte à 'Alî, d'après Hârûn Ibn al-Mughîra, d'après 'Amr Ibn Abî Qays, d'après Shu'ayb Ibn Khâlid, d'après Abû Ishâq as-Sabî'î, lequel a dit que 'Alî, regardant son fils al-Hasan, a dit : « Mon fils que voici est un Seigneur — comme l'a appelé le Prophète. De sa lignée sortira un homme qui portera le même nom que votre prophète et qui lui ressemblera physiquement, mais non moralement. » Ensuite, il fit mention de l'histoire disant qu'« il remplirait la terre de justice… ».

Hârûn a dit : « 'Amr Ibn Abî Qays nous a dit, d'après Mutarrif Ibn Tarîf, d'après Abû l-Hasan, d'après Hilâl Ibn 'Amr, lequel a dit : "J'ai entendu 'Alî dire : 'Le Prophète a dit : Un homme viendra d'au-delà la Rivière, qui portera le nom d'al-Hârith Ibn Harrâth. Il sera précédé d'un homme nommé Mansûr, qui aplanira la voie ou préparera la route pour la famille de Muhammad, comme les Quraysh l'avaient fait pour l'Envoyé de Dieu. Tout croyant devra l'aider à faire triompher sa cause, ou, selon une autre variante, lui obéir.'" »

Sur cette tradition, Abû Dâwud n'a pas fait de commentaire. Dans un autre passage, il a dit : « Hârûn est chiite. » As-Sulaymânî a dit : « Il n'est pas mauvais, mais il y a des erreurs dans ses traditions. » Adh-Dhahabî a dit : « Il est digne de foi, mais il fait des erreurs. » Quant à Abû Ishâq as-Sabî'î, bien que des traditions de lui soient présentées dans les deux *Sahîh*, il est bien établi que son esprit était devenu confus à la fin de sa vie. De plus, la chaîne de transmission par laquelle il est relié à 'Alî est incomplète. Il en va de même de la chaîne qui relie Abû Dâwud à Hârûn Ibn al-Mughîra.

Pour la seconde chaîne de garants, elle comprend deux inconnus : Abû l-Hasan et Hilâl Ibn 'Amr. Abû l-Hasan n'est connu que du fait que Mutarrif Ibn Tarîf a transmis une tradition d'après lui.

Abû Dâwud donne également une tradition remontant à Umm Salima. La même tradition est donnée par Ibn Mâja et par al-Hâkim dans son *Mustadrak*, d'après 'Alî Ibn Nufayl, d'après Sa'îd Ibn al-Musayyab, qui cite Umm Salima. Celle-ci a dit : « J'ai entendu le Prophète dire : "Le Mahdî est de ma famille, de la lignée de Fâtima." » Telle est la version d'Abû Dâwud. Et là-dessus, il n'ajouta aucune observation. La version d'Ibn Mâja est comme suit : « Le Mahdî sera l'un des descendants de Fâtima. » La version d'al-Hâkim est comme suit : « J'ai entendu l'Envoyé de Dieu dire du Mahdî : "Oui, ce qui concerne le Mahdî est vrai ! et il sera l'un des descendants de Fâtima." » L'authenticité de cette tradition n'a été discutée ni par al-Hâkim ni par personne d'autre. Abû Ja'far al-'Uqaylî la considère comme faible. Il a dit : « On ne doit pas suivre 'Alî Ibn Nufayl sur cette tradition. Elle n'est connue que par son intermédiaire. »

Abû Dâwud donne encore une autre tradition ayant pour source Umm Salima et transmise d'après Sâlih Abû al-Khalîl, d'après un de ses amis, qui la tient d'Umm Salima, qui cite ces propos du Prophète : « Il y aura des divergences d'opinion à la mort d'un certain calife. Un habitant de Médine s'enfuira de sa ville vers La Mecque. Des gens de La Mecque iront le trouver et le feront sortir contre son gré. Ils lui prêteront serment entre l'Angle de la Kaaba et la Station d'Abraham. De la Syrie, une ambassade se rendra auprès de lui. Elle sera rendue invisible dans le désert, entre La Mecque et Médine. Quand les gens verront cela, les saints de Syrie viendront à lui, ainsi que des groupes d'Iraquiens pour lui faire allégeance. Ensuite apparaîtra un homme des Quraysh, dont les oncles maternels appartiendront aux Kalb. Il distribuera de l'argent et traitera les gens conformément à la Tradition du Prophète. Il établira fermement l'islam sur la terre. Il restera sept ans. Puis il mourra, et les musulmans prieront sur lui. » Abû Dâwud ajoute que, selon une autre version rapportée d'après Hishâm, il restera neuf ans, et selon d'autres versions encore, sept ans.

Ensuite, Abû Dâwud donne la même tradition telle qu'elle est rapportée par Abû l-Khalîl, d'après 'Abd Allâh Ibn al-Hârith, d'après Umm Salima, ce qui permet de lever l'imprécision de la première chaîne de garants. Les transmetteurs de cette chaîne sont mentionnés dans les deux *Sahîh* et ne peuvent donc être attaqués.

On pourrait objecter que cette tradition a été rapportée par Qatâda, d'après Abû l-Khalîl. Qatâda est connu pour être un forgeur de traditions. Et dans cette tradition, précisément, il se contente de dire qu'il cite Abû l-Khalîl. Or, on ne peut considérer comme acceptables, de sa part, que les traditions qu'il déclare avoir reçues de bouche à oreille. Il faut ajouter que, dans la tradition qui nous occupe, le Mahdî n'est pas explicitement mentionné. Il est vrai, cependant, qu'Abû Dâwud l'a citée dans les chapitres concernant le Mahdî.

Abû Dâwud, suivi par al-Hâkim, donne la tradition suivante, remontant à Abû Sa'îd al-Khudrî, par la voie de 'Imrân al-Qattân, d'après Qatâda, d'après Abû Nadra, qui la tient d'Abû Sa'îd al-Khudrî. Celui-ci a dit : « Le Prophète a dit : "Le Mahdî sera issu de moi. Il aura le front haut et le nez aquilin. Il remplira la terre d'équité et de justice, après qu'elle a été remplie d'injustice et de tyrannie. Il régnera sept ans." »

C'est la version d'Abû Dâwud, qui n'ajoute pas de commentaire. La version d'al-Hâkim est comme suit : « Le Mahdî sera issu de nous, qui sommes la famille de la prophétie. Il aura le nez aquilin et bien fait, le front haut. Il remplira la terre d'équité et de justice après qu'elle fut remplie d'injustice et de tyrannie. Il vivra comme ceci... Et le Prophète tendit les doigts de sa main gauche et le pouce et l'index de sa main droite, en repliant les trois autres doigts. » À propos de cette tradition, al-Hâkim a dit : « Cette tradition est authentique, conformément aux normes établies par Muslim, mais elle n'a été donnée ni par Muslim ni par al-Bukhârî. »

Il y a des divergences entre les savants au sujet de la possibilité de s'appuyer sur l'autorité de 'Imrân al-Qattân. Al-Bukhârî ne fait appel à ses traditions qu'à titre de confirmation, et non comme traditions de base. Yahyâ al-Qattân ne rapportait aucune tradition sur son autorité. Yahyâ Ibn Ma'în a dit de lui : « Il n'est pas solide. » Une autre fois, il a dit : « Il n'a rien de bon. » Ahmad Ibn Hanbal a dit : « Je souhaite que ses traditions soient bonnes. » Yazîd Ibn Zuray a dit : « C'était un harurite[3]. Il considérait que les gens de la *qibla* devaient être passés au fil de l'épée. » An-Nasâ'î a dit : « Il est faible. » Abû 'Ubayd al-Ajurrî a dit : « J'ai questionné à son sujet Abû Dâwud, qui m'a répondu que ses traditions étaient considérées comme bonnes, et qu'il n'avait jamais entendu dire de lui que du bien. Mais une autre fois, je l'ai entendu dire : "Il est faible." » À l'époque d'Ibrâhîm Ibn 'Abd Allâh Ibn Hasan, il donna un avis juridique sévère où il était question de verser du sang.

At-Tirmidhî, Ibn Mâja et al-Hâkim donnent la tradition suivante, qui remonte à Abû Sa'îd al-Khudrî par la voie de Zayd al-'Ammî, d'après Abû as-Siddîq an-Nâjî. Abû Sa'îd al-Khudrî a dit : « Nous craignions qu'il ne se produisît quelque événement après la mort de notre prophète. Nous le questionnâmes à ce sujet. Il répondit : "Dans ma nation, il y a le Mahdî. Il apparaîtra et vivra cinq, sept ou neuf." (Le doute vient de Zayd.) Nous lui demandâmes ce que signifiaient ces chiffres. Il répondit : “Des années.” Il poursuivit : “Les gens viendront le voir et lui diront : ‘Ô Mahdî, donne-nous quelque chose.’ Et le Mahdî leur versera dans leur manteau autant qu’ils pourront en emporter.” »

C’est la version d’at-Tirmidhî, qui ajoute : « Cette tradition est bonne. Elle a été transmise selon différentes voies, d’après Abû Sa‘îd, qui la tient du Prophète. »

La version d’Ibn Mâja et d’al-Hâkim est comme suit : « Dans ma nation, il y aura le Mahdî. Il restera au moins sept, sinon neuf ans. Ma nation connaîtra avec lui une prospérité sans pareille. La terre donnera ses fruits sans compter. L’argent s’amoncellera. On viendra voir le Mahdî et on lui dira : “Donne-nous.” Et il répondra : “Prenez.” »

De Zayd al-‘Ammî, ad-Dâraqutnî, Ahmad Ibn Hanbal et Yahyâ Ibn Ma‘în ont dit qu’il était bon. Ahmad a même ajouté : « Il est supérieur à Yazîd ar-Raqâshî et Fadl Ibn ‘Isâ. » Mais Abû Hâtim a dit de lui : « Il est faible. Ses traditions peuvent être reproduites, mais elles ne peuvent pas servir pour l’administration de la preuve. » Ibn Ma‘în a dit ailleurs : « Il n’a rien de bon. » Al-Jûzajânî a dit : « Ses traditions se tiennent. » Abû Zur‘a a dit : « Il n’est pas solide. Ses traditions sont fragiles, et lui-même est faible. » Abû Hâtim a dit : « Il n’a rien de bon. Shu‘ba a transmis des traditions d’après lui. » An-Nasâ’î a dit : « Il est faible. » Ibn ‘Adî a dit : « Toutes les traditions rapportées par lui et toutes les autorités sur lesquelles il s’appuie sont faibles. Shu‘ba a, cependant, transmis des traditions d’après lui. Sans doute, il ne s’est jamais appuyé sur une autorité plus faible. »

On pourrait objecter que la tradition d’at-Tirmidhî est présentée en guise de commentaire de la tradition de Jâbir, rapportée par Muslim dans son *Sahîh*. Jâbir a dit : « Le Prophète a dit : “Il y aura dans les derniers temps de ma nation un calife qui distribuera l’argent largement et sans compter.” » Muslim rapporte une autre version d’après Abû Sa‘îd, où il est dit : « … un parmi vos califes qui distribuera l’argent largement ». Il donne encore une autre version avec une chaîne de garants différente, remontant aux deux transmetteurs précités : « Il y aura, à la fin des temps, un calife qui distribuera l’argent sans compter. »

Dans ces traditions de Muslim, il n’est pas fait mention d’al-Mahdî, et rien ne prouve que c’est à lui qu’il y est fait allusion.

La même tradition est rapportée par al-Hâkim suivant

une chaîne de transmission passant par ‘Awf al-A‘râbî, d’après Abû as-Siddîq an-Nâjî, d’après Abû Sa‘îd al-Khudrî. Celui-ci a dit : « L’Envoyé de Dieu a dit : “L’Heure ne sonnera pas avant que la terre n’ait été remplie d’injustice, de tyrannie et de violence. Ensuite, de ma famille sortira celui qui remplira le monde d’équité et de justice, après qu’elle aura été remplie d’injustice et de violence.” »

De cette tradition, al-Hâkim a dit : « Cette tradition est authentique, conformément aux normes des deux Maîtres. Mais ils ne l’ont pas donnée dans leurs ouvrages. »

Al-Hâkim a rapporté encore la tradition suivante, par la voie de Sulaymân Ibn ‘Ubayd, d’après Abû as-Siddîq an-Nâjî, d’après Abû Sa‘îd al-Khudrî, qui la tient du Prophète : « Dans les derniers temps de ma nation apparaîtra le Mahdî. Dieu lui donnera une pluie abondante. La terre produira ses plantes. Il distribuera l’argent en quantité. Les troupeaux seront nombreux, et la nation sera grande. Il vivra sept ou huit (sous-entendu saisons). » De cette tradition, al-Hâkim a dit qu’elle était authentique, mais qu’elle n’est donnée ni par al-Bukhârî ni par Muslim. D’ailleurs, aucun des Six n’a donné de traditions de Sulaymân Ibn ‘Ubayd. Toutefois, Ibn Hibbân le mentionne parmi les traditionnistes dignes de confiance. À notre connaissance, il n’a été critiqué par personne.

Al-Hâkim rapporte encore cette tradition par la voie d’Asad Ibn Mûsâ, d’après Hammâd Ibn Salama, d’après Matar al-Warrâq, d’après Abû Hârûn al-‘Abdî, d’après Abû as-Siddîq an-Nâjî, d’après Abû Sa‘îd, qui la tient du Prophète : « La terre sera remplie de tyrannie et d’injustice. Un homme de ma famille apparaîtra. Il régnera sept ou neuf ans. Il remplira la terre de justice et d’équité, après qu’elle aura été remplie de tyrannie et d’injustice. »

Al-Hâkim a dit : « Cette tradition est authentique, conformément aux normes de Muslim. » Il affirme que cette tradition est conforme aux normes de Muslim, parce qu’il la donne d’après Hammâd Ibn Salama et son maître Matar al-Warrâq. Il n’invoque pas l’autorité de son autre maître Abû Hârûn a-‘Abdî. Celui-ci est très faible et suspect de mensonge. Il n’est pas besoin ici de s’étendre sur ce que disent les autorités en la matière à propos de sa faiblesse.

Pour ce qui est du transmetteur de cette tradition d’après Hammâd Ibn Salama, à savoir Asad Ibn Mûsâ, surnommé le Lion de la Sunna, al-Bukhârî a dit de lui : « Ses traditions ont bonne réputation. » Il l'a utilisé dans son *Sahîh* pour la confirmation d'autres traditions. Abû Dâwud et an-Nasâ'î s'en sont servis pour l'administration de la preuve. Toutefois, an-Nasâ'î a dit de lui, par ailleurs : « Il est digne de confiance. Mais il aurait mieux fait de ne pas composer d'ouvrage. » Muhammad Ibn Hazm a dit de lui : « Ses traditions ne sont pas appréciées. »

Cette tradition est également rapportée par at-Tabarânî dans son *Mu'jam moyen* d'après Abû l-Wâsil 'Abd al-Hamîd Ibn Wâsil, d'après Abû as-Siddîq an-Nâjî, d'après al-Hasan Ibn Yazîd as-Sa'dî, qui appartient aux Banû Bahdala, d'après Abû Sa'îd al-Khudrî. Celui-ci a dit : « J'ai entendu dire l'Envoyé de Dieu : "Un homme de ma nation apparaîtra. Il établira ma tradition. Dieu fera tomber pour lui la pluie du ciel, et la terre lui donnera sa bénédiction. Grâce à lui, la terre sera remplie d'équité et de justice. Il gouvernera cette nation sept ans, et il résidera à Jérusalem." »

De cette tradition, at-Tabarânî a dit : « Un certain nombre de transmetteurs l'ont rapportée d'après Abû as-Siddîq. Aucun d'entre eux n'a inséré un autre chaînon entre son nom et celui d'Abû Sa'îd, à l'exception d'Abû l-Wâsil. Celui-ci l'a transmise d'après al-Hasan Ibn Yazîd, d'après Abû Sa'îd. »

Al-Hasan Ibn Yazîd, dont il est ici question, est mentionné par Ibn Abî-l-Hâtim. Mais il ne le connaît pas autrement que d'après cette chaîne de garants, où il apparaît en tant que transmetteur de cette tradition d'après Abû Sa'îd, et comme source d'Abû as-Siddîq. Dans son *Mîzân*, adh-Dhahabî dit de lui qu'il est peu connu, mais qu'il est mentionné par Ibn Hibbân dans *ath-Thiqât*. Quant à Abû l-Wâsil, qui a transmis cette tradition d'après Abû as-Siddîq, aucun auteur des six recueils de traditions ne le cite. Dans *ath-Thiqât*, Ibn Hibbân, qui le mentionne dans la deuxième classe, a dit de lui : « Il a transmis des traditions d'après Anas. Shu'ba et 'Attâb Ibn Bashîr ont transmis des traditions d'après lui. »

Dans ses *Sunan*, Ibn Mâja donne la tradition suivante, qui a pour source Ibn Mas'ûd, et qu'il a reçue par la voie de Yazîd Ibn Abî Ziyâd, d'après Ibrâhîm, d'après 'Alqama, d'après 'Abd Allâh. Celui-ci a dit : « Alors que nous nous trouvions chez l'Envoyé de Dieu, nous vîmes venir des jeunes gens de la famille des Banû Hâshim. Lorsque le Prophète les vit, ses yeux se remplirent de larmes, et il changea de couleur. » ‘Abd Allâh poursuivit : « Je lui dis : “L’expression qui se lit sur ton visage nous chagrine.” Le Prophète me répondit : “Pour nous autres de la famille prophétique, Dieu nous a donné l’autre monde au lieu du monde d’ici-bas. Après moi, les gens issus de ma famille connaîtront le malheur, l’exil et le bannissement. Cela durera jusqu’au jour où des gens viendront du côté de l’orient, portant des drapeaux noirs. Ils demanderont le bien mais ne l’obtiendront pas. Ils combattront et seront vainqueurs. On leur accordera alors ce qu’ils avaient demandé, mais ils le refuseront. Finalement, on remettra la terre à un membre de ma famille, qui la remplira d’équité, après qu’elle a été remplie de tyrannie. Ceux d’entre vous qui auront survécu jusqu’à cette époque devront aller les rejoindre, même en rampant sur la neige.” »

Cette tradition est appelée par les traditionnistes la « tradition des drapeaux ». De son transmetteur, Yazîd Ibn Abî Ziyâd, Shu‘ba a dit : « Il était connu pour faire remonter au Prophète des traditions qu’on savait, par ailleurs, ne pas remonter jusqu’à lui. » Muhammad Ibn Fudayl a dit : « Il comptait parmi les grandes autorités chiites. » Ahmad Ibn Hanbal a dit : « Il n’avait pas le rang de *hâfiz*. » Une autre fois, il a dit : « Ses traditions ne sont pas très bonnes. » Yahyâ Ibn Ma‘în a dit : « Il est faible. » Al-‘Ijlî a dit : « Ses traditions sont passables. À la fin de sa vie, il s’y entendait fort bien. » Abû Zur‘a a dit : « Il est facile. On peut reproduire ses traditions, mais on ne peut s’en servir pour l’administration de la preuve. » Abû Hâtim a dit : « Il n’est pas solide. » Al-Jûzajânî a dit : « J’ai entendu dire que ses traditions étaient faibles. » Abû Dâwud a dit : « Je ne connais personne qui ait rejeté ses traditions. Mais il y a bien d’autres que je lui préfère. » Ibn ‘Adî a dit : « C’est un chiite de Koufa. Il est faible, mais ses traditions peuvent être reproduites. » Muslim a rapporté des traditions d’après lui, mais concurremment avec d’autres sources. En général, il est tenu pour faible par la plupart. Les savants qui font autorité ont tous affirmé que cette tradition, qu’on appelle la tradition des drapeaux, telle qu’elle a été transmise par Yazîd, d’après Ibrâhîm, d’après ‘Alqama, d’après ‘Abd Allâh, était faible. Wakî‘ Ibn al-Jarrâh a dit à son sujet : « Elle ne vaut rien. » Cette opinion est partagée par Ahmad Ibn Hanbal. Abû Qudâma a dit : « Voici ce que j’ai entendu dire par Abû Usâma à propos de la tradition des drapeaux transmise par Yazîd, d'après Ibrâhîm : "Même s'il me le jurait cinquante fois, je ne le croirais pas. Est-ce là la doctrine d'Ibrâhîm, ou celle de 'Alqama, ou celle de 'Abd Allâh ?" » Al-'Uqaylî a cité cette tradition dans son *Du'afâ'*. Adh-Dhahabî a dit : « Ce n'est pas une tradition authentique. »

Ibn Mâja donne la tradition suivante, qui a pour source 'Alî et qui est transmise par Yâsîn al-'Ijlî, d'après Ibrâhîm Ibn Muhammad Ibn al-Hanafiyya, d'après le père d'Ibrâhîm, d'après son grand-père. Celui-ci a dit : « L'Envoyé de Dieu a dit : "Le Mahdî sera issu de notre lignée, celle de la famille prophétique. Dieu lui donnera le succès en une nuit." »

De Yâsîn al-'Ijlî, Ibn Ma'în a dit : « Il n'y a rien à lui reprocher. » Mais al-Bukhârî a dit qu'il était discutable. Dans le vocabulaire d'al-Bukhârî, cette expression signifie : « très faible ». La tradition de Yâsîn a été citée par Ibn 'Adî dans son *Kâmil* et par adh-Dhahabî dans son *Mîzân*, pour la désavouer. Adh-Dhahabî a ajouté que Yâsîn était surtout connu par cette tradition.

Dans son *Mu'jam moyen*, at-Tabarânî donne la tradition suivante, qui a pour source 'Alî. « 'Alî demanda au Prophète : "Le Mahdî sera-t-il issu de notre lignée ou d'une lignée différente, ô Envoyé de Dieu ?" Le Prophète lui répondit : "Certes, il sera issu de notre lignée. C'est par nous que Dieu finira, comme c'est par nous qu'Il avait commencé. C'est par nous qu'ils seront délivrés du polythéisme, par nous que Dieu les unira après leur hostilité ouverte, comme Il les avait unis grâce à nous après que le polythéisme les avait opposés." 'Alî demanda : "Seront-ils croyants ou infidèles ?" Le Prophète répondit : "Rebelles et infidèles." » Fin de citation.

La chaîne des transmetteurs comprend 'Abd Allâh Ibn Lahî'a, qui est faible et fort connu. Elle comprend également 'Amr Ibn Jâbir al-Hadramî, qui est encore plus faible qu'Ibn Lahî'a. De 'Amr Ibn Jâbir, Ibn Hanbal a dit : « Il a transmis des choses inadmissibles d'après Jâbir. J'ai appris qu'il disait des mensonges. » An-Nasâ'î a dit : « Il n'est pas digne de foi. » Ibn Lahî'a a dit : « C'était un vieillard stupide, à l'esprit faible. Il disait que 'Alî était dans les nuages. Quand il était avec nous et qu'il voyait un nuage, il disait : "Voilà 'Alî qui passe sur un nuage." »

At-Tabarânî a publié une autre tradition d'après 'Alî, où le Prophète a dit : « Il y aura, à la fin des temps, une révolte où les gens seront pris comme l'or dans sa gangue. N'injuriez pas les Syriens, mais seulement ceux d'entre eux qui sont mauvais, car il y a aussi parmi eux des (saints) remplaçants. Bientôt, il sera envoyé contre les Syriens un flot du ciel qui les dispersera, de telle sorte que s'ils étaient attaqués par des renards, ceux-ci les vaincraient. Alors un rebelle sortira, issu de ma famille. Il y aura avec lui trois drapeaux, avec 15 000 hommes — selon les plus grandes estimations — ou 12 000 — selon les plus faibles estimations. Leur mot d'ordre sera : Tue ! Tue ! Ils rencontreront sept drapeaux, chacun d'eux porté par un homme qui cherche à s'emparer du pouvoir. Dieu les tuera tous et rendra aux musulmans leur unité, leur prospérité et leurs territoires, proches et éloignés. » Fin de citation.

La chaîne des transmetteurs de cette tradition comprend Ibn Lahî'a, qui est faible et fort connu, comme on l'a vu. Al-Hâkim, qui rapporte la même tradition dans son *Mustadrak*, a dit à son propos : « Elle est saine, pour ce qui est de la chaîne de transmission. Mais elle n'a été publiée ni par al-Bukhârî ni par Muslim. » Dans la version qu'il en donne, on trouve ceci : « Puis apparaîtra le hâshimite, et Dieu rendra aux gens leur unité, etc. » Ibn Lahî'a n'apparaît pas dans la chaîne de transmission d'al-Hâkim. Comme il le dit, celle-ci est saine.

Dans son *Mustadrak*, al-Hâkim a publié la tradition suivante de 'Alî, d'après Abû at-Tufayl, qui la tient de Muhammad Ibn al-Hanafiyya. Celui-ci a dit : « Nous nous trouvions chez 'Alî. Un homme le questionna sur le Mahdî. 'Alî répondit : "*Hayhât !*" Il forma avec ses doigts le chiffre sept et dit : "Il est celui qui viendra à la fin des temps. Quand quelqu'un dira : 'Dieu ! Dieu !' il sera tué. Dieu réunira pour lui des hommes qui sont dispersés comme les nuages. Il les unira. Ils ne rechercheront personne, et ne seront pas contents si quelqu'un rejoint leurs rangs. Leur nombre sera égal à celui des combattants de Badr, que n'ont pas surpassés les hommes avant eux et que n'atteindront pas les hommes après eux. Leur nombre sera aussi égal à celui des Compagnons de Saül, qui franchirent avec lui le fleuve." Abû at-Tufayl a dit : "Ibn al-Hanafiyya a dit : 'Veux-tu entendre la suite ?'" Je répondis par l'affirmative. Il reprit : "Il apparaîtra entre ces deux montagnes." Je dis : "Par Dieu ! Je ne les quitterai pas, jusqu'à ma mort." Et c'est là qu'il mourut ; c'est-à-dire à La Mecque. Al-Hâkim a dit : "C'est une tradition saine, d'après les règles d'al-Bukhârî et Muslim." » Fin de citation.

En fait, la chaîne de transmission de cette tradition est en accord avec les règles de Muslim seulement, car elle comprend 'Ammâr ad-Duhnî et Yûnus Ibn Abî Ishâq, dont al-Bukhârî n'a pas publié de traditions. Elle comprend également Abû 'Amr Ibn Muhammad al-'Anqazî, dont al-Bukhârî n'a publié les traditions qu'à titre d'illustration et non de preuve. Il faut ajouter à cela le fait que 'Ammâr ad-Duhnî était de tendance chiite. Certes, ce dernier est jugé digne de confiance par Ahmad Ibn Hanbal, Ibn Ma'în, Abû Hâtim, an-Nasâ'î et d'autres. Mais 'Alî Ibn al-Madînî a dit, d'après Sufyân (Ibn 'Uyayna), que Bishr Ibn Marwân l'avait disqualifié. Sufyân demanda à Bishr pour quelle raison, et celui-ci lui répondit que c'était à cause de ses opinions pro-chiites.

Ibn Mâja a publié la tradition suivante remontant à Anas Ibn Mâlik, par la voie de Sa'd Ibn 'Abd al-Hamîd Ibn Ja'far, d'après 'Alî Ibn Ziyâd al-Yamânî, d'après 'Ikrima Ibn 'Ammâr, d'après Ishâq Ibn 'Abd Allâh, d'après Anas. Ce dernier a dit : « J'ai entendu l'Envoyé de Dieu dire : "Nous, les descendants de 'Abd al-Muttalib, sommes les seigneurs des habitants du Paradis. Moi, Hamza, 'Alî, Ja'far, al-Hasan, al-Husayn, et al-Mahdî." » Fin de citation.

Si Muslim a publié des traditions de 'Ikrima, c'est seulement quand la même tradition a été rapportée par d'autres. Certains savants le jugent faible, d'autres digne de confiance. Abû Hâtim ar-Râzî a dit de lui qu'il transmet des traditions de certaines autorités sans préciser s'il les a entendues d'elles. On ne doit donc accepter que celles qu'il déclare expressément avoir entendues. De 'Alî Ibn Ziyâd, adh-Dhahabî a dit dans son *Mîzân* qu'il ignorait qui il était. Il a ajouté : « Ce serait plutôt 'Abd Allâh Ibn Ziyâd. » Pour Sa'd Ibn 'Abd al-Hamîd, Ya'qûb Ibn Shayba le considère comme digne de confiance, et Yahyâ Ibn Ma'în a dit qu'il n'y a rien à lui reprocher. Mais ath-Thawrî l'a critiqué, parce que, dit-on, il avait constaté qu'il avait commis des erreurs dans certaines questions sur lesquelles il avait donné des avis juridiques. Ibn Hibbân a dit : « Il commet de très grosses erreurs ; on ne peut se servir de ses traditions comme preuves. » Ahmad Ibn Hanbal a dit : « Sa'd Ibn 'Abd al-Hamîd prétend qu'il a entendu les livres de Mâlik, au moment de leur présentation. Mais les gens le contestent sur ce point. Il est ici, à Bagdad, et n'a jamais fait le pèlerinage. Comment aurait-il pu entendre ces livres ? » Adh-Dhahabî le compte parmi ceux qui ne peuvent être atteints par les critiques qu'on a faites contre eux.

Al-Hâkim a publié la tradition suivante dans son *Mustadrak*, par la voie de Mujâhid, d'après Ibn 'Abbâs. La chaîne de transmission s'arrête à ce dernier, et ne remonte pas jusqu'au Prophète. Mujâhid a dit : « 'Abd Allâh Ibn 'Abbâs m'a dit : "Si je n'avais pas entendu que tu étais comme un membre de la famille du Prophète, je ne t'aurais pas rapporté cette tradition." Je répondis : "Elle sera bien gardée. Je ne la rapporterai à personne que tu eusses désapprouvé." Ibn 'Abbâs a dit : "Les quatre personnes suivantes compteront au nombre de nous autres, les gens de la Maison : as-Saffâh, al-Mundhir, al-Mansûr, et al-Mahdî." Je dis : "Explique-moi qui sont ces quatre personnes." Ibn 'Abbâs répondit : "Pour ce qui est d'as-Saffâh, il tuera souvent ses partisans et pardonnera à ses ennemis." Pour al-Mundhir, il me semble qu'il a dit : "Il recevra beaucoup de biens, mais il ne se prendra pas pour un grand homme et se fera donner les moindres de ses droits." Pour al-Mansûr, il a dit : "Il lui sera donné pour vaincre ses ennemis la moitié de l'aide qui avait été accordée à l'Envoyé de Dieu. Celui-ci inspira la terreur à ses ennemis à une distance de deux mois de marche, et al-Mansûr se fera craindre à une distance d'un mois." Quant au Mahdî, il a dit : "Il sera celui qui remplira le monde de justice, autant qu'il a été remplie d'injustice. Les troupeaux seront en sécurité contre les bêtes féroces, et la terre expulsera les trésors enfermés dans ses entrailles." Je demandai : "Quels sont ces trésors ?" Ibn 'Abbâs répondit : "Quelque chose comme des colonnes d'or et d'argent." » Fin de citation.

Al-Hâkim a dit : « Cette tradition a une chaîne de transmission saine, mais elle n'a été publiée ni par al-Bukhârî ni par Muslim. Elle a été transmise par la voie d'Ismâ'îl Ibn Ibrâhîm Ibn Muhâjir, d'après son père. Ismâ'îl est faible. Les traditions de son père Ibrâhîm ont été publiées par Muslim, mais la plupart des savants le considèrent comme faible.

« Ibn Mâja a publié la tradition suivante d'après Thawbân. Celui-ci a dit : "L'Envoyé de Dieu a dit : 'Trois personnes se combattront à l'endroit où se trouve votre trésor. Ils sont tous fils de calife. Aucun d'entre eux ne l'emportera. Alors, des drapeaux noirs se lèveront du côté de l'orient. On vous massacrera comme jamais aucun peuple n'a été massacré." Puis il mentionna quelque chose que je n'ai pas retenu, et poursuivit : 'Lorsque vous le verrez, prêtez-lui serment de fidélité, même si vous devez pour cela ramper sur la neige.'" » Fin de citation.

Les hommes apparaissant dans la chaîne de transmission de cette tradition sont les mêmes que ceux du *Sahîh*. Mais il y a parmi eux Abû Qilâba al-Jarmî qui, d'après adh-Dhahabî et d'autres, rapporte des traditions qu'il n'avait pas lui-même entendues de la bouche de ses informateurs. On y voit aussi Sulaymân ath-Thawrî, qui est connu pour la même pratique. Chacun de ces deux transmetteurs s'est contenté de dire qu'il rapportait la tradition d'après tel et tel, sans préciser qu'il l'avait entendue de sa bouche. On ne peut donc accepter leurs traditions. On y voit encore 'Abd ar-Razzâq Ibn Hammâm, connu pour ses sentiments pro-chiites, et qui était devenu aveugle et confus à la fin de sa vie. Ibn 'Adî a dit de lui : « Il a rapporté des traditions, au sujet des vertus de Muhammad et des premiers musulmans, à propos desquelles personne n'est d'accord avec lui. On lui prête des sentiments pro-chiites. » Fin de citation.

Ibn Mâja a publié la tradition suivante qui remonte à 'Abd Allâh Ibn al-Hârith Ibn Jaz' az-Zubaydî par la voie d'Ibn Lahî'a, d'après Abû Zur'a 'Amr Ibn Jâbir al-Hadramî, d'après 'Abd Allâh Ibn al-Hârith Ibn Jaz'. Celui-ci a dit : « L'Envoyé de Dieu a dit : "Des gens viendront de l'est, qui aplaniront la voie au Mahdî." » C'est-à-dire de son règne. At-Tabarânî a dit : « Cette tradition n'a été publiée que par Ibn Lahî'a. » Or nous avons vu précédemment, à propos de la tradition de 'Alî publiée par at-Tabarânî dans son *Mu'jam moyen*, qu'Ibn Lahî'a est faible et que son maître 'Amr Ibn Jâbir est encore plus faible que lui.

La tradition suivante a été publiée par al-Bazzâr dans son *Musnad* et at-Tabarânî dans son *Mu'jam moyen* (la version citée ici étant celle de ce dernier), d'après Abû Hurayra, d'après le Prophète. Celui-ci a dit : « Dans ma nation apparaîtra le Mahdî. Il vivra parmi nous au moins sept ans, sinon huit ou neuf ans. Ma nation connaîtra une prospérité qu'elle n'avait jamais connue auparavant. Le ciel leur donnera des pluies abondantes, la terre ne leur refusera aucune de ses plantes, et ils amoncelleront de l'argent en quantité. On dira au Mahdî : “Donne”, et il répondra : “Prends.” »

At-Tabarânî et al-Bazzâr affirment tous les deux que cette tradition n’a été transmise que par Muhammad Ibn Marwân al-‘Ijlî. Al-Bazzâr ajoute : « On ne connaît personne d’autre qui l’ait suivi pour cette tradition. » Abû Dâwud le tient pour digne de confiance, ainsi qu’Ibn Hibbân, qui le mentionne dans son *Thiqât*. Yahyâ Ibn Ma‘în a dit de lui : « Il est bon. » Une autre fois, il a dit de lui : « Il n’y a rien à lui reprocher. » Cependant, les avis sur lui diffèrent. Abû Zur‘a a dit de lui : « Selon moi, il n’est pas si bon. » ‘Abd Allâh Ibn Ahmad Ibn Hanbal a dit : « J’ai vu Muhammad Ibn Marwân al-‘Uqaylî, qui rapporta des traditions en ma présence. Je ne les ai pas transcrites exprès. Un de mes collègues a transcrit des traditions d’après lui, et il semble le tenir pour faible. »

Abû Ya‘lâ al-Mawsilî a publié la tradition suivante dans son *Musnad*, d’après Abû Hurayra. Celui-ci a dit : « Mon ami Abû l-Qâsim [le prophète Muhammad] a dit : “L’Heure ne sonnera pas avant qu’un homme de ma famille n’apparaisse parmi eux. Il les frappera jusqu’à ce qu’ils retournent à la vérité.” Abû Hurayra demanda au Prophète : “Combien de temps régnera-t-il ?” Le Prophète répondit : “Cinq et deux.” Abû Hurayra demanda : “Que veut dire cinq et deux ?” Il répondit : “Je ne sais pas.” » Fin de citation.

La chaîne de transmission de cette tradition comprend Bashîr Ibn Nahîk. De lui, Abû Hâtim a dit : « On ne peut pas s’appuyer sur lui comme preuve. » Cependant, al-Bukhârî et Muslim l’ont fait. Les savants l’on considéré comme digne de confiance, sans prêter attention à l’opinion d’Abû Hâtim précitée. Toutefois, la même chaîne comprend Murajjâ Ibn Rajâ al-Yashkurî, à propos duquel il existe des avis divergents. Abû Zur‘a l’a considéré comme digne de confiance, alors que Yahyâ Ibn Ma‘în l’a considéré comme faible, bien que, une fois, il ait dit de lui qu’il était bon. Al-Bukhârî a cité de lui un fragment de tradition dans son *Sahîh*.

Abû Bakr al-Bazzâr dans son *Musnad* et at-Tabarânî dans ses deux *Mu‘jam*, grand et moyen, ont publié la tradition suivante qui remonte à Qurra Ibn Iyâs. Celui-ci a dit : « L’Envoyé de Dieu a dit : “La terre sera remplie d’injustice et d’oppression. Quand elle le sera, Dieu enverra un homme issu de moi, qui portera un nom comme le mien, et dont le père portera un nom comme celui de mon père.

Il remplira la terre de justice et d'équité autant qu'elle le fut d'injustice et d'oppression. Le ciel ne retiendra pas sa pluie, ni la terre ses produits. Il restera parmi vous sept, huit ou neuf." C'est-à-dire années. » Fin de citation.

Dans la chaîne de transmission de cette tradition, on trouve Dâwud Ibn al-Muhabbar Ibn Qahdham, qui cite son père. Tous les deux sont très faibles.

At-Tabarânî a publié dans son *Mu'jam moyen* la tradition suivante qui remonte à Umm Habîba. Celle-ci a dit : « J'ai entendu l'Envoyé de Dieu dire : "Des gens viendront de l'est. Ils chercheront un homme à proximité du temple. Quand ils se trouveront sur une terre déserte, il les fera disparaître. Ceux qui étaient restés en arrière les rejoindront, et ils subiront le même sort." Je dis : "Ô Envoyé de Dieu, qu'adviendra-t-il de ceux qui avaient été obligés de sortir contre leur gré ?" Il répondit : "Ils subiront le même sort que les autres. Puis Dieu fera renaître chaque homme selon l'intention qu'il avait nourrie dans sa vie." » Fin de citation.

Dans cette chaîne de traditions, on trouve Salama Ibn al-Abrash, qui est faible, ainsi que Muhammad Ibn Ishâq. Ce dernier transmet des traditions qu'il n'a pas entendues lui-même, et déclare qu'il les a reçues d'après un tel, d'après un tel. On ne peut accepter ses traditions que lorsqu'il déclare explicitement qu'il les a entendues lui-même.

At-Tabarânî a publié dans son *Mu'jam moyen* la tradition suivante qui remonte à ['Abd Allâh] Ibn 'Umar. Celui-ci a dit : « L'Envoyé de Dieu se trouvait avec un groupe d'émigrants et d'Ansâr. 'Alî Ibn Abî Tâlib se tenait à sa gauche, et al-'Abbâs à sa droite. Al-'Abbâs eut une altercation avec un homme des Ansâr. Ce dernier prononça des mots insultants contre al-'Abbâs. Le Prophète prit la main d'al-'Abbâs et celle de 'Alî et dit : "Des reins de celui-ci seront issus des hommes qui rempliront la terre d'injustice et d'oppression, et des reins de celui-là des hommes qui rempliront la terre d'équité et de justice. Quand vous verrez cela, allez vers le jeune Tamîmite. Il viendra du côté de l'est. Il sera le porte-drapeau du Mahdî." » Fin de citation. La chaîne comprend 'Abd Allâh Ibn 'Umar al-'Umarî et 'Abd Allâh Ibn Lahî'a. Les deux sont faibles.

At-Tabarânî a publié dans son *Mu'jam moyen* la tradition suivante, qui remonte à Talha Ibn 'Ubayd Allâh. Celui-ci a rapporté que le Prophète a dit : « Il y aura une révolte telle que lorsqu'un côté se calmera, l'autre côté s'agitera. Cela durera jusqu'à ce qu'on entende une voix du ciel qui dise: "Votre prince est un tel." » Fin de citation.

Dans la chaîne de transmission de cette tradition, on trouve al-Muthannâ Ibn as-Sabbâh, qui est très faible. Le Mahdî n'est pas mentionné explicitement, et cette tradition n'est citée dans les chapitres et les biographies relatives au Mahdî que par association.

Ce sont là toutes les traditions données par les grandes autorités en sciences religieuses au sujet du Mahdî et de son apparition à la fin des temps. Le lecteur peut en juger. Peu, voire même très peu d'entre elles échappent à la critique.

Souvent, ceux qui refusent l'histoire du Mahdî se raccrochent à la tradition suivante, qu'a rapportée Muhammad Ibn Khâlid al-Janadî, d'après Abân Ibn Sâlih Ibn Abî 'Ayyâsh, d'après al-Hasan al-Basrî, d'après Anas Ibn Mâlik, d'après le Prophète. Celui-ci a dit: « Il n'y a d'autre Mahdî que Jésus, fils de Marie. »

De Muhammad Ibn Khâlid al-Janadî, Yahyâ Ibn Ma'în a dit: « Il est digne de confiance. » Al-Bayhaqî a dit: « Cette tradition n'a été rapportée que par Muhammad Ibn Khâlid. » Du même, al-Hâkim a dit: « C'est un inconnu. »

Il existe des divergences au sujet de la chaîne des transmetteurs de cette tradition. Parfois, elle est donnée comme ci-dessus et on la fait remonter à Muhammad Ibn Idrîs ash-Shâfi'î. D'autres fois, elle est rapportée d'après Muhammad Ibn Khâlid, d'après Abân, d'après al-Hasan, d'après le Prophète, avec l'omission d'un maillon de la chaîne. Al-Bayhaqî a dit: « Cette tradition est rapportée par Muhammad Ibn Khâlid — qui est inconnu —, d'après Abân Ibn Abî 'Ayyâsh — qui est rejeté —, d'après al-Hasan, d'après le Prophète, ce qui en fait une chaîne interrompue. C'est, en résumé, une tradition faible et inconsistante. »

On a aussi avancé que, par « il n'y a de Mahdî que Jésus », il faut entendre: « Il n'y a que Jésus qui ait jamais parlé au berceau. » Grâce à cette interprétation, on veut montrer qu'on ne peut pas s'en servir en faveur du mahdisme, ou s'y référer en relation avec les autres traditions relatives au mahdisme. Mais cette interprétation est contredite par l'histoire de Jurayj[4] et par d'autres miracles du même genre.

Quant aux soufis, les plus anciens parmi eux ne se

mêlaient pas de ce genre de questions. Leurs discussions ne concernaient que le combat spirituel fondé sur les actes, les expériences et les états qui en résultent. Les chiites imâmites et rafidites affirmaient les thèses de la précellence de ‘Alî, de sa qualité d'imam, du testament qui aurait été laissé en sa faveur par le Prophète, du rejet des deux *Shaykhs*, comme on l'a vu ci-dessus à propos des doctrines chiites. Par la suite apparut chez eux la thèse de l'Imam impeccable, et il y eut de nombreux écrits sur leurs doctrines. Puis vinrent les chiites ismâ‘iliens, qui affirmèrent la divinité de l'imam par incarnation. Certains prétendaient que les imams morts revenaient, soit par transmigration des âmes, soit en personne. D'autres attendaient le retour de ceux qui étaient séparés d'eux par la mort. D'autres enfin attendaient le retour au pouvoir de la famille du Prophète, en tirant argument des traditions déjà citées relatives au Mahdî, ou d'autres traditions.

Parmi les soufis modernes apparurent également des thèses sur le dévoilement et sur ce qui est au-delà du voile de la perception sensorielle. Un grand nombre d'entre eux professèrent la thèse absolue de l'incarnation et de l'unité. En cela, ils rejoignirent les imâmites et les rafidites qui professaient la doctrine de la divinité des imams ou de l'incarnation de Dieu en leur personne. Ils professèrent également la thèse du pôle et des saints substituts, qui semble imiter la doctrine rafidite de l'imam et des chefs[5] ‘alides.

Les soufis s'imprégnèrent ainsi des théories chiites. Ils furent si bien pénétrés de leurs doctrines que, pour expliquer leur pratique du port du manteau de laine, ils se fondèrent sur le fait que ‘Alî en aurait revêtu al-Hasan al-Basrî, en l'engageant sous la foi du serment à suivre la voie [soufie]. Selon eux, al-Junayd, un de leurs maîtres, aurait ensuite repris cette tradition. Cependant, cela ne peut être affirmé de ‘Alî de façon certaine. Cette voie n'était pas d'ailleurs particulière à ‘Alî, mais tous les Compagnons étaient pareils pour ce qui est des voies de la droite religion. En faire le privilège de ‘Alî à l'exclusion des autres Compagnons, cela sent fortement le chiisme. Cela, ajouté aux autres éléments signalés ci-dessus, montre bien que les soufis étaient pénétrés de chiisme et se rangeaient de son côté.

Comme les écrits des ismâ‘iliens rafidites, ceux des soufis furent remplis de ces théories relatives au Fâtimide attendu. Il semblerait qu'elles passaient des uns aux autres par dictée ou par enseignement. Tout cela était construit sur des bases fragiles. Certains se fondaient souvent sur les spéculations des astrologues relatives aux conjonctions astrales, qui s'apparentaient au genre des prédictions, comme on le verra au prochain chapitre.

Parmi les soufis modernes, ceux qui ont traité le plus largement du Fâtimide sont : Ibn al-'Arabî al-Hâtimî dans son *'Anqâ' mughrib*[6], Ibn Qasiy dans son *Kitâb kahl' an-na'layn* ; 'Abd al-Haqq Ibn Sab'în, et son disciple Ibn Abî Wâtîl, dans son *Commentaire du Kitâb Kahl' an-na'layn*. Les mots qu'ils emploient pour parler du Fâtimide ne sont le plus souvent qu'énigmes et paraboles. Parfois, eux ou leurs commentateurs usent de termes explicites dans un petit nombre de leurs textes.

D'après Ibn Abî Wâtîl, leur doctrine au sujet du Fâtimide peut être résumée comme suit : c'est grâce à la prophétie qu'ont été révélées la vérité et la bonne voie, après l'égarement et l'aveuglement. La prophétie est suivie par le califat, et le califat par le pouvoir temporel. Celui-ci revient à la tyrannie, à l'orgueil et à la vanité. Comme, disent-ils, la coutume de Dieu veut que les choses reviennent à leur état initial, il s'ensuit que la prophétie et la vérité doivent nécessairement être revivifiées par la sainteté, laquelle sera suivie par son vicariat, et celui-ci par l'Antéchrist, qui remplira la fonction du pouvoir et de l'autorité. Enfin reviendra l'état initial d'infidélité.

Par là, ils font allusion au califat, survenu après la prophétie, et au pouvoir temporel survenu après le califat, ce qui constitue trois phases. De même, on a la sainteté du Fâtimide, qui revivifie la prophétie et la vérité ; ensuite, son vicaire, qui vient après lui ; enfin l'Antéchrist, c'est-à-dire l'erreur, évoquée dans l'expression : « apparition de l'Antéchrist ». Ce sont donc trois phases qui correspondent aux trois premières. Ensuite, c'est le retour de l'infidélité.

Le califat, ajoutent-ils, revient légalement aux Quraysh, d'après un consensus général que ne peut affaiblir la désapprobation de ceux dont le savoir n'a jamais été mis en pratique. Dès lors, la sainteté doit nécessairement revenir à ceux qui sont encore plus proches du Prophète. Cette parenté peut être extérieure, comme c'est le cas des descendants de 'Abd al-Muttalib ; ou intérieure, comme pour ceux qui appartiennent, au sens profond, à la famille. Ceux de la famille du Prophète sont ceux qui, lorsqu'il est présent, ne sont jamais absents.

Dans son livre *'Anqâ' mughrib*, Ibn al-'Arabî al-Hâtimî appelle le Mahdî le « sceau des saints ». Il le surnomme aussi la « brique d'argent », par référence à la tradition suivante, rapportée par al-Bukhârî dans le chapitre sur le sceau des prophètes : « Je suis par rapport aux prophètes qui m'ont précédé comme un homme qui a bâti une maison et l'a terminée, en ne laissant que la place d'une brique. Je suis cette brique[7]. » Le « sceau des prophètes » est expliqué comme étant la brique qui complète l'édifice, c'est-à-dire le prophète qui est investi de la prophétie parfaite. La sainteté, avec ses différents degrés, est comparée à la prophétie : celui qui en a atteint le degré le plus parfait est désigné comme étant le sceau de la sainteté, à l'instar du sceau des prophètes, qui détenait le rang de sceau de la prophétie. Dans la tradition ci-dessus, le Législateur a utilisé l'image de la brique pour évoquer le rang de sceau, qu'on retrouve dans les deux cas. L'image de la brique est reprise dans la comparaison. Mais la brique est d'or dans la prophétie et d'argent dans la sainteté, car, entre le rang de la prophétie et celui de la sainteté, il y a autant de différence qu'entre l'or et l'argent. La brique d'or est utilisée pour désigner le Prophète, et la brique d'argent pour désigner le saint Fâtimide attendu. L'un est le sceau des prophètes et l'autre le sceau des saints.

Ibn Wâtîl rapporte qu'Ibn al-'Arabî a dit : « L'imam attendu appartient à la famille du Prophète et est issu de Fâtima. Son appartition aura lieu *kh*, *f*, *j* ans après l'hégire. » Ces trois lettres ont les valeurs numériques suivantes : *kh* = 600, *f* = 80, *j* = 3. Ce qui donne 683, c'est-à-dire la fin du VIIe siècle. Comme, à cette date, on ne vit pas apparaître le Fâtimide, certains adeptes de cette tradition prétendirent que la date en question était celle de la naissance du Fâtimide, alors qu'on l'avait interprétée comme étant celle de son appartition. Celle-ci, affirmèrent-ils, aurait lieu après l'an 710, et il serait l'imam qui viendrait du côté du Maghreb. Ibn Abî Wâtîl ajoute : « Si, comme le prétend Ibn al-'Arabî, il devait naître en 683, il aurait eu vingt-six ans au moment de son apparition. » « On a dit aussi, rapporte Ibn Abî Wâtîl, que l'Antéchrist devait apparaître en l'an 643 du Jour muhammadien, lequel commence le jour de la mort du Prophète et dure jusqu'à l'achèvement de la millième année. »

Dans son *Commentaire du Kitâb Kahl' an-na'layn*, Ibn Abî Wâtîl a dit : « Pour ce qui est du saint attendu, celui qui prendra en charge l'ordre de Dieu et qui est désigné sous les noms de Muhammad al-Mahdî et de Sceau des saints, ce ne sera pas un prophète, mais un saint, envoyé par son esprit et son ami. Le Prophète a dit : "Le savant est à son peuple ce que le prophète est à sa nation." Il a dit encore : "Les savants de ma nation sont comme les prophètes des enfants d'Israël." Les bonnes nouvelles annonçant son avènement n'ont jamais cessé depuis le début du Jour muhammadien jusqu'à peu de temps avant l'an 500 [1106-1107], qui marque la moitié de ce Jour. Depuis, elles ont été confirmées par les maîtres spirituels, qui ont proclamé l'approche de sa venue et l'imminence de son temps. »

Ibn Abî Wâtîl ajoute que, d'après al-Kindî[8], ce saint sera celui qui dirigera la prière de midi. Il rénovera l'islam et fera triompher la justice. Il fera la conquête de l'Andalus, parviendra jusqu'à Rome et la prendra. Il ira jusqu'en Orient, s'en emparera, ainsi que de Constantinople. De la sorte, il sera le maître du monde. Les musulmans redeviendront puissants, et l'islam sera exalté. La religion d'Abraham triomphera. De la prière de midi à la prière de l'après-midi, il y a encore un temps de prière. Le Prophète a dit : « Entre les deux, il y a encore un temps. »

Al-Kindî a dit encore : « Le total des valeurs numériques, d'après le calcul dit *al-jummal*, des lettres arabes ne portant pas de points diacritiques — c'est-à-dire les lettres placées au début de certaines sourates du Coran — est de 743. Ensuite viennent sept années de règne de l'Antéchrist. Après quoi, Jésus descendra du ciel à l'heure de la prière de l'après-midi. Il rendra le monde meilleur, et les brebis iront avec les loups. Le royaume des non-Arabes, après que ceux-ci auront été convertis à l'islam par Jésus, durera cent soixante ans — chiffre qui équivaut à la somme des valeurs numériques des lettres *q*, *y*, *n* ; et le règne de la justice durera quarante de ces cent soixante ans. »

Ibn Abî Wâtîl a dit : « La déclaration du Prophète : "Il n'y a d'autre Mahdî que Jésus" signifie que nul n'est aussi bien guidé que Jésus. » On a dit aussi qu'il fallait entendre par là qu'aucun enfant au berceau n'a jamais parlé, excepté Jésus. Mais une telle interprétation est infirmée par l'histoire de Jurayj et d'autres histoires du même genre.

D'après une tradition du *Sahîh*, le Prophète a dit : « Le

pouvoir des musulmans persistera, jusqu'à ce que vienne l'Heure » ou : « … qu'ils aient été gouvernés par douze califes[9] ». C'est-à-dire des califes qurayshites. On voit, d'après l'histoire passée, que certains de ces califes ont existé au début de l'islam et que d'autres viendront à la fin de l'islam. Par ailleurs, le Prophète a dit : « Après moi, le califat durera trente et un ou trente-six ans[10]. » Il arrive à son terme avec le califat d'al-Hasan et le début du règne de Mu'âwiya. Le commencement du règne de Mu'âwiya peut donc être considéré comme un califat, si l'on s'en tient au sens premier de ce mot. Ainsi, Mu'âwiya est le sixième calife. Quant au septième, c'est 'Umar Ibn 'Abd al-'Azîz. Il en reste encore cinq, qui doivent être des membres de la famille du Prophète et appartenir à la descendance de 'Alî.

Tout cela est appuyé sur ces paroles du Prophète : « Certes, tu es le maître des deux siècles », c'est-à-dire les deux siècles de la nation. En d'autres termes, tu es le calife de la nation à son commencement, et tes descendants en seront les califes à sa fin. Cette tradition est souvent utilisée comme argument par ceux qui croient au « retour ». Le premier est celui auquel ils font allusion lorsqu'ils parlent du « soleil qui se lève à l'ouest ».

Le Prophète a dit : « Lorsque mourra le roi de Perse, il n'y aura plus aucun autre roi de Perse après lui ; et lorsque mourra l'empereur de Byzance, il n'y aura plus aucun autre empereur de Byzance après lui. Par Celui qui tient ma vie dans Sa main, leurs trésors seront dépensés pour la cause de Dieu. » 'Umar Ibn al-Khattâb dépensa les trésors du roi de Perse pour la cause de Dieu. Celui qui fera périr l'empereur de Byzance et dépensera ses trésors pour la cause de Dieu, ce sera le Mahdî attendu lorsqu'il prendra Constantinople. Excellent sera le maître de Constantinople, et excellente sera son armée ! Le Prophète a dit encore ceci : « Et son règne durera quelques années. » « Quelques » signifie entre trois et neuf, ou dix, d'après certains. On cite aussi le chiffre de quarante, et certaines versions donnent soixante-dix. Le chiffre de quarante indique la durée du règne du Mahdî et des quatre autres califes de sa famille qui lui succéderont. Que Dieu les bénisse.

Ibn Abî Wâtîl ajoute : « Les astrologues affirment que la durée du règne du Mahdî et des membres de sa famille qui lui succéderont sera de cent cinquante-neuf ans. Le pouvoir sera exercé selon les normes du califat et de la justice pendant quarante ou soixante-dix ans. Après quoi, il y aura des changements, et on passera au pouvoir temporel. » Fin de la citation d'Ibn Abî Wâtîl.

Ailleurs, Ibn Abî Wâtîl dit : « La descente de Jésus du ciel aura lieu à l'heure de la prière de l'après-midi du Jour muhammadien, lorsque les trois quarts en seront passés. »

Il poursuit : « Dans son *Kitâb al-Jafr*[11], où il traite des conjonctions, Ya'qûb Ibn Ishâq al-Kindî déclare que, lorsque la conjonction atteindra le signe du Taureau, au début de l'an *d*, *h*, c'est-à-dire de l'an 698 de l'hégire, le Messie descendra sur la terre et y régnera le temps qu'il plaira à Dieu. »

Il ajoute : « Une tradition prophétique précise que "Jésus descendra entre deux vêtements de couleur jaune, c'est-à-dire deux robes de couleur jaune safran pâle. Il aura les mains posées sur les deux anges. Il aura les cheveux aussi longs que s'il sortait d'un cachot. Quand il baissera la tête, il pleuvra, et quand il la lèvera, il en tombera des perles. Il aura beaucoup de grains de beauté sur le visage". Dans une autre tradition, il est dit : "Il sera de stature moyenne et son teint sera un peu blanc et rougeâtre." Et dans une autre tradition encore : "Il se mariera dans le pays du Gharb" » (ce mot désigne un grand seau, comme on en trouve chez les Bédouins), c'est-à-dire : il se mariera chez les Bédouins, et sa femme portera des enfants.

D'après la tradition, Jésus mourra à quarante ans. Il est également dit qu'il mourra à Médine et sera enterré à côté de 'Umar Ibn al-Khattâb. Il est dit aussi qu'Abû Bakr et 'Umar ressusciteront entre deux prophètes.

Ibn Abî Wâtîl poursuit : « Les chiites disent qu'il est le Messie, le messie des messies de la famille de Muhammad. Certains croient que c'est à lui que se rapporte la tradition : "Il n'y a de Mahdî que Jésus." C'est-à-dire il n'y aura point de Mahdî en dehors du Mahdî, qui sera par rapport à la loi muhammadienne ce qu'a été Jésus par rapport à la loi mosaïque, en cela qu'il la suivra sans l'abroger. »

Et on rapporte encore bien des récits de ce genre, où on donne des précisions sur le temps, la personne et le lieu. Mais le temps passe, et rien ne se produit. Alors, on invente de nouvelles théories fondées, comme on peut le voir, sur des interprétations linguistiques, des constructions imaginaires, des conjectures astrologiques. C'est à cela que, du premier au dernier, ils passent leur vie.

Quant aux soufis contemporains, la plupart font allusion à l'apparition d'un homme qui rénovera les lois de la communauté et les règles de la vérité. Ils croient que sa venue aura lieu dans un temps proche. Certains disent qu'il sera un descendant de Fâtima. D'autres en parlent en des termes généraux. Nous avons entendu cela d'après tout un groupe d'entre eux. Parmi ceux-ci, le plus important est Abû Ya'qûb al-Bâdisî, le plus grand saint du Maghreb, qui vivait au début du VIIIe [XIVe] siècle. Ses paroles m'ont été rapportées par son petit-fils, Abû Zakariyâ' Yahyâ, qui les tenait de son père Abû Muhammad 'Abd Allâh, lequel les tenait de son père, ledit saint Abû Ya'qûb.

Voilà tout ce que nous avons lu ou appris au sujet des théories des soufis, et toutes les informations relatives au Mahdî rapportées par les traditionnistes. De tout cela, nous avons essayé de rendre compte d'une façon aussi exhaustive que possible. La vérité qu'il faut retenir, c'est qu'aucun mouvement religieux ou politique ne peut aboutir s'il n'est pas soutenu par une puissance et un esprit de corps qui lui permettent de triompher et le défendent contre ceux qui s'y opposent, jusqu'à ce que l'ordre de Dieu soit accompli. Nous avons précédemment démontré tout cela, en nous appuyant sur des preuves naturelles[12].

Or, l'esprit de corps des Fâtimides, des Tâlibites et même de tous les Quraysh a partout disparu. Et il existe d'autres nations dont l'esprit de corps a surpassé celui des Quraysh. Il n'y a qu'une exception, celle des Tâlibites, descendants d'al-Hasan, d'al-Husayn et de Ja'far, qui demeurent encore au Hijâz, à La Mecque, à Yanbô et à Médine. Ils sont dispersés dans ces régions qu'ils dominent. Ils forment des groupes bédouins qui diffèrent par leurs territoires, leurs chefs et leurs opinions. Leur nombre atteint des milliers. Si le Mahdî doit apparaître, son mouvement ne pourra triompher que s'il est issu de ces Tâlibites et si Dieu les unit derrière lui, de sorte qu'il dispose d'une puissance et d'un esprit de corps assez importants pour faire aboutir sa cause et lui gagner l'appui des gens. En dehors de cette voie, si par exemple un Fâtimide appelait à ce genre de mouvement dans un lieu quelconque de la terre, sans disposer d'esprit de corps et de puissance, et en ne comptant que sur le seul fait d'appartenir à la famille du Prophète, sa tentative serait vaine, voire impossible, pour les bonnes raisons invoquées ci-dessus.

Pour le commun et les gens simples du bas peuple qui ne peuvent se guider ni sur la raison ni sur la science, l'apparition du Mahdî n'est liée à aucune circonstance ni à aucun lieu particuliers. En cela, ils ne font que suivre aveuglément ce qu'on dit communément au sujet de l'avènement d'un certain Fâtimide. Ils ne savent rien du fond de la question, telle que nous venons de l'expliquer. Ils croient, le plus souvent, que le Mahdî surgira dans quelque province lointaine, ou quelque région du bout du monde, comme le Zâb en Ifrîqiya ou le Sous au Maghreb. C'est ainsi qu'on voit beaucoup de gens de peu d'intelligence faire le voyage jusqu'à un certain monastère à Massa dans le pays du Sous, où ils pensent pouvoir rencontrer le Mahdî. Ils prétendent qu'il apparaîtra dans ce monastère, et que c'est là qu'on viendra lui faire allégeance, parce que cet endroit est proche des Gudâla voilés et qu'ils croient que le Mahdî sera l'un de ceux-ci, ou qu'ils soutiendront sa cause. C'est là une croyance qui ne repose sur aucun fondement, si ce n'est l'étrangeté de ces nations, le fait qu'on ne sait rien de certain sur leur nombre, leur faiblesse ou leur force, et la situation de cette province lointaine, qui échappe au contrôle et à l'autorité du gouvernement. Ainsi, les gens imaginent d'autant plus fermement que le Mahdî surgira par là-bas, qu'il pourra s'y trouver hors de portée du pouvoir, de la loi et de la force. Il n'y a pas d'autre base à leur conjecture. Beaucoup de faibles d'esprit vont à cet endroit, en feignant de soutenir une cause que, par suggestion de Satan et par folie, ils espèrent faire aboutir. Un grand nombre d'entre eux se sont fait ainsi tuer.

Notre maître Muhammad Ibn Ibrâhîm al-Abilî nous a raconté que, au début du VIIIe [XIVe] siècle, sous le règne du sultan Yûsuf Ibn Ya'qûb, un soufi connu sous le nom d'at-Tuwayzirî — diminutif d'at-Tûzirî : homme de Tozeur — se rebella au monastère de Massa. Prétendant qu'il était le Fâtimide attendu, il fut suivi par beaucoup d'habitants du Sous, et fut sur le point d'aboutir. Les chefs masmuda se sentirent menacés. As-Saksîwî le fit alors assassiner de nuit, et son entreprise échoua[13].

De même, pendant la dernière décade du VIIe [XIIIe] siècle, un homme du nom d'al-'Abbâs parut chez les Ghumâra et prétendit être le Fâtimide. Il fut suivi par la foule des Ghumâra et prit d'assaut la ville de Bâdis, dont il incendia les marchés. Puis il se rendit à al-Mazamma. Il y fut tué dans un guet-apens et ne put réussir[14].

Il y a encore bien des exemples de ce genre. Mon maître précité m'a raconté une curieuse histoire à ce propos. Pendant qu'il se rendait, m'a-t-il dit, en pèlerinage à La Mecque, en quittant le monastère d'al-'Ubbâd, où se trouve le tombeau du *shaykh* Abû Madyan, sur la montagne qui domine Tlemcen, il fit route avec un homme qui appartenait à la famille du Prophète et qui était originaire de Karbalâ'. Celui-ci avait une importante suite, était fort respecté et était entouré d'un grand nombre de disciples et de serviteurs. Des gens de son pays l'accueillaient dans la plupart des contrées et subvenaient à ses dépenses. Comme, ajouta notre maître, « nous devînmes bons amis en chemin, je pus découvrir qui étaient tous ces gens. En fait, ils étaient venus de Karbalâ' en vue du pouvoir et de la proclamation de la cause fâtimide au Maghreb. Mais quand notre homme vit ce qu'il en était de l'État mérinide, dont le souverain, Yûsuf Ibn Ya'qûb, faisait en ce temps-là le siège de Tlemcen, il dit à ses partisans : "Repartons. Nous nous sommes trompés. Notre heure n'est pas encore venue[15]" ». Une telle déclaration de la part de cet homme montre qu'il avait parfaitement compris que le pouvoir ne pouvait s'obtenir qu'avec le soutien d'un esprit de corps équivalent à celui des pouvoirs contemporains. Voyant qu'il était un étranger dans ce pays, qu'il ne disposait d'aucune puissance, et que personne au Maghreb n'était capable à cette époque de résister à l'esprit de corps des Mérinides, il en prit son parti avec humilité, admit l'évidence et renonça à ses projets. Il lui restait encore à se convaincre que l'esprit de corps des Fâtimides et de tous les Quraysh avait bien disparu, particulièrement au Maghreb. Mais son zèle en faveur de sa propre cause l'empêchait d'aller jusque-là. « Dieu sait et vous ne savez point[A]. »

Au cours de ces derniers temps, il y eut parmi les habitants arabes du Maghreb un mouvement de prédicateurs qui prêchaient la vérité et l'application de la Sunna, sans se réclamer de la cause du Fâtimide ou de quiconque. De temps à autre, quelques individus se levaient pour rétablir la Sunna et réformer les mœurs. Ils prenaient leur tâche à cœur et gagnaient de nombreux partisans. Ils s'efforçaient

A. Coran, II, 216.

surtout d'améliorer la sécurité des routes, car c'était là en particulier que se manifestait la malfaisance des Bédouins, en raison de la nature même de leur genre de vie, comme nous l'avons montré précédemment. Ces hommes s'attachaient donc à réformer les mœurs, en essayant de rétablir la sécurité sur les routes. Cependant, la religion ne pouvait guère s'établir sur des bases solides chez ces Arabes. En effet, pour eux, le repentir et le retour à la foi signifiaient uniquement l'abstention de pratiquer les raids et le pillage. Ils ne concevaient pas le repentir et la foi autrement. Car, avant leur repentir, ils vivaient avec ce péché et c'est de ce péché qu'ils se repentaient. Les partisans de ces réformateurs qui prétendaient se conformer à la Sunna n'étaient pas en fait en mesure d'imiter et de suivre dans les détails les modèles religieux. Leur religion se bornait à cesser de piller, de commettre des injustices et d'infester les routes, tout en continuant à rechercher avec ardeur les biens de ce monde et les moyens de vivre. Mais il y a une grande différence entre la recherche du pouvoir en vue de réformer les hommes et la poursuite des biens de ce monde. Ces deux objectifs sont d'ailleurs inconciliables. La foi de ces gens ne peut donc jamais être très solide. Ils ne renoncent jamais complètement au mal, et leur repentir ne dure pas. Ceux parmi eux qui s'érigent en réformateurs peuvent avoir eux-mêmes une foi solide et mener une vie de sainteté, mais ce n'est pas le cas de leurs partisans. Lorsqu'ils meurent, le pouvoir du groupe se dissout et son esprit de corps disparaît.

C'est ce qui arriva au cours du VIIe [XIIIe] siècle en Ifrîqiya à un homme appartenant aux Banû Ka'b, de la tribu des Sulaym, du nom de Qâsim Ibn Marâ Ibn Ahmad. Plus tard, il se produisit la même chose avec un autre personnage appartenant aux nomades riyâh, d'une fraction de tribu connue sous le nom de Muslim. Cet homme s'appelait Sa'âda. Il était d'une foi plus ferme que l'autre et avait suivi, pour ce qui est de sa conduite personnelle, une voie plus juste. Malgré cela, ses partisans échouèrent à fonder un pouvoir, pour les raisons que nous venons d'exposer. Tous ces événements seront mentionnés lorsque nous parlerons des tribus sulaym et riyâh[16].

Par la suite, on vit surgir d'autres réformateurs qui prétendaient suivre la même voie, montraient des idées trompeuses et se paraient du nom de la Sunna, alors que peu d'entre eux la pratiquaient réellement. Mais ni eux ni aucun de leurs successeurs ne réussirent. C'est la coutume de Dieu envers Ses serviteurs.

LII. LES PRÉDICTIONS RELATIVES AUX ÉTATS ET AUX NATIONS, OÙ L'ON PARLERA DES PRÉDICTIONS DES AFFAIRES PUBLIQUES ET OÙ L'ON DONNERA L'EXPLICATION DU MOT « JAFR[a] »

L'une des particularités de l'âme humaine est le désir de connaître l'avenir. Les hommes aiment savoir ce qui va leur arriver : vie ou mort, bien ou mal, et plus particulièrement les événements d'ordre général, tels que la durée de vie du monde ou la durée des États. Cet intérêt est naturel et inné chez l'homme. Aussi beaucoup de gens espèrent-ils parvenir à un savoir de ces choses par le rêve. Et il y a des histoires très connues au sujet des voyants, que fréquentent aussi bien les rois que le peuple.

Dans les villes, on trouve toute une catégorie de gens qui gagnent leur vie en prédisant l'avenir, sachant l'intérêt qu'on y porte. Ils s'installent dans les rues et dans des boutiques et offrent leurs services à qui les demandent. Ils sont fréquentés à longueur de journée par les femmes et les enfants, et même par beaucoup d'hommes à l'esprit faible, qui veulent connaître leur avenir pour ce qui est de la richesse, de la position sociale, des amitiés et des inimitiés, et d'autres choses du même genre. Il y a ceux qui tracent des lignes sur le sable et qu'on appelle « astrologues » ; il y en a d'autres qui jettent par terre des cailloux ou des grains : ils sont appelés « calculateurs » ; il y en a d'autres encore qui scrutent les miroirs et l'eau : ils portent le nom de « dessinateurs de cercles ». Ces pratiques répandues dans les villes sont considérées comme répréhensibles. En effet, elles sont blâmées par la loi religieuse, car les hommes n'ont pas accès à l'invisible, excepté ceux à qui Dieu le révèle au cours du sommeil ou en leur donnant la sainteté.

Les princes et les rois qui désirent connaître la durée de leur règne portent la plus grande attention à ces choses. C'est ce qui explique que les savants s'en occupent. Dans toute nation, on trouvera donc ce genre de prédictions, qu'elles émanent d'un voyant, d'un astrologue ou d'un saint. Elles concernent un pouvoir qu'on attend, un État dont on pressent l'avènement, des batailles ou des guerres qui doivent avoir lieu contre d'autres nations, la durée d'une dynastie, le nombre des rois qu'elle doit compter et leurs noms. C'est tout cela qu'on appelle des prédictions.

Les Arabes avaient des voyants et des devins qu'ils consultaient pour ce genre de choses. Ceux-ci leur prédirent qu'ils fonderaient un pouvoir et un État. C'est ainsi que Shiqq et Satîh, à propos de l'interprétation d'un songe de Rabî'a Ibn Nasr, roi du Yémen, leur annoncèrent que les Abyssins occuperaient leur pays et qu'ils le reprendraient plus tard. Par la suite, l'islam apparaîtrait, et les Arabes fonderaient un État. Il y eut aussi l'interprétation par Satîh du songe du Môbedhân. Le roi de Perse (Khosrô) l'en informa par l'intermédiaire de 'Abd al-Masîh. Satîh lui annonça la fondation d'un État par les Arabes.

Il y avait également des voyants chez le peuple berbère. Le plus connu était Mûsâ Ibn Sâlih, qui appartenait aux Banû Yafran (Ifren) ou aux Ghmart. Il laissa des prédictions formulées en vers dans l'idiome de son pays. La plupart concernaient le pouvoir et l'État qui seraient fondés par les Zénètes au Maghreb. Ces prédictions sont très répandues parmi les Berbères, qui tiennent Mûsâ Ibn Sâlih tantôt pour un saint, tantôt pour un voyant. Ils prétendent même parfois qu'il était un prophète et ils le placent à une époque bien antérieure à l'hégire. Mais Dieu est plus savant.

Les peuples se fondent parfois sur les paroles des prophètes lorsqu'il en existe à leur époque, comme ce fut le cas des Israélites. En effet, leurs prophètes successifs faisaient ce genre de prédictions quand ils les pressaient de questions.

Au cours de l'époque islamique, il y eut beaucoup d'exemples de ce genre de prédictions qui se rapportaient soit à la durée du monde en général, soit à la durée de tel ou tel État en particulier. Au début de l'islam, on se fondait sur des paroles remontant aux Compagnons du Prophète et surtout aux Israélites convertis, comme Ka'b al-Ahbâr, Wahb Ibn Munabbih, ou d'autres. Souvent, on déduisait ces prédictions d'après les paroles explicitement transmises ou sur la base d'interprétations vraisemblables. Ja'far as-Sâdiq et d'autres membres de la famille du Prophète firent également de nombreuses prédictions, fondées, semble-t-il, sur le dévoilement dont ils bénéficiaient en raison de leur sainteté. On ne peut nier que des saints aient le pouvoir de prédire l'avenir de leur peuple ou de leurs descendants. Le Prophète a dit : « Il y a parmi vous des gens à qui des paroles sont inspirées. » Or, les membres de la famille du Prophète sont les plus dignes de ces nobles positions et de ces grâces divines.

Après les premiers temps, une fois que les musulmans eurent commencé à étudier les sciences et les terminologies techniques, et que les livres des philosophes eurent été traduits en arabe, on s'appuya surtout sur les doctrines des astrologues fondées sur les conjonctions astrales pour ce qui est du pouvoir, des États et des questions d'intérêt particulier, et sur les ascendants — c'est-à-dire les configurations du firmament au moment des événements — pour ce qui est des naissances, des questions de détail et de toutes les affaires privées.

Nous allons d'abord exposer ce qu'ont dit les gens de la tradition à ce sujet, ensuite nous reviendrons aux doctrines des astrologues.

En ce qui concerne les gens de la tradition, on peut lire leur opinion sur la durée de l'islam et du monde dans le livre d'as-Suhaylî[1]. Celui-ci conclut, d'après at-Tabarî, que la durée du monde depuis l'avènement de l'islam est de cinq cents ans. Cette opinion a été abandonnée quand les faits en ont montré la fausseté.

At-Tabarî se fondait sur des propos prêtés à Ibn 'Abbâs, selon lesquels le monde d'ici-bas durerait une semaine des semaines de l'autre monde[2]. Ibn 'Abbâs n'apporte aucune preuve à l'appui de son dire. Mais il semble qu'il s'était basé sur une estimation de la durée du monde d'après celle de la création des cieux et de la terre, qui était de sept jours, chacun d'une durée de mille ans, comme il est dit dans le Coran : « Un jour auprès de ton Seigneur est comme mille ans de ceux que vous comptez[A]. » At-Tabarî ajoute : « Il est bien établi dans les deux *Sahîh* que le Prophète a dit : "Votre terme, comparé au terme de ceux qui vous ont précédés, est comme la prière de l'après-midi par rapport au coucher du soleil." Il a dit aussi : "Le temps où j'ai été envoyé, par rapport au temps où sonnera l'Heure, est comme ces deux-là", et il montra son index et le doigt du milieu. Or, le temps qui sépare la prière de l'après-midi et le coucher du soleil, quand les objets projettent des

A. Coran, XXII, 47.

ombres doubles, est d'environ la moitié du septième de la journée, et l'index est dépassé par le médium dans la même proportion d'un quatorzième. La durée du monde après l'islam sera donc de la moitié du septième d'une semaine, c'est-à-dire cinq cents ans. Cela est confirmé par cet autre propos du Prophète : "Dieu ne sera pas incapable de faire durer cette communauté encore une demi-journée." Ce qui montre que la durée du monde avant l'islam est de cinq mille cinq cents ans. Elle est, d'après Wahb Ibn Munabbih, de cinq mille six cents ans. D'après Ka'b et Wahb, la durée totale du monde est de six mille ans. » As-Suhaylî a dit : « Il n'y a rien dans ces deux traditions qui puisse témoigner en faveur de l'interprétation d'at-Tabarî, laquelle a d'ailleurs été démentie par les faits. La tradition : "Dieu ne sera pas incapable de faire durer cette communauté encore une demi-journée" n'implique pas qu'une durée supérieure à une demi-journée soit exclue. D'autre part, la seconde tradition : "Le temps où j'ai été envoyé, par rapport au temps où sonnera l'Heure, est comme ces deux-là" indique seulement que l'Heure est proche et qu'avant qu'elle ne vienne, il n'y aura aucun prophète, aucune autre loi. »

As-Suhaylî tente ensuite de déterminer, sur une base différente, la durée de l'islam. Il prend les lettres isolées qui figurent au début de certaines sourates du Coran, sans tenir compte des répétitions, et en trouve au total quatorze, qu'il arrange dans l'ordre suivant : *alm yst ns hq krh*. Il additionne les valeurs numériques de ces lettres d'après le système *al-jummal* et obtient un total de 903. Il ajoute ce chiffre au nombre d'années du dernier millénaire écoulées avant l'avènement de Muhammad. Il obtient ainsi la durée que doit avoir l'islam. As-Suhaylî dit : « Que ces lettres puissent être interprétées dans ce sens n'est pas invraisemblable. »

Quant à moi, je dis que, si une telle interprétation n'est pas invraisemblable, cela n'implique pas qu'elle doive être retenue et prise en considération. As-Suhaylî a été influencé par une histoire qui figure dans la *Sîra* d'Ibn Ishâq et qui se rapporte aux deux frères Abû Yâsir et Huyayy, fils d'Akhtab, un rabbin juif. Ils avaient entendu parler des lettres isolées *'lm* qui se trouvent au commencement de certaines sourates et, se basant sur leur valeur numérique, ils y avaient vu l'indication de la durée de l'islam. Ces lettres avaient une valeur totale de 71, ce qui leur parut un temps trop court. Huyayy alla voir le Prophète et lui demanda s'il n'y avait pas d'autres lettres dans le même cas. Le Prophète indiqua les lettres *'lms*. Huyayy lui demanda s'il n'y en avait pas encore d'autres. Muhammad mentionna les lettres *'lr*. Huyayy insista encore et le Prophète cita les lettres *'lmr*. La valeur totale de ces lettres était de 271. Cela parut un temps trop long à Huyayy, qui dit au Prophète : « Ô Muhammad, ton destin nous a été rendu obscur. Nous ne savons pas s'il t'a été donné un temps trop court ou trop long. » Là-dessus, ils s'éloignèrent, et Abû Yâsir leur dit : « Qu'en savez-vous ? Peut-être lui a-t-il été donné un temps égal au total de toutes ces lettres, soit sept cent quatre ans. » Ibn Ishâq a dit : « À cette occasion, ces paroles de Dieu ont été révélées : "Il s'y trouve des versets très clairs, qui sont la mère du Livre[A]…" »

Cette histoire ne prouve pas que ce chiffre doive correspondre à la durée de l'islam. En effet, l'attribution d'une valeur numérique à ces lettres coraniques n'est ni naturelle ni rationnelle. Elle s'appuie sur un simple système conventionnel appelé *hisâb al-jummal*. Certes, c'est un système ancien et bien connu, mais son ancienneté ne constitue pas une preuve. D'autre part, on ne peut tenir Abû Yâsir, ni son frère Huyayy, ni les savants juifs pour des autorités dont l'opinion doive être considérée comme une preuve en la matière. C'étaient des Bédouins du Hijâz qui ne savaient rien des sciences et des arts. Ils ne connaissaient même pas leur loi religieuse et ne comprenaient ni leurs Écritures ni leur religion. Ils n'avaient fait qu'emprunter servilement ce système, comme le font les gens du commun dans n'importe quelle communauté religieuse. La preuve apportée par as-Suhaylî, à l'appui de ses dires, est donc inconsistante.

Dans l'islam, pour ce qui est des prédictions particulières aux États, il y a, par ailleurs, un fondement général dans cette tradition du Prophète, recueillie par Abû Dâwud et remontant à Hudhayfa Ibn al-Yamân. Abû Dâwud la tenait de son maître Muhammad Ibn Yahyâ adh-Dhuhlî, d'après Sa'îd Ibn Abî Maryam, d'après 'Abd Allâh Ibn Farrûkh, d'après Usâma Ibn Zayd al-Laythî, d'après un fils de Qabîsa Ibn Dhu'ayb, qui l'avait reçue de son père. Celui-ci a dit : « Hudhayfa Ibn Yamân a dit : "Par Dieu, je ne sais si mes compagnons l'ont oublié ou s'ils ont fait semblant de l'avoir oublié. Par Dieu, il n'y a pas un seul chef rebelle

A. Coran, III, 7.

ayant avec lui plus de trois hommes que l'Envoyé de Dieu n'ait nommé par son nom, le nom de son père et celui de sa tribu[3]." »

Abû Dâwud ne fait aucune observation sur cette tradition. Comme on l'a vu précédemment, il dit dans son *Épître* que les traditions sur lesquelles il ne formule pas de commentaire doivent être considérées comme bonnes[4]. Cependant, la tradition en question a un caractère général. Pour en préciser la signification et en lever les ambiguïtés, il faut se référer à d'autres traditions pourvues de bonnes chaînes de transmetteurs.

La même tradition est donnée ailleurs que dans le *Kitâb as-Sunan*, sous une autre forme. Dans les deux *Sahîh*, elle est également attribuée à Hydhayfa, qui dit : « L'Envoyé de Dieu nous fit un sermon. De sa place, ici, il parla sans rien omettre de tout ce qui arriverait jusqu'à la venue de l'Heure. Certains s'en souviennent, d'autres l'ont oublié, mais ses Compagnons le savent[5]. »

Dans la version d'al-Bukhârî, on a : « Il mentionna, sans rien omettre, tout ce qui arriverait jusqu'à la venue de l'Heure. »

Dans l'ouvrage d'at-Tirmidhî, on trouve la tradition suivante, attribuée à Sa'îd al-Khudrî, lequel a dit : « L'Envoyé de Dieu dirigea un jour notre prière de l'après-midi. Après quoi, il nous fit un sermon. Il nous informa sans rien omettre de tout ce qui arriverait jusqu'à la venue de l'Heure. Certains s'en souviennent, d'autres l'ont oublié[6]. »

Toutes ces traditions sont uniquement à mettre en rapport avec l'ensemble des traditions du *Sahîh* relatives aux troubles et aux conditions annonciatrices de l'Heure. En effet, c'est de cette façon que le Législateur avait l'habitude de s'exprimer sur ce genre de généralités. L'ajout qu'apporte Abû Dâwud, et qu'il est seul à fournir, doit être considéré comme irrégulier et irrecevable.

Sur les transmetteurs de cet ajout, les grandes autorités en matière de tradition ont formulé des jugements divergents. D'Ibn Farrûkh, Ibn Abî Maryam a dit : « Ses traditions sont irrecevables. » Al-Bukhârî a dit : « Certaines de ses traditions sont admissibles et les autres irrecevables. » Ibn 'Adî a dit : « Ses traditions ne sont pas de celles qu'on retient. » Pour Usâma Ibn Abî Zayd, ses traditions sont données dans les deux *Sahîh*, et Ibn Ma'în le tient pour digne de foi. Mais al-Bukhârî ne donne ses traditions qu'à titre d'exemples complémentaires. Yahyâ Ibn Sa'îd et Ahmad Ibn Hanbal le considèrent comme faible, et Abû Hâtim a dit de lui : « On peut transcrire ses traditions, mais non s'en servir comme preuves. » Enfin, le fils de Qabîsa Ibn Dhu'ayb est considéré comme un inconnu. À tous ces égards, outre son caractère irrégulier, l'ajout d'Abû Dâwud à cette tradition doit être considéré comme faible.

En ce qui concerne particulièrement les prédictions relatives aux États, on s'appuie sur le *Kitâb al-Jafr*. On prétend que ce livre contient tout ce qui se rapporte à ce sujet, qu'il s'agisse des traditions ou des calculs astrologiques. On n'en dit rien de plus. On ne sait rien sur son origine ni sur l'autorité sur laquelle il se fonde. Or, l'origine du *Kitâb al-Jafr* remonte aux circonstances suivantes : Hârûn Ibn Sa'îd al-'Ijlî, qui était le chef des zaydites, possédait un livre qu'il avait l'autorisation de transmettre d'après Ja'far as-Sâdiq. Ce livre renfermait des informations sur l'avenir de la famille du Prophète, en général, et de certains membres de celle-ci, en particulier. Ja'far et d'autres personnalités 'alides avaient eu la révélation de ces informations par l'effet de la grâce divine et du dévoilement accordé aux saints. Ja'far avait un exemplaire de ce livre, écrit sur la peau d'un jeune bœuf. Hârûn al-'Ijlî eut l'autorisation de le transmettre d'après lui. Il le transcrivit et l'appela *al-Jafr*, d'après la peau sur laquelle il était écrit, parce que le mot *jafr* signifie jeune. Et dès lors, *Jafr* devint le titre de ce livre.

Le *Kitâb al-Jafr* contenait des vues remarquables sur l'interprétation du Coran et son sens ésotérique, rapportées d'après Ja'far as-Sâdiq. Cependant la chaîne des transmetteurs de l'ouvrage est interrompue et le livre n'est pas connu dans sa forme complète, mais seulement par des fragments isolés, dont l'authenticité n'est pas prouvée. S'il était établi que l'ouvrage remonte à Ja'far as-Sâdiq, on aurait là une excellente base pour en accepter le contenu, sous l'autorité de Ja'far lui-même ou des gens de sa famille. En effet, ils sont les plus touchés par les grâces divines, et c'est un fait avéré que Ja'far avertissait certains de ses parents qu'il allait leur arriver telle et telle chose, et que ces événements se produisaient effectivement comme il l'avait prédit. Ainsi, il prévint Yahyâ, fils de son oncle Zayd, qu'il serait tué, mais celui-ci lui désobéit, se révolta et fut mis à mort, comme on le sait, au Jûzajân. Si des miracles sont produits par des gens qui ne sont pas de la famille du Prophète, ils peuvent l'être à plus forte raison par les membres de celle-ci, en raison de leur savoir et de leur piété, et comme un rappel de la prophétie, un signe de la faveur que Dieu accorde à cette noble souche et un témoignage de l'excellence des branches qui en sont issues.

De nombreuses histoires de ce genre sont répandues parmi les membres de la famille du Prophète, sans être rattachées au *Jafr*. On en trouve beaucoup d'exemples dans l'histoire des 'Ubaydites. À cet égard, on peut citer le récit d'Ibn ar-Raqîq au sujet de la rencontre entre Abû 'Abd Allâh ash-Shî'î et 'Ubayd Allâh al-Mahdî, qui était avec son père, Muhammad al-Habîb. Ceux-ci eurent un entretien avec 'Abd Allâh, puis l'envoyèrent au Yémen, auprès de leur missionnaire Ibn Hawshab. Ce dernier lui ordonna de se rendre au Maghreb pour y divulguer leur doctrine, car il connaissait la prédiction selon laquelle leur État allait être fondé dans ce pays. Ibn ar-Raqîq ajoute, que, après la consolidation de l'État fâtimide, lorsque 'Ubayd Allâh eut construit la ville d'al-Mahdiyya en Ifrîqiya, il déclara : « J'ai construit cette ville pour que les Fâtimides puissent s'y réfugier pendant une heure de temps. » Et il montra aux assistants l'endroit sur la place de la ville où s'arrêterait l'homme à l'âne. Plus tard, cette prédiction fut connue de son petit-fils, Ismâ'il al-Mansûr. Aussi, lorsque Abû Yazîd, l'homme à l'âne, l'assiégea à al-Mahdiyya, al-Mansûr ne cessa-t-il de s'informer sur le lieu jusqu'où son adversaire s'était avancé. Quand, enfin, on lui annonça qu'Abû Yazîd était parvenu à l'endroit indiqué par son grand-père, 'Ubayd Allâh, il eut la certitude qu'il remporterait la victoire. Il se montra alors à son ennemi, le mit en déroute et le poursuivit jusqu'au pays du Zâb, où il le défit et le tua. Et on raconte chez les 'Alides de nombreuses autres histoires de ce genre.

Pour ce qui est des astrologues, ils fondent leurs prédictions relatives aux États sur les calculs astrologiques. À un niveau général, lorsqu'il est question par exemple du pouvoir et des États, ils se servent des conjonctions, en particulier de celle des deux planètes supérieures. En effet, la conjonction des planètes supérieures, Saturne et Jupiter, se produit une fois tous les vingt ans. Ensuite, elle a lieu dans un autre signe du même trigone, mais dans la « trine dexter », puis encore dans un autre, et ainsi de suite, jusqu'à douze fois dans le même trigone. Il faut soixante ans pour que les trois conjonctions se produisent dans les trois signes ; puis elles s'y produisent encore une deuxième, une troisième et une quatrième fois, chaque fois en une période de soixante ans. Ainsi, en douze retours dans le même trigone, avec quatre apparitions dans chaque signe, on arrive à deux cent quarante ans. En se déplaçant d'un signe à l'autre, la conjonction suit le sens inverse des signes, ou « trine dexter ». Puis elle passe d'un trigone à l'autre, c'est-à-dire dans le signe qui vient immédiatement après le dernier signe du trigone dans lequel la conjonction avait eu lieu auparavant.

Les conjonctions des deux planètes supérieures se divisent en grandes, petites et moyennes. La grande conjonction, c'est la rencontre des deux planètes supérieures au même degré du firmament ; elle se reproduit une fois tous les neuf cent soixante ans. La conjonction moyenne, c'est la rencontre de ces deux planètes dans chaque trigone ; elle se reproduit douze fois de suite. Après deux cent quarante ans, elle a lieu dans un autre trigone. La petite conjonction, c'est la rencontre de ces deux planètes dans le même signe. Au bout de vingt ans, elles se rencontrent dans un autre signe, en « trine dexter », au même degré et à la même minute. Si, par exemple, la conjonction a lieu dans la première minute du Bélier, après vingt ans, elle se produira dans la première minute du Sagittaire, et vingt ans plus tard, dans le Lion. Tous ces signes sont ignés, et toutes ces conjonctions sont des petites conjonctions. La conjonction se reproduit ensuite au début du Bélier, au bout de soixante ans. C'est ce qu'on appelle la « révolution » ou le « retour » de la conjonction. Après deux cent quarante ans, elle se déplace du trigone igné au trigone terrestre, qui vient après ce dernier. On a alors une conjonction moyenne. Ensuite, la conjonction se déplace au trigone aérien, puis au trigone hydrique, pour enfin revenir au début du Bélier, au bout de neuf cent soixante ans. On a alors une grande conjonction. Une grande conjonction indique de grands événements, tels que des changements de règne ou de dynastie, ou le passage du pouvoir d'un peuple à un autre. Une conjonction moyenne est le signe de l'apparition de nouveaux hommes forts et de prétendants. Et une petite conjonction annonce des rébellions et des actions de propagande contre le pouvoir en place, la ruine ou la prospérité des cités.

Entre ces conjonctions a lieu la conjonction des deux planètes maléfiques. Elle se produit une fois tous les trente ans et est appelée « quatrième ». Le signe du Cancer est l'ascendant de l'univers. Saturne y est dans son détriment et Mars dans sa chute. Cette conjonction est donc un indice très fort de troubles, de guerres, d'effusion de sang, de rébellions, de mouvements d'armées, de mutineries de troupes, d'épidémies et de sécheresse. Tout cela persiste ou cesse, selon la bonne ou mauvaise fortune, au moment de cette conjonction et selon l'impulsion qui lui est imprimée par le significateur.

Dans l'ouvrage qu'il a composé pour Nizâm al-Mulk, Jirâsh Ibn Ahmad al-Hâsib a dit : « Lorsque Mars revient au signe du Scorpion, cela a une grande influence sur la communauté islamique, car il en est le significateur. En effet, la naissance du Prophète a eu lieu au moment de la conjonction des deux planètes supérieures dans le signe du Scorpion. Chaque fois que cette conjonction se reproduit dans ce signe, il y a des embarras pour les califes, la maladie sévit parmi les savants et les hommes de religion, leur situation matérielle se détériore, et, parfois, des édifices du culte sont détruits. Or, on dit que cette conjonction eut lieu au moment de la mort de 'Alî, de celle de l'Omeyyade Marwân, et de celle de l''Abbâsside al-Mutawakkil. Donc, s'il se vérifie que ces événements ont lieu au moment des conjonctions, les jugements astrologiques doivent être tenus pour extrêmement judicieux. »

Shâdhân al-Balkhî a rapporté que l'islam durerait trois cent dix ans. Mais cela s'est révélé faux.

Abû Mi'shar a dit : « Après ses cent cinquante premières années, l'islam connaîtra de nombreuses dissensions. » Et cela ne s'est pas vérifié.

Jirâsh a dit : « J'ai lu dans les livres des anciens que les astrologues avaient appris à Khosrô que les Arabes auraient un empire et qu'un prophète apparaîtrait parmi eux. Leur significateur était Vénus, qui se trouvait alors dans son exaltation. Leur pouvoir durerait quarante ans. »

Dans son *Livre des conjonctions*, Abû Mi'shar a dit : « Quand la section eut atteint le vingt-septième degré des Poissons, où Vénus a son exaltation, et que se fut produite en même temps la conjonction dans le signe du Scorpion, qui est le significateur des Arabes, alors apparut la dynastie des Arabes, et il y eut un prophète parmi eux. La puissance et la durée de cet empire correspondent au nombre de degrés restant à partir de l'exaltation de Vénus, soit approximativement onze degrés du signe des Poissons. Cela fait une durée de six cent dix ans. Abû Muslim apparut lorsque Vénus eut quitté ce signe et que la section se fut produite au début du Bélier, alors que Jupiter gouvernait le terme. »

D'après Ya'qûb Ibn Ishâq al-Kindî, l'islam aurait une durée de six cent quatre-vingt-treize ans. « En effet, dit-il, au moment de la conjonction qui gouverne l'islam, Vénus était en vingt-huit degrés quarante-deux minutes du Poisson. Il restait donc onze degrés dix-huit minutes. Dans un degré il y a soixante minutes. Cela fait six cent quatre-vingt-treize ans. » Al-Kindî ajoute : « Telle est la durée de l'islam selon l'opinion unanime des philosophes. Ce chiffre est corroboré par le total des valeurs numériques des lettres isolées qui se trouvent au commencement de certaines sourates, sans tenir compte des répétitions. » On doit faire remarquer que cela correspond à ce que rapporte as-Suhaylî, et il est très probable qu'al-Kindî soit la source d'as-Suhaylî pour les remarques que nous avons citées d'après ce dernier.

Jirâsh a dit : « Le sage Hormozd-Afrîd, interrogé sur la durée du règne d'Ardeshir et de ses descendants, les rois sassanides, répondit en ces termes : "Le significateur de son règne est Jupiter. Or, cette planète était dans son exaltation, ce qui donne les plus longues et les meilleures années, soit quatre cent vingt-sept ans. Ensuite, Vénus gouvernera et sera dans son exaltation. C'est le signe que les Arabes auront le pouvoir, car l'ascendant de la conjonction est la Balance, qui est gouvernée par Vénus, laquelle sera au moment de la conjonction dans son exaltation. Cela indique que les Arabes régneront mille soixante ans." »

Khosrô Anôcharvân interrogea son vizir, le sage Buzurjmihr au sujet du transfert du pouvoir des Perses aux Arabes. Ce dernier lui répondit que le fondateur de l'empire arabe naîtrait dans la quarante-cinquième année du roi de Perse et qu'il posséderait l'Orient et l'Occident. Jupiter passerait ses pouvoirs à Vénus, et la conjonction se déplacerait du trigone aérien au Scorpion, qui est hydrique. Vénus est le significateur des Arabes. Tous ces indices donnent pour la communauté musulmane une durée égale à une révolution de Vénus, soit mille soixante ans.

Khosrô Abharvêz posa la même question au sage Ulyûs, et il reçut la même réponse.

Le Byzantin Théophile, astrologue qui vivait au temps des Omeyyades, a dit que l'empire musulman aurait une durée égale à celle de la grande conjonction, soit neuf cent soixante ans. Quand la conjonction aura lieu de nouveau dans le signe du Scorpion, comme au début de l'islam, et que la position des astres dans la conjonction qui domine l'islam aura changé, alors ou bien leur influence cessera, ou bien il y aura de nouvelles observations qui nécessiteront un changement d'opinion.

Jirâsh a dit : « Il y a accord sur le fait que la destruction du monde se fera par l'eau et le feu qui se répandront partout jusqu'à ce que toutes les choses créées périssent. Cela aura lieu lorsque Régulus sera parvenu au vingt-quatrième degré, qui est le terme de Mars, au bout de neuf cent soixante ans. »

Jirâsh a rapporté que le souverain du Zâbulistân, c'est-à-dire Ghazna, envoya à al-Ma'mûn, parmi d'autres présents, son philosophe Dhûbân. Celui-ci exécuta pour le calife les élections astrales d'après lesquelles il fit la guerre à son frère et nomma Tâhir commandant en chef. Al-Ma'mûn fit cas de sa sagesse et lui demanda combien de temps durerait le règne des 'Abbâssides. Dhûbân lui indiqua que le pouvoir ne resterait pas dans sa lignée, mais passerait aux enfants de son frère. Des non-Arabes, les Daylam, domineront le califat. D'abord, ils auront un bon gouvernement pendant cinquante ans. Ensuite, leur situation se détériorera. Les Turcs surgiront du nord-est et leur pouvoir s'étendra jusqu'en Syrie et à l'Euphrate. Ils feront la conquête du territoire byzantin. Puis, il en sera selon la volonté de Dieu. « D'où tiens-tu cela ? » lui demanda al-Ma'mûn. Dhûbân répondit : « Des livres des philosophes et des observations astrologiques faites par l'Indien Sassa Ibn Dâhir, l'inventeur du jeu d'échecs. »

Il faut remarquer que les Turcs qui, selon Dhûbân, devaient surgir après les Daylam, sont les Saljûqides, dont l'État disparut au début du VIIe [XIIIe] siècle de l'hégire.

Jirâsh a dit : « Le passage de la conjonction en trigone hydrique dans le signe du Poisson aura lieu en l'an 833 de l'ère de Yazdajird. De là, elle se déplacera en 853 au signe du Scorpion, où avait eu lieu la conjonction gouvernant la communauté musulmane. » « La conjonction dans les Poissons, ajoute-t-il, marque le début du passage, et la conjonction dans le Scorpion donne les indications relatives à la communauté musulmane. » Il dit encore : « La révolution de la première année de la première conjonction dans le trigone hydrique aura lieu le 2 *rajab* 868. » Jirâsh ne développe pas plus amplement ce sujet.

Pour ce qui est de chaque État particulier, les astrologues se fondent sur les conjonctions moyennes et sur la configuration du firmament au moment où elles se produisent. Selon eux, celles-ci donnent des indications sur la naissance des États, les orientations de leur civilisation, les nations qui les soutiennent, le nombre et les noms de leurs souverains, la durée de la vie de ces derniers, leurs croyances, leurs religions, leurs coutumes et leurs guerres. C'est ce que dit Abû Mi'shar dans son *Livre des conjonctions*. On peut également tirer les mêmes indications des petites conjonctions, lorsque les conjonctions moyennes signalent une telle possibilité. C'est donc à partir de là que se font les prédictions relatives aux États.

Ya'qûb Ibn Ishâq al-Kindî, l'astrologue d'ar-Rashîd et d'al-Ma'mûn, composa un ouvrage sur les conjonctions de l'époque de l'islam. Les chiites appelèrent ce livre *al-Jafr*, du nom de leur propre livre, attribué à Ja'far as-Sâdiq. On dit qu'al-Kindî y avait mentionné des prédictions sur tout l'avenir de l'État 'abbâsside. Il indiqua que la fin de cet État et la ruine de Bagdad auraient lieu au milieu du VIIe [XIIIe] siècle et que sa chute serait la conséquence du déclin de l'islam. Nous n'avons pu recueillir aucun renseignement sur cet ouvrage ni rencontré personne qui en eût disposé. Sans doute avait-il été perdu avec les livres jetés dans le Tigre par Hûlâgû, roi des Tatars, quand il s'empara de Bagdad et tua al-Musta'sim, dernier calife 'abbâsside.

Au Maghreb, on trouve un ouvrage constitué d'un volume dont on dit qu'il est un fragment de ce livre d'al-Kindî et qu'on appelle le *Petit Jafr*. Mais il est évident qu'il a été composé pour les descendants de 'Abd al-Mûmin. En effet, les premiers souverains almohades y sont mentionnés en détail, et les prédictions sont exactes pour la période antérieure [à l'avènement des Almohades] et fausses pour la période postérieure.

Après la mort d'al-Kindî, il y eut chez les 'Abbâssides d'autres astrologues et d'autres livres de prédictions. Ainsi, dans la partie de son ouvrage consacrée à l'histoire d'al-Mahdî, at-Tabarî rapporte, d'après Abû Budayl, l'un des clients de la dynastie, ce qui suit[7] : « Abû Budayl a dit : "Ar-Rabî' et al-Hasan m'envoyèrent chercher, lors de l'une de leurs expéditions avec ar-Rashîd, du vivant d'al-Mahdî, père de celui-ci. Je me rendis auprès d'eux au milieu de la nuit. Ils avaient un de ces *Livres de la dynastie* qui sont des recueils de prédictions. Il y était écrit que le règne d'al-Mahdî durerait dix ans. Je leur dis : 'Ce livre ne restera pas ignoré d'al-Mahdî. Or, vous le savez, il règne depuis déjà [dix ans]. Quand il connaîtra cette prédiction, ce sera comme si on lui annonçait sa fin.' Ils demandèrent que faire. Je fis venir le copiste 'Anbasa, qui était un client des Budayl, et lui dis : 'Fais une copie de ce feuillet, en mettant quarante à la place de dix.' C'est ce qu'il fit. Par Dieu, si je n'avais pas vu le mot dix sur le feuillet original et quarante sur la copie, je n'aurais jamais douté que les deux pièces fussent identiques." »

Plus tard, on continua à composer, sur les prédictions relatives aux États, des ouvrages en vers, en prose et en mètre *rajaz*. Les gens possèdent encore beaucoup de ces ouvrages, qui portent le nom de *malâhim*. Certains sont relatifs à l'islam en général. D'autres concernent des États particuliers. Tous sont attribués à des gens célèbres. Mais, pour aucun d'eux, on ne dispose de texte de base appuyé sur une chaîne de transmetteurs remontant jusqu'à l'auteur à qui on l'attribue.

Comme exemple des traités de prédictions qu'on trouve au Maghreb, on peut citer le poème d'Ibn Murrâna, en mètre *tawîl* et rimes en *r*. Ce poème commence ainsi : [ ] Il est très connu au Maghreb. Les gens croient qu'il s'agit de prédictions générales et ils les appliquent au présent et au futur. Mais, d'après ce qui nous a été transmis par nos maîtres, elles ne concernent que l'État des Lamtûna. En effet, l'auteur vécut peu avant leur avènement. Il précise qu'ils prirent Ceuta aux clients des Hammûdides et qu'ils s'emparèrent de l'Andalus.

Autre exemple des traités de prédictions qui circulent parmi les habitants du Maghreb : un poème inititulé *at-Tubba'iyya*, qui commence ainsi :

Je suis ému, mais non de joie,
l'oiseau captif peut-il être joyeux ?
Ce n'est point à cause d'un spectacle divertissant,
mais pour rappeler le souvenir de certaine cause…

Ce poème comprend, dit-on, près de cinq cents ou même mille vers. L'auteur y parle beaucoup de l'État des Almohades et fait des allusions au Fâtimide et à d'autres personnages. Mais il est évident qu'il s'agit d'un faux.

On peut citer encore, comme exemple de ces traités qu'on trouve au Maghreb, un poème du genre *mal'aba*, en *zajal*, attribué à un Juif. L'auteur y mentionne les indications des conjonctions qui avaient eu lieu à son époque, aussi bien celles des deux planètes supérieures que celles des deux planètes maléfiques. Il y dit aussi qu'il mourrait assassiné à Fès, ce qui, semble-t-il, se serait produit effectivement. Voici le début du poème :

Hormis la couleur bleue, il n'y a pas d'autre choix.
Amis, comprenez donc l'allusion.
La planète Saturne a donné ce signe ;
elle a perdu sa couleur blanc-rouge, et c'est heureux !
Une calotte bleue, à la place du turban,
et un bleu manteau au lieu de la cape.

Et en voici la fin :

Ce bout-rimé est terminé. Il est l'œuvre d'un Juif
qui sera pendu à Fès, un jour de fête.
Ce sera quand les gens déferleront des campagnes ;
il sera mis à mort, ô amis, au cours de l'émeute.

Ce poème comprend environ cinq cents vers consacrés aux conjonctions qui donnent des indications sur l'État almohade.

Comme autre exemple au Maghreb, il y a encore ce poème en mètre *mutaqârib* et en rimes *b*, qui donne des prédictions relatives à la dynastie des Hafsides almohades de Tunis. On l'attribue à Ibn al-Abbâr. Le grand prédicateur Abû 'Alî Ibn Bâdis[8], cadi de Constantine, qui savait ce qu'il disait et était versé en astrologie, m'a informé que cet Ibn al-Abbâr n'était pas le grand traditionniste et secrétaire qui fut tué par al-Mustansir, mais un simple tailleur de Tunis, que les gens ont confondu avec le traditionniste. Mon père me récitait des vers de ce poème, dont certains me sont restés en mémoire. En voici le début :

Que mon excuse soit le temps avec son inconstance,
qui nous trompe avec ses éclairs scintillants.

Voici encore d'autres vers de ce poème, qui évoquent al-Lihyânî, le neuvième souverain hafside :

Il enverra un général de son armée,
et restera sur une hauteur à faire le guet.
Le Cheikh recevra de ses nouvelles,
et s'avancera comme un chameau galeux.
Sa justice apparaîtra dans sa conduite ;
c'est ainsi qu'agit celui qui veut plaire au peuple.

Et voici d'autres vers qui parlent de la situation à Tunis :

Quand tu verras que les règles ont disparu
et qu'aucun droit n'est plus respecté,
prépare-toi à plier bagage et à quitter Tunis,
et dis adieu à ses monuments. Fuis !
La ville connaîtra bien des troubles,
qui n'épargneront ni l'innocent ni le coupable.

J'ai trouvé au Maghreb un autre traité de prédictions sur les Hafsides de Tunis. Après l'évocation du fameux sultan Abû Yahyâ, dixième souverain de la dynastie, le poème parle de Muhammad, frère de ce dernier, en ces termes :

Et après Abû 'Abd Allâh, son frère,
qui sera originellement connu sous le nom
d'al-Waththâb…

Cependant, ce prince ne régna pas après son frère, bien qu'il en eût caressé l'espoir jusqu'à sa mort.

Un autre exemple encore au Maghreb de ces traités de prédictions est un poème du genre *mal'aba* attribué à al-Hawshinî. Il est écrit en langue vulgaire, dans le mètre dit *'arûd l-balad*. En voici le début :

C'en est assez, ô mes larmes !
Les pluies ont cessé, mais vous, vous coulez sans trêve.
Toutes les rivières sont pleines,
mais vos crues remplissent encore de nouveaux étangs.
Dans tous les pays, il y a pour les pluies

des périodes définies, vous le savez.
Mais vous, été comme hiver,
printemps comme automne, vous coulez.
Et les larmes de répondre : puisque nous avons de bonnes raisons,
laisse-nous couler. Qui donc nous excuserait ?
Ami, considère bien ces temps présents,
combien ce siècle est dur et amer.

C'est un long poème que tous les gens au Maghreb Extrême savent par cœur. Mais c'est très probablement l'invention d'un faussaire, car on n'y trouve rien d'exact, à moins qu'on ne l'interprète en en changeant les mots comme font les gens du peuple, ou en en forçant le sens, comme font les notables.

En Orient, je suis tombé sur un traité de prédictions attribué à Ibn al-'Arabî al-Hâtimî. C'est un long texte énigmatique, dont Dieu seul connaît l'interprétation. Il est parsemé de nombreux carrés magiques, de symboles énigmatiques, de dessins d'animaux entiers, de têtes coupées, de représentations d'animaux étranges. À la fin, il y a un poème avec des rimes en *l*. Tout ce traité est sans doute faux, car il n'est fondé sur aucune base scientifique, astrologique ou autre.

J'ai entendu des choses étonnantes qui circulaient parmi un groupe de notables en Égypte à propos du traité d'Ibn al-'Arabî. Il s'agit probablement d'une œuvre différente de celle que je viens d'évoquer. Ibn al-'Arabî y parle de l'horoscope tiré à la fondation du Caire. Selon les indications de cet horoscope, il assigne au Caire une durée de quatre cent soixante ans, dont la fin correspond au début des années 830 de l'hégire. En effet, si l'on convertit ces quatre cent soixante ans, qui sont des années solaires, en années lunaires, en leur ajoutant, à raison de trois ans par siècle, quatorze ans, on obtient quatre cent soixante-quatorze ans. En ajoutant ce chiffre à 358, date de la fondation du Caire, on a 832. Tout cela, à supposer que les propos d'Ibn al-'Arabî soient authentiques et que les indications astrologiques soient vraies.

Un Égyptien, dont le savoir me paraît digne de confiance, m'a informé que la date indiquée dans le traité d'Ibn al-'Arabî est l'année 320. Il s'ensuit, d'après ces différentes versions, que la date doit se situer dans les années vingt.

J'ai également appris qu'il y a d'autres traités de

prédictions attribués à Ibn Sînâ [Avicenne] et Ibn Abî al-'Aqb. Mais rien dans leur contenu n'indique quelque chose d'authentique, car les prédictions doivent être tirées des conjonctions astrales.

Les traités d'Ibn Abî al-'Aqb ne sont pas authentiques. Dans la notice biographique qu'il a consacrée à Ibn al-Qirriyya, Ibn Khallikân rapporte, en se référant au *Kitâb al-Aghânî*, qu'Ibn Abî al-'Aqb — dont le nom complet est : Yahyâ Ibn 'Abd Allâh Ibn Abî al-'Aqb — appartient à ces personnages qui sont bien connus, mais qui n'ont pas d'existence dans le monde extérieur, comme Majnûn Laylâ et Ibn al-Qirriyya. Mais Dieu est plus savant.

J'ai trouvé également en Orient un autre livre de prédictions sur l'État des Turcs. On l'attribue à un soufi du nom d'al-Bâjarbaqî. Il est tout entier plein d'énigmes à propos des lettres. En voici le début :

Ami, si tu veux savoir le secret du jafr,
la science du père d'al-Hasan, le meilleur des légataires,
ouvre ton esprit, apprends bien les lettres et leurs valeurs,
et pour la description, agis en homme habile et intelligent.
Ce qui s'est passé avant moi, je ne le mentionnerai guère,
mais du temps à venir, je parlerai.
Baybars aura à boire un h, *après les* ر *de cette lettre ;*
et h-m, *dans sa légèreté, aura dormi dans ses couvertures.*

Autres vers :

Un sh *aura une marque sous le nombril ;*
il aura le pouvoir de trancher, il tranchera et ce sera une faveur.
L'Égypte et la Syrie, ainsi que la terre d'Irak, seront à lui,
de même que l'Azerbaïdjan et jusqu'au Yémen.

Autres vers :

Et la famille de Nawwâr, quand son triomphateur,
l'intrépide, le tranchant, désigné par la branche, obtint…

Autres vers :

Destitue Sa'id, qui a trop peu d'années. Un s *est venu,*
puis l *et* l, q *et* n. *On lui a fait prendre un médicament dans une corne.*

Des gens courageux, intelligents et de bon conseil
auront à boire un h. *Après, il y aura un fils soucieux.*

Autres vers :

Après b *années, sa mort surviendra. Le Laid sera remplacé par le* m *de la royauté, l'Éloquent.*
Voici le Boiteux, le Kalbite. Prends soin de lui.
À son époque éclateront des troubles. Oh, quels troubles !
De l'est viendra une armée de Turcs qui seront précédés
d'un q *sans* q, *attiré par les désordres.*
Avant cela, malheur à toute la Syrie !
Tu pleureras de chagrin sur ta maison et ta patrie.
Et quand la terre tremblera, malheur à l'Égypte !
Pendant un an, le séisme courra sans s'arrêter.
T, t, *et* 'ayn *seront emprisonnés et périront.*
Et il dépensera de l'argent sans compter.
Le q *dirigera un* q *vers leur Ahmad.*
N'aie crainte, la forteresse est bien solide !

Autres vers :

Ils établiront son frère, qui est leur Sâlih.
L, alif, sh, *viendront après lui.*

Autres vers :

Leur règne s'achèvera avec le h.
Aucun de leurs enfants n'approchera jamais du trône.

Et ces derniers vers, où l'on voit une allusion à al-Malik az-Zâhir Barqûq et à la visite que son père lui fit en Égypte :

Son père viendra le voir après l'exil,
une longue absence et une vie de privations.

C'est un poème qui comprend un grand nombre de vers. Il a été très probablement inventé par un faussaire. Ce genre de faux étaient autrefois nombreux et connus comme tels.

Les historiens de Bagdad rapportent que, sous le règne d'al-Muqtadir, il y avait à Bagdad un habile copiste connu sous le nom d'ad-Dâniyâlî[9]. Il donnait à des feuilles de papier l'apparence de vétusté et écrivait dessus en utilisant des caractères anciens. Il contrefaisait ainsi des livres de prédictions, en y évoquant les personnages de la cour avec des lettres de leurs noms et en donnant des indications sur les positions et les honneurs auxquels ils aspiraient. De la sorte, il arrivait à obtenir d'eux tous les biens qu'il désirait. Dans un de ces livres, il traça trois fois la lettre *m* et alla le présenter à Muflih, client d'al-Muqtadir et important personnage de l'État, en lui disant : « C'est à toi qu'il est fait allusion : Muflih, Mawlâ [client], Muqtadir. » Là-dessus, il évoqua les positions gouvernementales que Muflih atteindrait. Pour donner le change, il ajouta un certain nombre de signes tirés de circonstances bien connues de la vie de Muflih. Celui-ci lui fit don d'une fortune. Plus tard, ad-Dâniyâlî inventa des prédictions pour le vizir al-Hasan Ibn al-Qâsim Ibn Wahb, en rapport avec le même Muflih. Ibn Wahb était alors destitué. Notre faussaire lui présenta le même genre de papiers, où il faisait allusion au nom du vizir avec des lettres et un certain nombre de signes, et prétendait qu'il deviendrait vizir du dix-huitième calife, qu'il remettrait en ordre les affaires de l'État, soumettrait les ennemis et rendrait le pays prospère. Il remit les mêmes documents à Muflih, en y ajoutant d'autres événements et des prédictions similaires, dont certaines s'étaient réalisées et d'autres non. Et il attribua l'ensemble à Daniel. Muflih en fut émerveillé et montra le livre à al-Muqtadir. Le calife devina qu'il s'agissait d'Ibn Wahb grâce aux symboles et aux signes contenus dans le document, car ils étaient tout à fait transparents. Ce fut de cette façon qu'Ibn Wahb devint vizir, au moyen de ces ruses fondées sur le mensonge et l'ignorance de l'usage de cette sorte de symboles. Il est évident que le livre de prédictions attribué à al-Bâjarbaqî appartient à ce genre de faux.

J'ai questionné Akmal ad-dîn, le maître des hanafites turcs d'Égypte, au sujet de cet ouvrage et de l'auteur soufi auquel il est attribué, je veux dire al-Bâjarbaqî. Akmal ad-dîn, qui connaissait bien les ordres soufis, me répondit en ces termes : « Al-Bâjarbaqî appartenait à l'ordre des Qalandars qui s'étaient distingués en se rasant la barbe. Il annonçait, par dévoilement, les noms des rois de son époque, en évoquant par allusion des personnages connus de lui, qu'il désignait dans son esprit par des lettres de l'alphabet. Il le faisait pour tous ceux d'entre eux qu'il voyait. Parfois, il formulait ces prédictions en quelques vers qu'il déclamait. C'est ainsi que ces vers circulèrent sous son nom. Les gens les prisaient fort et en firent un recueil de prédictions chiffrées. Les menteurs de son espèce, aux époques suivantes, y ajoutèrent constamment d'autres prédictions, et le peuple passa son temps à tenter d'en lire les symboles. Mais cela est impossible. Car, pour déchiffrer un symbole, il faut en connaître les règles, posées à l'avance. Or, dans le cas de ces lettres, ce qu'elles désignent n'est connu que de l'auteur des vers où elles figurent. » Les propos de cet excellent homme me parurent une réponse adéquate aux interrogations qui me tracassaient au sujet de ces prédictions d'al-Bâjarbaqî.

« Nous n'aurions pu nous diriger si Dieu ne nous avait pas dirigés[A*b*]. »

Plus tard, en 802 [1400][10], alors que j'étais grand cadi malikite d'Égypte, comme je me trouvais à Damas avec le cortège du sultan, je tombai sur l'*Histoire* d'Ibn Kathîr[11]. Dans son exposé de l'année 724 [1324], cet auteur donne une biographie d'al-Bâjarbaqî, où on peut lire : « Shams ad-dîn Muhammad al-Bâjarbaqî, qui a donné son nom à la secte égarée des Bâjarbaqiyya, connue pour sa négation du Créateur. Son père, Jamâl ad-dîn 'Abd ar-Rahîm Ibn 'Umar al-Mawsilî, était un pieux shafi'ite qui enseignait dans les medersas de Damas. Muhammad grandit au milieu des juristes. Après avoir, pendant quelque temps, étudié le droit, il s'adonna au mysticisme. Il rassembla autour de lui un groupe de disciples qui croyaient en lui et suivaient sa voie. Plus tard, il fut condamné à mort par le cadi malikite, et il s'enfuit en Orient. Puis il put apporter la preuve que ceux qui avaient témoigné contre lui étaient hostiles, et le cadi hanbalite leva sa condamnation à mort. Il résida à al-Qâbûn durant de nombreuses années et mourut la nuit du mercredi 16 *rabî'* II 724 de l'hégire [11-12 avril 1324]. »

Ibn Kathîr ajoute : « Voici quelques vers d'al-Bâjarbaqî, extraits de son poème de prédictions :

Écoute et souviens-toi des lettres et de leurs valeurs.
Comprends bien, en homme habile et intelligent, ma description
de l'Égypte et de tout le bien et le mal
que le Seigneur des cieux a donnés à la Syrie.

A. Coran, VII, 43.

Baybars aura à boire un verre, après les 5,
et h-m, *dans sa légèreté, aura dormi dans ses couvertures.*
Malheur à Jlq *! Quelle calamité l'a frappé !*
Sa grande mosquée est en ruine, autrefois si bien construite.
Malheur ! Que d'atteintes à la religion ! Que de meurtres !
Que de sang versé parmi les savants et le bas peuple !
Que […][12] *que de captifs ! que de vols,*
Que de jeunes et de vieux ont été brûlés
Le monde est dans la nuit et partout règnent les ténèbres,
et même les colombes sur les arbres ont gémi.
Pauvres créatures ! N'y a-t-il personne pour défendre la foi ?
Hommes des plaines et des montagnes, partez pour la Syrie.
Les Arabes d'Irak, d'Égypte et du Sa'id ont accouru.
Ils sont résolus à tuer les infidèles. »

Quatrième partie du livre I

LES PAYS, LES CAPITALES ET LES CITÉS. LA CIVILISATION URBAINE ET TOUS LES ÉTATS QUI L'AFFECTENT

Avec des préambules et des considérations finales

I. LES ÉTATS SONT ANTÉRIEURS AUX CITÉS ET AUX CAPITALES. CELLES-CI RÉSULTENT SUBSIDIAIREMENT DU POUVOIR

En voici l'explication : la construction et la fondation des cités sont des traits de la civilisation urbaine qu'appellent le luxe et la tranquillité, comme on l'a vu précédemment[1]. Or, cela vient après la civilisation rurale et les buts qu'elle s'assigne.

D'autre part, les villes et les cités possèdent de grands édifices et de vastes constructions qui sont faits pour tout le monde, et non pour quelques-uns seulement. Il y faut une nombreuse main-d'œuvre et la coopération d'un grand nombre de gens. Ce ne sont pas de ces choses nécessaires qui concernent tous les hommes, que chacun désire et se sent de lui-même obligé de rechercher. En fait, les gens ne font ce genre de travaux que forcés. Ou bien ils sont contraints par le glaive du pouvoir, ou bien ils sont attirés par la promesse d'une récompense et d'un salaire. À cause de la forte somme que ces rétributions représentent, seuls un pouvoir et un État peuvent s'en acquitter. Pour la fondation des cités et des villes, l'existence d'un pouvoir et d'un État constitue donc une condition indispensable.

Une fois qu'une ville est fondée et qu'on a achevé d'en élever les édifices, conformément aux vues de son fondateur et en tenant compte des conditions climatiques et géographiques, la durée de l'État va déterminer sa propre durée. Si l'État dure peu, la cité s'arrêtera dans son développement dès lors que celui-ci prend fin. Ensuite, elle périclitera et tombera en ruine. Au contraire, si l'État dure longtemps et connaît une longue existence, la cité ne cessera pas de s'enrichir de nouvelles constructions, de vastes et nombreuses hôtelleries, et ses remparts continueront de reculer et de s'étendre. Finalement, elle couvrira une surface si grande qu'il deviendra presque impossible d'en déterminer l'étendue, comme ce fut le cas de Bagdad ou d'autres grandes villes.

Al-Khatîb[2] a rapporté dans son *Histoire* qu'à l'époque du calife al-Ma'mûn, le nombre de bains à Bagdad s'élevait à 65 000. Bagdad comprenait plus de quarante villes et cités contiguës, très proches les unes des autres. Elle était trop peuplée pour former une seule ville, entourée d'un même rempart. C'était pareil dans les autres régions de l'islam, à Kairouan, Cordoue et Mahdiya. C'est encore de nos jours le cas au Caire, en Égypte, d'après les renseignements qui nous en parviennent.

Quand l'État qui a construit une ville déterminée est détruit, deux cas peuvent se produire :

— Ou bien, la ville trouve dans le milieu rural des régions environnantes, des montagnes et des plaines voisines, une source permanente de sang neuf, et son existence sera préservée. Elle pourra alors survivre à la chute de l'État, comme on peut l'observer à Fès et à Bijâya, en Occident, et dans l'Irak non arabe, en Orient, dont la population vient des montagnes. En effet, quand les habitants des campagnes parviennent au plus haut degré d'aisance et de richesse, ils aspirent à la tranquillité et au repos, conformément à la nature humaine. Ils vont alors se fixer dans les villes, et ils y fondent de nouveaux foyers.

— Ou bien la ville ne dispose pas de cette source de sang neuf que constituent les habitants des campagnes, et la disparition de l'État la laissera sans protection. Son existence ne pourra plus être préservée, et elle déclinera peu à peu. Finalement, ses habitants se disperseront, et elle tombera en ruine. C'est ce qui s'est produit à Bagdad, à Fustât et à Koufa, en Orient ; à Kairouan, à Mahdiya et à la Qal'a des Banû Hammâd, en Occident.

Il arrive souvent qu'après la disparition des fondateurs d'une cité, celle-ci soit adoptée comme capitale par un nouveau pouvoir et un nouvel État. Dans ce cas, il n'est pas besoin de construire une autre cité. Le nouvel État protège la ville, qui voit ses édifices et ses constructions croître à proportion de la prospérité et de la richesse de ses nouveaux maîtres, dont la vie renouvelle la sienne. C'est ce qu'on peut voir aujourd'hui à Fès et au Caire.

On doit méditer sur tout cela et comprendre les desseins de Dieu à l'égard de Ses créatures.

II. LE POUVOIR EXIGE L'INSTALLATION DANS LES VILLES[a]

En effet, lorsque des tribus et des clans ont le pouvoir, ils sont obligés de s'emparer des villes pour deux raisons. D'abord, parce que dès qu'on a le pouvoir, on cherche la tranquillité, le repos, la facilité, et on veut se procurer les avantages de la civilisation qui faisaient défaut au monde rural. Ensuite, parce que le pouvoir doit être protégé contre les rivaux et les ennemis éventuels. Une ville située dans des régions hostiles peut souvent servir de refuge à ceux qui veulent s'opposer aux nouveaux détenteurs du pouvoir, ou se révolter contre eux et les priver de l'autorité à laquelle ils se sont hissés. Les insurgés se retranchent dans la ville et leur tiennent tête. Or, il n'y a rien de plus difficile que de se rendre maître d'une ville. Une ville représente une force équivalant à celle de troupes nombreuses : on y est inaccessible et l'on peut, sous la protection de ses remparts, mener de rudes attaques contre l'ennemi sans avoir besoin du nombre ou de la puissance. En effet, la puissance et les liens du sang ne sont nécessaires à la guerre que pour la constance devant l'ennemi, car les liens du sang suscitent un sentiment de solidarité lorsque les troupes sont attaquées. Dans une ville, la constance des combattants est assurée par les remparts. Ni les liens du sang ni le nombre n'y sont indispensables. Ainsi, une ville où se retranchent des rivaux peut affaiblir et briser une nation désireuse d'établir sa domination. S'il existe des villes sur le territoire d'un nouvel État, celui-ci doit les prendre sous son contrôle, afin de se prémunir contre un tel risque. S'il n'en existe pas, il doit nécessairement en créer, d'abord pour parfaire sa civilisation et mener une vie plus aisée, ensuite pour s'en servir contre les tribus et les clans qui tenteraient de se mesurer avec sa puissance et de lui résister.

Il est donc évident que le pouvoir exige l'installation dans les villes et leur contrôle.

« Dieu est souverain de Son ordre[A]. »

III. SEUL UN GRAND POUVOIR PEUT FAIRE CONSTRUIRE DE GRANDES CITÉS ET DES ÉDIFICES ÉLEVÉS

On a déjà évoqué ce point à propos de l'œuvre des différents États en matière de constructions et autres monuments[1]. On a souligné que l'importance des constructions dépend de la puissance des États. En effet, pour construire des villes, il faut réunir des ouvriers en grand nombre et les faire travailler ensemble. Lorsqu'un État est puissant et dispose de provinces étendues, les ouvriers sont rassemblés de toutes les régions pour travailler ensemble à son service. Souvent[a], on s'aide de machines, qui multiplient la puissance et la capacité employées pour transporter les matériaux de construction, car les forces humaines seraient incapables d'accomplir pareille tâche. Parmi ces engins, on peut citer les treuils.

Quand on regarde les grands édifices et les monuments laissés par les anciens, tels que le portique de Khosrô, les pyramides d'Égypte, les arches de la Malga[2] ou de Cherchell au Maghreb, on croit souvent que ces hommes les avaient élevés par leurs seuls efforts, travaillant individuellement ou en groupe. On s'imagine donc que leurs corps étaient faits en conséquence, et qu'ils étaient physiquement plus grands et plus fortement charpentés que nous, ce qui permet d'expliquer leur capacité à construire de tels édifices. Mais on oublie le rôle des machines, des treuils et des divers procédés qui découlent de l'art de l'ingénieur. Beaucoup de ceux qui ont voyagé dans des pays étrangers ont pu voir de leurs yeux, dans les États où des princes non arabes s'intéressent à la construction, des travaux faits selon ces procédés et des exemples d'utilisation de moyens mécaniques pour le transport des matériaux. Ils ont là une confirmation de ce qui vient d'être dit.

À notre époque, la plupart des monuments des anciens

A. Coran, XII, 21.

sont qualifiés de « 'adites » par les gens du commun, par référence au peuple de 'Ad. On croit que les monuments et les édifices des 'Adites étaient grands, parce que les 'Adites étaient eux-mêmes grands et avaient une force supérieure à la nôtre. Mais ce n'est pas vrai. Il y a beaucoup de monuments construits par des peuples dont nous connaissons bien la taille. Or, les dimensions de ces monuments sont égales ou supérieures à celles des édifices attribués aux 'Adites. Tels sont, par exemple, le portique de Khosrô, les constructions des 'Ubaydites chiites d'Ifrîqiya ou celles des Sinhâja, comme le minaret de la Qal'a des Banû Hammâd, qui est encore visible.

On peut dire la même chose des constructions des Aghlabides, comme la mosquée de Kairouan, de celles des Almohades, comme Rabat, ou des travaux d'Abû l-Hasan à al-Mansûra, en face de Tlemcen, qui ont duré quarante ans. Il en va de même des arches de l'aqueduc qui servait aux habitants de Carthage à amener l'eau dans la ville, et qui sont toujours debout. Il y a bien d'autres édifices et monuments dont les bâtisseurs nous sont connus par des récits historiques, anciens ou récents. Nous avons la certitude que ces hommes n'avaient pas une taille qui sortait de l'ordinaire. Ceux qui prétendent le contraire sont des conteurs qui colportent les histoires des peuples de 'Ad et de Thamûd et des Amalécites. Nous pouvons encore voir aujourd'hui les maisons que les Thamûd s'étaient taillées dans le roc. Selon une tradition authentique du Prophète[3], il est attesté que ce sont bien leurs maisons. La caravane[b] des pèlerins du Hijâz passe devant tous les ans, et l'on peut observer qu'elles ne sortent pas de l'ordinaire quant à leur profondeur, leur surface ou leur hauteur.

On est allé dans ce genre de croyance jusqu'à prétendre qu'Og, fils d'Anak, qui appartenait aux Amalécites, tirait de la mer le poisson frais et le faisait griller au contact du soleil. On pense donc que la chaleur est plus forte quand on se rapproche du soleil. On ne sait pas que la chaleur, pour nous, est due à la lumière, du fait de la réflexion de ses rayons lorsqu'ils frappent la surface de la terre et de l'air. En lui-même, le soleil n'est ni chaud ni froid. C'est un astre lumineux qui n'a pas de tempérament propre. Nous avons déjà abordé brièvement ce sujet dans la deuxième partie, en expliquant que [l'importance des œuvres] des États est à proportion de leur puissance originaire.

« Dieu crée ce qu'Il veut[A]. »

IV. UN SEUL ÉTAT NE PEUT VENIR À BOUT DE LA CONSTRUCTION DE TRÈS GRANDS ÉDIFICES

La raison en est, comme on vient de le voir, la nécessité de la coopération et d'une abondante main-d'œuvre pour effectuer des travaux de construction. Certains édifices sont si grands que les forces humaines disponibles, même multipliées par les machines, ne peuvent y suffire. Pour en venir à bout, il faut y employer les mêmes forces pendant plusieurs périodes successives. Un souverain commence la construction. Il est suivi par un deuxième, puis par un troisième. Chacun d'eux cherche à faire tout son possible pour rassembler les ouvriers et conjuguer les efforts. Finalement, quand le but est atteint et que l'édifice est debout, sous nos yeux, ceux qui le voient ainsi peuvent croire qu'il est l'œuvre d'un seul règne.

On peut considérer à cet égard ce que les historiens ont rapporté au sujet de la construction du barrage de Ma'rib. Les travaux furent commencés par Saba', fils de Yashjub, qui dirigea vers Ma'rib soixante-dix rivières. La mort l'empêcha d'achever son œuvre. Celle-ci fut menée à son terme par les rois himyarites, ses successeurs.

On a des récits semblables au sujet de la construction de Carthage et de son aqueduc, qui est soutenu par des arcs gigantesques. On peut citer aussi le cas de la plupart des grands monuments. Cela nous est d'ailleurs confirmé par les grands édifices contemporains : un souverain en pose les fondations, et si ses successeurs ne poursuivent pas son effort, ces monuments restent inachevés et l'objectif initial n'est pas atteint.

Un autre argument encore : il y a beaucoup d'édifices qu'un État est incapable d'abattre et de démolir. Pourtant, il est plus facile de détruire que de construire, car détruire c'est revenir à la situation initiale, c'est-à-dire à zéro, tandis que construire est juste le contraire. Quand les forces

A. Coran, III, 47.

humaines sont incapables de détruire un édifice, ce qui est pourtant facile, on doit en conclure qu'il a fallu pour le construire d'immenses forces, et que ce n'est pas l'œuvre d'un seul État.

C'est ce qui est arrivé aux Arabes avec le portique de Khosrô. Ayant décidé de le détruire, ar-Rashîd envoya un messager à Yahyâ Ibn Khâlid, qui était en prison, pour le consulter à ce sujet. Yahyâ lui répondit : « Commandeur des croyants ! N'y touche pas, laisse-le debout. Il témoigne de la puissance de tes aïeux, qui ont pris le pouvoir à des gens capables de le construire. » Ar-Rashîd mit en doute sa bonne foi, en disant : « Il est mû par un sentiment pro-persan. Par Dieu, j'abattrai ce monument. » Il entreprit donc de le démolir et réunit pour cette tâche de nombreux ouvriers. On l'attaqua à coups de pioche, on y mit le feu, on l'arrosa de vinaigre. Comme rien n'y faisait, pour éviter un affront, ar-Rashîd envoya de nouveau un messager à Yahyâ pour lui demander s'il fallait abandonner. Yahyâ lui répondit : « Ne renonce pas. Continue. Il ne faut pas qu'on puisse dire que le Commandeur des croyants, souverain des Arabes, a été incapable d'abattre un édifice que des non-Arabes avaient édifié. » Ar-Rashîd dut reconnaître sa méprise et ne put démolir le monument[1].

Il arriva la même mésaventure à al-Ma'mûn avec les pyramides d'Égypte. Il rassembla des ouvriers et tenta de les démolir, mais sans plus de succès. Les ouvriers commencèrent par percer un trou et débouchèrent sur un espace vide entre le mur extérieur et les autres murs. Ils ne purent aller plus loin. Le trou se voit encore de nos jours, dit-on. Certains disent qu'al-Ma'mûn découvrit un trésor caché entre les murs, mais Dieu seul le sait.

Les arches de la Malga à Carthage offrent un cas similaire. Les habitants de Tunis ont besoin de pierres pour leurs constructions, et les maçons apprécient celles de ces arches. Mais, lorsqu'on veut les démolir, on y passe des jours entiers en faisant seulement tomber, au bout de pénibles efforts, de petits fragments. Pour ce travail, les gens se rassemblent en grande cérémonie. Moi-même, j'ai assisté maintes fois à ces réunions dans ma jeunesse.

« Dieu est omniprésent[A]. »

A. Coran, II, 20.

V. LES RÈGLES QUI DOIVENT ÊTRE OBSERVÉES DANS LA FONDATION DES VILLES ET LES CONSÉQUENCES DE LEUR NON-RESPECT[a]

Les villes sont des lieux où s'établissent les nations qui sont parvenues à un certain degré de luxe, et qui préfèrent alors la tranquillité et font le choix de demeures fixes. Comme les villes sont conçues pour s'y établir et s'y abriter, on doit veiller à en éloigner tout ce qui peut être nuisible, à les protéger contre les calamités, à y introduire tout ce qui est utile, à leur procurer toutes les commodités.

Pour ce qui est des choses nuisibles, on veillera en premier lieu à ce que toutes les maisons d'une ville soient à l'intérieur d'une enceinte. Une ville doit être située en un lieu inaccessible, sur une colline escarpée, ou sur une terre protégée de tous côtés par la mer ou sur un fleuve, de sorte qu'on ne puisse y accéder que par un pont. Ainsi, il sera difficile de la prendre, et elle sera doublement protégée et fortifiée.

Pour préserver les villes des calamités d'origine atmosphérique, on veillera à la qualité de l'air, afin d'éviter les maladies. Si l'air est stagnant et mauvais, près d'eaux corrompues, de mares putrides ou de prairies malsaines, il s'altérera rapidement, en raison de cette proximité, et les animaux seront inévitablement atteints de maladies. C'est un fait qu'on peut observer. Les villes où cette condition n'est pas respectée sont généralement le siège de maladies nombreuses. Au Maghreb, Gabès, ville ifrîqiyenne du Djérid, est célèbre pour cela. Les fièvres putrides qui y sévissent n'en épargnent ni les habitants ni les visiteurs. On prétend que cet état de choses est récent et que, dans le passé, la ville ignorait ce genre de maux. Sur les raisons de leur apparition, al-Bakrî rapporte que, au cours d'une fouille, on avait découvert un vase de cuivre scellé avec du plomb. Quand on eut brisé le sceau, une fumée s'éleva et se dissipa dans l'air. C'est depuis lors que les fièvres auraient commencé à sévir[1].

Al-Bakrî veut dire que le vase contenait quelque talisman contre la peste, dont l'effet magique disparut quand on l'eut brisé, laissant reparaître le mauvais air et la maladie. Cette anecdote est un exemple des conceptions et des idées qui ont cours dans le peuple. Al-Bakrî n'était ni assez instruit ni assez perspicace pour rejeter cette histoire et en reconnaître l'invraisemblance. Il la rapporta comme il l'avait entendue. La vérité est que c'est la stagnation de l'air putride qui, le plus souvent, entraîne la putréfaction des corps et produit les fièvres. Quand l'air vicié est traversé par le vent et dispersé de droite et de gauche, la putréfaction est moins forte, et les animaux en sont moins affectés. Dans une ville très peuplée, dont les habitants se déplacent beaucoup, l'air bouge nécessairement, et il se produit un courant qui traverse l'air stagnant. Celui-ci peut alors se mouvoir à son tour. Au contraire, lorsqu'il y a peu d'habitants, rien ne vient aider l'air à se mouvoir et à circuler. Il reste stagnant, et sa putréfaction augmente, ainsi que sa nocivité. À l'époque de l'essor de l'Ifrîqiya et de l'expansion de sa population, la ville de Gabès était très active parce qu'elle avait des habitants nombreux. Cela contribuait à la circulation et au mouvement de l'air et en diminuait la nocivité. L'air n'y était pas trop mauvais et les maladies n'y étaient pas très fréquentes. Mais, plus tard, quand la population diminua, l'air vicié par la corruption des eaux stagna, et la putréfaction et les maladies augmentèrent. C'est la seule explication.

Nous avons observé le contraire dans des villes construites sans tenir compte de l'état de salubrité de l'air. Lorsqu'elles étaient encore peu peuplées, elles étaient le siège d'épidémies fréquentes. Mais, avec l'accroissement de la population, la situation changea. C'est le cas, de nos jours, du siège du pouvoir à Fès, appelé la Ville Nouvelle. Il existe bien d'autres exemples de par le monde. Si on y réfléchit, on verra la justesse de ce qui vient d'être dit.

Depuis[b] peu de temps, l'air de Gabès n'est plus vicié, et la putréfaction y a disparu. Quand le sultan de Tunis assiégea la ville, il fit couper la palmeraie qui l'entourait. Ainsi, une partie de la ville fut dégagée, l'air put circuler et les vents s'y frayèrent un passage, le débarrassant de sa putréfaction. Dieu préside à toutes choses.

Pour ce qui est des choses utiles et des commodités à introduire dans une ville, il y a plusieurs points à considérer. Tout d'abord, l'eau. Une ville doit être construite sur les bords d'une rivière ou près d'abondantes sources d'eau douce. La proximité de points d'eau facilite l'approvisionnement en eau, qui correspond à un besoin de première nécessité. C'est donc là un grand avantage pour les habitants.

Autre commodité : l'existence de bons pâturages pour les troupeaux. Pour toute personne qui se fixe quelque part, il faut des animaux domestiques pour l'élevage, pour le lait, ou comme montures. Des pâturages sont donc nécessaires. S'il s'en trouve de bons à proximité, ce sera plus commode, car, lorsque les prés sont éloignés, cela occasionne beaucoup de fatigue.

Il y a aussi les terres cultivables. En effet, les céréales constituent un aliment de base. Quand les champs sont tout près, les travaux agricoles sont plus aisés et il est plus facile de produire des grains.

Il y a encore le bois de chauffage et de construction. Tout le monde a besoin de bois pour chauffer, et il est indispensable pour les toitures et pour de multiples autres usages.

On doit enfin prendre en considération la proximité de la mer pour faciliter l'importation de denrées étrangères provenant de pays lointains. Cependant, ce point n'est pas aussi important que les autres. Toutes ces exigences ont une importance variable selon les besoins et le degré de nécessité qu'elles représentent pour les habitants.

Parfois, le fondateur d'une ville ignore les critères naturels du choix et ne tient compte que de ce qui est important pour lui ou pour son peuple, sans penser à d'autres types de besoins. C'est ce qui arriva aux Arabes au début de l'islam pour les villes qu'ils fondèrent en Irak, au Hijâz et en Ifrîqiya. Ils ne s'occupèrent que de ce qui était important pour eux : pâturages, arbustes et eau saumâtre, bons pour leurs chameaux. Ils ne songèrent ni à l'eau potable, ni aux terres cultivables, ni au bois de chauffage, ni aux pâturages pour le bétail. Ce fut le cas pour la fondation de Kairouan, Koufa, Basra, Sijilmâsa, et d'autres villes. Comme on n'y avait pas respecté les règles naturelles pour la construction des villes, elles ne tardèrent pas à dépérir.

Pour ce qui est des points à considérer en ce qui concerne les villes côtières, il faut qu'elles soient situées sur une hauteur ou parmi une nation assez nombreuse pour venir à leur secours en cas d'attaque. Car lorsqu'une ville est près de la mer, qu'il n'y a pas de tribus puissantes dans le territoire qui l'entoure, et qu'elle n'occupe pas une position escarpée et difficile d'accès, elle est exposée aux attaques nocturnes. Ses ennemis peuvent facilement la surprendre avec une flotte et la malmener, car ils sont sûrs qu'elle ne peut pas recevoir de renforts et que les citadins, habitués à la tranquillité, dépendent des autres pour se défendre et ne savent pas se battre. On peut citer à cet égard les exemples d'Alexandrie, en Orient, et de Tripoli, de Bône ou de Salé, au Maghreb. Quand, en revanche, une ville côtière est entourée de tribus puissantes, qui peuvent entendre ses appels au secours et ses trompettes, et que les sentiers qui y mènent sont rudes, en raison de sa position en haut de zones montagneuses et de sommets élevés, elle est alors bien protégée. L'ennemi renonce à l'attaquer, découragé par les chemins escarpés et par les renforts qu'elle pourrait recevoir. C'est le cas de Ceuta, de Bijâya et même de Collo, pour petite qu'elle soit.

Tout cela doit être bien compris. On en a une bonne illustration avec l'exemple d'Alexandrie, qui était appelée « ville frontière » par les 'Abbâssides, alors que leur influence s'étendait bien au-delà, jusqu'à Barqa et en Ifrîqiya. Il faut y voir la crainte d'attaques par mer, en raison de sa situation exposée. C'est ce qui explique sans doute les attaques répétées subies par Alexandrie et Tripoli à l'époque islamique.

VI. MOSQUÉES ET TEMPLES VÉNÉRÉS DE PAR LE MONDE

Dieu a élu certains endroits sur la terre et les a spécialement honorés. Il en a fait des lieux pour Lui rendre un culte. Les hommes y reçoivent une plus grande récompense. De cela, Il nous a avertis par la bouche de Ses envoyés et de Ses prophètes, par l'effet de Sa bienveillance envers Ses serviteurs et pour leur faciliter les voies du salut.

Les trois mosquées, c'est-à-dire celles de La Mecque, de Médine et de Jérusalem sont, comme on le sait d'après les deux *Sahîh*, les lieux les plus parfaits de la terre. La Mecque est la maison d'Abraham. Dieu lui ordonna de la construire et d'exhorter les hommes à s'y rendre en pèlerinage. Il la bâtit avec son fils Ismaël, comme il est dit dans le Coran[1], et accomplit ainsi l'ordre de Dieu. Ismaël y vécut avec sa mère, Agar, et la tribu de Jurhum, qui s'était installée avec eux, jusqu'au jour où ils moururent et furent tous les deux enterrés à al-Hijr[a2].

Jérusalem est la maison de David et de Salomon. Dieu leur ordonna d'y construire Sa mosquée et d'y élever Ses édifices. Plusieurs prophètes, descendants d'Isaac, sont enterrés dans ses environs[b].

Médine est le lieu d'émigration de notre Prophète. Dieu lui ordonna de s'y rendre, d'y établir l'islam et de le répandre ensuite à partir de là. Il y bâtit sa mosquée sacrée. Son noble tombeau se trouve sur son sol.

Ces trois nobles mosquées sont la joie des musulmans, le désir de leurs cœurs, le refuge de leur foi. On n'insistera pas sur les nombreuses traditions qui parlent de leur perfection et des récompenses particulières qui attendent ceux qui viennent vivre auprès d'elles[c] et y accomplir leurs prières. Nous allons rapporter quelques informations au sujet de l'origine de ces trois mosquées, et nous dirons par quelles étapes elles sont passées, avant qu'elles n'apparaissent au monde dans leur perfection.

La Mecque.

À propos de son origine, on dit qu'elle fut bâtie par Adam, en face de la Maison fréquentée, et qu'elle fut ensuite emportée par le Déluge. Mais il n'y a pas là-dessus d'information valide sur laquelle on puisse s'appuyer. Ce qu'on en dit est simplement déduit d'une indication du verset coranique : « Et tandis qu'Abraham élevait les assises de la maison[A]... »

Ensuite, Dieu envoya Abraham. On connaît son histoire et celle de sa femme Sara, qui était jalouse d'Agar. Dieu révéla à Abraham qu'il devait se séparer d'Agar et l'exiler avec son fils Ismaël à Paran, c'est-à-dire aux montagnes de La Mecque, au-delà de la Syrie et d'Ayla. Abraham l'expédia à l'endroit indiqué, et elle parvint à l'emplacement du temple. Elle eut soif, et Dieu, de par Sa bonté, fit jaillir pour elle et son fils l'eau de Zamzam, et fit en sorte qu'un groupe de Jurhumites vint à passer par là. Ceux-ci les prirent avec eux, se joignirent à eux, et s'installèrent avec eux près de Zamzam, comme on sait. Ismaël construisit

A. Coran, II, 127.

une maison où s'abriter sur l'emplacement de la Kaaba et l'entoura d'une clôture de palmiers nains. Il se servit de cet enclos pour garder ses moutons et ses chèvres. Abraham vint le voir, de Syrie, plusieurs fois. À sa dernière visite, il reçut l'ordre de construire la Kaaba sur l'emplacement de cet enclos. C'est ce qu'il fit, aidé de son fils Ismaël. Puis il exhorta les gens à se rendre en pèlerinage auprès de cet édifice. Ismaël y resta, et, quand sa mère Agar mourut, il l'y enterra. Il en assura le service jusqu'à sa mort et fut enseveli auprès de sa mère. Après lui, ses fils, secondés par leurs oncles maternels, les Jurhumites, continuèrent à servir la Maison. Puis ils furent remplacés par les Amalécites. Et la situation demeura inchangée.

On vint[d] à la Kaaba de toutes parts : des gens appartenant à tous les peuples de la terre, descendants d'Ismaël ou non, provenant de régions proches ou lointaines. On raconte que les Tubba' y faisaient le pèlerinage et la vénéraient. On dit aussi qu'un des Tubba', nommé Tibân As'ad Abû Karib, la couvrit[e] d'un voile et d'une étoffe rayée yéménite, qu'il la fit purifier et qu'il la dota d'une clef. Par ailleurs, on a rapporté que les Perses y venaient également en pèlerinage et y laissaient des offrandes. Les deux gazelles d'or, que 'Abd al-Muttalib trouva quand il déblaya le puits de Zamzam, seraient un de leurs dons.

Les Jurhumites continuèrent à assurer le service de la Kaaba, après les fils d'Ismaël, en leur qualité de descendants des oncles maternels de ces derniers, jusqu'à[f] ce qu'ils en fussent chassés par les Khuzâ'a, qui conservèrent cet office un certain temps. Ensuite, les descendants d'Ismaël devinrent nombreux et se dispersèrent[g]. Ils donnèrent la branche des Kinâna, dont sont issus les Quraysh et d'autres tribus. Comme les Khuzâ'a administraient mal la Kaaba, les Quraysh la leur prirent. Ils les expulsèrent de la Maison de Dieu et en prirent possession. Ils avaient alors pour chef Qusayy Ibn Kilâb. Il refit la construction de la Kaaba et la couvrit d'une toiture de palmiers nains et de branches de dattier. Al-A'shâ a dit, à ce propos :

J'en fais serment par les deux habits du moine et par l'édifice que construisit Qusayy seul et par Ibn Jurhum[3]*...*

Au cours de la période où la Kaaba fut administrée par les Quraysh, elle connut une inondation — ou, dit-on, un incendie — et fut détruite. Ils la rebâtirent à leurs frais. Comme un navire avait fait naufrage près de Djedda, ils achetèrent le bois pour en refaire le toit. La hauteur des murs, qui dépassait juste la taille d'un homme, fut portée à dix-huit coudées. Le seuil de la porte était au niveau du sol ; ils le haussèrent au-dessus de la taille d'un homme pour protéger l'édifice des inondations. Comme ils ne trouvèrent pas assez d'argent pour en terminer la construction, ils laissèrent les assises inachevées : ils en omirent six coudées et un empan, et ils l'entourèrent d'un petit mur. En faisant leurs circumambulations, les pèlerins le longent par-derrière. C'est ce qu'on appelle al-Hijr.

La Kaaba resta dans cet état jusqu'à l'époque où Ibn az-Zubayr se retrancha à La Mecque et se proclama calife. Les armées de Yazîd Ibn Mu'âwiya, dirigées par al-Husayn Ibn Numayr as-Sakûnî, marchèrent contre lui en l'an 64 [683]. Le temple fut ravagé par un incendie provoqué, dit-on, par le feu grégeois lancé contre Ibn az-Zubayr, et les murs se fendirent. Ibn az-Zubayr fit démolir l'édifice et le rebâtit en mieux. Aux objections des Compagnons du Prophète, il répondit en citant ces paroles de l'Envoyé de Dieu adressées à 'A'isha : « Si ton peuple n'était pas trop près encore de l'incroyance, je rétablirais la Kaaba sur les assises posées par Abraham et y ouvrirais deux portes, l'une à l'est, l'autre à l'ouest[4]. » Là-dessus, Ibn az-Zubayr fit démolir l'édifice et découvrit les assises posées par Abraham. Il rassembla les grands notables pour qu'ils les voient de leurs yeux. Ibn 'Abbâs lui recommanda de préserver la *qibla*. À cet effet, il fit entourer les assises de planches de bois et les recouvrit de voiles. Il fit venir de Sanaa du plâtre et de la chaux et s'informa sur la carrière d'où avaient été tirées les premières pierres. C'est là qu'il s'approvisionna. Ensuite, il commença la construction sur les fondations d'Abraham. Il éleva des murs de vingt-sept coudées et fit ouvrir deux portes au niveau du sol, conformément aux paroles du Prophète déjà citées. Il fit recouvrir le sol et le bas des murs de marbre, fit fabriquer des clés d'or et recouvrit les portes de plaques d'or.

Sous le règne de 'Abd al-Malik, al-Hajjâj vint assiéger Ibn az-Zubayr. Il bombarda la mosquée avec des catapultes, causant des fissures dans les murs. Après qu'il eut triomphé d'Ibn az-Zubayr, il consulta le calife sur ce qu'il fallait faire du nouvel édifice de la Kaaba et de ses extensions. Le souverain ordonna de tout démolir et de reconstruire le temple sur les fondations des Quraysh, suivant le plan qu'il conserve encore de nos jours. Il aurait, dit-on, été pris de remords quand il apprit que la tradition rapportée par Ibn az-Zubayr d'après 'A'isha était authentique. Il dit : « J'aurais souhaité laisser Abû Khubayb reconstruire la Kaaba selon le dessein qu'il avait formé. »

Al-Hajjâj fit démolir six coudées et un empan de l'édifice à l'emplacement d'al-Hijr, puis le fit rebâtir sur les fondations des Quraysh. Il mura la porte ouest et la partie de la porte est qui est aujourd'hui sous le seuil. Il laissa le reste tel quel, sans rien y changer. Tout l'édifice, tel qu'on le voit aujourd'hui, est celui d'Ibn az-Zubayr. Entre la partie construite par ce dernier et celle d'al-Hajjâj, là où elles font leur jonction, on peut voir une fissure sur le mur : c'est une fente large d'un doigt, qui est maintenant bouchée.

Cet état de choses soulève un problème très sérieux. En effet, il ne s'accorde pas avec ce que disent les légistes au sujet de la circumambulation autour du temple. Selon eux, les pèlerins doivent éviter de se pencher sur le soubassement qui entoure, par en dessous, les fondations des murs. Sinon, leur circumambulation se ferait à l'intérieur du temple. Ils se basent sur le fait que les murs ne reposent que sur une partie des fondations, l'autre partie de celles-ci étant à l'emplacement du soubassement. Les légistes disent la même chose en relation avec le rite de la Pierre noire : là aussi, le pèlerin doit se redresser après avoir baisé la Pierre, afin d'éviter qu'une part de sa circumambulation soit faite à l'intérieur du temple.

Si tous les murs appartiennent à l'édifice d'Ibn az-Zubayr, construit sur les fondations d'Abraham, comment pourrait se justifier la position des légistes ? Pour répondre à cela, on doit souscrire à l'une des deux seules hypothèses possibles. Ou bien al-Hajjâj a tout démoli et tout reconstruit, comme le rapportent certains. Mais cela est réfuté par la fissure que l'on voit sur l'édifice entre les deux constructions et par les différences de technique entre les deux parties supérieure et inférieure. Ou bien Ibn az-Zubayr n'avait pas restauré entièrement le temple au-dessus des fondations d'Abraham, et n'avait agi ainsi que pour al-Hijr, afin de l'inclure dans le temple. La Kaaba actuelle, bien que refaite par Ibn az-Zubayr, ne reposerait pas sur les fondations d'Abraham. Mais cela est invraisemblable.

Cependant, on ne peut échapper à l'une ou l'autre de ces deux hypothèses. Dieu est plus savant.

La place qui entoure le temple et qui forme la mosquée servait d'espace pour la circumambulation des pèlerins. Au temps du Prophète et de son successeur Abû Bakr, elle ne comportait pas d'enceinte. Ensuite, avec l'accroissement du nombre des pèlerins, 'Umar acheta les maisons voisines, les fit démolir et annexa le terrain ainsi récupéré à la mosquée, qu'il fit entourer d'un mur dont la hauteur n'atteignait pas la taille d'un homme. Plus tard, 'Uthmân, Ibn az-Zubayr et al-Walîd Ibn 'Abd al-Malik suivirent son exemple. Ce dernier refit le mur avec des colonnes de marbre. Al-Mansûr et al-Mahdî, son fils et successeur, firent de nouvelles extensions. Depuis, il n'y en eut plus d'autres, et la mosquée resta inchangée jusqu'à nos jours.

Il n'est pas possible d'énumérer toutes les marques d'honneur et de considération dont Dieu a entouré ce temple. Il suffit de rappeler qu'Il en a fait un lieu de descente de la Révélation et des anges et un endroit pour l'adoration. Il y a prescrit les rites du pèlerinage. Il a doté l'espace sacré qui l'entoure de tous côtés de droits à la vénération et de privilèges qu'Il n'a accordés à aucun autre. Il a interdit à tous ceux qui s'opposent à l'islam d'y pénétrer. Il a enjoint à ceux qui entrent dans cet espace sacré de se défaire de tout vêtement cousu et de ne garder sur eux qu'une pièce d'étoffe pour couvrir leur nudité. Il a garanti protection contre tous dommages à tous ceux qui y viendraient chercher refuge et aux troupeaux qui se seraient égarés dans ses chemins. Nul n'a rien à craindre en ce lieu. Il n'est pas permis d'y chasser ni d'y couper du bois.

L'espace sacré qui jouit de ces privilèges s'étend en direction de Médine, à trois milles d'at-Tan'îm ; en direction de l'Irak, à sept milles du col de la montagne d'al-Munqati' ; en direction d'al-Ji'râna, à neuf milles d'ash-Shi'b ; en direction d'at-Tâ'if, à sept milles de Batn Namira ; en direction de Djedda, à dix milles de Munqata' al-'Ashâ'ir.

Voilà ce qu'il en est de La Mecque et de son histoire. On l'appelle la « Mère des villages ». Le nom de la Kaaba vient de *ka'b*, « cube », à cause de sa hauteur.

La Mecque s'appelle aussi Bakka. « C'est parce que, dit al-Asma'î, les gens s'y pressaient », du verbe *bakka*, qui signifie se pousser. Mujâhid a dit : « Le *b* de Bakka s'est changé en *m*, comme dans *lâzim* et *lâzib*, parce que ces deux sons sont voisins. » An-Nakha'î a dit : « En réalité, Bakka, avec un *b*, désigne le Temple ; Makka, avec un *m*, la ville. » Az-Zuhrî a dit : « Bakka désigne toute la mosquée, et Makka, l'espace sacré. »

Depuis les temps préislamiques, les nations vénéraient La Mecque. Les rois, comme, par exemple, le roi de Perse, et d'autres, y envoyaient de l'argent et des trésors. On connaît l'histoire des épées et des deux gazelles d'or découvertes par 'Abd al-Muttalib quand il déblaya le puits de Zamzam.

Lorsque l'Envoyé de Dieu fit la conquête de La Mecque, il trouva dans la citerne de la ville soixante-dix onces d'or, qui étaient des dons royaux offerts au temple. Leur valeur était de deux millions de dinars, d'un poids de deux cents quintaux. 'Alî Ibn Abî Tâlib dit au Prophète : « Sers-toi de cet argent pour la guerre. » Le Prophète refusa. 'Alî refit la même proposition à Abû Bakr, sans plus de succès. C'est ce que dit al-Azraqî[5]. Dans al-Bukhârî, on trouve le récit suivant, appuyé sur une chaîne de transmetteurs remontant à Abû Wâ'il[6]. Celui-ci a dit : « Je pris place dans une réunion chez Shayba Ibn 'Uthmân. Il a dit : "'Umar Ibn al-Khattâb assista à une réunion chez moi, où il a dit : 'J'ai l'intention de distribuer aux musulmans tout l'or et l'argent qui se trouvent à La Mecque.' Je lui répondis : 'Ne fais pas cela.' Il me demanda pourquoi. Je lui répliquai : 'Tes deux compagnons ne l'ont pas fait.' Il dit : 'Certes, ce sont deux hommes dont on doit suivre le modèle.'" » Le même récit est rapporté par Abû Dâwud et Ibn Mâja.

Cet or resta à La Mecque jusqu'à la révolte d'al-Aftas, c'est-à-dire al-Husayn, fils d'al-Hasan, fils de 'Alî, fils de 'Alî Zayn al-'Abidîn, en l'an 199 [815]. Quand il s'empara de La Mecque, il se rendit à la Kaaba et prit tout ce qu'il y avait dans ses trésors, en disant : « Que fait la Kaaba avec tout cet or ? Il y repose sans aucune utilité. Nous y avons droit plus que d'autres pour faire la guerre. » Il le prit donc et s'en servit. Depuis, il n'y a plus de trésor dans la Kaaba.

Jérusalem.

Jérusalem[b] est la « Mosquée éloignée[7] ». À l'origine, au temps des Sabéens, le site était occupé par un temple de Vénus. Les Sabéens y faisaient une offrande d'huile, qu'ils répandaient sur le Rocher qui se trouve à l'intérieur. Plus tard, ce temple fut détruit. Lorsque les Fils d'Israël s'emparèrent de Jérusalem, ils firent du Rocher une *qibla* pour leurs prières. Voici comment cela arriva. Moïse fit sortir d'Égypte les Fils d'Israël, afin de les rendre maîtres de Jérusalem, ce que Dieu avait promis à leur père Israël et, avant lui, au père de celui-ci, Isaac, et à Jacob[8]. Pendant qu'ils séjournaient dans le désert, Dieu ordonna à Moïse de fabriquer un tabernacle[9] en bois d'acacia, dont il lui révéla les dimensions, la forme, les effigies et les statues. Ce tabernacle devait contenir une arche, une table avec ses plats et un candélabre avec ses cierges. Moïse devait fabriquer également un autel pour les sacrifices. Tout cela est décrit à la perfection dans la Torah. Moïse construisit le tabernacle et y plaça l'arche d'alliance — celle qui contenait les tables faites en remplacement des tables descendues du Ciel avec les Dix Commandements et qui avaient été brisées. Et il plaça l'autel à côté d'elle. Dieu dit à Moïse de confier la charge des sacrifices à Aaron. Ainsi, les Israélites dressèrent le tabernacle entre leurs tentes, dans le désert. Ils se tournaient vers lui dans leurs prières, offraient leurs sacrifices sur l'autel devant lui, allaient auprès de lui pour attendre les révélations divines. Quand ils prirent possession de la Syrie, ils déposèrent le tabernacle à Gilgal, en Terre sainte, entre les territoires de Benjamin et d'Éphraïm. Il demeura là quatorze ans durant la guerre et sept ans après la conquête, à l'époque du partage du pays. Après la mort de Josué, on le transporta à Silo, à proximité de Gilgal, et on l'entoura de murs. Il y demeura trois cents ans, jusqu'au jour où les Philistins l'enlevèrent aux Israélites, comme on l'a vu précédemment[10], et vainquirent ceux-ci. Plus tard, le tabernacle fut rendu par les Philistins aux Israélites. Après la mort d'Élie, le prêtre, on le transporta à Nob, puis, sous le règne de Saül, à Guibeah de Benjamin. Quand David devint roi, il fit porter le tabernacle et l'arche à Jérusalem. Il les couvrit d'un voile particulier et les plaça sur le Rocher.

Le tabernacle resta la *qibla* des Israélites. David voulut bâtir à sa place un temple sur le Rocher, mais il ne put réaliser son projet. Il en chargea son fils Salomon. Celui-ci le construisit dans la quatrième année de son règne, cinq cents ans après la mort de Moïse. Il le dota de colonnes de bronze et d'un pavillon de verre. Il couvrit d'or ses portes et ses murs, et lui fit des effigies, des statues, des vases, des candélabres et des clés également en or. Il construisit la salle de derrière en forme de voûte, afin qu'on puisse y déposer l'arche d'alliance, qu'il fit venir de Sion, la ville de son père David, où celui-ci l'avait fait transporter au moment de l'édification du temple. On la ramena donc, portée par les tribus et les prêtres, et on la déposa sous la voûte. Le tabernacle, les vases et l'autel furent mis chacun à sa place dans le temple, et les choses restèrent en l'état pendant une assez longue période.

Plus tard, le temple fut détruit par Nabuchodonosor, huit cents ans après sa construction. Nabuchodonosor brûla la Torah et le bâton de Moïse, fit fondre les effigies et disperser les pierres. Par la suite, les rois de Perse permirent aux Israélites de retourner dans leur patrie. Ezra, leur prophète de ce temps-là, rebâtit le temple avec l'aide du roi de Perse Bahman[11], qui devait sa naissance aux Israélites faits prisonniers par Nabuchodonosor. Ezra imposa aux Israélites des limites pour la reconstruction du temple, avec des dimensions plus modestes que celles de l'édifice de Salomon. Et ils ne dépassèrent pas ces limites.

Beaucoup de gens croient que les voûtes sous le temple, qui étaient superposées en deux étages, les colonnes du haut reposant sur les voûtes du bas, étaient les écuries de Salomon. Mais ce n'est pas vrai. En réalité, elles furent construites pour préserver le temple de toute suspicion de souillure. En effet, d'après la loi juive, des saletés qui se trouveraient profondément enfouies dans le sol, séparées de la surface, rendraient la surface du sol impure par suspicion. Et, pour les juifs, la suspicion est considérée comme le fait réel. C'est pourquoi les voûtes supérieures reposent sur les voûtes inférieures, de sorte que la ligne s'interrompe, empêchant toute impureté de contaminer le haut par une ligne directe. Ainsi, le temple se trouvait préservé de toute suspicion de souillure pour atteindre à une plus grande pureté et sainteté[12].

Plus tard, les rois des Grecs, des Perses et des Romains dominèrent successivement les Israélites. Au cours de ces différentes périodes, les Israélites eurent un pouvoir florissant avec les prêtres asmonéens, puis avec leur beau-frère Hérode et ses enfants et successeurs. Hérode rebâtit le temple de Jérusalem d'après le plan de Salomon. Il y mit tous ses soins et le termina en six ans. Puis Titus, empereur des Romains, vint combattre les Israélites, les défit et les soumit à son autorité. Il détruisit Jérusalem et son temple. Dans l'emplacement de celui-ci, il ordonna de cultiver un champ.

Par la suite, les Romains embrassèrent la religion du Messie, qu'ils se mirent à vénérer. Puis, leurs empereurs oscillèrent entre l'adoption et le rejet du christianisme, jusqu'au règne de Constantin. La mère de celui-ci, Hélène, après s'être convertie, se rendit à Jérusalem pour y chercher la planche de bois sur laquelle, selon les chrétiens, le Messie aurait été crucifié. Les prêtres[13] lui apprirent que cette planche avait été jetée par terre et qu'elle était enfouie sous les balayures et les ordures. Hélène l'exhuma et bâtit l'église d'al-Qumâma sur l'emplacement des ordures. Les chrétiens croient que cette église était bâtie sur la tombe du Messie. Hélène détruisit ce qui était resté du temple et ordonna qu'on répandît le fumier et les ordures sur le Rocher, de sorte qu'il fût entièrement recouvert et qu'on n'en distinguât plus l'emplacement. C'était, d'après elle, sa réponse à ce qu'avaient fait les juifs au tombeau du Messie. En face de l'église d'al-Qumâma, on construisit plus tard Bethléem[14], la maison natale de Jésus.

Cet état de choses se maintint jusqu'à l'avènement de l'islam et la conquête musulmane. 'Umar, présent à la prise de Jérusalem, demanda à voir le Rocher. On lui en montra l'emplacement, où s'amoncelaient du fumier et de la terre. Il le fit déblayer et construisit dessus une mosquée de style bédouin[15]. Il l'entoura de vénération, comme Dieu l'a permis, et en considération de sa prééminence affirmée et bien établie dans le Livre divin[16]. Ensuite, al-Walîd, fils de 'Abd al-Malik, mit tout son soin à construire sa mosquée[17] dans le style des mosquées musulmanes, à l'instar de ce qu'il avait fait pour la Mosquée sacrée[18], la mosquée du Prophète à Médine et la mosquée de Damas. Les Arabes appelaient cette dernière la Nef d'al-Walîd. Le calife obligea l'empereur de Byzance à lui envoyer des artisans et de l'argent pour la construction de ces mosquées et pour leur décoration avec des mosaïques. L'empereur byzantin se rendit à cette exigence, et les mosquées furent construites selon le plan prévu.

À l'époque de l'affaiblissement du califat, au ve siècle de l'hégire [xie], et surtout vers la fin de celui-ci, alors que Jérusalem était aux mains des Fâtimides — califes chiites du Caire, dont le pouvoir était en pleine décomposition —, les Francs attaquèrent cette ville. Ils la prirent, ainsi que toutes les villes frontières de la Syrie. Ils bâtirent sur le Rocher une église qu'ils vénérèrent et dont ils furent fiers. Mais, finalement, Salâh ad-dîn Ibn Ayyûb [Saladin], le Kurde, après s'être emparé du pouvoir en Égypte et en Syrie et avoir fait disparaître toute trace des Fâtimides et de leur hérésie, marcha sur la Syrie et combattit les Francs qui s'y trouvaient. Il leur enleva Jérusalem et toutes leurs autres villes frontières de Syrie. Cela eut lieu vers l'an 580 [1184-1185]. Il détruisit leur église, découvrit le Rocher et réédifia la mosquée à peu près dans la forme qu'elle a de nos jours.

On ne doit pas être embarrassé au sujet du fameux problème posé par une tradition authentique du Prophète selon laquelle, interrogé sur le premier temple érigé sur terre, il répondit : « D'abord La Mecque, et ensuite Jérusalem. » Quand on lui demanda quel intervalle de temps les séparait, il répondit : « Quarante ans[19]. »

L'intervalle entre la construction de La Mecque et celle de Jérusalem correspond à celui qui sépare Abraham de Salomon, puisque c'est Salomon qui construisit le temple de Jérusalem. Cet intervalle dépasse largement mille ans. Mais il faut savoir que le mot « érection » utilisé dans la tradition ne doit pas être pris dans le sens de construction. Il indique simplement le fait que, pour la première fois, un temple a été désigné pour le culte. Il n'est pas invraisemblable que Jérusalem ait été désignée pour le culte à une époque aussi éloignée de Salomon. On a rapporté que les Sabéens avaient bâti un temple de Vénus sur le Rocher. C'est peut-être parce que Jérusalem était déjà un lieu de culte. De même, à l'époque préislamique, on érigeait des idoles et des statues autour et à l'intérieur de la Kaaba. Or, les Sabéens qui ont bâti le temple de Vénus étaient contemporains d'Abraham. Il n'est donc pas invraisemblable qu'une période de quarante ans sépare le moment où La Mecque devint un lieu de culte et celui où Jérusalem se trouva dans le même cas, même s'il n'y avait pas d'édifice à cette époque, comme cela est bien connu, et que Salomon fut le premier à bâtir [un temple] à Jérusalem. Voilà ce qu'il faut bien comprendre, car là réside la solution de notre problème.

Médine.

Médine, l'ancienne Yathrib, a été fondée par Yathrib Ibn Mahlâ'îl, qui appartenait aux Amalécites. C'est lui qui lui donna son nom.

Les Israélites la prirent aux Amalécites, en même temps que d'autres parties du Hijâz. Par la suite, les fils de Qayla[20], de la tribu des Ghassân, vinrent s'installer dans le voisinage et enlevèrent aux Israélites la ville et ses châteaux. Puis, à cause de la faveur divine à laquelle Médine était prédestinée, le Prophète reçut l'ordre d'y émigrer. Il s'y rendit, accompagné d'Abû Bakr. Ses Compagnons le suivirent. Il s'y établit et construisit sa mosquée et ses maisons dans le lieu que Dieu, de toute éternité, avait préparé et prédestiné à cet honneur. Les fils de Qayla lui donnèrent l'hospitalité et lui vinrent en aide ; c'est pourquoi on les appela les Ansâr. À partir[i] de Médine, l'autorité de l'islam se propagea et l'emporta sur toute autre autorité. Le Prophète vainquit ceux de sa tribu. Il conquit La Mecque et en prit possession. Les Ansâr[j] crurent qu'il allait les quitter, et ils en furent préoccupés. Alors, il leur fit un discours, les informant qu'il ne les quitterait point. Quand il mourut, il fut enterré à Médine.

Sur l'excellence de Médine, il y a de nombreuses traditions authentiques, comme chacun sait. Mais il y a des divergences parmi les savants quant à sa supériorité sur La Mecque[k]. Cette opinion est soutenue par Mâlik, qui s'appuie sur une tradition explicite d'après Râfi' Ibn Khudayj, qui rapporte que le Prophète a dit : « Médine est supérieure à La Mecque[21]. » Cette tradition est citée par 'Abd al-Wahhâb dans sa *Ma'ûna*. Il y a d'autres traditions qui disent explicitement la même chose. Les divergences viennent du côté d'Abû Hanîfa et d'ash-Shâfi'î.

De toute façon, Médine vient aussitôt après la Mosquée sacrée. Partout, les cœurs des hommes lui sont attachés. On doit méditer sur le fait que ces vénérables mosquées, toutes prédestinées à la faveur divine, ont cependant différents degrés d'excellence. Cela peut aider à comprendre le mystère de Dieu dans Sa création, et les degrés qu'Il a fixés, selon un ordre rigoureux, pour les choses spirituelles et temporelles.

En dehors de ces trois mosquées, nous n'en connaissons aucune autre sur terre [qui leur soit comparable], si ce n'est ce que l'on raconte sur la mosquée d'Adam à Ceylan, une des îles de l'Inde. Mais on n'a rien de sûr à son sujet.

Les nations des temps anciens avaient des temples qu'elles vénéraient, à leur dire, dans un esprit de religiosité[l]. C'étaient par exemple les temples du feu des Perses, les temples des Grecs, les temples des Arabes au Hijâz, que le Prophète fit abattre[m] au cours de ses expéditions militaires. Al-Mas'ûdî a mentionné certains d'entre eux[22], mais nous n'avons pas à en parler ici. En effet, ces temples n'ont pas été institués par la loi divine. Ils n'ont rien à voir avec la religion. On ne s'en occupera donc pas et on ne s'intéressera pas à leur histoire. Ce qu'on en dit dans les ouvrages d'histoire est suffisant. Celui qui veut en savoir plus à ce sujet peut s'y reporter. Dieu guide qui Il veut.

« Dieu dirige celui qu'Il veut[A]. »

VII. IL Y A PEU DE CITÉS ET DE VILLES EN IFRÎQIYA ET AU MAGHREB

En voici la raison. Ces régions appartenaient aux Berbères depuis plusieurs milliers d'années avant l'islam. Leur civilisation était entièrement rurale, et la civilisation urbaine n'y avait jamais connu assez de continuité pour s'épanouir pleinement. Les États des Francs[1] et des Arabes qui régnèrent sur les Berbères furent de trop courte durée pour laisser une empreinte profonde de leur civilisation urbaine. Les habitudes et le mode de vie ruraux persistèrent, et les Berbères leur restèrent toujours très attachés. Aussi n'y eut-il jamais chez eux beaucoup de constructions. En outre, ils étaient très éloignés des arts, en raison de leur profond enracinement dans la vie rurale. Or, les arts sont liés à la civilisation urbaine, et, sans eux, on ne peut construire. Il faut donc les cultiver. Mais, comme les Berbères ne les pratiquaient guère, ils ne pouvaient pas s'intéresser aux édifices, et encore moins aux villes.

D'autre part, les Berbères sont organisés en clans et en lignages. Aucun groupe berbère n'y fait exception. Qui dit lignages et clans dit vie rurale. C'est le goût pour la tranquillité et le repos qui pousse les gens à vivre en ville, et

A. Coran, II, 142.

cela rend les citadins dépendants de leurs milices. C'est pourquoi[a] les habitants des campagnes n'aiment pas venir s'installer dans les villes, même pour un court séjour. Seuls le luxe et la richesse peuvent les y pousser. Mais les cas sont rares.

Voilà pourquoi l'Ifrîqiya et le Maghreb ont une civilisation en totalité ou en grande partie rurale. Leurs habitants utilisent des tentes et des litières ou de simples gîtes dans les montagnes.

À l'inverse, les pays non arabes, comme l'Andalus, la Syrie, l'Égypte, l'Irak persan, ont une civilisation — totalement ou en majorité — de villages et de villes. Car les non-Arabes, en général et sauf rare exception, ne sont pas des peuples qui se préoccupent de la préservation de leurs lignages et qui sont fiers de la pureté et de l'unité de ceux-ci. Tandis que le plus souvent, dans les campagnes, les lignages comptent. En effet, les liens du sang sont plus étroits et plus forts. Il en va de même de l'esprit de corps qui en résulte. Celui-ci entraîne les gens à préférer la vie à la campagne et à se détourner des villes, lesquelles émoussent le courage et conduisent à la dépendance. Il faut bien comprendre ces choses et s'en servir analogiquement pour d'autres cas.

VIII. LES ÉDIFICES ET LES CONSTRUCTIONS DANS L'ISLAM SONT PEU NOMBREUX PAR RAPPORT À SA PUISSANCE ET EN COMPARAISON AVEC CEUX DES ÉTATS QUI LUI SONT ANTÉRIEURS

C'est pour la même raison que celle qui a été avancée pour les Berbères. En effet, les Arabes sont aussi enracinés dans la vie rurale et aussi éloignés des arts que les Berbères. D'autre part, les Arabes étaient restés étrangers aux provinces qu'ils avaient dominées avant l'islam. Lorsqu'ils en prirent possession, ils n'eurent pas le temps de parfaire tous les traits de la civilisation urbaine, et ils se contentèrent des édifices laissés par leurs devanciers.

Par ailleurs, au départ, la religion empêchait les excès et les dépenses inutiles en matière de construction. Quand les musulmans demandèrent à 'Umar la permission de rebâtir, en pierre, la ville de Koufa, dont les constructions en roseau venaient d'être détruites par un incendie, il leur fit les recommandations suivantes : « Faites, mais personne ne doit construire plus de trois pièces. Ne cherchez pas à faire plus que les autres. Respectez la Sunna et vous garderez le pouvoir. » Après ces recommandations à la délégation [qui était venue le consulter], il ordonna aux gens de ne pas dépasser la mesure dans leurs constructions. Interrogé sur ce qu'était la « mesure », il répondit : « Ce qui vous retient de glisser dans la prodigalité et de sortir de la modération. »

Mais, plus tard, la religion et les scrupules en ces matières furent perdus de vue. La logique du pouvoir et du luxe l'emporta. Les Arabes employèrent les Perses à leur service et leur empruntèrent leurs arts et leurs édifices, auxquels les conviaient la tranquillité et le luxe. C'est alors qu'ils se mirent à élever de vastes constructions. Cela eut lieu à une époque qui n'était pas très éloignée de la chute de leur empire. Ils n'eurent donc pas le temps de beaucoup construire et fonder des villes et des cités. Ce ne fut pas le cas des autres nations. Les Perses durèrent plusieurs millénaires. Il en fut de même pour les Égyptiens, les Nabatéens, les Romains, ainsi que pour les premiers Arabes, les 'Ad, les Thamûd et les Tubba'. Ils disposèrent de beaucoup de temps et, chez eux, les arts ont pu s'enraciner. Leurs édifices et leurs monuments furent plus nombreux et plus durables.

Si on examine attentivement ce qui vient d'être dit, on ne manquera pas d'en voir la justesse.

Dieu est l'héritier de la terre et de ceux qu'elle porte.

IX. LES ÉDIFICES ÉLEVÉS PAR LES ARABES, SAUF EXCEPTION, TOMBENT RAPIDEMENT EN RUINE

Deux raisons à cela, comme on l'a vu : la nature même de la vie rurale et l'ignorance des arts, qui font que les édifices ne sont pas construits solidement.

Il y a peut-être une autre raison, plus forte. C'est le fait que les Arabes, comme on l'a vu précédemment, ne tiennent pas suffisamment compte des critères qui doivent être respectés lorsqu'on fonde une ville : site, qualité de l'air et de l'eau, champs et pâturages[1]. Ce sont ces éléments qui font qu'une ville est meilleure ou pire qu'une autre au point de vue des lois naturelles de la civilisation. Mais les Arabes ne prêtent guère attention à ces choses. Seuls les pâturages les intéressent particulièrement pour leurs chameaux. Que l'eau soit bonne ou mauvaise, abondante ou rare, ne les préoccupe guère. Ils ne se soucient ni de la qualité des champs et des jardins, ni de la salubrité de l'air, parce qu'ils ont l'habitude de se déplacer et de faire venir de loin leurs céréales. Au désert, les vents soufflent de toutes les directions, et comme les Arabes changent de place sans cesse, ils sont assurés de trouver de l'air salubre. Les vents se corrompent seulement quand on se fixe dans un lieu et quand il y a beaucoup de déchets.

Prenez les exemples de Koufa, de Basra et de Kairouan : au moment de leur fondation, les Arabes ne prirent en considération que les questions de pâturages pour leurs chameaux et de la proximité des déserts et des routes caravanières. Aussi ces villes furent-elles éloignées de ce que devraient être des cités, conformément à la nature des choses. Elles n'eurent pas de matière pour le renouvellement de leur population, chose nécessaire, avons-nous dit, pour la préservation de la civilisation. Leurs sites ne répondaient pas aux exigences naturelles de la vie sédentaire. Elles n'étaient pas au milieu de nations qui pouvaient renforcer leur protection. Aux premiers signes de déclin du pouvoir des Arabes et de l'esprit de corps qui servait de rempart à ces villes, elles tombèrent en ruine et se désintégrèrent, comme si elles n'avaient jamais existé.

« Dieu décide et nul ne peut changer Ses décrets[A]. »

X. LE PROCESSUS DE DÉLABREMENT DES VILLES

Au début, quand une ville vient d'être fondée, il y a peu de maisons. On y trouve peu de matériaux de construction, tels que la pierre ou la chaux, et pas davantage de matériaux dont on se sert pour le revêtement des murs en guise d'ornementation, tels que les carreaux de faïence, le marbre, la mosaïque, le jais, la nacre ou le verre.

A. Coran, XIII, 41.

À ce stade, ses constructions sont encore rustiques, et les matériaux utilisés défectueux.

Ensuite, la ville grandit, sa population s'accroît. Alors, la quantité des matériaux de construction augmente en raison de l'augmentation des travaux et des artisans, jusqu'au développement maximal en cette matière.

Lorsque la civilisation de la ville commence à décliner et sa population à décroître, cela entraîne une régression des arts. La qualité et la solidité des constructions se perdent, et on n'y met plus d'ornementations. Puis, on entreprend de moins en moins de travaux, à cause de la diminution du nombre des habitants, et on fait venir de moins en moins de pierres, de marbre ou d'autres matériaux, ce qui fait que ceux-ci deviennent introuvables. On commence alors à construire avec des matériaux de remploi, qu'on transfère d'un édifice à l'autre, la plupart des édifices, des palais et des maisons étant vides, en raison du dépeuplement progressif de la ville. Les mêmes matériaux continuent à être réemployés en passant d'un palais à l'autre, d'une maison à l'autre, jusqu'à ce qu'il n'en reste rien. Après quoi, on retourne au mode de construction rustique : on utilise la brique crue en terre au lieu de la pierre et on renonce à toute ornementation. Les édifices de la ville ne se distinguent plus de ceux des villages et des hameaux, et la ville prend une allure rurale. Elle s'achemine ainsi peu à peu vers un délabrement total, si tel est son destin.

C'est la coutume de Dieu à l'égard de Ses créatures.

XI. LE DEGRÉ D'AISANCE[a] ET LA PROSPÉRITÉ DES MARCHÉS DES VILLES DÉPEND DE L'ÉTENDUE DE LEUR CIVILISATION

En voici la raison. Il est connu et bien établi qu'un être humain ne peut, seul, produire tout ce dont il a besoin pour vivre. Les hommes vivant dans une civilisation donnée doivent tous coopérer dans ce but. Mais ce qu'un groupe d'hommes obtient en s'entraidant suffit à satisfaire les besoins d'un nombre d'hommes plusieurs fois supérieur. Par exemple, personne ne peut, seul, produire la quantité de froment qui lui est nécessaire. En revanche, si, pour la production de ce froment, six ou dix hommes se réunissent — un forgeron et un menuisier pour la fabrication des outils, d'autres personnes pour soigner les bœufs, labourer la terre, moissonner le grain et exécuter les autres travaux agricoles, qu'ils se répartissent entre eux ces différentes tâches ou qu'ils les accomplissent ensemble —, la quantité de nourriture qu'ils obtiendront sera plusieurs fois supérieure à leurs besoins. Le produit du travail collectif excède les besoins et les nécessités de ceux qui y ont participé[1].

Si on répartit le travail des habitants d'une ville, une toute petite partie suffira à couvrir leurs besoins, et tout le reste sera du superflu qui servira à entretenir le goût et les habitudes du luxe, et à approvisionner d'autres villes en échange de produits équivalents ou de contre-valeurs, ce qui constitue une source d'enrichissement.

Comme on le verra dans la cinquième partie, consacrée aux acquisitions et aux moyens d'existence, les acquisitions ne sont constituées de rien d'autre que de la valeur du travail[2]. Plus il y a de travail, plus il y a de valeur. Alors, les acquisitions augmentent nécessairement. Devenus riches et prospères, les hommes recherchent le luxe : belles maisons et beaux vêtements, vaisselle et ustensiles de prix, domestiques et montures. Tout cela, c'est du travail, qu'il faut payer à sa valeur. Pour fabriquer les objets de luxe et en organiser la production, il faut des personnes habiles. Le marché du travail[3] et des arts connaît une grande activité. Les revenus et les dépenses de la ville augmentent. Les gens qui pratiquent ces métiers s'enrichissent grâce à leur travail.

Plus la civilisation s'étend, plus il y a de travail. Le luxe augmente avec le profit, entraînant de nouvelles habitudes et de nouveaux besoins. Pour satisfaire ceux-ci, on invente de nouveaux arts, dont les produits voient leur valeur augmenter. Pour toutes ces raisons, les profits de la ville se multiplient, et le marché du travail connaît une plus grande expansion. Il en va de même avec les deuxième et troisième augmentations. En effet, tout le travail qui vient en surplus est affecté au luxe et à la richesse, contrairement au travail initial, qui était consacré à la subsistance. Une ville, qui a une civilisation plus étendue qu'une autre, réalise aussi plus d'acquisitions, connaît plus de prospérité et a des habitudes de luxe qui ne se trouveront pas dans celle-ci. Les habitants d'une ville de civilisation plus large et plus abondante mènent un train de vie plus luxueux que ceux d'une ville de moindre civilisation. La différence se remarque dans toutes les catégories de la population : juges, marchands, artisans, petits commerçants, aussi bien qu'émirs ou miliciens.

On peut comparer à cet égard la situation de Fès avec celle des autres villes du Maghreb, comme Bijâya, Tlemcen ou Ceuta. La différence est très grande, aussi bien au niveau de l'ensemble qu'à celui des détails. Un cadi de Fès est plus aisé qu'un cadi de Tlemcen, et il en est de même pour chaque catégorie. On remarque la même différence entre Tlemcen d'une part, Oran ou Alger, de l'autre ; entre Oran ou Alger et de plus petites villes, jusqu'aux hameaux, qui peuvent à peine satisfaire leurs besoins de première nécessité.

À cela, une seule raison : la différence entre les quantités de travail qu'offrent ces villes. En effet, les villes sont des marchés du travail. Et, dans un marché, le volume des dépenses est lié au volume d'activité. Les revenus et les dépenses d'un cadi de Fès s'équilibrent. Il en va de même de ceux d'un cadi de Tlemcen. Là où le volume des revenus et des dépenses est plus élevé, la prospérité est plus grande et plus étendue. C'est le cas de Fès, dont le marché du travail est très actif, en raison de la vie de luxe que mènent ses habitants. Fès connaît donc une plus grande prospérité. On peut dire relativement la même chose d'Oran, de Constantine, d'Alger, de Biskra, et des villes dont le travail ne suffit même pas à satisfaire les besoins de première nécessité. D'ailleurs, on ne peut pas dire que ce sont des villes. Ce sont plutôt de simples villages ou hameaux. On constatera que leurs habitants vivent à l'étroit, partagent le même degré de pauvreté et de gêne, parce que leur travail ne suffit pas à subvenir à leurs besoins et ne leur laisse aucun excédent qui puisse leur servir à accumuler des biens. Ils ne peuvent donc pas s'enrichir. Ainsi, à quelques exceptions près, ils sont misérables et indigents.

Il en va de même pour les pauvres et les mendiants. Un mendiant de Fès vit mieux qu'un mendiant de Tlemcen ou d'Oran. J'ai vu des mendiants de Fès demander, pour la fête du sacrifice, de quoi payer l'animal à immoler. Je les ai vus mendier toutes sortes de denrées de luxe : de la viande, du beurre, des plats cuisinés, des condiments, des ustensiles, tels que des tamis ou des vases. Si, à Tlemcen ou à Oran, un mendiant s'avisait de formuler de telles demandes, on le traiterait durement et on le chasserait.

Il court aujourd'hui les histoires les plus extraordinaires à propos du luxe et de la richesse des habitants du Caire et de l'Égypte. Beaucoup de gens pauvres du Maghreb sont ainsi tentés de se rendre dans ce pays, dont on vante tant l'aisance sans égale. Pour le vulgaire, c'est parce que dans ces régions il y a plus de richesses qu'ailleurs, et que les gens, là-bas, ont des trésors accumulés et sont plus généreux et charitables que dans toute autre ville au monde. Ce n'est pas vrai[b]. Mais c'est seulement parce que la population du Caire et de l'Égypte, comme on le sait, est bien plus nombreuse que celle de nos villes, ce qui fait que leurs habitants sont plus aisés.

Dans toutes les villes, les recettes et les dépenses s'équilibrent. Si les recettes sont grosses, les dépenses le sont aussi, et vice versa. Et quand les recettes et les dépenses sont élevées, les habitants vivent dans l'aisance et on peut voir dans la ville toutes ces choses qu'on raconte. On ne doit donc rien rejeter de tout cela. Mais on doit les expliquer par le grand nombre d'habitants et celui des acquisitions qui s'ensuit, ce qui permet aux gens d'être prodigues et charitables. On peut dresser à cet égard un parallèle avec les animaux qui, dans une même ville, fréquentent telle maison et évitent telle autre. Les maisons riches et prospères, où l'on fait bonne chère, ont des cours et des enclos où se répandent des grains et des miettes. Des hordes de fourmis et d'insectes les fréquentent. Une multitude de rats vivent dans leurs caves, et les chats en font leur repaire. Des bandes d'oiseaux tournoient au-dessus d'elles et ne les quittent que repus et désaltérés. Alors que, dans les cours des maisons pauvres et des indigents sans revenus, aucun insecte ne rampe, aucun oiseau ne vient tournoyer au-dessus d'elles, aucun rat, aucun chat ne vient chercher asile dans leurs caves. Comme l'a dit le poète[c] :

L'oiseau se pose là où se trouvent des grains ; il fréquente les maisons des hommes généreux[4].

Il faut méditer en cela les desseins de Dieu. Les foules de mendiants qui fréquentent les maisons des riches peuvent être comparées aux bandes d'animaux, et les miettes qui tombent des tables au surplus des revenus et du luxe. De ce surplus, on donne facilement, parce qu'on peut s'en passer et qu'on dispose de réserves. On saura donc que l'aisance et la prospérité dépendent de l'importance de la population.

« Dieu n'a pas besoin des mondes[A]. »

XII. LES PRIX DANS LES VILLES

Les produits qu'on trouve sur tous les marchés sont ceux qui correspondent aux besoins des gens. Il y a d'abord les denrées de première nécessité, c'est-à-dire les aliments de base comme le blé et l'orge, ou des graines comme les fèves, les pois chiches, les petits pois, ou des légumes bons pour la santé comme l'oignon et l'ail. Il y a ensuite les produits usuels et les objets de luxe, tels que les condiments, les fruits, les vêtements, les ustensiles, les montures, les produits de l'artisanat et les immeubles. Dans une ville prospère et peuplée, les prix des aliments de base et autres denrées de première nécessité sont bas, tandis que les prix des produits de luxe tels que les condiments et les fruits sont élevés. C'est le contraire qui se produit dans une ville de peu d'habitants et dotée d'une civilisation peu développée.

En voici la raison. Les céréales sont des aliments de base indispensables. Il y a donc une forte incitation à en produire. En effet, nul ne néglige d'assurer, pour un mois ou pour un an, sa propre alimentation ou celle de sa famille. Tous les habitants d'une ville et de ses environs, ou du moins la grande majorité d'entre eux, sont donc concernés par la production des céréales. Cela est inévitable. Or, ceux qui produisent leur propre nourriture produisent plus que ce qu'ils consomment, eux et leurs familles. L'important surplus ainsi réalisé sert à satisfaire les besoins de maints autres habitants. Il en résulte logiquement un excédent de nourriture pour l'ensemble des habitants de la ville. En conséquence, les prix des céréales sont généralement bas, sauf certaines années, en raison de mauvaises conditions du ciel. Si les gens ne faisaient pas de stocks en prévision de ces calamités, on pourrait distribuer les grains gratuitement, sans rien exiger en retour, tant il y en aurait en abondance, à cause de la prospérité de la ville.

Quant à toutes les autres commodités, condiments,

A. Coran, III, 97.

fruits et autres, elles ne concernent pas tout le monde, et leur production n'engage pas le travail de la totalité ou de la majorité des habitants d'une ville. De plus, quand une ville a une civilisation développée et prospère, et qu'elle cultive le goût du luxe, la demande pour ces produits est très forte, et chacun, selon sa situation, veut en avoir le maximum. Les quantités disponibles sont très en dessous des besoins. Déjà rares, ces produits deviennent l'objet d'une demande effrénée. On les réclame de tous côtés. Les riches, habitués au luxe, les paient à des prix exorbitants, parce qu'ils en ont plus besoin que les autres. C'est ainsi que les prix montent.

Dans les grandes villes, le travail des artisans est également payé cher. Trois raisons à cela. Tout d'abord, l'importance de la demande, liée à celle du luxe dans une grande cité. Ensuite, parce que les ouvriers sont fiers de leur métier et de leur travail, car la vie n'est pas chère et la nourriture est disponible en abondance. Enfin, il y a beaucoup de riches, qui ont souvent besoin de faire travailler les autres et d'employer des artisans. Ils paient le travail des gens de métier au-dessus de sa valeur pour écarter leurs concurrents et s'en réserver l'exclusivité. Les ouvriers, les artisans et les gens de métier deviennent arrogants et demandent cher. Les dépenses consacrées par les gens de la ville à toutes ces choses augmentent.

Dans les petites villes peu peuplées, la nourriture est peu abondante. Il y a peu de travail et, en raison de la taille de leur ville, les habitants redoutent une pénurie de vivres. Ils gardent pour eux-mêmes tout ce qu'ils peuvent en obtenir et font des stocks. La nourriture devient rare, et on doit la payer au prix fort. Pour ce qui est des commodités, il n'y a pas de demande, en raison de la faiblesse de la population et de la pauvreté. On en vend peu, et les prix sont très bas.

Le prix[a] des denrées alimentaires comprend les taxes et les droits prélevés au nom du sultan sur les marchés et aux portes de la ville, ainsi que les prélèvements sur les ventes, imposés à leur profit personnel par les percepteurs. C'est pour cette raison que les prix sont plus élevés dans les villes que dans les campagnes. Là, en effet, les taxes, droits et prélèvements sont faibles ou inexistants, alors que c'est le contraire dans les villes, surtout à la fin d'une dynastie.

On tient également compte, pour les prix des denrées

alimentaires, des frais occasionnés par le traitement des sols pour l'agriculture. Ces frais se répercutent sur les prix, comme on le voit, de nos jours, en Andalus. Les Andalous ont été refoulés par les chrétiens sur le littoral et ses terres escarpées, trop pauvres pour les céréales et peu favorables à la culture maraîchère. Dépossédés des bonnes terres et des régions fertiles, ils ont dû améliorer les sols de leurs champs et de leurs parcelles, afin d'augmenter le rendement des cultures. Ce traitement a exigé des travaux coûteux et des produits tels que le fumier, entraînant des frais supplémentaires. L'agriculture des Andalous supporte donc des dépenses considérables dont ils doivent tenir compte dans leurs prix. Aussi l'Andalus est-il devenu un pays particulièrement cher, depuis que les chrétiens ont refoulé les musulmans sur le littoral.

Quand on entend parler des prix élevés en Andalus, on croit que c'est parce que les produits alimentaires et les grains y sont rares. Ce n'est pas cela. Les Andalous sont, que je sache, le peuple du monde le plus adonné à l'agriculture et le plus versé dans le travail de la terre. Il est très rare chez eux qu'on ne possède pas un arpent de terre ou une ferme, et qu'on ne fasse pas un peu d'agriculture — qu'on soit un haut personnage de l'État ou un homme du peuple. Les seules exceptions sont les artisans, les hommes de métier, ou les combattants de la guerre sainte, installés de fraîche date. Ceux-ci reçoivent du souverain, comme une part de leur solde, des provisions de grains et de fourrage. La seule vraie cause de la cherté des grains chez les Andalous est celle que nous venons de signaler.

C'est le contraire chez les Berbères, dont le pays est riche en beaux champs et en terres fertiles. Comme ils n'ont pas de frais pour le traitement des sols et qu'ils pratiquent tous abondamment l'agriculture, les produits alimentaires sont, chez eux, bon marché.

« C'est Dieu qui mesure la nuit et le jour[A]. »

A. Coran, LXXIII, 20.

XIII. LES HABITANTS DES CAMPAGNES NE PEUVENT PAS S'INSTALLER DANS LES GRANDES VILLES

En effet, nous avons vu que, dans une grande ville, il y a beaucoup de luxe, ce qui accroît les besoins des habitants. On s'habitue aux produits qui servent à satisfaire ces besoins, et ils se transforment en nécessités. De plus, le travail, quel qu'il soit, devient quelque chose de précieux. Les prix des commodités montent, parce qu'elles sont très recherchées en raison de l'opulence générale, et parce que le souverain prélève des taxes sur les marchés et les transactions commerciales. Tout cela se répercute sur les prix de vente des marchandises. Il y a un grand renchérissement des commodités, des denrées alimentaires et du travail. Les charges des habitants augmentent démesurément, suivant l'expansion de la civilisation de la ville. Les dépenses deviennent énormes. Chacun a besoin de beaucoup d'argent pour subvenir à ses besoins et à ceux de sa famille et pour faire face à toutes ses charges.

L'homme de la campagne a des revenus faibles, car, là où il vit, le marché du travail est peu prospère. Or, le travail est la cause du profit. Il ne peut donc accumuler ni gains ni biens. C'est pourquoi il lui est difficile de s'installer dans une grande ville, où on trouve des commodités mais où les produits sont rares et chers. Dans sa campagne, il lui faut un minimum de travail pour suffire à ses besoins, parce qu'il y a peu de place dans son train de vie pour les habitudes du luxe. Il n'est donc pas obligé d'avoir de l'argent.

Tous les habitants de la campagne qui se laissent attirer par la ville ne tardent pas à découvrir qu'ils sont incapables d'y vivre. Les seules exceptions sont ceux qui ont préalablement amassé des biens, qui disposent de ressources au-delà de leurs besoins et peuvent ainsi aspirer à une vie de tranquillité et de luxe, fin naturelle des habitants des villes. Ils viennent alors s'installer en ville et suivent le mode de vie, les habitudes et le goût du luxe des citadins. C'est ainsi que se fait l'expansion des villes.

Dieu « embrasse toute chose[A] ».

A. Coran, XLI, 54.

XIV. IL Y A ENTRE LES DIVERSES RÉGIONS DU MONDE DES DIFFÉRENCES AU POINT DE VUE DE LA RICHESSE ET DE LA PAUVRETÉ, COMME IL Y EN A ENTRE LES VILLES

Les régions qui ont une civilisation abondante, qui renferment des peuples nombreux et une grande population sont prospères. Leurs habitants sont riches. Elles ont beaucoup de villes. Leurs États et leurs royaumes sont puissants. La raison de tout cela réside dans l'abondance du travail, comme on l'a vu précédemment, et dans le fait que le travail eﬆ la cause de la richesse, comme nous l'expliquerons plus loin[1]. Une fois que les besoins nécessaires sont satisfaits, le travail laisse un surplus plus ou moins grand selon l'étendue et la richesse de la civilisation. Ainsi, les gens obtiennent des profits qu'ils peuvent accumuler. Tout cela sera mentionné plus loin dans le chapitre consacré aux moyens d'exiﬆence, aux revenus et aux profits. Le bien-être et l'aisance augmentent. Puis viennent le luxe et la richesse. En raison de la prospérité du commerce, les revenus fiscaux s'accroissent. L'État devient riche et puissant, conﬆruit des forteresses et des citadelles, fonde des villes et des cités.

Voyez les pays d'Orient, comme l'Égypte, la Syrie, l'Irak non arabe, l'Inde, la Chine et toutes les régions et les pays du Nord, au-delà de la mer Byzantine. Avec le développement de leur civilisation, leurs richesses ont augmenté, leurs États sont devenus plus puissants, leurs villes plus nombreuses, leur commerce plus florissant et leurs conditions de vie plus prospères.

La richesse et l'aisance des marchands des nations chrétiennes — que nous pouvons voir de nos jours quand ils viennent au Maghreb — eﬆ indescriptible. Il en va de même des marchands d'Orient, d'après ce que les gens racontent à leur sujet, et surtout de ceux de l'Extrême-Orient, c'eﬆ-à-dire de l'Iran non arabe, de l'Inde et de la Chine. Les voyageurs colportent des récits fabuleux au sujet de leur opulence. Ces hiﬆoires sont généralement accueillies avec scepticisme. Les gens du commun qui écoutent ce genre de récits croient que la richesse de ces pays eﬆ due au fait qu'ils ont amassé plus de biens ou que leur sol renferme plus de mines d'or et d'argent, ou encore qu'ils se sont approprié tout l'or des anciens, à l'exclusion des autres. En fait, il n'en est rien. Les seules mines d'or que nous connaissions dans ces régions sont celles du Soudan, plus proches du Maghreb que de tous les autres pays. En outre, toutes les marchandises qui se trouvent sur le sol de ces pays sont exportées ailleurs, pour le commerce. Si les habitants de ces régions avaient de l'argent tout prêt et en abondance, ils n'auraient pas exporté leurs marchandises pour en gagner, et ils se seraient bien passés de l'argent des autres.

Les astrologues, qui ont remarqué ces circonstances et se sont étonnés de la prospérité et de la richesse de l'Orient, en ont conclu que les dons des étoiles et les parts de la fortune sont plus abondants dans les nativités de l'Orient que dans celles de l'Occident. Cela est vrai au point de vue de la correspondance entre les calculs astronomiques et les conditions terrestres, comme il a été établi précédemment. Mais, après nous avoir donné la raison astrale, il aurait fallu qu'ils nous fournissent encore la cause terrestre. Celle-ci correspond à ce que nous avons dit, à savoir l'étendue de la civilisation qui est propre aux régions de l'Orient. Une civilisation développée engendre de grands profits, lesquels résultent de l'abondance du travail. C'est la raison pour laquelle les pays d'Orient sont plus prospères que toutes les autres régions du monde, et non pour une simple question d'influence astrale. Il est clair, d'après ce qui vient d'être dit, que, d'une part, le facteur astral n'est pas exclusif, et que, d'autre part, il y a une correspondance nécessaire entre les calculs astronomiques d'un côté, et la civilisation et la nature terrestres de l'autre.

La relation entre prospérité et expansion de la civilisation est bien illustrée par l'exemple de l'Ifrîqiya et de Barqa. Avec la réduction de la population et le rétrécissement de la civilisation dans ces régions, les habitants ont vu leurs conditions de vie se détériorer, et ils sont tombés dans la misère et l'indigence. Les revenus fiscaux ont décru, les États se sont appauvris. Or, on sait quel degré de prospérité avaient atteint autrefois les chiites et les Sinhâja. Ces dynasties avaient de vastes revenus fiscaux. Elles dépensaient sans compter et accordaient des traitements élevés à leurs fonctionnaires. Le plus souvent, on prélevait[a] de l'argent de Kairouan pour couvrir les dépenses du souverain d'Égypte. Le trésor de l'État était si riche que lorsque Jawhar al-Kâtib partit pour la conquête de l'Égypte, il emporta avec lui mille charges d'or pour payer la solde et les gratifications des troupes et pour couvrir les dépenses des conquérants.

Autrefois, la région du Maghreb, sans égaler l'Ifrîqiya, ne manquait pas de prospérité. Sous les Almohades, il y avait une certaine aisance, et les revenus fiscaux étaient abondants. Mais, aujourd'hui, la situation s'est détériorée, parce que la civilisation a décru et s'est rétrécie. La civilisation berbère s'est en grande partie perdue. Sa contraction est évidente et palpable. Le Maghreb n'est pas loin de retomber au niveau de l'Ifrîqiya, après avoir connu une civilisation continue, de la mer Byzantine au pays du Soudan, et sur toute la longueur qui sépare le Sous Extrême de Barqa. Il n'est presque plus aujourd'hui que désert et vide, à l'exception du littoral et des collines voisines.

Dieu est l'héritier de la terre et de ceux qu'elle porte. Il est le meilleur des héritiers.

XV. LES PROPRIÉTÉS IMMOBILIÈRES ET LES FERMES DES CITADINS. LEUR UTILITÉ ET LEURS PRODUITS

Les habitants des villes et des cités n'amassent pas d'un seul coup et en une brève période un grand nombre de propriétés et de fermes. Personne ne peut devenir assez riche pour acquérir un nombre sans limite de propriétés, et cela, quel que soit le degré de prospérité qu'on peut atteindre. Une grande fortune foncière ne se constitue que progressivement ; ou bien on hérite des parents et des proches, et les propriétés d'un grand nombre de personnes passent à une seule qui se trouve ainsi à la tête d'une grosse fortune. Ou bien on profite de la fluctuation du marché. Au moment où un État finit et un autre commence, la milice disparaît. La ville n'est plus protégée, et elle est menacée de destruction. Les biens immeubles ne sont plus prisés, car l'état général de désorganisation les rend de peu de profit. Alors, leur valeur baisse, et on peut les acheter à vil prix. Ensuite, ils sont transmis par voie d'héritage à de nouveaux maîtres, alors que la ville, grâce à la consolidation du nouvel État, retrouve sa jeunesse et connaît d'excellentes conditions. Posséder des propriétés et des fermes procure de nouveau de grandes satisfactions, parce qu'elles redeviennent très utiles. Leur valeur monte et on leur donne plus d'importance qu'avant. C'est ce qu'on appelle une fluctuation des cours. Le propriétaire de biens fonciers devient un des hommes les plus riches de la ville. Mais ce n'est pas le résultat de ses propres efforts et de son gain, car il serait incapable, tout seul, d'arriver à une telle position.

Cependant, les revenus des immeubles et fermes ne suffisent pas aux besoins de leurs propriétaires. Ils ne peuvent servir à couvrir les dépenses de luxe. Le plus souvent, on ne les emploie que pour les besoins essentiels.

Le but que les gens recherchent par l'acquisition des immeubles et fermes, d'après ce qui nous a été affirmé par les anciens dans les villes, est d'assurer des moyens d'existence aux plus faibles de leurs descendants après leur mort. Les revenus de ces biens peuvent servir à les éduquer et à les élever tant qu'ils sont incapables de gagner leur vie. Quand ils deviennent capables de le faire, ils doivent s'y employer eux-mêmes. Souvent aussi, il y a dans la lignée des individus affectés d'une incapacité physique ou mentale qui les rend inaptes à assurer leur subsistance. Ils peuvent donc vivre sur ces biens. C'est là la raison pour laquelle les riches achètent des immeubles.

Le but recherché n'est pas de faire de l'argent et de vivre dans l'opulence. Cependant, cela se produit dans de très rares cas, par suite d'une fluctuation des cours et de l'achat d'un très grand nombre d'immeubles parmi les plus beaux et les plus prisés de la ville. Mais, quand cela arrive, le propriétaire ne manque pas d'attirer sur lui l'attention des princes et des gouverneurs. Généralement, ils lui prennent ses propriétés ou l'obligent à les leur vendre. Et il n'en retire que des dommages et des malheurs.

« Dieu est maître de Son ordre[A]. »

A. Coran, XII, 21.

XVI. LES RICHES CITADINS ONT BESOIN DE PRESTIGE[1] ET DE PROTECTION

Lorsque la fortune d'un citadin eſt immense, que ses immeubles et ses fermes sont nombreuses, et qu'il apparaît comme un des hommes les plus riches de la ville ; lorsqu'il se fait remarquer comme tel, qu'il étale sa richesse et son luxe, c'eſt comme un défi aux émirs et aux princes, qui étouffent de jalousie. Mus par l'agressivité propre à la nature humaine, ils ne pensent plus qu'à s'emparer de ses biens. Ils lui portent envie et cherchent par tous les moyens à les lui confisquer en faisant jouer contre lui un quelconque décret gouvernemental et en trouvant des raisons fallacieuses de le pénaliser. Les décrets gouvernementaux sont en général injuſtes, car la juſtice pure n'a exiſté que sous le califat légal, qui fut de courte durée. Le Prophète a dit : « Le califat, après moi, durera trente ans. Ensuite, on retournera au pouvoir tyrannique[2]. »

Un homme qui possède des biens et dont la richesse eſt notoirement connue dans sa cité doit trouver des défenseurs pour le protéger, et avoir l'appui de personnages de haut rang, parents ou amis du souverain, ou celui d'un clan puissant, respeсté du pouvoir. C'eſt pour lui un abri et une sécurité contre les injuſtices. Sinon, on le dépouillera, en usant de toutes sortes de manœuvres et de prétextes légaux.

« Dieu décide, et il n'y a point de réplique à Sa décision[A]. »

XVII. LA CIVILISATION DANS LES CITÉS VIENT DES ÉTATS. SON ENRACINEMENT EST À LA MESURE DE LA CONTINUITÉ ET DE L'ENRACINEMENT DES ÉTATS

En voici l'explication. La civilisation urbaine eſt un ensemble d'usages qui vont au-delà des conditions ſtriсtement nécessaires à la vie en société, cet écart variant de façon illimitée suivant le degré de richesse et l'importance numérique des nations. La civilisation urbaine apparaît

A. Coran, XIII, 41.

lorsque ces usages se diversifient, selon tous leurs genres et espèces, et donnent lieu aux arts qui leur correspondent. Chaque espèce d'usages requiert des gens habiles. Au fur et à mesure que les usages se diversifient, le nombre d'artisans augmente. Toute une génération en est imprégnée. Avec le temps, et après plusieurs imprégnations, les artisans maîtrisent leurs métiers et y deviennent habiles. Puis, au cours de longues périodes et avec la répétition des mêmes types d'expérience, les arts sont de plus en plus affermis et enracinés.

C'est surtout dans les capitales très peuplées et prospères que ce processus a lieu. Et ce sont les États qui en sont l'origine. En effet, l'État recueille les richesses des sujets et les distribue à son entourage et à ses hommes. Ceux-ci deviennent encore plus riches grâce à leur position. Ainsi, les richesses proviennent des sujets et sont dépensées au profit des membres de l'État, puis au profit des habitants de la ville qui sont en relation avec eux, c'est-à-dire au plus grand nombre. Ceux-ci s'enrichissent, leur fortune s'accroît de plus en plus. Les habitudes et les usages du luxe se répandent. Dans toutes les branches, les arts sont solidement établis. C'est cela la civilisation urbaine.

C'est pourquoi les villes des provinces lointaines, même bien peuplées, sont sous l'emprise de la civilisation rurale et restent éloignées à tout point de vue de la civilisation urbaine, contrairement à celles situées dans les régions qui sont la base de la dynastie régnante et le siège du gouvernement. C'est que le pouvoir est proche de celles-ci et que ses richesses se répandent sur elles. C'est comme l'eau : près d'elle, le sol est verdoyant, mais la sécheresse gagne au fur et à mesure qu'on s'en éloigne. Nous avons vu que le pouvoir et l'État sont comme le marché du monde. On trouve toutes sortes de marchandises dans un marché et alentour, tandis que, loin de lui, on ne découvre plus aucune marchandise. Si, en outre, une dynastie dure et que ses souverains se succèdent dans une même cité, la civilisation urbaine s'y établit solidement et s'y enracine de plus en plus.

Prenez l'exemple des Juifs, qui régnèrent sur la Syrie pendant près de mille quatre cents ans. Leur civilisation s'était solidement établie. Ils excellèrent dans tout ce qui concerne les moyens de subsistance et les divers arts qui s'y rapportent, en particulier dans les domaines de la nourriture, de l'habillement et de tout ce qui touche à la vie domestique. Aujourd'hui encore, on leur doit beaucoup en ces matières. La civilisation urbaine et ses usages se prolongèrent encore en Syrie pendant six siècles avec eux, puis avec les Romains qui leur succédèrent. Les Juifs atteignirent ainsi un très haut degré de civilisation.

Il en est de même des Égyptiens, dont le pouvoir dura trois mille ans. Les usages de la civilisation urbaine purent s'enraciner dans leur pays, l'Égypte. Les Égyptiens y furent relayés par les Grecs et les Romains, avant que l'islam ne vînt les remplacer tous. Ainsi, les usages de la civilisation s'y maintinrent de façon ininterrompue.

La civilisation urbaine fut également bien implantée au Yémen, parce que les Arabes y régnèrent sans interruption pendant des millénaires, depuis l'époque des Amalécites et des Tubba'. Puis, après eux, vinrent les Mudar. Il en fut de même en Irak, où se succédèrent sans interruption, au cours de plusieurs milliers d'années, les dynasties des Nabatéens, puis des Perses, avec les Chaldéens, les Kayyanides [Achéménides], les Sassanides, suivis par les Arabes. Jusqu'à nos jours, il n'y a jamais eu, sur la face de la terre, de peuples plus civilisés que les Syriens, les Iraquiens et les Égyptiens.

On trouve la même situation en Andalus, qui connut également une continuité de plusieurs millénaires, avec la grande dynastie des Goths, suivis par les Omeyyades. Ces deux dynasties furent également puissantes, ce qui explique la persistance et l'enracinement des usages de la civilisation dans ce pays.

Mais, en Ifrîqiya et au Maghreb, il n'y eut jamais, avant l'islam, d'empire puissant. Les Romains et les Francs[a], qui franchirent la mer et débarquèrent en Ifrîqiya, s'installèrent sur le littoral. Au-delà, la soumission des Berbères resta précaire, et les occupants étaient toujours prêts à partir. Aucun État ne s'établit dans le voisinage des habitants du Maghreb. De temps en temps, ceux-ci envoyaient une délégation outre-mer pour faire allégeance aux Goths. Quand Dieu apporta l'islam, et que les Arabes s'emparèrent de l'Ifrîqiya et du Maghreb, le règne des Arabes ne dura que peu de temps, au début de l'islam. Ils en étaient alors encore au stade de la civilisation rurale, et ceux d'entre eux qui s'installèrent en Ifrîqiya et au Maghreb n'y trouvèrent pas de tradition urbaine qu'ils eussent pu imiter, car les Berbères du Maghreb Extrême eurent tôt fait, sous la conduite de Maysara al-Mataghrî, de se révolter contre les Arabes, à l'époque de Hishâm Ibn ʻAbd al-Malik. Ils ne reconnurent plus l'autorité de ces derniers et retrouvèrent leur indépendance. S'il est vrai qu'ils firent allégeance à Idrîs, l'État formé par celui-ci n'était pas pour autant arabe. Il était pris en charge par les Berbères, et les Arabes y furent peu nombreux. L'Ifrîqiya, qui demeura sous l'autorité des Aghlabides et des Arabes qui étaient avec eux, connut un certain développement de la civilisation urbaine, résultat du faste et de la prospérité du pouvoir et de l'importante croissance de la ville de Kairouan. Les Kutâma et, après eux, les Sinhâja en héritèrent. Mais tout cela fut peu de chose et dura moins de quatre cents ans. Avec la disparition de ces dynasties, la civilisation urbaine, faiblement implantée, s'effaça. Les Arabes nomades hilâliens établirent leur domination sur le pays et le dévastèrent. Des traces, à peine visibles, de la civilisation urbaine ont survécu jusqu'à nos jours chez des familles qui descendent d'anciens habitants d'al-Qalʻa, de Kairouan et de Mahdiya. Dans la vie domestique et dans les usages de ces familles, on peut observer des vestiges de la civilisation urbaine, recouverts d'autres apports, mais que peut discerner un citadin averti. Il en est ainsi dans la plupart des villes d'Ifrîqiya. Mais ce n'est pas le cas au Maghreb, parce que, en Ifrîqiya, l'État a connu une plus grande continuité, depuis l'époque des Aghlabides, des chiites et des Sinhâja.

De son côté, le Maghreb a reçu de l'Andalus, depuis le temps des Almohades, des apports considérables de la civilisation urbaine. À cause de la domination des Almohades sur l'Andalus, les usages de la civilisation urbaine ont pu s'enraciner au Maghreb. De nombreux Andalous y furent transplantés de gré ou de force. Dans toute l'étendue de l'empire almohade, la civilisation urbaine a connu un certain épanouissement et enracinement, essentiellement dû aux Andalous. Plus tard, les habitants de l'est de l'Andalus, expulsés par les chrétiens, émigrèrent en Ifrîqiya. Ils maintinrent dans les villes ifrîqiyennes des traces de la civilisation urbaine, surtout à Tunis, où elles furent mêlées à la civilisation et aux coutumes égyptiennes, introduites par les voyageurs. Ainsi, le Maghreb et l'Ifrîqiya eurent part à la civilisation urbaine d'une façon non négligeable. Mais tout cela fut détruit et disparut. Les Berbères du Maghreb retournèrent à leur civilisation rurale et à leur rudesse. De toute façon, la civilisation urbaine a laissé plus de traces en Ifrîqiya qu'au Maghreb et dans ses villes, à cause d'une plus longue continuité des anciens États ifrîqiyens et de la proximité des usages ifrîqiyens avec ceux de l'Égypte, du fait de l'intense circulation entre les deux pays.

Voilà des causes profondes sur lesquelles il convient de réfléchir, car les gens ne les voient pas. Plusieurs choses sont en relation : le degré de force ou de faiblesse de l'État, l'importance numérique de la nation et des peuples, les dimensions de la ville et de la cité, l'abondance et l'aisance. En effet, l'État et le pouvoir sont la forme de l'humanité[1] et de la civilisation. À leur tour, l'humanité et la civilisation — avec les sujets, les cités et toutes les autres conditions de la vie en société — constituent la matière de l'État et du pouvoir. Les revenus des impôts retournent aux sujets, dont la richesse provient en général de leurs marchés et de leur commerce. Quand le souverain répand des dons et de l'argent sur ses sujets, ces biens circulent puis reviennent au souverain pour, de nouveau, être distribués aux sujets. Ils sont[b], à travers les impôts et la contribution foncière, retirés aux sujets, et ils leur sont retournés sous forme de dons. L'aisance des sujets est proportionnelle à la richesse de l'État. De même, la richesse de l'État dépend de la prospérité et du nombre des sujets. Tout repose donc, à la base, sur la civilisation et son abondance. Quiconque observe attentivement les États sous cet angle en conviendra.

« Dieu décide, et il n'y a point de réplique à Sa décision[A]. »

XVIII. LA CIVILISATION URBAINE EST LE BUT DE LA CIVILISATION EN GÉNÉRAL. ELLE EN CONSTITUE LE STADE FINAL ET MÈNE À SA CORRUPTION

Nous avons montré précédemment que le pouvoir et l'État sont le but de l'esprit de corps, que la civilisation urbaine est le but de la civilisation rurale, et que toute la civilisation, avec ses phases rurale et urbaine, ses rois et ses sujets, a une durée de vie clairement définie, exactement

A. Coran, XIII, 41.

comme tout individu de l'ensemble des êtres créés a une durée de vie clairement définie[1].

Il est établi, d'après la raison et la tradition, que l'âge de quarante ans marque le terme du développement et de l'accroissement des forces de l'homme. Lorsque l'homme atteint la quarantaine, la nature s'arrête un laps de temps, après la phase de développement et de croissance, pour commencer son déclin. Il en va de même de la civilisation urbaine dans le cours de la civilisation en général, dont elle constitue le stade ultime. En effet, lorsque les membres d'une société viennent à goûter au luxe et au bien-être, cela les entraîne sur les voies de la civilisation urbaine et les pousse à en prendre les usages. La civilisation urbaine, on l'a vu, consiste à adopter le luxe, avec toute sa diversité et son raffinement, et à s'adonner aux arts qui donnent de l'élégance aux différents aspects du luxe : cuisine, couture, architecture, fabrication de tapis, de vaisselle et d'autres objets d'usage domestique. Chacun de ces domaines exige de nombreux autres arts, inutiles dans la civilisation rurale et dans un mode de vie sans raffinement. Quand on est parvenu, dans les usages domestiques, à la limite du raffinement, on se laisse ensuite asservir par les désirs. À vivre ainsi, l'âme acquiert de multiples habitudes qui la font dévier du droit chemin, aussi bien dans les affaires religieuses que dans les affaires mondaines. Car, d'une part, au plan religieux, ces habitudes s'enracinent si fortement qu'il devient difficile de s'en défaire ; d'autre part, pour ce qui est des affaires de ce monde, elles créent des besoins si nombreux et exigent des dépenses si élevées qu'un revenu ordinaire ne peut y suffire.

Quand, dans une ville, la civilisation se diversifie, les habitants voient leurs dépenses augmenter considérablement. L'expansion de la civilisation urbaine elle-même dépend de l'importance de la population. Elle est d'autant plus parfaite que la population est plus nombreuse. Or, comme on l'a vu précédemment, une ville très peuplée se caractérise par la cherté des marchés et les prix élevés des produits correspondant aux besoins[2]. La cherté est accrue en raison des droits de douane élevés. En effet, la civilisation urbaine n'atteint sa perfection qu'au moment où l'État est le plus fort, c'est-à-dire à l'époque où il multiplie les taxes parce qu'il doit faire face à de grandes dépenses. Ces taxes entraînent une augmentation des prix de vente des marchandises, car les boutiquiers et les marchands tiennent compte dans leurs prix de toutes leurs dépenses, y compris leurs frais d'entretien personnel. Les taxes sont donc comprises dans la valeur et les prix des marchandises. Ainsi, les dépenses des citadins grossissent excessivement. Mais ils ne peuvent rien y faire, tant ils se sont laissé asservir par leurs habitudes. Ils dépensent tous leurs revenus et se retrouvent, les uns après les autres, dans la misère et la privation. C'est alors le règne de la pauvreté. Peu de gens se présentent pour acheter les marchandises, les affaires ne tournent plus, et la ville décline. Tout cela a pour cause l'excès de la civilisation urbaine et du luxe. Nous avons parlé de la corruption qui atteint la ville en général, au niveau de son commerce et de son expansion. Quant à celle qui affecte les habitants pris individuellement, elle est liée aux efforts et aux peines qu'ils supportent pour satisfaire les besoins de la vie citadine, aux qualités négatives qu'ils acquièrent pour y parvenir, ainsi qu'aux[a] maux que leur âme endure quand, après avoir satisfait ces besoins, ils doivent encore, sans cesse, se tourner vers d'autres perversions. On les voit donc s'abandonner à un excès d'immoralité, de méchanceté, de mensonge, et utiliser n'importe quel moyen pour gagner de quoi vivre. Ils concentrent leur esprit et leur réflexion sur cet objectif et y emploient toutes les ruses. Ils ne reculent devant aucun mensonge, ni jeu, ni tricherie, ni fraude, ni vol, ni parjure, ni usure. La multiplicité des désirs et des plaisirs engendrés par le luxe les rend plus experts dans toutes les formes[b] et les voies de l'immoralité. Ils en parlent ouvertement, en discutent sans aucune retenue, même en présence de leurs proches et de leurs femmes, alors qu'en pareille situation les mœurs bédouines exigent de la réserve et condamnent les obscénités. Ils sont habitués à la fraude et à la tromperie, ce qui leur permet de se défendre contre d'éventuelles contraintes et d'éviter de possibles châtiments pour leurs méfaits. Cela finit par devenir, chez la plupart d'entre eux, une habitude et un trait de caractère, à l'exception de ceux que Dieu a protégés.

Ainsi, la ville grouille de gens de basse condition, aux mœurs blâmables. On voit avec eux beaucoup de jeunes issus de la dynastie régnante, dont l'éducation a été négligée et qui se trouvent rejetés par leur milieu et adoptent[c] le caractère de leurs voisins et compagnons, en dépit de leur nom et de leur noble origine. Les hommes sont pareils. Ils ne se distinguent que par le caractère, les vertus qu'ils acquièrent et les vices qu'ils fuient. La naissance et la famille ne peuvent en rien aider celui qui, par une voie quelconque, a acquis des vices invétérés et perdu toute disposition au bien. On peut voir beaucoup de descendants de grandes et illustres familles, des rejetons de familles princières, tomber parmi le bas peuple et exercer des métiers vils pour gagner leur vie, parce que leur caractère est corrompu et qu'ils ont pris le pli du vice et de la bassesse. Quand, dans une ville ou une nation, des cas de ce genre se multiplient, c'est un signe que Dieu a permis leur ruine et leur destruction. C'est le sens de ces paroles de Dieu : « Quand Nous voulons faire périr une cité, Nous ordonnons aux riches, et ils se livrent à leur scélératesse. La parole contre cette cité se réalise, et Nous la détruisons entièrement[A]. »

Cela peut s'expliquer de la façon suivante : les revenus des habitants ne suffisent plus à leurs besoins, à cause du trop grand nombre d'habitudes de luxe et du désir de les satisfaire. Leurs affaires sont en désordre ; et lorsque la vie des individus, une par une, se corrompt, la ville se désorganise et se détruit.

C'est ainsi qu'il faut comprendre ces propos tenus par certains notables : quand on plante beaucoup d'orangers dans une ville, c'est le signe qu'elle va tomber en ruine. Aussi les gens du commun évitent-ils de planter des orangers dans leurs maisons[d], parce qu'ils en tirent un mauvais augure. Mais ce n'est pas là ce que signifient ces mots. Aucun mauvais augure n'est attaché à l'oranger. Cela signifie simplement que les jardins et l'adduction d'eau viennent avec la civilisation urbaine. L'oranger, le citronnier, le cyprès, et autres plantes du même genre dont les fruits ne sont pas comestibles et qui ne sont pas très utiles, correspondent à un stade ultime de la civilisation urbaine, puisqu'on ne les plante dans les jardins que pour l'ornementation et qu'on ne les voit que lorsque toutes les voies du luxe ont déjà été suivies. Comme on l'a vu, c'est à cette phase que la ville est menacée de destruction et de ruine. On en a dit autant du laurier-rose, et cela doit être interprété dans le même sens. On ne le plante que pour mettre

A. Coran, XVII, 16.

dans les jardins les couleurs de ses fleurs rouges et blanches, ce qui est un luxe.

Un autre aspect de la corruption de la civilisation urbaine, c'est de céder aux désirs et de les satisfaire sans retenue, par goût du luxe. On commence par varier les plaisirs de l'estomac, avec toutes sortes de mets délicats et de boissons délicieuses. On continue par la diversification des plaisirs sexuels, en goûtant à toute espèce de relations, de l'adultère à la pédérastie. Cela conduit à la corruption de l'espèce. La corruption peut se produire, indirectement, par la confusion des lignages qu'entraîne l'adultère. Le père ne peut plus reconnaître son fils, né d'un commerce illégitime, à cause du mélange des semences dans la matrice. Les sentiments naturels des parents pour leurs enfants et les soins qu'ils leur prodiguent se perdent. Les enfants périssent, et cela aboutit à l'extinction de l'espèce humaine. La destruction de l'espèce humaine peut aussi se produire directement, à cause de la pratique de l'homosexualité, qui a pour effet d'interrompre toute procréation. Ce cas est plus grave, car l'espèce ne peut plus exister, alors que l'adultère entraîne la destruction de ce qui a déjà une existence. La position de l'école de Mâlik au sujet de la pédérastie est donc plus pertinente que celle des autres écoles juridiques. Elle recèle aussi une meilleure compréhension des intentions de la Loi divine et de la prise en compte par celle-ci de l'intérêt général.

Tout cela doit être bien compris. On voit par là que le but de la civilisation en général est la civilisation urbaine et le luxe. Lorsque la civilisation atteint ce but, elle se corrompt et décline, comme cela se produit naturellement dans la vie des êtres vivants. Bien plus, on peut dire que le caractère qui résulte de la civilisation urbaine et du luxe est la corruption même. L'homme n'est homme que par sa capacité à se procurer ce qui est utile et à repousser ce qui est nuisible, et par l'effort de conformer son caractère à cette fin. Or, un citadin n'est pas capable de s'occuper lui-même de ses affaires, soit par impuissance, à cause de sa vie tranquille ; soit par orgueil, du fait qu'il a été élevé dans le bien-être et le luxe. Les deux attitudes sont blâmables. Il ne peut pas non plus repousser ce qui est nuisible, parce qu'il a perdu la vertu du courage, sous l'influence du luxe où il a grandi et de l'asservissement de l'éducation et de l'instruction. Aussi est-il dépendant de la milice chargée de le défendre. De plus, il est généralement corrompu dans sa foi. Car, comme nous l'avons vu, il est asservi par les habitudes de luxe, qui ont laissé dans son âme des marques indélébiles. Il n'y a que peu d'exceptions. Et, quand la capacité d'un homme, son caractère et sa foi sont altérés, c'est l'homme qui est atteint et, en vérité, il se transforme en bête.

C'est pourquoi, dans l'armée du sultan, les troupes qui sont restées plus près de la civilisation rurale et de la rudesse valent mieux que celles qui ont grandi dans la civilisation urbaine et en ont adopté les mœurs. Cela se remarque dans tous les États.

Il est donc[f] évident que la civilisation urbaine constitue le stade où s'arrête la vie du monde, aussi bien la civilisation [en général] que les États.

« Dieu est l'Unique, l'Irrésistible[A]. »

XIX. LES CITÉS QUI SERVENT DE CAPITALES AUX ÉTATS SUIVENT CEUX-CI DANS LEUR RUINE ET LEUR CHUTE[a]

L'étude de la civilisation nous a montré que, lorsqu'un État se désintègre et s'écroule, la civilisation de la cité qui lui a servi de capitale est entraînée dans sa chute et finit souvent par tomber en ruine. Cela se produit presque sans délai. Il y a à ce fait plusieurs raisons :

1. À ses débuts, tout État reste nécessairement attaché à la civilisation rurale, qui implique le respect des biens d'autrui et l'éloignement de tout esprit manœuvrier. De ce fait, les impôts et les taxes, qui sont comme la substance de l'État, sont légers. Il s'ensuit que les dépenses sont faibles, et le luxe limité. Lorsque l'ancienne capitale passe au nouvel État, peu porté au luxe, ses habitants se restreignent également, car les sujets suivent leurs rois. Ils se conforment donc aux mœurs de l'État, soit de bon gré, parce qu'il est dans la nature des hommes de suivre leurs maîtres, soit forcés et contraints, car le caractère du nouvel État exige de s'abstenir du luxe en toutes circonstances et laisse peu de place au profit, qui nourrit les habitudes du luxe. La civilisation de la cité se réduit, et bien des usages

A. Coran, XII, 39.

du luxe se perdent. C'est ce que j'entends par la ruine de la cité.

2. Un État n'obtient le pouvoir et la domination qu'en imposant sa suprématie. Qui dit suprématie dit hostilité et guerres. De son côté, l'hostilité implique une incompatibilité entre les deux États[1], dont l'un reproche à l'autre son train de vie et son luxe. La victoire de l'un entraîne la disparition de l'autre. Les usages de l'ancien État, et surtout son luxe, sont dès lors honnis et décriés par le nouvel État. Ainsi désapprouvés, ils disparaissent et sont progressivement remplacés par de nouvelles habitudes de luxe, qui apportent un nouvel essor de la civilisation à la cité. Mais, dans l'intervalle, la civilisation urbaine connaît une période d'appauvrissement et de déclin. C'est ce que j'appelle la désintégration de la civilisation de la cité.

3. Toute nation a un territoire où elle s'est formée et a fondé son pouvoir. Quand elle entre en possession d'un autre territoire, celui-ci vient après le premier et ses villes sont ravalées à un rang inférieur à l'intérieur du nouvel État. Le siège du gouvernement doit être situé au milieu des provinces qui forment l'empire, parce qu'il est comme le centre de l'ensemble. La nouvelle capitale se trouve ainsi éloignée de l'ancienne, et tous les cœurs sont attirés vers elle, parce qu'elle est le siège de l'État et du pouvoir. La population se déplace vers elle, et l'ancien siège du gouvernement se vide lentement. Or, la prospérité de la civilisation urbaine dépend de l'importance de la population, comme on l'a vu. L'ancien siège du pouvoir voit ainsi décroître sa prospérité et son expansion. C'est ce que nous entendons par désintégration.

C'est ce qui s'est passé avec les Saljûqides lorsqu'ils transférèrent le siège du pouvoir de Bagdad à Isfahân ; avec les Arabes, avant eux, lorsqu'ils renoncèrent à al-Madâ'in pour Koufa et Basra ; avec les 'Abbâssides, lorsqu'ils délaissèrent Damas pour Bagdad ; avec les Mérinides du Maghreb, lorsqu'ils abandonnèrent Marrakech pour Fès. En général, quand un État choisit une nouvelle ville comme siège du gouvernement, cela entraîne la désintégration de l'ancienne capitale.

4. Après sa victoire, le nouvel État doit surveiller sans relâche les membres et les partisans de l'ancien État et les transférer dans une région d'où ils ne pourront pas l'attaquer. La plupart des habitants de la capitale, membres de

la milice installée dans les débuts d'un État ou notables de la ville, sont du parti du pouvoir en place. Quelles que soient leurs classes ou leurs catégories, ils ont des liens avec l'État. Bien plus, la plupart d'entre eux ont grandi dans son ombre. Ils en sont donc les partisans. S'ils n'ont pas avec lui des liens de pouvoir et d'esprit de corps, du moins lui sont-ils attachés par des sentiments d'affection, d'amour et de foi. Or, il est dans la nature de tout nouveau pouvoir d'effacer toute trace de son prédécesseur. Aussi transfère-t-il la population de l'ancienne capitale vers son propre territoire, qu'il contrôle bien. Les uns y sont envoyés comme des exilés ou des prisonniers, les autres comme des hôtes honorés et bien traités, afin de ne pas les pousser à l'hostilité. Finalement, il ne reste plus, dans l'ancienne capitale, que des marchands, des agriculteurs errants, des vagabonds et la masse du bas peuple. Les anciens habitants sont remplacés par la milice et les partisans du nouvel État. Mais, avec le départ de ses différentes catégories de notables, la ville se dépeuple. Autrement dit, sa civilisation se désintègre.

Ensuite, un nouvel essor de la civilisation doit se produire dans la ville, à l'ombre du nouvel État, et une nouvelle culture urbaine s'y épanouit à proportion de l'importance de celui-ci. C'est comme quelqu'un qui entre en possession d'une maison délabrée ; la distribution des pièces et les commodités ne lui conviennent pas pour une large part. En même temps, il a la capacité d'en modifier le plan et de la reconstruire conformément à ses souhaits et à ses vues. Il va donc la démolir pour la reconstruire à neuf. C'est arrivé à bien des cités qui étaient autrefois le siège du pouvoir. Nous l'avons personnellement vu et constaté. « C'est Dieu qui mesure la nuit et le jour[A]. »

La cause naturelle et première de tout cela, en général, c'est que l'État et le pouvoir sont à la civilisation ce que la forme est à la matière, c'est-à-dire la figure extérieure qui, par ses qualités spécifiques, en préserve l'existence. Il est établi dans les sciences philosophiques que l'une ne peut être séparée de l'autre. Un État sans civilisation ne peut se concevoir, et une civilisation sans État et sans pouvoir est impossible. Car il est dans la nature des hommes de coopérer, ce qui implique qu'ils ont besoin d'un modéra-

A. Coran, LXXIII, 20.

teur. Il s'ensuit qu'un gouvernement basé sur la loi religieuse ou le pouvoir temporel est nécessaire. C'est là la signification de l'État[2]. Si ces deux entités sont donc inséparables, la désintégration de l'une entraîne la désintégration de l'autre, tout comme la non-existence de l'une influe sur la non-existence de l'autre.

La forme la plus grave de désintégration est celle qui suit l'effondrement d'un État universel, comme on l'a vu, par exemple, avec les États des Perses et des Byzantins, des Arabes en général, ou encore des Omeyyades et des 'Abbâssides. Des règnes individuels, comme ceux d'Anûsharwân, d'Héraclius, de 'Abd al-Malik Ibn Marwân ou d'ar-Rashîd ne peuvent pas avoir un effet de désintégration important. Les souverains se succèdent dans la même civilisation, en en préservant l'existence et la pérennité, et ils se ressemblent beaucoup les uns les autres. L'État au sens véritable, en tant qu'il a une action sur la matière de la civilisation, est le résultat de l'esprit de corps et de la puissance, qui persistent avec les règnes individuels. Mais, quand l'esprit de corps d'un État disparaît et qu'il est remplacé par un autre, qui exerce une influence sur la civilisation, tous les partisans de l'ancien pouvoir sont éliminés, et cela provoque une grave désintégration, comme il a été établi.

Dieu a le pouvoir de faire ce qu'Il veut. « S'Il voulait, Il vous ferait disparaître et opérerait une nouvelle création. Pour Dieu, cela ne serait pas bien ardu[A]. »

XX. LES CITÉS NE PRATIQUENT PAS TOUTES LES MÊMES ARTS

En effet, il est évident que les activités des habitants d'une ville sont interdépendantes[1], car la coopération est dans la nature de la civilisation. Chacune des activités qui sont l'objet d'une demande est prise en charge par une partie des habitants, qui l'organisent, y deviennent habiles, en font leur spécialité, en tirent leur subsistance et leur revenu, car celles-ci correspondent à une préoccupation et à un besoin général de la cité. Au contraire, les activités qui ne sont l'objet d'aucune demande dans la cité sont négligées, car il n'y a pas de profit à les exercer.

A. Coran, XIV, 19-20.

Les activités qui correspondent à des besoins de première nécessité, comme celles du tailleur, du forgeron et du menuisier, se rencontrent dans toutes les villes. Mais celles qui sont requises par les habitudes et la vie du luxe ne se voient que dans les très grandes cités, là où les usages du luxe et de la civilisation urbaine sont bien développés. Ce sont par exemple celles des verriers, des orfèvres, des parfumeurs, des cuisiniers, des chaudronniers, des vendeurs de beignets, des traiteurs, des fabricants de brocart, etc. Toutes ces activités ne sont pas d'égale valeur. Avec le développement des usages de la civilisation urbaine et l'augmentation de la demande du luxe, on crée de nouveaux arts. Ceux-ci existent donc dans certaines cités, mais non dans d'autres. C'est le cas des bains. En effet, on n'en trouve que dans les très grandes villes de haute civilisation, là où le luxe et l'opulence engendrent le goût des plaisirs raffinés. On n'en rencontre donc pas dans les cités de taille moyenne. Parfois tels princes ou hauts personnages s'en font construire et les mettent en service, mais ils ne tardent pas, faute de répondre à une demande générale, à être désertés et à tomber en ruine. Et ceux qui s'en occupent les abandonnent, parce que le profit et les revenus qu'ils en tirent sont faibles.

« Dieu resserre ou déploie[A]. »

XXI. L'ESPRIT DE CORPS ET LES RAPPORTS DE DOMINATION DANS LES VILLES

Il est évident qu'il est dans la nature des hommes de s'unir et d'entretenir des liens, même s'ils ne sont pas de même sang. Mais ces liens, on l'a vu, sont moins forts que ceux du sang, et l'esprit de corps qui en résulte est inférieur à celui qui provient des liens du sang. Les habitants des villes sont souvent unis par des intermariages. Ils s'attirent mutuellement et finissent par se répartir en groupes de parenté distincts. Ils nourrissent les mêmes sentiments d'hostilité ou d'amitié que ceux qui existent entre les tribus ou entre les familles, et se divisent en partis et clans.

Quand un État est sur le déclin et qu'il a perdu le contrôle de ses provinces lointaines, les habitants des villes

A. Coran, II, 245.

doivent prendre en charge leurs propres affaires et assurer leur propre défense. Ils s'en remettent à un conseil et distinguent entre l'élite et le bas peuple[1]. Or, les hommes aspirent, par nature, à dominer et à commander. Les anciens veulent profiter du champ libre laissé par l'absence d'un gouvernement et d'un État puissant pour s'arroger tout le pouvoir. Chacun veut l'emporter sur les autres. Ils cherchent à s'entourer de partisans, clients, adeptes ou alliés, et distribuent de l'argent aux domestiques et au bas peuple. Chacun forme un clan avec ses amis, et celui qui finit par l'emporter se retourne alors contre ses rivaux pour les faire trébucher et les tuer ou les exiler. Après avoir fait courber l'échine à ses compétiteurs, il devient le seul maître de la ville et prétend qu'il a fondé un nouveau pouvoir qu'il peut transmettre à ses descendants. Ce pouvoir connaîtra à une échelle réduite les mêmes symptômes de jeunesse et de vieillissement que les grands États.

Parfois, certains de ces petits potentats prétendent imiter les grands souverains qui règnent sur des tribus, des familles et des clans puissants, s'engagent dans des conquêtes et des guerres, sont maîtres de vastes régions et provinces. Ils s'assoient sur un trône, s'entourent de la pompe royale, parcourent le pays en grand cortège, adoptent un sceau, se font appeler « Sire ». Ils se rendent ainsi ridicules aux yeux de ceux qui observent leur état, car ils se donnent les insignes d'un pouvoir auquel ils n'ont pas droit. En effet, ils n'ont fait que profiter de la faiblesse de l'État et de la réunion autour d'eux de quelques proches parents avec lesquels ils ont pu former un esprit de corps. Quelques-uns, cependant, évitent ce genre de comportement et se conduisent simplement, pour ne pas tomber dans le ridicule et la frivolité.

Il s'est produit de nos jours des cas semblables sous les derniers Hafsides d'Ifrîqiya, dans les villes du Djérid, telles que Tripoli, Gabès, Tozeur, Gafsa, Biskra, et dans le Zâb. Devant le relâchement de l'autorité de l'État depuis plusieurs décennies, les habitants se rendirent maîtres de leurs cités et prirent en main le contrôle de la justice et des impôts. Ils affectèrent une obéissance convenue et une peu sincère allégeance à l'État, et se montrèrent polis, respectueux et dociles. Mais c'était de pure forme. Ils transmirent ensuite leur position à leurs descendants, qui vivent de nos jours. On a vu naître chez ceux-ci le même type de comportement, sévère et tyrannique, que l'on remarque chez les enfants et successeurs des rois. Ils se prennent pour de grands princes, alors qu'ils sont encore tout près de leur origine populaire.

Il y eut le même phénomène à la fin des Sinhâja. Les habitants du Djérid prirent le contrôle de leurs villes et rejetèrent l'autorité de l'État. Ce fut le chef et souverain des Almohades, ʻAbd al-Mûmin Ibn ʻAlî, qui leur reprit finalement le pouvoir, les déporta au Maghreb et effaça toute trace de leur domination dans cette région, comme nous le mentionnerons dans l'histoire de ce souverain.

Il arriva également la même chose à Ceuta, à la fin de l'État des Mûminides.

En général, ceux qui parviennent à imposer leur autorité sont des hommes forts, appartenant aux grandes familles, où se recrutent les anciens et les chefs de la cité. Parfois, ce sont des individus inférieurs, issus du bas peuple, qui arrivent à dominer, quand se forme autour d'eux un esprit de corps et une certaine union grâce à l'appui de la populace, pour des raisons voulues par le destin. Ils dominent alors les anciens et l'élite, quand ceux-ci sont privés d'esprit de corps.

« Dieu a le pouvoir d'exécuter Ses décrets[A]. »

XXII. LES LANGUES DES HABITANTS DES VILLES

Les langues des habitants des villes sont celles des nations ou des peuples auxquels ces villes sont soumises ou qui les ont fondées. Ainsi, aujourd'hui, dans toutes les villes islamiques d'Orient et d'Occident, on parle l'arabe, quoique la langue arabe mudarite ne soit plus maîtrisée et que ses flexions aient changé. Cela est dû au fait que l'État musulman a soumis les autres nations. La religion est à l'existence et au pouvoir ce que la forme est à la matière[1]. La forme est antérieure à la matière. Or, la religion découle de la loi religieuse, laquelle est en langue arabe, parce que le Prophète était un Arabe. Ainsi, dans toutes les provinces de l'État islamique, il a été nécessaire d'abandonner l'usage de toute autre langue que l'arabe.

A. Coran, XII, 21.

On peut citer à cet égard l'interdiction par ʿUmar de parler l'idiome des non-Arabes. Il disait que c'était là ruse et tromperie. Comme la religion s'était détournée des langues non arabes, que la langue des dirigeants de l'État islamique était l'arabe, toutes les autres langues furent délaissées dans toutes les provinces musulmanes. Car les gens suivent leur souverain et adoptent sa religion. L'usage de la langue arabe devint un symbole de l'islam et de la soumission aux Arabes. Les autres nations évitèrent d'utiliser leurs langues dans toutes les villes et provinces, adoptèrent l'arabe comme leur langue propre. L'arabe devint la langue des villes et des cités, et les langues non arabes furent regardées comme intruses et étrangères. Mais, au contact de celles-ci, la langue arabe s'altéra : certaines de ses règles furent corrompues et les terminaisons des mots furent modifiées, avec, toutefois, le maintien du lexique originel. Cette langue fut appelée dans toutes les villes de l'islam la langue « citadine ».

D'autre part, la plupart des habitants des villes musulmanes actuelles sont des descendants des Arabes qui avaient été autrefois les maîtres de ces villes et avaient péri dans leur luxe. Ils étaient plus nombreux que les anciens habitants non arabes, dont ils avaient hérité la terre et les demeures. Or, les langues se transmettent. La langue des descendants des Arabes est donc restée proche de celle de leurs ancêtres, quoique ses règles aient été peu à peu corrompues au contact des non-Arabes. Elle est dite « citadine », par référence aux habitants des villes et par opposition à la langue des Arabes bédouins, plus enracinée dans l'arabité.

Quand[a] les non-Arabes, avec les Daylam et, après eux, les Saljûqides en Orient, les Zénètes et les Berbères en Occident, eurent pris le pouvoir et furent devenus les maîtres de toutes les provinces de l'islam, la langue arabe se corrompit. Elle aurait disparu, n'eût été le soin dont les musulmans entourent le Coran et la Sunna, grâce auxquels la religion est préservée. C'est ce qui permit à la langue « citadine » de rester arabe. Mais, avec l'arrivée au pouvoir en Orient des Tatars et des Mongols qui n'étaient pas musulmans, cet argument disparut, et la langue arabe se perdit tout à fait. Il n'en reste plus trace dans les provinces musulmanes de l'Irak, du Khurâsân et du Fars, ni sur les terres de l'Inde, du Sind et de la Transoxiane, ni dans les pays du Nord et le Bilâd ar-Rûm. Les modèles[2] de la langue arabe en poésie et dans les textes en prose disparurent, hormis le peu qu'on en enseigne de façon technique au moyen des règles tirées des sciences des Arabes et à travers l'apprentissage de leurs textes. Et ce peu est réservé à quelques personnes que Dieu a orientées sur cette voie. La langue arabe « citadine » s'est maintenue en Égypte, en Syrie, en Andalus et au Maghreb, parce que là l'islam s'est maintenu et la requiert. Elle a donc été quelque peu préservée. Mais dans les provinces d'Irak et au-delà, il n'en reste plus trace. Les ouvrages scientifiques s'écrivent dans les langues non arabes, et celles-ci s'enseignent dans les écoles.

« C'est Dieu qui mesure la nuit et le jour[A]. »

A. Coran, LXXIII, 20.

Cinquième partie du livre I

MOYENS D'EXISTENCE, ACQUISITIONS, MÉTIERS ET QUESTIONS CONNEXES

I. SIGNIFICATION DE L'ATTRIBUTION (« RIZQ ») ET DE L'ACQUISITION (« KASB »). L'ACQUISITION EST LA VALEUR DU TRAVAIL HUMAIN

Dans toutes les circonstances et à toutes les époques de sa vie, de l'étape de la croissance à celles de la maturité et de la vieillesse, l'homme est par nature dans la nécessité de se nourrir et de constituer des provisions. « Dieu est riche, mais vous êtes pauvres[A]. » Dieu a créé tout ce qui est au monde pour l'homme et lui en a fait don, comme Il l'a dit dans maints versets de Son Livre : « Il a créé pour vous tout ce qui est au ciel et sur la terre. » « Il vous[a] a soumis le soleil et la lune. » « Il vous a soumis la mer. » « Il vous a soumis le firmament. » « Il vous a soumis les animaux[B]. » On trouve bien d'autres passages du même genre dans le Coran. L'homme étend son pouvoir sur le monde et tout ce qui s'y trouve, car Dieu a fait de lui Son vicaire sur la terre. Les hommes exercent leurs pouvoirs partout, et ils participent tous de ce vicariat[1].

Ce dont s'empare l'un n'est plus accessible aux autres, à moins que ce soit dans le cadre d'un échange. Quand un homme devient autonome, après être sorti du stade de la faiblesse, il cherche à acquérir des biens. Il peut ainsi, grâce à ceux que Dieu lui accorde, satisfaire ses propres besoins en procédant à des échanges. Dieu a dit : « Recherchez auprès de Dieu votre attribution[C]. »

L'homme peut obtenir cela sans effort, par exemple par l'effet de la pluie, qui fait pousser les plantes. Mais ce n'est

A. Coran, XLVII, 38. ◆ B. Coran, XIV, 32-33 ; XII, 2 ; XVI, 2 ; XXII, 65 ; XXIX, 61 ; XXXI, 20 ; XXXV, 13 ; XXXIX, 5 ; XLV, 12, etc. ◆ C. Coran, XXIX, 17.

là qu'un facteur de facilitation. L'effort de l'homme reste indispensable, comme nous allons le voir.

Les acquisitions[2] sont dites « moyens d'existence » quand elles correspondent strictement à des besoins de première nécessité ; lorsqu'elles excèdent ceux-ci, elles constituent des « richesses » et des « biens accumulés[3] ». Quand ce qui est obtenu ou acquis profite à un homme qui le dépense pour lui-même et pour la satisfaction de ses besoins, cela s'appelle « attribution[4] ». Le Prophète a dit : « De tes biens, tu n'as que ce que tu manges et détruis, ce que tu portes et uses, ce que tu offres en aumônes et débourses[5]. » Quand cela ne profite en rien à celui qui le possède, cela ne peut pas être appelé « attribution ».

Les biens possédés qui sont obtenus par l'effort et la capacité de l'individu sont appelés « acquisitions ». Par exemple, la succession d'un défunt est une « acquisition » par rapport au défunt. Elle ne peut être appelée « attribution », parce que le défunt n'en a pas tiré profit. Par rapport aux héritiers, elle est appelée « attribution » pour autant qu'ils en profitent.

C'est le véritable sens du mot « attribution » chez les sunnites. Pour les mutazilites, on ne peut dire d'un bien qu'il est une « attribution » que s'il est acquis licitement. S'il ne l'est pas, il ne peut pas s'appeler « attribution ». Ils excluent de cette catégorie tout bien spolié ou illicite. Cependant, Dieu attribue des biens au spoliateur et à l'oppresseur, au croyant et à l'infidèle. Il accorde Sa miséricorde et Sa lumière à qui Il veut. Les mutazilites apportent des arguments à l'appui de leur thèse. Mais ce n'est pas le lieu d'en discuter en détail.

Maintenant, il faut savoir que l'acquisition ne peut être que le résultat de l'effort et de l'intention. L'effort et le travail sont indispensables pour l'obtention d'une « attribution », ne fût-ce que pour s'en saisir, ou la quérir selon les voies appropriées. Dieu a dit : « Demandez auprès de Dieu votre "attribution[A]". » L'effort est suscité et inspiré par Dieu, car tout vient de Lui. Toute acquisition et tout bien accumulé requièrent nécessairement du travail humain. Quand [la source de l'acquisition] est le travail lui-même, comme dans les arts, cela est évident. Quand cela provient des animaux, des plantes ou des minéraux, il y faut tout de

A. Coran, XXIX, 17.

même du travail humain, comme on sait. Autrement, on n'obtient rien, et on ne réalise aucun profit.

Dieu a créé deux minéraux, l'or et l'argent, pour servir comme mesure de la valeur des biens accumulés. C'est avec ces deux métaux que les hommes, partout dans le monde, constituent en général leurs trésors et leurs possessions[6]. Même si, en certaines circonstances, on acquiert d'autres biens, c'est uniquement en vue de l'or et de l'argent. Car, excepté l'or et l'argent, tout est soumis aux fluctuations du marché. Ils sont donc la base des acquisitions, des possessions et des trésors.

Cela dit, les biens qu'on acquiert sont de deux sortes.

Ou bien ils proviennent de l'exercice d'un métier ; ce qui constitue dans ce cas l'avantage de la chose acquise, c'est la valeur du travail. C'est cette valeur qui est recherchée à travers l'acquisition, car il n'y a là que le travail, qui n'est pas recherché pour lui-même. Dans certains métiers, il n'y a pas que le travail qui entre en ligne de compte : ainsi dans la menuiserie et le tissage, il y a le bois et le fil. Mais le travail y est plus important, et il a, par conséquent, plus de valeur.

Ou bien ces acquisitions ne proviennent pas de l'exercice d'un métier, mais il entre nécessairement dans la chose acquise la valeur du travail qui a servi à l'obtenir. Sans travail, il n'y aurait pas d'acquisition.

Dans la plupart des cas, la part du travail est évidente, et on lui attribue une certaine proportion de la valeur, grande ou petite. Mais il peut arriver qu'elle ne soit pas visible comme, par exemple, dans les prix des aliments de base. Le travail et les dépenses pour la bonification du sol sont pris en compte et visibles dans les prix des grains, comme on l'a vu[7]. Mais, dans les pays où l'agriculture n'exige que peu de soin et de frais, la part du travail reste invisible, et seulement peu d'agriculteurs s'en rendent compte.

On a donc clairement montré que les gains et les acquisitions[8] sont, en totalité ou en partie, constitués par la valeur du travail humain. On a également établi que par « attribution » il faut entendre un bien effectivement utilisé. Ainsi, le sens des deux mots a été éclairci et leur emploi expliqué.

Quand, en raison du déclin de la civilisation, la main-d'œuvre est inexistante ou rare, cela signifie qu'on ne fait plus d'acquisitions. Voyez les cités qui ont peu d'habitants ; les « attributions » et les acquisitions y diminuent ou disparaissent, parce que le travail y est rare. À l'inverse, dans les villes où le travail est plus abondant, les habitants sont plus aisés et plus riches, comme on l'a déjà remarqué[9].

C'est pourquoi les gens disent, lorsque la civilisation d'un pays commence à décliner, que son "attribution" a disparu. Même les sources et les rivières cessent de couler dans un pays désert. Car, pour faire jaillir une source, il faut creuser un trou et en tirer l'eau, ce qui exige du travail humain. C'est la même chose avec les pis des animaux. De même que l'eau d'une source descend dans le sol et y disparaît si on ne creuse pas et si on ne tire pas l'eau, de même les pis des animaux tarissent lorsqu'on cesse de les traire. On constate la même chose dans certains pays où on trouve des sources abondantes à l'époque de l'expansion de leur civilisation : dès qu'ils sont ruinés, toutes ces sources disparaissent comme si elles n'avaient jamais existé.

« C'est Dieu qui mesure la nuit et le jour[A]. »

II. LES DIFFÉRENTES SORTES ET CATÉGORIES DE MOYENS D'EXISTENCE

Qui dit moyens d'existence dit recherche d'une « attribution » et efforts pour l'obtenir. Le mot arabe *ma'âsh*, « moyens d'existence », de la racine *'aysh*, « existence », est construit sur la forme *maf'al*[1]. On veut dire par là que puisque l'existence ou la vie ne peut se réaliser que par ces moyens, on en a fait le « lieu de l'existence », par un effet d'exagération.

Une « attribution[2] » s'obtient ou s'acquiert de plusieurs façons :

— en la prélevant sur autrui en vertu d'un pouvoir qu'on détient à cet effet, suivant des règles reconnues. C'est ce qu'on appelle les impôts et les taxes ;

— en la tirant des animaux sauvages qu'on tue à la chasse ou à la pêche ;

— en la tirant des animaux domestiques dont on exploite les produits utiles aux hommes, comme le lait du troupeau, la soie du ver à soie, le miel des abeilles ;

— en la tirant des plantes, céréales ou arbres fruitiers, qu'on cultive en vue d'en cueillir les fruits ; c'est ce qu'on appelle l'agriculture ;

A. Coran, LXXIII, 20.

— en la tirant du travail humain. Celui-ci peut porter sur des objets déterminés. C'est ce qu'on appelle les arts. Par exemple, la calligraphie, la menuiserie, la couture, le tissage, l'élevage et le dressage des chevaux, etc. Ou bien il porte sur des objets non déterminés. Ce sont toutes les autres professions et activités ;

— enfin, l'acquisition[3] peut provenir de l'échange des marchandises, qu'on transporte d'un pays à l'autre ou qu'on stocke en vue des fluctuations du marché. C'est ce qu'on appelle le commerce.

Ce sont là les différents moyens d'existence. Des hommes de lettres et des philosophes rigoureux, comme al-Harîrî, ou d'autres, ont dit dans le même sens : « Les moyens d'existence proviennent de l'exercice du gouvernement[4], du commerce, de l'agriculture ou des arts. » L'exercice du gouvernement n'est pas un moyen d'existence naturel. Il n'est donc pas besoin d'en parler ici. Nous avons d'ailleurs déjà donné quelques indications, dans la deuxième partie, sur les impôts et ceux qui s'en occupent[5]. Quant à l'agriculture, aux arts et au commerce, ce sont des moyens d'existence naturels.

L'agriculture, de par son essence, est antérieure à tous les autres moyens d'existence, car elle est simple, naturelle, proche du caractère inné de l'homme et n'a besoin ni de réflexion théorique ni de science. C'est pourquoi on la fait remonter à Adam, le père de l'humanité[6]. On dit que c'est lui qui l'enseigna aux hommes et la pratiqua pour la première fois, ce qui signifie qu'elle est le moyen d'existence le plus ancien et le plus étroitement lié à la nature.

Les arts sont seconds par rapport à l'agriculture et viennent après elle, parce qu'ils sont complexes et scientifiques. Ils requièrent réflexion et spéculation. On ne les trouve donc que chez les gens qui appartiennent à la civilisation urbaine, laquelle est postérieure et seconde par rapport à la civilisation rurale. C'est ce qui fait qu'on les rattache à Idrîs, le second père de l'humanité. On dit que, guidé par l'inspiration divine, il les a inventés pour les hommes qui ont vécu après lui[7].

Le commerce est également un moyen naturel d'acquisition. Cependant, la plupart de ses méthodes et procédés consistent en stratagèmes destinés à obtenir une marge bénéficiaire entre les prix d'achat et de vente. La différence entre les deux représente le gain. L'usage de la ruse y est donc permis par la loi, dans la mesure où il relève, d'une certaine façon, du jeu de hasard. Toutefois, il ne revient pas à s'emparer du bien d'autrui sans rien donner en retour. C'est pourquoi il est légal. Dieu est plus savant.

III. LE SERVICE [D'AUTRUI] N'EST PAS UN MOYEN D'EXISTENCE NATUREL

Pour ce qui est du souverain, il lui faut avoir des serviteurs dans tous les domaines d'exercice du gouvernement et du pouvoir : soldats, gardes, secrétaires, etc. Pour chaque domaine, il choisit des hommes dont il apprécie la compétence et leur paie des pensions sur le Trésor. Tout cela est du ressort du gouvernement et des moyens d'existence qui lui sont rattachés. En effet, le gouvernement englobe tous ces hommes, et le pouvoir suprême est la source commune à laquelle ils se rattachent tous.

Au niveau situé au-dessous de celui du souverain, la raison du service est que la plupart des gens riches sont trop fiers pour s'occuper eux-mêmes de leurs affaires, ou incapables de le faire, parce qu'ils ont été élevés dans les plaisirs et le luxe. Ils emploient donc des gens et leur paient un salaire. Cette attitude n'est pas honorable du point de vue de la virilité naturelle, car compter sur autrui est une faiblesse. C'est en outre une source de charges et de dépenses supplémentaires, et un signe d'incapacité et de féminité qu'une conduite virile devrait éviter. Mais les habitudes[a] changent les caractères des hommes dans le sens de ce qui leur est familier. L'homme, plutôt que le fils de ses pères, est celui de ses habitudes.

De plus, un serviteur capable et digne de confiance est introuvable. Car on ne sort pas de quatre cas possibles : un serviteur est ou bien capable d'accomplir ce qu'on lui demande, et digne de la confiance placée en lui ; ou bien il n'est ni l'un ni l'autre ; ou bien il est capable sans être honnête ; ou bien il est honnête sans être capable.

Un homme capable et honnête ne peut être employé par personne. Étant donné ses qualités, il n'a pas besoin des gens de rang inférieur et n'a que du mépris pour le salaire qu'on pourrait lui offrir comme prix de ses services, puisqu'il peut obtenir beaucoup plus. Seuls des princes de haut rang[1] peuvent le prendre à leur service, car tout le monde a besoin de la protection des grands.

Un serviteur qui n'est ni capable ni honnête ne saurait être accepté par une personne intelligente, car il est doublement nuisible : à cause de son incompétence, il fera subir des pertes à son maître ; et il le volera à cause de sa malhonnêteté. De toute façon, il est une calamité.

Personne ne voudrait donc employer ces deux premières catégories de serviteurs. Restent les deux autres cas : honnête mais incapable, ou capable mais malhonnête. Sur la question de savoir lequel des deux est préférable, il existe deux opinions. Chacune d'elles est défendable. Un serviteur[b] capable, même malhonnête, est cependant préférable : on est sûr qu'il ne causera pas de dégâts, et l'on s'efforcera autant que possible de se prémunir contre sa perfidie. Tandis qu'un serviteur malhabile, si honnête soit-il, fera plus de mal que de bien. Ce sont donc des choses à savoir et à prendre en compte dans le choix d'un bon serviteur.

Dieu a le pouvoir de faire ce qu'Il veut.

IV. LA RECHERCHE DES TRÉSORS CACHÉS N'EST PAS UN MOYEN D'EXISTENCE NATUREL

On trouve dans les villes beaucoup de faibles d'esprit qui espèrent découvrir des trésors cachés sous terre, et y voient un moyen de s'enrichir. Ils croient que les richesses des nations passées ont été déposées sous terre et scellées de talismans magiques, que seuls peuvent briser des individus qui viennent à en connaître l'existence et qui savent mettre en œuvre les fumigations, les conjurations et les sacrifices appropriés.

Les habitants des villes d'Ifrîqiya croient que les Francs[1] d'avant l'islam ont enterré leurs trésors et confié le secret de leur emplacement à des écrits, en attendant le jour où ils trouveraient le moyen de les déterrer. Les habitants des villes d'Orient partagent les mêmes croyances en ce qui concerne les anciens Égyptiens, les Byzantins et les Perses. Il court là-dessus les histoires les plus invraisemblables. Celles-ci par exemple : un chercheur de trésors creuse au bon endroit, mais il ne connaît ni le talisman ni les informations nécessaires. Il trouve une place vide ou remplie de vers. Ou bien, il voit le trésor et les joyaux bien à leur place, mais ils sont défendus par des gardes brandissant leurs épées. Ou bien, la terre tremble, comme si elle allait l'engloutir, ainsi que d'autres balivernes.

Au Maghreb, on voit beaucoup d'étudiants berbères, incapables de gagner leur vie par des moyens naturels, chercher à se rapprocher des gens riches. Ils leur présentent des feuilles de papier aux marges détruites, écrites avec des caractères étrangers, ou de prétendues traductions de ces écrits où les propriétaires des trésors cachés donnent des indications sur les emplacements de ceux-ci. Ils gagnent leur vie en se faisant ainsi payer les travaux de fouille et de recherche. Ils font croire à leurs victimes qu'ils ne demandent leur aide que parce qu'ils ont besoin de protection pour éviter d'être punis par les autorités. Parfois, pour faire illusion, certains d'entre eux montrent quelque détail extraordinaire ou quelque fait de magie étrange, alors que, en réalité, ils ignorent tout de cet art et de ses procédés.

Ainsi, les faibles d'esprit sont nombreux à organiser des fouilles en se mettant à plusieurs, sous couvert des ténèbres de la nuit, de peur d'être vus ou espionnés par des agents du gouvernement. Quand ils ne trouvent rien, ils attribuent à leur ignorance du talisman qui scelle le trésor, en se dissimulant à eux-mêmes la faillite de leurs espoirs.

Outre la simplicité d'esprit, la conduite des chercheurs de trésors s'explique par leur impuissance à gagner leur vie par des moyens naturels, tels que le commerce, l'agriculture ou l'exercice d'un art. Aussi empruntent-ils des voies tortueuses et non naturelles. Incapables de faire des efforts pour gagner leur vie, ils désirent s'enrichir sans fatigue et sans peine. Ils ne voient pas qu'en employant de mauvais moyens, ils tombent dans des fatigues et des maux bien plus grands, tout en s'exposant à des châtiments.

Souvent le mobile principal des chercheurs de trésors est un besoin effréné de luxe et des habitudes qui y sont attachées, lorsqu'elles sont poussées si loin qu'elles dépassent les limites et qu'aucun moyen de gagner sa vie n'y suffit. Quand une personne, de la sorte, ne peut pas gagner assez par des moyens normaux, elle ne vit plus qu'avec l'espoir de tomber d'un coup et sans peine sur une grosse fortune qui lui permette de satisfaire des habitudes dont elle est devenue prisonnière. Elle se met alors à chercher des trésors, en y concentrant toute son énergie. C'est donc parmi les gens les plus riches qu'on trouve les chercheurs de trésors les plus passionnés, gens de cour ou habitants des grandes et riches cités comme Le Caire. Pleins d'engouement pour ce sujet, on les voit souvent interroger les voyageurs sur les histoires de trésor les plus extraordinaires et montrer une égale passion pour l'alchimie. Les habitants du Caire, à ce qu'on m'a dit, s'adressent à tous les étudiants maghrébins qu'ils rencontrent, en espérant trouver, avec leur aide, quelque trésor caché. En outre, ils cherchent le moyen de faire disparaître l'eau, car ils croient que la plupart des trésors sont enfouis dans les canaux du Nil et que ce fleuve recouvre les plus grands trésors de tout le pays. Les porteurs de ces feuilles contrefaites, citées plus haut prétendent qu'ils ne peuvent pas atteindre les trésors à cause de l'eau du Nil qui les recouvre. Ils usent de ces mensonges pour s'assurer un gagne-pain. Ceux qui les écoutent tâchent de faire disparaître l'eau par des moyens magiques, afin d'obtenir ce qu'ils désirent. En effet, les Égyptiens sont épris de magie, pratique héritée de leurs ancêtres. Les sciences magiques et les monuments des anciens Égyptiens survivent encore dans leurs pays, comme on le voit par leurs temples ou ailleurs. L'histoire des magiciens du Pharaon montre qu'ils possédaient des connaissances spéciales dans ce domaine[2].

Il existe un poème connu parmi les habitants du Maghreb et attribué aux sages de l'Orient. Il montre comment faire disparaître l'eau dans le sol par des procédés magiques. Le voici :

Ô toi qui cherches comment faire disparaître l'eau dans le sol,
écoute là-dessus la vérité d'un homme d'expérience.
Laisse[a] *de côté les livres, leurs mensonges et leurs mots trompeurs,*
écoute mes paroles sincères et mon conseil,
si tu n'es pas de ceux qui croient aux faux témoignages.
Si tu veux faire disparaître l'eau d'un puits
qui a rendu perplexes tous les esprits,
dessine ta propre image debout,
avec la tête arrondie comme celle d'un lionceau,
les mains tenant la corde qui sert
à tirer l'eau du fond du puits.
Sur la poitrine, inscris un h, *comme tu as pu en voir,*
autant de fois que le nombre du divorce[3], *attention, guère plus !*
Les pieds foulent des t *sans les toucher ;*
la marche est celle d'un homme prudent, intelligent et habile.
Le tout est entouré d'un trait

plutôt carré que rond.
Sur cette image, sacrifie un oiseau et souille-la de son sang,
et après ce sacrifice, procède à des fumigations
avec du sandarac, de l'oliban, du styrax
et du costus. Couvre-la d'un tissu de soie
rouge ou jaune, mais pas bleue,
et évite le vert et toute autre couleur sombre.
Attache-la avec deux fils de laine blanche
ou rouge, du rouge le plus pur.
Et quand l'ascendant est Lion,
par une nuit de pleine lune, mais cachée,
quand la lune est appuyée sur Mercure,
et qu'on est samedi, c'est le moment d'opérer.

L'expression « fouler aux pieds des *t* » signifie que ces lettres doivent être placées devant l'image, comme pour marcher dessus.

Pour[b] moi, ce poème n'est que duperie, inventée par quelque imposteur. En effet, il existe des gens qui emploient les stratagèmes et les procédés les plus étranges et les plus extraordinaires. Ils poussent l'imposture et le mensonge jusqu'à s'installer dans des palais célèbres et des maisons qui ont la réputation d'abriter des trésors. Ils y creusent des caves, aménagent des trappes et placent des indices qu'ils reproduisent ensuite sur leurs feuilles mensongères. Ils font voir celles-ci à quelque naïf, qu'ils incitent à louer et à habiter une de ces maisons, en le persuadant qu'elle renferme un trésor enfoui d'une valeur inestimable. Ils lui demandent ensuite de l'argent pour acheter les drogues et les encens devant servir à rompre le sceau des talismans, et lui annoncent les indices qui ne manqueront pas d'apparaître et qu'ils ont eux-mêmes préalablement fabriqués. Leur dupe est tout excitée par ce qu'elle voit. Elle n'a pas le moindre soupçon d'avoir été bernée et d'avoir donné dans le panneau. Ces gens adoptent entre eux un certain jargon pour faire illusion et cacher à leur victime ce qu'ils se disent à propos des fouilles, des encens, des sacrifices, et autres choses semblables. En réalité, ces pratiques ne sont fondées ni sur des connaissances scientifiques ni sur des informations authentiques.

Certes, on peut trouver des trésors. Mais c'est très rare, et par hasard, et non à la suite de recherches délibérées. Il n'est pas si commun d'enfouir son argent sous terre et de sceller le dépôt de talismans, pas plus autrefois qu'aujourd'hui. Quant aux trésors dits *rikâz*, dont on parle dans les Traditions du Prophète[4] et qui sont pris en considération par les juristes — c'est-à-dire les trésors[c] enfouis à l'époque préislamique —, c'est par hasard qu'on les trouve, et non en les cherchant à dessein.

De plus, celui qui cache son argent et le scelle par des procédés magiques montre par là même qu'il fait tout pour le dissimuler aux autres. Pourquoi laisserait-il des indices et des signes qui permettent de le découvrir ? Pourquoi consigner ceux-ci sur un document, pour que des gens d'autres époques et d'autres lieux apprennent l'existence de son trésor ? Cela n'est-il pas en contradiction avec l'intention de le cacher ?

D'autre[d] part, les gens sensés ne font rien sans avoir en vue quelque utilité. Celui qui cache de l'argent le fait au profit de ses enfants, de ses proches ou de quelque autre personne. Il n'aurait pas l'idée de le dissimuler à tout le monde, sans exception, le vouant purement et simplement à la perte et à la destruction, ou le laissant à des personnes qui lui sont totalement inconnues et qui appartiennent à des nations futures. Cela serait tout à fait insensé.

À la question : que sont devenues les richesses des nations qui ont vécu avant nous, richesses dont on connaît toute l'étendue, on répondra ceci : les richesses constituées d'or, d'argent, de pierres précieuses, de vaisselle, ne sont au fond que des minéraux et des acquisitions, au même titre que le fer, le cuivre, le plomb ou les biens immeubles. Elles apparaissent avec la civilisation, grâce au travail de l'homme, et leur quantité augmente ou diminue avec le degré de développement de celle-ci. Celles qui se trouvent en possession des hommes passent des uns aux autres et se transmettent par héritage. Souvent, elles passent d'un pays à un autre ou d'un État à un autre suivant les buts recherchés et la civilisation qui les requiert. Si on trouve moins de biens au Maghreb et en Ifrîqiya, il n'en sera pas de même dans le pays des Slaves et des Francs. Si les richesses sont moindres en Égypte et en Syrie, ce ne sera pas le cas en Inde et en Chine. En fait, il ne s'agit que d'instruments[5] et de possessions, que la civilisation fait augmenter ou diminuer. D'ailleurs, les minéraux s'usent avec le temps, comme tout ce qui existe. Les perles et autres joyaux se détériorent le plus rapidement. Il en va de même de l'or, de l'argent, du cuivre, du fer, du plomb, de l'étain. En peu de temps, ils s'altèrent, et leur substance est détruite.

Quant aux trésors qu'on trouve en Égypte, c'est un fait qui s'explique par le règne des anciens Égyptiens sur ce pays pendant deux mille ans ou plus. Les anciens Égyptiens enterraient leurs morts avec ce qu'ils possédaient d'or, d'argent, de pierres précieuses et de perles, suivant l'usage des anciens États. Lorsque l'État des anciens Égyptiens prit fin et qu'il fut remplacé par celui des Perses, ceux-ci fouillèrent les tombeaux et y découvrirent ces trésors. Ils en retirèrent un nombre incalculable, notamment des Pyramides, qui étaient les tombeaux des rois. Après les Perses, les Grecs en firent autant, et ces tombeaux restèrent jusqu'à nos jours des lieux où on suspecte la présence de trésors. En effet, souvent, on y découvre des objets enfouis : soit de l'argent caché par les anciens Égyptiens, soit des vases et des sarcophages d'or ou d'argent, avec lesquels ils honoraient leurs morts. Ainsi, on a considéré pendant des millénaires les tombeaux égyptiens comme des endroits où on peut trouver des trésors. Voilà pourquoi les habitants de l'Égypte s'intéressent aux fouilles : dans ce pays, les trésors existent et l'on en découvre. Quand, à la fin d'une dynastie, on commence à percevoir des droits sur toutes sortes de choses, les chercheurs de trésors sont également frappés, et tous ces fous et ces fêlés qui s'occupent de fouilles sont soumis à des taxes. Ces gens cupides croient avoir trouvé le moyen de découvrir des trésors. En réalité, ils ne récoltent que déception dans toutes leurs entreprises. Dieu nous garde de la perdition !

Les gens[e] qui sont sujets à ce genre d'obsessions devraient chercher refuge auprès de Dieu pour qu'Il les préserve de l'impuissance et de la paresse ; ils devraient suivre l'exemple du Prophète, qui s'était réfugié auprès de Dieu contre le démon, éviter les voies et les suggestions de Satan et ne pas occuper leur esprit avec ce genre d'histoires absurdes et mensongères.

« Dieu attribue Ses biens, sans compter, à qui Il lui plaît[A]. »

A. Coran, II, 212 ; XXIV, 38.

V. LE PRESTIGE LIÉ AU RANG[1] EST SOURCE DE RICHESSE

En effet, on peut observer que, quel que soit le moyen d'existence considéré, un homme qui jouit du prestige lié au rang, et qui a la faveur [des puissants], est plus aisé et plus riche que celui qui est privé de ces atouts. En voici l'explication. Le premier est servi par le travail d'autrui et les gens cherchent par ce moyen à se rapprocher de lui pour vivre dans sa proximité et s'abriter derrière son prestige. Ainsi, il se fait aider par leur travail pour satisfaire tous ses besoins, aussi bien pour ce qui est du nécessaire que pour ce qui relève du confort et du superflu. La valeur de tout ce travail fait donc partie intégrante de ses acquisitions. Par ailleurs, pour toutes les tâches qui exigent d'être payées, il emploie des gens sans leur donner aucune compensation pour leur travail et économise de la sorte le prix de celui-ci. D'un côté, il bénéficie de la valeur du travail des produits dont il fait l'acquisition [gratuitement] ; de l'autre, il fait l'économie de certaines dépenses nécessaires. Or, on travaille beaucoup pour les gens de haut rang. En peu de temps, ils deviennent riches, et leur prospérité et leur fortune ne font qu'augmenter avec le temps. C'est dans ce sens que l'exercice du gouvernement est un moyen d'existence, comme on l'a vu précédemment.

Au contraire, celui à qui manque le prestige lié au rang, à supposer qu'il soit riche, ne peut prospérer qu'à proportion de sa richesse et de ses efforts. C'est le cas de la majorité des commerçants. C'est pourquoi ceux d'entre eux qui jouissent du prestige lié au rang sont plus riches que les autres.

À l'appui de ce qui vient d'être dit, on peut citer l'exemple de nombreux juristes et dévots : lorsqu'ils acquièrent une bonne réputation, qu'on pense du bien d'eux, que la foule croit servir Dieu en leur donnant des présents, et que les gens se chargent de les aider dans leurs affaires et de travailler pour eux, ils ne tardent pas à s'enrichir et à vivre dans l'aisance, alors qu'ils n'ont d'autres richesses que celles qui résultent de la valeur du travail que les gens leur fournissent pour leur venir en aide. Nous avons vu de nombreux cas de ce genre dans les villes et les cités tout comme à la campagne. Les gens travaillent pour eux dans l'agriculture ou le commerce pendant qu'ils ne bougent pas de chez eux. Ils voient leurs biens s'accroître, leurs acquisitions augmenter, leur fortune grandir sans effort de leur part. Et l'on demeure tout étonné quand on ignore le secret de leur fortune, les raisons de leur richesse et de leur aisance.

« Dieu attribue Ses biens sans compter à qui il Lui plaît[A]. »

VI. LE BONHEUR ET LE PROFIT VONT GÉNÉRALEMENT AUX GENS SOUMIS ET AUX FLATTEURS. CE CARACTÈRE EST UN DES MOYENS DE PARVENIR AU BONHEUR[a]

Nous avons vu précédemment que les acquisitions que les gens réalisent ne sont rien d'autre que la valeur de leur travail. Celui qui ne fournirait absolument aucun travail ne réaliserait aucune acquisition. La valeur du travail fourni par un individu dépend de sa quantité, de son degré de noblesse par rapport à d'autres travaux, du besoin qu'on en a. Les acquisitions qu'on en tire augmentent ou diminuent en fonction de cela. Nous venons de montrer que le prestige lié au rang est une source de richesse. En effet, les gens cherchent à se rapprocher de l'homme de haut rang et lui offrent leur travail et leurs biens, afin d'éviter ce qui leur est nuisible et de se procurer ce qui leur est utile. Ce qu'ils lui donnent sous forme de travail ou d'argent est comme la contrepartie des nombreux avantages qu'ils obtiennent ou des inconvénients qu'ils évitent grâce au prestige de leur protecteur. Tout le travail qu'ils lui fournissent ainsi constitue des acquisitions pour lui, et la valeur que cela représente augmente ses biens et sa fortune. En très peu de temps, il devient riche et prospère.

Le prestige lié au rang est distribué entre les hommes et varie d'une catégorie à l'autre : il est le plus élevé chez les rois qui n'ont aucun pouvoir supérieur au-dessus d'eux et est à son degré le plus bas chez celui qui ne possède rien qui lui permette d'être utile ou nuisible à son prochain.

A. Coran, II, 212.

Entre ces deux extrêmes, il existe une multitude de niveaux. Ainsi, Dieu, dans Sa sagesse, règle les moyens d'existence de Ses créatures, prend soin de leurs intérêts, assure la continuité de leur existence.

L'existence et la conservation de l'espèce humaine ne peuvent être maintenues que par la coopération entre les hommes en vue de leur bien commun. Comme on l'a précédemment établi, nul homme ne peut survivre seul[1]. En admettant que cela puisse se produire dans des cas rares et hypothétiques, son existence serait précaire. Et cette coopération ne peut se réaliser que par la contrainte, car, le plus souvent, les gens ignorent les intérêts de l'espèce humaine. Doués de libre arbitre, agissant non par instinct mais après réflexion et examen attentif, ils peuvent refuser de coopérer, et il devient nécessaire de les y contraindre. Il faut donc quelqu'un qui les force à agir dans le sens de leurs intérêts pour que se réalise le plan divin de conservation de l'espèce. C'est le sens de ce verset du Coran : « Nous les avons élevés en degrés les uns au-dessus des autres, en vue du service réciproque. La miséricorde de ton Seigneur vaut mieux que leur accumulation[A]. »

Il est donc clair que le prestige lié au rang signifie le pouvoir qu'ont les hommes d'agir sur ceux qui sont placés sous leur autorité, de leur imposer des ordres et des interdictions, de les soumettre à leur volonté par la force et la domination, afin, d'un côté, de leur éviter ce qui leur est nuisible et de réaliser ce qui leur est utile selon la justice et conformément aux lois religieuses ou politiques, et, de l'autre, de les faire agir dans le sens de leurs propres intérêts.

C'est le premier objectif qui est visé essentiellement par la Providence divine, tandis que le second n'y participe que par accident, comme tous les maux qui entrent dans les décrets divins. Il ne peut exister beaucoup de bien sans un peu de mal, en raison des substrats matériels. Le bien ne disparaît pas pour autant. Au contraire, il se produit en s'appuyant sur le peu de mal qu'il renferme. C'est la signification de l'apparition de l'injustice dans le monde. Ceci doit être bien compris.

Chacune des catégories d'une société civilisée, à l'échelle d'une ville comme à celle d'un pays, dispose d'un certain

A. Coran, XLIII, 32.

pouvoir sur les catégories inférieures. Tout membre d'une catégorie inférieure puise son prestige chez les membres de la catégorie immédiatement supérieure, et son autorité sur ceux qui sont soumis à son pouvoir augmente avec l'importance de ce prestige. Ainsi, le prestige intervient dans toutes les voies d'acquisition des moyens d'existence. Il est plus ou moins étendu suivant la catégorie et le statut de chacun. Un prestige élevé procure un grand gain ; et d'un mince prestige, on tire un faible et maigre profit. Celui qui ne dispose d'aucun prestige, fût-il riche, ne prospère qu'à proportion de son travail et de ses fonds, et en relation avec les efforts qu'il déploie pour accroître ses biens. C'est le cas des commerçants et des agriculteurs en général. Il en va de même des artisans. Privés de prestige et ne comptant que sur le produit de leur travail, ils tombent le plus souvent dans la pauvreté et l'indigence et ne risquent guère de faire fortune rapidement. C'est à peine s'ils peuvent joindre les deux bouts et échapper de haute lutte à la gêne.

Ainsi, le prestige est susceptible d'être distribué, et le bonheur et la prospérité en dépendent. On conviendra donc que c'est une très grande faveur que d'en dispenser, et que celui qui en dispense est un très grand bienfaiteur. Or, ses faveurs vont à des gens qui sont sous son pouvoir, et il agit à partir d'une position d'autorité et de puissance. Ceux qui recherchent le prestige et désirent en avoir doivent donc se montrer soumis et flatteurs, comme lorsqu'on sollicite une faveur des puissants et des rois. Autrement, ils n'en auront point. C'est pourquoi nous avons dit que la soumission et la flatterie permettent l'obtention du prestige, source de bonheur et de profit, et que la plupart des gens qui sont riches et heureux le doivent à ce caractère. Et l'on voit aussi que la plupart de ceux qui ont un caractère fier et hautain ne profitent pas du prestige. Ils ne peuvent compter que sur leur travail pour gagner leur vie, et finissent pauvres et indigents.

Une telle attitude d'orgueil et de fierté est blâmable. Elle se rencontre chez des gens qui se croient parfaits et indispensables, à cause de leur science ou de leur habileté technique. C'est le cas, par exemple, du savant très versé dans son domaine, du secrétaire habile, du poète éloquent. Tous ceux qui excellent dans un art croient que les gens ont besoin d'eux, et ils en conçoivent un sentiment de supériorité. Les gens qui portent de grands noms, comme ceux qui comptent parmi leurs ancêtres un roi ou un savant illustre ou quelque haut personnage, nourrissent le même genre d'illusions. Ils se montrent fiers de ce qu'ils ont vu ou entendu au sujet de la situation de leurs aïeux dans la ville et se bercent de l'illusion qu'ils méritent une position égale, en raison de leur parenté avec eux ou parce qu'ils sont leurs héritiers. En réalité, ils se cramponnent dans le présent à ce qui n'est plus. En effet, la perfection n'est pas quelque chose dont on puisse hériter. De même, ceux qui possèdent sagesse, expérience et habileté dans les affaires se croient parfois parfaits et indispensables.

Pleins d'orgueil, tous ces gens ne s'abaissent pas devant les hommes influents, ne flattent pas ceux qui sont placés au-dessus d'eux et n'ont que mépris pour les autres, parce qu'ils sont persuadés qu'ils sont supérieurs à tous les hommes. Certains ne daignent même pas se courber devant un roi. Ils considèrent cela humiliant, dégradant et stupide. Ils exigent qu'on les traite avec les égards auxquels ils croient avoir droit, et vouent de la haine à ceux qui sont coupables à leurs yeux du moindre manquement. Ils vivent souvent dans les soucis et l'affliction du fait qu'on leur manque de respect, se tourmentent perpétuellement au sujet de la considération qui leur est due ou des affronts qui leur sont faits. De leur côté, les autres en viennent à les détester, car il y a une tendance naturelle chez l'homme à se prendre pour Dieu, et il est rare qu'un homme reconnaisse la supériorité d'un autre, à moins d'y être contraint et forcé. Mais une telle contrainte est justement impliquée par le prestige. L'orgueilleux qui n'a pas de position influente — et il ne saurait en avoir, comme nous venons de le montrer — est détesté à cause de son orgueil, et il n'y aurait personne pour lui faire aucune faveur. Il ne pourra donc pas profiter de l'influence des membres de la catégorie supérieure à la sienne, parce qu'il en est exécré et qu'il ne peut pas les voir souvent et fréquenter leurs demeures. Ainsi, ses moyens d'existence sont ruinés. Il doit vivre dans l'indigence et la misère, ou peu s'en faut. Quant à faire fortune, il ne saurait en être question.

Dans ce sens, on dit couramment qu'un homme au savoir parfait est privé des biens de ce monde. Ce qu'il reçoit en savoir lui est compté et enlevé de sa part en biens matériels. C'est cela que ça veut dire. Chacun réussit dans ce pourquoi il a été créé. C'est Dieu qui dispose des destinées. Il n'y a pas d'autre Seigneur que Lui.

Ce genre de conduite peut être la cause d'une certaine perturbation dans les positions des membres de l'État : beaucoup d'individus des classes inférieures se hissent à des hautes positions, alors que bien des membres des classes supérieures sont déchus. En effet, quand un État parvient au faîte de sa puissance et de sa suprématie, la famille dont est issu le souverain veut pour elle seule la totalité du pouvoir et de l'autorité, et personne n'espère plus les partager avec elle. Tous les autres doivent se contenter de positions inférieures, sous l'autorité du souverain, et comme s'ils étaient ses esclaves. Quand, par la suite, l'autorité royale est au plus haut, le souverain place sur un pied d'égalité tous ceux qui le servent et qui tentent de gagner ses faveurs par leurs conseils, ou qui se font accepter comme ses clients en raison de l'efficacité de leur action dans les nombreuses missions qu'il leur confie. On voit ainsi beaucoup de gens du commun s'efforcer de s'approcher du souverain par leur zèle et leurs avis et en le servant du mieux qu'ils peuvent. Ils lui montrent une très grande soumission, le flattent, ainsi que son entourage et sa famille. Ils finissent par acquérir une solide position à la cour et par être intégrés par le souverain dans sa suite. Ils en éprouvent une grande félicité, étant désormais rangés parmi les membres de l'État.

À cette étape, les enfants des anciens de la dynastie, c'est-à-dire les fils de ceux qui ont aplani la voie à la dynastie et qui l'ont protégée, se montrent fiers des exploits de leurs pères. Ils regardent de haut le souverain, en se targuant de ces exploits, et tombent dans la présomption. Ainsi, ils se font haïr du souverain. Celui-ci se détourne d'eux et regarde vers ses nouveaux protégés, qui n'ont pas de passé et qui ne songeraient pas à se montrer présomptueux ou fiers, habitués qu'ils sont à la soumission et à la flatterie, et toujours prêts à exécuter les ordres de leur maître. Leur influence s'étend. Ils occupent des positions de plus en plus élevées. Les grands personnages et l'élite se tournent vers eux, à cause de la faveur dont ils jouissent auprès du souverain et de leur rang à la cour. Quant aux enfants des anciens de la dynastie, ils persistent dans leur orgueil et leur attachement au passé. De ce fait, ils se voient de plus en plus écartés et haïs par le souverain, qui leur préfère ces nouveaux favoris. Il en va ainsi jusqu'à la chute de la dynastie. Ce phénomène est naturel dans l'évolution d'une dynastie. Il est généralement à l'origine des clients.

Dieu fait ce qu'Il désire.

VII. CEUX QUI OCCUPENT DES CHARGES RELIGIEUSES : JUGES, MUFTIS, PROFESSEURS, IMAMS, PRÉDICATEURS, MUEZZINS ET AUTRES, NE SONT PAS EN GÉNÉRAL TRÈS RICHES

En voici la raison. On a vu que les acquisitions sont constituées par la valeur du travail. Cette valeur est plus ou moins grande suivant les besoins pour tel ou tel type de travail. Un type de travail qui est nécessaire dans une société civilisée et qui correspond à un besoin général a une valeur plus grande, et est plus demandé.

Or, tout le monde n'a pas besoin des services des gens de religion. Ils intéressent surtout ceux qui se préoccupent particulièrement de leur foi. Si l'on a recours au mufti et au juge dans les contestations, on n'y est pas forcé, et cela ne correspond pas à un besoin général. Le plus souvent on s'en passe. Seul le souverain, qui doit veiller à l'intérêt général, accorde de l'importance aux charges religieuses, et assigne à ceux qui les occupent des traitements proportionnels au besoin qu'on en a, conformément à la règle que nous venons de mentionner. Cependant, il ne les place pas sur un pied d'égalité avec les puissants ou les représentants des métiers indispensables, quoique leurs services soient plus nobles au point de vue de la religion et des institutions légales. Mais il doit tenir compte du degré d'universalité des besoins et de la demande de la société, et la part qui leur revient est limitée.

D'ailleurs, la noblesse de la tâche des gens de religion leur vaut d'être considérés comme des gens supérieurs et leur donne à leur propres yeux un sentiment de fierté. Ils ne s'abaisseraient donc pas devant les hommes influents pour profiter de leur prestige et améliorer leur sort. Ils n'en auraient même pas le temps, occupés qu'ils sont corps et âme par les nobles tâches concernant aussi bien l'esprit que le corps. Ainsi, à cause du caractère de celles-ci, ils ne sauraient se compromettre avec les puissants de ce monde. Ils sont loin de tout cela, ce qui, en général, ne leur permet pas de s'enrichir.

J'abordai ce sujet un jour avec un excellent homme, qui ne fut pas de mon avis. Je tombai peu après sur des feuilles détachées des livres de comptes du palais d'al-Ma'mûn, où l'on trouvait de nombreuses données sur les recettes et les dépenses. J'y remarquai, notamment, les traitements alloués aux juges, imams et muezzins. Je les montrai à mon ami, qui reconnut la justesse de mon propos et accepta mes conclusions. Nous restâmes tout émerveillés par les desseins secrets de Dieu à l'égard de Ses créatures et par Sa sagesse dans le monde.

Dieu est le Créateur et le Maître des destinées.

VIII. L'AGRICULTURE EST UN MOYEN D'EXISTENCE RÉSERVÉ AUX PAUVRES ET AUX RURAUX À LA RECHERCHE DE SUBSISTANCES[a]

En effet, l'agriculture est une activité primitive au point de vue de la nature, et simple. C'est pourquoi les gens des villes en général et les riches ne la pratiquent pas. Ceux qui s'y adonnent sont méprisés. Lorsque le Prophète vit une charrue dans la maison d'un des Ansars, il s'écria : « Jamais pareille chose n'est entrée dans une maison sans entraîner derrière elle l'humiliation[1]. » Cela doit être interprété d'après al-Bukhârî, dans le sens de l'excès. D'ailleurs, il intitule le chapitre consacré à cette tradition : « Avertissement contre les conséquences de l'utilisation des instruments aratoires et l'excès dans ce domaine. » Cela s'explique par le fait que l'agriculteur est soumis à l'impôt, ce qui implique qu'il subit la domination et le joug d'autrui. Celui qui paie l'impôt est humilié et réduit à la misère, à cause de la contrainte et de la domination qui s'exercent sur lui. Le Prophète a dit : « L'Heure ne viendra pas avant que l'aumône légale ne soit devenue un impôt. » Il faisait allusion au pouvoir tyrannique et contraignant qui s'accompagne d'arbitraire et d'injustice, qui oublie les droits de Dieu sur les richesses accumulées et qui considère tous les droits comme des impôts dus aux rois et aux États.

Dieu a le pouvoir de faire ce qu'Il veut.

IX. LA SIGNIFICATION, LES MÉTHODES ET LES DIFFÉRENTES SORTES DE COMMERCE[a]

Le commerce consiste à essayer de réaliser un gain en faisant fructifier une somme d'argent avec laquelle on achète des marchandises bon marché qu'on revend cher, cela étant valable pour n'importe quel genre de marchandises : esclaves, grains, bestiaux, armes, étoffes. Le surcroît réalisé est appelé bénéfice.

Pour obtenir un tel bénéfice, ou bien on stocke des marchandises dans l'attente d'une fluctuation des cours dans le sens de la hausse. On peut alors réaliser de gros bénéfices. Ou bien on transporte les marchandises dans un autre pays, où elles sont plus demandées que dans le pays d'origine. Là aussi, les bénéfices peuvent être importants. Interrogé sur la vérité du commerce, un vieux marchand a répondu : « Je te le dirai en deux mots : achète bon marché et revends cher. Voilà tout le secret du commerce. » C'est, en d'autres mots, ce que nous avons voulu dire.

Dieu « est Celui qui attribue les subsistances. Il a force et puissance[A] ».

X. LE TRANSPORT DES MARCHANDISES PAR LES COMMERÇANTS

Un commerçant expérimenté ne voyagera qu'avec des marchandises dont tout le monde a besoin : le riche comme le pauvre, les gouvernants comme les gens du commun. Dans ce cas, ses marchandises rencontreront une forte demande. Au contraire, s'il se borne à des marchandises qui n'intéressent qu'un groupe restreint, il risque de ne pas pouvoir les écouler lorsque, pour une raison quelconque, ce groupe ne peut pas les lui acheter. En raison de la mévente, il ne pourra pas réaliser de bénéfice.

En outre, il ne devra prendre que des marchandises de qualité moyenne. En effet, la qualité supérieure de n'importe quelle sorte de marchandises n'intéresse que les gens riches et l'entourage du souverain, qui constituent une

A. Coran, LI, 58.

minorité. Tandis que la qualité moyenne est recherchée par la plupart des gens. Il s'efforcera donc de respecter strictement cette règle, car c'est ce qui fait qu'il pourra écouler ou non ses marchandises.

D'autre part, quand les marchandises viennent d'un pays lointain ou dont les routes sont dangereuses, le commerce en est plus fructueux, on en tire de plus gros bénéfices, et les fluctuations des cours peuvent être plus avantageuses. En raison de la distance et du danger, ces marchandises sont rares. Peu de marchands peuvent en offrir, ce qui les rend très précieuses. De telles marchandises, à la fois rares et précieuses, ont des prix élevés. Tandis que, lorsque les marchandises proviennent d'un pays proche, aux routes sûres, beaucoup de gens peuvent les importer. En conséquence, on en trouvera en abondance sur le marché, et leurs prix baisseront.

Aussi, les marchands qui vont jusqu'au Soudan comptent-ils parmi les gens les plus prospères et les plus riches. La route qu'ils prennent est longue et pénible. Elle traverse un désert difficile, que le danger et la soif rendent presque inaccessible. Il n'y a qu'un petit nombre de points d'eau, connus des seuls guides des caravanes. Peu de gens osent affronter cette longue route. Les marchandises du Soudan sont donc, chez nous, rares, et par suite, chères. Et il en va de même de nos marchandises au Soudan. Transportées d'un pays à l'autre, ces marchandises voient leur valeur augmenter, ce qui permet aux marchands qui en font le commerce de s'enrichir très vite. Ceux qui voyagent de notre pays en Orient sont dans la même situation, en raison également de la distance. Les marchands qui se contentent d'aller d'une ville à l'autre à l'intérieur d'une même région ne récoltent que de faibles profits et de maigres bénéfices, car il y a trop de marchandises et trop de commerçants.

Dieu est Celui qui attribue les subsistances. Il a force et puissance.

XI. L'ACCAPAREMENT

Il est notoire, parmi les citadins perspicaces et expérimentés, que l'accaparement des grains en vue de profiter des fluctuations des cours porte malheur, et que celui qui s'en rend coupable n'en récolte que ruine et perdition. On peut en donner l'explication suivante. Les gens ont besoin de nourriture, et les dépenses qu'ils font pour en acquérir correspondent à une nécessité absolue. Leur âme reste attachée à l'argent dépensé, et cet attachement a un effet maléfique sur celui qui se l'approprie sans rien donner en retour. C'est sans doute cela que le Législateur a en vue en parlant de ceux qui dépouillent les gens de leurs biens sans rien donner en échange. Même s'il ne s'agit pas ici d'argent pris sans rien donner en retour, il faut considérer le fait que les gens restent attachés à l'argent qu'ils dépensent pour la nourriture, parce qu'ils sont dans la nécessité de le faire, sans aucune échappatoire, ce qui est une sorte de contrainte.

Les marchandises autres que les aliments de base et les comestibles ne présentent pas le même caractère de nécessité. On ne les recherche que pour varier les plaisirs. On y dépense de l'argent librement et parce qu'on le désire, sans garder d'attachement à l'argent dépensé. C'est pour cette raison que celui qui est connu pour pratiquer l'accaparement [sur les grains] est poursuivi par les forces psychiques de ceux qu'il a dépouillés de leur argent. C'est ce qui cause sa ruine. Mais Dieu seul sait.

À ce propos, j'ai entendu une intéressante histoire sur un haut personnage du Maghreb. Elle me fut racontée par mon maître Abû 'Abd Allâh al-Abilî en ces termes : « Je me trouvais un jour, au temps du sultan Abû Sa'îd, chez le cadi de Fès, le juriste Abû l-Hasan al Malîlî. On venait de lui proposer, pour son traitement, de choisir entre les revenus de plusieurs taxes gouvernementales. Après avoir longuement réfléchi, il répondit : “Je prendrai les droits sur le vin.” Il provoqua le rire et l'étonnement de ses amis présents, qui l'interrogèrent sur le sens de sa réponse. Il répliqua : “Toutes les taxes sont illicites. Je choisis donc celle que ne poursuivent pas les âmes de ceux qui la payent. Il est rare que l'on paie pour du vin sans être gai et joyeux. On n'éprouve dans ce cas aucun regret pour son argent, et l'on ne lui reste pas attaché.” » Voilà une bien étrange remarque.

Mais Dieu est plus savant.

XII. LES BAS PRIX SONT RUINEUX POUR TOUS CEUX DONT LES MÉTIERS SONT CONCERNÉS PAR CES PRIX[a]

En effet, comme on l'a vu précédemment, les acquisitions et les moyens de subsistance proviennent de l'exercice des arts ou du commerce ; celui-ci consiste à acheter des marchandises et à les stocker en attendant une fluctuation des cours dans le sens de la hausse. C'est ce qu'on appelle un bénéfice. C'est de là que ceux qui exercent le commerce de façon permanente tirent leur gain et leurs moyens de subsistance. Quand les prix des marchandises ou des denrées, comme les aliments ou les vêtements ou tout autre bien, restent bas, et que les commerçants ne peuvent pas profiter des fluctuations des cours, il n'y a plus de bénéfice ni de surcroît si cette situation dure. Les marchandises affectées par cette baisse ne se vendent plus, et les commerçants en sont pour leur peine. Ils cessent leurs activités et perdent leurs capitaux.

Cela peut s'illustrer par l'exemple des grains. Quand leur prix reste bas pendant très longtemps, tous ceux qui sont concernés dans leur métier par cette denrée, à n'importe quel stade de sa production, du labourage aux semailles, sont touchés. Leurs profits deviennent faibles ou insignifiants, voire inexistants. Leurs ressources n'augmentent guère ou trop peu, et ils doivent en dépenser pour vivre. Bientôt, leurs conditions se détériorent, et ils tombent dans la pauvreté et l'indigence. La même dégradation affecte ensuite la condition de tous ceux dont les métiers touchent aux grains, depuis les semailles jusqu'à la consommation : meuniers, boulangers, etc. Il en va de même des soldats, si leurs soldes leur sont payées par le souverain sous forme de grains prélevés chez les agriculteurs. Leurs revenus baissent, et ils ne peuvent plus exercer le métier de soldat pour lequel ils reçoivent leur subsistance du souverain. Ils ne trouvent plus de quoi vivre et sont dans le dénuement.

De même, quand le sucre et le miel se maintiennent pendant trop longtemps à bas prix, tout ce qui est en rapport avec ces produits est touché, et les marchands cessent d'en faire le commerce. C'est encore pareil pour les vêtements. Ainsi, des prix trop bas détruisent les moyens d'existence de tous ceux dont les métiers sont concernés par ces prix. Mais des prix trop élevés aboutissent à des résultats semblables. Il peut arriver, mais rarement, qu'ils soient la cause d'un accroissement du capital, en raison de l'accaparement des marchandises et des importants profits qui s'ensuivent. Cependant, c'est grâce à des prix moyens et à des fluctuations rapides des cours que les gens peuvent s'assurer des moyens d'existence et des profits.

Pour la connaissance de toutes ces choses, il faut revenir aux usages bien établis parmi les gens civilisés. De toutes les marchandises, c'est surtout les grains dont le prix doit être bon marché, car tout le monde a besoin de cette denrée, et tous les hommes, riches ou pauvres, sont obligés d'acheter de quoi se nourrir. Dans les régions civilisées, les gens pauvres sont les plus nombreux. [En pratiquant des prix bas pour les grains], on fait preuve de bonté, et l'on fait passer, dans ce cas particulier, le souci de la nourriture avant celui du commerce.

Dieu « attribue les subsistances. Il a force et puissance[A] ».

XIII. LES CATÉGORIES DE GENS QUI PEUVENT FAIRE DU COMMERCE ET CELLES QUI DOIVENT S'EN ABSTENIR

Le commerce, avons-nous dit, consiste à faire fructifier de l'argent en achetant des marchandises qu'on essaie de revendre à un prix supérieur au prix d'achat. Pour cela, on peut attendre une hausse des cours, transporter ces marchandises vers un pays où elles sont plus demandées et payées plus cher, ou enfin vendre plus cher en acceptant un paiement différé. Par rapport au capital engagé, le montant du bénéfice est minime. Mais, lorsque le capital investi est grand, le bénéfice est considérable, car les petits ruisseaux font les grandes rivières.

Quand on veut faire fructifier son capital, c'est-à-dire réaliser un bénéfice, ce capital passe nécessairement entre les mains de marchands qui s'occupent des opérations d'achat et de vente et qui se font payer les prix des marchandises. Or, parmi ces marchands, peu sont honnêtes. La fraude et l'escroquerie, qui affectent les marchandises,

A. Coran, LI, 58.

sont inévitables ; et il en va de même des retards de paiement, qui nuisent aux bénéfices, puisque, pendant ce temps, il n'y a pas de transaction, source de profit. Il y a aussi la mauvaise foi des débiteurs qui nient leurs obligations, ce qui peut causer la perte du capital, à moins d'un écrit et d'un témoignage. En tout cela, le recours aux autorités est peu efficace, parce qu'il faut des preuves évidentes.

Tout cela est source de bien des tracas pour le commerçant. Le moindre bénéfice lui coûte beaucoup de souffrances et de fatigues. Ou bien il n'en fait pas, et il perd son capital. S'il ne craint pas les procès et sait bien tenir ses comptes, s'il est querelleur et prêt à affronter les autorités, il a des chances de se faire payer équitablement son dû. Sinon, il lui faudra s'abriter sous la protection des grands, afin de se faire craindre des marchands et d'amener les magistrats à lui rendre justice contre ses débiteurs. De cette façon, il fera reconnaître ses droits et recouvrira son argent, de bon gré dans le premier cas, de force dans le second.

Celui qui ne peut pas trouver en lui-même audace et fermeté, ou qui ne peut pas s'abriter sous la protection des gouvernants, ferait mieux de ne pas s'occuper de commerce. Car il risquerait de perdre son argent et d'être la proie des marchands, sans pouvoir faire respecter ses droits. En règle générale, les gens convoitent les biens d'autrui. Sans la crainte des lois, nul ne peut être sûr de ce qu'il possède, et tout particulièrement les marchands, les gens de condition inférieure et le bas peuple.

« Si Dieu ne repoussait pas les hommes les uns par les autres, la terre en serait gâtée. Mais Dieu accorde Sa faveur aux mondes[A]. »

XIV. LE CARACTÈRE DES COMMERÇANTS EST INFÉRIEUR À CELUI DES CHEFS ET EST ÉLOIGNÉ DU SENS DE L'HONNEUR[a]

Comme on l'a vu dans la section précédente, le commerçant a à s'occuper de vente et d'achat, de gains et de bénéfices. Pour cela, il faut qu'il soit rusé et querelleur, habile, chicanier, opiniâtre. Ce sont là les exigences de ce

A. Coran, II, 251.

métier. Ces dispositions nuisent à la vertu et au sens de l'honneur, car les actions exercent inévitablement une influence sur l'âme. Les actions bonnes influencent l'homme dans le sens du bien et de la vertu, tandis que les actions mauvaises l'influencent dans le sens inverse. Ces dernières s'établissent solidement quand elles viennent en premier et se répètent. Quand elles surviennent tardivement, elles ruinent le bon naturel, car leurs effets nuisibles s'impriment dans l'âme, comme c'est le cas de tous les habitus qui naissent des actions.

Ces effets sont plus ou moins profonds suivant les catégories de commerçants. Un commerçant de rang inférieur, qui fréquente les mauvais marchands, habitués à la fraude, au mensonge, à la tromperie, au parjure dans leurs déclarations au sujet des ventes et des prix, sera plus affecté par ces mauvaises tendances. La bassesse sera chez lui un trait dominant ; il n'aura aucun sens de l'honneur, et il ne pourra jamais l'acquérir. S'il échappe à ces fréquentations, son sens de l'honneur sera néanmoins affecté par les effets de la tromperie et de la chicane, car très peu de commerçants évitent complètement ces défauts.

Il existe une seconde catégorie de commerçants, ceux, avons-nous dit dans la précédente section, qui s'abritent sous la protection des grands, ce qui leur permet de ne pas se mêler directement à ce genre de pratiques ; mais ils sont extrêmement peu nombreux. Ce sont des gens qui se trouvent d'un coup en possession d'une grosse fortune à la suite d'une circonstance inhabituelle ou parce qu'ils l'héritent d'un membre de leur famille. La richesse qu'ils acquièrent de cette façon les aide à nouer des relations avec les gouvernants et leur procure supériorité et renom parmi leurs contemporains. Ils dédaignent de s'adonner personnellement aux affaires et s'en remettent à leurs représentants et aux gens de leur entourage. Les magistrats, sensibles à leur générosité et à leurs cadeaux, leur facilitent l'obtention de leurs droits. Ils échappent d'autant plus aux vices inhérents à la pratique du commerce qu'ils se tiennent éloignés des actions qui en sont la cause, comme nous venons de le voir. Aussi conservent-ils un sens de l'honneur plus ferme et moins exposé à ces sources d'imperfection, nonobstant les influences [de leur vie de marchand] qui continuent à s'exercer sur eux subrepticement. Car il leur faut bien surveiller leurs agents et approuver ou désapprouver ce qu'ils font ou ne font pas. Mais c'est peu de chose et sans grande conséquence.

« Dieu vous a créés, vous et vos actions[A]. »

XV. LES ARTS S'APPRENNENT AUPRÈS D'UN MAÎTRE

Un art est un habitus acquis dans quelque chose d'ordre pratique ou intellectuel. Comme il est d'ordre pratique, c'est donc quelque chose de physique et de perceptible par les sens. Or, ce qui est physique et perceptible par les sens est plus complètement et mieux reproduit par la pratique directe, celle-ci étant ce qu'il y a de plus efficace en ce domaine.

Un habitus est une qualité stable résultant d'une action répétée jusqu'à la fixation de sa forme. Il vaut ce que vaut son modèle. La reproduction d'après un modèle que l'on a sous les yeux est plus complète que celle qu'on réalise d'après une information donnée par quelqu'un ou puisée dans une science[1], et l'aptitude qui en résulte est plus parfaite et plus stable. L'habileté acquise par un apprenti dans un art, et l'habitus qu'il réalise, dépendent de la qualité de l'enseignement et de l'habitus du maître.

D'autre part, il existe des arts simples et des arts complexes. Les premiers concernent les choses nécessaires et les seconds les choses superflues. Ce sont les arts simples qui sont enseignés en premier ; d'abord à cause de leur simplicité, et, ensuite, parce qu'ils sont consacrés aux nécessités et que leur reproduction correspond à une large demande. Ainsi, c'est par eux que commence l'enseignement, et ils sont, pour cette raison, encore imparfaits.

L'esprit humain travaille sans cesse à faire passer les différentes espèces d'arts, ainsi que leurs formes complexes, de la puissance à l'acte, par un processus de découverte lent et progressif, jusqu'à leur perfection. Cela ne se fait pas d'un seul coup, mais demande de longues périodes de temps et plusieurs générations. En effet, le passage de la puissance à l'acte ne se produit pas en une seule fois, surtout pour ce qui est des arts. Un certain temps est donc indispensable. Aussi, dans les petites villes, les arts sont-ils

A. Coran, XXXVII, 96.

déficients et ne trouve-t-on que des arts simples. Lorsque ces villes voient leur civilisation urbaine s'étendre et que, en raison du luxe, y apparaît le besoin d'utiliser les arts, ceux-ci passent alors de la puissance à l'acte.

Dieu est plus savant[a].

XVI. LES ARTS N'ATTEIGNENT LEUR PERFECTION QU'AVEC LE PERFECTIONNEMENT ET L'EXPANSION DE LA CIVILISATION URBAINE

En voici la raison. Tant que la civilisation urbaine demeure inachevée, que la ville n'a pas pleinement le caractère d'une ville, les gens ne pensent qu'à ce qui est nécessaire à leur subsistance, c'est-à-dire à se procurer leur nourriture de base, qui consiste en blé ou d'autres denrées. Et, quand la ville se développe, que le travail s'accroît, et que les besoins sont satisfaits au-delà du nécessaire, le surplus est dépensé pour les superfluités.

D'autre part, les arts et les sciences correspondent, chez l'homme, à la faculté de la pensée, par laquelle il se distingue des animaux, tandis que la nourriture est en rapport avec son animalité et avec le fait qu'il est obligé de se nourrir pour vivre[1]. Elle précède donc les sciences et les arts, en raison de son caractère nécessaire. Les arts et les sciences viennent après le nécessaire. Le degré de perfectionnement des arts dans une ville dépend de son niveau de civilisation, car, lorsque la civilisation est épanouie, les arts sont raffinés, et, en raison du luxe et de l'opulence, on en recherche la meilleure qualité.

Une civilisation rurale ou peu développée n'a besoin que des arts simples, surtout ceux qui servent à la satisfaction des besoins de première nécessité, comme les métiers de menuisier, de forgeron, de tailleur, de boucher, de tisserand. Encore y sont-ils incomplets et imparfaits et ne les trouve-t-on que pour autant qu'ils répondent au strict nécessaire. En effet, ils y sont tous considérés en tant que moyens et ne sont pas recherchés pour eux-mêmes.

Avec l'épanouissement de la civilisation et la recherche des superfluités, on exige des arts raffinés et de haute qualité, qui atteignent ainsi toute leur perfection. De nouveaux arts s'y ajoutent, qu'appellent les habitudes et la vie de luxe. Ce sont par exemple les métiers de cordonnier, de tanneur, de soyeux, d'orfèvre. Quand la civilisation se développe pleinement, les arts finissent par comprendre un grand nombre de superfluités, et le raffinement y est poussé à l'extrême. Ceux qui les exercent en font leurs moyens d'existence, et ils peuvent même commencer à compter parmi les métiers les plus lucratifs, en raison de l'opulence. On peut citer à cet égard les métiers de parfumeur, de dinandier, de baigneur, de cuisinier, de préparateur de beignets, de pâtissier, de professeur de chant, de danse et d'instruments à percussion. Il y a aussi la profession de libraire : on recopie les livres, on les relie et on les corrige. C'est une profession qui n'apparaît que lorsque la cité devient opulente, et qu'elle commence à s'intéresser au domaine de la pensée et à des choses semblables. Il existe encore d'autres métiers de ce genre. Certains sortent de l'ordinaire, quand la civilisation elle-même est démesurée, comme c'est le cas en Égypte, d'après les informations qui nous en parviennent. On y trouve des gens qui instruisent les oiseaux et les onagres domestiqués, qui font apparaître des choses merveilleuses en créant l'illusion de transformer des objets, qui enseignent à marcher et à danser sur la corde raide, à soulever des fardeaux constitués d'animaux et de pierres. Et l'on y trouve bien d'autres métiers qui n'existent pas chez nous, au Maghreb, parce que la civilisation des villes maghrébines n'est pas aussi développée que celle de l'Égypte et du Caire.

Dieu est sage et omniscient[A].

XVII. L'ANCRAGE DES ARTS DANS LES VILLES DÉPEND DU DEGRÉ D'IMPLANTATION ET DE LA DURÉE DE LA CIVILISATION

La raison en est évidente. En effet, pour une civilisation, les arts sont comme des habitudes ou des teintures. Or, les habitudes ne s'enracinent qu'à force de répétition et au bout d'une longue durée. La teinture ainsi produite s'établit fermement et se fixe au cours des générations. Quand une teinture est bien fixée, il devient difficile de l'enlever. C'est pourquoi les villes où la civilisation a reculé et

A. *Cf.* Coran, II, 32, etc.

s'est réduite après avoir connu un grand épanouissement conservent des traces des arts qu'on ne trouverait pas dans des villes de civilisation plus récente, si grandes et populeuses soient-elles. Cela est dû simplement au fait que les villes de vieille civilisation ont des usages que de longues périodes de temps et la répétition ont solidement établis, alors que les villes récentes n'ont pas encore atteint leur plein développement.

De cela, on a un bon exemple dans l'Andalus contemporain. On peut y voir les arts, vivants encore et solidement ancrés, pour tout ce qui concerne les usages de ses villes. On peut le voir par exemple dans l'architecture, la cuisine, les différentes sortes de chants et de divertissements, les instruments de musique, les instruments à corde, la danse, la disposition des tapis dans les palais, la conception et le plan des constructions, la fabrication de vases de métal et d'objets de poterie ainsi que toutes sortes d'autres ustensiles, les banquets et les noces, et tout ce qui concerne les habitudes de luxe. Tout cela, les Andalous savent mieux le faire que personne. Ils sont experts dans ces arts. Dans tous ces domaines, ils sont très capables et occupent une position plus distinguée que les habitants de toute autre cité, bien que la civilisation de l'Andalus ait décliné et que, pour une grande part, elle ne se compare plus à celle des pays du Maghreb. La seule explication réside dans le fait, déjà signalé plus haut, que la civilisation urbaine y a été bien implantée grâce à la continuité des États qui s'y sont succédé : les Omeyyades, précédés par les Goths et suivis par les *reyes de taifas*. La civilisation urbaine s'était donc développée en Andalus plus que dans aucune autre contrée, à l'exception de l'Irak, de la Syrie et de l'Égypte, d'après les informations qui nous en parviennent. Là encore, c'est en raison de la continuité des États dans ces pays. Aussi, les arts y sont-ils bien ancrés et, dans toute leur diversité, perfectionnés et raffinés. Ils ont acquis, dans cette civilisation, une teinture indélébile, qui ne disparaît qu'avec sa complète destruction, comme la teinture fixée sur un tissu.

C'est également le cas de Tunis, dont la civilisation urbaine fut l'œuvre de l'État des Sinhâja et de celui de leurs successeurs, les Almohades. Les arts s'y développèrent dans tous les domaines, quoique à un degré moindre qu'en Andalus. Elle bénéficia en outre de l'influence des arts égyptiens, due à la proximité de l'Ifrîqiya et de l'Égypte et aux visites que faisaient les voyageurs tunisois en Égypte chaque année. Certains d'entre eux y effectuaient parfois de longs séjours et en rapportaient les usages de luxe et les arts qu'ils appréciaient le plus. Aussi Tunis eut-elle des usages qui ressemblaient aussi bien à ceux de l'Égypte, pour les raisons que nous venons de voir, qu'à ceux de l'Andalus, du fait que la majorité de ses habitants étaient venus de l'Andalus oriental, au moment de leur exil au VIIe [XIIIe] siècle. De cela, il lui reste encore quelque chose, quoique sa civilisation actuelle ne corresponde plus à son ancien état. Cependant, une teinture bien fixée s'enlève rarement, à moins que son support ne soit détruit. De même, on trouve encore à Kairouan, Marrakech et Qal'at Banî Hammâd des restes [de la civilisation urbaine], bien que ces villes soient aujourd'hui ruinées ou en passe de l'être. Mais seuls les gens perspicaces sont capables de découvrir de telles traces. De ces arts, ils peuvent déceler quelques vestiges qui, comme l'écriture effacée d'un livre, leur indiquent ce qu'ils avaient été autrefois.

Dieu est le Créateur, l'Omniscient[A].

XVIII. LES ARTS NE SONT PERFECTIONNÉS ET NE SE MULTIPLIENT QUE LORSQU'ILS SONT L'OBJET D'UNE FORTE DEMANDE

En voici la raison. Les gens n'acceptent pas de travailler pour rien, car le travail est leur source de revenu et leur moyen d'existence. Durant toute leur vie, ils ne peuvent tirer avantage que de leur travail et de rien d'autre. Ils ne l'emploient donc que pour ce qui a de la valeur dans leur ville, afin qu'ils puissent en tirer profit.

Lorsqu'un art est l'objet d'une forte demande, il est comme une marchandise très recherchée qu'on met en vente : les gens s'efforceront de l'apprendre pour en faire leur moyen d'existence. Au contraire, si un art n'est pas demandé, il se vendra mal, et nul ne voudra s'y instruire. Il sera abandonné et disparaîtra, parce que personne ne s'y intéresse.

À cet égard, on cite cette parole de 'Alî : « La valeur d'un homme, c'est ce qu'il sait faire. » Cela veut dire qu'un

A. *Cf.* Coran, XV, 86 ; XXXVI, 81.

homme vaut ce que vaut son art, c'est-à-dire son travail, qui est son moyen d'existence.

Il y a, à ce propos, une autre vérité à retenir : c'est de l'État que vient la plus forte demande pour les arts et leur perfectionnement. Grâce à l'État, le marché des arts prospère, et les gens les recherchent. Ce qui n'est pas l'objet d'une demande de l'État, mais est recherché par les simples particuliers d'une cité est peu de chose en comparaison. Car l'État constitue le plus grand marché. Tout s'y vend bien, que cela se présente en petite ou en grande quantité. D'ailleurs, ce qui s'écoule bien sur ce marché est nécessairement un article de grande consommation. Au contraire, lorsque la demande d'un art vient des gens du commun, elle n'a pas un caractère général, et elle n'entraîne qu'une faible activité.

Dieu a le pouvoir de faire ce qu'Il veut.

XIX. QUAND LES CITÉS SONT SUR LEUR DÉCLIN, LES ARTS RÉGRESSENT

Comme nous l'avons expliqué précédemment, la raison en est que les arts ne se perfectionnent que lorsqu'ils correspondent à un besoin et qu'ils sont recherchés par un grand nombre de gens. Quand une ville voit ses affaires décliner et est atteinte de décrépitude en raison du recul de sa civilisation et de la diminution de sa population, le luxe se réduit, et les habitants ne pensent plus qu'à satisfaire leurs besoins de première nécessité. Les arts liés au luxe deviennent rares, car les artisans qui les pratiquent ne peuvent plus en vivre. Ils les désertent ou meurent sans laisser de successeurs, et ces arts finissent par cesser d'exister. On voit ainsi disparaître les sculpteurs, les orfèvres, les calligraphes, les copistes, et autres artisans, dont les métiers répondent à des besoins de luxe. Et la régression des arts se poursuit, tant que la cité décline, jusqu'à la disparition de celle-ci. Dieu est « le Créateur, l'Omniscient[A] ».

A. Coran, XV, 86 ; XXXVI, 81.

XX. DE TOUS LES PEUPLES, LES ARABES SONT LES PLUS ÉLOIGNÉS DES ARTS

La raison en est que les Arabes sont les plus ancrés dans la civilisation rurale et les plus éloignés de la civilisation urbaine, des arts et de tout ce qui s'y rattache. Au contraire, les peuples non arabes de l'Orient et les nations chrétiennes de la rive [nord] de la mer Byzantine sont très habiles dans les arts, parce qu'ils sont plus ancrés dans la civilisation urbaine et plus éloignés de la vie bédouine et de la civilisation rurale. Le chameau, qui a permis aux Arabes de vivre isolés dans le désert et de mener une vie nomade, est tout à fait inconnu chez eux, de même que les pâturages et les sables, propices à l'élevage des chameaux.

C'est pourquoi aussi bien dans les territoires originaires des Arabes que dans ceux qu'ils ont conquis après l'avènement de l'islam les arts sont en général peu nombreux. Il faut donc les importer d'autres contrées. Au contraire, dans des pays étrangers comme la Chine ou l'Inde, dans les territoires des Turcs et parmi les nations chrétiennes, on constate que les arts sont très abondants, et que les autres nations les importent de ces régions.

Les Berbères du Maghreb ressemblent sur ce point aux Arabes, parce qu'ils sont enracinés dans la civilisation rurale depuis de très longs siècles. On le voit bien d'après la rareté des villes dans leur pays, comme on l'a déjà remarqué. Les arts y sont donc peu nombreux et peu raffermis, à l'exception du tissage de la laine, du tannage et du travail du cuir. Quand les Berbères adoptèrent la civilisation urbaine, ils développèrent ces techniques à un très haut point, parce qu'elles correspondaient à un besoin général, et que, d'autre part, comme les Berbères étaient des ruraux, la laine et le cuir étaient les marchandises les plus courantes dans leur pays.

Quant à l'Orient, les arts s'y sont solidement implantés pendant de très longs siècles, depuis le règne des anciennes nations des Perses, des Nabatéens, des Coptes, des Israélites, des Grecs et des Romains. Ainsi, la civilisation urbaine et les arts — qui en relèvent, comme on l'a vu — se sont bien implantés parmi toutes ces nations, et leurs traces ne se sont pas effacées.

Le Yémen, Bahreïn, l'Oman et la Mésopotamie étaient, il est vrai, possédés par les Arabes. Mais ces derniers y régnèrent tour à tour durant des millénaires, en une multitude de nations. Ils fondèrent des villes et des cités et atteignirent un haut degré de civilisation urbaine et de luxe. Parmi ces nations, il y avait les 'Ad, les Thamûd, les Amalécites, les Himyarites, les Tubba', les Adhwâ'. Il y eut donc une très longue période de pouvoir royal et de civilisation urbaine, et celle-ci put ainsi s'établir fermement. Les arts purent se développer et s'enraciner, et ne disparurent pas à la suite du déclin des États. Ils se renouvelèrent sans cesse, jusqu'à nos jours, et devinrent des spécialités de ces régions. C'est le cas, par exemple, de la fabrication du brocart et des étoffes rayées, ainsi que d'autres tissages et fines soieries. Dieu est l'héritier de la Terre et de ceux qu'elle porte.

XXI. QUAND UNE PERSONNE DEVIENT HABILE DANS UN ART, ELLE PEUT RAREMENT EN MAÎTRISER UN AUTRE

Prenez le cas d'un tailleur qui a acquis l'habitus de la couture, qui le maîtrise parfaitement, et qui l'a fermement établi dans son âme : il ne pourra pas, après cela, maîtriser l'art du menuisier ou du maçon, à moins que son premier habitus ne soit resté superficiel et ne soit pas assez solidement enraciné.

En voici la raison. Les habitus sont des qualités et des colorations de l'âme. Ils n'apparaissent pas d'un coup. Une personne encore dans son état de nature accueille plus facilement un habitus et est mieux disposée à l'acquérir. Mais, quand l'âme a pris la coloration d'un habitus, elle quitte son état de nature et sa disposition première s'affaiblit à cause de la coloration acquise, ce qui fait que sa capacité d'accueillir un second habitus s'amoindrit.

Tout cela est clair et attesté par les faits d'observation. Il est rare de trouver une personne habile dans un art qui soit capable d'exceller ensuite dans un autre art au même degré. Cela s'applique même aux savants, dont l'habitus est d'ordre intellectuel. Celui qui a acquis un habitus dans une science et qui maîtrise celle-ci à un haut point réussira rarement aussi bien dans une autre science. Sauf exception, ses compétences y resteront insuffisantes. Cela est dû, comme on vient de le voir, à l'importance de la disposition première, qui prend la coloration que produit dans l'âme l'habitus acquis.

Dieu est plus savant.

XXII. BRÈVE ÉNUMÉRATION DES PRINCIPAUX ARTS

Les arts exercés par les hommes sont très nombreux, en raison du grand nombre d'activités qui se pratiquent couramment dans la civilisation humaine. Aussi peut-on difficilement en faire le compte exact. Cependant, certains arts sont nécessaires à la civilisation ou nobles en raison de leur objet : ce sont ceux-là que nous mentionnerons, en laissant de côté tous les autres.

Les arts nécessaires sont l'agriculture, l'architecture, la couture, la menuiserie, le tissage. Parmi les arts nobles, on citera, par exemple, l'obstétrique, l'écriture, l'art du livre, le chant, la médecine.

L'obstétrique est nécessaire à la civilisation et intéresse tout le monde, parce que c'est grâce à elle, en général, qu'est assurée la survie du nouveau-né. Elle s'occupe des nouveau-nés et de leurs mères.

La médecine consiste à préserver la santé de l'homme et à le délivrer des maladies. C'est une branche de la physique. Elle a pour objet le corps humain.

L'écriture — et l'art du livre qui en dépend — conserve et préserve de l'oubli ce qui présente de l'intérêt pour l'homme. Elle nous permet de transmettre nos pensées intimes aux personnes qui se trouvent au loin ou sont hors de notre présence. Elle éternise[a], dans les livres, le fruit de la pensée et des sciences. Elle constitue, pour les idées, une sorte de quatrième ordre de l'existence[1].

Le chant produit des sons harmonieux et en manifeste la beauté à l'oreille.

Dans l'exercice de ces trois arts, on est appelé à côtoyer les grands rois dans leurs cabinets particuliers ou dans leurs réunions. Ces arts ont donc une noblesse que les autres n'ont pas. Tous les autres arts sont, en général, dépendants et subalternes. Cependant, tout dépend des buts et des motivations de chacun.

Dieu est le Créateur et l'Omniscient[A].

XXIII. L'AGRICULTURE

Le but de l'agriculture est la production des aliments de base et des grains : on prépare le sol et on sème ; on soigne les plantes, on les arrose et on les fait croître jusqu'à maturité ; on moissonne les épis et on en extrait les grains. Tous ces travaux doivent être exécutés avec soin, et on doit réunir tous les moyens requis.

L'agriculture est l'art le plus ancien : en général, elle procure la nourriture qui permet à l'homme de vivre. En effet, l'homme peut se passer de tout, sauf de nourriture. La société rurale étant, comme on l'a vu, plus ancienne et antérieure à la société urbaine, cette activité lui est donc plus particulièrement attachée. L'agriculture est, par conséquent, un art rural, que les citadins ne pratiquent ni ne connaissent, car ils vivent dans des conditions qui sont secondes par rapport à la civilisation rurale. Leurs arts sont donc également seconds par rapport aux arts de celle-ci, et viennent après eux.

Dieu est le Créateur et l'Omniscient.

XXIV. L'ARCHITECTURE

L'architecture est le premier et le plus ancien des métiers de la civilisation urbaine. C'est l'art de construire des maisons et des demeures qui servent de refuge et d'abri. Enclin par nature à réfléchir aux conséquences de tout ce qui lui arrive, l'homme pense nécessairement aux moyens de se prémunir contre la chaleur et le froid ; ainsi, il construit des maisons pourvues de murs et de toits qui le protègent de toute part. Mais cette disposition à la réflexion, en quoi réside la signification de l'humanité, n'existe pas au même degré chez tous les hommes. Les hommes plus ou moins modérés[1] ont, sous ce rapport, des habitations conçues avec modération. Il en est ainsi des habitants des deuxième,

A. *Cf.* Coran, XV, 86 ; XXXVI, 81.

troisième, quatrième et cinquième climats. Mais les habitants des premier et sixième climats ne pensent nullement à cela, en raison de leur excès et de l'incapacité de leur pensée à concevoir les arts humains ; par conséquent, ils s'abritent dans des grottes et des cavernes, tout comme ils se nourrissent d'aliments crus et sans apprêt.

Les hommes qui se construisent des maisons, en devenant de plus en plus nombreux et en occupant ainsi le même espace, se transforment en étrangers les uns pour les autres et finissent par ne plus se connaître. Cela suscite parmi eux la crainte de se faire attaquer par surprise, la nuit. Aussi, pour préserver leur communauté, s'entourent-ils de murs. Il se forme ainsi une seule ville ou cité, où ils sont protégés par les autorités, qui les défendent les uns contre les autres. Ils peuvent aussi avoir besoin de protection contre leurs ennemis. Pour cela, ils construisent des forteresses et des citadelles pour eux-mêmes et pour les gens qui leur sont soumis. C'est ce que font les rois, les émirs et les chefs de tribus.

Les formes et les modes de construction diffèrent d'une ville à l'autre, suivant les usages et les conventions propres à chacune, climat et degré de richesse. On remarque également des différences selon les catégories d'habitants d'une même ville.

Certains ont des palais et de vastes édifices avec plusieurs logis et maisons comptant des pièces en grand nombre, afin d'y loger leurs nombreux enfants, serviteurs, femmes et domestiques. Ils élèvent des murs avec des fondations en pierres liées à la chaux, les revêtent de plâtre et de peinture et mettent tous leurs soins à embellir l'intérieur avec des meubles et des décors, montrant par là l'importance qu'ils attachent à leur logement. D'autre part, ils aménagent des caves et des celliers pour le stockage des provisions, et des écuries pour leurs chevaux, s'ils appartiennent au métier des armes et s'ils ont un grand nombre de domestiques et d'hôtes, comme c'est le cas des émirs et des personnages de haut rang.

D'autres se font construire de simples maisonnettes, où ils habitent avec leurs enfants. Ils ne prétendent à rien de plus, parce que leurs conditions ne le leur permettent pas, et qu'ils sont déjà bien contents de trouver un abri. Entre ces deux extrêmes, il existe d'innombrables degrés.

L'architecture est également nécessaire aux rois et aux

princes lorsqu'ils veulent fonder de grandes villes ou ériger de hauts monuments. Ils sont très attentifs aux plans et à la hauteur des édifices, ainsi qu'à la bonne exécution des travaux, afin d'obtenir par cet art le meilleur effet. L'architecture est en effet l'art le plus approprié à ce genre d'entreprises. Elle est surtout pratiquée dans les régions tempérées, comme celles du quatrième climat et des zones voisines. Dans les climats extrêmes, il n'existe pas de constructions en dur. En guise de maisons, les gens ont des enclos de roseaux ou d'argile[a], ou bien ils s'abritent dans des grottes et des cavernes.

Ceux qui pratiquent cet art n'ont pas le même degré d'habileté. Il y en a de compétents et d'habiles, d'incapables aussi.

Il existe plusieurs types d'architecture. Ou bien on utilise, pour la construction des murs, des pierres polies ou des briques reliées entre elles par un ciment fait d'argile et de chaux, de telle sorte qu'elles tiennent ainsi ensemble comme si elles ne faisaient qu'une seule pièce. Ou bien on utilise seulement de la terre. Les murs sont alors faits de la façon suivante : on prend deux planches en bois, de dimensions variables selon les coutumes locales, mais en moyenne de quatre coudées sur deux. On dresse ces planches sur la fondation, en laissant entre elles une distance égale à la largeur qu'on veut donner au mur de fondation. On les relie entre elles par des traverses en bois attachées avec des cordelettes et des brides. Les deux côtés restés découverts sont fermés avec deux autres petites planches. Ensuite, on verse dans ce coffrage de la terre mélangée à de la chaux, et on la presse avec des pilons de bois préparés à cet effet, jusqu'à ce qu'elle soit bien tassée et parfaitement mélangée à la chaux. Puis, on ajoute de la terre à trois reprises, jusqu'à ce que tout l'espace entre les deux planches soit rempli. La terre et la chaux finissent par se fondre et ne plus former qu'une seule substance. Ensuite, on recommence la même opération avec deux autres planches, et l'on tasse de la même façon. On dispose ainsi les planches en lignes superposées, jusqu'à ce que le mur soit entièrement formé, comme s'il était d'une seule pièce. Ce procédé est appelé *tâbiya*, et celui qui l'applique se nomme *tawwâb*.

Il y a plusieurs autres techniques qu'on utilise en architecture. Tout d'abord, le revêtement des murs avec de la chaux : celle-ci est diluée et mise à tremper pendant une semaine ou deux, le temps que son tempérament s'équilibre et perde l'excès de chaleur qui l'empêcherait de tenir. Quand l'artisan juge que la chaux est prête, il l'applique sur le mur, en commençant par le haut, et la repasse jusqu'à ce qu'elle colle.

On peut citer encore la technique de la construction des toits. On place entre les murs d'une pièce des poutres équarries ou à l'état brut. On pose sur celles-ci des planches qu'on attache avec des clous. On verse de la terre et de la chaux qu'on tasse à l'aide d'un pilon en bois, jusqu'à ce qu'elles soient mélangées de façon homogène. Puis le toit est enduit de chaux, tout comme les murs.

L'architecture propose également des techniques pour la décoration et l'ornementation des maisons. On place sur les murs des figures confectionnées avec du plâtre qu'on fait prendre avec de l'eau et qu'on soulève ensuite, une fois qu'il s'est solidifié, tout en restant encore humide. On y découpe, avec des vrilles de fer, des dessins symétriques qui donnent un effet d'une grande beauté. Les murs peuvent être également revêtus de pièces de marbre, de brique, de faïence, de nacre ou de jais. Ces divers matériaux sont taillés en morceaux, de formes identiques ou différentes, qu'on pose sur l'enduit de chaux suivant des proportions et des dessins déterminés, de telle sorte que le mur ressemble à un beau parterre de fleurs.

Il faut mentionner, enfin, la construction de citernes et de bassins d'eau courante. On installe dans les maisons de grandes cuvettes de marbre bien coupé, au milieu desquelles on perce un orifice par où jaillit l'eau. Celle-ci s'écoule vers le bassin, après avoir été amenée de l'extérieur par des conduites qui arrivent jusqu'aux maisons.

On pourrait citer encore d'autres exemples de techniques utilisées en architecture. Dans toutes ces activités, on trouve des artisans plus ou moins bons suivant leur degré d'habileté et d'intelligence. Avec l'extension des cités, leur nombre augmente. Souvent, les magistrats les consultent sur les questions d'architecture où ils sont le plus versés. En effet, dans les villes très peuplées et très étendues, les gens se disputent même pour l'espace et pour l'air, au sujet des constructions en surplomb ou en contrebas, ou de l'usage de l'extérieur des bâtiments quand on craint un danger quelconque pour les murs. Ainsi, les propriétaires interdisent à leurs voisins de profiter de leurs murs, sauf s'ils justifient d'un droit légal ; ils ont des litiges concernant des droits relatifs aux voies d'écoulement et de passage des eaux courantes et des eaux usées dans les égouts. Il y a souvent des contestations au sujet des droits sur un mur, un avant-toit ou une gouttière, parce que les maisons sont très près les unes des autres. Tel se plaint à son voisin du mauvais état de son mur, lequel risque de s'écrouler. Il doit passer par le jugement d'un expert pour le forcer à l'abattre et éviter tout danger. Dans un autre cas, on doit partager une maison ou un jardin entre deux associés, et il faut veiller à ce que la maison ne subisse aucun dommage ou restriction de son usage. Et il existe bien des exemples de ce genre.

Toutes ces matières ne sont connues que des experts en architecture. Ils fondent leurs jugements sur leur observation des clés de voûte, des sablières et des poutres en bois, de l'inclinaison ou de la rectitude des murs, de la distribution des pièces conformément aux règles et aux usages appropriés, de l'écoulement de l'eau dans les conduites vers l'intérieur ou l'extérieur de manière à ce qu'elle ne cause pas de dommage aux pièces et aux murs par où elle passe, etc. Ils connaissent à fond tout cela et en ont l'expérience comme personne d'autre.

Il faut ajouter que la qualité des architectes varie d'une époque à l'autre, en rapport avec les États et leur puissance. La perfection des arts, avons-nous dit, dépend de celle de la civilisation, et leur extension varie avec la demande. C'est pourquoi un État qui se trouve encore dans sa première phase de civilisation rurale doit faire appel, pour tout ce qui concerne les questions d'architecture, à des gens extérieurs au pays. C'est ce que fit al-Walîd Ibn 'Abd al-Malik lorsqu'il voulut construire les mosquées de Médine et de Jérusalem, ainsi que sa propre mosquée de Damas. Il demanda à l'empereur de Constantinople des artisans habiles en matière d'architecture. Celui-ci lui envoya les ouvriers dont il avait besoin pour réaliser son projet de construction de ces mosquées.

L'architecte utilise des éléments de géométrie. Ainsi, par exemple, il se sert du fil à plomb pour obtenir des murs bien perpendiculaires et des dénivellements pour faire courir l'eau. Il doit donc avoir quelques notions de cette science. De telles connaissances sont également nécessaires pour déplacer des poids lourds avec des machines. Quand on construit de grands édifices avec de gros blocs de pierre, les ouvriers sont incapables de soulever ces blocs et de les placer sur les murs. On utilise donc une astuce pour multiplier la force d'une corde en la faisant passer à travers les trous d'appareils suspendus, disposés suivant des proportions géométriques. Grâce à ces appareils, ce qui est lourd à soulever devient léger. On les appelle des treuils. De cette façon[b], on arrive à soulever des poids lourds sans peine. Cela ne peut s'accomplir qu'à l'aide de principes géométriques connus et couramment utilisés. C'est par ce moyen qu'ont été élevés les grands monuments qu'on voit encore de nos jours. Les gens croient qu'ils ont été construits à l'époque préislamique par des hommes qui avaient des corps de géants, à la taille de ces édifices. Ce n'est pas vrai. S'ils ont pu réaliser de tels monuments, c'est grâce à des moyens mécaniques, comme on l'a vu précédemment[2].

« Dieu crée ce qu'Il veut[A]. »

XXV. L'ART DU MENUISIER ET DU CHARPENTIER

Cet art fait partie des choses indispensables à la civilisation. On y utilise comme matériau le bois. Or Dieu a mis dans tous les êtres créés quelque chose qui contribue à la satisfaction des besoins de l'homme. Il en est ainsi des arbres, qui, comme chacun sait, présentent des avantages innombrables. L'un d'eux est l'utilisation de leur bois quand il est sec. Le bois peut d'abord servir à faire du feu, à fabriquer des cannes et des bâtons pour se défendre ou pour d'autres usages, à soutenir des objets lourds qui risqueraient de se renverser, sans compter les divers autres emplois qu'il a aussi bien chez les ruraux que chez les citadins.

Les ruraux en font des piliers et des piquets pour leurs tentes, des palanquins pour leurs femmes, ainsi que des lances, des arcs et des flèches. Les citadins, eux, l'emploient pour les toits de leurs maisons, les serrures de leurs portes et les sièges qu'ils utilisent pour s'asseoir. Le bois constitue la matière de ces différents objets ; quant à leurs

A. Coran, III, 47.

formes particulières, elles ne peuvent être obtenues que par l'art. Et ce qui permet d'arriver à ce résultat, et de donner à chacun de ces objets la forme qui lui convient, est le travail du bois avec ses différentes branches.

Celui qui pratique cet art doit d'abord découper le bois en morceaux plus petits ou en planches. Ensuite, il doit les assembler suivant la forme voulue. Il prépare ces pièces et les dispose de telle sorte qu'elles constituent un ensemble correspondant à la forme recherchée. Le menuisier et le charpentier, qui exercent cet art, sont indispensables à la civilisation. Avec le développement des villes, l'apparition du luxe et la recherche de l'élégance pour tous les objets en bois — plafonds, portes, chaises et ustensiles —, on introduit toutes sortes de raffinements techniques qui relèvent du superflu et n'ont rien de nécessaire. C'est ainsi, par exemple, qu'on met des moulures aux portes et aux sièges ; qu'on façonne soigneusement au tour des pièces de bois qu'on assemble ensuite de façon symétrique et qu'on joint avec des clous, de sorte que, avec leurs différents dessins disposés symétriquement, elles semblent n'en former qu'une seule. On utilise le même procédé pour tous les genres d'objets en bois — ce qui donne des formes très élégantes —, ainsi que pour les articles en bois de toute espèce.

On a également recours à l'art du charpentier pour la construction des navires avec des planches et des clous. Les navires sont des corps géométriques ; on les construit en prenant comme modèle le poisson et en s'inspirant de sa façon de nager dans la mer avec sa tête et son flanc. Grâce à cette forme, ils peuvent mieux fendre l'eau. Le mouvement animal du poisson est remplacé par celui du vent. Souvent, l'action motrice du vent est complétée par celle des rames, comme sur les galères.

Cet art, dans toutes ses branches, requiert fondamentalement d'importantes connaissances en géométrie. En effet, pour faire passer les formes des objets qu'il fabrique de la puissance à l'acte[1], de la façon la plus précise, celui qui pratique cet art doit connaître les rapports entre les mesures, aux plans théorique et pratique ; et pour cela, il doit être géomètre. C'est pourquoi, les grands maîtres de la géométrie grecque étaient également de grands charpentiers. Euclide, l'auteur du *Livre des principes de géométrie*, était charpentier, et connu comme tel. Il en est de même d'Apollonios, l'auteur du *Livre des sections coniques*, de Ménélaüs et de bien d'autres.

On dit que Noé fut le premier maître dans cet art, grâce auquel il put construire son Arche et réaliser son miracle au moment du Déluge. Si ce fait — que Noé était charpentier — est vraisemblable, rien ne prouve qu'il fut le premier à enseigner cet art, car ces temps sont très anciens. Mais il faut voir là une allusion à l'ancienneté du travail du bois, sur lequel on n'a aucune information authentique antérieure à cette histoire de Noé. C'est pour cela qu'on a fait de lui le premier homme à l'apprendre.

On voit[a] d'après cela qu'il convient de comprendre les secrets des arts.

Dieu est « le Créateur, l'Omniscient[A] ».

XXVI. L'ART DU TISSERAND ET DU TAILLEUR

Ceux qui, parmi les hommes, sont, humainement parlant, « modérés », ne manquent pas de réfléchir à ce qui leur permet de se tenir au chaud, comme ils le font pour ce qui les tient à l'abri. Pour jouir de la température convenable, on se couvre d'un tissu qui protège du froid et de la chaleur. On doit pour cela utiliser du fil afin d'en faire une pièce d'étoffe d'un seul tenant : c'est le tissage. Dans les sociétés rurales, on se contente d'employer ces pièces d'étoffes telles quelles. Dans les sociétés urbanisées, on coupe l'étoffe en morceaux pour en faire un vêtement qui convient à la forme du corps et à ses différentes parties. Ensuite, on les coud avec du fil et l'on obtient un habit qu'on peut mettre sur soi. Ce résultat est obtenu grâce à l'art du tailleur.

Ces deux arts[a] sont nécessaires à la civilisation, parce que les hommes ont besoin de se tenir au chaud.

Le tissage consiste à tisser des fils de laine ou de coton, en longueur dans la chaîne, et en largeur dans la trame, de façon très serrée. On obtient ainsi des pièces d'étoffe d'une taille déterminée. Les pièces de laine servent à se couvrir ; et les pièces de coton ou de lin sont utilisées pour faire des habits.

L'art du tailleur consiste à confectionner avec des tissus des vêtements de formes variées et pour divers usages. On coupe d'abord l'étoffe avec des ciseaux, aux dimensions

A. Coran, XV, 86 ; XXXVI, 81.

des différentes parties du corps. On attache ensuite ces morceaux ensemble en les cousant soigneusement. On utilise, suivant les cas, différentes techniques : couture simple ou avec passements, contrepoints ou œillets. Cet art est propre à la civilisation urbaine, car les ruraux s'en passent, se contentant de s'envelopper d'une étoffe. La coupe des vêtements sur mesure et la couture font partie des usages et de l'art de vivre de la société citadine.

On peut s'en convaincre en réfléchissant aux raisons profondes de l'interdiction de porter des vêtements cousus durant le pèlerinage. Au point de vue de la loi religieuse, on doit, au cours du pèlerinage, rompre avec toutes les attaches mondaines, et revenir à Dieu dans l'état où Il nous a créés. De la sorte, l'homme ne laisse entraver son cœur par aucune habitude du luxe : parfums, femmes, vêtements cousus, bottines. Il ne se livre ni à la chasse ni à aucune des habitudes[b] qui se sont enracinées dans son âme et son caractère, mais qu'il doit nécessairement perdre quand il meurt. Il se présente comme au jour du Jugement dernier : soumis dans son cœur, sincère devant son Seigneur. S'il agit en toute sincérité, sa récompense est d'être remis de ses péchés, comme au jour de sa naissance. Louange à Toi ! Que Tu es bon envers Tes serviteurs ! Que Tu es compatissant en leur permettant de chercher la bonne voie !

Ces deux arts sont très anciens, parce que, dans les régions de civilisation « modérée », les hommes doivent se tenir au chaud. Dans les régions extrêmes où la chaleur est excessive, les habitants n'ont aucun besoin de se chauffer. Aussi, les habitants du premier climat, qui sont les Noirs, sont-ils généralement nus, d'après les informations qui nous parviennent à leur sujet[1]. Les gens du commun font remonter ces arts, à cause de leur ancienneté, à Idrîs, le plus ancien des prophètes, et, parfois, à Hermès. Certains, d'ailleurs, identifient Hermès avec Idrîs[2].

Dieu « est le Créateur, l'Omniscient[A] ».

XXVII. L'OBSTÉTRIQUE

C'est l'art de l'extraction du nouveau-né humain du ventre de sa mère : on y apprend comment le tirer en

A. Coran, XV, 86 ; XXXVI, 81.

douceur de la matrice, quels préparatifs sont nécessaires à cet effet, et quels soins il convient de donner au bébé une fois né. Cet art est réservé, en général, aux femmes, parce qu'il leur est permis de voir les parties cachées du corps de la femme. La personne qui l'exerce s'appelle une « sage-femme[1] ». Il y a dans le mot arabe *qâbila* (qui désigne la sage-femme) l'idée de donner et de recevoir : l'accouchée donne le bébé et la sage-femme le reçoit.

Quand le fœtus a achevé toutes les phases de son développement et est complètement formé dans la matrice, après y avoir passé tout le temps qui lui est fixé par Dieu — neuf mois généralement —, il veut sortir, parce que Dieu a mis en lui un tel désir. Comme l'orifice est étroit, il lui est difficile de sortir. Souvent, il déchire les parois du vagin, à cause de la pression qu'il exerce. Fréquemment, les membranes collées et attachées à l'utérus se rompent. Tout cela est accompagné de souffrances et augmente les douleurs de l'accouchement. C'est ce qu'on appelle le travail. La sage-femme peut, à cet égard, venir en aide à la parturiente, en lui massant le dos, les hanches et les régions voisines de l'utérus. De cette façon, elle accompagne la poussée pour expulser le fœtus et elle facilite la tâche de la mère autant qu'elle peut, selon les difficultés qu'elle arrive à deviner chez celle-ci. Lorsque le bébé est sorti, il reste relié à l'utérus par le cordon ombilical par lequel il se nourrissait. Ce cordon, qui passe par le nombril du fœtus et aboutit à son estomac, est un appendice spécialement fait pour l'alimenter. La sage-femme le coupe tout près de son point d'attache, et en veillant à n'endommager ni l'estomac du bébé ni l'utérus de la mère. Puis elle cautérise la blessure ou emploie, pour la fermer, tout autre moyen qu'elle juge adéquat.

Quand le bébé sort par cet orifice étroit, alors que ses os sont encore mous et flexibles, parfois ses membres se déforment, parce qu'ils sont fraîchement formés et constitués d'une matière molle. La sage-femme prend soin de le masser et de le redresser jusqu'à ce que chacun de ses membres retrouve sa forme naturelle et la place pour laquelle il est fait, et que le bébé lui-même reprenne sa forme normale. Ensuite, elle retourne à la parturiente, la masse et la traite avec douceur pour l'aider à expulser les enveloppes fœtales qui tardent parfois à sortir.

Il est à craindre, dans ce cas, que l'organe constricteur

reprenne sa place naturelle avant l'expulsion complète de ces membranes. Comme elles sont superflues, elles pourrissent et leur putridité peut atteindre l'utérus et provoquer la mort. La sage-femme prend donc ses précautions pour éviter cela et tente d'aider l'expulsion de ces membranes quand elles tardent à sortir.

Elle revient de nouveau au bébé : elle oint ses membres d'huile et les couvre de poudres astringentes pour les affermir et sécher l'humidité de l'utérus. Elle lui frotte le palais pour lui faire remonter la luette, lui met des gouttes dans le nez pour dégager les cavités du cerveau, et lui fait avaler un électuaire pour que ses intestins ne s'obstruent pas et que leurs parois ne collent pas ensemble.

Ensuite, elle soigne la faiblesse dont souffre l'accouchée à la suite du travail et des douleurs causées à l'utérus par la séparation. Bien que le fœtus ne soit pas un membre naturel de la mère, il devient, au cours de la formation dans la matrice, comme une partie de son corps, à cause de son union avec elle. C'est pourquoi sa séparation est presque aussi douloureuse qu'une amputation. La sage-femme soigne également les blessures causées au vagin par la pression de l'enfant au moment de sa sortie.

Tous ces maux, la sage-femme sait les soigner mieux que personne. Il en va de même de ceux qui affectent le corps du bébé pendant toute la période de l'allaitement et jusqu'au sevrage, qu'elle traite mieux que le médecin le plus habile. C'est que, à ce stade, le corps humain est humain seulement en puissance ; et ce n'est qu'après le sevrage qu'il devient un corps humain en acte. C'est alors qu'il a le plus besoin d'un médecin.

L'obstétrique, on le voit, est un art nécessaire à l'homme dans les sociétés civilisées. Sans elle, les individus humains, en général, ne peuvent venir au monde. Il arrive, cependant, que certains individus naissent sans son secours : ou bien Dieu fait un miracle et une exception en leur faveur, comme c'est le cas des prophètes ; ou bien le nouveau-né est inspiré et guidé par une disposition innée. Ainsi, ce genre d'enfants viennent à l'existence sans le secours de cet art.

Pour ce qui est des naissances miraculeuses, on en connaît un grand nombre. Ainsi, on rapporte que le Prophète naquit circoncis, le cordon coupé, appuyant ses mains par terre et levant les yeux au ciel. On cite aussi le cas de Jésus, qui parla dans son berceau, et bien d'autres exemples.

Quant aux cas d'inspiration, on ne saurait les nier. Si les animaux ont, comme les abeilles par exemple, un instinct remarquable, pourquoi les hommes, qui leur sont supérieurs, n'en auraient-ils pas, surtout ceux à qui Dieu a réservé Sa grâce ? L'inclination observée chez tous les nouveau-nés de téter le sein de leur mère est un des plus clairs témoignages de l'existence chez eux d'un instinct. La divine providence est trop grande pour qu'on puisse en saisir toute l'étendue.

Cela montre la fausseté de l'opinion d'al-Fârâbî et des philosophes andalous, qui soutiennent que les espèces ne peuvent pas s'éteindre, et qu'il est impossible que les créatures, et en particulier l'espèce humaine, cessent d'exister. Si, disent-ils, tous les représentants de l'espèce humaine venaient à s'éteindre, il serait impossible qu'elle ait une nouvelle existence, parce que les hommes ne peuvent exister sans le secours de l'art des sages-femmes. Si on suppose qu'un enfant vienne au monde sans cet art et qu'il soit privé des soins d'une sage-femme jusqu'au sevrage, il ne pourra pas survivre. Cependant, les arts ne peuvent exister sans la pensée, parce qu'ils en sont les fruits et qu'ils en dépendent.

Avicenne s'est chargé de réfuter cette opinion, à laquelle il était opposé. Il admet la possibilité de l'extinction des espèces et de la destruction du monde de la génération, puis du retour de celui-ci par suite de nécessités astrales et de certaines configurations étranges qui ne se produisent, à ce qu'il prétend, que rarement au cours de longues périodes. Il s'ensuit qu'une certaine sorte d'argile, correspondant au tempérament de l'être humain, subit une fermentation, et ainsi l'être humain est formé. Ensuite, un animal lui est destiné. Dans cet animal est créé un instinct pour l'éduquer et l'entourer de tendresse, jusqu'à son développement et son sevrage. Avicenne explique tout cela longuement dans son épître intitulée *Épître de Hayy Ibn Yaqẓân*[2].

Cette argumentation n'est pas valide. Nous admettons avec lui la possibilité de l'extinction des espèces, mais pas sur la base de ses arguments. Son argumentation est fondée sur le principe que les actions doivent être reliées à une cause nécessitante. Elle trouve sa réfutation dans la théorie de l'« agent délibérant ». Suivant celle-ci, il n'y a pas d'intermédiaire entre les actions et la puissance éternelle, et il n'y a donc pas besoin de recourir à cet artifice. En admettant que nous l'acceptions à titre dialectique, il s'ensuivrait tout au plus que la continuité de l'existence d'un tel individu humain repose sur la création dans un animal d'un instinct pour l'éduquer. Mais alors, quelle en serait la nécessité ? Et si un instinct peut être créé dans des animaux, qu'est-ce qui empêcherait qu'il en soit de même chez le nouveau-né lui-même, comme nous l'avons affirmé au début ? Il est plus vraisemblable que la création d'un instinct dans un être se fait en vue des intérêts de cet être, plutôt que de ceux d'un autre. Ainsi, les deux opinions [d'al-Fârâbî et d'Avicenne] se révèlent aussi fausses l'une que l'autre, pour les raisons que nous venons de démontrer.

Dieu est « le Créateur, l'Omniscient[A] ».

XXVIII. LA MÉDECINE. CET ART EST PLUS UTILE DANS LES VILLES QU'À LA CAMPAGNE

La médecine est nécessaire aux villes, en raison de son utilité reconnue. En effet, elle préserve la santé et guérit des maladies par un traitement adéquat.

L'origine de toutes les maladies réside dans les aliments, comme le dit le Prophète dans cette tradition à caractère synthétique sur la médecine[a], bien connue des médecins, quoique critiquée par les savants : « L'estomac est le siège des maladies. La diète est le premier des remèdes. L'indigestion est à l'origine de tous les maux[1]. » La première affirmation, c'est-à-dire : « L'estomac est le siège des maladies », est évidente. Pour ce qui est de la seconde, le mot « diète » signifie : faim. C'est-à-dire qu'on doit se forcer à ne pas prendre de nourriture. Le sens de la proposition est le suivant : la faim est le plus grand remède et la base de tous les autres. Quant à la dernière affirmation, le mot « indigestion » signifie qu'aux aliments déjà contenus dans l'estomac, on en ajoute de nouveaux, alors que les premiers n'ont pas encore été digérés.

Voici maintenant un commentaire plus détaillé. Dieu a créé l'homme et lui a donné la nourriture pour se maintenir en vie. L'homme absorbe celle-ci en mangeant, et la

A. Coran, xv, 86 ; xxxvi, 81.

soumet aux puissances digestives et nutritives. La nourriture finit par se transformer en sang, qui convient aux parties du corps que sont la chair et les os. Le sang, soumis à la puissance de la croissance, se transforme en chair et en os. La digestion signifie que la nourriture est cuite[2] sous l'effet de la chaleur naturelle, à des stades successifs, jusqu'à ce qu'elle devienne effectivement une partie du corps. Cela se passe ainsi : la nourriture, qui entre par la bouche et est mâchée dans les coins de celle-ci, est d'abord soumise à la chaleur de la bouche et subit une légère cuisson. Sa consistance est un peu modifiée, comme on peut le voir en examinant une bouchée mâchée et en la comparant à un aliment intact.

Ensuite, la nourriture passe dans l'estomac. Elle y est cuite par la chaleur de celui-ci et transformée en chyme[b], qui en constitue la partie la meilleure. Le chyme est envoyé par l'estomac au foie, et le résidu aux intestins, d'où il est acheminé vers les deux orifices naturels. Le chyme est ensuite cuit par la chaleur du foie et transformé en sang frais. Il y surnage une écume, due à la cuisson. C'est la bile jaune. Les dépôts solides qui s'y forment sont la bile noire. La chaleur naturelle n'est pas assez forte pour cuire les éléments plus gros, qui donnent le flegme. Le foie envoie tout cela dans les veines et dans les artères, où il est cuit sous l'effet de la chaleur naturelle. À partir du sang pur, une vapeur chaude et humide se forme et alimente les esprits animaux. La puissance de la croissance exerce son action sur le sang, et celui-ci devient de la chair. Le sang épais devient de l'os. Ensuite, le corps élimine ce qui excède ses besoins, sous diverses formes : sueur, salive, mucus et larmes. Tel est le processus de la nutrition et le passage de celle-ci de la puissance à l'acte comme chair.

La fièvre est à la base des maladies, et la plupart des maladies sont des fièvres. En effet, la chaleur naturelle est parfois trop faible pour une cuisson complète de la nourriture ingérée, à chacun des stades décrits ci-dessus. La nourriture est alors insuffisamment assimilée. Cela est souvent dû soit à la présence dans l'estomac de trop de nourriture, dépassant les capacités de la chaleur naturelle, soit à l'introduction dans l'estomac d'aliments supplémentaires, alors que les aliments qui y sont déjà contenus n'ont pas été cuits de façon complète. Dans ce cas, la chaleur naturelle se porte sur les aliments pris en dernier, en laissant les autres comme ils étaient, ou bien elle se répartit entre les deux, mais elle n'est pas suffisante pour une cuisson et une assimilation complètes. L'estomac envoie ces aliments mal cuits dans le foie, et la chaleur du foie, à son tour, ne peut pas les assimiler complètement. Souvent, le foie contient déjà des restes mal assimilés du repas précédent, et il envoie tout cela tel quel dans les veines. Une fois que le corps y puise ce dont il a besoin, il expulse le reste, s'il en est capable, avec les autres résidus, tels que la sueur, les larmes et la salive. Mais souvent, il est incapable d'en éliminer la plus grande part, et tout cela reste dans les veines, le foie et l'estomac, et ne fait qu'augmenter avec le temps. Or, tous les mélanges humides qui ne sont pas cuits et assimilés pourrissent. Les aliments insuffisamment assimilés sont donc corrompus. C'est ce qu'on nomme un amalgame. Tout corps en putréfaction dégage une étrange chaleur. C'est cette chaleur qu'on appelle la fièvre, quand elle se produit dans le corps humain.

Cela peut se voir, par exemple, quand la nourriture est abandonnée et finit par se putréfier, ou quand le fumier se putréfie et dégage de la chaleur, et que celle-ci ne fait qu'augmenter. La fièvre qui affecte le corps humain n'a pas d'autre signification. Comme il est dit dans la tradition du Prophète déjà citée, les fièvres sont la cause principale et l'origine des maladies. Il existe des manières de les soigner, qui consistent à interdire la nourriture au malade pendant un certain nombre de semaines, puis à lui donner les aliments appropriés, jusqu'à sa complète guérison. Le même traitement peut être appliqué aux personnes bien portantes pour prévenir la fièvre et d'autres maladies.

La putréfaction peut se localiser dans un membre : cela peut entraîner la maladie de ce membre ou donner lieu à des éruptions sur le reste du corps, au niveau des membres principaux ou d'autres parties. La maladie d'un membre peut également s'accompagner de l'affection des puissances qui lui sont attachées. Tout cela se retrouve dans toutes les maladies. En général, celles-ci ont pour origine les aliments.

Pour tout cela, on doit recourir au médecin.

Ces maladies sont les plus fréquentes chez les citadins, parce qu'ils vivent dans l'abondance, mangent beaucoup, se contentent rarement d'une seule sorte d'aliments, ne prennent pas leurs repas à heure fixe et, souvent, préparent ou font cuire leurs aliments avec des épices, des légumes et des fruits, frais ou secs. Là-dessus, ils dépassent la mesure : une fois, j'ai constaté qu'un seul plat comprenait quarante variétés de légumes et de viandes. Cela donne au repas un tempérament étrange qui, souvent, ne convient guère au corps et à ses parties.

D'autre part, l'air dans les villes se corrompt lorsqu'il est mélangé avec les vapeurs putrides dues à la grande quantité d'ordures. Or, c'est l'air qui donne de la vivacité à l'esprit et qui renforce ainsi l'effet de la chaleur naturelle sur la digestion. En outre, les citadins manquent d'exercice. Ils vivent dans la tranquillité et le repos. Chez eux, l'exercice n'a pas de place et n'a sur eux aucune influence. Aussi les maladies sont-elles très répandues dans les villes et les cités, et les citadins ont-ils un grand besoin de médecins.

Les habitants des campagnes, de leur côté, mangent généralement peu. Comme ils manquent de grains, ils ont le plus souvent faim. La faim est devenue chez eux quelque chose d'habituel, au point qu'ils croient souvent qu'elle est naturelle, tant elle perdure. Ils n'ont que peu d'assaisonnements, sinon aucun. Les plats cuisinés avec des épices et des fruits sont un luxe de la civilisation urbaine qu'ils ignorent. La nourriture qu'ils prennent est simple et exempte de tout mélange. Elle a un tempérament qui convient assez bien au corps. L'air, chez eux, est très peu vicié, parce qu'il y a peu d'humidité et de putréfaction dans le pays où ils résident quand ils sont sédentaires, et en raison du changement d'air quand ils sont nomades. L'exercice leur est habituel, car ils doivent beaucoup bouger, que ce soit lorsqu'ils montent à cheval, qu'ils vont à la chasse, qu'ils se déplacent pour une raison quelconque, ou qu'ils s'occupent de leurs propres affaires. Tout cela facilite grandement leur digestion. Comme ils ne prennent jamais de repas trop rapprochés, ils ont un tempérament plus sain et plus éloigné des maladies que les gens des villes. Ils ont donc très peu besoin de la médecine. C'est pourquoi on ne trouve pas de médecins à la campagne, puisqu'on peut s'en passer. Autrement, on en trouverait. Car s'il existait un tel besoin, un médecin pourrait gagner sa vie à la campagne et serait incité à venir s'y installer.

C'est la coutume de Dieu à l'égard de Ses créatures. « Et à la coutume de Dieu, rien ne pourra être substitué[A]. »

A. Coran, XXXIII, 62.

XXIX. L'ÉCRITURE ET LA CALLIGRAPHIE SONT AU NOMBRE DES ARTS HUMAINS

L'écriture consiste à dessiner des lettres qui représentent les paroles perçues par l'oreille, lesquelles, à leur tour, expriment ce qui est dans notre pensée[1]. Elle constitue donc un second niveau de l'expression linguistique. La calligraphie est un art noble, car l'écriture est un des traits spécifiques qui distinguent l'homme des animaux.

L'écriture révèle notre pensée intime. Elle nous permet de transmettre à un pays éloigné nos intentions, de sorte que nous puissions régler nos affaires sans que nous soyons obligés d'être personnellement sur place. Elle nous permet également d'apprendre les sciences, les livres des anciens, ainsi que leurs sciences et leur histoire consignées par écrit. Eu égard à son utilité à ces différents points de vue, c'est un art noble.

L'écriture passe chez l'homme de la puissance à l'acte au moyen de l'enseignement. Sa qualité dépend du degré d'épanouissement de la société et de la civilisation, ainsi que de la recherche du superflu, étant donné que l'écriture fait partie des arts. Or, nous avons vu que les arts sont ainsi, et qu'ils dépendent de la civilisation. C'est pourquoi la plupart des habitants des campagnes sont illettrés. Ceux d'entre eux qui savent lire et écrire ont une écriture maladroite et une lecture hésitante. Dans les villes, où la civilisation est très développée, l'enseignement de l'écriture est plus efficace, plus facile, et pratiqué suivant une meilleure méthode, parce que la tradition en est plus ancrée. C'est le cas aujourd'hui du Caire, d'après ce qu'on raconte à son sujet. On y trouve des maîtres spécialisés dans l'enseignement de la calligraphie. Ils expliquent à leurs élèves les règles et les normes de formation de chaque lettre et leur font faire, en plus, des exercices pratiques. Ils renforcent ainsi leur niveau de savoir et leur sensibilité. Ils obtiennent de la sorte de très bons habitus. Tout cela vient de la perfection et de l'abondance des arts, résultat de l'expansion de la civilisation et du travail.

Mais[a] cette méthode d'apprentissage de l'écriture n'est pas suivie en Andalus et au Maghreb : le maître n'apprend pas à l'élève à écrire chaque lettre séparément, suivant des normes qu'il prend soin de lui expliquer, mais lui demande de recopier par imitation des mots entiers. L'élève répète l'exercice sous le contrôle du maître, jusqu'à ce qu'il atteigne le niveau d'excellence et qu'il acquière un habitus dans cet art. Il est alors qualifié de bon calligraphe.

L'écriture arabe avait déjà atteint un très haut degré de développement, de précision et d'excellence sous les Tubba', à cause du niveau élevé de leur civilisation et de leur luxe. Cette écriture est connue sous le nom d'écriture himyarite. Elle passa ensuite à al-Hîra, où résidait la dynastie des Mundhirites, qui appartenaient à la même lignée que les Tubba' et qui avaient fondé un nouveau pouvoir arabe en Irak. Cependant, leur écriture ne fut pas aussi perfectionnée que celle des Tubba', parce qu'ils n'étaient pas aussi civilisés que ces derniers. Leur civilisation et leurs arts n'étaient pas assez développés. Et ce fut d'al-Hîra[2], dit-on, que les habitants d'at-Ta'if et les Quraysh reçurent cet art. On prétend que le premier qui apprit l'écriture à al-Hîra fut Sufyân Ibn Umayya[b] — ou, selon une autre version, Harb Ibn Umayya —, et qu'il l'apprit auprès d'Aslam Ibn Sidra. C'est une opinion vraisemblable, en tout cas plus probable que l'opinion suivant laquelle les Quraysh avaient appris l'écriture auprès des Iyâd, qui habitaient l'Irak. Cette dernière croyance se fonde sur ces vers d'un poète des Iyâd :

Des gens qui ont tout le pays d'Irak quand ils vont ensemble,
et qui possèdent l'art d'écrire et la plume...

Mais elle est peu plausible, car, même s'ils s'étaient installés dans le pays d'Irak, les Iyâd étaient restés des Bédouins. Or, l'écriture est un art urbain. Ces vers devraient être plutôt interprétés comme suit : les Iyâd étaient plus près de l'écriture et de la science que les autres Arabes, à cause de leur proximité des villes et de leur environnement. Ce qu'il convient donc de dire, c'est que les habitants du Hijâz apprirent l'écriture auprès des gens d'al-Hîra, et que ceux-ci l'avaient reçue des Tubba' et des Himyarites.

J'ai lu dans le *Kitâb at-Takmila* d'Ibn al-Abbâr une remarque que l'auteur fait dans la notice biographique qu'il consacre à un compagnon de Mâlik, Ibn Farrûkh al-Qayrawânî al-Fârisî al-Andalusî — dont le nom est 'Abd Allâh. Ibn al-Abbâr dit qu'Ibn Farrûkh rapporte ce qui suit, d'après 'Abd ar-Rahmân Ibn Ziyâd Ibn An'um, d'après son père : « J'ai dit à 'Abd Allâh Ibn 'Abbâs : "Ô Quraysh, renseignez-moi sur l'écriture arabe. L'utilisiez-vous, avec ses lettres qui se lient ou qui ne se lient pas entre elles, comme l'*alif*, le *l*, le *m* et le *n*, avant que Dieu ait envoyé Muhammad ?" Ibn 'Abbâs répondit affirmativement, et je repris : "Et qui vous l'avait apprise ?" Il me répondit : "Harb Ibn Umayya." Je lui demandai : "Et de qui Harb la tenait-il ?" Il me répliqua : "De 'Abd Allâh Ibn Jud'ân." Je lui demandai : "Et de qui 'Abd Allâh Ibn Jud'ân la tenait-il ?" Il me répondit : "Des habitants d'al-Anbâr." Je lui demandai : "Et de qui les habitants d'al-Anbâr la tenaient-ils ?" Il me répondit : "D'un Yéménite, qui vint un jour chez eux." Je lui demandai : "Et de qui cet homme la tenait-il ?" Il me répondit : "D'al-Khullajân Ibn al-Qâsim, qui mit par écrit la révélation faite au prophète Hûd et qui disait :

Faut-il que chaque année vous inventiez une nouvelle coutume,
et que vous adoptiez une opinion qu'on doit interpréter différemment ?
Certes, la mort est préférable à une vie où nous sommes insultés
par les Jurhum et les Himyar." »

Fin de la citation rapportée par Ibn al-Abbâr dans la *Takmila*.

Ibn al-Abbâr ajoute ceci : « J'ai pris cette tradition dans le livre d'Abû Bakr Ibn Abî Jamra. Il la tient lui-même d'Abû Bahr Ibn al-'Asî, d'après Abû-l-Walîd al-Waqqâshî, d'après Abû 'Umar at-Talamankî, d'après Abû 'Abd Allâh Ibn Mufarrij — qui est ma source écrite —, d'après Abû Sa'îd Ibn Yûnus, d'après Muhammad Ibn Mûsâ Ibn an-Nu'mân, d'après Yahyâ Ibn Muhammad Ibn Khushaysh, d'après 'Uthmân Ibn Ayyûb al-Ma'âfirî at-Tûnisî, d'après Buhlûl Ibn 'Ubayda at-Tujîbî, d'après 'Abd Allâh Ibn Farrûkh. »

Les Himyarites avaient une écriture appelée *al-musnad*, avec des lettres qui s'écrivaient séparément. Ils interdisaient de l'enseigner sans leur permission. C'est par eux que les Mudar apprirent l'écriture arabe. Mais ils ne purent y exceller. Il en est toujours ainsi lorsque les arts sont introduits dans une société rurale : ils ne sont pas exercés selon des méthodes rigoureuses, et on n'y recherche pas la précision et l'élégance, car les ruraux sont très éloignés des arts, dont ils peuvent se passer, bien souvent. Les Arabes eurent donc une écriture rurale un peu du même genre que celle qu'ils ont encore de nos jours. Ou plutôt, dirions-nous, les Arabes d'aujourd'hui ont une écriture techniquement mieux faite que celle des Mudar, car ils sont plus proches de la civilisation urbaine et ont plus de contacts avec les cités et les États. Les Mudar, au contraire, étaient plus enracinés dans la vie rurale et plus éloignés de la vie citadine que les habitants du Yémen, de l'Irak, de la Syrie et de l'Égypte. Aux débuts de l'islam, l'écriture arabe n'avait pas encore assez de rigueur, de précision et d'élégance. Elle n'avait même pas atteint un niveau moyen, parce que les Arabes, encore solidement ancrés dans la vie rurale et l'isolement du désert, étaient très éloignés des arts.

On peut rappeler à cet égard le cas de l'orthographe du Coran, dont le texte fut transcrit par les Compagnons, de leur main et d'une écriture encore peu perfectionnée. L'écriture de la plupart des lettres n'était pas conforme aux normes de l'art d'écrire exigées par les spécialistes. Les hommes de la génération suivante imitèrent cette écriture pour profiter de la grâce divine attachée aux Compagnons de l'Envoyé de Dieu, qui sont les meilleurs des hommes après lui, et qui avaient recueilli la Révélation comprenant le Livre et la parole de Dieu. De même, de nos jours, on imite l'écriture d'un saint ou d'un savant dont on espère obtenir la bénédiction, en reproduisant son orthographe, bonne ou mauvaise. Et qui oserait comparer les écrits de ceux-ci avec ceux des Compagnons ! L'orthographe coranique des Compagnons, ainsi reproduite, a pu être préservée, et les savants l'ont signalée là où elle se rencontre.

On ne doit pas tenir compte des affirmations de certains ignorants, qui prétendent que les Compagnons maîtrisaient l'art d'écrire, et que ce que l'on croit être, de leur part, des entorses aux règles d'orthographe ne sont pas véritablement des entorses, mais ont leur raison d'être. Par exemple, ils disent que l'addition d'un *alif* dans *la-adhbahannahu*, « je l'égorgerai », indique que l'égorgement n'a pas eu lieu : *lâ adhbahannahu*. L'addition d'un *yâ'* dans *bi-ayydin* signifie, d'après eux, la perfection de la puissance divine. Il existe bien d'autres exemples du même genre, qui ne sont fondés que sur l'arbitraire pur. La seule raison qui a poussé ces gens à soutenir ce genre d'affirmations est leur conviction que, en agissant de la sorte, ils exemptaient les Compagnons de tout défaut d'écriture. Pensant que l'écriture est un trait de perfection, ils désiraient écarter des Compagnons toute déficience à cet égard ; et pour montrer qu'ils étaient parfaits, ils prétendaient qu'ils excellaient dans cet art et tentaient de trouver des explications à leurs entorses à l'orthographe. Mais tout cela est faux. S'agissant des Compagnons, l'écriture n'est pas un trait de perfection. Comme on l'a vu plus haut, l'écriture fait partie des arts urbains qu'on exerce pour gagner sa vie. Or, la perfection dans les arts est relative et non absolue. Une déficience dans ce domaine n'affecte ni la religion ni les qualités d'une personne. Elle ne concerne que les moyens de gagner sa vie, et ce, en rapport avec l'état de la civilisation et de la coopération en vue de ces moyens. Le Prophète était illettré. C'était chez lui, étant donné sa position, un trait de perfection, en raison de sa noblesse et du fait qu'il était audessus des arts pratiques, qui sont tous liés aux moyens d'existence et à la civilisation. Mais, pour nous, ne pas savoir lire et écrire n'est pas une perfection. Car le Prophète se consacrait à son Seigneur, alors que nous autres, nous devons nous entraider pour assurer notre vie ici-bas. Cela concerne d'ailleurs tous les arts, et même les sciences théoriques. La perfection qui le caractérisait le mettait audessus de tout cela, ce qui n'est pas le cas pour nous.

Plus tard, les Arabes accédèrent au pouvoir. Ils conquirent les villes et devinrent les maîtres de vastes provinces. Ils s'installèrent à Basra et à Koufa, et leur État eut besoin de l'écriture. Ils adoptèrent alors cet art et se mirent à l'étudier. Il devint ainsi d'usage courant et fut progressivement perfectionné et maîtrisé. Il atteignit, à Koufa et Basra, un niveau remarquable, sans être parfait. L'écriture coufique est encore bien connue aujourd'hui.

Les Arabes se répandirent ensuite dans les différentes contrées et provinces et firent la conquête de l'Ifrîqiya et de l'Andalus. Les 'Abbâssides fondèrent Bagdad, où les divers genres de calligraphie arabe furent perfectionnés au plus haut point, à cause du grand développement de la civilisation dans cette ville et de sa position de capitale de l'islam et de centre de l'État arabe.

L'écriture[d] de Bagdad diffère de celle de Koufa en ce qu'elle recherche la perfection des lignes, l'harmonie et la beauté des formes. Cette différence s'accentua au cours des siècles, et l'écriture bagdadienne fut portée à un très haut niveau par le vizir 'Alî Ibn Muqla, imité en cela par 'Alî Ibn Hilâl al-Kâtib, plus connu sous le nom d'Ibn al-Bawwâb.

Celui-ci devint l'autorité exclusive pour l'enseignement de cette écriture durant le IVe [X[e]] siècle et les siècles suivants. Les formes et les normes de l'écriture bagdadienne s'écartèrent de l'écriture coufique jusqu'à l'opposition. Plus tard, ces différences furent encore accusées par de grands maîtres, qui poussèrent plus loin la recherche de nouvelles formes et normes. Cela aboutit, à une époque plus récente, à Yâqût et à al-Walî al-'Ajamî, qui devinrent les nouvelles autorités en matière d'enseignement de la calligraphie. Cette tradition passa ensuite en Égypte, où elle s'éloigna quelque peu du modèle iraquien. Elle y fut pratiquée par les non-Arabes, et se distingua avec plus ou moins de vigueur de l'écriture des Égyptiens.

L'écriture ifrîqiyenne, dont la forme ancienne est encore connue de nos jours, était assez proche de l'écriture orientale. Mais, dans le royaume d'al-Andalus, qui était passé sous l'autorité des Omeyyades, ceux-ci s'étaient opposés à l'Orient aussi bien dans le domaine de la civilisation urbaine que dans les arts et les types d'écriture. Aussi la calligraphie andalouse s'était-elle distinguée par une forme spécifique, qu'on lui connaît encore aujourd'hui.

Puis la civilisation et la culture urbaines furent portées à un très haut niveau partout dans les royaumes musulmans. La puissance musulmane grandit. Les sciences prospérèrent. On recopia les livres et l'on en soigna la calligraphie et la reliure. On en remplit à un point jamais vu les palais et les bibliothèques royales. Les habitants de toutes les régions participèrent à l'envi à ce mouvement.

Puis, avec la désorganisation et la chute de l'empire musulman, tout cela disparut. Bagdad perdit sa prééminence, après la chute du califat. Elle céda sa place dans le domaine de la calligraphie et de l'écriture, voire dans les sciences, à l'Égypte et au Caire, où cet art est encore en honneur de nos jours. On y trouve des maîtres de calligraphie qui enseignent à dessiner les lettres suivant des normes et des modèles bien connus dans leur profession. Grâce à un enseignement qui s'adresse aux sens et qui s'appuie sur des exercices et des normes pratiques, les élèves ne tardent pas à exécuter parfaitement les formes de ces lettres selon les modèles qui leur sont présentés. Le résultat est excellent.

Quant aux habitants de l'Andalus, ils ont été désunis après la disparition du pouvoir des Arabes et des Berbères qui leur ont succédé. Les nations chrétiennes ont pris le dessus sur eux, et les Andalous se sont réfugiés sur l'autre rive de la mer Syrienne, au Maghreb et en Ifrîqiya, depuis le règne de la dynastie des Lamtûna jusqu'à nos jours. Ils ont apporté la contribution de leurs arts aux habitants des villes et se sont mis au service des États. C'est ainsi que l'écriture andalouse a supplanté l'écriture ifrîqiyenne. L'écriture de Kairouan et de Mahdiya, tout comme leurs coutumes et leurs arts, a disparu. Et tous les habitants de l'Ifrîqiya se sont alignés sur le modèle de l'écriture andalouse qui a été adopté à Tunis et dans ses environs, car les Andalous y sont nombreux depuis l'exode de l'est de l'Andalus. L'ancienne écriture ifrîqiyenne n'a été préservée qu'au Djérid, dont les habitants n'ont pas eu de contacts avec les scribes andalous et ne se sont pas frottés à eux, car ceux-ci préféraient se rendre au siège du pouvoir à Tunis. Les habitants de l'Ifrîqiya ont ainsi adopté une écriture qui appartient au même genre que les écritures des Andalous. Puis, lorsque la puissance almohade a décliné et que, en raison de la décroissance de la population, la civilisation et le luxe ont fait un pas en arrière, l'écriture a connu le même fléchissement, et sa qualité s'est détériorée. La méthode d'enseignement de cet art s'est perdue, en raison de la désorganisation de la civilisation urbaine et de la décroissance de la population. Cependant, il reste encore quelques traces de l'écriture andalouse, qui témoignent du niveau atteint autrefois dans ce domaine. Car, comme on l'a vu, lorsque les arts se sont bien implantés dans la civilisation urbaine, ils ne peuvent pas disparaître complètement.

Plus tard, sous les Mérinides du Maghreb Extrême, on a encore quelque peu cultivé l'écriture andalouse, à cause de la proximité de l'Andalus et de l'arrivée récente à Fès d'émigrés andalous, lesquels ont été employés par les Mérinides jusqu'à la fin de leur règne. Mais loin de la cour et de la capitale, on ne s'est plus soucié de calligraphie. C'était comme si elle n'avait jamais existé. Les types d'écriture dont on se sert depuis lors en Ifrîqiya et dans les deux Maghreb sont de plus en plus laids et éloignés de la perfection. Les copies qu'on fait des livres ne procurent au lecteur que de la fatigue, à cause des nombreuses corruptions et erreurs qu'elles contiennent, et de leur écriture maladroite, ce qui fait qu'on ne peut les lire qu'à grand-peine. Il s'est ainsi produit pour l'écriture ce qui se produit pour tous les arts lorsque la civilisation urbaine décline et que les États se corrompent.

« Dieu décide. Point de réplique à Sa décision[A]. »

Le maître Abû-l-Hasan 'Alî Ibn Hilâl al-Baghdâdî, connu sous le nom d'Ibn al-Bawwâb, est l'auteur d'un poème en mètre *basît* et rimes en *r*, où il parle de la calligraphie et de son objet. C'est ce qui a été écrit de mieux sur le sujet. J'ai jugé bon de le citer dans ce chapitre, afin d'en faire profiter ceux qui désirent apprendre cet art. Il commence ainsi :

Si tu veux bien écrire,
savoir bien former et dessiner les lettres,
et si ton désir est sincère,
prie ton Seigneur de t'accorder le succès.
Prépare un roseau droit et dur,
qu'à l'occasion, on peut réparer.
Quand tu veux le tailler, essaie
de lui donner de bonnes proportions.
Observe bien les deux bouts et taille-le
du côté le plus fin et le plus étroit.
Donne à l'entaille des dimensions moyennes,
afin qu'elle ne soit ni trop longue ni trop courte.
Place la fente bien au milieu,
laissant une distance égale des deux côtés.
Quand tu auras fait tout cela avec soin,
comme quelqu'un qui connaît bien son affaire,
concentre ton attention sur le bec,
c'est l'essentiel de toute l'entreprise.
Ne m'en demande pas le secret,
je le garderai jalousement.
Tout ce que je t'en dirai,
c'est qu'il est mi-oblique, mi-rond.
Dans l'encrier, mets de la suie mélangée
à du vinaigre ou du verjus ;
ajoute de la terre rouge mêlée à
de l'orpiment et du camphre,
attends que cela fermente, et prends
un papier propre, lisse et de qualité.
Coupe-le et passe-le à la presse,

A. Coran, XIII, 41.

Afin d'en faire disparaître froissure et poussière.
Tente d'imiter ton modèle, armé de patience.
Seul un être patient réalise son but.
Exerce-toi d'abord sur une planchette
avec résolution et sans hâte.
N'aie pas honte d'être maladroit,
lorsque tu écris d'après un modèle et traces tes premières lettres.
La tâche est difficile, mais elle deviendra aisée.
Bien des choses qui paraissent d'abord ardues se font plus tard sans effort.
Quand tu auras atteint ton but,
tu seras rempli de joie et de bonheur.
Tu devras alors rendre grâce à Dieu et Le contenter.
Dieu aime ceux qui Lui sont reconnaissants.
Tu dois prier pour que ta main n'écrive que ce qui est conforme au bien,
et que tu puisses laisser derrière toi dans ce monde des vanités.
Car l'homme doit répondre de ses actes,
qui lui seront présentés dans un registre le jour de la Résurrection.

L'écriture reproduit la parole, comme la parole reproduit les idées qui sont dans l'âme et dans l'esprit. Toutes deux doivent être claires. Dieu a dit : « Il a créé l'homme et lui enseigna de s'exprimer clairement[A]. » Cela comprend toutes les formes d'expression.

La perfection de l'écriture réside dans sa clarté : les lettres doivent être nettes, bien posées et dessinées, chacune distincte des autres ; à l'intérieur d'un même mot, elles doivent être reliées, à l'exception du *alif*, ainsi que du *r*, du *z*, du *d*, du *dh* et d'autres lettres, qui doivent être reliées aux lettres qui les précèdent mais non à celles qui les suivent.

Cependant, il est à noter que, récemment, les secrétaires, plus précisément ceux qui sont chargés de rédiger les documents gouvernementaux et les actes judiciaires, ont adopté une convention particulière consistant à réunir ensemble certains mots et à supprimer certaines lettres selon un code connu d'eux seuls, qui rend leur écriture indéchiffrable par les autres. Ils ont été amenés à se distinguer des autres en raison de l'abondante matière qu'ils ont à traiter, de la notoriété de leur écriture et du fait qu'un

A. Coran, LV, 3.

grand nombre de leurs subalternes connaissent ce code. Mais, quand ils s'adressent à des gens qui ignorent leur code, ils doivent s'abstenir de l'utiliser et écrire aussi clairement que possible. Sinon, c'est comme s'ils écrivaient dans une langue étrangère, car, dans les deux cas, il n'existe pas de convention connue de tous. Pour l'emploi d'un tel code, seuls les secrétaires des bureaux des impôts et de l'armée ont une excuse, parce qu'ils ont l'obligation du secret, étant donné qu'ils traitent des affaires de l'État, qu'il faut garder secrètes. Aussi s'efforcent-ils d'adopter un code qui leur est propre et qui apparaît aux autres comme une énigme. Ils se servent de noms de parfums, de fruits, d'oiseaux, de fleurs pour désigner les lettres ; ou bien ils emploient des formes de lettres différentes des formes habituelles. Grâce à ce code sur lequel ils se sont mis d'accord, ils peuvent communiquer par écrit. Certains secrétaires habiles, bien qu'ils ne soient pas les inventeurs de ces codes, ont pu en découvrir les règles de déchiffrage en se fondant sur des analogies qu'ils y ont relevées eux-mêmes. C'est ce qu'ils appellent la « clé de l'énigme ». Il existe là-dessus des ouvrages bien connus.

Dieu est omniscient et sage.

XXX. L'ART DES LIBRAIRES

Autrefois, les ouvrages scientifiques et les documents officiels étaient l'objet de beaucoup de soin : on en faisait des copies qu'on reliait, et l'on en authentifiait les textes grâce aux méthodes de transmission et de notation. Cette situation était due aux dimensions importantes de l'État et aux conséquences du développement de la civilisation urbaine. De nos jours, l'intérêt pour le livre a disparu, en raison de la dislocation des États et du déclin de la civilisation. Avant cela, l'art du livre avait connu un grand épanouissement en terre d'islam, en Irak et en Andalus. En effet, il dépend entièrement de la civilisation, du degré d'extension des États et de la demande dont jouissent [les livres et autres écrits] auprès de ces derniers. Ainsi, les ouvrages scientifiques et les autres écrits étaient produits en grand nombre ; les gens, partout et à toute époque, avaient le souci de les transmettre ; on les recopiait et on les reliait.

C'est ainsi qu'apparut l'art des libraires. Ceux-ci s'occupent de tout ce qui concerne les livres ou d'autres écrits, comme de les recopier, de les authentifier, de les relier. Cet art se développa surtout dans les grandes villes. Au début, les rouleaux qui servaient à transcrire les sciences, les correspondances gouvernementales, les titres des concessions foncières, les diplômes des fonctionnaires, étaient faits d'un parchemin préparé par des artisans à partir du cuir. Car c'était une époque de grande prospérité, et il existait encore peu d'ouvrages dans la communauté musulmane à ses débuts, comme nous le verrons plus loin. En outre, la correspondance gouvernementale et les diplômes étaient rares. On pouvait donc n'utiliser que du parchemin, afin de rehausser la valeur des écrits et de leur donner un caractère authentique et raffiné. Par la suite, il y eut un accroissement considérable du nombre des ouvrages et des écrits, ainsi que de la correspondance administrative et des diplômes. Le parchemin ne suffisait plus. C'est alors qu'al-Fadl Ibn Yahyâ suggéra de fabriquer du papier. C'est ce que l'on fit. On l'utilisa pour la correspondance officielle et pour les diplômes. Ensuite, les gens l'employèrent pour les documents administratifs et les écrits scientifiques, et l'on en améliora remarquablement la qualité.

Les savants et les hommes d'État se préoccupèrent principalement de l'exactitude des ouvrages scientifiques et de leur authenticité, celle-ci étant établie par une chaîne de transmetteurs remontant jusqu'aux auteurs. C'est l'élément le plus important pour l'authentification et la correction d'un écrit. Grâce à ce procédé, les citations sont référées à leurs auteurs, et les décisions juridiques, au juge qui les a prononcées et les a déduites. Tant qu'on n'a pas établi l'authenticité d'un texte — ou d'une décision juridique —, en donnant la chaîne des transmetteurs jusqu'à la personne qui l'a écrit, on ne peut affirmer que ce texte appartient bien à l'auteur en question. Ainsi procédaient les savants et les érudits partout au cours des siècles passés ; d'ailleurs, dans la science des traditions prophétiques, l'utilité de l'étude des chaînes de transmission se limite à cela. En effet, le plus grand fruit de cette étude, qui est de distinguer les traditions « authentiques », « bonnes », « continues », « relâchées » ou « interrompues » de celles qui sont « apocryphes », a été déjà cueilli ; la substance en a été recueillie dans les principaux ouvrages jouissant de l'acceptation de la communauté musulmane. Il est actuellement vain de s'en occuper. L'étude des chaînes de transmission n'a plus d'autre but que d'authentifier ces recueils de traditions, ou d'autres ouvrages de droit, nécessaires aux décisions juridiques ainsi que d'autres compilations et ouvrages scientifiques, en établissant la validité de leurs chaînes de transmission jusqu'à leurs auteurs, afin de pouvoir les citer valablement et s'y appuyer. En Orient comme en Andalus, ces usages sont bien établis et parfaitement connus. On peut constater que les copies exécutées autrefois dans ces régions sont extrêmement soignées et correctes. Partout, dans le monde musulman, on trouve encore aujourd'hui des gens en possession des exemplaires de ces anciens manuscrits. Ils témoignent de la haute perfection atteinte dans ce domaine. Dans tous les pays, les gens se les transmettent jusqu'à nos jours et les gardent précieusement.

Aujourd'hui, au Maghreb, ces usages ont complètement disparu, parce que l'art de la calligraphie n'y est plus pratiqué et que les règles de notation et de transmission n'y sont plus observées, par suite du déclin de la civilisation de ce pays et en raison des mœurs rurales de ses habitants. Les principaux ouvrages et compilations sont copiés d'une écriture campagnarde par les étudiants berbères. Ils sont si obscurs, à cause de la mauvaise qualité de l'écriture et des nombreuses corruptions et erreurs qu'ils renferment, qu'on ne parvient pas à les lire et qu'on n'en retire le plus souvent aucun profit.

Cette situation a provoqué la désorganisation de la fonction de mufti : la plupart des opinions alléguées ne sont pas appuyées sur des chaînes de transmission remontant aux autorités de l'École, mais directement puisées dans ces compilations. D'autre part, elle a affecté les travaux d'un certain nombre de grands savants maghrébins, qui ont écrit des ouvrages en ayant une connaissance insuffisante des règles de composition et en l'absence des techniques appropriées.

De toute cette tradition, il ne reste plus aujourd'hui que quelques faibles traces en Andalus, qui sont sur le point de disparaître. Ainsi, la science est presque en train de s'éteindre complètement au Maghreb.

« Dieu est souverain de Son décret[A]. »

D'après les informations qui nous parviennent de l'Orient,

A. Coran, XII, 21.

l'art de la transmission des textes est encore vivant dans cette région. Ainsi, on peut aisément vérifier l'authenticité d'un ouvrage. Cela est dû à l'épanouissement des sciences et des arts dans cette région, comme nous le mentionnerons plus loin[a]. Cependant, ce sont surtout les non-Arabes qui continuent à faire des copies de qualité, et cela dans leur propre écriture. En Égypte, l'art du copiste s'est dégradé autant qu'au Maghreb, sinon plus.

« Dieu est souverain de Son décret. »

XXXI. L'ART DU CHANT

Cet art consiste à lire des poèmes correctement composés en les chantant. Les sons sont coupés suivant des proportions régulières connues, de sorte qu'ils constituent une mélodie. Les mélodies sont combinées les unes avec les autres dans des rapports donnés. Elles sont agréables à l'oreille à cause de leur harmonie et de la qualité des sons qui résulte de celle-ci[a]. En effet, comme on l'explique dans la science musicale, les sons sont dans des rapports déterminés entre eux : l'un est la moitié, le quart, le cinquième, le onzième de l'autre. La différence d'intervalle entre les sons, en parvenant à l'oreille, les transforme du simple au complexe. Toute combinaison n'est pas agréable à l'oreille, mais seules certaines le sont, qui ont été énumérées et présentées par les musicologues.

Cette musique produite par les mélodies chantées est accompagnée par d'autres sons provenant de corps solides et obtenus en frappant ou en soufflant dans des instruments conçus à cet effet. Le plaisir de l'auditeur en est accru. Au Maghreb[b], on trouve aujourd'hui des instruments de plusieurs sortes. On doit mentionner en premier lieu la flûte, appelée *shabbâba*. C'est un roseau percé de trous. Quand on souffle dedans, il produit un son. Le son sort directement par ces trous, et on le règle en plaçant les doigts des deux mains sur ces derniers d'une manière convenue, de sorte qu'on crée les intervalles appropriés entre les sons et qu'on les combine de façon harmonieuse. Ils sont agréables à l'oreille à cause de cette harmonie.

On trouve ensuite, dans la même famille, un autre instrument à vent appelé *zulâmî*. Il a la forme d'un roseau dont les deux côtés sont en bois sculpté. Il est creux sans être rond, parce qu'il est constitué de deux morceaux assemblés. Il est également percé d'un certain nombre de trous. On souffle dedans par un petit roseau qui lui est attaché et qui permet à l'air d'arriver aux trous. Il donne un son aigu. On place les doigts sur les trous pour scander les sons, comme on le fait avec la *shabbâba.*

Un des meilleurs instruments à vent de nos jours est la trompette. Fabriqué en cuivre, il mesure une coudée et s'élargit à son ouverture, qui a un diamètre un peu moins grand que la paume de la main, taillé comme un calame. On y souffle à l'aide d'un petit roseau qui achemine l'air de la bouche, produisant un son grave et sonore. Il a également plusieurs trous d'où on scande les sons avec les doigts d'une manière harmonieuse, ce qui donne un effet agréable.

Il existe encore les instruments à cordes, qui sont tous creux. Ils peuvent être en forme de segment de sphère, comme le barbiton [luth] et le rebec, ou de forme carrée, comme le *qânûn.* Les cordes sont placées sur le plat de l'instrument et fixées, à la tête de celui-ci, à des chevilles mobiles qu'on peut au besoin tendre ou relâcher en les tournant. On les frappe avec un autre morceau de bois ou bien on passe dessus une corde attachée aux deux extrémités d'un arc et frottée préalablement avec de la cire ou de la résine. On en joue en variant la pression de la main qui guide cet arc, ou en faisant passer celui-ci d'une corde à l'autre. En même temps, pour tous les instruments à cordes, on se sert des doigts de la main gauche pour appuyer sur les extrémités des cordes. On obtient de la sorte des sons harmonieux et agréables. On peut encore battre des cuvettes de cuivre avec des baguettes, ou entrechoquer des morceaux de bois suivant un rythme harmonieux, qui rend les sons entendus agréables à l'oreille.

Expliquons maintenant la raison du plaisir engendré par le chant. Il a été établi que le plaisir est dans la perception de ce qui convient. Or, ce qu'on perçoit des choses sensibles, c'est la qualité. Si celle-ci s'accorde avec le percevant et lui convient, elle est agréable ; si elle est incompatible et antagoniste, elle provoque chez lui de la douleur. Les aliments qui conviennent sont ceux qui sont en accord avec le tempérament lié au sens du goût. Il en est de même pour les sensations du toucher. Pour ce qui est des odeurs, celles qui conviennent sont en accord avec l'esprit cordial vaporeux, parce que c'est cet esprit qui les perçoit après les avoir reçues par l'intermédiaire du sens de l'odorat. Ainsi, les plantes et les fleurs odoriférantes ont un meilleur parfum et conviennent mieux à l'esprit, parce que la chaleur, qui est le tempérament de l'esprit cordial, y est prédominante. Quant aux sensations visuelles et auditives, celles qui conviennent doivent présenter une harmonie dans leurs formes et leurs qualités. C'est ce qui est le mieux en accord avec l'âme et lui convient le plus.

Quand un objet perçu par la vue est harmonieux dans ses formes et ses lignes, en accord avec la matière dont il est fait, de sorte qu'il ne va pas à l'encontre de la parfaite harmonie et de l'ordre qui découlent de sa matière propre — et c'est en cela que réside la signification de la beauté de tout objet perçu —, il est alors en accord avec l'âme qui perçoit, et celle-ci éprouve du plaisir à percevoir ce qui lui convient. C'est pourquoi les amoureux célèbres, pour exprimer toute la profondeur de leur sentiment, disent que leur esprit se confond avec celui de l'objet aimé. D'un[c] autre point de vue, cela signifie, comme l'affirment les philosophes, que l'être est commun à tous les êtres. Ceux-ci désirent donc se confondre avec ce en quoi ils voient la perfection, afin de s'unir à lui[d].

Or, ce qui est le plus en accord avec l'homme et ce en quoi il lui est le plus facile de percevoir l'harmonie parfaite, c'est la forme humaine. Il lui est donc plus naturel de percevoir la beauté dans les lignes de la forme humaine et dans les sons de la voix humaine. Tout homme désire passionnément la beauté dans les objets perçus par la vue ou l'ouïe, comme l'exige sa nature. La beauté des sons perçus par l'ouïe réside dans leur harmonie et l'absence de dissonances.

En effet, les sons sont de différentes qualités : ils sont bas ou hauts, lâches ou tendus, vibrants ou étouffés, etc. C'est leur harmonie qui en produit la beauté. D'abord[e], le passage d'un son à un son contraire ne doit pas se faire d'un seul coup, mais progressivement. Il en va de même du retour répété à un son identique. Il faut ménager une transition entre les deux sons. On peut citer à cet égard l'exemple des linguistes, qui trouvent laids les sons discordants ou trop voisins. Ensuite, les sons doivent avoir des intervalles harmonieux, comme on l'a vu au début de cette section. Le passage d'un son à sa moitié, son tiers ou toute autre fraction, doit être effectué d'une manière harmonieuse, conformément aux règles établies par les musicologues. Quand les sons[f] sont harmonieux au point de vue de leurs qualités, comme l'affirment les musicologues, ils conviennent à l'âme et sont agréables.

L'harmonie peut être simple. Beaucoup de gens ont une disposition naturelle à la percevoir et n'ont besoin d'aucune instruction ni d'aucun art. Ainsi, on trouve des gens naturellement doués pour les mètres de la poésie ou pour le rythme de la danse, ou pour d'autres choses semblables. On appelle vulgairement cette disposition la « justesse de l'oreille ». On l'observe chez de nombreux lecteurs du Coran. En récitant le texte sacré, ils tirent de belles modulations de leur voix, comme d'une flûte. Ils suscitent l'émotion par la beauté et l'harmonie de leur psalmodie.

L'harmonie peut aussi être le résultat d'une composition musicale. Son niveau de connaissance varie selon les individus et sa pratique n'est pas à la portée de tous. C'est l'art de la mélodie, qui relève de la science musicale.

Mâlik désapprouve qu'on récite le Coran en chantant, et ash-Shâfi'î le permet. Il ne s'agit pas ici du chant musical et artistique. Il n'y a pas lieu de soutenir des opinions divergentes quant à son interdiction. L'art du chant est incompatible avec le Coran.

Dans[g] la récitation et la diction, il faut pour chaque lettre une certaine quantité de son, en rapport avec l'articulation des voyelles, brèves ou longues, ou avec d'autres choses du même genre. De même, le chant ne peut s'exécuter sans une certaine quantité de son, en raison de l'harmonie dont on vient de parler à propos de la nature du chant. Mais ils ne vont pas ensemble. La préférence doit être accordée à la récitation du Coran, afin d'éviter toute altération de la manière traditionnelle de lire le texte sacré. Il est donc impossible de faire coïncider le chant et la diction pratiquée pour le Coran.

La divergence signalée plus haut ne concerne donc que la simple psalmodie qu'une personne à l'oreille musicale trouve spontanément, comme on l'a déjà dit, et qu'elle se met à chanter suivant une certaine harmonie, perceptible aussi bien aux gens initiés au chant qu'aux autres. C'est là[h] que se situe le point de divergence.

Il est évident que le Coran doit être placé au-dessus de ce genre de choses, comme l'affirme l'imam Mâlik. En effet, la récitation du Coran est l'occasion de montrer sa soumission à Dieu, car il nous rappelle la mort et l'au-delà. Elle ne doit pas être un prétexte pour se procurer du plaisir par la perception de la beauté des sons. C'est de cette façon que les Compagnons faisaient la récitation du texte sacré, comme on peut le voir dans leur histoire.

Dans la fameuse tradition du Prophète : « Il lui fut accordé une des flûtes de la famille de David[1] », il ne faut pas voir une allusion à la scansion et à la musique, mais plutôt à la beauté de la voix, à la diction, à l'articulation et à la prononciation des sons.

Après avoir indiqué la signification du chant, précisons qu'il apparaît lorsqu'une civilisation est assez développée et qu'elle dépasse le niveau des nécessités pour accéder à celui des commodités et des superfluités, lesquelles doivent être très diversifiées. Alors, seulement, l'art du chant peut naître. En effet, il n'est recherché que par les gens qui n'ont plus de souci pour la satisfaction de leurs besoins nécessaires et urgents, comme celui de gagner leur vie ou de trouver un logement. Seuls ceux qui sont libres de toute préoccupation matérielle peuvent donc s'intéresser à cet art, pour diversifier leurs plaisirs. Avant l'islam, dans les pays dominés par les non-Arabes, la musique était très développée dans les cités et les villes, et les rois la cultivaient avec passion. Ainsi, les souverains de la Perse s'intéressaient aux musiciens, qui tenaient un haut rang dans leur État, assistaient à leurs réunions et chantaient pour eux. Aujourd'hui encore, c'est ce qui se passe chez les non-Arabes, dans tous leurs pays et tous leurs royaumes.

Quant aux Arabes, ils ne pratiquaient, au début, que la poésie. Ils composaient des pièces comprenant des parties égales ayant un nombre équivalent de consonnes, avec ou sans voyelles. La pièce poétique était subdivisée en éléments autonomes, chaque élément devant avoir un sens complet, indépendant des autres. C'est ce qu'on appelle un vers. Un poème[i] était jugé conforme au sens poétique, d'abord par sa division en parties, ensuite par l'harmonisation de ses différentes parties, qui se trouvent à la fin et au début du poème, et enfin par sa capacité à rendre la signification voulue.

Les Arabes aimaient passionnément la poésie. Ils la mettaient au-dessus de tous les autres types de discours, parce qu'elle seule était composée suivant un certain ordre. Ils avaient fait de la poésie le registre de leur histoire, de leur sagesse et de leur noblesse, et la pierre de touche de leur capacité à trouver l'expression juste et les formes poétiques les meilleures. Ils n'ont jamais cessé de se comporter par la suite de cette façon.

Cet ordre, qui résulte de la division de la pièce poétique en parties, et de la répartition en nombre égal des consonnes avec ou sans voyelles, n'est qu'une fraction infime — une goutte dans l'océan — de l'harmonie des sons, comme cela est bien connu d'après les ouvrages sur la musique. Mais les Arabes ne connaissaient rien d'autre. Ils ignoraient alors tout des sciences et des arts, et leur vie était sous l'emprise de la civilisation rurale.

Les chameliers chantaient en faisant marcher leurs bêtes, les jeunes gens chantaient également entre eux dans leurs moments de liberté. Ils fredonnaient des airs et prenaient plaisir à chanter. Cette manière de chanter doucement était appelée *ghinâ'*, lorsqu'elle accompagnait la scansion de la poésie, et *taghbîr*, lorsqu'elle accompagnait la déclamation des louanges à Dieu ou la récitation [du Coran]. Abû Ishâq az-Zajjâj explique ce mot en disant qu'il évoque « ce qui subsiste » (*al-ghâbir*), c'est-à-dire ce qui demeure, autrement dit, les affaires de l'autre monde.

Quand les Arabes chantaient, ils observaient souvent une harmonie simple entre les modes, comme il est mentionné à la fin du *Kitâb al-'Umda* d'Ibn Rashîq[2], ainsi que chez d'autres écrivains. C'est ce qu'ils désignaient sous le nom de *sinâd*. Le plus souvent, leur musique était du genre léger, pour la danse ou la marche, avec un accompagnement de la flûte et du tambour. Elle suscitait l'émotion et rendait le cœur léger. Ce genre était appelé *hazaj*. Toutes ces mélodies simples sont des mélodies primaires. On peut sans doute les saisir spontanément, sans instruction, comme c'est le cas pour tous les arts simples.

Les Arabes continuèrent ainsi durant toute l'époque de leur civilisation rurale, avant l'islam. Après l'avènement de celui-ci, lorsqu'ils s'emparèrent de tous les royaumes de la terre, confisquèrent aux non-Arabes leur pouvoir et les dominèrent, ils conservèrent d'abord leurs rudes mœurs bédouines, auxquelles s'ajoutèrent la rigueur de la religion et sa sévérité pour ce qui est des loisirs et de tout ce qui ne présente pas d'utilité au point de vue religieux, ou de la subsistance. Ils négligèrent quelque peu la musique, et les seules choses qu'ils tinrent pour agréables furent la récitation du Coran et la psalmodie de la poésie, suivant leur vieille habitude.

Puis, lorsqu'ils connurent le luxe et la prospérité grâce au butin qu'ils gagnèrent à la suite de la conquête des autres nations, ils adoptèrent une vie brillante et raffinée et se livrèrent aux loisirs. Les chanteurs perses et byzantins quittèrent leur pays et vinrent s'installer au Hijâz, où ils se firent les clients des Arabes. Ils chantaient tous avec un accompagnement de luths, de pandores, de lyres et de flûtes. Les Arabes écoutèrent leur musique pour voix, et ils se mirent à chanter leurs poèmes sur ce modèle. Ainsi, à Médine, il y eut Nashît al-Fârisî, Tuways et Sâ'ib Khâthir, l'affranchi de 'Abd Allâh Ibn Ja'far. Ils prirent connaissance de la poésie arabe et la mirent en musique de façon parfaite. De la sorte, ils devinrent célèbres. Ils eurent pour disciples Ma'bad et ses pairs, ainsi qu'Ibn Surayj et ses émules. Par la suite, l'art du chant continua à se développer progressivement, jusqu'à l'époque des 'Abbâssides, où il atteignit sa perfection avec Ibrâhîm al-Mawsilî, Ishâq, fils de celui-ci, et Hammâd, fils d'Ishâq. L'éclat qu'il connut à la cour de Bagdad ne cessa jamais, jusqu'à nos jours, d'être un sujet de conversation. On s'adonna aux jeux et aux divertissements avec passion. On utilisa pour la danse des costumes et des baguettes, et l'on chanta des poèmes pour y régler les pas. On en fit un genre à part. On utilisa encore un autre équipement pour la danse, appelé *kurraj*. C'est un cheval de bois sellé, orné de morceaux de robes de femme. Les danseurs le montent comme un vrai cheval, attaquent et battent en retraite, et rivalisent d'ingéniosité. On peut mentionner encore bien d'autres jeux du même genre, qu'on pratiquait dans les banquets, les noces, les jours de fête ou dans d'autres réunions pour le loisir et le divertissement. Tous ces jeux étaient très répandus à Bagdad et dans les villes d'Irak, d'où ils essaimèrent ailleurs.

Les Mawsilis avaient un jeune disciple, nommé Ziryâb, qui apprit le chant auprès d'eux. Il était si doué qu'ils furent jaloux de lui et l'expédièrent au Maghreb. Il gagna la cour d'al-Hakam, fils de Hishâm, fils de 'Abd ar-Rahmân ad-Dâkhil, souverain d'al-Andalus. Celui-ci le combla d'honneurs : il alla l'accueillir à cheval, le couvrit de présents, lui accorda des terres et des pensions et lui réserva un haut rang à sa cour et parmi ses intimes. L'art musical que

Ziryâb laissa en héritage à l'Andalus se perpétua jusqu'à l'époque des *reyes de taifas*. Il connut un très grand épanouissement à Séville, et, après le déclin de cette ville, gagna les rives de l'Ifrîqiya et du Maghreb. Il se répandit dans les villes de cette région, où l'on en trouve encore aujourd'hui quelque trace, malgré la régression de sa civilisation et la faiblesse de ses États.

L'art de la musique est le dernier à apparaître dans la civilisation. C'est en effet un art superflu, qui n'a d'autre objet que le loisir et le divertissement. C'est aussi le premier à disparaître lorsque la civilisation commence à se disloquer et à régresser.

Dieu est « le Créateur, l'Omniscient[A] ».

XXXII. LES ARTS, ET NOTAMMENT LE CALCUL ET L'ÉCRITURE, DONNENT UN SURCROÎT D'INTELLIGENCE À CEUX QUI LES PRATIQUENT[a]

Nous avons vu que l'âme rationnelle n'existe d'abord chez l'homme qu'en puissance[1]. Elle ne passe de la puissance à l'acte que par l'acquisition progressive des sciences et des perceptions dérivées des choses sensibles d'abord, ensuite par [les connaissances] qu'elle acquiert au moyen de la faculté spéculative, jusqu'à ce qu'elle devienne perception en acte et intellect pur. Étant devenue une essence spirituelle, elle accomplit alors son être.

Chaque espèce de science et de spéculation procure donc nécessairement à l'âme un surcroît d'intelligence. Or, la pratique des arts et les habitus qu'on y acquiert induisent toujours un type de comportement scientifique. C'est pourquoi l'expérience et la maîtrise des arts apportent un supplément d'intelligence. Et il en est de même de l'adoption de la civilisation urbaine dans toute sa perfection, car celle-ci est constituée par un ensemble d'arts relatifs à l'économie domestique, au commerce avec les hommes, à l'acquisition des bonnes manières, à l'accomplissement de la religion et au respect des convenances et des règles qui y sont attachées. Il y a dans tout cela des normes qui s'organisent en savoirs et dont il résulte un surcroît d'intelligence.

A. Coran, XV, 86 ; XXXVI, 81.

À cet égard, l'écriture est un art des plus utiles. En effet, contrairement aux autres arts, elle se rapporte à des matières scientifiques et spéculatives. La lecture d'un texte écrit permet de passer de la forme des lettres à l'expression verbale des mots dans l'imagination, et, de ceux-ci, aux idées qui se trouvent dans l'âme. Ainsi, on va sans arrêt d'un signe à un autre. L'âme s'habitue à ce processus constant et, de cette façon, acquiert la capacité de passer des signes aux signifiés[2]. C'est ce qu'on entend par la spéculation intellectuelle, au moyen de laquelle on acquiert de nouvelles connaissances dans les sciences. On obtient ainsi un habitus de l'intellection, qui est un surcroît d'intelligence. Cela donne un supplément de perspicacité et d'intelligence, dû à l'entraînement subi. C'est ce qui a fait dire à Khosrô, lorsqu'il a remarqué la perspicacité et l'intelligence de ses secrétaires : « *Dêwâneh* », c'est-à-dire qu'ils sont des démons et des fous. De là dérive le mot *dîwân*, qui désigne les secrétaires[3].

Le calcul est dans le même cas que l'écriture. Il procure une sorte d'habileté dans le maniement des nombres, qu'on réunit ou sépare, ce qui requiert une grande capacité de raisonnement déductif. On prend ainsi l'habitude du raisonnement et de la spéculation, et c'est ce qu'on entend par intelligence.

« Dieu vous a fait sortir du sein de votre mère dénués de tout savoir ; Il vous a confié l'ouïe, la vue, le foie[A]... » ; « Peut-être serez-vous reconnaissants[B b]. »

A. Coran, XVI, 78. ◆ B. Coran, VII, 10.

Sixième partie du livre I

LES DIVERSES SORTES DE SCIENCES, LES MÉTHODES D'ENSEIGNEMENT ET LES ÉTATS QUI LES AFFECTENT,

avec un préambule et des appendices[a]

PRÉAMBULE[a]

Sur la pensée humaine, qui distingue l'homme des animaux, le guide vers l'acquisition de ses moyens d'existence et vers la coopération avec ses semblables en vue de celle-ci, ainsi que vers la considération de Celui qu'il adore et des messages transmis par Ses envoyés. Dieu a soumis à l'homme tous les animaux et les a placés sous son pouvoir. Il lui a donné, grâce à la pensée, la supériorité sur beaucoup de Ses créatures.

I. LA PENSÉE HUMAINE

Sache que Dieu a distingué l'homme de tous les autres animaux par la pensée : Il en a fait le commencement de sa perfection et l'aboutissement de sa supériorité et de sa prééminence sur toutes les choses engendrées[1].

La perception, qui est la conscience[2] chez celui qui perçoit[3] de ce qui lui est extérieur, est propre aux animaux, à l'exclusion de toutes les choses engendrées et de toutes les choses existantes[4]. Les animaux ont conscience de ce qui leur est extérieur grâce aux sens externes dont Dieu les a dotés : l'ouïe, la vue, l'odorat, le goût et le toucher. En outre, de tous les animaux, l'homme est [le seul à avoir la capacité] de percevoir ce qui lui est extérieur au moyen de la pensée, qui est au-delà des sens. Cela, grâce à des facultés, logées dans les cavités de son cerveau[5], qui lui permettent d'extraire les formes des choses sensibles, d'y appliquer son esprit et d'en abstraire d'autres formes. La pensée est la libre utilisation de ces formes par-delà les sens, et l'exercice, par l'esprit qui les parcourt, de l'abstraction et de la synthèse[6]. C'est là la signification du mot « cœurs », *af'ida*, dans le verset coranique : « Dieu vous a donné l'ouïe, la vue et les cœurs[A]. » *Af'ida* est le pluriel de *fu'âd*, qui signifie ici « pensée ».

Il y a plusieurs degrés dans la pensée. Le premier est celui de l'appréhension intellectuelle des choses du monde extérieur, qu'elles soient disposées selon un ordre naturel ou conventionnel, afin que l'homme puisse les soumettre à son pouvoir. Ce degré de la pensée consiste principalement en concepts[7]. C'est l'intelligence discernante[8], grâce à laquelle l'homme se procure les choses qui lui sont utiles ainsi que ses moyens d'existence, et évite ce qui lui est nuisible.

Le deuxième degré est celui qui procure à l'homme les idées et les manières d'agir qui lui servent dans ses relations avec ses semblables et dans l'action politique. Il consiste principalement en assentiments[9], qui s'obtiennent à travers l'expérience et atteignent leur pleine utilité de façon progressive. C'est ce qu'on appelle l'« intelligence empirique ».

Le troisième degré est celui de la science et de l'opinion[10] au sujet d'un objet situé au-delà des sens et auquel ne s'attache aucune activité pratique. C'est « l'intelligence spéculative ». Elle consiste en concepts et assentiments. Disposés selon un ordre particulier et des conditions particulières, ceux-ci donnent lieu à une autre connaissance du même genre, faite de concepts ou d'assentiments. Combinés avec autre chose, ils donnent lieu à d'autres connaissances encore. [L'intelligence spéculative] aboutit finalement à la conception de l'être comme il est, avec ses genres, ses différences, ses raisons et ses causes. La pensée, grâce à cela, s'accomplit dans sa vérité, et devient intelligence pure et âme percevante ; c'est la signification de la réalité humaine[11].

A. Coran, XVI, 78.

II. LE MONDE DES CHOSES CRÉÉES À PARTIR DE L'ACTION S'ACCOMPLIT GRÂCE À LA PENSÉE

Le monde des choses existantes comprend, d'une part, des essences pures, comme les corps célestes et leurs influences et les trois types d'êtres créés à partir d'eux, c'est-à-dire les minéraux, les végétaux et les animaux — et toutes ces choses dépendent de la puissance divine —, d'autre part, les actions qui émanent des animaux, qui résultent de leurs intentions et qui dépendent du pouvoir que Dieu a mis en eux pour les accomplir. Certaines de ces actions sont ordonnées[1] : ce sont les actions humaines ; les autres ne le sont pas : ce sont celles des autres animaux.

En effet, la pensée perçoit l'ordre qui existe entre les choses créées[2] soit naturellement soit conventionnellement. Quand on veut créer quelque chose, on doit, à cause de l'ordre entre les choses créées, comprendre la raison, la cause ou la condition qui gouvernent cette chose. Ce sont généralement les principes de celle-ci, car cette chose particulière n'existe que postérieurement à ces principes. Or, il n'est pas possible de placer ce qui est postérieur avant ce qui est antérieur, ni ce qui est antérieur avant ce qui est postérieur. Les principes peuvent eux-mêmes avoir d'autres principes qui leur sont nécessairement antérieurs. Ce processus peut suivre une voie ascendante ou s'arrêter. Quand on parvient au dernier principe, en deux ou trois étapes, ou plus, et que l'on commence l'action qui doit aboutir à la création de la chose, on débute avec le dernier principe auquel est parvenue la pensée. Ce dernier principe est le commencement de l'action. On poursuit ensuite en descendant la chaîne des causes jusqu'à la dernière, celle qui est au point de départ de la pensée.

Si, par exemple, on veut construire un toit pour s'abriter, on pensera d'abord au mur qui soutient le toit, puis aux fondations sur lesquelles repose le mur. Ce sera là la fin du cheminement de la pensée. Ensuite, on entamera l'action par les fondations, avant de passer au mur puis au toit, qui marquera la fin de l'action. D'où l'adage : « Le commencement de l'action est la fin de la pensée, et le commencement de la pensée est la fin de l'action[3]. »

Ainsi, l'action humaine dans le monde extérieur ne s'accomplit que si l'homme fixe sa pensée sur ces différentes étapes, qui dépendent les unes des autres. Ensuite seulement, il commence à agir. Le premier élément dans la pensée est le dernier dans la chaîne causale et le dernier dans l'action. Le premier élément dans l'action est le premier dans la chaîne causale et le dernier dans la pensée. C'est la découverte de cet ordre qui permet le déroulement ordonné des actions humaines.

Les actions chez les autres animaux sont dépourvues d'ordre, en raison de l'absence de la pensée, qui permet à celui qui agit de découvrir de l'ordre dans ce qu'il fait. En effet, les autres animaux perçoivent seulement avec les sens. Leurs perceptions sont dispersées et dépourvues de liaisons, car les liaisons ne peuvent se produire que grâce à la pensée.

Dans le monde des choses créées, seules les choses produites de façon ordonnée sont prises en considération, et celles qui ne le sont pas en dépendent. Aussi les actions des animaux leur sont-elles subordonnées et sont-elles au service de l'homme. Les actions de l'homme ont subjugué le monde des êtres créés et tout ce qu'il renferme. Ce monde lui est entièrement soumis et est à sa discrétion. C'est la signification du vicariat, dont il est question dans le Coran lorsque Dieu dit : « Je vais placer sur la terre un vicaire[A]. »

La pensée est donc la qualité humaine particulière par laquelle l'homme se distingue des autres animaux. Le degré d'humanité [d'un être humain] se mesure à sa capacité d'établir dans la pensée la chaîne ordonnée[a] des causes. Certains sont capables de saisir la causalité sur deux ou trois niveaux. D'autres ne peuvent pas aller au-delà de la causalité simple. D'autres atteignent cinq ou six niveaux. Ceux-là ont un degré d'humanité supérieur. La situation à cet égard est comparable à celle des joueurs d'échecs. Il y a des joueurs qui peuvent concevoir trois ou cinq coups suivant un ordre conventionnel[4] ; il y en a d'autres qui ne peuvent en faire autant, parce que leur esprit en est incapable. Toutefois, cet exemple n'est pas tout à fait valable, car l'habileté au jeu d'échecs est due à un habitus, alors que la connaissance de la chaîne causale est naturelle. Il

A. Coran, II, 30.

peut pourtant aider à appréhender intellectuellement les règles énoncées. Dieu a créé l'homme et lui a donné la supériorité sur beaucoup de Ses créatures[A].

III. L'INTELLIGENCE EMPIRIQUE ET COMMENT ELLE SE PRODUIT

On connaît, d'après les écrits des philosophes, l'affirmation : « L'homme est politique par nature[1]. » Cette proposition est citée pour établir l'existence de la prophétie et d'autres choses. Le mot « politique » vient de « cité » [*polis*], que les philosophes emploient au sens de « société humaine ».

Cette proposition signifie qu'un individu humain isolé ne peut survivre, et que son existence ne peut s'accomplir qu'avec ses semblables. En effet, [seul], il est incapable de mener son existence et sa vie jusqu'à leur perfection. En raison de sa nature, l'aide des autres lui est toujours nécessaire pour la satisfaction de tous ses besoins. Cette aide implique d'abord la discussion, puis la collaboration et tout ce qui s'ensuit. Souvent, quand tout le monde poursuit les mêmes buts, ces relations conduisent à des querelles et des disputes. Ainsi naissent rivalités et ententes, amitiés et inimitiés. C'est ce qui donne lieu à la guerre ou à la paix entre les diverses nations et tribus.

Tout cela n'est pas fait n'importe comment et au hasard, comme chez les animaux en liberté. Car, comme on l'a vu, Dieu a donné aux hommes une disposition à agir d'une façon réglée et ordonnée, grâce à la pensée. Il leur a ainsi permis d'agir de façon ordonnée, et les a aidés à se conformer aux normes politiques et aux règles de la sagesse. De la sorte, ils rejettent les choses nuisibles et adoptent les choses utiles, fuient le mal et recherchent le bien, après avoir reconnu ce qui est mauvais et corrompu à travers les résultats de leurs actions et sur la base d'une saine expérience et d'habitudes bien établies. Ils se distinguent ainsi des animaux laissés à eux-mêmes, et les effets de la pensée se manifestent dans le bon ordre de leurs actions, et leur éloignement de toute corruption.

Les idées grâce auxquelles tout cela est obtenu ne sont

A. *Cf.* Coran, XVII, 70.

pas complètement éloignées des sens et ne demandent pas à être approfondies. Elles sont toutes acquises à travers l'expérience et dérivent de l'expérience. En effet, ce sont des idées particulières qui se rattachent aux choses sensibles, et leur vérité ou leur fausseté ne tarde pas à apparaître dans les faits[2]. C'est à partir de là qu'on en acquiert la connaissance. Chaque être humain en apprend ce qu'il lui est donné d'en apprendre, et ce, en y employant son expérience des faits qui se produisent au cours de ses relations avec ses semblables. Finalement, il voit clairement ce qui lui est nécessaire et ce qu'il doit faire ou ne pas faire et, par une longue familiarité, acquiert un habitus dans le commerce avec ses semblables.

Une personne qui suit ce processus durant toute sa vie arrivera à découvrir les différents cas un à un ; mais tout ce qui s'appuie sur l'expérience requiert du temps. Beaucoup de gens peuvent accomplir cela en moins de temps que ne l'exige l'expérience s'ils imitent leurs pères, leurs maîtres et leurs aînés, s'ils se mettent à leur école et profitent de leurs leçons. Ainsi, ils s'épargneront toute la peine qu'il faut endurer pour examiner attentivement les faits et en tirer ces idées. Ceux qui n'ont pas de maître et ne suivent pas une tradition, ou qui refusent d'écouter un maître et de se conformer à son enseignement, doivent supporter de longues peines pour s'éduquer en ces matières. Ils empruntent des voies inaccoutumées et obtiennent de ces choses une connaissance inadéquate. Leurs comportements et leur commerce avec les autres sont mal dégrossis et défaillants, et ils échouent à gagner leur vie au milieu de leurs semblables.

C'est le sens de la maxime célèbre : « Celui qui n'a pas été éduqué par ses parents, le temps s'en chargera. » Cela signifie que celui qui n'a pas appris de ses parents — et plus largement de ses maîtres et de ses aînés — les manières à observer dans le commerce avec les hommes sera naturellement éduqué par les événements au cours des jours. Le temps sera son maître et éducateur, car l'éducation lui est nécessaire, étant donné que, par nature, il a besoin de coopérer avec les autres.

C'est cela, l'intelligence empirique. Son acquisition suit celle de l'intelligence discernante qui, on l'a vu, préside à l'action. Ensuite vient le niveau de l'intelligence spéculative, dont l'explication est fournie par les hommes qui cultivent les sciences. Nous n'aurons donc pas besoin de l'expliquer dans notre ouvrage. « Dieu vous a donné l'ouïe, la vue et les cœurs. » Mais « vous êtes bien peu reconnaissants[A] ».

IV. LES SCIENCES DES HOMMES ET CELLES DES ANGES

Nous observons en nous-mêmes, grâce à une intuition sûre, l'existence de trois mondes.

Le premier est celui des sens. Nous l'appréhendons au moyen des perceptions sensorielles, que les animaux partagent avec nous.

Il y a ensuite la pensée, qui est propre à l'homme. Nous en apprenons d'une façon nécessaire l'existence de l'âme humaine, dont nous voyons en nous les perceptions scientifiques[1], qui sont au-delà des perceptions des sens. C'est donc là un autre monde, au-dessus du monde des sens.

Enfin, des influences que nous en ressentons et qui parviennent dans nos cœurs — telles que volitions et mouvements accompagnant nos actions —, nous déduisons un troisième monde au-dessus de nous. Nous savons ainsi qu'il y a là un agent qui, à partir d'un monde, au-dessus du nôtre, nous pousse vers ces choses. Ce monde est celui des esprits et des anges. Il renferme des essences que nous pouvons percevoir à cause de l'influence qu'elles exercent sur nous, malgré la différence qui nous sépare.

On peut souvent déduire ce monde supérieur spirituel, et les essences qu'il renferme, à partir des visions et des choses que nous voyons et qui nous sont transmises dans notre sommeil. Nous ne prêtons pas attention à ces choses à l'état de veille. Quand ces visions sont authentiques, elles correspondent à la réalité, et nous savons qu'elles sont vraies et viennent du monde du Vrai. Les rêves confus sont, d'un autre côté, des formes imaginaires emmagasinées à l'intérieur de nous-mêmes par les perceptions ; après la rupture avec les sens, la pensée s'y applique[2].

De [l'existence de] ce monde spirituel, il n'y a pas de preuve plus claire que celle-là. Nous en avons donc une connaissance générale, mais nous ne pouvons pas en avoir

A. Coran, XVI, 78 ; VII, 10.

une perception détaillée. Ce que disent les philosophes métaphysiciens au sujet de la description détaillée et de l'ordre des essences du monde spirituel, qu'ils appellent « intellects », n'est pas certain, parce que les conditions de l'argumentation spéculative, telles qu'ils les ont établies dans la logique, n'y sont pas correctement appliquées. L'une de ces conditions est que les propositions soient primaires et essentielles, mais on ne sait rien de l'essentialité de ces essences spirituelles. On ne peut donc leur appliquer aucune argumentation logique. Les seuls détails de ces mondes qui soient accessibles à notre perception, c'est ce que nous pouvons tirer des disciplines de la loi religieuse, éclairées et régies par la foi.

De ces trois mondes, celui où notre perception est la plus ferme est le monde humain, car nous en avons une expérience intérieure et nous pouvons l'observer à travers nos perceptions corporelles et spirituelles. Le monde humain partage le monde des sens avec les animaux, et le monde de l'intellect et des esprits avec les anges, dont les essences sont du même genre que les siennes. Ce sont des essences dépouillées de la corporéité et de la matière, des intellects purs, où l'intelligence, le sujet et l'objet de l'intellection ne font qu'un. C'est, en quelque sorte, une essence dont la réalité est perception et intellect.

Les sciences des anges sont toujours présentes [en eux]. Elles sont conformes par nature aux choses connues et ne souffrent jamais d'aucune défaillance. Tandis que la science des hommes est l'apparition dans leurs essences des formes des choses connues, alors qu'elles ne s'y trouvaient pas auparavant. Elle est entièrement acquise. L'essence où apparaissent les formes des choses connues, l'âme, est une matière première qui revêt les formes de l'existence grâce aux choses connues qui apparaissent graduellement en elle. Finalement, elle atteint sa perfection, et, avec la mort, son existence se maintient aussi bien en tant que matière qu'en tant que forme.

L'objet recherché oscille toujours dans l'âme entre la négation et l'affirmation. L'âme recherche l'une ou l'autre à travers un moyen terme qui relie les deux extrêmes. Quand elle y parvient et que l'objet recherché est appréhendé, il reste encore à montrer la conformité [entre la connaissance et l'objet connu]. Souvent, cela est éclairci par une argumentation logique et technique. Mais cela se produit de derrière le voile, non par une vision directe, comme dans les sciences des anges.

Le voile peut être levé, et la conformité est alors établie par une vision perceptive directe. Il apparaît donc clairement que les hommes sont ignorants par nature, à cause de l'oscillation qui affecte leur connaissance. Ils obtiennent leur savoir par l'acquisition et l'art. Ils appréhendent l'objet au moyen de leur pensée, suivant des règles techniques. La levée du voile à laquelle nous avons fait allusion ne s'obtient que par la pratique des exercices spirituels du *dhikr* (le meilleur de ces exercices étant la prière qui interdit les péchés et les actions blâmables), l'abstention de la consommation des choses qui préoccupent l'esprit (et la plus importante forme d'abstention est le jeûne), et le fait de se tourner vers Dieu de toutes ses forces.

« Dieu a appris à l'homme ce qu'il ne savait pas[A]. »

V. LES SCIENCES DES PROPHÈTES

Les prophètes sont une catégorie d'hommes affectée par un état divin situé hors de la sphère des buts et des conditions de l'homme. Chez eux, l'orientation seigneuriale l'emporte sur l'orientation humaine, aussi bien pour ce qui est des facultés perceptives que des facultés appétitives — désir, colère —, ainsi que pour tous les états liés au corps. Ils s'abstiennent des choses humaines, sauf celles qui sont nécessaires, et s'attachent aux choses divines, telles que l'adoration et la répétition du nom divin (*dhikr*), que requiert leur connaissance de Dieu. Ils informent les hommes, de la part de Dieu, de ce qui leur est révélé dans cet état au sujet de la direction de la communauté. Ils suivent en cela une voie identique, qu'on leur reconnaît en propre et qui ne change jamais. C'est comme une disposition naturelle que Dieu a mise en eux.

Nous avons déjà parlé de la Révélation au début de cet ouvrage, dans le chapitre consacré aux différents types d'hommes qui ont une perception de l'invisible[1]. Nous y avons montré que tous les êtres, dans les mondes simples comme dans les mondes composés, sont rangés selon un ordre naturel aussi bien vers le haut que vers le bas, et

A. Coran, XCVI, 5.

qu'ils sont en continuité les uns avec les autres de façon ininterrompue. Les essences qui sont situées à la fin de chaque niveau sont prêtes naturellement à se transformer en celles qui les avoisinent vers le bas ou vers le haut. Il en est ainsi des éléments corporels simples. Et c'est également le cas du palmier et de la vigne, qui sont à la fin du niveau des plantes, par rapport aux limaçons et aux coquillages, qui appartiennent au niveau des animaux. Il en va de même des singes, qui réunissent intelligence et perception, par rapport à l'homme, doué de la pensée et de la réflexion. Cet état de préparation qu'on trouve aux deux versants de chaque niveau des différents mondes est ce qu'on entend par « continuité » entre les mondes[2].

Au-dessus du monde humain, il y a un monde spirituel. Nous en avons un témoignage dans l'influence qu'il exerce sur nous, en nous procurant les facultés de perception et de volition. Les essences de ce monde spirituel sont perception pure et intellection absolue. C'est le monde des anges.

De tout cela, il s'ensuit nécessairement que l'âme humaine a une disposition à se dépouiller de la condition humaine et à prendre la condition angélique pour appartenir en acte à l'espèce des anges, à un certain moment et pour un bref instant. Elle retrouve ensuite son humanité, après avoir reçu dans le monde des anges le message qu'elle est chargée de transmettre aux autres hommes. C'est la signification de la Révélation et du fait de recevoir les paroles des anges.

Tous les prophètes ont une telle prédisposition, qui est comme une sorte de disposition naturelle. En se dépouillant [de leur humanité], ils éprouvent une sensation de tension et d'étouffement, comme c'est connu[3].

Le savoir qu'ils acquièrent dans cet état est un savoir de vision directe qui n'est pas susceptible d'erreurs ou de faux pas, et que n'affectent ni méprise ni illusion. Sa conformité à son objet est essentielle, à cause de l'absence de voile et d'une vision claire. Lorsqu'ils quittent cet état pour retrouver leur humanité, leur savoir ne perd pas sa clarté, laquelle lui reste attachée. Grâce à la pureté qui les a fait accéder à cet état, ils continuent à recevoir la Révélation jusqu'au moment où s'achève leur mission de direction de la communauté. Il est dit dans le Coran : « Je ne suis qu'un homme comme vous, auquel il a été révélé que votre Dieu est un Dieu unique. Allez vers Lui en observant la rectitude ; demandez-Lui pardon[A]. »

Cela doit être bien compris. On pourrait encore se reporter à ce que nous avons dit au début de ce livre au sujet des différents types d'hommes qui ont la perception de l'invisible. On y trouvera une explication et un commentaire clairs. En effet, nous y avons exposé ce sujet avec suffisamment de détails.

C'est Dieu qui donne le succès.

VI. L'HOMME EST IGNORANT PAR ESSENCE ET DEVIENT SAVANT PAR ACQUISITION

Dans les précédentes sections, nous avons montré que l'homme appartient à l'espèce des animaux. Dieu l'a distingué de ceux-ci en lui donnant la pensée, qui lui permet de produire ses actions d'une façon ordonnée — et c'est l'intelligence discernante —, d'acquérir, par la fréquentation de ses semblables, un savoir des opinions et de ce qui est bon ou mauvais — et c'est l'intelligence empirique —, et enfin de former le concept des choses existantes telles qu'elles sont, qu'elles soient présentes ou absentes — et c'est l'intelligence spéculative.

La pensée n'apparaît chez l'homme qu'après que l'animalité a atteint en lui sa perfection. Elle commence avec le discernement. Avant le discernement, l'homme n'a en lui aucun savoir et doit être compté au nombre des animaux. Comme eux, il a été créé [et s'est développé] à partir d'une goutte de sperme, d'un caillot de sang puis d'un lambeau de chair[B]. Ce que l'homme acquiert ultérieurement, il le doit aux perceptions des sens et « des cœurs » — c'est-à-dire à la pensée — que Dieu lui a données. Nous rappelant Ses bienfaits envers nous, Dieu a dit : « Il vous donna l'ouïe, la vue et les cœurs[C]. »

Dans un premier stade, avant le discernement, l'homme n'est qu'une matière première, parce qu'il est dépourvu de toute connaissance. Il cherche ensuite à accomplir sa forme grâce au savoir qu'il acquiert avec ses organes. Son essence humaine accomplit alors son être.

Voyez ce qui est dit dans le Coran au début de la Révé-

A. Coran, XLI, 6. ◆ B. *Cf.* Coran, XXII, 5. ◆ C. Coran, XVI, 78.

lation faite par Dieu à Son prophète : « Récite ! Au nom de ton Seigneur qui créa. Il créa l'homme d'un caillot de sang. Récite ! de par ton Seigneur généreux. Il enseigna par le calame. Il enseigna à l'homme ce qu'il ne savait pas[A]. » Ce qui signifie que Dieu a permis à l'homme d'acquérir un savoir qu'il ne possédait pas, après avoir été un caillot de sang et un lambeau de chair.

Ainsi, la nature et l'essence de l'homme nous ont révélé que celui-ci eſt par essence ignorant et qu'il devient savant par acquisition. Le noble verset du Coran qu'on vient de citer y fait allusion. On y voit comment Dieu, au début du texte sacré et au commencement de la Révélation, y rappelle Ses bienfaits à l'homme pour ce qui eſt du premier ſtade de son être, c'eſt-à-dire l'humanité, avec ses deux états : celui des dispositions naturelles et celui de l'acquis. « Dieu eſt connaissant et sage[B]. »

VII. L'ENSEIGNEMENT DES SCIENCES EST UN ART

On ne peut devenir habile dans une science et y atteindre le degré de certitude et de maîtrise que par l'obtention d'un habitus permettant d'en cerner les principes et les règles, d'en connaître à fond les problèmes, de tirer des principes les queſtions secondaires. Tant qu'on n'a pas acquis un tel habitus, on ne peut prétendre posséder une discipline.

Un habitus eſt tout autre chose que le fait de comprendre ou d'avoir entendu parler d'une chose. Le fait de comprendre un problème donné dans une discipline donnée eſt commun à celui qui eſt versé dans cette discipline et au débutant, aux gens du commun qui ne possèdent aucun savoir scientifique et au savant accompli. Mais on ne peut parler d'habitus que pour le savant et pour celui qui eſt versé dans les disciplines scientifiques, à l'exclusion de tout autre. L'habitus eſt donc autre chose que la compréhension.

Tous les habitus sont corporels, qu'ils concernent le corps ou le cerveau, comme le calcul, où il eſt fait appel à la pensée ou à d'autres facultés. Or, toutes les choses

A. Coran, XCVI, 1-5. ◆ B. Coran, IV, 17.

corporelles sont sensibles. Elles ont donc besoin d'être enseignées. C'est pourquoi, dans tous les pays et à toutes les époques, pour toute science et pour tout art qui requièrent des maîtres célèbres, on tient à assurer une bonne tradition d'enseignement.

Il y a encore autre chose qui montre que l'enseignement des sciences est un art : c'est la diversité des terminologies qu'on y rencontre. Chaque maître célèbre a sa terminologie propre en matière d'enseignement, comme c'est le cas pour tous les arts. On voit par là que la terminologie en elle-même ne fait pas partie de la science, sinon, elle serait la même pour tous. Prenons le cas de la théologie : on sait combien la terminologie utilisée dans l'enseignement de cette discipline diffère chez les anciens et chez les modernes. Il en va de même des fondements du droit, de la philologie arabe, du droit. De même, dans toute science qui doit être étudiée [avec des maîtres], on trouvera que les terminologies utilisées pour son apprentissage sont différentes. Il y a toujours des différences dans les terminologies dont on se sert pour leur enseignement. Cela montre que les terminologies sont autant d'arts au service de l'enseignement, alors que la science en elle-même est une.

Si cela est bien établi, il faut savoir que les chaînes d'autorités dans les sciences[1] à notre époque, au Maghreb, sont presque interrompues, à cause de la désintégration de la civilisation dans cette région, de l'affaiblissement des États, du déclin et de la disparition des arts qui résultent d'une pareille situation, comme on l'a vu. Kairouan et Cordoue étaient les deux grands centres urbains du Maghreb et de l'Andalus. Leur civilisation était très développée, et les sciences et les arts y étaient très demandés et prospères. En raison de leur durée et de leur civilisation urbaine, l'enseignement y prit racine. Mais, avec leur ruine, il n'y eut plus d'enseignement au Maghreb, si ce n'est ce qui avait pu être conservé de la tradition de ces deux villes sous les premiers Almohades à Marrakech. La civilisation urbaine ne put s'implanter durablement dans cette ville à cause de la rusticité originelle des Almohades et du peu de temps qui s'était écoulé entre leur avènement et leur chute. Les conditions de la civilisation urbaine ne purent y jouir qu'exceptionnellement d'une certaine continuité.

Après la chute des Almohades, à Marrakech, le cadi Abû l-Qâsim Ibn Zaytûn quitta l'Ifrîqiya pour l'Orient.

Cela eut lieu vers le milieu du VIIe siècle [XIIIe]. Il rencontra les disciples de l'imam Ibn al-Khatîb, étudia auprès d'eux et apprit leur méthode d'enseignement. Il devint habile dans les sciences rationnelles et traditionnelles et revint à Tunis avec beaucoup de connaissances et une bonne méthode d'enseignement. Après lui, Abû 'Abd Allâh Ibn Shu'ayb ad-Dukkâlî revint également de l'Orient, où il était allé auparavant, et où il avait étudié auprès des maîtres de l'Égypte. Il rentra à Tunis, où il s'installa. Son enseignement fut profitable. Les habitants de Tunis étudièrent auprès des deux savants, dont la tradition en matière d'enseignement se transmit à leurs disciples de génération en génération, jusqu'au cadi Muhammad Ibn 'Abd as-Salâm, le commentateur d'Ibn al-Hâjib, et à ses disciples. Puis elle passa de Tunis à Tlemcen, par le truchement d'Ibn al-Imâm et de ses élèves. Ce dernier avait étudié avec Ibn 'Abd as-Salâm auprès des mêmes maîtres et dans les mêmes cercles scientifiques. On trouve encore aujourd'hui des élèves d'Ibn 'Abd as-Salâm à Tunis et d'Ibn al-Imâm à Tlemcen. Mais ils sont si peu nombreux qu'il est à craindre que leur chaîne d'autorités n'en vienne à s'interrompre.

À la fin du VIIe siècle [XIIIe], Abû 'Alî Nâsir ad-dîn al-Mashaddâlî quitta à son tour les Zwâwa pour l'Orient. Il rencontra les disciples d'Abû 'Amr Ibn al-Hâjib, étudia auprès d'eux et apprit leur méthode d'enseignement. Il fréquenta les mêmes cercles scientifiques que Shihâb ad-dîn al-Qarâfî, devint également habile dans les sciences rationnelles et traditionnelles, et revint au Maghreb avec beaucoup de connaissances et une méthode d'enseignement utile. Il s'installa à Bijâya, et sa tradition d'enseignement se continua avec les étudiants de cette ville. 'Imrân al-Mashaddâlî, un de ses disciples, se déplaça souvent à Tlemcen, et finit par s'y fixer et y implanter sa méthode. On ne trouve aujourd'hui à Bijâya et à Tlemcen qu'un tout petit nombre de ses disciples.

Fès et toutes les autres villes du Maghreb ne disposèrent plus d'un bon enseignement à partir du déclin de l'enseignement de Cordoue et de Kairouan. Comme la continuité de la tradition d'enseignement n'y fut plus assurée, il devint difficile aux habitants de ces villes d'acquérir un habitus et une habileté dans les sciences. La meilleure méthode pour acquérir pareil habitus est de s'exercer à s'exprimer clairement[a] à travers les discussions et les disputes sur les problèmes scientifiques. C'est par ce moyen seulement qu'on peut y accéder et en saisir l'objet. Les étudiants dépensent une bonne partie de leur vie à fréquenter assidûment les cercles scientifiques, sans jamais ouvrir la bouche et sans débattre, se préoccupant de mémoriser plus qu'il n'est besoin. Ainsi, ils n'arrivent à acquérir qu'un piètre habitus dans les sciences et dans l'enseignement. Ceux d'entre eux qui ont acquis un certain bagage montrent des lacunes quand ils sont appelés à participer à une discussion ou à une dispute, ou à enseigner. Leurs faiblesses n'ont d'autre origine que l'enseignement qu'ils ont reçu et l'interruption de ses chaînes d'autorités. Autrement, les connaissances qu'ils ont pu mémoriser sont plus étendues que celles des autres, car ils mettent beaucoup de soin à cultiver leur mémoire, croyant que c'est cela qui est visé par l'acquisition d'un habitus scientifique. Mais il n'en est pas ainsi.

On trouvera un témoignage de ce qui vient d'être dit dans le fait que, au Maghreb [Extrême], la durée de résidence des étudiants dans les collèges est fixée à seize ans, alors qu'elle est de cinq ans à Tunis. Cette durée de résidence dans les collèges correspond habituellement au temps minimal requis pour qu'un étudiant puisse acquérir l'habitus scientifique qu'il désire, ou renoncer définitivement à l'obtenir. Si elle est si longue au Maghreb, à notre époque, c'est uniquement en raison de la difficulté que cette acquisition représente, vu la médiocrité de l'enseignement.

En Andalus, l'enseignement a disparu, et les habitants de ce pays ne s'intéressent plus aux sciences, à cause du recul enregistré par la civilisation musulmane depuis des siècles. Les seules disciplines qu'ils continuent à cultiver sont la philologie et la littérature arabes. C'est tout ce qu'ils font. Les chaînes d'autorités pour l'enseignement de ces matières se sont bien préservées chez eux, ce qui a contribué à maintenir ces matières elles-mêmes. Les études de droit ne conservent d'études que le nom, et ne sont plus que l'ombre de ce qu'elles étaient autrefois. Des sciences rationnelles, il ne reste plus rien. L'unique raison de cette situation est l'interruption des chaînes d'autorités dans l'enseignement de ces disciplines, due au déclin de la civilisation et à la domination de l'ennemi sur la majeure partie du territoire andalou, à l'exception d'une étroite bande sur le littoral. Les habitants de ces régions sont plus préoccupés de gagner leur vie que de ce qui vient après.

« Dieu est maître de Ses décrets[A]. »

En Orient, les chaînes d'autorités dans l'enseignement n'ont pas été interrompues. Au contraire, celui-ci y est très demandé et prospère, en raison de la continuité d'une riche civilisation. Il est vrai que les grandes capitales comme Bagdad, Basra et Koufa, où la science s'était originellement développée, sont aujourd'hui en ruine. Mais Dieu les a remplacées par des cités encore plus grandes. De ces anciennes villes, la science passa au Khurâsân, en Irak persan, et en Transoxiane, à l'est ; puis au Caire et au-delà, à l'ouest. Là, la civilisation n'a pas cessé d'être prospère, et les chaînes d'autorités dans l'enseignement ont été maintenues.

Les habitants de l'Orient ont, en général, des traditions plus enracinées dans l'art de l'enseignement des sciences, voire dans tous les arts, que ceux du Maghreb. C'est ce qui a fait croire à de nombreux Maghrébins qui voyagent en Orient pour apprendre que les Orientaux ont, en général, une intelligence plus parfaite que celle des gens du Maghreb[b]. Ils pensent également que l'âme rationnelle des Orientaux est, par nature, plus parfaite que celle des Maghrébins. Ils croient que la différence qui existe entre eux et nous est une différence dans la réalité humaine, à cause[c] de l'habileté dans les sciences et les arts qu'ils remarquent chez eux. Mais il n'en est pas ainsi ; il n'existe pas[d], entre les pays de l'Orient et de l'Occident, un si grand écart qu'on puisse parler de différence au niveau de la réalité humaine, qui est la même chez tous.

Une telle différence n'existe que dans les climats extrêmes, comme le premier et le septième. En effet, là, les tempéraments sont éloignés de la modération, et les âmes le sont autant, comme on l'a vu précédemment. Quant à la supériorité des Orientaux sur les Maghrébins, elle tient au surplus d'intelligence dû à l'influence qu'exerce la civilisation urbaine sur l'âme[e]. C'est ce que nous avons déjà vu quand nous avons traité des arts[2]. Nous allons maintenant commenter cette idée plus amplement et en établir la vérité.

Les citadins observent certaines règles dans tous leurs comportements, aussi bien pour ce qui est de leurs moyens

A. Coran, XII, 21.

d'existence que pour leur manière de se loger et de bâtir, ainsi que pour tout ce qui concerne leurs affaires religieuses ou mondaines, leurs torts mutuels, leurs affaires commerciales et toutes leurs autres activités. Ils ont en tout cela certaines règles qu'ils doivent respecter dans ce qu'ils font ou ne font pas. Ce sont, en quelque sorte, des limites qu'ils ne doivent pas transgresser, et, en même temps, des arts qu'ils se transmettent d'une génération à l'autre. Or, il ne fait pas de doute que tout art a sa place dans un ordre, et qu'il exerce sur l'âme une influence dont résulte un surplus d'intelligence qui lui permet de recevoir d'autres arts. Ainsi, l'esprit est disposé à une acquisition rapide des connaissances.

Nous avons appris que les Égyptiens ont obtenu des réalisations extraordinaires en matière d'enseignement des arts. Ils apprennent aux ânes domestiques et aux animaux sauvages, quadrupèdes ou oiseaux, à prononcer des mots et à faire des actes inconcevables, que les gens du Maghreb seraient incapables de comprendre, et *a fortiori* d'enseigner[3].

De bons habitus, dans l'enseignement et les arts, ainsi que dans toutes les activités ordinaires, apportent à l'homme un surcroît d'intelligence et de clarté d'esprit. Car l'âme acquiert ainsi un grand nombre d'habitus. Nous avons vu en effet que l'âme se développe grâce aux perceptions et aux habitus qui sont édifiés sur la base de celles-ci. C'est pour cela que [les Orientaux] ont un surcroît d'intelligence, en raison de l'influence qu'exerce sur leur âme les activités scientifiques. Les gens du commun prennent cela pour une différence au niveau de la réalité humaine. Mais cela est faux. Comparez un citadin à un campagnard : vous trouverez le citadin plein d'intelligence et de finesse, au point que le campagnard croira qu'il lui est supérieur au niveau de la réalité humaine et de l'intelligence. Mais il n'en est rien. En réalité, la supériorité du citadin n'est due qu'au fait qu'il possède certains habitus dans les arts et les manières de vivre relevant de coutumes et d'une vie citadines, que le campagnard ignore. En raison des nombreux arts et habitus que possèdent les citadins, et de la bonne qualité de leur enseignement, tous ceux qui sont dépourvus de ces habitus croient que leur possession est due à une perfection de l'intelligence, et que l'âme des gens de la campagne est inférieure par nature à celle des citadins. Cela n'est pas vrai. On trouve parmi les gens de la campagne des individus dont l'intelligence et la perfection intellectuelle sont de niveau supérieur. Si les citadins apparaissent ainsi, c'est par l'effet de l'excellence des arts et de l'enseignement, lesquels exercent leur influence sur l'âme, comme on l'a vu. Comme les Orientaux occupent une position plus solide et sont plus avancés dans l'enseignement et les arts que les Maghrébins, et que ces derniers sont plus près de la civilisation rurale, comme on l'a vu dans le chapitre précédent, certains esprits superficiels se sont hâtés d'en conclure que la supériorité des premiers serait due à une perfection de la réalité humaine dont les Maghrébins seraient exclus. Cela n'est pas fondé. Il faut bien le comprendre.

Dieu « ajoute à Ses créatures ce qu'il Lui plaît[A] ».

VIII. LES SCIENCES NE SONT NOMBREUSES QUE LÀ OÙ IL Y A UNE IMPORTANTE POPULATION ET OÙ LA CIVILISATION URBAINE EST TRÈS DÉVELOPPÉE

En voici la raison. Comme on l'a vu, l'enseignement des sciences fait partie des arts. Or, nous avons vu que les arts ne se multiplient que dans les grandes cités. Plus la population de celles-ci est importante, plus leur civilisation urbaine est prospère, plus elles sont riches, plus leurs arts sont perfectionnés et nombreux. En effet, c'est quelque chose qui se situe au-delà de la subsistance. Chaque fois que les gens d'un pays civilisé ont un excédent de travail par rapport à leurs besoins vitaux, cet excédent est employé à ce qui est au-delà de la simple subsistance, comme les activités relatives à ce qui caractérise l'homme en propre, à savoir les sciences et les arts.

Ceux qui, élevés dans des villages ou des cités peu civilisées, ont le désir naturel de s'instruire dans les sciences, ne trouveront chez eux personne pour les leur enseigner. Car l'enseignement est un art, et les arts ne sont pas pratiqués par les habitants des campagnes, comme on l'a vu précédemment. Ces gens seront donc obligés de partir pour les grandes villes pour y étudier les sciences, où celles-ci sont très développées, comme tous les arts.

On peut rappeler à cet égard ce qui a été déjà dit à

A. Coran, XXXV, 1.

propos de Bagdad, Cordoue, Kairouan, Basra et Koufa. Au début de l'islam, leur population était nombreuse et la civilisation urbaine s'y était bien implantée. Les sciences y étaient épanouies, les terminologies de l'enseignement et les différentes catégories de sciences développées ; de nouveaux problèmes étaient posés et de nouvelles disciplines inventées. Ainsi, les habitants de ces villes surpassèrent ceux qui les ont précédés et ceux qui sont venus après eux. Mais, lorsque la population de ces villes décrut et que leurs habitants se dispersèrent, tout cela disparut de la scène. Les sciences et l'enseignement désertèrent ces cités et se transportèrent dans d'autres villes de l'islam.

À notre époque, nous constatons que c'est au Caire, en Égypte, que se trouvent la science et l'enseignement, parce que c'est un pays qui a une population très abondante, et où la civilisation urbaine est solidement établie depuis des millénaires. Les arts y sont bien implantés et diversifiés, y compris l'enseignement des sciences. Cette situation a été consolidée et préservée depuis l'avènement récent, voici deux cents ans, de la dynastie des Turcs, avec Salâh ad-dîn Ibn Ayyûb et ses successeurs[1]. En effet, les émirs turcs qui vivaient sous cette dynastie craignaient l'injustice des princes à l'égard de leurs descendants, parce que ceux-ci étaient leurs esclaves ou leurs clients, et parce que les périls et les malheurs sont toujours à redouter du côté du pouvoir. Ils bâtirent donc un grand nombre de collèges, de couvents et de monastères, qu'ils dotèrent de biens de mainmorte d'un bon rapport, et assignèrent à leurs descendants une participation à ces fondations, soit à titre d'administrateurs, soit sous la forme d'une part [de leurs bénéfices]. Ces émirs avaient généralement une inclination au bien et à la recherche des récompenses [de l'au-delà], aussi bien dans leurs aspirations que dans leurs actes. Ainsi, les biens de mainmorte se multiplièrent, avec d'importants rapports et bénéfices. L'abondance des pensions tirées de ces fondations et accordées aux étudiants et aux enseignants entraîna un accroissement du nombre de ceux-ci. Des gens originaires d'Irak et du Maghreb vinrent en Égypte pour y étudier les sciences, et celles-ci y devinrent ainsi très demandées et prospères[2].

« Dieu crée ce qu'Il veut[A]. »

A. Coran, III, 47.

IX. LES DIFFÉRENTES CATÉGORIES DE SCIENCES QUI SE RENCONTRENT DANS LA CIVILISATION DE NOTRE ÉPOQUE

Les sciences que cultivent les hommes et qui sont apprises et enseignées dans les villes sont de deux sortes. Les unes sont naturelles à l'homme : il en trouve le chemin grâce à sa pensée. Les autres sont traditionnelles : il les reçoit de ceux qui les ont fondées.

La première catégorie est celle des sciences de la sagesse et des sciences philosophiques[1]. Ce sont celles que l'homme peut appréhender en vertu de la nature de sa pensée. Grâce à ses perceptions humaines, il en découvre les objets, les problèmes, les arguments et les différentes méthodes d'enseignement ; de la sorte, en tant qu'être humain doué de la pensée, la réflexion et la recherche lui permettent d'y distinguer le vrai du faux.

La seconde catégorie est celle des sciences traditionnelles positives[2]. Elles s'appuient toutes sur une information issue de l'institution religieuse. La raison n'y intervient que pour rattacher les questions dérivées aux principes. En effet, les choses particulières qui adviennent successivement [au cours du temps] ne font pas intégralement partie de la tradition dès l'institution de celle-ci. Elles doivent y être rattachées au moyen du raisonnement analogique. Cependant, ce raisonnement est fondé sur une information selon laquelle le jugement est établi à l'origine. Cela relève de la tradition. Le raisonnement analogique revient donc à la tradition, puisqu'il en dérive.

La base de toutes les sciences traditionnelles est constituée, d'une part, par les données de la loi religieuse, le Coran et la Sunna, cette dernière étant instituée pour nous comme loi religieuse par Dieu[a] et Son prophète, et, de l'autre, par les sciences connexes qui nous permettent de les utiliser. Ensuite viennent les sciences de la langue arabe, qui est la langue de la communauté musulmane et celle dans laquelle le Coran a été révélé.

Les sciences traditionnelles sont nombreuses. En effet, le musulman responsable légalement doit connaître les obligations de Dieu qu'il lui est prescrit de suivre, ainsi qu'à ses semblables. Elles sont tirées du Coran et de la

Sunna sur la base d'un texte, du consensus des musulmans ou [d'un raisonnement analogique qui permet] leur rattachement [à ces deux sources]. Il est donc indispensable d'étudier le Livre sacré. Il faut d'abord en expliquer les mots et les expressions : c'est la science de l'exégèse. Il faut ensuite en authentifier la transmission et la relation d'après le Prophète, qui l'a reçu de Dieu, et présenter les diverses lectures qu'en donnent les « lecteurs » : c'est la « science des lectures ». Puis il faut établir les chaînes de transmission de la Sunna en remontant jusqu'à celui dont elle a émané, présenter les transmetteurs, étudier les circonstances de leur vie et leur probité, afin que l'on soit sûr de la véracité des informations qu'ils rapportent[b] et que l'on sache quelles sont celles qui doivent servir de base légale. Ce sont là les sciences de la Tradition. Puis, pour tirer les lois de leurs principes, nous devons disposer de quelque règle qui nous apprenne comment faire cette déduction. C'est la science des principes du droit. Après cela, on cueille le fruit, en accédant à la connaissance des lois de Dieu relatives aux actions des musulmans légalement responsables. C'est la science du droit.

Les devoirs du musulman se rapportent aussi bien à son corps qu'à son cœur. Ceux qui se rapportent au cœur concernent la foi et ce qu'il faut croire et ne pas croire. On a ainsi les articles de foi qui touchent à l'essence, aux attributs divins, aux événements de la Résurrection, à la béatitude, au châtiment, à la prédestination. La défense de ces articles par des arguments rationnels est l'objet de la théologie.

Il est indispensable que l'étude du Coran et de la Tradition soit précédée par celle des sciences linguistiques, qui en constituent la base. Celles-ci comprennent diverses branches : lexicographie, grammaire, rhétorique, littérature. Nous traiterons de chacune d'elles plus loin.

Toutes les sciences traditionnelles que nous venons de mentionner sont propres à la communauté musulmane et aux musulmans. Il est vrai que, en général, il doit y avoir dans chaque communauté religieuse quelque chose de semblable. Toutefois, cette parenté ne concerne que le genre éloigné, c'est-à-dire le fait qu'il s'agit de sciences de la loi religieuse révélée par Dieu à un législateur chargé de la transmettre. Mais, pour ce qui est des sciences traditionnelles [musulmanes] en particulier, elles sont différentes de celles de toutes les autres religions, parce qu'elles les abrogent toutes. Toutes les sciences religieuses antérieures doivent être rejetées, et il est interdit de les étudier.

La loi religieuse frappe d'interdiction l'étude de tous les livres révélés autres que le Coran. Le Prophète a dit : « Ne considérez les gens du Livre ni comme dans le vrai ni comme dans l'erreur. Dites seulement : "Nous croyons à ce qui nous a été révélé et vous a été révélé. Notre Dieu et le vôtre ne font qu'un[A]." » Quand le Prophète vit 'Umar qui tenait à la main une feuille de la Torah, il fut irrité au point que la colère parut sur son visage. Puis il s'écria : « Ne vous ai-je pas apporté [une révélation] pure et immaculée ? Par Dieu, si Moïse vivait encore, il n'aurait d'autre choix que de me suivre. »

Les sciences religieuses traditionnelles se développèrent dans la communauté musulmane à un degré insurpassable. Les savants y poussèrent leurs connaissances aussi loin que possible. Leurs différentes terminologies furent affinées, et leurs diverses branches ordonnées. Ainsi, ces sciences parvinrent à un extrême degré d'excellence et de raffinement. Dans chaque discipline, il y eut des autorités auxquelles on pouvait se référer et des règles pour l'enseignement. En tout cela, les contributions respectives de l'Orient et de l'Occident sont notoirement connues, comme nous aurons à y revenir quand nous passerons en revue ces différentes disciplines.

À notre époque, les sciences sont peu recherchées au Maghreb, à cause du déclin de la population et de l'interruption des chaînes d'autorités dans l'enseignement, comme nous l'avons déjà signalé dans la précédente section. Je ne sais pas quelle est exactement la situation en Orient, mais j'incline à penser que les sciences y sont prospères et que la continuité de l'enseignement des sciences, ainsi que de tous les arts du nécessaire ou du superflu, y est assurée. Car l'Orient a une population nombreuse et une civilisation urbaine développée, et les étudiants[c] y sont aidés par une pension des fondations pieuses et disposent ainsi de bons revenus.

C'est Dieu qui détermine la nuit et le jour[B].

A. Coran, XXIX, 46. ◆ B. *Cf.* Coran, LXXIII, 20.

X. LES SCIENCES DU CORAN : EXÉGÈSE ET LECTURES CORANIQUES[a1]

Le Coran est la parole de Dieu révélée à Son prophète et transcrite sur les pages du Livre[2].

Le texte en a été transmis sans interruption au sein de la communauté musulmane. Toutefois, les Compagnons l'ont transmis sur l'autorité de l'Envoyé de Dieu, suivant des voies différentes pour ce qui est d'un certain nombre de mots et de la prononciation des lettres. Tout cela se répandit et devint notoire. Finalement, sept manières différentes furent établies, et leur transmission fut également assurée sans interruption[b] avec leurs prononciations particulières. Elles furent attribuées à quelques-uns des plus célèbres parmi une foule de gens qui les rapportèrent.

Ces sept lectures du Coran sont devenues les modèles de base pour la lecture du Livre sacré. D'autres lectures s'y ajoutèrent plus tard, mais les autorités en cette matière considèrent que leur transmission ne présente pas autant de garantie que les premières.

Les sept lectures du Coran sont bien connues d'après les ouvrages qui en traitent. Certains ont contesté la continuité de leurs chaînes de transmission. Ils disent qu'elles portent sur des modes de prononciation[c], lesquels ne sont pas quelque chose de bien défini. Mais, pour eux, cela ne met pas en cause la continuité de la transmission du Coran. Cependant, la majorité des savants repoussent leur point de vue et se prononcent pour la continuité. D'autres affirment la continuité, mais en exceptant ce qui touche à la prononciation comme le *madd* et le *tashîl*[3], dont les modalités ne peuvent être déterminées par l'oreille. C'est[d] la position la plus correcte.

Les lecteurs du Coran continuèrent à pratiquer ces lectures et à les transmettre, jusqu'à l'époque où commencèrent la transcription et le recueil des différentes sciences. Elles furent alors au nombre des sciences qui furent transcrites, et elles devinrent un art particulier et une science autonome. Les gens les transmirent, en Orient et en Andalus, d'une génération à l'autre. Puis vint le règne de Mujâhid, ancien client des 'Amirides, dans l'Andalus oriental. Il portait un vif intérêt à cette branche des sciences du

Coran. Il y avait été formé par son patron al-Mansûr Ibn Abî 'Amir, qui avait déployé beaucoup d'efforts pour l'instruire et l'avait présenté aux plus éminents lecteurs coraniques de sa capitale. Ainsi, Mujâhid y acquit une grande compétence. Quand, plus tard, il eut le gouvernement de Denia et des îles Orientales[4], la science des lectures connut un grand épanouissement dans ces régions, car il était lui-même une autorité dans ce domaine et s'intéressait beaucoup à toutes les sciences en général, et plus particulièrement à la science des lectures du Coran. C'est à son époque que parut Abû 'Amr ad-Dânî, qui atteignit la plus haute perfection dans cette discipline. Il devint la plus grande référence en la matière et le point d'aboutissement de toutes les chaînes d'autorités. Les nombreux ouvrages qu'il composa dans cette discipline firent désormais autorité, et l'on renonça à tous les autres. En particulier, son *Kitâb at-taysîr* devint l'ouvrage des lectures coraniques sur lequel on s'appuya [généralement].

Puis, quelques générations plus tard, vint Abû l-Qâsim Ibn Fîrruh, de Jativa. Il entreprit d'arranger et d'abréger les compilations d'Abû 'Amr. Il mit le tout en vers dans un poème où les noms des lecteurs du Coran étaient symbolisés par des lettres de l'alphabet, suivant un ordre rigoureusement choisi, afin[e] de réaliser son objectif de concision et d'en faciliter la mémorisation. Il réussit à enfermer dans son poème toute la matière de cette discipline, et les gens se mirent à l'apprendre par cœur et à l'enseigner aux enfants. Par la suite, l'on continua à suivre cette méthode dans les villes du Maghreb et de l'Andalus.

À la science des lectures s'adjoint souvent celle de l'orthographe du Coran, qui étudie les lettres en usage dans les exemplaires du Coran et l'orthographe du texte sacré. En effet, le Coran renferme de nombreuses lettres dont l'orthographe ne se conforme pas au modèle habituel de l'écriture. Ainsi, par exemple, *bi-ayydin*, « avec les mains[A] », est écrit avec l'addition d'un *y* ; il y a également addition d'un *alif* dans *la-adhbahannahu*[5] et dans *wa-la-awda'û*[6], et d'un *w* dans *jazâ uw-z-zâlimîna*. De même, il y a omission de l'*alif* en certains endroits et pas à d'autres. En outre, les *t* sont écrits sous la forme *mamdûd*[7] alors qu'ils devraient l'être sous la forme *marbût*[8]. Nous avons précédemment donné

A. Coran, LX, 12.

quelques explications sur l'orthographe en usage dans les exemplaires du Coran, quand nous avons traité de l'écriture[9].

Comme ces usages adoptés dans le Coran différaient des usages et des règles [habituels] de l'écriture, il devint nécessaire de les consigner de façon exhaustive. On leur consacra donc des traités, comme on le fit pour toutes les sciences. En Occident, la chaîne d'autorités en cette matière aboutit à Abû 'Amr ad-Dânî, précédemment mentionné. Il composa sur ce sujet un certain nombre d'ouvrages, dont le plus célèbre est le *Kitâb al-Muqni'*. Ce livre fut adopté par les gens, et il devint une référence. Abû l-Qâsim ash-Shâtibî le mit en vers dans son poème célèbre, aux rimes en *r*. Et les gens se mirent avec beaucoup de zèle à apprendre ce poème par cœur.

Puis de nombreuses divergences apparurent au sujet de l'orthographe d'autres mots et lettres qui sont mentionnés par Abû Dâwud Sulaymân Ibn Najâh, client de Mujâhid, dans ses divers ouvrages. C'était un disciple d'Abû 'Amr ad-Dânî, resté célèbre pour avoir préservé la science d'ad-Dânî[f] et transmis ses œuvres.

Il y eut encore après lui d'autres divergences. Un savant maghrébin moderne, al-Kharrâz, composa un autre poème didactique dans lequel il ajouta de nombreuses autres divergences à celles du *Muqni'*, en en précisant les transmetteurs. Ce poème devint célèbre au Maghreb. On se borna à l'apprendre par cœur et on abandonna les ouvrages d'Abû Dâwud, d'Abû 'Amr et d'ash-Shâtibî sur l'orthographe du Coran.

L'exégèse coranique.

Le Coran fut révélé dans la langue des Arabes, suivant les modèles de leur éloquence. Tous les Arabes le comprenaient et en connaissaient le sens, tel qu'il s'exprimait dans les mots et les expressions qui le composaient. Il fut révélé par chapitres et versets, suivant les événements, afin d'expliquer l'unité divine et les devoirs religieux.

Certains passages touchent aux articles de foi, d'autres aux devoirs des membres. Certains sont plus anciens, d'autres sont plus récents et abrogent les premiers.

C'est le Prophète qui était chargé d'expliquer tout cela. Il est dit dans le Coran : « Pour que tu expliques aux hommes ce qui leur a été révélé[A]. » Ainsi, le Prophète expliquait les versets obscurs et distinguait les versets abrogeants des versets abrogés. Il tenait ses Compagnons informés de tout cela, et ceux-ci en étaient donc instruits. Ils étaient également instruits, d'après lui, des raisons et des circonstances de la révélation des différents versets. Ainsi, par exemple, le verset « Quand viendront l'aide de Dieu et la victoire[B] » annonçait la mort du Prophète. Il y a d'autres exemples du même genre.

Tout cela fut transmis sur l'autorité des Compagnons et fut connu des hommes de la seconde génération. Ceux-ci le transmirent à leur tour, et ainsi de suite, tout au long de la période des premiers musulmans, jusqu'au moment où les connaissances furent organisées en disciplines distinctes et où l'on commença à compiler des ouvrages. On consigna alors la plupart de ces renseignements et l'on transmit les informations recueillies à ce sujet sur l'autorité des Compagnons et des savants de la seconde génération après le Prophète. Cela aboutit à des exégètes tels qu'at-Tabarî, al-Wâqidî, ath-Tha'âlibî et d'autres, et ceux-ci compilèrent sur cette base un certain nombre d'œuvres.

Puis les sciences de la langue acquirent un caractère technique : on y traita de lexicographie, de règles des désinences, de rhétorique. Des ouvrages furent composés sur ces sujets, alors qu'ils avaient été jusque-là l'objet d'habitus pour lesquels les Arabes n'avaient nul besoin de transmission ni de livres. Mais on oublia cela, et toutes ces choses devaient dès lors être apprises dans les livres des linguistes. On en eut également besoin pour l'exégèse du Coran, parce que celui-ci était en langue arabe et conforme aux règles de la rhétorique de cette langue. Ainsi, il y eut deux sortes d'exégèse :

— Une exégèse traditionnelle, fondée sur les informations transmises par les premiers musulmans. Elle concerne les versets abrogeants et abrogés, les raisons qui ont été à l'origine de la révélation de certains versets, et l'objet de certains autres. Toutes ces choses ne peuvent être connues que sur la base de leur transmission, sous l'autorité des Compagnons et des hommes de la seconde génération. Les auteurs anciens avaient déjà réuni des compilations exhaustives sur ces sujets. Cependant, leurs

A. Coran, XVI, 44. ◆ B. Coran, CX, 1.

ouvrages renferment du bon et du mauvais, des choses acceptables et d'autres à rejeter. La raison en est que les Arabes n'avaient ni tradition écrite ni tradition scientifique. Ils étaient pour la plupart des gens de la campagne et des illettrés. Quand ils désiraient connaître certaines choses que l'âme humaine aspire à connaître, comme les raisons qui sont à l'origine des créatures, le commencement de la création, les mystères de l'être, ils interrogeaient les anciens peuples du Livre et apprenaient d'eux ce qu'ils voulaient savoir. Ces gens du Livre, c'étaient les Juifs, peuple de la Torah, et les chrétiens, qui avaient suivi leur religion. Or, les adeptes de la Torah qui vivaient parmi les Arabes étaient des nomades, comme ces derniers. Ils n'avaient sur ces sujets que les connaissances accessibles aux gens du commun chez les gens du Livre. La plupart étaient des Himyarites convertis au judaïsme. Quand ils adoptèrent l'islam, ils restèrent attachés à tout ce qui n'avait pas de rapport avec les lois religieuses — auxquelles ils faisaient très attention —, comme les informations relatives au commencement de la création et tout ce qui se rapportait aux prédictions. On peut citer parmi ces Juifs convertis les noms de Ka'b al-Ahbâr, Wahb Ibn Munabbih, 'Abd Allâh Ibn Sallâm, et bien d'autres. Ainsi, les commentaires du Coran furent remplis de ce genre d'informations transmises sur leur autorité, et dont ils étaient la seule source. Ce n'était pas des sujets en rapport avec les lois religieuses, où la recherche de l'authenticité était de rigueur. Les exégètes du Coran ne se montrèrent donc pas très exigeants là-dessus. Ils truffèrent les ouvrages d'exégèse de ces traditions qui, comme on l'a vu, remontaient aux gens de la Torah qui habitaient au désert et n'étaient pas capables de vérifier le contenu de leurs informations. Mais ils étaient célèbres et prestigieux, en raison de leur rang dans la religion et dans la communauté musulmanes, et ces traditions jouirent de l'acceptation des musulmans depuis lors.

Plus tard, les savants se préoccupèrent de vérification et d'examen critique. Parmi les savants[g] modernes du Maghreb parut Abû Muhammad Ibn 'Atiya. Il abrégra tous ces commentaires et en choisit les parties les plus authentiques. Il compila tous ces matériaux dans un excellent ouvrage[10] bien connu des gens du Maghreb et de l'Andalus[h]. Il fut suivi dans cette voie et avec la même méthode par al-Qurtubî, qui composa un autre ouvrage, célèbre en Orient.

— Le second genre d'exégèse coranique concerne l'aspect linguistique : lexicographie et règles d'éloquence utilisées pour l'expression du sens avec des moyens et des méthodes adéquates. Ce genre d'exégèse est rarement séparé du premier, qui est le plus essentiel. Il n'est apparu que lorsque la langue et les disciplines qui s'y rattachent étaient devenues des arts. Mais il est vrai qu'il domine dans certains commentaires.

Ce genre d'exégèse est le mieux représenté par le *Kitâb al-Kashshâf* d'az-Zamakhsharî, originaire du Khwârezm d'Irak. Cependant, l'auteur est proche des mutazilites en matière de dogme. Il s'emploie à trouver des arguments en faveur de leurs doctrines corrompues chaque fois que les versets du Coran lui en donnent l'occasion, en usant des méthodes de la rhétorique. Les docteurs sunnites les plus rigoureux se détournent de ce livre et mettent en garde les gens contre les pièges qu'il recèle, tout en reconnaissant la grande compétence de l'auteur en matière de langue et de rhétorique. Mais si celui qui l'étudie a une bonne connaissance des doctrines sunnites et est capable de bien les défendre, il ne courra aucun danger. Il pourra donc le consulter avec profit, à cause de la rare qualité des diverses études linguistiques qu'il renferme.

Au cours des derniers temps, nous avons reçu un ouvrage d'un Iraquien, un certain Sharaf ad-dîn at-Tîbî, originaire de Tabrîz, en Irak non arabe. Il y fait le commentaire de ce livre d'az-Zamakhsharî, en le suivant mot à mot et en réfutant ses doctrines mutazilites et ses arguments. Il établit que l'explication des formes de rhétorique qui apparaissent dans certains versets est en faveur de l'opinion des sunnites et non de celle des mutazilites. Il procède d'excellente façon et témoigne de très larges connaissances dans les diverses branches de la rhétorique.

« Par-dessus tout connaissant, il y a l'Omniscient[A]. »

XI. LES SCIENCES RELATIVES À LA TRADITION DU PROPHÈTE[a]

Les sciences relatives à la Tradition du Prophète sont nombreuses et variées.

A. Coran, XII, 76.

Il y a d'abord celle qui a pour objet les traditions abrogeantes et les traditions abrogées. En effet, il est bien établi dans notre loi religieuse que l'abrogation est permise et qu'elle s'est effectivement produite. C'est une faveur de Dieu envers Ses serviteurs et un soulagement pour les hommes en vue de leurs intérêts, dont Dieu est le garant. Dieu a dit : « Dès que Nous abrogeons un verset ou le faisons oublier, Nous en apportons un meilleur ou un semblable[A]. »

La question[b] de l'abrogeant et de l'abrogé est commune au Coran et à la Tradition prophétique. Cependant, pour ce qui se rapporte au Coran, elle est incluse dans les commentaires coraniques, alors que pour ce qui touche à la Tradition prophétique, elle est traitée dans les sciences attachées à celle-ci.

Deux traditions peuvent être incompatibles ou inconciliables à l'aide d'une interprétation. Si l'on sait laquelle des deux est antérieure à l'autre, la plus récente sera l'abrogeante.

C'est là une des plus importantes et difficiles branches des sciences de la Tradition prophétique. Az-Zuhrî a dit : « Ce fut pour les juristes une tâche épuisante et insurmontable que de distinguer les traditions prophétiques abrogeantes des traditions abrogées. » Ash-Shâfi'î était très versé dans ce domaine.

Il y a ensuite une autre branche des sciences de la Tradition, qui porte sur les règles fixées par les autorités en cette matière pour déterminer les chaînes de transmission, les transmetteurs et leurs noms, les modalités de la transmission, les faits relatifs aux transmetteurs, leurs catégories et les divergences entre leurs différentes terminologies. Pour être bref, on dira qu'il existe un consensus sur l'obligation d'agir selon les traditions dont il est fermement établi qu'elles remontent à l'Envoyé de Dieu. Pour cela, il faut montrer que ces traditions sont vraies selon la plus forte probabilité. Le *mujtahid*[1] doit donc vérifier de façon rigoureuse les voies de transmission par lesquelles une telle opinion probable est obtenue.

À cette fin, il étudiera les chaînes de transmission de la Tradition prophétique et déterminera, sur la base du témoignage des hommes les plus justes et les plus honorables de la communauté, dans quelle mesure les transmetteurs pos-

A. Coran, II, 106.

sèdent les qualités de probité, d'exactitude, de rigueur, et sont exempts des défauts de négligence et d'inattention. Il établira les rangs des transmetteurs à cet égard. Il précisera les modalités suivant lesquelles ils ont reçu leurs traditions : en écoutant un maître, en lisant devant lui, ou en écoutant une autre personne lire devant lui, en se servant d'une copie de ses ouvrages, en recevant de lui la permission d'utiliser sa propre copie ou l'autorisation de transmettre un certain nombre de traditions sous son autorité, avec la garantie d'authenticité et de recevabilité.

D'après les traditionnistes, le degré le plus élevé de recevabilité des traditions prophétiques est celui des traditions dites *sahîha*, « authentiques », puis celui des traditions dites *hasana*, « bonnes ». Le degré le plus bas est celui des traditions dites *da'îfa*, « faibles », qui comprennent les traditions dites *mursala*, « dont la chaîne de transmission omet le premier transmetteur à partir de Muhammad », *munqati'a*, « dont la chaîne de transmission comporte l'omission d'un maillon », *mu'dala*, « dont la chaîne de transmission comporte l'omission de deux maillons », *mu'allala*, « dont la chaîne de transmission est affectée de quelque défaut », *shâdhdha*, « irrégulières », *gharîba*, « rares », *munkara*, « suspectes ». Il y a des divergences d'opinion au sujet du rejet de certaines de ces catégories de traditions dites « faibles ». Pour d'autres, il y a unanimité. Il en va de même des traditions dites « authentiques » : certaines catégories sont unanimement acceptées, d'autres sont l'objet de divergences d'opinion. Il y a d'importantes divergences entre les traditionnistes sur l'explication de ces termes.

Par ailleurs, les traditionnistes traitent des termes utilisés dans le texte des traditions prophétiques, qu'ils classent en : rares, difficiles [ou ambigus], erronés [comportant une erreur d'écriture ou de lecture], homonymes, homographes.

Sur tous ces points, ils ont élaboré des règles expliquant les différents degrés [d'authenticité] et les divers termes utilisés, et permettant d'éviter tout défaut dans les diverses voies de transmission. Le premier grand traditionniste à avoir posé de telles règles fut Abû 'Abd Allâh al-Hâkim. Il les rangea selon un bon ordre et en montra les avantages. Ses œuvres dans ce domaine sont célèbres.

Les grandes autorités en matière de Tradition écrivirent plus tard d'autres ouvrages sur le même sujet. Le plus célèbre ouvrage des modernes consacré à ce thème est celui d'Abû 'Amr Ibn as-Salâh[2], qui vécut au début du VIIe [XIIIe] siècle. L'exemple de ce dernier fut suivi par Muhyî d-dîn an-Nawawî[3].

Cette discipline a un noble but. En effet, son objet est de déterminer les moyens de préserver les traditions transmises sur l'autorité du Législateur, de sorte que l'on puisse distinguer celles qui doivent être acceptées de celles qui doivent être rejetées.

Les Compagnons et les hommes de la seconde génération qui nous ont transmis la Sunna étaient bien connus dans les villes de l'islam. Il y en avait au Hijâz, à Basra et à Koufa, puis en Syrie et en Égypte. Ils étaient célèbres en leur temps. La voie de transmission du Hijâz était celle qui comportait le moins de maillons et qui était la plus authentique, car les [Hijâziens] évitaient les transmetteurs obscurs, dont la vie n'était pas parfaitement connue.

Le maître[c] de la tradition hijâzienne, après les premiers musulmans, fut l'imam Mâlik, [le plus grand] savant de Médine. Puis il y eut ses compagnons : l'imam Muhammad Ibn Idrîs ash-Shâfi'î, Ibn Wahb, Ibn Bukayr, al-Qa'nabî, Muhammad Ibn al-Hasan[4], et, après eux, l'imam Ahmad Ibn Hanbal, ainsi que d'autres docteurs.

Au début, la science de la loi religieuse reposait entièrement sur la tradition. Elle n'avait recours ni à la spéculation, ni au jugement personnel, ni à l'emploi intense du raisonnement analogique. Puis les premiers musulmans se mirent à l'œuvre, recherchèrent les matériaux authentiques, et la perfectionnèrent. Mâlik écrivit son *Kitâb al-Muwatta'*, en y suivant la méthode hijâzienne. Il y mit les principes des lois, en se basant sur des matériaux authentiques et unanimement acceptés, et le disposa selon les différents chapitres du droit.

Par la suite, les *mémorisateurs*[5] prirent soin de déterminer les différentes recensions et chaînes de transmission des traditions prophétiques hijâziennes, iraquiennes ou autres. Les *isnâd* peuvent être identiques pour certaines traditions, et divers pour d'autres, et une tradition peut être répétée dans les différents chapitres du droit, en fonction des différents thèmes qu'elle comprend.

Puis il y eut Muhammad Ibn Ismâ'îl al-Bukhârî. Il élargit le champ de la transmission et publia des traditions de la Sunna suivant les chapitres de celle-ci dans son *Musnad as-*

Sahîh. Il réunit les recensions du Hijâz, de l'Irak et de la Syrie, en prenant les traditions sur lesquelles il y avait un accord unanime et en rejetant celles sur lesquelles il y avait des divergences. Comme nous l'avons déjà indiqué, il répétait chaque tradition dans les différents chapitres qui avait un rapport avec le contenu de cette tradition. Son ouvrage comprenait 7 200 traditions, dont 3 000 étaient reproduites plusieurs fois. Dans chaque chapitre, il distingua les recensions avec leurs chaînes de transmission particulières.

Ensuite vint Muslim Ibn al-Hajjâj al-Qushayrî. Il composa son *Musnad as-Sahîh*, où il suivit l'exemple d'al-Bukhârî pour ce qui est de la transmission des traditions authentiques, objet d'un accord unanime ; mais il omit les répétitions et ne distingua pas les différentes recensions et chaînes de transmission. Et il le présenta suivant les catégories et les têtes de chapitres du droit.

Les savants ultérieurs complétèrent ces deux ouvrages en y ajoutant les traditions authentiques qui ne s'y trouvaient pas, et relevèrent les cas négligés par ces derniers et répondant à leurs conditions. Abû Dâwud as-Sijistânî, Abû 'Alî at-Tirmidhî et Abû 'Abd ar-Rahmân an-Nasâ'i compilèrent des livres de *sunan* qui couvraient un champ plus large que celui des traditions authentiques.

Ils voulaient inclure toutes les traditions qui remplissaient les conditions requises pour servir à la pratique légale, que ce soit des traditions dont les chaînes de transmission avaient un nombre limité de maillons jusqu'au Prophète — et qui sont, comme l'on sait, des traditions authentiques — ou qui étaient de moindre degré, telles que les traditions « bonnes » ou les traditions d'autres catégories. Cela devait servir de guide pour la pratique légale selon la Sunna.

Ce sont là les recueils de traditions prophétiques dont on se sert dans toute la communauté musulmane. Ils constituent les ouvrages de base sunnites en matière de Tradition. À ces cinq recueils s'en ajoutent d'autres, comme les *Musnad* d'Abû Dâwud at-Tayâlisî, al-Bazzâr, 'Abd Ibn Humayd, ad-Dârimî, Abû Ya'lâ al-Mawsilî, et l'imam Ahmad. Ces auteurs entendaient ainsi recueillir les traditions transmises d'après les Compagnons et ne pouvant servir de preuve légale. C'est ce qu'affirme Ibn as-Salâh. Cependant, on rapporte que l'imam Ahmad avait tenu à son fils ‘Abd Allâh les propos suivants au sujet de son *Musnad*, qui contenait 31 000 traditions — et la même histoire est rapportée par un certain nombre de ses compagnons, qui disaient avoir entendu le *Musnad* de sa bouche : « Ce livre est constitué par un choix tiré d’un ensemble de 750 000 traditions. Celles sur lesquelles les musulmans ont des opinions divergentes et qui ne s’y trouvent pas ne peuvent servir d’argument. » Cela montre que toutes les traditions de son *Musnad* peuvent être utilisées comme argument, contrairement à ce qui a été affirmé par Ibn as-Salâh. J’ai fait cette citation d’après les *Manâqib de l’imam Ahmad* par Ibn al-Jawzî[6].

À notre époque[d], on ne publie plus de nouvelles traditions et on n’apporte plus de corrections à celles publiées par les anciens. L’expérience a montré que ces éminents maîtres, vu leur nombre, leur succession à des intervalles de temps rapprochés, leur compétence, leur jugement indépendant, ne pouvaient négliger ou omettre des traditions que des modernes eussent pu découvrir. Aussi se borne-t-on aujourd’hui à veiller à la correction des copies des ouvrages de base, à s’assurer de l’exactitude de leur transmission et à établir les chaînes des transmetteurs jusqu’à leurs auteurs. De la sorte, on a des chaînes de transmission continues et solides d’un bout à l’autre. Ce n’est qu’exceptionnellement que l’on s’intéresse à d’autres ouvrages en dehors de ces cinq recueils de base.

Le *Sahîh* d’al-Bukhârî, qui occupe la première place parmi ces ouvrages, est considéré par les savants comme un ouvrage difficile à commenter et fort compliqué. En effet, il exige la connaissance d’un grand nombre de recensions et des transmetteurs du Hijâz, de la Syrie et de l’Irak qui y figurent, ainsi que des faits qui les concernent et des différentes opinions des savants à leur sujet. Il exige également une étude approfondie pour comprendre les titres de chapitre qui y sont présentés. En effet, l’auteur donne un titre qu’il appuie sur une tradition déterminée, en fournissant les chaînes de transmission et les recensions qui la concernent. Il passe ensuite à un autre titre, en s’appuyant sur la même tradition, qui renferme des thèmes en rapport avec tout le chapitre. Il en va de même pour chaque titre, et ainsi la même tradition se trouve répétée dans plusieurs chapitres distincts, suivant le nombre et la diversité des thèmes qu’elle contient. Dans l’étude des titres qui apparaissent dans cet ouvrage, il faut indiquer la relation entre chaque titre et les traditions qui y sont comprises. Dans de nombreux titres, cette relation n'est pas visible, ce qui a donné l'occasion à de longues discussions pour l'expliciter.

C'est le cas, par exemple, du livre des « Troubles », dans le chapitre intitulé : « La maison sera détruite par un Abyssin aux petites jambes[7]. » Al-Bukhârî cite ensuite ce verset : « Quand Nous fîmes du temple un lieu de visitation et un asile pour les hommes[A]. » Il n'ajoute rien d'autre, et la relation entre ce titre et le chapitre est restée obscure pour les savants. Certains ont affirmé que l'auteur écrivait d'abord tous les titres au brouillon et plaçait ensuite les traditions sous chaque titre, quand il le pouvait. Et il mourut avant d'avoir eu le temps de tout finir. Son livre fut par la suite transmis dans cet état.

J'ai moi-même entendu l'explication suivante de la bouche des compagnons du cadi Ibn Bakkâr, cadi de Grenade, mort en martyr à la bataille de Tarîfa en l'an 741 [1340], qui connaissait parfaitement bien le *Sahîh* d'al-Bukhârî : « Le titre choisi par al-Bukhârî [dans l'exemple cité] était destiné à interpréter le verset dans le sens que "c'était quelque chose d'établi par la loi" et non "fixé par décret divin". La difficulté résidait dans l'interprétation de "Nous avons établi" [*ja'alnâ*], dans le sens de : "Nous avons fixé par décret." Si ce mot était interprété dans le sens de "Nous avons établi par la loi", il n'y aurait plus de confusion dans [le titre] "La maison sera détruite". » J'ai entendu cette explication de la bouche de mon maître Abu l-Barakât al-Ballafîqî, qui la tenait d'Ibn Bakkâr. Al-Ballafîqî fut un des plus illustres disciples de ce dernier.

Ceux qui ont écrit le commentaire du *Sahîh* d'al-Bukhârî sans tenir compte de tous ces aspects ont fait des commentaires incomplets. C'est le cas d'Ibn Battâl, d'Ibn al-Muhallab, d'Ibn at-Tîn et d'autres. J'ai entendu plusieurs de mes maîtres affirmer que le commentaire du livre d'al-Bukhârî reste encore une dette dont doit s'acquitter la communauté musulmane. Ils voulaient dire par là qu'aucun savant musulman n'avait encore écrit un commentaire de ce livre en respectant toutes les exigences indiquées.

Le *Sahîh* de Muslim a été l'objet d'une grande attention de la part des savants du Maghreb, qui se sont attachés à

A. Coran, II, 125.

son étude et sont unanimes à le préférer au livre d'al-Bukhârî. Ibn as-Salâh a dit : « On l'a préféré au livre d'al-Bukhârî, parce qu'il a été débarrassé des traditions non authentiques qu'al-Bukhârî a ajoutées dans son livre, et pour lesquelles il n'a pas respecté ses propres conditions, en particulier [les traditions] qui apparaissent dans les titres de chapitres. »

L'imam al-Mâzarî, juriste malikite, a dicté à ses disciples un commentaire de sa composition sur le *Sahîh* de Muslim qu'il a intitulé *al-Mu'lim bi-fawâ'di Muslim.* Cet ouvrage renferme des éléments importants de la science de la Tradition et de solides connaissances en droit. Ce travail a été par la suite complété par le cadi 'Iyâd sous le titre de *Ikmâl al-Mu'lim.* Puis ces deux ouvrages ont été suivis par un commentaire de Muhyî d-dîn an-Nawawî, qui en reprit intégralement les matériaux et leur ajouta un supplément. On avait ainsi un commentaire complet.

Les trois autres livres de la Tradition — qui constituent les principales sources des juristes — sont surtout commentés dans les ouvrages de droit, à l'exception des matériaux qui concernent en propre la science de la Tradition. Les savants ont beaucoup écrit sur ce dernier type de matériaux et ont apporté là-dessus tout ce qui est nécessaire en matière de sciences de la Tradition, de leurs thèmes, et des collections de traditions utilisées dans la pratique légale.

À notre époque, les traditions sont classées en « authentiques », « bonnes », « faibles », « défectueuses », etc. Ces distinctions ont été introduites et répandues par les grandes autorités en matière de Tradition. Il n'est plus possible aujourd'hui de déclarer authentique une tradition qui n'était pas jugée telle autrefois. Ces autorités connaissaient les traditions prophétiques avec toutes leurs recensions et leurs chaînes de transmission. Si une tradition avait été transmise avec une recension et une chaîne de transmission impropres, elles se seraient rendu compte de l'altération. Il s'était produit quelque chose de ce genre en relation avec l'imam al-Bukhârî, lorsqu'il arriva à Bagdad. Cherchant à le mettre à l'épreuve, les traditionnistes le questionnèrent au sujet de traditions dont ils avaient interverti les chaînes de transmission. Il répondit qu'il ignorait les traditions qui lui avaient été présentées, mais qu'il en connaissait d'autres avec telle et telle chaîne de transmetteurs. Puis il leur exposa toutes les traditions dans leurs formes correctes, en ramenant chaque texte à la chaîne de transmission qui lui correspondait. Alors, ils reconnurent qu'il était une grande autorité en la matière[8].

Il faut également savoir que les savants qualifés de *mujtahid* avaient des connaissances inégales en ce domaine. On dit qu'Abû Hanîfa avait transmis à peine dix-sept traditions, ou tout au plus une cinquantaine. Mâlik n'avait rapporté que les traditions authentiques de son *Muwatta'*, dont le nombre n'excédait pas les trois cents. Ahmad Ibn Hanbal avait 40 000 traditions dans son *Musnad*. Chacun avait réuni le nombre de traditions auquel il avait été amené par son propre *ijtihâd*.

Certains esprits partisans et tortueux pourraient prétendre que c'était parce qu'ils étaient peu versés en la matière que certains savants avaient transmis un trop petit nombre de traditions. Mais il est impossible de croire pareille chose en ce qui concerne les grandes autorités religieuses. La loi religieuse a sa source dans le Livre sacré et la Sunna. Ceux qui ont une trop faible connaissance des traditions prophétiques doivent les rechercher et les transmettre en y mettant tous leurs efforts et tout leur soin, afin de puiser leur religion à des sources authentiques et de recueillir les lois du Législateur lui-même, qui les a reçues de Dieu. Si certains de ces savants avaient rapporté un nombre restreint de traditions, c'était parce qu'ils craignaient d'être critiqués au sujet des traditions qu'ils transmettaient, ou d'encourir des reproches au sujet des défaillances de leurs recensions, surtout que, dans ce domaine, on donne généralement la priorité à la critique. Aussi furent-ils amenés par scrupule à s'abstenir de prendre en considération les traditions et les chaînes de transmission où de tels défauts pouvaient être décelés. Comme ces cas étaient nombreux, ils ne transmirent que peu de traditions, en raison de la faiblesse des voies de transmission. D'autre part, il faut noter que si les Hijâziens ont transmis plus de traditions que les Iraquiens, c'était parce que Médine était la ville où le Prophète avait émigré et le lieu où les Compagnons avaient trouvé refuge. Ceux parmi ces derniers qui étaient passés en Irak étaient plus préoccupés par la guerre sainte.

Quant à l'imam Abû Hanîfa, ce qui explique le petit nombre des traditions qu'il a transmises, c'est la sévérité des conditions qu'il a posées pour la transmission et la réception des traditions. Comme il considérait comme faibles les traditions qui étaient en contradiction formelle avec la raison, il ne pouvait en recueillir et en transmettre qu'un petit nombre. Il n'avait pas omis de façon délibérée de transmettre les traditions. À Dieu ne plaise ! Il était un grand *mujtahid* en matière de Hadith, comme le prouve le fait que les traditionnistes suivent sa doctrine, s'y réfèrent et la prennent en considération dans leur argumentation.

Les autres traditionnistes — c'est-à-dire la grande majorité — se montrèrent plus souples dans leurs critères. Les traditions qu'ils transmirent furent nombreuses, chacun agissant en tant que *mujtahid.* Après la mort d'Abû Hanîfa, les adeptes de l'école hanafite furent aussi plus tolérants et transmirent beaucoup de traditions. At-Tahâwî fut prolixe. Il écrivit un *musnad*, qui est un ouvrage de grande valeur, mais sans égaler les deux *Sahîh.* En effet, les critères adoptés par al-Bukhârî et Muslim dans leurs deux ouvrages sont unanimement acceptés par les savants de la communauté musulmane, comme on l'a dit, tandis que ceux d'at-Tahâwî ne jouissent pas d'un semblable accord. C'est le cas, par exemple, de la transmission des traditions d'après une personne dont on ignore les conditions. Aussi préféra-t-on à l'ouvrage d'at-Tahâwî les deux *Sahîh*, ainsi que les autres recueils de *sunan* célèbres, parce que ses critères sont inférieurs aux leurs. On considère donc que les deux *Sahîh* sont acceptés unanimement du fait qu'il y a un consensus général concernant l'authenticité de leur contenu, sur la base de critères eux-mêmes objet d'un consensus général. C'est une chose sur laquelle on ne doit pas avoir le moindre doute. De tous les hommes, ces savants sont les plus dignes de confiance et les mieux placés pour qu'on leur trouve de bonnes excuses.

Il[e] y a enfin une autre branche des sciences des traditions, où il s'agit de l'application des règles précédentes à la discussion des traditions, en les prenant une à une, suivant les chapitres et les titres de chapitres où elles se trouvent placées dans les commentaires des recueils de traditions précités. C'est ce genre de travail auquel se sont livrés les savants Abû 'Umar Ibn 'Abd al-Barr, Abû Muhammad Ibn Hazm, le cadi 'Iyâd, Muhyî d-dîn an-Nawawî et, après ces deux derniers, Ibn al-'Attâr, ainsi que bien d'autres grands savants d'Occident et d'Orient.

Certes, en traitant de ces traditions, ils abordent d'autres sujets relatifs au texte, au lexique ou aux aspects grammaticaux. Mais ils insistent davantage sur les chaînes de transmission en se fondant sur les sciences du Hadith.

Ce sont là les différentes branches des sciences de la Tradition pratiquées par les savants des différentes époques et jusqu'à nos jours.

C'est Dieu qui nous guide vers la vérité et nous aide à la découvrir.

XII. LE DROIT ET LES RÈGLES DE SUCCESSION

Le droit est la connaissance des lois de Dieu sur la base desquelles les actions des personnes responsables sont considérées comme obligatoires, interdites, recommandables, répréhensibles ou permises. Ces lois dérivent du Coran et de la Sunna, ainsi que des indications apportées par le Législateur. Les lois qui sont tirées de l'ensemble de ces indications sont appelées « droit ».

Les premiers musulmans tirèrent les lois de ces indications. Inévitablement, il y eut des divergences entre eux à leur propos. En effet, ces indications sont, pour la plupart, puisées dans les textes, lesquels sont en arabe. Or, on connaît les divergences entre les premiers musulmans au sujet de la signification des mots dans beaucoup d'expressions de la langue arabe, en particulier celles qui touchent aux lois religieuses. En outre, la Sunna a été établie selon des voies différentes, et contient souvent des règles contradictoires. Il faut choisir entre celles-ci, ce qui ne va pas sans divergences. Il y a aussi le fait que les indications qui ne dérivent pas des textes sont l'objet d'opinions divergentes. À cela, il faut encore ajouter l'apparition de faits nouveaux non prévus par les textes, qu'on doit ramener sur la base d'une analogie à ce qui est prévu par les textes. Tout cela entraîne nécessairement des divergences, et c'est ce qui explique celles qui sont nées entre les premiers musulmans et, plus tard, entre les grandes autorités religieuses.

Par ailleurs, les Compagnons n'étaient pas tous habilités à prendre des décisions légales ni à enseigner la religion. Ce rôle était réservé à ceux d'entre eux qui connaissaient le Coran, pouvaient distinguer entre les versets abrogeants et abrogés, clairs et obscurs, et discerner toutes les significations du texte, parce qu'ils l'avaient appris, soit de la bouche du Prophète, soit auprès des plus éminents d'entre eux, qui l'avaient eux-mêmes reçu du Prophète. Ces hommes étaient appelés du nom de « lecteurs », c'est-à-dire ceux qui savaient lire le Livre, vu que les Arabes étaient une nation illettrée. Le nom de « lecteurs » fut réservé à cette catégorie de gens qui savaient lire le Livre, parce que, en ce temps-là, il était rare de savoir lire.

Cette situation se prolongea pendant toute la période des débuts de l'islam. Par la suite, les cités islamiques connurent un grand développement, et les Arabes cessèrent d'être des illettrés, à cause de leur constante étude du Coran. Le droit put se développer à partir des textes, se perfectionner et devenir un art et une science. Le nom de « lecteurs » fut alors remplacé par ceux de « juristes » et de « docteurs ».

Deux écoles de droit apparurent : celle des adeptes de l'opinion et de l'analogie, représentée par les Iraquiens, et celle des adeptes de la Tradition, représentée par les Hijâziens.

Les Iraquiens avaient une faible connaissance des traditions prophétiques, comme on l'a déjà vu. Ils firent donc un large usage de l'analogie et y acquirent une grande habileté. D'où leur nom d'« adeptes de l'opinion ». Leur chef, qui cristallisa leur école autour de lui et de ses disciples, était l'imam Abû Hanîfa, alors que le chef des Hijâziens était Mâlik Ibn Anas et, après lui, ash-Shâfi'î.

Plus tard, un groupe de docteurs désapprouva le raisonnement par analogie et en rejeta l'usage. Ce sont les zâhirites. Ils restreignirent les sources de la loi religieuse aux textes et au consensus général. Ils ramenèrent l'analogie évidente et la cause énoncée par un texte au texte lui-même, parce qu'un texte qui établit la cause établit du même coup le jugement à appliquer dans tous les cas où cette cause est présente. Les chefs de cette école étaient Dâwud Ibn 'Ali, son fils, et leurs disciples[1].

Ce sont là les trois écoles les plus célèbres qui s'étaient établies parmi la majorité des musulmans. Les 'Alides s'en séparèrent. Ils créèrent leur propre école et adoptèrent un droit particulier, fondé sur leur doctrine. Celle-ci condamnait un certain nombre de Compagnons du Prophète et affirmait l'impeccabilité des imams et l'exemption de leurs paroles de toute divergence. Mais tous leurs principes sont inconsistants. Les khârijites se séparèrent également [de la majorité des musulmans]. Ceux-ci ne s'intéressèrent pas à ces écoles. Ils les désapprouvèrent et les condamnèrent. On ne sait rien de leurs doctrines, on ne transmet pas leurs livres, et l'on ne les trouve nulle part ailleurs que dans les pays de ces sectaires. Les ouvrages chiites ne se rencontrent que dans les pays des chiites et dans les régions où ils avaient fondé des États au Maghreb, en Orient et au Yémen. Il en est de même des khârijites. Ils ont tous des écrits, des ouvrages et des opinions singulières en matière de droit.

L'école zâhirite a disparu aujourd'hui avec la disparition de ses chefs et le désaveu de la grande majorité des musulmans. Elle ne survit plus que dans les livres. On voit parfois de nombreuses personnes désœuvrées s'appliquer à suivre cette école et se pencher sur ces livres pour y puiser le droit et les doctrines zâhirites. Mais elles n'aboutissent à rien d'important et se heurtent à l'opposition et à la désapprobation de la grande masse des musulmans. Souvent, on les considère comme des innovateurs qui ont pris leur science dans des livres, sans y avoir été initiés par des maîtres. Ce fut le cas d'Ibn Hazm, en Andalus, malgré son rang élevé en tant que traditionniste. Il suivit l'école des zâhirites et y excella. Il usa de son jugement indépendant dans l'étude de leurs doctrines, s'opposa à leur chef Dâwud, et critiqua un grand nombre d'autorités musulmanes. Les docteurs se vengèrent de lui par le grand mépris et le désaveu qu'ils manifestèrent à l'égard de son école. Ils négligèrent ses écrits et les rejetèrent. La vente en était même interdite sur les marchés, et l'on en déchira parfois les exemplaires.

Les seules écoles qui subsistèrent furent celles des adeptes de l'opinion en Irak et des adeptes de la Tradition au Hijâz. Le chef des Iraquiens, autour de qui se cristallisèrent leurs écoles, fut Abû Hanîfa an-Nu'mân Ibn Thâbit. Il fut sans rival en matière de droit, comme le reconnaissaient ses pairs, en particulier, Mâlik et ash-Shâfi'î.

Le chef des Hijâziens fut Mâlik Ibn Anas al-Asbahî, qui était le plus grand savant de Médine. Il se distinguait par le fait qu'il avait ajouté une source de lois supplémentaire à celles qui étaient prises en compte dans les autres écoles, c'est-à-dire la pratique judiciaire de Médine. En effet, il avait constaté que les Médinois, en raison de leur piété et de leur souci d'imiter [le modèle du Prophète], suivaient les générations précédentes pour tout ce qu'elles s'étaient accordé de faire ou de ne pas faire. Il en allait ainsi en remontant jusqu'à la génération qui avait été en rapport direct avec la pratique du Prophète et qui avait été instruite par lui. Mâlik voyait en cela une des bases des indications relatives à la loi religieuse.

De nombreux savants pensèrent que [la pratique de Médine] faisait partie des questions du consensus, et ainsi la désapprouvèrent, étant donné que le consensus comme source de la loi n'était pas limité aux Médinois, mais concernait toute la communauté musulmane. Il faut noter à cet égard que le consensus est l'accord au sujet d'une question religieuse sur la base de l'*ijtihâd.* Mâlik ne considérait pas la pratique judiciaire des Médinois comme répondant à ce critère. Il y voyait seulement le fait qu'une génération avait imité, par l'observation directe, celle qui l'avait précédée, et ce, en remontant de génération en génération, jusqu'au Législateur. Cette attitude des Médinois était due à la nécessité, pour eux, d'imiter [le modèle du Prophète]. Il est vrai que le problème est mentionné au chapitre du consensus. C'est l'endroit le mieux indiqué pour en parler, car, dans le cas de la pratique de Médine comme dans celui du consensus, il est question d'accord. Mais tandis que l'accord, dans le cas du consensus, est obtenu sur la base de l'*ijtihâd* et d'un raisonnement personnel appliqués à l'examen des indications légales, celui des Médinois concerne le fait de faire ou de ne pas faire quelque chose, en se fondant sur l'observation des générations précédentes. Il eût mieux valu traiter de ce problème au chapitre des actes du Prophète et des choses qui ont bénéficié de son approbation silencieuse, ou avec les indications légales, objets de divergences, comme, par exemple, les lois religieuses de nos prédécesseurs, les doctrines des Compagnons, la méthode de l'*istishâb*[2]. C'est Dieu qui donne le succès.

Après Mâlik Ibn Anas vint Muhammad Ibn Idrîs al-Muttalibî ash-Shâfi'î. Il se rendit en Irak après la mort de Mâlik et y rencontra les disciples d'Abû Hanîfa. Il étudia auprès d'eux et combina la méthode des Hijâziens avec celle des Iraquiens. Il fonda sa propre école et s'opposa à Mâlik sur de nombreux points.

Puis il y eut, après eux, Ahmad Ibn Hanbal, qui fut un des traditionnistes les plus éminents. Ses disciples étudièrent auprès des disciples d'Abû Hanîfa, alors qu'ils étaient eux-mêmes très versés dans les traditions prophétiques. Ils fondèrent une nouvelle école.

Ces quatre écoles sont les seules à être suivies dans les cités musulmanes, et les adeptes de toutes les autres ont disparu[a]. Les savants n'admettent plus de divergences, en raison de la multiplicité des terminologies dans les sciences, des difficultés à atteindre le rang de *mujtahid*, de la crainte de s'en remettre en cette matière à des gens qui n'en sont pas dignes, dont ni le jugement ni la piété n'inspirent confiance. Les savants ont donc reconnu publiquement leur incompétence et leur indigence, et ont invité les gens à suivre ces autorités, chacune d'elles ayant ses adeptes particuliers. Ils ont interdit de passer de l'une à l'autre, à cause des duplicités que cela pourrait entraîner. Il ne reste donc plus qu'à transmettre leurs doctrines. Chacun se conforme à l'école qu'il a choisi de suivre, une fois que les ouvrages de base en ont été authentifiés et que la continuité de leur transmission a été assurée. Aujourd'hui, les études de droit ne peuvent prétendre à rien de plus. Celui qui, de nos jours, déclare être un *mujtahid* voit ses prétentions repoussées et n'est suivi par personne.

Aujourd'hui, les habitants des pays musulmans suivent l'un ou l'autre de ces quatre chefs d'école. Ibn Hanbal a des adeptes peu nombreux, et la plupart d'entre eux se trouvent en Syrie et en Irak, à Bagdad et dans ses environs. Ce sont les hanbalites qui connaissent le mieux la Sunna, transmettent le plus de traditions prophétiques[b] et sont les plus enclins à les préférer comme source de loi au raisonnement par analogie. Ils étaient nombreux et forts à Bagdad et s'affrontaient dans ses environs aux chiites. Cela avait entraîné des troubles dans cette ville, qui cessèrent avec l'occupation des Tatars et ne se renouvelèrent plus depuis. La majorité des hanbalites passa ensuite en Syrie.

Abû Hanîfa est suivi aujourd'hui par les habitants de l'Irak, les musulmans de l'Inde, de la Chine, de la Transoxiane et de tous les pays non arabes [turco-iraniens]. Son école était d'abord limitée à la capitale de l'islam et à l'Irak. Ses disciples étaient les compagnons des califes 'abbâssides. Ils écrivirent de nombreux ouvrages et eurent de fréquentes disputes avec les shafi'ites. Ils avaient une excellente méthode dans leur approche des questions controversées et eurent en cette matière une belle contribution et des vues originales. Leurs travaux là-dessus sont connus. On en trouve quelques-uns au Maghreb, où ils ont été introduits par le cadi Ibn 'Arabî et Abû l-Walîd al-Bâjî au retour de leur voyage [en Orient].

Ash-Shâfi'î a plus d'adeptes en Égypte que partout ailleurs. Son école s'était d'abord répandue en Irak, au Khurâsân et en Transoxiane. Les shafi'ites donnaient des décisions légales et exerçaient l'enseignement dans toutes les grandes villes, concurremment avec les hanafites. Ils organisaient de grandes disputes et leurs diverses argumentations remplissaient les ouvrages de controverse. Plus tard, tout cela disparut avec la chute des pays d'Orient.

Lorsque l'imam Muhammad Ibn Idrîs ash-Shâfi'î vint s'installer en Égypte dans la famille des 'Abd al-Hakam, un certain nombre [d'Égyptiens] étudièrent auprès de lui. Parmi ses disciples en Égypte, il y avait al-Buwaytî, al-Muzanî et d'autres. Il y avait également dans ce pays un groupe de malikites comprenant les 'Abd al-Hakam, Ashhab, Ibn al-Qâsim, Ibn al-Mawwâz et d'autres. Il y eut par la suite al-Hârith Ibn Miskîn et ses fils, puis le cadi Abû Ishâq Ibn Sha'bân et ses compagnons. Avec l'apparition de la dynastie des rafidites, le droit sunnite disparut d'Égypte. On y pratiqua le droit des gens de la Famille et les savants non chiites furent sur le point de disparaître. À la fin du IVe siècle [X^e^], le cadi 'Abd al-Wahhâb quitta Bagdad et se rendit en Égypte, parce qu'il était dans le besoin et cherchait un gagne-pain. Les califes 'ubaydites s'empressèrent de l'accueillir avec honneur et de mettre en avant ses mérites en fulminant contre les 'Abbâssides qui avaient rejeté un savant si éminent, et en montrant toute leur satisfaction de l'avoir parmi eux. Le malikisme put ainsi s'épanouir en Égypte, jusqu'au renversement des 'Ubaydites rafidites par Salâh ad-dîn Ibn Ayyûb [Saladin]. Le droit des gens de la Famille céda alors la place de nouveau au droit sunnite. Le droit d'ash-Shâfi'î et de ses adeptes d'Irak fleurit. Il retrouva une position meilleure que celle qu'il avait eue auparavant et eut beaucoup de succès. Le livre d'ar-Râfi'î[3] fut introduit à partir de l'Irak en Syrie et en Égypte.

Parmi les shafi'ites les plus célèbres, il y eut Muhyî ad-dîn an Nawawî, qui appartenait au groupe des éminents savants grandis à l'ombre de la dynastie ayyûbite en Syrie ;

il y eut ensuite 'Izz d-dîn Ibn 'Abd as-Salâm, et plus tard Ibn ar-Raf'a en Égypte et Ibn Daqîq al-'Id. Puis, après ces derniers, il y eut Taqiy d-dîn as-Subkî. Cette lignée aboutit à l'actuel *shaykh al-islâm* égyptien, Sirâj d-dîn al-Bulqînî. Il est le chef de file des shafi'ites en Égypte, et sans doute le plus grand savant de notre temps.

Bien qu'elle eût des adeptes ailleurs, l'école malikite se limita surtout aux habitants du Maghreb et de l'Andalus. Ces derniers ne suivirent que rarement d'autres écoles. Leurs voyages les menaient le plus souvent au Hijâz. Médine était alors la capitale de la science, d'où elle s'était répandue en Irak. Ce dernier pays ne se trouvait pas sur leur chemin. Aussi se contentèrent-ils d'étudier auprès des savants de Médine : Mâlik, qui était alors l'autorité la plus éminente de cette ville, ses maîtres avant lui et ses disciples après lui. Mâlik était donc la référence des habitants du Maghreb et de l'Andalus. Ils le suivirent, à l'exclusion de tout autre, parce qu'ils ne connaissaient pas d'autre école que la sienne. Il faut noter, d'autre part, que les habitants du Maghreb et de l'Andalus avaient essentiellement une civilisation rurale. Ils ne s'intéressaient guère à la civilisation urbaine, qui était celle de l'Irak. Ils se sentaient donc plus proches des habitants du Hijâz, en raison de leur commune appartenance à la civilisation rurale. C'est pourquoi l'école malikite a toujours gardé chez eux toute sa simplicité et n'a pas été affectée par le raffinement et le perfectionnement de la civilisation urbaine, comme cela s'est produit dans les autres écoles.

Par la suite, les doctrines de ces quatre autorités formèrent chacune une discipline distincte. Comme il n'était plus possible de recourir à l'*ijtihâd* et au raisonnement par analogie, il devint nécessaire de se référer aux ouvrages de base de l'école pour fonder en théorie le rattachement d'une question [nouvelle] ou l'écarter en cas d'ambiguïté. Dans tout cela, il fallait acquérir un habitus bien enraciné pour pouvoir opérer ce type de rattachement ou de rejet, en respectant autant que possible la doctrine de l'école à laquelle on appartenait. L'acquisition de cet habitus est ce qui est visé dans l'étude du droit[c].

Tous les habitants du Maghreb suivent l'imam Mâlik. Ses disciples s'étaient répandus en Égypte et en Irak. En Irak, il y avait le cadi Ismâ'îl et les gens de sa génération[d], tels qu'Ibn Khuwâz Mandâd[4], Ibn al-Muntâb, le cadi Abû

Bakr al-Abharî, le cadi Abû l-Hasan Ibn al-Qassâr, le cadi 'Abd al-Wahhâb et leurs successeurs. En Égypte, il y avait Ibn al-Qâsim, Ashhab, Ibn 'Abd al-Hakam, al-Hârith Ibn Miskîn et les hommes de leur génération. Yahyâ Ibn Yahyâ al-Laythî partit de l'Andalus [pour l'Orient], rencontra Mâlik et transmit sur son autorité le *Muwatta'*. Il était un des plus importants disciples de Mâlik. Puis 'Abd al-Malik Ibn Habîb partit à son tour pour l'Orient et étudia auprès d'Ibn al-Qâsim et des hommes de sa génération. Il implanta le malikisme en Andalus et composa son traité malikite intitulé *Kitâb al-Wâdiha*. Plus tard, al-'Utbî, un de ses disciples, rédigea son *Kitâb al-'Utbiyya*.

Puis Asad Ibn al-Furât partit d'Ifrîqiya pour l'Orient. Il écrivit d'abord un ouvrage d'après les disciples d'Abû Hanîfa, puis il passa à l'école malikite et écrivit un traité d'après Ibn al-Qâsim sur tous les chapitres du droit. Il revint à Kairouan avec son ouvrage, qui reçut le nom de *Asadiyya*, par référence à Asad Ibn al-Furât. Ibn Sahnûn étudia la *Asadiyya* sous la direction d'Asad, avant de partir pour l'Orient, où il rencontra Ibn al-Qâsim, et se fit son disciple. Après avoir exposé devant ce dernier les problèmes de la *Asadiyya*, il reconsidéra beaucoup d'entre eux. Ensuite, il rédigea ces problèmes et leur donna une forme systématique, en indiquant ceux qu'il avait reconsidérés. Ibn al-Qâsim et lui écrivirent à Asad pour lui demander de supprimer de sa *Asadiyya* les points mis en cause et d'accepter l'ouvrage de Sahnûn. Mais Asad refusa. Son ouvrage fut délaissé, et les gens suivirent la *Mudawwana* de Sahnûn, malgré le fait que les problèmes y étaient répartis de façon désordonnée dans les différents chapitres. Aussi avait-elle reçu le nom de *Mudawwana mukhtalita* [désordonnée]. Les habitants de Kairouan se livrèrent à l'étude de la *Mudawwana*, et ceux de l'Andalus à celle de la *Wâdiha* et de la *'Utbiyya*.

Plus tard, Ibn Abî Zayd résuma la *Mudawwana mukhtalita* dans un livre intitulé *al-Mukhatasar* [l'Abrégé], et un juriste de Kairouan, Abû Sa'îd al-Barâdhi'î, en fit de même dans son *Tahdhîb*. Ce dernier devint l'ouvrage de référence des savants de l'Ifrîqiya, qui l'adoptèrent à l'exclusion de tout autre. De leur côté, les gens de l'Andalus adoptèrent la *'Utbiyya* et délaissèrent la *Wâdiha* et les autres traités.

Les grands savants de l'école malikite n'ont jamais cessé de consacrer à ces ouvrages de base des commentaires, des explications et des condensés. Ainsi, les Ifrîqiyens furent nombreux à écrire sur la *Mudawwana*. Tel fut le cas d'Ibn Yûnus, d'al-Lakhmî, d'Ibn Muhriz, d'at-Tûnusî, d'Ibn Bashîr et d'autres. Les Andalous, comme Ibn Rushd et d'autres, écrivirent sur la *'Utbiyya*.

Ibn' Abî Zayd fit la synthèse de tous les problèmes, questions controversées et opinions contenus dans les ouvrages de base [malikites] dans son *Kitâb an-Nawâdir*. Il traita de toutes les opinions de l'école et présenta dans ce livre la liste de tous les thèmes des ouvrages de base. Ibn Yûnus reprit la plus grande partie de ce livre dans son étude sur la *Mudawwana*.

De la sorte, l'école malikite connut un grand épanouissement dans les deux régions, jusqu'à la chute des dynasties de Cordoue et de Kairouan. Les gens du Maghreb restèrent par la suite attachés à la tradition de ces deux villes.

Trois tendances se laissent distinguer dans l'école malikite :

1. Celle des Kairouanais, avec à sa tête Sahnûn, qui avait étudié auprès d'Ibn al-Qâsim.

2. Celle des Cordouans, avec à sa tête Ibn Habîb, qui avait étudié auprès de Mâlik, Mutarrif, Ibn al-Mâjishûn et Asbagh.

3. Celle des Iraquiens, avec à sa tête le cadi Ismâ'il et ses compagnons.

L'école égyptienne dépendait de l'école iraquienne. Le cadi 'Abd al-Wahhâb était parti de Bagdad pour l'Égypte à la fin du IVe siècle [X^e^] et les Égyptiens avaient étudié auprès de lui. L'école malikite d'Égypte avait commencé avec al-Hârith Ibn Miskîn, Ibn Muyassar, Ibn al-Lahîb et Ibn Rashîq. Elle était restée clandestine à cause du triomphe des râfidites et du droit des gens de la Famille.

Les gens de Kairouan et d'al-Andalus avaient délaissé la tendance iraquienne, parce qu'elle était d'un pays très éloigné, que ses sources étaient obscures et que peu de choses sur les maîtres [des Iraquiens] leur étaient connues. Ils entendaient exercer leur propre jugement personnel et refusaient l'imitation aveugle. Ils ne prenaient pas en considération l'opinion des Iraquiens quand elle n'était pas appuyée sur une tradition remontant à l'imam Mâlik ou à l'un de ses compagnons.

Par la suite, toutes ces tendances se mélangèrent. Abû Bakr at-Turtûshî partit de l'Andalus pour l'Orient au

VIe siècle [XIIe]. Il s'arrêta à Jérusalem et s'y installa. Les gens d'Égypte et d'Alexandrie étudièrent auprès de lui et mélangèrent la tendance andalouse qu'il représentait avec la tendance égyptienne. Parmi ses disciples les plus éminents, il y eut Sanad, auteur du *Tirâz*[5], et ses compagnons. Un groupe de savants étudièrent auprès de ces derniers, dont les Banû 'Awf et leurs compagnons. Ceux-ci eurent pour élève Abû 'Amr Ibn al-Hâjib et, un peu plus tard, Shihâb ad-dîn al-Qirâfî. C'est ainsi que fut assurée la continuité de l'école malikite en ces temps-là.

L'école shafi'ite avait également disparu d'Égypte sous les 'Ubaydites 'alides. Après la chute de ceux-ci, les juristes qui renouvelèrent cette école adoptèrent le livre d'ar-Râfi'î, juriste shafi'ite du Khurâsân. En Syrie apparut Muhyî d-dîn an-Nawawî, qui appartenait à la même génération.

Plus tard, la tendance malikite des Maghrébins se mélangea aussi avec la tendance des Iraquiens par l'intermédiaire d'ash-Shârimsâhî, qui se trouvait à Alexandrie et était un représentant éminent de la tendance maghrébine et égyptienne. Le calife 'abbâsside al-Mustansir, père d'al-Mu'tasim et fils d'az-Zâhir, qui venait de fonder son collège à Bagdad, demanda aux califes 'ubaydites qui régnaient alors au Caire de lui envoyer ce savant éminent. Celui-ci obtint l'autorisation de se rendre auprès du calife 'abbâsside et, quand il arriva à Bagdad, il fut nommé par le calife professeur au collège al-Mustansiriyya. Il demeura à Bagdad jusqu'à la prise de la ville par Hûlâgû en l'an 656 [1258], réussit à échapper à ce malheur et reprit sa liberté. Il continua à vivre là jusqu'à sa mort, sous le règne du fils de Hûlâgû, Ahmad Abaghâ.

Les différentes tendances égyptiennes, combinées avec les tendances maghrébines, furent résumées, comme on l'a vu[6], dans le *Mukhtasar* d'Abû 'Amr Ibn al-Hâjib, qui mentionne chaque chapitre juridique avec ses différents problèmes et énumère les diverses opinions relatives à chaque problème. On avait ainsi une sorte de répertoire de l'école.

Quand cet ouvrage parut au Maghreb à la fin du VIIe siècle [XIIIe], les gens furent nombreux à l'étudier[f]. Ce fut notamment le cas de ceux de Bijâya, car c'était leur éminent maître Abû 'Alî Nâsir ad-dîn az-Zawâwî qui l'avait introduit au Maghreb. En effet, il avait étudié auprès des compagnons d'Ibn al-Hâjib en Égypte et avait fait une copie de son *Mukhtasar*, qu'il apporta avec lui au Maghreb.

Le livre se répandit à Bijâya parmi ses disciples et, par l'intermédiaire de ceux-ci, fut transmis à toutes les autres villes du Maghreb. Aujourd'hui encore, il est utilisé et étudié par les étudiants maghrébins, parce qu'on raconte que le maître Nâsir ad-dîn avait beaucoup encouragé à l'étudier. Un certain nombre de maîtres maghrébins ont commenté ce livre. C'est le cas d'Ibn 'Abd as-Salâm, d'Ibn Râshid et d'Ibn Hârûn, tous trois de Tunis. Le plus illustre d'entre eux est Ibn 'Abd as-Salâm. En plus de ce livre, on se sert dans l'enseignement du *Kitâb at-Tahdhîb*.

« Dieu dirige qui Il veut[A]. »

La science des successions[7].

La science des successions a pour objet la connaissance de la répartition des parts de l'héritage et la rectification de la valeur de chaque part[8], en tenant compte des parts primitives ou de leur réajustement[g]. Un réajustement est nécessaire lorsqu'un des héritiers meurt et que sa part doit être partagée entre ses propres héritiers. Cela demande un calcul qui permet de réajuster la répartition de la première succession, de sorte que tous les héritiers aux deux successions peuvent connaître leurs parts respectives sans que la division ait lieu. Ces réajustements peuvent intervenir plus d'une ou deux fois et concerner un plus grand nombre [d'héritiers]. Il faut alors procéder à autant de nouveaux calculs.

Il faut également faire des calculs lorsqu'une succession donne lieu à deux possibilités. C'est le cas, par exemple, quand un des héritiers reconnaît l'existence d'un héritier [non déclaré initialement], qu'un troisième nie. La répartition de la succession est alors effectuée suivant les deux possibilités, en tenant compte du montant des quote-parts, et en partageant la succession entre les héritiers proportionnellement à ces quote-parts. Tout cela requiert des calculs. Les juristes ont distingué ce chapitre du droit des autres, parce qu'il réunit à la fois le droit et le calcul, qui en constitue l'élément prédominant. Et ils en ont fait une branche à part.

On a beaucoup écrit sur ce sujet. Chez les malikites andalous modernes, les traités les plus célèbres dans ce domaine sont celui d'Ibn Thâbit, le *Mukhtasar* du cadi Abû

A. Coran, II, 142.

l-Qâsim al-Hawfî et le *Mukhtasar* d'al-Ja'dî. Chez les juristes modernes d'Ifrîqiya, il faut citer les ouvrages d'Ibn al-Munammar at-Tarâbulsî et d'autres.

Les[b] shafi'ites, les hanafites et les hanbalites ont également beaucoup écrit dans cette discipline. Leurs travaux sont importants et difficiles et témoignent de l'étendue de leur compétence en matière de droit et de calcul. Il faut citer particulièrement Abû l-Ma'âlî [Imam al-Haramayn], et d'autres juristes du même ordre.

La science des successions est une noble discipline. Elle combine les connaissances rationnelles et traditionnelles. Elle permet de déterminer suivant des méthodes saines et certaines les droits[i] à l'héritage lorsque ceux qui sont chargés du partage d'une succession ne connaissent pas les quote-parts et ont des difficultés à les établir.

Les savants des cités musulmanes lui accordent une grande attention. Certains auteurs en exagèrent le côté mathématique et posent des problèmes où la découverte des inconnues requiert le recours à diverses branches de l'arithmétique, comme l'algèbre et l'extraction des racines carrées. Ils remplissent leurs ouvrages de ce genre de choses. Celles-ci ne sont pas très utilisées et ne sont pas d'un grand profit dans les questions d'héritage ordinaires[j], parce qu'elles traitent de cas inhabituels et rares. Mais elles servent à entraîner l'esprit et à acquérir un habitus pour le traitement des cas ordinaires.

La plupart de ceux qui pratiquent cette discipline se réfèrent, pour en montrer l'excellence, à cette tradition transmise d'après Abû Hurayra : « La science des successions [*al-farâ'id*] constitue le tiers de la science et en est la partie qu'on oublie le plus vite. » Selon une autre version, elle serait la « moitié de la science ». Cette tradition a été publiée par Abû Nu'aym al-Hâfiz. Ceux qui s'occupent de la science des successions prétendent que le mot *farâ'id*, dans la tradition citée, désigne les « parts d'héritage » (*furûd*). Mais il est évident que cette supposition est improbable et que le mot désigne plutôt les « obligations religieuses » (*al-furûd at-taklîfiyya*) en matière de culte, de coutumes, d'héritage, etc. C'est dans ce sens que l'on peut dire valablement que les *farâ'id* constituent la moitié ou le tiers [de la science religieuse]. La science des successions à proprement parler représente une proportion plus petite de la science de la loi religieuse.

Cette interprétation trouve une justification supplémentaire dans le fait que la désignation de cette discipline particulière par le terme *farâ'id* et l'emploi de ce terme spécialement pour les quote-parts d'héritage correspondent à la terminologie adoptée par les juristes au moment de l'apparition des différentes disciplines et terminologies. Au début de l'islam, le mot *farâ'id* n'était employé qu'en un sens très général. Il était dérivé de la racine *f-r-d*, qui signifie « déterminer » ou « couper ». Au sens général, il devait s'entendre de toutes les obligations, comme on l'a vu. C'est sa signification au point de vue de la loi religieuse. Il ne devrait donc être interprété [dans la tradition citée] que selon la signification qu'il avait à l'époque des premiers musulmans. C'est ce qui correspond le mieux à ce qu'ils entendaient par ce terme.

Dieu est plus savant.

XIII. LES PRINCIPES DU DROIT ET LES DISCIPLINES CONNEXES : LA DIALECTIQUE ET LES QUESTIONS CONTROVERSÉES[a]

Les principes du droit constituent une des sciences religieuses les plus importantes, les plus élevées et les plus utiles. Leur objet est l'étude des indications légales[1] qui constituent les sources des lois et des obligations[b].

Les indications légales sont contenues d'abord dans le Livre, c'est-à-dire le Coran, et la Sunna qui l'explique. Au temps du Prophète, les lois étaient recueillies auprès de lui : il recevait les révélations du Coran et les expliquait par ses paroles et ses actes. Cela se passait oralement, sans qu'on eût besoin de transmission, de spéculation ou de raisonnement analogique. Après la mort du Prophète, l'explication orale directe ne fut plus possible. Le Coran fut préservé grâce à sa transmission par les musulmans, suivant une chaîne ininterrompue de transmetteurs. Quant à la Sunna, les Compagnons convinrent tous que nous devons agir en conformité avec elle, pour autant que ce qui nous parvient d'elle, paroles ou actes, est l'objet d'une transmission authentique, dont la vérité est appuyée sur la probabilité la plus forte. C'est en ce sens que le Coran et la Sunna sont à la base de toute indication légale.

Ensuite, le consensus général prit une place équivalente

à celle du Coran et de la Sunna, du fait que les Compagnons avaient été unanimes à désavouer ceux qui avaient une opinion différente de la leur. Une telle attitude ne pouvait pas être sans fondement, car des hommes comme eux ne pouvaient pas s'accorder sur quelque chose sans un argument valide. D'autre part, il existe des indications qui témoignent de l'infaillibilité de la communauté. Ainsi, le consensus général est devenu une indication valide en matière de lois.

Quand on examine les méthodes utilisées par les Compagnons et les premiers musulmans pour effectuer leurs déductions à partir du Livre et de la Sunna, on constate qu'ils procédaient par comparaison et analogie entre cas semblables, et prenaient leurs décisions par accord unanime ou par concessions mutuelles. En effet, beaucoup de faits qui s'étaient produits après la mort du Prophète ne se pliaient pas aux textes établis. Ils furent donc comparés et rapprochés de cas connus et fondés sur un texte, en suivant certaines règles qui établissaient la validité de l'équivalence entre deux cas similaires, de sorte que l'on pût conclure avec la plus forte probabilité qu'ils étaient régis par la même loi divine. Ce procédé devint une indication légale, par accord unanime [des Compagnons et des premiers musulmans]. C'est le raisonnement par analogie, qui constitue ainsi la quatrième sorte de preuve légale.

La grande majorité des docteurs s'accorda ainsi sur le fait que c'étaient là les bases des indications légales. Il est vrai que certains docteurs ont émis des opinions divergentes au sujet du consensus et du raisonnement par analogie. Mais ce sont des exceptions. À ces quatre indications, certains juristes en ajoutèrent d'autres, qu'il n'est pas nécessaire de mentionner ici, parce qu'elles ont des fondements faibles et sont rarement suivies.

Un des premiers objets d'étude de cette discipline est d'établir le bien-fondé de ces quatre indications.

1. Pour ce qui est du Livre, la preuve réside dans le miracle formel de son texte et dans sa transmission suivant une chaîne ininterrompue. Cela ne laisse aucune place au doute.

2. Pour la Sunna, telle qu'elle nous a été transmise, [la preuve réside] dans le consensus général sur l'obligation pour les musulmans d'agir en conformité avec elle, pour autant qu'elle est authentique. Cela est confirmé par le fait

que, du vivant du Prophète, il était d'usage qu'il envoyât des lettres et des messagers porteurs de règles et de lois, où étaient stipulés ses ordres et ses interdictions.

3. Pour le consensus général, [la preuve réside dans] l'accord des Compagnons pour désavouer toute opinion différente des leurs. À cela s'ajoute l'infaillibilité bien établie de la communauté musulmane.

4. Enfin, pour ce qui est du raisonnement par analogie, [la preuve réside dans] le consensus général des Compagnons à son sujet, comme on l'a vu.

Telles sont les sources des indications légales.

Dans l'étude de la Sunna telle qu'elle nous a été transmise, il est nécessaire d'authentifier chaque tradition par l'examen des voies de sa transmission et de la probité des transmetteurs. Ainsi apparaissent clairement les circonstances qui permettent d'établir la vérité de cette tradition comme probable, et c'est ce qui fonde l'obligation d'agir conformément à cette tradition. On a là aussi une des règles de base de cette discipline. Il faut y ajouter la connaissance des traditions abrogeantes et abrogées, lorsqu'on est en présence de deux traditions contradictoires et qu'il faut déterminer la plus ancienne des deux. C'est un autre chapitre de la même discipline.

On doit ensuite examiner les significations des mots. En effet, pour tirer les idées des expressions du discours, il est nécessaire de connaître les significations conventionnelles des mots et des combinaisons de mots. Les règles linguistiques à appliquer dans ce domaine sont celles des sciences de la grammaire, de la conjugaison et de la rhétorique. Au cours de l'époque où la langue était un habitus [naturel] pour ceux qui la parlaient, toutes ces choses n'étaient pas constituées en sciences ou en normes explicites. Le juriste n'en avait pas besoin, parce qu'il les connaissait naturellement. Puis, lorsque l'habitus de la langue arabe fut perdu, les grands savants qui s'étaient consacrés à ces questions la fixèrent au moyen d'une transmission valide et de bonnes règles qu'ils créèrent. Ainsi, toutes ces questions linguistiques devinrent des sciences nécessaires au juriste pour la connaissance des lois de Dieu.

En fait, on a affaire ici à une forme particulière d'utilisation des expressions du discours : de l'ensemble des idées exprimées, on extrait les lois religieuses en partant de leurs indications particulières, telles qu'elles se trouvent insérées dans les expressions du discours. C'est en cela que consiste la science du droit. Ici, la connaissance des significations conventionnelles n'est pas suffisante. Il est nécessaire de connaître un certain nombre d'autres choses, dont dépendent les significations particulières, et qui permettent de dériver les lois selon les principes posés par la religion et les grands savants, principes établis pour servir de règles à cette dérivation. Parmi ces règles, on peut citer celles-ci :

Le sens d'un mot ne s'établit pas par analogie.

Un terme à double sens ne peut être pris dans les deux sens en même temps.

La conjonction « et » n'indique pas un ordre de succession [dans le temps ou dans une classification].

Si, du général, on enlève un certain nombre de cas particuliers, peut-il continuer à servir de preuve pour le reste ?

Le commandement implique-t-il que l'acte soit obligatoire ou recommandé, immédiat ou différé ?

L'interdiction implique-t-elle que l'acte soit nul ou valide ?

Un terme absolu peut-il être entendu dans un sens restreint ?

L'indication de la raison [d'une règle] suffit-elle à son extension [à d'autres cas] ?

Et il y a bien d'autres exemples. Toutes ces matières font partie des règles de cette discipline, mais comme elles ont un rapport à la signification, elles relèvent de la philologie.

L'étude de l'analogie constitue également une des plus importantes bases de cette discipline. En effet, elle permet d'établir à la fois le principe et la forme dérivée de toutes les lois déduites par analogie ou par comparaison, de déterminer dans un cas donné le caractère qu'on suppose être celui dont dépend, selon la plus forte probabilité, la loi en son principe, et de montrer que ce caractère existe dans la forme dérivée sans que rien ne s'oppose à l'application de cette loi. Il y a encore d'autres questions liées à celles que nous venons de voir et qui constituent toutes des bases pour cette discipline.

La science des principes du droit a été créée après le début de l'islam. Les premiers musulmans pouvaient s'en dispenser, parce que, pour extraire les idées des mots, ils n'avaient besoin de rien de plus que de leur habitus de la langue. Pour ce qui est des règles dont on a besoin pour la dérivation des lois, ils furent eux-mêmes la source de la plupart d'entre elles. Quant aux chaînes des transmetteurs, ils n'avaient nul besoin de les étudier, étant donné la proximité de leur époque de celle des transmetteurs, qu'ils fréquentaient et connaissaient bien. Puis les premiers musulmans disparurent et la première époque de l'islam prit fin. Toutes les sciences acquirent un aspect technique, comme on l'a vu. Alors, les juristes et les savants habilités à l'*ijtihâd* durent acquérir ces normes et ces règles pour extraire les lois des diverses bases légales. Ils en firent une discipline indépendante qu'ils appelèrent « principes du droit ». Le premier savant qui écrivit sur ce sujet fut ash-Shâfi'î. Dans sa fameuse *Risâla* — qu'il avait dictée à ses étudiants —, il traita des commandements et des interdictions, des questions de rhétorique, de l'information, de l'abrogation, du statut de la cause indiquée dans un texte en relation avec le raisonnement par analogie.

Plus tard, les juristes hanafites écrivirent également sur ce sujet. Ils précisèrent les règles fondamentales de cette discipline et en traitèrent amplement. Les théologiens en firent de même. Cependant, les écrits des juristes touchent de plus près au droit et sont plus appropriés aux formes dérivées, parce qu'ils fournissent beaucoup d'exemples et de cas, et fondent leurs problèmes sur des points de droit. Tandis que les théologiens dépouillent ces problèmes de la référence au droit et ont tendance à faire le plus large usage de la déduction logique, qui est une pratique habituelle de leur discipline et une exigence de leur méthode. Les juristes hanafites firent beaucoup pour la recherche des points de droit et pour la déduction de ces règles à partir des problèmes de jurisprudence. Abû Zayd ad-Dabbûsî, une de leurs autorités, écrivit le plus ample traité hanafite sur le raisonnement analogique. Il compléta les méthodes de recherche et les règles qui y sont utilisées. De la sorte, la science des principes du droit put atteindre à la perfection. Ses problèmes furent correctement formulés et ses règles fondamentales bien établies.

La méthode des théologiens en cette matière requit également l'attention des savants. Les meilleurs ouvrages écrits par les théologiens sur ce sujet furent *al-Burhân* d'Imam al-Haramayn et le *Mustasfâ* d'al-Ghazâlî. Ces deux auteurs étaient tous les deux des ash'arites. Il y eut deux autres livres d'auteurs mutazilites : le *Kitâb al-'Umad* de 'Abd al-Jabbâr et son commentaire, *al-Mu'tamad*, par Abû l-Husayn al-Basrî. Ces quatre ouvrages constituèrent les piliers de cette discipline. Ils furent résumés par la suite par deux éminents théologiens modernes : l'imam Fakhr ad-dîn Ibn al-Khatîb, dans son *Kitâb al-Mahsûl*, et Sayf ad-dîn al-Amidî, dans son *Kitâb al-Ihkâm*. Les méthodes de ces deux auteurs diffèrent par la place qu'ils accordent à la vérification et à l'argumentation. Ibn al-Khatîb met plus l'accent sur les preuves et les arguments, et al-Amidî s'intéresse plus à la vérification des doctrines et à la ramification des problèmes.

Le *Kitâb al-Mahsûl* fut abrégé par des élèves de son auteur, comme Sirâj ad-dîn al-Urmawî dans son *Kitâb at-Tashîl* et Tâj d-dîn al-Urmawî dans son *Kitâb al-Hâsil*. Shihâb ad-dîn al-Qarâfî fit, à partir de ces livres, un choix de principes introductifs et de propositions de base qu'il réunit dans un opuscule appelé *at-Tanqîhât*, et al-Baydâwî en fit autant dans son *Kitâb al-Minhâj*. Ces deux derniers ouvrages furent très appréciés par les débutants, et de nombreux savants leur consacrèrent un commentaire.

Le *Kitâb al-Ihkâm* d'al-Amidî, qui traite surtout de la vérification des problèmes, fut abrégé par Abû 'Amr Ibn al-Hâjib dans son ouvrage connu sous le titre d'*al-Mukhtasar al-kabîr*. L'auteur en fit un autre abrégé qui eut un grand succès parmi les étudiants et qui fit l'objet d'études et de commentaires de la part des savants de l'Orient et de l'Occident. Ainsi, toute la substance de la contribution des théologiens à cette discipline est comprise dans ces abrégés.

La contribution hanafite à cette discipline compte de nombreux travaux. Parmi les anciens, les meilleurs sont ceux d'Abû Zayd ad-Dabbûsî et, parmi les modernes, ce sont ceux de Sayf al-Islâm al-Bazdawî, une des grandes autorités hanafites. Ses ouvrages sont exhaustifs. Le hanafite Ibn as-Sâ'atî, qui vint plus tard, combina les deux méthodes du *Kitâb al-Ihkâm* et de l'œuvre d'al-Bazdawî dans un ouvrage intitulé *Kitâb al-Badî'*. Ce dernier ouvrage est un des mieux conçus et des plus originaux en la matière. Les plus grands savants de notre époque s'en servent pour leur enseignement et leur recherche, et de nombreux savants non arabes se sont appliqués à en écrire le commentaire. Cette situation dure jusqu'à nos jours.

Voilà ce qu'il en est de cette discipline, des différents sujets dont elle traite et des plus célèbres ouvrages qu'on y a écrits jusqu'à ce jour.

Que Dieu nous fasse profiter de la science et qu'Il nous accorde la grâce de nous compter au nombre des savants.

Les questions controversées.

Le droit', tel qu'il a été tiré des indications légales, a fait l'objet d'importantes divergences d'opinion parmi les savants habilités à l'*ijtihâd*. Ces divergences, dues à la diversité de leurs sources et de leurs manières de voir, étaient inévitables, comme on l'a vu précédemment. Elles prirent des dimensions considérables en islam, et chacun pouvait suivre les autorités de son choix. Plus tard, on s'en remit aux quatre grandes autorités des villes de l'islam qui jouissaient de l'estime générale. On se borna désormais à les suivre, et il fut interdit d'en suivre d'autres. En effet, on ne pouvait plus prétendre à l'*ijtihâd*, parce qu'il était devenu trop difficile, et que, au cours du temps, les sciences qui en constituaient la matière avaient connu un trop grand développement. En outre, il ne se trouvait personne pour promouvoir une école en plus des quatre qui existaient déjà. Ainsi, celles-ci furent considérées comme les écoles fondamentales de la communauté musulmane.

Les divergences entre ceux qui adhéraient à ces écoles et en appliquaient les lois furent considérées sur le même pied que celles qui existaient au sujet des textes légaux et des fondements juridiques. Des disputes furent organisées entre les adeptes des différentes écoles, où chacun pouvait argumenter en faveur de la doctrine de son imam, en se fondant sur des principes sains et des règles bien établies. Chacun défendait la validité de l'école qu'il suivait et dont il était l'adepte fervent. Les polémiques touchaient à tous les problèmes de la loi religieuse et à tous les chapitres du droit. Les divergences apparaissaient tantôt entre ash-Shâfi'î et Mâlik, Abû Hanîfa étant du côté de l'un ou de l'autre ; tantôt entre Mâlik et Abû Hanîfa, ash-Shâfi'î appuyant l'un ou l'autre ; tantôt entre ash-Shâfi'î et Abû Hanîfa, Mâlik se rangeant du côté de l'un ou de l'autre. Ces controverses mettaient en lumière les sources de ces différents chefs de file, les origines de leurs divergences et les points où ils avaient exercé leur *ijtihâd*.

Cette discipline fut appelée les « questions controversées ». Ceux qui s'en occupent, à l'instar des *mujtahids*, doivent connaître les règles fondamentales qui permettent de tirer les lois. Mais, à la différence des premiers, qui ont besoin de ces règles pour tirer les lois, les spécialistes des questions controversées[d] les utilisent pour défendre ces lois contre les arguments que peuvent produire leurs adversaires pour les détruire. C'est donc une science de grande utilité en ce qu'elle nous fait connaître les sources et les arguments des grandes autorités, et qu'elle permet à ceux qui la pratiquent de s'entraîner à argumenter sur les différents sujets qui les intéressent. Les travaux des hanafites et des shafi'ites en cette matière sont plus nombreux que ceux des malikites. En effet, le raisonnement par analogie est chez les hanafites une base pour bien des développements de leur école, comme on sait. Car ils sont des partisans de la spéculation et de la recherche. Les malikites, au contraire, s'appuient surtout sur la tradition et ne sont pas des adeptes de la spéculation. D'autre part, ils sont dans leur grande majorité des gens du Maghreb, qui sont des ruraux ne connaissant rien aux arts, sauf exception.

Sur ce sujet, on peut citer, d'al-Ghazâlî, le *Kitâb al-Ma'âkhidh*; du juriste malikite Abû Bakr Ibn al-'Arabî, le *Kitâb at-Talkhîs*, qu'il a apporté d'Orient; d'Abû Zayd ad-Dabbûsî, le *Kitâb at-Ta'liqa*; d'Ibn al-Qassâr, un des grands maîtres malikites, le *'Uyûn al-adilla*. Ibn as-Sâ'atî a réuni dans son *Abrégé* sur les principes du droit toute la matière juridique en rapport avec ces principes, en réservant à chaque problème toute la matière controversée qui y a trait[e].

La dialectique.

La dialectique a pour objet les règles à observer dans les disputes qui ont cours entre les adeptes des différentes écoles juridiques ou entre d'autres spécialistes. En effet, dans une dispute, les possibilités de rejet ou d'acceptation sont largement ouvertes. Chaque controversiste qui argumente et qui répond donne libre cours à son argumentation. Celle-ci peut comporter des arguments valides, comme elle peut comporter des arguments erronés. Aussi, les grandes autorités ont-elles éprouvé le besoin de poser un certain nombre de règles auxquelles doivent se tenir les controversistes dans leur rejet ou leur acceptation. Ces règles fixent également la manière à laquelle doivent se conformer celui qui argumente et celui qui répond aux arguments. Elles déterminent quand chaque controversiste peut argumenter, comment il doit se comporter lorsque son adversaire a le dessus et qu'il se trouve réduit au silence, à quels moments il doit contredire ou être contredit, dans quelles circonstances il doit se taire et permettre à son adversaire de parler et d'argumenter. C'est pourquoi on a dit que la dialectique est la science des règles fondamentales — à la fois les limites à ne pas dépasser et les règles de conduite — qu'on doit observer quand on argumente, et qui permettent de sauvegarder ou de démolir une opinion, que celle-ci concerne le droit ou d'autres sujets.

Il y a en la matière deux méthodes. La première est la méthode d'al-Bazdawî, qui concerne spécifiquement les indications légales : texte, consensus général, argumentation[f]. La deuxième est celle d'al-'Amîdî, qui s'applique plus généralement à tout argument de n'importe quelle discipline.

La dialectique consiste surtout en argumentations. C'est une intéressante procédure ; mais elle peut donner lieu, de par sa nature, à beaucoup de mystifications. Au point de vue de la logique, elle ressemble au raisonnement sophistique. Cependant[g], les formes des arguments et des syllogismes y sont respectées et soigneusement observées, et l'on s'efforce d'y suivre comme il faut les règles de l'argumentation.

Al-'Amîdî, dont il vient d'être question, est le premier à avoir écrit sur cette méthode. Aussi lui en a-t-on attribué l'invention. Il composa là-dessus un bref ouvrage intitulé *al-Irshâd*. Il fut plus tard imité par des auteurs modernes tels qu'an-Nasafî et d'autres, qui marchèrent sur ses traces et suivirent le chemin qu'il avait indiqué. On a beaucoup écrit sur cette méthode. Mais elle est délaissée aujourd'hui, en raison du déclin de l'enseignement et de la science dans les villes musulmanes[h]. Il faut dire qu'elle est plutôt un luxe, et n'a rien d'une nécessité.

« Dieu est maître de Ses décrets[A]. »

XIV. LA THÉOLOGIE

La théologie est une science où l'on présente des preuves rationnelles à l'appui des articles de foi ainsi qu'une réfutation des innovateurs qui s'écartent en matière de dogme

A. Coran, XII, 21.

des voies des premiers musulmans et des adeptes de la Sunna.

Ce qu'il y a au fond des articles de foi, c'est l'unicité de Dieu. Aussi, allons-nous commencer par donner un exemple intéressant d'argumentation logique qui nous fera découvrir de la manière la plus directe ce qu'est l'unicité divine. Après quoi, nous reprendrons notre exposé pour présenter correctement cette science et indiquer ce qu'elle étudie. Nous parlerons également de la cause de son apparition au sein de la communauté musulmane et de la raison qui fut à l'origine de son institution.

Les choses qui commencent d'être dans le monde des choses existantes, qu'elles soient essences, actes humains ou animaux, requièrent nécessairement des causes qui leur sont antérieures et grâce auxquelles elles apparaissent habituellement et entrent dans l'existence. Comme chacune de ces causes est aussi quelque chose qui a un commencement, elle requiert à son tour d'autres causes. Ces causes continuent à se suivre dans un mouvement ascendant, jusqu'à ce qu'elles atteignent la Cause des causes, Celui qui les fait être et les crée, Dieu, qu'Il soit loué, il n'y a d'autre Dieu que Lui.

Dans ce mouvement d'ascension, les causes se multiplient et s'étendent verticalement et horizontalement. À les appréhender et à les énumérer, l'intellect reste interdit. Par conséquent, seul un savoir qui englobe toute chose est à même de les embrasser, surtout les actions des hommes et des animaux. En effet, comme il est évident, ces dernières ont pour causes des intentions et des volitions, vu que tout acte ne peut être accompli que par suite d'une volition et d'une intention. Volitions et intentions sont des choses qui viennent de l'âme et qui naissent, en général, de concepts antérieurs qui se suivent. Ce sont ces concepts qui sont les causes de l'intention d'agir. Et ces concepts ont eux-mêmes pour causes d'autres concepts. Or, tous les concepts qui se rencontrent dans l'âme ont des causes inconnues, car nul ne peut connaître les origines ni l'ordre des choses de l'âme. Ce sont des choses que Dieu dépose dans la pensée, où elles se succèdent. L'homme est incapable d'en connaître les origines et les fins. En règle générale, il ne peut connaître que les causes naturelles et évidentes qui se présentent à sa perception suivant un certain ordre et un certain agencement, car la nature est sous l'emprise de l'âme et occupe un niveau inférieur à celle-ci. Quant aux concepts, leur domaine est plus large que celui de l'âme, parce qu'ils appartiennent à l'intellect, qui occupe un niveau supérieur à celui de l'âme. Celle-ci est incapable de percevoir un grand nombre de ces concepts, et encore moins de les embrasser tous. Cela permet de comprendre la raison profonde pour laquelle le Législateur a interdit de rechercher les causes et de s'y arrêter, car c'est un océan où l'esprit se perd sans profit aucun, et sans parvenir à aucune vérité. « Dis : c'est Dieu, puis laisse-les se jouer en leur discussion[A]. » Souvent, arrêté dans sa recherche des causes, l'homme ne parvient pas à s'élever plus haut, perd pied, et passe du côté de ceux qui se sont égarés et ont péri. Dieu nous garde du malheur et de la perdition !

Il ne faut pas croire que l'homme ait le pouvoir de s'arrêter ou de revenir sur ses pas à son gré. En fait, c'est un pli que prend l'âme, une manie qui s'empare d'elle et l'entraîne à plonger dans la recherche des causes. Nous ne savons pas comment cela nous arrive, car si nous pouvions le savoir, nous nous tiendrions sur nos gardes. Soyons donc vigilants, en nous détournant complètement de toute spéculation sur les causes.

En outre, on ignore la manière dont les causes influent sur la plupart des choses causées. En effet, on ne les connaît que par l'expérience et par le fait de la connexion qui atteste d'une relation apparente, mais on ne sait rien sur la vérité de cette influence et sur la manière dont elle s'exerce. « Il ne vous a été donné que peu de science[B]. » C'est pourquoi il nous a été prescrit de nous abstenir de la spéculation sur les causes et de bannir toute préoccupation à ce sujet pour nous orienter vers la Cause de toutes les causes, celle qui les a créées et fait être. De la sorte, la croyance en l'unicité divine devient un état enraciné dans l'âme, comme nous l'a enseigné le Législateur, qui connaît mieux que nous ce qui est bon pour notre religion et les voies qui nous conduisent au bonheur, car Il a le savoir de ce qui est au-delà de la perception des sens. Le Prophète a dit : « Celui qui est mort en témoignant qu'il n'y a de Dieu que Dieu entrera au Paradis. »

Un homme qui s'est arrêté au milieu de sa recherche des causes rompt [avec la foi]. Il doit être qualifié d'infidèle.

A. Coran, VI, 91. ◆ B. Coran, XVII, 85.

S'il plonge dans l'océan de la spéculation et de la recherche sur les causes, sur la cause des causes et sur leurs influences, en les examinant les unes après les autres, il reviendra, à n'en pas douter, les mains vides. Voilà pourquoi le Législateur nous a interdit de spéculer sur les causes et nous a ordonné de nous attacher à l'unicité absolue. « Dis : "Il est Allâh l'unique, Allâh le Seul. Il n'a pas engendré et n'a pas été engendré. Personne n'est égal à Lui[A][a]." »

L'homme ne doit pas se fier à la prétention de son esprit, qui se croit capable d'appréhender toutes les choses existantes avec leurs causes et de connaître la totalité de l'être dans ses détails. Une telle opinion doit être tenue pour insensée. Tout être percevant croit d'abord que tout ce qui existe ne sort pas des limites de ses propres perceptions. En fait, il en est tout autrement. La vérité est bien au-delà. Pour un sourd, ce qui existe se limite aux choses perçues par les quatre sens et aux intelligibles. Pour lui, le domaine des choses audibles n'a aucune existence. De même, les choses visibles n'existent pas pour un aveugle de naissance. N'était leur imitation de leurs parents, des maîtres qui leur sont contemporains et des gens en général, ils ne reconnaîtraient pas l'existence de ces choses. S'ils l'affirment, c'est par imitation de la majorité des gens, non à cause de leur disposition naturelle ou de leur perception. Si on interrogeait les animaux et s'ils pouvaient parler, on trouverait qu'ils ignorent entièrement les intelligibles, et que ceux-ci n'ont aucune existence pour eux.

Cela étant, il doit exister une autre sorte de perception que la nôtre. En effet, nos perceptions ont été créées et ont eu un commencement. Or, la création de Dieu va au-delà de la création de l'homme. Un savoir total n'est pas concevable pour l'homme. L'existence est plus vaste [que ce que l'homme peut concevoir]. « Dieu les tient à sa merci[B]. »

L'homme doit donc se défier de ses facultés perceptives et de ses perceptions dans leur prétention à l'exhaustivité. Il doit suivre les prescriptions du Législateur pour ce qui est de croire ou d'agir, car celui-ci est plus soucieux du bonheur des hommes qu'ils ne le sont eux-mêmes et connaît mieux ce qui leur est utile. En effet, son niveau [de perception] est supérieur à celui de la perception humaine, et l'étendue de son intellect est plus vaste que celle de l'in-

A. Coran, CXII, 1-4. ◆ B. Coran, LXXXV, 20.

tellect humain. Ce n'est pas pour dévaloriser l'intellect [humain] et ses perceptions. L'intellect est une balance juste. Ses jugements sont certains et exempts de fausseté. Mais on ne saurait s'en servir pour peser des matières comme l'unicité divine, l'au-delà, la prophétie, les attributs divins et tout ce qui est au-delà du niveau [de l'intellect humain]. Ce serait vouloir l'impossible. Ce serait agir comme quelqu'un qui, voyant une balance qui sert à peser de l'or, voudrait s'en servir pour peser des montagnes. Cela ne veut pas dire que la balance n'est pas juste. Cependant, l'intellect [humain] a une limite à laquelle il doit s'arrêter. Il n'a pas à outrepasser le niveau qui est le sien, au point de prétendre avoir une connaissance complète de Dieu et de Ses attributs. Il n'est qu'un atome de l'être qui procède de Lui. Tout cela montre bien l'erreur et les défauts de compréhension et de raisonnement de ceux qui donnent la prééminence à l'intellect sur la tradition en ces matières. Ainsi, on voit clairement ce qui doit être tenu pour vrai dans ce domaine.

Si tout cela est bien évident, on peut admettre que, lorsque les causes dépassent dans leur ascension les limites de notre perception et de notre être, elles cessent d'être perceptibles. Alors, l'intellect s'égare dans le désert des conjectures, demeure stupéfait et se coupe [de la foi]. Reconnaître l'unicité divine, c'est donc reconnaître l'incapacité [de l'homme] à embrasser les causes et les modalités de leur influence. C'est s'en remettre à Celui qui les a créées et les embrasse toutes. Il est l'Unique Agent. Toutes les causes remontent jusqu'à Lui et dépendent de Sa puissance. Ce que nous savons de Lui, nous ne le savons que parce que nous procédons de Lui. C'est[b] en ce sens qu'il faut comprendre ces paroles d'un homme du rang des véridiques : « L'impuissance à percevoir est perception. »

Ce[c] qui doit être considéré dans la reconnaissance de l'unicité divine, ce n'est pas seulement la profession de foi, qui est un assentiment découlant d'un jugement. Ce n'est là qu'un discours de l'âme. L'état parfait de cette reconnaissance n'est atteint que lorsque celle-ci devient une qualité de l'âme. De même, ce qui est demandé dans les œuvres et les actes d'adoration, c'est l'acquisition d'un habitus d'obéissance et de soumission, ainsi que la libération du cœur de toute préoccupation autre que celle de l'être adoré, de telle sorte que l'aspirant mystique se transforme en homme de Dieu. Il y a, dans le domaine du dogme, la même différence entre l'état et le savoir qu'entre une déclaration verbale et une disposition permanente.

Je m'explique. Beaucoup de gens savent que la compassion envers l'orphelin et le pauvre est un acte recommandable, qui rapproche de Dieu celui qui l'accomplit. On le déclare, on le reconnaît, et l'on peut citer les sources de la loi qui en traitent. Mais si l'on tombe sur un orphelin ou un pauvre issus des classes démunies, on les fuit et l'on répugne à s'occuper d'eux et à leur témoigner de la compassion ou des sentiments plus élevés, tels que la sympathie, l'affection, la charité. Une personne qui agit ainsi n'atteint dans la compassion due à l'orphelin que le niveau du savoir. Elle n'est pas parvenue au stade de l'état et de la disposition permanente. Mais il y a aussi des personnes qui atteignent un stade plus élevé que celui du savoir et de la reconnaissance du fait que la compassion pour le pauvre rapproche de Dieu, c'est-à-dire, le stade de la compassion en tant que disposition permanente et habitus. Chaque fois qu'elles voient un orphelin ou un pauvre, elles accourent auprès d'eux et leur passent la main sur la tête. Elles espèrent que Dieu les récompensera pour la pitié qu'elles leur montrent, elles ne peuvent se retenir d'agir ainsi, même si elles en sont empêchées, et elles leur donnent tout ce qu'elles peuvent leur donner de leurs propres biens.

Il en va de même de la reconnaissance de l'unicité divine comme savoir et comme disposition permanente. Le savoir fait suite nécessairement à l'acquisition d'une disposition permanente. Un tel savoir est plus fermement établi que celui qui précède cette acquisition. Tandis qu'une disposition permanente ne s'acquiert pas par le seul savoir. Il y faut l'action et sa répétition d'innombrables fois. Il en résulte un habitus bien ancré, une disposition permanente et une connaissance vraie. Alors apparaît un second type de savoir, utile dans l'au-delà. Car le premier type de savoir qui n'a pas la qualité d'une disposition permanente est de faible utilité. C'est le savoir de la majorité des théoriciens. Mais ce qui est requis[d], c'est un savoir d'état, qui a sa source dans l'adoration de Dieu.

Sache que, pour le Législateur, c'est en cela que consiste la perfection de toutes les obligations qu'il a prescrites. La perfection en matière de foi réside dans le second type de savoir, résultant de l'acquisition d'une disposition permanente et d'une connaissance vraie. La pratique et l'observance continues des actes du culte sont ce qui permet de cueillir ce noble fruit. Le Prophète a dit à propos de la principale obligation du culte : « Ma consolation est la prière. » La prière était pour lui une disposition permanente et un état. Il y goûtait le plus grand plaisir, y trouvait la meilleure consolation. Quelle différence avec la prière des hommes ! Comment pourraient-ils jamais y atteindre ! « Malheur à ceux qui prient et qui, de leur prière, sont distraits[A]. » Que Dieu nous accorde le succès. « Conduis-nous dans la voie droite, la voie de ceux à qui Tu as donné Tes bienfaits, qui ne sont ni les objets de Ton courroux, ni les égarés[B]. »

Ainsi, il apparaît clairement d'après tout ce que nous venons d'établir que, pour toutes les obligations religieuses, il faut acquérir un habitus bien ancré dans l'âme. De cet habitus résulte un savoir nécessaire de l'âme, en quoi résident la reconnaissance de l'unicité divine et la foi, et qui conduit au bonheur. Cela concerne aussi bien les obligations du cœur que celles du corps.

On voit par là que la foi, qui est le fondement et la source de toutes les obligations, doit être considérée de cette façon et qu'elle a plusieurs degrés. Le premier est celui de l'assentiment du cœur en accord avec l'affirmation des lèvres. Le degré le plus élevé est celui où, de la conviction du cœur et des œuvres qui s'ensuivent, naît une disposition de ce genre qui exerce son empire sur le cœur, commande les membres, dirige toutes nos actions, de sorte que tous nos actes sont soumis à l'assentiment de la foi. C'est le degré le plus élevé de la foi, la foi parfaite. Le croyant qui la possède ne commet aucun péché, grand ou petit. En effet, l'acquisition de l'habitus de la foi et son enracinement empêchent toute déviation, même un bref instant. Le Prophète a dit : « Un homme ne commet pas l'adultère lors même qu'il le commet, s'il est croyant[e1]. »

Dans l'histoire d'Héraclius, celui-ci interrogea Abû Sufyân Ibn Harb au sujet du prophète Muhammad. Il demanda si l'un quelconque de ses Compagnons avait renié sa foi par dépit, après avoir adopté l'islam. « Non », lui répondit Abû Sufyân. Héraclius remarqua : « C'est bien l'effet de la foi, lorsque la joie qui l'accompagne pénètre dans les cœurs. »

Cela veut dire ceci : lorsque l'habitus de la foi est

A. Coran, CVII, 4-5. ◆ B. Coran, I, 6-8.

fermement établi, l'âme peut difficilement s'y opposer. Il en va de même de tout habitus bien ancré : il devient une sorte de disposition naturelle. C'est le degré le plus élevé de la foi. Il vient en seconde position après l'infaillibilité. Car celle-ci[f], pour les prophètes, est une qualité nécessaire *a priori*, tandis que la foi chez les croyants résulte de leurs œuvres et de leur croyance.

C'est cet habitus et son degré de stabilité qui entraînent les différences de degrés dans la foi, comme on le voit en lisant les propos des premiers musulmans. On trouve de nombreuses indications dans ce sens dans les sous-titres du chapitre qu'al-Bukhârî a consacré à la foi. On a, par exemple : « la foi consiste en paroles et en œuvres » ; « elle peut augmenter ou diminuer » ; « la prière et le jeûne font partie de la foi » ; « les prières surérogatoires de *ramadân* font partie de la foi » ; « la pudeur fait partie de la foi[2] ». Tout cela se rapporte à la foi parfaite. Nous en avons déjà parlé et montré qu'elle est le fruit d'un habitus, et qu'elle ne s'acquiert que par les œuvres.

La croyance[3], qui est le premier niveau de la foi, ne comporte pas de degrés. Si, considérant les mots dans leurs significations premières, on prend la foi dans le sens de la croyance, on n'admettra pas de degrés, comme c'est l'opinion des grands théologiens ; si, considérant les significations ultimes des mots, on la prend dans le sens d'un habitus, qui est la foi parfaite, on y verra des degrés. Cela ne contredit pas le caractère commun de la réalité première de la foi qui est croyance. La croyance est en effet présente dans tous les degrés de la foi, car elle constitue le niveau le plus bas de ce qui peut être appelé « foi ». C'est elle qui nous délivre du péché d'infidélité et qui permet de distinguer le fidèle de l'infidèle. Elle est donc le minimum requis. Elle est en soi une réalité unique qui n'admet pas de différences. Les différences viennent seulement de l'« état » qui, comme nous l'avons vu, résulte des œuvres. Tout cela[g] doit être bien compris.

Le Législateur nous a décrit le premier degré de la foi, qui est la croyance. Il a désigné certaines matières particulières que nous devons affirmer en nos cœurs, croire en nos âmes, et qu'en même temps notre langue doit reconnaître. Ce sont les articles de foi, tels qu'ils ont été établis dans notre religion. Interrogé sur la foi, le Prophète a dit : « C'est de croire en Dieu, en Ses anges, en Ses Livres, en

Ses messagers, au dernier jour et à la prédestination du bien comme du mal[4]. »

Ce sont ces articles de foi qui sont établis dans la théologie. Nous allons les présenter sommairement pour expliquer en quoi consiste cette science et quelle en est l'origine.

En nous prescrivant de croire au Créateur, qu'il considère comme la source unique de toutes les actions, comme nous venons de le voir ; en nous faisant savoir que notre salut est dans la foi que nous exprimons à l'heure de la mort, le Législateur ne nous a pas informés de ce qu'est la réalité de ce Créateur que nous adorons, car cela est inaccessible à notre perception et au-dessus de notre niveau.

Il nous[b] a d'abord commandé de croire qu'en Son essence. Il ne peut être comparé aux créatures ; sinon, on ne pourrait pas affirmer qu'Il est Celui qui les a créées, puisque, de cette façon, il n'y aurait pas de distinction [entre Lui et elles].

Puis Il nous a prescrit de Le tenir pour exempt de tout défaut, sinon Il serait semblable aux créatures ; d'affirmer Son unicité en tant qu'être divin, sinon la création n'aurait pu être accomplie en raison d'antagonismes mutuels.

Il nous a en outre commandé de croire qu'Il est savant et puissant : c'est de là que procèdent toutes les actions ; qu'Il est le témoin de Ses décrets, à cause de la perfection de l'acte de faire être et de créer ; qu'Il a un vouloir, sinon aucune des créatures ne serait particularisée ; qu'Il a fixé la destinée de chaque créature, sinon Sa volonté aurait eu un commencement ; qu'Il nous ressuscite après la mort, parachevant ainsi Sa grâce de nous avoir d'abord créés. Si notre création devait aboutir au pur néant, elle serait chose vaine. Mais elle est destinée à la survie éternelle après la mort. Puis, Il nous a prescrit de croire qu'Il a envoyé Ses messagers pour nous sauver du malheur, après la Résurrection, car celle-ci peut apporter le malheur comme le bonheur. Nous sommes ignorants de tout cela ; c'est de par la perfection de Sa bonté qu'Il nous en a informés et qu'Il nous a montré les deux voies et expliqué que le Paradis est pour les délices, l'Enfer pour les tourments.

Ce sont les principaux articles de foi avec les preuves logiques qui les fondent. Les indications qui sont fournies à leur appui par le Coran et la Sunna sont nombreuses. C'est à partir de ces indications que les premiers musulmans les ont tirés. Les docteurs ont montré la voie pour leur adoption et les grandes autorités en ont établi la vérité. Plus tard, cependant, surgirent des divergences au sujet de certains points de détail de ces articles de foi. La plupart de ces divergences avaient pour origine les versets ambigus. Cela conduisit à des querelles et à des controverses, et l'on eut recours à l'argumentation logique en plus de l'autorité de la tradition. Ainsi naquit la théologie.

Reprenons maintenant plus en détail ce premier aperçu. Dieu, objet de culte, est décrit dans de nombreux versets du Coran en des termes absolument exempts de tout anthropomorphisme, avec une signification évidente ne nécessitant aucune interprétation. Tous ces versets emploient la forme négative. Ils s'expriment clairement sur leur objet. Par conséquent, c'est une obligation d'y croire. Les paroles du Législateur, ainsi que celles de ses Compagnons et de leurs successeurs immédiats, en donnent une interprétation fondée sur leur sens obvie.

Il y a aussi, dans le Coran, quelques autres versets, peu nombreux, qui touchent soit à l'essence, soit aux attributs de Dieu, et qui suggèrent l'anthropomorphisme. Les premiers musulmans donnèrent la priorité aux indications qui préservaient Dieu de toute ressemblance avec l'homme, car ces indications étaient nombreuses et claires. Ils savaient que l'anthropomorphisme était une impossibilité, mais, jugeant que les versets en question étaient la parole de Dieu, ils y croyaient sans chercher à en examiner ou interpréter le sens. C'est pourquoi beaucoup d'entre eux disaient : « Transmettez-les comme ils sont venus. » C'est-à-dire : « Croyez qu'ils viennent de Dieu, sans chercher à les interpréter et à les changer, car il se peut fort bien que ce soit là une épreuve pour vous. Il faut s'arrêter et se soumettre à Dieu. »

Cependant, à leur époque même, un certain nombre d'innovateurs se séparèrent d'eux et s'appuyèrent sur les versets ambigus. Un groupe d'entre eux adopta une conception anthropomorphiste de l'essence de Dieu, en Lui attribuant des mains, des pieds, un visage, conformément au sens obvie de certains versets. C'était clairement reconnaître que Dieu avait un corps, en contradiction avec les versets où est affirmée l'incomparabilité divine. En effet, l'idée du corps implique un défaut et une insuffisance. Il est plus approprié d'accorder la priorité aux versets négatifs affirmant que Dieu est incomparable que de rester attaché au sens obvie des autres versets, dont on peut se passer, et de tenir ensemble les deux indications au moyen de leur interprétation. Pour échapper à l'abomination de ces propos, on ajoute que le corps de Dieu n'est pas un corps comme les autres. Vaine défense, car l'argument est contradictoire, puisqu'il renferme en même temps une affirmation et une négation si le mot « corps » est pris comme un concept univoque. S'il est pris dans deux sens différents, et que le sens habituel est écarté, alors on rejoint notre position au sujet de l'incomparabilité de Dieu. Il ne resterait plus qu'à faire du corps un des noms divins. Mais une telle position requiert la permission [du Législateur].

Un deuxième groupe de ces gens adopta une conception anthropomorphiste pour ce qui est des attributs divins. Ils prenaient à la lettre la direction, le fait de s'asseoir ou de descendre, la voix, le son et d'autres choses semblables. Ces propos impliquaient l'anthropomorphisme. Mais, comme les gens du premier groupe, ils prétendirent que, s'agissant de Dieu, la voix n'était pas comme les autres voix, la direction comme les autres directions, la descente comme les autres descentes, c'est-à-dire, en ce que toutes ces choses se rapportaient à des corps. Cette thèse est réfutée de la même façon que la première.

Il n'y a donc plus, pour ce qui est des versets apparemment ambigus, qu'à s'en tenir aux croyances et aux doctrines des premiers musulmans. On doit croire à ces versets comme ils sont, de sorte que, si on nie leurs significations, l'on ne soit pas amené à les nier comme tels alors que ce sont des versets authentiques et qui appartiennent de façon certaine au Coran.

C'est ce qui est exprimé dans le credo de la *Risâla* et dans le *Kitâb al-Mukhtasar* d'Ibn Abî Zayd, ainsi que dans les ouvrages d'Ibn 'Abd al-Barr. Ces auteurs défendent à peu près la même idée, et l'on ne doit pas fermer les yeux sur les indices qu'ils apportent dans leur discussion à l'appui de celle-ci.

Plus tard, les sciences et les arts se développèrent, et l'on se mit à composer des ouvrages et à se livrer à la recherche dans tous les domaines. Les théologiens écrivirent des traités sur l'incomparabilité de Dieu. C'est alors qu'apparut l'innovation des mutazilites, consistant à étendre l'incomparabilité aux versets négatifs. Ils nièrent les attributs idéels de la science, de la puissance, de la volonté, de la vie, ainsi que leurs conséquences. Car, prétendaient-ils, cela impliquerait la multiplicité de l'Éternel. On réfutera cette thèse en disant que les attributs ne sont ni identiques à l'essence ni différents de celle-ci. De même, ils nièrent l'attribut de la volonté, ce qui les amena à nier la prédestination, celle-ci signifiant que la volonté est antérieure aux choses existantes. Ils nièrent également l'ouïe et la vue, du fait qu'elles sont des accidents corporels. On réfutera de même cette thèse en disant que la signification de ces termes ne requiert pas la présence d'une forme corporelle, mais seulement la perception de choses audibles ou visibles. Ils nièrent la parole pour les mêmes raisons que celles qui ont été avancées pour l'ouïe et la vue. Ils ne comprirent pas l'attribut de la parole comme quelque chose d'essentiel, et conclurent à la création du Coran.

C'était là une innovation. Les premiers musulmans avaient explicitement exprimé une opinion contraire sur ce sujet. Cette innovation fit beaucoup de mal. Un certain nombre de califes la reçurent de certaines autorités mutazilites et l'imposèrent au peuple. Les autorités religieuses s'opposèrent à eux et, à cause de leur opposition, le pouvoir s'autorisa à leur infliger des châtiments corporels et à les mettre à mort. C'est ce qui poussa les partisans de la Sunna à se dresser contre lui pour défendre les articles de foi avec des arguments logiques, afin de contrer ces innovations.

Le maître Abû l-Hasan al-Ash'arî, la plus haute autorité en matière de théologie, se chargea de cette tâche. Il adopta une position médiane entre les différentes voies, nia l'anthropomorphisme, reconnut les attributs idéels, restreignit la question de l'incomparabilité aux dimensions que lui avaient données les premiers musulmans et à ce qui était confirmé par des arguments spécifiques. Il reconnut les quatre attributs idéels, ainsi que l'ouïe, la vue et la parole essentielle en s'appuyant sur la tradition et la raison. Sur toutes ces questions, il réfuta les innovateurs, et discuta avec eux sur les propositions de base de leurs innovations relatives au bien, au mieux, à ce qui est bon et mauvais. Il compléta les dogmes sur les questions de la Résurrection, des circonstances du retour à Dieu, du Paradis et de l'Enfer, de la récompense et du châtiment. En outre, il traita de l'imamat, parce que les imâmites avaient à cette époque soutenu leur hérésie en disant que l'imamat devait être considéré comme un article de foi, qu'il était du devoir du Prophète comme de la communauté musulmane de régler la succession des imams et d'en laisser la responsabilité à ceux à qui elle revenait de droit. Cependant, l'imamat est tout au plus une question d'intérêt public dépendant du consensus et n'a pas à figurer avec les articles de foi. C'est pourquoi elle fut ajoutée aux problèmes de cette discipline.

Celle-ci dans son ensemble a été appelée « science du *kalâm* », « théologie », soit parce qu'elle renferme des discussions au sujet des innovations et qu'elle est de ce fait pur discours (*kalâm sirf*) et ne renvoie pas à l'action ; soit parce qu'à l'origine de son développement, il y a les dissensions au sujet de l'existence du discours essentiel.

Les partisans du maître Abû l-Hasan al-Ash'arî devinrent nombreux. Après sa mort, ses disciples, dont notamment Ibn Mujâhid, marchèrent sur ses traces. Le cadi Abû Bakr al-Bâqillânî, qui reçut l'enseignement de ceux-ci, devint le chef du courant ash'arite, qu'il contribua à développer. Il posa les prémisses logiques exigées par l'argumentation et les discussions en cette matière. Ainsi, par exemple, il affirma l'existence de l'atome et du vide ; il posa qu'un accident ne pouvait être fondé sur un autre accident, et qu'il ne pouvait persister à deux instants, ainsi que d'autres choses semblables, sur lesquelles reposait leur argumentation. Il lia ces règles aux articles de foi, en ce qu'il fallait pareillement y croire, étant donné que l'argumentation en dépendait et qu'une argumentation erronée entraînait la nullité de ce qui était à prouver.

Ainsi, le courant ash'arite fut perfectionné et eut une place de choix parmi les disciplines théoriques et les sciences religieuses. On peut remarquer, cependant, que la forme de ses arguments manquait parfois de perfection technique, à cause de la simplicité des savants de cette époque, et parce que la science de la logique qui sert de pierre de touche aux arguments et permet de juger de la validité des syllogismes n'avait pas encore été largement introduite en islam. Même si quelques éléments de cette discipline avaient fait leur apparition, les théologiens s'abstenaient de s'en servir en raison de ses liens étroits avec les sciences philosophiques qui s'opposaient aux dogmes de la loi. Aussi, la science de la logique était-elle rejetée par les théologiens.

Après le cadi Abû Bakr al-Bâqillânî vint l'Imam al-Haramayn Abû l-Ma'âlî. Il enseigna suivant la méthode ash'arite son livre *ash-Shâmil*, qu'il avait d'abord écrit sous une forme développée et qu'il résuma par la suite dans son livre *al-Irshâd*. Ce dernier fut adopté par les gens comme un guide en matière de dogme.

Puis la science de la logique se répandit en islam. On l'étudia en la séparant des autres sciences philosophiques et on la considéra comme une simple règle ou un critère servant à établir la validité des arguments en philosophie comme en toute autre discipline.

On examina ensuite les règles fondamentales de la théologie telle qu'elle avait été pratiquée par les savants antérieurs. Plusieurs d'entre elles furent réfutées par les mêmes arguments. Beaucoup de ces arguments étaient souvent tirés des doctrines des philosophes relatives à la physique ou à la métaphysique. Et, quand ces arguments furent soumis à la pierre de touche de la logique, on revint aux mêmes thèses. On ne considéra pas, comme le fit le cadi Abû Bakr al-Bâqillânî, que ce qui était à prouver était nul si les arguments pour le prouver étaient erronés. La nouvelle méthode différait de l'ancienne par sa terminologie. On l'appela la méthode des « modernes ». Souvent, on y introduisit la réfutation des philosophes sur les points qui allaient à l'encontre des articles de foi. Les philosophes furent tenus pour des adversaires du dogme dans la mesure où la majorité de leurs vues rejoignait celles des innovateurs.

Ce fut al-Ghazâlî qui, le premier, écrivit suivant cette dernière méthode de la théologie, suivi de l'imam Ibn al-Khatîb, puis d'un groupe de savants qui marchèrent sur leurs traces et voulurent les imiter. Après eux, les modernes firent un usage beaucoup plus intensif des ouvrages de philosophie, si bien qu'ils ne surent plus distinguer entre les objets respectifs des deux disciplines. Ils crurent que celles-ci avaient le même objet, du fait qu'elles traitaient de problèmes semblables.

Les théologiens, dans la plupart de leurs argumentations, déduisaient l'existence et les attributs du Créateur des choses existantes et de leurs conditions. C'était généralement ainsi qu'ils procédaient. Le corps physique qu'étudie le philosophe dans la physique fait partie de ces choses existantes. Mais le philosophe le considère d'un point de vue différent de celui du théologien. Alors que le philosophe considère le corps en tant qu'il se meut ou est en repos, le théologien l'étudie comme une preuve [de l'existence] de l'Agent.

De même, en métaphysique, le philosophe étudie l'être en tant qu'être absolu, et ce qu'il requiert de par son essence. Tandis que le théologien a pour objet l'étude de l'être existant en tant qu'il constitue une preuve de Celui qui fait être. En un mot, pour les théologiens, l'objet de la théologie est de montrer comment les articles de foi, une fois correctement établis d'après la loi religieuse, peuvent être prouvés par des arguments logiques, de manière à écarter les innovations et à abolir les doutes et les ambiguïtés qui les entourent.

Si l'on réfléchit bien à la théologie, à son origine, et aux discussions qui ont eu lieu à son sujet au cours des siècles, où, à chaque fois, on posait les articles de foi comme correctement établis pour ensuite rechercher des preuves et des arguments pour les étayer, on admettra que l'objet de cette discipline est tel que nous l'avons défini, et qu'il ne sort pas des limites que nous lui avons assignées. Les deux approches [de la philosophie et de la théologie] ont été mélangées par les modernes. Les problèmes de la théologie ont été confondus avec ceux de la philosophie, au point qu'il n'est plus possible de distinguer une discipline de l'autre et qu'on ne peut étudier ni l'une ni l'autre en s'appuyant sur les livres des modernes. On le voit, par exemple, dans les *Tawâli'* d'al-Baydâwî, ainsi que dans tous les ouvrages des savants non arabes qui sont venus après lui. Cependant, les étudiants peuvent s'intéresser à ces livres pour s'informer des différentes tendances et approfondir leur connaissance de l'argumentation qui y est très largement développée.

Mais, pour mettre en correspondance la voie des premiers musulmans et les croyances de la théologie, on doit se référer à la voie des anciens théologiens, en prenant comme ouvrage de base *al-Irshâd* ou d'autres ouvrages analogues. Si on veut associer aux croyances la réfutation des philosophes, on se reportera aux écrits d'al-Ghazâlî et de l'imam Ibn al-Khatîb. Même si on y trouve des divergences avec la terminologie ancienne, ils ne présentent pas autant de confusion et d'ambiguïté dans leur traitement des problèmes et leur définition de l'objet que les écrits des modernes qui sont venus après eux.

En bref, on doit savoir que la théologie n'est pas, de nos jours, indispensable aux étudiants. Car les hérétiques et les innovateurs ont disparu, et les grandes autorités de la

Sunna nous protègent contre eux avec leurs ouvrages et leurs traités. Les arguments logiques étaient nécessaires lorsqu'il fallait défendre et faire triompher le [dogme islamique]. Mais aujourd'hui, ce qu'il en reste, ce sont des discussions en des termes ambigus ou généraux dont le Créateur est exempt. Un jour, passant devant un groupe de théologiens qui étaient en train de discuter de ces questions, al-Junayd demanda : « Qui sont-ils ? — Ce sont, lui répondit-on, des gens qui, à l'aide de preuves, démontrent que Dieu est exempt des attributs du commencement et des marques d'imperfection. » Alors al-Junayd dit : « Nier un défaut impossible est un défaut en soi. »

Cependant, la théologie demeure fort utile pour quelques individualités et pour les étudiants. Car un savant qui est chargé de transmettre la Sunna ne saurait ignorer les argumentations théoriques qui doivent être produites pour défendre les articles de foi sunnites. « Dieu est l'ami des croyants[A]. »

XV. CE QU'IL EN EST DES PASSAGES AMBIGUS DU LIVRE ET DE LA SUNNA, ET LES DIFFÉRENTES ÉCOLES EN MATIÈRE DE DOGME QUI EN ONT RÉSULTÉ PARMI LES SUNNITES ET LES INNOVATEURS[a]

Dieu nous a envoyé notre prophète Muhammad pour nous convier au salut et à la félicité. Il lui a révélé Son noble Livre, en langue arabe claire. Il nous y a exposé les obligations religieuses qui nous permettent d'atteindre ce but. Cet exposé devait nécessairement comprendre la mention des attributs et des noms de Dieu, afin de nous faire connaître Son essence. Il devait également comprendre la mention de l'esprit qui nous est attaché, et de la Révélation et des anges qui sont les intermédiaires entre Dieu et les messagers qu'Il nous a envoyés. Dieu nous a indiqué le jour de la Résurrection et ses signes annonciateurs, mais sans nous préciser le moment où ces événements auront lieu. D'autre part, il est établi que le noble Coran contient, au début de certaines sourates, des lettres isolées de l'alphabet dont il ne nous est pas donné de comprendre la signification.

A. Coran, III, 68.

Dieu a qualifié ces différents passages du Livre d'« ambigus ». Il a blâmé en ces termes ceux qui les suivent : « C'est Lui qui a fait descendre sur toi l'Écriture, dont tels versets, qui sont la partie mère de l'Écriture, sont confirmés, et tels autres ambigus. Qui dans son cœur dévie du droit chemin suit les passages ambigus, par recherche du trouble et par recherche de l'interprétation [de ces versets]. Mais Dieu seul en connaît l'interprétation, et ceux enracinés en la science déclarent : "Nous y croyons. Tout vient de notre Seigneur." Ne s'amendent que ceux doués d'esprit[A]. »

Les savants musulmans parmi les Compagnons et les hommes de la seconde génération après le Prophète interprétèrent le mot « confirmés » (*muhkamât*) dans le sens de « clairs et bien définis ». Aussi les juristes donnent-ils à ce mot dans leur terminologie le sens de « signification claire ».

Pour ce qui est des « versets ambigus », diverses interprétations en ont été données. Selon certains, les « versets ambigus » sont ceux dont la signification correcte doit être établie par l'étude et l'interprétation, parce qu'ils sont en contradiction avec d'autres versets ou avec la raison, ce qui fait que leur sens est obscur ou ambigu. C'est dans ce sens qu'Ibn 'Abbâs a dit : « On doit croire aux versets ambigus, mais on ne doit pas les prendre comme normes juridiques. »

Mujâhid et 'Ikrima ont dit : « Tout, excepté les versets confirmés et les récits, est ambigu. » Le cadi Abû Bakr [al-Bâqillânî] et Imam al-Haramayn sont du même avis.

Ath-Thawrî, ash-Shâ'bî et un certain nombre de savants parmi les premiers musulmans ont dit : « Ce qui est ambigu, c'est ce qu'il n'est pas possible de connaître, comme les signes de l'Heure, l'époque des signes annonciateurs, les lettres isolées de l'alphabet au début de certaines sourates. »

L'expression coranique : « Ils sont la partie mère du Livre » signifie : « La partie la plus grande et la plus importante. » Les versets ambigus en constituent la plus petite partie. Ils doivent être ramenés aux versets confirmés. Le verset blâme ceux qui suivent les passages ambigus en les interprétant ou en leur donnant des significations qu'ils n'ont pas dans la langue arabe utilisée par le Coran pour s'adresser à nous. Il les appelle les « gens qui ont dévié du droit chemin », c'est-à-dire ceux qui se sont écartés de la

A. Coran, III, 6.

vérité — infidèles, hérétiques, innovateurs ignorants. Il dit qu'ils agissent ainsi pour semer le trouble, c'est-à-dire répandre le polythéisme ou la confusion dans l'esprit des croyants, ou afin de pouvoir interpréter [ces passages ambigus] comme ils le désirent, et de s'en servir dans leurs innovations.

Dieu nous informe ensuite qu'Il s'est réservé le privilège de l'interprétation [de ces passages ambigus]. Il a dit : « Dieu seul en connaît l'interprétation. »

Le verset fait ensuite l'éloge des savants qui se contentent de croire en ces passages ambigus. Il dit : « Ceux enracinés en la science déclarent : "Nous y croyons." » Les premiers musulmans considéraient [le membre de phrase] : « ceux enracinés » comme le début d'une nouvelle proposition. Ils préféraient ne pas le lier à la phrase précédente. En effet, il est plus digne de louange de croire au mystère. En le reliant à la phrase précédente, le sens serait qu'ils croient à quelque chose qui est présent, car, alors, ils connaîtraient l'interprétation, et il n'y aurait pas de mystère. Cela est confirmé par la suite du verset : « Tout vient de notre Seigneur. » Il y a encore autre chose qui montre que l'interprétation de ces passages ambigus n'est pas connue des hommes. C'est le fait que les mots de la langue n'ont pas d'autres significations que celles que leur ont données les Arabes. Si l'on ne peut faire remonter une information jusqu'à celui qui l'a émise, on ne saura pas la signification des mots utilisés. Quand l'information nous vient de Dieu, nous devons nous en remettre à Lui et ne pas nous préoccuper du sens qu'elle peut avoir, car nous n'avons aucun moyen de le savoir. 'A'isha a dit : « Ceux que vous voyez discuter sur le Coran sont ceux que Dieu a désignés [dans le verset en question]. Évitez-les[1]. »

C'était là la doctrine des anciens musulmans au sujet des versets ambigus. On trouve dans la Sunna des expressions du même genre, qu'ils soumettaient au même traitement, étant donné que leur source est identique.

Après avoir ainsi établi les différentes sortes de passages ambigus, revenons aux divergences des savants en ces matières.

Il y a tout d'abord ce qui est mentionné à propos de l'Heure et de ses signes, de l'époque de l'apparition des signes annonciateurs, du nombre des gardiens de l'Enfer, etc. Tout cela, que je sache, n'a rien d'ambigu. En effet, il ne s'y trouve aucune expression équivoque, ni rien de semblable. Il est simplement question du temps de ces événements, dont Dieu s'est réservé la connaissance, comme cela est expressément indiqué dans Son Livre, et exprimé par la bouche de Son prophète. Dieu dit : « La connaissance n'en est qu'auprès de Dieu[A]. » Il est étrange qu'on ait considéré ces choses comme ambiguës.

Pour ce qui est des lettres isolées qui se trouvent au début de certaines sourates, ce ne sont, en vérité, que des lettres de l'alphabet, et il n'est pas impossible qu'elles aient été voulues [comme telles]. D'après az-Zamakhsharî, ces lettres contiennent une allusion au caractère d'inimitabilité absolue du Coran. En effet, le Coran révélé est composé de ces lettres. Les hommes peuvent également s'en servir, mais toute la différence tient à la signification qu'elles acquièrent une fois qu'elles sont combinées dans un texte. S'il faut abandonner ce point de vue selon lequel ces lettres doivent être prises comme ce qu'elles désignent réellement [à savoir de simples lettres de l'alphabet], on ne peut le faire que sur la base d'une tradition authentique. On dit, par exemple, à propos de *tâhâ* que c'est un vocatif pour *Tâhir* et *Hâdî.* Mais on ne peut apporter aucune tradition authentique à l'appui de ce dire. C'est en ce sens qu'on peut parler d'ambiguïté.

Quant à la Révélation, aux anges, à l'esprit, aux djinns, l'ambiguïté vient de l'obscurité du sens réel [de ces mots], qui n'est pas bien connu. Certains savants leur rattachent d'autres cas analogues : les circonstances de la Résurrection, le Paradis, l'Enfer, l'Antéchrist, les troubles [qui précèdent la fin du monde], les signes [de l'Heure] et tout ce qui est en contradiction avec les choses habituelles. Ils n'ont peut-être pas tort ; mais la majorité des savants n'est pas de cet avis, en particulier les théologiens qui ont donné à ces mots des significations précises, comme on le voit dans leurs livres.

Pour cette question des ambiguïtés, il ne reste donc plus que les attributs avec lesquels Dieu s'est décrit Lui-même dans Son Livre ou par la bouche de Son prophète, et dont le sens apparent suggère une déficience ou une faiblesse de la part de Dieu. Après les premiers musulmans dont nous avons exposé les opinions sur ce sujet, les savants ont pris

A. Coran, VII, 187.

des positions divergentes quant à ces sens apparents. Il y eut des discussions parmi eux et, de cette façon, des innovations s'introduisirent dans les croyances dogmatiques. Nous allons maintenant expliquer ces diverses opinions, en donnant la préférence à celles qui sont correctes sur celles qui sont corrompues. C'est Dieu seul qui donne le succès.

Dieu s'est décrit dans Son Livre comme savant, puissant, doué de volonté, de vie, d'ouïe, de vue, de parole, majestueux, noble, généreux, bienfaisant, fort, grand. Il affirme de Lui-même qu'Il a des mains, des yeux, un visage, des pieds, des jambes, etc. Certains de ces attributs impliquent un caractère divin authentique, comme la science, la puissance, la volonté, ainsi que la vie, qui est une condition pour tous les autres. D'autres sont des attributs de perfection, comme l'ouïe, la vue, la parole. D'autres, enfin, suggèrent une déficience, comme le fait de s'asseoir, de descendre ou de venir, ou comme la possession d'un visage, de mains et d'yeux, qui sont des attributs d'êtres créés. D'autre part, le Législateur nous a informés que nous verrons notre Seigneur le jour de la Résurrection comme la lune par une nuit de pleine lune, et que nous ne serons pas privés de Sa vue, ainsi que cela a été établi dans le *Sahîh*[2].

Les premiers musulmans parmi les Compagnons et les hommes de la seconde génération après le Prophète affirmèrent de Lui les attributs de la divinité et de la perfection et s'en remirent à Lui pour ceux qui suggèrent une déficience, en gardant le silence sur leur signification. Après eux, il y eut des divergences entre les savants.

Puis vinrent les mutazilites. Ils affirmèrent ces attributs comme des jugements abstraits de l'esprit, mais ils n'établirent l'existence d'aucun attribut qui résidât en Son essence. Ils appelèrent cela l'« affirmation de l'unicité divine ».

Ils firent de l'homme le créateur de ses actes, affirmant que la puissance divine n'est pas attachée à ceux-ci, en particulier les actes mauvais et les péchés, car il est impossible qu'un Dieu sage en soit l'auteur.

Ils considérèrent également qu'il était du devoir de Dieu de faire ce qui est le mieux pour les hommes. Ils appelèrent cela « justice ». Originellement, ils niaient la prédestination, et soutenaient que toute chose se produit suivant une science, une puissance et une volonté qui ont un commencement dans le temps. Cela est mentionné dans le *Sahîh*[3], ainsi que le fait que 'Abd Allâh Ibn 'Umar se désolidarisa de Ma'bad al-Juhanî et des Compagnons qui professaient cette opinion.

La négation de la prédestination fut ensuite défendue par le mutazilite Wâsil Ibn 'Atâ' al-Ghazzâl, élève d'al-Hasan al-Basrî, sous le règne de 'Abd al-Malik Ibn Marwân, et, enfin, par Mu'ammar as-Sullamî. Puis les mutazilites se rétractèrent sur ce point.

Parmi les mutazilites, on peut citer Abû l-Hudhayl al-'Allâf, qui était le chef de cette secte. Il apprit la doctrine mutazilite auprès de 'Uthmân Ibn Khâlid at-Tawîl, qui fut lui-même l'élève de Wâsil. Il était de ceux qui niaient la prédestination. Il suivait l'opinion des philosophes relative à la négation des attributs existentiels, car, à cette époque, les opinions philosophiques avaient fait leur apparition. Puis vint Ibrâhîm an-Nazzâm. Il professa la prédestination et fut suivi sur ce point [par les autres mutazilites]. Il étudia les œuvres des philosophes, se montra très ferme dans la négation des attributs et établit les règles fondamentales du système mutazilite. Puis vinrent al-Jâhiz, al-Ka'bî et les Jubbâ'îs[4]. Leur doctrine reçut le nom de « théologie » (*kalâm*), soit à cause de son usage de l'argumentation et de la dispute — ce qu'on appelle justement discours (*kalâm*) —, soit parce que, à l'origine, elle niait l'attribut de la parole (*sifat al-kalâm*). C'est pourquoi ash-Shâfi'î disait des mutazilites : « Ils doivent être fouettés avec des branches de palmier et promenés par la ville. »

La doctrine mutazilite fut établie par tous ces gens. Leurs partisans continuèrent sur la même voie, confirmant ou rejetant une partie de cette doctrine. Il en fut ainsi jusqu'à l'apparition d'Abû l-Hasan al-Ash'arî. Après avoir discuté avec un certain nombre de chefs mutazilites sur les problèmes du Bien et du Mieux, il rejeta leur doctrine. Partageant l'opinion de 'Abd Allâh Ibn Sa'îd Ibn Kullâb, d'Abû l-'Abbâs al-Qalânisî et d'al-Hârith Ibn Asad al-Muhâsibî, qui étaient partisans des premiers musulmans et de la doctrine sunnite, il soutint leurs thèses avec des arguments théologiques. Il affirma l'existence des attributs résidant dans l'essence de Dieu — comme la science, la puissance, la volonté —, sur la base desquels étaient fondés l'argument de l'antagonisme mutuel et la validité des miracles des prophètes.

Les mêmes personnages affirmaient également l'existence

des attributs divins de la parole, de l'ouïe et de la vue. En apparence, [ces attributs] suggèrent une déficience dans la mesure où la voix et les sons sont des choses corporelles. Mais on fit remarquer que la parole chez les Arabes avait aussi un autre sens, à savoir « ce qui se déroule dans l'esprit ». C'est ce sens de la parole, et non le premier, qui est une réalité [de l'esprit]. On l'affirma donc de Dieu, et l'idée d'imperfection fut écartée. Cet attribut fut établi comme éternel et d'application universelle, comme c'était le cas des autres attributs. Le Coran devint pour eux un terme désignant d'une part l'éternel qui réside dans l'essence divine — c'est la parole essentielle — et, de l'autre le créé, c'est-à-dire les lettres telles qu'elles sont combinées et récitées par des voix humaines. Quand on dit qu'il est éternel, c'est le premier sens qui est visé ; et quand on dit qu'il est récité et entendu, on se réfère à sa récitation et à sa fixation par écrit.

Ce fut par scrupule religieux que l'imam Ahmad Ibn Hanbal évita d'appliquer le terme « créé » au Coran. En effet, il savait que la tradition des premiers musulmans qui avaient vécu avant lui n'affirmait ni l'éternité des copies du Coran ni celle de sa récitation par des voix humaines. Lui-même pouvait observer de ses yeux que les copies aussi bien que la récitation étaient créées. Mais il avait été empêché de reconnaître ce fait par son scrupule. Autrement, ç'eût été de sa part nier des vérités nécessaires. Et il n'était pas homme à agir de la sorte.

Quant à l'ouïe et à la vue, s'il est vrai qu'elles suggèrent la perception physique des sens corporels, elles désignent aussi, en arabe, la perception intérieure de ce qui est audible ou visible. On doit donc écarter l'idée de déficience, puisque ces termes s'entendent linguistiquement en ces deux sens. Pour les expressions : s'asseoir, venir, descendre, visage, mains, yeux, etc., on abandonna le sens littéral, qui suggère une déficience due à l'anthropomorphisme, et l'on adopta le sens métaphorique, comme font les Arabes lorsque le sens littéral présente des difficultés. Il en est ainsi, par exemple, dans ce verset : « [le mur] voulait s'écrouler[A] ». C'est une méthode bien connue, qui ne rencontre aucun désaveu et qui n'est pas une innovation. Il est vrai que cette interprétation était contraire à l'opinion

A. Coran, XVIII, 77.

des premiers musulmans, qui s'en remettaient à Dieu [pour ce qui est de ces attributs]. Cependant, les théologiens furent obligés d'y recourir en raison du fait qu'un certain nombre de partisans des premiers musulmans, les hanbalites modernes[5] et d'époque récente, étaient embarrassés au sujet de la signification de ces attributs. Tout en les affirmant de Dieu, ils disaient qu'on en ignorait les modalités. Ainsi, par exemple, à propos de l'expression : « Il s'assit sur le trône », ils disaient : « Nous affirmons qu'Il s'assoit, comme l'expression l'indique, pour ne pas avoir à nier le texte ; mais nous nous abstenons de dire comment, pour ne pas tomber dans l'anthropomorphisme, qui est en contradiction avec les versets négatifs tels que ceux-ci : "Rien n'est à Sa ressemblance[A]", "Dieu est au-dessus de ce que disent les méchants", "Il n'a pas engendré et n'a pas été engendré[B]". »

Ce faisant, ils ne se rendaient pas compte qu'en affirmant de Dieu qu'Il s'assoit, ils se trouvaient engagés sur la voie de l'anthropomorphisme, car le verbe s'asseoir, pour un linguiste, implique le fait de s'installer fermement, ce qui est un acte physique. La négation qu'ils dénonçaient n'affectait en fait que l'expression, et on n'avait donc rien à craindre de ce côté. Ce qui était à craindre, c'était la négation du caractère divin. Ils répugnaient aussi à imposer une obligation que les hommes seraient incapables d'accomplir. Mais c'était une attitude fallacieuse, parce qu'il n'est pas question d'anthropomorphisme dans les obligations. Puis ils prétendaient suivre en cela l'opinion des premiers musulmans. À Dieu ne plaise ! Ceux-ci, comme on l'a vu, s'en remettaient à Dieu pour la signification [des attributs ambigus] sans chercher à les comprendre. À l'appui de leur affirmation de l'acte de s'asseoir de la part de Dieu, ils citaient cette phrase de Mâlik : « L'acte de s'asseoir est connu, mais ses modalités sont inconnues. » Cependant, Mâlik n'a jamais voulu dire que l'acte de s'asseoir est connu comme attribut affirmé de Dieu. À Dieu ne plaise ! Il connaissait bien la signification de l'acte de s'asseoir. Ce qu'il voulait dire, c'était que l'acte de s'asseoir était connu au point de vue de la langue, et que c'était quelque chose de corporel. Mais ses modalités — c'est-à-dire sa vérité, car la vérité de tous les attributs concerne le comment —

A. Coran, XXIII, 91. ◆ B. Coran, CXII, 3.

n'étaient pas connues quant à leur affirmation comme attribut de Dieu.

De même, les hanbalites défendaient la thèse suivant laquelle Dieu est en un lieu, en se référant à la tradition de l'esclave noire. Quand le Prophète lui demanda : « Où est Dieu ? », elle répondit : « Il est au ciel. » Le Prophète dit [au maître de l'esclave] : « Affranchis-la, c'est une croyante. » Le Prophète n'a pas affirmé qu'elle était croyante parce qu'elle avait soutenu que Dieu résidait en un lieu, mais parce qu'elle croyait au sens apparent de Ses versets disant que Dieu est au ciel. Elle était donc au nombre des « enracinés » [en la science] qui croient aux versets ambigus sans chercher à en comprendre le sens. Mais il est formellement établi qu'on doit nier la thèse de l'existence de Dieu en un lieu. Cela découle, d'une part, de la preuve logique niant que Dieu ait besoin de quoi que ce soit et, d'autre part, des preuves des versets négatifs qui affirment l'incomparabilité de Dieu, comme ce verset : « Rien n'est à Sa ressemblance[A] » et d'autres versets similaires. Cela découle aussi de cette autre parole de Dieu : « Il est Dieu, dans les cieux et sur la terre[B]. » Ce qui existe ne peut pas être dans deux lieux à la fois. Cela indique qu'il ne s'agit pas [dans ce verset] de lieu, mais d'autre chose.

Ensuite, ils étendirent l'interprétation qu'ils avaient inventée au sens apparent des termes : visage, yeux, mains, acte de s'asseoir, parole impliquant les sons et la voix. Ils donnèrent à ces mots des significations plus larges que celle de la corporéité et affirmèrent que Dieu était exempt de leur aspect corporel. Mais c'est quelque chose qu'on ne connaît pas dans la langue.

Tous [ces hanbalites], du premier jusqu'au dernier, adoptèrent ce point de vue. Les théologiens partisans de la Sunna, les ash'arites, et les hanafites contestèrent et rejetèrent leur doctrine sur ces questions. On connaît, par ailleurs, [la controverse] qui eut lieu à Bukhârâ entre les théologiens hanafites et l'imam Muhammad Ibn Ismâ'îl al-Bukhârî[6].

Les anthropomorphistes eurent recours au même genre d'explication lorsqu'ils affirmèrent [l'attribut de] la corporéité, en disant que le corps n'y était pas pris au sens habituel. Le mot « corps » n'était pas utilisé dans les

A. Coran, XLII, 11. ◆ B. Coran, VI, 3.

matières religieuses traditionnelles, mais les anthropomorphistes furent encouragés à s'en servir lorsqu'ils eurent à affirmer le sens apparent des versets ambigus. Mais, ne s'arrêtant pas là, ils soutinrent la thèse de la corporéité avec les mêmes arguments, tout en affirmant l'incomparabilité de Dieu en des termes contradictoires et dénués de sens. Ils disaient, par exemple, que Dieu avait un corps pas comme les autres corps. Or, en langue arabe, le corps est quelque chose qui a une profondeur et des limites. Toute autre interprétation — comme de dire que c'est quelque chose qui persiste par soi, ou qui est composé d'éléments — renvoie à la terminologie des théologiens qui s'écarte de la signification lexicale. Ainsi, les anthropomorphistes étaient allés le plus loin possible dans l'innovation et l'hérésie. Ils affirmèrent de Dieu des attributs fallacieux qui suggéraient l'imperfection et qui ne se rencontrent ni dans le Coran ni dans la Sunna.

Ce qui vient d'être dit montre clairement toute la différence qu'il y a entre les opinions des premiers musulmans et des théologiens sunnites d'une part, et celle des modernes et des innovateurs, mutazilites et anthropomorphistes, de l'autre. Parmi les modernes, il y a des extrémistes appelés *al-mushabbiha*, qui affirment explicitement l'anthropomorphisme. On raconte que l'un deux a dit : « Excepté la barbe et les parties honteuses [de Dieu], interrogez-moi sur tout ce que vous voulez[7]. » C'est une impiété manifeste, à moins d'interpréter ces propos en leur faveur, en supposant que ces gens voulaient ainsi donner la liste exhaustive de ces attributs fallacieux et suivre là-dessus l'opinion de leurs autorités. Dieu nous garde !

Les ouvrages des partisans de la Sunna sont pleins d'arguments pour répondre à ces innovateurs et les réfuter amplement avec des preuves solides. Nous nous sommes borné ici à donner un bref aperçu sur ce sujet pour mettre en relief un certain nombre de points décisifs et de questions d'ordre général. « Louange à Dieu qui nous a dirigés ici. Nous n'aurions pas été à même de nous diriger si Dieu ne nous avait pas dirigés[A]. »

Quant aux termes qui ont une signification obscure et qu'il est difficile de prouver, comme ceux de « Révélation », « anges », « esprit », « djinns », « monde intermédiaire »

A. Coran, VII, 43.

(*barzakh*), « circonstances de la Résurrection », « Antéchrist », « troubles », et « signes [de l'Heure] », ainsi que toutes les choses inhabituelles ou difficiles à comprendre, nous pouvons observer à leur égard deux attitudes possibles : ou bien nous suivons les ash'arites, partisans de la Sunna, dans leur opinion au sujet des détails de ces différentes choses ; et l'on ne parlera pas dans ce cas d'ambiguïté. Ou bien nous soutenons l'opinion qu'il y a une ambiguïté, et nous nous devons de fournir une explication pour lever celle-ci. C'est ce que nous allons faire.

Le monde humain est le plus noble et le plus élevé des mondes des choses existantes. Bien qu'en lui la réalité humaine soit uniforme, il comprend différents niveaux qui se distinguent les uns des autres par un certain nombre de caractères propres, au point que l'on peut dire que chacun d'eux a une réalité différente.

Le premier niveau est celui du monde humain corporel, avec les sens externes, la pensée dirigée vers les moyens d'existence, et tous les comportements qui sont inspirés à l'homme par son existence présente.

Le deuxième niveau est celui du monde du sommeil. Il résulte de l'activité de l'imagination, qui envoie ses perceptions vers l'intérieur. [L'individu humain] saisit ces perceptions par ses sens externes, dépouillées du temps et du lieu et de tout autre aspect corporel, et les voit dans un lieu où il ne se trouve pas lui-même. Si elles sont bonnes, elles lui annoncent les joies de ce monde et de l'autre, telles qu'elles nous ont été promises par le Véridique. Ces deux niveaux sont communs à tous les hommes, mais ils diffèrent par leurs types de perceptions, ainsi qu'on a pu le voir[8].

Le troisième niveau est celui de la prophétie. Il est propre aux plus nobles parmi les hommes. Dieu leur a accordé le privilège de Le connaître, d'affirmer Son unicité, de recevoir Sa révélation par l'intermédiaire de Ses anges, et d'assumer l'obligation d'améliorer les hommes. Les conditions des prophètes sont différentes des conditions humaines apparentes.

Le quatrième niveau est celui de la mort, où les individus humains quittent leur vie apparente pour entrer dans une existence qui doit durer jusqu'à la Résurrection et qu'on appelle le « monde intermédiaire » (*al-barzakh*). Au cours de cette existence, ils jouissent de la félicité ou subissent le châtiment, selon leurs œuvres. Ils doivent ensuite connaître au jour de la Grande Résurrection, qui est le monde de la Grande Rétribution, la félicité du Paradis ou le châtiment de l'Enfer.

Les deux premiers niveaux sont attestés par le témoignage de l'expérience intime. Le troisième niveau, celui de la prophétie, est attesté par les miracles et les conditions particulières aux prophètes. Le quatrième, enfin, est attesté par la révélation divine aux prophètes sur le retour à Dieu et les circonstances du monde intermédiaire et de la Résurrection. Son existence est requise par la raison. Dieu attire notre attention là-dessus dans de nombreux versets sur la Résurrection. Un des meilleurs arguments pour prouver celle-ci est le suivant : si les hommes, en dehors de la vie présente, n'étaient pas destinés après la mort à une autre existence, où ils doivent connaître des conditions qui leur conviennent, leur création le premier jour eût été vaine. Si la mort n'était que néant, l'homme aurait pour fin le néant, et sa création n'aurait aucun sens. Or, il est impossible qu'un être sage agisse de façon vaine.

Ayant ainsi établi [l'existence] de ces quatre niveaux, voyons maintenant comment les perceptions humaines diffèrent à chacun d'eux. De cette façon, le fond de l'ambiguïté [de certaines données coraniques] sera mis en lumière.

Au premier niveau, les perceptions humaines sont claires et évidentes. Dieu a dit : « Dieu vous a fait sortir du sein de vos mères, privés de tout savoir. Il vous a donné l'ouïe, la vue, des cœurs[A]. » Grâce à ces sources de perception, l'homme acquiert des habitus dans les diverses connaissances, perfectionne sa réalité humaine et remplit convenablement son devoir d'adorer Dieu, par lequel il assurera son salut.

Au deuxième niveau, celui du sommeil, l'homme a les mêmes perceptions que celles des sens externes, mais celles-ci ne résident pas dans le corps, comme à l'état de veille, bien que le rêveur ait la certitude de tout ce qu'il perçoit dans son rêve et n'éprouve là-dessus aucun doute, et bien que ses membres ne soient pas utilisés comme à l'ordinaire.

En ce qui concerne la réalité de cet état, on peut diviser les savants en deux groupes. Les philosophes affirment que les images, grâce au mouvement de la pensée, sont

A. Coran, XVI, 78.

transmises par l'imagination au sens commun, qui constitue le niveau d'articulation entre le sens externe et le sens interne. Le sens commun représente les données sensibles du sens externe, telles qu'elles sont fournies par tous les sens. Mais il y a ici une difficulté : la vision vraie, qui vient de Dieu ou de l'ange, est perçue avec plus de fermeté et de netteté que la vision imaginaire du Démon, alors que, dans les deux cas, l'on a affaire à l'imagination, comme l'affirment les philosophes. Les théologiens, d'autre part, résument leur opinion sur ce point en disant que [le rêve] est une perception créée par Dieu dans les sens, qui se produit comme dans l'état de veille. Cette explication conviendrait mieux, bien que nous ne sachions pas de quelle façon [la perception] se produit dans ce cas.

La perception qui a lieu pendant le sommeil est la meilleure preuve de l'existence de perceptions sensorielles aux niveaux suivants.

Les modalités de perception du troisième niveau, celui des prophètes, nous sont inconnues. Elles sont chez les prophètes l'objet d'une expérience intime qui a plus de clarté que la connaissance certaine. Le Prophète a vu Dieu et les anges, a entendu la parole divine émanant de Dieu Lui-même ou de Ses anges, a vu le Paradis, l'Enfer, le Trône, le Siège divin. Il a traversé dans son ascension les sept cieux, a chevauché al-Burâq[9], a rencontré les prophètes [dans les cieux], et a dirigé leur prière. Il a perçu les différentes sortes de perceptions sensorielles, au niveau corporel et à celui du sommeil, par une sorte de savoir nécessaire que Dieu a créé en lui, et non par la perception humaine liée aux organes corporels.

On ne doit accorder à cet égard aucune attention aux remarques d'Ibn Sînâ, qui place la prophétie au même niveau que le sommeil, en se fondant sur le fait que l'imagination transmet ses images au sens commun[10]. Les arguments contre [les philosophes] sont en l'espèce encore plus forts que ceux qui ont été développés à propos du sommeil. Si le processus de transmission était identique par nature dans les deux cas, la révélation et les visions du prophète auraient une réalité et un degré de certitude identiques. Mais il n'en est pas ainsi, comme on peut le déduire du fait que les visions du prophète [Muhammad] s'étaient produites six mois avant la révélation, dont elles furent le commencement et le prélude, ce qui montre qu'elles lui sont inférieures au niveau de leur réalité. On peut déduire la même conclusion de la révélation elle-même. Elle était très pénible pour le Prophète, qui en éprouvait une grande tension, comme on le voit d'après le *Sahîh*. Le Coran fut d'abord révélé à Muhammad en versets séparés. Mais, par la suite, la sourate *al-barâ'a* lui fut révélée en une seule fois, lors de l'expédition de Tabûk, pendant qu'il chevauchait sa chamelle. Si la révélation n'était que le résultat de la transmission de la pensée à l'imagination, et de l'imagination au sens commun, il n'y aurait eu aucune différence entre ces divers états.

Le quatrième niveau est celui des morts. Les morts ont des perceptions sensorielles aussi bien pendant la période intermédiaire qui commence avec leur mise au tombeau, et où ils sont séparés de leur corps, qu'après leur résurrection, quand ils le retrouvent. Ils voient dans leur tombeau les deux anges qui les interrogent. Ils voient de leurs propres yeux la place qu'ils occuperont au Paradis ou en Enfer. Ils voient ceux qui suivent leur enterrement, entendent leurs paroles et le bruit de leurs sandales lorsqu'ils s'éloignent. Ils entendent la déclaration de l'unicité divine et l'affirmation des deux confessions de foi qui leur sont rappelées [par leurs proches], ainsi que bien d'autres choses. Il est dit dans le *Sahîh* que le Prophète, s'étant arrêté auprès du puits de Badr où l'on avait jeté les corps des polythéistes qurayshites qui venaient d'être tués, les appela par leurs noms. 'Umar lui dit : « Ô Messager de Dieu, est-ce que tu parles à des cadavres ? » Le Prophète répondit : « Par Celui qui tient mon âme dans Ses mains, vous n'entendez pas mieux qu'eux ce que je dis[11]. »

En outre, quand les morts se lèveront au jour de la Résurrection, ils verront avec leurs yeux et entendront avec leurs oreilles, comme ils le faisaient pendant leur vie, les manifestations des différents degrés de félicité du Paradis et de châtiment de l'Enfer. Ils verront les anges et ils verront leur Seigneur, comme cela est indiqué dans le *Sahîh* : « Vous verrez votre Seigneur au jour de la Résurrection comme la lune par une nuit de pleine lune ; et vous ne serez pas privés de Sa vision[12]. »

Les morts n'avaient pas ces perceptions pendant leur vie terrestre. Comme les perceptions terrestres, celles-ci sont sensorielles et se produisent dans les organes des sens par l'effet d'une connaissance nécessaire, créée par Dieu, comme on l'a vu. On peut expliquer cela de la façon suivante : l'âme humaine se développe grâce au corps et à ses perceptions. Quand elle se sépare du corps au moment du sommeil ou de la mort, ou quand un prophète, pendant l'état de révélation, passe des perceptions humaines aux perceptions angéliques, elle emporte avec elles ses facultés perceptives humaines, mais dépourvues des organes corporels. Grâce à celles-ci, elle peut percevoir à ce niveau toutes les perceptions qu'elle veut, mais sur un plan supérieur à celui des perceptions qu'elle avait pendant qu'elle était dans le corps. C'est ce qu'affirme al-Ghazâlî. Il précise encore que l'âme humaine a une forme où elle conserve après sa séparation [d'avec le corps] des yeux, des oreilles et d'autres organes perceptifs semblables à ceux qu'elle avait dans le corps[13]. Je pense qu'al-Ghazâlî fait allusion ici aux habitus qui résultent de ces organes, en plus des perceptions.

On voit bien, d'après tout ce qui vient d'être dit, que les perceptions existent aux quatre niveaux. Cependant, elles ne sont pas partout semblables à celles de ce monde. Elles sont plus ou moins fortes suivant les états qui les affectent. Les théologiens font une allusion sommaire à ce fait, en disant que Dieu crée [dans les sens] une connaissance nécessaire de la chose perçue, quelle qu'elle soit. Ils font allusion par là à la [différence] d'intensité que nous venons d'expliquer.

Voilà, en bref, ce que nous avons voulu dire pour tenter d'éclaircir le problème de l'ambiguïté [de certains passages du Coran]. Nous étendre davantage sur ce sujet ne ferait qu'en rendre plus difficile la compréhension. Prions Dieu de nous guider et de nous aider à comprendre, grâce à Ses prophètes et à Son Livre, comment reconnaître selon la vérité Son unicité et gagner notre salut.

« Dieu guide qui Il veut[A]. »

XVI. LA SCIENCE DU SOUFISME[a]

Le soufisme est une des sciences religieuses qui ont fait leur apparition en islam. Il a son origine dans le fait que la voie [des futurs soufis] avait toujours été considérée comme

A. Coran, II, 142.

celle de la vérité et de la bonne direction par les premiers musulmans et les grandes personnalités de la communauté musulmane, les Compagnons du Prophète et leurs successeurs immédiats, ainsi que par les générations suivantes. Cette voie est fondée sur le fait de se livrer constamment à la piété et à la dévotion exclusive à Dieu, de renoncer aux vanités et aux ornements de ce monde, de s'abstenir des plaisirs, des richesses et des honneurs que recherche la majorité des hommes, de s'isoler loin du monde dans une retraite consacrée à la piété, pratiques qui étaient générales parmi les Compagnons et les premiers musulmans.

Ensuite, lorsque, à partir du IIe [VIIIe] siècle, l'intérêt pour le monde s'accrut et que les gens se tournèrent vers les affaires terrestres, ceux qui se livraient à la piété furent appelés des « soufis ». Al-Qushayrî a dit : « Ce terme, que l'on sache, n'a ni étymologie ni analogie à partir de l'arabe. Il est évident que c'est un surnom. La dérivation de *safâ'*, "pureté", "sincérité", de *suffa*, "banc", ou de *saff*[1], "rang", est peu probable au point de vue de l'analogie linguistique. » « De même, ajoute-t-il, il ne peut être dérivé de *sûf*, "laine", car les soufis n'étaient pas les seuls à porter la laine[2]. » L'étymologie la plus évidente, à mon avis, si l'on tient à en trouver une, est celle qui fait dériver « soufi » de *sûf*, parce que les soufis portaient généralement des habits de laine. Ils s'opposaient ainsi aux gens qui s'habillaient richement.

Comme ces soufis se distinguaient par leur ascétisme, leur vie de retraite loin du monde et leur piété, il leur fut donné d'avoir des expériences extatiques[3] particulières. En effet, l'homme en tant qu'homme se distingue des autres animaux par la perception. Celle-ci est de deux sortes : la première concerne les sciences et les connaissances, qui sont certaines, probables, douteuses, imaginaires. La seconde est celle des états qui subsistent en l'homme, comme la joie, la tristesse, l'anxiété et la détente, la satisfaction et la colère, la patience, la gratitude, etc. La fonction d'intellection et d'action sur le corps[4] se développe à partir des perceptions, des volitions et des états, lesquels sont une particularité de l'homme, comme on l'a vu, et dérivent les uns des autres. Ainsi, le savoir se développe à partir des preuves ; la joie et la tristesse proviennent de la perception de ce qui est pénible ou agréable ; l'activité est le produit de la tranquillité, et la paresse de la fatigue. De même, lorsque le novice se livre à des combats spirituels et à la dévotion, de chacun de ses combats se développe nécessairement un état, qui en est le résultat. Cet état est ou bien une sorte de dévotion qui, en s'enracinant, devient une station spirituelle ; ou bien, il n'est pas un acte de dévotion, mais une simple disposition de l'âme, telle que joie, gaieté, activité, paresse.

Pour ce qui est des stations spirituelles, le novice ne cesse de s'élever de l'une à l'autre, jusqu'à ce qu'il parvienne à celle de la reconnaissance de l'unicité divine et à la gnose, qui est le but recherché du bonheur. Le Prophète a dit : « Celui qui meurt en témoignant qu'il n'y a d'autre divinité que Dieu ira au Paradis. »

Le novice doit donc progresser suivant ces différents stades, qui ont tous pour base l'obéissance et la sincérité. La foi les précède et les accompagne. Les états et les qualités[5] en sont les résultats et les fruits. De ceux-ci, se développent d'autres états, et ainsi de suite jusqu'à la station de l'unicité et de la gnose. Si le résultat fait apparaître quelque imperfection ou défaut, on est sûr que cela est dû à une imperfection à la station précédente. Il en est de même des pensées de l'âme et des inspirations du cœur.

Aussi le novice doit-il procéder à un examen de conscience pour toutes ses actions et scruter le fond de celles-ci, parce que les résultats sont nécessairement le reflet des actions, et une insuffisance dans les résultats ne fait que traduire un défaut dans les actions. Le novice découvre cela par son goût[6] et grâce à l'examen de conscience en éclaircit les raisons.

Seule une minorité de gens partage ces préoccupations avec les soufis, car la négligence en cette matière est quasi universelle. Les gens pieux, quand ils n'ont pas recours à ce genre d'examen, au mieux se conforment aux obligations d'obéissance dans le strict respect, au point de vue du droit, des formes d'exécution de celles-ci. Tandis que les soufis scrutent les résultats [de leurs actes d'obéissance] au moyen des goûts et des expériences extatiques, afin de savoir s'ils sont exempts d'insuffisance ou non. Il est donc évident que la voie des soufis est tout entière fondée sur l'examen de soi-même pour ce qu'il faut faire ou ne pas faire, ainsi que sur la considération des goûts et expériences extatiques résultant des combats spirituels et se stabilisant en une station à partir de laquelle le novice peut s'élever à d'autres stations.

Les soufis ont, par ailleurs, des règles de conduite particulières et une terminologie propre dont ils font usage entre eux dans leur instruction. Les conventions linguistiques ne sont valables que pour les significations courantes. Quand on a affaire à des significations qui ne sont pas courantes, on forge, pour les exprimer, des mots qui en facilitent la compréhension. Ainsi, les soufis ont constitué une science particulière, dont ne traitent guère les autres savants qui s'occupent de la loi religieuse. En conséquence, la science de la loi religieuse s'est subdivisée en deux branches. La première est celle des juristes et des muftis. Elle a pour objet les règles générales relatives au culte, aux coutumes et aux transactions. L'autre est propre aux soufis. Elle porte sur le combat spirituel, l'examen auquel on doit se livrer à cette occasion, les goûts et les expériences extatiques qui surviennent au cours de ce combat, la façon dont on s'élève d'un goût à l'autre et, enfin, l'explication de la terminologie en usage parmi les soufis.

Lorsque les sciences furent mises par écrit et systématiquement recueillies, que les savants composèrent des ouvrages dans les domaines du droit et de ses fondements, de la théologie, de l'exégèse coranique, etc., il se trouva aussi des adeptes de cette voie pour écrire sur leur propre voie. Certains traitèrent des règles du scrupule pieux et de l'examen de soi-même en vue de l'imitation [des saints] dans ce qu'il faut faire ou ne pas faire, comme al-Muhâsibî dans son livre *ar-Ri'âya*. D'autres traitèrent des règles de conduite des soufis, de leurs goûts et de leurs expériences extatiques telles qu'elles apparaissaient dans les états mystiques, comme al-Qushayrî dans sa *Risâla*, as-Suhrawardî dans son *'Awârif al-ma'ârif*, et d'autres. Al-Ghazâlî réunit les deux sujets dans son *Kitâb al-Ihyâ'*. Il y traita des règles du scrupule pieux et de l'imitation, exposa les règles de conduite et les traditions des soufis et expliqua leur terminologie. Ainsi, le soufisme acquit en islam le statut d'une science écrite. Auparavant, la voie mystique se bornait aux actes d'adoration, et ses règles étaient directement reçues de la bouche des hommes. Cela avait été aussi le cas de toutes les autres sciences mises par écrit, comme l'exégèse coranique, les traditions prophétiques, le droit, les sources du droit, etc.

Le combat spirituel et le *dhikr* sont généralement suivis du retrait du voile des sens et de l'accès à des mondes de l'ordre divin, qu'un individu attaché aux sens ne peut percevoir. L'esprit appartient à ces mondes. Le retrait du voile se déroule comme suit. Lorsque l'esprit se retire du sens extérieur pour se tourner vers l'intérieur, les sens s'affaiblissent, tandis que l'esprit se fortifie, que son pouvoir domine, et que sa croissance se renouvelle. Ce processus est favorisé par le *dhikr*, qui est comme un aliment pour le développement de l'esprit. Celui-ci ne cesse de croître et de se renforcer, jusqu'à ce qu'il devienne contemplation, après avoir été connaissance. Le voile des sens est levé, et l'âme accomplit son être conformément à son essence. C'est cela la perception en soi. L'esprit est alors prêt à recevoir les dons divins, les sciences qui viennent de Dieu, et l'ouverture divine. Son essence, en réalisant sa vérité, se rapproche du niveau supérieur, celui des anges.

Le retrait du voile se produit souvent chez les gens qui pratiquent le combat spirituel. Ils perçoivent alors des réalités de l'être qui sont inaccessibles à d'autres. Ils perçoivent également beaucoup d'événements futurs à l'avance et, grâce à leur force d'âme et à leurs pouvoirs psychiques, ils peuvent agir sur les êtres inférieurs et les soumettre à leur volonté. Les grands soufis n'accordent pas d'importance au dévoilement et aux pouvoirs. Ils ne parlent pas de la vérité des choses au sujet desquelles ils n'ont pas reçu l'ordre de parler. Lorsque des choses de cet ordre leur arrivent, ils les tiennent plutôt pour une épreuve et cherchent contre elles refuge auprès de Dieu.

Les Compagnons du Prophète avaient coutume de mener ce genre de combat spirituel et, plus que d'autres, étaient favorisés par ces grâces divines. Mais ils ne leur accordaient aucune attention. On en trouve de nombreux exemples dans les récits sur les vertus d'Abû Bakr, de 'Umar et de 'Alî. Les soufis qui sont mentionnés dans la *Risâla* d'al-Qushayrî et ceux qui vinrent après eux agissaient pareillement.

Certains soufis, à une époque récente, se sont particulièrement intéressés au retrait du voile des sens et aux perceptions qui apparaissent au-delà de ce retrait. Leurs méthodes d'exercices spirituels diffèrent suivant leur conception de la façon de faire mourir les facultés sensorielles et d'alimenter de *dhikr*, l'esprit connaissant, de telle sorte que l'âme, après avoir atteint son plein développement, puisse avoir des perceptions à partir de sa propre essence. Quand cela se produit, ils croient que l'âme embrasse dans ses perceptions la totalité de l'être, que les essences de l'être leur sont dévoilées, et qu'ils conçoivent toutes les vérités de l'être, du « Trône divin à la fine pluie ». C'est ce que dit al-Ghazâlî dans son *Ihyâ'*[7], après avoir décrit comment on pratique les exercices spirituels.

Le retrait du voile n'est considéré par les soufis comme valide et parfait que s'il résulte de la rectitude. Car il peut fort bien se produire chez des hommes qui pratiquent la retraite et le jeûne, même s'ils n'observent pas la rectitude, comme c'est le cas des sorciers, des chrétiens ou d'autres catégories de gens qui se livrent à l'ascétisme. Mais je ne parle ici que du dévoilement né de la rectitude. Si un miroir est convexe ou concave, l'image de l'objet y apparaît déformée ; tandis que, s'il est plan, l'objet s'y reflète correctement. La rectitude est à l'âme ce que la surface plane est au miroir en tout ce qui concerne les choses qui s'y impriment.

Comme les soufis modernes se sont préoccupés de cette sorte de dévoilement, ils ont traité des vérités des êtres supérieurs et inférieurs, ainsi que des vérités de la souveraineté, de l'esprit, du Trône, du Siège, et d'autres choses semblables. Ceux qui ne partagent pas leur voie n'ont pas la faculté de comprendre leurs goûts et leurs expériences extatiques. Aussi voit-on les muftis divisés à leur égard entre le désaveu et l'approbation. Cependant, les arguments et les preuves pour ou contre ne sont guère utiles pour juger de cette voie, qui est du domaine des expériences intérieures.

Quelques détails et précisions.

Les traditionnistes et les juristes qui traitent des articles de foi disent souvent que Dieu est séparé de Ses créatures. Les théologiens disent qu'Il n'est ni séparé ni relié. Pour les philosophes, Il n'est ni dans le monde ni hors du monde. Enfin, pour les soufis modernes, Il est uni aux créatures : soit qu'Il leur est inhérent[8], soit qu'Il est les créatures mêmes, et qu'il n'existe rien d'autre que Lui ni en totalité ni en partie. Nous allons maintenant expliquer ces différentes doctrines en détail et éclaircir le sens réel de chacune d'elles.

La séparation s'entend dans deux sens différents : elle

peut signifier d'abord *séparation* par rapport à l'espace et à la direction. Dans ce sens, elle s'oppose à *liaison*. La proposition ainsi comprise suggère que Dieu est dans un lieu soit directement, et c'est de l'anthropomorphisme[9], soit indirectement, et cela revient à comparer Dieu [aux hommes[10]] en parlant à Son sujet de direction. On rapporte que la thèse de la séparation avait été soutenue par un savant appartenant à la génération des premiers musulmans, mais une interprétation différente demeure possible.

C'est pour cette raison que les théologiens rejettent la thèse de la séparation. Ils déclarent qu'on ne peut dire du Créateur ni qu'Il est séparé de Ses créatures ni qu'Il est relié à elles, car pareilles affirmations ne s'appliquent qu'à des entités pourvues de dimensions spatiales. Pour dire d'une chose qu'elle ne peut être dépourvue à la fois d'un attribut et de son contraire, encore faut-il qu'elle soit susceptible de recevoir un pareil attribut. Si cela est impossible, une telle affirmation est insoutenable. En fait, il est bien possible qu'une chose soit dépourvue d'un attribut et de son contraire. Ainsi, d'un objet inanimé, on peut dire qu'il n'est ni savant ni ignorant, ni puissant ni faible, ni percevant ni [ ][b]. La validité de l'attribution de la séparation à Dieu est conditionnée par la possibilité de Lui attribuer la direction au sens propre. Mais le Créateur est au-dessus de cela.

Cette question a été traitée par Ibn at-Tilimsânî dans son commentaire d'*al-Luma'*, d'Imam al-Haramayn. Il dit : « On ne peut affirmer du Créateur ni qu'Il est séparé du monde ni qu'Il est relié à lui. Il n'est ni en lui ni hors de lui. » Dans le même sens, les philosophes disent qu'Il n'est ni à l'intérieur ni à l'extérieur du monde. Ils se fondent sur l'existence de substances dépourvues de dimensions spatiales. Les théologiens nient l'existence de celles-ci, car cela implique qu'elles sont égales au Créateur pour ce qui est de Ses attributs spécifiques. Ces questions sont développées en théologie.

Le mot *séparation* peut aussi s'entendre en un autre sens : celui de la distinction et de la différence. On dit du Créateur qu'Il est distinct de Ses créatures par Son essence, Son identité, Son être, Ses attributs. Le mot *séparation* s'oppose à *union*, *fusion*, *mélange*.

La séparation ainsi comprise est la doctrine de tous les partisans de la vérité, c'est-à-dire la grande majorité des premiers musulmans, les savants appartenant aux peuples qui ont des lois religieuses, les théologiens et les anciens soufis, comme ceux mentionnés dans la *Risâla*, ainsi que ceux qui ont marché sur leurs traces.

Un certain nombre de soufis modernes, considérant les perceptions relevant de l'expérience intérieure comme un objet scientifique et spéculatif, affirment que le Créateur est uni à Ses créatures par Son identité, Son être et Ses attributs. Ils prétendent souvent que c'était, avant Aristote, l'opinion de philosophes comme Platon et Socrate. C'est cette doctrine que les théologiens ont en vue et qu'ils tentent de réfuter lorsqu'ils citent les soufis dans leurs études théologiques. Cela ne veut pas dire qu'il y a deux essences, dont l'une doit être niée ou comprise dans l'autre comme partie intégrante. Ce serait là affirmer clairement la distinction, ce qui ne correspond pas à leur point de vue. L'union dont parlent ces soufis est identique à l'incarnation que les chrétiens proclament au sujet du Jésus. Cela est encore plus étrange, puisqu'il s'agit de l'inhérence de ce qui est éternel dans ce qui est créé, et de l'union de l'un avec l'autre.

La même doctrine est aussi professée par les chiites imâmites au sujet de leurs imams. Dans leur théorie, l'union est établie de deux façons. Suivant l'une, l'essence de l'Éternel est cachée dans les choses créées, tant sensibles qu'intelligibles, et est unie à elles dans les deux cas. Toutes les choses ne sont que la manifestation de cette essence de l'Éternel. C'est Lui qui les régit, c'est-à-dire qui établit leur être : sans Lui, elles n'existeraient pas. C'est là l'opinion de ceux qui croient à l'inhérence.

L'autre approche est celle des partisans de l'unité absolue. Ils semblent avoir perçu dans l'exposé de la doctrine de l'inhérence une forme de distinction contradictoire avec le concept d'union. Ils ont dès lors nié cette distinction entre l'Éternel et les êtres créés tant pour ce qui est de l'essence que de l'être ou des attributs. Pour expliquer la distinction des manifestations perçues par les sens et l'intellect, ils ont usé d'un argument fallacieux suivant lequel il s'agit de perceptions humaines, qui ne seraient que des produits de l'imagination. Par imagination, ils ne veulent pas dire l'imagination qui fait partie du même ensemble que le savoir, l'opinion et le doute ; ils pensent que toutes ces choses n'existent pas dans la réalité, mais seulement dans les perceptions humaines. L'être en vérité n'appartient qu'à l'Éternel, dans l'ordre extérieur aussi bien que dans l'ordre intérieur. C'est ce que nous essaierons autant que possible d'établir plus loin.

Il est vain, pour comprendre cela, de chercher à s'appuyer sur la spéculation et l'argumentation, comme on le fait pour les perceptions humaines. En effet, ce sont des choses qui nous sont transmises d'après les perceptions angéliques. Les prophètes les appréhendent grâce à une disposition originelle ; et les saints, après eux, grâce à leur bonne direction. Mais c'est tomber dans l'égarement que de vouloir les acquérir par la voie de la science.

Certains auteurs ont cherché à expliquer la doctrine des soufis, relative à la révélation de l'être et à l'ordre des réalités de l'être, suivant la démarche des partisans des manifestations. Ils n'ont fait que rendre les choses plus obscures encore, si on les compare à ceux qui pratiquent la spéculation, la terminologie technique et les sciences. C'est le cas, par exemple, d'al-Farghânî, dans la préface de son commentaire[11] du poème d'Ibn al-Fârid[12]. Au sujet de la procession de l'être de l'Agent et de son ordre, il dit ceci :

« L'être tout entier procède de l'attribut de l'unicité, qui est une manifestation de l'unité. Unicité et unité procèdent toutes deux de la noble essence, qui est l'unité même, et rien d'autre. Cette procession est appelée théophanie. Le premier degré des théophanies selon les soufis est la théophanie de l'essence [de Dieu] pour Lui-même. Elle implique la perfection, puisqu'elle associe création et manifestation, conformément aux paroles de Dieu révélées dans cette tradition prophétique que les soufis se transmettent entre eux : "J'étais un trésor caché et je désirais être connu. J'ai alors créé les créatures pour qu'elles puissent Me connaître[13]." C'est cette perfection de la création qui descend au niveau de l'existence et de la particularisation des réalités. C'est pour les soufis le monde des idées, de la présence nébuleuse, de la réalité muhammadienne[14]. Celle-ci renferme les réalités des attributs, de la Table, du Calame, ainsi que les réalités de tous les prophètes et envoyés et des hommes parfaits de la communauté muhammadienne. Tout cela est la particularisation de la réalité muhammadienne. De ces réalités procèdent d'autres réalités dans la présence de la substance principielle[15], qui est le niveau des idées. De là procèdent ensuite le Trône, le Siège, les sphères, le monde des éléments et le monde des corps composés. Tout cela a lieu dans le monde encore soudé (*ratq*). Quand ces choses se manifestent, elles passent dans le monde dessoudé (*fatq*). »

Fin de citation.

Cette doctrine s'appelle la doctrine des partisans de la théophanie, des manifestations et des présences. C'est une théorie que les gens qui pratiquent la spéculation ne peuvent saisir, à cause de son obscurité et de son caractère hermétique. Il y a un grand fossé entre le discours des visions et de l'expérience intuitive et celui de l'argumentation logique. Souvent, on désapprouve ce genre de système en s'appuyant sur la lettre de la loi religieuse. En effet, on n'en trouve aucune mention dans celle-ci.

Il y a d'autres soufis qui soutiennent la doctrine de l'unité absolue. C'est une théorie plus étrange encore que la précédente dans son appréhension intellectuelle et ses ramifications. On y prétend que l'être dans sa totalité renferme dans ses parties composantes des forces qui sont à l'origine des réalités, des formes et des matières des choses existantes. Ainsi, les éléments ne sont que par les forces qu'ils renferment. Il en est de même de leur matière, qui a en elle une force qui la fait exister. Les corps composés ont des forces qui sont comprises dans la force qui est à l'origine de leur composition. La force minérale, par exemple, comprend les forces des éléments de la matière, auxquelles s'ajoute la force minérale. La force animale comprend la force minérale à laquelle s'ajoute sa propre force. Il en est de même de la force humaine par rapport à la force animale. La sphère céleste comprend la force humaine et une force supplémentaire. Et il en est ainsi, également, des essences spirituelles.

La force qui rassemble le tout, sans particularisation, est la force divine. Elle est disséminée dans tous les êtres, universels ou particuliers, les réunit et les comprend sous tous leurs aspects, dans leur manifestation comme dans leur occultation, dans leur forme comme dans leur matière. Le tout est un et est identique à l'essence divine. Celle-ci, en réalité, est une et simple. C'est notre façon de voir qui la divise. C'est comme l'humanité par rapport à l'animalité : on sait que la première est comprise dans la seconde, et qu'elle existe par son existence. Cette relation est tantôt représentée comme celle du genre et de l'espèce dans tous les êtres comme nous l'avons vu, tantôt comme celle du tout et de la partie, à la manière de l'image. Dans tous les cas, ils tentent d'une façon ou d'une autre d'éviter la composition et la pluralité, qui ne sont nécessitées à leurs yeux que par l'illusion et l'imagination.

D'après les propos d'Ibn Dihâq au sujet de cette doctrine, il apparaît que la thèse des soufis sur l'unité est semblable, dans son fond, à la thèse des philosophes sur les couleurs, suivant laquelle l'existence de celles-ci est conditionnée par la lumière. S'il n'y a pas de lumière, les couleurs ne peuvent exister en aucune façon. De même, l'existence des êtres sensibles est, à leurs yeux, liée à l'existence d'une [faculté de[16]] perception sensible ; et les êtres intelligibles ou imaginaires dépendent également de l'existence d'une faculté de perception intellectuelle. Ainsi, l'existence de tout être particulier dépend de l'existence d'une faculté humaine de perception. Si la faculté humaine de perception n'existait pas, il n'y aurait pas de particularisation de l'être. L'être serait simple et un. Le chaud et le froid, le dur et le mou, et même la terre, l'eau, le feu, le ciel, les étoiles n'existent que parce qu'il existe des sens qui les perçoivent. En effet, la particularisation est seulement dans le perçu, non dans l'être. En l'absence de perceptions permettant la particularisation, il n'y a pas de particularisation, mais seulement une perception unique, le « moi », et rien d'autre. Ils comparent cela à la situation d'un dormeur. Lorsqu'on dort et qu'on rompt avec les perceptions sensorielles externes, on se coupe dans cet état de toutes les choses sensibles, excepté celles qui sont fournies par l'imagination. Une personne éveillée, disent-ils, n'appréhende toutes choses sous une forme particularisée que grâce au type de faculté de perception humaine qu'elle a en elle. Si elle n'avait pas cette faculté de perception, elle ne saisirait plus la particularisation. C'est ce que [ces soufis] entendent par « imagination », et non l'imagination[17] en tant qu'elle fait partie des perceptions humaines.

Voilà un résumé de la théorie de ces soufis telle qu'on peut la comprendre d'après l'exposé d'Ibn Dihâq. Elle est tout à fait erronée. En effet, nous affirmons avec certitude l'existence du pays que nous venons de quitter ou de celui où nous nous rendons, bien qu'il soit hors de notre vue. Nous affirmons de même l'existence du ciel qui couvre toute la terre, des étoiles et de bien d'autres choses que nous ne pouvons voir. L'homme sait tout cela de façon certaine. Et nul ne saurait dénier ce qui est certain. Cependant, les plus rigoureux parmi les soufis modernes disent que souvent le mystique peut, au stade du retrait du voile, avoir l'illusion de cette unité. C'est ce que les soufis appellent la station de l'union[18]. Le mystique s'élève ensuite à la distinction entre les êtres. C'est ce qui est désigné comme la station de la séparation[19], qui est celle du gnostique ayant atteint la réalisation. Pour les soufis, l'aspirant mystique doit affronter l'obstacle de l'union, difficile parce que comportant le risque qu'on s'y arrête et qu'on fasse échouer toute l'entreprise.

Ce sont là les différentes catégories d'adeptes du soufisme.

Les soufis modernes qui traitent du retrait du voile et de la perception suprasensible sont allés très loin dans l'approfondissement de ces matières. Beaucoup ont adopté la doctrine de l'inhérence et de l'unité, comme on l'a déjà vu, et ont noirci des pages et des pages sur ce sujet. C'est le cas, par exemple, d'al-Harawî dans son *Kitâb al-Maqâmât*[20], et d'autres. Ils furent suivis d'Ibn al-'Arabî, d'Ibn Sab'în et des disciples de ceux-ci ; puis d'Ibn al-'Afîf[21], d'Ibn al-Fârid et d'an-Najm al-Isrâ'ilî, avec leurs poèmes mystiques.

Leurs prédécesseurs avaient été en contact avec les ismaéliens râfidites de la dernière époque, qui professaient également l'incarnation et la divinité des imams, doctrine inconnue des premiers ismaéliens. Chacun des deux groupes fut influencé par la doctrine de l'autre. Leurs théories se mélangèrent, et leurs croyances se confondirent. On vit apparaître chez les soufis la doctrine du pôle mystique, pour désigner le chef des gnostiques. Ils prétendaient que nul ne pouvait atteindre le degré de connaissance de celui-ci, jusqu'à ce qu'il fut repris par Dieu et que sa station fut transmise par Dieu à un autre gnostique. Dans les chapitres consacrés au soufisme de son *Kitâb al-Ishârât*, Ibn Sînâ fait allusion à cela. Il dit : « La vérité sacrée est trop élevée pour qu'elle soit accessible au tout-venant, et qu'elle puisse être révélée à plus d'un homme à la fois[22]. »

En fait, cette théorie ne s'appuie sur aucune preuve rationnelle ni aucun argument religieux. C'est de la pure rhétorique. C'est exactement ce que prétendent les rafidites à propos du mode de transmission héréditaire de la position d'imam. On voit que les soufis ont emprunté cette théorie à ces derniers et en ont fait leur croyance.

Les soufis affirment, par ailleurs, que les saints dits « substituts[23] » forment derrière le pôle une hiérarchie, à l'instar de ce que disent les chiites au sujet de leurs chefs. En établissant leur chaîne de transmetteurs pour le port du manteau de laine, qu'ils tiennent pour un des fondements de leur voie, ils la font remonter jusqu'à ʿAlî. Ce qui montre également une influence chiite. Mais ʿAlî ne se distinguait des autres Compagnons du Prophète ni par sa façon de s'habiller ni par aucun autre trait particulier. Abû Bakr et ʿUmar étaient, après le Prophète, les hommes les plus attachés à la vie ascétique et les plus pieux. Pourtant, aucun d'entre eux ne se fit remarquer dans le domaine de la religion par rien qui lui fût propre. En fait, tous les Compagnons étaient des modèles de piété, de scrupule, d'ascétisme, de combat spirituel, comme en témoignent leur vie et leur histoire. Mais les chiites tentent de faire croire, grâce à ces histoires, que ʿAlî possédait des vertus particulières qui le distinguaient de tous les autres Compagnons, conformément aux croyances chiites bien connues.

Il est clair que les soufis en Irak empruntèrent leur opposition entre « extérieur » et « intérieur » aux chiites ismaéliens, lorsque ces derniers firent leur apparition et répandirent leur théorie bien connue de l'imamat et des matières connexes. Les chiites considéraient que la fonction de l'imamat consistait à gouverner les hommes sur la base de la soumission à la loi religieuse ; par ailleurs, ils soutenaient qu'il ne devait y avoir qu'un seul imam, pour éviter les divergences, comme l'exige la loi religieuse. Pareillement, [les soufis] assignèrent au pôle la charge d'enseigner la connaissance de Dieu, parce qu'il était le chef des gnostiques. Par analogie avec l'imam dans le monde exotérique, ils stipulèrent qu'il ne devait y avoir qu'un pôle à la fois, qui était le pendant de l'imam dans le monde ésotérique. Ils le nommèrent « pôle », parce que la connaissance tournait autour de lui, et, dans leur désir exagéré d'imitation, ils identifièrent les *abdâl*, « saints soufis », aux *nuqabâ'*, « chefs ʿalides ».

Ce qui vient d'être dit peut encore être illustré par les longues discussions sur le Fâtimide dont sont remplis les ouvrages des soufis. Les anciens soufis n'avaient traité de ce sujet ni dans un sens positif ni dans un sens négatif. Tout cela est emprunté aux théories chiites et rafidites et aux doctrines qu'ils exposent dans leurs écrits. C'est Dieu qui guide vers la vérité[A].

Additif.

Je crois utile de rapporter ici un extrait des propos que notre maître, le gnostique, le grand mystique de l'Andalus, Abû Mahdî 'Isâ Ibn az-Zayyât, avait souvent tenus au sujet de ces vers[24] tirés du *Kitâb al-Maqâmât* d'al-Harawî, qui suggèrent et même énoncent quasi ouvertement la théorie de l'unité absolue :

Nul jamais n'exprima l'unité de l'Un,
Car qui l'exprime la nie.
L'unité qu'exprime celui qui Le décrit
Est dualisme[25]*, et l'Un l'annule.*
Seule l'unité qu'Il énonce Lui-même de Lui-même est l'unité.
La description de celui qui Le décrit est déviation.

Notre maître disait, pour la défense d'al-Harawî :

« Les gens ont des difficultés à comprendre comment on peut parler de "négation" à propos de ceux qui affirment l'unité de l'Un, et de "déviation" à propos de ceux qui Le décrivent et énoncent Ses attributs. Ils trouvent ces vers exécrables, attaquent leur auteur et ne lui vouent que du mépris. Quant à nous, nous disons ceci, à la défense de l'opinion de ce groupe de soufis : l'affirmation de l'unité signifie pour eux la négation de l'essence même du commencement à travers l'affirmation de l'essence même de l'éternité. Pour eux, l'être dans sa totalité est une réalité une et un être un. Le grand soufi Abû Sa'îd al-Kharrâz a dit : "Le Vrai est l'essence de ce qui est manifeste et l'essence de ce qui est caché[26]." Les soufis pensent que l'apparition de la pluralité dans cette réalité ou l'existence de la dualité est un produit de l'imagination, les données des sens étant comparables aux ombres, à l'écho, ou aux reflets dans un miroir. Tout ce qui n'est pas l'essence même de l'éternité, si on en poursuit l'examen, s'avère non existant. C'est le sens qu'ils donnent à cette phrase : "Dieu était, et nulle chose avec Lui. Il est maintenant dans le même état où Il était[27]." C'est aussi le sens de ces paroles de Labîd, dont le Prophète a confirmé la vérité :

A. *Cf.* Coran, X, 35 ; XLVI, 30.

Certes, tout, en dehors de Dieu, est vanité[28].

« Ainsi, d'après ces soufis, celui qui déclare l'unité de Dieu et Le décrit parle, en fait : 1. d'un être créé, sujet de la déclaration de l'unité divine, c'est-à-dire lui-même ; 2. d'une déclaration créée de l'unicité divine, c'est-à-dire son action ; 3. d'un être éternel, objet de la déclaration d'unité, c'est-à-dire Celui qu'il adore. On a vu précédemment que l'unité, pour les soufis, signifie la négation de l'essence du commencement. Or, maintenant, l'essence du commencement est affirmée, et même de plusieurs façons différentes. L'unité est donc niée, et la déclaration de l'unicité divine est fausse. C'est comme une personne qui dit à une autre qui se trouve avec elle dans la même pièce : "Il n'y a personne d'autre que toi dans la pièce." Mais l'autre, par sa présence même, lui signifie : "Ceci ne serait vrai que si tu n'existais pas." Un savant rigoureux a dit à propos de la proposition : "Dieu a créé le temps" qu'elle est constituée de termes fondamentalement contradictoires, car la création du temps par Dieu est antérieure au temps, et c'est une action qui doit, par ailleurs, se produire nécessairement dans le temps.

« Tout cela tient au fait qu'il est difficile de rendre les réalités [divines] et que la langue est incapable de contenir et d'exprimer le Vrai. S'il est rigoureusement établi que celui qui déclare l'unité est le même que celui dont l'unité est déclarée et que tout ce qui n'est pas lui est non existant, l'affirmation de l'unité sera véritablement correcte. C'est le sens de cette phrase des soufis : "Dieu seul connaît Dieu."

« On ne doit pas tenir rigueur à celui qui affirme l'unité du Vrai tout en restant attaché à des traces et des vestiges [de la non-unité], car il faut se souvenir que "les bonnes actions des gens pieux sont de mauvaises actions pour ceux qui sont proches de Dieu". Cette attitude est en effet inhérente à la condition d'assujettissement, de servitude et de dualité[29]. Mais, pour celui qui s'est élevé à la station de l'union, elle constitue un défaut ; car il connaît son rang, et il sait que c'est une illusion qu'impose la servitude, mais que la vision peut effacer et dont la souillure peut être lavée par l'essence de l'union. Ceux qui sont les plus fermement attachés à cette opinion sont les gens qui professent l'unité absolue et qui affirment que la connaissance, quel que soit le point de vue auquel on se place, a pour objectif d'atteindre l'Un.

« L'auteur des vers cités n'a émis cette remarque qu'en guise d'encouragement et d'exhortation en vue d'une station plus élevée, où la dualité est supprimée et où l'unité absolue est affirmée essentiellement et non seulement au plan du discours et de l'expression. Celui qui met sa confiance en Dieu[30] jouit du repos ; et celui qui demeure troublé par la réalité [divine] peut trouver un réconfort dans cette parole de Dieu : "Je suis son ouïe et sa vue[31]." Lorsque les concepts sont connus, il n'y a pas lieu de marchander sur les mots. Ce à quoi tout cela mène, c'est à la certitude qu'au-delà de ce stade il y a quelque chose qui échappe au langage et dont on ne peut rien savoir.

« Ces indications suffisent. Vouloir aller plus avant en ces matières serait un voile. C'est ce qui a d'ailleurs conduit aux fameuses déclarations [de certains soufis]. »

Ici s'arrête la citation du maître Abû Mahdî Ibn az-Zayyât. Je l'ai recopiée du livre que le vizir Ibn al-Khatîb a composé sur l'amour et qu'il a intitulé *at-Ta'rîf bi-l-hubb ash-sharîf*[32]. J'ai entendu ces explications plus d'une fois de la bouche de mon maître Abû Mahdî. Mais, à cause du temps passé, j'ai pensé qu'il était plus sûr de me reporter au texte écrit d'Ibn al-Khatîb. C'est Dieu qui donne le succès.

De nombreux juristes et muftis ont entrepris de réfuter ces thèses ou d'autres semblables qui ont été soutenues par les soufis modernes. Ils étendent leur désaveu à tous les aspects de la voie soufie. En vérité, il faut opérer dans les doctrines soufies un certain nombre de distinctions.

En effet, les soufis traitent de quatre sujets. 1. Les combats spirituels, les goûts, les expériences extatiques, et l'examen auquel les soufis soumettent tous leurs actes pour obtenir les goûts, lesquels se transforment en stations, avec une progression d'une station à l'autre, comme on l'a vu. 2. Le retrait du voile et les réalités perceptibles du monde de l'Invisible, comme les attributs divins, le Trône, le Siège, les anges, la révélation, la prophétie, l'esprit, les réalités de tout être, invisible ou visible, l'ordre des choses créées et leur procession de Celui qui les a fait être et les a créées. 3. Les pouvoirs sur les mondes et les choses créées, liés aux différentes sortes de grâces divines. 4. Les expressions extérieurement suspectes qui ont été émises par un grand nombre de soufis éminents. Dans la terminologie soufie, on les appelle *shatahât*, « états d'ivresse ». Leur signification extérieure est difficile à comprendre. Ainsi, tantôt elles ont été rejetées, tantôt approuvées, tantôt interprétées.

Pour ce qui est des combats spirituels, des stations, des goûts et des états extatiques qui en résultent, de l'examen de soi-même auquel se soumet le soufi [pour déceler] les déficiences dans l'accomplissement de ces expériences, c'est un fait que personne ne saurait nier. Les goûts des soufis sont authentiques, et leur réalisation est l'essence du bonheur.

Pour ce qui est des grâces divines dont bénéficient les soufis, des informations qu'ils donnent au sujet des choses de l'Invisible, de leurs pouvoirs sur les choses créées, c'est également un fait authentique qu'on ne saurait désavouer. Certains savants ont tort de les en blâmer. Le maître Abû Ishâq al-Isfarâynî, un des chefs de l'école ash'arite, fonde son désaveu des charismes sur le fait qu'ils pourraient être confondus avec les miracles. Mais les savants sunnites rigoureux font une distinction entre charismes et miracles en recourant à la notion de défi, c'est-à-dire que le miracle doit se produire conformément à ce qui est annoncé [par le Prophète]. La production du miracle, ajoutent-ils, ne peut avoir lieu en accord avec la déclaration d'un imposteur, car le miracle doit logiquement indiquer la vérité. Il a pour caractère propre l'assentiment. S'il était le fait d'un imposteur, il perdrait son caractère propre, ce qui est absurde. Par ailleurs, la réalité des faits témoigne de l'existence de nombreux exemples de charismes. Ceux-ci ne sauraient donc être niés qu'au mépris de la vérité. Il est un fait notoire que les Compagnons du Prophète et des personnalités éminentes parmi les premiers musulmans eurent de nombreux charismes.

Quant aux doctrines soufies relatives au retrait du voile, à la communication des réalités des êtres supérieurs et à l'ordre d'émanation des choses créées, elles renferment, pour la plupart, une certaine ambiguïté, étant donné qu'elles relèvent d'une expérience intérieure. Ceux qui n'ont pas ce genre d'expérience ne sont pas à même de comprendre les goûts des soufis en ces matières. Aucune langue ne peut rendre la signification que ces choses ont pour eux, car les langues n'ont été instituées que pour exprimer les notions courantes, dont la plupart concernent les choses sensibles.

Nous n'avons donc pas à nous occuper de ces doctrines, et nous devons les laisser de côté, comme nous l'avons fait pour les autres exemples d'ambiguïté. Les gens à qui Dieu a accordé le don de comprendre tant soit peu ces expressions soufies, conformément au sens extérieur de la loi, jouissent, certes, d'une grande félicité.

Pour ce qui est enfin des expressions suspectes qu'on appelle *shatahât*, expressions qui suscitent la critique des juristes, il faut dire, pour être équitable, que les soufis vivent dans des états d'absence. Ils sont possédés par leur inspiration et, sous l'influence de celle-ci, ils expriment des choses qu'ils n'avaient pas l'intention de dire. [La loi] ne s'adresse pas aux personnes en état d'absence. Et celui qui agit sous la contrainte est excusable. Les soufis, dont on connaît la vertu et la soumission aux pieux modèles, doivent être considérés comme de bonne foi dans ce domaine comme dans d'autres. Il est difficile d'exprimer des expériences extatiques, parce qu'il n'existe pas de moyens conventionnels de le faire. C'est ce qui arriva à Abû Yazîd al-Bistâmî et à d'autres comme lui. En revanche, si de semblables expressions émanent de personnes qui ne sont pas réputées et connues pour leur mérite, il faut les en blâmer, car rien ne permet d'interpréter leurs propos. On blâmera aussi ceux qui, en pleine lucidité et sans être sous l'emprise d'un état mystique, émettent ce genre d'expressions. C'est pourquoi les juristes et les soufis éminents se prononcèrent pour la mise à mort d'al-Hallâj, car il avait parlé alors qu'il était lucide et avait un plein contrôle de lui-même. Mais Dieu est plus savant.

Les anciens soufis mentionnés dans la *Risâla* — personnalités éminentes de l'islam que nous avions évoquées ci-dessus — ne recherchaient ni le retrait du voile ni ce genre de perceptions. Leur seul souci était de suivre et d'imiter les pieux modèles autant qu'ils pouvaient. S'il leur arrivait de vivre de telles expériences, ils s'en détournaient et ne leur prêtaient aucune attention. Bien au contraire, ils les fuyaient, les considéraient comme des obstacles et des épreuves, et comme des perceptions [ordinaires] de l'âme, créées et produites dans le temps. Ils pensaient aussi que les choses existantes ne se réduisaient pas à ce que l'homme perçoit, que la science de Dieu était plus vaste, Sa création plus étendue, Sa loi plus propre à guider vers la bonne voie. Ils ne disaient rien de ce qu'ils percevaient, et défendaient même qu'on en parlât. À ceux d'entre leurs compagnons qui avaient été favorisés du retrait du voile, ils interdisaient d'en discuter et de s'y arrêter. Ils continuaient eux-mêmes à suivre et à imiter les pieux modèles comme ils le faisaient dans le monde des sens, avant le retrait du voile, et ordonnaient à leurs compagnons d'agir de même. C'est ainsi que doit se conduire un aspirant mystique. C'est Dieu qui donne le succès.

XVII. LA SCIENCE DE L'INTERPRÉTATION DES RÊVES[a]

La science de l'interprétation des rêves fait partie des sciences religieuses[1]. De formation récente en islam, elle est apparue lorsque les sciences sont devenues des arts et que des ouvrages leur ont été consacrés. Les rêves et leur interprétation existaient chez les anciens comme ils existent encore aujourd'hui. Les religions et les nations d'avant l'islam devaient sans doute les connaître, mais rien ne nous est parvenu de leurs ouvrages dans ce domaine[2], où l'on s'est contenté des doctrines des interprètes des rêves musulmans[3]. Quoi qu'il en soit, le rêve est commun à tout le genre humain sans exception, et il doit être interprété.

Joseph, le Véridique, interprétait les rêves, comme on peut le lire dans le Coran[A]. Il est établi dans le *Sahîh* qu'il en allait de même du Prophète et d'Abû Bakr. Le rêve appartient aux perceptions de l'Invisible. Le Prophète a dit : « Le bon rêve est la quarante-sixième partie de la prophétie[4]. » Il a dit aussi : « Il ne reste plus, pour annoncer les bonnes nouvelles, que le bon rêve qu'un homme de bien voit ou qu'on lui fait voir[5]. » La Révélation s'est d'abord manifestée au Prophète par des rêves. Chaque rêve qu'il voyait lui apparaissait comme l'éclat de l'aurore. Lorsque le Prophète terminait sa prière du matin, il interrogeait ses Compagnons : « L'un de vous a-t-il vu un rêve cette nuit ? » Il demandait cela pour en tirer de bons présages quant à la victoire et au renforcement de la religion.

Voici la raison pour laquelle le rêve constitue un lieu pour la perception de l'Invisible[6]. L'esprit du cœur, qui est une vapeur subtile provenant de la cavité du cœur, se

A. *Cf.* Coran, XII.

répand dans les veines et est porté par le sang dans tout le corps. C'est grâce à lui que s'accomplissent les actions et les sensations des facultés animales. Lorsque, à cause des activités de perception des cinq sens et de l'usage des facultés externes, cet esprit ressent de la lassitude et que la surface du corps est enveloppée par le froid de la nuit, il se retire de toutes les régions du corps et gagne son centre, qui est le cœur. Ainsi, il se repose pour être à même de reprendre son activité, et tous les sens externes sont alors inemployés. C'est cela la signification du sommeil, comme nous l'avons déjà indiqué au début de ce livre[7]. Cet esprit du cœur est le véhicule de l'esprit rationnel de l'homme, et l'esprit rationnel perçoit, par son essence, tout ce qui appartient au monde du commandement divin car, en sa réalité et en son essence, il est l'essence même de la perception. Ce qui l'empêche d'appréhender les perceptions de l'Invisible, c'est le voile constitué par les préoccupations du corps, des facultés et des sens. S'il n'y avait pas ce voile, ou s'il parvenait à s'en défaire, il retournerait à sa propre réalité, qui est l'essence de la perception, et appréhenderait tout objet perceptible. Lorsqu'il arrive à s'en défaire partiellement, ses préoccupations deviennent moins pesantes, et il peut entrevoir quelque chose de son propre monde. L'acuité de sa vision dépend du degré auquel il a pu se dégager des obstacles sensoriels. Ainsi, moins absorbé par les sens externes, qui constituent sa plus grande préoccupation, il est prêt à recevoir les perceptions de son propre monde, qui lui conviennent mieux. Après avoir recueilli ces perceptions, il retourne au corps. Car, tant qu'il est dans le corps, il demeure corporel et ne peut agir que par le moyen des facultés perceptives corporelles.

Or, les facultés perceptives corporelles de la connaissance sont des facultés cérébrales, et, parmi celles-ci, c'est l'imagination qui a un rôle actif. En effet, des formes sensibles, elle extrait des formes imaginaires qu'elle transmet à la mémoire. Celle-ci les garde en réserve jusqu'au moment où elles sont utilisées pour la spéculation ou l'argumentation. De ces formes imaginaires, l'âme, à son tour, tire d'autres formes spirituelles et intellectuelles. L'abstraction s'élève ainsi du sensible à l'intelligible, l'imagination jouant un rôle d'intermédiaire. De même, l'âme transmet à l'imagination les perceptions qu'elle puise dans son propre monde, et l'imagination donne aux perceptions une forme adéquate et les renvoie au sens commun. Le dormeur les voit alors comme si elles étaient quelque chose de sensible. Ainsi la perception descend de l'esprit rationnel jusqu'aux sens. Là aussi, l'imagination joue le rôle d'intermédiaire. C'est cela la réalité du rêve.

Cet exposé permet de voir la différence entre le rêve véridique et le rêve confus et mensonger. Dans les deux cas, on a affaire à des formes qui sont dans l'imagination pendant le sommeil. Si ces formes descendent de l'esprit rationnel percevant, ce sont de [bons] rêves ; si elles sont prises parmi les formes qui se trouvent dans la mémoire, où elles ont été déposées par l'imagination pendant l'état de veille, il s'agit alors de rêves confus.

On reconnaît les rêves véridiques à un certain nombre de signes qui en indiquent la véracité et qui témoignent de leur authenticité, de sorte que le rêveur est conscient des bonnes nouvelles que Dieu lui annonce dans son sommeil. Tout d'abord, le rêveur se réveille rapidement après avoir vu le rêve, comme s'il était pressé de revenir au monde des sens en se réveillant, même s'il était profondément endormi. En effet, la perception est si forte qu'il cherche à fuir cet état pour revenir à l'état de la perception sensible où l'âme est immergée dans le corps et ses accidents. Autre signe : cette perception se fixe et persiste, du fait que le rêve s'imprime dans la mémoire du dormeur avec tous les détails, sans être affecté par aucune omission ni oubli. On n'a besoin ni de réfléchir ni de se souvenir pour le rendre présent à l'esprit, mais on l'a encore devant les yeux quand on se réveille, sans rien en perdre. En effet, la perception spirituelle n'a pas lieu dans le temps et n'est pas donnée suivant l'ordre de succession, mais se réalise d'un seul coup, en un instant unique. Au contraire, les rêves confus ont lieu dans le temps, parce qu'ils se produisent dans les facultés cérébrales : l'imagination les extrait de la mémoire et les transmet au sens commun, comme on l'a vu. Toutes les actions du corps ont lieu dans le temps. Elles sont donc soumises à l'ordre de succession au niveau de la perception, avec des choses qui viennent avant et des choses qui viennent après, et sont affectées par l'oubli qui atteint les facultés cérébrales. Ce n'est pas le cas des perceptions de l'âme rationnelle, qui n'ont pas lieu dans le temps et ne sont pas soumises à l'ordre de succession. Les perceptions qui s'impriment dans l'âme rationnelle le font d'un seul coup, en un temps plus rapide que l'éclair. Après le réveil, quand la perception est originairement forte, le rêve reste présent dans le souvenir longtemps après, sans que rien ne puisse en distraire la pensée. Si, au contraire, on ne peut se souvenir du rêve après le réveil qu'à force de réflexion et de concentration, et si on en oublie de nombreux détails avant de s'en souvenir de nouveau, le rêve n'est pas véridique et l'on n'a affaire qu'à un rêve confus.

Ces signes sont caractéristiques de la Révélation. Dieu a dit à son Prophète : « Ne remue point ta langue, en le disant, pour en hâter l'expression. À Nous de le rassembler et de le réciter. Quand Nous le récitons, suis-en la récitation, ensuite, à Nous son exposition[A]. » Le rêve a un rapport avec la prophétie et la Révélation, comme il est établi dans le *Sahîh*[8]. Le Prophète a dit : « Le rêve est la quarante-sixième partie de la prophétie. » Les caractéristiques du rêve ont donc aussi un rapport avec celles de la prophétie dans les mêmes proportions. Cela n'est pas à mettre en doute, car il en est bien ainsi. Dieu crée ce qu'Il veut.

Voici maintenant la signification de l'interprétation. Lorsque l'esprit rationnel a des perceptions qu'il renvoie à l'imagination, celle-ci leur donne une forme qui ne correspond que partiellement à l'idée perçue. Ainsi, par exemple, si l'esprit rationnel perçoit l'idée d'un souverain puissant, l'imagination lui donnera la forme de la mer ; s'il perçoit l'idée d'hostilité, l'imagination lui donnera la forme du serpent. Quand le dormeur se réveille, il ne sait qu'une seule chose, c'est qu'il a vu en rêve la mer ou le serpent. L'interprète examine le rêve en s'aidant de sa faculté de faire des comparaisons, étant certain que la mer est une forme sensible et que ce qui est perçu par le rêveur est au-delà de cette forme. Guidé par d'autres indices qui lui permettent d'identifier l'idée perçue, il dira, par exemple : la mer signifie le souverain, car elle est une créature puissante, à quoi l'on peut valablement comparer le souverain. De même, le serpent peut valablement être comparé à un ennemi, à cause de sa grande nocivité. Les vases peuvent être comparés aux femmes, parce que celles-ci sont des réceptacles.

Il y a des rêves qui sont évidents et qui n'ont pas besoin

A. Coran, LXXV, 16-19.

d'être interprétés, soit parce qu'ils sont clairs et distincts, soit parce qu'il y a une très forte parenté entre l'idée perçue et ce qui sert à la représenter. Ainsi, lit-on dans le *Sahîh* : « Il existe trois sortes de rêves : le rêve qui vient de Dieu, celui qui vient de l'ange et celui qui vient de Satan[9]. » Le rêve qui vient de Dieu est celui qui a une signification évidente et ne demande pas d'interprétation ; celui qui vient de l'ange, c'est le rêve véridique, qui nécessite une interprétation ; celui qui vient de Satan, c'est le rêve confus.

D'autre part, lorsque l'esprit fait parvenir l'idée perçue à l'imagination, celle-ci les coule dans les moules habituels aux sens. Les moules qui n'ont pas déjà été perçus par les sens ne peuvent servir à l'imagination. Ainsi, il n'est pas possible que, pour un aveugle-né, le souverain soit représenté par la mer, l'hostilité par un serpent, les femmes par des vases, car il n'a jamais rien perçu de tel. Pour lui, l'imagination représentera ce genre de choses par des formes qui ont des similitudes et des parentés avec les espèces d'objets qu'il perçoit, en l'occurrence des choses audibles ou des odeurs. L'interprète des rêves doit donc se montrer vigilant en pareils cas. Car, souvent, cela est une cause de confusion dans l'interprétation et de corruption des règles de celle-ci.

La science de l'interprétation des rêves est fondée sur la connaissance de règles universelles dont l'interprète se sert pour expliquer et interpréter les rêves qui lui sont racontés. Il dira, par exemple, que la mer représente le souverain ; dans un contexte différent, il dira qu'elle représente la colère ; dans un autre contexte encore, il dira qu'elle représente le souci ou le malheur. Il dira du serpent qu'il représente l'ennemi ; et dans des contextes différents, il dira que c'est quelqu'un qui cache un secret, ou que c'est la vie, etc.

L'interprète apprend donc ces règles universelles et, dans chaque contexte, suivant les indices dont il dispose, il choisit les règles les plus appropriées pour interpréter tel ou tel rêve. Les indices peuvent être tirés soit de l'état de veille, soit du sommeil. Ou bien, ils sont puisés dans l'âme de l'interprète grâce à une disposition particulière, innée en lui.

Chacun réussit dans ce pour quoi il a été créé.

La science des rêves était très en vogue parmi les premiers musulmans. Muhammad Ibn Sîrîn fut un des savants les plus célèbres dans ce domaine. Un certain nombre de règles furent écrites sous son autorité et ont été transmises jusqu'à notre époque. Après lui, al-Kirmânî[10] composa des ouvrages sur le même sujet. Puis il y eut les auteurs modernes, qui ont beaucoup écrit en cette matière. De nos jours, les ouvrages les plus courants au Maghreb sont le *Mumti'* et d'autres livres d'Ibn Abî Tâlib al-Qirawânî, un savant de Kairouan, et *al-Ishârat* d'as-Sâlimî, un ouvrage des plus utiles et des plus succincts en cette matière. Il faut également citer *al-Marqabâ al-'ulyâ* d'Ibn Râshid, un de nos maîtres de Tunis.

La science de l'interprétation des rêves brille de la lumière de la prophétie, à cause du rapport qui existe entre le rêve et la prophétie, et du fait que le rêve avait fait partie de la Révélation du Prophète, comme il est établi dans le *Sahîh*.

« Dieu connaît bien les mystères[A]. »

XVIII. LES DIFFÉRENTES SORTES DE SCIENCES RATIONNELLES

Les sciences rationnelles sont naturelles à l'homme en tant qu'il est doué de la pensée. Elles ne sont pas l'apanage d'une religion particulière. Au contraire, elles sont étudiées par les adeptes de toutes les religions, lesquels sont également aptes à les apprendre et à entreprendre des recherches sur celles-ci. Elles existent dans l'espèce humaine depuis que la civilisation est apparue dans le monde. On les appelle les « sciences de la philosophie et de la sagesse ». Elles sont au nombre de quatre.

On trouve, en premier lieu, la science de la logique. Elle protège l'esprit contre l'erreur au cours de la découverte des objets inconnus à partir de ce qui a eu lieu et est connu. Elle permet au chercheur de distinguer le vrai du faux dans l'examen qu'il fait des concepts et des assentiments[1], essentiels et accidentels[a] ; ainsi, il peut établir la vérité des choses existantes, négativement ou positivement, dans les limites de sa pensée.

On trouve ensuite, d'un côté, l'étude des choses sensibles, corps élémentaires et corps engendrés à partir de ceux-ci, tels que les minéraux, les végétaux, les animaux,

A. Coran, IX, 78.

les corps célestes, les mouvements naturels, et, de l'autre côté, l'étude de l'âme qui est à l'origine des mouvements. Cette discipline est appelée la « physique ». C'est la deuxième des sciences rationnelles.

Puis vient l'étude des choses qui sont au-delà de la nature, et qui appartiennent aux essences spirituelles. C'est ce qu'on appelle la « métaphysique ». C'est la troisième des sciences rationnelles.

La quatrième science, enfin, est celle qui étudie les grandeurs. Elle comprend quatre sciences différentes, appelées « sciences mathématiques ».

La première de ces sciences est la géométrie. C'est l'étude des grandeurs en général. Celles-ci sont soit discontinues, du fait qu'elles sont dénombrables, soit continues. Les grandeurs continues sont d'une seule dimension : c'est la ligne ; de deux dimensions : c'est la surface ; ou de trois dimensions : c'est le corps mathématique. Ces grandeurs, et leurs attributs, sont étudiées soit en elles-mêmes, soit dans leurs rapports les unes avec les autres.

La deuxième est la science de l'arithmétique. C'est la connaissance de ce qui affecte la quantité discontinue — c'est-à-dire le nombre — de ses propriétés et de ses attributs.

La troisième est la science de la musique. C'est la connaissance des rapports des sons et des modes et de leur mesure numérique. Son fruit est la connaissance des mélodies du chant[2].

La quatrième est la science de l'astronomie. Elle détermine les formes des sphères, recense leurs positions et leur multiplicité pour chaque planète et étoile fixe, et permet de connaître toutes ces choses d'après les mouvements observables de chacune de ces sphères, de leurs rétrogradations et de leurs mouvements directs, de leur précession et de leur récession.

Ce sont là les principales sciences philosophiques. Elles sont au nombre de sept. On peut citer d'abord la logique, qui vient en premier. Elle est suivie des mathématiques, avec l'arithmétique, la géométrie, l'astronomie et la musique. Puis on peut citer la physique, et enfin la métaphysique. Chacune de ces sciences a des subdivisions. Parmi les subdivisions de la physique, on trouve la médecine ; parmi celles de la science des nombres, le calcul, les droits successoraux, les transactions ; parmi celles de l'astronomie, les tables astronomiques. Celles-ci donnent les lois de calcul des mouvements des astres et de leurs positions moyennes ; ainsi, on peut déterminer leurs positions quand on le désire. Parmi les branches de l'étude des astres il y a l'astrologie.

Nous traiterons successivement de toutes ces sciences.

De tous les peuples dont nous connaissons l'histoire, ceux qui ont le plus cultivé ces sciences sont les deux grandes nations préislamiques des Perses et des Rum[3]. D'après les informations qui nous sont parvenues, les sciences étaient très en honneur chez elles, car elles avaient une civilisation florissante, et c'étaient elles qui gouvernaient le monde juste avant l'islam et au moment de son avènement. Dans leurs différentes régions et cités, les sciences étaient très prospères.

Les Chaldéens et, avant eux, les Syriens, comme leurs contemporains les Égyptiens, s'intéressaient beaucoup à la magie, à l'astrologie ainsi qu'aux différents types d'influences liées à ces dernières, et aux talismans. C'est auprès d'eux que les autres nations, comme les Perses et les Grecs, apprirent ces choses. Les Égyptiens s'étaient particulièrement distingués en ces matières, qui avaient connu un grand développement chez eux. Ce fait peut être illustré par ce que dit le Coran de l'histoire de Hârût et de Mârût et des magiciens[A], ainsi que par ce que rapportent les savants au sujet des temples de Haute-Égypte. Plus tard, les religions successives déclarèrent illicites ces pratiques et les interdirent. Les sciences qui s'occupaient de ces choses disparurent complètement, comme si elles n'avaient jamais existé, à l'exception de quelques vestiges que se transmettent ceux qui pratiquent ces arts. Mais Dieu seul en connaît le degré d'authenticité. Cependant, le glaive de la loi reste suspendu au-dessus d'elles et empêche que les gens les choisissent [comme objet d'étude].

Chez les Perses, les sciences rationnelles jouaient un rôle très important et étaient largement développées, car les dynasties perses étaient puissantes et leur pouvoir ininterrompu. On dit que c'est par eux que ces sciences parvinrent aux Grecs, lorsque Alexandre tua Darius et s'empara du

A. *Cf.* Coran, II, 102.

royaume achéménide. Il s'appropria alors les ouvrages et les sciences des Perses. Cependant[b], quand les musulmans eurent conquis la Perse et mis la main sur une quantité innombrable de livres et d'écrits scientifiques, Sa'd Ibn Abî Waqqâs écrivit à 'Umar Ibn al-Khattâb pour lui demander des ordres au sujet de ces ouvrages et de leur transfert aux musulmans. 'Umar lui répondit : « Jette-les à l'eau. Si leur contenu indique la bonne voie, Dieu nous a donné une direction meilleure. S'il indique la voie de l'égarement, Dieu nous en a préservés. » Ces livres furent donc jetés à l'eau ou au feu, et c'est ainsi que les sciences des Perses furent perdues et ne purent parvenir jusqu'à nous.

Parmi les Rum, les Grecs furent les premiers à avoir un État, et les sciences rationnelles occupèrent une grande place chez eux. Elles étaient cultivées par des personnalités grecques célèbres, à l'exemple des Piliers de la sagesse et d'autres. Les péripatéticiens, et plus particulièrement les stoïciens, s'étaient distingués par une excellente méthode d'enseignement. On dit qu'ils étudiaient sous un portique qui les protégeait du soleil et du froid. Il y eut chez eux, assure-t-on, une chaîne d'autorités en matière d'enseignement qui, depuis le sage Luqmân et ses disciples, se prolongea jusqu'à Socrate au tonneau[4], puis à Platon, l'élève de Socrate, puis aux élèves d'Aristote, Alexandre d'Aphrodisias et Thémistius, et à d'autres.

Aristote fut le précepteur d'Alexandre, le roi des Grecs qui défit les Perses et leur arracha le pouvoir. Aristote était le savant grec le plus versé dans les sciences rationnelles, et le plus illustre. On l'appelait le « Premier Maître ». Sa réputation était universelle.

Après la destruction de la puissance grecque, le pouvoir passa aux empereurs romains, qui adoptèrent la religion chrétienne et abandonnèrent les sciences rationnelles, comme l'exigent les religions et les lois religieuses. Mais ces sciences purent être conservées grâce aux recueils où elles étaient consignées, et ceux-ci furent préservés dans leurs bibliothèques.

Plus tard, [les empereurs romains] s'emparèrent de la Syrie, et ces ouvrages scientifiques continuèrent à être préservés. Puis Dieu apporta l'islam. Les musulmans remportèrent leur victoire incomparable [sur les autres peuples], et les Rum furent au nombre des nations auxquelles ils arrachèrent le pouvoir. Au début, les musulmans gardèrent leur simplicité et marquèrent peu d'intérêt pour les arts. Mais, bientôt, leur puissance et leur État se développèrent. Ils eurent une civilisation urbaine plus prospère que celle de toute autre nation, cultivèrent une grande variété d'arts et de sciences, et désirèrent connaître ces sciences philosophiques. En effet, ils en avaient eu des échos par les évêques et les prêtres chrétiens qui faisaient partie de leurs sujets. En outre, ils furent poussés à les rechercher en raison de l'aspiration de la pensée humaine à ce genre de sciences. Abû Ja'far al-Mansûr demanda à l'empereur byzantin de lui envoyer des traductions d'ouvrages de mathématiques. L'empereur lui fit parvenir le *Livre* d'Euclide et quelques ouvrages de physique. Les musulmans les étudièrent et prirent connaissance de leur contenu. Alors, ils désirèrent encore plus ardemment connaître le reste de ces sciences. Plus tard vint al-Ma'mûn. Cultivant lui-même les sciences, il avait un grand désir d'apprendre. Il s'enthousiasma pour ces matières et envoya des ambassadeurs auprès des empereurs de Byzance pour rechercher les sciences grecques et les mettre en arabe. À cet effet, il envoya aussi des traducteurs. Ainsi, on put collecter et recueillir toutes ces sciences.

Les savants musulmans se livrèrent alors à l'étude de ces sciences. Ils devinrent habiles dans leurs diverses branches et y poussèrent très loin leurs recherches. Ils contredirent de nombreuses opinions du Premier Maître et, en raison de sa réputation, se référèrent exclusivement à son autorité pour l'acceptation ou le refus de toute opinion. Ils écrivirent des traités systématiques sur ces sujets et surpassèrent leurs prédécesseurs dans ces sciences.

Parmi les plus grands d'entre eux, on peut citer Abû Nasr al-Fârâbî et Abû 'Alî Ibn Sînâ, en Orient, le cadi Abû l-Walîd Ibn Rushd et le vizir Abû Bakr Ibn as-Sâ'igh, en Andalus, ainsi que d'autres qui sont parvenus au plus haut niveau des sciences rationnelles. Ces savants sont les plus célèbres et les plus prestigieux.

Beaucoup de savants se sont bornés à cultiver les mathématiques et d'autres disciplines associées, comme l'astrologie, la magie et les talismans. Les savants les plus célèbres en ces matières furent Jâbir Ibn Hayyân, en Orient, Maslama al-Majrîtî et ses disciples, en Andalus.

Ainsi, ces sciences et leurs représentants ne manquèrent pas d'exercer une certaine influence sur l'islam. Beaucoup de gens, captivés, se penchèrent sur l'étude de ces sciences et en adoptèrent les opinions. La faute retombe, en cela, sur ceux qui l'ont commise. « Si Dieu l'avait voulu, ils ne l'auraient pas fait[A]. »

Lorsque le vent de la civilisation eut cessé de souffler sur le Maghreb et sur l'Andalus et que le déclin de la civilisation entraîna celui des sciences, les sciences rationnelles disparurent, à l'exception de quelques vestiges qu'on peut rencontrer encore chez un petit nombre de personnes isolées, soumises à la surveillance des autorités de la Sunna.

D'après les informations qui nous parviennent de l'Orient, ces sciences restent encore prospères dans cette région, en particulier dans l'Irak non arabe et plus à l'est, en Transoxiane. On dit que les gens, dans ces pays, cultivent avec succès les sciences rationnelles et traditionnelles, en raison de la prospérité de leur civilisation et de la solidité de leur culture urbaine.

En[d] Égypte, j'ai pris connaissance des nombreux ouvrages en sciences rationnelles[5] d'un grand savant de Herât, au Khurâsân, du nom de Sa'd ad-dîn at-Taftazânî. Certains de ces travaux se rapportent à la théologie, aux fondements du droit et à la rhétorique, et témoignent d'une grande compétence en ces matières. On y trouve des indices qui prouvent que l'auteur a une bonne connaissance des sciences philosophiques et qu'il est très versé dans toutes les disciplines rationnelles. « Dieu assiste qui Il veut[B]. »

De même, nous avons appris que, à notre époque, les sciences philosophiques connaissent une grande prospérité dans le pays des Francs, dans la région de Rome et dans les contrées voisines de la rive nord. On y assiste, dit-on, au renouvellement de ces sciences, qui sont enseignées dans de nombreux cours, font l'objet de traités systématiques, comptent de nombreux connaisseurs et attirent une foule d'étudiants. Mais Dieu sait mieux ce qui se passe dans ces régions. « Il crée ce qu'Il veut et choisit ce qui est le meilleur[C]. »

A. Coran, VI, 137. ◆ B. Coran, III, 13. ◆ C. Coran, XXVIII, 68.

XIX. LES SCIENCES DES NOMBRES

La première de ces sciences eﬆ l'arithmétique. C'eﬆ la science des propriétés des nombres, combinés en progression arithmétique ou géométrique.

Par exemple : dans une progression arithmétique, où chaque nombre dépasse le nombre précédent d'un nombre conﬆant, la somme des deux termes extrêmes de la progression eﬆ égale à la somme de deux nombres quelconques qui sont à égale diﬆance de ces deux extrêmes.

Autre exemple : la somme des termes extrêmes d'une progression eﬆ égale au double du terme moyen de la progression, lorsque le nombre total des nombres de la progression eﬆ impair. C'eﬆ le cas d'une progression de nombres pairs ou de nombres impairs.

Autre exemple : si les nombres d'une progression [géométrique] sont tels que le premier soit la moitié du deuxième, le deuxième la moitié du troisième, et ainsi de suite, ou bien que le premier soit le tiers du deuxième, le deuxième le tiers du troisième, et ainsi de suite, le produit de la multiplication du premier terme par le dernier de la progression eﬆ égal à celui de la multiplication de deux quelconques des nombres de la progression qui sont respeﬆivement à égale diﬆance du premier et du dernier terme.

Autre exemple : le produit de la multiplication du premier nombre par le dernier nombre d'une progression géométrique, lorsque le nombre des termes de la progression eﬆ impair, eﬆ égal au carré du terme moyen de la progression, comme les nombres pairement pairs successifs à partir de deux, puis quatre, puis huit, puis seize.

Il y a aussi l'exemple des propriétés des nombres qui concernent les triangles, les carrés, les pentagones et les hexagones numériques, disposés successivement selon leurs rangs. On additionne les nombres de un jusqu'au dernier nombre, et l'on a ainsi leur nombre triangulaire. Les nombres triangulaires se succèdent ainsi sur une ligne sous les côtés. À chaque triangle numérique on ajoute le triangle numérique formé à partir du côté qui le précède. On a ainsi le carré numérique qui lui correspond. À chaque carré numérique, on ajoute le triangle numérique formé à partir du côté qui le précède. On a ainsi le pentagone qui lui correspond, et ainsi de suite. On a ainsi des figures qui se succèdent suivant la succession des côtés. On obtient un tableau avec des colonnes et des lignes. Horizontalement, on a les nombres dans leur succession (1, 2, 3, etc.), puis les triangles dans leur succession, puis les carrés, puis les pentagones, et ainsi de suite. Les colonnes contiennent tous les nombres et leurs figures, quelles qu'elles soient. Les résultats de l'addition et de la division de ces nombres par d'autres, verticalement et horizontalement, révèlent des propriétés remarquables, qui en ont été tirées par induction. Les problèmes qui leur sont liés ont été établis dans les traités [d'arithmétique].

Il en est de même des propriétés particulières en relation avec les nombres pairs, les nombres impairs, les nombres pairement pairs, les nombres pairs-impairs, les nombres pairement pairs-impairs. Ils ont tous des propriétés particulières qui sont traitées dans cette discipline et nulle part ailleurs.

Cette discipline constitue la première partie des mathématiques et la plus évidente. On s'en sert dans les démonstrations du calcul. Les philosophes anciens et modernes lui ont consacré des ouvrages, mais la plupart en traitent avec les mathématiques en général et ne lui consacrent pas de monographies. C'est ce que fit Ibn Sînâ dans son *Kitâb ash-Shifâ'* et dans son *Kitâb an-najât*, ainsi que d'autres auteurs anciens. Les auteurs modernes ne s'y intéressent guère. Cette discipline n'est cultivée [aujourd'hui] et n'est utile que dans les démonstrations et non dans le calcul. Aussi l'a-t-on délaissée, après en avoir extrait la quintessence en relation avec les démonstrations du calcul, comme l'a fait, par exemple, Ibn al-Bannâ' dans son *Raf' al-hijâb*, ainsi que d'autres auteurs.

Dieu est plus savant.

L'art du calcul[1].

Parmi les subdivisions de la science des nombres se trouve l'art du calcul. C'est un art pratique qui consiste à faire le calcul avec les nombres par réunion ou séparation. La réunion s'effectue en ajoutant des unités, c'est l'addition ; ou en augmentant un nombre autant de fois qu'il y a d'unités dans un autre nombre, c'est la multiplication. La séparation s'effectue en ôtant un nombre d'un autre pour en connaître le reste, c'est la soustraction ; ou en divisant un nombre en un nombre déterminé de parties égales, c'est la division.

La réunion et la séparation concernent aussi bien les nombres entiers que les fractions. La fraction est le rapport d'un nombre à un autre. Ce rapport est appelé « fraction ». Les mêmes opérations peuvent concerner les racines. La racine[2] est un nombre qui, multiplié par lui-même, produit un nombre qui est son carré.

Les nombres qui sont exprimables sont appelés « rationnels » ; et il en est de même pour leurs carrés. Ils ne requièrent aucune opération particulière de calcul. Les nombres qui ne sont pas exprimables sont appelés « sourds ». Leurs carrés sont soit rationnels, comme par exemple la racine de trois, dont le carré est trois ; soit sourds, comme la racine de la racine de trois, dont le carré est la racine de trois, qui est sourd. Ils requièrent une opération particulière de calcul[a]. Ces racines font également l'objet des opérations de réunion et de séparation.

Cet[b] art du calcul est de formation récente. On s'en sert dans les opérations relatives aux transactions. On a écrit là-dessus de nombreux traités, qui sont enseignés aux enfants dans les villes. Les citadins considèrent que la meilleure méthode d'instruction est de commencer par le calcul, parce qu'il constitue une connaissance claire et que ses démonstrations sont bien ordonnées. Il en résulte généralement un esprit clair, entraîné à voir juste. On dit que celui qui s'applique à apprendre le calcul dès son jeune âge devient en général véridique, car c'est une discipline solidement construite qui exige un examen de soi [rigoureux]. Ces attitudes deviennent comme un trait de caractère. On s'habitue ainsi à la vérité et on en fait une religion.

Dans le Maghreb contemporain, un des meilleurs ouvrages de calcul de niveau simple est le petit livre d'al-Hassâr. Ibn al-Bannâ' al-Murrâkushî a également écrit un résumé précis et utile sur les règles de calcul[3]. Il en a fait un commentaire dans un ouvrage intitulé *Raf' al-hijâb*, qui est difficile pour les débutants à cause des démonstrations rigoureuses qu'il renferme. C'est un livre de valeur, dont nos maîtres faisaient grand cas et qui mérite les louanges qu'on en a faites[c]. L'auteur y suit le *Kitâb fiqh al-hisâb* d'Ibn Mun'im et le *Kâmil* d'al-Ahdab. Il résume les démonstrations contenues dans ces deux ouvrages et remplace les lettres [ou les chiffres] qui y sont utilisées par des explications claires qui en donnent la quintessence. Ces explications sont très difficiles.

La difficulté tient aux démonstrations, comme c'est habituellement le cas en mathématiques. En effet, tous les problèmes et toutes les opérations des mathématiques sont clairs, mais le commentaire, c'est-à-dire le fait de donner les raisons de ces opérations, présente des difficultés plus grandes pour la compréhension que la résolution des problèmes.

Dieu guide de Sa lumière qui Il veut[A].

L'algèbre.

L'algèbre est une autre branche du calcul (*hisâb*). C'est un art qui permet d'extraire un nombre inconnu à partir d'un nombre donné et connu, lorsqu'il existe entre eux un rapport qui le requiert. On a adopté, dans cette discipline, des termes techniques particuliers pour les diverses puissances de l'inconnue. Le premier est le « nombre » : grâce à lui, on détermine l'inconnue recherchée, en la déduisant du rapport qu'elle a avec lui. Le deuxième est la « chose », car toute inconnue, de par son caractère inconnu, est quelque chose. On dit aussi la « racine », car le même élément doit être multiplié par lui-même dans [les équations] du second degré. Le troisième est le *mâl*. C'est le carré de l'inconnue. Au-delà, tout dépend des exposants des deux éléments que l'on multiplie.

Ensuite, il y a l'opération liée au problème. On aboutit à une équation entre deux éléments ou plus parmi ceux mentionnés plus haut. On les restaure les uns par les autres et on les rend entiers. Les degrés [de l'équation] sont réduits aux exposants les plus bas possible. On aboutit ainsi aux trois éléments de base de l'algèbre, à savoir : le nombre, la chose et le *mâl*.

Quand l'équation est entre un terme et un terme, [la valeur de l'inconnue] est déterminée. La valeur du *mâl* ou de la racine est déterminée si elle est en équation avec un nombre. Un *mâl* en équation avec des racines est déterminé par les multiples de ces racines.

Quand l'équation est entre un terme et deux termes, il y

A. *Cf.* Coran, XXIV, 35.

a une solution géométrique en multipliant les deux termes du côté inconnu de l'équation. Cette multiplication détermine [la valeur de l'équation]. Les équations entre deux termes d'un côté et deux termes de l'autre[4] ne sont pas possibles.

[Selon les algébristes], il y a au plus six équations. En effet, les équations simples ou composées entre nombre, racine et *mâl* sont au nombre de six.

Le premier auteur à écrire sur cette discipline fut Abû Abd 'Allâh al-Khuwârizmî, suivi d'Abû Kâmil Shujâ' Ibn Aslam. Puis les savants marchèrent sur les traces de ce dernier. Son livre sur les six problèmes de l'algèbre est un des meilleurs ouvrages en la matière. De nombreux savants andalous en ont fait de bons commentaires, dont un des meilleurs est celui d'al-Qurashî.

Nous avons appris qu'un certain grand mathématicien de l'Orient a dépassé le nombre de six équations et est arrivé à plus de vingt espèces. Pour toutes ces équations, il a trouvé des solutions rigoureuses basées sur des démonstrations géométriques.

Dieu « ajoute à la création ce qu'Il veut[A] ».

Les transactions.

Les transactions constituent une autre subdivision de l'arithmétique (*hisâb*[5]). C'est une discipline où l'on applique l'arithmétique aux transactions que font les gens dans les villes : achats et ventes, [mesure des] superficies, [calcul des] aumônes légales, et toutes autres opérations où on a affaire à des nombres. On se sert des deux techniques de l'arithmétique où on traite des inconnues et des connues, des fractions, des entiers, des racines, etc.

Le but des nombreux problèmes qui y sont posés est de procurer [à l'élève] entraînement et expérience grâce à des exercices répétés, jusqu'à ce qu'il acquière un habitus solide dans l'art de l'arithmétique.

Les spécialistes andalous de l'art de l'arithmétique ont écrit de nombreux ouvrages sur ce sujet, dont les plus célèbres sont les *Transactions* d'az-Zahrâwî, d'Ibn as-Samh et d'Abû Muslim Ibn Khaldûn, qui étaient des élèves de Maslama al-Majrîtî, ainsi que d'autres.

A. Coran, XXXV, 1.

Les lois successorales.

Les[d] lois successorales constituent encore une autre branche de l'arithmétique. C'est un art basé sur le calcul, qui consiste à déterminer exactement les parts des héritiers dans une succession. Les parts d'héritage peuvent être nombreuses, un des héritiers peut mourir et ses parts être redistribuées à ses propres héritiers. Ou bien les parts individuelles, une fois comptées et additionnées, peuvent excéder le montant total de la succession. Ou encore, un héritier peut affirmer l'existence d'un autre héritier que ses cohéritiers nient, ou vice versa. Tout cela requiert un procédé permettant de déterminer correctement le nombre de parts dans la succession et la quote-part des héritiers de chaque branche, de sorte que les héritiers puissent obtenir les proportions de biens qui correspondent aux parts qui leur reviennent sur l'ensemble de la succession.

Ainsi, l'art du calcul intervient pour une grande part dans cette discipline où on a affaire aux entiers, aux fractions, aux racines, aux connues et aux inconnues, et qui suit l'ordre des chapitres et des problèmes des lois successorales.

Cette discipline comprend donc une part de la science du droit, à savoir les lois sur l'héritage relatives aux parts légales, à l'ajustement des quotes-parts, à la reconnaissance ou au refus des héritiers, aux testaments, à l'affranchissement posthume, etc., et une part de calcul, puisqu'il faut déterminer correctement le nombre des parts, en accord avec les dispositions du droit.

C'est une des sciences les plus importantes. Ceux qui la cultivent citent un certain nombre de traditions du Prophète qui témoignent de cette importance. Par exemple : « Les lois successorales constituent le tiers de la science et en sont la partie qui disparaît la première. » Mais, comme on l'a vu[6], je pense que, d'après le sens explicite de ces traditions, il s'agit des obligations individuelles et non des lois sur les quotes-parts d'héritage. Celles-ci sont loin de constituer quantitativement le tiers de la science, alors que les obligations individuelles sont très nombreuses.

On a beaucoup écrit sur cette discipline, aux époques anciennes et récentes, et on a épuisé le sujet. Parmi les meilleurs ouvrages malikites en la matière, on peut citer le livre d'Ibn Thâbit, le *Mukhtasar* du cadi Abû l-Qâsim al-Hawfî, les livres d'Ibn al-Munammar, d'al-Ja'dî, d'az-Zawdî ainsi que d'autres auteurs. Cependant, l'auteur le plus éminent est al-Hawfî, et son ouvrage passe avant tous les autres. Il a fait l'objet d'un commentaire exhaustif de la part de notre maître Abû 'Abd Allâh Muhammad Ibn Sulaymân as-Sattî, la plus haute autorité de la ville de Fès[e]. Imam al-Haramayn a également écrit sur ce sujet de nombreux ouvrages du point de vue shafi'ite, qui montrent l'étendue et la solidité de ses connaissances. De même, les hanafites et les hanbalites ont beaucoup écrit là-dessus.

Les hommes occupent dans les sciences des rangs divers. « Dieu guide qui Il veut[A]. »

XX. LES SCIENCES GÉOMÉTRIQUES[a]

Cette science étudie les grandeurs qui sont soit continues, comme les lignes, les surfaces, les solides, soit discontinues, comme les nombres. Elle étudie également les accidents essentiels qui les affectent. Par exemple :

Les angles d'un triangle sont égaux à deux angles droits ;

Deux parallèles ne se rencontrent jamais, même si elles s'étendent à l'infini ;

Lorsque deux lignes droites se coupent, les angles opposés sont égaux ;

Lorsqu'on a quatre quantités proportionnelles, le produit de la multiplication de la première par la troisième est égal à celui de la deuxième par la quatrième, ainsi de suite.

L'ouvrage grec en cette matière, qui a été traduit en arabe, est le *Livre* d'Euclide. Il est appelé *Kitâb al-usûl wa-l-arkân*, le *Livre des Éléments*. C'est un livre du niveau le plus simple, qui s'adresse aux étudiants. C'est le premier ouvrage grec à être traduit en arabe par les musulmans, sous le règne d'Abû Ja'far al-Mansûr. Il en existe diverses recensions qui diffèrent suivant les traducteurs, comme celles de Hunayn Ibn Ishâq, de Thâbit Ibn Qurra et de Yûsuf Ibn al-Hajjâj[1].

Le *Livre* d'Euclide comprend quinze sections : quatre sur les surfaces, une sur les grandeurs proportionnelles, une sur les rapports des surfaces entre elles, trois sur les

A. Coran, II, 142.

nombres, la dixième sur les [grandeurs] rationnelles et les [grandeurs] qui ont pouvoir sur les rationnelles[2], c'est-à-dire les racines, et cinq sur les solides. Il existe de nombreux abrégés du *Livre* d'Euclide. Ainsi, par exemple, Avicenne lui a consacré une monographie dans la partie de son *Shifâ'* où il traite des mathématiques. Ibn as-Salt en a également donné un abrégé dans son *Kitâb al-iqtisâr*, et d'autres auteurs en ont fait autant. De nombreux savants en ont fait des commentaires. Il constitue la base des sciences géométriques en général.

La géométrie apporte à celui qui la cultive de la clarté d'esprit, et l'aide à penser de façon rigoureuse, car toutes les démonstrations y sont clairement agencées et bien ordonnées. L'erreur affecte rarement ses raisonnements, à cause de leur ordre et de leur clarté. L'esprit de celui qui pratique la géométrie commet moins de fautes, et cette situation retentit sur le développement de son intelligence. On prétend que la porte de Platon portait cette inscription : « Que nul n'entre dans notre maison s'il n'est géomètre[3]. »

Nos maîtres disaient : « La pratique de la géométrie est à la pensée ce que le savon est au vêtement, dont il lave les souillures et nettoie les saletés et les taches. » Cela est dû à l'ordre et à la clarté de cette science, comme on l'a vu.

Figures sphériques et sections coniques.

Parmi les subdivisions de cette discipline, on compte la géométrie des figures sphériques et des sections coniques. Deux ouvrages grecs traitent des figures sphériques, celui de Théodose et celui de Ménélaüs sur les surfaces et les sections [de ces figures]. Le livre de Théodose est enseigné avant celui de Ménélaüs, parce que de nombreuses démonstrations du second dépendent du premier. Mais tous les deux sont nécessaires à celui qui veut étudier l'astronomie, car les démonstrations de cette science sont fondées sur ces deux livres. En effet, l'astronomie est entièrement consacrée aux sphères célestes et aux sections et cercles qui résultent de leurs mouvements, comme nous le verrons plus loin. Elle dépend donc de la connaissance des lois relatives aux surfaces et aux sections des figures sphériques.

La science qui a pour objet les sections coniques est également une branche de la géométrie. C'est une science qui étudie les figures et les sections des cônes. Elle démontre les propriétés des cônes en se servant de preuves géométriques qui dépendent de la géométrie élémentaire. Elle est utile dans les arts pratiques où on a affaire à des corps, comme la menuiserie ou l'architecture. Elle montre comment on fabrique des statues extraordinaires et des édifices rares, comment on use d'artifices pour déplacer des fardeaux et transporter de grands objets à l'aide de machines, de treuils et d'autres choses semblables.

Un spécialiste de cette discipline a consacré une monographie à la mécanique[4]. Cet ouvrage renferme les choses les plus extraordinaires au sujet de certains arts étranges et de certains artifices curieux, qui sont ce qu'il y a de plus extraordinaire en cette matière. Il est souvent difficile à comprendre, à cause de la complexité de ses démonstrations géométriques. On en trouve encore des copies en circulation. On l'attribue aux Banû Shâkir.

L'arpentage.

L'arpentage est encore une branche de la géométrie. On s'en sert pour arpenter la terre : on mesure un terrain donné en empans, coudées ou autres unités, ou bien on détermine le rapport entre deux terrains mesurés de cette façon. L'arpentage est nécessaire pour fixer l'impôt foncier sur les fermes, les champs et les plantations, ainsi que pour déterminer les parts des enclos et des terres entre associés ou héritiers, etc.

Il existe sur ce sujet beaucoup de bons traités.

L'optique.

C'est encore une autre branche de la géométrie. C'est une science qui explique les causes des erreurs de la perception visuelle à partir de la connaissance de la manière dont celles-ci se produisent. On se base sur le fait que la perception visuelle a lieu suivant un cône formé de rayons, qui a pour sommet le point de vision et pour base l'objet vu. Il se produit souvent des erreurs, en ceci que les objets rapprochés apparaissent grands et les objets éloignés petits ; les petits objets apparaissent grands sous l'eau ou derrière des corps transparents ; les gouttes de pluie paraissent former une ligne droite et la flamme un cercle ; etc. Cette science explique à l'aide de démonstrations géométriques pourquoi et comment tout cela se produit. Elle explique aussi la différence de visibilité de la Lune selon la latitude, laquelle permet également de déterminer la nouvelle Lune et les éclipses, ainsi que bien d'autres choses de ce genre.

Beaucoup d'auteurs grecs ont écrit sur ce sujet. Parmi les auteurs musulmans, le plus célèbre est Ibn al-Haytham. Il y a aussi d'autres savants musulmans qui ont écrit sur le sujet. L'optique est une branche des mathématiques.

XXI. L'ASTRONOMIE

C'est une science qui étudie les mouvements des étoiles fixes et des planètes. En se fondant sur la manière dont se produisent ces mouvements, l'astronomie déduit, par des méthodes géométriques, l'existence de certaines formes et positions des sphères d'où résultent nécessairement ces mouvements perceptibles par les sens. Elle démontre également, par l'existence de la précession des équinoxes, que le centre de la Terre est différent de celui de la sphère du Soleil. D'autre part, par les mouvements rétrogrades et directs des astres, elle prouve l'existence de petites sphères qui portent ces astres et qui se meuvent à l'intérieur de leurs grandes sphères. Par le mouvement des étoiles fixes, elle prouve l'existence de la huitième sphère. Elle prouve également que chaque étoile a une multiplicité de sphères, en se fondant sur le fait qu'elle a une multiplicité de déclinaisons. Et on y trouve bien d'autres choses semblables.

Seule l'observation astronomique permet de connaître les mouvements existants, comment ils ont lieu et leurs diverses espèces. C'est par ce moyen seulement que nous connaissons la précession des équinoxes, l'ordre des sphères, ainsi que les mouvements rétrogrades et directs [des astres] et d'autres choses semblables. Les Grecs accordaient beaucoup d'importance à l'observation astronomique. Ils utilisaient des instruments spécialement conçus pour l'observation de tel ou tel astre. Ils les appelaient des sphères armillaires. L'art de les construire et la démonstration du fait que leur mouvement correspond à celui de la sphère céleste ont été transmis par la tradition et sont encore connus des gens.

En islam, on ne s'intéressa que rarement à l'observation astronomique. Sous le règne d'al-Ma'mûn, elle fut quelque peu pratiquée. Al-Ma'mûn entreprit de construire l'instrument connu sous le nom de sphère armillaire, mais celui-ci ne put être achevé. Après la mort d'al-Ma'mûn, la pratique de l'observation astronomique se perdit, et on ne s'y intéressa plus. Plus tard, on s'appuya sur les observations anciennes, mais celles-ci étaient inadéquates, parce que, avec le temps, les mouvements [des étoiles] avaient changé. La conformité du mouvement de l'instrument utilisé dans les observations astronomiques au mouvement des sphères et des astres est seulement par approximation et non pas selon l'exactitude. Après une longue période de temps, des écarts apparaissent.

L'astronomie est un art noble. Elle n'indique ni la forme des cieux ni l'ordre des sphères tels qu'ils sont en réalité, comme on le pense généralement, mais elle montre seulement que les formes et les configurations des sphères résultent de ces mouvements. Or, on sait qu'il n'est pas improbable qu'une seule et même chose soit le résultat de deux choses différentes. Quand on dit que les mouvements produisent un résultat, on conclut à l'existence d'un résultat à partir de ce qui le cause, mais cela ne nous donne aucunement la réalité du résultat. Cependant, l'astronomie est une science importante. Elle constitue un des piliers des mathématiques.

Parmi les meilleurs ouvrages écrits sur ce sujet, il faut citer l'*Almageste*, attribué à Ptolémée, qu'il ne faut pas confondre avec les rois grecs qui portent ce nom, comme l'ont montré les commentateurs de ce livre. Les grands philosophes musulmans l'ont abrégé. C'est le cas d'Ibn Sînâ, qui a inséré son résumé dans la partie du *Shifâ'* sur les mathématiques. Le philosophe andalou Ibn Rushd a également écrit un abrégé de l'*Almageste*, ainsi qu'Ibn as-Samh, et Ibn as-Salt[1] dans son *Kitâb al-iqtisâr*. Ibn al-Farghânî est l'auteur d'une astronomie abrégée et simplifiée, d'où il a supprimé les démonstrations géométriques.

« Dieu a enseigné à l'homme ce qu'il ne savait pas[A]. »

Les tables astronomiques.

Parmi les branches de l'astronomie, on trouve la science des tables astronomiques. C'est un art fondé sur des calculs,

A. Coran, XCVI, 5.

conformément à des règles numériques. Il s'intéresse au mouvement propre à chaque astre et au caractère de ce mouvement — rapide, lent, direct, rétrograde, etc. —, tel que permet de le démontrer l'astronomie. Il sert à faire connaître les positions des astres dans leurs sphères, à n'importe quel moment, en calculant leurs mouvements d'après les règles tirées des ouvrages d'astronomie.

Cet art est régi par certaines règles qui en forment comme des prémisses et des fondements. Ces règles concernent la connaissance des mois, des jours et des ères anciennes.

Il se conforme, par ailleurs, à des principes de base bien établis : connaissance de l'apogée et du périgée des déclinaisons, des différents types de mouvements, et de la façon dont [ces choses] sont tirées les unes des autres. On les dispose en colonnes, d'une manière ordonnée, pour en faciliter l'accès aux étudiants. Ces tables sont appelées *azyâj*[2]. La détermination des positions des astres à un moment donné, au moyen de cet art, est appelée « équation » et « tabulation ».

Les anciens, comme les modernes, ont beaucoup écrit sur ce sujet. On peut citer, par exemple, les noms d'Ibn al-Battânî et d'Ibn al-Kammâd.

Au Maghreb, les savants contemporains se servent surtout de tables astronomiques attribuées à Ibn Ishâq. Ils prétendent que ce dernier s'y réfère à des observations astronomiques. Ils ajoutent qu'un Juif de Sicile, très habile en astronomie et en mathématiques, et qui s'adonnait aux observations astronomiques, lui envoyait des informations sur les astres et leurs mouvements, vérifiées par lui-même. Les Maghrébins semblent donc s'être intéressés [aux travaux d'Ibn Ishâq] à cause de leur fiabilité, à ce qu'ils prétendent.

Ibn al-Bannâ' a donné [des tables d'Ibn Ishâq] un abrégé intitulé *al-Minhâj*. Ce livre a eu beaucoup de succès, parce que les opérations y sont présentées sous une forme simple.

La connaissance des positions des astres dans les sphères constitue une base nécessaire pour l'astrologie, c'est-à-dire la connaissance des différentes sortes d'influences exercées sur le monde des hommes par les positions des étoiles et affectant les religions, les États, les nativités, les événements. Nous expliquerons tout cela plus loin, s'il plaît à Dieu, et nous clarifierons les preuves que donnent les astrologues là-dessus.

XXII. LA SCIENCE DE LA LOGIQUE

Elle consiste en un ensemble de règles qui permettent de distinguer le vrai du faux, tant dans les définitions qui font connaître les quiddités que dans les arguments qui conduisent aux jugements de véridicité[1].

En effet, ce qui constitue la base de la perception, ce sont les choses sensibles perçues par les cinq sens. Tous les animaux, raisonnables ou non, ont cette perception en commun. Ce qui distingue l'homme des animaux, c'est la perception des universaux, obtenus par abstraction des choses sensibles. Cela se passe ainsi : à partir des objets individuels qui sont analogues entre eux, il se produit dans l'imagination une forme qui correspond à tous ces objets, c'est-à-dire un universel. L'esprit considère ensuite ces objets et les compare à d'autres objets auxquels ils sont analogues en partie. Il obtient une forme qui correspond aux deux ensembles d'objets, dans la mesure où ils ont quelque chose d'analogue. Il continue ainsi à s'élever dans ce processus d'abstraction, jusqu'à ce qu'il atteigne un universel qui n'est analogue à aucun autre universel et qui est, par conséquent, un universel simple.

Ainsi, par exemple, des individus humains on abstrait la forme de l'espèce, qui correspond à tous les hommes. Ensuite, on compare l'espèce humaine aux autres animaux et l'on abstrait la forme du genre qui correspond aux hommes et aux animaux. Puis on compare la forme du genre animal aux plantes, et l'on continue de la sorte jusqu'à ce que l'on parvienne au genre supérieur, c'est-à-dire la substance, laquelle ne trouve aucun autre concept universel avec lequel elle ait quelque chose d'analogue. Là, l'intellect s'arrête dans le processus d'abstraction.

Dieu a créé en l'homme la pensée. Grâce à elle, il appréhende les sciences et les arts. La connaissance est soit perception des quiddités, c'est-à-dire perception simple, non accompagnée de jugement ; soit jugement de véridicité, c'est-à-dire affirmation de quelque chose de quelque chose.

Ainsi, quand la pensée veut appréhender les objets recherchés, elle procède de deux façons différentes : soit en combinant les universaux les uns avec les autres sur le mode de la réunion, et il se produit alors dans l'esprit une forme universelle qui correspond aux objets individuels[2] du monde extérieur. Cette forme résidant dans l'esprit conduit à la connaissance des quiddités de ces objets individuels[3]. Soit en jugeant d'une chose d'après une autre, et cette chose s'établit ainsi dans l'esprit. On a alors un jugement de véridicité. La fin du jugement de véridicité revient en réalité à la perception, car la seule utilité de celle-ci est la connaissance des réalités des choses, qui est le but visé par le savoir basé sur le jugement.

L'effort de la pensée peut suivre une voie saine ou une voie corrompue. Il est donc nécessaire de connaître la voie que suit la pensée pour appréhender les objets scientifiques, afin d'y distinguer le vrai du faux. De là, la règle de la logique.

Les anciens ont traité de ce sujet. Mais ce fut d'abord de façon fragmentaire[4] et discontinue. C'est seulement avec l'apparition d'Aristote, en Grèce, que les méthodes de cette discipline furent convenablement présentées et que ses problèmes furent rassemblés. Aristote classa les procédures[5] de cette science et mit en ordre ses problèmes et ses détails ; il lui assigna la première place parmi les sciences philosophiques et en fit une introduction à celles-ci. C'est pourquoi on l'appelle le « Premier Maître ». Son ouvrage sur la logique est appelé « La Quintessence[6] ». Il comprend huit livres, dont trois sur la forme du syllogisme et cinq sur sa matière.

En effet, les objets du jugement de véridicité sont de différentes sortes. Il existe des jugements qui ont pour objet le certain par nature, et d'autres, le probable ; et il existe plusieurs degrés du probable. On considère le syllogisme soit d'après l'objet recherché, soit d'après les prémisses qu'il doit avoir sous ce rapport, et selon que ces prémisses sont du domaine du certain ou du probable. On peut également considérer le syllogisme non d'après un objet recherché particulier, mais spécialement d'après sa conclusion. De la première approche, on dit qu'elle se situe au point de vue de la matière, c'est-à-dire la matière qui produit un objet particulier comme certain ou probable. De la seconde, on dit qu'elle se situe au point de vue de la forme et de la conclusion du syllogisme en général. C'est pourquoi les livres de la logique sont au nombre de huit.

Le premier traite des genres supérieurs auxquels parvient le processus d'abstraction des choses sensibles dans l'esprit, et au-delà desquels il n'existe pas d'autres genres. Il s'appelle le *Livre des catégories*[7].

Le deuxième traite des différentes sortes de propositions exprimant un jugement de véridicité. On l'appelle le *Livre de l'herméneutique*[8].

Le troisième traite du syllogisme et de la forme de ses conclusions en général. On l'appelle le *Livre du syllogisme* [les *Analytiques*[9]]. Ici s'arrête l'étude logique au point de vue de la forme.

Le quatrième est appelé le *Livre de la démonstration* [l'*Apodictique*[10]]. Il étudie le syllogisme qui produit une conclusion certaine, et montre pourquoi ses prémisses doivent être certaines. En particulier, il mentionne d'autres conditions qui permettent d'aboutir à la certitude, comme par exemple le fait que les prémisses doivent être essentielles, primaires, etc. Le livre traite également des déterminants[11] et des définitions. En effet, ce qui y est recherché, c'est la certitude, parce que la définition doit nécessairement correspondre à la chose définie, et il n'est pas permis qu'il en soit autrement. C'est pourquoi les anciens traitaient des définitions dans ce livre.

Le cinquième est le *Livre de la dialectique*[12] [les *Topiques*]. La dialectique est un raisonnement par lequel on réduit le chicaneur et l'on fait taire l'adversaire. Elle enseigne les méthodes bien connues qui doivent être utilisées à cette fin. Dans le même but, elle comporte d'autres conditions qui sont mentionnées à cet endroit. Ce livre traite également des lieux d'où l'on tire le syllogisme en déterminant ce qu'on appelle « le moyen terme » qui réunit les deux bouts de l'objet recherché. Il traite enfin des conversions des propositions.

Le sixième est le *Livre du sophisme*[13]. Le sophisme est un raisonnement qui produit le contraire du vrai et qui permet à celui qui participe à un débat de tromper son adversaire. Ce livre est corrompu quant à son but et à son objet. Il a été écrit uniquement pour faire connaître le raisonnement sophistique et mettre en garde contre lui.

Le septième est le *Livre de la rhétorique*[14]. La rhétorique est le raisonnement par lequel on influence la masse pour la faire agir dans le sens que l'on veut. Elle indique les formes de discours qui doivent être utilisées dans ce but.

Le huitième est le *Livre de la poétique*[15]. La poétique est le raisonnement qui produit des analogies et des comparaisons, spécialement en vue d'entreprendre quelque chose ou de s'en abstenir. Il indique les propositions imaginatives qui doivent être utilisées dans ce but.

Ce sont là les huit livres de logique d'après les anciens.

Après que l'art [de la logique] eut été convenablement établi et ordonné, les philosophes grecs pensèrent qu'il était nécessaire de traiter des cinq universaux qui permettent la formation de concepts conformes aux quiddités du monde extérieur ou à leurs parties ou à leurs accidents, à savoir : le genre, la différence, l'espèce, la propriété et l'accident général. Un chapitre leur fut consacré, servant d'introduction à la discipline. De cette façon, on eut neuf livres.

Tous furent traduits [en arabe] à l'époque de l'islam, et les philosophes musulmans en firent des commentaires et des résumés. Ce fut le cas, par exemple, d'al-Fârâbî, d'Ibn Sînâ et, plus tard, du philosophe andalou Ibn Rushd. Ibn Sînâ est l'auteur du *Kitâb ash-shifâ'*, où il traite exhaustivement des sept sciences philosophiques.

Lorsque vinrent les modernes, ils changèrent la terminologie de la logique. À l'étude des cinq universaux, ils ajoutèrent celle de ses fruits, c'est-à-dire les définitions et les descriptions, qu'ils reprirent du *Livre de la démonstration* [l'*Apodictique*]. Ils supprimèrent le *Livre des catégories*, parce que l'étude qu'en fait le logicien est accidentelle et non essentielle. Dans le *Livre de l'herméneutique*, ils inclurent la conversion, alors qu'elle faisait partie des *Topiques* dans les écrits des anciens ; mais, à certains égards, elle doit être traitée avec les propositions.

Puis ils traitèrent du syllogisme du point de vue de la production des objets recherchés en général, et non du point de vue d'une matière quelconque, et ils écartèrent l'étude du syllogisme au point de vue de la matière. Cela concernait les cinq livres de l'*Apodictique*, des *Topiques*, de la *Rhétorique*, de la *Poétique* et de la *Sophistique*. Certains d'entre eux avaient parfois une certaine connaissance de ces livres, [mais en général], ils les délaissèrent, comme s'ils n'avaient jamais existé, alors qu'ils constituent la partie la plus importante de la discipline.

Ils traitèrent ensuite des sujets ainsi définis de façon approfondie, les considérant comme une discipline en soi, et non comme un outil au service des autres sciences. Cela donna lieu à une discussion longue et étendue. Le premier qui alla dans ce sens fut l'imam Fakhr ad-dîn Ibn al-Khatîb. Il fut suivi par Afdal ad-dîn al-Khûnajî, dont les livres sont utilisés aujourd'hui comme manuels par les Orientaux. Il a écrit dans cette discipline le *Kitâb Kashf al-asrâr*, qui est très volumineux, un abrégé intitulé *al-Mûjaz*, bon pour l'enseignement, et un autre abrégé, *al-Jumal*, comprenant quatre folios et donnant une vue d'ensemble de la logique et de ses principes de base. Il est utilisé de nos jours avec profit par les étudiants. Les ouvrages et les méthodes des anciens sont délaissés, comme s'ils n'avaient jamais existé, alors qu'ils sont remplis des meilleurs et des plus utiles produits de la logique, comme on l'a vu. Dieu guide vers ce qui est juste[a] !

Les premiers musulmans et les théologiens étaient très hostiles à l'étude de la logique. Ils la critiquaient violemment, mettaient en garde contre elle et interdisaient de l'apprendre ou de l'enseigner. Puis, les modernes, à partir d'al-Ghazâlî et de l'imam Ibn al-Khatîb, se montrèrent un peu plus conciliants. Depuis lors, on s'appliqua à l'étude de cette discipline avec assiduité, excepté un petit nombre de savants qui, se référant à l'opinion des anciens musulmans, la rejetèrent et l'attaquèrent avec véhémence. Nous allons exposer les raisons de l'acceptation ou du rejet de cette discipline, afin de révéler au lecteur les intentions qui sont derrière les différentes positions des savants en cette matière.

Lorsque les théologiens fondèrent leur science pour défendre les articles de foi avec des arguments rationnels, ils utilisèrent des preuves particulières qui sont mentionnées dans leurs livres. Ainsi, par exemple, pour démontrer que le monde était créé, ils établissaient l'existence des accidents, le fait que ceux-ci étaient créés et qu'aucun corps ne pouvait en être dépourvu. Or, tout ce qui n'est pas exempt d'accidents créés est créé. Pour établir l'unicité divine, ils s'appuyaient sur l'argument de l'antagonisme mutuel, et, pour affirmer les attributs éternels, ils se fondaient sur les quatre attributs compréhensifs, et en rattachant le visible à l'invisible.

Puis ils voulurent fonder leurs arguments en les appuyant sur des règles et des principes qui devaient leur servir de prémisses. Par exemple, ils affirmèrent l'existence de l'atome, de l'atome de temps, du vide. Ils nièrent la nature et la synthèse intellectuelle des quiddités. Ils affirmèrent qu'un accident ne pouvait durer deux instants. Ils affirmèrent, de même, l'existence de l'« état », c'est-à-dire d'un attribut d'une chose existante qui n'est ni existant ni non existant. Et ils avaient encore bien d'autres règles sur lesquelles ils fondaient leurs arguments particuliers.

Le maître Abû l-Hasan [al-Ash'arî], le cadi Abû Bakr [al-Bâqillânî] et le maître Abû Ishâq [al-Isfarâyinî] déclarèrent que les preuves des articles de foi étaient réversibles, en ce sens que, si ces preuves étaient fausses, ce qu'elles prouvaient était également faux. Le cadi Abû Bakr affirma, en conséquence, que ces preuves devaient être considérées sur le même plan que les articles de foi, et que toute attaque contre elles était une attaque contre les articles de foi, parce que ceux-ci étaient appuyés sur ces preuves.

Si on examine la logique, on constatera qu'elle tourne tout entière autour de la synthèse intellectuelle et de l'affirmation de l'universel naturel dans le monde extérieur, auquel doit correspondre l'universel mental qui est divisé en cinq universaux, à savoir : le genre, l'espèce, la différence, la propriété, l'accident général. Or, les théologiens pensent que cela est faux. Pour eux, l'universel et l'essentiel sont un simple point de vue mental, auquel rien ne correspond dans le monde extérieur ; ou alors, ils ne sont qu'un « état », pour ceux qui adoptent la théorie de l'« état ». Ce qui fait qu'à leurs yeux les cinq universaux sont faux, ainsi que les définitions qui s'appuient sur eux et les dix catégories. De même, l'accident essentiel est faux, ce qui implique que les propositions sur lesquelles repose la démonstration sont fausses, tout comme la cause rationnelle. Ainsi, l'*Apodictique* est faux, et les « lieux » [*topoi*] qui forment le cœur des *Topiques* sont faux. C'est à partir d'eux qu'on tire le « moyen terme » qui réunit les deux extrêmes d'un syllogisme.

[De la logique], rien ne reste que le syllogisme formel ; et des définitions il ne reste que celle qui est également vraie de tous les éléments de la chose définie. Elle ne peut pas être plus générale, parce que d'autres choses pourraient y entrer, ni plus particulière, parce qu'une partie [de ces éléments] pourrait en être exclue. C'est ce que les grammairiens appellent « réunion et exclusion » et les théologiens « généralisation » et « généralisation inverse ».

Ainsi, tous les piliers de la logique sont détruits. Mais si l'on affirme l'existence de ces choses, comme le fait la science de la logique, on aboutit à la conclusion que beaucoup des prémisses des théologiens sont fausses. Cela conduit à déclarer fausses leurs preuves des articles de foi, comme on l'a vu. C'est pourquoi les anciens théologiens rejetaient avec véhémence l'étude de la logique, qu'ils considéraient comme une innovation ou une hérésie, selon le type d'argument utilisé. Cependant, les modernes, à partir d'al-Ghazâlî, rejetèrent la réversibilité des preuves. Pour eux, la fausseté de la preuve n'entraînait pas celle de la chose prouvée. Ils étaient d'accord avec l'opinion des logiciens relative à la synthèse intellectuelle et à l'existence dans le monde extérieur des quiddités naturelles et de leurs universaux. Aussi jugèrent-ils que la logique n'était pas en contradiction avec les articles de foi, même si elle était en contradiction avec certaines de leurs preuves. Au contraire, ils concluaient à la fausseté de beaucoup des prémisses théologiques. Ainsi, ils niaient, par exemple, l'atome et le vide et affirmaient la persistance des accidents, etc. Ils substituèrent aux preuves des théologiens relatives aux articles de foi d'autres preuves qu'ils fondaient sur la spéculation et le raisonnement rationnel. Pour eux, il n'y avait là rien qui allât à l'encontre des articles de foi sunnite. C'était là l'opinion de l'imam [Fakhr ad-dîn Ibn al-Khatîb], d'al-Ghazâlî, et de leurs disciples de nos jours.

On doit bien réfléchir à tout cela et bien connaître les méthodes et les bases sur lesquelles sont fondées les opinions des savants.

Dieu nous guide et nous assiste sur la voie de ce qui est juste.

XXIII. LA PHYSIQUE

C'est une science qui examine les corps au point de vue du mouvement et du repos qui les affectent. Elle étudie les corps célestes élémentaires, ainsi que les hommes, les animaux, les plantes et les minéraux qui sont engendrés à partir de ceux-ci. Elle étudie également les sources et les tremblements de terre qui sont engendrés sur la terre, les nuages, les vapeurs, le tonnerre, les éclairs et la foudre qui sont formés dans le ciel, etc. Elle étudie enfin le principe du mouvement des corps, c'est-à-dire l'âme, avec les différentes formes qu'elle prend chez l'homme, l'animal et les plantes.

Les ouvrages d'Aristote sur ce sujet sont encore en usage. Ils furent traduits sous le règne d'al-Ma'mûn, en même temps que les autres ouvrages des sciences philosophiques. Les savants écrivirent des travaux sur le même modèle et continuèrent à les expliquer et à les commenter. L'ouvrage le plus exhaustif sur ce sujet est le *Shifâ'* d'Ibn Sînâ, où il traite des sept sciences philosophiques, comme on l'a déjà dit. Il l'abrégea dans son *Kitâb an-najât* et dans son *Kitâb al-ishârât*. Il semble s'être opposé à Aristote sur la plupart des problèmes de cette discipline, et il exprima ses propres opinions là-dessus. Ibn Rushd, de son côté, résuma et commenta les œuvres d'Aristote, toutefois en le suivant fidèlement et en n'exprimant aucune divergence avec lui. Après lui, les savants ont beaucoup écrit sur ce sujet, mais les ouvrages cités plus haut sont aujourd'hui les plus célèbres et les plus appréciés en ce domaine.

Les Orientaux se sont beaucoup intéressés au *Kitâb al-ishârât* d'Ibn Sînâ. L'imam Ibn al-Khatîb lui a consacré un excellent commentaire, et al-Amidî en a fait autant[1]. Cet ouvrage a fait également l'objet d'un commentaire d'un savant iraquien, Nasîr ad-dîn at-Tûsî, connu sous le nom de Khawâja. Celui-ci engagea une discussion sur de nombreux problèmes avec l'imam Ibn al-Khatîb, et compléta les vues et les recherches de ce dernier.

« Au-dessus de tout homme détenant un savoir, il y a l'Omniscient[A]. »

XXIV. LA MÉDECINE[1]

C'est un art où l'on étudie le corps humain au point de vue de la santé et de la maladie. Le médecin s'efforce de préserver la santé et de soigner les maladies à l'aide de remèdes et d'aliments[a], après avoir distingué les maladies qui concernent chaque partie du corps, les causes qui les engendrent et les remèdes qui conviennent à chacune d'elles. Pour les remèdes, il se guide sur leur composition et leurs pouvoirs, et, pour les maladies, sur les signes qui indiquent l'état de gravité du malade et son aptitude à

A. Coran, XII, 76.

accepter les remèdes ou non, et ce en examinant le teint du patient, ses excrétions et son pouls. Il imite en cela le pouvoir de la nature, qui préside aussi bien à la santé qu'à la maladie. Le médecin ne fait que la suivre et l'aider quelque peu, autant que le permettent la nature de la matière [à soigner], la saison de l'année et l'âge du malade. La science qui traite de tous ces aspects s'appelle la médecine. Certaines parties du corps sont parfois traitées à part et font l'objet d'une discipline particulière, comme c'est le cas des yeux, de leurs maladies et des collyres qui sont prescrits pour les soigner. On a également ajouté à la médecine l'étude de l'utilité des différentes parties du corps, c'est-à-dire l'utilité en vue de laquelle chaque partie du corps animal a été créée. Cela ne fait pas partie de l'objet de la science médicale, mais on en a fait une discipline annexe dépendant de la médecine[b]. Galien a écrit sur ce sujet un ouvrage important et très utile[2].

Galien est la plus grande autorité en médecine parmi les anciens. Ses œuvres ont été traduites en arabe. On dit qu'il fut un contemporain de Jésus et qu'il mourut en Sicile, où il s'était exilé volontairement au cours de ses pérégrinations. Ses traités médicaux sont les ouvrages de base qui ont servi de modèle à tous les médecins après lui.

Il y eut, à l'époque de l'islam, de grands médecins qui ont atteint le sommet de cet art, comme ar-Râzî, al-Majûsî et Ibn Sînâ. Il y eut également de nombreux grands médecins en Andalus, dont le plus célèbre fut Ibn Zuhr.

De nos jours, la médecine semble connaître un certain déclin dans les villes musulmanes, en raison de l'affaiblissement et de la décadence de la civilisation. Or elle fait partie des arts qui ne sont exigés que par la civilisation urbaine et le luxe, comme nous le montrerons plus loin[c].

Les hommes appartenant à la civilisation rurale ont une médecine fondée généralement sur l'expérience limitée de quelques individus. Elle se transmet par les vieillards et les vieilles femmes de la tribu. Elle peut comprendre des éléments valables. Mais elle ne repose ni sur une norme naturelle ni sur la conformité au tempérament. Les anciens Arabes pratiquaient beaucoup ce genre de médecine et avaient des médecins connus, comme al-Hârith Ibn Kalada et d'autres.

La médecine rapportée dans les récits du Prophète[3] est de ce type. Elle n'a rien à voir avec la Révélation. C'était quelque chose d'habituel chez les Arabes, et elle a été mentionnée parmi les habitudes du Prophète comme d'autres usages qui faisaient partie des coutumes de son époque, et non comme une pratique prescrite par la loi religieuse. En effet, le Prophète a été envoyé pour nous enseigner les lois et non la médecine ou toute autre connaissance pratique. En relation avec ce qu'il lui arriva dans l'histoire de la fécondation du palmier, il déclara : « Vous en savez plus sur vos affaires terrestres[4]. »

Aucune des indications médicales mentionnées dans les traditions authentiques ne doit être considérée comme ayant force de loi, car rien ne permet de le penser. Certes, si elles sont utilisées pour obtenir la bénédiction divine, avec une foi sincère, elles peuvent être d'une très grande efficacité. Cela n'a rien à voir avec la médecine humorale ; c'est le résultat de la sincérité de la foi, comme dans l'histoire de la personne qui avait mal au ventre et qui avait été soignée avec du miel[5], ou d'autres cas du même genre.

Dieu guide vers ce qui est juste.

XXV. LA SCIENCE DE L'AGRICULTURE

Cet art est une branche de la physique. C'est l'étude de la culture et de la croissance des plantes à l'aide de l'irrigation, du traitement, de l'amélioration du sol, de l'adaptation aux saisons, et des soins qu'il faut leur prodiguer pour les améliorer et les parfaire.

Les anciens s'intéressaient beaucoup à l'agriculture. Ils étudiaient [les plantes] au point de vue de leur plantation et de leur croissance, ainsi que sous l'aspect de leurs propriétés, de leur spiritualité et du rapport de celle-ci avec les spiritualités des astres et des grands corps [célestes ?] — aspect qui est également utilisé dans la magie. C'est pourquoi ils portaient un grand intérêt à cette discipline.

Un des ouvrages grecs, le *Kitâb al-filâha an-nabatiyya*[1], fut traduit en arabe. Il est attribué à des savants nabatéens. Il renferme une vaste information sur ce sujet. Quand les musulmans ont examiné le contenu de ce livre, ils se sont bornés à la partie relative à la culture et au traitement des plantes et à ce qui a un rapport avec ces choses, vu que la magie était écartée et son étude interdite. Ils bannirent toute discussion sur l'autre aspect. Ibn al-Awwâm abrégea le *Kitâb al-filâha an-nabatiyya* dans cet esprit. Et l'autre partie de ce livre continua à être délaissée. Maslama en reproduit quelques-uns des principaux problèmes dans ses ouvrages sur la magie. C'est ce que nous verrons plus loin, lorsque nous traiterons de la magie, s'il plaît à Dieu[2].

Les modernes ont beaucoup écrit sur l'agriculture. Ils ne parlent que de la plantation et du traitement des plantes, ainsi que de leur protection contre ce qui peut leur nuire ou empêcher leur développement. On trouve ces livres aisément.

XXVI. LA SCIENCE DE LA MÉTAPHYSIQUE

C'est une science qui étudie — à ce que l'on prétend — l'être absolu. Tout d'abord, les choses générales qui concernent les êtres corporels et spirituels : quiddités, unité, pluralité, nécessité, possibilité, etc. Ensuite, les principes des êtres, qui sont de nature spirituelle. Puis la manière dont les êtres proviennent de [ces principes spirituels] et leur ordre. Puis les conditions de l'âme après sa séparation d'avec le corps et son retour à [son] principe.

La métaphysique est considérée [par ses adeptes] comme une noble science. Ces derniers prétendent qu'elle leur permet de connaître l'être tel qu'il est, et pensent que ce serait là la quintessence du bonheur. Nous réfuterons ces vues plus loin[1]. Dans leur classification, elle vient après la physique, c'est pourquoi on l'appelle la « science qui vient après la physique ».

Les ouvrages du Premier Maître sur ce sujet sont encore accessibles. Ils ont été abrégés par Ibn Sînâ dans le *Kitâb ash-shifâ'* et le *Najât*[a]. Le philosophe andalou Ibn Rushd les a également abrégés.

Les modernes composèrent des ouvrages et des traités sur les sciences [philosophiques[2]] et, comme on sait, al-Ghazâlî réfuta beaucoup de leurs opinions. Plus tard, les théologiens d'une époque plus récente mélangèrent les problèmes de théologie avec les problèmes philosophiques. Cette confusion était due au fait que les deux disciplines partageaient les mêmes domaines d'investigation, et que l'objet et les problèmes de la théologie étaient similaires à ceux de la métaphysique. Ainsi, elles ne paraissaient plus former qu'une seule et même discipline. Les théologiens modifièrent la classification des philosophes en ce qui concerne les problèmes de physique et de métaphysique et les réunirent dans une seule discipline, où ils traitèrent d'abord de questions générales, puis successivement des êtres corporels et des sujets annexes, des êtres spirituels et des sujets annexes, et ainsi de suite, jusqu'à la fin de cette science. C'est ce que fit l'imam Ibn al-Khatîb dans ses *Mabâhith mashriqiyya*, ainsi que tous les théologiens ultérieurs. La science de la théologie se trouva mélangée avec les problèmes de la philosophie, et ceux-ci remplirent les ouvrages de théologie, comme si la théologie et la philosophie poursuivaient le même but dans leurs objets et leurs problèmes respectifs.

Ainsi, les gens ne savaient plus à quoi s'en tenir. Une telle situation n'était pas bonne. En effet, les problèmes de la théologie concernent les articles de foi provenant de la loi religieuse, telle qu'elle a été transmise par les premiers musulmans. Ils ne se réfèrent pas à la raison et ne sont pas dépendants d'elle dans le sens où ils ne pourraient être affirmés que grâce à elle. La raison est située en un espace distinct de celui de la loi religieuse et de ses vues. Lorsque les théologiens se servent des preuves dont ils parlent, ce n'est pas, comme chez les philosophes, en vue de rechercher la vérité et de la faire connaître avec des arguments, après qu'elle a été ignorée. Ils le font afin de disposer d'arguments rationnels pour appuyer les articles de foi et les doctrines des premiers musulmans les concernant[b] ou pour rejeter les doutes des innovateurs qui prétendent qu'ils en ont une appréhension rationnelle. Ils font cela, après avoir posé d'abord que ces articles de foi sont authentiques, en se fondant sur les preuves de la tradition, telles qu'elles ont été reçues et admises par les premiers musulmans.

Il y a une très grande différence entre les deux positions. Les perceptions du Législateur sont plus larges, parce qu'elles ont un horizon plus étendu que celui des vues rationnelles. En effet, elles sont situées au-dessus des vues rationnelles et les englobent, étant donné qu'elles proviennent des lumières divines. Elles ne sauraient donc se soumettre à la loi d'une vue plus faible et de perceptions circonscrites. Quand le Législateur nous guide vers une certaine perception, nous devons la préférer aux nôtres et lui accorder plus de confiance qu'aux nôtres. Nous ne devons pas chercher à la rectifier au moyen de la perception de la raison, même si elle la contredit. Au contraire, nous devons croire et savoir ce qu'il nous a été ordonné [de croire et de savoir], et nous taire sur ce que nous ne comprenons pas, en nous en remettant pour cela au Législateur et en laissant la raison à l'écart.

Ce qui poussa les théologiens [à user des arguments rationnels], ce fut leur souci de répondre aux théories des hérétiques qui s'opposaient aux articles de foi des premiers musulmans avec des innovations à caractère spéculatif. Ils eurent besoin de les réfuter avec des moyens du même genre, et donc d'avoir recours à des arguments spéculatifs et de défendre les articles de foi des premiers musulmans avec ces arguments.

L'étude des problèmes de physique ou de métaphysique, en vue de leur confirmation ou de leur négation, ne relève pas de la théologie et n'appartient pas au genre de questions traitées par les théologiens. Cela doit être bien compris, afin que l'on puisse distinguer entre les deux disciplines, qui ont été confondues dans les œuvres composées par les modernes. En réalité, elles diffèrent par leurs objets et leurs problèmes respectifs. La confusion tient à l'identité des points en discussion. L'argumentation des théologiens en vient à être considérée comme une élaboration indépendante devant apporter les preuves [rationnelles] de la foi. Mais il n'en est rien. Elle n'a d'autre but que de réfuter les hérétiques, et son objet est supposé vrai et connu. D'autre part, les soufis modernes extrémistes qui invoquent les expériences extatiques ont également confondu les problèmes de théologie et de métaphysique avec leur propre discipline. Ils traitent de tout cela comme s'il s'agissait du même sujet, comme, par exemple, lorsqu'ils parlent de la prophétie, de l'union, de l'incarnation, de l'unicité, etc. En fait, les perceptions dans ces trois disciplines sont distinctes et différentes les unes des autres, celles des soufis étant les plus éloignées des sciences. En effet, les soufis invoquent l'expérience intérieure et fuient les preuves [rationnelles]. Or, l'expérience intérieure est très éloignée des perceptions scientifiques, de leurs voies et de leurs conséquences, comme nous l'avons montré et comme nous le montrerons encore plus loin[3].

Dieu, par Sa grâce, guide vers ce qui est juste.

XXVII. LES SCIENCES DE LA MAGIE ET DES TALISMANS

Ces sciences permettent de connaître les états de préparation par lesquels les âmes humaines deviennent aptes à exercer une influence sur le monde des éléments, sans ou avec l'aide de facteurs célestes. Dans le premier cas, c'est la magie ; dans le second, ce sont les talismans.

Comme ces sciences ont été délaissées par les lois religieuses, parce qu'elles sont nocives et qu'elles exigent de celui qui les pratique de se tourner vers un autre que Dieu — les astres, par exemple, ou d'autres êtres —, les ouvrages qui en traitent sont quasi introuvables. Les seules traces qui demeurent sont celles que l'on découvre dans les livres des anciennes nations qui vivaient antérieurement à la mission de Moïse, comme les Nabatéens et les Chaldéens. En effet, aucun prophète antérieur n'avait institué ni apporté de lois. Leurs livres contenaient uniquement des exhortations, la reconnaissance de l'unité divine et l'évocation du Paradis et de l'Enfer.

Les sciences de la magie étaient cultivées par les Assyriens et les Chaldéens de Babel, ainsi que par les habitants de l'Égypte, les Coptes, et d'autres. Tous ces peuples avaient composé des ouvrages et laissé des traces en ces matières. Mais très peu de leurs livres sur la magie ont été traduits en arabe. L'un de ceux-ci, par exemple, est *al-Filâha an-nabatiyya*[1], écrit par les Babyloniens. Les gens apprirent la magie d'après ce livre et en développèrent les différentes branches. Plus tard, on rédigea des traités, comme les *Livres des sept astres* et le livre de Tumtum al-Hindî[2] sur les *Figures des degrés et des astres*.

Ensuite[a] parut en Orient Jâbir Ibn Hayyân[3], le plus grand magicien que connût la communauté musulmane. Après avoir étudié les ouvrages des magiciens, il découvrit l'art, en approfondit la connaissance et en tira la quintessence. Il écrivit plusieurs ouvrages sur la magie et en exposa abondamment la théorie. Il traita également de l'alchimie, qui lui est liée. En effet, la transformation des corps spécifiques d'une forme à une autre ne peut se produire que grâce à la force psychique, et non par un art pratique. Elle relève donc de la magie, comme nous l'exposerons plus loin.

Puis vint Maslama Ibn Ahmad al-Majrîtî, la plus grande autorité de l'Andalus en mathématiques et dans les sciences de la magie. Il résuma et corrigea tous les ouvrages précédents et en réunit les voies de transmission dans son livre intitulé *Ghâyat al-hakîm*. Après lui, personne n'écrivit plus sur la magie.

Voici maintenant une introduction où le lecteur trouvera une explication de la vérité de la magie.

Les âmes humaines, bien qu'identiques en tant qu'elles appartiennent à la même espèce, se distinguent par des qualités propres[4]. Elles forment des catégories variées, et chaque catégorie a une propriété qui ne se trouve pas dans les autres. Pour chaque catégorie, ces propriétés sont devenues des dispositions naturelles et innées.

Ainsi, les âmes des prophètes ont une propriété qui les rend aptes à recevoir la connaissance divine, à être les interlocuteurs des anges qui leur transmettent les paroles de Dieu, comme nous l'avons vu précédemment[5], et conséquemment, à exercer une influence sur les êtres créés.

Les âmes des magiciens ont, elles aussi, la propriété d'exercer une influence sur les êtres créés. Elles attirent la spiritualité des astres pour s'en servir dans leur action, et exercent leur influence grâce à une force psychique ou satanique. L'influence qu'exercent les prophètes est due à l'assistance de Dieu et à une propriété seigneuriale ; tandis que les âmes des devins ont la propriété de connaître les choses de l'invisible grâce à des forces sataniques. Ainsi, chaque catégorie a une qualité propre qui ne se trouve pas dans les autres.

Les âmes des magiciens peuvent être classées suivant trois degrés.

Celles du premier degré exercent leur influence en s'appuyant uniquement sur leur force mentale, sans aucun instrument ni assistance. C'est ce que les philosophes appellent la magie.

Celles du deuxième degré s'aident des tempéraments des sphères et des éléments, ou des propriétés des nombres. C'est ce qu'on appelle les talismans. Ce degré est plus faible que le premier.

Celles du troisième degré exercent leur influence sur les facultés de l'imagination. La personne qui exerce cette influence se sert des facultés de l'imagination, sur lesquelles elle agit d'une certaine façon. Elle y déverse différentes sortes de fantasmes, d'images et de formes, suivant le but qu'elle se donne. Puis elle les ramène au niveau des sens des spectateurs, grâce à l'action de son âme, et ceux-ci les voient comme si elles existaient dans le monde extérieur, alors qu'il n'en est rien. On raconte que certains magiciens font voir des jardins, des rivières et des palais, alors que rien de tout cela n'existe en réalité. C'est ce que les philosophes appellent la prestidigitation[6].

Ce sont là les différents degrés de la magie.

La qualité propre au magicien n'existe d'abord en lui qu'en puissance, comme c'est le cas pour toutes les facultés humaines. C'est seulement par l'exercice qu'elle passe de la puissance à l'acte. Dans la magie, cet exercice consiste à se tourner vers les sphères célestes, les astres, les mondes supérieurs et les démons avec différentes marques de vénération, d'adoration, de soumission et d'humilité. L'exercice de la magie revient donc à se tourner vers un autre que Dieu et à se prosterner devant lui. Or, se tourner vers un autre que Dieu est impie. Par conséquent, la magie est une impiété. L'impiété en constitue la matière et les moyens, comme on vient de le voir.

Les opinions des juristes diffèrent sur la question de savoir s'il faut tuer le magicien à cause de son impiété, qui est antérieure à ses actes de magie, ou bien à cause de son action malfaisante et de la corruption des créatures qui en résulte. Car il est comptable de tout cela à la fois.

D'autre part, comme les deux premiers degrés de la magie supposent une réalité extérieure, alors que le troisième degré n'en a point, il y a également des divergences entre les savants au sujet du caractère réel ou seulement imaginaire de la magie. Ceux qui affirment la réalité de la magie prennent en considération les deux premiers degrés ; ceux qui en nient la réalité se réfèrent au troisième et dernier degré. En fait, il n'y a pas de divergences entre eux sur le fond. Leur désaccord vient uniquement de la confusion entre ces différents degrés. Dieu est plus savant[b].

Aucune personne sensée ne saurait nier l'existence de la magie, si l'on considère l'influence qu'elle exerce. Le Coran en parle. Dieu a dit : « Mais les démons furent infidèles. Ils enseignaient aux hommes la sorcellerie et ce qu'on avait fait descendre, à Babylone, sur les deux Anges, Hârût et Mârût. Ceux-ci n'instruisaient personne avant de lui dire : “Nous sommes seulement une tentation. Ne sois point impie !" [Les Démons] apprenaient de [Hârût et Mârût] ce qui sème la désunion entre le mari et son épouse — les démons ne se trouvent nuire à personne, par cela, sauf avec la permission d'Allâh[A]... »

Le Messager de Dieu, suivant une tradition authentique du *Sahîh*, fut un jour ensorcelé au point qu'il s'imaginait faire une chose, alors qu'il ne la faisait point en réalité. On l'avait ensorcelé avec un peigne, des cheveux, et une spathe de palmier qu'on avait enfouis dans le puits de Dharwân. Dieu lui révéla alors les versets suivants dans les *Mu'awwidhatân* : « Et contre le mal de celles qui soufflent sur les nœuds[B]. » À ce propos, 'A'isha a dit : « Dès qu'il lut [ces versets] sur chacun des nœuds qui avaient servi à l'ensorceler, ceux-ci se défirent. »

Les habitants de Babylone, c'est-à-dire les Nabatéens et les Assyro-Chaldéens, cultivaient beaucoup la magie. Le Coran en parle, et les récits des historiens en témoignent. Du temps de la mission de Moïse, la magie était florissante à Babylone et en Égypte. Cela explique pourquoi le miracle de Moïse appartient au même genre de prodiges dont se flattaient les magiciens. On trouve encore dans les temples du Sa'îd en Égypte des vestiges qui attestent que l'art de la magie avait autrefois été cultivé dans ce pays.

Nous avons vu, de nos yeux, [comment agissait] un magicien : il dessinait l'image de la personne qu'il voulait ensorceler, en y figurant les caractéristiques des choses qu'il avait l'intention de lui faire adopter comme déjà présentes en elle, symbolisées par des noms et des attributs d'union ou de désunion. Ensuite, il prononçait des formules sur cette image qui représentait la personne en question, concrètement ou symboliquement, et éjectait de la salive qu'il avait accumulée dans sa bouche, tout en répétant les lettres de ces mots malfaisants. Puis, avec une corde préparée à cet effet, il faisait un nœud en se représentant son objectif en pensée, le nœud et le lien étant censés être un signe de bon augure, et faisait un pacte avec le djinn auquel il s'était associé dans son crachat pour effectuer l'opération. Il cherchait de cette façon à renforcer le charme. L'image et les noms maléfiques ont un esprit mauvais qui sort du magicien avec son souffle, attaché à la salive qu'il crache. De cet esprit se détachent d'autres

A. Coran, II, 96-102. ◆ B. Coran, CXIII, 4.

esprits mauvais. La personne ensorcelée est alors affectée par ce que le magicien a voulu lui faire subir.

Nous avons vu également comment il suffisait à des gens qui pratiquaient la magie de tendre le doigt en direction d'un vêtement ou d'une peau et de prononcer intérieurement certaines paroles pour que le vêtement ou la peau fussent déchirés et lacérés ; ou de pointer le doigt vers le ventre de moutons ou de chèvres, dans un pré, en faisant le geste de les fendre, pour que les boyaux de ces bêtes tombent par terre.

Nous avons entendu dire qu'il existe en Inde, à notre époque, des gens qui n'ont qu'à pointer le doigt vers un homme pour que son cœur lui soit arraché et qu'il tombe mort. Et quand on cherche son cœur, on ne le trouve pas parmi ses viscères. Ou bien, ils montrent du doigt une grenade, et lorsqu'on l'ouvre, on n'y trouve plus un seul grain. Nous avons également entendu dire qu'il existe dans le pays des Noirs et chez les Turcs des gens qui charment les nuages, de sorte qu'ils arrosent un endroit déterminé.

Nous avons, par ailleurs, observé des choses extraordinaires résultant de l'action des talismans où l'on emploie des « nombres amoureux », tels que *r k* et *r f d* (220 et 284). La somme des parties aliquotes de chacun de ces nombres, c'est-à-dire la moitié, le quart, le sixième, le cinquième, etc., est égale à l'autre nombre. Les gens qui s'occupent de talismans prétendent que ces nombres peuvent influer sur l'amitié et le rapprochement entre deux personnes qui s'aiment. On leur dresse deux effigies : l'une a pour ascendant Vénus, lorsque cette planète est soit dans sa maison, soit dans son exaltation, et regarde vers la Lune avec une expression d'amour et de consentement, alors que l'ascendant de la deuxième effigie est placé dans la septième maison à partir de celui de la première. On met un des deux nombres amoureux sur une effigie, et le deuxième sur l'autre. Le plus grand nombre est placé du côté de celui dont l'amour est recherché, je veux dire l'être aimé. Mais je ne sais pas si le nombre dont il s'agit est le nombre le plus élevé quantitativement ou celui qui renferme le plus de parties aliquotes. Il en résulte une union si solide entre les deux personnes qu'elles ne peuvent presque plus se séparer. Cela est rapporté par l'auteur du *Ghâya*[7], ainsi que par d'autres autorités en cette matière, et est attesté par l'expérience.

Il faut mentionner aussi le « sceau du lion », encore appelé « sceau du caillou ». Sur un dé d'acier, on grave l'image d'un lion, la queue dressée, mordant un caillou qu'il a cassé en deux. Devant le lion, on figure un serpent qui glisse des pattes du fauve et se dirige vers sa tête, sa gueule ouverte face à la sienne. Sur le dos du lion, on représente un scorpion rampant. On attend avec ce dé gravé que le Soleil entre dans le premier ou le troisième décan du Lion, en un moment où les deux luminaires sont favorables et exempts d'influences sinistres. Lorsque ces conditions sont réunies, on impose le sceau sur une quantité d'or ne dépassant pas un *mithqâl*, qu'on plonge dans une solution de safran et d'eau de rose, et qu'on préserve dans un chiffon de soie jaune. On prétend que celui qui le tient dans la main acquiert un ascendant indescriptible sur les rois, lorsqu'il a affaire à eux, qu'il est à leur service, ou qu'il cherche à se servir d'eux. De même, les rois acquièrent, grâce à lui, de la force et de l'autorité sur ceux qui leur sont soumis. Cela[c] est également mentionné par les auteurs d'ouvrages de magie comme le *Ghâya* ou d'autres, et est attesté par l'expérience.

On doit encore mentionner le carré magique de trente-six qui se rapporte au Soleil. On dit qu'il faut le composer lorsque le Soleil entre dans son exaltation et qu'il est exempt d'influences sinistres, tandis que la Lune est en situation favorable dans un ascendant royal, où le maître du Dixième regarde le maître de l'ascendant, avec amour et consentement, et où prospèrent les indications exaltées des nativités royales. On le préserve dans un chiffon de soie jaune, après l'avoir trempé dans du parfum. On prétend qu'il favorise l'amitié avec les rois, l'entrée à leur service et la vie en leur compagnie.

Les exemples de ce genre sont nombreux. Le *Kitâb al-Ghâya* de Maslama Ibn Ahmad al-Majrîtî est pour ainsi dire le traité par excellence de la magie. On y trouve un exposé complet de cet art, et ses problèmes y sont présentés à la perfection.

Il nous a été rapporté que l'imam al-Fakhr Ibn al-Khatîb a composé un ouvrage sur ce sujet qu'il a intitulé *as-Sirr al-maktûm*[8]. Cet ouvrage serait d'un usage courant en Orient. Mais nous-même, nous ne l'avons jamais vu. L'imam Fakhr ad-dîn, à notre avis, n'était pas une autorité dans ce domaine, et il se peut que cette attribution soit fausse.

Une catégorie de ces gens qui pratiquent la magie est connue au Maghreb sous le nom d'« éventreurs ». Ce sont ceux que j'ai évoqués ci-dessus. Ils pointent le doigt vers un vêtement ou une peau, et ceux-ci sont lacérés ; ou bien ils pointent le doigt vers les ventres de moutons et de chèvres avec le geste de les fendre, et ils sont fendus. L'un d'entre eux porte, de nos jours, le nom d'Éventreur, car sa magie consiste surtout à éventrer des animaux. En effrayant ainsi les propriétaires de bétail, il espère se faire offrir quelques bêtes. Ces magiciens agissent dans le plus grand secret, par crainte des autorités. J'ai rencontré un certain nombre d'entre eux et j'ai été témoin de leurs actions. Ils m'ont appris qu'ils pratiquent des dévotions et des exercices particuliers, avec des invocations impies et le recours aux spiritualités des démons et des astres. Ces pratiques sont consignées dans un opuscule appelé *al-Khinzîiyya*, qu'ils étudient entre eux. C'est grâce à ces exercices et à ce culte qu'ils arrivent à produire ces actes magiques. Leur influence n'agit que sur les êtres et les choses : ustensiles, animaux, esclaves, à l'exclusion de l'homme libre. C'est ce qu'ils expriment en disant : « Nous n'agissons que sur ce qui va avec l'argent », c'est-à-dire tous les objets qu'on peut posséder, vendre et acheter. C'est ce qu'ils prétendent. J'ai interrogé l'un d'eux, et c'est ce qu'il m'a appris. Leurs actions magiques sont des faits évidents et réellement existants. Nous en connaissons de nombreux exemples et nous les avons observés de nos propres yeux, sans qu'il y ait là-dessus le moindre doute.

Voilà ce qu'il en est de la magie et des talismans et de leur influence dans le monde.

Les philosophes, quant à eux, distinguent entre magie et talismans, après avoir montré que ces deux phénomènes sont le produit d'une influence exercée par l'âme humaine. Pour prouver l'existence de cette influence de l'âme humaine, ils s'appuient sur le fait que l'influence que l'âme exerce sur son propre corps ne suit pas le déroulement naturel, avec ses causes corporelles. Il s'agit plutôt d'une influence qui provient, tantôt des qualités des esprits, comme la chaleur qui naît de la joie, tantôt des perceptions psychiques, à l'exemple de ce qui arrive avec l'imagination. Il n'y a pas de doute qu'un individu qui marche sur le haut d'un mur ou sur une corde tendue tombera, si l'idée de tomber s'empare de son imagination. C'est pourquoi, après s'être entraînés à se débarrasser de cette illusion, beaucoup de gens peuvent marcher sur le haut d'un mur ou sur une corde sans craindre de tomber. Il est donc établi que c'est là le résultat de l'influence de l'âme humaine qui, par l'imagination, se représente l'idée de la chute. Si l'on admet une influence de l'âme sur son propre corps, sans l'intervention de causes corporelles naturelles, on admettra également que l'âme puisse exercer une semblable influence sur un autre corps que le sien. Eu égard à cette espèce d'influence, sa situation par rapport à tous les corps est la même, car elle n'est ni inhérente à un corps particulier ni imprimée en lui. Il est donc établi qu'elle peut agir sur les autres corps.

Les philosophes expliquent la distinction qu'ils font entre magie et talismans par le fait que, dans la première, le magicien n'a besoin d'aucune aide, alors que l'utilisateur des talismans recourt à l'aide des spiritualités des astres, des secrets des nombres, des propriétés des êtres et des positions de la sphère qui influent sur le monde des éléments, comme l'affirment les astrologues. Les philosophes disent que la magie, c'est l'union d'un esprit avec un esprit, alors que le talisman, c'est l'union d'un esprit avec un corps. Pour eux, cela signifie que les natures supérieures célestes se lient aux natures inférieures. Les natures supérieures sont les spiritualités des astres. C'est pourquoi l'utilisateur des talismans, le plus souvent, requiert l'aide de l'astrologie.

Pour les philosophes, l'art du magicien ne s'acquiert pas ; c'est un don naturel, lié à une disposition innée, propre à cette espèce d'influence. Ils expliquent la différence entre le miracle et la magie de la façon suivante. Le miracle est une force divine, qui provoque cette influence dans l'âme. Le prophète est assisté dans son acte par l'esprit de Dieu. Tandis que le magicien n'agit que par lui-même, grâce à sa force psychique, et, dans certaines circonstances, avec le soutien des démons. La différence concerne donc à la fois les conditions d'intellection, la réalité et l'essence de la chose. Quant à nous, nous préférons déduire cette différence des signes manifestes : le miracle s'attache à l'homme de bien, aux bonnes intentions, aux âmes sincèrement dévouées au bien ; il intervient comme défi accompagnant la proclamation de la prophétie. Tandis que la magie s'attache uniquement aux méchants, aux actions généralement mauvaises — comme le fait de désunir les membres d'un couple, ou de nuire aux ennemis, etc. — ainsi qu'aux âmes vouées au mal. Voilà comment les philosophes métaphysiciens voient la différence entre magie et prophétie.

Certains soufis qui bénéficient de charismes peuvent aussi exercer une influence sur les conditions du monde. Cependant, leur action n'appartient pas au genre de la magie, mais s'appuie sur l'assistance divine. En effet, la voie et l'attitude de ces soufis dérivent de la prophétie et en dépendent. L'assistance que Dieu leur accorde est à la mesure de leur état, de leur foi et de leur attachement à la parole de Dieu. Même si l'un d'entre eux avait le pouvoir de commettre des actes nuisibles, il s'en abstiendrait, parce qu'il est lié par tout ce qu'il fait et qu'il se consacre à l'ordre divin. Ce qu'ils ne sont pas autorisés à faire, ils ne l'entreprennent d'aucune façon. Si l'un d'eux le faisait, il quitterait la voie de la vérité et, sans doute, perdrait son état.

C'est parce que le miracle est accompli grâce à l'assistance de l'esprit de Dieu et des forces divines qu'aucun acte de magie ne peut lui être opposé. Voyez l'exemple des magiciens de Pharaon avec Moïse, lorsque celui-ci produisit le miracle du bâton : le bâton happa ce que les magiciens avaient inventé, et leur magie disparut et se dissipa comme si elle n'avait jamais existé[A]. Il en alla de même lorsque ce verset d'*al-Mu'awwidhatân* fut révélé au Prophète : « Contre le mal de celles qui soufflent sur les nœuds[B]. » À ce propos, 'A'isha a dit : « Dès qu'il lut ces versets sur chacun des nœuds qui avaient servi à l'ensorceler, ceux-ci se défirent. » La magie ne peut persister en présence du nom de Dieu, lorsqu'Il est invoqué avec une foi sincère.

Les historiens[9] rapportent que, sur le Darafsh-i-kâviyân, la bannière du roi de Perse, il y avait un carré magique de cent, brodé d'or. Ce carré avait été fabriqué lors de certaines positions astronomiques qui avaient été spécialement observées à cet effet. Le jour où Rustum fut tué à al-Qâdisiya, on avait trouvé cette bannière par terre, après la défaite et la dispersion des Perses. Les gens qui s'y connaissent en talismans et en carrés magiques prétendent que ce carré avait la propriété de donner la victoire dans les guerres, et que la bannière où il était inscrit ainsi que

A. *Cf.* Coran, VII, 117 ; XXVI, 45. ◆ B. Coran, CXIII, 4.

celles qui l'accompagnaient ne pouvaient jamais être défaites. Cependant, elle s'était trouvée confrontée, dans ce cas, à l'assistance divine, due à la foi des Compagnons du Prophète et à leur attachement à la cause de Dieu. Grâce à cette assistance, tous les nœuds magiques se défirent et ne purent agir. « … Et ce qu'ils faisaient fut annulé[A]. »

La loi religieuse ne fait aucune distinction entre la magie, les talismans et la prestidigitation. Elle les range tous dans la même catégorie, frappée d'interdit. En effet, le Législateur ne nous a permis que les actions qui concernent ou bien notre religion, garante de notre bonheur dans l'autre monde, ou bien nos moyens de subsistance, qui assurent notre bien-être ici-bas. Pour ce qui est des choses qui ne nous concernent à aucun de ces deux points de vue, deux cas peuvent se présenter. Si c'est une chose nuisible ou présentant un aspect de nocivité, elle est interdite sur la base de son degré de nocivité. C'est le cas, par exemple, de la magie, nuisible quand elle est pratiquée, et des talismans, qui vont avec elle et qui exercent le même type d'influence. C'est aussi le cas de l'astronomie, qui a un aspect de nocivité dans la mesure où elle requiert la croyance aux influences astrales et, par conséquent, corrompt la foi et détourne de Dieu. Maintenant, quand il s'agit de quelque chose qui, sans être nuisible, ne présente pas d'intérêt pour nous, nous devons pour le moins nous en abstenir, afin de nous rapprocher de Dieu. En effet, « un bon musulman ne s'occupe pas de ce qui ne le regarde pas[10] ».

Ainsi, la loi religieuse range la magie, les talismans et la prestidigitation dans la même catégorie, à cause de leur nocivité, et les tient pour interdits et illicites.

Pour ce qui est de la différence entre le miracle et la magie, elle réside, d'après ce que disent les théologiens, dans le défi, c'est-à-dire la proclamation que le miracle se produira exactement comme il a été annoncé. Il n'est pas possible, ajoutent-ils, que le miracle se produise conformément à la déclaration d'un imposteur. Car le miracle indique la vérité selon une nécessité logique. Il a pour caractère propre la véracité. S'il était produit avec l'intention de mentir, le véridique serait un imposteur — ce qui est absurde. Par conséquent, le miracle ne peut en aucune façon être produit avec l'intention de mentir.

A. Coran, VII, 118.

Comme nous l'avons vu, les philosophes considèrent que la différence entre le miracle et la magie est du même ordre que la différence qui existe entre les deux termes opposés du bien et du mal. Le magicien ne peut ni produire le bien ni servir d'intermédiaire pour l'obtenir. À l'inverse, l'auteur de miracles ne peut ni produire le mal ni servir à le provoquer. À cause de leurs natures, ils sont pour ainsi dire aux antipodes l'un de l'autre, comme le bien et le mal.

« Dieu guide qui Il lui plaît[A]. »

Le mauvais œil.

Parmi ce genre d'influences psychiques, il y a aussi le mauvais œil. Une personne dotée du mauvais œil voit une chose ou un état qui lui plaisent ; le sentiment qu'elle éprouve est excessif, et il en résulte le désir de priver la personne enviée de cette chose, qu'elle préfère détruire.

Le mauvais œil est une disposition naturelle. Il diffère des autres influences psychiques en ce qu'il se produit de façon naturelle, suivant une disposition innée. Il ne peut pas ne pas avoir lieu, est indépendant de la volonté de celui qui le possède, et ne peut s'acquérir. Il existe bien d'autres influences psychiques qui ne peuvent pas non plus s'acquérir, mais elles ne se produisent que suivant la volonté de celui qui les possède. Ce qui est naturel en elles, ce n'est pas le fait même de se produire, mais la potentialité de se produire. C'est pourquoi on dit que celui qui tue par des moyens magiques ou grâce à un charisme doit être mis à mort ; tandis que celui qui tue par le mauvais œil ne doit pas être tué. Il y a une seule raison à cela : c'est que l'action du mauvais œil n'est pas quelque chose qu'on peut vouloir intentionnellement ou ne pas vouloir, mais plutôt quelque chose que l'on fait contraint et forcé.

Dieu est plus savant.

XXVIII. LA SCIENCE DES SECRETS DES LETTRES[a]

Cette science est appelée aujourd'hui *as-sîmiyâ*[1], ou magie des lettres. Le mot a été emprunté à la science des talis-

A. Coran, II, 142.

mans et utilisé dans le vocabulaire technique de certains soufis qui se servent des pouvoirs surnaturels. D'un usage général, il est passé ainsi à un usage particulier.

Cette science est apparue chez les musulmans quelque temps après le début de l'islam. Lorsque vinrent les soufis extrémistes, ils se tournèrent vers le dévoilement, la production de prodiges et la possession de pouvoirs surnaturels sur le monde des éléments. Ils composèrent des ouvrages sur le soufisme et la terminologie soufie, et développèrent leurs vues sur la dérivation graduelle de l'être à partir de l'Un. Ils pensaient que la perfection attachée aux noms a pour manifestation les esprits des sphères et des astres et que les natures et les secrets des lettres se communiquaient aux noms, alors que ceux-ci se communiquaient aux êtres créés, dans cet ordre. Les êtres créés, depuis la création primordiale, parcourent les phases de la création et en expriment les secrets. Ainsi prit naissance la science des secrets des lettres. C'est une branche des sciences de la *sîmiyâ*. C'est une science au sujet inépuisable et aux problèmes innombrables. Al-Bûnî[2] et Ibn al-'Arabî, ainsi que d'autres auteurs qui ont marché sur leurs traces, ont écrit de nombreux ouvrages là-dessus. D'après ces auteurs, le résultat ultime, le fruit de cette science, est de permettre aux âmes seigneuriales d'agir sur le monde de la nature à l'aide des beaux noms divins et des expressions divines composées avec les lettres qui renferment les secrets communiqués aux êtres créés.

Il existe, parmi les auteurs, des divergences au sujet du secret du pouvoir qui réside dans les lettres. Certains l'attribuent au tempérament qui leur est inhérent. Ils divisent les lettres, suivant leurs natures, en quatre groupes, correspondant aux quatre éléments. Chaque nature a en propre un groupe de lettres doté du pouvoir d'agir sur elle activement ou passivement. Par un procédé technique appelé « fractionnement », les lettres sont classées, comme les éléments, en ignées, aériennes, aquatiques, et terrestres. Ainsi, l'*alif* (*a*) est igné, le *bâ* (*b*) aérien, le *jîm* (*j*) aquatique, et le *dâl* (*d*) terrestre. On continue ainsi, en prenant toutes les lettres de l'alphabet et en leur affectant successivement les éléments. On a, de la sorte, sept lettres pour le feu : *alif*, *h*, *t*, *m*, *f*, *s*, *dh* ; sept lettres pour l'air : *b*, *w*, *y*, *n*, *d*, *t*, *z* ; sept lettres pour l'eau : *j*, *z*, *k*, *s*, *q*, *th*, *gh* ; sept lettres pour la terre : *d*, *h*, *l*, *'ayn*, *r*, *kh*, *sh*.

Les lettres ignées servent à éloigner les maladies froides et à accroître la chaleur là où il est requis de l'augmenter, soit dans un sens physique, soit dans un sens astrologique, comme, par exemple, lorsqu'on veut augmenter les forces de Mars lors des guerres, ou pour [favoriser] l'anéantissement des ennemis, ou encore dans l'exercice de la violence.

De même, les lettres aquatiques servent à chasser les maladies chaudes, comme les fièvres ou d'autres maladies, et à accroître les forces froides là où il est requis de les augmenter dans un sens physique ou astrologique, comme lorsqu'on veut, par exemple, augmenter la force de la Lune, ou dans d'autres cas semblables.

D'autres auteurs attribuent le secret du pouvoir des lettres à leur rapport numérique. Les lettres de l'alphabet indiquent des valeurs numériques qui leur sont reconnues par nature et par convention. En raison des rapports qui existent entre leurs valeurs numériques, on constate également des rapports entre les lettres elles-mêmes. On constate ainsi un rapport entre les lettres *b*, *k* et *r*, du fait qu'elles désignent le chiffre 2 dans ses différentes positions : *b* désigne 2 dans la position des unités ; *k* dans la position des dizaines (20) ; et *r* dans la position des centaines (200). On constate, de même, un rapport entre ces dernières lettres et les lettres *d*, *m* et *t*, qui désignent le chiffre 4, puisque, entre 4 et 2, il existe un rapport du simple au double. On a alors des carrés magiques pour les mots, comme on en a pour les nombres. Chaque groupe de lettres a une sorte particulière de carrés magiques, qui sont en rapport soit avec la valeur numérique de la figure, soit avec celle des lettres. De la sorte, les pouvoirs magiques dans le secret des lettres et dans le secret des nombres se confondent, en raison des rapports qui existent entre les lettres et les nombres[3].

Le secret des relations qui existent entre les lettres et les tempéraments des natures, ou entre les lettres et les nombres, est difficile à comprendre. Ce n'est pas affaire de science ou de raisonnement, mais plutôt de goût et de dévoilement. « Ne croyez pas, dit al-Bûnî, que le secret des lettres soit de ces choses qu'on peut appréhender en se servant du raisonnement logique. On ne l'atteint que grâce à la vision mystique et à l'assistance divine. »

Le pouvoir sur le monde de la nature, au moyen de ces lettres et des noms formés à partir d'elles, et le fait que les êtres créés puissent être influencés par ce pouvoir, ne sauraient être niés. Ils sont confirmés par un grand nombre de ceux qui pratiquent cet art d'après une tradition ininterrompue.

On pourrait penser que le pouvoir lié à cet art et le pouvoir des talismans sont identiques, mais ce n'est pas exact. Les connaisseurs en matière de talismans ont clairement établi que la signification réelle et l'influence d'un talisman consistent en des forces spirituelles qui dérivent de l'essence de la contrainte. Elles exercent sur l'objet pour lequel le talisman a été conçu une action de domination et de contrainte à l'aide des secrets des sphères, des rapports entre les nombres et des fumigations qui attirent la spiritualité du talisman. Enfermées dans le talisman grâce à la force mentale, ces forces spirituelles ont pour effet de lier les natures supérieures aux natures inférieures. Le talisman, pensent-ils, est comme un levain composé d'éléments aériens, terrestres, aquatiques et ignés, et résultant de leur somme. Ce levain transmue tout ce qu'il pénètre, le change en sa propre essence et lui donne sa propre forme. C'est comme l'élixir pour les métaux, qui agit aussi comme un levain par transmutation et change le métal qu'il pénètre en lui-même. C'est pourquoi on dit que l'alchimie a pour objet « un corps dans un corps », car toutes les parties de l'élixir sont corporelles ; et que le talisman a pour objet « un esprit dans un corps », car il consiste à lier les natures supérieures aux natures inférieures. Or, les natures inférieures sont des corps, alors que les natures supérieures sont des spiritualités.

Pour connaître la différence exacte entre le pouvoir des talismans et celui des noms, il faut d'abord savoir que tout pouvoir sur le monde de la nature vient de l'âme humaine et de la force mentale des hommes. L'âme humaine, par essence, englobe la nature et la gouverne. Le pouvoir des gens qui usent de talismans consiste à faire descendre la spiritualité des sphères et à la lier aux formes ou aux rapports des nombres, de telle sorte qu'il en résulte une espèce de tempérament qui opère, par nature, une transmutation et un changement comme ceux qui sont opérés par le levain sur ce qu'il pénètre ; tandis que le pouvoir des gens qui usent des mots vient de la lumière et de l'assistance divines qu'ils ont pu obtenir grâce au combat spirituel et au dévoilement. Ils soumettent la nature à leurs fins, et celle-ci se montre pour eux docile et non rebelle. Ils n'ont besoin ni de l'assistance des sphères ni de rien d'autre, car ils bénéficient d'une assistance supérieure.

Ceux qui usent des talismans ont besoin d'exercices qui procurent à l'âme la force de faire descendre la spiritualité des sphères. Mais cette dévotion et ces exercices sont bien faibles. C'est le contraire pour ceux qui usent des noms. Leurs exercices sont les plus intenses qui puissent être. Ils ne les font pas en vue de l'obtention d'un pouvoir sur les êtres créés, car un tel pouvoir [est considéré par eux] comme un voile. Le pouvoir qu'ils acquièrent leur vient seulement par accident, comme une grâce divine que Dieu leur accorde. Maintenant, si celui qui use des noms n'a pas la connaissance des secrets de Dieu et des réalités de la royauté céleste qui résultent de la vision et du dévoilement, s'il se borne à s'appuyer sur les rapports entre les noms et sur les natures des lettres et des expressions et qu'il les utilise magiquement dans cette condition — et c'est le cas le plus courant de ceux qui s'occupent de *sîmiyâ* —, il n'y aura plus de différence entre lui et celui qui use des talismans. Au contraire, ce dernier serait plus digne de foi, car il se réfère à des principes naturels scientifiques, et à des normes ordonnées. Une personne qui s'occuperait des secrets des noms alors que, faute de dévotion sincère, elle serait privée du dévoilement grâce auquel elle pourrait connaître les réalités des expressions et les influences des relations, et qui, en outre, ne trouverait pas dans les sciences conventionnelles une règle logique qui pût lui servir d'appui, serait dans une position plus faible.

Celui qui se sert du pouvoir des noms peut mêler les pouvoirs des expressions et des noms aux pouvoirs des astres. Il peut désigner certains moments pour la mention des beaux noms divins ou pour les carrés magiques composés à partir de ces noms, ou pour tout autre nom. Ces moments doivent se trouver sous l'influence propice de l'astre qui est en rapport avec tel ou tel de ces noms. C'est ce qu'a fait al-Bûnî dans son livre intitulé *al-Anmât*[4]. Ce rapport viendrait de la présence nébuleuse, qui est comme le monde intermédiaire[5] pour la perfection des noms, et qui se particularise dans les réalités conformément aux rapports qu'il y a entre elles. Ces expressions ne peuvent être établies, selon eux, que si elles sont l'objet de vision. Faute d'une telle vision, si celui qui se sert des noms reçoit ce rapport par la voie de la tradition, son action équivaudra à celle de celui qui se sert de talismans. Ce dernier sera même plus digne de foi que lui, comme nous l'avons vu.

Celui qui se sert des talismans peut également mêler ses actions, et les pouvoirs des astres qui les gouvernent, aux pouvoirs des invocations composées de certaines expressions particulières en raison du rapport entre ces expressions et les astres. Cependant, le rapport des expressions aux astres ne vient pas, chez les utilisateurs de talismans, d'une connaissance établie sur un état de vision, comme c'est le cas chez ceux qui se servent des noms. Il est simplement basé sur une exigence de principe de la magie, à savoir la participation des astres à tout ce qui existe dans le monde de la génération — substances, accidents, essences, idées. Les lettres et les noms font justement partie de ce monde de la génération, et chaque astre a en propre une partie d'entre eux. Sur cette base, les magiciens font des constructions bizarres, religieusement blâmables, consistant à répartir les sourates et les versets du Coran suivant un tel principe. C'est ce qu'a fait Maslama al-Majrîtî dans son *Kitâb al-Ghâya*; et il semble évident, d'après son livre *al-Anmât*, qu'al-Bûnî a également suivi cette méthode. Une étude des *Anmât*, des invocations qui y sont contenues et de la répartition de celles-ci sur les heures des sept astres, parallèlement à un examen du *Ghâya* et des prières qu'il contient, dites *qiyâmât* — qui s'adressent à chaque astre en particulier et qui sont appelées ainsi parce qu'elles sont accomplies (*yuqâmu bihâ*) au nom de chacun d'eux —, montre que ces procédés, ou bien font partie intégrante de la substance de la magie des lettres, ou bien ont été rendus nécessaires par un rapport qui existait à l'origine de la création et dans le monde intermédiaire de la connaissance.

Mais « il ne vous a été donné que peu de science[A] ».

Toutes les sciences qui sont considérées comme illicites par la loi religieuse ne sont pas pour autant sans fondement. Ainsi, il a été établi que la magie est vraie, bien qu'elle soit interdite. Mais contentons-nous, en matière de science, de ce que Dieu nous a appris.

A. Coran, XVII, 85.

Autres explications et remarques.

La *sîmiyâ*, comme on a pu le voir clairement, est un genre de magie qui s'effectue grâce à des exercices à caractère légal. Il a été précédemment établi que le pouvoir sur le monde des êtres créés peut être exercé par deux types d'hommes : les prophètes, grâce au pouvoir divin que Dieu leur a accordé naturellement ; et les magiciens, à l'aide du pouvoir psychique qui est inné en eux.

Les saints peuvent également acquérir un pouvoir par la vertu de paroles de foi. Il est, chez eux, le résultat du détachement, et n'est pas recherché comme tel mais leur vient spontanément. Les saints confirmés s'en détournent lorsqu'il se présente sur leur chemin. Ils cherchent contre lui refuge auprès de Dieu, et le tiennent pour une épreuve. On raconte à ce propos qu'un soir Abû Yazîd al-Bistâmî était arrivé sur le bord du Tigre en toute hâte. Il vit que les deux rives de la rivière se rejoignaient pour lui. Implorant le secours de Dieu, il dit : « Je ne vendrai pas ma part en Dieu pour si peu. » Et il traversa la rivière dans une barque avec les bateliers.

La magie peut être une disposition innée, auquel cas il faut la renforcer par des exercices, afin de la faire passer de la puissance à l'acte. Elle peut ne pas être innée mais acquise. Cette forme de magie est inférieure à la magie innée et requiert également des exercices. Les exercices de magie sont connus. On trouve une description de leurs différentes espèces et de leurs méthodes dans le *Kitâb al-Ghâya* d'al-Majrîtî, dans les *Épîtres* de Jâbir Ibn Hayyân et dans d'autres ouvrages. Elles sont employées par beaucoup de ceux qui désirent acquérir cet art et l'apprendre en en respectant les règles et les conditions.

Cependant, ces exercices magiques, qui remontent aux anciens, comprennent de nombreuses pratiques hérétiques, comme, par exemple, de se tourner vers les astres et de leur adresser des prières — appelées *qiyâmât* — afin d'attirer leur spiritualité, ou encore de croire à l'influence d'autres êtres que Dieu, en liant ses actes à l'horoscope et à l'observation des positions des astres dans les signes du zodiaque pour obtenir les résultats désirés.

Beaucoup[b] de ceux qui désiraient acquérir un pouvoir sur les créatures furent arrêtés par ce fait. Ils cherchèrent un autre moyen d'obtenir ce pouvoir qui fût éloigné de toute relation avec l'hérésie et de toute pratique hérétique. Ils transformèrent ainsi les exercices de magie de façon à les rendre conformes à la loi religieuse, en les accompagnant de *dhikr*, d'invocations et de prières tirées du Coran ou des traditions prophétiques. Ils furent guidés dans leur choix de ce qui convenait à leur besoin par la division du monde — signalée plus haut —, avec ses essences, ses attributs et ses actions, selon les influences des sept astres. Ils choisissaient, en outre, les jours et les heures appropriés à ces influences. En se servant de ces exercices comme d'un paravent, ils voulaient se dissocier de la magie ordinaire, qui était une pratique hérétique, ou pouvant conduire à l'hérésie, et montraient leur attachement à la légalité pour faire comme tout le monde et garder une apparence d'honnêteté. C'est ce que fit al-Bûnî dans *al-Anmât* ou dans d'autres de ses livres, ainsi que d'autres auteurs. Ils appelèrent leur discipline *as-sîmiyâ*, afin de ne pas être taxés de magiciens, mais en réalité c'est bien de la magie dont il s'agit dans leur pratique. Même si dans leurs actes de dévotion ils se conforment à la loi religieuse, ils ne gardent pas toute la distance nécessaire à l'égard de la croyance en l'influence de pouvoirs autres que Dieu.

D'autre part, ces gens recherchent l'obtention d'un pouvoir sur le monde des choses existantes, ce qui est interdit par le Législateur. Les pouvoirs que détenaient les prophètes lorsqu'ils faisaient des miracles n'étaient que l'effet du commandement et du pouvoir de Dieu. [Les miracles] des saints sont également fondés sur une permission de Dieu. Pour cela, ou pour autre chose, les saints reçoivent un savoir nécessaire par inspiration. Ils ne les recherchent pas d'eux-mêmes, sans permission.

On ne doit donc pas ajouter foi aux opinions trompeuses que l'on débite au sujet de la *sîmiyâ*. Comme je l'ai établi, elle n'est qu'une branche et une variété de la magie. C'est Dieu qui, par Sa faveur, nous guide vers le Vrai.

La zâ'iraja.

Il existe une branche de la *sîmiyâ* [où le tour de magie consiste à] tirer les réponses des questions : en se servant des rapports entre les lettres dont sont formés les mots [employés dans les questions], on veut faire croire que ces rapports permettent de connaître les événements futurs. Mais ce ne sont que des énigmes ou des casse-tête d'un genre particulier. Dans la littérature sur la magie, il existe de nombreux écrits sur ce sujet. Un des plus remarquables est la *zâ'iraja du monde* d'as-Sabtî. Nous en avons déjà parlé précédemment[6], mais, ici, nous allons expliquer son mode d'utilisation. Nous citerons d'abord le poème sur ce sujet attribué à as-Sabtî. Nous ferons ensuite la description de la *zâ'iraja* avec son cercle et sa table écrite au verso. Nous dirons enfin ce qu'il en est en réalité de cette *zâ'iraja*, en montrant qu'elle n'a rien à voir avec l'invisible et qu'elle se fonde uniquement sur la correspondance, au niveau du discours, entre la question et la réponse. C'est une manière intéressante mais étrange de tirer la réponse de la question à l'aide de ce qu'on appelle la « technique de fractionnement ». De cela, nous avons déjà parlé précédemment.

Nous ne possédons pas de version de ce poème dont l'authenticité soit garantie. Nous avons choisi toutefois ce qui nous a paru être la meilleure version. La voici[7] :

Un petit homme de Ceuta dit, après avoir prononcé les formules de louange à Dieu,
de salut sur le Guide qui a été envoyé aux hommes,
Muhammad, le Messager, le Sceau des prophètes,
de satisfaction au sujet des Compagnons et de ceux qui les ont suivis :
Or donc, voici la zâ'iraja *de l'univers,*
qui te sera révélée par tes sens et par la raison.
Celui qui saura l'établir correctement saura maîtriser son corps,
et connaîtra les lois qui résultent des influences d'en haut.
Celui qui saura établir le lien obtiendra
un pouvoir, pour sa crainte de Dieu, et obtiendra toute chose.
Il saisira la réalité du monde de l'Ordre.
C'est la station de ceux qui se sont perfectionnés par le dhikr.
Voici des secrets que tu devras cacher.
Mets-les en cercles en les équilibrant avec un h
et un t *pourvu d'un trône portant des figures gravées*
en vers et en prose, ou disposées en tableau.
Trace des cercles correspondant à leurs sphères,
et dessine des astres pour leurs plus hauts degrés.
Sors ses cordes et dessine

leurs lettres ; répète les mêmes (lettres) sur les bords de celles qui sont restées libres.
Établis la forme de leur zîr[8] *et arrange les cases,*
vérifie avec un bamm *là où se manifeste leur lumière.*
Apprends les sciences des natures, comme le géomètre,
ainsi qu'une solide connaissance des figures et des quadrants.
Sers-toi de la musique et de la connaissance de leurs lettres,
ainsi que de la connaissance d'un instrument. Vérifie et assimile.
Trace des cercles et place leurs lettres dans les rapports qui conviennent,
Laisse libre leur monde et dispose en tableau les zones.
Nous avons un émir qui aime Bijâya. Une dynastie
zénète est apparue et son pouvoir s'est manifesté.
La région de l'Andalus pour un fils de leur Hûd,
puis vinrent les Banû Nasr, et leur victoire suivit.
Des rois, des chevaliers, des sages,
inscris-les si tu veux. Leur pays est resté vide.
Un Mahdî des Almohades qui règnent à Tunis,
des rois pour un Orient sont descendus dans des carrés magiques.
Partage sur la région et sois croyant,
si tu veux, sers-toi du latin[9] *sans faire d'erreur.*
Alfonse et Barcelone. Le r *est sa lettre.*
Leur France est dh, *et s'accomplit avec* t.
Les rois de Kinâwa[10] *indiquent leur désert.*
Pour les Arabes bédouins, notre peuple, agis avec douceur.
L'Inde abyssinienne, le Sind et Hormoz,
les Perses tatares, et ceux qui viennent après eux [...][11]
Leur César est un h, *leur Yazdajard*
appartient à un k *et leur Copte a son* l *en longueur.*
Leur 'Abbâs à tous est noble et vénéré,
mais un Turc fait cesser l'activité [magique].
Si tu veux connaître et découvrir les rois avec précision,
scelle les cases, établis les rapports et dresse un tableau
suivant la loi et la science des lettres
et conformément à la science de leurs natures, puis dresse le tout.
Quiconque connaît les sciences connaît notre science.
Il connaîtra les secrets de l'existence et sera parfait.
Il sera enraciné dans la science et connaîtra son Seigneur,
ainsi que la science des prédictions dont le sépare h-m.
Partout où apparaît un nom [...][12]
la sentence du sage est catégoriquement la mort.
Des lettres viendront à toi. Arrange-toi pour les biffer.
Les lettres de Sîbawayh viendront à toi séparées.
Renforce avec l'indétermination, oppose, échange.

Avec ton précieux chant dépouille les parties.
C'est dans le nœud et dans ce qui est extirpé qu'on le reconnaît généralement,
[...][13]
Choisis un ascendant, trace ses signes,
renverse sa racine et ajuste le cycle.
Un homme percevra ces choses. Il atteindra son but
et leurs lettres lui seront données. Dans leur ordre il y aura la clarté.
S'il y a un bon augure et si les étoiles annoncent de la chance,
il te suffit d'avoir la royauté et d'atteindre Suhâ[14] *d'en haut.*
La cadence de leur d *avec leur* bamm *bridé.*
Fais sonner des carillons et tu y trouveras une aiguade.
Les cordes de leur zîr. *Leur* bamm *appartient au* h,
ainsi que leur mathnâ. *Le* mathlath *s'est manifesté à travers leur* j.
Fais tes entrées avec les sphères, équilibre avec un tableau,
trace [les premières lettres de] l'alphabet et écris les autres d'après leur valeur numérique.
Tolère les irrégularités prosodiques ; de telles choses
se sont produites dans les vers de bien des gens.
Un principe de notre religion, un principe de notre droit,
des éléments de notre grammaire : apprends cela et garde-le bien.
Entre dans la tente dont la racine est sur le carré magique.
Loue le nom de Dieu et prononce les formules : « Dieu est grand », « Il n'est d'autre Dieu que Dieu ».
Alors, tu sortiras des vers pour chaque chose demandée,
avec des rimes naturelles et un secret d'en haut.
On prend soin de les réunir ; c'est la loi de leur grand nombre.
Avec la science des commencements, tu verras Canopus.
Ainsi tu sortiras des vers. Vingt multiplié
par mille par nature. Ô Ami, fais des tableaux
qui te montreront des modèles de multiplication parfaite.
De la sorte, tes vœux seront réalisés, et le monde d'en haut te sera favorable.
Rime avec leur zîr *et reprends au tambour.*
Fais-en des cercles pour le zîr *et prends-en possession.*
Établis-les dans des carrés magiques et affermis leur nombre
à partir des secrets de leur lettre, puis fais-en une chaîne.

[signes[15]]

EXPOSÉ
sur la découverte des rapports et des qualités des poids, les mesures de leurs opposés, la puissance du degré distinctif par rapport à la place des natures mixtes attachées, et la science de la médecine ou l'art de l'alchimie

Ô toi qui veux apprendre la médecine grâce à la science de Jâbir
et de celui qui connaît la mesure des mesures, sans interruption,
si tu veux la science de la médecine, sache qu'il faut un rapport
entre les lois de la balance, et tu trouveras la voie.
Ainsi ton malade guérira. L'élixir sera bien fait,
et les mixtures de ta composition, à l'examen, apparaîtront bonnes.

LA MÉDECINE SPIRITUELLE

Tu veux Ilâwush[16] [signes]
et son esprit s'est manifesté
à Bahrâm-Birjîs[17] *et 7, qui est parfait.*

Pour dissoudre les douleurs des froids, vérifiez
de cette façon, et [faites votre] composition partout où [elles] se déplacent.

[signes]

L'APPARITION DES RAYONS
dans les nativités des rois et de leurs fils

La connaissance des lieux où se jettent les rayons est chose difficile,
et le côté de leurs arcs apparaît dans une ceinture.
Mais dans un pèlerinage, il y a la station de notre imam.
Il apparaît quand la latitude des étoiles est déterminée.
Il y a des positions dont la longitude est bien claire, ainsi que la latitude.
En l'atteignant, il réalise la jonction
Des positions de quartile avec son signe descendant.
Leur sextile a l'aspect trine du signe de celui qui suit.
On l'ajoute au quartile. En voici la mesure,
en toute certitude, et la racine. Agis avec le 'ayn.
À partir de la relation des deux quarts, compose
tes rayons avec un sâd. *Double-le et son quartile apparaîtra.*

Est particulier à [un signe]. *Est correct* [plusieurs signes].

L'opération figurant ici concerne les rois. L'opération de cette règle réussit bien. On n'a jamais rien vu de plus extraordinaire.

Positions des rois :
Première position
Deuxième position
Troisième position [pour chaque position, un ou
Quatrième position plusieurs signes en *zimâm*]
Cinquième position
Sixième position
Septième position

Ligne de jonction ou de séparation [signes]
Ligne de jonction [signes]
Ligne de séparation [signes]
Le *zîr* pour l'ensemble et la suite complète de la racine [signes]
Jonction et séparation [signes]
Le nécessaire complet dans les jonctions [signes]
L'établissement des lumières [signes]. La racine donnant la réponse dans l'opération [signes]
L'établissement des questions relatives aux rois [signes]
Position des enfants. Position de la lumière [signes]. Position de la splendeur [signes]

L'ÉMOTION SPIRITUELLE ET LA SOUMISSION À DIEU

Ô toi qui cherches le secret de la louange à Dieu,
C'est auprès des beaux noms que tu pourras étancher ta soif.
Les docteurs de tous les temps t'obéiront sincèrement,
ainsi que leur chef. Opère dans le soleil.
Tu verras tous les hommes à toi liés,
[...][18]
Ton chemin est cette voie, la voie à laquelle
d'autres ont souscrit, mais ta victoire sera encore plus complète.
Si tu veux, tu vivras cette existence, avec la crainte de Dieu
et une foi solide, ou bien tu connaîtras
comme Dhû-n-Nûn et al-Junayd le secret de l'art.
Du secret de Bistâm je te vois revêtu.
Dans le monde supérieur, tu seras recréé,
comme disent les Indiens et la majorité des soufis.
La voie du Messager de Dieu brille par la Vérité.

Aucune loi pareille à celle descendue par Gabriel n'a jamais encore été inventée.
Ta force, c'est la récitation de la formule de l'unité de Dieu, ton arc, c'est le lever [du soleil ?]
Jeudi, c'est la fuite, et dimanche, il apparaît.
Vendredi, c'est aussi avec les noms, comme lui.
Et lundi complétera les beaux noms.
Dans son t *il y a un secret, ainsi que dans son* h,
et quand je t'y vois, avec le rapport au tout, il cesse.
L'heure de la chance, leur condition est dans ses figures gravées,
et du bois d'aloès et du mastic sont utilisés comme encens.
On lit la fin du verset de la Résurrection en une prière,
et les versets de la sincérité et des « sept répétées », en psalmodiant.

LA JONCTION DES LUMIÈRES DES ÉTOILES
[signes]

Dans ta main droite, un oreiller[19] *et un sceau,*
et tout par toi-même, et non en prière.
Fais de ton cœur une table pour le verset de la Résurrection,
et lis lorsque les gens dorment, en psalmodiant.
Il est le secret des êtres créés, il n'y a rien d'autre que lui,
c'est le verset le plus grand. Sois rigoureux et apprends.
Grâce à lui, tu seras un pôle, si tu excelles dans ton service,
et tu percevras les secrets du monde supérieur.
Sarî en parla en secret, ainsi que Ma'rûf[20] *après lui,*
Al-Hallâj les divulgua et fut mis à mort.
Ash-Shiblî était toujours familier avec eux ;
ainsi, il surpassa tous les aspirants mystiques et s'éleva au plus haut rang.
De toutes tes forces, purifie ton cœur des souillures,
récite en permanence des dhikrs, *jeûne et fais des prières surérogatoires,*
seuls ont atteint le secret des mystiques ceux qui observent la rigueur,
qui connaissent les secrets des sciences et y sont compétents.
[signes]

La position de l'amour, de l'inclination des âmes, du combat spirituel, de l'obéissance, de l'adoration, de l'amour, de la passion, de l'anéantissement de l'anéantissement, de l'orientation [vers Dieu], de l'observance, du manteau[21] de la passivité naturelle permanente.

Pour Birjîs[22]*, on a consacré le carré magique à l'amour,*
et on a préparé le mélange avec de l'étain, du cuivre,
ou de l'argent, dit-on. C'est exact, je l'ai vu.
L'ascendant que tu lui assignes comme lot n'est pas haut.
Tâche d'en tirer un surplus de lumière pour la lune.
Et tente de disposer son soleil à l'acceptation le soir
et le jour qui suit. L'encens est fait de bois d'aloès des Indes.
Fixe une heure. Sa prière [...][23]
Sa prière a un but auquel elle est destinée.
C'est une prière de Taysamân, qui est pourvue d'ornements.
Il y a aussi, dit-on, une prière composée de lettres
préparées avec de l'air chaud ou [...][24]
Fais graver des lettres avec un d *et son* l.
C'est un carré magique à seize casiers.
Si ta passion ne supporte pas sa coquetterie,
c'est pour que le wâw *de safran soit abandonné.*
Fais-toi aimer son b *et leur* b,
et le peu qui reste, fais-en l'addition.
Grave les difficultés pour certains d'entre eux sous condition.
Calcule tout ce que tu ajoutes en relation avec ton action.
La clef de Marie et leurs deux actions sont pareilles.
Il y a un appel. Un Bistâmî récite la sourate [de Marie].
Dans ton action, fais-toi aider. Mets-toi à la recherche
des preuves concernant un sauvage qui a été châtié pour son texte.
Renverse ses cases avec mille et davantage.
En son sein il y a un secret, et dans son secret, il s'est manifesté.

POSITIONS POUR LA FIN

Tu as le Mystère, image du monde supérieur.
Tu lui trouves une demeure. Son vêtement est fait de parures.
Il est tel Joseph par sa beauté. Celui-ci est semblable à lui.
[...][25]*, récitation, vérité révélée.*
Il est puissant et parle du Mystère,
Il ressemble à un luth qui rivalise avec un rossignol.
Buhlûl devint fou à cause de l'amour que lui inspirait sa beauté,
et lorsqu'elle apparut à Bistâm, il fut abandonné
et mourut... Junayd et al-Basrî languirent
d'amour pour elle. Il négligea son corps
et chercha à atteindre sa fin ultime en récitant la formule : « Il n'y a de Dieu que Dieu. »
Quiconque se consacre uniquement aux beaux noms de Dieu,

quiconque se donne pour compagnons les beaux noms verra ses vœux exaucés,
et jouira du voisinage du monde supérieur.
Tu seras informé du Mystère si tu excelles dans ton service,
et tu verras les merveilles de Celui qui est un refuge.
C'est là la vraie victoire. C'est un bien qu'il obtiendra.
Il s'ensuit des choses supplémentaires pour leur interprétation.

TESTAMENT, MOTS DE CONCLUSION, FOI, SOUMISSION, INTERDICTION ET DEVOIRS

Voici notre poème. Il comprend 90 vers,
sans compter l'introduction, la fin et le tableau.
N'est-ce pas merveilleux que mon poème de 90 vers
engendre des vers innombrables.
Quiconque comprend le secret se comprendra lui-même
et comprendra une interprétation ambiguë et difficile.
Il est à la fois interdit et licite de montrer notre secret,
même à des gens choisis et compétents.
Si tu veux trouver les gens qui le méritent, fais-leur prêter un grand serment,
[...][26]
Peut-être seras-tu sauvé, ainsi que celui qui a entendu leur secret,
De l'accusation formelle de le divulguer, et tu commanderas dans le monde d'en haut.
Un fils de 'Abbâs a su bien garder son secret,
Il a obtenu beaucoup de bonheur, puis un haut rang.
Le Messager de Dieu se leva pour faire un sermon aux hommes.
Celui qui sera à la tête de dix [personnes] sera mis aux fers
Les esprits chevauchent les corps [...][27]
Notre non-existence s'anéantit dans le monde supérieur,
et nous revêtons sans interruption les habits de l'existence.
Notre poème prend fin. Que la prière de notre Dieu soit
sur le Sceau des messagers, une prière qui élève.
Que la prière du Dieu du Trône, glorieux et très haut,
soit sur un maître qui a gouverné les hommes et les a menés à la perfection,
Muhammad, le guide, l'intercesseur, notre imam,
ainsi que sur ses Compagnons, nobles et de haut rang.

Un rang qui résulte de l'amitié [signes]

Détermination de la position correcte du Soleil et de la

Lune et détermination des étoiles pour toute date demandée : [signes]

Cordes universelles [signes]

La *zâ'iraja* est achevée.

Procédure pour découvrir les réponses aux questions au moyen de la zâ'iraja *de l'univers, avec l'aide de Dieu.*

Une question peut avoir trois cent soixante réponses, autant que de degrés [au firmament]. Les réponses à une question sous un ascendant donné diffèrent selon les questions associées aux lettres des cordes [de la *zâ'iraja*] et l'opération consistant à découvrir les lettres à partir du vers du poème.

Note. Les lettres des cordes et de la table sont de trois sortes : 1. lettres arabes, prises avec leurs valeurs numériques habituelles ; 2. lettres *ghubâr*[28], considérées différemment selon les cas. Certaines d'entre elles sont prises avec leurs valeurs numériques habituelles quand il n'y a pas plus de quatre cycles. Quand il y en a plus de quatre, elles sont prises avec la valeur des dizaines ou des centaines, suivant ce qui est requis par l'opération, comme nous l'expliquerons plus loin ; 3. lettres *zimâm*[29], qui sont traitées pareillement. Cependant, les lettres *zimâm* offrent une seconde possibilité. 1 peut être pris avec la valeur de 1 000, et 10 [avec la valeur de 10 000]. Elles peuvent également avoir un rapport de un à cinq avec les lettres arabes. Il est possible de placer dans chaque case de la table trois lettres de cette catégorie et deux [d'une autre]. On a laissé vides un certain nombre de cases. Quand il y a plus de quatre cycles, [les cases vides] sont comptées verticalement. S'il n'y en a pas plus de quatre, on ne compte que les cases pleines.

L'opération sur la question nécessite sept données de base : 1. Le nombre des lettres figurant sur les cordes. 2. La rétention de leurs cycles après division par douze. Il y a toujours huit cycles dans [la *zâ'iraja*] complète, et six dans [la *zâ'iraja*] incomplète. 3. La connaissance du degré de l'ascendant. 4. Le roi du signe. 5. Le plus grand cycle originel, qui est toujours unique. 6. Ce qui résulte de l'addition de cet ascendant au cycle originel. 7. Ce qui résulte de la multiplication de l'ascendant et du cycle par le roi du signe. 8. [Ce qui résulte] de l'addition du roi du signe à l'ascendant.

L'opération entière se déroule en trois cycles multipliés par quatre, ce qui fait douze cycles. Le rapport entre ces trois cycles, avec un cycle pour quatre, est trois. Chaque naissance a un commencement. Ensuite, ils sont multipliés comme cycles quadruples [ ][30] et aussi cycles triples. Puis ils peuvent s'obtenir par la multiplication de six par deux, et ils ont une [autre naissance]. Tout cela se voit dans l'opération.

Ces cycles sont suivis par des « résultats » : ce sont les cycles, et ceux-ci donnent un résultat ou plus, jusqu'à six.

Pour commencer, on suppose que quelqu'un pose la question de savoir si la *zâ'iraja* est une science moderne ou ancienne, avec un ascendant au premier degré du Sagittaire. Nous plaçons alors les lettres de la corde qui part du début du Sagittaire et de la corde correspondante du début des Gémeaux, et, en troisième lieu, de la corde du début du Verseau, jusqu'au centre. Puis nous ajoutons à cela les lettres de la question.

Nous en examinons alors le nombre, qui ne peut être inférieur à quatre-vingt-huit et supérieur à quatre-vingt-seize, correspondant au total d'un cycle complet. Notre question comporte quatre-vingt-treize lettres. Si la question comprend plus de quatre-vingt-seize lettres, elle doit être réduite. De même, tous ses cycles de douze doivent être retranchés. On conserve le résultat [le quotient] et le reste. Ainsi, dans notre question, il y a sept cycles, et le reste est égal à neuf. [Ces chiffres] sont posés par rapport aux lettres, si l'ascendant n'a pas atteint douze degrés. S'il a atteint douze degrés, on ne pose ni nombre ni cycle. On en pose également les nombres si l'ascendant dépasse vingt-quatre degrés dans le troisième décan.

Ensuite, on pose l'ascendant, qui est égal à un, le roi de l'ascendant, qui est égal à quatre, et le grand cycle, qui est égal à un. On additionne l'ascendant et le cycle, ce qui donne deux dans cette question. On multiplie ce total par l'ascendant du signe, et l'on obtient huit. On ajoute le roi à l'ascendant, et l'on a cinq. Ce sont là les sept données de base.

On fait entrer le résultat de la multiplication de l'ascendant et du grand cycle par le roi du Sagittaire, quand il est inférieur à douze, du côté du huit, par le bas de la table, en montant. Quand il eśt supérieur à douze, on le divise en cycles, on fait entrer le reśte du côté du huit, et l'on marque la fin du nombre. Le cinq, qui résulte de l'addition du roi et de l'ascendant, a une entrée du côté de la plus grande surface du haut de la table. On compte successivement des groupes de cinq cycles et on les conserve jusqu'à ce que le nombre s'arrête en face des cases pleines de la table. S'il s'arrête en face de l'une des cases vides de la table, on ne doit pas y prêter attention et continuer avec les cycles, jusqu'à ce que l'on atteigne l'une des quatre lettres, à savoir : *alif*, *b*, *j*, ou *z̧*. Dans notre opération, le nombre tombe sur l'*alif* et laisse derrière lui trois cycles. Nous multiplions trois par trois, ce qui donne neuf. C'eśt le nombre du premier cycle. On le pose, et l'on additionne les deux côtés vertical et horizontal, et le total entre dans la case du huit.

Puis on fait entrer le nombre du premier cycle, c'eśt-à-dire neuf, dans le haut de la table, en avant de la case où les deux se sont rassemblés, en allant vers la gauche. C'eśt [la case du] huit. Il tombe sur la lettre *lâm-alif*, mais aucune lettre composée n'en résulte jamais. Il ne s'agit donc que de la lettre *t*, avec la valeur de quatre cents suivant le syśtème des lettres *z̧imâm*. On doit y mettre une marque sur la lettre qui lui correspond dans le poème.

Puis on additionne le nombre de cycles du roi, soit treize, qu'on fait entrer avec les lettres des cordes. On pose [la lettre] sur laquelle eśt tombé le nombre et l'on met une marque sur la lettre du poème qui lui correspond.

On voit d'après cette règle comment circulent les lettres suivant l'ordre naturel. Cela se passe de la façon suivante. On additionne la lettre du premier cycle, c'eśt-à-dire neuf, avec le roi du signe, qui eśt quatre. On obtient treize. On double ce chiffre, ce qui fait vingt-six. De celui-ci, on retranche le degré de l'ascendant, qui eśt un dans cette queśtion. Le reśte eśt égal à vingt-cinq. Ainsi, le premier ordre de la lettre [eśt vingt-cinq] ; puis vingt-trois, deux fois ; puis vingt-deux, deux fois, suivant cette souśtraction, jusqu'à ce que l'on atteigne un à la fin du vers. On ne doit pas s'arrêter à vingt-quatre, parce qu'on a retranché un d'abord.

Puis on fait le deuxième cycle et l'on ajoute les lettres du premier cycle à huit, qui résulte de la multiplication de l'ascendant et du cycle par le roi. On obtient dix-sept, et le reste est égal à cinq. On remonte alors avec le cinq sur le côté du huit, à partir de l'endroit où l'on s'est arrêté au premier cycle. On y met une marque. On fait entrer au haut du tableau dix-sept, puis cinq, et l'on ne doit pas compter les cases vides, le cycle étant un cycle des dizaines. Nous trouvons la lettre *th* — qui est égale à cinq cents —, mais qui doit compter comme un *n*, parce que notre cycle est au rang des dizaines. On compte aussi cinq cents comme cinquante, parce que son cycle est dix-sept. S'il était de vingt-sept, on aurait eu des centaines. On pose donc un *n*.

Puis on fait entrer cinq, également du début, et l'on voit quel est le nombre qu'il avoisine sur la surface. On doit trouver un. On renverse le nombre un, et il tombe sur le cinq. On lui ajoute le un de la surface et l'on obtient six. On pose un *w*, et on le marque avec quatre, provenant du vers du poème. On l'ajoute au huit résultant de la multiplication de l'ascendant et du cycle par le roi. On obtient douze. On ajoute à ces deux chiffres le reste du deuxième cycle, c'est-à-dire cinq. On obtient dix-sept, qui est le chiffre du deuxième cycle. On entre dix-sept avec les lettres des cordes, et le nombre tombe sur un. On pose un *alif* et l'on marque la lettre qui lui correspond dans le vers du poème. On retranche trois des lettres des cordes, qui est le nombre résultant du deuxième cycle.

Puis on fait le troisième cycle. On ajoute cinq à huit et l'on obtient treize. Le reste est égal à un. On porte le cycle sur le côté de huit par un. On fait entrer treize dans le vers du poème. On prend la lettre sur laquelle tombe le nombre, à savoir *q*. On y met une marque. On fait entrer treize dans les lettres des cordes. On pose le résultat, c'est-à-dire *s*. On marque la lettre qui lui correspond dans le vers du poème. On fait entrer en avant du *s* obtenu le reste du cycle de treize, c'est-à-dire un. On prend les cordes qui viennent après la lettre *s*. On a *b*. On la pose et l'on marque la lettre qui lui correspond dans le vers du poème. C'est ce qu'on appelle le « cycle joint », dont la balance est juste. Cela se passe ainsi : on double treize, et on lui ajoute un, qui reste du cycle. On obtient vingt-sept. C'est la lettre *b*, qui est extraite des cordes appartenant au vers du poème. On fait entrer au haut de la table treize, et l'on voit ce qui lui est opposé à la surface. On le double et on lui ajoute un qui reste de treize. On a la lettre *j*. Le total eſt sept. C'eſt la lettre *z*. Nous la posons et nous marquons la lettre qui lui correspond dans le vers du poème. Sa balance consiſte à doubler sept et à ajouter un, qui reſte de treize. Ainsi, on a quinze. C'eſt le quinzième du vers du poème. C'eſt la fin des triples cycles.

Puis on fait le quatrième cycle. Il a le nombre neuf, obtenu par l'addition du reſte du cycle précédent. On multiplie l'ascendant et le cycle par le roi. Ce cycle conſtitue la fin de l'opération dans la première case des [cycles] quadruples.

On prend deux lettres des cordes et l'on remonte avec neuf sur le côté du huit. On fait entrer neuf du cycle de la lettre qu'on a prise en dernier du vers du poème. La neuvième eſt la lettre *r*. On la pose et on la marque. On entre en haut de la table avec neuf, et l'on voit [la lettre] qui lui eſt opposée sur la surface. C'eſt la lettre *j*. On renverse le nombre un, et l'on a un *alif*. Il eſt le deuxième par rapport à la lettre *r* appartenant au vers du poème.

On le pose et on le marque. On compte neuf à partir du deuxième. On a également un *alif*. On le pose et on le marque. On prend une lettre des cordes et l'on double le neuf. On a dix-huit. On les fait entrer dans les lettres des cordes, et l'on s'arrête à la lettre *r*. On la pose et on la marque avec huit et neuf du vers du poème. On fait entrer dix-huit dans les lettres des cordes, et l'on s'arrête à la lettre *s*. On la pose et on la marque avec deux. On ajoute deux à neuf, et l'on obtient onze. On fait entrer onze en haut de la table. Il s'oppose sur la surface à un *alif*. On le pose et on le marque avec six.

Puis on fait le cinquième cycle. Son nombre eſt dix-sept. Le reſte eſt égal à cinq. On remonte avec cinq sur le côté du huit. On prend deux lettres des cordes. On double le cinq et on ajoute le résultat à dix-sept, nombre du [cinquième] cycle. On a un total de vingt-sept, qu'on fait entrer dans les lettres des cordes. Il tombe sur un *t*. On le pose, et on le marque avec trente-deux. De dix-sept on retranche deux, qui eſt à la base de trente-deux. Il reſte quinze. On les fait entrer dans les lettres des cordes, et on s'arrête à un *q*. On le pose et on le marque avec trente-six. On entre en haut de la table avec vingt-six, et l'on s'arrête à deux, en lettres *ghubâr*. C'eſt la lettre *b*. On la pose et on la marque avec cinquante-quatre.

Puis on prend deux lettres des cordes, et on fait le

sixième cycle. Son nombre est treize. Le reste est égal à un. On doit alors s'assurer que le cycle de l'ordre appartient à vingt-cinq. Les cycles sont : cinq, quatre-vingt-dix, dix-sept, cinq, treize et un. On multiplie cinq par cinq et l'on obtient vingt-cinq. C'est le cycle dans l'ordre du vers. On porte le cycle sur le côté du huit par un. Mais, comme on l'a vu, treize n'entre pas dans le vers du poème, parce qu'il constitue un deuxième cycle d'une deuxième naissance par composition. Mais nous ajoutons à un le quatre dans cinquante-quatre, qui donne la lettre *b*, appartenant au vers du poème. On obtient cinq. On ajoute cinq au treize, qui est le nombre du cycle. Cela fait dix-huit. On le fait entrer en haut de la table, et on prend la lettre qui le précède sur la surface, c'est-à-dire *alif*. On le pose et on le marque avec douze, appartenant au vers du poème.

On prend deux lettres des cordes. À ce niveau, on regarde les lettres de la question posée. [Les lettres] qui sont sorties doivent être comparées avec le vers du poème, en commençant par la fin. On les marque avec les lettres de la question, afin qu'elle entre numériquement dans le vers du poème. On procède de même avec chaque lettre qui sort par la suite et qui correspond à une lettre de la question. Toutes les lettres qui sortent doivent être comparées au vers du poème, en commençant par la fin, et on les marque.

Ensuite, on ajoute à dix-huit le chiffre des unités avec lequel on a marqué l'*alif*, c'est-à-dire deux. On obtient un total de vingt. On fait entrer ce chiffre dans les lettres des cordes, et on s'arrête à la lettre *r*. On la pose et on la marque avec quatre-vingt-seize, appartenant au vers du poème. C'est la fin du cycle, pour ce qui est des lettres des cordes.

Puis on prend deux lettres des cordes et on fait le septième cycle. C'est le début de la seconde des deux « inventions ». Ce cycle a pour nombre neuf. On lui ajoute un, ce qui fait dix pour la seconde naissance.

Ce chiffre un est ajouté ensuite à douze cycles, s'il appartient à cette proportion, ou bien il est retranché du [cycle principal]. On obtient un total de dix. On remonte sur le côté de quatre-vingt-dix-huit. On entre en haut de la table avec dix, et on s'arrête à cinq cents. Mais ce chiffre est compté comme cinquante, ou *n*. On le double, et on a *q*. On la pose et on la marque avec cinquante-deux, appartenant au vers du poème. On retranche deux de cinquante-deux, et on retranche neuf, nombre du cycle. Le reste est égal à quarante et un. On le fait entrer dans les lettres des cordes, et l'on s'arrête à un, qu'on pose. On fait entrer également [quarante et un] dans le vers du poème, et on trouve un. C'est la balance de cette seconde naissance. On le marque avec deux signes appartenant au vers du poème, l'un sur le dernier *alif* de la balance, l'autre sur le premier *alif*. Le second est vingt-quatre.

Puis on prend deux lettres des cordes, et l'on fait le huitième cycle. Son nombre est dix-sept. Le reste est égal à cinq. On l'entre du côté de cinquante-huit. On entre dans le vers du poème avec cinq, et on tombe sur un *'ayn*, qui a une valeur de soixante-dix. On le pose et on le marque. On entre dans la table avec cinq, et on prend le chiffre de la surface qui lui est opposé, à savoir un. On le pose et on le marque avec quarante-huit appartenant au vers du poème. On retranche un de quarante-huit pour la seconde base et on lui ajoute le cinq du cycle. On a un total de cinquante-deux, qu'on entre en haut de la table. On s'arrête à deux, en lettres *ghubâr*, qui est ici au rang des centaines, à cause de l'augmentation du nombre. On a ainsi deux cents, c'est-à-dire la lettre *r*. On la pose et on la marque avec vingt-quatre appartenant au vers du poème. On revient alors de quatre-vingt-seize au commencement, c'est-à-dire vingt-quatre. On ajoute à vingt-quatre le cinq du cycle, et on retranche un. On a un total de vingt-huit. On entre la moitié de ce nombre dans le vers du poème, et on s'arrête à huit. On pose un *h* et on le marque.

On fait le neuvième cycle. Son nombre est treize. Le reste est égal à un. On remonte sur le côté du huit avec un, mais, ici, la procédure de l'opération n'est pas la même que dans le sixième cycle, parce que le nombre est plusieurs fois plus élevé. C'est aussi parce que [le cycle] appartient à la deuxième naissance et qu'il est le début du troisième tiers du quadruple [arrangement] des signes du zodiaque et la fin du troisième quart du triple [arrangement].

On multiplie le treize du cycle par quatre, nombre des précédents triples [arrangements]. On a un total de cinquante-deux. On fait entrer ce chiffre dans la table, et on s'arrête au signe deux en lettres *ghubâr*. Mais [le deux] est ici au rang des centaines, car le nombre dépasse les rangs des unités et des dizaines. On le pose comme deux cents ou *r*, et on le marque avec quarante-huit appartenant au vers du poème. On ajoute le un de la base au treize du cycle, on entre quatorze dans le vers du poème, et on atteint la lettre *h*. On la marque avec vingt-huit, et on retranche sept de quatorze, ce qui fait sept.

On prend deux lettres des cordes, on entre avec sept, et on s'arrête à la lettre *l*. On la pose et on la marque [avec un signe indiquant qu'elle appartient au] vers du poème.

Puis on fait le dixième cycle. Son nombre est neuf. C'est le début du quatrième triple [arrangement]. On remonte sur le côté du huit avec neuf. On atteint une case vide. On remonte avec un deuxième neuf, et on atteint la septième [case] à partir du début. On multiplie neuf par quatre, parce qu'on a remonté de deux fois neuf, sinon on multiplie par deux. On entre dans la table avec trente-six, et l'on s'arrête à quatre en lettres *zimâm*. [Le quatre] est ici au rang des dizaines, mais nous le prenons au rang des unités, parce qu'il y a peu de cycles. On pose la lettre *d*. Si on ajoute à trente-six le un de la base, on a sa limite dans le vers du poème. On doit y mettre une marque. Si on était entré en haut de la table avec seulement neuf, sans multiplication, on se serait arrêté à huit. On divise alors quarante-huit [par douze]. Le reste est égal à quatre. C'est ce qui est voulu. Si on avait introduit en haut de la table dix-huit, ce qui équivaut à neuf multiplié par deux, on se serait arrêté à un en lettres *zimâm*, qui est au rang des dizaines. On en retranche le deux qui a servi à doubler le neuf. Le reste est huit, dont la moitié est ce qui est recherché. Si on entrait en haut de la table avec vingt-sept, résultat de neuf multiplié par trois, on s'arrêterait à dix en lettres *zimâm*. L'opération est la même.

Ensuite, on entre avec neuf dans le vers du poème. On pose la lettre qui sort, à savoir un *alif*. On multiplie neuf par le trois qui est le composant du neuf précédent, on retranche un et on entre trente-six en haut de la table. On pose ce qui en sort, c'est-à-dire deux cents, avec la lettre *r*. On le marque avec quatre-vingt-seize, appartenant au vers du poème.

Puis on prend deux lettres des cordes et on fait le onzième cycle. Son nombre est dix-sept. Le reste est égal à cinq. On remonte sur le côté de huit avec cinq, et l'on compte ce qui a été répété dans le premier cycle. On entre en haut de la table avec quatre, et on s'arrête à une case vide. On prend le nombre qui lui eſt opposé sur la surface, à savoir un. On entre avec un dans le vers du poème, et on a *s-r*. On le pose et on le marque avec quatre. Si on s'était arrêté dans la table à une case pleine, on aurait posé trois à la place de un. On double dix-sept, on retranche un et on ajoute quatre. On obtient trente-sept. On entre avec ce chiffre dans les cordes et l'on s'arrête à un *h*. On le pose et on le marque avec cinq. On double le cinq, on entre dans le vers, et on s'arrête à *l*. On le pose et on le marque avec vingt.

Puis on prend deux lettres des cordes et on fait le douzième cycle. Son nombre eſt treize. Le reſte eſt égal à un. On remonte sur le côté de huit avec un. Ce cycle eſt le dernier cycle, la fin des deux inventions, la fin des trois [arrangements] quadruples et la fin des quatre [arrangements] triples.

Le un, en haut de la table, tombe sur quatre-vingts en lettres *zimâm*, mais qui eſt en fait huit, dans les unités. Le seul nombre que nous ayons dans les cycles eſt un. Si on avait plus de quatre dans les [arrangements] quadruples de douze, ou plus de trois dans les [arrangements] triples de douze, on aurait eu un *h* ; mais on n'a ici qu'un *d*. On le pose et on le marque avec soixante-quatorze, appartenant au vers du poème. On regarde ce qui correspond à la surface, et l'on voit que c'eſt cinq. On lui ajoute le cinq de la base, et on a dix. On pose un *y* et on le marque. On regarde à quel rang il tombe. On le trouve dans le sept. Nous entrons avec sept dans les lettres des cordes. Cette entrée eſt appelée l'« engendrement littéral ». On a un *f*. On le pose. On ajoute le un du cycle à sept. On a un total de huit. On entre avec ce chiffre dans les cordes, et on atteint un *s*. On le pose et on le marque avec huit. On multiplie huit par le trois qui eſt en surplus dans le dix du cycle, car c'eſt la fin des [arrangements] quadruples par trois, et on obtient vingt-quatre. On fait entrer ce chiffre dans le vers du poème, et on marque ce qui en sort, à savoir deux cents. Son signe eſt quatre-vingt-seize, qui eſt la fin du second cycle des cycles des lettres.

On prend deux lettres des cordes et on pose le premier résultat. Il s'y trouve un neuf. Ce nombre correspond toujours au reſte des lettres des cordes, après leur division par [douze] cycles, c'eſt-à-dire neuf.

On multiplie neuf par le trois qui excède les quatre-vingt-dix lettres des cordes, et on lui ajoute le un qui reste du douzième cycle. On obtient vingt-huit. On entre avec ce chiffre dans les lettres des cordes, et on atteint un *alif*. On le pose et on le marque avec quatre-vingt-seize. Si le neuf — qui est [le nombre] des cycles des quatre-vingt-dixièmes lettres — est multiplié par quatre — qui est égal au trois qui excède quatre-vingt-dix plus le un qui reste du douzième cycle —, on a le même résultat.

On remonte sur le côté du huit avec neuf. On entre dans la table avec neuf, et l'on atteint deux en lettres *zimâm*. On multiplie neuf par le nombre de la surface qui lui correspond, c'est-à-dire trois. On ajoute à cela sept, qui est le nombre des cycles des lettres, et l'on en retranche un, qui constitue le reste du douzième cycle. On obtient trente-trois. On entre avec ce chiffre dans le vers et l'on atteint cinq. On le pose, on double le neuf, et on entre dans la table avec dix-huit. On prend [le nombre] qui se trouve sur la surface, c'est-à-dire un. On entre avec ce chiffre dans les lettres des cordes, et on atteint un *m*. On le pose et on le marque.

On prend deux lettres des cordes, et l'on pose le deuxième résultat. Il a le nombre dix-sept. Le reste est cinq. On remonte sur la corde de cinquante-huit. On multiplie cinq par le trois qui excède quatre-vingt-dix. On a quinze. On ajoute à ce chiffre le un qui reste du douzième cycle. On a neuf. On entre avec seize dans le vers, et l'on atteint un *t*. On le pose et on le marque avec soixante-quatre. On ajoute à cinq le trois qui excède quatre-vingt-dix, ainsi que le un qui reste du douzième cycle. On obtient trente-neuf. On entre avec ce chiffre en haut de la table, et l'on atteint trente en lettres *zimâm*. On regarde quel est le nombre qui se trouve sur la surface, et l'on trouve que c'est un. On le pose et on le marque [avec un signe indiquant qu'il appartient] au vers du poème. C'est aussi le neuvième du vers. On entre avec neuf en haut de la table, et on s'arrête à trois, qui est dans les dizaines. On pose un *l* et on le marque.

On pose le troisième résultat. Son nombre est treize. Le reste est un. On porte un sur le côté du huit. On ajoute à treize le trois qui excède quatre-vingt-dix et le un qui reste du douzième cycle. On obtient dix-sept, plus le un du résultat, ce qui fait dix-huit. On entre ce chiffre dans les lettres des cordes, et l'on a un *l*, qu'on pose.

C'eﬆt la fin de l'opération.

Dans l'exemple de la queﬆtion précédente, nous voulions savoir si cette *zâ'iraja* était une science moderne ou ancienne. L'ascendant était au premier degré du Sagittaire. On a posé les lettres des cordes, ensuite les lettres de la queﬆtion, ensuite les données de base, à savoir :

1. Le nombre des lettres : quatre-vingt-treize.
2. Les cycles : sept, avec leur reﬆte : neuf.
3. L'ascendant : un.
4. Le roi du Sagittaire : quatre.
5. Le plus grand cycle : un.
6. Le degré de l'ascendant, plus le cycle : deux.
7. La multiplication de l'ascendant et du cycle par le roi : huit.
8. L'addition du roi à l'ascendant : cinq.

Le vers du poème était comme suit :

Tu possèdes la queﬆtion de la grande forme naturelle. Conserve donc les doutes étranges qui ont été soulevés et que le zèle peut dissiper.

Les lettres des cordes :

ṣ, ṭ, d, ṭ, h, n, th, k, h, m, d, s, w, n, th, h, s, alif, b, l, m, n, s, 'ayn, f, ḍ, q, r, s, y, k, l, m, n, ṣ, 'ayn, f, q, r, s, t, th, kh, dh, ẓ, gh, sh, t, k, n, 'ayn, ḥ, s, z, w, ḥ, l, ṣ, k, l, m, n, ṣ, alif, b, j, d, h, w, z, ḥ, ṭ, y.

[Les lettres de] la queﬆtion :

alif, l, z, y, r, j, t ; 'ayn, l, m ; m, h, d, th ; alif, m ; q, d, y, m.

	358		
		Premier cycle	9
561 255	876		
s	1	Deuxième cycle	17, reﬆte 5
w	2		
alif	3	Troisième cycle	13, reﬆte 1
l	4		
'ayn	5	Quatrième cycle	9
z	6		
y	7	Cinquième cycle	17, reﬆte 5
m	8		

alif	9	Sixième cycle	13, reste 1	
l	10			
kh	11	Septième cycle	9	
l	12			
q	13	Huitième cycle	17, reste 5	
ḥ	14			
ẓ	15	Neuvième cycle	13, reste 1	
t	16			
f	17	Dixième cycle	9	
ṣ	18			
n	19	Onzième cycle	17, reste 5	2652
alif	20			28
dh	21	Douzième cycle	13, reste 1	
n	22			3265
gh	23			
r	24	Premier résultat	9	
alif	25			
y	26			
b	27	Deuxième résultat	17, reste 5	6 355 896
sh	28			
k	29	Troisième résultat	13, reste 1	58
ḍ	30			65
b	31			
ṭ	32			
h	33			
alif	34			
l	35			
j	36			
d	37			
	38			

m th l alif
l 50
alif 41

t, w, n, alif, q, s, b, ẓ, r, alif, alif, r, s, alif, t, q, b, alif, r, q, alif, 'ayn, alif, r, [*m*], *ḥ, r, ḥ, l, d, alif, r, s, h,* [*alif*], *l, d, y, f, s, r, alif, h, m, t, alif, l, l.*

Leur cycle est de vingt-cinq, puis de deux fois vingt-trois, puis de deux fois vingt et un, jusqu'à la fin du un à la fin du vers. Toutes les lettres sont déplacées. Dieu est plus savant.

t, r, w, h, n; *r, w, h*; *alif, l, q, d, s*; *alif, b, r, z*; *s, r, h, alif*; *l, alif, d, r, y, s*; *f, alif, s, t, r, q, alif*; *b, h, alif*; *m, r, t, q, alif*; *alif, l, ʿayn, l, alif*[31].

Fin de l'exposé sur la manière de découvrir les réponses sous forme versifiée à partir de la *zâ'iraja* de l'univers.

On trouve, chez les gens qui s'occupent de ces choses, d'autres méthodes, en dehors de la *zâ'iraja*, au moyen desquelles ils découvrent les réponses aux questions posées sous une forme non versifiée.

Je pense que ce qui explique que la réponse sort sous une forme versifiée de la *zâ'iraja* c'est simplement le fait qu'ils introduisent dans l'opération le vers de Mâlik Ibn Wuhayb :

Tu possèdes la question de la grande forme naturelle…

C'est pourquoi on obtient une réponse qui rime avec le vers de Mâlik. Avec les autres méthodes, on n'obtient pas de réponse sous forme versifiée.

Voici maintenant l'exposé d'autres méthodes de découverte des réponses, que je rapporte d'après un auteur compétent en ces matières.

Comment apprendre les secrets cachés à partir des liens entre les lettres.

Sache — que Dieu soit notre guide et le vôtre — que ces lettres sont la base des questions relatives à n'importe quel problème. Les réponses résultent d'un processus de division totale. Comme on peut le voir, le nombre de ces lettres est égal à quarante-trois :

alif, w, l, ʿayn, z, s, alif, l, m, kh, y, d, l, z, q, t, alif, f, dh, s, r, n, gh, sh, r, alif, k, k, y, b, m, ḍ, b, j, ṭ, l, ḥ, h, d, th, l, th, alif.

Un excellent homme a composé avec ces lettres un vers, où chaque consonne géminée compte pour deux lettres. Il a appelé ce vers le « pôle ». Le voici :

Tu possèdes la question de la grande forme naturelle. Conserve donc les doutes étranges qui ont été soulevés et que le zèle peut dissiper.

Pour tirer [une réponse de la] question posée, on supprime les lettres qui se répètent et l’on pose celles qui restent. Ensuite, on élimine du vers de base, c’est-à-dire du « pôle », les lettres qui correspondent à chacune de ces lettres qui restent. Ensuite, on pose les lettres du « pôle » qui restent. On mélange les deux restes sur une ligne. On commence par prendre comme première [lettre] une de celles du vers de base puis comme seconde lettre une de celles de la question, et on poursuit ainsi jusqu’à l’épuisement des deux restes. Quand l’un des deux est épuisé avant l’autre, on laisse le reste tel quel. Si le nombre des lettres qui sortent après le mélange correspond au nombre des lettres du vers de base, avant l’élimination, l’opération est correcte. Alors, on ajoute cinq *n*, afin que les balances musicales s’équilibrent et que les lettres atteignent un total de quarante-huit. Avec ces lettres, on remplit une table carrée. La fin de la première ligne doit constituer le début de la deuxième, et le reste est porté comme il est. On poursuit ainsi, jusqu’à ce que la table soit remplie et que la première ligne revienne. Les lettres se succèdent sur le côté en proportion du mouvement. Ensuite, on cherche la corde de chaque lettre en divisant son carré par sa plus petite partie aliquote, et l’on pose [chaque] corde en face de la lettre correspondante. Puis on cherche les relations élémentaires pour les lettres de la table, on indique leur pouvoir naturel, leurs balances spirituelles, leurs dispositions psychiques et leurs bases principales à partir de la table dressée à cet effet. Celle-ci se présente comme suit :

’	pouvoirs	balances	dispositions	bases
b	500 10 4	1000 900 1	80 7	300 60
j	200 20 5	400 30 7	800 70 9	100 3
d	700 90 5	40 2	200 80 400	900 80 6
h	90 4	10 9	20 7	40 5
W			100 10 2	500 4
Z			90 8	20 5

<table>
<tr><td>w
dis-
posi-
tion</td><td rowspan="2">ba-
lan-
ces
ṭ</td><td>bases
prin-
cipales</td></tr>
<tr><td>résul-
tat</td><td>pou-
voirs
k</td></tr>
</table>

1 000
100 200 300 400 500 600 700 800 900
10 20 30 40 50 60 70 80 90
1 2 3 4 5 6 7 8 9

Puis on prend la corde de chaque lettre, après l'avoir multipliée par les quatre points cardinaux célestes. On doit prendre garde à ce qui vient après les points cardinaux, ainsi qu'aux *sawâqit*[32], parce que leur rapport est brouillé. Ce qu'on obtient ainsi est le premier degré de la diffusion. Puis on prend le total des éléments et l'on en soustrait les bases des choses créées. Le reste est constitué par les bases du monde de la création, après qu'il a reçu les secours [?] de la création. On y transfère certaines abstractions de la matière, c'est-à-dire les éléments de l'assistance. On obtient l'horizon moyen de l'âme. Le premier degré de la diffusion est retranché du total des éléments. Il reste le monde de la médiation. Celui-ci se rapporte au monde des êtres simples, non des êtres composés.

Le monde de la médiation est ensuite multiplié par l'horizon moyen de l'âme. On obtient l'horizon supérieur. On lui transfère le premier degré de diffusion. Ensuite, on retranche le premier des éléments de l'assistance originelle du quatrième [degré de diffusion ?]. Il reste le troisième degré de diffusion. Le total des parties des éléments est toujours multiplié par le quatrième degré de diffusion. On obtient le premier monde de la particularisation. En multipliant le second [élément ?] par le second [degré de diffusion ?], on obtient le deuxième monde de la particularisation. Le troisième par le troisième donne le troisième monde de la particularisation, et le quatrième par le quatrième donne le quatrième monde de la particularisation. On prend le total des mondes de la particularisation et on le retranche du monde de la totalité. Il reste les mondes de l'abstraction. On les divise par l'horizon supérieur, et l'on obtient le premier particulier. En divisant le reste par l'horizon moyen, on obtient le deuxième particulier. Le reste constitue le troisième. Le quatrième n'est pas déterminé. Cela pour le quadruple [?]. Si on désire plus que le quadruple, on augmente le nombre des mondes de la particularisation, des degrés de diffusion et des carrés magiques à l'aide du nombre des lettres. Que Dieu soit notre guide et le vôtre.

De même, si on divise le monde de l'abstraction par le premier degré de diffusion, on obtient le premier particulier du monde de la composition. Et l'on peut poursuivre ainsi, jusqu'à la fin du dernier degré du monde de la génération.

Cela doit être bien compris et médité. Dieu nous guide et nous aide.

On peut encore citer une autre méthode de découverte des réponses, telle qu'elle est rapportée par un autre de leurs auteurs compétents. Celui-ci dit :

Sache — que Dieu nous assiste par un esprit venant de Lui — que la science des lettres est une grande science. Celui qui la possède parvient à des choses qu'aucune autre science en usage dans le monde ne lui permet d'atteindre. Pour la pratiquer, il faut respecter un certain nombre de règles. Elle permet à celui qui la possède de découvrir les secrets de la création et les mystères de la nature. Ainsi, il acquiert la connaissance des deux fruits de la philosophie, à savoir, la magie des lettres et sa sœur [l'alchimie]. Le voile des choses inconnues est levé pour lui et, par ce moyen, il parvient à percer les choses cachées au fond du cœur. Là-dessus, on a le témoignage d'un certain nombre de gens du Maghreb. Après leur contact avec ces matières, ils ont produit des choses merveilleuses et extraordinaires et ont acquis le pouvoir d'agir sur l'existence, grâce à l'assistance de Dieu. Il faut savoir que ce qui est au fond de toute vertu, c'est l'effort. Une bonne disposition, jointe à la patience, est la clef de tout ce qui est bon, de même que la stupidité et la précipitation sont le prélude à l'échec.

Je dis : si on veut connaître le pouvoir de chaque lettre de l'*alphabetos*, c'est-à-dire l'alphabet, jusqu'au dernier nombre — et c'est la première initiation à la science des lettres —, on doit considérer le nombre qui va avec chaque lettre. Ce degré, qui correspond à la lettre, constitue le pouvoir de celle-ci au niveau des entités corporelles. En multipliant ce nombre par lui-même on obtient le pouvoir de la lettre au niveau des entités spirituelles. C'est la corde de la lettre. Cela ne vaut pas pour les lettres qui portent un point diacritique. Il ne s'applique qu'aux lettres qui n'en portent pas, parce que les premières constituent des degrés qui seront examinés plus loin.

Il faut savoir que la forme de chaque lettre correspond à une autre dans le monde supérieur, celui du Trône. Ces formes peuvent être mobiles ou fixes, supérieures ou inférieures, comme cela est indiqué dans les tables des *zâ'iraja*.

Les pouvoirs des lettres se divisent en trois catégories. La première — qui a le pouvoir le plus faible — se manifeste après que les lettres ont été écrites. La lettre est alors écrite pour un monde spirituel qui lui est particulier. Chaque fois que cette lettre apparaît avec une force psychique et une concentration de l'esprit, les pouvoirs des lettres exercent une influence sur le monde des corps.

Le pouvoir de la deuxième catégorie est dans la forme mentale. Cela résulte de l'action des entités spirituelles sur [les lettres]. C'est un pouvoir au niveau des entités spirituelles supérieures et un pouvoir formel au niveau des entités corporelles.

La troisième catégorie est celle qui résulte de la concentration de la force intérieure, c'est-à-dire du pouvoir psychique. Avant d'être prononcées, [ces lettres] constituent des formes dans l'âme, et après être prononcées, elles constituent des formes littérales et des pouvoirs verbaux.

Les natures des lettres sont les mêmes que celles qui se rapportent aux choses engendrées, à savoir : le chaud et le sec, le chaud et le froid, le froid et l'humide, le froid et le sec. Tel est le secret du nombre [?]. La chaleur réunit l'air et le feu, qui sont [représentés par] les lettres *alif*, *h*, *t*, *m*, *f*, *sh*, *dh*, *j*, *z*, *k*, *s*, *q*, *th* et *ẓ*. Le froid réunit la terre et l'eau : *d*, *ḥ*, *'ayn*, *r*, *kh*, *gh*, *b*, *w*, *n*, *ṣ*, *t* et *ḍ*. L'humidité réunit la terre et l'eau : *j*, *z*, *k*, *s*, *q*, *th*, *z*, *d*, *ḥ*, *l*, *'ayn*, *r*, *kh* et *gh*. Le sec réunit le feu et la terre : *alif*, *h*, *ṭ*, *m*, *f*, *sh*, *dh*, *b*, *w*, *y*, *n*, *ṣ*, *t* et *ḍ*. C'est là la relation entre les natures et l'interpénétration mutuelle de leurs parties, ainsi que l'interpénétration [dans ces natures] des éléments du monde au niveau supérieur et au niveau inférieur à travers les premiers principes, je veux dire, les quatre natures singulières.

Quand on veut découvrir l'inconnu à partir d'une question donnée, on doit déterminer l'ascendant de celui qui pose la question ou de la question elle-même. Ensuite, on doit épeler les lettres des points cardinaux [de l'horoscope] — soit un, cinq, sept et dix — de façon égale et dans l'ordre, et on doit trouver les nombres des pouvoirs et des cordes, comme on l'expliquera plus loin. Puis on additionne, on établit les proportions, et on essaie d'obtenir la réponse. Ainsi, on trouve ce que l'on cherche, soit en mots explicites, soit de façon implicite.

Il en va de même pour toute question qu'on peut avoir à expliquer. Quand on veut découvrir les pouvoirs des lettres de l'ascendant, ainsi que du nom et de l'objet, on additionne les valeurs numériques des lettres suivant le système d'*al-jummal al-kabîr*. [Supposons] que l'ascendant soit le Bélier, et qu'on ait, au quatrième [signe après lui], le Cancer, au septième la Balance, et au dixième le Capricorne, qui est le plus puissant des cardinaux ; on omet l'article du nom de chaque signe, on observe les nombres rationnels qui sont affectés à chaque signe et qui sont placés dans son cercle, on supprime toutes les parties du plus grand nombre des proportions qui résultent de l'*istintâq*. On écrit sous chaque lettre ce qui lui convient sous ce rapport. Puis on procède de même pour la valeur numérique des lettres des quatre éléments et ce qui leur convient. Tout cela doit être écrit en lettres. Les cardinaux, les pouvoirs et les natures doivent être disposés en une ligne mixte. On fractionne et l'on multiplie ce qui doit l'être pour trouver les balances. On additionne et l'on tente d'« ouvrir » la réponse. Ainsi, on découvrira la pensée cachée et sa réponse.

Exemple : supposons que l'ascendant soit dans le Bélier (*ḥamal*), comme précédemment. On écrit : *ḥ-m-l*. La valeur numérique de *ḥ* est huit, divisible par deux, quatre et huit, ce qui correspond à *d* (quatre), *b* (deux) et *alif* (un). La valeur numérique de *m* est quarante, divisible par deux, quatre, huit, dix et vingt, ce qui, pour être plus précis, correspond à *m* (quarante), *k* (vingt), *y* (dix), *h* (cinq), *d* (quatre) et *b* (deux). La valeur numérique de *l* est trente, divisible par deux, deux tiers, trois, cinq, six et dix, ce qui correspond à *k* (vingt), *y* (dix), *w* (six), *h* (cinq) et *j* (trois). On agit ainsi avec toutes les lettres de la question et du nom pour tous les mots rencontrés.

Pour trouver les cordes, il faut diviser le carré de chaque lettre par sa plus petite partie aliquote. Par exemple, la valeur numérique de *d* est quatre, dont le carré est seize. On divise ce nombre par sa plus petite partie aliquote, c'est-à-dire deux. La corde de *d* est donc huit. Ensuite, chaque corde est placée en face de la lettre qui lui correspond. Puis on trouve les rapports élémentaires, comme on l'a vu précédemment à propos de l'explication de l'*istintâq*. Il existe une règle pour les découvrir à partir de la nature de la lettre et de celle de la case de la table où elle prend place, comme l'a mentionné le Maître à ceux qui sont au courant du vocabulaire technique.

L'indication des pensées secrètes au moyen des systèmes de lettres.

Cela se passe ainsi : quelqu'un pose une question au sujet d'un malade dont on ignore le mal et quels remèdes pourraient le guérir. On ordonne à celui qui a posé la question de nommer quelque chose en rapport avec le nom de la maladie inconnue, pour que ce nom puisse servir de base [à l'opération]. On épelle le nom, en même temps que le nom de l'ascendant, les éléments, l'auteur de la question, le jour et l'heure, si l'on veut obtenir des précisions sur la question. Sinon, on se contente du nom donné par l'auteur de la question, et l'on agit de la façon suivante :

Si l'auteur de la question dit, par exemple, « cheval » (*faras*), on pose la valeur numérique des trois lettres [*f-r-s*] avec leurs parties aliquotes rationnelles. La valeur numérique de *f* est quatre-vingts, avec les parties aliquotes *m* (quarante), *k* (vingt), *y* (dix), *ḥ* (huit) et *d* (quatre). La valeur numérique de *r* est deux cents, avec les parties aliquotes *q* (cent), *n* (cinquante), *k-h* (vingt-cinq), *k* (vingt) et *y* (dix). La valeur numérique de *s* est soixante, avec les parties aliquotes *m* (quarante), *l* (trente), *k* (vingt), *y* (dix), *w* (six) et *j* (trois). *W* est un nombre parfait, avec [les parties aliquotes] *d* (quatre), *j* (trois) et *b* (deux), et il en est de même de *s*, qui a [pour parties aliquotes] *m* (quarante), *l* (trente), *k* (vingt) et *y* (dix). Si on simplifie les lettres des noms et que l'on trouve deux éléments égaux, on doit conclure que celui qui a le plus de lettres est supérieur à l'autre. Ensuite, on additionne le nombre des lettres des éléments du nom de l'objet recherché à ses lettres, sans simplification. Et l'on agit de même avec le nom de l'auteur de la question. On attribue la supériorité au [nombre] le plus grand et le plus fort.

Description du procédé pour trouver les pouvoirs des éléments.

Feu	Terre	Air	Eau
	w	*j*	
hhh	*yyyy*	*kkkk*	*ḥ*
mm	*n*	*q*	*l̇*

La supériorité revient ici à la terre. Sa nature, qui tient du froid et du sec, eﬆ celle de la bile noire. On en conclut donc que le malade souffre de la bile noire. Quand on compose à partir des lettres de l'*iﬆintâq* une expression approximative, on trouve que le mal eﬆ localisé dans la gorge. Le remède approprié eﬆ un clyﬆère, et la boisson, du jus de citron. C'eﬆ ce qui résulte des pouvoirs des nombres des lettres du nom cheval (*faras*). Cet exemple eﬆ approximatif et simplifié.

Pour trouver les pouvoirs des éléments des noms propres, on prend, par exemple, le nom de Muhammad, qu'on écrit avec des lettres séparées. Ensuite, on écrit les noms des quatre éléments sur la composition de la sphère céleﬆe. On obtient ainsi les lettres et les nombres compris dans chaque élément. Par exemple :

Feu	Terre	Air	Eau
Trois sortes	Trois sortes	Six sortes	Six sortes
' ' '	*bbb*	*j j*	*dddd*
hh	*www*	*z z*	*ḥḥḥ*
		kkk	*l̇ l̇ l*
mm	*nn*	*ss*	' ' '
		qq	*rrr*
		nn	*ḥḥḥ*

On trouvera que l'élément le plus fort dans le nom précité eﬆ l'eau, parce que le nombre de ses lettres eﬆ de vingt. On reconnaît donc sa supériorité sur le reﬆe des éléments du nom. On procède de la même façon pour tous les noms. On les ajoute alors à leurs cordes ou à la corde attribuée à l'ascendant dans la *zâ'iraja* ou à la corde du vers attribué à Mâlik Ibn Wuhayb, pris comme base pour le mélange des queﬆions. Voici ce vers :

Tu possèdes la queﬆion de la grande forme naturelle. Conserve donc les doutes étranges qui ont été soulevés et que le zèle peut dissiper.

C'est une corde célèbre pour trouver les choses inconnues, et c'est sur elle que se fondaient Ibn ar-Raqqâm et ses partisans. C'est une opération complète et indépendante, [valable] dans les cas conventionnels.

Voici comment on opère au moyen de la corde précitée. On l'écrit avec des lettres séparées et mélangées aux mots de la question suivant la technique du fractionnement. Le nombre des lettres de cette corde — c'est-à-dire ce vers — est de quarante-trois, en comptant chaque lettre géminée pour deux. Puis on élimine les lettres répétées après le mélange. De même, on élimine du vers de base toute lettre semblable à une lettre qui reste de la question. On inscrit les deux restes en une même ligne où ils sont mélangés, de sorte que la première lettre soit prise du reste du pôle et la deuxième du reste de la question, jusqu'à l'épuisement des deux restes. On obtient ainsi quarante-trois, chiffre auquel on ajoute cinq *n* pour aboutir à quarante-huit, ce qui permet d'équilibrer les balances musicales. Puis on écrit le reste dans l'ordre. Si le nombre des lettres qu'on obtient après le mélange est conforme au nombre original avant l'élimination, alors l'opération est juste. Ensuite, on remplit une table carrée avec les [lettres] qui ont été mélangées. La fin de la première ligne coïncide avec le début de la deuxième, et ainsi de suite, jusqu'au retour de la première ligne telle quelle. Les lettres se succèdent sur le diamètre en proportion du mouvement. Puis on obtient la corde de chaque lettre, comme on l'a vu, et on la met en face de sa lettre. Puis on trouve les rapports élémentaires des lettres de la table, afin d'en déterminer les pouvoirs naturels, les balances spirituelles, les dispositions psychiques et les principales bases, à partir de la table composée à cet effet.

Pour trouver les rapports élémentaires, on procède de la façon suivante. On observe quelle est la nature de la première lettre de la table et quelle est celle de la case où elle est placée. Quand les deux s'accordent, tout va bien. Sinon, il faut trouver un rapport entre les deux lettres. On applique cette règle à toutes les lettres de la table. Cette procédure peut être facilement vérifiée par ceux qui connaissent les règles telles qu'elles ont été établies dans le cercle musical.

Ensuite, on prend la corde de chaque lettre après l'avoir multipliée par les bases des quatre points cardinaux de la sphère céleste, comme on l'a vu. On doit éviter ce qui vient après les quatre points cardinaux ainsi que les *sawâqit*, car leurs rapports sont troubles. Le résultat obtenu eﬆ le premier degré de la propagation. Puis on prend le total des éléments et on en souﬆrait les bases des choses engendrées. Il reﬆe la base du monde de la création après son exposition aux espaces [?] universels. On y transporte certaines abﬆractions de la matière, c'eﬆ-à-dire les éléments de la conﬆitution de la matière [?]. On obtient l'horizon moyen de l'âme. On souﬆrait le premier degré de la propagation de la totalité des éléments. Il reﬆe le monde de la médiation, qui eﬆ propre aux mondes des êtres simples et non composés.

Ensuite, on multiplie le monde de la médiation par l'horizon moyen de l'âme, et on obtient l'horizon supérieur. On y transporte le premier degré de la propagation. Puis on souﬆrait du quatrième le premier élément de la conﬆitution originelle de la matière. Il reﬆe le troisième degré de la propagation. On multiplie toujours le total des parties des éléments par le quatrième degré de la propagation, et on obtient le [premier] monde de la particularisation. Puis on multiplie le second [élément] avec le second [degré de propagation] et on obtient le second monde de la particularisation. Et l'on continue ainsi avec le troisième et le quatrième. On additionne les mondes de la particularisation et on les souﬆrait du monde de la totalité. Il reﬆe les mondes de l'abﬆraction. On divise ceux-ci par l'horizon supérieur, et on obtient le premier particulier.

À partir d'ici, on poursuit l'opération jusqu'à ce qu'elle atteigne son achèvement. Il exiﬆe là-dessus des remarques préliminaires dans les ouvrages d'Ibn Wahshiyya, d'al-Bûnî et d'autres auteurs. Cette procédure se conforme à la loi naturelle et philosophique propre à cette discipline et à d'autres disciplines de la sagesse divine. Elle conﬆitue l'axe autour duquel tournent la composition des *zâ'iraja* littérales, l'art divin et les enchantements philosophiques.

Sache que toutes ces opérations ne servent à l'obtention d'une réponse conforme à la queﬆion qu'au niveau de la signification seulement. Elles ne permettent pas de découvrir l'invisible. Ce ne sont que des jeux d'esprit d'un genre particulier, comme on l'a vu au début de ce livre[33]. Elles n'appartiennent pas non plus à la science de la magie des lettres, comme nous l'avons expliqué.

C'est Dieu qui donne l'inspiration. C'est à Lui qu'on s'adresse pour demander de l'aide, c'est sur Lui qu'on se repose. Dieu nous suffit. Il est notre meilleur protecteur !

XXIX. LA SCIENCE DE L'ALCHIMIE

C'est une science qui étudie la substance permettant d'obtenir la génération de l'or et de l'argent au moyen de l'art, et qui explique l'opération qui conduit à ce résultat. Les alchimistes examinent toutes les choses créées, après en avoir déterminé les tempéraments et les pouvoirs, dans l'espoir de découvrir la substance capable de produire cet effet. En plus des minéraux, ils étudient même les déchets des animaux : os, plumes, poils, œufs et excréments. Ils expliquent ensuite les opérations qui permettent de faire passer cette substance de la puissance à l'acte, comme celles de la résolution des corps en leurs parties naturelles par la sublimation et la distillation, de la solidification des liquides par la calcination, de la pulvérisation des solides au moyen des pierres à broyer, etc.

Les alchimistes prétendent que, grâce à tous ces procédés, on obtient un corps naturel qu'ils appellent « élixir ». En projetant celui-ci sur une substance minérale comme le plomb, l'étain ou le cuivre, préparée à recevoir la forme de l'or ou de l'argent de telle sorte qu'elle se rapproche du passage à l'acte, et préalablement chauffée au feu, cette substance se change en or pur. Dans leur terminologie obscure, ils appellent cet élixir « esprit », et la substance sur laquelle on le projette « corps ».

La science qui explique cette terminologie et ce procédé artificiel au moyen duquel ces substances préalablement préparées sont changées en or ou en argent est l'alchimie. Les anciens aussi bien que les modernes ont écrit sur ce sujet. On attribue parfois des traités en la matière à des savants qui n'étaient pas des alchimistes.

Le plus grand auteur en alchimie, d'après les spécialistes, est Jâbir Ibn Hayyân. On va jusqu'à lui en attribuer la paternité en appelant cette discipline la « science de Jâbir ». Il a écrit là-dessus soixante-dix traités, qui ont tous un caractère énigmatique. On prétend que seuls ceux qui en connaissent parfaitement le contenu sont capables d'accéder aux secrets de l'alchimie.

At-Tughrâ'î, un philosophe oriental moderne, a écrit en cette matière de nombreux traités et a eu à son sujet plusieurs disputes avec des alchimistes et d'autres philosophes.

De même, le philosophe andalou Maslama al-Majrîtî a écrit sur ce sujet son livre intitulé *Rutbat al-hakîm*, qui est le pendant de son autre ouvrage sur la sorcellerie et les talismans appelé *Ghâyat al-hakîm*. Il dit que ces deux arts sont le produit de la philosophie et le fruit des sciences, et que celui qui ne les cultive pas se prive des avantages des deux à la fois. Maslama, comme tous les autres alchimistes, emploie dans sa *Rutba* un langage énigmatique difficile à saisir pour qui ne connaît pas leur terminologie. Nous montrerons plus loin pourquoi ils ont recours à ce genre de signes et d'énigmes.

Ibn al-Mughayribî, une des grandes autorités en cette matière, a écrit [sur ce sujet] un ensemble de maximes en vers dont la rime est successivement chacune des lettres de l'alphabet. C'est un poème très original, tout en énigmes et en devinettes, qui est à peine compréhensible.

Certains traités d'alchimie sont attribués à al-Ghazâlî[1], ce qui est invraisemblable, car c'était un homme d'un esprit si supérieur qu'il ne pouvait que s'apercevoir de l'erreur des doctrines alchimistes, et qu'il est impossible qu'il les ait faites siennes.

On attribue parfois certaines théories et opinions alchimistes à Khâlid Ibn Yazîd Ibn Mu'âwiya, beau-fils de Marwân Ibn al-Hakam. Mais il est parfaitement connu que Khâlid appartenait à la génération des [premiers] Arabes. Il était encore très proche de la civilisation rurale et, par conséquent, tout à fait éloigné des sciences et des arts. Comment aurait-il pu apprendre un art si inhabituel, fondé sur la connaissance des natures et des tempéraments des corps composés, alors que les livres de physique et de médecine où les savants traitaient de ces matières n'étaient pas encore apparus et n'avaient pas encore été traduits ? À moins qu'il ne s'agisse d'un autre Khâlid Ibn Yazîd, qui, lui, aurait été versé dans les arts.

Voici maintenant une épître sur l'alchimie adressée par Ibn Bishrûn à Ibn as-Samh. Les deux hommes étaient des élèves de Maslama. Le lecteur qui lira ce texte avec l'attention qu'il mérite y trouvera une indication sur mon opinion en cette matière. Après le début de l'épître, qui n'a pas de rapport avec le sujet, Ibn Bishrûn poursuit ainsi :

« Les prémisses de ce noble art ont été mentionnées par les anciens et ont été toutes rapportées par les philosophes. Elles concernent la connaissance de la génération des minéraux, de l'apparition des pierres et des pierres précieuses, des natures des pays et des lieux. Ce sont des choses trop connues pour qu'il soit nécessaire de les mentionner. Mais j'expliquerai ce qu'il faut savoir de cet art, et je commencerai par [la nature] de ce savoir.

« On dit que les étudiants de cette science doivent d'abord connaître trois choses : 1. Existe-t-elle ? 2. De quoi est-elle faite ? 3. Comment est-elle ? Celui qui connaît ces trois choses à fond atteint son but et parvient à savoir tout ce qu'il doit savoir de cette science.

« Pour ce qui est de son existence et des preuves de ce qui la fait être, l'élixir que nous t'avons envoyé y suffit.

« Quant à savoir de quoi elle est faite, il s'agit, pour les alchimistes, de la recherche de la pierre qui rend possible l'œuvre. En fait, l'œuvre peut procéder potentiellement de toute chose, car [toutes les choses] sont composées initialement à partir des quatre natures et retournent à la fin à celles-ci. Mais, dans certaines choses, [les natures] existent en puissance et non en acte. En effet, certaines choses peuvent être décomposées et d'autres non. Celles qui peuvent être décomposées se laissent traiter et manipuler, et ainsi passent de la puissance à l'acte. Et celles qui ne peuvent l'être ne sont ni traitées ni manipulées, parce que [les natures] ne s'y trouvent qu'en puissance. Si elles ne peuvent être décomposées, c'est parce que certaines de leurs natures sont immergées dans d'autres, et que les plus grandes d'entre elles ont un pouvoir supérieur à celui des plus petites.

« Il faut donc connaître — avec l'aide de Dieu — les pierres décomposables les plus convenables, qu'on peut utiliser pour l'œuvre. On doit en connaître le genre, le pouvoir, l'action et les opérations telles que dissolution, solidification, purification, calcification, dessiccation ou transformation. Celui qui ne connaît pas ces principes, qui sont les piliers de cet art, ne pourra jamais réussir et n'obtiendra jamais de bons résultats. Il faut aussi savoir si la pierre doit être aidée par autre chose ou si on peut l'employer seule, si elle intervient seule dès le début, ou si elle est d'abord associée à autre chose pour devenir une au cours des manipulations, de telle sorte qu'elle est appelée pierre. On doit également savoir comment elle opère, quel poids elle doit avoir et quels sont les moments [qui lui conviennent], comment l'esprit y est adjoint et comment l'âme y est introduite ; si l'âme peut en être séparée par le feu après y avoir été insérée ; sinon, pourquoi ne le peut-elle pas et pour quelle raison nécessaire. C'est cela qui est recherché. Comprends-le bien.

« Il faut savoir que tous les philosophes ont loué l'âme et ont dit que c'est elle qui gouverne et soutient le corps, qu'elle le défend et agit en lui. En effet, lorsque l'âme quitte le corps, celui-ci meurt et devient froid. Il ne peut plus ni se mouvoir ni se défendre contre autrui, car il ne renferme ni vie ni lumière. Si j'ai parlé du corps et de l'âme, c'est que cet art ressemble au corps humain, qui se maintient, grâce aux repas du matin et du soir, et dont la persistance et la perfection dépendent de l'âme vivante et lumineuse. C'est grâce à l'âme que le corps réalise de grandes choses et, par la force vivante qui réside en elle, fait des choses contradictoires qu'aucune autre entité n'est capable de faire. L'homme ne subit la mort que parce que les éléments naturels qui le composent s'opposent. Si ceux-ci s'accordaient et étaient exempts des accidents et des contradictions, l'âme ne serait pas capable de quitter le corps, et l'homme vivrait éternellement. Gloire à Dieu, le Très Haut, qui gouverne toute chose !

« Il faut savoir que les natures[2], d'où procède l'œuvre, forment une qualité expulsive au début et un processus d'émanation qui requiert une fin. Quand elles entrent dans la composition de ce corps, elles ne peuvent plus revenir à leur état antérieur d'éléments qui ont servi à la composition, comme nous l'avons vu précédemment à propos de l'homme. Car les natures de cette substance, après avoir été des natures singulières séparées, adhèrent les unes aux autres et deviennent une seule chose, semblable à l'âme quant à son pouvoir et à son activité, et au corps quant à sa composition et à son sens du toucher. Quelle chose étrange que les actions des natures ! C'est [l'élément] faible qui est le plus puissant, car il a le pouvoir de décomposer, de composer et de perfectionner les choses. C'est pourquoi j'ai dit : “à la fois puissant et faible”. Le changement et le dépérissement interviennent dans la première composition en raison de l'opposition, et ils n'apparaissent pas dans la seconde à cause de l'accord.

« D'après un ancien, la décomposition et la division dans l'œuvre alchimique signifient vie et durée, et la composition est mort et dépérissement. Ces paroles ont un sens précis. Par vie et durée, le philosophe désigne le passage du néant à l'existence. Tant que la chose persiste dans sa composition première, elle doit nécessairement périr. Quand intervient la deuxième composition, le dépérissement est annulé. Or la deuxième composition n'a lieu qu'après la décomposition et la division. La décomposition et la division sont donc caractéristiques de l'œuvre alchimique. Quand [celui-ci ?] rencontre un corps en état de dissolution, il s'y répand du fait de l'absence de la forme. En effet, il occupe dans le corps la place de l'âme, qui n'a pas de forme. Cela est dû au fait qu'il est sans pesanteur dans [le corps]. C'est ce que nous verrons plus loin, s'il plaît à Dieu.

« Il faut savoir qu'il est plus facile d'effectuer le mélange de ce qui est fin avec ce qui est fin que de ce qui est épais avec ce qui est épais. Je fais allusion par là à l'affinité formelle entre les esprits, d'un côté, et entre les corps, de l'autre, car les choses s'unissent par leurs formes. Je dis cela pour que l'on sache que l'œuvre alchimique réussit mieux et plus aisément avec les natures fines spirituelles qu'avec les natures épaisses corporelles.

« On peut concevoir intellectuellement que les pierres sont plus capables de résister au feu que les esprits. C'est ce qu'on remarque pour l'or, le fer et le cuivre, qui résistent mieux au feu que le soufre, le mercure et les autres esprits. Mais je dis que, au commencement, les corps étaient des esprits. Quand ils furent affectés par la chaleur de la génération, celle-ci les transforma en corps visqueux et épais. Le feu ne pouvait pas les consumer, parce qu'ils étaient excessivement épais et visqueux. Mais, s'ils sont soumis à un feu très intense, celui-ci les transforme en esprits, leur faisant ainsi retrouver l'état où ils étaient quand ils furent créés pour la première fois. Et, quand ils sont de nouveau exposés au feu, ces esprits subtils se volatilisent et ne peuvent lui résister. On doit donc savoir ce qui conduit les corps à tel état, et ce qui conduit les esprits à tel autre état. C'est ce qu'il y a de plus important à savoir.

« Je dis : les esprits se volatilisent et brûlent parce qu'ils sont combustibles et subtils. Ils sont combustibles à cause de leur grande humidité. Lorsque le feu sent l'humidité, il s'y attache, parce que celle-ci eſt aérienne et donc similaire au feu. Le feu continue à s'en nourrir, jusqu'à ce qu'elle se consume. De même, les corps se volatilisent au contact du feu quand ils sont peu visqueux et épais. Si les corps ne s'enflamment pas, c'eſt parce qu'ils sont composés de terre et d'eau. Celle-ci résiſte au feu grâce au fait que sa composante subtile eſt unie à sa composante épaisse à l'issue d'une longue cuisson qui a pour effet d'amollir et de mélanger les choses. En effet, tout ce qui eſt détruit par le feu l'eſt seulement par le fait de la séparation de ses composantes subtiles d'avec ses composantes épaisses, et parce que ses parties s'interpénètrent sans se dissoudre et sans s'accorder. Leur réunion et leur interpénétration sont une simple agrégation, et non un mélange. Elles sont donc aisément séparables, comme l'eau et l'huile, ou d'autres choses semblables. Je n'ai fait cette description que pour faire comprendre la composition et l'opposition des natures. Quand on sait cela assez bien, on eſt au fait de ce qu'il faut connaître en ces matières.

« Tu dois aussi savoir que les mixtures, qui sont les natures de l'alchimie, s'accordent les unes avec les autres. Elles dérivent d'une seule subſtance et sont unies par un même ordre, sous l'effet d'un seul traitement. Rien d'étranger n'y pénètre, ni au niveau de la partie ni au niveau du tout. Comme l'a dit le philosophe : "Si tu sais effectuer correctement le traitement et la composition des natures et si tu n'y fais entrer aucun élément étranger, tu réussiras dans ce que tu as voulu entreprendre, car la nature eſt une et ne renferme aucun élément étranger. Celui qui y introduit quelque chose d'étranger s'en écarte et tombe dans l'erreur."

« Tu dois aussi savoir que si, pour cette nature, on dissout un corps apparenté d'une façon convenable, de sorte qu'il devienne semblable à lui en finesse et en subtilité, la nature en queſtion se répand dans ce corps et le suit partout. En effet, tant que les corps sont épais et rudes, ils ne peuvent ni se répandre ni s'unir à d'autres. La dissolution des corps ne peut s'effectuer sans les esprits. Comprends bien ces paroles, et que Dieu te guide !

« Tu dois savoir — Dieu te guide ! — que cette dissolution dans le corps de l'animal eſt la vérité qui jamais ne périt ni ne décroît. C'eſt elle qui transforme les natures, les fait tenir et y fait apparaître des couleurs et des fleurs merveilleuses. Tout corps ne se dissout pas de cette façon, qui est celle de la dissolution complète, parce qu'elle est contraire à la vie. Il se dissout seulement avec ce qui lui convient et le protège contre l'action du feu, de sorte qu'il perd son épaisseur et que [ses] natures abandonnent leur état et prennent le degré de finesse et d'épaisseur qui lui convient. Quand les corps atteignent leurs complets dissolution et raffinement, ils se trouvent dotés du pouvoir de tenir, d'immerger, de transformer, de pénétrer. Toute opération dont la justesse n'apparaît pas dès le début n'est pas bonne.

« Tu dois savoir que la nature froide dessèche les choses et fait coaguler leur humidité, et que la nature chaude fait apparaître leur humidité et coaguler leur sécheresse. J'ai cité le chaud et le froid, parce qu'ils sont actifs, et l'humidité et la sécheresse, parce qu'elles sont passives. C'est l'interaction [entre ces natures] qui est à l'origine de la création et de la génération des corps. Cependant, la chaleur est plus active dans ce processus que le froid, car le froid ne peut ni transporter ni mouvoir les choses, alors que la chaleur est cause de mouvement. Quand la cause de la génération, c'est-à-dire la chaleur, est faible, rien ne se produit. De même, si la chaleur qui affecte une chose est excessive, et qu'il n'y a pas de froid, elle brûle cette chose et la détruit. C'est pour cette raison qu'on a besoin du froid dans les opérations alchimiques, pour que les opposés puissent s'équilibrer et que la chaleur du feu puisse être contrée.

« Il n'y a rien contre quoi les philosophes aient mis en garde avec plus d'insistance que les feux qui brûlent. Ils ont ordonné de purifier les natures et les souffles, d'en chasser la souillure et l'humidité, et d'écarter d'elles les dangers et les saletés de celle-ci. C'est la saine base de leur doctrine et de leur action. Leur opération commence avec le feu et finit avec le feu. Ils ont dit : “Attention aux feux qui brûlent.” Ils voulaient de cette façon attirer l'attention sur les dangers du feu. Le corps est ainsi menacé par deux types de dangers qui en hâtent la destruction. De même, toute chose peut être détruite et corrompue en raison de l'opposition de ses natures et de sa contradiction [interne]. Elle tient alors le milieu entre deux choses et, ne trouvant rien qui puisse la renforcer et l'aider, elle est subjuguée, et périt sous l'action de ce mal.

« Tu dois savoir que les sages ont parlé du fait que les esprits retournent à plusieurs reprises aux corps pour qu'ils soient plus fermes et plus forts pour combattre le feu quand ils entrent en contact avec lui au moment de l'union. Je veux parler ici du feu élémentaire. C'est une chose que tu dois savoir.

« Nous allons parler maintenant de la pierre qui permet d'effectuer l'opération alchimique, comme cela est mentionné chez les philosophes. Ils ont sur cette question des opinions divergentes. Les uns prétendent qu'elle se trouve dans l'espèce animale, d'autres dans les plantes, d'autres dans les minéraux, et d'autres disent qu'on la trouve dans tout cela à la fois. Nous n'avons pas besoin d'examiner toutes ces opinions et de disputer avec leurs auteurs, car la discussion de ces matières serait trop longue. J'ai déjà dit[3] que l'opération alchimique peut être effectuée potentiellement à partir de toute chose, car les natures existent en toutes choses. Il en est bien ainsi.

« Nous voulons savoir à partir de quoi peut être effectuée l'opération alchimique, aussi bien potentiellement qu'en acte. Nous nous référons à ce qu'a dit al-Harrânî au sujet de la teinture, à savoir : la teinture est de deux sortes. La première est la teinture d'un corps, comme lorsqu'on utilise le safran pour teindre une étoffe blanche. [Le safran] y pénètre, et [le blanc] disparaît et se décompose. La deuxième sorte de teinture est la transformation de la substance d'une chose en la substance et la couleur d'autre chose. Par exemple, les arbres transforment la terre en eux-mêmes, et, de même, les animaux transforment les plantes en eux-mêmes, de telle sorte que la terre devienne des plantes et les plantes des animaux. Cela ne peut se produire que grâce à l'esprit vivant et à l'essence active qui a la capacité de générer les corps et de changer les essences.

« S'il en est bien ainsi, je dis que l'opération alchimique doit avoir lieu soit dans les animaux, soit dans les plantes. La preuve en est que les uns et les autres ont naturellement besoin de se nourrir, et que c'est de cette façon qu'ils subsistent et atteignent leur perfection.

« Les plantes n'ont pas autant de finesse et de pouvoir que les animaux. C'est pourquoi les sages s'en occupent rarement. Tandis que les animaux constituent l'ultime et dernier stade des trois transmutations. En effet, le minéral se change en plante, et la plante en animal, mais l'animal ne se change en rien qui soit plus subtil que lui-même, sauf à retourner à quelque chose de plus épais. D'autre part, les animaux sont les seuls êtres au monde auxquels s'attache l'esprit vivant. Or, l'esprit est ce qu'il y a de plus subtil au monde. Il ne s'attache aux animaux qu'en raison d'une certaine similitude qu'il a avec eux. L'esprit qui est dans les plantes est faible, tout en étant épais et dense. De plus, il s'y trouve immergé et enfoui à cause de son épaisseur et de l'épaisseur du corps des plantes. Ainsi, les plantes ne peuvent pas bouger, parce qu'elles sont épaisses et que leur esprit est épais. L'esprit mobile est beaucoup plus subtil que l'esprit enfoui. En effet, le premier accepte la nourriture, se meut et respire, tandis que le second est seulement capable d'accepter la nourriture. Comparé à l'esprit vivant, il n'a pas plus de valeur que la terre par rapport à l'eau. Voilà donc la situation des plantes par rapport aux animaux. L'opération alchimique pratiquée sur les animaux est donc supérieure et plus noble, et en même temps bien plus aisée. L'homme intelligent, informé de cela, doit essayer ce qui est facile et éviter ce qui peut comporter des difficultés.

« Tu dois savoir que les sages ont divisé les animaux en "mères", c'est-à-dire les natures, et en "nouveaux", c'est-à-dire les êtres engendrés. Cela est connu et facile à comprendre. C'est pourquoi les sages ont divisé les éléments et les êtres engendrés en vivants et en morts. Ils conviennent que tout ce qui est mobile est actif et vivant et tout ce qui est immobile, passif et mort. Ils appliquent cette division à toute chose, aux corps fusibles et aux substances minérales. Ainsi, ils appellent "vivant" tout ce qui fond au contact du feu, est volatil et combustible, et "mort" tout ce qui a les qualités opposées. Pour ce qui est des animaux et des plantes, ils appellent "vivants" ceux qui sont décomposables entre les quatre natures, et "morts" ceux qui ne le sont pas.

« Puis ils considérèrent toutes les catégories vivantes. Ils ne trouvèrent rien qui convienne à l'alchimie parmi ce qui est décomposable de façon visible entre les quatre natures. Ils ne trouvèrent qu'une seule chose appropriée, à savoir la pierre qui est dans les animaux. Ils en étudièrent l'espèce et parvinrent à la connaître. Ils la prirent et la traitèrent, et, grâce à elle, ils purent obtenir les qualités qu'ils désiraient.

« On peut obtenir les mêmes qualités avec les minéraux et les plantes, après avoir réuni et mélangé, puis séparé les substances. Il y a des plantes, comme l'alcali, qui peuvent être décomposées en certaines [des quatre natures]. Quant aux minéraux, ils comportent des corps, des esprits et des souffles qui, mélangés et traités, donnent quelque chose qui peut exercer une influence.

« Nous avons essayé tout cela. Les animaux sont supérieurs et plus nobles, et ils sont plus faciles à traiter. Tu dois donc savoir ce qu'est la pierre qui est dans les animaux, et comment on peut la trouver.

« Nous avons expliqué que les animaux sont les plus nobles des choses engendrées. De la même façon, ce qui est composé à partir des animaux est plus subtil qu'eux, comme c'est le cas des plantes par rapport à la terre. Si les plantes sont plus subtiles que la terre, c'est parce qu'elles sont faites à partir de sa substance pure et de son corps subtil. C'est ce qui leur donne leur subtilité et leur finesse. La pierre animale [par rapport aux animaux] est dans la même position que les plantes par rapport à la terre. D'une façon générale, il n'y a rien dans les animaux, excepté la pierre, qui puisse être décomposé entre les quatre natures. Tu dois bien comprendre cela, que seuls ignorent les gens stupides et dépourvus d'intelligence.

« Après t'avoir instruit de la quiddité et de l'espèce de cette pierre, il nous reste à t'expliquer les divers traitements auxquels elle donne lieu. Ainsi, nous nous serons acquitté complètement de l'engagement que nous avons pris à ton égard, s'il plaît à Dieu.

« Voici donc le traitement, avec la bénédiction de Dieu. On prend la noble pierre. On la met dans la cornue ou l'alambic. On en sépare les quatre natures, c'est-à-dire l'eau, l'air, la terre et le feu, qui sont le corps, l'esprit, l'âme et la teinture. Après avoir séparé l'eau de la terre et l'air du feu, on garde chaque élément à part dans son récipient. On prend le précipité — c'est-à-dire le sédiment — qui se trouve au fond du récipient et on le lave au feu ardent pour faire disparaître sa noirceur, son épaisseur et sa rudesse, et le blanchir soigneusement. On fait évaporer le reste d'humidité qui s'y trouve enfermé. Il devient alors une eau blanche, qui ne présente ni ombre, ni impureté, ni contraste. Puis on s'occupe des natures premières qu'on obtient par distillation à partir de cette eau, et on les purifie également de leur noirceur et de leur contraste. On les lave et on les distille à plusieurs reprises, jusqu'à ce qu'elles deviennent subtiles, fines et pures. Si tu fais tout cela, Dieu t'ouvrira la porte du succès.

« On doit donc commencer par la synthèse, qui est le pivot de l'opération. En effet, la synthèse ne peut se produire que par l'accouplement et la putréfaction. L'accouplement est le mélange du fin et de l'épais. La putréfaction est la décomposition et la pulvérisation, de sorte que [les divers ingrédients] se mélangent les uns avec les autres et forment une seule chose qui ne présente ni les caractères du mélange ni ceux de la séparation, comme ce qui est mélangé avec de l'eau. Alors, ce qui est épais a la force de retenir ce qui est subtil, l'esprit a la force de s'opposer au feu et de lui résister, et l'âme a la force de plonger dans les corps et de s'y mouvoir.

« Cela ne se réalise qu'après la synthèse. En effet, lorsque le corps soluble s'accouple avec l'esprit, il s'y mélange dans toutes ses parties, et toutes les parties s'interpénètrent à cause de leur similitude et deviennent une seule chose. À cause du mélange, il s'ensuit nécessairement que l'esprit est affecté par les mêmes accidents que le corps : ordre, corruption, durée, constance. De même, quand l'âme se mélange avec [le corps et l'esprit] et y pénètre grâce au traitement [alchimique], ses parties se mélangent avec toutes les parties des deux autres composantes, c'est-à-dire le corps et l'esprit. Elle ne fait plus avec eux qu'une seule chose qui ne renferme pas de différence, à l'instar de la particule universelle dont les natures sont intactes et dont les parties sont en accord.

« Quand ce composé est mis au contact du corps soluble et qu'il est soumis à un feu continu, de sorte que l'humidité qu'il contient apparaisse à la surface, il fond dans le corps soluble. L'humidité peut s'enflammer et le feu peut y prendre. Mais quand le feu veut s'y attacher, le fait qu'elle soit mélangée avec de l'eau l'empêche de s'unir à l'âme, car le feu ne s'unit avec l'huile que lorsque celle-ci est pure. De même, l'eau a une aversion pour le feu. Mais quand le feu l'attaque de façon continue et veut l'évaporer, elle est retenue par le corps sec qui lui est adjoint et l'empêche de s'évaporer. Ainsi, le corps est la cause de la rétention de l'eau ; l'eau est la cause de la persistance de l'huile ; l'huile est la cause de la constance de la teinture ; et la teinture est la cause de l'apparition de la couleur et de la manifestation du caractère huileux des choses sombres qui ne renferment ni lumière ni vie. Voilà donc ce qu'est un corps bien constitué, et voilà comment s'effectue l'opération [alchimique].

« L'œuf sur lequel tu t'es enquis est celui qui a été nommé ainsi par les sages. Ils n'entendent pas par là l'œuf de poule. S'ils l'ont appelé ainsi, ce n'est pas sans raison, mais pour sa ressemblance avec l'œuf. J'interrogeai un jour Maslama à ce sujet, alors que j'étais seul avec lui. Je lui dis : "Explique-moi, ô sage vertueux, pourquoi les sages donnent le nom d'*œuf* au composé animal ? Est-ce simplement parce qu'ils l'ont voulu ainsi, ou pour une raison particulière ?" Il me répondit : "Pour une raison obscure." Je lui demandai : "Ô sage ! Quelle utilité ont-ils trouvé à cela, et pourquoi s'en servent-ils comme symbole de l'art, qu'ils comparent à l'œuf et qu'ils nomment 'œuf' ?" Il me répondit : "Parce que [l'œuf] ressemble au composé et lui est apparenté. Réfléchis à cela, et tu en comprendras le sens." Je restai devant lui en train de réfléchir, sans pouvoir comprendre le sens de ce qu'il m'avait dit. Voyant ma profonde perplexité, Maslama me prit le bras et m'imprima une légère secousse en disant : "Ô Abû Bakr, c'est à cause de l'analogie qu'il y a entre eux pour ce qui est de la quantité des couleurs au moment du mélange et de la composition des natures." Ses paroles dissipèrent l'obscurité [de mon esprit] ; la lumière se fit dans mon cœur, et mon esprit trouva la force de comprendre. Je me levai et rentrai chez moi, en remerciant Dieu. Je construisis une figure géométrique pour prouver la validité de ce que m'avait dit Maslama. Je la reproduis dans la présente lettre.

« Il en est de ce composé lorsqu'il est complet et parfait comme de l'œuf : tous les deux ont le même rapport à la nature de l'air et à la nature du feu. Il en est de même des deux autres natures, la terre et l'eau. Je dis que deux choses qui ont entre elles ce type de rapport sont semblables. Supposons, par exemple, que la surface de l'œuf soit désignée par HZWḤ. Si nous voulons cela, nous prenons la plus faible nature du composé, celle de la sécheresse, et nous lui ajoutons la même [quantité] de la nature de l'humidité. Nous traitons les deux jusqu'à ce que la nature de la sécheresse absorbe la nature de l'humidité et en reçoive la force. Il y a dans ce qui vient d'être dit une allusion cachée, mais qui ne doit pas t'échapper. Puis on leur ajoute la même [quantité] d'esprit, c'est-à-dire d'eau. On a ainsi six [portions] égales. Après avoir traité le tout, on ajoute une quantité égale de la nature de l'air, c'est-à-dire de l'âme. De la sorte, on a trois parts, et un total de neuf portions égales en puissance à la sécheresse. Sous chacun des deux côtés de ce composé dont la nature entoure la surface du composé, on pose ensuite deux natures. Les deux premiers côtés qui entourent sa surface sont censés être l'élément eau et l'élément air. Ce sont les deux côtés AJD. La surface est ABJD. De même, les deux côtés qui entourent la surface de l'œuf, et qui sont l'eau et l'air, sont les deux côtés HZWḤ. Je dis : [la surface] ABJD est semblable à la surface HZWḤ [...] la nature de l'air qu'on appelle "âme". Il en va de même pour le côté BJ de la surface du composé. Les sages n'ont jamais donné le nom d'une chose à une autre chose que s'il existe une similitude entre les deux.

« Les mots dont tu m'as demandé l'explication sont : la "terre sainte", qui est une combinaison de natures supérieures et de natures inférieures ; le "cuivre", qui est une substance dont on a extrait la noirceur, qu'on a ensuite réduite par division en atomes puis colorée en rouge avec du vitriol jusqu'à ce qu'elle devienne du cuivre ; la *maghnîsiyâ'*, qui est la pierre des alchimistes dans laquelle les esprits sont gelés et qui est extraite par la nature supérieure où sont emprisonnés les esprits, afin de combattre le feu pour les protéger contre son action ; la *furfûra*, qui est une couleur rouge foncé, produite par la nature ; le plomb, qui est une pierre dotée de trois puissances aux individualités différentes mais similaires quant à la forme et au genre. L'une est spirituelle, lumineuse et pure : c'est la puissance active. La seconde est psychique : elle est mobile et sensible. Cependant, elle est plus épaisse que la première, et son centre est au-dessous de celui de la première. La troisième est terrestre : elle est dure et astringente, tournée vers le centre de la Terre à cause de son poids. C'est la puissance qui tient ensemble et entoure les puissances spirituelle et physique.

« Tous les autres [mots] sont des inventions en vue de jeter la confusion dans l'esprit des ignorants. Celui qui connaît les principes de base peut se dispenser de tout le reste.

« C'est tout ce que tu m'as demandé. Je t'ai envoyé mes réponses avec toutes les explications nécessaires dans cette lettre, en espérant qu'avec l'aide de Dieu tu réaliseras tes souhaits. Salut. »

Fin de l'épître d'Ibn Bishrûn. Celui-ci était l'un des grands disciples de Maslama al-Majrîtî, la plus grande autorité de l'Andalus en matière d'alchimie, de magie des lettres et de magie au IIIe siècle et dans la période qui suit.

On voit comment toutes les expressions utilisées par les alchimistes pour parler de leur art usent de symboles et d'énigmes qu'on peut à peine expliquer et comprendre. C'est la preuve que l'alchimie n'est pas un art naturel.

Ce qu'il faut croire en cette matière — et c'est une vérité qui est confirmée par les faits —, c'est que l'alchimie est un procédé du même genre que celui par lequel les âmes spirituelles exercent une influence et agissent sur le monde de la nature, soit sous la forme du charisme, lorsqu'il s'agit d'âmes bonnes, soit sous la forme de la magie, lorsqu'il s'agit d'âmes mauvaises et libertines. Dans le cas du charisme, cela est évident ; dans celui de la magie, le magicien, comme on l'a établi, change les substances matérielles grâce à ses pouvoirs magiques. En outre, il a besoin d'une matière comme support de son action. Ainsi, certains animaux sont créés à partir de divers matériaux : terre, cheveux, plantes et, en général, tout autre matière différente de celle de ces animaux. C'est ainsi que les magiciens de Pharaon avaient utilisé des cordes et des bâtons. Et, d'après ce que l'on raconte, les magiciens du Soudan et de l'Inde dans l'extrême Sud, et les magiciens turcs dans l'extrême Nord, utilisent le même procédé magique pour faire tomber la pluie ou produire d'autres types d'actions magiques. Or, puisque l'alchimie consiste à créer de l'or en se servant d'une autre substance, c'est une sorte de magie. C'est bien ce que laissent entendre ceux qui ont traité de ce sujet, tels Jâbir, Maslama ou d'autres sages des nations passées. Ils se sont exprimés en énigmes afin d'éviter à leur art la désapprobation que les lois religieuses montrent envers les différentes sortes de magie, et non parce qu'ils étaient jaloux de leur secret, comme le pensent les gens peu soucieux d'exactitude.

On peut faire remarquer à cet égard que Maslama a intitulé son livre sur l'alchimie : *Rutbat al-hakîm*, alors qu'il a appelé son livre sur la magie et les talismans : *Ghâyat al-hakîm*, indiquant par là que l'objet de la *Ghâya* était général, tandis que celui de la *Rutba* était particulier. Car la *ghâya*, « fin », est supérieure à la *rutba*, « rang », « degré ». Les questions de la *Rutba*, en un sens, recoupent en partie celles de la *Ghâya* ou traitent des mêmes sujets. Cela ressort clairement de ce que dit Maslama de ces deux disciplines. Nous montrerons plus loin l'erreur de ceux qui soutiennent que l'alchimie est fondée sur un art naturel[4].

Dieu est « l'Omniscient, l'Informé[A] ».

XXX. RÉFUTATION DE LA PHILOSOPHIE ET FAUSSETÉ DE SES VUES[1]

Cette section et les suivantes sont importantes. En effet, les sciences dont il va s'agir sont courantes dans la civilisation et sont très cultivées dans les villes. Leur nocivité pour la religion est grande. Aussi devons-nous exposer clairement ce qu'il en est et révéler l'attitude juste qu'il convient d'observer à leur égard.

Parmi les sages de l'espèce humaine, il existe un groupe de gens qui prétendent que les essences et les divers aspects de la totalité de l'être, sensible et extrasensible, ainsi que leurs raisons et leurs causes, peuvent être appréhendés par la spéculation mentale et le raisonnement intellectuel. Ils pensent également que la vérité des articles de foi est établie par la spéculation et non par la tradition, parce qu'ils font partie des perceptions de l'intelligence. Ces gens sont appelés « philosophes », mot grec qui signifie « ami de la sagesse ».

Ils entreprirent des recherches dans ce sens, en s'y employant de toutes leurs forces et en essayant avec persévérance d'atteindre leur but. Ils inventèrent une règle permettant à l'intelligence dans son activité spéculative de distinguer le vrai du faux. Ils appelèrent cela la « logique ». Voici en résumé ce qu'ils entendaient par là.

La spéculation, qui permet de distinguer le vrai du faux, est [une activité] de l'esprit portant sur les idées tirées des êtres individuels. D'abord, on abstrait de ceux-ci des formes qui correspondent à tous les individus, comme un cachet correspond à toutes les marques qu'il imprime sur l'argile ou la cire. Ces [idées] ainsi abstraites des choses sensibles

A. Coran, LXVI, 3.

s'appellent les « premiers intelligibles ». Les idées universelles peuvent être associées à d'autres idées, dont elles sont cependant distinctes dans l'esprit. Ensuite, d'autres idées, précisément celles qui sont associées avec [les premiers intelligibles], en sont abstraites. Puis, si d'autres idées leur sont encore associées, il est procédé à une deuxième et à une troisième abstraction, jusqu'à ce que le processus d'abstraction atteigne les idées universelles simples, correspondant à toutes les idées et à tous les individus. Au-delà, on ne peut plus procéder à d'autres abstractions. On a ainsi les genres supérieurs. Toutes ces idées abstraites qui ne sont pas extraites des choses sensibles servent, quand elles sont combinées les unes avec les autres, à produire les sciences. Elles sont appelées les « seconds intelligibles ».

Quand la pensée considère ces intelligibles abstraits et cherche à percevoir à travers eux l'être comme il est, l'esprit doit les associer ou les séparer les uns des autres à l'aide d'une démonstration rationnelle certaine. Il obtient ainsi une conception juste et conforme de l'être si le processus a été mené suivant une règle saine, comme il a été dit précédemment.

Le jugement de véridicité[2] — qui est l'association [de ces intelligibles abstraits] et du jugement [porté sur eux] — a la préséance, pour les philosophes, sur la représentation[3] à la fin de l'instruction, et la représentation a la préséance sur le jugement de véridicité au début et au cours de l'instruction, parce qu'ils pensent[a] que la représentation parfaite est le but de l'acte perceptif[4], dont le jugement de véridicité n'est qu'un moyen. Ce que l'on dit dans les livres des logiciens, au sujet de la préséance de la représentation et du fait que le jugement de véridicité en dépend, doit s'entendre dans le sens de la conscience, et non dans celui de la connaissance complète. C'est la doctrine d'Aristote, le plus grand d'entre eux.

Les philosophes prétendent, d'autre part, que le bonheur est dans la perception de tous les êtres, sensibles et extrasensibles, à l'aide de la spéculation et des démonstrations. Ce à quoi se résument dans l'ensemble leurs perceptions de l'être est le résultat de [leur spéculation et de leurs démonstrations], qu'ils présentent suivant les propositions détaillées que voici. Ils disent que l'observation et la perception sensorielle leur ont fait d'abord découvrir les corps inférieurs. Ensuite, leur perception s'est élevée quelque peu et, par le biais du mouvement et de la perception sensorielle chez les animaux, ils ont pris conscience de l'existence de l'âme. Les facultés de l'âme leur ont alors fait sentir le pouvoir de l'intellect. Là s'arrête leur perception. Ils jugent des corps supérieurs célestes de la même manière qu'ils jugent de l'essence humaine. Ainsi, ils pensent que la sphère céleste doit avoir une âme et une intelligence, comme les hommes. Ils portent le nombre [des sphères célestes] à celui des unités, c'est-à-dire à dix : neuf d'essences séparées et plurielles ; une, la dixième, première et unique.

Ils prétendent que le bonheur est dans la perception de l'être d'après ce genre de jugement, cela devant être accompagné par l'amélioration de l'âme et une conduite vertueuse. Ils pensent que cela est possible pour l'homme, même s'il n'existait pas de loi religieuse, parce que l'homme est capable de distinguer entre les actions bonnes ou mauvaises grâce à son intelligence, à sa réflexion, à son inclination pour les actions bonnes et à sa tendance naturelle à éviter les actions mauvaises. Ils prétendent que, lorsque l'âme atteint ce but, elle goûte à la joie et au plaisir, et que l'ignorance de ces choses conduit à la misère éternelle. C'est la signification qu'ils donnent à la félicité et au châtiment dans l'autre monde. Et il y a encore bien d'autres détails sur leur folle théorie, que l'on connaît d'après ce qu'ils en disent eux-mêmes.

La plus grande autorité dans ces doctrines fut, comme nous le savons, Aristote, le Macédonien[b], originaire de Macédoine en territoire byzantin. Ce fut lui qui en résuma les problèmes, les présenta sous une forme scientifique et exposa les arguments en leur faveur. Il était l'élève de Platon et le précepteur d'Alexandre. On l'appelle le « Premier Maître » d'une manière absolue. On veut dire, par là, le maître dans l'art de la logique, car cette discipline n'était pas encore solidement constituée avant lui. Il fut le premier à en systématiser les règles, à en présenter exhaustivement les problèmes et à en traiter de façon claire et étendue. Les règles qu'il a posées auraient été excellentes si elles avaient pu servir le but [des philosophes] dans le domaine de la métaphysique.

Plus tard, à l'époque de l'islam, il y eut des savants qui adoptèrent ces doctrines, en suivant fidèlement les opinions d'Aristote, sauf sur quelques points. En effet, lorsque les livres des anciens furent traduits pour les califes 'abbâssides du grec en arabe, beaucoup de musulmans les étudièrent. Des savants que Dieu avait égarés adoptèrent et défendirent leurs doctrines, tout en exprimant des divergences sur un certain nombre de points de détail. Parmi les plus célèbres, on peut citer Abû Nasr al-Fârâbî, au IVe [Xe] siècle, sous le règne de Sayf ad-Dawla, Abû 'Alî Ibn Sînâ, au Ve [XIe] siècle, sous les Bûyides d'Ispahan, et bien d'autres.

Il faut savoir que l'opinion avancée par les philosophes est fausse à tout point de vue. Tout d'abord, ils rapportent tous les êtres existants à l'intellect premier, et se contentent de s'y s'arrêter dans leur progression[c] vers l'[Être] nécessaire. Cela signifie qu'ils sont incapables d'atteindre les degrés de la création divine qui sont au-delà [du premier intellect]. Mais l'être a un domaine d'extension bien plus vaste. « Il crée ce que vous ne savez point[A]. » En se bornant ainsi à affirmer l'intellect et à négliger ce qui est au-delà, ils font comme les « physiciens » qui se bornent à affirmer les corps en se détournant de l'âme et de l'intellect et en croyant qu'il n'y a rien au-delà du corps dans[d] le monde de l'être tel qu'il a été voulu par la sagesse divine.

Ensuite, pour ce qui est des démonstrations qu'ils prétendent fournir au sujet des êtres existants et qu'ils soumettent aux critères et aux règles de la logique, elles sont insuffisantes et ne permettent pas d'arriver au but. Celles qui concernent les êtres corporels constituent ce qu'ils appellent la science de la physique. Leur insuffisance réside dans le fait que la correspondance entre les conclusions mentales — auxquelles permettent d'aboutir, à ce qu'ils prétendent, les définitions et le raisonnement — et le monde extérieur n'est pas certaine. En effet, les premières sont des jugements de l'esprit, qui sont tous généraux, alors que les êtres existants du monde extérieur sont individualisés par leur matière. Il y a peut-être dans la matière quelque chose qui empêche la correspondance entre l'universel mental et l'extérieur individuel, sauf pour ce qui est attesté par la perception sensorielle, mais, dans ce cas, la preuve réside dans l'observation, et non dans ces démonstrations. Où est donc la certitude qu'ils trouvent dans celles-ci ?

L'esprit s'applique souvent aussi aux premiers intelligibles dont la correspondance aux objets individuels est

A. Coran, XVI, 8.

assurée à l'aide des représentations de l'imagination, mais non aux seconds intelligibles exigeant le deuxième degré d'abstraction. Le jugement est alors certain, comme pour les choses sensibles, étant donné que les premiers intelligibles correspondent plus volontiers au monde extérieur, parce que leur conformité est parfaite. Dans ce cas, on peut accepter les prétentions [des philosophes] sur ce point. Mais il faut nous détourner de l'étude de ces choses, car il est du devoir du musulman de ne pas s'occuper de ce qui ne le concerne pas. Les problèmes de physique n'ont d'importance pour nous ni au point de vue de notre religion ni à celui de notre subsistance. Nous devons donc nous en détourner.

Les démonstrations qui concernent les êtres existants situés au-delà de la perception sensorielle, c'est-à-dire les êtres spirituels, constituent ce que les philosophes appellent la « science divine » ou la « métaphysique ». Les essences de ces êtres sont totalement inconnues. On ne peut ni les atteindre ni les démontrer. En effet, l'abstraction des intelligibles à partir des êtres individuels du monde extérieur n'est possible que pour ce que nous pouvons percevoir[e] au moyen de nos sens, de sorte que nous puissions en tirer les idées universelles. Mais nous ne percevons pas les essences spirituelles, et nous ne pouvons donc pas en abstraire d'autres quiddités, à cause du voile des sens qui s'interpose entre elles et nous. Il ne nous est donc pas possible de les démontrer, et nous n'avons aucun moyen d'en affirmer l'existence, si ce n'est à travers l'expérience intérieure que nous avons de l'âme humaine et ce que nous savons de ses perceptions, en particulier celles qui se produisent en rêve et dont tout le monde a une expérience intérieure. En dehors de cela, la réalité et les attributs [des essences spirituelles] reste quelque chose d'obscur, que nous n'avons aucun moyen d'appréhender. Les [philosophes] compétents reconnaissent cela, lorsqu'ils affirment que ce qui n'a pas de matière ne peut être démontré, car une des conditions de la démonstration est qu'elle repose sur des prémisses essentielles. Le grand philosophe Platon a dit qu'on ne peut parvenir à la certitude en matière de sciences divines, et que tout ce que l'on peut en dire est de l'ordre du « plus convenable » et du « plus approprié » — c'est-à-dire du conjectural. Si, après tant de peine et de malheur, on ne parvient qu'à des conjectures, autant nous en tenir à nos conjectures premières. Quelle est l'utilité de ces sciences et à quoi bon s'en occuper ? Notre but à nous est d'atteindre la certitude au sujet des êtres situés au-delà de la perception sensorielle, alors que pour [les philosophes], ces [conjectures] constituent le but ultime de la pensée humaine.

Quant à l'affirmation des philosophes selon laquelle le bonheur réside dans la perception de l'être comme il est, avec l'aide de ces démonstrations, elle est fausse et doit être rejetée. Voici pourquoi. L'homme est composé de deux parties. La première est corporelle, et la seconde est spirituelle et est mêlée à la première. Chacune de ces deux parties a ses perceptions propres, mais la partie qui perçoit est la même dans les deux cas. C'est la partie spirituelle. Celle-ci a tantôt des perceptions spirituelles, tantôt des perceptions corporelles. Mais elle perçoit les premières par elle-même, sans intermédiaire, tandis qu'elle perçoit les secondes par l'intermédiaire des organes du corps, comme le cerveau et les sens.

Or, chaque être percevant éprouve de la joie à percevoir ce qu'il perçoit. Prenez l'exemple d'un enfant : quand il a ses premières perceptions corporelles — qui se produisent par l'intermédiaire [des sens] —, il éprouve beaucoup de joie à voir de la lumière et à entendre des sons. Il n'y a donc aucun doute que la joie et le plaisir qu'éprouve l'âme dans la perception qu'elle a par elle-même, sans intermédiaire, sont plus forts et procurent plus de plaisir. En effet, quand l'âme spirituelle prend conscience de la perception qui lui vient de sa propre essence, sans intermédiaire, elle éprouve une joie et un plaisir inexprimables. Ce genre de perception ne peut se produire ni par la spéculation ni par la science. Il ne s'obtient que par la levée du voile des sens et l'oubli de toutes les perceptions corporelles. Les soufis recherchent beaucoup cette joie, à travers l'obtention de cette sorte de perception. Ils s'efforcent, en s'adonnant à des exercices spirituels, de tuer leurs facultés et leurs perceptions corporelles, même leur faculté cérébrale de penser. Leur âme peut alors jouir de la perception qui lui vient de sa propre essence lorsqu'elle est débarrassée des troubles et des obstacles corporels, et ils en tirent une joie et un plaisir indicibles. À supposer que la prétention des philosophes corresponde à la vérité, elle peut leur être concédée. Cependant, elle ne suffit pas à justifier leur démarche.

Ils disent, par ailleurs, que les démonstrations et les

preuves rationnelles permettent l'obtention de ce genre de perception et de la joie qui en résulte. Mais cela est faux, comme on l'a vu. En effet, les démonstrations et les preuves font partie des perceptions corporelles, parce qu'elles se produisent au moyen des facultés cérébrales, comme l'imagination, la pensée et la mémoire. Or, la première chose dont nous nous occupons quand nous voulons obtenir cette perception, c'est de tuer toutes ces facultés cérébrales, parce qu'elles s'opposent à elle et vont à son encontre. On voit maints philosophes habiles qui se livrent à l'étude des ouvrages d'Ibn Sînâ, tels que le *Shifâ'*, les *Ishârât* et le *Najât*, ainsi que des résumés, par Ibn Rushd, de l'*Organon*[5] et d'autres traités d'Aristote. Ils en tournent et retournent les pages, et acquièrent une grande confiance en leurs démonstrations. Ils espèrent ainsi y trouver cette part de bonheur, sans se rendre compte qu'ils ne font que multiplier les obstacles sur leur chemin. Ils se réfèrent à des propos qu'on rapporte sur l'autorité d'Aristote, d'al-Fârâbî et d'Ibn Sînâ, selon lesquels celui qui est parvenu à la perception de l'intellect agent et a fait sa jonction avec lui au cours de sa vie ici-bas obtient sa part de bonheur. Pour eux, l'intellect agent représente le premier degré des êtres spirituels qui se laissent découvrir après [la levée du voile] des sens. Et ils affirment que la jonction avec l'intellect agent signifie la perception scientifique. On a vu que cela est faux. Aristote et ses adeptes entendent par cette jonction et cette perception la perception de l'âme qui lui vient de son essence, sans intermédiaire, ce qui ne peut se produire qu'avec la levée du voile des sens.

Quant à l'opinion des philosophes selon laquelle la joie née de cette perception est identique au bonheur promis[6], elle est également fausse. S'il est bien vrai, comme ils l'ont établi eux-mêmes que, au-delà des sens, il existe un autre objet de perception que l'âme perçoit sans intermédiaire, et qu'elle éprouve en le percevant une joie extrême, cela ne nous dit pas que ce bonheur est nécessairement identique au bonheur de l'autre monde. Bien au contraire, il ne constitue qu'une partie des plaisirs qui sont inclus dans ce dernier. Ils se trompent également en affirmant que le bonheur est dans la perception des êtres comme ils sont. Cette opinion s'appuie sur la supposition erronée — dont nous avons parlé précédemment en relation avec le fondement de l'unicité divine[7] — que pour chaque être percevant, l'être se limite à ce qu'il perçoit. Nous avons montré qu'une telle supposition était fausse et que l'être était trop vaste pour être complètement appréhendé et perçu dans sa totalité, aussi bien spirituellement que corporellement.

Ce qui ressort de toutes les doctrines des philosophes que nous venons d'exposer, c'est que la partie spirituelle de l'homme, lorsqu'elle se sépare des facultés corporelles, a une perception de son essence qui ne concerne qu'une catégorie d'objets perceptibles, à savoir les êtres existants compris dans les limites de notre connaissance. Elle n'a pas une perception générale de tous les êtres existants, car ceux-ci ne peuvent être compris dans des limites. Elle éprouve, à cette sorte de perception, une joie extrême, comme un enfant qui prend plaisir à ses perceptions sensorielles au début de sa croissance. Mais, au-delà, il ne nous est pas accordé d'avoir une perception de tous les êtres ou d'obtenir le bonheur qui nous a été promis par le Législateur si nous ne faisons rien pour cela. « Misère, misère, que ce qui vous est promis[A] ! »

Les philosophes disent encore que l'homme est capable, par lui-même, de corriger et de perfectionner son âme, en adoptant les qualités louables et en évitant les qualités blâmables. Cela est basé sur l'affirmation selon laquelle la joie que l'âme éprouve grâce à la perception qui lui vient de son essence n'est autre que le bonheur promis, les vices empêchant l'âme de réaliser pleinement cette perception à cause des habitus corporels qu'elle acquiert[f] et des effets persistants qui en résultent.

Mais, comme nous venons de le montrer, le bonheur et le malheur sont au-delà des perceptions corporelles et spirituelles. Le perfectionnement que [les philosophes] sont parvenus à connaître n'est utile que pour la joie qui naît de la perception spirituelle, laquelle obéit à des critères et à des règles déterminés. Quant au bonheur qui est situé au-delà et que le Législateur nous a promis si nous nous conformons aux actes et aux conduites morales qu'il nous a ordonné d'accomplir, c'est quelque chose que personne ne peut percevoir.

Abû 'Alî Ibn Sînâ, le chef de file des philosophes, avait bien compris cela. Dans son livre intitulé *Kitâb al-mabda' wa-l-ma'âd*, il fait un développement sur ce sujet qu'on peut

A. Coran, XXIII, 36.

résumer comme suit[8] : la résurrection spirituelle et les circonstances qui l'accompagnent sont des choses que l'on peut connaître par des démonstrations et des critères rationnels, parce qu'elles procèdent d'une manière naturelle et bien préservée, et selon une voie uniforme. Nous avons donc toute latitude pour les démontrer. Mais la résurrection corporelle et les circonstances qui l'accompagnent ne peuvent être appréhendées avec l'aide d'arguments rationnels, car elles ne procèdent pas d'une manière uniforme. Elles nous ont été exposées clairement par la loi muhammadienne vraie. Il faut donc étudier celle-ci et s'y référer pour tout ce qui touche à ce point.

Comme on le voit, cette science ne permet pas [aux philosophes] de parvenir à leur fin. De plus, elle contredit les lois religieuses et leur sens évident. Elle n'a qu'un seul fruit, que je sache : celui d'aiguiser l'esprit pour la présentation ordonnée des preuves et des arguments, ce qui permet d'acquérir une aptitude à faire des démonstrations bonnes et correctes. En effet, on trouve bien, dans leur science de la logique, l'ordre et l'enchaînement rigoureux et exact des raisonnements dont ils parlent. Ils font grand usage de cette dernière dans les sciences philosophiques, comme la physique, les mathématiques et les autres sciences qui viennent après celles-ci. En utilisant abondamment les démonstrations selon les conditions requises, le chercheur acquiert pleinement l'aptitude à conduire des argumentations et des déductions de façon rigoureuse et juste. Bien que [la science de la logique] ne leur permette pas de réaliser tous leurs objectifs, elle est la règle de recherche spéculative la plus saine que nous connaissions.

C'est là le fruit de cet art[9]. En outre, il nous fait connaître les doctrines et les opinions des autres hommes. Cependant, on vient d'en voir la nocivité. Celui qui l'étudie doit donc se garder, autant que possible, de ses périls. Il ne doit l'aborder qu'après s'être imprégné des sciences religieuses et avoir appris l'interprétation du Coran et le droit. Nul ne devrait s'y adonner s'il ne sait rien des sciences musulmanes, car il aurait, dans ce cas, peu de chance d'échapper à ses périls.

C'est Dieu qui nous aide et nous guide vers la vérité. « Nous n'aurions pu nous diriger, si Dieu ne nous avait pas dirigés[A]. »

A. Coran, VII, 43.

XXXI. RÉFUTATION DE L'ASTROLOGIE. FAIBLESSE DE SES VUES ET CORRUPTION DE SON OBJECTIF

Les adeptes de cet art prétendent qu'ils peuvent connaître, grâce à lui, les événements du monde des éléments avant qu'ils ne se produisent, et ce en s'appuyant sur la connaissance des pouvoirs des astres, pris individuellement ou en groupes, et sur celle des influences astrales sur les choses engendrées dans le monde des éléments. Ainsi, les positions des sphères et des astres indiqueraient les différents genres d'événements futurs, aussi bien universels que singuliers.

Les anciens astrologues pensaient que la connaissance des pouvoirs et des influences des astres était le fruit de l'expérience. Mais toutes les vies humaines réunies ne suffiraient pas à obtenir pareille chose. En effet, l'expérience est le résultat de multiples répétitions aboutissant à un savoir certain ou probable. Or, il y a des révolutions astrales de longue durée, dont la répétition exige de très longues périodes de temps que toutes les vies humaines réunies ne peuvent couvrir.

Des astrologues débiles affirment parfois que la connaissance des pouvoirs et des influences des astres est due à la révélation. C'est une opinion peu crédible. Eux-mêmes nous fournissent les arguments pour la réfuter. Une des meilleures preuves est celle-ci : les prophètes sont les hommes qui sont le plus éloigné des arts. Ils ne se préoccupent pas de dévoiler l'invisible, à moins qu'ils ne soient inspirés par Dieu. Comment pourraient-ils prétendre le découvrir par le moyen de l'art et prescrire à leurs adeptes d'en faire autant ?

Ptolémée et ses disciples modernes croient que les astres indiquent l'avenir de façon naturelle par le moyen du tempérament qu'ils produisent dans les êtres élémentaires. « L'action du Soleil et de la Lune et leur influence sur les êtres élémentaires, dit-il, sont évidentes et indéniables. Ainsi, le soleil agit sur les changements de saisons et leurs tempéraments, ainsi que sur la maturation des fruits et des grains. La Lune agit sur l'humidité, sur l'eau et sur la maturation des substances putrides et des concombres. » Il ajoute ensuite : « Pour ce qui est des astres qui viennent après le Soleil et la Lune, nous pouvons observer deux types d'approche : la première, qui n'est pas satisfaisante pour l'esprit, consiste à suivre aveuglément la tradition des grandes autorités de notre art. La deuxième fait appel à l'intuition et à l'expérience, en comparant chaque astre au soleil, dont nous connaissons clairement la nature et l'influence. Nous examinons si le pouvoir et le tempérament de tel ou tel astre augmentent avec la conjonction — auquel cas nous en concluons que sa nature est en accord avec celle du Soleil — ou diminuent — ce qui montre que sa nature s'oppose à celle du Soleil. Une fois que nous connaissons les pouvoirs individuels des astres, nous pouvons également savoir leurs pouvoirs combinés lorsqu'ils se font face dans le trine aspect, le quartile, ou dans d'autres aspects. Cette connaissance se déduit de la nature des signes du zodiaque, également par comparaison avec le Soleil. Sur la base de notre connaissance des pouvoirs des astres, nous voyons qu'ils exercent une influence sur l'air. Cela est évident. Le tempérament qui en résulte pour l'air apparaît aussi dans les choses engendrées sous l'air, et le sperme et les graines s'en trouvent également imprégnés. Il se transmet aussitôt au corps créé [à partir du sperme ou des graines], à l'âme — qui est attachée au corps, qui se répand sur le corps et acquiert sa perfection de lui — ainsi qu'aux divers états du corps et de l'âme. En effet, les qualités de la graine et du sperme se transmettent à tout ce qui est engendré par eux ou se forme à partir d'eux. »

« Cependant, conclut-il, [les influences astrales] sont conjecturales et n'ont rien de certain. Elles n'ont rien à voir, non plus, avec le décret divin[a], c'est-à-dire la prédestination. Elles font simplement partie des causes naturelles de ce qui existe, alors que le décret divin est antérieur à toutes choses. » Voilà, en résumé, la doctrine de Ptolémée et de ses adeptes. Elle est consignée dans son *Quadripartitum* et d'autres ouvrages.

De là, on voit clairement la faiblesse de l'astrologie. En effet, le savoir certain ou probable des choses futures ne s'obtient que par le savoir de toutes leurs causes : l'agent, le patient, la forme, la fin, comme on l'a vu. Or les pouvoirs astraux, comme l'affirment les astrologues, ne représentent que l'agent, alors que le patient est représenté par les éléments. D'autre part, les pouvoirs astraux ne sont pas l'agent exclusif ; il y a d'autres pouvoirs qui agissent avec eux dans la partie matérielle, comme le pouvoir de génération du père et de l'espèce contenu dans le sperme, les pouvoirs de particularisation par lesquels se distinguent les différentes catégories de l'espèce, etc. Quand les pouvoirs astraux agissent de façon parfaite et sont connus, ils ne constituent cependant qu'une seule cause parmi toutes celles qui agissent sur les choses du futur. Par ailleurs, en plus de la connaissance des pouvoirs et des influences des astres, il faut encore un surplus d'intuition et de conjecture ; et c'est à cette condition seulement que [l'astrologue] peut conjecturer qu'une chose du futur va se produire. Or l'intuition et la conjecture sont des facultés qui résident dans l'esprit du chercheur et qui n'ont rien à voir avec les causes et les raisons de la chose qui doit se produire. Quand l'intuition et la conjecture viennent à manquer, [le savoir procuré par les pouvoirs astraux] de probable devient douteux, si toutefois il se réalise d'une manière correcte et sans obstacle, ce qui est plutôt rare. Car il faut connaître les calculs de la course des étoiles pour déterminer les positions de celles-ci ; et, par ailleurs, il n'y a pas de preuve que chaque astre a un pouvoir en propre. En outre, la méthode de Ptolémée pour déterminer les pouvoirs des cinq planètes en les comparant au Soleil est faible, car le pouvoir du Soleil domine et subjugue si fortement les pouvoirs de toutes les autres planètes qu'il est à peine possible de sentir une augmentation ou une diminution de ceux-ci quand on effectue la comparaison, comme le voudrait Ptolémée. Tout cela constitue un démenti à la possibilité de connaître les choses du futur dans le monde des éléments au moyen de l'astrologie.

De plus, il est faux de dire que les astres exercent une influence sur le monde sublunaire. Il a été établi de manière déductive dans le chapitre sur l'unicité divine[1] qu'il n'y a d'autre agent que Dieu. Les théologiens disent, à l'appui de cette affirmation, que la modalité du lien entre la cause et l'effet est inconnue — argument sur lequel il n'est pas besoin de s'étendre — et que l'intellect doit être suspecté pour le jugement qu'il prononce sur ce qui apparaît à première vue comme étant une influence. Il se peut que la forme de ce lien soit tout autre que celle de l'influence ordinaire. La puissance divine établit le lien entre la cause et l'effet, comme elle établit le lien entre toutes les choses créées, supérieures ou inférieures. La loi religieuse, d'ailleurs, ramène tous les événements à la puissance de Dieu le Très Haut et se détourne de tout le reste.

Les prophètes nient également l'importance et l'influence des astres. Ainsi, une lecture attentive des lois religieuses atteste le même fait. Par exemple, Muhammad a dit : « Ni le Soleil ni la Lune ne font leur éclipse pour annoncer la mort ou la vie de personne[2]. » Et, comme il est rapporté dans une tradition authentique, Dieu a dit : « Parmi mes serviteurs, certains croient en moi, d'autres ne croient pas. Ceux qui disent : "Nous avons eu de la pluie grâce à la bonté et à la miséricorde de Dieu", croient en moi et ne croient pas aux étoiles ; mais ceux qui disent : "Nous avons eu de la pluie par telle ou telle étoile" ne croient pas en moi et croient aux étoiles[3]. »

Ainsi, on voit clairement que l'astrologie est fausse au point de vue de la foi, et que, dans le même temps, elle est nocive pour la civilisation humaine, parce qu'elle corrompt les croyances des gens du commun quand, parfois, certains des jugements astrologiques se vérifient par hasard, sans rien qui puisse les fonder en toute rigueur. Des gens dépourvus de la moindre connaissance se passionnent pour ce genre de cas et supposent que tous les jugements astrologiques sont vrais, alors qu'il n'en est point ainsi. Ils se trouvent, de cette manière, attribuer la création des choses à un autre que leur Créateur.

D'autre part, [la nocivité de l'astrologie] vient également du fait qu'elle porte souvent les hommes à guetter les moments de crise des dynasties, ce qui encourage les ennemis et les rivaux de celles-ci à les attaquer et à se révolter contre elles. Nous avons vu de nombreux exemples de ce genre. Il faut donc interdire l'astrologie chez tous les peuples des pays civilisés, parce qu'elle est à l'origine d'une grande nocivité pour la religion et les États. Cela n'est pas contredit par le fait que l'existence de l'astrologie est naturelle, si l'on se place au point de vue des perceptions humaines et des sciences. Le bien et le mal sont deux natures de ce monde[b], et rien ne peut les extirper. Notre responsabilité religieuse réside dans le choix des moyens que nous employons pour les réaliser. Il convient de rechercher le bien, suivant les moyens appropriés, et de combattre les causes du mal et des choses nuisibles. C'est là le devoir qui s'impose à tous ceux qui sont avertis de la corruption et de la nocivité de l'astrologie.

Il s'ensuit que, même si cette science est en elle-même vraie, aucun membre de la communauté musulmane ne peut la maîtriser et y devenir habile. En fait, si un chercheur s'avisait de l'étudier et croyait pouvoir la cerner, il serait loin de compte. Étant interdite par la loi religieuse, elle ne fait plus l'objet d'études et d'enseignement dans les pays civilisés. Ceux, en très petit nombre, qui s'y adonnent ne peuvent lire les ouvrages et les travaux qui en traitent que cachés au fond de leurs demeures, épiés par les gens. Cela, sans parler de la complexité de cet art, de la multiplicité de ses branches, de sa difficulté. Comment pourrait-on, dans ces conditions, en acquérir la maîtrise ? Prenez une discipline comme le droit, dont l'utilité est générale aussi bien pour la religion que pour les affaires de ce monde ; dont les sources sont aisément accessibles dans le Coran et la Sunna, tous deux d'usage courant ; qu'une grande quantité de gens étudie et enseigne : après la fréquentation des cercles d'études et des réunions savantes, après des cours nombreux et variés, seul un individu par époque et par génération parvient à y exceller. Qu'en serait-il d'une science rejetée par la religion, dont la route est barrée par l'interdit et l'illégalité, qui reste coupée de l'ensemble des gens par le secret qui l'entoure, dont les sources sont difficiles d'accès, et qui exige, une fois qu'on l'a longuement pratiquée et qu'on en a acquis les principes fondamentaux et les détails, un supplément d'intuition et de conjecture qui la dérobent au chercheur ? Comment pourrait-on, avec tous ces obstacles, acquérir cette science et y devenir habile ? Toute prétention dans ce sens est à rejeter et ne peut s'appuyer sur aucun témoignage valide, car cet art est devenu étranger aux musulmans et n'est cultivé que par très peu de gens. Si on réfléchit à ce qui vient d'être dit, on verra clairement le bien-fondé de l'opinion que nous avons avancée. « Dieu connaît l'Invisible et ne met personne au fait de cet Invisible[A]. »

On retrouve un peu cette idée dans le poème qu'un de mes amis, le poète tunisois Abû l-Qâsim ar-Rahawî[4], composa quand les Arabes avaient vaincu l'armée du sultan

A. Coran, LXXII, 26.

Abû l-Hasan et assiégé celui-ci à Kairouan. Une grande agitation régnait dans le camp des partisans [d'Abû l-Hasan] comme dans celui de ses ennemis. Ar-Rahawî dit :

À tout instant je demande pardon à Dieu.
Il n'y a plus de vie, plus de bonheur.
À Tunis, matin et soir
— et le matin et le soir appartiennent à Dieu —
c'est la peur, la faim et la mort,
provoquées par les désordres et l'épidémie.
Les gens se querellent et sont en guerre.
Mais à quoi bon se quereller ?
Les partisans d'Ahmad[5] *prétendent que 'Alî*[6] *sera frappé par la perdition et la mort.*
Les autres disent : il sera poussé contre vous par un vent d'est destructeur.
Dieu, au-dessus des uns et des autres,
destine à ses deux serviteurs ce qu'Il veut.
Ô vous qui observez les astres gravitants[7]*,*
qu'a fait le ciel ?
Vous avez traîné de délai en délai, chaque jour disant :
Aujourd'hui, nous avons la réponse.
Jeudi passe, puis un autre jeudi, puis samedi, mercredi,
un demi-mois, deux décades,
et la troisième tire à sa fin.
Mais rien ne vient, hormis des fausses nouvelles.
Est-ce ignorance ou dédain ?
Nous sommes à Dieu, nous savons que
le destin ne peut être changé.
Pour moi, Allâh est mon Dieu,
à vous la Lune ou le Soleil.
Tous ces astres gravitants
ne sont qu'esclaves mâles ou femelles.
Ils ont leur destin fixé,
mais ne fixent le destin de personne.
Des esprits s'égarent en voyant comme éternel
ce qui est voué à la destruction et au néant.
Ils désignent comme juge de l'existence
une nature créée à partir d'eau et d'air,
et ne voient pas que le doux et l'amer,
sont tous deux nourris de terre et d'eau.
Dieu est mon maître. Je ne sais
ce qu'est l'atome ou le vide ;

pas plus que la matière première qui proclame : je ne puis rester sans forme.
Je ne sais ce qu'est l'existence, ni la non-existence,
ni la persistance, ni la négation.
Pour moi, le gain n'est autre
que le produit de la vente et de l'achat.
Ma doctrine et ma religion, c'est ce qui existait
lorsque les gens étaient des saints.
Il n'y avait alors ni bavardages inutiles, ni sciences des principes,
ni dispute, ni hypocrisie.
Tant qu'il s'agit des premiers musulmans et de ceux
qui leur sont restés fidèles,
qu'il est bon de suivre un modèle !
Ils étaient tels qu'ils vous ont été décrits,
et tous ces discours indécents n'existaient pas alors.
Ô Ash'arî de notre temps !
L'été et l'hiver m'ont appris
que le mal rétribue le mal et le bien son pareil.
Si je suis obéissant, je serai sauvé,
et si je désobéis, j'aurai encore de l'espoir.
Je suis sous la loi d'un Créateur,
auquel obéissent le Trône et les créatures.
[Le destin] ne dépend pas de vos écritures,
mais du jugement [de Dieu] et de la destinée.
Si l'on apprenait à al-Ash'arî quels sont ceux qui suivent ses opinions [aujourd'hui],
il répondrait : « Qu'ils sachent que je suis innocent de tout ce qu'ils disent. »

XXXII. STÉRILITÉ, IMPOSSIBILITÉ ET NOCIVITÉ DE L'ALCHIMIE

Beaucoup de gens, incapables de gagner leur vie, sont poussés par leur cupidité à cultiver l'alchimie. Ils voient dans cet art un moyen de subsistance comme un autre, qui permet de gagner de l'argent aisément. Ils supportent, à l'exercer, fatigues et peines, endurent de grandes difficultés, subissent la persécution des autorités, et perdent leurs biens en dépenses [pour leurs travaux]. Cela, sans parler du déshonneur et de la ruine qui les guettent si leur secret est découvert.

En pratiquant cet art, ils pensent bien agir. En fait, leur

mobile est l'avidité : constatant que les minéraux changent et se transforment les uns dans les autres au moyen de l'art, à cause de leur matière commune, ils essaient, en les traitant, de transformer l'argent en or, le cuivre et l'étain en argent, croyant que cette transformation est une possibilité du monde de la nature.

Les alchimistes ont des méthodes de traitement différentes selon leurs conceptions de l'opération alchimique et de sa forme et selon la substance qu'ils utilisent pour le traitement, qu'ils appellent la « noble pierre » : excréments, sang, poils, œufs ou autre chose. Une fois que la substance a été déterminée, l'opération consiste en ceci. La substance est pulvérisée à l'aide d'un pilon sur une pierre dure et lisse. À la fin [de la pulvérisation], elle est arrosée d'eau, après qu'on lui a ajouté les drogues et substances qui conviennent au but recherché et qui ont pour effet de la transmuter dans le métal désiré. Puis elle est séchée au soleil, après macération, ou cuite au feu, sublimée ou calcinée pour en éliminer l'eau ou la terre. Si tout ce traitement se passe de manière satisfaisante et si l'opération se déroule en accord avec les principes de l'alchimie, il en résulte un produit terreux ou aqueux qu'on appelle « élixir ». On prétend que si cet élixir est ajouté à de l'argent chauffé au feu, l'argent change en or, et s'il est ajouté à du cuivre chauffé au feu, le cuivre change en argent, suivant le but recherché.

Les alchimistes compétents prétendent que cet élixir est une matière composée des quatre éléments. Grâce au traitement particulier et à l'opération qu'elle a subis, cette matière acquiert un tempérament et des pouvoirs naturels qui lui permettent d'agir sur ce avec quoi elle entre en contact, de lui faire prendre sa forme et son tempérament propres, et de lui transmettre les qualités et les pouvoirs qu'elle a acquis. C'est comme le levain dans la préparation du pain : il transforme la pâte en lui-même, et produit en elle sa capacité de se relâcher et de ramollir, pour la rendre facile à digérer par l'estomac et apte à être transformée en substance nutritive. Il en est de même de l'élixir [qui sert à obtenir] de l'or et de l'argent : ajouté à d'autres métaux, il change ceux-ci en or et en argent et les transmute dans leurs formes. Voilà, en résumé, la prétention des alchimistes en général.

Ainsi, les alchimistes se livrent à ce genre de manipulation, en espérant gagner leur vie par ce moyen. Ils se transmettent entre eux les lois et les principes de base de cet art, en les puisant dans les livres des autorités en cette matière qui les ont précédés. Ils se passent ces livres et discutent entre eux pour en comprendre les énigmes et en découvrir les secrets. En effet, le plus souvent, ces écrits ressemblent à des énigmes. Tels sont les *Soixante-dix Épîtres* de Jâbir Ibn Hayyân, le *Kitâb Rutbat al-hakîm* de Maslama al-Majrîtî, les ouvrages d'at-Tughrâ'î et les très bons poèmes d'al-Mughayribî. Mais après tous ces efforts, ils n'obtiennent rien qui vaille.

Un jour j'eus une conversation à ce sujet avec le grand savant de l'Andalus, mon maître Abû l-Barakât al-Ballafîqî. Je lui montrai un certain ouvrage d'alchimie. Après l'avoir examiné longuement, il me le rendit en disant : « Je garantis [à celui qui pratique l'alchimie] qu'il ne rentrera chez lui que déçu. »

Certains alchimistes se contentent de recourir à la contrefaçon. Celle-ci est ou bien manifeste, comme lorsqu'ils recouvrent l'argent avec de l'or ou le cuivre avec de l'argent, ou encore, lorsqu'ils font un alliage des deux métaux dans la proportion d'un pour deux ou d'un pour trois ; ou bien elle est cachée, comme lorsque, au moyen de l'art, ils créent une similitude entre les métaux. Ainsi, le cuivre est blanchi et amolli avec du mercure sublimé. On obtient un métal qui a l'aspect de l'argent, de sorte que personne ne puisse s'apercevoir de la contrefaçon, excepté un expert. Ces faussaires utilisent le produit de leur contrefaçon pour frapper de la monnaie qu'ils font circuler parmi le peuple et sur laquelle ils mettent le poinçon du sultan afin de faire croire qu'elle est de bon aloi. Le métier qu'ils exercent est le plus vil et le plus dangereux qui soit, puisqu'il consiste à voler aux gens leurs biens. En effet, les auteurs de cette contrefaçon font passer du cuivre pour de l'argent et de l'argent pour de l'or, afin d'en tirer profit. Ce sont donc des voleurs, ou pis encore.

Chez nous, au Maghreb, la plupart des gens de cette sorte sont des étudiants berbères qui se rendent dans des régions éloignées et parmi des populations ignorantes. Ils s'installent dans les mosquées des campagnes et font croire aux plus stupides qu'ils détiennent le moyen de fabriquer de l'or et de l'argent. Les hommes ont la passion de ces deux métaux précieux et font tout pour les obtenir. Ainsi, nos étudiants berbères parviennent à gagner un peu d'argent. Ils font tout cela dans une atmosphère de peur et de suspicion. Quand leur incapacité devient évidente et qu'ils sont dévoilés, ils prennent la fuite pour un autre lieu, et refont la même chose avec d'autres gens avides, en leur faisant miroiter les profits qu'ils peuvent leur procurer. Et ils continuent ainsi de faire de cette activité leur gagne-pain.

Il n'y a pas à discuter avec ce genre de personnes, car elles dépassent les bornes de l'ignorance et de la dépravation, et font profession de voler. Le seul moyen de mettre fin au mal, c'est de sévir contre elles avec la plus grande sévérité, de les poursuivre partout, et de leur couper les mains quand on les prend sur le fait. En effet, leur activité est nocive à la monnaie, qui est une affaire qui concerne tout le monde. La monnaie constitue la base de la richesse, et le souverain a la charge de la garder bonne, de la contrôler et de punir sévèrement ceux qui la falsifient.

Quant à ceux qui cultivent cet art sans aucune intention de faire de la contrefaçon, mais au contraire se détournent d'une telle activité, se gardent bien de falsifier la monnaie des musulmans et ne cherchent qu'à transmuter l'argent en or et le plomb, le cuivre et l'étain en argent en usant du traitement alchimique et de l'élixir qui en résulte, il y a lieu de discuter avec eux et de débattre de leurs points de vue. Cependant, il n'existe, que je sache, personne au monde qui ait jamais réalisé l'objectif de l'alchimie, ou qui en ait obtenu la moindre satisfaction quant à ses désirs. Les alchimistes consument leur vie à opérer, à manier le pilon et le mortier, à sublimer et à calcifier, à courir tous les dangers pour recueillir et chercher leurs drogues. Ils se racontent toutes sortes d'histoires arrivées à d'autres, qui auraient atteint le but de l'alchimie et auraient connu le succès. Ils sont satisfaits d'écouter ces anecdotes et d'en discuter entre eux, ne mettant jamais en doute leur véracité, à l'instar des gens en proie à leurs obsessions. Quand on leur demande de donner des preuves observables [de ce qu'ils racontent], ils se rétractent en disant : « Nous avons seulement entendu, mais nous n'avons pas vu. » Telle est leur attitude quelle que soit l'époque et chez tous les peuples.

Il faut savoir que la pratique de l'alchimie dans le monde remonte à des temps reculés. Les anciens comme les modernes en ont parlé. Nous allons d'abord exposer leurs différentes opinions, ensuite nous dirons ce qui nous paraît être vrai et conforme à ce qui existe réellement. C'est Dieu qui guide vers ce qui est juste.

Les discussions des philosophes sur l'alchimie tournent autour de la question de savoir si les sept métaux malléables, c'est-à-dire l'or, l'argent, le plomb, l'étain, le cuivre, le fer et le *khâr sînî*[1], se singularisent par leurs différences spécifiques et constituent chacun une espèce distincte, ou s'ils diffèrent seulement par certaines de leurs propriétés, tout en constituant des variétés d'une seule espèce.

Selon l'opinion d'Abû Nasr al-Fârâbî[2], suivi en cela par les philosophes de l'Andalus, les métaux forment une seule espèce et diffèrent par certaines propriétés, comme l'humidité, la sécheresse, la souplesse, la dureté, ainsi que par les couleurs — le jaune, le blanc, le noir. Ainsi, ils constituent des variétés d'une espèce unique. De son côté, Ibn Sînâ[3], suivi en cela par les philosophes de l'Orient, pense que les métaux se séparent par leurs différences spécifiques et constituent des espèces distinctes, chacune existant par elle-même, portant sa propre vérité, possédant une différence spécifique et un genre, comme toutes les autres espèces. Abû Nasr al-Fârâbî fonde la possibilité de transformation des métaux les uns dans les autres sur sa théorie de leur appartenance à une même espèce, car ainsi les accidents peuvent être transformés et traités au moyen de l'art. De ce point de vue, il considère l'art de l'alchimie possible et facile. Ibn Sînâ nie cet art et la possibilité de son existence en se fondant sur sa théorie de l'appartenance des métaux à des espèces différentes. Or, les différences spécifiques ne peuvent être obtenues au moyen de l'art. C'est le Créateur de toutes choses qui les crée, c'est-à-dire Dieu tout-puissant. Leurs réalités sont absolument inaccessibles à notre représentation. Comment pourrait-on alors les transformer au moyen de l'art ?

Cette opinion est tenue pour fausse par at-Tughrâ'î, l'un des plus grands alchimistes. Dans son objection à Ibn Sînâ, il soutient que l'opération et le traitement alchimiques ne consistent pas à créer la différence spécifique, mais seulement à rendre la matière apte à l'accueillir. Une fois cette préparation faite, la différence spécifique vient de Dieu qui la crée et la forme. Ainsi, la lumière s'épand sur le corps quand on le polit et le lustre. Pour cela, on n'a besoin ni de la concevoir ni de la connaître. Si, poursuit at-Tughrâ'î, nous avons pu apprendre [comment s'effectue] la génération de certains animaux tout en ignorant leurs différences spécifiques — comme, par exemple, dans les cas de la génération du scorpion à partir de la terre et de la paille, ou des serpents à partir de poils ; ou comme dans les cas cités par les agronomes, de la génération des abeilles — quand on en manque — à partir des veaux, ou encore la formation des roseaux à partir des cornes d'animaux ongulés (ces roseaux pouvant être transformés en canne à sucre en remplissant les cornes de miel avant de les planter) —, qu'est-ce qui nous empêche de trouver la même chose pour les métaux ? Tout cela s'effectue au moyen de l'art. Celui-ci prend pour substrat la matière, que l'opération et le traitement préparent à recevoir ces différences spécifiques. Il n'y a rien de plus. C'est ce que nous essayons de faire, ajoute-t-il, pour l'or et l'argent. Nous prenons une matière que nous utilisons pour l'opération alchimique, après nous être assurés qu'elle possède une aptitude à recevoir la forme de l'or et de l'argent. Ensuite, nous lui faisons subir un traitement jusqu'à ce qu'elle ait en elle l'aptitude nécessaire à recevoir leurs différences spécifiques. Fin de l'exposé d'at-Tughrâ'î[a], rapporté d'après le sens.

Les objections d'at-Tughrâ'î à Ibn Sînâ sont justes. Mais nous avons d'autres considérations, pour répondre aux partisans de cet art, qui permettent de montrer clairement l'impossibilité de l'alchimie et la fausseté des prétentions de tous ces auteurs, aussi bien celles d'at-Tughrâ'î que celles d'Ibn Sînâ. Le traitement des alchimistes se résume pour l'essentiel en ceci. Après avoir déterminé la matière qui présente une forme primitive de préparation, ils l'utilisent comme substrat, ensuite ils l'opèrent et la traitent comme le fait la nature avec les substances dans les mines de métaux, jusqu'à ce qu'elle les transforme en or ou en argent. Ils multiplient les pouvoirs actifs et passifs afin que le processus se déroule en un temps plus court. En effet, on a montré que l'accroissement du pouvoir de l'agent diminue le temps de son action. On a également montré que la génération de l'or dans la mine s'accomplit au bout de mille quatre-vingts ans, correspondant à la durée de la grande révolution du Soleil. Quand on multiplie les pouvoirs et les qualités dans le traitement, le temps de la génération est nécessairement plus court, comme on l'a vu. Ou alors, les alchimistes choisissent d'obtenir par leur traitement une forme du mélange de cette matière qui la rende comme un levain. Celui-ci produit dans la substance traitée les effets nécessaires à sa transformation. C'est[b] l'élixir, comme on l'a vu précédemment.

Sache que tout ce qui est engendré à partir des éléments doit nécessairement renfermer en lui la réunion des quatre éléments dans des proportions différentes, car, si les éléments étaient en quantités égales, leur mélange ne se réaliserait pas. Il faut donc qu'une des parties domine le tout ; et il faut que toute chose engendrée, formée par le mélange d'éléments contienne une chaleur innée qui en effectue la génération et en conserve la forme. D'autre part, pour toute chose dont la génération s'est effectuée dans le temps, il faut diverses phases et le passage pendant le temps de la génération d'une phase à l'autre, jusqu'à ce que celle-ci arrive à son terme. Prenez l'exemple de l'homme : il passe par les phases de la goutte de sperme, du caillot de sang, du lambeau de chair ; de la formation du fœtus, du nouveau-né, du nourrisson ; et ainsi de suite jusqu'à la fin de son développement. À chaque phase, les proportions des parties varient quantitativement et qualitativement, sinon la première phase serait exactement identique à la dernière. Il en est de même de la chaleur innée, qui est différente d'une phase à l'autre.

Maintenant, prenez l'or : par combien de phases et par combien d'états n'a-t-il pas dû passer dans sa mine au cours de mille quatre-vingts ans ! L'alchimiste doit suivre l'action de la nature dans la mine et l'imiter dans son opération et dans son traitement jusqu'à leur achèvement. Une des conditions de tout art est de se représenter le but que l'on se donne en pratiquant cet art. Selon un adage courant chez les philosophes : « Le début de l'action est la fin de la pensée, et la fin de la pensée est le début de l'action[4]. » Il faut donc se représenter ces états de l'or dans les nombreuses transformations qu'il subit, leurs différentes proportions à chaque phase, les variations de la chaleur innée, le temps écoulé à chaque phase, et la quantité de pouvoirs qu'il faut mettre en œuvre pour compenser ce temps, de sorte à imiter l'action de la nature dans la mine ; ou la préparation de la forme du mélange d'une matière déterminée qui soit comme le levain pour le pain et qui agisse dans cette matière en proportion de ses pouvoirs et de ses quantités. Tout cela ne peut être embrassé que par l'omniscience [divine]. Le savoir humain en serait incapable.

Celui qui prétend obtenir de l'or au moyen de cet art ressemble à celui qui prétendrait former artificiellement l'homme à partir de la semence. Si nous lui accordions une connaissance exhaustive des parties composantes de l'homme, de ses proportions, des phases [de son développement], des modalités de sa formation dans l'utérus, et si nous lui accordions, en outre, qu'il connût tout cela dans le détail, sans que rien n'échappât à sa science, nous lui accorderions du même coup la capacité de former l'homme. Mais d'où tiendrait-il un pareil savoir ?

Reprenons cet argument en plus bref pour en faciliter la compréhension. L'art de l'alchimie et ce qui est présenté comme l'opération alchimique consistent, pour l'essentiel, à suivre et à imiter la nature minérale, à l'aide de l'action de l'art, jusqu'à ce que s'achève la génération de la substance minérale, ou que se forme une matière au moyen de pouvoirs, d'actions et d'une forme du mélange qui agisse naturellement dans la substance et l'assimile à sa forme. L'action artificielle doit être précédée par les représentations détaillées et systématiques des états de la nature minérale qu'on a l'intention de suivre et d'imiter, ou de l'action de la matière dotée de pouvoirs en elle. Or ces états sont en nombre infini, et le savoir humain est incapable d'embrasser même ce qui est de moindre importance. L'entreprise de l'alchimiste ressemble à celle de quelqu'un qui voudrait créer artificiellement un homme, un animal ou une plante.

Voilà l'essentiel de cet argument. C'est l'argument le plus solide que je connaisse. Comme on l'a vu, l'impossibilité de l'alchimie n'y est présentée ni du côté des différences spécifiques ni du côté de la nature. Elle se base uniquement sur l'impossibilité d'une vue complète, et l'incapacité de l'homme à avoir une telle vue. Ce que dit Ibn Sînâ n'a rien à voir avec cela.

Il existe un autre aspect de cette impossibilité, en rapport avec la finalité de l'alchimie. Ce qui est visé par la sagesse divine en ce qui concerne les deux métaux précieux et leur rareté, c'est qu'ils constituent la mesure des acquisitions et des richesses des hommes. Si on pouvait les obtenir au moyen de l'art, cette sagesse de Dieu serait mise en échec, et leur quantité augmenterait à tel point que leur possession ne serait d'aucun profit.

Voici enfin un autre aspect. La nature, dans tout ce qu'elle fait, n'abandonne pas le chemin le plus court pour s'engager dans ce qui est plus compliqué et plus difficile à atteindre. Si, comme le prétendent les alchimistes, ce chemin artificiel était bon, plus court et exigeant moins de temps que le chemin emprunté par la nature dans la création des minéraux, la nature ne l'aurait pas abandonné pour celui qu'elle a suivi dans la génération et la formation de l'or et de l'argent.

Maintenant, pour ce qui est de la comparaison faite par at-Tughrâ'î entre l'opération alchimique et un certain nombre de cas semblables trouvés dans la nature, comme la génération du scorpion, des abeilles et du serpent, tout cela est vrai et a été effectivement découvert, comme il le prétend. Mais jamais personne n'a rapporté que quelqu'un en ce monde ait découvert [ce qu'est] l'alchimie et sa méthode. Ceux qui la pratiquent demeurent dans la plus grande confusion. Ils ne peuvent se vanter que d'histoires mensongères. Si l'un d'entre eux avait réussi à prouver quelque chose, ses enfants, ses élèves et ses partisans auraient sauvegardé ses résultats. Ceux-ci auraient été transmis dans le milieu de ses amis, leur véracité aurait été garantie par la validité ultérieure de la pratique alchimique, et ils se seraient répandus et seraient parvenus à nous et à d'autres que nous.

Quant à l'affirmation des alchimistes que l'élixir est similaire au levain, et que c'est un composé qui transforme [la substance] à laquelle il est incorporé et la change en lui-même, il faut savoir que le levain ne fait qu'altérer la pâte et la préparer à la digestion. En fait, c'est une corruption. Or, corrompre la matière est facile, et la corruption se produit par les actions et les natures les plus simples, alors que ce qui est requis de l'élixir, c'est de changer le métal en ce qui est plus noble et plus élevé que lui. C'est une action de génération et de perfectionnement. Et la génération est plus difficile que la corruption. On ne peut donc pas comparer l'élixir au levain.

La vérité sur ce point est que, à supposer que l'alchimie existe véritablement, comme le prétendent les philosophes qui en ont traité, tels que Jâbir Ibn Hayyân, Maslama Ibn Ahmad al-Majrîtî et leurs pareils, elle n'est pas de la même catégorie que les arts naturels et ne se réalise pas par des moyens artificiels. Le discours qu'on y tient n'est pas du même genre que celui de la physique, mais ressemble plutôt à celui qu'on tient dans la magie et dans les prodiges, comme ceux attribués à al-Hallâj et à d'autres. Maslama a mentionné dans son *Kitâb al-Ghâya* des choses semblables', et il tient le même genre de propos dans son *Kitâb Rutbat al-hakîm*. Jâbir fait de même dans ses *Épîtres*. Les opinions des alchimistes sur ce point sont fort connues, et il n'est pas besoin d'en faire ici le commentaire.

En somme, l'alchimie est considérée par eux au nombre de ces créations universelles qui se situent en dehors de la sphère des arts. De même qu'on ne peut, à partir de ce qui constitue le bois ou l'animal, faire surgir en un jour ou un mois du bois ou un animal par une voie autre que celle de leur création naturelle ; de même, on ne peut produire de l'or à partir de sa matière en un jour ou un mois, et l'on ne peut changer la voie habituelle de sa création qu'à l'aide de moyens qui se situent au-delà du monde de la nature et des activités artisanales. C'est pourquoi, celui qui veut faire de l'alchimie comme un art perdra à la fois son argent et ses efforts. D'ailleurs, le traitement alchimique est qualifié de « traitement stérile ». En effet, la maîtrise véritable de l'alchimie n'a rien à voir avec la nature ni avec les arts. C'est comme marcher sur l'eau, s'élever dans les airs, passer à travers les corps solides ou autres prodiges des saints qui rompent le cours ordinaire des choses ; ou comme le fait de créer des oiseaux, ou d'autres miracles semblables accomplis par les prophètes. Dieu a dit : « Quand tu formas d'argile une manière d'oiseau, avec ma permission, et quand tu soufflas sur elle, de sorte que ce fut un oiseau par la permission de Dieu[A]. »

Réussir à faire de l'alchimie dépend de l'état de celui qui est gratifié du don de l'exercer. Quelquefois, c'est un homme pieux qui reçoit ce don et le transmet à un autre. Chez ce dernier, elle est exercée à titre de prêt. D'autres fois, elle est donnée à un homme méchant, qui n'a pas le pouvoir de la transmettre à autrui. Dans ce cas, aucun autre que lui ne peut l'exercer. De ce point de vue, l'exercice [de l'alchimie] relève de la magie.

Il est donc évident que l'alchimie ne peut s'exercer que grâce à des influences psychiques et à la rupture du cours ordinaire des choses, en prenant la forme du miracle, du prodige ou de la magie. C'est pourquoi les sages ont employé, pour en parler, des énigmes qui ne peuvent être correctement comprises que de ceux qui ont profondé-

A. Coran, V, 110.

ment plongé dans les sciences magiques et pénétré les comportements de l'âme dans le monde de la nature. Les choses qui rompent avec le cours ordinaire de la nature sont illimitées, et personne ne prétend les connaître. « Dieu embrasse ce qu'ils font[A]. »

Le plus souvent, le motif qui pousse les gens à pratiquer l'alchimie, c'est, comme on l'a vu, leur incapacité à gagner leur vie par des voies naturelles, et le fait de vouloir y parvenir par d'autres moyens que les moyens naturels tels que l'agriculture, le commerce et l'industrie. Les gens incapables trouvent difficile de vivre de ces activités et désirent gagner beaucoup d'argent d'un seul coup par des voies non naturelles, comme l'alchimie. Ceux qui s'intéressent le plus à ce genre de procédés, ce sont les gens pauvres des pays civilisés. On peut le constater, même chez les philosophes qui ont traité de la possibilité ou de l'impossibilité de l'alchimie. Ibn Sînâ, qui soutenait qu'elle était impossible, était un grand ministre et, par conséquent, un homme très riche, tandis qu'al-Fârâbî, qui disait qu'elle était possible, était un homme pauvre qui manquait du strict nécessaire. Il y a là un motif de suspicion évident à l'égard des opinions de ceux qui se passionnent pour les méthodes et la pratique de l'alchimie.

C'est « Dieu le Donateur, Celui qui détient la force, le ferme[B] ».

XXXIII. LES OBJECTIFS QU'IL FAUT EXCLUSIVEMENT GARDER EN VUE QUAND ON ÉCRIT[a]

Le savoir humain a pour dépôt l'âme, que Dieu a dotée de la perception qui la fait accéder à la pensée ; et celle-ci lui permet d'acquérir [des connaissances] grâce, en premier lieu, à la représentation des réalités, et, ensuite, à l'affirmation ou à la négation des attributs essentiels de ces réalités, directement ou par un intermédiaire. Ainsi, la pensée parvient à saisir les objets recherchés dont elle veut affirmer ou nier l'existence. Lorsqu'une forme scientifique [de la connaissance] s'établit ainsi dans l'esprit, il devient nécessaire de l'exposer à autrui, soit par voie d'enseignement,

A. Coran, III, 115. ◆ B. Coran, LI, 58.

soit dans une discussion, afin de polir les pensées en essayant de la justifier.

Une telle exposition se fait au moyen d'une expression verbale, c'est-à-dire un discours composé des mots que Dieu a créés dans l'organe de la langue. Ces mots sont eux-mêmes composés de lettres, qui sont des sons discontinus produits par la luette et la langue. De cette façon, les gens peuvent exposer leurs pensées les uns aux autres, verbalement. C'est là le premier degré de la communication. Les sciences constituent la partie la plus importante et la plus noble de ce degré, qui comprend, par ailleurs, tout ce qui est de l'ordre de l'information ou de l'expression d'un ordre ou d'un souhait.

Vient ensuite, après ce premier degré de la communication, un second degré : celui où l'on transmet sa pensée à une personne que l'on ne voit pas, qui est physiquement absente et éloignée, ou à des gens qui ne vivent pas encore, qui ne sont pas de la même époque et qu'on n'a jamais rencontrés. Ce degré concerne uniquement la communication par écrit.

L'écriture est constituée par des dessins tracés à la main, dont les différents types et formes indiquent conventionnellement les lettres et les mots du discours. Elle exprime donc la pensée au moyen des mots du discours. C'est pourquoi elle constitue le second degré de la communication et une des deux parties de celle-ci en permettant d'exprimer les sciences et les connaissances renfermées dans la pensée. C'est donc la partie la plus noble.

Les savants dans les différentes disciplines prennent soin de confier aux livres, par le moyen de l'écriture, tout le produit de leur pensée, afin d'en faire profiter ceux qui sont absents et ceux qui vivront postérieurement. C'est ce qu'on appelle des auteurs. Leurs ouvrages, partout dans le monde et dans toutes les nations, sont nombreux. Ils se transmettent d'une génération à l'autre et d'une époque à l'autre. Ils diffèrent entre eux en conséquence de la diversité des religions et des communautés, des histoires particulières des peuples et des États. Mais les sciences philosophiques échappent à ces différences, car elles se conforment partout à une approche identique, dictée par l'exigence de la nature de la pensée de concevoir les êtres tels qu'ils sont, corporels, spirituels, célestes, élémentaires, abstraits ou matériels. Elles sont donc partout les mêmes.

Au contraire, les sciences religieuses et les sciences historiques diffèrent, à cause des différences entre les religions et entre les objets de l'information.

L'écriture varie suivant les conventions que les hommes adoptent dans la graphie et dans ses formes. On a ainsi différentes « plumes » ou « écritures ». On peut mentionner, par exemple, l'écriture himyarite, appelée *al-musnad*. C'est l'écriture des Himyar et des anciens habitants du Yémen. Elle diffère de celle des Arabes plus récents, les Mudar, comme la langue himyarite diffère de la langue mudarite, bien qu'elles soient toutes deux arabes. Mais chacune d'elles a un habitus de la langue et de l'expression propre, et possède des règles générales dérivées de sa manière particulière de s'exprimer, qui n'ont rien à voir avec les règles de l'autre. Souvent, ceux qui ne connaissent rien aux habitus de l'expression linguistique se trompent sur ce point.

On peut mentionner aussi l'écriture syriaque, dont se servent les Nabatéens et les Chaldéens. Certains ignorants prétendent que le syriaque, à cause de son ancienneté, représente l'écriture naturelle, car ces nations étaient les plus anciennes. Mais c'est une erreur et une opinion des gens du commun. En effet, aucun acte résultant d'un choix ne peut être dit naturel. L'ancienneté et un long usage font que [certains actes] deviennent des habitus bien établis, de sorte qu'un observateur les croit naturels. Beaucoup de faibles d'esprit ont ce genre d'opinions au sujet de la langue arabe. Ils disent que les Arabes parlent correctement l'arabe par nature, et parlent [d'une façon générale] par nature. C'est une erreur.

Il y a encore l'écriture hébraïque, qui est l'écriture des descendants d'Éber, fils de Shélah, c'est-à-dire les Israélites, et d'autres peuples.

On doit enfin mentionner l'écriture latine, dont se servent les Latins, qui font partie des Rum. Ceux-ci ont également une autre langue qui leur est propre.

Chaque nation a une forme d'écriture qui lui est associée et qui lui appartient en propre. C'est le cas des Turcs, des Francs, des Indiens, etc. Cependant, l'intérêt s'est concentré sur les trois premières écritures mentionnées plus haut. Le syriaque, à cause de son ancienneté, comme on l'a vu ; l'arabe et l'hébreu, en raison du fait que le Coran et la Bible ont été révélés respectivement dans ces deux langues. Comme ces deux écritures ont servi à transcrire les textes [des deux livres sacrés], on s'est intéressé, en premier lieu, aux ouvrages composés dans ces deux langues, puis on s'est occupé plus largement de l'expression dans cette langue[1], selon ses modèles propres, afin que l'on fût en mesure de bien comprendre les lois religieuses portant sur les obligations individuelles, déduites de la parole divine.

Le latin était la langue des Rum. Quand ceux-ci ont adopté la religion chrétienne, qui est tout entière basée sur la Torah, comme il a été mentionné au début de cet ouvrage[2], ils ont traduit ce livre dans leur langue ainsi que les livres des prophètes d'Israël, afin d'en tirer les lois de la façon la plus simple. C'est ainsi que leur intérêt s'est concentré sur leur langue et leur écriture.

Quant aux autres écritures, on ne leur a prêté aucune attention particulière[3]. Chaque nation en a une, selon ses besoins propres.

Les buts que l'on doit avoir en vue quand on compose un ouvrage, à l'exclusion de tout autre, ont été fixés au nombre de sept[4].

1. L'invention d'une nouvelle science — avec l'indication de son objet et de ses différents chapitres et sections — et l'étude de ses différents problèmes ; ou bien la découverte de nouveaux problèmes et sujets de recherche. Le savant compétent qui veut les communiquer à autrui pour que tout le monde puisse en profiter les met par écrit dans un livre. Ainsi, ceux qui viennent après lui peuvent en découvrir l'utilité. C'est ce qui arriva, par exemple, dans la science des fondements du droit. Ash-Shâfi'î fut le premier à parler des preuves légales littérales et à les résumer. Puis vinrent les hanafites. Ils inventèrent les problèmes du raisonnement analogique et en traitèrent de façon exhaustive. Après eux, on s'est servi de leurs travaux jusqu'à nos jours.

2. Un savant prend connaissance des théories et des œuvres des anciens ; il les trouve difficiles à comprendre, mais Dieu lui en ouvre l'accès. Il veut alors les expliquer à ceux qui pourraient rencontrer les mêmes difficultés, de manière à faire profiter de son savoir tous ceux qui le méritent. C'est la méthode utilisée pour expliquer les ouvrages de sciences rationnelles et traditionnelles. C'est là un noble chapitre.

3. Un savant moderne découvre une erreur ou une faute dans l'œuvre d'auteurs anciens dont l'excellence et l'utilité

sont très largement reconnues. Il s'en assure avec des arguments évidents, qui ne laissent aucune place au doute, et veut transmettre [ses remarques] à ceux qui viendront après lui, car il n'est plus possible d'effacer ou d'extirper ces erreurs [de l'œuvre en question] étant donné qu'elle est répandue en tous lieux et qu'elle est connue des diverses époques, et que l'auteur jouit d'une grande renommée et de la confiance des gens. Ce savant mettra donc ses remarques par écrit pour expliquer son point de vue à ceux qui le liront dans l'avenir.

4. Une discipline particulière peut comporter une lacune au sujet de certains problèmes ou chapitres qui devraient y être traités d'après la division de son objet. Un savant qui vient à s'en rendre compte voudra combler cette lacune pour que la discipline en question soit complète et qu'aucun problème, aucun chapitre n'en soit omis.

5. Les problèmes d'une science déterminée peuvent ne pas être classés dans les chapitres qui conviennent, suivant un ordre rigoureux. Celui qui s'en rendra compte voudra les classer, les ranger et faire figurer chaque problème dans le chapitre qui convient. C'est ce qui arriva avec la *Mudawwana*, transmise par Ibn Sahnûn, d'après Ibn al-Qâsim, ainsi qu'avec la *'Utbiyya*, transmise par al-'Utbî d'après des disciples de Mâlik. Dans ces deux ouvrages, beaucoup de problèmes de droit avaient trouvé place dans des chapitres où ils ne devaient pas se trouver. Ibn Abî Zayd mit de l'ordre dans la *Mudawwana*, alors que la *'Utbiyya* resta en désordre. Dans tous ses chapitres, on trouve des problèmes qui ne doivent pas y figurer. Aussi ne garda-t-on que la *Mudawwana*, telle qu'elle avait été remaniée par Ibn Abî Zayd, puis par al-Barâdhi'î.

6. Les problèmes d'une science peuvent se trouver dispersés dans différents chapitres d'autres sciences. Quelque excellent savant a son attention attirée par l'objet de cette science et par la nécessité d'en rassembler les problèmes. Il s'acquitte de cette tâche. Ainsi apparaît une nouvelle discipline qu'il range avec les autres sciences pratiquées par les hommes. C'est ce qui arriva avec la science de la rhétorique. En effet, 'Abd al-Qâhir al-Jurjânî et Abû Yûsuf as-Sakkâkî en trouvèrent les problèmes mentionnés dans les livres de grammaire. Al-Jâhiz en avait réuni un grand nombre dans son *Kitâb al-bayân wa-t-tabyîn* — ce qui permit aux gens de remarquer l'objet de cette discipline, qui est

une science distincte de toutes les autres. C'est ainsi que furent composés des ouvrages célèbres sur ce sujet, qui servirent d'ouvrages de référence pour la rhétorique. Les modernes les ont étudiés et ont surpassé tous leurs devanciers.

7. Des ouvrages de base dans les différentes disciplines peuvent être trop longs. On veut alors en présenter une version résumée et succincte, d'où l'on supprimera les répétitions quand il en existe, mais en prenant garde de ne pas retrancher des parties nécessaires, pour ne pas dénaturer l'objectif de l'auteur primitif.

Ce sont là l'ensemble des objectifs qu'on doit avoir en vue et prendre en considération lorsqu'on veut composer un ouvrage. Tout le reste ne présente aucune nécessité, ou s'écarte de la voie qui doit être suivie d'après l'avis des sages. Par exemple, tel écrivain s'attribue les œuvres d'auteurs antérieurs, en se contentant de changer les mots et l'ordre de présentation. Tel autre supprime des parties indispensables d'une discipline déterminée, ou y insère des choses non nécessaires, ou remplace des vues justes par des vues erronées, ou mentionne des choses inutiles. C'est le propre de l'ignorance et de la grossièreté.

Après avoir énuméré jusqu'au dernier les objectifs énoncés ci-dessus, Aristote termine en disant : « Le reste n'est que grâce ou avidité », c'est-à-dire ignorance et grossièreté.

Que Dieu soit notre refuge contre toute action qu'un homme raisonnable ne doit pas accomplir, et qu'Il nous guide « vers [le chemin] très droit[A] ».

XXXIV. LA MULTIPLICITÉ DES MANUELS EST UN OBSTACLE À L'ACQUISITION DES CONNAISSANCES[1]

La multiplicité des manuels — à côté de la diversité des terminologies et des méthodes utilisées dans l'enseignement — fait partie des choses qui nuisent le plus à l'acquisition de la science et à la réalisation des finalités que celle-ci s'assigne. Ajoutez à cela le fait que l'on exige de l'étudiant qu'il ait une connaissance active de tout cela pour être considéré comme un savant accompli. Il lui faut

A. Coran, XVII, 9.

apprendre tous [ces manuels] par cœur, ou la plupart d'entre eux, en en respectant les méthodes. Mais une vie entière ne suffirait pas à assimiler ce qui a été écrit sur une seule discipline, même si on y consacrait tout son temps. L'étudiant est donc voué à l'échec.

Prenez l'exemple de l'étude du droit malikite : l'étudiant doit apprendre la *Mudawwana*, les commentaires juridiques, comme ceux d'Ibn Yûnus, d'al-Lakhmî et d'Ibn Bashîr, ainsi que les notes et introductions qui lui ont été consacrées ; le *Kitâb al-'Utbiyya*, œuvre jumelle de la *Mudawwana*, et son commentaire, le *Bayân wa-t-tahsîl* ; le livre d'Ibn al-Hâjib et ses commentaires. Il lui faut, en outre, être capable de distinguer entre la méthode kairouannaise et les méthodes cordouane, bagdadienne, égyptienne, ainsi que celles de leurs successeurs plus récents. Il doit connaître tout cela à fond et, alors seulement, on lui reconnaît l'aptitude à donner des consultations juridiques.

Or, toutes ces choses se répètent, comme des variations sur un même thème. Mais l'étudiant est tenu de les connaître parfaitement et de les distinguer les unes des autres. Pourtant, une seule d'entre elles suffirait à remplir toute une vie. Si les enseignants se bornaient à apprendre à leurs élèves les problèmes de leur école, la tâche serait beaucoup plus aisée et l'enseignement plus simple et plus accessible. Mais c'est un mal qu'on ne peut extirper[a], à cause des habitudes qui sont tellement ancrées qu'elles sont devenues comme une seconde nature dont on ne peut se débarrasser et qu'on ne peut transformer.

Ou encore, prenez l'exemple de l'étude de la philologie arabe. Il faut apprendre le *Livre* de Sîbawayh et tous ses commentaires, les méthodes des Koufiens, des Basriens, des Bagdadiens, des Andalous et de leurs successeurs, ainsi que celles des anciens et des modernes, comme Ibn al-Hâjib et Ibn Mâlik, et tous leurs commentaires. Comment pourrait-on exiger tout cela d'un étudiant, alors que toute sa vie n'y suffirait pas et que personne ne pourrait prétendre y réussir, à de très rares exceptions près ? En effet, nous avons reçu au Maghreb, à notre époque, les œuvres d'un spécialiste de la langue arabe, originaire d'Égypte, connu sous le nom d'Ibn Hishâm. Leur contenu montre que l'auteur possède parfaitement cette discipline, comme jamais personne avant lui, à l'exception de Sîbawayh, d'Ibn Jinnî, et des savants de leur catégorie. Il y a acquis une très grande compétence, a une parfaite connaissance de ses principes et de ses détails, et y fait preuve d'une grande habileté. Ce qui montre que l'excellence ne se limite pas aux anciens, surtout si l'on tient compte de ce que nous avons noté précédemment au sujet des nombreuses difficultés dues à la multiplicité des écoles, des méthodes et des manuels. Mais Dieu accorde Sa faveur à qui Il veut[A]. Ibn Hishâm est une des raretés du monde. Néanmoins, il est évident que même si un étudiant y consacrait toute sa vie, il ne parviendrait pas à posséder la science de la langue arabe par exemple, qui n'est qu'un instrument parmi d'autres et un moyen [au service d'autres sciences]. Qu'en serait-il du fruit même des études et de ce qui en constitue l'objectif véritable ? Mais « Dieu guide qui Il veut[B] ».

XXXV. LA MULTIPLICITÉ DES ABRÉGÉS UTILISÉS DANS LES SCIENCES NUIT À L'ENSEIGNEMENT

Beaucoup de savants modernes se sont mis à faire des abrégés des méthodes et des objectifs des sciences. Ils composent ainsi, pour chaque discipline, un programme résumé comprenant l'ensemble des problèmes et des arguments qu'on y trouve sous une forme brève, en mettant dans le minimum de mots le maximum d'idées. Ce procédé nuit à la qualité de l'expression et engendre des difficultés de compréhension.

Souvent, ces savants prennent les livres de référence, ouvrages dont la longueur est due au souci d'explication et de clarté, et les abrègent pour en faciliter la mémorisation. C'est ce qu'ont fait, par exemple, Ibn al-Hâjib dans les domaines du droit et des fondements du droit, Ibn Mâlik dans celui de la philologie arabe, et al-Khûnajî dans celui de la logique. Cette méthode est révélatrice d'une détérioration de la qualité de l'enseignement et porte un grand préjudice à l'acquisition des connaissances, car elle crée de la confusion dans l'esprit du débutant en lui présentant les résultats d'une discipline avant de l'avoir préparé à les recevoir. Elle est pédagogiquement mauvaise, comme nous le montrerons plus loin. De plus, elle donne une surcharge

A. *Cf.* Coran, v, 54. ◆ B. Coran, II, 142.

de travail à l'étudiant, qui doit examiner un à un les mots de l'abrégé — difficiles à comprendre à cause des idées qui y sont amassées — afin d'en déduire les problèmes de la discipline. En effet, les termes employés dans les abrégés sont difficiles et compliqués, et il faut dépenser beaucoup de temps pour les comprendre.

Mais, surtout, l'habitus que l'on acquiert par le recours aux abrégés, à supposer que l'enseignement se déroule correctement et qu'il ne soit suivi d'aucun dommage, est de qualité inférieure à ceux que l'on acquiert en étudiant des ouvrages plus développés et plus longs. Ces derniers contiennent de nombreuses répétitions et développements, très utiles à l'acquisition d'un habitus parfait. Quand il y a peu de répétitions, l'habitus qui en résulte est moins bon, comme c'est le cas avec ces abrégés. En voulant faciliter aux étudiants la mémorisation [des différentes disciplines], on leur a rendu la tâche plus dure, parce qu'on les a empêchés d'acquérir et de maîtriser des habitus utiles.

Ceux qui sont guidés par Dieu, nul ne peut les égarer, « et ceux qu'Il égare, personne ne peut les guider[A] ».

XXXVI. L'ATTITUDE CORRECTE ET LA MÉTHODE QU'IL FAUT OBSERVER DANS L'ENSEIGNEMENT DES SCIENCES

L'enseignement des sciences n'est profitable que s'il est conduit de façon progressive et pas à pas. On commence par présenter à l'étudiant un certain nombre de problèmes tirés des différents chapitres d'une discipline déterminée. Il s'agit des points principaux de chaque chapitre qui, en une première approche, lui sont commentés sommairement, en tenant compte de ses possibilités intellectuelles et de son aptitude à recevoir la matière qui lui est exposée. On procède ainsi d'un bout à l'autre de la discipline enseignée. De la sorte, l'étudiant acquiert un habitus dans cette discipline. Cependant, c'est encore un habitus approximatif et faible, qui n'a d'autre fin que de rendre l'étudiant apte à comprendre la discipline et à en saisir les problèmes.

Puis on reprend l'étude de la discipline pour la seconde fois, en passant à un niveau supérieur. On fournit des

A. Coran, VII, 186.

commentaires et des explications exhaustives, et l'on ne s'en tient plus aux généralités. On mentionne les points controversés et en quoi ils consistent. Et l'on continue ainsi jusqu'à ce que l'on ait fait le tour de la discipline. L'habitus de l'étudiant ainsi s'améliore. Puis on reprend tout à nouveau, l'étudiant ayant acquis cette fois une base solide, et on lui explique et clarifie tous les points compliqués, cachés ou obscurs, sans rien omettre. Au terme de son étude de la discipline, l'étudiant a alors une maîtrise totale de celle-ci.

C'est là la méthode d'enseignement la plus efficace. Comme on le voit, elle exige trois répétitions. Avec certains étudiants, elle peut demander moins que cela. Tout dépend des dispositions innées et des facilités de chacun.

Nous avons observé que de nos jours beaucoup d'enseignants ignorent cette méthode. Ils présentent à l'étudiant, dès le commencement, les problèmes les plus abstrus d'une science et lui demandent de concentrer son esprit pour les résoudre. Ils prennent cela pour un bon exercice et un procédé judicieux d'apprentissage, et exigent de l'étudiant qu'il comprenne et connaisse toutes ces choses. Ainsi, ils sèment la confusion dans son esprit, lui enseignant au tout début, et avant qu'il soit préparé à les assimiler, les résultats ultimes des différentes disciplines. En effet, la réceptivité et la disposition à comprendre une science se développent de façon progressive. Au début, l'étudiant est tout à fait incapable de comprendre quoi que ce soit, si ce n'est quelques rares points, qu'il ne saisit, d'ailleurs, que d'une manière approximative et sommaire et quand ils lui sont expliqués avec des exemples tirés de l'expérience sensible. Puis ses dispositions se développent progressivement et pas à pas : les problèmes de la discipline lui deviennent plus familiers et lui sont répétés plusieurs fois, et il passe d'une connaissance approximative à une assimilation de plus en plus approfondie, jusqu'à ce qu'il acquière un habitus parfait au niveau de la préparation puis de l'acquisition, et parvienne à une connaissance complète des problèmes de la discipline. Au contraire, si les résultats ultimes lui sont exposés dès le début, alors qu'il est encore incapable de comprendre et d'assimiler et qu'il est loin de posséder la préparation nécessaire, son esprit est vite fatigué, et il croit que cela résulte d'une difficulté intrinsèque à la science [qu'il étudie]. Il est alors pris de paresse, se détourne de cette science et persiste à la fuir. Tout cela n'est que la conséquence d'un mauvais enseignement.

Un enseignant ne doit pas exiger de l'élève plus que de comprendre l'ouvrage utilisé pour le cours, compte tenu de son niveau et de sa réceptivité, qu'il en soit au début ou à la fin de ses études. Il ne doit pas introduire des problèmes différents de ceux contenus dans ce livre, tant que l'étudiant n'a pas assimilé le livre d'un bout à l'autre, n'a pas compris tous ses objectifs, et n'a pas acquis un habitus qui lui permet de passer à [l'étude] d'autres livres. Quand un étudiant a acquis un habitus dans une science quelconque, cela le rend apte à recevoir le reste, et il est plein d'ardeur pour en savoir davantage et aller plus loin. C'est ainsi qu'il parvient à une maîtrise totale de la science. Mais si on le jette dans la confusion, il deviendra incapable de comprendre, sera gagné par la lassitude et s'arrêtera de réfléchir. Il sera découragé d'apprendre et se détournera de la science et de l'enseignement.

« Dieu guide qui Il veut[A]. »

Par[a] ailleurs, l'enseignant ne doit pas prolonger outre mesure l'étude d'une discipline ou d'un ouvrage, et interrompre les cours ou les espacer. Cela provoque des oublis et rompt le lien entre les différents problèmes [de la discipline étudiée]. Il devient alors difficile d'acquérir un habitus. Au contraire, quand les premières et les dernières parties d'une science sont présentes à l'esprit, ce qui évite les oublis, l'habitus est acquis plus aisément. Il est plus solide et plus ancré. En effet, les habitus se forment par une action continue et répétée[1]. Si on oublie d'agir, l'habitus qui naît de l'action s'oublie également.

« Dieu vous a appris ce que vous ne connaissiez point[B]. »

Ajoutons encore qu'il est important et nécessaire de se garder de semer la confusion dans l'esprit de l'étudiant en lui enseignant deux disciplines à la fois. Car il est rare que, dans ces conditions, il en apprenne une seule. Son attention sera dispersée, et il se détournera de l'une pour essayer de comprendre l'autre. Toutes deux lui paraîtront incompréhensibles et difficiles, et il échouera des deux côtés. Tandis que, s'il se concentre sur [la discipline qu'il a choisi d'étudier] et qu'il s'y tient, souvent, il en viendra facilement à bout.

A. Coran, II, 142. ◆ B. Coran, II, 239.

C'est Dieu qui nous aide à trouver ce qui est juste[b].

Voici maintenant quelques remarques que je voudrais adresser à l'étudiant pour l'aider dans ses études. S'il leur fait bon accueil et s'y cramponne de toutes ses forces, il y découvrira un grand et noble trésor. Je les ferai précéder d'une introduction qui en facilitera la compréhension.

La pensée humaine est une disposition naturelle particulière que Dieu a créée comme toutes les autres merveilles de Sa création. C'est une action et un mouvement dans l'âme, [effectués] au moyen d'un pouvoir localisé dans la cavité centrale du cerveau. Tantôt elle est à l'origine d'actions humaines coordonnées, et tantôt elle est à l'origine de la connaissance de ce qui était jusque-là inconnu. La pensée se dirige vers l'objet recherché dont elle a perçu les deux extrêmes, et elle désire le nier ou l'affirmer. Le moyen terme, qui réunit les deux extrêmes, lui apparaît alors en moins de temps que l'éclair si l'objet est un ; et elle poursuit sa recherche d'un autre moyen terme si l'objet est multiple. Elle parvient ainsi à appréhender l'objet recherché. Voilà ce qu'il en est de la disposition naturelle de penser par laquelle l'homme se distingue de tous les autres animaux.

L'art de la logique est la manière dont procède cette disposition naturelle à penser et à spéculer. Ainsi, on peut distinguer entre la façon correcte ou erronée de procéder. En effet, bien que par essence correcte, la pensée est susceptible, dans de rares cas, de tomber dans l'erreur. Cela est dû à ce qu'elle perçoit les deux extrêmes autrement qu'ils ne sont, ou au fait qu'il y a une ambiguïté dans l'ordre et la disposition des propositions qui tendent à tirer une conclusion. La logique aide à sortir de ce genre de difficultés. C'est donc un procédé artificiel qui suit la disposition naturelle de penser et qui coïncide avec sa manière de procéder. Comme c'est une méthode artificielle, on peut le plus souvent s'en passer. C'est pourquoi on trouve beaucoup de grands penseurs dans le monde qui obtiennent de grands résultats dans les sciences sans rien connaître de la science de la logique, surtout quand leur intention est sincère et qu'ils se fient à la miséricorde divine — qui est la meilleure assistance que l'on puisse espérer. Ils usent au mieux de leur disposition naturelle à penser, et celle-ci, telle que Dieu l'a créée, leur permet de trouver le moyen terme et de saisir l'objet recherché.

En dehors de ce procédé artificiel de la logique, il existe une autre introduction à l'enseignement, qui touche à la connaissance des mots et à la manière dont ils indiquent les idées contenues dans l'esprit. Ces mots sont rendus par les lettres de l'écriture ou par les sons de la parole. L'étudiant doit franchir tous ces voiles pour atteindre la pensée de l'objet de sa recherche.

D'abord, la manière dont l'écriture transcrit les mots parlés. C'est le niveau le plus facile. Ensuite, la manière dont les mots parlés indiquent les idées recherchées ; puis les règles selon lesquelles les idées sont mises en ordre d'après les modèles habituels de la logique en vue de faire des déductions ; enfin, ces idées abstraites dans la pensée et utilisées comme des filets pour attraper l'objet recherché grâce à la disposition naturelle de penser, et en mettant toute sa confiance en la miséricorde de Dieu et en ses dons.

Tout le monde n'est pas capable de franchir rapidement ces différents niveaux ou de traverser facilement tous ces voiles au cours du processus d'enseignement. Souvent, l'esprit s'arrête au voile des mots, à cause des disputes. Ou bien, il est pris au filet des arguments, à cause du tumulte provoqué par les querelles et les doutes, et il est ainsi empêché d'atteindre l'objet recherché. Peu de gens, guidés par Dieu, réussissent à échapper à cet abîme.

Si tu te trouves confronté à de telles difficultés, assailli par des inquiétudes au sujet de ta compréhension, l'esprit perturbé par des doutes, jette tout cela loin de toi ! Écarte le voile des mots et les obstacles des doutes ! Détourne-toi de tous les procédés artificiels et cherche refuge dans l'espace de la disposition naturelle de penser qui est innée en toi. Laisse ton regard parcourir librement cet espace et permets à ton esprit d'y plonger sans gêne, conformément à ce que tu désires en obtenir. Marche sur les traces des grands penseurs avant toi ! Mets ta confiance en Dieu, qui t'aidera, comme Il les a aidés de par Sa grâce et leur a appris ce qu'ils ne savaient point[A] ! Si tu agis de la sorte, les lumières de l'assistance divine brilleront sur toi et te feront découvrir ce que tu cherches. L'inspiration te permettra de trouver le moyen terme dont Dieu a fait une exigence naturelle de la pensée, comme on l'a vu. Alors, retourne aux modèles et aux formes des arguments, adapte

A. *Cf.* Coran, II, 239.

le moyen terme à ceux-ci et applique-lui les règles du procédé artificiel autant que nécessaire. Puis revêts-le des formes des mots et fais-le paraître dans le monde du discours et de la parole, solide et bien construit.

Mais si tu t'arrêtes aux disputes sur les mots, au doute au sujet des arguments artificiels et à l'examen des arguments justes ou faux — ce sont là des choses artificielles et conventionnelles, dont les multiples aspects sont équivalents ou similaires, à cause de leur caractère conventionnel et technique, ce qui fait qu'on ne peut y distinguer le vrai du faux, car le vrai ne peut être distingué que s'il existe par nature —, les doutes et les incertitudes persisteront. Les voiles recouvriront l'objet recherché et empêcheront l'étudiant de l'appréhender. C'est ce qui arrive à la plupart des étudiants modernes, en particulier à ceux dont la langue maternelle n'est pas l'arabe et qui, de ce fait, ont l'esprit entravé, ou encore à ceux qui se passionnent pour la logique et la défendent avec zèle, croyant qu'elle est le seul moyen naturel d'atteindre la vérité. Ils sont immobilisés par les incertitudes et les doutes [surgis] des arguments et ne parviennent que rarement à leur échapper.

En réalité, le seul moyen naturel d'atteindre la vérité est la disposition naturelle à penser, comme on l'a dit précédemment, quand elle est débarrassée de toutes les erreurs et quand celui qui exerce sa pensée met toute sa confiance en la miséricorde divine. La logique n'est rien d'autre qu'une description de l'action de penser et, dans la plupart des cas, la suit. Prends cela en considération et prie Dieu pour qu'Il t'accorde Sa grâce quand tu as des difficultés à comprendre certains problèmes. Alors, les lumières de Dieu brilleront sur toi et t'apporteront l'inspiration de ce qui est juste.

C'est Dieu qui nous guide de par Sa grâce. Il n'y a de science que celle qui nous vient de Dieu.

XXXVII. L'ÉTUDE DES SCIENCES INSTRUMENTALES NE DOIT PAS ÊTRE POUSSÉE TROP LOIN, ET LEURS PROBLÈMES NE DOIVENT PAS ÊTRE TRAITÉS DE FAÇON DÉTAILLÉE

Les sciences en usage chez les peuples civilisés sont de deux sortes. Les unes sont recherchées pour elles-mêmes, comme les sciences religieuses, par exemple l'exégèse, les traditions du Prophète, le droit, la théologie ; ou comme les sciences philosophiques, par exemple la physique ou la métaphysique. Les autres sont des instruments ou des moyens au service des premières, comme la philologie arabe, l'arithmétique et d'autres sciences par rapport aux sciences religieuses ; ou la logique, par rapport à la philosophie, à la théologie et aux fondements du droit suivant la conception des modernes.

Il n'y a aucun mal à développer les sciences qui sont recherchées pour elles-mêmes, à traiter de leurs problèmes de façon détaillée et à exposer tous les arguments et toutes les théories qui les concernent. Cela permet à l'étudiant de raffermir l'habitus qu'il a acquis en ces disciplines et de clarifier ses idées là-dessus. Mais pour ce qui est des sciences qui sont des instruments pour d'autres, comme la philologie arabe ou la logique, elles ne doivent être étudiées que pour autant qu'elles sont des instruments au service de ces autres sciences. On ne doit pas s'y étendre ni traiter en détail de leurs problèmes, car cela les ferait dévier de leur objectif. En effet, celui-ci est de servir les sciences dont elles sont les instruments, et rien d'autre. Chaque fois qu'elles s'écartent de cette voie, elles dévient de leur objectif, et s'en occuper devient vain.

En outre, il est difficile d'acquérir un habitus dans ces sciences, parce qu'elles sont très développées et détaillées. Souvent, cela devient un obstacle à l'acquisition des sciences qui sont recherchées pour elles-mêmes et qui sont, elles aussi, très étendues. Cependant, celles-ci ont une importance plus grande, et la vie est trop courte pour apprendre toutes ces sciences en même temps. Ainsi, celui qui s'occupe des sciences instrumentales perd son temps à faire quelque chose qui ne le concerne pas.

C'est ce qui est pourtant arrivé aux savants modernes qui se sont occupés de grammaire et de logique, voire des fondements du droit. Ils ont trop élargi le champ de ces disciplines en multipliant les références et les argumentations, en étendant le nombre des ramifications et des problèmes. De la sorte, ces sciences ont cessé d'être des sciences instrumentales pour devenir des sciences recherchées pour elles-mêmes. Souvent, elles abordent des théories et des questions inutiles pour les autres sciences, et deviennent vaines et même nuisibles aux étudiants de façon générale, car ceux-ci doivent s'intéresser beaucoup plus aux sciences recherchées pour elles-mêmes qu'à ces sciences instrumentales, qui ne sont que des moyens. S'ils usent toute leur vie à étudier ces sciences auxiliaires, quand pourront-ils acquérir les [sciences] qui sont recherchées [pour elles-mêmes] ? Ceux qui sont chargés de l'enseignement de ces sciences instrumentales ne doivent donc pas s'y attarder et traiter d'un trop grand nombre de leurs problèmes, mais se contenter de présenter à l'étudiant juste ce qu'il en faut. Celui qui a le désir d'aller plus loin et qui s'en sent capable peut faire ce choix pour lui-même. Chacun réussit dans ce pourquoi il a été créé.

XXXVIII. L'ENSEIGNEMENT POUR ENFANTS ET SES MÉTHODES DANS LES DIFFÉRENTES VILLES MUSULMANES

L'enseignement du Coran aux enfants est un signe distinctif de l'islam. Les musulmans le pratiquent dans toutes leurs cités, parce que, au cours de cet enseignement, les articles de foi, grâce aux versets du Coran et à certains textes des traditions prophétiques, sont les premiers à s'implanter dans les cœurs. Ainsi, le Coran est devenu la fondation sur laquelle s'édifient tous les habitus qui sont acquis par la suite. La raison en est que ce qui est appris durant le jeune âge est mieux ancré que tout ce qui vient ultérieurement, et en constitue la base. En effet, les choses qui sont les premières à s'imprimer dans les cœurs sont comme des fondations pour les habitus. Et l'édifice vaut ce que valent ses fondations.

Les méthodes d'enseignement du Coran aux enfants diffèrent selon les habitus que l'on se propose de former à travers cet enseignement.

La doctrine des habitants du Maghreb en ce qui concerne les enfants est de se limiter à l'enseignement du Coran. Au cours des études, les enfants sont initiés à l'orthographe du texte sacré et à ses problèmes, ainsi qu'aux diverses opinions des spécialistes du Coran en cette matière. Les enseignants n'abordent jamais d'autres sujets dans leurs cours : ni traditions prophétiques, ni poésie, ni philologie arabe. L'étudiant poursuit [ces études coraniques] jusqu'à ce qu'il y devienne habile, ou bien il les interrompt sans atteindre ce niveau. Cela signifie généralement qu'il n'apprendra rien de plus. C'est là la doctrine des habitants des villes au Maghreb et des maîtres d'école coranique berbère qui les imitent en ce qui concerne [l'enseignement] donné à leurs enfants jusqu'à ce qu'ils dépassent la puberté et entrent dans l'âge adulte. La même doctrine est appliquée aux gens plus âgés qui reprennent l'étude du Coran, après avoir laissé passer une partie de leur vie. Les Maghrébins ont donc une meilleure connaissance de l'orthographe du Coran et en savent le texte par cœur, mieux que [tous les autres musulmans].

Les habitants de l'Andalus ont pour doctrine d'enseigner la lecture et l'écriture pour elles-mêmes. C'est cela qu'on prend d'abord en considération dans l'enseignement [pour enfants]. Cependant, comme le Coran sert de fondement [à l'apprentissage de la lecture et de l'écriture] et est la source de la religion et de toutes les sciences, on en a fait la base de l'enseignement, mais sans s'y limiter. On introduit aussi, en général, la poésie et l'art épistolaire et l'on apprend aux élèves les règles de la langue arabe et la calligraphie. Le Coran n'occupe pas une place plus importante que le reste ; au contraire, c'est la calligraphie qui retient le plus l'attention. Quand l'enfant quitte la puberté et parvient à l'âge adulte, il a d'assez bonnes notions de philologie arabe et de poésie et excelle en calligraphie. Il aurait pu avoir une certaine familiarité avec les sciences en général si les chaînes d'autorités en matière d'enseignement avaient été maintenues en Andalus. Mais les élèves doivent interrompre leur formation à ce niveau, justement à cause de l'interruption de la tradition de l'enseignement dans leur pays, et ne peuvent donc pas aller au-delà de ce qu'ils ont acquis dans ce premier enseignement. Cela suffit pour ceux que Dieu dirige et constitue une bonne base [pour des études plus poussées], s'ils trouvent un maître.

Les habitants de l'Ifrîqiya, en général, introduisent les traditions prophétiques dans leur enseignement du Coran aux enfants. Ils apprennent également à leurs élèves les règles de base des différentes sciences et quelques-uns de leurs problèmes. Cependant, ils insistent beaucoup plus sur l'apprentissage par cœur du Coran et sur la connaissance de ses différentes recensions et leçons. La calligraphie vient en seconde position[a]. D'une façon générale, leur méthode d'enseignement pour enfants est plus proche de celle des habitants de l'Andalus, parce que leurs chaînes d'autorités sont connectées avec les maîtres de l'Andalus qui avaient émigré en Ifrîqiya après la conquête chrétienne de l'est de l'Andalus et s'étaient installés à Tunis. Depuis ce temps-là, les enfants ifrîqiyens ont reçu leur enseignement de ces maîtres.

Les Orientaux, à ce que l'on raconte, pratiquent également un enseignement où le Coran est combiné avec d'autres matières. J'ignore quelle est la matière à laquelle ils accordent la première place. D'après les informations qui nous sont rapportées à ce sujet, l'enseignement du Coran, des ouvrages et des règles des sciences religieuses, est dispensé aux enfants quand ils atteignent l'âge adulte. Il n'est pas combiné avec la calligraphie. Celle-ci a ses règles et ses maîtres particuliers, et requiert un enseignement à part, comme tous les autres arts. Elle n'est pas enseignée dans les écoles pour enfants, où l'écriture des planchettes [sur lesquelles ils apprennent] est peu soignée. L'apprentissage de la calligraphie, quand on s'y intéresse, se fait plus tard, auprès de calligraphes professionnels.

Le fait de se restreindre au Coran entraîne chez les gens d'Ifrîqiya et du Maghreb une totale déficience de l'habitus de la langue. En effet, l'apprentissage du Coran n'engendre, en général, aucun habitus [linguistique], puisqu'il n'est pas donné aux hommes de produire quelque chose de comparable au texte sacré. Il ne leur est pas donné non plus d'utiliser ou d'imiter ses modèles. N'ayant pas[b], par ailleurs, acquis un habitus dans d'autres modèles, celui qui apprend seulement le Coran ne peut acquérir un habitus dans la langue arabe. Il est condamné à des formes d'expression rigides et à une absence de fluidité. Les Ifrîqiyens sont peut-être à cet égard moins gravement touchés que les gens du Maghreb, parce qu'ils enseignent, en même temps que le Coran, les expressions scientifiques telles qu'elles apparaissent dans les sciences de base, comme on l'a vu. Ils acquièrent donc quelque habileté [linguistique] et peuvent procéder par imitation. Ils restent, cependant, bien en deçà du niveau de l'éloquence, étant donné qu'ils apprennent surtout des expressions scientifiques qui n'ont rien d'éloquent, comme on le montrera dans la section consacrée à ce sujet[1].

À cause de leur enseignement plus varié, comportant une bonne dose de poésie, d'art épistolaire et l'étude de la philologie arabe depuis l'âge tendre, les habitants de l'Andalus acquièrent un habitus qui leur donne une meilleure connaissance de la langue arabe. Mais ils sont faibles dans toutes les autres sciences, du fait qu'ils étudient très peu le Coran et les traditions prophétiques, qui sont la base et le fondement des autres sciences. Ce sont donc des gens bien formés en calligraphie et qui ont une culture littéraire plus ou moins bonne, selon l'éducation postérieure, dispensée après celle de l'enfance.

Dans sa relation de voyage, le cadi Abû Bakr Ibn al-'Arabî[2] expose une vue inhabituelle en matière d'enseignement. Il examine la question à fond, et fait passer l'enseignement de l'arabe avant toute autre discipline, comme dans la doctrine des gens de l'Andalus, « car, dit-il, la poésie est le registre des Arabes. La poésie et la langue arabe doivent être obligatoirement enseignées d'abord, à cause de la corruption de la langue. Ensuite, l'élève doit passer à l'arithmétique et s'y exercer jusqu'à ce qu'il en assimile les règles. Puis il étudiera le Coran, qui lui sera facilité grâce à cette introduction ». Ibn al-'Arabî ajoute : « Nos compatriotes sont bien irréfléchis d'apprendre le Coran à l'enfant en bas âge, alors qu'il lit sans comprendre et peine sur quelque chose qui passe après bien d'autres matières. » Il poursuit : « L'élève étudiera ensuite les fondements du droit, l'art de la polémique, les traditions prophétiques et les disciplines qui s'y rattachent. » Ibn al-'Arabî défend, par ailleurs, d'enseigner deux disciplines en même temps, sauf si l'étudiant montre des dispositions particulières, dues à son intelligence et à son énergie.

Ce sont là les suggestions du cadi Abû Bakr Ibn al-'Arabî. Certes, la méthode qu'il propose est excellente. Mais les habitudes ne favorisent guère son adoption, et les habitudes sont ce qu'il y a de plus fort. La raison pour laquelle on donne habituellement la priorité à l'étude du

Coran, c'est la recherche de la bénédiction divine et d'une récompense dans l'au-delà, ainsi que la crainte des dangers qui guettent l'enfant au cours de la « folle jeunesse » et qui risquent de le détourner de la science, lui faisant ainsi perdre l'occasion d'apprendre le Coran. Tant que l'enfant est sous tutelle, il obéit aux commandements. Mais, dès qu'il dépasse la puberté et secoue le joug de l'autorité, les ouragans de la jeunesse peuvent fort bien le jeter sur le rivage du désœuvrement. On profite donc de la période où l'enfant est encore au foyer et soumis à l'autorité pour lui inculquer le Coran, afin qu'il ne meure pas sans en avoir rien appris. Mais, si l'on était sûr que l'enfant continuerait d'étudier et d'être réceptif à l'enseignement, la méthode indiquée par Ibn al-'Arabî serait, certes, ce qu'il y a de mieux, en Occident comme en Orient.

« Dieu juge, et nul ne peut s'opposer à Son jugement[A]. »

XXXIX. TROP DE SÉVÉRITÉ NUIT AUX APPRENANTS

En effet, quand, pour leur éducation, on soumet les apprenants à des châtiments très sévères, cela peut leur être dommageable, surtout dans les cas des jeunes enfants, car cela engendre de mauvais habitus. Les apprenants, les esclaves et les serviteurs qui sont élevés dans la répression et la contrainte en gardent les effets néfastes. Ils se sentent opprimés, perdent leur vivacité, deviennent paresseux, menteurs et perfides, c'est-à-dire se conduisent d'une façon et pensent d'une autre, par crainte du châtiment. Ils apprennent ainsi la ruse et la tromperie, et ces vices deviennent chez eux une habitude et un trait de caractère. En eux, les valeurs humaines qui ont leurs racines dans la civilisation urbaine et la vie en société, à savoir, le sentiment d'honneur et le désir de se défendre et de défendre sa maison, se corrompent. Ainsi, ils deviennent dépendants d'autrui. Leurs âmes, trop indolentes pour acquérir les vertus et les belles qualités, s'abstiennent de réaliser leur fin et leur pleine humanité. Ils tombent alors au plus bas, et deviennent « les derniers des derniers[B] ».

C'est ce qui est arrivé à toutes les nations qui ont vécu

A. Coran, XIII, 41. ◆ B. *Cf.* Coran, XCV, 5.

sous la contrainte et ont subi l'oppression. On peut le vérifier sur toute personne placée sous l'autorité d'autrui, quand cette autorité ne lui montre aucune bienveillance. Voyez l'exemple des Juifs et le mauvais caractère qu'ils ont acquis [à cause de leur situation d'opprimés] : partout et en tout temps, on les décrit comme des gens qui « dévient du droit chemin », autrement dit, des gens perfides et fourbes. Cela est dû à ce que nous venons de dire.

Un maître ne doit donc pas infliger de punition trop sévère à ses élèves, ni un père à ses enfants. Dans le livre qu'il a composé sur les règles qui doivent régir les rapports entre les maîtres et les élèves, Abû Muhammad Ibn Abî Zayd dit : « Quand il est nécessaire de corriger les enfants, un éducateur ne doit pas leur donner plus de trois coups de fouet[1]. » On rapporte aussi ces propos de 'Umar : « Ceux que la loi religieuse ne punit pas n'ont pas à subir de punition[2] ! » Il désirait ainsi préserver les âmes de l'humiliation des châtiments, sachant que les stipulations de la loi religieuse dans ce sens sont les plus adéquates, car [le Législateur] connaît mieux ce qui convient.

L'une des meilleures méthodes d'éducation a été recommandée par ar-Rashîd à Khalaf al-Ahmar, précepteur de son fils Muhammad al-Amîn. Khalaf al-Ahmar raconte[3] : « J'ai été appelé par ar-Rashîd pour éduquer son fils Muhammad al-Amîn, et il me recommanda ceci : "Ô Ahmar ! En te remettant son fils, l'Émir des croyants te confie son sang et le fruit de son cœur. Tu as toute autorité sur lui et il te doit obéissance. Remplis donc auprès de lui le rôle que t'assigne le Commandeur des croyants. Apprends-lui le Coran, enseigne-lui l'histoire[4], fais-lui réciter la poésie, instruis-le dans la Sunna du Prophète, explique-lui quand il doit prendre la parole et comment commencer un discours. Ne lui permets pas de rire, sauf aux moments convenables. Apprends-lui à honorer les dignitaires hâshimites quand ils viennent lui rendre visite et à donner la place d'honneur aux chefs militaires quand ils assistent à son conseil. Ne laisse jamais passer une heure sans saisir l'occasion de l'instruire, mais sans l'affliger et tuer ainsi son esprit. Ne sois pas trop indulgent, car il prendra goût à l'oisiveté et s'y habituera. Pour le corriger, use, autant que possible, de bonté et de douceur. S'il résiste, sois dur et sévère." »

XL. LE VOYAGE EN QUÊTE DE SCIENCE ET LA RENCONTRE AVEC LES MAÎTRES CONTRIBUENT À LA PERFECTION DE L'ENSEIGNEMENT

En voici la raison. Les connaissances, les qualités, les doctrines et les vertus s'acquièrent soit grâce à la science, à l'enseignement et aux leçons, soit grâce à l'imitation et au contact personnel [avec les maîtres]. Cependant, les habitus formés par le contact personnel sont plus fermement établis et mieux ancrés. Plus on a fréquenté de maîtres, plus les habitus acquis sont enracinés.

D'autre part, la terminologie utilisée dans l'enseignement des sciences crée de la confusion dans l'esprit des étudiants. La plupart d'entre eux pensent que la terminologie fait partie de la science. Ils ne se débarrassent de cette idée que lorsqu'ils établissent des contacts personnels avec les maîtres, car ceux-ci ont des terminologies différentes. La rencontre avec les savants et le fait d'avoir plusieurs maîtres permettent à l'étudiant de remarquer que ceux-ci n'emploient pas la même terminologie, et que, par conséquent, il existe diverses terminologies. Il apprend ainsi à considérer la science indépendamment des terminologies, et à découvrir que celles-ci ne sont que des moyens et des méthodes d'enseignement et de communication. Il peut alors mobiliser ses forces pour asseoir fermement ses habitus, vérifier ses connaissances et les distinguer les unes des autres. De plus, il renforce ainsi ses habitus par de multiples contacts personnels avec ses maîtres, surtout quand ces derniers sont nombreux et de diverses catégories. Cela est valable pour tous ceux à qui Dieu a facilité les voies de la science et qu'Il a bien voulu guider.

Le voyage est donc indispensable à l'acquisition de la science et au perfectionnement au contact des grands maîtres et des personnalités éminentes.

Dieu « guide qui Il veut sur le droit chemin[A] ».

A. Coran, II, 142.

XLI. DE TOUS LES HOMMES, LES SAVANTS SONT LES PLUS ÉTRANGERS À LA POLITIQUE ET À SES MÉTHODES

La raison en eﬆ qu'ils sont habitués à spéculer et à manier des idées. Ils tirent celles-ci des choses sensibles, et les conçoivent dans leur esprit comme des choses universelles et générales, applicables à des sujets généraux et non à une matière particulière, un individu, une nation ou une catégorie de gens. Ensuite, ils font correspondre ces idées universelles à des choses du monde extérieur. D'autre part, ils comparent certaines choses à d'autres choses semblables ou de même type, en leur appliquant le raisonnement analogique qui leur eﬆ familier en jurisprudence. Tous leurs jugements et toutes leurs vues reﬆent dans le monde de l'esprit, et ils ne sont confrontés [avec le monde extérieur] qu'à la fin de la recherche et de la spéculation. Il arrive même qu'ils ne le soient pas du tout, les choses du monde extérieur étant simplement dérivées de ce qui eﬆ dans l'esprit. Il en eﬆ ainsi des lois religieuses : elles sont formées à partir des indications du Livre et de la Sunna, telles qu'elles sont retenues dans la mémoire, et ce qui eﬆ exigé, c'eﬆ que les faits du monde extérieur s'y conforment. C'eﬆ l'inverse de ce qui se produit avec les spéculations des sciences rationnelles : pour en établir la vérité, il faut prouver qu'elles correspondent à la réalité du monde extérieur.

Ainsi, dans toutes leurs spéculations, les savants sont habitués à des choses de l'esprit et à des pensées. Ils ne connaissent rien d'autre. Or, celui qui s'occupe de politique doit prendre en considération les choses du monde extérieur et tout ce qui s'y rattache ou en dépend. Ce sont des choses obscures, qui peuvent renfermer quelque chose qui rend impossible leur comparaison avec quelque chose de semblable ou de même type, ou qui eﬆ en contradiction avec l'idée universelle qu'on veut leur appliquer. Les états qui affectent la civilisation ne sont pas [toujours] comparables. Ils peuvent se ressembler sur un point et différer sur beaucoup d'autres.

Comme les savants sont habitués aux généralisations et aux analogies, quand ils s'occupent de politique, ils lui appliquent leurs vues et leurs déductions. Ils commettent ainsi beaucoup d'erreurs, ou, du moins, ils risquent fort d'en commettre. Cette remarque s'applique également aux gens intelligents et habiles : à l'instar des juristes, leur esprit pénétrant les entraîne à s'occuper d'idées, d'analogie et de comparaison, et ils commettent aussi des erreurs.

Tandis que l'homme ordinaire, d'un bon naturel, d'intelligence moyenne, parce qu'il est incapable de faire ce genre de spéculation ou de penser à de telles choses, se borne, en toute matière, à juger de chaque type de circonstances ou d'individus selon leurs particularités. Son jugement n'est contaminé ni par l'analogie ni par la généralisation. Ses spéculations ne quittent presque jamais les choses perceptibles par les sens, et, dans son esprit, il ne va jamais au-delà de celles-ci, tel le nageur qui ne quitte pas les eaux du rivage. Comme dit le poète :

Ne va pas trop loin quand tu nages,
Car le salut, c'est le rivage.

La politique d'un tel homme n'a rien à craindre de la spéculation. Il aura des vues justes dans son commerce avec ses semblables, il réussira à bien gagner sa vie, et la justesse de ses vues lui permettra d'éviter les dangers et les maux.

« Au-dessus de tout homme détenant la science, il y a l'Omniscient[A]. »

De là, on peut voir que la logique ne garantit pas contre l'erreur, car elle est trop fondée sur l'abstraction et éloignée des choses sensibles. En effet, elle traite des seconds intelligibles. Il y a, sans doute, dans les choses matérielles des éléments qui vont à l'encontre de ces jugements et les contredisent quand on veut établir de façon certaine leur conformité [avec le monde extérieur]. Il en va autrement de la spéculation sur les premiers intelligibles, dont l'abstraction est moins grande, car ils relèvent de l'imagination. Or, les formes du sensible retiennent [des traits de celui-ci] et permettent de vérifier la conformité [des premiers intelligibles avec les choses sensibles du monde extérieur].

A. Coran, XII, 76.

XLII. LA PLUPART DES SAVANTS MUSULMANS N'ÉTAIENT PAS ARABES

C'est un fait étrange, et pourtant vrai, que les savants de la communauté musulmane, à quelques rares exceptions, que ce soit dans le domaine des sciences religieuses, ou dans celui des sciences rationnelles, ont été pour la plupart des gens d'origine non arabe. S'il se trouvait parmi eux quelqu'un qui pût se dire arabe quant à son origine, en fait il n'était arabe ni par sa langue, ni par son éducation, ni par ses maîtres. Pourtant, l'islam est arabe comme l'est son fondateur.

La raison en est que l'islam, à ses débuts, n'avait ni sciences ni arts, à cause de sa simplicité et du milieu rural où il est né. Les lois religieuses, c'est-à-dire les commandements de Dieu et Ses interdits, avaient pour véhicule le cœur des hommes, et ceux-ci en connaissaient les sources — le Livre et la Sunna du Prophète — d'après leur contact direct avec le Législateur et ses Compagnons. Les musulmans étaient alors des Arabes qui ne connaissaient rien à l'enseignement, à la composition d'ouvrages et à la mise par écrit des travaux scientifiques. Rien ne les poussait dans ce sens, et ils n'en éprouvaient aucun besoin. Il en fut ainsi durant toute la période des Compagnons et de leurs successeurs immédiats. On appelait les gens qui s'occupaient spécialement de retenir et de transmettre [les sciences islamiques] les *qurrâ'*, c'est-à-dire ceux qui savaient lire le Livre et n'étaient pas des illettrés. Car, à cette époque, les Compagnons étaient généralement illettrés, du fait qu'ils étaient arabes. On appelait donc les gens qui connaissaient le Coran les *qurrâ'*, par allusion à ce fait. Ils étaient les « lecteurs » du Livre de Dieu et de la Sunna transmise de la part de Dieu, parce qu'ils ne connaissaient les lois religieuses qu'à travers le Livre et les traditions prophétiques, celles-ci n'étant le plus souvent que des explications et des commentaires du Livre. Le Prophète a dit : « Je vous ai laissé deux choses qui vous empêcheront de vous égarer, tant que vous y resterez attachés ; ce sont le Coran et ma Sunna[1]. »

Quand, à partir du règne d'ar-Rashîd, la tradition savante se trouva trop éloignée de ses sources, il devint nécessaire d'écrire des commentaires coraniques et de mettre par écrit les traditions prophétiques, par peur de les laisser perdre. Il devint également indispensable de connaître les chaînes de transmission et de déterminer le degré de probité des transmetteurs, afin de distinguer entre les chaînes de transmission authentiques et celles qui sont de qualité moindre. Puis, on tira du Coran et de la Sunna de plus en plus de lois relatives à des faits [nouveaux]. Dans le même temps, la langue s'altéra, et l'on eut besoin de poser les règles de base de la grammaire.

Ainsi, toutes les sciences religieuses se transformèrent en habitus (*malakât*) employant les méthodes de découverte, d'extraction, de comparaison et d'analogie. De nouvelles disciplines devinrent nécessaires pour servir d'outils à ces sciences : règles de base de la langue arabe, procédés de découverte et raisonnement analogique, défense des articles de foi au moyen d'arguments, en raison du grand nombre d'innovations et d'hérésies. De tout cela, il résulta des sciences exigeant des habitus particuliers qu'on pouvait acquérir au moyen de l'enseignement et qui, de ce fait, furent considérées comme des arts.

Or, comme on l'a vu, les arts sont propres aux citadins, et les Arabes sont, de tous les hommes, ceux qui en sont le plus éloignés. Les sciences s'implantèrent donc en milieu citadin, et les Arabes en restèrent éloignés et n'eurent pas à s'en mêler. À cette époque, la population citadine était composée par des Perses ou par des affranchis et autres habitants des villes qui avaient adopté la civilisation urbaine des Perses, y compris les arts et les métiers. [Les Perses] étaient en effet les plus habiles en ces matières, parce que la civilisation urbaine était enracinée chez eux depuis le temps de l'Empire perse.

Le fondateur de la grammaire fut Sîbawayh, et il fut suivi d'al-Fârisî, puis d'az-Zajjâj. Ils étaient tous les trois d'origine étrangère (perse). Élevés dans un milieu de langue arabe, ils apprirent celle-ci par l'éducation et la fréquentation des Arabes. Ils en codifièrent les règles et en firent une science pour les générations futures.

De même, les savants qui avaient réuni les corpus des traditions prophétiques et qui les avaient préservées pour les musulmans étaient en majorité étrangers (perses) ou de langue et d'éducation étrangères (perses[a]), car cette discipline était très largement cultivée en Irak et dans les régions voisines. Tous les spécialistes des fondements du droit étaient également étrangers (perses), comme on sait, ainsi que la majorité des théologiens et la plupart des exégètes du Coran. Seuls les étrangers (Perses) s'étaient attachés à préserver la science et à la mettre par écrit. Ainsi s'est vérifiée cette parole du Prophète : « Si la science était suspendue au plus haut du ciel, il y aurait des gens du Fars pour aller l'y chercher[2]. »

Quant aux Arabes qui adoptèrent cette civilisation urbaine et ses activités après avoir abandonné leur civilisation rurale, leur position dominante dans l'État 'abbâsside et leurs responsabilités gouvernementales les détournèrent de la science et de l'étude. C'est parmi eux que se recrutaient en effet les dirigeants et les défenseurs de l'État, ainsi que les responsables de l'administration. En outre, ils ne pouvaient avoir que dédain pour les occupations scientifiques, du fait que la science était considérée comme un art et que les chefs ont de tout temps méprisé les arts et tout ce qui a trait aux activités professionnelles. Ils confièrent donc tout cela à des étrangers et à des métis, tout en continuant à penser qu'il était de leur droit de les cultiver, car il s'agissait de leur religion et de leurs sciences. De ce fait, ils ne pouvaient pas vouer un mépris total à ceux qui les pratiquaient.

Puis, lorsque les Arabes perdirent le pouvoir au profit des étrangers, les nouveaux gouvernants n'éprouvèrent pas de sentiment de proximité avec les sciences religieuses, car ils n'étaient pour rien dans l'origine de ces sciences. Ils méprisèrent ceux qui s'en occupaient, qu'ils considéraient comme trop éloignés d'eux et adonnés à des activités sans utilité pour leur pouvoir et leur gouvernement, comme on l'a vu dans la section consacrée aux charges religieuses[3].

Les faits que nous venons d'établir expliquent donc pourquoi tous les spécialistes de la loi religieuse — ou la plupart d'entre eux — sont des étrangers.

Les sciences rationnelles, elles aussi, n'apparurent dans la communauté musulmane que lorsque les savants et les auteurs d'ouvrages scientifiques commencèrent à se distinguer comme un groupe particulier et que la science, d'une façon générale, fut considérée comme un art. Là encore, elles furent laissées en exclusivité aux étrangers, et les Arabes s'en détournèrent et ne les cultivèrent point. Elles ne furent pratiquées que par les étrangers arabisés, comme c'est le cas, on l'a vu, pour tous les arts.

Cette situation se maintint dans les villes musulmanes tant que la civilisation urbaine resta vivante chez les peuples et dans les régions perses d'Irak, du Khurâsân et de Transoxiane. Mais, lorsque ces villes tombèrent en ruine et qu'elles furent désertées par la civilisation, dont Dieu a fait dépendre le développement des sciences et des arts, la science cessa complètement d'exister chez les Perses également, qui furent submergés par la ruralité. Elle ne trouva plus guère de refuge que dans les villes où la civilisation urbaine était encore bien développée. Aujourd'hui, c'est Le Caire qui a la civilisation urbaine la plus florissante. C'est la métropole du monde, le palais de l'islam, la source des sciences et des arts.

Un reste de civilisation urbaine a survécu en Transoxiane, maintenu grâce à la dynastie en place. On trouve donc, dans ce pays, un nombre non négligeable de sciences et d'arts. Nous en avons un témoignage dans le contenu des ouvrages d'un savant de cette région, ouvrages qui sont parvenus jusqu'à nous dans ce pays. Il s'appelle Sa'd ad-dîn at-Taftazânî. En dehors de lui, nous ne connaissons aucun autre auteur perse qui ait écrit quelque chose de vraiment excellent, depuis l'imam Ibn al-Khatîb et Nasîr ad-dîn at-Tûsî.

Il faut bien réfléchir à ce qui vient d'être dit. On y verra un exemple des choses les plus étonnantes au monde. « Dieu crée ce qu'Il veut[A]. » « Il n'est d'autre dieu que Lui[B]. »

XLIII. CEUX QUI SONT D'ABORD ÉDUQUÉS DANS UNE LANGUE ÉTRANGÈRE ONT PLUS DE DIFFICULTÉS À ACQUÉRIR LES SCIENCES QUE CEUX DONT LA LANGUE MATERNELLE EST L'ARABE[a]

La raison en est que la recherche scientifique opère avec les idées de l'esprit et de l'imagination, qu'il s'agisse des sciences religieuses — qui travaillent surtout sur des mots et qui tirent leur substance des lois extraites du Coran et de la Sunna et des vocables qui servent à les exprimer,

A. Coran, III, 47. ◆ B. Coran, II, 163.

toutes choses qui sont du domaine de l'imagination — ou des sciences rationnelles qui, elles, relèvent toutes de l'intellect.

Les mots de la langue ne font que traduire les idées qui sont dans la pensée. Les hommes se communiquent ces idées oralement dans les discussions et l'enseignement, ainsi que dans la recherche scientifique, leur but étant d'acquérir un habitus en ces matières par un long entraînement. Les mots de la langue sont à la fois des intermédiaires et des écrans entre les pensées individuelles. Ils forment les liens entre les idées et, en même temps, les rendent opaques. Pour saisir les idées contenues dans les mots, le chercheur doit connaître la signification linguistique de ceux-ci et posséder un excellent habitus [linguistique]. Sinon, cela lui est très difficile, sans compter les difficultés inhérentes aux idées elles-mêmes. Quand le chercheur a une bonne connaissance des significations, de sorte que les idées se pressent de façon spontanée et naturelle dans son esprit lorsqu'il emploie ces mots, l'écran entre les idées et leur compréhension disparaît ou s'allège, et il ne reste plus qu'à examiner le contenu des idées.

Cela n'est vrai que dans le cas où l'apprentissage se fait par un contact personnel et oral avec l'enseignant. Mais si l'étudiant doit étudier dans les livres, prendre des notes et s'exercer aux questions scientifiques à partir des seuls textes écrits, il se trouvera alors devant un écran supplémentaire, celui qui existe entre l'écriture et les mots. En effet, l'écriture désigne, suivant un code particulier, les mots de la langue, et tant qu'on ne connaît pas ce code, on ne peut pas connaître ce qui est exprimé par l'écriture. Quand la connaissance de l'écriture est imparfaite, la connaissance de la signification des mots est également imparfaite. Il y a là un écran supplémentaire, plus opaque que le premier, entre le chercheur ou l'étudiant et son désir d'acquérir des habitus dans les sciences. Mais s'il possède une solide aptitude à reconnaître les significations des mots et à déchiffrer l'écriture, les écrans entre les idées et lui se dissipent, et il ne lui reste plus qu'à comprendre le contenu de ces idées. Dans toutes les langues, il y a le même type de rapports entre les idées, les mots et l'écriture. C'est pourquoi les habitus sont plus solidement établis chez ceux qui font leurs études jeunes.

Quand la communauté musulmane eut étendu son

pouvoir, elle engloba de nombreuses nations, et sa Révélation et son Livre éclipsèrent les sciences des anciens. Elle resta [d'abord] attachée à son illettrisme par penchant naturel, et en fit sa marque distinctive. Mais, plus tard, parvenus au sommet du pouvoir et de la puissance, et pour ne pas être la risée des peuples, [les musulmans] se laissèrent séduire par la civilisation urbaine et la culture. Leurs sciences religieuses, qui se transmettaient jusque-là oralement, devinrent des arts. On vit apparaître parmi eux des habitus scientifiques, et des traités et des ouvrages furent écrits en grand nombre. Puis, désireux d'apprendre les sciences des autres nations, ils se les approprièrent par la traduction, les adaptèrent à leurs propres vues et les firent passer dans leur propre langue à partir des langues étrangères. Ils y surpassèrent [les auteurs étrangers], dont les manuscrits, écrits dans leurs langues, furent oubliés et complètement abandonnés. Désormais, toutes les sciences étaient en arabe, et tous les travaux scientifiques étaient consignés avec l'écriture arabe. Ceux qui étudiaient les sciences n'avaient besoin que de connaître l'écriture et la langue arabes. Car les autres langues avaient disparu et n'intéressaient plus personne.

Nous avons vu précédemment que la langue est un habitus qui concerne la langue [en tant qu'organe]. De même, l'écriture est un art, et son habitus concerne la main. Quand la langue [en tant qu'organe] a d'abord acquis un habitus dans une langue étrangère, elle n'est plus capable de maîtriser la langue arabe, car, comme on l'a vu, une personne qui a suffisamment avancé dans un art déterminé ne peut que rarement acquérir un habitus dans un autre art[1]. Cela est évident. Si quelqu'un ne maîtrise pas suffisamment la langue arabe, son lexique et son écriture, il lui est difficile de comprendre les idées qui y sont exprimées, comme on l'a vu. À moins que la langue étrangère apprise en premier lieu n'ait pas été bien ancrée au moment où il est passé à l'arabe, comme il arrive aux enfants des étrangers qui sont élevés avec les Arabes avant d'avoir bien appris leur langue maternelle. Dans ce cas, la langue arabe est pour eux comme une langue maternelle, et ils n'ont aucune déficience dans la compréhension des idées exprimées en arabe. Il en va de même de ceux qui ont d'abord appris à écrire dans une écriture non arabe avant de passer à l'écriture arabe.

C'est pourquoi beaucoup de savants non arabes, dans leurs leçons et leurs cours publics, ne rapportent pas eux-mêmes les commentaires qu'ils trouvent dans les livres qu'ils exposent, mais les font lire à haute voix par leurs étudiants. De cette façon, ils s'épargnent un des écrans, et il leur est plus facile de s'occuper des idées. Mais celui qui maîtrise à la fois l'expression verbale et l'écriture n'a pas besoin [de cette lecture à haute voix], car il possède un habitus excellent, et, pour lui, il devient tout naturel de passer de l'écriture aux mots parlés et des mots parlés aux idées. Entre les idées et lui, il n'y a aucun écran.

Des études assidues et une pratique continue de la langue et de l'écriture peuvent aboutir à une maîtrise de l'habitus, comme on peut le voir chez beaucoup de savants non arabes. Mais cela arrive rarement. Et quand on compare un savant étranger avec un savant arabe de même catégorie, ce dernier est plus capable et a un habitus plus solide, car le savant étranger est gêné par le fait d'avoir d'abord parlé une langue étrangère, ce qui entraîne nécessairement une déficience.

On pourrait objecter que la majorité des savants musulmans n'étaient pas arabes, comme on l'a signalé précédemment. Mais il s'agissait là de l'origine ethnique. Les étrangers étaient en effet familiers de la civilisation urbaine, cause de l'apparition des arts et de la capacité de les maîtriser, y compris dans le domaine des sciences, comme nous l'avons établi. Mais la langue est tout autre chose, et c'est ce dont il s'agit ici.

On pourrait également objecter que les Grecs avaient atteint une très haute position dans les sciences. On répondra qu'ils ont étudié ces sciences dans leur propre langue maternelle et avec leur écriture. Le savant d'origine étrangère qui apprend la science au sein de la communauté musulmane le fait dans une langue qui n'est pas sa langue maternelle et avec une écriture qui n'est pas celle qu'il a d'abord maîtrisée. Tout cela constitue pour lui un écran, comme on l'a déjà dit. Cela est général pour tous ceux qui parlent d'autres langues que l'arabe : Perses, Byzantins, Turcs, Berbères, Francs.

« Certes, il y a en cela des signes pour ceux qui savent déchiffrer les signes[A]. »

A. Coran, XV, 75.

XLIV. LES SCIENCES RELATIVES À LA LANGUE ARABE

La langue arabe repose sur quatre piliers : la lexicographie, la grammaire, la rhétorique[1] et la littérature. La connaissance de ces différentes disciplines est indispensable aux savants qui s'occupent des sciences religieuses, car toutes les lois religieuses ont pour source le Coran et la Sunna, qui sont en langue arabe. Ceux-ci ont été transmis par les Compagnons du Prophète et leurs successeurs immédiats, qui étaient arabes, et les difficultés qui s'y rencontrent doivent être expliquées par référence à la langue qu'ils utilisaient. Connaître les disciplines relatives à la langue arabe est donc indispensable à ceux qui veulent [étudier] la science de la loi religieuse.

Leur importance respective dépend du degré auquel chacune contribue à rendre la signification du discours, comme cela sera clairement montré quand nous les examinerons une à une. On peut dire en résumé que la grammaire apparaît comme la première et la plus importante d'entre elles, car c'est grâce à elle que sont déterminés clairement les principes de base des différentes significations que l'on veut exprimer. De cette façon, on peut distinguer entre le sujet et l'objet, le sujet [d'une phrase nominale] et son prédicat. Sans la grammaire, on ignorerait le principe de la signification[2].

La lexicographie aurait mérité d'occuper la première place si la plupart de ses données n'étaient pas constantes, ne subissant aucun changement par rapport à leurs significations conventionnelles. C'est l'inverse qui se produit avec le système des désinences qui indiquent le sujet, l'attribut, et leur rapport[3]. Ces désinences changent complètement et disparaissent sans laisser de trace. C'est pourquoi la grammaire est plus importante que la lexicographie. En effet, l'ignorance de la grammaire nuit grandement à la compréhension mutuelle, ce qui n'est pas le cas de la lexicographie. Mais Dieu est plus savant.

La grammaire.

Au sens habituel, la langue est l'expression par le locuteur de son intention. Cette expression est un acte de la langue[a] né de l'intention de dire quelque chose. Elle devient donc nécessairement un habitus qui s'établit dans l'organe qui la réalise, c'est-à-dire la langue.

La langue, dans toute nation, est le produit d'une convention particulière. L'habitus linguistique des Arabes est un des meilleurs qui soient et un de ceux qui expriment le plus clairement les intentions [des locuteurs], car, outre les mots, la langue a d'autres moyens pour exprimer les significations. Il en est ainsi, par exemple, des voyelles [finales], qui distinguent le sujet de l'objet et du cas indirect ou génitif, et des lettres, qui transforment les verbes ou mouvements en substantifs[4], sans avoir recours à d'autres mots. Ces traits ne se rencontrent que dans la langue des Arabes. Dans toutes les autres langues, pour chaque signification ou situation particulière, on a nécessairement recours à des mots spécifiques. C'est pour cela que nous trouvons que les non-Arabes s'expriment avec des locutions plus longues que celles que nous considérerions comme nécessaires en arabe. C'est le sens de cette tradition du Prophète : « J'ai reçu [de Dieu] des mots substantiels, et les paroles qui m'ont été adressées étaient des plus concises[5]. »

Ainsi, dans la langue des Arabes, les lettres, les voyelles, les configurations ou formes [des mots], participent à l'expression de la pensée. Les Arabes n'avaient besoin d'aucun art pour leur enseigner cela. C'était simplement un habitus de leur langue, qui se transmettait d'une génération à l'autre, exactement comme aujourd'hui nos enfants apprennent nos langues.

Après l'avènement de l'islam, les Arabes quittèrent le Hijâz, partirent à la conquête du pouvoir détenu par les autres nations et États, et se mêlèrent aux étrangers. Leur habitus [linguistique] s'altéra sous l'influence des solécismes qu'ils entendaient et qui étaient commis par les étrangers arabisés. Or, c'est par l'ouïe que se forme l'habitus linguistique. C'est ainsi que [l'habitus linguistique des Arabes] se corrompit, à cause des formes vicieuses qu'ils eurent tendance à utiliser à force de les entendre.

Des gens avisés craignirent une corruption totale de cet habitus, et redoutèrent qu'à la longue le Coran et les traditions prophétiques ne devinssent inintelligibles. Ils établirent donc, à partir de la langue courante, des règles à caractère général, du genre des universaux et des principes de base. Ils appliquèrent ces règles à toutes les formes de la langue et regroupèrent les cas semblables. Ainsi, par exemple :

Le sujet [de la phrase verbale] a une flexion en *-u* ;

L'objet a une flexion en *-a* ;

Le sujet [de la phrase nominale] a une flexion en *-u*.

Puis ils constatèrent qu'un changement de sens se traduisait par un changement de voyelle [finale]. Ils convinrent de désigner cela avec le terme technique d'*i'râb*, et de désigner ce qui provoquait ce changement avec le terme de *'âmil*, « agent », et ainsi de suite. Il se constitua ainsi toute une terminologie particulière aux grammairiens, que ceux-ci mirent par écrit. Ils en firent un art qui leur était propre, et ils lui donnèrent le nom de *science de la grammaire.*

Le premier à avoir écrit sur la grammaire fut Abû l-Aswad ad-Du'alî, des Banû Kinâna. On dit qu'il le fit à la demande de 'Alî qui, ayant constaté l'altération de l'habitus [linguistique], l'engagea à le préserver. Ainsi, Abû l-Aswad apporta son concours à la tâche de fixer correctement [l'habitus de la langue] au moyen de règles compréhensives, obtenues par induction.

Après lui, d'autres savants écrivirent sur ce sujet, et il en alla ainsi jusqu'à al-Khalîl Ibn Ahmad al-Farâhîdî, qui vivait sous le règne d'ar-Rashîd. On avait alors le plus grand besoin [de la grammaire], parce que les Arabes avaient perdu leur habitus linguistique. Al-Khalîl organisa cet art et en compléta les chapitres. Sîbawayh fut son élève. Il en perfectionna les détails, multiplia les preuves et les exemples et écrivit son fameux *Livre*, qui servit de guide à tout ce qui s'écrivit plus tard en grammaire. Par la suite, Abû 'Alî al-Fârisî et Abû l-Qâsim az-Zajjâjî composèrent des abrégés pour les étudiants, où ils suivirent le modèle du *Livre* de Sîbawayh.

Puis il y eut de longues discussions à propos de cet art. Des divergences surgirent entre les grammairiens de Koufa et ceux de Basra, les deux vieilles cités des Arabes. Ils échangèrent une multitude de preuves et d'arguments. Leurs méthodes d'enseignement s'opposèrent. Ils eurent des différends au sujet des flexions de nombreux versets du Coran, en conséquence de leurs divergences au sujet des règles grammaticales. Et tout cela constitua un trop long sujet d'étude pour les gens qui voulaient apprendre [la grammaire]. Quand vinrent les modernes avec leurs méthodes du résumé, ils abrégèrent beaucoup de ces longueurs, tout en incluant tout ce qui a été transmis. C'est ce que fit, par exemple, Ibn Mâlik dans son *Kitâb at-Tashîl*, ainsi que d'autres auteurs. Certains se bornèrent aux principes pour débutants, comme az-Zamakhsharî dans son *Mufassal* et Ibn al-Hâjib dans sa *Muqaddima*. Certains ont parfois écrit en vers. C'est le cas, par exemple, d'Ibn Mâlik, auteur de deux poèmes en mètre *rajaz*, un grand et un petit, et d'Ibn Mu'tî, auteur d'un poème en mètre *rajaz* de mille vers.

En bref, les ouvrages de grammaire sont innombrables et ne peuvent être tous connus, et les méthodes d'enseignement qui y sont employées sont diverses. La méthode des anciens diffère de celle des modernes. Et les méthodes des gens de Basra, de Koufa, de Bagdad et de l'Andalus diffèrent entre elles.

L'art de la grammaire est aujourd'hui sur la voie du déclin, comme d'ailleurs les sciences et les arts en général, déclin que nous avons nous-même constaté et qui est lié à la décadence de la civilisation. Pourtant, au cours de ces derniers temps, nous avons reçu, au Maghreb, un traité venu d'Égypte, attribué au savant égyptien Jamâl ad-dîn Ibn Hishâm[6]. Il y présente toutes les règles des flexions, en général et en détail, et y traite des lettres, des mots et des phrases. Il supprime les redites qu'on trouve dans les différents chapitres de la grammaire[b]. Il appelle son livre *al-Mughnî fî-l-i'râb*[7]. Il indique tous les cas particuliers des flexions dans le Coran, en les classant par chapitres et sections, suivant des règles toutes bien ordonnées. Nous avons trouvé dans cet ouvrage un grand savoir, qui témoigne du niveau scientifique élevé et des vastes compétences de son auteur dans cette discipline. Il semble suivre, dans sa méthode, les grammairiens de Mossoul, qui ont marché sur les traces d'Ibn Jinnî et ont adopté sa terminologie pour l'enseignement de la grammaire. Il a produit ainsi une œuvre remarquable qui montre la solidité de son habitus et sa parfaite connaissance du sujet.

Dieu « ajoute à la création ce qu'Il veut[A] ».

La science de la lexicographie.

Cette science [a pour objet] l'explication des significations conventionnelles des mots de la langue. En effet,

A. Coran, XXXV, 1.

quand la corruption de l'habitus linguistique arabe se fit remarquer au niveau des voyelles finales, appelées « flexions » par les grammairiens, des règles furent posées pour les préserver, comme on l'a vu. Le phénomène de corruption se poursuivit ensuite à cause des contacts avec les non-Arabes, et finit par affecter les significations conventionnelles des mots. Beaucoup de mots arabes ne furent plus employés avec le sens que leur donnaient les Arabes, sous l'influence des métis arabisés qui avaient introduit des usages contraires à l'arabe pur. Il devint alors nécessaire de préserver les mots de la langue dans leurs significations conventionnelles en les mettant par écrit dans des ouvrages systématiques, de crainte de les voir disparaître et de se priver, en conséquence, de la connaissance du Coran et des traditions prophétiques[8].

Un grand nombre d'éminents philologues se mirent à l'œuvre et composèrent des travaux systématiques en cette matière. Dans ce domaine, la palme fut remportée par al-Khalîl Ibn Ahmad al-Farâhîdî, qui écrivit le *Kitâb al-'Ayn*[9]. Il y traita de toutes les combinaisons possibles des lettres de l'alphabet formant des mots de deux, trois, quatre et cinq [consonnes radicales]. Les mots de cinq lettres représentent les combinaisons de lettres les plus longues que l'on puisse trouver en arabe.

Al-Khalîl put calculer le nombre total de toutes ces combinaisons en ayant recours à des formules arithmétiques. Voici comment il procéda. Le nombre total des mots formés de deux consonnes est la somme de la progression arithmétique de 1 à 27. 27 est le nombre des lettres de l'alphabet moins une. On combine d'abord la première consonne avec les 27 autres, et l'on obtient ainsi 27 mots de deux consonnes. Ensuite, on combine la deuxième consonne avec les 26 restantes, puis la troisième et la quatrième, et ainsi de suite, jusqu'à la vingt-septième, qui ne se combine qu'avec la vingt-huitième, pour donner un seul mot de deux consonnes. Ainsi, le nombre total des mots de deux consonnes est égal à la progression arithmétique de 1 à 27. On l'obtient à l'aide de l'opération bien connue des spécialistes du calcul[c], à savoir : addition du premier et du dernier nombre de la progression et multiplication du total par la moitié [des nombres de la progression]. Ensuite, on multiplie par deux le résultat obtenu, parce que la position des consonnes peut être inversée. On doit en effet tenir compte de l'ordre des lettres dans les combinaisons. Le résultat nous donne le nombre total des mots de deux consonnes.

Le nombre des mots de trois consonnes est le résultat de la multiplication du nombre des mots de deux consonnes par la somme de la progression arithmétique de 1 à 26. En effet, chaque mot de deux consonnes devient un mot de trois consonnes par l'addition d'une consonne. Les mots de deux consonnes jouent alors le rôle d'une seule consonne que l'on combine avec les consonnes de l'alphabet restantes, qui sont au nombre de 26. On calcule la somme de la progression arithmétique de 1 à 26 et on la multiplie par le nombre des mots de deux consonnes. Puis le résultat est multiplié par 6, qui est le nombre des combinaisons possibles de trois consonnes. Le résultat est le total des mots de trois consonnes qui peuvent être formés à partir des consonnes de l'alphabet. On procède de la même façon pour les mots de quatre et cinq consonnes. C'est ainsi qu'al-Khalîl est parvenu à calculer le nombre total des combinaisons possibles de lettres.

Al-Khalîl [n'] a [pas] organisé les chapitres de son livre suivant l'ordre alphabétique usuel. Il s'est basé sur l'ordre des points d'articulation. Ainsi, il a commencé avec les laryngales, qu'il a fait suivre des vélaires, des dentales et des labiales. Il a mis les lettres faibles — ou aériennes — à la fin. Parmi les laryngales, il a commencé avec le *'ayn*, parce que c'est la lettre qui se prononce le plus en arrière de la gorge. C'est pour cela que son livre s'appelle *Kitâb al-'Ayn*. En effet, les savants anciens procédaient de cette façon pour donner un titre à leur livre. Ils prenaient le premier mot ou la première expression de leur ouvrage.

Al-Khalîl a indiqué ensuite les combinaisons qui étaient utilisées et celles qui ne l'étaient pas. Le plus grand nombre de combinaisons non utilisées se rencontre parmi les mots de cinq et de quatre consonnes. Les Arabes les utilisent peu, parce qu'ils les trouvent lourds. Puis viennent les mots de deux consonnes, qui sont peu usités. Les plus employées sont les combinaisons de trois consonnes. Aussi, étant les plus utilisées, possèdent-elles le plus grand nombre de significations conventionnelles.

Al-Khalîl a inclu tout cela dans son *Kitâb al-'Ayn* et en a traité exhaustivement.

Abû Bakr az-Zubaydî, le maître de calligraphie de Hishâm

al-Mu'ayyad, souverain de l'Andalus au IVe [X^e] siècle, résuma [le *Kitâb al-'Ayn*], mais tout en lui conservant son caractère exhaustif. Il en supprima toutes les combinaisons non utilisées et un grand nombre des exemples venant à l'appui des combinaisons utilisées. Puis il en fit un très bon abrégé destiné à être appris par cœur.

Le savant oriental al-Jawharî composa le *Kitâb as-Sihâh*, arrangé suivant l'ordre alphabétique usuel. Il commença avec le *hamza*. Il arrangea les mots d'après leur finale, parce que c'est ce dont les gens ont le plus besoin. Il réserva un chapitre particulier [à chaque finale] et, dans chaque chapitre, il arrangea les mots d'après leurs lettres initiales classées selon l'ordre alphabétique, avec une entrée distincte pour chacune, jusqu'à la fin. Il présenta exhaustivement les mots de la langue, à l'exemple d'al-Khalîl.

Le savant andalou Ibn Sîda, de Denia, qui vivait sous le règne de 'Alî Ibn Mujâhid, écrivit le *Kitâb al-Muhkam*, également exhaustif et arrangé sur le modèle du *Kitâb al-'Ayn*. Il y traite en outre de l'étymologie des mots et de leurs formes grammaticales. C'est un des meilleurs ouvrages en la matière. Il fut abrégé par Muhammad Ibn Abî l-Husayn, compagnon d'al-Mustansir, le souverain hafside de Tunis. Ibn Abî l-Husayn changea l'ordre de présentation, pour celui du *Kitâb as-Sihâh*, où l'on se base sur les finales des mots pour la présentation des entrées. Ces deux ouvrages sont jumeaux[d]. Il faut encore citer le *Kitâb al-Munajjad* de Kurâ', un éminent lexicographe, le *Kitâb al-Jamhara* d'Ibn Durayd, et le *Kitâb az-Zâhir* d'Ibn al-Anbârî.

Ce sont là, à ma connaissance, les principaux ouvrages de lexicographie. Il existe d'autres abrégés qui se limitent à certaines catégories de mots. Certains d'entre eux renferment un nombre limité de chapitres [de lexicographie], alors que d'autres sont exhaustifs. Mais leur degré d'exhaustivité n'est pas clairement indiqué, comme c'est le cas des ouvrages cités précédemment, où sont données [toutes] les combinaisons [possibles de lettres], comme on l'a vu. On doit citer encore un autre ouvrage de lexicographie : c'est le livre d'az-Zamakhsharî sur la métaphore, intitulé *Asâs al-balâgha*. Il y explique tous les mots utilisés métaphoriquement par les Arabes et les significations qui s'y rapportent. C'est un livre très utile.

Les Arabes utilisent parfois un terme pour une signification en général, et d'autres termes spécifiques pour [la même signification en relation avec] certains objets particuliers. Aussi distinguons-nous entre la signification conventionnelle et l'usage. Cela requiert une connaissance lexicographique[10] qui n'est pas à la portée de tout le monde. Ainsi, par exemple, le terme *abyad*, « blanc », se dit de tout ce qui renferme de la blancheur, mais on emploie les termes spécifiques *ashhab* pour un cheval, *azhar* pour un homme, *amlah* pour un mouton. L'emploie du mot *abyad*, dans tous ces cas, en est venu à être considéré comme un solécisme et une déviation de la langue arabe. Ath-Tha'âlibî est le seul auteur qui ait écrit sur ce sujet, auquel il a consacré une monographie intitulée *Fiqh al-lugha*. C'est un des sujets qui requièrent le plus l'attention du philologue qui tient à respecter l'usage que les Arabes font de leur langue. La connaissance de la signification conventionnelle n'est pas suffisante quand on compose un texte ; encore faut-il que cette signification soit corroborée par l'usage des Arabes. C'est surtout l'homme de lettres qui a besoin de cela, aussi bien quand il compose un poème que lorsqu'il écrit un texte en prose, afin d'éviter de commettre de trop nombreux solécismes dans l'emploi des mots de la langue, pris individuellement ou combinés avec d'autres. Car les fautes de ce genre sont plus graves que les erreurs de flexion.

De même, un auteur récent a composé un ouvrage sur les homonymes, en voulant être exhaustif. Sans y réussir entièrement, il a pu réunir la plus grande partie des matériaux.

Il existe de nombreux abrégés de lexicographie portant sur les matériaux lexicographiques les plus répandus et les plus utilisés, et conçus pour être facilement appris par cœur par les étudiants. Par exemple, *al-Alfâz* d'Ibn as-Sikkît, *al-Fasîh* d'ath-Tha'âlibî, et d'autres. Ils renferment plus ou moins de matériaux, suivant ce que les auteurs estiment le plus important à apprendre par les étudiants.

Dieu « est le Créateur, l'Omniscient[Ae] ».

Les traditions qui sont produites à l'appui des données lexicographiques attestent seulement que les Arabes ont utilisé tels mots pour telles significations, et non qu'ils les

A. Coran, XV, 86 ; XXXVI, 81.

ont inventés. Ce serait impossible et improbable, et je ne sache pas qu'aucun d'eux ait jamais fait cela.

De même, les données lexicographiques ne peuvent pas être établies en déduisant, par analogie, ce qui n'est pas connu de ce qui est connu, sur la base d'un point commun entre les deux, comme cela se fait dans les raisonnements analogiques juridiques. Par exemple, les juristes emploient *khamr* pour *nabîdh* (« vin de dattes »), parce que *khamr* est utilisé pour le jus de raisin et que l'on tient compte du fait qu'il s'agit dans les deux cas de « boisson enivrante », qui est leur point commun. En effet, l'appui sur le raisonnement analogique dans ce cas n'est possible que parce qu'il est attesté par la loi religieuse, qui fonde la validité de l'analogie sur son propre principe. Mais, en lexicographie, nous ne disposons de rien de semblable. Là, on ne peut utiliser que l'intellect, ce qui veut dire émettre un jugement arbitraire. C'est l'opinion de la plupart des autorités en la matière, même si le cadi al-Bâqillânî, Ibn Surayj, et d'autres, penchent pour l'emploi de l'analogie. Mais il est préférable de rejeter l'usage de celle-ci ici. Par ailleurs, il ne faut pas croire que l'établissement des données lexicographiques relève des définitions de mots. En effet, la définition d'un mot concerne les idées : on explique que la signification inconnue et obscure d'un mot est identique à sa signification claire et bien connue. Tandis que, pour les données lexicographiques, il s'agit d'affirmer que tel mot est [employé] pour telle idée. La différence est très évidente.

La rhétorique[11].

Cette science est apparue dans la communauté musulmane après la philologie et la lexicographie. Elle fait partie des sciences linguistiques, car elle a trait aux mots et aux idées que les mots signifient et sont chargés d'exprimer.

Un locuteur peut vouloir communiquer à celui qui l'écoute des choses diverses : il s'agit ou bien de la conception de choses isolées, qui sont des sujets ou des attributs, et qui sont reliées les unes aux autres — elles sont indiquées par des mots isolés, tels que noms, verbes et particules ; ou bien de la distinction entre les sujets et les attributs et entre les temps — cela est indiqué par un changement des voyelles finales (*i'râb*) ou de la forme des mots. Tout cela fait partie de la grammaire.

Un certain nombre de choses qui accompagnent les faits doivent être également indiquées : ce sont les conditions des sujets parlants et des agents, ainsi que les circonstances particulières qui entourent l'action. Tout cela doit être indiqué, afin de parfaire l'expression. Si le locuteur y parvient, son discours aura une qualité d'expression aussi parfaite que possible. S'il n'indique rien de tout cela, son discours ne sera pas considéré comme de l'arabe. La langue arabe est vaste. Pour chaque situation particulière, les Arabes ont une expression particulière, sans compter l'exigence de la correction des flexions et d'une parfaite clarté.

Ainsi, dire : *Zayd jâ'anî*, « Zayd est venu à moi », ce n'est pas la même chose que de dire : *jâ'anî Zayd*, « vint à moi Zayd », car c'est le terme placé en tête [de la proposition] qui est le plus important aux yeux du locuteur. Quand quelqu'un dit : *jâ'anî Zayd*, il indique qu'il s'intéresse plus au fait de venir qu'à la personne à laquelle ce fait est attribué ; et quand il dit : *Zayd jâ'anî*, il indique qu'il s'intéresse plus à la personne qu'au fait de venir.

Il en est de même pour l'indication des éléments de la phrase au moyen des pronoms relatifs et démonstratifs ou des déterminants qui conviennent à la situation. C'est[f] aussi le cas de l'emphase, comme lorsqu'on dit, par exemple : *Zaydun qâ'imun*, « Zayd se tient debout », *inna Zaydan qâ'imun*, « certes, Zayd est debout », *inna Zaydan la-qâ'imun*, « oui, vraiment, Zayd est debout ». Ces trois expressions ont des significations différentes, bien que les flexions soient pareilles dans les trois cas (*un* dans *qâ'imun*). En effet, la première phrase, qui ne comporte pas d'emphase, s'adresse à quelqu'un de non informé ; la deuxième, avec la particule d'emphase *inna*, à quelqu'un d'hésitant ; la troisième, à quelqu'un qui nie l'action. Les trois cas sont différents.

C'est la même chose aussi quand, au lieu de dire : *jâ'anî ar-rajulu*, « l'homme vint à moi », on dit : *jâ'anî rajulun*, « un homme vint à moi », si on veut, par l'emploi de la forme indéterminée, indiquer qu'il s'agit d'un grand homme qui n'a pas d'égal.

D'autre part[g], une phrase est soit informative — et il existe quelque chose dans le monde extérieur auquel elle correspond ou non —, soit l'expression d'un commandement ou d'un souhait — et il n'existe rien dans le monde extérieur auquel elle corresponde, comme, par exemple, les différentes formes de demande. En outre, on doit omettre l'élément de liaison entre deux propositions si la seconde est partie intégrante de la structure de la phrase. Dans ce cas, la seconde proposition tient lieu d'apposition et peut être un attribut, un intensif ou un substitut. Ou bien l'élément de liaison doit être utilisé si la seconde proposition ne fait pas partie intégrante de la structure de la phrase. Il faut remarquer aussi le fait qu'une situation peut réclamer que celui qui parle soit long ou bref, et il s'exprimera en conséquence.

Par ailleurs, on peut employer un mot avec un sens différent de son sens littéral, en pensant plutôt à une signification associée, comme lorsqu'on dit : « Zayd est un lion. » On ne veut pas dire « lion » au sens véritable de ce mot, mais le courage qui lui est associé et qu'on attribue à Zayd. C'est ce qu'on appelle une « métaphore ». Ou bien on peut employer une expression composée en pensant à une signification associée, comme lorsqu'on dit : « Zayd a beaucoup de cendres sous ses marmites », en faisant allusion à la générosité et à l'hospitalité associées à ce fait, car l'abondance des cendres est une conséquence de ces deux qualités, et elle les indique. Toutes ces choses sont des significations qui s'ajoutent aux significations originelles des mots et des expressions composées. On a, d'une part, des formes et des conditions propres aux faits, et on a d'autre part, pour les exprimer, des formes et des conditions propres aux mots, selon ce qu'exige chaque situation particulière.

La science qu'on appelle *al-bayân*, la rhétorique, consiste donc à étudier la signification de ces formes et conditions [du discours], telles qu'elles se présentent dans diverses situations. Elle est subdivisée en trois branches.

La première étudie les formes et les conditions [du discours] qui lui permettent de s'adapter aux diverses circonstances d'une situation donnée. Elle est appelée *'ilm al-balâgha*, la « science de l'éloquence ».

La deuxième a pour objet l'étude des significations associées[12] à un mot [ou une expression], c'est-à-dire la métaphore et la métonymie, comme on vient de le voir. C'est le *'ilm al-bayân*, la « science du style ».

À ces deux branches, on en a ajouté une troisième, qui a pour objet d'orner et d'embellir le discours de diverses manières, en y insérant des rimes qui y introduisent des ruptures ; des assonances qui établissent des similitudes entre les mots qui le composent ; des rythmes qui en rompent la monotonie ; des mots à double acception qui font allusion à la signification voulue en suggérant des idées plus dissimulées, exprimées par les mêmes mots ; des antithèses, etc. C'est ce qu'on appelle le *badî'*, la « science des figures de rhétorique ».

Les modernes ont donné à l'ensemble le nom de la deuxième branche, c'est-à-dire la « science du style », *bayân*, parce que les anciens savants musulmans en avaient parlé en premier.

Plus tard, les problèmes de cette discipline ont été étudiés les uns après les autres. Ja'far Ibn Yahyâ, al-Jâhiz, Qudâma et d'autres savants composèrent là-dessus des œuvres originales[13], mais qui n'en traitaient pas de façon exhaustive. Puis il y eut des progrès continus jusqu'à as-Sakkâkî, qui parvint à exprimer la quintessence de cette discipline, à en mettre au point les problèmes et à en disposer les chapitres dans l'ordre que l'on vient de voir. Il composa un ouvrage intitulé *al-Miftâh fî-n-nahw wa-t-tasrîf wa-l-bayân*, et fit de cette discipline une de ses parties. Les modernes la puisèrent dans son livre. Ils tirèrent de celui-ci des manuels qui sont encore en usage aujourd'hui. C'est le cas du *Kitâb at-tibyân* d'as-Sakkâkî lui-même, puis du *Kitâb al-misbâh* d'Ibn Mâlik et du *Kitâb al-Îdâh* de Jalâl ad-dîn al-Qazwînî, ainsi que du *Kitâb at-Talkhîs*, du même auteur, mais plus court que le *Îdâh*. Les Orientaux contemporains donnent au [*Miftâh*] le premier rang dans leurs commentaires et leur enseignement.

En général, les Orientaux sont plus compétents dans cette discipline que les Maghrébins. La raison en est, me semble-t-il, que cette science, comparée aux autres sciences linguistiques, est du domaine du superflu. Or, les arts du superflu apparaissent quand la civilisation atteint un haut niveau de développement ; et, de ce point de vue, l'Orient a une civilisation plus riche que celle du Maghreb, comme on l'a vu[b]. Ou peut-être, cela peut s'expliquer par le fait que les étrangers, qui forment la majorité de la population de l'Orient, s'intéressent beaucoup au *Commentaire* d'az-Zamakhsharî, qui est entièrement fondé sur cette discipline.

Les Maghrébins se sont particulièrement attachés à la science des figures de rhétorique (*badî'*), qu'ils rangent dans les sciences poétiques. Ils ont inventé pour cette science une nomenclature détaillée, qu'ils ont subdivisée en chapitres et en sections, et qu'ils prétendent avoir tirée de la langue des Arabes. En fait, ce qui les a poussés à cultiver cette science, c'est leur passion pour les expressions ornées. D'autre part, c'est une discipline facile à apprendre, alors qu'il leur était plus difficile d'étudier l'éloquence et la science du style, dont les théories sont plus subtiles et les idées plus difficiles à saisir. Aussi ont-ils évité ces deux sciences.

Parmi les savants d'Ifrîqiya qui ont écrit sur la science des figures de rhétorique, il faut citer Ibn Rashîq. Son *Kitâb al-'Umda* est très connu. Il a servi de modèle à plusieurs auteurs ifrîqiyens et andalous.

L'utilité de cette discipline est avant tout de comprendre l'inimitabilité du Coran. Celle-ci réside en effet dans le fait que la langue du Coran exprime adéquatement toutes les situations, qu'elles soient de l'ordre de l'expression ou de la compréhension, ce qui est le plus haut degré de perfection. À cela s'ajoutent le choix judicieux des mots et la grande qualité de leur agencement et de leurs combinaisons. C'est en cela que consiste l'inimitabilité, que l'intelligence [humaine ordinaire] est incapable de comprendre et que seuls peuvent saisir partiellement ceux qui sont dotés du goût[14], acquis grâce à leur familiarité avec la langue et à leur maîtrise de celle-ci. Le caractère inimitable du Coran leur sera d'autant plus perceptible que leur goût sera plus affiné. C'est pour cela que les Arabes qui avaient entendu le texte sacré de la bouche du Prophète chargé de sa transmission étaient mieux placés que quiconque pour en apprécier [l'inimitabilité]. Ils étaient en effet les hommes les plus forts et les plus habiles dans le maniement de la langue[i], et ils possédaient le goût le plus développé et le plus juste qui pût exister.

Les exégètes du Coran ont le plus besoin de cette discipline. Mais la plupart des anciens commentaires l'avaient négligée, jusqu'à l'apparition de Jâr Allâh az-Zamakhsharî. Celui-ci composa un livre d'exégèse où il examina tous les versets du Coran à la lumière des règles de cette discipline, ce qui lui permit d'en révéler partiellement le caractère inimitable. Grâce à cela, son commentaire se distingua de tous les autres. Mais on doit lui reprocher de s'être porté à la défense des croyances des innovateurs, qu'il fait dériver du Coran en usant de différents procédés de la rhétorique. Aussi beaucoup de savants sunnites se gardent-ils d'utiliser son commentaire, malgré son riche contenu en rhétorique. Cependant, ceux qui connaissent parfaitement les articles de foi sunnites et qui ont des notions de cette discipline qui leur permettent de réfuter az-Zamakhsharî avec ses propres armes, ou qui, sachant reconnaître les innovations, s'en détournent sans dommage pour leurs propres croyances, doivent étudier ce livre pour y apprendre certains aspects remarquables de l'inimitabilité du Coran, tout en se préservant contre les innovations et les passions.

Dieu guide qui Il veut sur « un chemin uni[A] ».

*La science de l'*adab[15].

Cette science n'a pas d'objet particulier dont on doive affirmer ou nier les accidents. Les linguistes ne considèrent que son fruit, à savoir la capacité de bien manier la prose et la poésie suivant les modèles[16] et les manières des Arabes. Ils font des recueils des dits que les Arabes retiennent par cœur et qui permettraient d'acquérir un habitus [linguistique] : grande poésie et morceaux de prose rimée de qualité ; et, dispersés à travers ces textes, des problèmes de lexicographie et de grammaire d'où le lecteur peut, en général, tirer la plupart des règles de base de la langue arabe. En plus de cela, ils mentionnent quelques récits relatifs aux *Journées des Arabes*, qui permettent de comprendre les allusions faites à celles-ci dans les poèmes, ainsi que les généalogies les plus célèbres et les informations historiques d'ordre général. On vise ainsi à donner au lecteur une vue complète des dits des Arabes, de leurs modèles [littéraires] et de leurs procédés d'éloquence, de sorte que rien ne lui en demeure obscur. En effet, on ne peut acquérir un habitus en se contentant d'apprendre [ces textes] par cœur ; on doit d'abord les comprendre. Il lui faut donc tout ce qui est nécessaire à cette compréhension.

Pour définir cette discipline, [les philologues] disent qu'elle consiste « à apprendre par cœur la poésie et l'histoire des Arabes et à posséder quelques rudiments de toutes les sciences ». Ils entendent par là les sciences linguistiques et les sciences religieuses ; et de celles-ci, seulement les textes, c'est-à-dire le Coran et les traditions prophétiques. Les autres sciences n'ont rien à voir avec les dits des

A. Coran, v, 60.

Arabes. Cependant, les modernes, entichés de figures de rhétorique, se servent de termes empruntés aux sciences lorsqu'ils utilisent le procédé de l'allusion dans leurs poésies et leurs écrits en prose simple. Ceux qui s'occupent de littérature ont, dans ce cas, besoin de connaître les termes scientifiques pour être à même de comprendre ce genre de productions.

J'ai entendu mes maîtres déclarer dans leurs réunions d'enseignement qu'il y a quatre œuvres qui constituent les livres de base et les piliers de cette discipline. Ce sont : l'*Adab al-kâtib* d'Ibn Qutayba, le *Kitâb al-Kâmil* d'al-Mubarrad, le *Kitâb al-Bayân wa-t-tabyîn* d'al-Jâhiz et le *Kitâb an-Nawâdir* d'Abû 'Alî al-Qâlî al-Baghdâdî. Tous les autres ouvrages de littérature dépendent de ces derniers et en dérivent. Les auteurs modernes ont beaucoup écrit sur ce sujet.

Au début de l'islam, le chant faisait partie de l'*adab*, à cause de son lien avec la poésie, qu'il met en musique. Sous les 'Abbâssides, les secrétaires et les personnes distinguées cultivaient le chant, par désir d'apprendre les modèles des Arabes et leurs différentes disciplines [littéraires]. Le fait de cultiver le chant n'entachait en rien la probité ou l'honneur. À Médine et ailleurs, il était pratiqué par les anciens Hijâziens, qui sont des modèles à suivre pour tous les autres. Un savant[j] aussi éminent qu'Abû l-Faraj al-Isfahânî composa un ouvrage sur les chants, le *Kitâb al-Aghânî*, où il traitait de l'histoire des Arabes, de leur poésie, de leurs généalogies, de leurs jours de gloire, de leurs dynasties. Le Livre est composé sur la base des cent voix qui avaient été sélectionnées par les chanteurs pour ar-Rashîd. Al-Isfahânî y parle exhaustivement de toutes ces matières. Assurément, ce livre constitue le registre des Arabes. Il rassemble toutes les beautés dispersées dans les différentes disciplines cultivées par les Arabes, de la poésie à l'histoire et au chant, ainsi que tous les aspects de leur vie. Aucun livre, à ma connaissance, ne saurait lui être comparé sur ce plan. [Il renferme] tout ce à quoi peut aspirer un homme de lettres et tout ce qu'il voudrait connaître — si tant est qu'il puisse y parvenir.

Revenons, maintenant, à certains points que nous avons soulevés dans les sciences de la langue, pour en établir la vérité de façon générale.

C'est Dieu qui guide vers ce qui est juste.

XLV. LA LANGUE EST UN HABITUS TECHNIQUE

Toutes les langues sont des habitus, à l'instar des arts. En effet, elles sont des habitus de la langue [en tant qu'organe], dont l'objectif est d'exprimer des idées. La qualité de l'expression dépend de celle de l'habitus. Cela ne concerne pas les mots isolés, mais leurs combinaisons. Lorsqu'un sujet parlant acquiert un habitus parfait dans la combinaison des mots en vue d'exprimer par leur moyen les idées qu'il désire exprimer, et qu'il respecte les règles de composition qui permettent à son discours de se conformer aux exigences d'une situation déterminée, il réalise au mieux son but de communiquer à un auditeur ce qu'il veut communiquer. C'est ce que l'on entend par éloquence.

On n'acquiert un habitus que par la répétition de l'action. En effet, une action produit d'abord une certaine *qualité* chez son auteur. Quand elle se répète, elle produit un *état*. Un état, c'est une qualité non encore stable. Après d'autres répétitions, elle produit un *habitus*, c'est-à-dire une qualité stable. Ainsi, un sujet parlant arabe — lorsque l'habitus de la langue arabe était maîtrisé par les Arabes — entendait le discours des gens de sa génération, les modèles auxquels ils se conformaient en se parlant les uns aux autres, leurs manières d'exprimer leurs intentions. Il était dans la même situation que l'enfant qui entend les mots isolés, utilisés au sens propre, et qui les apprend d'abord, qui entend ensuite les combinaisons de mots et les apprend également. À chaque moment il entend quelque chose de nouveau de chaque personne qui parle, et sa propre pratique se répète constamment, jusqu'à ce qu'il acquière un habitus et une qualité stable et qu'il devienne comme l'un des adultes. C'est de cette façon que les langues et les dialectes [arabes] se sont transmis d'une génération à l'autre, et qu'ils ont été appris aussi bien par les non-Arabes que par les enfants.

C'est le sens de l'affirmation des gens du commun selon laquelle « les Arabes parlent leur langue par nature ». Cela veut dire qu'ils parlent selon un habitus primitif que les autres leur ont emprunté, mais qu'ils ne doivent, eux, à personne.

L'habitus linguistique des Mudar se corrompit au contact des étrangers. Voici comment. Les jeunes générations entendaient des façons de s'exprimer différentes de celles des Arabes. Elles adoptèrent ces nouvelles manières pour s'exprimer elles-mêmes, parce que beaucoup d'étrangers étaient mélangés aux Arabes. D'autre part, elles entendaient également les manières de s'exprimer des Arabes. Tout cela sema de la confusion dans leur esprit, et elles prirent des éléments de celles-ci et de celles-là. C'est ainsi que se forma un nouvel habitus, inférieur au premier. Voilà ce que l'on entend par « la corruption de la langue arabe ».

Si le dialecte des Quraysh était demeuré autrefois le dialecte arabe le plus correct et le plus pur, c'était du fait que ces derniers étaient, de tous les côtés de leur territoire, éloignés des pays des étrangers. Ensuite venaient les tribus qui entouraient les Quraysh : les Thaqîf, les Hudhayl, les Khuzâ'a, les Banû Kinâna, les Ghatafân, les Banû Asad, et les Banû Tamîm. Les autres tribus qui étaient plus éloignées des Quraysh et proches des Perses, des Rum et des Abyssins, comme les Rabî'a, les Lakhm, les Judhâm, les Ghassân, les Iyâd, les Qudâ'a et les Arabes du Yémen, avaient une langue moins parfaite, à cause de leur contact avec les étrangers. C'est à proportion du degré d'éloignement de ces dialectes des Quraysh que les philologues établissaient la correction ou la corruption de la langue. Mais Dieu est plus savant.

XLVI. L'ARABE CONTEMPORAIN EST UNE LANGUE INDÉPENDANTE, DISTINCTE DES LANGUES DES MUDAR ET DES HIMYAR

Pour ce qui est de l'expression claire et de la traduction fidèle de la pensée, la langue arabe [bédouine] contemporaine reste conforme à la langue mudarite. La seule chose qu'elle a perdue, c'est le fait que la distinction entre le sujet et l'objet n'y est plus indiquée par les voyelles [finales]. Cela est remplacé par la position [des mots dans la phrase] et par des procédés [syntaxiques] qui indiquent certaines circonstances particulières que l'on veut exprimer. Il est vrai, cependant, que la clarté et l'éloquence de la langue mudarite sont plus grandes et plus enracinées. Les mots en eux-mêmes désignent les idées en elles-mêmes. Ce qu'il reste encore à indiquer, ce sont les choses liées à des situations déterminées — ce qu'on appelle les « circonstances ». Toute idée s'inscrit nécessairement dans des circonstances particulières qui lui sont propres. Ces circonstances doivent être prises en compte dans ce que l'on veut exprimer, car elles en sont des attributs. Dans toutes les langues, elles sont souvent indiquées par des termes spéciaux. Mais, en arabe, on a recours à certaines modalités de combinaison des mots : position avant ou après, ellipse, flexions. On les indique également par des lettres qui ne sont pas utilisées de façon indépendante. C'est pour cela qu'en langue arabe les classes de discours diffèrent selon la façon dont ces modalités sont indiquées, comme on l'a dit précédemment. La langue arabe est donc plus concise et utilise moins de mots et d'expressions que toute autre langue. C'est en ce sens que le Prophète a dit : « J'ai reçu [de Dieu] des mots substantiels, et les paroles qui m'ont été communiquées étaient des plus concises[1]. » On peut également rappeler à ce propos l'histoire de 'Isâ Ibn 'Umar. Un jour, un grammairien lui a dit : « Je trouve que, dans les exemples suivants, la langue arabe se répète : *Zayd qâ'imun* ; *inna Zaydan qâ'imun* ; *inna Zaydan la-qâ'imun.* ("Zayd se tient debout ; certes, Zayd se tient debout ; oui, vraiment, Zayd se tient debout"), alors que ces trois phrases ont le même sens. » 'Isâ lui a répondu : « En réalité, ces trois phrases n'ont pas le même sens. La première s'adresse à quelqu'un qui n'est pas informé que Zayd est debout, la seconde à quelqu'un qui en est informé mais qui le nie, la troisième à quelqu'un qui en est informé mais qui persiste à le nier. Le sens varie suivant les circonstances[2]. »

L'éloquence et la clarté continuent jusqu'à ce jour à faire partie des habitudes et de la pratique des Arabes. On ne doit prêter aucune attention à la confusion que font certains grammairiens férus des règles de flexion, mais qui sont incapables de raisonner juste, lorsqu'ils prétendent que, de nos jours, l'éloquence a disparu et que la langue arabe s'est corrompue, à cause de la corruption des flexions à la fin des mots dont ils étudient les règles. C'est une opinion inspirée par leur esprit naturellement partisan et par leur manque d'intelligence. En fait, on peut voir aujourd'hui que la plupart des termes arabes sont utilisés dans leurs significations originelles. La langue arabe peut toujours exprimer la pensée avec un degré plus ou moins grand de clarté. Les Arabes emploient toujours les modèles de la langue et les formes de la prose et de la poésie. On trouve dans leurs réunions et leurs assemblées des orateurs éloquents. Ils ont des poètes habiles capables de composer des vers d'après les modèles de leur langue. Tout homme de goût et doué d'une saine nature peut en témoigner. La seule chose qui a été perdue par rapport à la langue des textes anciens, c'est l'usage des flexions à la fin des mots, qui était respecté de façon uniforme et bien défini dans la langue des Mudar et qui formait une partie des lois de cette langue.

On ne commença à se préoccuper de la langue des Mudar que lorsqu'elle se fut corrompue, à la suite des contacts de ces derniers avec les étrangers et après qu'ils eurent conquis les provinces d'Irak, de Syrie, d'Égypte et du Maghreb. La langue mudarite perdit sa forme originelle et se transforma en une autre langue. Or, ce fut dans la langue des Mudar que le Coran fut révélé et que les traditions prophétiques furent transmises. Le Coran et les traditions prophétiques sont le fondement de l'islam et de la communauté musulmane. On craignit donc que ces textes ne tombent dans l'oubli et qu'ils ne fussent plus compris si la langue dans laquelle ils avaient été révélés venait à disparaître. Il fallut, par conséquent, établir de celle-ci les lois, définir les types de raisonnement qui s'y appliquent, déduire les règles. Il se constitua ainsi toute une science, avec ses subdivisions, ses chapitres, ses prémisses et ses problèmes. On l'appela « grammaire » et « philologie arabe ». Elle devint une discipline qu'on apprend, une science écrite, un moyen d'accès à la compréhension du Livre de Dieu et de la Sunna de Son prophète.

Sans doute, si nous devions aujourd'hui nous occuper de l'arabe [bédouin] contemporain et que nous entreprenions d'en dégager les règles de façon inductive, nous aurions remplacé les flexions qui ne remplissent plus leur rôle par d'autres choses et d'autres modalités qui existent dans cette langue, et qui ont leurs propres règles. On trouvera peut-être des règles qui s'appliquent ici à la fin des mots, mais d'une façon différente de l'usage primitif dans la langue des Mudar. Les langues et les habitus qui leur correspondent ne sont pas le fruit du hasard.

La langue mudarite avait eu le même type de rapport avec la langue himyarite. Beaucoup de significations et d'inflexions de la langue himyarite avaient subi des changements chez les Mudar, comme l'attestent les matériaux qui nous sont parvenus et contrairement à l'opinion de ceux qui, par ignorance, prétendent qu'il s'agit d'une seule et même langue et veulent juger la langue himyarite d'après les critères et les règles de la langue mudarite. C'est ainsi, par exemple, que certains font dériver le mot *qayl*, « chef », appartenant à la langue himyarite, de *qawl*, « parole ». Et il y a bien d'autres exemples similaires. Mais tout cela est faux. La langue des Himyar est une autre langue, différente de celle des Mudar dans beaucoup de ses significations, de ses flexions et de ses voyelles. Elle entretient avec elle le même rapport que celui qui existe entre l'arabe [bédouin] contemporain et la langue des Mudar. Si on s'était intéressé à la langue des Mudar, c'était pour des raisons religieuses, comme on l'a vu. Et c'est ce qui avait conduit à en dégager les règles. Mais, aujourd'hui, nous n'avons aucune incitation de ce genre pour procéder de même envers l'arabe [bédouin] contemporain.

Un des faits nouveaux dans la langue des Arabes [bédouins] de notre époque, à quelque région qu'ils appartiennent, est la prononciation du *q*. Ils ne l'articulent pas comme les citadins et comme cela est décrit dans les ouvrages de philologie, c'est-à-dire avec la partie la plus éloignée de la langue qui vient au contact du palais mou au-dessus d'elle. Ils ne l'articulent pas non plus comme un *k*, la langue se plaçant plus en avant au contact du palais mou, mais plutôt comme un son intermédiaire entre le *k* et le *q*. Cette prononciation est commune à tous les Arabes bédouins contemporains, qu'ils soient d'Occident ou d'Orient, au point qu'elle est devenue un de leurs signes distinctifs entre les peuples et les générations, un signe qui leur est particulier et qu'aucun autre peuple ne partage avec eux. Ceux qui désirent s'arabiser et appartenir aux Arabes imitent leur prononciation du *q*. Et, pour ces Arabes, un Arabe pur ne se distingue d'un étranger arabisé et d'un citadin que par la prononciation de ce *q*.

Tout cela montre que c'est bien la langue même des Mudar. La plupart des Arabes qui vivent encore aujourd'hui, ainsi que leurs chefs, en Orient comme en Occident, sont des descendants de Mansûr, fils de 'Ikrima, fils de Khasafa, fils de Qays, fils de 'Aylân, par Sulaym, fils de Mansûr et, par les Banû 'Amir, fils de Sa'sa'a, fils de Mu'âwiya, fils de Bakr, fils de Hawâzin, fils de Mansûr. Ils forment aujourd'hui le peuple le plus nombreux et le plus puissant de la terre, et ils sont des descendants de Mudar. Eux et toute la génération des Kahlân qui leur sont contemporains prononcent également le *q* de la même façon. Cette langue n'a pas été inventée par la génération présente, mais elle lui a été transmise par les générations passées. D'où l'on voit qu'elle est la langue des premiers Mudar. Elle est peut-être la langue même du Prophète. C'est ce qu'affirment un certain nombre de juristes qui appartiennent à la famille du Prophète. Ils prétendent que ceux qui lisent *as-sirât al-mustaqîm*, « la voie droite », dans la première sourate du Coran, en ne prononçant pas le *q* à la manière des Arabes contemporains, commettent une erreur, et que leur prière n'est pas valide.

Je ne saurais dire comment tout cela s'est produit. En effet, de leur côté, les citadins n'ont pas inventé leur langue mais l'ont reçue de leurs ancêtres, dont la majorité étaient des Mudarites qui s'étaient installés dans les villes depuis les conquêtes musulmanes. Et les Arabes bédouins contemporains n'ont pas non plus inventé leur langue. Cependant, comme ils ont moins de contacts avec les étrangers que les citadins, il y a de fortes chances que l'état de leur langue, tel qu'on le rencontre [aujourd'hui], corresponde à celui de leurs ancêtres. Cela s'ajoute au fait que leur prononciation du *q* est commune à toutes les générations arabes présentes d'Orient et d'Occident, et qu'elle constitue le trait distinctif des Arabes par rapport aux métis et aux citadins[a].

Il est évident que la prononciation du *q* par les Arabes bédouins contemporains est identique à celle des premiers Arabes qui ont parlé cette langue. La région de la bouche où le *q* est articulé est étendue : elle va du palais mou jusqu'au point d'articulation du *k*. La prononciation du palais mou est celle de la langue des citadins, et celle qui est proche du *k* est celle des Arabes bédouins.

C'est là une réfutation de l'opinion des membres de la famille du Prophète qui prétendent que la prière n'est pas valide si le *q* de la première sourate n'y est pas prononcé à la manière bédouine. Tous les juristes des grandes villes sont d'un avis contraire. Il est impossible qu'ils n'aient pas prêté attention à ce fait. Il faut donc s'en tenir à ce que nous avons dit.

Il faut dire que la prononciation des Bédouins est préférable et doit être considérée en premier lieu, parce que, comme on l'a vu, sa continuité témoigne en faveur du fait qu'elle était la prononciation de la première génération de leurs ancêtres et celle du Prophète. Le fait qu'ils assimilent le *q* au *k* renforce encore cette hypothèse : en effet, si le *q* était prononcé à la manière des citadins, à la base du palais, il ne serait pas articulé près du *k* et ne serait pas assimilé.

Les philologues arabes ont d'ailleurs parlé de ce *q*, qui est articulé près du *k*, c'est-à-dire à la manière dont il est prononcé par les Arabes bédouins contemporains. Ils le considèrent comme une lettre intermédiaire, articulée entre le *q* et le *k*. Mais cela est peu probable. Il est évident que c'est un *q* dont le point d'articulation est situé à la fin de la région d'articulation du *q*, qui est très étendue, comme on l'a vu. D'autre part, ces philologues déclarent que ce son est laid et barbare, et semblent ainsi ne pas reconnaître qu'il est conforme à la prononciation des premiers Arabes [mudarites]. Mais ce que nous avons déjà mentionné — la continuité de leur prononciation qu'ils ont héritée de leurs ancêtres à travers les générations et le fait que celle-ci est devenue leur trait caractéristique — prouve que c'est la prononciation des premiers Arabes et celle du Prophète, comme tout cela a déjà été dit.

Enfin, certains prétendent que le *q* tel qu'il est prononcé par les citadins n'est pas le *q* arabe, mais qu'il provient du contact avec les étrangers. Prononcé à la manière des citadins, ce ne serait pas un son arabe. Mais il est plus vraisemblable qu'il ne s'agisse, comme on l'a vu, que d'un seul et même son, avec une zone d'articulation étendue.

Cela doit être bien compris. C'est Dieu qui nous guide et nous éclaire.

XLVII. LA LANGUE DES POPULATIONS SÉDENTAIRES ET URBAINES EST UNE LANGUE INDÉPENDANTE, DIFFÉRENTE DE LA LANGUE DES MUDAR

Les populations sédentaires et urbaines n'emploient dans leur parler ni la langue ancienne des Mudar ni celle des Arabes bédouins contemporains. Elles ont une autre langue, indépendante et également éloignée de l'une et de l'autre, mais plus encore de la langue des Mudar.

Que ce soit une langue indépendante est une chose

évidente, dont témoignent les écarts considérés par les grammairiens comme des solécismes. De plus, cette langue diffère d'une grande ville à l'autre par le vocabulaire. Ainsi, la langue des Orientaux est quelque peu différente de celle des Maghrébins. Et il en est de même de la langue des Andalous par rapport à ces deux dernières. Mais tous ces gens sont capables d'exprimer dans leurs langues respectives ce qu'ils veulent exprimer et d'expliquer leurs idées. C'est en cela que consistent les langues et les dialectes. Quant à la disparition de l'usage des flexions, cela ne peut leur nuire, comme on l'a vu dans le cas de la langue des Arabes bédouins contemporains.

D'autre part, que la langue urbaine soit plus éloignée de la langue arabe ancienne que de la langue des Arabes bédouins contemporains s'explique par le fait que l'éloignement de la langue [arabe ancienne] est dû au contact avec des étrangers. Comme on l'a vu, plus les contacts avec les étrangers sont intenses, plus l'écart est grand avec la langue d'origine. Car l'habitus linguistique s'acquiert par l'apprentissage. Or, dans notre cas, l'habitus est un mélange de l'habitus primitif des Arabes et du nouvel habitus des étrangers. Plus on entend la langue des étrangers et plus longtemps on est éduqué dans cette langue, plus se creuse l'écart avec l'habitus primitif. On peut comparer, à cet égard, les grandes villes d'Ifrîqiya, du Maghreb, de l'Andalus et d'Orient. En Ifrîqiya et au Maghreb, les Arabes se sont mêlés aux Berbères non arabes, qui forment le gros de la population de ces pays. Il n'existe presque aucune cité ni aucune génération sans Berbères. L'idiome étranger l'emporta donc sur la langue arabe, qui se mua en une autre langue mixte, où l'idiome étranger est dominant. Elle est donc plus éloignée de la langue arabe d'origine.

De même, en Orient, les Arabes soumirent les Perses et les Turcs qui se mêlèrent à eux et dont les langues furent parlées parmi eux par les fermiers, les paysans et les captives employées comme domestiques, nourrices et mères adoptives. Leur langue se corrompit, à la suite de la corruption de leur habitus linguistique, et elle se transforma en une autre langue.

Il se produisit la même chose en Andalus avec les étrangers, Galiciens et Francs. Toutes les populations urbaines de ces régions eurent une autre langue qui leur était propre, différente de la langue des Mudar et présentant elle-même diverses variantes, comme nous allons le voir. On pourrait dire que c'était une langue distincte [de l'arabe], dans la mesure où elle était l'objet d'un habitus linguistique bien établi au sein de toutes les générations de ces populations.

« Dieu crée ce qu'Il veut[A]. »

XLVIII. L'APPRENTISSAGE DE LA LANGUE MUDARITE

L'habitus de la langue mudarite a disparu de nos jours et s'est corrompu. La langue de toute la génération présente est différente de celle des Mudar dans laquelle le Coran fut révélé. C'est une langue autre, en ce qu'elle a été contaminée par des éléments étrangers, comme on l'a vu.

Cependant, comme les langues sont des habitus, elles sont susceptibles d'être enseignées, comme c'est le cas de tous les habitus. Pour ceux qui désirent acquérir l'habitus de l'arabe mudarite, la meilleure méthode consiste à apprendre par cœur les textes anciens qui se conforment aux modèles de cette langue : Coran, traditions prophétiques, textes des premiers musulmans, morceaux des grands auteurs arabes en prose rimée et en vers, et aussi extraits d'auteurs métis dans toutes les disciplines. Ainsi, après avoir appris un grand nombre de ces textes en prose et en vers, ils seront comme les gens qui ont été élevés parmi les Arabes anciens et ont appris, à leur contact, comment s'exprimer.

Ensuite, ils peuvent exprimer leur propre pensée en se conformant aux modes d'expression et de composition de ces anciens Arabes et en tenant compte de leurs modèles et de leurs manières d'arranger les mots, tels qu'ils les ont appris et assimilés. De la sorte, grâce à cette connaissance et à cette pratique, ils acquièrent un habitus [de cette langue ancienne], qui ne fera que s'enraciner et se renforcer avec l'intensification et l'approfondissement de ces dernières.

De plus, ils doivent avoir des dispositions saines, être capables de bien comprendre les manières et les modèles suivis par les Arabes dans leurs compositions, et savoir les adapter aux exigences des situations. Tout cela est attesté

A. Coran, III, 47.

par le goût. Celui-ci résulte de l'acquisition de l'habitus linguistique et de la possession de dispositions naturelles saines, comme nous le mentionnerons plus loin. Plus on connaît de textes par cœur, plus on les utilise, et plus grande est la qualité des discours que l'on compose en prose ou en vers. Celui qui a réussi à acquérir de tels habitus possède la langue des Mudar. Il acquiert un sens critique et devient capable de juger de son éloquence.

Voilà comment on doit apprendre [l'arabe mudarite]. Dieu « guide qui Il veut[A] ».

XLIX. L'HABITUS DE LA LANGUE MUDARITE N'A RIEN À VOIR AVEC LA PHILOLOGIE ET PEUT ÊTRE ENSEIGNÉ SANS ELLE

En voici la raison. La philologie arabe n'est rien d'autre que la connaissance des règles et des critères de cet habitus. Elle est la connaissance d'une certaine manière de faire, mais elle n'est pas cette manière de faire même. Elle ne s'identifie[a] donc pas à l'habitus. C'est comme quelqu'un qui a une connaissance théorique d'un art, mais qui n'est pas capable de l'exercer en pratique. Ainsi, par exemple, quelqu'un peut connaître théoriquement la couture, mais sans en posséder l'habitus. Il pourra expliquer certains aspects de cet art, en disant : « La couture consiste à faire passer le fil dans le chas d'une aiguille ; on enfonce l'aiguille dans les deux bords de l'étoffe qu'on a rapprochés ; on la fait sortir de l'autre côté de l'étoffe à une distance déterminée ; on ramène l'aiguille au côté par lequel on a commencé et on la fait sortir en avant du trou par lequel elle était d'abord passée, en laissant un petit espace entre les deux trous. » Et il continue de la sorte, en faisant une description de toute l'opération et en expliquant comment faire un ourlet, comment piquer, ouvrir une boutonnière, etc. Mais, si on lui demande d'exécuter lui-même une de ces opérations, il en sera tout à fait incapable.

De même, si on demande à quelqu'un qui connaît théoriquement la menuiserie d'expliquer comment on débite du bois, il pourra répondre : « On place la scie sur une des deux extrémités d'une pièce de bois ; une personne tient

A. Coran, II, 142.

un bout de la scie et une autre, en face, tient l'autre bout; toutes les deux poussent et tirent à tour de rôle, et les dents aiguisées de la scie coupent le bois qu'elles traversent, jusqu'à ce que la scie atteigne le bord inférieur de la pièce de bois. » Mais, si on invite cette personne à exécuter, ne fût-ce qu'une partie de ce travail, elle en sera incapable.

Le rapport entre la connaissance des règles de flexion et l'habitus de la langue arabe en lui-même est du même genre. La connaissance des règles de flexion concerne la manière de les utiliser, mais elle n'est pas la pratique effective de ces règles. Beaucoup d'éminents grammairiens et de philologues habiles qui connaissent parfaitement toutes ces règles peuvent commettre des erreurs et faire de nombreux solécismes s'il leur faut écrire deux lignes à un collègue ou à un ami, rédiger une plainte au sujet d'une injustice, ou exprimer une pensée quelconque. Ils n'arrivent pas à composer des phrases et à trouver l'expression adéquate en suivant les modèles de la langue arabe. À l'inverse, on trouve bien des gens qui possèdent un bon habitus de l'arabe, qui sont capables de s'exprimer excellemment en prose et en vers, mais qui ne sauraient pas distinguer les flexions du sujet et du complément, du nominatif et du génitif, et qui ne connaissent rien aux règles de la philologie arabe. Cela montre que l'habitus de la langue arabe est tout autre chose que la connaissance philologique, et qu'il peut se dispenser totalement de celle-ci.

On peut aussi trouver des savants habiles en matière de flexions et qui, en même temps, possèdent à fond cet habitus. Mais ce sont des cas rares, qui ne se rencontrent que par hasard. Ce sont surtout des gens qui connaissent bien le *Livre* de Sîbawayh. Celui-ci ne s'est pas limité aux règles de flexion, et il a rempli son ouvrage de proverbes arabes, de vers et d'expressions citées comme exemples. Cet ouvrage renferme donc de bons éléments pour l'apprentissage de cet habitus. Celui qui l'étudie sérieusement et le connaît à fond peut en tirer une bonne connaissance de la production littéraire arabe, qu'il intègre ainsi dans sa mémoire là où il faut et quand il faut. Cela lui permet de comprendre l'importance de l'habitus et, par conséquent, de l'acquérir complètement. Ainsi, [le *Livre* de Sîbawayh] est plus profitable que tout autre. Cependant, on trouve des gens qui étudient le *Livre* de Sîbawayh sans se rendre compte de cet aspect. Ils apprennent la langue comme une discipline [théorique], mais sans y acquérir aucun habitus.

Ceux qui travaillent sur les livres des modernes, où on ne trouve rien d'autre que les règles grammaticales, sans aucune citation de la poésie et des textes littéraires des Arabes, prennent rarement conscience de cet habitus et de son importance. Ils croient être parvenus à quelque chose dans la connaissance de la langue arabe, alors qu'en réalité ils en sont plus éloignés que personne.

Les philologues et les maîtres d'arabe d'al-Andalus sont les plus aptes à acquérir cet habitus et à l'enseigner, car ils s'appuient sur la poésie et les proverbes arabes et ils étudient beaucoup de formes de constructions arabes dans leurs cours. De cette façon, les débutants reçoivent très tôt au cours de leur apprentissage des éléments importants de l'habitus linguistique, dont ils sont ainsi imprégnés et qu'ils se préparent à acquérir et à assimiler.

Ailleurs, au Maghreb et en Ifrîqiya, la philologie arabe est enseignée comme les autres sciences, en tant que matière théorique. On ne s'intéresse guère à l'étude des constructions qu'on trouve dans les textes arabes, sauf pour indiquer les flexions d'un vers donné comme exemple, ou pour préférer tel sens d'un mot [au lieu de tel autre] sur la base d'un raisonnement intellectuel, et non en accord avec l'usage et les constructions de la langue. Chez eux, la philologie arabe s'est trouvée ainsi ramenée à quelques règles intellectuelles de la logique ou de la dialectique, et elle est d'autant plus éloignée du domaine de la langue et de l'habitus linguistique.

Ceux qui s'adonnent de cette façon à la philologie arabe dans toutes ces régions et ces cités se sont ainsi retrouvés totalement étrangers à l'habitus linguistique, comme s'ils n'avaient pas affaire à des textes littéraires arabes. Cela tient uniquement à leur refus d'étudier les citations poétiques et les combinaisons de mots et de bien distinguer les modèles de la langue, ainsi qu'au fait qu'ils ont négligé d'exercer les étudiants sur de pareils sujets. En fait, ce sont ces choses qui permettent le mieux d'acquérir l'habitus linguistique, alors que les règles [grammaticales] ne sont que des moyens au service de l'enseignement. Mais ils les ont détournées de l'objectif pour lequel elles sont faites et en ont fait une science pure, se privant ainsi de leurs fruits.

D'après[b] tout ce que nous venons d'établir dans ce chapitre, on voit que l'habitus de la langue arabe ne s'acquiert que par un apprentissage intensif des textes littéraires arabes, de sorte que le mode selon lequel les Arabes ont confectionné leurs phrases s'imprime dans l'imagination de l'étudiant et que celui-ci puisse le reproduire à son tour. Il serait alors comme quelqu'un qui aurait grandi avec eux, se serait familiarisé avec leur façon de s'exprimer et aurait acquis une aptitude bien ancrée à s'exprimer comme eux-mêmes l'auraient fait.

C'est Dieu qui détermine toute chose.

L. EXPLICATION DU MOT « GOÛT » D'APRÈS LA TERMINOLOGIE DES RHÉTORICIENS, SON SENS EXACT, ET LES RAISONS POUR LESQUELLES LES ÉTRANGERS ARABISÉS NE PEUVENT L'ACQUÉRIR EN GÉNÉRAL[a]

Le mot « goût » est employé couramment par ceux qui s'occupent des diverses branches de la rhétorique. Il signifie la possession de l'habitus de l'éloquence. Celle-ci, on l'a vu, réside dans l'adéquation de l'expression à l'idée, à tout point de vue, grâce à certaines qualités particulières des combinaisons de mots utilisées dans ce but. Une personne qui parle l'arabe avec éloquence choisit la forme d'expression qui lui permet d'atteindre ce résultat, en se conformant aux modèles des Arabes et à leurs manières de parler. Elle s'efforce autant qu'elle peut à composer son discours de cette façon. Si elle agit constamment de la sorte, en gardant un contact étroit avec la littérature arabe, elle réussira à acquérir un habitus dans la composition du discours. Faire des constructions sera pour elle chose facile, et elle s'écartera rarement de la voie de l'éloquence propre aux Arabes. Quand elle entendra une construction qui ne s'y conforme pas, elle la rejettera et, pour peu qu'elle y réfléchisse, son oreille en éprouvera de la répugnance. En fait, elle n'aura même pas besoin d'y réfléchir, à cause de l'habitus acquis.

En effet, les habitus qui sont fermement établis et ancrés paraissent naturels et innés. C'est pour cela que les ignorants qui ne connaissent rien aux habitus croient que l'emploi correct des flexions et l'éloquence sont quelque chose de naturel chez les Arabes. Ils disent que les Arabes parlent suivant une disposition innée. Tout cela est faux. En fait, il s'agit simplement d'un habitus linguistique bien enraciné, qui apparaît à première vue comme quelque chose de naturel et d'inné. Mais, comme on l'a précédemment indiqué, cet habitus ne s'obtient qu'avec la pratique constante des textes littéraires arabes et le fait de les entendre de façon répétée et d'en comprendre les constructions particulières. Il n'est nullement le résultat de la connaissance des règles scientifiques déduites par les rhétoriciens. Ces règles peuvent procurer une certaine connaissance de la langue, mais elles ne peuvent pas donner une aptitude effective, comme on l'a déjà vu.

Cela dit, c'est par l'habitus de l'éloquence qu'elle a acquis qu'une personne éloquente est guidée vers les différentes formes de composition et les constructions correctes qui correspondent à celles qu'utilisent les Arabes dans leur langue et la composition de leur discours. Une telle personne ne pourrait pas, même si elle le voulait, s'écarter de cette voie et de ces constructions particulières. Sa langue ne la suivrait pas, car elle n'y est pas habituée, et l'habitus bien enraciné en elle ne le permettrait pas. Si elle rencontre des constructions qui s'écartent du modèle littéraire et des règles d'éloquence des Arabes, elle les évitera, les rejettera et reconnaîtra qu'elles ne sont pas conformes aux tournures de la langue arabe qu'elle a pratiquée assidûment. Peut-être sera-t-elle incapable d'argumenter en faveur de son attitude, comme pourraient le faire les gens qui connaissent les règles de la grammaire et de la rhétorique. Mais il s'agit, dans un cas, d'un sujet où l'on doit argumenter avec des règles obtenues de façon inductive, et dans l'autre, de quelque chose de senti[1], qui s'obtient par la pratique constante du parler des Arabes jusqu'à ce que l'on devienne comme l'un d'entre eux.

Prenons, par exemple, le cas d'un enfant qui a grandi et a été élevé parmi les Arabes. Il apprendra leur langue et saura parfaitement manier tout ce qui touche aux flexions et à l'éloquence. Tout cela n'aura rien à voir avec la connaissance des règles, mais résultera uniquement de l'habitus [linguistique] qu'il aura acquis. Il en va de même de l'acquisition de cet habitus par ceux qui suivent la génération des [anciens Arabes]. Ils apprennent par cœur et pratiquent constamment leurs textes, leurs poésie et leurs oraisons. Ils acquièrent ainsi un habitus et deviennent comme quelqu'un qui aurait grandi à leur époque et aurait été élevé parmi leurs tribus. Les règles de grammaire restent étrangères à tout ce processus.

Pour parler de cet habitus quand il est bien ancré et stable, on utilise métaphoriquement le mot « goût », emprunté au vocabulaire technique des rhétoriciens. Le « goût » désigne d'abord la perception des saveurs. Mais, comme l'habitus linguistique est localisé dans la langue, qui est à la fois le siège de la parole et de la perception des saveurs, il a été désigné métaphoriquement par le mot « goût ». Par ailleurs, il se rapporte à l'expérience intérieure de la langue, de même que les saveurs sont senties par celle-ci. On l'a donc appelé « goût ».

Si tout ce qui précède est bien clair, on doit en conclure que ce « goût » ne saurait être acquis par les étrangers (Perses, Byzantins et Turcs, en Orient, Berbères, au Maghreb), qui sont étrangers à la langue arabe, qui l'ont adoptée de fraîche date et sont obligés de la parler en raison de leurs contacts avec les Arabes. Leur chance d'acquérir cet habitus dont nous avons parlé est trop faible. En effet, [ils abordent l'arabe] étant déjà assez âgés et après avoir d'abord acquis un autre habitus, celui de leurs propres langues. Au mieux, ils peuvent apprendre les mots isolés ou les locutions courantes parmi les citadins, quand ils y sont forcés.

Or, on l'a vu, les citadins ont perdu leur habitus linguistique [de l'arabe ancien] et s'en sont écartés. Ils ont maintenant un autre habitus, qui n'est pas l'habitus voulu. Ceux qui connaissent celui-ci d'après les règles consignées dans les livres ne l'ont pas pour autant acquis. Ils n'en savent que les lois, comme on l'a vu, car un tel habitus ne s'obtient que par la pratique constante, l'habitude et la répétition des textes littéraires arabes.

Si on entend dire que Sîbawayh, al-Fârisî, az-Zamakhsharî et d'autres autorités éminentes de la langue arabe étaient des étrangers et que, pourtant, ils possédaient l'habitus de la langue arabe, il faudra répondre que ces gens-là étaient des étrangers seulement par leur origine. Ils avaient été éduqués et avaient grandi au milieu des Arabes qui possédaient cet habitus, ou parmi des gens qui l'avaient appris auprès d'eux. De cette façon, ils avaient pu maîtriser la langue à un degré insurpassable. D'une certaine manière, ils étaient placés, dès leur enfance, dans la même position que les enfants arabes qui, ayant grandi au sein des tribus bédouines, connaissent à fond la langue et deviennent des membres de la communauté linguistique arabe. Étrangers par leurs origines, ils ne l'étaient pas par la langue. Ils vécurent à une époque où la communauté musulmane était dans la fleur de l'âge et où la langue était encore dans sa jeunesse. L'habitus linguistique n'avait pas encore disparu, et même les citadins ne l'avaient pas encore perdu. D'autre part, ils s'adonnèrent à l'étude et à la pratique des textes littéraires arabes jusqu'à ce qu'ils en eussent une maîtrise complète.

Aujourd'hui, lorsqu'un étranger entre en contact avec des gens parlant l'arabe dans les villes, il découvre d'une part que l'habitus de la langue arabe qu'il désire acquérir a complètement disparu et que, d'autre part, l'habitus linguistique qui leur est propre est en fait un habitus autre, différent de celui de la langue arabe. À supposer qu'il se mette à pratiquer les textes littéraires et la poésie arabes en les étudiant et en les apprenant par cœur, afin d'acquérir l'habitus de la langue arabe, il y a peu de chance qu'il y réussisse, car, comme on l'a vu[2], un habitus qui vient se greffer sur un autre portant sur le même objet est toujours déficient et non abouti. Si l'on suppose maintenant que c'est un étranger de naissance mais qu'il a été soustrait à tout contact avec une langue étrangère, et qu'il s'efforce d'acquérir cet habitus en apprenant et en étudiant [les textes arabes], il pourrait éventuellement y réussir. Mais ce serait tout à fait exceptionnel, comme on le devine aisément d'après ce qui a été établi précédemment.

Beaucoup de ceux qui étudient les règles de rhétorique prétendent avoir acquis ce « goût » grâce à elles. C'est une erreur ou une tromperie. S'ils acquièrent un habitus, ce sera un habitus limité à ces règles de rhétorique, mais qui n'a rien à voir avec l'aptitude à l'expression. Dieu « guide qui Il veut sur le droit chemin[A] ».

A. Coran, II, 142.

LI. LES CITADINS EN GÉNÉRAL N'ONT QU'UN HABITUS IMPARFAIT DE LA LANGUE ARABE, APPRISE PAR LA VOIE DE L'ENSEIGNEMENT. PLUS ILS SONT ÉLOIGNÉS DE LA LANGUE ARABE, PLUS IL LEUR EST DIFFICILE D'ACQUÉRIR CET HABITUS

La raison en est que, lorsque l'étudiant [aborde l'étude de l'arabe], il a déjà acquis un habitus incompatible avec l'habitus recherché. Il a déjà appris la langue citadine, qui a subi une influence étrangère si importante que l'habitus linguistique originel a disparu pour laisser la place à un autre habitus qui n'est autre que la langue citadine d'aujourd'hui.

C'est pour cela que les maîtres d'école pensent qu'il faut commencer l'instruction des enfants par la langue[1]. Les grammairiens croient que c'est par leur propre discipline qu'il faut commencer. Mais il n'en est rien. En fait, il faut commencer par enseigner [aux enfants] l'habitus linguistique en les familiarisant avec la langue et avec les textes littéraires arabes. Mais il est vrai que la grammaire introduit mieux que toute autre discipline à une telle familiarité.

Plus une langue citadine est influencée par une langue non arabe et plus elle s'écarte de la langue des Mudar, moins ceux qui la parlent sont capables d'apprendre la langue mudarite et d'en acquérir l'habitus, car l'incompatibilité est renforcée.

On peut comparer, sur ce point, la situation des habitants de différents pays. Ceux de l'Ifrîqiya et du Maghreb, qui sont les plus enracinés dans leurs parlers non arabes et les plus étrangers à la langue des Mudar, sont tout à fait incapables d'acquérir un habitus de celle-ci par la voie de l'enseignement. Ibn ar-Raqîq rapporte qu'un secrétaire de Kairouan écrivit un jour à l'un de ses collègues ce qui suit : « Mon frère, dont je n'ai pas été privé de la perte, Abû Sa'îd m'a informé de certaines paroles comme quoi tu as dit que tu seras avec l'huile, tu viendras, aujourd'hui nous avons été empêchés et nous n'avons pas pu sortir. Quant aux gens de ma maison, les chiens, ils ont menti au sujet de la paille. Tout cela est faux et il n'y a pas un mot de vrai. Ma lettre est pour toi et je m'ennuie de toi. » Voilà ce qu'il en était de leur habitus dans la langue mudarite. On a vu précédemment quelle en était la raison.

De même, leur poésie ne montrait aucune aptitude linguistique et était bien au-dessous de celle des gens de leur génération. Il en va encore de même aujourd'hui. Les seuls poètes célèbres en Ifrîqiya furent Ibn Rashîq et Ibn Sharaf. La plupart des poètes étaient des immigrants de fraîche date. Et leur éloquence est restée jusqu'à nos jours de niveau plutôt inférieur.

Les habitants de l'Andalus étaient plus aptes à acquérir cet habitus, parce qu'ils s'y intéressaient beaucoup et qu'ils se gavaient de textes en prose et en vers. Il y avait parmi eux l'historien Ibn Hayyân, qui était une grande autorité en langue arabe et leur porte-drapeau en cette matière, ainsi qu'Ibn 'Abd Rabbih, al-Qastallî et d'autres poètes de l'époque des *reyes de taifas*. La langue et la littérature connurent alors un grand épanouissement. Elles y furent cultivées pendant des centaines d'années, jusqu'à l'époque de la dispersion et de l'exil, quand les chrétiens eurent le dessus. Les Andalous furent détournés de ce genre d'études. La civilisation décrut, ce qui entraîna le déclin [de la langue et de la littérature], comme celui de tous les arts. L'habitus linguistique se dégrada et tomba au plus bas. Parmi les derniers [spécialistes de la langue et de la littérature en Andalus], on doit citer Sâlih Ibn Sharîf et Mâlik Ibn al-Murahhal, élèves des Sévillans de Ceuta, au début de la dynastie des Banû l-Ahmar. L'Andalus envoya en exil sur les rives africaines des spécialistes de la langue arabe, parmi les meilleurs de ses fils. Les uns, de Séville, partirent pour Ceuta ; les autres quittèrent l'Andalus oriental pour l'Ifrîqiya. Mais ils ne tardèrent pas à disparaître, et leur tradition d'enseignement de l'arabe s'éteignit, car les Maghrébins n'avaient pas de bonnes dispositions pour cette langue et il leur était difficile de l'apprendre à cause de leur déformation linguistique et de leur enracinement dans la langue berbère — ce qui était incompatible [avec l'apprentissage de l'arabe], comme on l'a vu.

Par la suite, l'habitus de la langue arabe retrouva sa position antérieure en Andalus. Ainsi apparurent Ibn Shibrîn, Ibn Jâbir, Ibn al-Jayyâb et d'autres savants de leur classe. Puis il y eut Ibrâhîm as-Sâhilî at-Tuwayjin et les gens de sa classe, suivis d'Ibn al-Khatîb, qui est mort récemment en martyr, victime des calomnies de ses ennemis[2]. Son habitus linguistique était insurpassable. Ses disciples marchent sur ses traces.

En général, on accorde plus d'importance à cet habitus en Andalus. Son enseignement y est plus simple et plus aisé, car, comme on l'a vu, les Andalous s'intéressent beaucoup aux sciences de la langue. Ils s'efforcent de préserver celles-ci, ainsi que les disciplines littéraires et leur tradition d'enseignement. D'autre part, les gens de langue étrangère, qui possèdent un habitus corrompu, sont des résidents de fraîche date en Andalus et leur langue n'est pas à l'origine de la langue des Andalous.

Sur les rives du Maghreb, les Berbères sont, au contraire, les habitants du pays, et leur langue est celle du pays, sauf dans les villes. [La langue arabe] y est noyée dans l'océan de la langue berbère. Contrairement aux Andalous, il est donc difficile [aux Maghrébins] d'acquérir l'habitus de la langue arabe par la voie de l'enseignement.

L'Orient des époques omeyyade et 'abbâsside était comparable à l'Andalus pour ce qui est de la perfection et de l'excellence de cet habitus. Les [Arabes] étaient encore à l'écart des étrangers et n'entraient que rarement en contact avec eux. Tout ce qui touchait à l'habitus de la langue était donc, à cette époque, plus solide. On trouvait beaucoup plus d'excellents poètes et de secrétaires, parce que les Arabes et leurs descendants étaient nombreux en Orient. Il n'y a qu'à voir tous les poèmes et les textes en prose que renferme le *Kitâb al-Aghânî*. C'est le livre des Arabes et leur registre. On y trouve leur langue, leur histoire, leurs jours glorieux, leur religion arabe, la biographie de leur prophète, les exploits de leurs califes et de leurs rois, leurs poèmes, leurs chants et tout ce qui les concerne. Aucun autre livre ne donne des informations aussi complètes sur les Arabes[3].

Sous les règnes des deux dynasties [omeyyade et 'abbâsside], l'habitus de la langue arabe resta solidement établi en Orient. Peut-être même y fut-il plus épanoui que jamais auparavant à l'époque préislamique, comme nous le mentionnerons plus loin. Par la suite, les Arabes perdirent leur pouvoir. Leur langue fut détruite, leurs textes furent corrompus, leur pouvoir et leurs dynasties prirent fin. Le pouvoir passa aux étrangers. Ils eurent l'autorité royale et la suprématie. Cela se produisit sous les Daylam et les Saljûqides, lesquels se mêlèrent aux habitants des villes et les submergèrent. Leurs langues se répandirent sur la terre, et, ainsi, l'usage de langues non arabes s'imposa parmi les habitant des villes et des cités. Ceux-ci finirent par s'éloigner de la langue arabe, et ceux qui l'apprenaient le faisaient mal. C'est encore aujourd'hui l'état de leur langue, et cela touche aussi bien leur poésie que leur prose, bien que leur production y soit abondante.

Car « Dieu crée ce qu'Il veut et choisit[A]... ».

LII. LE DISCOURS SE DIVISE EN DEUX BRANCHES : LA POÉSIE ET LA PROSE

La langue des Arabes et leur discours se divisent en deux branches. L'une est la poésie, c'est-à-dire le discours qui a un mètre et des rimes, ce qui signifie que chaque vers se termine par une lettre déterminée, qu'on appelle « rime ». L'autre est la prose, c'est-à-dire le discours non métrique.

Chacune de ces deux branches comprend d'autres subdivisions et d'autres types de discours. La poésie embrasse l'éloge, les poèmes épiques, l'élégie. La prose est de deux sortes : la prose rimée qui se découpe en unités, avec une seule rime d'un bout à l'autre ou tous les deux mots, cette rime étant appelée *saj'*; et la prose libre, où le discours est entièrement libre, sans aucun découpage en parties, et sans obligation de rime ou de rien d'autre. Elle est employée dans les sermons et les prières, et dans les discours où l'on veut inspirer le désir ou la crainte.

Bien qu'il soit en prose, le Coran n'entre dans aucune des deux catégories de la prose [qu'on vient de voir]. On ne peut dire ni que c'est de la prose libre ni que c'est de la prose rimée. Il est découpé en versets qui s'arrêtent là où le goût indique qu'il doit y avoir une interruption du discours, qui reprend au verset suivant. Il contient des « répétitions », mais sans qu'il y ait obligatoirement d'assonances, comme dans la prose rimée, ou de rime [comme en poésie]. C'est là le sens du verset : « Allah a fait descendre le plus beau des discours en une Écriture, en ses parties, semblable à des Répétées, par laquelle se hérisse l'épiderme de ceux qui redoutent leur Seigneur[B]. » Dieu a dit aussi : « Nous avons séparé les versets[C]. » C'est pour cela que les fins de versets sont appelées *fawâsil*, « séparateurs ».

A. Coran, XXVIII, 68. ◆ B. Coran, XXXIX, 23. ◆ C. Coran, VI, 97, 98, 126.

Ce ne sont pas des assonances, comme celles de la prose rimée, car elles ne sont pas soumises aux mêmes obligations que dans celle-ci, et ce ne sont pas non plus des rimes comme en poésie. Pour les raisons que l'on vient de voir, on a donné généralement le nom de « Répétées » à tous les versets coraniques. Mais on l'utilise en particulier pour la première sourate du Coran, parce que les « Répétées » y sont prépondérantes, de même qu'on utilise le mot « étoile » pour désigner les Pléiades. Aussi a-t-on appelé cette sourate les « sept Répétées ». Si l'on compare notre explication à celle des commentateurs du Coran, on verra qu'elle est meilleure.

Chacune de ces branches de la poésie a ses modèles propres, reconnus comme tels par ceux qui la cultivent, et qui ne conviennent pas aux autres branches et ne peuvent y être employés. Par exemple, le *nasîb*[1], qui est propre à la poésie ; la louange de Dieu et la prière, qui sont propres aux sermons ; les formules de requête, qu'on utilise quand on s'adresse à quelqu'un, etc.

Les modernes utilisent les modèles et les manières de la poésie dans les textes en prose : ils usent en abondance d'assonances, s'imposent des rimes, font précéder leurs propos par du *nasîb*, si bien que, lorsqu'on examine cette prose, on peut dire qu'elle est devenue une sorte de poésie, dont elle ne se distingue que par [l'absence] de mètre. Récemment, les secrétaires ont repris à leur compte cette méthode, dont ils se servent dans la correspondance officielle. Dans tous leurs écrits en prose, ils se limitent à cette manière, dans laquelle ils se complaisent. Ils y mélangent les différents modèles, répudient la prose libre et affectent de l'oublier. Cela est surtout vrai des Orientaux. Ainsi, aujourd'hui, la correspondance officielle, confiée à des secrétaires stupides, se fait selon cette méthode que nous venons d'indiquer. Au point de vue de l'éloquence, c'est une erreur, car le discours doit se conformer aux exigences de la situation de celui qui parle et de la personne à laquelle il s'adresse. Les modernes ont introduit des modèles empruntés à la poésie dans la prose rimée. Mais cela doit être évité dans la correspondance officielle, car, dans les modèles poétiques, il est permis de faire des jeux d'esprit, de mêler le plaisant au sérieux, de s'attarder sur de longues descriptions, d'user de proverbes, de multiplier les comparaisons et les métaphores, toutes choses qui ne sont guère nécessaires dans la correspondance. L'emploi des rimes relève également du jeu d'esprit et de l'ornementation. Mais tout cela est tout à fait incompatible avec la grandeur du pouvoir et de l'autorité gouvernementale et avec l'attitude des rois lorsqu'ils s'adressent au peuple pour lui inspirer le désir ou la crainte[2]. Dans la correspondance officielle, il est préférable d'adopter la prose libre, c'est-à-dire un discours libéré de toute entrave, sans usage d'assonances, sauf de façon exceptionnelle, quand celles-ci viennent spontanément et sans se forcer. Il faut encore faire tout pour conformer le discours aux exigences de la situation. En effet, les situations sont toujours différentes, et à chaque situation correspond un modèle déterminé : longueur ou concision, ellipse ou affirmation explicite, expression directe ou allusive, usage de la métonymie ou de la métaphore.

Il est donc blâmable de faire de la correspondance officielle à la manière décrite ci-dessus, en y introduisant des modèles poétiques. La seule raison qui a poussé nos contemporains à agir de la sorte, c'est l'influence qu'exerce sur eux l'usage de langues non arabes, ce qui les rend incapables d'adapter leur discours aux situations. S'ils n'utilisent pas la prose libre, c'est parce que l'éloquence y est très difficile à atteindre. Ils se passionnent donc pour cette prose assonancée afin de cacher leur incapacité à adapter leur discours à leur pensée et aux différentes situations, et croient remédier à leurs faiblesses à force d'ornements, d'assonances et de figures de rhétorique, en négligeant tout le reste.

Cette attitude se rencontre le plus fréquemment et avec le plus d'exagération chez les secrétaires et les poètes orientaux d'aujourd'hui, qui s'y conforment dans tous leurs types de discours. Ils vont jusqu'à s'écarter des règles de flexion, lorsque celles-ci s'opposent à l'usage de la paronomase ou de l'antithèse. Ils préfèrent la paronomase au respect des règles de flexion et corrompent la forme des mots, pourvu qu'ils réussissent leurs paronomases.

En réfléchissant à tout cela avec un esprit critique et en tenant compte des remarques précédentes, on conviendra de la validité de ce que nous avons dit.

C'est Dieu qui donne le succès.

LIII. UNE PERSONNE PEUT RAREMENT EXCELLER À LA FOIS EN POÉSIE ET EN PROSE

La raison en est qu'il s'agit d'un habitus de l'organe de la langue. L'existence d'un premier habitus empêche le développement complet d'un nouvel habitus à la même place, car il est plus simple et plus facile d'accueillir et de maîtriser un habitus lorsqu'on est encore à l'état de nature. Quand il existe déjà d'autres habitus, ils disputent au nouveau la place disponible et l'empêchent d'être accepté rapidement. Il y a alors une incompatibilité, et l'habitus ne peut plus se développer complètement. C'est ce qui se produit, en général, avec tous les habitus qui sont du domaine des arts. Nous avons déjà démontré ce fait en bonne place, avec un raisonnement du même genre que celui-ci[1].

Il en est de même pour les langues. En effet, celles-ci sont des habitus de l'organe de la langue, qui sont dans la même situation que les arts. Ainsi, celui chez qui l'usage d'une langue étrangère a précédé l'arabe sera toujours incapable de le maîtriser parfaitement. Un Persan qui a commencé par parler sa langue ne peut pas maîtriser l'habitus de la langue arabe. Son arabe sera toujours insuffisant, quels que soient ses efforts pour l'apprendre. Et il en va de même pour un Berbère, un Byzantin ou un Franc. On trouvera rarement parmi eux quelqu'un qui possédera à fond l'habitus de la langue arabe. Cela est dû uniquement au fait que leur langue avait déjà acquis d'autres habitus. Un étudiant qui a d'abord parlé une de ces langues et qui veut étudier la science avec des gens parlant l'arabe et en se servant de leurs livres n'atteindra jamais la perfection dans ses connaissances et ses acquisitions. Cela est dû uniquement à la langue.

On a déjà vu précédemment que les langues et les dialectes sont semblables aux arts. On a également vu qu'on ne peut pas en apprendre plusieurs à la fois, et qu'une personne qui excelle dans un premier habitus peut rarement réussir dans un autre et le posséder complètement.

« Dieu vous a créés, vous et ce que vous avez fait[A]. »

A. Coran, XXXVII, 96.

LIV. L'ART DE LA POÉSIE ET COMMENT L'APPRENDRE[a]

Cette discipline est une des branches du discours arabe. Les Arabes lui donnent le nom de « poésie ». On la trouve dans toutes les langues, mais nous ne traiterons ici que de la poésie arabe. Il se peut que ceux qui parlent d'autres langues découvrent dans ce que nous disons ce qu'ils désirent[1]. Cependant, chaque langue a ses propres lois de l'éloquence.

La poésie de langue arabe a une manière inouïe et suit une voie difficile. C'est un discours qui se découpe en unités qui ont le même mètre et la même lettre finale. Les Arabes appellent chacune de ces unités un « vers ». La lettre finale qui est commune à [tous les vers du poème] est appelée « rime ». Et l'on donne à l'ensemble du discours le nom de « poème ». Chaque vers, avec ses différentes combinaisons de mots, constitue une unité de sens. D'une certaine manière, il forme à lui seul un discours indépendant de ce qui le précède et de ce qui le suit. Quand on le prend seul, il se suffit à lui-même dans les différents [genres] dithyrambique, érotique ou élégiaque. Le poète s'efforce de donner à chaque vers une signification indépendante. Il poursuit de même, au vers suivant, avec un autre sujet. Il passe d'une branche à l'autre et d'un sujet à l'autre en faisant en sorte que le premier sujet et les idées qui l'expriment soient reliés au second sujet et que soient évitées les trop fortes ruptures. Des vers érotiques, il passe au dithyrambe ; de la description du désert et des vestiges des camps abandonnés, à celle des chameaux, des chevaux ou d'une apparition ; de la description de la personne, objet de son éloge, à celle de son peuple et de ses armées ; de l'expression de la douleur et des condoléances dans l'élégie, à l'éloge du défunt, etc. On doit veiller à garder le même mètre tout au long du poème, sans céder à l'inclination naturelle de glisser vers un mètre voisin. Beaucoup de gens ne se rendent pas compte [de ce glissement], à cause de la similitude entre les mètres.

Les mètres obéissent à des conditions et à des règles qui font l'objet de la prosodie. Mais les Arabes n'emploient pas tous les mètres naturels possibles. Ils n'utilisent que certains mètres particuliers, que les spécialistes de la prosodie appellent « mètres » et qu'ils ont restreint au nombre de quinze, ce qui veut dire qu'ils n'ont pas trouvé chez les Arabes de poèmes écrits en d'autres mètres naturels.

De toutes les branches du discours, les Arabes considèrent la poésie comme [la plus] noble. C'est pourquoi ils en ont fait le registre de leurs sciences et de leur histoire, le témoin de ce qu'ils ont accompli de vrai ou d'erroné, une base de référence pour leurs connaissances et leurs sagesses. L'habitus de la poésie était solidement établi chez eux, comme tous leurs autres habitus. Tous les habitus linguistiques s'acquièrent au moyen de l'art et de la pratique du discours, jusqu'à l'apparition d'un signe de l'obtention de cet habitus[2].

La poésie est, de toutes les branches du discours, [la plus] difficile à apprendre pour les modernes qui veulent y acquérir un habitus au moyen de l'art. Car chaque vers d'un poème est indépendant, du fait qu'il constitue une unité discursive de signification complète et qu'il peut se présenter de façon autonome. Cela requiert une certaine finesse dans l'habitus [poétique], de sorte que le discours poétique puisse être mis dans le moule qui convient à cette manière de faire de la poésie arabe. Le poète doit produire un vers autonome, puis un deuxième pareillement, puis encore un autre, et ainsi de suite, en parcourant tous les sujets dont il désire traiter. Il doit, en outre, veiller à l'harmonie entre ses vers, qui se suivent conformément aux différents sujets du poème.

À cause de sa difficulté et de son étrangeté, la poésie constitue une pierre de touche pour les jeunes talents, qui doivent en posséder les manières et aiguiser leur esprit à couler leur discours dans les moules poétiques. La possession de l'habitus de la langue arabe en général n'est pas suffisante. Il y faut, plus particulièrement, une certaine finesse et la capacité d'observer les modèles spécifiques que les Arabes utilisent.

Voyons la signification du mot « modèle » chez les poètes, et en quel sens ils l'emploient en général.

Pour les poètes, il désigne le mode selon lequel sont agencées les combinaisons de mots, ou le moule dans lequel on les ajuste. Il ne peut être ramené ni à ce qui constitue la base de la signification, car c'est le rôle du système de flexions ; ni à ce qui constitue la parfaite expression de l'idée résultant des combinaisons particulières de mots, car ce rôle est dévolu à l'éloquence et à la science des figures de rhétorique ; ni au mètre, tel qu'il a été employé par les Arabes en poésie, car cela est du ressort de la prosodie. Ces trois sciences sont en dehors de l'art de la poésie.

Le modèle poétique se dit de la forme mentale des combinaisons bien ordonnées de mots. Celle-ci est universelle en ce sens qu'elle s'ajuste à toute combinaison particulière. L'esprit l'abstrait des exemples particuliers et individuels des combinaisons de mots[3] et en use dans l'imagination comme d'un moule ou d'un métier à tisser. Il sélectionne les combinaisons jugées correctes par les Arabes du point de vue des flexions et de la rhétorique, et les coule dans cette forme comme le ferait un maçon avec un moule ou un tisserand avec un métier. De la sorte, ce moule est en mesure de recevoir les combinaisons qui expriment parfaitement ce que l'on veut exprimer et prend la forme adéquate du point de vue de l'habitus de la langue arabe.

Chaque branche du discours a ses modèles particuliers, lesquels revêtent des aspects différents. Ainsi, en poésie, l'interrogation des vestiges d'un campement abandonné peut être directe, comme dans ce vers :

Ô maison de Maya, au-delà de l'escarpement[4].

Ou bien, on invite ses compagnons à s'arrêter et à interroger :

Arrêtez-vous ! Interrogeons cette maison vite abandonnée
par ses hôtes[5].

Ou bien encore, on les convie à pleurer sur le campement abandonné :

Arrêtez-vous ! Pleurons au souvenir de l'ami et du campement[6].

On peut aussi interpeller une personne non identifiée :

À ton interrogation, les traces n'ont-elles pas répondu[7] ?

Ou encore lui demander de saluer les vestiges d'un campement abandonné :

Salue les tentes près d'al-'Azl[8] !

Ou prier pour que la pluie tombe sur eux :

Puisse une pluie d'orage tremper leurs vestiges abandonnés,
et qu'ils soient couverts d'une herbe verte et luxuriante[9] *!*

Ou demander aux éclairs de leur donner la pluie :

Ô éclairs ! brillez sur le campement d'al-Abraq !
Vers lui, faites affluer les nuages comme des chamelles[10].

Dans l'élégie, on peut exprimer sa douleur en invitant les autres à pleurer :

Soit ! Que tombe le malheur ! et qu'il soit accablant !
Ceux qui ne laisseront pas couler leurs larmes n'auront pas d'excuse[11].

Ou bien on souligne l'importance de l'événement :

Ne vois-tu pas qui l'on a emporté sur des brancards ?
Ne vois-tu pas que la lumière de notre assemblée a disparu[12] *?*

Ou bien on suggère qu'avec la perte du défunt, le malheur a frappé toute la création :

Ô verts pâturages ! Vous n'avez plus ni gardien ni défenseur,
depuis qu'a disparu le puissant guerrier à la longue lance[13].

Ou bien, on reproche aux objets inanimés de ne pas exprimer leur douleur, comme dans ce vers d'une khârijite :

Ô arbres du Khâbûr ! Pourquoi êtes-vous si verdoyants ?
N'éprouvez-vous aucune douleur pour la mort d'Ibn Tarîf[14] *?*

Ou bien, on félicite l'adversaire [du défunt] de pouvoir échapper aux rudes assauts de ce dernier :

Ô Rabî'a Ibn Nizâr, tu peux mettre de côté tes lances.
La mort a emporté ton adversaire, qui était ardent au combat[15].

Et il existe encore bien d'autres exemples de ce genre dans toutes les branches et toutes les formes du discours.

En [poésie], les combinaisons de mots peuvent être ordonnées ou non en phrases. Elles peuvent avoir la forme de commandements ou de déclarations, être des phrases nominales ou verbales, suivies ou non d'appositions, isolées ou reliées, comme c'est le cas des combinaisons de mots du discours arabe [en général] et de la position des mots les uns par rapport aux autres. On apprend tout cela grâce au moule universel qu'on acquiert par la pratique constante de la poésie arabe. Ce moule est tiré par l'esprit des combinaisons spéciales auxquelles il s'ajuste. Celui qui compose un discours est semblable à un maçon ou à un tisserand. La forme mentale convenable est comme le moule qu'on utilise pour la construction, ou le métier qu'on utilise pour le tissage. Un maçon qui dévie de son moule ou un tisserand qui dévie de son métier échoue dans son entreprise.

À cet égard, il ne faudrait pas croire qu'il suffit de connaître les règles de l'éloquence. Nous affirmons que celles-ci ne sont que des normes scientifiques basées sur l'analogie, qui indiquent qu'on peut utiliser analogiquement les combinaisons de mots dans leurs formes particulières. Il s'agit d'un raisonnement analogique scientifique correct et cohérent, comme c'est le cas pour les règles des flexions. Mais les modèles poétiques dont il est ici question n'ont rien à voir avec le raisonnement analogique. C'est une forme qui s'enracine solidement dans l'âme grâce à l'observation des combinaisons de mots dans la poésie arabe à travers l'usage qu'en fait [le poète], jusqu'à ce que leur forme soit bien ancrée en lui. Il apprend ainsi à les imiter et à les prendre comme modèles dans toutes ses compositions poétiques, comme nous l'avons vu à propos du discours en général.

Les règles scientifiques des flexions ou de la science des figures de rhétorique n'inculquent aucunement la poésie. Tout ce qui est correct selon les normes et les règles scientifiques de la langue arabe n'est pas nécessairement utilisé par [les Arabes]. En fait, ils n'en utilisent que certaines parties connues, dont sont instruits ceux qui savent par cœur leur discours. Les formes de ces parties [de la langue] sont régies par ces règles analogiques.

Quand on étudie la poésie arabe sous cet aspect et sous l'angle de ces modèles mentaux qui sont comme des moules, cela signifie qu'on étudie les combinaisons [effectivement] utilisées par les Arabes, et non ce qui eſt requis par le raisonnement analogique.

C'eſt pour cela que nous avons dit que ce qui donne naissance à ces moules dans l'esprit c'eſt la connaissance par cœur de la poésie et du discours arabes. Ces moules exiſtent aussi bien pour la poésie que pour la prose. En effet, les Arabes se sont exprimés dans l'une et l'autre, et, dans les deux cas, leur discours présente certaines divisions. En poésie, on observe les unités métriques, les rimes fixes et l'autonomie de chaque unité. En prose, en général, [les Arabes] observent la symétrie et le parallélisme entre les unités. Parfois, des rimes sont imposées, et parfois la prose eſt libre. Dans tous ces cas, les moules sont bien connus dans la langue arabe.

Ce sont ces moules en usage chez les Arabes qui servent de base à celui qui veut composer un discours. Mais il ne peut les connaître que s'il apprend par cœur le discours des Arabes, de sorte qu'il puisse, dans son esprit, tirer un moule absolu et universel des moules concrets et singuliers. Il se sert alors de ce moule universel comme modèle pour composer ses textes, de la même façon que le maçon se sert de son moule ou le tisserand de son métier. C'eſt pourquoi la composition littéraire eſt une discipline qui se diſtingue des études du grammairien, du rhétoricien et du spécialiſte de la prosodie. Il eſt vrai, cependant, qu'elle doit observer les règles de ces disciplines et qu'elle ne peut atteindre sa perfection sans cela.

Quand un discours réunit toutes ces qualités, ces moules qu'on appelle des « modèles » lui donnent une sorte de subtilité que seule procure une bonne connaissance du discours des Arabes dans les deux branches de la poésie et de la prose.

Maintenant que nous avons établi la signification du mot « modèle », nous allons donner une définition ou une description de la poésie, qui nous permette d'en saisir la vérité. C'eſt là une tâche difficile, car, d'après ce que nous avons conſtaté, on ne trouve chez aucun de nos prédécesseurs une telle définition. Celle des spécialiſtes de la prosodie selon laquelle la poésie eſt un « discours métrique et rimé[16] » ne conſtitue ni une définition ni une description de la poésie, telle que nous la considérons ici. La prosodie examine seulement si tous les vers d'un poème ont le même nombre de lettres successives vocalisées ou non et la même rime au dernier pied du premier hémistiche et au dernier pied du second. Cela ne concerne que le mètre et n'a rien à voir avec les mots et leur sens. La définition [des spécialistes de la prosodie] peut convenir, dans ce cas. Mais ici, nous considérons la poésie du point de vue à la fois des flexions, de la rhétorique, du mètre et des moules particuliers. Il est donc sûr que la définition des spécialistes de la prosodie ne peut être valable pour nous. Aussi nous faut-il trouver une autre définition, qui nous donne la vérité de la poésie de notre point de vue.

Nous dirons donc que la poésie est un discours éloquent, fondé sur la métaphore et les descriptions, divisé en unités de même mètre et de même rime, dont chacune est indépendante de celle qui la précède et de celle qui la suit, tant par le but que par le sens, et qui se conforme aux modèles particuliers aux Arabes.

Quand nous disons : « discours éloquent », nous situons la poésie comme genre. Quand nous disons : « fondé sur la métaphore et les descriptions », nous la différencions de ce qui n'a pas ce fondement et qui, en général, n'est pas de la poésie. Quand nous disons : « divisé en unités de même mètre et de même rime », nous la distinguons du discours en prose que personne ne considère comme de la poésie. Quand nous disons : « dont chacune est indépendante de celle qui la précède et de celle qui la suit, tant par le but que par le sens », nous voulons expliquer la vérité de la poésie, car les vers de celle-ci ne peuvent être autrement ; mais cela ne différencie la poésie de rien d'autre. Quand nous disons : « qui se conforme aux modèles qui lui sont propres », nous la différencions de la poésie qui ne se conforme pas aux modèles poétiques connus. Dans ce cas, ce n'est pas [véritablement] de la poésie, mais simplement un discours versifié. La poésie a des modèles qui lui sont propres que la prose n'a pas. De même, la prose a des modèles qu'ignore la poésie. Tout discours versifié qui ne se conforme pas à ces modèles poétiques ne peut être appelé de la poésie. C'est en ce sens que beaucoup de nos maîtres de littérature considèrent que les vers d'al-Mutanabbî et d'al-Ma'arrî n'ont rien à voir avec la poésie, parce que ces deux auteurs ne s'y sont pas conformés aux modèles poétiques des Arabes. Quand, enfin, nous disons dans notre définition : « qui se conforme aux modèles des Arabes », nous la différencions de la poésie des non-Arabes.

Cela s'adresse à ceux qui pensent que la poésie existe chez les Arabes comme chez les autres peuples. Ceux qui considèrent que la poésie n'existe pas chez les autres peuples n'ont pas besoin de cette précision. Ils pourraient alors dire : « qui se conforme à ses modèles particuliers ».

Ayant fini d'exposer ce qu'est la poésie, passons maintenant à la manière de la produire. Pour faire de la poésie et en maîtriser l'art, il faut se soumettre à un certain nombre de conditions. La première est de garnir sa mémoire de textes appartenant au genre de la poésie, ou plus exactement au genre de la poésie arabe. Cela doit faire naître dans l'âme un habitus qui sera, pour le poète, comme un métier sur lequel il mettra son ouvrage. Les textes qu'il doit mémoriser seront choisis parmi les poèmes les plus purs, les plus excellents et dont les modèles sont les plus variés. Le choix doit comprendre au moins les poèmes d'un des principaux poètes musulmans, tels qu'Ibn Abî Rabî'a, Kuthayyir, Dhû-r-Rumma, Jarîr, Abû Nuwâs, Habîb [Abû Tammâm], al-Buhturî, ar-Radî, et Abû Firâs. On puisera surtout dans le *Kitâb al-Aghânî*, qui renferme toute la poésie islamique et les meilleurs poèmes antéislamiques.

Les vers de ceux qui n'ont pas appris de poésie sont défectueux et mauvais. La beauté et l'agrément ne viennent que de l'abondance de la poésie apprise. Ceux qui en savent peu ou pas du tout ne font pas de la poésie. Ils ne produisent que des vers médiocres et feraient mieux de se garder de composer de la poésie.

Après avoir garni sa mémoire et aiguisé son talent à suivre les modèles, le poète peut lui-même se mettre à composer. Grâce à une pratique constante, l'habitus poétique se raffermira et s'enracinera en lui. On dit souvent qu'une des conditions [pour devenir poète] est d'oublier tout ce qu'on a appris, pour que s'effacent les formes littérales extérieures. En effet, celles-ci ne peuvent pas être utilisées telles quelles. Quand le poète les oublie, après qu'il en a subi l'influence, la manière poétique est gravée dans son âme et devient comme un modèle sur lequel il se met nécessairement à composer des formes similaires avec d'autres mots.

Le poète doit, en outre, se retirer dans un lieu solitaire et choisir un bel endroit où il peut voir de l'eau et des fleurs et entendre [de la musique], afin d'aiguiser son talent, le mobiliser et le stimuler par le plaisir et la joie.

Il faut mentionner encore une autre condition : le poète

doit être reposé et plein d'énergie. Ainsi, il pourra mieux se concentrer et sera mieux disposé à composer sur le modèle des poèmes qu'il garde en mémoire. On dit que le meilleur moment pour cela, c'est le matin au réveil, lorsque l'estomac est encore vide et l'esprit vif, ou encore, dans les vapeurs du bain. On dit souvent aussi que l'amour et l'ivresse sont des stimulants pour la poésie. C'est ce qu'écrit Ibn Rashîq dans son *Kitâb al-'Umda*[17]. Ce livre est le seul à traiter [convenablement] de cette matière et à lui rendre justice. Personne n'a jamais rien écrit là-dessus, ni avant ni depuis. On dit encore que si, après tout cela, le poète ne parvient pas à surmonter ses difficultés, il doit remettre son projet à plus tard et ne pas se forcer.

Dès les premières ébauches, le poète doit fonder son vers sur la rime. Il doit la poser d'abord et en tenir compte d'un bout à l'autre de l'élaboration de son discours. S'il néglige de le faire, il lui sera difficile de la mettre à la place qui convient, car elle est souvent fuyante et instable. Si un bon vers vient à l'esprit, mais ne convient pas sur le moment, il faut le réserver pour un endroit plus propice. Chaque vers est indépendant, et tout ce qu'il faut faire, c'est de trouver le bon endroit pour le placer. C'est au poète de choisir, comme il veut, le meilleur.

Une fois qu'il a fini son poème, le poète doit le réviser soigneusement et avec un œil critique. S'il ne le trouve pas assez bon, il ne doit pas hésiter à le rejeter. Chacun a un faible pour ses propres vers, fruit de son esprit et produit de son talent.

Le poète ne doit utiliser que les combinaisons de mots les plus correctes, exemptes de toute licence, car les licences sont une marque de déficience de l'habitus linguistique. Il doit donc les éviter, car elles pourraient nuire à l'éloquence de son discours. Les autorités en la matière ont interdit aux poètes modernes[18] de recourir à la licence. Car, en l'évitant et en adoptant la forme la plus haute de l'habitus [linguistique], ils gardent toujours la faculté d'y recourir [en cas de nécessité absolue]. De même, le poète doit s'abstenir d'utiliser des combinaisons de mots trop compliquées et préférer les locutions dont le sens apparaît plus rapidement que celui des mots qu'elles contiennent. Il ne doit pas exprimer trop d'idées dans un seul vers, car cela aussi en rend la compréhension malaisée. Les vers les meilleurs sont ceux dont les mots recouvrent exactement les idées ou même les excèdent. Quand on y met trop d'idées, on fait du remplissage. L'esprit est occupé à les découvrir, ce qui empêche le goût d'appréhender pleinement l'éloquence [du vers]. La poésie n'est facile que si les idées sont plus rapidement perçues par l'esprit que les mots. Nos maîtres critiquaient Ibn Khafâja, poète de l'Andalus oriental, parce que, dans sa poésie, on trouvait trop d'idées dans un seul vers. De même, ils reprochaient à la poésie d'al-Mutanabbî et d'al-Ma'arrî de ne pas se conformer aux modèles arabes, comme on l'a vu précédemment. Leur poésie était une sorte de discours versifié, inférieur à la poésie. Le seul juge en la matière est le goût.

Le poète doit se garder des termes inintelligibles et prétentieux, aussi bien que des mots trop communs et usés par un emploi fréquent, car ils nuisent à l'éloquence du discours. Il en va de même des idées trop connues, qui privent le discours de son éloquence et le rendent banal et presque sans signification, comme dans les expressions : « le feu est chaud » ou « le ciel est au-dessus de nous ». Plus un poème se rapproche de la catégorie de l'insignifiant, plus il s'éloigne de l'éloquence, l'une étant à l'opposé de l'autre. C'est pour cela que les poèmes sur des sujets mystiques ou prophétiques ne sont pas en général très bons. Seuls les grands poètes y réussissent, et encore, rarement et non sans difficulté, parce que les idées dont traite cette poésie sont connues des gens et, pour cette raison, usées.

Si, en observant toutes ces règles, on n'arrive pas à faire de la poésie, il faut continuer à s'exercer, car le talent est comme le pis d'une vache : il donne beaucoup de lait quand on le trait, mais se tarit et donne peu de lait s'il est abandonné ou négligé.

D'une manière générale, [la poésie] et la façon de la composer sont traitées exhaustivement par Ibn Rashîq dans son *Kitâb al-'Umda*. Nous nous sommes efforcé de présenter ici tout ce qu'il nous est possible de dire sur ce sujet. Pour ceux qui veulent en savoir plus, nous renvoyons à cet ouvrage, où l'on trouvera tout ce qu'on peut souhaiter. Mais le peu que nous en avons donné ici est suffisant. Que Dieu nous vienne en aide !

On a écrit un certain nombre de poèmes sur la poésie et les conditions qui doivent y être respectées. Voici un des meilleurs, qui, je crois, est d'Ibn Rashîq[19] :

Que Dieu maudisse la poésie ! Que de poètes
ignorants et stupides n'ai-je rencontrés !
Ils donnent leur préférence aux vers étranges,
et négligent tout ce qui est aisé et clair.
Ce qui est absurde est à leurs yeux idée saine,
et le plus vil langage leur paraît précieux.
Ils ignorent tout de la bonne poésie,
mais ils ne savent même pas qu'ils sont ignorants.
Que d'autres que nous leur jettent la pierre,
quant à nous, nous leur trouverons des excuses.
Un poème, c'est d'abord des rimes harmonieuses,
même s'il est varié dans ses descriptions.
En lui, chaque partie est semblable à l'autre,
et dans chaque vers, les deux bouts se répondent.
Pour toi, toute idée qui y est exprimée
sera comme tu aurais désiré qu'elle fût.
Le style y atteint une si grande éloquence,
que sa beauté semble frapper tous les regards.
On dirait que les mots y sont des visages,
où les idées sont incrustées comme des yeux.
Il comble tous les souhaits que l'on peut avoir,
et de sa beauté se parent[20] *ceux qui le récitent.*
Si tu loues dans ton poème un homme libre,
observe la voie de ceux qui sont prolixes.
Parle d'amour en termes faciles et directs,
et dans la louange, sois sincère et clair.
Évite tout ce qui peut blesser l'oreille,
même si tes mots gardent bien la mesure.
S'il t'arrive de déclamer une satire,
condamne[21] *les auteurs de propos obscènes.*
Considère la franchise comme un remède,
et les insinuations comme un mal caché.
Quand tu te lamentes sur ceux qui, un jour, doivent
partir, et sur les femmes emportées sur leurs litières,
ne laisse pas apparaître ta tristesse,
retiens les larmes qui débordent de tes yeux.
Si tu as des reproches à faire à un ami,
mêle menaces et promesses, dureté et gentillesse.
De la sorte, tu le laisseras tout à la fois
averti et assuré, puissant et faible.
Les vers les meilleurs sont de facture parfaite,
sans manquer de clarté et de transparence.

Quand on les récite, tous voudraient les imiter,
et quand on veut les imiter, on se trouve impuissant.

Le même sujet est traité dans le poème suivant d'an-Nâshî[22] :

La poésie ce sont les vers dont on a redressé les premiers mots,
et dont on a poli toutes les parties.
On en répare les fissures par les longueurs,
on en soigne la cécité par la concision.
On y réunit le proche et le lointain,
on y joint les eaux dormantes aux eaux vives.
Pour tout ce qui recèle une similitude[b23],
on met le semblable avec le semblable.
Si tu veux louer un homme noble et généreux,
et que tu désires lui payer tes dettes en gratitude,
offre-lui tes vers les plus beaux et les plus graves,
réserve-lui ce qui est important et précieux.
Ton poème devra être prodigue par la variété de ses formes,
et facile par l'harmonie de ses branches.
Si tu veux pleurer les demeures abandonnées et leurs habitants,
aux gens tristes tu dois arracher leurs larmes.
Si tu veux suggérer quelque chose de douteux,
tu dois entretenir et le clair et l'obscur.
Celui qui t'écoute mêlera à ses doutes
l'assurance, à ses conjectures la certitude.
Si tu veux blâmer un ami pour une faute,
tu dois unir sévérité et gentillesse.
Ainsi, il sera éduqué par la douceur,
rassuré face à la tristesse et au malheur.
Si, à celle que tu aimes, tu veux envoyer,
quand elle rompt avec toi, quelques vers séducteurs,
subjugue-la avec un poème subtil et fin,
enflamme son amour avec son sens caché.
Pour t'excuser d'une faute que tu as commise,
exprime-toi en vers mi-arrogants, mi-clairs,
aux yeux de celui qui les lira, ton péché
tournera en reproche exigeant un serment.

LV. L'ART DES VERS ET DE LA PROSE CONCERNE LES MOTS, NON LES IDÉES

L'art du discours, que ce soit en poésie ou en prose, a affaire à des mots, et non à des idées. Les idées viennent au second plan, alors que les mots sont à la base [du discours].

L'artiste[1] qui essaie d'acquérir un habitus linguistique en poésie et en prose s'intéresse d'abord aux mots. Il apprend les mots du discours des Arabes pour pouvoir l'utiliser souvent et se familiariser avec lui. De la sorte, il raffermit en lui l'habitus de la langue des Mudar et se débarrasse des usages linguistiques étrangers qu'il a reçus de son milieu. Il s'oblige à être comme un enfant qui a grandi au milieu des Arabes, et apprend leur langue comme le fait un de leurs enfants. Ainsi, il devient comme un des leurs pour ce qui est de la langue.

En effet, comme on l'a vu précédemment, la langue est un habitus qui concerne la parole[2] et qui s'acquiert par la répétition avec l'organe de la langue, comme c'est le cas de tous les habitus. Or, au niveau de la langue et de la parole, on n'a affaire qu'aux mots. Quant aux idées, elles sont dans l'esprit. D'autre part, tout le monde a des idées. Tout esprit est capable d'en avoir autant qu'il veut. Il n'est besoin d'aucun artifice pour en produire. Au contraire, pour composer un discours qui exprime ces idées, il faut un certain art, comme on l'a vu. Le discours est comme un moule pour les idées. Les vases dont on se sert pour puiser l'eau de la mer peuvent être d'or, d'argent, de nacre, de verre ou de terre. Mais l'eau est la même. La beauté des récipients utilisés dépend de la matière dont ils sont faits, et non de la qualité de l'eau. De même, la beauté et l'éloquence de la langue diffèrent suivant le degré de perfection dans la composition du discours, qui doit se conformer aux intentions du locuteur, alors qu'en elles-mêmes les idées sont identiques.

Celui qui, ignorant les modalités de composition et les modèles du discours conformément aux exigences de l'habitus linguistique, tente sans succès d'exprimer sa pensée, est semblable au paralytique qui veut se lever mais en est incapable, parce qu'il n'a pas le pouvoir de le faire.

Dieu « vous a appris ce que vous ne saviez pas[A] ».

A. Coran, II, 151.

LVI. L'HABITUS LINGUISTIQUE S'ACQUIERT GRÂCE À LA MÉMOIRE, ET SA QUALITÉ DÉPEND DE CELLE DES TEXTES MÉMORISÉS

On a vu précédemment que celui qui veut apprendre la langue arabe doit mémoriser beaucoup de textes. De la qualité de ceux-ci, de leur niveau et de leur nombre, dépend la qualité de l'habitus qu'il acquiert. Celui qui a appris les poèmes des anciens poètes arabes musulmans, tels que Habîb [Abû Tammâm], al-'Attâbî, Ibn al-Mu'tazz, Ibn Hânî', ash-Sharîf ar-Radî, ou les lettres d'Ibn al-Muqaffa', de Sahl Ibn Hârûn, d'Ibn az-Zayyât, d'al-Badî', d'as-Sâbî, aura un habitus meilleur et une éloquence de plus haut niveau que celui qui a appris les poèmes des modernes, comme ceux d'Ibn Sahl et d'Ibn an-Nabîh, ou la correspondance d'al-Baysânî ou d'al-'Imâd al-Isfahânî, parce que ces derniers sont d'une classe inférieure à celle des premiers. Cela est évident pour le critique perspicace, qui possède du goût.

Le degré d'excellence de la langue entendue et des textes appris par cœur est ce qui détermine la qualité de la langue qu'on utilise, puis de l'habitus linguistique. Quand le niveau des textes appris est élevé, le niveau de la classe [à laquelle on parvient] est également élevé, car ceux-ci servent de modèle à la disposition innée[1]. D'autre part, les forces de l'habitus croissent quand on le nourrit. En effet, l'âme en tant que disposition naturelle est une au point de vue de l'espèce. Mais elle diffère d'un individu à l'autre par l'intensité des perceptions. Cette différence dépend de la diversité des perceptions qu'elle reçoit, ainsi que des habitus et des qualités qui la modifient de l'extérieur. En fait, c'est grâce à ces derniers qu'elle accomplit son être et que sa forme passe de la puissance à l'acte[2].

Ce n'est que progressivement que l'âme acquiert des habitus, comme on l'a déjà vu. Ainsi, l'habitus poétique se développe en apprenant par cœur de la poésie ; l'habitus de l'art du secrétaire, en apprenant la prose rimée et la correspondance ; l'habitus scientifique, par l'étude des sciences, l'appréhension des choses, la recherche et la spéculation ; l'habitus juridique, par l'étude du droit, la réflexion sur les problèmes et leur traitement détaillé, le fait de tirer des applications particulières des principes généraux ; l'habitus mystique et seigneurial, par les exercices de piété et la mention du nom de Dieu, la suspension de l'activité des sens externes, en s'efforçant autant que possible de se retirer du monde et de s'isoler, jusqu'à ce que l'on retourne au sens interne et à l'esprit et que l'on se transforme en mystique, etc. Avec chacun de ces habitus, l'âme acquiert une certaine coloration qui la modifie.

La qualité bonne ou mauvaise d'un habitus dépend des conditions de son développement. Un habitus de l'éloquence d'un niveau élevé ne s'obtient que par l'apprentissage de textes d'un niveau littéraire élevé. C'est pour cela que les juristes et tous les savants ont une éloquence médiocre. Cela est dû uniquement au fait qu'ils commencent par apprendre et par se gorger de règles scientifiques et d'expressions juridiques d'un niveau littéraire inférieur et qui n'ont rien à voir avec le modèle de l'éloquence. En effet, les expressions utilisées pour les règles et les sciences n'ont rien d'éloquent. Quand l'esprit est d'abord imprégné par ce genre de connaissances, et que celles-ci augmentent et colorent l'âme, l'habitus linguistique qui en résulte est extrêmement déficient, et les expressions utilisées dans ce contexte sont très éloignées des modèles employés par les Arabes dans leur discours. C'est ce qu'on peut remarquer dans la poésie des juristes, des grammairiens, des théologiens, des savants qui font de la spéculation et de tous ceux dont la mémoire n'est pas pourvue des textes arabes les plus purs et les plus nobles.

Mon excellent ami, Abû l-Qâsim Ibn Ridwân[3], secrétaire chargé du paraphe sous les Mérinides, m'a raconté ce qui suit : « Je discutais un jour avec mon ami Abû l-'Abbâs Ibn Shu'ayb[4], secrétaire du sultan Abû l-Hasan. Il était le philologue le plus distingué de son temps. Je lui récitai ces vers, du début d'un poème d'Ibn an-Nahwî, sans lui révéler le nom de l'auteur :

« Quand je m'arrêtai auprès des vestiges d'un campement abandonné,
je ne sus faire la différence entre les nouveaux et les plus éculés.

« Ibn Shu'ayb me dit aussitôt : "Ce sont des vers de juriste." "Comment le savez-vous ?" lui demandai-je. "C'est à cause, me répondit-il, de l'expression 'je ne sus faire la différence', qui est propre aux juristes et n'est pas conforme aux modèles du discours des Arabes." Émerveillé, je lui dis que c'était effectivement un poème d'Ibn an-Nahwî. »

La situation des secrétaires et des poètes est tout autre, car ils peuvent choisir les textes à apprendre, sont familiers du discours et des modèles arabes en matière de correspondance et sélectionnent les meilleurs morceaux littéraires.

Lors d'une conversation que j'avais eue un jour avec Abû 'Abd Allâh Ibn al-Khatîb, vizir des souverains de l'Andalus et grande autorité en matière de poésie et de correspondance officielle, je lui dis : « Je trouve une certaine difficulté à composer des vers quand je veux. Pourtant, je comprends bien la poésie, j'ai appris de bons textes, dont ceux du Coran, des traditions prophétiques et des différentes branches du discours arabe. Il est vrai que je ne sais pas assez [de poésie] par cœur. Cela est peut-être dû au fait que j'ai rempli ma mémoire de poèmes didactiques et des règles de la composition littéraire. J'ai en effet appris par cœur les deux poèmes, le grand et le petit, d'ash-Shâtibî sur les lectures et l'orthographe du Coran ; j'ai étudié les deux livres d'Ibn al-Hâjib sur le droit et les principes du droit, les *Jumal* d'al-Khûnajî sur la logique et un grand nombre de règles de l'enseignement. Cela a encombré ma mémoire et défiguré l'habitus pour lequel je m'étais préparé en apprenant de bons textes : Coran, traditions prophétiques et textes littéraires arabes. Ainsi, mon talent n'a pas pu se développer. » Ibn al-Khatîb me considéra un moment avec étonnement. Puis, plein d'admiration, il me dit : « Qui d'autre que toi pourrait dire des choses pareilles ? »

Les remarques formulées dans cette section peuvent aussi éclairer un autre point. Elles expliquent pourquoi le discours des Arabes du début de l'islam est d'un niveau d'éloquence et de goût plus élevé que celui de la période antéislamique, aussi bien en prose qu'en poésie. En effet, la poésie de Hassân Ibn Thâbit, de 'Umar Ibn Abî Rabî'a, d'al-Hutay'a, de Jarîr, d'al-Farazdaq, de Nusayb, de Ghaylân Dhû-r-Rumma, d'al-Ahwas et de Bashshâr, ainsi que le discours des anciens Arabes de la dynastie omeyyade et du début de la dynastie 'abbâsside, qu'il s'agisse de sermons, de correspondance ou d'entretiens avec les rois, dépassaient de loin en éloquence la poésie d'an-Nâbigha, de 'Antara, d'Ibn Kulthûm, de Zuhayr, de 'Alqama Ibn 'Abda et de Tarafa Ibn al-'Abd, ainsi que la prose et les dialogues de la période antéislamique. Aux yeux du critique expert en éloquence, cela est confirmé par le bon goût et la saine nature.

La raison en est que [les auteurs] du début de l'islam ont pu écouter le niveau le plus élevé du discours [tel qu'il apparaît] dans le Coran et les traditions prophétiques, qu'il n'est pas donné à l'homme d'imiter. [Ces textes] sont entrés dans leurs cœurs, et leurs modèles ont influencé leurs âmes. Leurs natures ont été exaltées et leurs habitus se sont élevés au-dessus de ceux des générations de la période antéislamique, qui n'avaient pas écouté ce niveau du discours et n'avaient pas grandi sous son influence. C'est pourquoi leur poésie et leur prose sont plus élégantes et d'un éclat plus pur que celles de leurs devanciers. Elles sont plus solidement construites et mieux équilibrées, à cause de l'influence d'un discours de très haut niveau. En réfléchissant à ce qui précède, une personne de goût et qui s'y connaît en matière d'éloquence ne manquera pas d'en confirmer le bien-fondé.

Un jour, j'interrogeai [à ce sujet] mon maître ash-Sharîf Abû l-Qâsim, [grand] juge de Grenade à notre époque, qui était la plus haute autorité en matière de poésie. Il avait étudié à Ceuta auprès de certains maîtres de cette ville, eux-mêmes disciples d'ash-Shalûbîn, avait acquis de vastes connaissances en philologie et y avait atteint la perfection. Je lui demandai donc pourquoi les Arabes du début de l'islam avaient un niveau [littéraire] plus élevé que celui des auteurs antéislamiques — ce que, grâce à son bon goût, il ne déniait pas. Il garda le silence un long moment, puis il me dit : « Par Dieu, je n'en sais rien. » Je lui dis alors : « J'ai une idée là-dessus que je voudrais vous exposer. Elle en donne peut-être l'explication. » Et je lui fis part des remarques précédentes. Il resta muet d'étonnement. Puis il me dit : « Cher ami, ce que vous avez dit mérite d'être écrit en lettres d'or. » Depuis lors, il me montra beaucoup de considération. Il écouta mes remarques dans son cours et reconnut mes qualités en matière scientifique.

Dieu « a créé l'homme » et « lui a enseigné la clarté[A] ».

A. Coran, LV, 3-4.

LVII. EXPLICATION AU SUJET DU DISCOURS NATUREL ET DU DISCOURS ARTIFICIEL[1], ET COMMENT CE DERNIER PEUT ÊTRE EXCELLENT OU DÉFICIENT[a]

La raison d'être et l'esprit du discours — qui est expression et parole adressée à autrui — est d'exprimer des idées. Un discours qui n'exprime pas d'idées est comme une terre morte qui n'a aucune valeur.

Ce qui donne sa perfection à l'expression, c'est l'éloquence, comme on le sait d'après la définition qu'en donnent les rhétoriciens[b]. En effet, ceux-ci disent que l'éloquence est la conformité du discours aux exigences de la situation. La connaissance des conditions et des lois suivant lesquelles les combinaisons de mots se conforment aux exigences de la situation est la science de l'éloquence. Ces conditions et ces lois qui régissent la conformité des combinaisons de mots ont été déduites de la langue arabe et sont devenues comme des règles. L'ordre des combinaisons de mots indique les relations entre les éléments interdépendants [d'une phrase]. Il est soumis à des conditions et à des lois qui constituent la partie la plus importante des règles de la langue arabe. Les conditions de ces combinaisons — position antérieure ou postérieure, détermination ou indétermination, [référence] implicite ou explicite, restriction ou généralisation, etc. — expriment les situations qui entourent, de l'extérieur, la relation et les interlocuteurs au moment où la communication a lieu. Il est également soumis à des conditions et à des lois qui constituent les règles d'une discipline qui fait partie de l'éloquence, appelée la « science de l'expression des idées[2] ». Ainsi, les règles de la langue arabe font partie de celles de la science de l'expression des idées, car l'expression de la relation fait partie de l'expression des situations qui entourent la relation. Toute combinaison de mots qui n'exprime pas correctement les exigences de la situation, en raison d'une déficience au niveau des règles des flexions ou des règles d'expression des idées, est une combinaison inadéquate. C'est un [discours] inutile, une sorte de terre morte.

À côté de l'expression des exigences de la situation, il y a les diverses manières [d'indiquer] le mouvement de l'esprit entre les idées, grâce aux différentes sortes de significations. En effet, une combinaison de mots indique par convention une certaine idée. Ensuite, l'esprit passe à ce qui peut constituer une conséquence de cette idée ou à ce qui a cette idée comme conséquence, ou à ce qui peut lui être similaire, et l'exprime au figuré par une métaphore ou une métonymie, comme cela est établi dans les ouvrages spécialisés. L'esprit éprouve dans ce mouvement un certain plaisir, peut-être plus intense que celui qui est procuré par l'expression directe. Car, dans tous ces cas, on réussit à indiquer ce que l'on veut indiquer, et comme on sait, le succès est source de plaisir.

Ces différents mouvements de l'esprit sont également soumis à des conditions et à des lois, qui sont comme des règles, dont on a fait une discipline appelée la « science de l'exposition[3] ». Celle-ci est une discipline jumelle de la science de l'expression des idées, qui indique les exigences de la situation. La science de l'exposition se réfère aux idées et aux significations des combinaisons de mots, et les règles de la science de l'expression des idées se réfèrent aux caractéristiques des combinaisons de mots touchant à la signification. Le mot et l'idée sont liés l'un à l'autre et se tiennent côte à côte, comme on sait. La science de l'expression des idées comme la science de l'exposition font donc partie de l'éloquence, et c'est grâce à elles deux que l'expression et la conformité aux exigences de la situation peuvent être parfaites. Toute combinaison de mots qui ne réalise pas cette conformité et cette expression parfaite reste en deçà de l'éloquence. Les spécialistes de l'éloquence la considèrent du même niveau que les cris des animaux ; en fait, on doit dire que ce n'est même pas de l'arabe, car une expression arabe se conforme par définition aux exigences de la situation. L'éloquence est, par conséquent, la base du discours arabe. Elle en constitue la nature, l'esprit, la forme.

Quand [les philologues] parlent de « discours naturel », ils entendent par là un discours qui, rendant la signification qu'il doit exprimer, est de nature parfaite. En effet, il est à la fois expression et discours[4]. Son objectif n'est pas seulement d'articuler des paroles. Le locuteur qui utilise un discours naturel vise à exprimer à ses auditeurs ce qu'il a dans l'esprit de façon parfaite et ferme.

Ensuite, les combinaisons agencées selon cette qualité

naturelle que [le discours naturel] possède fondamentalement sont complétées par différentes sortes d'embellissements et d'ornements qui, en plus de la perfection de l'expression, lui donnent l'éclat de la clarté : assonances, disposition des parties du discours selon un certain parallélisme et adoption de différents types de division, allusion avec des mots homonymes à certaines idées cachées, antithèse. De la sorte, il se crée des affinités entre les mots et les idées. Tout cela prête de l'éclat au discours, procure du plaisir à l'oreille et produit agrément et beauté, qui s'ajoutent à la simple expression.

Cet art est employé dans de nombreux passages du discours inimitable du Coran. Exemples :

« Par la nuit quand elle s'étend ! Par le jour quand il brille[A] ! »

« Celui qui donne, qui est pieux, et croit en la plus belle [récompense]… »
et ainsi de suite, jusqu'à la fin du passage.

Ou encore :

« Ceux qui se seront rebellés et auront préféré la vie d'ici-bas[B]… »
et ainsi de suite, jusqu'à la fin du passage.

Ou encore :

« Alors qu'ils croient avoir bien fait[C]. »

Et l'on trouvera bien d'autres exemples. Mais cela vient seulement après que la pensée a été parfaitement exprimée à la base par ces différentes constructions, préalablement à leur embellissement par des figures de rhétorique.

On trouve également [des figures de rhétorique] dans le discours antéislamique, mais de façon spontanée et non voulue. On dit qu'on en trouve dans la poésie de Zuhayr.

Chez les premiers auteurs musulmans, il y en a de spontanées et de volontaires. On en a des exemples remarquables. Les premiers à en avoir maîtrisé l'usage furent Habîb Ibn Aws [Abû Tammâm], al-Buhturî et Muslim Ibn al-Walîd. Ils avaient une passion pour cet artifice et y réussirent merveilleusement bien.

On dit aussi que [les figures de rhétorique] furent d'abord pratiquées par Bashshâr Ibn Burd et Ibn Harma, qui étaient les derniers poètes dont les vers étaient cités

A. Coran, XCII, 1-2. ◆ B. Coran, LXXIX, 37 et suiv. ◆ C. Coran, XVIII, 104.

comme exemples en philologie arabe. Ils furent suivis par Kulthûm Ibn 'Amr, al-'Attâbî, Mansûr an-Numayrî, Muslim Ibn al-Walîd et Abû Nuwâs. Après eux, on trouve Habîb [Abû Tammâm] et al-Buhturî. Puis apparut Ibn al-Mu'tazz, qui donna sa forme définitive à la science des figures de rhétorique et à tout cet art.

Voici maintenant des exemples de [poésie] naturelle, exempte de tout artifice, comme ces vers d'Ibn Dharîh :

Je me glisse hors des tentes : peut-être ainsi
pourrai-je te parler en moi-même seul à seul.

ou ces vers de Kuthayyir :

Dans mon errance éperdue à la recherche de 'Azza, après que
j'eus renoncé à elle et qu'elle a renoncé à moi,
je suis comme celui qui, espérant l'ombre d'un nuage,
le voit se dissoudre dès qu'il s'étend pour sa sieste.

Voilà de la poésie naturelle, dépourvue d'artifice, mais bien composée et ingénieusement construite. Si à cette forme première s'ajoutait un peu d'artifice, elle n'en serait que plus belle.

La poésie artificielle est devenue de plus en plus fréquente à partir de Bashshâr, de Habîb [Abû Tammâm] et des auteurs de leur classe. Il y eut ensuite Ibn al-Mu'tazz, qui donna sa forme définitive à cet art. Ce sont ces auteurs qui ont servi de modèles aux modernes.

Les gens qui cultivent cet art y distinguent plusieurs catégories. Ils utilisent des terminologies différentes pour en désigner les figures. Beaucoup les incluent dans l'éloquence, bien qu'elles ne participent pas à l'expression [de la pensée], mais servent plutôt à l'embellissement et à l'éclat [du style]. Les auteurs anciens, qui les excluaient de l'éloquence, les mentionnaient avec les branches littéraires qui n'avaient pas d'objet défini. Cette opinion est partagée par Ibn Rashîq dans son *Kitâb al-'Umda* et par les littérateurs andalous. Ils ont soumis l'emploi des figures de rhétorique à un certain nombre de conditions. L'une d'elles est de ne pas trop y travailler et de ne pas attacher trop d'importance aux effets qu'on en attend.

Pour ce qui est de la spontanéité [dans l'usage des figures de rhétorique], il n'y a aucun commentaire particulier à faire. En effet, quand elles échappent à l'affectation, le discours ne peut être qualifié de vicieux. Mais, si elles sont recherchées avec excès, cela entraîne une négligence des combinaisons de mots fondamentales du discours, ce qui nuit à l'expression de la pensée à la base, et détruit toute éloquence. Il ne reste plus alors dans le discours que ces embellissements. C'est pourtant ce qui domine aujourd'hui chez nos contemporains. Mais les gens qui possèdent du goût en matière d'éloquence se moquent de cette passion pour les figures de rhétorique et considèrent cela comme un signe d'incapacité.

J'ai entendu dire à mon maître Abû l-Barakât al-Ballafîqî, qui s'y connaissait en langue et qui était un homme de goût : « Mon plus cher désir serait de voir, un jour, un de ceux qui abusent des figures de rhétorique dans leur poésie et leur prose être puni de la façon la plus sévère et dénoncé publiquement. Ce serait un avertissement pour ses élèves, les incitant à ne pas s'occuper de ce genre d'artifices qui les passionnent et leur font négliger l'éloquence. »

Une autre condition à laquelle doit être soumis l'emploi des figures de rhétorique est d'en user avec parcimonie, en se limitant à deux ou trois vers du poème, ce qui est suffisant pour lui donner beauté et éclat, alors que l'abus de ces figures serait un défaut, comme l'ont dit Ibn Rashîq et d'autres.

Mon maître, le cadi ash-Sarîf Abû l-Qâsim as-Sabtî, qui faisait autorité en langue arabe à son époque en Andalus, disait : « Un poète ou un secrétaire peuvent employer ces différentes figures de rhétorique, mais il est détestable d'en abuser. Elles servent à embellir et à orner le discours. Elles sont comme les grains de beauté sur un visage : un ou deux l'embellissent, mais beaucoup le rendent disgracieux. »

La prose a évolué de la même façon que la poésie au cours de la période antéislamique et de l'époque islamique. Elle était d'abord libre, observant un certain parallélisme entre ses différentes unités et combinaisons de mots. Son équilibre recelait un certain nombre de divisions, mais le recours aux assonances n'était pas obligatoire et on ne prêtait pas grande attention aux artifices. Cela dura jusqu'à l'apparition d'Ibrâhîm Ibn Hilâl as-Sâbî, secrétaire des Bûyides. Il s'intéressa beaucoup aux techniques artificielles et à l'usage de la rime, et produisit des choses remarquables dans ce domaine. Les gens lui reprochèrent l'emploi excessif de ces artifices dans la correspondance officielle. Mais, s'il avait agi ainsi, c'était parce que ses souverains étaient étrangers à la langue arabe et très éloignés de la grandeur du califat, qui favorise l'épanouissement de l'éloquence. Par la suite, la prose des modernes fut de plus en plus envahie par cette technique. L'époque de la prose libre fut oubliée. La correspondance officielle finit par ressembler à la correspondance privée, et celle des Arabes à celle des gens du commun. Et l'on ne distingua plus entre le bon et le mauvais.

Tout cela montre que le discours artificiel, qui résulte de l'effort et de l'affectation, est inférieur au discours naturel, car il n'accorde pas assez d'importance au fondement de l'éloquence. En tout cela, le seul juge, c'est le goût.

Dieu vous a créés et « vous a enseigné ce que vous ne saviez point[A] ».

LVIII. LES GENS DE HAUT RANG DÉDAIGNENT DE CULTIVER LA POÉSIE

La poésie était le registre des Arabes : elle renfermait leurs sciences, leur histoire, leur sagesse. Elle était, pour les chefs arabes, un objet de rivalité. Ceux-ci s'arrêtaient à la foire de 'Ukâz pour réciter leurs poèmes. Chacun venait soumettre sa meilleure pièce au jugement des plus grandes autorités et des connaisseurs en la matière. Ils en vinrent ainsi, par esprit d'émulation, à suspendre leurs poèmes aux angles du Temple sacré, lieu de leur pèlerinage et demeure de leur ancêtre Abraham. C'est ce que firent les auteurs des neuf *mu'allaqât* [poèmes suspendus] : Imru'u-l-Qays, an-Nâbigha adh-Dhubyânî, Zuhayr Ibn Abî Sulmâ, 'Antara Ibn Shaddâd, Tarafa Ibn al-'Abd, 'Alqama Ibn 'Abda, al-A'shâ, etc. Mais on ne pouvait prétendre à cet honneur que si on avait l'appui de son groupe et de son clan, et qu'on jouissait d'une haute position parmi les Mudar. C'est ce qui ressort des explications qui sont données sur la raison pour laquelle ces poèmes furent appelés *mu'allaqât*.

Au début de l'islam, les Arabes abandonnèrent cette habitude. Ils étaient alors occupés par la religion, la pro-

A. Coran, II, 239.

phétie et la Révélation, et étaient abasourdis par la manière et la forme du Coran. Cela les rendit muets. Pendant un certain temps, ils gardèrent le silence au sujet de la poésie et de la prose. Puis la situation se stabilisa, et l'on se laissa guider par la religion. Aucune révélation n'était venue interdire ou refuser la poésie. Bien au contraire, le Prophète écoutait de la poésie et en rétribuait [les auteurs]. Les Arabes revinrent alors à leur ancienne coutume en cette matière. 'Umar Ibn Abî Rabî'a, le plus grand personnage des Quraysh à cette époque, occupait un haut rang parmi les poètes, et sa poésie était d'un niveau supérieur. Il soumettait souvent ses poèmes à Ibn 'Abbâs, qui l'écoutait avec admiration.

Ensuite vinrent le pouvoir et les dynasties puissantes. Les Arabes cherchèrent à se rapprocher des califes avec leurs poèmes de louange, et ceux-ci leur accordèrent les plus grandes récompenses, en tenant compte de la qualité de leurs poèmes et de leur position au sein de leurs groupes. Ils désiraient se faire présenter des poèmes où ils pouvaient apprendre les exploits, l'histoire, la lexicographie, la noblesse du langage et [l'histoire des] Arabes. Et ils ordonnaient à leurs enfants de les apprendre. Il en fut ainsi tout au long du règne des Omeyyades et au début de celui des 'Abbâssides. Dans le chapitre consacré à la poésie et aux poètes, l'auteur du *'Iqd* rapporte les entretiens, de nuit, d'ar-Rashîd avec al-Asma'î. On peut y voir combien ar-Rashîd connaissait bien ces matières et les possédait à fond. Il cultivait [la poésie], savait distinguer entre le bon et le mauvais style, et connaissait par cœur beaucoup de poèmes.

Plus tard vinrent des gens pour qui la langue arabe était une langue étrangère. Leur propre idiome les empêchait de maîtriser l'arabe, et ils n'apprenaient cette langue que comme un art. Ils chantèrent les louanges de princes étrangers, qui n'avaient cure de la langue arabe, dans le seul but de gagner leur faveur. C'est ce que firent Habîb [Abû Tammâm], al-Buhturî, al-Mutanabbî, Ibn Hâni' et les poètes postérieurs. Généralement, on ne récitait désormais des vers que pour mendier et demander des présents, car toute l'utilité que la poésie possédait aux yeux des anciens avait disparu. C'est pourquoi les hommes magnanimes et les personnalités de haut rang des derniers siècles dédaignèrent de cultiver la poésie. La situation de celle-ci changea. De la part d'un chef ou d'un homme haut placé, faire des vers devint un acte mal vu et blâmable.

« Dieu remplace la nuit par le jour[A]. »

LIX. LA POÉSIE CONTEMPORAINE DES ARABES [BÉDOUINS] ET DES CITADINS

La poésie n'est pas particulière à la langue arabe. Elle existe aussi dans toutes les autres langues. Il existait des poètes chez les Perses comme chez les Grecs. Aristote a mentionné et fait l'éloge du poète Homère dans sa *Logique*. Les Himyarites ont eu également de grands poètes.

Plus tard, la langue des Mudar, dont les formes et les règles syntaxiques avaient été codifiées, s'altéra. Il y eut par la suite divers dialectes, qui différaient par les formes de contact et l'importance des éléments étrangers qu'ils renfermaient. Ainsi, la [présente] génération des Arabes parle elle-même une langue qui diffère totalement, dans ses flexions et sous beaucoup d'aspects de son lexique et de sa morphologie, de celle de ses ancêtres les Mudar. De même, chez les populations urbaines, une autre langue est née, qui se distingue de la langue des Mudar au niveau des flexions et de la plupart des significations et des inflexions des mots. Elle diffère également de la langue de la génération actuelle des Arabes [bédouins], et présente en elle-même des variantes, liées aux différences régionales de vocabulaire. Ainsi, les populations urbaines de l'Orient ont une langue différente de celle des populations urbaines du Maghreb, et la langue des citadins de l'Andalus est à la fois distincte de l'une et de l'autre.

La poésie existe par nature dans toute langue. En effet, l'adoption d'une même mesure, avec l'alternance d'un nombre déterminé de consonnes pourvues ou non de voyelles est une pratique qui découle de la nature humaine. La poésie ne peut donc être abolie du fait qu'une seule langue vient à s'éteindre, [même si c'est], en l'occurrence, la langue des Mudar, lesquels, comme chacun sait, furent les grands champions de la poésie. En fait, les membres de chaque génération et de chaque communauté linguistique, parmi les Arabes « désarabisés » (*musta'jamîn*) et les popula-

A. Coran, XXIV, 44.

tions urbaines, cultivent le genre de poésie qui leur convient et s'adapte à leur type de discours.

Les Arabes bédouins contemporains, qui se sont écartés de la langue de leurs ancêtres les Mudar, font aujourd'hui de la poésie dans tous les mètres utilisés autrefois par leurs ancêtres, les Arabes « arabisés » (*al-mustaʻribîn*). Ils composent de longs poèmes, comprenant les différents procédés de la poésie[a] et les divers sujets dont elle traite : l'amour, l'éloge, l'élégie et la satire. Ils passent d'un sujet à l'autre [à la manière des anciens] et, souvent, attaquent leur sujet dès le début du poème. La plupart de leurs poèmes commencent par le nom du poète. Puis ils passent à la partie érotique. Les Arabes du Maghreb appellent ces poèmes *al-asmaʻiyyât*, du nom d'al-Asmaʻî, le grand transmetteur de la poésie arabe. Les Arabes d'Orient les appellent *al-baddâwî*, *al-hawrânî* ou *al-qubaysî*. Ils utilisent souvent des mélodies simples, qui ne sont pas des compositions de l'art musical, et chantent ces poèmes sur ces mélodies. Ils appellent ces chants *al-hawrânî*, par référence à Hawrân, région comprise entre l'Irak et la Syrie, où vivent et résident encore aujourd'hui les Arabes nomades.

Les Arabes ont encore un autre genre de poésie très répandu. Le poème est composé de stances de quatre vers, dont le dernier a une rime différente de celle des trois premiers. Ensuite, la quatrième rime est reproduite dans chacune des stances du poème, comme dans les quatrains ou les quintils inventés par les poètes métis à une époque récente. Ils montrent une éloquence remarquable dans ce type de poésie. Ils ont de très grands poètes et de moins bons.

La plupart des savants contemporains, et plus particulièrement les philologues, regardent d'un mauvais œil ce genre de poésies quand ils les entendent, et tentent de les déconsidérer quand elles sont récitées devant eux. Ils croient que leur aversion a pour cause le fait que ces poésies sont grammaticalement incorrectes et qu'elles ne respectent pas les règles des flexions. En réalité, ce jugement est dû seulement au fait que nos philologues ne possèdent pas l'habitus de la langue de ces Arabes. Si c'était le cas, leur propre goût et leur mouvement naturel leur montreraient que ces poèmes sont éloquents, pourvu que leurs dispositions naturelles et leurs vues ne soient pas déformées. Autrement, les flexions n'ont rien à voir avec l'éloquence. L'éloquence, c'est la conformité du discours avec la pensée qu'on veut exprimer et avec les exigences de la situation, indépendamment du fait qu'une désinence en *u* indique le sujet et une en *a* le complément, ou l'inverse. Ce genre de choses peut être indiqué par des moyens syntaxiques, comme c'est justement le cas dans la langue de ces Arabes. La signification dépend des conventions de chaque communauté linguistique. Quand celles-ci sont connues et d'usage courant, les significations sont correctement exprimées. Et quand la signification est conforme à ce que l'on veut exprimer et aux exigences de la situation, on a un discours parfaitement éloquent. Les règles[b] des grammairiens n'ont pas à intervenir là-dedans.

On trouve dans ces poèmes tous les modèles et les sujets de la poésie. Il ne leur manque que les désinences à la fin des mots. La plupart des mots sont dépourvus de voyelle finale. Le sujet et le complément, dans les phrases verbales, et le sujet et le prédicat, dans les phrases nominales, sont distingués par des moyens syntaxiques, et non par les désinences.

Voici un de leurs poèmes[1], qui fait parler le noble Ibn Hâshim. Celui-ci pleure sur al-Jâziya, fille de Sarhân, et évoque son départ pour le Maghreb avec son peuple[c].

[Ainsi parle] le noble Ibn Hâshim
au sujet de l'affliction de son âme, qui pleure son malheur.
Il se précipite vers les étendards partout où il voit des gens
donner les signes du départ au désert et peiner [à charger les bêtes].
À force de se plaindre de son affliction,
son âme n'est plus que lambeaux dispersés à tous les vents.
Il sent comme si elle était coupée en morceaux
par un scalpel d'acier au fin tranchant ;
ou comme si elle était une jeune chamelle aux mains de son laveur,
qui la brosse avec une étrille aux dents aussi acérées que des épines d'acacia.
Elle est attachée par des doubles chaînes et l'on voit les restes
de ses poils sur la brosse.
Mes larmes coulent en un flot continu,
comme l'eau qui se déverse d'une noria ;
ou comme une retenue d'eau qui rencontre une pente,
et qu'alimentent les pluies d'une succession de nuages
tombant dans les plaines du côté d'as-Safâ,
si drues qu'elles arrêtent les éclairs.

Mon chant a pour cause un raid
parti de Bagdad et réunissant même les plus pauvres de ses habitants.
Le crieur public appela au départ, on se consulta,
et tout le monde, riches et pauvres, se leva.
Dhiyâb Ibn Ghânim confia les étendards à Mâdî Ibn Muqarrab pour partir en éclaireur.
Hasan Ibn Sarhân leur dit : « Partez vers l'ouest.
Conduisez les tribus. J'en suis le protecteur.
[...][2]
Zayyân Ibn ʿAbis, le doux, m'a quitté.
Il n'était pas satisfait de la beauté et des provisions des Himyar.
Il m'a quitté, alors qu'il prétendait être mon ami et mon compagnon.
J'avais confiance en lui, et je ne portais point mon bouclier.
Il est allé leur dire : « Je veux bien protéger la terre d'Ibn Hâshim,
mais je ne protégerai pas une terre assoiffée.
L'entrée et le territoire de Bagdad me sont interdits ;
je ne peux ni y entrer ni y revenir, et même ma monture s'en détourne.
Mon esprit se détourne du pays d'Ibn Hâshim, parce que
ses espérances sont déçues et que le sort a voulu qu'elle le quitte.
Les feux des vierges ont continué toute la nuit à faire jaillir leurs étincelles. »

Dans un autre poème, [les Arabes hilâliens] pleurent Abû Suʿdâ al-Yafranî, prince zénète, leur adversaire en Ifrîqiya et au Zâb. Cette élégie est composée sur le ton de la moquerie.

Puis Suʿdâ aux joues pures dit, retombant dans son chagrin,
lorsque se firent entendre les lamentations des femmes en partance tôt le matin à dos de chameau :
Ô toi qui t'enquiers de la tombe d'az-Zanâtî Khalîfa,
en voici la description. Tiens-la de moi et ne sois pas stupide.
Je le vois sur le haut de l'oued Rân, surmonté
d'un monastère[3]*, une grande et belle construction.*
Je le vois, là où s'écarte la vallée profonde de la grande route
quand elle rencontre la rivière à l'est, et les roseaux ; c'est son signal.
Quel malheur pour mon âme [d'avoir perdu] az-Zanâtî Khalîfa,
qui était le rejeton d'ancêtres généreux.
Il fut tué par le héros guerrier, Dhiyâb, fils de Ghânim,
à la suite de blessures d'où [le sang] coulait à flots.
Ô Jâziya ! Az-Zanâtî Khalîfa est mort !

Ne pars que si tu as envie de partir.
Ne t'avons-nous pas fait voyager trente fois,
et encore dix et six, en une journée — c'est peu[4].

Un autre poème fait parler le noble Ibn Hâshim. Il évoque une altercation qui avait eu lieu entre lui et Mâdî Ibn Muqarrab.

Mâdî, l'excellent homme, se mit à parler et me dit :
Ô Shukr ! Nous ne sommes pas contents de toi !
Ô Shukr ! Retourne au Najd et n'ajoute pas d'autre reproche.
Seul vit vraiment celui qui habite dans son pays.
Tu t'es éloigné de nous, ô Shukr, et tu t'es rapproché d'autres gens.
Et tu as attiré près de toi des Arabes habillés d'étoffes neuves.
Nous, nous avons appris à accueillir notre destin,
comme l'amadou du briquet accueille l'étincelle.
Si sur votre terre les chamelles de sept mois peuvent être fécondées,
nous les Arabes d'ici nous n'en attendons pas des petits.

Un autre poème traite du voyage [des Hilâliens] au Maghreb, qu'ils avaient enlevé aux Zénètes.

J'ai perdu en Ibn Hâshim un grand bien ;
mais avant moi, que d'hommes ont perdu leur bien !
Nous étions lui et moi pleins d'orgueil,
et il m'a confondu avec un argument dont la signification ne m'a pas échappé.
Je demeurais comme si j'étais ivre
d'un vin pur et fort qui rend impuissants ceux qui le boivent ;
ou telle une femme grisonnante qui a perdu ses enfants,
qui vit en étrangère, séparée de sa tribu,
traverse une période de malheur, est rejetée,
et habite parmi des Arabes qui ne s'occupent pas de leurs hôtes.
Comme elle, à cause de l'humiliation que j'ai subie,
je me plains de mon âme que le dégoût a tuée.
J'ai donné l'ordre du départ à mon peuple. Il se leva tôt
et attacha solidement les sacs sur les bêtes de charge.
Nous restâmes sept jours dans les enclos de notre tribu.
[...][5]
Nous demeurâmes sur les pentes des montagnes...
[...][6]

Et voici encore des vers d'un poème de Sultân Ibn

Muzaffar Ibn Yahyâ, de la tribu des Dawâwida, une branche des Riyâh des plus influentes. Il l'a composé lors de sa détention à al-Mahdiya dans la prison de l'émir Abû Zakariyâ' Ibn Abî Hafs, premier souverain almohade d'Ifrîqiya.

Ainsi parla-t-il, à peine un moment après l'apparition de l'obscurité de la nuit :
Il est interdit à mes yeux de connaître le sommeil.
Je suis celui qu'on surnomme le compagnon de la peine et de la tristesse,
mon esprit est fou d'amour et mon mal depuis longtemps me tourmente.
[J'aime] une femme du Hijâz, une Arabe bédouine,
[...] qu'il est difficile d'atteindre.
Elle a une passion pour le désert et n'est pas habituée aux villages.
Seules les collines sablonneuses conviennent à ses tentes.
La pluie y est abondante, et c'est là qu'elle passe l'hiver.
Car elle est faite pour le désert et lui voue un grand amour.
Elle passe le printemps dans l'herbage des terres qu'arrose la pluie,
et qui conviennent aux chamelles au ventre vide.
[Ces terres] sont le charme des yeux, après qu'elles ont reçu
l'eau des nuages qui passent.
Que d'eau se déverse, que de sources abondantes
d'eau pure jaillissent à qui mieux mieux !
C'est comme une vierge fiancée vêtue d'une robe resplendissante,
et qui a pour ceinture la lumière des camomilles.
Désert et pluie, expansion et vastitude,
pâturages où errent les autruches parmi les troupeaux.
Sa boisson est le pur lait des chamelles pleines de sept mois,
qui ne donnent du lait que tard le soir. Et ses mets sont faits de viande de brebis.
Elle n'a besoin ni de portes ni de batailles
dont la fureur fait blanchir les jeunes gens.
Que Dieu arrose de pluie la vallée d'al-Musayjid,
et qu'Il l'arrose encore et fasse revivre ses vieux os.
En retour, je lui donne mon amitié. Que ne puis-je
revivre les jours passés sur ses collines sablonneuses,
quand j'avais les arcs de la jeunesse à mon bras,
dont jamais les flèches ne manquaient leur but.
Mon coursier était toujours prêt sous ma selle, c'était une jument,
du temps de ma jeunesse ; elle était rapide à la course et j'en tenais les rênes.
Que de beautés m'ont fait perdre le sommeil, et jamais

je n'ai rien vu de plus parfait que les perles de leurs dents quand elles sourient.
[...][7]
aux sourcils noircis et aux splendides tatouages.
Ma passion pour elles m'a fait battre des mains...
[...][8]
Et le feu qu'attise la passion brûle dans mes entrailles,
brûle tellement que l'eau ne peut l'éteindre.
Jusqu'à quand dois-je endurer cet état ? Dois-je passer ma vie
dans cette maison dont les ténèbres me rendent aveugle ?
Je vois le soleil s'éclipser un instant,
il se couvre de nuages, puis les nuages disparaissent.
Que viennent vers nous les bannières et les drapeaux de la chance,
et qu'avec l'aide de Dieu, ils flottent dans le vent !
[...][9]
Ma lance sur l'épaule, je marche devant elles
[...][10]
à un campement à al-Ja'fariya, près des sables,
où je pourrai séjourner aussi longtemps qu'il me plaît.
Là je rencontrerai des cavaliers des Hilâl Ibn 'Amir,
dont le salut enlèvera ma rouille et étanchera ma soif brûlante.
Leur bravoure est proverbiale en Occident et en Orient ;
ceux qu'ils attaquent sont rapidement mis en déroute.
Je leur adresse à eux et à tous ceux qui vivent sous leurs tentes
un salut qui durera aussi longtemps que le chant des pigeons de Ghînâ.
Mais laisse tout cela ! Ne sois pas attristé par ce qui est passé et n'est plus.
Rien dans ce monde n'est durable pour quiconque.

De la poésie arabe plus récente, voici des vers de Khâlid Ibn Hamza Ibn 'Umar, chef des Ku'ûb, de la tribu des Awlâd Abî l-Layl. Le poète y fait des reproches aux ennemis de sa tribu, les Awlâd Muhalhil, et répond aux vers de leur poète Shibl Ibn Miskiyâna Ibn Muhalhil, qui vantait la supériorité des siens sur les Ku'ûb.

Ainsi parla-t-il. Ces propos sont ceux d'un homme frappé par le malheur, qui a composé des invectives et pris la peine de faire des rimes.

[...][11] *mais il a choisi les variétés*
les plus douces pour son chant,

bien faites, sélectionnées parmi nos chants.
Avec ces vers, je m'amuse quand dorment mes détracteurs.
Ils sont triés et échappent à la critique,
et j'ai pris soin d'en parfaire les rimes.
Ce qui a ravivé mon souvenir de ces vers, ô nobles gens,
ce sont les invectives de Shibl. En voici la réponse.
[...][12]

Du même poème, des vers de reproche[13].

. . . .

Du même poème encore, des vers qui décrivent le départ des femmes sur leurs litières[14].

. . . .

Du même poème, ces vers qui expriment des maximes :

Chercher l'impossible est stupide,
mais il est juste de te détourner de celui qui se détourne de toi.
Si tu vois des gens te fermer leur porte,
monte sur ton chameau, et Dieu t'ouvrira une porte.

D'un poème de Shibl, un vers où il indique que les Ku'ûb descendent de Tarjam[15].

. . . .

Et voici un poème de Khâlid, où il reproche à ses frères de s'être ralliés au chef des Almohades, Abû Muhammad Ibn Tâfrâgîn, qui avait usurpé le pouvoir du souverain de Tunis, Abû Ishâq, fils du sultan Abû Yahyâ, alors sous sa tutelle. Cela s'était produit à une époque proche de la nôtre[16].

. . . .

Dans un de ses poèmes, Alî Ibn 'Umar Ibn Ibrâhîm, un des chefs des Banû 'Amir, de la tribu des Zughba, qui vit à notre époque, reproche à ses cousins de vouloir prendre la direction de son clan[17].

. . . .

Voici maintenant un poème des Arabes bédouins du désert de Syrie, dans la région de Hawrân. Il a été composé par une femme dont le mari a été tué et qui a envoyé un messager à ses alliés qaysites pour les inciter à le venger[18].

. . . .

Et des vers d'un homme de la tribu de Hulubbâ, des Bédouins Judhâm d'Égypte[19].

. . . .

Ces poèmes sont très nombreux et répandus chez les Arabes bédouins. Certaines de leurs tribus les cultivent, d'autres dédaignent de les cultiver, comme on l'a vu dans la section sur la poésie. C'est le cas, par exemple, de beaucoup des chefs contemporains des Riyâh, des Zughba et des Sulaym. C'est Dieu qui donne le succès.

Les muwashshah *et les* zajal *andalous*

La poésie connut un grand épanouissement en Andalus, ses différentes tendances et ses différents genres s'avèrent d'un grand raffinement, et l'on y atteint à une extrême élégance. À l'époque récente, on inventa un nouveau genre appelé *muwashshah*.

Un *muwashshah* se compose de « colliers » et de « rameaux » en grand nombre et dans différents mètres. Un certain nombre de [ces colliers et rameaux] forment ce qu'on appelle une « stance ». On garde le même nombre de rimes et le même mètre dans ces « rameaux » tout au long d'une pièce. Le nombre de stances ne dépasse pas sept. Chaque stance comprend un nombre de rameaux déterminé, conformément aux buts et aux points de vue qu'on adopte. Comme la *qasîda*, le *muwashshah* est utilisé à l'envi pour la poésie érotique et panégyrique.

On trouva spirituel ce genre de poésie. L'élite comme les gens du commun l'apprirent, à cause de sa facilité et de sa simplicité. Son invention était due à Muqaddam Ibn Mu'âfâ al-Qabrî, poète attaché à l'émir 'Abd Allâh Ibn Muhammad al-Marwânî. Ahmad Ibn 'Abd Rabbih, l'auteur du *'Iqd*, l'apprit auprès de ce dernier. Mais tous les deux furent éclipsés par les auteurs plus récents, et leurs *muwashshah* n'eurent plus de succès. Après eux, le premier à avoir excellé dans ce genre fut 'Ubâda al-Qazzâz, le poète d'al-Mu'tasim Ibn Sumâdih, maître d'Almería. Al-A'lam al-Batalyûsî rapporte ces propos, tenus par Abû Bakr Ibn Zuhr : « Tous les auteurs de *muwashshah* sont redevables à 'Ubâda al-Qazzâz pour ces vers :

« *Pleine lune. Soleil tardif du matin.*
Rameau sur la dune. Musc au doux parfum.
Ô quelle perfection ! Ô quelle splendeur !
Ô quelle profusion ! Ô quelle senteur !
Assurément, celui qui l'aperçoit,
De fol amour tombe en grand désarroi. »

On prétend que 'Ubâda, comme auteur de *muwashshah*, ne fut précédé par aucun de ses contemporains du temps des *reyes de taifas*.

'Ubâda fut suivi d'Ibn Arfa'-ra'sah, le poète d'al-Ma'mûn Ibn Dhî-n-Nûn, maître de Tolède. On apprécia beaucoup le début de son *muwashshah* célèbre, où il dit :

Le luth chante la plus neuve des mélodies.
L'eau hante les frondaisons du paradis.

Ainsi que sa fin, où il dit :

Tu es vaillant, tu refuses la soumission.
Tu es sans doute al-Ma'mûn, la terreur des escadrons,
Yahyâ Ibn Dhî-n-Nûn.

Puis vint tout un groupe d'élite à l'époque des Sinhâja voilés, qui donna des œuvres très originales. Les deux champions en furent al-A'mâ at-Tutîlî et Yahyâ Ibn Baqî. Dans un de ses *muwashshah* « dorés[20] », at-Tutîlî dit :

Comment puis-je être patient
quand les signes des routes
confessent toute ma peine ?
quand au désert
le cortège des tendres vierges
s'éloigne puis disparaît ?

D'après un certain nombre de [mes] maîtres, les Andalous qui s'intéressent à ce genre de poésie racontent comment un groupe d'auteurs de *muwashshah* s'était un jour réuni à Séville. Chacun s'était appliqué à composer un *muwashshah*. Al-A'mâ at-Tutîlî s'avança pour réciter le sien. Lorsqu'il déclama le début de son célèbre poème, où il dit :

Perles son rire,
Pleine lune son visage.
Oh ! Le temps peut fuir,
Je garde son image.

Ibn Baqî déchira le sien, et les autres suivirent son exemple[21].

Al-A'lam al-Batalyûsî rapporte qu'il entendit dire un jour à Ibn Zuhr : « Je n'ai jamais envié les vers d'aucun poète, excepté ceux d'Ibn Baqî, lorsqu'il dit :

« *Voyez : Ahmad dans sa gloire est sans égal.*
L'Occident l'a grandi. Montre-nous son pareil, ô Orient[22]. »

À leur époque, au nombre des poètes de *muwashshah* naturellement doués, il y avait Abû Bakr al-Abyad. De leur temps, vivait également le philosophe Abû Bakr Ibn Bâjja, auteur des fameuses mélodies. D'après une histoire célèbre, il se présenta un jour à la réunion de son prince Ibn Tîfalwît, maître de Saragosse, et fit réciter par une de ses chanteuses un *muwashshah* qui commençait ainsi :

Laisse aller la queue de ta robe là où elle veut,
et à son ivresse ajoute une autre ivresse.

Le prince, à qui s'adressait cet éloge, en fut fort ému. Et quand [la chanteuse] déclama ce vers par lequel s'achevait le poème :

Que Dieu donne la victoire
au noble seigneur Abû Bakr !

et qu'Ibn Tîfalwît eut entendu cette mélodie, il s'écria : « Que c'est beau ! » Il déchira sa robe et dit : « Quel beau début et quelle belle fin ! » Il jura par les plus grands serments qu'Ibn Bâjja ne rentrerait chez lui qu'en marchant sur de l'or. Craignant une fin malheureuse, le philosophe employa la ruse : il mit de l'or dans ses souliers et marcha avec[23].

Abû l-Khattâb Ibn Zuhr rapporte qu'un jour, lors d'une réunion chez Abû Bakr Ibn Zuhr, on évoqua le nom du poète Abû Bakr al-Abyad, mentionné ci-dessus. Un des assistants montra un certain dédain à son égard. Abû Bakr Ibn Zuhr s'exclama : « Comment peut-on détourner les yeux de quelqu'un qui a dit ces vers :

« *Je n'aurais nul plaisir à boire*
sur les champs de camomille
sans une beauté à la taille fine
quand au matin elle se courbe.
Ou le soir quand elle dit : pourquoi le vin me frappe-t-il à la joue ?
pourquoi souffle le vent du nord et courbe le rameau sous mon voile ?
C'est ce qui fait périr les cœurs
et sa marche nous rend soupçonneux.
Ô regard ! augmente nos péchés !
Ô lèvres vermeilles ! Ô dents blanches !
Étanchez la soif d'un malade d'amour qui ne renonce,
et toujours espère s'unir avec qui le fuit. »

Par la suite, au début de la dynastie almohade, Muhammad Ibn Abî l-Fadl Ibn Sharaf devint célèbre. Almas Ibn Duwayrida a dit : « J'ai vu Hâtim Ibn Sa'îd commencer un poème ainsi[24] :

« *Soleil et lune : le vin et un bon compagnon.*

et Ibn Hardûs :

« *Ô nuit d'union et de félicité ! Par Dieu, reviens !*

et Ibn Mu'ahhil :

« *La fête, ce n'est ni l'habit, ni l'écharpe, ni la senteur d'un parfum,*
la fête c'est la rencontre avec le bien-aimé. »

Il faut citer aussi Abû Ishâq ad-Duwaynî. Ibn Sa'îd a dit : « J'ai entendu Abû l-Hasan Ibn Sahl Ibn Mâlik raconter qu'[Abû Ishâq] était une fois passé chez Ibn Zuhr, alors âgé. Il portait des habits campagnards, car il habitait à Hisn Istabba. Il ne fut pas reconnu et s'assit au fond de la salle. La conversation l'amena à réciter ces vers d'un *muwashshah* de sa composition :

Le collyre des ténèbres s'écoule de l'œil de l'aube sur le matin.
Le poignet de la rivière est revêtu des habits verdoyants des marais. »

Ibn Zuhr, ému, demanda: « C'est toi qui as fait ces vers ? » [Abû Ishâq] répliqua : « Mets-moi à l'épreuve. » Ibn Zuhr lui demanda alors qui il était, et Abû Ishâq se fit connaître. Ibn Zuhr lui dit : « Prends la place d'honneur[25] ! Par Dieu, je ne t'ai pas reconnu. »

Ibn Sa'îd poursuivit : « Le champion de tout le groupe fut Abû Bakr Ibn Zuhr. Ses *muwashshah* ont fait le tour de l'Orient et de l'Occident. » Il dit : « Abû l-Hasan Ibn Sahl Ibn Mâlik rapporte qu'on demanda à Ibn Zuhr : "Que dirais-tu si on te demandait quel est ton *muwashshah* le plus original ?" Ibn Zuhr répondit : "Je citerais le poème suivant :

"*Pourquoi donc l'homme éperdu*
ne sort-il pas de son ivresse ?
Grande est son ivresse !
[ ]
Nos jours sur le canal reviendront-ils, et nos nuits,
quand la brise parfumée nous apportait le musc de Dârîn[26],
et quand la beauté du lieu nous faisait presque ressusciter ?
Une rivière qu'ombrageaient de grands et beaux arbres à l'épaisse frondaison,
et l'eau qui ruisselait, et les feuilles de myrte, noyées ou flottantes." »

Après lui, Ibn Hayyûn devint célèbre. Il composa le fameux *zajal* que voici :

Ses flèches sont prêtes à partir à tout instant,
tirées de son arc ou décochées par ses yeux.
Dans les deux cas, il atteint son but.

Il chanta aussi, sur le même thème :

Dieu m'a créé beau et je me suis fait archer,
aussi, pas un moment, je ne cesse mes assauts.

Et je fais, avec les yeux que je possède,
ce que fait mon arc quand il décoche ses flèches.

À la même époque qu'[Ibn Zuhr et Ibn Hayyûn], al-Muhr Ibn al-Faras s'était illustré à Grenade. Quand Ibn Zuhr entendit son poème :

Ô Dieu ! Qu'il était radieux ce jour,
sur la rive du Hims, dans les prairies !
Puis nous revînmes à l'entrée du canal,
pour rompre les sceaux de nos bouteilles
de vin aussi pur que les perles,
tandis que la main de l'obscurité
pliait le manteau du soir.

Il dit : « Nous n'aurions pu [faire une aussi belle trouvaille] que ce manteau ! »

Dans la même ville vivait Mutarrif. Ibn Sa'îd rapporte, d'après son père, que Mutarrif entra un jour chez Ibn al-Faras. Celui-ci se leva pour l'accueillir et l'honorer. Mutarrif lui demanda de ne pas se déranger. Ibn al-Faras répliqua : « Comment ne pas me lever en l'honneur de celui qui a dit :

« *Des cœurs amoureux de regards assassins,*
dis, peuvent-ils ne pas succomber à la passion ? »

Plus tard parut Ibn Hazmûn à Murcie. Ibn ar-Râ'is rapporte que Yahyâ al-Khazrajî vint le voir dans une de ses réunions et lui chanta un *muwashshah* de sa composition. Ibn Hazmûn lui dit : « Un *muwashshah* n'est un *muwashshah* que s'il est dépourvu d'artifice. » Yahyâ lui demanda : « Comme quoi, par exemple ? » Ibn Hazmûn répliqua : « Comme lorsque je dis dans ces vers :

« *Ô toi qui me fuis, existe-t-il un moyen de nous réunir,*
ou crois-tu que ton amour puisse être oublié par un cœur malade d'amour ? »

De Grenade, il faut citer Abû l-Hasan Ibn Sahl Ibn Mâlik. Ibn Sa'îd raconte que son père appréciait de lui ces vers :

Le torrent du matin à l'Orient
envahit comme une mer tout l'horizon.
Les colombes font entendre leurs lamentations,
comme si elles craignaient d'être noyées,
et pleurent au point du jour sur le feuillage.

À la même époque, Abû l-Hasan Ibn al-Fadl devint célèbre à Séville. Ibn Sa'îd raconte que son père a entendu Sahl Ibn Mâlik dire à [Ibn al-Fadl] : « Ô Ibn al-Fadl, tu surpasses les auteurs de *muwashshah* quand tu dis :

« *Hélas pour le temps passé.*
Vint le soir, et la passion a fui et disparu.
Je suis, malgré moi, contraint à la solitude,
et mes nuits, je les passe sur les braises,
j'étreins par la pensée les vestiges abandonnés,
et, en imagination, je répands mes baisers sur leurs traces. »

Ibn Sa'îd poursuit : « J'ai entendu Abû Bakr Ibn as-Sâbûnî réciter plus d'une fois ses *muwashshah* au maître Abû l-Hasan ad-Dabbâj. Mais une seule fois, celui-ci lui fit des louanges pour ces vers :

"*Je jure par l'amour de celui qui me prive de sa vue,*
que la nuit de celui qui brûle d'amour n'a pas d'aube.
Le matin s'est figé et ne vient plus [succéder à la nuit],
et il me semble que ma nuit n'aura pas de lendemain.
Il est vrai, ô nuit, que tu es éternelle.
Ou est-ce que les ailes de l'aigle[27] *ont été liées,*
et ainsi les étoiles du ciel ont cessé leur course ?" »

Dans un de ses plus beaux *muwashshah*, Ibn as-Sâbûnî dit :

Qu'adviendra-t-il d'un amoureux malade et affligé,
qui souffre, ô malheur, par la faute de son propre médecin ?
Son bien-aimé le fuit, comme le fuit le doux sommeil.
Pour mes paupières, le sommeil est cruel, mais
si je pleure, c'est pour la perte de son image.
L'espoir de la rencontre, ce jour, m'est refusé.
C'est ce qu'il veut. Quelle triste rencontre !
Mais je ne puis ne pas blâmer celui qui me fuit,
car je n'ai ni les moyens ni le cœur à le faire.

Puis Ibn Khalaf al-Jazâ'irî devint célèbre sur la rive maghrébine. Il est l'auteur du célèbre *muwashshah* :

La main du matin a fait
étinceler les lumières
dans les brasiers des fleurs.

Et Ibn Khazar al-Bajâ'î a dit dans un de ses *muwashshah* :

Le temps t'est favorable,
il te salue avec un sourire.

Parmi les plus beaux *muwashshah* composés par des poètes récents, voici celui d'Ibn Sahl, qui a vécu d'abord à Séville, puis à Ceuta :

La gazelle inaccessible[28] *sait-elle que pour elle*
brûle le cœur dont elle a fait son gîte ?
Le voilà maintenant qui s'embrase et s'agite
comme un feu de bois que fait flamber le vent d'est.

Notre ami déjà cité, le vizir Abû 'Abd Allâh Ibn al-Khatîb, le plus grand poète de l'Andalus et du Maghreb en son temps, a composé sur le même modèle un poème où il dit :

Qu'une abondante pluie se répande sur toi,
Ô temps de la rencontre en Andalus !
Notre union ne fut qu'un rêve
dans un doux sommeil, qu'un larcin.
Le temps conduit nos vœux en ordre dispersé
et les comble selon ses propres desseins,
un par un ou deux par deux,
comme les groupes de gens à la saison du pèlerinage.
La pluie a couvert le jardin de clarté,
et les fleurs l'illuminent de leur sourire.
L'anémone est arrosée[29] *par l'eau de pluie,*
comme Mâlik transmet [ses hadîth*] d'après Anas.*
La beauté l'a revêtu d'un habit brodé,
qui lui fait mépriser la plus belle robe,
en des nuits qui auraient enveloppé le secret de l'amour
de leurs ténèbres, si ne luisaient les fronts brillants [des amants].

L'étoile de la coupe s'est inclinée et est tombée
en une course droite et des effets heureux.
Un objet du désir sans défaut,
excepté qu'il est passé plus vite que l'éclair,
juste quand nous jouissions du plaisir d'être ensemble, comme
le jour chasse brusquement les étoiles de la nuit.
Les étoiles brillantes sont descendues sur nous, ou
c'est peut-être l'influence qu'exerce sur nous les yeux du narcisse.
Que peut un homme qui s'est libéré
pour tomber au pouvoir d'un jardin ?
Les fleurs profitent de l'occasion :
elles se sentent en sécurité et ne le craignent plus.
Et quand l'eau murmure aux oreilles des cailloux,
et que les amants se retirent pour se parler en secret,
on aperçoit la rose jalouse et chagrine,
de colère, se couvrir de sa couleur pourpre.
Et l'on voit le myrte, fin et compréhensif,
écouter furtivement de toutes ses oreilles.
Chers amis de ma tribu à Wâdi l-Ghadâ[30]*,*
il y a dans mon cœur une place où vous vivez.
Tout l'espace ne peut plus contenir ma nostalgie,
et tout m'est indifférent, l'est comme l'ouest.
Rendez-moi le temps d'une familiarité passée,
et vous sauverez celui qui vous regarde du fond de sa tristesse.
Craignez Dieu et faites revivre un homme épris,
dont la vie se consume en chacun de ses souffles.
Il vous a fait don[31] *de son cœur par générosité ;*
accepteriez-vous que le legs disparaisse ?
De mon cœur l'un de vous est proche
par mes souhaits, mais il est loin.
Une lune s'est levée à l'ouest ; heureuse, elle a fait le malheur de celui qui l'aime.
Les bons et les méchants ne font plus de distinction
quand ils l'aiment entre récompenses et châtiments.
Avec ses yeux ensorceleurs et ses douces lèvres vermeilles,
il est pour l'âme comme son souffle de vie.
Il tend son arc, dit : « Au nom de Dieu », et tire ;
et mon cœur est aussitôt dévoré [par la passion].
Il est peut-être injuste, mon espoir est déçu,
et mon cœur amoureux se consume de désir,
mais il est le premier bien-aimé de mon âme,
et quand on aime, le bien-aimé n'a pas de péchés.
Ses ordres sont exécutés et obéis

par un cœur qu'il a lui-même brisé.
Il a fait juge son regard, et celui-ci a rendu son verdict.
Il n'a pas considéré, chez les âmes faibles,
qui rend justice à la victime contre son tyran,
et qui récompense les bons et punit les méchants.
Pourquoi mon cœur, chaque fois que souffle le vent d'est,
est-il de nouveau en proie à la nostalgie ?
Pour lui étaient écrites sur la Table
ces paroles de Dieu : « En vérité, mon tourment sera sévère[A]*. »*
Il attire les soucis et la maladie,
et prend le plus grand soin de ses chagrins.
Une passion violente brûle dans ma poitrine,
comme un feu de branches sèches.
De ma vie il n'a laissé que des restes,
comme ce qui subsiste du jour après les dernières ténèbres de la nuit.
Soumets-toi, ô mon âme, aux décrets du destin,
et consacre ton temps au retour et au repentir.
N'évoque plus le souvenir d'un temps passé,
quand je recevais tantôt les faveurs, tantôt les reproches de mon bien-aimé.
Tourne-toi vers le gracieux seigneur,
à qui le succès a été inspiré dans le Prototype du Livre,
qui est noble à la fin et à l'origine,
le lion du troupeau, la pleine lune de l'assemblée,
celui sur qui la victoire descend, comme
descend la Révélation, par l'intermédiaire de l'esprit saint[32].

Pour ce qui est des Orientaux, les *muwashshah* qu'ils ont composés montrent beaucoup d'affectation. Une de leurs plus belles pièces est celle d'Ibn Sanâ' al-Mulk al-Misrî[33], qui devint célèbre en Orient comme en Occident. Elle commence ainsi :

Ô mon bien-aimé, soulève le voile de lumière
de ton visage,
pour que nous puissions voir le musc sur le camphre,
sur la fleur de grenadier.
Couvrez, ô nuages, les couronnes des collines d'ornements,
et donnez-leur, comme bracelets, les méandres de la rivière.

Lorsque le genre des *muwashshah* se fut répandu parmi

A. Coran, XIV, 7.

les Andalous et qu'il fut adopté par la grande masse à cause de sa facilité, de son élégance et de son rythme, les gens du commun des villes l'imitèrent. Ils composèrent des poèmes sur le même modèle, en utilisant leur langue citadine et sans respecter les règles de flexions. Ils inventèrent ainsi un nouveau genre, qu'ils appelèrent *zajal*. Ils continuèrent à composer des poèmes de cette sorte jusqu'à nos jours, et produisirent des œuvres remarquables. Un vaste champ de l'éloquence fut ainsi ouvert, où ils utilisèrent leur langue qu'influençaient les idiomes étrangers.

Le premier à avoir fait preuve d'originalité dans le genre du *zajal* fut Abû Bakr Ibn Quzmân. S'il est vrai qu'on avait composé du *zajal* en Andalus avant lui, la beauté de ce genre de poésie n'apparut avec évidence, ses idées ne prirent vraiment forme et son élégance ne fut pleinement reconnue qu'en son temps. Il vécut sous les Almoravides. Il fut le plus grand poète de *zajal*.

Ibn Sa'îd dit : « J'ai vu ses *zajal* récités à Bagdad plus que je ne les ai vus récités dans les villes du Maghreb. Et, poursuit-il, j'ai entendu Abû l-Hasan Ibn Jahdar al-Ishbîlî, le plus grand poète de *zajal* à notre époque, dire : "Aucun des plus grands poètes de *zajal* n'a composé une pièce aussi belle que ces vers qu'Ibn Quzmân, le maître en ce domaine, improvisa un jour lorsqu'il sortit se divertir avec ses amis et qu'ils s'assirent sous un arbre, en face d'un lion en marbre de la gueule duquel coulait de l'eau sur des blocs de pierre disposés en escalier :

"*Un kiosque s'élève sur une estrade, semblable à un portique.*
Un lion qui a avalé un serpent gros comme une jambe,
ouvre sa gueule, tel un homme qui a le hoquet,
et le serpent roule sur les blocs de pierre et crie." »

Bien qu'originaire de Cordoue, Ibn Quzmân se rendait souvent à Séville et allait se promener sur son fleuve. Or, un jour, un groupe de poètes distingués de *zajal* s'étaient réunis et avaient pris une barque pour une promenade sur le fleuve. Il y avait avec eux un bel adolescent issu d'une riche et noble famille de la ville. Ils se livrèrent à une partie de pêche et composèrent des poèmes sur leur situation. 'Isâ al-Balîd commença avec ces vers :

Mon cœur voudrait se délivrer, mais trop tard,
son amour exige de lui de la vigueur.
Il est pris au piège, le pauvre,
Plein de trouble, il éprouve une grande souffrance
de ne plus voir les paupières enduites de collyre,
ces paupières brunes qui ont fait son malheur.

Ensuite, Abû 'Amr Ibn az-Zâhid al-Ishbîlî déclama :

Il est pris. La passion est un piège où se prennent tous ceux qui s'y aventurent.
Pourquoi recherche-t-il les peines et les souffrances ?
Il s'est mis en tête de jouer avec l'amour.
Que de gens ont péri à ce jeu !

Puis, ce fut le tour d'Abû l-Hasan al-Muqri' ad-Dânî :

C'est une belle journée où tout me plaît :
boissons et beaux adolescents autour de moi,
chant du chardonneret sur le peuplier,
et pour finir[34]*, un poisson qui frit dans la poêle.*

Puis, celui d'Abû Bakr Martîn :

Tu veux savoir la vérité ? Voici ce qu'il m'en souvient :
sur la rivière se trouvent à la fois celui qui regarde, le poisson
et le pêcheur.
Ce ne sont pas des poissons qu'il capture,
ce sont les cœurs des hommes qui tombent dans ses petits filets.

Puis, celui d'Abû Bakr Ibn Quzmân :

Quand il retrousse ses manches pour lancer son filet,
on voit accourir les poissons de tous côtés :
ce n'est pas qu'ils veulent se faire prendre,
mais c'est pour embrasser ses petites mains.

À la même époque vivait Yakhlaf al-Aswad en Andalus oriental. Il était l'auteur de beaux *zajal*, dont voici un exemple :

J'étais pris et craignais de l'être,
l'amour m'a mis en difficulté.

Plus loin, il dit :

Quand je contemple son visage resplendissant et beau,
une rougeur extrême monte sur ses joues.
Cherches-tu l'alchimie ? L'alchimie est dans mes yeux :
je regarde de l'argent, et il se transforme en or.

Ces poètes furent suivis d'un autre groupe, dont le membre le plus distingué fut Madghallis. Il fit merveille dans ce genre. Voici quelques vers de son célèbre *zajal* :

La pluie tombe en fines gouttelettes,
tandis que le soleil darde ses rayons,
l'une répand de l'argent,
l'autre verse de l'or.
Les plantes boivent et s'enivrent,
et les branches dansent de gaieté.
Elles veulent venir vers nous,
puis elles ont honte et reviennent en arrière.

Dans un autre de ses beaux *zajal* il dit :

L'aube est apparue et les étoiles sont confuses.
Debout ! Arrachons-nous à notre paresse.
Une gorgée de vin étendu d'eau bue à la bouteille
est pour moi plus douce que le miel.
Ô toi qui me reproches ma conduite,
tu devras répondre devant Dieu de tes paroles.
Tu dis que le vin fait naître les péchés
et qu'il corrompt l'intelligence.
Va au Hijâz ! Ce serait mieux pour toi.
Pourquoi te mêles-tu de mes affaires ?
Va en pèlerinage à La Mecque et visite Médine,
et laisse-moi boire tout mon soûl.
Pour celui qui n'a ni pouvoir ni capacité,
l'intention est plus efficace que l'action.

Puis, après ce groupe, apparut à Séville Ibn Jahdar, qui se montra supérieur aux autres poètes de *zajal* à l'occasion de la conquête de Majorque, lorsqu'il composa celui qui commence ainsi :

Ceux qui s'opposent à l'unicité divine doivent être anéantis par l'épée ;
je n'ai rien à voir avec ceux qui s'opposent au Vrai.

Ibn Sa'îd dit : « Je l'ai rencontré, ainsi que son disciple al-Ya'ya', auteur du célèbre *zajal* qui commence ainsi :

"*Ah ! si je pouvais, quand je vois mon bien-aimé,*
lui dire à l'oreille ce petit message :
Pourquoi as-tu pris à la petite gazelle son cou
et volé à la perdrix sa bouche ?" »

Puis vint Abû l-Hasan Sahl Ibn Mâlik, la plus grande autorité en littérature. Et plus tard, à notre époque même, brilla notre ami, le vizir Abû 'Abd Allâh Ibn al-Khatîb, sans conteste le plus grand auteur en prose et en vers de l'islam. Voici un exemple des beaux poèmes qu'il a composés dans ce genre :

Mélange les coupes et remplis la mienne pour que je boive encore,
les biens de ce monde n'ont été créés que pour être dissipés.

Et voici un autre poème de lui, fait à la manière des soufis, où il imite ash-Shushtarî :

Entre la montée et la descente[35],
les poèmes d'amour se confondent.
Sont partis ceux qui n'ont pas été,
est resté Celui qui n'a jamais cessé d'être.

Et un autre poème, dans le même sens :

Être loin de toi, mon fils, est mon plus grand malheur ;
et quand tu es près de moi, je laisse ma barque aller à la dérive.

À l'époque du vizir Ibn al-Khatîb vivait en Andalus Muhammad Ibn 'Abd al-'Azîm, de Cadix, qui était un grand poète de *zajal*. Il composa cette pièce où il imitait le vers de Madghallis, « L'aube est apparue et les étoiles sont confuses » :

Il est permis d'être effronté, intelligents amis,
depuis que le soleil est entré dans le signe du Bélier.

Livrez-vous chaque jour à de nouvelles débauches,
et qu'aucun temps perdu désormais ne sépare vos orgies.
Allons nous ébattre sur le bord du Genil,
au milieu de ses verdoyantes prairies.
Laissons Bagdad et les histoires du Nil,
pour moi nos régions sont les plus belles.
C'est une plaine plus riante qu'une étendue de quarante milles ;
quand le vent y souffle et va et vient,
on n'y voit nulle trace de poussière,
même pas de quoi se noircir les yeux.
Comment en serait-il autrement, puisqu'il ne s'y trouve pas
un endroit qui ne soit un parterre de fleurs où paissent les abeilles.

Le *zajal* est [devenu] de nos jours un genre poétique populaire en Andalus. C'est dans ce genre que les gens du commun aiment à composer. C'est ainsi qu'ils y font des poèmes suivant les quinze mètres [de la poésie arabe], mais en langue vulgaire. Ils appellent cela la « poésie du *zajal* ». Voici un exemple de cette poésie :

Une éternité, des années que j'aime tes yeux,
mais en toi nulle pitié, et nulle tendresse en ton cœur.
Vois ce qu'est devenu mon cœur à cause de toi :
un soc de charrue entre les mains des forgerons ;
mes larmes coulent, et le feu s'attise,
et les coups de marteau pleuvent de droite et de gauche !
Pour les raids, Dieu a créé les chrétiens ;
mais toi, tu préfères razzier les cœurs de tes amants.

Au début de ce siècle, un des meilleurs poètes dans ce genre fut le lettré Abû 'Abd Allâh al-Lûshî. Dans un de ses poèmes, où il fait l'éloge du sultan Ibn al-Ahmar, il dit :

Voilà le matin ! Debout, compagnon, buvons
et rions, nos cœurs pleins de joie !
L'or de l'aube a frotté le crépuscule
à la pierre de touche de la nuit. Lève-toi, scrute-le.
Tu verras un métal pur, blanc et propre ;
c'est de l'argent, mais le crépuscule en a fait de l'or.
C'est une monnaie qui a cours chez les hommes,
la lumière des yeux prend sa source dans sa lumière.
L'air du jour, ami, est fait pour jouir de la vie ;
par Dieu, qu'il est agréable pour l'homme riche d'y vivre !

La nuit, c'est pour les baisers et les enlacements,
et l'on tourne et se retourne sur le lit des retrouvailles.
Un temps meilleur est venu après une période de misère,
mais pourquoi en laisser échapper les scorpions ?
Comme on en a avalé l'amertume,
on en boit le vin succulent et on en mange les mets exquis.
Qu'est-ce donc ceci, ô lettrés ? dit notre censeur,
pourquoi fuir ainsi dans la boisson et l'amour ?
Mes censeurs s'étonnent de ma conduite,
je leur ai dit : Ô gens ! pourquoi vous étonnez-vous ?
Seul un homme de caractère fin peut aimer un bel adolescent.
Pourquoi donc apprenons-nous à lire et à écrire ?
La beauté ne revient qu'au poète cultivé :
vierge, il la prend, déflorée, il la rejette.
La coupe n'est interdite qu'à ceux
qui ne savent pas comment la boire.
Les hommes intelligents, […][d] ou effrontés
verront leurs péchés pardonnés, si tant est qu'ils sont des pécheurs.
Sa beauté m'a ravi la raison, mais par
la beauté de mes mots je n'ai pu lui ravir sa beauté.
Une grasse jeune fille qui éteint les braises,
et qui brûle mon cœur au feu de tamaris.
Une gazelle qui scrute les cœurs des lions :
par l'imagination, ils s'enfuient, avant même qu'elle les regarde.
Puis elle les fait revivre avec un sourire, et ils rient,
après avoir pleuré.
Une petite bouche, tel un anneau, et des dents blanches :
et le prêcheur dans son sermon ne parle que de baisers.
Des perles sur des coraux ! Quel collier,
ami, de perles rangées mais non percées.
Une moustache noire, mais à quoi la comparer ?
La comparer au musc est une insulte.
Une chevelure noire comme les ailes d'un corbeau
— même mes nuits loin d'elle s'en étonnent —
tombe sur un corps blanc comme lait
que jamais berger ait trait aux pis de ses brebis.
Deux petits seins qui ont appris à son cœur
l'effronterie. Ô quel cœur dur !
Sous les plis du ventre une taille si fine
qu'elle s'évanouit quand on la cherche.
Plus fine encore que ma religion, dirais-je.
Personne ne démentira ton esclave, ô ma Dame !
Quelle religion puis-je garder avec toi, et quelle intelligence ?

Tu prives qui te suit et de l'une et de l'autre.
Elle a un derrière aussi lourd que le censeur
qui épie l'amant et le surveille.
S'il ne défait pas un point de couture et se dégage
[...][36]*, par le Prophète, elle le mettra en croix.*
Quand tu es là, ce lieu devient pour moi un palais,
mais, quand tu t'éloignes, il me semble une cave.
Tu as autant de belles qualités que l'Émir,
mais le sable, qui peut en compter les grains ?
Pilier des cités, le plus éloquent des Arabes,
l'éloquence de ses paroles est ce qui fait l'arabité.
Il réunit à lui seul toute la science et l'action,
et que de poèmes originaux il a écrits !
Que de poitrines il a percées de sa lance !
Que de cous il a tranchés avec son épée !
Le ciel l'envie pour quatre de ses qualités.
Qui peut, dis-moi, compter [ses vertus] et les dénombrer ?
Le soleil est sa lumière, la lune son ambition,
la pluie sa générosité, les étoiles son rang.
Quand il monte le coursier de la générosité,
il lâche la bride à son zèle et à ses efforts.
Tous les jours nous nous revêtons de ses robes d'honneur,
et nous respirons le parfum de sa haute gloire.
Ses bienfaits apparaissent sur ceux qui mettent en lui leur espoir,
et jamais ceux qui viennent le voir ne repartent déçus.
Il a fait apparaître la vérité, qui était obscurcie ;
jamais plus le mensonge ne pourra la voiler.
Grâce à la pureté de son intention, il a reconstruit le pilier de la piété,
que le temps avait détruit.
On le craint quand on le rencontre et on espère en lui,
malgré toute sa bonté, sa face inspire le respect.
Il va à la guerre riant, et la guerre se renfrogne,
il est toujours vainqueur et nul au monde ne le vainc.
Quand il tire son épée au milieu des armes,
il frappe un seul coup et jamais ne redouble.
Il porte le nom de l'Élu, et Dieu
l'a distingué et choisi pour être roi.
C'est le Calife, le Commandeur des musulmans,
il dirige ses armées et est l'ornement de son cortège.
Les hommes se courbent devant un tel chef.
Certes, ils désirent lui baiser les mains.
Il appartient à la maison des Nasrides, qui sont les pleines lunes de ce temps ;

leur gloire se lève mais jamais ne décline.
Si leur gloire et leur noblesse les tiennent éloignés [des gens],
leur modestie et leur pudeur les en rapprochent.
Que Dieu les garde, aussi longtemps que tournera la sphère céleste,
que brillera le soleil et que luiront les astres,
et tant que ce poème sera chanté,
ô soleil intérieur qui jamais ne décline.

Puis les citadins du Maghreb inventèrent un autre genre de poésie, avec des mètres mixtes comme dans le *muwashshah*. Ils composèrent également dans ce genre des poèmes dans leur dialecte citadin, et appelèrent cela le « mètre local » (*'arûd al-balad*). Le premier à avoir introduit ce genre fut un homme originaire de l'Andalus installé à Fès, connu sous le nom d'Ibn 'Umayr. Il composa une pièce suivant le modèle du *muwashshah*, où il négligea rarement les règles des déclinaisons. Ce poème commence ainsi :

Au bord de la rivière, la plainte d'une colombe
perchée sur une branche dans le jardin au petit matin me fit pleurer.
La paume du jour effaçait l'encre des ténèbres,
et des gouttes de rosée perlaient des dents des camomilles.
J'étais tôt à la prairie. Les ombres s'étaient dissipées,
comme se dispersent des perles sur les seins des vierges.
Les larmes des norias se déversaient,
tels des serpents qui se tortillent autour des fruits.
Les rameaux font comme une chaînette autour des jambes,
et la prairie est encerclée comme d'un bracelet.
Les mains de la rosée passent à travers les plis des calices,
emportant au loin la brise du musc.
L'ivoire de la clarté enveloppe de musc les nuages,
et la brise les couvre de sa traîne et répand son parfum.
J'ai vu la colombe entre les feuilles sur le rameau,
les plumes mouillées par les gouttes de rosée.
Elle se lamente comme un amoureux étranger,
se couvrant de son nouveau plumage comme d'un manteau.
Mais avec son bec rouge et ses pattes colorées,
elle enfile des colliers de perles et les met à son cou.
Elle est assise entre les branches comme un fou d'amour,
utilisant une aile comme oreiller et se couvrant de l'autre.
Puis se lamentant sur la passion qui est dans son cœur,
elle a rapproché son bec de sa poitrine et s'est mise à gémir.

Je lui dis : Ô colombe ! mes yeux ne goûtent plus le sommeil,
car ils ne cessent de répandre des larmes abondantes.
La colombe m'a répondu : J'ai pleuré jusqu'à ce que mes larmes aient tari,
et sans larmes je resterai à gémir toute ma vie
sur un pigeonneau qui s'est envolé et n'est jamais revenu.
Je suis habituée aux larmes et à la tristesse depuis l'époque de Noé.
C'est cela la fidélité, dis-je, c'est cela le devoir de protection des siens !
Voyez : ses paupières sont devenues comme des blessures.
Et vous, si un malheur vous frappe, à peine une année passée,
vous dites : nous sommes las des pleurs et des lamentations !
Je lui dis : Ô colombe ! si tu étais plongée [comme moi] dans un océan de maux,
tu aurais répandu sur moi d'abondantes larmes,
et si tu éprouvais dans ton cœur ce que j'éprouve dans le mien,
les branches sous toi seraient réduites en cendres.
Je souffre depuis tant d'années de la séparation,
que plus personne ne peut plus me voir.
Mon corps est transformé par la maigreur et la maladie,
si bien qu'il m'a éloigné de tout regard.
Si la mort venait, c'est ici que je mourrais ;
ceux qui sont morts, amis, au moins jouissent du repos.
La colombe me dit : Si je soupirais, la prairie se dissoudrait.
c'est parce que j'ai peur pour elle que je retiens mon souffle dans ma poitrine.
Je suis décolorée par mes larmes. Et cette blancheur
restera comme un collier autour de mon cou jusqu'au jour du Jugement dernier.
Quant au bout de mon bec, son histoire est bien connue.
C'est comme un bout [de flamme], alors que [le reste de] mon corps n'est que cendres.
Tous les pigeons me plaignent et me pleurent,
Tous ceux qui comme moi ont souffert du rejet et de la séparation peuvent bien gémir.
Ô joie de ce monde, adieu !
puisque nous n'avons trouvé en toi ni repos ni refuge !

Les habitants de Fès apprécièrent beaucoup ce poème et le prirent pour modèle dans leurs compositions. Ils abandonnèrent le respect des règles des déclinaisons, qui ne les concernait pas. Ce genre de poésie connut une forte diffusion parmi eux, et un grand nombre de leurs poètes y excellèrent. Ils y distinguèrent plusieurs genres, tels que le *muzawwaj*, le *kâzî*, le *mal'aba* et le *ghazal*, qui diffèrent par la mixité [de leurs mètres] et les observations qu'ils renferment. Voici un poème de ce genre, dû à Ibn Shujâ', un de leurs grands poètes, originaire de Taza :

La richesse est l'ornement de ce monde et ce qui donne la puissance,
elle rend beaux les visages qui ne le sont point.
Celui qui possède beaucoup d'argent,
a de l'autorité et occupe un haut rang.
Celui qui est riche est grand, même s'il est petit,
et l'homme respecté devient petit dès qu'il est pauvre.
C'est ce qui d'un côté m'opprime, et de l'autre, me rend jaloux,
et mon cœur éclaterait, s'il ne fallait accepter le destin.
Ainsi, un homme grand au sein de son peuple doit s'adresser
à celui qui ne possède ni noblesse ni rang élevé.
Ces renversements me rendent triste[37]*,*
[...][38]
Maintenant que les queues se placent avant les têtes,
et que la rivière doit puiser dans la rigole.
Est-ce la faute à la faiblesse de l'homme ou à la corruption du temps ?
Nous ne savons à qui adresser le plus nos reproches.
Untel *est devenu aujourd'hui* monsieur Untel,
et si vous saviez ! que ne faut-il pour qu'il daigne répondre.
Nous avons vécu — grâce à Dieu — jusqu'au jour où nous avons vu de nos propres yeux
des âmes de rois dans des peaux de chien !
De grandes âmes, et de très faibles fondations,
elles sont dans un lieu, et la gloire dans un autre.
Les gens les considèrent stupides, mais eux se considèrent
comme les grands du pays et ses plus solides garanties.

Un autre exemple de ce genre de poésie est constitué par ces vers d'Ibn Shujâ', tirés d'un de ses *muzawwaj* :

Celui qui, de nos jours, attache son cœur aux beaux adolescents doit souffrir,
garde-toi, ami, de devenir le jouet de la beauté.
Nul bel adolescent ne promet sans trahir sa promesse,
rares sont ceux que tu peux tenir et qui te restent fidèles.
Ils regardent avec dédain leurs amants et les repoussent,
et déchirent délibérément les cœurs des hommes.
Quand ils se lient, c'est aussitôt pour rompre,

et quand ils promettent, c'est toujours pour trahir.
J'ai aimé un bel adolescent et lui ai attaché mon cœur,
et j'ai fait de ma joue une chaussure pour son pied.
Je lui ai réservé le fond de mon cœur,
et j'ai dit : Ô mon cœur, honore qui réside en toi,
endure toutes les humiliations que tu peux subir,
tu ne peux échapper à la terreur de la passion.
Je lui ai donné pouvoir sur moi et je l'accepte comme maître,
si tu voyais dans quel état je suis lorsque je le vois !
[Je suis comme un scarabée sur la surface d'un étang,
qui tourne et suffoque comme un petit (fruit rond).]
J'ai appris sur-le-champ à pénétrer dans son esprit,
et à comprendre ce qu'il veut avant même qu'il le dise.
Je m'efforce de lui procurer ce qu'il veut, fût-ce
du jus de raisin au printemps, ou des amandes fraîches[39] *au cœur de l'hiver.*
Et je vais les chercher, même jusqu'à Iṣpahan.
Dès qu'il dit : je veux ceci, je lui réponds : le voilà.

Etc.

Un autre de leurs poètes était ʻAlî Ibn al-Muʻadhdhin de Tlemcen.

À une époque récente, on trouve un autre grand poète, originaire du Zarhûn, dans la région de Meknès, connu sous le nom d'al-Kafîf. Il composa des pièces originales dans ce genre de poésie. Voici un exemple de ses poèmes, parmi les plus beaux dont je me souvienne. Il y parle de l'expédition du sultan mérinide Abû l-Hasan en Ifrîqiya, évoque la défaite des Mérinides à Kairouan, et les en console en décrivant ce qui était arrivé à d'autres avant eux. Mais il commence d'abord par les blâmer pour leur conquête de l'Ifrîqiya. C'est un *mal'aba*, une des différentes variétés de ce genre de poésie. Le début de ce poème est un des meilleurs exemples de la façon dont on indique éloquemment le but d'un poème d'entrée de jeu. C'est ce qu'on appelle l'« excellence du commencement ».

Qu'il soit exalté, Celui qui tient le cœur des princes
par leur toupet, à tout instant.
Si nous Lui obéissons, Il nous accorde Son aide,
et si nous Lui désobéissons, Il nous punit en nous infligeant toutes sortes d'humiliations.

Puis il poursuit ainsi, après la transition[40], en demandant ce que sont devenues les armées du Maghreb :

Sois un membre du troupeau, et ne sois pas le berger,
car le berger est responsable de son troupeau.
Commence par prier sur celui qui a appelé
à l'islam, que Dieu soit satisfait de lui, le prophète parfait,
sur les califes bien guidés et sur les hommes de la seconde génération,
ensuite, mentionne ce que tu veux, et dis ce que tu as à dire.
Ô pèlerins ! traversez le désert,
et faites la description du pays avec l'aide des habitants !
Où la volonté du sultan a-t-elle conduit
l'armée de Fès, la brillante et belle cité ?
Ô pèlerins ! Par le Prophète, dont vous avez visité la tombe,
et pour qui vous avez traversé les dunes du désert,
je vous demande ce qu'est devenue l'armée de l'ouest,
qui s'est perdue dans la noire Ifrîqiya,
et qu'est devenu celui qui vous accordait ses dons,
et faisait de la terre du Hijâz un pays d'abondance.
Il s'est levé, diriez-vous, tel un barrage qui rencontre une pente,
et s'est déversé avec violence après avoir été retenu.
Il est tombé [sur ses ennemis] comme un éboulement et les a assaillis dans la poussière,
et ainsi il en a fait ses prisonniers.
Même s'il y avait entre la région de Tunis
et le pays de l'ouest un barrage comme celui d'Alexandre,
construit d'est en ouest,
avec une couche en fer et une autre en bronze,
l'oiseau nous donnerait sûrement de leurs nouvelles,
et le vent nous apporterait au moins une information à leur sujet.
Que de difficultés et de maux !
[...][41]
Cherche pour moi avec toute ton intelligence,
et réfléchis profondément toute une semaine ;
et si tu connais un pigeon ou un courrier,
fais une proclamation au sujet du sultan et fais-la dire sept fois,
avec l'aide de 'Abd al-Muhaymin al-Ghawwâs,
et en mettant des drapeaux au-dessus du minaret.
Ce sont, certes, des gens nus, sans rien qui les couvre,
des inconnus, sans lieu et sans pouvoir.
Ils ne savent pas comment gagner un morceau de pain.
Or, comment ont-ils pu entrer dans la ville de Kairouan ?

Ô Seigneur Abû l-Hasan ! nous venons à ta porte,
pour l'affaire de notre marche sur Tunis.
Nous n'avions nul besoin ni du Djérid ni du Zâb,
Qu'avais-tu à t'occuper des Arabes de l'obscure Ifrîqiya ?
N'es-tu pas au courant de l'histoire de 'Umar, fils d'al-Khattâb,
Celui qui a établi la distinction entre l'idolâtrie et l'islam, qui a conquis les villes et [...][42]
Il prit possession de la Syrie, du Hijâz et de la couronne de Khosraw,
et fit la conquête d'une partie de l'Ifrîqiya.
Quand on parlait d'elle devant lui, il en abhorrait le souvenir,
et disait d'elle qu'elle divisait les frères.
Voilà ce que le Fârûq, l'émeraude des êtres,
a déclaré au sujet de l'Ifrîqiya.
Son accès resta défendu, jusqu'à l'époque de 'Uthmân.
Ibn az-Zubayr en fit la conquête — cela est sûr.
Quand le butin [en provenance de l'Ifrîqiya] arriva aux bureaux du gouvernement,
'Uthmân mourut, et le vent nous devint contraire.
Les gens se divisèrent et suivirent trois princes différents,
et il se passa ce que la foi commande de taire.
S'il en fut ainsi à l'époque des gens pieux,
que doit-on faire à la fin des temps ?
Les partisans du jafr *dans leurs petits livres,*
et l'histoire de [...][43],
ont mentionné dans leurs feuillets et dans leurs vers
Shiqq, Satîh et Ibn Murrâna,
et ont prédit que quand les Mérinides seront
sous les murs de Tunis, ils perdront leur influence.
Je me souviens de ce que m'a dit le plus grand des ministres,
'Isâ Ibn al-Hasan, au rang élevé.
[...][44] *je suis le mieux placé pour savoir,*
mais quand arrive le destin, les yeux deviennent aveugles.
Je te dirai ce qui a poussé notre émir à nous
emmener de sa capitale Fès jusqu'aux Arabes dabbâb,
Dieu a voulu, par la mort d'Abû Yahyâ,
le sultan de Tunis et le maître d'al-'Unnâb...

Puis il poursuivit avec la description du voyage du sultan [Abû l-Hasan] et de ses armées, en relatant toute l'histoire jusqu'à la fin de son expédition et au terme de ce qui lui était advenu avec les Arabes d'Ifrîqiya, en utilisant les expressions les plus remarquables et les plus originales.

Les habitants de Tunis composèrent aussi des *mal'aba* dans leur dialecte citadin. Mais la plus grande partie de leur production était de mauvaise qualité, et, à cause de cela, je n'en ai rien retenu.

Les gens du commun à Bagdad cultivaient également un genre de poésie qu'ils appelaient *al-mawâlîyâ*. Celui-ci comprenait plusieurs variétés, telles que *al-hawfî*, *kân-wa-kân*, et *dhû baytayn*, avec différents mètres. La plupart sont mixtes, avec quatre « branches ».

Les Égyptiens les imitèrent et produisirent des merveilles dans ce genre de poésie. Ils y appliquèrent les formes de rhétorique propres à leur langue citadine et composèrent ainsi des poèmes remarquables.

J'ai lu dans le *Dîwân* d'as-Safiy al-Hillî[45] : « Le *mawâlîyâ* utilise le mètre *basît*. Il a quatre "branches" et quatre rimes. Il est appelé *sawt* ou *baytayn*. Il a été inventé par les habitants de Wâsit. *Kân-wa-kân* utilise une seule rime, mais des mètres différents dans ses hémistiches. Le premier hémistiche est plus long que le second. La rime doit contenir une des lettres "faibles" [*î*, *û*, *â*]. C'est une invention des Bagdadiens.

« Voici un vers [de *kân-wa-kân*] qui nous a été récité :

« *Avec des signes des sourcils, nous avons eu une conversation qui se comprend d'elle-même.*
La mère d'un enfant muet comprend la langue des muets. »

Fin de la citation d'as-Safiy.

Un des plus beaux poèmes de *mawâlîyâ* dont je me souvienne est le suivant :

Mes blessures sont fraîches et mon sang coule encore,
et mon assassin, ô mon frère, court gaiement dans le désert.
On m'a dit : Nous te vengerons. Et j'ai dit : Ce serait pire !
Que celui qui m'a blessé me soigne. Ce serait bien mieux !

D'un autre poète :

Je frappai à la porte de la tente. Elle me demanda : Qui est là ?
Je répondis : Un homme séduit, ni un pillard ni un voleur.
Elle sourit : ses dents jetèrent un éclair.
J'étais stupéfait, noyé dans un océan de larmes.

D'un autre :

Je le savais : avec elle rien ne me préservait de la séparation ;
et quand je me plaignais de ma passion, elle me disait : Je donnerais mon œil pour toi.
Mais quand elle mit son dévolu sur un autre, un bel adolescent,
je lui rappelai sa promesse, et elle me dit : J'ai une dette envers toi.

D'un autre poète, décrivant le haschich :

C'est une drogue généreuse dont l'effet ne me quitte pas,
grâce à elle je n'ai plus besoin ni de vin, ni de marchand de vin, ni d'échanson.
C'est une prostituée qui, par son vice, profite de ma maladresse,
je l'ai cachée dans mon ventre, et elle me ressort par les yeux.

D'un autre :

Ô toi qui te lies aux enfants de l'amour nahh *!*
Comme le cœur souffre de la séparation awwah, ahh *!*
J'ai mis dans mon cœur haw-haw *et ma patience est* bahh *!*
Tout le monde est kakhkh *à mes yeux, et ta personne est* dahh *!*

D'un autre :

Je lui ai demandé, alors que j'étais déjà plié en deux par l'âge :
Fais-moi don d'un baiser d'amour, ô Mayya.
Elle me répondit, marquant au fer rouge le fond de mon cœur :
Je ne crois pas que le coton pourra jamais fermer la bouche d'une personne encore en vie[46].

D'un autre :

Il me vit et sourit. Les nuées de mes larmes précédèrent
l'éclair de ses dents. Il ôta son voile, et la pleine lune apparut à son lever.
Il laissa retomber les ténèbres de ses cheveux. Le cœur se perdit sur leurs chemins,
et de nouveau il nous guida par le rayon du matin qui venait de la raie de ses cheveux.

D'un autre :

Ô chamelier ! fais vite avancer les chameaux,
et arrête-toi juste avant l'aube sur le lieu de campement de mes bien-aimés ;
au milieu de leur tribu crie : Que ceux qui désirent une récompense dans l'au-delà
se lèvent pour prier sur un mort, victime de la séparation.

Et voici un exemple du genre appelé *dhû baytayn* :

Celui que j'aime a juré par le Créateur
qu'il m'enverrait son image avec l'aube.
Ô feu de mon désir de le voir, brûle
toute la nuit. Peut-être se laissera-t-il guider par le feu.

D'un autre :

Mon œil avec lequel je vous regardais a passé la nuit
à faire paître les étoiles et s'est nourri d'insomnie.
Les flèches de la séparation m'ont atteint, aucune ne m'a manqué,
et ma consolation — Dieu ait son âme — est morte.

D'un autre :

J'ai aimé dans votre région, ô beaux adolescents,
une gazelle qui rend mélancoliques les lions féroces,
un rameau qui, lorsqu'il se courbe, captive les vierges,
et quand il se lève fait pâlir la pleine lune.

Le goût qui permet de distinguer ce qui fait l'éloquence [de ces différents poèmes] ne s'acquiert que si on connaît la langue dans laquelle ils sont écrits, et quand on la pratique longuement avec les peuples qui la parlent. De cette façon, on y obtient un habitus, comme on l'a dit à propos de la langue arabe. Un Andalou ne sent pas l'éloquence de la poésie des habitants du Maghreb, de même qu'un Maghrébin ne sent pas l'éloquence de la poésie des habitants de l'Orient et de l'Andalus, et un Oriental ne sent pas l'éloquence de la poésie des habitants de l'Andalus et du Maghreb. En effet, ils utilisent des langues citadines et des formes de combinaisons de mots différentes. Mais chacun est capable de percevoir l'éloquence propre à sa langue et de goûter les beautés de la poésie des gens de son peuple.

« Parmi Ses signes il y a la création des cieux et de la terre et la diversité de vos idiomes et de vos couleurs. En vérité, là résident certes des signes pour ceux qui savent[A]. »

A. Coran, XXX, 22.

Nous avons failli sortir de notre propos. Il nous faut maintenant nous en tenir là dans ce premier livre sur la nature de la civilisation et les accidents qui l'affectent. Nous croyons avoir traité suffisamment ces différents problèmes. Ceux qui viendront après nous pourront peut-être — si Dieu les assiste avec un esprit sain et un solide savoir — approfondir les problèmes plus que nous ne l'avons fait ici. Il n'incombe pas à celui qui a inventé une nouvelle discipline d'en énumérer tous les problèmes. Il doit seulement déterminer l'objet de cette science et en indiquer les diverses branches et ce dont elles traitent. Après lui, ses successeurs pourront ajouter peu à peu d'autres problèmes, jusqu'à ce que la science en question atteigne sa perfection. « Dieu sait et vous ne savez point[A]. »

L'auteur de ce livre — que Dieu lui pardonne — dit : la conception et la composition de cette première partie — avant[a] sa révision et sa correction — ont été achevées en une période de cinq mois, se terminant au milieu de l'année 779 [novembre 1377]. Ensuite, j'ai révisé et corrigé le livre, et je lui ai adjoint l'histoire des nations, comme[b] je l'ai mentionné et stipulé au début de cet ouvrage[c].

Le savoir ne vient que de Dieu, le Puissant, le Sage.

A. Coran, II, 216, etc.

Appendices

TEXTE DU MANUSCRIT A
VI[e] PRÉAMBULE

*[Nous donnons ici la traduction du VI[e] préambule tel qu'il figure dans le manuscrit Add 9574 du British Museum (*A*) qui procure la version primitive de la* Muqaddima *(voir la Notice, p. 1293). Comparer avec la version définitive (*F*), p. 326-369.]*

PRÉSENTATION DES DIFFÉRENTS TYPES D'HOMMES
qui ont une perception de l'invisible par une disposition naturelle, tels que les *'arrâfs* et les devins. Sur cette base, nous expliquerons ce que sont les visions oniriques et la révélation[a].

Dans[b] l'espèce humaine, on rencontre des gens qui prédisent les choses avant leur apparition, grâce à une disposition naturelle qui fait d'eux une catégorie distincte parmi tous les autres hommes. Ils n'ont recours à aucun art particulier et ne s'appuient ni sur l'influence des astres ni sur rien d'autre. On constate que leurs perceptions de l'invisible n'est due qu'à leur constitution et à une disposition naturelle qui est en eux. Ce sont, par exemple, les devins, les *'arrâfs* qui scrutent les corps transparents, tels que miroirs et bols remplis d'eau, ceux qui scrutent les cœurs, les foies, les os des animaux, ceux qui jettent des petits cailloux, des grains de blé ou des noyaux de dattes. Tous ces cas existent dans le monde humain, et personne ne peut ni les nier ni les ignorer.

L'âme humaine peut accéder à l'invisible. En effet, elle est une essence spirituelle, la seule de toutes les essences spirituelles à avoir une existence en puissance. Elle ne passe de la puissance à l'acte que grâce au corps et aux conditions qui lui sont attachées. C'est là quelque chose que tout le monde peut percevoir.

Or, tout ce qui existe en puissance a une matière et une forme. La forme de l'âme par laquelle s'accomplit son être, c'est la perception et l'intellection. Elle existe d'abord en puissance, avec une disposition à la perception et à la réception des formes universelles et particulières. Ensuite, elle croît et accomplit son être en acte grâce à la compagnie du corps, aux perceptions sensorielles particulières qu'elle s'habitue à recevoir par son intermédiaire et aux idées universelles qu'elle tire de ces perceptions. Elle appréhende les formes de façon répétée, jusqu'à ce qu'elle réalise la perception et l'intellection comme sa forme en acte et qu'ainsi s'accomplisse son essence.

C'est pourquoi un enfant, au début de sa croissance, est incapable d'accomplir la perception que l'âme tire de son essence ni durant son sommeil ni par dévoilement en recourant à d'autres moyens. En effet, la forme de l'âme, qui est son essence même et qui est perception et intellection, n'est pas encore accomplie. L'âme n'a même pas encore la capacité d'abstraire les idées universelles. Plus tard, lorsqu'elle accomplit son essence en acte, elle a, tant qu'elle reste attachée au corps, deux sortes de perceptions : l'une, par les organes du corps, qui lui est transmise par les sens externes et internes ; l'autre, par son essence, sans intermédiaire. Elle est coupée de cette dernière par son immersion dans le corps et les sens et par les préoccupations attachées à ceux-ci. Les sens la tirent toujours vers l'extérieur, à cause de sa disposition première à la perception physique. Parfois, elle quitte l'extérieur pour s'immerger dans l'intérieur, et ainsi, le voile du corps est écarté pour un instant. Cela se produit soit grâce à une propriété commune à tous les hommes en général, comme le sommeil, soit grâce à une propriété que possèdent certains hommes par une disposition naturelle, comme la divination, soit, enfin, grâce à une technique, comme chez les soufis ou chez d'autres types d'hommes qui obtiennent le dévoilement par des exercices spirituels. L'âme se tourne alors vers son essence, qui est intellection et perception pures, et qui est de l'espèce des esprits, lesquels sont des intellects en acte qui renferment les formes et les réalités des êtres. Certaines de ces formes se manifestent alors dans l'âme, qui en tire quelque connaissance. Parfois, elle transmet ces formes perçues à l'imagination, qui les met dans les moules habituels. L'âme ramène ensuite ce qu'elle a perçu aux sens, soit sous forme abstraite, soit par l'intermédiaire des moules de l'imagination et, de cette façon, en rend compte. Voilà l'explication générale qu'on peut donner de la perception par l'âme des choses de l'invisible au cours du sommeil, par révélation, par dévoilement ou par d'autres voies. La plus élevée de ces perceptions est la révélation, parce qu'elle vient de Dieu, soit que Dieu a mis en eux [les prophètes] une disposition naturelle à cet effet, soit qu'Il [leur] en a aplani la voie.

[Les visions oniriques.]

Une des preuves les plus évidentes de la capacité de l'âme à avoir ce genre de perceptions est la vision onirique. C'est une des caractéristiques propres à l'homme. Elle existe chez tous les hommes et personne n'en est exempt. Tout homme a pu voir plus d'une fois dans son sommeil des choses qui se sont réalisées à son réveil. On a ainsi [la preuve] formelle que l'âme doit nécessairement percevoir l'invisible.

Si une telle chose est possible dans le monde du sommeil, il n'est pas impossible qu'elle se produise dans des états différents du sommeil. L'âme perceptive est une, et elle conserve les mêmes propriétés dans tous ses états.

La raison propre au sommeil par laquelle s'explique la levée du voile des sens [se présente ainsi]. L'esprit animal a son siège dans le cœur. C'est une vapeur subtile qui est véhiculée par le sang dans les artères et les veines et qui permet la perception sensorielle et le mouvement. L'âme rationnelle s'y attache, à l'exclusion des autres matières corporelles. Lorsque le corps est affecté par un état de fatigue et de lassitude, suite à ses nombreuses activités et mouvements de va-et-vient, et que surviennent la nuit et le froid, il désire le repos, la tranquillité et la chaleur. L'esprit animal a alors le même désir. Il se retire des sens extérieurs qui provoquent fatigue et activité. S'étant ainsi retiré des sens extérieurs, il retourne aux facultés internes. Les préoccupations des sens extérieurs se font moins pressantes, et il ne lui reste plus que les facultés internes du corps. Ses préoccupations diminuent, et il ne parvient pas parfois à se tourner vers son monde spirituel, tout en restant attiré par les facultés cérébrales internes. Mais comme celles-ci sont alors affaiblies, il arrive à diriger son regard [vers son monde spirituel] et perçoit ainsi quelques formes des choses qui se trouvent dans le monde de l'invisible et les appréhende. Ces formes, saisies ensuite par l'imagination — comme on l'a vu au début —, sont placées par elle dans les moules habituels. Elles accompagnent [le dormeur] jusqu'à son réveil, et il peut alors les décrire. Voilà ce qu'il en est de l'état du sommeil et de ses causes. Il constitue une propriété spécifique à l'homme, consistant à écarter le voile des sens.

[La révélation.]

La révélation est la levée du voile réservée à la catégorie des prophètes, à l'exclusion de tous les autres hommes, en vertu d'une disposition naturelle que Dieu leur a donnée. Elle est la manifestation d'un degré de perfection infiniment supérieur à celui de tous ceux qui ont une perception de l'invisible. En effet, [le prophète] se sépare à la fois de l'extérieur et de l'intérieur, et est assisté par un esprit de Dieu dans la perfection de sa nature d'abord et dans la qualité de sa perception ensuite. Le degré [de perfection] de ses perceptions est donc inexprimable.

Le signe grâce auquel on reconnaît [les prophètes] est qu'ils connaissent pendant la révélation un état d'absence vis-à-vis de l'environnement, s'apparentant à une sorte de défaillance ou d'évanouissement ; mais il n'en est rien. Les prophètes sont en réalité absorbés par leur rencontre avec l'ange spirituel, grâce à une forme de perception qui leur est propre et dont nous ignorons l'essence, ou par la vision de l'ange qui leur apparaît sous la forme d'une personne qui leur transmet le message dont Dieu l'a chargé.

Ensuite, une fois cet état dissipé, les prophètes gardent la mémoire du message qui leur a été délivré. Interrogé sur la révélation, le Prophète disait : « Parfois, elle vient comme une cloche qui sonne, et elle a sur moi l'effet le plus intense. Elle cesse au moment où j'ai compris ce que [l'ange] a dit. D'autres fois, l'ange m'apparaît sous les traits d'un homme ; il me parle et je retiens ce qu'il dit. » Au cours de la révélation, il ressentait un état de fatigue et d'étouffement inexprimable. D'après une tradition, « la révélation lui causait une grande tension ». Et selon 'A'isha, « la révélation lui venait les jours de grand froid. Pourtant, lorsqu'elle cessait, son front était couvert de sueur ». D'autre part, Dieu a dit dans le Coran : « Nous allons te confier une parole grave[A]. »

C'est à cause de cet état qui gagnaient les prophètes lorsqu'ils recevaient la révélation que les polythéistes les accusaient d'être des possédés. « Ils ont, disaient-ils, un démon pour compagnon. »

Un autre signe grâce auquel on les reconnaît est le fait que, avant la révélation, ils sont purs et éloignés de toute action

A. Coran, LXXIII, 5.

blâmable et de toute turpitude, comme s'ils avaient une disposition naturelle à s'en méfier et comme si ce genre d'actions était en contradiction avec leur état. Ils évitent même des objets répugnants pour les sens. Ainsi, le Prophète ne touchait jamais ni à l'oignon ni à l'ail. Interrogé à ce sujet, il répondit : « Je me confie à Celui auquel vous ne vous confiez pas. » Il y a aussi ceci : lorsque Muhammad, après avoir été pour la première fois surpris par la révélation, en informa Khadîja, celle-ci voulut l'éprouver. « Tiens-moi, lui dit-elle, entre toi et ton corps. » Lorsqu'il fit ce qu'elle avait demandé, l'inspiration se dissipa. « C'est un ange, l'assura-t-elle, et non un démon. » Cela signifie qu'un ange ne s'approche pas d'une femme. Elle lui demanda aussi quels vêtements il préférait que l'ange portât quand il venait à lui. « Le blanc et le vert », répondit-il. « C'est un ange », confirma-t-elle encore, ce qui veut dire que le vert et le blanc sont les couleurs du bien et des anges, alors que le noir est la couleur du mal et des démons. Il y a bien d'autres exemples.

[La divination.]

Pour ce qui est de la divination, même si elle est naturelle au type d'hommes qui ont en eux cette faculté, cela ne peut provoquer chez eux la levée du voile des sens. En effet, comme on l'a vu, la levée du voile se produit par une disposition innée. Or, l'attachement des âmes [des devins] avec leur corps est faible, et le lieu où il se produit est altéré en raison de l'altération de la constitution de leurs corps, laquelle s'écarte, en général, de la conformation naturelle. En elles, une faculté l'emporte sur l'autre, suivant le type de liens que l'âme a avec le corps. [La divination] est quelque chose qui reste mystérieux pour nous. Le plus souvent, elle se rencontre chez des individus laids ou physiquement déficients. Comme les âmes des devins sont naturellement faibles et d'une espèce imparfaite, leur perception concerne plus le particulier que l'universel. Elles s'attachent donc beaucoup aux choses particulières et s'y habituent, alors qu'elles négligent les choses universelles, qui n'appartiennent pas à leur genre de perceptions, de par la faiblesse inhérente à leur nature. D'ailleurs, elles ne réservent leur perception qu'à ce qui peut influencer la réalisation de leur forme propre et la perfection de leur essence, c'est-à-dire les choses particulières. Aussi la faculté d'imagination est-elle extrêmement puissante chez les devins, parce qu'elle est l'instrument [approprié] aux choses particulières. Celles-ci l'envahissent complètement, au point de l'imprégner aussi bien à l'état de sommeil qu'à l'état de veille, et d'y être présentes et prêtes à servir. Lorsque le devin oriente [sa pensée] vers des choses particulières, l'imagination les matérialise grâce à sa force, et du fait qu'elles sont devenues pour elle comme un miroir. Le devin scrute toujours ces choses dans leur perfection, mais ne peut atteindre la perfection dans la perception des intelligibles, parce que son inspiration lui vient des démons. Celle-ci se ramène tout entière à l'estimative et à l'imagination, car l'âme du devin est faible et d'une nature incapable d'atteindre au degré de perfection. Il en est de même de ses perceptions.

[Les fous.]

Chez les fous également, le siège de l'âme est dévié de la position [qu'elle doit avoir par rapport au corps] et se trouve ainsi dans une position qui n'est pas naturelle. Leur tempérament corporel est généralement corrompu en raison de la faiblesse de leur esprit animal, qui est détourné de l'âme rationnelle. Leur âme n'est pas occupée par les sens et ne s'y trouve pas plongée, parce qu'elle est accaparée, dans son essence, par la douleur et la maladie de l'imperfection. Souvent, une entité spirituelle de nature démoniaque leur dispute le corps et se l'approprie. L'âme n'a pas assez de force pour l'en chasser, et il en résulte un état de possession. Lorsque le fou est atteint de possession, soit en raison de la corruption de son tempérament, du fait de la corruption du tempérament de l'âme, soit parce qu'une âme démoniaque lui dispute le corps, il tombe dans un état d'absence totale et peut bénéficier d'une brève perception du monde de son âme propre. Ainsi, un certain nombre de formes s'impriment en lui, et l'imagination s'en saisit, comme on l'a vu. Souvent, il profère des paroles dans cet état, indépendamment de sa volonté.

Tous ces types d'hommes ont des perceptions où le vrai se mêle au faux, en raison de la faiblesse de leurs âmes, inhérente à leur nature même. Celles-ci, étant tout à fait incapables de se délivrer des choses corporelles, leur restent attachées. Aussi leurs perceptions sont-elles en grande partie corporelles, et donc souvent fausses.

Chez ceux qui scrutent les corps transparents — miroirs, bols, cœurs, foies et os d'animaux — et chez ceux qui jettent des cailloux ou des noyaux de dattes, la levée du voile se fait également grâce à une disposition naturelle. Mais ils ont besoin d'aide et d'encouragement. Ils occupent leurs sens extérieurs par ces sortes d'objets, afin que leur perception se limite à un seul genre. Ainsi, ils peuvent se couper des sens en se concentrant sur un objet de perception simple.

Nous avons observé des gens de cet acabit qui occupaient d'abord leurs sens avec des fumigations seules, puis avec des incantations ; ensuite ils racontaient ce qu'ils avaient perçu. Ils prétendaient voir des formes distinctes dans l'air, qui leur disaient ce qu'ils voulaient savoir à travers des exemples et des allusions. Chez ces gens, l'absence aux sens est légère. Le monde est plein de choses étranges !

À ce chapitre, on peut adjoindre l'augure qui s'appuie sur l'observation des oiseaux. C'est une faculté qui réside dans l'âme, une intuition qui se produit après qu'on a appliqué sa réflexion sur l'objet de l'augure, visible ou audible. La personne qui la pratique doit avoir, comme on l'a vu précédemment, une forte faculté d'imagination. Elle l'emploie à rechercher [ce qu'elle veut savoir] en s'aidant de ce qu'elle a vu ou entendu, ce qui lui permet d'accomplir une certaine perception. C'est ainsi qu'agit la faculté de l'imagination au cours du sommeil, quand les sens sont assoupis. Elle se saisit de l'objet sensible vu à l'état de veille et l'associe à ce qu'elle a appréhendé. C'est à partir de là que se produit la vision onirique.

Voilà ce qu'il en est de toutes ces choses. Al-Mas'ûdî en a traité dans *Les Prairies d'or*, mais sans parvenir à la vérité. Ce qu'il en a dit montre qu'il ne possédait pas des connaissances très solides. Il a rapporté tout ce qu'il avait entendu, sans se soucier de la qualité de ses sources.

Tous les modes de perception de l'invisible que nous venons de mentionner existent dans l'espèce humaine. Les Arabes s'adressaient aux devins pour connaître l'avenir. Ils s'en remettaient également à eux pour arbitrer leurs disputes afin qu'ils leur révèlent la vérité sur la base de leurs perceptions de l'invisible. On trouve dans les livres d'*adab* beaucoup de ces choses. À l'époque préislamique, il y avait des devins célèbres, tels que Shiqq, issu de la tribu des Anmâr Ibn Nizâr, et Satîh, issu de la tribu des Mâzin Ibn Ghassân. Ce dernier était capable de se plier comme un vêtement, car il n'avait d'autres os que ceux du crâne.

Parmi les anecdotes célèbres qu'on raconte au sujet de ces devins, il y a leur interprétation du rêve de Rabî'a Ibn Nizâr : ils lui annoncèrent que les Abyssins s'empareraient du Yémen, que les Mudar régneraient après eux et que la mission prophétique de Muhammad apparaîtrait parmi les Quraysh. Il y a aussi l'interprétation du rêve du Môbedh par Satîh. Le roi de Perse lui envoya 'Abd al-Masîh pour le consulter au sujet de ce rêve, et Satîh l'informa de la mission prophétique de

Muhammad et de la ruine du pouvoir perse. Tout cela est bien connu.

Les *'arrâfs* étaient également nombreux chez les Arabes, qui les mentionnent dans leur poésie. Un de leurs poètes a dit :

Soigne-moi, dis-je au 'arrâf *du Yamâma.*
Si tu me soignes, tu es, certes, médecin.

Et un autre a dit :

Je promis au 'arrâf *du Yamâma tout ce qu'il désirait*
s'il me guérissait. Au 'arrâf *du Najd, je fis semblable promesse.*
Ils me dirent : Dieu te guérisse ! Par Dieu, nous ne pouvons rien
contre le mal qui te ronge dans ta poitrine.

Le *'arrâf* du Yamâma était Rabâh Ibn 'Ijla, et celui du Najd al-Ablaq al-Asadî.

Le *'arrâf* est celui qui procède par suppositions et conjectures et par jet [de cailloux]. Il [ne reçoit rien] des démons. Mais il prétend avoir accès à la connaissance de l'invisible.

L'islam élimina tout cela et en effaça toute trace. En effet, la révélation est la plus grande faculté que Dieu a créée dans l'espèce humaine pour percevoir ce qui est au-delà des sens. C'est le plus grand principe de ces choses. Quand sa lumière apparaît, toutes les lumières plus faibles s'estompent, comme pâlit la lumière d'une lampe quand apparaît le soleil. Seuls font exception les cas qui présentent une certaine analogie avec la révélation au niveau de son caractère intelligible et de sa réalisation, comme le sommeil. La faculté de perception de l'invisible ne se perd pas dans celui-ci. Bien au contraire, la prophétie en augmente la force, à cause de l'analogie qui existe entre eux, et qui nous reste cachée, car on ne peut la connaître que par l'intermédiaire de la révélation. Le Prophète a dit : « La vision bonne constitue la quarante-sixième partie de la prophétie », et selon une autre version, « la quarante-huitième partie ». Cela prouve qu'il existe une analogie entre le rêve et la prophétie, mais dont Dieu seul connaît le degré.

Toutes les autres perceptions de l'invisible, hormis celle qui se produit au cours du sommeil, sont annulées et se dissipent au moment de la prophétie et en présence de la révélation. Elles disparaissent comme si elles n'avaient jamais existé pour ne réapparaître qu'après un certain temps.

La raison profonde en est le souci de préservation du miracle et des voies de la révélation contre toute attaque des hérétiques, à l'instar de celle qui se produisit lorsqu'on affirma que le Prophète n'avait rien à voir avec la poésie, l'écriture, ou d'autres choses semblables.

Voilà ce qu'il en est des voies de la levée du voile des sens grâce à une propriété spécifique comme le sommeil, ou grâce à une disposition naturelle chez certains types d'hommes, comme la divination.

Il existe encore dans l'espèce humaine une autre façon de lever le voile des sens, par l'utilisation d'une technique. C'est la voie des soufis et d'autres, qui pratiquent les exercices spirituels. En se livrant à ces exercices, ils tentent d'obtenir une mort artificielle. Ils tuent toutes leurs facultés corporelles et font disparaître les influences par lesquelles elles colorent l'âme. Puis ils nourrissent celle-ci de *dhikr*, afin d'en fortifier la croissance. On sait de manière formelle que lorsque la mort descend sur le corps, les sens et le voile qu'ils constituent disparaissent, et l'âme prend connaissance de son essence et de son monde propre. Ces gens essaient d'obtenir ce résultat par des moyens artificiels, afin que, l'ayant obtenu, l'âme prenne connaissance des choses de l'invisible. Pour ceux d'entre eux qui sont des saints, ce sont des choses qui sont du domaine des charismes, qu'ils appellent *kashf* ou *mukâshafa*, « dévoilement ». Elles ne sont pas répréhensibles : si certains juristes les désavouent, c'est à tort. Les faits en témoignent. Dans le *Sahih*, il est établi que le Prophète a dit : « Il y a parmi vous des gens qui entendent des paroles [du monde de l'invisible], et 'Umar en est un. » Parmi les Compagnons du Prophète, il y eut de nombreux exemples qui vont dans ce sens, comme, par exemple, l'allusion aux deux sœurs [de 'A'isha]. Cependant, ils deviennent rares à l'époque de la prophétie, pour les raisons que nous avons indiquées.

Ce sont là les différentes sortes de perception de l'invisible grâce à la levée du voile. En effet, celle-ci ne peut se produire autrement. Certains prétendent qu'ils ont accès à l'invisible sans la levée du voile des sens. Ils utilisent pour cela des moyens qui ne permettent pas d'atteindre ce but, comme nous allons le montrer.

Parmi les procédés inventés par les gens du commun à l'époque moderne pour découvrir l'invisible et connaître l'avenir, il y a l'art de l'écriture, qu'ils appellent l'écriture sur le sable, d'après le matériau qui y est utilisé. Cela se présente ainsi : on forme des figures avec des points disposés en quatre rangées. Ces figures diffèrent selon que les rangées sont d'un point ou de deux points. On a ainsi seize figures. Si toutes les rangées sont soit d'un point, soit de deux points, on a deux figures. Si on a une seule fois une rangée d'un point, on obtient quatre figures. Si on a deux rangées d'un point, on obtient six figures. Si on a trois rangées d'un point, on obtient quatre figures. On a donc un total de seize figures.

Les géomanciens donnent à chacune de ces figures un nom particulier et les classent en fastes et néfastes, comme les astres. Aux seize figures correspondent, à ce qu'ils prétendent, seize mansions naturelles. Chaque figure est associée à une mansion, à des chances, et désigne une catégorie d'êtres du monde des éléments qui lui sont attachés. C'est ainsi qu'ils ont créé une discipline qui rivalise avec l'astrologie et ses interprétations. Cependant, si l'on en croit Ptolémée, les interprétations astrologiques sont fondées sur des indications naturelles, alors que celles-ci ne s'appuient que sur des motivations arbitraires et des désirs produits par le hasard. Aucune preuve ne vient les soutenir. Ils prétendent que l'origine de [cet art] remonte aux anciens prophètes et souvent l'attribuent à Daniel ou à Idrîs, comme on le fait pour toutes les techniques. Ils se basent sur cette tradition du Prophète : « Il y eut un prophète qui traçait des lignes. Quiconque trace des lignes comme celles qu'il a tracées est agréé. »

Quand les géomanciens veulent découvrir une chose de l'invisible, comme ils le prétendent, ils prennent du papier, du sable ou de la farine et dessinent les points en quatre lignes, suivant le nombre des quatre rangées. Ils déduisent alors les points par paires. Les points qui restent dans chaque ligne, en paires ou en unités, sont mis suivant l'ordre dans la rangée à laquelle ils appartiennent. Cela donne quatre combinaisons, qu'ils disposent en lignes successives. Puis ils en tirent quatre autres combinaisons horizontalement, en considérant chaque rangée, la combinaison voisine correspondante, et les paires ou les unités qui s'y trouvent. Cela donne huit combinaisons, disposées en lignes. Puis, de chaque groupe de deux combinaisons, ils tirent une combinaison placée en dessous, en considérant les paires ou les unités qui se trouvent dans chaque rangée de deux combinaisons. On a ainsi quatre autres combinaisons en dessous. De ces quatre dernières, ils tirent encore deux combinaisons placées en dessous, et de celles-ci une combinaison placée également en dessous. Cette quinzième combinaison, associée avec la première, forme la seizième et dernière combinaison. De tout ce dessin, ils font une interprétation curieuse, selon les caractères faste ou néfaste impliqués par les combinaisons lorsqu'elles sont considérées en elles-mêmes, examinées, analysées, combinées, mises en rapport avec les différentes choses existantes, etc.

Cet art s'est répandu dans tous les pays civilisés. De nombreux ouvrages lui ont été consacrés et de nombreux auteurs, anciens ou modernes, s'y sont illustrés. Mais, comme on le voit, il n'est qu'arbitraire et passion. La vérité qu'il faut toujours garder présente à l'esprit, c'est que les choses cachées ne peuvent en aucune façon être connues par le moyen d'un art quelconque. Elles ne sont accessibles qu'à certains individus du genre humain qui possèdent une disposition naturelle à rompre avec le monde des sens pour accéder au monde de l'esprit. Les astrologues appellent cette sorte de gens des « vénusiens », parce que, disent-ils, Vénus indique dans leur thème astral de naissance leur capacité à percevoir l'invisible.

Lorsque la géomancie — ou d'autres techniques du même genre — est pratiquée par quelqu'un parmi ceux qui ont cette propriété, et que celui-ci, en scrutant les points, les os ou autre chose, cherche à occuper ses sens pour que son âme puisse retourner un instant au monde des entités spirituelles, elle peut être considérée comme une technique du même genre que celles du jet de cailloux, de l'examen des cœurs des animaux ou des miroirs transparents. Mais quand il n'en est pas ainsi, et que celui qui pratique cet art vise à connaître l'invisible directement par ce moyen et prétend qu'il peut y arriver, ce ne peut être que radotage et action vaine. « Dieu guide qui Il veut[A]. »

Il y a un signe auquel on reconnaît ceux qui ont cette disposition naturelle à percevoir l'invisible : lorsque ces derniers orientent leur esprit vers la connaissance de ces choses, ils sont comme hors de leur état naturel. Ils bâillent, s'étirent et montrent des symptômes d'absence. L'intensité de ces manifestations varie selon le degré de leur disposition. Ceux qui ne présentent pas ce signe ne peuvent aucunement prétendre à la perception de l'invisible. Dieu est le Connaisseur des choses de l'invisible.

Parmi les procédés également fort répandus aujourd'hui, et qui, selon l'opinion du vulgaire, permettent de découvrir les choses de l'invisible, il y a le calcul qu'on désigne sous le nom de *hisâb an-nîm*, mentionné à la fin de la *Politique* attribuée à Aristote. Il sert à prédire auquel, entre deux rois en guerre, reviendra la victoire ou la défaite. On calcule le nombre que représentent les lettres composant le nom de chacun des deux rois, en se servant des valeurs conventionnelles des lettres de l'alphabet, de un à mille, en unités, dizaines, centaines et milliers. Cela fait, on divise par 9 chacun des totaux obtenus. On réserve les deux restes. Puis on les compare : s'ils ne sont pas

A. Coran, II, 142.

égaux et qu'ils sont tous les deux ou pairs ou impairs, l'un des deux rois au plus petit reste sera le vainqueur. Si l'un est pair et l'autre impair, celui qui a le plus grand reste sera le vainqueur. S'ils sont égaux et pairs, le roi attaqué sera le vainqueur ; et s'ils sont impairs, le roi attaquant sera le vainqueur. On cite à propos de cette procédure quatre vers très répandus que voici :

Si les nombres sont ou pairs ou impairs, c'est le moindre qui l'emporte.
Si l'un est pair, l'autre impair, c'est le plus grand qui est le vainqueur.
La victoire va à celui qui est attaqué si les nombres sont égaux et pairs ;
elle va à l'attaquant s'ils sont égaux et impairs.

Pour trouver le reste après la division par 9, on a posé une règle fort connue de ceux qui pratiquent le *hisâb an-nîm.* On prend les lettres désignant le chiffre 1 dans les quatre rangées [du système de numération] : *alif* pour les unités, *yâ* pour les dizaines, *qâf* pour les centaines, *shîn* pour les milliers. Il n'y a pas de nombre supérieur aux milliers qu'on désigne par une lettre, car la lettre *shîn* est la dernière de l'alphabet. On dispose ensuite ces quatre lettres dans l'ordre de leurs valeurs numériques. On forme ainsi le mot *ayqsh.* On procède de la même façon pour les lettres désignant le chiffre 2 dans les trois premières rangées [du système du numération], en omettant la rangée des milliers, parce qu'il n'y a plus de lettres disponibles, comme on l'a vu. Les trois lettres pour le chiffre 2 sont *b* pour les unités, *k* pour les dizaines, *r* pour les centaines. Ensemble, elles forment le mot *bkr.* On obtient de la même façon, pour les lettres désignant le chiffre 3, le mot *jls*, et on continue ainsi jusqu'à la fin de l'alphabet. On a en tout neuf mots, 9 étant le dernier chiffre des unités. Ce sont : *ayqsh*, *bkr*, *jls*, *dmt*, *hnth*, *wskh*, *z'dh*, *hfz*, *tdgh*, rangés dans l'ordre numérique. Chacun de ces mots est affecté du nombre correspondant à sa rangée : 1 pour *ayqsh*, 2 pour *bkr*, 3 pour *jls*, et ainsi de suite jusqu'à 9 pour *tdgh.* Pour diviser un nom par 9, on note les mots où figurent chacune des lettres qui le composent, on remplace celles-ci par les valeurs numériques de ces mots, et on les additionne. Si le total est supérieur à 9, on en retranche 9 et on garde le reste. Sinon, on prend le total tel quel. On procède pareillement pour l'autre nom et on compare les deux résultats suivant la méthode précédemment indiquée.

L'explication de cette règle est simple : le reste d'une division par 9 est identique pour tout multiple de dix. On additionne les nombres des multiples de dix, qu'on traite donc comme des unités. Ainsi, on ne fait pas de différence entre 2, 20, 200, 2 000, où l'on ne considère que le nombre 2 ; ou entre 3, 30, 300, 3 000, où l'on ne considère que le nombre 3. Les nombres sont placés en une suite qui n'indique que les chiffres des unités dans les multiples de dix. Les lettres qui indiquent les différents multiples de dix — dizaines, centaines, milliers — entrent chacune dans la composition d'un mot. Le nombre de ce mot vaut pour toutes les lettres qu'il contient, sans tenir compte du fait qu'elles désignent des unités, des dizaines, des centaines, des milliers. Le nombre de chaque mot est donc pris à la place des lettres qu'il contient, et les valeurs de celles-ci sont additionnées, comme on l'a vu. C'est de cette façon que l'on procède habituellement depuis les temps anciens.

D'après certains de mes maîtres, que j'ai fréquentés personnellement, cette procédure n'est pas correcte. Ils rapportent à la place de ces mots neuf autres mots, rangés également en une suite numérique, et avec lesquels on procède de la même façon à la division par 9. Ces mots sont : *arb*, *ysqk*, *jzlt*, *mdws*, *hf*, *tkhdhn*, *ghsh*, *kh'*, *tdt*. Ils sont composés de trois, quatre ou deux lettres, sans suivre aucun ordre ni obéir à aucune règle, comme on le voit. Mais nos maîtres les transmettaient d'après Abû l-'Abbâs Ibn al-Bannâ', la plus grande autorité du Maghreb en matière de *sîmiyâ*, de secrets des lettres et d'astrologie. Ils disaient, sous son autorité, que l'emploi de ces mots pour la division dans le *hisâb an-nîm* est plus valable que celui de la série commençant avec *ayqsh*.

Tous ces modes de perception de l'invisible ne sont fondés sur aucune preuve ni vérification. D'ailleurs, les savants rigoureux considèrent qu'on ne peut attribuer à Aristote l'ouvrage qui renferme le *hisâb an-nîm*, car il contient des opinions qu'on ne peut ni vérifier ni prouver. Cela apparaîtra clairement aux savants solides qui examineront l'ouvrage en question.

Il y a encore un autre procédé que les gens utilisent pour découvrir l'invisible. C'est la *zâ'iraja*, appelée « *zâ'iraja* de l'univers ». Elle est attribuée à Ahmad as-Sabtî, un des grands mystiques du Maghreb, qui vivait au VIe siècle [XIIe-XIIIe].

La *zâ'iraja* a la forme d'un grand cercle enfermant d'autres grands cercles concentriques pour les sphères célestes, les éléments, les choses créées, les entités spirituelles et d'autres catégories d'êtres, disposés à la place qui leur revient. Chaque cercle est divisé suivant les secteurs de sa sphère : les signes du zodiaque, les éléments, et différentes autres choses. Les lignes de chacun de ces secteurs vont jusqu'au centre et sont appelées des « cordes ». Le long de chaque corde est écrite une série de lettres et de nombres. Les nombres sont marqués les uns en chiffres *zimâm*, les autres en *ghubâr*, et sont tous disposés avec les lettres. Au dos, il y a une table constituée de nombreuses cases. Dans certaines parties de cette table, les cases sont pleines de nombres, et dans d'autres parties, elles sont vides. On ignore le rapport entre ces nombres et leurs positions et la règle selon laquelle certaines cases sont pleines et d'autres vides. Avec la table, il y a des vers en mètre *tawîl* et rime en *la*. Ils décrivent le procédé qu'il faut suivre pour découvrir ce qui est recherché au moyen de cette *zâ'iraja*. Mais ce procédé n'est pas compréhensible et manque de clarté.

Quand on veut trouver la réponse à la question posée, on prend un astrolabe pour mesurer la hauteur et déterminer l'ascendant. Quand on a le degré du signe sur l'horizon, on prend la base du signe dans la *zâ'iraja*, qu'on appelle le « roi de l'ascendant ». Ensuite, on prend toutes les lettres écrites sur la corde qui entoure le signe de l'ascendant depuis son début, ainsi que les nombres, qu'on transforme en lettres. Parfois, on transforme les unités en dizaines et les dizaines en centaines, selon les règles admises. Puis on prend les lettres séparées de la question et on multiplie l'ascendant par la base du signe, appelée le « roi de l'ascendant ». On multiplie également par la grande base, qu'on appelle le « cycle primordial ». Le total obtenu suivant les règles est inscrit dans les cases de la table, en procédant à une comparaison entre le résultat et les lettres d'un seul vers de ce poème, à savoir :

Tu as pris possession de la question de la Grande Créature.
Conserve donc le secret étrange que seul le zèle peut conserver.

On recompose ces lettres et on en tire ensuite d'autres lettres en employant une technique appelée « fractionnement ». On prend un nombre, on compte jusqu'à la fin de ce nombre, et on prend les lettres qui viennent après la fin de ce nombre selon une règle connue. Par ce procédé, on tire un grand nombre de lettres qu'on met de côté. Ensuite, on compte ces lettres en utilisant un nombre déterminé et on prend la lettre qui correspond à la fin de ce nombre. On la met de côté également. On continue ainsi jusqu'à ce que toutes ces premières lettres soient épuisées. On utilise le même nombre avec d'autres lettres. Avec les lettres obtenues, on utilise le même procédé, mais avec un nombre différent. Ces opérations sont répétées un nombre déterminé de fois, qu'on appelle « cycle ». À la fin de ces cycles, on obtient une série de lettres séparées. Quand elles sont recomposées, on obtient des mots formant un vers unique sur le même mètre et la même rime que le vers du poème inscrit avec la table. Certains prétendent qu'on obtient plus d'un vers, avec des mètres différents. Il y a un vers fort connu de ceux qui pratiquent le procédé de la *zâ'iraja*. On prétend qu'il sort dans la réponse à la question : « Le procédé de la *zâ'iraja* est-il bon ou non ? » Voici ce vers :

> *La spiritualisation de l'esprit saint a révélé son secret*
> *à Idrîs, grâce à quoi il s'est élevé aux plus hauts sommets.*

Selon ces gens, celui qui applique correctement cette règle doit obtenir nécessairement une réponse versifiée et compréhensible à sa question. Parfois, la réponse est incompréhensible, parce que la règle n'a pas été appliquée correctement.

La *zâ'iraja*ʿ est un procédé étrange pour découvrir les réponses aux questions que l'on pose. Certains membres de l'élite se passionnent pour elle et s'épuisent à en maîtriser le procédé. Ils sont convaincus qu'ils peuvent, grâce à elle, découvrir et connaître l'invisible. Mais sur ce point, ils sont dans l'erreur, comme nous le montrerons plus loin. D'autres font courir le bruit que la *zâ'iraja* est à rejeter. Ils prétendent que la règle qui y est suivie n'est pas correcte en elle-même, et qu'elle est basée sur une astuce. Ils croient que celui qui utilise le procédé de la *zâ'iraja* prépare [à l'avance un vers] et le présente comme étant une réponse à la question, produisant ainsi un grand étonnement. Cela n'est pas vrai non plus. Que ce soit un procédé qui permet d'obtenir la réponse à la question posée, c'est une chose très claire, qui apparaît avec évidence d'après l'exécution du procédé, quand quelqu'un qui le connaît à fond l'utilise pour découvrir ce qu'il cherche. Mais il est faux qu'il donne accès à la connaissance de l'invisible, que Dieu s'est réservée pour lui-même.

En voici l'explication. Toutes les choses universelles ou particulières que renferme le monde entier — haut, bas, sphères, éléments, essences, idées, mots, lettres, noms, verbes — entretiennent des rapports déterminés et sont reliées les unes aux autres sans solution de continuité. Il en est de même de la question et de la réponse avec les mots qui les composent, leurs lettres et leurs significations. Cette correspondance concerne le royaume terrestre, c'est-à-dire celui des choses sensibles et tout ce qui s'y rattache. Quant au monde céleste, la correspondance qui le concerne est très loin à tous points de vue du royaume terrestre. Le savoir total [de Dieu] englobe tout cela. Mais le savoir humain dans le royaume terrestre est d'un genre qui est incapable de tout embrasser et de parvenir à la connaissance ultime. Certains reçoivent une assistance divine du monde céleste et un souffle seigneurial qui leur permet d'accéder à une perception supérieure à celle de ceux qui ne bénéficient pas de ce souffle. Mais cela demeure dans les limites du genre de perceptions humaines et ne va pas au-delà. Certains soufis extrémistes sont tombés dans l'erreur en prétendant avoir des perceptions de particularités infinies [du monde céleste]. Ils ont été poussés à ces excès par l'exagération et l'égarement.

S'il est établi par ce qui vient d'être dit que le savoir humain peut être plus étendu chez certains plus que chez d'autres, grâce à l'assistance seigneuriale qu'ils reçoivent dans le genre de leurs perceptions après la levée du voile des sens, il s'ensuit qu'il n'est pas impossible qu'une personne à qui il a été donné de lever le voile des sens réussisse à poser la règle permettant de découvrir la réponse à partir de la question, et ce après avoir accédé à la connaissance de la correspondance entre les choses au moyen desquelles cette découverte peut être faite, et des relations entre ces choses, grâce à l'étendue de son savoir humain. Une telle personne ne devrait pas en répandre le bruit, car ceux qui ont été informés par Dieu des secrets seigneuriaux doivent les préserver.

Cela dit, ce procédé ne donne pas la connaissance de l'invisible. Et la correspondance précitée ne nous donne pas la connaissance des choses de l'invisible que Dieu s'est réservée. En effet, tous les événements sont compris dans le savoir éternel, qui les embrasse. La correspondance entre le savoir seigneurial, qui appartient au monde céleste, et le monde terrestre, est impossible, comme on l'a vu. Elle ne saurait donc être comprise dans cette règle, qui est basée sur la correspondance entre les choses créées dans le monde terrestre. Les règles et l'art ne conduisent en aucune façon à la connaissance de l'invisible. En témoigne le fait que beaucoup de réponses de la *zâ'iraja* ne se réalisent pas dans l'existence. « Dieu sait et vous ne savez point[A]. »

A. Coran, II, 216, 232 ; III, 66 ; XXIV, 19.

TEXTE DU MANUSCRIT A
VIIe PRÉAMBULE

[Ce VIIe *préambule, analyse de la situation globale du monde, avec des remarques sur une tendance au déplacement de la civilisation humaine du sud vers le nord de la Terre habitée, ne figure que dans les manuscrits Add 9574 du British Museum* (A) *et Golius 48 de Leyde* (B)*; voir la Notice, p. 1300. Nous en donnons la traduction d'après le manuscrit* A.*]*

LE DÉPLACEMENT DE LA CIVILISATION D'UNE PARTIE DU MONDE À L'AUTRE

À notre époque, nous constatons une sorte de déplacement de la civilisation du sud vers le nord. Au temps des Tubba' et aux époques antérieures, le Yémen était le siège d'un grand État appartenant à des Arabes tels que les 'Ad, les Thamûd, les Himyar et les Tubba'. De même, la péninsule arabique connaissait une civilisation prospère avec le peuple des 'Ad et d'autres. C'était aussi le cas de la Syrie à l'époque des Israélites : sa civilisation était extrêmement prospère avec des nations et des tribus telles que les Madyan, les fils de Loth, les Amalécites, les Rum, les Philistins et les Cananéens. Le pays d'Égypte connaissait la même situation, avec les Coptes et les fils de Baysar, fils de Cham. La civilisation du Maghreb était également florissante grâce aux Berbères, fils de Mâzigh, fils de Canaan. Elle s'étendait en largeur du Soudan à la mer Byzantine, et en longueur, sans discontinuité du Sous à Alexandrie. Dans toutes ces régions, il y avait de grandes dynasties, telles que les Tubba', les Israélites, les Coptes, les Perses, les Rum. Le Nord était alors inférieur [au Sud] aussi bien pour ce qui est de sa civilisation que de ses royaumes, comme [ceux des] Turcs, des Francs et des Slaves.

Aujourd'hui, la situation s'est inversée. Prenez Bagdad, capitale de l'islam et du califat en Irak : elle est en ruine, alors qu'autrefois elle était formée de près de cinquante villes qui se touchaient au point de ne former qu'une seule masse d'édifices. Il y avait Bagdad à proprement parler, Dar-as-Salâm, ar-Risâfa, Sarra-man-ra'â, etc. Les environs de Bagdad étaient plus peuplés que ceux de toute autre ville. Il en allait de même de Koufa et de Basra, entre autres villes des Arabes à l'époque de l'islam, et de Kairouan, capitale de l'Ifrîqiya. L'agglomération de Kairouan était formée de vingt-cinq villes qui se touchaient : Raqqâda, al-Mansûriyya, Kairouan, al-Qasr al-Qadîm, etc. Il y avait en Ifrîqiya de nombreuses villes et cités, telles qu'al-Masîla, Tâhart, Tubna, Baghâya, Tijist, al-Qal'a, Sétif, etc. Il en allait de même de l'agglomération de Barqa et des centres voisins, telles que Barqa, Zwila, Labda, etc. C'était encore le cas des villes et capitales du Maghreb Central, avec Chélif, Mtîdja, Hamza, Tâhart, Marsâ-d-dajâj, al-Khadrâ', Zarqa, Qasr 'Ajîsa.

Toute la civilisation du Sud, au Yémen, au Hijâz, en Égypte, au Maghreb et dans l'Irak arabe s'est écroulée et est tombée en ruine. Cela est plus particulièrement vrai du Maghreb. Il ne reste que très peu de vestiges de sa civilisation : ils s'étendent sur une étroite bande d'à peine deux journées de marche de large le long du littoral. Les royaumes de toutes ces régions ont vu décroître leur ancienne force et leur puissance passée de façon évidente, à cause de l'affaiblissement de leur civilisation.

Pour ce qui est des pays du Nord, nous avons appris que leur civilisation est florissante et leurs États puissants, comme c'est le cas de certaines nations franques et turques.

La culture est peut-être en train de se déplacer du sud vers le nord. Le vide créé dans le Sud et ses régions est quelque chose qui ne restera pas sans suite. Ce vide peut s'expliquer soit par des manifestations terrestres et de la civilisation visible — et ce ne peut être là que [la conséquence de] la mainmise des Arabes et de leur domination, laquelle entraîne la ruine des pays dominés —, soit par des manifestations célestes. Là-dessus, les astrologues ont émis certaines opinions ; mais ce n'est pas le lieu de les exposer en détail. « Dieu a le pouvoir de faire ce qu'Il veut. »

TEXTE DU MANUSCRIT A CORRESPONDANT AU CHAPITRE XXI DE LA IIIe PARTIE

*[L'exposé des conditions du califat, tel qu'il figure dans le manuscrit du British Museum (*A*) et dans le manuscrit Golius 48 de Leyde (*B*), a été profondément remanié dans les versions ultérieures. Seule la dernière partie de ce chapitre a été conservée dans* F *(ici p. 478, début du 2e §, et suiv.) sans*

modifications notables. Nous donnons ci-dessous la traduction des deux premières parties d'après A, B *procurant un texte presque identique. Comparer avec le chapitre* XXIV *de la* III*e* *partie, ici* *p. 471-480.]*

NÉCESSITÉ ET CONDITIONS DU CALIFAT

On connaît, d'après la loi religieuse, la nécessité d'élever un imam pour appliquer les lois de Dieu parmi ses créatures, ainsi que l'obligation pour les hommes de lui obéir et de se soumettre à son autorité. La base légale en est le consensus, non la raison, comme c'est l'opinion de certains hérétiques. En effet, après la mort du Prophète, ses Compagnons s'empressèrent d'élever un imam et prêtèrent serment de lui obéir et de s'en remettre à lui pour diriger leurs affaires. Il n'y eut aucune divergence entre eux sur ce point. C'est ainsi qu'ils firent tous allégeance à Abû Bakr, puis à 'Umar, d'après le choix et la désignation de ce dernier, puis à 'Uthmân, après que 'Umar eut choisi le Conseil des Six, qui délégua la décision à 'Abd ar-Rahmân Ibn 'Awf, lequel choisit 'Uthmân, puis à 'Alî, après accord et consensus d'eux tous, puis à al-Hasan, puis à Mu'âwiyya en faveur de qui ce dernier s'était désisté. Il en fut ainsi à chaque époque. Cela constitue un consensus sur la nécessité de cette fonction. Il n'y a là-dessus aucune divergence, en dehors de ce qui est rapporté au sujet des Khârijites. Ceux-ci disent que l'imamat n'est pas nécessaire et que ce qui est nécessaire c'est de faire appliquer les dispositions de la loi religieuse. Cette tâche, d'après eux, n'est pas du ressort d'un seul. Si la communauté s'accorde sur la justice et l'application du droit, elle n'aura pas besoin d'un imam, et il ne sera pas nécessaire d'en élever un. Ce qui les a poussés à adopter une telle attitude, c'est le désir de fuir le pouvoir et ce qui s'y attache, ainsi que le fait de voir que la loi religieuse est pleine d'incitations à blâmer le pouvoir, la domination et la contrainte, et de critiques à l'égard de la jouissance de la vie ici-bas. L'ambiguïté qui entoure cette fonction au plan de son existence a déteint sur leur jugement, ce qui les a conduits à en nier la légitimité. Mais le consensus [des musulmans] constitue une réfutation de leur opinion sur ce point. Fuir le califat ne leur sert de rien, car l'esprit de corps grâce auquel la religion a été établie est indispensable. Or l'esprit de corps, de par sa nature, exige le pouvoir et les conditions qui s'y attachent, comme on l'a vu. Cela dit, le califat n'a rien à voir avec le pouvoir royal, et nous avons eu soin de les distinguer l'un de l'autre selon leur vérité. Après cet examen, l'on voit que tout ce qu'ils cherchent, c'est un moyen d'argumenter. Mais ce n'est pas de cette façon que l'on peut s'opposer au consensus.

Par ailleurs, les hommes de vérité dans le passé et le présent sont unanimes à dire que la désignation de l'imam revient aux créatures. Mais les chiites affirment qu'il est désigné par Dieu à travers des textes explicites ou cachés. Les textes explicites sont ceux que le Prophète a exposés à la communauté, comme lorsqu'il a dit : « Celui dont je suis le seigneur, 'Ali est son seigneur » ; et : « Tu es par rapport à moi comme Aaron par rapport à Moïse », et d'autres textes semblables. Et ils critiquent l'imamat des quatre [premiers] califes. Les textes cachés renferment la désignation par Dieu et son prophète de l'imam, de son nom et de sa généalogie, et ce pour chaque époque. Ces derniers sont appelés « imamites » à cause de leur doctrine de la désignation par un texte de l'imam.

Parmi les chiites, il y a aussi les duodécimains et les ismaéliens, c'est-à-dire les refusards. Ils prétendent que le Prophète a laissé un testament qui désigne 'Alî comme calife, et que les Compagnons ont nié cela. Ils appellent 'Alî le « Mandataire » (*al-wasî*). Ils font passer le califat après lui à Ja'far as-Sâdiq, puis à son fils Mûsâ al-Kâzim, puis aux enfants de ce dernier, jusqu'au Mahdî attendu, qui est le douzième [imam] depuis 'Alî. Ceux-ci sont appelés les « duodécimains ». D'autres chiites font passer le califat de Ja'far as-Sâdiq à son fils Ismâ'îl, et de ce dernier, à ses enfants jusqu'à 'Ubayd Allâh al-Mahdî fils de Muhammad al-Habîb fils de Ja'far al-Musaddiq fils de Muhammad al-Maktûm fils d'Ismâ'îl al-Imâm. On les appelle les bâtinites. C'est de cette secte qu'est issue la dynastie des 'Ubaydites, et c'est sur cette base qu'Abû 'Abd Allâh al-Muhtasib a fait sa propagande en leur faveur.

En dehors des chiites imamites, d'autres chiites tels que les Kaysâniyya et les Ruwandiyya disent que l'accession au califat ne se fait ni sur la base d'un texte de Dieu ni par un choix humain, mais comme le remplacement du Prophète ; le califat est donc un héritage du Prophète, et celui qui en est le plus digne est al-'Abbâs, car il était son oncle et le chef de la famille après lui. En effet, Dieu a dit dans son Livre : « Les parents utérins sont les mieux placés les uns par rapport aux autres. » L'imamat de 'Alî n'avait pu être conclu que grâce au désistement d'al-'Abbâs en sa faveur. Puis ils abandonnèrent finalement cette opinion et affirmèrent que l'imamat était revenu à Muhammad Ibn al-Hanafiyya par désignation testamentaire de 'Alî, puis à son fils Abû Hâshim après lui, puis à 'Alî Ibn 'Abd Allâh Ibn 'Abbâs, après lui, puis à son fils Muhammad Ibn 'Alî, puis à son fils Ibrâhîm al-Imâm, fils de Muhammad, puis à son frère 'Abd Allâh Ibn al-Hârithiyya, c'est-à-dire Abû l-'Abbâs as-Saffâh. Tout cela eut lieu par désignation testamentaire. C'est de là qu'est née la dynastie des 'Abbâssides.

Parmi les différentes sectes chiites, il y eut des dissidents qui se révoltèrent contre les États mais qui ne réussirent pas dans leurs entreprises et n'atteignirent pas leur but de former un État. Bien des peuples périrent ainsi.

Les conditions de cette fonction sont au nombre de quatre : la science, la religion, la compétence et l'ascendance qurayshite.

1. La condition de la science est évidente. L'imam ne peut faire appliquer les lois divines que s'il les connaît. S'il ne les connaît pas, on ne peut lui confier le soin de veiller à leur application. La science qu'il doit posséder ne doit pas être en deçà du niveau qui lui permet d'exercer sa réflexion personnelle, car la simple imitation est un défaut, et il est requis de l'imam d'être parfait dans toutes ses qualités et comportements.

2. Pour ce qui est de la religion, si l'imam ne suit pas les lois de Dieu dans sa conduite personnelle, comment pourra-t-il pousser les autres à les suivre. « Est-ce que vous ordonnez aux hommes le bien alors que vous vous oubliez vous-mêmes ? »

3. La compétence signifie que l'imam possède la hardiesse requise pour appliquer les peines légales et faire la guerre ; qu'il est habile dans l'art militaire, sait ce que sont l'esprit de corps et la ruse et est assez fort pour supporter le poids du gouvernement.

4. La condition de l'ascendance qurayshite est fondée sur le consensus des Compagnons le jour de la Saqîfa. Les Quraysh avancèrent contre les Ansâr l'argument suivant : « Le Prophète nous a recommandé d'être bons envers ceux d'entre vous qui sont bons et de ne pas punir ceux d'entre vous qui font le mal. Si le commandement devait vous revenir, le Prophète ne vous aurait pas recommandés à nous. » Les Ansâr furent confondus et ils renoncèrent à leur projet de faire allégeance à Sa'd, leur seigneur. Leur renonciation ne pouvait être fondée que sur un argument décisif. Il est établi dans le *Sahîh* que « le califat revient aux Quraysh » et, dans une autre version : « l'autorité restera dans cette tribu des Quraysh », et il y a beaucoup d'autres traditions du même genre.

Mais avec l'affaiblissement de leur pouvoir et la disparition de leur esprit de corps, conséquence de leur vie de luxe, de leur bien-être et de leur usure au service de l'État dans toutes les régions de la terre, les Quraysh se trouvèrent incapables de supporter tout le poids du califat. Des non-Arabes les dominèrent et s'emparèrent du pouvoir de décision. Cela introduisit de la confusion dans l'esprit de nombreux savants rigoureux, qui en vinrent à nier que l'ascendance qurayshite fût une condition de l'accession à l'imamat. Ils se fondèrent sur le sens obvie d'un certain nombre de textes. Par exemple, cette tradition du Prophète : « Écoutez et obéissez, même si vous êtes gouvernés par un esclave abyssin couleur de raisin sec. » Mais cette tradition ne signifie pas la négation de la condition de l'ascendance, car il n'y a là qu'une simple métaphore pour signifier de façon appuyée l'obligation d'obéissance. Autre exemple, avec ces paroles de 'Umar : « Si Sâlim, client de Hudhayfa, était encore vivant, je l'aurais désigné » ; ou, selon une autre version : « je n'aurais eu aucune objection contre lui ». Cela non plus ne prouve rien, car, comme on le sait, l'opinion d'un Compagnon ne constitue pas une preuve. D'autre part, un client fait partie du groupe auquel il se rattache. L'esprit de corps des clients est acquis, et c'est ce qui compte dans la condition de l'ascendance. Or, Sâlim a acquis par les Quraysh l'esprit de corps en tant que client. 'Umar considérait le califat comme une question de grande importance. Voyant que les conditions requises n'étaient pas remplies, selon lui, il pensa à Sâlim qui, à son avis, les remplissait, y compris l'ascendance qurayshite, laquelle signifie l'esprit de corps, comme nous le verrons plus loin. Il ne manquait que la pureté de l'ascendance, mais 'Umar pensa que Sâlim n'en avait pas besoin. Car ce qui importe dans l'esprit de corps lié à l'ascendance est acquis sans celle-ci. 'Umar montrait ainsi combien il avait le souci de veiller sur les affaires des musulmans et de les confier à quelqu'un qu'il jugeait irréprochable et digne de confiance.

Le cadi Abû Bakr al-Bâqillânî fut l'un de ceux qui nièrent que l'ascendance qurayshite fût une condition d'accession au califat. Il vécut à une époque où l'État des Quraysh était en train de disparaître, subissant la tutelle et la domination des rois non arabes.

D'autres maintenaient la condition de l'ascendance qurayshite, même en l'absence de la compétence et de la capacité, et dans le cas où les califes devenaient incapables. Ils disent qu'un qurayshite peut être calife même s'il est incapable de diriger les affaires des musulmans. Mais ils perdent de vue ainsi la signification de la compétence, le fait qu'elle disparaît avec l'absence totale de l'esprit de corps, et que quand la condition de la compétence n'est pas remplie, son absence atteint la science et la religion, anéantissant de la sorte toutes les conditions du califat, et rendant caduque la fonction califale.

TEXTE DU MANUSCRIT A CORRESPONDANT AU CHAPITRE XXVIII DE LA IIIe PARTIE

[Ce chapitre a été profondément remanié dans les versions ultérieures (voir le texte de F, *p. 500-514). Nous en donnons ci-dessous l'intégralité de la traduction d'après* A, B *procurant un texte presque identique.]*

LA DÉSIGNATION À LA SUCCESSION

La désignation testamentaire à la fonction du califat est louable quand celui qui est désigné remplit les conditions requises pour cette fonction ou se montre plus qualifié que d'autres. C'est quelque chose qui relève de la direction des affaires des musulmans, puisque l'imam qui dirige leurs affaires durant sa vie doit aussi se préoccuper de leurs intérêts après sa mort, Dieu l'ayant chargé de cela. Aussi désigne-t-il celui dont on connaît la droiture et la compétence et qui remplit les conditions de l'imamat. Le mode de désignation diffère suivant ceux qui l'établissent. Abû Bakr suivit cette voie en désignant 'Umar, et 'Umar fit pareillement en laissant la décision à six personnes exclusivement et en les chargeant de choisir un calife pour les musulmans parmi eux ou en dehors d'eux. C'est cette tradition qui prévalut par la suite.

Parmi les choses qui rendent la désignation d'un successeur valide et contribuent à la fonder sur la vérité, il y a le fait de ne pas donner la préférence à des personnes de sa propre lignée, sauf si la désignation d'autres personnes doit entraîner un mal tel que la désunion ou l'affaiblissement de la communauté. Dans ce cas, il leur sera donné la préférence, et on ne pourra pas faire autrement, car l'accord de la communauté est ce qui importe le plus, cela, si la personne ainsi désignée n'est dépourvue d'aucune des conditions et des qualités requises pour le califat. Si ces conditions ne sont remplies qu'en partie ou le sont de façon imparfaite, il est préférable de prendre en considération l'accord des musulmans, malgré ces défaillances. C'est ce qui poussa Mu'âwiyya, que Dieu soit satisfait de lui, à désigner comme successeur son fils Yazîd. Il ne savait pas tout ce qui le rendait impropre, ne pensant qu'à bien faire et à prendre en compte l'intérêt des musulmans, du fait que Yazîd avait pour lui le consensus des gens et que ceux-ci s'étaient concertés sur la base de l'accord des Banû Umayya, qui détenaient à cette époque l'autorité parmi les Quraysh. En effet, les Banû Umayya ne voulaient personne d'autre que lui, eux qui formaient le clan dominant des Quraysh. Mu'âwiyya lui donna donc la préférence sur d'autres candidats qui étaient plus dignes du califat. Il prit le moins bon au lieu du meilleur, pour sauvegarder l'accord et l'unité, qui sont plus importants aux yeux du Législateur. Aucune autre motivation ne devrait être attribuée à Mu'âwiyya. Sa probité et le fait qu'il était un Compagnon du Prophète interdisent toute autre explication. Après Mu'âwiyya, d'autres califes qui avaient le souci de la vérité agirent dans le même sens. C'est le cas de 'Abd al-Malik et de Sulaymân, ainsi que celui d'as-Saffâh, d'al-Mansûr, et d'autres, connus pour leur probité, leur bon conseil et leur souci des intérêts des musulmans. On ne peut pas les blâmer d'avoir préféré leurs fils ou leurs frères et de s'être écartés de la tradition des quatre premiers califes. Leur situation était différente de celle de ces califes : ceux-ci vivaient à une époque où la nature du pouvoir ne s'était pas encore manifestée et où l'autorité était d'ordre religieux. Chacun avait autorité sur lui-même. Ainsi, ils désignèrent comme successeurs les personnes qui étaient acceptables au point de vue religieux et les préférèrent à toutes les autres. Ils laissèrent à chacun de ceux qui aspiraient au califat le soin de se contrôler lui-même.

Mais plus tard, à partir de Mu'âwiyya, l'esprit de corps était sur le point d'atteindre son but ultime : le pouvoir royal. L'autorité religieuse s'était affaiblie, et le besoin s'était fait sentir d'une autorité gouvernementale et de clan. Si une personne non agréée par le clan avait été désignée, elle aurait été rejetée. Son pouvoir se serait rapidement écroulé, et cela aurait entraîné la division et la dissension au sein de la communauté.

Un homme interrogea 'Alî : « Pourquoi les musulmans sont-ils en désaccord en ce qui te concerne, alors qu'ils s'étaient accordés sur Abû Bakr et 'Umar ? » Il répondit : « Parce qu'Abû Bakr et 'Umar gouvernaient des hommes comme moi, alors qu'aujourd'hui, j'ai à gouverner des gens comme toi. » Il faisait allusion à l'autorité de la religion.

Autre exemple à méditer : quand al-Ma'mûn désigna comme son successeur 'Alî Ibn Mûsâ Ibn Ja'far as-Sâdiq, qu'il surnomma ar-Ridâ, le clan 'abbâside désapprouva son acte, rompit le serment d'allégeance qu'il lui avait prêté et proclama son oncle Ibrâhîm, fils d'al-Mahdî. Il y eut tant de troubles, de dissensions, de routes coupées, de rebelles et de dissidents que toute autorité fut près de disparaître. Al-Ma'mûn dut quitter le Khurâsân en toute hâte pour rentrer à Bagdad et rétablir la situation. 'Alî Ibn Mûsâ ar-Ridâ périt, et il pria pour lui, mais Dieu seul sait de quelle façon il mourut.

Tout cela doit être pris en considération lorsqu'on traite de la succession. Les époques diffèrent en raison des opinions qui y sont professées, des tribus et des esprits de corps qui y apparaissent. Elles diffèrent aussi selon les intérêts, et chacun de ceux-ci obéit à des lois particulières. C'est un effet de la bonté de Dieu envers Ses serviteurs.

Cependant, la religion ne fait pas de la préservation de l'héritage dans sa propre lignée le but de la désignation d'un successeur. Le [pouvoir] vient de Dieu, et Il le réserve à qui il Lui plaît. Il faut y observer la plus grande pureté d'intention, de crainte de faire des dignités religieuses un jeu futile.

Le pouvoir appartient à Dieu[A]. Il le donne à qui Il veut parmi Ses serviteurs.

Il y a ici une chose que les gens ignorent et que je voudrais révéler au lecteur, afin qu'il puisse le méditer. On pourrait croire qu'il est préférable de ne pas désigner un successeur, étant donné que le Prophète lui-même ne le fit point. Mais ce ne serait pas juste, car, après lui, les Compagnons furent unanimes à approuver la désignation de 'Umar par Abû Bakr. Ou bien on pourrait croire qu'il est préférable de désigner un successeur, comme l'aurait fait le Prophète d'après ce que prétendent les chiites. Ceux-ci affirment qu'il avait laissé un testament en faveur de 'Alî, et qu'il n'était pas homme à laisser sans solution quelque chose qui était de la plus grande importance pour les gens dans leur religion. Mais cela n'est pas connu et n'a été rapporté par personne parmi les anciens. Si le Prophète avait désigné un successeur, cela aurait été su, rapporté, et largement diffusé. Le califat et tout ce qui le concerne ne sont pas des choses qui peuvent être gardées secrètes. Aucune de ces deux opinions n'est juste. Pour discerner la vérité à cet égard, on doit savoir que la question de la succession dans le domaine du pouvoir n'était pas aussi importante qu'elle l'est aujourd'hui. En effet, le Prophète n'avait d'autre préoccupation que celle d'établir la religion. Il ne faisait qu'enseigner aux gens les lois religieuses et les appeler à suivre la religion, seule à leur assurer le bonheur. Parmi les marques et les piliers de la religion, rien n'était plus important que la prière. Le Prophète la sauvegardait et veillait

A. *Cf.* Coran, XXII, 56.

à son office. Et quand il s'absentait, il s'y faisait remplacer par Abû Bakr. Il agit ainsi fréquemment, de sorte que l'on sut que ce dernier était son remplaçant pour la chose la plus importante de la religion, à savoir la prière. Quant à la fonction du califat, elle n'était pas encore bien déterminée, car le pouvoir était quelque peu absent et négligé, le Prophète étant connu pour le blâmer et rejeter les passions et l'esprit de corps. L'exécution des lois de Dieu parmi les musulmans était assurée par leur communauté et le guide de leurs prières. C'est ce qui ressort du dialogue du Prophète avec une vieille. Il lui dit : « Reviens me voir » ; mais elle répliqua : « Et si je ne te retrouve pas ? », en faisant allusion à sa mort. Le Prophète répondit : « Viens voir Abû Bakr. »

La fonction du califat comme fonction du pouvoir n'apparut, et le besoin ne s'en fit sentir qu'avec l'apparition de l'apostasie et les conquêtes, lorsqu'il fut nécessaire de défendre le territoire de l'islam et de conduire les musulmans à la guerre. 'Umar hésita sur le parti à prendre quand se produisit l'apostasie. Il dit à Abû Bakr : « Enferme-toi dans ta maison jusqu'à ce que Dieu prononce son jugement. » Abû Bakr lui répondit : « Dois-je attendre la révélation ? Il n'y a pas de révélation après l'Envoyé de Dieu. » Puis 'Umar fut éclairé par Dieu et prit la même attitude, et ils se mirent à combattre les Arabes apostats. La fonction du califat consistait à défendre le territoire musulman et à conduire les gens à la guerre. Ils envoyèrent des expéditions contre les Arabes jusqu'à ce qu'ils se convertissent à l'islam. Ensuite, ils expédièrent des armées contre la Perse et Byzance. Lorsque la fonction du califat fut ainsi déterminée, Abû Bakr ne le négligea point. Il désigna 'Umar comme son successeur pour diriger les affaires des musulmans. 'Umar fit pareillement en nommant un conseil, en considérant cela comme le mieux de ce qu'il pouvait faire et la meilleure façon de s'acquitter de son engagement. 'Uthmân et 'Alî furent tués sans qu'ils pussent prendre de décision à ce sujet. Et Mu'âwiyya désigna comme son successeur son fils, en pensant qu'il faisait pour le mieux, comme on l'a vu.

Les chiites croient qu'on accordait au califat autant d'importance à l'époque du Prophète qu'en leur temps. C'est pour cela qu'ils pensent que le Prophète avait désigné 'Alî par testament à cette fonction, et qu'il lui avait accordé sa préférence à cause de ses liens de proche parenté. Mais ce qu'ils croient à ce sujet n'est pas exact. Si le califat est aujourd'hui une chose importante, c'est du fait que la majorité des gens s'intéressent au monde d'ici-bas et aux fonctions qui s'y attachent, ainsi qu'à l'obtention des plaisirs liés à cette fonction.

S'ils savaient ce qu'il en est en vérité et le type d'engagement qu'elle suppose de la part de celui qui l'assume, ils l'auraient fuie comme l'avaient fuie leurs semblables. Dieu est maître de son ordre.

TEXTE DU MANUSCRIT A CORRESPONDANT AU CHAPITRE XXXI DE LA IIIe PARTIE

[Nous donnons la traduction intégrale de ce chapitre d'après A, B *procurant un texte presque identique. Comparer avec la version définitive* (F), *p. 532-538.]*

LA SIGNIFICATION DU TITRE DE PAPE DANS LA COMMUNAUTÉ CHRÉTIENNE

Dans la communauté chrétienne, le pape est le représentant du Christ et celui qui préside à sa religion, comme le calife dans la communauté islamique. Cependant, il y a entre eux une différence subtile. En effet, le chef de la communauté chrétienne, qui est Jésus, n'appartenait pas à l'esprit de corps [des chrétiens], mais était un Israélite. Constantin, le roi des Romains, avait contracté sa foi et sa religion auprès des évêques, partisans des apôtres. Ceux-ci avaient formellement institué la religion, comme nous l'indiquerons plus loin lorsque nous parlerons de l'adoption par les Romains de la religion de Jésus. Ils n'entrèrent pas dans sa communauté par un agent qui les y aurait contraints et leur aurait imposé sa volonté, mais par le libre choix et selon le désir de Constantin. Ils ne furent donc contraints par aucun esprit de corps, et chez eux le pouvoir temporel et le pouvoir religieux ne sont pas confondus. Chez eux, le pouvoir temporel est resté aux mains de ceux qui disposent de l'esprit de corps, et le pouvoir religieux aux mains des membres de leur communauté religieuse. Ils ne posèrent aucune condition d'origine pour la désignation du pape, parce qu'il n'y avait à cela aucune nécessité. D'autre part, ils n'auraient accepté aucune origine — si une telle condition avait été posée — autre que celle du chef de la communauté, à savoir Jésus. Or il était israélite, et les Israélites étaient pour eux des êtres maudits, parce qu'ils avaient tué le Christ à ce qu'ils prétendaient, et étaient ainsi les ennemis de Dieu et de son apôtre. L'origine israélite n'était donc pas satisfaisante à leurs yeux au point de vue religieux.

Le pape pour les chrétiens est donc comme le calife 'abbâsside aujourd'hui chez nous : le pouvoir n'est plus dominé par l'esprit de corps du calife, l'esprit de corps des Arabes a disparu, et l'autorité est aux mains des non-Arabes et de leur esprit de corps, le calife ne jouant plus qu'un rôle de bénédiction. De même, chez les chrétiens, le pape fait appliquer les lois de Dieu, et ils ne lui sont soumis en rien pour ce qui concerne les affaires de leur pouvoir temporel, comme c'est le cas des rois non arabes d'Orient avec le calife à notre époque. Cela doit être bien compris et pris en compte.

Les conditions qu'on exige du pape, c'est qu'il connaisse les lois de la religion chrétienne et qu'il suive la coutume de Jésus et des apôtres après lui. Dans la religion de Jésus, il n'y a pas beaucoup de lois relatives au commerce des hommes. On n'y trouve que des choses relatives aux bonnes œuvres, car il menait une vie monacale et ascétique, et les chrétiens l'imitaient et s'efforçaient de suivre son exemple. La guerre sainte n'est donc pas une institution religieuse chez les chrétiens. C'est la raison pour laquelle le pape n'a pas d'autorité sur leurs rois pour ce qui touche aux affaires de la vie mondaine. Ils lui doivent seulement obéissance pour ce qui est de la religion, car c'est lui qui leur permet d'appliquer les règles du culte de la religion de Jésus dans leurs temples et leurs églises. Il leur envoie des prêtres et des patriciens qu'il charge de faire appliquer ces règles dans les pays chrétiens. Quand il se fâche avec l'un de ces rois, il manifeste son mécontentement en arrêtant l'exercice des pratiques religieuses sur le territoire dudit roi, et ce en donnant l'ordre aux prêtres et aux patriciens de faire taire les cloches, de faire disparaître les images pieuses, et de faire cesser les offices, qui sont chez eux une obligation communautaire. Ce sont les prières du Christ, qui sont venues en supplément des prières obligatoires de la Torah.

C'est la signification du titre de pape chez les chrétiens. Pour sa succession, les candidats sont recrutés dans différentes catégories selon une hiérarchie établie. La catégorie qui vient juste après le pape s'appelle, à ce que l'on raconte, *al-qarnadâriya*, « cardinalat ». Le nombre des cardinaux est de douze. Ensuite, il y a les soixante-dix. Quand le pape meurt, on choisit pour le remplacer l'un des douze cardinaux, qui est remplacé par l'un des soixante-dix, et ce dernier à son tour est remplacé par d'autres moines ou prêtres qui se consacrent à la prière et à l'imitation des coutumes de Jésus et des apôtres.

Ce mot s'écrit [ ] et se prononce [ ]. Il signifie « le père ». Le mot « papa » eſt la façon dont les enfants désignent le père naturellement dans toutes les langues. Comme le pape a la charge de leurs affaires religieuses, [les chrétiens] lui ont donné la place du père, et l'ont désigné par le mot qu'utilisent les enfants. Parfois, certains d'entre eux l'appellent « p-t-r-k ».

Le premier parmi la nation des Romains qui adopta cette religion fut Conſtantin, fils de [ ], comme nous le mentionnerons dans le récit les concernant. Il y avait un seul pape pour toute la communanté chrétienne pendant toute la durée de l'empire des Byzantins et leur domination sur les chrétiens, et sa résidence était à Conſtantinople. Quand le pouvoir des Byzantins fut détruit et affaibli, que le territoire de leur empire se limita à Conſtantinople, que les nations chrétiennes se divisèrent et que leurs rois se multiplièrent dans la partie occidentale de la région du Nord, les Francs et les peuples qui étaient au-delà de leur pays se donnèrent un pape qui leur était propre. Aujourd'hui, il a sa résidence à Rome.

Une des doctrines du pape concernant la communauté chrétienne consiſte à pousser [les chrétiens] à se soumettre à un seul roi auquel ils se réfèrent pour leurs lois et leur organisation sociale. Il choisit celui qui a l'esprit de corps le plus puissant, afin qu'il ait pouvoir sur eux. Il lui donne le nom d'*emperador*, et on le proclame en lui plaçant sur la tête une couronne. C'eſt pour cela qu'on l'appelle « le couronné ». Le pape s'efforce ainsi d'unifier la chrétienté, n'ayant pu le faire directement lui-même en raison de sa privation de l'esprit de corps. Il y avait autrefois un empereur des chrétiens avant l'islam chez les Byzantins, qui étaient alors très puissants et dominaient les autres nations. Puis, lorsque le pouvoir des chrétiens se divisa et qu'il y eut un pape pour les Byzantins et un autre pour les Francs, le pape des Francs fit nommer un empereur parmi ces derniers, et les Byzantins conservèrent leur ancienne tradition. Leur pape a sa résidence à Conſtantinople comme auparavant, et leur empereur appartient à leur propre clan. C'eſt ce que nous avons appris de l'hiſtoire de ces gens. Dieu en connaît mieux l'authenticité.

TEXTE DU MANUSCRIT A CORRESPONDANT AU CHAPITRE SUIVANT LE CHAPITRE XXXIX DE LA IIIe PARTIE DE F

[Après le chapitre XXXIX *de la* IIIe *partie (ici p. 607-611), on trouve dans* A *et dans* B *un chapitre qui disparaît de toutes les versions ultérieures de la* Muqaddima. *En voici le texte d'après* A, B *procurant un texte presque identique.]*

LES ÉTATS AMASSENT LES PLUS GRANDES RICHESSES AU MILIEU DE LEUR RÈGNE

Nous avons montré que la richesse et l'abondance des revenus fiscaux apparaissent au milieu de l'État. En effet, à ses débuts, l'État évite de trop prélever d'impôts, en raison de sa bédouinité et de sa simplicité, et aussi du fait que les clans restent encore puissants face au souverain, avant qu'il ne s'arroge le monopole de la gloire. À ce stade, ceux-ci partagent avec lui toutes les choses dont il s'empare et toutes ses revenus fiscaux. On peut méditer, à cet égard, sur l'exemple de l'État arabe à ses débuts. On a rapporté que le montant des impôts au Sawâd d'Irak à l'époque d'al-Hajjâj était de 18 000 000 dirhams. Cela est incomparable avec ce qu'il était avant [l'islam] et ce qu'il allait être plus tard. Les présents que les Arabes faisaient à cette époque consistaient souvent en chameaux et moutons, à la manière des nomades, mais pas en argent, sauf exception, car l'argent était rare chez eux. Chacun d'eux avait ses concessions, et ce qui restait des impôts dans le trésor était distribué sous forme de pensions ; ils ne le gardaient pas pour eux-mêmes. Il en était de même pour l'argent du butin. On trouve dans leur histoire de nombreux exemples de cela.

Lorsque les membres de la dynastie au pouvoir se furent arrogé toute la gloire au détriment du reste de leur peuple, que les 'Abbâssides eurent remplacé les Omeyyades, que l'État eut atteint les plus hauts sommets du luxe, les recettes fiscales augmentèrent à l'extrême, les clans arabes se montrèrent soumis aux membres de la dynastie et commencèrent à disparaître, leurs pensions diminuèrent grandement, lors même que les richesses s'accumulaient dans le trésor. Les richesses de l'État enflèrent et augmentèrent à l'extrême. Al-Mas'ûdî rapporte à ce titre le montant de l'impôt foncier deux ans après l'accession au califat d'ar-Rashîd pour toutes les provinces de l'islam, à l'exception de la péninsule de l'Andalus et de la province du Maghreb, qui n'étaient pas soumises aux 'Abbâssides. Les chiffres correspondent à ceux communiqués par Abû l-Wazîr Ibn Hâni' al-Marûzî à Yahyâ Ibn Khâlid Ibn Barmak, donnés en dinars d'or et en dirhams d'argent, en comptant 13 dirhams pour un dinar d'or. Le montant total était de 34 004 646 dinars d'or, l'équivalent de 355 256 livres, 8 onces et 3/4, ou de 3 500 quintaux, 52 livres et le même nombre d'onces. Cela, sans compter les manteaux d'al-Anbâr et du Yémen, les habits de l'Inde et du Sind, le bois de santal et les esclaves de l'Inde, les lingots d'argent, les esclaves et les habits du Khurâsân, la soie de Jurjân, les *tabaris* [*sic*] du Tabaristân, les vêtements de Dinyâwand [*Nihâwand*], les esclaves de Jîlân, les étoffes de soie d'Arménie, l'ambre du Yémen, les tapis d'Ifrîqiya […] [1].

L'auteur de *Tarwih al-arwâh*, le secrétaire Muhammad Ibn [ ] as-Sajazî, surnommé Jirâb ad-dawla, qui avait composé son ouvrage pour les Banû Hamdân, ouvrage comprenant différentes sortes d'anecdotes sur des sujets sérieux ou plaisants, a dit ce qui suit dans un des chapitres de ce livre : « On a trouvé, écrite de la main d'Ahmad Ibn Muhammad Ibn 'Abd al-Hamîd al-Kâtib, une liste des choses expédiées de toutes les régions au trésor de Bagdad à l'époque d'al-Ma'mûn. Voici cette liste [2] :

As-Sawâd	Récoltes : 37 780 000 dirhams Différents genres de revenus : 14 800 000 dirhams Habits de Najrân : 200 Argile pour sceau : 240 livres.
Kaskar	11 600 000 dirhams
Régions du Tigre	20 800 000 dirhams
Hulwân	4 800 000 dirhams
Al-Ahwâz	25 000 dirhams Sucre : 30 000 livres
Fars	27 000 000 dirhams

	Eau de rose : 30 000 flacons Raisin noir : 20 000 livres
Kirmân	4 200 000 dirhams Tissu yéménite : 500 pièces
Sakwân [Mukrân]	400 000 dirhams
Sind et territoires voisins	11 500 000 dirhams Bois de santal : 150 livres
Sijiștân	4 600 000 dirhams Tissu losangé : 300 pièces Sucre candi : 20 000 livres
Khurâsân	28 000 000 dirhams Lingots d'argent : 2 000 Bêtes de charge : 4 000 Esclaves : 1 000 têtes Vêtements : 27 000 Myrobolans : 3 000 livres
Jurjân	12 000 000 dirhams Soie : 1 000 pièces
Qûmis	1 500 000 dirhams Lingots d'argent : 1 000
Tabariștân, ar-Ruyân et Dinyâwand [Nihâwand]	6 300 000 dirhams Tapis du Tabariștân : 600 pièces Robes : 200 Vêtements : 500 Nappes : 300 Gobelets : 300
Ar-Rayy	12 000 000 dirhams Miel : 20 000 livres
Hamadhân	11 800 000 dirhams Suc de grenade : 1 000 livres Miel : 12 000 livres
Région entre Basra et Koufa	10 700 000 dirhams

Mâsâbadhân, ar-Rayyân et districts du Jabal	4 000 000 dirhams
Shahrazûr	6 000 000 dirhams
Mossoul et sa région	24 000 000 dirhams Miel blanc : 20 000 livres
Al-Jazîra et districts voisins de l'Euphrate	34 000 000 dirhams
Azerbaïdjan	4 000 000 dirhams
Karaj	300 000 dirhams
Jîlân	5 000 000 dirhams Esclaves : 1 000 têtes Miel : 12 000 pots Faucons : 10 Robes : 20
Arménie	13 000 000 dirhams Tapis brodés : 20 Broderies : 580 pièces Poisson *Sûrmâhî* salé : 10 000 livres Hareng : 10 000 livres Faucons : 30 Mules : 200
Qinnasrîn	400 000 dinars Raisins secs : 1 000 charges
Damas	420 000 dinars
Jordanie	96 000 dinars
Palestine	370 000 dinars Raisins secs : 300 000 livres
Égypte	1 920 000 dinars
Yémen	370 000 dinars, sans compter les étoffes

Hijâz	300 000 dinars
Barqa	1 000 000 dirhams
Ifrîqiya	13 000 000 dirhams Tapis : 120

(Fin de la liste) »

J'ai reproduit cette liste détaillée, bien que cela ne soit pas conforme à la règle que je me suis donnée en écrivant ce livre. Ainsi, on pourra voir ce qu'il en était de la situation de l'État islamique en matière de revenu fiscal et de richesses thésaurisées. Avant les musulmans, la même situation prévalait chez les Perses en ce qui concerne la thésaurisation des richesses. On rapporte que le roi Yezdejerd avait remis la moitié de ses richesses à Rustum lorsque celui-ci alla livrer la bataille d'al-Qâdisiya : leur montant s'élevait à 600 000 dinars. On rapporte, par ailleurs, qu'on trouva à Ctésiphon 300 000 charges d'argent, et que lorsqu'on répartit les parfums du roi de Perse entre les femmes musulmanes qui se trouvaient à al-Qâdisiya, chacune d'elles eut 33 *mithqâls* d'ambre et un poids égal de musc. Quant au camphre, les musulmans n'y prêtèrent aucune attention et n'y touchèrent point. Certains d'entre eux l'échangèrent contre du sel, mesure pour mesure.

Plus tard, les richesses de l'État islamique disparurent. Vers la fin de leur pouvoir, quelque temps avant la conquête des Tatars, les califes de Bagdad en vinrent à prélever les pensions des soldats sur les marchands d'étoffes, les commerçants et les gens qui fréquentaient les marchés. Par la suite, la situation des 'Ubaydites à Kairouan et au Caire, et des Omeyyades en Andalus fut extrêmement prospère. Ils accumulèrent de grandes quantités d'argent, de tissus, de tapis, d'ustensiles, de joyaux, de pierres précieuses, de meubles, comme on peut le voir dans les récits relatifs à leurs cérémonies, leurs banquets, et leurs dépenses. Puis les États virent leur puissance décroître, et les désordres grandirent. Puis l'imam al-Mahdî parvint au pouvoir, avec ses partisans, les Almohades. Leur État fut l'un des plus grands. Il avait de très larges revenus fiscaux et avait accumulé de très grandes richesses. Notre seigneur le prince Abû Zakariyâ', après qu'il eut détaché l'Ifrîqiya des Mûminides au profit de son propre peuple, que ce pays fut devenu puissant sous son règne et que ses revenus fiscaux eurent augmenté, laissa à sa mort, dit-on, cent *salles* d'argent. Une salle, dans le langage des percepteurs et des intendants de l'État, était l'équivalent de 1 000 000 de dinars, un dinar valant 10 dirhams de leur monnaie. Tel était le trésor des Hafsides ! J'ai vu dans un document datant de l'époque de notre seigneur le sultan Abû Bakr le montant détaillé des revenus fiscaux de l'Ifrîqiya : il s'élevait à environ 1 400 000 dinars annuellement, sans compter les régions qui étaient éloignées des percepteurs, telles que les montagnes de Tripoli, Fès, les Ksours de Righ et de Ouargla. Pour le Maghreb, le revenu fiscal des Banû Marîn, qui ont soumis ce pays après les Mûminides, peut être évalué d'après un document que j'ai vu, écrit de la main d'Abû 'Alî Ibn al-Bawwâq, intendant du palais et ministre des Finances sous le règne d'Abû Sa'îd au début du VIIIe siècle : celui-ci laissa dans le trésor plus de sept cents charges d'or, une charge étant égale à un quintal. Pour la province de Tlemcen, qui dépend de l'État des Zayânides, appartenant aux Banû 'Abd al-wâd, rois de cette région à notre époque, le niveau le plus élevé de leurs richesses fut atteint sous leur sultan Abû Tâshfîn. C'est ce trésor que trouva le sultan Abû l-Hasan lorsqu'il fit la conquête de Tlemcen. Un des percepteurs du Maghreb digne de confiance m'a informé que ce trésor comprenait environ 350 000 dinars d'or pur, une somme égale en dirhams d'argent convertibles en or, et une valeur égale en ustensiles en or et en argent. L'ensemble s'élevait à environ cent quintaux d'or. Ainsi la capacité des États à amasser des richesses dépend de l'importance des revenus fiscaux, de la puissance de l'État et du degré de peuplement et de culture du pays. Dieu accorde l'aisance à qui il veut.

À ce qui vient d'être dit, on peut ajouter ce qui suit, concernant le revenu fiscal des provinces soumises aux Galiciens et à leurs rois, les Banû Adhfunsh — les rois de Castille —, qui dominent l'Andalus à notre époque. Un de leurs percepteurs, d'origine juive, personne digne de confiance dans ce domaine, m'a informé que leur revenu fiscal au cours de ces derniers temps, c'est-à-dire le milieu du VIIIe siècle, s'élevait à 65 *qumts*, le *qumt* étant égal chez eux à trois quintaux d'or. Le montant total s'élevait ainsi à environ 200 quintaux. Cela, précise mon informateur, sans compter de nombreux autres articles que j'ai omis de prendre en compte à cause de leurs faibles quantités. C'est Dieu le Créateur, l'Omniscient.

TEXTE DU MANUSCRIT A CORRESPONDANT AU CHAPITRE SUIVANT LE CHAPITRE XLI DE LA IIIe PARTIE DE F

[Après le chapitre XLI *de la III*[e] *partie (ici p. 612-618), on trouve dans* A *un long chapitre qui disparaît des versions ultérieures de la* Muqaddima, *à l'exception de la partie reprise dans le chapitre* XLIII *de la III*[e] *partie, p. 620-622. Nous donnons ci-dessous la traduction du passage qui ne figure que dans* A.*]*

DES ACCIDENTS QUI AFFECTENT L'ÉTAT ET QUI RISQUENT D'ENTRAÎNER SON DÉCLIN

Tout d'abord, le monarque commence à user de violence, à verser le sang et à faire le malheur des grands personnages de l'État et des chefs de la tribu au pouvoir. C'est une chose qui se produit nécessairement, car, nous l'avons vu, il est dans la nature du pouvoir que le souverain s'accapare la gloire et gouverne seul, en asservissant les gens appartenant au clan de l'État et en les combattant en s'appuyant sur les clients. Lorsque apparaît dans l'État la tendance au pouvoir personnel et à l'asservissement, les gens du clan de l'État nourrissent de la haine contre le souverain, guettent la moindre occasion de lui nuire, et l'abandonnent sur les champs de bataille. Ils passent ainsi au nombre de ses ennemis. À la première génération, tant que le souverain n'a pas fini de recruter des soutiens parmi ses clients, il s'interdit de sévir contre eux. Mais dès qu'il parvient à constituer un groupe de soutiens à l'État agissant comme s'il appartenait à son propre clan et qu'il peut remplacer par ceux-ci les membres de son propre groupe de solidarité, il se retourne contre les membres de son clan dont il a perçu, en raison du changement de leur attitude, l'hostilité à son égard. Il sévit contre eux, poussé par la supériorité qu'il a acquise sur eux par l'orgueil du pouvoir et par son extrême prudence. Il use alors de violence contre eux et fait couler le sang. Puis les clients, à leur tour, affichent la même attitude de rudesse à son égard, et se montrent exigeants, forts du soutien qu'ils lui apportent, comme le faisaient autrefois les membres du clan de l'État et son groupe de solidarité. C'est alors qu'apparaît la position dominante des vizirs, comme il est naturel. Le souverain, devinant leur hostilité et leur changement d'attitude, tente de leur barrer le chemin vers la domination et la puissance. Il craint qu'ils n'emploient la ruse pour y parvenir, en se servant de membres de leurs familles comme intermédiaires. C'est alors le règne du soupçon. Le souverain exerce une répression contre ses vizirs, sa suite, ses clients, et la plupart des gens d'épée parmi ses serviteurs, car il n'a rien à redouter des malheurs qu'il leur fait endurer, étant donné qu'ils sont ses clients et ses serviteurs, et que leur esprit de corps est distinct de celui de l'État. Il les soumet à toutes sortes de morts et de malheurs, leur inflige des châtiments exemplaires et leur fait goûter sa vengeance. L'État en subit les conséquences néfastes, et voit disparaître son esprit de corps et ses hommes. Il est alors atteint par la sénilité sur laquelle aucun remède ne peut agir, si ce n'est la disparition, comme c'est le cas pour la sénilité qui touche les corps des animaux.

Dieu a le pouvoir de faire ce qu'Il veut.

D'autre part, les souverains instaurent un voile entre eux et leurs sujets, gens du peuple et élite confondus. Cela aboutit à leur mise en tutelle, à l'usurpation de leur pouvoir, et à leur écartement complet. En effet, l'instauration du voile est un phénomène qui intervient à un moment donné de l'évolution de l'État. Il se produit en diverses étapes, dont les unes sont louables, les autres blâmables et annonciatrices de sénilité, comme nous allons l'exposer maintenant.

En effet, à ses débuts, lorsque l'État conserve encore son caractère bédouin et n'a pas été influencé par la civilisation urbaine et le luxe, le souverain reste l'égal des gens de sa tribu et de son clan dans tous les domaines, y compris pour la direction des affaires. Il les associe à tout ce qu'il entreprend et leur fait partager le fardeau du commandement. Il ne peut donc pas instaurer de voile entre eux et lui : soit en raison de l'autorité de la religion — comme ce fut le cas des quatre premiers califes —, soit à cause des attitudes dictées par la bédouinité, telles que la simplicité, la prise en considération des gens des différents clans afin de conserver leur faveur, et la nécessité de leur montrer un visage ouvert par des contacts directs et amicaux. Quand cette étape est achevée, qu'advient celle de l'accaparement de la gloire et de l'autorité et que la participation disparaît, le souverain assume seul le poids de leurs fardeaux ; il lui est alors nécessaire de disposer de temps et de se retirer pour gérer leurs affaires. Cela le pousse donc à instaurer un voile entre les gens et lui quand il a à traiter d'affaires importantes les concernant, afin de ne pas être gêné dans l'accomplissement de sa tâche. C'est ce qu'avaient fait Mu'âwiyya, 'Abd al-Malik et leurs fils. Mu'âwiyya fut le premier à employer un chambellan pour garder sa porte, et ses successeurs l'imitèrent. La plupart du temps, ils se dérobaient ainsi aux solliciteurs. 'Abd al-Malik avait fait la recommandation suivante à son chambellan : « Je te charge de fermer ma porte, sauf à trois personnes : le muezzin, car il appelle à Dieu ; le maître de poste, car il apporte des choses importantes ; le maître de la table, car les plats se gâtent si on tarde. » C'est cette signification qui fut d'abord donnée dans les États islamiques, comme nous l'avons déjà vu, au titre de chambellan. C'est là la première étape de l'institution du voile. Ensuite le pouvoir devient plus dur. Les souverains veulent s'entourer de la pompe royale, qui est la marque et le rempart du pouvoir, et les gens sont tenus de se conformer à l'étiquette, seule manière de préserver cette pompe. En effet, le contact avec le souverain et le genre particulier de comportement à observer à son égard de façon à garantir la pompe royale exigent des règles spécifiques. Si ces règles sont négligées, et si les gens n'y sont pas entraînés, cela constitue une violation de l'étiquette. Les souverains sont donc obligés la plupart du temps d'instaurer un voile entre eux et les gens qui ne connaissent pas ces règles, c'est-à-dire la majorité du peuple. Ils ferment leur porte à ces gens pour ne pas avoir à souffrir de leurs comportements, et seuls les membres de leur suite peuvent parvenir jusqu'à eux. Souvent, ils instaurent un second voile pour leur suite quand ils ont à traiter des affaires importantes de leur royaume. En effet, les secrets du pouvoir sur les affaires importantes doivent être protégés, sauf en ce qui concerne le vizir, le conseiller ou le secrétaire, comme on l'a vu précédemment. C'est la raison pour laquelle il existe différents degrés du voile, et deux salles d'attente à la porte du souverain, l'une pour le peuple, l'autre pour l'élite, comme il est d'usage dans les différents États. Cette étiquette royale n'est connue que de ceux qui l'ont apprise dans les assemblées des rois et s'y sont exercés par le contact direct avec eux. Elle tourne autour d'un seul principe : respecter scrupuleusement les exigences de la pompe royale en se montrant obéissant, soumis et satisfait dans tout ce qu'il y a à faire ou à ne pas faire, dans toutes les occasions où il faut se taire ou parler, et cela aussi bien extérieurement qu'intérieurement. Voici ce qu'a dit un sage, en adressant un conseil à ce propos à son fils : « Obéis quand ils donnent un ordre, écoute attentivement quand ils te parlent, ne te fâche pas quand ils t'irritent. De cette façon, tu gagneras leurs cœurs. »

Quant aux détails de ces règles et à leurs ramifications, on en a rapporté un grand nombre d'exemples. Parmi ce qu'il y a de mieux sur ce sujet, on peut citer les propos tenus par 'Abd al-Malik Ibn Marwân à ash-Sha'bî, qui avait été envoyé auprès de lui par al-Hajjâj, d'après une histoire très connue. « Lorsque je fus en présence de 'Abd al-Malik, raconte ash-Sha'bî, il me dit : "Ô Sha'bî ! Ne m'aide pas à commettre une vilenie, mais ne redresse pas une erreur de ma part dans mon conseil. Ne me dis pas : à tes souhaits, quand j'éternue, et ne m'adresse pas de félicitations. Ne prends pas la peine de me demander comment je vais le soir ou le matin. Au lieu de m'adresser des louanges, applique-toi plutôt à bien m'écouter, et sache que bien écouter vaut bien bien parler. Parfois, il est plus éloquent de se taire quand il faut se taire que de parler quand il faut parler." »

Voilà un nombre suffisant d'exemples des règles qu'observent les membres de la suite du souverain ; l'ignorance de ces raisons est la raison pour laquelle les gens du commun sont empêchés d'accéder aux conseils des rois. Cela constitue la deuxième étape du voile.

Puis advient un troisième voile pour séparer le souverain de sa suite et des personnages les plus éminents de son État. C'est à ce stade que la mise en tutelle du souverain et la sénilité de l'État sont à craindre. Du fait d'un excès de bien-être et de luxe, et d'une vie passée entre les mains des nourrices et des femmes, le souverain dédaigne toute activité, jusqu'à celle qui touche à la direction des affaires du royaume. Il s'en remet à des personnes de sa famille, en plaçant en elles sa confiance et en se reposant sur elles. Ces personnages se mettent à la tâche tout en tentant d'usurper le pouvoir. Ils suggèrent au souverain de fermer sa porte aux membres de sa suite et à ses serviteurs particuliers, de dédaigner de les recevoir et d'avoir avec eux un contact direct. Ils lui cachent les récits relatifs à ses ancêtres où il est question de leur simplicité et de leur pauvreté, ainsi que de leur habitude de se mêler à leur peuple, de prendre plaisir à la compagnie de leurs partisans, de diriger eux-mêmes les affaires et de s'abstenir de l'inaction. De cette façon, ils lui dissimulent la réalité, afin qu'il se retire derrière le voile. Ils peuvent alors le mettre sous leur tutelle et diriger le royaume, après l'avoir écarté. C'est ce qui était arrivé à Hishâm al-Mu'ayyad avec al-Mansûr Ibn Abî 'Amir, et aux califes 'abbâssides avec les émirs turcs et daylamites, ainsi que dans la plupart des États, comme on peut le constater si on étudie leur histoire. Cette étape survient généralement quand l'État est sur le point de devenir sénile. C'est pourquoi nous avons dit qu'elle en annonce la sénilité.

Celui qui, à cette étape, prodigue des conseils au souverain doit l'exhorter avec douceur et lui montrer que la position de ses ancêtres était un bienfait que Dieu leur avait réservé en les distinguant de tous les autres hommes. Dieu les avait choisis pour cette tâche en raison de leurs belles qualités et de leur zèle à cultiver les vertus, et aussi à cause de leur faculté à la domination et de leur puissance, et de leur capacité à rallier autour d'eux des gens de leur clan, prêts à les défendre jusqu'à la mort. Eux-mêmes traitaient ceux-ci avec modestie et les associaient à leurs entreprises.

Il doit aussi lui apprendre les épreuves que ses ancêtres avaient endurées pour l'acquisition du pouvoir, aussi bien de la part de leur famille et de leurs concurrents, que de celle de leurs adversaires. Tout cela a été épargné aux souverains actuels. Leurs ancêtres ne se montraient pas durs envers les serviteurs de Dieu, et ne voulaient pas avoir des conditions qui s'éloignaient de celles des autres, cela, en raison de leur savoir et de leurs belles qualités morales, et parce qu'ils avaient eux-mêmes affronté les difficultés de la fondation. Alors que les souverains actuels n'ont fait qu'hériter, sans avoir goûté aux peines et aux joies de la conquête du pouvoir. Ils doivent rendre grâce à Dieu pour le pouvoir et le bien-être qu'il leur a accordés, sans qu'ils aient subi aucun des tourments et des maux que leurs ancêtres avaient essuyés en le fondant.

Il doit aussi lui enseigner que la dureté envers les gens et le retrait derrière le voile entraînent souvent l'éloignement des cœurs, ce qui pousse le souverain à avoir des soupçons à l'égard de ses gens, et à sévir contre eux, coupant ainsi les ailes de l'État. Il doit encore ajouter que, d'après la loi religieuse aussi bien que d'après les principes politiques, ce qui est demandé au calife comme au roi, c'est qu'il s'occupe des affaires des hommes en leur procurant ce qui leur est utile et en éloignant d'eux ce qui leur est nuisible, en sauvegardant leur religion, en les guidant, en les poussant à agir dans ce sens, que cela leur plaise ou non — car il connaît mieux leur intérêt —, et en usant de son autorité pour les empêcher de se nuire les uns aux autres. C'est ainsi que doit agir toute personne chargée des affaires des autres. Ils ne méritent d'être placés au-dessus des autres que parce qu'ils s'occupent de leurs affaires. Ils sont donc les responsables des hommes, et les hommes dépendent d'eux. Or, à servir les hommes, on est leur maître. Cela peut être illustré par l'exemple des califes. 'Umar transportait sur son dos la farine et les assaisonnements qu'il distribuait aux nécessiteux. Sollicité par une femme ou une pauvre, il la suivait jusque chez elle pour lui remettre ce dont elle avait besoin. D'autre part, les califes s'appuyaient sur les gens de leurs clans pour leur propre défense et protection.

Le conseiller du souverain doit multiplier les exhortations de ce genre, car souvent elles seront utiles, s'il plaît à Dieu.

Sache que c'est ainsi que se comportent les descendants des rois à l'égard de leurs ancêtres dans tous les États, sauf une minorité à qui Dieu accorde une faveur particulière et guide de Sa lumière. Ceux-là marchent dans les traces de leurs pères pour ce qui est de la modestie envers les gens, du fait qu'ils les admettent au sein de leurs conseils et consolent leurs cœurs en leur témoignant leur satisfaction et en les traitant avec douceur, de telle sorte qu'ils se rallient à eux et qu'ils soient prêts à les défendre jusqu'à la mort. Dieu a inspiré naturellement ce comportement à notre seigneur, le Commandeur des croyants, Abû l-'Abbâs, à qui cet ouvrage est dédié. Il surpasse en qualités tous les autres rois, imitant le modèle de son ancêtre l'émir Abû Zakariyâ' fils d'Abû Muhammad 'Abd al-Wâhid, fondateur du pouvoir hafside en Ifrîqiya. Il n'y a pas dans la dynastie hafside de souverain plus grand ni plus vertueux qu'eux, encore que tous le soient. Mais comme dit Ibn Qalâqis :

Tu ne trouveras pas dans le texte sacré une sourate
qui soit l'égale de la « Louange », et pourtant c'est la même parole de Dieu.

Autre accident lié au luxe : l'excès dans la parure et l'habitude qu'on en prend. Nous avons vu que le luxe fait partie de la nature du pouvoir. Les membres de l'État, enrichis par le pouvoir, se livrent à toutes sortes de jouissances, recherchent les diverses variétés de nourritures et de boissons, et adoptent les voies et coutumes de la civilisation urbaine. Se gorgeant d'opulence, ils sont élevés dans cette atmosphère génération après génération, chaque génération aspirant à surpasser sur ce plan la précédente, jusqu'à ce qu'ils atteignent les plus hauts sommets. Ils s'habituent à dédaigner de s'occuper des choses nécessaires, s'entourent de nourrices et de bonnes, ce qui conduit à des attitudes de faiblesse et de tendresse envers les enfants. Ils sont parés au berceau et, quand ils sont encore portés sur le dos de leurs nourrices, de boucles d'oreilles, de soie, et de la plupart des bijoux et parures féminines. Les petits garçons, élevés de la sorte, parviennent à l'adolescence en ayant pris l'habitude de ces choses, qui deviennent une partie intégrante de leur caractère et de leur nature. Les membres de l'État y rivalisent, chacun selon son degré de richesse et de luxe. À l'âge mûr, ils se mettent, en outre, à porter des bagues en or ou en argent serties de perles, et utilisent les mêmes matériaux pour leurs armes, leurs ceintures, et leurs montures. Ils cherchent à se surpasser en tout cela les uns les autres les jours de fêtes et de visites, et font tout ce qu'ils peuvent pour imiter les femmes. Aucun scrupule ne les étouffe, vu que le scrupule se perd quand l'État est atteint de sénilité et est affecté par le luxe, et s'il en reste quelque chose, il n'atteint qu'un tout petit nombre. Ils ne sont pas non plus arrêtés par la simplicité naturelle et la bédouinité, car les habitudes et l'éducation au milieu des femmes et dans le luxe s'y opposent. Ainsi, tous ces traits continuent à agir sur eux comme des traits de caractère et une nature. Tout cela engendre de grandes dépenses, que les revenus et les richesses de l'État ne peuvent satisfaire, quels qu'en soient leurs montants. Car chacun a des besoins tels que ses revenus y sont engloutis ou n'y suffisent même pas. En même temps, la puissance et la rudesse grâce auxquelles le pouvoir a été atteint disparaissent, car les membres de l'État se sont habitués à la tranquillité et à l'opulence et ont acquis le caractère de l'impuissance : dédaignant de s'occuper de leurs besoins, ils en ont laissé le soin à d'autres et se sont rendus ainsi dépendants d'autrui. Par ailleurs, les habitudes de la civilisation urbaine les poussent à se fier à des abris et à des lieux fortifiés, et à compter sur autrui pour assurer leur protection. Tout cela annonce la sénilité de l'État et entraîne la disparition de la capacité à se protéger et à se défendre. Leur peuple adopte les mêmes comportements, car, comme on l'a vu, les gens suivent la religion de leur roi ; alors, l'État est menacé de sénilité et d'écroulement.

Celui que Dieu a exempté de ce genre de comportements, a guidé vers la perfection et la virilité, et a éloigné de ce genre d'habitudes, peut réformer l'État et lui éviter la sénilité. C'est le cas de notre seigneur, le Commandeur des croyants, Abû l-'Abbâs, à qui est dédié cet ouvrage. Oubliant les habitudes des hommes de sa génération et de ses pairs, il a emprunté les voies de ses ancêtres pour ce qui est de la virilité et du courage, et y a habitué son âme jusqu'à en faire sa règle de vie. Il a acquis ainsi des qualités d'énergie et de vigueur qu'aucun de ses pairs n'a atteintes ni aspire à atteindre. Dieu accorde en supplément à ses créatures ce qu'il lui plaît.

À bien y réfléchir, on trouvera des exemples évidents de tout cela dans l'histoire des différents États. En effet, dans tout État, qu'il soit fondé sur la religion ou sur l'esprit de corps, les premières générations se contentent de porter des vêtements d'homme et gardent les habitudes de rudesse. Elles ne vont pas jusqu'au luxe de la soie et de l'or, pour éviter la mollesse de l'opulence et du luxe, ou par scrupule religieux. On peut citer à cet égard les exemples de 'Abd al-Malik, d'Abû Ja'far al-Mansûr, de 'Abd ar-Rahmân ad-Dâkhil, de 'Ubayd Allâh al-Mahdî, puis ceux de Yûsuf Ibn Tâshfîn, de 'Abd al-Mûmin Ibn 'Alî, de Yahyâ Ibn 'Abd al-Wâhid Ibn Abî Hafs, de Ya'qûb Ibn 'Abd al-Haqq, de Yaghmurâsin Ibn Ziyyân, du cheikh Ibn al-Ahmar : on sait comment étaient leurs fourreaux, leurs vêtements, leurs montures et leurs armes, et comment on passa progressivement à l'autre extrême chez les générations suivantes. On peut également rappeler ce que nous avons précédemment rapporté dans notre préambule à la section sur « le passage du califat au pouvoir royal » à propos de l'histoire de 'Abd al-Malik Ibn Marwân avec le roi de Nubie. On pourra y voir clairement ce que nous avons voulu dire. C'est la coutume de Dieu envers ses serviteurs et ses créatures.

Autre accident qui survient au cours de l'histoire des États : l'interruption du contrôle par les gouverneurs et les percepteurs d'impôts. Le souverain croit que les revenus fiscaux ne permettent pas de couvrir les dépenses occasionnées par les besoins de l'État et de boucher les trous, alors que dans le même temps le luxe accroît ces besoins. Mais il répugne à s'intéresser à la plupart de ces choses et à s'en occuper directement, pour ne pas s'abaisser à ce genre de tâche, pensant qu'agir de la sorte est le comble de la perfection. En fait, il en est tout autrement chez les plus grands rois. Abû Ja'far al-Mansûr raccommodait les habits de ses femmes et contrôlait les comptes relatifs aux dépenses de sa maison. Dans les récits relatifs à al-Mansûr Ibn Abî 'Amir, on raconte que celui-ci demanda à son intendant de contrôler le bois utilisé comme combustible dans ses cuisines et de vérifier lui-même les quantités nécessaires en utilisant une balance, parce qu'il avait remarqué qu'il y avait un excès de consommation de combustible. Si on néglige d'effectuer ce genre de contrôle, d'exiger des comptes des percepteurs et de procéder à des vérifications, ceux-ci dépensent sans compter, profitent des restes, et vont jusqu'à détourner une grande part des revenus fiscaux. Ils sont sûrs que le souverain n'en saura rien, parce que celui-ci est convaincu que le revenu de ses impôts est inférieur à ses dépenses, et qu'il néglige de les contrôler. Ainsi, les revenus fiscaux diminuent de plus en plus, à cause des parts que prélèvent les percepteurs pour eux-mêmes. Ces derniers voient leur fortune grandir, malgré la faiblesse du revenu de l'État, car ils ne craignent pas d'être contrôlés. Ils continuent ainsi, jusqu'à ce qu'un jour l'État leur arrache leurs biens, à eux et à d'autres, comme nous l'avons vu, que ce soit leur propre souverain ou l'un de ses successeurs. Ils n'échappent à ce danger que très rarement, car cela est incompatible avec la nature de l'État, qui a de grands besoins d'argent quand il approche de sa fin. C'est la coutume de Dieu à l'égard de ses serviteurs.

Il arrive aussi que certains souverains soient guidés par Dieu vers ce qui est vrai, juste et conforme à la virilité. Ils se font payer intégralement les impôts qui leur sont dus, selon la mission dont Dieu les a chargés, exigent des comptes de leurs percepteurs et ne les laissent pas détourner les biens de Dieu, suivant en cela l'exemple des anciens États. De cette façon, les affaires vont bien et sont conduites avec rectitude, comme c'est le cas sous le règne de notre seigneur, le Commandeur des croyants, Abû l-'Abbâs, à qui est dédié ce livre. Louange à Dieu, qui a favorisé les musulmans de ses signes.

Parmi les accidents qui annoncent la sénilité, il y a la division de l'État en deux États distincts. En effet, lorsqu'un État atteint le point extrême de la domination, du luxe et de la tranquillité, les princes de la famille au pouvoir entrent en rivalité et se jalousent, car le pouvoir est devenu pour eux la voie d'accès aux plaisirs et le moyen de réaliser leurs désirs et leurs souhaits. Cela coïncide généralement, comme on l'a vu, avec la régression liée à la phase d'arrêt [de croissance]. À cette phase, le pouvoir de l'État commence à reculer dans les régions lointaines et aux frontières des provinces. Les princes qui y sont envoyés se révoltent, et l'un d'eux parvient à rallier autour de lui des gens de sa propre tribu ou d'autres origines, après avoir réussi à imposer son autorité. Le souverain est incapable de le faire disparaître, parce que l'État est déjà atteint par la maladie et la sénilité. Souvent, le prince dissident arrive à établir son pouvoir sur cette région, et scinde l'État en deux. Il transmet son pouvoir à ses descendants, et ainsi la dynastie se transforme en deux dynasties distinctes, et le pouvoir en deux pouvoirs distincts. On peut citer à cet égard l'exemple de l'État islamique arabe. L'empire arabe *[ici p. 621, 1re ligne]* parvint au plus haut sommet de la domination et de la richesse. *[La suite correspond, à quelques variantes près, à la fin du chapitre* XLIII.*]*

TEXTE DU MANUSCRIT A CORRESPONDANT AU CHAPITRE LI DE LA IIIe PARTIE

[Ce chapitre du manuscrit du British Museum (A*) a été profondément remanié dans les versions ultérieures (voir le texte de* F, *p. 652-681). Nous en donnons la traduction, en omettant les passages communs avec* F, *auxquels nous renvoyons.]*

À PROPOS DU FÂTIMIDE, DES DIFFÉRENTES DOCTRINES ÉLABORÉES À SON SUJET ET DE LA VÉRITÉ EN CETTE MATIÈRE

La plupart des gens sont unanimes à dire qu'à la fin des temps doit nécessairement apparaître un fondateur d'un nouvel État, de la descendance de Fâtima, et que son apparition précédera celle de Jésus. Il fera triompher le Vrai, jugera selon l'équité, soumettra tous les États, et sera suivi par les habitants. Il s'appellera le Mahdî. Après lui apparaîtra l'Antéchrist, et Jésus descendra pour le tuer, comme cela est dit dans le *Sahîh.* Ils s'appuient sur cette tradition du Prophète publiée par at-Tirmidhî : « L'Heure n'arrivera pas avant que n'apparaisse un homme de ma famille qui portera mon nom et sera de ma généalogie, qui remplira la terre d'équité et de justice comme elle a été remplie d'injustice et de violence, et qui y régnera sept ans — ou, selon une autre version, neuf ans. » La même tradition, rapportée selon une voie différente, commence ainsi : « Même s'il ne restait qu'un jour de la vie ici-bas, apparaîtra un homme de ma famille, etc. » Il y a bien d'autres traditions dans le même sens. Beaucoup d'entre eux s'appuient sur les récits des soufis, alors que d'autres s'appuient sur les récits des astrologues. Nous allons maintenant examiner les diverses voies par lesquelles tout ceci a été transmis, et lever le voile sur cette question.

Pour ce qui est des soufis, leur opinion est une ramification de celle des chiites. Après la période du califat, l'esprit de corps des Arabes se rallia autour des Omeyyades ; les 'Alides furent écartés du pouvoir, et il y eut dans leurs rangs beaucoup de gens tués, faits prisonniers ou exilés, comme cela est fort connu. Des reproches s'élevèrent partout contre les Omeyyades, et les gens eurent à cœur de montrer leur solidarité envers les membres de la famille et d'exprimer leur colère à l'égard de leurs ennemis. Ils se constituèrent en groupes, en gardant secrète leur préférence pour les 'Alides, par crainte des Omeyyades, qui avaient pour eux l'esprit de corps. Leurs opinions divergèrent quant à la transmission du califat parmi les 'Alides ; et c'est pourquoi les groupes chiites se multiplièrent, suivant leurs désirs et les objectifs qu'ils poursuivaient.

Certains furent poussés par leurs obsessions jusqu'à prendre parti pour des Arabes imbéciles ou attendre la [ré]apparition de personnages déjà morts. C'est ainsi qu'on prétendit que 'Alî était dans les nuages ou que Muhammad Ibn al-Hanafiyya était à Radwâ, et qu'il avait auprès de lui du miel et de l'eau. Certains prétendirent aussi que l'Heure n'arriverait pas avant que n'apparût le Mahdî Muhammad Ibn al-Hanafiyya, qui remplirait la terre d'équité et ressusciterait leurs morts. Les partisans de cette doctrine étaient appelés les « gens du retour ». Et il y eut bien d'autres divagations du même genre.

Les gens de la famille se mirent à envoyer leurs partisans dans les régions lointaines pour annoncer leur révolte. Ils cherchaient à se protéger en cachant le nom [de leur imam] et en l'appelant ar-Ridâ, descendant de Muhammad. Parmi ces derniers, il y avaient les partisans des 'Abbâssides. Lorsqu'ils apparurent au grand jour et s'emparèrent du pouvoir, ils prêtèrent serment d'allégeance à as-Saffâh, et le califat se transmit à partir de lui parmi les descendants d'al-'Abbâs.

Puis l'esprit de corps des Arabes disparut. Le chiisme devint une conviction que ceux qui le professaient gardaient dans leur cœur et qu'ils enseignaient à des personnes en qui ils avaient confiance. Leurs groupes différaient selon leurs vues sur la transmission du califat, comme nous le mentionnerons quand nous parlerons des États chiites. Il y avait les ismaéliens, qui se réclamaient de l'imamat d'Ismâ'îl Ibn Ja'far as-Sâdiq. Ils continuèrent à exister jusqu'à l'époque où Abû 'Abd Allâh al-Muhtasib réclama pour eux le pouvoir en Ifrîqiya et qu'ils fondèrent un grand État, comme nous le mentionnerons plus loin. Ces gens propageaient des doctrines chiites extrémistes. Selon eux, l'imamat revenait par testament à 'Alî et à ceux qu'il avait lui-même désignés. Ils professaient des doctrines hérétiques, telles que le fait de proclamer la supériorité de l'imamat sur la prophétie, l'incarnation de Dieu dans le corps de l'imam, le fait que 'Alî était plus digne de la prophétie que Muhammad. Ils disaient qu'il y avait plus de ressemblance entre Muhammad et 'Alî qu'entre deux corbeaux. Leur poète, que Dieu le maudisse, récita les vers suivants devant 'Ubayd Allâh al-Mahdî, lorsque celui-ci descendit à Raqqâda :

À Raqqâda est descendu le Messie, y sont descendus Adam et Noé,
Y est descendu Ahmed, l'Élu, y est descendu le bélier et celui qui fut destiné à être immolé [Ismaël],
Y est descendu Dieu le Très-Haut, et tout ce qui n'est pas lui n'est que vent.

Ces gens étaient appelés *râfida*, parce qu'ils critiquaient le serment d'allégeance aux deux *shaykhs* [Abû Bakr et 'Umar] et refusaient ces derniers [comme califes]. Ils professaient encore bien d'autres opinions où ils se montraient hérétiques et critiquaient les anciens, des opinions telles qu'on se bouche les oreilles pour ne pas les entendre, et qu'il n'est pas nécessaire de mentionner ici.

Puis il y eut les Karmates, qui se révoltèrent au Sawâd d'Irak, et qui professaient des doctrines qui n'avaient rien à envier à ces dernières quant à leur caractère hérétique. Comme dit le poète :

S'il n'est pas elle et si elle n'est pas lui,
Il est bien son frère, nourri par sa mère au même sein.

Le chef du mouvement karmate prétendait faussement descendre de la famille du Prophète. Après lui, il y eut des troubles au sein de leur secte et ils ne purent asseoir leur pouvoir ni établir solidement leur État.

Au Yémen apparut également le mouvement des zaydites, qui professaient des doctrines chiites étranges. Ils eurent un État dans ce pays. De même, il y eut un autre État et des doctrines chiites au Tabaristân et au Daylam.

Lorsque les sciences de la loi islamique furent bien établies et qu'apparurent au Hijâz des théories traitant des articles de foi, on y adjoignit les théories de l'imamat, en exposant la doctrine des anciens à ce sujet, à savoir : l'imamat est une obligation des créatures et non du Créateur, c'est une obligation basée sur la tradition, et non sur la raison, étant donné que la raison n'a pas à intervenir dans le domaine des lois religieuses. Cela devint un des plus importants articles de foi, à cause des doctrines chiites sur ce sujet et de la fausseté de celles-ci, comme nous le mentionnerons plus loin.

Il demeura parmi les chiites quelques-uns qui purent échapper aux opinions trompeuses, et qui restèrent attachés aux doctrines des anciens, avec l'espoir que le pouvoir reviendrait aux membres de la famille du Prophète. Ils s'appuyaient sur la tradition d'at-Tirmidhî que nous avons mentionnée au début de cette section. Cette attitude se répandit parmi la majorité des gens, et parmi ceux qui l'adoptèrent, il y eut le Mahdî des Almohades, Muhammad Ibn Tûmart al-Harghî, qui appartenait à la famille du Prophète. Il adhérait aux doctrines des gens de la Sunna en matière d'articles de foi, et ce fut lui qui inroduisit les doctrines ash'arites au Maghreb et qui combattit contre les habitants de ce pays pour qu'ils les suivent. Il écrivit sur ce sujet la *Risâlat al-murshid*, le *Kitâb at-tawhîd* et d'autres ouvrages. Son mouvement se répandit sur les deux rives du Maghreb et de l'Andalus, ainsi qu'en Ifrîqiya, et son pouvoir fut soutenu par les Masmûda et les Berbères qui étaient derrière eux. Ils eurent un grand État, qui subsiste jusqu'à nos jours. Ibn Tûmart était proche de la doctrine de l'impeccabilité de l'imam, en conformité avec les paroles de Dieu : « Je t'ai fait imam pour les hommes » ; « ... de ma descendance » ; « Les injustes ne concluent pas de pacte avec moi ». Il donne des arguments en faveur de cette thèse dans son livre sur l'imamat. Quant aux autres aspects des doctrines chiites et à leur hérésie, il les rejetait sans aucune ambiguïté.

Puis les doctrines sur l'imamat furent définitivement établies au sein de la communauté musulmane, et elles furent rapportées par les théologiens modernes dans leurs livres. En voici le résumé : les membres de la communauté musulmane divergent sur l'imamat. Les uns disent qu'elle est obligatoire sur la base de la raison, au sens où elle vient de Dieu ou que c'est une obligation pour Dieu. D'autres disent qu'elle est obligatoire sur la base de la raison pour les hommes. D'autres encore disent qu'elle n'est pas obligatoire. Quant aux gens de la Sunna, ils disent qu'elle est obligatoire pour les hommes, sur la base de la tradition, comme nous l'avons vu.

Ceux dont la doctrine est qu'elle est obligatoire pour Dieu sur la base de la raison, ce sont ceux qui disent que l'imamat revient à 'Alî après le Prophète sur la base d'un texte de Dieu, puis après 'Alî, sur la base d'un texte de 'Alî, puis à ceux qui suivent sur la base d'un texte de leur prédécesseur. Ils divergent sur la façon de désigner l'imam. Les kaysânites et les duodécimains disent que la désignation doit se faire selon un texte explicite, et rien d'autre. Les zaydites disent qu'il faut à la fois un texte explicite et un texte caché.

Ceux dont la doctrine est que l'imamat est obligatoire pour

les hommes sur la base de la raison, ce sont la majorité des mutazilites.

Ceux dont la doctrine est que l'imamat est obligatoire pour les hommes sur la base de la tradition, ce sont les gens de la Sunna.

Ceux dont la doctrine est de nier l'obligation de l'imamat, ce sont tous les kharijites. Ceux dont la doctrine est que l'imamat est obligatoire pour Dieu sur la base de la raison ne le disent pas au sens où c'est une obligation qui incombe au musulman responsable, mais à celui où il doit se trouver un imam chez les créatures, doté des qualités qu'ils considèrent comme obligatoires. Ce sont les bâtinites, appelés également les ismâ'iliens, et les chiites extrémistes. Selon ces derniers, Dieu apparaît à certaines époques sous l'image d'un homme qui appelle les gens à suivre la religion et la droite voie. C'est le prophète et l'imam. Sans cela, les hommes s'égareraient. Ils professent ainsi la doctrine de l'incarnation ou de l'union. Leurs sectes sont nombreuses, et parmi celles-ci, il y a la secte des saba'ites, partisans de 'Abd Allâh Ibn Saba', qui professe la divinité de 'Alî.

Les bâtinites sont appelés les « hérétiques » ou les « ismâ'iliens ». Cette dernière appellation vient du fait qu'ils proclament l'imamat d'Ismâ'îl Ibn Ja'far as-Sâdiq et de ses descendants. L'appellation d'« hérétiques » leur est donnée parce qu'ils rejettent les aspects évidents de la Loi religieuse. Quant à l'appellation de bâtinites, elle est due à leur doctrine selon laquelle toute chose intérieure (*bâtin*) a quelque chose d'extérieur qui lui correspond, et vice versa. L'intérieur est la source et l'extérieur est la manifestation. Il ne saurait y avoir quelque chose d'extérieur qui n'ait pas un intérieur, si ce n'est un mirage ; et il ne saurait y avoir quelque chose d'intérieur qui n'ait pas d'extérieur, si ce n'est une ombre. Leur doctrine se résout à ceci : Dieu a créé au moyen d'une idée — qu'on exprime par le mot « sois » ou par un autre mot — deux mondes : le monde de l'intérieur, ou monde de l'ordre, et le monde de l'invisible, qui comprend les intellects, les âmes, les esprits, et toutes les vérités, l'être le plus proche de Dieu étant l'intellect premier, puis ceux qui le suivent dans l'ordre ; et le monde de l'extérieur, qui est le monde de la création et du visible, qui comprend les corps d'en haut et les corps d'en bas, les corps des sphères célestes et des éléments, dont le plus grand est le trône, puis le siège, puis tous les autres corps dans l'ordre. Ces deux mondes descendent de la perfection à l'imperfection, et retournent de l'imperfection à la perfection, jusqu'à ce qu'ils atteignent l'ordre, qui est l'idée exprimée par le mot « sois ». Ainsi s'organise la chaîne de l'existence, qui a son commencement et son retour en Dieu. Puis ils disent : l'imam est la manifestation de l'ordre et sa preuve ; son idée qui dirige sa cause est la manifestation de l'intellect, appelé intellect premier et intellect du tout. Le prophète est la manifestation de l'âme qui est appelée l'âme du tout. L'imam est celui qui gouverne sur le monde de l'intérieur, et personne ne devient connaisseur de Dieu si ce n'est par son enseignement. C'est pourquoi on appelle les partisans de cette secte les *ta'limiyyûn*. Le prophète est celui qui gouverne sur le monde de l'extérieur, et la loi dont les gens ont besoin ne s'accomplit que grâce à lui. Sa loi provient de la révélation, l'interprétation de son extérieur est révélation, et son intérieur est interprétation. Chaque époque ne manque pas d'avoir ou un prophète ou sa loi, de même elle ne manque pas d'avoir un imam et sa cause. Celle-ci peut être cachée alors qu'il est manifeste, mais elle ne peut être manifeste alors qu'il est caché, afin qu'il n'y ait point de preuve contre Dieu. D'autre part, de même que le prophète est connu en tant que producteur de miracles par des paroles et par des actes, de même l'imam est connu par son appel à Dieu et par sa proclamation que la connaissance de Dieu ne peut être obtenue que grâce à lui. Les imams sont issus les uns des autres, et un imam n'est imam que s'il est le fils d'un imam. Mais il est possible qu'un imam ait des fils qui ne soient pas des imams. Il n'est pas d'époque où il n'existe pas d'imam, qu'il soit manifeste ou caché, comme il n'y a pas de jour où il n'y a de la lumière, ou de nuit où il n'y a des ténèbres ; le monde a toujours été ainsi, et il ne cessera pas de l'être. Leur voie consiste à concilier les doctrines des sages et celles des religions pour tout ce qui est conciliable. Les bâtinites ont compilé leurs doctrines, consigné par écrit leurs opinions, et se les sont transmises de génération en génération. Les théologiens modernes se sont proposé de leur répondre, et les ont ainsi consignées dans les ouvrages des *maqâlât*, comme le le *Kitâb al-milal wa-n-nihal* d'ash-Shahrastânî et d'Ibn Hazm.

Puis la plupart des soufis modernes ont exprimé des doctrines similaires pour ce qui est du monde de l'intérieur, et de la nécessité de l'existence et de l'ordre de ce monde. On dirait qu'ils leur ont emprunté leurs vues, mais on ne sait pas qui a emprunté à l'autre. En effet, les soufis prétendent qu'ils ont acquis leur savoir par dévoilement et à travers l'expérience intérieure, alors que les bâtinites prétendent qu'ils l'ont par une lumière de la bonne direction de l'imam. La doctrine de ces soufis modernes en ce qui concerne le pôle et les piliers est très proche de celle de ces râfidites en ce qui concerne l'imam. Beaucoup d'entre eux disent que l'imam provient exclusivement de la famille du Prophète, et l'appellent le Fâtimide. C'est le cas d'Ibn al-'Arabî al-Hâtimî dans son livre *'Anqâ' mughrib*, d'Ibn Qasiy dans son livre *Khal' an-na'layn [p. 672, 2e §, 4e ligne]*, de 'Abd al-Haqq Ibn Sab'în dans ses livres, et d'Ibn Wâtîl, un de ses disciples, dans son *Commentaire du Kitâb Khal' an-na'layn. [Suit un long passage conforme à F.]* C'est à cela que du premier au dernier *[p. 676, dernière ligne]*, ils passent leur vie.

S'ils avaient reconsidéré ces choses avec plus d'attention et réfléchi sur la nature de la Création, ils auraient vu qu'à notre époque personne parmi les Tâlibites ni les Fâtimides, ni même parmi tous les Qurayshites, ne peut réussir à fonder un État, parce qu'ils ont perdu totalement leur esprit de corps, et qu'il existe d'autres nations dans les générations actuelles dont l'esprit de corps est de loin supérieur à celui des Fâtimides et de leurs partisans. Nous avons établi précédemment avec des arguments naturels qu'aucun pouvoir religieux ou politique ne peut être fondé que grâce à l'esprit de corps et le soutien qu'il apporte. À moins qu'il ne s'agisse d'un pouvoir qu'on tente de prolonger après qu'il a été fondé, auquel cas une tradition bien établie suffit. S'il s'agit de fonder pour la première fois un pouvoir, cela ne peut se réaliser que grâce à l'esprit de corps et rien d'autre. Le lecteur qui réfléchit à tout cela comprendra ce sur quoi nous avons voulu attirer son attention.

Tous ces soufis dont nous avons rapporté les propos, tels qu'Ibn al-'Arabî, Ibn Qasiy et Ibn Sab'în, ne possèdent aucune lumière de la science. En fait, ce sont des gens fous et stupides, qui imitent tantôt les chiites, tantôt les astrologues, et qui professent des doctrines qu'ils prétendent avoir reçues par dévoilement, alors qu'elles ne sont qu'aveuglement, où ils voient la bonne direction, alors qu'elles sont l'égarement même.

Quant aux soufis qui sont des partisans de la sunna et qui marchent dans la voie des anciens, ils s'opposent à ces extrémistes et à ces bâtinites sur beaucoup de leurs croyances. Mais leur pratique des exercices spirituels, et l'ouverture et le dévoilement qui en résultent, font qu'ils s'accordent avec eux sur ce qu'ils prétendent voir du monde du dévoilement, ou les récusent. D'après ce qu'il nous en est parvenu, ils s'accordent sur l'apparition d'un homme qui renouvellera les lois de la communauté musulmane et fera triompher les règles de la vérité. Ils affirment que son époque est proche de la nôtre, mais ils ne précisent pas sa généalogie et ne disent pas qu'il sera un descendant de Fâtima ni d'aucune autre personne. Ils fixent la date de son apparition et de sa dissidence. Mon ami Yahyâ fils de ʿAbd Allâh fils du saint Abû Yaʿqûb al-Bâdisî m'a rapporté que son grand-père, qui était le plus grand saint du Maghreb, informa les gens de son époque que l'imam attendu devait venir nécessairement. Il détermina précisément la date de sa venue, mais elle ne fut pas retenue. D'autres disciples des soufis que nous avons rencontrés disent la même chose d'après les plus grands saints. Mais Dieu est plus savant.

Quant aux astrologues, ceux parmi eux qui prédisent les événements et qui interprètent les conjonctions astrales disent qu'une date est fixée à la fin des temps, où apparaîtra un rebelle fondateur d'un État, qui changera et renversera les États. J'ai vu un écrit de la main d'Ibn ar-Raqqâm, le maître des astrologues de l'Andalus au VIIe [XIIIe] siècle, où il énumère les conjonctions et précise que la conjonction des deux planètes supérieures aura lieu dans la Balance en l'an 766. Il dit : « Certains ont parlé de la grande conjonction en affirmant qu'elle aurait lieu en l'an 776. Mais il ne s'agit pas de la grande conjonction, car celle-ci est la conjonction transitoire, qui eut lieu en 664. La conjonction dont il est question, qui aura lieu en l'an 766 dans la Balance, n'est pas une grande conjonction, mais elle réunira les trois planètes supérieures et la lune dans le signe de la Balance. Cette conjonction, poursuit-il, aura une grande influence. »

Mon maître Abû ʿAbd Allâh al-Abilî m'a rapporté d'après son maître Abû l-ʿAbbâs Ibn al-Bannâʾ, le dernier maître du Maghreb dans la science de l'astrologie, de la *simiyâ*, du soufisme et des secrets des lettres, que cette conjonction de l'an 766 est la grande conjonction transitoire. Car, dit-il, l'influence de la conjonction transitoire n'apparaît qu'après son premier retour à son signe. Or la conjonction transitoire s'est produite dans le signe des Gémeaux en 664, et son retour au signe des Gémeaux a lieu en 725. Pour chaque retour, il y a soixante ans où apparaissent les influences de ses lois ; aussi les lois et les influences de cette conjonction sont-elles attendues entre les années 725 et 785.

Tous ces gens, comme on le voit, jugent d'après les jugements astrologiques, déterminent pour ceux-ci des dates, et leur erreur apparaît au moment où ces dates arrivent sans que rien ne se produise des prédictions annoncées. Notre maître précité m'a rapporté d'après son maître précité que le rebelle dont on a fixé la date d'apparition surviendra au Maghreb, qu'il appartiendra aux gens des tentes noires, qu'il dominera l'Orient, l'Occident et l'Andalus. Tous les deux pensaient que la nation au sein de laquelle apparaîtra ce rebelle est celle des

Lamtûna, de la tribu des Sinhâja, comme les Guddâla, les Lamtûna ou les Messûfa. En l'an 766, l'Israélite Ibrâhîm Ibn Zarzar, astrologue du souverain de Castille, un des rois des chrétiens, que j'avais interrogé sur la date de cette conjonction et ce qu'elle prédit, m'écrivit que, d'après la détermination de la position des astres, elle devait avoir lieu en l'an 766, au mois d'octobre. Il s'excusa de ne pouvoir m'en indiquer les influences, parce qu'il n'avait pas ses livres avec lui. Il parla brièvement [de ce rebelle], en disant qu'il serait le chef d'un grand État.

Ceci m'a été également rapporté par une personne digne de confiance que j'ai rencontrée à Constantine, d'après les maîtres en astrologie dans leur ville, renommés depuis des siècles dans la pratique de cette science. Le plus souvent, cela m'a été rapporté d'après Abû l-Qâsim Ibn 'Azzûz, le plus grand d'entre eux, selon lequel ce rebelle qui dominera les États du Maghreb, les Francs, et les Turcs en Orient, apparaîtra à la fin du VIIIe [XIVe] siècle, dans les années quatre-vingt-dix, suivant les influcences de la conjonction.

Par ailleurs, mon père, que Dieu l'ait en Sa miséricorde, m'a rapporté d'après le maître des astrologues à Tunis, Yahyâ ad-Dukkâlî, qui vivait dans les années dix du VIIIe [XIVe] siècle, en accord avec ce que m'a rapporté mon ami Ibrâhîm al-Hasnâwî, le Secrétaire, que les Mérinides s'empareraient nécessairement des quatre trônes qui avaient divisé le pouvoir des Mûminides, à savoir le trône des Zayyânides, des Hafsides, des Banû l-Ahmar. Je dis : « Ceci a été réalisé par le sultan mérinide Abû l-Hasan dans les années trente et quarante du VIIIe [XIVe] siècle. » S'il n'avait pas véritablement soumis l'Andalus, il n'en fut pas loin. Le même ajoute : « Après cela viendra l'État qui les soumettra tous, ainsi que les nations franques. »

Fin de ce qui nous est parvenu des opinions des astrologues en cette matière, avec ce qu'elles manifestent d'erreur pour ce qui est des dates annoncées pour l'apparition de ce rebelle.

Ce qui devrait être pris en compte en cette matière est que celui qui fait ce genre de jugements astrologiques ne doit affirmer catégoriquement un de ces jugements qu'après avoir examiné la situation de la Création et du monde terrestre, et vu si telle influence peut s'y produire ou non. En effet, tous les astrologues sont d'accord sur le fait que les influences astrales ne peuvent être affirmées qu'après avoir pris en compte dans ce jugement les matières élementaires. Ils ont signalé à ce propos les choses sensibles telles que la chaleur, le froid, l'humidité, la siccité, la noirceur, la blancheur. Ce qui signifie que si, par exemple, suivant un jugement astrologique, un nouveau-né doit être noir et qu'on le trouve en terre slave, on doit en déduire qu'il ne doit pas être d'un noir très foncé, mais qu'il présente un défaut de blancheur ; de même, si, suivant le jugement astrologique, le nouveau-né chez les Noirs doit être blanc, on doit en déduire qu'il présente un défaut de noirceur. On prend donc en considération les matières, et le fait que les jugements s'y conforment pour qu'il y ait correspondance entre les astres et les éléments. S'il en est ainsi pour ce qui est des matières et des choses sensibles, il doit en être de même dans les conditions ; bien plus, celles-ci sont plus dignes d'être prises en considération. Celui qui étudie cette conjonction doit donc examiner les conditions de la Création pour voir si elles correspondent ou non à son jugement et aux influences astrales qui lui ont apparu.

Voici ce qu'on peut dire de vrai à ce sujet. Les conditions de ces mondes élémentaires sont sujettes à la génération et à la corruption. Quand une chose appartenant à ces mondes parvient à la corruption extrême, on doit s'attendre à son passage à la génération. De même, si elle parvient à la génération extrême, elle passe à la corruption. Ainsi, quand la putréfaction affecte des choses matérielles et atteint à l'extrême corruption, elle se transforme d'un seul coup en génération, avec la création en elle d'animaux comme les vers. S'il en est ainsi dans les choses matérielles, il doit en être de même dans les conditions et les États. Quand les conditions de la corruption dominent le monde, que la fonction de direction se dérègle, que ce qui la constitue, c'est-à-dire l'ordre de la société humaine, se disperse, et que la corruption en tout cela atteint son point extrême, on doit alors s'attendre à la transformation de ce bon ordre, de cette union et de cette harmonie, et au retour au commencement de l'ordre. C'est ainsi que Dieu agit toujours pour ce qui est de la civilisation. Si cette conjonction qui implique ce changement et cette transformation a lieu, et que dans le même temps se produit ce genre de corruption dans les États et la civilisation, le jugement astrologique aura correspondu au fait. S'il ne correspond pas, c'est qu'il n'a pas d'influence, comme un jugement relatif à un nouveau-né en terre d'Abyssinie selon lequel ce nouveau-né doit être blanc, ou un jugement relatif à un nouveau-né en pays des Slaves selon lequel ce nouveau-né doit être noir. Or aujourd'hui la situation dans les diverses parties du monde n'a pas atteint un état d'extrême corruption et de dérèglement de la société humaine. Au contraire, les États sont bien établis, les lois sont exécutées, le gouvernement suit son cours normal. Même si des jugements astrologiques apparaissent [prédisant de grandes transformations], on ne doit pas en affirmer catégoriquement la vérité, car il manque la condition de la matière. Mais Dieu est plus savant.

Quant à l'apparition du Mahdî au Maghreb, c'est une assertion vraie, sur laquelle ces gens sont tous d'accord. Mais l'affirmation de notre maître Ibn al-Bannâ' selon laquelle il serait issu des Lamtûna est une erreur de jugement, due à l'inattention aux conditions de la Création, comme nous l'avons dit, et à la correspondance de ces conditions avec les jugements astrologiques. Comme le pouvoir des États ne s'obtient que par l'esprit de corps, il s'ensuit que le chef de cet État qui va dominer tous les autres États et en soumettre le plus grand nombre d'après la conjonction doit appartenir à une nation dont l'esprit de corps, le nombre et la force sont supérieurs à tous les autres, ce qui n'est pas le cas des Lamtûna dans leur ensemble.

Pour ce qui est de la tradition publiée par at-Tirmidhî : « L'Heure n'arrivera pas avant que n'apparaisse un homme de ma famille qui portera mon nom et sera de ma généalogie [...] », elle signifie qu'un homme d'origine arabe fera cela, comme cela s'est souvent produit sous les règnes des 'Abbâssides et de ceux qui sont venus après eux. En effet, les Arabes sont issus d'Ismaël, et ils constituent les gens de la famille [du Prophète]. Ce qu'a dit le Prophète est en rapport avec les nations qui existaient à son époque, c'est-à-dire les Byzantins, les Perses, les Israélites. Les gens de sa famille par lesquels il se distinguait de toutes ces nations, c'étaient les ismaélites, car les Fâtimides ne constituaient pas alors pour lui les gens de sa famille, eux-mêmes n'ayant commencé à exister qu'à partir de Fâtima. Les gens de sa famille à cette époque, qui le distinguaient parmi les nations, n'étaient autres que les ismaélites. On doit réfléchir à tout cela, qui reste caché aux gens. Abû l-Walîd al-Mâlaqî a rapporté d'après Abû Ma'shar que la disparition de la race des Arabes doit avoir lieu d'après les observations astrologiques anciennes après l'an 900 de l'hégire. Mais Dieu est plus savant. Voilà ce qu'il en est des exigences de la nature de la civilisation. Les jugements astrologiques doivent correspondre à ces exigences en ce qui concerne l'apparition du Mahdî et de [son] État, comme nous l'avons déjà dit.

Mais, d'autre part, tout cela semble assez improbable. En effet, l'apparition d'un État, son indépendance, et la prise en charge de cet État par son propre peuple ne se réalisent que si la civilisation du pays où apparaît cet État est développée.

Quand des gens se réunissent pour constituer un État et réussissent à établir leur pouvoir, ils cherchent, en vertu de leur esprit de corps et comme l'exigent le pouvoir et la puissance, à dominer et à prendre aux autres ce qu'ils possèdent. Or le Maghreb, à notre époque, est incapable de résister à une nation quelconque. Ses États et les richesses de ses habitants sont inexistants, à cause de l'écroulement de sa civilisation. Une nation qui se prépare à ce genre de pouvoir et d'État, qu'elle appartienne à la race des Lamtûna ou à d'autres races, ne trouvera ni un État auquel elle puisse imposer sa puissance, ni une civilisation où elle puisse assurer son expansion, ni des richesses chez les sujets où elle puisse puiser sa richesse et se rassasier. On doit réfléchir à tout cela et considérer l'exemple des Arabes, une fois qu'ils furent rassemblés par l'islam. Ils se levèrent alors pour combattre les nations perse et byzantine, brisèrent leur puissance, s'emparèrent de leurs biens et s'enrichirent grâce à leurs objets de luxe et à leurs possessions. En effet, l'État est la forme de la civilisation, et les sujets sont sa matière ; et il ne peut exister de forme sans matière. À moins que l'on suppose que [ces Lamtûna], après avoir réussi à s'unir, passent de la rive du Maghreb à l'autre rive, au-delà de la mer, et battent les nations chrétiennes, galiciennes et franques. Cette hypothèse est conforme, et trouve appui sur l'affirmation des astrologues selon laquelle l'État dont on attend la venue doit soumettre les nations chrétiennes, ainsi que sur les propos des soufis selon lesquels il possédera Rome et Constantinople. Ce que nous venons d'avancer est confirmé par le fait que les premiers Lamtûna, réunis autour de 'Abd Allâh Ibn Yâsîn pour conquérir l'État, ne se contentèrent pas de la civilisation du Maghreb, mais passèrent la mer jusqu'en Andalus, pays dont les habitants étaient alors en majorité des musulmans, vainquirent les *reyes de taifas* et les chassèrent du pouvoir les uns après les autres. Ainsi, ils purent parachever leur pouvoir et leur État grâce au royaume et à la civilisation de l'Andalus. C'est à Dieu qu'appartiennent le pouvoir et les créatures.

Voilà donc ce que l'on peut dire de la question du Fâtimide, d'après les opinions les plus répandues. Le pouvoir appartient à Dieu ; il l'accorde à qui il veut parmi ses serviteurs. Dieu réserve une bonne issue à ceux qui le craignent.

[Suit un passage qui correspond, à quelques variantes près, à la fin du chapitre LI *et dont le début se situe p. 678, 1re ligne.]*

TEXTE DU MANUSCRIT A CORRESPONDANT AU CHAPITRE LII DE LA IIIe PARTIE

[C'est sur ce texte que s'achève la Muqaddima *dans le manuscrit* A *(voir la Notice, p. 1293). Nous en donnons la traduction intégrale. Comparer avec le chapitre* LII *de la IIIe partie, ici p. 681-702.]*

EXPLICATION DU MOT « JAFR »

Des gens du commun prétendent que toutes les prédictions relatives aux destins des États se trouvent dans un livre où sont inscrits les noms, les généalogies, les durées de règne des rois et leur succession dans chacune des dynasties de l'islam, jusqu'à la fin de la Création. Ils appellent ce livre *al-Jafr* et affirment qu'il se trouvait dans les trésors des rois et dans les bibliothèques des califes. Ils prétendent que le Mahdî des Almohades l'avait découvert en Orient et en avait fait une copie pour un prince, car il vivait du travail de copiste. Il en avait fait alors une copie pour lui-même, et ainsi il avait pu apprendre les prédictions concernant le destin de son propre État. C'est ce qui l'aurait poussé à fonder un État. Souvent, des apprentis juristes à l'esprit borné, qui sont incapables de comprendre les conditions des hommes, adoptent ces vues du vulgaire. Forts de cette opinion débile, ils se passionnent pour la recherche de ce livre, en s'appuyant sur une tradition publiée par Abû Dâwud dans son *Kitâb as-Sunan*, d'après Hudhayfa Ibn al-Yamân. Celui-ci dit : « Le Prophète se leva pour nous parler. Il nous dit tout ce qui adviendra, jusqu'à l'arrivée de l'Heure. Certains s'en souviennent, d'autres l'ont oublié. Mes amis que voici le savent. Parfois, des événements qu'il nous a prédits se produisent. Je m'en souviens alors, comme les gens se souviennent du visage d'un homme qui s'est absenté, et qu'ils reconnaissent quand ils le revoient. » Hudhayfa ajoute : « Je ne sais si mes compagnons l'ont oublié, ou s'ils ont fait semblant. Par Dieu, l'Envoyé de Dieu a mentionné tous les rebelles qui ont avec eux trois cents hommes et plus, sans en omettre aucun, jusqu'à la fin du monde, en précisant leurs noms et ceux de leurs pères et de leurs tribus. »

Ils prétendent que cet ouvrage, appelé *al-Jafr*, comprend l'explication des noms de tous ces personnages auxquels Hudhayfa a fait allusion. Mais tout cela n'est que prétention du vulgaire dont on ne peut rien tirer.

On trouve parfois dans certains États et chez certaines personnes qui s'intéressent à ce genre d'opinions des feuillets qui comprennent des prédictions relatives à un État ou à une nation déterminés, avec les noms des personnages de cet État ou de cette nation qu'on relie à ce genre de traditions apocryphes. Le plus souvent, les auteurs de ces feuillets sont des falsificateurs qui cherchent par ce moyen à se rapprocher des hommes d'État faibles d'esprit. En fait, le livre d'*al-Jafr* qui comprendrait les prédictions relatives à tous les États, considérés l'un après l'autre en précisant les noms de leurs rois, et qui serait basé sur la tradition de Hudhayfa, n'a jamais existé. Il est vrai que Ya'qûb Ibn Ishâq al-Kindî a composé un livre qu'il a intitulé *al-Jafr*, où il mentionne les conjonctions astrales qui doivent se produire à l'époque de l'islam et les influences qu'elles ont sur les États. En effet, il est établi dans l'art de l'astrologie que la conjonction des deux astres supérieurs, Jupiter et Saturne, selon une modalité particulière et après un nombre de révolutions déterminé, produit une certaine influence sur le monde sublunaire portant, sur la transformation des religions, des États, des coutumes et des conditions. De même, la position de la sphère céleste de la conjonction, et la connaissance de son lever ou de son coucher, donnent des indications sur les États qui vont naître, les catégories des nations qui vont les diriger, le nombre, les noms, les âges, les religions et les coutumes de leurs rois, comme le mentionne Abû Ma'shar dans son Livre des conjonctions, qui est différent du *Kitâb al-Jafr*. Selon les calculs astrologiques, disent les astrologues, la conjonction de ces deux astres en rapport avec leur déplacement dans la sphère céleste a lieu tous les vingt ans dans un signe, puis elle passe au signe qui le suit dans son trigone. Dans chaque trigone leur conjonction se répète douze fois, quatre à chaque cycle, et parfois elle se répète treize fois. Ensuite, la conjonction passe au trigone suivant. Le nombre d'années de la conjonction dans chaque trigone est de deux cent quarante ans. Il y a un « grand passage » d'un trigone à l'autre, et trois autres passages, qui sont des retours dans le même trigone, qu'on appelle « petits ». Pour chaque passage il y a un jugement particulier. La conjonction d'un signe est connue et sa durée est de vingt ans. Les conjonctions des cycles sont également connues, et leur durée est de soixante ans. Les conjonctions du trigone sont également toutes connues, et leur durée est de deux cent quarante ans. Les conjonctions des quatre trigones sont toutes connues, et leur durée est de neuf cent soixante ans. Chaque conjonction a un jugement qui lui est propre. Le passage d'une conjonction à une autre est ce qui indique une transformation complète des États, des conditions et des coutumes, suivant les positions, les ascendants, les pivots, et les conjonctions des astres. Le passage de toute la sphère céleste après neuf cent soixante ans est ce qui indique les communautés religieuses et le passage d'une religion à une autre. Voilà ce qu'il en est de la science des astrologues, et la responsabilité leur en incombe, si tant est qu'elle puisse être vérifiée.

Comme nous venons de le dire, Ya'qûb Ibn Ishâq al-Kindî, l'astrologue d'ar-Rashîd et d'al-Ma'mûn, composa un livre sur les conjonctions qui doivent se produire à l'époque de l'islam qu'il a intitulé *Kitâb al-jafr*. Il se trouvait dans les bibliothèques des 'Abbâssides, et peu de gens en connaissaient le contenu. Sans doute, il fut perdu avec toutes leurs bibliothèques scientifiques au moment de l'occupation de l'Irak par les Tatars, et de l'entrée de Hûlâgû à Bagdad et de la mise à mort d'al-Musta'sim, le dernier calife 'abbâsside. En effet, on rapporte que quinze mille charges de chameaux de livres de leurs bibliothèques furent alors précipitées dans le Tigre et quinze mille autres ou plus furent brûlées. Ce livre était si jalousement gardé que personne ne pouvait y avoir accès. Quelques-unes de ses formules isolées étaient répandues parmi les gens, transmises d'après les anciens maîtres d'âge en âge. Mais Dieu seul sait le degré de leur authenticité.

On trouve parfois au Maghreb une partie de ce livre qu'on appelle le *Petit jafr*. Mais d'après moi, elle n'est pas authentique. En effet, il y a des signes évidents qu'elle a été fabriquée. Manifestement, son auteur la fabriqua pour les Mûminides au début de leur pouvoir, car toutes les prédictions qui concernent la période qui précède cette dynastie sont clairement énoncées et justes. Mais dès que l'ouvrage passe à l'exposé des événements postérieurs, ses propos deviennent généraux, et on voit apparaître des déficiences et de la corruption. Il mentionne qu'au début de l'an 698 aura lieu la descente du Christ, et c'est sur cette tradition que s'appuie Ibn Abî Wâtîl dans les propos que nous avons rapportés de lui dans le chapitre précédent. Mais Dieu est plus savant.

Après la mort d'al-Kindî, il y eut chez les 'Abbâssides d'autres astrologues et d'autres livres de prédictions. Ainsi, dans la partie de son ouvrage consacrée à l'histoire d'al-Mahdî, at-Tabarî rapporte, d'après Abû Budayl, l'un des clients de la dynastie, ce qui suit : « Abû Budayl a dit : “Ar-Rabî‘ et al-Hasan m’envoyèrent chercher, lors de leur expédition avec ar-Rashîd, expédition dont celui-ci avait été chargé par son père. Je me rendis auprès d’eux au milieu de la nuit. Je trouvai chez eux un homme qui tenait un de ces *Livres de la Dynastie*, qui sont des recueils de prédictions. J’y cherchai la durée de règne d’al-Mahdî : elle était de dix ans. Je leur dis : ‘Ce livre ne restera pas ignoré d’al-Mahdî.’ Ils dirent la même chose que moi. Je leur dis alors : ‘S’il manque un tel nombre d’années au Commandeur des croyants, ne seriez-vous pas les premiers à lui annoncer sa propre mort ?’ Ils dirent : ‘Que faire, alors ? Je dis au serviteur : ‘Faites venir le copiste ‘Anbasa, client des Budayl.’ Quand on l’eut fait venir, je lui dis : ‘Écris sur un feuillet la même chose que ce qu’il y a sur celui-ci, en mettant quarante à la place de dix.’ C’est ce qu’il fit. Par Dieu, si je n’avais pas vu le mot dix sur le feuillet original et quarante sur la copie, je n’aurais jamais douté que c’était la même écriture et le même feuillet.” » Cela montre que ces gens étaient passionnés par les prédictions.

Il y avait dans l’État ‘ubaydite une grande quantité [d’ouvrages de prédictions]. Ils prétendaient qu’il s’agissait de connaissances détenues par la famille du Prophète qu’ils se transmettaient par héritage et qu’ils ne rapportaient pas à l’astrologie. On peut rappeler à ce propos l’histoire racontée par Ibn ar-Raqîq au sujet du commencement de leur État : la rencontre entre Abû ‘Abd Allâh ash-Shî‘î et ‘Ubayd Allâh al-Mahdî, qui était avec son fils Muhammad al-Habîb ; les informations qu’ils lui fournirent à ce sujet, l’ordre qu’il lui donnèrent de se rendre au Maghreb, et l’ordre donné à Abû l-Qâsim de répandre leur cause au Yémen. Ibn ar-Raqîq rapporte également comment Abû ‘Abd Allâh al-Mahdî fonda al-Mahdiyya et les propos qu’il tint à ses compagnons : « J’ai construit cette ville pour que les Fâtimides puissent s’y réfugier pendant une heure de temps. » Et il montra aux assistants l’endroit sur la place de la ville où s’arrêterait l’homme à l’âne lorsqu’il en ferait le siège. Il raconte comment ses compagnons après sa mort furent éclairés par ces paroles, et comment al-Mansûr, assiégé par Abû Yazîd, ne cessa pas de s’informer sur le lieu jusqu’où son adversaire s’était avancé. Quand enfin on lui annonça qu’Abû Yazîd était parvenu à l’endroit indiqué par son grand-père ‘Ubayd Allâh, il eut la certitude qu’il remporterait la victoire. Espérant triompher des Nekkorites, il se montra alors à son ennemi, et son espoir se réalisa. Et on raconte chez les ‘Alides de nombreuses autres histoires de ce genre.

J'ai entendu un jour les propos tenus par un gouverneur du sultan qui se trouvait à Tunis et qui était d'origine égyptienne. Il s'appelait Sharaf ad-dîn. Il s'entretenait avec mon père en ma présence, alors que j'étais encore tout jeune, mais capable de comprendre. Un plafond d'une nef de la mosquée d'al-Hâkim au Caire, disait-il, était en mauvais état. Lorsqu'on l'eut démoli pour le réparer, on trouva dans la maçonnerie un coffre rempli de pièces d'or et d'argent et un billet où était inscrit la durée de cette construction et sa démolition, avec l'indication de la date exacte de la démolition et la somme nécessaire à sa réparation. « Nous en fûmes tout étonnés, ajouta-t-il, et l'affaire fut exposée au sultan. »

De tout cela il y a de nombreux exemples. Chaque génération et chaque nation a son genre de prédictions, nécessairement, car les hommes aiment connaître les événements et cherchent à savoir les suites qui seront données aux conditions présentes. Autrefois, il y avait chez les Arabes des devins et des *'arrâfs* à qui ils s'adressaient pour ce genre de choses, et ceux-ci leur prédisaient les choses les plus extraordinaires. On connaît l'histoire de la vision de Rabî'a Ibn Nasr, roi du Yémen, l'interprétation qu'en firent Shaqq et Satîh, et leur prédiction concernant l'occupation du Yémen par le roi d'Abyssinie. De même sont connues l'histoire de la vision du Môbedhân, de l'époque d'Anûshirwân, relative à la chute des créneaux du palais, et les prédictions qui leur furent faites par le devin concernant l'apparition de la prophétie chez les Arabes et la prise de pouvoir par ceux-ci. Ainsi, au cours de la Jâhiliya comme à l'époque qui a précédé de peu l'islam, les Arabes se disputaient le mérite de s'adresser aux devins et aux *'arrâfs*, confiant en leurs prédictions. Il en va de même de la race des Berbères : nous avons appris qu'ils avaient des devins dans les anciens temps, et ils prétendent que ceux-ci avaient prédit les événements de leur histoire, les rois et les États qu'ils ont eus. Parmi les plus nobles de ces devins chez les Zanâta, on doit citer Mûsâ Ibn Sâlih, qu'on dit appartenir aux Ghmart ou aux Banû Yifren. On lui prête des formules de prédiction sous forme de *rajaz* exprimées dans leur langue, qui, traduites, présentent de nombreuses prédictions relatives au pouvoir des Zanâta, à leur royauté et à leurs États au Maghreb, d'une façon générale ou particulière. Ces formules sont répandues parmi tous les gens de la génération présente. Ils prétendent qu'il était un saint ou un prophète.

Les plus cultivés parmi les membres des États et les citadins se basent le plus souvent dans leurs prédictions sur l'astrologie et les théories des astrologues relatives aux conjonctions.

Tout cela, de tout temps, a été entouré de secret. Un grand nombre de sommités dans ce domaine ont rédigé des prédictions en vers pour en faciliter la mémorisation. C'est ce qu'a fait Ibn Murrâna dans son poème célèbre en rime *r* pour les prédictions concernant les Lamtûna. Les gens de notre époque restent toujours passionnés par la lecture de ce poème, où ils croient trouver des jugements astrologiques qui concernent l'avenir, alors qu'il s'agit de jugements à partir de conjonctions anciennes, dont l'époque est révolue et dont les influences, pour ce qui est de l'État des Lamtûna et de la période qui en est proche, n'a plus cours. Il en va de même du poème se rapportant aux Tubba', intitulé *at-Tubba'iyya*, qui est en rime *b*. Il commence ainsi :

Je suis ému, mais non de joie :
l'oiseau captif peut-il être joyeux ?
Ce n'est point à cause d'un spectacle divertissant,
mais pour rappeler le souvenir d'une certaine cause.

Il comprend près de cinq cents ou, dit-on, mille vers. Il contient des prédictions relatives à l'État hafside et, à ce qu'on dit, au pouvoir du Fâtimide.

Il y a également des poèmes du genre *zajal*, attribués à un protégé, que beaucoup de gens connaissent par cœur. L'auteur y mentionne les jugements et les influences des conjonctions qui avaient eu lieu à son époque, sans se limiter à celles des deux planètes supérieures, mais en mentionnant aussi d'autres conjonctions. Il y dit aussi qu'il mourrait assassiné à Fès, ce qui, semble-t-il, se serait produit effectivement. Voici le début du poème :

Hormis la couleur bleue, il n'y a pas d'autre choix.
Amis, comprenez donc l'allusion.
La planète Saturne a donné ce signe ;
elle a perdu sa couleur blanc-rouge, et c'est heureux !
Une calotte bleue, à la place du turban,
et un manteau bleu au lieu de la cape.

Et en voici la fin :

Ce bout-rimé est terminé. Il est l'œuvre d'un Juif
qui sera pendu à Fès, un jour de fête.
Ce sera quand les gens déferleront des campagnes ;
il sera mis à mort, ô amis, au cours de l'émeute.

Ce poème comprend environ cinq cents vers, entièrement développés en quatrains, ainsi que je l'ai constaté moi-même.

Il y a également la *mal'aba* hawshinite, du nom de son auteur, al-Hawshinî, écrite en langue vulgaire des habitants du Maghreb. En voici le début :

C'en est assez, ô mes larmes !
Les pluies ont cessé, mais vous, vous coulez sans trêve.
Toutes les rivières sont à sec,
mais vos crues remplissent encore de nouveaux étangs.
Dans tous les pays, il y a pour les pluies
des périodes définies, vous le savez.
Mais vous, été comme hiver,
printemps comme automne, vous coulez.
Et les larmes de répondre : Puisque nous avons de bonnes raisons,
laisse-nous couler. Qui donc nous excuserait ?
Ami, considère bien ces temps présents,
Concentre-toi et réfléchis.
Quand viendra le VIII *siècle*
Il faut prendre garde : il sera dur et amer.
Ce VIII*e* *siècle d'affliction*
Verra apparaître toutes les calamités.
Les temps seront durs, le grain sera rare ;
et la disette sera cause de dispersion.
Qui m'obéit doit revenir à lui-même et se repentir ;
Et surtout, ne pas s'attrister sur ce qui n'est plus.
À la fin de ce siècle, ô frères,
apparaîtront des miracles et des leçons.
Aucune parole ne sort de ma bouche,
qui ne se réalise et soit conforme au destin.
Akka sera conquise,
ainsi que Tarifa, clef du pays d'islam,
[...][1]
D'Algésiras à Dakka,
en une nuit, tout sera démoli.
Un rebelle se lèvera à Tîzîrân,
et un autre à Sarsar.
L'homme de Massa viendra
et rencontrera l'homme de Gafsa.
[...][2]
Viendra le Prophète avec al-Mansûr.
Il se réfugiera au-dessus de Kurt et Rdât.
On verra votre pays d'Occident désert,
de la porte de Taza à la porte de Ghmât.
Les troupes des Arabes pulluleront,

venant du désert de la Moulouya.
Les Ahlâf, les Sulaym et les Sufyân,
ainsi que les Banû 'Amar et l'armée des Mudar.

Le poème se poursuit sur ce ton, en parlant de la guerre entre les Arabes et les Berbères, laquelle serait suivie de la révolte du Fâtimide. Il parle ensuite des régions du pays byzantin qui seront conquises, et fait allusion à Dhû l-'Urf, qui combattra contre le Fâtimide. Il mentionne enfin l'Antéchrist et ce qui advient après lui. C'est un long poème qui est répandu parmi les gens du peuple au Maghreb, et que ceux-ci attribuent à 'Isâ al-Hawshinî, connu sous le nom d'al-Qârinî, comme il se nomme lui-même à la fin de son poème.

J'ai entendu, dans le même ordre d'idées, deux poèmes du savant Ibn al-Abbâr, qui fut tué par al-Mustansir à Tunis. Ces deux poèmes, de rime *b*, sont l'un en mètre *kâmil*, l'autre en mètre *mutaqârib*. On y trouve une grande part des prédictions relatives à l'État hafside. Mon père, que Dieu l'ait en Sa miséricorde, nous récitait souvent ces poèmes. L'un d'eux commence ainsi :

Que mon excuse soit le temps avec son inconstance,
qui nous trompe avec ses éclairs scintillants.

On dit que cet Ibn al-Abbâr, l'auteur de ces vers, n'est pas le savant andalou, mais un homme de Tunis, couturier de son état, connu sous ce nom, et dont la célébrité avait coïncidé avec celle du savant.

Voici encore d'autres vers de ce poème, qui évoquent al-Lihyânî, le neuvième souverain hafside :

Il enverra un général de son armée,
et restera sur une hauteur à faire le guet.
Le cheikh recevra de ses nouvelles,
et s'avancera comme un chameau galeux.
Sa justice apparaîtra dans sa conduite ;
c'est ainsi qu'agit celui qui veut plaire au peuple.

Et voici d'autres vers qui parlent de la situation à Tunis en général :

Quand tu verras que les règles ont disparu
et que les droits d'aucun fonctionnaires ne sont respectés,
prépare-toi à plier bagage et à quitter Tunis,

et dis adieu à ses monuments. Fuis !
La ville connaîtra bien des troubles,
qui n'épargneront ni l'innocent ni le coupable.

À l'époque de l'État hafside, on trouvait parmi l'élite de la dynastie un poème en mètre *tawîl* et rime en *lâm*, portant sur les prédictions relatives à cet État. Après l'évocation de notre seigneur le sultan Abû Yahyâ, de grande renommée, dixième souverain de la dynastie, le poème parle de Muhammad, frère de ce dernier, en ces termes :

Et après Abû 'Abd Allâh, son frère,
qui sera originellement connu sous le nom d'al-Waththâb.

Ce poème est plus vide que l'air, plus fragile qu'une toile d'araignée, et n'a rien d'authentique. Au début de cette section, nous avons dit que les traditions prophétiques ne nous fournissent rien sur les détails des prédictions dont on puisse s'assurer de l'authenticité. Tout ce qui n'a pas un fondement sur les conjonctions auxquelles on puisse se référer, ou ne s'appuie pas sur les traditions d'un saint ou [ ] n'est que vaine parole et divagation du vulgaire. Dieu est maître de son savoir.

Quant à ce qu'on prétend au sujet du Mahdî des Almohades, à savoir qu'il se serait appuyé, pour l'adoption de sa cause et sa conquête du pouvoir, sur le *Kitâb al-jafr*, après en avoir fait une copie en Orient, ce ne sont que des mensonges. L'homme n'a consulté aucun livre de prédictions. L'on doit penser, au contraire, qu'il s'abstenait de ce genre de choses, comme l'exige le scrupule religieux qui était si fort chez lui. En fait, c'était un homme de savoir et de piété, l'homme le plus porté à suivre le Vrai dans les articles de foi et les œuvres et à combattre ceux qui y contreviennent. Il était patient dans sa religion, ses opinions étaient suivies et ses paroles écoutées.

[Suivent sept lignes rendues incompréhensibles par l'effacement de plusieurs mots. Un membre de phrase semble indiquer qu'à cet endroit s'achève la Muqaddima.*]*

TEXTE DU MANUSCRIT B CORRESPONDANT AU CHAPITRE XI DE LA VIᵉ PARTIE

[Ce chapitre se présente différemment dans B. *Nous en donnons la traduction intégrale. Comparer avec le chapitre* XI *de la VIᵉ partie, ici* *p. 859-869.]*

LES SCIENCES RELATIVES À LA TRADITION DU PROPHÈTE

Les sciences de la Tradition sont nombreuses. La Sunna, paroles et actes du Prophète, apporte un éclaircissement au Coran et un complément à la loi religieuse. Il faut donc la préserver et l'étudier avec soin pour que rien n'en soit [omis], et qu'aucun défaut n'entache la loi. On en a un savoir complet au moyen de la transmission authentique d'après des transmetteurs dignes de foi. Les *huffâz*, « mémorisateurs », se sont adonnés à cette tâche et nous ont ainsi transmis la Sunna d'après des transmetteurs ayant la qualité de probité. Ainsi, les traditions de la Sunna ont été réunies de façon complète.

Mâlik écrivit sur ce sujet le *Kitâb al-Muwatta'*, où il sélectionna les traditions authentiques, qu'il présenta suivant les différents chapitres du droit, comme nous le verrons plus loin. Puis les *huffâz* se livrèrent à la critique après lui, et de nombreux ouvrages furent composés. C'est ainsi que Muhammad Ibn Ismâ'îl al-Bukhârî dicta son *musnad* célèbre, où il sélectionna les traditions authentiques. Muslim Ibn al-Hajjâj, après lui, suivit son exemple, et dicta également son *musnad.* Ces deux ouvrages furent agréés par la communauté musulmane et furent réputés pour leur authenticité. Ils sont connus de nos jours sous le nom des *Deux Sahîh.*

Les noms des transmetteurs qui apparaissent dans les chaînes de transmission devinrent très nombreux à cette époque, à cause de l'éloignement de l'époque du Prophète. Il devint donc nécessaire de scruter les conditions des transmetteurs au point de vue de leur probité. Les grandes autorités en ce domaine composèrent des recueils, comme ce fut le cas d'al-Bukhârî, d'Ibn Ma'în et d'autres. Cela constitua une des branches des sciences de la Tradition, que ceux qui les étudient doivent apprendre.

Par la suite, les sciences devinrent des arts par la composition d'ouvrages et l'acquisition d'habitus. On distingua entre les traditions selon divers degrés : les traditions authentiques, qui sont supérieures à toutes, telles que celles des deux *musnad* d'al-Bukhârî et de Muslim ; puis les traditions des grandes autorités qu'on trouve dans les *sunan*. On ajouta à cela d'autres traditions avec des conditions plus larges que celles des traditions authentiques. C'est ainsi qu'at-Tirmidhî écrivit son ouvrage en cette matière, ainsi qu'Abû Dâwud, an-Nasâ'î, al-Bazzâz et d'autres. On obtint de la sorte les *Six Ouvrages de base*, qui constituent les ouvrages sur lesquels s'appuient les sunnites de nos jours.

Au-dessous du degré des traditions authentiques, on a distingué d'autres degrés auxquels on donna différents noms : traditions dites *hasan*, « bonnes », *maqbûl*, « acceptables », *matrûk*, « à rejeter », *mawdû'*, « fabriquées ». De même, pour ce qui vient après le *musnad*, les traditions sont transmises d'un transmetteur ayant la qualité de probité à un autre, en remontant jusqu'au Prophète. Là aussi, il y a des degrés variés auxquels on donna d'autres noms, tels que *mursal*, *mawqûf*, *maqtû'*, *marfû'*, etc.

Les grandes autorités de la Tradition se dotèrent de règles pour la collecte et la transmission des traditions. Il y eut là-dessus des degrés variés : audition [en présence du maître], lecture, autorisation d'utiliser la copie du maître, autorisation de transmettre l'enseignement du maître. Il y a, par ailleurs, des règles de transcription, de prise de notes, et de vérification. Tout cela doit être fait avec soin, par souci de l'authentification et de l'exactitude des informations transmises. Ainsi se forma une terminologie abondante, qui fut transmise [d'une génétation à l'autre]. Les grandes autorités de la Tradition en firent des recueils, de crainte que tout cela ne fût perdu. De la sorte, il se forma une discipline indépendante en cette matière qui exigeait un habitus particulier, et cette discipline prit le nom de « science de la Tradition ».

Parmi les meilleurs auteurs en science de la Tradition, il faut mentionner al-Hâkim, qui est une des grandes autorités en cette matière. Plus tard, Ibn as-Salâh composa son ouvrage célèbre, que les modernes adoptèrent et entourèrent de beaucoup d'attention. Badr ad-dîn Ibn Jamâ'a, cadi d'Égypte au VIIe siècle, en fit un résumé qui est parmi les plus réussis et les mieux faits. Les autres disciplines de la Tradition, telles que celles relatives à la connaissance de l'abrogeant et de l'abrogé, à l'explication de la terminologie et aux mots rares, furent abandonnées aux savants qui s'occupent de l'explication des ouvrages de base. De nos jours, on ne s'occupe plus de publier de nouvelles traditions ; on se contente des *Six Ouvrages de base* et des ouvrages du même genre composés par les grandes autorités. Tous les soins des savants vont à la vérification de ces ouvrages et à la qualité de leur transmission d'après leurs auteurs. On n'attend rien d'autre de la transmission. Aussi ne s'occupe-t-on plus de la critique des transmetteurs des traditions prophétiques antérieurs à ces grandes autorités. Cette critique est abandonnée et délaissée, si ce n'est ce qui en est rapporté dans les commentaires des ouvrages de base.

Les savants se sont penchés sur le commentaire de ces ouvrages de base et ses fondements, en particulier les *Deux Sahîh.* L'ouvrage d'al-Bukhârî, qui a le rang le plus élevé des deux, est difficile à commenter et à pénétrer, à cause de [...][1] des notices qu'il contient. En effet, les traditions y sont répétées suivant les notices et les chapitres. La même tradition est répétée dans chaque chapitre suivant les idées et les jugements qu'il renferme, ce qui élargit son [...][2] et en rend difficile l'intelligence. Ceux qui l'ont commenté n'ont pas pris en compte cet objectif, et ainsi n'ont pas répondu à ce qui est exigé. C'est le cas d'Ibn Battâl, d'Ibn al-Muhallab et d'Ibn at-Tîn et d'autres. Quant à l'ouvrage de Muslim, les savants du Maghreb l'ont considéré avec beaucoup d'attention et se sont adonnés à son étude, en raison de son accessibilité et du fait que les traditions n'y sont pas répétées suivant les notices. L'imam al-Mâzirî a composé un commentaire sur cet ouvrage qu'il a intitulé *al-Mu'lim*, lequel a été complété par un ouvrage du cadi 'Iyâd qui a pour titre *Ikmâl al-Mu'lim.* Des savants d'Orient nous est parvenu le Commentaire d'an-Nawawî, qui est un livre excellent

Pour ce qui est des autres ouvrages de *sunan*, qui constituent la source principale du droit, on en trouve la plupart des commentaires dans les ouvrages des juristes.

Ce sont là les sciences de la Tradition prophétique, leurs objets et leurs problèmes. Au-dessus de quiconque détient un savoir, il y a quelqu'un de plus savant.

TEXTE DU MANUSCRIT B
CORRESPONDANT AU
CHAPITRE XVI
DE LA VIe PARTIE

[Ce chapitre a été profondément remanié dans les versions ultérieures (voir le texte de F*, p. 918-936). Nous en donnons ci-dessous l'intégralité de la traduction.]*

LA SCIENCE DU SOUFISME

Dénonciation des doctrines des soufis extrémistes et indication de leur caractère corrompu

Sache que la voie des soufis était chez les premiers musulmans et les grandes personnalités de l'islam la voie de la vérité et de la bonne direction. Mais plus tard, elle fut affectée par la confusion et l'ambiguïté, se transforma chez les extrémistes en mensonge et fut mise au service du mensonge.

En effet, le soufisme trouve son origine dans la pratique des premiers musulmans, à savoir le fait de se livrer exclusivement à la dévotion, de se retirer en vue de se consacrer à Dieu, de renoncer aux vanités et aux ornements de ce monde, de s'abstenir des plaisirs, des richesses et des honneurs que recherchent la plupart des hommes, de s'isoler loin du monde dans une retraite consacrée à la piété. Généralement, il en résulte le retrait du voile des sens et l'accès au monde de l'esprit et de l'ordre [divin]. Lorsque l'âme quitte les sens pour revenir vers l'intérieur et qu'elle nourrit l'intérieur de *dhikr*, les sens s'affaiblissent et l'esprit se fortifie et se développe. Le *dhikr* aide à l'épanouissement de [l'esprit]. Ce développement continue jusqu'à ce qu'il devienne contemplation, que le voile des sens et des facultés physiques soit retiré, et que l'âme accomplisse son être essentiel, c'est-à-dire l'essence de la perception. L'aliment qui convient le mieux au développement des facultés de l'esprit est le *dhikr*. C'est ce que font ceux qui se livrent à la dévotion.

Les Compagnons et les premiers musulmans sont ceux qui furent les plus favorisés [par le dévoilement]. Le Prophète a dit : « Il y a parmi vous des gens à qui il a été donné de recevoir des paroles [d'en Haut]. 'Umar est du nombre. » Dans les récits sur les vertus d'Abû Bakr et de 'Alî, ainsi que dans ceux d'autres Compagnons, on trouve de nombreux témoignages de ce genre. La dévotion était générale parmi les Compagnons et les premiers musulmans.

Lorsque, à partir du IIe [VIIIe] siècle, l'intérêt pour le monde s'accrut, que les gens se tournèrent vers les affaires terrestres, ceux qui se livraient à la piété furent appelés des « soufis ». Ce mot dérive sûrement du fait que les soufis portaient des vêtements en laine, car ils s'opposaient aux gens qui s'habillaient richement, et préféraient la laine. Ils se distinguaient par leur ascétisme, leur isolement, leur piété, et cette conduite était devenue un trait qui leur était propre. Chez beaucoup d'entre eux, ces pratiques furent suivies par le retrait du voile des sens, l'accès au monde des esprits et les révélations [des choses de l'invisible], comme cela arrive généralement. Mais c'était des accidents auxquels ils ne prêtaient aucune attention, pour lesquels ils n'avaient pas d'inclination et qui ne les arrêtaient pas sur le chemin qui les conduisaient vers Dieu. Ils sont mentionnés, ainsi que ceux qui ont marché sur leurs traces, dans la *Risâla* d'al-Qushayrî.

Les sciences de la loi religieuse se trouvèrent ainsi divisées en deux catégories. La première, propre aux juristes et aux muftis, concernait les règles générales relatives aux devoirs du culte, aux coutumes et aux rapports avec autrui ; la seconde s'adressait plus particulièrement aux gens qui observaient le scrupule pieux dans les devoirs du culte.

À la suite d'al-Qushayrî, les soufis voulurent écrire sur la voie qu'ils suivaient et composèrent des ouvrages. Les uns traitèrent des règles de l'imitation et du scrupule pieux — un des meilleurs livres en la matière est le *Kitâb ar-Ri'âya* d'al-Muhâsibî —, d'autres se contentèrent de traiter des règles et des définitions du soufisme, ainsi que des expériences extatiques qui surviennent lors du retrait du voile des sens. Ils consignèrent le vocabulaire qu'ils utilisaient dans tous ces domaines et en firent l'objet d'une science. Tel fut le cas d'al-Qushayrî dans sa *Risâla*, d'as-Suhrawardî parmi les modernes, et d'autres auteurs. Al-Ghazâlî réunit les deux tendances dans son *Kitâb al-Ihyâ'*, où il présenta systématiquement les règles de l'imitation [des pieux modèles] et donna des indications sur les termes techniques [du soufisme]. Je pense que c'est sans conteste l'un des meilleurs ouvrages qui aient été composés en la matière. Ainsi, le soufisme devint une science, après n'avoir été qu'une voie de la piété et de l'imitation [des pieux modèles]. C'est sans doute une bonne chose, bien que le complément de science ainsi procuré ne réponde pas à une nécessité, puisque la voie [soufie] peut également se résumer à la piété et à l'imitation. Cependant, étant donné que cette voie constitue une pratique particulière, comme on l'a montré, et que ses adeptes utilisent des règles de convenance et une terminologie particulières, elle a besoin d'être expliquée et enseignée.

Par la suite, un groupe de modernes parmi ceux qui se dirent nominalement les partisans de cette secte eurent pour doctrine la recherche du retrait du voile et l'accès au monde des choses spirituelles. Ils en firent le premier de leurs objectifs et le but ultime de leur pratique et de leur voie. Ils s'appuyèrent sur des exercices de différentes sortes, suivant leurs diverses doctrines sur la façon de tuer les facultés corporelles, de nourrir l'esprit « connaissant » de *dhikr* et d'assoupir les sens jusqu'à ce que l'âme réalise la perception propre à son essence, grâce à son développement et à la nourriture reçue. Alors, elle éprouve de la joie. Ils prétendent que lorsque l'âme obtient cette perception, elle embrasse dans ses perceptions tout l'être. [Ils prétendent] que les essences de tous les êtres leur ont été dévoilées, ainsi que l'ordre de leur existence, et ils présentent leurs réalités à la façon arbitraire des philosophes. Ces derniers sont cependant plus compréhensibles : si on les interroge sur les fondements de leurs dires, ils fournissent des arguments en des termes compréhensibles et avec des idées rationnelles qui laissent le champ libre à celui qui les examine de les accepter ou de les refuser. Mais nos soufis [modernes] se contentent de dire : « Nous avons eu une perception intuitive et nous avons vu directement avec les yeux de notre cœur. Tu es, quant à toi, séparé de nous. Si tu participais au même monde que le nôtre, il te parlerait et te deviendrait clair. » Tout cela est sujet à caution. D'autre part, ils disent des choses et énoncent des opinions en contradiction avec les expressions obvies et les dogmes de la loi religieuse. Ceux qui ne sont pas très fermes dans leur foi prennent cela à la légère, et ils tombent ainsi dans les gouffres de l'égarement et de l'hérésie. [Ces soufis] deviennent ainsi une source de maux dont on ne peut guérir qu'en s'écartant de leurs opinions, de leurs doctrines et des gens de leur secte, comme on s'écarte de poisons mortels et dangereux.

Parmi [ces soufis], il y a les bâtinites, adeptes de l'incarnation, et les partisans de la théophanie, des manifestations et des présences. Ils ordonnent la procession de tout l'être à partir de l'attribut de l'unicité, laquelle est une manifestation de l'unité. L'unicité et l'unité procèdent, toutes les deux, de la noble essence, qui est l'essence de l'unité et rien d'autre. Cette procession s'appelle théophanie. Le premier degré des théophanies est celui de l'essence [de Dieu] pour Lui-même. Elle implique la perfection, puisqu'elle associe la création et la manifestation, conformément aux paroles de Dieu révélées dans cette tradition prophétique que les soufis se transmettent : « J'étais un trésor caché et je désirais être connu. J'ai alors créé les créatures pour qu'elles puissent Me connaître. » C'est cette perfection de la création qui descend au niveau de l'être et c'est la particularisation des réalités qui constituent pour eux [le monde] des idées, la présence nébuleuse et la réalité muhammadienne. Elle renferme les réalités des attributs et de la Table, ainsi que les réalités de tous les prophètes et envoyés et des hommes parfaits parmi la communauté muhammadienne. De ces réalités procèdent d'autres réalités dans la présence de la substance principielle, qui est le niveau des idées. De là procèdent ensuite le trône, le siège, les sphères, le monde des éléments et le monde des corps composés. Tout cela se produit dans le monde encore soudé. Quand ces choses se manifestent, elles [passent] dans le monde dessoudé. Comme on le voit, tout ceci est exactement semblable à l'ordre des philosophes, mais sans que le moindre argument ni la moindre preuve ne soient avancés, si ce n'est de prétendues visions et intuitions, mêlées à des révélations et à des illusions.

Parmi [ces soufis modernes], on peut citer Ibn al-'Arabî, Ibn al-Fârid, Ibn Qasîy, Ibn Barrajân, al-Bûnî, al-Hâtimî, Ibn Sûdakîn, et d'innombrables autres. Le poème d'Ibn al-Fârid rimé en *tâ'* est plein des idées de cette doctrine, de même que le commentaire qu'en a fait al-Farghânî. C'est là, en résumé, leur doctrine.

Les adeptes de l'incarnation et les bâtinites professent des opinions encore plus ancrées dans l'hérésie et plus absurdes. Ils disent que l'essence divine s'incarne dans tous les êtres, ce qui implique la métempsycose et d'autres opinions hérétiques. Il y a encore parmi ces gens ceux qui soutiennent la doctrine de l'unité. C'est une théorie encore plus étrange que la première dans ses implications et ses détails. On y prétend que tout ce qui existe renferme dans ses parties composantes des forces qui sont à l'origine des réalités, des formes et des matières des choses existantes. Ainsi, les éléments ne sont que par les forces qu'ils renferment. Il en est de même de leur matière, qui a en elle une force qui la fait exister. Les corps composés ont des forces qui sont comprises dans la force qui est à l'origine de leur composition. La force minérale, par exemple, comprend les forces des éléments de la matière, auxquelles s'ajoute la force minérale. La force animale comprend la force minérale à laquelle s'ajoute sa propre force. Il en est de même de la force humaine. La sphère céleste comprend la force humaine et une force supplémentaire. Et il en est ainsi également des essences spirituelles. La force qui rassemble le tout, sans particularisation, est la force divine. Elle est éparpillée dans tous les êtres, universels ou particuliers, les réunit et les comprend sous tous leurs aspects, dans leur manifestation comme dans leur occultation, dans leur forme comme dans leur matière. Le tout est un et est identique à l'essence divine. Celle-ci, en réalité, est simple et une. C'est notre façon de voir qui la divise. C'est comme l'humanité par rapport à l'animalité : on sait que la première est comprise dans la seconde, et que son existence dépend de la sienne. Cette relation est représentée tantôt comme ce qui lie le genre et l'espèce dans tous les êtres, comme nous l'avons vu, tantôt comme ce qui lie le tout à la partie, comme dans l'exemple [cité]. Dans tous les cas, ces adeptes tentent d'une façon ou d'une autre d'éviter la composition et la pluralité, qui ne sont commandées à leurs yeux que par l'illusion et l'imagination. Parmi les soufis [qui représentent cette tendance], on trouve Ibn Sab'în et at-Tustarî. Et il y a encore bien d'autres points de détail particuliers et d'autres divergences dans ces folies.

En réalité, celui à qui il a été donné de contempler le monde spirituel, pour qui le voile des sens a été levé, et qui, en tout cela, a pu échapper aux illusions et aux effets de l'imagination, se trouve plongé dans l'océan de la connaissance et a une perception naturelle, simple et de caractère général, qui n'est affectée par aucune de ces vaines illusions. Comment pourrait-il obtenir la particularisation, la distinction et la détermination des réalités des choses existantes, si ce n'est par ce que lui représentent ses illusions sur le plan imaginaire ? Il doit donc mettre en accusation son âme, revenir au niveau des sens et reprendre ses pratiques de dévotion jusqu'à ce que Dieu lui fasse connaître Son décret.

Les anciens soufis mentionnés dans la *Risâla* — personnalités éminentes de l'islam que nous avons évoquées ci-dessus — ne recherchaient ni le retrait du voile ni ce genre de perceptions. Leur seul souci était de suivre et d'imiter les pieux modèles autant qu'ils pouvaient. S'il leur arrivait de vivre de telles expériences, ils s'en détournaient et n'y prêtaient aucune attention. Bien au contraire, ils les fuyaient, les considéraient comme des obstacles et des épreuves et comme des perceptions [ordinaires] de l'âme, créées et contingentes. Ils pensaient aussi que la perception humaine ne pouvait pas embrasser tous les êtres, que la science de Dieu était plus vaste, Sa création plus étendue, Sa loi plus propre à guider vers la bonne voie. Ils ne disaient rien de ce qu'ils percevaient, et défendaient même qu'on en parlât. À ceux d'entre leurs disciples qui avaient été favorisés du retrait du voile, ils interdisaient d'en discuter et de s'y arrêter. Ils continuaient eux-mêmes à suivre et à imiter les pieux modèles comme ils le faisaient dans le monde des sens, avant le retrait du voile, et ordonnaient à leurs disciples d'agir de même. C'est ainsi que doit se conduire un aspirant mystique. C'est Dieu qui donne le succès.

NOTICES, NOTES ET VARIANTES

LE LIVRE DES EXEMPLES

NOTES ET VARIANTES

Pour les sigles utilisés dans le relevé des variantes du *Livre des Exemples*, on consultera la Notice de la *Muqaddima* — livre I des *Exemples* —, p. 1293-1297.

[Invocation] ; p. 3.

a. Notre maître, le guide, le très savant Abû Zayd ʻAbd ar-Rahmân Waliy-d-dîn Ibn Khaldûn a dit *B* : Le maître, le juriste, le guide, le savant, le grand cadi Waliy-d-dîn ʻAbd ar-Rahmân Ibn Khaldûn — que Dieu lui donne longue vie — a dit *E*

1. *Al-mulk wa-l-malakût* : le monde des choses sensibles et le monde céleste, des âmes et des anges.

2. *Istaʻmaranâ*, de la racine *ʻ-m-r*, qu'on retrouve dans *ʻumrân*, « civilisation ».

3. D'après une tradition qui remonte aux premières biographies de Muhammad (voir Ibn Ishâq, *Sîrat*, éd. Muhammad Hamidullah, Rabat, 1396/1976, § 60, 119 et 259).

4. D'après la tradition, Muhammad existait antérieurement à l'espace et au temps, à travers la lumière prophétique. Dans la *Sîrat* d'Ibn Ishâq (§ 161), Muhammad aurait reçu sa mission « entre le moment où Adam a été créé et celui où Dieu a insufflé l'esprit en lui ». Saturne (*Zuhal*) est au septième ciel, et le Behémoth (*al-Bahmûth* ou *Yahmûth*, appelé aussi *Lûtyâ*) est le poisson qui porte la septième terre (voir al-Baydâwî et les autres commentateurs du Coran). Al-Bahmûth est le Behémoth de la Bible (Job, XL, 15), identifié par la tradition juive au Léviathan.

5. Allusion à un épisode de l'histoire de l'émigration de Muhammad de La Mecque à Médine. Le Prophète s'était caché avec son compagnon Abû Bakr dans une caverne. Pour faire croire à ses ennemis qurayshites qui le poursuivaient que cette caverne n'était plus fréquentée depuis longtemps, une colombe y fit son nid à l'entrée et une

araignée y tissa sa toile (voir Ibn Sayyid an-Nâs, *'Uyûn al-âthâr*, Beyrouth, Manshûrât Dâr al-âfâq al-jadîda, 1982, t. II, p. 220-221). Cette légende, d'origine tardive, a été mise en doute par certains biographes médiévaux.

[Préface] ; p. 5.

a. diverses dynasties, les causes *A, B* ♦♦ *b.* et je l'ai limité à l'histoire *A, B* ♦♦ *c. Fin de la phrase dans A et B.* ♦♦ *d. Ce paragraphe et le suivant ne figurent pas dans A et B.* ♦♦ *e.* intitulé : *L'interprète des Exemples. Traité du commencement et de l'histoire relatif aux jours des Arabes, des Berbères A* : intitulé : *Le Frontispice des Exemples. Traité du commencement et de l'histoire relatif aux jours des Arabes, des Berbères B* ♦♦ *f. Fin de la préface dans tous les manuscrits sauf dans A et E dans lesquels apparaît ici une dédicace respectivement au sultan Abû l-'Abbâs de Tunis et à Abû Sa'îd az-Zâhir Barqûq du Caire. Le manuscrit, aujourd'hui introuvable, de la Karawiyîne devait comporter une dédicace au roi mérinide de Fès Abû Fâris 'Abd al-'Azîz II.*

1. *Târîkh* et *akhbâr* sont les deux termes utilisés en arabe pour désigner une discipline qui traite des faits et événements passés. On doit y reconnaître les équivalents des termes grecs *istoria* et *ckronike* ou *kronikon*, avec toutefois une évolution sensible de leur signification au cours de l'histoire de l'historiographie musulmane (voir Abdesselam Cheddadi, *Dictionnaire des sciences historiques*, éd. André Burguière, art. « Historiographie musulmane », PUF, 1986 ; « Ibn Khaldûn, anthropologue ou historien ? », *Ibn Khaldûn, Peuples et nations du monde*, extraits des *'Ibar* traduits de l'arabe et présentés par A. Cheddadi, Sindbad, 1986, t. I, p. 15-64 ; voir également Franz Rosenthal, *A History of Muslim Historiography*, Leyde, Brill, 1968).

2. Pour Ibn Khaldûn, une nation (*umma*) est une entité ethnique identifiée par une généalogie et un nom propre, spécifiée par un territoire, des « marques distinctives », des coutumes et des croyances, rendue digne de mémoire par des hauts faits dont la forme la plus élevée est la détention du pouvoir et de l'autorité (voir A. Cheddadi, *Ibn Khaldûn, Peuples et nations du monde*, t. I, p. 52).

3. Le terme arabe utilisé est *ajyâl* (pluriel de *jîl*) : Ibn Khaldûn l'emploie au double sens d'ensemble de nations vivant ou ayant vécu à une même époque et de génération (acception courante). F. Rosenthal traduit ici par « races » (voir *The Muqaddimah*, Princeton, Princeton University Press, 1958 ; rééd. 1967, t. I, p. 6. Tous les renvois seront faits à l'édition de 1967).

4. Souvenir de Mas'ûdî (voir *Murûj adh-dhahab*, éd. Charles Pellat, Beyrouth, 1965, t. I, p. 10) ; voir également *Les Prairies d'or*, traduction française de Barbier de Meynard et Pavet de Courtelle, revue et corrigée par Ch. Pellat, Geuthner, 1962, t. I, p. 9.

5. L'expression utilisée par Ibn Khaldûn est *fî zâhirih*, « dans son aspect extérieur », par opposition à *fî bâtinih*, « dans son aspect intérieur » (voir ici n. 9). L'opposition *zâhir*/*bâtin* (« extérieur »/« intérieur », « apparent »/« caché », « exotérique »/« ésotérique ») est très courante dans la pensée musulmane, notamment dans les écrits des mystiques. Mais seul Ibn Khaldûn l'applique au domaine de l'histoire

(voir A. Cheddadi, *Ibn Khaldûn, Peuples et nations du monde*, t. I, p. 41-45).

6. *F*, notre manuscrit de base, donne *ikhbâr*, « information ». Nous préférons la leçon *akhbâr*, permise par les autres manuscrits, et plus conforme à la construction du reste de la phrase et au contexte : au singulier (*khabar*), ce mot signifie à la fois « nouvelle », « information » et « récit » ; au pluriel, il a fini par désigner l'histoire, concurremment avec le mot *târîkh* (voir ici n. 15).

7. Le mot *duwal* (pluriel de *dawla*), traduit ici par « dynasties », signifie aussi « État » en tant qu'institution. Ibn Khaldûn en fera une analyse détaillée dans de nombreux chapitres de la *Muqaddima*.

8. Le mot *ahwâl* (pluriel de *hâl*), que nous traduisons ici par « conditions », désigne la somme des « accidents » — changements subis par une personne ou une chose — dans le sens aristotélicien, par opposition à l'essence ou à la chose en soi (*dhât*). Il peut parfois, selon le contexte, être mieux traduit par le terme « état ».

9. *Fî bâtinih*, dans son aspect intérieur (voir ici n. 5).

10. *Nazar* désigne tout examen fondé sur la réflexion et la logique : c'est la démarche adoptée le plus souvent par les philosophes et les théologiens (*mutakallimûn*).

11. *Tahqîq*, de *haqq*, « vrai », ou *haqîqa*, « vérité », « réalité ». Le problème de la vérification des faits est essentiel pour Ibn Khaldûn, comme nous le verrons plus loin.

12. *Waqâ'i'* (pluriel de *wâqi'a*) : « faits », « événements », « accidents ». *Al-Wâqi'a* désigne le grand événement, le jour du Jugement dernier.

13. *Hikma*, « philosophie » (traduction retenue par F. Rosenthal), mais aussi, d'une façon plus générale, « sagesse » (notre traduction ici) : en effet, ce mot désigne chez Ibn Khaldûn une tradition de savoir rationnel qui déborde largement la *falsafa* (« philosophie »), telle qu'on l'entendait à son époque, comme un corps de savoirs et de doctrines hérités des Grecs et entourés de beaucoup de réserves, sinon de réprobation (voir le chapitre consacré à la *falsafa*, VIe partie, chap. XXX, p. 1034-1042). Sur le concept de *hikma*, voir A.-M. Goichon, *Encyclopédie de l'islam*, 2e éd., Maisonneuve et Larose, art. « Hikma ».

14. Souvenir du verset coranique : « Nous lançons le Vrai sur le Faux : il l'anéantit, et le voilà qui disparaît » (Coran, XXI, 18, traduit par nous-même).

15. *Tawârikh* : le singulier *târîkh* désigne l'histoire comme genre, mais aussi la date, l'ère, la chronologie et la chronique.

16. *Al-athbât*, « gens sûrs », terme technique qui fait partie d'un vocabulaire d'abord employé pour qualifier les spécialistes et transmetteurs de la Tradition du Prophète (*Hadîth*).

17. *Al-hafaza ath-thiqât*, littéralement « hommes possédant une excellente mémoire et dignes de confiance », autre terme technique de la science du *Hadîth*.

18. *Al-'umrân*, un des concepts fondamentaux d'Ibn Khaldûn. C'est avec réserve, et faute d'un terme plus adéquat, que nous nous conformons à l'usage établi de traduire ce mot par « civilisation ». Des connotations essentielles à ce concept — référence à l'idée de sociétés évoluées par opposition à des sociétés barbares, sauvages, ou

à un état de nature — ne se trouvent pas dans le mot *'umrân*. Ibn Khaldûn se fonde explicitement sur l'idée religieuse de la Création. Dieu a créé les hommes et les a établis (*i'tamara bihim*) sur la terre. Le *'umrân* est donc le fait humain ou l'ordre humain en général, tel qu'il a été voulu par Dieu. De ce sens, on passe à celui de manifestation de la vie des hommes en société, ou parfois, d'une façon plus restrictive, à celui de manifestations de la vie urbaine, avec ses grandes concentrations humaines, par opposition à *tawahhush*, ou vie en retrait dans les régions montagneuses ou désertiques.

19. C'est-à-dire les dynasties omeyyade et 'abbâsside.

20. Il s'agit de l'introduction générale aux *'Ibar* (*Le Livre des Exemples*), où Ibn Khaldûn expose de façon plus détaillée ses critiques à l'égard des historiens antérieurs (voir p. 11 et suiv.).

21. Au moment de prendre la décision d'écrire, un autre grand historien, Ibn al-Athîr (mort en 1232), exprime des sentiments analogues : « J'ai alors ôté le manteau de la négligence et de la paresse, mis un flocon de soie dans mon encrier et taillé ma plume, retroussé mes manches et fait de ce travail la première de mes priorités » (*Al-Kâmil fi-t-târîkh*, Beyrouth, 1978, t. I, p. 7). La traduction a été établie par nos soins.

22. *Akhbâr*, « faits racontés », « informations ».

23. *'Ilalan wa-asbâban* : Ibn Khaldûn utilise ici les deux mots arabes qui servent à exprimer l'idée de cause. *'Illa* est très tôt adopté par les philosophes. Les théologiens se servent plus couramment de *sabab*, qui évoque l'idée d'intermédiaire, pour indiquer un enchaînement causal et la production d'un effet. Cependant, les philosophes, spécialement al-Fârâbî et Ibn Sînâ, emploient fréquemment *sabab* comme synonyme de *'illa* (voir *Encyclopédie de l'islam*, 2e éd., art. « 'Illa »).

24. *Cf.* Mas'ûdî, *Murûj*, t. I, p. 18 ; *Les Prairies d'or*, t. I, p. 9.

25. La Chine et l'Inde, par exemple, présentes chez des auteurs comme al-Ya'qûbî (IIIe/IXe siècle) et al-Mas'ûdî (IVe/Xe), ne le sont pas dans l'histoire d'Ibn Khaldûn.

26. Les auteurs musulmans pensaient que les Nabatéens étaient les habitants de l'Irak avant l'apparition de l'islam.

27. Les auteurs musulmans utilisent le mot *Rum* pour désigner les Grecs, les Romains et les Byzantins.

28. En octobre 1382, Ibn Khaldûn, harcelé par ses ennemis à la tête desquels se trouve Ibn 'Arafa, alors imam de la Grande Mosquée, fuit définitivement la cour de Tunis pour accomplir un pèlerinage à La Mecque. Arrivé à Alexandrie, il se rend finalement au Caire (voir *Autobiographie*, p. 161-162). Il restera en Égypte jusqu'à sa mort en 1406.

29. L'édition de Bulâq (1867) lit à tort *asbâb* (« causes ») au lieu de *ansâb* (« généalogies »). Au début des *'Ibar*, Ibn Khaldûn expose les généalogies générales de l'humanité comme préambule à son histoire universelle ; il procède de même lorsqu'il veut présenter l'histoire d'une nation particulière.

30. La traduction de ce titre : *Kitâb al-'Ibar wa dîwân al-mubtadâ wa-l-khabar fî ayyâm al-'arab wa-l-'ajam wa-l-barbar wa man 'âsarahum min dhawî as-sultân al-akbar*, a fait couler beaucoup d'encre (voir un résumé du débat autour de cette question dans Fischel, *Ibn Khaldûn and Tamerlane*, Berkeley, University of California Press, 1952, p. 25 et n. 2). On

a, en particulier, beaucoup glosé sur les mots *mubtadâ* et *khabar*, en voulant les ramener artificiellement aux sens de « sujet » et de « prédicat » qu'ils ont en grammaire. En fait, la phrase qui précède immédiatement le titre — *wa-afsaha bi-dh-dhikrâ wa-l-'ibar fî mubtada'i al-ahwâli wa mâ ba'dahâ min al-khabar* (« [...] en outre, il exprime les avertissements et les leçons à tirer des commencements et de l'histoire qui leur fait suite ») — indique explicitement et parfaitement à quoi l'on doit s'en tenir.

Introduction ; p. 11.

a. Fin du titre dans A. ◆◆ *b.* si l'Égypte pouvait contenir *A* ◆◆ *c.* consacré au pouvoir *A, B* ◆◆ *d.* quatre *A, B* ◆◆ *e.* d'Amram, fils de Yashar, fils de Qehat *A, B* ◆◆ *f.* qu'on trouve chez Ibn Ishâq *A, B* ◆◆ *g.* On pourrait *[p. 14, début du dernier §]* penser que [...] pour être attribuées au Livre de Dieu *passage absent de A et B* : On pourrait *[p. 14, début du dernier §]* penser que [...] C'est Dieu qui guide *[p. 15, fin du 2ᵉ §]* vers la vérité *passage absent de E.* ◆◆ *h.* Barmécides. Ar-Rashîd le fit emprisonner : il le remit à Ja'far et lui demanda de le garder prisonnier dans sa maison et de le surveiller. Après *A, B* ◆◆ *i.* troisième, où on avait ajouté du vin, il dit *A, B* ◆◆ *j.* d'ar-Rashîd, soixante-dix ans environ après la mort de celui-ci. Ils *A, B* ◆◆ *k.* En outre *[6 l. plus haut]*, Yahyâ Ibn Aktham était un éminent traditionniste. Les auteurs des *Sahîh* ont affirmé sa probité et publié des traditions rapportées par lui. Attaquer *A, B* ◆◆ *l. Fin du § dans A et B.* ◆◆ *m.* al-Basâsirî, appartenant aux Daylam *A, B* ◆◆ *n.* extrémiste, le fait de renier leur généalogie n'aide *A, B* ◆◆ *o. Fin du § dans A.* ◆◆ *p. Fin du § dans A et B.* ◆◆ *q.* cette noble lignée *A, B* ◆◆ *r.* cette noble lignée *A, B* ◆◆ *s.* lignée *A, B* ◆◆ *t. Fin du § dans A, B et E.* ◆◆ *u.* bien. Il *A, B* ◆◆ *v.* parmi les membres de sa famille, comme *A, B* ◆◆ *w.* notre époque pour *A, B* ◆◆ *x.* al-Hajjâj, les Barmécides *A, B* ◆◆ *y.* par la calamité du ciel, la peste *A, B* ◆◆ *z.* complète et il a commis des erreurs dans une partie de ce qu'il a rapporté. « Pardessus *A* ◆◆ *aa.* langue. Il *A, B* ◆◆ *ab.* notre *j*, comme *A* ◆◆ *ac. Fin de la phrase dans A et B.* ◆◆ *ad. Fin de la phrase dans A et B.*

1. Les commentateurs du Coran ont souvent recours à l'histoire, surtout ancienne, pour expliciter des faits mentionnés dans le texte sacré de façon allusive. Il arrive qu'un historien soit en même temps un commentateur du Coran, comme ce fut le cas d'at-Tabarî.

2. *A'immat an-naql*, littéralement : « les grandes autorités en matière de transmission ».

3. *Hikma*, terme que Franz Rosenthal traduit systématiquement par « philosophie » (voir ici « Préface », n. 13, p. 5).

4. Voir al-Mas'ûdî, *Murûj adh-dhahab*, éd. Ch. Pellat, Beyrouth, 1965, t. I, § 87 ; pour la Bible, voir Exode, XII, 37 et Nombres, I, 20-45. Ibn Khaldûn rapporte le même chiffre dans les *'Ibar*, mais sans le critiquer (voir A. Cheddadi, *Ibn Khaldûn, Peuples et nations du monde*, Sindbad, 1986, t. I, p. 179).

5. *At-tîh*, désert où l'on s'égare : il s'agit du désert d'Arabie où s'étaient engagés les Israélites à leur sortie d'Égypte.

6. C'est-à-dire la Mésopotamie et la région nord-ouest de la Perse.

7. Voir Exode, VI, 16.

8. Nous n'avons pu retrouver cette citation dans les œuvres connues d'al-Mas'ûdî.

9. Les *Isrâ'iliyyât* couvrent des récits que l'on trouve chez les commentateurs du Coran, les mystiques, les compilateurs d'histoires et différents genres de littérateurs, et qui sont censés se rapporter aux faits et au cadre chronologique de l'époque des anciens Israélites (voir *Encyclopédie de l'islam*, 2e éd.; F. Rosenthal, *A History of Muslim Historiography*, Leyde, Brill, 1968, p. 417). Sur les chiffres avancés, *cf.* I Rois, X, 26.

10. Ce sont les qualités exigées par la loi islamique de tout témoin légal. Les mêmes qualités sont également exigées des traditionnistes et des historiens.

11. Voir at-Tabarî, *Târîkh*, Le Caire, Dâr al-ma'ârif, 1967, t. I, p. 442. — Voir al-Mas'ûdî, *Murûj*, t. II, § 1104. — Le livre *Kitâb al-Kamâ'im* d'al-Bayhaqî est une des principales sources d'Ibn Sa'îd pour son récit relatif à l'histoire préislamique. Ibn Khaldûn, de son côté, s'appuie sur Ibn Sa'îd. Cependant, l'identité de l'auteur d'*al-Kamâ'im* ne semble pas aujourd'hui certaine (voir F. Rosenthal, *The Muqaddimah*, Princeton, Princeton University Press, 1958; rééd. 1967, t. I, p. 22 et n. 58. Tous les renvois seront faits à l'édition de 1967).

12. Voir *Murûj*, t. II, § 1102-1106.

13. Voir *ibid.*, t. I, § 479, 547, 550 et 633. La dynastie des Kayânides correspond aux Achéménides.

14. Sur ces expéditions, voir Ibn al-Athîr, *al-Kâmil*, Beyrouth, 1978, t. I, p. 119.

15. *Ahâdîth al-qussâs*, récits édifiants ou légendaires, généralement considérés par Ibn Khaldûn avec un certain mépris. Sur les *Qussâs*, qui avaient joué un rôle important au début de l'islam, mais qui furent relégués plus tard à un rôle très secondaire de sermonnaires populaires, voir Ibn al-Jawzî, *Kitâb al-qussâs wa l-mudhakkirîn*, édition critique, notes, traduction anglaise et introduction de Merlin L. Swartz, Beyrouth, Dâr al-mashriq, 1971.

16. C'est-à-dire 'Abd Allâh Ibn az-Zubayr, qu'on cite aussi comme une autorité dans la science des lectures du Coran (voir A. Jeffery, *Materials for the History of the Text of the Qur'ân*, Leyde, 1937, p. 226 et suiv., mentionné par F. Rosenthal, *The Muqaddimah*, n. 75, p. 27).

17. Ou Sîfawayh, ainsi nommé par les auteurs antérieurs. La forme donnée par Ibn Khaldûn semble donc incorrecte (voir Ibn an-Nadîm, *al-Fihrist*, éd. Flügel, Leipzig, 1871-1872, p. 313; Le Caire 1348/1929-1930, p. 435, ainsi que Ibn al-Jawzî, *Akhbâr al-Humqâ wa-l-mughaffalîn*, Le Caire, 1347/1928, p. 81 et suiv.).

18. Sur le rôle d'al-'Abbâsa, sœur de Hârûn ar-Rashîd, dans la disgrâce des Barmécides, voir al-Mas'ûdî, *Murûj*, t. IV, § 2588-2594; al-Balâdhurî, *Futûh al-buldân*, éd. de Goeje, Leyde, 1866, p. 368; Ghars an-Ni'ma Muhammad Ibn Hilâl as-Sâbî, *al-Hafawât*, Damas, 1967, p. 17.

19. Sur le célèbre vizir d'ar-Rashîd, personnage passé dans la légende, voir *Encyclopédie de l'islam*, 2e éd. (art. « Barâmika »).

20. Les considérations d'Ibn Khaldûn sur les causes de la disgrâce des Barmécides sont dans l'ensemble judicieuses, quoique à nuancer. La mainmise des vizirs barmécides sur l'administration fut réelle,

mais Hârûn ar-Rashîd, surtout après les premières années de son règne, sut toujours faire respecter sa volonté. Il est vrai que, pour des raisons encore obscures, la disgrâce des Barmécides fut brutale : de retour du pèlerinage qu'il fit en 186 (802), le calife décida brusquement de mettre fin à leur domination.

21. *Al-bitâna* désigne ce qui est intérieur, secret, le cœur, l'intérieur d'un pays ou d'une ville, mais aussi l'entourage le plus proche du souverain.

22. *Al-khâssa*, traduit ici par « élite », désigne les personnes qui entourent le souverain, son service particulier, mais aussi les notables, les hauts personnages et les plus grandes familles d'une ville. Il est employé par opposition à *'âmma*, « le commun », « le peuple », d'où notre traduction. Dans les milieux savants et mystiques, l'opposition *khâssa / 'âmma* se réfère à des critères intellectuels ou spirituels.

23. Al-Fadl Ibn Yahyâ Ibn Khâlid Ibn Barmak, fils aîné de Yahyâ al-Barmakî. Précepteur du calife al-Amîn, il joua un rôle politique important sans avoir de charge officielle (voir al-Mas'ûdî, *Murûj*, t. IV, § 2613-2615 ; Mutahhar Ibn Tâhir al-Maqdîsî, *al-Bad' wa-t-târîkh*, édition et traduction de Cl. Huart, *Le Livre de la création et de l'histoire*, Leroux, 1907-1919, t. VI, p. 101-103 ; Ghars an-Ni'ma Ibn Hilâl as-Sâbî, *Hafawât*, *Encyclopédie de l'islam*, 2e éd., art. « Al-Fadl Ibn Yahyâ ».

24. Voir at-Tabarî, *Târîkh*, t. VIII, p. 243.

25. Ja'far fut exécuté, al-Fadl et ses frères arrêtés, Yahyâ placé sous surveillance. Les biens de tous les Barmécides furent confisqués, à l'exception de ceux de Muhammad Ibn Khâlid.

26. Pour le passage auquel il est fait allusion, voir Ibn 'Abd Rabbih, *al-'Iqd al-farîd*, Le Caire, 1968, t. III, p. 24.

27. Voir *ibid.*, t. III, p. 108-111.

28. Voir at-Tabarî, *Târîkh*, t. X, p. 113 et suiv.

29. Cette anecdote est également racontée par Ibn Khaldûn dans son cours inaugural à la medersa Salghatmish (voir *Autobiographie*, p. 192).

30. Voir at-Tabarî, *Târîkh*, t. VIII, p. 287 et 339, ainsi que p. 342-344, et al-Mas'ûdi, *Murûj*, t. IV, § 2511.

31. La démonstration consistait à faire la preuve que le mets était mauvais pour le calife, mais bon pour le médecin qui, comme il était chrétien, pouvait l'accompagner de vin, considéré comme un digestif, et ainsi établir qu'ar-Rashîd n'avait pas l'habitude de boire du vin.

32. Sur l'équipement en or adopté par al-Mu'tazz, voir al-Mas'ûdî, *Murûj*, t. V, § 3102.

33. Voir *'Iqd*, t. III, p. 356-363.

34. 'Ubaydites ou Mulûk Banû 'Ubayd est l'appellation que plusieurs historiens sunnites donnent aux Fâtimides, alors que les partisans de ces derniers désignent leur dynastie sous le nom de dynastie 'alide (*ad-dawla al-'alawiyya*). En dehors d'Ibn Khaldûn, il n'y a guère que son disciple al-Maqrîzî pour déclarer leur généalogie 'alide authentique. L'origine des Fâtimides continue d'ailleurs à être entourée de beaucoup d'obscurité (voir *Encyclopédie de l'islam*, 2e éd., art. « Fâtimides »).

35. Abû 'Abd Allâh ash-Shî'î arrive chez les Kutâma en 280 (893). Il conquiert le pays, repousse des expéditions envoyées contre lui par les Aghlabides en 289 (902) et 290 (903). Il fait son entrée dans la

capitale aghlabide en 296 (909), et lance une expédition contre Sijilmâsa pour libérer l'imam 'Ubayd Allâh al-Mahdî qui y est emprisonné.

36. 'Ubayd Allâh quitte la Syrie en 289 (902). Il tente de rejoindre Abû 'Abd Allâh, mais doit chercher refuge à Sijilmâsa, où il est incarcéré.

37. Il s'agit de Hamdân, qui vivait dans la première moitié du IIIe (seconde moitié du IXe) siècle (voir *Encyclopédie de l'islam*, 2e éd., art. « Karmates »).

38. Vers de la *Mu'allaqa* du poète arabe anté-islamique Zuhayr Ibn Abî Salmâ (fin du VIe-début du VIIe siècle).

39. Dans le sanctuaire de La Mecque.

40. C'est-à-dire Médine.

41. Al-Bâqillânî, considéré comme un des auteurs malikites anciens les plus importants, a publié un livre contre les Fâtimides intitulé *Kashf al-asrâr wa hatk al-astâr* (*Le Dévoilement des secrets et le Déchirement du voile*).

42. Vers attribués par certains auteurs à Abû Nuwâs, poète arabe d'origine persane (vers 758 - vers 810). Ibn Butlân les attribue à al-Husayn Ibn Hâni', poète arabe d'Espagne (937 - vers 972) ; voir F. Rosenthal, *The Muqaddimah*, t. I, n. 126, p. 45.

43. *Afan*, traduit ici par « sottise » : le verbe *afana* signifie « avoir peu de ressources d'esprit ».

44. *As-safsafa* que de Slane (*Les Prolégomènes d'Ibn Khaldûn*, Paris, 1863) traduit par « fraude », « dépravation », « improbité ». Nous avons préféré la traduction « futilité », car le terme arabe recouvre surtout l'idée de quelque chose de qualité inférieure, de vain.

45. Localité située près de La Mecque, où les 'Alides, en lutte contre le pouvoir 'abbâsside, furent défaits.

46. Ces vers sont cités par al-Mas'ûdî (*Murûj*, t. VII, p. 32) à propos du calife al-Musta'în, qui tomba sous la coupe des généraux turcs Wasîf et Bughâ.

47. Selon une tradition du Prophète (voir A.-J. Wensinck, *A Handbook of Early Muhammadan Tradition*, Leyde, 1927, p. 436).

48. *Cf.* Coran, XXXIII, 33 : « Dieu ne veut qu'écarter de vous la souillure, ô gens de la famille, et vous garder tout purs ». Cependant, la lecture et l'interprétation de ce verset sont controversées (voir *Le Coran*, traduction de Jacques Berque, Sindbad, 1990, p. 451, note verset 33).

49. Le mot *tawâtur*, qui n'a pas son équivalent en français, est un terme technique de la critique des traditions prophétiques, signifiant qu'une tradition repose sur une chaîne ininterrompue de transmetteurs faisant autorité, ce qui est considéré comme le degré le plus élevé de l'authenticité d'une tradition.

50. Voir *'Ibar*, Bûlâq, 1867, t. IV, p. 15 et t. I, p. 25 ; Ibn Khaldûn, *Histoire des Berbères*, traduction de Slane, Alger, 1852 ; nouv. éd., Geuthner, 1925 ; rééd. 1968, t. II, p. 145 et 559. Tous les renvois à l'*Histoire des Berbères* seront faits à l'édition de 1968.

51. Ibn Khaldûn traite de la dynastie almohade dans les *'Ibar*, t. VI, p. 225 et suiv. ; de Slane, t. II, p. 161 et suiv.

52. En réalité, la IIe partie (voir IIe partie de la *Muqaddima*, chap. XI, p. 385-388).

53. Les *'ashara mubashshara*, à qui le paradis était garanti. C'était les quatre premiers califes, Talha, az-Zubayr, 'Abd ar-Rahmân Ibn 'Awf, Sa'd Ibn Abî Waqqâs, Sa'îd Ibn Zayd et Abû 'Ubayd Ibn al-Jarrâh.

54. Voir le chapitre VII (VIe partie de la *Muqaddima*, p. 843-849).

55. *Ahl al-'asabiyya*, ceux qui ont la puissance que donne l'esprit de corps, personnages et clans puissants.

56. En fait Ibn Khaldûn changera d'avis et donnera une large place à l'histoire de l'Orient.

57. Voir *Murûj*, t. I, p. 10-11 ; pour la traduction française, *Les Prairies d'or*, Geuthner, 1962, t. I, p. 2-3.

58. *Muqaddima*, plus précisément une introduction.

AUTOBIOGRAPHIE

NOTICE

L'*Autobiographie* d'Ibn Khaldûn s'inscrit dans la double et longue tradition arabe de la biographie et de l'autobiographie, tout en s'en démarquant par un certain nombre de traits spécifiques. Comme celles-ci, fondées, à l'origine, sur la méfiance à l'égard de tout récit imitant la vie et mettant en avant l'individu, elle évite les aspects trop personnels et intimes, en particulier tout ce qui se rapporte au monde familial privé, aux jugements et aux sentiments personnels sur les gens, aux détails prosaïques sur l'environnement censés être connus de tous, à la description des lieux, des paysages ordinaires, comme des institutions et des pratiques coutumières. Elle adopte, dans l'ensemble, la méthode de présentation des personnalités intellectuelles et politiques propre à la littérature des *tarâjim*[1] qui a fleuri dans le monde musulman dès le IIe (VIIIe) siècle, en accordant peut-être un peu plus d'importance aux notations d'ordre personnel et aux détails concrets que ne le fait habituellement ce genre d'écrits. Mais surtout, elle pousse plus loin que toute œuvre biographique ou autobiographique arabe l'association entre récit sur la vie personnelle et récit historique. Lorsque Ibn Khaldûn présente sa généalogie, il ne se borne pas à énumérer sèchement ses ancêtres, mais il tente de les situer socialement et historiquement, en s'appuyant sur la tradition historiographique. Parlant de ses maîtres et de ses condisciples ou amis, il retrace leurs carrières intellectuelles, mais aussi politiques, évoque des aspects, parfois très attachants, de leurs vies personnelles, comme lorsqu'il raconte le voyage en bateau de son maître al-Âbili, sa maladie et ses déboires avec le sultan de Tlemcen, ou quand il fait le récit des pérégrinations du fils d'un savant originaire de Tlemcen, passionné d'alchimie, installé au Caire, puis obligé de fuir de pays en pays pour pratiquer son art. Mais surtout, lorsqu'il aborde les principales étapes

1. Ce sont les notices consacrées aux savants, aux transmetteurs de traditions, aux poètes, etc.

de sa vie au Maghreb, en Andalus et en Égypte, Ibn Khaldûn prend soin de situer chaque fois les événements, en rappelant le contexte politique et historique global, n'hésitant pas parfois, comme lorsqu'il parle de la crise de ses rapports avec le souverain mamelouk ou de sa rencontre avec le conquérant Tamerlan, à brosser de vastes tableaux de l'histoire régionale ou même de l'histoire universelle.

Ainsi, l'*Autobiographie* est précieuse à double titre : d'abord pour la richesse des informations qu'elle fournit sur l'histoire familiale, la formation et la carrière politique et intellectuelle de l'historien, informations que les biographes d'Ibn Khaldûn ont largement reproduites en les complétant parfois avec des points de vue extérieurs intéressants et un certain nombre de faits, mais sans rien y ajouter de substantiel ; en second lieu, pour la quantité de notations concrètes sur la vie sociale, politique et intellectuelle de l'époque qu'elle apporte. Comme nous l'indiquons dans notre Introduction[1], c'est grâce à elle que nous disposons aujourd'hui d'une connaissance relativement précise de la vie et de la personnalité de ce savant qui, sans conteste, a bouleversé la tradition de l'historiographie et de l'étude de la société héritée des périodes antique, chrétienne, byzantine et musulmane, en proposant, avec trois ou quatre siècles d'avance, des approches et des types d'analyses — « sociologiques » avant la lettre — du même ordre que celles qui nous sont aujourd'hui familières.

*

Le texte de l'*Autobiographie* fait partie intégrante du *Livre des Exemples*. Dans les principaux manuscrits copiés du vivant d'Ibn Khaldûn, elle figure à la fin de l'ouvrage, après les trois premiers « livres » consacrés respectivement à l'introduction théorique (*Muqaddima*), à l'histoire des Arabes d'Orient et de leurs contemporains, et à l'histoire des Arabes du Maghreb et des Berbères. Le titre original indique clairement cette appartenance : *at-Ta'rîf bi-Ibn Khaldûn, mu'allifu hadhâ l-kitâb, wa rihlatuhu gharban wa-sharqan* (*Présentation d'Ibn Khaldûn, l'auteur de cet ouvrage, et son voyage en Occident et en Orient*[2]).

Comme celui de l'ensemble des *Exemples*, le texte de l'*Autobiographie* a connu une importante évolution depuis 783 (1381/1382) — date de la première version de l'ouvrage dédiée au souverain hafside de Tunis, Abû l-'Abbâs — jusqu'à quelques mois avant la mort de l'auteur. Au cours des vingt-quatre années qui ont suivi la première rédaction, Ibn Khaldûn, tout en poursuivant l'élaboration de son ouvrage, a continué de consigner les principaux événements de sa vie à mesure qu'ils se produisaient. Ainsi, les copies qui nous sont parvenues de l'*Autobiographie* peuvent être classées en trois catégories, correspondant à trois versions de l'œuvre :

— une version primitive, dont le prototype est l'exemplaire dédié au souverain de Tunis. L'original n'a pu être retrouvé jusqu'à présent. Ibn Tâwît s'est servi pour son édition (Le Caire, 1370/1951) de quatre copies, toutes tardives : le manuscrit al-Azharî 6729 târîkh Abâza, uti-

1. Voir p. XVI-XVII.
2. Il faut noter que, dans sa version la plus ancienne, le titre ne comportait pas la mention du « voyage en Occident et en Orient ».

lisé par Nasr al-Hûrînî dans son édition des *'Ibar* (volume VII, Bûlâq, 1284/1867) ; le manuscrit Tal'at 2106 târîkh, qui ne présente aucune différence notable avec le manuscrit précédent et qui semble dériver d'une origine commune ; et les deux manuscrits de Dâr al-kutub al-misriyya (le numéro 5343 târîkh et le numéro 185 târîkh), proches également du manuscrit al-Azharî, mais de moindre qualité ;

— une version moyenne, dont le prototype est l'exemplaire dédié à az-Zâhir Barqûq. Ibn Tâwît a utilisé, outre le manuscrit original de cette version, un autre manuscrit, beaucoup plus tardif : ash-Shingîtî n° 1 sh târîkh, datant de 1137/1724-1725 et destiné à la bibliothèque du roi du Maroc, Mawlây Ismâ'îl ; ce manuscrit présente de grandes similitudes avec le manuscrit dédié à az-Zâhir. Ibn Tâwit signale par ailleurs un autre manuscrit appartenant à cette catégorie, mais qu'il n'a pu mettre à profit : il s'agit d'un manuscrit de Tunis, propriété de Hasan Husnî Bâshâ 'Abd al-Wahhâb ;

— enfin, une version tardive, représentée, elle, par deux manuscrits originaux, portant tous deux des corrections et des additions de la main de l'auteur : le manuscrit Aya Sofia 3200, qui nous est parvenu sous la forme d'un volume indépendant[1] — utilisé par Ibn Tâwît en même temps que quatre de ses copies tardives (le Dâr al-kutub al-misriyya n° 109 m târîkh, une copie privée d'Ibn Tâwît, le As'ad Effendi n° 2268, et le manuscrit de Rabat n° D 1345) ; le manuscrit Ahmet III 3042, qui renferme dans son dernier volume le texte de l'*Autobiographie*, et qui ne semble avoir donné lieu à aucune copie ultérieure.

Si, du vivant de l'auteur, l'*Autobiographie* était placée à la fin du *Livre des Exemples*, cela se justifiait par le fait qu'elle était destinée à recevoir les derniers événements du récit de sa vie, qu'Ibn Khaldûn consignait à mesure qu'ils se produisaient, comme nous l'avons vu. Pour nous, aujourd'hui, l'*Autobiographie* a surtout une valeur en tant qu'elle constitue un éclairage très riche et unique sur la vie et l'époque d'Ibn Khaldûn. Aussi, avons-nous préféré la placer en tête du premier des deux tomes que nous consacrons à l'œuvre de cet auteur.

Jusqu'au début des années 1950, l'*Autobiographie* n'était connue que d'après la version moyenne, aussi bien à travers les deux seules éditions arabes jusqu'alors disponibles[2] que par la traduction française de De Slane (Paris, 1844). Une version plus complète de l'*Autobiographie* a été présentée en français pour la première fois avec notre propre traduction, fondée sur l'édition arabe d'Ibn Tâwit al-Tanjî et publiée chez Sindbad en 1980.

Pour la présente traduction, nous avons également tiré profit de l'édition critique de Muhammad Ibn Tâwît at-Tanjî, richement documentée, établie sur la base des principaux manuscrits connus — représentatifs des trois versions, primitive, moyenne et tardive —, et dotée d'un appareil critique, où sont données les variantes et leçons

1. Sans *Le Livre des Exemples.*
2. À la fin des *'Ibar*, Bûlâq, 1284/1867 ; en marge de la *Muqaddima*, éd. al-Matba'a al-khayriyya, Le Caire, 1323/1904.

des différents manuscrits, ainsi que des notes procurant de précieuses informations d'ordre géographique, biographique ou bibliographique.

La présente édition propose une version entièrement revue et corrigée de notre traduction parue chez Sindbad. Elle reprend un certain nombre de poèmes qui n'avaient pas été inclus dans cette dernière. Toutefois, nous avons omis quelques poèmes ou parties de certains autres et les passages des correspondances ou des discours en prose rimée qui ne sont là que comme ornement[1] et qui présentent en outre d'énormes difficultés de traduction, en nous contentant d'en donner des spécimens.

*

Pour de plus amples informations sur la vie d'Ibn Khaldûn, outre les notices que lui ont consacrées ses contemporains Lisân ad-dîn Ibn al-Khatîb dans *al-Ihâta bi-akhbâr Gharnâta* (*Histoire de Grenade*), Ismâ'il Ibn Yûsuf Ibn al-Ahmar dans *Nathîr farâ'id al-jumân fi nazm fuhûl az-zamân* et dans *Mustawda' al-'alâma wa-mustabdi' al-'allâma*, al-Maqrîzi dans *Durar al-'uqûd al-farîda fi tarâjim al-a'yân al-mufida*, et Ahmad Ibn Hajar al-'Asqalâni dans *Inbâ' al ghumr bi-abnâ al-'umr* et dans *Raf' al-isr' an qudât Misr*, on pourra consulter les ouvrages suivants :

'Abd ar-Rahmân Badawî, *Mu'allafât Ibn Khaldûn*, Libye-Tunisie, ad-Dâr al-'arabiyya li-l-kitâb, 2e éd., 1399/1979.
Ahmad Bâbâ at-Tunbuktî, *Nayl al-ibtihâj bi-tatrîz ad-dîbâj*, Fès, 1903.
Ahmad Ibn al-Qâdî, *Judhwat al-iqtibâs fi dhikri man halla mina al-a'lâm madînat Fâs*, Rabat, 1973-1974.
Ahmad Ibn Muhammad al-Maqqarî, *Nafh at-tîb min ghusn al-Andalusi ar-ratîb*, éd. I. 'Abbâs, Beyrouth, 1408/1988, 8 vol.
Muhammad al-Sakhâwî, *ad-Daw' al-lâmi' li-ahl al-qarn al-tâsi'*, Le Caire, 1353/1934.

NOTES

[Mon nom] ; p. 51.

1. Selon Ibn Khaldûn, *bayt*, ici traduit par « maison », s'emploie en milieu arabe nomade ou rural dans un sens plus large : il désigne la famille ou le clan le plus noble d'une tribu (voir la *Muqaddima*, IIe partie, chap. XII, p. 388, où il précise le contenu sociologique de cette notion). En milieu urbain, où l'esprit de clan ne joue plus, la noblesse d'une maison se mesure à son ancienneté.

1. Il s'agit notamment de poèmes de circonstance composés par Ibn Khaldûn et d'un long passage d'une lettre d'Ibn al-Khatib adressée au souverain de Tunis dont il avait envoyé une copie à Ibn Khaldûn.

2. Il s'agit de Ferdinand III, fils d'Alphonse IX de León, qui chassa en 1248 les Maures de Séville.

3. *Nasab* désigne à la fois le nom et la généalogie. Symbole d'un capital social, il ne s'épuise pas dans l'indication d'une identité. Aussi l'habitude chez les auteurs arabes de donner de leurs personnages la généalogie la plus complète n'est-elle pas purement formelle. Sur la fonction sociologique de la généalogie chez Ibn Khaldûn, voir la *Muqaddima*, IIe partie, chap. IX, p. 383-384.

4. C'est-à-dire la *Muqaddima* (voir IIe partie, chap. XIV, p. 392 et suiv.).

5. Ibn Hazm, *Jamharat ansâb al-'Arab*, éd. 'Abd as-Salâm Muhammad Hârûn, Le Caire, Dâr al-ma'ârif, 1962, t. II, p. 460. Ibn Hazm donne 'Abd al-Jabbâr pour le fils de 'Alqama.

6. Ibn 'Abd al-Barr, *al-Istî'âb fî ma'rifat al-ashâb*, éd. 'Alî Muhammad al-Bajâwî, Le Caire, s.d. Il s'agit d'un dictionnaire des biographies des Compagnons du Prophète.

7. Hujr était un partisan de 'Alî et un opposant farouche des Omeyyades. Sur cet épisode, voir Henri Laoust, *Les Schismes dans l'islam*, Payot, 1977, p. 18.

8. Voir Ibn Hazm, *Jamharat ansâb al-'Arab*, t. II, p. 460.

Mes ancêtres en Andalus ; p. 53.

1. Pour plus de détails sur Kurayb, voir Reinhart Dozy, *Histoire des musulmans d'Espagne*, 2e éd., Leyde, 1932, t. II, p. 40 et suiv.

2. En 899 (voir *ibid.*).

3. Alphonse VI, roi de Castille.

Mes ancêtres en Ifrîqiya ; p. 55.

1. Les Almohades faisaient une distinction entre les *sayyids*, membres de la famille califale, et les *cheikhs*, appartenant surtout à la famille d'Abû Hafs (voir Abdallah Laroui, *L'Histoire du Maghreb, un essai de synthèse*, Maspero, 1975, t. I, p. 167).

2. Une des deux branches des Almohades, l'autre étant celle des Hafsides, descendants d'Abû Hafs. Souvent, Ibn Khaldûn ne précise pas s'il s'agit de la branche des Hafsides ou de celle des Mûminides, et les désigne sous le terme d'Almohades.

3. *Ahl ash-shûrâ* : les grands personnages de la cité, chefs des grandes familles et hauts dignitaires, dont les avis comptent. La même institution est évoquée pour la ville de Ceuta. Sur le mot *shûrâ*, voir R. Dozy, *Supplément aux dictionnaires arabes*, Leyde-Paris, 1967, t. I, p. 799.

4. *Muqaddim*, littéralement : « celui qui est placé en avant ». Il s'agit sans doute d'un *primus inter pares*, provisoirement choisi pour parler au nom des familles les plus puissantes de la ville.

5. *Sawâbiq* (pluriel de *sâbiqa*) : tout service rendu (ou don), dont on attend d'être payé de retour. Les rapports impliqués par cette notion font penser à l'échange de dons ; mais, au lieu de s'appliquer à des objets, l'échange porte ici plus précisément sur des services.

6. En arabe, *Bûna* : c'est l'antique Hippone, aujourd'hui Annaba, ville de la côte algérienne, située à l'est d'Alger.

7. *Arzâq* (pluriel de *rizq*) : dons qu'un prince accorde de façon régulière à un fonctionnaire ou à toute personne qu'il veut obliger.

8. *Iqtâ'* : Ibn Khaldûn n'explique nulle part en quoi consistait à son époque cette institution. Sur l'instauration et l'évolution de l'*iqtâ'* en Orient, voir l'article de Claude Cahen dans l'*Encyclopédie de l'islam*, 2ᵉ éd., Maisonneuve et Larose, t. III, p. 1115-1118.

9. Ici *'Amal al-ashghâl fî-d-dawla*. Dans la *Muqaddima* (IIIᵉ partie, chap. XXXII, p. 547), Ibn Khaldûn parle de *sâhib al-ashghâl* (« directeur des finances ») dont il définit les fonctions. Abû Bakr était l'auteur d'un manuel de règles de chancellerie écrit pendant sa jeunesse, sous le règne du sultan hafside Abû Zakariyâ' (voir Évariste Lévi-Provençal, « Un recueil de lettres officielles almohades », *Hespéris*, XXVII, 1941, p. 1-80).

10. *Al-hadra*, lieu où le souverain est présent ; par extension, sa cour, sa capitale. *Hadra* est employé aussi comme terme honorifique ; il est utilisé chez les mystiques comme synonyme de *hudûr* : « être en présence de Dieu ».

11. Pour plus de détails sur ces événements, voir Ibn Khaldoun, *Histoire des Berbères*, traduction de Slane, Alger, 1852 ; nouv. éd., Geuthner, 1925 ; rééd. 1968, t. II, p. 392. Tous les renvois à l'*Histoire des Berbères* sont faits à l'édition de 1968.

12. *Sanâ'i'* (pluriel de *sanî'*) : homme au service d'un prince et qui jouit de ses faveurs. À ces liens de clientèle, qu'Ibn Khaldûn appelle *walâ'*, s'oppose *nasab* (voir n. 3, p. 51). Pour une analyse détaillée de ces deux notions, voir la *Muqaddima*, IIᵉ partie, chap. XII, p. 388 et chap. XIII, p. 390, ainsi que IIIᵉ partie, chap. XVII et XVIII.

13. Voir *Histoire des Berbères*, t. II, p. 399.

[Mon éducation, mes maîtres] ; p. 59.

1. *Qirâ'ât* (pluriel de *qirâ'a*), « lecture », « récitation ». Le texte coranique, qui reçoit une forme officielle sous 'Uthmân après une courte période d'hésitation, continue cependant à faire l'objet de « lectures » ou recensions différentes. D'abord limitées à quatorze, elles sont encore réduites au IVᵉ (Xᵉ) siècle sous l'influence d'Ibn Mujâhid à sept « lectures » canoniques. Mais cela ne mit pas fin à la discussion sur les *qirâ'ât* non canoniques dans le cadre d'une discipline spéciale, le *'ilm al-qirâ'ât* (voir *Encyclopédie de l'islam*, 2ᵉ éd., art. « Qirâ'ât »). Voir aussi la *Muqaddima*, VIᵉ partie, chap. X, p. 854-859.

2. Dans l'enseignement, *asânîd* (pluriel de *sanad*), ici traduit par « chaînes d'appui », désigne les autorités dont on se réclame pour la validation du savoir reçu, étant entendu qu'un savoir purement livresque est déprécié. Dans la science de la Tradition (*hadîth*), il désigne la chaîne des garants jusqu'au Prophète.

3. Le mot employé par Ibn Khaldûn est *khatma*, terme technique spécialement utilisé dans l'apprentissage du Coran, qui désigne la récitation — et la cérémonie qui l'accompagne — de l'ensemble ou d'une partie seulement, généralement le quart, du texte coranique, par laquelle on en clôt l'apprentissage (de *khatama*, « mettre un sceau », « clore »).

4. Ya'qûb fut l'auteur d'une des trois « lectures » qui furent reconnues à côté des « sept lectures » canoniques. Quatre autres s'adjoi-

gnirent par la suite à ces « dix », et toutes les autres furent éliminées. Cependant, la discussion s'est poursuivie dans la littérature érudite.

5. Le titre complet est : *Kitâb tashîl al-fawâ'id.* Il s'agit d'un abrégé des règles de grammaire qui a joui d'un grand renom dans l'Occident musulman du Moyen Âge et a fait l'objet de nombreux commentaires.

6. *Al-'arabiyya wa-l-adab* : le mot *al-'arabiyya* (« la langue arabe »), d'usage préislamique, désigne à l'époque classique (IIIe-Ve/IXe-XIe siècles) les différentes sciences qui ont pour objet l'étude de la langue arabe, et plus spécialement les sciences lexicales et grammaticales ; le mot *adab*, qui a par ailleurs un ensemble très riche de significations, s'applique ici à l'ensemble des textes classiques, prose et vers, étudiés pour leur valeur littéraire dans le cadre de l'enseignement.

7. Il s'agit évidemment du *Sahîh*. Ibn Khaldûn explique dans la *Muqaddima* les avantages que présente le *Sahîh* de Muslim par rapport à celui d'al-Bukhârî (voir la *Muqaddima*, VIe partie, chap. XI, p. 862-866).

8. *Ijâza 'âmma* : *ijâza* ne désigne pas à proprement parler un diplôme, comme le laisserait entendre le mot « licence », par lequel on le traduit généralement. Le diplôme, sanctionnant une formation conduite selon un programme déterminé et fixe, et délivré par un corps institué, est totalement inconnu dans l'islam. L'*ijâza* sanctionne un rapport individuel entre le disciple et le maître ; c'est l'autorisation accordée par le second au premier de rapporter tout ou partie de son enseignement (*ijâza 'âmma* : autorisation de rapporter tout l'enseignement du maître ; *ijâza khâssa* : autorisation de rapporter un cours, un ouvrage, etc.). Elle peut être écrite ou orale. Sur la conception que se fait Ibn Khaldûn de l'enseignement, voir la *Muqaddima*, VIe partie, chap. VII, p. 843-849 ; et notre étude sur l'éducation chez Ibn Khaldûn dans *Penseurs de l'éducation 3*, *Perspectives*, vol. XXIV, n° 1/2, 1994, p. 7-20.

9. Tout au long de leur période de formation, les savants musulmans prenaient le plus grand soin à enregistrer et à conserver la liste de leurs maîtres, avec des indications relatives à l'enseignement reçu auprès d'eux. Ces listes sont appelées des *fahrasas* ou *barnâmajs*.

10. *Al-ummahât as-sitt*, littéralement « les six livres mères ». Ce sont les six ouvrages qui furent élevés au rang de ce qui doit être considéré comme tradition du Prophète : les deux *Sahîh* de Bukhârî et de Muslim, les recueils d'Abû Dâwud, an-Nasâ'î, at-Tarmidhî, Ibn Mâja. Selon Ibn Khaldûn, le *Muwatta'* de Mâlik fait également partie des ouvrages de base du Hadith. Ibn Khaldûn parle dans la *Muqaddima* (voir VIe partie, chap. XI, p. 863) des *ummahât al-khams* (les cinq livres mères) : il s'agit sans doute de la même liste, moins l'ouvrage d'Ibn Mâja, qui ne faisait pas la même unanimité que les cinq premiers.

11. Il s'agit de la *Muqaddima fî 'ulûm al-hadîth*.

12. *Taqyîd* désigne à la fois le fait de prendre des notes et les notes prises. Le mot s'applique aussi à un simple écrit de dimensions modestes.

13. *Hifz*, au double sens de faculté de mémoire et de connaissances mémorisées.

14. C'est une bibliothèque relativement modeste, en comparaison des grandes bibliothèques andalouses ou orientales qui comptaient souvent plus de 100 000 volumes. La bibliothèque de Cordoue,

fondée par al-Hakam al-Mustansir (IVe/Xe siècle), possédait 400 000 ouvrages, et il avait fallu, d'après al-Maqqarî, plus de six mois pour la déménager. Les chiffres généralement avancés pour la bibliothèque des califes fâtimides au Caire varient entre 1 600 000 et 120 000 ouvrages.

15. *Al-aslayn*, « les deux fondements », « les deux bases ». Il s'agit des deux sciences des *usûl*: *usûl al-fiqh* (fondements du droit) et *usûl ad-dîn* (fondements de la religion).

16. Suit un extrait de sept vers que nous ne reproduisons pas.

17. Siège très éprouvant qui dura plus de huit ans (6 mai 1299-13 mai 1307) ; voir *Histoire des Berbères*, t. IV, p. 141 et suiv.

18. Le siège de Tarifa se termina par une défaite (30 octobre 1340) qui fut très cruellement ressentie par les musulmans.

19. Il s'agit de la *jubba* (sorte de robe ample) portée habituellement par les Maghrébins au XIVe siècle, d'après le témoignage d'al-'Umarî (voir al-'Umarî, *Masâlik al-absâr*, traduction Gaudefroy-Demombynes, Paris, 1927, p. 114, 125 et 204).

20. Voir ici n. 15.

21. C'est-à-dire *al-Ihâta fî akhbâr Gharnâta*.

22. Ibn Khaldûn veut dire « hafside », les Hafsides étant la deuxième branche des Almohades (voir n. 2, p. 56).

23. C'est-à-dire les Hafsides.

24. Le *tawqî'*, ou rédaction des placets, était confié au *kâtib* ; ce dernier avait pour tâche de recueillir les sentences du sultan sur les affaires qui lui étaient présentées en audience et de leur donner une formulation concise et bien frappée. Elle exige, dit Ibn Khaldûn, une bonne dose d'éloquence (voir la *Muqaddima*, IIIe partie, chap. XXXII, p. 555).

25. On trouve ici dans tous les manuscrits un blanc.

26. Comparaison qui a son origine dans une tradition du Prophète rapportée par Abû Mûsâ al-Ash'arî (voir *Tâj al-'arûs*, III, 340).

27. *Tarâwîh* est le nom d'une prière surérogatoire. Le *hizb* désigne ordinairement une des soixante sections du Coran. Ce terme est également employé pour désigner la tranche du Coran — généralement plusieurs sections — lue quotidiennement selon une règle imposée par les dévots, reprise et perpétuée par les différentes confréries mystiques.

28. La Mecque et Médine.

29. *Fî-t-talabi wa-r-riwâya*. L'expression utilisée ici par Ibn Khaldûn est elliptique. Le mot *talab* (« recherche », « quête ») peut évoquer *talab al-'ilm* (« science ») ou *talab al-hadîth* (« tradition »), et la *riwâya* (« transmission ») peut s'appliquer à n'importe quel genre de textes, mais d'abord au Hadith.

30. Ibn Khaldûn accorde beaucoup d'importance à l'art de la calligraphie qui, selon lui, était tombé en décadence en Andalus et était à son époque peu cultivé au Maghreb.

31. Alphonse XI.

32. Pierre le Cruel.

33. Sur le court règne de ce sultan, voir *Histoire des Berbères*, t. IV, p. 358 et suiv.

[Ma nomination au paraphe] ; p. 82.

1. C'est le premier verset du Coran, *Bismi l-llâhi ar-rahmâni ar-rahîm* (« Au nom de Dieu, le Clément, le Miséricordieux »), devenu une formule que les musulmans prononcent au début de leurs actes et inscrivent en exergue de leurs écrits.

2. Ibn Khaldûn exprime les mêmes sentiments quand il relate l'événement dans l'*Histoire des Berbères*, t. IV, p. 300.

[Ma disgrâce auprès du sultan Abû 'Inân] ; p. 91.

1. De la branche hafside.

2. Ibn al-Ahmar cite ce poème dans son *Nathîr farâ'id al-jumân*, mais avec seulement 107 vers (voir 'Abd ar-Rahmân Badawî, *Mu'allafât Ibn Khaldûn*, Le Caire, 1962, p. 272).

Ma nomination comme secrétaire du sultan Abû Sâlim ; p. 92.

1. Ici, Ibn Khaldûn donne un extrait de 47 vers.

2. Ibn Khaldûn en donne un extrait de 37 vers.

3. *Khuttat al-mazâlim*, littéralement « fonction des abus ». Bien qu'en principe les jugements du cadi soient sans appel, cette institution permettait un recours. Créée à l'origine par les califes 'abbâssides et placée sous leur autorité directe, elle devait servir à redresser tout abus commis aux dépens des particuliers par les hommes en charge (voir Louis Gardet, *La Cité musulmane*, Vrin, 1954 ; 4e éd., 1976, p. 138). Ibn Khaldûn fait un exposé sur cette fonction dans la *Muqaddima* (voir IIIe partie, chap. XXIX, p. 519-520).

4. Ici figurent les 30 vers adressés par Ibn Khaldûn au vizir.

5. Les frères de la femme d'Ibn Khaldûn. Leur père, Muhammad Ibn al-Hakîm (mort en 1343), issu d'une famille aristocratique et lettrée, était commandant à Constantine. On ne connaît pas la date exacte du mariage d'Ibn Khaldûn, mais on suppose qu'il avait eu lieu vraisemblablement avant son départ de Tunis (voir Franz Rosenthal, *The Muqaddimah*, Princeton, Princeton University Press, 1958 ; rééd. 1967, t. I, p. XLV. Tous les renvois seront faits à l'édition de 1967).

6. Allusion à l'hégire ou émigration du Prophète à Médine, qui lui servit de base pour la conquête de La Mecque et la victoire sur les Arabes païens.

Mon voyage en Andalus ; p. 96.

1. Lorsque Ibn al-Khatîb s'était rendu en 1352 à la cour de Fès, afin de transmettre au sultan Abû 'Inân les condoléances du souverain de Grenade pour la mort de son père, il trouva, lui aussi, à l'approche de la capitale mérinide, une lettre de bienvenue de la part du vizir Ibn Marzûq, son ami. Il semble donc s'agir d'une forme courante d'expression des marques de respect et d'amitié.

2. *Wa qabrin surifat azimmatu l-ahyâ'i li-maytih*, phrase dont le sens n'est pas clair.

3. Allusion au verset 35 de la sourate XXIV du Coran : « Dieu est la lumière des cieux et de la terre. »

4. Nous simplifions et ne traduisons qu'une partie du texte, qui est d'une rhétorique impossible à rendre.

5. Dans tous les manuscrits, figure ici un blanc.

6. Ce poème compte 31 vers que nous avons renoncé à donner.

7. Ici figurent 13 vers dont nous n'avons pas cru nécessaire de donner la traduction.

8. Ici prennent place 17 vers que nous ne traduisons pas.

9. Voici comment, dans l'*Histoire des Berbères*, Ibn Khaldûn présente son départ d'Espagne, à l'issue de ce premier séjour : « J'étais alors en Espagne, où je jouissais de l'hospitalité du sultan de Grenade, Abû 'Abd Allâh Ibn Abî l-Hajjâj Ibn al-Ahmar. Je me trouvais là, loin de ma patrie, victime des vicissitudes de la fortune, la mort m'ayant ravi mon protecteur, le sultan Abû Sâlim, prince qui m'avait porté aux honneurs, qui m'avait élevé au rang de secrétaire d'État, de secrétaire des commandements, de grand justicier du royaume, etc. L'émir 'Abd Allâh m'ayant alors envoyé chercher, je me rendis auprès de lui et "si Dieu l'avait voulu, ils ne l'eussent pas fait" [Coran, VI, 138]. Si j'avais pu prévoir l'avenir, j'aurais fait provision de bonnes œuvres ! » (t. III, p. 70).

Mon voyage de l'Andalus à Bijâya ; p. 101.

1. Les Dawâwida sont une branche des Riyâh remontant, selon Ibn Khaldûn, à Dâwud Ibn Mirdâs Ibn Riyâh. Elle avait assuré le commandement des Riyâh à leur entrée en Ifrîqiya. Sur l'histoire de leur établissement au Maghreb et leur répartition géographique, voir *Histoire des Berbères*, t. I, p. 71-81.

2. « De toutes les tribus de Hilâl, la plus puissante et la plus nombreuse lors de leur entrée en Ifrîqiya fut celle des Riyâh », dit Ibn Khaldûn (*ibid.*, t. I, p. 70). Les Riyâh constituaient l'une des trois branches des Hilâliens, les deux autres étant les Athbej et les Zughba. Sur l'histoire des Riyâh, voir *ibid.*, p. 71-80.

3. Voici comment dans l'*Histoire des Berbères* Ibn Khaldûn dépeint l'émir Abû 'Abd Allâh : « Celui-ci, d'un caractère extrêmement sévère, traitait les habitants de Bejaïa [Bijâya] très durement ; à peine eut-il régné deux ans que déjà une cinquantaine d'entre eux étaient décapités par ses ordres » (t. III, p. 450).

4. Il était à cette époque le chef des Dawâwida.

Mon soutien à Abû Hammû ; p. 107.

1. Nous n'avons pu identifier le terme « yazanite ».

2. La lettre se poursuit sur le même ton pendant encore une cinquantaine de lignes dans une langue qu'il est extrêmement difficile de rendre.

3. 'Alî Ibn Badr ad-dîn exerça le commandement du corps des volontaires de 1365 à 1366. Sur l'histoire et le rôle du corps des volontaires mérinides en Andalus, voir *Histoire des Berbères*, t. IV, p. 459-488.

4. Fils du prince mérinide Abû 'Alî. Sur les circonstances de sa

nomination puis de sa disgrâce, voir *Histoire des Berbères*, t. IV, p. 486-487.

5. Mas'ûd Ibn Rahhû était alors attaché à l'émir 'Abd ar-Rahmân. Ibn al-Ahmar l'enverra plus tard au Maghreb comme vizir du prince Mûsâ, fils du sultan Abû 'Inân, pour l'aider à s'installer sur le trône mérinide.

6. Riche par Dieu.

7. Il s'agit de *Rawdat at-ta'rîf bi-l-hubb ash-sharîf* (voir éd. Muhammad al-Kattânî, Beyrouth, Dar ath-Thaqâfa, 1971).

8. *Tâj al-lugha wa sihâh al-'arabiyya*, ouvrage de lexicographie, dont l'auteur, un des plus grands lexicographes arabes, est mort à la fin du IVe (début du XIe) siècle.

9. Chef de la tribu masmûdienne des Hintâta, traditionnellement alliée de la dynastie mérinide. Après avoir fidèlement servi Abû l-Hasan, puis Abû 'Inân, 'Amir Ibn Muhammad fut entraîné dans la course pour le pouvoir qui suivit la mort de ce dernier. C'est ainsi qu'il fut amené à soutenir les princes Abû l-Fadl et Tâshfîn contre le sultan 'Abd al-'Azîz (voir *Histoire des Berbères*, t. I, p. 157 ; t. II, p. 263, 264, 267 et 273 ; t. IV, p. 319, 329, 354, 360, 362, 365 et 373).

10. Abû 'Abd Allâh Muhammad Ibn al-Ahmar.

Mon soutien au sultan 'Abd al-'Azîz ; p. 126.

1. Le 10 *muharram*. *'Âshûrâ'* est une fête religieuse musulmane qui reprend une fête juive et dont le nom vient de l'hébreu *'asôr*. Il est recommandé d'y observer un jeûne surérogatoire et de faire l'aumône. Au Maghreb, d'autres rites lui sont associés, comme les visites aux tombes, la consommation de certains mets (beignets, galettes ou bouillies), ou les rites populaires du feu et de l'eau, de mariage ou de carnaval qui, suivant les régions, connaissent parfois une grande ampleur.

2. Allusion au séjour du sultan andalou à la cour de Fès où il s'était réfugié, après avoir été chassé de son trône par l'un de ses parents (voir p. 95-96).

3. Le mot utilisé par Ibn al-Khatîb est *hâl*, dans le sens qu'il a dans le soufisme, c'est-à-dire la réalisation partielle et transitoire d'un degré spirituel.

4. Tradition prophétique considérée généralement comme apocryphe.

5. Nous ne donnons ici que la traduction des quatre premières pages de cette lettre qui en compte une cinquantaine dans l'édition d'Ibn Tâwit at-Tanjî, *at-Ta'rîf bi-Ibn Khaldûn wa-rihlatuhu gharban wa-sharqan*, Le Caire, 1370/1951, p. 156-209.

6. Lettre rédigée en une prose rimée difficile dont nous ne donnons que le début.

7. On a ici l'indication qu'Ibn Khaldûn avait à cette époque deux fils : le premier, Zayd, et le nouveau-né al-Fadl.

8. Cet horoscope du nouveau-né annonce une grande carrière dans les sciences.

9. Allusion à la *nisba* d'Ibn Khaldûn, dont la famille était originaire du Hadramawt. La *nisba* est une des composantes du nom ; c'est un adjectif en *-î* (ici *al-Hadramî*) formé à l'origine sur le nom de la tribu

ou du clan auquel appartient la personne, puis sur celui du lieu de naissance, d'origine ou de résidence, parfois d'une école juridique ou d'une secte, et occasionnellement d'un métier (voir *Encyclopédie de l'islam*, 2e éd., t. V, p. 187).

[Mon retour au Maghreb Extrême] ; p. 143.

1. C'est-à-dire Ahmad, fils d'Abû Sâlim.

Mon second voyage en Andalus ; p. 150.

1. Il s'agit du sultan mérinide Abû 'Inân, comme cela est précisé dans l'*Histoire des Berbères*, t. I, p. 99.

Mon retour à Tunis ; p. 152.

1. Ibn Khaldûn était plus jeune qu'Ibn 'Arafa de seize ans, ce dernier étant né en 1316.

2. Voici comment Ibn Khaldûn évoque dans l'*Histoire des Berbères* l'état d'achèvement de son ouvrage historique au moment où il quittait définitivement Tunis pour l'Orient : « J'étais encore à Tunis, où j'avais établi mon séjour, quand j'arrivai, dans la composition de ce livre, au récit de la reprise de Tozeur, enlevé par le sultan à Ibn Yemloul. Ensuite, vers le milieu de l'an 784 [octobre 1382], je m'embarquai pour l'Orient afin de remplir le devoir de pèlerinage. Arrivé à Alexandrie, je me rendis au Caire, et là je recueillis de la bouche de voyageurs la suite des événements qui se passèrent en Afrique septentrionale depuis mon départ » (t. III, p. 110-111).

3. Surnom de 'Umar Ibn al-Khattâb, deuxième calife de l'islam, que certains généalogistes cités par Ibn Khaldûn dans les *'Ibar* présentent comme étant l'ancêtre des Hafsides.

4. Allusion à la longue période où, avant d'accéder au trône de Tunis, Abû l-'Abbâs avait été retenu à la cour de Fès, puis avait successivement pris possession de Bône et de Bijâya.

5. Note d'Ibn Khaldûn insérée dans le texte.

6. Suivent neuf vers de sens obscur, que nous avons préféré ne pas nous risquer à traduire.

7. Oiseau du désert d'Arabie, semblable au pigeon.

8. Allusion au titre de l'ouvrage d'Ibn Khaldûn, le *Kitâb al-'Ibar* (*Le Livre des Exemples*).

9. Allusion à la *Muqaddima* qui renferme l'aspect le plus original de l'œuvre.

10. Suivent quatre vers obscurs que nous avons préféré ne pas traduire.

11. Ibn Khaldûn est alors âgé de cinquante ans : mais la mention des cheveux blancs peut n'être qu'une figure de style.

12. Allusion aux années passées à Qal'at Ibn Salâma (voir p. 152).

Mon voyage en Orient ; p. 162.

1. La tradition qui fait du Nil un des fleuves du paradis remonte aux auteurs chrétiens (voir, par exemple, les œuvres d'Éphraïm le

Syrien et de Jacques d'Édesse) ; mais l'habitude chez ceux-ci de l'appeler Géon n'est pas suivie par les musulmans. Pour une vue plus détaillée sur le Nil chez les historiens, les géographes et autres auteurs musulmans, voir dans l'*Encyclopédie de l'islam* (2e éd., t. VIII, p. 38-43) l'article fort documenté de J.-H. Kramers.

2. Message que les souverains mérinides avaient l'habitude d'envoyer chaque année à la mosquée de Médine pour être lu devant le tombeau du Prophète.

3. Un blanc dans le manuscrit indique la place où devait être ajouté le texte de la devise du sultan, dont l'énoncé était à cette époque : *Allâh amalî* (« Dieu est mon espoir ») ; voir al-Maqrîzî, *Khutat*, Bûlâq, 1853, t. II, p. 72. Cet ouvrage sera traduit sous le titre *Histoire des sultans mamelouks*.

4. *Qibla*, direction de La Mecque ou de la Kaaba, que les musulmans doivent garder pendant la prière et lorsqu'ils accomplissent un certain nombre de rituels. Instaurée par le Prophète Muhammad en l'an 11 de l'hégire, après que les premiers musulmans eurent d'abord observé la même direction que les juifs (celle de Jérusalem), elle est demeurée depuis lors l'unique *qibla* de l'islam. Les deux *qiblas* dont il s'agit ici sont, sans doute, celle de La Mecque, dont les souverains mamelouks, héritiers des Ayyoubides, se proclamaient les défenseurs, et celle de Jérusalem, d'où les croisés avaient été chassés par Saladin.

5. La Mecque et Médine.

6. Titre califal adopté pour la première fois par 'Umar, le deuxième successeur du Prophète Muhammad, et porté plus tard par les souverains omeyyades et 'abbâssides. À l'époque d'az-Zâhir, les califes installés au Caire par les Mamelouks depuis 1261, trois ans après l'abolition du califat 'abbâsside de Bagdad par Hûlâgû, jouaient un rôle purement protocolaire.

7. Ces titres n'étaient pas décernés gratuitement : parfaitement définis et codifiés, ils étaient en rapport avec les rangs hiérarchiques des différentes fonctions ; celui qui est donné à Ibn Khaldûn (*al-Walawî*) le place au troisième rang de la hiérarchie des fonctions religieuses (voir al-Qalqashandî : *Subh al-a'shâ*, Le Caire, 1331-1338/1913-1920, t. VI, p. 57 et 100 ; t. VII, p. 20-73).

8. C'est le deuxième hémistiche d'un vers célèbre de Bashshâr Ibn Burd (95-168/714-784).

9. Cette tradition se présente sous une forme légèrement différente dans le *Sahîh* de Bukhârî.

Mon pèlerinage à La Mecque ; p. 171.

1. Le *mahmal* désigne le transport du voile destiné à recouvrir la Kaaba et, par extension, le convoi chargé de ce transport. Par l'envoi annuel du *mahmal*, les sultans mamelouks d'Égypte entendaient affirmer leur tutelle sur les lieux saints et marquer leur prééminence dans le monde de l'islam.

2. *Shaykh al-jamâ'a*, titre honorifique, généralement attribué au membre le plus âgé et le plus prestigieux de la communauté savante d'une ville.

3. Suivant l'habitude de l'époque, Ibn Zamrak commence sa lettre par un poème, omis ici, avant de poursuivre en prose rimée.

4. Vers du poète syrien Abû l-Alâ' al-Ma'arrî (voir *Histoire des littératures*, Encyclopédie de la Pléiade, t. I, p. 684).

5. Dans l'*Histoire des Berbères* (t. IV, p. 440), Ibn Khaldûn relate les motifs de dissension qui opposèrent Ibn Rahhû au sultan andalou et décrit le rôle que celui-ci joua à la cour de Fès.

6. *Al-fâtiha*, première sourate du Coran.

7. Voir n. 1, p. 83.

8. Vers extraits d'un poème d'Abû l-Hasan an-Nubâhî (671-745/1313-1390), figurant dans son livre *al-Marqaba al-'ulyâ*. Voir *Nafh at-tîb*, Bûlâq, t. III, p. 203.

9. Suivent dix vers que nous avons renoncé à traduire.

10. Al-Wâthiq Muhammad, petit-fils du sultan Abû l-Hasan, intronisé au mois de *shawwâl* 788 (octobre-novembre 1386), garda le pouvoir moins d'un an (voir *Histoire des Berbères*, t. IV, p. 436-447).

11. Ibn Khaldûn apporte plus de détails sur cette révolte p. 208 et suiv.

12. Ici s'arrête le manuscrit de la version moyenne de l'*Autobiographie* (voir la Notice, p. 1277).

Mes fonctions d'enseignement ; p. 179.

1. Dans la pratique religieuse musulmane, et plus particulièrement chez les soufis, le *dhikr* (de *dhakara*, « se remémorer », « mentionner », « rapporter ») est un acte de glorification de Dieu, par la répétition du nom d'*Allâh* ou de formules plus longues, soit à haute voix, soit mentalement, accompagnée de mouvements respiratoires et de gestes particuliers (mouvements corporels en avant et en arrière), ayant pour but de parvenir à l'extase.

2. Constituées comme biens de mainmorte : biens fonciers inaliénables dont les revenus sont affectés à l'œuvre bénéficiaire.

3. Évoquant cette nomination, al-Maqrîzî dit dans son *as-Sulûk* (*as-Sulûk li-ma'rifat al-mulûk*, éd. Muhammad 'Abd al-Qader 'Atâ, Beyrouth, 1418/1997, t. V, p. 163) : « Le 25e jour du mois de *muharram*, notre cheikh Abû Zayd 'Abd ar-Rahmân Ibn Khaldûn fit sa leçon inaugurale à la medersa al-Qamhiyya du Caire, en remplacement de 'Alam ad-dîn al-Bisâtî qui venait de mourir ; parmi les assistants, il y avait l'émir at-Tunbughâ al-Jûbânî, l'émir Yûnus ad-Dâwadâr, les quatre grands cadis et les notables. » La traduction a été établie par nos soins.

4. Voir al-Bukhârî, *Sahîh*, éd. Krehl, Leyde, 1862-1908, t. IX, p. 101.

5. De *râfida*, secte chiite ; Ibn Khaldûn fait allusion aux Fâtimides, qui régnaient sur l'Égypte avant les Ayyoubides.

6. Il s'agit de la medersa az-Zâhiriyya, appelée également al-Barqûqiyya, construite entre 786 et 788 (1384-1386).

7. *'Abqar* : lieu mythique dont les habitants, les djinns, ont la réputation de produire des objets d'une merveilleuse perfection ; d'où l'adjectif *'abqarî* : « génial ».

8. *'afrît*, autre nom des djinns.

9. Voir n. 1, p. 171.

10. Située à proximité de la mosquée Ahmad Ibn Tûlûn, cette medersa porte le nom de son fondateur, l'émir Sayf ad-dîn Salghat-

mish an-Nâsirî, mort en prison à Alexandrie en 759 (1358) ; voir al-Maqrîzî, *Khutat*, t. IV, p. 256-258.

11. Après le préambule habituel — louanges à Dieu, prières sur le Prophète et ses Compagnons, éloge du sultan —, Ibn Khaldûn poursuit sa leçon inaugurale.

12. Les *sunan* sont des recueils où se trouve consignée la *sunna* (« la tradition ») du Prophète. Les quatre ouvrages les plus célèbres qui portent le titre de *Sunan* sont ceux d'Abû Dâwud, an-Nasâ'î, at-Tirmidhî et Ibn Mâja. Ils sont comptés parmi les six ouvrages de base du *hadîth*.

13. La version du *Muwatta'* de Yahyâ Ibn Yahyâ al-Masmûdî al-Laythî a été souvent réimprimée depuis le début du XIIIe siècle de l'hégire (fin du XVIIIe siècle). Notons les différentes éditions de Delhi : 1216/1802, 1296/1879, 1307/1890, 1308/1891 ; du Caire : 1279-1280/1863-1864 ; de Tunis : 1280/1864.

14. Suivants (*tâbi'ûn*) : hommes de la génération qui suit celle des Compagnons (*sahâba*) ; suivants des suivants (*tâbi'û at-tâbi'în*) : hommes de la deuxième génération après celle des Compagnons.

15. *Al-âthâr*, employé dans les textes anciens comme synonyme de *khabar*, « récit », « tradition ». Il s'agit ici évidemment des traditions du Prophète.

16. *Al-kalâm*. Il ne peut s'agir ici de la science du *kalâm*, ou théologie, qui ne s'était pas encore constituée comme telle à l'époque de Mâlik. Il faut donc prendre le mot dans son sens habituel. Mais les paroles de qui ? Ce devrait être, d'après le contexte, celles des premiers musulmans, distinctes du *hadîth*.

17. Ibn as-Sallâh, *Muqaddima*, Beyrouth, 1978, p. 13, où l'auteur ajoute que le jugement d'Ash-Shâfi'î et de 'Abd ar-Rahmân Ibn Mahdî était vrai avant la parution des deux *Sahîhs* d'al-Bukhârî et de Muslim.

18. *Madrasat al-qada'*.

Récit de la révolte d'an-Nâsiri ; p. 199.

1. *Ad-duwal al-kulliya*, comme, par exemple, les Empires byzantin, perse et arabe, qu'Ibn Khaldûn oppose à *ad-duwal ash-shakhsiyya*, qui désignent des règnes individuels plutôt que des États à proprement parler.

2. Voir *'Ibar*, éd. N. Hûrînî, Bûlâq, 1867, t. V, p. 278-369.

3. Saint Louis, qui conduisit les septième et huitième croisades.

4. La Maison d'Ibrâhîm Ibn Luqmân (mort en 693/1294), qui était vizir sous as-Sâlih Ayyûb, puis sous Qalâ'ûn. Saint Louis fut incarcéré en 1250, lors de la septième croisade, dans cette maison, devenue depuis lors une prison célèbre.

5. Voir *'Ibar*, t. V, p. 278-369.

6. Voir *ibid.*, p. 369 et suiv.

7. Créé par les Saljûqides et d'abord tenu par des civils, le poste de *dawâdâr kabîr* (le *dawâdâr* est celui qui porte et garde l'encrier royal) devint sous les Mamelouks circassiens une des sept charges les plus importantes du royaume. À la fin de l'époque mamelouke, le *dawâdâr* avait, entre autres, la prérogative de désigner les émirs qui participaient aux expéditions militaires, de lever les impôts et de faire rentrer les récoltes (voir *Encyclopédie de l'islam*, 2e éd., t. II, p. 177-178).

8. *Khawnad*, mot employé par les Turcs orientaux et désignant le « maître », le « seigneur » (voir R. Dozy, *Supplément aux dictionnaires arabes*).

9. Allusion à sa démission de la fonction de cadi après sa première nomination (voir la Chronologie, p. LIII).

10. Il s'agit de la *fatwâ* contre az-Zâhir, où figuraient en particulier ces mots : « il s'est fait assister d'incroyants pour tuer des musulmans » (voir al-Maqrîzî, *as-Sulûk*, année 791).

11. Ibn Khaldûn, après s'être adressé directement au sultan az-Zâhir, s'adresse maintenant à at-Tunbughâ al-Jûbânî.

12. Il s'agit du couvent d'ar-Rukniyya, du nom de Rukn ad-dîn Baybars (voir p. 198), où Ibn Khaldûn fut nommé en 791 (avril 1389).

13. Le sultan az-Zâhir.

14. Comme Ibn Khaldûn l'a signalé précédemment (p. 209), lorsque az-Zâhir fut rétabli sur le trône, il envoya al-Jûbânî à Damas.

15. Allusion à l'insurrection contre az-Zâhir (voir p. 209-210).

16. L'événement auquel il est ici fait allusion reste énigmatique.

17. *Al-Mustafâ*, un des surnoms du Prophète Muhammad.

Mon entremise dans les échanges de présents ; p. 215.

1. Sur ce présent, voir également *Histoire des Berbères*, t. IV, p. 155.

2. Sur ce présent, voir *ibid.*, t. IV, p. 239-241.

3. Le texte arabe donne *timthâl*, qui signifie « effigie », « image », « statue ».

4. Voir aussi *Histoire des Berbères*, t. III, p. 490-491.

Ma seconde nomination comme cadi ; p. 220.

1. Voici comment al-Maqrîzî relate l'événement dans *as-Sulûk* (année 801) : « Le 10 *ramâdan*, le courrier alla convoquer le cheikh Waliy d-dîn 'Abd ar-Rahmân Ibn Khaldûn au village du Fayyûm en vue de sa réaffectation à la charge de cadi malikite. Le cadi Sharaf d-dîn Muhammad Ibn ad-Damâmînî, qui briguait ce poste, avait offert pour l'obtenir la somme de 70 000 dinars ; mais le sultan l'avait refusée. Le 15 du mois, Ibn Khaldûn se présenta et fut installé dans la fonction de cadi malikite en remplacement de Nâsir d-dîn Ibn at-Tanasî, qui venait de mourir. » La traduction a été établie par nos soins.

2. Est-ce le Golgotha ? L'impératrice Hélène, mère de Constantin, fit construire sur l'emplacement où Jésus fut crucifié une église, aujourd'hui chapelle souterraine rattachée à l'église du Saint-Sépulcre.

3. Il s'agit sans doute d'une basilique chrétienne, l'église de la Nativité, commencée par l'impératrice Hélène et achevée par son fils Constantin en 333.

4. Voir une relation de ces faits dans al-'Aynî, *'Iqd al-jumân*, année 803 (voir *at-Ta'rîf*, éd. Ibn Tâwit at-Tanjî, n. 3, p. 350).

5. En fait, ce fut une grande épreuve pour Ibn Khaldûn, dont la sévérité en tant que juge lui avait attiré de nombreux ennemis. Ceux-ci réussirent à le faire arrêter par le chambellan (*al-hâjib*) qui le fit emprisonner quelque temps (voir Ibn Qâdî Shuhba, *Târîkh*, année 803 ; voir *at-Ta'rîf*, n. 4, p. 351-352).

Voyage du sultan en Syrie ; p. 223.

1. *'Ajam* : le mot a approximativement le même sens que « Barbares » pour les Grecs ; il est parfois employé pour désigner spécifiquement les Perses.

2. Coran, VIII, 63 ; traduction de Régis Blachère (PUF, 1966) revue par nos soins.

3. Important concept des sciences religieuses musulmanes, dont la signification a considérablement évolué entre les IIe/VIIIe et IVe/IXe siècles. C'est le terme technique, en droit islamique, pour indiquer, en premier lieu, l'usage du raisonnement individuel puis, dans un sens plus restreint, l'utilisation de la méthode de raisonnement par analogie (voir D.-B. Macdonald, *Encyclopédie de l'islam*, 2e éd., t. III, art. « Ijtihâd », p. 1052-1053).

4. La propagande 'abbâsside au Khurâsân commence de manière intensive vers 718 ; l'insurrection contre les Omeyyades, au nom de tous les Hachémites, c'est-à-dire de toute la famille du Prophète, descendants d'Abû Tâlib et d'al-'Abbâs, est déclenchée en 747, et Abû l-'Abbâs as-Saffâh est proclamé à Koufa en 750.

Rencontre avec Tamerlan ; p. 232.

1. Il y a un blanc dans le manuscrit. Le mois est probablement *jumâdâ* II.

2. Il y a un blanc dans le manuscrit.

3. Cette rencontre d'Ibn Khaldûn avec Tamerlan est rapportée par plusieurs historiens. Voir une comparaison des différentes versions dans Walter J. Fischel, *Ibn Khaldûn and Tamerlane*, Berkeley, University of California Press, 1952.

4. Chez Ibn al-'Imâd (*Shadharât al-dhahab*, VII, Dâr al-kutub, p. 50 et 114) le même personnage s'appelle : 'Abd al-Jabbâr Ibn 'Abd Allâh.

5. Ibn Khaldûn évoque ici sa deuxième nomination, qui eut lieu le 22 mai 1399. Le sultan az-Zâhir Barqûq mourut le 20 juin suivant. Ibn Khaldûn fut révoqué le 3 septembre 1400.

6. Ibn Khaldûn avait deux fils, Zayd et al-Fadl (voir p. 143 et n. 7), mais Ibn Qâdî Shuhba les appelle Muhammad et 'Alî, et indique qu'ils rejoignirent Ibn Khaldûn en Égypte en 1384.

7. Saturne et Jupiter, ou Jupiter et Mars. On trouvera dans la *Muqaddima* (IIIe partie, chap. LII, p. 688 et suiv.) un exposé détaillé sur ce procédé de prédiction de l'avenir, spécialement appliqué au destin des dynasties et des rois.

8. De Slane traduit *nufût* par « engins à feu » ; il s'agit plus précisément d'une pièce d'artillerie, comme le comprend R. Dozy, citant Müller (voir *Supplément aux dictionnaires arabes*, t. II, p. 704). Voici la description qu'en donne Ibn Khaldûn (*Histoire des Berbères*, t. IV, p. 69-70) : « [...] le *naft* [...] lance du gravier de fer. Cette mitraille est chassée hors de l'âme de la pièce par le moyen de la poudre enflammée, selon une propriété singulière [...] » (traduction de De Slane, revue par nos soins).

9. Voir n. 3, p. 227.

Mon départ de chez Tamerlan ; p. 241.

1. *Sâhil* ne désigne pas à proprement parler un port, mais une petite agglomération servant d'entrepôt pour des marchandises et dont la situation géographique permettait un accès facile à la mer. C'était le cas précisément de Safad.

2. Il s'agit d'Abû Yazîd Ibn ʿUthmân, connu sous le nom de Bâyazîd Ier, en français Bajazet, sultan ottoman (1389-1402). Il étendit le royaume ottoman dans les Balkans en faisant la conquête de la Serbie, de la Thessalie et de la Bulgarie, prit Athènes et se préparait à attaquer Constantinople. Pour faire obstacle au danger que représentait Tamerlan, il proposa une alliance au roi Faraj : l'ambassadeur égyptien était sans doute chargé de lui apporter la réponse de son maître. Un an plus tard, en 1402, Bâyazîd fut attaqué et fait prisonnier par Tamerlan à Ankara.

3. Abû Saʿîd ʿUthmân Ibn Ahmad (800-823/1398-1420) ; voir Ahmad Ibn al-Qâdî, *Judhwat al-iqtibâs*, Rabat, 1974, t. II, p. 457.

Ma nomination comme cadi pour les 3e, 4e et 5e fois ; p. 247.

1. Ibn Khaldûn mourut au Caire le 17 mars 1406, à l'âge de 74 ans. Il fut enterré au cimetière des soufis ; mais l'emplacement de sa tombe n'a pu être retrouvé.

LE LIVRE I DES « EXEMPLES »

Muqaddima

NOTICE

La *Muqaddima* (« Introduction[1] ») devait constituer dans l'esprit d'Ibn Khaldûn le premier des trois volumes du *Kitâb al-ʿIbar* (*Le Livre des Exemples*), le second étant consacré à l'histoire des Arabes et des peuples qui leur étaient contemporains, et le troisième aux Arabes et aux Berbères du Maghreb. Mais étant donné son ampleur, et peut-être aussi en raison de l'écho qu'elle suscita, la *Muqaddima* se détacha d'une certaine façon du reste de l'œuvre durant la vie même de l'auteur, qui lui consacra des cours au Caire et s'y référa souvent comme à un ouvrage indépendant. Mais cela ne justifie nullement la coupure théorique qu'on a voulu établir entre la *Muqaddima* et le reste du *Livre des Exemples*[2].

Si l'on en croit Ibn Khaldûn, le premier jet de la *Muqaddima* fut rédigé sous le coup d'une intense inspiration, en cinq mois, dans le château d'Ibn Salâma, près de Frenda, en Algérie centrale, où il s'était

1. Autres traductions possibles : « Préface », « Prolégomènes ».
2. Voir l'Introduction, p. XXIII.

retiré depuis *Dhû-l-qa'da* 776 (mars-avril 1375) pour « se consacrer à la science », après plus de vingt années passées au service des princes de Tunis, de Tlemcen, de Fès et de Grenade. Il allait y travailler encore une trentaine d'années, jusqu'en 806 (1404) — deux ans avant sa mort —, comme en témoigne le manuscrit Huseyn Celebi 793 de Brousse (sigle : *G*). Nous y reviendrons.

*

Les manuscrits.

Nous disposons pour la *Muqaddima* d'un riche éventail de manuscrits, dont plusieurs listes ont été établies depuis la recension de N. Schmidt[1] ; on peut en dresser un tableau d'ensemble, où se distinguent trois séries, correspondant à autant de versions de l'œuvre.

Version primitive.

La version primitive nous est conservée dans deux manuscrits : le Add 9574 du British Museum, que nous désignerons par le sigle *A*, et le Golius 48 de Leyde, que nous désignerons par le sigle *B*.

Le manuscrit *A* est connu depuis assez longtemps, mais n'a jamais été utilisé jusqu'aux publications de Mbarek Redjala[2]. Il contient les trois premières parties de la *Muqaddima*, et la troisième partie d'un ouvrage sans lien avec Ibn Khaldûn : *Extraits du Kitâb Mir'ât az-zamân fî tawârîkh al-a'yân*. Le texte des trois premières parties de la *Muqaddima* occupe les 402 premières pages. Le plan d'ensemble, qui correspond à peu près à celui de ces mêmes parties dans les versions ultérieures, présente cependant quelques différences que nous analyserons plus loin.

Les premières lignes de l'« Invocation » sont effacées. Le manuscrit n'est pas daté et ne porte pas la mention du nom du copiste. On trouve sur la page de garde une note du propriétaire, dont le nom, biffé, est impossible à déchiffrer. Le manuscrit est rédigé dans une écriture maghrébine très belle et parfaitement lisible. Le titre de l'ouvrage, indiqué dans la préface, est formulé comme suit : *Turjumân al-'Ibar wa dîwân al-mubtadâ wa-l-khabar fî ayyâm al-'arab wa-l-barbar [...]*

1. Voir N. Schmidt, « The Manuscripts of Ibn Khaldûn », *Journal of the American Oriental Society*, XLVI, 1926, p. 171-176. Pour les travaux ultérieurs, voir M. Plessner, « Beiträge zur Islamischen Literatur-Geschichte », *Islamica*, IV, 1931, p. 538-542 ; Cl. Cahen, « Les Chroniques arabes concernant la Syrie, l'Égypte et la Mésopotamie [...] dans les bibliothèques d'Istanbul », *Revue des études islamiques*, X, 1936, p. 351-352 ; voir également la liste établie par C. Brockelmann dans *Geschichte der Arabischen Literatur*, t. II, 1898-1902, p. 245 (2e éd., Leyde, 1943-1949, p. 316 ; *Supplément*, II, p. 343) ; F. Rosenthal, *The Muqaddimah*, Princeton, Princeton University Press, 1958 (rééd. 1967, p. LXXXVIII-XCIX). Pour les manuscrits des œuvres d'Ibn Khaldûn, voir G. Gabrieli, « Saggide bibliografia e concordanza della storia d'Ibn Haldûn », *Rivista degli studi orientali*, X, 1924, p. 169-211 ; Z. F. Findikoglu, « Istanbul kutuphanelerindeki yazma Ibn Haldun nüshalarindan biri hakkinda », *Zeki Velidi Togan'a Armagan*, Istanbul, 1950, p. 360-364 ; A. Badawî, *Mu'allafât Ibn Khaldûn*, Le Caire, 1962.

2. M. Redjala a publié un texte sur la base de ce manuscrit et du manuscrit Golius de Leyde sous le titre : *Ibn Khaldûn, al-Muqaddima, première version orientale*, Aix-en-Provence, t. I, 1981 ; t. II, 1983. Le troisième tome reste à paraître.

(*L'Interprète des Exemples et le Registre du commencement et de l'histoire des Arabes et des Berbères et des grands souverains qui leur étaient contemporains*). À notre connaissance, seul ce manuscrit comporte dans son titre le terme *turjumân* (« interprète »). Figure également dans la préface la dédicace à la bibliothèque du sultan hafside de Tunis, Abû l-'Abbâs Ahmad. La comparaison avec les autres manuscrits de la *Muqaddima* permet de conclure que *A* représente la version la plus brève qui nous soit parvenue.

Ainsi, l'examen de *A* montre que nous sommes, sans doute possible, en présence soit du manuscrit original offert par Ibn Khaldûn à la bibliothèque du souverain hafside Abû l-'Abbas Ahmad (1370-1394) au cours de l'année 783 (1381), environ trois ans après le retour de l'auteur à Tunis, soit d'une copie de ce manuscrit. Pour son édition du *Kitâb al-'Ibar* (Bûlâq, 1867), Nasr al-Hûrînî semble l'avoir consulté, sans que l'on sache s'il s'agissait de l'original ou d'une copie : c'est à partir d'un « manuscrit de Tunis » — sur lequel nous ne disposons aujourd'hui d'aucune information — qu'il aurait apporté des corrections et des annotations sur une copie du manuscrit de Fès, conservée à la bibliothèque nationale du Caire (Dâr al-kutub al-misriyya) sous le numéro 612 târîkh, Tîmur. Seule question non encore résolue : le « manuscrit de Tunis », utilisé par al-Hûrînî, est-il ou non identique à notre manuscrit *A* ?

Le manuscrit *B* compte 261 pages et s'achève sur le chapitre « Poésies des Arabes et des habitants des villes à notre époque[1] ». Non daté, il est rédigé dans une écriture orientale de mauvaise qualité et de lecture souvent difficile ; il comporte en outre de nombreuses erreurs de copiste. Le titre figurant sur la page de garde — *Kitâb 'unwân al-'ibar wa-dîwân al-mubtadâ wa-l-khabar, ta'lîf ash-shaykh al-imâm al-'âlim al-'allâma al-'umda Abû Zayd 'Abd ar-Rahmân Waliy d-Dîn Ibn Khaldûn, ghafara Allâh lah wa li-jamî' l-muslimîn* (*Le Livre du frontispice des Exemples et du registre du commencement et de l'histoire, composé par le Maître, le Savant, le Savantissime, le Soutien, Abû Zayd 'Abd ar-Rahmân Waliy d-dîn Ibn Khaldûn [...]*) — est repris dans la préface sous la forme : *'Unwân al-'ibar wa dîwân al-mubtadâ wa-l-khabar fî ayyâm al-'Arab wa-l-Barbar wa man 'âsarahum min dhawî as-sultân al-akbar* (*Le Frontispice des Exemples et le Registre du commencement et de l'histoire des Arabes et des Berbères et des grands souverains qui leur étaient contemporains*). La dédicace à la bibliothèque du sultan hafside Abû l-'Abbâs Ahmad est absente. Le copiste, dont nous ignorons le nom, se plaint de la mauvaise qualité de la copie de base, ce qui l'a empêché, explique-t-il, de reproduire les poèmes placés à la fin de l'ouvrage[2]. Il apparaît donc clairement qu'il n'a pas recueilli le texte directement de l'auteur. On peut formuler l'hypothèse que la copie qui lui a servi de base est due à l'un des premiers disciples d'Ibn Khaldûn, immédiatement après l'établissement de ce dernier en Égypte ; plusieurs indices le laissent penser : la mention dans l'« Invocation » du surnom d'Ibn Khaldûn, Waliy d-dîn[3], qui n'apparaît dans aucune des notices biographiques écrites sur

1. Voir VIe partie, chap. LIX, var. *c*, p. 1154.
2. Voir *ibid.*
3. Voir *var. a*, p. 3.

l'auteur avant son départ pour l'Orient ; l'explicitation de certaines références au Maghreb ; l'omission de l'hommage rendu nommément au sultan de Tunis ; l'absence du passage de la préface où Ibn Khaldûn évoque son voyage en Orient. Le fait que le titre de *Qâdî l-qudât* (« grand juge »), présent dans la copie dédiée à la bibliothèque d'az-Zâhir Barqûq (notre manuscrit *E*[1]), ne figure pas dans *B* permet en outre de soutenir que le manuscrit *B* a été établi avant *rajab* 786 (août 1384) — date de la première nomination d'Ibn Khaldûn à la fonction de grand juge malikite—, et après *sha'bân* 784 (octobre 1382) — date à laquelle il s'installe en Égypte.

Ainsi, il semble bien que nous soyons avec les manuscrits Add. 9574 du British Museum et Golius 48 de Leyde en présence de deux états successifs et rapprochés de la *Muqaddima*, qui en représentent la version primitive.

A et *B* ne présentent entre eux que des variantes pour l'essentiel légères. Nous verrons qu'en revanche le texte de *B* pour les IVe, Ve et VIe parties (lesquelles ne figurent pas dans *A*) est plus bref que celui des versions ultérieures et présente avec celles-ci des différences nombreuses.

Version moyenne.

Elle est représentée principalement par trois manuscrits. Deux d'entre eux sont datés de façon sûre : le manuscrit de Fès, ou Fârisiyya[2], dédié à la bibliothèque du sultan mérinide Abû Fâris 'Abd al-'Azîz II (796-798/1396-1398) et écrit en 798 (1396) ; le manuscrit Yeni Cami 888, daté du 10 *jumâdâ* I 799 (9 février 1397), que nous désignerons par le sigle *D*. Le troisième, le manuscrit Damad Ibrahim 863, est la célèbre copie offerte au sultan mamelouk d'Égypte az-Zâhir Barqûq (784-800/1382-1398), connue sous le nom d'az-Zâhiriyya (sigle *E*). Sa date n'est pas indiquée, mais elle doit se situer entre 786 (1384) et 801 (1399), plus probablement au début de 792 (1390).

Du manuscrit de la Fârisiyya il existe plusieurs copies dont quatre se trouvent à Dâr al-kutub al-misriyya au Caire[3] : le Timûr 684 târîkh, daté du 15 *jumâdâ* I 1275 (1858) ; le Timûr 612 târîkh, corrigé et annoté par Nasr al-Hûrînî sur la base de deux manuscrits dont il n'indique pas les références[4] ; le Shingîtî 1 sh târîkh, daté de 1137 (1724-1725), copié pour la bibliothèque du sultan alaouite marocain Mawlây Ismâ'îl ; et le Mustafâ Fâdil 65 târîkh m, qui ne porte pas de date.

De même, il existe une copie de *E* à la Bibliothèque nationale de Paris, cote BN 1577, désigné par Quatremère par la lettre *C*.

1. Voir ci-dessous.

2. Signalé par al-Maqqarî qui l'avait vu lui-même à Fès en 1629-1630, puis par J. Graberg af Hemsö au XIXe siècle, par A. Bel et E. Lévi-Provençal au début du XXe siècle, il est, semble-t-il, perdu, en tout cas pour le moment. C'est la conclusion à laquelle est parvenu F. Rosenthal et à laquelle nous sommes arrivé nous-même à l'issue des entretiens que nous avons eus en mai 1994 avec le conservateur de la bibliothèque de la mosquée Karaouiyyin à Fès.

3. Voir A. Badawî, *Mu'allafât Ibn Khaldûn*, p. 43-100.

4. Un de ces manuscrits pourrait être l'original ou une copie du manuscrit de Tunis offert à la bibliothèque du sultan Abû l-'Abbâs (voir p. 1294).

Il faut ajouter à ces trois manuscrits le manuscrit Ahmet III 3042, vol. I, écrit au plus tard en 817/818 (1415/1416) et que Franz Rosenthal a classé à tort, nous semble-t-il, parmi les manuscrits tardifs. En effet, une comparaison systématique avec *D* et *E* nous a convaincu de sa parenté très étroite avec ces derniers, sans qu'on puisse dire de façon rigoureuse s'il en est une copie dérivée ou non. Difficile à déchiffrer à cause de l'absence de points diacritiques, souvent fautif, il est cependant important en raison de son ancienneté.

D et *E* ne présentent entre eux que des différences mineures. Ils procurent un texte de la *Muqaddima* quasi définitif, très évolué par rapport à celui de *A* et *B*.

Version tardive.

Cette version, sur laquelle figurent les ultimes corrections et additions d'Ibn Khaldûn, est représentée principalement par deux manuscrits. Le plus important est le manuscrit Atif Effendi 1936, que nous désignerons par le sigle *F* (*C* chez Franz Rosenthal). On peut souscrire à l'hypothèse de F. Rosenthal[1], qui le date de l'année 804 (1402). Le nom du copiste n'est pas connu. Le manuscrit semble avoir été exécuté à partir d'une copie personnelle d'Ibn Khaldûn plus ancienne, qui portait ses corrections et ses additions. Ibn Khaldûn indique sur cette copie qu'il avait cessé de travailler — du moins provisoirement — à son ouvrage en 804 (1402). Le manuscrit *F* porte, par ailleurs, une note de la main d'Ibn Khaldûn — qui doit être maintenant jugée authentique sur la base de sa comparaison avec d'autres textes autographes de l'auteur[2] — où il déclare : « Ceci est le brouillon de l'Introduction au *Livre des Exemples* tirés de l'histoire des Arabes, des non-Arabes et des Berbères. Elle est tout entière de caractère scientifique et forme comme une préface à l'Histoire. Je l'ai révisée autant que j'ai pu et je l'ai corrigée. Il n'existe pas de copie supérieure à celle-ci. »

Un certain nombre de manuscrits, copiés au cours des siècles suivants, dérivent directement ou indirectement de *F*. On peut citer notamment : le Nuru Osmaniye 3424, copié par un certain Mehmet Muezzinzade pour Ali Pasha (mort en 1118/1716) ; le BN 1524, que nous désignerons par le sigle *J* (*A* chez Quatremère), copié en 1136 (1723) ; le Hamidiye 982 — copié par un certain Hâjj 'Abd ar-Razzâq en 1177 (1763) —, qui contient une note précisant qu'il a été collationné avec le manuscrit Atif Effendi 1936 ; le Timûr 355 târîkh conservé à la Dâr al-kutub al-misriyya, daté du 20 *jumâdâ* II 1140 (1727) ; il a été copié par Hasan Ibn Ahmad Hafiz Kalâm Allâh et collationné avec le manuscrit Atif Effendi 1936 par un certain 'Abbâs Ibn Mustafâ al-Atîf ad-Daftarî en 1155 (1742).

Le deuxième manuscrit principal représentant la version tardive est le Hüseyin Celebi 793 de Brousse, que nous désignerons par le sigle *G* (*D* chez Rosenthal). Daté du 8 *sha'bân* 806 (20 février 1404) —

1. Voir l'explication détaillée que donne F. Rosenthal, *The Muqaddimah*, t. I, p. XCIII-XCVII.
2. *Ibid.*, p. XCIV-XCVI.

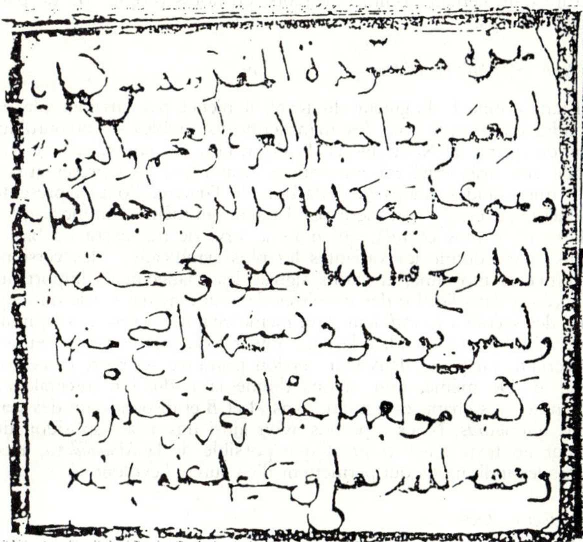

Note autographe d'Ibn Khaldûn

date considérée comme assez sûre, ce qui lui donne son importance —, et comportant de nombreuses omissions et erreurs de copiste, il est dû à Ibrâhîm Ibn Khalîl as-Sa'dî ash-Shâfi'i. Rosenthal affirme qu'il dérive clairement de *F* ou d'un manuscrit qui a servi de modèle à *F*.

Un autre manuscrit, le Ragib Pasha 978, de date récente (peut-être début du XVIIIe siècle), offre toutefois un intérêt particulier : il contient des notes qui se réfèrent à un manuscrit écrit par un certain Qatârî, lequel déclare avoir utilisé comme modèle « le manuscrit original » d'Ibn Khaldûn, dont on ne sait rien par ailleurs. Nous l'avons désigné par le sigle *I* et, à la suite de F. Rosenthal, nous avons repris certaines de ses variantes.

Nous avons consulté en outre, à titre de contrôle, deux autres manuscrits procurant la version tardive : le manuscrit 301 *q* des Archives de Rabat, en 2 volumes *in octavo* — 950 pages pour le premier et 851 pages pour le second —, qui a d'abord appartenu à un certain al-Faqîr Ibn Azbak Bîk, et ensuite à Ahmad Ibn Nâsir, le célèbre cheikh marocain fondateur de la confrérie nâsiriyya ; le manuscrit de Munich n° 373 — un des quatre manuscrits dont Quatremère s'est servi pour son édition —, copié probablement avant 1140 (1738), date d'une note du propriétaire portée sur la page de garde. Ces deux manuscrits nous ont permis de contrôler la lecture d'un certain nombre de mots, de noms propres ou de passages difficiles.

Le texte de la présente édition.

Étant donné la longueur du texte, il n'était pas envisageable de prendre en compte tous les manuscrits disponibles — aujourd'hui plus de quarante. Nous avons dû donc faire un choix. Celui-ci est fondé sur trois critères : ancienneté, originalité, et représentativité des trois grandes étapes de rédaction de l'œuvre. Pour la présente traduction, c'est *F*, considéré par l'auteur lui-même comme le plus achevé et le plus correct, qui nous a servi de manuscrit de base[1]. Nous avons donné les variantes les plus significatives des versions primitive et moyenne, et avons signalé les changements importants intervenus dans l'ordre des chapitres dans une même partie ou dans celui des sections à l'intérieur d'un même chapitre. D'autre part, nous avons publié en appendice le texte intégral ou de très larges extraits de certains chapitres dans leur version primitive — représentée par *A* et *B*. De même, nous avons donné la traduction intégrale en appendice des chapitres figurant dans *A* et *B* et disparaissant des versions ultérieures. Nous espérons avoir ainsi mis à la disposition du lecteur un texte aussi complet que possible de la *Muqaddima*, avec toutes les indications qui permettent d'en suivre l'évolution[2].

Évolution du texte.

Il faut maintenant dire quelques mots de l'évolution du texte, dont la rédaction — comme nous l'avons dit — s'est étalée sur une trentaine d'années. Un examen systématique des variantes entre nos trois séries de manuscrits nous a permis d'arriver aux conclusions suivantes :

Ce qui est d'abord remarquable, c'est la continuité du cadre d'ensemble : depuis le premier jet de la *Muqaddima* à Qal'at Ibn Salâma — censé être représenté par la première copie de l'œuvre offerte au sultan Abû al-'Abbâs de Tunis — jusqu'au dernier état, le même plan est conservé, comprenant l'invocation, la préface, l'introduction générale, et les six parties. Le titre de l'ouvrage, de l'étape primitive à la version tardive, varie peu. Seul le premier mot — pour la version primitive, « l'interprète » (*A*), « le frontispice » (*B*) ; pour la version tardive, « le livre » (*F*) — est modifié, si l'on ne prend pas en compte le titre occasionnel (*al-Zâhirî fî al-'ibar bi-akhbâr al-'ajami wa-al-arabi wa al-barbar*) qui lui est donné lors de sa présentation à la bibliothèque du roi az-Zâhir Barqûq. Le mot *muqaddima* pour désigner le premier livre ne figure jamais dans le titre ; cependant, il apparaît dans l'*Autobiographie* lorsque Ibn Khaldûn évoque la première étape de rédaction de l'œuvre à Qal'at Ibn Salâma, et on le retrouve, dans les manuscrits des versions moyenne et tardive, à la fin du premier livre qu'il sert à

1. Voir p. 1296.
2. Le lecteur trouvera dans notre édition du texte arabe (à paraître) le texte complet de la version primitive d'après les deux manuscrits *A* et *B*, et le texte complet de la version tardive fondée sur le manuscrit *F*, avec toutes les variantes et leçons des autres manuscrits.

désigner. Les titres des six parties sont également conservés, à quelques variantes près. Cette continuité cache cependant de profonds changements.

Les premières modifications interviennent dès la phase primitive, entre la version de Tunis et la première version du Caire telles qu'elles sont représentées par les manuscrits *A* et *B*, mais, comme nous l'avons dit, il s'agit pour l'essentiel, à ce stade, de légères variantes. L'examen de la première version du Caire (*B*) montre que le travail d'amélioration et de remaniement du texte de la *Muqaddima* commence dès l'arrivée d'Ibn Khaldûn en Égypte. Déjà se manifeste un changement de perspective : la dédicace au sultan hafside est supprimée, de même que les références au Maghreb comme cadre de l'œuvre. On observe alors deux types de modifications : d'une part, 165 variantes de détail consistant en substitution, suppression ou addition de mots, de phrases, ou de paragraphes pour apporter plus de précision géographique, ethnique ou conceptuelle, pour nuancer la pensée, fournir de nouveaux arguments, compléter des citations, etc. ; d'autre part, des remaniements plus profonds : dans la première partie, consacrée à la présentation des bases de la civilisation, le sixième préambule traitant du rapport au *ghayb* — le mystère, l'invisible, le surnaturel — est modifié dans son organisation et dans sa rédaction, augmentant de 40 pour 100 par rapport à son volume initial ; dans la troisième partie, consacrée à la nature et au fonctionnement du pouvoir politique, deux chapitres sont supprimés et leur contenu intégré dans le cadre de nouveaux chapitres. Malheureusement, le manuscrit de Tunis s'arrêtant à la fin de la troisième partie, nous ne disposons d'aucune information sur l'évolution des trois dernières parties dans leur phase primitive.

C'est au cours de l'étape moyenne de rédaction qu'on assiste aux changements les plus profonds et les plus significatifs. En fait, l'ouvrage est remis sur le métier. On peut même affirmer que c'est seulement à partir de cette étape que la *Muqaddima* atteint son équilibre. C'est la période où Ibn Khaldûn, démis de sa charge de grand juge, se voue entièrement à « l'enseignement et à la science ». Elle dure environ onze ans, entre 787 et 798 (1385/1396). Le texte est augmenté d'un peu plus de la moitié par rapport à son volume initial. Un nombre important de chapitres sont supprimés ou ajoutés, d'autres sont récrits, certains encore sont déplacés ou fusionnés, parallèlement à un travail systématique d'amélioration de l'ensemble, avec des centaines de modifications, de suppressions ou d'additions de mots isolés, de phrases, de paragraphes. Mais le plus important est le changement de perspective : de Tunis au Caire, d'une capitale périphérique à la métropole de l'islam au XIVe siècle, on passe d'une vision régionale à une vision résolument universelle. Sur le plan historique, cela se traduit par un rééquilibrage géographique et ethnique ; une place plus grande est donnée aux peuples contemporains des Arabes et des Berbères tant aux temps anciens qu'aux périodes les plus récentes. Sur le plan théorique, on voit apparaître d'une manière systématique des exposés introductifs et parfois des chapitres entiers traitant de questions fondamentales à un niveau universel.

Les parties qui subissent les plus grands changements sont les première, troisième, cinquième et sixième. Dans la première, dont le volume augmente de 52 pour 100, les développements consacrés à la base géographique de la civilisation sont complétés par une description systématique des sept zones ou « climats » de la Terre habitée ; le sixième préambule, qui traite du rapport aux réalités surnaturelles, déjà remanié à la phase précédente, connaît une nouvelle rédaction et s'étend considérablement. Chose étonnante, le septième préambule, analyse de la situation globale du monde, avec des remarques sur une tendance au déplacement de la civilisation humaine du sud vers le nord de la Terre habitée, disparaît.

Dans la troisième partie, augmentée d'environ 40 pour 100, des remaniements parfois très profonds touchent à divers domaines : la guerre, ses techniques et ses méthodes ; les institutions du califat ; les institutions religieuses chrétiennes et juives ; le processus de vieillissement et de dépérissement des dynasties ; les prédictions relatives au destin des dynasties. D'autre part, de nouveaux chapitres, qui traitent de sujets importants, apparaissent : ils concernent les doctrines chiites de l'imamat, le rôle commercial de l'État, le processus d'extension et de réduction du territoire des États, et une réflexion théorique sur la nécessité d'une organisation politique pour la civilisation.

Les cinquième et sixième parties, consacrées respectivement aux domaines de la production matérielle et de la production intellectuelle, connaissent la plus forte expansion, avec 72 pour 100 et 209 pour 100. Plus d'un tiers des chapitres de la cinquième partie est nouveau. À la description des conditions de la division du travail et des différents métiers exercés dans la société s'ajoutent des réflexions importantes de type sociologique et psycho-social sur les conditions d'acquisition de la richesse, sur certaines catégories sociales (comme les agents exerçant des fonctions religieuses, juridiques ou pédagogiques et les commerçants) et sur l'impact du développement de la technologie sur la mentalité. La sixième partie, dont la plupart des chapitres existants sont profondément remaniés, accueille de nouveaux chapitres traitant de questions cruciales : d'ordre religieux, comme la place du rêve dans les modes d'accès au surnaturel et son fondement scientifique ; d'ordre épistémologique, comme le statut des sciences occultes, en particulier la science des lettres et l'alchimie ; d'ordre pédagogique, comme la place qu'il faut réserver aux sciences dites « instrumentales » ; ou enfin, d'ordre linguistique et littéraire, comme l'apprentissage de la langue arabe pour les non-arabophones et les bases de la critique littéraire.

Il n'est sans doute pas sans signification que les parties les moins touchées soient les deuxième et quatrième, dont le volume augmente respectivement de 11 pour 100 et de 21,7 pour 100 par rapport à la version initiale de la *Muqaddima*. La deuxième partie est en effet consacrée à la théorie de la naissance et du développement du pouvoir dans le cadre des sociétés qui conservent leur caractère agro-pastoral, alors que la quatrième traite des conditions générales d'émergence et de développement des centres urbains en rapport avec la création et l'évolution des États. Dans le premier cas, se trouvant au Caire, dans un contexte politique et social complètement différent de celui du Maghreb, Ibn Khaldûn n'a plus le loisir d'approfondir ou d'enrichir ses analyses de la société tribale faites à l'origine dans cette région. Toutefois, l'addition d'un chapitre sur le fait que les tribus nomades sont sous la dépendance des villes paraît hautement significative. Dans le second cas, les thèses générales développées sur la formation des villes dès la première phase ne semblent pas être remises en cause par l'observation à partir d'un centre comme Le Caire. Le chapitre ajouté par Ibn Khaldûn dans cette quatrième partie ne fait que renforcer l'idée, présente dès le début, d'un lien de causalité entre l'émergence, le développement et le déclin des centres urbains et la puissance ou la faiblesse des États.

Bien que les manuscrits tardifs de la *Muqaddima* témoignent d'un travail incessant — et ce, jusqu'à un ou deux ans avant la mort d'Ibn Khaldûn —, il ne s'agit plus, cependant, que d'un apport relativement minime, au moins en volume. Ce qui est à souligner, toutefois, c'est l'accentuation du point de vue théorique et de la vision universelle, qui se manifeste par l'addition d'introductions plus ou moins étendues — notamment, dans la quatrième partie, le chapitre II sur le lien entre État et création de centres urbains ; au début de la sixième partie, les six chapitres très importants sur la théorie de la connaissance —, ou par le développement de questions théoriques nouvelles, comme l'interprétation des passages ambigus du Coran et de la Tradition prophétique. L'effort d'Ibn Khaldûn, par ailleurs, continue de porter sur l'amélioration du texte, qu'il s'agisse de détails secondaires — comme la généalogie exacte des Idrîsides de Fès au XIVe siècle, la fortune laissée après sa mort par l'émir fâtimide al-Fadl, les drapeaux des mamelouks d'Égypte, ou le mode d'apprentissage de la calligraphie en Andalus —, ou de développements parfois importants, comme ceux qui sont consacrés à la discussion sur le premier temple fondé dans le monde, à l'influence de la doctrine chiite sur le soufisme, ou à ce qu'il faut penser de la *zâ'iraja* comme procédé de connaissance et de prédiction de l'avenir.

Les éditions arabes.

La *Muqaddima* fut connue en France au début du XIXe siècle par les courts extraits qu'en avait donnés l'arabisant Silvestre de Sacy dans sa *Relation de l'Égypte par Abdellatif* (Paris, 1810) et dans sa *Chrestomathie arabe* (Paris, 1826), ainsi que par des extraits — souvent texte et traduction — plus ou moins importants publiés par différents savants européens. Puis il fallut attendre 1857 pour disposer d'une première édition complète de l'œuvre par l'Égyptien Nasr al-dîn al-Hûrînî, suivie, l'année suivante, par l'édition d'Étienne Marc Quatremère. L'édition d'al-Hûrînî était fondée sur deux manuscrits qu'il appelle les manuscrits de Tunis et de Fès, le premier représentant la version primitive, le second la version moyenne[1]. Quatremère eut plus de chance : dans les quatre manuscrits qu'il utilisa, à une époque où tous les manuscrits de la *Muqaddima* n'étaient pas encore connus, figurait, d'une part, une copie, datée de 1251 (1835/1836), d'un des plus anciens manuscrits disponibles, le Damad Ibrahim et, d'autre part, le manuscrit de Munich n° 373, copie du manuscrit représentant la version la plus tardive et la plus complète.

Ces deux éditions constituaient une base textuelle qui présentait

1. Voir p. 1293 et 1295.

une vue assez complète des états successifs de la *Muqaddima*, sauf pour ce qui est des extraits poétiques donnés à la fin de l'ouvrage. Malheureusement, elles comprennent de nombreuses fautes d'impression et des erreurs de divers ordres, et ne sont pas rigoureuses dans l'indication des variantes des différents manuscrits utilisés. Quatremère, qui mourut une année avant la parution de son édition, ne put l'accompagner d'une introduction. Al-Hûrînî, sans fournir un appareil critique plus riche, ne s'était pas privé d'apporter des corrections intempestives au texte, en se fiant à son propre jugement et sans fournir aucune justification documentaire.

C'est au travers de ces deux seules éditions que fut connue la *Muqaddima* pendant un siècle, les éditions arabes ultérieures — que ce soit celle d'al-Matba'a al-adabiyya de 1879, de Y. A. Dâghir parue à Beyrouth en 1956, ou de A. A. Wâfî parue au Caire en 1957 — se bornant à les reproduire, sans aucune amélioration notable.

En l'absence d'une édition critique valable, ce n'est qu'avec une traduction anglaise, celle de F. Rosenthal (Princeton, 1958), fondée à la fois sur les éditions de Quatremère et d'al-Hûrînî et sur de nouveaux manuscrits, que l'on dispose enfin d'un texte rigoureusement établi, annoté et accompagné d'un relevé de variantes significatif[1]. Le seul reproche qu'on puisse faire à Rosenthal est de n'avoir tenu compte de la version primitive qu'à travers l'édition d'al-Hûrînî.

Les traductions.

Si l'on excepte la traduction turque de Piri-Zâdeh et Ahmed Jevdet (1863), ce n'est qu'au XXᵉ siècle que furent établies les traductions dans les autres grandes langues des pays musulmans : deux traductions en ourdou, en 1924-1932 par Allâhabâd Ahmad Husain et Abdu-r Rahmân Shams al-Ulemâ', et en 1954 par Nadvi Mevlana Muhammad Hanif Sahab ; une traduction en persan en 1957-1959 par Parvin-E. Gonâbad Muhammad ; et enfin une traduction en hindi par Rizvi Athar Abbes en 1961. En outre, dans les langues européennes, en dehors des traductions françaises et anglaises, on ne peut signaler qu'une seule traduction du texte intégral, réalisée en portugais par J. Khoury et A. Bierrenbach à São Paulo en 1958-1960. Parmi les traductions en d'autres langues, on doit encore signaler la traduction en hébreu par Immannel Kopilewitz, publiée à Jérusalem en 1967[2], et les deux traductions en japonais par Jitsuzô Tamura et Kôsei Morimoto[3].

La première traduction complète en français fut établie par de Slane qui, se fondant sur l'édition de Quatremère, se livra à une comparaison entre les manuscrits utilisés par celui-ci, la première édition d'al-Hûrînî, et la traduction turque. Son édition en trois volumes parut à Paris dans les années 1862, 1865 et 1868, dans les *Notices et*

1. Qu'il nous soit permis ici de rendre hommage au travail minutieux, très érudit et d'une extraordinaire rigueur de ce savant, dont nous avons tiré le plus grand profit aussi bien pour la présente traduction que pour l'établissement de l'édition critique que nous avons entreprise parallèlement.

2. *Aqdamot La Historia*, Jérusalem, Bialik Institute, 1967.

3. J. Tamura, *The Muqaddima of Ibn Khaldûn*, Tokyo, Asia Keizai Kenkyujo, 1964-1965 ; K. Morimoto, *Al-Muqaddima*, Tokyo, Iwanami Shoten, 1979-1987.

Extraits des manuscrits de la bibliothèque Impériale, volumes XIX, XX et XXI.

Étant donné la grande difficulté de l'œuvre, la traduction de De Slane, à qui l'on peut pourtant reprocher une trop grande liberté avec le texte, nombre d'inexactitudes et un manque de rigueur dans l'établissement de l'apparat critique, fut saluée en son temps en termes élogieux par Reinhart Dozy, un des meilleurs arabisants du XIXe siècle.

Il fallut, en dehors de publications partielles — notamment en allemand, en anglais, en espagnol, en hébreu, et en portugais —, dans le cadre d'anthologies ou de morceaux choisis, attendre un siècle pour pouvoir disposer d'une traduction complète en anglais, celle de F. Rosenthal[1].

F. Rosenthal s'est longuement expliqué sur les critères qui l'ont guidé dans sa traduction. Des trois approches, à ses yeux, possibles — une traduction aussi littérale que le permet la seconde langue ; une traduction moderne, voire modernisante, et une traduction qui chercherait à imiter la langue en usage à l'époque de l'auteur —, chacune avec ses avantages et ses inconvénients, il a finalement choisi après beaucoup d'hésitation la première, c'est-à-dire l'approche littérale, avec l'espoir de réduire autant que possible la marge d'interprétation, inhérente à toute traduction. Le résultat est sans aucun doute excellent quand il y a un recouvrement même partiel entre les formes d'expression et le vocabulaire des deux langues, ce qui, malheureusement, il faut le dire, est plutôt rare. Mais, dans la majorité des cas, une littéralité souvent trop rigoureuse a conduit à des situations où le texte devient quasi incompréhensible ou incohérent : ainsi la traduction uniforme du terme *badâwa* par *desert life or attitude* (« vie ou attitude du désert »), ou de *'asabiyya* par *group spirit* (« esprit de groupe ») — exemples donnés par Rosenthal lui-même —, engendre parfois de véritables contresens, ces termes étant employés par Ibn Khaldûn dans des sens différents selon le contexte.

Venue une dizaine d'années environ après la tentative scientifique de Rosenthal, la traduction de Vincent Monteil devait prendre le relais de la première traduction française de De Slane, qui avait vieilli. Se voulant plus près de « l'esprit » que de la « lettre[2] », elle est restée bien en deçà de son ambition déclarée.

La langue d'Ibn Khaldûn, en raison de l'extrême diversité des sujets abordés — qui vont des sciences dotées de terminologies techniques bien établies aux réflexions et analyses de type nouveau sur la société, la politique, la religion, pour lesquelles Ibn Khaldûn a inventé ou adapté un vocabulaire spécifique —, est d'une redoutable difficulté. Les registres de la langue, la syntaxe, le style varient d'un chapitre à l'autre, parfois d'une page à l'autre, voire dans la même page. À cela s'ajoutent les innombrables citations d'auteurs d'époques, de disciplines et de style différents, s'étalant du second au huitième siècle de l'hégire (VIIIe-XIVe siècle), et les très longs extraits poétiques en arabe populaire qui figurent à la fin de l'ouvrage. C'est comme si

1. Voir p. 1302.

2. Voir Ibn Khaldûn, *Discours sur l'Histoire universelle*, Al-Muqaddima. Traduction nouvelle, préface et notes par Vincent Monteil, Beyrouth, Unesco, Commission libanaise pour la traduction des chefs-d'œuvre, 1967-1968 ; 2e éd. revue, Sindbad, 1978, préface de Vincent Monteil, p. XXXVII.

l'on avait là, réunis, des spécimens de toute la production culturelle arabe des origines au XIVe siècle. Le génie d'Ibn Khaldûn apparaît avec éclat dans sa capacité à donner à tout cela une grande cohérence et une unité de ton. Toutefois, cela ne va pas, et c'est naturel, sans une grande disparité de situations et de contextes, avec une terminologie qui est loin d'être fixe et uniforme, ce qui, sans un effort constant pour retrouver les contextes originaux, est souvent source d'ambiguïtés et de confusions, et rend inadéquat le parti pris de traduction uniforme. Confronté à un texte aux mille facettes, à une pensée qui tente elle-même de se frayer sa voie propre à travers les nombreuses traditions textuelles, doctrinales et théoriques qu'elle brasse, le traducteur doit avant tout faire preuve de souplesse et de vigilance. Ce fut là notre premier souci. Prenant en compte l'expérience de nos prédécesseurs, nous avons tenu d'une part à rendre la pensée et les concepts de l'auteur avec le maximum de précision, en tentant de leur garder leur fraîcheur, leur souplesse, et même leurs hésitations et, d'autre part, à proposer un texte écrit dans une langue moderne, claire et aisée, sans chercher à calquer systématiquement la syntaxe de l'auteur. Nous avons évité, sauf exception, de parsemer notre traduction de mots arabes, quitte à donner les éclaircissements nécessaires dans les notes.

La division en parties, de I à VI, est due à Ibn Khaldûn mais, pour plus de clarté, nous avons numéroté, à la suite de F. Rosenthal, les chapitres à l'intérieur des parties. Nous avons, par ailleurs, introduit la division en paragraphes, qui n'existe pas dans le texte original.

NOTES ET VARIANTES

[Introduction] ; p. 251.

a. inaptitude à juger adéquatement de l'état des choses, à cause *A, B* ♦♦ *b.* raison : l'ignorance *A, B* ♦♦ *c.* froide. Ce qui fait *A, B* ♦♦ *d.* absurde de s'en servir *A, B* ♦♦ *e. Fin du § dans A et B.* ♦♦ *f.* informations est de considérer *A, B* ♦♦ *g.* l'explication des accidents et des états *A, B* ♦♦ *h.* les sciences des Chaldéens et des Babyloniens *A, B* ♦♦ *i.* Égyptiens et des Assyriens avant eux *A, B* ♦♦ *j.* des affaires *A, B* ♦♦ *k.* un berger *A* ♦♦ *l. Ici on lit dans A :* En voici le schéma. *Puis suit sur une nouvelle page le diagramme du « cercle de la politique » écrit dans une calligraphie maghrébine, et richement décoré. Dans E, la phrase d'annonce est omise, mais la place devant accueillir le diagramme est ménagée. Dans F le diagramme, sans être annoncé, est figuré schématiquement et sans décor au milieu de la page.*

1. La traduction habituelle de *tawahhush* par « sauvagerie » et de *ta'annus* par « sociabilité » ou « vie civilisée » — traductions retenues par Franz Rosenthal et Vincent Montiel — ne rend pas exactement compte de la signification qu'Ibn Khaldûn donne à ces mots : s'appliquant, par exemple, aux grands nomades chameliers arabes, le *tawahhush* se réfère à un mode de vie en groupes isolés et dispersés

dans la solitude du désert, par opposition au *ta'annus*, mode de vie caractéristique des agglomérations urbaines, où les liens et les contacts sont intenses et réguliers.

2. L'*'asabiyyât* (pluriel de *'asabiyya*), traduit ici par « solidarité », est l'un des concepts fondamentaux de la sociologie d'Ibn Khaldûn : concept complexe, comprenant tout un réseau de significations, il n'a pas d'équivalent exact en d'autres langues. Il y a d'abord l'idée de solidarité, d'esprit de clan ou de corps, fondé sur des liens de sang ou de clientèle. De là, on passe à l'idée de force sociale, résultant de cet esprit et pouvant être mobilisée dans une action politique ou religieuse. Parfois, le mot *'asabiyya*, au singulier ou au pluriel, est employé par Ibn Khaldûn pour désigner les groupes humains eux-mêmes — clans, tribus ou tout autre groupement — où se réalise l'esprit de corps ou la solidarité de leurs membres. Selon le contexte, nous le traduirons par : « solidarité », « esprit de clan » ou « esprit de corps », « clan », « puissance clanique », « ligue ».

3. *At-taghallubât* (pluriel de *taghallub*), qu'Ibn Khaldûn utilise concurremment avec le mot *ghalab* — du verbe *ghalaba*, « vaincre », « l'emporter sur quelqu'un », « avoir le dessus », « être le plus fort » — pour parler de la domination que les individus ou les groupes exercent les uns sur les autres.

4. *Mulk*, pouvoir en général, dans sa signification politique ; Ibn Khaldûn emploie ce terme par opposition à *khilâfa*, pouvoir religieux des califes, pour désigner le pouvoir temporel. Voici la définition qu'il en donne dans la troisième partie de la *Muqaddima* : « Le pouvoir n'appartient, en réalité, qu'à ceux qui sont servis par des sujets, lèvent des impôts et des taxes, organisent des expéditions militaires, défendent des frontières et n'ont au-dessus d'eux aucune force contraignante » (chap. XXI, p. 466).

5. *Dawla*, au sens de dynastie mais aussi d'État : il y a dans ce mot l'idée de circulation des détenteurs du pouvoir, donc d'un État qui, par essence, n'a pas un caractère permanent et stable. Le terme, désignant à la fois l'institution étatique — l'appareil politique, militaire et administratif — et les hommes qui l'incarnent à un moment donné de l'histoire, déborde donc largement la simple notion de dynastie, au sens précis de succession de souverains appartenant à une même famille. Selon le contexte, nous le traduirons par « dynastie » ou « État ».

6. *Al-'adl wa-t-tajrîh*, méthode élaborée pour les besoins de la science de la Tradition à partir de la fin du IIe ou du début du IIIe siècle de l'hégire. Les premiers écrits théoriques sur cette question remontent au IVe siècle de l'hégire (X^e^) ; voir al-Khatîb al-Baghdâdî, *al-Kifâya fî 'ilm ar-riwâya*, Le Caire, 1972 et *Encyclopédie de l'islam*, 2e éd., art. « Hadîth ».

7. *Tatbîq al-ahwâl 'alâ al-waqâ'i'*, littéralement : « l'application des conditions aux événements ou aux faits ». Les *ahwâl* (pluriel de *hâl*) sont les états, les conditions, les aspects sous lesquels se présentent les choses.

8. Voir al-Mas'ûdi, *Murûj*, éd. Pellat, Beyrouth, 1965, t. II, § 830-831 ; Pseudo-Callisthène, *Historia Alexandri Magni*, éd. Kroll, Berlin, 1926, p. 32.

9. *Hadîth Khurâfa*, expression qui signifie « conte extraordinaire »,

« étrange », « invraisemblable ». Khurâfa est un personnage mythique qui a été ensorcelé par les démons et a séjourné parmi eux. Il a ensuite rapporté des choses étranges, qui sont passées en proverbe.

10. Voir *Murûj*, t. II, § 1422.

11. On trouve une brève référence à la « Ville de cuivre » dans les *Masâlik* d'al-Bakrî (voir le manuscrit Nuru Osmaniye, 3034, f° 186*a*).

12. Al-Mas'ûdî évoque très brièvement une *madînat as-sufr* dans *Murûj*, t. II, § 1424. On trouve de plus amples détails chez Ibn al-Faqîh, *Kitâb al-Buldân*, éd. J. M. de Goeje, *Bibliotheca Geographorum Arabicorum*, Leyde, 1885, t. V, p. 71.

13. *Ahl an-nazar*, que nous avons traduit ici par « théoriciens », signifie littéralement : toute personne qui traite de théorie et de spéculation.

14. *Takâlîf inshâ'iyya*, par référence à la distinction classique entre *khabar* (« information », « récit », « tradition ») et *inshâ* (ce qui est exprimé sous la forme d'un commandement ou d'un souhait).

15. *Zann*, « probable » : les traditionnistes et les historiens font une distinction entre informations vraies, fausses, probablement vraies et probablement fausses.

16. On trouve une autre évocation de cet épisode relatif à l'abolition, par le calife 'Umar, des sciences des Perses dans la *Muqaddima* (voir VIe partie, chap. XVIII, p. 944).

17. *Wâzi'* : ce mot peut désigner la personne qui exerce un pouvoir de contrainte, ou le principe d'autorité lui-même. Franz Rosenthal traduit par *restraining force* (« force contraignante »), expression qui rend assez bien le sens littéral, mais n'embarque pas le caractère politique contenu dans le mot. Nous pensons que le terme « autorité », si on le prend dans le sens courant de « droit de commander », « pouvoir d'imposer l'obéissance », correspond mieux à l'usage politique qu'Ibn Khaldûn fait de *wâzi'*.

18. Môbedh est le titre du grand prêtre chez les zoroastriens. Il s'agit ici du conseiller de Shâhpuhr Ier, roi sassanide de Perse (241-272), puis de ses successeurs : Hirmiz Ier, Vahram Ier et Vahram II qui régnèrent respectivement de 272 à 273, de 273 à 276 et de 276 à 293 ; voir al-Mas'ûdî, *Murûj*, t. II, § 596.

19. *'Imâra*, de la même racine que *'umrân*, avec la double notion de culture et de peuplement.

20. Il s'agit de Khosrô Ier (531-579). Pour la citation, voir al-Mas'ûdî, *Murûj*, t. II, § 671 ; sur le personnage, voir *Encyclopédie de l'islam*, 2e éd., art. « Anûshirwân » ; Christensen, *L'Iran sous les Sassanides*, Copenhague, 1944, p. 363 et suiv.

21. La *Politique* du pseudo-Aristote est connue dans le monde arabo-musulman sous le nom de *Sirr al-asrâr*. On prétend que l'ouvrage aurait été traduit du grec par Yahyâ Ibn al-Bitrîq. Le texte arabe a été exhumé et publié par 'Abd ar-Rahmân Badawî (*Fontes Graecae doctrinarum politicarum Islamicarum*, Le Caire, 1954, t. I, p. 65-171).

22. La traduction de *'umrân badawî* par « civilisation des nomades » (de Slane), « civilisation du désert » (Rosenthal), « civilisation bédouine » (Monteil), rend imparfaitement la pensée d'Ibn Khaldûn. Le *'umrân badawî* ne concerne pas seulement le désert, mais les divers espaces où, en dehors des villes, se pratiquent les activités agricoles et pastorales (les campagnes, les montagnes, les campements mobiles à

la recherche des pâturages dans le désert) ; d'où notre traduction de *'umrân badawî* par « civilisation rurale », par opposition au *'umrân hadarî*, « civilisation urbaine » (voir notre Introduction p. XXVII).

Première partie du livre I

LA CIVILISATION HUMAINE EN GÉNÉRAL

PRÉAMBULES

a. Titre de cette partie dans A : La civilisation humaine en général, son extension sur la terre et ses différentes sortes, avec quelques préambules : *titre de cette partie dans B :* Chapitre 1er, avec quelques préambules

I. La société humaine est nécessaire ; p. 261.

a. cette proposition supplémentaire des philosophes n'est pas naturelle. *A, B*

1. *Al-ijtimâ'* désigne le fait de se réunir, d'être ensemble lorsqu'il s'applique aux hommes. F. Rosenthal traduit ce terme par *social organization* (« organisation sociale ») ; voir *The Muqaddimah*, Princeton, Princeton University Press, 1958 ; rééd. 1967, t. I, p. 88. Tous les renvois seront faits à l'édition de 1967.

2. *Mawdû'* : « objet d'étude », « objet d'une science ». Ibn Sînâ (plus connu sous le nom d'Avicenne) le définit ainsi : « Quant aux "sujets", ce sont les choses qui sont posées dans les sciences et dont on cherche les accidents essentiels, comme la mesure pour la géométrie, comme le nombre pour le calcul [...] » (*Najât*, p. 109) ; voir A.-M. Goichon, *Lexique de la langue philosophique d'Ibn Sînâ*, Desclée de Brouwer, 1938, p. 439.

3. *Majûs* : par ce nom, on désignait d'abord les zoroastriens ; plus tard, il en vint à exprimer l'idée générale de païens.

II. Le Degré d'extension de la civilisation ; p. 264.

a. Titre du chapitre dans A : Le degré d'extension de la civilisation sur la terre, la division du monde habité en sept climats et l'indication des mers et des grands fleuves qu'il renferme : *titre du chapitre dans B :* Le degré de la civilisation sur la terre et l'indication des mers, des grands fleuves et des climats qu'elle renferme ♦♦ *b.* le quart *A, B* ♦♦ *c.* ou d'*Aqnâbus* *A, B* ♦♦ *d.* droite *A, B* ♦♦ *e. Ce § et le suivant ne figurent pas dans A et B. On trouve à leur place un texte de 55 lignes où Ibn Khaldûn explique les raisons du vide dans le Nord et dans le Sud, définit les notions d'équateur et d'horizon géographique et expose le phénomène des saisons qui s'ensuit.* ♦♦ *f.* de l'Occident *A* ♦♦ *g. Fin de la phrase dans A et B.* ♦♦ *h. G ne mentionne pas* Denia .

1. Ibn Khaldûn présente dans ce deuxième préambule une sorte de condensé des connaissances géographiques arabes. Il s'appuie

essentiellement sur la *Nuzhat al-mushtâq*, qu'il appelle *Le Livre de Roger*, d'al-Idrîsî (1099-1162), avec de temps à autre quelques additions qu'il puise dans ses propres connaissances. On citera encore quatre contributions arabes majeures à la géographie universelle : le *Muntahâ l-idrâk fi taqâsîm al-aflâk*, de Muhammad Ibn Ahmad al-Kharaqî (mort en 533/1138), le *Kitâb al-Jughrâfiâ* de Muhammad Ibn Abî Bakr az-Zuhrî de Grenade (vers 531/1137), le *Kitâb al-aqâlîm as-sab'a* d'Ibn Sa'îd (mort en 672/1274), et le *Taqwîm al-buldân* d'Abû l-Fidâ (mort en 731/1331). Les noms géographiques seront donnés dans leur forme courante actuelle en français quand leur forme arabe est proche de celle-ci. La forme arabe sera transcrite telle quelle (ou dans une traduction littérale) quand elle ne présente aucun rapprochement possible avec un équivalent en français. Par exemple, on traduira *Baghdâd* par « Bagdad », et *al-Bahr ar-Rûmî* ou *ash-Shâmî* par « mer Syrienne » ou « mer Byzantine », et non par « Méditerranée ».

2. *Al-hukamâ'*, traduit ici par « sages », peut désigner également les philosophes.

3. *Al-Bahr al-muhît* : c'est l'Océan circulaire des Grecs. Mais l'expression désigne fréquemment l'Atlantique, et elle est dans ce cas synonyme de *al-Bahr al-muzlim* ou *Bahr az-zulumât* (« mer des Ténèbres »), nom donné par les géographes arabes à l'Atlantique Nord par allusion aux rudes conditions climatiques qui y règnent et aux dangers auxquels est soumis quiconque s'y aventure.

4. *Lablâya* : nom d'origine inconnue.

5. *Iqlîm* (puriel *aqâlîm*), du grec *klima*, qui signifie « inclinaison », et plus précisément celle de la terre vers le pôle à partir de l'équateur, d'où région de la sphère terrestre. Héritée de la tradition grecque, la notion de climat désigne une zone s'étendant, en longitude, d'une extrémité à l'autre du monde habité, et comprise, en latitude, entre deux parallèles. La tradition des sept climats est adoptée aussi bien par les astronomes que par les géographes arabes. Al-Idrîsî systématise le procédé de description détaillée du monde habité sur la base des climats (voir André Miquel, *Encyclopédie de l'islam*, 2e éd., art. « Iqlîm »).

6. Dans sa période de formation, la géographie arabe a bénéficié d'un triple héritage : iranien, indien et grec. L'apport grec se fit à travers les traductions des ouvrages de géographes, astronomes et philosophes grecs, soit directement, soit par l'intermédiaire du syriaque. La *Géographie* de Ptolémée connut plusieurs traductions à l'époque 'abbâsside, mais seule son adaptation par Muhammad Ibn Mûsâ al-Khawârizmî (mort après 232/847) dans son *Kitâb sûrat al-ard* nous est parvenue. Parmi les ouvrages traduits en arabe et utilisés par les géographes, citons l'*Almageste*, les *Tetrabiblon* (*al-Maqâlât al-arba'a*), *Phases des étoiles fixes* (*Kitâb al-anwâ'*) de Ptolémée ; la *Géographie* de Marin de Tyr, le *Timée* de Platon et la *Métaphysique* d'Aristote (voir *Encyclopédie de l'islam*, 2e éd., art. « Djughrâfiâ »).

7. Voir ici n. 1.

8. Extension en latitude et en longitude.

9. Az-Zuqâq signifie littéralement : « la ruelle ». Il s'agit du détroit de Gibraltar.

10. La mer Méditerranée (voir ici n. 1).

11. Déformation de *Pontus*, aujourd'hui mer Noire.

12. La mer Adriatique.

13. L'océan Indien.

14. Voir son *Dîwân*, éd. de Slane, Paris, 1837, p. 42.

15. Wâqwâq est un pays semi-légendaire, sur lequel la géographie arabe est hésitante. Il peut être identifié avec Madagascar, comme ici, ou avec toute la côte Est de l'Afrique. Parfois, il a été identifié avec le Japon (voir A. Miquel, *La Géographie humaine du monde musulman*, Paris-La Haye, 1975, t. II, p. 511-513).

16. La mer Rouge.

17. La référence à Fustat indique que l'information remonte à une époque où Le Caire n'était pas encore fondée, laquelle fut édifiée au même endroit en 969.

18. La ville biblique de Paran.

19. La Haute-Égypte.

20. Le golfe Persique.

21. *Ibid.*

22. L'Inde occidentale.

23. La mer Caspienne.

24. L'Oxus, ancien nom de l'Amou-Darya. Le nom Jayhûn vient du biblique Géhon, l'un des quatre fleuves du Paradis.

25. La leçon *Qamar* (« Les Monts de la Lune ») — où les géographes, jusqu'au milieu du XIXe siècle, à l'instar de Ptolémée, situait la source du Nil — n'est pas acceptée par Ibn Khaldûn (voir p. 280).

26. Tashkent. Ce fleuve est le Syr Darya.

27. Ibn Khaldûn lit *al-Khazlakhiya*.

Supplément au IIe préambule ; p. 270.

a. Le Supplément au IIe préambule *ne figure pas dans A et B.* ⬥⬥ *b.* 38° 1/2 20' *G* ⬥⬥ *c.* 55° 40' *G* ⬥⬥ *d. Début dans D et E de la section « Description détaillée de la carte » :* Ishâq Ibn al-Hasan al-Khâzini *[p. 275, début du 4e §]* [...] une des grandes autorités en géographie *[p. 275, fin du 4e §].* / Comme on l'a vu, les philosophes divisaient le monde habité en sept parties, du sud au nord. Ils appelaient ces parties des « climats ». Toute la terre habitée était ainsi répartie entre ces sept climats, dont chacun s'étendait d'ouest en est. / Le premier climat s'étend d'ouest en est, en étant bordé au sud par l'équateur. Au-delà, il n'y a que des déserts et des sables. S'il s'y trouve quelque culture, elle serait plutôt comme une non-culture. Au nord du premier climat viennent les second, troisième, quatrième, cinquième, sixième et septième climats. Ce dernier constitue la limite de la civilisation du côté nord. Au-delà, il n'y a que vide et déserts, jusqu'à la mer Environnante, comme c'est aussi le cas, au-delà du premier [climat], du côté sud. / Les durées de la nuit et du jour varient dans ces différents climats en raison de la déclinaison du soleil par rapport à la ligne équinoxiale et de l'élévation du pôle Nord au-dessus de l'horizon, ce qui entraîne une variation des arcs diurne et nocturne. / À la limite du premier climat, la plus longue nuit, quand le soleil entre dans le Capricorne, et le jour le plus long, quand le soleil entre dans le Cancer, atteignent 13 heures. Il en va de même à la limite du second climat, au nord : le jour le plus long atteint, quand le soleil entre dans le Cancer, au tropique d'été, treize heures et demie. La nuit la plus longue, au tropique d'hiver, est de même durée. Pour le jour et la nuit les plus courts, leur durée est égale à ce qui reste en déduisant 13 1/2 de 24, qui est la somme des durées de la nuit et du jour, ou d'une révolution complète du ciel. Il en va de même à la limite du troisième climat, au nord, où le jour et la nuit les plus longs atteignent 14 heures ; à la limite du quatrième climat, où ils atteignent quatorze heures et demie ; à la limite du cinquième climat, où ils atteignent 15 heures ; à la limite du sixième climat, où ils atteignent quinze heures et demie ; à la limite du septième climat, où ils atteignent 16 heures. Là, s'arrête la civilisation. Ainsi, la différence entre les nuits et les jours les plus longs dans ces divers climats est d'une demi-heure à chaque climat, du premier, au sud, jusqu'au dernier, au nord, suivant une distribution égale d'un bout à l'autre. / Quant à la « latitude géographique » dans ces différents climats, elle exprime la distance entre le soleil à son zénith dans une localité donnée et la ligne équinoxiale où le soleil est à son zénith à l'équateur. Elle correspond aussi bien à la dépression du pôle Sud au-dessus de l'horizon de cette localité particulière qu'à l'élévation du pôle Nord. Comme on l'a vu, ces trois distances sont égales. Elles sont appelées « latitude géographique ». / C'est là ce que ◆◆ *e. Ici F et D ajoutent :* après être passé en face de Mogadishu, sur la côte sud de la mer de l'Inde. ; *leçon incohérente. Nous adoptons la leçon de A, B, E et G.* ◆◆ *f. Fin du § dans E.* ◆◆ *g.* à l'ouest de la quatrième section *E, D, F ; leçon fautive : nous corrigeons.* ◆◆ *h.* Zaffa *E* : Zafta *D, F ; nous corrigeons.* ◆◆ *i. E, D et F donnent* Trwt *biffé et corrigé en* Dhrwt ; *nous adoptons la leçon suggérée par Quatremère.* ◆◆ *j.* al-Khulkh *D, F, G ; nous adoptons la leçon de Rosenthal.* ◆◆ *k.* Zum *D, F ; nous corrigeons.* ◆◆ *l.* az-Zâhiriyya *D, F ; nous adoptons la leçon de E.* ◆◆ *m.* Tâjura *D, E, F, G ; nous corrigeons.* ◆◆ *n.* turques. Elle *E*

1. « Civilisé », au double sens de cultivé et peuplé.

2. Ibn Rushd, connu dans le monde latin sous le nom d'Averroès.

3. *Mu'tadil* : nous préférons suivre de Slane qui propose « tempéré » là où F. Rosenthal traduit par « symétrique » (voir son argumentation, qui ne nous paraît guère convaincante, dans *The Muqaddimah*, t. I, n. 42, p. 108).

4. Seuls *F* (notre manuscrit de base) et le manucrit Nuru Osmaniye f° 24*a* donnent, d'après F. Rosenthal, une carte (pour une reproduction de la carte du monde d'al-Idrîsî, voir K. Miller, *Mappae Arabicae*, vol. VI, Stuttgart, 1927, pl. II).

5. Ptolémée a exprimé plusieurs opinions différentes sur l'extension de l'*oikoumene* (« terre habitée », « univers »). Dans les *Tetrabiblon* et, semble-t-il, aussi dans l'*Almageste*, il affirme qu'il s'étend jusqu'à l'équateur, alors que dans la *Géographie* il fixe son extension à 16° 25'S (voir F. Rosenthal, *The Muqaddimah*, t. I, n. 48a, p. 112. Lui-même s'appuie sur F. Boll, *Studien über Claudius Ptolemaüs*, Leipzig, 1894, p. 189 et suiv.).

6. Les îles Canaries.

7. *'Ayshuhum min ash-sha'îr*, littéralement : « leur subsistance est à base d'orge » ; F. Rosenthal traduit *'aysh* par *bread*, « pain » (*The Muqaddimah*, t. I, p. 117). Nous pensons qu'Ibn Khaldûn parle ici de nourriture en général.

8. *An-nawâtiya wa-l-mallâhîn* : mots que les dictionnaires donnent

pour synonymes. F. Rosenthal les traduit par *mariners and sailors* (« marins et caboteurs ») ; *The Muqaddimah*, t. I, p. 117 et n. 60.

9. Le terme employé par Ibn Khaldûn est *Sahîfa*, qui peut selon le contexte avoir d'autres significations : par exemple, « page » ou « feuillet ».

10. *Kunbâs* : ici Ibn Khadûn a recours à un mot d'origine non arabe.

11. L'île d'Awlîl a été identifiée avec l'île d'Arguin, au sud-est du cap Blanc.

12. L'identification de la ville de Sila reste incertaine. De Slane pensait qu'il s'agissait de Sili, sur la Volta.

13. Ethnie noire du Sénégal, connue aujourd'hui sous le nom de « Toucouleurs » (voir *Encyclopédie de l'islam*, 2e éd., art. « Takrûr »).

14. Ghana, importante ville du Soudan nigérien, aujourd'hui disparue (voir *ibid.*, 2e éd., art. « Ghâna »).

15. Ancien royaume qui semble avoir été fondé, d'après les sources arabes, par les Zaghâwa. Il se situait dans une région limitée à l'ouest par la route des caravanes de Kawâr au Tchad, au sud par le Bahr al-Ghazâl, à l'est par la dépression de l'Erguei. L'islam y fut introduit au IVe siècle de l'hégire (xe siècle) ; voir *Encyclopédie de l'islam*, 2e éd., art. « Kanem ».

16. Sur les cartes d'al-Idrîsî, on trouve Tâjwa : les diverses hypothèses d'identification restent incertaines (voir M. Reinaud, *Géographie d'Aboulféda*, Paris, 1848-1883, t. II, p. 224).

17. Dans l'édition de F. Wüstenfeld (Göttingen, 1846), l'entrée « Qumr » ne donne pas les informations fournies par Ibn Khaldûn.

18. Rosette.

19. 'Alwa, ville médiévale située dans la région de Khartoum. — Yulâq : lecture conjecturale et identification incertaine.

20. Ceylan.

21. Java.

22. La Corée.

23. Tous les manuscrits donnent *Khânku* ; al-Idrîsî semble écrire *Khânqû*. Le *q* étant considéré aujourd'hui comme une lecture fautive de *f*, nous adoptons la leçon *Khânfû* (Canton).

24. Oasis de Siwa.

25. Ballaharâ semble être le titre des rois du Deccan, comme l'indique déjà al-Mas'ûdî (*Murûj*, t. II, § 891) ; voir V. Minorsky, *Hudûd al-âlam*, E.-J. W. Gibb, *Memorial Series*, n.s., n° 11, Oxford et Londres, 1937, p. 238.

26. Ad-Dimashqî donne les détails suivants sur cette idole : « C'était un bouddha (*budd*) servi par 7 000 prêtres » (*Nukhbat ad-dahr fî 'ajâ'ib al-barri va-l-bahr*, éd. A. Mehren, Leipzig, 1923, p. 175).

27. Gandhâra (voir Minorsky, *Hudûd*, p. 254).

28. Malabar.

29. Kanauj, ville de l'Inde, déjà connue de Ptolémée.

30. Il semble que Khayghûn doive être identifiée avec Khânfû (Canton) ; voir F. Rosenthal, *The Muqaddimah*, t. I, n. 106, p. 127.

31. L'Atlas. *Drn* (ou Deren), mot sans doute d'origine berbère, d'étymologie incertaine. Peut-être à rapprocher d'*idrâren* (pluriel d'*adrâr*, « montagne »).

32. Voir *'Ibar*, Bûlâq, 1867, t. VI, p. 89-110 ; *Histoire des Berbères*,

traduction de De Slane, Alger, 1852 ; nouv. éd., Geuthner, 1925 ; rééd. 1968, t. I, p. 167-197 (tous les renvois à l'*Histoire des Berbères* sont faits à l'édition de 1968) ; A. Cheddadi, *Ibn Khaldûn, Peuples et nations du monde*, extraits des *'Ibar* (Sindbad, 1986, t. II, p. 463-480), où Ibn Khaldûn présente en détail les généalogies et la répartition géographique des différentes tribus berbères.

33. Le désert de Bérénice.

34. Mentionnée par al-Maqdîsî dans sa *Nuzhat ad-dahr*, éd. A. Mehren, Leipzig, 1923, p. 231.

35. Ou 'Irqa, d'après G. Wiet ; voir *Journal asiatique*, t. XI (1921), p. 112.

36. L'Amanus.

37. Jérusalem.

38. Plutôt vers le nord.

39. Émèse.

40. D'après al-Idrîsî et les géographes, il s'agirait du pluriel de *zamm* (« district », « habitat ») ; voir F. Rosenthal, *The Muqaddimah*, t. I, n. 130, p. 135.

41. L'Oxus (voir ici chap. II, n. 24, p. 268).

42. Lac d'Aral.

43. *Wakhs-âb* (« fleuve du Wakhs »). Oxus proviendrait étymologiquement de *wakhs-âb*, lequel désignait une partie du système de l'Amou-Darya. Celui-ci dérive de la racine iranienne *wakhs* (« augmenter »), ou peut-être d'une racine homonyme qui signifie « répandre de l'eau » (voir *Encyclopédie de l'islam*, 2e éd., art. « Djayhûn »).

44. Voir Ibn Khurradâdhbih, *Kitâb al-masâlik wa-l-mamâlik*, *Bibliotheca Geographorum Arabicorum*, n° 6, p. 34 (texte), p. 24 (trad.).

45. Notre manuscrit donne *Khazlakhiya* (voir ici chap. II, n. 27, p. 270).

46. Ibn Khaldûn prononce *Kharkhir* ou *Khirkhir*.

47. Sur les Kimäk, voir Minorsky, *Hudûd*, p. 104 et suiv.

48. On identifie généralement Qasr al-Majâz avec al-Qasr as-Saghîr, ou avec un site qui ne devait pas en être très éloigné.

49. S'agit-il de Marbella, comme le suggère F. Rosenthal (voir *The Muqaddimah*, t. I, p. 140 et n. 144) ?

50. Évariste Lévi-Provençal suggère Guijo, au nord-ouest de Pedroche (*La Péninsule ibérique*, Leyde, 1938, p. 75), et dans son édition d'*al-Marqabâ al-'ulyâ* d'an-Nubâhî, Ghâfiq est identifiée avec Belacazar (voir F. Rosenthal, *The Muqaddimah*, t. I, p. 140 et n. 146).

51. *Sic* : erreur manifeste d'Ibn Khaldûn.

52. Les Pyrénées : *al-Burtât* (pluriel du roman *porta*) signifie « les portes » ; voir également ici n. 54.

53. *As-Silsila* : c'est ainsi qu'Ibn Khaldûn désigne le Taurus.

54. *Durûb* (« défilés ») : on désignait également ainsi les défilés des Pyrénées, et par extension les Pyrénées.

55. Antaradus (voir *The Muqaddimah*, t. I, p. 143 et n. 153).

56. L'identification avec Ankara n'est pas possible : Rosenthal suggère Zibatra, qu'on trouve sur la carte d'al-Idrîsî (voir *ibid.*, t. I, p. 144 et n. 155a).

57. Corruption de *Bahlawîyîn*, « Pahlevis », qu'on trouve chez les anciens géographes ; voir Ibn Khurradâdhbih, *Kitâb al-masâlik wa-l-mamâlik*, p. 57 (texte), p. 38 et n. 3 (trad.).

58. Erreur manifeste : le *Bahr Nîtush* (« mer Noire ») est très éloigné de là, et ne se confond pas avec le *Bahr al-Khazar* (« mer Caspienne »).

59. La mer Caspienne.

60. Tashkent.

61. Le Syr-Darya.

62. Talas.

63. Selon F. Rosenthal, les Khallûkhs seraient différents des Khalajs et, malgré ce passage, pourraient être identifiés avec les Kharlukhs (voir *The Muqaddimah*, t. I, p. 149 et n. 166).

64. C'est-à-dire en partant du quatrième climat.

65. Burghush a été identifiée à Bourges, mais il pourrait s'agir de Périgueux.

66. *Jabal Munt Jûn*, qui coïncide apparemment avec Montjoux.

67. Il faut comprendre ici la mer Méditerranée.

68. Les Germains.

69. L'Anatolie.

70. Il s'agit de 'Uthmân (Osmân), fils d'Ertoghrul, qui fonda l'État ottoman. Il mourut en 1326, après avoir fait de Brousse sa capitale. Brousse devait rester la capitale du nouvel État jusqu'en 1365.

71. Erzurum.

72. Les *Sarîr* ont été identifiés avec les Avars. Le souverain des Avars était connu des Arabes sous le nom de *Sâhib as-Sarîr* (« le Maître du trône ») ; voir al-Mas'ûdî, *Murûj*, t. I, § 477-479.

73. La Volga.

74. Ibn Khaldûn fait la même remarque dans l'*Autobiographie* (voir p. 228).

75. F. Rosenthal pense que *Siyâh* (« noir » en persan) serait plus correct (voir *The Muqaddimah*, t. I, p. 156 et n. 185).

76. Il pourrait s'agir du lac de Qaraqûm.

77. S'agit-il des montagnes de Mugojar, comme le suggère F. Rosenthal (voir *The Muqaddimah*, n. 187, p. 157) ?

78. Ibn Khaldûn lit : *Burmandia* et *Aflandsh.*

79. Les Carpates.

80. Lewicki (*La Pologne et les Pays voisins dans le « Livre de Roger » d'al-Idrîsî*, Cracovie, 1945 ; Varsovie, 1954, t. II, respectivement p. 179 et suiv., et p. 39) suggère que *Jathûliya* pourrait correspondre à la Macédoine (Serbie et Bulgarie), et *Jirmâniya* à la Roumanie.

81. Ou Musannât, suivant F. Rosenthal. On a tenté de l'identifier avec Mesemvria (Bulgarie) ; voir Minorsky, *Sharaf al-Zamân Tâhir Marvazî on China, the Turks, and India*, James G. Forlong Fund, n° 22, Londres, 1942, p. 120.

82. Ville antique de l'Arrân.

83. Groupe de Bulgares turcs qui fondèrent un État sur le territoire des tribus slaves du Sud.

84. Kumân ou Komans, peuple turc originaire d'Asie centrale.

85. Ou Burdâs, peuple du bassin de la Volga, identifié avec la population finnoise mordve.

86. Balanjar est aussi le nom d'une ville située au nord de Derbend, à l'extrémité orientale du Caucase.

87. Voir *Kitâb al-masâlik wa-l-mamâlik*, p. 162 et suiv. (texte) ; p. 124 et suiv. (trad.).

88. L'île de Raslânda a été identifiée avec l'Islande ou l'Irlande

mais, d'après W. B. Stevenson, ce serait plutôt une partie de l'Écosse (*Scottish Historical Review*, XXVII, 1948, p. 202-204) ; voir aussi F. Rosenthal, *The Muqaddimah*, t. I, p. 163 et n. 203.

89. Barqâgha a été identifiée avec la Norvège (voir O. J. Tallgren, *Studia Orientalia*, VI, 1936, p. 82).

90. S'agit-il de la Finlande ? D'après Tallgren, Fîmâzik équivaudrait à Finmark : Finland (voir *ibid.*, VI, 1936, p. 119 et suiv.)

91. Tavast, d'après Tallgren, *ibid.*, p. 122 et suiv.

92. Lecture incertaine. Tallgren suggère une identification avec l'Estonie (*ibid.*, p. 124 et suiv.).

93. Tallgren rapproche ce toponyme de Tyrambe, ville située sur la mer d'Azov, mentionnée par Ptolémée (*ibid.*, p. 163).

94. Biârma, d'après Tallgren (*ibid.*, p. 170).

95. Ce lac n'a pu être identifié.

96. *Al-Ard al-mahfûra.*

III. Climats tempérés et climats extrêmes ; p. 313.

a. climat *[3 l. plus haut]*, qu'ils se mangent *A, B* ♦♦ *b.* les nations slaves et turques qui professent *A, B* ♦♦ *c.* descendance *[6 l. plus haut]*. On rapporte à ce sujet une anecdote qui n'est qu'une légende forgée par les conteurs. Ceci révèle qu'on ignore *A, B* ♦♦ *d.* religions *A, B* ♦♦ *e.* les Grecs, les Indiens, les habitants *A, B*

1. *I'tidâl* : équilibre, moyenne entre les deux extrêmes en toute chose. Cette notion a été théorisée par les géographes, en rapport avec le concept de centre, culturel plus que géographique, situé selon les auteurs dans l'Arabie des lieux saints ou en Irak (voir A. Miquel, *La Géographie humaine du monde musulman*, t. II, p. 68 et suiv.).

2. Voir Mas'ûdî, *Murûj*, t. I, § 666-668, ainsi que l'*Encyclopédie de l'islam*, 2e éd., art. « Hâm ».

3. Ce poème a été étudié par H. Jahier et A. Noureddine (voir actes du IVe Congrès de la Fédération des sociétés de gynécologie et d'obstétrique, 1952, p. 50-59).

IV. De l'influence de l'air sur le caractère ; p. 319.

1. Sur les jugements portés sur les Noirs dans la littérature arabo-musulmane, voir A. Miquel, *La Géographie humaine du monde musulman*, t. II, p. 138-242.

2. Maître de la médecine grecque après Hippocrate, Galien (Djâlinûs) fut traduit en syriaque et/ou en arabe : 179 versions en syriaque et 123 en arabe de ses œuvres ont été dénombrées par Hunayn Ibn Ishâq. Ainsi, l'ensemble des ouvrages médicaux de Galien, ses méthodes et ses résultats furent pleinement assimilés par les médecins arabes. Un certain nombre d'ouvrages médicaux et philosophiques de Galien, autrement perdus, ont été retrouvés grâce à des traductions arabes (voir R. Walzer, *Encyclopédie de l'islam*, 2e éd., art. « Djâlinûs »).

3. Voir Mas'ûdî, *Murûj*, t. II, § 1362.

V. L'abondance et la famine ; p. 320.

a. Fin du § dans A et B. ♦♦ *b.* cela devient une partie de son caractère et de sa nature *A, B, E* ♦♦ *c.* présents au conseil du sultan *A, B*

VI. De la révélation et des visions ; p. 326.

a. Étant donné les différences profondes entre l'état primitif — représenté par notre manuscrit A — de ce VIe préambule et ses versions ultérieures, nous donnons en appendice (p. 1191-1206), dans son intégralité, la traduction du texte de A. ♦♦ *b. Après ce VIe préambule, figure dans A et B un VIIe préambule qui disparaît de toutes les versions ultérieures. Nous en donnons en appendice (p. 1207-1208) la traduction intégrale.*

1. Voir al-Bukhârî, *Sahîh*, éd. Krehl, Leyde, 1862-1908, t. I, p. 4.
2. *Ghatt* (même racine que *ghatît*, « râlement »), traduit ici par « suffocation », signifie aussi « immersion » et « étouffement » : le verbe *ghatta* exprime le fait de plonger quelqu'un dans l'eau, la tête la première, de sorte qu'il ne puisse pas respirer.
3. Voir al-Bukhârî, *Sahîh*, t. I, p. 6 ; t. IV, p. 490.
4. Voir *ibid.*, t. I, p. 4.
5. Voir *ibid.*, t. I, p. 400. Cette anecdote et les suivantes sont également racontées avec plus ou moins de détails dans les ouvrages traitant de la biographie de Muhammad ; voir Ibn Ishâq, *Sîrat Ibn Ishâq*, éd. Hamidullah, Rabat, 1396/1976, t. I, § 107 et suiv. ; Ibn Hishâm, *as-Sîra n-nabawiyya,* éd. Mustafâ as-Saqâ, Beyrouth, s.d., t. I ; Ibn Sayyid an-Nâs, *'Uyûn al-âthâr*, Beyrouth, Dâr al-âfâq al-jadîda, 1402/1982, t. I, p. 52-62.
6. Voir al-Bukhârî, *Sahîh*, t. I, p. 219 ; t. IV, p. 440.
7. Voir Ibn Ishâq, *Sîrat Ibn Ishâq*, t. I, § 155-156 ; Ibn Hishâm, *as-Sîra n-nabawiyya*, t. I, p. 239.
8. Al-Bukhârî, *Sahîh*, t. I, p. 7.
9. *Hasab*, que nous avons traduit ici par « considération », désigne, plus précisément, le prestige lié à la valeur individuelle.
10. Voir al-Hakîm an-Nîsâbûrî, *al-Mustadrak 'alâ as-Sahîhayn*, Haydarabad, 1334-1342/1915-1923, t. II, p. 215.
11. *Concordance et indices de la tradition musulmane*, Leyde, 1936, I, 219a.
12. Al-Bukhârî, *Sahîh*, t. III, p. 215.
13. *Khawâriq*, que nous avons rendu ici par « prodiges », désigne tout événement qui rompt avec le cours ordinaire des choses.
14. Les *Mu'jizât* (« miracles »), de *a'jaza* (« produire ce que les autres hommes sont incapables de faire »), sont accomplies par les prophètes pour confirmer leur mission. Les termes *khâriq* et *mu'jiza* sont parfois utilisés indifféremment, mais, en général, le premier est considéré comme ayant un sens moins fort que le second.
15. *Al-fâ'il al-mukhtâr* signifie littéralement : « agent qui a la faculté de choisir ».
16. *Tahaddî* : sur la *mu'jiza* (« miracle ») et le *tahaddî* (« défi ») chez les théologiens musulmans, voir al-Bâqillânî, *Kitâb at-Tamhîd*, Le

Caire, 1366/1947, p. 114, 121 et suiv., ainsi que p. 126-129; *I'jâz al-Qur'ân*, Le Caire, 1315/1898, p. 116 et suiv.; Imâm al-Haramayn, *Irshâd*, Le Caire, 1369/1950, p. 313; Ibn Hazm, *Fasl*, Le Caire, 1317-1321/1899-1902, t. V, p. 2 et 7 et suiv.; al-Ijî, *al-Mawâqif*, Maktabat al-Mutanabbî, Le Caire, s.d., p. 339-342.

17. Voir al-Bukhârî, *Sahîh*, t. III, p. 391; t. IV, p. 419.

18. *Akwân* (pluriel de *kawn*, « création »); Ibn Khaldûn entend ici les différents règnes: minéral, végétal, animal et humain. Les thèmes de l'organisation du monde, de la hiérarchie des êtres et de leur évolution ont été étudiés par de nombreux penseurs musulmans, et notamment par Ibn Sînâ dans son *Kitâb ash-Shifâ'* et sa version abrégée, le *Kitâb an-Najât* (voir S. A. Nasr, *An Introduction to Islamic Cosmological Doctrines, Conceptions of Nature and Methods used for its Study by the Ikhwân as-Safâ, al-Bîrûnî and Ibn Sînâ*, Harvard, Harvard University Press, 1964; voir également Ibn Miskawayh, *Tahdhîb al-akhlâq*, Beyrouth, 1961, p. 68-79).

19. *Mawjûdât* (pluriel de *mawjûd*), au sens de ce qui existe (voir A.-M. Goichon, *Lexique de la langue philosophique d'Ibn Sînâ*, p. 421 et suiv.).

20. *Ufq* (ou *ufuq*), que nous avons traduit ici par « niveau », signifie littéralement « horizon », « monde ». L'idée de continuité entre les différents règnes est exprimée ainsi par les Ikhwân as-safâ: « Le dernier degré du [règne] minéral est lié au premier degré du [règne] végétal; le dernier degré du [règne] végétal est lié au premier degré du [règne] animal; le dernier degré du [règne] animal est lié au premier degré de [l'espèce] humaine; et le dernier degré de [l'espèce] humaine est lié au monde des anges, et cela au terme de la purification progressive » (voir *Rasâ'il Ikhwân as-safâ*, Beyrouth, 1957, t. IV, p. 237-238. La même conception est exposée avec plus de détails par Ibn Miskawayh dans son *al-Fawz al-asghar*, Le Caire, 1325/1906, p. 76).

21. *Quwâ*; au singulier *quwwa*, qui peut aussi être traduit par « puissance ».

22. *Al-Wahmiyya*, ou *quwwa wahmiyya*, traduit ici par « estimative », est, chez Ibn Sînâ, la faculté qui a pour objet propre le *wahm*, c'est-à-dire les idées particulières tirées du sensible. Elle vient après la *fantâsiyâ* (« fantaisie », autre nom donné au « sens commun ») et le *khayâl* (« imagination »), et avant l'intelligence (voir *Shifâ'*, t. II, p. 291, et *Najât*, p. 266).

23. *At-tasawwuriyya wa-t-tasdîqiyya*, de *tasawwu* (« concept » ou « conception »), et *tasdîq* (« assentiment », « jugement de véridicité »). D'après Ibn Sînâ, « toute connaissance et toute science est concept ou assentiment » (*Najât*, p. 3-4); A.-M. Goichon, *Lexique de la langue philosophique d'Ibn Sînâ*, p. 191.

24. *Barzakh*, dont le sens premier est « intervalle », et que nous avons traduit par « intermédiaire », désigne dans l'eschatologie musulmane le temps qui s'écoule pour un homme de sa mort à sa résurrection.

25. Voir Ibn Hishâm Abû Muhammad 'Abd al-Malik, *as-Sîra n-nabawiyya*, t. I, p. 231.

26. *Nujûm*, traduit ici par « fragments », signifie littéralement « étoiles ». D'après la tradition musulmane, le Coran fut transmis à Muhammad par l'ange Gabriel suivant deux modalités: d'abord en

une seule fois, dans le ciel du monde d'ici-bas, le 27e jour du mois du *ramadân* ; ensuite, « d'une façon étoilée » (*munajjaman*) en vingt, vingt-trois ou vingt-cinq ans (voir as-Suyûtî, *al-Itqân fî 'ulûm al-qur'ân*, éd. Muhammad Abû l-Fadl Ibrâhîm, Beyrouth, 1408/1988, t. I, p. 116).

27. Coran, LV, LI, LXXIV, XCIII, XCIV.

28. Le terme de *kâhin*, dont l'origine est controversée, appartient à la fois aux fonds cananéen, araméen et arabe : à l'origine, le *kâhin* cumulait les fonctions de sacrificateur et gardien du sanctuaire et celle de divination et d'augure ; plus tard, c'est la fonction de divination qui l'emporta. T. Fahd (*Encyclopédie de l'islam*, 2e éd., art. « Kâhin ») a tenté de saisir le contenu de ce rôle à travers l'étude des différents synonymes par lesquels est désigné le *kâhin* dans la documentation disponible ; voir aussi, du même auteur, *La Divination arabe*, Sindbad, 1987.

29. Voir *Concordance*, I, 35b, où il est question de quelqu'un qui appartient à la confrérie des devins.

30. Ibn Sayyâd n'est connu que par ce qu'en dit le *Sahîh* d'al-Bukhârî (t. II, p. 261 ; t. IV, p. 153).

31. Umayya Ibn Abî as-Salt, poète contemporain du prophète Muhammad.

32. Musaylima se proclama prophète du temps de Muhammad.

33. Tulayha al-Asadî, autre faux prophète de l'époque de Muhammad.

34. Qârib Ibn al-Aswad participa par la suite aux expéditions du Prophète (voir Ibn Hishâm, *as-Sîra n-nabawiyya*, t. III et IV, p. 437 et 450).

35. Voir al-Bukhârî, *Sahîh*, t. IV, p. 348 et suiv.

36. *Ibid.*, p. 346.

37. Voir ici p. 334.

38. *Adghâth ahlâm* (« rêves confus »), qui est un terme coranique (voir Coran, XII, 44 ; XXI, 5).

39. Voir al-Bukhârî, *Sahîh* ; celui-ci, cependant, ne mentionne que deux sortes de rêves : de Dieu ou de Satan. La science des rêves chez les auteurs musulmans a été largement influencée par la *Clef des songes* d'Artémidore, traduit en arabe par Hunayn Ibn Ishâq (voir Artâmidûs al-Ifsîsî, *Kitâb ta'bîr ar-ru'yâ*, éd. Tawfîq Fahd, Damas, 1964). Artémidore distingue entre deux types de rêves : les rêves d'état, qui se produisent généralement dans les âmes ordinaires, et les songes d'événements, propres aux âmes vertueuses. Les premiers sont le plus souvent allégoriques, les seconds théorématiques (voir *ibid.*, p. 7 et suiv., ainsi que Michel Foucault, *Le Souci de soi*, Gallimard, 1984, chap. I, où l'auteur expose la théorie des rêves d'Artémidore).

40. Ibn Khaldûn consacre à la science des rêves tout un chapitre de la VIe partie de la *Muqaddima* (voir chap. XVII, p. 936-941).

41. *Kitâb ghâyat al-hakîm*, attribué au savant andalou du IVe siècle de l'hégire (Xe siècle) Maslama Ibn Ahmad al-Majrîtî. Mais on considère aujourd'hui que le *Ghâya* ainsi que le *Rutbat al-hakîm* sont apocryphes.

42. *Halûmâ* : le mot serait un dérivé de l'araméen *hâlômâ* (« rêve »), plutôt que de la forme hébraïque *hâlôm* (voir F. Rosenthal, *The Muqaddimah*, t. I, p. 212 et n. 310).

43. Ces mots seraient d'origine araméenne et pourraient être ainsi transcrits en arabe : *tmaggesh b'eddân swâdh wagh dhash nawmthâ ghâdhesh*

(« Vous dites vos incantations au moment de la conversation et l'accident du sommeil se produit ») ; voir F. Rosenthal, *The Muqaddimah*, t. I, p. 213 et n. 311.

44. C'est l'invocation du nom de Dieu : ce rituel religieux est pratiqué notamment par les adeptes du soufisme.

45. Le *'arrâf* serait d'un rang inférieur au *kâhin* (voir ici n. 28) dans la hiérarchie des voyants, du fait qu'il ne détient que les prérogatives divinatoires du *kâhin*. Le *'arrâf* est inspiré par un *tâbi'* ou *tâbi'a* (« esprit familier »), ou un *ra'î* ou *ri'i* (« inspirateur occasionnel »). Il est dit *matbû'* (« accompagné d'un esprit »), et la *'irâfa* est parfois assimilée à la sorcellerie et à la *sha'badha* (« magie ») ; voir T. Fahd, *Encyclopédie de l'islam*, 2e éd., art. « Kâhin ».

46. *Hayûlâ*, transcription du grec *hyle*, dont l'équivalent arabe est *mâdda* (« substance », « matière »).

47. Voir *Murûj*, t. I, chap. L-LIII.

48. Ces devins jouent un rôle important dans les récits sur les prédictions relatives à Muhammad et à l'islam (voir Ibn Hishâm, *as-Sîra n-nabawiyya*, t. I, p. 15 et suiv.).

49. *Ibid.*, t. I, p. 15-17.

50. Ce vers ainsi que les suivants sont de 'Urwa Ibn Hizâm al-'Udhrî (voir Ibn Qutayba, *Kitâb as-shi'r wa-sh-shu'arâ'*, éd. M.-J. de Goeje, Leyde, 1904, p. 396 et suiv.).

51. Voir at-Tabarî, *Târîkh*, Le Caire, Dâr al-ma'ârif, 1967, t. IV, p. 178-179.

52. Voir Mâlik Ibn Anas, *al-Muwatta'*, *Kitâb al-aqdiya*, Beyrouth, 1984, p. 54.

53. *Ahl al-adhwâq*, état atteint par les mystiques qui ont réalisé le *dhawq*, c'est-à-dire les différents degrés de l'expérience du vrai.

54. Ibn Khaldûn a traité de cette question dans le *Shifâ' as-Sâ'il fî tahdhîb al-masâ'il* (voir éd. Ibn Tâwît at-Tanjî, Istanbul, 1957, p. 107-108 ; traduction R. Pérez, *La Voie et la Loi*, Sindbad, 1991, p. 248-249).

55. Ibn Khaldûn consacre un chapitre entier de la sixième partie à la réfutation de l'astrologie (voir chap. XXXI, p. 1043-1049).

56. Edmond Doutté a donné une description de la géomancie au début du XXe siècle en Afrique du Nord, où elle était pratiquée et connue sous le nom de *khatt ar-raml* ou *darb ar-raml* (voir *Magie et religion dans l'Afrique du Nord*, Alger, 1908, p. 377-379).

57. Abû 'Abd Allâh Muhammad (Ibn 'Uthmân) az-Zanâtî est considéré comme la plus grande autorité en cette matière. On lui attribue plusieurs ouvrages, dont *al-Aqwâl al-mardiya fî-l-ahkâm ar-ramliyya* (voir édition du Caire, 1326/1908-1909) et *Kitâb al-Fasl fî 'ilm ar-raml* (voir édition du Caire, 1280/1863-1864).

58. Daniel est le prophète de la Bible. Idrîs est, dans la tradition musulmane, une sorte de prophète « technicien », à qui on attribue, entre autres, l'invention de l'écriture et de l'art de confectionner les vêtements. Il apparaît deux fois dans le Coran et, par la suite, on l'a identifié avec des personnages bibliques comme Énoch et moins souvent Élie. D'autre part, il a été introduit par les astrologues et les alchimistes dans la généalogie des Hermès (*Harâmisa*).

59. On aboutit à une figure dont on trouve une reproduction d'après les textes occidentaux chez Paul Tannery, *Mémoires scientifiques*,

Toulouse 1912-1950, t. IV, p. 345 (voir F. Rosenthal, *The Muqaddimah*, t. I, p. 233 et n. 355).

60. On ne connaît pas la signification du mot *nîm*, dont Ibn Khaldûn lui-même ne semble pas très sûr. La *Politique* du pseudo-Aristote renferme un exposé assez proche de celui d'Ibn Khaldûn (voir 'Abd ar-Rahmân Badawî, p. 152 et suiv.), mais on ne trouve aucune mention du *hisâb an-nîm*. F. Rosenthal signale une description pas tout à fait identique à celle d'Ibn Khaldûn, mais très proche, dans un manuscrit du *Secretum Secretorum* qui se trouve à la Süleymaniye d'Istanbul (n° 782 , ff^os 446 et 456). De Slane déclare, par ailleurs, qu'il a trouvé une référence au *hisâb an-nîm* en marge d'un des manuscrits de Paris du *Secretum Secretorum*. Pour d'autres détails sur cette technique chez les Grecs et dans la littérature arabe, voir F. Rosenthal, *The Muqaddimah*, t. I, p. 235 et n. 359.

61. Le *hisâb al-jummal* est surtout connu comme procédé de datation par chronogrammes. La date d'un événement est exprimée sous forme de lettres qu'on groupe en un mot ou en un court membre de phrase. Le *mudhayyal*, qui est une variété plus complexe, consiste à compléter le chronogramme principal par un chronogramme adventice — *dhayl* —, et c'est la somme des deux qui fournit la date (voir G.-S. Colin, *Encylopédie de l'islam*, 2e éd., art. « Hisâb al-djummal »).

62. On ne connaît ni l'origine ni la signification du mot *zâ'iraja*. Le rapprochement avec le persan *zâ'icha* (« horoscope », « tables astronomiques ») est incertain. Un contemporain d'Ibn Khaldûn, al-Marjânî, a laissé un traité sur la *zâ'iraja* dont le manuscrit a été trouvé et étudié par H.-P. J. Reinaud (voir « Divination et histoire nord-africaine au temps d'Ibn Khaldûn », *Hespéris*, XXX, 1943, p. 213-221). Al-Marjânî raconte qu'il avait rencontré Ibn Khaldûn à Biskra en 1372 et qu'ils eurent une discussion sur l'origine de la *zâ'iraja*. Ayant posé la question par le procédé de la *zâ'iraja*, ils auraient eu cette réponse : « L'Esprit saint en a manifesté le mystère à Idrîs et par elle il est monté au rang le plus élevé. » Ibn Khaldûn, ajoute al-Marjânî, se serait mis à danser de joie.

63. Ces chiffres tirent leur nom de leur utilisation dans un procédé de calcul emprunté à la Perse, appelé *hisâb al-ghubâr* (« calcul au moyen de la poussière »). Les chiffres *ghubâr*, qui dérivent de chiffres indiens *devanagari* introduits à Bagdad vers 155 (772), semblent avoir assez tôt pénétré au Maghreb où ils furent utilisés par les mathématiciens. Leur évolution a abouti aux chiffres dits « arabes ».

64. Sahl Ibn 'Abd Allâh at-Tustarî, soufi du IIIe siècle de l'hégire (IXe siècle).

65. Voir VIe partie, chap. XXVIII, p. 989-1020.

66. *Fals*, appellation de la pièce de cuivre ou de bronze qui avait cours durant les premiers siècles de l'islam. Le terme est dérivé du grec *follis*, nom de la pièce de cuivre byzantine.

Deuxième partie du livre I

LA CIVILISATION RURALE.
NATIONS VIVANT EN GROUPES ISOLÉS
ET TRIBUS

I. Les sociétés rurales et urbaines sont naturelles ; p. 370.

a. Fin de la phrase dans A et B : nécessaires, mais Dieu est plus savant.

1. *Ajyâl al-badw wa ajyâl al-hadar.* Le mot *jîl* (singulier de *ajyâl*) ne peut être pris dans ce contexte ni dans le sens de « peuple » ni dans celui de « race », mais plutôt dans celui de « groupe d'hommes vivant en communauté », ce qui correspond à une des acceptions du terme « société ». Sur les différents sens du mot *jîl*, voir IIIe partie, chap. XXVI, n. 19, p. 499.

2. *Hadar* signifie, habituellement, pays habité par des hommes à demeures fixes ; par opposition à *badw*, *ahl al-hadar* désigne alors les habitants non nomades des villes ou des campagnes. Cependant, dans ce contexte précis, il est évident qu'Ibn Khaldûn utilise ce terme au sens plus général de « citadins », par opposition à *badw*, « ruraux ».

IV. Les ruraux sont plus enclins au bien ; p. 374.

a. tournés vers les transactions et les habitudes *A, B* ♦♦ *b. Fin du chapitre dans A et B :* à la campagne. » / L'émigration signifiait d'abord l'adoption de l'islam et l'application de ses doctrines et de ses lois. L'arabité signifiait le fait de conserver les doctrines des Arabes remontant à l'époque anté-islamique. C'est pourquoi Dieu a interdit à Son prophète de changer de lieu sans raison. Il a dit : « Ne marche pas sur la terre avec orgueil. » Les Arabes musulmans étaient installés à Médine, du fait qu'ils avaient émigré vers l'islam et ses adeptes. Les autres, qui étaient des infidèles, conservèrent leur bédouinité et leur arabité. L'émigration devint le symbole de l'islam et l'arabité celui du reniement et de l'infidélité, selon toute apparence. Celui qui se tournait vers l'arabité et la bédouinité s'imaginait faire un acte de reniement et d'abandon de l'émigration. / C'est pourquoi [al-Hajjâj] désapprouva l'arabité de son compagnon. Ce n'était pas simplement à cause de la bédouinité, mais du reniement qui lui était alors lié dans l'esprit des gens. Lorsque l'émigration fut solidement établie et l'islam bien implanté dans les cœurs, il n'y eut plus aucune différence entre le fait d'habiter la campagne ou la ville. Si la campagne avait été l'objet de réprobation, comme le comprit al-Hajjâj, le Prophète n'aurait pas autorisé Salama à s'y rendre. Cela prouve que [la réprobation] était valable à l'époque de l'émigration à Médine et au début de l'islam, et qu'elle cessa de l'être à l'achèvement de cette période, lorsque le Prophète déclara, le jour de la Conquête : « Le temps n'est plus à l'émigration, mais au combat et à l'intention pure. » Les Bédouins retournèrent alors à ce qu'ils étaient avant l'hégire, comme nous l'avons dit.

1. Voir al-Bukhârî, *Sahîh*, éd. Krehl, Leyde, 1862-1908, t. I, p. 326.
2. Voir IVe partie, chap. XVIII, p. 745-750.
3. Voir al-Bukhârî, *Sahîh*, t. IV, p. 373.
4. Voir *ibid.*, t. I, p. 326.
5. En fait deux types d'exception : l'un concerne le témoignage, l'autre le rite du sacrifice : le témoignage de Khuzayma Ibn Thâbit fut compté par le Prophète comme celui de deux personnes ; Abû Burda Hânî' Ibn Niyâr sacrifia un animal avant la prière, contrairement à la règle, mais son sacrifice lui fut compté comme valide par le Prophète (voir al-Bukhârî, *Sahîh*, t. IV, p. 21).

VI. La soumission aux lois émousse le courage ; p. 377.

a. pièces d'or *[2 l. plus haut]*. Sa'd *A, B* ♦♦ *b. Fin du chapitre dans A et B :* Cela n'est pas *[début du 1er §]* contredit par le fait que les Compagnons s'étaient soumis aux lois religieuses. Au contraire, *[1er §, 3e l.]* ils étaient [...] les exhortations de celui-ci *[1er §, 7e l.]*. Leur courage *[1er §, 12e l.]* n'avait en rien [...] une injonction en lui-même *[1er §, 3 l. de la fin]*. / La loi *[2e §, 2e l.]* religieuse devint [...] et à l'éducation.

1. Voir at-Tabarî, *Târîkh*, Le Caire, Dâr al-ma'ârif, 1967, t. III, p. 567-568.
2. Cette règle sera encore rappelée par Ibn Khaldûn quand il traitera de l'éducation des enfants (voir VIe partie, chap. XXXIX, p. 1079). Des traités sur les règles qu'il faut observer en matière d'éducation, d'enseignement et d'organisation scolaire ont été élaborés assez tôt par les juristes musulmans. Un des premiers est un opuscule de Muhammad Ibn Sahnûn intitulé : *Kitâb âdâb al-mu'allimîn* (voir édition de Tunis, 1972).
3. Juge à Koufa du temps de 'Umar.
4. Voir Ire partie, chap. VI, p. 327.

VII. Les ruraux doivent avoir l'esprit de corps ; p. 380.

a. comme l'a dit al-Mutanabbî *A, B*

1. *Dhâ 'iffa*, littéralement : celui qui a la qualité de *'iffa*, c'est-à-dire toute personne chaste et qui a la capacité de s'abstenir de ce qui est illicite et injuste.
2. *Nu'ra* : ce mot peut être traduit selon le contexte par « odeur forte qui monte au nez », « affaire préoccupante », « orgueil ». Chez Ibn Khaldûn, la *nu'ra* désigne une sorte de sentiment primaire et irréductible, fait d'affection et d'orgueil pour les siens, très proche du sentiment d'honneur (*nnîf*), qui a fait l'objet d'une analyse très pertinente de Pierre Bourdieu (voir *Esquisse d'une théorie de la pratique*, Droz, 1972, chap. I et notamment p. 34 et suiv.).
3. *'Usba*, de la même racine que *'isâba*, qu'Ibn Khaldûn emploie plus fréquemment, avec à peu près le même sens de « bande ».
4. *Al-mutafarridûn* ; le singulier, *mutafarrid* — mot composé à partir

de la racine *f-r-d.* —, signifie « être seul », « être isolé ». Le *mutafarrid*, c'est l'individu isolé, par opposition au groupe et aux personnes qui le composent. Dans la société décrite ici par Ibn Khaldûn, la personne a une réalité double, selon qu'elle est considérée comme membre du groupe ou comme individu séparé de son groupe d'appartenance ; dans la société moderne, la personne n'a qu'une seule réalité : celle d'un individu humain en général ; les déterminations nationales ou autres, sans être niées, sont tenues, du moins théoriquement, pour secondaires.

VIII. L'esprit de corps résulte de la fusion par les liens du sang ; p. 382.

1. *Iltihâm.* Ibn Khaldûn emploie ici ce mot avec une signification différente de celle qu'il a habituellement, celle d'« acharnement au combat » ; il faut revenir à la racine *l.h.m.* avec le sens de « raffermir », « consolider », « souder ». C'est avec la *nu'ra* (voir ici chap. VII, n. 2, p. 381) un autre concept important de la psychologie sociale d'Ibn Khaldûn. Nous le traduirons, selon le contexte, soit par « fusion », soit par « cohésion ».

2. *Silat ar-rahim* : le mot *rahim* désigne l'utérus et, partant, les liens du sang et de parenté ; *sila* signifie le fait de rendre visite à quelqu'un. L'expression *silat ar-rahim*, encore en usage aujourd'hui, renvoie au système d'échange de visites en différentes occasions, qui a pour fonction d'entretenir les liens de parenté et de famille.

3. *Yatawahhamuhâ fi nafsih*, littéralement : « que l'on imagine en son âme ». Ibn Khaldûn emploie intentionnellement ici le verbe *tawahhama* (« imaginer »), car pour lui tout le phénomène des liens du sang est fondamentalement mental et affectif, et élaboré par l'imagination.

4. Voir Ibn Abî Zayd, *Risâla*, éd. L. Bercher, Alger, 1975, p. 326, où cette tradition est attribuée à 'Umar ; *Concordance et indices de la tradition musulmane*, Leyde, 1936, II, 2386.

IX. De la pureté du lignage ; p. 383.

a. maisons. Aucune d'elles n'échappe à ces divergences ni à l'ignorance des origines de sa généalogie. Cela *A, B* ♦♦ *b.* l'esprit de corps *[2 l. plus haut]*. / Dieu *A, B*

X. Comment se produit le mélange des lignages ; p. 384.

a. nazîf. Ils réclamèrent *A, B*

XI. Le chef doit être issu du même lignage ; p. 385.

a. de la tribu des Banû 'Amir, prétendent *A, B* ♦♦ *b. Fin de la phrase dans A et B.* ♦♦ *c. Après ce chapitre figure dans A et B un chapitre qui disparaît de toutes les versions ultérieures. En voici la traduction :* PARMI CEUX QUI PARTAGENT LE MÊME ESPRIT DE CLAN, LE COMMANDEMENT RESTE TOUJOURS DANS LA MÊME FAMILLE // Les différentes fractions et subdivisions d'une tribu, quoique formant un seul groupe au niveau de leur lignage commun, comportent également d'autres formes de solidarité du fait de leur appartenance à des lignages particuliers, dont la cohésion est plus grande que celle du lignage commun. C'est le cas, par exemple, des membres d'une même famille, d'une même maison, ou des frères issus d'un même père, à la différence des cousins proches ou éloignés. Les premiers ont des liens de sang plus étroits en vertu de leur lignage particulier, tout en partageant avec les autres groupes le même lignage commun. Le sentiment d'attachement résulte aussi bien du lignage particulier que du lignage commun, mais il est plus fort dans le premier, à cause de l'étroitesse des liens. / Le commandement appartient à une seule famille, et non à l'ensemble. Comme il ne s'obtient que par la domination, il s'ensuit que le clan dont est issue cette famille doit être plus puissant que tous les autres clans, de sorte qu'il lui assure la suprématie et permette à ses membres d'exercer le commandement. S'il en est bien ainsi, il s'ensuit nécessairement que le commandement doit toujours rester dans cette famille particulière qui domine les autres. En effet, si le commandement lui échappait et passait à d'autres clans moins puissants, cela voudrait dire qu'elle ne jouit pas d'une pleine supériorité. / Le commandement continue ainsi à être exercé par la même famille, passant d'une branche à l'autre, et toujours à la branche la plus puissante, en raison de la logique de la domination, comme on l'a vu. À cet égard, l'organisation sociale et l'esprit de corps peuvent être comparés au mixte dans les corps engendrés. Le mixte ne peut réussir dans les corps engendrés quand les éléments s'équilibrent. L'un d'eux doit dominer, sinon la génération ne peut s'accomplir. C'est la raison pour laquelle la domination est une condition nécessaire à la production de l'esprit de corps. Il s'ensuit que le commandement doit rester dans une même famille particulière, comme nous l'avons établi.

XII. Du sens propre de « noblesse » et « maison » ; p. 388.

a. maison *ne figure pas dans A et B.* ◆◆ *b.* maisons. En fait *A, B*

1. Voir *Concordance*, II, 1106.
2. *Mutafarridûn* (voir ici chap. VII, n. 4, p. 381).
3. F. Rosenthal lit *al-'ilm al-awwal* (« la Science première ») — leçon de *E*, adoptée également par Quatremère —, et signale en note la correction d'al-Hûrînî, Bûlâq, 1867, en *al-mu'allim al-awwal* (« le Premier Maître »), lecture correcte d'après *A*, *B*, *F* et *G*. Pour la référence à Averroès, voir *Talkhîs al-khitâba*, éd. 'Abd ar-Rahmân Badawî, Le Caire, 1960, p. 41.

XIII. De la « maison » et de la noblesse des clients ; p. 390.

1. Voir al-Bukhârî, *Sahîh*, t. IV, p. 290.

XIV. Durée du prestige d'une lignée ; p. 392.

a. chefs *[3 l. plus haut]*. Il se place *A, B* ◆◆ *b. Phrase absente de A et B.* ◆◆ *c. Fin de la phrase dans A et B.* ◆◆ *d. Fin du chapitre dans A et B.*

1. Le terme arabe est *hasab*, qui désigne un ensemble de hauts faits

(militaires ou autres) par lesquels un individu ou un groupe se sont illustrés, et par la suite le prestige et la position qui en résultent.

2. Exode, xx, 5. Comme l'ont signalé de Slane et Rosenthal, l'addition de « puissant » ne se trouve que dans la Vulgate ; celle-ci pourrait donc être la source d'Ibn Khaldûn.

3. Voir Abû l-Faraj al-Isfahânî, *Kitâb al-aghânî*, Bûlâq, 1285/1866, t. XVII, p. 106.

4. Identifiés par Ibn Hazm avec des membres de la tribu yéménite des Madhhij, oncles maternels du premier calife 'abbâsside Abû l-'Abbâs as-Saffâh (voir *Jamharat ansâb al-'Arab*, Le Caire, 5e éd., 1982, p. 416-417).

XV. De l'aptitude à la domination ; p. 395.

1. Il n'y a rien qui corresponde dans le troisième préambule à ce qui est dit ici. Le même thème est abordé dans le cinquième chapitre de cette partie (voir p. 376-377).

XVI. Le pouvoir est la fin de l'esprit de corps ; p. 396.

a. puissant atteint un certain rang, il aspire à un rang encore plus élevé ; et quand il parvient à la position *A, B*

1. Voir p. 380-381.

XVIII. Autres obstacles au pouvoir ; p. 399.

a. Coran *[3 l. plus haut]*. Le contexte *A, B* ♦♦ *b.* libres *A, B* ♦♦ *c.* l'oppression *[p. 400, 3 l. du bas]*. Si *A, B*

1. La révolte des Israélites et leur séjour au Sinaï sont racontés en détail par Ibn Khaldûn dans les *'Ibar*, Bûlâq, 1867, t. II, p. 81-87 ; voir, pour une traduction française de ce passage, A. Cheddadi, *Ibn Khaldûn, Peuples et nations du monde*, extraits des *'Ibar*, Sindbad, 1986, t. I, p. 184-187.

2. Voir al-Bukhârî, *Sahîh*, t. II, p. 67.

3. Voir *ibid.*, t. I, p. 214.

4. Voir at-Tabarî, *Târîkh*, t. IV, p. 156.

XIX. Un signe de la royauté : la quête des vertus ; p. 401.

a. de toute illustration *[2e §, 5e l.]*. Il apparaît *A, B* ♦♦ *b.* en général *[7 l. plus haut]*. Quand un clan *A, B*

XX. Les nations sauvages ont le pouvoir le plus étendu ; p. 404.

1. *Mutawahhisha*, qui vivent à l'écart en groupes isolés (voir p. 395-396).

XXIV. Les Arabes ne contrôlent que les plaines ; p. 410.

a. à leur avidité dès qu'elles sont à leur portée *A, B*

XXV. Ruine des pays conquis par les Arabes ; p. 411.

1. Voir V^e partie, chap. 1, p. 759-762.
2. La même idée est reprise au chapitre suivant.

XXVIII. Domination des ruraux par les citadins ; p. 415.

a. Ce chapitre ne figure pas dans A et B.

Troisième partie du livre I

ÉTATS UNIVERSELS, POUVOIR, CALIFAT,
FONCTIONS GOUVERNEMENTALES

I. Pouvoir et fondation des États ; p. 417.

a. Fin de la phrase dans A et B.

1. *Ad-duwal al-'âmma* : par ce terme, Ibn Khaldûn entend des empires, tels que les Empires romain, byzantin, perse, arabe ou turc. La *dawla khâssa* désigne chez lui le règne d'un souverain.

2. Le mot arabe utilisé ici est *qabîl*, qui désigne plus précisément la lignée du côté du père, la famille en général, mais aussi les partisans.

3. *An-nu'ra*, mot qui signifie habituellement : « orgueil », « chose préoccupante ». Il a aussi le sens de « narines ». Cette notion semble correspondre exactement à celle de *nîf* (« nez », mais aussi « point d'honneur ») que Pierre Bourdieu a analysée chez les Kabyles algériens de la première moitié du XXe siècle (*Esquisse d'une théorie de la pratique*, Minuit, 1972, Ire partie, chap. I).

II. Esprit de corps et solidité des États ; p. 418.

a. Fin du § dans A et B. ◆◆ *b. Fin de la phrase dans A et B.*

1. *Duwal muta'âqiba* ; le mot *dawla* est pris ici dans le sens de règne (voir ici chap. 1, n. 1, p. 417).

2. Ibn Khaldûn fait ici allusion aux traités didactiques où sont exposés les dogmes de l'islam, où en effet la question de l'imamat est traitée à la fin.

3. Ces vers ne sont pas d'Ibn Sharaf, mais d'un de ses contemporains, Ibn Rashîq, qui les aurait récités devant lui. Ils sont souvent cités (voir Ibn Bassâm, *Dhakhîra*, Le Caire, 1364/1945, t. IV, p. 1 et 134 ; al-Maqqarî, *Nafh at-tîb*, éd. Ihsân 'Abbâs, Beyrouth, 1408/1988, t. I, p. 213-214).

III. Dissidence et création d'un nouvel État ; p. 421.

a. rivaux. En récompense de leur soutien, ils attendent de lui qu'il les choisisse pour occuper les hauts rangs et les fonctions du pouvoir, tels que vizirat, commandement, gouvernement d'une région frontalière. Ils ne chercheront *A, B* ◆◆ *b. Fin de la phrase dans A et B.*

V. De la force de la religion ; p. 422.

1. Le mot utilisé ici est *sibgha* (« couleur », « teinture ») ; ce terme désigne plus généralement tout ce qui imprègne et donne une apparence homogène. Comme on le verra plus loin (voir, en particulier, Ve partie, chap. XXI, p. 793-794), cette notion revêt chez Ibn Khaldûn une grande importance théorique comme résultat d'un habitus.

2. *Da'wa dîniya* : *da'wa*, du verbe *da'â*, consiste à faire la propagande pour un mouvement religieux ou politique ; le mot désigne à la fois le contenu doctrinal et la forme d'organisation du mouvement.

VI. Esprit de corps et mouvement religieux ; p. 424.

a. Fin du § dans A et B : Dieu a laissé les choses suivre le cours habituel. Dieu est très savant et très sage.

1. Un manuscrit de cet ouvrage, sous le titre *Kitâb khal' an-na'layn wa-iqtibâs al-anwâr min mawdi' al-qadamayn*, est conservé à Istanbul (Shehid Ali Pasha, 1174) où il est suivi d'un commentaire d'Ibn 'Arabî (voir Franz Rosenthal, *The Muqaddimah*, Princeton, Princeton University Press, 1958 ; rééd. 1967, t. I, p. 323-324 et n. 25. Tous les renvois seront faits à l'édition de 1967).

2. Il semble que ses adeptes s'appelaient plutôt *al-murîdûn* (voir A. Faure, *Encyclopédie de l'islam*, 2e éd., art. « Ibn Kasî »).

3. Voir Muslim, *Sahîh*, *Kitâb al-îmân*, Calcutta, 1265/1849.

4. Pour plus de détails sur ces événements, voir at-Tabarî, *Târîkh*, Le Caire, Dâr al-ma'ârif, 1967, t. VIII, p. 551-557.

5. Cet événement et le suivant seront cités de nouveau par Ibn Khaldûn dans le chapitre consacré au mahdisme (ici, chap. LI, p. 678).

VIII. Partisans et puissance de l'État ; p. 429.

a. Fin de la phrase dans A et B.

1. Les Hafsides de Tunis.

IX. Multiplicité tribale, source d'instabilité ; p. 431.

a. Fin du § dans A et B : Le califat est nominalement aux mains de leur maître, le calife 'abbâsside, mais celui-ci n'en a en fait que le nom, le pouvoir et l'autorité étant exercés par eux tous.

1. Ibn Khaldûn affirme que le Maghreb de la période qui précède immédiatement la conquête musulmane était sous la domination des Francs, et non des *Rum* (« Byzantins ») ; voir *Histoire des Berbères*, traduction de De Slane, Alger, 1852 ; nouv. éd., Geuthner, 1925 ; rééd. 1968, t. I, p. 208 (tous les renvois à l'*Histoire des Berbères* sont faits à l'édition de 1968). En réalité, l'Afrique byzantine se trouvait

sous l'autorité du patrice Grégoire, qui avait rompu ses relations avec Byzance.

2. Jeu de mots sur *Ifrîqiya* et *f-r-q* (« diviser »).

3. Les Mérinides.

X. De la nature du pouvoir ; p. 434.

a. Ce thème fait l'objet d'un développement sur trois chapitres dans A et B.

1. *'Asabiyyât* (pluriel de *'asabiyya*), que nous traduisons habituellement par « esprit de clan » ; mais ici *'asabiyya* désigne à la fois l'esprit de clan, la force et la puissance résultant de celui-ci, et aussi les groupes ou les clans où s'incarne cette puissance.

2. Le mot utilisé par Ibn Khaldûn est *mutâlaba*, de *tâlaba* (« demander », « réclamer quelque chose »). Ce terme forme chez lui assez souvent couple avec *mudâfa'a* (« défense »), ou *himâya* (« protection »). *Mutâlaba* et *mudâfa'a* sont les deux objectifs principaux de l'esprit de clan : obtenir quelque chose des autres, et défendre ses possessions.

3. Vers du poète du Iᵉʳ (VIIᵉ) siècle Abû Sakhr 'Abd Allâh Ibn Salm al-Hudhalî (voir Abû l-Faraj al-Isfahânî, *Kitâb al-Aghânî*, Le Caire, 1345/1927, t. IX, p. 295).

XI. Du déclin de l'État ; p. 436.

a. D'autre part *[début du 2ᵉ §]* le luxe corrompt *A, B* ♦♦ *b. Fin du chapitre dans A et B.*

1. Ibn Khaldûn fait allusion aux mamelouks d'Égypte et de Syrie.

XII. Longévité naturelle des États ; p. 439.

a. l'illustration *[p. 440, dernière l.]*. À l'appui *A, B*

1. Voir Iʳᵉ partie, chap. II (Supplément au IIᵉ préambule), p. 288 et IIᵉ partie, chap. XVIII, p. 399.

2. Voir IIᵉ partie, chap. XIV, p. 392.

XIII. De la phase rurale à la phase urbaine ; p. 441.

a. Fin de la phrase dans A et B.

1. Le mot suggère une pâtisserie de fine pâte feuilletée. F. Rosenthal lit : *m-r-f-q* (« coussin ») ; voir *The Muqaddimah*, t. I, p. 348 et n. 85.

2. Voir al-Mas'ûdî, *Murûj adh-dhahab*, éd. Pellat, Beyrouth, 1965, t. IV, p. 326-327 ; at-Tabarî, *Târîkh*, t. VIII, p. 566 et 606.

3. Abû Nuwâs, *Dîwân*, Le Caire, 1898, p. 243.

XIV. Du luxe comme force supplémentaire ; p. 445.

1. *Al-wuld wa-l-'umûmiya*. F. Rosenthal traduit *'umûmiya*, mot forgé par Ibn Khaldûn à partir de *'am* (« oncle »), par *community* (« communauté »), ce qui est un contresens.

2. Voir al-Mas'ûdî, *Murûj adh-dhahab*, t. IV, p. 323-324, qui donne le chiffre de 33 000.

XV. Des différentes phases d'un État ; p. 446.

a. et le changement de ses conditions en fonction de chacune de ces phases *A, B*

XVI. Réalisations et puissance originelle ; p. 448.

a. Og fils d'Anak, qui était un homme du premier âge de l'ignorance *A, B* : Og fils d'Anak, qui faisait partie des Amalécites que les Israélites avaient combattus en Syrie *E, I* : Og fils d'Anak, qui faisait partie des Cananéens que les Israélites avaient combattus en Syrie *J* ♦♦ *b.* avec des portes étroites *[s l. plus haut]*. Il en va *A, B* ♦♦ *c.* écrit de la main du ministre des Finances du sultan Abû Sa'îd *D, G* ♦♦ *d.* On a, écrite *[p. 451, début du dernier §]* de la main [...] à cette somme *passage absent de A et B.* ♦♦ *e. Fin de la phrase dans A et B.*

1. *Athâr* : « traces », « vestiges », mais aussi « monuments », traduction retenue par F. Rosenthal. Mais comme on le voit dans le texte, il ne s'agit pas ici que de monuments, mais plus largement des différentes manifestations de la puissance d'un État, en particulier ses richesses et ses trésors.

2. Voir Coran, LXXXIX, 6-7.

3. Voir al-Mas'ûdî, *Murûj adh-dhahab*, t. I, p. 301.

4. Ibn Khaldûn veut sans doute parler de la mosquée d'al-Walîd.

5. Voir al-Mas'ûdî, *Murûj adh-dhahab*, t. I, p. 321.

6. Dans les différents manuscrits, on a *k-r-h*, mot de lecture difficile, traduit par F. Rosenthal par « rond », mais qu'il faudrait lire *kathra* (« abondance »), suivant la leçon de Mas'ûdî.

7. Voir al-Bukhârî, *Sahîh*, éd. Krehl, Leyde, 1862-1908, t. II, p. 349.

8. Cette liste apparaît dans *A* dans un chapitre intitulé : « Les États amassent des biens au milieu de leur règne », placée après le chapitre qui a pour titre : « La richesse de l'État et de son entourage n'apparaît qu'au milieu de son règne. » Ibn Khaldûn précise le titre de l'ouvrage d'où il a tiré cette liste, à savoir le *Tarwîh al-arwâh*, de Jirâb al-dawla. Ceci confirme la suggestion de F. Rosenthal qui, sans connaître le texte de *A*, a identifié Jirâb ad-dawla avec Ahmad Ibn Muhammad, personnage qui vivait au IIIe (IXe) siècle, connu comme étant l'auteur du *Tarwîh al-arwâh*. On trouve exactement la même citation dans les *'Uyûn al-anbâ'* d'Ibn Abî Usaybi'a. La liste donnée ici, connue par d'autres ouvrages, a été étudiée par A. von Kremer (*Kulturgeschichte des Orients*, Vienne, 1875, t. I, p. 263 et suiv.). Comme on peut le voir dans al-Jahshiyârî (*Wuzarâ'*, Leipzig, 1926, 179a-182b), bien que la liste ait été mise par écrit sous al-Ma'mûn, la matière remonte au temps d'ar-Rashîd (voir F. Rosenthal, *The Muqaddimah*, t. I, p. 361 et n. 120 ; les explications et commentaires sur le contenu de cette liste qui seront donnés ci-après sont puisés chez F. Rosenthal, *ibid.*, p. 361-367).

9. *Mâ-bayn*, mauvaise lecture pour *mâhayn*, leçon correcte qu'on trouve chez al-Jahshiyârî. Il s'agit de Mâh-al-Basra et Mâh-al-Kûfa, anciens noms musulmans pour Nîhawand et Dînawar.

10. L'identification est difficile. Il existe un Rayyân dans le district de Kaskar (voir Ibn Khurradâdhbih, *Kitâb al-masâlik wa-l-mamâlik*, édition et traduction J. M. de Goeje, *Bibliotheca Geographorum Arabicorum*, n° 6, Leyde, 1889 ; texte, p. 12 ; traduction, p. 8), mais le nom peut être identifié à *'-r-b-j-n*, qui semble être une importante ville du Mâsâbadhân dans Ibn Khurradâdhbih (texte, p. 244 ; traduction, p. 185). Il y a aussi ar-Rudhdh près du Mâsâbadhân (voir Yâqût, *Mu'jam al-buldân*, éd. Wüstenfeld, Göttingen, 1866-1873, t. II, p. 775), mais qui ne doit pas être visé ici.

11. Ibn Khaldûn lit al-Karkh, mais il doit s'agir du Karaj perse et du Mûqân.

12. Al-Jahshiyârî ne mentionne pas ici d'argent, mais seulement 100 esclaves et quelques autres produits.

13. La lecture *sûrmâhî* est conjecturale. M. J. de Goje propose *shûrmâdhi* (voir *Bibliotheca Geographorum Arabicorum*, Leyde, 1879, t. IV, p. 259).

14. Ibn Khaldûn lit quelque chose comme *turnuj*, qui peut faire penser à des agrumes. Mais on doit suivre ici de Slane, qui lit *tarîkh* ou *tirrîkh*, qui désigne une sorte de poisson salé.

15. Al-Jahshiyârî ajoute ici une entrée pour Émesse.

16. Dans al-Jahshiyârî, ce chiffre concerne les districts de Syrie dans leur totalité.

17. Un *'irdâb* est l'équivalent de 5 boisseaux, soit environ 10 litres.

18. *Matâ'*, qui désigne ordinairement des ustensiles, des meubles, ou des marchandises.

19. Événements qui se sont produits en 709 (1309-1310) ; voir Ibn Taghrîbirdî, *an-Nujûm az-zâhira*, Le Caire, 1361/1942, t. IX.

20. En 1337.

21. Abû Bakr Ibn Yahyâ (717-746/1318-1346), qu'Ibn Khaldûn donne ailleurs comme le 12e et 10e souverain hafside, est en fait le 11e (voir E. de Zambaur, *Manuel de généalogie et de chronologie pour l'histoire de l'islam*, Hanovre, 1927, p. 74 ; Abdallah Laroui, *L'Histoire du Maghreb*, Maspero, 1975, t. II, p. 161).

22. Mesure de grains équivalant au quart d'un *sâ'*, soit 2 poignées de moyenne grandeur.

23. Ibn Khaldûn fait un amalgame entre deux épisodes qui sont séparés dans le texte d'Ibn Battûta ; les faits rapportés par Ibn Khaldûn ne sont pas tout à fait exacts : Ibn Battûta parle de distribution de provisions pour six mois en relation avec une famine, et non à l'occasion d'un départ en voyage du souverain de l'Inde (voir Ibn Battûta, *Voyages et périples*, *Voyageurs arabes*, Bibl. de la Pléiade, p. 798 et 852).

24. *Fî yawmin mashhûd*, allusion au verset coranique 103 (105), sourate XI. Ibn Khaldûn semble utiliser cette expression — traduite par « un jour de témoignage » par Berque et « un jour attesté » par Hamidullah — selon une signification courante à son époque : « jour de fête », « jour mémorable ».

25. Voir la « Préface au *Livre des Exemples* », p. 5.

XVII. Les clients à l'appui du pouvoir ; p. 458.

1. *Qawm* : « peuple », « groupe de gens » ; le mot désigne souvent

de façon assez vague un groupe d'appartenance qui peut être une tribu, une nation, un groupe de partisans, un groupe religieux, etc.

XVIII. Condition des clients ; p. 460.

a. Début du § dans A et B : Deuxièmement les liens de clientèle établis avant l'arrivée au pouvoir sont d'une époque éloignée par rapport aux membres de l'État.

1. *Nu'ra*, l'orgueil d'une appartenance commune.

XIX. Mise sous tutelle du souverain ; p. 462.

a. qui a été désigné par son père *A, B*

1. *Hajr*: juridiquement, c'est l'interdiction prononcée contre une personne mineure, aliénée ou non libre. Mais une telle définition du *hajr* ne peut pas s'appliquer au souverain, qui doit obligatoirement remplir au moins trois conditions : l'honorabilité, le savoir, la capacité de prendre des décisions correctes et de diriger les affaires de l'État (voir al-Mâwardî, *al-Ahkâm as-sultâniyya*, Beyrouth, 1983, p. 19-20). Le *hajr* dont il s'agit ici est une mesure qui n'a pas de caractère institutionnel, mais qui présente une analogie avec la situation où se trouve une personne — par exemple un enfant mineur — frappée d'interdiction.

2. *Kâfil* : « garant », « caution », « protecteur ». Ce n'est pas une fonction institutionnalisée.

3. *Al-hall wa-l-'aqd*, littéralement : le fait de « délier » et de « lier ».

XX. Titre et exercice effectif du pouvoir ; p. 464.

a. les titres du pouvoir, même *A, B*

1. Le terme employé ici est *sibgha.*

2. *Al-amr wa-n-nahy wa-l-hall wa-l-'aqd wa-l-ibrâm wa-n-naqd*, littéralement : « ordonner et interdire », « délier et lier », « contracter et rétracter ».

3. Il s'agit des Omeyyades de l'Andalus.

XXI. Du pouvoir : sens et différentes sortes ; p. 465.

1. *Mansib*, au sens de « charge », « dignité », « poste », « fonction », « rang » ; parfois Ibn Khaldûn l'emploie seul pour désigner le pouvoir suprême, le trône, comme dans l'*Histoire des Berbères*, t. II, p. 355. F. Rosenthal le traduit ici par « institution » (voir *The Muqaddimah*, t. I, p. 380).

2. *Wâzi'*, de *waza'a* (« contenir », « réprimer »). Le *wâzi'* est celui qui a la capacité et l'autorité d'empêcher de faire le mal ; c'est aussi, dans un sens plus abstrait, ce qui, au plan de la conscience, empêche de commettre le mal — la conscience morale ou la foi religieuse.

3. Voir ici chap. IX, n. 1, p. 431.

XXII. Trop de rigueur nuit au pouvoir ; p. 466.

1. *Al-malaka*, terme inventé par Ibn Khaldûn, à partir du concept de *mulk*, pour désigner l'exercice du pouvoir, l'autorité. Un terme homonyme est utilisé dans un tout autre contexte pour habitus (voir Ve partie, chap. XXI, p. 793, et VIe partie, chap. VII, p. 843 et suiv.).
2. Recommandation en relation avec la direction de la prière (voir Ibn Hanbal, *Musnad*, Le Caire, 1313/1895, t. IV, p. 217).

XXIII. Signification du califat ; p. 468.

a. Titre du chapitre dans A. Dans B le titre est absent. ⁂ *b. Fin de la phrase dans A et B.* ⁂ *c. Fin du § dans A et B.*

1. *Lammâ kânat haqîqatu al-mulki annahu al-ijtimâ'u ad-darûrîyu li-l-bashari.* F. Rosenthal traduit cette phrase ainsi : « [Comme on l'a expliqué], la véritable signification de l'autorité royale tient au fait qu'elle est une forme d'organisation nécessaire à l'homme », où *ijtimâ'* est traduit bizarrement par « une forme d'organisation ». Il est vrai cependant que l'identification du pouvoir à la société (*al-ijtimâ'*) est surprenante ; plus loin, Ibn Khaldûn parle du pouvoir comme forme de la société (voir IVe partie, chap. XVII, p. 745).
2. *Al-'uqalâ'* (pluriel de *'âqil*), c'est-à-dire les gens capables, par la lumière naturelle qui est en eux, de distinguer le bien du mal. Il ne s'agit pas seulement d'hommes intelligents comme le suggère la traduction de F. Rosenthal (*The Muqaddimah*, t. I, p. 386), mais de personnes en mesure d'avoir une conduite louable, car, selon al-Fârâbî et Ibn Sînâ, un homme doué d'un naturel mauvais, si intelligent soit-il, ne peut être considéré comme un *'âqil.*

XXIV. Statut et conditions d'accès au califat ; p. 471.

a. L'exposé des fonctions califales, tel qu'il se présente dans A et B, a été profondément remanié dans les versions ultérieures. Ainsi seule la dernière partie de ce chapitre (commençant p. 478, 2e §) a été conservée, à l'exception de quelques modifications, qui sont signalées en lieu et place. Nous donnons en appendice (p. 1209-1212) la traduction intégrale des deux premières parties de ce chapitre, telles qu'elles apparaissent dans A et B. ⁂ *b.* instituées ; ceci que les lois aient un caractère nécessaire comme dans les cinq obligations ou conventionnel comme les conditions et les causes. Si nous nous demandons *A, B* ⁂ *c. Fin de la phrase dans A et B.* ⁂ *d. Fin du § dans A et B :* Mais chaque pays est à ceux qui disposent de l'esprit de corps dominant. Ainsi, de nos jours, il est exigé de celui qui dirige les affaires des musulmans en Ifrîqiya d'appartenir aux Hafsides, car ils y occupent la position dominante. Au Maghreb, il doit appartenir aux Zénètes, car ils y sont dominants. En Égypte et en Syrie il doit appartenir aux Turcs, car ils y sont dominants. ⁂ *e.* d'exécuter *[2 l. plus haut]*. Dans de nombreuses *A, B*

1. *Wâzi'* (voir ici chap. XXI, n. 2, p. 465).
2. Sur ce personnage, dont l'opinion a également été rapportée par

al-Mâwardî, on trouve quelques renseignements dans le *Kitâb usûl ad-dîn* d'al-Baghdâdî (Istanbul, 1928, p. 271 et suiv.). Pour al-Asamm, la communauté idéale est une communauté de justes, qui n'a pas besoin de chefs politiques. Pour un exposé des différentes doctrines sur l'imamat, voir Henri Laoust, *La Politique de Ghazâlî*, Geuthner, 1970, chap. v.

3. *Fard kifâya*, que le droit musulman distingue du devoir individuel (*fard 'ayn*), tel que la prière ou le jeûne. Le devoir collectif, tel qu'il s'exerce à travers l'imamat ou la guerre sainte, est un devoir dont l'accomplissement par quelques-uns dispense les autres.

4. Voir 'Abd al-Malik Ibn 'Abd Allâh al-Juwaynî Imâm al-Haramayn, *Kitâb al-irshâd*, Le Caire, 1369/1950, p. 425.

5. *Ijtihâd*, terme technique du droit musulman, désignant l'usage du raisonnement individuel, plus particulièrement du *qiyâs*, ou raisonnement par analogie. Le *mujtahid* est celui qui est habilité à se former une opinion personnelle sur une matière de droit, par opposition au *muqallid*, tenu de suivre la tradition (voir *Encyclopédie de l'islam*, 2e éd., art. « Idjtihâd »).

6. Le jour où Abû Bakr, premier calife de l'islam, fut élevé au califat.

7. Les Ansâr ou « Auxiliaires » sont ceux qui, parmi les habitants de Médine, soutinrent Muhammad lorsqu'il émigra dans cette ville. Ils sont ainsi distingués de ses partisans mecquois, les *Muhâjirûn* ou Émigrants, qui l'accompagnèrent dans son émigration de la Mecque à Médine.

8. Voir al-Bukhârî, *Sahîh*, t. II, p. 382.

9. Sur cette tradition et d'autres du même genre qui représentent la doctrine khârijite, voir al-Muttaqî al-Hindî, *Kanz al-'ummâl*, Haydarabad, 1321/1894-1895, t. III, p. 197.

10. Voir at-Tabarî, *Târîkh*, t. IV, p. 227.

11. Comme le fait remarquer F. Rosenthal, al-Bâqillânî présente nettement, en tout cas dans son *Tamhîd* (Le Caire, 1366/1947, p. 181 et suiv.), l'appartenance aux Quraysh comme une condition d'accession au califat.

12. Il s'agit évidemment de l'ouvrage d'Ibn Ishâq habituellement désigné sous le titre d'*as-Sîra*. Voir les éditions partielles de Muhammad Hamidullah, *Sîrat Ibn Ishâq*, Rabat, 1396/1976, et de Suhayl Zakkâr, *Kitâb as-sîra wa-l-maghâzî*, Dâr al-fikr, 1398/1978.

13. Fakhr ad-dîn ar-Râzî.

XXV. Statut de l'imamat chez les chiites ; p. 480.

a. Ce chapitre ne figure pas dans A et B.

1. Lors d'une expédition en Syrie, la dernière avant la mort du Prophète ; voir Ibn Hishâm, *as-Sîra an-nabawiyya*, éd. M. al-Saqâ, Beyrouth, s.d., t. II, p. 862, où il est seulement mentionné qu'Usâma « prit avec lui les premiers émigrés ». Ibn Sayyid an-Nâs donne la liste de ces premiers émigrés, parmi lesquels figuraient Abû Bakr et 'Umar (voir *'Uyûn al-âthâr*, Beyrouth, 1982, t. II, p. 355).

2. À l'occasion de l'expédition de Dhât as-salâsil, en 629 (voir Ibn Hishâm, *as-Sîra an-nabawiyya*, t. II, p. 623 et suiv. ; Ibn Sayyid an-Nâs, *'Uyûn al-âthâr*, t. II, p. 205).

3. Abû Bakr et ‘Umar.
4. « Les déserteurs », de *rafada* (« abandonner », « faire défection »).
5. De *waqafa* (« s’arrêter »).
6. Voir son *Dîwân*, reconstitué et édité par H. Pérès (Alger et Paris, 1930, t. II), et qui a fait l’objet d’une nouvelle édition par Ihsân ‘Abbâs (Beyrouth, 1971). Connu sous le nom de Kuthayyir ‘Azza, Kuthayyir appartenait à l’école des poètes d’amour *‘udhrî* de l’époque omeyyade. La relation de Kuthayyir avec Ibn al-Hanafiyya est un fait historique, mais les œuvres du poète ne contiennent pas d’allusions aux croyances kaysânites, en dehors des vers cités ici.
7. En 122 (740) ; voir Tabarî, *Târîkh*, t. VII, p. 160-169. Al-Kunâsa est un quartier de Koufa.
8. La révolte d’an-Nafs az-Zakiyya et de son frère Ibrâhîm eut lieu en 145 (763).
9. Voir p. 484.
10. *Al-Fisal fî-l-milal wa-l-ahwâ’ wa-n-nihal* (voir édition du Caire, 1317/1899).

XXVI. Du califat au pouvoir royal ; p. 489.

a. lutter *[fin du 2e §]*. / Si on suppose *A, B* ♦♦ *b.* Puis le pouvoir passa aux enfants de ‘Abd al-Malik : ils se servirent de la nature du pouvoir pour atteindre des objectifs temporels et pour la satisfaction de leurs désirs, et oublièrent *A, B* ♦♦ *c. Fin de la phrase dans A et B.* ♦♦ *d.* situation sous les enfants de ‘Abd al-Malik et les ‘Abbâssides, après ar-Rashîd. Ils *A, B*

1. Voir p. 424.
2. Voir *Concordance et indices de la tradition musulmane*, Leyde, 1936, I, 7b, l. 32 ; II, 190b, l. 28.
3. Voir al-Bukhârî, *Sahîh*, t. I, p. 23.
4. Une version différente de cette anecdote est donnée par Ibn ‘Abd Rabbih dans *al-‘Iqd al-farîd*, Beyrouth, 1983, t. I, p. 15.
5. Voir al-Mas‘ûdî, *Murûj adh-dhahab*, t. III, p. 76 et suiv.
6. Az-Zubayr Ibn al-‘Awwâm, un des premiers convertis à l’islam, mort en 37 (656). Il joua un rôle important après la mort de Muhammad en tant que membre du conseil chargé de lui désigner un successeur.
7. Talha Ibn ‘Ubayd Allâh, mort en 36 (656) ; qurayshite, il était également un des premiers musulmans.
8. Mort en 31 (652). Riche commerçant qurayshite, et un des premiers musulmans, il joua un rôle primordial en tant que membre du Conseil des six chargés de désigner le nouveau calife après la mort de ‘Umar.
9. Mort en 45 (665), membre de la tribu des Khazraj, il fut un des Compagnons qui contribuèrent à recueillir le Coran.
10. Mort en 55 (675) ; qurayshite, un des premiers musulmans. Grand général, il remporta la victoire sur Rustum à al-Qâdisiya.
11. Al-Miqdâd Ibn ‘Amr Abû-l-Aswad, mort en 33 (653). Également vieux musulman, mais moins important que les personnalités précédentes.
12. Ya‘lâ Ibn Munya, appelé aussi Y. Ibn Umayya, mort en 37

(657) ; un des notables de La Mecque, il fut gouverneur du Yémen. Il apporta son aide à 'A'isha et participa à la bataille du Chameau où il fut tué.

13. Al-Mas'ûdî donne 500 000 (*Murûj adh-dhahab*, t. III, p. 77).

14. *Tarîq al-haqq wa-l-ijtihâd*. Le mot *ijtihâd* est utilisé ici de façon anachronique et dans un sens plus large que celui de son emploi strictement technique (voir ici chap. xxiv, n. 6, p. 475).

15. Voir al-Mas'ûdî, *Murûj adh-dhahab*, t. IV, p. 130-132. La citation est quasi littérale.

16. *Wâzi'* (voir ici chap. xxi, n. 2, p. 465).

17. Al-Mughîra Ibn Shu'ba, mort en 50 (970). Mu'âwiya le nommera plus tard gouverneur de Koufa, et il sévira contre les partisans de 'Alî. La conversation de 'Alî avec al-Mughîra est rapportée par at-Tabarî en des termes légèrement différents (voir *Târîkh*, t. IV, p. 438-441).

18. Vers attribués au mystique Ibrâhîm Ibn Adham (voir Ibn 'Abd Rabbih, *'Iqd*, Le Caire, 1968, t. III, p. 124).

19. *Jîl*, concept utilisé par Ibn Khaldûn pour désigner à la fois une génération et un ensemble de générations. Les générations des Arabes qui disparaissent ici sont celles du « troisième âge », qui commence avec Ismaël et finit avec la chute du califat 'abbâsside. Ibn Khaldûn les distingue d'un autre *jîl* des Arabes, celui du « quatrième âge », représenté en particulier par les Arabes émigrés en Égypte puis au Maghreb (voir Ibn Khaldûn, *Peuples et nations du monde*, extraits des *'Ibar* traduits de l'arabe et présentés par Abdesselam Cheddadi, Sindbad, 1986, t. II, p. 283-288 et 419-427).

XXVII. Du serment d'allégeance ; p. 499.

a. est employé *[p. 499, fin de l'avant-dernier §]*. / Aujourd'hui *A, B*

1. C'est le deuxième serment d'al-'Aqaba, fait par les Médinois pour défendre le Prophète (voir Ibn Hishâm, *as-Sîra an-nabawiyya*, t. I, p. 431 et suiv., ainsi que p. 438 et suiv.). Le serment sous l'arbre est celui de la *bay'at ar-ridwân*, qui eut lieu avant le retour de Muhammad à La Mecque en l'an 6 de l'hégire (627) ; voir *ibid.*, t. II, p. 315 et suiv.

2. À l'occasion de la révolte de Muhammad Ibn 'Abd Allâh, qui eut lieu en 145 (762) à Médine, Mâlik déclara nul de plein droit tout serment d'allégeance obtenu par la violence, ce qui mécontenta vivement le calife al-Mansûr (voir H. Laoust, *Les Schismes dans l'islam*, Payot, 1977, p. 88-89).

XXVIII. Désignation à la succession ; p. 500.

a. Ce chapitre a fait l'objet de profonds remaniements dans les versions ultérieures ; nous en donnons en appendice (p. 1213-1217) la traduction intégrale, tel qu'il figure dans A et B.

1. Ce sont : 'Uthmân, 'Alî, Talha, az-Zubayr Ibn al-'Awwâm, S'ad Ibn Abî Waqqâs et 'Abd ar-Rahmân Ibn 'Awf. Les « Dix » sont les Compagnons à qui était promis le Paradis.

2. Abû Bakr et 'Umar.
3. Après avoir utilisé l'expression *wâzi' dînî*, que nous avons rendue par « autorité religieuse », Ibn Khaldûn emploie ici l'expression : *wâzi' sultânî 'usbânî.*
4. Même exemple cité plus haut, p. 425.
5. Voir al-Bukhârî, *Sahîh*, t. I, p. 41.
6. Voir édition du Caire, 1371/1952, p. 232.
7. Voir al-Bukhârî, *Sahîh*, t. II, p. 416 ; t. IV, p. 124.

XXIX. Fonctions religieuses du califat ; p. 514.

a. Début du chapitre dans A et B : Les fonctions légales et religieuses, telles que les offices de juge et de mufti, de sermonneur, ainsi que la direction de la prière, la guerre sainte, le contrôle des marchés, sont toutes sous l'autorité du grand imamat, c'est-à-dire le califat. Celui-ci est en quelque sorte leur source commune et leur grand fondement, et ces fonctions sont comme les branches qui en dérivent et qui se placent sous sa dépendance. En effet, le califat est à la tête de toutes les fonctions religieuses et a les compétences les plus générales, car celui qui l'exerce dirige les membres de la communauté et leur applique ses lois d'une façon générale. Les dignités religieuses sont toutes soumises à son autorité et dépendent d'elle. // *La direction de la prière et l'office de sermonneur* // La plus élevée de ces fonctions est la direction de la prière et le sermon. Sous certains aspects, la direction de la prière est supérieure au califat, celui-ci n'ayant d'autorité que sur ce qui touche au gouvernement d'une façon générale et à l'action sur le peuple. En témoigne le fait que les Compagnons avaient utilisé l'argument de la direction de la prière en faveur du califat d'Abû Bakr. En effet, ils n'avaient aucun doute sur le fait qu'il avait remplacé le Prophète à la direction de la prière, mais leur discussion portait alors sur sa fonction de calife en rapport avec le fait de gouverner le peuple et de le faire agir selon les dispositions de la loi divine dans les affaires religieuses et mondaines. Dès lors, le califat n'était concerné que par ces choses et était jugé par analogie avec la direction de la prière. Mais si on considère le califat au sens le plus général, la direction de la prière s'y trouve comprise. *A, B* ♦♦ *b.* Cela établi *[début du 1ᵉʳ §]*, rappelons […] là-dessus *passage absent de A et B.* ♦♦ *c. Dans A et B il n'y a pas de section consacrée à l'office de mufti, qui est intégré dans la section de la fonction de juge.* ♦♦ *d. Le texte sur l'office de juge et de mufti tel qu'il apparaît dans A et B diffère dans sa forme et son contenu des versions ultérieures sur les mêmes sujets, auxquels sont consacrées des sections distinctes. Toutefois un nombre assez important d'idées et d'informations de la version primitive sont reprises dans les versions ultérieures, et une partie importante de la fin du texte est reprise intégralement [p. 521, début du 3ᵉ § à la fin de la section].* ♦♦ *e. Fin du chapitre dans A et B : La charge de témoin judiciaire* // Cette charge consiste à se présenter devant les gens pour recevoir leurs témoignages pour ou contre, et à consigner le témoignage par écrit dans des actes. C'est une charge religieuse qui existe dans les villes. Elle est exercée par les témoins judiciaires en présence desquels le juge prononce ses jugements. Cela ne veut pas dire que la probité légale est restreinte à ces gens. Ce serait contraire à la vérité et aux faits. Ce qui explique cette situation, c'est que le juge a besoin d'un registre et de secrétaires pour y consigner les actes. Ceux qui s'occupent de cette tâche s'en trouvent ainsi distingués des autres, et spécialement attachés au juge. Par ailleurs, les habitants des villes sont nombreux, et le juge ne peut pas connaître tout le monde. Il a donc besoin de désigner à cette charge des gens qu'il est capable de connaître parfaitement, qui savent bien rédiger les documents légaux et consigner les décisions du juge, connaissent les règles de réception et de déclaration des témoignages, le droit relatif aux peines légales, au prix du sang, à la prestation de serment, aux successions, et aux différentes dispositions légales qu'un secrétaire de la justice doit savoir. Aussi cette charge est-elle réservée à une catégorie particulière des habitants de la ville. La probité légale se rencontre souvent chez d'autres personnes, et même à un degré supérieur. Mais cette catégorie de gens est spécialement désignée pour cette tâche parce qu'elle remplit les conditions requises. Mais Dieu est plus savant. // *La* hisba *et la monnaie* // Parmi les dignités religieuses, il y a ces deux charges, qui consistent à contrôler les subsistances et la monnaie des musulmans pour éviter les fraudes dans la qualité ou le poids. Elles sont du ressort du califat en considération du fait qu'elles sont légales et qu'elles concernent tout le monde. Cependant, elles ne sont pas aussi nobles que d'autres charges religieuses, et pour cette raison, leur sont inférieures. / Il y a d'autres dignités qui ont disparu, parce qu'elles sont devenues sans objet. C'est le cas du partage du butin, pour lequel une personne était spécialement désignée lorsque la guerre sainte était instituée à l'époque des États des califes et plus tard. Lorsque l'institution de la guerre sainte n'eut plus cours, cette charge disparut complètement. On trouve dans l'histoire passée des témoignages sur l'existence de cette charge à cette époque. Dieu, en Sa sagesse, dirige toute chose.

1. Voir *Concordance*, I, 333b, l. 16.
2. Sur ce document dont on a démontré le caractère pseudo-épigraphique, voir Émile Tyan, *Histoire de l'organisation judiciaire en pays d'islam*, Paris, Annales de l'université de Lyon, 1938-1943, t. I, p. 23 et 106-113.
3. *An-naẓar fî-l-maẓâlim*, charge qu'Ibn Khaldûn occupa lui-même à Fès.

XXX. Du titre de Commandeur des croyants ; p. 527.

a. la prière et selon laquelle l'imamat jouit d'un rang plus élevé que la prophétie. Ils ont *A, B* ♦♦ *b. Fin de la phrase dans A et B.* ♦♦ *c.* différents *[2 l. plus haut].* / En Orient *A, B* ♦♦ *d.* religieuse et l'anthropomorphisme auquel cela conduit. Il appelait *A, B*

1. Les Fâtimides.
2. Vers déjà cités ici au chapitre II, p. 419.
3. Ce fait est à rapprocher d'une tradition rapportée par Procope, suivant laquelle les commandants des Maures recevaient de l'empereur des Romains les marques distinctives de leur autorité (voir *La Guerre contre les Vandales*, « Guerres de Justinien », livres III et IV, traduction Denis Roques, Les Belles Lettres, 1990, p. 109).

4. Les Mérinides
5. À partir d'Abû ʿInân.

XXXI. Des titres de pape et de kohen ; p. 532.

a. Ce chapitre se présente très différemment dans A et B ; nous en donnons en appendice (p. 1217-1219) la traduction intégrale.

1. Califat, qu'il faut entendre ici dans le sens premier de représentation du Prophète.
2. Ibn Khaldûn donne une histoire détaillée des Israélites dans les *ʿIbar* (voir des extraits en traduction française dans *Peuples et nations du monde*, t. I, p. 175-188).
3. Al-arman, peuple ou tribu qu'Ibn Khaldûn énumère parmi les tribus de Palestine, ne saurait évidemment être identifié avec le peuple arménien, localisé géographiquement entre la Turquie et l'Azerbaïdjan, et qui s'est historiquement constitué à partir du vᵉ siècle avant J.-C., à la suite de l'invasion d'un peuple européen et sa fusion avec la population locale d'Ourartou.
4. Dans les *ʿIbar* (Bûlâq, 1867, t. II, p. 95), citant Tabarî, Ibn Khaldûn précise bien que c'est David qui tua Goliath.
5. On trouve dans tous les manuscrits *yahûdâ*, qui doit être corrigé en Judith.
6. Joseph B. Gorion, ou Pseudo-Josippon, est présenté comme l'auteur de *L'Histoire des Juifs* dont le texte arabe est parfois appelé le « Livre des Maccabées » (voir W. J. Fischel, « Ibn Khaldûn and Josippon », *Homenaje a Millás-Vallicrosa*, Barcelone, 1954, t. I, p. 596).
7. On trouve dans tous les manuscrits *Ushîr*, qui doit être corrigé en Esther.
8. La première partie de l'*Histoire* d'Ibn al-ʿAmîd al-Makîn, où pourrait figurer cette information, n'a pas encore été publiée.

XXXII. Rangs et titres royaux ; p. 538.

a. importantes *[3 l. plus haut]*. Ainsi *A, B* •• *b. Fin de la section dans A et B :* des frontières *[p. 539, fin du 4ᵉ §]*. / « Les connaissances » comprennent d'un côté, la connaissance des lois et de la religion ; [celui qui s'en charge] est le juge, qui applique les dispositions de la loi divine, car le souverain est le gardien de la communauté musulmane ; et de l'autre, la connaissance de la politique, et [celui qui s'en charge] est l'ami et le conseiller du prince. Chacune de ces tâches correspond à une ou plusieurs charges dans l'État, qui en sont des subdivisions et par lesquelles elle se multiplie. Le juge al-Mâwardî a exposé exhaustivement dans son *Kitâb al-ahkâm as-sultâniyya* la plupart de ces charges, en en précisant de façon détaillée les conditions et les règles. Il a consacré tout cet ouvrage à ces questions et a traité d'un grand nombre de charges et de dignités d'après la loi religieuse, bien qu'elles soient devenues des charges gouvernementales liées au pouvoir temporel. Apparemment, il a traité des deux aspects. Je ne disposais pas de cet ouvrage au moment où je rédigeais ce travail, pour que je puisse les présenter exhaustivement. Cependant, je vais les énumérer ci-après, en me basant sur ce que j'ai pu en connaître d'après l'histoire des États. / C'est Dieu qui donne le succès. ♦♦ *c. Fin du § dans A et B.* ♦♦ *d.* spécimens *[2 l. plus haut].* Le calife *A, B* ♦♦ *e. Fin du § dans A, B et E.* ♦♦ *f. Fin du § dans A et B :* vizir. De nos jours le vizir porte chez eux le nom de *nâ'ib*, alors que le nom de chambellan garde toujours la même signification. ♦♦ *g. Fin de la section dans A et B.* ♦♦ *h. Fin du § dans A et B :* *nâ'ib.* Quant au chambellan, il est chez eux celui qui transmet les décisions du sultan et qui se tient devant lui dans les réceptions et les réunions publiques ou privées. ♦♦ *i.* compétents. Les fonctions *A, B* ♦♦ *j.* c'est-à-dire *[3 l. plus haut]* le *mizwâr* des gardes et des troupes. Le *mizwâr A, B* ♦♦ *k. Fin de la section dans A et B.* ♦♦ *l. Voici le texte de cette section dans A et B :* *Les affaires financières* // Cette fonction s'occupe de la comptabilité et des impôts. Au début, comme on l'a vu, elle était aux mains des clients et des *dhimmis* sous les Omeyyades. Au temps des 'Abbâssides, elle fut rattachée au vizir, comme ce fut le cas avec les Barmécides, les Banû Sahl, et d'autres. Plus tard, elle fut exercée seule sous les Omeyyades d'al-Andalus et les 'Ubaydites, ainsi que sous *[p. 553, 2e §, 2e l.]* les Almohades. [...] ont un contact direct *[dernière l.]* avec le souverain. / Il y a d'autres dignités et d'autres fonctions qui concernent des choses particulières que nous n'avons pas à mentionner ici en raison de leur ramification, de leur imprécision, et de la diversité des noms par lesquels elles sont désignées dans les États. C'est le cas, par exemple, de la *hisba*, qui s'occupe du contrôle des commerçants dans les marchés des produits alimentaires : vérification des poids, estimation des prix, et d'autres choses semblables. C'est une fonction nécessaire dans les villes, mais de rang inférieur, étant donné qu'elle est confiée à des personnes subalternes et qu'elle n'a pas de rapport direct avec le souverain, qu'elle ne concerne pas dans son pouvoir propre. Il en est de même de la fonction de la monnaie qui s'occupe du contrôle des deux monnaies dont les gens se servent dans leurs transactions, à savoir l'or et l'argent, afin qu'elles ne soient pas l'objet de falsification, ce qui serait dommageable aux biens des gens. Les monnaies sont préservées en y imprimant la marque du sultan, consistant en dessins gravés : soit des formules écrites, soit des effigies, suivant les habitudes et les conventions. Ces dessins sont le signe que les monnaies sont indemnes de falsification. La personne chargée de cette tâche doit être digne de confiance. Ces deux fonctions font partie des fonctions califales, et nous les avons déjà mentionnées. Elles sont ici reprises en tant que fonctions relevant du pouvoir temporel parce qu'elles touchent à l'intérêt général qui concerne nécessairement aussi bien la religion que la coutume. Aussi, intéressent-elles à la fois le pouvoir temporel et le califat. Il en va autrement de la prière et de la fonction de juge. En effet, elles ne relèvent que de la religion, dont elles sont dérivées, et on ne les connaît qu'à partir de la loi divine. C'est pour cela qu'elles concernent le califat, et non le pouvoir temporel. / Parmi les fonctions du pouvoir temporel, il y avait également l'office des broderies royales. C'est une institution qui a disparu de nos jours à cause de l'effondrement des États. Au temps de la puissance et de la prospérité des États, le responsable des broderies royales contrôlait la fabrique où on tissait les habits du sultan destinés à son usage personnel ou à ses cadeaux. On y dessinait des broderies au nom du sultan, et celles-ci en étaient la parure. Le sultan choisissait lui-même la personne qui assurait la direction de la fabrique, et ceci constituait une des fonctions et des dignités des États. / De même, la fonction des affaires financières a pour ramifications les charges de directeur (*mushrif*) et de comptable (*muhâsib*), c'est-à-dire le chef du registre (*sâhib ad-dîwân*), ainsi que d'autres charges. Il en est de même des fonctions de la guerre. Chacune d'elles se rapporte aux grandes fonctions et y est incluse. / Dieu est maître de son ordre. Il consolide sa coutume parmi ses créatures. ⁘ *m. Cette section est intitulée* Le secrétariat et le paraphe *dans A et B, où elle est placée avant la section précédente* Les affaires financières *; voir ici var l.* ⁘ *n.* exigée par les États *A, B* ⁘ *o.* des arts *[p. 554, 3 l. du bas].* / Dans les États, elle relève de la perfection et est un signe de faste, lorsque s'épanouit la civilisation urbaine, que se diversifient les dignités du pouvoir, qu'excellent les arts, et que se multiplient les fonctions. On a alors besoin de disposer d'excellents secrétaires, et de les affecter spécialement au service de l'État. Au début de l'islam, ceux qui faisaient office de secrétaire auprès du chef de l'État étaient recrutés parmi les gens qui savaient écrire, quelle que soit la qualité de leur écriture. Ensuite, avec le développement de la civilisation urbaine, on exigea une belle calligraphie. Puis quand l'État devint puissant, cette fonction fut confiée à un secrétaire spécialement désigné pour cela, afin de sauvegarder les secrets du pouvoir. / Sous les Omeyyades et les 'Abbâssides après eux, c'était *A, B* ⁘ *p.* des [anciens] États *[p. 556, fin du 1er §].* / On faisait grande attention au choix du secrétaire et on exigeait de lui pour l'exercice de cette fonction des conditions rares et précieuses, telles que l'intelligence, le savoir, la capacité de citer les poètes et les historiens, la virilité, la probité, la connaissance de l'étiquette des rois. Parmi ce que j'ai appris de plus beau à ce sujet, je dois mentionner la lettre de 'Abd al-Hamîd le Secrétaire, dont voici le texte. // « Dieu vous garde *A, B* ⁘ *q. Fin du § dans A et B.* ⁘ *r.* « chef de la police » *[2 l. plus haut].* La charge *A, B* ⁘ *s. Fin de la section dans A et B.* ⁘ *t.* Ifrîqiya. Le commandant *A, B* ⁘ *u.* Oman. La situation *A, B* ⁘ *v.* l'Andalus. Il y eut une flotte en Ifrîqiya à l'époque des Aghlabides. Le calife *A, B* ⁘ *w.* Ibn Abî Sufyân *[2 l. plus haut].* Par la suite *A, B* ⁘ *x.* à leur guise *[1re l.].* Leur flotte, à partir de la Sicile, tenait à sa merci les grandes terres de la rive nord. Les nations *A, B* ⁘ *y.* Byzantine *[8 l. plus haut].* À la même *A, B* ⁘ *z.* Maghreb *[3 l. plus haut].* Le souverain *A, B* ⁘ *aa. Fin du § dans A et B.*

1. Voir p. 516.
2. Sur cette fonction, voir aussi p. 550-551.
3. Le terme arabe pour désigner le « procurateur » est *wakîl.*
4. Pour l'histoire supposée de l'institution du *dîwân*, voir al-Mâwardî, *al-Ahkâm as-sultâniyya*, p. 236-240, où Ibn Khaldûn a dû puiser la plupart de ses informations.
5. C'est la lecture d'Ibn Khaldûn. Le nom doit correspondre à Sarjûn, du grec Sergios.
6. Le terme arabe désignant l'inspecteur des armées est *nâzir al-jaysh.*
7. Le terme employé par Ibn Khaldûn est *bilâd al-jibâya* (« contribution ») : on ne voit pas bien de quoi parle ici précisément Ibn

Khaldûn ; il s'agit probablement de taxes liées au commerce ou à d'autres activités.

8. C'est sans doute la raison pour laquelle Ibn Khaldûn abandonna sans remords son poste de secrétaire du paraphe auprès du jeune sultan Abû Ishâq, qui était sous la tutelle du tout-puissant Ibn Tâfrâgîn (voir *Autobiographie*, p. 83).

9. *At-tawqî'*, une autre fonction, qu'Ibn Khaldûn occupa auprès du sultan mérinide Abû 'Inân (voir *ibid.*, p. 91).

10. La lettre célèbre de 'Abd al-Hamîd, mort en 132 (758-759) au cours des événements qui ont marqué la fin des Omeyyades, est donnée dans *Kitâb al-wuzarâ' wa-l-kuttâb* d'al-Jahshiyârî, avec de légères modifications par rapport au texte d'Ibn Khaldûn (voir éd. Hasan az-Zîn, Beyrouth, Dâr al-fikr li-t-tibâ'a wa-n-nashr, 1988, p. 50-53).

11. Nous avons retenu la leçon donnée par al-Jahshiyârî, *rawîya* (« discernement »), la lecture d'Ibn Khaldûn, *riwâya* (« tradition »), n'ayant pas de sens ici.

12. La leçon d'al-Jahshiyârî, *al-mar'a* (« la femme »), semble plus correcte que la lecture d'Ibn Khaldûn : *al-qurrâ'* (« lecteurs du Coran »).

13. La lecture d'Ibn Khaldûn est *sijillât* (« registres »), mais la leçon d'al-Jahshiyârî, *istihlâb* (action de tirer le lait en trayant, c'est-à-dire ici l'exploitation des taxes) — que nous avons retenue —, doit correspondre au texte original.

14. *Man talzamuhu an-nasîha yalzamuhu al-'amal* que F. Rosenthal (*The Muqaddimah*, t. II, p. 35) traduit : *He who accepts good advice is successful* (« Celui qui accepte les bons conseils réussit »).

15. *Fî-l-qutrayn* : les noms des deux régions dont il est ici question ne sont pas précisés : peut-être s'agit-il de l'Égypte et de la Syrie, placées sous l'autorité mamelouke ; F. Rosenthal suggère l'Orient et l'Occident (*ibid.*, t. II, n. 514, p. 37).

16. *Almiland* : du catalan, *almirant*, ou du castillan, *almirante* (voir R. Brunschvig, *La Berbérie orientale sous les Hafsides*, Maisonneuve, 1947, t. II, p. 94).

17. D'anciennes installations byzantines en Syrie et en Égypte furent d'abord utilisées. Les musulmans, à la suite d'une série de succès — dont la bataille des Mâts (*Dhât as-sawârî*), livrée au large de la Libye en 34 (655), est restée une des plus célèbres illustrations —, enlevèrent le contrôle de la Méditerranée orientale aux Grecs (voir D. M. Dunlop, *Encyclopédie de l'islam*, 2e éd., art. « Bahr ar-Rûm »).

18. Pantelleria. La forme arabe Qûsara vient de Cossyra, ancien nom de l'île.

19. En réalité, la Méditerranée n'a jamais été « un lac musulman », et malgré de nombreuses attaques contre Rome, la Vénétie et Gênes, la rive septentrionale ne fut jamais dominée par les musulmans.

20. *Jazâ'ir ar-Rumaniya* (« îles d'ar-Rumaniya »), où *Rumaniya* semble désigner l'Empire byzantin (voir F. Rosenthal, *The Muqaddimah*, t. II, p. 42 et n. 531).

21. Fait également évoqué dans l'*Autobiographie* (voir p. 215).

22. *Al-fath al-qussî fi-l-fath al-Qudsî* : ni l'édition de C. Landberg, Leyde, 1888, ni celle de Muhammad Mahmûd Subh, Le Caire, 1965, ne contiennent cette lettre.

XXXIII. De l'épée et de la plume ; p. 569.

1. Voir Tabarî, *Annales*, éd. M. J. de Goeje, Leyde, 1879-1901, t. III, p. 103 ; *Târîkh*, t. VII, p. 483.

XXXIV. Les emblèmes du pouvoir ; p. 570.

a. Fin de la section dans A et B. ♦♦ *b. Dans A et B, cette section consacrée à la monnaie était plus courte ; en voici le texte :* Le mot *sikka* désigne le coin et les gravures du sultan sur les dinars et les dirhams. La *sikka* fait également partie du faste royal et est nécessaire dans les États. Elle permet de distinguer les bonnes pièces de monnaie des mauvaises, car les gens ont confiance dans la marque du sultan qui frappe les monnaies. / Les rois non arabes avaient des monnaies sur lesquelles ils dessinaient des figures qui leur étaient particulières comme, par exemple, l'effigie du souverain, ou l'image d'une forteresse, d'un animal, d'un monument. Il en fut toujours ainsi chez eux. Quand vint l'islam, cet usage fut abandonné en raison de la simplicité de la nouvelle religion et de la bédouinité des Arabes. Dans leurs transactions, ceux-ci utilisaient l'or et l'argent au poids. Les pièces d'or et d'argent perses étaient également en usage chez eux, mais ils les ramenaient à leur poids, et ils s'en servaient dans leurs transactions. Il en fut ainsi jusqu'au jour où 'Abd al-Malik eut l'idée de frapper monnaie, afin de préserver des fraudes les deux monnaies qui avaient cours parmi les musulmans dans leurs transactions. Il détermina les valeurs des pièces d'or et d'argent, et adopta un coin sur lequel il grava des mots, non des images. En effet, les Arabes étaient plus enclins à l'éloquence, sans compter que la loi religieuse interdit les images. Après 'Abd al-Malik, cet usage se perpétua durant tout le temps de la communauté musulmane. Les pièces d'or et d'argent avaient une forme ronde et portaient des inscriptions en cercles concentriques. Il en fut ainsi durant tout le temps des 'Abbâssides, des 'Ubaydites et des Omeyyades [de l'Andalus]. Quant aux Sinhâja, ils n'adoptèrent la monnaie qu'à la fin de leur pouvoir, avec al-Mansûr, maître de Bijâya, comme le dit Ibn Hammâd. Quand les Almohades arrivèrent au pouvoir, le Mahdî leur prescrivit d'adopter une monnaie d'argent carrée et de graver un carré dans la monnaie d'or. On devait en graver sur toute la surface des lignes avec son nom, puis avec celui de ses successeurs. C'est ce qu'on fit. La monnaie almohade avait cette forme jusqu'à notre époque. C'est pour cela qu'on appelait le Mahdî « l'homme au dirham carré ». Les gens qui prédisent l'avenir l'avaient ainsi désigné avant son avènement. ♦♦ *c. Dans A et B la section placée après « La monnaie » est celle consacrée aux « Broderies royales », elle-même suivie de la section consacrée au « Sceau ». Cet ordre a été inversé dans les versions ultérieures. Voici le texte de ces deux sections, tel qu'il se présente dans A et B : Les broderies royales //* À l'époque des Omeyyades et des 'Abbâssides, les califes mettaient leurs noms dans les broderies des tissus qu'ils utilisaient pour leurs vêtements, en se servant de fils d'or. Leurs habits avaient ainsi une marque particulière, destinée à accroître leur prestige. Les noms remplaçaient les images et les effigies que les rois non arabes dessinaient sur leurs habits. Dans ces deux États, l'office des broderies royales était une fonction élevée et était confié aux clients importants et aux hommes de confiance. Cette institution disparut et son importance diminua lorsque les États ne furent plus capables de mener un train de vie luxueux et durent se contenter du nécessaire, en renonçant à toutes les manifestations du faste. / Les Almohades n'adoptèrent pas de broderies, parce que leur pouvoir était fondé depuis ses débuts sur des bases religieuses et que leur imam al-Mahdî avait institué une voie d'abstention de tout ce qui était suspect. Comme ce genre d'habits était le plus souvent fait en soie et les broderies faites de fils d'or, les califes almohades ne pouvaient les mettre ni les utiliser. Aussi, cette institution n'exista-t-elle pas dans leur État. Nous avons pu en voir quelques exemples dans l'État mérinide à l'époque de sa beauté et de sa puissance. Les Mérinides imitèrent la tradition qui en avait été préservée dans l'État des Banû al-Ahmar en Andalus, où se conservaient les traces de l'ancien État omeyyade. Dieu est l'héritier de la terre et de ceux qu'elle porte. // *Le sceau* // Le sceau faisait partie des fonctions califales. À l'origine, on l'utilisait pour sceller les lettres et les actes. En effet, il est établi dans les deux *Sahih* que, lorsque le Prophète voulut un jour écrire à l'empereur byzantin, on lui fit remarquer que les non-Arabes n'acceptaient une lettre que si elle était revêtue d'un sceau. Le Prophète se fit faire un sceau en argent et y fit graver la formule : « Muhammad, le Messager de Dieu. » Al-Bukhârî précise que Muhammad disposa les trois mots en trois lignes, puis s'en servit et défendit à quiconque d'en faire graver un semblable. Il ajoute qu'ensuite ce sceau fut utilisé par Abû Bakr, 'Umar et 'Uthmân. Mais 'Uthmân le laissa tomber dans le puits d'Arîs. On mit le puits à sec, mais on ne trouva point le sceau. / Le sceau fut d'abord utilisé pour sceller les lettres. Les califes 'abbâssides et omeyyades lui accordèrent une grande importance et le confièrent en exclusivité au vizir. On peut citer à cet égard ce qu'a rapporté at-Tabarî à propos d'ar-Rashîd : lorsque celui-ci voulut prendre pour vizir Ja'far à la place d'al-Fadl, il dit à Yahyâ Ibn Khâlid, leur père : « Ô père, je veux passer le sceau de ma droite à ma gauche. » Yahyâ comprit qu'il voulait remplacer al-Fadl par Ja'far, parce que ar-Rashîd avait fait allusion au vizirat en utilisant le mot sceau. En effet, la fonction du sceau était une des attributions particulières du vizirat, et lui était réservée en propre. C'est là l'histoire du sceau. / Puis le sceau devint d'usage courant chez les califes. On passa à une période de faste et de richesse. Et, avec la richesse, comme on le fait pour tout l'équipage et les ustensiles, on commença à faire des sceaux en or, à les incruster de jacinthes, d'émeraudes, et de turquoises, et à en rechercher les plus beaux et les meilleurs modèles. Pour sceller les lettres, on adopta un cachet en argent où on gravait des mots qui désignaient le chef de l'État directement ou par allusion, avec son surnom ou sa qualité. On scellait les lettres après avoir trempé le sceau dans de la cire. D'après ce que nous avons vu chez les historiens, on cachetait les lettres et les actes avec de l'argile à cacheter. Nous n'avons pas nous-même observé directement ce procédé. Mais selon toute apparence, il s'agit d'une argile rouge qu'on dilue dans de l'eau et où on trempe le sceau. On appose ensuite ce sceau sur le rouleau après le pli, selon le même procédé que celui qu'on utilise aujourd'hui quand on appose un cachet sur une marchandise dans les marchés, après l'avoir trempé dans une argile utilisée à cet effet, qu'on appelle « terre rouge ». À l'époque 'abbâsside, l'argile à cacheter était expédiée à la maison royale de Sirâf. Elle était connue sous le nom d'« argile à cacheter », comme on peut le voir dans l'histoire des 'Abbâssides au chapitre des cadeaux des gouverneurs et des produits des impôts qu'ils expédiaient au souverain. ♦♦ *d. Fin du § dans A et B.* ♦♦ *e. Dans A et B « La* maqsûra *» et « La prière pour le souverain » font l'objet de deux sections distinctes et données dans un ordre différent : « La* maqsûra *» vient à la suite de « L'équipage » et « La prière » à la suite du « Sceau ». Début de la section dans A et B :* Le premier à avoir adopté une place réservée dans la mosquée pour la prière du souverain fut Marwân Ibn 'Abd al-Hakam, lorsqu'il fut frappé par un coup de lance par un Yéménite. Depuis lors, craignant pour leur vie, les califes adoptèrent la *maqsûra.* Ainsi fut établie la coutume de séparer le souverain du reste des fidèles lors de la prière. Elle n'est cependant observée que lorsque les États atteignent le stade du luxe et de la puissance, comme c'est d'ailleurs le cas pour tous les usages qui touchent à la pompe royale. On raconte qu'elle ne fut adoptée par les Almohades que sous Ya'qûb al-Mansûr, lorsque l'État almohade devint puissant et atteignit le stade du luxe. Il en est ainsi de tous les États. C'est la coutume de Dieu envers Ses serviteurs *[p. 587, fin du 1er §].*

1. Voir *Sirr al-asrâr*, éd. 'Abd ar-Rahmân Badawî, *Fontes Graecae doctrinarum politicarum Islamicarum*, Le Caire, 1954, p. 150.

2. Ce mot a bien l'apparence d'un mot berbère, mais ne correspond à aucun mot connu : le seul mot avec lequel on puisse le rapprocher est *zga*, qui signifie « crier », « appeler », « cris », « plaintes » dans certains parlers arabes marocains (voir Edmond Destaing, *Textes arabes en parler des Chleuhs du Sous*, Geuthner, 1937, p. 232 ; Victorien Loubignac, *Textes arabes des Zaër*, Besson, 1952, p. 446).

3. Les mots *châlîsh* et *chatr*, ainsi que *kôs*, plus loin, sont d'origine persane.

4. D'après al-Qalqashandî (*Subh al-a'shâ*, Le Caire, 1331-1338/1913-1920, t. IV, p. 8), la *'isâba* était un drapeau en soie jaune brodé d'or.

5. Muhammad Ibn 'Alî Ibn Hammâd, qui composa son *Histoire* autour de 617 (1200).

6. Le *Kitâb ma'âlim as-sunan* d'Ahmad (ou Hamd) Ibn Muhammad al-Khattâbî est un commentaire sur les *Sunan* d'Abû Dâwud — un des six ouvrages élevés au rang de ce qui doit être considéré comme tradition du Prophète ; voir F. Rosenthal, *The Muqaddimah*, t. II, n. 577, p. 59, qui cite Carl Brockelmann, *Geschichte der Arabischen Literatur*, Leyde, 1937-1942, t. I, p. 161 et 165. Suppl., p. 267-275.

7. *Al-Ahkâm as-sultâniyya*, p. 180.

8. Voir al-Bukhârî, *Sahîh*, p. 90, ainsi que p. 92 et suiv. ; Muslim, *Sahîh*, t. II, p. 328. La version d'Ibn Khaldûn est légèrement différente de celles que donnent Bukhârî et Muslim.

9. Voir at-Tabarî, *Annales*, t. II, p. 5 ; *Târîkh*, t. V, p. 162.

10. Voir at-Tabarî, *Annales*, t. II, p. 206 ; *Târîkh*, t. V, p. 330.

11. Cette anecdote est rapportée par la plupart des historiens d'Égypte (voir notamment Ibn 'Abd al-Hakam, *Futûh Misr*).

XXXV. Des guerres et des doctrines ; p. 589.

a. Ce chapitre a fait l'objet de profonds remaniements : nombreux ajouts et modifications ; plusieurs sections qui étaient distinctes dans A et B sont rassemblées dans la version définitive. Nous ne signalons en variantes que les modifications et les additions les plus importantes. ♦♦ *b.* C'est donc une faute *[12 l. plus haut]* grave, considérée comme un péché mortel, parce qu'elle entraîne l'ouverture d'une brèche dans le rempart de la religion, du fait qu'elle ouvre une brèche dans le rempart de la communauté musulmane. Les États *A, B* ♦♦ *c. Fin de la phrase dans A et B.* ♦♦ *d. Ce § ne figure pas dans A et B.* ♦♦ *e. Fin du § dans A et B.* ♦♦ *f. Ce § et le suivant ne figurent pas dans A et B.* ♦♦ *g. Ce § et le suivant ne figurent pas dans A et B.* ♦♦ *h. Ce passage relatif aux tranchées constitue une section indépendante dans A et B intitulée* Les tranchées autour du camp . ♦♦ *i. Ce § et le suivant ne figurent pas dans A et B.* ♦♦ *j. Fin du premier extrait dans A et B.* ♦♦ *k. Voici comment se présentait ce deuxième extrait dans A et B :* Je te fais [...] cultivées. / Choisis *[3 v. plus bas]* la double [...] attaqué. / Choisis *[3 v. plus bas]* de livrer [...] imprenable. / Attaque *[3 v. plus bas]* dès le premier [...] c'est courir au désastre. ♦♦ *l. Le passage qui suit, relatif aux causes de la victoire dans les guerres, à la chance et à la célébrité, constitue une section indépendante dans A et B, intitulée* Les raisons de la victoire dans les guerres . ♦♦ *m. Fin de la phrase dans A et B.* ♦♦ *n. Cette phrase ne figure pas dans A et B.*

1. Voir *Concordance*, I, 223a.

2. Voir p. 585.

3. Voir at-Tabarî, *Annales*, t. I, p. 1941, l. 14 et suiv., annéee 128 ; *Târîkh*, t. VII, p. 347. Ibn Khaldûn commet ici une erreur sur le nom du calife : il s'agit en effet de Marwân II, et non de Marwân Ibn 'Abd al-Hakam.

4. Comme lors de la guerre de Bélisaire contre les Vandales, avant l'attaque de Carthage (voir Procope, *La Guerre contre les Vandales*, p. 83).

5. Ces propos sont rapportés par at-Tabarî et Ibn al-Athîr.

6. Général qui combattit aux côtés de 'Alî. Ces exhortations au courage rappellent les discours que tenaient les généraux byzantins à leurs soldats avant d'engager la bataille, comme on le voit chez Procope, *La Guerre contre les Vandales*, par exemple p. 72-74, ou 150-152.

7. On pourra consulter pour ce poète, sur lequel on ne connaît que peu de chose, l'ouvrage de S. M. Stern, *Les Chansons mozarabes*, Palerme, 1953, p. 57.

8. Pour les deux citations, voir at-Tabarî, *Annales*, t. I, p. 2161, an 13 ; *Târîkh*, t. III, p. 445.

9. Voir A. J. Wensinck, *A Handbook of Early Muhammadan Tradition*, Leyde, 1927, p. 284a.

10. Voir *Concordance*, II, 271b.

11. Voir at-Turtûshî, *Sirâj al-mulûk*, chap. XII.

12. Ibn Khaldûn fait référence apparemment au début du chapitre III (voir p. 421-422).

13. Tout ce développement sur les causes du mensonge dans les récits est une reprise littérale d'un passage de l'« Introduction au *Livre des Exemples* » (voir p. 11 et suiv.).

XXXVI. Des impôts ; p. 601.

a. Titre du chapitre dans A et B : Les impôts et les raisons de leur insuffisance ou de leur abondance . ♦♦ *b.* fiscaux *[1re l.]*. Par la suite *A, B*

1. *Mâl*, c'est-à-dire or, argent et marchandises.

2. *Yakthuru al-i'timâr*. Le sens du mot *i'timâr* ici n'est pas clair. Faut-il entendre : activités agricoles ou économiques de façon plus large ? ou bien, population ? Les deux sens seraient possibles.

3. *Tadhhabu ghibtatu ar-ra'âyâ fî al-i'timâr* : le mot *i'timâr* semble désigner ici toutes les sortes d'activités économiques : commerce, production artisanale, agriculture.

XXXVII. Des droits de douane ; p. 603.

a. Titre du chapitre dans A et B : Le prélèvement des contributions dans les États . ♦♦ *b. Fin du § dans A et B :* indépendants. Ceci, jusqu'au jour où Dieu accorda à ses habitants la faveur d'entrer sous le pouvoir de notre Seigneur, le Commandant des croyants, Abû l-'Abbâs, que Dieu l'assiste, et de se mettre de nouveau sous l'égide de son équité. Ils purent alors échapper à l'étouffement de l'injustice et n'eurent plus à supporter les effets des taxes illégales et de l'oppression.

XXXVIII. Du commerce d'État ; p. 604.

a. Ce chapitre ne figure pas dans A et B.

XXXIX. De la richesse du souverain ; p. 607.

a. Ce § ne figure pas dans A et B. ♦♦ *b. Après ce chapitre s'insère ici dans A un chapitre qui disparaît des versions ultérieures de la Muqaddima. Nous en donnons en appendice (p. 1220-1225) la traduction intégrale.*

1. Il s'agit de 'Ubayd Allâh Ibn Mansûr Ibn Sulaymân. Jabala est une localité au sud de Lattakiyah. L'événement est relaté par Ibn al-Athîr (voir *al-Kâmil*, Beyrouth, 1978, t. X, p. 128 et suiv.).

2. Vers souvent cités du poète Abû Dhu'ayb, qui vivait au premier siècle de l'islam (VIIe-VIIIe siècle) ; voir J. Hell, *Der Dîwân des Abû Dhu'ayb*, Hanovre, 1926, 1, v. 14. Voir aussi Ibn 'Abd Rabbih, *'Iqd*, Le Caire, 1968, t. III, p. 161 ; Ibn Qutayba, *Introduction au livre de la poésie et des poètes*, texte arabe d'après l'édition de De Goeje, avec introduction, traduction et commentaire par Gaudefroy-Demombynes, Les Belles Lettres, 1947, p. 6.

XLI. L'injustice ruine la civilisation ; p. 612.

a. Ce § ne figure pas dans A et B. ♦♦ *b. Ici se termine ce chapitre dans A et B. Après figure dans A un long chapitre qui disparaît des versions ultérieures (voir Appendices, p. 1226-1235).*

1. Voir al-Mas'ûdî, *Murûj adh-dhahab*, t. I, p. 292-294.

XLII. Restriction de l'accès au souverain ; p. 618.

1. Voir ici chap. XIX, p. 462-463.

XLV. Comment un État se désintègre ; p. 624.

a. Début du chapitre dans A. ♦♦ *b. Ici se termine ce chapitre dans A.*

XLVI. De la naissance à la fin d'un État ; p. 628.

a. Ce chapitre ne figure pas dans A, B, C et E.

XLVII. Comment les États sont fondés ; p. 632.

a. Ce chapitre ne figure pas dans A et B.

XLVIII. Le nouvel État engage une longue guerre ; p. 633.

a. Ce chapitre ne figure pas dans A et B.

1. Voir ici chap. XXXV, n. 9, p. 598.

L. Pas de civilisation sans gouvernement ; p. 639.

a. Ce chapitre ne figure pas dans A et B.

1. *As-siyâsa al-madaniyya*, qui correspond au titre d'un ouvrage d'al-Fârâbî sur la politique (voir *Kitâb as-siyâsa al-madaniyya*, éd. Fawzî Najjâr, Beyrouth, 1964). Pour une vue d'ensemble récente sur les aspects politiques de la philosophie islamique, voir *The Political Aspects of Islamic Philosophy, Essays in Honor of Muhsin S. Mahdi*, éd. Charles E. Butterworth, Cambridge, Harvard University Press, 1992.

2. *Al-madîna al-fâdila*, qu'on traduit parfois par « la cité vertueuse ».

3. *Hikma*, rendu ici par « sagesse », et que F. Rosenthal traduit par philosophie (voir *The Muqaddimah*, t. II, p. 138). Sur cette traduction, voir nos remarques dans la « Préface » au *Livre des Exemples*, n. 13, p. 5.

4. Voir at-Tabarî, *Annales*, t. III, p. 1046-1061 ; *Târîkh*, t. VIII, p. 582-591. D'après G. Richter (*Zur Geschichte des älteren arabischen Fürstenspiegel*, Leipzig, Leipziger Semitistische Studien, n.f., 3, 1952, p. 80 et suiv.), la composition de ce document remonte à 205/206 (821). La version la plus ancienne du texte se trouve dans l'*Histoire de Bagdad* d'Ibn Abî Tâhir Tayfûr (voir *Kitâb Baghdâd*, éd. Muhammad Zâhid Ibn al-Husayn al-Kawtharî, 1368/1949, p. 26-34). Il ne semble pas qu'Ibn Khaldûn ait connu le texte d'Ibn Abî Tâhir Tayfûr. Le plus vraisemblable est qu'il a d'abord utilisé la version de la lettre donnée par Ibn al-Athîr dans son *al-Kâmil* (voir t. V, p. 198-203), et qu'il l'a ensuite révisée d'après at-Tabarî. En effet, le texte donné par Ibn Khaldûn s'arrête au même endroit que chez Ibn al-Athîr, omettant les quelques lignes supplémentaires données par at-Tabarî.

LI. À propos du Fâtimide ; p. 652.

a. On trouve pour ce chapitre dans A une version différente dont nous donnons en appendice la traduction (p. 1235-1246).

1. Le principal ouvrage d'Abû Dâwud est le *Kitâb as-Sunan*, qui est un des six recueils canoniques de traditions adoptés par les sunnites. La *Risâla* dont parle ici Ibn Khaldûn ne semble pas avoir été préservée. Un recueil de traditions *mursal*, le *Kitâb al-marâsîl*, a été publié au Caire en 1310/1892 (voir J. Robson, *Encyclopédie de l'islam*, 2e éd., art. « Abû Dâ'ûd »).

2. Voir Ibn Sa'd, *Tabaqât*, éd. E. Sachau, Leyde, 1905-1940, t. VI, p. 224 ; éd. Dâr Sâdir, Beyrouth, s.d., t. VI, p. 320-321.

3. De Harûrâ', localité proche de Koufa où s'étaient réunis en *rabî'* I, 37 (août-septembre 657) les partisans de 'Alî hostiles à l'arbitrage offert par Mu'âwiya et où ils avaient fait sécession (voir *Encyclopédie de l'islam*, 2e éd., art. « Harûrâ' »).

4. Légende rapportée par de nombreux auteurs selon laquelle une prostituée, n'ayant pu séduire Jurayj, un juif pieux, se fit engrosser par un berger. Les juifs accusèrent Jurayj de fornication. Celui-ci pria Dieu de l'innocenter, et le bébé au berceau parla, disant que son père était le berger (voir Ibn Hanbal, *Musnad*, Le Caire, 1313/1895, t. II, p. 307).

5. *Nuqabâ'* (pluriel de *naqîb*) : le mot semble pris ici dans un sens différent de celui qu'il a d'ordinaire chez les sunnites, pour qui le *naqîb al-ashrâf* est la personne chargée, en particulier, de statuer sur la qualité de sharîf, ou descendant de la famille du Prophète.

6. Voir *'Anqâ' mughrib*, Le Caire, 1954, dont le titre complet signifie : « Le phénix stupéfiant, sur le Sceau des saints et le Soleil de l'Occident. » L'ouvrage traite de deux thèmes centraux, comme son nom l'indique : le Sceau des saints et le Mahdî, auquel il est fait allusion par l'expression « Soleil de l'Occident ». Mais les indications qu'il contient, souvent cryptiques, ne concernent pour l'essentiel que le Sceau de la sainteté universelle. Sur ces questions, voir Michel Chodkiewicz, *Le Sceau des saints*, Gallimard, 1986.

7. Voir Al-Bukhârî, *Sahîh*, t. II, p. 390.

8. Les citations d'al-Kindî se réfèrent à sa *Risâla fî mulk al-'Arab* (voir éd. O. Loth, *Morgenländische Forschungen*, Leipzig, Festschrift H. L. Fleischer, 1875, p. 261-309).

9. Voir Muslim, *Sahîh*, t. II, p. 194 ; *Concordance*, I, 306b ; II, 70b.

10. Voir *ibid.*

11. Sur le *Kitâb al-Jafr*, voir p. 693.

12. Voir p. 424-427.

13. Voir p. 427.

14. Voir *ibid.* Le fait est relaté par 'Abd al-Haqq al-Bâdisî dans *al-Maqsid ash-sharîf* (voir éd. Sa'îd A'râb, Rabat, 1414/1993, p. 115). Le personnage y est appelé al-Hâj al-'Abbâs Ibn Sâlih et l'auteur précise que sa mort eut lieu en l'an 686 (1287).

15 Voir *Autobiographie*, p. 68.

16. Voir *Histoire des Berbères*, t. I, p. 81-86 ; *Ibn Khaldûn, Peuples et nations du monde*, t. II, p. 448-453.

LII. Des prédictions relatives aux États ; p. 681.

a. On trouve dans A, pour ce chapitre, un texte plus court et substantiellement différent quant au contenu ; nous en donnons en appendice (p. 1247-1255) la traduction intégrale. ♦♦ *b. Ici s'achève ce chapitre dans E. Le copiste ajoute :* La première partie de la *Muqaddima* est achevée, et avec son achèvement s'achève le premier volume du *Kitâb az-Zâhirî fî l-'Ibar bi-akhbâr al-'Arab wa-l-'Ajam wa-l-Barbar.* Il sera suivi, dans la deuxième partie, de la quatrième section du premier livre sur les pays, les grandes capitales et les villes, ainsi que sur toute la civilisation urbaine, [et des autres sections] jusqu'à la fin de la *Muqaddima.* C'est Dieu qui procure aide et assistance. *Ici s'achève également I qui ajoute :* Première partie du *Kitâb al-'Ibar fî akhbâr al-'Arab wa-l-'Ajam wa-l-Barbar,* qui sera suivi, dans la deuxième partie, de la quatrième section du premier livre.

1. Voir son *Rawd al-unuf,* Le Caire, 1332/1914, t. II, p. 36 et suiv.
2. Voir at-Tabarî, *Annales,* t. I, p. 8 ; *Târîkh,* t. I, p. 10. Toutes les références pour les citations de Tabarî qui suivent sont faites aux mêmes ouvrages, pages suivantes.
3. Voir Abû Dâwud, *Sunan,* t. IV, p. 77.
4. Voir ici chap. LI, p. 654 et n. 1.
5. Voir al-Bukhârî, *Sahîh,* t. IV, p. 253 ; Muslim, *Sahîh,* t. II, p. 679.
6. Voir at-Tirmidhî, *Sahîh,* t. II, p. 30.
7. Voir at-Tabarî, *Annales,* t. III, p. 496 et suiv. ; *Târîkh,* t. VIII, p. 146.
8. Voir *Autobiographie,* p. 236.
9. Voir Ibn al-Athîr, *al-Kâmil,* année 319.
10. C'est la dernière date relative à la biographie d'Ibn Khaldûn, mentionnée dans la *Muqaddima.*
11. Voir Ibn Kathîr, *al-Bidâya wa-n-nihâya,* Beyrouth, s.d., t. XIII, p. 115.
12. Mot que nous n'avons pu déchiffrer.

Quatrième partie du livre I

LES PAYS, LES CAPITALES ET LES CITÉS. LA CIVILISATION URBAINE ET TOUS LES ÉTATS QUI L'AFFECTENT

Comme nous l'avons dit dans la Notice (p. 1293), le manuscrit *A* s'arrête à la fin de la troisième partie. Le manuscrit *B* devient, à partir du début de la quatrième partie, le seul représentant de la version primitive de la *Muqaddima.*

I. Les États sont antérieurs aux cités ; p. 703.

1. Voir, par exemple, la deuxième partie de la *Muqaddima,* chap. I, p. 370.
2. Voir al-Khatîb al-Baghdâdî, *Târîkh Baghdâd,* Le Caire, 1349/1931, t. I, p. 117.

II. Le pouvoir exige la cité ; p. 705.

a. Ce chapitre ne figure pas dans B.

III. À grand pouvoir, grandes cités ; p. 706.

a. En effet, pour construire des villes, il faut réunir des ouvriers *[4 l. plus haut]* de toutes les régions. Souvent *B* ♦♦ *b.* dans le roc. La caravane *B*

1. Voir IIIe partie, chap. XVI, p. 448 et suiv.
2. À Carthage.
3. Voir al-Bukhârî, *Sahîh*, éd. Krehl, Leyde, 1862-1908, t. II, p. 349. La même observation est faite dans la troisième partie, chap. XVI (voir p. 448 et n. 2).

IV. Dynasties et grands édifices ; p. 708.

1. Voir IIIe partie, chap. XVI, p. 448.

V. Principes pour la fondation des villes ; p. 710.

a. Ce chapitre et le suivant sont intervertis dans B. ♦♦ *b. Ce § ne figure pas dans B.*

1. Voir al-Bakrî, *Description de l'Afrique septentrionale*, 2e éd., Alger, 1913, p. 43. Cependant Ibn Khaldûn ne rapporte pas fidèlement les propos d'al-Bakrî, et ajoute la découverte du vase de cuivre, qui n'est pas mentionnée dans le texte de Bakrî.

VI. Mosquées et temples vénérés ; p. 713.

a. Début du chapitre dans B : Dieu a accordé la supériorité à certains endroits sur la terre et les a spécialement désignés pour Lui rendre un culte et L'honorer. Il a par avance eu la bonté d'en informer [les hommes] par la bouche de Ses prophètes, et en a fait des mosquées où les hommes reçoivent de plus grandes récompenses et accroissent leurs rétributions, par l'effet de Sa bienveillance envers Ses serviteurs et pour leur faciliter les voies du bien et de la bonne direction. / Les trois mosquées *[p. 713, début du dernier §]*, c'est-à-dire [...] à s'y rendre *[p. 713, 3 l. du bas]* en pèlerinage. Ismaël fut enterré dans le Hijr qui s'y trouve. ♦♦ *b.* édifices. La plupart des prophètes, descendants d'Isaac, y sont enterrés ainsi que dans ses environs. *B* ♦♦ *c. Fin de la phrase dans B.* ♦♦ *d. Début de la section dans B : La Mecque //* On dit qu'elle fut bâtie par Adam, en face de la Maison fréquentée, et qu'elle fut ensuite emportée par le Déluge. / Ensuite, Dieu envoya Abraham. On connaît son histoire. Il conduisit son fils Ismaël avec sa mère Agar jusqu'à l'endroit où se trouve La Mecque et les laissa là. Comme il a été établi dans les textes qui font autorité, ils furent entourés de la faveur de Dieu *[plusieurs mots illisibles]* du fait que les Jurhum s'installèrent auprès d'eux. Ismaël adopta le lieu du temple comme un refuge pour s'abriter. La pierre noire s'y trouvait. Puis Abraham vint lui rendre visite de Syrie, après avoir reçu l'ordre de construire le temple. Il le construisit donc, avec l'assistance de son fils Ismaël, et posa la pierre noire à sa place. Il appela les gens à faire le pèlerinage à ce temple, et Ismaël fit de même après lui. Ce dernier continua à diriger les affaires du temple jusqu'à ce que Dieu le reprit, ainsi que sa mère Agar. Après lui, ses fils, secondés par leurs oncles maternels, les Jurhumites, continuèrent à servir la Maison. / On vint ♦♦ *e.* Tubba' la couvrit *B, E* ♦♦ *f.* Kaaba, jusqu'à *B* ♦♦ *g. Fin de la section dans B :* et se dispersèrent. Comme les Khuzâ'a administraient mal la Kaaba, les Quraysh la leur prirent et les soumirent à leur autorité. Durant leur administration, le temple subit une inondation et s'écroula. Ils le rebâtirent en mieux, et le Prophète assista à sa reconstruction. L'islam institua la loi du pèlerinage à ce temple. Il en fit une obligation, et en établit les rites. Il apporta au sujet de sa supériorité et de la faveur divine dont il avait joui dans le passé des informations bien connues d'après le *Sahîh*. / Voilà ce qu'il en est de La Mecque. Le temple s'appelle « la Kaaba », « le Temple d'Abraham et d'Ismaël », « la Mosquée sacrée ». Son édifice est trop important et trop célèbre pour qu'il soit nécessaire d'en dire plus. ♦♦ *h. Dans B, la section sur Jérusalem se présente différemment. En voici le texte :* Initialement, Jérusalem était le lieu où fut dressée la tente de Moïse. En effet, lorsque Moïse sortit d'Égypte avec les Fils d'Israël pour se rendre au désert du Sinaï, les Israélites n'avaient d'autres demeures que les tentes. Quand il reçut de Dieu la Torah, il la mit dans une arche qu'on transportait à dos d'animaux de bât quand on se déplaçait, et qu'on posait sur le sol quand on s'arrêtait. On l'entourait d'une enceinte de toile et on se réunissait autour d'elle pour le culte. Quand on voulait faire un sacrifice, on le faisait auprès d'elle, et on répandait le sang autour. Les Israélites avaient des effigies pour rendre le culte, faire les sacrifices et brûler les parfums. On les mettait avec l'arche. Après la prise de Jéricho et la mort de Moïse et d'Aaron, l'arche et les effigies furent déposées dans le lieu où se trouvait Jérusalem, en souvenir de la faveur que Dieu lui avait accordée auparavant. Ils y dressèrent une tente et y mirent également le bâton de Moïse. Par la suite, quand leur pouvoir grandit, ils construisirent à la place de la tente un temple, où ils déposèrent les effigies, l'arche, le bâton et l'échelle qu'ils utilisaient pour allumer les candélabres et les bougies. Puis vint David. Il eut un grand pouvoir, et fit construire un temple à proximité pour le culte. Après lui, Salomon fut un roi puissant. Il procéda pour la construction du temple de Jérusalem de la meilleure façon. Il fit faire des effigies d'or et d'argent, ainsi que l'échelle et les candélabres, et les sertit presque entièrement de perles. Cela eut lieu cinq cents ans environ après Moïse. Le temple resta ainsi un certain temps. Puis il fut démoli par Nabuchodonosor, huit cents ans après son édification. Nabuchodonosor brûla la Torah et le bâton, fit fondre les effigies, et dispersa les pierres. Quand les juifs furent ramenés dans leur pays par les rois des Perses, Ezra, le prophète des Fils d'Israël à cette époque, le reconstruisit avec l'aide de Bahman, roi des Perses, qui était le fils d'une Israélienne, prisonnière de Nabuchodonosor. Puis les Israélites furent gouvernés successivement par les Grecs, les Égyptiens et les Romains, et durant toute cette période, rien n'arriva au temple. Puis, lorsque vint Titus, empereur des Romains, et qu'il les eut soumis, il démolit Jérusalem et son temple et ordonna qu'on cultivât un champ sur son emplacement. / Plus tard, les Romains adoptèrent la religion chrétienne. Ils rebâtirent le temple et lui vouèrent une grande vénération. Ils construisirent à proximité Bethléem, la maison où naquit le Christ, et instituèrent l'obligation de s'y rendre en pèlerinage. C'était, prétendaient-ils, pour visiter les tombeaux des prophètes et honorer ce temple, comme un de leurs rites d'humilité. / Il en fut ainsi jusqu'à l'avènement de l'islam. Celui-ci attacha à sa construction l'importance que Dieu permit de lui accorder, selon ce qu'il est énoncé au sujet de sa supériorité dans le Livre. Les musulmans enlevèrent les effigies et les candélabres, dont l'effacement était l'œuvre de Dieu. Par la suite, les califes omeyyades mirent leur soin à en édifier la mosquée suivant les traditions des mosquées de l'islam. / À l'époque de l'affaiblissement *[p. 722, début du dernier §]* du califat [...] Il détruisit leur église, découvrit *[p. 723, 10 l. du haut]* le Rocher et réédifia la mosquée à peu près dans la forme qu'elle a de nos jours. ♦♦ *i.* à cet honneur. Les Ansâr lui donnèrent l'hospitalité et le soutinrent. À partir *B* ♦♦ *j.* tribu. Les Ansâr *B* ♦♦ *k. Fin du § dans B.* ♦♦ *l. B ajoute* et de légalité . ♦♦ *m. Fin de la phrase dans B.*

1. Coran, II, 125.

2. Comme on le verra plus loin (p. 716), Ibn Khaldûn localise al-Hijr près de la Kaaba. Al-Hijr désigne aussi le site de ruines antiques au nord de l'Arabie saoudite, près du petit village de Madâ'in Sâlih. Il a été identifié avec la Egra de Strabon et la Hegra de Pline (voir *Encyclopédie de l'islam*, 2e éd., art. « Hidjr »).

3. Voir al-A'shâ, *Dîwân*, éd. R. Geyer, Vienne et Londres, 1928, no 15, v. 44.

4. Voir al-Bukhârî, *Sahîh*, t. I, p. 45 et 400 ; t. III, p. 197.

5. Voir al-Azraqî, *Akhbâr Makka*, éd. F. Wüstenfeld, Leipzig, 1858, t. I, p. 170.

6. Voir al-Bukhârî, *Sahîh*, t. I, p. 403 ; t. IV, p. 420 ; Abû Dâwud, *Sunan*, Le Caire, 1310/1892-1893, t. II, p. 167 ; Ibn Mâja, *Sunan*, Le Caire 1349/1930, t. II, p. 140.

7. D'après le Coran, XVII, 1.

8. Il doit s'agir d'Abraham.

9. *Qubba*, qui désigne une coupole, un édifice construit en voûte (d'où alcôve), mais aussi une tente faite de peaux ou de cuirs. Le tabernacle est désigné plus précisément par l'expression *qubbat az-zamân*.

10. Ibn Khaldûn se réfère sans doute à l'aperçu de l'histoire juive qu'il donne dans la troisième partie (voir chap. XXXI, p. 534).

11. Il s'agit d'Artaxerxès Ier, qui régna de 465 à 424.

12. Cette discussion se réfère à *Mishnah Parah*, III, 6 ; la question de la suspicion d'impureté est abordée dans *Mishnah Tohorôth*, VI, 4 (voir F. Rosenthal, *The Muqaddimah*, Princeton, Princeton University Press, 1958 ; rééd. 1967, t. II, n. 76, p. 261. Tous les renvois seront faits à l'édition de 1967).

13. Voir *ibid.*, t. II, p. 262 et n. 79.

14. Ibn Khaldûn semble ici faire de Bethléem une maison. Toutefois,

dans l'*Autobiographie* (p. 222), il décrit la localité de Bethléem, qu'il a lui-même visitée.

15. Le témoignage du pèlerin Arculfe vers 670 parle « d'un lieu de prières quadrangulaire [...] grossièrement construit », placé au milieu des ruines du temple d'Hérode. Mais on ne connaît de cette première « mosquée » musulmane à Jérusalem ni l'emplacement exact ni la disposition intérieure. Cette construction a-t-elle un rapport quelconque avec la mosquée rustique construite par 'Umar dont parle ici Ibn Khaldûn ? Il est difficile de le savoir.

16. Coran, XVII, 1.

17. S'agit-il du dôme du Rocher ? Quoi qu'il en soit, ce dôme, achevé en 71 (691), est l'œuvre de 'Abd al-Malik et non de son fils al-Walîd.

18. Il s'agit de la Grande Mosquée de La Mecque.

19. Voir A. J. Wensinck, *A Handbook of Early Muhammadan Tradition*, Leyde, 1927, p. 140a.

20. Qayla est donnée comme l'ancêtre femelle des Aws et des Khazraj, tribus qui vivaient à Médine au moment où y émigra Muhammad.

21. Voir Mâlik, *al-Muwatta'*, Tunis, 1280/1863-1864, p. 362 et suiv. ; Ibn Hanbal, *Musnad*, Le Caire, 1313/1895, t. IV, p. 141.

22. Voir al-Mas'ûdî, *Murûj adh-dhahab*, éd. Pellat, Beyrouth, 1965, t. II, p. 379-411.

VII. Il y a peu de villes au Maghreb ; p. 725.

a. rurale *[p. 725, 2 l. du bas]*. C'est pourquoi *B*

1. Voir IIIe partie, chap. IX, p. 431 et n. 1.

IX. Les édifices arabes tombent vite en ruine ; p. 727.

1. Voir p. 711-712.

XI. Degré d'aisance et prospérité des marchés ; p. 729.

a. d'aisance des habitants *B* ♦♦ *b. Début du § dans B :* On raconte que de nos jours beaucoup de gens pauvres du Maghreb sont tentés de se rendre dans ce pays, dont on vante tant l'aisance sans égale. Le vulgaire croit que c'est parce que, dans ces régions, il y a plus de richesses qu'ailleurs, que leurs habitants sont plus généreux, et que de grandes richesses sont thésaurisées chez eux. Ce n'est pas vrai. ♦♦ *c. La citation poétique ne figure pas dans B.*

1. Voir Ire partie, chap. I, p. 261-262.

2. Voir Ve partie, chap. I, p. 759-762.

3. *Aswâq al-a'mâl* : pour désigner le marché en général, Ibn Khaldûn utilise le pluriel *aswâq*, de même que pour parler du travail en général, il utilise le pluriel *a'mâl*.

4. Vers attribué à Bashshâr Ibn Burd (voir *Autobiographie*, p. 165 et n. 8).

XII. Les prix dans les villes ; p. 733.

a. Ce § ne figure pas dans B.

XIV. Régions riches et régions pauvres ; p. 737.

a. fonctionnaires. On prélevait *B*

1. Voir V[e] partie, chap. I, p. 759-762.

XVI. Il faut protéger les riches citadins ; p. 741.

1. *Al-jâh.* Il ne s'agit pas ici du prestige personnel, mais de celui des grands personnages de l'État qui accordent la protection aux citadins.
2. Voir IIIe partie, chap. LI, p. 675.

XVII. La civilisation vient des États ; p. 741.

a. puissant. Les Francs *B, E* ♦♦ *b.* aux sujets *[4 l. plus haut].* Ils sont *B*

1. *Khalîqa* signifie « créatures », « création » ; mais Ibn Khaldûn utilise souvent ce mot pour désigner l'humanité en général.

XVIII. Civilisation urbaine, fin de la civilisation ; p. 745.

a. ne peut y suffire *[p. 746, fin du 2e §]*, ainsi qu'aux *B* ♦♦ *b.* usure. Ils sont plus experts dans toutes les formes *B* ♦♦ *c.* négligée et qui adoptent *B* ♦♦ *d. Fin de la phrase dans B.* ♦♦ *e. Dans B, ce § et le suivant sont intervertis.* ♦♦ *f.* en bête *[fin du 1er §].* De ce point de vue, les gens de la campagne sont moins sujets à ce genre de corruption. / Il est donc *B*

1. Voir IIe partie, chap. XVI, p. 396-397.
2. Voir ici le chapitre XII, p. 733-735.

XIX. La capitale suit l'État dans sa chute ; p. 750.

a. Ce chapitre ne figure pas dans B.

1. L'ancien État et celui qui cherche à lui ravir le pouvoir.
2. Pour Ibn Khaldûn, la *dawla* désigne donc une institution politique, l'État, dans le sens précis du terme, et pas seulement une dynastie, comme le suggère F. Rosenthal, qui traduit systématiquement *dawla* par « dynastie ».

XX. À chaque cité ses arts ; p. 753.

1. *Tastad'î ba'duhâ al-ba'd*, que nous avons traduit ici par« interdépendantes », signifie littéralement : « s'appellent mutuellement ».

XXI. L'esprit de corps dans les villes ; p. 754.

1. Les termes utilisés par Ibn Khaldûn sont *'illiya* et *safala*, qui signifient littéralement : « gens du haut » et « gens du bas ».

XXII. Les langues des habitants des villes ; p. 756.

a. Ce §, écrit d'une main différente dans F, remplace un texte initial qui est biffé. En voici le texte, tel qu'il figure dans B : Lorsque les non-Arabes, Berbères et Turcs, eurent conquis le pouvoir, ils continuèrent à s'exprimer au moyen des différentes langues en usage dans leurs campements, et la langue des villes resta la même. Souvent, au contact des villes, la langue citadine l'emportait : ils abandonnaient alors finalement leurs propres langues et adoptaient la langue citadine. Nous avons appris à notre époque que les gens d'Extrême-Orient, comme les habitants de Khwârizm et de *[un mot illisible]* ne parlent pas l'arabe et ne l'utilisent pas non plus dans l'enseignement des sciences, sauf pour ce qui est de la lecture du Coran et de la Tradition du Prophète. Pour tout le reste, ils pratiquent une langue non arabe. Cela est dû au fait que cette langue non arabe était bien enracinée chez eux, qu'ils ne vécurent pas longtemps sous l'État islamique, et qu'ils ne furent pas très longtemps au contact des Arabes. Aussi gardèrent-ils leur langue. Lorsque le pouvoir des Arabes s'affaiblit, en raison de l'affaiblissement de l'État [islamique], ils revinrent à leurs habitudes linguistiques et oublièrent l'époque de la langue arabe.

1. Comparer avec ce que dit Ibn Khaldûn du rapport entre État, pouvoir et civilisation (voir, par exemple, IIIe partie, chap. LI, p. 615 et 617 ; ici chap. XIX, p. 750-753).
2. *Asâlîb*, pluriel de *uslûb*. Ce sont ces « modèles » intériorisés qui, selon Ibn Khaldûn, permettent d'acquérir une véritable maîtrise de la langue (voir VIe partie, chap. XLIV, p. 1090).

Cinquième partie du livre I

MOYENS D'EXISTENCE, ACQUISITIONS, MÉTIERS ET QUESTIONS CONNEXES

I. Le gain représente la valeur du travail ; p. 759.

a. Cette citation ne figure pas dans B.

1. *Wa-aydî al-bashar muntashira, fa-hiya mushtarika fî dhâlika* : ce passage manque de clarté. Nous traduisons *aydî* (pluriel de *yad*) par « pouvoirs », et pensons que le pronom démonstratif *dhâlika* (« cela ») se rapporte à *istikhlâf*, « vicariat ». Franz Rosenthal comprend cette phrase tout autrement : *Every man tries to get things ; in this all men are alike* (« Tous les hommes aspirent à la possession ; en cela tous les hommes se ressemblent ») ; voir *The Muqaddimah*, Princeton, Prince-

ton University Press, 1958 ; rééd. 1967, t. II, p. 311. Tous les renvois seront faits à l'édition de 1967.

2. *Makâsib* : au singulier *kasb*, du verbe *kasaba* (« acquérir », « gagner ») ; nous traduisons *kasb* par « acquisitions », au double sens de « biens acquis » et d'« action d'acquérir ».

3. *Mutamawwal*, forme peu usitée, du verbe *tamawwala* (« devenir riche ») ; *mutamawwal* est donc ce qui permet de parvenir à la richesse, d'où notre traduction : « biens accumulés ». Ce terme a été parfois traduit par « capital », ce qui peut prêter à confusion.

4. *Rizq* : le verbe *razaqa* se dit de Dieu, lequel dispense aux hommes de quoi vivre, au sens large ; cette notion, classique dans l'islam, dépasse la simple notion de « subsistance » ; le *rizq* est la part de biens que Dieu attribue à chaque homme et, plus précisément, à chaque être vivant. Mais, perdant sa signification religieuse première, le mot est souvent employé comme synonyme de *kasb* (voir ici n. 2). Notre traduction (« attribution ») suit celle proposée par Régis Blachère (*Coran*, PUF, 1966).

5. Voir *Concordance et indices de la tradition musulmane*, Leyde, 1936, I, 21b.

6. *Qinya*, traduit ici par « possessions », vient de *qanâ*, « acquérir », et signifie donc littéralement : « choses acquises ».

7. Voir IVe partie, chap. XII, p. 734-735.

8. L'expression employée ici par Ibn Khaldûn est *al-mufâdât* (que nous traduisons par « gains ») *wa-l-muktasabât* (que nous traduisons par « acquisitions »).

9. Voir IVe partie, chap. XI, p. 730-731.

II. Des moyens d'existence ; p. 762.

1. *Maf'al* désigne le lieu où l'action se déroule.

2. *Rizq* : Ibn Khaldûn ne se conforme pas ici à la définition qu'il donne de ce terme au chapitre précédent (voir n. 4, p. 760). Il l'emploie plutôt comme un synonyme de *kasb* (voir *ibid.* et n. 2).

3. Ici Ibn Khaldûn emploie le mot *kasb*, confirmant qu'il tient *rizq* et *kasb* pour équivalents (voir la note précédente).

4. Le terme employé par Ibn Khaldûn est *imâra*, qui signifie littéralement : « pouvoir », « commandement ».

5. Il s'agit en réalité de la troisième partie (voir chap. XXXII, p. 550 et suiv.).

6. Opinion effectivement partagée par la plupart des historiens musulmans. Voir at-Tabarî, *Târîkh*, Le Caire, Dâr al-ma'ârif, 1967, t. I, p. 126 et suiv. ; al-Mas'ûdî, *Murûj adh-dhahab*, éd. Pellat, Beyrouth, 1965, t. I, p. 37.

7. Le prophète Idrîs, mentionné dans le Coran, est identifié avec de nombreux personnages, notamment Énoch ; on lui attribue, en particulier, le tissage et la couture, mais il n'est pas considéré comme le deuxième père de l'humanité (voir Ibn Qutayba, *al-Ma'ârif*, éd. Tharwat 'Ukâsha, Le Caire, s.d., p. 20-21 ; al-Mas'ûdî, *Murûj*, t. I, p. 42-43 ; *Encyclopédie de l'islam*, art. « Idrîs »). Voir également Ire partie, chap. VI, n. 58, p. 358.

III. Du service d'autrui ; p. 764.

a. dans les plaisirs *[7 l. plus haut]*, le luxe et l'arrogance. Ils ont donc recours pour cela à un assistant de rang inférieur, à qui ils paient un salaire, et qu'ils emploient ainsi pour s'occuper de leurs affaires [ ]. C'est une attitude blâmable du point de vue de la virilité naturelle propre à l'homme, car compter sur autrui est un signe d'incapacité, et parce que cela constitue une augmentation [ ]. En effet, un homme ne demande à un autre de faire une chose à sa place que lorsqu'il est incapable de la faire par lui-même, nécessairement. C'est donc une preuve de féminité et d'incapacité, qu'on doit éviter d'après les critères de virilité. Mais les habitudes *B* ♦♦ *b.* calamité *[fin du 1er §]*. / Un serviteur *B*

1. *Al-umarâ' ahlu al-jâh* : les émirs, les princes, les commandants, les gouverneurs, possédant du prestige. Le terme *jâh* — souvent repris dans les chapitres suivants — signifie « rang » ou « prestige », mais également « influence », celle précisément dont jouissent les personnages de haut rang. Sur le concept de *jâh* chez Ibn Khaldûn, voir Abdesselam Cheddadi, « Le Système du pouvoir en Islam d'après Ibn Khaldûn », *Annales Économies, Sociétés, Civilisations*, mai-août 1980, p. 534-550.

IV. De la recherche des trésors cachés ; p. 765.

a. Ce vers ne figure pas dans B. ♦♦ *b. Ce § ne figure pas dans B.* ♦♦ *c.* trésors dits *rikâz [2 l. plus haut]*, qui sont les trésors *B* ♦♦ *d. Ce § ne figure pas dans B.* ♦♦ *e.* diminuer *[p. 769, 3 l. du bas]*. Les gens *B*

1. Le nom de *al-Faranja* ou *al-Afranja* (« Francs ») est donné par Ibn Khaldûn sans distinction à tous les habitants de la rive nord de la Méditerranée occidentale qui avaient succédé aux Romains.
2. Voir Coran, VII, 110 ; voir aussi IVe partie, chap. III, p. 706, et, ici, chap. XXIV, p. 799-800.
3. C'est-à-dire trois fois : allusion au fait que, d'après le droit musulman, lorsqu'un homme a déclaré par trois fois qu'il divorce de sa femme, il ne peut plus la reprendre.
4. Voir, par exemple, al-Bukhârî, *Sahîh*, éd. Krehl, Leyde, 1862-1908, t. I, p. 318.
5. *Âlât*, pris donc au sens abstrait de « moyens à mettre en œuvre pour faire ou obtenir autre chose ».

V. Le prestige, source de richesse ; p. 771.

1. *Al-jâh* ; voir ici chap. III, n. 1, p. 764.

VI. Le bonheur va aux flatteurs ; p. 772.

a. Ce chapitre ne figure pas dans B.

1. Voir Ire partie, chap. I, p. 261-262 et IVe partie, chap. XI, p. 729.

VIII. L'agriculture est réservée aux pauvres ; p. 778.

a. Ce chapitre ne figure pas dans B.

1. Voir IIe partie, chap. XVIII, p. 400 et n. 2.

IX. Du commerce ; p. 779.

a. Ce chapitre ne figure pas dans B. Dans F, il était originellement suivi du chapitre XIV.

XII. Les bas prix sont ruineux ; p. 782.

a. Ce chapitre et le suivant ne figurent pas dans B.

XIV. Commerce et sens de l'honneur ; p. 784.

a. Ce chapitre ne figure pas dans B. Il était à l'origine placé dans F à la suite du chapitre IX *(voir var. a, chap.* IX*, p. 779), mais le texte en est biffé ; nous en donnons ci-dessous la traduction d'après E :* LE CARACTÈRE DES COMMERÇANTS EST INFÉRIEUR À CELUI DES NOBLES ET DES ROIS // En effet, les commerçants, le plus souvent, pratiquent eux-mêmes la vente et l'achat, chose où il est indispensable d'user de ruse. Or en ne vivant que de ruse, on acquiert un caractère qui en est entièrement sous influence. Et celui-ci, je veux dire le caractère dominé par la ruse, est éloigné de l'attitude virile adoptée par les rois et les nobles. Si, en outre, le marchand va jusqu'à se laisser gagner par les mauvaises qualités qui y sont associées chez les basses catégories de commerçants, telles que l'esprit de querelle, la tromperie, la fraude et le parjure lors des marchandages sur les prix, son caractère ne peut en être que plus vil, comme on sait. C'est pourquoi les gens qui occupent de hautes positions évitent de s'adonner à ce genre de métier, où on peut contracter un tel caractère. / On trouve parfois des marchands qui parviennent à éviter ce genre de caractère, en raison de la noblesse de leur âme et de leur honnêteté. Mais cela n'arrive que rarement. / « Dieu guide qui Il veut » *[Coran,* II*, 142].*

XV. Les arts s'apprennent auprès d'un maître ; p. 786.

a. Fin du chapitre dans B : à l'acte / Les arts se divisent également en ceux qui concernent les moyens de subsistance, nécessaires ou non nécessaires, ceux qui concernent la pensée, qui constitue le caractère spécifique de l'homme — avec les sciences et les arts qui leur sont liés —, et ceux qui concernent la politique. Appartiennent, aux premiers, la couture, l'art du savetier, la menuiserie, l'art du forgeron, et d'autres semblables ; aux seconds, l'art du livre, qui consiste à faire des copies et des reliures, l'art du chant, la poésie, l'enseignement de la science, et d'autres choses semblables ; et aux troisièmes, le métier de soldat, et d'autres choses semblables. Dieu est plus savant.

1. Ibn Khaldûn oppose ici *al-mu'âyana* (« observation directe ») à *al-khabar wa-l-'ilm* (« connaissance théorique »).

XVI. Arts et niveau de civilisation urbaine ; p. 787.

1. Ibn Khaldûn invente ici le mot *al-ghadhâ'iyya*, pour exprimer l'idée que l'homme doit se nourrir pour vivre.

XXII. Brève énumération des principaux arts ; p. 794.

a. l'homme. Elle éternise *B*

1. Les trois ordres d'existence sont le minéral, le végétal et l'animal.

XXIV. L'architecture ; p. 795.

a. Fin de la phrase dans B et E. ♦♦ *b.* léger. De cette façon *B*

1. *Mu'tadilûn.* Sur *i'tidâl* (« modération »), voir Ire partie, chap. IV, p. 314 et n. 1.
2. Voir IVe partie, chap. III, p. 706.

XXV. L'art du menuisier et du charpentier ; p. 800.

a. coniques [p. 801, dernière l.], et de bien d'autres. / On voit *B*

1. Ibn Khaldûn se réfère ici sans cesse à la théorie aristotélicienne de la forme et de la matière.

XXVI. L'art du tisserand et du tailleur ; p. 802.

a. Début du chapitre dans B, E et G. ♦♦ *b. Fin de la phrase dans B :* ni à aucune de ses habitudes.

1. Voir Ire partie, chap. III, p. 314.
2. Voir ici chap. II, n. 7, p. 763.

XXVII. L'obstétrique ; p. 803.

1. *Qâbila*, littéralement : « celle qui reçoit » ; d'où les propos d'Ibn Khaldûn à la phrase suivante.
2. Ibn Khaldûn ne semble pas avoir eu une connaissance directe de l'épître d'Avicenne, où on ne trouve rien qui ressemble aux théories qu'il avance (voir l'édition de A. Amine, Le Caire, 1952).

XXVIII. La médecine, métier citadin ; p. 807.

a. Fin de la phrase dans B et E. ♦♦ *b. Fin de la phrase dans B et G.*

1. Cette tradition est attribuée par Ibn Abî Usaybi'a aux médecins légendaires al-Hârith Ibn Kalada et Abd al-Malik Ibn Abjar.
2. Le mot arabe utilisé par Ibn Khaldûn est *tabkh*, que nous avons

rendu par « cuite ». F. Rosenthal traduit l'expression *tabkh al-ghadhâ'* par *the nourishment is boiled* (« la nourriture est bouillie ») ; voir *The Muqaddimah*, t. II, p. 373.

XXIX. L'écriture et la calligraphie ; p. 811.

a. Ce § ne figure ni dans B ni dans E. ♦♦ *b. Fin de la phrase dans B :* Sufyân Ibn Umayya, l'oncle d'Abû Sufyân Ibn Harb. ♦♦ *c.* des Tubba' et des Himyarites *[p. 812, fin de l'avant-dernier §]*. / Il en est toujours ainsi *B* ♦♦ *d. Ce § ne figure ni dans B ni dans E.* ♦♦ *e. Fin du chapitre dans B et E.*

1. Littéralement : « ce qui est dans l'âme ».
2. Le caractère chrétien des inscriptions datées des plus anciens textes en écriture arabe (Zabad, 512 apr. J.-C., Harrân, 568 apr. J.-C., Hîra, vers 560 apr. J.-C.) a permis de formuler l'hypothèse que l'alphabet arabe fut inventé par des missionnaires chrétiens. N. Abbott, dans *Rise of the North Arabic Script*, Chicago, University of Chicago Press, 1939, p. 5, localise cette invention à Hîra ou à Anbâr. Voir également *Encyclopédie de l'islam*, 2e éd., art. « 'Arabiyya » et « Khatt ».

XXX. L'art des libraires ; p. 820.

a. Fin du chapitre dans B.

XXXI. L'art du chant ; p. 823.

a. Fin du § dans B. ♦♦ *b.* effet. Au Maghreb *B* ♦♦ *c.* aimé. Il y a là un secret que comprendra celui qui a des affinités avec lui. C'est l'unité originelle. Si tu regardes et contemples ce qui est autre que toi, tu remarqueras qu'entre toi et lui il y a une unité originelle qui atteste de votre unité dans l'existence. D'un *B* ♦♦ *d. Fin du § dans B :* s'unir à lui. Bien plus, l'âme désire alors quitter l'illusion pour la réalité, qui est l'unité de l'origine et de l'existence. ♦♦ *e.* étouffés, etc. D'abord *B* ♦♦ *f.* trop voisins *[p. 825, 3 l. du bas]*. Quand les sons *B* ♦♦ *g. Ce § ne figure pas dans B.* ♦♦ *h.* aux autres. Ceci n'est en aucune façon nécessaire, comme l'a dit Mâlik. C'est là *B* ♦♦ *i.* sans voyelles *[3 l. plus haut]*. Un poème *B*

1. Voir *Concordance*, II, 343a ; al-Bukhârî, *Sahîh*, t. III, p. 407.
2. Voir Ibn Rashîq, *al-'Umda*, Beyrouth, 1981, t. II, p. 313-314.

XXXII. Les arts affinent les esprits ; p. 830.

a. Ce chapitre ne figure pas dans B. ♦♦ *b. La formule coranique finale est différente dans E :* « Vous êtes peu reconnaissants » *[Coran, XVI, 78]*.

1. Voir Ire partie, chap. VI, p. 348.
2. L'expression utilisée par Ibn Khaldûn est *min al-adilla ilâ al-madlûlât* ; *dalîl* et *madlûl* correspondent exactement au sens premier de « signe » et « signifié », en faisant abstraction de ce que met sous ces termes la linguistique moderne.
3. Voir IIIe partie, chap. XXXII, p. 550.

Sixième partie du livre I

LES DIVERSES SORTES DE SCIENCES,
LES MÉTHODES D'ENSEIGNEMENT
ET LES ÉTATS QUI LES AFFECTENT
AVEC UN PRÉAMBULE ET DES APPENDICES

a. Titre de cette partie dans B : Les diverses sortes de sciences ; l'enseignement, ses diverses méthodes et ses divers aspects ; les états qui les affectent, avec un préambule et des appendices

Préambule ; p. 832.

a. Ce court préambule et les six premiers chapitres ne figurent ni dans la version primitive (B) ni dans la version moyenne (D, E), où cette VIe *partie commence avec le chapitre suivant :* LA SCIENCE ET L'ENSEIGNEMENT SONT NATURELS À LA CIVILISATION HUMAINE // En effet, tous les autres animaux partagent avec l'homme ce qui fait son animalité : les sens, le mouvement, la nutrition, le fait de s'abriter dans une demeure, etc. L'homme ne se distingue d'eux que par la pensée qui le guide vers l'obtention de ses moyens d'existence, la coopération avec ses semblables pour y parvenir, la vie en société qui rend possible une telle coopération, l'acceptation des messages transmis par les prophètes de la part de Dieu, l'application de ces messages, l'action en vue du salut dans l'autre monde. Il pense constamment à toutes ces choses, sans jamais s'arrêter, même l'espace d'un clin d'œil. En fait, la pensée est même plus rapide qu'un clignement de paupière. / De la pensée naissent les sciences et les différents arts dont nous avons parlé précédemment. À cause de [cette activité] de la pensée et du mouvement naturel qui pousse l'homme, aussi bien que les autres animaux, vers l'acquisition de ces choses exigées par leurs natures, la pensée désire obtenir les savoirs qu'elle ne possède pas encore. L'homme se tourne alors vers ceux qui avant lui ont possédé une science, qui ont une connaissance ou un savoir qu'il n'a pas encore, ou qui ont reçu une science de prophètes qui les ont précédés, et que ces derniers avaient transmise à ceux qu'ils avaient rencontrés. Il apprend tout cela et s'efforce de le retenir. / D'autre part, sa pensée et sa réflexion se concentrent sur une des réalités. Il examine tous les accidents qui affectent cette réalité, les uns après les autres. Puis il continue dans ce sens, jusqu'à ce que le fait de rattacher à cette réalité tous les accidents qui l'affectent devienne chez lui un habitus. De cette façon, il acquiert une science particulière des accidents qui affectent cette réalité. Les gens de la nouvelle génération désirent alors obtenir cette science et s'adressent à ceux qui la possèdent. C'est de là que vient l'enseignement. Par là, on voit donc clairement que la science et l'enseignement sont naturels à l'homme. Dieu est plus savant.

I. La pensée humaine ; p. 832.

1. *Al-kâ'inât*, pluriel de *kâ'in*, mot auquel nous gardons ici son

sens aristotélicien de « existant par génération », d'où le passif « engendré », mais au sens scolastique, s'appliquant à tous les corps composés (voir A.-M. Goichon, *Lexique de la langue philosophique d'Ibn Sînâ*, Desclée de Brouwer, 1938, p. 359). Franz Rosenthal le traduit par *existing things* (« choses existantes »), *The Muqaddimah*, Princeton, Princeton University Press, 1958 ; rééd. 1967, t. II, p. 411 (tous les renvois seront faits à l'édition de 1967).

2. *Shu'ûr*: dans la langue courante, le verbe *sha'ara* signifie, entre autres, « savoir », « s'apercevoir de quelque chose », « comprendre », « entendre », « saisir le sens de quelque chose », « avoir la présence d'esprit » ou « avoir la pleine jouissance de ses facultés ». Ibn Sînâ (Avicenne) l'emploie dans le sens de « sentir », « percevoir » ; mais il s'agit toujours d'un sentiment ou d'une perception relevant de l'expérience intime (voir les exemples qu'en donne A.-M. Goichon dans son *Lexique de la langue philosophique d'Ibn Sînâ*, p. 161).

3. L'expression utilisée ici par Ibn Khaldûn est *fî dhâtihi*, que F. Rosenthal traduit par « dans son essence » (voir *The Muqaddimah*, t. II, p. 411), traduction qui ne nous paraît pas convenir au contexte.

4. *Al-mawjûdât* (pluriel de *mawjûd*) : « être », au sens philosophique.

5. Voir aussi Ire partie, chap. VI, p. 335.

6. L'expression utilisée est *al-intizâ' wa-t-tarkîb*, que nous avons rendue par « abstraction » et « synthèse », là où F. Rosenthal traduit par « analyse » et « synthèse » (voir *The Muqaddimah*, t. II, p. 412).

7. *Tasawwurât*, terme philosophique qui signifie « conceptions » ou « concepts », notre traduction (voir A.-M. Goichon, *Lexique de la langue philosophique d'Ibn Sînâ*, art. « Tasawwur ») ; F. Rosenthal le traduit ici par « perceptions » (voir *The Muqaddimah*, t. II, p. 413).

8. *Al-'aql at-tamyîzî*, terme formé à partir du nom *tamyîz*, du verbe *mayyaza*, qui a le même sens que le verbe latin *discernere* (« séparer », « distinguer »).

9. *Tasdîqât*, pluriel de *tasdîq*, du verbe *saddaqa*, « croire en la vérité de quelque chose », « juger que quelque chose est vrai ». Dans son *Lexique de la langue philosophique d'Ibn Sînâ*, A.-M. Goichon traduit *tasdîq* par « assentiment » ou « adhésion » : c'est la traduction que nous avons adoptée ici. Chez Ghazâlî, ce mot a aussi le sens de « jugement de véridicité », comme l'indique Farid Jabre dans son *Essai sur le lexique de Ghazâlî*, Beyrouth, 1970, p. 139-140.

10. *Zann*, au sens de « conjecture », de « savoir qui n'a pas atteint le degré de la certitude ».

11. La distinction opérée ici par Ibn Khaldûn entre trois types d'intelligence — discernante, empirique, spéculative — ne semble pas être reprise d'auteurs antérieurs. Ibn Sînâ, suivi par al-Ghazâlî, adopte la distinction aristotélicienne entre *'aql 'amalî* (« intelligence pratique ») et *'aql nazarî* (« intelligence spéculative ») ; voir A.-M. Goichon, *Lexique de la langue philosophique d'Ibn Sînâ*, p. 227-228 ; Ghazâlî, *Mi'yâr al-'ilm*, éd. S. Dunyâ, Le Caire, 1964, p. 287-288. On trouve de nombreuses autres distinctions chez les auteurs musulmans, comme celle d'al-Mâwardî, qui parle de *'aql gharîzî* (« intelligence innée ») et *'aql muktasab* (« intelligence acquise ») ; voir *Adab ad-dunyâ wa-d-dîn*, éd. M. as-Saqâ, Le Caire, s.d., p. 20-22.

II. L'action est régie par la pensée ; p. 834.

a. F donne munazzala *(« descendue ») ; nous adoptons la leçon de J* murattaba *(« ordonnée »).*

1. Les deux adjectifs *muntazim mutarattib*, employés ici par Ibn Khaldûn, sont quasi synonymes et signifient « ordonné », « arrangé », « agencé ».

2. *Hawâdith* (pluriel de *hâdith*), que nous avons ici traduit par « créées », signifie littéralement : « ce qui commence d'être ». Chez Ibn Sînâ, le mot *hâdith* est réservé aux êtres créés dans le temps.

3. Cet adage, familier à la pensée musulmane, remonte à Aristote (voir l'*Éthique à Eudème*, 1227b 32f ; *De anima*, 433a 16f. Le passage entier reprend une idée qu'on trouve développée par exemple par Simplicius dans son *Commentaire sur les « Catégories »* (voir F. Rosenthal, *The Muqaddimah*, t. II, p. 415).

4. *Al-ladhî tartîbuhâ wad'î*, obéissant à un *wad'* (« convention »), ici, celle des règles du jeu d'échecs. F. Rosenthal traduit ici *wad'î* par *arbitrary* (« arbitraire ») ; voir *ibid.*, t. II, p. 416.

III. De l'intelligence empirique ; p. 836.

1. Voir Ire partie, chap. I, p. 261.

2. *Al-wâqi'*, qui signifie littéralement :« ce qui arrive ». C'est *wâqâ'i'*, pluriel de *wâqi'a*, qui, plus précisément, désigne les événements ou les faits.

IV. Des sciences des hommes et des anges ; p. 838.

1. *'Ilmiyya* (« scientifique ») ne doit évidemment pas être pris au sens moderne. Il s'agit ici d'une connaissance des choses dans leur essence, que seule, d'après Ibn Khaldûn, peut procurer l'âme, qui est d'essence spirituelle.

2. Voir ici chap. XVII, p. 936-941, et plus particulièrement p. 938.

V. Les sciences des prophètes ; p. 840.

1. Voir Ire partie, chap. VI, p. 326-333.
2. Voir *ibid.*, p. 333-334.
3. Voir *ibid.*, p. 327.

VII. L'enseignement des sciences est un art ; p. 843.

a. Nous avons adopté la leçon de B fatq al-lisân *. Les autres manuscrits donnent* quwwat al-lisân *(« la force de la langue »), qui est une lecture erronée.* ♦♦ *b. Fin de la phrase dans B :* celle des gens du Maghreb, et que, à cause de leur nature première, ils sont plus éveillés et plus intelligents. ♦♦ *c.* humaine, et défendent cette position avec passion, à cause *B* ♦♦ *d.* Mais c'est une vue erronée et une manière de voir vulgaire que fait adopter l'esprit partisan ; il n'existe pas *B* ♦♦ *e. Fin du* § *dans B.*

1. *Sanad al-'ilm* ou *sanad at-ta'lîm* : Ibn Khaldûn entend par là le

réseau des maîtres qui, dans chaque discipline, peuvent se réclamer d'une chaîne d'autorités remontant aux temps les plus anciens et couvrant la plus grande partie du monde islamique.

2. Voir V^e^ partie, chap. XX, p. 792-793.

3. Voir *ibid.*, chap. XVI, p. 788.

VIII. L'épanouissement des sciences ; p. 849.

1. Sur cette question, voir aussi l'*Autobiographie*, p. 200.

2. Ces idées sont également exposées dans l'*Autobiographie*, p. 179.

IX. Les différentes catégories de sciences ; p. 851.

a. institués pour nous par Dieu *B* ♦♦ *b. Fin de la phrase dans B.* ♦♦ *c.* assurée. Les étudiants *B*

1. *Al-'ulûm al-hikmiyya al-falsafiyya.* Ibn Khaldûn, comme on l'a vu dans la « Préface » (voir p. 5 et n. 13), utilise le mot *hikma* pour désigner l'ensemble de l'héritage rationnel de l'homme, y compris, notamment, les sciences de l'Inde, de l'ancienne Perse et de l'Égypte. Il reconnaît, il est vrai, aux sciences philosophiques grecques une place particulière (voir ici chap. XXX et plus particulièrement p. 1036-1037).

2. *An-naqliyya al-wad'iyya* : nous traduisons *wad'î* par « positif », au sens de ce qui est établi par institution.

X. Les sciences du Coran ; p. 854.

a. Titre de ce chapitre dans B : Les sciences de l'exégèse et des lectures coraniques ♦♦ *b. Fin de la phrase dans B.* ♦♦ *c. Fin de la phrase dans B.* ♦♦ *d.* point de vue *[3 l. plus haut].* C'est *B* ♦♦ *e.* étaient donnés sous forme de symboles, afin *B* ♦♦ *f. Fin de la phrase dans B.* ♦♦ *g.* Les auteurs anciens *[p. 857, avant-dernière l.]*, tels qu'at-Tabarî, al-Wâqidî et ath-Tha'âlibî, avaient déjà réuni des compilations exhaustives sur ces sujets. / Parmi les savants *B* ♦♦ *h. Fin du § dans B.*

1. Pour une étude d'ensemble succincte sur l'histoire du Coran et sa place dans la culture islamique, voir l'article de A. T. Welch (*Encyclopédie de l'islam*, 2e éd., t. V, p. 401-431), où l'on trouvera une bonne bibliographie. Sur les sciences du Coran et leur développement, en particulier l'exégèse, voir *Approaches to the History of the Interpretation of the Qur'ân*, éd. Andrew Rippin, Oxford, Clarendon Press, 1980.

2. Ibn Khaldûn suit l'opinion sunnite la plus généralement admise. La question de la nature du Coran a été un des plus grands sujets de controverse dans la théologie islamique, notamment sur le fait de savoir si, en tant que parole de Dieu, il était créé ou incréé.

3. *Madd* : « prononciation des voyelles longues » ; *tashîl* : « affaiblissement du *alif* ».

4. Les Baléares.

5. « Je l'égorgerai certainement », Coran, XXVII, 21.

6. « Et certes, ils marcheraient rapidement », *ibid.*, IX, 47.

7. Sous la forme *mamdûd*, c'est-à-dire sous la forme « étendue ».

8. Sous la forme *marbût*, c'est-à-dire sous la forme « liée ».
9. Voir V[e] partie, chap. XXIX, p. 812-814.
10. Un ouvrage d'Ibn 'Atiya sur les sciences du Coran a été publié par Jeffery Arthur avec un autre ouvrage anonyme dans *Muqaddimatân fî 'ulûm al-Qur'ân wa-humâ « Kitâb al-mabânî » wa « Muqaddimat » Ibn 'Atiya*, Le Caire, 1954.

XI. Sciences relatives à la Tradition ; p. 859.

a. Dans la version primitive de la « Muqaddima », qui nous est conservée par le manuscrit B, ce chapitre se présente différemment. Nous en reproduisons en appendice (p. 1256-1258) la traduction intégrale. ♦♦ *b. Ce § ne figure pas dans E.* ♦♦ *c.* dans ce domaine *[p. 860, fin du 4e §].* / Parmi les sciences de la Tradition, il faut mentionner l'étude des chaînes de transmission (*isnâds*) et la connaissance des traditions dont l'application est obligatoire [dans le droit], du fait qu'elles sont transmises suivant une chaîne de transmission remplissant toutes les conditions [d'authenticité]. En effet, seules sont d'application obligatoire les traditions du Prophète dont la vérité est établie selon la plus forte probabilité. Le savant doit exercer sa réflexion personnelle sur la façon dont ce jugement de la plus forte probabilité est obtenu, à savoir la connaissance de la probité et de l'exactitude des transmetteurs, qu'on établit en se fondant sur les jugements des hautes personnalités religieuses quant à la probité de ces transmetteurs et à leur exemption de défauts critiquables ou de négligence. Ce procédé constitue un guide pour accepter ou rejeter les traditions et pour distinguer les rangs de ces transmetteurs parmi les Compagnons et les Successeurs. Les *isnâds* ont différents degrés selon qu'ils constituent des chaînes continues ou discontinues [lorsqu'un transmetteur n'a pu rencontrer celui auprès de qui il a recueilli son matériau], et selon leur exemption des défauts qui les affaiblissent. On aboutit à deux cas extrêmes : les traditions situées au niveau le plus élevé sont acceptées, celles qui sont situées au niveau le plus bas sont rejetées. Pour ce qui est de celles qui sont situées au milieu, il y a des divergences suivant les opinions des autorités en la matière. / Il existe des termes techniques sur lesquels se sont mis d'accord les traditionnistes. Ce sont, par exemple, *sahîh*, « authentique », *hasan*, « bon », *da'îf*, « faible », *mursal*, « dont la chaîne de transmission omet le premier transmetteur à partir de Muhammad », *munqati'*, « dont la chaîne de transmission comporte l'omission d'un maillon », *mu'dal*, « dont la chaîne de transmission comporte l'omission de deux maillons », *shâdhdh*, « irrégulier », *gharîb*, « rare », et d'autres qui sont en usage parmi eux. À chacun de ces termes, ils ont consacré un chapitre particulier où ils ont rapporté les divergences ou les accords entre les grandes autorités en la matière. Il y a également l'examen de la façon dont les transmetteurs reçoivent leurs matériaux les uns des autres : *qirâ'a*, « en lisant devant un maître », *kitâba*, « en se servant de copies de ses ouvrages », *munâwala*, « en recevant de lui la permission d'utiliser sa propre copie », *ijâza*, « en recevant de lui l'autorisation de transmettre ses traditions ». Tous ces modes de réception ont des rangs différents et sont l'objet d'opinions divergentes quant à leur recevabilité ou leur irrecevabilité. Il y a d'autre part une terminologie particulière au texte (*matn*) des traditions : *gharîb*, « rare », *mushkil*, « difficile », « ambigu », *musahhaf*, « comportant des erreurs de transcription », *muftariq*, « contenant des homonymes », ou *mukhtalif*, « contenant des homographes », et d'autres termes du même genre. / C'est là l'essentiel des sujets d'étude des spécialistes de la Tradition et ce sur quoi ils se penchent généralement. / Les conditions des transmetteurs de la Tradition à l'époque des anciens musulmans, Compagnons et Successeurs, étaient bien connues dans chacune des régions dont ils étaient originaires. Ils vivaient au Hijâz, à Basra et à Koufa en Irak, en Syrie, en Égypte. Ils étaient tous bien connus et célèbres en leur temps. Les gens du Hijâz, en ces temps-là, avaient des chaînes de transmission avec un nombre de maillons moins grand que celles des gens d'autres régions, et leur méthode était plus saine car ils étaient plus exigeants pour ce qui est des règles de la transmission, telles que la probité et l'exactitude, et se refusaient à accepter les transmetteurs inconnus et de conditions obscures. / Le maître *E* ♦♦ *d.* Ce sont là les recueils *[p. 863, début du dernier §]* de la Tradition célèbres dans la communauté musulmane. Ils constituent les livres de base de la Tradition chez les musulmans sunnites. Quels que soient les ouvrages de la Tradition, ils se ramènent généralement à ceux-ci. La connaissance de toutes ces conditions et des termes techniques forme la science de la Tradition. On en distingue parfois l'abrogeant et l'abrogé, dont on fait une discipline à part entière. Il en va de même des traditions dites « rares ». Les savants ont là-dessus des ouvrages célèbres. On doit signaler, par ailleurs, les homonymes. Les savants ont composé des ouvrages très nombreux sur la Tradition. Parmi les plus grands il faut citer Abû 'Abd Allâh al-Hâkim. Ses ouvrages en cette matière sont célèbres. C'est à lui que revient le mérite d'avoir perfectionné cette science et d'en avoir montré les beautés. / L'ouvrage de la Tradition le plus célèbre composé par un savant moderne est celui d'Abû 'Amr Ibn as-Salâh, qui vivait au début du VIIe [XIIIe] siècle. Il y eut ensuite Muhyî d-dîn an-Nawawî, qui écrivit un ouvrage du même ordre. / Cette discipline a un noble but, puisqu'elle traite de la connaissance de ce qui préserve les traditions transmises d'après le Législateur. / À notre époque *E* ♦♦ *e. Ce § et le suivant ne figurent pas dans E.*

1. Le *mujtahid* est le savant en sciences religieuses habilité à l'*ijtihâd* (« effort de réflexion personnelle »), par opposition à une attitude de simple imitation ou *taqlîd*.

2. C'est chez cet auteur qu'Ibn Khaldûn a puisé une bonne partie de ses informations sur les sciences du Hadith (voir *Muqaddimat Ibn as-Sallâh fî 'ulûm al-hadîth*, Beyrouth, Dâr al-kutub al-'ilmiyya, 1978).

3. Ibn Khaldûn fait sans doute allusion à un ouvrage d'an-Nawawî intitulé : *at-Taqrîb wa-t-taysîr* (voir as-Suyûtî, *Tadrîb ar-Râwî fî sharh Taqrîb an-Nawâwî*, éd. 'Abd al-Wahhâb 'Abd al-Latîf, 2e éd., Médine, 1972).

4. Il s'agit probablement de Muhammad Ibn al-Hasan al-Wâsitî al-Muzanî, mort en 187 (803), cité par al-Bukhârî, dans son *Târîkh* (Haydarabad, 1360/1941, t. I, p. 1 et 67), parmi les traditionnistes importants.

5. Les « *mémorisateurs* » (pluriel de *hâfiz*) : ceux qui apprennent par cœur un grand nombre de traditions prophétiques.

6. Pour la citation d'après les *Manâqib*, voir l'édition du Caire, 1349/1930-1931, p. 191.

7. Voir *Concordance et indices de la tradition musulmane*, Leyde, 1936, II, 16b ; III, 32b. Al-Bukhârî cite cette tradition deux fois dans le chapitre du *Sahîh* sur le pèlerinage, mais pas en tête de chapitre ; la citation dans le livre des « Troubles » se trouve chez Muslim.

8. Voir al-Khatîb al-Baghdâdî, *Târîkh Baghdâd*, Beyrouth, 1968, t. II, p. 20 et suiv.

XII. Le droit et les règles de succession ; p. 869.

a. Pour le début de ce chapitre, on trouve dans B un texte de lecture difficile : Le droit est la connaissance des lois de Dieu au sujet des actions des personnes responsables. Ces lois dérivent des fondements de la loi religieuse et des preuves sur lesquelles elle s'appuie. Les grandes autorités qui les ont extraites eurent entre elles un certain nombre de divergences, en rapport avec l'effort de réflexion personnelle qu'elles ont mené à ce sujet. Ces divergences étaient nécessaires, car toutes les lois se réfèrent à des textes du Livre et de la Sunna et à leurs implications, lesquels s'appuient sur des voies de transmissions différentes. Les traditions également divergent, et ceci arrive souvent en ce qui concerne les traditions prophétiques. *[Un passage illisible]* Tout cela est nécessairement source de divergences. C'est pour cette raison que des divergences sont apparues entre les grandes autorités des anciens musulmans et de leurs successeurs, et qu'on a eu recours en cette matière à l'effort de réflexion personnelle. On s'en remit, pour être la source de la religion de Dieu, aux personnes dont l'intelligence et la religion étaient dignes de confiance. Ceci se limita aux quatre grandes autorités : Abû Hanîfa an-Nu'mân Ibn Thâbit, grande autorité des Irakiens ; Mâlik Ibn Anas al-Asbahî, grande autorité des habitants de Médine ; Muhammad Ibn Idrîs ash-Shâfi'î, grande autorité des habitants de l'Égypte ; et Ahmad Ibn Hanbal, grande autorité des habitants de la Syrie. / Abû Hanîfa fait passer le *qiyâs*, « syllogisme », avant la tradition (*al-khabar*) et en fait son point d'appui essentiel de préférence aux autres sources, car il a confiance dans la réflexion rationnelle en ce qui concerne les choses de la loi religieuse. Mâlik accorde la première place à la pratique juridique des habitants de Médine, parce qu'ils avaient eu un contact direct avec la pratique de l'Envoyé et de ses Compagnons, et que, depuis lors, [cette tradition] s'était continuée sans interruption parmi eux de génération en génération. En outre, il donne la priorité aux intentions de la loi religieuse, lorsqu'elles sont rigoureusement établies, à tout ce qui lui est opposé en matière de *qiyâs* ou de tradition (*khabar*). Sa doctrine est, pour cette raison, la plus solidement construite et la mieux fondée. Ash-Shâfi'î fait passer la tradition (*al-khabar*) avant le *qiyâs [un passage illisible]*. Enfin, Ibn Hanbal se fonde en premier lieu sur les traditions du Prophète, quel qu'en soit le nombre, petit ou grand, et quelle que soit leur signification, claire ou obscure. On peut les comparer en cela à un groupe de gens qui ont reçu un écrit de leur souverain renfermant une affirmation et une négation en ce qui les concerne. Ils font appel à leurs spécialistes de la lecture et à ceux qui sont versés dans les choses écrites. Un groupe s'en tient spécialement aux significations conventionnelles des mots [de l'écrit reçu] et les fait passer avant toute autre considération théorique ; les gens de ce groupe sont semblables à ash-Shâfi'î. Un autre groupe se fonde sur tous les fondements théoriques valides à sa disposition et interprète les mots sur la base de ceux-ci ; ces gens sont semblables à Abû Hanîfa. Un autre se réfère à ce que l'on sait des intentions de l'auteur de l'écrit pour ce qui est de ses ordres et interdictions et à ce qu'il sait d'après le contact direct et répété avec ses envoyés ; ces gens sont semblables à Mâlik. Un autre groupe, enfin, renforce les mots de l'écrit reçu, ainsi que ceux d'autres écrits de l'Envoyé, les uns avec les autres, et agit sur cette base. Voilà ce à quoi chacun d'eux peut être comparé. / Lorsque l'*ijtihâd* fut limité à ces quatre autorités, et que les divergences en ce qui concerne les choses de la loi s'arrêtèrent à leur niveau, on ferma la porte des divergences et des voies qui y conduisent. ◆◆ *b. Fin du § dans E.* ◆◆ *c.* Son école s'était d'abord répandue *[p. 874, 2e §, 2e l.]* en Irak [...] est visé dans l'étude du droit *passage absent de B.* ◆◆ *d. Fin de la phrase dans B.* ◆◆ *e. Ce § ne figure pas dans B.* ◆◆ *f.* De la sorte, l'école malikite connut un grand épanouissement dans les deux régions, jusqu'à la chute des dynasties de Cordoue et de Kairouan *[p. 877, début du 3e §]*. Les gens furent nombreux à l'étudier *B* ◆◆ *g.* La science des successions a pour objet la connaissance de la répartition des parts de l'héritage et de leur réajustement. *B* ◆◆ *h. Ce § ne figure pas dans B.* ◆◆ *i.* Elle permet de déterminer les droits *B* ◆◆ *j. Fin de la phrase dans B.*

1. Ce passage a été diversement compris et traduit (voir F. Rosenthal, *The Muqaddimah*, t. III, p. 5 et n. 171).

2. Il s'agit d'une méthode selon laquelle une situation légale actuelle est ramenée à une situation légale passée.

3. Il s'agit du *Kitâb al-Muharrar* d'ar-Râfi'î.

4. Selon I. Goldziher, la forme correcte de ce nom serait Ibn Khuwayrmandâd (voir *Zeitschrift der Deutschen Morgenländischen Gesellschaft*, LVIII, 1904, p. 582-585). Les deux formes sont signalées par Ibn Hajar, *Lisân al-Mîzân*, Haydarabad, 1329-1331/1911-1913 (références indiquées par F. Rosenthal, *The Muqaddimah*, t. III, n. 211, p. 13).

5. Le *Tirâz* est un commentaire en trente volumes sur la *Mudawwana*, que Sanad laissa inachevé.

6. Voir p. 876.

7. Ibn Khaldûn traitera de nouveau de cette discipline comme branche des mathématiques appliquées (voir ici, chap. XIX, p. 952-953).

8. Cette rectification peut avoir lieu, si un fait nouveau intervient, tel que l'apparition d'un héritier jusque-là inconnu, ou la mort d'un des héritiers déclarés.

XIII. Principes du droit et disciplines connexes ; p. 881.

a. L'exposé sur les principes du droit se présentait différemment dans B. En voici la traduction : La science des principes du droit est la connaissance des règles et des lois linguistiques, rationnelles et conventionnelles grâce auxquelles on tire les lois religieuses (*al-ahkâm ash-shar'iyya*) des indications légales. En effet, le fondement général de toutes les lois de la *sharî'a* est constitué par le Coran et les traditions du Prophète, qu'il s'agisse de ses paroles ou de ses actes, lesquels expliquent le Coran. De la Sunna dérivent ensuite deux autres principes généraux au moyen desquels sont tirées les lois religieuses : l'*ijmâ'*, le « consensus », et le *qiyâs*, le « syllogisme ». / Pour ce qui est de l'*ijmâ'*, il est un principe parce que la loi (*ash-shar'*) indique que la communauté musulmane est exempte de l'erreur et de l'égarement pour tout ce sur quoi ses membres réalisent un accord unanime (*ijmâ'*). Le Prophète a dit : « Ma communauté ne se mettra pas d'accord sur une erreur. » / Quant au *qiyâs*, le Hadith *[un membre de phrase illisible]* contient des indications sur le fait qu'il est permis de faire usage de l'*ijtihâd* et de la réflexion en matière de lois religieuses. En effet, les textes religieux provenant du Coran ou de la Sunna ne fournissent pas toutes les lois dont on a besoin dans diverses circonstances. Quand un savant apte à l'*ijtihâd* ne trouve pas de loi pouvant s'appliquer à un cas déterminé, et qu'il trouve, entre le sujet de ce cas et celui d'un cas pour lequel existe un texte, une signification commune qui peut être interprétée comme la cause de la loi dans le cas pour lequel existe un texte, il assimile le cas examiné au cas appuyé par un texte et lui applique la même loi que ce dernier, en faisant de ce second cas un cas dérivé du premier, considéré comme principe. À caue de cela, le *qiyâs* est un des principes de la loi religieuse sur la base desquels reposent les lois. Cependant, les zâhirites nient le fait qu'il constitue un principe légal pour l'extraction des lois. Cette doctrine n'a été adoptée que par les trois grandes autorités et ceux qui les ont suivies sur ce point. / Ainsi, ces quatre fondements devinrent la base des lois religieuses, d'où on les tire et dans les indications desquelles on puise. Mais on n'en tire pas les lois n'importe comment, mais selon des voies particulières. Il y a des règles pour les textes, où on considère la signification du point de vue de la langue et du point de vue de la loi ; des règles pour le *khabar* chez les juristes et les théoriciens (*an-nuzzâr*) ; des règles pour le Hadith chez ceux qui s'en occupent ; des règles pour l'*ijmâ'* et la vérification des types de causes dans le *qiyâs* ; des règles de l'*ijtihâd* et des *mujtahid*. Les premiers musulmans savaient ce qui relevait de la langue et ce qui n'en relevait pas, sans avoir besoin d'une formation spécialisée dans ce domaine, car ils étaient les fondateurs de tout cela. Puis les anciens musulmans et ceux de la première époque disparurent, les sciences devinrent objet de spécialisation, et l'on eut besoin d'un habitus particulier pour la connaissance de ces règles au moyen desquelles on pouvait tirer les branches dérivées du droit à partir des indications légales susmentionnées. La science de ces règles au moyen desquelles on parvint à tirer le droit de textes légaux se constitua en une discipline autonome qu'on a appelée « les principes du droit ». / Le premier à avoir écrit en cette matière fut ash-Shâfi'î. Il écrivit sa célèbre *Risâla* sur les règles relatives aux commandements et interdictions, sur ce qui est général et ce qui est explicite, sur l'*ijmâ'*, l'information [d'après le Prophète], l'abrogation, la règle à suivre pour l'établissement du *qiyâs* d'après une loi appuyée sur un texte. Quand la langue des Arabes devint un art, on ajouta à la science des fondements du droit les règles de la langue propre à cette discipline. Pendant tout ce temps, on ne put établir [toutes] les règles de cette science ni en dresser tous les problèmes. Les grandes autorités de la Sunna composèrent des ouvrages en cette matière, et leur exemple fut suivi par les Mutazila. Parmi les ouvrages des premiers, il faut mentionner le *Kitâb al-Burhân* d'Imam al-Haramayn Abû l-Ma'âlî, et le *Kitâb al-Mustasfâ* d'Abû Hâmid al-Ghazâlî. Parmi les ouvrages des seconds, on peut citer le *Kitâb al-'Umad* de 'Abd al-Jabbâr et son commentaire intitulé *al-Mu'tamad*, composé par Abû l-Hasan al-Basrî. L'imam Fakhr ad-dîn Ibn al-Khatîb, dans son *Kitâb al-Mahsûl*, et Sayf ad-dîn al-Amidî dans son *Kitâb al-Ihkâm*, intégrèrent complètement le contenu de ces quatre ouvrages. Le *Kitâb al-Mahsûl* fut résumé par les disciples de l'imam Fakhr ad-dîn tels que Sirâj ad-dîn dans son *Kitâb at-Tahsîl*, et Tâj d-dîn al-Urmawî dans son *Kitâb al-Hâsil.* De son côté, Shihâb ad-dîn al-Qarâfî résuma pour les débutants des éléments de ces ouvrages dans un livre intitulé *at-Tanqîhât*, qui est un bon manuel de base. Le *Kitâb al-Ihkâm* d'al-Amidî fut résumé par Abû 'Amr Ibn al-Hâjib dans le livre qu'il a intitulé *Muntahâ al-wusûl wa-l-amal fî 'ilmay al-usûl wa-l-jadal.* Puis il fit un résumé de ce résumé dans un livre qui est très répandu chez les étudiants et que les grandes autorités après lui ont pris soin de commenter et d'expliquer, notamment as-Sirâjî et d'autres parmi les maîtres modernes. Shams ad-dîn al-Isbahânî en fit également un vaste commentaire, qui est un des meilleurs ouvrages dans cette discipline. ♦♦ *b.* Les principes du droit constituent une des sciences religieuses les plus importantes, du fait qu'ils sont la source des lois et des obligations. *E* ♦♦ *c. Voici comment se présente dans B ce §:* La science du droit, qui a été ainsi extraite des indications légales, est laissée entre les mains des *mujathids.* Il y a entre ceux-ci des divergences quant à la façon de trouver la loi grâce à ces indications, et ces divergences sont dues aux différences qu'il y a entre leur façon de voir et de comprendre. C'est une chose nécessaire, comme nous l'avons dit précédemment. Cependant, quand les choses sont finalement arrivées entre les mains des quatre grandes autorités, qui jouissaient d'une célébrité et d'une estime considérables, les gens se sont contentés d'imiter leur exemple, et l'*ijtihâd* fut prohibé, en raison de la faible aspiration de gens et de la ramification de la science à mesure que passait le temps. Les doctrines de ces quatre grandes autorités furent alors considérées comme des fondements légaux et prirent chez les imitateurs la place des indications religieuses originaires. ♦♦ *d.* à l'instar *[p. 887, 2 l. du bas]* des spécialistes des *usûl*, doivent [...] les lois. La différence entre les deux réside dans le fait que le spécialiste des *usûl* en a besoin pour tirer les lois — c'est alors le rôle du juriste (*mujtahid*) —, tandis que les spécialistes des questions controversées *B* ♦♦ *e. Ici B ajoute :* Ce livre est des mieux faits ; les habitants de l'Orient l'utilisent à notre époque, comme il nous a été rapporté. ♦♦ *f.* texte, consensus général, raisonnement par analogie. *B* ♦♦ *g.* mystifications *[2 l. plus haut].* Cependant *B.* ♦♦ *h. Fin du § dans B.*

1. *Adilla* (pluriel de *dalîl*), qui signifie « signes », « indications », « preuves », est employé ici pour désigner les preuves ou les indications qui servent de base à l'établissement de la loi.

XIV. La théologie ; p. 889.

a. Ici suit dans B un passage qui disparaît de tous les autres manuscrits. En voici la traduction : Celui qui réfléchit sur *huwa* dans « *Qul huwa Allâhu ahad* » pourra sentir cette interdiction, s'il possède un peu le sens de l'éloquence. Ce qui est à considérer dans l'affirmation de l'unicité divine c'est l'obligation de s'abstenir de s'occuper des causes tant au niveau de la connaissance qu'à celui du comportement. / Une personne digne de confiance m'a rapporté l'anecdote suivante à propos de Yûsuf al-Kawtânî, le maître des « connaissants » en Égypte à notre époque : « Un jour, nous expliquant au cours de son enseignement et de ses conseils la conduite que doit adopter l'aspirant mystique pour ce qui est de l'abstention de la recherche des causes, il fit ce qui suit, pour nous servir d'allégorie : ayant pris dans la main la queue d'une vache, il se mit à en séparer les poils un à un, puis il dit : "Voyez comme vous êtes perplexes quand vous essayez de dénombrer tous ces poils, bien que vous les ayez dans la main et en votre pouvoir." Puis il saisit la queue à la naissance des poils, c'est-à-dire à la racine de la queue, et dit : "Mais si vous saisissez la queue au niveau où tout se rassemble, vous saisissez le tout." Par cet exemple, il nous montra ce qu'est l'unicité divine, suivant la méthode des soufis dans leur enseignement par allégories. » ♦♦ *b.* Sa puissance *[2 l. plus haut]*. C'est B ♦♦ *c. À la place de ce paragraphe, on trouve dans B le texte suivant :* La perfection de l'affirmation de l'unicité divine doit se traduire par l'acquisition d'une qualité et d'une conduite, non par le savoir et la parole. La différence entre état et savoir est de même nature que celle entre déclaration verbale et disposition permanente. ♦♦ *d.* utilité. Mais ce qui est requis B ♦♦ *e. B ajoute :* « Ni un voleur ne vole, lors même qu'il vole, s'il est croyant. » ♦♦ *f.* de la foi. Elle équivaut à l'impeccabilité chez les prophètes. Car celle-ci B ♦♦ *g.* de la foi qui est croyance *[7 l. plus haut]*. Tout cela B ♦♦ *h. À la place du passage qui commence ici et qui va jusqu'à la fin de l'antépénultième § de ce chapitre, p. 903, on trouve dans B le texte suivant :* Il nous L'a décrit avec des attributs *[un passage illisible]* qui sont : la science, le pouvoir, la volonté, l'ouïe, la vue. Il nous a informés que ce qu'il a apporté est Son discours et Sa parole, qu'Il nous ressuscitera après la mort, qu'Il envoie Ses apôtres pour notre salut dans cet au-delà, que notre bonheur dans cet au-delà est le paradis et les conditions qui lui sont attachées, et notre châtiment dans l'enfer et les conditions qui lui sont attachées, qu'Il a prédestiné tout ce qui nous arrive de bien ou de mal dans ce monde et dans l'autre, que nous ne pouvons échapper à Son décret et à Ses arrêts. C'est là la totalité de ce qui touche à la foi et à l'affirmation de l'unicité divine. Interrogé sur la foi, le Prophète a dit : « La foi c'est de croire en Dieu, en Ses anges, en Ses Livres, au jour dernier, à la destinée, bonne ou mauvaise. Ce sont là les articles de foi tels qu'ils ont été recueillis des anciens musulmans, qu'ils ont été suivis par les Successeurs, et qu'ils ont été vérifiés par les quatre grandes autorités après eux. / En Occident, c'est le *Kitâb al-Irshâd* qui constitue l'ouvrage de référence en matière de dogme chez les sunnites. Il existe de nombreux autres catéchismes et ouvrages introductifs qui diffèrent par le vocabulaire ou par les méthodes, anciennes ou modernes. Les étudiants s'intéressent à la méthode moderne pour approfondir leur connaissance en matière d'argumentation et de doctrines. Mais pour l'imitation en matière de dogme, il n'y a que la méthode ancienne, dont l'*Irshâd* est l'ouvrage principal.

1. Voir *Concordance*, II, 343a. Cette tradition n'est rapportée que par Ibn Mâja dans le livre des « Troubles ».

2. Pour les citations, voir al-Bukhârî, *Sahîh*, éd. Krehl, Leyde, 1862-1908, respectivement, t. I, p. 10 ; *ibid.*, p. 10 et 19 ; *ibid.*, p. 18 et 17 ; *ibid.*, p. 17 ; *ibid.*, p. 14.

3. *Tasdîq* : le fait d'ajouter foi, de croire, d'adhérer à des vérités rationnelles ou à des vérités dogmatiques.

4. Voir *Concordance*, I, 29b et 260b ; Muslim, *Sahîh*, Le Caire, 1334/1915-1916, t. I, p. 29.

XV. Des passages ambigus du Livre ; p. 904.

a. Ce chapitre ne figure ni dans B ni dans E.

1. Voir al-Bukhârî, *Sahîh*, t. III, p. 212 ; *Concordance*, III, 62b.

2. Voir al-Bukhârî, *Sahîh*, t. I, p. 148, 153, etc. ; *Concordance*, II, 202.

3. Voir Muslim, *Sahîh*, au début du *Kitâb al-îmân*.

4. Muhammad Ibn 'Abd al-Wahhâb (235-309/849-916) et son fils Abû Hâshim 'Abd as-Salâm (275 à 321/933).

5. Nous avons retenu la leçon *muhdathûn* (« modernes »), là où F. Rosenthal préfère lire *muhdithûn* (« innovateurs ») ; voir *The Muqaddimah*, t. III, p. 65 et n. 408.

6. Les discussions qu'al-Bukhârî eut à Nishâpûr (et non à Bukhârâ) au sujet des attributs divins sont mentionnées dans le *Târîkh Baghdâd* d'al-Khatîb al-Baghdâdî, t. II, p. 30-33.

7. Ces propos sont prêtés à un certain Dâwud al-Jawâribî (voir notamment ash-Shahrastânî, *Milal*, éd. Cureton, p. 77 et 143).

8. Voir Ire partie, chap. VI, p. 334-336.

9. Dans les traditions prophétiques, al-Burâq désigne le cheval qui aurait servi de monture à Muhammad dans son voyage nocturne de La Mecque à Jérusalem. L'animal est représenté entre une mule et un âne, de couleur blanche, avec un dos d'une longueur démesurée et de longues oreilles. Dans les miniatures, il est souvent représenté avec des ailes. L'étymologie du mot n'a pas été élucidée.

10. Voir Ibn Sînâ, *al-Ishârât wa-t-tanbîhât*, Leyde, 1892, p. 213-215, ou l'édition plus récente de Sulaymân Dunyâ, Le Caire, 1958, p. 880-881 ; traduction française A.-M. Goichon, Paris et Beyrouth, 1951, p. 514.

11. Voir al-Bukhârî, *Sahîh*, t. III, p. 64.

12. Voir *ibid.*, t. I, notamment p. 148 et 153.

13. Ceci ne correspond pas à ce que dit al-Ghazâlî sur l'esprit (*rûh*) en rapport avec la mort dans l'*Ihyâ'*.

XVI. La science du soufisme ; p. 918.

a. Le texte de la version primitive qui nous est conservée par le manuscrit B diffère totalement de celui des versions moyenne et tardive. Nous en reproduisons la traduction intégrale en appendice (p. 1259-1264). ♦♦ *b. F donne :* lâ mudrik va-lâ ma'ûf ; *le mot « ma'ûf » n'a pas de sens en arabe. G présente une leçon identique à celle de F ; I, H et L donnent une leçon tout à fait différente :* lâ kâtib wa-lâ ummî *(« ni sachant écrire ni illettré »).*

1. *Suffa* et *saff* se réfèrent respectivement aux « gens du banc », ascètes du temps du Prophète qui se réunissaient sur les bancs de la mosquée de Médine, et aux « rangs » formés par les musulmans au cours de la prière (voir F. Rosenthal, *The Muqaddimah*, t. III, p. 76, n. 455).

2. Voir al-Qushayrî, *Risâla*, Le Caire, 1367/1948, p. 126. La citation n'est pas littérale. Sur l'origine du soufisme, voir *Encyclopédie de l'islam*, 2e éd., art. « Tasawwuf ».

3. *Mawâjid*, que nous avons traduit par « expériences extatiques » : comme le remarque F. Rosenthal, ce terme n'est pas très usité chez les soufis, et son sens n'est pas clair. Dans la *Risâla* d'al-Qushayrî, *mawâjid* semble avoir le sens de quelque chose qui résulte du *wajd* (« le fait de rencontrer ce que l'on cherche »). Chez as-Suhrawardî, comme on le voit d'après un passage de ses *'Awârif al-ma'ârif*, le mot serait à rapprocher de *mawâhib* (« dons », « faveurs ») et désignerait des états mystiques « donnés », par opposition à des états « acquis » (voir F. Rosenthal, *The Muqaddimah*, t. III, p. 77 et n. 457).

4. *Al-ma'nâ al-'âqil wa-l-mutasarrif fî -l-badan. Ma'nâ* a ici le sens de « réalité intelligible », fonction qui ne recouvrirait pas toute la réalité de l'âme. Rosenthal traduit : *the reasoning part active in the body* (« la part raisonnante et agissante du corps »), *The Muqaddimah*, t. III, p. 76.

5. *Sifât*, qu'on ne peut ici traduire par « attributs », comme le fait Rosenthal (*ibid.*, t. III, p. 78).

6. *Dhawq*, mot qui désigne chez les soufis l'expérience intime que la langue ordinaire ne parvient pas à exprimer.

7. On ne trouve pas cette phrase dans le livre des « Exercices spirituels » du *Kitâb al-Ihyâ'*.

8. *Hulûl*, du verbe *halla* (« descendre », « s'arrêter dans un endroit », « être dans un lieu »), signifie, au sens technique, inhérence des accidents dans la substance, de la divinité dans l'homme (voir F. Jabre, *Essai sur le lexique de Ghazâlî*, p. 77).

9. *Tajsîm* : l'affirmation que Dieu est corporel.

10. *Tashbîh* : l'affirmation que Dieu est semblable à un être humain.

11. Voir *Muntahâ al-madârik*, Istanbul, 1293/1876.

12. Il s'agit de la *Tâ'iyya* de 'Umar Ibn al-Fârid.

13. Il s'agit de la tradition prophétique dite *hadîth qudsî*, où c'est Dieu qui parle. Elle est citée dans le commentaire d'al-Farghânî et apparaît souvent dans les *Futûhât* d'Ibn 'Arabî, ainsi que dans le *Mathnawî* de Jalâl ad-dîn ar-Rûmî.

14. *'Amâ'* (« présence nébuleuse ») et *haqîqa muhammadiyya* (« réalité muhammadienne ») sont des termes qu'utilise Ibn 'Arabî (voir Ibn 'Arabî, *Les Illuminations de La Mecque*, textes choisis sous la direction de M. Chodkiewicz, Sindbad, 1988).

15. *Al-hadra al-habâ'iyya.* Chez Ibn 'Arabî, *al-habâ'* est la poussière ou la substance principielle.

16. *Madrak*, faculté ou organe où a lieu la perception.

17. C'est-à-dire ce que les philosophes appellent « la faculté estimative ».

18. La station de l'union : *Maqâm al-jam'*.
19. La station de la séparation : *Maqâm al-farq*.
20. Il s'agit du même que celui intitulé *Manâzil as-sâ'irîn* (voir édition du Caire, 1327/1909).
21. Shams ad-dîn Muhammad Ibn 'Afîf ad-dîn Sulaymân Ibn 'Alî at-Tilimsânî.
22. Voir *Ishârât*, éd. Forget, p. 207 ; traduction (Goichon), p. 501.
23. *Abdâl* (« substituts »). C'est Ibn 'Arabî qui a donné le plus grand développement à la hiérarchie de la sainteté (voir M. Chodkiewicz, *Le Sceau des saints, prophétie et sainteté dans la doctrine d'Ibn 'Arabî*, Gallimard, 1986. Chodkiewicz repousse l'hypothèse d'une influence chiite déterminante sur Ibn 'Arabî).
24. Voir al-Harawî, *Manâzil as-sâ'irîn*, Le Caire, 1327/1909, p. 52.
25. Dans le texte original d'al-Harawî, on ne trouve pas *tathniya* (« dualisme »), mais *'âriya* (« prêt »).
26. On ne trouve pas cette citation dans le *Kitâb as-sidq* d'al-Kharrâz (voir éd. d'A. J. Arberry, *Islamic Research Association*, n° 6, Oxford, 1937).
27. Voir H. S. Nyberg, *Kleinere Schriften des Ibn 'Arabî*, Leyde, 1919, p. 139 (texte, p. 47) ; H. Ritter, *Das Meer der Seel*, Leyde, 1955, p. 602 ; ces références sont données par F. Rosenthal dans *The Muqaddimah*, t. III, n. 529, p. 96.
28. Voir Labîd, *Dîwân*, éd. A. Hubert et C. Brockelmann, Leyde, 1891, n° 41, v. 9. Pour l'approbation du Prophète, voir al-Bukhârî, *Sahîh*, t. IV, p. 228.
29. *Ash-shaf'iyya*, par référence au serment : « par le pair et l'impair » (Coran, LXXXIX, 3), très diversement interprété, surtout par les soufis.
30. *Sallama* (« mettre sa confiance en Dieu ») : F. Rosenthal lit : *salima* (« être sain et sauf »).
31. Voir al-Bukhârî, *Sahîh*, t. IV, p. 231.
32. *La Connaissance du noble amour* (sur cet ouvrage, voir la thèse de René Pérez : *La Rawdat at-Ta'rîf bi-l-hubb ash-sharîf, Traité de mystique musulmane sur l'amour de Dieu, de Lisân al-dîn Ibn al-Khatîb*, Université de Lyon II, 1981).

XVII. L'interprétation des rêves ; p. 936.

a. Ce chapitre ne figure pas dans B.

1. Ibn Khaldûn a traité du rêve dans le VIe préambule de la première partie, comme une des voies d'accès à l'Invisible (voir p. 346-347).
2. En réalité, des ouvrages grecs sur les rêves ont dû être traduits en arabe. Ibn an-Nadîm en mentionne deux dans son *Fibrist*, éd. Flügel, Leipzig, 1871-1872 : le *Kitâb an-nawm wa-l-yaqaza li-Furfûrius* et le *Kitâb ta'bîr ar-ru'yâ li-Artâmîdûrus*, ce dernier traduit par Hunayn Ibn Ishâq au IIIe (IXe) siècle (voir *Fibrist*, Le Caire, 1348/1929-1930, p. 439. Pour le *Kitâb ta'bîr ar-ru'yâ* d'Artémidore, voir l'édition de Tawfîq Fahd, Damas, 1964).
3. Voir A. Abdel Daim, *L'Oniromancie arabe d'après Ibn Sîrîn*, Damas, 1958.

4. Voir al-Bukhârî, *Sahîh*, t. IV, p. 348 ; *Concordance*, II, 409b.
5. Voir al-Bukhârî, *Sahîh*, t. IV, p. 346.
6. La perception de l'Invisible : *Madrak li-l-ghayb*.
7. Voir Ire partie, VIe préambule, p. 345-346.
8. Voir ici n. 4.
9. Voir Ire partie, VIe préambule, p. 346 et n. 39.
10. Al-Kirmânî est mentionné dans le *Fihrist* d'Ibn an-Nadîm (voir édition du Caire, p. 439, et éd. Flügel, p. 316).

XVIII. Des sciences rationnelles ; p. 941.

a. l'examen qu'il fait des choses existantes et de leurs accidents *B, E* ♦♦ *b.* ininterrompu *[p. 943, 2 l. du bas]*. Cependant *B* ♦♦ *c.* par les évêques *[3 l. plus haut]* et les moines. Abû Ja'far al-Mansûr *B* ♦♦ *d. Ce § ne figure pas dans B.*

1. *Tasdîqât*, qu'on peut traduire aussi par « jugement de véridicité », comme le propose F. Jabre dans son *Essai sur le lexique de Ghazâlî* (voir ici chap. I, n. 9, p. 833).
2. Ibn Khaldûn a traité de la musique comme art (*sinâ'a*) dans la cinquième partie (voir chap. XXXI, p. 823).
3. Les Rum désignent spécifiquement les Byzantins, mais plus largement leurs prédécesseurs romains et grecs, ressentis par les Arabes comme appartenant au même ensemble de peuples (voir également la « Préface », p. 9 et n. 27).
4. La confusion de Socrate avec Diogène était courante. Sâ'id al-Andalusî raconte que « Socrate se réfugiait la nuit dans un tonneau qui lui servait d'asile et où il s'enveloppait d'un manteau » ; voir *Kitâb tabaqât al-umam* (*Livre des catégories des nations*), traduction Régis Blachère, Larose, 1935, p. 61 ; voir aussi la notice consacrée à Socrate par al-Mubashshir Ibn Fâtik, *Mukhtâr al-Hikam*, Madrid, 1958 ; al-Qiftî, *Târîkh al-hukamâ'*, éd. Müller-Lippert, Leipzig, 1903, p. 197.
5. Il est clairement question dans tous les manuscrits d'« ouvrages en sciences rationnelles » (*tawâlîf fî-l-ma'qûl*). La réserve de F. Rosenthal, qui supprime la référence aux « sciences rationnelles », suivant en cela l'édition de Bûlâq, ne nous paraît pas fondée (voir *The Muqaddimah*, t. III, p. 117 et n. 600).

XIX. Les sciences des nombres ; p. 947.

a. Les nombres *[début du §]* [...] de calcul *passage absent de B et E.* ♦♦ *b. Ce § ne figure pas ici dans B, mais à la fin de la section sur l'algèbre.* ♦♦ *c. Fin du § dans B.* ♦♦ *d. Ce § ne figure pas dans B.* ♦♦ *e. Fin du § dans B.*

1. Le terme arabe qui désigne l'« art du calcul » est *al-hisâb*.
2. Le terme arabe qui désigne la « racine » est *al-jidhr*.
3. Ce résumé sur les règles de calcul est le *Talkhîs a'mâl al-hisâb*.
4. C'est-à-dire les équations du troisième degré.
5. Voir Ire partie, chap. VI, n. 63, p. 365.
6. Voir p. 879 et suiv.

XX. Les sciences géométriques ; p. 953.

a. B présente de nombreuses variantes par rapport à F dans les chapitres consacrés aux sciences géométriques et à l'astronomie ; étant donné le peu de fiabilité du texte et les nombreuses erreurs de lecture du copiste, nous avons renoncé à en faire le relevé.

1. Il s'agit d'al-Hajjâj Ibn Yûsuf Ibn Matar.

2. *Al-muntaqât wa-l-qawiyya 'alâ l-muntaqât* : voir les définitions qu'en donne Euclide dans le dixième livre des *Éléments.*

3. Devise célèbre qu'on trouve dans le *Commentaire* d'Élie de Crète sur les *Catégories.* Elle apparaît dans la littérature arabe dans les introductions à la philosophie d'Aristote (voir al-Fârâbî, *Fî mâ yanbaghî an yuqaddama qabl 'ilm al-falsafa*, édition et traduction F. Dietereci, *Alfârâbi's Philosophische Abhandungen*, Leyde, 1890-1892, p. 52 et 87).

4. Sur la mécanique et, plus largement, la technologie en islam, voir Ahmad Y. al-Hasan et Donald R. Hill, *Islamic Technology, an Illustrated History*, Cambridge, Cambridge University Press / Unesco, 1986.

XXI. L'astronomie ; p. 956.

1. Voir p. 954.

2. *Azyâj* : au singulier *zîj*, mot que l'on rapproche du persan *zîk*, qui désigne les fils sur un métier à tisser, d'où lignes d'une table et, par extension, table (voir F. Rosenthal, t. III, n. 678, p. 135).

XXII. La science de la logique ; p. 959.

a. Ici se termine dans B le chapitre sur la logique.

1. Voir ici chap. XVIII, p. 941 et n. 1.

2. Le terme employé ici par Ibn Khaldûn pour rendre la notion d'« individuel » est *afrâd* (voir n. 3).

3. Ici, Ibn Khaldûn utilise le terme *ashkhâs* comme synonyme d'*afrâd* (voir n. 2).

4. *Jumalan jumalan*, que nous avons traduit ici par « de façon fragmentaire ». De Slane propose : « pièce par pièce » (voir *Les Prolégomènes d'Ibn Khaldûn*, Paris, 1863, t. III, p. 110).

5. *Hadhdhaba manâhiyah* : le sens que donne ici Ibn Khaldûn au mot *manâhî* n'est pas très précis ; dans son emploi courant, *manhâ* signifie : « endroit foulé par une bête ».

6. *Al-fass* : on trouve ce mot accolé à des titres d'ouvrages d'Aristote dans le *Fibrist* d'Ibn an-Nadîm. Ainsi, parmi les traductions des œuvres d'Aristote attribuées à Mattâ Ibn Yûnus, il y a un *Kitâb naql kitâb al-Burhân al-fass*, un *Kitâb naql sufistiqâ al-fass*, et un *Kitâb naql kitâb ash-shi'r al-fass* (*Fibrist*, p. 368). Ibn an-Nadîm attribue, par ailleurs, à Ibn Zur'a une traduction du syriaque d'un *Kitâb sufistiqâ al-fass* d'Aristote (*Fibrist*, p. 370). Le terme ne semble pas avoir été utilisé pour l'*Organon*. *Al-fass*, dans la langue courante, signifie « quintessence ».

7. Le *Livre des catégories* : *Kitâb al-maqûlât.*

8. Le *Livre de l'herméneutique* : *Kitâb al-'ibâra.*
9. Le *Livre du syllogisme* : *Kitâb al-qiyâs.*
10. Le *Livre de la démonstration* : *Kitâb al-burhân.*
11. Voir F. Rosenthal, *The Muqaddimah*, t. III, p. 140 et n. 692.
12. Le *Livre de la dialectique* : *Kitâb al-jadal.*
13. Le *Livre du sophisme* : *Kitâb als-safsata.*
14. Le *Livre de la rhétorique* : *Kitâb al-khitâba.*
15. Le *Livre de la poétique* : *Kitâb ash-shi'r.*

XXIII. La physique ; p. 965.

1. Le commentaire d'al-Amidî intitulé *Kashf at-tamwîhât* a été, en réalité, écrit en réaction au commentaire qu'avait proposé ar-Râzî des *Ishârât.*

XXIV. La médecine ; p. 966.

a. Fin du § dans B. ♦♦ b. Fin du § dans D et E. ♦♦ c. Fin du chapitre dans B.

1. La médecine est traitée dans son aspect pratique dans la cinquième partie (voir chap. XXVIII, p. 807 et suiv.).
2. Il s'agit du *De usu partium.* Sur Galien chez les Arabes, voir R. Walzer, *Encyclopédie de l'islam*, 2e éd., art. « Djâlinûs ». Il est à noter que les Arabes disposaient d'informations plus exactes sur la vie de Galien que celles fournies par Ibn Khaldûn.
3. *An-nabawiyyât*, mot qui désigne peut-être plus généralement les récits relatifs aux prophètes, bien que la suite du texte ne parle que du prophète Muhammad.
4. Il avait conseillé d'essayer une méthode de fécondation différente, mais celle-ci échoua (voir F. Rosenthal, *The Muqaddimah*, t. III, p. 150 et n. 730).
5. Voir al-Bukhârî, *Sahîh*, t. IV, p. 57 ; *Concordance*, I, 191b.

XXV. La science de l'agriculture ; p. 968.

1. Il s'agit de *L'Agriculture nabatéenne*, ouvrage attribué à Ibn Wahshiyya.
2. Voir ici le chapitre XXVII, et plus particulièrement p. 973.

XXVI. La science de la métaphysique ; p. 969.

a. Fin du § dans B. ♦♦ b. Fin de la phrase dans B. ♦♦ c. Fin du § dans B : et laisser la raison à l'écart.

1. Voir ici le chapitre XXX, consacré à la réfutation de la philosophie, et plus particulièrement p. 1039.
2. L'expression utilisée est *'ulûm al-qawm*, *qawm* désignant ici les philosophes.
3. Voir ici le chapitre XVI, et plus particulièrement p. 919 ; voir également p. 1039-1041.

XXVII. La magie et les talismans ; p. 972.

a. Ce § ne figure pas dans B. ♦♦ *b.* Voici maintenant *[p. 973, début du 2ᵉ §]* une introduction [...] Dieu est plus savant *passage absent de B.* ♦♦ *c.* servir d'eux. Cela *B* ♦♦ *d. Fin du chapitre dans B.*

1. Cet ouvrage a déjà été cité par Ibn Khaldûn comme un des premiers écrits sur l'agriculture (voir p. 968).
2. Ce personnage est à rapprocher de Tomtom, qui serait, d'après A. Hauber, une déformation de Dindymus ; voir *Zeitschrift der Deutschen Morgenländischen Gesellschaft*, LXIII (1909), p. 457-472, et F. Rosenthal, *The Muqaddimah*, t. III, p. 156 et n. 748.
3. Jâbir Ibn Hayyân, l'une des plus importantes figures de l'alchimie arabe primitive, mais qui reste entourée d'obscurité, aurait vécu au temps des premiers 'Abbâssides et aurait laissé une œuvre vaste dont Paul Kraus a tenté de reconstituer les différentes composantes dans *Jâbir Ibn Hayyân, contribution à l'histoire des idées scientifiques dans l'islam* (Les Belles Lettres, 1986). Le corpus jâbirien est cependant trop vaste pour être l'œuvre d'un seul homme, et sa composition ne doit pas remonter au IIᵉ siècle, mais à la fin du IIIᵉ et au début du IVᵉ siècle de l'hégire (IXᵉ-Xᵉ siècle) ; voir *Encyclopédie de l'islam*, 2ᵉ éd., art. « Jâbir Ibn Hayyân ».
4. Comme le dit Ibn Sînâ (voir *Najât*, Beyrouth, Dâr al-Jîl, 1992, t. II, p. 40).
5. Voir Iʳᵉ partie, chap. VI, p. 336-337.
6. *Sha'wadha* ou *sha'badha*, qui peuvent aussi signifier plus largement « magie ».
7. Voir al-Majrîtî (il s'agit d'un pseudo : « Le Madrilène »), *Ghâya*, éd. H. Ritter, Leipzig et Berlin, 1933, p. 278.
8. Il existe plusieurs manuscrits de cet ouvrage mentionnés dans Brockelman, *Geschichte der arabischen Literatur*, Leyde, 1943-1949, t. I, p. 507. L'attribution à Fakhr ad-dîn ar-Râzî semble sûre (voir H. Ritter, *Der Islam*, XXIV, 1937, n. 2, p. 285).
9. Voir, par exemple, al-Mas'ûdî, *Murûj*, éd. Pellat, Beyrouth, 1965, t. II, § 1115 et 1116 ; t. III, § 1531 et 1536.
10. Voir *Concordance*, I, 271b.

XXVIII. La science des secrets des lettres ; p. 982.

a. Dans B, le chapitre « La magie et les talismans » est suivi de celui sur « La réfutation de la philosophie ». Les chapitres « La science des secrets des lettres » et « La science de l'alchimie » n'y figurent pas. ♦♦ *b. Fin de la section « Autres explications et remarques » dans E :* Beaucoup de gens désirent avoir un pouvoir mais répugnent à entretenir un rapport quelconque avec la magie. Ils adoptent pour cela des exercices particuliers à caractère légal, tels que la prononciation de formules d'exaltation du nom de Dieu (*subuhât*) et la récitation des noms divins (*dhikr*), analogues aux exercices magiques pour ce qui est du type de dévotion et le genre de mots utilisés. Ils choisissent le moment de certains ascendants et évitent d'avoir aucune intention mauvaise dans leur dévotion, afin de se tenir éloignés de la magie. Mais c'est une vaine tentative. Toute dévotion en vue d'un pouvoir est en elle-même de la magie. Bien plus, lorsqu'on examine attentivement les exercices pratiqués par ces gens, on voit que les expressions qui y sont utilisées rappellent les exercices de magie, comme dans les *Anmât* d'al-Bûnî et dans ses autres ouvrages. / Si l'on se fait une idée fausse sur la légalité de ces exercices en vue de l'obtention d'un pouvoir, il faut prendre garde. Il faut savoir que le pouvoir en lui-même n'est pas conforme à la loi religieuse, et que les grands saints s'en écartent. Ceux parmi eux qui l'exercent le font avec la permission [de Dieu], à travers une inspiration ou quelque chose d'autre, qu'ils trouvent en puisant dans leurs cœurs lumineux. Ceci étant, le pouvoir des saints s'exerce par la foi, non par la force psychique. / Voilà donc la vérité de la science de la *sîmiyâ*. Il s'agit, comme on le voit, d'une branche et d'une variété de la magie. / Dieu guide vers le Vrai de par Sa faveur.

1. Le mot *sîmiya* vient du grec *semeia* (« théorie des signes »).

2. On pourra consulter, d'al-Bûnî, le *Kitâb Shams al-ma'ârif*, Le Caire, 1321/1903.

3. Valeurs numériques des lettres de l'alphabet en usage dans l'Occident musulman :

alif	1	y	10	q	100
b	2	k	20	r	200
j	3	l	30	s	300
d	4	m	40	t	400
h	5	n	50	th	500
w	6	ṣ	60	kh	600
z	7	'ayn	70	dh	700
ḥ	8	f	80	ẓ	800
ṭ	9	ḍ	90	gh	900
				sh	1000

En Orient, on a les variantes suivantes : S 60 ; ṣ 90 ; sh 300 ; ḍ 800 ; ẓ 900 ; gh 1000 (voir F. Rosenthal, *The Muqaddimah*, t. III, n. 809, p. 173, qui renvoie à P. Kraus, *Jâbir Ibn Hayyân*, t. II, p. 223 et suiv.).

4. Cet ouvrage n'est pas mentionné par C. Brockelman parmi les œuvres d'al-Bûnî (voir *Geschichte der arabischen Literatur*, t. I, p. 497 et suiv.).

5. *Barzakh* : sur notre traduction par « monde intermédiaire », voir Ire partie, chap. VI, n. 24, p. 336.

6. Voir *ibid.*, p. 364.

7. Ibn Khaldûn n'a visiblement pas très bien compris le texte du poème, comme il le dit lui-même, et rien ne nous permet d'en avoir une meilleure compréhension. Nous nous sommes efforcé d'en donner une traduction aussi fidèle que possible.

8. *Zîr* et, plus loin, *bamm*, *mathnâ* et *mathlath* sont des termes appartenant au vocabulaire de la musique. *Zîr* désigne la triple corde, *bamm* la corde de basse, *mathnâ* et *mathlath* la seconde et la troisième corde du luth.

9. *Ar-Rûmî*, langue des *Rum*, nom donné aux Grecs, aux Romains et aux Byzantins. Ici, dans le contexte du Maghreb, il doit s'agir du latin, peut-être d'une langue espagnole.

10. Peut-être faut-il lire *Ganâwa*, qui désigne les Noirs du Soudan.

11. Ici figure un mot que nous n'avons pu déchiffrer.

12. Ici un mot indéchiffrable.
13. Nous n'avons pu déchiffrer le deuxième hémistiche de ce vers.
14. Nom d'une étoile très obscure dans la constellation de la Petite Ourse.
15. Chiffres dits *zimâm* et lettres arabes.
16. Il s'agit d'Hélios.
17. Mars-Jupiter.
18. Deuxième hémistiche d'un vers que nous avons renoncé à traduire.
19. Nous lisons *khaddiya* (« oreiller »), là où F. Rosenthal lit *hadîd* (« fer ») ; voir *The Muqaddimah*, t. III, p. 192.
20. Sarî as-Saqatî, mort en 253 (867), et Ma'rûf al-Karkhî, mort en 200 ou 204 (815 ou 819), sont des soufis célèbres.
21. Lecture conjecturale : *hilla*, ou *hulla* (« vêtement », « manteau »). F. Rosenthal suggère *khulla* (« amitié ») ; voir *The Muqaddimah*, t. III, p. 193.
22. Jupiter.
23. Un mot indéchiffrable.
24. Un mot indéchiffrable.
25. Un mot indéchiffrable.
26. Nous n'avons pu déchiffrer le deuxième hémistiche de ce vers.
27. Nous n'avons pu déchiffrer le deuxième hémistiche de ce vers.
28. *Ghubâr* signifie « poussière ». Les *hurûf al-ghubâr* étaient utilisées dans le *hisâb al-ghubâr*, procédé de calcul où l'on se servait d'une planchette enduite d'une mince couche de poussière. Ce sont ces *hurûf al-ghubâr* qui, empruntés à l'Occident musulman, ont abouti vers le XIVe siècle aux chiffres dits « arabes ». Voir aussi Ire partie, chap. VI, n. 63, p. 365.
29. Les lettres *zimâm* comprennent 27 signes avec des valeurs numériques de 1 à 9 dans les unités, les dizaines et les centaines.
30. Blanc signalé par l'auteur.
31. Ce qui donne le vers suivant : *Tarûhanna rûhu l-qudsi ubriza sirruhâ li-Idrîsa fa-starqâ bi-hâ murtaqâ l-'ulâ* (« L'esprit sacré s'en ira, son secret ayant été dévoilé, vers Idrîs, et [celui-ci] atteindra la plus haute gloire »).
32. Les *sawâqit* sont les sept lettres (*th*, *j*, *kh*, *z*, *dh*, *z* emphatique, et *f*) qui ne se trouvent pas dans la première sourate du Coran.
33. Voir Ire partie, chap. VI, p. 364 et suiv.

XXIX. La science de l'alchimie ; p. 1020.

1. En effet, un certain nombre de titres d'ouvrages d'alchimie ont été attribués à Ghazâlî, comme on le voit dans la liste des titres de ses ouvrages dans *Geschichte der arabischen Literatur*, t. I, p. 426. F. Rosenthal mentionne, par ailleurs, deux courts opuscules sur l'élixir contenus dans le manuscrit Nuru Osmaniye, 3634, attribués à Ghazâlî (voir *The Muqaddimah*, t. III, n. 967, p. 229).
2. *Tabâ'i'*, terme employé ici et dans la suite du texte dans le sens d'« éléments ».
3. Voir p. 1022.
4. Voir ici chap. XXXII, p. 1049 et suiv.

XXX. Réfutation de la philosophie ; p. 1034.

a. sur la représentation, parce qu'ils pensent *B* ♦♦ *b. Fin de la phrase dans B.* ♦♦ *c. Fin de la phrase dans B.* ♦♦ *d. Fin du § dans B :* du corps dans la sagesse de Dieu. ♦♦ *e. Fin de la phrase dans B.* ♦♦ *f. Fin de la phrase dans B.*

1. *Muntahalihâ* (« fausseté de ses vues »), comme l'indique clairement *F*, et non *muntahilihâ* (« celui qui l'étudie »), comme le suggère F. Rosenthal (voir *The Muqaddimah*, t. III, p. 246).
2. *Tasdîq* (voir ici chap. XVIII, n. 1, p. 941).
3. *Tasawwur* désigne le fait de se représenter, de s'imaginer, et aussi la conception.
4. L'expression utilisée ici par Ibn Khaldûn est *at-talab al-idrâkî*, que nous avons traduit par « acte perceptif ».
5. *Al-fass* (voir ici chap. XXII, n. 6, p. 960).
6. Il s'agit du bonheur promis par la loi religieuse musulmane au croyant, comme récompense dans l'autre monde.
7. Voir p. 893 et suiv.
8. Cette citation a pu être retrouvée dans *Avicenna De Almahad*, Venise, 1546 (voir E. I. J. Rosenthal, *al-Andalus*, XX, 1955, p. 80). La *Risâla adhawiyya* (Le Caire, 1368/1949) ne contient rien qui puisse être comparé au résumé qu'en donne ici Ibn Khaldûn (voir F. Rosenthal, *The Muqaddimah*, t. III, n. 1039, p. 256).
9. *Hâdhihi hiya thamaratu hâdhihi as-sinâ'a*, que nous avons rendu par « c'est là le fruit de cet art » ; Ibn Khaldûn semble faire référence ici à la philosophie d'une façon générale, et pas seulement à la logique, comme le suggère F. Rosenthal (*ibid.*, t. III, p. 257).

XXXI. Réfutation de l'astrologie ; p. 1043.

a. Fin de la phrase dans B. ♦♦ *b. Fin du § dans B :* deux natures de ce monde. La détermination des causes du bien et leur recherche, ainsi que des causes du mal et des choses nuisibles et leur extirpation, est une obligation. C'est ce qu'il convient en priorité de faire à ceux qui connaissent cette science. ♦♦ *c. Fin du chapitre dans B.*

1. Voir ici chap. XIV, et plus particulièrement p. 893.
2. Voir al-Bukhârî, *Sahîh*, t. I, p. 264 et suiv.
3. Voir *ibid.*, p. 217.
4. Voir *Autobiographie*, p. 63-64.
5. Ahmad Ibn 'Abd as-Salâm, chef des rebelles arabes (voir R. Brunschvig, *La Berbérie orientale sous les Hafsides*, Maisonneuve, 1947, t. I, p. 169).
6. Abû l-Hasan 'Alî, sultan mérinide.
7. Allusion au verset 15 de la sourate LXXXI : « J'en jure par les astres gravitants... »

XXXII. Réfutation de l'alchimie ; p. 1049.

a. Fin de la phrase dans B. ♦♦ *b.* levain. C'est *B* ♦♦ *c. Fin de la phrase dans B.*

1. Alliage probablement d'origine chinoise et dont on ignore la composition exacte (voir P. Kraus, *Jâbir Ibn Hayyân*, t. II, p. 22).

2. Voir al-Fârâbî, *Fî wujûb sinâ'at al-kîmiyâ'*, éd. Aydin Sayili, *Belleten*, XV, 1951, p. 65-79 (référence citée par F. Rosenthal, *The Muqaddimah*, t. III, n. 1089, p. 272).

3. Voir Ibn Sînâ, *ash-Shifâ'*. Les passages concernés ont été étudiés par E. J. Holmyard et D. C. Mandeville, *Avicennae de congelatione et conglutinatione lapidum, being Sections of the « Kitâb ash-Shifâ' »*, Paris, 1927, p. 5, 41, 54 et 85 (voir F. Rosenthal, *The Muqaddimah*, t. III, n. 1090, p. 272).

4. Voir p. 834.

XXXIII. Les objectifs de la création littéraire ; p. 1059.

a. Ce chapitre ne figure ni dans B ni dans E.

1. Il s'agit de l'arabe.

2. Voir IIIe partie, chap. XXXI, p. 534-535.

3. Ibn an-Nadîm présente une quinzaine de langues ; outre l'arabe, les grandes langues du Moyen-Orient : le syriaque, le perse, le grec, l'hébreu, l'arménien ; le latin et les langues franque, lombarde et saxonne de l'Ouest ; les langues de la Chine et de l'Inde ; les langues des pays du Nord et du Nord-Est, telles que le russe et le sogdien ; les langues d'Afrique, telles que celles des Béja et des Abyssins (voir Ibn an-Nadîm, *al-Fihrist*, éd. Flügel, traduction anglaise B. Dodge, New York et Londres, Columbia University Press, 1970).

4. Comme on le verra plus loin (p. 1064), Ibn Khaldûn attribue la définition de ces buts à Aristote, à la suite d'autres auteurs arabes, tels que Abû Bakr Ibn al-'Arabî, mais on ne connaît pas le cheminement qui l'a amené à cette conclusion.

XXXIV. Trop d'ouvrages nuisent à l'instruction ; p. 1064.

a. Fin du § dans B.

1. Pour une étude d'ensemble du système d'éducation dans l'islam selon Ibn Khaldûn, voir notre article « Ibn Khaldûn », *Thinkers on Education*, 3, *Prospects*, *Quarterly Review of Education 89-90*, Unesco Publishing, 1994, p. 7-19.

XXXVI. De la bonne méthode d'enseignement ; p. 1067.

a. Ce § ne figure pas dans B. ♦♦ *b. Ici se termine ce chapitre dans B et F. Le chapitre suivant, consacré à « L'étude des sciences instrumentales », ne figure pas non plus dans ces manuscrits. Compte tenu de l'importance des informations contenues dans ce passage et dans le chapitre* XXXVII, *et bien que F soit notre manuscrit de base, nous avons cependant choisi de les reproduire, tels qu'ils figurent dans les manuscrits E, G, I et J.*

1. Voir p. 1067-1068.

XXXVIII. De l'enseignement pour les enfants ; p. 1074.

a. Fin du § dans B. ◆◆ *b.* texte sacré. N'ayant pas *B*

1. Voir chap. LVI, et, plus particulièrement, p. 1142.
2. Ibn al-'Arabi expose ses vues en matière d'enseignement dans son *Marâqî az-zulfâ.*

XXXIX. Trop de sévérité nuit aux apprenants ; p. 1078.

1. Voir Abû Muhammad Ibn Abî Zayd, *Ahkâm al-mu'allimîn wa-l-muta'allimîn.*
2. *Man lam yu'adibhu ash-shar' lâ addabahu Allâh,* formule dont le sens n'est pas clair. Nous l'avons interprétée dans le sens convenant au contexte.
3. Pour cette citation, voir al-Mas'ûdî, *Murûj,* t. IV, § 2523.
4. Dans Mas'ûdî, on trouvre *âthâr* (« textes et récits relatifs au Prophète et aux premiers musulmans ») à la place d'*akhbâr* (« récits », « histoires »).

XLII. Des savants musulmans ; p. 1083.

a. Fin de la phrase dans B.

1. Voir *Concordance,* I, 270a, où l'on trouve différentes expressions sur le même thème.
2. Voir Ibn Hanbal, *Musnad,* Le Caire, 1313/1895, t. II, p. 297, 420, 422 et 469.
3. Voir IIIe partie, chap. XXIX, p. 521-522.

XLIII. L'arabe est la langue des sciences ; p. 1086.

a. Ce chapitre ne figure pas dans B.

1. Voir V^e partie, chap. XXI, p. 793.

XLIV. Les sciences relatives à la langue arabe ; p. 1090.

a. Fin de la phrase dans B. ◆◆ *b. Fin du § dans B.* ◆◆ *c. Fin de la phrase dans B.* ◆◆ *d. Fin du § dans B.* ◆◆ *e. Fin de la section « La science de la lexicographie » dans B.* ◆◆ *f. Ici commence ce § dans B.* ◆◆ *g. Ce § ne figure pas dans B.* ◆◆ *h. Fin du § dans B.* ◆◆ *i. Fin de la phrase dans B.* ◆◆ *j.* l'honneur. Un savant *B*

1. Le mot *bayân* (la « rhétorique ») fut d'abord considéré comme quasi synonyme de *balâgha* (l'« éloquence ») ; il en vint à en désigner, dans le cadre du *'ilm al-bayân*, un aspect particulier. Ibn Khaldûn, à la suite d'Ibn Qayyim al-Jawziyya, utilise l'expression *'ilm al-bayân* pour qualifier la rhétorique dans son ensemble (voir G. E. von Grunebaum, *Encyclopédie de l'islam,* 2e éd., art. « Bayân »).
2. Le mot utilisé ici par Ibn Khaldûn est *ifâda,* du verbe *afâda* (« produire un sens », « donner une signification »). Les grammairiens

l'emploient dans l'expression *jumla mufîda* pour qualifier une phrase qui donne un sens parfait et satisfaisant.

3. L'expression utilisée par Ibn Khaldûn est *al-isnâd wa s-sanad wa l-musnad*: le mot *isnâd*, qui désigne dans la langue courante le fait de s'appuyer sur quelque chose, indique en grammaire le rapport existant entre le sujet et l'attribut.

4. *Dhawât*, qui signifie « essences » ou « substances ». Le sens de la phrase (*al-hurûf al-latî tufdî bi-al-af'âl, ay al-harakât ilâ adh-dhawât*) n'est pas très clair. Ibn Khaldûn veut peut-être dire, comme le suggère F. Rosenthal, que les affixes transforment les racines (désignées ici par le terme *af'âl*) en noms ou adjectifs (désignés ici par le terme *dhawât*, d'où notre traduction par « substantifs »).

5. Pour la première partie de cette tradition, voir *Concordance*, I, 365a. Voir aussi Ibn Rashîq, *al-'Umda*, Le Caire, 1353/1934, t. I, p. 224.

6. Voir p. 1065.

7. Le titre exact est : *al-Mughnî al-labîb 'an kutub al-a'ârîb*. Ce grand traité de syntaxe a connu une première rédaction qui s'est perdue. La deuxième rédaction faite à La Mecque, en 756 (1355), procure le texte actuel (voir Muh Muhyî d-dîn 'Abd al-Hamîd, Le Caire, 1385/1965).

8. Voir p. 1083-1084.

9. Bien que l'attribution du *Kitâb al-'Ayn* à al-Khalîl ne soit plus contestée aujourd'hui, on considère que ce livre, sous sa forme actuelle, en particulier pour la richesse des informations qu'il contient, doit être l'œuvre d'al-Layth Ibn Muzaffar, qui aurait effectué sa compilation peu après la mort d'al-Khalîl. L'ouvrage fut ensuite révisé par un nommé Abû Mu'âdh 'Abd Allâh Ibn 'A'idh, autrement inconnu, et des corrections et additions lui furent encore apportées plus tard (voir éd. 'Abd Allâh Darwîsh, *Kitâb al-'Ayn, awwal mu'jam fî l-lugha li-l-Khalîl Ibn Ahmad al-Farâhîdî*, Bagdad, 1386/1967, t. I).

10. L'expression utilisée est *fiqh fî l-lugha* ; le mot *fiqh* doit être pris ici dans le sens de « connaissance », et non de « jurisprudence », comme le fait F. Rosenthal (voir *The Muqaddimah*, t. III, p. 330).

11. *'Ilm al-bayân* (voir ici n. 1).

12. *Lâzim al-lafz aw malzûmih*, ce qu'implique un mot ou ce par quoi il est impliqué.

13. *Imlâ'ât*: le singulier *imlâ'* désignait à la fois une méthode particulière d'enseignement où le maître dictait un cours original à ses disciples et le cours lui-même.

14. *Dhawq*, notion capitale dans la théorie khaldunienne de la compétence linguistique et poétique, désigne une aptitude qui résulte d'une connaissance et d'une expérience intimes et approfondies.

15. La traduction du mot *adab* par « littérature » ne rend pas tout le contenu sémantique de ce mot, que nous avons préféré garder comme terme technique. En effet, l'*adab* désigne à la fois un ensemble de connaissances — littéraires : poésie, rhétorique, grammaire, lexicographie, métrique ; historiques et plus largement culturelles : traditions arabes anciennes et musulmanes d'abord, et plus tard d'importants aspects des traditions iranienne, indienne et grecque — et un mode de vie et de comportement, fait de courtoisie et d'urbanité, auquel ces connaissances sont censées introduire.

16. *Asâlîb*: le singulier *uslûb* désigne, d'après le *Lisân al-'arab*, une voie ou une manière.

XLVI. L'arabe contemporain, langue indépendante ; p. 1106.

a. Fin du chapitre dans B : et aux citadins. / Cela doit être bien compris. C'est Dieu qui nous guide et nous éclaire.

1. Voir ici chap. XLIV, p. 1091 et n. 5.
2. Voir aussi p. 1099.

XLIX. L'habitus de la langue mudarite ; p. 1114.

a. habitus. Elle ne s'identifie *B* ♦♦ *b. Ce § ne figure pas dans B.*

L. Du goût littéraire ; p. 1117.

a. Ce chapitre ne figure pas dans B.

1. *Wijdânî*: appréhendé d'après l'expérience intérieure qu'on en a.
2. Voir V^e^ partie, chap. XXI, p. 793.

LI. Les citadins parlent mal l'arabe ; p. 1121.

1. Voir p. 1077.
2. Voir *Autobiographie*, p. 150-151.
3. Voir p. 1104.

LII. La prose et la poésie ; p. 1124.

1. Le *nasîb*: vers placés au début du poème à la louange d'une femme qu'on courtise.
2. Comme il le raconte dans son *Autobiographie*, Ibn Khaldûn abandonna l'emploi de la prose rimée dans les correspondances officielles quand il fut chargé de la chancellerie sous le sultan mérinide Abû Sâlim (voir p. 94).

LIII. De l'excellence en poésie comme en prose ; p. 1127.

1. Voir V^e^ partie, chap. XXI, p. 793.

LIV. De l'art de la poésie ; p. 1128.

a. Le texte de ce chapitre dans B est plus court. Les citations poétiques n'y sont pas données de façon complète et les extraits d'Ibn Rashîq et d'an-Nâshî qui sont présentés en fin de section n'y figurent pas. Son contenu est repris pour l'essentiel dans les versions ultérieures ; c'est pourquoi nous n'avons pas estimé nécessaire d'en donner la traduction. ♦♦ *b. Ce vers ne figure pas dans F. On le trouve dans G, I et J.*

1. Contrairement à F. Rosenthal (*The Muqaddimah*, t. III, p. 573 et n. 1438), nous pensons qu'il faut conserver la leçon de *F*, *min kalâ-*

minâ (« dans ce que nous disons ») — correction du texte original qui donne *min kalâmihim* (« dans ce qu'ils disent »). Ibn Khaldûn veut dire simplement que les sujets parlant d'autres langues pourraient malgré tout trouver quelque profit dans les réflexions qu'il propose à propos de la poésie arabe.

2. *Hattâ yahsula shabahun fî tilka al-malaka*, phrase dont le sens n'est pas clair. F. Rosenthal, que nous suivons dans notre traduction, suggère de lire, au lieu de *shabahun* (« ressemblance »), *shiyatun* (« signe », « marque »), mot qu'Ibn Khaldûn utilise ailleurs.

3. J.-E. Bencheikh cite ce passage dans sa *Poétique arabe, essai sur les voies d'une création* (Anthropos, 1975, p. 56) et le traduit ainsi : « L'esprit la détache de toute construction syntaxique, qu'elle soit générale ou spéciale. »

4. Premier vers de la *Mu'allaqa* d'an-Nâbigha adh-Dhubyânî.

5. Ce vers n'a pu être identifié.

6. Premier vers de la *Mu'allaqa* d'Imru' al-Qays.

7. Ce vers n'a pu être identifié.

8. Vers d'Imru' al-Qays, souvent cité par les géographes à propos de la localité d'al-'Azl.

9. Vers d'Abû Tammâm (voir *Kitâb al-Aghânî*, Bûlâq, 1285/1868, t. XV, p. 105).

10. Autres vers d'Abû Tammâm (voir *Diwân*, Beyrouth, s.d., p. 211).

11. Autre vers d'Abû Tammâm (voir *Kitâb al-Aghânî*, t. IX, p. 98 ; t. XV, p. 107).

12. Vers d'ash-Sharîf ar-Radî (voir son *Dîwân*, Bagdad, 1306/1889, p. 155).

13. *Ibid.*, p. 267.

14. Vers de la poétesse Fâri'a bint Tarîf, souvent cité dans les anthologies poétiques (voir *Kitâb al-Aghânî*, t. XI, p. 8 ; Ibn 'Abd Rabbih, *'Iqd*, Le Caire, 1305/1887, t. II, p. 19).

15. Vers d'ash-Sharîf ar-Radî, *Dîwân*, p. 207.

16. Voir Ibn Rashîq, *'Umda*, éd. Dâr al-Jîl, Beyrouth, 1981, t. I, chap. XVIII, p. 119-123.

17. Voir *ibid.*, chap. XXVIII.

18. *Muwallad* : métis, né d'un père arabe et d'une mère étrangère, ou d'un père esclave et d'une mère libre. Dans la critique littéraire, se dit des poètes nés après l'avènement de l'islam, qualifiés ainsi de « modernes ».

19. Ce poème est effectivement cité dans la *'Umda* d'Ibn Rashîq (t. II, p. 113-114), où il est attribué à Abû l-'Abbâs an-Nâshî, qui est également l'auteur d'un poème appartenant au même genre, et cité plus bas (voir ici n. 22).

20. *Yatahallâ* (« se parent ») ; Ibn Rashîq donne *yatajallâ* (« se révèlent »).

21. *'Ibta* (« condamne ») : Ibn Rashiq donne *'ifta* (de *'âfa* : « éprouver du dégoût pour quelque chose »).

22. C'est d'après Ibn Rashîq, auteur également du poème précédent. Ce poème est reproduit dans la *'Umda*, avec deux vers intervertis et l'omission des quatrième et dernier vers.

23. Ce vers est d'une lecture incertaine, aussi la traduction qui en est proposée est-elle conjecturale.

LV. Écrire est une affaire de mots et non d'idées ; p. 1140.

1. *As-sânî'*, dans le sens littéral de celui qui pratique un art. Nous avons préféré le terme « artiste » à celui d'« artisan », dans la mesure où il ne s'agit pas ici d'un art manuel.

2. *An-nutq* : « langage humain articulé », « parole ».

LVI. De l'importance de la mémoire ; p. 1141.

1. *At-tab'* : « nature », « naturel », « disposition innée ». C'est un concept important de la critique littéraire arabe, comme on le verra plus loin.

2. Voir ici chap. I et VI, respectivement p. 832 et 842.

3. Voir *Autobiographie*, p. 63.

4. Voir *ibid.*, p. 77.

LVII. Du discours naturel et du discours artificiel ; p. 1145.

a. Ce chapitre ne figure ni dans B ni dans E. Dans D, le titre est : Le discours naturel est de construction plus solide et de plus haut niveau d'éloquence que le discours artificiel. ♦♦ *b.* qu'en donnent les philologues *D*

1. *Al-matbû' wa-l-masnû'*. Ibn Rashîq consacre à ces deux catégories de la critique littéraire arabe un chapitre de sa *'Umda* (t. II, p. 129-134). Sur les modes de la création poétique dans la poésie arabe, voir J.-E. Bencheikh, *Poétique arabe*, chap. IV.

2. Le *'Ilm al-ma'ânî* est souvent associé chez les rhétoriciens arabes au *'ilm al-bayân*. Dans son long article de l'*Encyclopédie de l'islam*, 2e éd., sur *al-ma'ânî wa-l-bayân*, S. A. Bonebakker suggère de traduire *'ilm al-bayân* par « science de l'expression figurée » et *'ilm al-ma'ânî* par « sémantique de la syntaxe ». Selon al-Qazwînî, le *'ilm al-ma'ânî* est une science « grâce à laquelle on connaît les divers états de la langue au moyen desquels les exigences de la situation sont remplies » (voir *Talkhîs al-Miftâh*, Le Caire, 1342/1923, t. III, p. 256-290).

3. *Al-bayân* (voir ici n. 2).

4. L'expression employée ici est *'ibâra wa khitâb.*

LIX. La poésie contemporaine des Arabes ; p. 1152.

a. Le manuscrit F s'interrompt ici. Le texte continue avec une écriture différente jusqu'à la citation du premier poème, p. 1154, dont il donne les quatre premiers vers. Nous suivons à partir d'ici le texte des manuscrits E, G, I et J. ♦♦ *b.* exprimées. Les règles *B* ♦♦ *c. Ici s'arrête le manuscrit B. Le copiste ajoute le commentaire suivant : « Comme nous avons trouvé ce poème et ceux qui le suivent extrêmement suspects (*fî ghâyat as-saqam*), nous nous sommes abstenu de les reproduire. Avec eux s'achève ce livre. L'ouvrage entier, du début jusqu'à la fin, est extrêmement suspect et inauthentique à cause du copiste du manuscrit de base. Il n'y a de force et de puissance qu'en Dieu. »* ♦♦ *d.* khnkr *E,D,G* : hnka *J. La signification du mot « khnkr » est obscure. Le mot « hnka » est proche de l'arabe classique « hunka » (« prudence », « sagesse »).*

1. Ibn Khaldûn donne ici un large échantillon de poèmes arabes bédouins du genre épique qui sont d'un intérêt à la fois historique et linguistique. Le premier semble appartenir à un des cycles épiques liés à l'invasion du Maghreb par les Banû Hilâl. Malheureusement, dans tous les manuscrits, la plupart de ces poèmes, d'une lecture très difficile, n'ont pas pu jusqu'à présent être correctement déchiffrés. Après une courte enquête auprès d'Arabes bédouins du Maroc, de Tunisie et d'Égypte, nous n'avons pas beaucoup avancé nous-même dans ce déchiffrage. Aussi n'avons-nous proposé une traduction que des vers que nous avons pu lire et dont nous avons saisi à peu près le sens. Pour les vers ou pièces de vers dont la lecture s'est révélée impossible, nous indiquons en note le nombre de vers qui figurent à cet endroit dans le manuscrit.

2. Ici figure un vers que nous n'avons pu déchiffrer.

3. Lecture conjecturale.

4. Le sens de ces deux derniers vers est obscur.

5. Le deuxième hémistiche du vers est illisible.

6. Le deuxième hémistiche du vers est illisible.

7. Le premier hémistiche du vers est illisible.

8. Le deuxième hémistiche du vers est illisible.

9. Nous n'avons pu déchiffrer le deuxième hémistiche du vers.

10. Le deuxième hémistiche du vers est illisible.

11. Nous n'avons pu déchiffrer le premier hémistiche du vers.

12. Suivent quatorze vers que nous n'avons pu déchiffrer.

13. Ici figurent six vers que nous ne sommes pas parvenu à déchiffrer.

14. Quatre vers indéchiffrables.

15. Nous n'avons pu déchiffrer le vers en entier.

16. Ici figurent quarante-sept vers obscurs que nous avons renoncé à traduire.

17. Quarante et un vers dont le premier ne présente que le second hémistiche.

18. Six vers que nous avons renoncé à traduire.

19. Dix vers que nous avons renoncé à traduire.

20. Ces *muwashshahs* « dorés » semblent désigner, d'après Hartmann (voir *Das arabische Strophengedicht*, Semitische Studien, Ergänzungshefte zur Zeitschrift für Assyriologie, n° 13-14, Weimar, 1897, p. 15), un genre particulier de *muwashshah* (voir F. Rosenthal, *The Muqaddimah*, t. III, n. 1795, p. 442).

21. Pour ces vers, voir aussi Ibn Sanâ' al-Mulk, *Dâr at-Tirâz*, éd. Rikabi, Damas, 1949, p. 25 et 43.

22. Voir aussi Ibn Sa'îd, *El libro de las banderas de los campeones*, édition et traduction E. Garcia Gomez, Madrid, 1942, p. 48 et 193.

23. La même anecdote est rapportée par Ibn al-Khatîb dans *al-Ihâta*, Le Caire, 1319/1901, t. I, p. 244.

24. Ce poème est cité *in extenso* par Ibn Sanâ' al-Mulk, *Dâr at-Tirâz*, p. 26 et 45.

25. *Irtafi'*, littéralement : « mets-toi plus haut ».

26. *Misk Dârîn*, locution de la poésie arabe ancienne. Dârîn, d'après les géographes arabes, était un port, sur le golfe Persique, qui recevait des parfums.

27. Allusion à la constellation appelée *an-Nasr*, l'« Aigle ».

28. *Himâ* : « chose interdite ». On peut aussi penser à al-Himâ, nom de lieu utilisé souvent par le poète pour parler allusivement de l'endroit où il vit, comme le suggère F. Rosenthal (*The Muqaddimah*, t. III, p. 450 et n. 1835).

29. Jeu de mots sur *rawâ*, qui signifie à la fois « arroser » et « transmettre ».

30. Identifié par les géographes arabes à Buwayra, situé au nord de l'Arabie (voir al-Bakrî, *Mu'jam mâ ista'jam*, Le Caire, 1945-1951, p. 285 et 999). Sous ce nom, le poète fait sans doute allusion ici à la rivière de Grenade.

31. *Habbasa* : « léguer un bien de mainmorte » ; F. Rosenthal lit : *habasa* (« mettre en prison »).

32. Al-Maqqarî reproduit ce poème dans *Nafh at-tib* (voir éd. Ihsân 'Abbâs, Beyrouth, 1988, t. VII, p. 11-14), avec les dix derniers vers omis par Ibn Khaldûn.

33. Les vers cités par Ibn Khaldûn ne se trouvent pas dans le *Dâr at-Tirâz*.

34. *Akhkhrî* : « ce qui vient pour moi à la fin ». F. Rosenthal reprend à son compte la lecture suggérée par R. Dozy : *ajrî* (« mon salaire »).

35. *Bayna at-tulû' wa n-nuzûl* ; F. Rosenthal traduit *tulû'* et *nuzûl* par « lever » et « coucher du soleil », mais *nuzûl* se dit de la lune quand elle se trouve dans une mansion, mais pas du soleil. Évidemment, « montée » et « descente » doivent être compris ici dans un sens métaphorique.

36. Membre de phrase que nous n'avons pu déchiffrer.

37. Ce vers est de lecture incertaine et son sens général est obscur.

38. Second hémistiche du vers dont le sens est obscur.

39. Le mot *frîk* est encore employé aujourd'hui au Maroc avec le sens d'« amandes fraîches ». Il désigne aussi le blé ou le froment encore vert, mais le premier sens convient mieux au contexte.

40. *Takhallus*, mot technique désignant la transition de la partie érotique à la partie dithyrambique du poème.

41. Un vers que nous n'avons pu déchiffrer.

42. Un mot de lecture incertaine.

43. Un mot indéchiffrable.

44. Membre de phrase indéchiffrable.

45. Cette citation ne figure pas dans le *Dîwân* publié d'al-Hillî, mais provient, d'après F. Rosenthal, de son ouvrage non publié, intitulé : *'Atil al-hâlî* (voir *The Muqaddimah*, t. III, n. 1947, p. 476).

46. La barbe blanche est comparée au coton qu'on met dans la bouche du mort avant l'enterrement.

[Conclusion] ; p. 1187.

a. partie comprenant la *Muqaddima* — avant *E* ♦♦ *b.* adjoint une sélection de l'histoire des Arabes et des Berbères ; puis j'ai présenté exhaustivement dans cet ouvrage intitulé *az-Zâhirî* l'histoire des États qui ont existé dans le monde, comme *E* ♦♦ *c. Fin du § dans E :* Ici s'achève le deuxième tome d'*az-Zâhirî fî l-'Ibar bi-akhbâr al-'Arab wa-l-'Ajam wa-l-Barbar*, c'est-à-dire l'Introduction (*al-Muqaddima*) scientifique placée au début de cet ouvrage. Suit à partir du deuxième tome, le second livre comprenant l'histoire des Arabes, de leurs générations et de leurs États, depuis le commencement de la création jusqu'à notre époque, ainsi que l'histoire des nations non arabes qui leur étaient contemporaines.

Appendices

NOTES ET VARIANTES

VIe préambule ; p. 1191.

a. Titre dans B : Présentation des différents types d'hommes qui ont une perception de l'invisible, tels que les devins et les *'arrâfs*, précédée d'un exposé sur la révélation et les visions. ⬩⬩ *b. Dans B, le début du VIe préambule correspond en substance au premier § de F (voir ici p. 326).* ⬩⬩ *c. Avant ce §, B insère le passage suivant :* Nous avons eu connaissance de nombreux cas parmi ceux qui découvrent les réponses aux questions à partir de celles-ci [des questions]. Certains obtiennent un seul vers sur le même mètre que le poème, d'autres obtiennent un, deux, trois ou quatre vers. On nous a rapporté qu'en Orient, on obtient une réponse sous forme versifiée sur toutes sortes de mètres et de rimes. / Nous allons maintenant reproduire une *zâ'iraja* d'après une copie très probablement authentique. Nous ne pouvons pas en garantir nous même l'authenticité, ne l'ayant pas reçue d'un de nos maîtres. Mais nous nous sommes efforcé de choisir la copie la plus authentique. Après avoir reproduit ici la *zâ'iraja*, nous allons maintenant indiquer son mode d'emploi, comme il nous a été communiqué par ceux qui l'utilisent et que nous avons eu l'occasion de rencontrer. *B ne donne pas le diagramme de la zâ'iraja dont parle Ibn Khaldûn. Ce diagramme n'est donné d'ailleurs que dans la VIe partie et seulement dans E, H et I. Le texte de B se poursuit avec une section intitulée :* Procédure pour la découverte des réponses aux questions au moyen de la *zâ'iraja* de l'univers, avec l'aide de Dieu. *Cette section est placée dans les versions ultérieures dans le chapitre* XXVIII *de la VIe partie.*

De la richesse des États ; p. 1220.

1. Suivent trois mots que nous n'avons pu déchiffrer.
2. Dans les versions ultérieures de la *Muqaddima*, cette liste est donnée dans la IIIe partie, chap. XVI (voir ici p. 452-454).

Explication du mot « jafr » ; p. 1247.

1. Ici figurent deux vers illisibles.
2. Ici figurent deux vers illisibles

Les sciences relatives à la Tradition ; p. 1256.

1. On hésite ici entre *tafaqquh* (« étude du figh ») et *nafaqa* (« dépense »).

2. Mot de lecture incertaine : *khuluwuh* (« absence ») ou *hulwuh* (« douceur ») ; cependant aucune des deux leçons ne convient au contexte.

CARTES

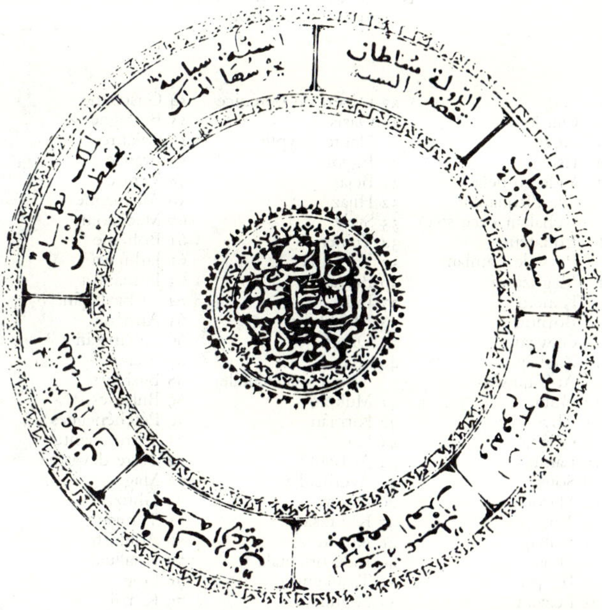

Le cercle de la politique
Muqaddima, manuscrit Add 9574
(British Museum).
Voir ici p. 257.

LÉGENDE DE LA CARTE D'APRÈS FRANZ ROSENTHAL

1 Sud
2 Ouest
3 Nord
4 Est
5 Vide au-delà de l'Équateur (chaleur excessive)
6 Équateur
7 Pays de Lamlam
8 Maghzâwa
9 Kanem
10 Bornou
11 Gawgaw
12 Zaghây
13 At-Tâjuwîn
14 Nubie
15 Abyssinie
16 Ghâna
17 Lamta
18 Sous
19 Maroc
20 Tanger
21 Sinhâja
22 Draa
23 Ifrîqiya
24 Fezzan
25 Jarîd (Djérid)
26 Kawâr
27 Désert de Bérénice
28 Oasis
29 Haute-Égypte
30 Égypte
31 Béja
32 Hijâz
33 Syrie
34 Yémen
35 Yamâma
36 Basra
37 Irak
38 Ash-Shihr
39 Oman
40 Sind (Inde occidentale)
41 Mukrân
42 Kirmân
43 Fars
44 Al-Bahlûs
45 Azerbaïdjan
46 Désert
47 Khurâsân
48 Khwârezm
49 Inde orientale
50 Tashkent
51 Soghdiane
52 Chine
53 Tughurghuz
54 Gascogne
55 Bretagne
56 Calabre
57 France
58 Venise
59 Allemagne
60 Macédoine
61 Bohême
62 Jathûliya
63 Jarmâniya
64 Al-Baylaqân
65 Arménie
66 Tabaristân
67 Alains
68 Bashkirs
69 Bulgares
70 Pétchénègues
71 Terre puante
72 Terre dévastée
73 Magog
74 Ghuzz
75 Türgish
76 Adhkish
77 Khallûkh
78 Gog
79 Kimäk
80 Vide au Nord (froid extrême)

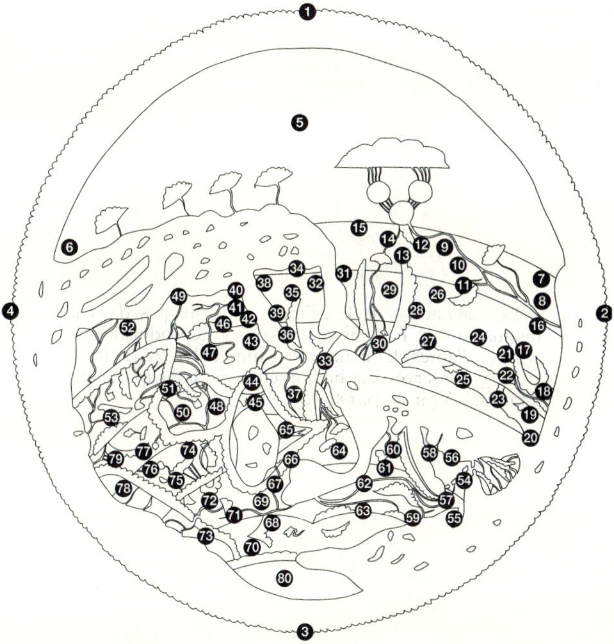

Diagramme de la carte du monde,
(manuscrit Atif Effendi 1936)
d'après Franz Rosenthal (*The Muqaddimah*, t. I, 1958).
Voir ici p. 274.

Le diagramme de la zâ'iraja ne figure pas dans le manuscrit Atif Effendi 1936. Nous le reproduisons ci-contre d'après le manuscrit Ahmet III 3042 (t. I, f° 237), conservé à la bibliothèque de Topkapusaray à Istambul. Voir ici p. 989.

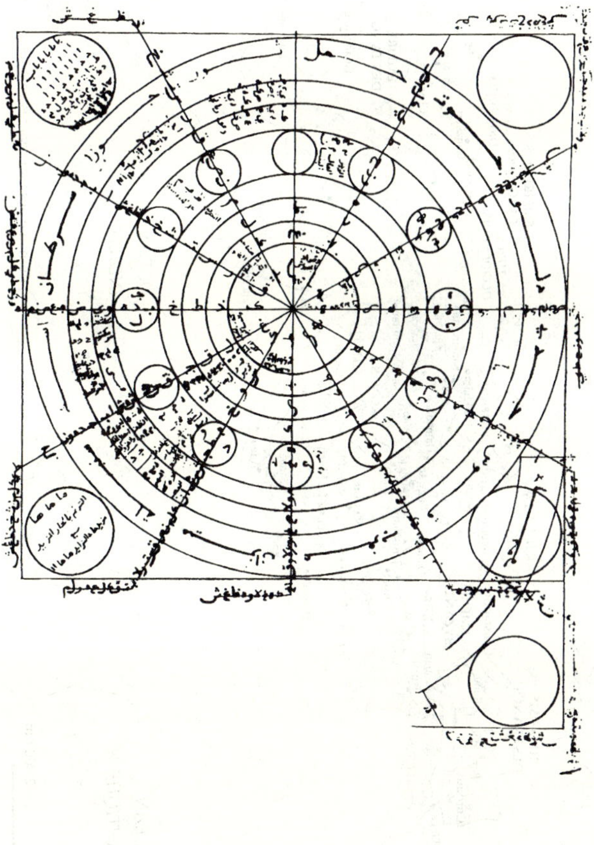

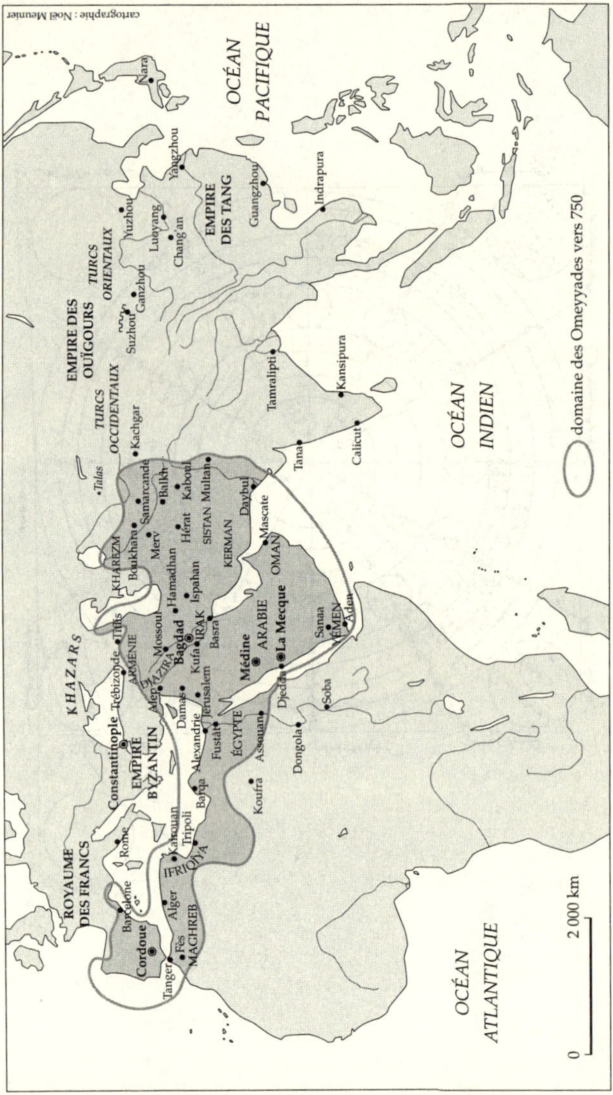
cartographie : Noël Meunier
OCÉAN PACIFIQUE
OCÉAN INDIEN
OCÉAN ATLANTIQUE
ROYAUME DES FRANCS
KHAZARS
EMPIRE BYZANTIN
EMPIRE DES OUÏGOURS
TURCS OCCIDENTAUX
TURCS ORIENTAUX
EMPIRE DES TANG
Nara
Yangzhou
Yuzhou
Luoyang
Chang'an
Guangzhou
Ganzhou
Suzhou
Indrapura
Tamralipti
Kansipura
Calicut
Tana
Kachgar
Talas
Samarcande
Balkh
Kaboul
Multan
Daybul
Boukhara
Merv
Hérat
SISTAN
KHAREZM
Hamadhan
Ispahan
KERMAN
Mascate
OMAN
Tiflis
ARMÉNIE
Mossoul
Bagdad
IRAK
Basra
ARABIE
La Mecque
Médine
Sanaa
YÉMEN
Aden
Trébizonde
DJAZIRA
Alep
Kufa
Damas
Jérusalem
Djedda
Soba
Constantinople
Alexandrie
Fustât
ÉGYPTE
Assouan
Dongola
Barqa
Koufra
Tripoli
Kairouan
IFRIQIYA
Rome
Barcelone
Alger
MAGHREB
Cordoue
Fès
Tanger
domaine des Omeyyades vers 750
0
2 000 km

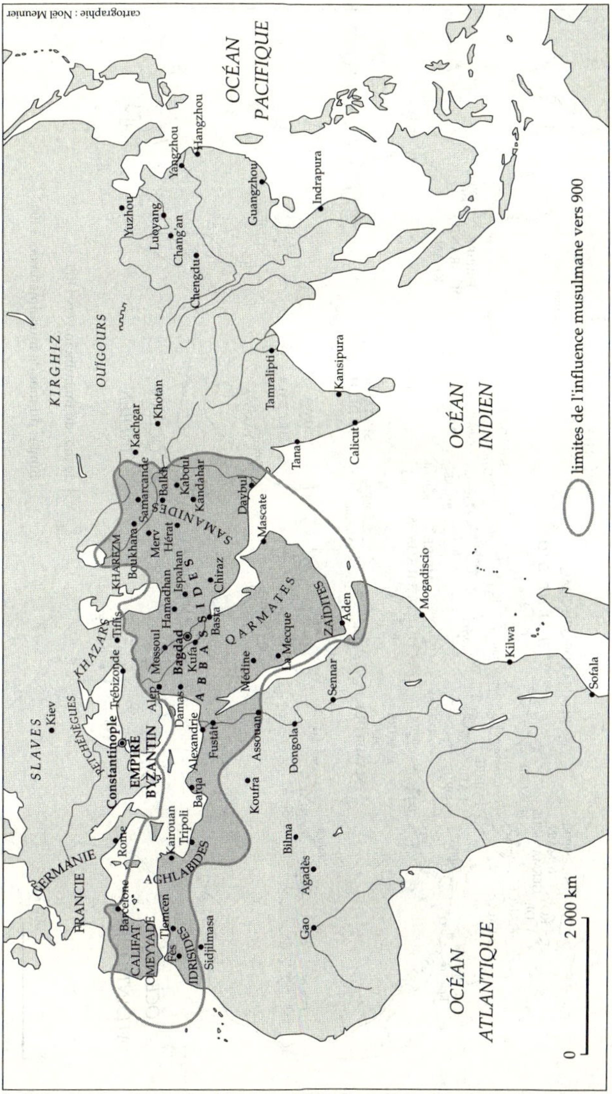
cartographie : Noël Meunier
OCÉAN PACIFIQUE
OCÉAN INDIEN
OCÉAN ATLANTIQUE
KIRGHIZ
OUÏGOURS
SLAVES
PETCHÉNÈGUES
KHAZARS
KHAREZM
GERMANIE
FRANCIE
CALIFAT OMEYYADE
IDRISIDES
AGHLABIDES
EMPIRE BYZANTIN
ABBASSIDES
SAMANIDES
QARMATES
ZAÏDITES
Kiev
Constantinople
Trébizonde
Tiflis
Boukhara
Samarcande
Kachgar
Khotan
Merv
Balkh
Hérat
Kaboul
Kandahar
Daybul
Mascate
Chiraz
Ispahan
Hamadhan
Bagdad
Kufa
Basra
Messoul
Alep
Damas
Médine
La Mecque
Aden
Alexandrie
Fustât
Assouan
Barqa
Tripoli
Kairouan
Rome
Barcelone
Tlemcen
Fès
Sidjilmasa
Koufra
Dongola
Sennar
Bilma
Agadès
Gao
Mogadiscio
Kilwa
Sofala
Tana
Calicut
Kansipura
Tamralipti
Chengdu
Chang'an
Luoyang
Yuzhou
Yangzhou
Hangzhou
Guangzhou
Indrapura
limites de l'influence musulmane vers 900
0
2 000 km

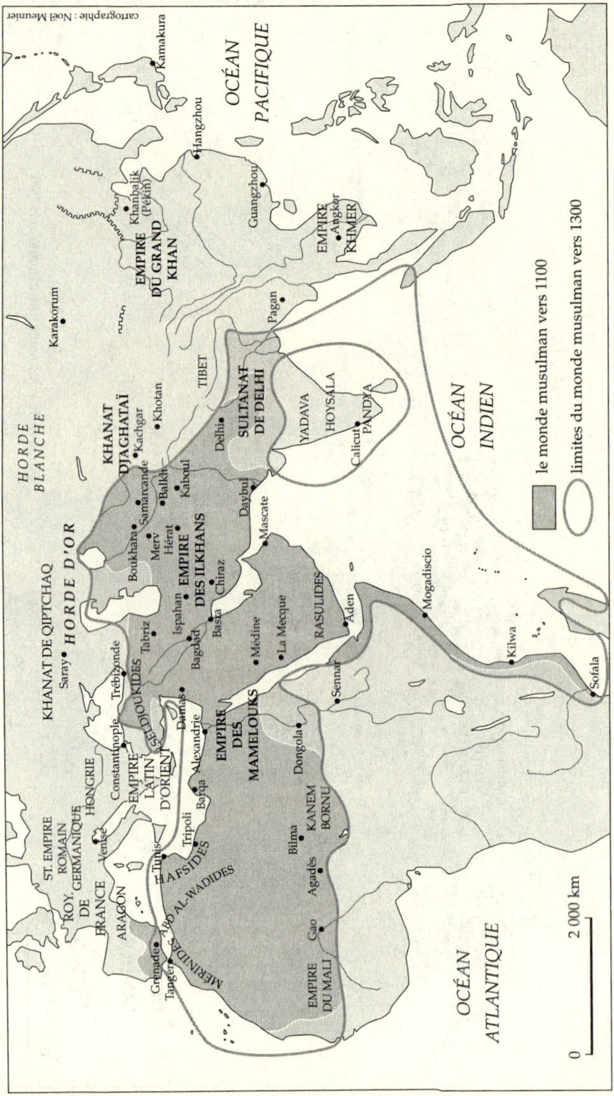

cartographie : Noël Meunier
OCÉAN PACIFIQUE
OCÉAN INDIEN
OCÉAN ATLANTIQUE
Kamakura
Hangzhou
Khanbalik (Pékin)
EMPIRE DU GRAND KHAN
Guangzhou
EMPIRE KHMER
Angkor
Karakorum
Pagan
TIBET
SULTANAT DE DELHI
Delhi
YADAVA
HOYSALA
PANDYA
Calicut
HORDE BLANCHE
KHANAT DJAGHATAÏ
Kachgar
Khotan
Samarcande
Balkh
Kaboul
Daybul
Boukhara
Merv
Hérat
EMPIRE DES ILKHANS
Chiraz
Mascate
HORDE D'OR
KHANAT DE QIPTCHAQ
Saray
Tabriz
Ispahan
Bagdad
Basra
Médine
La Mecque
RASULIDES
Aden
Mogadiscio
Kilwa
Sofala
Trébizonde
SELDJOUKIDES
Damas
Constantinople
EMPIRE LATIN D'ORIENT
Alexandrie
EMPIRE DES MAMELOUKS
Sennar
Dongola
HONGRIE
Barqa
Tripoli
KANEM BORNU
Bilma
Agadès
ST. EMPIRE ROMAIN GERMANIQUE
Venise
Tunis
HAFSIDES
ABD AL-WADIDES
ROY. DE FRANCE
ARAGON
Grenade
Tanger
MERINIDES
Gao
EMPIRE DU MALI
le monde musulman vers 1100
limites du monde musulman vers 1300
0
2 000 km

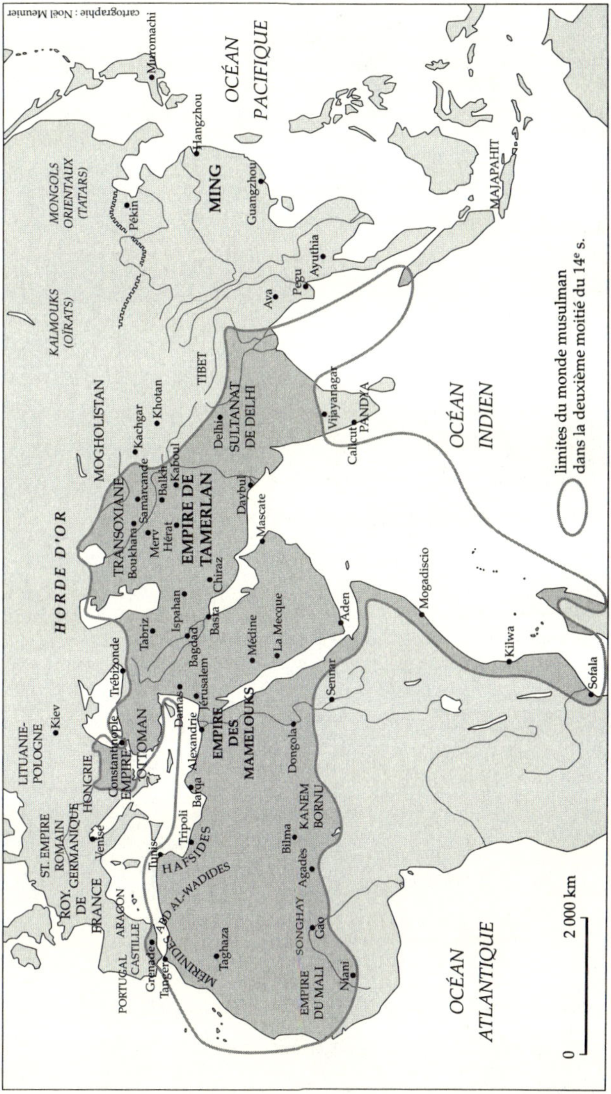
cartographie : Noël Meunier
OCÉAN PACIFIQUE
OCÉAN INDIEN
OCÉAN ATLANTIQUE
HORDE D'OR
MONGOLS ORIENTAUX (TATARS)
KALMOUKS (OÏRATS)
MOGHOLISTAN
TIBET
MING
MAJAPAHIT
TRANSOXIANE
EMPIRE DE TAMERLAN
SULTANAT DE DELHI
PANDYA
EMPIRE DES MAMELOUKS
EMPIRE OTTOMAN
LITUANIE-POLOGNE
HONGRIE
ST. EMPIRE ROMAIN GERMANIQUE
ROY. DE FRANCE
ARAGON
CASTILLE
PORTUGAL
HAFSIDES
ABD AL-WADIDES
MÉRINIDES
SONGHAY
EMPIRE DU MALI
KANEM BORNU
Muromachi
Hangzhou
Pékin
Guangzhou
Ayuthia
Pegu
Ava
Vijayanagar
Calicut
Delhi
Kachgar
Khotan
Kaboul
Balkh
Samarcande
Boukhara
Merv
Hérat
Daybul
Mascate
Chiraz
Ispahan
Tabriz
Bagdad
Basra
Médine
La Mecque
Aden
Mogadiscio
Kilwa
Sofala
Sennar
Dongola
Trébizonde
Kiev
Constantinople
Damas
Jérusalem
Alexandrie
Barqa
Tripoli
Tunis
Venise
Grenade
Tanger
Taghaza
Gao
Agadès
Bilma
Niani
limites du monde musulman dans la deuxième moitié du 14e s.
0
2 000 km

BIBLIOGRAPHIE

La sélection que nous avons opérée ici se limite aux éditions des œuvres intégrales d'Ibn Khaldûn, à leurs principales traductions en français et en anglais, ainsi qu'aux études les plus significatives.

Pour plus de détails, on se reportera à :

ABD AR-RAHMÂN BADAWÎ, *Mu'allafât Ibn Khaldûn*, Tripoli et Tunis, al-Dâr al-'arabiyya li-l-kitâb, 1979.

AL-AZMEH (Aziz), *Ibn Khaldûn in Modern Scholarship. A study in orientalism*, Londres, Third World Center for Research and Publishing, 1981.

ROSENTHAL (Franz), *The Muqaddimah*, Princeton, Princeton University Press, 3 vol., 1967 ; bibliographie d'Ibn Khaldûn, établie par Walter J. Fischel, t. III.

I. ÉDITIONS

SLANE (William MacGuckin, baron de), *Târîkh al-duwal al-islâmiyya bi-l-Maghrib*, Alger, 2 vol., 1263/1847.

AL-HÛRÎNÎ (Nasr al-dîn), *Muqaddimat Ibn Khaldûn*, Bûlâq, 1857.

QUATREMÈRE (Étienne-Marc), *Les Prolégomènes d'Ebn Khaldoun*, texte arabe, Paris, 3 vol., 1858.

AL-HÛRÎNÎ (Nasr al-dîn), *Kitâb al-'Ibar wa-dîwân al-mubtadâ wa-l-khabar*, Bûlâq, 7 vol., 1284/1867.

RUBIO (Fr. Luciano), *Lubâb al-muhassal fî usûl ad-dîn*, Tétouan, 1952.

DÂGHIR (Yûssuf As'ad), *Târîkh al-'allâma Ibn Khaldûn*, Beyrouth, 7 vol., 1956.

WÂFÎ ('Alî 'Abd al-Wâhid), *Muqaddimat Ibn Khaldûn*, Le Caire, 4 vol., 1957.

Tanjî (Muhammad Ibn Tâwît), *at-Ta'rîf bi-Ibn Khaldûn wa-rihlatuhu gharban wa-sharqan*, Le Caire, 1370/1951.
—, *Shifâ' as-sâ'il li-tahdhîb al-masâ'il*, Istanbul, 1958.
Redjala (Mbarek), *Ibn Khaldûn, al-Muqaddima*, première version orientale, 2 vol., Éditions universitaires, Aix-en-Provence, 1981.
Cheddadi (Abdesselam), *Ibn Khaldun, al-Muqaddima*, à paraître.

II. TRADUCTIONS

En français.

Slane (William MacGuckin, baron de), *Histoire des Berbères et des dynasties musulmanes de l'Afrique Septentrionale*, Paris, 4 vol., 1852 ; nouv. éd., Geuthner, 3 vol., 1925 ; rééd. 1968.
—, *Les Prolégomènes d'Ibn Khaldûn*, Paris, 3 vol., 1863.
—, *Autobiographie d'Ibn Khaldoun*, Paris, 1863.
Monteil (Vincent), *Discours sur l'histoire universelle*, Beyrouth, Commission libanaise pour la traduction des chefs-d'œuvre/Sindbad, 3 vol., 1967.
Cheddadi (Abdesselam), *Le Voyage d'Occident et d'Orient* (traduction de l'*Autobiographie*), Sindbad, 1980.
Pérez (René), *La Voie et la Loi ou le Maître et le Juriste* (traduction du *Shifâ' as-sâ'il lî-tahdhîb al-masâ'il*), Sindbad, 1991.

En anglais.

Rosenthal (Franz), *The Muqaddimah, An Introduction to History*, Princeton, Princeton University Press, 3 vol., 1958 ; rééd. 1967.

III. ÉTUDES SUR IBN KHALDÛN ET SUR SON ŒUVRE

Abdesselem (Ahmed), *Ibn Khaldûn et ses lecteurs*, PUF, 1983.
Al-'Azmeh (Aziz), *Ibn Khaldûn, an Essay in Reinterpretation*, Londres et New York, Routledge, 1990.
Anderson (J. W.), « Conjuring with Ibn Khaldûn : from an Anthropological Point of View », *Journal of Asian and African Studies*, t. XVIII, 3-4, 1983, p. 263-273.
Bouthoul (Gaston), *Ibn Khaldûn : sa philosophie sociale*, Paris, 1930.
—, « L'Esprit de corps selon Ibn Khaldoun », *Revue internationale de Sociologie*, t. XL, 1932, p. 217-221.
Brett (Michael), « The Way of the Nomad », *Bulletin of the School of Oriental and African Studies*, t. LVIII, 1995, p. 251-269.
Brunschvig (Robert), « Ibn Khaldûn, sa vie et son œuvre », *Bulletin des Études arabes* (Alger), 1943, p. 55-60 et 145-146.
Cheddadi (Abdesselam), « Le Système du pouvoir en Islam

d'après Ibn Khaldûn », *Annales économies, sociétés, civilisations*, mai-août 1980, p. 534-549.
—, « Ibn Khaldûn anthropologue ou historien ? », *Ibn Khaldûn, Peuples et nations du monde*, extraits des *'Ibar*, Sindbad, 1986, t. I, p. 15-56.
—, « Ibn Khaldûn », *Quarterly Review of Education, Thinkers on Education 3, Prospects*, t. XXIV, n° 1/2, 1994, p. 7-19.
—., « Ibn Khaldûn », *Encyclopédie philosophique universelle, Les Œuvres*, t. I, PUF, 1992.
—, *Ibn Khaldûn révisité*, Casablanca, Éditions Toubkal, 1999.
Cox (Robert W.), « Towards a Post Hegemonic Conceptualization of World Order : Reflexions on the Relevancy of Ibn Khaldun », *Governance without Government. Order and Change in World Politics*, éd. James N. Rosenau et Czempiel, Cambridge et New York, Cambridge University Press, 1992.
Dozy (Reinhart), « Compte rendu critique des *Prolégomènes* d'Ibn Khaldoun », *Journal asiatique*, 6e série, t. XIV, 1869, p. 133-218.
Farrûkh ('Umar), *Ibn Khaldûn wa-Muqaddimatuh*, Beyrouth, 1943.
Fischel (Walter Joseph), *Ibn Khaldûn in Egypt (1382-1406). His Public Functions and his Historical Research : a Study in Islamic Historiography*, Berkeley, University of California Press, 1967.
—, *Ibn Khaldûn and Tamerlane : Their Historic Meeting in Damascus, A. D. 1401 (803 A. H.)*, Berkeley et Los Angeles, University of California Press, 1952.
Gibb (Hamilton Alexander Rosskeen), « The Islamic Background of Ibn Khaldûn's Political Theory », *Bulletin of the School of Oriental Studies*, t. VII, 1933-1935, p. 23-31.
Gellner (Ernest), *Muslim Society*, Cambridge et New York, Cambridge University Press, 1981.
Goodman (L. E.), « Ibn Khaldûn and Thucydides », *Journal of the American Oriental Society*, t. XCII, janvier-mars 1972, p. 250-272.
Honigman (John J.), *The Development of Anthropological Ideas*, Homewood, The Dorsey Press, 1976 (voir en particulier chapitre III, p. 48-52).
al-Husarî (S.), *Dirâsa 'an Muqaddimat Ibn Khaldûn*, Beyrouth, 1943-1944.
'Inân (M. 'A.), *Ibn Khaldûn, hayâtuhu wa-turâtuhu al-fikrî*, Le Caire, 1353/1932.
Issawi (Charles Philips), *An Arab Philosophy of History : Selections from the Prolegomena of Ibn Khaldun of Tunis (1332-1406)*, The Wisdom of the East Series, Londres, 1950 ; rééd. New York, Jarwin Press, 1987.
Jabiri (Muhammad 'Abid), *al-'Asabiya wa-ad-dawla*, Casablanca, Da-âr aan-nashr al-maghribiyya, 2e éd., s.d.
Labica (Georges) et Bencheikh (Jamel Eddine), *Le Rationalisme d'Ibn Khaldûn. Extrait de la Muqaddima*, Alger, Centre pédagogique magrébin, 1965.

LABICA (G.), *Politique et religion chez Ibn Khaldûn : essai sur l'idéologie musulmane*, Alger, s.d.

LAWRENCE (B. Bruce.), *Ibn Khaldûn and « Islamic Ideology »*, Leyde, E. J. Brill, 1984.

MAHDI (Muhsin), *Ibn Khaldûn's Philosophy of History : A Study in the Philosophic Foundation of the Science of Culture*, George Allen and Unwin Ltd., Londres, 1957 ; nouvelle éd., Chicago, University of Chicago Press, 1964.

NASSAR (Nassif), *La Pensée réaliste d'Ibn Khaldûn*, PUF, 1967.

NICHOLSON (Reynolds Alleyne), « Ibn Khaldûn : the Dynamics of History », *Introduction to Islamic Civilization*, Chicago, Syllabus Division, University of Chicago Press, 3 vol., 1958 ; voir. t. II, p. 490-501.

PÉRÈS (Henri), *Le Siècle d'Ibn Khaldoun*, Alger, Maison des livres, 1960.

ROSENTHAL (E. I. J.), « Ibn Khaldûn : A North African Muslim Thinker of the 14th Century », *Bulletin of the John Rylands Library*, t. XXIV, 1940, p. 307-320.

TALBI (Mohamed), *Ibn Khaldûn et l'histoire*, Tunis, Maison Tunisienne de l'Édition, 1973.

WALZER (Richard), « Aspects of Islamic Political Thought : al-Fârâbî and Ibn Khaldûn », *Oriens*, t. XVI, 1963, p. 40-60.

INDEX

TABLE

Quatrième partie du livre I. Les Pays, les Capitales et les Cités. La Civilisation urbaine et tous les États qui l'affectent.

Appendices

TEXTE DU MANUSCRIT A

TEXTE DU MANUSCRIT B

NOTICES, NOTES ET VARIANTES

Ce volume, portant le numéro
quatre cent quatre-vingt-dix
de la « Bibliothèque de la Pléiade »
publiée aux Éditions Gallimard,
a été mis en page par Interligne
à Liège,
et achevé d'imprimer
sur Bible des Papeteries du Léman
le 28 novembre 2025
par Normandie Roto Impression s.a.s.,
à Lonrai,
et relié en pleine peau,
dorée à l'or fin 23 carats,
par Babouot à Lagny.

Le papier de cet ouvrage
est composé de fibres naturelles, renouvelables,
recyclables et fabriquées à partir de bois provenant
de forêts gérées durablement.

ISBN : 978-2-07-011425-2.

N° d'édition : 686615 – N° d'impression : 2505207.

Dépôt légal : janvier 2026.

Premier dépôt légal : octobre 2002.

magasin@gallimard.fr.

Imprimé en France.